Das große deutsche Novellenbuch

Das große deutsche Novellenbuch

Mit einem Vorwort von
Effi Biedrzynski

Albatros

Bibliographische Information der Deutschen Bibliothek
Die Deutsche Bibliothek verzeichnet diese Publikation
in der Deutschen Nationalbibliographie;
detaillierte bibliographische Daten sind im Internet
über http://dnb.ddb.de abrufbar.

Umschlaggestaltung: butenschoendesign, Lüneburg
Umschlagmotiv: Arnold Böcklin, Ruinen in Mondlandschaft, 1849
ISBN 3-491-96111-4
www.patmos.de

INHALT

VORWORT

Annäherungen

Wohlgelaunt teilte Goethe im November 1794 Schiller mit, daß er große Lust zu den kleinen Erzählungen habe, um die ihn Schiller für die Zeitschrift »Die Horen« gebeten hatte – Erzählungen, ihrem unbeschwerten Duktus nach geeignet, den hohen Anspruch dieses Journals zu balancieren. »Ein leichter Nachtisch« solle sein, was er da schreibe, meinte Goethe, ohne Prätention unterhaltend, erzählend, eine vergnügliche Unterbrechung, locker den schwierigen philosophischen Auslassungen gesellt, mit denen Schiller, Fichte oder Humboldt ihre Kunsttheorien formulierten.

»Als eine zusammenhängende Suite von Erzählungen im Geschmack des ›Dekameron‹ von Boccaz«, hatte dann auch Schiller, besorgt um den stockenden Absatz seines Journals, Goethes Beitrag »Unterhaltungen deutscher Ausgewanderten« angekündet. Mit einigem Recht durfte er hoffen, daß Goethes Namen, verbunden mit dem Boccaccios, dessen gewitzte Geschichten seit eh und je die Welt amüsierten, den Lesern der »Horen« die Möglichkeit eines ähnlichen Lesevergnügens suggerierten.

Goethe, durchaus bereit, sich als modischer Unterhaltungsschriftsteller zu versuchen, griff entschlossen auf den Fundus alteuropäischer Novellistik zurück. Als Einübung in die ihm fremde, noch kaum definierte und innerhalb der deutschen Literatur nahezu unbeachtete Gattung der Novelle übersetzte er – und bearbeitete im Übersetzen – »Die Geschichte vom Prokurator« aus den »Cent Nouvelles nouvelles« und übertrug in gleicher Manier aus den um 1650 verfaßten Memoiren des Marschalls Bassompierre die Geschichten von »Der schönen Krämerin« und vom »Schleier«. Boccaccio aber kannte er seit Leipziger Studientagen. 1765, im Dezember, befiehlt er, superklug und ein penetranter Schulmeister, der Schwester in Frankfurt: »Lies italienisch, was du willst, nur den Decamerone von Boccaccio nicht!« Und dann noch einmal, ein Jahr später (wohl auf einen Einwand Cornelias hin), ebenso scharf: »Nichts vom Decamerone. Papst hin Papst her. Der Vater müßte die Geschichte dann selbst aussuchen.«

Rückblick

Dieses »Decamerone«, ein munteres Klippklapp, erstaunlich in Wirkung und nie bezweifelter »Unterhaltlichkeit«, war, genau besehen, ein buntes Gemisch aus »Parabeln, Fabeln, Historien«, zusammengetragen aus allen Zeiten und Zonen, von Anekdoten, Scherzen, Schwänken durchsetzt und kräftig eingefärbt vom Klatsch und dem Gerede der Leute. »Firlefanz«, »Geschwätz«, wie der Autor, seine Neider zitierend, in kaum glaubhafter Demut sagt, ein Genre ohne Herkunft und Würde, unebenbürtig den seit alters anerkannten, hohen Gattungen der Lyrik, Epik und Tragödie.

Für dieses diffuse und höchst disparate Sammelsurium hatte Boccaccio, während in Florenz die Pest wütete und jede Ordnung im Chaos versank, um 1350 die gültige Form gefunden. Eine Form, für die sich im Laufe der Zeit die Bezeichnung *Novelle* einbürgerte. Das Thema, das »unerhörte Ereignis«, *nicht*, wie Hannelore Schlaffer zeigt, die Zärtlichkeit, die Intimität der Liebe, sondern direkt und unverschleiert das sexuelle Faktum und – daraus resultierend, die Neugier weckend – die Ausschweifung, das Laster, der Ehebruch. Gefährlich und von dramatischer Tücke, auch in moderner Version, etwa Werner Bergengruens *Feuerprobe* oder Robert Musils *Portugiesin* oder Martin Walsers *Fliehendes Pferd.* Es sind Novellen und, wie Goethe noch im Januar 1827 zu Eckermann sagte, »was ist denn eine Novelle anders als eine sich ereignete unerhörte Begebenheit«.

Boccaccio hat diese anrüchigen Geschichten von Liebe und Liebesverrat, wie er sagt, im »möglichst bescheidenen und schlichten Stil, dem stile umilissimo« geschrieben. Er schrieb sie nicht für Kenner, nicht für Freunde humanistischer Studien. Sie gehören »den teuersten Damen«, sind, wie der Autor in devoter Koketterie versichert, Lesestoff allein für »holdselige Frauen, die voll Scham und Furcht Liebesflammen im zarten Busen hegen« (den anderen genügten seiner Meinung nach Nadel, Spindel und Haspel). Ihnen sollen sie in ihrer durch Väter, Mütter, Gatten eingeengten Existenz Trost und zugleich fröhliche, nicht gerade artige Unterhaltung sein.

Das war neu, war eine überraschende Wendung, war ein Affront, war Parodie der hohen Gattungen, war auch Parodie der Horazischen Forderung, daß Poesie zu nützen, zu belehren und dann erst zu entzücken habe.

Eine neue Wendung auch für Boccaccio, diesen Kaufmann, Juristen, Diplomaten; ein Versuch in ungewohnter Richtung für dieses ernsthafte Mitglied des Zirkels ernsthafter, auf die Maßstäbe der Alten eingeschworenen Florentiner Humanisten. Auch ihn hatte einst verlangt, »zu ergründen, wie weit die Kunst, Worte geistreich zusammenzufügen und Verse zu schreiben, das Herz der Menschen zu erschüttern vermöge«.

Wirkung ins Weite

Das »Decamerone« aber, im fiorentin volgare, der Sprache des Volks zu Florenz, geschrieben, bringt Boccaccio den Ruhm. Hundert kunterbunte Geschichten hat Boccaccio, wie so mancher Erzähler vor und nach ihm (darunter sehr eindrucksvoll Conrad Ferdinand Meyer in der *Hochzeit des Mönchs*), mit dem »Rahmen«, diesem bewährten Stilmittel, zur Einheit gezwungen. Vor der düsteren Folie des von der Pest geschlagenen Florenz, geborgen jedoch vor jedem Gifthauch durch die Flucht ins liebliche Val delle donne, fällt einem Kreis von sieben Damen und drei Kavalieren die Aufgabe zu, einander in den nächsten zehn Tagen, wohlgelaunt und ohne moralischen Wimpernschlag, die Abenteuer der Novellenfrauen und Novellenmänner zu erzählen.

Das »Decamerone« gerät Boccaccio zum gültigen Muster novellistischen Erzählens, und von der Geschichte dieser Gattung sprechen, heißt, Boccaccios Nachleben in den Erfindungen seiner Nachfolger beschreiben. So, allerdings simplifiziert, im »Libro delle novelle« des Franco Sacchetti, Zeitgenosse des Florentiners; so in des großen Chaucers »Canterbury Tales«, diesem in kräftig-deftigen Farben sich brechenden Spektrum altenglischen Lebens. So die »Cent Nouvelles nouvelles«, frech und witzig, eine erste französische Novellensammlung, um 1460 anonym erschienen, der Goethe den »Prokurator« entnahm. Auch Matteo Bandello, »der lombardische Boccaccio« des Cinquecento, war bestrebt, sein Publikum, ohne viel Umstände zu unterhalten. In den gleichen Jahren, angeregt durch eine französische Übersetzung des »Decamerone«, wagte auch Margarete von Navarra, eine Parteigängerin moderner Geistigkeit und Schutzherrin der Philosophen und Dichter, um 1550 dem berühmten italienischen Vorbild das »Heptaméron« entgegenzusetzen. Scheinbar folgt sie Boccaccios hedonistischem Konzept, sucht es jedoch, durchdrungen vom Ideal platonischer Liebe als einzigem Quell wahrer Tugend, zugleich aufzuheben.

Diese Kritik ist der des großen Cervantes verwandt, der siebzig Jahre später, obwohl auch er mancherlei Requisiten italienischer Novellistik genutzt hatte, rigoros für Spanien das fremde Muster ablehnt und eine eigene Tradition begründet. »Mein Geist hat sie gezeugt, meine Feder zur Welt gebracht«, sagt er selbstbewußt von den »Exemplarischen Novellen« – für Goethe, wie er am 17. 12. 1795 an Schiller schrieb, »ein wahrer Schatz, sowohl der Unterhaltung als der Belehrung...«

Überraschungen

Ähnliches – ein Amalgam aus Unterhaltung und Belehrung – hoffte Goethe mit den »Unterhaltungen deutscher Ausgewanderten« zu leisten. Er berichtet von Klopfgeistern und knackenden Schreibtischen, verbindet die Burlesken mit den Geschichten vom lästigen Liebhaber der Sängerin Antonelli und vom klugen »Prokurator«, referiert die Episoden aus Bassompierres Memoiren und beschließt die Reihe mit Beispielen eigener Erfindung: dem geheimnisvoll verrätselten »Märchen« und der Geschichte von »Ferdinands Schuld und Wandlung«, diese noch ganz im Geschmack der gängigen »moralischen Erzählung«.

Aufmunterung, Lockung und Lockerung war die Absicht, aber bereits im Mai 1795 schreibt Schiller, daß die Abonnenten der »Horen« nicht nur über die »abstrakten Materien« klagten, sondern viele seien auch, meldet er etwas beklommen, an den »Unterhaltungen« irre, weil sie, »wie sie sich ausdrücken, noch nicht absehen könnten, was damit werden solle«.

Goethe aber wußte, was er wollte, auch wenn seine Leser, gelangweilt von soviel Theorie, ihm die Gefolgschaft aufkündigten. Ihm genügte nicht, Formen der alteuropäischen Novelle nachgebildet, nachgeschrieben zu haben. Er wollte – was bis dahin mit Ausnahme von Boccaccio kaum einer der Novellenschreiber unternommen hatte – grundsätzlich Wesen und Funktion der Novelle überdenken, das Gesetz, dem diese Gattung unterworfen war, erkennen und für sich und seine Zeit formulieren.

Diese Definitionen, diese Theorien sind, von dem schmalen Bündel der eingelegten Geschichten abgesehen, für ihn wichtigster Gegenstand der »Unterhaltungen«; von ihm artikuliert im Disput der Rahmen-Gesellschaft, dieser »edlen Familie« (wie er schreibt), »der Baronesse C., einer Witwe von mittlern Jahren«, mit Kindern, Freunden und Hausgenossen, beheimatet im Linksrheinischen, doch nun, im Frühsommer 1793, auf der Flucht und der bedrohlich näherrückenden französischen Revolutionsarmee ausweichend auf einem Landsitz der Familie auf dem rechten Rheinufer, im noch sicheren Teil Deutschlands, untergeschlüpft.

Aufgabe dieser kleinen Runde ist nun aber nicht, wie Boccaccios »brigata«, einander vergnügliche Geschichten zu erzählen; ihnen ist von ihrem Autor aufgegeben, sich im lockeren Hin und Her des Gesprächs über das Erzählen selbst, über das Wie, über das Wozu klar zu werden.

Abgestoßen und ratlos angesichts der in ihrem Kreis nicht zu dämpfenden, immer wieder aufbrechenden, heftigen politischen Attacken, die alte Freundschaften zerstören und den Takt, die Höflichkeit – bis dahin Regulativ aller Geselligkeit – vernichten, erinnert die Baronesse die Freunde an die alte Gepflogenheit guten Erzählens als einer Möglichkeit, Streitsucht und Unruhe zu bannen und vielleicht doch noch das Behagen früherer Tage wiederzugewinnen. »Geben Sie uns«, bittet sie den Abbé, seit langem Freund ihres Hauses, »geben Sie uns aus Ihrer Sammlung eine Geschichte von wenig Personen und Begebenheiten, die gut erfunden und gedacht ist!« Wahr, natürlich und nicht gemein solle diese Geschichte sein – mit soviel Handlung als unentbehrlich und soviel Gesinnung als nötig! »Eine Geschichte«, definiert die Baronin ihren Wunsch weiter, »die nicht still steht, sich nicht auf einem Fleck zu langsam bewegt, sich aber auch nicht übereilt. Eine Geschichte«, wünscht sie, »in der die Menschen erscheinen, wie man sie gern mag, nicht vollkommen, aber gut, nicht außerordentlich, aber interessant und liebenswürdig. – Ihre Geschichte«, sagt sie abschließend zu dem alten Freund, wie sie selbst Vertreter altadeliger, schonender Gesittung, »sei unterhaltend, solange wir sie hören, befriedigend, wenn sie zu Ende ist, und sie hinterlasse uns einen stillen Reiz, weiter über sie nachzudenken ...«

Jeder Gegenstand sei ihr recht, hatte sie schon früher erklärt. Nur die politische Debatte, die so leicht in bösen Zank ausarte, schloß sie mit aller Entschiedenheit aus.

Hannelore Schlaffer, ebenso genau im Durchforsten des Textes wie subtil und geistreich in dessen Interpretation, macht darauf aufmerksam, daß Goethe über die Novellen-Definitionen seiner Rahmengesellschaft hinaus diese Gesellschaft, diesen Rahmen selbst zum Novellen-Ereignis macht. Die Energie, mit der die Baronin das politische Gespräch ausklammert, war Resultat der Konfrontation, in der sich die Elemente, Jung und Alt, feindselig schieden. Karl, Anhänger der neuen Freiheit, ihr stürmisch ergeben wie einer Geliebten, und der Geheimrat, kühl, nüchtern und unabdingbar Feind jedes revolutionären Umsturzes, agieren als Figuren einer Novelle, deren einziges und aufregendes Thema die Revolution ist.

Goethe hatte erkannt, daß der Novellenschreiber, soll ihm novellistisches Erzählen nicht zur belanglosen Unterhaltung verkommen, keinesfalls mehr »die leitenden Ideen seiner Zeit« übersehen darf. »Um 1800«, so Hannelore Schlaffer in ihrer poetologischen Untersuchung, »beginnen die Autoren, darunter Goethe selbst, aber auch Kleist oder Hoffmann, aus den Strukturen der alteuropäischen Novelle eine neue Form zu entwickeln, die den Sinn der Zeit der vergangenen Form, deren Struktur und Sujet gleichwohl weiterhin gebraucht werden, unterlegt.«

Mit Goethe habe, sagt Peter von Matt, eine neue deutsche Erzählkultur, insbesondere eine neue Kultur des Geschichten- und Novellenschreibens begonnen. »Daß die Prosaerzählung«, fährt von Matt fort, »im Verlauf des deutschen 19. Jahrhunderts dem Drama den Rang als repräsentativer Gattung ablaufen und selbst den Roman ernsthaft gefährden würde, das war noch um 1800 das unwahrscheinlichste aller poetischen Dinge.« Wer bis dahin mit Ehrgeiz und entschiedenem Kunstwillen – von Schillers *Verbrecher aus verlorener Ehre,* dieser singulären Leistung moderner novellistischer Prosa abgesehen –

Geschichten erfindet und Geschichten erzählt, der tut es in Versen. »Die selbständige Prosaerzählung, soweit sie nicht als Märchen, Fabel oder Idylle einer streng geregelten Spezialgattung zugehört, ist pädagogische Zweckliteratur oder aber als verachtetes Lesefutter bald reißerischer, bald obszöner Ausrichtung. Die Geschichte, der kürzere oder längere Prosabericht von aufregenden Ereignissen, allein um seiner eigenen Werte, Reize, Effekte willen erzählt und endlich frei von pädagogischen Verpflichtungen wird von nun an zu einer literarischen Möglichkeit.«

Novellen unterschiedlichster Thematik, unterschiedlichster Färbung entstehen. Im *blonden Eckbert* schildert Ludwig Tieck mit Versatzstücken der Märchensphäre, mit dem melancholischen Ruf nach versunkener Waldeinsamkeit, mit dem sprechenden Vogel, dem sprechenden Hund oder der gespenstigen Alten seine Obsessionen, schildert die Symptome eines Verfolgungswahns, dem alle erliegen, wie Günter Grass in *Katz und Maus,* nun die elende, historische Wirklichkeit im grimmen Zorn einbeziehend, in der lächerlichen, widerlichen, Mitleid und Abscheu weckenden Figur des »Großen Mahlke« das Leiden des empfindlich empfindsamen Ichs an der Welt, an der Gesellschaft beschreibt: die Selbstentfremdung, die Isolierung, die hoffnungslose Einsamkeit.

Strukturen und Programme

Ein kleiner Kreis, die jungen Romantiker in Jena, diese »Kunstschule der Poesie«, diese, wie Rudolf Haym sagt, »absolut ästhetische Gesellschaft«, hatte im Gegensatz zum Gros der Leser Goethes »Unterhaltungen« lebhaft-freudig aufgenommen, hatte jeden Fingerzeig ventiliert, alle Nachdenklichkeiten »mit Witz und Philosophie« bedacht und das in die Zukunft weisende Novellenprogramm in ihre Pläne aufgenommen. Schreibend, übersetzend belebten sie die nur vage Erinnerung an »Boccaz«, für sie »Gründer und Erfinder der Novelle«; sie belebten die Erinnerung an Cervantes, auch er in Deutschland kaum bekannt, obwohl ihm die deutsche Literatur bereits viel schuldete, und in ihrer Lust an Theorie und Analyse umkreisten sie diese neue, auch ihnen noch fremde Erzählform und versuchten, sie in immer neuen Ansätzen auf »den Begriff zu bringen«.

Wieland hatte sich noch begnügt, die Novelle lediglich durch »die Simplizität ihres Plans und den kleinen Umfang ihrer Fabel« vom Roman zu unterscheiden. Schleiermacher sprach von der »dramatischen Spitze«, die auf eine »Abneigung gegen das Epische« und auf eine »Hinneigung zum Drama« deute. Friedrich Schlegel aber erklärte, die Novelle sei eine »Anekdote«, und zwar eine Anekdote, wie man sie zur Unterhaltung in Gesellschaft erzähle. Das griechische *anékdotos* sei gleich dem romanischen *novella*; beide Begriffe meinten das noch nicht Bekannte, meinten »ein Geschichtchen, an jedem Punkt und in jeder Wendung ganz neu und überraschend«. Die »objektive Merkwürdigkeit«, die dieses Geschichtchen enthalte, locke den Leser, den Hörer, der sich unmittelbar und ausschließlich für die Begebenheit als isolierten Einzelfall interessiere. Es sei eine Geschichte, die streng genommen nicht zur Geschichte gehöre und, wie August Wilhelm Schlegel meinte, gleichsam hinter dem Rücken der bürgerlichen Verfassungen und Anordnungen vorgefallen sei. Trotz des *objektiven* Gehalts dürfe aber, bemerkt Friedrich Schlegel ergänzend, nicht der eminent *subjektive* Charakter des novellistischen Erzählens übersehen werden. Stets komme es mehr auf das *Wie* als auf das *Was* an. Der Erzähler weiß uns, sagte Friedrich Schlegel, »mit einem angenehmen Nichts täuschend zu unterhalten und das, was im Ganzen ein Nichts ist, dennoch durch die Fülle seiner Kunst so reichlich zu schmücken, daß wir uns willig täuschen, ja wohl gar ernstlich interessieren lassen. Er »spiele« mit dem Stoff, erklärt Schlegel weiter, spreche aber sein eigenes Ich immer nur indirekt aus.

Die Novelle entwickelt, streng profilierend und hoch artistisch, eine besondere Kunst des Weglassens, sie gruppiert den Stoff um ein »Gipfelereignis«, schafft Distanz durch Ironie. Sie verwendet Leit- und Nebenmotive, setzt, den Bericht, die Atmosphäre verdichtend, Zeichen aller Art ein, nutzt Metapher und Symbol, darunter »Ding-Symbole«, wie die Judenbuche in der Droste unheilvollem Kriminalbericht oder das Kätzchen in Musils *Portugiesin* oder die schwarze Spinne in Jeremias Gotthelfs gleichnamiger Erzählung. Sie pointiert, schätzt aber oft auch eine die Pointe verhüllende Erzählweise. Sie liebt den Zufall, die Launen des Schicksals, das Paradoxe vieler Erfahrungen. August Wilhelm Schlegel spricht vom »Wendepunkt« als einem Charakteristikum der Novelle, ebenso Ludwig Tieck, der hinzufügt, die Novelle berichte meist von einem isolierten Vorfall, der keine Folgen habe. Auch Friedrich Theodor Vischer geht davon aus, daß die Novelle stets um *eine* »Situation« kreise; für Karl Immermann ist die Fabel das tragende Element, Theodor Mundt nennt die Novelle eine »Cirkellinie«, die in sich selbst zusammengehe und die bestimmteste Beziehung auf ein gewisses Centrum habe, um dessentwillen sie da sei und ihren Lauf vollführe«, und auch Theodor Storm verlangt einen »im Mittelpunkt stehenden Konflikt, von welchem aus das Ganze sich organisiert«. Paul Heyse wiederum war überzeugt, mit Hilfe seiner »Falkentheorie« (abgeleitet von dem Falken, den in Boccaccios Erzählung Federigo degli Alberighi der Geliebten opfert) Struktur und Stil der Novelle endgültig bestimmt zu haben, jedoch selbst Theodor Strom, der Freund, erklärte spöttisch »Heyses Vogel« könne er getrost davonfliegen lassen...

Angesichts dieser überbordenden Fülle theoretischer Untersuchungen ist man geneigt, Walter Pabst zuzustimmen, der auf der Suche nach der *Urform* der romanischen Novelle resigniert feststellte, daß es weder diese romanische Urform, ja daß es nicht einmal *die* Novelle, sondern daß es nur *Novellen* gäbe. Benno von Wiese aber weist darauf hin, daß dennoch diese Gattung mit ihrem objektiv-subjektiven Doppel-Aspekt wie kaum eine andere Erzählform geeignet ist, Wandel und Wechsel von Epoche zu Epoche – von der Romantik zum Realismus und weiter zur Moderne – nachzuvollziehen, das heißt fähig, in Fabel, Figur und Konflikt die jeweilige Zeitstimmung, die veränderte Weltsicht aufzunehmen und darzustellen.

Die Produktion – das Dilemma

Obwohl Goethe mit den »Unterhaltungen deutscher Ausgewanderten« den Anstoß zu dieser neuen Art, das Lesepublikum zu unterhalten, gegeben hatte, schrieb er seine großen Novellen, wie die »Wunderlichen Nachbarskinder«, »Die pilgernde Törin« oder den »Mann von fünfzig Jahren« bis hin zu den »Wahlverwandtschaften« erst Jahre später. Aber die Geschichte von Honorios verschwiegener Liebe und vom Sieg der Musik über alle Widrigkeiten, dieses Stück tief beruhigter Altersprosa, das selbst Eckermann, dem stets aus innerster Überzeugung Zustimmenden, »zu einsam, zu ideal, zu lyrisch« dünkte, Goethe aber dennoch lapidar *»Novelle«* nannte, war weit von dem entfernt, was er einst in den »Unterhaltungen« zur Aufmunterung empfohlen hatte.

Immer wieder absorbiert von unterschiedlichsten »Hauptgeschäften«, zuletzt absorbiert von den »sehr ernsten Scherzen«, der Arbeit an Faust II, hatte er seit langem das »Unterhaltliche« willig den sich energisch zu Wort meldenden jungen ehrgeizigen Talenten überlassen, die (noch ermutigt von der Auffrischung des literarischen Markts durch die dicht an dicht erscheinenden Zeitschriften, Almanache, Journale und Taschenbücher) in, wie Storm sagte, wahrer »Novellenwut« geradezu eine »Novellen-Sintflut« auslösten.

Obwohl sie – wie einst Boccaccio – überzeugt waren, daß die Novelle zu nichts anderem tauge, als ein unterhaltungssüchtiges Publikum gefällig zu unterhalten, reizte es selbst die Hochbegabten unter den zeitgenössischen Schriftstellern, das neue Modell zu erproben. Ein Modell, das Ludwig Tieck allerdings »anstößig, obszön, lüstern« nannte, Geschichten von »Unzucht, Ehebruch, Verführung« und diese Geschichten auch noch »mit lustigem Geist und sehr oft ohne alles moralische Gefühl vorgetragen« – Geschichten also, die in ihrer saftigen Direktheit um 1800 und auch späterhin (fast bis zur Gegenwart) dem lesenden Publikum nicht mehr zuzumuten waren.

Die Autoren jedoch, die erkannt hatten, welche Möglichkeiten das Genre in sich barg, »entwickelten«, wie Hannelore Schlaffer zeigt, »Taktiken, die die

Obszönität der Kernszene verschleierten, ohne daß ihr Reiz verloren gegangen wäre«. Sie ließen das »Laster«, das sexuelle Ereignis hinter immer wechselnden Stellwänden nahezu verschwinden, umhüllten das Factum brutum mit breit ausgesponnenen Erzählungen, verbargen es unter vielerlei Beschreibungen, hinter Berichten, die ihren Stoff aus unterschiedlichsten Quellen bezogen, und erlaubten ihren Lesern, die zwar immer spannende, doch eigentlich simple Liebesgeschichte, nach außen erweitert und nach innen beträchtlich vertieft, zu lesen.

Dem Märchen, der Sage ist, wie die scheinbar urtümliche, in Wahrheit jedoch mit hoher künstlerischer Einsicht geschriebene *Geschichte vom braven Kasperl und dem schönen Annerl* zeigt, Clemens Brentano ebenso verpflichtet wie Adelbert von Chamisso, der in *Peter Schlehmils* wundersamer Geschichte das alte Märchenmotiv von des Teufels Seelenhandel nutzt, um in Peter Schlehmils Schattenlosigkeit die hoffnungslose Vereinsamung des Menschen darzustellen. Sage und Märchen liefern auch – einmal lieblich mit dem träumerischen Schweifen durch dunkelnde, duftende Gärten, durch hell aufstrahlende Paläste mit Balkonen und weiten Terrassen in Joseph von Eichendorffs *Marmorbild* – den Hintergrund für das Auftauchen zauberischer Figurationen der himmlischen, doch auch der irdischen Liebe, und sie liefern, nun grausig und Schrekken verbreitend, den Hintergrund in Jeremias Gotthelfs *Schwarzer Spinne.* Die Reise-, die Abenteuergeschichte versorgt wiederum Gottfried Keller mit Material zur Illustration der langwierigen »Umerziehung« von *Pankraz dem Schmoller,* und »Räuberpistolen«, Zigeuner-Romantik, Spitzbuben- und Schelmenstücke (meist dem schier unerschöpflichen Bilderschatz des Cervantes entnommen) beleben, ergänzen, steigern die zentrale Liebesgeschichte; sie inspirierten auch einen so glänzenden Novellisten wie E.T.A. Hoffmann in dem *Fräulein von Scuderi* zu dem Porträt des schaurig begabten Goldschmieds Cardillac. Zuweilen schlägt aber die Mär von Liebe und Liebesleid auch ins Heiter-Burleske um, wie in Achim von Arnims *Tollem Invaliden auf dem Fort Ratonneau.* Ein Musterbeispiel des »isolierten Falls«, ein Exempel der wahrhaft unerhörten Begebenheit: diese groteske Herausforderung einer Stadt, einer Armee durch einen Mann allein. Eine Geschichte mit Blitz und Donnerschlag, mit glosendem Holzbein und lichterloh aufbrennender Frauenschürze. Prall, gradlinig, straff erzählt, einsetzend mit Mutterfluch und Satansbeschwörung – endend mit zum Himmel aufzischenden Raketen und blumig niederfallenden Sternen und der Liebe allüberall!

Diesem bunt gescheckten Material aus literarischer Tradition gesellen sich, stets sorgfältig auf ihren Unterhaltungswert hin abgeklopft, Erfahrungen, Resultate, Gewinne aus dem vielschichtigen Bereich zeitgenössischer Wissenschaft. Der historischen Forschung, dem historischen Interesse ist Wilhelm Raabes *Schwarze Galeere,* diese furios beschriebene Episode aus dem Freiheitskampf der Niederländer, ebenso verpflichtet wie die schwüle, mit böser Verderbnis durchsetzte *Reitergeschichte* von Hugo von Hofmannsthal, oder mit einer Wendung zur Zeitgeschichte, zur Zeitkritik: *Wir sind Utopia,* Stefan Andres' düster-beklemmende Erinnerung an die Schrecken des Spanischen Bürgerkriegs oder Stefan Zweigs *Schachnovelle,* die den kalt würgenden Zugriff totaler Machtentfaltung beschwört. Für den Novellisten aber sind fast noch faszinierender die Aufhellungen, die Erkenntnisse, die ihm aus dem weiten Gebiet seelenkundlicher Bemühungen zuströmen. Um Freudsche Deutungen erotischer Krisen kreist Arthur Schnitzlers *Traumnovelle*; Einsichten, die Psychopathie und Psychotherapie vermitteln, waren, wie *Bahnwärter Thiel* zeigt, für Gerhart Hauptmann das Instrumentarium, um Thiels trostloses Schicksal mitfühlend, Verständnis weckend und fordernd, dem Leser nahe zu bringen. Ebenso die Manien und Depressionen des hochbegabten, unglückseligen jungen Lenz, von Georg Büchner klug-eindringend in der gleichnamigen Studie beschrieben... verwandt den Nöten, Zwängen, Verdüsterungen und Erhellungen aller künstlerischen Existenz, beschrieben in *Tonio Kröger* von Thomas Mann und intensiv gegenwärtig in Franz Kafkas genialem Bild vom *Hungerkünstler.*

Verdrängungen

Doch trotz dieser Verschleierung, trotz der »Aufschwemmung« der Novelle mit ihr fremden Zutaten, die das Zentrum, das Factum brutum, schon fast verdeckten, mühten sich die Autoren in oft schwierigsten Manipulationen, das Zartgefühl, die Prüderie ihrer Leser, ihrer Leserinnen bedenkend, dieses Zentrum selbst noch weiter ins Dunkle zu verschieben, den sexuellen Charakter der Liebe zu verdrängen, dennoch aber in vielerlei Verfremdungen unablässig von dieser Liebe zu sprechen und sie der Phantasie des Lesers stets gegenwärtig zu halten.

So reduziert sich in Heinrich von Kleists Novelle *Die Marquise von O...* die Vergewaltigung der Gräfin, während sie ohnmächtig zu Boden sinkt, zu einem Gedankenstrich; weder die Marquise noch der Leser ahnen die Tat. Doch das Nichtwissen erzwingt, als die Folgen sichtbar werden, Aufklärung und Deutung des Unerklärlichen. Ein Prozeß setzt ein, vom Leser begleitet, der durch tiefste Schmach, über die fast religiöses Ergebung in ihr Elend, zur glanzvollen Rehabilitierung der Marquise führt. Ein Prozeß, der in Sätzen, vibrierend von geistiger Energie, die Zone des Schweigens umschreibt, den ominösen Gedankenstrich deutet und aufhebt.

Anders, nicht so dramatisch, Adalbert Stifter in *Brigitta.* Auch hier die Leidenschaft diskret verborgen, dennoch allgegenwärtig: in dem Blick auf die weithin sich breitende Steppe, im Blick auf die Etappen der großen Lebensarbeit, die die Liebenden auf sich nahmen, als sie ihre Liebe fast verloren hatten. Hell, wie ein Volkslied, setzt in Theodor Storms *Aquis submersus* die Liebe zwischen Johann, dem jungen Maler, und der lieblichen Katharina ein, aber finster, ohne Gnade ist das Ende – ein Weg bitterer Buße, ihr von der Härte ihrer Umgebung aufgezwungen, Buße für eine Sünde, die nichts als »verbotene Liebe« war.

Noch versteckter, noch indirekter vermag Franz Grillparzer im *Armen Spielmann*, während er von der Geige, dem zärtlich geliebten Ersatz spricht, die hoffnungslose, kümmerliche Liebe des armen Alten zu des Grieslers Tochter nachzuzeichnen, deren kleines Lied, das sie unter seinem Fenster sang, den Spielmann fürs Leben verzauberte.

Die tiefsten Probleme des Menschenlebens könne nunmehr die Novelle, meint Storm, beschreiben, nachdem sie nach allen Seiten weit ausgreifend, Weltstoff in Fülle an sich gezogen habe. Sie sei nunmehr wie das Drama eine Form, in die, geheim oder auch offen, direkt oder transponiert in Bilder, Zeichen, Symbole, jede Lebenssituation, einfach oder schwierig, zart oder deftig, schmeichelnd oder streng, eingehen könne. Es bedürfe nur des ausgebildeten Kunstverstands, der Feinnervigkeit und des erzählerischen Takts mit dieser alten, sich immer wieder verjüngenden Form umzugehen.

Heiter und leicht beginnt das Intermezzo auf *Mozarts Reise nach Prag*, wie es sich Eduard Mörike ausgedacht hat und erzählt. Es setzt mit der lustig-frohen Fahrt durch den ganz »ordinären böhmischen Tannenwald« ein, dann folgt das Schlendern im fremden Park, das zerstreut-sündhafte Pflücken der kostbaren Pomeranze, deren Frische, deren Duft halb vergessene Melodien weckt, die sich, während der Musiker die Frucht spielerisch in der Hand dreht, zum Tanzlied formen. Ein Diebstahl, läßlich, doch strafwürdig, aber in dieser glücklichen Stunde Einlaßkarte zum schönsten Fest, das immer strahlender sich zu seinem Höhepunkt hin entfaltet: Mozart am Klavier, seinen Gastgebern als Gastgeschenk Passagen aus dem Don Giovanni spielend, alle Herrlichkeiten, alle Dunkelheiten, alle Todesschauer dieser Erde beschwörend. »Wie von entlegenen Sternenkreisen fallen die Töne aus silbernen Posaunen, eiskalt, Mark und Seele durchschneidend, herunter durch die blaue Nacht...« Dann wieder am nächsten Morgen fröhlicher, von aller Größe unbeschwerter Aufbruch zur Weiterfahrt nach Prag. – Ein »Mozart-Tag«, in allen Farben aufbrechend, reich instrumentiert, doch ohne Pathos und Pomp, aufgefangen, gespiegelt, verstanden vom Dichter, der, während er von dem Musiker spricht, auch sich selbst meint.

Die Begegnung zweier Kongenialer – mit allem Nachdruck: »eine unerhörte Begebenheit!«

Eine unerhörte, eine winzige Begebenheit – dieses Pflücken einer Frucht, fast ein Nichts! Ein Nichts aber, das im Erzählen wächst, das sich weitet und dehnt, im Erzählen eine Welt – Großes und Kleines, Glück und Elend – auffängt, in immer wechselnden Figurationen spiegelt und nach novellistischem Gesetz deutet. Dieser Lust an Farbe und Prägnanz entspringen Novellen wie sie Schiller, Büchner, Kleist, wie sie aber auch Thomas Mann oder die Droste schrieben, wie sie, härter im Ton, Günter Grass oder Martin Walser schreiben. Gerade die Grenzsituationen, die Zerrissenheit, die Spaltung modernen Bewußtseins kann die Novelle mit ihrer Neigung zur scharfen Wendung, zu Widerspruch und Kritik, in sich aufnehmen. Selbst das Abstruse, wie die Geschichte vom Armen Spielmann oder die Groteske vom Tollen Invaliden, aber auch die Erörterung der Fragwürdigkeit und Bedrohung künstlerischer Existenz gewinnt Form, wird Gestalt etwa in Thomas Manns *Tonio Kröger* oder in der Parabel von Kafkas *Hungerkünstler*. Ein Kaleidoskop menschlicher Schicksale ist die Novelle, sind die Novellen. Eine um die andere, *eine* Begebenheit, *ein* Fall, isoliert, zugleich komplex und mit genauer Kontur geformt.

Stuttgart, im Januar 1995 *Effi Biedrzynski*

DIE NOVELLEN

JOHANN WOLFGANG VON GOETHE

Novelle

Ein dichter Herbstnebel verhüllte noch in der Frühe die weiten Räume des fürstlichen Schloßhofes, als man schon mehr oder weniger durch den sich lichtenden Schleier die ganze Jägerei zu Pferde und zu Fuß durcheinander bewegt sah. Die eiligen Beschäftigungen der Nächsten ließen sich erkennen: man verlängerte, man verkürzte die Steigbügel, man reichte sich Büchse und Patrontäschchen, man schob die Dachsranzen zurecht, indes die Hunde ungeduldig am Riemen den Zurückhaltenden mit fortzuschleppen drohten. Auch hie und da gebärdete ein Pferd sich mutiger, von feuriger Natur getrieben oder von dem Sporn des Reiters angeregt, der selbst hier in der Halbhelle eine gewisse Eitelkeit, sich zu zeigen, nicht verleugnen konnte. Alle jedoch warteten auf den Fürsten, der, von seiner jungen Gemahlin Abschied nehmend, allzu lange zauderte.

Erst vor kurzer Zeit zusammen getraut, empfanden sie schon das Glück übereinstimmender Gemüter; beide waren von tätig-lebhaftem Charakter, eines nahm gern an des andern Neigungen und Bestrebungen Anteil. Des Fürsten Vater hatte noch den Zeitpunkt erlebt und genutzt, wo es deutlich wurde, daß alle Staatsglieder in gleicher Betriebsamkeit ihre Tage zubringen, in gleichem Wirken und Schaffen, jeder nach seiner Art, erst gewinnen und dann genießen sollten.

Wie sehr dieses gelungen war, ließ sich in diesen Tagen gewahr werden, als eben der Hauptmarkt sich versammelte, den man gar wohl eine Messe nennen konnte. Der Fürst hatte seine Gemahlin gestern durch das Gewimmel der aufgehäuften Waren zu Pferde geführt und sie bemerken lassen, wie gerade hier das Gebirgsland mit dem flachen Lande einen glücklichen Umtausch treffe; er wußte sie an Ort und Stelle auf die Betriebsamkeit seines Länderkreises aufmerksam zu machen.

Wenn sich nun der Fürst fast ausschließlich in diesen Tagen mit den Seinigen über diese zudringenden Gegenstände unterhielt, auch besonders mit dem Finanzminister anhaltend arbeitete, so behielt doch auch der Landjägermeister sein Recht, auf dessen Vorstellung es unmöglich war, der Versuchung zu widerstehen, an diesen günstigen Herbsttagen eine schon verschobene Jagd zu unternehmen, sich selbst und den vielen angekommenen Fremden ein eignes und seltnes Fest zu eröffnen.

Die Fürstin blieb ungern zurück; man hatte sich vorgenommen, weit in das Gebirg hineinzudringen, um die friedlichen Bewohner der dortigen Wälder durch einen unerwarteten Kriegszug zu beunruhigen.

Scheidend versäumte der Gemahl nicht, einen Spazierritt vorzuschlagen, den sie im Geleit Friedrichs, des fürstlichen Oheims, unternehmen sollte: »auch lasse ich«, sagte er, »dir unsern Honorio, als Stall- und Hofjunker, der für alles sorgen wird«: und im Gefolg dieser Worte gab er im Hinabsteigen einem wohlgebildeten jungen Mann die nötigen Aufträge, verschwand sodann bald mit Gästen und Gefolge.

Die Fürstin, die ihrem Gemahl noch in den Schloßhof hinab mit dem Schnupftuch nachgewinkt hatte, begab sich in die hintern Zimmer, welche nach dem Gebirg eine freie Aussicht ließen, die um desto schöner war, als das Schloß selbst von dem Flusse herauf in einiger Höhe stand und so vor- als hinterwärts mannigfaltige bedeutende Ansichten gewährte. Sie fand das treffliche Teleskop noch in der Stellung, wo man es gestern abend gelassen hatte, als man, über Busch, Berg und Waldgipfel die hohen Ruinen der uralten Stammburg betrachtend, sich unterhielt, die in der Abendbeleuchtung merkwürdig hervortraten, indem alsdann die größten Licht- und Schattenmassen den deutlichsten Begriff von einem so ansehnlichen Denkmal alter Zeit verleihen konnten. Auch zeigte sich heute früh durch die annähernden Gläser recht auffallend die herbstliche Färbung jener mannigfaltigen Baumarten, die zwischen dem Gemäuer ungehindert und ungestört durch lange Jahre emporstrebten. Die schöne Dame richtete jedoch das Fernrohr etwas tiefer nach einer öden steinigen Fläche, über welche der Jagdzug weggehen mußte; sie erharrte den Augenblick mit Geduld und betrog sich nicht: denn bei der Klarheit und Vergrößerungsfähigkeit des Instrumentes erkannten ihre glänzenden Augen deutlich den Fürsten und den Oberstallmeister; ja sie enthielt sich nicht abermals mit dem Schnupftuche zu winken, als sie ein augenblickliches Stillhalten und Rückblicken mehr vermutete als gewahr ward.

Fürst-Oheim, Friedrich mit Namen, trat sodann, angemeldet, mit seinem Zeichner herein, der ein großes Portefeuille unter dem Arm trug. »Liebe Cousine«, sagte der alte rüstige Herr, »hier legen wir die Ansichten der Stammburg vor, gezeichnet, um von verschiedenen Seiten anschaulich zu machen, wie der mächtige Trutz- und Schutzbau von alten Zeiten her dem Jahr und seiner Witterung sich entgegenstemmte, und wie doch hie und da sein Gemäuer weichen, da und dort in wüste Ruinen zusammenstürzen mußte. Nun haben wir manches getan, um diese Wildnis zugänglicher zu machen, denn mehr bedarf es nicht, um jeden Wanderer, jeden Besuchenden in Erstaunen zu setzen, zu entzücken.«

Indem nun der Fürst die einzelnen Blätter deutete, sprach er weiter: »Hier, wo man, den Hohlweg durch die äußern Ringmauern heraufkommend, vor die eigentliche Burg gelangt, steigt uns ein Felsen entgegen von den festesten des ganzen Gebirgs; hierauf nun steht gemauert ein Turm, doch niemand wüßte zu sagen, wo die Natur aufhört, Kunst und Handwerk aber anfangen. Ferner sieht man seitwärts Mauern angeschlossen und Zwinger terrassenmäßig herab sich erstreckend. Doch ich sage nicht recht, denn es ist eigentlich ein Wald, der diesen uralten Gipfel umgibt; seit hundertundfünfzig Jahren hat keine Axt hier geklungen, und überall sind die mächtigsten Stämme emporgewachsen; wo Ihr Euch an den Mauern andrängt, stellt sich der glatte Ahorn, die rauhe Eiche, die schlanke Fichte mit Schaft und Wurzeln entgegen; um diese müssen wir uns herumschlängeln und unsere Fußpfade verständig führen. Seht nur, wie trefflich unser Meister dies Charakteristische auf dem Papier ausgedrückt hat, wie kenntlich die verschiedenen Stamm- und Wurzelarten zwischen das Mauerwerk verflochten und die mächtigen Äste durch die Lücken durchgeschlungen sind! Es ist eine Wildnis wie keine, ein zufällig-einziges Lokal, wo die alten Spuren längst verschwundener Menschenkraft mit der ewig lebenden und fortwirkenden Natur sich in dem ernstesten Streit erblicken lassen.«

Ein anderes Blatt aber vorlegend, fuhr er fort: »Was sagt Ihr nun zum Schloßhofe, der, durch das Zusammenstürzen des alten Torturmes unzugänglich, seit undenklichen Jahren von niemand betreten ward? Wir suchten ihm von der Seite beizukommen, haben Mauern durchbrochen, Gewölbe gesprengt und so einen bequemen, aber geheimen Weg bereitet. Inwendig bedurft es keines Aufräumens, hier findet sich ein flacher Felsgipfel, von der Natur geplättet, aber doch haben mächtige Bäume hie und da zu wurzeln Glück und Gelegenheit gefunden; sie sind sachte aber entschieden aufgewachsen, nun erstrecken sie ihre Äste bis in die Galerien hinein, auf denen der Ritter sonst auf und ab schritt; ja durch Türen durch und Fenster in die gewölbten Säle, aus denen wir sie nicht vertreiben wollen; sie sind eben Herr geworden und mögen's bleiben. Tiefe Blätterschichten wegräumend, haben wir den merkwürdigsten Platz geebnet gefunden, dessengleichen in der Welt vielleicht nicht wieder zu sehen ist.

Nach allem diesem aber ist es immer noch bemerkenswert und an Ort und Stelle zu beschauen, daß auf den Stufen, die in den Hauptturm hinaufführen, ein Ahorn Wurzel geschlagen und sich zu einem so tüchtigen Baume gebildet hat, daß man nur mit Not daran vorbeidringen kann, um die Zinne, der unbegrenzten Aussicht wegen, zu besteigen. Aber auch hier verweilt man bequem im Schatten, denn dieser Baum ist es, der sich über das Ganze wunderbar hoch in die Luft hebt.

Danken wir also dem wackern Künstler, der uns so löblich in verschiedenen Bildern von allem überzeugt, als wenn wir gegenwärtig wären; er hat die schönsten Stunden des Tages und der Jahreszeit dazu angewendet und sich wochenlang um diese Gegenstände herumbewegt. In dieser Ecke ist für ihn und den Wächter, den wir ihm zugegeben, eine kleine angenehme Wohnung eingerichtet. Sie sollten nicht glauben, meine Beste, welch eine schöne Aus- und Ansicht er ins Land, in Hof und Gemäuer sich dort bereitet hat. Nun aber, da alles so rein und charakteristisch umrissen ist, wird er es hier unten mit Bequemlichkeit ausführen. Wir wollen mit diesen Bildern unsern Gartensaal zieren, und niemand soll über unsere regelmäßigen Parterre, Lauben und schattigen Gänge seine Augen spielen lassen, der nicht wünschte dort oben in dem wirklichen Anschauen des Alten und Neuen, des Starren, Unnachgiebigen, Unzerstörlichen und des Frischen, Schmiegsamen, Unwiderstehlichen seine Betrachtungen anzustellen.«

Honorio trat ein und meldete, die Pferde seien vorgeführt; da sagte die Fürstin, zum Oheim gewendet: »Reiten wir hinauf und lassen Sie mich in der Wirklichkeit sehen, was Sie mir hier im Bilde zeigten. Seit ich hier bin, hör ich von diesem Unternehmen und werde jetzt erst recht verlangend, mit Augen zu sehen, was mir in der Erzählung unmöglich schien und in der Nachbildung unwahrscheinlich bleibt.« – »Noch nicht, meine Liebe«, versetzte der Fürst; »was Sie hier sahen, ist, was es werden kann und wird; jetzt stockt noch manches; die Kunst muß erst vollenden, wenn sie sich vor der Natur nicht schämen soll.« – »Und so reiten wir wenigstens hinaufwärts, und wäre es nur bis an den Fuß; ich habe große Lust, mich heute weit in der Welt umzusehen.« – Ganz nach Ihrem Willen«, versetzte der Fürst. – »Lassen Sie uns aber durch die Stadt reiten«, fuhr die Dame fort, »über den großen Marktplatz, wo eine zahllose Menge von Buden die Gestalt einer kleinen Stadt, eines Feldlagers angenommen hat. Es ist, als wären die Bedürfnisse und Beschäftigungen sämtlicher Familien des Landes umher, nach außen gekehrt, in diesem Mittelpunkt versammelt, an das Tageslicht gebracht worden; denn hier sieht der aufmerksame Beobachter alles, was der Mensch leistet und bedarf; man bildet sich einen Augenblick ein, es sei kein Geld nötig, jedes Geschäft könne hier durch Tausch abgetan werden; und so ist es auch im Grunde. Seitdem der Fürst gestern mir Anlaß zu diesen Übersichten gegeben, ist es mir gar angenehm zu denken, wie hier, wo Gebirg und flaches Land aneinander grenzen, beide so deutlich aussprechen, was sie brauchen und was sie wünschen. Wie nun der Hochländer das Holz seiner Wälder in hundert Formen umzubilden weiß, das Eisen zu einem jeden Gebrauch zu vermannigfaltigen, so kommen jene drüben mit den vielfältigsten Waren ihm entgegen, an denen man den Stoff kaum unterscheiden und den Zweck oft nicht erkennen mag.«

»Ich weiß«, versetzte der Fürst, »daß mein Neffe hierauf die größte Aufmerksamkeit wendet; denn gerade zu dieser Jahrszeit kommt es hauptsächlich darauf an, daß man mehr empfange als gebe; dies zu bewirken ist am Ende die Summe des ganzen Staatshaushaltes, so wie der kleinsten häuslichen Wirtschaft. Verzeihen Sie aber, meine Beste, ich reite niemals gern durch Markt und Messe: bei jedem Schritt ist man gehindert und aufgehalten, und dann flammt mir das ungeheure Unglück wieder in die Einbildungskraft, das sich mir gleichsam in die Augen eingebrannt, als ich eine solche Güter- und Warenbreite in Feuer aufgehen sah. Ich hatte mich kaum –«

»Lassen Sie uns die schönen Stunden nicht versäumen«, fiel ihm die Fürstin ein, da der würdige Mann sie schon einigemal mit ausführlicher Beschreibung jenes Unheils geängstigt hatte, wie er sich nämlich, auf einer großen Reise begriffen, abends im besten Wirtshause auf dem Markte, der eben von einer Hauptmesse wimmelte, höchst ermüdet zu Bette gelegt und nachts durch Geschrei und Flammen, die sich gegen seine Wohnung wälzten, gräßlich aufgeweckt worden.

Die Fürstin eilte, das Lieblingspferd zu besteigen, und führte, statt zum Hintertore bergauf, zum Vordertore bergunter ihren widerwillig bereiten Begleiter; denn wer wäre nicht gern an ihrer Seite geritten, wer wäre ihr nicht gern gefolgt. Und so war auch Honorio von der sonst so ersehnten Jagd willig zurückgeblieben, um ihr ausschließlich dienstbar zu sein.

Wie voraus zu sehen, durften sie auf dem Markte nur Schritt vor Schritt reiten; aber die schöne Liebenswürdige erheiterte jeden Aufenthalt durch eine geistreiche Bemerkung. »Ich wiederhole«, sagte sie, »meine gestrige Lektion, da denn doch die Notwendigkeit unsere Geduld prüfen will.« Und wirklich drängte sich die ganze Menschenmasse dergestalt an die Reitenden heran, daß sie ihren Weg nur langsam fortsetzen konnten. Das Volk schaute mit Freuden die junge Dame, und auf so viel lächelnden Gesichtern zeigte sich das entschiedene Behagen, zu sehen, daß die erste Frau im Lande auch die schönste und anmutigste sei.

Untereinander gemischt standen Bergbewohner, die zwischen Felsen, Fichten und Föhren ihre stillen Wohnsitze hegten, Flachländer von Hügeln, Auen und Wiesen her, Gewerbsleute der kleinen Städte und was sich alles versammelt hatte. Nach einem ruhigen Überblick bemerkte die Fürstin ihrem Begleiter, wie alle diese, woher sie auch seien, mehr Stoff als nötig zu ihren Kleidern genommen, mehr Tuch und Leinwand, mehr Band zum Besatz. »Ist es doch, als ob die Weiber nicht brauschig und die Männer nicht pausig genug sich gefallen könnten.«

»Wir wollen ihnen das ja lassen«, versetzte der Oheim; »wo auch der Mensch seinen Überfluß hinwendet, ihm ist wohl dabei, am wohlsten, wenn er sich damit schmückt und aufputzt.« Die schöne Dame winkte Beifall.

So waren sie nach und nach auf einen freien Platz gelangt, der zur Vorstadt hinführte, wo am Ende vieler kleiner Buden und Kramstände ein größeres Brettergebäude in die Augen fiel, das sie kaum erblickten, als ein ohrzerreißendes Gebrülle ihnen entgegentönte. Die Fütterungsstunde der dort zur Schau stehenden wilden Tiere schien herangekommen: der Löwe ließ seine Wald- und Wüstenstimme aufs kräftigste hören, die Pferde schauderten, und man konnte der Bemerkung nicht entgehen, wie in dem friedlichen Wesen und Wirken der gebildeten Welt der König der Einöde sich so furchtbar verkündige. Zur Bude näher gelangt, durften sie die bunten kolossalen Gemälde nicht übersehen, die mit heftigen Farben und kräftigen Bildern jene fremden Tiere darstellten, welche der friedliche Staatsbürger zu schauen unüberwindliche Lust empfinden sollte. Der grimmig ungeheure Tiger sprang auf einen Mohren los, im Begriff ihn zu zerreißen: ein Löwe stand ernsthaft majestätisch, als wenn er keine Beute seiner würdig vor sich sähe; andere wunderliche bunte Geschöpfe verdienten neben diesen mächtigen weniger Aufmerksamkeit.

»Wir wollen«, sagte die Fürstin, »bei unserer Rückkehr doch absteigen und die seltenen Gäste näher betrachten.« – »Es ist wunderbar«, versetzte der Fürst, »daß der Mensch durch Schreckliches immer aufgeregt sein will. Drinnen liegt der Tiger ganz ruhig in seinem Kerker, und hier muß er grimmig auf einen Mohren losfahren, damit man glaube, dergleichen inwendig ebenfalls zu sehen; es ist an Mord und Totschlag noch nicht genug, an Brand und Untergang; die Bänkelsänger müssen es an jeder Ecke wiederholen. Die guten Menschen wollen eingeschüchtert sein, um hinterdrein erst recht zu fühlen, wie schön und löblich es sei, frei Atem zu holen.«

Was denn aber auch Bängliches von solchen Schreckensbildern mochte übrig geblieben sein, alles und jedes war sogleich ausgelöscht, als man, zum Tore hinausgelangt, in die heiterste Gegend eintrat. Der Weg führte zuerst am Flusse hinan, an einem zwar noch schmalen, nur leichte Kähne tragenden Wasser, das aber nach und nach als größter Strom seinen Namen behalten und ferne Länder beleben sollte. Dann ging es weiter durch wohlversorgte Frucht- und Lustgärten sachte hinaufwärts, und man sah sich nach und nach in der aufgetanen wohlbewohnten Gegend um, bis erst ein Busch, sodann ein Wäldchen die Gesellschaft aufnahm und die anmutigsten Örtlichkeiten ihren Blick begrenzten und erquickten. Ein aufwärts leitendes Wiesental, erst vor kurzem zum zweiten Male gemäht, sammetähnlich anzusehen, von einer oberwärts, lebhaft auf einmal reich entspringenden Quelle gewässert, empfing sie freundlich, und so zogen sie einem höheren freieren Standpunkt entgegen, den sie, aus dem Walde sich bewegend, nach einem lebhaften Stieg erreichten, alsdann aber vor sich noch in bedeutender Entfernung über neuen Baumgruppen das alte Schloß, den Zielpunkt ihrer Wallfahrt, als Fels- und Waldgipfel hervorragen sahen. Rückwärts aber – denn niemals gelangte man hierher, ohne sich umzukehren – erblickten sie durch zufällige Lücken der hohen Bäume das fürstliche Schloß links, von der Morgensonne beleuchtet; den wohlgebauten höhern Teil der Stadt von leichten Rauchwolken gedämpft, und so fort nach der Rechten zu die untere Stadt, den Fluß in einigen Krümmungen, mit seinen Wiesen und Mühlen; gegenüber eine weite nahrhafte Gegend.

Nachdem sie sich an dem Anblick ersättigt, oder vielmehr, wie es uns bei dem Umblick auf so hoher Stelle zu geschehen pflegt, erst recht verlangend geworden nach einer weitern, weniger begrenzten Aussicht, ritten sie eine steinige breite Fläche hinan, wo ihnen die mächtige Ruine als ein grüngekrönter Gipfel entgegenstand, wenig alte Bäume tief unten um seinen Fuß; sie ritten hindurch, und so fanden sie sich gerade vor der steilsten, unzugänglichsten Seite. Mächtige

Felsen standen von Urzeiten her, jedem Wechsel unangetastet, fest, wohlgegründet voran, und so türmte sich's aufwärts; das dazwischen Herabgestürzte lag in mächtigen Platten und Trümmern unregelmäßig übereinander und schien dem Kühnsten jeden Angriff zu verbieten. Aber das Steile, Jähe scheint der Jugend zuzusagen; dies zu unternehmen, zu erstürmen, zu erobern ist jungen Gliedern ein Genuß. Die Fürstin bezeigte Neigung zu einem Versuch, Honorio war bei der Hand, der fürstliche Oheim, wenn schon bequemer, ließ sich's gefallen und wollte sich doch auch nicht unkräftig zeigen; die Pferde sollten am Fuß unter den Bäumen halten, und man wollte bis zu einem gewissen Punkte gelangen, wo ein vorstehender mächtiger Fels einen Flächenraum darbot, von wo man eine Aussicht hatte, die zwar schon in den Blick des Vogels überging, aber sich doch noch malerisch genug hintereinander schob.

Die Sonne, beinahe auf ihrer höchsten Stelle, verlieh die klarste Beleuchtung; das fürstliche Schloß mit seinen Teilen, Hauptgebäuden, Flügeln, Kuppeln und Türmen erschien gar stattlich; die obere Stadt in ihrer völligen Ausdehnung; auch in die untere konnte man bequem hineinsehen, ja durch das Fernrohr auf dem Markte sogar die Buden unterscheiden. Honorio war immer gewohnt, ein so förderliches Werkzeug überzuschnallen; man schaute den Fluß hinauf und hinab, diesseits das bergartig terrassenweis unterbrochene, jenseits das aufgleitende flache und in mäßigen Hügeln abwechselnde fruchtbare Land; Ortschaften unzählige; denn es war längst herkömmlich, über die Zahl zu streiten, wie viel man deren von hier oben gewahr werde.

Über die große Weite lag eine heitere Stille, wie es am Mittag zu sein pflegt, wo die Alten sagten, Pan schlafe, und alle Natur halte den Atem an, um ihn nicht aufzuwecken.

»Es ist nicht das erstemal«, sagte die Fürstin, »daß ich auf so hoher, weitumschauender Stelle die Betrachtung mache, wie doch die klare Natur so reinlich und friedlich aussieht und den Eindruck verleiht, als wenn gar nichts Widerwärtiges in der Welt sein könne; und wenn man denn wieder in die Menschenwohnung zurückkehrt, sie sei hoch oder niedrig, weit oder eng, so gibt's immer etwas zu kämpfen, zu streiten, zu schlichten und zurechtzulegen.«

Honorio, der indessen durch das Sehrohr nach der Stadt geschaut hatte, rief: »Seht hin! seht hin! auf dem Markte fängt es an zu brennen.« Sie sahen hin und bemerkten wenigen Rauch, die Flamme dämpfte der Tag. »Das Feuer greift weiter um sich!« rief man, immer durch die Gläser schauend; auch wurde das Unheil den guten unbewaffneten Augen der Fürstin bemerklich; von Zeit zu Zeit erkannte man eine rote Flammenglut, der Dampf stieg empor, und Fürst-Oheim sprach: »Laßt uns zurückkehren, das ist nicht gut, ich fürchtete immer das Unglück zum zweiten Male zu erleben.« Als sie, herabgekommen, den Pferden wieder zugingen, sagte die Fürstin zu dem alten Herrn: »Reiten Sie hinein, eilig, aber nicht ohne den Reitknecht, lassen Sie mir Honorio, wir folgen sogleich.« Der Oheim fühlte das Vernünftige, ja das Notwendige dieser Worte und ritt, so eilig, als der Boden erlaubte, den wüsten steinigen Hang hinunter.

Als die Fürstin aufsaß, sagte Honorio: »Reiten Euer Durchlaucht, ich bitte, langsam! In der Stadt wie auf dem Schloß sind die Feueranstalten in bester Ordnung, man wird sich durch einen so unerwartet außerordentlichen Fall nicht irre machen lassen. Hier aber ist ein böser Boden, kleine Steine und kurzes Gras, schnelles Reiten ist unsicher, ohnehin, bis wir hineinkommen, wird das Feuer schon nieder sein.« Die Fürstin glaubte nicht daran, sie sah den Rauch sich verbreiten, sie glaubte, einen aufflammenden Blitz gesehen, einen Schlag gehört zu haben, und nun bewegten sich in ihrer Einbildungskraft alle die Schreckbilder, welche des trefflichen Oheims wiederholte Erzählung von dem erlebten Jahrmarktsbrande leider nur zu tief eingesenkt hatte.

Fürchterlich wohl war jener Fall, überraschend und eindringlich genug, um zeitlebens eine Ahnung und Vorstellung wiederkehrenden Unglücks ängstlich zurückzulassen, als zur Nachtzeit auf dem großen budenreichen Marktraum ein plötzlicher Brand Laden auf Laden ergriffen hatte, ehe noch die in und an diesen leichten Hütten Schlafenden aus tiefen Träumen geschüttelt wurden; der Fürst selbst als ein ermüdet angelangter, erst eingeschlafener Fremder ans Fenster sprang, alles fürchterlich erleuchtet sah, Flamme nach Flamme, rechts und links sich überspringend, ihm entgegen züngelte. Die Häuser des Marktes, vom Widerschein gerötet, schienen schon zu glühen, drohend sich jeden Augenblick zu entzünden und in Flammen aufzuschlagen; unten wütete das Element unaufhaltsam, die Bretter prasselten, die Latten knackten, Leinwand flog auf, und ihre düstern, an den Enden flammend ausgezackten Fetzen trieben in der Höhe sich umher, als wenn die bösen Geister in ihrem Elemente, um und um gestaltet, sich mutwillig tanzend verzehren und da und dort aus den Gluten wieder auftauchen wollten. Dann aber mit kreischendem Geheul rettete jeder, was zur Hand lag; Diener und Knechte mit den Herren bemühten sich von Flammen ergriffene Ballen fortzuschleppen, von dem brennenden Gestell noch einiges wegzureißen, um es in die Kiste zu packen, die sie denn doch zuletzt den eilenden Flammen zum Raube lassen mußten. Wie mancher wünschte nur einen Augenblick Stillstand dem heranprasselnden Feuer, nach der Möglichkeit einer Besinnung sich umsehend, und er war mit aller seiner Habe schon ergriffen; an der einen Seite brannte, glühte schon, was an der andern noch in finsterer Nacht stand. Hartnäckige Charaktere, willenstarke Menschen widersetzten sich grimmig dem grimmigen Feinde und retteten manches, mit Verlust ihrer Augenbrauen und Haare. Leider nun erneuerte sich vor dem schönen Geiste der Fürstin der wüste Wirrwarr, nun schien der heitere morgendliche Gesichtskreis umnebelt, ihre Augen verdüstert, Wald und Wiese hatten einen wunderbaren bänglichen Anschein.

In das friedliche Tal einreitend, seiner labenden Kühle nicht achtend, waren sie kaum einige Schritte von der lebhaften Quelle des nahen fließenden Baches herab, als die Fürstin ganz unten im Gebüsche des Wiesentals etwas Seltsames erblickte, das sie alsobald für den Tiger erkannte; heranspringend, wie sie ihn vor kurzem gemalt gesehen, kam er entgegen; und dieses Bild zu den furchtbaren Bildern, die sie soeben beschäftigten, machte den wundersamsten Eindruck. »Flieht! gnädige Frau«, rief Honorio, »flieht!« Sie wandte das Pferd um, dem steilen Berg zu, wo sie herabgekommen waren. Der Jüngling aber, dem Untier entgegen, zog die Pistole und schoß, als er sich nahe genug glaubte; leider jedoch war gefehlt, der Tiger sprang seitwärts, das Pferd stutzte, das ergrimmte Tier aber verfolgte seinen Weg, aufwärts unmittelbar der Fürstin nach. Sie sprengte, was das Pferd vermochte, die steile steinige Strecke hinan, kaum fürchtend, daß ein zartes Geschöpf, solcher Anstrengung ungewohnt, sie nicht aushalten werde. Es übernahm sich, von der bedrängten Reiterin angeregt, stieß am kleinen Gerölle des Hanges an und wieder an und stürzte zuletzt nach heftigem Bestreben kraftlos zu Boden. Die schöne Dame, entschlossen und gewandt, verfehlte nicht, sich strack auf ihre Füße zu stellen, auch das Pferd richtete sich auf; aber der Tiger nahte schon, obgleich nicht mit heftiger Schnelle; der ungleiche Boden, die scharfen Steine schienen seinen Antrieb zu hindern, und nur daß Honorio unmittelbar hinter ihm herflog, neben ihm gemäßigt heraufritt, schien seine Kraft aufs neue anzuspornen und zu reizen. Beide Renner erreichten zugleich den Ort, wo die Fürstin am Pferde stand; der Ritter beugte sich herab, schoß und traf mit der zweiten Pistole das Ungeheuer durch den Kopf, daß es sogleich niederstürzte und ausgestreckt in seiner Länge erst recht die Macht und Furchtbarkeit sehen ließ, von der nur noch das Körperliche übrig geblieben da lag. Honorio war vom Pferde gesprungen und kniete schon auf dem Tiere, dämpfte seine letzten Bewegungen und hielt den gezogenen Hirschfänger in der rechten Hand. Der Jüngling war schön, er war herangesprengt, wie ihn die Fürstin oft im Lanzen- und Ringelspiel gesehen hatte. Ebenso traf in der Reitbahn seine Kugel im Vorbeisprengen den Türkenkopf auf dem Pfahl, gerade unter dem Turban in die Stirne; ebenso spießte er, flüchtig heransprengend, mit dem blanken Säbel das Mohrenhaupt vom Boden auf. In allen solchen Künsten war er gewandt und glücklich, hier kam beides zustatten.

»Gebt ihm den Rest«, sagte die Fürstin, »ich fürchte, er beschädigt Euch noch mit den Krallen.« – »Verzeiht!« erwiderte der Jüngling, »er ist schon tot genug, und ich mag das Fell nicht verderben, das nächsten Winter auf Eurem Schlitten glänzen soll.« – »Frevelt nicht!« sagte die Fürstin; »alles, was von Frömmigkeit im tiefen Herzen wohnt, entfaltet sich in solchem Augenblick.« – »Auch ich«, rief Honorio, »war nie frömmer als jetzt eben, deshalb aber denk ich ans Freudigste, ich blicke dieses Fell nur an, wie es Euch zur Lust begleiten kann.« – »Es würde mich immer an diesen schrecklichen Augenblick erinnern«, versetzte sie. – »Ist es doch«, erwiderte der Jüngling mit glühender Wange, »ein unschuldigeres Triumphzeichen, als wenn die Waffen erschlagener Feinde vor dem

Sieger her zur Schau getragen wurden.« – »Ich werde mich an Eure Kühnheit und Gewandtheit dabei erinnern und darf nicht hinzusetzen, daß Ihr auf meinen Dank und auf die Gnade des Fürsten lebenslänglich rechnen könnt. Aber steht auf; schon ist kein Leben mehr im Tiere, bedenken wir das Weitere, vor allen Dingen steht auf!« – »Da ich nun einmal kniee«, versetzte der Jüngling, »da ich mich in einer Stellung befinde, die mir auf jede andere Weise untersagt wäre, so laßt mich bitten von der Gunst, von der Gnade die Ihr mir zuwendet, in diesem Augenblick versichert zu werden. Ich habe schon so oft Euren hohen Gemahl gebeten um Urlaub und Vergünstigung einer weitern Reise. Wer das Glück hat, an Eurer Tafel zu sitzen, wen Ihr beehrt, Eure Gesellschaft unterhalten zu dürfen, der muß die Welt gesehen haben. Reisende strömen von allen Orten her, und wenn von einer Stadt, von einem wichtigen Punkte irgendeines Weltteils gesprochen wird, ergeht an den Eurigen jedesmal die Frage, ob er daselbst gewesen sei? Niemanden traut man Verstand zu, als wer das alles gesehen hat; es ist, als wenn man sich nur für andere zu unterrichten hätte.«

»Steht auf!« wiederholte die Fürstin, »ich möchte nicht gern gegen die Überzeugung meines Gemahls irgend etwas wünschen und bitten; allein wenn ich nicht irre, so ist die Ursache, warum er Euch bisher zurückhielt, bald gehoben. Seine Absicht war, Euch zum selbständigen Edelmann herangereift zu sehen, der sich und ihm auch auswärts Ehre machte wie bisher am Hofe, und ich dächte, Eure Tat wäre ein so empfehlender Reisepaß, als ein junger Mann nur in die Welt mitnehmen kann.«

Daß anstatt einer jugendlichen Freude eine gewisse Trauer über sein Gesicht zog, hatte die Fürstin nicht Zeit zu bemerken noch er seiner Empfindung Raum zu geben, denn hastig den Berg herauf, einen Knaben an der Hand, kam eine Frau, geradezu auf die Gruppe los, die wir kennen; und kaum war Honorio sich besinnend aufgestanden, als sie sich heulend und schreiend über den Leichnam her warf und an dieser Handlung, so wie an einer, obgleich reinlich anständigen, doch bunten und seltsamen Kleidung sogleich erraten ließ, sie sei die Meisterin und Wärterin dieses dahin gestreckten Geschöpfes, wie denn der schwarzaugige, schwarzlockige Knabe, der eine Flöte in der Hand hielt, gleich der Mutter weinend, weniger heftig, aber tief gerührt, neben ihr kniete.

Den gewaltsamen Ausbrüchen der Leidenschaft dieses unglücklichen Weibes folgte, zwar unterbrochen stoßweise, ein Strom von Worten, wie ein Bach sich in Absätzen von Felsen zu Felsen stürzt. Eine natürliche Sprache, kurz und abgebrochen, machte sich eindringlich und rührend; vergebens würde man sie in unsern Mundarten übersetzen wollen, den ungefähren Inhalt dürfen wir nicht verhehlen. »Sie haben dich ermordet, armes Tier! Ermordet ohne Not! Du warst zahm und hättest dich gern ruhig niedergelassen und auf uns gewartet; denn deine Fußballen schmerzten dich, und deine Krallen hatten keine Kraft mehr! Die heiße Sonne fehlte dir, sie zu reifen. Du warst der Schönste deinesgleichen; wer hat je einen königlichen Tiger so herrlich ausgestreckt im

Schlafe gesehen, wie du nun hier liegst, tot, um nicht wieder aufzustehen. Wenn du des Morgens aufwachtest beim frühen Tagschein und den Rachen aufsperrtest, ausstreckend die rote Zunge, so schienst du uns zu lächeln, und, wenn schon brüllend, nahmst du doch spielend dein Futter aus den Händen einer Frau, von den Fingern eines Kindes! Wie lange begleiteten wir dich auf deinen Fahrten, wie lange war deine Gesellschaft uns wichtig und fruchtbar! Uns! uns ganz eigentlich kam die Speise von den Fressern, und süße Labung von den Starken. So wird es nicht mehr sein! Wehe, wehe!«

Sie hatte nicht ausgeklagt, als über die mittlere Höhe des Bergs am Schlosse herab Reiter heransprengten, die alsobald für das Jagdgefolge des Fürsten erkannt wurden, er selbst voran. Sie hatten, in den hintern Gebirgen jagend, die Brandwolken aufsteigen sehen und durch Täler und Schluchten, wie auf gewaltsam hetzender Jagd, den geraden Weg nach diesem traurigen Zeichen genommen. Über die steinige Blöße einhersprengend, stutzten und starrten sie, nun die unerwartete Gruppe gewahr werdend, die sich auf der leeren Fläche merkwürdig auszeichnete. Nach dem ersten Erkennen verstummte man, und nach einigem Erholen ward, was der Anblick nicht selbst ergab, mit wenigen Worten erläutert. So stand der Fürst vor dem seltsamen, unerhörten Ereignis, einen Kreis umher von Reitern und Nacheilenden zu Fuße. Unschlüssig war man nicht, was zu tun sei; anzuordnen, auszuführen war der Fürst beschäftigt, als ein Mann sich in den Kreis drängte, groß von Gestalt, bunt und wunderlich gekleidet wie Frau und Kind. Und nun gab die Familie zusammen Schmerz und Überraschung zu erkennen. Der Mann aber, gefaßt, stand in ehrfurchtsvoller Entfernung vor dem Fürsten und sagte: »Es ist nicht Klagenszeit; ach, mein Herr und mächtiger Jäger, auch der Löwe ist los, auch hier nach dem Gebirg ist er hin, aber schont ihn, habt Barmherzigkeit, daß er nicht umkomme wie dies gute Tier.«

»Der Löwe?« sagte der Fürst, »hast du seine Spur?« – »Ja Herr! Ein Bauer dort unten, der sich ohne Not auf einen Baum gerettet hatte, wies mich weiter hier links hinauf, aber ich sah den großen Trupp Menschen und Pferde vor mir, neugierig und hilfsbedürftig eilt ich hierher.« – »Also«, beorderte der Fürst, »muß die Jagd sich auf diese Seite ziehen; ihr ladet eure Gewehre, geht sachte zu Werk, es ist kein Unglück, wenn ihr ihn in die tiefen Wälder treibt; aber am Ende, guter Mann, werden wir euer Geschöpf nicht schonen können; warum wart ihr unvorsichtig genug, sie entkommen zu lassen?« – »Das Feuer brach aus«, versetzte jener, »wir hielten uns still und gespannt, es verbreitete sich schnell, aber fern von uns, wir hatten Wasser genug zu unserer Verteidigung, aber ein Pulverschlag flog auf und warf die Brände bis an uns heran, über uns weg; wir übereilten uns und sind nun unglückliche Leute.«

Noch war der Fürst mit Anordnungen beschäftigt, aber einen Augenblick schien alles zu stocken, als oben vom alten Schloß herab eilig ein Mann heranspringend gesehen ward, den man bald für den angestellten Wächter erkannte, der die Werkstätte des Malers bewachte, indem er darin seine Wohnung nahm und die Arbeiter beaufsichtigte. Er kam außer Atem springend, doch hatte er bald mit wenigen Worten angezeigt: oben hinter der höhern Ringmauer habe sich der Löwe im Sonnenschein gelagert, am Fuße einer hundertjährigen Buche, und verhalte sich ganz ruhig. Ärgerlich aber schloß der Mann: »Warum habe ich gestern meine Büchse in die Stadt getragen, um sie ausputzen zu lassen! Hätte ich sie bei der Hand gehabt, er wäre nicht wieder aufgestanden, das Fell wäre doch mein gewesen, und ich hätte mich dessen, wie billig, zeitlebens gebrüstet.«

Der Fürst, dem seine militärischen Erfahrungen auch hier zustatten kamen, da er sich wohl schon in Fällen gefunden hatte, wo von mehreren Seiten unvermeidliches Übel herandrohte, sagte hierauf: »Welche Bürgschaft gebt Ihr mir, daß wenn wir Eures Löwen schonen, er nicht im Lande unter den Meinigen Verderben anrichtet?«

»Hier diese Frau und dieses Kind«, erwiderte der Vater hastig, »erbieten sich, ihn zu zähmen, ihn ruhig zu erhalten, bis ich den beschlagenen Kasten heraufschaffe, da wir ihn denn unschädlich und unbeschädigt wieder zurückbringen werden.«

Der Knabe schien seine Flöte versuchen zu wollen, ein Instrument von der Art, das man sonst die sanfte, süße Flöte zu nennen pflegte; sie war kurz geschnäbelt wie die Pfeifen; wer es verstand, wußte die anmutigsten Töne daraus hervorzulocken. Indes hatte der Fürst den Wärtel gefragt, wie der Löwe hinaufgekommen. Dieser aber versetzte: »Durch den Hohlweg, der, auf beiden Seiten vermauert, von jeher der einzige Zugang war und der einzige bleiben soll; zwei Fußpfade, die noch hinaufführten, haben wir dergestalt entstellt, daß niemand als durch jenen ersten engen Anweg zu dem Zauberschlosse gelangen könne, wozu es Fürst Friedrichs Geist und Geschmack ausbilden will.«

Nach einigem Nachdenken, wobei sich der Fürst nach dem Kinde umsah, das immer sanft gleichsam zu präludieren fortgefahren hatte, wendete er sich zu Honorio und sagte: »Du hast heute viel geleistet, vollende das Tagwerk. Besetze den schmalen Weg, haltet eure Büchsen bereit, aber schießt nicht eher, als bis ihr das Geschöpf nicht sonst zurückscheuchen könnt; allenfalls macht ein Feuer an, vor dem er sich fürchtet, wenn er herunter will. Mann und Frau möge für das übrige stehen.« Eilig schickte Honorio sich an, die Befehle zu vollführen.

Das Kind verfolgte seine Melodie, die keine war, eine Tonfolge ohne Gesetz, und vielleicht eben deswegen so herzergreifend; die Umstehenden schienen wie bezaubert von der Bewegung einer liederartigen Weise, als der Vater mit anständigem Enthusiasmus zu reden anfing und fortfuhr:

»Gott hat dem Fürsten Weisheit gegeben und zugleich die Erkenntnis, daß alle Gotteswerke weise sind, jedes nach seiner Art. Seht den Felsen, wie er fest steht und sich nicht rührt, der Witterung trotzt und dem Sonnenschein; uralte Bäume zieren sein Haupt, und so gekrönt schaut er weit umher; stürzt aber ein

Teil herunter, so will es nicht bleiben, was es war, es fällt zertrümmert in viele Stücke und bedeckt die Seite des Hanges. Aber auch da wollen sie nicht verharren, mutwillig springen sie tief hinab, der Bach nimmt sie auf, zum Flusse trägt er sie. Nicht widerstehend, nicht widerspenstig, eckig, nein, glatt und abgerundet gewinnen sie schneller ihren Weg und gelangen von Fluß zu Fluß, endlich zum Ozean, wo die Riesen in Scharen daherziehen und in der Tiefe die Zwerge wimmeln.

Doch wer preist den Ruhm des Herrn, den die Sterne loben von Ewigkeit zu Ewigkeit! Warum seht ihr aber im Fernen umher? Betrachtet hier die Biene! Noch spät im Herbst sammelt sie emsig und baut sich ein Haus, winkel- und waagerecht, als Meister und Geselle; schaut die Ameise da! Sie kennt ihren Weg und verliert ihn nicht, sie baut sich eine Wohnung aus Grashalmen, Erdbröslein und Kiefernadeln, sie baut es in die Höhe und wölbet es zu; aber sie hat umsonst gearbeitet, denn das Pferd stampft und scharrt alles auseinander; seht hin! es zertritt ihre Balken und zerstreut ihre Planken, ungeduldig schnaubt es und kann nicht rasten; denn der Herr hat das Roß zum Gesellen des Windes gemacht und zum Gefährten des Sturms, daß es den Mann dahin trage, wohin er will, und die Frau, wohin sie begehrt. Aber im Palmenwald trat er auf, der Löwe, ernsten Schrittes durchzog er die Wüste, dort herrscht er über alles Getier, und nichts widersteht ihm. Doch der Mensch weiß ihn zu zähmen, und das grausamste der Geschöpfe hat Ehrfurcht vor dem Ebenbilde Gottes, wornach auch die Engel gemacht sind, die dem Herrn dienen und seinen Dienern. Denn in der Löwengrube scheute sich Daniel nicht; er blieb fest und getrost, und das wilde Brüllen unterbrach nicht seinen frommen Gesang.«

Diese mit dem Ausdruck eines natürlichen Enthusiasmus gehaltene Rede begleitete das Kind hie und da mit anmutigen Tönen; als aber der Vater geendigt hatte, fing es mit reiner Kehle, heller Stimme und geschickten Läufen zu intonieren an, worauf der Vater die Flöte ergriff, im Einklang sich hören ließ, das Kind aber sang:

»Aus den Gruben, hier im Graben
Hör ich des Propheten Sang;
Engel schweben, ihn zu laben,
Wäre da dem Guten bang?
Löw und Löwin, hin und wider,
Schmiegen sich um ihn heran;
Ja, die sanften frommen Lieder
Haben's ihnen angetan!«

Der Vater fuhr fort, die Strophe mit der Flöte zu begleiten, die Mutter trat hie und da als zweite Stimme mit ein.

Eindringlich, aber ganz besonders war, daß das Kind die Zeilen der Strophe nunmehr zu anderer Ordnung durcheinander schob und dadurch, wo nicht einen neuen Sinn hervorbrachte, doch das Gefühl in und durch sich selbst aufregend erhöhte.

»Engel schweben auf und nieder,
Uns in Tönen zu erlaben,
Welch ein himmlischer Gesang!
In den Gruben, in dem Graben
Wäre da dem Kinde bang?
Diese sanften frommen Lieder
Lassen Unglück nicht heran:
Engel schweben hin und wider,
Und so ist es schon getan.«

Hierauf mit Kraft und Erhebung begannen alle drei:

»Denn der Ew'ge herrscht auf Erden,
Über Meere herrscht sein Blick;
Löwen sollen Lämmer werden,
Und die Welle schwankt zurück;
Blankes Schwert erstarrt im Hiebe;
Glaub und Hoffnung sind erfüllt;
Wundertätig ist die Liebe,
Die sich im Gebet enthüllt.«

Alles war still, hörte, horchte, und nur erst als die Töne verhallten, konnte man den Eindruck bemerken und allenfalls beobachten. Alles war wie beschwichtigt; jeder in seiner Art gerührt. Der Fürst, als wenn er erst jetzt das Unheil übersähe, das ihn vor kurzem bedroht hatte, blickte nieder auf seine Gemahlin, die, an ihn gelehnt, sich nicht versagte, das gestickte Tüchlein hervorzuziehen und die Augen damit zu bedecken. Es tat ihr wohl, die jugendliche Brust von dem Druck erleichtert zu fühlen, mit dem die vorhergehenden Minuten sie belastet hatten. Eine vollkommene Stille beherrschte die Menge, man schien die Gefahren vergessen zu haben, unten den Brand und von oben das Erstehen eines bedenklich ruhenden Löwen.

Durch einen Wink, die Pferde näher herbei zu führen, brachte der Fürst zuerst wieder in die Gruppe Bewegung, dann wendete er sich zu dem Weibe und sagte: »Ihr glaubt also, daß Ihr den entsprungenen Löwen, wo Ihr ihn antrefft, durch Euren Gesang, durch den Gesang dieses Kindes, mit Hilfe dieser Flötentöne beschwichtigen und ihn sodann unschädlich sowie unbeschädigt in seinen Verschluß wieder zurückbringen könntet?« Sie bejahten es, versichernd und beteuernd; der Kastellan wurde ihnen als Wegweiser zugegeben. Nun entfernte der Fürst mit wenigen sich eiligst, die Fürstin folgte langsamer mit dem übrigen Gefolge; Mutter aber und Sohn stiegen, von dem Wärtel, der sich eines Gewehrs bemächtigt hatte, begleitet, steiler gegen den Berg hinan.

Vor dem Eintritt in den Hohlweg, der den Zugang zu dem Schloß eröffnete, fanden sie die Jäger beschäftigt, dürres Reisig zu häufen, damit sie auf jeden Fall ein großes Feuer anzünden könnten. – »Es ist nicht not«, sagte die Frau, »es wird ohne das alles in Güte geschehen.«

Weiter hin, auf einem Mauerstücke sitzend, erblickten sie Honorio, seine Doppelbüchse in den Schoß gelegt, auf einem Posten als wie zu jedem Ereignis gefaßt. Aber die Herankommenden schien er kaum zu bemerken, er saß wie in tiefen Gedanken versunken, er sah umher wie zerstreut. Die Frau sprach ihn an mit Bitte, das Feuer nicht anzünden zu lassen, er schien jedoch ihrer Rede wenig Aufmerksamkeit zu schenken; sie redete lebhaft fort und rief: »Schöner junger Mann, du hast meinen Tiger erschlagen, ich fluche dir nicht, schone meinen Löwen, guter junger Mann, ich segne dich.«

Honorio schaute gerad vor sich hin, dorthin, wo die Sonne auf ihrer Bahn sich zu senken begann. – »Du schaust nach Abend«, rief die Frau, »du tust wohl daran, dort gibt's viel zu tun; eile nur, säume nicht, du wirst überwinden. Aber zuerst überwinde dich selbst.« Hierauf schien er zu lächeln, die Frau stieg weiter, konnte sich aber nicht enthalten, nach dem Zurückbleibenden nochmals umzublicken; eine rötliche Sonne überschien sein Gesicht, sie glaubte nie einen schönern Jüngling gesehen zu haben.

»Wenn Euer Kind«, sagte nunmehr der Wärtel, »flötend und singend, wie Ihr überzeugt seid, den Löwen anlocken und beruhigen kann, so werden wir uns desselben sehr leicht bemeistern, da sich das gewaltige Tier ganz nah an die durchbrochenen Gewölbe hingelagert hat, durch die wir, da das Haupttor verschüttet ist, einen Eingang in den Schloßhof gewonnen haben. Lockt ihn das Kind hinein, so kann ich die Öffnung mit leichter Mühe schließen und der Knabe, wenn es ihm gut deucht, durch eine der kleinen Wendeltreppen, die er in der Ecke sieht, dem Tiere entschlüpfen. Wir wollen uns verbergen, aber ich werde mich so stellen, daß meine Kugel jeden Augenblick dem Kinde zu Hilfe kommen kann.«

»Die Umstände sind alle nicht nötig, Gott und Kunst, Frömmigkeit und Glück müssen das Beste tun.« – »Es sei«, versetzte der Wärtel, »aber ich kenne meine Pflichten. Erst führ ich Euch durch einen beschwerlichen Stieg auf das Gemäuer hinauf, gerade dem Eingang gegenüber, den ich erwähnt habe; das Kind mag hinabsteigen, gleichsam in die Arena des Schauspiels, und das besänftigte Tier dort hereinlocken.« Das geschah; Wärtel und Mutter sahen versteckt von oben herab, wie das Kind die Wendeltreppen hinunter in dem klaren Hofraum sich zeigte und in der düstern Öffnung gegenüber verschwand, aber sogleich seinen Flötenton hören ließ, der sich nach und nach verlor und endlich verstummte. Die Pause war ahnungsvoll genug, den alten, mit Gefahr bekannten Jäger beengte der seltene menschliche Fall. Er sagte sich, daß er lieber persönlich dem gefährlichen Tiere entgegenginge; die Mutter jedoch, mit heiterem Gesicht, übergebogen horchend, ließ nicht die mindeste Unruhe bemerken.

Endlich hörte man die Flöte wieder, das Kind trat aus der Höhle hervor mit glänzend befriedigten Augen, der Löwe hinter ihm drein, aber langsam und wie es schien mit einiger Beschwerde. Er zeigte hie und da Lust, sich niederzulegen, doch der Knabe führte ihn im Halbkreise durch die wenig entblätterten, buntbelaubten Bäume, bis er sich endlich in den letzten Strahlen der Sonne, die sie durch eine Ruinenlücke hereinsandte, wie verklärt niedersetzte und sein beschwichtigendes Lied abermals begann, dessen Wiederholung wir uns auch nicht entziehen können.

»Aus den Gruben, hier im Graben
Hör ich des Propheten Sang;
Engel schweben, ihn zu laben,
Wäre da dem Guten bang?
Löw und Löwin, hin und wider,
Schmiegen sich um ihn heran;
Ja, die sanften frommen Lieder
Haben's ihnen angetan!«

Indessen hatte sich der Löwe ganz knapp an das Kind hingelegt und ihm die schwere rechte Vordertatze auf den Schoß gehoben, die der Knabe fortsingend anmutig streichelte, aber gar bald bemerkte, daß ein scharfer Dornzweig zwischen die Ballen eingestochen war. Sorgfältig zog er die verletzende Spitze hervor, nahm lächelnd sein buntseidenes Halstuch vom Nacken und verband die greuliche Tatze des Untiers, so daß die Mutter sich vor Freuden mit ausgestreckten Armen zurückbog und vielleicht angewohnterweise Beifall gerufen und geklatscht hätte, wäre sie nicht durch einen derben Faustgriff des Wärtels erinnert worden, daß die Gefahr nicht vorüber sei.

Glorreich sang das Kind weiter, nachdem es mit wenigen Tönen vorgespielt hatte:

»Denn der Ew'ge herrscht auf Erden,
Über Meere herrscht sein Blick;
Löwen sollen Lämmer werden,
Und die Welle schwankt zurück;
Blankes Schwert erstarrt im Hiebe,
Glaub und Hoffnung sind erfüllt;
Wundertätig ist die Liebe,
Die sich im Gebet enthüllt.«

Ist es möglich zu denken, daß man in den Zügen eines so grimmigen Geschöpfes, des Tyrannen der Wälder, des Despoten des Tierreiches, einen Ausdruck von Freundlichkeit, von dankbarer Zufriedenheit habe spüren können, so geschah es hier, und wirklich sah das Kind in seiner Verklärung aus wie ein mächtiger siegreicher Überwinder, jener zwar nicht wie der Überwundene, denn seine Kraft blieb in ihm verborgen, aber doch wie der Gezähmte, wie der dem eigenen friedlichen Willen Anheimgegebene. Das Kind flötete und sang so weiter, nach seiner Art die Zeilen verschränkend und neue hinzufügend:

»Und so geht mit guten Kindern
Sel'ger Engel gern zu Rat,
Böses Wollen zu verhindern,
Zu befördern schöne Tat.
So beschwören, fest zu bannen
Liebem Sohn ans zarte Knie
Ihn, des Waldes Hochtyrannen,
Frommer Sinn und Melodie.«

FRIEDRICH SCHILLER

Der Verbrecher aus verlorener Ehre

In der ganzen Geschichte des Menschen ist kein Kapitel unterrichtender für Herz und Geist, als die Annalen seiner Verirrungen. Bei jedem großen Verbrechen war eine verhältnismäßig große Kraft in Bewegung. Wenn sich das geheime Spiel der Begehrungskraft bei dem matteren Licht gewöhnlicher Affekte versteckt, so wird es im Zustand gewaltsamer Leidenschaft desto hervorspringender, kolossalischer, lauter; der feinere Menschenforscher, welcher weiß, wieviel man auf die Mechanik der gewöhnlichen Willensfreiheit eigentlich rechnen darf, und wie weit es erlaubt ist, analogisch zu schließen, wird manche Erfahrung aus diesem Gebiete in seine Seelenlehre herübertragen, und für das sittliche Leben verarbeiten.

Es ist etwas so Einförmiges, und doch wieder so Zusammengesetztes, das menschliche Herz. Eine und ebendieselbe Fertigkeit oder Begierde kann in tausenderlei Formen und Richtungen spielen, kann tausend widersprechende Phänomene bewirken, kann in tausend Charakteren anders gemischt erscheinen, und tausend ungleiche Charaktere und Handlungen können wieder aus einerlei Neigung gesponnen sein, wenn auch der Mensch, von welchem die Rede ist, nichts weniger denn eine solche Verwandtschaft ahndet. Stünde einmal, wie für die übrigen Reiche der Natur, auch für das Menschengeschlecht, ein Linnaeus auf, welcher nach Trieben und Neigungen klassifizierte, wie sehr würde man erstaunen, wenn man so manchen, dessen Laster in einer engen bürgerlichen Sphäre, und in der schmalen Umzäunung der Gesetze jetzt ersticken muß, mit dem Ungeheuer Borgia in *einer* Ordnung beisammen fände.

Von dieser Seite betrachtet, läßt sich manches gegen die gewöhnliche Behandlung der Geschichte einwenden, und hier, vermute ich, liegt auch die Schwierigkeit, warum das Studium derselben für das bürgerliche Leben noch immer so fruchtlos geblieben. Zwischen der heftigen Gemütsbewegung des handelnden Menschen, und der ruhigen Stimmung des Lesers, welchem diese Handlung vorgelegt wird, herrscht ein so widriger Kontrast, liegt ein so breiter Zwischenraum, daß es dem letztern schwer, ja unmöglich wird, einen Zusammenhang nur zu ahnden. Es bleibt eine Lücke zwischen dem historischen Subjekt und dem Leser, die alle Möglichkeit einer Vergleichung oder Anwendung abschneidet, und statt jenes heilsamen Schreckens, der die stolze Gesundheit warnet, ein

Kopfschütteln der Befremdung erweckt. Wir sehen den Unglücklichen, der doch in ebender Stunde, wo er die Tat beging, so wie in der, wo er dafür büßet, Mensch war wie wir, für ein Geschöpf fremder Gattung an, dessen Blut anders umläuft, als das unsrige, dessen Wille andern Regeln gehorcht, als der unsrige; seine Schicksale rühren uns wenig, denn Rührung gründet sich ja nur auf ein dunkles Bewußtsein ähnlicher Gefahr, und wir sind weit entfernt, eine solche Ähnlichkeit auch nur zu träumen. Die Belehrung geht mit der Beziehung verloren, und die Geschichte, anstatt eine Schule der Bildung zu sein, muß sich mit einem armseligen Verdienste um unsre Neugier begnügen. Soll sie uns mehr sein und ihren großen Endzweck erreichen, so muß sie notwendig unter diesen beiden Methoden wählen – Entweder der Leser muß warm werden wie der Held, oder der Held wie der Leser erkalten.

Ich weiß, daß von den besten Geschichtschreibern neuerer Zeit und des Altertums manche sich an die erste Methode gehalten, und das Herz ihres Lesers durch hinreißenden Vortrag bestochen haben. Aber diese Manier ist eine Usurpation des Schriftstellers und beleidigt die republikanische Freiheit des lesenden Publikums, dem es zukömmt, selbst zu Gericht zu sitzen; sie ist zugleich eine Verletzung der Grenzengerechtigkeit, denn diese Methode gehört ausschließlich und eigentümlich dem Redner und Dichter. Dem Geschichtschreiber bleibt nur die letztere übrig.

Der Held muß kalt werden wie der Leser, oder, was hier ebensoviel sagt, wir müssen mit ihm bekannt werden, eh er handelt, wir müssen ihn seine Handlung nicht bloß vollbringen, sondern auch wollen sehen. An seinen Gedanken liegt uns unendlich mehr, als an seinen Taten, und noch weit mehr an den Quellen seiner Gedanken, als an den Folgen jener Taten. Man hat das Erdreich des Vesuvs untersucht, sich die Entstehung seines Brandes zu erklären, warum schenkt man einer moralischen Erscheinung weniger Aufmerksamkeit als einer physischen? Warum achtet man nicht in eben dem Grade auf die Beschaffenheit und Stellung der Dinge, welche einen solchen Menschen umgaben, bis der gesammelte Zunder in seinem Inwendigen Feuer fing? Den Träumer, der das Wunderbare liebt, reizt eben das Seltsame und Abenteuerliche einer solchen Erscheinung; der Freund der Wahrheit sucht eine Mutter zu diesen verlorenen Kindern. Er sucht sie in der unveränderlichen Struktur der menschlichen Seele, und in den veränderlichen Bedingungen, welche sie von außen bestimmten, und in diesen beiden findet er sie gewiß. Ihn überrascht es nun nicht mehr, in dem nämlichen Beete, wo sonst überall heilsame Kräuter blühen, auch den giftigen Schierling gedeihen zu sehen, Weisheit und Torheit, Laster und Tugend in *einer* Wiege beisammen zu finden.

Wenn ich auch keinen der Vorteile hier in Anschlag bringe, welche die Seelenkunde aus einer solchen Behandlungsart der Geschichte zieht, so behält sie schon allein darum den Vorzug, weil sie den grausamen Hohn und die stolze Sicherheit ausrottet, womit gemeiniglich die ungeprüfte aufrechtstehende Tugend auf die gefallne herunterblickt, weil sie den sanften Geist der Duldung verbreitet, ohne welchen kein Flüchtling zurückkehrt, keine Aussöhnung des Gesetzes mit seinem Beleidiger stattfindet, kein angestecktes Glied der Gesellschaft von dem gänzlichen Brande gerettet wird.

Ob der Verbrecher, von dem ich jetzt sprechen werde, aber noch ein Recht gehabt hätte, an jenen Geist der Duldung zu appellieren? ob er wirklich ohne Rettung für den Körper des Staats verloren war? – Ich will dem Ausspruch des Lesers nicht vorgreifen. Unsre Gelindigkeit fruchtet ihm nichts mehr, denn er starb durch des Henkers Hand – aber die Leichenöffnung seines Lasters unterrichtet vielleicht die Menschheit, und – es ist möglich, auch die Gerechtigkeit.

Christian Wolf war der Sohn eines Gastwirts in einer... schen Landstadt (deren Namen man, aus Gründen, die sich in der Folge aufklären, verschweigen muß) und half seiner Mutter, denn der Vater war tot, bis in sein zwanzigstes Jahr die Wirtschaft besorgen. Die Wirtschaft war schlecht, und Wolf hatte müßige Stunden. Schon von der Schule her war er für einen losen Buben bekannt. Erwachsene Mädchen führten Klagen über seine Frechheit, und die Jungen des Städtchens huldigten seinem erfinderischen Kopfe. Die Natur hatte seinen Körper verabsäumt. Eine kleine unscheinbare Figur, krauses Haar von einer unangenehmen Schwärze, eine plattgedrückte Nase und eine geschwollene Oberlippe, welche noch überdies durch den Schlag eines Pferdes aus ihrer Richtung gewichen war, gaben seinem Anblick eine Widrigkeit, welche alle Weiber von ihm zurückscheuchte, und dem Witz seiner Kameraden eine reichliche Nahrung darbot.

Er wollte ertrotzen, was ihm verweigert war; weil er mißfiel, setzte er sich vor, zu gefallen. Er war sinnlich, und beredete sich, daß er liebe. Das Mädchen, das er wählte, mißhandelte ihn, er hatte Ursache zu fürchten, daß seine Nebenbuhler glücklicher wären; doch das Mädchen war arm. Ein Herz, das seinen Beteurungen verschlossen blieb, öffnete sich vielleicht seinen Geschenken, aber ihn selbst drückte Mangel, und der eitle Versuch, seine Außenseite geltend zu machen, verschlang noch das wenige, was er durch eine schlechte Wirtschaft erwarb. Zu bequem und zu unwissend, seinem zerrütteten Hauswesen durch Spekulation aufzuhelfen, zu stolz, auch zu weichlich, den Herrn, der er bisher gewesen war, mit dem Bauer zu vertauschen, und seiner angebeteten Freiheit zu entsagen, sah er nur einen Ausweg vor sich – den Tausende vor ihm und nach ihm mit besseren Glücke ergriffen haben – den Ausweg, honett zu stehlen. Seine Vaterstadt grenzte an eine landesherrliche Waldung, er wurde Wilddieb, und der Ertrag seines Raubes wanderte treulich in die Hände seiner Geliebten.

Unter den Liebhabern Hannchens war Robert, ein Jägerbursche des Försters. Frühzeitig merkte dieser den Vorteil, den die Freigebigkeit seines Nebenbuhlers über ihn gewonnen hatte, und mit Scheelsucht forschte er nach den Quellen dieser Veränderung. Er zeigte sich fleißiger in der »Sonne« – dies war das Schild zu dem Wirtshaus – sein laurendes Auge von Eifersucht und Neide geschärft, entdeckte ihm bald, woher dieses Geld floß. Nicht lange vorher war ein strenges Edikt gegen die Wildschützen erneuert worden, welches den Übertreter zum Zuchthaus verdammte. Robert war unermüdet, die geheimen Gänge seines Feindes zu beschleichen, endlich gelang es ihm auch, den Unbesonnenen über der Tat zu ergreifen. Wolf wurde eingezogen, und nur mit Aufopferung seines ganzen kleinen Vermögens brachte er es mühsam dahin, die zuerkannte Strafe durch eine Geldbuße abzuwenden.

Robert triumphierte. Sein Nebenbuhler war aus dem Felde geschlagen, und Hannchens Gunst für den Bettler verloren. Wolf kannte seinen Feind, und dieser Feind war der glückliche Besitzer seiner Johanne. Drückendes Gefühl des Mangels gesellte sich zu beleidigtem Stolze, Not und Eifersucht stürmen vereinigt auf seine Empfindlichkeit ein, der Hunger treibt ihn hinaus in die weite Welt, Rache und Leidenschaft halten ihn fest. Er wird zum zweitenmal Wilddieb; aber Roberts verdoppelte Wachsamkeit überlistet ihn zum zweitenmal wieder. Jetzt erfährt er die ganze Schärfe des Gesetzes: denn er hat nichts mehr zu geben, und in wenigen Wochen wird er in das Zuchthaus der Residenz abgeliefert.

Das Strafjahr war überstanden, seine Leidenschaft durch die Entfernung gewachsen, und sein Trotz unter dem Gewicht des Unglücks gestiegen. Kaum erlangt er die Freiheit, so eilt er nach seinem Geburtsort, sich seiner Johanne zu zeigen. Er erscheint: man flieht ihn. Die dringende Not hat endlich seinen Hochmut gebeugt, und seine Weichlichkeit überwunden – er bietet sich den Reichen des Orts an, und will für den Taglohn dienen. Der Bauer zuckt über den schwachen Zärtling die Achsel; der derbe Knochenbau seines handfesten Mitbewerbers sticht ihn bei diesem fühllosen Gönner aus. Er wagt einen letzten Versuch. Ein Amt ist noch ledig, der äußerste verlorne Posten des ehrlichen Namens – er meldet sich zum Hirten des Städtchens, aber der Bauer will seine Schweine keinem Taugenichts anvertrauen. In allen Entwürfen getäuscht, an allen Orte zurückgewiesen, wird er zum drittenmal Wilddieb, und zum drittenmal trifft ihn das Unglück, seinem wachsamen Feind in die Hände zu fallen.

Der doppelte Rückfall hatte seine Verschuldung erschwert. Die Richter sahen in das Buch der Gesetze, aber nicht einer in die Gemütsfassung des Beklagten. Das Mandat gegen die Wilddiebe bedurfte einer solennen und exemplarischen Genugtuung, und Wolf ward verurteilt, das Zeichen des Galgens auf den Rücken gebrannt, drei Jahre auf der Festung zu arbeiten.

Auch diese Periode verlief, und er ging von der Festung – aber ganz anders, als er dahin gekommen war. Hier fängt eine neue Epoche in seinem Leben an; man höre ihn selbst, wie er nachher gegen seinen geistlichen Beistand, und vor Gerichte bekannt hat. »Ich betrat die Festung«, sagte er, »als ein Verirrter, und verließ sie als ein Lotterbube. Ich hatte noch etwas in der Welt gehabt das mir teuer war, und mein Stolz krümmte sich unter der Schande. Wie ich auf die Festung gebracht war, sperrte man mich zu dreiundzwanzig Gefangenen ein, unter denen zwei Mörder, und die übrigen alle berüchtigte Diebe und Vagabunden waren. Man verhöhnte mich, wenn ich von Gott sprach, und setzte mir zu, schändliche Lästerungen gegen den Erlöser zu sagen. Man sang mir Hurenlieder vor, die ich, ein lüderlicher Bube, nicht ohne Ekel und Entsetzen hörte, aber was ich ausüben sah, empörte meine Schamhaftigkeit noch mehr. Kein Tag verging, wo nicht irgendein schändlicher Lebenslauf wiederholt, irgendein schlimmer Anschlag geschmiedet ward. Anfangs floh ich dieses Volk, und verkroch mich vor ihren Gesprächen, so gut mir's möglich war, aber ich brauchte ein Geschöpf, und die Barbarei meiner Wächter hatte mir auch meinen Hund abgeschlagen. Die Arbeit war hart und tyrannisch, mein Körper kränklich, ich brauchte Beistand, und wenn ich's aufrichtig sagen soll, ich brauchte Bedaurung, und diese mußte ich mit dem letzten Überrest meines Gewissens erkaufen. So gewöhnte ich mich endlich an das Abscheulichste, und im letzten Vierteljahr hatte ich meine Lehrmeister übertroffen.

Von jetzt an lechzte ich nach dem Tag meiner Freiheit, wie ich nach Rache lechzte. Alle Menschen hatten mich beleidigt, denn alle waren besser und glücklicher als ich. Ich betrachtete mich als den Märtyrer des natürlichen Rechts, und als ein Schlachtopfer der Gesetze. Zähneknirschend rieb ich meine Ketten, wenn die Sonne hinter meinem Festungsberg heraufkam; eine weite Aussicht ist zwiefache Hölle für einen Gefangenen. Der freie Zugwind, der durch die Luftlöcher meines Turmes pfeifte, und die Schwalbe, die sich auf dem eisernen Stab meines Gitters niederließ, schienen mich mit ihrer Freiheit zu necken, und machten mir meine Gefangenschaft desto gräßlicher. Damals gelobte ich unversöhnlichen glühenden Haß allem, was dem Menschen gleicht, und was ich gelobte, hab ich redlich gehalten.

Mein erster Gedanke, sobald ich mich frei sah, war meine Vaterstadt. Sowenig auch für meinen künftigen Unterhalt da zu hoffen war, soviel versprach sich mein Hunger nach Rache. Mein Herz klopfte wilder: als der Kirchturm von weitem aus dem Gehölze stieg. Es war nicht mehr das herzliche Wohlbehagen, wie ich's bei meiner ersten Wallfahrt empfunden hatte. Das Andenken alles Ungemachs, aller Verfolgungen, die ich dort einst erlitten hatte, erwachte mit einemmal aus einem schrecklichen Todesschlaf, alle Wunden bluteten wieder, alle Narben gingen auf. Ich verdoppelte meine Schritte, denn es erquickte mich im voraus, meine Feinde durch meinen plötzlichen Anblick in Schrecken zu setzen, und ich dürstete jetzt ebensosehr nach neuer Erniedrigung, als ich ehemals davor gezittert hatte.

Die Glocken läuteten zur Vesper, als ich mitten auf dem Markte stand. Die Gemeinde wimmelte zur Kirche. Man erkannte mich schnell, jedermann, der mir aufstieß, trat scheu zurück. Ich hatte von jeher die kleinen Kinder sehr liebgehabt, und auch jetzt übermannte mich's unwillkürlich, daß ich einem

Knaben, der neben mir vorbeihüpfte, einen Groschen bot. Der Knabe sah mich einen Augenblick starr an, und warf mir den Groschen ins Gesicht. Wäre mein Blut nur etwas ruhiger gewesen, so hätte ich mich erinnert, daß der Bart, den ich noch von der Festung mitbrachte, meine Gesichtszüge bis zum Gräßlichen entstellte – aber mein böses Herz hatte meine Vernunft angesteckt, Tränen, wie ich sie nie geweint hatte, liefen über meine Backen.

›Der Knabe weiß nicht, wer ich bin noch woher ich komme‹, sagte ich halblaut zu mir selbst, ›und doch meidet er mich, wie ein schändliches Tier. Bin ich denn irgendwo auf der Stirne gezeichnet, oder habe ich aufgehört, einem Menschen ähnlich zu sehen, weil ich fühle, daß ich keinen mehr lieben kann?‹ – Die Verachtung dieses Knaben schmerzte mich bitterer als dreijähriger Galiotendienst, denn ich hatte ihm Gutes getan, und konnte ihn keines persönlichen Hasses beschuldigen.

Ich setzte mich auf einen Zimmerplatz, der Kirche gegenüber; was ich eigentlich wollte, weiß ich nicht; doch ich weiß noch, daß ich mit Erbitterung aufstand; als von allen meinen vorübergehenden Bekannten keiner mich nur eines Grußes gewürdigt hatte, auch nicht einer. Unwillig verließ ich meinen Standort, eine Herberge aufzusuchen; als ich an der Ecke einer Gasse umlenkte, rannte ich gegen meine Johanne. ›Sonnenwirt!‹ schrie sie laut auf, und machte eine Bewegung mich zu umarmen. ›Du wieder da, lieber Sonnenwirt! Gott sei Dank, daß du wiederkömmst!‹ Hunger und Elend sprach aus ihrer Bedeckung, eine schändliche Krankheit aus ihrem Gesichte, ihr Anblick verkündigte die verworfenste Kreatur, zu der sie erniedrigt war. Ich ahndete schnell, was hier geschehen sein möchte; einige fürstliche Dragoner, die mir eben begegnet waren, ließen mich erraten, daß Garnison in dem Städtchen lag. ›Soldatendirne!‹ rief ich, und drehte ihr lachend den Rücken zu. Es tat mir wohl, daß noch ein Geschöpf unter mir war im Rang der Lebendigen. Ich hatte sie niemals geliebt.

Meine Mutter war tot. Mit meinem kleinen Hause hatten sich meine Kreditoren bezahlt gemacht. Ich hatte niemand und nichts mehr. Alle Welt floh mich wie einen Giftigen, aber ich hatte endlich verlernt, mich zu schämen. Vorher hatte ich mich dem Anblick der Menschen entzogen, weil Verachtung mir unerträglich war. Jetzt drang ich mich auf, und ergötzte mich, sie zu verscheuchen. Es war mir wohl, weil ich nichts mehr zu verlieren, und nichts mehr zu hüten hatte. Ich brauchte keine gute Eigenschaft mehr, weil man keine mehr bei mir vermutete.

Die ganze Welt stand mir offen, ich hätte vielleicht in einer fremden Provinz für einen ehrlichen Mann gegolten, aber ich hatte den Mut verloren, es auch nur zu scheinen. Verzweiflung und Schande hatten mir endlich diese Sinnesart aufgezwungen. Es war die letzte Ausflucht, die mir übrig war, die Ehre entbehren zu lernen, weil ich an keine mehr Anspruch machen durfte. Hätten meine Eitelkeit und mein Stolz meine Erniedrigung erlebt, so hätte ich mich selber entleiben müssen.

Was ich nunmehr eigentlich beschlossen hatte, war mir selber noch unbekannt. Ich wollte Böses tun, soviel erinnerte ich mich noch dunkel. Ich wollte mein Schicksal verdienen. Die Gesetze, meinte ich, wären Wohltaten für die Welt, also faßte ich den Vorsatz, sie zu verletzen; ehemals hatte ich aus Notwendigkeit und Leichtsinn gesündigt, jetzt tat ich's aus freier Wahl zu meinem Vergnügen.

Mein erstes war, daß ich mein Wildschießen fortsetzte. Die Jagd überhaupt war mir nach und nach zur Leidenschaft geworden, und außerdem mußte ich ja leben. Aber dies war es nicht allein; es kitzelte mich, das fürstliche Edikt zu verhöhnen und meinem Landesherrn nach allen Kräften zu schaden. Ergriffen zu werden, besorgte ich nicht mehr, denn jetzt hatte ich eine Kugel für meinen Entdecker bereit, und das wußte ich, daß mein Schuß seinen Mann nicht fehlte. Ich erlegte alles Wild das mir aufstieß, nur weniges machte ich auf der Grenze zu Gelde, das meiste ließ ich verwesen. Ich lebte kümmerlich, um nur den Aufwand an Blei und Pulver zu bestreiten. Meine Verheerungen in der großen Jagd wurden ruchbar, aber mich drückte kein Verdacht mehr. Mein Anblick löschte ihn aus. Mein Name war vergessen.

Diese Lebensart trieb ich mehrere Monate. Eines Morgens hatte ich nach meiner Gewohnheit das Holz durchstrichen, die Fährte eines Hirsches zu verfolgen. Zwei Stunden hatte ich mich vergeblich ermüdet, und schon fing ich an, meine Beute verloren zu geben, als ich sie auf einmal in schußgerechter Entfernung entdecke. Ich will anschlagen und abdrücken – aber plötzlich erschreckt mich der Anblick eines Hutes, der wenige Schritte vor mir auf der Erde liegt. Ich forsche genauer, und erkenne den Jäger Robert, der hinter dem dicken Stamm einer Eiche auf ebendas Wild anschlägt, dem ich den Schuß bestimmt hatte. Eine tödliche Kälte fährt bei diesem Anblick durch meine Gebeine. Just das war der Mensch, den ich unter allen lebendigen Dingen am gräßlichsten haßte, und dieser Mensch war in die Gewalt meiner Kugel gegeben. In diesem Augenblick dünkte mich's, als ob die ganze Welt in meinem Flintenschuß läge, und der Haß meines ganzen Lebens in die einzige Fingerspitze sich zusammendrängte, womit ich den mördrischen Druck tun sollte. Eine unsichtbare fürchterliche Hand schwebte über mir, der Stundenweiser meines Schicksals zeigte unwiderruflich auf diese schwarze Minute. Der Arm zitterte mir, da ich meiner Flinte die schreckliche Wahl erlaubte – meine Zähne schlugen zusammen wie im Fieberfrost, und der Odem sperrte sich erstickend in meiner Lunge. Eine Minute lang blieb der Lauf meiner Flinte ungewiß zwischen dem Menschen und dem Hirsch mitteninne schwanken – eine Minute – und noch eine – und wieder eine. Rache und Gewissen rangen hartnäckig und zweifelhaft, aber die Rache gewann's, und der Jäger lag tot am Boden.

Mein Gewehr fiel mit dem Schusse … ›Mörder …‹ stammelte ich langsam – der Wald war still wie ein Kirchhof – ich hörte deutlich, daß ich Mörder sagte. Als ich näher schlich, starb der Mann. Lange stand ich sprachlos vor dem Toten, ein helles Gelächter endlich machte mir Luft. ›Wirst du jetzt reinen Mund halten, guter Freund!‹ sagte ich, und trat keck hin, indem ich zugleich das Gesicht des Ermordeten auswärts kehrte. Die Augen standen ihm weit auf. Ich wurde ernsthaft und schwieg plötzlich wieder stille. Es fing mir an, seltsam zu werden.

Bis hieher hatte ich auf Rechnung meiner Schande gefrevelt, jetzt war etwas geschehen, wofür ich noch nicht gebüßt hatte. Eine Stunde vorher, glaube ich, hätte mich kein Mensch überredet, daß es noch etwas Schlechteres als mich, unter dem Himmel gebe; jetzt fing ich an zu mutmaßen, daß ich vor einer Stunde wohl gar zu beneiden war.

Gottes Gerichte fielen mir nicht ein – wohl aber eine, ich weiß nicht welche? verwirrte Erinnerung an Strang und Schwert, und die Exekution einer Kindermörderin, die ich als Schuljunge mit angesehen hatte. Etwas ganz besonders Schreckbares lag für mich in dem Gedanken, daß von jetzt an mein Leben verwirkt sei. Auf mehreres besinne ich mich nicht mehr. Ich wünschte gleich darauf, daß er noch lebte. Ich tat mir Gewalt an, mich lebhaft an alles Böse zu erinnern, das mir der Tote im Leben zugefügt hatte, aber sonderbar! mein Gedächtnis war wie ausgestorben! Ich konnte nichts mehr von alledem hervorrufen, was mich vor einer Viertelstunde zum Rasen gebracht hatte. Ich begriff gar nicht, wie ich zu dieser Mordtat gekommen war.

Noch stand ich vor der Leiche, noch immer. Das Knallen einiger Peitschen, und das Geknarre von Frachtwagen, die durchs Holz fuhren, brachte mich zu mir selbst. Es war kaum eine Viertelmeile abseits der Heerstraße, wo die Tat geschehen war. Ich mußte auf meine Sicherheit denken.

Unwillkürlich verlor ich mich tiefer in den Wald. Auf dem Wege fiel mir ein, daß der Entleibte sonst eine Taschenuhr besessen hätte. Ich brauchte Geld, um die Grenze zu erreichen – und doch fehlte mir der Mut, nach dem Platz umzuwenden, wo der Tote lag. Hier erschreckte mich ein Gedanke an den Teufel, und eine Allgegenwart Gottes. Ich raffte meine ganze Kühnheit zusammen; entschlossen, es mit der ganzen Hölle aufzunehmen, ging ich nach der Stelle zurück. Ich fand, was ich erwartet hatte, und in einer grünen Börse noch etwas weniges über einen Taler an Gelde. Eben da ich beides zu mir stecken wollte, hielt ich plötzlich ein und überlegte. Es war keine Anwandlung von Scham, auch nicht Furcht, mein Verbrechen durch Plünderung zu vergrößern – Trotz, glaube ich, war es, daß ich die Uhr wieder von mir warf, und von dem Gelde nur die Hälfte behielt. Ich wollte für einen persönlichen Feind des Erschossenen, aber nicht für seinen Räuber gehalten sein.

Jetzt floh ich waldeinwärts. Ich wußte, daß das Holz sich vier deutsche Meilen nordwärts erstreckte, und dort an die Grenzen des Landes stieß. Bis zum hohen Mittage lief ich atemlos. Die Eilfertigkeit meiner Flucht hatte meine Gewissensangst zerstreut, aber sie kam schrecklicher zurück, wie meine Kräfte mehr und mehr ermatteten. Tausend gräßliche Gestalten gingen an mir vorüber, und schlugen wie schneidende Messer in meine Brust. Zwischen einem Leben voll rastloser Todesfurcht, und einer gewaltsamen Entleibung, war mir jetzt eine schreckliche Wahl gelassen, und ich mußte wählen. Ich hatte das Herz nicht, durch Selbstmord aus der Welt zu gehen, und entsetzte mich vor der Aussicht, darin zu bleiben. Geklemmt zwischen die gewissen Qualen des Lebens, und die ungewissen Schrecken der Ewigkeit, gleich unfähig zu leben und zu sterben brachte ich die sechste Stunde meiner Flucht dahin, eine Stunde vollgepreßt von Qualen, wovon noch kein lebendiger Mensch zu erzählen weiß.

In mich gekehrt und langsam, ohne mein Wissen den Hut tief ins Gesicht gedrückt, als ob mich dies vor dem Auge der leblosen Natur hätte unkenntlich machen können, hatte ich unvermerkt einen schmalen Fußsteig verfolgt, der mich durch das dunkelste Dickicht führte – als plötzlich eine rauhe befehlende Stimme vor mir her: ›Halt!‹ rufte. Die Stimme war ganz nahe, meine Zerstreuung und der heruntergedrückte Hut hatten mich verhindert, um mich herumzuschauen. Ich schlug die Augen auf, und sah einen wilden Mann auf mich zukommen, der eine große knotigte Keule trug. Seine Figur ging ins Riesenmäßige – meine erste Bestürzung wenigstens hatte mich dies glauben gemacht – und die Farbe seiner Haut war von einer gelben Mulattenschwärze, woraus das Weiße eines schielenden Auges bis zum Grassen hervortrat. Er hatte statt eines Gurts ein dickes Seil zwiefach um einen grünen wollenen Rock geschlagen, worin ein breites Schlachtmesser bei einer Pistole stak. Der Ruf wurde wiederholt, und ein kräftiger Arm hielt mich fest. Der Laut eines Menschen hatte mich in Schrecken gejagt, aber der Anblick eines Bösewichts gab mir Herz. In der Lage, worin ich jetzt war, hatte ich Ursache, vor jedem redlichen Mann, aber keine mehr vor einem Räuber zu zittern.

›Wer da?‹ sagte diese Erscheinung.

›Deinesgleichen‹, war meine Antwort, ›wenn du der wirklich bist, dem du gleichsiehst!‹

›Dahinaus geht der Weg nicht. Was hast du hier zu suchen?‹

›Was hast du hier zu fragen?‹ versetzte ich trotzig.

Der Mann betrachtete mich zweimal vom Fuß bis zum Wirbel. Es schien, als ob er meine Figur gegen die seinige, und meine Antwort gegen meine Figur halten wollte –, ›Du sprichst brutal wie ein Bettler‹, sagte er endlich.

›Das mag sein. Ich bin's noch gestern gewesen.‹

Der Mann lachte. ›Man sollte darauf schwören‹, rief er, ›du wolltest auch noch jetzt für nichts Bessers gelten.‹

›Für etwas Schlechteres also‹ – Ich wollte weiter.

›Sachte, Freund! Was jagt dich denn so? Was hast du für Zeit zu verlieren?‹

Ich besann mich einen Augenblick. Ich weiß nicht, wie mir das Wort auf die Zunge kam, ›das Leben ist kurz‹, sagte ich langsam, ›und die Hölle währt ewig.‹

Er sah mich stier an. ›Ich will verdammt sein‹, sagte er endlich, ›oder du bist irgend an einem Galgen hart vorbeigestreift.‹

›Das mag wohl noch kommen. Also auf Wiedersehen, Kamerad!‹

›Topp, Kamerad!‹ – schrie er, indem er eine zinnerne Flasche aus seiner Jagdtasche hervorlangte, einen kräftigen Schluck daraus tat, und mir sie reichte. Flucht und Beängstigung hatten meine Kräfte aufgezehrt, und diesen ganzen entsetzlichen Tag war noch nichts über meine Lippen gekommen. Schon fürchtete ich, in dieser Waldgegend zu verschmachten, wo auf drei Meilen in der Runde kein Labsal für mich zu hoffen war. Man urteile wie froh ich auf diese angebotne Gesundheit Bescheid tat. Neue Kraft floß mit diesem Erquicktrunk in meine Gebeine, und frischer Mut in mein Herz, und Hoffnung und Liebe zum Leben. Ich fing an zu glauben, daß ich doch wohl nicht ganz elend wäre, so viel konnte dieser willkommene Trank. Ja, ich bekenne es, mein Zustand grenzte wieder an einen glücklichen, denn endlich, nach tausend fehlgeschlagenen Hoffnungen, hatte ich eine Kreatur gefunden, die mir ähnlich schien. In dem Zustande, worein ich versunken war, hätte ich mit dem höllischen Geiste Kameradschaft getrunken, um einen Vertrauten zu haben.

Der Mann hatte sich aufs Gras hingestreckt, ich tat ein Gleiches.

›Dein Trunk hat mir wohlgetan‹, sagte ich. ›Wir müssen bekannter werden.‹

Er schlug Feuer, seine Pfeife zu zünden.

›Treibst du das Handwerk schon lange?‹

Er sah mich fest an. ›Was willst du damit sagen?‹

›War das schon oft blutig? Ich zog das Messer aus seinem Gürtel.

›Wer bist du?‹ sagte er schrecklich und legte die Pfeife von sich.

›Ein Mörder, wie du – aber nur erst ein Anfänger.‹

Der Mensch sah mich steif an, und nahm seine Pfeife wieder.

›Du bist nicht hier zu Hause?‹ sagte er endlich.

›Drei Meilen von hier. Der Sonnenwirt in L... wenn du von mir gehört hast.‹

Der Mann sprang auf wie ein Beseßner. ›Der Wildschütze Wolf?‹ schrie er hastig.

›Der nämliche.‹

›Willkommen, Kamerad! Willkommen!‹ rief er und schüttelte mir kräftig die Hände. ›Das ist brav, daß ich dich endlich habe, Sonnenwirt. Jahr und Tag schon sinn ich darauf, dich zu kriegen. Ich kenne dich recht gut. Ich weiß um alles. Ich habe lange auf dich gerechnet.‹

›Auf mich gerechnet? Wozu denn?‹

›Die ganze Gegend ist voll von dir. Du hast Feinde, ein Amtmann hat dich gedrückt, Wolf. Man hat dich zugrunde gerichtet, himmelschreiend ist man mit dir umgegangen.‹

Der Mann wurde hitzig – ›Weil du ein paar Schweine geschossen hast, die der Fürst auf unsern Äckern und Feldern füttert, haben sie dich jahrelang im Zuchthaus und auf der Festung herumgezogen, haben sie dich um Haus und Wirtschaft bestohlen, haben sie dich zum Bettler gemacht. Ist es dahin gekommen, Bruder, daß der Mensch nicht mehr gelten soll als ein Hase? Sind wir nicht besser, als das Vieh auf dem Felde? – Und ein Kerl wie du konnte das dulden?‹

›Konnt ich's ändern?‹

›Das werden wir ja wohl sehen. Aber sage mir doch, woher kömmst du denn jetzt, und was führst du im Schilde?‹

Ich erzählte ihm meine ganze Geschichte. Der Mann, ohne abzuwarten, bis ich zu Ende war, sprang mit froher Ungeduld auf, und mich zog er nach. ›Komm, Bruder Sonnenwirt‹, sagte er, ›jetzt bist du reif, jetzt hab ich dich, wo ich dich brauchte. Ich werde Ehre mit dir einlegen. Folge mir.‹

›Wo willst du mich hinführen?‹

›Frage nicht lange. Folge!‹ – Er schleppte mich mit Gewalt fort.

Wir waren eine kleine Viertelmeile gegangen. Der Wald wurde immer abschüssiger, unwegsamer und wilder, keiner von uns sprach ein Wort, bis mich endlich die Pfeife meines Führers aus meinen Betrachtungen aufschreckte. Ich schlug die Augen auf, wir standen am schroffen Absturz eines Felsen, der sich in eine tiefe Kluft hinunterbückte. Eine zwote Pfeife antwortete aus dem innersten Bauche des Felsen, und eine Leiter kam, wie von sich selbst, langsam aus der Tiefe gestiegen. Mein Führer kletterte zuerst hinunter, mich hieß er warten, bis er wiederkäme. ›Erst muß ich den Hund an Ketten legen lassen‹, setzte er hinzu, ›du bist hier fremd, die Bestie würde dich zerreißen.‹ Damit ging er.

Jetzt stand ich allein vor dem Abgrund, und ich wußte recht gut, daß ich allein war. Die Unvorsichtigkeit meines Führers entging meiner Aufmerksamkeit nicht. Es hätte mich nur einen beherzten Entschluß gekostet, die Leiter heraufzuziehen, so war ich frei, und meine Flucht war gesichert. Ich gestehe, daß ich das einsah. Ich sah in den Schlund hinab, der mich jetzt aufnehmen sollte, es erinnerte mich dunkel an den Abgrund der Hölle, woraus keine Erlösung mehr ist. Mir fing an vor der Laufbahn zu schaudern, die ich nunmehr betreten wollte, nur eine schnelle Flucht konnte mich retten. Ich beschließe diese Flucht – schon strecke ich den Arm nach der Leiter aus – aber auf einmal donnert's in meinen Ohren, es umhallt mich wie ein Hohngelächter der Hölle: ›Was hat ein Mörder zu wagen?‹ – und mein Arm fällt gelähmt zurück. Meine Rechnung war völlig, die Zeit der Reue war dahin, mein begangener Mord lag hinter mir aufgetürmt wie ein Fels und sperrte meine Rückkehr auf ewig. Zugleich erschien auch mein Führer wieder, und kündigte mir an, daß ich kommen solle. Jetzt war ohnehin keine Wahl mehr. Ich kletterte hinunter.

Wir waren wenige Schritte unter der Felsmauer weggegangen, so erweiterte sich der Grund, und einige Hütten wurden sichtbar. Mitten zwischen diesen öffnete sich ein runder Rasenplatz, auf welchem sich eine Anzahl von achtzehn bis zwanzig Menschen um ein Kohlfeuer gelagert hatte. ›Hier, Kameraden‹, sagte mein Führer, und stellte mich mitten in den Kreis. ›Unser Sonnenwirt! heißt ihn willkommen!‹

›Sonnenwirt!‹ schrie alles zugleich, und alles fuhr auf, und drängte sich um mich her, Männer und Weiber. Soll ich's gestehn? Die Freude war ungeheuchelt und herzlich, Vertrauen, Achtung sogar erschien auf jedem Gesichte, dieser drückte mir die Hand, jener schüttelte mich vertraulich am Kleide, der ganze Auftritt war wie das Wiedersehen eines alten Bekannten, der einem wert ist. Meine Ankunft hatte den Schmaus unterbrochen, der eben anfangen sollte. Man setzte ihn sogleich fort, und nötigte mich, den Willkomm zu trinken. Wildpret aller Art war die Mahlzeit, und die Weinflasche wanderte unermüdet von Nachbar zu Nachbar. Wohlleben und Einigkeit schien die ganze Bande zu beseelen, und alles wetteiferte, seine Freude über mich zügelloser an den Tag zu legen.

Man hatte mich zwischen zwo Weibspersonen sitzen lassen, welches der Ehrenplatz an der Tafel war. Ich erwartete den Auswurf ihres Geschlechts, aber wie groß war meine Verwunderung, als ich unter dieser schändlichen Rotte die schönsten weiblichen Gestalten entdeckte, die mir jemals vor Augen gekommen. Margarete, die älteste und schönste von beiden, ließ sich Jungfer nennen, und konnte kaum fünfundzwanzig sein. Sie sprach sehr frech, und ihre Gebärden sagten noch mehr. Marie, die jüngere, war verheiratet, aber einem Manne entlaufen, der sie mißhandelt hatte. Sie war feiner gebildet, sah aber blaß aus und schmächtig, und fiel weniger ins Auge als ihre feurige Nachbarin. Beide Weiber eiferten aufeinander, meine Begierden zu entzünden, die schöne Margarete kam meiner Blödigkeit durch freche Scherze zuvor, aber das ganze Weib war mir zuwider, und mein Herz hatte die schüchterne Marie auf immer gefangen.

›Du siehst, Bruder Sonnenwirt‹, fing der Mann jetzt an, der mich hergebracht hatte, ›du siehst, wie wir untereinander leben, und jeder Tag ist dem heutigen gleich. Nicht wahr, Kameraden?‹

›Jeder Tag wie der heutige!‹ wiederholte die ganze Bande. ›Kannst du dich also entschließen, an unserer Lebensart Gefallen zu finden, so schlag ein und sei unser Anführer. Bis jetzt bin ich es gewesen, aber dir will ich weichen. Seid ihr's zufrieden, Kameraden?‹

Ein fröhliches Ja! antwortete aus allen Kehlen.

Mein Kopf glühte, mein Gehirn war betäubt, von Wein und Begierden siedete mein Blut. Die Welt hatte mich ausgeworfen wie einen Verpesteten – hier fand ich brüderliche Aufnahme, Wohlleben und Ehre. Welche Wahl ich auch treffen wollte, so erwartete mich Tod; hier aber konnte ich wenigstens mein Leben für einen höheren Preis verkaufen. Wollust war meine wütendste Neigung, das andere Geschlecht hatte mir bis jetzt nur Verachtung bewiesen, hier erwarteten mich Gunst und zügellose Vergnügungen. Mein Entschluß kostete mich wenig. ›Ich bleibe bei euch, Kameraden‹, rief ich laut mit Entschlossenheit und trat mitten unter die Bande, ›ich bleibe bei euch‹, rief ich nochmals, ›wenn ihr mir meine schöne Nachbarin abtretet!‹ – Alle kamen überein, mein Verlangen zu bewilligen, ich war erklärter Eigentümer einer H*** und das Haupt einer Diebesbande.«

Den folgenden Teil der Geschichte übergehe ich ganz, das bloß Abscheuliche hat nichts Unterrichtendes für den Leser. Ein Unglücklicher, der bis zu dieser Tiefe heruntersank, mußte sich endlich alles erlauben, was die Menschheit empört – aber einen zweiten Mord beging er nicht mehr, wie er selbst auf der Folter bezeugte.

Der Ruf dieses Menschen verbreitete sich in kurzem durch die ganze Provinz. Die Landstraßen wurden unsicher, nächtliche Einbrüche beunruhigten den Bürger, der Name des Sonnenwirts wurde der Schrecken des Landvolks, die Gerechtigkeit suchte ihn auf, und eine Prämie wurde auf seinen Kopf gesetzt. Er war so glücklich, jeden Anschlag auf seine Freiheit zu vereiteln, und verschlagen genug, den Aberglauben des wundersüchtigen Bauren zu seiner Sicherheit zu benutzen. Seine Gehilfen mußten aussprengen, er habe einen Bund mit dem Teufel gemacht, und könne hexen. Der Distrikt, auf welchem er die Rolle spielte, gehörte damals noch weniger als jetzt zu den aufgeklärten Deutschlands, man glaubte diesem Gerüchte und seine Person war gesichert. Niemand zeigte Lust, mit dem gefährlichen Kerl anzubinden, dem der Teufel zu Diensten stünde.

Ein Jahr schon hatte er das traurige Handwerk getrieben, als es anfing, ihm unerträglich zu werden. Die Rotte, an deren Spitze er sich gestellt hatte, erfüllte seine glänzenden Erwartungen nicht. Eine verführerische Außenseite hatte ihn damals im Taumel des Weines geblendet, jetzt wurde er mit Schrecken gewahr, wie abscheulich er hintergangen worden. Hunger und Mangel traten an die Stelle des Überflusses, womit man ihn eingewiegt hatte; sehr oft mußte er sein Leben an eine Mahlzeit wagen, die kaum hinreichte, ihn vor den Verhungern zu schützen. Das Schattenbild jener brüderlichen Eintracht verschwand, Neid, Argwohn und Eifersucht wüteten im Innern dieser verworfenen Bande. Die Gerechtigkeit hatte demjenigen, der ihn lebendig ausliefern würde, Belohnung, und wenn es ein Mitschuldiger wäre, noch eine feierliche Begnadigung zugesagt – eine mächtige Versuchung für den Auswurf der Erde! Der Unglückliche kannte seine Gefahr. Die Redlichkeit derjenigen, die Menschen und Gott verrieten, war ein schlechtes Unterpfand seines Lebens. Sein Schlaf war, von jetzt an, dahin, ewige Todesangst zerfraß seine Ruhe, das gräßliche Gespenst des Argwohns rasselte hinter ihm wo er hinfloh, peinigte ihn, wenn er wachte, bettete sich neben ihm, wenn er schlafen ging, und schreckte ihn in entsetzlichen Träumen. Das verstummte Gewissen gewann zugleich seine Sprache wieder, und die schlafende Natter der Reue wachte bei diesem allgemeinen Sturm seines Busens auf. Sein ganzer Haß wandte sich jetzt von der Menschheit und kehrte seine schreckliche Schneide gegen ihn selber. Er vergab jetzt der ganzen Natur, und fand niemand, als sich allein zu verfluchen.

Das Laster hatte seinen Unterricht an dem Unglücklichen vollendet, sein natürlich guter Verstand siegte endlich über die traurige Täuschung. Jetzt fühlte er, wie tief er gefallen war, ruhigere Schwermut trat an die Stelle knirschender Verzweiflung. Er wünschte mit Tränen die Vergangenheit zurück, jetzt wußte er gewiß, daß er sie ganz anders wiederholen würde. Er fing an zu hoffen, daß er noch rechtschaffen werden dürfe, weil er bei sich empfand, daß er es könne. Auf dem höchsten Gipfel seiner Verschlimmerung war er dem Guten näher, als er vielleicht vor seinem ersten Fehltritt gewesen war.

Um ebendiese Zeit war der Siebenjährige Krieg ausgebrochen, und die Werbungen gingen stark. Der Unglückliche schöpfte Hoffnung von diesem Umstand, und schrieb einen Brief an seinen Landesherrn, den ich auszugsweise hier einrücke:

»Wenn Ihre fürstliche Huld sich nicht ekelt, bis zu mir herunterzusteigen, wenn Verbrecher meiner Art nicht außerhalb Ihrer Erbarmung liegen, so gönnen Sie mir Gehör, durchlauchtigster Oberherr. Ich bin Mörder und Dieb, das Gesetz verdammt mich zum Tode, die Gerichte suchen mich auf – und ich biete mich an, mich freiwillig zu stellen. Aber ich bringe zugleich eine seltsame Bitte vor Ihren Thron. Ich verabscheue mein Leben, und fürchte den Tod nicht, aber schrecklich ist mir's zu sterben, ohne gelebt zu haben. Ich möchte leben, um einen Teil des Vergangenen gutzumachen; ich möchte leben, um den Staat zu versöhnen, den ich beleidigt habe. Meine Hinrichtung wird ein Beispiel sein für die Welt, aber kein Ersatz meiner Taten. Ich hasse das Laster und sehne mich feurig nach Rechtschaffenheit und Tugend. Ich habe Fähigkeiten gezeigt, meinem Vaterland furchtbar zu werden, ich hoffe, daß mir noch einige übriggebliebene sind, ihm zu nützen.

Ich weiß, daß ich etwas Unerhörtes begehre. Mein Leben ist verwirkt, mir steht es nicht an, mit der Gerechtigkeit Unterhandlung zu pflegen. Aber ich erscheine nicht in Ketten und Banden vor Ihnen – noch bin ich frei – und meine Furcht hat den kleinsten Anteil an meiner Bitte.

Es ist Gnade, um was ich flehe. Einen Anspruch auf Gerechtigkeit, wenn ich auch einen hätte, wage ich nicht mehr geltend zu machen. – Doch an etwas darf ich meinen Richter erinnern. Die Zeitrechnung meiner Verbrechen fängt mit dem Urteilsspruch an, der mich auf immer um meine Ehre brachte. Wäre mir damals die Billigkeit minder versagt worden, so würde ich jetzt vielleicht keiner Gnade bedürfen.

Lassen Sie Gnade für Recht ergehen, mein Fürst. Wenn es in Ihrer fürstlichen Macht steht, das Gesetz für mich zu erbitten, so schenken Sie mir das Leben. Es soll Ihrem Dienste von nun an gewidmet sein. Wenn Sie es können, so lassen Sie mich Ihren gnädigsten Willen aus öffentlichen Blättern vernehmen, und ich werde mich auf Ihr fürstliches Wort in der Hauptstadt stellen. Haben Sie es anders mit mir beschlossen, so tue die Gerechtigkeit denn das Ihrige, ich muß das Meinige tun.«

Diese Bittschrift blieb ohne Antwort, wie auch eine zwote und dritte, worin der Supplikant um eine Reiterstelle im Dienste des Fürsten bat. Seine Hoffnung zu einem Pardon erlosch gänzlich, er faßte also den Entschluß, aus dem Land zu fliehen, und im Dienste des Königs von Preußen als ein braver Soldat zu sterben.

Er entwischte glücklich seiner Bande und trat diese Reise an. Der Weg führte ihn durch eine kleine Landstadt, wo er übernachten wollte. Kurze Zeit vorher waren durch das ganze Land geschärftere Mandate zu strenger Untersuchung der Reisenden ergangen, weil der Landesherr, ein Reichsfürst, im Kriege Partei genommen hatte. Einen solchen Befehl hatte auch der Torschreiber dieses Städtchens, der auf einer Bank vor dem Schlage saß, als der Sonnenwirt geritten kam. Der Aufzug dieses Mannes hatte etwas Possierliches und zugleich etwas Schreckliches und Wildes. Der hagre Klepper, den er ritt, und die burleske Wahl seiner Kleidungsstücke, wobei wahrscheinlich weniger sein Geschmack als die Chronologie seiner Entwendungen zu Rat gezogen war, kontrastierte seltsam genug mit einem Gesicht, worauf so viele wütende Affekte, gleich den verstümmelten Leichen auf einem Walplatz, verbreitet lagen. Der Torschreiber stutzte beim Anblick dieses seltsamen Wanderers. Er war am Schlagbaum grau geworden, und eine vierzigjährige Amtsführung hatte in ihm einen unfehlbaren Physiognomen aller Landstreicher erzogen. Der Falkenblick dieses Spürers verfehlte auch hier seinen Mann nicht. Er sperrte sogleich das Stadttor, und foderte dem Reiter den Paß ab, indem er sich seines Zügels versicherte. Wolf war auf Fälle dieser Art vorbereitet und führte auch wirklich einen Paß bei sich, den er ohnlängst von einem geplünderten Kaufmann erbeutet hatte. Aber dieses einzelne Zeugnis war nicht genug, eine vierzigjährige Observanz umzustoßen und das Orakel am Schlagbaum zu einem Widerruf zu bewegen. Der Torschreiber glaubte seinen Augen mehr als diesem Papiere, und Wolf war genötigt, ihm nach dem Amthaus zu folgen.

Der Oberamtmann des Orts untersuchte den Paß und erklärte ihn für richtig. Er war ein starker Anbeter der Neuigkeit und liebte besonders bei einer Bouteille über die Zeitung zu plaudern. Der Paß sagte ihm, daß der Besitzer geradeswegs aus den feindlichen Ländern käme, wo der Schauplatz des Krieges war. Er hoffte, Privatnachrichten aus dem Fremden herauszulocken, und schickte einen Sekretär mit dem Paß zurück, ihn auf eine Flasche Wein einzuladen.

Unterdessen hält der Sonnenwirt vor dem Amthaus; das lächerliche Schauspiel hat den Janhagel des Städtchens scharenweise um ihn her versammelt. Man murmelt sich in die Ohren, deutet wechselweise auf das Roß und den Reiter; der Mutwille des Pöbels steigt endlich bis zu einem lauten Tumult. Unglücklicherweise war das Pferd, worauf jetzt alles mit Fingern wies, ein geraubtes; er bildet sich ein, das Pferd sei in Steckbriefen beschrieben und erkannt. Die unerwartete Gastfreundlichkeit des Oberamtmanns vollendet seinen Verdacht. Jetzt hält er's für ausgemacht, daß die Betrügerei seines Passes verraten und diese Einladung nur die Schlinge sei, ihn lebendig und ohne Widersetzung zu fangen. Böses Gewissen macht ihn zum Dummkopf, er gibt seinem Pferde die Sporen und rennt davon, ohne Antwort zu geben.

Diese plötzliche Flucht ist die Losung zum Aufstand.

»Ein Spitzbube!« ruft alles, und alles stürzt hinter ihm her. Dem Reiter gilt es um Leben und Tod, er hat schon den Vorsprung, seine Verfolger keuchen atemlos nach, er ist seiner Rettung nahe – aber eine schwere Hand drückt unsichtbar gegen ihn, die Uhr seines Schicksals ist abgelaufen, die unerbittliche Nemesis hält ihren Schuldner an. Die Gasse, der er sich anvertraute, endigt in einem Sack, er muß rückwärts gegen seine Verfolger umwenden.

Der Lärm dieser Begebenheit hat unterdessen das ganze Städtchen in Aufruhr gebracht, Haufen sammeln sich zu Haufen, alle Gassen sind gesperrt, ein Heer von Feinden kömmt im Anmarsch gegen ihn her. Er zeigt eine Pistole, das Volk weicht, er will sich mit Macht einen Weg durchs Gedränge bahnen. »Dieser Schuß«, ruft er, »soll dem Tollkühnen, der mich halten will« – die Furcht gebietet eine allgemeine Pause – ein beherzter Schlossergeselle endlich fällt ihm von hinten her in den Arm, und faßt den Finger, womit der Rasende eben losdrücken will, und drückt ihn aus dem Gelenke. Die Pistole fällt, der wehrlose Mann wird vom Pferde herabgerissen und im Triumphe nach dem Amthaus zurückgeschleppt.

»Wer seid Ihr?« frägt der Richter mit ziemlich brutalem Ton.

»Ein Mann, der entschlossen ist, auf keine Frage zu antworten, bis man sie höflicher einrichtet.«

»Wer sind Sie?«

»Für was ich mich ausgab. Ich habe ganz Deutschland durchreist und die Unverschämtheit nirgends als hier zu Hause gefunden.«

»Ihre schnelle Flucht macht Sie sehr verdächtig. Warum flohen Sie?«

»Weil ich's müde war, der Spott Ihres Pöbels zu sein.«

»Sie drohten, Feuer zu geben.«

»Meine Pistole war nicht geladen.« Man untersuchte das Gewehr, es war keine Kugel darin.«

»Warum führen Sie heimliche Waffen bei sich?«

»Weil ich Sachen von Wert bei mir trage, und weil man mich vor einem gewissen Sonnenwirt gewarnt hat, der in diesen Gegenden streifen soll.«

»Ihre Antworten beweisen sehr viel für Ihre Dreistigkeit, aber nichts für Ihre gute Sache. Ich gebe Ihnen Zeit bis morgen, ob Sie mir die Wahrheit entdecken wollen.«

»Ich werde bei meiner Aussage bleiben.«

»Man führe ihn nach dem Turm.«

»Nach dem Turm? – Herr Oberamtmann, ich hoffe, es gibt noch Gerechtigkeit in diesem Lande. Ich werde Genugtuung fordern.«

»Ich werde sie Ihnen geben, sobald Sie gerechtfertigt sind.«

Den Morgen darauf überlegte der Oberamtmann, der Fremde möchte doch wohl unschuldig sein, die befehlshaberische Sprache würde nichts über seinen Starrsinn vermögen, es wäre vielleicht besser getan, ihm mit Anstand und Mäßigung zu begegnen. Er versammelte die Geschwornen des Orts, und ließ den Gefangenen vorführen.

»Verzeihen Sie es der ersten Aufwallung, mein Herr, wenn ich Sie gestern etwas hart anließ.«

»Sehr gern, wenn Sie mich so fassen.«

»Unsere Gesetze sind strenge, und Ihre Begebenheit machte Lärm. Ich kann Sie nicht freigeben, ohne meine Pflicht zu verletzen. Der Schein ist gegen Sie. Ich wünschte, Sie sagten mir etwas, wodurch er widerlegt werden könnte.«

»Wenn ich nun nichts wüßte?«

»So muß ich den Vorfall an die Regierung berichten, und Sie bleiben so lang in fester Verwahrung.«

»Und dann?«

»Dann laufen Sie Gefahr, als ein Landstreicher über die Grenze gepeitscht zu werden oder, wenn's gnädig geht, unter die Werber zu fallen.«

Er schwieg einige Minuten und schien einen heftigen Kampf zu kämpfen; dann drehte er sich rasch zu dem Richter.

»Kann ich auf eine Viertelstunde mit Ihnen allein sein?«

Die Geschwornen sahen sich zweideutig an, entfernten sich aber auf einen gebietenden Wink ihres Herrn.

»Nun, was verlangen Sie?«

»Ihr gestriges Betragen, Herr Oberamtmann, hätte mich nimmermehr zu einem Geständnis gebracht, denn ich trotze der Gewalt. Die Bescheidenheit, womit Sie mich heute behandeln, hat mir Vertrauen und Achtung gegen Sie gegeben. Ich glaube, daß Sie ein edler Mann sind.«

»Was haben Sie mir zu sagen?«

»Ich sehe, daß Sie ein edler Mann sind. Ich habe mir längst einen Mann gewünscht wie Sie. Erlauben Sie mir Ihre rechte Hand.«

»Wo will das hinaus?«

»Dieser Kopf ist grau und ehrwürdig. Sie sind lang in der Welt gewesen – haben der Leiden wohl viele gehabt – Nicht wahr? und sind menschlicher geworden?«

»Mein Herr – wozu soll das?«

»Sie stehen noch einen Schritt von der Ewigkeit, bald – bald brauchen Sie Barmherzigkeit bei Gott. Sie werden sie Menschen nicht versagen – – Ahnden Sie nichts? Mit wem glauben Sie, daß Sie reden?«

»Was ist das? Sie erschrecken mich.«

»Ahnden Sie noch nicht – Schreiben Sie es Ihrem Fürsten, wie Sie mich fanden, und daß ich selbst aus freier Wahl mein Verräter war – daß ihm Gott einmal gnädig sein werde, wie er jetzt mir es sein wird – bitten Sie für mich, alter Mann, und lassen Sie dann auf Ihren Bericht eine Träne fallen: Ich bin der Sonnenwirt.«

CLEMENS BRENTANO

Geschichte vom braven Kasperl und dem schönen Annerl

Es war Sommersfrühe, die Nachtigallen sangen erst seit einigen Tagen durch die Straßen und verstummten heut in einer kühlen Nacht, welche von fernen Gewittern zu uns herwehte; der Nachtwächter rief die elfte Stunde an, da sah ich, nach Hause gehend, vor der Tür eines großen Gebäudes einen Trupp von allerlei Gesellen, die vom Biere kamen, um jemand, der auf den Türstufen saß, versammelt. Ihr Anteil schien mir so lebhaft, daß ich irgendein Unglück besorgte und mich näherte.

Eine alte Bäuerin saß auf der Treppe, und so lebhaft die Gesellen sich um sie bekümmerten, so wenig ließ sie sich von den neugierigen Fragen und gutmütigen Vorschlägen derselben stören. Es hatte etwas sehr Befremdendes, ja schier Großes, wie die gute alte Frau so sehr wußte, was sie wollte, daß sie, als sei sie ganz allein in ihrem Kämmerlein, mitten unter den Leuten es sich unter freiem Himmel zur Nachtruhe bequem machte. Sie nahm ihre Schürze als ein Mäntelchen um, zog ihren großen, schwarzen, wachsleinenen Hut tiefer in die Augen, legte sich ihr Bündel unter den Kopf zurecht und gab auf keine Frage Antwort.

»Was fehlt dieser alten Frau?« fragte ich einen der Anwesenden; da kamen Antworten von allen Seiten: »Sie kömmt sechs Meilen Weges vom Lande, sie kann nicht weiter, sie weiß nicht Bescheid in der Stadt, sie hat Befreundete am anderen Ende der Stadt und kann nicht hinfinden.« – »Ich wollte sie führen«, sagte einer, »aber es ist ein weiter Weg, und ich habe meinen Hausschlüssel nicht bei mir. Auch würde sie das Haus nicht kennen, wo sie hin will.« – »Aber hier kann die Frau nicht liegen bleiben«, sagte ein Neuhinzugetretener. »Sie will aber platterdings«, antwortete der erste; »ich habe es ihr längst gesagt, ich wolle sie nach Haus bringen, doch sie redet ganz verwirrt, ja sie muß wohl betrunken sein.« – »Ich glaube, sie ist blödsinnig. Aber hier kann sie doch in keinem Falle bleiben«, wiederholte jener, »die Nacht ist kühl und lang.«

Während allem diesem Gerede war die Alte, grade als ob sie taub und blind sei, ganz ungestört mit ihrer Zubereitung fertig geworden, und da der letzte abermals sagte: »Hier kann sie doch nicht bleiben«, erwiderte sie, mit einer wunderlich tiefen und ernsten Stimme:

»Warum soll ich nicht hier bleiben? Ist dies nicht ein herzogliches Haus? Ich bin achtundachtzig Jahre alt, und der Herzog wird mich gewiß nicht von seiner

Schwelle treiben. Drei Söhne sind in seinem Dienst gestorben, und mein einziger Enkel hat seinen Abschied genommen; – Gott verzeiht es ihm gewiß, und ich will nicht sterben, bis er in seinem ehrlichen Grab liegt.«

»Achtundachtzig Jahre und sechs Meilen gelaufen!« sagten die Umstehenden, »sie ist müd und kindisch, in solchem Alter wird der Mensch schwach.«

»Mutter, Sie kann aber den Schnupfen kriegen und sehr krank werden hier, und Langeweile wird Sie auch haben«, sprach nun einer der Gesellen und beugte sich näher zu ihr.

Da sprach die Alte wieder mit ihrer tiefen Stimme, halb bittend, halb befehlend:

»O laßt mir meine Ruhe und seid nicht unvernünftig; ich brauch keinen Schnupfen, ich brauche keine Langeweile; es ist ja schon spät an der Zeit, achtundachtzig bin ich alt, der Morgen wird bald anbrechen, da geh ich zu meinen Befreundeten. Wenn ein Mensch fromm ist und hat Schicksale und kann beten, so kann er die paar armen Stunden auch noch wohl hinbringen.«

Die Leute hatten sich nach und nach verloren, und die letzten, welche noch da standen, eilten auch hinweg, weil der Nachtwächter durch die Straße kam und sie sich von ihm ihre Wohnungen wollten öffnen lassen. So war ich allein noch gegenwärtig. Die Straße ward ruhiger. Ich wandelte nachdenkend unter den Bäumen des vor mir liegenden freien Platzes auf und nieder; das Wesen der Bäuerin, ihr bestimmter, ernster Ton, ihre Sicherheit im Leben, das sie achtundachtzigmal mit seinen Jahreszeiten hatte zurückkehren sehen, und das ihr nur wie ein Vorsaal im Bethause erschien, hatten mich mannigfach erschüttert. »Was sind alle Leiden, alle Begierden meiner Brust? Die Sterne gehen ewig unbekümmert ihren Weg – wozu suche ich Erquickung und Labung, und von wem suche ich sie und für wen? Alles, was ich hier suche und liebe und erringe, wird es mich je dahin bringen, so ruhig wie diese gute, fromme Seele die Nacht auf der Schwelle des Hauses zubringen zu können, bis der Morgen erscheint, und werde ich dann den Freund finden wie sie? Ach, ich werde die Stadt gar nicht erreichen, ich werde wegemüde schon in dem Sande vor dem Tore umsinken und vielleicht gar in die Hände der Räuber fallen.« So sprach ich zu mir selbst, und als ich durch den Lindengang mich der Alten wieder näherte, hörte ich sie halblaut mit gesenktem Kopfe vor sich hin beten. Ich war wunderbar gerührt und trat zu ihr hin und sprach: »Mit Gott, fromme Mutter, bete Sie auch ein wenig für mich!« – bei welchen Worten ich ihr einen Taler in die Schürze warf.

Die Alte sagte hierauf ganz ruhig: »Hab tausend Dank, mein lieber Herr, daß du mein Gebet erhört.«

Ich glaubte, sie spreche mit mir, und sagte: »Mutter, habt Ihr mich denn um etwas gebeten? Ich wüßte nicht.«

Da fuhr die Alte überrascht auf und sprach: »Lieber Herr, gehe Er doch nach Hause und bete Er fein und lege Er sich schlafen. Was zieht Er so spät noch auf der Gasse herum? Das ist jungen Gesellen gar nichts nütze; denn der Feind geht um und suchet, wo er sich einen erfange. Es ist mancher durch solch Nachtlaufen verdorben. Wen sucht Er? Den Herrn? Der ist in des Menschen Herz, so er züchtiglich lebt, und nicht auf der Gasse. Sucht Er aber den Feind, so hat Er ihn schon; gehe Er hübsch nach Hause und bete Er, daß Er ihn loswerde. Gute Nacht!«

Nach diesen Worten wendete sie sich ganz ruhig nach der andern Seite und steckte den Taler in ihren Reisesack. Alles, was die Alte tat, machte einen eigentümlichen ernsten Eindruck auf mich, und ich sprach zu ihr: »Liebe Mutter, Ihr habt wohl recht, aber Ihr selbst seid es, was mich hier hält; ich hörte Euch beten und wollte Euch ansprechen, meiner dabei zu gedenken.«

»Das ist schon gebeten«, sagte sie, »als ich Ihn so durch den Lindengang wandeln sah, bat ich Gott, er möge Euch gute Gedanken geben. Nun habe Er sie, und gehe Er fein schlafen!«

Ich aber setzte mich zu ihr nieder auf die Treppe und ergriff ihre dürre Hand und sagte: »Lasset mich hier bei Euch sitzen die Nacht hindurch, und erzählet mir, woher Ihr seid und was Ihr hier in der Stadt sucht; Ihr habt hier keine Hülfe, in Eurem Alter ist man Gott näher als den Menschen; die Welt hat sich verändert, seit Ihr jung wart.« –

»Daß ich nicht wüßte«, erwiderte die Alte, »ich habs mein Lebetag ganz einerlei gefunden; Er ist noch zu jung, da verwundert man sich über alles; mir ist alles schon so oft wieder vorgekommen, daß ich es nur noch mit Freuden ansehe, weil es Gott so treulich damit meinet. Aber man soll keinen guten Willen von sich weisen, wenn er einem auch grade nicht not tut, sonst möchte der liebe Freund ausbleiben, wenn er ein andermal gar willkommen wäre; bleibe Er drum immer sitzen, und sehe Er, was Er mir helfen kann. Ich will Ihm erzählen, was mich in die Stadt den weiten Weg treibt. Ich hätt es nicht gedacht, wieder hierher zu kommen. Es sind siebenzig Jahre, daß ich hier in dem Hause als Magd gedient habe, auf dessen Schwelle ich sitze, seitdem war ich nicht mehr in der Stadt; was die Zeit herumgeht! Es ist, als wenn man eine Hand umwendet. Wie oft habe ich hier am Abend gesessen vor siebenzig Jahren und habe auf meinen Schatz gewartet, der bei der Garde stand! Hier haben wir uns auch versprochen. Wenn er hier – aber still, da kömmt die Runde vorbei.«

Da hob sie an, mit gemäßigter Stimme, wie etwa junge Mägde und Diener in schönen Mondnächten, vor der Tür zu singen, und ich hörte mit innigem Vergnügen folgendes schöne alte Lied von ihr:

Wann der Jüngste Tag wird werden,
Dann fallen die Sternelein auf die Erden.
Ihr Toten, ihr Toten sollt auferstehn,
Ihr sollt vor das Jüngste Gericht gehn;
Ihr sollt treten auf die Spitzen,

Da die lieben Engelein sitzen.
Da kam der liebe Gott gezogen
Mit einem schönen Regenbogen.
Da kamen die falschen Juden gegangen,
Die führten einst unsern Herrn Christum gefangen.
Die hohen Bäum erleuchten sehr,
Die harten Stein zerknirschten sehr.
Wer dies Gebetlein beten kann,
Der bets des Tages nur einmal,
Die Seele wird vor Gott bestehn,
Wann wir werden zum Himmel eingehn!
Amen.

Als die Runde uns näher kam, wurde die gute Alte gerührt. »Ach«, sagte sie, »es ist heute der sechzehnte Mai, es ist doch alles einerlei, grade wie damals, nur haben sie andere Mützen auf und keine Zöpfe mehr. Tut nichts, wenns Herz nur gut ist!« Der Offizier der Runde blieb bei uns stehen und wollte eben fragen, was wir hier so spät zu schaffen hätten, als ich den Fähnrich Graf Grossinger, einen Bekannten, in ihm erkannte. Ich sagte ihm kurz den ganzen Handel, und er sagte, mit einer Art von Erschütterung: »Hier haben Sie einen Taler für die Alte und eine Rose« – die er in der Hand trug –; »so alte Bauersleute haben Freude an Blumen. Bitten Sie die Alte, Ihnen morgen das Lied in die Feder zu sagen, und bringen Sie mir es. Ich habe lange nach dem Lied getrachtet, aber es nie ganz habhaft werden können.« Hiermit schieden wir, denn der Posten der nah gelegenen Hauptwache, bis zu welcher ich ihn über den Platz begleitet hatte, rief: »Wer da?« Er sagte mir noch, daß er die Wache am Schlosse habe, ich solle ihn dort besuchen. Ich ging zu der Alten zurück und gab ihr die Rose und den Taler.

Die Rose ergriff sie mit einer rührenden Heftigkeit und befestigte sie sich auf ihren Hut, indem sie mit einer etwas feineren Stimme und fast weinend die Worte sprach:

Rosen die Blumen auf meinem Hut,
Hätt ich viel Geld, das wäre gut,
Rosen und mein Liebchen.

Ich sagte zu ihr: »Ei, Mütterchen, Ihr seid ja ganz munter geworden«, und sie erwiderte:

Munter, munter,
Immer bunter,
Immer runder.
Oben stund er,
Nun bergunter,
's ist kein Wunder!

»Schau Er, lieber Mensch, ist es nicht gut, daß ich hier sitzengeblieben? Es ist alles einerlei, glaub Er mir; heut sind es siebenzig Jahre, da saß ich hier vor der Türe, ich war eine flinke Magd und sang gern alle Lieder. Da sang ich auch das Lied vom Jüngsten Gericht wie heute, da die Runde vorbeiging, und da warf mir ein Grenadier im Vorübergehn eine Rose in den Schoß – die Blätter hab ich noch in meiner Bibel liegen –, das war meine erste Bekanntschaft mit meinem seligen Mann. Am andern Morgen hatte ich die Rose vorgesteckt in der Kirche, und da fand er mich, und es ward bald richtig. Drum hat es mich gar sehr gefreut, daß mir heut wieder ein Rose ward. Es ist ein Zeichen, daß ich zu ihm kommen soll, und darauf freu ich mich herzlich. Vier Söhne und eine Tochter sind mir gestorben, vorgestern hat mein Enkel seinen Abschied genommen – Gott helfe ihm und erbarme sich seiner! – und morgen verläßt mich eine andre gute Seele, aber was sag ich morgen, ist es nicht schon Mitternacht vorbei?«

»Es ist zwölfe vorüber«, erwiderte ich, verwundert über ihre Rede. »Gott gebe ihr Trost und Ruhe die vier Stündlein, die sie noch hat!« sagte die Alte und ward still, indem sie die Hände faltete. Ich konnte nicht sprechen, so erschütterten mich ihre Worte und ihr ganzes Wesen. Da sie aber ganz stille blieb und der Taler des Offiziers noch in ihrer Schürze lag, sagte ich zu ihr: »Mutter, steckt den Taler zu euch, Ihr könntet ihn verlieren.«

»Den wollen wir nicht weglegen, den wollen wir meiner Befreundeten schenken in ihrer letzten Not!« erwiderte sie. »Den ersten Taler nehm ich morgen wieder mit nach Haus, der gehört meinem Enkel, der soll ihn genießen. Ja seht, er ist immer ein herrlicher Junge gewesen und hielt auf seinen Leib und auf seine Seele – ach Gott, auf seine Seele! – Ich habe gebetet den ganzen Weg, es ist nicht möglich, der liebe Herr läßt ihn gewiß nicht verderben. Unter allen Burschen war er immer der reinlichste und fleißigste in der Schule, aber auf die Ehre war er vor allem ganz erstaunlich. Sein Leutnant hat auch immer gesprochen: ›Wenn meine Schwadron Ehre im Leibe hat, so sitzt sie bei dem Finkel im Quartier.‹ Er war unter den Ulanen. Als er zum erstenmal aus Frankreich zurückkam, erzählte er allerlei schöne Geschichten, aber immer war von der Ehre dabei die Rede. Sein Vater und sein Stiefbruder waren bei dem Landsturm und kamen oft mit ihm wegen der Ehre in Streit; denn was er zuviel hatte, hatten sie nicht genug. Gott verzeih mir meine schwere Sünde, ich will nicht schlecht von ihnen reden, jeder hat sein Bündel zu tragen: aber meine selige Tochter, *seine* Mutter, hat sich zu Tode gearbeitet bei dem Faulpelz, sie konnte nicht erschwingen, seine Schulden zu tilgen. Der Ulan erzählte von den Franzosen, und als der Vater und Stiefbruder sie ganz schlecht machen wollten, sagte der Ulan: ›Vater, das versteht Ihr nicht, sie haben doch viel Ehre im Leibe!‹ Da ward der Stiefbruder tückisch und sagte: ›Was kannst du deinem Vater so viel von der Ehre vorschwatzen? War er doch Unteroffizier im N...schen Regiment und muß es besser als du verstehn, der nur Gemeiner ist!‹ – ›Ja‹, sagte da der alte

Finkel, der nun auch rebellisch ward, ›das war ich und habe manchen vorlauten Burschen fünfundzwanzig aufgezählt; hätte ich nur Franzosen in der Kompanie gehabt, die sollten sie noch besser gefühlt haben, mit ihrer Ehre!‹ Die Rede tat dem Ulanen gar weh, und er sagte: ›Ich will ein Stückchen von einem französischen Unteroffizier erzählen, das gefällt mir besser. Unterm vorigen König sollten auf einmal die Prügel bei der französischen Armee eingeführt werden. Der Befehl des Kriegsministers wurde zu Straßburg bei einer großen Parade bekanntgemacht, und die Truppen hörten in Reih und Glied die Bekanntmachung mit stillem Grimm an. Da aber noch am Schluß der Parade ein Gemeiner einen Exzeß machte, wurde sein Unteroffizier vorkommandiert, ihm zwölf Hiebe zu geben. Es wurde ihm mit Strenge befohlen, und er mußte es tun. Als er aber fertig war, nahm er das Gewehr des Mannes, den er geschlagen hatte, stellte es vor sich an die Erde und drückte mit dem Fuße los, daß ihm die Kugel durch den Kopf fuhr und er tot niedersank. Das wurde an den König berichtet, und der Befehl, Prügel zu geben, ward gleich zurückgenommen. Seht, Vater, das war ein Kerl, der Ehre im Leib hatte!‹ – ›Ein Narr war es‹, sprach der Bruder. ›Freß deine Ehre, wenn du Hunger hast!‹ brummte der Vater. Da nahm mein Enkel seinen Säbel und ging aus dem Haus und kam zu mir in mein Häuschen und erzählte mir alles und weinte die bittern Tränen. Ich konnte ihm nicht helfen; die Geschichte, die er mir auch erzählte, konnte ich zwar nicht ganz verwerfen, aber ich sagte ihm doch immer zuletzt: ›Gib Gott allein die Ehre!‹ Ich gab ihm noch den Segen, denn sein Urlaub war am andern Tage aus, und er wollte noch eine Meile umreiten nach dem Orte, wo ein Patchen von mir auf dem Edelhof diente, auf die er gar viel hielt; er wollte einmal mit ihr hausen. – Sie werden auch wohl bald zusammenkommen, wenn Gott mein Gebet erhört. Er hat seinen Abschied schon genommen, mein Patchen wird ihn heut erhalten, und die Aussteuer hab ich auch schon beisammen, es soll auf der Hochzeit weiter niemand sein als ich.« Da ward die Alte wieder still und schien zu beten. Ich war in allerlei Gedanken über die Ehre, und ob ein Christ den Tod des Unteroffiziers schön finden dürfe. Ich wollte, es sagte mir einmal einer etwas Hinreichendes darüber.

Als der Wächter ein Uhr anrief, sagte die Alte: »Nun habe ich noch zwei Stunden. Ei, ist Er noch da, warum geht Er nicht schlafen? Er wird morgen nicht arbeiten können und mit seinem Meister Händel kriegen; von welchem Handwerk ist Er denn, mein guter Mensch?«

Da wußte ich nicht recht, wie ich es ihr deutlich machen sollte, daß ich ein Schriftsteller sei. »Ich bin ein Gestudierter«, durfte ich nicht sagen, ohne zu lügen. Es ist wunderbar, daß ein Deutscher immer sich ein wenig schämt, zu sagen, er sei ein Schriftsteller; zu Leuten aus den untern Ständen sagt man es am ungernsten, weil diesen gar leicht die Schriftgelehrten und Pharisäer aus der Bibel dabei einfallen. Der Name Schriftsteller ist nicht so eingebürgert bei uns, wie das *homme de lettres* bei den Franzosen, welche überhaupt als Schriftsteller zünftig sind und in ihren Arbeiten mehr hergebrachtes Gesetz haben, ja, bei denen man auch fragt: *Où avez-vous fait votre philosophie?* Wo haben Sie Ihre Philosophie gemacht?«, wie denn ein Franzose selbst viel mehr von einem gemachten Manne hat. Doch diese nicht deutsche Sitte ist es nicht allein, welche das Wort Schriftsteller so schwer auf der Zunge macht, wenn man am Tore um seinen Charakter gefragt wird, sondern eine gewisse innere Scham hält uns zurück, ein Gefühl, welches jeden befällt, der mit freien und geistigen Gütern, mit unmittelbaren Geschenken des Himmels Handel treibt. Gelehrte brauchen sich weniger zu schämen als Dichter; denn sie haben gewöhnlich Lehrgeld gegeben, sind meist in Ämtern des Staats, spalten an groben Klötzen oder arbeiten in Schachten, wo viel wilde Wasser auszupumpen sind. Aber ein sogenannter Dichter ist am übelsten daran, weil er meistens aus dem Schulgarten nach dem Parnaß entlaufen, und es ist auch wirklich ein verdächtiges Ding um einen Dichter von Profession, der es nicht nur nebenher ist. Man kann sehr leicht zu ihm sagen: »Mein Herr, ein jeder Mensch hat, wie Hirn, Herz, Magen, Milz, Leber und dergleichen, auch eine Poesie im Leibe; wer aber eines dieser Glieder überfüttert, verfüttert oder mästet und es über alle andre hinüber treibt, ja es gar zum Erwerbszweig macht, der muß sich schämen vor seinem ganzen übrigen Menschen. Einer, der von der Poesie lebt, hat das Gleichgewicht verloren, und eine übergroße Gänseleber, sie mag noch so gut schmecken, setzt doch immer eine kranke Gans voraus.« Alle Menschen, welche ihr Brot nicht im Schweiß ihres Angesichts verdienen, müssen sich einigermaßen schämen, und das fühlt einer, der noch nicht ganz in der Tinte war, wenn er sagen soll, er sei ein Schriftsteller. So dachte ich allerlei und besann mich, was ich der Alten sagen sollte, welche, über mein Zögern verwundert, mich anschaute und sprach: »Welch ein Handwerk Er treibt, frage ich; warum will Er mirs nicht sagen? Treibt kein ehrlich Handwerk, so greif Ers noch an, es hat einen goldnen Boden. Er ist doch nicht etwa gar ein Henker oder Spion, der mich ausholen will? Meinethalben sei Er, wer Er will, sag Ers, wer Er ist? Wenn Er bei Tage so hier säße, würde ich glauben, Er sei ein Lehnerich, so ein Tagedieb, der sich an die Häuser lehnt, damit er nicht umfällt vor Faulheit.«

Da fiel mir ein Wort ein, das mir vielleicht eine Brücke zu ihrem Verständnis schlagen könnte: »Liebe Mutter«, sagte ich, »ich bin ein Schreiber.« – »Nun«, sagte sie, »das hätte Er gleich sagen sollen. Er ist also ein Mann von der Feder; dazu gehören feine Köpfe und schnelle Finger und ein gutes Herz, sonst wird einem drauf geklopft. Ein Schreiber ist Er? Kann Er mir dann wohl eine Bittschrift aufsetzen an den Herzog, die aber gewiß erhört wird und nicht bei den vielen andern liegen bleibt?«

»Eine Bittschrift, liebe Mutter«, sprach ich, »kann ich Ihr wohl aufsetzen, und ich will mir alle Mühe geben, daß sie recht eindringlich abgefaßt sein soll.«

»Nun, das ist brav von Ihm«, erwiderte sie, »Gott lohn es Ihm und lasse Ihn älter werden als mich und gebe Ihm auch in Seinem Alter einen so geruhigen Mut und eine so schöne Nacht mit Rosen und Talern wie mir und auch einen Freund, der ihm eine Bittschrift macht, wenn es Ihm not tut. Aber jetzt gehe Er nach Haus, lieber Freund, und kaufe Er sich einen Bogen Papier und schreibe Er die Bittschrift; ich will hier auf Ihn warten, noch eine Stunde, dann gehe ich zu meiner Pate, Er kann mitgehen; sie wird sich auch freuen an der Bittschrift. Sie hat gewiß ein gut Herz, aber Gottes Gerichte sind wunderbar.«

Nach diesen Worten ward die Alte wieder still, senkte den Kopf und schien zu beten. Der Taler lag noch auf ihrem Schoß. Sie weinte. »Liebe Mutter, was fehlt Euch, was tut Euch so weh, Ihr weinet?« sprach ich.

»Nun, warum soll ich denn nicht weinen? Ich weine auf den Taler, ich weine auf die Bittschrift, auf alles weine ich. Aber es hilft nichts, es ist doch alles viel, viel besser auf Erden, als wir Menschen es verdienen, und gallenbittre Tränen sind noch viel zu süße. Sehe Er nur einmal das goldne Kamel da drüben, an der Apotheke, wie doch Gott alles so herrlich und wunderbar geschaffen hat! Aber der Mensch erkennt es nicht, und ein solch Kamel geht eher durch ein Nadelöhr als ein Reicher in das Himmelreich. – Aber was sitzt Er denn immer da? Gehe Er, den Bogen Papier zu kaufen, und bringe Er mir die Bittschrift.«

»Liebe Mutter«, sagte ich, »wie kann ich Euch die Bittschrift machen, wenn Ihr mir nicht sagt, was ich hineinschreiben soll?«

»Das muß ich Ihm sagen?« erwiderte sie; »dann ist es freilich keine Kunst, und wundre mich nicht mehr, daß Er sich einen Schreiber zu nennen schämte, wenn man Ihm alles sagen soll. Nun, ich will mein Mögliches tun. Setz Er in die Bittschrift, daß zwei Liebende beieinander ruhen sollen, und daß sie einen nicht auf die Anatomie bringen sollen, damit man seine Glieder beisammen hat, wenn es heißt: ›Ihr Toten, ihr Toten sollt auferstehn, ihr sollt vor das Jüngste Gericht gehn!‹« Da fing sie wieder bitterlich an zu weinen.

Ich ahnete, ein schweres Leid müsse auf ihr lasten, aber sie fühle bei der Bürde ihrer Jahre nur in einzelnen Momenten sich schmerzlich gerührt. Sie weinte, ohne zu klagen, ihre Worte waren immer gleich ruhig und kalt. Ich bat sie nochmals, mir die ganze Veranlassung zu ihrer Reise in die Stadt zu erzählen, und sie sprach: »Mein Enkel, der Ulan, von dem ich Ihm erzählte, hatte doch mein Patchen sehr lieb, wie ich Ihm vorher sagte, und sprach der schönen Annerl, wie die Leute sie ihres glatten Spiegels wegen nannten, immer von der Ehre vor und sagte ihr immer, sie solle auf ihre Ehre halten und auch auf seine Ehre. Da kriegte dann das Mädchen etwas ganz Apartes in ihr Gesicht und ihre Kleidung von der Ehre; sie war feiner und manierlicher als alle andere Dirnen. Alles saß ihr knapper am Leibe, und wenn sie ein Bursche einmal ein wenig derb beim Tanze anfaßte oder sie etwa höher als den Steg der Baßgeige schwang, so konnte sie bitterlich darüber bei mir weinen und sprach dabei immer, es sei wider ihre Ehre. Ach, das Annerl ist ein eignes Mädchen immer gewesen. Manchmal, wenn kein Mensch es sich versah, fuhr sie mit beiden Händen nach ihrer Schürze und riß sie sich vom Leibe, als ob Feuer drin sei, und dann fing sie gleich entsetzlich an zu weinen; aber das hat seine Ursache, es hat sie mit Zähnen hingerissen, der Feind ruht nicht. Wäre das Kind nur nicht stets so hinter der Ehre her gewesen und hätte sich lieber an unsren lieben Gott gehalten, hätte ihn nie von sich gelassen, in aller Not, und hätte seinetwillen Schande und Verachtung ertragen statt ihrer Menschenehre. Der Herr hätte sich gewiß erbarmt und wird es auch noch; ach, sie kommen gewiß zusammen, Gottes Wille geschehe!

Der Ulan stand wieder in Frankreich, er hatte lange nicht geschrieben, und wir glaubten ihn fast tot und weinten oft um ihn. Er war aber im Hospital an einer schweren Blessur krank gelegen, und als er wieder zu seinen Kameraden kam und zum Unteroffizier ernannt wurde, fiel ihm ein, daß ihm vor zwei Jahren sein Stiefbruder so übers Maul gefahren: er sei nur Gemeiner und der Vater Korporal, und dann die Geschichte von dem französischen Unteroffizier, und wie er seinem Annerl von der Ehre so viel geredet, als er Abschied genommen. Da verlor er seine Ruhe und kriegte das Heimweh und sagte zu seinem Rittmeister, der ihn um sein Leid fragte: ›Ach, Herr Rittmeister, es ist, als ob es mich mit den Zähnen nach Hause zöge.‹ Da ließen sie ihn heimreiten mit seinem Pferd, denn alle seine Offiziere trauten ihm. Er kriegte auf drei Monate Urlaub und sollte mit der Remonte wieder zurückkommen. Er eilte, so sehr er konnte, ohne seinem Pferde wehe zu tun, welches er besser pflegte als jemals, weil es ihm war anvertraut worden. An einem Tage trieb es ihn ganz entsetzlich, nach Hause zu eilen; es war der Tag vor dem Sterbetage seiner Mutter, und es war ihm immer, als laufe sie vor seinem Pferde her und riefe: ›Kasper, tue mir eine Ehre an!‹ Ach, ich saß an diesem Tage auf ihrem Grabe ganz allein und dachte auch: wenn Kaspar doch bei mir wäre! Ich hatte Blümelein Vergißnichtmein in einen Kranz gebunden und an das eingesunkene Kreuz gehängt und maß mir den Platz umher aus und dachte: hier will ich liegen, und da soll Kasper liegen, wenn ihm Gott sein Grab in der Heimat schenkt, daß wir fein beisammen sind, wenns heißt: ›Ihr Toten, ihr Toten sollt auferstehn, ihr sollt zum Jüngsten Gerichte gehn!‹ Aber Kasper kam nicht, ich wußte auch nicht, daß er so nahe war und wohl hätte kommen können. Es trieb ihn auch gar sehr, zu eilen; denn er hatte wohl oft an diesen Tag in Frankreich gedacht und hatte einen kleinen Kranz von schönen Goldblumen von daher mitgebracht, um das Grab seiner Mutter zu schmücken und auch einen Kranz für Annerl, den sollte sie sich bis zu ihrem Ehrentage bewahren.« Hier ward die Alte still und schüttelte mit dem Kopf; als ich aber die letzten Worte wiederholte: »Den sollte sie sich bis zu ihrem Ehrentag bewahren«, fuhr sie fort: »Wer weiß, ob ich es nicht erflehen kann; ach, wenn ich den Herzog nur wecken dürfte!« – »Wozu?« fragte ich, »welch Anliegen habt Ihr denn, Mutter?« Da sagte sie ernst: »O, was läge am ganzen Leben, wenns kein End nähme; was läge am Leben, wenn es nicht ewig wäre!« und fuhr dann in ihrer Erzählung fort:

»Kasper wäre noch recht gut zu Mittag in unserm Dorfe angekommen, aber morgens hatte ihm sein Wirt im Stalle gezeigt, daß sein Pferd gedrückt sei, und dabei gesagt: ›Mein Freund, das macht dem Reiter keine Ehre.‹ Das Wort hatte Kasper tief empfunden; er legte deswegen den Sattel hohl und leicht auf, tat alles, ihm die Wunde zu heilen, und setzte seine Reise, das Pferd am Zügel führend, zu Fuße fort. So kam er am späten Abend bis an eine Mühle, eine Meile von unserm Dorf, und weil er den Müller als einen alten Freund seines Vaters kannte, sprach er bei ihm ein und wurde wie ein recht lieber Gast aus der Fremde empfangen. Kasper zog sein Pferd in den Stall, legte den Sattel und sein Felleisen in einen Winkel und ging nun zu dem Müller in die Stube. Da fragte er dann nach den Seinigen und hörte, daß ich alte Großmutter noch lebe, und daß sein Vater und sein Stiefbruder gesund seien, und daß es recht gut mit ihnen gehe; sie wären erst gestern mit Getreide auf der Mühle gewesen, sein Vater habe sich auf den Roß- und Ochsenhandel gelegt und gedeihe dabei recht gut, auch halte er jetzt etwas auf seine Ehre und gehe nicht so zerrissen umher. Darüber war der gute Kasper nun herzlich froh, und da er nach der schönen Annerl fragte, sagte ihm der Müller: er kenne sie nicht, aber wenn es die sei, die auf dem Rosenhof gedient habe, die hätte sich, wie er gehört, in der Hauptstadt vermietet, weil sie da eher etwas lernen könne und mehr Ehre dabei sei; so habe er vor einem Jahre von dem Knecht auf dem Rosenhof gehört. Das freute den Kasper auch; wenn es ihm gleich leid tat, daß er sie nicht gleich sehen sollte, so hoffte er, sie doch in der Hauptstadt bald recht fein und schmuck zu finden, daß es ihm, als einem Unteroffizier, auch eine rechte Ehre sei, mit ihr am Sonntag spazieren zu gehn. Nun erzählte er dem Müller noch mancherlei aus Frankreich, sie aßen und tranken miteinander, er half ihm Korn aufschütten, und dann brachte ihn der Müller in die Oberstube zu Bett und legte sich selbst unten auf einigen Säcken zur Ruhe. Das Geklapper der Mühle und die Sehnsucht nach der Heimat ließen den guten Kasper, wenn er gleich sehr müde war, nicht fest einschlafen. Er war sehr unruhig und dachte an seine selige Mutter und an das schöne Annerl und an die Ehre, die ihm bevorstehe, wenn er als Unteroffizier vor die Seinigen treten würde. So entschlummerte er endlich leis und wurde von ängstlichen Träumen oft aufgeschreckt. Es war ihm mehrmals, als trete seine selige Mutter zu ihm und bäte ihn händeringend um Hülfe; dann war es ihm, als sei er gestorben und würde begraben, gehe aber selbst zu Fuße als Toter mit zu Grabe, und schön Annerl gehe ihm zur Seite; er weinte heftig, daß ihn seine Kameraden nicht begleiteten, und da er auf den Kirchhof komme, sei sein Grab neben dem seiner Mutter; und Annerls Grab sei auch dabei, und er gebe Annerl das Kränzlein, das er ihr mitgebracht, und hänge das der Mutter an ihr Grab, und dann habe er sich umgeschaut und niemand mehr gesehen als mich und die Annerl; die habe einer an der Schürze ins Grab gerissen, und er sei dann auch ins Grab gestiegen und habe gesagt: ›Ist denn niemand hier, der mir die letzte Ehre antut und mir ins Grab schießen will als einem braven Soldaten?‹ und da habe er sein Pistol gezogen und sich selbst ins Grab geschossen. Über dem Schuß wachte er mit großem Schrecken auf, denn es war ihm, als klirrten die Fenster davon. Er sah um sich in der Stube, da hörte er noch einen Schuß fallen und hörte Getöse in der Mühle und Geschrei durch das Geklapper. Er sprang aus dem Bett und griff nach seinem Säbel; in dem Augenblick ging seine Türe auf, und er sah beim Vollmondschein zwei Männer mit berußten Gesichtern mit Knitteln auf sich zustürzen, aber er setzte sich zur Wehr und hieb den einen über den Arm, und so entflohen beide, indem sie die Türe, welche nach außen aufging und einen Riegel draußen hatte, hinter sich verriegelten. Kasper versuchte umsonst, ihnen nachzukommen; endlich gelang es ihm, eine Tafel in der Türe einzutreten. Er eilte durch das Loch die Treppe hinunter und hörte das Wehgeschrei des Müllers, den er geknebelt zwischen den Kornsäcken liegend fand. Kasper band ihn los und eilte dann gleich in den Stall, nach seinem Pferde und Felleisen, aber beides war geraubt. Mit großem Jammer eilte er in die Mühle zurück und klagte dem Müller sein Unglück, daß ihm all sein Hab und Gut und das ihm anvertraute Pferd gestohlen sei, über welches letztere er sich gar nicht zufrieden geben konnte. Der Müller aber stand mit einem vollen Geldsack vor ihm, er hatte ihn in der Oberstube aus dem Schranke geholt und sagte zu dem Ulan: ›Lieber Kasper, sei Er zufrieden, ich verdanke Ihm die Rettung meines Vermögens; auf diesen Sack, der oben in Seiner Stube lag, hatten es die Räuber gemünzt, und Seiner Verteidigung danke ich alles, mir ist nichts gestohlen. Die Sein Pferd und Sein Felleisen im Stall fanden, müssen ausgestellte Diebeswachen gewesen sein, sie zeigten durch die Schüsse an, daß Gefahr da sei, weil sie wahrscheinlich am Sattelzeug erkannten, daß ein Kavallerist im Hause herberge. Nun soll Er meinethalben keine Not haben, ich will mir alle Mühe geben und kein Geld sparen, Ihm Seinen Gaul wiederzufinden, und finde ich ihn nicht, so will ich Ihm einen kaufen, so teuer er sein mag.‹ Kasper sagte: ›Geschenkt nehme ich nichts, das ist gegen meine Ehre; aber wenn Er mir im Notfall siebzig Taler vorschießen will, so kriegt er meine Verschreibung, ich schaffe sie in zwei Jahren wieder.‹ Hierüber wurden sie einig, und der Ulan trennte sich von ihm, um nach seinem Dorfe zu eilen, wo auch ein Gerichtshalter der umliegenden Edelleute wohnt, bei dem er die Sache berichten wollte. Der Müller blieb zurück, um seine Frau und seinen Sohn zu erwarten, welche auf einem Dorfe in der Nähe bei einer Hochzeit waren. Dann wollte er dem Ulanen nachkommen und die Anzeige vor Gericht auch machen.

Er kann sich denken, lieber Herr Schreiber, mit welcher Betrübnis der arme Kasper den Weg nach unserm Dorfe eilte, zu Fuß und arm, wo er hatte stolz einreiten wollen; einundfünfzig Taler, die er erbeutet hatte, sein Patent als Unteroffizier, sein Urlaub, und die Kränze auf seiner Mutter Grab und für die schöne Annerl waren ihm gestohlen. Es war ihm ganz verzweifelt zumute, und so kam er um ein Uhr in der Nacht in seiner Heimat an und pochte gleich an der Türe des Gerichtshalters, dessen Haus das erste vor dem Dorfe ist. Er ward eingelassen und machte seine Anzeige und gab alles an, was ihm geraubt worden war. Der Gerichtshalter trug ihm auf, er solle gleich zu seinem Vater gehn, welches der einzige Bauer im Dorfe sei, der Pferde habe, und solle mit diesem und seinem Bruder in der Gegend herum patrouillieren, ob er vielleicht den Räubern auf die Spur komme; indessen wolle er andere Leute zu Fuß aussenden und den Müller, wenn er komme, um die weiteren Umstände vernehmen. Kasper ging nun von dem Gerichtshalter weg nach dem väterlichen Hause; da er aber an meiner Hütte vorüber mußte und durch das Fenster hörte, daß ich ein geistliches Lied sang, wie ich denn vor Gedanken an seine selige Mutter nicht schlafen konnte, so pochte er an und sagte: ›Gelobt sei Jesus Christus, liebe Großmutter, Kasper ist hier.‹ Ach, wie fuhren mir die Worte durch Mark und Bein! Ich stürzte an das Fenster, öffnete es und küßte und drückte ihn mit unendlichen Tränen. Er erzählte mir sein Unglück mit großer Eile und sagte, welchen Auftrag er an seinen Vater vom Gerichtshalter habe; er müsse drum jetzt gleich hin, um den Dieben nachzusetzen, denn seine Ehre hänge davon ab, daß er sein Pferd wiedererhalte.

Ich weiß nicht, aber das Wort Ehre fuhr mir recht durch alle Glieder, denn ich wußte schwere Gerichte, die ihm bevorstanden. ›Tue deine Pflicht und gib Gott allein die Ehre!‹ sagte ich; und er eilte von mir nach Finkels Hof, der am andern Ende des Dorfs liegt. Ich sank, als er fort war, auf die Kniee und betete zu Gott, er möge ihn doch in seinen Schutz nehmen; ach, ich betete mit einer Angst wie niemals und mußte dabei immer sagen: ›Herr, dein Wille geschehe wie im Himmel, so auf Erden.‹

Der Kasper lief zu seinem Vater mit einer entsetzlichen Angst. Er stieg hinten über den Gartenzaun, er hörte die Pumpe gehen, er hörte im Stall wiehern, das fuhr ihm durch die Seele; er stand still, er sah im Mondschein, daß zwei Männer sich wuschen, es wollte ihm das Herz brechen. Der eine sprach: ›Das verfluchte Zeug geht nicht herunter‹; da sagte der andre: ›Komm erst in den Stall, dem Gaul den Schwanz abzuschlagen und die Mähnen zu verschneiden. Hast du das Felleisen auch tief genug unterm Mist begraben?‹ – ›Ja‹, sagte der andre. Da gingen sie nach dem Stall, und Kasper, vor Jammer wie ein Rasender, sprang hervor und schloß die Stalltüre hinter ihnen und schrie: ›Im Namen des Herzogs! Ergebt euch! Wer sich widersetzt, den schieße ich nieder!‹ Ach, da hatte er seinen Vater und seinen Stiefbruder als die Räuber seines Pferdes gefangen. ›Meine Ehre, meine Ehre ist verloren!‹ schrie er, ›ich bin der Sohn eines ehrlosen Diebes.‹ Als die beiden im Stall diese Worte hörten, ist ihnen bös zumute geworden; sie schrien: ›Kasper, lieber Kasper, um Gottes willen, bringe uns nicht ins Elend, Kasper, du sollst ja alles wiederhaben, um deiner seligen Mutter willen, deren Sterbetag heute ist, erbarme dich deines Vaters und Bruders!‹ Kasper aber war wie verzweifelt, er schrie nur immer: ›Meine Ehre, meine Pflicht!‹, und da sie nun mit Gewalt die Türe erbrechen wollten und ein Fach in der Lehmwand einstoßen, um zu entkommen, schoß er ein Pistol in die Luft und schrie: ›Hülfe, Hülfe, Diebe, Hülfe!‹ Die Bauern, von dem Gerichtshalter erweckt, welche schon herannahten, um sich über die verschiedenen Wege zu bereden, auf denen sie die Einbrecher in die Mühle verfolgen wollten, stürzten auf den Schuß und das Geschrei ins Haus. Der alte Finkel flehte immer noch, der Sohn solle ihm die Türe öffnen; der aber sagte: ›Ich bin ein Soldat und muß der Gerechtigkeit dienen.‹ Da traten der Gerichtshalter und die Bauern heran. Kasper sagte: ›Um Gottes Barmherzigkeit willen, Herr Gerichtshalter, mein Vater, mein Bruder sind selbst die Diebe, o daß ich nie geboren wäre! Hier im Stalle habe ich sie gefangen, mein Felleisen liegt im Miste vergraben.‹ Da sprangen die Bauern in den Stall und banden den alten Finkel und seinen Sohn und schleppten sie in ihre Stube. Kasper aber grub das Felleisen hervor und nahm die zwei Kränze heraus und ging nicht in die Stube, er ging nach dem Kirchhofe an das Grab seiner Mutter. Der Tag war angebrochen. Ich war auf der Wiese gewesen und hatte für mich und für Kasper zwei Kränze von Blümelein Vergißnichtmein geflochten; ich dachte: er soll mit mir das Grab seiner Mutter schmücken, wenn er von seinem Ritt zurückkommt. Da hörte ich allerlei ungewohnten Lärm im Dorf, und weil ich das Getümmel nicht mag und am liebsten alleine bin, so ging ich ums Dorf herum nach dem Kirchhof. Da fiel ein Schuß, ich sah den Dampf in die Höhe steigen, ich eilte auf den Kirchhof – o du lieber Heiland, erbarme dich sein! Kasper lag tot auf dem Grabe seiner Mutter, er hatte sich die Kugel durch das Herz geschossen, auf welches er sich das Kränzlein, das er für schön Annerl mitgebracht, am Knopfe befestigt hatte; durch diesen Kranz hatte er sich ins Herz geschossen. Den Kranz für die Mutter hatte er schon an das Kreuz befestigt. Ich meinte, die Erde täte sich unter mir auf bei dem Anblick, ich stürzte über ihn hin und schrie immer: ›Kasper, o du unglückseliger Mensch, was hast du getan? Ach, wer hat dir denn dein Elend erzählt? O warum habe ich dich von mir gelassen, eh ich dir alles gesagt! Gott, was wird dein armer Vater, dein Bruder sagen, wenn sie dich so finden!‹ Ich wußte nicht, daß er sich wegen diesen das Leid angetan; ich glaubte, es habe eine ganz andere Ursache. Da kam es noch ärger. Der Gerichtshalter und die Bauern brachten den alten Finkel und seinen Sohn mit Stricken gebunden; der Jammer erstickte mir die Stimme in der Kehle, ich konnte kein Wort sprechen; der Gerichtshalter fragte mich, ob ich meinen Enkel nicht gesehn. Ich zeigte hin, wo er lag. Er trat zu ihm; er glaubte, er weine auf dem Grabe; er schüttelte ihn, da sah er das Blut niederstürzen. ›Jesus, Marie!‹ rief er aus, ›der Kasper hat Hand an sich gelegt.‹ Da sahen die beiden Gefangenen sich schrecklich an; man nahm den Leib des Kaspers und trug ihn neben ihnen her nach dem Hause des Gerichtshalters; es war ein Wehgeschrei im ganzen Dorfe, die Bauernweiber führten mich nach. Ach, das war wohl der schrecklichste Weg in meinem Leben!«

Da ward die Alte wieder still, und ich sagte zu ihr: »Liebe Mutter, Euer Leid ist entsetzlich, aber Gott hat Euch auch recht lieb; die er am härtesten schlägt, sind seine liebsten Kinder. Sagt mir nun, liebe Mutter, was Euch bewogen hat, den weiten Weg hierher zu gehen, und um was Ihr die Bittschrift einreichen wollt?«

»Ei, das kann Er sich doch wohl denken«, fuhr sie ganz ruhig fort, »um ein ehrliches Grab für Kasper und die schöne Annerl, der ich das Kränzlein zu ihrem Ehrentag mitbringe; es ist ganz mit Kaspers Blut unterlaufen, seh Er einmal!«

Da zog sie einen kleinen Kranz von Flittergold aus ihrem Bündel und zeigte ihn mir; ich konnte bei dem anbrechenden Tage sehen, daß er vom Pulver geschwärzt und mit Blut besprengt war. Ich war ganz zerrissen von dem Unglück der guten Alten, und die Größe und Festigkeit, womit sie es trug, erfüllte mich mit Verehrung. »Ach, liebe Mutter«, sagte ich, »wie werdet Ihr der armen Annerl aber ihr Elend beibringen, daß sie gleich nicht vor Schrecken tot niedersinkt, und was ist denn das für ein Ehrentag, zu welchem Ihr dem Annerl den traurigen Kranz bringet?«

»Lieber Mensch«, sprach sie, »komme Er nur mit, Er kann mich zu ihr begleiten, ich kann doch nicht geschwind fort, so werden wir sie gerade zu rechter Zeit noch finden. Ich will Ihm unterwegs noch alles erzählen.«

Nun stand sie auf und betete ihren Morgensegen ganz ruhig und brachte ihre Kleider in Ordnung, und ihren Bündel hängte sie dann an meinen Arm; es war zwei Uhr des Morgens, der Tag graute, und wir wandelten durch die stillen Gassen.

»Seh Er«, erzählte die Alte fort, »als der Finkel und sein Sohn eingesperrt waren, mußte ich zum Gerichtshalter auf die Gerichtsstube; der tote Kasper wurde auf einen Tisch gelegt und, mit seinem Ulanenmantel bedeckt, hereingetragen, und nun mußte ich alles dem Gerichtshalter sagen, was ich von ihm wußte, und was er mir heute morgen durch das Fenster gesagt hatte. Das schrieb er alles auf sein Papier nieder, das vor ihm lag. Dann sah er die Schreibtafel durch, die sie bei Kasper gefunden; da standen mancherlei Rechnungen drin, einige Geschichten von der Ehre und auch die von dem französischen Unteroffizier, und hinter ihr war mit Bleistift etwas geschrieben.« Da gab mir die Alte die Brieftasche, und ich las folgende letzte Worte des unglücklichen Kaspers: »Auch ich kann meine Schande nicht überleben. Mein Vater und mein Bruder sind Diebe, sie haben mich selbst bestohlen; mein Herz brach mir, aber ich mußte sie gefangennehmen und den Gerichten übergeben, denn ich bin ein Soldat meines Fürsten, und meine Ehre erlaubt mir keine Schonung. Ich habe meinen Vater und Bruder der Rache übergeben um der Ehre willen. Ach, bitte doch jedermann für mich, daß man mir hier, wo ich gefallen bin, ein ehrliches Grab neben meiner Mutter vergönne! Das Kränzlein, durch welches ich mich erschossen, soll die Großmutter der schönen Annerl schicken und sie von mir grüßen; ach, sie tut mir leid durch Mark und Bein, aber sie soll doch den Sohn eines Diebes nicht heiraten, denn sie hat immer viel auf Ehre gehalten. Liebe schöne Annerl, mögest du nicht so sehr erschrecken über mich, gib dich zufrieden, und wenn du mir jemals ein wenig gut warst, so rede nicht schlecht von mir! Ich kann ja nichts für meine Schande! Ich hatte mir so viele Mühe gegeben, in Ehren zu bleiben mein Leben lang, ich war schon Unteroffizier und hatte den besten Ruf bei der Schwadron, ich wäre gewiß noch einmal Offizier geworden, und Annerl, dich hätte ich doch nicht verlassen und hätte keine Vornehmere gefreit – aber der Sohn eines Diebes, der seinen Vater aus Ehre selbst fangen und richten lassen muß, kann seine Schande nicht überleben. Annerl, liebes Annerl, nimm doch ja das Kränzlein, ich bin dir immer treu gewesen, so Gott mir gnädig sei! Ich gebe dir nun deine Freiheit wieder, aber tue mir die Ehre und heirate nie einen, der schlechter wäre als ich. Und wenn du kannst, so bitte für mich, daß ich ein ehrliches Grab neben meiner Mutter erhalte; und wenn du hier in unserm Ort sterben solltest, so lasse dich auch bei uns begraben; die gute Großmutter wird auch zu uns kommen, da sind wir alle beisammen. Ich habe funfzig Taler in meinem Felleisen, die sollen auf Interessen gelegt werden für dein erstes Kind. Meine silberne Uhr soll der Herr Pfarrer haben, wenn ich ehrlich begraben werde. Mein Pferd, die Uniform und Waffen gehören dem Herzog, diese meine Brieftasche gehört dein. Adies, herztausender Schatz, adies, liebe Großmutter, betet für mich und lebt alle wohl! – Gott erbarme sich meiner – ach, meine Verzweiflung ist groß!«

Ich konnte diese letzten Worte eines gewiß edeln unglücklichen Menschen nicht ohne bittere Tränen lesen. – »Der Kasper muß ein gar guter Mensch gewesen sein, liebe Mutter«, sagte ich zu der Alten, welche nach diesen Worten stehenblieb und meine Hand drückte und mit tiefbewegter Stimme sagte: »Ja, es war der beste Mensch auf der Welt. Aber die letzten Worte von der Verzweiflung hätte er nicht schreiben sollen, die bringen ihn um sein ehrliches Grab, die bringen ihn auf die Anatomie. Ach, lieber Schreiber, wenn Er hierin nur helfen könnte!«

»Wieso, liebe Mutter?« fragte ich, »was können diese letzten Worte dazu beitragen?« – »Ja gewiß«, erwiderte sie, »der Gerichtshalter hat es mir selbst gesagt. Es ist ein Befehl an alle Gericht ergangen, daß nur die Selbstmörder aus Melancholie ehrlich sollen begraben werden, alle aber, die aus Verzweiflung Hand an sich gelegt, sollen auf die Anatomie; und der Gerichtshalter hat mir gesagt, daß er den Kasper, weil er selbst seine Verzweiflung eingestanden, auf die Anatomie schicken müsse.«

»Das ist ein wunderlich Gesetz«, sagte ich, »denn man könnte wohl bei jedem Selbstmord einen Prozeß anstellen, ob er aus Melancholie oder Verzweiflung entstanden, der so lange dauern müßte, daß der Richter und die Advokaten drüber in Melancholie und Verzweiflung fielen und auf die Anatomie kämen. Aber seid nur getröstet, liebe Mutter, unser Herzog ist ein so guter Herr, wenn er die ganze Sache hört, wird er dem armen Kasper gewiß sein Plätzchen neben der Mutter vergönnen.«

»Das gebe Gott!« erwiderte die Alte. »Sehe Er nun, lieber Mensch: als der

Gerichtshalter alles zu Papier gebracht hatte, gab er mir die Brieftasche und den Kranz für die schöne Annerl, und so bin ich dann gestern hierher gelaufen, damit ich ihr an ihrem Ehrentag den Trost noch mit auf den Weg geben kann. – Der Kasper ist zu rechter Zeit gestorben; hätte er alles gewußt, er wäre närrisch geworden vor Betrübnis.«

»Was ist es denn nun mit der schönen Annerl?« fragte ich die Alte; »bald sagt Ihr, sie habe nur noch wenige Stunden, bald sprecht Ihr von ihrem Ehrentag, und sie werde Trost gewinnen durch Eure traurige Nachricht. Sagt mir doch alles heraus; will sie Hochzeit halten mit einem andern, ist sie tot, krank? Ich muß alles wissen, damit ich es in die Bittschrift setzen kann.«

Da erwiderte die Alte: »Ach, lieber Schreiber, es ist nun so, Gottes Wille geschehe! Sehe Er, als Kasper kam, war ich doch nicht recht froh; als Kasper sich das Leben nahm, war ich doch nicht recht traurig; ich hätte es nicht überleben können, wenn Gott sich meiner nicht erbarmt gehabt hätte mit größerem Leid. Ja, ich sage Ihm: es war mir ein Stein vor das Herz gelegt, wie ein Eisbrecher, und alle die Schmerzen, die wie Grundeis gegen mich stürzten und mir das Herz gewiß abgestoßen hätten, die zerbrachen an diesem Stein und trieben kalt vorüber. Ich will Ihm etwas erzählen, das ist betrübt:

Als mein Patchen, die schöne Annerl, ihre Mutter verlor, die eine Base von mir war und sieben Meilen von uns wohnte, war ich bei der kranken Frau. Sie war die Witwe eines armen Bauern und hatte in ihrer Jugend einen Jäger liebgehabt, ihn aber wegen seines wilden Lebens nicht genommen. Der Jäger war endlich in solch Elend nicht gekommen, daß er auf Tod und Leben wegen eines Mordes gefangen saß. Das erfuhr meine Base auf ihrem Krankenlager, und es tat ihr so weh, daß sie täglich schlimmer wurde und endlich in ihrer Todesstunde, als sie mir die liebe schöne Annerl als mein Patchen übergab und Abschied von mir nahm, noch in den letzten Augenblicken zu mir sagte: ›Liebe Anne Margret, wenn du durch das Städtchen kömmst, wo der arme Jürge gefangen liegt, so lasse ihm sagen durch den Gefangenwärter, daß ich ihn bitte auf meinem Todesbett, er solle sich zu Gott bekehren, und daß ich herzlich für ihn gebetet habe in meiner letzten Stunde, und daß ich ihn schön grüßen lasse.‹ – Bald nach diesen Worten starb die gute Base, und als sie begraben war, nahm ich die kleine Annerl, die drei Jahr alt war, auf den Arm und ging mit ihr nach Haus.

Vor dem Städtchen, durch das ich mußte, kam ich an der Scharfrichterei vorüber, und weil der Meister berühmt war als ein Viehdoktor, sollte ich einige Arznei mitnehmen für unsern Schulzen. Ich trat in die Stube und sagte dem Meister, was ich wollte, und er antwortete, daß ich ihm auf den Bogen folgen solle, wo er die Kräuter liegen habe, und ihm helfen aussuchen. Ich ließ Annerl in der Stube und folgte ihm. Als wir zurück in die Stube traten, stand Annerl vor einem kleinen Schranke, der an der Wand befestigt war, und sprach: ›Großmutter, da ist eine Maus drin; hört, wie es klappert; da ist eine Maus drin!‹

Auf diese Rede des Kindes machte der Meister ein sehr ernsthaftes Gesicht, riß den Schrank auf und sprach ›Gott sei uns gnädig!‹ denn er sah sein Richtschwert, das allein in dem Schranke an einem Nagel hing, hin und her wanken. Er nahm das Schwert herunter, und mir schauderte. ›Liebe Frau‹, sagte er, ›wenn Ihr das kleine liebe Annerl liebhabt, so erschreckt nicht, wenn ich ihm mit meinem Schwert, rings um das Hälschen, die Haut ein wenig aufritze; denn das Schwert hat vor ihm gewankt, es hat nach seinem Blut verlangt, und wenn ich ihm den Hals damit nicht ritze, so steht dem Kinde groß Elend im Leben bevor.‹ Da faßte er das Kind, welches entsetzlich zu schreien begann, ich schrie auch und riß das Annerl zurück. Indem trat der Bürgermeister des Städtchens herein, der von der Jagd kam und dem Richter einen kranken Hund zur Heilung bringen wollte. Er fragte nach der Ursache des Geschreis, Annerl schrie: ›Er will mich umbringen!‹ Ich war außer mir vor Entsetzen. Der Richter erzählte dem Bürgermeister das Ereignis. Dieser verwies ihm seinen Aberglauben, wie er es nannte, heftig und unter starken Drohungen; der Richter blieb ganz ruhig dabei und sprach: ›So habens meine Väter gehalten, so halt ichs.‹ Da sprach der Bürgermeister: ›Meister Franz, wenn Ihr glaubet, Euer Schwert habe sich gerührt, weil ich Euch hiermit anzeige, daß morgen früh um sechs Uhr der Jäger Jürge von Euch soll geköpft werden, so wollt ich es noch verzeihen; aber daß Ihr daraus etwas auf dies liebe Kind schließen wollt, das ist unvernünftig und toll. Es könnte so etwas einen Menschen in Verzweiflung bringen, wenn man es ihm später in seinem Alter sagte, daß es ihm in seiner Jugend geschehen sei. Man soll keinen Menschen in Versuchung führen.‹ – ›Aber auch keines Richters Schwert‹, sagte Meister Franz vor sich und hing sein Schwert wieder in den Schrank. Nun küßte der Bürgermeister das Annerl und gab ihm eine Semmel aus seiner Jagdtasche, und da er mich gefragt, wer ich sei, wo ich her komme und wo ich hin wolle, und ich den Tod meiner Base erzählt hatte und auch den Auftrag an den Jäger Jürge, sagte er mir: ›Ihr sollt ihn ausrichten, ich will Euch selbst zu ihm führen; er hat ein hartes Herz, vielleicht wird ihn das Andenken einer guten Sterbenden in seinen letzten Stunden rühren.‹ Da nahm der gute Herr mich und Annerl auf seinen Wagen, der vor der Tür hielt, und fuhr mit uns in das Städtchen hinein.

Er hieß mich zu seiner Köchin gehn; da kriegten wir gutes Essen, und gegen Abend ging er mit mir zu dem armen Sünder; und als ich dem die letzten Worte meiner Base erzählte, fing er bitterlich an zu weinen und schrie: ›Ach Gott, wenn sie mein Weib geworden, wäre es nicht so weit mit mir gekommen.‹ Dann begehrte er, man solle den Herrn Pfarrer doch noch einmal zu ihm bitten, er wolle mit ihm beten. Das versprach ihm der Bürgermeister und lobte ihn wegen seiner Sinnesveränderung und fragte ihn, ob er vor seinem Tode noch einen Wunsch hätte, den er ihm erfüllen könne. Da sagte der Jäger Jürge: ›Ach, bittet hier die gute alte Mutter, daß sie doch morgen mit dem Töchterlein ihrer seligen Base bei meinem Rechte zugegen sein mögen; das wird mir das Herz stärken in meiner letzten Stunde.‹ Da bat mich der Bürgermeister, und so graulich es mir war, so konnte ich es dem armen, elenden Menschen nicht abschlagen. Ich mußte ihm die Hand geben und es ihm feierlich versprechen, und er sank weinend auf das Stroh. Der Bürgermeister ging dann mit mir zu seinem Freunde, dem Pfarrer, dem ich nochmals alles erzählen mußte, eher er sich ins Gefängnis begab.

Die Nacht mußte ich mit dem Kinde in des Bürgermeisters Haus schlafen, und am andern Morgen ging ich den schweren Gang zu der Hinrichtung des Jägers Jürge. Ich stand neben dem Bürgermeister im Kreis und sah, wie er das Stäblein brach. Da hielt der Jäger Jürge noch eine schöne Rede, und alle Leute weinten, und er sah mich und die kleine Annerl, die vor mir stand, gar beweglich an, und dann küßte er den Meister Franz, der Pfarrer betete mit ihm, die Augen wurden ihm verbunden und er kniete nieder. Da gab ihm der Richter den Todesstreich. ›Jesus, Maria, Joseph!‹ schrie ich aus, denn der Kopf des Jürgen flog gegen Annerl zu und biß mit seinen Zähnen dem Kinde in sein Röckchen, das ganz entsetzlich schrie. Ich riß meine Schürze vom Leibe und warf sie über den scheußlichen Kopf, und Meister Franz eilte herbei, riß ihn los und sprach: ›Mutter, Mutter, was habe ich gestern morgen gesagt? Ich kenne mein Schwert, es ist lebendig!‹ – Ich war niedergesunken vor Schreck, das Annerl schrie entsetzlich. Der Bürgermeister war ganz bestürzt und ließ mich und das Kind nach seinem Hause fahren; da schenkte mir seine Frau andre Kleider für mich und das Kind, und nachmittags schenkte uns der Bürgermeister noch Geld, und viele Leute des Städtchens auch, die Annerl sehen wollten, so daß ich an zwanzig Taler und viele Kleider für sie bekam. Am Abend kam der Pfarrer ins Haus und redete mir lange zu, daß ich das Annerl nur recht in der Gottesfurcht erziehen sollte und auf alle die betrübten Zeichen gar nichts geben, das seien nur Schlingen des Satans, die man verachten müsse; und dann schenkte er mir noch eine schöne Bibel für das Annerl, die sie noch hat, und dann ließ uns der gute Bürgermeister, am andern Morgen, noch an drei Meilen weit nach Haus fahren. Ach, du mein Gott, und alles ist doch eingetroffen!« sagte die Alte und schwieg.

Eine schauerliche Ahnung ergriff mich, die Erzählung der Alten hatte mich ganz zermalmt. »Um Gottes willen, Mutter«, rief ich aus, »was ist es mit der armen Annerl geworden; ist denn gar nicht zu helfen?«

»Es hat sie mit den Zähnen dazu gerissen«, sagte die Alte; »heut wird sie gerichtet; aber sie hat es in der Verzweiflung getan, die Ehre, die Ehre lag ihr im Sinn. Sie war zuschanden gekommen aus Ehrsucht, sie wurde verführt von einem Vornehmen, er hat sie sitzen lassen, sie hat ihr Kind erstickt in derselben Schürze, die ich damals über den Kopf des Jägers Jürge warf und die sie mir heimlich entwendet hat. Ach, es hat sie mit Zähnen dazu gerissen, sie hat es in der Verwirrung getan. Der Verführer hatte ihr die Ehe versprochen und gesagt, der Kasper sei in Frankreich geblieben. Dann ist sie verzweifelt und hat das Böse getan und hat sich selbst bei den Gerichten angegeben. Um vier Uhr wird sie gerichtet. Sie hat mir geschrieben, ich möchte noch zu ihr kommen; das will ich nun tun und ihr das Kränzlein und den Gruß von dem armen Kasper bringen und die Rose, die ich heut nacht erhalten; das wird sie trösten. Ach, lieber Schreiber, wenn Er es nur in der Bittschrift auswirken kann, daß ihr Leib und auch der Kasper dürfen auf unsern Kirchhof gebracht werden.«

»Alles, alles will ich versuchen!« rief ich aus, »gleich will ich nach dem Schlosse laufen; mein Freund, der Ihr die Rose gab, hat die Wache dort, er soll mir den Herzog wecken, ich will vor sein Bett knien und ihn um Pardon für Annerl bitten.«

»Pardon?« sagte die Alte kalt. »Es hat sie ja mit Zähnen dazu gezogen; hör Er, lieber Freund, Gerechtigkeit ist besser als Pardon; was hilft aller Pardon auf Erden? Wir müssen doch alle vor das Gericht:

Ihr Toten, ihr Toten sollt auferstehn,
Ihr sollt vor das Jüngste Gerichte gehn.

Seht, sie will keinen Pardon, man hat ihn ihr angeboten, wenn sie den Vater des Kindes nennen wolle; aber das Annerl hat gesagt: ›Ich habe sein Kind ermordet und will sterben und ihn nicht unglücklich machen; ich muß meine Strafe leiden, daß ich zu meinem Kinde komme, aber ihn kann es verderben, wenn ich ihn nenne.‹ Darüber wurde ihr das Schwert zuerkannt. Gehe Er zum Herzog, und bitte er für Kasper und Annerl um ein ehrlich Grab! Gehe Er gleich! Seh Er: dort geht der Herr Pfarrer ins Gefängnis; ich will ihn ansprechen, daß er mich mit hinein zum schönen Annerl nimmt. Wenn Er sich eilt, so kann Er uns draußen am Gerichte vielleicht den Trost noch bringen mit dem ehrlichen Grab für Kasper und Annerl.«

Unter diesen Worten waren wir mit dem Prediger zusammengetroffen; die Alte erzählte ihr Verhältnis zu der Gefangenen, und er nahm sie freundlich mit zum Gefängnis. Ich aber eilte nun, wie ich noch nie gelaufen, nach dem Schlosse, und es machte mir einen tröstenden Eindruck, es war mir wie ein Zeichen der Hoffnung, als ich an Graf Grossingers Hause vorüberstürzte und aus einem offnen Fenster des Gartenhauses eine liebliche Stimme zur Laute singen hörte:

Die Gnade sprach von Liebe,
Die Ehre aber wacht
Und wünscht voll Lieb der Gnade
In Ehren gute Nacht.

Die Gnade nimmt den Schleier,
Wenn Liebe Rosen giebt,
Die Ehre grüßt den Freier,
Weil sie die Gnade liebt.

Ach, ich hatte der guten Wahrzeichen noch mehr! Einhundert Schritte weiter fand ich einen weißen Schleier auf der Straße liegend; ich raffte ihn auf, er war voll von duftenden Rosen. Ich hielt ihn in der Hand und lief weiter, mit dem Gedanken: ach Gott, das ist die Gnade. Als ich um die Ecke bog, sah ich einen Mann, der sich in seinem Mantel verhüllte, als ich vor ihm vorübereilte, und mir heftig den Rücken wandte, um nicht gesehen zu werden. Er hätte es nicht nötig gehabt, ich sah und hörte nichts in meinem Innern als: Gnade, Gnade! und stürzte durch das Gittertor in den Schloßhof. Gott sei Dank, der Fähndrich, Graf Grossinger, der unter den blühenden Kastanienbäumen vor der Wache auf und ab ging, trat mir schon entgegen.

»Lieber Graf«, sagte ich mit Ungestüm, »Sie müssen mich gleich zum Herzog bringen, gleich auf der Stelle, oder alles ist zu spät, alles verloren!«

Er schien verlegen über diesen Antrag und sagte: »Was fällt Ihnen ein, zu dieser ungewohnten Stunde? Es ist nicht möglich; kommen Sie zur Parade, da will ich Sie vorstellen.« Mir brannte der Boden unter den Füßen; »jetzt«, rief ich aus, »oder nie! Es muß sein, es betrifft das Leben eines Menschen.«

»Es kann jetzt nicht sein«, erwiderte Grossinger scharf absprechend, »es betrifft meine Ehre; es ist mir untersagt, heute nacht irgendeine Meldung zu tun.«

Das Wort Ehre machte mich verzweifeln; ich dachte an Kaspers Ehre, an Annerls Ehre und sagte: »Die vermaledeite Ehre! Gerade um die letzte Hülfe zu leisten, welche so eine Ehre übriggelassen, muß ich zum Herzoge, Sie müssen mich melden, oder ich schreie laut nach dem Herzog.«

»So Sie sich rühren«, sagte Grossinger heftig, »lasse ich Sie in die Wache werfen, Sie sind ein Phantast, Sie kennen keine Verhältnisse.«

»O, ich kenne Verhältnisse, schreckliche Verhältnisse! Ich muß zum Herzoge, jede Minute ist unerkauflich!« versetzte ich; »wollen Sie mich nicht gleich melden, so eile ich allein zu ihm.«

Mit diesen Worten wollte ich nach der Treppe, die zu den Gemächern des Herzogs hinaufführte, als ich den nämlichen in einen Mantel Verhüllten, der mir begegnete, nach dieser Treppe eilend bemerkte. Grossinger drehte mich mit Gewalt um, daß ich diesen nicht sehen sollte. »Was machen Sie, Töriger?« flüsterte er mir zu, »schweigen Sie, ruhen Sie, Sie machen mich unglücklich!«

»Warum halten Sie den Mann nicht zurück, der da hinaufging?« sagte ich; »er kann nichts Dringenderes vorzubringen haben als ich. Ach, es ist so dringend, ich muß, ich muß! Es betrifft das Schicksal eines unglücklichen, verführten, armen Geschöpfs.«

Grossinger erwiderte: »Sie haben den Mann hinaufgehen sehen; wenn Sie je ein Wort davon äußern, so kommen Sie vor meine Klinge; gerade, weil *er* hinaufging, können *Sie nicht* hinauf, der Herzog hat Geschäfte mit ihm.«

Da erleuchteten sich die Fenster des Herzogs. »Gott, er hat Licht, er ist auf!«

sagte ich, »ich muß ihn sprechen, um des Himmels willen, lassen Sie mich, oder ich schreie Hülfe.«

Grossinger faßte mich beim Arm und sagte: »Sie sind betrunken, kommen Sie in die Wache. Ich bin Ihr Freund, schlafen Sie aus und sagen sie mir das Lied, das die Alte heut nacht an der Türe sang, als ich die Runde vorüberführte; das Lied interessiert mich sehr.«

»Gerade wegen der Alten und den Ihrigen muß ich mit dem Herzoge sprechen!« rief ich aus.

»Wegen der Alten?« versetzte Grossinger, »wegen der sprechen Sie mit mir, die großen Herrn haben keinen Sinn für so etwas; geschwind kommen Sie nach der Wache!«

Er wollte mich fortziehen; da schlug die Schloßuhr halb vier. Der Klang schnitt mir wie ein Schrei der Not durch die Seele, und ich schrie aus voller Brust zu den Fenstern des Herzogs hinauf:

»Hülfe! Um Gottes willen, Hülfe für ein elendes, verführtes Geschöpf!« Da ward Grossinger wie unsinnig. Er wollte mir den Mund zuhalten, aber ich rang mit ihm; er stieß mich in den Nacken, er schimpfte; ich fühlte, ich hörte nichts. Er rief nach der Wache, der Korporal eilte mit etlichen Soldaten herbei, mich zu greifen; aber in dem Augenblick ging des Herzogs Fenster auf, und es rief herunter:

»Fähndrich Graf Grossinger, was ist das für ein Skandal? Bringen Sie den Menschen herauf, gleich auf der Stelle!«

Ich wartete nicht auf den Fähndrich; ich stürzte die Treppe hinauf, ich fiel nieder zu den Füßen des Herzogs, der mich betroffen und unwillig aufstehen ließ. Er hatte Stiefel und Sporen an, und doch einen Schlafrock, den er sorgfältig über der Brust zusammenhielt.

Ich trug dem Herzoge alles, was mir die Alte von dem Selbstmorde des Ulans, von der Geschichte der schönen Annerl erzählt hatte, so gedrängt vor, als es die Not erforderte, und flehte ihn wenigstens um den Aufschub der Hinrichtung auf wenige Stunden und um ein ehrliches Grab für die beiden Unglücklichen an, wenn Gnade unmöglich sei. – »Ach, Gnade, Gnade!« rief ich aus, indem ich den gefundenen weißen Schleier voll Rosen aus dem Busen zog; »dieser Schleier, den ich auf meinem Wege hierher gefunden, schien mir Gnade zu verheißen.«

Der Herzog griff mit Ungestüm nach dem Schleier und war heftig bewegt; er drückte den Schleier in seinen Händen, und als ich die Worte aussprach: »Euer Durchlaucht! Dieses arme Mädchen ist ein Opfer falscher Ehrsucht; ein Vornehmer hat sie verführt und ihr die Ehe versprochen; ach, sie ist so gut, da sie lieber sterben will als ihn nennen« – da unterbrach mich der Herzog, mit Tränen in den Augen, und sagte: »Schweigen Sie, ums Himmels willen, schweigen Sie!« – Und nun wendete er sich zu dem Fähndrich, der an der Türe stand, und sagte mit dringender Eile: »Fort eilend zu Pferde mit diesem Menschen hier; reiten Sie das Pferd tot; nur nach dem Gerichte hin: heften Sie diesen Schleier an Ihren Degen, winken und schreien Sie Gnade, Gnade! Ich komme nach.«

Grossinger nahm den Schleier; er war ganz verwandelt, er sah aus wie ein Gespenst vor Angst und Eile; wir stürzten in den Stall, saßen zu Pferde und ritten im Galopp; er stürmte wie ein Wahnsinniger zum Tore hinaus. Als er den Schleier an seine Degenspitze heftete, schrie er: »Herr Jesus, meine Schwester!« Ich verstand nicht, was er wollte. Er stand hoch im Bügel und wehte und schrie: »Gnade, Gnade!« Wir sahen auf dem Hügel die Menge um das Gericht versammelt. Mein Pferd scheute vor dem wehenden Tuch. Ich bin ein schlechter Reiter, ich konnte den Grossinger nicht einholen, er flog im schnellsten Karriere; ich strengte alle Kräfte an. Trauriges Schicksal! Die Artillerie exerzierte in der Nähe, der Kanonendonner machte es unmöglich, unser Geschrei aus der Ferne zu hören. Grossinger stürzte, das Volk stob auseinander, ich sah in den Kreis, ich sah einen Stahlblitz in der frühen Sonne – ach Gott, es war der Schwertblitz des Richters! – Ich sprengte heran, ich hörte das Wehklagen der Menge. »Pardon, Pardon!« schrie Grossinger und stürzte mit wehendem Schleier durch den Kreis, wie ein Rasender, aber der Richter hielt ihm das blutende Haupt der schönen Annerl entgegen, das ihn wehmütig anlächelte. Da schrie er: »Gott sei mir gnädig!« und fiel auf die Leiche hin zur Erde; »tötet mich, tötet mich, ihr Menschen; ich habe sie verführt, ich bin ihr Mörder!«

Eine rächende Wut ergriff die Menge; die Weiber und Jungfrauen drangen heran und rissen ihn von der Leiche und traten ihn mit Füßen, er wehrte sich nicht; die Wachen konnten das wütende Volk nicht bändigen. Da erhob sich ein Geschrei: »Der Herzog, der Herzog!« – Er kam im offnen Wagen gefahren; ein blutjunger Mensch, den Hut tief ins Gesicht gedrückt, in einen Mantel gehüllt, saß neben ihm. Die Menschen schleiften Grossinger herbei. »Jesus, mein Bruder!« schrie der junge Offizier mit der weiblichsten Stimme aus dem Wagen. Der Herzog sprach bestürzt zu ihm: »Schweigen Sie!« Er sprang aus dem Wagen, der junge Mensch wollte folgen, der Herzog drängte ihn schier unsanft zurück, aber so beförderte sich die Entdeckung, daß der junge Mensch die als Offizier verkleidete Schwester Grossingers sei. Der Herzog ließ den mißhandelten, ohnmächtigen Grossinger in den Wagen legen, die Schwester nahm keine Rücksicht mehr, sie warf ihren Mantel über ihn; jedermann sah sie in weiblicher Kleidung. Der Herzog war verlegen, aber er sammelte sich und befahl, den Wagen sogleich umzuwenden und die Gräfin mit ihrem Bruder nach ihrer Wohnung zu fahren. Dieses Ereignis hatte die Wut der Menge einigermaßen gestillt. Der Herzog sagte laut zu dem wachhabenden Offizier: »Die Gräfin Grossinger hat ihren Bruder an ihrem Hause vorbeireiten sehen, den Pardon zu bringen, und wollte diesem freudigen Ereignis beiwohnen; als ich zu demselben Zwecke vorüberfuhr, stand sie am Fenster und bat mich, sie in meinem Wagen mitzunehmen; ich konnte es dem gutmütigen Kinde nicht abschlagen. Sie nahm einen Mantel und Hut ihres Bruders, um kein Aufsehen zu erregen, und hat, von dem unglücklichen Zufall überrascht, die Sache gerade dadurch zu einem abenteuerlichen Skandal gemacht. Aber wie konnten Sie, Herr Leutnant, den unglücklichen Grafen Grossinger nicht vor dem Pöbel schützen? Es ist ein gräßlicher Fall, daß er, mit dem Pferde stürzend, zu spät kam; er kann doch aber nichts dafür. Ich will die Mißhandler des Grafen verhaftet und bestraft wissen.«

Auf diese Rede des Herzogs erhob sich ein allgemeines Geschrei: »Er ist ein Schurke, er ist der Verführer, der Mörder der schönen Annerl gewesen, er hat es selbst gesagt, der elende, der schlechte Kerl!«

Als dies von allen Seiten hertönte und auch der Prediger und der Offizier und die Gerichtspersonen es bestätigten, war der Herzog so tief erschüttert, daß er nichts sagte, als: »Entsetzlich, entsetzlich, o, der elende Mensch!«

Nun trat der Herzog blaß und bleich in den Kreis; er wollte die Leiche der schönen Annerl sehen. Sie lag auf dem grünen Rasen in einem schwarzen Kleide mit weißen Schleifen. Die alte Großmutter, welche sich um alles, was vorging, nicht bekümmerte, hatte ihr das Haupt an den Rumpf gelegt und die schreckliche Trennung mit ihrer Schürze bedeckt; sie war beschäftigt, ihr die Hände über die Bibel zu falten, welche der Pfarrer in dem kleinen Städtchen der kleinen Annerl geschenkt hatte; das goldene Kränzlein band sie ihr auf den Kopf und steckte die Rose vor die Brust, welche ihr Grossinger in der Nacht gegeben hatte, ohne zu wissen, wem er sie gab.

Der Herzog sprach bei diesem Anblick: »Schönes, unglückliches Annerl! Schändlicher Verführer, du kamst zu spät! – Arme alte Mutter, du bist ihr allein treu geblieben, bis in den Tod.« Als er mich bei diesen Worten in seiner Nähe sah, sprach er zu mir: »Sie sagten mir von einem letzten Willen des Korporal Kasper, haben Sie ihn bei sich?« Da wendete ich mich zu der Alten und sagte: »Arme Mutter, gebt mir die Brieftasche Kaspers; Seine Durchlaucht wollen seinen letzten Willen lesen.«

Die Alte, welche sich um nichts bekümmerte, sagte mürrisch: »Ist Er auch wieder da? Er hätte lieber ganz zu Hause bleiben können. Hat Er die Bittschrift? Jetzt ist es zu spät; ich habe dem armen Kinde den Trost nicht geben können, daß sie zu Kasper in ein ehrliches Grab soll; ach, ich hab es ihr vorgelogen, aber sie hat mir nicht geglaubt.«

Der Herzog unterbrach sie und sprach: »Ihr habt nicht gelogen, gute Mutter; der Mensch hat sein Möglichstes getan, der Sturz des Pferdes ist an allem schuld. Aber sie soll ein ehrliches Grab haben bei ihrer Mutter und bei Kasper, der ein braver Kerl war; es soll ihnen beiden eine Leichenpredigt gehalten werden über die Worte: ›Gebt Gott allein die Ehre!‹ Der Kasper soll als Fähndrich begraben werden, seine Schwadron soll ihm dreimal ins Grab schießen, und des Verderbers Grossingers Degen soll auf seinen Sarg gelegt werden.«

Nach diesen Worten ergriff er Grossingers Degen, der mit dem Schleier noch an der Erde lag, nahm den Schleier herunter, bedeckte Annerl damit und sprach:

»Dieser unglückliche Schleier, der ihr so gern Gnade gebracht hätte, soll ihr die Ehre wiedergeben; sie ist ehrlich und begnadigt gestorben, der Schleier soll mit ihr begraben werden.«

Den Degen gab er dem Offizier der Woche mit den Worten: »Sie werden heute noch meine Befehle wegen der Bestattung des Ulanen und dieses armen Mädchens bei der Parade empfangen.«

Nun las er auch die letzten Worte Kaspers laut mit vieler Rührung; die alte Großmutter umarmte mit Freudentränen seine Füße, als wäre sie das glücklichste Weib. Er sagte zu ihr: »Gebe Sie sich zufrieden, Sie soll eine Pension haben bis an Ihr seliges Ende, ich will Ihrem Enkel und der Annerl einen Denkstein setzen lassen.« Nun befahl er dem Prediger, mit der Alten und einem Sarge, in welchen die Gerichtete gelegt wurde, nach seiner Wohnung zu fahren und sie dann nach ihrer Heimat zu bringen und das Begräbnis zu besorgen. Da währenddem seine Adjutanten mit Pferden gekommen waren, sagte er noch zu mir: »Geben Sie meinem Adjutanten Ihren Namen an, ich werde Sie rufen lassen; Sie haben einen schönen menschlichen Eifer gezeigt.« Der Adjutant schrieb meinen Namen in seine Schreibtafel und machte mir ein verbindliches Kompliment. Dann sprengte der Herzog, von den Segenswünschen der Menge begleitet, in die Stadt. Die Leiche der schönen Annerl ward nun mit der guten alten Großmutter in das Haus des Pfarrers gebracht, und in der folgenden Nacht fuhr dieser mit ihr nach der Heimat zurück. Der Offizier traf, mit dem Degen Grossingers und einer Schwadron Ulanen, auch daselbst am folgenden Abend ein. Da wurde nun der brave Kasper, mit Grossingers Degen auf der Bahre und dem Fähndrichspatent, neben der schönen Annerl, zur Seite seiner Mutter begraben. Ich war auch hingeeilt und führte die alte Mutter, welche kindisch vor Freude war, aber wenig redete; und als die Ulanen dem Kasper zum drittenmal ins Grab schossen, fiel sie mir tot in die Arme. Sie hat ihr Grab auch neben den Ihrigen empfangen. Gott gebe ihnen allen eine freudige Auferstehung!

Sie sollen treten auf die Spitzen,
Wo die lieben Engelein sitzen,
Wo kömmt der liebe Gott gezogen
Mit einem schönen Regenbogen;
Da sollen ihre Seelen vor Gott bestehn,
Wann wir wurden zum Himmel eingehn.
Amen.

Als ich in die Hauptstadt zurückkam, hörte ich, Graf Grossinger sei gestorben; er habe Gift genommen. In meiner Wohnung fand ich einen Brief von ihm; er sagte mir darin:

»Ich habe Ihnen viel zu danken. Sie haben meine Schande, die mir lange das Herz abnagte, zutage gebracht. Jenes Lied der Alten kannte ich wohl, die Annerl hatte es mir oft vorgesagt, sie war ein unbeschreiblich edles Geschöpf.

Ich war ein elender Verbrecher. Sie hatte ein schriftliches Eheversprechen von mir gehabt und hat es verbrannt. Sie diente bei einer alten Tante von mir, sie litt oft an Melancholie. Ich habe mich durch gewisse medizinische Mittel, die etwas Magisches haben, ihrer Seele bemächtigt. – Gott sei mir gnädig! – Sie haben auch die Ehre meiner Schwester gerettet. Der Herzog liebt sie, ich war sein Günstling – die Geschichte hat ihn erschüttert – Gott helfe mir, ich habe Gift genommen.

Joseph Graf Grossinger«

Die Schürze der schönen Annerl, in welche ihr der Kopf des Jägers Jürge bei seiner Enthauptung gebissen, ist auf der herzoglichen Kunstkammer bewahrt worden. Man sagt, die Schwester des Grafen Grossinger werde der Herzog mit dem Namen: *Voile de Grace*, auf deutsch »Gnadenschleier«, in den Fürstenstand erheben und sich mit ihr vermählen. Bei der nächsten Revue in der Gegend von D... soll das Monument auf den Gräbern der beiden unglücklichen Ehrenopfer, auf dem Kirchhofe des Dorfs, errichtet und eingeweiht werden, der Herzog wird mit der Fürstin selbst zugegen sein. Er ist ausnehmend zufrieden damit; die Idee soll von der Fürstin und dem Herzoge zusammen erfunden sein. Es stellt die falsche und wahre Ehre vor, die sich vor einem Kreuze beiderseits gleich tief zur Erde beugen; die Gerechtigkeit steht mit dem geschwungenen Schwerte zur einen Seite, die Gnade zur andern Seite und wirft einen Schleier heran. Man will im Kopfe der Gerechtigkeit Ähnlichkeit mit dem Herzoge, in dem Kopfe der Gnade Ähnlichkeit mit dem Gesichte der Fürstin finden.

ACHIM VON ARNIM

Der tolle Invalide auf dem Fort Ratonneau

Graf Dürande, der gute alte Kommandant von Marseille, saß einsam frierend an einem kalt stürmenden Oktoberabende bei dem schlecht eingerichteten Kamine seiner prachtvollen Kommandantenwohnung und rückte immer näher und näher zum Feuer, während die Kutschen zu einem großen Balle in der Straße vorüber rollten und sein Kammerdiener Basset, der zugleich sein liebster Gesellschafter war, im Vorzimmer heftig schnarchte. Auch im südlichen Frankreich ist es nicht immer warm, dachte der alte Herr, und schüttelte mit dem Kopfe, die Menschen bleiben auch da nicht immer jung, aber die lebhafte gesellige Bewegung nimmt so wenig Rücksicht auf das Alter, wie die Baukunst auf den Winter. Was sollte er, der Chef aller Invaliden, die damals (während des siebenjährigen Krieges) die Besatzung von Marseille und seiner Forts ausmachten, mit seinem hölzernen Beine auf dem Balle, nicht einmal die Lieutenants seines Regiments waren zum Tanze zu brauchen. Hier am Kamine schien ihm dagegen sein hölzernes Bein höchst brauchbar, weil er den Basset nicht wecken mochte, um den Vorrat grüner Olivenäste, den er sich zur Seite hatte hinlegen lassen, allmählich in die Flamme zu schieben. Ein solches Feuer hat großen Reiz; die knisternde Flamme ist mit dem grünen Laube wie durchflochten, halbbrennend, halbgrünend erscheinen die Blätter wie verliebte Herzen. Auch der alte Herr dachte dabei an Jugendglanz und vertiefte sich in den Konstruktionen jener Feuerwerke, die er sonst schon für den Hof angeordnet hatte und spekulierte auf neue, noch mannigfachere Farbenstrahlen und Drehungen, durch welche er am Geburtstage des Königs die Marseiller überraschen wollte. Es sah nun leerer in seinem Kopfe als auf dem Balle aus. Aber in der Freude des Gelingens, wie er schon alles strahlen, sausen, prasseln, dann wieder alles in stiller Größe leuchten sah, hatte er immer mehr Olivenäste ins Feuer geschoben und nicht bemerkt, daß sein hölzernes Bein Feuer gefangen hatte und schon um ein Drittel abgebrannt war. Erst jetzt, als er aufspringen wollte, weil der große Schluß, das Aufsteigen von tausend Raketen seine Einbildungskraft beflügelte und entflammte, bemerkte er, indem er auf seinen Polsterstuhl zurück sank, daß sein hölzernes Bein verkürzt sei und daß der Rest auch noch in besorglichen Flammen stehe. In der Not, nicht gleich aufkommen zu können, rückte er seinen Stuhl wie einen Piekschlitten mit dem flammenden Beine bis in die Mitte des Zimmers, rief seinen Diener und dann nach Wasser.

Mit eifrigem Bemühen sprang ihm in diesem Augenblicke eine Frau zu Hülfe, die in das Zimmer eingelassen, lange durch ein bescheidnes Husten die Aufmerksamkeit des Kommandanten auf sich zu ziehen gesucht hatte, doch ohne Erfolg. Sie suchte das Feuer mit ihrer Schürze zu löschen, aber die glühende Kohle des Beins setzte die Schürze in Flammen, und der Kommandant schrie nun in wirklicher Not um Hülfe, nach Leuten. Bald drangen diese von der Gasse herein, auch Basset war erwacht; der brennende Fuß, die brennende Schürze brachte alle ins Lachen, doch mit dem ersten Wassereimer, den Basset aus der Küche holte, war alles gelöscht, und die Leute empfahlen sich. Die arme Frau triefte vom Wasser, sie konnte sich nicht gleich vom Schrecken erholen, der Kommandant ließ ihr seinen warmen Rockelor umhängen und ein Glas starken Wein reichen. Die Frau wollte aber nichts nehmen und schluchzte nur über ihr Unglück und bat den Kommandanten: mit ihm einige Worte insgeheim zu sprechen. So schickte er seinen nachlässigen Diener fort und setzte sich sorgsam in ihre Nähe. »Ach, mein Mann«, sagte sie in einem fremden deutschen Dialekte des Französischen, »mein Mann kommt von Sinnen, wenn er die Geschichte hört; ach, mein armer Mann, da spielt ihm der Teufel sicher wieder einen Streich!« Der Kommandant fragte nach dem Manne, und die Frau sagte ihm: daß sie eben wegen dieses ihres lieben Mannes zu ihm gekommen, ihm einen Brief des Obersten vom Regiment Pikardie zu überbringen. Der Oberste setzte die Brille auf, erkannte das Wappen seines Freundes und durchlief das Schreiben, dann sagte er: »Also Sie sind jene Rosalie, eine geborne Demoiselle Lilie aus Leipzig, die den Sergeanten Francoeur geheiratet hat, als er am Kopf verwundet in Leipzig gefangen lag? Erzählen sie, das ist eine seltne Liebe! Was waren ihre Eltern, legten die ihnen kein Hindernis in den Weg? Und was hat denn ihr Mann für scherzhafte Grillen als Folge seiner Kopfwunde behalten, die ihn zum Felddienste untauglich machen, obgleich er als der bravste und geschickteste Sergeant, als die Seele des Regiments geachtet wurde?« – »Gnädiger Herr«, antwortete die Frau mit neuer Betrübnis, »meine Liebe trägt die Schuld von allem dem Unglück, ich habe meinen Mann unglücklich gemacht und nicht jene Wunde; meine Liebe hat den Teufel in ihn gebracht und plagt ihn und verwirrt seine Sinne. Statt mit den Soldaten zu exerzieren, fängt er zuweilen an, ihnen ungeheure, ihm vom Teufel eingegebene Sprünge vor zu machen, und verlangt, daß sie ihm diese nachmachen: oder er schneidet ihnen Gesichter, daß ihnen der Schreck in alle Glieder fährt, und verlangt, daß sie sich dabei nicht rühren noch regen und neulich; was endlich dem Fasse den Boden ausschlug, warf er den kommandierenden General, der in einer Affäre den Rückzug des Regiments befahl, vom Pferde, setzte sich darauf und nahm mit dem Regimente die Batterie fort.« – »Ein Teufelskerl«, rief der Kommandant, »wenn doch so ein Teufel in alle unsre kommandierende Generale führe, so hätten wir kein zweites Roßbach zu fürchten, ist ihre Liebe *solche* Teufelsfabrik, so wünschte ich, sie liebten unsre ganze Armee.« – »Leider im Fluche meiner Mutter«, seufzte die Frau. »Meinen

Vater habe ich nicht gekannt. Meine Mutter sah viele Männer bei sich, denen ich aufwarten mußte, das war meine einzige Arbeit. Ich war träumerig und achtete gar nicht die freundlichen Reden dieser Männer, meine Mutter schützte mich gegen ihre Zudringlichkeit. Der Krieg hatte diese Herren meist zerstreut, die meine Mutter besuchten und bei ihr Hazardspiele heimlich spielten; wir lebten zu ihrem Ärger sehr einsam. Freund und Feind waren ihr darum gleich verhaßt, ich durfte keinem eine Gabe bringen, der verwundet oder hungrig vor dem Hause vorüberging. Das tat mir sehr leid, und einstmals war ich ganz allein und besorgte unser Mittagsessen, als viele Wagen mit Verwundeten vorüberzogen, die ich an der Sprache für Franzosen erkannte, die von den Preußen gefangen worden. Immer wollte ich mit dem fertigen Essen zu jenen hinunter, doch ich fürchtete die Mutter, als ich aber Francoeur mit verbundenem Kopfe auf dem letzten Wagen liegen gesehen, da weiß ich nicht, wie mir geschah; die Mutter war vergessen, ich nahm Suppe und Löffel, und, ohne unsre Wohnung abzuschließen, eilte ich dem Wagen nach in die Pleißenburg. Ich fand ihn; er war schon abgestiegen, dreist redete ich die Aufseher an, und wußte dem Verwundeten gleich das beste Strohlager zu erflehen. Und als er darauf gelegt, welche Seligkeit, dem Notleidenden die warme Suppe zu reichen! Er wurde munter in den Augen und schwor mir, daß ich einen Heiligenschein um meinen Kopf trage. Ich antwortete ihm, das sei meine Haube, die sich im eiligen Bemühen um ihn aufgeschlagen. Er sagte: der Heiligenschein komme aus meinen Augen! Ach, das Wort konnte ich gar nicht vergessen, und hätte er mein Herz nicht schon gehabt, ich hätte es ihm dafür schenken müssen.« – »Ein wahres, ein schönes Wort!« sagte der Kommandant, und Rosalie fuhr fort: »Das war die schönste Stunde meines Lebens, ich sah ihn immer eifriger an, weil er behauptete, daß es ihm wohltue, und als er mir endlich einen kleinen Ring an den Finger steckte, fühlte ich mich so reich, wie ich noch niemals gewesen. In diese glückliche Stille trat meine Mutter scheltend und fluchend ein; ich kann nicht nachsagen, wie sie mich nannte, ich schämte mich auch nicht, denn ich wußte, daß ich schuldlos war und daß er Böses nicht glauben würde. Sie wollte mich fortreißen, aber er hielt mich fest und sagte ihr, daß wir verlobt wären, ich trüge schon seinen Ring. Wie verzog sich das Gesicht meiner Mutter; mir wars, als ob eine Flamme aus ihrem Halse brenne, und ihre Augen kehrte sie in sich, sie sahen ganz weiß aus; sie verfluchte mich und übergab mich mit feierlicher Rede dem Teufel. Und wie so ein heller Schein durch meine Augen am Morgen gelaufen, als ich Francoeur gesehen, so war mir jetzt als ob eine schwarze Fledermaus ihre durchsichtigen Flügeldecken über meine Augen legte; die Welt war mir halb verschlossen, und ich gehörte mir nicht mehr ganz. Mein Herz verzweifelte, und ich mußte lachen. Hörst du, der Teufel lacht schon aus dir! sagte die Mutter und ging triumphierend fort, während ich ohnmächtig niederstürzte. Als ich wieder zu mir gekommen, wagte ich nicht, zu ihr zu gehen und den Verwundeten zu verlassen, auf den der Vorfall schlimm gewirkt hatte; ja ich trotzte heimlich der Mutter wegen des Schadens, den sie dem Unglücklichen getan. Erst am dritten Tage schlich ich, ohne es Francoeur zu sagen, abends nach dem Hause, wagte nicht anzuklopfen, endlich trat eine Frau die uns bedient hatte, heraus und berichtete, die Mutter habe ihre Sachen schnell verkauft und sei mit einem fremden Herrn, der ein Spieler sein sollte, fortgefahren, und niemand wisse wohin. So war ich nun von aller Welt ausgestoßen, und es tat mir wohl, so entfesselt von jeder Rücksicht in die Arme meines Francoeur zu fallen. Auch meine jugendlichen Bekanntinnen in der Stadt wollten mich nicht mehr kennen, so konnte ich ganz ihm und seiner Pflege leben. Für ihn arbeitete ich; bisher hatte ich nur mit dem Spitzenklöppeln zu meinem Putze gespielt, ich schämte mich nicht, diese meine Handarbeiten zu verkaufen, ihm brachte es Bequemlichkeit und Erquickung. Aber immer mußte ich der Mutter denken, wenn seine Lebendigkeit im Erzählen mich nicht zerstreute; die Mutter erschien mir schwarz mit flammenden Augen, immer fluchend vor meinen inneren Augen, und ich konnte sie nicht los werden. Meinem Francoeur wollte ich nichts sagen, um ihm nicht das Herz schwer zu machen; ich klagte über Kopfweh, das ich nicht hatte, über Zahnweh, das ich nicht fühlte, um weinen zu können, wie ich mußte. Ach hätte ich damals mehr Vertrauen zu ihm gehabt, ich hätte sein Unglück nicht gemacht, aber jedesmal, wenn ich ihm erzählen wollte: daß ich durch den Fluch der Mutter vom Teufel besessen zu sein glaubte, schloß mir der Teufel den Mund; auch fürchtete ich, daß er mich dann nicht mehr lieben könne, daß er mich verlassen würde, und den bloßen Gedanken konnte ich kaum überleben. Diese innere Qual, vielleicht auch die angestrengte Arbeit, zerrüttete endlich meinen Körper, heftige Krämpfe, die ich ihm verheimlichte, drohten mich zu ersticken, und Arzeneien schienen diese Übel nur zu mehren. Kaum war er hergestellt, so wurde die Hochzeit von ihm angeordnet. Ein alter Geistlicher hielt eine feierliche Rede, in der er meinem Francoeur alles ans Herz legte, was ich für ihn getan, wie ich ihm Vaterland, Wohlstand und Freundschaft zum Opfer gebracht, selbst den mütterlichen Fluch auf mich geladen, alle diese Not müsse er mit mir teilen, alles Unglück gemeinsam tragen. Meinem Manne schauderte bei den Worten, aber er sprach doch ein vernehmliches Ja, und wir wurden vermählt. Selig waren die ersten Wochen, ich fühlte mich zur Hälfte von meinen Leiden erleichtert und ahnete nicht gleich, daß eine Hälfte des Fluchs zu meinem Manne übergegangen sei. Bald aber klagte er, daß jener Prediger in seinem schwarzen Kleide ihm immer vor Augen stehe und ihm drohe, daß er dadurch einen so heftigen Zorn und Widerwillen gegen Geistliche, Kirchen und heilige Bilder empfinde, daß er ihnen fluchen müsse und wisse nicht warum, und um sich diesen Gedanken zu entschlagen, überlasse er sich jedem Einfall, er tanze und trinke und so in dem Umtriebe des Bluts werde ihm besser. Ich schob alles auf die Gefangenschaft, obgleich ich wohl ahnete, daß es der Teufel sei, der ihn plage. Er wurde ausgewechselt durch die Vorsorge seines Obersten, der ihn beim Regimente wohl vermißt hatte, denn Francoeur ist ein außerordentlicher

Soldat. Mit leichtem Herzen zogen wir aus Leipzig und bildeten eine schöne Zukunft in unsern Gesprächen aus. Kaum waren wir aber aus der Not, ums tägliche Bedürfnis, zum Wohlleben der gut versorgten Armee in die Winterquartiere gekommen, so stieg die Heftigkeit meines Mannes mit jedem Tage, er trommelte tagelang, um sich zu zerstreuen, zankte, machte Händel, der Oberst konnte ihn nicht begreifen; nur mit mir war er sanft wie ein Kind. Ich wurde von einem Knaben entbunden, als der Feldzug sich wieder eröffnete, und mit der Qual der Geburt schien der Teufel, der mich geplagt, ganz von mir gebannt. Francoeur wurde immer mutwilliger und heftiger. Der Oberste schrieb mir, er sei tollkühn wie ein Rasender, aber bisher immer glücklich gewesen; seine Kameraden meinten, er sei zuweilen wahnsinnig, und er fürchte, ihn unter die Kranken oder Invaliden abgeben zu müssen. Der Oberste hatte einige Achtung gegen mich, er hörte auf meine Vorbitte, bis endlich seine Wildheit gegen den kommandierenden General dieser Abteilung, die ich schon erzählte, ihn in Arrest brachte, wo der Wundarzt erklärte, er leide wegen der Kopfwunde, die ihm in der Gefangenschaft vernachlässigt worden, an Wahnsinn und müsse wenigstens ein paar Jahre im warmen Klima bei den Invaliden zubringen, ob sich dieses Übel vielleicht ausscheide. Ihm wurde gesagt, daß er zur Strafe wegen seines Vergehens unter die Invaliden komme, und er schied mit Verwünschungen vom Regimente. Ich bat mir das Schreiben vom Obersten aus, ich beschloß ihnen zutraulich alles zu eröffnen, damit er nicht nach der Strenge des Gesetzes, sondern nach seinem Unglück, dessen einzige Ursache meine Liebe war, beurteilt werde, und daß sie ihn zu seinem Besten in eine kleine abgelegene Ortschaft legen, damit er hier in der großen Stadt nicht zum Gerede der Leute wird. Aber, gnädiger Herr, ihr Ehrenwort darf eine Frau schon fordern, die ihnen heut einen kleinen Dienst erwiesen, daß Sie dies Geheimnis seiner Krankheit, welches er selbst nicht ahnet und das seinen Stolz empören würde, unverbrüchlich bewahren.« – »Hier meine Hand«, rief der Kommandant, der die eifrige Frau mit Wohlgefallen angehört hatte, »noch mehr, ich will ihre Vorbitte dreimal erhören, wenn Francoeur dumme Streiche macht. Das Beste aber ist, diese zu vermeiden, und darum schicke ich ihn gleich zur Ablösung nach einem Fort, das nur drei Mann Besatzung braucht; sie finden da für sich und für ihr Kind eine bequeme Wohnung, er hat da wenig Veranlassung zu Torheiten, und die er begeht, bleiben verschwiegen.« Die Frau dankte für diese gütige Vorsorge, küßte dem alten Herrn die Hand, und er leuchtete ihr dafür, als sie mit vielen Knixen die Treppe hinunterging. Das verwunderte den alten Kammerdiener Basset, und es fuhr im durch den Kopf, was seinem Alten ankomme: ob der wohl gar mit der brennenden Frau eine Liebschaft gestiftet habe, die seinem Einflusse nachteilig werden könne. Nun hatte der alte Herr die Gewohnheit, abends im Bette, wenn er nicht schlafen konnte, alles was am Tage geschehen, laut zu überdenken, als ob er dem Bette seine Beichte hätte abstatten müssen. Und während nun die Wagen vom Balle zurückrollten und ihn wach erhielten, lauerte Basset im andern Zimmer, und hörte die ganze Unterredung, die ihm um so wichtiger schien, weil Francoeur sein Landsmann und Regimentskamerad gewesen, obgleich er viel älter als Francoeur war. Und nun dachte er gleich an einen Mönch, den er kannte, der schon manchem den Teufel ausgetrieben hatte und zu dem wollte er Francoeur bald hinführen, er hatte eine rechte Freude am Quacksalbern und freute sich einmal wieder; einen Teufel austreiben zu sehen. Rosalie hatte, sehr befriedigt über den Erfolg ihres Besuchs, gut geschlafen; sie kaufte am Morgen eine neue Schürze und trat mit dieser ihrem Manne entgegen, der mit entsetzlichem Gesange seine müden Invaliden in die Stadt führte. Er küßte sie; hob sie in die Luft und sagte ihr: »Du riechst nach dem trojanischen Brande, ich habe dich wieder, schöne Helena!« – Rosalie entfärbte sich und hielt es für nötig, als er fragte, ihm zu eröffnen, daß sie wegen der Wohnung beim Obersten gewesen, daß diesem gerade das Bein in Flammen gestanden und daß ihre Schürze verbrannt. Ihm war es nicht recht, daß sie nicht bis zu seiner Ankunft gewartet habe, doch vergaß er das in tausend Späßen über die brennende Schürze. Er stellte darauf seine Leute dem Kommandanten vor, rühmte alle ihre leiblichen Gebrechen und geistigen Tugenden so artig, daß er des alten Herrn Wohlwollen erwarb, der so in sich meinte: die Frau liebt ihn, aber sie ist eine Deutsche und versteht keinen Franzosen; ein Franzose hat immer den Teufel im Leibe! – Er ließ ihn ins Zimmer kommen, um ihn näher kennenzulernen, fand ihn im Befestigungswesen wohl unterrichtet, und was ihn noch mehr entzückte: er fand in ihm einen leidenschaftlichen Feuerkünstler, der bei seinem Regimente schon alle Arten Feuerwerke ausgearbeitet hatte. Der Kommandant trug ihm seine neue Erfindung zu einem Feuerwerke am Geburtstage des Königs vor, bei welcher ihn gestern der Beinbrand gestört hatte, und Francoeur ging mit funkelnder Begeisterung darauf ein. Nun eröffnete ihm der Alte, daß er mit zwei andern Invaliden die kleine Besatzung des Forts Ratonneau ablösen sollte, dort sei ein großer Pulvervorrat, und dort solle er mit seinen beiden Soldaten fleißig Raketen füllen, Feuerräder drehen und Frösche binden. Indem der Kommandant ihm den Schlüssel des Pulverturms und das Inventarium reichte, fiel ihm die Rede der Frau ein und er hielt ihn mit den Worten noch fest: »Aber euch plagt doch nicht der Teufel und ihr stiftet mir Unheil?« – »Man darf den Teufel nicht an die Wand malen, sonst hat man ihn im Spiegel«, antwortete Francoeur mit einem gewissen Zutrauen. Das gab dem Kommandanten Vertrauen, er reichte ihm den Schlüssel, das Inventarium und den Befehl an die jetzige kleine Garnison, auszuziehn. So wurde er entlassen, und auf dem Hausflur fiel ihm Basset um den Hals, sie hatten sich gleich erkannt und erzählten einander in aller Kürze, wie es ihnen ergangen. Doch weil Francoeur an große Strenge in allem Militärischen gewöhnt war, so riß er sich los, und bat ihn auf den nächsten Sonntag, wenn er abkommen könnte, zu Gast nach dem Fort Ratonneau, zu dessen Kommandanten, der er selbst zu sein die Ehre habe.

Der Einzug auf dem Fort war für alle gleich fröhlich, die abziehenden

Invaliden hatten die schöne Aussicht auf Marseille bis zum Überdruß genossen, und die Einziehenden waren entzückt über die Aussicht, über das zierliche Werk, über die bequemen Zimmer und Betten; auch kauften sie von den Abziehenden ein paar Ziegen, ein Taubenpaar, ein Dutzend Hühner und die Kunststücke, um in der Nähe einiges Wild in aller Stille belauern zu können; denn müßige Soldaten sind ihrer Natur nach Jäger. Als Francoeur sein Kommando angetreten, befahl er sogleich seinen beiden Soldaten, Brunet und Tessier, mit ihm den Pulverturm zu eröffnen, das Inventarium durchzugehen, um dann einen gewissen Vorrat zur Feuerwerkerarbeit in das Laboratorium zu tragen. Das Inventarium war richtig, und er beschäftigte gleich einen seiner beiden Soldaten mit den Arbeiten zum Feuerwerk; mit dem andern ging er zu allen Kanonen und Mörsern, um die metallnen zu polieren und die eisernen schwarz anzustreichen. Bald füllte er auch eine hinlängliche Zahl Bomben und Granaten, ordnete auch alles Geschütz so, wie es stehen mußte, um den einzigen Aufgang nach dem Fort zu bestreichen. »Das Fort ist nicht zu nehmen!« rief er einmal über das andre begeistert. »Ich will das Fort behaupten, auch wenn die Engländer mit hundert tausend Mann landen und stürmen!« – »Aber die Unordnung war hier groß! So sieht es überall auf den Forts und Batterien aus«, sagte Tessier, »der alte Kommandant kann mit seinem Stelzfuß nicht mehr so weit steigen, und Gottlob! bis jetzt ist es den Engländern noch nicht eingefallen zu landen.« – »Das muß anders werden«, rief Francoeur, »ich will mir lieber die Zunge verbrennen, ehe ich zugebe, daß unsre Feinde Marseille einäschern oder wir sie doch fürchten müssen.«

Die Frau mußte ihm helfen das Mauerwerk von Gras und Moos zu reinigen, es abzuweißen und die Lebensmittel in den Kasematten zu lüften. In den ersten Tagen wurde fast nicht geschlafen, so trieb der unermüdliche Francoeur zur Arbeit, und seine geschickte Hand fertigte in dieser Zeit, wozu ein anderer wohl einen Monat gebraucht hätte. Bei dieser Tätigkeit ließen ihn seine Grillen ruhen; er war hastig, aber alles zu einem festen Ziele, und Rosalie segnete den Tag, der ihn in diese höhere Luftregion gebracht, wo der Teufel keine Macht über ihn zu haben schien. Auch die Witterung hatte sich durch Wendung des Windes erwärmt und erhellt, daß ihnen ein neuer Sommer zu begegnen schien; täglich liefen Schiffe im Hafen ein und aus, grüßten und wurden begrüßt von den Forts am Meere. Rosalie, die nie am Meere gewesen, glaubte sich in eine andere Welt versetzt, und ihr Knabe freute sich, nach so mancher harten Einkerkerung auf Wagen und in Wirtsstuben, der vollen Freiheit in dem eingeschlossenen kleinen Garten des Forts, den die früheren Bewohner nach Art der Soldaten, besonders der Artilleristen, mit den künstlichsten mathematischen Linienverbindungen in Buchsbaum geziert hatten. Darüber flatterte die Fahne mit den Lilien, der Stolz Francoeurs, ein segenreiches Zeichen der Frau, die eine geborne Lilie, die liebste Unterhaltung des Kindes. So kam der erste Sonntag von allen gesegnet, und Francoeur befahl seiner Frau, für den Mittag ihm etwas Gutes zu besorgen, wo er seinen Freund Basset erwarte, insbesondre machte er Anspruch auf einen guten Eierkuchen, denn die Hühner des Forts legten fleißig, lieferte auch eine Zahl wilder Vögel, die Brunet geschossen hatte, in die Küche. Unter diesen Vorbereitungen kam Basset hinaufgekeucht und war entzückt über die Verwandlung des Forts, erkundigte sich auch im Namen des Kommandanten nach dem Feuerwerke und erstaunte über die große Zahl fertiger Raketen und Leuchtkugeln. Die Frau ging nun an ihre Küchenarbeit, die beiden Soldaten zogen aus, um Früchte zur Mahlzeit zu holen, Alle wollten an dem Tage recht selig schwelgen und sich die Zeitung vorlesen lassen, die Basset mitgebracht hatte. Im Garten saß nun Basset dem Francoeur gegenüber und sah ihn stillschweigend an, dieser fragte nach der Ursache. »Ich meine, ihr seht so gesund aus wie sonst, und alles was ihr tut, ist so vernünftig.« – »Wer zweifelt daran?« fragte Francoeur mit einer Aufwallung, »das will ich wissen!« – Basset suchte um zu lenken, aber Francoeur hatte etwas Furchtbares in seinem Wesen, sein dunkles Auge befeuerte sich, sein Kopf erhob sich, seine Lippen drängten sich vor. Das Herz war schon dem armen Schwätzer Basset gefallen, er sprach, dünnstimmig wie eine Violine, von Gerüchten beim Kommandanten: er sei vom Teufel geplagt, von seinem guten Willen, ihn durch einen Ordensgeistlichen, den Vater Philip, exorzieren zu lassen, den er deswegen vor Tische hinaufbestellt habe unter dem Vorwande, daß er eine Messe der vom Gottesdienst entfernten Garnison in der kleinen Kapelle lesen müsse. Francoeur entsetzte sich über die Nachricht, er schwur, daß er sich blutig an dem rächen wolle, der solche Lüge über ihn ausgebracht, er wisse nichts vom Teufel, und wenn es gar keinen gebe, so habe er auch nichts dagegen einzuwenden, denn er habe nirgends die Ehre seiner Bekanntschaft gemacht. Basset sagte, er sei ganz unschuldig, er habe die Sache vernommen, als der Kommandant mit sich laut gesprochen habe, auch sei ja dieser Teufel die Ursache, warum Francoeur vom Regimente fortgekommen. »Und wer brachte dem Kommandanten die Nachricht?« fragte Francoeur zitternd. »Eure Frau«, antwortete jener, »aber in der besten Absicht, um Euch zu entschuldigen, wenn ihr hier wilde Streiche machtet.« – »Wir sind geschieden!« schrie Francoeur und schlug sich vor den Kopf, »sie hat mich verraten, mich vernichtet, hat Heimlichkeiten mit dem Kommandanten, sie hat unendlich viel für mich getan und gelitten, sie hat mir unendlich wehe getan, ich bin ihr nichts mehr schuldig, wir sind geschieden!« – Allmählich schien er stiller zu werden, je lauter es in ihm wurde; er sah wieder den schwarzen Geistlichen vor Augen, wie die vom tollen Hunde Gebissenen, den Hund immer zu sehen meinen, da trat Vater Philip in den Garten, und er ging mit Heftigkeit auf ihn zu, um zu fragen, was er wolle. Dieser meinte seine Beschwörung anbringen zu müssen, redete den Teufel heftig an, indem er seine Hände in kreuzenden Linien über Francoeur bewegte. Das alles empörte Francoeur, er gebot ihm, als Kommandant des Forts, den Platz sogleich zu verlassen. Aber der unerschrockne Philip eiferte um so heftiger gegen den Teufel in Francoeur, und als er sogar seinen Stab erhob, ertrug Francoeurs militärischer Stolz diese Drohung nicht. Mit wütender Stärke ergriff er den kleinen Philip bei seinem Mantel und warf ihn über das Gitter, das den Eingang schützte, und wäre der gute Mann nicht an den Spitzen des Türgitters mit dem Mantel hängen geblieben, er hätte einen schweren Fall die steinerne Treppe hinunter gemacht. Nahe diesem Gitter war der Tisch gedeckt, das erinnerte Francoeur an das Essen. Er rief nach dem Essen, und Rosalie brachte es, etwas erhitzt vom Feuer, aber sehr fröhlich, denn sie bemerkte nicht den Mönch außer dem Gitter, der sich kaum vom ersten Schrecken erholt hatte und still vor sich betete, um neue Gefahr abzuwenden; kaum beachtete sie, daß ihr Mann und Basset, jener finster, dieser verlegen, nach dem Tische blickten. Sie fragte nach den beiden Soldaten, aber Francoeur sagte: »Sie können nachessen, ich habe Hunger, daß ich die Welt zerreißen könnte.« Darauf legte sie die Suppe vor und gab Basset aus Artigkeit das Meiste, dann ging sie nach der Küche, um den Eierkuchen zu backen. »Wie hat denn meine Frau dem Kommandanten gefallen?« fragte Francoeur. »Sehr gut«, antwortete Basset, »er wünschte, daß es ihm in der Gefangenschaft so gut geworden wäre wie euch.« – »Er soll sie haben!« antwortete er. »Nach den beiden Soldaten, die fehlen, fragte sie; was mir fehlt, das fragte sie nicht; euch suchte sie als einen Diener des Kommandanten zu gewinnen, darum füllte sie euren Teller, daß er überfloß, euch bot sie das größte Glas Wein an, gebt Achtung, sie bringt euch auch das größte Stück Eierkuchen. Wenn das der Fall ist, dann stehe ich auf, dann führt sie nur fort und laßt mich hier allein.« Basset wollte antworten, aber im Augenblicke trat die Frau mit dem Eierkuchen herein. Sie hatte ihn schon in drei Stücke geschnitten, ging zu Basset und schob ihm ein Stück mit den Worten auf den Teller: »Einen bessern Eierkuchen findet ihr nicht beim Kommandanten, ihr müßt mich rühmen!« – Finster blickte Francoeur in die Schüssel, die Lücke war fast so groß wie die beiden Stücke, die noch blieben, er stand auf und sagte: »Es ist nicht anders, wir sind geschieden!« Mit diesen Worten ging er nach dem Pulverturme, schloß die eiserne Türe auf, trat ein und schloß sie wieder hinter sich zu. Die Frau sah ihm verwirrt nach und ließ die Schüssel fallen. Gott, ihn plagt der Böse; wenn er nur nicht Unheil stiftet im Pulverturm. – »Ist das der Pulverturm?« rief Basset, »er sprengt sich in die Luft, rettet euch und euer Kind!« Mit diesem Worte lief er fort, auch der Mönch wagte sich nicht wieder herein und lief ihm nach. Rosalie eilte in die Wohnung zu ihrem Kinde, riß es aus dem Schlafe, aus der Wiege, sie wußte nichts mehr von sich, bewußtlos wie sie Francoeur einst gefolgt, so entfloh sie ihm mit dem Kinde und sagte vor sich hin: »Kind, das tue ich nur deinetwegen, mir wäre besser mit ihm zu sterben; Hagar, du hast nicht gelitten wie ich, denn ich verstoße mich selbst!« – Unter solchen Gedanken kam sie herab auf einem falschen Wege und stand am sumpfigen Ufer des Flusses. Sie konnte aus Ermattung nicht mehr gehen und setzte sich deswegen in einen Nachen, der, nur leicht ans Ufer gefahren, leicht abzustoßen war, und ließ sich den Fluß herabtreiben; sie wagte nicht umzublicken, wenn am Hafen ein Schuß geschah, meinte sie: das Fort sei gesprengt und ihr halbes Leben verloren, so verfiel sie allmählich in einen dumpfen fieberartigen Zustand.

Unterdessen waren die beiden Soldaten, mit Äpfeln und Trauben bepackt, in die Nähe des Forts gekommen, aber Francoeurs starke Stimme rief ihnen, indem er eine Flintenkugel über ihre Köpfe abfeuerte: »Zurück!«, dann sagte er durch das Sprachrohr: »An der hohen Mauer werde ich mit euch reden, ich habe hier allein zu befehlen und will auch allein hier leben, so lange es dem Teufel gefällt!« Sie wußten nicht, was das bedeuten solle, aber es war nichts anders zu tun, als dem Willen des Sergeanten Folge zu leisten. Sie gingen herab zu dem steilen Abhange des Forts, welcher die hohe Mauer hieß, und kaum waren sie dort angelangt, so sahen sie Rosaliens Bette und des Kindes Wiege an einem Seile niedersinken, dem folgten ihre Betten und Geräte und Francoeur rief durch das Sprachrohr: »Das Eurige nehmt; Bette, Wiege und Kleider meiner entlaufenen Frau bringt zum Kommandanten, da werdet ihr sie finden; sagt: das schicke ihr Satanas, und diese alte Fahne, um ihre Schande mit dem Kommandanten zu zu decken!« Bei diesen Worten warf er die große französische Flagge, die auf dem Fort geweht hatte, herab und fuhr fort: »Dem Kommandanten lasse ich hierdurch Krieg erklären, er mag sich waffnen bis zum Abend, dann werde ich mein Feuer eröffnen; er soll nicht schonen, denn ich schone ihn beim Teufel nicht; er soll alle seine Hände ausstrecken, er wird mich doch nicht fangen; er hat mir den Schlüssel zum Pulverturm gegeben, ich will ihn brauchen, und wenn er mich zu fassen meint, fliege ich mit ihm gen Himmel, vom Himmel in die Hölle, das wird Staub geben.« – Brunet wagte endlich zu reden und rief hinauf: »Gedenkt an unsern gnädigsten König, daß der über euch steht, ihm werdet ihr doch nicht widerstreben.« Dem antwortete Francoeur: »In mir ist der König aller Könige dieser Welt, in mir ist der Teufel, und im Namen des Teufels sage ich euch, redet kein Wort, sonst zerschmettere ich euch!« – Nach dieser Drohung packten beide stillschweigend das Ihre zusammen und ließen das Übrige stehen; sie wußten daß oben große Steinmassen angehäuft waren, die unter der steilen Felswand alles zerschmettern konnten. Als sie nach Marseille zum Kommandanten kamen, fanden sie ihn schon in Bewegung, denn Basset hatte ihn von allem unterrichtet; er sendete die beiden Ankommenden mit einem Wagen nach dem Fort, um die Sachen der Frau gegen den drohenden Regen zu sichern, andere sandte er aus, um die Frau mit dem Kinde aufzufinden, während er die Offiziere bei sich versammelte, um mit ihnen zu überlegen, was zu tun sei? Die Besorgnis dieses Kriegsrats richtete sich besonders auf den Verlust des schönen Forts, wenn es in die Luft gesprengt würde; bald kam aber ein Abgesandter der Stadt, wo sich das Gerücht verbreitet hatte, und stellte den Untergang des schönsten Teils der Stadt als ganz unvermeidlich dar. Es wurde allgemein anerkannt, daß mit Gewalt nicht verfahren werden dürfe, denn Ehre sei nicht gegen einen einzelnen Menschen zu erringen, wohl aber ein ungeheuerer Verlust durch Nachgiebigkeit abzuwenden; der Schlaf werde die Wut Francoeurs doch endlich überwinden, dann sollten entschlossene Leute das Fort erklettern und ihn fesseln. Dieser Ratschluß war kaum gefaßt, so wurden die beiden Soldaten eingeführt, welche Rosaliens Betten und Gerät zurückgebracht hatten. Sie hatten eine Bestellung Francoeurs zu überbringen, daß ihm der Teufel verraten: sie wollten ihn im Schlafe fangen, aber er warne sie aus Liebe zu einigen Teufelskameraden, die zu dem Unternehmen gebraucht werden sollten, denn er werde ruhig in seinem verschlossenen Pulverturme mit geladenen Gewehren schlafen, und ehe sie die Türe erbrechen könnten, wäre er längst erwacht und der Turm, mit einem Schusse in die Pulverfässer, zersprengt. »Er hat recht«, sagte der Kommandant, »er kann nicht anders handeln, wir müssen ihn aushungern.« – »Er hat den ganzen Wintervorrat für uns alle hinaufgeschafft«, bemerkte Brunet, »wir müssen wenigstens ein halbes Jahr warten, auch sagte er, daß ihm die vorbeifahrenden Schiffe, welche die Stadt versorgen, reichlichen Zoll geben sollten, sonst bohre er sie in den Grund, und zum Zeichen daß niemand in der Nacht fahren sollte, ohne seine Bewilligung, werde er am Abend einige Kugeln über den Fluß sausen lassen.« – »Wahrhaftig, er schießt!« rief einer der Offiziere, und alle liefen nach einem Fenster des obern Stockwerks. Welch ein Anblick! an allen Ecken des Forts eröffneten die Kanonen ihren feurigen Rachen, die Kugeln sausten durch die Luft, in der Stadt versteckte sich die Menge mit großem Geschrei und nur einzelne wollten ihren Mut im kühnen Anschauen der Gefahr beweisen. Aber sie wurden auch reichlich dafür belohnt, denn mit hellem Lichte schoß Francoeur einen Bündel Raketen aus einer Haubitze in die Luft und einen Bündel Leuchtkugeln aus einem Mörser, denen er aus Gewehren unzählige andre nachsandte. Der Kommandant versicherte, diese Wirkung sei trefflich, er habe es nie gewagt, Feuerwerke mit Wurfgeschütz in die Luft zu treiben, aber die Kunst werde dadurch gewissermaßen zu einer meteorischen, der Francoeur verdiene schon deswegen, begnadigt zu werden.

Diese nächtliche Erleuchtung hatte eine andre Wirkung, die wohl in keines Menschen Absicht lag; sie rettete Rosalien und ihrem Kinde das Leben. Beide waren in dem ruhigen Treiben des Kahnes eingeschlummert, und Rosalie sah im Traume ihre Mutter von innerlichen Flammen durchleuchtet und verzehrt und fragte sie: Warum sie so leide? Da war's als ob eine laute Stimme ihr in die Ohren rief: »Mein Fluch brennt mich wie dich, und kannst du ihn nicht lösen, so bleib ich eigen allem Bösen.« Sie wollte noch mehr sprechen, aber Rosalie war schon aufgeschreckt, sah über sich den Bündel Leuchtkugeln im höchsten Glanze, hörte neben sich einen Schiffer rufen: »Steuert links, wir fahren sonst ein Boot in den Grund, worin ein Weib mit einem Kinde sitzt.« Und schon rauschte die vordere Spitze eines großen Flußschiffes wie ein geöffneter Wallfischrachen hinter ihr, da wandte er sich links, aber ihr Nachen wurde doch seitwärts nachgerissen. »Helft meinem armen Kinde!« rief sie, und der Haken eines Stangenruders verband sie mit dem großen Schiffe, das bald darauf Anker warf. »Wäre das

Feuerwerk auf dem Fort Ratonneau nicht aufgegangen«, rief der eine Schiffer, »ich hätte euch nicht gesehen und wir hätten euch ohne bösen Willen in den Grund gesegelt, wie kommt ihr so spät und allein aufs Wasser, warum habt ihr uns nicht angeschrieen?« Rosalie beantwortete schnell die Fragen und bat nur dringend, sie nach dem Hause des Kommandanten zu bringen. Der Schiffer gab ihr aus Mitleid seinen Jungen zum Führer.

Sie fand alles in Bewegung beim Kommandanten, sie bat ihn, seines Versprechens eingedenk zu sein, daß er ihren Manne drei Versehen verzeihen wolle. Er leugnete, daß von solchen Versehen die Rede gewesen, es sei über Scherz und Grillen geklagt worden, das sei aber ein teuflischer Ernst. – »So ist das Unrecht auf eurer Seite«, sagte die Frau gefaßt, denn sie fühlte sich nicht mehr schicksallos, »auch habe ich den Zustand des armen Mannes angezeigt, und doch habt ihr ihm einen so gefährlichen Posten vertraut, ihr habt mir Geheimnis angelobt, und doch habt ihr alles an Basset, euren Diener, erzählt, der uns mit seiner törichten Klugheit und Vorwitzigkeit in das ganze Unglück gestürzt hat; nicht mein armer Mann, ihr seid an allem Unglück schuld, ihr müßt dem Könige davon Rechenschaft geben.« – Der Kommandant verteidigte sich gegen den Vorwurf, daß er etwas dem Basset erzählt habe, dieser gestand, daß er ihn im Selbstgespräche belauscht, und so war die ganze Schuld auf seine Seele geschoben. Der alte Mann sagte, daß er den andern Tag sich vor dem Fort wolle totschießen lassen, um seinem Könige die Schuld mit seinem Leben abzuzahlen, aber Rosalie bat ihn, sich nicht zu übereilen, er möge bedenken, daß sie ihn schon einmal aus dem Feuer gerettet habe. Ihr wurde ein Zimmer im Hause des Kommandanten angewiesen und sie brachte ihr Kind zur Ruhe, während sie selbst mit sich zu Rate ging und zu Gott flehte, ihr anzugeben, wie sie ihre Mutter den Flammen und ihren Mann dem Fluche entreißen könne. Aber auf ihren Knieen versank sie in einen tiefen Schlaf und war sich am Morgen keines Traumes, keiner Eingebung bewußt. Der Kommandant, der schon früh einen Versuch gegen das Fort gemacht hatte, kam verdrießlich zurück. Zwar hatte er keine Leute verloren, aber Francoeur hatte so viele Kugeln mit solcher Geschicklichkeit links und rechts und über sie hinsausen lassen, daß sie ihr Leben nur seiner Schonung dankten. Den Fluß hatte er durch Signalschüsse gesperrt, auch auf der Chaussee durfte niemand fahren, kurz, aller Verkehr der Stadt war für diesen Tag gehemmt und die Stadt drohte, wenn der Kommandant nicht vorsichtig verfahre, sondern wie in Feindes Land ihn zu belagern denke, daß sie die Bürger aufbieten und mit den Invaliden schon fertig werden wolle.

Drei Tage ließ sich der Kommandant so hinhalten, jeden Abend verherrlichte ein Feuerwerk, jeden Abend erinnerte Rosalie an sein Versprechen der Nachsicht. Am dritten Abend sagte er ihr, der Sturm sei auf den andern Mittag festgesetzt, die Stadt gebe nach, weil aller Verkehr gestört sei, und endlich Hungersnot ausbrechen könne. Er werde den Eingang stürmen, während ein andrer Teil von der andern Seite heimlich anzuklettern suche, so daß diese vielleicht früher ihrem Manne in den Rücken kämen, ehe er nach dem Pulverturm springen könne; es werde Menschen kosten, der Ausgang sei ungewiß, aber er wolle den Schimpf von sich ablenken, daß durch seine Feigheit ein toller Mensch zu dem Dünkel gekommen, einer ganzen Stadt zu trotzen;das größte Unglück sei ihm lieber als dieser Verdacht, er habe seine Angelegenheiten mit der Welt und vor Gott zu ordnen gesucht, Rosalie und ihr Kind würden sich in seinem Testamente nicht vergessen finden. Rosalie fiel ihm zu Füßen und fragte, was denn das Schicksal ihres Mannes sei, wenn er im Sturme gefangen würde? Der Kommandant wendete sich ab und sagte leise, der Tod sei unausbleiblich, auf Wahnsinn würde von keinem Kriegsgerichte erkannt werden. »Es ist zu viel Einsicht, Vorsicht und Klugheit in der ganzen Art, wie er sich nimmt; der Teufel kann nicht vor Gericht gezogen werden, er muß für ihn leiden.« – Nach einem Strome von Tränen erholte sich Rosalie und sagte: Wenn sie das Fort, ohne Blutvergießen, ohne Gefahr, in die Gewalt des Kommandanten brächte, würde dann sein Vergehen als ein Wahnsinn Begnadigung finden? – »Ja, ich schwör's!« rief der Kommandant, »aber es ist vergeblich, euch haßt er vor allen und rief gestern einem unsrer Vorposten zu, er wolle das Fort übergeben, wenn wir ihm den Kopf seiner Frau schicken könnten.« – »Ich kenne ihn«, sagte die Frau, »ich will den Teufel beschwören in ihm, ich will ihm Frieden geben, sterben würde ich doch mit ihm, also ist nur Gewinn für mich, wenn ich von seiner Hand sterbe, der ich vermählt bin durch den heiligsten Schwur.« – Der Kommandant bat sie, sich wohl zu bedenken, erforschte ihre Absicht, widerstand aber weder ihren Bitten noch der Hoffnung, auf diesem Wege dem gewissen Untergange zu entgehen.

Vater Philip hatte sich im Hause eingefunden und erzählte, der unsinnige Francoeur habe jetzt eine große weiße Flagge ausgesteckt, auf welcher der Teufel gemalt sei, aber der Kommandant wollte nichts von seinen Neuigkeiten wissen, und befahl ihm, zu Rosalien zu gehen, die ihm beichten wolle. Nachdem Rosalie ihre Beichte in aller Ruhe eines gottergebnen Gemütes abgelegt hatte, bat sie den Vater Philip, sie nur bis zu einem sichern Steinwalle zu begleiten, wo keine Kugel ihn treffen könne, dort wolle sie ihm ihr Kind und Geld zur Erziehung desselben übergeben, sie könne sich noch nicht von dem lieben Kinde trennen. Er versprach es ihr zögernd, nachdem er sich im Hause erkundigt hatte, ob er auch dort noch sicher gegen die Schüsse sei, denn sein Glaube, Teufel austreiben zu können, hatte sich in ihm ganz verloren; er gestand, was er bisher ausgetrieben hätte, möchte wohl der rechte Teufel nicht gewesen sein, sondern ein geringerer Spuk.

Rosalie kleidete ihr Kind noch einmal unter mancher Träne weiß mit roten Bandschleifen an, dann nahm sie es auf den Arm und ging schweigend die Treppe hinunter. Unten stand der alte Kommandant und konnte ihr nur die Hand drücken und mußte sich umwenden, weil er sich der Tränen vor den Zuschauern schämte. So trat sie auf die Straße, keiner wußte ihre Absicht, Vater

Philip blieb etwas zurück, weil er des Mitgehens gern überhoben gewesen, dann folgte die Menge müßiger Menschen auf den Straßen, die ihn fragten, was es bedeute? Viele fluchten auf Rosalien, weil sie Francoeurs Frau war, aber dieser Fluch berührte sie nicht.

Der Kommandant führte unterdessen seine Leute auf verborgenen Wegen nach den Plätzen, von welchen der Sturm eröffnet werden sollte, wenn die Frau den Wahnsinn des Mannes nicht beschwören könnte.

Am Tore schon verließ die Menge Rosalien, denn Francoeur schoß von Zeit zu Zeit über diese Fläche, auch Vater Philip klagte, daß ihm schwach werde, er müsse sich niederlassen. Rosalie bedauerte es und zeigte ihm den Felsenwall, wo sie ihr Kind noch einmal stillen und es dann in den Mantel niederlegen wollte, dort möge es gesucht werden, da liege es sicher aufbewahrt, wenn sie nicht zu ihm zurückkehren könne. Vater Philip setzte sich betend hinter den Felsen, und Rosalie ging mit festem Schritt dem Steinwalle zu, wo sie ihr Kind tränkte und segnete, es in ihren Mantel wickelte und in Schlummer brachte. Da verließ sie es mit einem Seufzer, der die Wolken in ihr brach, daß blaue Hellung und das stärkende Sonnenbild sie bestrahlten. Nun war sie dem harten Manne sichtbar, als sie am Steinwalle heraustrat, ein Licht schlug am Tore auf, ein Druck, als ob sie umstürzen müßte, ein Rollen in der Luft, ein Sausen, das sich damit mischte, zeigten ihr an, daß der Tod nahe an ihr vorübergegangen. Es wurde ihr aber nicht mehr bange, eine Stimme sagte ihr innerlich, daß nichts untergehen könne, was diesen Tag bestanden, und ihre Liebe zum Manne, zum Kinde regte sich noch in ihrem Herzen, als sie ihren Mann vor sich auf dem Festungswerke stehen und laden, das Kind hinter sich schreien hörte; sie taten ihr beide mehr leid als ihr eignes Unglück, und der schwere Weg war nicht der schwerste Gedanke ihres Herzens. Und ein neuer Schuß betäubte ihre Ohren und schmetterte ihr Felsstaub ins Gesicht, aber sie betete und sah zum Himmel. So betrat sie den engen Felsgang, der wie ein verlängerter Lauf, für zwei mit Kartätschen geladene Kanonen mit boshaftem Geize die Masse des verderblichen Schusses gegen die Andringenden zusammenzuhalten bestimmt war. »Was siehst du Weib!« brüllte Francoeur, »sieh nicht in die Luft, deine Engel kommen nicht, hier steht dein Teufel und dein Tod.« – »Nicht Tod, nicht Teufel trennen mich mehr von dir«, sagte sie getrost und schritt weiter hinauf die großen Stufen. »Weib«, schrie er, »du hast mehr Mut als der Teufel, aber es soll dir doch nichts helfen.« – Er blies die Lunte an, die eben verlöschen wollte, der Schweiß stand ihm hellglänzend über Stirn und Wangen, es war als ob zwei Naturen in ihm rangen. Und Rosalie wollte nicht diesen Kampf hemmen und der Zeit vorgreifen, auf die sie zu vertrauen begann; sie ging nicht vor, sie kniete auf die Stufe nieder, als sie drei Stufen von den Kanonen entfernt war, wo sich das Feuer kreuzte. Er riß Rock und Weste an der Brust auf, um sich Luft zu machen, er griff in sein schwarzes Haar, das verwildert in Locken starrte, und riß es sich wütend aus. Da öffnete sich die Wunde am Kopfe in dem wilden Erschüttern durch Schläge, die er an seine Stirn führte, Tränen und Blut löschten den brennenden Zundstrick, ein Wirbelwind warf das Pulver von den Zündlöchern der Kanonen und die Teufelsflagge vom Turm. »Der Schornsteinfeger macht sich Platz, er schreit zum Schornstein hinauf!« rief er und deckte seine Augen. Dann besann er sich, öffnete die Gittertüre, schwankte zu seiner Frau, hob sie auf, küßte sie, endlich sagte er: »Der schwarze Bergmann hat sich durchgearbeitet, es strahlt wieder Licht in meinen Kopf, und Luft zieht hindurch und die Liebe soll wieder ein Feuer zünden, daß uns nicht mehr friert. Ach Gott, was hab' ich in diesen Tagen verbrochen. Laß uns nicht feiern, sie werden mir nur wenig Stunden noch schenken, wo ist mein Kind, ich muß es küssen, weil ich noch frei bin; was ist sterben? Starb' ich nicht schon einmal, als du mich verlassen, und nun kommst du wieder und dein Kommen gibt mir mehr, als dein Scheiden mir nehmen konnte, ein unendliches Gefühl meines Daseins, dessen Augenblicke mir genügen. Nun lebte ich gern mit dir und wäre deine Schuld noch größer als meine Verzweiflung gewesen, aber ich kenne das Kriegsgesetz, und ich kann nun gottlob in Vernunft als ein reuiger Christ sterben.« – Rosalie konnte in ihrer Entzückung, von ihren Tränen fast erstickt, kaum sagen, daß *ihm* verziehen, daß *sie* ohne Schuld und ihr Kind nahe sei. Sie verband seine Wunde in Eile, dann zog sie ihn die Stufen hinunter bis hin zu dem Steinwalle, wo sie das Kind verlassen. Da fanden sie den guten Vater Philip bei dem Kinde, der allmählich hinter Felsstücken zu ihm hingeschlichen war, und das Kind ließ etwas aus den Händen fliegen, um nach dem Vater sie auszustrecken. Und während sich alle drei umarmt hielten, erzählte Vater Philip, wie ein Taubenpaar vom Schloß heruntergeflattert sei und mit dem Kinde artig gespielt, sich von ihm habe anrühren lassen und es gleichsam in seiner Verlassenheit getröstet habe. Als er das gesehen, habe er sich dem Kinde zu nahen gewagt. Sie waren, wie gute Engel, meines Kindes Spielkameraden auf dem Fort gewesen, sie haben es treulich aufgesucht, sie kommen sicher wieder und werden es nicht verlassen. Und wirklich umflogen sie die Tauben freundlich und trugen in ihren Schnäbeln grüne Blätter. Die Sünde ist uns geschieden, sagte Francoeur, nie will ich wieder auf den Frieden schelten, der Friede tut mir so gut.

Inzwischen hatte sich der Kommandant mit seinen Offizieren genähert, weil er den glücklichen Ausgang durch sein Fernrohr gesehen. Francoeur übergab ihm seinen Degen, er kündigte Francoeur Verzeihung an, weil seine Wunde ihn des Verstandes beraubt gehabt, und befahl einem Chirurgen, diese Wunde zu untersuchen und besser zu verbinden. Francoeur setzte sich nieder und ließ ruhig alles mit sich geschehen, er sah nur Frau und Kind an. Der Chirurg wunderte sich, daß er keinen Schmerz zeigte, er zog ihm einen Knochensplitter aus der Wunde, der rings umher eine Eiterung hervorgebracht hatte; es schien, als ob die gewaltige Natur Francoeurs ununterbrochen und allmählich an der Hinausschaffung gearbeitet habe, bis ihm endlich äußere Gewalt, die eigne Hand seiner Verzweiflung die äußere Rinde durchbrochen. Er versicherte, daß ohne diese glückliche Fügung ein unheilbarer Wahnsinn den unglücklichen Francoeur hätte aufzehren müssen. Damit ihm keine Anstrengung schade, wurde er auf einen Wagen gelegt und sein Einzug in Marseille glich unter einem Volke, das Kühnheit immer mehr als Güte zu achten weiß, einem Triumphzuge; die Frauen warfen Lorbeerkränze auf den Wagen, alles drängte sich, den stolzen Bösewicht kennenzulernen, der so viele tausend Menschen während drei Tage beherrscht hatte. Die Männer aber reichten ihre Blumenkränze Rosalien und ihrem Kinde und rühmten sie als Befreierin und schwuren, ihr und dem Kinde reichlich zu vergelten, daß sie ihre Stadt vom Untergange gerettet habe.

Nach solchem Tage läßt sich in *einem* Menschenleben selten noch etwas erleben, was der Mühe des Erzählens wert wäre, wenngleich die Wiederbeglückten, die Fluchbefreiten, erst in diesen ruhigeren Jahren den ganzen Umfang des gewonnenen Glücks erkannten. Der gute alte Kommandant nahm Francoeur als Sohn an, und konnte er ihm auch nicht seinen Namen übertragen, so ließ er ihm doch einen Teil seines Vermögens und seinen Segen. Was aber Rosalie noch inniger berührte, war ein Bericht, der erst nach Jahren aus Prag einlief, in welchem ein Freund der Mutter anzeigte, daß diese wohl ein Jahr, unter verzehrenden Schmerzen, den Fluch bereut habe, den sie über ihre Tochter ausgestoßen, und, bei dem sehnlichen Wunsche nach Erlösung des Leibes und der Seele, sich und der Welt zum Überdruß bis zu dem Tage gelebt habe, der Rosaliens Treue und Ergebenheit in Gott gekrönt, an dem Tage sei sie, durch einen Strahl aus ihrem Innern beruhigt, im gläubigen Bekenntnis des Erlösers selig entschlafen.

Gnade löst den Fluch der *Sünde*,
Liebe treibt den *Teufel* aus.

LUDWIG TIECK

Der blonde Eckbert

In einer Gegend des Harzes wohnte ein Ritter, den man gewöhnlich nur den blonden Eckbert nannte. Er war ungefähr vierzig Jahr alt, kaum von mittlerer Größe, und kurze hellblonde Haare lagen schlicht und dicht an seinem blassen eingefallenen Gesichte. Er lebte sehr ruhig für sich und war niemals in den Fehden seiner Nachbarn verwickelt, auch sah man ihn nur selten außerhalb den Ringmauern seines kleinen Schlosses. Sein Weib liebte die Einsamkeit ebensosehr, und beide schienen sich von Herzen zu lieben, nur klagten sie gewöhnlich darüber, daß der Himmel ihre Ehe mit keinen Kindern segnen wolle.

Nur selten wurde Eckbert von Gästen besucht, und wenn es auch geschah, so wurde ihretwegen fast nichts in dem gewöhnlichen Gange des Lebens geändert, die Mäßigkeit wohnte dort, und die Sparsamkeit selbst schien alles anzuordnen. Eckbert war alsdann heiter und aufgeräumt, nur wenn er allein war, bemerkte man an ihm eine gewisse Verschlossenheit, eine stille zurückhaltende Melancholie.

Niemand kam so häufig auf die Burg als Phillipp Walther, ein Mann, dem sich Eckbert angeschlossen hatte, weil er an diesem ungefähr dieselbe Art zu denken fand, der auch er am meisten zugetan war. Dieser wohnte eigentlich in Franken, hielt sich aber oft über ein halbes Jahr in der Nähe von Eckberts Burg auf, sammelte Kräuter und Steine, und beschäftigte sich damit, sie in Ordnung zu bringen, er lebte von einem kleinen Vermögen und war von niemand abhängig. Eckbert begleitete ihn oft auf seinen einsamen Spaziergängen, und mit jedem Jahre entspann sich zwischen ihnen eine innigere Freundschaft.

Es gibt Stunden, in denen es den Menschen ängstigt, wenn er vor seinem Freunde ein Geheimnis haben soll, was er bis dahin oft mit vieler Sorgfalt verborgen hat, die Seele fühlt dann einen unwiderstehlichen Trieb, sich ganz mitzuteilen, dem Freunde auch das Innerste aufzuschließen, damit er um so mehr unser Freund werde. In diesen Augenblicken geben sich die zarten Seelen einander zu erkennen, und zuweilen geschieht es wohl auch, daß einer vor der Bekanntschaft des andern zurückschreckt.

Es war schon im Herbst, als Eckbert an einem neblichten Abend mit seinem Freunde und seinem Weibe Bertha um das Feuer eines Kamines saß. Die Flamme warf einen hellen Schein durch das Gemach und spielte oben an der Decke, die Nacht sah schwarz zu den Fenstern herein, und die Bäume draußen schüttelten sich vor nasser Kälte. Walther klagte über den weiten Rückweg, den er habe, und Eckbert schlug ihm vor, bei ihm zu bleiben, die halbe Nacht unter traulichen Gesprächen hinzubringen, und dann in einem Gemache des Hauses bis am Morgen zu schlafen. Walther ging den Vorschlag ein, und nun ward Wein und die Abendmahlzeit hereingebracht, das Feuer durch Holz vermehrt und das Gespräch der Freunde heitrer und vertraulicher.

Als das Abendessen abgetragen war und sich die Knechte wieder entfernt hatten, nahm Eckbert die Hand Walthers und sagte: »Freund, Ihr solltet Euch einmal von meiner Frau die Geschichte ihrer Jugend erzählen lassen, die seltsam genug ist.« – »Gern«, sagte Walther, und man setzte sich wieder um den Kamin.

Es war jetzt gerade Mitternacht, der Mond sah abwechselnd durch die vorüberflatternden Wolken. »Ihr müßt mich nicht für zudringlich halten«, fing Bertha an, »mein Mann sagt, daß Ihr so edel denkt, daß es unrecht sei, Euch etwas zu verhehlen. Nur haltet meine Erzählung für kein Märchen, so sonderbar sie auch klingen mag.

Ich bin in einem Dorfe geboren, mein Vater war ein armer Hirte. Die Haushaltung bei meinen Eltern war nicht zum besten bestellt, sie wußten sehr oft nicht, wo sie das Brot hernehmen sollten. Was mich aber noch weit mehr jammerte, war, daß mein Vater und meine Mutter sich oft über ihre Armut entzweiten und einer dem andern dann bittere Vorwürfe machte. Sonst hörte ich beständig von mir, daß ich ein einfältiges dummes Kind sei, das nicht das unbedeutendste Geschäft auszurichten wisse, und wirklich war ich äußerst ungeschickt und unbeholfen, ich ließ alles aus den Händen fallen, ich lernte weder nähen noch spinnen, ich konnte nichts in der Wirtschaft helfen, nur die Not meiner Eltern verstand ich sehr gut. Oft saß ich dann im Winkel und füllte meine Vorstellungen damit an, wie ich ihnen helfen wollte, wenn ich plötzlich reich würde, wie ich sie mit Gold und Silber überschütten und mich an ihrem Erstaunen laben möchte, dann sah ich Geister heraufschweben, die mir unterirdische Schätze entdeckten oder mir kleine Kiesel gaben, die sich in Edelsteine verwandelten, kurz, die wunderbarsten Phantasien beschäftigten mich, und wenn ich nun aufstehn mußte, um irgend etwas zu helfen, oder zu tragen, so zeigte ich mich noch viel ungeschickter, weil mir der Kopf von allen den seltsamen Vorstellungen schwindelte.

Mein Vater war immer sehr ergrimmt auf mich, daß ich eine so ganz unnütze Last des Hauswesens sei, er behandelte mich daher oft ziemlich grausam, und es war selten, daß ich ein freundliches Wort von ihm vernahm. So war ich ungefähr acht Jahre alt geworden, und es wurden nun ernstliche Anstalten gemacht, daß ich etwas tun oder lernen sollte. Mein Vater glaubte, es wäre nur Eigensinn oder Trägheit von mir, um meine Tage in Müßiggang hinzubringen, genug, er setzte mir mit Drohungen unbeschreiblich zu, da diese aber doch nichts fruchteten, züchtigte er mich auf die grausamste Art, indem er sagte, daß diese Strafe mit jedem Tage wiederkehren sollte, weil ich doch nur ein unnützes Geschöpf sei.

Die ganze Nacht hindurch weinte ich herzlich, ich fühlte mich so außerordentlich verlassen, ich hatte ein solches Mitleid mit mir selber, daß ich zu sterben wünschte. Ich fürchtete den Anbruch des Tages, ich wußte durchaus nicht, was ich anfangen sollte, ich wünschte mir alle mögliche Geschicklichkeit und konnte gar nicht begreifen, warum ich einfältiger sei als die übrigen Kinder meiner Bekanntschaft. Ich war der Verzweiflung nahe.

Als der Tag graute, stand ich auf und eröffnete, fast ohne daß ich es wußte, die Tür unsrer kleinen Hütte. Ich stand auf dem freien Felde, bald darauf war ich in einem Walde, in den der Tag kaum noch hineinblickte. Ich lief immerfort, ohne mich umzusehn, ich fühlte keine Müdigkeit, denn ich glaubte immer, mein Vater würde mich noch wieder einholen, und, durch meine Flucht gereizt, mich noch grausamer behandeln.

Als ich aus dem Walde wieder heraustrat, stand die Sonne schon ziemlich hoch, ich sah jetzt etwas Dunkles vor mir liegen, welches ein dichter Nebel bedeckte. Bald mußte ich über Hügel klettern, bald durch einen zwischen Felsen gewundenen Weg gehn, und ich erriet nun, daß ich mich wohl in dem benachbarten Gebirge befinden müsse, worüber ich anfing mich in der Einsamkeit zu fürchten. Denn ich hatte in der Ebene noch keine Berge gesehn, und das bloße Wort Gebirge, wenn ich davon hatte reden hören, war meinem kindischen Ohr ein fürchterlicher Ton gewesen. Ich hatte nicht das Herz zurückzugehn, meine Angst trieb mich vorwärts; oft sah ich mich erschrocken um, wenn der Wind über mir weg durch die Bäume fuhr oder ein ferner Holzschlag weit durch den stillen Morgen hintönte. Als mir Köhler und Bergleute endlich begegneten und ich eine fremde Aussprache hörte, wäre ich vor Entsetzen fast in Ohnmacht gesunken.

Ich kam durch mehrere Dörfer und bettelte, weil ich jetzt Hunger und Durst empfand, ich half mir so ziemlich mit meinen Antworten durch, wenn ich gefragt wurde. So war ich ungefähr vier Tage fortgewandert, als ich auf einen kleinen Fußsteig geriet, der mich von der großen Straße immer mehr entfernte. Die Felsen um mich her gewannen jetzt eine andre, weit seltsamere Gestalt. Es waren Klippen, so aufeinandergepackt, daß es das Ansehn hatte, als wenn sie der erste Windstoß durcheinanderwerfen würde. Ich wußte nicht, ob ich weitergehn sollte. Ich hatte des Nachts immer im Walde geschlafen, denn es war gerade zur schönsten Jahreszeit, oder in abgelegenen Schäferhütten; hier traf ich aber gar keine menschliche Wohnung und konnte auch nicht vermuten, in dieser Wildnis auf eine zu stoßen; die Felsen wurden immer furchtbarer, ich mußte oft dicht an schwindlichten Abgründen vorbeigehn, und endlich hörte sogar der Weg unter meinen Füßen auf. Ich war ganz trostlos, ich weinte und schrie, und in den Felsentälern hallte meine Stimme auf eine schreckliche Art zurück. Nun brach die Nacht herein, und ich suchte mir eine Moosstelle aus, um dort zu ruhn. Ich konnte nicht schlafen; in der Nacht hörte ich die seltsamsten Töne, bald hielt ich es für wilde Tiere, bald für den Wind, der durch die Felsen klagte, bald für fremde Vögel. Ich betete, und ich schlief nur spät gegen Morgen ein.

Ich erwachte, als mir der Tag ins Gesicht schien. Vor mir war ein steiler Felsen, ich kletterte in der Hoffnung hinauf, von dort den Ausgang aus der Wildnis zu entdecken und vielleicht Wohnungen oder Menschen gewahr zu werden. Als ich aber oben stand, war alles, so weit nur mein Auge reichte, ebenso, wie um mich her, alles war mit einem neblichten Dufte überzogen, der Tag war grau und trübe, und keinen Baum, keine Wiese, selbst kein Gebüsch konnte mein Auge erspähn, einzelne Sträucher ausgenommen, die einsam und betrübt in engen Felsenritzen emporgeschossen waren. Es ist unbeschreiblich, welche Sehnsucht ich empfand, nur eines Menschen ansichtig zu werden, wäre es auch, daß ich mich vor ihm hätte fürchten müssen. Zugleich fühlte ich einen peinigenden Hunger, ich setzte mich nieder und beschloß zu sterben. Aber nach einiger Zeit trug die Lust zu leben dennoch den Sieg davon, ich raffte mich auf und ging unter Tränen, unter abgebrochenen Seufzern den ganzen Tag hindurch; am Ende war ich mir meiner kaum noch bewußt, ich war müde und erschöpft, ich wünschte kaum noch zu leben und fürchtete doch den Tod.

Gegen Abend schien die Gegend umher etwas freundlicher zu werden, meine Gedanken, meine Wünsche lebten wieder auf, die Lust zum Leben erwachte in allen meinen Adern. Ich glaubte jetzt das Gesause einer Mühle aus der Ferne zu hören, ich verdoppelte meine Schritte, und wie wohl, wie leicht ward mir, als ich endlich wirklich die Grenzen der öden Felsen erreichte; ich sah Wälder und Wiesen mit fernen angenehmen Bergen wieder vor mir liegen. Mir war, als wenn ich aus der Hölle in ein Paradies getreten wäre, die Einsamkeit und meine Hilflosigkeit schienen mir nun gar nicht fürchterlich.

Statt der gehofften Mühle stieß ich auf einen Wasserfall, der meine Freude freilich um vieles minderte; ich schöpfte mit der Hand einen Trunk aus dem Bache, als mir plötzlich war, als hörte ich in einiger Entfernung ein leises Husten. Nie bin ich so angenehm überrascht worden als in diesem Augenblick, ich ging näher und ward an der Ecke des Waldes eine alte Frau gewahr, die auszuruhen schien. Sie war fast ganz schwarz gekleidet, und eine schwarze Kappe bedeckte ihren Kopf und einen großen Teil des Gesichtes, in der Hand hielt sie einen Krückenstock.

Ich näherte mich ihr und bat um ihre Hilfe; sie ließ mich neben sich niedersitzen und gab mir Brot und etwas Wein. Indem ich aß, sang sie mit kreischendem Ton ein geistliches Lied. Als sie geendet hatte, sagte sie mir, ich möchte ihr folgen.

Ich war über diesen Antrag sehr erfreut, so wunderlich mir auch die Stimme und das Wesen der Alten vorkam. Mit ihrem Krückenstock ging sie ziemlich behende, und bei jedem Schritte verzog sie ihr Gesicht so, daß ich im Anfange darüber lachen mußte. Die wilden Felsen traten immer weiter hinter uns zurück, wir gingen über eine angenehme Wiese und dann durch einen ziemlich langen Wald. Als wir heraustraten, ging die Sonne gerade unter, und ich werde den Anblick und die Empfindung dieses Abends nie vergessen. In das sanfteste Rot und Gold war alles verschmolzen, die Bäume standen mit ihren Wipfeln in der Abendröte, und über den Feldern lag der entzückende Schein, die Wälder und die Blätter der Bäume standen still, der reine Himmel sah aus wie ein aufgeschlossenes Paradies, und das Rieseln der Quellen und von Zeit zu Zeit das Flüstern der Bäume tönte durch die heitre Stille wie in wehmütiger Freude. Meine junge Seele bekam jetzt zuerst eine Ahndung von der Welt und ihren Begebenheiten. Ich vergaß mich und meine Führerin, mein Geist und meine Augen schwärmten nur zwischen den goldnen Wolken.

Wir stiegen nun einen Hügel hinan, der mit Birken bepflanzt war, von oben sah man in ein grünes Tal voller Birken hinein, und unten mitten in den Bäumen lag eine kleine Hütte. Ein munteres Bellen kam uns entgegen, und bald sprang ein kleiner behender Hund die Alte an, und wedelte, dann kam er zu mir, besah mich von allen Seiten und kehrte mit freundlichen Gebärden zur Alten zurück.

Als wir vom Hügel heruntergingen, hörte ich einen wunderbaren Gesang, der aus der Hütte zu kommen schien, wie von einem Vogel, es sang also:

Waldeinsamkeit,
Die mich erfreut,
So morgen wie heut
In ew'ger Zeit,
O wie mich freut
Waldeinsamkeit.

Diese wenigen Worte wurden beständig wiederholt; wenn ich es beschreiben soll, so war es fast, als wenn Waldhorn und Schalmeie ganz in der Ferne durcheinanderspielten.

Meine Neugier war außerordentlich gespannt; ohne daß ich auf den Befehl der Alten wartete, trat ich mit in die Hütte. Die Dämmerung war schon eingebrochen, alles war ordentlich aufgeräumt, einige Becher standen auf einem Wandschranke, fremdartige Gefäße auf einem Tische, in einem glänzenden Käfig hing ein Vogel am Fenster, und er war es wirklich, der die Worte sang. Die Alte keuchte und hustete, sie schien sich gar nicht wieder erholen zu können, bald streichelte sie den kleinen Hund, bald sprach sie mit dem Vogel, der ihr nur mit seinem gewöhnlichen Liede Antwort gab; übrigens tat sie gar nicht, als wenn ich zugegen wäre. Indem ich sie so betrachtete, überlief mich mancher Schauer: denn ihr Gesicht war in einer ewigen Bewegung, indem sie dazu wie vor Alter mit dem Kopfe schüttelte, so daß ich durchaus nicht wissen konnte, wie ihr eigentliches Aussehn beschaffen war.

Als sie sich erholt hatte, zündete sie Licht an, deckte einen ganz kleinen Tisch und trug das Abendessen auf. Jetzt sah sie sich nach mir um und hieß mir einen von den geflochtenen Rohrstühlen nehmen. So saß ich ihr nun dicht gegenüber und das Licht stand zwischen uns. Sie faltete ihre knöchernen Hände und betete laut, indem sie ihre Gesichtsverzerrungen machte, so daß es mich beinahe wieder zum Lachen gebracht hätte; aber ich nahm mich sehr in acht, um sie nicht zu erbosen.

Nach dem Abendessen betete sie wieder, und dann wies sie mir in einer niedrigen und engen Kammer ein Bett an; sie schlief in der Stube. Ich blieb nicht lange munter, ich war halb betäubt, aber in der Nacht wachte ich einigemale auf, und dann hörte ich die Alte husten und mit dem Hunde sprechen und den Vogel dazwischen, der im Traum zu sein schien und immer nur einzelne Worte von seinem Liede sang. Das machte mit den Birken, die vor dem Fenster rauschten, und mit dem Gesang einer entfernten Nachtigall ein so wunderbares Gemisch, daß es mir immer nicht war, als sei ich erwacht, sondern als fiele ich nur in einen andern noch seltsamern Traum.

Am Morgen weckte mich die Alte und wies mich bald nachher zur Arbeit an. Ich mußte spinnen, und ich begriff es auch bald, dabei hatte ich noch für den Hund und für den Vogel zu sorgen. Ich lernte mich schnell in die Wirtschaft finden, und alle Gegenstände umher wurden mir bekannt; nun war mir, als müßte alles so sein, ich dachte gar nicht mehr daran, daß die Alte etwas Seltsames an sich habe, daß die Wohnung abenteuerlich und von allen Menschen entfernt liege, und daß an dem Vogel etwas Außerordentliches sei. Seine Schönheit fiel mir zwar immer auf, denn seine Federn glänzten mit allen möglichen Farben, das schönste Hellblau und das brennendste Rot wechselten an seinem Halse und Leibe, und wenn er sang, blähte er sich stolz auf, so daß sich seine Federn noch prächtiger zeigten.

Oft ging die Alte aus und kam erst am Abend zurück, ich ging ihr dann mit dem Hunde entgegen, und sie nannte mich Kind und Tochter. Ich ward ihr endlich von Herzen gut, wie sich unser Sinn denn an alles, besonders in der Kindheit, gewöhnt. In den Abendstunden lehrte sie mich lesen, ich fand mich leicht in die Kunst, und es ward nachher in meiner Einsamkeit eine Quelle von unendlichem Vergnügen, denn sie hatte einige alte geschriebene Bücher, die wunderbare Geschichten enthielten.

Die Erinnerung an meine damalige Lebensart ist mir noch bis jetzt immer seltsam: von keinem menschlichen Geschöpfe besucht, nur in einem so kleinen Familienzirkel einheimisch, denn der Hund und der Vogel machten denselben Eindruck auf mich, den sonst nur längst gekannte Freunde hervorbringen. Ich habe mich immer nicht wieder auf den seltsamen Namen des Hundes besinnen können, sooft ich ihn auch damals nannte.

Vier Jahre hatte ich so mit der Alten gelebt, und ich mochte ungefähr zwölf Jahre alt sein, als sie mir endlich mehr vertraute und mir ein Geheimnis entdeckte. Der Vogel legte nämlich an jedem Tage ein Ei, in dem sich eine Perle oder ein Edelstein befand. Ich hatte schon immer bemerkt, daß sie heimlich in dem Käfige wirtschaftete, mich aber nie genauer darum bekümmert. Sie trug mir jetzt das Geschäft auf, in ihrer Abwesenheit diese Eier zu nehmen und in den fremdartigen Gefäßen wohl zu verwahren. Sie ließ mir meine Nahrung zurück und blieb nun länger aus, Wochen, Monate; mein Rädchen schnurrte, der Hund bellte, der wunderbare Vogel sang und dabei war alles so still in der Gegend umher, daß ich mich in der ganzen Zeit keines Sturmwindes, keines Gewitters erinnere. Kein Mensch verirrte sich dorthin, kein Wild kam unserer Behausung nahe, ich war zufrieden und arbeitete mich von einem Tage zum andern hinüber. – Der Mensch wäre vielleicht recht glücklich, wenn er so ungestört sein Leben bis ans Ende fortführen könnte.

Aus dem wenigen, was ich las, bildete ich mir ganz wunderliche Vorstellungen von der Welt und den Menschen, alles war von mir und meiner Gesellschaft hergenommen: wenn von lustigen Leuten die Rede war, konnte ich sie mir nicht anders vorstellen wie den kleinen Spitz, prächtige Damen sahen immer wie der Vogel aus, alle alte Frauen wie meine wunderliche Alte. Ich hatte auch von Liebe etwas gelesen, und spielte nun in meiner Phantasie seltsame Geschichten mit mir selber. Ich dachte mir den schönsten Ritter von der Welt, ich schmückte ihn mit allen Vortrefflichkeiten aus, ohne eigentlich zu wissen, wie er nun nach allen meinen Bemühungen aussah: aber ich konnte ein rechtes Mitleid mit mir selber haben, wenn er mich nicht wieder liebte; dann sagte ich lange rührende Reden in Gedanken her, zuweilen auch wohl laut, um ihn nur zu gewinnen. – Ihr lächelt! wir sind jetzt freilich alle über diese Zeit der Jugend hinüber.

Es war mir jetzt lieber, wenn ich allein war, denn alsdann war ich selbst die Gebieterin im Hause. Der Hund liebte mich sehr und tat alles, was ich wollte, der Vogel antwortete mir in seinem Liede auf alle meine Fragen, mein Rädchen drehte sich immer munter, und so fühlte ich im Grunde nie einen Wunsch nach Veränderung. Wenn die Alte von ihren langen Wanderungen zurückkam, lobte sie meine Aufmerksamkeit, sie sagte, daß ihre Haushaltung, seit ich dazugehöre, weit ordentlicher geführt werde, sie freute sich über mein Wachstum und mein gesundes Aussehn, kurz, sie ging ganz mit mir wie mit einer Tochter um.

›Du bist brav, mein Kind!‹ sagte sie einst zu mir mit einem schnarrenden Tone; ›wenn du so fortfährst, wird es dir auch immer gut gehn: aber nie gedeiht es, wenn man von der rechten Bahn abweicht, die Strafe folgt nach, wenn auch noch so spät.‹ – Indem sie das sagte, achtete ich eben nicht sehr darauf, denn ich war in allen meinen Bewegungen und meinem ganzen Wesen sehr lebhaft; aber in der Nacht fiel es mir wieder ein, und ich konnte nicht begreifen, was sie damit hatte sagen wollen. Ich überlegte alle Worte genau, ich hatte wohl von Reichtümern gelesen, und am Ende fiel mir ein, daß ihre Perlen und Edelsteine wohl etwas Kostbares sein könnten. Dieser Gedanke wurde mir bald noch deutlicher. Aber was konnte sie mit der rechten Bahn meinen? Ganz konnte ich den Sinn ihrer Worte noch immer nicht fassen.

Ich war jetzt vierzehn Jahre alt, und es ist ein Unglück für den Menschen, daß er seinen Verstand nur darum bekommt, um die Unschuld seiner Seele zu verlieren. Ich begriff nämlich wohl, daß es nur auf mich ankomme, in der Abwesenheit der Alten den Vogel und die Kleinodien zu nehmen und damit die Welt, von der ich gelesen hatte, aufzusuchen. Zugleich war es mir dann vielleicht möglich, den überaus schönen Ritter anzutreffen, der mir immer noch im Gedächtnisse lag.

Im Anfange war dieser Gedanke nichts weiter als jeder andre Gedanke, aber wenn ich so an meinem Rade saß, so kam er mir immer wider Willen zurück, und ich verlor mich so in ihm, daß ich mich schon herrlich geschmückt sah, und Ritter und Prinzen um mich her. Wenn ich mich so vergessen hatte, konnte ich ordentlich betrübt werden, wenn ich wieder aufschaute und mich in der kleinen Wohnung antraf. Übrigens, wenn ich meine Geschäfte tat, bekümmerte sich die Alte nicht weiter um mein Wesen.

An einem Tage ging meine Wirtin wieder fort und sagte mir, daß sie diesmal länger als gewöhnlich ausbleiben werde, ich solle ja auf alles ordentlich achtgeben und mir die Zeit nicht lang werden lassen. Ich nahm mit einer gewissen Bangigkeit von ihr Abschied, denn es war mir, als würde ich sie nicht wiedersehn. Ich sah ihr lange nach und wußte selbst nicht, warum ich so beängstigt war; es war fast, als wenn mein Vorhaben schon vor mir stände, ohne mich dessen deutlich bewußt zu sein.

Nie hab ich des Hundes und des Vogels mit einer solchen Emsigkeit gepflegt, sie lagen mir näher am Herzen als sonst. Die Alte war schon einige Tage abwesend, als ich mit dem festen Vorsatze aufstand, mit dem Vogel die Hütte zu verlassen und die sogenannte Welt aufzusuchen. Es war mir enge und bedrängt zu Sinne, ich wünschte wieder dazubleiben, und doch war mir der Gedanke widerwärtig; es war ein seltsamer Kampf in meiner Seele, wie ein Streiten von zwei widerspenstigen Geistern in mir. In einem Augenblicke kam mir die ruhige Einsamkeit so schön vor, dann entzückte mich wieder die Vorstellung einer neuen Welt, mit allen ihren wunderbaren Mannigfaltigkeiten.

Ich wußte nicht, was ich aus mir selber machen sollte, der Hund sprang mich unaufhörlich an, der Sonnenschein breitete sich munter über die Felder aus, die grünen Birken funkelten: ich hatte die Empfindung, als wenn ich etwas sehr Eiliges zu tun hätte, ich griff also den kleinen Hund, band ihn in der Stube fest und nahm dann den Käfig mit dem Vogel unter den Arm. Der Hund krümmte sich und winselte über diese ungewohnte Behandlung, er sah mich mit bittenden Augen an, aber ich fürchtete mich, ihn mit mir zu nehmen. Noch nahm ich eins von den Gefäßen, das mit Edelsteinen angefüllt war, und steckte es zu mir, die übrigen ließ ich stehn.

Der Vogel drehte den Kopf auf eine wunderliche Weise, als ich mit ihm zur Tür hinaustrat, der Hund strengte sich sehr an, mir nachzukommen, aber er mußte zurückbleiben.

Ich vermied den Weg nach den wilden Felsen und ging nach der entgegengesetzten Seite. Der Hund bellte und winselte immerfort, und es rührte mich recht inniglich, der Vogel wollte einigemal zu singen anfangen, aber da er getragen ward, mußte es ihm wohl unbequem fallen.

So wie ich weiter ging, hörte ich das Bellen immer schwächer, und endlich hörte es ganz auf. Ich weinte und wäre beinahe wieder umgekehrt, aber die Sucht, etwas Neues zu sehn, trieb mich vorwärts.

Schon war ich über Berge und durch einige Wälder gekommen, als es Abend ward, und ich in einem Dorfe einkehren mußte. Ich war sehr blöde, als ich in die Schenke trat, man wies mir eine Stube und ein Bette an, ich schlief ziemlich ruhig, nur daß ich von der Alten träumte, die mir drohte.

Meine Reise war ziemlich einförmig, aber je weiter ich ging, je mehr ängstigte mich die Vorstellung von der Alten und dem kleinen Hunde; ich dachte daran, daß er wahrscheinlich ohne meine Hilfe verhungern müsse, im Walde glaubte ich oft, die Alte würde mir plötzlich entgegentreten. So legte ich unter Tränen und Seufzern den Weg zurück; sooft ich ruhte und den Käfig auf den Boden stellte, sang der Vogel sein wunderliches Lied, und ich erinnerte mich dabei recht lebhaft des schönen verlassenen Aufenthalts. Wie die menschliche Natur vergeßlich ist, so glaubt ich jetzt, meine vormalige Reise in der Kindheit sei nicht so trübselig gewesen als meine jetzige; ich wünschte wieder in derselben Lage zu sein.

Ich hatte einige Edelsteine verkauft und kam nun nach einer Wanderschaft von vielen Tagen in einem Dorfe an. Schon beim Eintritt ward mir wundersam zumute, ich erschrak und wußte nicht worüber; aber bald erkannt ich mich, denn es war dasselbe Dorf, in welchem ich geboren war. Wie ward ich überrascht! Wie liefen mir vor Freuden, wegen tausend seltsamer Erinnerungen, die Tränen von den Wangen! Vieles war verändert, es waren neue Häuser entstanden, andre, die man damals errichtet hatte, waren jetzt verfallen, ich traf auch Brandstellen; alles war weit kleiner, gedrängter, als ich erwartet hatte. Unendlich freute ich mich darauf, meine Eltern nun nach so manchen Jahren wiederzusehn; ich fand das kleine Haus, die wohlbekannte Schwelle, der Griff der Tür war noch ganz so wie damals, es war mir, als hätte ich sie nur gestern angelehnt; mein Herz klopfte ungestüm, ich öffnete sie hastig – aber ganz fremde Gesichter saßen in der Stube umher und stierten mich an. Ich fragte nach dem Schäfer Martin, und man sagte mir, er sei schon seit drei Jahren mit seiner Frau gestorben. – Ich trat schnell zurück und ging laut weinend aus dem Dorfe hinaus.

Ich hatte es mir so schön gedacht, sie mit meinem Reichtume zu überraschen; durch den seltsamsten Zufall war das nun wirklich geworden, was ich in der Kindheit immer nur träumte – und jetzt war alles umsonst, sie konnten sich nicht mit mir freuen, und das, worauf ich am meisten immer im Leben gehofft hatte, war für mich auf ewig verloren.

In einer angenehmen Stadt mietete ich mir ein kleines Haus mit einem Garten und nahm eine Aufwärterin zu mir. So wunderbar, als ich es vermutet hatte, kam mir die Welt nicht vor, aber ich vergaß die Alte und meinen ehemaligen Aufenthalt etwas mehr, und so lebt ich im ganzen recht zufrieden.

Der Vogel hatte schon seit lange nicht mehr gesungen; ich erschrak daher nicht wenig, als er in einer Nacht plötzlich wieder anfing, und zwar mit einem veränderten Liede: Er sang:

Waldeinsamkeit
Wie liegst du weit!
O dich gereut
Einst mit der Zeit. –
Ach einzge Freud
Waldeinsamkeit!

Ich konnte die Nacht hindurch nicht schlafen, alles fiel mir von neuem in die Gedanken, und mehr als jemals fühlte ich, daß ich Unrecht getan hatte. Als ich aufstand, war mir der Anblick des Vogels ordentlich zuwider, er sah immer nach mir hin, und seine Gegenwart ängstigte mich. Er hörte nun mit seinem Liede gar nicht wieder auf, und er sang es lauter und schallender, als er es sonst gewohnt gewesen war. Je mehr ich ihn betrachtete, je bänger machte er mich; ich öffnete endlich den Käfig, steckte die Hand hinein und faßte seinen Hals, herzhaft drückte ich die Finger zusammen, er sah mich bittend an, ich ließ los, aber er war schon gestorben. – Ich begrub ihn im Garten.

Jetzt wandelte mich oft eine Furcht vor meiner Aufwärterin an, ich dachte an mich selbst zurück und glaubte, daß sie mich auch einst berauben oder wohl gar ermorden könne. – Schon lange kannt ich einen jungen Ritter, der mir überaus gefiel, ich gab ihm meine Hand – und hiermit, Herr Walther, ist meine Geschichte geendigt.«

»Ihr hättet sie damals sehn sollen«, fiel Eckbert hastig ein – »ihre Jugend, ihre Schönheit, und welch einen unbeschreiblichen Reiz ihr ihre einsame Erziehung gegeben hatte. Sie kam mir vor wie ein Wunder, und ich liebte sie ganz über alles Maß. Ich hatte kein Vermögen, aber durch ihre Liebe kam ich in diesen Wohlstand, wir zogen hieher, und unsere Verbindung hat uns bis jetzt noch keinen Augenblick gereut.«

»Aber über unser Schwatzen«, fing Bertha wieder an, »ist es schon tief in die Nacht geworden – wir wollen uns schlafen legen.«

Sie stand auf und ging nach ihrer Kammer. Walther wünschte ihr mit einem Handkusse eine gute Nacht, und sagte: »Edle Frau, ich danke Euch, ich kann mir Euch recht vorstellen, mit dem seltsamen Vogel, und wie ihr den kleinen *Strohmian* füttert.«

Auch Walther legte sich schlafen, nur Eckbert ging noch unruhig im Saale auf und ab. – »Ist der Mensch nicht ein Tor?« fing er endlich an; »ich bin erst die

Veranlassung, daß meine Frau ihre Geschichte erzählt, und jetzt gereut mich diese Vertraulichkeit! – Wird er sie nicht mißbrauchen? Wird er sie nicht andern mitteilen? Wird er nicht vielleicht, denn das ist die Natur des Menschen, eine unselige Habsucht nach unsern Edelgesteinen empfinden und deswegen Plane anlegen und sich verstellen?«

Es fiel ihm ein, daß Walther nicht so herzlich von ihm Abschied genommen hatte, als es nach einer solchen Vertraulichkeit wohl natürlich gewesen wäre. Wenn die Seele erst einmal zum Argwohn gespannt ist, so trifft sie auch in allen Kleinigkeiten Bestätigungen an. Dann warf sich Eckbert wieder sein unedles Mißtrauen gegen seinen wackern Freund vor und konnte doch nicht davon zurückkehren. Er schlug sich die ganze Nacht mit diesen Vorstellungen herum, und schlief nur wenig.

Bertha war krank und konnte nicht zum Frühstück erscheinen; Walther schien sich nicht viel darum zu kümmern, und verließ auch den Ritter ziemlich gleichgültig. Eckbert konnte sein Betragen nicht begreifen; er besuchte seine Gattin, sie lag in einer Fieberhitze und sagte, die Erzählung in der Nacht müsse sie auf diese Art gespannt haben.

Seit diesem Abend besuchte Walther nur selten die Burg seines Freundes, und wenn er auch kam, ging er nach einigen unbedeutenden Worten wieder weg. Eckbert ward durch dieses Betragen im äußersten Grade gepeinigt; er ließ sich zwar gegen Bertha und Walther nichts davon merken, aber jeder mußte doch seine innerliche Unruhe an ihm gewahr werden.

Mit Berthas Krankheit ward es immer bedenklicher; der Arzt ward ängstlich, die Röte von ihren Wangen war verschwunden, und ihre Augen wurden immer glühender. – An einem Morgen ließ sie ihren Mann an ihr Bette rufen, die Mägde mußten sich entfernen.

»Lieber Mann«, fing sie an, »ich muß dir etwas entdecken, das mich fast um meinen Verstand gebracht hat, das meine Gesundheit zerrüttet, so eine unbedeutende Kleinigkeit es auch an sich scheinen möchte. – Du weißt, daß ich mich immer nicht, sooft ich von meiner Kindheit sprach, trotz aller angewandten Mühe auf den Namen des kleinen Hundes besinnen konnte, mit welchem ich so lange umging; an jenem Abend sagte Walther beim Abschiede plötzlich zu mir: ›Ich kann mir Euch recht vorstellen, wie Ihr den kleinen *Strohmian* füttert.‹ Ist das Zufall? Hat er den Namen erraten, weiß er ihn und hat er ihn mit Vorsatz genannt? Und wie hängt dieser Mensch dann mit meinem Schicksale zusammen? Zuweilen kämpfe ich mit mir, als ob ich mir diese Seltsamkeit nur einbilde, aber es ist gewiß, nur zu gewiß. Ein gewaltiges Entsetzen befiel mich, als mir ein fremder Mensch so zu meinen Erinnerungen half. Was sagst du, Eckbert?«

Eckbert sah seine leidende Gattin mit einem tiefen Gefühle an; er schwieg und dachte bei sich nach, dann sagte er ihr einige tröstende Worte und verließ sie. In einem abgelegenen Gemache ging er in unbeschreiblicher Unruhe auf und ab. Walther war seit vielen Jahren sein einziger Umgang gewesen, und doch war dieser Mensch jetzt der einzige in der Welt, dessen Dasein ihn drückte und peinigte. Es schien ihm, als würde ihm froh und leicht sein, wenn nur dieses einzige Wesen aus seinem Wege gerückt werden könnte. Er nahm seine Armbrust, um sich zu zerstreuen und auf die Jagd zu gehn.

Es war ein rauher stürmischer Wintertag, tiefer Schnee lag auf den Bergen und bog die Zweige der Bäume nieder. Er streifte umher, der Schweiß stand ihm auf der Stirne, er traf auf kein Wild, und das vermehrte seinen Unmut. Plötzlich sah er sich etwas in der Ferne bewegen, es war Walther, der Moos von den Bäumen sammelte; ohne zu wissen was er tat, legte er an, Walther sah sich um, und drohte mit einer stummen Gebärde, aber indem flog der Bolzen ab, und Walther stürzte nieder.

Eckbert fühlte sich leicht und beruhigt, und doch trieb ihn ein Schauder nach seiner Burg zurück; er hatte einen großen Weg zu machen, denn er war weit hinein in die Wälder verirrt. – Als er ankam, war Bertha schon gestorben; sie hatte vor ihrem Tode noch viel von Walther und der Alten gesprochen.

Eckbert lebte nun eine lange Zeit in der größten Einsamkeit; er war schon sonst immer schwermütig gewesen, weil ihn die seltsame Geschichte seiner Gattin beunruhigte, und er irgendeinen unglücklichen Vorfall, der sich ereignen könnte, befürchtete: aber jetzt war er ganz mit sich zerfallen. Die Ermordung seines Freundes stand ihm unaufhörlich vor Augen, er lebte unter ewigen innern Vorwürfen.

Um sich zu zerstreuen, begab er sich zuweilen nach der nächsten großen Stadt, wo er Gesellschaften und Feste besuchte. Er wünschte durch irgendeinen Freund die Leere in seiner Seele auszufüllen, und wenn er dann wieder an Walther zurückdachte, so erschrak er vor dem Gedanken, einen Freund zu finden, denn er war überzeugt, daß er nur unglücklich mit jedwedem Freunde sein könne. Er hatte so lange mit Bertha in einer schönen Ruhe gelebt, die Freundschaft Walthers hatte ihn so manches Jahr hindurch beglückt, und jetzt waren beide so plötzlich dahingerafft, daß ihm sein Leben in manchen Augenblicken mehr wie ein seltsames Märchen als wie ein wirklicher Lebenslauf erschien.

Ein junger Ritter, Hugo, schloß sich an den stillen betrübten Eckbert und schien eine wahrhafte Zuneigung gegen ihn zu empfinden. Eckbert fand sich auf eine wunderbare Art überrascht, er kam der Freundschaft des Ritters um so schneller entgegen, je weniger er sie vermutet hatte. Beide waren nun häufig beisammen, der Fremde erzeigte Eckbert alle möglichen Gefälligkeiten, einer ritt fast nicht mehr ohne den andern aus; in allen Gesellschaften trafen sie sich, kurz, sie schienen unzertrennlich.

Eckbert war immer nur auf kurze Augenblicke froh, denn er fühlte es deutlich, daß ihn Hugo nur aus einem Irrtume liebe; jener kannte ihn nicht, wußte seine Geschichte nicht, und er fühlte wieder denselben Drang, sich ihm ganz mitzuteilen, damit er versichert sein könne, ob jener auch wahrhaft sein

Freund sei. Dann hielten ihn wieder Bedenklichkeiten und die Furcht, verabscheut zu werden, zurück. In manchen Stunden war er so sehr von seiner Nichtswürdigkeit überzeugt, daß er glaubte, kein Mensch, für den er nicht ein völliger Fremdling sei, könne ihn seiner Achtung würdigen. Aber dennoch konnte er sich nicht widerstehn; auf einem einsamen Spazierritte entdeckte er seinem Freunde seine ganze Geschichte und fragte ihn dann, ob er wohl einen Mörder lieben könne. Hugo war gerührt und suchte ihn zu trösten; Eckbert folgte ihm mit leichterm Herzen zur Stadt.

Es schien aber seine Verdammnis zu sein, gerade in der Stunde des Vertrauens Argwohn zu schöpfen, denn kaum waren sie in den Saal getreten, als ihm beim Schein der vielen Lichter die Mienen seines Freundes nicht gefielen. Er glaubte, ein hämisches Lächeln zu bemerken, es fiel ihm auf, daß er nur wenig mit ihm spreche, daß er mit den Anwesenden viel rede und seiner gar nicht zu achten scheine. Ein alter Ritter war in der Gesellschaft, der sich immer als den Gegner Eckberts gezeigt und sich oft nach seinem Reichtum und seiner Frau auf eine eigne Weise erkundigt hatte; zu diesem gesellte sich Hugo, und beide sprachen eine Zeitlang heimlich, indem sie nach Eckbert hindeuteten. Dieser sah jetzt seinen Argwohn bestätigt, er glaubte sich verraten, und eine schreckliche Wut bemeisterte sich seiner. Indem er noch immer hinstarrte, sah er plötzlich Walthers Gesicht, alle seine Mienen, die ganze, ihm so wohlbekannte Gestalt, er sah noch immer hin und ward überzeugt, daß niemand als Walther mit dem Alten spreche. – Sein Entsetzen war unbeschreiblich; außer sich stürzte er hinaus, verließ noch in der Nacht die Stadt und kehrte nach vielen Irrwegen auf seine Burg zurück.

Wie ein unruhiger Geist eilte er jetzt von Gemach zu Gemach, kein Gedanke hielt ihm stand, er verfiel von entsetzlichen Vorstellungen auf noch entsetzlichere, und kein Schlaf kam in seine Augen. Oft dachte er, daß er wahnsinnig sei, und sich nur selber durch seine Einbildung alles erschaffe; dann erinnerte er sich wieder der Züge Walthers, und alles ward ihm immer mehr ein Rätsel. Er beschloß, eine Reise zu machen, um seine Vorstellungen wieder zu ordnen; den Gedanken an Freundschaft, den Wunsch nach Umgang hatte er nun auf ewig aufgegeben.

Er zog fort, ohne sich einen bestimmten Weg vorzusetzen, ja er betrachtete die Gegenden nur wenig, die vor ihm lagen. Als er im stärksten Trabe seines Pferdes einige Tage so fortgeeilt war, sah er sich plötzlich in einem Gewinde von Felsen verirrt, in denen sich nirgend ein Ausweg entdecken ließ. Endlich traf er auf einen alten Bauer, der ihm einen Pfad, einem Wasserfall vorüber, zeigte: er wollte ihm zur Danksagung einige Münzen geben, der Bauer aber schlug sie aus. – »Was gilt's«, sagte Eckbert zu sich selber, »ich könnte mir wieder einbilden, daß dies niemand anders als Walther sei.« – Und indem sah er sich noch einmal um, und es war niemand anders als Walther. – Eckbert spornte sein Roß so schnell es nur laufen konnte, durch Wiesen und Wälder, bis es erschöpft unter ihm zusammenstürzte. – Unbekümmert darüber setzte er nun seine Reise zu Fuß fort.

Er stieg träumend einen Hügel hinan; es war, als wenn er ein nahes munteres Bellen vernahm, Birken säuselten dazwischen, und er hörte mit wunderlichen Tönen ein Lied singen:

Waldeinsamkeit
Mich wieder freut,
Mir geschieht kein Leid,
Hier wohnt kein Neid,
Von neuem mich freut
Waldeinsamkeit.

Jetzt war es um das Bewußtsein, um die Sinne Eckberts geschehn; er konnte sich nicht aus dem Rätsel herausfinden, ob er jetzt träume, oder ehemals von einem Weibe Bertha geträumt habe; das Wunderbarste vermischte sich mit dem Gewöhnlichsten, die Welt um ihn her war verzaubert und er keines Gedankens, keiner Erinnerung mächtig.

Eine krummgebückte Alte schlich hustend mit einer Krücke den Hügel heran. »Bringst du mir meinen Vogel? Meine Perlen? Meinen Hund?« schrie sie ihm entgegen. »Siehe, das Unrecht bestraft sich selbst: Niemand als ich war dein Freund Walther, dein Hugo.«

»Gott im Himmel!« sagte Eckbert stille vor sich hin – »in welcher entsetzlichen Einsamkeit hab ich dann mein Leben hingebracht!«

»Und Bertha war deine Schwester.«

Eckbert fiel zu Boden.

»Warum verließ sie mich tückisch? Sonst hätte sich alles gut und schön geendet, ihre Probezeit war ja schon vorüber. Sie war die Tochter eines Ritters, die er bei einem Hirten erziehn ließ, die Tochter deines Vaters.«

»Warum hab ich diesen schrecklichen Gedanken immer geahndet?« rief Eckbert aus.

»Weil du in früher Jugend deinen Vater einst davon erzählen hörtest; er durfte seiner Frau wegen diese Tochter nicht bei sich erziehn lassen, denn sie war von einem andern Weibe.«

Eckbert lag wahnsinnig und verscheidend auf dem Boden; dumpf und verworren hörte er die Alte sprechen, den Hund bellen und den Vogel sein Lied wiederholen.

ADELBERT VON CHAMISSO

Peter Schlemihls wundersame Geschichte

I

Nach einer glücklichen, jedoch für mich sehr beschwerlichen Seefahrt, erreichten wir endlich den Hafen. Sobald ich mit dem Boote ans Land kam, belud ich mich selbst mit meiner kleinen Habseligkeit, und durch das wimmelnde Volk mich drängend ging ich in das nächste, geringste Haus hinein, vor welchem ich ein Schild hängen sah. Ich begehrte ein Zimmer, der Hausknecht maß mich mit einem Blick und führte mich unters Dach. Ich ließ mir frisches Wasser geben und genau beschreiben, wo ich den Herrn Thomas John aufzusuchen habe: – »Vor dem Nordertor, das erste Landhaus zur rechten Hand, ein großes, neues Haus, von rot und weißem Marmor mit vielen Säulen.« Gut. – Es war noch früh an der Zeit, ich schnürte sogleich mein Bündel auf, nahm meinen neu gewandten schwarzen Rock heraus, zog mich reinlich an in meine besten Kleider, steckte das Empfehlungsschreiben zu mir, und setzte mich alsbald auf den Weg zu dem Manne, der mir bei meinen bescheidenen Hoffnungen förderlich sein sollte.

Nachdem ich die lange Norderstraße hinaufgestiegen und das Tor erreicht, sah ich bald die Säulen durch das Grüne schimmern – »also hier«, dacht ich. Ich wischte den Staub von meinen Füßen mit meinem Schnupftuch ab, setzte mein Halstuch in Ordnung und zog in Gottes Namen die Klingel. Die Tür sprang auf. Auf dem Flur hatt ich ein Verhör zu bestehen, der Portier ließ mich aber anmelden, und ich hatte die Ehre, in den Park gerufen zu werden, wo Herr John mit einer kleinen Gesellschaft sich erging. Ich erkannte gleich den Mann am Glanze seiner wohlbeleibten Selbstzufriedenheit. Er empfing mich sehr gut – wie ein Reicher einen armen Teufel, wandte sich sogar gegen mich, ohne sich jedoch von der übrigen Gesellschaft abzuwenden, und nahm mir den dargehaltenen Brief aus der Hand. – »So, so! von meinem Bruder, ich habe lange nichts von ihm gehört. Er ist doch gesund? – Dort«, fuhr er gegen die Gesellschaft fort, ohne die Antwort zu erwarten und wies mit dem Brief auf einen Hügel, »dort laß ich das neue Gebäude aufführen.« Er brach das Siegel auf und das Gespräch nicht ab, das sich auf den Reichtum lenkte. »Wer nicht Herr ist wenigstens einer Million«, warf er hinein, »der ist, man verzeihe mir das Wort, ein Schuft!« – »O wie wahr!« rief ich aus mit vollem überströmenden Gefühl. Das mußte ihm gefallen, er lächelte mich an und sagte: »Bleiben Sie hier, lieber Freund, nachher hab ich vielleicht Zeit, Ihnen zu sagen, was ich hiezu denke«, er deutete auf den

Brief, den er sodann einsteckte, und wandte sich wieder zu der Gesellschaft. – Er bot einer jungen Dame den Arm, andere Herren bemühten sich um andere Schönen, es fand sich, was sich paßte, und man wallte dem rosenumblühten Hügel zu.

Ich schlich hinterher, ohne jemandem beschwerlich zu fallen, denn keine Seele bekümmerte sich weiter um mich. Die Gesellschaft war sehr aufgeräumt, es ward getändelt und gescherzt, man sprach zuweilen von leichtsinnigen Dingen wichtig, von wichtigen öfters leichtsinnig, und gemächlich erging besonders der Witz über abwesende Freunde und deren Verhältnisse. Ich war da zu fremd, um von alledem vieles zu verstehen, zu bekümmert und in mich gekehrt, um den Sinn auf solche Rätsel zu haben.

Wir hatten den Rosenhain erreicht. Die schöne Fanny, wie es schien, die Herrin des Tages, wollte aus Eigensinn einen blühenden Zweig selbst brechen, sie verletzte sich an einem Dorn, und wie von den dunkeln Rosen, floß Purpur auf ihre zarte Hand. Dieses Ereignis brachte die ganze Gesellschaft in Bewegung. Es wurde Englisch Pflaster gesucht. Ein stiller, dünner, hagrer, länglicher, ältlicher Mann, der neben mir mitging und den ich noch nicht bemerkt hatte, steckte sogleich die Hand in die knapp anliegende Schoßtasche seines altfränkischen, grautaffentnen Rockes, brachte eine kleine Brieftasche daraus hervor, öffnete sie und reichte der Dame mit devoter Verbeugung das Verlangte. Sie empfing es ohne Aufmerksamkeit für den Geber und ohne Dank, die Wunde ward verbunden, und man ging weiter den Hügel hinan, von dessen Rücken man die weite Aussicht über das grüne Labyrinth des Parkes nach dem unermeßlichen Ozean genießen wollte.

Der Anblick war wirklich groß und herrlich. Ein lichter Punkt erschien am Horizont zwischen der dunklen Flut und der Bläue des Himmels. »Ein Fernrohr her!« rief John, und noch bevor das auf den Ruf erscheinende Dienervolk in Bewegung kam, hatte der graue Mann, bescheiden sich verneigend, die Hand schon in die Rocktasche gesteckt, daraus einen schönen Dollond hervorgezogen und es dem Herrn John eingehändigt. Dieser, es sogleich an das Aug bringend, benachrichtigte die Gesellschaft, es sei das Schiff, das gestern ausgelaufen und das widrige Winde im Angesicht des Hafens zurückhielten. Das Fernrohr ging von Hand zu Hand, und nicht wieder in die des Eigentümers; ich aber sah verwundert den Mann an und wußte nicht, wie die große Maschine aus der winzigen Tasche herausgekommen war; es schien aber niemandem aufgefallen zu sein, und man bekümmerte sich nicht mehr um den grauen Mann, als um mich selber.

Erfrischungen wurden gereicht, das seltenste Obst aller Zonen in den kostbarsten Gefäßen. Herr John machte die Honneurs mit leichtem Anstand und richtete da zum zweiten Mal ein Wort an mich: »Essen Sie nur; das haben Sie auf der See nicht gehabt.« Ich verbeugte mich, aber er sah es nicht, er sprach schon mit jemand anderem.

Man hätte sich gern auf den Rasen, am Abhange des Hügels, der ausgespannten Landschaft gegenüber gelagert, hätte man die Feuchtigkeit der Erde nicht gescheut. Es wäre göttlich, meinte wer aus der Gesellschaft, wenn man türkische Teppiche hätte, sie hier auszubreiten. Der Wunsch war nicht sobald ausgesprochen, als schon der Mann im grauen Rock die Hand in der Tasche hatte und mit bescheidener, ja demütiger Gebärde einen reichen, golddurchwirkten türkischen Teppich daraus zu ziehen bemüht war. Bediente nahmen ihn in Empfang, als müsse es so sein, und entfalteten ihn am begehrten Orte. Die Gesellschaft nahm ohne Umstände Platz darauf; ich wiederum sah betroffen den Mann, die Tasche, den Teppich an, der über zwanzig Schritte in der Länge und zehn in der Breite maß, und rieb mir die Augen, nicht wissend, was ich dazu denken sollte, besonders da niemand etwas Merkwürdiges darin fand.

Ich hätte gern Aufschluß über den Mann gehabt und gefragt, wer er sei, nur wußt ich nicht, an wen ich mich richten sollte, denn ich fürchtete mich fast noch mehr vor den Herren Bedienten als vor den bedienten Herren. Ich faßte endlich ein Herz und trat an einen jungen Mann heran, der mir von minderem Ansehen schien als die anderen, und der öfter allein gestanden hatte. Ich bat ihn leise, mir zu sagen, wer der gefällige Mann sei dort im grauen Kleide. – »Dieser, der wie ein Ende Zwirn aussieht, der einem Schneider aus der Nadel entlaufen ist?« »Ja, der allein steht« – »den kenn ich nicht«, gab er mir zur Antwort, und, wie es schien, eine längere Unterhaltung mit mir zu vermeiden, wandt er sich weg und sprach von gleichgültigen Dingen mit einem andern.

Die Sonne fing jetzt stärker zu scheinen an und ward den Damen beschwerlich; die schöne Fanny richtete nachlässig an den grauen Mann, den, so viel ich weiß, noch niemand angeredet hatte, die leichtsinnige Frage: ob er nicht auch vielleicht ein Zelt bei sich habe? Er beantwortete sie durch eine so tiefe Verbeugung, als widerführe ihm eine unverdiente Ehre, und hatte schon die Hand in der Tasche, aus der ich Zeuge, Stangen, Schnüre, Eisenwerk, kurz, alles, was zu dem prachtvollsten Lustzelt gehört, herauskommen sah. Die jungen Herren halfen es ausspannen, und es überhing die ganze Ausdehnung des Teppichs – und keiner fand noch etwas Außerordentliches darin. –

Mir war schon lang umheimlich, ja graulich zu Mute, wie ward mir vollends, als beim nächst ausgesprochenen Wunsch ich ihn noch aus seiner Tasche drei Reitpferde, ich sage Dir, drei schöne, große Rappen mit Sattel und Zeug herausziehen sah! – denke Dir, um Gotteswillen! drei gesattelte Pferde noch aus derselben Tasche, woraus schon eine Brieftasche, ein Fernrohr, ein gewirkter Teppich, zwanzig Schritte lang und zehn breit, ein Lustzelt von derselben Größe, und alle dazu gehörigen Stangen und Eisen, herausgekommen waren! – Wenn ich Dir nicht beteuerte, es selbst mit eigenen Augen angesehen zu haben, würdest Du es gewiß nicht glauben. –

So verlegen und demütig der Mann selbst zu sein schien, so wenig Aufmerksamkeit ihm auch die andern schenkten, so ward mir doch seine blasse Erscheinung, von der ich kein Auge abwenden konnte, so schauerlich, daß ich sie nicht länger ertragen konnte.

Ich beschloß, mich aus der Gesellschaft zu stehlen, was bei der unbedeutenden Rolle, die ich darinnen spielte, mir ein Leichtes schien. Ich wollte nach der Stadt zurückkehren, am andern Morgen mein Glück beim Herrn John wieder versuchen, und, wenn ich den Mut dazu fände, ihn über den seltsamen grauen Mann befragen. – Wäre es mir nur so zu entkommen geglückt!

Ich hatte mich schon wirklich durch den Rosenhain, den Hügel hinab, glücklich geschlichen und befand mich auf einem freien Rasenplatz, als ich aus Furcht, außer den Wegen durchs Gras gehend angetroffen zu werden, einen forschenden Blick um mich warf. – Wie erschrak ich, als ich den Mann im grauen Rock hinter mir her und auf mich zukommen sah. Er nahm sogleich den Hut vor mir ab, und verneigte sich so tief, als noch niemand vor mir getan hatte. Es war kein Zweifel, er wollte mich anreden, und ich konnte, ohne grob zu sein, es nicht vermeiden. Ich nahm den Hut auch ab, verneigte mich wieder, und stand da in der Sonne mit bloßem Haupt wie angewurzelt. Ich sah ihn voller Furcht stier an und war wie ein Vogel, den eine Schlange gebannt hat. Er selber schien sehr verlegen zu sein; er hob den Blick nicht auf, verbeugte sich zu verschiedenen Malen, trat näher, und redete mich an mit leiser, unsicherer Stimme, ungefähr im Tone eines Bettelnden.

»Möge der Herr meine Zudringlichkeit entschuldigen, wenn ich es wage, ihn so unbekannter Weise aufzusuchen, ich habe eine Bitte an ihn. Vergönnen Sie gnädigst –« – »Aber um Gotteswillen, mein Herr!« brach ich in meiner Angst aus, »was kann ich für einen Mann tun, der –« wir stutzten beide, und wurden, wie mir deucht, rot.

Er nahm nach einem Augenblick des Schweigens wieder das Wort: »Während der kurzen Zeit, wo ich das Glück genoß, mich in Ihrer Nähe zu befinden, hab ich, mein Herr, einige Mal – erlauben Sie, daß ich es Ihnen sage – wirklich mit unaussprechlicher Bewunderung den schönen, schönen Schatten betrachten können, den Sie in der Sonne und gleichsam mit einer gewissen edlen Verachtung, ohne selbst darauf zu merken, von sich werfen, den herrlichen Schatten da zu Ihren Füßen. Verzeihen Sie mir die freilich kühne Zumutung. Sollten Sie sich wohl nicht abgeneigt finden, mir diesen Ihren Schatten zu überlassen.«

Er schwieg, und mir ging's wie ein Mühlrad im Kopfe herum. Was sollt ich aus dem seltsamen Antrag machen, mir meinen Schatten abzukaufen? Er muß verrückt sein, dacht ich, und mit verändertem Tone, der zu der Demut des seinigen besser paßte, erwiderte ich also:

»Ei, ei! guter Freund, habt Ihr denn nicht an Eurem eignen Schatten genug? das heiß ich mir einen Handel von einer ganz absonderlichen Sorte.« Er fiel sogleich wieder ein: »Ich hab in meiner Tasche manches, was dem Herrn nicht ganz unwert scheinen möchte; für diesen unschätzbaren Schatten halt ich den höchsten Preis zu gering.«

Nun überfiel es mich wieder kalt, da ich an die Tasche erinnert ward, und ich wußte nicht, wie ich ihn hatte guter Freund nennen können. Ich nahm wieder das Wort und suchte es, wo möglich, mit unendlicher Höflichkeit wieder gut zu machen.

»Aber, mein Herr, verzeihen Sie Ihrem untertänigsten Knecht. Ich verstehe wohl Ihre Meinung nicht ganz gut, wie könnt ich nur meinen Schatten – –« Er unterbrach mich: »Ich erbitte mir nur Dero Erlaubnis, hier auf der Stelle diesen edlen Schatten aufheben zu dürfen und zu mir zu stecken; wie ich das mache, sei meine Sorge. Dagegen als Beweis meiner Erkenntlichkeit gegen den Herrn, überlasse ich ihm die Wahl unter allen Kleinodien, die ich in der Tasche bei mir führe: die echte Springwurzel, die Alraunwurzel, Wechselpfennige, Raubtaler, das Tellertuch von Rolands Knappen, ein Galgenmännlein zu beliebigem Preis; doch, das wird wohl nichts für Sie sein: besser, Fortunati Wünschhütlein, neu und haltbar wieder restauriert; auch ein Glückssäckel, wie der seine gewesen.« – »Fortunati Glückssäckel«, fiel ich ihm in die Rede, und wie groß meine Angst auch war, hatte er mit dem einen Wort meinen ganzen Sinn gefangen. Ich bekam einen Schwindel, und es flimmerte mir wie doppelte Dukaten vor den Augen. –

»Belieben gnädigst der Herr diesen Säckel zu besichtigen und zu erproben.« Er steckte die Hand in die Tasche und zog einen mäßig großen, festgenähten Beutel, von starkem Korduanleder, an zwei tüchtigen ledernen Schnüren heraus und händigte mir selbigen ein. Ich griff hinein und zog zehn Goldstücke daraus, und wieder zehn, und wieder zehn, und wieder zehn; ich hielt ihm schnell die Hand hin: »Topp! der Handel gilt, für den Beutel haben Sie meinen Schatten.« Er schlug ein, kniete dann ungesäumt vor mir nieder, und mit einer bewundernswürdigen Geschicklichkeit sah ich ihn meinen Schatten, vom Kopf bis zu meinen Füßen, leise von dem Grase lösen, aufheben, zusammenrollen und falten und zuletzt einstecken. Er stand auf, verbeugte sich noch einmal vor mir, und zog sich dann nach dem Rosengebüsche zurück. Mich dünkt', ich hörte ihn da leise für sich lachen. Ich aber hielt den Beutel bei den Schnüren fest, rund um mich her war die Erde sonnenhell, und in mir war noch keine Besinnung.

II

Ich kam endlich wieder zu Sinnen und eilte, diesen Ort zu verlassen, wo ich hoffentlich nichts mehr zu tun hatte. Ich füllte erst meine Taschen mit Gold, dann band ich mir die Schnüre des Beutels um den Hals fest und verbarg ihn selbst auf meiner Brust. Ich kam unbeachtet aus dem Park, erreichte die Landstraße und nahm meinen Weg nach der Stadt. Wie ich in Gedanken dem Tore zu ging, hört ich hinter mir schreien: »Junger Herr! he! junger Herr!

hören Sie doch!« – Ich sah mich um, ein altes Weib rief mir nach: »Sehe sich der Herr doch vor, Sie haben Ihren Schatten verloren.« – »Danke, Mütterchen!« ich warf ihr ein Goldstück für den wohlgemeinten Rat hin und trat unter die Bäume.

Am Tore mußt ich gleich wieder von der Schildwacht hören: »Wo hat der Herr seinen Schatten gelassen?« und gleich wieder darauf von ein paar Frauen: »Jesus Maria! der arme Mensch hat keinen Schatten!« Das fing an, mich zu verdrießen, und ich vermied sehr sorgfältig, in die Sonne zu treten. Das ging aber nicht überall an, zum Beispiel nicht über die Breitestraße, die ich zunächst durchkreuzen mußte, und zwar, zu meinem Unheil, in eben der Stunde, wo die Knaben aus der Schule gingen. Ein verdammter buckeliger Schlingel, ich seh ihn noch, hatte es gleich weg, daß mir ein Schatten fehle. Er verriet mich mit großem Geschrei der sämtlichen literarischen Straßenjugend der Vorstadt, welche sofort mich zu rezensieren und mit Kot zu bewerfen anfing: »Ordentliche Leute pflegten ihren Schatten mit sich zu nehmen, wenn sie in die Sonne gingen.« Um sie von mir abzuwehren, warf ich Gold zu vollen Händen unter sie und sprang in einen Mietswagen, zu dem mir mitleidige Seelen verhalfen.

Sobald ich mich in der rollenden Kutsche allein fand, fing ich bitterlich an zu weinen. Es mußte schon die Ahnung in mir aufsteigen: daß um so viel das Gold auf Erden Verdienst und Tugend überwiegt, um so viel der Schatten höher als selbst das Gold geschätzt werde; und wie ich früher den Reichtum meinem Gewissen aufgeopfert, hatte ich jetzt den Schatten für bloßes Gold hingegeben; was konnte, was sollte auf Erden aus mir werden!

Ich war noch sehr verstört, als der Wagen vor meinem alten Wirtshause hielt; ich erschrak über die Vorstellung, nur noch jenes schlechte Dachzimmer zu betreten. Ich ließ mir meine Sachen herabholen, empfing den ärmlichen Bündel mit Verachtung, warf einige Goldstücke hin und befahl, vor das vornehmste Hotel vorzufahren. Das Haus war gegen Norden gelegen, ich hatte die Sonne nicht zu fürchten. Ich schickte den Kutscher mit Gold weg, ließ mir die besten Zimmer vorn heraus anweisen und verschloß mich darin, sobald ich konnte.

Was denkest Du, das ich nun anfing? – O mein lieber Chamisso, selbst vor Dir es zu gestehen, macht mich erröten. Ich zog den unglücklichen Säckel aus meiner Brust hervor, und mit einer Art Wut, die, wie eine flackernde Feuersbrunst, sich in mir durch sich selbst mehrte, zog ich Gold daraus, und Gold, und Gold, und immer mehr Gold und streute es auf den Estrich und schritt darüber hin, und ließ es klirren und warf, mein armes Herz an dem Glanze, an dem Klange weidend, immer des Metalles mehr zu dem Metalle, bis ich ermüdet selbst auf das reiche Lager sank und schwelgend darin wühlte, mich darüber wälzte. So verging der Tag, der Abend, ich schloß meine Tür nicht auf, die Nacht fand mich liegend auf dem Golde, und darauf übermannte mich der Schlaf.

Da träumt' es mir von Dir, es ward mir, als stünde ich hinter der Glastüre

Deines kleinen Zimmers, und sähe Dich von da an Deinem Arbeitstische zwischen einem Skelett und einem Bunde getrockneter Pflanzen sitzen, vor Dir waren Haller, Humboldt und Linné aufgeschlagen, auf Deinem Sofa lagen ein Band Goethe und der »Zauberring«, ich betrachtete Dich lange und jedes Ding in Deiner Stube, und dann Dich wieder, Du rührtest Dich aber nicht, Du holtest auch nicht Atem, Du warst tot.

Ich erwachte. Es schien noch sehr früh zu sein. Meine Uhr stand. Ich war wie zerschlagen, durstig und hungrig auch noch; ich hatte seit dem vorigen Morgen nichts gegessen. Ich stieß von mir mit Unwillen und Überdruß dieses Gold, an dem ich kurz vorher mein törichtes Herz gesättiget; nun wußt ich verdrießlich nicht, was ich damit anfangen sollte. Es durfte nicht so liegen bleiben – ich versuchte, ob es der Beutel wieder verschlingen wollte – Nein. Keines meiner Fenster öffnete sich über die See. Ich mußte mich bequemen, es mühsam und mit sauerm Schweiß zu einem großen Schrank, der in einem Kabinett stand, zu schleppen und es darin zu verpacken. Ich ließ nur einige Handvoll da liegen. Nachdem ich mit der Arbeit fertig geworden, legt ich mich erschöpft in einen Lehnstuhl, und erwartete, daß sich Leute im Hause zu regen anfingen. Ich ließ, sobald es möglich war, zu essen bringen und den Wirt zu mir kommen.

Ich besprach mit diesem Manne die künftige Einrichtung meines Hauses. Er empfahl mir für den näheren Dienst um meine Person einen gewissen Bendel, dessen treue und verständige Physiognomie mich gleich gewann. Derselbe war's, dessen Anhänglichkeit mich seither tröstend durch das Elend des Lebens begleitete und mir mein düstres Los ertragen half. Ich brachte den ganzen Tag auf meinen Zimmern mit herrenlosen Knechten, Schustern, Schneidern und Kaufleuten zu, ich richtete mich ein und kaufte besonders sehr viele Kostbarkeiten und Edelsteine, um nur etwas des vielen aufgespeicherten Goldes loszuwerden; es schien mir aber gar nicht, als könne der Haufen sich vermindern.

Ich schwebte indes über meinen Zustand in den ängstigendsten Zweifeln. Ich wagte keinen Schritt aus meiner Tür und ließ abends vierzig Wachskerzen in meinem Saal anzünden, bevor ich aus dem Dunkel heraus kam. Ich gedachte mit Grauen des fürchterlichen Auftrittes mit den Schulknaben. Ich beschloß, so viel Mut ich auch dazu bedurfte, die öffentliche Meinung noch einmal zu prüfen. – Die Nächte waren zu der Zeit mondhell. Abends spät warf ich einen weiten Mantel um, drückte mir den Hut tief in die Augen und schlich, zitternd wie ein Verbrecher, aus dem Hause. Erst auf einem entlegenen Platz trat ich aus dem Schatten der Häuser, in deren Schutz ich so weit gekommen war, an das Mondeslicht hervor, gefaßt, mein Schicksal aus dem Munde der Vorübergehenden zu vernehmen.

Erspare mir, lieber Freund, die schmerzliche Wiederholung alles dessen, was ich erdulden mußte. Die Frauen bezeugten oft das tiefste Mitleid, das ich ihnen einflößte; Äußerungen die mir die Seele nicht minder durchbohrten, als der Hohn der Jugend und die hochmütige Verachtung der Männer, besonders solcher dicken, wohlbeleibten, die selbst einen breiten Schatten warfen. Ein schönes, holdes Mädchen, die, wie es schien, ihre Eltern begleitete, indem diese bedächtig nur vor ihre Füße sahen, wandte von ungefähr ihr leuchtendes Auge auf mich; sie erschrak sichtbarlich, da sie meine Schattenlosigkeit bemerkte, verhüllte ihr schönes Antlitz in ihren Schleier, ließ den Kopf sinken und ging lautlos vorüber.

Ich ertrug es länger nicht. Salzige Ströme brachen aus meinen Augen, und mit durchschnittenem Herzen zog ich mich schwankend ins Dunkel zurück. Ich mußte mich an den Häusern halten, um meine Schritte zu sichern, und erreichte langsam und spät meine Wohnung.

Ich brachte die Nacht schlaflos zu. Am andern Tage war meine erste Sorge, nach dem Manne im grauen Rocke überall suchen zu lassen. Vielleicht sollte es mir gelingen, ihn wiederzufinden, und wie glücklich! wenn ihn, wie mich, der törichte Handel gereuen sollte. Ich ließ Bendel vor mich kommen, er schien Gewandtheit und Geschick zu besitzen – ich schilderte ihm genau den Mann, in dessen Besitz ein Schatz sich befand, ohne den mir das Leben nur eine Qual sei. Ich sagte ihm die Zeit, den Ort, wo ich ihn gesehen; beschrieb ihm alle, die zugegen gewesen, und fügte dieses Zeichen noch hinzu: er solle sich nach einem Dollondschen Fernrohr, nach einem golddurchwirkten türkischen Teppich, nach einem Prachtlustzelt und endlich nach den schwarzen Reithengsten genau erkundigen, deren Geschichte, ohne zu bestimmen wie, mit der des rätselhaften Mannes zusammenhinge, welcher allen unbedeutend geschienen und dessen Erscheinung die Ruhe und das Glück meines Lebens zerstört hatte.

Wie ich ausgeredet, holt ich Gold her, eine Last, wie ich sie nur zu tragen vermochte, und legte Edelsteine und Juwelen noch hinzu für einen größern Wert. »Bendel«, sprach ich, »dieses ebnet viele Wege und macht vieles leicht, was unmöglich schien; sei nicht karg damit, wie ich es nicht bin, sondern geh, und erfreue deinen Herrn mit Nachrichten, auf denen seine alleinige Hoffnung beruht.«

Er ging. Spät kam er und traurig zurück. Keiner von den Leuten des Herrn John, keiner von seinen Gästen, er hatte alle gesprochen, wußte sich nur entfernt an den Mann im grauen Rocke zu erinnern. Der neue Teleskop war da, und keiner wußte, wo er hergekommen; der Teppich, das Zelt waren da noch auf demselben Hügel ausgebreitet und aufgeschlagen, die Knechte rühmten den Reichtum ihres Herrn, und keiner wußte, von wannen diese neuen Kostbarkeiten ihm zugekommen. Er selbst hatte sein Wohlgefallen daran, und ihn kümmerte es nicht, daß er nicht wisse, woher er sie habe; die Pferde hatten die jungen Herren, die sie geritten, in ihren Ställen, und sie priesen die Freigebigkeit des Herrn John, der sie ihnen an jenem Tage geschenkt. So viel erhellte aus der ausführlichen Erzählung Bendels, dessen rascher Eifer und verständige Führung, auch bei so fruchtlosem Erfolg, mein verdientes Lob erhielten. Ich winkte ihm düster, mich allein zu lassen.

»Ich habe«, hub er wieder an, »meinem Herrn Bericht abgestattet über die Angelegenheit, die ihm am wichtigsten war. Mir bleibt noch ein Auftrag auszurichten, den mir heute früh jemand gegeben, welchem ich vor der Tür begegnete, da ich zu dem Geschäfte ausging, wo ich so unglücklich gewesen. Die eigenen Worte des Mannes waren: ›Sagen Sie dem Herrn Peter Schlemihl, er würde mich hier nicht mehr sehen, da ich übers Meer gehe und ein günstiger Wind mich soeben nach dem Hafen ruft. Aber über Jahr und Tag werde ich die Ehre haben, ihn selber aufzusuchen und ein anderes, ihm dann vielleicht annehmliches Geschäft vorzuschlagen. Empfehlen Sie mich ihm untertänigst und versichern ihn meines Dankes.‹ Ich frug ihn, wer er wäre, er sagte aber, Sie kennten ihn schon.«

»Wie sah der Mann aus?« rief ich voller Ahnung. Und Bendel beschrieb mir den Mann im grauen Rocke Zug für Zug, Wort für Wort, wie er getreu in seiner vorigen Erzählung des Mannes erwähnt, nach dem er sich erkundigt. –

»Unglücklicher!« schrie ich händeringend, »das war er ja selbst!«, und ihm fiel es wie Schuppen von den Augen. – »Ja, er war es, war es wirklich!« rief er erschreckt aus, »und ich Verblendeter, Blödsinniger habe ihn nicht erkannt, ihn nicht erkannt und meinen Herrn verraten!«

Er brach, heiß weinend, in die bittersten Vorwürfe gegen sich selber aus, und die Verzweiflung, in der er war, mußte mir selber Mitleiden einflößen. Ich sprach ihm Trost ein, versicherte ihn wiederholt, ich setzte keinen Zweifel in seine Treue, und schickte ihn alsbald nach dem Hafen, um, wo möglich, die Spuren des seltsamen Mannes zu verfolgen. Aber an diesem selben Morgen waren sehr viele Schiffe, die widrige Winde im Hafen zurückgehalten, ausgelaufen, alle nach anderen Weltstrichen, alle nach anderen Küsten bestimmt, und der graue Mann war spurlos wie ein Schatten verschwunden.

III

Was hülfen Flügel dem in eisernen Ketten fest Angeschmiedeten? Er müßte dennoch, und schrecklicher, verzweifeln. Ich lag, wie Faffner bei seinem Hort, fern von jedem menschlichen Zuspruch, bei meinem Golde darbend, aber ich hatte nicht das Herz nach ihm, sondern ich fluchte ihm, um dessentwillen ich mich von allem Leben abgeschnitten sah. Bei mir allein mein düstres Geheimnis hegend, fürchtete ich mich vor dem letzten meiner Knechte, den ich zugleich beneiden mußte; denn er hatte einen Schatten, er durfte sich sehen lassen in der Sonne. Ich vertrauerte einsam in meinen Zimmern die Tag' und Nächte, und Gram zehrte an meinem Herzen.

Noch einer härmte sich unter meinen Augen ab, mein treuer Bendel hörte nicht auf, sich mit stillen Vorwürfen zu martern, daß er das Zutrauen seines gütigen Herrn betrogen und jenen nicht erkannt, nach dem er ausgeschickt war und mit dem er mein trauriges Schicksal in enger Verflechtung denken mußte. Ich aber konnte ihm keine Schuld geben, ich erkannte in dem Ereignis die fabelhafte Natur des Unbekannten.

Nichts unversucht zu lassen, schickt ich einst Bendel mit einem kostbaren brillantenen Ring zu dem berühmtesten Maler der Stadt, den ich, mich zu besuchen, einladen ließ. Er kam, ich entfernte meine Leute, verschloß die Tür, setzte mich zu dem Mann, und, nachdem ich seine Kunst gepriesen, kam ich mit schwerem Herzen zur Sache, ich ließ ihn zuvor das strengste Geheimnis geloben.

»Herr Professor«, fuhr ich fort, »könnten Sie wohl einem Menschen, der auf die unglücklichste Weise von der Welt um seinen Schatten gekommen ist, einen falschen Schatten malen?« – – »Sie meinen einen Schlagschatten?« – »den mein ich allerdings.« – »Aber«, frug er mich weiter, »durch welche Ungeschicklichkeit, durch welche Nachlässigkeit konnte er denn seinen Schlagschatten verlieren?« – »Wie es kam«, erwiderte ich, »mag nun sehr gleichgültig sein, doch so viel«, log ich ihm unverschämt vor: »In Rußland, wo er im vorigen Winter eine Reise tat, fror ihm einmal, bei einer außerordentlichen Kälte, sein Schatten dergestalt am Boden fest, daß er ihn nicht wieder losbekommen konnte.«

»Der falsche Schlagschatten, den ich ihm malen könnte«, erwiderte der Professor, »würde doch nur ein solcher sein, den er bei der leisesten Bewegung wieder verlieren müßte – zumal wer an dem eignen angebornen Schatten so wenig festhing, als aus Ihrer Erzählung selbst sich abnehmen läßt; wer keinen Schatten hat, gehe nicht in die Sonne, das ist das Vernünftigste und Sicherste.« Er stand auf und entfernte sich, indem er auf mich einen durchbohrenden Blick warf, den der meine nicht ertragen konnte. Ich sank in meinen Sessel zurück und verhüllte mein Gesicht in meine Hände.

So fand mich noch Bendel, als er hereintrat. Er sah den Schmerz seines Herrn und wollte sich still, ehrerbietig zurückziehen. – Ich blickte auf – ich erlag unter der Last meines Kummers, ich mußte ihn mitteilen. »Bendel«, rief ich ihm zu, »Bendel! Du Einziger, der du meine Leiden siehst und ehrst, sie nicht erforschen zu wollen, sondern still und fromm mitzufühlen scheinst, komm zu mir, Bendel, und sei der Nächste meinem Herzen. Die Schätze meines Goldes hab ich vor dir nicht verschlossen, nicht verschließen will ich vor dir die Schätze meines Grames. – Bendel, verlasse mich nicht. Bendel, du siehst mich reich, freigebig, gütig, du wähnst, es sollte die Welt mich verherrlichen, und du siehst mich die Welt fliehn und mich vor ihr verschließen. Bendel, sie hat gerichtet, die Welt, und mich verstoßen, und auch du vielleicht wirst dich von mir wenden, wenn du mein schreckliches Geheimnis erfährst: Bendel, ich bin reich, freigebig, gütig, aber – o Gott! – ich habe keinen Schatten!«

»Keinen Schatten?« rief der gute Junge erschreckt aus, und die hellen Tränen stürzten ihm aus den Augen. – »Weh mir, daß ich geboren ward, einem schattenlosen Herrn zu dienen!« Er schwieg, und ich hielt mein Gesicht in meinen Händen.

»Bendel«, setzt ich spät und zitternd hinzu, »nun hast du mein Vertrauen, nun kannst du es verraten. Geh hin und zeuge wider mich.« – Er schien in schwerem Kampfe mit sich selber, endlich stürzte er vor mir nieder und ergriff meine Hand, die er mit seinen Tränen benetzte. »Nein«, rief er aus, »was die Welt auch meine, ich kann und werde um des Schattens willen meinen gütigen Herrn nicht verlassen, ich werde recht und nicht klug handeln, ich werde bei Ihnen bleiben, Ihnen meinen Schatten borgen, Ihnen helfen, wo ich kann, und wo ich nicht kann, mit Ihnen weinen.« Ich fiel ihm um den Hals, ob solcher ungewohnten Gesinnung staunend; denn ich war von ihm überzeugt, daß er es nicht um Gold tat.

Seitdem änderten sich in etwas mein Schicksal und meine Lebensweise. Es ist unbeschreiblich, wie vorsorglich Bendel mein Gebrechen zu verhehlen wußte. Überall war er vor mir und mit mir, alles vorhersehend, Anstalten treffend, und wo Gefahr unversehens drohte, mich schnell mit seinem Schatten überdeckend, denn er war größer und stärker als ich. So wagt ich mich wieder unter die Menschen und begann eine Rolle in der Welt zu spielen. Ich mußte freilich viele Eigenheiten und Launen scheinbar annehmen. Solche stehen aber dem Reichen gut, und solange die Wahrheit nur verborgen blieb, genoß ich aller der Ehre und Achtung, die meinem Golde zukam. Ich sah ruhiger dem über Jahr und Tag verheißenen Besuch des rätselhaften Unbekannten entgegen.

Ich fühlte sehr wohl, daß ich mich nicht lange an einem Ort aufhalten durfte, wo man mich schon ohne Schatten gesehen und wo ich leicht verraten werden konnte; auch dacht ich vielleicht nur allein noch daran, wie ich mich bei Herrn John gezeigt, und es war mir eine drückende Erinnerung, demnach wollt ich hier bloß Probe halten, um anderswo leichter und zuversichtlicher auftreten zu können – doch fand sich, was mich eine Zeitlang an meiner Eitelkeit festhielt: das ist im Menschen, wo der Anker am zuverlässigsten Grund faßt.

Eben die schöne Fanny, der ich am dritten Ort wieder begegnete, schenkte mir, ohne sich zu erinnern, mich jemals gesehen zu haben, einige Aufmerksamkeit, denn jetzt hatt ich Witz und Verstand. – Wenn ich redete, hörte man zu, und ich wußte selber nicht, wie ich zu der Kunst gekommen war, das Gespräch so leicht zu führen und zu beherrschen. Der Eindruck, den ich auf die Schöne gemacht zu haben einsah, machte aus mir, was sie eben begehrte, einen Narren, und ich folgte ihr seither mit tausend Mühen durch Schatten und Dämmerung, wo ich nur konnte. Ich war nur eitel darauf, sie über mich eitel zu machen, und konnte mir, selbst mit dem besten Willen, nicht den Rausch aus dem Kopf ins Herz zwingen.

Aber wozu die ganz gemeine Geschichte Dir lang und breit wiederholen? – Du selber hast sie mir oft genug von andern Ehrenleuten erzählt. – Zu dem alten, wohlbekannten Spiele, worin ich gutmütig eine abgedroschene Rolle übernommen, kam freilich eine ganz eigens gedichtete Katastrophe hinzu, mir und ihr und allen unerwartet.

Da ich an einem schönen Abend nach meiner Gewohnheit eine Gesellschaft in einem Garten versammelt hatte, wandelte ich mit der Herrin Arm in Arm, in einiger Entfernung von den übrigen Gästen, und bemühte mich, ihr Redensarten vorzudrechseln. Sie sah sittig vor sich nieder und erwiderte leise den Druck meiner Hand; da trat unversehens hinter uns der Mond aus den Wolken hervor – und sie sah nur *ihren* Schatten vor sich hinfallen. Sie fuhr zusammen und blickte bestürzt mich an, dann wieder auf die Erde, mit dem Auge meinen Schatten begehrend; und was in ihr vorging, malte sich so sonderbar in ihren Mienen, daß ich in ein lautes Gelächter hätte ausbrechen mögen, wenn es mir nicht selber eiskalt über den Rücken gelaufen wäre.

Ich ließ sie aus meinem Arm in eine Ohnmacht sinken, schoß wie ein Pfeil durch die entsetzten Gäste, erreichte die Tür, warf mich in den ersten Wagen, den ich da haltend fand, und fuhr nach der Stadt zurück, wo ich diesmal zu meinem Unheil den vorsichtigen Bendel gelassen hatte. Er erschrak, als er mich sah, *ein* Wort entdeckte ihm alles. Es wurden auf der Stelle Postpferde geholt. Ich nahm nur einen meiner Leute mit mir, einen abgefeimten Spitzbuben, namens Rascal, der sich mir durch seine Gewandtheit notwendig zu machen gewußt, und der nichts vom heutigen Vorfall ahnen konnte. Ich legte in derselben Nacht noch dreißig Meilen zurück. Bendel blieb hinter mir, mein Haus aufzulösen, Gold zu spenden und mir das Nötigste nachzubringen. Als er mich am andern Tage einholte, warf ich mich in seine Arme und schwur ihm, nicht etwa keine Torheit mehr zu begehen, sondern nur künftig vorsichtiger zu sein. Wir setzten unsre Reise ununterbrochen fort, über die Grenze und das Gebirg, und erst am andern Abhang, durch das hohe Bollwerk von jenem Unglücksboden getrennt, ließ ich mich bewegen, in einem nah gelegenen und wenig besuchten Badeort von den überstandenen Mühseligkeiten auszurasten.

IV

Ich werde in meiner Erzählung schnell über eine Zeit hineilen müssen, bei der ich wie gerne! verweilen würde, wenn ich ihren lebendigen Geist in der Erinnerung heraufzubeschwören vermöchte. Aber die Farbe, die sie belebte und nur wieder beleben kann, ist in mir verloschen, und wenn ich in meiner Brust wieder finden will, was sie damals so mächtig erhob, die Schmerzen und das Glück, den frommen Wahn – da schlag ich vergebens an einen Felsen, der keinen lebendigen Quell mehr gewährt, und der Gott ist von mir gewichen. Wie verändert blickt sie mich jetzt an, diese vergangene Zeit! – Ich sollte dort in dem Bade eine heroische Rolle tragieren, schlecht einstudiert und ein Neuling auf der

Bühne vergaff ich mich aus dem Stücke heraus in ein Paar blaue Augen. Die Eltern, vom Spiele getäuscht, bieten alles auf, den Handel nur schnell festzumachen, und die gemeine Posse beschließt eine Verhöhnung. Und das ist alles, alles! – Das kommt mir albern und abgeschmackt vor, und schrecklich wiederum, daß so mir vorkommen kann, was damals so reich, so groß, die Brust mir schwellte. Mina, wie ich damals weinte, als ich dich verlor, so wein ich jetzt, dich auch in mir verloren zu haben. Bin ich denn so alt worden? – O traurige Vernunft! Nur noch ein Pulsschlag jener Zeit, ein Moment jenes Wahnes – aber nein! einsam auf dem hohen, öden Meere deiner bittern Flut und längst aus dem letzten Pokale der Champagner Elfe entsprüht!

Ich hatte Bendel mit einigen Goldsäcken vorausgeschickt, um mir im Städtchen eine Wohnung nach meinen Bedürfnissen einzurichten. Er hatte dort viel Geld ausgestreut und sich über den vornehmen Fremden, dem er diente, etwas unbestimmt ausgedrückt, denn ich wollte nicht genannt sein; das brachte die guten Leute auf sonderbare Gedanken. Sobald mein Haus zu meinem Empfang bereit war, kam Bendel wieder zu mir und holte mich dahin ab. Wir machten uns auf die Reise.

Ungefähr eine Stunde vom Orte, auf einem sonnigen Plan, ward uns der Weg durch eine festlich geschmückte Menge versperrt. Der Wagen hielt. Musik, Glockengeläute, Kanonenschüsse wurden gehört, ein lautes Vivat durchdrang die Luft – vor dem Schlage des Wagens erschien in weißen Kleidern ein Chor Jungfrauen von ausnehmender Schönheit, die aber vor der Einen, wie die Sterne der Nacht vor der Sonne, verschwanden. Sie trat aus der Mitte der Schwestern hervor; die hohe zarte Bildung kniete verschämt errötend vor mir nieder, und hielt mir auf seidenem Kissen einen aus Lorbeer, Ölzweigen und Rosen geflochtenen Kranz entgegen, indem sie von Majestät, Ehrfurcht und Liebe einige Worte sprach, die ich nicht verstand, aber deren zauberischer Silberklang mein Ohr und Herz berauschte, – es war mir, als wäre schon einmal die himmlische Erscheinung an mir vorübergewallt. Der Chor fiel ein und sang das Lob eines guten Königs und das Glück seines Volkes.

Und dieser Auftritt, lieber Freund, mitten in der Sonne! – Sie kniete noch immer zwei Schritte vor mir, und ich, ohne Schatten, konnte die Kluft nicht überspringen, nicht wieder vor dem Engel auf die Kniee fallen. Oh, was hätt ich nicht da für einen Schatten gegeben! Ich mußte meine Scham, meine Angst, meine Verzweiflung tief in den Grund meines Wagens verbergen. Bendel besann sich endlich für mich, er sprang von der andern Seite aus dem Wagen heraus, ich rief ihn noch zurück und reichte ihm aus meinem Kästchen, das mir eben zur Hand lag, eine reiche diamantene Krone, die die schöne Fanny hatte zieren sollen. Er trat vor, und sprach im Namen seines Herrn, welcher solche Ehrenbezeugungen nicht annehmen könne noch wolle; es müsse hier ein Irrtum vorwalten; jedoch seien die guten Einwohner der Stadt für ihren guten Willen bedankt. Er nahm indes den dargehaltenen Kranz von seinem Ort und legte den brillantenen Reif an dessen Stelle; dann reichte er ehrerbietig der schönen Jungfrau die Hand zum Aufstehen, entfernte mit einem Wink Geistlichkeit, Magistratus und alle Deputationen. Niemand ward weiter vorgelassen. Er hieß den Haufen sich teilen und den Pferden Raum geben, schwang sich wieder in den Wagen, und fort ging's weiter in gestrecktem Galopp, unter einer aus Laubwerk und Blumen erbauten Pforte hinweg, dem Städtchen zu. – Die Kanonen wurden immer frischweg abgefeuert. – Der Wagen hielt vor meinem Hause; ich sprang behend in die Tür, die Menge teilend, die die Begierde, mich zu sehen, herbeigerufen hatte. Der Pöbel schrie Vivat unter meinem Fenster, und ich ließ doppelte Dukaten daraus regnen. Am Abend war die Stadt freiwillig erleuchtet. –

Und ich wußte immer noch nicht, was das alles bedeuten sollte und für wen ich angesehen wurde. Ich schickte Rascaln auf Kundschaft aus. Er ließ sich denn erzählen, wasmaßen man bereits sichere Nachrichten gehabt, der gute König von Preußen reise unter dem Namen eines Grafen durch das Land, wie mein Adjutant erkannt worden sei, und wie er sich und mich verraten habe; wie groß endlich die Freude gewesen, da man die Gewißheit gehabt, mich im Orte selbst zu besitzen. Nun sah man freilich ein, da ich offenbar das strengste Inkognito beobachten wolle, wie sehr man Unrecht gehabt, den Schleier so zudringlich zu lüften. Ich hätte aber so huldreich, so gnadenvoll gezürnt – ich würde gewiß dem guten Herzen verzeihen müssen.

Meinem Schlingel kam die Sache so spaßhaft vor, daß er mit strafenden Reden sein Möglichstes tat, die guten Leute einstweilen in ihrem Glauben zu bestärken. Er stattete mir einen sehr komischen Bericht ab, und da er mich dadurch erheitert sah, gab er mir selbst seine verübte Bosheit zum besten. – Muß ich's bekennen? Es schmeichelte mir doch, sei es auch nur so, für das verehrte Haupt angesehen worden zu sein.

Ich hieß zu dem morgenden Abend unter den Bäumen, die den Raum vor meinem Hause beschatteten, ein Fest bereiten und die ganze Stadt dazu einladen. Der geheimnisreichen Kraft meines Säckels, Bendels Bemühungen und der behenden Erfindsamkeit Rascals gelang es, selbst die Zeit zu besiegen. Es ist wirklich erstaunlich, wie reich und schön sich alles in den wenigen Stunden anordnete. Die Pracht und der Überfluß, die da sich erzeugten; auch die sinnreiche Erleuchtung war so weise verteilt, daß ich mich ganz sicher fühlte. Es blieb mir nichts zu erinnern, ich mußte meine Diener loben.

Es dunkelte der Abend. Die Gäste erschienen und wurden mir vorgestellt. Es ward die Majestät nicht mehr berührt; aber ich hieß in tiefer Ehrfurcht und Demut: Herr Graf. Was sollt ich tun? Ich ließ mir den Grafen gefallen und blieb von Stund an der Graf Peter. Mitten im festlichen Gewühle begehrte meine Seele nur nach der Einen. Spät erschien sie, die die Krone war und trug. Sie folgte sittsam ihren Eltern und schien nicht zu wissen, daß sie die Schönste sei. Es wurden mir der Herr Forstmeister, seine Frau und seine Tochter vorgestellt. Ich wußte den Alten viel Angenehmes und Verbindliches zu sagen; vor der Tochter stand ich wie ein ausgescholtener Knabe da und vermochte kein Wort hervorzulallen. Ich bat sie endlich stammelnd, dies Fest zu würdigen, das Amt, dessen Zeichen sie schmückte, darin zu verwalten. Sie bat verschämt mit einem rührenden Blick um Schonung; aber verschämter vor ihr, als sie selbst, brachte ich ihr als erster Untertan meine Huldigung in tiefer Ehrfurcht, und der Wink des Grafen ward allen Gästen ein Gebot, dem nachzuleben sich jeder freudig beeiferte. Majestät, Unschuld und Grazie beherrschten, mit der Schönheit im Bunde, ein frohes Fest. Die glücklichen Eltern Minas glaubten ihnen nur zu Ehren ihr Kind erhöht; ich selber war in einem unbeschreiblichen Rausch. Ich ließ alles, was ich noch von den Juwelen hatte, die ich damals, um beschwerliches Gold loszuwerden, gekauft, alle Perlen, alles Edelgestein in zwei verdeckte Schüsseln legen und bei Tische, unter dem Namen der Königin, ihren Gespielinnen und allen Damen herumreichen; Gold ward indessen ununterbrochen über die gezogenen Schranken unter das jubelnde Volk geworfen.

Bendel am andern Morgen eröffnete mir im Vertrauen, der Verdacht, den er längst gegen Rascals Redlichkeit gehegt, sei nunmehr zur Gewißheit geworden. Er habe gestern ganze Säcke Goldes unterschlagen. »Laß uns«, erwidert ich, »dem armen Schelmen die kleine Beute gönnen; ich spende gern allen, warum nicht auch ihm? Gestern hat er mir, haben mir alle neuen Leute, die du mir gegeben, redlich gedient, sie haben mir froh ein frohes Fest begehen helfen.«

Es war nicht weiter die Rede davon. Rascal blieb der erste meiner Dienerschaft, Bendel war aber mein Freund und mein Vertrauter. Dieser war gewohnt worden, meinen Reichtum als unerschöpflich zu denken, und er spähte nicht nach dessen Quellen; er half mir vielmehr, in meinen Sinn eingehend, Gelegenheiten ersinnen, ihn darzutun und Gold zu vergeuden. Von jenem Unbekannten, dem blassen Schleicher, wußt er nur so viel: Ich dürfe allein durch ihn von dem Fluche erlöst werden, der auf mir laste, und fürchte ihn, auf dem meine einzige Hoffnung ruhe. Übrigens sei ich davon überzeugt, er könne mich überall auffinden, ich ihn nirgends, darum hätte ich, den versprochenen Tag erwartend, jede vergebliche Nachsuchung eingestellt.

Die Pracht meines Festes und mein Benehmen dabei erhielten anfangs die starkgläubigen Einwohner der Stadt bei ihrer vorgefaßten Meinung. Es ergab sich freilich sehr bald aus den Zeitungen, daß die ganze fabelhafte Reise des Königs von Preußen ein bloßes ungegründetes Gerücht gewesen. Ein König war ich aber nun einmal und mußte schlechterdings ein König bleiben, und zwar einer der reichsten und königlichsten, die es immer geben mag. Nur wußte man nicht recht, welcher. Die Welt hat nie Grund gehabt, über Mangel an Monarchen zu klagen, am wenigsten in unsern Tagen; die guten Leute, die noch keinen mit Augen gesehen, rieten mit gleichem Glück bald auf diesen, bald auf jenen – Graf Peter blieb immer, der er war.

Einst erschien unter den Badegästen ein Handelsmann, der Bankrott gemacht hatte, um sich zu bereichern, der allgemeiner Achtung genoß und einen breiten, obgleich etwas blassen Schatten von sich warf. Er wollte hier das Vermögen, das er gesammelt, zum Prunk ausstellen, und es fiel sogar ihm ein, mit mir wetteifern zu wollen. Ich sprach meinem Säckel zu und hatte sehr bald den armen Teufel so weit, daß er, um sein Ansehen zu retten, abermals Bankrott machen mußte und über das Gebirge ziehen. So ward ich ihn los. – Ich habe in dieser Gegend viele Taugenichtse und Müßiggänger gemacht!

Bei der königlichen Pracht und Verschwendung, womit ich mir alles unterwarf, lebt ich in meinem Hause sehr einfach und eingezogen. Ich hatte mir die größte Vorsicht zur Regel gemacht, es durfte, unter keinem Vorwand, kein anderer, als Bendel, die Zimmer, die ich bewohnte, betreten. Solange die Sonne schien, hielt ich mich mit ihm darin verschlossen, und es hieß: der Graf arbeite in seinem Kabinett. Mit diesen Arbeiten standen die häufigen Kuriere in Verbindung, die ich um jede Kleinigkeit abschickte und erhielt. – Ich nahm nur am Abend unter meinen Bäumen, oder in meinem nach Bendels Angabe geschickt und reich erleuchteten Saale Gesellschaft an. Wenn ich ausging, wobei mich stets Bendel mit Argusaugen bewachen mußte, so war es nur nach dem Förstergarten und um der Einen willen; denn meines Lebens innerlichstes Herz war meine Liebe.

O mein guter Chamisso, ich will hoffen, Du habest noch nicht vergessen, was Liebe sei! Ich lasse Dir hier vieles zu ergänzen. Mina war wirklich ein liebenswertes, gutes, frommes Kind. Ich hatte ihre ganze Phantasie an mich gefesselt, sie wußte in ihrer Demut nicht, womit sie wert gewesen, daß ich nur nach ihr geblickt; und sie vergalt Liebe um Liebe mit der vollen jugendlichen Kraft eines unschuldigen Herzens. Sie liebte wie ein Weib, ganz hin sich opfernd; selbstvergessen, hingegeben den nur meinend, der ihr Leben war, unbekümmert, solle sie selbst zu Grunde gehen, das heißt, sie liebte wirklich. –

Ich aber – o welche schreckliche Stunden – schrecklich! und würdig dennoch, daß ich sie zurückwünsche – hab ich oft an Bendels Brust verweint, als nach dem ersten bewußtlosen Rausch ich mich besonnen, mich selbst scharf angeschaut, der ich, ohne Schatten, mit tückischer Selbstsucht diesen Engel verderbend, die reine Seele an mich gelogen und gestohlen! Dann beschloß ich, mich ihr selber zu verraten; dann gelobt ich mit teuren Eidschwüren, mich von ihr zu reißen und zu entfliehen; dann brach ich wieder in Tränen aus und verabredete mit Bendeln, wie ich sie auf den Abend im Förstergarten besuchen wolle. –

Zu andern Zeiten log ich mir selber vom nahe bevorstehenden Besuch des grauen Unbekannten große Hoffnungen vor und weinte wieder, wenn ich daran zu glauben vergebens versucht hatte. Ich hatte den Tag ausgerechnet, wo ich den Furchtbaren wiederzusehen erwartete; denn er hatte gesagt, in Jahr und Tag, und ich glaubte an sein Wort.

Die Eltern waren gute, ehrbare, alte Leute, die ihr einziges Kind sehr liebten, das ganze Verhältnis überraschte sie, als es schon bestand, und sie wußten nicht, was sie dabei tun sollten. Sie hatten früher nicht geträumt, der Graf Peter könne nur an ihr Kind denken, nun liebte er sie gar und ward wieder geliebt. – Die Mutter war wohl eitel genug, an die Möglichkeit einer Verbindung zu denken und darauf hinzuarbeiten; der gesunde Menschenverstand des Alten gab solchen überspannten Vorstellungen nicht Raum. Beide waren überzeugt von der Reinheit meiner Liebe – sie konnten nichts tun, als für ihr Kind beten.

Es fällt mir ein Brief in die Hand, den ich noch aus dieser Zeit von Mina habe. – Ja, das sind ihre Züge! Ich will Dir ihn abschreiben.

»Bin ein schwaches, törichtes Mädchen, könnte mir einbilden, daß mein Geliebter, weil ich ihn innig, innig liebe, dem armen Mädchen nicht weh tun möchte. – Ach, Du bist so gut, so unaussprechlich gut; aber mißdeute mich nicht. Du sollst mir nichts opfern, mir nichts opfern wollen; o Gott! ich könnte mich hassen, wenn Du das tätest. Nein – Du hast mich unendlich glücklich gemacht, Du hast mich dich lieben gelehrt. Zeuch hin! – Weiß doch mein Schicksal, Graf Peter gehört nicht mir, gehört der Welt an. Will stolz sein, wenn ich höre: das ist er gewesen, und das war er wieder, und das hat er vollbracht; da haben sie ihn angebetet, und da haben sie ihn vergöttert. Siehe, wenn ich das denke, zürne ich Dir, daß Du bei einem einfältigen Kinde Deiner hohen Schicksale vergessen kannst. – Zeuch hin, sonst macht der Gedanke mich noch unglücklich, die ich, ach! durch Dich so glücklich, so selig bin. – Hab ich nicht auch einen Ölzweig und eine Rosenknospe in Dein Leben geflochten, wie in den Kranz, den ich Dir überreichen durfte? Habe Dich im Herzen, mein Geliebter, fürchte nicht, von mir zu gehen – werde sterben, ach! so selig, so unaussprechlich selig durch Dich.« –

Du kannst Dir denken, wie mir die Worte durchs Herz schneiden mußten. Ich erklärte ihr, ich sei nicht das, wofür man mich anzusehen schien; ich sei nur ein reicher, aber unendlich elender Mann. Auf mir ruhe ein Fluch, der das einzige Geheimnis zwischen ihr und mir sein solle, weil ich noch nicht ohne Hoffnung sei, daß er gelöst werde. Dies sei das Gift meiner Tage: daß ich sie mit in den Abgrund hinreißen könne, sie, die das einzige Licht, das einzige Glück, das einzige Herz meines Lebens sei. Dann weinte sie wieder, daß ich unglücklich war. Ach, sie war so liebevoll, so gut! Um *eine* Träne nur mir zu erkaufen, hätte sie, mit welcher Seligkeit, sich selbst ganz hingeopfert.

Sie war indes weit entfernt, meine Worte richtig zu deuten, sie ahnete nun in mir irgendeinen Fürsten, den ein schwerer Bann getroffen, irgendein hohes, geächtetes Haupt, und ihre Einbildungskraft malte sich geschäftig unter heroischen Bildern den Geliebten herrlich aus.

Einst sagte ich ihr: »Mina, der letzte Tag im künftigen Monat kann mein Schicksal ändern und entscheiden – geschieht es nicht, so muß ich sterben, weil ich dich nicht unglücklich machen will.« – Sie verbarg weinend ihr Haupt an meiner Brust. »Ändert sich dein Schicksal, laß mich nur dich glücklich wissen, ich habe keinen Anspruch an dich. – Bist du elend, binde mich an dein Elend, daß ich es dir tragen helfe.« –

»Mädchen, Mädchen, nimm es zurück, das rasche Wort, das törichte, das deinen Lippen entflohen – und kennst du es, dieses Elend, kennst du ihn, diesen Fluch? Weißt du, wer dein Geliebter -- was er –? – Siehst du mich nicht krampfhaft zusammenschaudern, und vor dir ein Geheimnis haben?« Sie fiel schluchzend mir zu Füßen, und wiederholte mit Eidschwur ihre Bitte. –

Ich erklärte mich gegen den hereintretenden Forstmeister, meine Absicht sei, am ersten des nächstkünftigen Monats um die Hand seiner Tochter anzuhalten – ich setzte diese Zeit fest, weil sich bis dahin manches ereignen dürfte, was Einfluß auf mein Schicksal haben könnte. Unwandelbar sei nur meine Liebe zu seiner Tochter. – Der gute Mann erschrak ordentlich, als er solche Worte aus dem Munde des Grafen Peter vernahm. Er fiel mir um den Hals und ward wieder ganz verschämt, sich vergessen zu haben. Nun fiel es ihm ein, zu zweifeln, zu erwägen und zu forschen; er sprach von Mitgift, von Sicherheit, von Zukunft für sein liebes Kind. Ich dankte ihm, mich daran zu mahnen. Ich sagte ihm, ich wünsche in dieser Gegend, wo ich geliebt zu sein schien, mich anzusiedeln und ein sorgenfreies Leben zu führen. Ich bat ihn, die schönsten Güter, die im Lande ausgeboten wurden, unter dem Namen seiner Tochter zu kaufen und die Bezahlung auf mich anzuweisen. Es könne darin ein Vater dem Liebenden am besten dienen. – Es gab ihm viel zu tun, denn überall war ihm ein Fremder zuvorgekommen; er kaufte auch nur für ungefähr eine Million.

Daß ich ihn damit beschäftigte, war im Grunde eine unschuldige List, um ihn zu entfernen, und ich hatte schon ähnliche mit ihm gebraucht, denn ich muß gestehen, daß er etwas lästig war. Die gute Mutter war dagegen etwas taub, und nicht, wie er, auf die Ehre eifersüchtig, den Herrn Grafen zu unterhalten.

Die Mutter kam hinzu, die glücklichen Leute drangen in mich, den Abend länger unter ihnen zu bleiben; ich durfte keine Minute weilen: ich sah schon den aufgehenden Mond am Horizonte dämmern. Meine Zeit war um. –

Am nächsten Abend ging ich wieder nach dem Förstergarten. Ich hatte den Mantel weit über die Schulter geworfen, den Hut tief in die Augen gedrückt, ich ging auf Mina zu; wie sie aufsah und mich anblickte, machte sie eine unwillkürliche Bewegung; da stand mir wieder klar vor der Seele die Erscheinung jener schaurigen Nacht, wo ich mich im Mondschein ohne Schatten gezeigt. Sie war es wirklich. Hatte sie mich aber auch jetzt erkannt? Sie war still und gedankenvoll – mir lag es zentnerschwer auf der Brust – ich stand von meinem Sitz auf. Sie warf sich stille weinend an meine Brust. Ich ging.

Nun fand ich sie öfters in Tränen, mir ward's finster und finsterer um die Seele – nur die Eltern schwammen in überschwenglicher Glückseligkeit; der verhängnisvolle Tag rückte heran, bang und dumpf, wie eine Gewitterwolke. Der Vorabend war da – ich konnte kaum mehr atmen. Ich hatte vorsorglich einige Kisten mit Gold angefüllt, ich wachte die zwölfte Stunde heran. Sie schlug. –

Nun saß ich da, das Auge auf die Zeiger der Uhr gerichtet, die Sekunden, die Minuten zählend, wie Dolchstiche. Bei jedem Lärm, der sich regte, fuhr ich auf, der Tag brach an. Die bleiernen Stunden verdrängten einander, es ward Mittag, Abend, Nacht; es rückten die Zeiger, welkte die Hoffnung; es schlug elf, und nichts erschien, die letzten Minuten der letzten Stunde fielen, und nichts erschien, es schlug der erste Schlag, der letzte Schlag der zwölften Stunde, und ich sank hoffnungslos in unendlichen Tränen auf mein Lager zurück. Morgen sollt ich – auf immer schattenlos, um die Hand der Geliebten anhalten; ein banger Schlaf drückte mir gegen den Morgen die Augen zu.

V

Es war noch früh, als mich Stimmen weckten, die sich in meinem Vorzimmer, in heftigem Wortwechsel, erhoben. Ich horchte auf. – Bendel verbot meine Tür; Rascal schwur hoch und teuer, keine Befehle von seinesgleichen anzunehmen und bestand darauf, in meine Zimmer einzudringen. Der gütige Bendel verwies ihn, daß solche Worte, falls sie zu meinen Ohren kämen, ihn um einen vorteilhaften Dienst bringen würden. Rascal drohte, Hand an ihn zu legen, wenn er ihm den Eingang noch länger vertreten wollte.

Ich hatte mich halb angezogen, ich riß zornig die Tür auf und fuhr auf Rascaln zu – »Was willst du Schurke – –« Er trat zwei Schritte zurück und antwortete ganz kalt: »Sie untertänigst bitten, Herr Graf, mir doch einmal Ihren Schatten sehen zu lassen – die Sonne scheint eben so schön auf dem Hofe.«

Ich war wie vom Donner gerührt. Es dauerte lange, bis ich die Sprache wieder fand. – »Wie kann ein Knecht gegen seinen Herrn –?« Er fiel mir ganz ruhig in die Rede: »Ein Knecht kann ein sehr ehrlicher Mann sein und einem Schattenlosen nicht dienen wollen, ich fordre meine Entlassung.« Ich mußte andre Saiten aufziehen. »Aber, Rascal, lieber Rascal, wer hat dich auf die unglückliche Idee gebracht, wie kannst du denken – –?« er fuhr im selben Tone fort: »Es wollen Leute behaupten, Sie hätten keinen Schatten – und kurz, Sie zeigen mir Ihren Schatten oder geben mir meine Entlassung.«

Bendel, bleich und zitternd, aber besonnener als ich, machte mir ein Zeichen, ich nahm zu dem alles beschwichtigenden Golde meine Zuflucht – auch das hatte seine Macht verloren – er warf's mir vor die Füße: »Von einem Schattenlosen nehme ich nichts an.« Er kehrte mir den Rücken und ging, den Hut auf dem Kopf, ein Liedchen pfeifend, langsam aus dem Zimmer. Ich stand mit Bendel da wie versteint, gedanken- und regungslos ihm nachsehend.

Schwer aufseufzend und den Tod im Herzen, schickt ich mich endlich an, mein Wort zu lösen, und, wie ein Verbrecher vor seinen Richtern, in dem Förstergarten zu erscheinen. Ich stieg in der dunklen Laube ab, welche nach mir benannt war und wo sie mich auch diesmal erwarten mußten. Die Mutter kam mir sorgenfrei und freudig entgegen. Mina saß da, bleich und schön, wie der erste Schnee, der manchmal im Herbste die letzten Blumen küßt und gleich in bittres Wasser zerfließen wird. Der Forstmeister, ein geschriebenes Blatt in der Hand, ging heftig auf und ab, und schien vieles in sich zu unterdrücken, was, mit fliegender Röte und Blässe wechselnd, sich auf seinem sonst unbeweglichen Gesichte malte. Er kam auf mich zu, als ich hereintrat, und verlangte mit oft unterbrochenen Worten, mich allein zu sprechen. Der Gang, auf den er mich, ihm zu folgen, einlud, führte nach einem freien, besonnten Teile des Gartens – ich ließ mich stumm auf einen Sitz nieder, und es erfolgte ein langes Schweigen, das selbst die gute Mutter nicht zu unterbrechen wagte.

Der Forstmeister stürmte immer noch ungleichen Schrittes die Laube auf und ab, er stand mit einem Mal vor mir still, blickte ins Papier, das er hielt, und fragte mich mit prüfendem Blick: »Sollte Ihnen, Herr Graf, ein gewisser Peter Schlemihl wirklich nicht unbekannt sein?« Ich schwieg – »ein Mann von vorzüglichem Charakter und von besonderen Gaben –« Er erwartete eine Antwort. – »Und wenn ich selber der Mann wäre?« – »dem«, fügte er heftig hinzu, »sein Schatten abhanden gekommen ist!!« – »O meine Ahnung, meine Ahnung!« rief Mina aus, »ja, ich weiß es längst, er hat keinen Schatten!« und sie warf sich in die Arme der Mutter, welche erschreckt, sie krampfhaft an sich schließend, ihr Vorwürfe machte, daß sie zum Unheil solch ein Geheimnis in sich verschlossen. Sie aber war, wie Arethusa, in einen Tränenquell gewandelt, der beim Klang meiner Stimme häufiger floß und bei meinem Nahen stürmisch aufbrauste.

»Und Sie haben«, hub der Forstmeister grimmig wieder an, »und Sie haben mit unerhörter Frechheit diese und mich zu betrügen keinen Anstand genommen; und Sie geben vor, sie zu lieben, die Sie so weit heruntergebracht haben? Sehen Sie, wie sie da weint und ringt. O schrecklich! schrecklich!« –

Ich hatte dergestalt alle Besinnung verloren, daß ich, wie irre redend, anfing: Es wäre doch am Ende ein Schatten, nichts als ein Schatten, man könne auch ohne das fertigwerden, und es wäre nicht der Mühe wert, solchen Lärm davon zu erheben. Aber ich fühlte so sehr den Ungrund von dem, was ich sprach, daß ich von selbst aufhörte, ohne daß er mich einer Antwort gewürdigt. Ich fügte noch hinzu: was man einmal verloren, könne man ein andermal wieder finden.

Er fuhr mich zornig an. – »Gestehen Sie mir's, mein Herr, gestehen Sie mir's, wie sind Sie um Ihren Schatten gekommen?« Ich mußte wieder lügen: »Es trat mir dereinst ein ungeschlachter Mann so flämisch in meinen Schatten, daß er ein großes Loch darein riß – ich habe ihn nur zum Ausbessern gegeben, denn Gold vermag viel, ich habe ihn schon gestern wieder bekommen sollen.« –

»Wohl, mein Herr, ganz wohl!« erwiderte der Forstmeister, »Sie werben um meine Tochter, das tun auch andere, ich habe als ein Vater für sie zu sorgen, ich gebe Ihnen drei Tage Frist, binnen welcher Sie sich nach einem Schatten umtun mögen; erscheinen Sie binnen drei Tagen vor mir mit einem wohlangepaßten Schatten, so sollen Sie mir willkommen sein: am vierten Tage aber – das sag ich Ihnen – ist meine Tochter die Frau eines andern.« – Ich wollte noch versuchen, ein Wort an Mina zu richten, aber sie schloß sich, heftiger schluchzend, fester an ihre Mutter, und diese winkte mir stillschweigend, mich zu entfernen. Ich schwankte hinweg, und mir war's, als schlösse sich hinter mir die Welt zu.

Der liebevollen Aufsicht Bendels entsprungen, durchschweifte ich in irrem Lauf Wälder und Fluren. Angstschweiß troff von meiner Stirne, ein dumpfes Stöhnen entrang sich meiner Brust, in mir tobte Wahnsinn. –

Ich weiß nicht, wie lange es so gedauert haben mochte, als ich mich auf einer sonnigen Heide beim Ärmel anhalten fühlte. – Ich stand still und sah mich um – – es war der Mann im grauen Rock, der sich nach mir außer Atem gelaufen zu haben schien. Er nahm sogleich das Wort:

»Ich hatte mich auf den heutigen Tag angemeldet, Sie haben die Zeit nicht erwarten können. Es steht aber alles noch gut, Sie nehmen Rat an, tauschen Ihren Schatten wieder ein, der Ihnen zu Gebote steht, und kehren sogleich wieder um. Sie sollen in dem Förstergarten willkommen sein, und alles ist nur ein Scherz gewesen; den Rascal, der Sie verraten hat und um Ihre Braut wirbt, nehm ich auf mich, der Kerl ist reif.«

Ich stand noch wie im Schlafe da. – »Auf den heutigen Tag angemeldet –?« Ich überdachte noch einmal die Zeit – er hatte Recht, ich hatte mich stets um einen Tag verrechnet. Ich suchte mit der rechten Hand nach dem Säckel auf meiner Brust – er erriet meine Meinung und trat zwei Schritte zurück.

»Nein, Herr Graf, der ist in zu guten Händen, den behalten Sie.« – Ich sah ihn mit stieren Augen, verwundert fragend an, er fuhr fort: »Ich erbitte mir bloß eine Kleinigkeit zum Andenken, Sie sind nur so gut und unterschreiben mir den Zettel da.« – Auf dem Pergament standen die Worte:

»Kraft dieser meiner Unterschrift vermache ich dem Inhaber dieses meine Seele nach ihrer natürlichen Trennung von meinem Leibe.«

Ich sah mit stummem Staunen die Schrift und den grauen Unbekannten abwechselnd an. – Er hatte unterdessen mit einer neu geschnittenen Feder einen Tropfen Bluts aufgefangen, der mir aus einem frischen Dornenriß auf die Hand floß, und hielt sie mir hin.

»Wer sind Sie denn?« frug ich ihn endlich. »Was tut's«, gab er mir zur Antwort, »und sieht man es mir nicht an? Ein armer Teufel, gleichsam so eine Art von Gelehrten und Physikus, der von seinen Freunden für vortreffliche Künste schlechten Dank erntet, und für sich selber auf Erden keinen andern Spaß hat, als sein bißchen Experimentieren – aber unterschreiben Sie doch. Rechts, da unten: Peter Schlemihl.«

Ich schüttelte mit dem Kopf und sagte: »Verzeihen Sie, mein Herr, das unterschreibe ich nicht.« – »Nicht?« wiederholte er verwundert, »und warum nicht?«

»Es scheint mir doch gewissermaßen bedenklich, meine Seele an meinen Schatten zu setzen.« – »So, so!« wiederholte er, »bedenklich«, und er brach in ein lautes Gelächter gegen mich aus. »Und, wenn ich fragen darf, was ist denn das für ein Ding, Ihre Seele? haben Sie es je gesehen, und was denken Sie damit anzufangen, wenn Sie einst tot sind? Seien Sie doch froh, einen Liebhaber zu finden, der Ihnen bei Lebenszeit noch den Nachlaß dieses X, dieser galvanischen Kraft oder polarisierenden Wirksamkeit und was alles das närrische Ding sein soll, mit etwas Wirklichem bezahlen will, nämlich mit Ihrem leibhaftigen Schatten, durch den Sie zu der Hand Ihrer Geliebten und zu der Erfüllung aller Ihrer Wünsche gelangen können. Wollen Sie lieber selbst das arme junge Blut dem niederträchtigen Schurken, dem Rascal, zustoßen und ausliefern? – Nein, das müssen Sie doch mit eigenen Augen ansehen; kommen Sie, ich leihe Ihnen die Tarnkappe hier«, (er zog etwas aus der Tasche) »und wir wallfahrten ungesehen nach dem Förstergarten.«

Ich muß gestehen, daß ich mich überaus schämte, von diesem Manne ausgelacht zu werden. Er war mir von Herzensgrunde verhaßt, und ich glaube, daß mich dieser persönliche Widerwille mehr als Grundsätze oder Vorurteile abhielt, meinen Schatten, so notwendig er mir auch war, mit der begehrten Unterschrift zu erkaufen. Auch war mir der Gedanke unerträglich, den Gang, den er mir antrug, in seiner Gesellschaft zu unternehmen. Diesen häßlichen Schleicher, diesen hohnlächelnden Kobold, zwischen mich und meine Geliebte, zwei blutig zerrissene Herzen, spöttisch hintreten zu sehen, empörte mein innigstes Gefühl. Ich nahm, was geschehen war, als verhängt an, mein Elend als unabwendbar, und mich zu dem Manne kehrend, sagte ich ihm:

»Mein Herr, ich habe Ihnen meinen Schatten für diesen an sich sehr vorzüglichen Säckel verkauft, und es hat mich genug gereut. Kann der Handel zurückgehen, in Gottes Namen!« Er schüttelte mit dem Kopf und zog ein sehr finsteres Gesicht. Ich fuhr fort: – »So will ich Ihnen auch weiter nichts von meiner Habe verkaufen, sei es auch um den angebotenen Preis meines Schattens, und unterschreibe also nichts. Daraus läßt sich auch abnehmen, daß die Verkappung, zu der Sie mich einladen, ungleich belustigender für Sie als für mich ausfallen müßte; halten Sie mich also für entschuldigt, und da es einmal nicht anders ist, laßt uns scheiden!«

»Es ist mir leid, Monsieur Schlemihl, daß Sie eigensinnig das Geschäft von der Hand weisen, das ich Ihnen freundschaftlich anbot. Indessen, vielleicht bin ich ein andermal glücklicher. Auf baldiges Wiedersehen! – A propos, erlauben Sie mir noch, Ihnen zu zeigen, daß ich die Sachen, die ich kaufe, keineswegs verschimmeln lasse, sondern in Ehren halte und daß sie bei mir gut aufgehoben sind.«

Er zog sogleich meinen Schatten aus seiner Tasche, und ihn mit einem geschickten Wurf auf der Heide entfaltend breitete er ihn auf der Sonnenseite zu seinen Füßen aus, so, daß er zwischen den beiden ihm aufwartenden Schatten, dem meinen und dem seinen, daherging, denn meiner mußte ihm gleichfalls gehorchen und nach allen seinen Bewegungen sich richten und bequemen.

Als ich nach so langer Zeit einmal meinen armen Schatten wiedersah und ihn zu solchem schnöden Dienst herabgewürdigt fand, eben als ich um seinetwillen in so namenloser Not war, da brach mir das Herz, und ich fing bitterlich zu weinen an. Der Verhaßte stolzierte mit dem mir abgejagten Raub und erneuerte unverschämt seinen Antrag:

»Noch ist er für Sie zu haben, ein Federzug, und Sie retten damit die arme unglückliche Mina aus des Schusters Klauen in des hochgeehrten Herrn Grafen Arme – wie gesagt, nur ein Federzug.« Meine Tränen brachen mit erneuter Kraft hervor, aber ich wandte mich weg, und winkte ihm, sich zu entfernen.

Bendel, der voller Sorgen meine Spuren bis hierher verfolgt hatte, traf in diesem Augenblick ein. Als mich die treue, fromme Seele weinend fand und meinen Schatten, denn er war nicht zu verkennen, in der Gewalt des wunderlichen grauen Unbekannten sah, beschloß er gleich, sei es auch mit Gewalt, mich in den Besitz meines Eigentums wiederherzustellen, und da er selbst mit dem zarten Dinge nicht umzugehen verstand, griff er gleich den Mann mit Worten an, und ohne vieles Fragen, gebot er ihm stracks, mir das Meine unverzüglich verabfolgen zu lassen. Dieser, statt aller Antwort, kehrte dem unschuldigen Burschen den Rücken und ging. Bendel aber erhob den Kreuzdornknüttel, den er trug, und, ihm auf den Fersen folgend, ließ er ihn schonungslos unter wiederholtem Befehl, den Schatten herzugeben, die volle Kraft seines nervichten Armes fühlen. Jener, als sei er solcher Behandlung gewohnt, bückte den Kopf, wölbte die Schultern und zog stillschweigend ruhigen Schrittes seinen Weg über die Heide weiter, mir meinen Schatten zugleich und meinen treuen Diener entführend. Ich hörte lange noch den dumpfen Schall durch die Einöde dröhnen, bis er sich endlich in der Entfernung verlor. Einsam war ich wie vorher mit meinem Unglück.

VI

Allein zurückgeblieben auf der öden Heide, ließ ich unendlichen Tränen freien Lauf, mein armes Herz von namenloser banger Last erleichternd. Aber ich sah meinem überschwenglichen Elend keine Grenzen, keinen Ausgang, kein Ziel, und ich sog besonders mit grimmigem Durst an dem neuen Gifte, das der Unbekannte in meine Wunden gegossen. Als ich Minas Bild vor meine Seele rief, und die geliebte, süße Gestalt bleich und in Tränen mir erschien, wie ich sie zuletzt in meiner Schmach gesehen, da trat frech und höhnend Rascals Schemen zwischen sie und mich, ich verhüllte mein Gesicht und floh durch die Einöde, aber die scheußliche Erscheinung gab mich nicht frei, sondern verfolgte mich im Laufe, bis ich atemlos an den Boden sank und die Erde mit erneuertem Tränenquell befeuchtete.

Und alles um einen Schatten! Und diesen Schatten hätte mir ein Federzug wieder erworben. Ich überdachte den befremdenden Antrag und meine Weigerung. Es war wüst in mir, ich hatte weder Urteil noch Fassungsvermögen mehr.

Der Tag verging. Ich stillte meinen Hunger mit wilden Früchten, meinen Durst im nächsten Bergstrom; die Nacht brach ein, ich lagerte mich unter einem Baum. Der feuchte Morgen weckte mich aus einem schweren Schlaf, in dem ich mich selber wie im Tode röcheln hörte. Bendel mußte meine Spur verloren haben, und es freute mich, es zu denken. Ich wollte nicht unter die Menschen zurückkehren, vor welchen ich schreckhaft floh, wie das scheue Wild des Gebirges. So verlebte ich drei bange Tage.

Ich befand mich am Morgen des vierten Tages auf einer sandigen Ebene, welche die Sonne beschien, und saß auf Felsentrümmern in ihrem Strahl, denn ich liebte jetzt, ihren lang entbehrten Anblick zu genießen. Ich nährte still mein Herz mit seiner Verzweiflung. Da schreckte mich ein leises Geräusch auf, ich warf, zur Flucht bereit, den Blick um mich her, ich sah niemand: aber es kam auf dem sonnigen Sande an mir vorbeigeglitten ein Menschenschatten, dem meinigen nicht unähnlich, welcher, allein daherwandelnd, von seinem Herrn abgekommen zu sein schien.

Da erwachte in mir ein mächtiger Trieb: Schatten, dacht ich, suchst du deinen Herrn? der will ich sein. Und ich sprang hinzu, mich seiner zu bemächtigen; ich dachte nämlich, daß, wenn es mir glückte, in seine Spur zu treten, so, daß er mir an die Füße käme, er wohl daran hängen bleiben würde und sich mit der Zeit an mich gewöhnen.

Der Schatten, auf meine Bewegung, nahm vor mir die Flucht, und ich mußte auf den leichten Flüchtling eine angestrengte Jagd beginnen, zu der mich allein der Gedanke, mich aus der furchtbaren Lage, in der ich war, zu retten, mit hinreichenden Kräften ausrüsten konnte. Er floh einem freilich noch entfernten Walde zu, in dessen Schatten ich ihn notwendig hätte verlieren müssen – ich sah's, ein Schreck durchzuckte mir das Herz, fachte meine Begierde an, beflügelte meinen Lauf – ich gewann sichtbarlich auf den Schatten, ich kam ihm nach und nach näher, ich mußte ihn erreichen. Nun hielt er plötzlich an und kehrte sich nach mir um. Wie der Löwe auf seine Beute, so schoß ich mit einem gewaltigen Sprunge hinzu, um ihn in Besitz zu nehmen – und traf unerwartet und hart auf körperlichen Widerstand. Es wurden mir unsichtbar die unerhörtesten Rippenstöße erteilt, die wohl je ein Mensch gefühlt hat.

Die Wirkung des Schreckens war in mir, die Arme krampfhaft zuzuschlagen und fest zu drücken, was ungesehen vor mir stand. Ich stürzte in der schnellen Handlung vorwärtsgestreckt auf den Boden; rückwärts aber unter mir ein Mensch, den ich umfaßt hielt und der jetzt erst sichtbar erschien.

Nun ward mir auch das ganze Ereignis sehr natürlich erklärbar. Der Mann mußte das unsichtbare Vogelnest, welches den, der es hält, nicht aber seinen Schatten, unsichtbar macht, erst getragen und jetzt weggeworfen haben. Ich spähete mit dem Blick umher, entdeckte gar bald den Schatten des unsichtbaren Nestes selbst, sprang auf und hinzu und verfehlte nicht den teuern Raub. Ich hielt unsichtbar, schattenlos das Nest in Händen.

Der schnell sich aufrichtende Mann, sich sogleich nach seinem beglückten Bezwinger umsehend, erblickte auf der weiten sonnigen Ebene weder ihn, noch dessen Schatten, nach dem er besonders ängstlich umherlauschte. Denn daß ich an und für mich schattenlos war, hatte er vorher nicht Muße gehabt zu bemerken, und konnte es nicht vermuten. Als er sich überzeugt, daß jede Spur verschwunden, kehrte er in der höchsten Verzweiflung die Hand gegen sich selber und raufte sich das Haar aus. Mir aber gab der errungene Schatz die Möglichkeit und die Begierde zugleich, mich wieder unter die Menschen zu mischen. Es fehlte mir nicht an Vorwand gegen mich selber, meinen schnöden Raub zu beschönigen, oder vielmehr, ich bedurfte solches nicht, und jedem Gedanken der Art zu entweichen eilte ich hinweg, nach dem Unglücklichen nicht zurückschauend, dessen ängstliche Stimme ich mir noch lange nachschallen hörte. So wenigstens kamen mir damals alle Umstände dieses Ereignisses vor.

Ich brannte, nach dem Förstergarten zu gehen und durch mich selbst die Wahrheit dessen zu erkennen, was mir jener Verhaßte verkündigt hatte; ich wußte aber nicht, wo ich war, ich bestieg, um mich in der Gegend umzuschauen, den nächsten Hügel, ich sah von seinem Gipfel das nahe Städtchen und den Förstergarten zu meinen Füßen liegen. Heftig klopfte mir das Herz, und Tränen einer andern Art, als die ich bis dahin vergossen, traten mir in die Augen: ich sollte sie wiedersehen. Bange Sehnsucht beschleunigte meine Schritte auf dem richtigsten Pfad hinab. Ich kam ungesehen an einigen Bauern vorbei, die aus der Stadt kamen. Sie sprachen von mir, Rascaln und dem Förster; ich wollte nichts anhören, ich eilte vorüber.

Ich trat in den Garten, alle Schauer der Erwartung in der Brust – mir schallte es wie ein Lachen entgegen, mich schauderte, ich warf einen schnellen Blick um mich her; ich konnte niemanden entdecken. Ich schritt weiter vor, mir war's, als vernähme ich neben mir ein Geräusch wie von Menschentritten; es war aber nichts zu sehen: ich dachte mich von meinem Ohre getäuscht. Es war noch früh, niemand in Graf Peters Laube, noch leer der Garten; ich durchschweifte die bekannten Gänge, ich drang bis nach dem Wohnhause vor. Dasselbe Geräusch verfolgte mich vernehmlicher. Ich setzte mich mit angstvollem Herzen auf eine Bank, die im sonnigen Raume der Haustür gegenüber stand. Es ward mir, als hörte ich den ungesehenen Kobold sich hohnlachend neben mich setzen. Der Schlüssel ward in der Tür gedreht, sie ging auf, der Forstmeister trat heraus, mit Papieren in der Hand. Ich fühlte mir wie Nebel über den Kopf ziehn, ich sah mich um, und – Entsetzen! – der Mann im grauen Rock saß neben mir, mit satanischem Lächeln auf mich blickend. – Er hatte mir seine Tarnkappe mit über den Kopf gezogen, zu seinen Füßen lagen sein und mein Schatten friedlich nebeneinander; er spielte nachlässig mit dem bekannten Pergament, das er in der Hand hielt, und, indem der Forstmeister mit den Papieren beschäftigt im Schatten der Laube auf- und abging, beugte er sich vertraulich zu meinem Ohr und flüsterte mir die Worte:

»So hätten Sie denn doch meine Einladung angenommen, und da säßen wir einmal zwei Köpfe unter einer Kappe! – Schon recht! schon recht! Nun geben Sie mir aber auch mein Vogelnest zurück, Sie brauchen es nicht mehr, und sind ein zu ehrlicher Mann, um es mir vorenthalten zu wollen – doch keinen Dank dafür, ich versichere Sie, daß ich es Ihnen von Herzen gern geliehen habe.« – Er nahm es unweigerlich aus meiner Hand, steckte es in die Tasche und lachte mich abermals aus, und zwar so laut, daß sich der Forstmeister nach dem Geräusch umsah. Ich saß wie versteinert da.

»Sie müssen mir doch gestehen«, fuhr er fort, »daß so eine Kappe viel bequemer ist. Sie deckt doch nicht nur ihren Mann, sondern auch seinen Schatten mit und noch so viele andere, als er mit zu nehmen Lust hat. Sehen Sie, heute führ ich wieder ihrer zwei.« – Er lachte wieder. »Merken Sie sich's, Schlemihl, was man anfangs mit Gutem nicht will, das muß man am Ende doch gezwungen. Ich dächte noch, Sie kauften mir das Ding ab, nähmen die Braut zurück (denn noch ist es Zeit), und wir ließen den Rascal am Galgen baumeln, das wird uns ein Leichtes, solange es am Stricke nicht fehlt. – Hören Sie, ich gebe Ihnen noch meine Mütze in den Kauf.«

Die Mutter trat heraus und das Gespräch begann. – »Was macht Mina?« – »Sie weint.« – »Einfältiges Kind! es ist doch nicht zu ändern!« – »Freilich nicht; aber sie so früh einem andern zu geben – – O Mann, du bist grausam gegen dein eigenes Kind.« – »Nein, Mutter, das siehst du sehr falsch. Wenn sie, noch bevor sie ihre doch kindischen Tränen ausgeweint hat, sich als die Frau eines sehr reichen und geehrten Mannes findet, wird sie getröstet aus ihrem Schmerze wie aus einem Traum erwachen und Gott und uns danken, das wirst du sehen!« – »Gott gebe es!« – »Sie besitzt freilich jetzt sehr ansehnliche Güter; aber nach dem Aufsehen, das die unglückliche Geschichte mit dem Abenteurer gemacht hat, glaubst du, daß sich sobald eine andere, für sie so passende Partie, als der Herr Rascal, finden möchte? Weißt du, was für ein Vermögen er besitzt, der Herr Rascal? Er hat für sechs Millionen Güter hier im Lande, frei von allen Schulden, bar bezahlt. Ich habe die Dokumente in Händen gehabt! Er war's, der mir überall das Beste vorweggenommen hat; und außerdem im Portefeuille Papiere auf Thomas John für circa viertehalb Millionen.« – »Er muß sehr viel gestohlen haben.« – »Was sind das wieder für Reden! Er hat weislich gespart, wo verschwendet wurde.« – »Ein Mann, der die Livree getragen hat.« – »Dummes Zeug! er hat doch einen untadlichen Schatten.« – »Du hast recht, aber – –«

Der Mann im grauen Rock lachte und sah mich an. Die Türe ging auf, und Mina trat heraus. Sie stützte sich auf den Arm einer Kammerfrau, stille Tränen flossen auf ihre schönen blassen Wangen. Sie setzte sich in einen Sessel, der für sie unter den Linden bereitet war, und ihr Vater nahm einen Stuhl neben ihr. Er faßte zärtlich ihre Hand und redete sie, die heftiger zu weinen anfing, mit zarten Worten an:

»Du bist mein gutes, liebes Kind, du wirst auch vernünftig sein, wirst nicht deinen alten Vater betrüben wollen, der nur dein Glück will; ich begreife es wohl, liebes Herz, daß es dich sehr erschüttert hat, du bist wunderbar deinem Unglück entkommen! Bevor wir den schändlichen Betrug entdeckt, hast du diesen Unwürdigen sehr geliebt; siehe, Mina, ich weiß es und mache dir keine Vorwürfe darüber. Ich selber, liebes Kind, habe ihn auch geliebt, solange ich ihn für einen großen Herrn angesehen habe. Nun siehst du selber ein, wie anders alles geworden. Was! ein jeder Pudel hat ja seinen Schatten, und mein liebes einziges Kind sollte einen Mann – – Nein, du denkst auch gar nicht mehr an ihn. – Höre, Mina, nun wirbt ein Mann um dich, der die Sonne nicht scheut, ein geehrter Mann, der freilich kein Fürst ist, aber zehn Millionen, zehnmal mehr als du in Vermögen besitzt, ein Mann, der mein liebes Kind glücklich machen wird. Erwidere mir nichts, widersetze dich nicht, sei meine gute, gehorsame Tochter, laß deinen liebenden Vater für dich sorgen, deine Tränen trocknen. Versprich mir, dem Herrn Rascal deine Hand zu geben. Sage, willst du mir dies versprechen?«

Sie antwortete mit erstorbener Stimme: »Ich habe keinen Willen, keinen Wunsch fürder auf Erden. Geschehe mit mir, was mein Vater will.« Zugleich ward Herr Rascal angemeldet und trat frech in den Kreis. Mina lag in Ohnmacht. Mein verhaßter Gefährte blickte mich zornig an und flüsterte mir die schnellen Worte: »Und das könnten Sie erdulden! Was fließt Ihnen denn statt des Blutes in den Adern?« Er ritzte mir mit einer raschen Bewegung eine leichte Wunde in die Hand, es floß Blut, er fuhr fort: »Wahrhaftig! rotes Blut! – So unterschreiben Sie!« Ich hatte das Pergament und die Feder in Händen.

VII

Ich werde mich Deinem Urteile bloßstellen, lieber Chamisso, und es nicht zu bestechen suchen. Ich selbst habe lange strenges Gericht an mir selber vollzogen, denn ich habe den quälenden Wurm in meinem Herzen genährt. Es schwebte immerwährend dieser ernste Moment meines Lebens vor meiner Seele, und ich vermocht es nur zweifelnden Blickes, mit Demut und Zerknirschung anzuschauen. – Lieber Freund, wer leichtsinnig nur den Fuß aus der geraden Straße setzt, der wird unversehens in andere Pfade abgeführt, die abwärts und immer abwärts ihn ziehen; er sieht dann umsonst die Leitsterne am

Himmel schimmern, ihm bleibt keine Wahl, er muß unaufhaltsam den Abhang hinab und sich selbst der Nemesis opfern. Nach dem übereilten Fehltritt, der den Fluch auf mich geladen, hatt ich durch Liebe frevelnd in eines andern Wesens Schicksal mich gedrängt; was blieb mir übrig, als, wo ich Verderben gesäet, wo schnelle Rettung von mir geheischt ward, eben rettend blindlings hinzuzuspringen? denn die letzte Stunde schlug. – Denke nicht so niedrig von mir, mein Adelbert, als zu meinen, es hätte mich irgendein geforderter Preis zu teuer gedünkt, ich hätte mit irgend etwas, was nur mein war, mehr als eben mit Gold gekargt. – Nein, Adelbert; aber mit unüberwindlichem Hasse gegen diesen rätselhaften Schleicher auf krummen Wegen war meine Seele angefüllt. Ich mochte ihm Unrecht tun, doch empörte mich jede Gemeinschaft mit ihm. – Auch hier trat, wie so oft schon in mein Leben, und wie überhaupt so oft in die Weltgeschichte, ein Ereignis an die Stelle einer Tat. Später habe ich mich mit mir selber versöhnt. Ich habe erstlich die Notwendigkeit verehren lernen, und was ist mehr als die getane Tat, das geschehene Ereignis, ihr Eigentum! Dann hab ich auch diese Notwendigkeit als eine weise Fügung verehren lernen, die durch das gesamte große Getrieb weht, darin wir bloß als mitwirkende, getriebene treibende Räder eingreifen; was sein soll, muß geschehen, was sein sollte, geschah, und nicht ohne jene Fügung, die ich endlich noch in meinem Schicksale und dem Schicksale derer, die das meine mit angriff, verehren lernte.

Ich weiß nicht, ob ich es der Spannung meiner Seele, unter dem Drange so mächtiger Empfindungen, zuschreiben soll, ob der Erschöpfung meiner physischen Kräfte, die während der letzten Tage ungewohntes Darben geschwächt, ob endlich dem zerstörenden Aufruhr, den die Nähe dieses grauen Unholdes in meiner ganzen Natur erregte; genug, es befiel mich, als es an das Unterschreiben ging, eine tiefe Ohnmacht, und ich lag eine lange Zeit wie in den Armen des Todes.

Fußstampfen und Fluchen waren die ersten Töne, die mein Ohr trafen, als ich zum Bewußtsein zurückkehrte; ich öffnete die Augen, es war dunkel, mein verhaßter Begleiter war scheltend um mich bemüht. »Heißt das nicht, wie ein altes Weib sich aufführen! Man raffe sich auf und vollziehe frisch, was man beschlossen, oder hat man sich anders besonnen, und will lieber greinen?« Ich richtete mich mühsam auf von der Erde, wo ich lag, und schaute schweigend um mich. Es war später Abend, aus dem hellerleuchteten Försterhause erscholl festliche Musik, einzelne Gruppen von Menschen wallten durch die Gänge des Gartens. Ein paar traten im Gespräche näher und nahmen Platz auf der Bank, worauf ich früher gesessen hatte. Sie unterhielten sich von der an diesem Morgen vollzogenen Verbindung des reichen Herrn Rascal mit der Tochter des Hauses. Es war also geschehen.

Ich streifte mit der Hand die Tarnkappe des sogleich mir verschwindenden Unbekannten von meinem Haupte weg und eilte stillschweigend, in die tiefste Nacht des Gebüsches mich versenkend, den Weg über Graf Peters Laube einschlagend, dem Ausgange des Gartens zu. Unsichtbar aber geleitete mich mein Plagegeist, mich mit scharfen Worten verfolgend. »Das ist also der Dank für die Mühe, die man genommen hat, Monsieur, der schwache Nerven hat, den langen lieben Tag hindurch zu pflegen. Und man soll den Narren im Spiele abgeben. Gut, Herr Trotzkopf, fliehn Sie nur vor mir, wir sind doch unzertrennlich. Sie haben mein Gold und ich Ihren Schatten; das läßt uns beiden keine Ruhe. Hat man je gehört, daß ein Schatten von seinem Herrn gelassen hätte? Ihrer zieht mich Ihnen nach, bis Sie ihn wieder zu Gnaden annehmen und ich ihn los bin. Was Sie versäumt haben, aus frischer Lust zu tun, werden Sie, nur zu spät, aus Überdruß und Langeweile nachholen müssen; man entgeht seinem Schicksale nicht.« Er sprach aus demselben Tone fort und fort; ich floh umsonst, er ließ nicht nach, und immer gegenwärtig, redete er höhnend von Gold und Schatten. Ich konnte zu keinem eigenen Gedanken kommen.

Ich hatte durch menschenleere Straßen einen Weg nach meinem Hause eingeschlagen. Als ich davor stand und es ansah, konnte ich es kaum erkennen; hinter den eingeschlagenen Fenstern brannte kein Licht. Die Türen waren zu, kein Dienervolk regte sich mehr darin. Er lachte laut auf neben mir: »Ja, ja, so geht's! Aber Ihren Bendel finden Sie wohl daheim, den hat man jüngst vorsorglich so müde nach Hause geschickt, daß er es wohl seitdem gehütet haben wird.« Er lachte wieder. »Der wird Geschichten zu erzählen haben! – Wohlan denn! für heute gute Nacht, auf baldiges Wiedersehen!«

Ich hatte wiederholt geklingelt, es erschien Licht; Bendel frug von innen, wer geklingelt habe. Als der gute Mann meine Stimme erkannte, konnte er seine Freude kaum bändigen; die Tür flog auf, wir lagen weinend einander in den Armen. Ich fand ihn sehr verändert, schwach und krank; mir war aber das Haar ganz grau geworden.

Er führte mich durch die verödeten Zimmer nach einem innern, verschont gebliebenen Gemach; er holte Speise und Trank herbei, wir setzten uns, er fing wieder an zu weinen. Er erzählte mir, daß er letzthin den grau gekleideten dürren Mann, den er mit meinem Schatten angetroffen hatte, so lange und so weit geschlagen habe, bis er selbst meine Spur verloren und vor Müdigkeit hingesunken sei; daß nachher, wie er mich nicht wieder finden gekonnt, er nach Hause zurückgekehrt, wo bald darauf der Pöbel, auf Rascals Anstiften, herangestürmt, die Fenster eingeschlagen und seine Zerstörungslust gebüßt. So hatten sie an ihrem Wohltäter gehandelt. Meine Dienerschaft war auseinandergeflohen. Die örtliche Polizei hatte mich als verdächtig aus der Stadt verwiesen, und mir eine Frist von vierundzwanzig Stunden festgesetzt, um deren Gebiet zu verlassen. Zu dem, was mir von Rascals Reichtum und Vermählung bekannt war, wußte er noch vieles hinzuzufügen. Dieser Bösewicht, von dem alles ausgegangen war, was hier gegen mich geschehen war, mußte von Anbeginn mein Geheimnis besessen haben, es schien, er habe, vom Golde angezogen, sich an mich zu drängen gewußt und schon in der ersten Zeit einen Schlüssel zu jenem Goldschrank sich verschafft, wo er den Grund zu dem Vermögen gelegt, das noch zu vermehren er jetzt verschmähen konnte.

Das alles erzählte mir Bendel unter häufigen Tränen und weinte dann wieder vor Freuden, daß er mich wiedersah, mich wieder hatte, und daß, nachdem er lang gezweifelt, wohin das Unglück mich gebracht haben möchte, er mich es ruhig und gefaßt ertragen sah. Denn solche Gestaltung hatte nun die Verzweiflung in mir genommen. Ich sah mein Elend riesengroß, unwandelbar vor mir, ich hatte ihm meine Tränen ausgeweint, es konnte kein Geschrei mehr aus meiner Brust pressen, ich trug ihm kalt und gleichgültig mein entblößtes Haupt entgegen.

»Bendel«, hub ich an, »du weißt mein Los. Nicht ohne früheres Verschulden trifft mich schwere Strafe. Du sollst länger nicht, unschuldiger Mann, dein Schicksal an das meine binden, ich will es nicht. Ich reite die Nacht noch fort, sattle mir ein Pferd, ich reite allein; du bleibst, ich will's. Es müssen hier noch einige Kisten Goldes liegen, das behalte du. Ich werde allein unstet in der Welt wandern; wann mir aber je eine heitere Stunde wieder lacht und das Glück mich versöhnt anblickt, dann will ich deiner getreu gedenken, denn ich habe an deiner getreuen Brust in schweren, schmerzlichen Stunden geweint.«

Mit gebrochenem Herzen mußte der Redliche diesem letzten Befehle seines Herrn, worüber er in der Seele erschrak, gehorchen; ich war seinen Bitten, seinen Vorstellungen taub, blind seinen Tränen; er führte mir das Pferd vor. Ich drückte noch einmal den Weinenden an meine Brust, schwang mich in den Sattel und entfernte mich unter dem Mantel der Nacht von dem Grabe meines Lebens, unbekümmert, welchen Weg mein Pferd mich führen werde; denn ich hatte weiter auf Erden kein Ziel, keinen Wunsch, keine Hoffnung.

VIII

Es gesellte sich bald ein Fußgänger zu mir, welcher mich bat, nachdem er eine Weile neben meinem Pferde geschritten war, da wir noch denselben Weg hielten, einen Mantel, den er trug, hinten auf mein Pferd legen zu dürfen; ich ließ es stillschweigend geschehen. Er dankte mir mit leichtem Anstand für den leichten Dienst, lobte mein Pferd, nahm daraus Gelegenheit, das Glück und die Macht der Reichen hochzupreisen, und ließ sich, ich weiß nicht wie, in eine Art von Selbstgespräch ein, bei dem er mich bloß zum Zuhörer hatte.

Er entfaltete seine Ansichten von dem Leben und der Welt, und kam sehr bald auf die Metaphysik, an die die Forderung erging, das Wort aufzufinden, das aller Rätsel Lösung sei. Er setzte die Aufgabe mit vieler Klarheit auseinander und schritt fürder zu deren Beantwortung.

Du weißt, mein Freund, daß ich deutlich erkannt habe, seitdem ich den Philosophen durch die Schule gelaufen, daß ich zur philosophischen Spekulation keineswegs berufen bin, und daß ich mir dieses Feld völlig abgesprochen habe; ich habe seither vieles auf sich beruhen lassen, vieles zu wissen und zu begreifen Verzicht geleistet, und bin, wie du es mir selber geraten, meinem geraden Sinn vertrauend, der Stimme in mir, so viel es in meiner Macht gewesen, auf dem eigenen Wege gefolgt. Nun schien mir dieser Redekünstler mit großem Talent ein festgefügtes Gebäude aufzuführen, das in sich selbst begründet sich emportrug, und wie durch eine innere Notwendigkeit bestand. Nur vermißt ich ganz in ihm, was ich eben darin hätte suchen wollen, und so ward es mir zu einem bloßen Kunstwerk, dessen zierliche Geschlossenheit und Vollendung dem Auge allein zur Ergötzung diente; aber ich hörte dem wohlberedten Manne gerne zu, der meine Aufmerksamkeit von meinen Leiden auf sich selbst abgelenkt, und ich hätte mich ihm willig ergeben, wenn er meine Seele wie meinen Verstand in Anspruch genommen hätte.

Mittlerweile war die Zeit hingegangen, und unbemerkt hatte schon die Morgendämmerung den Himmel erhellt; ich erschrak, als ich mit einem Mal aufblickte und im Osten die Pracht der Farben sich entfalten sah, die die nahe Sonne verkünden, und gegen sie war in dieser Stunde, wo die Schlagschatten mit ihrer ganzen Ausdehnung prunken, kein Schutz, kein Bollwerk in der offenen Gegend zu ersehn! und ich war nicht allein! Ich warf einen Blick auf meinen Begleiter, und erschrak wieder. Es war kein anderer, als der Mann im grauen Rock.

Er lächelte über meine Bestürzung und fuhr fort, ohne mich zum Wort kommen zu lassen: »Laßt doch, wie es einmal in der Welt Sitte ist, unsern wechselseitigen Vorteil uns auf eine Weile verbinden, zu scheiden haben wir immer noch Zeit. Die Straße hier längs dem Gebirge, ob Sie gleich noch nicht daran gedacht haben, ist doch die einzige, die Sie vernünftigerweise einschlagen können; hinab in das Tal dürfen Sie nicht, und über das Gebirg werden Sie noch weniger zurückkehren wollen, von wo Sie hergekommen sind – diese ist auch gerade meine Straße. Ich sehe Sie schon vor der aufgehenden Sonne erblassen. Ich will Ihnen Ihren Schatten auf die Zeit unserer Gesellschaft leihen, und Sie dulden mich dafür in Ihrer Nähe; Sie haben so Ihren Bendel nicht mehr bei sich; ich will Ihnen gute Dienste leisten. Sie lieben mich nicht, das ist mir leid. Sie können mich darum doch benutzen. Der Teufel ist nicht so schwarz, als man ihn malt. Gestern haben Sie mich geärgert, das ist wahr, heute will ich's Ihnen nicht nachtragen, und ich habe Ihnen schon den Weg bis hierher verkürzt, das müssen Sie selbst gestehen. Nehmen Sie doch nur einmal Ihren Schatten auf Probe wieder an.«

Die Sonne war aufgegangen, auf der Straße kamen uns Menschen entgegen; ich nahm, obgleich mit innerlichem Widerwillen, den Antrag an. Er ließ lächelnd meinen Schatten zur Erde gleiten, der alsbald seine Stelle auf des Pferdes Schatten einnahm und lustig neben mir hertrabte. Mir war sehr seltsam zu Mut. Ich ritt an einem Trupp Landleute vorbei, die vor einem wohlhabenden

Mann ehrerbietig mit entblößtem Haupte Platz machten. Ich ritt weiter und blickte gierigen Auges und klopfenden Herzens seitwärts vom Pferde herab auf diesen sonst meinen Schatten, den ich jetzt von einem Fremden, ja von einem Feinde, erborgt hatte.

Dieser ging unbekümmert nebenher und pfiff eben ein Liedchen. Er zu Fuß, ich zu Pferd, ein Schwindel ergriff mich, die Versuchung war zu groß, ich wandte plötzlich die Zügel, drückte beide Sporen an und so in voller Carriere einen Seitenweg eingeschlagen; aber ich entführte den Schatten nicht, der bei der Wendung vom Pferde glitt und seinen gesetzmäßigen Eigentümer auf der Landstraße erwartete. Ich mußte beschämt umlenken; der Mann im grauen Rocke, als er ungestört sein Liedchen zu Ende gebracht, lachte mich aus, setzte mir den Schatten wieder zurecht und belehrte mich, er würde erst an mir festhangen und bei mir bleiben wollen, wenn ich ihn wiederum als rechtmäßiges Eigentum besitzen würde. »Ich halte Sie«, fuhr er fort, »am Schatten fest, und Sie kommen mir nicht los. Ein reicher Mann, wie Sie, braucht einmal einen Schatten, das ist nicht anders, Sie sind nur darin zu tadeln, daß Sie es nicht früher eingesehen haben.«

Ich setzte meine Reise auf derselben Straße fort; es fanden sich bei mir alle Bequemlichkeiten des Lebens und selbst ihre Pracht wieder ein; ich konnte mich frei und leicht bewegen, da ich einen, obgleich nur erborgten, Schatten besaß, und ich flößte überall die Ehrfurcht ein, die der Reichtum gebietet; aber ich hatte den Tod im Herzen. Mein wundersamer Begleiter, der sich selbst für den unwürdigen Diener des reichsten Mannes in der Welt ausgab, war von einer außerordentlichen Dienstfertigkeit, über die Maßen gewandt und geschickt, der wahre Inbegriff eines Kammerdieners für einen reichen Mann, aber er wich nicht von meiner Seite und führte unaufhörlich das Wort gegen mich, stets die größte Zuversicht an den Tag legend, daß ich endlich, sei es auch nur, um ihn loszuwerden, den Handel mit dem Schatten abschließen würde. Er war mir eben so lästig als verhaßt. Ich konnte mich ordentlich vor ihm fürchten. Ich hatte mich von ihm abhängig gemacht. Er hielt mich, nachdem er mich in die Herrlichkeit der Welt, die ich floh, zurückgeführt hatte. Ich mußte seine Beredsamkeit über mich ergehen lassen und fühlte schier, er habe recht. Ein Reicher muß in der Welt einen Schatten haben, und sobald ich den Stand behaupten wollte, den er mich wieder geltend zu machen verleitet hatte, war nur ein Ausgang zu ersehen. Dieses aber stand bei mir fest, nachdem ich meine Liebe hingeopfert, nachdem mir das Leben verblaßt war, wollt ich meine Stelle nicht, sei es um alle Schatten der Welt, dieser Kreatur verschreiben. Ich wußte nicht, wie es enden sollte.

Wir saßen einst vor einer Höhle, welche die Fremden, die das Gebirg bereisen, zu besuchen pflegen. Man hört dort das Gebrause unterirdischer Ströme aus ungemessener Tiefe heraufschallen, und kein Grund scheint den Stein, den man hineinwirft, in seinem hallenden Fall aufzuhalten. Er malte mir, wie er öfters tat, mit verschwenderischer Einbildungskraft und im schimmernden Reize der glänzendsten Farben, sorgfältig ausgeführte Bilder von dem, was ich in der Welt, kraft meines Säckels, ausführen würde, wenn ich erst meinen Schatten wieder in meiner Gewalt hätte. Die Ellenbogen auf die Knie gestützt, hielt ich mein Gesicht in meinen Händen verborgen und hörte dem Falschen zu, das Herz zwiefach geteilt zwischen der Verführung und dem strengen Willen in mir. Ich konnte bei solchem innerlichen Zwiespalt länger nicht ausdauern und begann den entscheidenden Kampf:

»Sie scheinen, mein Herr, zu vergessen, daß ich Ihnen zwar erlaubt habe, unter gewissen Bedingungen in meiner Begleitung zu bleiben, daß ich mir aber meine völlige Freiheit vorbehalten habe.« – »Wenn Sie befehlen, so pack ich ein.« Die Drohung war ihm geläufig. Ich schwieg; er setzte sich gleich daran, meinen Schatten wieder zusammenzurollen. Ich erblaßte, aber ich ließ es stumm geschehen. Es erfolgte ein langes Stillschweigen. Er nahm zuerst das Wort:

»Sie können mich nicht leiden, mein Herr, Sie hassen mich, ich weiß es doch; doch warum hassen Sie mich? Ist es etwa, weil Sie mich auf öffentlicher Straße angefallen und mir mein Vogelnest mit Gewalt zu rauben gemeint? oder ist es darum, daß Sie mein Gut, den Schatten, den Sie Ihrer bloßen Ehrlichkeit anvertraut glaubten, mir diebischer Weise zu entwenden gesucht haben? Ich meinerseits hasse Sie darum nicht; ich finde ganz natürlich, daß Sie alle Ihre Vorteile, List und Gewalt geltend zu machen suchen; daß Sie übrigens die allerstrengsten Grundsätze haben und wie die Ehrlichkeit selbst denken, ist eine Liebhaberei, wogegen ich auch nichts habe. Ich denke in der Tat nicht so streng als Sie; ich handle bloß, wie Sie denken. Oder hab ich Ihnen etwa irgendwann den Daumen auf die Gurgel gedrückt, um Ihre werteste Seele, zu der ich einmal Lust habe, an mich zu bringen? Hab ich von wegen meines ausgetauschten Säckels einen Diener auf Sie losgelassen? hab ich Ihnen damit durchzugehen versucht?« Ich hatte dagegen nichts zu erwidern; er fuhr fort: »Schon recht, mein Herr, schon recht! Sie können mich nicht leiden; auch das begreife ich wohl und verarge es Ihnen weiter nicht. Wir müssen scheiden, das ist klar, und auch Sie fangen an, mir sehr langweilig vorzukommen. Um sich also meiner ferneren beschämenden Gegenwart völlig zu entziehen, rate ich es Ihnen noch einmal: Kaufen Sie mir das Ding ab.« Ich hielt ihm den Säckel hin: »Um den Preis.« – »Nein!« Ich seufzte schwer auf und nahm wieder das Wort: »Auch also. Ich dringe darauf, mein Herr, laßt uns scheiden, vertreten Sie mir länger nicht den Weg auf einer Welt, die hoffentlich geräumig genug ist für uns beide.« Er lächelte und erwiderte: »Ich gehe, mein Herr, zuvor aber will ich Sie unterrichten, wie Sie mir klingeln können, wenn Sie je Verlangen nach Ihrem untertänigsten Knecht tragen sollten: Sie brauchen nur Ihren Säckel zu schütteln, daß die ewigen Goldstücke darinnen rasseln, der Ton zieht mich augenblicklich an. Ein jeder denkt auf seinen Vorteil in dieser Welt; Sie sehen, daß ich auf Ihren zugleich bedacht bin, denn ich eröffne Ihnen offenbar eine neue Kraft. O dieser Säckel! Und hätten gleich die Motten Ihren Schatten schon aufgefressen, der würde noch ein starkes Band zwischen uns sein. Genug, Sie haben mich an meinem Gold, befehlen Sie auch in der Ferne über Ihren Knecht, Sie wissen, daß ich mich meinen Freunden dienstfertig genug erweisen kann und daß die Reichen besonders gut mit mir stehen; Sie haben es selbst gesehen. Nur Ihren Schatten, mein Herr – das lassen Sie sich gesagt sein – nie wieder, als unter einer einzigen Bedingung.«

Gestalten der alten Zeit traten vor meine Seele. Ich frug ihn schnell: »Hatten Sie eine Unterschrift vom Herrn John?« – Er lächelte. – »Mit einem so guten Freund hab ich es keineswegs nötig gehabt.« – »Wo ist er? bei Gott, ich will es wissen!« Er steckte zögernd die Hand in die Tasche, und daraus bei den Haaren hervorgezogen erschien Thomas Johns bleiche, entstellte Gestalt, und die blauen Leichenlippen bewegten sich zu schweren Worten: »Justo judicio Dei judicatus sum; Justo judicio Dei condemnatus sum.« Ich entsetzte mich, und schnell den klingenden Säckel in den Abgrund werfend sprach ich zu ihm die letzten Worte: »So beschwör ich dich im Namen Gottes, Entsetzlicher! hebe dich von dannen und lasse dich nie wieder vor meinen Augen blicken!« Er erhob sich finster und verschwand sogleich hinter den Felsenmassen, die den wild bewachsenen Ort begrenzten.

IX

Ich saß da ohne Schatten und ohne Geld; aber ein schweres Gewicht war von meiner Brust genommen, ich war heiter. Hätte ich nicht auch meine Liebe verloren oder hätt ich mich nur bei deren Verlust vorwurfsfrei gefühlt, ich glaube, ich hätte glücklich sein können – ich wußte aber nicht, was ich anfangen sollte. Ich durchsuchte meine Taschen und fand noch einige Goldstücke darin; ich zählte sie und lachte. Ich hatte meine Pferde unten im Wirtshause, ich schämte mich, dahin zurückzukehren, ich mußte wenigstens den Untergang der Sonne erwarten; sie stand noch hoch am Himmel. Ich legte mich in den Schatten der nächsten Bäume und schlief ruhig ein.

Anmutige Bilder verwoben sich mir im luftigen Tanze zu einem gefälligen Traum. Mina, einen Blumenkranz in den Haaren, schwebte an mir vorüber, und lächelte mich freundlich an. Auch der ehrliche Bendel war mit Blumen bekränzt und eilte mit freundlichem Gruße vorüber. Viele sah ich noch, und wie mich dünkt, auch Dich, Chamisso, im fernen Gewühl; ein helles Licht schien, es hatte aber keiner einen Schatten, und was seltsamer ist, es sah nicht übel aus – Blumen und Lieder, Liebe und Freude, unter Palmenhainen. – – Ich konnte die beweglichen, leicht verwehten, lieblichen Gestalten weder festhalten noch deuten; aber ich weiß, daß ich gerne solchen Traum träumte und mich vor dem

Erwachen in Acht nahm; ich wachte wirklich schon und hielt noch die Augen zu, um die weichenden Erscheinungen länger vor meiner Seele zu behalten.

Ich öffnete endlich die Augen, die Sonne stand noch am Himmel, aber im Osten; ich hatte die Nacht verschlafen. Ich nahm es für ein Zeichen, daß ich nicht nach dem Wirtshause zurückkehren sollte. Ich gab leicht, was ich dort noch besaß, verloren, und beschloß, eine Nebenstraße, die durch den waldbewachsenen Fuß des Gebirges führte, zu Fuß einzuschlagen, dem Schicksal es anheim stellend, was es mit mir vorhatte, zu erfüllen. Ich schaute nicht hinter mich zurück und dachte auch nicht daran, an Bendel, den ich reich zurückgelassen hatte, mich zu wenden, welches ich allerdings gekonnt hätte. Ich sah mich an auf den neuen Charakter, den ich in der Welt bekleiden sollte: mein Anzug war sehr bescheiden. Ich hatte eine alte schwarze Kurtka an, die ich schon in Berlin getragen und die mir, ich weiß nicht wie, zu dieser Reise erst wieder in die Hand gekommen war. Ich hatte sonst eine Reisemütze auf dem Kopf und ein Paar alte Stiefel an den Füßen. Ich erhob mich, schnitt mir an selbiger Stelle einen Knotenstock zum Andenken und trat sogleich meine Wanderung an.

Ich begegnete im Wald einem alten Bauer, der mich freundlich begrüßte und mit dem ich mich in Gespräch einließ. Ich erkundigte mich, wie ein wißbegieriger Reisender, erst nach dem Wege, dann nach der Gegend und deren Bewohnern, den Erzeugnissen des Gebirges und derlei mehr. Er antwortete verständig und redselig auf meine Fragen. Wir kamen an das Bett eines Bergstromes, der über einen weiten Strich des Waldes seine Verwüstung verbreitet hatte. Mich schauderte innerlich vor dem sonnenhellen Raum; ich ließ den Landmann vorangehen. Er hielt aber mitten im gefährlichen Orte still und wandte sich zu mir, um mir die Geschichte dieser Verwüstung zu erzählen. Er bemerkte bald, was mir fehlte, und hielt mitten in seiner Rede ein: »Aber wie geht denn das zu, der Herr hat ja keinen Schatten!« – »Leider! leider!« erwiderte ich seufzend. »Es sind mir während einer bösen langen Krankheit, Haare, Nägel und Schatten ausgegangen. Seht, Vater, in meinem Alter, die Haare, die ich wieder gekriegt habe, ganz weiß, die Nägel sehr kurz, und der Schatten, der will noch nicht wieder wachsen.« – »Ei! ei!« versetzte der alte Mann kopfschüttelnd, »keinen Schatten, das ist bös! das war eine böse Krankheit, die der Herr gehabt hat.« Aber er hob seine Erzählung nicht wieder an, und bei dem nächsten Querweg, der sich darbot, ging er, ohne ein Wort zu sagen, von mir ab. Bittere Tränen zitterten aufs neue auf meinen Wangen, und meine Heiterkeit war hin.

Ich setzte traurigen Herzens meinen Weg fort und suchte ferner keines Menschen Gesellschaft. Ich hielt mich im dunkelsten Wald und mußte manchmal, um über einen Strich, wo die Sonne schien, zu kommen, stundenlang darauf warten, daß mir keines Menschen Auge den Durchgang verbot. Am Abend suchte ich Herberge in den Dörfern zu nehmen. Ich ging eigentlich nach einem Bergwerk im Gebirge, wo ich Arbeit unter der Erde zu finden gedachte; denn, davon abgesehen, daß meine jetzige Lage mir gebot, für meinen Lebensunterhalt selbst zu sorgen, hatte ich dieses wohl erkannt, daß mich allein angestrengte Arbeit gegen meine zerstörenden Gedanken schützen könnte.

Ein paar regnichte Tage förderten mich leicht auf dem Weg, aber auf Kosten meiner Stiefel, deren Sohlen für den Grafen Peter und nicht für den Fußknecht berechnet worden. Ich ging schon auf den bloßen Füßen. Ich mußte ein Paar neue Stiefel anschaffen. Am nächsten Morgen besorgte ich dieses Geschäft mit vielem Ernst in einem Flecken, wo Kirmeß war und wo in einer Bude alte und neue Stiefel zu Kauf standen. Ich wählte und handelte lange. Ich mußte auf ein Paar neue, die ich gern gehabt hätte, Verzicht leisten; mich schreckte die unbillige Forderung. Ich begnügte mich also mit alten, die noch gut und stark waren, und die mir der schöne blondlockige Knabe, der die Bude hielt, gegen gleich bare Bezahlung, freundlich lächelnd einhändigte, indem er mir Glück auf den Weg wünschte. Ich zog sie gleich an und ging zum nördlich gelegenen Tor aus dem Ort.

Ich war in meinen Gedanken sehr vertieft und sah kaum, wo ich den Fuß hinsetzte, denn ich dachte an das Bergwerk, wo ich auf den Abend noch anzulangen hoffte und wo ich nicht recht wußte, wie ich mich ankündigen sollte. Ich war noch keine zweihundert Schritte gegangen, als ich bemerkte, daß ich aus dem Wege gekommen war; ich sah mich danach um, ich befand mich in einem wüsten, uralten Tannenwalde, woran die Axt nie gelegt worden zu sein schien. Ich drang noch einige Schritte vor, ich sah mich mitten unter öden Felsen, die nur mit Moos und Steinbrecharten bewachsen waren, und zwischen welchen Schnee- und Eisfelder lagen. Die Luft war sehr kalt, ich sah mich um, der Wald war hinter mir verschwunden. Ich machte noch einige Schritte – um mich herrschte die Stille des Todes, unabsehbar dehnte sich das Eis, worauf ich stand, und worauf ein dichter Nebel schwer ruhte; die Sonne stand blutig am Rande des Horizontes. Die Kälte war unerträglich. Ich wußte nicht, wie mir geschehen war, der erstarrende Frost zwang mich, meine Schritte zu beschleunigen, ich vernahm nur das Gebrause ferner Gewässer, ein Schritt, und ich war am Eisufer eines Ozeans. Unzählbare Herden von Seehunden stürzten sich vor mir rauschend in die Flut. Ich folgte diesem Ufer, ich sah wieder nackte Felsen, Land, Birken- und Tannenwälder, ich lief noch ein paar Minuten gerade vor mir hin. Es war erstickend heiß, ich sah mich um, ich stand zwischen schön gebauten Reisfeldern unter Maulbeerbäumen. Ich setzte mich in deren Schatten, ich sah nach meiner Uhr, ich hatte vor nicht einer Viertelstunde den Marktflecken verlassen – ich glaubte zu träumen, ich biß mich in die Zunge, um mich zu erwecken; aber ich wachte wirklich. Ich schloß die Augen zu, um meine Gedanken zusammenzufassen. Ich hörte vor mir seltsame Silben durch die Nase zählen; ich blickte auf: zwei Chinesen, an der asiatischen Gesichtsbildung unverkennbar, wenn ich auch ihrer Kleidung keinen Glauben beimessen wollte, redeten mich mit landesüblichen Begrüßungen in ihrer Sprache an; ich stand auf und trat zwei Schritte zurück. Ich sah sie nicht mehr, die Landschaft war ganz verändert: Bäume, Wälder, statt der Reisfelder. Ich betrachtete diese Bäume und die Kräuter, die um mich blühten; die ich kannte, waren südöstlich asiatische Gewächse; ich wollte auf den einen Baum zugehen, ein Schritt – und wiederum alles verändert. Ich trat nun an, wie ein Rekrut, der geübt wird, und schritt langsam, gesetzt einher. Wunderbar veränderliche Länder, Fluren, Auen, Gebirge, Steppen, Sandwüsten, entrollen sich vor meinem staunenden Blick: es war kein Zweifel, ich hatte Siebenmeilenstiefel an den Füßen.

X

Ich fiel in stummer Andacht auf meine Knie und vergoß Tränen des Dankes – denn klar stand plötzlich meine Zukunft vor meiner Seele. Durch frühe Schuld von der menschlichen Gesellschaft ausgeschlossen, ward ich zum Ersatz an die Natur, die ich stets geliebt, gewiesen, die Erde mir zu einem reichen Garten gegeben, das Studium zur Richtung und Kraft meines Lebens, zu ihrem Ziel die Wissenschaft. Es war nicht ein Entschluß, den ich faßte. Ich habe nur seitdem, was da hell und vollendet im Urbild vor mein inneres Auge trat, getreu mit stillem, strengen, unausgesetzten Fleiß darzustellen gesucht, und meine Selbstzufriedenheit hat von dem Zusammenfallen des Dargestellten mit dem Urbild abgehangen.

Ich raffte mich auf, um ohne Zögern mit flüchtigem Überblick Besitz von dem Felde zu nehmen, wo ich künftig ernten wollte. Ich stand auf den Höhen des Tibet, und die Sonne, die mir vor wenigen Stunden aufgegangen war, neigte sich hier schon am Abendhimmel, ich durchwanderte Asien von Osten gegen Westen, sie in ihrem Lauf einholend, und trat in Afrika ein. Ich sah mich neugierig darin um, indem ich es wiederholt in allen Richtungen durchmaß. Wie ich durch Ägypten die alten Pyramiden und Tempel angaffte, erblickte ich in der Wüste, unfern des hunderttorigen Theben, die Höhlen, wo christliche Einsiedler sonst wohnten. Es stand plötzlich fest und klar in mir, hier ist dein Haus. – Ich erkor eine der verborgensten, die zugleich geräumig, bequem und den Schakalen unzugänglich war, zu meinem künftigen Aufenthalte, und setzte meinen Stab weiter.

Ich trat bei den Herkules-Säulen nach Europa über, und nachdem ich seine südlichen und nördlichen Provinzen in Augenschein genommen, trat ich von Nordasien über den Polargletscher nach Grönland und Amerika über, durchschweifte die beiden Teile dieses Kontinents, und der Winter, der schon im Süden herrschte, trieb mich schnell vom Cap Horn nordwärts zurück.

Ich verweilte mich, bis es im östlichen Asien Tag wurde, und setzte erst nach einiger Ruh meine Wanderung fort. Ich verfolgte durch beide Amerika die Bergkette, die die höchsten bekannten Unebenheiten unserer Kugel in sich faßt.

Ich schritt langsam und vorsichtig von Gipfel zu Gipfel, bald über flammende Vulkane, bald über beschneite Kuppeln, oft mit Mühe atmend, ich erreichte den Eliasberg, und sprang über die Beringstraße nach Asien. Ich verfolgte dessen westliche Küsten in ihren vielfachen Wendungen, und untersuchte mit besonderer Aufmerksamkeit, welche der dort gelegenen Inseln mir zugänglich wären. Von der Halbinsel Malakka trugen mich meine Stiefel auf Sumatra, Java, Bali und Lamboc, ich versuchte, selbst oft mit Gefahr, und dennoch immer vergebens, mir über die kleinern Inseln und Felsen, wovon dieses Meer starrt, einen Übergang nordwestlich nach Borneo und andern Inseln dieses Archipelagus zu bahnen. Ich mußte die Hoffnung aufgeben. Ich setzte mich endlich auf die äußerste Spitze von Lamboc nieder und das Gesicht gegen Süden und Osten gewendet, weint ich wie am festverschlossenen Gitter meines Kerkers, daß ich doch so bald meine Begrenzung gefunden. Das merkwürdige, zum Verständnis der Erde und ihres sonnengewirkten Kleides, der Pflanzen- und Tierwelt, so wesentlich notwendige Neuholland und die Südsee mit ihren Zoophyten-Inseln waren mir untersagt, und so war, im Ursprunge schon, alles, was ich sammeln und erbauen sollte, bloßes Fragment zu bleiben verdammt. O mein Adelbert, was ist es doch um die Bemühungen der Menschen!

Oft habe ich im strengsten Winter der südlichen Halbkugel vom Cap Horn aus jene zweihundert Schritte, die mich etwa vom Land van Diemen und Neuholland trennten, selbst unbekümmert um die Rückkehr, und sollte sich dieses schlechte Land über mich, wie der Deckel meines Sarges, schließen, über den Polargletscher westwärts zurückzulegen versucht, habe über Treibeis mit törichter Wagnis verzweiflungsvolle Schritte getan, der Kälte und dem Meere Trotz geboten. Umsonst, noch bin ich auf Neuholland nicht gewesen – ich kam dann jedesmal auf Lamboc zurück und setzte mich auf seine äußerste Spitze nieder und weinte wieder, das Gesicht gen Süden und Osten gewendet, wie am fest verschlossenen Gitter meines Kerkers.

Ich riß mich endlich von dieser Stelle und trat mit traurigem Herzen wieder in das innere Asien, ich durchschweifte es fürder, die Morgendämmerung nach Westen verfolgend, und kam noch in der Nacht in die Thebais zu meinem vorbestimmten Hause, das ich in den gestrigen Nachmittagsstunden berührt hatte.

Sobald ich etwas ausgeruht und es Tag über Europa war, ließ ich meine erste Sorge sein, alles anzuschaffen, was ich bedurfte. Zuvörderst Hemmschuhe, denn ich hatte erfahren, wie unbequem es sei, seinen Schritt nicht anders verkürzen zu können, um nahe Gegenstände gemächlich zu untersuchen, als indem man die Stiefel auszieht. Ein Paar Pantoffeln, übergezogen, hatten völlig die Wirkung, die ich mir davon versprach, und späterhin trug ich sogar deren immer zwei Paar bei mir, weil ich öfters welche von den Füßen warf, ohne Zeit zu haben, sie aufzuheben, wenn Löwen, Menschen oder Hyänen mich beim Botanisieren aufschreckten. Meine sehr gute Uhr war auf die kurze Dauer meiner Gänge ein vortreffliches Kronometer. Ich brauchte noch außerdem einen Sextanten, einige physikalische Instrumente und Bücher.

Ich machte, dieses alles herbeizuschaffen, etliche bange Gänge nach London und Paris, die ein mir günstiger Nebel eben beschattete. Als der Rest meines Zaubergoldes erschöpft war, bracht ich leicht zu findendes afrikanisches Elfenbein als Bezahlung herbei, wobei ich freilich die kleinsten Zähne, die meine Kräfte nicht überstiegen, auswählen mußte. Ich ward bald mit allem versehen und ausgerüstet, und ich fing sogleich als privatisierender Gelehrter meine neue Lebensweise an.

Ich streifte auf der Erde umher, bald ihre Höhen, bald die Temperatur ihrer Quellen und die der Luft messend, bald Tiere beobachtend, bald Gewächse untersuchend; ich eilte von dem Äquator nach dem Pole, von der einen Welt nach der andern; Erfahrungen mit Erfahrungen vergleichend. Die Eier der afrikanischen Strauße oder der nördlichen Seevögel und Früchte, besonders der Tropen-Palmen und Bananen, waren meine gewöhnlichste Nahrung. Für mangelndes Glück hatt ich als Surrogat die Nicotiana und für menschliche Teilnahme und Bande die Liebe eines treuen Pudels, der mir meine Höhle in der Thebais bewachte, und wenn ich mit neuen Schätzen beladen zu ihm zurückkehrte, freudig an mich sprang und es mich doch menschlich empfinden ließ, daß ich nicht allein auf der Erde sei. Noch sollte mich ein Abenteuer unter die Menschen zurückführen.

XI

Als ich einst auf Nordlands Küsten, meine Stiefel gehemmt, Flechten und Algen sammelte, trat mir unversehens um die Ecke eines Felsens ein Eisbär entgegen. Ich wollte, nach weggeworfenen Pantoffeln, auf eine gegenüberliegende Insel treten, zu der mir ein dazwischen aus den Wellen hervorragender nackter Felsen den Übergang bahnte. Ich trat mit dem einen Fuß auf den Felsen fest auf, und stürzte auf der andern Seite in das Meer, weil mir unbemerkt der Pantoffel am andern Fuß haften geblieben war.

Die große Kälte ergriff mich, ich rettete mit Mühe mein Leben aus dieser Gefahr; sobald ich Land hielt, lief ich, so schnell ich konnte, nach der Libyschen Wüste, um mich da an der Sonne zu trocknen. Wie ich ihr aber ausgesetzt war, brannte sie mir so heiß auf den Kopf, daß ich sehr krank wieder nach Norden taumelte. Ich suchte, durch heftige Bewegung mir Erleichterung zu verschaffen, und lief mit unsichern raschen Schritten von Westen nach Osten und von Osten nach Westen. Ich befand mich bald in dem Tag und bald in der Nacht, bald im Sommer und bald in der Winterkälte.

Ich weiß nicht, wie lange ich mich so auf der Erde herumtaumelte. Ein brennendes Fieber glühte durch meine Adern, ich fühlte mit großer Angst die

Besinnung mich verlassen. Noch wollte das Unglück, daß ich bei so unvorsichtigem Laufen jemanden auf den Fuß trat. Ich mochte ihm weh getan haben; ich erhielt einen starken Stoß und ich fiel hin.

Als ich zuerst zum Bewußtsein zurückkehrte, lag ich gemächlich in einem guten Bette, das unter vielen andern Betten in einem geräumigen und schönen Saale stand. Es saß mir jemand zu Häupten; es gingen Menschen durch den Saal von einem Bette zum andern. Sie kamen vor das meine und unterhielten sich von mir. Sie nannten mich aber *Numero Zwölf*, und an der Wand zu meinen Füßen stand doch ganz gewiß, es war keine Täuschung, ich konnte es deutlich lesen, auf schwarzer Marmortafel mit großen goldenen Buchstaben mein Name

Peter Schlemihl

ganz richtig geschrieben. Auf der Tafel standen noch unter meinem Namen zwei Reihen Buchstaben, ich war aber zu schwach, um sie zusammenzubringen, ich machte die Augen wieder zu.

Ich hörte etwas, worin von Peter Schlemihl die Rede war, laut und vernehmlich ablesen, ich konnte aber den Sinn nicht fassen; ich sah einen freundlichen Mann und eine sehr schöne Frau in schwarzer Kleidung vor meinem Bette erscheinen. Die Gestalten waren mir nicht fremd, und ich konnte sie nicht erkennen.

Es verging einige Zeit, und ich kam wieder zu Kräften. Ich hieß *Numero Zwölf*, und *Numero Zwölf* galt seines langen Bartes wegen für einen Juden, darum er aber nicht minder sorgfältig gepflegt wurde. Daß er keinen Schatten hatte, schien unbemerkt geblieben zu sein. Meine Stiefel befanden sich, wie man mich versicherte, nebst allem, was man bei mir gefunden, als ich hierhergebracht worden, in gutem und sicherm Gewahrsam, um mir nach meiner Genesung wieder zugestellt zu werden. Der Ort, worin ich krank lag, hieß das SCHLEMIHLIUM; was täglich von Peter Schlemihl abgelesen wurde, war eine Ermahnung, für denselben, als den Urheber und Wohltäter dieser Stiftung, zu beten. Der freundliche Mann, den ich an meinem Bette gesehen hatte, war Bendel, die schöne Frau war Mina.

Ich genas unerkannt im Schlemihlio und erfuhr noch mehr, ich war in Bendels Vaterstadt, wo er aus dem Überrest meines sonst nicht gesegneten Goldes dieses Hospitium, wo Unglückliche mich segneten, unter meinem Namen gestiftet hatte, und er führte über dasselbe die Aufsicht. Mina war Witwe, ein unglücklicher Kriminal-Prozeß hatte dem Herrn Rascal das Leben und ihr selbst ihr mehrstes Vermögen gekostet. Ihre Eltern waren nicht mehr. Sie lebte hier als eine gottesfürchtige Witwe und übte Werke der Barmherzigkeit.

Sie unterhielt sich einst am Bette Numero Zwölf mit dem Herrn Bendel: »Warum, edle Frau, wollen Sie sich so oft der bösen Luft, die hier herrscht, aussetzen? Sollte denn das Schicksal mit Ihnen so hart sein, daß Sie zu sterben begehrten?« – »Nein, Herr Bendel, seit ich meinen langen Traum ausgeträumt habe und in mir selber erwacht bin, geht es mir wohl, seitdem wünsche ich nicht mehr und fürchte nicht mehr den Tod. Seitdem denke ich heiter an Vergangenheit und Zukunft. Ist es nicht auch mit stillem innerlichen Glück, daß Sie jetzt auf so gottselige Weise Ihrem Herrn und Freunde dienen?« – »Sei Gott gedankt, ja, edle Frau. Es ist uns doch wundersam ergangen, wir haben viel Wohl und bitteres Weh unbedachtsam aus dem vollen Becher geschlürft. Nun ist er leer; nun möchte einer meinen, das sei alles nur die Probe gewesen, und, mit kluger Einsicht gerüstet, den wirklichen Anfang erwarten. Ein anderer ist nun der wirkliche Anfang, und man wünscht das erste Gaukelspiel nicht zurück und ist dennoch im ganzen froh, es, wie es war, gelebt zu haben. Auch find ich in mir das Zutrauen, daß es nun unserm alten Freunde besser ergehen muß, als damals.« – »Auch in mir«, erwiderte die schöne Witwe, und sie gingen an mir vorüber.

Dieses Gespräch hatte einen tiefen Eindruck in mir zurückgelassen; aber ich zweifelte im Geiste, ob ich mich zu erkennen geben oder unerkannt von dannen gehen sollte. Ich entschied mich. Ich ließ mir Papier und Bleistift geben, und schrieb die Worte:

»Auch Eurem alten Freunde ergeht es nun besser als damals, und büßet er, so ist es Buße der Versöhnung.«

Hierauf begehrte ich, mich anzuziehen, da ich mich stärker befände. Man holte den Schlüssel zu dem kleinen Schrank, der neben meinem Bette stand, herbei. Ich fand alles, was mir gehörte, darin. Ich legte meine Kleider an, hing meine botanische Kapsel, worin ich mit Freuden meine nordischen Flechten wiederfand, über meine schwarze Kurtka um, zog meine Stiefel an, legte den geschriebenen Zettel auf mein Bett, und so wie die Tür aufging, war ich schon weit auf dem Wege nach der Thebais.

Wie ich längs der syrischen Küste den Weg, auf dem ich mich zum letzten Mal vom Hause entfernt hatte, zurücklegte, sah ich mir meinen armen Figaro entgegenkommen. Dieser vortreffliche Pudel schien seinem Herrn, den er lange zu Hause erwartet haben mochte, auf der Spur nachgehen zu wollen. Ich stand still und rief ihm zu. Er sprang bellend an mich mit tausend rührenden Äußerungen seiner unschuldigen ausgelassenen Freude. Ich nahm ihn unter den Arm, denn freilich konnte er mir nicht folgen, und brachte ihn mit mir wieder nach Hause.

Ich fand dort alles in der alten Ordnung und kehrte nach und nach, so wie ich wieder Kräfte bekam, zu meinen vormaligen Beschäftigungen und zu meiner alten Lebensweise zurück. Nur daß ich mich ein ganzes Jahr hindurch der mir ganz unzuträglichen Polarkälte enthielt.

Und so, mein lieber Chamisso, leb ich noch heute. Meine Stiefel nutzen sich nicht ab, wie das sehr gelehrte Werk des berühmten Tieckius, »De rebus gestis Pollicilli«, es mich anfangs befürchten lassen. Ihre Kraft bleibt ungebrochen; nur meine Kraft geht dahin, doch hab ich den Trost, sie an einen Zweck in fortgesetzter Richtung und nicht furchtlos verwendet zu haben. Ich habe, so weit meine Stiefel gereicht, die Erde, ihre Gestaltung, ihre Höhen, ihre Temperatur, ihre Atmosphäre in ihrem Wechsel, die Erscheinungen ihrer magnetischen Kraft, das Leben auf ihr, besonders im Pflanzenreiche, gründlicher kennengelernt als vor mir irgendein Mensch. Ich habe die Tatsachen mit möglichster Genauigkeit in klarer Ordnung aufgestellt in mehrern Werken, meine Folgerungen und Ansichten flüchtig in einigen Abhandlungen niedergelegt. Ich habe die Geographie vom Innern von Afrika und von den nördlichen Polarländern, vom Innern von Asien und von seinen östlichen Küsten, festgesetzt. Meine »Historia stirpium plantarum utriusque orbis« steht da als ein großes Fragment der Flora universalis terrae und als ein Glied meines Systema naturae. Ich glaube, darin nicht bloß die Zahl der bekannten Arten müßig um mehr als ein Drittel vermehrt zu haben, sondern auch etwas für das natürliche System und für die Geographie der Pflanzen getan zu haben. Ich arbeite jetzt fleißig an meiner Fauna. Ich werde Sorge tragen, daß vor meinem Tode meine Manuskripte bei der Berliner Universität niedergelegt werden.

Und Dich, mein lieber Chamisso, hab ich zum Bewahrer meiner wundersamen Geschichte erkoren, auf daß sie vielleicht, wenn ich von der Erde verschwunden bin, manchen ihrer Bewohner zur nützlichen Lehre gereichen könne. Du aber, mein Freund, willst Du unter den Menschen leben, so lerne verehren zuvörderst den Schatten, sodann das Geld. Willst Du nur Dir und Deinem bessern Selbst leben, so brauchst Du keinen Rat.

JOSEPH VON EICHENDORFF

Das Marmorbild

Es war ein schöner Sommerabend, als Florio, ein junger Edelmann, langsam auf die Tore von Lucca zuritt, sich erfreuend an dem feinen Dufte, der über der wunderschönen Landschaft und den Türmen und Dächern der Stadt vor ihm zitterte, sowie an den bunten Zügen zierlicher Damen und Herren, welche sich zu beiden Seiten der Straße unter den hohen Kastanienalleen fröhlichschwärmend ergingen.

Da gesellte sich, auf zierlichem Zelter, desselben Weges ziehend, ein anderer Reiter in bunter Tracht, eine goldene Kette um den Hals und ein samtnes Barett mit Federn über den dunkelbraunen Locken, freundlich grüßend zu ihm. Beide hatten, so nebeneinander in den dunkelnden Abend hineinreitend, gar bald ein Gespräch angeknüpft, und dem jungen Florio dünkte die schlanke Gestalt des Fremden, sein frisches, keckes Wesen, ja selbst seine fröhliche Stimme so überaus anmutig, daß er gar nicht von demselben wegsehen konnte.

»Welches Geschäft führt Euch nach Lucca?« fragte endlich der Fremde. »Ich habe eigentlich gar keine Geschäfte«, antwortete Florio ein wenig schüchtern. »Gar keine Geschäfte? – Nun, so seid Ihr sicherlich ein Poet!« versetzte jener lustig lachend. »Das wohl eben nicht«, erwiderte Florio und wurde über und über rot. »Ich habe mich wohl zuweilen in der fröhlichen Sangeskunst versucht, aber wenn ich dann wieder die alten großen Meister las, wie da alles wirklich da ist und leibt und lebt, was ich mir manchmal heimlich nur wünschte und ahnete, da komm ich mir vor wie ein schwaches vom Winde verwehtes Lerchenstimmlein unter dem unermeßlichen Himmelsdom.« – »Jeder lobt Gott auf seine Weise«, sagte der Fremde, »und alle Stimmen zusammen machen den Frühling.« Dabei ruhten seine großen, geistreichen Augen mit sichtbarem Wohlgefallen auf dem schönen Jüngling, der so unschuldig in die dämmernde Welt vor sich hinaussah.

»Ich habe jetzt«, fuhr dieser nun kühner und vertraulicher fort, »das Reisen erwählt und befinde mich wie aus einem Gefängnis erlöst, alle alten Wünsche und Freuden sind nun auf einmal in Freiheit gesetzt. Auf dem Lande in der Stille aufgewachsen, wie lange habe ich da die fernen blauen Berge sehnsüchtig betrachtet, wenn der Frühling wie ein zauberischer Spielmann durch unsern Garten ging und von der wunderschönen Ferne verlockend sang und von großer, unermeßlicher Lust.« – Der Fremde war über die letzten Worte in tiefe

Gedanken versunken. »Habt Ihr wohl jemals«, sagte er zerstreut aber sehr ernsthaft, »von dem wunderbaren Spielmann gehört, der durch seine Töne die Jugend in einen Zauberberg hinein verlockt, aus dem keiner wieder zurückgekehrt ist? Hütet Euch!« –

Florio wußte nicht, was er aus diesen Worten des Fremden machen sollte, konnte ihn auch weiter darum nicht befragen; denn sie waren soeben, statt zu dem Tore, unvermerkt dem Zuge der Spaziergänger folgend, an einen weiten, grünen Platz gekommen, auf dem sich ein fröhlichschallendes Reich von Musik, bunten Zelten, Reitern und Spazierengehenden in den letzten Abendgluten schimmernd hin und her bewegte.

»Hier ist gut wohnen«, sagte der Fremde lustig, sich vom Zelter schwingend; »auf baldiges Wiedersehn!« und hiermit war er schnell in dem Gewühle verschwunden.

Florio stand in freudigem Erstaunen einen Augenblick still vor der unerwarteten Aussicht. Dann folgte auch er dem Beispiele seines Begleiters, übergab das Pferd seinem Diener und mischte sich in den muntern Schwarm.

Versteckte Musikchöre erschallten da von allen Seiten aus den blühenden Gebüschen, unter den hohen Bäumen wandelten sittige Frauen auf und nieder und ließen die schönen Augen musternd ergehen über die glänzende Wiese, lachend und plaudernd und mit den bunten Federn nickend im lauen Abendgolde wie ein Blumenbeet, das sich im Winde wiegt. Weiterhin auf einem heitergrünen Plan vergnügten sich mehrere Mädchen mit Ballspielen. Die buntgefiederten Bälle flatterten wie Schmetterlinge, glänzende Bogen hin und her beschreibend, durch die blaue Luft, während die unten im Grünen auf und nieder schwebenden Mädchenbilder den lieblichsten Anblick gewährten. Besonders zog die eine durch ihre zierliche, fast noch kindliche Gestalt und die Anmut aller ihrer Bewegungen Florios Auge auf sich. Sie hatte einen vollen, bunten Blumenkranz in den Haaren und war recht wie ein fröhliches Bild des Frühlings anzuschauen, wie sie so überaus frisch bald über den Rasen dahinflog, bald sich neigte, bald wieder mit ihren anmutigen Gliedern in die heitere Luft hinauflangte. Durch ein Versehen ihrer Gegnerin nahm ihr Federball eine falsche Richtung und flatterte gerade vor Florio nieder. Er hob ihn auf und überreichte ihn der nacheilenden Bekränzten. Sie stand fast wie erschrocken vor ihm und sah ihn schweigend aus den schönen großen Augen an. Dann verneigte sie sich errötend und eilte schnell wieder zu ihren Gespielinnen zurück.

Der größere, funkelnde Strom von Wagen und Reitern, der sich in der Hauptallee langsam und prächtig fortbewegte, wendete indes auch Florio von jenem reizenden Spiele wieder ab, und er schweifte wohl eine Stunde lang allein zwischen den ewig wechselnden Bildern umher.

»Da ist der Sänger Fortunato!« hörte er da auf einmal mehrere Frauen und Ritter neben sich ausrufen. Er sah sich schnell nach dem Platze um, wohin sie wiesen, und erblickte zu seinem großen Erstaunen den anmutigen Fremden, der ihn vorhin hierherbegleitet. Abseits auf der Wiese an einen Baum gelehnt, stand er soeben inmitten eines zierlichen Kranzes von Frauen und Rittern, welche seinem Gesange zuhörten, der zuweilen von einigen Stimmen aus dem Kreise holdselig erwidert wurde. Unter ihnen bemerkte Florio auch die schöne Ballspielerin wieder, die in stiller Freudigkeit mit weiten offenen Augen in die Klänge vor sich hinaussah.

Ordentlich erschrocken gedachte da Florio, wie er vorhin mit dem berühmten Sänger, den er lange dem Rufe nach verehrte, so vertraulich geplaudert, und blieb scheu in einiger Entfernung stehen, um den lieblichen Wettstreit mit zu vernehmen. Er hätte gern die ganze Nacht hindurch dort gestanden, so ermutigend flogen diese Töne ihn an, und er ärgerte sich recht, als Fortunato nun so bald endigte und die ganze Gesellschaft sich von dem Rasen erhob.

Da gewahrte der Sänger den Jüngling in der Ferne und kam sogleich auf ihn zu. Freundlich faßte er ihn bei beiden Händen und führte den Blöden, ungeachtet aller Gegenreden, wie einen lieblichen Gefangenen nach dem nah gelegenen offenen Zelte, wo sich die Gesellschaft nun versammelte und ein fröhliches Nachtmahl bereitet hatte. Alle begrüßten ihn wie alte Bekannte, manche schöne Augen ruhten in freudigem Erstaunen auf der jungen, blühenden Gestalt.

Nach mancherlei lustigem Gespräch lagerten sich bald alle um den runden Tisch, der in der Mitte des Zeltes stand. Erquickliche Früchte und Wein in hellgeschliffenen Gläsern funkelten von dem blendend weißen Gedeck, in silbernen Gefäßen dufteten große Blumensträuße, zwischen denen die hübschen Mädchengesichter anmutig hervorsahen; draußen spielten die letzten Abendlichter golden auf dem Rasen und dem Flusse, der spiegelglatt vor dem Zelte dahinglitt. Florio hatte sich fast unwillkürlich zu der niedlichen Ballspielerin gesellt. Sie erkannte ihn sogleich wieder und saß still und schüchtern da, aber die langen furchtsamen Augenwimpern hüteten nur schlecht die dunkelglühenden Blicke.

Es war ausgemacht worden, daß jeder in die Runde seinem Liebchen mit einem kleinen improvisierten Liedchen zutrinken solle. Der leichte Gesang, der nur gaukelnd wie ein Frühlingswind die Oberfläche des Lebens berührte, ohne es in sich selbst zu versenken, bewegte fröhlich den Kranz heiterer Bilder um die Tafel. Florio war recht innerlichst vergnügt, alle blöde Bangigkeit war von seiner Seele genommen, und er sah fast träumerisch still vor fröhlichen Gedanken zwischen den Lichtern und Blumen in die wunderschöne, langsam in die Abendgluten versinkende Landschaft vor sich hinaus. Und als nun auch an ihn die Reihe kam, seinen Trinkspruch zu sagen, hob er sein Glas in die Höh und sang:

Jeder nennet froh die Seine,
Ich nur stehe hier alleine,
Denn was früge wohl die Eine:

Wen der Fremdling eben meine?
Und so muß ich, wie im Strome dort die Welle,
Ungehört verrauschen an des Frühlings Schwelle.

Seine schöne Nachbarin sah bei diesen Worten beinah schelmisch an ihm herauf und senkte schnell wieder das Köpfchen, da sie seinem Blicke begegnete. Aber er hatte so herzlich bewegt gesungen und neigte sich nun mit den schönen bittenden Augen so dringend herüber, daß sie es willig geschehen ließ, als er sie schnell auf die roten, heißen Lippen küßte. – »Bravo, bravo!« riefen mehrere Herren, ein mutwilliges, aber argloses Lachen erschallte um den Tisch. – Florio stürzte hastig und verwirrt sein Glas hinunter, die schöne Geküßte schauete hochrot in den Schoß und sah so unter dem vollen Blumenkranze unbeschreiblich reizend aus.

So hatte ein jeder der Glücklichen sein Liebchen in dem Kreise sich heiter erkoren. Nur Fortunato allein gehörte allen oder keiner an und erschien fast einsam in dieser anmutigen Verwirrung. Er war ausgelassen lustig, und mancher hätte ihn wohl übermütig genannt, wie er so wildwechselnd in Witz, Ernst und Scherz sich ganz und gar losließ, hätte er dabei nicht wieder mit so frommklaren Augen beinah wunderbar dreingeschaut. Florio hatte sich fest vorgenommen, ihm über Tische einmal so recht seine Liebe und Ehrfurcht, die er längst für ihn hegte, zu sagen. Aber es wollte heute nicht gelingen, alle leisen Versuche glitten an der spröden Lustigkeit des Sängers ab. Er konnte ihn gar nicht begreifen. –

Draußen war indes die Gegend schon stiller geworden und feierlich, einzelne Sterne traten zwischen den Wipfeln der dunkelnden Bäume hervor, der Fluß rauschte stärker durch die erquickende Kühle. Da war auch zuletzt an Fortunato die Reihe zu singen gekommen. Er sprang rasch auf, griff in seine Gitarre und sang:

Was klingt mir so heiter
Durch Busen und Sinn?
Zu Wolken und weiter
Wo trägt es mich hin?

Wie auf Bergen hoch bin ich
So einsam gestellt
Und grüße herzinnig,
Was schön auf der Welt.

Ja, Bacchus, dich seh ich,
Wie göttlich bist du!
Dein Glühen versteh ich,
Die träumende Ruh.

O rosenbekränztes
Jünglingsbild,
Dein Auge wie glänzt es,
Die Flammen so mild!

Ist's Liebe, ist's Andacht,
Was so dich beglückt?
Rings Frühling dich anlacht,
Du sinnest entzückt. –

Frau Venus, du Frohe,
So klingend und weich,
In Morgenrots Lohe
Erblick ich dein Reich

Auf sonnigen Hügeln
Wie ein Zauberring. –
Zart' Bübchen mit Flügeln
Bedienen dich flink,

Durchsäuseln die Räume
Und laden, was fein,
Als goldene Träume
Zur Königin ein.

Und Ritter und Frauen
Im grünen Revier
Durchschwärmen die Auen
Wie Blumen zur Zier.

Und jeglicher hegt sich
Sein Liebchen im Arm,
So wirrt und bewegt sich
Der selige Schwarm. –

Hier änderte er plötzlich Weise und Ton und fuhr fort:

Die Klänge verrinnen,
Es bleichet das Grün,
Die Frauen stehn sinnend,
Die Ritter schaun kühn.

Und himmlisches Sehnen
Geht singend durchs Blau,
Da schimmert von Tränen
Rings Garten und Au. –

Und mitten im Feste
Erblick ich, wie mild!
Den stillsten der Gäste. –
Woher, einsam Bild?

Mit blühendem Mohne,
Der träumerisch glänzt,
Und Lilienkrone
Erscheint er bekränzt.

Sein Mund schwillt zum Küssen
So lieblich und bleich,
Als brächt er ein Grüßen
Aus himmlischem Reich.

Eine Fackel wohl trägt er,
Die wunderbar prangt.
›Wo ist einer‹, frägt er,
›Den heimwärts verlangt?‹

Und manchmal da drehet
Die Fackel er um –
Tiefschauend vergehet
Die Welt und wird stumm.

Und was hier versunken
Als Blumen zum Spiel,
Siehst oben du funkeln
Als Sterne nun kühl. –

O Jüngling vom Himmel,
Wie bist du so schön!
Ich laß das Gewimmel,
Mit dir will ich gehn!

Was will ich noch hoffen?
Hinauf, ach hinauf!
Der Himmel ist offen,
Nimm, Vater, mich auf!

Fortunato war still und alle die übrigen auch, denn wirklich draußen waren nun die Klänge verronnen und die Musik, das Gewimmel und alle die gaukelnde Zauberei nach und nach verhallend untergegangen vor dem unermeßlichen Sternenhimmel und dem gewaltigen Nachtgesange der Ströme und Wälder. Da trat ein hoher, schlanker Ritter in reichem Geschmeide, das grünlichgoldene Scheine zwischen die im Winde flackernden Lichter warf, in das Zelt herein.

Sein Blick aus tiefen Augenhöhlen war irre flammend, das Gesicht schön, aber blaß und wüst. Alle dachten bei seinem plötzlichen Erscheinen unwillkürlich schaudernd an den stillen Gast in Fortunatos Liede. – Er aber begab sich nach einer flüchtigen Verbeugung gegen die Gesellschaft zu dem Büfett des Zeltwirtes und schlürfte hastig dunkelroten Wein mit den bleichen Lippen in langen Zügen hinunter.

Florio fuhr ordentlich zusammen, als der Seltsame sich darauf vor allen andern zu ihm wandte und ihn als einen früheren Bekannten in Lucca willkommen hieß. Erstaunt und nachsinnend betrachtete er ihn von oben bis unten, denn er wußte sich durchaus nicht zu erinnern, ihn jemals gesehn zu haben. Doch war der Ritter ausnehmend beredt und sprach viel über mancherlei Begebenheiten aus Florios früheren Tagen. Auch war er so genau bekannt mit der Gegend seiner Heimat, dem Garten und jedem heimischen Platz, der Florio herzlich lieb war aus alter Zeit, daß sich derselbe bald mit der dunklen Gestalt auszusöhnen anfing.

In die übrige Gesellschaft indes schien Donati, so nannte sich der Ritter, nirgends hineinzupassen. Eine ängstliche Störung, deren Grund sich niemand anzugeben wußte, wurde überall sichtbar. Und da unterdes auch die Nacht nun völlig hereingekommen war, so brachen bald alle auf.

Es begann nun ein wunderliches Gewimmel von Wagen, Pferden, Dienern und hohen Windlichtern, die seltsame Scheine auf das nahe Wasser, zwischen die Bäume und die schönen wirrenden Gestalten umherwarfen. Donati erschien in der wilden Beleuchtung noch viel bleicher und schauerlicher, als vorher. Das schöne Fräulein mit dem Blumenkranze hatte ihn beständig mit heimlicher Furcht von der Seite angesehen. Nun, da er gar auf sie zukam, um ihr mit ritterlicher Artigkeit auf den Zelter zu helfen, drängte sie sich scheu an den zurückstehenden Florio, der die Liebliche mit klopfendem Herzen in den Sattel hob. Alles war unterdes reisefertig, sie nickte ihm noch einmal von ihrem zierlichen Sitze freundlich zu, und bald war die ganze schimmernde Erscheinung in der Nacht verschwunden.

Es war Florio recht sonderbar zumute, als er sich plötzlich so allein mit Donati und dem Sänger auf dem weiten leeren Platze befand. Seine Gitarre im Arme ging der letztere am Ufer des Flusses vor dem Zelte auf und nieder und schien auf neue Weisen zu sinnen, während er einzelne Töne griff, die beschwichtigend über die stille Wiese dahinzogen. Dann brach er plötzlich ab. Ein seltsamer Mißmut schien über seine sonst immer klaren Züge zu fliegen, er verlangte ungeduldig fort.

Alle drei bestiegen daher nun auch ihre Pferde und zogen miteinander der nahen Stadt zu. Fortunato sprach kein Wort unterwegs, desto freundlicher ergoß sich Donati in wohlgesetzten zierlichen Reden; Florio, noch im Nachklange der Lust, ritt still wie ein träumendes Mädchen zwischen beiden.

Als sie ans Tor kamen, stellte sich Donatis Roß, das schon vorher vor manchem Vorübergehenden gescheuet, plötzlich fast gerade in die Höh und wollte nicht hinein. Ein funkelnder Zornesblitz fuhr, fast verzerrend, über das Gesicht des Reiters und ein wilder, nur halb ausgesprochener Fluch aus den zuckenden Lippen, worüber Florio nicht wenig erstaunte, da ihm solches Wesen zu der sonstigen feinen und besonnenen Anständigkeit des Ritters ganz und gar nicht zu passen schien. Doch faßte sich dieser bald wieder. »Ich wollte Euch bis in die Herberge begleiten«, sagte er lächelnd und mit der gewohnten Zierlichkeit zu Florio gewendet, »aber mein Pferd will es anders, wie Ihr seht. Ich bewohne hier vor der Stadt ein Landhaus, wo ich Euch recht bald bei mir zu sehen hoffe.« – Und hiermit verneigte er sich, und das Pferd, in unbegreiflicher Hast und Angst kaum mehr zu halten, flog pfeilschnell mit ihm in die Dunkelheit fort, daß der Wind hinter ihm dreinpfiff.

»Gott sei Dank«, rief Fortunato aus, »daß ihn die Nacht wieder verschlungen hat! Kam er mir doch wahrhaftig vor wie einer von den falben, ungestalten Nachtschmetterlingen, die wie aus einem phantastischen Traume entflogen, durch die Dämmerung schwirren und mit ihrem langen Katzenbarte und gräßlich großen Augen ordentlich ein Gesicht haben wollen.« Florio, der sich mit Donati schon ziemlich befreundet hatte, äußerte seine Verwunderung über dieses harte Urteil. Aber der Sänger, durch solche erstaunliche Sanftmut nur immer mehr gereizt, schimpfte lustig fort und nannte den Ritter, zu Florios heimlichem Ärger, einen Mondscheinjäger, einen Schmachthahn, einen Renommisten in der Melancholie.

Unter solcherlei Gesprächen waren sie endlich bei der Herberge angelangt, und jeder begab sich bald in das ihm angewiesene Gemach.

Florio warf sich angekleidet auf das Ruhebett hin, aber er konnte lange nicht einschlafen. In seiner von den Bildern des Tages aufgeregten Seele wogte und hallte und sang es noch immer fort. Und wie die Türen im Hause nun immer seltener auf und zu gingen, nur manchmal noch eine Stimme erschallte, bis endlich Haus, Stadt und Feld in tiefe Stille versank: da war es ihm, als führe er mit schwanenweißen Segeln einsam auf einem mondbeglänzten Meer. Leise schlugen die Wellen an das Schiff, Sirenen tauchten aus dem Wasser, die alle aussahen, wie das schöne Mädchen mit dem Blumenkranze vom vorigen Abend. Sie sang so wunderbar, traurig und ohne Ende, als müsse er vor Wehmut untergehn. Das Schiff neigte sich unmerklich und sank langsam immer tiefer und tiefer. – Da wachte er erschrocken auf.

Er sprang von seinem Bett und öffnete das Fenster. Das Haus lag am Ausgange der Stadt, er übersah einen weiten stillen Kreis von Hügeln, Gärten und Tälern, vom Monde klar beschienen. Auch da draußen war es überall in den Bäumen und Strömen noch wie im Verhallen und Nachhallen der vergangenen Lust, als sänge die ganze Gegend leise, gleich den Sirenen, die er im Schlummer gehört. Da konnte er der Versuchung nicht widerstehen. Er ergriff die Gitarre, die Fortunato bei ihm zurückgelassen, verließ das Zimmer und ging leise durch das ruhige Haus hinab. Die Tür unten war nur angelehnt, ein Diener lag eingeschlafen auf der Schwelle. So kam er unbemerkt ins Freie und wandelte fröhlich zwischen Weingärten durch leere Alleen an schlummernden Hütten vorüber immer weiter fort.

Zwischen den Rebengeländern hinaus sah er den Fluß im Tale; viele weißglänzende Schlösser, hin und wieder zerstreut, ruhten wie eingeschlafne Schwäne unten in dem Meer von Stille. Da sang er mit fröhlicher Stimme:

Wie kühl schweift sich's bei nächt'ger Stunde,
Die Zither treulich in der Hand!
Vom Hügel grüß ich in die Runde
Den Himmel und das stille Land.

Wie ist da alles so verwandelt,
Wo ich so fröhlich war, im Tal.
Im Wald wie still, der Mond nur wandelt
Nun durch den hohen Buchensaal.

Der Winzer Jauchzen ist verklungen
Und all der bunte Lebenslauf,
Die Ströme nur, im Tal geschlungen,
Sie blicken manchmal silbern auf.

Und Nachtigallen wie aus Träumen
Erwachen oft mit süßem Schall,
Erinnernd rührt sich in den Bäumen
Ein heimlich Flüstern überall. –

Die Freude kann nicht gleich verklingen,
Und von des Tages Glanz und Lust
Ist so auch mir ein heimlich Singen
Geblieben in der tiefsten Brust.

Und fröhlich greif ich in die Saiten,
O Mädchen, jenseits überm Fluß,
Du lauschest wohl und hörst's von weiten
Und kennst den Sänger an dem Gruß!

Er mußte über sich selber lachen, da er am Ende nicht wußte, wem er das Ständchen brachte. Denn die reizende Kleine mit dem Blumenkranze war es lange nicht mehr, die er eigentlich meinte. Die Musik bei den Zelten, der Traum auf seinem Zimmer und sein die Klänge und den Traum und die zierliche Erscheinung des Mädchens nachträumendes Herz hatte ihr Bild unmerklich und wundersam verwandelt in ein viel schöneres, größeres und herrlicheres, wie er es noch nirgend gesehen.

So in Gedanken schritt er noch lange fort, als er unerwartet bei einem großen, von hohen Bäumen rings umgebenen Weiher anlangte. Der Mond, der eben über die Wipfel trat, beleuchtete scharf ein marmornes Venusbild, das dort dicht am Ufer auf einem Steine stand, als wäre die Göttin soeben erst aus den Wellen aufgetaucht und betrachte nun, selber verzaubert, das Bild der eigenen Schönheit, das der trunkene Wasserspiegel zwischen den leise aus dem Grunde aufblühenden Sternen widerstrahlte. Einige Schwäne beschrieben still ihre einförmigen Kreise um das Bild, ein leises Rauschen ging durch die Bäume ringsumher.

Florio stand wie eingewurzelt im Schauen, denn ihm kam jenes Bild wie eine langgesuchte, nun plötzlich erkannte Geliebte vor, wie eine Wunderblume, aus der Frühlingsdämmerung und träumerischen Stille seiner frühesten Jugend heraufgewachsen. Je länger er hinsah, je mehr schien es ihm, als schlüge es die seelenvollen Augen langsam auf, als wollten sich die Lippen bewegen zum Gruße, als blühe Leben wie ein lieblicher Gesang erwärmend durch die schönen Glieder herauf. Er hielt die Augen lange geschlossen vor Blendung, Wehmut und Entzücken. –

Als er wieder aufblickte, schien auf einmal alles wie verwandelt. Der Mond sah seltsam zwischen Wolken hervor, ein stärkerer Wind kräuselte den Weiher in trübe Wellen, das Venusbild, so fürchterlich weiß und regungslos, sah ihn fast schreckhaft mit den steinernen Augenhöhlen aus der grenzenlosen Stille an. Ein nie gefühltes Grausen überfiel da den Jüngling. Er verließ schnell den Ort, und immer schneller und ohne auszuruhen eilte er durch die Gärten und Weinberge wieder fort, der ruhigen Stadt zu; denn auch das Rauschen der Bäume kam ihm nun wie ein verständiges, vernehmliches Geflüster vor, und die langen gespenstischen Pappeln schienen mit ihren weitgestreckten Schatten hinter ihm dreinzulangen.

So kam er sichtbar verstört in der Herberge an. Da lag der Schlafende noch auf der Schwelle und fuhr erschrocken auf, als Florio an ihm vorüberstreifte. Florio aber schlug schnell die Tür hinter sich zu und atmete erst tief auf, als er oben sein Zimmer betrat. Hier ging er noch lange auf und nieder, ehe er sich beruhigte. Dann warf er sich aufs Bett und schlummerte endlich unter den seltsamsten Träumen ein.

Am folgenden Morgen saßen Florio und Fortunato unter den hohen von der Morgensonne durchfunkelten Bäumen vor der Herberge miteinander beim Frühstück. Florio sah blässer als gewöhnlich und angenehm überwacht aus. – »Der Morgen«, sagte Fortunato lustig, »ist ein recht kerngesunder, wildschöner Gesell, wie er so von den höchsten Bergen in die schlafende Welt hinunterjauchzt und von den Blumen und Bäumen die Tränen schüttelt und wogt und lärmt und singt. Der macht eben nicht sonderlich viel aus den sanften Empfindungen, sondern greift kühl an alle Glieder und lacht einem ins lange Gesicht, wenn man so preßhaft und noch ganz wie in Mondschein getaucht vor ihn hinaustritt.« – Florio schämte sich nun, dem Sänger, wie er sich anfangs vorgenommen, etwas von dem schönen Venusbilde zu sagen, und schwieg betreten still. Sein Spaziergang in der Nacht war aber von dem Diener an der Haustür bemerkt und wahrscheinlich verraten worden, und Fortunato fuhr lachend fort: »Nun, wenn Ihr's nicht glaubt, versucht es nur einmal und stellt Euch jetzt hierher und sagt zum Exempel: ›O schöne, holde Seele, o Mondschein, du Blütenstaub zärtlicher Herzen‹ usw., ob das nicht recht zum Lachen wäre! Und doch wette ich, habt Ihr diese Nacht dergleichen oft gesagt und gewiß ordentlich ernsthaft dabei ausgesehen.«

Florio hatte sich Fortunato ehedem immer so still und sanftmütig vorgestellt, nun verwundete ihn recht innerlichst die kecke Lustigkeit des geliebten Sängers. Er sagte hastig, und die Tränen traten ihm dabei in die seelenvollen Augen: »Ihr sprecht da sicherlich anders als Euch selber zumute ist, und das solltet Ihr nimmermehr tun. Aber ich lasse mich von Euch nicht irremachen, es gibt noch sanfte und hohe Empfindungen, die wohl schamhaft sind, aber sich nicht zu schämen brauchen und ein stilles Glück, das sich vor dem lauten Tage verschließt und nur dem Sternenhimmel den heiligen Kelch öffnet wie eine Blume, in der ein Engel wohnt.« Fortunato sah den Jüngling verwundert an, dann rief er aus: »Nun wahrhaftig, Ihr seid recht ordentlich verliebt!«

Man hatte unterdes Fortunato, der spazierenreiten wollte, sein Pferd vorgeführt. Freundlich streichelte er den gebogenen Hals des zierlich aufgeputzten Rößleins, das mit fröhlicher Ungeduld den Rasen stampfte. Dann wandte er sich noch einmal zu Florio und reichte ihm gutmütig lächelnd die Hand. »Ihr tut mir doch leid«, sagte er, »es gibt gar zu viele sanfte, gute, besonders verliebte junge Leute, die ordentlich versessen sind auf Unglücklichsein. Laßt das, die Melancholie, den Mondschein und all den Plunder; und geht's auch manchmal wirklich schlimm, nur frisch heraus in Gottes freien Morgen und da draußen sich recht abgeschüttelt; im Gebet aus Herzensgrund – und es müßte wahrlich mit dem Bösen zugehen, wenn Ihr nicht so recht durch und durch fröhlich und stark werdet!« – Und hiermit schwang er sich schnell auf sein Pferd und ritt zwischen den Weinbergen und blühenden Gärten in das farbige, schallende Land hinein, selber so bunt und freudig anzuschauen, wie der Morgen vor ihm.

Florio sah ihm lange nach, bis die Glanzeswogen über dem fernen Meer zusammenschlugen. Dann ging er hastig unter den Bäumen auf und nieder. Ein tiefes unbestimmtes Verlangen war von den Erscheinungen der Nacht in seiner Seele zurückgeblieben. Dagegen hatte ihn Fortunato durch seine Reden seltsam verstört und verwirrt. Er wußte nun selbst nicht mehr, was er wollte, gleich einem Nachtwandler, der plötzlich bei seinem Namen gerufen wird. Sinnend blieb er oftmals vor der wunderreichen Aussicht in das Land hinab stehen, als wollte er das freudig kräftige Walten da draußen um Auskunft fragen. Aber der Morgen spielte nur einzelne Zauberlichter wie durch die Bäume über ihm in sein träumerisch funkelndes Herz hinein, das noch in anderer Macht stand. Denn drinnen zogen die Sterne noch immerfort ihre magischen Kreise, zwischen denen das wunderschöne Marmorbild mit neuer, unwiderstehlicher Gewalt heraufsah. –

So beschloß er denn endlich, den Weiher wieder aufzusuchen, und schlug rasch denselben Pfad ein, den er in der Nacht gewandelt.

Wie sah aber dort nun alles so anders aus! Fröhliche Menschen durchirrten geschäftig die Weinberge, Gärten und Alleen, Kinder spielten ruhig auf dem sonnigen Rasen vor den Hütten, die ihn in der Nacht unter den traumhaften Bäumen oft gleich eingeschlafenen Sphinxen erschreckt hatten, der Mond stand fern und verblaßt am klaren Himmel, unzählige Vögel sangen lustig im Walde durcheinander. Er konnte gar nicht begreifen, wie ihn damals hier so seltsame Furcht überfallen konnte.

Bald bemerkte er indes, daß er in Gedanken den rechten Weg verfehlt. Er betrachtete aufmerksam alle Plätze und ging zweifelhaft bald zurück, bald wieder vorwärts; aber vergeblich; je emsiger er suchte, je unbekannter und ganz anders kam ihm alles vor.

Lange war er so umhergeirrt. Die Vögel schwiegen schon, der Kreis der Hügel wurde nach und nach immer stiller, die Strahlen der Mittagssonne schillerten sengend über der ganzen Gegend draußen, die wie unter einem Schleier von Schwüle zu schlummern und zu träumen schien. Da kam er unerwartet an ein Tor von Eisengittern, zwischen dessen zierlich vergoldeten Stäben hindurch man in einen weiten prächtigen Lustgarten hineinsehen konnte. Ein Strom von Kühle und Duft wehte den Ermüdeten erquickend daraus an. Das Tor war nicht verschlossen, er öffnete es leise und trat hinein.

Hohe Buchenhallen empfingen ihn da mit ihren feierlichen Schatten, zwischen denen goldene Vögel wie abgewehte Blüten hin und wieder flatterten, während große seltsame Blumen, wie sie Florio niemals gesehen, traumhaft mit ihren gelben und roten Glocken in dem leisen Winde hin und her schwankten. Unzählige Springbrunnen plätscherten, mit vergoldeten Kugeln spielend, einförmig in der großen Einsamkeit. Zwischen den Bäumen hindurch sah man in der Ferne einen prächtigen Palast mit hohen schlanken Säulen hereinschimmern. Kein Mensch war ringsum zu sehen, tiefe Stille herrschte überall. Nur hin und wieder erwachte manchmal eine Nachtigall und sang wie im Schlummer fast schluchzend. Florio betrachtete verwundert Bäume, Brunnen und Blumen, denn es war ihm, als sei das alles lange versunken und über ihm ginge der Strom der Tage mit leichten, klaren Wellen und unten läge nur der Garten gebunden und verzaubert und träumte von dem vergangenen Leben.

Er war noch nicht weit vorgedrungen, als er Lautenklänge vernahm, bald stärker, bald wieder in dem Rauschen der Springbrunnen leise verhallend. Lauschend blieb er stehen, die Töne kamen immer näher und näher, da trat plötzlich in dem stillen Bogengange eine hohe schlanke Dame von wundersamer Schönheit zwischen den Bäumen hervor, langsam wandelnd und ohne aufzublicken. Sie trug eine prächtige, mit goldnem Bildwerk gezierte Laute im Arm, auf der sie, wie in tiefe Gedanken versunken, einzelne Akkorde griff. Ihr langes goldenes Haar fiel in reichen Locken über die fast blassen, blendend weißen Achseln bis auf den Rücken hinab; die langen weiten Ärmel, wie vom Blütenschnee gewoben, wurden von zierlichen goldenen Spangen gehalten; den schönen Leib umschloß ein himmelblaues Gewand, ringsum an den Enden mit buntglühenden, wunderbar ineinander verschlungenen Blumen gestickt. Ein heller Sonnenblick durch eine Öffnung des Bogenganges schweifte soeben scharf beleuchtend über die blühende Gestalt. Florio fuhr innerlich zusammen – es waren unverkennbar die Züge, die Gestalt des schönen Venusbildes, das er heute nacht am Weiher gesehen hatte. Sie aber sang, ohne den Fremden zu bemerken:

Was weckst du, Frühling, mich von neuem wieder?
Daß all die alten Wünsche auferstehen,
Geht übers Land ein wunderbares Wehen;
Das schauert mir so lieblich durch die Glieder.

Die schöne Mutter grüßen tausend Lieder,
Die, wieder jung, im Brautkranz süß zu sehen;
Der Wald will sprechen, rauschend Ströme gehen,
Najaden tauchen singend auf und nieder.

Die Rose seh ich gehn aus grüner Klause,
Und, wie so buhlerisch die Lüfte fächeln,
Errötend in die laue Luft sich dehnen.

So mich auch ruft ihr aus dem stillen Hause –
Und schmerzlich nun muß ich im Frühling lächeln;
Versinkend zwischen Duft und Klang vor Sehnen.

So singend wandelte sie fort, bald in dem Grünen verschwindend, bald wiedererscheinend, immer ferner und ferner, bis sie sich endlich in der Gegend des Palastes ganz verlor. Nun war es auf einmal wieder still, nur die Bäume und Wasserkünste rauschten wie vorher. Florio stand in blühende Träume versunken, es war ihm, als hätte er die schöne Lautenspielerin schon lange gekannt und nur in der Zerstreuung des Lebens wieder vergessen und verloren, als ginge sie nun vor Wehmut zwischen dem Quellenrauschen unter und riefe ihn unaufhörlich, ihr zu folgen. – Tiefbewegt eilte er weiter in den Garten hinein auf die Gegend zu, wo sie verschwunden war. Da kam er unter uralten Bäumen an ein verfallenes Mauerwerk, an dem noch hin und wieder schöne Bildereien halb kenntlich waren. Unter der Mauer auf zerschlagenen Marmorsteinen und Säulenknäufen, zwischen denen hohes Gras und Blumen üppig hervorschossen, lag ein schlafender Mann ausgestreckt. Erstaunt erkannte Florio den Ritter

Donati. Aber seine Mienen schienen im Schlafe sonderbar verändert, er sah fast wie ein Toter aus. Ein heimlicher Schauer überlief Florio bei diesem Anblick. Er rüttelte den Schlafenden heftig. Donati schlug langsam die Augen auf, und sein erster Blick war so fremd, stier und wild, daß sich Florio ordentlich vor ihm entsetzte. Dabei murmelte er noch zwischen Schlaf und Wachen einige dunkle Worte, die Florio nicht verstand. Als er sich endlich völlig ermuntert hatte, sprang er rasch auf und sah Florio, wie es schien, mit großem Erstaunen an. »Wo bin ich«, rief dieser hastig, »wer ist die edle Herrin, die in diesem schönen Garten wohnt?« – »Wie seid Ihr«, frug dagegen Donati sehr ernst, »in diesen Garten gekommen?« Florio erzählte kurz den Hergang, worüber der Ritter in ein tiefes Nachdenken versank. Der Jüngling wiederholte darauf dringend seine vorigen Fragen, und Donati sagte zerstreut: »Die Dame ist eine Verwandte von mir, reich und gewaltig, ihr Besitztum ist weit im Lande verbreitet – Ihr findet sie bald da, bald dort – auch in der Stadt Lucca ist sie zuweilen.« – Florio fielen die flüchtig hingeworfenen Worte seltsam aufs Herz, denn es wurde ihm nun immer deutlicher, was ihn vorher nur vorübergehend angeflogen, nämlich, daß er die Dame schon einmal in früherer Jugend irgendwo gesehen, doch konnte er sich durchaus nicht klar besinnen.

Sie waren unterdes rasch fortgehend unvermerkt an das vergoldete Gittertor des Gartens gekommen. Es war nicht dasselbe, durch welches Florio vorhin eingetreten. Verwundert sah er sich in der unbekannten Gegend um; weit über die Felder weg lagen die Türme der Stadt im heitern Sonnenglanze. Am Gitter stand Donatis Pferd angebunden und scharrte schnaubend den Boden.

Schüchtern äußerte nun Florio den Wunsch, die schöne Herrin des Gartens künftig einmal wiederzusehen. Donati, der bis dahin noch immer in sich versunken war, schien sich erst hier plötzlich zu besinnen. »Die Dame«, sagte er mit der gewohnten umsichtigen Höflichkeit, »wird sich freuen, Euch kennenzulernen. Heute jedoch würden wir sie stören, und auch mich rufen dringende Geschäfte nach Hause. Vielleicht kann ich Euch morgen abholen.« Und hierauf nahm er in wohlgesetzten Reden Abschied von dem Jüngling, bestieg sein Roß und war bald zwischen den Hügeln verschwunden.

Florio sah ihm lange nach, dann eilte er wie ein Trunkener der Stadt zu. Dort hielt die Schwüle noch alle lebendigen Wesen in den Häusern, hinter den dunkelkühlen Jalousien. Alle Gassen und Plätze waren so leer, Fortunato auch noch nicht zurückgekehrt. Dem Glücklichen wurde es hier zu enge, in trauriger Einsamkeit. Er bestieg schnell sein Pferd und ritt noch einmal ins Freie hinaus.

«Morgen, morgen!« schallte es in einem fort durch seine Seele. Ihm war so unbeschreiblich wohl. Das schöne Marmorbild war ja lebend geworden und von seinem Steine in den Frühling hinuntergestiegen, der stille Weiher plötzlich verwandelt zur unermeßlichen Landschaft, die Sterne darin zu Blumen und der ganze Frühling ein Bild der Schönen. – Und so durchschweifte er lange die schönen Täler um Lucca, den prächtigen Landhäusern, Kaskaden und Grotten wechselnd vorüber, bis die Wellen des Abendrots über dem Fröhlichen zusammenschlugen.

Die Sterne standen schon klar am Himmel, als er langsam durch die stillen Gassen nach seiner Herberge zog. Auf einem der einsamen Plätze stand ein großes schönes Haus, vom Monde hell erleuchtet. Ein Fenster war oben geöffnet, an dem er zwischen künstlich gezogenen Blumen hindurch zwei weibliche Gestalten bemerkte, die in ein lebhaftes Gespräch vertieft schienen. Mit Verwunderung hörte er mehreremal deutlich seinen Namen nennen. Auch glaubte er in den einzelnen abgerissenen Worten, die die Luft herüberwehte, die Stimme der wunderbaren Sängerin wiederzuerkennen. Doch konnte er vor den im Mondesglanz zitternden Blättern und Blüten nichts genau unterscheiden. Er hielt an, um mehr zu vernehmen. Da bemerkten ihn die beiden Damen, und es wurde auf einmal still droben.

Unbefriedigt ritt Florio weiter, aber wie er soeben um die Straßenecke bog, sah er, daß sich die eine von den Damen, noch einmal ihm nachblickend, zwischen den Blumen hinauslehnte und dann schnell das Fenster schloß.

Am folgenden Morgen, als Florio soeben seine Traumblüten abgeschüttelt und vergnügt aus dem Fenster über die in der Morgensonne funkelnden Türme und Kuppeln der Stadt hinaussah, trat unerwartet der Ritter Donati in das Zimmer. Er war ganz schwarz gekleidet und sah heute ungewöhnlich verstört, hastig und beinah wild aus. Florio erschrak ordentlich vor Freude, als er ihn erblickte, denn er gedachte sogleich der schönen Frau. »Kann ich sie sehen?« rief er ihm schnell entgegen. Donati schüttelte verneinend mit dem Kopfe und sagte, traurig vor sich auf den Boden hinsehend: »Heute ist Sonntag.« – Dann fuhr er rasch fort, sich sogleich wieder ermannend: »Aber zur Jagd wollt ich Euch abholen.« – »Zur Jagd?« – erwiderte Florio höchst verwundert, »heute am heiligen Tage?« – »Nun wahrhaftig«, fiel ihm der Ritter mit einem ingrimmigen, abscheulichen Lachen ins Wort, »Ihr wollt doch nicht etwa mit der Buhlerin unterm Arm zur Kirche wandern und im Winkel auf dem Fußschemel knien und andächtig ›Gott helf‹ sagen, wenn die Frau Base niest.« – »Ich weiß nicht, wie Ihr das meint«, sagte Florio, »und Ihr mögt immer über mich lachen, aber ich könnte heut nicht jagen. Wie da draußen alle Arbeit rastet und Wälder und Felder so geschmückt aussehen zu Gottes Ehre, als zögen Engel durch das Himmelblau über sie hinweg – so still, so feierlich und gnadenreich ist diese Zeit!« – Donati stand in Gedanken am Fenster, und Florio glaubte zu bemerken, daß er heimlich schauderte, wie er so in die Sonntagsstille der Felder hinaussah.

Unterdes hatte sich der Glockenklang von den Türmen der Stadt erhoben und ging wie ein Beten durch die klare Luft. Da schien Donati erschrocken, er griff nach seinem Hut und drang beinah ängstlich in Florio, ihn zu begleiten, der es aber beharrlich verweigerte. »Fort, hinaus!« – rief endlich der Ritter halblaut und wie aus tiefster, geklemmter Brust herauf, drückte dem erstaunten Jüngling die Hand und stürzte aus dem Hause fort.

Florio wurde recht heimatlich zumute, als darauf der frische klare Sänger Fortunato, wie ein Bote des Friedens, zu ihm ins Zimmer trat. Er brachte eine Einladung auf morgen abend nach einem Landhause vor der Stadt. »Macht Euch nur gefaßt«, setzte er hinzu, »Ihr werdet dort eine alte Bekannte treffen!« Florio erschrak ordentlich und fragte hastig: »Wen?« Aber Fortunato lehnte lustig alle Erklärungen ab und entfernte sich bald. Sollte es die schöne Sängerin sein? dachte Florio still bei sich, und sein Herz schlug heftig.

Er begab sich dann in die Kirche, aber er konnte nicht beten; er war zu fröhlich zerstreut. Müßig schlenderte er durch die Gassen. Da sah alles so rein und festlich aus, schöngeputzte Herren und Damen zogen fröhlich und schimmernd nach den Kirchen. Aber, ach! die Schönste war nicht unter ihnen! – Ihm fiel dabei sein Abenteuer beim gestrigen Heimzuge ein. Er suchte die Gasse auf und fand bald das große schöne Haus wieder; aber sonderbar! die Tür war geschlossen, alle Fenster fest zu, es schien niemand darin zu wohnen.

Vergeblich schweifte er den ganzen folgenden Tag in der Gegend umher, um nähere Auskunft über seine unbekannte Geliebte zu erhalten, oder sie, wo möglich, gar wiederzusehen. Ihr Palast sowie der Garten, den er in jener Mittagsstunde zufällig gefunden, war wie versunken, auch Donati ließ sich nicht erblicken. Ungeduldig schlug daher sein Herz vor Freude und Erwartung, als er endlich am Abend, der Einladung zufolge, mit Fortunato, der fortwährend den Geheimnisvollen spielte, zum Tore hinaus dem Landhause zuritt.

Es war schon völlig dunkel, als sie draußen ankamen. Mitten in einem Garten, wie es schien, lag eine zierliche Villa mit schlanken Säulen, über denen sich von der Zinne ein zweiter Garten von Orangen und vielerlei Blumen duftig erhob. Große Kastanienbäume standen umher und streckten kühn und seltsam beleuchtet ihre Riesenarme zwischen den aus den Fenstern dringenden Scheinen in die Nacht hinaus. Der Herr vom Hause, ein feiner fröhlicher Mann von mittleren Jahren, den aber Florio früher jemals gesehn zu haben sich nicht erinnerte, empfing den Sänger und seinen Freund herzlich an der Schwelle des Hauses und führte sie die breiten Stufen hinan in den Saal.

Eine fröhliche Tanzmusik scholl ihnen dort entgegen, eine große Gesellschaft bewegte sich bunt und zierlich durcheinander im Glanze unzähliger Lichter, die gleich Sternenkreisen in kristallenen Leuchtern über dem lustigen Schwarme schwebten. Einige tanzten, andere ergötzten sich in lebhaftem Gespräch, viele waren maskiert und gaben unwillkürlich durch ihre wunderliche Erscheinung dem anmutigen Spiele oft plötzlich eine tiefe, fast schauerliche Bedeutung.

Florio stand noch still geblendet, selber wie ein anmutiges Bild, zwischen den schönen schweifenden Bildern. Da trat ein zierliches Mädchen an ihn heran, in griechischem Gewande leicht geschürzt, die schönen Haare in künstliche Kränze geflochten. Eine Larve verbarg ihr halbes Gesicht und ließ die untere

Hälfte nun desto rosiger und reizender sehen. Sie verneigte sich flüchtig, überreichte ihm eine Rose und war schnell wieder in dem Schwarme verloren.

In demselben Augenblicke bemerkte er auch, daß der Herr vom Hause dicht bei ihm stand, ihn prüfend ansah, aber schnell wegblickte, als Florio sich umwandte. –

Verwundert durchstrich nun der letztere die rauschende Menge. Was er heimlich gehofft, fand er nirgends, und er machte sich beinah Vorwürfe, dem fröhlichen Fortunato so leichtsinnig auf dieses Meer von Lust gefolgt zu sein, das ihn nun immer weiter von jener einsamen hohen Gestalt zu verschlagen schien. Sorglos umspülten indes die losen Wellen, schmeichlerisch neckend den Gedankenvollen und tauschten ihm unmerklich die Gedanken aus. Wohl kommt die Tanzmusik, wenn sie auch nicht unser Innerstes erschüttert und umkehrt, recht wie ein Frühling leise und gewaltig über uns, die Töne tasten zauberisch wie die ersten Sommerblicke nach der Tiefe und wecken alle die Lieder, die unten gebunden schliefen, und Quellen und Blumen und uralte Erinnerungen und das ganze eingefrorne, schwere, stockende Leben wird ein leichter klarer Strom, auf dem das Herz mit rauschenden Wimpeln den lange aufgegebenen Wünschen fröhlich wieder zufährt. So hatte die allgemeine Lust auch Florio gar bald angesteckt, ihm war recht leicht zumute, als müßten sich alle Rätsel, die so schwül auf ihm lasteten, lösen.

Neugierig suchte er nun die niedliche Griechin wieder auf. Er fand sie in einem lebhaften Gespräch mit andern Masken, aber er bemerkte wohl, daß auch ihre Augen mitten im Gespräch suchend abseits schweiften und ihn schon von fern wahrgenommen hatten. Er forderte sie zum Tanze. Sie verneigte sich freundlich, aber ihre bewegliche Lebhaftigkeit schien wie gebrochen, als er ihre Hand berührte und festhielt. Sie folgte ihm still und mit gesenktem Köpfchen, man wußte nicht, ob schelmisch oder traurig. Die Musik begann, und er konnte keinen Blick verwenden von der reizenden Gauklerin, die ihn gleich den Zaubergestalten auf den alten fabelhaften Schildereien umschwebte. »Du kennst mich«, flüsterte sie kaum hörbar ihm zu, als sich einmal im Tanze ihre Lippen flüchtig beinah berührten.

Der Tanz war endlich aus, die Musik hielt plötzlich inne; da glaubte Florio seine schöne Tänzerin am anderen Ende des Saales noch einmal wiederzusehen. Es war dieselbe Tracht, dieselbe Farbe des Gewandes, derselbe Haarschmuck. Das schöne Bild schien unverwandt auf ihn herzusehen und stand fortwährend still im Schwarme der nun überall zerstreuten Tänzer, wie ein heiteres Gestirn zwischen dem leichten fliegenden Gewölk bald untergeht, bald lieblich wieder erscheint. Die zierliche Griechin schien die Erscheinung nicht zu bemerken oder doch nicht zu beachten, sondern verließ, ohne ein Wort zu sagen, mit einem leisen flüchtigen Händedruck eilig ihren Tänzer.

Der Saal war unterdes ziemlich leer geworden. Alles schwärmte in den Garten hinab, um sich in der lauen Luft zu ergehen, auch jenes seltsame Doppelbild war verschwunden. Florio folgte dem Zuge und schlenderte gedankenvoll durch die hohen Bogengänge. Die vielen Lichter warfen einen zauberischen Schein zwischen das zitternde Laub. Die hin und her schweifenden Masken, mit ihren veränderten grellen Stimmen und wunderbarem Aufzuge, nahmen sich hier in der ungewissen Beleuchtung noch viel seltsamer und fast gespenstisch aus.

Er war eben, unwillkürlich einen einsamen Pfad einschlagend, ein wenig von der Gesellschaft abgekommen, als er eine liebliche Stimme zwischen den Gebüschen singen hörte:

Über die beglänzten Gipfel
Fernher kommt es wie ein Grüßen,
Flüsternd neigen sich die Wipfel,
Als ob sie sich wollten küssen.

Ist er doch so schön und milde!
Stimmen gehen durch die Nacht,
Singen heimlich von dem Bilde –
Ach, ich bin so froh erwacht!

Plaudert nicht so laut, ihr Quellen!
Wissen darf es nicht der Morgen!
In der Mondnacht linde Wellen,
Senk ich stille Glück und Sorgen.

Florio folgte dem Gesange und kam auf einen offnen runden Rasenplatz, in dessen Mitte ein Springbrunnen lustig mit den Funken des Mondlichts spielte. Die Griechin saß, wie eine schöne Najade, auf dem steinernen Becken. Sie hatte die Larve abgenommen und spielte gedankenvoll mit einer Rose in dem schimmernden Wasserspiegel. Schmeichlerisch schweifte der Mondschein über den blendend weißen Nacken auf und nieder, ihr Gesicht konnte er nicht sehen, denn sie hatte ihm den Rücken zugekehrt. – Als sie die Zweige hinter sich rauschen hörte, sprang das schöne Bildchen rasch auf, steckte die Larve vor und floh, schnell wie ein aufgescheuchtes Reh, wieder zur Gesellschaft zurück.

Florio mischte sich nun auch wieder in die bunten Reihen der Sparziergehenden. Manch zierliches Liebeswort schallte da leise durch die laue Luft, der Mondschein hatte mit seinen unsichtbaren Fäden alle die Bilder wie in ein goldnes Liebesnetz verstrickt, in das nur die Masken mit ihren ungeselligen Parodien manche komische Lücke gerissen. Besonders hatte Fortunato sich diesen Abend mehreremal verkleidet und trieb fortwährend seltsam wechselnd sinnreichen Spuk, immer neu und unerkannt und oft sich selber überraschend durch die Kühnheit und tiefe Bedeutsamkeit seines Spieles, so daß er manchmal plötzlich still wurde vor Wehmut, wenn die andern sich halb totlachen wollten. –

Die schöne Griechin ließ sich indes nirgends sehen, sie schien es absichtlich zu vermeiden, dem Florio wieder zu begegnen.

Dagegen hatte ihn der Herr vom Hause recht in Beschlag genommen. Künstlich und weit ausholend befragte ihn derselbe weitläufig um sein früheres Leben, seine Reisen und seinen künftigen Lebensplan. Florio konnte dabei gar nicht vertraulich werden, denn Pietro, so hieß jener, sah fortwährend so beobachtend aus, als läge hinter allen den feinen Redensarten irgendein besonderer Anschlag auf der Lauer. Vergebens sann er hin und her, dem Grunde dieser zudringlichen Neugier auf die Spur zu kommen.

Er hatte sich soeben wieder von ihm losgemacht, als er, um den Ausgang einer Allee herumbiegend, mehreren Masken begegnete, unter denen er unerwartet die Griechin wiedererblickte. Die Masken sprachen viel und seltsam durcheinander, die eine Stimme schien ihm bekannt, doch konnte er sich nicht deutlich besinnen. Bald darauf verlor sich eine Gestalt nach der andern, bis er sich am Ende, eh er sich dessen recht versah, allein mit dem Mädchen befand. Sie blieb zögernd stehen und sah ihn einige Augenblicke schweigend an. Die Larve war fort, aber ein kurzer, blütenweißer Schleier, mit allerlei wunderlichen goldgestickten Figuren verziert, verdeckte das Gesichtchen. Er wunderte sich, daß die Scheue nun so allein bei ihm aushielt.

»Ihr habt mich in meinem Gesange belauscht«, sagte sie endlich freundlich. Es waren die ersten lauten Worte, die er von ihr vernahm. Der melodische Klang ihrer Stimme drang ihm durch die Seele, es war, als rührte sie erinnernd an alles Liebe, Schöne und Fröhliche, was er im Leben erfahren. Er entschuldigte seine Kühnheit und sprach verwirrt von der Einsamkeit, die ihn verlockt, seiner Zerstreuung, dem Rauschen der Wasserkunst. – Einige Stimmen näherten sich unterdes dem Platze. Das Mädchen blickte scheu um sich und ging rasch tiefer in die Nacht hinein. Sie schien es gern zu sehen, daß Florio ihr folgte.

Kühn und vertraulicher bat er sie nun, sich nicht länger zu verbergen, oder doch ihren Namen zu sagen, damit ihre liebliche Erscheinung unter den tausend verwirrenden Bildern des Tages ihm nicht wieder verlorenginge. »Laßt das«, erwiderte sie träumerisch, »nehmt die Blumen des Lebens fröhlich, wie sie der Augenblick gibt, und forscht nicht nach den Wurzeln im Grunde, denn unten ist es freudlos und still.« Florio sah sie erstaunt an; er begriff nicht, wie solche rätselhafte Worte in den Mund des heitern Mädchens kamen. Das Mondlicht fiel eben wechselnd zwischen den Bäumen auf ihre Gestalt. Da kam es ihm auch vor, als sei sie nun größer, schlanker und edler als vorhin beim Tanze und am Springbrunnen.

Sie waren indes bis an den Ausgang des Gartens gekommen. Keine Lampe brannte mehr hier, nur manchmal hörte man noch eine Stimme in der Ferne verhallend. Draußen ruhte der weite Kreis der Gegend still und feierlich im prächtigen Mondschein. Auf einer Wiese, die vor ihnen lag, bemerkte Florio mehrere Pferde und Menschen, in dem Dämmerlichte halbkenntlich durcheinanderwirrend.

Hier blieb seine Begleiterin plötzlich stehen. »Es wird mich erfreuen«, sagte sie, »Euch einmal in meinem Hause zu sehen. Unser Freund wird Euch hingeleiten. – Lebt wohl!« – Bei diesen Worten schlug sie den Schleier zurück, und Florio fuhr erschrocken zusammen. Es war die wunderbare Schöne, deren Gesang er in jenem mittagsschwülen Garten belauscht. Aber ihr Gesicht, das der Mond hell beschien, kam ihm bleich und regungslos vor, fast wie damals das Marmorbild am Weiher.

Er sah nun, wie sie über die Wiese dahinging, von mehreren reichgeschmückten Dienern empfangen wurde und in einem schnell umgeworfenen schimmernden Jagdkleide einen schneeweißen Zelter bestieg. Wie festgebannt von Staunen, Freude und einem heimlichen Grauen, das ihn innerlichst überschlich, blieb er stehen, bis Pferde, Reiter und die ganze seltsame Erscheinung in die Nacht verschwunden war.

Ein Rufen aus dem Garten weckte ihn endlich aus seinen Träumen. Er erkannte Fortunatos Stimme und eilte, den Freund zu erreichen, der ihn schon längst vermißt und vergebens aufgesucht hatte. Dieser wurde seiner kaum gewahr, als er ihm schon entgegensang:

Still in Luft
Es gebart,
Aus dem Duft
Hebt sich's zart,
Liebchen ruft,
Liebster schweift
Durch die Luft;
Sternwärts greift,
Seufzt und ruft,
Herz wird bang,
Matt wird Duft,
Zeit wird lang –
Mondscheinduft
Luft in Luft
Bleibt Liebe und Liebste, wie sie gewesen!

Aber wo seid Ihr denn auch so lange herumgeschwebt?« schloß er endlich lachend. – Um keinen Preis hätte Florio sein Geheimnis verraten können. »Lange?« erwiderte er nur, selber erstaunt. Denn in der Tat war der Garten unterdes ganz leer geworden, alle Beleuchtung fast erloschen, nur wenige Lampen flackerten noch ungewiß, wie Irrlichter, im Winde hin und her.

Fortunato drang nicht weiter in den Jüngling, und schweigend stiegen sie in dem still gewordenen Hause die Stufen hinan. »Ich löse nun mein Wort«, sagte Fortunato, indem sie auf der Terrasse über dem Dache der Villa anlangten, wo noch eine kleine Gesellschaft unter dem heiter gestirnten Himmel versammelt war. Florio erkannte sogleich mehrere Gesichter, die er an jenem ersten fröhlichen Abend bei den Zelten gesehen. Mitten unter ihnen erblickte er auch seine schöne Nachbarin wieder. Aber der fröhliche Blumenkranz fehlte heute in den Haaren, ohne Band, ohne Schmuck wallten die schönen Locken um das Köpfchen und den zierlichen Hals. Er stand fast betroffen still bei dem Anblick. Die Erinnerung an jenen Abend überflog ihn mit einer seltsam wehmütigen Gewalt. Es war ihm, als sei das schon lange her, so ganz anders war alles seitdem geworden.

Das Fräulein wurde Bianca genannt und ihm als Pietros Nichte vorgestellt. Sie schien ganz verschüchtert, als er sich ihr näherte, und wagte es kaum, zu ihm aufzublicken. Er äußerte ihr seine Verwunderung, sie diesen Abend hindurch nicht gesehen zu haben. «Ihr habt mich öfter gesehen«, sagte sie leise, und er glaubte dieses Flüstern wiederzuerkennen. – Währenddes wurde sie die Rose an seiner Brust gewahr, welche er von der Griechin erhalten, und schlug errötend die Augen nieder. Florio bemerkte es wohl, ihm fiel dabei ein, wie er nach dem Tanze die Griechin doppelt gesehen. Mein Gott! dachte er verwirrt bei sich, wer war denn das? –

»Es ist gar seltsam«, unterbrach sie ablenkend das Stillschweigen, »so plötzlich aus der lauten Lust in die weite Nacht hinauszutreten. Seht nur, die Wolken gehn oft so schreckhaft wechselnd über den Himmel, daß man wahnsinnig werden müßte, wenn man lange hineinsähe; bald wie ungeheure Mondgebirge mit schwindligen Abgründen und schrecklichen Zacken, ordentlich wie Gesichter, bald wieder wie Drachen, oft plötzlich lange Hälse ausstreckend, und drunter schießt der Fluß heimlich wie eine goldne Schlange durch das Dunkel, das weiße Haus da drüben sieht aus wie ein stilles Marmorbild.« – »Wo?« fuhr Florio, bei diesem Worte heftig erschreckt, aus seinen Gedanken auf. – Das Mädchen sah ihn verwundert an, und beide schwiegen einige Augenblicke still. – »Ihr werdet Lucca verlassen?« sagte sie endlich zögernd und leise, als fürchtete sie sich vor einer Antwort. »Nein«, erwiderte Florio zerstreut, »doch, ja, ja, bald, recht sehr bald!« – Sie schien noch etwas sagen zu wollen, wandte aber plötzlich, die Worte zurückdrängend, ihr Gesicht ab in die Dunkelheit.

Er konnte endlich den Zwang nicht länger aushalten. Sein Herz war so voll und gepreßt und doch so überselig. Er nahm schnell Abschied, eilte hinab und ritt ohne Fortunato und alle Begleitung in die Stadt zurück.

Das Fenster in seinem Zimmer stand offen, er blickte flüchtig noch einmal hinaus. Die Gegend draußen lag unkenntlich und still wie eine wunderbar verschränkte Hieroglyphe im zauberischen Mondschein. Er schloß das Fenster fast erschrocken und warf sich auf sein Ruhebett hin, wo er als ein Fieberkranker in die wunderlichsten Träume versank.

Bianca aber saß noch lange auf der Terrasse oben. Alle andern hatten sich zur Ruhe begeben, hin und wieder erwachte schon manche Lerche, mit ungewissem Liede hoch durch die stille Luft schweifend; die Wipfel der Bäume fingen an, sich unten zu rühren, falbe Morgenlichter flogen wechselnd über ihr erwachtes, von den freigelassenen Locken nachlässig umwalltes Gesicht. – Man sagt, daß einem Mädchen, wenn sie in einem, aus neunerlei Blumen geflochtenen Kranze einschläft, ihr künftiger Bräutigam im Traume erscheine. So eingeschlummert hatte Bianca nach jenem Abend bei den Zelten Florio im Traume gesehen. – Nun war alles Lüge, er war ja so zerstreut, so kalt und fremd! – Sie zerpflückte die trügerischen Blumen, die sie bis jetzt wie einen Brautkranz aufbewahrt. Dann lehnte sie die Stirn an das kalte Geländer und weinte aus Herzensgrunde.

Mehrere Tage waren seitdem vergangen, da befand sich Florio eines Nachmittags bei Donati auf seinem Landhause vor der Stadt. An einem mit Früchten und kühlem Wein besetzten Tische verbrachten sie die schwülen Stunden unter anmutigen Gesprächen, bis die Sonne schon tief hinabgesunken war. Währenddes ließ Donati seinen Diener auf der Gitarre spielen, der ihr gar liebliche Töne zu entlocken wußte. Die großen, weiten Fenster standen dabei offen, durch welche die lauen Abendlüfte den Duft vielfacher Blumen, mit denen das Fenster besetzt war, hineinwehten. Draußen lag die Stadt im farbigen Duft zwischen den Gärten und Weinbergen, von denen ein fröhliches Schallen durch die Fenster heraufkam. Florio war innerlichst vergnügt, denn er gedachte im stillen immerfort der schönen Frau.

Währenddes ließen sich draußen Waldhörner aus der Ferne vernehmen. Bald näher, bald weit, gaben sie einander unablässig anmutig Antwort von den grünen Bergen. Donati trat ans Fenster. »Das ist die Dame«, sagte er, »die Ihr in dem schönen Garten gesehen habt, sie kehrt soeben von der Jagd nach ihrem Schlosse zurück.« Florio blickte hinaus. Da sah er das Fräulein auf einem schönen Zelter unten über den grünen Anger ziehen. Ein Falke, mit einer goldenen Schnur an ihren Gürtel befestigt, saß auf ihrer Hand, ein Edelstein an ihrer Brust warf in der Abendsonne lange, grünlichgoldne Scheine über die Wiese hin. Sie nickte freundlich zu ihm herauf.

»Das Fräulein ist nur selten zu Hause«, sagte Donati, »wenn es Euch gefällig wäre, könnten wir sie noch heute besuchen.« Florio fuhr bei diesen Worten freudig aus dem träumerischen Schauen, in das er versunken stand, er hätte dem Ritter um den Hals fallen mögen. – Und bald saßen beide draußen zu Pferde.

Sie waren noch nicht lange geritten, als sich der Palast mit seiner heitern Säulenpracht vor ihnen erhob, ringsum von dem schönen Garten, wie von einem fröhlichen Blumenkranz umgeben. Von Zeit zu Zeit schwangen sich Wasserstrahlen von den vielen Springbrunnen, wie jauchzend, bis über die Wipfel der Gebüsche, hell im Abendgolde funkelnd. – Florio verwunderte sich, wie er bisher niemals den Garten wiederfinden konnte. Sein Herz schlug laut vor Entzücken und Erwartung, als sie endlich bei dem Schlosse anlangten.

Mehrere Diener eilten herbei, ihnen die Pferde abzunehmen. Das Schloß selbst war ganz von Marmor, und seltsam, fast wie ein heidnischer Tempel erbaut. Das schöne Ebenmaß aller Teile, die wie jugendliche Gedanken hoch aufstrebenden Säulen, die künstlichen Verzierungen, sämtliche Geschichten aus einer fröhlichen, lange versunkenen Welt darstellend, die schönen marmornen Götterbilder endlich, die überall in den Nischen umherstanden, als erfüllte die Seele mit einer unbeschreiblichen Heiterkeit. Sie betraten nun die weite Halle, die durch das ganze Schloß hindurchging. Zwischen den luftigen Säulen glänzte und wehte ihnen überall der Garten duftig entgegen.

Auf den breiten glattpolierten Stufen, die in den Garten hinabführten, trafen sie endlich auch die schöne Herrin des Palastes, die sie mit großer Anmut willkommen hieß. – Sie ruhte, halb liegend, auf einem Ruhebett von köstlichen Stoffen. Das Jagdkleid hatte sie abgelegt, ein himmelblaues Gewand, von einem wunderbar zierlichen Gürtel zusammengehalten, umschloß die schönen Glieder. Ein Mädchen, neben ihr kniend, hielt ihr einen reichverzierten Spiegel vor, während mehrere andere beschäftigt waren, ihre anmutige Gebieterin mit Rosen zu schmücken. Zu ihren Füßen war ein Kreis von Jungfrauen auf dem Rasen gelagert, die sangen mit abwechselnden Stimmen zur Laute, bald hinreißend fröhlich, bald leise klagend, wie Nachtigallen in warmen Sommernächten einander Antwort geben.

In dem Garten selbst sah man überall ein erfrischendes Wehen und Regen. Viele fremde Herren und Damen wandelten da zwischen den Rosengebüschen und Wasserkünsten in artigen Gesprächen auf und nieder. Reichgeschmückte Edelknaben reichten Wein und mit Blumen verdeckte Orangen und Früchte in silbernen Schalen umher. Weiter in der Ferne, wie die Lautenklänge und die Abendstrahlen so über die Blumenfelder dahinglitten, erhoben sich hin und her schöne Mädchen, wie aus Mittagsträumen erwachend, aus den Blumen, schüttelten die dunkeln Locken aus der Stirn, wuschen sich die Augen in den klaren Springbrunnen, und mischten sich dann auch in den fröhlichen Schwarm.

Florios Blicke schweiften wie geblendet über die bunten Bilder, immer mit neuer Trunkenheit wieder zu der schönen Herrin des Schlosses zurückkehrend. Diese ließ sich in ihrem kleinen anmutigen Geschäft nicht stören. Bald etwas an ihrem dunkeln duftenden Lockengeflecht verbessernd, bald wieder im Spiegel sich betrachtend, sprach sie dabei fortwährend zu dem Jüngling, mit gleichgültigen Dingen in zierlichen Worten holdselig spielend. Zuweilen wandte sie sich plötzlich um und blickte ihn unter den Rosenkränzen so unbeschreiblich lieblich an, daß es ihm durch die innerste Seele ging. –

Die Nacht hatte indes schon angefangen, zwischen die fliegenden Abendlichter hinein zu dunkeln, das lustige Schallen im Garten wurde nach und nach zum leisen Liebesgeflüster, der Mondschein legte sich zauberisch über die schönen Bilder. Da erhob sich die Dame von ihrem blumigen Sitze und faßte Florio freundlich bei der Hand, um ihn in das Innere ihres Schlosses zu führen, von dem er bewundernd gesprochen. Viele von den andern folgten ihnen nach. Sie gingen einige Stufen auf und nieder, die Gesellschaft zerstreute sich inzwischen lustig, lachend und scherzend durch die vielfachen Säulengänge, auch Donati war im Schwarme verloren, und bald befand sich Florio mit der Dame allein in einem der prächtigsten Gemächer des Schlosses.

Die schöne Führerin ließ sich hier auf mehrere am Boden liegende seidene Kissen nieder. Sie warf dabei, zierlich wechselnd, ihren weiten, blütenweißen Schleier in die mannigfaltigsten Richtungen, immer schönere Formen bald enthüllend, bald lose verbergend. Florio betrachtete sie mit flammenden Augen. Da begann auf einmal draußen in dem Garten ein wunderschöner Gesang. Es war ein altes frommes Lied, das er in seiner Kindheit oft gehört und seitdem über den wechselnden Bildern der Reise fast vergessen hatte. Er wurde ganz zerstreut, denn es kam ihm zugleich vor, als wäre es Fortunatos Stimme. – »Kennt Ihr den Sänger?« fragte er rasch die Dame. Diese schien ordentlich erschrocken und verneinte es verwirrt. Dann saß sie lange im stummen Nachsinnen da.

Florio hatte unterdes Zeit und Freiheit, die wunderlichen Verzierungen des Gemaches genau zu betrachten. Es war nur matt durch einige Kerzen erleuchtet, die von zwei ungeheuren, aus der Wand hervorragenden Armen gehalten wurden. Hohe, ausländische Blumen, die in künstlichen Krügen umherstanden, verbreiteten einen berauschenden Duft. Gegenüber stand eine Reihe marmorner Bildsäulen, über deren reizende Formen die schwankenden Lichter lüstern auf und nieder schweiften. Die übrigen Wände füllten köstliche Tapeten mit in Seide gewirkten lebensgroßen Historien von ausnehmender Frische.

Mit Verwunderung glaubte Florio, in allen den Damen, die er in diesen letzteren Schildereien erblickte, die schöne Herrin des Hauses deutlich wiederzuerkennen. Bald erschien sie, den Falken auf der Hand, wie er sie vorhin gesehen hatte, mit einem jungen Ritter auf die Jagd reitend, bald war sie in einem prächtigen Rosengarten vorgestellt, wie ein anderer schöner Edelknabe auf den Knien zu ihren Füßen lag.

Da flog es ihn plötzlich wie von den Klängen des Liedes draußen an, daß er zu Hause in früher Kindheit oftmals ein solches Bild gesehen, eine wunderschöne Dame in derselben Kleidung, einen Ritter zu ihren Füßen, hinten einen weiten Garten mit vielen Springbrunnen und künstlich geschnittenen Alleen, geradeso wie vorhin der Garten draußen erschienen. Auch Abbildungen von Lucca und anderen berühmten Städten erinnerte er sich, dort gesehen zu haben.

Er erzählte es nicht ohne tiefe Bewegung der Dame. »Damals«, sagte er in Erinnerungen verloren, »wenn ich so an schwülen Nachmittagen in dem einsamen Lusthause unseres Gartens vor den alten Bildern stand und die wunderlichen Türme der Städte, die Brücken und Alleen betrachtete, wie da prächtige Karossen fuhren und stattliche Kavaliers einherritten, die Damen in den Wagen begrüßend – da dachte ich nicht, daß das alles einmal lebendig werden würde um mich herum. Mein Vater trat dabei oft zu mir und erzählte mir manch lustiges Abenteuer, das ihm auf seinen jugendlichen Heeresfahrten in der und jener von den abgemalten Städten begegnet. Dann pflegte er gewöhnlich lange Zeit nachdenklich in dem stillen Garten auf und ab zu gehen. – Ich aber warf mich in das tiefste Gras und sah stundenlang zu, wie Wolken über die schwüle Gegend wegzogen. Die Gräser und Blumen schwankten leise hin und her über mir, als wollten sie seltsame Träume weben, die Bienen summten dazwischen so sommerhaft und in einem fort – ach! das ist alles wie ein Meer von Stille, in dem das Herz vor Wehmut untergehen möchte!« – »Laßt nur das!« sagte hier die Dame wie in Zerstreuung, »ein jeder glaubt, mich schon einmal gesehen zu haben, denn mein Bild dämmert und blüht wohl in allen Jugendträumen mit herauf.« Sie streichelte dabei beschwichtigend dem schönen Jüngling die braunen Locken aus der klaren Stirn. – Florio aber stand auf, sein Herz war zu voll und tief bewegt, er trat ans offne Fenster. Da rauschten die Bäume, hin und her schlug eine Nachtigall, in der Ferne blitzte es zuweilen. Über den stillen Garten weg zog immerfort der Gesang wie ein klarer kühler Strom, aus dem die alten Jugendträume herauftauchten. Die Gewalt dieser Töne hatte seine ganze Seele in tiefe Gedanken versenkt, er kam sich auf einmal hier so fremd und wie aus sich selber verirrt vor. Selbst die letzten Worte der Dame, die er sich nicht recht zu deuten wußte, beängstigten ihn sonderbar – da sagte er leise aus tiefstem Grunde der Seele: »Herr Gott, laß mich nicht verlorengehen in der Welt!« Kaum hatte er die Worte innerlichst ausgesprochen, als sich draußen ein trüber Wind, wie von dem herannahenden Gewitter, erhob und ihn verwirrend anwehte. Zu gleicher Zeit bemerkte er an dem Fenstergesimse Gras und einzelne Büschel von Kräutern wie auf altem Gemäuer. Eine Schlange fuhr zischend daraus hervor und stürzte mit dem grünlichgoldenen Schweife sich ringelnd in den Abgrund hinunter.

Erschrocken verließ Florio das Fenster und kehrte zu der Dame zurück. Diese saß unbeweglich still, als lauschte sie. Dann stand sie rasch auf, ging ans Fenster und sprach mit anmutiger Stimme scheltend in die Nacht hinaus. Florio konnte aber nichts verstehen, denn der Sturm riß die Worte gleich mit sich fort. Das Gewitter schien indes immer näher zu kommen, der Wind, zwischen dem noch immerfort einzelne Töne des Gesanges herzzerreißend heraufflogen, strich pfeifend durch das ganze Haus und drohte die wild hin und her flackernden Kerzen zu verlöschen. Ein langer Blitz erleuchtete soeben das dämmernde Gemach. Da fuhr Florio plötzlich einige Schritte zurück, denn es war ihm, als stünde die Dame starr mit geschlossenen Augen und ganz weißem Antlitz und Armen vor ihm. Mit dem flüchtigen Blitzescheine jedoch verschwand auch das schreckliche Gesicht wieder, wie es entstanden. Die alte Dämmerung füllte wieder das Gemach, die Dame sah ihn wieder lächelnd an wie vorhin, aber stillschweigend und wehmütig, wie mit schwerverhaltenen Tränen.

Florio hatte indes, im Schreck zurücktaumelnd, eines von den steinernen Bildern, die an der Wand herumstanden, angestoßen. In demselben Augenblicke begann dasselbe sich zu rühren, die Regung teilte sich schnell den andern mit, und bald erhoben sich alle die Bilder mit furchtbarem Schweigen von ihrem Gestelle. Florio zog seinen Degen und warf einen ungewissen Blick auf die Dame. Als er aber bemerkte, daß dieselbe, bei den indes immer gewaltiger verschwellenden Tönen des Gesanges im Garten, immer bleicher und bleicher wurde, gleich einer versinkenden Abendröte, worin endlich auch die lieblich spielenden Augensterne unterzugehen schienen, da erfaßte ihn ein tödliches Grauen. Denn auch die hohen Blumen in den Gefäßen fingen an, sich wie buntgefleckte bäumende Schlangen gräßlich durcheinanderzuwinden, alle Ritter auf den Wandtapeten sahen auf einmal aus wie er und lachten ihn hämisch an; die beiden Arme, welche die Kerzen hielten, rangen und reckten sich immer länger, als wolle ein ungeheurer Mann aus der Wand sich hervorarbeiten, der Saal füllte sich mehr und mehr, die Flammen des Blitzes warfen gräßliche Scheine zwischen die Gestalten, durch deren Gewimmel Florio die steinernen Bilder mit solcher Gewalt auf sich losdringen sah, daß ihm die Haare zu Berge standen. Das Grausen überwältigte alle seine Sinne, er stürzte verworren aus dem Zimmer durch die öden, widerhallenden Gemächer und Säulengänge hinab.

Unten im Garten lag seitwärts der stille Weiher, den er in jener ersten Nacht gesehen, mit dem marmornen Venusbilde. Der Sänger Fortunato, so kam es ihm vor, fuhr abgewendet und hoch aufrecht stehend im Kahne mitten auf dem Weiher, noch einzelne Akkorde in seine Gitarre greifend. Florio aber hielt auch diese Erscheinung für ein verwirrendes Blendwerk der Nacht und eilte fort und fort, ohne sich umzusehen, bis Weiher, Garten und Palast weit hinter ihm versunken waren. Die Stadt ruhte, hell vom Monde beschienen, vor ihm. Fernab am Horizonte verhallte nur ein leichtes Gewitter, es war eine prächtig klare Sommernacht.

Schon flogen einzelne Lichtstreifen über den Morgenhimmel, als er vor den Toren ankam. Er suchte dort heftig Donatis Wohnung auf, ihn wegen der Begebenheiten dieser Nacht zur Rede zu stellen. Das Landhaus lag auf einem der höchsten Plätze mit der Aussicht über die Stadt und die ganze umliegende Gegend. Er fand daher die anmutige Stelle bald wieder. Aber anstatt der zierlichen Villa, in der er gestern gewesen, stand nur eine niedere Hütte da, ganz von Weinlaub überrankt und von einem kleinem Gärtchen umschlossen. Tauben, in den ersten Morgenstrahlen spiegelnd, gingen girrend auf dem Dache auf und nieder, ein tiefer, heiterer Friede herrschte überall. Ein Mann mit dem Spaten auf der Achsel kam soeben aus dem Hause und sang:

Vergangen ist die finstre Nacht,
Des Bösen Trug und Zaubermacht,
Zur Arbeit weckt der lichte Tag;
Frisch auf, wer Gott noch loben mag!

Er brach sein Lied plötzlich ab, als er den Fremden so bleich und mit verworrenem Haar daherfliegen sah. Ganz verwirrt fragte Florio nach Donati. Der Gärtner aber kannte den Namen nicht und schien den Fragenden für wahnsinnig zu halten. Seine Tochter dehnte sich auf der Schwelle in die kühle Morgenluft hinaus und sah den Fremden frisch und morgenklar mit den großen, verwunderten Augen an. »Mein Gott! wo bin ich denn so lange gewesen!« sagte Florio halb leise in sich und floh eilig zurück durch das Tor und die noch leeren Gassen in die Herberge.

Hier verschloß er sich in sein Zimmer und versank ganz und gar in ein hinstarrendes Nachsinnen. Die unbeschreibliche Schönheit der Dame, wie sie so langsam vor ihm verblich und die anmutigen Augen untergingen, hatte in seinem tiefsten Herzen eine solche unendliche Wehmut zurückgelassen, daß er sich unwiderstehlich sehnte, hier zu sterben.

In solchem unseligen Brüten und Träumen blieb er den ganzen Tag und die darauffolgende Nacht hindurch.

Die früheste Morgendämmerung fand ihn schon zu Pferde vor den Toren der Stadt. Das unermüdliche Zureden seines getreuen Dieners hatte ihn endlich zu dem Entschlusse bewogen, diese Gegend gänzlich zu verlassen. Langsam und in sich gekehrt zog er nun die schöne Straße, die von Lucca in das Land hinausführte, zwischen den dunkelnden Bäumen, in denen die Vögel noch schliefen, dahin. Da gesellten sich, nicht gar fern von der Stadt, noch drei andere Reiter zu ihm. Nicht ohne heimlichen Schauer erkannte er in dem einen den Sänger Fortunato. Der andere war Fräulein Biancas Oheim, in dessen Landhause er an jenem verhängnisvollen Abende getanzt. Er wurde von einem Knaben begleitet, der stillschweigend und ohne viel aufzublicken, neben ihm herritt. Alle drei hatten sich vorgenommen, miteinander das schöne Italien zu durchschweifen, und luden Florio freundlich ein, mit ihnen zu reisen. Er aber verneigte sich schweigend, weder einwilligend noch verneinend, und nahm fortwährend an allen ihren Gesprächen nur geringen Anteil.

Die Morgenröte erhob sich indes immer höher und kühler über der wunderschönen Landschaft vor ihnen. Da sagte der heitre Pietro zu Fortunato: »Seht nur, wie seltsam das Zwielicht über dem Gestein der alten Ruine auf dem Berge dort spielt! Wie oft bin ich, schon als Knabe, mit Erstaunen, Neugier und heimlicher Scheu dort herumgeklettert! Ihr seid so vieler Sagen kundig, könnt Ihr uns nicht Auskunft geben von dem Ursprung und Verfall dieses Schlosses, von dem so wunderliche Gerüchte im Lande gehen?« – Florio warf einen Blick nach dem Berge. In einer großen Einsamkeit lag da altes verfallenes Gemäuer umher, schöne, halb in die Erde versunkene Säulen und künstlich gehauene Steine, alles von einer üppig blühenden Wildnis grünverschlungener Ranken, Hecken und hohen Unkrauts überdeckt. Ein Weiher befand sich daneben, über dem sich ein zum Teil zertrümmertes Marmorbild erhob, hell vom Morgen angeglüht. Es war offenbar dieselbe Gegend, dieselbe Stelle, wo er den schönen Garten und die Dame gesehen hatte. Er schauerte innerlichst zusammen bei dem Anblicke. Fortunato aber sagte: »Ich weiß ein altes Lied darauf, wenn ihr damit fürliebnehmen wollt.« Und hiermit sang er, ohne sich lange zu besinnen, mit seiner klaren fröhlichen Stimme in die heitere Morgenluft hinaus:

Von kühnen Wunderbildern
Ein großer Trümmerhauf,
In reizendem Verwildern
Ein blühnder Garten drauf.

Versunknes Reich zu Füßen,
Vom Himmel fern und nah,
Aus andrem Reich ein Grüßen –
Das ist Italia!

Wenn Frühlingslüfte wehen
Hold überm grünen Plan
Ein leises Auferstehen
Hebt in den Tälern an.

Da will sich's unten rühren
Im stillen Göttergrab,
Der Mensch kann's schauernd spüren
Tief in die Brust hinab.

Verwirrend in den Bäumen
Gehn Stimmen hin und her,
Ein sehnsuchtsvolles Träumen
Weht übers blaue Meer.

Und unterm duft'gen Schleier,
Sooft der Lenz erwacht,
Webt in geheimer Feier
Die alte Zaubermacht.

Frau Venus hört das Locken,
Der Vögel heitern Chor,
Und richtet froh erschrocken
Aus Blumen sich empor.

Sie sucht die alten Stellen,
Das luft'ge Säulenhaus,
Schaut lächelnd in die Wellen
Der Frühlingsluft hinaus.

Doch öd sind nun die Stellen,
Stumm liegt ihr Säulenhaus,
Gras wächst da auf den Schwellen,
Der Wind zieht ein und aus.

Wo sind nun die Gespielen?
Diana schläft im Wald,
Neptunus ruht im kühlen
Meerschloß, das einsam hallt.

Zuweilen nur Sirenen
Noch tauchen aus dem Grund,
Und tun in irren Tönen
Die tiefe Wehmut kund.

Sie selbst muß sinnend stehen
So bleich im Frühlingsschein,
Die Augen untergehen,
Der schöne Leib wird Stein. –

Denn über Land und Wogen
Erscheint, so still und mild,
Hoch auf dem Regenbogen
Ein andres Frauenbild.

Ein Kindlein in den Armen
Die Wunderbare hält,
Und himmlisches Erbarmen
Durchdringt die ganze Welt.

Da in den lichten Räumen
Erwacht das Menschenkind,
Und schüttelt böses Träumen
Von seinem Haupt geschwind.

Und, wie die Lerche singend,
Aus schwülen Zaubers Kluft
Erhebt die Seele ringend
Sich in die Morgenluft.

Alle waren still geworden über dem Liede. »Jene Ruine«, sagte endlich Pietro, »wäre also ein ehemaliger Tempel der Venus, wenn ich Euch sonst recht verstanden?« – »Allerdings«, erwiderte Fortunato, »soviel man an der Anordnung des Ganzen und den noch übriggebliebenen Verzierungen abnehmen kann. Auch sagt man, der Geist der schönen Heidengöttin habe keine Ruhe gefunden. Aus der erschrecklichen Stille des Grabes heißt sie das Andenken an die irdische Lust jeden Frühling immer wieder in die grüne Einsamkeit ihres verfallenen Hauses heraufsteigen und durch teuflisches Blendwerk die alte Verführung üben an jungen sorglosen Gemütern, die dann vom Leben abgeschieden, und doch auch nicht aufgenommen in den Frieden der Toten, zwischen wilder Lust und schrecklicher Reue, an Leib und Seele verloren, umherirren und in der entsetzlichsten Täuschung sich selber verzehren. Gar häufig will man auf demselben Platze Anfechtungen von Gespenstern verspürt haben, wo sich bald eine wunderschöne Dame, bald mehrere ansehnliche Kavaliers sehen lassen und die Vorübergehenden in einen dem Auge vorgestellten erdichteten Garten und Palast führen.« – »Seid Ihr jemals droben gewesen?« fragte hier Florio rasch, aus seinen Gedanken erwachend. – »Erst vorgestern abends«, entgegnete Fortunato. – »Und habt Ihr nichts Erschreckliches gesehen?« – »Nichts«, sagte der Sänger, »als den stillen Weiher und die weißen rätselhaften Steine im Mondlicht umher und den weiten unendlichen Sternenhimmel darüber. Ich sang ein altes frommes Lied, eines von jenen ursprünglichen Liedern, die, wie Erinnerungen und Nachklänge aus einer andern heimatlichen Welt, durch das Paradiesgärtlein unsrer Kindheit ziehen und ein rechtes Wahrzeichen sind, an dem sich alle Poetische später in dem älter gewordenen Leben immer wiedererkennen. Glaubt mir, ein redlicher Dichter kann viel wagen, denn die Kunst, die ohne Stolz und Frevel, bespricht und bändigt die wilden Erdengeister, die aus der Tiefe nach uns langen.«

Alle schwiegen, die Sonne ging soeben auf vor ihnen und warf ihre funkelnden Lichter über die Erde. Da schüttelte Florio sich an allen Gliedern, sprengte rasch eine Strecke den andern voraus, und sang mit heller Stimme:

Hier bin ich, Herr! Gegrüßt das Licht,
Das durch die stille Schwüle
Der müden Brust gewaltig bricht,
Mit seiner strengen Kühle.

Nun bin ich frei! ich taumle noch
Und kann mich noch nicht fassen –
O Vater, du erkennst mich doch,
Und wirst nicht von mir lassen!

Es kommt nach allen heftigen Gemütsbewegungen, die unser ganzes Wesen durchschüttern, eine stillklare Heiterkeit über die Seele, gleich wie die Felder nach einem Gewitter frischer grünen und aufatmen. So fühlte sich auch Florio nun innerlichst erquickt, er blickte wieder recht mutig um sich und erwartete beruhigt die Gefährten, die langsam im Grünen nachgezogen kamen.

Der zierliche Knabe, welcher Pietro begleitete, hatte unterdes auch, wie Blumen vor den ersten Morgenstrahlen, das Köpfchen erhoben. Da erkannte

Florio mit Erstaunen Fräulein Bianca. Er erschrak, wie sie so bleich aussah gegen jenen Abend, da er sie zum erstenmal unter den Zelten im reizenden Mutwillen gesehen. Die Arme war mitten in ihren sorglosen Kinderspielen von der Gewalt der ersten Liebe überrascht worden. Und als dann der heißgeliebte Florio, den dunkeln Mächten folgend, so fremd wurde und sich immer weiter von ihr entfernte, bis sie ihn endlich ganz verloren geben mußte, da versank sie in eine tiefe Schwermut, deren Geheimnis sie niemand anzuvertrauen wagte. Der kluge Pietro wußte es aber wohl und hatte beschlossen, seine Nichte weit fortzuführen und sie in fremden Gegenden und in einem andern Himmelsstrich, wo nicht zu heilen, doch zu zerstreuen und zu erhalten. Um ungehinderter reisen zu können und zugleich alles Vergangene gleichsam von sich abzustreifen, hatte sie Knabentracht anlegen müssen.

Mit Wohlgefallen ruhten Florios Blicke auf der lieblichen Gestalt. Eine seltsame Verblendung hatte bisher seine Augen wie mit einem Zaubernebel umfangen. Nun erstaunte er ordentlich, wie schön sie war! Er sprach vielerlei gerührt und mit tiefer Innigkeit zu ihr. Da ritt sie, ganz überrascht von dem unverhofften Glück, und in freudiger Demut, als verdiene sie solche Gnade nicht, mit niedergeschlagenen Augen schweigend neben ihm her. Nur manchmal blickte sie unter den langen schwarzen Augenwimpern nach ihm hinauf, die ganze klare Seele lag in dem Blick, als wollte sie bittend sagen: »Täusche mich nicht wieder!«

Sie waren unterdes auf einer luftigen Höhe angelangt, hinter ihnen versank die Stadt Lucca mit ihren dunkeln Türmen in dem schimmernden Duft. Da sagte Florio, zu Bianca gewendet: »Ich bin wie neu geboren, es ist mir, als würde noch alles gut werden, seit ich Euch wiedergefunden. Ich möchte niemals wieder scheiden, wenn Ihr es vergönnt.«

Bianca blickte ihn, statt aller Antwort selber wie fragend, mit ungewisser, noch halb zurückgehaltener Freude an und sah recht wie ein heiteres Engelsbild auf dem tiefblauen Grunde des Morgenhimmels aus. Der Morgen schien ihnen, in langen goldenen Strahlen über die Fläche schießend, gerade entgegen. Die Bäume standen hell angeglüht, unzählige Lerchen sangen schwirrend in der klaren Luft. Und so zogen die Glücklichen fröhlich durch die überglänzten Auen in das blühende Mailand hinunter.

HEINRICH VON KLEIST

Die Marquise von O . . .

In M . . ., einer bedeutenden Stadt im oberen Italien, ließ die verwitwete Marquise von O . . ., eine Dame von vortrefflichem Ruf und Mutter von mehreren wohlerzogenen Kindern, durch die Zeitung bekanntmachen, daß sie, ohne ihr Wissen, in andre Umstände gekommen sei, daß der Vater zu dem Kinde, das sie gebären würde, sich melden solle; und daß sie, aus Familienrücksichten, entschlossen wäre, ihn zu heiraten. Die Dame, die einen so sonderbaren, den Spott der Welt reizenden Schritt, beim Drang unabänderlicher Umstände, mit solcher Sicherheit tat, war die Tochter des Herrn von G . . ., Kommandanten der Zitadelle bei M . . . Sie hatte, vor ungefähr drei Jahren, ihren Gemahl, den Marquis von O . . ., dem sie auf das innigste und zärtlichste zugetan war, auf einer Reise verloren, die er, in Geschäften der Familie, nach Paris gemacht hatte. Auf Frau von G . . . s, ihrer würdigen Mutter, Wunsch, hatte sie, nach seinem Tode, den Landsitz verlassen, den sie bisher bei V . . . bewohnt hatte, und war, mit ihren beiden Kindern, in das Kommandantenhaus, zu ihrem Vater, zurückgekehrt. Hier hatte sie die nächsten Jahre mit Kunst, Lektüre, mit Erziehung und ihrer Eltern Pflege beschäftigt, in der größten Eingezogenheit zugebracht, bis der . . . Krieg plötzlich die Gegend umher mit den Truppen fast aller Mächte und auch mit russischen erfüllte. Der Obrist von G . . ., welcher den Platz zu verteidigen Ordre hatte, forderte seine Gemahlin und seine Tochter auf, sich auf das Landgut entweder der letzteren oder seines Sohnes, das bei V . . . lag, zurückzuziehen. Doch ehe sich die Abschätzung noch, hier der Bedrängnisse, denen man in der Festung, dort der Greuel, denen man auf dem platten Lande ausgesetzt sein konnte, auf der Waage der weiblichen Überlegung entschieden hatte, war die Zitadelle von den russischen Truppen schon berennt, und aufgefordert, sich zu ergeben. Der Obrist erklärte gegen seine Familie, daß er sich nunmehr verhalten würde, als ob sie nicht vorhanden wäre und antwortete mit Kugeln und Granaten. Der Feind, seinerseits, bombardierte die Zitadelle. Er steckte die Magazine in Brand, eroberte ein Außenwerk, und als der Kommandant, nach einer nochmaligen Aufforderung, mit der Übergabe zauderte, so ordnete er einen nächtlichen Überfall an, und eroberte die Festung mit Sturm.

Eben als die russischen Truppen, unter einem heftigen Haubitzenspiel, von außen eindrangen, fing der linke Flügel des Kommandantenhauses Feuer und nötigte die Frauen, ihn zu verlassen. Die Obristin, indem sie der Tochter, die mit den Kindern die Treppe hinabfloh, nacheilte, rief, daß man zusammenbleiben und sich in die unteren Gewölbe flüchten möchte; doch eine Granate, die, eben in diesem Augenblicke, in dem Hause zerplatzte, vollendete die gänzliche Verwirrung in demselben. Die Marquise kam, mit ihren beiden Kindern, auf den Vorplatz des Schlosses, wo die Schüsse schon, im heftigsten Kampf, durch die Nacht blitzten, und sie, besinnungslos, wohin sie sich wenden solle, wieder in das brennende Gebäude zurückjagten. Hier, unglücklicherweise, begegnete ihr, da sie eben durch die Hintertür entschlüpfen wollte, ein Trupp feindlicher Scharfschützen, der, bei ihrem Anblick, plötzlich still ward, die Gewehre über die Schultern hing und sie, unter abscheulichen Gebärden, mit sich fortführte. Vergebens rief die Marquise, von der entsetzlichen, sich untereinander selbst bekämpfenden Rotte bald hier-, bald dorthin gezerrt, ihre zitternden, durch die Pforte zurückfliehenden Frauen, zu Hilfe. Man schleppte sie in den hinteren Schloßhof, wo sie eben, unter den schändlichsten Mißhandlungen, zu Boden sinken wollte, als, von dem Zetergeschrei der Dame herbeigerufen, ein russischer Offizier erschien und die Hunde, die nach solchem Raub lüstern waren, mit wütenden Hieben zerstreute. Der Marquise schien er ein Engel des Himmels zu sein. Er stieß noch dem letzten viehischen Mordknecht, der ihren schlanken Leib umfaßt hielt, mit dem Griff des Degens ins Gesicht, daß er, mit aus dem Mund vorquellendem Blut, zurücktaumelte; bot dann der Dame, unter einer verbindlichen, französischen Anrede den Arm und führte sie, die von allen solchen Auftritten sprachlos war, in den anderen, von der Flamme noch nicht ergriffenen, Flügel des Palastes, wo sie auch völlig bewußtlos niedersank. Hier traf er, da bald darauf ihre erschrockenen Frauen erschienen, Anstalten, einen Arzt zu rufen; versicherte, indem er sich den Hut aufsetzte, daß sie sich bald erholen würde, und kehrte in den Kampf zurück.

Der Platz war in kurzer Zeit völlig erobert, und der Kommandant, der sich nur noch wehrte, weil man ihm keinen Pardon geben wollte, zog sich eben mit sinkenden Kräften nach dem Portal des Hauses zurück, als der russische Offizier, sehr erhitzt im Gesicht, aus demselben hervortrat und ihm zurief, sich zu ergeben. Der Kommandant antwortete, daß er auf diese Aufforderung nur gewartet habe, reichte ihm seinen Degen dar und bat sich die Erlaubnis aus, sich ins Schloß begeben und nach seiner Familie umsehen zu dürfen. Der russische Offizier, der, nach der Rolle zu urteilen, die er spielte, einer der Anführer des Sturms zu sein schien, gab ihm, unter Begleitung einer Wache, diese Freiheit, setzte sich, mit einiger Eilfertigkeit, an die Spitze eines Detachements, entschied, wo er noch zweifelhaft sein mochte, den Kampf und bemannte schleunigst die festen Punkte des Forts. Bald darauf kehrte er auf den Waffenplatz zurück, gab Befehl, der Flamme, welche wütend um sich zu greifen anfing, Einhalt zu tun, und leistete selbst hierbei Wunder der Anstrengung, als man seine Befehle nicht mit dem gehörigen Eifer befolgte. Bald kletterte er, den

Schlauch in der Hand, mitten unter brennenden Giebeln umher und regierte den Wasserstrahl; bald steckte er, die Naturen der Asiaten mit Schaudern erfüllend, in den Arsenälen und wälzte Pulverfässer und gefüllte Bomben heraus. Der Kommandant, der inzwischen in das Haus getreten war, geriet auf die Nachricht von dem Unfall, der die Marquise betroffen hatte, in die äußerste Bestürzung. Die Marquise, die sich schon völlig, ohne Beihilfe des Arztes, wie der russische Offizier vorhergesagt hatte, aus ihrer Ohnmacht wieder erholt hatte und bei der Freude, alle die Ihrigen gesund und wohl zu sehen, nur noch, um die übermäßige Sorge derselben zu beschwichtigen, das Bett hütete, versicherte ihn, daß sie keinen andern Wunsch habe, als aufstehen zu dürfen, um ihrem Retter ihre Dankbarkeit zu bezeugen. Sie wußte schon, daß er der Graf F..., Obristlieutenant vom t...n Jägerkorps, und Ritter eines Verdienst- und mehrerer anderen Orden war. Sie bat ihren Vater, ihn inständigst zu ersuchen, daß er die Zitadelle nicht verlasse, ohne sich einen Augenblick im Schloß gezeigt zu haben. Der Kommandant, der das Gefühl seiner Tochter ehrte, kehrte auch ungesäumt in das Fort zurück und trug ihm, da er unter unaufhörlichen Kriegsanordnungen umherschweifte und keine bessere Gelegenheit zu finden war, auf den Wällen, wo er eben die zerschossenen Rotten revidierte, den Wunsch seiner gerührten Tochter vor. Der Graf versicherte ihn, daß er nur auf den Augenblick warte, den er seinen Geschäften würde abmüßigen können, um ihr seine Ehrerbietigkeit zu bezeugen. Er wollte noch hören, wie sich die Frau Marquise befinde? als ihn die Rapporte mehrerer Offiziere schon wieder in das Gewühl des Krieges zurückrissen. Als der Tag anbrach, erschien der Befehlshaber der russischen Truppen und besichtigte das Fort. Er bezeugte dem Kommandanten seine Hochachtung, bedauerte, daß das Glück seinen Mut nicht besser unterstützt habe, und gab ihm, auf sein Ehrenwort, die Freiheit, sich hinzubegeben, wohin er wolle. Der Kommandant versicherte ihn seiner Dankbarkeit und äußerte, wieviel er, an diesem Tage, den Russen überhaupt, und besonders dem jungen Grafen F..., Obristlieutenant vom t...n Jägerkorps, schuldig geworden sei. Der General fragte, was vorgefallen sei; und als man ihn von dem frevelhaften Anschlag auf die Tochter desselben unterrichtete, zeigte er sich auf das äußerste entrüstet. Er rief den Grafen F... bei Namen vor. Nachdem er ihm zuvörderst wegen seines eignen edelmütigen Verhaltens eine kurze Lobrede gehalten hatte, wobei der Graf über das ganze Gesicht rot ward, schloß er, daß er die Schandkerle, die den Namen des Kaisers brandmarkten, niederschießen lassen wolle und befahl ihm zu sagen, wer sie seien? Der Graf F... antwortete, in einer verwirrten Rede, daß er nicht imstande sei, ihre Namen anzugeben, indem es ihm, bei dem schwachen Schimmer der Reverberen im Schloßhof, unmöglich gewesen wäre, ihre Gesichter zu erkennen. Der General, welcher gehört hatte, daß damals schon das Schloß in Flammen stand, wunderte sich darüber; er bemerkte, wie man wohlbekannte Leute in der Nacht an ihren Stimmen erkennen könnte, und gab ihm, da er mit einem verlegenen

Gesicht die Achseln zuckte, auf, der Sache auf das allereifrigste und strengste nachzuspüren. In diesem Augenblick berichtete jemand, der sich aus dem hintern Kreise hervordrängte, daß einer von den durch den Grafen F... verwundeten Frevlern, da er in dem Korridor niedergesunken, von den Leuten des Kommandanten in ein Behältnis geschleppt worden, und darin noch befindlich sei. Der General hieß diesen hierauf durch eine Wache herbeiführen, ein kurzes Verhör über ihn halten und die ganze Rotte, nachdem jener sie genannt hatte, fünf an der Zahl zusammen, erschießen. Dieses abgemacht, gab der General, nach Zurücklassung einer kleinen Besatzung, Befehl zum allgemeinen Aufbruch der übrigen Truppen; die Offiziere zerstreuten sich eiligst zu ihren Korps; der Graf trat, durch die Verwirrung der Auseinandereilenden, zum Kommandanten und bedauerte, daß er sich der Frau Marquise unter diesen Umständen, gehorsamst empfehlen müsse, und in weniger, als einer Stunde, war das ganze Fort von Russen wieder leer.

Die Familie dachte nun darauf, wie sie in der Zukunft eine Gelegenheit finden würde, dem Grafen irgendeine Äußerung ihrer Dankbarkeit zu geben; doch wie groß war ihr Schrecken, als sie erfuhr, daß derselbe noch am Tage seines Aufbruchs aus dem Fort, in einem Gefecht mit den feindlichen Truppen, seinen Tod gefunden habe. Der Kurier, der diese Nachricht nach M... brachte, hatte ihn mit eignen Augen, tödlich durch die Brust geschossen, nach P... tragen sehen, wo er, wie man sichere Nachricht hatte, in dem Augenblick, da ihn die Träger von den Schultern nehmen wollten, verblichen war. Der Kommandant, der sich selbst auf das Posthaus verfügte und sich nach den näheren Umständen dieses Vorfalls erkundigte, erfuhr noch, daß er auf dem Schlachtfeld, in dem Moment, da ihn der Schuß traf, gerufen habe: »Julietta! Diese Kugel rächt dich!« und nachher seine Lippen auf immer geschlossen hätte. Die Marquise war untröstlich, daß sie die Gelegenheit hatte vorbeigehen lassen, sich zu seinen Füßen zu werfen. Sie machte sich die lebhaftesten Vorwürfe, daß sie ihn, bei seiner, vielleicht aus Bescheidenheit, wie sie meinte, herrührenden Weigerung, im Schlosse zu erscheinen, nicht selbst aufgesucht habe, bedauerte die Unglückliche, ihre Namensschwester, an die er noch im Tode gedacht hatte, bemühte sich vergebens, ihren Aufenthalt zu erforschen, um sie von diesem unglücklichen und rührenden Vorfall zu unterrichten; und mehrere Monden vergingen, ehe sie selbst ihn vergessen konnte.

Die Familie mußte nun das Kommandantenhaus räumen, um dem russischen Befehlshaber darin Platz zu machen. Man überlegte anfangs, ob man sich nicht auf die Güter des Kommandanten begeben sollte, wozu die Marquise einen großen Hang hatte; doch da der Obrist das Landleben nicht liebte, so bezog die Familie ein Haus in der Stadt und richtete sich dasselbe zu einer immerwährenden Wohnung ein. Alles kehrte nun in die alte Ordnung der Dinge zurück. Die Marquise knüpfte den lange unterbrochenen Unterricht ihrer Kinder wieder an und suchte, für die Feierstunden, ihre Staffelei und Bücher hervor: als sie sich, sonst die Göttin der Gesundheit selbst, von wiederholten Unpäßlichkeiten befallen fühlte, die sie ganze Wochen lang, für die Gesellschaft untauglich machten. Sie litt an Übelkeiten, Schwindeln und Ohnmachten und wußte nicht, was sie aus diesem sonderbaren Zustand machen solle. Eines Morgens, da die Familie beim Tee saß und der Vater sich, auf einen Augenblick, aus dem Zimmer entfernt hatte, sagte die Marquise, aus einer langen Gedankenlosigkeit erwachend, zu ihrer Mutter: »Wenn mir eine Frau sagte, daß sie ein Gefühl hätte, ebenso, wie ich jetzt, da ich die Tasse ergriff, so würde ich bei mir denken, daß sie in gesegneten Leibesumständen wäre.« Frau von G . . . sagte, sie verstände sie nicht. Die Marquise erklärte sich noch einmal, daß sie eben jetzt eine Sensation gehabt hätte, wie damals, als sie mit ihrer zweiten Tochter schwanger war. Frau G . . ., sagte, sie würde vielleicht den Phantasus gebären, und lachte. Morpheus wenigstens, versetzte die Marquise, oder einer der Träume aus seinem Gefolge, würde sein Vater sein und scherzte gleichfalls. Doch der Obrist kam, das Gespräch ward abgebrochen und der ganze Gegenstand, da die Marquise sich in einigen Tagen wieder erholte, vergessen.

Bald darauf ward der Familie, eben zu einer Zeit, da sich auch der Forstmeister von G . . ., des Kommandanten Sohn, in dem Hause eingefunden hatte, der sonderbare Schrecken, durch einen Kammerdiener, der ins Zimmer trat, den Grafen F . . . anmelden zu hören. »Der Graf F . . .!« sagte der Vater und die Tochter zugleich; und das Erstaunen machte alle sprachlos. Der Kammerdiener versicherte, daß er recht gesehen und gehört habe, und daß der Graf schon im Vorzimmer stehe und warte. Der Kommandant sprang sogleich selbst auf, ihm zu öffnen, worauf er, schön wie ein junger Gott, ein wenig bleich im Gesicht, eintrat. Nachdem die Szene unbegreiflicher Verwunderung vorüber war und der Graf, auf die Anschuldigung der Eltern, daß er ja tot sei, versichert hatte, daß er lebe, wandte er sich, mit vieler Rührung im Gesicht, zur Tochter, und seine erste Frage war gleich, wie sie sich befinde? Die Marquise versicherte, sehr wohl, und wollte nur wissen, wie er ins Leben erstanden sei? Doch er, auf seinem Gegenstand beharrend, erwiderte, daß sie ihm nicht die Wahrheit sage; auf ihrem Antlitz drücke sich eine seltsame Mattigkeit aus; ihn müsse alles trügen, oder sie sei unpäßlich und leide. Die Marquise, durch die Herzlichkeit, womit er dies vorbrachte, gut gestimmt, versetzte: nun ja, diese Mattigkeit, wenn er wolle, könne für die Spur einer Kränklichkeit gelten, an welcher sie vor einigen Wochen gelitten hätte; sie fürchte inzwischen nicht, daß diese weiter von Folgen sein würde. Worauf er, mit einer aufflammenden Freude, erwiderte: er auch nicht! und hinzusetzte, ob sie ihn heiraten wolle? Die Marquise wußte nicht, was sie von dieser Aufführung denken solle. Sie sah, über und über rot, ihre Mutter, und diese, mit Verlegenheit, den Sohn und den Vater an; während der Graf vor die Marquise trat, und indem er ihre Hand nahm, als ob er sie küssen wollte, wiederholte, ob sie ihn verstanden hätte? Der Kommandant sagte, ob er nicht Platz nehmen wolle, und setzte ihm, auf eine verbindliche, obschon etwas ernsthafte Art einen Stuhl hin. Die Obristin sprach: »In der Tat, wir werden glauben, daß Sie ein Geist sind, bis Sie uns werden eröffnet haben, wie Sie aus dem Grabe, in welches man Sie zu P ... gelegt hatte, erstanden sind.« Der Graf setzte sich, indem er die Hand der Dame fahrenließ, nieder, und sagte, daß er, durch die Umstände gezwungen, sich sehr kurz fassen müsse; daß er, tödlich durch die Brust geschossen, nach P ... gebracht worden wäre; daß er mehrere Monate daselbst an seinem Leben verzweifelt hätte; daß währenddessen die Frau Marquise sein einziger Gedanke gewesen wäre; daß er die Lust und den Schmerz nicht beschreiben könnte, die sich in dieser Vorstellung umarmt hätten; daß er endlich, nach seiner Wiederherstellung, wieder zur Armee gegangen wäre; daß er daselbst die lebhafteste Unruhe empfunden hätte; daß er mehrere Male die Feder ergriffen, um in einem Briefe, an den Herrn Obristen und die Frau Marquise, seinem Herzen Luft zu machen; daß er plötzlich mit Depeschen nach Neapel geschickt worden wäre; daß er nicht wisse, ob er nicht von dort weiter nach Konstantinopel werde abgeordert werden; daß er vielleicht gar nach St. Petersburg werde gehen müssen; daß ihm inzwischen unmöglich wäre, länger zu leben, ohne über eine notwendige Forderung seiner Seele ins Reine zu sein; daß er dem Drang bei seiner Durchreise durch M ..., einige Schritte zu diesem Zweck zu tun, nicht habe widerstehen können; kurz, daß er den Wunsch hege, mit der Hand der Frau Marquise beglückt zu werden, und daß er auf das ehrfurchtsvollste, inständigste und dringendste bitte, sich ihm hierüber gütig zu erklären. – Der Kommandant, nach einer langen Pause, erwiderte, daß ihm dieser Antrag zwar, wenn er, wie er nicht zweifle, ernsthaft gemeint sei, sehr schmeichelhaft wäre. Bei dem Tode ihres Gemahls, des Marquis von O ..., hätte sich seine Tochter aber entschlossen, in keine zweite Vermählung einzugehen. Da ihr jedoch kürzlich von ihm eine so große Verbindlichkeit auferlegt worden sei, so wäre es nicht unmöglich, daß ihr Entschluß dadurch, seinen Wünschen gemäß, eine Abänderung erleide; er bitte sich inzwischen die Erlaubnis für sie aus, darüber im stillen während einiger Zeit nachdenken zu dürfen. Der Graf versicherte, daß diese gütige Erklärung zwar alle seine Hoffnungen befriedige; daß sie ihn, unter anderen Umständen, auch völlig beglücken würde; daß er die ganze Unschicklichkeit fühle, sich mit derselben nicht zu beruhigen: daß dringende Verhältnisse jedoch, über welche er sich näher auszulassen nicht imstande sei, ihm eine bestimmtere Erklärung äußerst wünschenswert machten; daß die Pferde, die ihn nach Neapel tragen sollten, vor seinem Wagen stünden, und daß er inständigst bitte, wenn irgend etwas in diesem Hause günstig für ihn spreche – wobei er die Marquise ansah –, ihn nicht, ohne eine gütige Äußerung darüber, abreisen zu lassen. Der Obrist, durch diese Aufführung ein wenig betreten, antwortete, daß die Dankbarkeit, die die Marquise für ihn empfände, ihn zwar zu großen Voraussetzungen berechtige: doch nicht zu so großen; sie werde bei einem Schritte, bei welchem es das Glück ihres Lebens gelte, nicht ohne die gehörige Klugheit verfahren. Es wäre unerläßlich, daß seiner Tochter, bevor sie sich erkläre, das Glück seiner nähern Bekanntschaft würde. Er lade ihn ein, nach Vollendung seiner Geschäftsreise, nach M... zurückzukehren und auf einige Zeit der Gast seines Hauses zu sein. Wenn alsdann die Frau Marquise hoffen könne, durch ihn glücklich zu werden, so werde auch er, eher aber nicht, mit Freuden vernehmen, daß sie ihm eine bestimmte Antwort gegeben habe. Der Graf äußerte, indem ihm eine Röte ins Gesicht stieg, daß er seinen ungeduldigen Wünschen, während seiner ganzen Reise, dies Schicksal vorausgesagt habe; daß er sich inzwischen dadurch in die äußerste Bekümmernis gestürzt sehe; daß ihm, bei der ungünstigen Rolle, die er eben jetzt zu spielen gezwungen sei, eine nähere Bekanntschaft nicht anders als vorteilhaft sein könne; daß er für seinen Ruf, wenn anders diese zweideutigste aller Eigenschaften in Erwägung gezogen werden solle, einstehen zu dürfen glaube; daß die einzige nichtswürdige Handlung, die er in seinem Leben begangen hätte, der Welt unbekannt und er schon im Begriff sei, sie wiedergutzumachen; daß er, mit einem Wort, ein ehrlicher Mann sei und die Versicherung anzunehmen bitte, daß diese Versicherung wahrhaftig sei. – Der Kommandant erwiderte, indem er ein wenig, obschon ohne Ironie, lächelte, daß er alle diese Äußerungen unterschreibe. Noch hätte er keines jungen Mannes Bekanntschaft gemacht, der, in so kurzer Zeit, so viele vortreffliche Eigenschaften des Charakters entwickelt hätte. Er glaube fast, daß eine kurze Bedenkzeit die Unschlüssigkeit, die noch obwalte, heben würde; bevor er jedoch Rücksprache genommen hätte mit seiner sowohl als des Herrn Grafen Familie könne keine andere Erklärung, als die gegebene, erfolgen. Hierauf äußerte der Graf, daß er ohne Eltern und frei sei. Sein Onkel sei der General K..., für dessen Einwilligung er stehe. Er setzte hinzu, daß er Herr eines ansehnlichen Vermögens wäre und sich würde entschließen können, Italien zu seinem Vaterlande zu machen. – Der Kommandant machte ihm eine verbindliche Verbeugung, erklärte seinen Willen noch einmal und bat ihn, bis nach vollendeter Reise, von dieser Sache abzubrechen. Der Graf, nach einer kurzen Pause, in welcher er alle Merkmale der größten Unruhe gegeben hatte, sagte, indem er sich zur Mutter wandte, daß er sein Äußerstes getan hätte, um dieser Geschäftsreise auszuweichen; daß die Schritte, die er deshalb beim General en Chef, und dem General K..., seinem Onkel, gewagt hätte, die entscheidendsten gewesen wären, die sich hätten tun lassen; daß man aber geglaubt hätte, ihn dadurch aus einer Schwermut aufzurütteln, die ihm von seiner Krankheit noch zurückgeblieben wäre, und daß er sich jetzt völlig dadurch ins Elend gestürzt sehe. – Die Familie wußte nicht, was sie zu dieser Äußerung sagen sollte. Der Graf fuhr fort, indem er sich die Stirn rieb, daß wenn irgend Hoffnung wäre, dem Ziele seiner Wünsche dadurch näher zu kommen, er seine Reise auf einen Tag, auch wohl noch etwas darüber, aussetzen würde, um es zu versuchen. – Hierbei sah er, nach der Reihe, den Kommandanten, die Marquise und die Mutter an. Der Kommandant blickte mißvergnügt vor sich nieder und antwortete ihm nicht. Die Obristin sagte: »Gehn Sie, gehn Sie, Herr Graf; reisen Sie nach Neapel; schenken Sie uns, wenn Sie wiederkehren, auf einige Zeit das Glück Ihrer Gegenwart; so wird sich das übrige finden.« – Der Graf saß einen Augenblick und schien zu suchen, was er zu tun habe. Drauf, indem er sich erhob und seinen Stuhl wegsetzte, da er die Hoffnungen, sprach er, mit denen er in dies Haus getreten sei, als übereilt erkennen müsse, und die Familie, wie er nicht mißbillige, auf eine nähere Bekanntschaft bestehe: so werde er seine Depeschen, zu einer anderweitigen Expedition, nach Z..., in das Hauptquartier, zurückschicken, und das gütige Anerbieten, der Gast dieses Hauses zu sein, auf einige Wochen annehmen. Worauf er noch, den Stuhl in der Hand, an der Wand stehend, einen Augenblick verharrte und den Kommandanten ansah. Der Kommandant versetzte, daß es ihm äußerst leid tun würde, wenn die Leidenschaft, die er zu seiner Tochter gefaßt zu haben scheine, ihm Unannehmlichkeiten von der ernsthaftesten Art zuzöge: daß er indessen wissen müsse, was er zu tun und zu lassen habe, die Depeschen abschicken und die für ihn bestimmten Zimmer beziehen möchte. Man sah ihn bei diesen Worten sich entfärben, der Mutter ehrerbietig die Hand küssen, sich gegen die übrigen verneigen und sich entfernen.

Als er das Zimmer verlassen hatte, wußte die Familie nicht, was sie aus dieser Erscheinung machen solle. Die Mutter sagte, es wäre wohl nicht möglich, daß er Depeschen, mit denen er nach Neapel ginge, nach Z... zurückschicken wolle, bloß, weil es ihm nicht gelungen wäre, auf seiner Durchreise durch M..., in einer fünf Minuten langen Unterredung, von einer ihm ganz unbekannten Dame ein Jawort zu erhalten. Der Forstmeister äußerte, daß eine so leichtsinnige Tat ja mit nichts Geringerem als Festungsarrest, bestraft werden würde! Und Kassation obenein, setzte der Kommandant hinzu. Es habe aber damit keine Gefahr, fuhr er fort. Es sei ein bloßer Schreckschuß beim Sturm; er werde sich wohl noch, ehe er die Depeschen abgeschickt, wieder besinnen. Die Mutter, als sie von dieser Gefahr unterrichtet ward, äußerte die lebhafteste Besorgnis, daß er sie abschicken werde. Sein heftiger, auf einen Punkt hintreibender Wille, meinte sie, scheine ihr gerade einer solchen Tat fähig. Sie bat den Forstmeister auf das dringendste, ihm sogleich nachzugehen und ihn von einer so unglückdrohenden Handlung abzuhalten. Der Forstmeister erwiderte, daß ein solcher Schritt gerade das Gegenteil bewirken und ihn nur in der Hoffnung, durch seine Kriegslist zu siegen, bestärken würde. Die Marquise war derselben Meinung, obschon sie versicherte, daß ohne ihn die Absendung der Depeschen unfehlbar erfolgen würde, indem er lieber werde unglücklich werden, als sich eine Blöße geben wollen. Alle kamen darin überein, daß sein Betragen sehr sonderbar sei und daß er Damenherzen durch Anlauf, wie Festungen, zu erobern gewohnt scheine. In diesem Augenblick bemerkte der Kommandant den angespannten Wagen des Grafen vor seiner Tür. Er rief die Familie ans Fenster und fragte einen eben eintretenden Bedienten, erstaunt, ob der Graf noch im Hause sei? Der Bediente antwortete, daß er unten, in der Domestikenstube, in Gesellschaft eines Adjutanten, Briefe schreibe und Pakete versiegle. Der Kommandant, der seine Bestürzung unterdrückte, eilte mit dem Forstmeister hinunter und fragte den Grafen, da er ihn auf dazu nicht schicklichen Tischen seine Geschäfte betreiben sah, ob er nicht in seine Zimmer treten wolle? Und ob er sonst irgend etwas befehle? Der Graf erwiderte, indem er mit Eilfertigkeit fortschrieb, daß er untertänigst danke und daß sein Geschäft abgemacht sei; fragte noch, indem er den Brief zusiegelte, nach der Uhr und wünschte dem Adjutanten, nachdem er ihm das ganze Portefeuille übergeben hatte, eine glückliche Reise. Der Kommandant, der seinen Augen nicht traute, sagte, indem der Adjutant zum Hause hinausging: »Herr Graf, wenn Sie nicht sehr wichtige Gründe haben –« »Entscheidende!« fiel ihm der Graf ins Wort; begleitete den Adjutanten zum Wagen, und öffnete die Tür. »In diesem Fall würde ich wenigstens«, fuhr der Kommandant fort, »die Depeschen –« – »Es ist nicht möglich«, antwortete der Graf, indem er den Adjutanten in den Sitz hob. »Die Depeschen gelten nichts in Neapel ohne mich. Ich habe auch daran gedacht. Fahr zu!« – »Und die Briefe Ihres Herrn Onkels?« rief der Adjutant, sich aus der Tür hervorbeugend. »Treffen mich«, erwiderte der Graf, »in M ...« – »Fahr zu«, sagte der Adjutant und rollte mit dem Wagen dahin.

Hierauf fragte der Graf F ..., indem er sich zum Kommandanten wandte, ob er ihm gefälligst sein Zimmer anweisen lassen wolle? Er würde gleich selbst die Ehre haben, antwortete der verwirrte Obrist, rief seinen und des Grafen Leuten, das Gepäck desselben aufzunehmen, und führte ihn in die für fremden Besuch bestimmten Gemächer des Hauses, wo er sich mit einem trocknen Gesicht empfahl. Der Graf kleidete sich um, verließ das Haus, um sich bei dem Gouverneur des Platzes zu melden, und für den ganzen weiteren Rest des Tages im Hause unsichtbar, kehrte er erst kurz vor der Abendtafel dahin zurück.

Inzwischen war die Familie in der lebhaftesten Unruhe. Der Forstmeister erzählte, wie bestimmt, auf einige Vorstellungen des Kommandanten, des Grafen Antworten ausgefallen wären, meinte, daß sein Verhalten einem völlig überlegten Schritt ähnlich sehe, und fragte, in aller Welt, nach den Ursachen einer so auf Kurierpferden gehenden Bewerbung. Der Kommandant sagte, daß er von der Sache nichts verstehe, und forderte die Familie auf, davon weiter nicht in seiner Gegenwart zu sprechen. Die Mutter sah alle Augenblicke aus dem Fenster, ob er nicht kommen, seine leichtsinnige Tat bereuen, und wiedergutmachen werde. Endlich, da es finster ward, setzte sie sich zur Marquise nieder, welche, mit vieler Emsigkeit, an einem Tisch arbeitete und das Gespräch zu vermeiden schien. Sie fragte sie halblaut, während der Vater auf und nieder ging, ob sie begreife, was aus dieser Sache werden solle? Die Marquise antwortete, mit einem schüchtern nach dem Kommandanten gewandten Blick, wenn der Vater bewirkt hätte, daß er nach Neapel gereist wäre, so wäre alles gut. »Nach Neapel!« rief der Kommandant, der dies gehört hatte.

»Sollt ich den Priester holen lassen? Oder hätt ich ihn schließen lassen und arretieren, und mit Bewachung nach Neapel schicken sollen?« – »Nein«, antwortete die Marquise, »aber lebhafte und eindringliche Vorstellungen tun ihre Wirkung«, und sah, ein wenig unwillig, wieder auf ihre Arbeit nieder. – Endlich gegen die Nacht erschien der Graf. Man erwartete nur, nach den ersten Höflickeitsbezeugungen, daß dieser Gegenstand zur Sprache kommen würde, um ihn mit vereinter Kraft zu bestürmen, den Schritt, den er gewagt hatte, wenn es noch möglich sei, wieder zurückzunehmen. Doch vergebens, während der ganzen Abendtafel, erharrte man diesen Augenblick. Geflissentlich alles, was darauf führen konnte, vermeidend, unterhielt er den Kommandanten vom Kriege, und den Forstmeister von der Jagd. Als er des Gefechts bei P..., in welchem er verwundet worden war, erwähnte, verwickelte ihn die Mutter bei der Geschichte seiner Krankheit, fragte ihn, wie es ihm an diesem kleinen Orte ergangen sei und ob er die gehörigen Bequemlichkeiten gefunden hätte. Hierauf erzählte er mehrere, durch seine Leidenschaft zur Marquise interessanten Züge: wie sie beständig, während seiner Krankheit, an seinem Bette gesessen hätte; wie er die Vorstellung von ihr, in der Hitze des Wundfiebers, immer mit der Vorstellung eines Schwans verwechselt hätte, den er, als Knabe, auf seines Onkels Gütern gesehen; daß ihm besonders eine Erinnerung rührend gewesen wäre, da er diesen Schwan einst mit Kot beworfen, worauf dieser still untergetaucht und rein aus der Flut wieder emporgekommen sei; daß sie immer auf feurigen Fluten umhergeschwommen wäre und er Thinka gerufen hätte, welches der Name jenes Schwans gewesen, daß er aber nicht imstande gewesen wäre, sie an sich zu locken, indem sie ihre Freude gehabt hätte, bloß am Rudern und In-die-Brust-sich-Werfen; versicherte plötzlich, blutrot im Gesicht, daß er sie außerordentlich liebe, sah wieder auf seinen Teller nieder und schwieg. Man mußte endlich von der Tafel aufstehen; und da der Graf, nach einem kurzen Gespräch mit der Mutter, sich sogleich gegen die Gesellschaft verneigte und wieder in sein Zimmer zurückzog, so standen die Mitglieder derselben wieder und wußten nicht, was sie denken sollten. Der Kommandant meinte, man müsse der Sache ihren Lauf lassen. Er rechne wahrscheinlich auf seine Verwandten bei diesem Schritte. Infame Kassation stünde sonst darauf. Frau von G... fragte ihre Tochter, was sie denn von ihm halte? Und ob sie sich wohl zu irgendeiner Äußerung, die ein Unglück vermiede, würde verstehen können? Die Marquise antwortete: »Liebste Mutter! Das ist nicht möglich. Es tut mir leid, daß meine Dankbarkeit auf eine so harte Probe gestellt wird. Doch es war mein Entschluß, mich nicht wieder zu vermählen; ich mag mein Glück nicht, und nicht so unüberlegt, auf ein zweites Spiel setzen.« Der Forstmeister bemerkte, daß wenn dies ihr fester Wille wäre, auch diese Erklärung ihm Nutzen schaffen könne und daß es fast notwendig scheine, ihm irgendeine bestimmte zu geben. Die Obristin versetzte, daß da dieser junge Mann, den so viele außerordentliche Eigenschaften empföhlen, seinen Aufenthalt in Italien nehmen zu wollen, erklärt habe, sein Antrag, nach ihrer Meinung, einige Rücksicht und der Entschluß der Marquise Prüfung verdiene. Der Forstmeister, indem er sich bei ihr niederließ, fragte, wie er ihr denn, was seine Person anbetreffe, gefalle? Die Marquise antwortete, mit einiger Verlegenheit: »Er gefällt und mißfällt mir«; und berief sich auf das Gefühl der anderen. Die Obristin sagte: »Wenn er von Neapel zurückkehrt, und die Erkundigungen, die wir inzwischen über ihn einziehen könnten, dem Gesamteindruck, den du von ihm empfangen hast, nicht widersprächen: wie würdest du dich, falls er alsdann seinen Antrag wiederholte, erklären?« »In diesem Fall«, versetzte die Marquise »würd ich – da in der Tat seine Wünsche so lebhaft scheinen, diese Wünsche –« sie stockte, und ihre Augen glänzten, indem sie dies sagte »– um der Verbindlichkeit willen, die ich ihm schuldig bin, erfüllen.« Die Mutter, die eine zweite Vermählung ihrer Tochter immer gewünscht hatte, hatte Mühe, ihre Freude über diese Erklärung zu verbergen, und sann, was sich wohl daraus machen lasse. Der Forstmeister sagte, indem er unruhig vom Sitz wieder aufstand, daß wenn die Marquise irgend an die Möglichkeit denke, ihn einst mit ihrer Hand zu erfreuen, jetzt gleich notwendig ein Schritt dazu geschehen müsse, um den Folgen seiner rasenden Tat vorzubeugen. Die Mutter war derselben Meinung und behauptete, daß zuletzt das Wagstück nicht allzugroß wäre, indem bei so vielen vortrefflichen Eigenschaften, die er in jener Nacht, da das Fort von den Russen erstürmt ward, entwickelte, kaum zu fürchten sei, daß sein übriger Lebenswandel ihnen nicht entsprechen sollte. Die Marquise sah, mit dem Ausdruck der lebhaftesten Unruhe, vor sich nieder. »Man könnte ihm ja«, fuhr die Mutter fort, indem sie ihre Hand ergriff, »etwa eine Erklärung, daß du, bis zu seiner Rückkehr von Neapel, in keine andere Verbindung eingehen wollest, zukommen lassen.« Die Marquise sagte: »*Diese* Erklärung, liebste Mutter, kann ich ihm geben; ich fürchte nur, daß sie ihn nicht beruhigen, und uns verwickeln wird.« »Das sei meine Sorge!« erwiderte die Mutter, mit lebhafter Freude; und sah sich nach dem Kommandanten um. »Lorenzo!« fragte sie, »was meinst du?« und machte Anstalten, sich vom Sitz zu erheben. Der Kommandant, der alles gehört hatte, stand am Fenster, sah auf die Straße hinaus und sagte nichts. Der Forstmeister versicherte, daß er, mit dieser unschädlichen Erklärung, den Grafen aus dem Hause zu schaffen, sich anheischig mache. »Nun so macht! macht! macht!« rief der Vater, indem er sich umkehrte: »ich muß mich diesem Russen schon zum zweitenmal ergeben!« – Hierauf sprang die Mutter auf, küßte ihn und die Tochter und fragte, indem der Vater über ihre Geschäftigkeit lächelte, wie man dem Grafen jetzt diese Erklärung augenblicklich hinterbringen solle? Man beschloß, auf den Vorschlag des Forstmeisters, ihn bitten zu lassen, sich, falls er noch nicht entkleidet sei, gefälligst auf einen Augenblick zur Familie zu verfügen. Er werde gleich die Ehre haben zu erscheinen! ließ der Graf antworten, und kaum war der Kammerdiener mit dieser Meldung zurück, als er schon selbst, mit Schritten, die die Freude beflügelte, ins Zimmer trat und zu den Füßen der Marquise, in der allerlebhaftesten Rührung niedersank. Der Kommandant wollte etwas sagen: doch er, indem er aufstand, versetzte, er wisse genug! küßte ihm und der Mutter die Hand, umarmte den Bruder und bat nur um die Gefälligkeit, ihm sogleich zu einem Reisewagen zu verhelfen. Die Marquise, obschon von diesem Auftritt bewegt, sagte doch: »Ich fürchte nicht, Herr Graf, daß Ihre rasche Hoffnung Sie zu weit –« – »Nichts! Nichts!« versetzte der Graf; »es ist nichts geschehen, wenn die Erkundigungen, die Sie über mich einziehen mögen, dem Gefühl widersprechen, das mich zu Ihnen in dies Zimmer zurückberief.« Hierauf umarmte der Kommandant ihn auf das herzlichste, der Forstmeister bot ihm sogleich seinen eigenen Reisewagen an, ein Jäger flog auf die Post, Kurierpferde auf Prämien zu bestellen, und Freude war bei dieser Abreise, wie noch niemals bei einem Empfang. Er hoffe, sagte der Graf, die Depeschen in B... einzuholen, von wo er jetzt einen näheren Weg nach Neapel, als über M... einschlagen würde; in Neapel würde er sein möglichstes tun, die fernere Geschäftsreise nach Konstantinopel abzulehnen; und da er, auf den äußersten Fall, entschlossen wäre, sich krank anzugeben, so versicherte er, daß wenn nicht unvermeidliche Hindernisse ihn abhielten, er in Zeit von vier bis sechs Wochen unfehlbar wieder in M... sein würde. Hierauf meldete sein Jäger, daß der Wagen angespannt und alles zur Abreise bereit sei. Der Graf nahm seinen Hut, trat vor die Marquise und ergriff ihre Hand. »Nun denn«, sprach er, »Julietta, so bin ich einigermaßen beruhigt« und legte seine Hand in die ihrige, »obschon es mein sehnlichster Wunsch war, mich noch vor meiner Abreise mit Ihnen zu vermählen.« – »Vermählen!« riefen alle Mitglieder der Familie aus. »Vermählen«, wiederholte der Graf, küßte der Marquise die Hand und versicherte, da diese fragte, ob er von Sinnen sei, es würde ein Tag kommen, wo sie ihn verstehen würde! Die Familie wollte auf ihn böse werden; doch er nahm gleich auf das wärmste von allen Abschied, bat sie, über diese Äußerung nicht weiter nachzudenken, und reiste ab.

Mehrere Wochen, in welchen die Familie, mit sehr verschiedenen Empfindungen, auf den Ausgang dieser sonderbaren Sache gespannt war, verstrichen. Der Kommandant empfing vom General K..., dem Onkel des Grafen, eine höfliche Zuschrift; der Graf selbst schrieb aus Neapel; die Erkundigungen, die man über ihn einzog, sprachen ziemlich zu seinem Vorteil; kurz, man hielt die Verlobung schon für so gut wie abgemacht, als sich die Kränklichkeiten der Marquise mit größerer Lebhaftigkeit als jemals wiedereinstellten. Sie bemerkte eine unbegreifliche Veränderung ihrer Gestalt. Sie entdeckte sich mit völliger Freimütigkeit ihrer Mutter und sagte, sie wisse nicht, was sie von ihrem Zustand denken solle. Die Mutter, welche so sonderbare Zufälle für die Gesundheit ihrer Tochter äußerst besorgt machten, verlangte, daß sie einen Arzt zu Rate ziehe. Die Marquise, die durch ihre Natur zu siegen hoffte, sträubte sich dagegen; sie brachte mehrere Tage noch, ohne dem Rat der Mutter zu folgen, unter den empfindlichsten Leiden zu, bis Gefühle, immer wiederkehrend und von so wunderbarer Art, sie in die lebhafteste Unruhe stürzten. Sie ließ einen Arzt rufen, der das Vertrauen ihres Vaters besaß, nötigte ihn, da gerade die Mutter abwesend war, auf dem Diwan nieder und eröffnete ihm, nach einer kurzen Einleitung, scherzend, was sie von sich glaube. Der Arzt warf einen forschenden Blick auf sie, schwieg noch, nachdem er eine genaue Untersuchung vollendet hatte, eine Zeitlang und antwortete dann mit einer sehr ernsthaften Miene, daß die Frau Marquise ganz richtig urteile. Nachdem er sich auf die Frage der Dame, wie er dies verstehe, ganz deutlich erklärte und mit einem Lächeln, das er nicht unterdrücken konnte, gesagt hatte, daß sie ganz gesund sei, und keinen Arzt brauche, zog die Marquise, und sah ihn sehr streng von der Seite an, die Klingel und bat ihn, sich zu entfernen. Sie äußerte halblaut, als ob er der Rede nicht wert wäre, vor sich nieder murmelnd, daß sie nicht Lust hätte, mit ihm über Gegenstände dieser Art zu scherzen. Der Doktor erwiderte empfindlich, er müsse wünschen, daß sie immer zum Scherz so wenig aufgelegt gewesen wäre, wie jetzt, nahm Stock und Hut und machte Anstalten, sich sogleich zu empfehlen. Die Marquise versicherte, daß sie von diesen Beleidigungen ihren Vater unterrichten würde. Der Arzt antwortete, daß er seine Aussage vor Gericht beschwören könne, öffnete die Tür, verneigte sich und wollte das Zimmer verlassen. Die Marquise fragte, da er noch einen Handschuh, den er hatte fallen lassen, von der Erde aufnahm: »Und die Möglichkeit davon, Herr Doktor?« Der Doktor erwiderte, daß er ihr die letzten Gründe der Dinge nicht werde zu erklären brauchen, verneigte sich ihr noch einmal und ging ab.

Die Marquise stand, wie vom Donner gerührt. Sie raffte sich auf und wollte zu ihrem Vater eilen; doch der sonderbare Ernst des Mannes, von dem sie sich beleidigt sah, lähmte alle ihre Glieder. Sie warf sich in der größten Bewegung auf den Diwan nieder. Sie duchlief, gegen sich selbst mißtrauisch, alle Momente des verflossenen Jahres und hielt sich für verrückt, wenn sie an den letzten dachte. Endlich erschien die Mutter; und auf die bestürzte Frage, warum sie so unruhig sei? erzählte ihr die Tochter, was ihr der Arzt soeben eröffnet hatte. Frau von G . . . nannte ihn einen Unverschämten und Nichtswürdigen und bestärkte die Tochter in dem Entschluß, diese Beleidigung dem Vater zu entdecken. Die Marquise versicherte, daß es sein völliger Ernst gewesen sei und daß er entschlossen scheine, dem Vater ins Gesicht seine rasende Behauptung zu wiederholen. Frau von G . . . fragte, nicht wenig erschrocken, ob sie denn an die Möglichkeit eines solchen Zustandes glaube? »Eher«, antwortete die Marquise, »daß die Gräber befruchtet werden, und sich dem Schoße der Leichen eine Geburt entwickeln wird!« – »Nun, du liebes wunderliches Weib«, sagte die Obristin, indem sie sie fest an sich drückte: »was beunruhigt dich denn? Wenn dein Bewußtsein dich rein spricht, wie kann dich ein Urteil, und wäre es das einer ganzen Konsulta von Ärzten, nur kümmern? Ob das seinige aus Irrtum, ob es aus Bosheit entsprang, gilt es dir nicht völlig gleichviel? Doch schicklich ist es, daß wir es dem Vater entdecken.« – »O Gott!« sagte die Marquise mit einer konvulsivischen Bewegung: »wie kann ich mich beruhigen. Hab ich nicht mein eignes, innerliches, mir nur allzu wohlbekanntes Gefühl gegen mich? Würde ich nicht, wenn ich in einer andern meine Empfindung wüßte, von ihr selbst urteilen, daß es damit seine Richtigkeit habe?« »Es ist entsetzlich«, versetzte die Obristin. »Bosheit! Irrtum!« fuhr die Marquise fort. »Was kann dieser Mann, der uns bis auf den heutigen Tag schätzenswürdig erschien, für Gründe haben, mich auf eine so mutwillige und niederträchtige Art zu kränken? Mich, die ihn nie beleidigt hatte? Die ihn mit Vertrauen und dem Vorgefühl zukünftiger Dankbarkeit empfing? Bei der er, wie seine ersten Worte zeugten, mit dem reinen und unverfälschten Willen erschien zu helfen, nicht Schmerzen, grimmigere, als ich empfand, erst zu erregen? Und wenn ich in der Notwendigkeit der Wahl«, fuhr sie fort, während die Mutter sie unverwandt ansah, »an einen Irrtum glauben wollte, ist es wohl möglich, daß ein Arzt, auch nur von mittelmäßiger Geschicklichkeit, in solchem Falle irre?« – Die Obristin sagte ein wenig spitz. »Und gleichwohl muß es doch notwendig eins oder das andere gewesen sein.« – »Ja!« versetzte die Marquise, »meine teuerste Mutter«, indem sie ihr, mit dem Ausdruck der gekränkten Würde, hochrot im Gesicht glühend, die Hand küßte: »das muß es! Obschon die Umstände so außerordentlich sind, daß es mir erlaubt ist, daran zu zweifeln. Ich schwöre, weil es doch einer Versicherung bedarf, daß mein Bewußtsein, gleich dem meiner Kinder ist; nicht reiner, Verehrungswürdigste, kann das Ihrige sein. Gleichwohl bitte ich Sie, mir eine Hebamme rufen zu lassen, damit ich mich von dem, was ist, überzeuge und gleichviel alsdann, *was* es sei, beruhige.« »Eine Hebamme!« rief Frau von G... mit Entwürdigung. »Ein reines Bewußtsein, und eine Hebamme!« Und die Sprache ging ihr aus. »Eine Hebamme, meine teuerste Mutter«, wiederholte die Marquise, indem sie sich auf Knien vor ihr niederließ; »und das augenblicklich, wenn ich nicht wahnsinnig werden soll.« – »O sehr gern«, versetzte die Obristin; »nur bitte ich, das Wochenlager nicht in meinem Hause zu halten.« Und damit stand sie auf und wollte das Zimmer verlassen. Die Marquise, ihr mit ausgebreiteten Armen folgend, fiel ganz auf das Gesicht nieder und umfaßte ihre Knie. »Wenn irgendein unsträfliches Leben«, rief sie, mit der Beredsamkeit des Schmerzes, »ein Leben, nach Ihrem Muster geführt, mir ein Recht auf Ihre Achtung gibt, wenn irgendein mütterliches Gefühl auch nur, solange meine Schuld nicht sonnenklar entschieden ist, in Ihrem Busen für mich spricht: so verlassen Sie mich in diesen entsetzlichen Augenblicken nicht.« – »Was ist es, das dich beunruhigt?« fragte die Mutter. »Ist es weiter nichts als der Ausspruch des Arztes? Weiter nichts als dein innerliches Gefühl?« »Nichts weiter, meine Mutter«, versetzte die Marquise und legte ihre Hand auf die Brust. »Nichts, Julietta?« fuhr die Mutter fort. »Besinne dich. Ein Fehltritt, so unsäglich er mich schmerzen würde, er ließe sich, und ich müßte ihn zuletzt verzeihen; doch wenn du, um einem mütterlichen Verweis auszuweichen, ein Märchen von der Umwälzung der Weltordnung ersinnen und gotteslästerliche Schwüre häufen könntest, um es meinem, dir nur allzugern gläubigen Herzen aufzubürden, so wäre das schändlich, ich würde dir niemals wieder gut werden.« – »Möge das Reich der Erlösung einst so offen vor mir liegen, wie meine Seele vor Ihnen«, rief die Marquise. »Ich verschwieg Ihnen nichts, meine Mutter.« – Diese Äußerung, voll Pathos getan, erschütterte die Mutter. »O Himmel!« rief sie: »mein liebenswürdiges Kind! Wie rührst du mich!« Und hob sie auf und küßte sie und drückte sie an ihre Brust. »Was denn, in aller Welt, fürchtest du? Komm, du bist sehr krank.« Sie wollte sie in ein Bett führen. Doch die Marquise, welcher die Tränen häufig flossen, versicherte, daß sie sehr gesund wäre und daß ihr gar nichts fehle, außer jenem sonderbaren und unbegreiflichen Zustand. – »Zustand!« rief die Mutter wieder; »welch ein Zustand? Wenn dein Gedächtnis über die Vergangenheit so sicher ist, welch ein Wahnsinn der Furcht ergriff dich? Kann ein innerliches Gefühl denn, das doch nur dunkel sich regt, nicht trügen?« – »Nein! Nein!« sagte die Marquise, »es trügt mich nicht! Und wenn Sie die Hebamme rufen lassen wollen, so werden Sie hören, daß das Entsetzliche, mich Vernichtende, wahr ist.« – »Komm, meine liebste Tochter«, sagte Frau von G . . ., die für ihren Verstand zu fürchten anfing. »Komm, folge mir und lege dich zu Bett. Was meintest du, das dir der Arzt gesagt hat? Wie dein Gesicht glüht! Wie du an allen Gliedern so zitterst! Was war es schon, das dir der Arzt gesagt hat?« Und damit zog sie die Marquise, ungläubig nunmehr an den ganzen Auftritt, den sie ihr erzählt hatte, mit sich fort. – Die Marquise sagte: »Liebe! Vortreffliche!« indem sie mit weinenden Augen lächelte. »Ich bin meiner Sinne mächtig. Der Arzt hat mir gesagt, daß ich in gesegneten Leibesumständen bin. Lassen Sie die Hebamme rufen, und sobald sie sagt, daß es nicht wahr ist, bin ich wieder ruhig.« – »Gut, gut!« erwiderte die Obristin, die ihre Angst unterdrückte. »Sie soll gleich kommen; sie soll gleich, wenn du dich von ihr willst auslachen lassen, erscheinen und dir sagen, daß du eine Träumerin und nicht recht klug bist.« Und damit zog sie die Klingel und schickte augenblicklich einen ihrer Leute, der die Hebamme rufe.

Die Marquise lag noch, mit unruhig sich hebender Brust, in den Armen ihrer Mutter, als diese Frau erschien und die Obristin ihr, an welcher seltsamen Vorstellung ihre Tochter krank liege, eröffnete. Die Frau Marquise schwöre, daß sie sich tugendhaft verhalten habe, und gleichwohl halte sie, von einer unbegreiflichen Empfindung getäuscht, für nötig, daß eine sachverständige Frau ihren Zustand untersuche. Die Hebamme, während sie sich von demselben unterrichtete, sprach von jungem Blut und der Arglist der Welt, äußerte, als sie ihr Geschäft vollendet hatte, dergleichen Fälle wären ihr schon vorgekommen; die jungen Witwen, die in ihre Lage kämen, meinten alle auf wüsten Inseln gelebt zu haben; beruhigte inzwischen die Frau Marquise und versicherte sie, daß sich der muntere Korsar, der zur Nachtzeit gelandet, schon finden würde. Bei diesen Worten fiel die Marquise in Ohnmacht. Die Obristin, die ihr mütterliches Gefühl nicht überwältigen konnte, brachte sie zwar, mit Hilfe der Hebamme, wieder ins Leben zurück. Doch die Entrüstung siegte, da sie erwacht war. »Julietta!« rief die Mutter mit dem lebhaftesten Schmerz. »Willst du dich mir entdecken, willst du den Vater mir nennen?« Und schien noch zur Versöhnung geneigt. Doch als die Marquise sagte, daß sie wahnsinnig werden würde, sprach die Mutter, indem sie sich vom Diwan erhob: »Geh! geh! du bist nichtswürdig! Verflucht sei die Stunde, da ich dich gebar!« und verließ das Zimmer.

Die Marquise, der das Tageslicht von neuem schwinden wollte, zog die Geburtshelferin vor sich nieder und legte ihr Haupt hefig zitternd an ihre Brust. Sie fragte, mit gebrochener Stimme, wie denn die Natur auf ihren Wegen walte? Und ob die Möglichkeit einer unwissentlichen Empfängnis sei? – Die Hebamme lächelte, machte ihr das Tuch los und sagte, das würde ja doch der Frau Marquise Fall nicht sein. »Nein, nein«, antwortete die Marquise, sie habe wissentlich empfangen, sie wolle nur im allgemeinen wissen, ob diese Erscheinung im Reiche der Natur sei? Die Hebamme versetzte, daß dies, außer der heiligen Jungfrau, noch keinem Weibe auf Erden zugestoßen wäre. Die Marquise zitterte immer heftiger. Sie glaubte, daß sie augenblicklich niederkommen würde, und bat die Geburtshelferin, indem sie sich mit krampfhafter Beängstigung an sie schloß, sie nicht zu verlassen. Die Hebamme beruhigte sie. Sie versicherte, daß das Wochenbett noch beträchtlich entfernt wäre, gab ihr auch die Mittel an, wie man, in solchen Fällen, dem Leumund der Welt ausweichen könne, und meinte, es würde noch alles gut werden. Doch da diese Trostgründe der unglücklichen Dame völlig wie Messerstiche durch die Brust fuhren, so sammelte sie sich, sagte, sie befände sich besser und bat ihre Gesellschafterin, sich zu entfernen.

Kaum war die Hebamme aus dem Zimmer, als ihr ein Schreiben von der Mutter gebracht ward, in welchem diese sich so ausließ: Herr von G... wünsche, unter den obwaltenden Umständen, daß sie sein Haus verlasse. Er sende ihr hierbei die über ihr Vermögen lautenden Papiere und hoffe, daß ihm Gott den Jammer ersparen werde, sie wiederzusehen. – Der Brief war inzwischen von Tränen benetzt; und in einem Winkel stand ein verwischtes Wort: »diktiert.« – Der Marquise stürzte der Schmerz aus den Augen. Sie ging, heftig über den Irrtum ihrer Eltern weinend und über die Ungerechtigkeit, zu welcher diese vortrefflichen Menschen verführt wurden, nach den Gemächern ihrer Mutter. Es hieß, sie sei bei ihrem Vater; sie wankte nach den Gemächern ihres Vaters. Sie sank, als sie die Türe verschlossen fand, mit jammernder Stimme, alle Heiligen zu Zeugen ihrer Unschuld anrufend, vor derselben nieder. Sie mochte wohl schon einige Minuten hier gelegen haben, als der Forstmeister daraus hervortrat und zu ihr mit flammendem Gesicht sagte, sie höre, daß der Kommandant sie nicht sehen wolle. Die Marquise rief: »Mein liebster Bruder!« unter vielem Schluchzen, drängte sich ins Zimmer und rief: »Mein teuerster Vater!« und streckte die Arme nach ihm aus. Der Kommandant wandte ihr, bei ihrem Anblick, den Rücken zu und eilte in sein Schlafgemach. Er rief, als sie ihn dahin verfolgte, »hinweg!« und wollte die Türe zuwerfen; doch da sie, unter Jammern und Flehen, daß er sich schließe, verhindert, so gab er plötzlich nach und eilte, während die Marquise zu ihm hineintrat, nach der hintern Wand. Sie warf sich ihm, der ihr den Rücken zugekehrt hatte, eben zu Füßen und umfaßte zitternd seine Knie, als ein Pistol, das er ergriffen hatte, in dem Augenblick, da er es von der Wand herabriß, losging und der Schuß schmetternd in die Decke fuhr. »Herr meines Lebens!« rief die Marquise, erhob sich leichenblaß von ihren Knien und eilte aus seinen Gemächern wieder hinweg. »Man soll sogleich anspannen«, sagte sie, indem sie in die ihrigen trat; setzte sich, matt bis in den Tod, auf einen Sessel nieder, zog ihre Kinder eilfertig an und ließ die Sachen einpacken. Sie hatte eben ihr Kleinstes zwischen den Knien und schlug ihm noch ein Tuch um, um nunmehr, da alles zur Abreise bereit war, in den Wagen zu steigen, als der Forstmeister eintrat und auf Befehl des Kommandanten die Zurücklassung und Überlieferung der Kinder von ihr forderte. »Dieser Kinder?« fragte sie und stand auf. »Sag deinem unmenschlichen Vater, daß er kommen und mich niederschießen, nicht aber mir meine Kinder entreißen könne!« Und hob, mit dem ganzen Stolz der Unschuld gerüstet ihre Kinder auf, trug sie, ohne daß der Bruder gewagt hätte, sie anzuhalten, in den Wagen und fuhr ab.

Durch diese schöne Anstrengung mit sich selbst bekannt gemacht, hob sie sich plötzlich, wie an ihrer eigenen Hand, aus der ganzen Tiefe, in welche das Schicksal sie herabgestürzt hatte, empor. Der Aufruhr, der ihre Brust zerriß, legte sich, als sie im Freien war, sie küßte häufig die Kinder, diese ihre liebe Beute, und mit großer Selbstzufriedenheit gedachte sie, welch einen Sieg sie, durch die Kraft ihres schuldfreien Bewußtseins, über ihren Bruder davongetragen hatte. Ihr Verstand, stark genug, in ihrer sonderbaren Lage nicht zu reißen, gab sich ganz unter der großen, heiligen und unerklärlichen Einrichtung der Welt gefangen. Sie sah die Unmöglichkeit ein, ihre Familie von ihrer Unschuld zu überzeugen, begriff, daß sie sich darüber trösten müsse, falls sie nicht untergehen wolle, und wenige Tage nur waren nach ihrer Ankunft in V... verflossen, als der Schmerz ganz und gar dem heldenmütigen Vorsatz Platz machte, sich mit Stolz gegen die Anfälle der Welt zu rüsten. Sie beschloß, sich ganz in ihr Innerstes zurückzuziehen, sich, mit ausschließendem Eifer, der Erziehung ihrer beiden Kinder zu widmen, und des Geschenks, das ihr Gott mit dem dritten gemacht hatte, mit voller mütterlichen Liebe zu pflegen. Sie machte Anstalten, in wenig Wochen, sobald sie ihre Niederkunft überstanden haben würde, ihren schönen, aber durch die lange Abwesenheit ein wenig verfallenen Landsitz wiederherzustellen, saß in der Gartenlaube und dachte, während sie kleine Mützen, und Strümpfe für kleine Beine strickte, wie sie die Zimmer bequem verteilen würde, auch, welches sie mit Büchern füllen und in welchem die Staffelei am schicklichsten stehen würde. Und so war der Zeitpunkt, da der

Graf F... von Neapel wiederkehren sollte, noch nicht abgelaufen, als sie schon völlig mit dem Schicksal, in ewig klösterlicher Eingezogenheit zu leben, vertraut war. Der Türsteher erhielt Befehl, keinen Menschen im Hause vorzulassen. Nur der Gedanke war ihr unerträglich, daß dem jungen Wesen, das sie in der größten Unschuld und Reinheit empfangen hatte, und dessen Ursprung, eben weil er geheimnisvoller war, auch göttlicher zu sein schien als der anderer Menschen, ein Schandfleck in der bürgerlichen Gesellschaft ankleben sollte. Ein sonderbares Mittel war ihr eingefallen, den Vater zu entdecken, ein Mittel, bei dem sie, als sie es zuerst dachte, das Strickzeug selbst vor Schrecken aus der Hand fallen ließ. Durch ganze Nächte, in unruhiger Schlaflosigkeit durchwacht, ward es gedreht und gewendet, um sich an seine ihr innerstes Gefühl verletzende Natur zu gewöhnen. Immer noch sträubte sie sich, mit dem Menschen, der sie so hintergangen hatte, in irgendein Verhältnis zu treten; indem sie sehr richtig schloß, daß derselbe doch, ohne alle Rettung, zum Auswurf seiner Gattung gehören müsse, und, auf welchem Platz der Welt man ihn auch denken wolle, nur aus dem zertretensten und unflätigsten Schlamm derselben hervorgegangen sein könne. Doch da das Gefühl ihrer Selbständigkeit immer lebhafter in ihr ward und sie bedachte, daß der Stein seinen Wert behält, er mag auch eingefaßt sein, wie man wolle, so griff sie eines Morgens, da sich das junge Leben wieder in ihr regte, ein Herz und ließ jene sonderbare Aufforderung in die Intelligenzblätter von M... rücken, die man am Eingang dieser Erzählung gelesen hat.

Der Graf F..., den unvermeidliche Geschäfte in Neapel aufhielten, hatte inzwischen zum zweitenmal an die Marquise geschrieben und sie aufgefordert, es möchten fremde Umstände eintreten, welche da wollten, ihrer, ihm gegebenen, stillschweigenden Erklärung getreu zu bleiben. Sobald es ihm geglückt war, seine fernere Geschäftsreise nach Konstantinopel abzulehnen und es seine übrigen Verhältnisse gestatteten, ging er augenblicklich von Neapel ab und kam auch richtig, nur wenige Tage nach der von ihm bestimmten Frist, in M... an. Der Kommandant empfing ihn mit einem verlegenen Gesicht, sagte, daß ein notwendiges Geschäft ihn aus dem Hause nötige, und forderte den Forstmeister auf, ihn inzwischen zu unterhalten. Der Forstmeister zog ihn auf sein Zimmer und fragte ihn, nach einer kurzen Begrüßung, ob er schon wisse, was sich während seiner Abwesenheit in dem Hause des Kommandanten zugetragen habe. Der Graf antwortete, mit einer flüchtigen Blässe: »Nein.« Hierauf unterrichtete ihn der Forstmeister von der Schande, die die Marquise über die Familie gebracht hatte, und gab ihm die Geschichtserzählung dessen, was unsre Leser soeben erfahren haben. Der Graf schlug sich mit der Hand vor die Stirn. »Warum legte man mir so viele Hindernisse in den Weg!« rief er in der Vergessenheit seiner. »Wenn die Vermählung erfolgt wäre, so wäre alle Schmach und jedes Unglück uns erspart!« Der Forstmeister fragte, indem er ihn anglotzte, ob er rasend genug wäre zu wünschen, mit dieser Nichtswürdigen vermählt zu sein? Der Graf erwiderte, daß sie mehr wert wäre als die ganze Welt, die sie verachtete; daß ihre Erklärung über ihre Unschuld vollkommen Glauben bei ihm fände und daß er noch heute nach V... gehen und seinen Antrag bei ihr wiederholen würde. Er ergriff auch sogleich seinen Hut, empfahl sich dem Forstmeister, der ihn für seiner Sinne völlig beraubt hielt, und ging ab.

Er bestieg ein Pferd und sprengte nach V... hinaus. Als er am Tore abgestiegen war und in den Vorplatz treten wollte, sagte ihm der Türsteher, daß die Frau Marquise keinen Menschen spräche. Der Graf fragte, ob diese für Fremde getroffene Maßregel auch einem Freund des Hauses gälte; worauf jener antwortete, daß er von keiner Ausnahme wisse, und bald darauf auf eine zweideutige Art hinzusetzte, ob er vielleicht Graf F... wäre? Der Graf erwiderte, nach einem forschenden Blick, nein; und äußerte, zu seinem Bedienten gewandt, doch so, daß jener es hören konnte, er werde, unter solchen Umständen, in einem Gasthofe absteigen und sich bei der Frau Marquise schriftlich anmelden. Sobald er inzwischen dem Türsteher aus den Augen war, bog er um eine Ecke und umschlich die Mauer eines weitläufigen Gartens, der sich hinter dem Hause ausbreitete. Er trat durch eine Pforte, die er offen fand, in den Garten, durchstrich die Gänge desselben und wollte eben die hintere Rampe hinaufsteigen, als er, in einer Laube, die zur Seite lag, die Marquise, in ihrer lieblichen und geheimnisvollen Gestalt, an einem kleinen Tischchen emsig arbeiten sah. Er näherte sich ihr so, daß sie ihn nicht früher erblicken konnte, als bis er am Eingang der Laube, drei kleine Schritte von ihren Füßen, stand. »Der Graf F...!« sagte die Marquise, als sie die Augen aufschlug, und die Röte der Überraschung überflog ihr Gesicht. Der Graf lächelte, blieb noch eine Zeitlang, ohne sich im Eingang zu rühren, stehen, setzte sich dann, mit so bescheidener Zudringlichkeit, als sie nicht zu erschrecken nötig war, neben ihr nieder und schlug, ehe sie noch, in ihrer sonderbaren Lage, einen Entschluß gefaßt hatte, seinen Arm sanft um ihren lieben Leib. »Von wo, Herr Graf, ist es möglich«, fragte die Marquise – und sah schüchtern vor sich auf die Erde nieder. Der Graf sagte: »Von M...«, und drückte sie ganz leise an sich; »durch eine hintere Pforte, die ich offen fand. Ich glaubte, auf Ihre Verzeihung rechnen zu dürfen, und trat ein.« »Hat man Ihnen denn in M... nicht gesagt –?« – fragte sie und rührte noch kein Glied in seinen Armen. »Alles, geliebte Frau«, versetzte der Graf; »doch von Ihrer Unschuld völlig überzeugt –« – »Wie!« rief die Marquise, indem sie aufstand und sich loswickelte; »und Sie kommen gleichwohl?« – »Der Welt zum Trotz«, fuhr er fort, indem er sie festhielt, »und Ihrer Familie zum Trotz und dieser lieblichen Erscheinung sogar zum Trotz«; wobei er einen glühenden Kuß auf ihre Brust drückte. – »Hinweg!« rief die Marquise – »So überzeugt«, sagte er, »Julietta, als ob ich allwissend wäre, als ob meine Seele in deiner Brust wohnte –« Die Marquise rief: »Lassen Sie mich!« – »Ich komme«, schloß er – und ließ sie nicht – »meinen Antrag zu wiederholen und das Los der Seligen, wenn Sie mich erhören wollen, von Ihrer Hand zu empfangen.« – »Lassen Sie mich augenblicklich!« rief die Marquise; »ich befehl's Ihnen!« riß sich gewaltsam aus seinen Armen und entfloh. »Geliebte! Vortreffliche!« flüsterte er, indem er wieder aufstand, und ihr folgte. – »Sie hören!« rief die Marquise und wandte sich und wich ihm aus. »Ein einziges, heimliches Geflüstere –!« sagte der Graf, und griff hastig nach ihrem glatten, ihm entschlüpfenden Arm. – »Ich will *nichts* wissen«, versetzte die Marquise, stieß ihn heftig vor die Brust zurück, eilte auf die Rampe und verschwand.

Er war schon halb auf die Rampe gekommen, um sich, es koste, was es wolle, bei ihr Gehör zu verschaffen, als die Tür vor ihm zuflog und der Riegel heftig, mit verstörter Beeiferung, vor seinen Schritten zurasselte. Unschlüssig, einen Augenblick, was unter solchen Umständen zu tun sei, stand er, und überlegte, ob er durch ein zur Seite offenstehendes Fenster einsteigen und seinen Zweck, bis er ihn erreicht, verfolgen solle; doch so schwer es ihm auch in jedem Sinne war, umzukehren, diesmal schien es die Notwendigkeit zu erfordern, und grimmig erbittert über sich, daß er sie aus seinen Armen gelassen hatte, schlich er die Rampe hinab und verließ den Garten, um seine Pferde aufzusuchen. Er fühlte, daß der Versuch, sich an ihrem Busen zu erklären, für immer fehlgeschlagen sei, und ritt schrittweis, indem er einen Brief überlegte, den er jetzt zu schreiben verdammt war, nach M... zurück. Abends, da er sich, in der übelsten Laune von der Welt, bei einer öffentlichen Tafel eingefunden hatte, traf er den Forstmeister an, der ihn auch sogleich befragte, ob er seinen Antrag in V... glücklich angebracht habe? Der Graf antwortete kurz: »Nein!« und war sehr gestimmt, ihn mit einer bitteren Wendung abzufertigen; doch um der Höflichkeit ein Genüge zu tun, setzte er nach einer Weile hinzu, er habe sich entschlossen, sich schriftlich an sie zu wenden und werde damit in kurzem ins Reine sein. Der Forstmeister sagte, er sehe mit Bedauern, daß seine Leidenschaft für die Marquise ihn seiner Sinne beraube. Er müsse ihm inzwischen versichern, daß sie bereits auf dem Wege sei, eine andere Wahl zu treffen; klingelte nach den neuesten Zeitungen und gab ihm das Blatt, in welchem die Aufforderung derselben an den Vater ihres Kindes eingerückt war. Der Graf durchlief, indem ihm das Blut ins Gesicht schoß, die Schrift. Ein Wechsel von Gefühlen durchkreuzte ihn. Der Forstmeister fragte, ob er nicht glaube, daß die Person, die die Frau Marquise suche, sich finden werde! – »Unzweifelhaft!« versetzte der Graf, indessen er mit ganzer Seele über dem Papier lag und den Sinn desselben gierig verschlang. Darauf, nachdem er einen Augenblick, während er das Blatt zusammenlegte, an das Fenster getreten war, sagte er: »Nun ist es gut! nun weiß ich, was ich zu tun habe!«, kehrte sich sodann um und fragte den Forstmeister noch, auf eine verbindliche Art, ob man ihn bald wiedersehen werde; empfahl sich ihm und ging, völlig ausgesöhnt mit seinem Schicksal, fort. –

Inzwischen waren in dem Hause des Kommandanten die lebhaftesten Auftritte vorgefallen. Die Obristin war über die zerstörende Heftigkeit ihres Gatten und über die Schwäche, mit welcher sie sich, bei der tyrannischen Verstoßung der Tochter, von ihm hatte unterjochen lassen, äußerst erbittert. Sie war, als der Schuß in des Kommandanten Schlafgemach fiel, und die Tochter aus demselben hervorstürzte, in eine Ohnmacht gesunken, aus der sie sich zwar bald wieder erholte; doch der Kommandant hatte, in dem Augenblick ihres Erwachens, weiter nichts gesagt, als, es täte ihm leid, daß sie diesen Schrecken umsonst gehabt, und das abgeschossene Pistol auf einen Tisch geworfen. Nachher, da von der Abforderung der Kinder die Rede war, wagte sie schüchtern zu erklären, daß man zu einem solchen Schritt kein Recht habe; sie bat mit einer, durch die gehabte Anwandlung, schwachen und rührenden Stimme, heftige Auftritte im Hause zu vermeiden; doch der Kommandant erwiderte weiter nichts, als, indem er sich zum Forstmeister wandte, vor Wut schäumend: »Geh! und schaff sie mir!« Als der zweite Brief des Grafen F . . . ankam, hatte der Kommandant befohlen, daß er nach V . . . zur Marquise herausgeschickt werden solle, welche ihn, wie man nachher durch den Boten erfuhr, beiseite gelegt und gesagt hatte, es wäre gut. Die Obristin, der in der ganzen Begebenheit so vieles, und besonders die Geneigtheit der Marquise, eine neue, ihr ganz gleichgültige Vermählung einzugehen, dunkel war, suchte vergebens, diesen Umstand zur Sprache zu bringen. Der Kommandant bat immer, auf eine Art, die einem Befehle gleichsah, zu schweigen; versicherte, indem er einst, bei einer solchen Gelegenheit, ein Portrait herabnahm, das noch von ihr an der Wand hing, daß er sein Gedächtnis ihrer ganz zu vertilgen wünsche, und meinte, er hätte keine Tochter mehr. Darauf erschien der sonderbare Aufruf der Marquise in den Zeitungen. Die Obristin, die auf das lebhafteste darüber betroffen war, ging mit dem Zeitungsblatt, das sie von dem Kommandanten erhalten hatte, in sein Zimmer, wo sie ihn an einem Tisch arbeitend fand, und fragte ihn, was er in aller Welt davon halte? Der Kommandant sagte, indem er fortschrieb: »Oh! sie ist unschuldig.« – »Wie!« rief Frau von G . . . mit dem alleräußersten Erstaunen: »unschuldig?« – »Sie hat es im Schlaf getan«, sagte der Kommandant, ohne aufzusehen. »Im Schlafe!« versetzte Frau von G . . . »Und ein so ungeheurer Vorfall wäre –?« – »Die Närrin!« rief der Kommandant, schob die Papiere übereinander und ging weg.

Am nächsten Zeitungstage las die Obristin, da beide beim Frühstück saßen, in einem Intelligenzblatt, das eben ganz feucht von der Presse kam, folgende Antwort:

»Wenn die Frau Marquise von O . . . sich, am Dritten . . . 11 Uhr morgens, im Hause des Herrn von G . . ., ihres Vaters, einfinden will, so wird sich derjenige, den sie sucht, ihr daselbst zu Füßen werfen.« –

Der Obristin verging, ehe sie noch auf die Hälfte dieses unerhörten Artikels gekommen war, die Sprache; sie überflog das Ende, und reichte das Blatt dem Kommandanten dar. Der Obrist durchlas das Blatt dreimal, als ob er seinen eigenen Augen nicht traute. »Nun sage mir, um des Himmels willen, Lorenzo«, rief die Obristin, »was hältst du davon?« – »O die Schändliche!« versetzte der Kommandant und stand auf, »o die verschmitzte Heuchlerin! Zehnmal die Schamlosigkeit einer Hündin, mit zehnfacher List des Fuchses gepaart, reichen noch an die ihrige nicht! Solch eine Miene! Zwei solche Augen! Ein Cherub hat sie nicht treuer!« – und jammerte und konnte sich nicht beruhigen. »Aber was in aller Welt«, fragte die Obristin, »wenn es eine List ist, kann sie damit bezwekken?« – »Was sie damit bezweckt? Ihre nichtswürdige Betrügerei, mit Gewalt will sie sie durchsetzen«, erwiderte der Obrist. »Auswendig gelernt ist sie schon, die Fabel, die sie uns beide, sie und er, am Dritten 11 Uhr morgens hier aufbürden wollen. ›Mein liebes Töchterchen‹, soll ich sagen, ›das wußte ich nicht, wer konnte das denken, vergib mir, nimm meinen Segen und sei wieder gut.‹ Aber die Kugel dem, der am Dritten morgens über meine Schwelle tritt! Es müßte denn schicklicher sein, ihn mir durch Bedienten aus dem Hause zu schaffen.« – Frau von G.... sagte, nach einer nochmaligen Überlesung des Zeitungsblattes, daß wenn sie, von zwei unbegreiflichen Dingen einem Glauben beimessen solle, sie lieber an ein unerhörtes Spiel des Schicksals als an diese Niederträchtigkeit ihrer sonst so vortrefflichen Tochter glauben wolle. Doch ehe sie noch vollendet hatte, rief der Kommandant schon: »Tu mir den Gefallen und schweig!« und verließ das Zimmer. »Es ist mir verhaßt, wenn ich nur davon höre.«

Wenige Tage nachher erhielt der Kommandant, in Beziehung auf diesen Zeitungsartikel, einen Brief von der Marquise, in welchem sie ihn, da ihr die Gnade versagt wäre, in seinem Hause erscheinen zu dürfen, auf eine ehrfurchtsvolle und rührende Art bat, denjenigen, der sich am Dritten morgens bei ihm zeigen würde, gefälligst zu ihr nach V... hinauszuschicken. Die Obristin war gerade gegenwärtig, als der Kommandant diesen Brief empfing; und da sie auf seinem Gesicht deutlich bemerkte, daß er in seiner Empfindung irregeworden war, denn welch ein Motiv jetzt, falls es eine Betrügerei war, sollte er ihr unterlegen, da sie auf seine Verzeihung gar keine Ansprüche zu machen schien? so rückte sie, dadurch dreist gemacht, mit einem Plan hervor, den sie schon lange, in ihrer von Zweifeln bewegten Brust, mit sich herumgetragen hatte. Sie sagte, während der Obrist noch, mit einer nichtssagenden Miene, in das Papier hineinsah, sie habe einen Einfall. Ob er ihr erlauben wolle, auf einen oder zwei Tage, nach V... hinauszufahren? Sie werde die Marquise, falls sie wirklich denjenigen, der ihr durch die Zeitungen, als ein Unbekannter, geantwortet, schon kenne, in eine Lage zu versetzen wissen, in welcher sich ihre Seele verraten müßte, und wenn sie die abgefeimteste Verräterin wäre. Der Kommandant erwiderte, indem er, mit einer plötzlich heftigen Bewegung, den Brief zerriß: sie wisse, daß er mit ihr nichts zu schaffen haben wolle, und er verbiete ihr, in irgendeine Gemeinschaft mit ihr zu treten. Er siegelte die zerrissenen Stücke ein, schrieb eine Adresse an die Marquise und gab sie dem Boten, als Antwort, zurück. Die Obristin, durch diesen hartnäckigen Eigensinn, der alle

Möglichkeit der Aufklärung vernichtete, heimlich erbittert, beschloß, ihren Plan jetzt, gegen seinen Willen, auszuführen. Sie nahm einen von den Jägern des Kommandanten und fuhr am nächstfolgenden Morgen, da ihr Gemahl noch im Bette lag, mit demselben nach V… hinaus. Als sie am Tore des Landsitzes angekommen war, sagte ihr der Türsteher, daß niemand bei der Frau Marquise vorgelassen würde. Frau von G… antwortete, daß sie von dieser Maßregel unterrichtet wäre, daß er aber gleichwohl nur gehen und die Obristin von G… bei ihr anmelden möchte. Worauf dieser versetzte, daß dies zu nichts helfen würde, indem die Frau Marquise keinen Menschen auf der Welt spräche. Frau von G… antwortete, daß sie von ihr gesprochen werden würde, indem sie ihre Mutter wäre, und daß er nur nicht länger säumen und sein Geschäft verrichten möchte. Kaum aber war noch der Türsteher zu diesem, wie er meinte, gleichwohl vergeblichen Versuche ins Haus gegangen, als man schon die Marquise daraus hervortreten, nach dem Tore eilen und sich auf Knien vor dem Wagen der Obristin niederstürzen sah. Frau von G… stieg, von ihrem Jäger unterstützt, aus und hob die Marquise, nicht ohne einige Bewegung, vom Boden auf. Die Marquise drückte sich, von Gefühlen überwältigt, tief auf ihre Hand hinab und führte sie, indem ihr die Tränen häufig flossen, ehrfurchtsvoll in die Zimmer ihres Hauses. »Meine teuerste Mutter!« rief sie, nachdem sie ihr den Diwan angewiesen hatte und noch vor ihr stehen blieb und sich die Augen trocknete: »Welch ein glücklicher Zufall ist es, dem ich Ihre, mir unschätzbare Erscheinung verdanke?« Frau von G… sagte, indem sie ihre Tochter vertraulich faßte, sie müsse ihr nur sagen, daß sie komme, sie wegen der Härte, mit welcher sie aus dem väterlichen Hause verstoßen worden sei, um Verzeihung zu bitten. »Verzeihung!« fiel ihr die Marquise ins Wort, und wollte ihre Hände küssen. Doch diese, indem sie den Handkuß vermied, fuhr fort: »Denn nicht nur, daß die in den letzten öffentlichen Blättern eingerückte Antwort auf die bewußte Bekanntmachung mir sowohl als dem Vater, die Überzeugung von deiner Unschuld gegeben hat; so muß ich dir auch eröffnen, daß er sich selbst schon, zu unserm großen und freudigen Erstaunen, gestern im Hause gezeigt hat.« – »Wer hat sich –?« fragte die Marquise und setzte sich bei ihrer Mutter nieder; »– welcher er selbst hat sich gezeigt –?« und Erwartung spannte jede ihrer Mienen. »Er«, erwiderte Frau von G…, »der Verfasser jener Antwort, er persönlich selbst, an welchen dein Aufruf gerichtet war.« – »Nun denn«, sagte die Marquise mit unruhig arbeitender Brust: »Wer ist es?« Und noch einmal: »Wer ist es?« – »Das«, erwiderte Frau von G…, »möchte ich dich erraten lassen. Denn denke, daß sich gestern, da wir beim Tee sitzen und eben das sonderbare Zeitungsblatt lesen, ein Mensch, von unsrer genauesten Bekanntschaft, mit Gebärden der Verzweiflung ins Zimmer stürzt und deinem Vater, und bald darauf auch mir, zu Füßen fällt. Wir, unwissend, was wir davon denken sollen, fordern ihn auf zu reden. Darauf spricht er: sein Gewissen lasse ihm keine Ruhe; er sei der Schändliche, der die Frau Marquise betrogen, er müsse wissen, wie man sein Verbrechen beurteile, und wenn Rache über ihn verhängt werden solle, so komme er, sich ihr selbst darzubieten.« »Aber wer? wer? wer?« versetzte die Marquise. »Wie gesagt«, fuhr Frau von G... fort, »ein junger, sonst wohlerzogener Mensch, dem wir eine solche Nichtswürdigkeit niemals zugetraut hätten. Doch erschrecken wirst du nicht, meine Tochter, wenn du erfährst, daß er von niedrigem Stande und von allen Forderungen, die man sonst an deinen Gemahl machen dürfte, entblößt ist.« – »Gleichviel, meine vortreffliche Mutter«, sagte die Marquise, »er kann nicht ganz unwürdig sein, da er sich Ihnen früher als mir, zu Füßen geworfen hat. Aber, wer? wer? Sagen Sie mir nur: wer?« – »Nun denn«, versetzte die Mutter, »es ist Leopardo, der Jäger, den sich der Vater jüngst aus Tirol verschrieb und den ich, wenn du ihn wahrnahmst, schon mitgebracht habe, um ihn dir als Bräutigam vorzustellen.« – »Leopardo, der Jäger!« rief die Marquise und drückte ihre Hand, mit dem Ausdruck der Verzweiflung, vor die Stirn. »Was erschreckt dich?« fragte die Obristin. »Hast du Gründe, daran zu zweifeln?« – »Wie? Wo? Wann?« fragte die Marquise verwirrt. »Das«, antwortete jene, »will er nur dir anvertrauen. Scham und Liebe, meinte er, machten es ihm unmöglich, sich einer anderen hierüber zu erklären, als dir. Doch wenn du willst, so öffnen wir das Vorzimmer, wo er, mit klopfendem Herzen, auf den Ausgang wartet; und du magst sehen, ob du ihm sein Geheimnis, indessen ich abtrete, entlockst.« – »Gott, mein Vater!« rief die Marquise; »ich war einst in der Mittagshitze eingeschlummert und sah ihn von meinem Diwan gehen, als ich erwachte!« – Und damit legte sie ihre kleinen Hände vor ihr in Scham erglühendes Gesicht. Bei diesen Worten sank die Mutter auf Knien vor ihr nieder. »O meine Tochter!« rief sie; »o du Vortreffliche!« und schlug die Arme um sie. »Und o ich Nichtswürdige!« und verbarg das Antlitz in ihren Schoß. Die Marquise fragte bestürzt: »Was ist Ihnen, meine Mutter?« »Denn begreife«, fuhr diese fort, »o du Reinere als Engel sind, daß von allem, was ich dir sagte, nichts wahr ist; daß meine verderbte Seele an solche Unschuld nicht, als von der du umstrahlt bist, glauben konnte, und daß ich dieser schändlichen List erst bedurfte, um mich davon zu überzeugen.« – »Meine teuerste Mutter«, rief die Marquise und neigte sich voll froher Rührung zu ihr herab und wollte sie aufheben. Jene versetzte darauf: »Nein, eher nicht von deinen Füßen weich ich, bis du mir sagst, ob du mir die Niedrigkeit meines Verhaltens, du Herrliche, Überirdische, verzeihen kannst.« – »Ich Ihnen verzeihen, meine Mutter! Stehen Sie auf«, rief die Marquise, »ich beschwöre Sie –« – »Du hörst«, sagte Frau von G..., »ich will wissen, ob du mich noch lieben und so aufrichtig verehren kannst, als sonst?« – »Meine angebetete Mutter!« rief die Marquise und legte sich gleichfalls auf Knien vor ihr nieder; »Ehrfurcht und Liebe sind nie aus meinem Herzen gewichen. Wer konnte mir, unter so unerhörten Umständen, Vertrauen schenken? Wie glücklich bin ich, daß Sie von meiner Unsträflichkeit überzeugt sind!« – »Nun denn«, versetzte Frau von G..., indem sie, von ihrer Tochter unterstützt, aufstand:

»so will ich dich auf Händen tragen, mein liebstes Kind. Du sollst bei mir dein Wochenlager halten; und wären die Verhältnisse so, daß ich einen jungen Fürsten von dir erwartete, mit größerer Zärtlichkeit nicht und Würdigkeit könnt ich dein pflegen. Die Tage meines Lebens nicht mehr von deiner Seite weich ich. Ich biete der ganzen Welt Trotz; ich will keine andre Ehre mehr als deine Schande, wenn du mir nur wieder gut wirst und der Härte nicht, mit welcher ich dich verstieß, mehr gedenkst.« Die Marquise suchte sie mit Liebkosungen und Beschwörungen ohne Ende zu trösten; doch der Abend kam heran, und Mitternacht schlug, ehe es ihr gelang. Am folgenden Tage, da sich der Affekt der alten Dame, der ihr während der Nacht eine Fieberhitze zugezogen hatte, ein wenig gelegt hatte, fuhren Mutter und Tochter und Enkel, wie im Triumph, wieder nach M... zurück. Sie waren äußerst vergnügt auf der Reise, scherzten über Leopardo, den Jäger, der vorn auf dem Bock saß; und die Mutter sagte zur Marquise, sie bemerke, daß sie rot würde, sooft sie seinen breiten Rücken ansähe. Die Marquise antwortete, mit einer Regung, die halb ein Seufzer, halb ein Lächeln war: »Wer weiß, wer zuletzt noch am Dritten 11 Uhr morgens bei uns erscheint!« – Darauf, je mehr man sich M... näherte, je ernsthafter stimmten sich wieder die Gemüter, in der Vorahndung entscheidender Auftritte, die ihnen noch bevorstanden. Frau von G..., die sich von ihren Plänen nichts merken ließ, führte ihre Tochter, da sie vor dem Hause ausgestiegen waren, wieder in ihre alten Zimmer ein; sagte, sie möchte es sich nur bequem machen, sie würde gleich wieder bei ihr sein, und schlüpfte ab. Nach einer Stunde kam sie mit einem ganz erhitzten Gesicht wieder. »Nein, solch ein Thomas!« sprach sie mit heimlich vergnügter Seele, »solch ein ungläubiger Thomas! Hab ich nicht eine Seigerstunde gebraucht, ihn zu überzeugen. Aber nun sitzt er, und weint.« »Wer?« fragte die Marquise. »Er«, antwortete die Mutter. »Wer sonst, als wer die größte Ursache dazu hat.« – »Der Vater doch nicht?« rief die Marquise. »Wie ein Kind», erwiderte die Mutter; »daß ich, wenn ich mir nicht selbst hätte die Tränen aus den Augen wischen müssen, gelacht hätte, so wie ich nur aus der Türe heraus war.« – »Und das wegen meiner?« fragte die Marquise und stand auf; »und ich sollte hier –?« – »Nicht von der Stelle!« sagte Frau von G... »Warum diktierte er mir den Brief. Hier sucht er dich auf, wenn er mich, solange ich lebe, wiederfinden will.« – »Meine teuerste Mutter«, flehte die Marquise – »Unerbittlich!« fiel ihr die Obristin ins Wort. »Warum griff er nach der Pistole.« – »Aber ich beschwöre Sie –« – »Du sollst nicht«, versetzte Frau von G..., indem sie die Tochter wieder auf ihren Sessel niederdrückte. »Und wenn er nicht heut vor Abend noch kommt, zieh ich morgen mit dir weiter.« Die Marquise nannte dies Verfahren hart und ungerecht. Doch die Mutter erwiderte: »Beruhige dich –«, denn eben hörte sie jemand von weitem heranschluchzen: »Er kömmt schon!« – »Wo?« fragte die Marquise, und horchte. »Ist wer hier draußen vor der Tür; dies heftige –?« – »Allerdings«, versetzte Frau von G... »Er will, daß wir ihm die Türe öffnen.« –

»Lassen Sie mich!« rief die Marquise und riß sich vom Stuhl empor. Doch: »Wenn du mir gut bist, Julietta«, versetzte die Obristin, »so bleib«; und in dem Augenblick trat auch der Kommandant schon, das Tuch vor das Gesicht haltend, ein. Die Mutter stellte sich breit vor ihre Tochter und kehrte ihm den Rücken zu. »Mein teuerster Vater!« rief die Marquise und streckte ihre Arme nach ihm aus. »Nicht von der Stelle«, sagte Frau von G..., »du hörst!« Der Kommandant stand in der Stube und weinte. »Er soll dir abbitten«, fuhr Frau von G... fort. »Warum ist er so heftig! Und warum ist er so hartnäckig! Ich liebe ihn, aber dich auch; ich ehre ihn, aber dich auch. Und muß ich eine Wahl treffen, so bist du vortrefflicher, als er, und ich bleibe bei dir.« Der Kommandant beugte sich ganz krumm und heulte, daß die Wände erschallten. »Aber mein Gott!« rief die Marquise, gab der Mutter plötzlich nach und nahm ihr Tuch, ihre eigenen Tränen fließen zu lassen. Frau von G... sagte: »Er kann nur nicht sprechen!« und wich ein wenig zur Seite aus. Hierauf erhob sich die Marquise, umarmte den Kommandanten und bat ihn, sich zu beruhigen. Sie weinte selbst heftig. Sie fragte ihn, ob er sich nicht setzen wolle? sie wollte ihn auf einen Sessel niederziehen; sie schob ihm einen Sessel hin, damit er sich darauf setze, doch er antwortete nicht; er war nicht von der Stelle zu bringen; er setzte sich auch nicht, und stand bloß, das Gesicht tief zur Erde gebeugt, und weinte. Die Marquise sagte, indem sie ihn aufrecht hielt, halb zur Mutter gewandt, er werde krank werden; die Mutter selbst schien, da er sich ganz konvulsivisch gebärdete, ihre Standhaftigkeit verlieren zu wollen. Doch da der Kommandant sich endlich, auf die wiederholten Anforderungen der Tochter, niedergesetzt hatte, und diese ihm, mit unendlichen Liebkosungen, zu Füßen gesunken war, so nahm sie wieder das Wort, sagte, es geschehe ihm ganz recht, er werde nun wohl zur Vernunft kommen, entfernte sich aus dem Zimmer und ließ sie allein.

Sobald sie draußen war, wischte sie sich selbst die Tränen ab, dachte, ob ihm die heftige Erschütterung, in welche sie ihn versetzt hatte, nicht doch gefährlich sein könnte, und ob es wohl ratsam sei, einen Arzt rufen zu lassen? Sie kochte ihm für den Abend alles, was sie nur Stärkendes und Beruhigendes aufzutreiben wußte, in der Küche zusammen, bereitete und wärmte ihm das Bett, um ihn sogleich hineinzulegen, sobald er nur, an der Hand der Tochter, erscheinen würde und schlich, da er immer noch nicht kam und schon die Abendtafel gedeckt war, dem Zimmer der Marquise zu, um doch zu hören, was sich zutrage? Sie vernahm, da sie mit sanft an die Tür gelegtem Ohr horchte, ein leises, eben verhallendes Gelispel, das, wie es ihr schein, von der Marquise kam; und, wie sie durchs Schlüsselloch bemerkte, saß sie auch auf des Kommandanten Schoß, was er sonst in seinem Leben nicht zugegeben hatte. Drauf endlich öffnete sie die Tür, und sah nun – und das Herz quoll ihr vor Freuden empor: die Tochter still, mit zurückgebeugtem Nacken, die Augen fest geschlossen, in des Vaters Armen liegen; indessen dieser, auf dem Lehnstuhl sitzend, lange, heiße und lechzende Küsse, das große Auge voll glänzender Tränen, auf ihren Mund drückte, gerade wie ein Verliebter! Die Tochter sprach nicht, er sprach nicht; mit über sie gebeugtem Antlitz saß er, wie über das Mädchen seiner ersten Liebe, und legte ihr den Mund zurecht und küßte sie. Die Mutter fühlte sich wie eine Selige; ungesehen, wie sie hinter seinem Stuhle stand, säumte sie, die Lust der himmelfrohen Versöhnung, die ihrem Hause wieder geworden war, zu stören. Sie nahte sich dem Vater endlich und sah ihn, da er eben wieder mit Fingern und Lippen in unsäglicher Lust über den Mund seiner Tochter beschäftigt war, sich um den Stuhl herumbeugend, von der Seite an. Der Kommandant schlug, bei ihrem Anblick, das Gesicht schon wieder ganz kraus nieder und wollte etwas sagen; doch sie rief: »O was für ein Gesicht ist das!« küßte es jetzt auch ihrerseits in Ordnung und machte der Rührung durch Scherzen ein Ende. Sie lud und führte beide, die wie Brautleute gingen, zur Abendtafel, an welcher der Kommandant zwar sehr heiter war, aber noch von Zeit zu Zeit schluchzte, wenig aß und sprach, auf den Teller niedersah, und mit der Hand seiner Tochter spielte.

Nun galt es, beim Anbruch des nächsten Tages, die Frage: wer nur, in aller Welt, morgen um 11 Uhr sich zeigen würde; denn morgen war der gefürchtete Dritte. Vater und Mutter, und auch der Bruder, der sich mit seiner Versöhnung eingefunden hatte, stimmten unbedingt, falls die Person nur von einiger Erträglichkeit sein würde, für Vermählung; alles, was nur immer möglich war, sollte geschehen, um die Lage der Marquise glücklich zu machen. Sollten die Verhältnisse derselben jedoch so beschaffen sein, daß sie selbst dann, wenn man ihnen durch Begünstigungen zu Hilfe käme, zu weit hinter den Verhältnissen der Marquise zurückblieben, so widersetzten sich die Eltern der Heirat; sie beschlossen, die Marquise nach wie vor bei sich zu behalten und das Kind zu adoptieren. Die Marquise hingegen schien willens, in jedem Falle, wenn die Person nur nicht ruchlos wäre, ihr gegebenes Wort in Erfüllung zu bringen, und dem Kinde, es koste was es wolle, einen Vater zu verschaffen. Am Abend fragte die Mutter, wie es denn mit dem Empfang der Person gehalten werden solle? Der Kommandant meinte, daß es am schicklichsten sein würde, wenn man die Marquise um 11 Uhr allein ließe. Die Marquise hingegen bestand darauf, daß beide Eltern, und auch der Bruder, gegenwärtig sein möchten, indem sie keine Art des Geheimnisses mit dieser Person zu teilen haben wolle. Auch meinte sie, daß dieser Wunsch sogar in der Antwort derselben, dadurch, daß sie das Haus des Kommandanten zur Zusammenkunft vorgeschlagen, ausgedrückt scheine; ein Umstand, um dessentwillen ihr gerade diese Antwort, wie sie frei gestehen müsse, sehr gefallen habe. Die Mutter bemerkte die Unschicklichkeit der Rollen, die der Vater und der Bruder dabei zu spielen haben würden, bat die Tochter, die Entfernung der Männer zuzulassen, wogegen sie in ihren Wunsch willigen und bei dem Empfang der Person gegenwärtig sein wolle. Nach einer kurzen Besinnung der Tochter ward dieser letzte Vorschlag endlich angenommen. Drauf nun erschien, nach einer unter den gespanntesten Erwartungen zugebrachten Nacht der Morgen des gefürchteten Dritten. Als die Glocke elf Uhr schlug, saßen beide Frauen, festlich, wie zur Verlobung angekleidet, im Besuchzimmer; das Herz klopfte ihnen, daß man es gehört haben würde, wenn das Geräusch des Tages geschwiegen hätte. Der elfte Glockenschlag summte noch, als Leopardo, der Jäger, eintrat, den der Vater aus Tirol verschrieben hatte. Die Weiber erblaßten bei diesem Anblick. »Der Graf F...«, sprach er, »ist vorgefahren und läßt sich anmelden.« – »Der Graf F...!« riefen beide zugleich, von einer Art der Bestürzung in die andre geworfen. Die Marquise rief: »Verschließt die Türen! Wir sind für ihn nicht zu Hause«; stand auf, das Zimmer gleich selbst zu verriegeln, und wollte eben den Jäger, der ihr im Wege stand, hinausdrängen, als der Graf schon, in genau demselben Kriegsrock, mit Orden und Waffen, wie er sie bei der Eroberung des Forts getragen hatte, zu ihr eintrat. Die Marquise glaubte, vor Verwirrung in die Erde zu sinken; sie griff nach einem Tuch, das sie auf dem Stuhl hatte liegenlassen, und wollte eben in ein Seitenzimmer entfliehn; doch Frau von G..., indem sie die Hand derselben ergriff, rief: »Julietta –!« und wie erstickt von Gedanken, ging ihr die Sprache aus. Sie heftete die Augen fest auf den Grafen und wiederholte: »Ich bitte dich, Julietta!«, indem sie sie nach sich zog: »Wen erwarten wir denn –?« Die Marquise rief, indem sie sich plötzlich wandte: »Nun? doch ihn nicht –?« und schlug mit einem Blick funkelnd, wie ein Wetterstrahl, auf ihn ein, indessen Blässe des Todes ihr Antlitz überflog. Der Graf hatte ein Knie vor ihr gesenkt; die rechte Hand lag auf seinem Herzen, das Haupt sanft auf seine Brust gebeugt, lag er und blickte hochglühend vor sich nieder, und schwieg. »Wen sonst«, rief die Obristin mit beklemmter Stimme, »wen sonst, wir Sinnberaubten, als ihn –?« Die Marquise stand starr über ihm, und sagte: »Ich werde wahnsinnig werden, meine Mutter!« – »Du Törin«, erwiderte die Mutter, zog sie zu sich und flüsterte ihr etwas in das Ohr. Die Marquise wandte sich und stürzte, beide Hände vor das Gesicht, auf dem Sofa nieder. Die Mutter rief: »Unglückliche! Was fehlt dir? Was ist geschehn, worauf du nicht vorbereitet warst?« – Der Graf wich nicht von der Seite der Obristin; er faßte, immer noch auf seinen Knien liegend, den äußersten Saum ihres Kleides und küßte ihn. »Liebe! Gnädige! Verehrungswürdigste!« flüsterte er; eine Träne rollte ihm die Wagen herab. Die Obristin sagte: »Stehn Sie auf, Herr Graf, stehn Sie auf! Trösten Sie jene; so sind wir alle versöhnt, so ist alles vergeben und vergessen.« Der Graf erhob sich weinend. Er ließ sich von neuem vor der Marquise nieder, er faßte leise ihre Hand, als ob sie von Gold wäre und der Duft der seinigen sie trüben könnte. Doch diese: »Gehn Sie! gehn Sie! gehn Sie!« rief sie, indem sie aufstand; »auf einen Lasterhaften war ich gefaßt, aber auf keinen – – – Teufel!« öffnete, indem sie ihm dabei, gleich einem Pestvergifteten, auswich, die Tür des Zimmers und sagte: »Ruft den Obristen!« – »Julietta!« rief die Obristin mit Erstaunen. Die Marquise blickte, mit tötender Wildheit, bald auf den Grafen, bald auf die

Mutter ein; ihre Brust flog, ihr Antlitz loderte; eine Furie blickte nicht schrecklicher. Der Obrist und der Forstmeister kamen. »Diesem Mann, Vater«, sprach sie, als jene noch unter dem Eingang waren, »kann ich mich nicht vermählen!« griff in ein Gefäß mit Weihwasser, das an der hinteren Tür befestigt war, besprengte, in einem großen Wurf, Vater und Mutter und Bruder damit und verschwand.

Der Kommandant, von dieser seltsamen Erscheinung betroffen, fragte, was vorgefallen sei, und erblaßte, da er, in diesem entscheidenden Augenblick, den Grafen F . . . im Zimmer erblickte. Die Mutter nahm den Grafen bei der Hand und sagte: »Frage nicht; dieser junge Mann bereut von Herzen alles, was geschehen ist; gib deinen Segen, gib, gib, so wird sich alles noch glücklich endigen.« Der Graf stand wie vernichtet. Der Kommandant legte seine Hand auf ihn; seine Augenwimpern zuckten, seine Lippen waren weiß, wie Kreide. »Möge der Fluch des Himmels von diesen Scheiteln weichen!« rief er! »Wann gedenken Sie zu heiraten?« – »Morgen«, antwortete die Mutter für ihn, denn er konnte kein Wort hervorbringen, »morgen oder heute, wie du willst; dem Herrn Grafen, der so viel schöne Beeiferung gezeigt hat, sein Vergehen wiedergutzumachen, wird immer die nächste Stunde die liebste sein.« – »So habe ich das Vergnügen, Sie morgen um 11 Uhr in der Augustinerkirche zu finden!« sagte der Kommandant, verneigte sich gegen ihn, rief Frau und Sohn ab, um sich in das Zimmer der Marquise zu verfügen, und ließ ihn stehen.

Man bemühte sich vergebens, von der Marquise den Grund ihres sonderbaren Betragens zu erfahren; sie lag im heftigsten Fieber, wollte durchaus von Vermählung nichts wissen und bat, sie allein zu lassen. Auf die Frage: warum sie denn ihren Entschluß plötzlich geändert habe? und was ihr den Grafen gehässiger mache als einen andern? sah sie den Vater mit großen Augen zerstreut an und antwortete nichts. Die Obristin sprach: ob sie vergessen habe, daß sie Mutter sei? worauf sie erwiderte, daß sie, in diesem Falle, mehr an sich als ihr Kind denken müsse, und nochmals, indem sie alle Engel und Heiligen zu Zeugen anrief, versicherte, daß sie nicht heiraten würde. Der Vater, der sie offenbar in einem überreizten Gemütszustande sah, erklärte, daß sie ihr Wort halten müsse, verließ sie, und ordnete alles, nach gehöriger schriftlicher Rücksprache mit dem Grafen, zur Vermählung an. Er legte demselben einen Heiratskontrakt vor, in welchem dieser auf alle Rechte eines Gemahls Verzicht tat, dagegen sich zu allen Pflichten, die man von ihm fordern würde, verstehen sollte. Der Graf sandte das Blatt, ganz von Tränen durchfeuchtet, mit seiner Unterschrift zurück. Als der Kommandant am andern Morgen der Marquise dieses Papier überreichte, hatten sich ihre Geister ein wenig beruhigt. Sie durchlas es, noch im Bette sitzend, mehrere Male, legte es sinnend zusammen, öffnete es und durchlas es wieder und erklärte hierauf, daß sie sich um 11 Uhr in der Augustinerkirche einfinden würde. Sie stand auf, zog sich, ohne ein Wort zu sprechen, an, stieg, als die Glocke schlug, mit allen Ihrigen in den Wagen und fuhr dahin ab.

Erst an dem Portal der Kirche war es dem Grafen erlaubt, sich an die Familie anzuschließen. Die Marquise sah, während der Feierlichkeit, starr auf das Altarbild; nicht ein flüchtiger Blick ward dem Manne zuteil, mit welchem sie die Ringe wechselte. Der Graf bot ihr, als die Trauung vorüber war, den Arm; doch sobald sie wieder aus der Kirche heraus waren, verneigte sich die Gräfin vor ihm; der Kommandant fragte, ob er die Ehre haben würde, ihn zuweilen in den Gemächern seiner Tochter zu sehen, worauf der Graf etwas stammelte, das niemand verstand, den Hut vor der Gesellschaft abnahm und verschwand. Er bezog eine Wohnung in M..., in welcher er mehrere Monate zubrachte, ohne auch nur den Fuß in des Kommandanten Haus zu setzen, bei welchem die Gräfin zurückgeblieben war. Nur seinem zarten, würdigen und völlig musterhaften Betragen überall, wo er mit der Familie in irgendeine Berührung kam, hatte er es zu verdanken, daß er, nach der nunmehr erfolgten Entbindung der Gräfin von einem jungen Sohne, zur Taufe desselben eingeladen ward. Die Gräfin, die, mit Teppichen bedeckt, auf dem Wochenbette saß, sah ihn nur auf einen Augenblick, da er unter die Tür trat und sie von weitem ehrfurchtsvoll grüßte. Er warf unter den Geschenken, womit die Gäste den Neugebornen bewillkommten, zwei Papiere auf die Wiege desselben, deren eines, wie sich nach seiner Entfernung auswies, eine Schenkung von 20000 Rubel an den Knaben, und das andere ein Testament war, in dem er die Mutter, falls er stürbe, zur Erbin seines ganzen Vermögens einsetzte. Von diesem Tage an ward er, auf Veranstaltung der Frau von G..., öfter eingeladen; das Haus stand seinem Eintritt offen, es verging bald kein Abend, da er sich nicht darin gezeigt hätte. Er fing, da sein Gefühl ihm sagte, daß ihm von allen Seiten, um der gebrechlichen Einrichtung der Welt willen, verziehen sei, seine Bewerbung um die Gräfin, seine Gemahlin, von neuem an, erhielt, nach Verlauf eines Jahres, ein zweites Jawort von ihr, und auch eine zweite Hochzeit ward gefeiert, froher als die erste, nach deren Abschluß die ganze Familie nach V... hinauszog. Eine ganze Reihe von jungen Russen folgte jetzt noch dem ersten; und da der Graf, in einer glücklichen Stunde, seine Frau einst fragte, warum sie, an jenem fürchterlichen Dritten, da sie auf jeden Lasterhaften gefaßt schien, vor ihm, gleich einem Teufel, geflohen wäre, antwortete sie, indem sie ihm um den Hals fiel: er würde ihr damals nicht wie ein Teufel erschienen sein, wenn er ihr nicht, bei seiner ersten Erscheinung, wie ein Engel vorgekommen wäre.

E. T. A. HOFFMANN

Das Fräulein von Scuderi

In der Straße St. Honoré war das kleine Haus gelegen, welches Magdaleine von Scuderi, bekannt durch ihre anmutigen Verse, durch die Gunst Ludwig des XIV. und der Maintenon, bewohnte.

Spät um Mitternacht – es mochte im Herbste des Jahres 1680 sein – wurde an dieses Haus hart und heftig angeschlagen, daß es im ganzen Flur laut widerhallte. – Baptiste, der in des Fräuleins kleinem Haushalt Koch, Bedienten und Türsteher zugleich vorstellte, war mit Erlaubnis seiner Herrschaft über Land gegangen zur Hochzeit seiner Schwester, und so kam es, daß die Martiniere, des Fräuleins Kammerfrau, allein im Haus noch wachte. Sie hörte die wiederholten Schläge, es fiel ihr ein, daß Baptiste fortgegangen und sie mit dem Fräulein ohne weitern Schutz im Hause geblieben sei; aller Frevel von Einbruch, Diebstahl und Mord, wie er jemals in Paris verübt worden, kam ihr in den Sinn, es wurde ihr gewiß, daß irgendein Haufen Meuter, von der Einsamkeit des Hauses unterrichtet, da draußen tobe, und eingelassen ein böses Vorhaben gegen die Herrschaft ausführen wolle, und so blieb sie in ihrem Zimmer zitternd und zagend, und den Baptiste verwünschend samt seiner Schwester Hochzeit. Unterdessen donnerten die Schläge immer fort, und es war ihr, als rufe eine Stimme dazwischen: »So macht doch nur auf um Christus willen, so macht doch nur auf!« Endlich in steigender Angst ergriff die Martiniere schnell den Leuchter mit der brennenden Kerze und rannte hinaus auf den Flur; da vernahm sie ganz deutlich die Stimme des Anpochenden: »Um Christus willen, so macht doch nur auf!« »In der Tat«, dachte Martiniere, »so spricht doch wohl kein Räuber; wer weiß, ob nicht gar ein Verfolgter Zuflucht sucht bei meiner Herrschaft, die ja geneigt ist zu jeder Wohltat. Aber laßt uns vorsichtig sein!« – Sie öffnete ein Fenster und rief hinab, wer denn da unten in später Nacht so an der Haustüre tobe und alles aus dem Schlafe wecke, indem sie ihrer tiefen Stimme so viel Männliches zu geben sich bemühte, als nur möglich. In dem Schimmer der Mondesstrahlen, die eben durch die finstern Wolken brachen, gewahrte sie eine lange, in einen hellgrauen Mantel gewickelte Gestalt, die den breiten Hut tief in die Augen gedrückt hatte. Sie rief nun mit lauter Stimme, so, daß es der unten vernehmen konnte: »Baptiste, Claude, Pierre, steht auf und seht einmal zu, welcher Taugenichts uns das Haus einschlagen will!« Da sprach es aber mit sanfter, beinahe klagender Stimme von unten herauf: »Ach! la Martiniere, ich weiß ja, daß Ihr es seid, liebe Frau, so sehr Ihr Eure Stimme zu verstellen trachtet, ich weiß ja, daß Baptiste über Land gegangen ist und Ihr mit Eurer Herrschaft allein im Haus seid. Macht mir nur getrost auf, befürchtet nichts. Ich muß durchaus mit Eurem Fräulein sprechen, noch in dieser Minute.« »Wo denkt Ihr hin«, erwiderte die Martiniere, »mein Fräulein wollt Ihr sprechen mitten in der Nacht? Wißt Ihr denn nicht, daß sie längst schläft, und daß ich sie um keinen Preis wecken werde aus dem ersten süßesten Schlummer, dessen sie in ihren Jahren wohl bedarf.« – »Ich weiß«, sprach der Untenstehende, »ich weiß, daß Euer Fräulein soeben das Manuskript ihres Romans, Clelia geheißen, an dem sie rastlos arbeitet, beiseite gelegt hat und jetzt noch einige Verse aufschreibt, die sie morgen bei der Marquise de Maintenon vorzulesen gedenkt. Ich beschwöre Euch, Frau Martiniere, habt die Barmherzigkeit und öffnet mir die Türe. Wißt, daß es darauf ankommt, einen Unglücklichen vom Verderben zu retten, wißt, daß Ehre, Freiheit, ja das Leben eines Menschen abhängt von diesem Augenblick, in dem ich Euer Fräulein sprechen muß. Bedenkt, daß Eurer Gebieterin Zorn ewig auf Euch lasten würde, wenn sie erführe, daß Ihr es waret, die den Unglücklichen, welcher kam, ihre Hilfe zu erflehen, hartherzig von der Türe wieset.« – »Aber warum sprecht Ihr denn meines Fräuleins Mitleid an in dieser ungewöhnlichen Stunde, kommt morgen zu guter Zeit wieder«, so sprach die Martiniere herab; da erwiderte der unten: »Kehrt sich denn das Schicksal, wenn es verderbend wie der tötende Blitz einschlägt, an Zeit und Stunde? Darf, wenn nur ein Augenblick Rettung noch möglich ist, die Hilfe aufgeschoben werden? Öffnet mir die Türe, fürchtet doch nur nichts von einem Elenden, der schutzlos, verlassen von aller Welt, verfolgt, bedrängt von einem ungeheuern Geschick Euer Fräulein um Rettung anflehen will aus drohender Gefahr!« Die Martiniere vernahm, wie der Untenstehende bei diesen Worten vor tiefem Schmerz stöhnte und schluchzte; dabei war der Ton von seiner Stimme der eines Jünglings, sanft und eindringend tief in die Brust. Sie fühlte sich im Innersten bewegt, ohne sich weiter lange zu besinnen, holte sie die Schlüssel herbei.

Sowie sie die Türe kaum geöffnet, drängte sich ungestüm die im Mantel gehüllte Gestalt hinein und rief, an der Martiniere vorbeischreitend in den Flur, mit wilder Stimme: »Führt mich zu Euerm Fräulein!« Erschrocken hob die Martiniere den Leuchter in die Höhe, und der Kerzenschimmer fiel in ein todbleiches, furchtbar entstelltes Jünglingsantlitz. Vor Schrecken hätte die Martiniere zu Boden sinken mögen, als nun der Mensch den Mantel auseinanderschlug und der blanke Griff eines Stiletts aus dem Brustlatz hervorragte. Es blitzte der Mensch sie an mit funkelnden Augen und rief noch wilder als zuvor: »Führt mich zu Euerm Fräulein, sage ich Euch!« Nun sah die Martiniere ihr Fräulein in der dringendsten Gefahr, alle Liebe zu der teuren Herrschaft, in der sie zugleich die fromme, treue Mutter ehrte, flammte stärker auf im Innern und erzeugte einen Mut, dessen sie wohl selbst sich nicht fähig geglaubt hätte. Sie warf die Türe ihres Gemachs, die sie offen gelassen, schnell zu, trat vor dieselbe und sprach stark und fest: »In der Tat, Euer tolles Betragen hier im Hause paßt schlecht zu Euern kläglichen Worten da draußen, die, wie ich nun wohl merke, mein Mitleiden sehr zu unrechter Zeit erweckt haben. Mein Fräulein sollt und werdet Ihr jetzt nicht sprechen. Habt Ihr nichts Böses im Sinn, dürft Ihr den Tag nicht scheuen, so kommt morgen wieder, und bringt Eure Sache an! – jetzt schert Euch aus dem Hause!« Der Mensch stieß einen dumpfen Seufzer aus, blickte die Martiniere starr an mit entsetzlichem Blick und griff nach dem Stilett. Die Martiniere befahl im stillen ihre Seele dem Herrn, doch blieb sie standhaft und sah dem Menschen keck ins Auge, indem sie sich fester an die Türe des Gemachs drückte, durch welches der Mensch gehen mußte, um zu dem Fräulein zu gelangen. »Laßt mich zu Euerm Fräulein, sage ich Euch«, rief der Mensch nochmals. »Tut was Ihr wollt«, erwiderte die Martiniere, »ich weiche nicht von diesem Platz, vollendet nur die böse Tat, die Ihr begonnen, auch Ihr werdet den schmachvollen Tod finden auf dem Greveplatz, wie Eure verruchten Spießgesellen.« »Ha«, schrie der Mensch auf, »Ihr habt recht, la Martiniere! ich sehe aus, ich bin bewaffnet wie ein verruchter Räuber und Mörder, aber meine Spießgesellen sind nicht gerichtet, sind nicht gerichtet!« – Und damit zog er, giftige Blicke schießend, auf die zum Tode geängstete Frau, das Stilett heraus. »Jesus!« rief sie, den Todesstoß erwartend, aber in dem Augenblick ließ sich auf der Straße das Geklirr von Waffen, der Huftritt von Pferden hören. »Die Marechaussee – die Marechaussee. Hilfe, Hilfe!« schrie die Martiniere. »Entsetzliches Weib, du willst mein Verderben – nun ist alles aus, alles aus! nimm! – nimm; gib das dem Fräulein heute noch – morgen wenn du willst –« dies leise murmelnd hatte der Mensch der Martiniere den Leuchter weggerissen, die Kerzen verlöscht und ihr ein Kästchen in die Hände gedrückt. »Um deiner Seligkeit willen, gib das Kästchen dem Fräulein«, rief der Mensch und sprang zum Hause hinaus. Die Martiniere war zu Boden gesunken, mit Mühe stand sie auf und tappte sich in der Finsternis zurück in ihr Gemach, wo sie ganz erschöpft, keines Lautes mächtig, in den Lehnstuhl sank. Nun hörte sie die Schlüssel klirren, die sie im Schloß der Haustüre hatte stecken lassen. Das Haus wurde zugeschlossen und leise unsichere Tritte nahten sich dem Gemach. Festgebannt, ohne Kraft sich zu regen, erwartete sie das Gräßliche; doch wie geschah ihr, als die Türe aufging und sie bei dem Scheine der Nachtlampe auf den ersten Blick den ehrlichen Baptiste erkannte; der sah leichenblaß aus und ganz verstört. »Um aller Heiligen willen«, fing er an, »um aller Heiligen willen, sagt mir Frau Martiniere, was ist geschehen? Ach die Angst! die Angst! – Ich weiß nicht, was es war, aber fortgetrieben hat es mich von der Hochzeit gestern abend mit Gewalt! – Und nun komme ich in die Straße. Frau Martiniere, denk ich, hat einen leisen Schlaf, die wird's wohl hören, wenn ich leise und säuberlich anpoche an die Haustüre, und mich hineinlassen. Da kommt mir eine starke Patrouille entgegen, Reiter, Fußvolk bis an die Zähne bewaffnet, und hält mich an und will mich nicht fortlassen. Aber zum Glück ist Desgrais dabei, der Marechaussee-Lieutnant, der mich recht gut kennt; der spricht, als sie mir die Laterne unter die Nase halten: ›Ei Baptiste, wo kommst du her des Wegs in der Nacht? Du mußt fein im Hause bleiben und es hüten. Hier ist es nicht geheuer, wir denken, noch in dieser Nacht einen guten Fang zu machen.‹ Ihr glaubt gar nicht, Frau Martiniere, wir mir diese Worte aufs Herz fielen. Und nun trete ich auf die Schwelle, und da stürzt ein verhüllter Mensch aus dem Hause, das blanke Stilett in der Faust, und rennt mich um und um – das Haus ist offen, die Schlüssel stecken im Schlosse – sagt, was hat das alles zu bedeuten?« Die Martiniere, von ihrer Todesangst befreit, erzählte, wie sich alles begeben. Beide, sie und Baptiste, gingen in den Hausflur, sie fanden den Leuchter auf dem Boden, wo der fremde Mensch ihn im Entfliehen hingeworfen. »Es ist nur zu gewiß«, sprach Baptiste, »daß unser Fräulein beraubt und wohl gar ermordet werden sollte. Der Mensch wußte, wie Ihr erzählt, daß Ihr allein wart mit dem Fräulein, ja sogar, daß sie noch wachte bei ihren Schriften; gewiß war es einer von den verfluchten Gaunern und Spitzbuben, die bis ins Innere der Häuser dringen, alles listig auskundschaftend, was ihnen zur Ausführung ihrer teuflischen Anschläge dienlich. Und das kleine Kästchen, Frau Martiniere, das, denk ich, werfen wir in die Seine, wo sie am tiefsten ist. Wer steht uns dafür, daß nicht irgendein verruchter Unhold unserm guten Fräulein nach dem Leben trachtet, daß sie, das Kästchen öffnend, nicht tot niedersinkt, wie der alte Marquis von Tournay, als er den Brief aufmachte, den er von unbekannter Hand erhalten! –« Lange ratschlagend, beschlossen die Getreuen endlich, dem Fräulein am andern Morgen alles zu erzählen und ihr auch das geheimnisvolle Kästchen einzuhändigen, das ja mit gehöriger Vorsicht geöffnet werden könne. Beide erwägten sie genau jeden Umstand der Erscheinung des verdächtigen Fremden, meinten, daß wohl ein besonderes Geheimnis im Spiele sein könne, über das sie eigenmächtig nicht schalten dürften, sondern die Enthüllung ihrer Herrschaft überlassen müßten.

Baptistes Besorgnisse hatten ihren guten Grund. Gerade zu der Zeit war Paris der Schauplatz der verruchtesten Greueltaten, gerade zu der Zeit bot die teuflischste Erfindung der Hölle die leichtesten Mittel dazu dar.

Glaser, ein teutscher Apotheker, der beste Chemiker seiner Zeit, beschäftigte sich, wie es bei Leuten von seiner Wissenschaft wohl zu geschehen pflegt, mit alchimistischen Versuchen. Er hatte es darauf abgesehen, den Stein der Weisen zu finden. Ihm gesellte sich ein Italiener zu, namens *Exili*. Diesem diente aber die Goldmacherkunst nur zum Vorwande. Nur das Mischen, Kochen, Sublimieren der Giftstoffe, in denen Glaser sein Heil zu finden hoffte, wollte er erlernen, und es gelang ihm endlich, jenes feine Gift zu bereiten, das ohne Geruch, ohne Geschmack, entweder auf der Stelle oder langsam tötend, durchaus keine Spur im menschlichen Körper zurückläßt, und alle Kunst, alle

Wissenschaft der Ärzte täuscht, die, den Giftmord nicht ahnend, den Tod einer natürlichen Ursache zuschreiben müssen. So vorsichtig Exili auch zu Werke ging, so kam er doch in den Verdacht des Giftverkaufs, und wurde nach der Bastille gebracht. In dasselbe Zimmer sperrte man bald darauf den Hauptmann Godin de Sainte Croix ein. Dieser hatte mit der Marquise de Brinvillier lange Zeit in einem Verhältnisse gelebt, welches Schande über die ganze Familie brachte, und endlich, da der Marquis unempfindlich blieb für die Verbrechen seiner Gemahlin, ihren Vater, Dreux d'Aubray, Zivil-Lieutnant zu Paris, nötigte, das verbrecherische Paar durch einen Verhaftsbefehl zu trennen, den er wider den Hauptmann auswirkte. Leidenschaftlich, ohne Charakter, Frömmigkeit heuchelnd und zu Lastern aller Art geneigt von Jugend auf, eifersüchtig, rachsüchtig bis zur Wut, konnte dem Hauptmann nichts willkommner sein als Exilis teuflisches Geheimnis, das ihm die Macht gab, alle seine Feinde zu vernichten. Er wurde Exilis eifriger Schüler und tat es bald seinem Meister gleich, so daß er, aus der Bastille entlassen, allein fortzuarbeiten imstande war.

Die Brinvillier war ein entartetes Weib, durch Sainte Croix wurde sie zum Ungeheuer. Er vermochte sie nach und nach, erst ihren eignen Vater, bei dem sie sich befand, ihn mit verruchter Heuchelei im Alter pflegend, dann ihre beiden Brüder, und endlich ihre Schwester zu vergiften; den Vater aus Rache, die andern der reichen Erbschaft wegen. Die Geschichte mehrerer Giftmörder gibt das entsetzliche Beispiel, daß Verbrechen der Art zur unwiderstehlichen Leidenschaft werden. Ohne weitern Zweck, aus reiner Lust daran, wie der Chemiker Experimente macht zu seinem Vergnügen, haben oft Giftmörder Personen gemordet, deren Leben oder Tod ihnen völlig gleich sein konnte. Das plötzliche Hinsterben mehrerer Armen im Hotel Dieu erregte später den Verdacht, daß die Brote, welche die Brinvillier dort wöchentlich auszuteilen pflegte, um als Muster der Frömmigkeit und des Wohltuns zu gelten, vergiftet waren. Gewiß ist es aber, daß sie Taubenpasteten vergiftete und sie den Gästen, die sei geladen, vorsetzte. Der Chevalier du Guet und mehrere andere Personen fielen als Opfer dieser höllischen Mahlzeiten. Sainte Croix, sein Gehilfe La Chaussee, die Brinvillier wußten lange Zeit hindurch ihre gräßliche Untaten in undurchdringliche Schleier zu hüllen; doch welche verruchte List verworfener Menschen vermag zu bestehen, hat die ewige Macht des Himmels beschlossen, schon hier auf Erden die Frevler zu richten! – Die Gifte, welche Sainte Croix bereitete, waren so fein, daß, lag das Pulver (*poudre de succession* nannten es die Pariser) bei der Bereitung offen, ein einziger Atemzug hinreichte, sich augenblicklich den Tod zu geben. Sainte Croix trug deshalb bei seinen Operationen eine Maske von feinem Glase. Diese fiel eines Tags, als er eben ein fertiges Giftpulver in eine Phiole schütten wollte, herab, und er sank, den feinen Staub des Giftes einatmend, augenblicklich tot nieder. Da er ohne Erben verstorben, eilten die Gerichte herbei, um den Nachlaß unter Siegel zu nehmen. Da fand sich in einer Kiste verschlossen das ganze höllische Arsenal des Giftmords, das dem verruchten Sainte Croix zu Gebote gestanden, aber auch die Briefe der Brinvillier wurden aufgefunden, die über ihre Untaten keinen Zweifel ließen. Sie floh nach Lüttich in ein Kloster. Desgrais, ein Beamter der Marechaussee, wurde ihr nachgesendet. Als Geistlicher verkleidet, erschien er in dem Kloster, wo sie sich verborgen. Es gelang ihm, mit dem entsetzlichen Weibe einen Liebeshandel anzuknüpfen und sie zu einer heimlichen Zusammenkunft in einem einsamen Garten vor der Stadt zu verlocken. Kaum dort angekommen, wurde sie aber von Desgrais' Häschern umringt, der geistliche Liebhaber verwandelte sich plötzlich in den Beamten der Marechaussee und nötigte sie, in den Wagen zu steigen, der vor dem Garten bereit stand und von den Häschern umringt, geradewegs nach Paris abfuhr. La Chaussee war schon früher enthauptet worden, die Brinvillier litt denselben Tod, ihr Körper wurde nach der Hinrichtung verbrannt und die Asche in die Lüfte zerstreut.

Die Pariser atmeten auf, als das Ungeheuer von der Welt war, das die heimliche mörderische Waffe ungestraft richten konnte gegen Feind und Freund. Doch bald tat es sich kund, daß des verruchten La Croix entsetzliche Kunst sich fortvererbt hatte. Wie ein unsichtbares tückisches Gespenst schlich der Mord sich ein in die engsten Kreise, wie sie Verwandtschaft – Liebe – Freundschaft nur bilden können und erfaßte sicher und schnell die unglücklichen Opfer. Der, den man heute in blühender Gesundheit gesehen, wankte morgen krank und siech umher, und keine Kunst der Ärzte konnte ihn vor dem Tode retten. Reichtum – ein einträgliches Amt – ein schönes, vielleicht zu jugendliches Weib – das genügte zur Verfolgung auf den Tod. Das grausamste Mißtrauen trennte die heiligsten Bande. Der Gatte zitterte vor der Gattin – der Vater vor dem Sohn – die Schwester vor dem Bruder. Unberührt blieben die Speisen, blieb der Wein bei dem Mahl, das der Freund den Freunden gab, und wo sonst Lust und Scherz gewaltet, spähten verwilderte Blicke nach dem verkappten Mörder. Man sah Familienväter ängstlich in entfernten Gegenden Lebensmittel einkaufen, und in dieser, jener schmutzigen Garküche selbst bereiten, in ihrem eigenen Hause teuflischen Verrat fürchtend. Und doch war manchmal die größte, bedachteste Vorsicht vergebens.

Der König, dem Unwesen, das immer mehr überhand nahm, zu steuern, ernannte einen eigenen Gerichtshof, dem er ausschließlich die Untersuchung und Bestrafung dieser heimlichen Verbrechen übertrug. Das war die sogenannte *Chambre ardente*, die ihre Sitzungen unfern der Bastille hielt und welcher la Regnie als Präsident vorstand. Mehrere Zeit hindurch blieben Regnies Bemühungen, so eifrig sie auch sein mochten, fruchtlos, dem verschlagenen Desgrais war es vorbehalten, den geheimsten Schlupfwinkel des Verbrechens zu entdekken. – In der Vorstadt Saint Germain wohnte ein altes Weib, la Voisin geheißen, die sich mit Wahrsagen und Geisterbeschwören abgab, und mit Hilfe ihrer Spießgesellen, le Sage und le Vigoureux, auch selbst Personen, die eben nicht schwach und leichtgläubig zu nennen, in Furcht und Erstaunen zu setzen wußte. Aber sie tat mehr als dieses. Exilis Schülerin wie la Croix, bereitete sie wie dieser, das feine, spurlose Gift und half auf diese Weise ruchlosen Söhnen zur frühen Erbschaft, entarteten Weibern zum andern jüngern Gemahl. Desgrais drang in ihr Geheimnis ein, sie gestand alles, die *Chambre ardente* verurteilte sie zum Feuertode, den sie auf dem Greveplatz erlitt. Man fand bei ihr eine Liste aller Personen, die sich ihrer Hilfe bedient hatten; und so kam es, daß nicht allein Hinrichtung auf Hinrichtung folgte, sondern auch schwerer Verdacht selbst auf Personen von hohem Ansehen lastete. So glaubte man, daß der Kardinal Bonzy bei der la Voisin das Mittel gefunden, alle Personen, denen er als Erzbischof von Narbonne Pensionen bezahlen mußte, in kurzer Zeit hinsterben zu lassen. So wurden die Herzogin von Bouillon, die Gräfin von Soissons, deren Namen man auf der Liste gefunden, der Verbindung mit dem teuflischen Weibe angeklagt, und selbst François Henri de Montmonrenci, Boudebelle, Herzog von Luxemburg, Pair und Marschall des Reichs, blieb nicht verschont. Auch ihn verfolgte die furchtbare *Chambre ardente*. Er stellte sich selbst zum Gefängnis in der Bastille, wo ihn Louvois und la Regnies Haß in ein sechs Fuß langes Loch einsperren ließ. Monate vergingen, ehe es sich vollkommen ausmittelte, daß des Herzogs Verbrechen keine Rüge verdienen konnte. Er hatte sich einmal von le Sage das Horoskop stellen lassen.

Gewiß ist es, daß blinder Eifer den Präsidenten la Regnie zu Gewaltstreichen und Grausamkeiten verleitete. Das Tribunal nahm ganz den Charakter der Inquisition an, der geringfügigste Verdacht reichte ihn zu strenger Einkerkerung, und oft war es dem Zufall überlassen, die Unschuld des auf den Tod Angeklagten darzutun. Dabei war Regnie von garstigem Ansehen und heimtükkischem Wesen, so daß er bald den Haß derer auf sich lud, deren Rächer oder Schützer zu sein er berufen wurde. Die Herzogin von Bouillon, von ihm im Verhöre gefragt, ob sie den Teufel gesehen? erwiderte: »Mich dünkt, ich sehe ihn in diesem Augenblick!«

Während nun auf dem Greveplatz das Blut Schuldiger und Verdächtiger in Strömen floß, und endlich der heimliche Giftmord seltner und seltner wurde, zeigte sich ein Unheil andrer Art, welches neue Bestürzung verbreitete. Eine Gaunerbande schien es darauf angelegt zu haben, alle Juwelen in ihren Besitz zu bringen. Der reiche Schmuck, kaum gekauft, verschwand auf unbegreifliche Weise, mochte er verwahrt sein, wie er wollte. Noch viel ärger war es aber, daß jeder, der es wagte, zur Abendzeit Juwelen bei sich zu tragen, auf offener Straße oder in finstern Gängen der Häuser beraubt, ja wohl gar ermordet wurde. Die mit dem Leben davongekommen, sagten uns, ein Faustschlag auf den Kopf habe sie wie ein Wetterstrahl niedergestürzt, und aus der Betäubung erwacht, hätten sie sich beraubt und am ganz andern Orte als da, wo sie der Schlag getroffen, wiedergefunden. Die Ermordeten, wie sie beinahe jeden Morgen auf der Straße oder in den Häusern lagen, hatten alle dieselbe tödliche Wunde. Einen Dolchstich ins Herz, nach dem Urteil der Ärzte so schnell und sicher tötend, daß der

Verwundete keines Lautes mächtig zu Boden sinken mußte. Wer war an dem üppigen Hofe Ludwig des XIV., der nicht in einen geheimen Liebeshandel verstrickt, spät zur Geliebten schlich, und manchmal ein reiches Geschenk bei sich trug? – Als stünden die Gauner mit Geistern im Bunde, wußten sie genau, wenn sich so etwas zutragen sollte. Oft erreichte der Unglückliche nicht das Haus, wo er Liebesglück zu genießen dachte, oft fiel er auf der Schwelle, ja vor dem Zimmer der Geliebten, die mit Entsetzen den blutigen Leichnam fand.

Vergebens ließ Argenson, der Polizeiminister, alles aufgreifen in Paris, was von dem Volk nur irgend verdächtig schien, vergebens wütete la Regnie, und suchte Geständnisse zu erpressen, vergebens wurden Wachen, Patrouillen verstärkt, die Spur der Täter war nicht zu finden. Nur die Vorsicht, sich bis an die Zähne zu bewaffnen und sich eine Leuchte vortragen zu lassen, half einigermaßen, und doch fanden sich Beispiele, daß der Diener mit Steinwürfen geängstet und der Herr in demselben Augenblick ermordet und beraubt wurde.

Merkwürdig war es, daß alle Nachforschungen auf allen Plätzen, wo Juwelenhandel nur möglich war, unerachtet nicht das mindeste von den geraubten Kleinodien zum Vorschein kam, und also auch hier keine Spur sich zeigte, die hätte verfolgt werden können.

Desgrais schäumte vor Wut, daß selbst seiner List die Spitzbuben zu entgehen wußten. Das Viertel der Stadt, in dem er sich gerade befand, blieb verschont, während in dem andern, wo keiner Böses geahnt, der Raubmord seine reichen Opfer erspähte.

Desgrais besann sich auf das Kunststück, mehrere Desgrais zu schaffen, sich untereinander so ähnlich an Gang, Stellung, Sprache, Figur, Gesicht, daß selbst die Häscher nicht wußten, wo der rechte Desgrais stecke. Unterdessen lauschte er, sein Leben wagend, allein in den geheimsten Schlupfwinkeln und folgte von weitem diesem oder jenem, der auf seinen Anlaß einen reichen Schmuck bei sich trug. *Der* blieb unangefochten; also auch von *dieser* Maßregel waren die Gauner unterrichtet. Desgrais geriet in Verzweiflung.

Eines Morgens kommt Desgrais zu dem Präsidenten la Regnie, blaß, entstellt, außer sich. – »Was habt Ihr, was für Nachrichten? – Fandet Ihr eine Spur?« ruft ihm der Präsident entgegen. »Ha – gnädiger Herr«, fängt Desgrais an, vor Wut stammelnd, »ha gnädiger Herr – gestern in der Nacht – unfern des Louvres ist der Marquis de la Fare angefallen worden in meiner Gegenwart.« – »Himmel und Erde«, jauchzt la Regnie auf vor Freude – »wir haben sie!« – »O hört nur«, fällt Desgrais mit bitterm Lächeln ein, »o hört nur erst, wie sich alles begeben. – Am Louvre steh ich also, und passe, die ganze Hölle in der Brust, auf die Teufel, die meiner spotten. Da kommt mit unsicherm Schritt immer hinter sich schauend eine Gestalt dicht bei mir vorüber, ohne mich zu sehen. Im Mondesschimmer erkenne ich den Marquis de la Fare. Ich konnt ihn da erwarten, ich wußte, wo er hinschlich. Kaum ist er zehn – zwölf Schritte bei mir vorüber, da springt wie aus der Erde herauf eine Figur, schmettert ihn nieder und fällt über ihn her. Unbesonnen, überrascht von dem Augenblick, der den Mörder in meine Hand liefern konnte, schrie ich laut auf und will mit einem gewaltigen Sprunge aus meinem Schlupfwinkel heraus auf ihn zusetzen; da verwickle ich mich in den Mantel und falle hin. Ich sehe den Menschen wie auf den Flügeln des Windes forteilen, ich rapple mich auf, ich renne ihm nach – laufend stoße ich in mein Horn – aus der Ferne antworten die Pfeifen der Häscher – es wird lebendig – Waffengeklirr, Pferdegetrappel von allen Seiten. – ›Hierher – hierher – Desgrais – Desgrais!‹ schreie ich, daß es durch die Straßen hallt. – Immer sehe ich den Menschen vor mir im hellen Mondschein, wie er, mich zu täuschen, da – dort – einbiegt; wir kommen in die Straße Niçaise, da scheinen seine Kräfte zu sinken, ich strenge die meinigen doppelt an – noch funfzehn Schritte höchstens hat er Vorsprung –« »Ihr holt ihn ein – Ihr packt ihn, die Häscher kommen«, ruft la Regnie mit blitzenden Augen, indem er Desgrais beim Arm greift, als sei *der* der fliehende Mörder selbst. – »Fünfzehn Schritte«, fährt Desgrais mit dumpfer Stimme und mühsam atmend fort, »funfzehn Schritte vor mir springt der Mensch auf die Seite in den Schatten und verschwindet durch die Mauer.« »Verschwindet? – durch die Mauer! – Seid Ihr rasend«, ruft la Regnie, indem er zwei Schritte zurücktritt und die Hände zusammenschlägt. »Nennt mich«, fährt Desgrais fort, sich die Stirne reibend wie einer, den bösen Gedanken plagen, »nennt mich, gnädiger Herr, immerhin einen Rasenden, einen törichten Geisterseher, aber es ist nicht anders, als wie ich es Euch erzähle. Erstarrt stehe ich vor der Mauer, als mehrere Häscher atemlos herbeikommen; mit ihnen der Marquis de la Fare, der sich aufgerafft, den bloßen Degen in der Hand. Wir zünden die Fackeln an, wir tappen an der Mauer hin und her; keine Spur einer Türe, eines Fensters, einer Öffnung. Es ist eine starke steinerne Hofmauer, die sich an ein Haus lehnt, in dem Leute wohnen, gegen die auch nicht der leiseste Verdacht aufkommt. Noch heute habe ich alles in genauen Augenschein genommen. – Der Teufel selbst ist es, der uns foppt.« Desgrais' Geschichte wurde in Paris bekannt. Die Köpfe waren erfüllt von den Zaubereien, Geisterbeschwörungen, Teufelsbündnissen der Voisin, des Vigoureux, des berüchtigten Priesters le Sage; und wie es denn nun in unserer ewigen Natur liegt, daß der Hang zum Übernatürlichen, zum Wunderbaren alle Vernunft überbietet, so glaubte man bald nichts Geringeres, als daß, wie Desgrais nur im Unmut gesagt, wirklich der Teufel selbst die Verruchten schütze, die ihm ihre Seelen verkauft. Man kann es sich denken, daß Desgrais' Geschichte mancherlei tollen Schmuck erhielt. Die Erzählung davon mit einem Holzschnitt darüber, eine gräßliche Teufelsgestalt vorstellend, die vor dem erschrockenen Desgrais in die Erde versinkt, wurde gedruckt und an allen Ecken verkauft. Genug, das Volk einzuschüchtern und selbst den Häschern allen Mut zu nehmen, die nun zur Nachtzeit mit Zittern und Zagen die Straßen durchirrten, mit Amuletten behängt und eingeweicht in Weihwasser.

Argenson sah die Bemühungen der *Chambre ardente* scheitern und ging den

König an, für das neue Verbrechen einen Gerichtshof zu ernennen, der mit noch ausgedehnterer Macht den Tätern nachspüre und sie strafe. Der König, überzeugt, schon der *Chambre ardente* zu viel Gewalt gegeben zu haben, erschüttert von dem Greuel unzähliger Hinrichtungen, die der blutgierige la Regnie veranlaßt, wies den Vorschlag gänzlich von der Hand.

Man wählte ein anderes Mittel, den König für die Sache zu beleben.

In den Zimmern der Maintenon, wo sich der König nachmittags aufzuhalten und wohl auch mit seinen Ministern bis in die späte Nacht hinein zu arbeiten pflegte, wurde ihm ein Gedicht überreicht im Namen der gefährdeten Liebhaber, welche klagten, daß, gebiete ihnen die Galanterie, der Geliebten ein reiches Geschenk zu bringen, sie allemal ihr Leben daransetzen müßten. Ehre und Lust sei es, im ritterlichen Kampf sein Blut für die Geliebte zu verspritzen; anders verhalte es sich aber mit dem heimtückischen Anfall des Mörders, wider den man sich nicht wappnen könne. Ludwig, der leuchtende Polarstern aller Liebe und Galanterie, der möge hellaufstrahlend die finstre Nacht zerstreuen und so das schwarze Geheimnis, das darin verborgen, enthüllen. Der göttliche Held, der seine Feinde niedergeschmettert, werde nun auch sein siegreich funkelndes Schwert zücken, und wie Herkules die Lernäische Schlange, wie Theseus den Minotaur, das bedrohliche Ungeheuer bekämpfen, das alle Liebeslust wegzehre und alle Freude verdüstre in tiefes Leid, in trostlose Trauer.

So ernst die Sache auch war, so fehlte es diesem Gedicht doch nicht, vorzüglich in der Schilderung, wie die Liebhaber auf dem heimlichen Schleichwege zur Geliebten sich ängstigen müßten, wie die Angst schon alle Liebeslust, jedes schöne Abenteuer der Galanterie im Aufkeimen töte, an geistreichwitzigen Wendungen. Kam nun noch hinzu, daß beim Schluß alles in einen hochtrabenden Panegyrikus auf Ludwig den XIV. ausging, so konnte es nicht fehlen, daß der König das Gedicht mit sichtlichem Wohlgefallen durchlas. Damit zustande gekommen, drehte er sich, die Augen nicht wegwendend von dem Papier, rasch um zur Maintenon, las das Gedicht noch einmal mit lauter Stimme ab und fragte dann anmutig lächelnd, was sie von den Wünschen der gefährdeten Liebhaber halte? Die Maintenon, ihrem ernsten Sinne treu und immer in der Farbe einer gewissen Frömmigkeit, erwiderte, daß geheime verbotene Wege eben keines besondern Schutzes würdig, die entsetzlichen Verbrecher aber wohl besonderer Maßregeln zu ihrer Vertilgung wert wären. Der König, mit dieser schwankenden Antwort unzufrieden, schlug das Papier zusammen und wollte zurück zu dem Staatssekretär, der in dem andern Zimmer arbeitete, als ihm bei einem Blick, den er seitwärts warf, die Scuderi ins Auge fiel, die zugegen war und eben unfern der Maintenon auf einem kleinen Lehnsessel Platz genommen hatte. Auf diese schritt er nun los; das anmutige Lächeln, das erst um Mund und Wangen spielte und das verschwunden, gewann wieder Oberhand, und dicht vor dem Fräulein stehend, und das Gedicht wieder auseinanderfaltend, sprach er sanft: »Die Marquise mag nun einmal von den Galanterien unserer verliebten

Herren nichts wissen, und weicht mir aus auf Wegen, die nichts weniger als verboten sind. Aber Ihr, mein Fräulein, was haltet Ihr von dieser dichterischen Supplik?« – Die Scuderi stand ehrerbietig auf von ihrem Lehnsessel, ein flüchtiges Rot überflog wie Abendpurpur die blassen Wangen der alten würdigen Dame, sie sprach, sich leise verneigend, mit niedergeschlagenen Augen:

Un amant qui craint les voleurs
n'est point digne d'amour.

Der König, ganz erstaunt über den ritterlichen Geist dieser wenigen Worte, die das ganze Gedicht mit seinen ellenlangen Tiraden zu Boden schlugen, rief mit blitzenden Augen: »Beim heiligen Dionys, Ihr habt recht, Fräulein! Keine blinde Maßregel, die den Unschuldigen trifft mit dem Schuldigen, soll die Feigheit schützen; mögen Argenson und la Regnie das Ihrige tun!«

Alle die Greuel der Zeit schilderte nun die Martiniere mit den lebhaftesten Farben, als sie am andern Morgen ihrem Fräulein erzählte, was sich in voriger Nacht zugetragen, und übergab ihr zitternd und zagend das geheimnisvolle Kästchen. Sowohl sie als Baptiste, der ganz verblaßt in der Ecke stand und vor Angst und Beklommenheit die Nachtmütze in den Händen knetend kaum sprechen konnte, baten das Fräulein auf das wehmütigste um aller Heiligen willen, doch nur mit möglichster Behutsamkeit das Kästchen zu öffnen. Die Scuderi, das verschlossene Geheimnis in der Hand wiegend und prüfend, sprach lächelnd: »Ihr seht beide Gespenster! – Daß ich nicht reich bin, daß bei mir keine Schätze, eines Mordes wert, zu holen sind, das wissen die verruchten Meuchelmörder da draußen, die, wie ihr selbst sagt, das Innerste der Häuser erspähen, wohl ebensogut als ich und ihr. Auf mein Leben soll es abgesehen sein? Wem kann was an dem Tode liegen einer Person von dreiundsiebzig Jahren, die niemals andere verfolgte als die Bösewichter und Friedenstörer in den Romanen, die sie selbst schuf, die mittelmäßige Verse macht, welche niemandes Neid erregen können, die nichts hinterlassen wird als den Staat des alten Fräuleins, das bisweilen an den Hof ging, und ein paar Dutzend gut eingebundener Bücher mit vergoldetem Schnitt! Und du, Martiniere! du magst nun die Erscheinung des fremden Menschen so schreckhaft beschreiben wie du willst, doch kann ich nicht glauben, daß er Böses im Sinne getragen.

Also! –«

Die Martiniere prallte drei Schritte zurück, Baptiste sank mit einem dumpfen »Ach!« halb in die Knie, als das Fräulein nun an einen hervorragenden stählernen Knopf drückte und der Deckel des Kästchens mit Geräusch aufsprang.

Wie erstaunte das Fräulein, als ihr aus dem Kästchen ein Paar goldne, reich mit Juwelen besetzte Armbänder und eben ein solcher Halsschmuck entgegenfunkelten. Sie nahm das Geschmeide heraus, und indem sie die wundervolle Arbeit des Halsschmucks lobte, beäugelte die Martiniere die reichen Armbänder, und rief ein Mal über das andere, daß ja selbst die eitle Montespan nicht solchen Schmuck besitze. »Aber was soll das, was hat das zu bedeuten«, sprach die Scuderi. In dem Augenblick gewahrte sie auf dem Boden des Kästchens einen kleinen zusammengefalteten Zettel. Mit Recht hoffte sie den Aufschluß des Geheimnisses darin zu finden. Der Zettel, kaum hatte sie, was er enthielt, gelesen, entfiel ihren zitternden Händen. Sie warf einen sprechenden Blick zum Himmel und sank dann wie halb ohnmächtig in den Lehnsessel zurück. Erschrocken sprang die Martiniere, sprang Baptiste ihr bei. »Oh«, rief sie nun mit von Tränen halb erstickter Stimme, »o der Kränkung, o der tiefen Beschämung! Muß mir das noch geschehen im hohen Alter! Hab ich denn im törichten Leichtsinn gefrevelt, wie ein junges, unbesonnenes Ding? – O Gott, sind Worte, halb im Scherz hingeworfen, solcher gräßlichen Deutung fähig! – Darf dann mich, die ich der Tugend getreu und der Frömmigkeit tadellos blieb von Kindheit an, darf dann mich das Verbrechen des teuflischen Bündnisses zeihen?«

Das Fräulein hielt das Schnupftuch vor die Augen und weinte und schluchzte heftig, so daß die Martiniere und Baptiste ganz verwirrt und beklommen nicht wußten, wie ihrer guten Herrschaft beistehen in ihrem großen Schmerz.

Die Martiniere hatte den verhängnisvollen Zettel von der Erde aufgehoben. Auf demselben stand:

Un amant qui craint les voleurs
n'est point digne d'amour.

Euer scharfsinniger Geist, hochgeehrte Damen, hat uns, die wir an der Schwäche und Feigheit das Recht des Stärkern üben und uns Schätze zueignen, die auf unwürdige Weise vergeudet werden sollten, von großer Verfolgung errettet. Als einen Beweis unserer Dankbarkeit nehmt gütig diesen Schmuck an. Es ist das Kostbarste, was wir seit langer Zeit haben auftreiben können, wiewohl Euch, würdige Dame! viel schöneres Geschmeide zieren sollte als dieses nun eben ist. Wir bitten, daß Ihr uns Eure Freundschaft und Euer huldvolles Andenken nicht entziehen möget.

Die Unsichtbaren

»Ist es möglich«, rief die Scuderi, als sie sich einigermaßen erholt hatte, »ist es möglich, daß man die schamlose Frechheit, den verruchten Hohn so weit treiben kann?« – Die Sonne schien hell durch die Fenstergardinen von hochroter Seide, und so kam es, daß die Brillanten, welche auf dem Tische neben dem offenen Kästchen lagen, in rötlichem Schimmer aufblitzten. Hinblickend verhüllte die Scuderi vor Entsetzen das Gesicht und befahl der Martiniere, das fürchterliche Geschmeide, an dem das Blut der Ermordeten klebe, augenblicklich fortzuschaffen. Die Martiniere, nachdem sie Halsschmuck und Armbänder sogleich in das Kästchen verschlossen, meinte, daß es wohl am geratensten sein würde, die Juwelen dem Polizeiminister zu übergeben und ihm zu vertrauen, wie sich alles mit der beängstigenden Erscheinung des jungen Menschen und der Einhändigung des Kästchens zugetragen.

Die Scuderi stand auf und schritt schweigend langsam im Zimmer auf und nieder, als sinne sie erst nach, was nun zu tun sei. Dann befahl sie dem Baptiste, einen Tragsessel zu holen, der Martiniere aber, sie anzukleiden, weil sie auf der Stelle hin wolle zu Marquise de Maintenon.

Sie ließ sich hintragen zur Marquise gerade zu der Stunde, wenn diese, wie die Scuderi wußte, sich allein in ihren Gemächern befand. Das Kästchen mit den Juwelen nahm sie mit sich.

Wohl mußte die Marquise sich hoch verwundern, als sie das Fräulein, sonst die Würde, ja trotz ihrer hohen Jahre, die Liebenswürdigkeit, die Anmut selbst, eintreten sah blaß, entstellt, mit wankenden Schritten. »Was um aller Heiligen willen ist Euch widerfahren?« rief sie der armen, beängsteten Dame entgegen, die, ganz außer sich selbst, kaum imstande, sich aufrecht zu erhalten, nur schnell den Lehnsessel zu erreichen suchte, den ihr die Marquise hinschob. Endlich des Wortes wieder mächtig, erzählte das Fräulein, welche tiefe, nicht zu verschmerzende Kränkung ihr jener unbedachtsame Scherz, mit dem sie die Supplik der gefährdeten Liebhaber beantwortete, zugezogen habe. Die Marquise, nachdem sie alles von Moment zu Moment erfahren, urteilte, daß die Scuderi sich das sonderbare Ereignis viel zu sehr zu Herzen nehme, daß der Hohn verruchten Gesindels nie ein frommes, edles Gemüt treffen könne, und verlangte zuletzt den Schmuck zu sehen.

Die Scuderi gab ihr das geöffnete Kästchen, und die Marquise konnte sich, als sie das köstliche Geschmeide erblickte, des lauten Ausrufs der Verwunderung nicht erwehren. Sie nahm den Halsschmuck, die Armbänder heraus und trat damit an das Fenster, wo sie bald die Juwelen an der Sonne spielen ließ, bald die zierliche Goldarbeit ganz nahe vor die Augen hielt, um nur recht zu erschauen, mit welcher wundervollen Kunst jedes kleine Häkchen der verschlungenen Ketten gearbeitet war.

Auf einmal wandte sich die Marquise rasch um nach dem Fräulein und rief: »Wißt Ihr wohl, Fräulein! daß diese Armbänder, diesen Halsschmuck niemand anders gearbeitet haben kann als René Cardillac!« – René Cardillac war damals der geschickteste Goldarbeiter in Paris, einer der kunstreichsten und zugleich sonderbarsten Menschen seiner Zeit. Eher klein als groß, aber breitschultrig und von starkem, muskulösem Körperbau hatte Cardillac, hoch in die fünfziger Jahre vorgerückt, noch die Kraft, die Beweglichkeit des Jünglings. Von dieser Kraft, die ungewöhnlich zu nennen, zeugte auch das dicke, krause, rötliche Haupthaar und das gedrungene, gleißende Antlitz. Wäre Cardillac nicht in ganz Paris als der rechtlichste Ehrenmann, uneigennützig, offen, ohne Hinterhalt, stets zu helfen bereit, bekannt gewesen, sein ganz besonderer Blick aus kleinen, tiefliegenden, grün funkelnden Augen hätte ihn in den Verdacht heimlicher

Tücke und Bosheit bringen können. Wie gesagt, Cardillac war in seiner Kunst der Geschickteste nicht sowohl in Paris, als vielleicht überhaupt seiner Zeit. Innig vertraut mit der Natur der Edelsteine, wußte er sie auf eine Art zu behandeln und zu fassen, daß der Schmuck, der erst für unscheinbar gegolten, aus Cardillacs Werkstatt hervorging in glänzender Pracht. Jeden Auftrag übernahm er mit brennender Begierde und machte einen Preis, der, so geringe war er, mit der Arbeit in keinem Verhältnis zu stehen schien. Dann ließ ihm das Werk keine Ruhe, Tag und Nacht hörte man ihn in seiner Werkstatt hämmern, und oft, war die Arbeit beinahe vollendet, mißfiel ihm plötzlich die Form, er zweifelte an der Zierlichkeit irgendeiner Fassung der Juwelen, irgendeines kleinen Häkchens – Anlaß genug, die ganze Arbeit wieder in den Schmelztiegel zu werfen und von neuem anzufangen. So wurde jede Arbeit ein reines, unübertreffliches Meisterwerk, das den Besteller in Erstaunen setzte. Aber nun war es kaum möglich, die fertige Arbeit von ihm zu erhalten. Unter tausend Vorwänden hielt er den Besteller hin von Woche zu Woche, von Monat zu Monat. Vergebens bot man ihm das Doppelte für die Arbeit, nicht einen Louis mehr als den bedungenen Preis wollte er nehmen. Mußte er dann endlich dem Andringen des Bestellers weichen und den Schmuck herausgeben, so konnte er sich aller Zeichen des tiefsten Verdrusses, ja einer innern Wut, die in ihm kochte, nicht erwehren. Hatte er ein bedeutenderes, vorzüglich reiches Werk, vielleicht viele Tausende an Wert, bei der Kostbarkeit der Juwelen, bei der überzierlichen Goldarbeit abliefern müssen, so war er imstande, wie unsinnig umherzulaufen, sich, seine Arbeit, alles um sich her verwünschend. Aber sowie einer hinter ihm herrannte und laut schrie: »René Cardillac, möchtet Ihr nicht einen schönen Halsschmuck machen für meine Braut – Armbänder für mein Mädchen u. s. w.«, dann stand er plötzlich still, blitzte den an mit seinen kleinen Augen und fragte, die Hände reibend: »Was habt Ihr denn?« Der zieht nun ein Schächtelchen hervor und spricht: »Hier sind Juwelen, viel Sonderliches ist es nicht, gemeines Zeug, doch unter Euern Händen –« Cardillac läßt ihn nicht ausreden, reißt ihm das Schächtelchen aus den Händen, nimmt die Juwelen heraus, die wirklich nicht viel wert sind, hält sie gegen das Licht und ruft voll Entzücken: »Ho ho – gemeines Zeug? – mitnichten! – hübsche Steine – herrliche Steine, laßt mich nur machen! – und wenn es Euch auf eine Handvoll Louis nicht ankommt, so will ich noch ein paar Steinchen hineinbringen, die Euch in den Augen funkeln sollen wie die liebe Sonne selbst –« Der spricht: »Ich überlasse Euch alles, Meister René, und zahle, was Ihr wollt!« Ohne Unterschied, mag er nun ein reicher Bürgersmann oder ein vornehmer Herr vom Hofe sein, wirft sich Cardillac ungestüm an seinen Hals und drückt und küßt ihn und spricht, nun sei er wieder ganz glücklich und in acht Tagen werde die Arbeit fertig sein. Er rennt über Hals und Kopf nach Hause, hinein in die Werkstatt und hämmert darauflos, und in acht Tagen ist ein Meisterwerk zustande gebracht. Aber sowie der, der es bestellte, kommt, mit Freuden die geforderte geringe Summe bezahlen, und den fertigen Schmuck mitnehmen will, wird Cardillac verdrüßlich, grob, trotzig. – »Aber Meister Cardillac, bedenkt, morgen ist meine Hochzeit.« – »Was schert mich Eure Hochzeit, fragt in vierzehn Tagen wieder nach.« – »Der Schmuck ist fertig, hier liegt das Geld, ich muß ihn haben.« – »Und *ich* sage Euch, daß ich noch manches an dem Schmuck ändern muß und ihn heute nicht herausgeben werde.« – Und *ich* sage Euch, daß wenn Ihr mir den Schmuck, den ich Euch allenfalls doppelt bezahlen will, nicht herausgebt im guten, Ihr mich gleich mit Argensons dienstbaren Trabanten anrücken sehen sollt.« – »Nun so quäle Euch der Satan mit hundert glühenden Kneipzangen und hänge drei Zentner an den Halsschmuck, damit er Eure Braut erdroßle!« – Und damit steckt Cardillac dem Bräutigam den Schmuck in die Busentasche, ergreift ihn beim Arm, wirft ihn zur Stubentür hinaus, daß er die ganze Treppe hinabpoltert, und lacht wie der Teufel zum Fenster hinaus, wenn er sieht, wie der arme junge Mensch, das Schnupftuch vor der blutigen Nase, aus dem Hause hinaushinkt. – Gar nicht zu erklären war es auch, daß Cardillac oft, wenn er mit Enthusiasmus eine Arbeit übernahm, plötzlich den Besteller mit allen Zeichen des im Innersten aufgeregten Gemüts, mit den erschütterndsten Beteurungen, ja unter Schluchzen und Tränen, bei der Jungfrau und allen Heiligen beschwor, ihm das unternommene Werk zu erlassen. Manche der von dem Könige, von dem Volke hochgeachtetsten Personen hatten vergebens große Summen geboten, um nur das kleinste Werk von Cardillac zu erhalten. Er warf sich dem König zu Füßen und fehlte um die Huld, nichts für ihn arbeiten zu dürfen. Ebenso verweigerte er der Maintenon jede Bestellung, ja mit dem Ausdruck des Abscheues und Entsetzens verwarf er den Antrag derselben, einen kleinen, mit den Emblemen der Kunst verzierten Ring zu fertigen, den Racine von ihr erhalten sollte.

»Ich wette«, sprach daher die Maintenon, »ich wette, daß Cardillac, schicke ich auch hin zu ihm, um wenigstens zu erfahren, für wen er diesen Schmuck fertigte, sich weigert herzukommen, weil er vielleicht eine Bestellung fürchtet und doch durchaus nichts für mich arbeiten will. Wiewohl er seit einiger Zeit abzulassen scheint von seinem starren Eigensinn, denn wie ich höre, arbeitet er jetzt fleißiger denn je und liefert seine Arbeit ab auf der Stelle, jedoch noch immer mit tiefem Verdruß und weggewandtem Gesicht.« Die Scuderi, der auch viel daran gelegen, daß, sei es noch möglich, der Schmuck bald in die Hände des rechtmäßigen Eigentümers komme, meinte, daß man dem Meister Sonderling ja gleich sagen lassen könne, wie man keine Arbeit, sondern nur sein Urteil über Juwelen verlange. Das billigte die Marquise. Es wurde nach Cardillac geschickt, und, als sei er schon auf dem Wege gewesen, trat er nach Verlauf weniger Zeit in das Zimmer.

Er schien, als er die Scuderi erblickte, betreten und wie einer, der, von dem Unerwarteten plötzlich getroffen, die Ansprüche des Schicklichen, wie sie der Augenblick darbietet, vergißt, neigte er sich zuerst tief und ehrfurchtsvoll vor dieser ehrwürdigen Dame, und wandte sich dann erst zur Marquise. *Die* frug ihn hastig, indem sie auf das Geschmeide wies, das auf dem dunkelgrün behängten Tisch funkelte, ob das seine Arbeit sei? Cardillac warf kaum einen Blick darauf und packte, der Marquise ins Gesicht starrend, Armbänder und Halsschmuck schnell ein in das Kästchen, das daneben stand und das er mit Heftigkeit von sich wegschob. Nun sprach er, indem ein häßliches Lächeln auf seinem roten Antlitze gleißte: »In der Tat, Frau Marquise, man muß René Cardillacs Arbeit schlecht kennen, um nur einen Augenblick zu glauben, daß irgendein anderer Goldschmied in der Welt solchen Schmuck fassen könne. Freilich ist das meine Arbeit.« – »So sagt denn«, fuhr die Marquise fort, »für wen Ihr diesen Schmuck gefertigt habt.« – »Für mich ganz allein«, erwiderte Cardillac, »ja Ihr möget«, fuhr er fort, als beide, die Maintenon und die Scuderi ihn ganz verwundert anblickten, jene voll Mißtrauen, diese voll banger Erwartung, wie sich nun die Sache wenden würde, »ja Ihr möget das nun seltsam finden, Frau Marquise, aber es ist dem so. Bloß der schönen Arbeit willen suchte ich meine besten Steine zusammen und arbeitete aus Freude daran fleißiger und sorgfältiger als jemals. Vor weniger Zeit verschwand der Schmuck aus meiner Werkstatt auf unbegreifliche Weise.« – »Dem Himmel sei es gedankt«, rief die Scuderi, indem ihr die Augen vor Freude funkelten und sie rasch und behende wie ein junges Mädchen von ihrem Lehnsessel aufsprang, auf den Cardillac losschritt, und beide Hände auf seine Schultern legte, »empfangt«, sprach sie dann, »empfangt, Meister René, das Eigentum, das Euch verruchte Spitzbuben raubten, wieder zurück.« Nun erzählte sie ausführlich, wie sie zu dem Schmuck gekommen. Cardillac hörte alles schweigend mit niedergeschlagenen Augen an. Nur mitunter stieß er ein unvernehmliches »Hm! – So! – Ei! – Hoho!« – aus und warf bald die Hände auf den Rücken, bald streichelte er leise Kinn und Wange. Als nun die Scuderi geendet, war es, als kämpfe Cardillac mit ganz besondern Gedanken, die währenddessen ihm gekommen, und als wolle irgendein Entschluß sich nicht fügen und fördern. Er rieb sich die Stirne, er seufzte, er fuhr mit der Hand über die Augen, wohl gar um hervorbrechenden Tränen zu steuern. Endlich ergriff er das Kästchen, das ihm die Scuderi darbot, ließ sich auf ein Knie langsam nieder und sprach: »Euch, edles, würdiges Fräulein! hat das Verhängnis diesen Schmuck bestimmt. Ja nun weiß ich es erst, daß ich während der Arbeit an Euch dachte, ja für Euch arbeitete. Verschmäht es nicht, diesen Schmuck als das Beste, was ich wohl seit langer Zeit gemacht, von mir anzunehmen und zu tragen.« – »Ei, ei«, erwiderte die Scuderi anmutig scherzend, »wo denkt Ihr hin, Meister René, steht es mir denn an, in meinen Jahren mich noch so herauszuputzen mit blanken Steinen! – Und wie kömmt Ihr denn dazu, mich so überreich zu beschenken? Geht, geht, Meister René, wär ich schön wie die Marquise de Fontange und reich, in der Tat, ich ließe den Schmuck nicht aus den Händen, aber was soll diesem welken Armen die eitle Pracht, was soll diesem verhüllten Hals der glänzende Putz?« Cardillac hatte sich indessen erhoben und sprach, wie außer sich, mit verwildertem Blick, indem er fortwährend das Kästchen der Scuderi hinhielt: »Tut mir die Barmherzigkeit, Fräulein, und nehmt den Schmuck. Ihr glaubt es nicht, welche tiefe Verehrung ich für Eure Tugend, für Eure hohen Verdienste im Herzen trage! Nehmt doch mein geringes Geschenk nur für das Bestreben an, Euch recht meine innerste Gesinnung zu beweisen.« – Als nun die Scuderi immer noch zögerte und zögerte, nahm die Maintenon das Kästchen aus Cardillacs Händen, sprechend: »Nun beim Himmel, Fräulein, immer redet Ihr von Euern hohen Jahren, was haben wir, ich und Ihr mit den Jahren zu schaffen und ihrer Last! – Und tut Ihr denn nicht eben wie ein junges verschämtes Ding, das gern zulangen möchte nach der dargebotnen süßen Frucht, könnte das nur geschehen ohne Hand und ohne Finger. – Schlagt dem wackern Meister René nicht ab, das freiwillig als Geschenk zu empfangen, was tausend andere nicht erhalten können, alles Goldes, alles Bittens und Fehlens unerachtet.«

Die Maintenon hatte der Scuderi das Kästchen währenddessen aufgedrungen, und nun stürzte Cardillac nieder auf die Knie – küßte der Scuderi den Rock – die Hände – stöhnte – seufzte – weinte – schluchzte – sprang auf – rannte wie unsinnig, Sessel – Tische umstürzend, daß Porzellan, Gläser zusammenklirrten, in toller Hast von dannen.

Ganz erschrocken rief die Scuderi: »Um aller Heiligen willen, was widerfährt dem Menschen!« Doch die Marquise, in besonderer heiterer Laune bis zu sonst ihr ganz fremdem Mutwillen, schlug eine helle Lache auf und sprach: »Da haben wir's Fräulein, Meister René ist in Euch sterblich verliebt, und beginnt nach richtigem Brauch und bewährter Sitte echter Galanterie Euer Herz zu bestürmen mit reichen Geschenken.« Die Maintenon führte diesen Scherz weiter aus, indem sie die Scuderi ermahnte, nicht zu grausam zu sein gegen den verzweifelten Liebhaber, und diese wurde, Raum gebend angeborner Laune, hingerissen in den sprudelnden Strom tausend lustiger Einfälle. Sie meinte, daß sie, stünden die Sachen nun einmal so, endlich besiegt wohl nicht werde umhin können, der Welt das unerhörte Beispiel einer dreiundsiebzigjährigen Goldschmiedsbraut von untadelichem Adel aufzustellen. Die Maintenon erbot sich, die Brautkrone zu flechten und sie über die Pflichten einer guten Hausfrau zu belehren, wovon freilich so ein kleiner Kiek-in-die-Welt von Mädchen nicht viel wissen könne.

Da nun endlich die Scuderi aufstand, um die Marquise zu verlassen, wurde sie alles lachenden Scherzes ungeachtet doch wieder sehr ernst, als ihr das Schmuckkästchen zur Hand kam. Sie sprach: »Doch, Frau Marquise! werde ich mich dieses Schmuckes niemals bedienen können. Er ist, mag es sich nun zugetragen haben wie es will, einmal in den Händen jener höllischen Gesellen gewesen, die mit der Frechheit des Teufels, ja wohl gar in verdammtem Bündnis mit ihm, rauben und morden. Mir graust vor dem Blute, das an dem funkelnden Geschmeide zu kleben scheint. – Und nun hat selbst Cardillacs Betragen, ich muß es gestehen, für mich etwas sonderbar Ängstliches und Unheimliches.

Nicht erwehren kann ich mir einer dunklen Ahnung, daß hinter diesem allem irgendein grauenvolles, entsetzliches Geheimnis verborgen, und bringe ich mir die ganze Sache recht deutlich vor Augen mit jedem Umstande, so kann ich wieder gar nicht auch nur ahnen, worin das Geheimnis bestehe, und wie überhaupt der ehrliche, wackere meister René, das Vorbild eines guten, frommen Bürgers, mit irgend etwas Bösem, Verdammlichem zu tun haben soll. So viel ist aber gewiß, daß ich niemals mich unterstehen werde, den Schmuck anzulegen.«

Die Marquise meinte, das hieße, die Skrupel zu weit treiben; als nun aber die Scuderi sie auf ihr Gewissen fragte, was sie in ihrer, der Scuderi Lage, wohl tun würde, antwortete sie ernst und fest: »Weit eher den Schmuck in die Seine werfen, als ihn jemals tragen.«

Den Auftritt mit dem Meister René brachte die Scuderi in gar anmutige Verse, die sie den folgenden Abend in den Gemächern der Maintenon dem Könige vorlas. Wohl mag es sein, daß sie auf Kosten Meister Renés, alle Schauer unheimlicher Ahnung besiegend, das ergötzliche Bild der dreiundsiegzigjährigen Goldschmiedsbraut von uraltem Adel mit lebendigen Fragen darzustellen gewußt. Genug, der König lachte bis ins Innerste hinein und schwur, daß Boileau Despréaux seinen Meister gefunden, weshalb der Scuderi Gedicht für das Witzigste galt, das jemals geschrieben.

Mehrere Monate waren vergangen, als der Zufall es wollte, daß die Scuderi in der Glaskutsche der Herzogin von Montansier über den Pontneuf fuhr. Noch war die Erfindung der zierlichen Glaskutschen so neu, daß das neugierige Volk sich zudrängte, wenn ein Fuhrwerk der Art auf den Straßen erschien. So kam es denn auch, daß der gaffende Pöbel auf dem Pontneuf die Kutsche der Montansier umringte, beinahe den Schritt der Pferde hemmend. Da vernahm die Scuderi plötzlich ein Geschimpfe und Gefluche und gewahrte, wie ein Mensch mit Faustschlägen und Rippenstößen sich Platz machte durch die dickste Masse. Und wie er näher kam, trafen sie die durchbohrenden Blicke eines todbleichen, gramverstörten Jünglingsantlitzes. Unverwandt schaute der junge Mensch sie an, während er mit Ellbogen und Fäusten rüstig vor sich wegarbeitete, bis er an den Schlag des Wagens kam, den er mit stürmender Hastigkeit aufriß, der Scuderi einen Zettel in den Schoß warf und Stöße, Faustschläge austeilend und empfangend verschwand wie er gekommen. Mit einem Schrei des Entsetzens war, sowie der Mensch am Kutschenschlage erschien, die Martiniere, die sich bei der Scuderi befand, entseelt in die Wagenkissen zurückgesunken. Vergebens riß die Scuderi an der Schnur, rief dem Kutscher zu, der, wie vom bösen Geiste getrieben, peitschte auf die Pferde los, die den Schaum von den Mäulern wegspritzend, um sich schlugen, sich bäumten, endlich in scharfem Trab fortdonnerten über die Brücke. Die Scuderi goß ihr Riechfläschchen über die ohnmächtige Frau aus, die endlich die Augen aufschlug und zitternd und bebend, sich krampfhaft festklammernd an die Herrschaft, Angst und Entsetzen im bleichen Antlitz, mühsam stöhnte: »Um der heiligen Jungfrau willen! was wollte der fürchterliche Mensch? – Ach! er war es ja, er war es, derselbe, der Euch in jener schauervollen Nacht das Kästchen brachte!« – Die Scuderi beruhigte die Arme, indem sie ihr vorstellte, daß ja durchaus nichts Böses geschehen und daß es nur darauf ankomme zu wissen, was der Zettel enthalte. Sie schlug das Blättchen auseinander und fand die Worte:

Ein böses Verhängnis, das Ihr abwenden konntet, stößt mich in den Abgrund! – Ich beschwöre Euch, wie der Sohn die Mutter, von der er nicht lassen kann, in der vollsten Glut kindlicher Liebe, den Halsschmuck und die Armbänder, die Ihr durch mich erhieltet, unter irgendeinem Vorwand – um irgend etwas daran bessern – ändern zu lassen, zum Meister René Cardillac zu schaffen; Euer Wohl, Euer Leben hängt davon ab. Tut Ihr es nicht bis übermorgen, so dringe ich in Eure Wohnung und ermorde mich vor Euern Augen!

»Nun ist es gewiß«, sprach die Scuderi, als sie dies gelesen, »daß, mag der geheimnisvolle Mensch auch wirklich zu der Bande verruchter Diebe und Mörder gehören, er doch gegen mich nichts Böses im Schilde führt. Wäre es ihm gelungen, mich in jener Nacht zu sprechen, wer weiß, welches sonderbare Ereignis, welch dunkles Verhältnis der Dinge mir klar worden, von dem ich jetzt auch nur die leiseste Ahnung vergebens in meiner Seele suche. Mag aber auch die Sache sich nun verhalten, wie sie will, das, was mir in diesem Blatt geboten wird, werde ich tun, und geschähe es auch nur, um den unseligen Schmuck loszuwerden, der mir ein höllischer Talisman des Bösen selbst dünkt. Cardillac wird ihn doch wohl nun, seiner alten Sitte getreu, nicht so leicht wieder aus den Händen geben wollen.«

Schon andern Tages gedachte die Scuderi, sich mit dem Schmuck zu dem Goldschmied zu begeben. Doch war es, als hätten alle schönen Geister von ganz Paris sich verabredet, gerade an dem Morgen das Fräulein mit Versen, Schauspielen, Anekdoten zu bestürmen. Kaum hatte la Chapelle die Szene eines Trauerspiels geendet und schlau versichert, daß er nun wohl Racine zu schlagen gedenke, als dieser selbst eintrat und ihn mit irgendeines Königs pathetischer Rede zu Boden schlug, bis Boileau seine Leuchtkugeln in den schwarzen tragischen Himmel steigen ließ, um nur nicht ewig von der Kolonnade des Louvre schwatzen zu hören, in die ihn der architektische Doktor Perrault hineingeengt.

Hoher Mittag war geworden, die Scuderi mußte zur Herzogin Montansier, und so blieb der Besuch bei Meister René Cardillac bis zum andern Morgen verschoben.

Die Scuderi fühlte sich von einer besondern Unruhe gepeinigt. Beständig vor Augen stand ihr der Jüngling und aus dem tiefsten Innern wollte sich eine dunkle Erinnerung aufregen, als habe sie dies Antlitz, diese Züge schon gesehen. Den leisesten Schlummer störten ängstliche Träume, es war ihr, als habe sie leichtsinnig, ja strafwürdig versäumt, die Hand hilfreich zu erfassen, die der Unglückliche, in den Abgrund versinkend, nach ihr emporgestreckt, ja als sei es an ihr gewesen, irgendeinem verderblichen Ereignis, einem heillosen Verbrechen zu steuern! – Sowie es nur hoher Morgen, ließ sie sich ankleiden und fuhr, mit dem Schmuckkästchen versehen, zu dem Goldschmied hin.

Nach der Straße Niçaise, dorthin, wo Cardillac wohnte, strömte das Volk, sammelte sich vor der Haustüre – schrie, lärmte, tobte – wollte stürmend hinein, mit Mühe abgehalten von der Marechaussee, die das Haus umstellt. Im wilden, verwirrten Getöse riefen zornige Stimmen: »Zerreißt, zermalmt den verfluchten Mörder!« – Endlich erscheint Desgrais mit zahlreicher Mannschaft, *die* bildet durch den dicksten Haufen eine Gasse. Die Haustüre springt auf, ein Mensch mit Ketten belastet, wird hinausgebracht und unter den greulichsten Verwünschungen des wütenden Pöbels fortgeschleppt. – In dem Augenblick, als die Scuderi halb entseelt vor Schreck und furchtbarer Ahnung dies gewahrt, dringt ein gellendes Jammergeschrei ihr in die Ohren. »Vor! – weiter vor!« ruft sie ganz außer sich dem Kutscher zu, der mit einer geschickten, raschen Wendung den dicken Haufen auseinanderstäubt und dicht vor Cardillacs Haustüre hält. Da sieht die Scuderi Desgrais und zu seinen Füßen ein junges Mädchen, schön wie der Tag, mit aufgelösten Haaren, halb entkleidet, wilde Angst, trostlose Verzweiflung im Antlitz, die hält seine Knie umschlungen und ruft mit dem Ton des entsetzlichsten, schneidendsten Todesschmerzes: »Er ist ja unschuldig! – er ist unschuldig:« Vergebens sind Desgrais', vergebens seiner Leute Bemühungen, sie loszureißen, sie vom Boden aufzurichten. Ein starker, ungeschlachter Kerl ergreift endlich mit plumpen Fäusten die Arme, zerrt sie mit Gewalt weg von Desgrais, strauchelt ungeschickt, läßt das Mädchen fahren, die hinabschlägt die steinernen Stufen und lautlos – tot auf der Straße liegen bleibt. Länger kann die Scuderi sich nicht halten. »In Christus Namen, was ist geschehen, was geht hier vor?« ruft sie, öffnet rasch den Schlag, steigt aus. – Ehrerbietig weicht das Volk der würdigen Dame, die, als sie sieht, wie ein paar mitleidige Weiber das Mädchen aufgehoben, auf die Stufen gesetzt haben, ihr die Stirne mit starkem Wasser reiben, sich dem Desgrais nähert und mit Heftigkeit ihre Frage wiederholt. »Es ist das Entsetzliche geschehen«, spricht Desgrais, »René Cardillac wurde heute morgen durch einen Dolchstich ermordet gefunden. Sein Geselle Olivier Brusson ist der Mörder. Eben wurde er fortgeführt ins Gefängnis.« »Und das Mädchen?« ruft die Scuderi, »ist«, fällt Desgrais ein, »ist Madelon, Cardillacs Tochter. Der verruchte Mensch war ihr Geliebter. Nun weint und heult sie, und schreit ein Mal übers andere, daß Oliver unschuldig sei, ganz unschuldig. Am Ende weiß sie von der Tat, und ich muß sie auch nach der Conciergerie bringen lassen.« Desgrais warf, als er dies sprach, einen tückischen, schadenfrohen Blick auf das Mädchen, vor dem die Scuderi erbebte. Eben begann das Mädchen leise zu atmen, doch keines Lauts, keiner Bewegung mächtig, mit geschlossenen Augen lag sie da, und man wußte nicht, was zu tun, sie ins Haus bringen, oder ihr noch länger beistehen bis zum Erwachen. Tief bewegt, Tränen in den Augen, blickte die Scuderi den unschuldsvollen Engel an, ihr graute vor Desgrais und seinen Gesellen. Da polterte es dumpf die Treppe herab, man brachte Cardillacs Leichnam. Schnell entschlossen rief die Scuderi laut: »Ich nehme das Mädchen mit mir, Ihr möget für das übrige sorgen, Desgrais!« Ein dumpfes Murmeln des Beifalls lief durch das Volk. Die Weiber hoben das Mädchen in die Höhe, alles drängte sich hinzu, hundert Hände mühten sich, ihnen beizustehen, und wie in den Lüften schwebend wurde das Mädchen in die Kutsche getragen, indem Segnungen der würdigen Dame, die die Unschuld dem Blutgericht entrissen, von allen Lippen strömten.

Serons, des berühmtesten Arztes in Paris, Bemühungen gelang es endlich, Madelon, die stundenlang in starrer Bewußtlosigkeit gelegen, wieder zu sich selbst zu bringen. Die Scuderi vollendete, was der Arzt begonnen, indem sie manchen milden Hoffnungsstrahl leuchten ließ in des Mädchens Seele, bis ein heftiger Tränenstrom, der ihr aus den Augen stürzte, ihr Luft machte. Sie vermochte, indem nur dann und wann die Übermacht des durchbohrendsten Schmerzes die Worte in tiefem Schluchzen erstickte, zu erzählen, wie sich alles begeben.

Um Mitternacht war sie durch leises Klopfen an ihrer Stubentüre geweckt worden, und hatte Oliviers Stimme vernommen, der sie beschworen, doch nur gleich aufzustehen, weil der Vater im Sterben liege. Entsetzt sei sie aufgesprungen und habe die Tür geöffnet. Olivier, bleich und entstellt, von Schweiß triefend, sei, das Licht in der Hand, mit wankenden Schritten nach der Werkstatt gegangen, sie ihm gefolgt. Da habe der Vater gelegen mit starren Augen und geröchelt im Todeskampfe. Jammernd habe sie sich auf ihn gestürzt, und nun erst sein blutiges Hemde bemerkt. Olivier habe sie sanft weggezogen und sich dann bemüht, eine Wunde auf der linken Brust des Vaters mit Wundbalsam zu waschen und zu verbinden. Währenddessen sei des Vaters Besinnung zurückgekehrt, er habe zu röcheln aufgehört und sie, dann aber Olivier mit seelenvollem Blick angeschaut, ihre Hand ergriffen, sie in Oliviers Hand gelegt und beide heftig gedrückt. Beide, Oliver und sie, wären bei dem Lager des Vaters auf die Knie gefallen, er habe sich mit einem schneidenden Laut in die Höhe gerichtet, sei aber gleich wieder zurückgesunken und mit einem tiefen Seufzer verschieden. Nun hätten sie beide laut gejammert und geklagt. Olivier habe erzählt, wie der Meister auf einem Gange, den er mit ihm auf sein Geheiß in der Nacht habe machen müssen, in seiner Gegenwart ermordet worden und wie er mit der größten Anstrengung den schweren Mann, den er nicht auf den Tod verwundet gehalten, nach Hause getragen. Sowie der Morgen angebrochen, wären die Hausleute, denen das Gepolter, das laute Weinen und Jammern in der Nacht aufgefallen, heraufgekommen und hätten sie noch ganz trostlos bei der Leiche des Vaters kniend gefunden. Nun sei Lärm entstanden; die Marechaussee eingedrungen und Olivier als Mörder seines Meisters ins Gefängnis geschleppt worden. Madelon fügte nun die rührendste Schilderung von der Tugend, der Frömmigkeit, der Treue ihres geliebten Oliviers hinzu. Wie er den Meister, als sei er sein eigener Vater, hoch in Ehren gehalten, wie dieser seine Liebe in vollem Maß erwidert, wie er ihn trotz seiner Anmut zum Eidam erkoren, weil seine Geschicklichkeit seiner Treue, seinem edlen Gemüt gleichgekommen. Das alles erzählte Madelon aus dem innersten Herzen heraus und schloß damit, daß, wenn Olivier in ihrem Beisein dem Vater den Dolch in die Brust gestoßen hätte, sie dies eher für ein Blendwerk des Satans halten, als daran glauben würde, daß Olivier eines solchen entsetzlichen, grauenvollen Verbrechens fähig sein könne.

Die Scuderi, von Madelons namenlosen Leiden auf das tiefste gerührt und ganz geneigt, den armen Olivier für unschuldig zu halten, zog Erkundigungen ein und fand alles bestätigt, was Madelon über das häusliche Verhältnis des Meisters mit seinem Gesellen erzählt hatte. Die Hausleute, die Nachbaren rühmten einstimmig den Olivier als das Muster eines sittigen, frommen, treuen, fleißigen Betragens, niemand wußte Böses von ihm, und doch, war von der gräßlichen Tat die Rede, zuckte jeder die Achseln und meinte, darin liege etwas Unbegreifliches.

Olivier, vor die *Chambre ardente* gestellt, leugnete, wie die Scuderi vernahm, mit der größten Standhaftigkeit, mit dem hellsten Freimut die ihm angeschuldigte Tat, und behauptete, daß sein Meister in seiner Gegenwart auf der Straße angefallen und niedergestoßen worden, daß er ihn aber noch lebendig nach Hause geschleppt, wo er sehr bald verschieden sei. Auch dies stimmte also mit Madelons Erzählung überein.

Immer und immer wieder ließ sich die Scuderi die kleinsten Umstände des schrecklichen Ereignisses wiederholen. Sie forschte genau, ob jemals ein Streit zwischen Meister und Gesellen vorgefallen, ob vielleicht Olivier nicht ganz frei von jenem Jähzorn sei, der oft wie ein blinder Wahnsinn die gutmütigsten Menschen überfällt und zu Taten verleitet, die alle Willkür des Handelns auszuschließen scheinen. Doch je begeisterter Madelon von dem ruhigen häuslichen Glück sprach, in dem die drei Menschen in innigster Liebe verbunden lebten, desto mehr verschwand jeder Schatten des Verdachts wider den auf den Tod angeklagten Olivier. Genau alles prüfend, davon ausgehend, daß Olivier unerachtet alles dessen, was laut für seine Unschuld spräche, dennoch Cardillacs Mörder gewesen, fand die Scuderi im Reich der Möglichkeit keinen Beweggrund zu der entsetzlichen Tat, die in jedem Fall Oliviers Glück zerstören mußte. – Er ist arm, aber geschickt. – Es gelingt ihm, die Zuneigung des berühmtesten Meisters zu gewinnen, er liebt die Tochter, der Meister begünstigt seine Liebe, Glück, Wohlstand für sein ganzes Leben wird ihm erschlossen! – Sei es aber nun, daß, Gott weiß, auf welche Weise gereizt, Olivier vom

Zorn übermannt, seinen Wohltäter, seinen Vater mörderisch anfiel, welche teuflische Heuchelei gehört dazu, nach der Tat sich so zu betragen, als es wirklich geschah! – Mit der festen Überzeugung von Oliviers Unschuld faßte die Scuderi den Entschluß, den unschuldigen Jüngling zu retten, koste es, was es wolle.

Es schien ihr, ehe sie die Huld des Königs selbst vielleicht anrufe, am geratensten, sich an den Präsidenten la Regnie zu wenden, ihn auf alle Umstände, die für Oliviers Unschuld sprechen mußten, aufmerksam zu machen und so vielleicht in des Präsidenten Seele eine innere, dem Angeklagten günstige Überzeugung zu erwecken, die sich wohltätig den Richtern mitteilen sollte.

La Regnie empfing die Scuderi mit der hohen Achtung, auf die die würdige Dame, von dem Könige selbst hoch geehrt, gerechten Anspruch machen konnte. Er hörte ruhig alles an, was sie über die entsetzliche Tat, über Oliviers Verhältnisse, über seinen Charakter vorbrachte. Ein feines, beinahe hämisches Lächeln war indessen alles, womit er bewies, daß die Beteurungen, die von häufigen Tränen begleiteten Ermahnungen, wie jeder Richter nicht der Feind des Angeklagten sein, sondern auch auf alles achten müsse, was zu seinen Gunsten spräche, nicht an gänzlich tauben Ohren vorüberglitten. Als das Fräulein nun endlich ganz erschöpft, die Tränen von den Augen wegtrocknend, schwieg, fing Regnie an: »Es ist ganz Eures vortrefflichen Herzens würdig, mein Fräulein, daß Ihr, gerührt von den Tränen eines jungen, verliebten Mädchens, alles glaubt, was sie vorbringt, ja daß Ihr nicht fähig seid, den Gedanken einer entsetzlichen Untat zu fassen, aber anders ist es mit dem Richter, der gewohnt ist, frecher Heuchelei die Larve abzureißen. Wohl mag es nicht meines Amts sein, jedem, der mich frägt, den Gang eines Kriminalprozesses zu entwickeln. Fräulein! ich tue meine Pflicht, wenig kümmert mich das Urteil der Welt. Zittern sollen die Bösewichter vor der *Chambre ardente*, die keine Strafe kennt als Blut und Feuer. Aber vor Euch, mein würdiges Fräulein, möchte ich nicht für ein Ungeheuer gehalten werden an Härte und Grausamkeit, darum vergönnt mir, daß ich Euch mit wenigen Worten die Blutschuld des jungen Bösewichts, der, dem Himmel sei es gedankt! der Rache verfallen ist, klar vor Augen lege. Euer scharfsinniger Geist wird dann selbst die Gutmütigkeit verschmähen, die Euch Ehre macht, mir aber gar nicht anstehen würde. – Also! – Am Morgen wird René Cardillac durch einen Dolchstoß ermordet gefunden. Niemand ist bei ihm als sein Geselle Olivier Brusson und die Tochter. In Oliviers Kammer, unter andern, findet man einen Dolch von frischem Blute gefärbt, der genau in die Wunde paßt. ›Cardillac ist‹, spricht Olivier, ›in der Nacht vor meinen Augen niedergestoßen worden.‹ – ›Man wollte ihn berauben?‹ – ›Daß weiß ich nicht!‹ – ›Du gingst mit ihm, und es war dir nicht möglich, dem Mörder zu wehren? – ihn festzuhalten? um Hilfe zu rufen?‹ ›Fünfzehn, wohl zwanzig Schritte vor mir ging der Meister, ich folgte ihm.‹ ›Warum in aller Welt so entfernt?‹ – ›Der Meister wollt es so.‹ ›Was hatte überhaupt Meister Cardillac so spät auf der Straße zu tun?‹ – ›Das kann ich nicht sagen.‹ – ›Sonst ist er aber doch niemals nach neun Uhr abends aus dem Hause gekommen?‹ – Hier stockt Olivier, er ist bestürzt, er seufzt, er vergießt Tränen, er beteuert bei allem, was heilig, daß Cardillac wirklich in jener Nacht ausgegangen sei und seinen Tod gefunden habe. Nun merkt aber wohl auf, mein Fräulein. Erwiesen ist es bis zur vollkommensten Gewißheit, daß Cardillac in jener Nacht das Haus nicht verließ, mithin ist Oliviers Behauptung, er sei mit ihm wirklich ausgegangen, eine freche Lüge. Die Haustüre ist mit einem schweren Schloß versehen, welches bei dem Auf- und Zuschließen ein durchdringendes Geräusch macht, dann aber bewegt sich der Türflügel widrig knarrend und heulend in den Angeln, so daß, wie es angestellte Versuche bewährt haben, selbst im obersten Stock des Hauses das Getöse widerhallt. Nun wohnt in dem untersten Stock, also dicht neben der Haustüre, der alte Meister Claude Padru mit seiner Aufwärterin, einer Person von beinahe achtzig Jahren, aber noch munter und rührig. Diese beiden Personen hörten, wie Cardillac nach seiner gewöhnlichen Weise an jenem Abend Punkt neun Uhr die Treppe hinabkam, die Türe mit vielem Geräusch verschloß und verrammelte, dann wieder hinaufstieg, den Abendsegen laut las und dann, wie man es an dem Zuschlagen der Türe vernehmen konnte, in sein Schlafzimmer ging. Meister Claude leidet an Schlaflosigkeit, wie es alten Leuten wohl zu gehen pflegt. Auch in jener Nacht konnte er kein Auge zutun. Die Aufwärterin schlug daher, es mochte halb zehn Uhr sein, in der Küche, in die sie über den Hausflur gehend gelangt, Licht an und setzte sich zum Meister Claude an den Tisch mit einer alten Chronik, in der sie las, während der Alte seinen Gedanken nachhängend bald sich in den Lehnstuhl setzte, bald wieder aufstand und um Müdigkeit und Schlaf zu gewinnen, im Zimmer leise und langsam auf und ab schritt. Es blieb alles still und ruhig bis nach Mitternacht. Da hörte sie über sich scharfe Tritte, einen harten Fall, als stürze eine schwere Last zu Boden, und gleich darauf ein dumpfes Stöhnen. In beide kam eine seltsame Angst und Beklommenheit. Die Schauer der entsetzlichen Tat, die eben begangen, gingen bei ihnen vorüber. – Mit dem hellen Morgen trat dann ans Licht, was in der Finsternis begonnen.« – »Aber«, fiel die Scuderi ein, »aber um aller Heiligen willen, könnt Ihr bei allen Umständen, die ich erst weitläufig erzählte, Euch denn irgendeinen Anlaß zu dieser Tat der Hölle denken?« – »Hm«, erwiderte la Regnie, »Cardillac war nicht arm – im Besitz vortrefflicher Steine.« – »Bekam«, fuhr die Scuderi fort, »bekam denn nicht alles die Tochter? – Ihr vergeßt, daß Olivier Cardillacs Schwiegersohn werden sollte.« – »Er mußte vielleicht teilen oder gar nur für andere morden«, sprach la Regnie. »Teilen, für andere morden?« fragte die Scuderi in vollem Erstaunen. »Wißt«, fuhr der Präsident fort, »wißt mein Fräulein! daß Olivier schon längst geblutet hätte auf dem Greveplatz, stünde seine Tat nicht in Beziehung mit dem dicht verschleierten Geheimnis, das bisher so bedrohlich über ganz Paris waltete. Olivier gehört offenbar zu jener verruchten Bande, die alle Aufmerksamkeit, alle Mühe, alles Forschen der Gerichtshöfe verspottend ihre Streiche sicher und ungestraft zu führen wußte. Durch ihn wird – muß alles klar werden. Die Wunde Cardillacs ist denen ganz ähnlich, die alle auf der Straße, in den Häusern Ermordete und Beraubte trugen. Dann aber das Entscheidendste, seit der Zeit, daß Olivier Brusson verhaftet ist, haben alle Mordtaten, alle Beraubungen aufgehört. Sicher sind die Straßen zur Nachtzeit wie am Tage. Beweis genug, daß Olivier vielleicht an der Spitze jener Mordbande stand. Noch will er nicht bekennen, aber es gibt Mittel, ihn sprechen zu machen wider seinen Willen.« »Und Madelon«, rief die Scuderi, »und Madelon, die treue, unschuldige Taube.« – »Ei«, sprach la Regnie mit einem giftigen Lächeln, »ei wer steht mir dafür, daß sie nicht mit im Komplott ist. Was ist ihr an dem Vater gelegen, nur dem Mordbuben gelten ihre Tränen.« – »Was sagt Ihr«, schrie die Scuderi, »es ist nicht möglich; den Vater! dieses Mädchen!« – »Oh!« fuhr la Regnie fort, »oh! denkt doch nur an die Brinvillier! Ihr möget es mir verzeihen, wenn ich mich vielleicht bald genötigt sehe, Euch Euern Schützling zu entreißen und in die Conciergerie werfen zu lassen.« – Der Scuderi ging ein Grausen an bei diesem entsetzlichen Verdacht. Es war ihr, als könne vor diesem schrecklichen Manne keine Treue, keine Tugend bestehen, als spähe er in den tiefsten, geheimsten Gedanken Mord und Blutschuld. Sie stand auf. »Seid menschlich«, das war alles, was sie beklommen, mühsam atmend hervorbringen konnte. Schon im Begriff, die Treppe hinabzusteigen, bis zu der der Präsident sie mit zeremoniöser Artigkeit begleitet hatte, kam ihr, selbst wußte sie nicht wie, ein seltsamer Gedanke. »Würd es mir wohl erlaubt sein, den unglücklichen Olivier Brusson zu sehen?« So fragte sie den Präsidenten sich rasch umwendend. Dieser schaute sie mit bedenklicher Miene an, dann verzog sich sein Gesicht in jenes widrige Lächeln, das ihm eigen. »Gewiß«, sprach er, »gewiß wollt Ihr nun, mein würdiges Fräulein, Euerm Gefühl, der innern Stimme mehr vertrauend als dem, was vor unsern Augen geschehen, selbst Oliviers Schuld oder Unschuld prüfen. Scheut Ihr nicht den düstern Aufenthalt des Verbrechens, ist es Euch nicht gehässig, die Bilder der Verworfenheit in allen Abstufungen zu sehen, so sollen für Euch in zwei Stunden die Tore der Conciergerie offen sein. Man wird Euch diesen Olivier, dessen Schicksal Eure Teilnahme erregt, vorstellen.«

In der Tat konnte sich die Scuderi von der Schuld des jungen Menschen nicht überzeugen. Alles sprach wider ihn, ja kein Richter in der Welt hätte anders gehandelt, wie la Regnie, bei solch entscheidenden Tatsachen. Aber das Bild häuslichen Glücks, wie es Madelon mit den lebendigen Zügen der Scuderi vor Augen gestellt, überstrahlte jeden bösen Verdacht, und so mochte sie lieber ein unerklärliches Geheimnis annehmen, als daran glauben, wogegen ihr ganzes Inneres sich empörte.

Sie gedachte, sich von Olivier noch einmal alles, wie es sich in jener verhängnisvollen Nacht begeben, erzählen zu lassen, und so viel als möglich in ein

Geheimnis zu dringen, das vielleicht den Richtern verschlossen geblieben, weil es wertlos schien, sich weiter darum zu bekümmern.

In der Conciergerie angekommen, führte man die Scuderi in ein großes, helles Gemach. Nicht lange darauf vernahm sie Kettengerassel. Olivier Brusson wurde gebracht. Doch sowie er in die Türe trat, sank auch die Scuderi ohnmächtig nieder. Als sie sich erholt hatte, war Olivier verschwunden. Sie verlangte mit Heftigkeit, daß man sie nach dem Wagen bringe, fort, augenblicklich fort wollte sie aus den Gemächern der frevelnden Verruchtheit. Ach! – auf den ersten Blick hatte sie in Olivier Brusson den jungen Menschen erkannt, der auf dem Pontneuf jenes Blatt ihr in den Wagen geworfen, der ihr das Kästchen mit den Juwelen gebracht hatte. – Nun war ja jeder Zweifel gehoben, la Regnies schreckliche Vermutung ganz bestätigt. Olivier Brusson gehört zu der fürchterlichen Mordbande, gewiß ermordete er auch den Meister! – Und Madelon? – So bitter noch nie vom innern Gefühl getäuscht, auf den Tod angepackt von der höllischen Macht auf Erden, an deren Dasein sie nicht geglaubt, verzweifelte die Scuderi an aller Wahrheit. Sie gab Raum dem entsetzlichen Verdacht, daß Madelon mitverschworen sein und teilhaben könne an der gräßlichen Blutschuld. Wie es denn geschieht, daß der menschliche Geist, ist ihm ein Bild aufgegangen, emsig Farben sucht und findet, es greller und greller auszumalen, so fand auch die Scuderi, jeden Umstand der Tat, Madelons Betragen in den kleinsten Zügen erwägend, gar vieles, jenen Verdacht zu nähren. So wurde manches, was ihr bisher als Beweis der Unschuld und Reinheit gegolten, sicheres Merkmal frevelicher Bosheit, studierter Heuchelei. Jener herzzerreißende Jammer, die blutigen Tränen konnten wohl erpreßt sein von der Todesangst, nicht den Geliebten bluten zu sehen, nein – selbst zu fallen unter der Hand des Henkers. Gleich sich die Schlange, die sie im Busen nähre, vom Halse zu schaffen; mit diesem Entschluß stieg die Scuderi aus dem Wagen. In ihr Gemach eingetreten, warf Madelon sich ihr zu Füßen. Die Himmelsaugen, ein Engel Gottes hat sie nicht treuer, zu ihr emporgerichtet, die Hände vor der wallenden Brust zusammengefaltet, jammerte und flehte sie laut um Hilfe und Trost. Die Scuderi sich mühsam zusammenfassend, sprach, indem sie dem Ton ihrer Stimme so viel Ernst und Ruhe zu geben suchte, als ihr möglich: »Geh – geh – tröste dich nur über den Mörder, den die gerechte Strafe seiner Schandtaten erwartet – Die heilige Jungfrau möge verhüten, daß nicht auf dir selbst eine Blutschuld schwer laste.« »Ach nun ist alles verloren!« – Mit diesem gellenden Ausruf stürzte Madelon ohnmächtig zu Boden. Die Scuderi überließ die Sorge um das Mädchen der Martiniere und entfernte sich in ein anderes Gemach.

Ganz zerrissen im Innern, entzweit mit allem Irdischen wünschte die Scuderi, nicht mehr in einer Welt voll höllischen Truges zu leben. Sie klagte das Verhängnis an, das in bitterm Hohn ihr so viele Jahre vergönnt, ihren Glauben an Tugend und Treue zu stärken, und nun in ihrem Alter das schöne Bild vernichte, welches ihr im Leben geleuchtet.

Sie vernahm, wie die Martiniere Madelon fortbrachte, die leise seufzte und jammerte! »Ach! – auch *sie* – auch *sie* haben die Grausamen betört. – Ich Elende – armer, unglücklicher Olivier!« – Die Töne drangen der Scuderi ins Herz, und aufs neue regte sich aus dem tiefsten Innern heraus die Ahnung eines Geheimnisses, der Glaube an Oliviers Unschuld. Bedrängt von den widersprechendsten Gefühlen, ganz außer sich rief die Scuderi: »Welcher Geist der Hölle hat mich in die entsetzliche Geschichte verwickelt, die mir das Leben kosten wird!« – In dem Augenblick trat Baptiste hinein, bleich und erschrocken, mit der Nachricht, daß Desgrais draußen sei. Seit dem abscheulichen Prozeß der la Voisin war Desgrais' Erscheinung in einem Hause der gewisse Vorbote irgendeiner peinlichen Anklage, daher kam Baptistes Schreck, deshalb fragte ihn das Fräulein mit mildem Lächeln: »Was ist dir, Baptiste? – Nicht wahr! – der Name Scuderi befand sich auf der Liste der la Voisin?« »Ach um Christus willen«, erwiderte Baptiste, am ganzen Leibe zitternd, »wie möget Ihr nur so etwas aussprechen, aber Desgrais – der entsetzliche Desgrais, tut so geheimnisvoll, so dringend, er scheint es gar nicht erwarten zu können, Euch zu sehen!« – »Nun«, sprach die Scuderi, »nun Baptiste, so führt ihn nur gleich herein den Menschen, der Euch so fürchterlich ist, und der *mir* wenigstens keine Besorgnis erregen kann.« – »Der Präsident«, sprach Desgrais, als er ins Gemach getreten, »der Präsident la Regnie schickt mich zu Euch, mein Fräulein, mit einer Bitte, auf deren Erfüllung er gar nicht hoffen würde, kennte er nicht Eure Tugend, Euern Mut, läge nicht das letzte Mittel, eine böse Blutschuld an den Tag zu bringen, in Euern Händen, hättet Ihr nicht selbst schon teilgenommen an dem bösen Prozeß, der die *Chambre ardente*, uns alle in Atem hält. Olivier Brusson, seitdem er Euch gesehen hat, ist halb rasend. Sosehr er schon zum Bekenntnis sich zu neigen schien, so schwört er doch jetzt aufs neue bei Christus und allen Heiligen, daß er an dem Morde Cardillacs ganz unschuldig sei, wiewohl er den Tod gern leiden wolle, den er verdient habe. Bemerkt, mein Fräulein, daß der letzte Zusatz offenbar auf andere Verbrechen deutet, die auf ihm lasten. Doch vergebens ist alle Mühe, nur ein Wort weiter herauszubringen, selbst die Drohung mit der Tortur hat nichts gefruchtet. Er fleht, er beschört uns, ihm eine Unterredung mit Euch zu verschaffen, *Euch* nur, *Euch* allein will er alles gestehen. Laßt Euch herab, mein Fräulein, Brussons Bekenntnis zu hören.« »Wie!« rief die Scuderi ganz entrüstet, »soll ich dem Blutgericht zum Organ dienen, soll ich das Vertrauen des unglücklichen Menschen mißbrauchen, ihn aufs Blutgerüst zu bringen? – Nein Desgrais! mag Brusson auch ein verruchter Mörder sein, nie wär es mir doch möglich, ihn so spitzbübisch zu hintergehen. Nichts mag ich von seinen Geheimnissen erfahren, die wie eine heilige Beichte in meiner Brust verschlossen bleiben würden.« – »Vielleicht«, versetzte Desgrais mit einem feinen Lächeln, »vielleicht, mein Fräulein, ändert sich Eure Gesinnung, wenn Ihr Brusson gehört habt. Batet Ihr den Präsidenten nicht selbst, er sollte menschlich sein? Er tut es, indem er dem törichten Verlangen Brussons nachgibt und so das letzte Mittel versucht, ehe er die Tortur verhängt, zu der Brusson längst reif ist.« Die Scuderi schrak unwillkürlich zusammen. »Seht«, fuhr Desgrais fort, »seht, würdige Dame, man wird Euch keineswegs zumuten, noch einmal in jene finstere Gemächer zu treten, die Euch mit Grausen und Abscheu erfüllen. In der Stille der Nacht, ohne alles Aufsehen bringt man Olivier Brusson wie einen freien Menschen zu Euch in Euer Haus. Nicht einmal belauscht, doch wohl bewacht, mag er Euch dann zwanglos alles bekennen. Daß Ihr für Euch selbst nichts von dem Elenden zu fürchten habt, dafür stehe ich Euch mit meinem Leben ein. Er spricht von Euch mit inbrünstiger Verehrung. Er schwört, daß nur das düstre Verhängnis, welches ihm verwehrt habe, Euch früher zu sehen, ihn in den Tod gestürzt. Und dann steht es ja bei Euch, von dem, was Euch Brusson entdeckt, so viel zu sagen, als Euch beliebt. Kann man Euch zu mehrerem zwingen?«

Die Scuderi sah tief sinnend vor sich nieder. Es war ihr, als müsse sie der höheren Macht gehorchen, die den Aufschluß irgendeines entsetzlichen Geheimnisses von ihr verlange, als könne sie sich nicht mehr den wunderbaren Verschlingungen entziehen, in die sie willenlos geraten. Plötzlich entschlossen sprach sie mit Würde: »Gott wird mir Fassung und Standhaftigkeit geben; führt den Brusson her, ich will ihn sprechen.«

So wie damals, als Brusson das Kästchen brachte, wurde um Mitternacht an die Haustüre der Scuderi gepocht. Baptiste, von dem nächtlichen Besuch unterrichtet, öffnete. Eiskalter Schauer überlief die Scuderi, als sie an den leisen Tritten, an dem dumpfen Gemurmel wahrnahm, daß die Wächter, die den Brusson gebracht, sich in den Gängen des Hauses verteilten.

Endlich ging leise die Türe des Gemachs auf. Desgrais trat herein, hinter ihm Olivier Brusson, fesselfrei, in anständigen Kleidern. »Hier ist«, sprach Desgrais, sich ehrerbietig verneigend, »hier ist Brusson, mein würdiges Fräulein!« und verließ das Zimmer.

Brusson sank vor der Scuderi nieder auf beide Knie, flehend erhob er die gefalteten Hände, indem häufige Tränen ihm aus den Augen rannen.

Die Scuderi schaute erblaßt, keines Wortes mächtig, auf ihn herab. Selbst bei den entstellten, ja durch Gram, durch grimmen Schmerz verzerrten Zügen strahlte der reine Ausdruck des treusten Gemüts aus dem Jünglingsantlitz. Je länger die Scuderi ihre Augen auf Brussons Gesicht ruhen ließ, desto lebhafter trat die Erinnerung an irgendeine geliebte Person hervor, auf die sie sich nur nicht deutlich besinnen vermochte. Alle Schauer wichen von ihr, sie vergaß, daß Cardillacs Mörder vor ihr kniee, sie sprach mit dem anmutigen Tone des ruhigen Wohlwollens, der ihr eigen: »Nun Brusson, was habt Ihr mir zu sagen?« Dieser, noch immer kniend, seufzte auf vor tiefer, inbrünstiger Wehmut und sprach dann: »O mein würdiges, mein hochverehrtes Fräulein, ist denn jede Spur der Erinnerung an mich verflogen?« Die Scuderi, ihn noch aufmerksamer betrachtend, erwiderte, daß sie allerdings in seinen Zügen die

Ähnlichkeit mit einer von ihr geliebten Person gefunden und daß er nur dieser Ähnlichkeit es verdanke, wenn sie den tiefen Abscheu vor dem Mörder überwinde und ihn ruhig anhöre. Brusson, schwer verletzt durch diese Worte, erhob sich schnell und trat, den finstern Blick zu Boden gesenkt, einen Schritt zurück. Dann sprach er mit dumpfer Stimme: »Habt Ihr denn Anne Guiot ganz vergessen? – ihr Sohn Olivier – der Knabe, den Ihr oft auf Euern Knien schaukeltet, ist es, der vor Euch steht.« – »O um aller Heiligen willen!« rief die Scuderi, indem sie mit beiden Händen das Gesicht bedeckend in die Polster zurücksank. Das Fräulein hatte wohl Ursache genug, sich auf diese Weise zu entsetzen. Anne Guiot, die Tochter eines verarmten Bürgers, war von klein auf bei der Scuderi, die sie, wie die Mutter das liebe Kind, erzog mit aller Treue und Sorgfalt. Als sie nun herangewachsen, fand sich ein hübscher sittiger Jüngling, Claude Brusson geheißen, ein, der um das Mädchen warb. Da er nun ein grundgeschickter Uhrmacher war, der sein reichliches Brot in Paris finden mußte, Anne ihn auch herzlich lieb gewonnen hatte, so trug die Scuderi gar kein Bedenken, in die Heirat ihrer Pflegetochter zu willigen. Die jungen Leute richteten sich ein, lebten in stiller, glücklicher Häuslichkeit, und was den Liebesbund noch fester knüpfte, war die Geburt eines wunderschönen Knaben, der holden Mutter treues Ebenbild.

Einen Abgott machte die Scuderi aus dem kleinen Olivier, den sie stunden-, tagelang der Mutter entriß, um ihn zu liebkosen, zu hätscheln. Daher kam es, daß der Junge sich ganz an sie gewöhnte und ebenso gern bei ihr war als bei der Mutter. Drei Jahre waren vorüber, als der Brotneid der Kunstgenossen Brussons es dahin brachte, daß seine Arbeit mit jedem Tage abnahm, so daß er zuletzt kaum sich kümmerlich ernähren konnte. Dazu kam die Sehnsucht nach seinem schönen heimatlichen Genf, und so geschah es, daß die kleine Familie dorthin zog, des Widerstrebens der Scuderi, die alle nur mögliche Unterstützung versprach, unerachtet. Noch ein paarmal schrieb Anne an ihre Pflegemutter, dann schwieg sie, und diese mußte glauben, daß das glückliche Leben in Brussons Heimat das Andenken an die früher verlebten Tage nicht mehr aufkommen lasse.

Es waren jetzt gerade dreiundzwanzig Jahre her, als Brusson mit seinem Weibe und Kinde Paris verlassen und nach Genf gezogen.

»O entsetzlich«, rief die Scuderi, als sie sich einigermaßen wieder erholt hatte, »o entsetzlich! – Olivier bist du? – der Sohn meiner Anne! – Und jetzt!« – »Wohl«, versetzte Olivier ruhig und gefaßt, »wohl, mein würdiges Fräulein, hättet Ihr nimmermehr ahnen können, daß der Knabe, den Ihr wie die zärtlichste Mutter hätscheltet, dem Ihr, auf Euerm Schoß ihn schaukelnd, Näscherei auf Näscherei in den Mund stecktet, dem Ihr die süßesten Namen gabt, zum Jünglinge gereift dereinst vor Euch stehen würde, gräßlicher Blutschuld angeklagt! – Ich bin nicht vorwurfsfrei, die *Chambre ardente* kann mich mit Recht eines Verbrechens zeihen; aber, so wahr ich selig zu sterben hoffe, sei es auch durch des Henkers Hand, rein bin ich von jeder Blutschuld, nicht durch mich, nicht durch mein Verschulden fiel der unglückliche Cardillac!« – Olivier geriet bei diesen Worten in ein Zittern und Schwanken. Stillschweigend wies die Scuderi auf einen kleinen Sessel, der Olivier zur Seite stand. Er ließ sich langsam nieder.

»Ich hatte Zeit genug«, fing er an, »mich auf die Unterredung mit Euch, die ich als die letzte Gunst des versöhnten Himmels betrachte, vorzubereiten, und so viel Ruhe und Fassung zu gewinnen als nötig, Euch die Geschichte meines entsetzlichen, unerhörten Mißgeschicks zu erzählen. Erzeigt mir die Barmherzigkeit, mich ruhig anzuhören, sosehr Euch auch die Entdeckung eines Geheimnisses, das Ihr gewiß nicht geahnet, überraschen, ja mit Grausen erfüllen mag. – Hätte mein armer Vater Paris doch niemals verlassen! – Soweit meine Erinnerung an Genf reicht, finde ich mich wieder, von den trostlosen Eltern mit Tränen benetzt, von ihren Klagen, die ich nicht verstand, selbst zu Tränen gebracht. Später kam mir das deutliche Gefühl, das volle Bewußtsein des drückendsten Mangels, des tiefen Elends, in dem meine Eltern lebten. Mein Vater fand sich in allen seinen Hoffnungen getäuscht. Von tiefem Gram niedergebeugt, erdrückt, starb er in dem Augenblick, als es ihm gelungen war, mich bei einem Goldschmied als Lehrjunge unterzubringen. Meine Mutter sprach viel von Euch, sie wollte Euch alles klagen, aber dann überfiel sie die Mutlosigkeit, welche vom Elend erzeugt wird. *Das* und auch wohl falsche Scham, die oft an dem todwunden Gemüte nagt, hielt sie von ihrem Entschluß zurück. Wenige Monden nach dem Tode meines Vaters folgte ihm meine Mutter ins Grab.« – »Arme Anne! arme Anne!« rief die Scuderi von Schmerz überwältigt. »Dank und Preis der ewigen Macht des Himmels, daß sie hinüber ist und nicht fallen sieht den geliebten Sohn unter der Hand des Henkers, mit Schande gebrandmarkt.« So schrie Olivier laut auf, indem er einen wilden, entsetzlichen Blick in die Höhe warf. Es wurde draußen unruhig, man ging hin und her. »Ho ho«, sprach Olivier mit einem bittern Lächeln, »Desgrais weckt seine Spießgesellen, als ob ich *hier* entfliehen könnte. – Doch weiter! – Ich wurde von meinem Meister hart gehalten, unerachtet ich bald am besten arbeitete, ja wohl endlich den Meister weit übertraf. Es begab sich, daß einst ein Fremder in unsere Werkstatt kam, um einiges Geschmeide zu kaufen. Als der nun einen schönen Halsschmuck sah, den ich gearbeitet, klopfte er mir mit freundlicher Miene auf die Schultern, indem er, den Schmuck beäugelnd, sprach: ›Ei, ei! mein junger Freund, das ist ja ganz vortreffliche Arbeit. Ich wüßte in der Tat nicht, wer Euch noch anders übertreffen sollte als René Cardillac, der freilich der erste Goldschmied ist, den es auf der Welt gibt. Zu dem solltet Ihr hingehen; mit Freuden nimmt er Euch in seine Werkstatt, denn nur *Ihr* könnt ihm beistehen in seiner kunstvollen Arbeit, und nur von ihm allein könnt Ihr dagegen noch lernen.‹ Die Worte des Fremden waren tief in meine Seele gefallen. Ich hatte keine Ruhe mehr in Genf, mich zog es fort mit

Gewalt. Endlich gelang es mir, mich von meinem Meister loszumachen. Ich kam nach Paris. René Cardillac empfing mich kalt und barsch. Ich ließ nicht nach, er mußte mir Arbeit geben, so geringfügig sie auch sein mochte. Ich sollte einen kleinen Ring fertigen. Als ich ihm die Arbeit brachte, sah er mich starr an mit seinen funkelnden Augen, als wollt er hineinschauen in mein Innerstes. Dann sprach er: ›Du bist ein tüchtiger, wackerer Geselle, du kannst zu mir ziehen und mir helfen in der Werkstatt. Ich zahle dir gut, du wirst mit mir zufrieden sein.‹ Cardillac hielt Wort. Schon mehrere Wochen war ich bei ihm, ohne Madelon gesehen zu haben, die, irr ich nicht, auf dem Lande bei irgendeiner Muhme Cardillacs damals sich aufhielt. Endlich kam sie. O du ewige Macht des Himmels, wie geschah mir, als ich das Engelsbild sah! – Hat je ein Mensch so geliebt als ich! Und nun! – O Madelon!«

Olivier konnte vor Wehmut nicht weitersprechen. Er hielt beide Hände vors Gesicht und schluchzte heftig. Endlich mit Gewalt den wilden Schmerz, der ihn erfaßt, niederkämpfend sprach er weiter.

»Madelon blickte mich an mit freundlichen Augen. Sie kam öfter und öfter in die Werkstatt. Mit Entzücken gewahrte ich ihre Liebe. So streng der Vater uns bewachte, mancher verstohlne Händedruck galt als Zeichen des geschlossenen Bundes, Cardillac schien nichts zu merken. Ich gedachte, hätte ich erst seine Gunst gewonnen und konnte ich die Meisterschaft erlangen, um Madelon zu werben. Eines Morgens, als ich meine Arbeit beginnen wollte, trat Cardillac vor mich hin, Zorn und Verachtung im finstern Blick. ›Ich bedarf deiner Arbeit nicht mehr‹, fing er an, ›fort aus dem Hause noch in dieser Stunde und laß dich nie mehr vor meinen Augen sehen. Warum ich dich hier nicht mehr dulden kann, brauche ich dir nicht zu sagen. Für dich armen Schlucker hängt die süße Frucht zu hoch, nach der du trachtest!‹ Ich wollte reden, er packte mich aber mit starker Faust und warf mich zur Türe hinaus, daß ich niederstürzte und mich hart verwundete an Kopf und Arm. – Empört, zerrissen vom grimmigen Schmerz verließ ich das Haus, und fand endlich am äußersten Ende der Vorstadt St. Martin einen gutmütigen Bekannten, der mich aufnahm in seine Bodenkammer. Ich hatte keine Ruhe, keine Rast. Zur Nachtzeit umschlich ich Cardillacs Haus, wähnend, daß Madelon meine Seufzer, meine Klage vernehmen, daß es ihr vielleicht gelingen werde, mich vom Fenster herab unbelauscht zu sprechen. Allerlei verwogene Pläne kreuzten in meinem Gehirn, zu deren Ausführung ich sie zu bereden hoffte. An Cardillacs Haus in der Straße Niçaise schließt sich eine hohe Mauer mit Blenden und alten, halb zerstückelten Steinbildern darin. Dicht bei einem solchen Steinbilde stehe ich in einer Nacht und sehe hinauf nach den Fenstern des Hauses, die in den Hof gehen, den die Mauer einschließt. Da gewahre ich plötzlich Licht in Cardillacs Werkstatt. Es ist Mitternacht, nie war sonst Cardillac zu dieser Stunde wach, er pflegte sich auf den Schlag neun Uhr zur Ruhe zu begeben. Mir pocht das Herz vor banger Ahnung, ich denke an irgendein Ereignis, das mir vielleicht den Eingang bahnt. Doch gleich verschwindet das Licht wieder. Ich drücke mich an das Steinbild, in die Blende hinein, doch entsetzt pralle ich zurück, als ich einen Gegendruck fühle, als sei das Bild lebendig worden. In dem dämmernden Schimmer der Nacht gewahre ich nun, daß der Stein sich langsam dreht, und hinter demselben eine finstere Gestalt hervorschlüpft, die leisen Trittes die Straße hinabgeht. Ich springe an das Steinbild hinan, es steht wie zuvor dicht an der Mauer. Unwillkürlich, wie von einer innern Macht getrieben, schleiche ich hinter der Gestalt her. Gerade bei einem Marienbilde schaut die Gestalt sich um, der volle Schein der hellen Lampe, die vor dem Bilde brennt, fällt ihr ins Antlitz. Es ist Cardillac! Eine unbegreifliche Angst, ein unheimliches Grauen überfällt mich. Wie durch Zauber festgebannt muß ich fort – nach – dem gespenstischen Nachtwanderer. Dafür halte ich den Meister, unerachtet nicht die Zeit des Vollmonds ist, in der solcher Spuk die Schlafenden betört. Endlich verschwindet Cardillac seitwärts in den tiefen Schatten. An einem kleinen, wiewohl bekannten Räuspern gewahre ich indessen, daß er in die Einfahrt eines Hauses getreten ist. Was bedeutet das, was wird er beginnen? – So frage ich mich selbst voll Erstaunen, und drücke mich dicht an die Häuser. Nicht lange dauert's, so kommt singend und trillerierend ein Mann daher mit leuchtendem Federbusch und klirrenden Sporen. Wie ein Tiger auf seinen Raub, stürzt sich Cardillac aus seinem Schlupfwinkel auf den Mann, der in demselben Augenblick röchelnd zu Boden sinkt. Mit einem Schrei des Entsetzens springe ich heran, Cardillac ist über den Mann, der zu Boden liegt, her. ›Meister Cardillac, was tut Ihr‹, rufe ich laut. ›Vermaledeiter!‹ brüllt Cardillac, rennt mit Blitzesschnelle bei mir vorbei und verschwindet. Ganz außer mir, kaum der Schritte mächtig, nähere ich mich dem Niedergeworfenen. Ich knie bei ihm nieder, vielleicht, denk ich, ist er noch zu retten, aber keine Spur des Lebens ist mehr in ihm. In meiner Todesangst gewahre ich kaum, daß mich die Marechaussee umringt hat. ›Schon wieder einer von den Teufeln niedergestreckt – he he – junger Mensch, was machst du da – bist einer von der Bande? – fort mit dir!‹ So schrien sie durcheinander und packen mich an. Kaum vermag ich zu stammeln, daß ich solche gräßliche Untat ja gar nicht hätte begehen können und daß sie mich im Frieden ziehen lassen möchten. Da leuchtet mir einer ins Gesicht und ruft lachend: ›Das ist Olivier Brusson, der Goldschmiedsgeselle, der bei unserm ehrlichen, braven Meister René Cardillac arbeitet! – ja – *der* wird die Leute auf der Straße morden! – sieht mir recht darnach aus – ist recht nach der Art der Mordbuben, daß sie beim Leichnam lamentieren und sich fangen lassen werden. – Wie war's Junge? – erzähle dreist.‹ ›Dicht vor mir‹, sprach ich, ›sprang ein Mensch auf den dort los, stieß ihn nieder und rannte blitzschnell davon, als ich laut aufschrie. Ich wollt doch sehen, ob der Niedergeworfene noch zu retten wäre.‹ ›Nein, mein Sohn‹, ruft einer von denen, die den Leichnam aufgehoben, ›der ist hin, durchs Herz, wie gewöhnlich, geht der Dolchstich.‹ ›Teufel‹, spricht ein anderer, ›kamen wir doch wieder zu spät wie vorgestern‹; damit entfernen sie sich mit dem Leichnam.

Wie mir zumute war, kann ich gar nicht sagen; ich fühlte mich an, ob nicht ein böser Traum mich necke, es war mir, als müßt ich nun gleich erwachen und mich wundern über das tolle Trugbild. – Cardillac – der Vater meiner Madelon, ein verruchter Mörder! – Ich war kraftlos auf die steinernen Stufen eines Hauses gesunken. Immer mehr und mehr dämmerte der Morgen herauf, ein Offizierhut, reich mit Federn geschmückt, lag vor mir auf dem Pflaster. Cardillacs blutige Tat, auf der Stelle begangen, wo ich saß, ging vor mir hell auf. Entsetzt rannte ich von dannen.

Ganz verwirrt, beinahe besinnungslos sitze ich in meiner Dachkammer, da geht die Tür auf und René Cardillac tritt herein. ›Um Christus willen! was wollt Ihr?‹ schrie ich ihm entgegen. Er, das gar nicht achtend, kommt auf mich zu und lächelt mich an mit einer Ruhe und Leutseligkeit, die meinen innern Abscheu vermehrt. Er rückt einen alten, gebrechlichen Schemel heran und setzt sich zu mir, der ich nicht vermag, mich von dem Strohlager zu erheben, auf das ich mich geworfen. ›Nun Olivier‹, fängt er an, ›wie geht es dir, armer Junge? Ich habe mich in der Tat garstig übereilt, als ich dich aus dem Hause stieß, du fehlst mir an allen Ecken und Enden. Eben jetzt habe ich ein Werk vor, das ich ohne deine Hilfe gar nicht vollenden kann. Wie wär's, wenn du wieder in meiner Werkstatt arbeitetest? – Du schweigst? – Ja ich weiß, ich habe dich beleidigt. Nicht verhehlen wollt ich's dir, daß ich auf dich zornig war wegen der Liebelei mit meiner Madelon. Doch recht überlegt habe ich mir das Ding nachher und gefunden, daß bei deiner Geschicklichkeit, deinem Fleiß, deiner Treue ich mir keinen bessern Eidam wünschen kann als eben dich. Komm also mit mir und siehe zu, wie du Madelon zur Frau gewinnen magst.‹

Cardillacs Worte durchschnitten mir das Herz, ich erbebte vor seiner Bosheit, ich konnte kein Wort hervorbringen. ›Du zauderst‹, fuhr er nun fort mit scharfem Ton, indem seine funkelnden Augen mich durchbohrten, ›du zauderst? – du kannst vielleicht heute noch nicht mit mir kommen, du hast andere Dinge vor! – du willst vielleicht Desgrais besuchen oder dich gar einführen lassen bei d'Argenson oder la Regnie. Nimm dich in acht, Bursche, daß die Krallen, die du hervorlocken willst zu anderer Leute Verderben, dich nicht selbst fassen und zerreißen.‹ Da macht sich mein tief empörtes Gemüt plötzlich Luft. ›Mögen die‹, rufe ich, ›mögen die, die sich gräßlicher Untat bewußt sind, jene Namen fühlen, die Ihr eben nanntet, ich darf das nicht – ich habe nichts mit ihnen zu schaffen.‹ – ›Eigentlich‹, spricht Cardillac weiter, ›eigentlich, Olivier, macht es dir Ehre, wenn du bei mir arbeitest, bei mir, dem berühmtesten Meister seiner Zeit, überall hochgeachtet wegen seiner Treue und Rechtschaffenheit, so daß jede böse Verleumdung schwer zurückfallen würde auf das Haupt des Verleumders. – Was nun Madelon betrifft, so muß ich dir nur gestehen, daß du meine Nachgiebigkeit ihr allein verdankest. Sie liebt dich mit einer Heftigkeit, die ich dem zarten Kinde gar nicht zutrauen konnte. Gleich als du fort warst, fiel sie mir zu Füßen, umschlang meine Knie und gestand unter tausend

Tränen, daß sie ohne dich nicht leben könne. Ich dachte, sie bilde sich das nur ein, wie es denn bei jungen verliebten Dingern zu geschehen pflegt, daß sie gleich sterben wollen, wenn das erste Milchgesicht sie freundlich angeblickt. Aber in der Tat, meine Madelon wurde siech und krank, und wie ich ihr denn das tolle Zeug ausreden wollte, rief sie hundertmal deinen Namen. Was konnt ich endlich tun, wollt ich sie nicht verzweifeln lassen. Gestern abend sagt ich ihr, ich willige in alles und werde dich heute holen. Da ist sie über Nacht aufgeblüht wie eine Rose und harrt nun auf dich ganz außer sich vor Liebessehnsucht.‹ – Mag es mir die ewige Macht des Himmels verzeihen, aber selbst weiß ich nicht, wie es geschah, daß ich plötzlich in Cardillacs Hause stand, daß Madelon laut aufjauchzend: ›Olivier – mein Olivier – mein Geliebter – mein Gatte‹, auf mich gestürzt, mich mit beiden Armen umschlang, mich fest an ihre Brust drückte, daß ich im Übermaß des höchsten Entzückens bei der Jungfrau und allen Heiligen schwor, sie nimmer, nimmer zu verlassen!«

Erschüttert von dem Andenken an diesen entscheidenden Augenblick mußte Olivier innehalten. Die Scuderi, von Grausen erfüllt über die Untat eines Mannes, den sie für die Tugend, die Rechtschaffenheit selbst gehalten, rief: »Entsetzlich! – René Cardillac gehört zu der Mordbande, die unsere gute Stadt so lange zur Räuberhöhle machte?« – »Was sagt Ihr, mein Fräulein«, sprach Olivier, »*zur Bande*? Nie hat es eine solche Bande gegeben. Cardillac *allein* war es, der mit verruchter Tätigkeit in der ganzen Stadt seine Schlachtopfer suchte und fand. Daß er es *allein* war, darin liegt die Sicherheit, womit er seine Streiche führte, die unüberwundene Schwierigkeit, dem Mörder auf die Spur zu kommen. – Doch laßt mich fortfahren, der Verfolg wird Euch die Geheimnisse des verruchtesten und zugleich unglücklichsten aller Menschen aufklären. – Die Lage, in der ich mich nun bei dem Meister befand, jeder mag *die* sich leicht denken. Der Schritt war geschehen, ich konnte nicht mehr zurück. Zuweilen war es mir, als sei ich selbst Cardillacs Mordgehilfe geworden, nur in Madelons Liebe vergaß ich die innere Pein, die mich quälte, nur bei ihr konnt es mir gelingen, jede äußere Spur namenlosen Grams wegzutilgen. Arbeitete ich mit dem Alten in der Werkstatt, nicht ins Antlitz vermochte ich ihm zu schauen, kaum ein Wort zu reden vor dem Grausen, das mich durchbebte in der Nähe des entsetzlichen Menschen, der alle Tugenden des treuen, zärtlichen Vaters, des guten Bürgers erfüllte, während die Nacht seine Untaten verschleierte. Madelon, das fromme, engelsreine Kind, hing an ihm mit abgöttischer Liebe. Das Herz durchbohrt' es mir, wenn ich daran dachte, daß, träfe einmal die Rache den verlarvten Bösewicht, sie ja, mit aller höllischen List des Satans getäuscht, der gräßlichsten Verzweiflung unterliegen müsse. Schon das verschloß mir den Mund, und hätt ich den Tod des Verbrechers darum dulden müssen. Unerachtet ich aus den Reden der Marechaussee genug entnehmen konnte, waren mir Cardillacs Untaten, ihr Motiv, die Art, sie auszuführen, ein Rätsel: die Aufklärung blieb nicht lange aus. Eines Tages war Cardillac, der sonst meinen Abscheu erregend, bei der Arbeit in der heitersten Laune, scherzte und lachte, sehr ernst und sich in gekehrt. Plötzlich warf er das Geschmeide, woran er eben arbeitete, beiseite, daß Stein und Perlen auseinander rollten, stand heftig auf und sprach: ›Olivier! – es kann zwischen uns beiden nicht so bleiben, dies Verhältnis ist mir unerträglich. – Was der feinsten Schlauigkeit Desgrais' und seiner Spießgesellen nicht gelang zu entdecken, das spielte dir der Zufall in die Hände. Du hast mich geschaut in der nächtlichen Arbeit, zu der mich mein böser Stern treibt, kein Widerstand ist möglich. – Auch dein böser Stern war es, der dich mir folgen ließ, der dich in undurchdringliche Schleier hüllte, der deinem Fußtritt die Leichtigkeit gab, daß du unhörbar wandeltest wie das kleinste Tier, so daß ich, der ich in der tiefsten Nacht klar schaue wie der Tiger, der ich Straßen weit das kleinste Geräusch, das Sumsen der Mücke vernehme, dich nicht bemerkte. Dein böser Stern hat dich, meinen Gefährten, mir zugeführt. An Verrat ist, so wie du jetzt stehst, nicht mehr zu denken. Darum magst du alles wissen.‹ – ›Nimmermehr werd ich dein Gefährte sein, heuchlerischer Bösewicht.‹ So wollt ich aufschreien, aber das innere Entsetzen, das mich bei Cardillacs Worten erfaßt, schnürte mir die Kehle zu. Statt der Worte vermochte ich nur einen unverständigen Laut auszustoßen. Cardillac setzte sich wieder in seinen Arbeitsstuhl. Er trocknete sich den Schweiß von der Stirne. Er schien, von der Erinnerung des Vergangenen hart berührt, sich mühsam zu fassen. Endlich fing er an: ›Weise Männer sprechen viel von den seltsamen Eindrücken, deren Frauen in guter Hoffnung fähig sind, von dem wunderbaren Einfluß solch lebhaften, willenlosen Eindrucks von außen her auf das Kind. Von meiner Mutter erzählte man mir eine wunderliche Geschichte. Als *die* mit mir im ersten Monat schwanger ging, schaute sie mit andern Weibern einem glänzenden Hoffest zu, das in Trianon gegeben wurde. Da fiel ihr Blick auf einen Kavalier in spanischer Kleidung mit einer blitzenden Juwelenkette um den Hals, von der sie die Augen gar nicht mehr abwenden konnte. Ihr ganzes Wesen war Begierde nach den funkelnden Steinen, die ihr ein überirdisches Gut dünkten. Derselbe Kavalier hatte vor mehreren Jahren, als meine Mutter noch nicht verheiratet, ihrer Tugend nachgestellt, war aber mit Abscheu zurückgewiesen worden. Meine Mutter erkannte ihn wieder, aber jetzt war es ihr, als sei er im Glanz der strahlenden Diamanten ein Wesen höherer Art, der Inbegriff aller Schönheit. Der Kavalier bemerkte die sehnsuchtsvollen, feurigen Blicke meiner Mutter. Er glaubte jetzt glücklicher zu sein als vormals. Er wußte sich ihr zu nähern, noch mehr, sie von ihren Bekannten fort an einen einsamen Ort zu locken. Dort schloß er sie brünstig in seine Arme, meine Mutter faßte nach der schönen Kette, aber in demselben Augenblick sank er nieder und riß meine Mutter mit sich zu Boden. Sei es, daß ihn der Schlag plötzlich getroffen oder aus einer andern Ursache; genug, er war tot. Vergebens war das Mühen meiner Mutter, sich den im Todeskampf erstarrten Armen des Leichnams zu entwinden. Die hohlen Augen, deren Sehkraft erloschen, auf sie gerichtet, wälzte der Tote sich mit ihr auf dem

Boden. Ihr gellendes Hilfsgeschrei drang endlich bis zu in der Ferne Vorübergehenden, die herbeieilten und sie retteten aus den Armen des grausigen Liebhabers. Das Entsetzen warf meine Mutter auf ein schweres Krankenlager. Man gab sie, mich verloren, doch sie gesundete, und die Entbindung war glücklicher, als man je hatte hoffen können. Aber die Schrecken jenes fürchterlichen Augenblicks hatten *mich* getroffen. Mein böser Stern war aufgegangen und hatte den Funken hinabgeschossen, der in mir eine der seltsamsten und verderblichsten Leidenschaften entzündet. Schon in der frühesten Kindheit gingen mir glänzende Diamanten, goldenes Geschmeide über alles. Man hielt das für gewöhnliche kindische Neigung. Aber es zeigte sich anders, denn als Knabe stahl ich Gold und Juwelen, wo ich sie habhaft werden konnte. Wie der geübteste Kenner unterschied ich aus Instinkt unechtes Geschmeide von echtem. Nur dieses lockte mich, unechtes sowie geprägtes Gold ließ ich unbeachtet liegen. Den grausamsten Züchtigungen des Vaters mußte die angeborne Begierde weichen. Um nur mit Gold und edlen Steinen hantieren zu können, wandte ich mich zur Goldschmiedsprofession. Ich arbeitete mit Leidenschaft und wurde bald der erste Meister dieser Art. Nun begann eine Periode, in der der angeborne Trieb, so lange niedergedrückt, mit Gewalt empordrang und mit Macht wuchs, alles um sich her wegzehrend. Sowie ich ein Geschmeide gefertigt und abgeliefert, fiel ich in eine Unruhe, in eine Trostlosigkeit, die mir Schlaf, Gesundheit – Lebensmut raubte. Wie ein Gespenst stand Tag und Nacht die Person, für die ich gearbeitet, mir vor Augen, geschmückt mit meinem Geschmeide, und eine Stimme raunte mir in die Ohren: ›Es ist ja dein – es ist ja dein – nimm es doch – was sollen die Diamanten dem Toten!‹ – Da legt ich mich endlich auf Diebeskünste. Ich hatte Zutritt in den Häusern der Großen, ich nützte schnell jede Gelegenheit, kein Schloß widerstand meinem Geschick, und bald war der Schmuck, den ich gearbeitet, wieder in meinen Händen. Aber nun vertrieb selbst das nicht meine Unruhe. Jene unheimliche Stimme ließ sich dennoch vernehmen und höhnte mich und rief: ›Ho ho, dein Geschmeide trägt ein Toter!‹ Selbst wußte ich nicht, wie es kam, daß ich einen unaussprechlichen Haß auf die warf, denen ich Schmuck gefertigt. Ja! im tiefsten Innern regte sich eine Mordslust gegen sie, vor der ich selbst erbebte. – In dieser Zeit kaufte ich dieses Haus. Ich war mit dem Besitzer handelseinig geworden, hier in diesem Gemach saßen wir erfreut über das geschlossene Geschäft beisammen und tranken eine Flasche Wein. Es war Nacht worden, ich wollte aufbrechen, da sprach mein Verkäufer: ›Hört, Meister René, ehe Ihr fortgeht, muß ich Euch mit einem Geheimnis dieses Hauses bekannt machen.‹ Darauf schloß er jenen in die Mauer eingeführten Schrank auf, schob die Hinterwand fort, trat in ein kleines Gemach, bückte sich nieder, hob eine Falltür auf. Eine steile, schmale Treppe stiegen wir hinab, kamen an ein schmales Pförtchen, das er aufschloß, traten hinaus in den freien Hof. Nun schritt der alte Herr, mein Verkäufer, hinan an die Mauer, schob an einem nur wenig hervorragenden Eisen, und alsbald drehte sich ein Stück Mauer los, so daß ein Mensch bequem durch die Öffnung schlüpfen und auf die Straße gelangen konnte. Du magst einmal das Kunststück sehen, Olivier, das wahrscheinlich schlaue Mönche des Klosters, welches ehemals hier lag, fertigen ließen, um heimlich aus- und einschlüpfen zu können. Es ist ein Stück Holz, nur von außen gemörtelt und getüncht, in das von außenher eine Bildsäule, auch nur von Holz, doch ganz wie Stein, eingefügt ist, welches sich mitsamt der Bildsäule auf verborgenen Angeln dreht. – Dunkle Gedanken stiegen in mir auf, als ich diese Einrichtung sah, es war mir, als sei vorgearbeitet solchen Taten, die mir selbst noch Geheimnis blieben. Eben hatte ich einem Herrn vom Hofe einen reichen Schmuck abgeliefert, der, ich weiß es, einer Operntänzerin bestimmt war. Die Todesfolter blieb nicht aus – das Gespenst hing sich an meine Schritte – der lispelnde Satan an mein Ohr! – Ich zog ein in das Haus. In blutigem Angstschweiß gebadet, wälzte ich mich schlaflos auf dem Lager! Ich seh im Geiste den Menschen zu der Tänzerin schleichen mit meinem Schmuck. Voller Wut springe ich auf – werfe den Mantel um – steige herab die geheime Treppe – fort durch die Mauer nach der Straße Nicaise. – Er kommt, ich falle über ihn her, er schreit auf, doch von hinten festgepackt stoße ich ihm den Dolch ins Herz – der Schmuck ist mein! – Dies getan fühlte ich eine Ruhe, eine Zufriedenheit in meiner Seele, wie sonst niemals. Das Gespenst war verschwunden, die Stimme des Satans schwieg. Nun wußte ich, was mein böser Stern wollte, ich mußt ihm nachgeben oder untergehen! – Du begreifst jetzt mein ganzes Tun und Treiben, Olivier! – Glaube nicht, daß ich darum, weil ich tun muß, was ich nicht lassen kann, jenem Gefühl des Mitleids, des Erbarmens, was in der Natur des Menschen bedingt sein soll, rein entsagt habe. Du weißt, wie schwer es mir wird, einen Schmuck abzuliefern; wie ich für manche, deren Tod ich nicht will, gar nicht arbeite, ja wie ich sogar, weiß ich, daß am morgenden Tage Blut mein Gespenst verbannen wird, heute es bei einem tüchtigen Faustschlage bewenden lasse, der den Besitzer meines Kleinods zu Boden streckt und mir dieses in die Hand liefert.‹ – Dies alles gesprochen, führte mich Cardillac in das geheime Gewölbe und gönnte mir den Anblick seines Juwelenkabinetts. Der König besitzt es nicht reicher. Bei jedem Schmuck war auf einem kleinen, daran gehängten Zettel genau bemerkt, für wen es gearbeitet, wann es durch Diebstahl, Raub oder Mord genommen worden. ›An deinem Hochzeitstage‹, sprach Cardillac dumpf und feierlich, ›an deinem Hochzeitstage, Olivier, wirst du mir, die Hand gelegt auf des gekreuzigten Christus Bild, einen heiligen Eid schwören, sowie ich gestorben, alle diese Reichtümer in Staub zu vernichten durch Mittel, die ich dir dann bekannt machen werde. Ich will nicht, daß irgendein menschlich Wesen, und am wenigsten Madelon und du, in den Besitz des mit Blut erkauften Horts komme.‹ Gefangen in diesem Labyrinth des Verbrechens, zerrissen von Liebe und Abscheu, von Wonne und Entsetzen, war ich dem Verdammten zu vergleichen, dem ein holder Engel mild lächelnd hinaufwinkt, aber mit glühenden Krallen festgepackt hält ihn der Satan, und des frommen Engels Liebeslächeln, in dem sich alle Seligkeit des hohen Himmels abspiegelt, wird ihm zur grimmigsten seiner Qualen. – Ich dachte an Flucht – ja an Selbstmord – aber Madelon! – Tadelt mich, tadelt mich, mein würdiges Fräulein, daß ich zu schwach war, mit Gewalt eine Leidenschaft niederzukämpfen, die mich an das Verbrechen fesselte; aber büße ich nicht dafür mit schmachvollen Tode? – Eines Tages kam Cardillac nach Hause ungewöhnlich heiter. Er liebkoste Madelon, warf mir die freundlichsten Blicke zu, trank bei Tische eine Flasche edlen Weins, wie er es nur an hohen Fest- und Feiertagen zu tun pflegte, sang und jubilierte. Madelon hatte uns verlassen, ich wollte in die Werkstatt: ›Bleib sitzen, Junge‹, rief Cardillac, ›heut keine Arbeit mehr, laß uns noch eins trinken auf das Wohl der allerwürdigsten, vortrefflichsten Dame in Paris.‹ Nachdem ich mit ihm angestoßen und er ein volles Glas geleert hatte, sprach er: ›Sag an, Olivier! wie gefallen dir die Verse:

Un amant qui craint les voleurs
n'est point digne d'amour!

Er erzählte nun, was sich in den Gemächern der Maintenon mit Euch und dem Könige begeben und fügte hinzu, daß er Euch von jeher verehrt habe, wie sonst kein menschliches Wesen, und daß Ihr, mit solch hoher Tugend begabt, vor der der böse Stern kraftlos erbleiche, selbst den schönsten von ihm gefertigten Schmuck tragend, niemals ein böses Gespenst, Mordgedanken in ihm erregen würdet. ›Höre, Olivier‹, sprach er, ›wozu ich entschlossen. Vor langer Zeit sollt ich Halsschmuck und Armbänder fertigen für Henriette von England und selbst die Steine dazu liefern. Die Arbeit gelang mir wie keine andere, aber es zerriß mir die Brust, wenn ich daran dachte, mich von dem Schmuck, der mein Herzenskleinod geworden, trennen zu müssen. Du weißt der Prinzessin unglücklichen Tod durch Meuchelmord. Ich behielt den Schmuck und will ihn nun als ein Zeichen meiner Ehrfurcht, meiner Dankbarkeit dem Fräulein von Scuderi senden im Namen der verfolgten Bande. – Außerdem, daß die Scuderi das sprechende Zeichen ihres Triumphs erhält, verhöhne ich auch Desgrais und seine Gesellen, wie sie es verdienen. – Du sollst ihr den Schmuck hintragen.‹ Sowie Cardillac Euern Namen nannte, Fräulein, war es, als würden schwarze Schleier weggezogen und das schöne, lichte Bild meiner glücklichen frühen Kinderzeit ginge wieder auf in bunten, glänzenden Farben. Es kam ein wunderbarer Trost in meine Seele, ein Hoffnungsstrahl, vor dem die finstern Geister schwanden. Cardillac mochte den Eindruck, den seine Worte auf mich gemacht, wahrnehmen und nach seiner Art deuten. ›Dir scheint‹, sprach er, ›mein Vorhaben zu behagen. Gestehen kann ich wohl, daß eine tief innere Stimme, sehr verschieden von der, welche Blutopfer verlangt wie ein gefräßiges Raubtier, mir befohlen hat, daß ich solches tue. – Manchmal wird mir wunderlich im Gemüte – eine innere Angst, die Furcht vor irgend etwas Entsetzlichem, dessen Schauer aus einem fernen Jenseits herüberwehen in die Zeit, ergreift mich gewaltsam. Es ist mir dann sogar, als ob das, was der böse Stern begonnen durch mich, meiner unsterblichen Seele, die daran keinen Teil hat, zugerechnet werden könne. In solcher Stimmung beschloß ich, für die Heilige Jungfrau in der Kirche St. Eustache eine schöne Diamantenkrone zu fertigen. Aber jene unbegreifliche Angst überfiel mich stärker, sooft ich die Arbeit beginnen wollte, da unterließ ich's ganz. Jetzt ist es mir, als wenn ich der Tugend und Frömmigkeit selbst demutsvoll ein Opfer bringe und wirksame Fürsprache erflehe, indem ich der Scuderi den schönsten Schmuck sende, den ich jemals gearbeitet. –‹ Cardillac, mit Eurer ganzen Lebensweise, mein Fräulein, auf das genaueste bekannt, gab mir nun Art und Weise sowie die Stunde an, wie und wann ich den Schmuck, den er in ein sauberes Kästchen schloß, abliefern solle. Mein ganzes Wesen war Entzücken, denn der Himmel selbst zeigte mir durch den frevelichen Cardillac den Weg, mich zu retten aus der Hölle, in der ich, ein verstoßener Sünder, schmachte. So dacht ich. Ganz gegen Cardillacs Willen wollt ich bis zu Euch dringen. Als Anne Brussons Sohn, als Euer Pflegling gedacht ich, mich Euch zu Füßen zu werfen und Euch alles – alles zu entdecken. Ihr hättet, gerührt von dem namenlosen Elend, das der armen, unschuldigen Madelon drohte bei der Entdeckung, das Geheimnis beachtet, aber Euer hoher, scharfsinniger Geist fand gewiß sichre Mittel, ohne jene Entdeckung der verruchten Bosheit Cardillacs zu steuern. Fragt mich nicht, worin diese Mittel hätten bestehen sollen, ich weiß es nicht – aber daß Ihr Madelon und mich retten würdet, davon lag die Überzeugung fest in meiner Seele, wie der Glaube an die trostreiche Hilfe der Heiligen Jungfrau. – Ihr wißt, Fräulein, daß meine Absicht in jener Nacht fehlschlug. Ich verlor nicht die Hoffnung, ein andermal glücklicher zu sein. Da geschah es, daß Cardillac plötzlich alle Munterkeit verlor. Er schlich trübe umher, starrte vor sich hin, murmelte unverständliche Worte, focht mit den Händen, Feindliches von sich abwehrend, sein Geist schien gequält von bösen Gedanken. So hatte er es einen ganzen Morgen getrieben. Endlich setzte er sich an den Werktisch, sprang unmutig wieder auf, schaute durchs Fenster, sprach ernst und düster: ›Ich wollte doch, Henriette von England hätte meinen Schmuck getragen!‹ – Die Worte erfüllten mich mit Entsetzen. Nun wußt ich, daß sein irrer Geist wieder erfaßt war von dem abscheulichen Mordgespenst, daß des Satans Stimme wieder laut worden vor seinen Ohren. Ich sah Euer Leben bedroht von dem verruchten Mordteufel. Hatte Cardillac nur seinen Schmuck wieder in Händen, so wart Ihr gerettet. Mit jedem Augenblick wuchs die Gefahr. Da begegnete ich Euch auf dem Pontneuf, drängte mich an Eure Kutsche, warf Euch jenen Zettel zu, der Euch beschwor, doch nur gleich den erhaltenen Schmuck in Cardillacs Hände zu bringen. Ihr kamt nicht. Meine Angst stieg bis zur Verzweiflung, als andern Tages Cardillac von nichts anderm sprach als von dem köstlichen Schmuck, der ihm in der Nacht vor Augen gekommen. Ich konnte das nur auf Euern Schmuck deuten, und es wurde mir gewiß, daß er über irgendeinen Mordanschlag brüte, den er gewiß schon in der Nacht auszuführen sich vorgenommen. Euch retten mußt ich, und sollt es Cardillacs Leben kosten. Sowie Cardillac nach dem Abendgebet sich wie gewöhnlich eingeschlossen, stieg ich durch ein Fenster in den Hof, schlüpfte durch die Öffnung in der Mauer und stellte mich unfern in den tiefen Schatten. Nicht lange dauerte es, so kam Cardillac heraus und schlich leise durch die Straße fort. Ich hinter ihm her. Es ging nach der Straße St. Honoré, mir bebte das Herz. Cardillac war mit einemmal mir entschwunden. Ich beschloß, mich an Eure Haustüre zu stellen. Da kommt singend und trillernd, wie damals, als der Zufall mich zum Zuschauer von Cardillacs Mordtat machte, ein Offizier bei mir vorüber, ohne mich zu gewahren. Aber in demselben Augenblick springt eine schwarze Gestalt hervor und fällt über ihn her. Es ist Cardillac. Diesen Mord will ich hindern, mit einem lauten Schrei bin ich in zwei – drei Sätzen zur Stelle – Nicht der Offizier – Cardillac sinkt zum Tode getroffen röchelnd zu Boden. Der Offizier läßt den Dolch fallen, reißt den Degen aus der Scheide, stellt sich, wähnend ich sei des Mörders Geselle, kampffertig mir entgegen, eilt aber schnell davon, als er gewahrt, daß ich, ohne mich um ihn zu kümmern, nur den Leichnam untersuche. Cardillac lebte noch. Ich lud ihn, nachdem ich den Dolch, den der Offizier hatte fallen lassen, zu mir gesteckt, auf die Schultern und schleppte ihn mühsam fort nach Hause und durch den geheimen Gang hinauf in die Werkstatt. – Das übrige ist Euch bekannt. Ihr seht, mein würdiges Fräulein, daß mein einziges Verbrechen nur darin besteht, daß ich Madelons Vater nicht den Gerichten verriet und so seinen Untaten ein Ende machte. Rein bin ich von jeder Blutschuld. – Keine Marter wird mir das Geheimnis von Cardillacs Untaten abzwingen. Ich will nicht, daß der ewigen Macht, die der tugendhaften Tochter des Vaters gräßliche Blutschuld verschleierte, zum Trotz, das ganze Elend der Vergangenheit, ihres ganzen Seins noch jetzt tötend auf sie einbreche, daß noch jetzt die weltliche Rache den Leichnam aufwühle aus der Erde, die ihn deckt, daß noch jetzt der Henker die vermoderten Gebeine mit Schande brandmarke. – Nein! – mich wird die Geliebte meiner Seele beweinen als den unschuldig Gefallenen, die Zeit wird ihren Schmerz lindern, aber unüberwindlich würde der Jammer sein über des geliebten Vaters entsetzliche Taten der Hölle!«

Olivier schwieg, aber nun stürzte plötzlich ein Tränenstrom aus seinen Augen, er warf sich der Scuderi zu Füßen und flehte: »Ihr seid von meiner Unschuld überzeugt – gewiß Ihr seid es! – Habt Erbarmen mit mir, sagt, wie steht es um Madelon? –« Die Scuderi rief der Martiniere, und nach wenigen Augenblicken flog Madelon an Oliviers Hals. »Nun ist alles gut, da du hier bist – ich wußt es ja, daß die edelmütigste Dame dich retten würde!« So rief Madelon ein Mal über das andere, und Olivier vergaß sein Schicksal, alles was ihm drohte, er war frei und selig. Auf das rührendste klagten beide sich, was sie um einander gelitten, und umarmten sich dann aufs neue und weinten vor Entzücken, daß sie sich wiedergefunden.

Wäre die Scuderi nicht von Oliviers Unschuld schon überzeugt gewesen, der Glaube daran müßte ihr jetzt gekommen sein, da sie die beiden betrachtete, die in der Seligkeit des innigsten Liebesbündnisses die Welt vergaßen und ihr Elend und ihr namenloses Leiden. »Nein«, rief sie, »solch seliger Vergessenheit ist nur ein reines Herz fähig.«

Die hellen Strahlen des Morgens brachen durch die Fenster. Desgrais klopfte leise an die Türe des Gemachs und erinnerte, daß es Zeit sei, Oliviers Brusson fortzuschaffen, da ohne Aufsehen zu erregen das später nicht geschehen könne. Die Liebenden mußten sich trennen. –

Die dunklen Ahnungen, von denen der Scuderi Gemüt befangen seit Brussons erstem Eintritt in ihr Haus, hatten sich nun zum Leben gestaltet auf furchtbare Weise. Den Sohn ihrer geliebten Anne sah sie schuldlos verstrickt auf eine Art, daß ihn vom schmachvollen Tod zu retten kaum denkbar schien. Sie ehrte des Jünglings Heldensinn, der lieber schuldbeladen sterben, als ein Geheimnis verraten wollte, das seiner Madelon den Tod bringen mußte. Im ganzen Reiche der Möglichkeit fand sie kein Mittel, den Ärmsten dem grausamen Gerichtshofe zu entreißen. Und doch stand es fest in ihrer Seele, daß sie kein Opfer scheuen müsse, das himmelschreiende Unrecht abzuwenden, das man zu begehen im Begriffe war. Sie quälte sich ab mit allerlei Entwürfen und Plänen, die bis an das Abenteuerliche streiften und die sie ebenso schnell verwarf als auffaßte. Immer mehr verschwand jeder Hoffnungsschimmer, so daß sie verzweifeln wollte. Aber Madelons unbedingtes, frommes kindliches Vertrauen, die Verklärung, mit der sie von dem Geliebten sprach, der nun bald, freigesprochen von jeder Schuld, sie als Gattin umarmen werde, richtete die Scuderi in eben dem Grad wieder auf, als sie davon bis tief ins Herz gerührt wurde.

Um nun endlich etwas zu tun, schrieb die Scuderi an la Regnie einen langen Brief, worin sie ihm sagte, daß Olivier Brusson ihr auf die glaubwürdigste Weise seine völlige Unschuld an Cardillacs Tode dargetan habe und daß nur der heldenmütige Entschluß, ein Geheimnis in das Grab zu nehmen, dessen Enthüllung die Unschuld und Tugend selbst verderben würde, ihn zurückhalte, dem Gericht ein Geständnis abzulegen, das ihn von dem entsetzlichen Verdacht nicht allein, daß er Cardillac ermordet, sondern daß er auch zur Bande verruchter Mörder gehöre, befreien müsse. Alles was glühender Eifer, was geistvolle Beredsamkeit vermag, hatte die Scuderi aufgeboten, la Regnies hartes Herz zu erweichen. Nach wenigen Stunden antwortete la Regnie, wie es ihn herzlich freue, wenn Olivier Brusson sich bei seiner hohen, würdigen Gönnerin gänzlich gerechtfertigt habe. Was Oliviers heldenmütigen Entschluß betreffe, ein Geheimnis, das sich auf die Tat beziehe, mit ins Grab nehmen zu wollen, so tue es ihm leid, daß die *Chambre ardente* dergleichen Heldenmut nicht ehren könne, denselben vielmehr durch die kräftigsten Mittel zu brechen suchen müsse. Nach drei Tagen hoffe er in dem Besitz des seltsamen Geheimnisses zu sein, das wahrscheinlich geschehene Wunder an den Tag bringen werde.

Nur zu gut wußte die Scuderi, was der fürchterliche la Regnie mit jenen Mitteln, die Brussons Heldenmut brechen sollen, meinte. Nun war es gewiß, daß die Tortur über den Unglücklichen verhängt war. In der Todesangst fiel der Scuderi endlich ein, daß, um nur Aufschub zu erlangen, der Rat eines Rechtsverständigen dienlich sein könne. Pierre Arnaud d'Andilly war damals der berühmteste Advokat in Paris. Seiner tiefen Wissenschaft, seinem umfassenden Verstande war seine Rechtschaffenheit, seine Tugend gleich. Zu dem begab sich die Scuderi und sagte ihm alles, soweit es möglich war, ohne Brussons Geheimnis zu verletzen. Sie glaubte, daß d'Andilly mit Eifer sich des Unschuldigen annehmen werde, ihre Hoffnung wurde aber auf das bitterste getäuscht. D'Andilly hatte ruhig alles angehört und erwiderte dann lächelnd mit Boileaus Worten: *»Le vrai peut quelque fois n'être pas vraisemblable.«* – Er bewies der Scuderi, daß die auffallendsten Verdachtsgründe wider Brusson sprächen, daß la Regnies Verfahren keineswegs grausam und übereilt zu nennen, vielmehr ganz gesetzlich sei, ja daß er nicht anders handeln könne, ohne die Pflichten des Richters zu verletzen. Er, d'Andilly, selbst getraue sich nicht durch die geschickteste Verteidigung Brusson von der Tortur zu retten. Nur Brusson selbst könne das entweder durch aufrichtiges Geständnis oder wenigstens durch die genaueste Erzählung der Umstände bei dem Morde Cardillacs, die dann vielleicht erst zu neuen Ausmittelungen Anlaß geben würden. »So werfe ich mich dem Könige zu Füßen und flehe um Gnade«, sprach die Scuderi ganz außer sich mit von Tränen halb erstickter Stimme. »Tut das«, rief d'Andilly, »tut das um des Himmels willen nicht, mein Fräulein! Spart Euch dieses letzte Hilfsmittel auf, das, schlug es einmal fehl, Euch für immer verloren ist. Der König wird nimmer einen Verbrecher *der* Art begnadigen, der bitterste Vorwurf des gefährdeten Volks würde ihn treffen. Möglich ist es, daß Brusson durch Entdeckung seines Geheimnisses oder sonst Mittel findet, den wider ihn streitenden Verdacht aufzuheben. Dann ist es Zeit, des Königs Gnade zu erflehen, der nicht darnach fragen, was vor Gericht bewiesen ist oder nicht, sondern seine innere Überzeugung zu Rate ziehen wird.« Die Scuderi mußte dem tief erfahrnen d'Andilly notgedrungen beipflichten. In tiefen Kummer versenkt, sinnend und sinnend, was um der Jungfrau und aller Heiligen willen sie nun anfangen solle, um den unglücklichen Brusson zu retten, saß sie am späten Abend in ihrem Gemach, als die Martiniere eintrat und den Grafen von Miossens, Obristen von der Garde des Königs, meldete, der dringend wünsche, das Fräulein zu sprechen.

»Verzeiht«, sprach Miossens, indem er sich mit soldatischem Anstande verbeugte, »verzeiht, mein Fräulein, wenn ich Euch so spät, so zu ungelegener Zeit überlaufe. Wir Soldaten machen es nicht anders, und zudem bin ich mit zwei Worten entschuldigt. Olivier Brusson führt mich zu Euch.« Die Scuderi, hochgespannt, was sie jetzt wieder erfahren werde, rief laut: »Olivier Brusson? der Unglücklichste aller Menschen? – was habt Ihr mit dem?« – »Dacht ich's doch«, sprach Miossens lächelnd weiter, »daß Eures Schützlings Namen hinreichen würde, mir bei Euch ein geneigtes Ohr zu verschaffen. Die ganze Welt ist von Brussons Schuld überzeugt. Ich weiß, daß Ihr eine andere Meinung hegt, die sich freilich nur auf die Beteuerungen des Angeklagten stützen soll, wie man gesagt hat. Mit mir ist es anders. Niemand als ich kann besser überzeugt sein von Brussons Unschuld an dem Tode Cardillacs.« »Redet, o redet«, rief die Scuderi, indem ihr die Augen glänzten vor Entzücken. »Ich«, sprach Miossens mit Nachdruck, »ich war es selbst, der den alten Goldschmied niederstieß in der Straße St. Honoré unfern Eurem Hause.« – »Um aller Heiligen willen, Ihr – Ihr!« rief die Scuderi. »Und«, fuhr Miossens fort, »und ich schwöre es Euch, mein Fräulein, daß ich stolz bin auf meine Tat. Wisset, daß Cardillac der verruchteste, heuchlerischte Bösewicht, daß er es war, der in der Nacht heimtückisch mordete und raubte, und so lange allen Schlingen entging. Ich weiß selbst nicht, wie es kam, daß ein innerer Verdacht sich in mir gegen den alten Bösewicht regte, als er voll sichtlicher Unruhe den Schmuck brachte, den ich bestellt, als er sich genau erkundigte, für wen ich den Schmuck bestimmt und als er auf recht listige Art meinen Kammerdiener ausgefragt hatte, wenn ich eine gewisse Dame zu besuchen pflege. Längst war es mir aufgefallen, daß die unglücklichen Schlachtopfer der abscheulichsten Raubgier alle dieselbe Todeswunde trugen. Es war mir gewiß, daß der Mörder auf den Stoß, der augenblicklich töten mußte, eingeübt war und darauf rechnete. Schlug der fehl, so galt es den gleichen Kampf. Dies ließ mich eine Vorsichtsmaßregel brauchen, die so einfach ist, daß ich nicht begreife, wie andere nicht längst darauf fielen und sich retteten von dem bedrohlichen Mordwesen. Ich trug einen leichten Brustharnisch unter der Weste. Cardillac fiel mich von hinten an. Er umfaßte mich mit Riesenkraft, aber der sicher geführte Stoß glitt ab an dem Eisen. In demselben Augenblick entwand ich mich ihm und stieß ihm den Dolch, den ich in Bereitschaft hatte, in die Brust.« – »Und Ihr schwiegt«, fragte die Scuderi, »Ihr zeigtet den Gerichten nicht an, was geschehen?« – »Erlaubt«, sprach Miossens weiter, »erlaubt, mein Fräulein, zu bemerken, daß eine solche Anzeige mich, wo nicht geradezu ins Verderben, doch in den abscheulichsten Prozeß verwikkeln konnte. Hätte la Regnie, überall Verbrechen witternd, mir's denn geradehin geglaubt, wenn ich den rechtschaffenen Cardillac, das Muster aller Frömmigkeit und Tugend, des versuchten Mordes angeklagt? Wie wenn das Schwert der Gerechtigkeit seine Spitze wider mich selbst gewandt?« – »Das war nicht möglich«, rief die Scuderi, »Eure Geburt – Euer Stand –« – »Oh«, fuhr Miossens fort, »denkt doch an den Marschall von Luxemburg, den der Einfall, sich von le Sage das Horoskop stellen zu lassen, in den Verdacht des Giftmordes und in die Bastille brachte. Nein, beim St. Dionys, nicht eine Stunde Freiheit, nicht meinen Ohrzipfel geb ich preis dem rasenden la Regnie, der sein Messer gern an unserer aller Kehlen setzte.« – »Aber so bringt Ihr ja den unschuldigen Brusson aufs Schafott?« fiel ihm die Scuderi ins Wort. »Unschuldig«, erwiderte Miossens, »unschuldig, mein Fräulein, nennt Ihr des verruchten Cardillacs Spießgesellen? – der ihm beistand in seinen Taten? der den Tod hundertmal verdient hat? – Nein in der Tat, *der* blutet mit Recht, und daß ich Euch, mein hochverehrtes Fräulein, den wahren Zusammenhang der Sache entdeckte, geschah in der Voraussetzung, daß Ihr, ohne mich in die Hände der *Chambre ardente* zu liefern, doch mein Geheimnis auf irgendeine Weise für Euren Schützling zu nützen verstehen würdet.«

Die Scuderi, im Innersten entzückt, ihre Überzeugung von Brussons Unschuld auf solch entscheidende Weise bestätigt zu sehen, nahm gar keinen Anstand, dem Grafen, der Cardillacs Verbrechen ja schon kannte, alles zu entdecken und ihn aufzufordern, sich mit ihr zu d'Andilly zu begeben. *Dem* sollte unter dem Siegel der Verschwiegenheit alles entdeckt werden, *der* solle dann Rat erteilen, was nun zu beginnen.

D'Andilly, nachdem die Scuderi ihm alles auf das genaueste erzählt hatte, erkundigte sich nochmals nach den geringfügigsten Umständen. Insbesondere fragte er den Grafen Miossens, ob er auch die feste Überzeugung habe, daß er von Cardillac angefallen, und ob er Olivier Brusson als denjenigen würde wiedererkennen können, der den Leichnam fortgetragen. »Außerdem«, erwiderte Miossens, »daß ich in der mondhellen Nacht den Goldschmied recht gut erkannte, habe ich auch bei la Regnie selbst den Dolch gesehen, mit dem Cardillac niedergestoßen wurde. Es ist der meinige, ausgezeichnet durch die zierliche Arbeit des Griffs. Nur einen Schritt von ihm stehend gewahrte ich alle Züge des Jünglings, dem der Hut vom Kopf gefallen, und würde ihn allerdings wiedererkennen können.«

D'Andilly sah schweigend einige Augenblicke vor sich nieder, dann sprach er: »Auf gewöhnlichem Wege ist Brusson aus den Händen der Justiz nun ganz und gar nicht zu retten. Er will Madelons halber Cardillac nicht als Mordräuber nennen. Das mag er tun, denn selbst, wenn es ihm gelingen müßte, durch Entdeckung des heimlichen Ausgangs, des zusammengeraubten Schatzes dies nachzuweisen, würde ihn doch als Mitverbundenen der Tod treffen. Dasselbe Verhältnis bleibt stehen, wenn der Graf Miossens die Begebenheit mit dem Goldschmied, wie sie wirklich sich zutrug, den Richtern entdecken sollte. *Aufschub* ist das einzige, wornach getrachtet werden muß. Graf Miossens begibt sich nach der Conciergerie, läßt sich Olivier Brusson vorstellen und erkennt ihn für den, der den Leichnam Cardillacs fortschaffte. Er eilt zu la Regnie und sagt: ›In der Straße St. Honoré sah ich einen Menschen niederstoßen, ich stand dicht neben dem Leichnam, als ein anderer hinzusprang, sich zum Leichnam niederbückte, ihn, da er noch Leben spürte, auf die Schultern lud und forttrug. In Olivier Brusson habe ich diesen Menschen erkannt.‹ Diese Aussage veranlaßt Brussons nochmalige Vernehmung. Zusammenstellung mit dem Grafen Miossens. Genug, die Tortur unterbleibt und man forscht weiter nach. Dann ist es Zeit, sich an den König selbst zu wenden. Euerm Scharfsinn, mein

Fräulein! bleibt es überlassen, dies auf die geschickteste Weise zu tun. Nach meinem Dafürhalten würd es gut sein, dem Könige das ganze Geheimnis zu entdecken. Durch diese Aussage des Grafen Miossens werden Brussons Geständnisse unterstützt. Dasselbe geschieht vielleicht durch geheime Nachforschungen in Cardillacs Hause. Keinen Rechtsspruch, aber des Königs Entscheidung, auf inneres Gefühl, das da, wo der Richter strafen muß, Gnade ausspricht, gestützt, kann das alles begründen. –« Graf Miossens befolgte genau, was d'Andilly geraten, und es geschah wirklich, was dieser vorhergesehen.

Nun kam es darauf an, den König anzugehen, und dies war der schwierigste Punkt, da er gegen Brusson, den er allein für den entsetzlichen Raubmörder hielt, welcher so lange Zeit hindurch ganz Paris in Angst und Schrecken gesetzt hatte, solchen Abscheu hegte, daß er, nur leise erinnert an den berüchtigten Prozeß, in den heftigsten Zorn geriet. Die Maintenon, ihrem Grundsatz, dem Könige nie von unangenehmen Dingen zu reden, getreu, verwarf jede Vermittlung, und so war Brussons Schicksal ganz in die Hand der Scuderi gelegt. Nach langem Sinnen faßte sie einen Entschluß ebenso schnell, als sie ihn ausführte. Sie kleidete sich in eine schwarze Robe von schwerem Seidenzeug, schmückte sich mit Cardillacs köstlichem Geschmeide, hing einen langen, schwarzen Schleier über und erschien so in den Gemächern der Maintenon zur Stunde, da eben der König zugegen. Die edle Gestalt des ehrwürdigen Fräuleins in diesem feierlichen Anzuge hatte eine Majestät, die tiefe Ehrfurcht erwecken mußte selbst bei dem losen Volk, das gewohnt ist, in den Vorzimmern sein leichtsinnig nichts beachtendes Wesen zu treiben. Alles wich scheu zur Seite, und als sie nun eintrat, stand selbst der König ganz verwundert auf und kam ihr entgegen. Da blitzten ihm die köstlichen Diamanten des Halsbands, der Armbänder ins Auge, und er rief: »Beim Himmel, das ist Cardillacs Geschmeide!« Und dann sich zur Maintenon wendend, fügte er mit anmutigem Lächeln hinzu: »Seht Frau Marquise, wie unsere schöne Braut um ihren Bräutigam trauert.« – »Ei gnädiger Herr«, fiel die Scuderi wie den Scherz fortsetzend ein, »wie würd es ziemen einer schmerzerfüllten Braut, sich so glanzvoll zu schmücken? Nein, ich habe mich ganz losgesagt von diesem Goldschmied, und dächte nicht mehr an ihn, träte mir nicht manchmal das abscheuliche Bild, wie er ermordet dicht bei mir vorübergetragen wurde, vor Augen.« – »Wie«, fragte der König, »wie! Ihr habt ihn gesehen, den armen Teufel?« Die Scuderi erzählte nun mit kurzen Worten, wie sie der Zufall (noch erwähnte sie nicht der Einmischung Brussons) vor Cardillacs Haus gebracht, als eben der Mord entdeckt worden. Sie schilderte Madelons wilden Schmerz, den tiefen Eindruck, den das Himmelskind auf sie gemacht, die Art, wie sie die Arme unter Zujauchzen des Volks aus Desgrais' Händen gerettet. Mit immer steigendem und steigendem Interesse begannen nun die Szenen mit la Regnie – mit Desgrais – mit Olivier Brusson selbst. Der König, hingerissen von der Gewalt des lebendigsten Lebens, das in der Scuderi Rede glühte, gewahrte nicht, daß von dem gehässigen Prozeß des ihm abscheulichen Brussons die Rede war, vermochte nicht ein Wort hervorzubringen, konnte nur dann und wann mit einem Ausruf Luft machen der innern Bewegung. Ehe er sich's versah, ganz außer sich über das Unerhörte, was er erfahren und noch nicht vermögend alles zu ordnen, lag die Scuderi schon zu seinen Füßen und flehte um Gnade für Olivier Brusson. »Was tut Ihr«, brach der König los, indem er sie bei beiden Händen faßte und in den Sessel nötigte, »was tut Ihr, mein Fräulein! – Ihr überrascht mich auf seltsame Weise! – Das ist ja eine entsetzliche Geschichte! – Wer bürgt für die Wahrheit der abenteuerlichen Erzählung Brussons?« Darauf die Scuderi: »Miossens Aussage – die Untersuchung in Cardillacs Hause – innere Überzeugung – ach! Madelons tugendhaftes Herz, das gleiche Tugend in dem unglücklichen Brusson erkannte!« – Der König, im Begriff etwas zu erwidern, wandte sich auf ein Geräusch um, das an der Türe entstand. Louvois, der eben im andern Gemach arbeitete, sah hinein mit besorglicher Miene. Der König stand auf und verließ, Louvois folgend, das Zimmer. Beide, die Scuderi, die Maintenon hielten diese Unterbrechung für gefährlich, denn einmal überrascht, mochte der König sich hüten, in die gestellte Falle zum zweitenmal zu gehen. Doch nach einigen Minuten trat der König wieder hinein, schritt rasch ein paarmal im Zimmer auf und ab, stellte sich dann, die Hände über den Rücken geschlagen, dicht vor der Scuderi hin und sprach, ohne sie anzublicken, halb leise: »Wohl möcht ich Eure Madelon sehen!« – Darauf die Scuderi! »O mein gnädiger Herr, welches hohen – hohen Glücks würdigt Ihr das arme, unglückliche Kind – ach, nur Eures Winks bedurft es ja, die Kleine zu Euren Füßen zu sehen.« Und trippelte dann, so schnell sie es in den schweren Kleidern vermochte, nach der Tür und rief hinaus, der König wolle Madelon Cardillac vor sich lassen, und kam zurück und weinte und schluchzte vor Entzücken und Rührung. Die Scuderi hatte solche Gunst geahnet und daher Madelon mitgenommen, die bei der Marquise Kammerfrau wartete mit einer kurzen Bittschrift in den Händen, die ihr d'Andilly aufgesetzt. In wenig Augenblicken lag sie sprachlos dem Könige zu Füßen. Angst – Bestürzung – scheue Ehrfurcht – Liebe und Schmerz – trieben der Armen rascher und rascher das siedende Blut durch alle Adern. Ihre Wangen glühten in hohem Purpur – die Augen glänzten von hellen Tränenperlen, die dann und wann hinabfielen durch die seidenen Wimpern auf den schönen Lilienbusen. Der König schien betroffen über die wunderbare Schönheit des Engelskinds. Er hob das Mädchen sanft auf, dann machte er eine Bewegung, als wolle er ihre Hand, die er gefaßt, küssen. Er ließ sie wieder und schaute das holde Kind an mit tränenfeuchtem Blick, der von der tiefsten innern Rührung zeugte. Leise lispelte die Maintenon der Scuderi zu: »Sieht sie nicht der la Valliere ähnlich auf ein Haar, das kleine Ding? – Der König schwelgt in den süßesten Erinnerungen. Euer Spiel ist gewonnen.« – So leise dies auch die Maintenon sprach, doch schien es der König vernommen zu haben. Eine Röte überflog sein Gesicht, sein Blick streifte bei der Maintenon vorüber, er las die Supplik, die Madelon ihm überreicht, und sprach dann mild und gütig: »Ich will's wohl glauben, daß du, mein liebes Kind, von deines Geliebten Unschuld überzeugt bist, aber hören wir, was die *Chambre ardente* dazu sagt!« – Eine sanfte Bewegung mit der Hand verabschiedete die Kleine, die in Tränen verschwimmen wollte. – Die Scuderi gewahrte zu ihrem Schreck, daß die Erinnerung an die Valliere, so ersprießlich sie anfangs geschienen, des Königs Sinn geändert hatte, sowie die Maintenon den Namen genannt. Mocht es sein, daß der König sich auf unzarte Weise daran erinnert fühlte, daß er im Begriff stehe, das strenge Recht der Schönheit aufzuopfern, oder vielleicht ging es dem Könige wie dem Träumer, dem, hart angerufen, die schönen Zauberbilder, die er zu umfassen gedachte, schnell verschwinden. Vielleicht sah er nun nicht mehr seine Valliere vor sich, sondern dachte nur an die *Sœur Louise de la miséricorde* (der Valliere Klostername bei den Karmeliternonnen), die ihn peinigte mit ihrer Frömmigkeit und Buße. – Was war jetzt anders zu tun, als des Königs Beschlüsse ruhig abzuwarten.

Des Grafen Miossens Aussage vor der *Chambre ardente* war indessen bekannt geworden, und wie es zu geschehen pflegt, daß das Volk leicht getrieben wird von einem Extrem zum andern, so wurde derselbe, den man erst als den verruchtesten Mörder verfluchte und den man zu zerreißen drohte, noch ehe er die Blutbühne bestiegen, als unschuldiges Opfer einer barbarischen Justiz beklagt. Nun erst erinnerten sich die Nachbarsleute seines tugendhaften Wandels, der großen Liebe zu Madelon, der Treue, der Ergebenheit mit Leib und Seele, die er zu dem alten Goldschmied gehegt. – Ganze Züge des Volks erschienen oft auf bedrohliche Weise vor la Regnies Palast und schrien: »Gib uns Olivier Brusson heraus, er ist unschuldig«, und warfen wohl gar Steine nach den Fenstern, so daß la Regnie genötigt war, bei der Marechaussee Schutz zu suchen vor dem erzürnten Pöbel.

Mehrere Tage vergingen, ohne daß der Scuderi von Olivier Brussons Prozeß nur das mindeste bekannt wurde. Ganz trostlos begab sie sich zur Maintenon, die aber versicherte, daß der König über die Sache schweige und es gar nicht geraten scheine, ihn daran zu erinnern. Fragte sie nun noch mit sonderbarem Lächeln, was denn die kleine Valliere mache? so überzeugte sich die Scuderi, daß tief im Innern der stolzen Frau sich ein Verdruß über eine Angelegenheit regte, die den reizbaren König in ein Gebiet locken konnte, auf dessen Zauber sie sich nicht verstand. Von der Maintenon konnte sie daher gar nichts hoffen.

Endlich mit d'Andillys Hilfe gelang es der Scuderi auszukundschaften, daß der König eine lange geheime Unterredung mit dem Grafen Miossens gehabt. Ferner, daß Bontems, des Königs vertrautester Kammerdiener und Geschäftsträger in der Conciergerie gewesen und mit Brusson gesprochen, daß endlich in einer Nacht eben derselbe Bontems mit mehreren Leuten in Cardillacs Hause gewesen und sich lange darin aufgehalten. Claude Patru, der Bewohner des untern Stocks, versicherte, die ganze Nacht habe es über seinem Kopfe gepoltert, und gewiß sei Olivier dabeigewesen, denn er habe seine Stimme genau erkannt. So viel war also gewiß, daß der König selbst dem wahren Zusammenhange der Sache nachforschen ließ, unbegreiflich blieb aber die lange Verzögerung des Beschlusses. La Regnie mochte alles aufbieten, das Opfer, das ihm entrissen werden sollte, zwischen den Zähnen festzuhalten. Das verdarb jede Hoffnung im Aufkeimen.

Beinahe ein Monat war vergangen, da ließ die Maintenon der Scuderi sagen, der König wünsche sie heute abend in ihren, der Maintenon, Gemächern zu sehen.

Das Herz schlug der Scuderi hochauf, sie wußte, daß Brussons Sache sich nun entscheiden würde. Sie sagte es der armen Madelon, die zur Jungfrau, zu allen Heiligen inbrünstig betete, daß sie doch nur in dem König die Überzeugung von Brussons Unschuld erwecken möchten.

Und doch schien es, als habe der König die ganze Sache vergessen, denn wie sonst, weilend in anmutigen Gesprächen mit der Maintenon und der Scuderi, gedachte er nicht mit einer Silbe des armen Brussons. Endlich erschien Bontems, näherte sich dem Könige und sprach einige Worte so leise, daß beide Damen nichts davon verstanden. Die Scuderi erbebte im Innern. Da stand der König auf, schritt auf die Scuderi zu und sprach mit leuchtenden Blicken: »Ich wünsche Euch Glück, mein Fräulein! – Euer Schützling, Olivier Brusson, ist frei!« – Die Scuderi, der die Tränen aus den Augen stürzten, keines Wortes mächtig, wollte sich dem Könige zu Füßen werfen. Der hinderte sie daran, sprechend: »Geht, geht! Fräulein, Ihr solltet Parlamentsadvokat sein und meine Rechtshändel ausfechten, denn, beim heiligen Dionys, Eurer Beredsamkeit widersteht niemand auf Erden. – Doch«, fügte er ernster hinzu, »doch, wen die Tugend selbst in Schutz nimmt, mag der nicht sicher sein vor jeder bösen Anklage, vor der *Chambre ardente* und allen Gerichtshöfen in der Welt!« – Die Scuderi fand nun Worte, die sich in den glühendsten Dank ergossen. Der König unterbrach sie, ihr ankündigend, daß in ihrem Hause sie selbst viel feurigerer Dank erwarte, als er von ihr fordern könne, denn wahrscheinlich umarme in diesem Augenblick der glückliche Olivier schon seine Madelon. »Bontems«, so schloß der König, »Bontems soll Euch tausend Louis auszahlen, die gebt in meinem Namen der Kleinen als Brautschatz. Mag sie ihren Brusson, der solch ein Glück gar nicht verdient, heiraten, aber dann sollen beide fort aus Paris. Das ist mein Wille.«

Die Martiniere kam der Scuderi entgegen mit raschen Schritten, hinter ihr her Baptiste, beide mit vor Freude glänzenden Gesichtern, beide jauchzend, schreiend: »Er ist hier – er ist frei! – o die lieben jungen Leute!« Das selige Paar stürzte der Scuderi zu Füßen. »O ich habe es ja gewußt, daß Ihr, Ihr allein mir den Gatten retten würdet«, rief Madelon. »Ach der Glaube an Euch, meine Mutter, stand ja fest in meiner Seele«, rief Olivier, und beide küßten der würdigen Dame die Hände und vergossen tausend heiße Tränen. Und dann umarmten sie sich wieder und beteuerten, daß die überirdische Seligkeit dieses Augenblicks alle namenlose Leiden der vergangenen Tage aufwiege, und schworen, nicht voneinander zu lassen bis in den Tod.

Nach wenigen Tagen wurden sie verbunden durch den Segen des Priesters. Wäre es auch nicht des Königs Wille gewesen, Brusson hätte doch nicht in Paris bleiben können, wo ihn alles an jene entsetzliche Zeit der Untaten Cardillacs erinnerte, wo irgendein Zufall das böse Geheimnis, nun noch mehreren Personen bekannt worden, feindselig enthüllen und sein friedliches Leben auf immer verstören konnte. Gleich nach der Hochzeit zog er, von den Segnungen der Scuderi begleitet, mit seinem jungen Weibe nach Genf. Reich ausgestattet durch Madelons Brautschatz, begabt mit seltner Geschicklichkeit in seinem Handwerk, mit jeder bürgerlichen Tugend, ward ihm dort ein glückliches, sorgenfreies Leben. Ihm wurden die Hoffnungen erfüllt, die den Vater getäuscht hatten bis in das Grab hinein.

Ein Jahr war vergangen seit der Abreise Brussons, als eine öffentliche Bekanntmachung erschien, gezeichnet von Harloy de Chauvalon, Erzbischof von Paris, und von dem Parlamentsadvokaten Pierre Arnaud d'Andilly, des Inhalts, daß ein reuiger Sünder unter dem Siegel der Beichte, der Kirche einen reichen geraubten Schatz an Juwelen und Geschmeide übergeben. Jeder, dem etwa bis zum Ende des Jahres 1680 vorzüglich durch mörderischen Anfall auf öffentlicher Straße ein Schmuck geraubt worden, solle sich bei d'Andilly melden, und werde, treffe die Beschreibung des ihm geraubten Schmucks mit irgendeinem vorgefundenen Kleinod genau überein und finde sonst kein Zweifel gegen die Rechtmäßigkeit des Anspruchs statt, den Schmuck wiedererhalten. – Viele, die in Cardillacs Liste als nicht ermordet, sondern bloß durch einen Faustschlag betäubt aufgeführt waren, fanden sich nach und nach bei dem Parlamentsadvokaten ein und erhielten zu ihrem nicht geringen Erstaunen das ihnen geraubte Geschmeide zurück. Das übrige fiel dem Schatz der Kirche zu St. Eustache anheim.

GEORG BÜCHNER

Lenz

Den 20. ging Lenz durch's Gebirg. Die Gipfel und hohen Bergflächen im Schnee, die Täler hinunter graues Gestein, grüne Flächen, Felsen und Tannen. Es war naßkalt, das Wasser rieselte die Felsen hinunter und sprang über den Weg. Die Äste der Tannen hingen schwer herab in die feuchte Luft. Am Himmel zogen graue Wolken, aber alles so dicht, und dann dampfte der Nebel herauf und strich schwer und feucht durch das Gesträuch, so träg, so plump. Er ging gleichgültig weiter, es lag ihm nichts am Weg, bald auf- bald abwärts. Müdigkeit spürte er keine, nur war es ihm manchmal unangenehm, daß er nicht auf dem Kopf gehn konnte. Anfangs drängte es ihm in der Brust, wenn das Gestein so wegsprang, der graue Wald sich unter ihm schüttelte und der Nebel die Formen bald verschlang, bald die gewaltigen Glieder halb enthüllte; es drängte in ihm, er suchte nach etwas, wie nach verlornen Träumen, aber er fand nichts. Es war ihm alles so klein, so nahe, so naß, er hätte die Erde hinter den Ofen setzen mögen, er begriff nicht, daß er so viel Zeit brauchte, um einen Abhang hinunter zu klimmen, einen fernen Punkt zu erreichen; er meinte, er müsse alles mit ein paar Schritten ausmessen können. Nur manchmal, wenn der Sturm das Gewölk in die Täler warf und es den Wald herauf dampfte, und die Stimmen an den Felsen wach wurden, bald wie fern verhallende Donner und dann gewaltig heranbrausten, in Tönen, als wollten sie in ihrem wilden Jubel die Erde besingen, und die Wolken wie wilde wiehernde Rosse heransprengten, und der Sonnenschein dazwischen durchging und kam und sein blitzendes Schwert an den Schneeflächen zog, so daß ein helles, blendendes Licht über die Gipfel in die Täler schnitt; oder wenn der Sturm das Gewölk abwärts trieb und einen lichtblauen See hineinriß, und dann der Wind verhallte und tief unten aus den Schluchten, aus den Wipfeln der Tannen wie ein Wiegenlied und Glockengeläute heraufsummte, und am tiefen Blau ein leises Rot hinaufklomm, und kleine Wölkchen auf silbernen Flügeln durchzogen und alle Berggipfel scharf und fest, weit über das Land hin glänzten und blitzten, riß es ihm in der Brust, er stand, keuchend, den Leib vorwärts gebogen, Augen und Mund weit offen, er meinte, er müsse den Sturm in sich ziehen, alles in sich fassen, er dehnte sich aus und lag über der Erde, er wühlte sich in das All hinein, es war eine Lust, die ihm wehe tat; oder er stand still und legte das Haupt ins Moos und schloß die Augen halb, und dann zog es weit von ihm, die Erde wich unter ihm, sie wurde klein wie ein wandelnder Stern und tauchte sich in einen brausenden Strom, der seine klare Flut unter ihm zog. Aber es waren nur Augenblicke, und dann erhob er sich nüchtern, fest, ruhig als wäre ein Schattenspiel vor ihm vorübergezogen, er wußte von nichts mehr. Gegen Abend kam er auf die Höhe des Gebirgs, auf das Schneefeld, von wo man wieder hinabstieg in die Ebene nach Westen, er setzte sich oben nieder. Es war gegen Abend ruhiger geworden; das Gewölk lag fest und unbeweglich am Himmel, so weit der Blick reichte, nichts als Gipfel, von denen sich breite Flächen hinabzogen, und alles so still, grau, dämmernd; es wurde ihm entsetzlich einsam, er war allein, ganz allein, er wollte mit sich sprechen, aber er konnte nicht, er wagte kaum zu atmen, das Biegen seines Fußes tönte wie Donner unter ihm, er mußte sich niedersetzen; es faßte ihn eine namenlose Angst in diesem Nichts, er war im Leeren, er riß sich auf und flog den Abhang hinunter. Es war finster geworden, Himmel und Erde verschmolzen in eins. Es war, als ginge ihm was nach und als müsse ihn was Entsetzliches erreichen, etwas, das Menschen nicht ertragen können, als jage der Wahnsinn auf Rossen hinter ihm. Endlich hörte er Stimmen, er sah Lichter, es wurde ihm leichter, man sagte ihm, er hätte noch eine halbe Stunde nach *Waldbach*. Er ging durch das Dorf, die Lichter schienen durch die Fenster, er sah hinein im Vorbeigehen, Kinder am Tische, alte Weiber, Mädchen, alles ruhige, stille Gesichter, es war ihm, als müsse das Licht von ihnen ausstrahlen, es ward ihm leicht, er war bald in Waldbach im Pfarrhause. Man saß am Tische, er hinein; die blonden Locken hingen ihm um das bleiche Gesicht, es zuckte ihm in den Augen und um den Mund, seine Kleider waren zerrissen. *Oberlin* hieß ihn willkommen, er hielt ihn für einen Handwerker. »Sein Sie mir willkommen, obschon Sie mir unbekannt.« – »Ich bin ein Freund von ... und bringe Ihnen Grüße von ihm.« – »Der Name, wenn's beliebt« ... – *»Lenz«*. – »Ha, ha, ha, ist er nicht gedruckt? Habe ich nicht einige Dramen gelesen, die einem Herrn dieses Namens zugeschrieben werden?« – »Ja, aber belieben Sie mich nicht darnach zu beurteilen.« Man sprach weiter, er suchte nach Worten und erzählte rasch, aber auf der Folter; nach und nach wurde er ruhig, das heimliche Zimmer und die stillen Gesichter, die aus dem Schatten hervortraten, das helle Kindergesicht, auf dem alles Licht zu ruhen schien und das neugierig, vertraulich aufschaute, bis zur Mutter, die hinten im Schatten engelgleich stille saß. Er fing an zu erzählen, von seiner Heimat; er zeichnete allerhand Trachten, man drängte sich teilnehmend um ihn, er war gleich zu Haus, sein blasses Kindergesicht, das jetzt lächelte, sein lebendiges Erzählen; er wurde ruhig, es war ihm, als träten alte Gestalten, vergessene Gesichter wieder aus dem Dunkeln, alte Lieder wachten auf, er war weg, weit weg. Endlich war es Zeit zum Gehen, man führte ihn über die Straße, das Pfarrhaus war zu eng, man gab ihm ein Zimmer im Schulhause. Er ging hinauf, es war kalt oben, eine weite Stube, leer, ein hohes Bett im Hintergrund, er stellte das Licht auf den Tisch und ging auf und ab, er besann sich wieder auf den Tag, wie er hergekommen, wo er war, das Zimmer im Pfarrhause mit seinen Lichtern und lieben Gesichtern, es war ihm wie ein Schatten, ein Traum, und es wurde ihm leer, wieder wie auf dem Berg, aber er konnte es mit nichts mehr ausfüllen, das Licht war erloschen, die Finsternis verschlang alles; eine unnennbare Angst erfaßte ihn, er sprang auf, er lief durchs Zimmer, die Treppe hinunter, vor's Haus; aber umsonst, alles finster, nichts, er war sich selbst ein Traum, einzelne Gedanken huschten auf, er hielt sie fest, es war ihm, als müsse er immer »Vater unser« sagen; er konnte sich nicht mehr finden, ein dunkler Instinkt trieb ihn, sich zu retten, er stieß an die Steine, er riß sich mit den Nägeln, der Schmerz fing an, ihm das Bewußtsein wiederzugeben, er stürzte sich in den Brunnstein, aber das Wasser war nicht tief, er patschte darin. Da kamen Leute, man hatte es gehört, man rief ihm zu. Oberlin kam gelaufen; Lenz war wieder zu sich gekommen, das ganze Bewußtsein seiner Lage, es war ihm wieder leicht, jetzt schämte er sich und war betrübt, daß er den guten Leuten Angst gemacht, er sagte ihnen, daß er gewohnt sei, kalt zu baden, und ging wieder hinauf; die Erschöpfung ließ ihn endlich ruhen.

Den andern Tag ging es gut. Mit Oberlin zu Pferde durch das Tal; breite Bergflächen, die aus großer Höhe sich in ein schmales, gewundnes Tal zusammenzogen, das in mannigfachen Richtungen sich hoch an den Bergen hinaufzog, große Felsenmassen, die sich nach unten ausbreiteten, wenig Wald, aber alles im grauen ernsten Anflug, eine Aussicht nach Westen in das Land hinein und auf die Bergkette, die sich grad hinunter nach Süden und Norden zog und deren Gipfel gewaltig, ernsthaft oder schweigend still, wie ein dämmernder Traum, standen. Gewaltige Lichtmassen, die manchmal aus den Tälern, wie ein goldner Strom schwollen, dann wieder Gewölk, das an dem höchsten Gipfel lag und dann langsam den Wald herab in das Tal klomm, oder in den Sonnenblitzen sich wie ein fliegendes silbernes Gespenst herabsenkte und hob; kein Lärm, keine Bewegung, kein Vogel, nichts als das bald nahe, bald ferne Wehn des Windes. Auch erschienen Punkte, Gerippe von Hütten, Bretter mit Stroh gedeckt, von schwarzer ernster Farbe. Die Leute, schweigend und ernst, als wagten sie die Ruhe ihres Tales nicht zu stören, grüßten ruhig, wie sie vorbeiritten. In den Hütten war es lebendig, man drängte sich um Oberlin, er wies zurecht, gab Rat, tröstete; überall zutrauensvolle Blicke, Gebet. Die Leute erzählten Träume, Ahnungen. Dann rasch ins praktische Leben, Wege angelegt, Kanäle gegraben, die Schule besucht. Oberlin war unermüdlich, Lenz fortwährend sein Begleiter, bald in Gespräch, bald tätig am Geschäft, bald in die Natur versunken. Es wirkte alles wohltätig und beruhigend auf ihn, er mußte Oberlin oft in die Augen sehen, und die mächtige Ruhe, die uns über der ruhenden Natur, im tiefen Wald, in mondhellen schmelzenden Sommernächten überfällt, schien ihm noch näher in diesem ruhigen Auge, diesem ehrwürdigen ernsten Gesicht. Er war schüchtern, aber er machte Bemerkungen, er sprach, Oberlin war sein Gespräch sehr angenehm, und das anmutige Kindergesicht Lenzens machte ihm große Freude. Aber nur solange das Licht im Tale lag, war es ihm erträglich; gegen Abend befiel ihn eine sonderbare Angst, er hätte der Sonne nachlaufen mögen; wie die Gegenstände nach und nach schattiger wurden, kam ihm Alles so traumartig, so zuwider vor, es kam ihm die Angst an wie Kindern, die im Dunkeln schlafen; es war ihm, als sei er blind; jetzt wuchs sie, der Alp des Wahnsinns setzte sich zu seinen Füßen, der rettungslose Gedanke, als sei alles nur sein Traum, öffnete sich vor ihm, er klammerte sich an alle Gegenstände, Gestalten zogen rasch an ihm vorbei, er drängte sich an sie, es waren Schatten, das Leben wich aus ihm, und seine Glieder waren ganz starr. Er sprach, er sang, er rezitierte Stellen aus Shakespeare, er griff nach allem, was sein Blut sonst hatte rascher fließen machen, er versuchte alles, aber kalt, kalt. Er mußte dann hinaus ins Freie, das wenige, durch die Nacht zerstreute Licht, wenn seine Augen an die Dunkelheit gewöhnt waren, machte ihm besser, er stürzte sich in den Brunnen, die grelle Wirkung des Wassers machte ihm besser, auch hatte er eine geheime Hoffnung auf eine Krankheit, er verrichtete sein Bad jetzt mit weniger Geräusch. Doch je mehr er sich in das Leben hineinlebte, ward er ruhiger, er unterstützte Oberlin, zeichnete, las die Bibel; alte vergangne Hoffnungen gingen in ihm auf; das neue Testament trat ihm hier so entgegen, und eines Morgens ging er hinaus. Wie Oberlin ihm erzählte, wie ihn eine unaufhaltsame Hand auf der Brücke gehalten hätte, wie auf der Höhe ein Glanz seine Augen geblendet hätte, wie er eine Stimme gehört hätte, wie es in der Nacht mit ihm gesprochen und wie Gott so ganz bei ihm eingekehrt, daß er kindlich seine Lose aus der Tasche holte, um zu wissen, was er tun sollte, dieser Glaube, dieser ewige Himmel im Leben, dies Sein in Gott; jetzt erst ging ihm die heilige Schrift auf. Wie den Leuten die Natur so nah trat, alles in himmlischen Mysterien; aber nicht gewaltsam majestätisch, sondern noch vertraut!

Er ging des Morgens hinaus, die Nacht war Schnee gefallen, im Tal lag heller Sonnenschein, aber weiterhin die Landschaft halb im Nebel. Er kam bald vom Weg ab und eine sanfte Höhe hinauf, keine Spur von Fußtritten mehr, neben einem Tannenwald hin, die Sonne schnitt Kristalle, der Schnee war leicht und flockig, hie und da Spur von Wild leicht auf dem Schnee, die sich ins Gebirg hinzog. Keine Regung in der Luft als ein leises Wehen, als das Rauschen eines Vogels, der die Flocken leicht vom Schwanze stäubte. Alles so still, und die Bäume weithin mit schwankenden weißen Federn in der tiefblauen Luft. Es wurde ihm heimlich nach und nach, die einförmigen gewaltigen Flächen und Linien, vor denen es ihm manchmal war, als ob sie ihn mit gewaltigen Tönen anredeten, waren verhüllt, ein heimliches Weihnachtsgefühl beschlich ihn, er meinte manchmal, seine Mutter müsse hinter einem Baume hervortreten, groß, und ihm sagen, sie hätte ihm dies alles beschert; wie er hinunterging, sah er, daß um seinen Schatten sich ein Regenbogen von Strahlen legte, es wurde ihm, als hätte ihn was an der Stirn berührt, das Wesen sprach ihn an. Er kam hinunter. Oberlin war im Zimmer, Lenz kam heiter auf ihn zu und sagte ihm, er möge wohl einmal predigen. »Sind Sie Theologe?« – »Ja!« – »Gut, nächsten Sonntag.«

Lenz ging vergnügt auf sein Zimmer, er dachte auf einen Text zum Predigen und verfiel in Sinnen, und seine Nächte wurden ruhig. Der Sonntagmorgen kam, es war Tauwetter eingefallen. Vorüberstreifende Wolken, Blau dazwischen, die Kirche lag neben am Berg hinauf, auf einem Vorsprung, der Kirchhof drum herum. Lenz stand oben, wie die Glocke läutete und die Kirchengänger, die Weiber und Mädchen in ihrer ernsten schwarzen Tracht, das weiße gefaltete Schnupftuch auf dem Gesangbuche und den Rosmarinzweig, von den verschiedenen Seiten die schmalen Pfade zwischen den Felsen herauf- und herabkamen. Ein Sonnenblick lag manchmal über dem Tal, die laue Luft regte sich langsam, die Landschaft schwamm im Duft, fernes Geläute, es war als löste sich alles in eine harmonische Welle auf.

Auf dem kleinen Kirchhof war der Schnee weg, dunkles Moos unter den schwarzen Kreuzen, ein verspäteter Rosenstrauch lehnte an der Kirchhofmauer, verspätete Blumen dazu unter dem Moos hervor, manchmal Sonne, dann wieder dunkel. Die Kirche fing an, die Menschenstimmen begegneten sich im reinen hellen Klang: ein Eindruck, als schaue man in reines durchsichtiges Bergwasser. Der Gesang verhallte, Lenz sprach, er war schüchtern, unter den Tönen hatte sein Starrkrampf sich ganz gelegt, sein ganzer Schmerz wachte jetzt auf und legte sich in sein Herz. Ein süßes Gefühl unendlichen Wohls beschlich ihn. Er sprach einfach mit den Leuten, sie litten alle mit ihm, und es war ihm ein Trost, wenn er über einige müdgeweinte Augen Schlaf und gequälten Herzen Ruhe bringen, wenn er über dieses von materiellen Bedürfnissen gequälte Sein, diese dumpfen Leiden gen Himmel leiten konnte. Er war fester geworden, wie er schloß, da fingen die Stimmen wieder an:

Laß in mir die heil'gen Schmerzen,
Tiefe Bronnen ganz aufbrechen;
Leiden sei all mein Gewinst,
Leiden sei mein Gottesdienst.

Das Drängen in ihm, die Musik, der Schmerz, erschütterte ihn. Das All war für ihn in Wunden; er fühlte tiefen unnennbaren Schmerz davon. Jetzt, ein anderes Sein, göttliche, zuckende Lippen bückten sich über ihm aus und sogen sich an seine Lippen; er ging auf sein einsames Zimmer. Er war allein, allein! Da rauschte die Quelle, Ströme brachen aus seinen Augen, er krümmte sich in sich, es zuckten seine Glieder, es war ihm als müsse er sich auflösen, er konnte kein Ende finden der Wollust; endlich dämmerte es in ihm, er empfand ein leises tiefes Mitleid in sich selbst, er weinte über sich, sein Haupt sank auf die Brust, er schlief ein, der Vollmond stand am Himmel, die Locken fielen ihm über die Schläfe und das Gesicht, die Tränen hingen ihm an den Wimpern und trockneten auf den Wangen, so lag er nun da allein, und alles war ruhig und still und kalt, und der Mond schien die ganze Nacht und stand über den Bergen.

Am folgenden Morgen kam er herunter, er erzählte Oberlin ganz ruhig, wie ihm die Nacht seine Mutter erschienen sei; sie sei in einem weißen Kleide aus der dunkeln Kirchhofmauer hervorgetreten und habe eine weiße und eine rote Rose an der Brust stecken gehabt; sie sei dann in eine Ecke gesunken, und die Rosen seien langsam über sie gewachsen, sie sei gewiß tot; er sei ganz ruhig darüber. Oberlin versetzte ihm nun, wie er bei dem Tod seines Vaters allein auf dem Felde gewesen sei und er dann eine Stimme gehört habe, so daß er wußte, daß sein Vater tot sei, und wie er heimgekommen, sei es so gewesen. Das führte sie weiter; Oberlin sprach noch von den Leuten im Gebirge, von Mädchen, die das Wasser und Metall unter der Erde fühlten, von Männern, die auf manchen Berghöhen angefaßt würden und mit einem Geiste rängen; er sagte ihm auch, wie er einmal im Gebirg durch das Schauen in ein leeres tiefes Bergwasser in eine Art von Somnambulismus versetzt worden sei. Lenz sagte, daß der Geist des Wassers über ihn gekommen sei, daß er dann etwas von seinem eigentümlichen Sein empfunden hätte. Er fuhr weiter fort: Die einfachste, reinste Natur hinge am nächsten mit der elementarischen zusammen, je feiner der Mensch geistig fühlt und lebt, um so abgestumpfter würde dieser elementarische Sinn; er halte ihn nicht für einen hohen Zustand, er sei nicht selbständig genug, aber er meine, es müsse ein unendliches Wonnegefühl sein, so von dem eigentümlichen Leben jeder Form berührt zu werden, für Gesteine, Metalle, Wasser und Pflanzen eine Seele zu haben, so traumartig jedes Wesen in der Natur in sich aufzunehmen, wie die Blumen mit dem Zu- und Abnehmen des Mondes die Luft.

Er sprach sich selbst weiter aus, wie in allem eine unaussprechliche Harmonie, ein Ton, eine Seligkeit sei, die in den höhern Formen mit mehr Organen aus sich herausgriffe, tönte, auffaßte und dafür aber auch um so tiefer affiziert würde; wie in den niedrigen Formen alles zurückgedrängter, beschränkter, dafür aber auch die Ruhe in sich größer sei. Er verfolgte das noch weiter. Oberlin brach es ab, es führte ihn zu weit von seiner einfachen Art ab. Ein andermal zeigte ihm Oberlin Farbentäfelchen, er setzte ihm auseinander, in welcher Beziehung jede Farbe mit dem Menschen stände, er brachte zwölf Apostel heraus, deren jeder durch eine Farbe repräsentiert würde. Lenz faßte das auf, er spann die Sache weiter, kam in ängstliche Träume und fing an, wie Stilling die Apokalypse zu lesen, und las viel in der Bibel.

Um diese Zeit kam *Kaufmann* mit seiner Braut ins Steintal. Lenzen war anfangs das Zusammentreffen unangenehm, er hatte sich so ein Plätzchen zurechtgemacht, das bißchen Ruhe war ihm so kostbar, und jetzt kam ihm jemand entgegen, der ihn an so vieles erinnerte, mit dem er sprechen, reden mußte, der seine Verhältnisse kannte. Oberlin wußte von allem nichts; er hatte ihn aufgenommen, gepflegt; er sah es als eine Schickung Gottes, der den Unglücklichen ihm zugesandt hätte, er liebte ihn herzlich. Auch war es alles notwendig, daß er da war, er gehörte zu ihnen, als wäre er schon längst da, und niemand frug, woher er gekommen und wohin er gehen werde. Über Tisch war Lenz wieder in guter Stimmung, man sprach von Literatur, er war auf seinem

Gebiete; die idealistische Periode fing damals an, Kaufmann war ein Anhänger davon, Lenz widersprach heftig. Er sagte: Die Dichter, von denen man sage, sie geben die Wirklichkeit, hätten auch keine Ahnung davon, doch seien sie immer noch erträglicher als die, welche die Wirklichkeit verklären wollten. Er sagte: Der liebe Gott hat die Welt wohl gemacht, wie sie sein soll, und wir können wohl nicht was Besseres klecksen, unser einziges Bestreben soll sein, ihm ein wenig nachzuschaffen. Ich verlange in allem Leben, Möglichkeit des Daseins, und dann ist's gut; wir haben dann nicht zu fragen, ob es schön, ob es häßlich ist, das Gefühl, daß was geschaffen sei, Leben habe, stehe über diesen beiden und sei das einzige Kriterium in Kunstsachen. Übrigens begegne es uns nur selten, in Shakespeare finden wir es, und in den Volksliedern tönt es einem ganz, in Goethe manchmal entgegen. Alles übrige kann man ins Feuer werfen. Die Leute können auch keinen Hundsstall zeichnen. Da wolle man idealistische Gestalten, aber alles, was ich davon gesehen, sind Holzpuppen. Dieser Idealismus ist die schmählichste Verachtung der menschlichen Natur. Man versuche es einmal und senke sich in das Leben des Geringsten und gebe es wieder, in den Zuckungen, den Andeutungen, dem ganzen feinen, kaum bemerkten Mienenspiel; er hätte dergleichen versucht im »Hofmeister« und den »Soldaten«. Es sind die prosaischsten Menschen unter der Sonne; aber die Gefühlsader ist in fast allen Menschen gleich, nur ist die Hülle mehr oder weniger dicht, durch die sie brechen muß. Man muß nur Aug und Ohren dafür haben. Wie ich gestern neben am Tal hinaufging, sah ich auf einem Steine zwei Mädchen sitzen, die eine band ihre Haare auf, die andre half ihr; und das goldne Haar hing herab, und ein ernstes bleiches Gesicht, und doch so jung, und die schwarze Tracht, und die andre so sorgsam bemüht. Die schönsten, innigsten Bilder der altdeutschen Schule geben kaum eine Ahnung davon. Man könnte manchmal ein Medusenhaupt sein, um so eine Gruppe in Stein verwandeln zu können, und den Leuten zurufen. Sie standen auf, die schöne Gruppe war zerstört; aber wie sie so hinabstiegen, zwischen den Felsen, war es wieder ein anderes Bild. Die schönsten Bilder, die schwellendsten Töne gruppieren, lösen sich auf.

Nur eins bleibt, eine unendliche Schönheit, die aus einer Form in die andre tritt, ewig aufgeblättert, verändert, man kann sie aber freilich nicht immer festhalten und in Museen stellen und auf Noten ziehen und dann Alt und Jung herbeirufen, und die Buben und Alten darüber radotieren und sich entzücken lassen. Man muß die Menschheit lieben, um in das eigentümliche Wesen jedes einzudringen, es darf einem keiner zu gering, keiner zu häßlich sein, erst dann kann man sie verstehen; das unbedeutendste Gesicht macht einen tiefern Eindruck als die bloße Empfindung des Schönen, und man kann die Gestalten aus sich heraustreten lassen, ohne etwas vom Äußern hinein zu kopieren, wo einem kein Leben, keine Muskeln, kein Puls entgegenschwillt und pocht.

Kaufmann warf ihm vor, daß er in der Wirklichkeit doch keine Typen für einen Apoll von Belvedere oder eine Raphaelische Madonna finden würde. Was liegt daran, versetzte er, ich muß gestehen, ich fühle mich dabei sehr tot, wenn ich in mir arbeite, kann ich auch wohl was dabei fühlen, aber ich tue das Beste daran. Der Dichter und Bildende ist mir der Liebste, der mir die Natur am wirklichsten gibt, so daß ich über seinem Gebild fühle, alles übrige stört mich. Die holländischen Maler sind mir lieber, als die italienischen, sie sind auch die einzigen faßlichen; ich kenne nur zwei Bilder, und zwar von Niederländern, die mir einen Eindruck gemacht hätten, wie das Neue Testament; das eine ist, ich weiß nicht von wem, Christus und die Jünger von Emmaus. Wenn man so liest, wie die Jünger hinausgingen, es liegt gleich die ganze Natur in den paar Worten. Es ist ein trüber, dämmernder Abend, ein einförmiger roter Streifen am Horizont, halbfinster auf der Straße, da kommt ein Unbekannter zu ihnen, sie sprechen, er bricht das Brot, da erkennen sie ihn, in einfach-menschlicher Art, und die göttlich-leidenden Züge reden ihnen deutlich, und sie erschrecken, denn es ist finster geworden, und es tritt sie etwas Unbegreifliches an, aber es ist kein gespenstisches Grauen; es ist wie wenn einem ein geliebter Toter in der Dämmerung in der alten Art entgegenträte, so ist das Bild, mit dem einförmigen, bräunlichen Ton darüber, dem trüben stillen Abend. Dann ein anderes. Eine Frau sitzt in ihrer Kammer, das Gebetbuch in der Hand. Es ist sonntäglich aufgeputzt, der Sand gestreut, so heimlich rein und warm. Die Frau hat nicht zur Kirche gekonnt, und sie verrichtet die Andacht zu Haus, das Fenster ist offen, sie sitzt darnach hingewandt, und es ist als schwebten zu dem Fenster über die weite ebne Landschaft die Glockentöne von dem Dorfe herein und verhallet der Sang der nahen Gemeinde aus der Kirche her, und die Frau liest den Text nach.

In der Art sprach er weiter, man horchte auf, es traf vieles, er war rot geworden über dem Reden, und bald lächelnd, bald ernst, schüttelte er die blonden Locken. Er hatte sich ganz vergessen. Nach dem Essen nahm ihn Kaufmann beiseite. Er hatte Briefe von Lenzens Vater erhalten, sein Sohn sollte zurück, ihn unterstützen. Kaufmann sagte ihm, wie er sein Leben hier verschleudre, unnütz verliere, er solle sich ein Ziel stecken und dergleichen mehr. Lenz fuhr ihn an: Hier weg, weg! nach Haus? Toll werden dort? Du weißt, ich kann es nirgends aushalten als da herum, in der Gegend wenn ich nicht manchmal auf einen Berg könnte und die Gegend sehen könnte; und dann wieder herunter ins Haus, durch den Garten gehn und zum Fenster hineinsehen. Ich würde toll! toll! Laßt mich doch in Ruhe! Nur ein bißchen Ruhe, jetzt wo es mir ein wenig wohl wird! Weg? Ich verstehe das nicht, mit den zwei Worten ist die Welt verhunzt. Jeder hat was nötig; wenn er ruhen kann, was könnt' er mehr haben! Immer steigen, ringen und so in Ewigkeit alles, was der Augenblick gibt, wegwerfen und immer darben, um einmal zu genießen: dürsten, während einem helle Quellen über den Weg springen. Es ist mir jetzt erträglich, und da will ich bleiben; warum? warum? Eben weil es mir wohl ist; was will mein Vater? Kann er mir geben? Unmöglich! Laßt mich in Ruhe. Er wurde heftig. Kaufmann ging, Lenz war verstimmt.

Am folgenden Tag wollte Kaufmann weg, er beredete Oberlin, mit ihm in die Schweiz zu gehen. Der Wunsch, Lavater, den er längst durch Briefe kannte, auch persönlich kennenzulernen, bestimmte ihn. Er sagte es zu. Man mußte einen Tag länger wegen der Zurüstungen warten. Lenz fiel das aufs Herz, er hatte, um seiner unendlichen Qual loszuwerden, sich ängstlich an alles geklammert; er fühlte in einzelnen Augenblicken tief, wie er sich alles nur zurechtmache; er ging mit sich um wie mit einem kranken Kinde, manche Gedanken, mächtige Gefühle wurde er nur mit der größten Angst los, da trieb es ihn wieder mit unendlicher Gewalt darauf, er zitterte, das Haar sträubte ihm fast, bis er es in der ungeheuersten Anspannung erschöpfte. Er rettete sich in eine Gestalt, die ihm immer vor Augen schwebte, und in Oberlin; seine Worte, sein Gesicht taten ihm unendlich wohl. So sah er mit Angst seiner Abreise entgegen.

Es war Lenzen unheimlich, jetzt allein im Hause zu bleiben. Das Wetter war milde geworden, er beschloß, Oberlin zu begleiten, ins Gebirg. Auf der andern Seite, wo die Täler sich in die Ebne ausliefen, trennten sie sich. Er ging allein zurück. Er durchstrich das Gebirg in verschiedenen Richtungen, breite Flächen zogen sich in die Täler herab, wenig Wald, nichts als gewaltige Linien und weiter hinaus die weite rauchende Ebne, in der Luft ein gewaltiges Wehen, nirgends eine Spur von Menschen, als hie und da eine verlassene Hütte, wo die Hirten den Sommer zubrachten, an den Abhängen gelehnt. Er wurde still, vielleicht fast träumend, es verschmolz ihm alles in eine Linie, wie eine steigende und sinkende Welle, zwischen Himmel und Erde, es war ihm, als läge er an einem unendlichen Meer, das leise auf- und abwogte. Manchmal saß er, dann ging er wieder, aber langsam träumend. Er suchte keinen Weg. Es war finstrer Abend, als er an eine bewohnte Hütte kam, im Abhang nach dem Steintal. Die Türe war verschlossen, er ging ans Fenster, durch das ein Lichtschimmer fiel. Eine Lampe erhellte fast nur einen Punkt, ihr Licht fiel auf das bleiche Gesicht eines Mädchens, das mit halb geöffneten Augen, leise die Lippen bewegend, dahinter ruhte. Weiter weg im Dunkel saß ein altes Weib, das mit schnarrender Stimme aus einem Gesangbuch sang. Nach langem Klopfen öffnete sie; sie war halb taub, sie trug Lenz einiges Essen auf und wies ihm eine Schlafstelle an, wobei sie beständig ihr Lied fortsang. Das Mädchen hatte sich nicht gerührt. Einige Zeit darauf kam ein Mann herein, er war lang und hager, Spuren von grauen Haaren, mit unruhigem verwirrtem Gesicht. Er trat zum Mädchen, sie zuckte auf und wurde unruhig. Er nahm ein getrocknetes Kraut von der Wand, und legte ihr die Blätter auf die Hand, so daß sie ruhiger wurde und verständliche Worte in langsam ziehenden, durchschneidenden Tönen summte. Er erzählte, wie er eine Stimme im Gebirge gehört und dann über den Tälern ein Wetterleuchten gesehen habe, auch habe es ihn angefaßt, und er habe damit gerungen wie Jakob. Er warf sich nieder und betete leise mit Inbrunst, während die Kranke in einem langsam ziehenden, leise verhallenden Ton sang. Dann gab er sich zur Ruhe.

Lenz schlummerte träumend ein, und dann hörte er im Schlaf, wie die Uhr pickte. Durch das leise Singen des Mädchens und die Stimme der Alten zugleich tönte das Sausen des Windes bald näher, bald ferner, und der bald helle, bald verhüllte Mond warf sein wechselndes Licht traumartig in die Stube. Einmal wurden die Töne lauter, das Mädchen redete deutlich und bestimmt, sie sagte, wie auf der Klippe gegenüber eine Kirche stehe. Lenz sah auf, und sie saß mit weitgeöffneten Augen aufrecht hinter dem Tisch, und der Mond warf sein stilles Licht auf ihre Züge, von denen ein unheimlicher Glanz zu strahlen schien, zugleich schnarrte die Alte und über diesem Wechseln und Sinken des Lichts, den Tönen und Stimmen schlief endlich Lenz tief ein.

Er erwachte früh, in der dämmernden Stube schlief alles, auch das Mädchen war ruhig geworden, sie lag zurückgelehnt, die Hände gefaltet unter der linken Wange; das Geisterhafte aus ihren Zügen war verschwunden, sie hatte jetzt einen Ausdruck unbeschreiblichen Leidens. Er trat ans Fenster und öffnete es, die kalte Morgenluft schlug ihm entgegen. Das Haus lag am Ende eines schmalen, tiefen Tales, das sich nach Osten öffnete, rote Strahlen schossen durch den grauen Morgenhimmel in das dämmernde Tal, das im weißen Rauch lag und funkelten am grauen Gestein und trafen in die Fenster der Hütten. Der Mann erwachte, seine Augen trafen auf ein erleuchtetes Bild an der Wand, sie richteten sich fest und starr darauf, nun fing er an, die Lippen zu bewegen, und betete leise, dann laut und immer lauter. Indem kamen Leute zur Hütte herein, sie warfen sich schweigend nieder. Das Mädchen lag in Zuckungen, die Alte schnarrte ihr Lied und plauderte mit den Nachbarn. Die Leute erzählten Lenzen, der Mann sei vor langer Zeit in die Gegend gekommen, man wisse nicht woher; er stehe im Rufe eines Heiligen, er sehe das Wasser unter der Erde und könne Geister beschwören, und man wallfahre zu ihm. Lenz erfuhr zugleich, daß er weiter vom Steintal abgekommen, er ging weg mit einigen Holzhauern, die in die Gegend gingen. Es tat ihm wohl, Gesellschaft zu finden; es war ihm jetzt unheimlich mit dem gewaltigen Menschen, von dem es ihm manchmal war, als rede er in entsetzlichen Tönen. Auch fürchtete er sich vor sich selbst in der Einsamkeit.

Er kam heim. Doch hatte die verflossene Nacht einen gewaltigen Eindruck auf ihn gemacht. Die Welt war ihm helle gewesen, und er spürte an sich ein Regen und Wimmeln nach einem Abgrund, zu dem ihn eine unerbittliche Gewalt hinriß. Er wühlte jetzt in sich. Er aß wenig; halbe Nächte im Gebet und fieberhaften Träumen. Ein gewaltsames Drängen, und dann erschöpft zurückgeschlagen; er lag in den heißesten Tränen, und dann bekam er plötzlich eine Stärke und erhob sich kalt und gleichgültig, seine Tränen waren ihm dann wie Eis, er mußte lachen. Je höher er sich aufriß, desto tiefer stürzte er hinunter. Alles strömte wieder zusammen. Ahnungen von seinem alten Zustande durchzuckten ihn, und warfen Streiflichter in das wüste Chaos seines Geistes. Des Tags saß er gewöhnlich unten im Zimmer, Madame Oberlin ging ab und zu, er zeichnete, malte, las, griff nach jeder Zerstreuung, alles hastig von einem zum andern. Doch schloß er sich jetzt besonders an Madame Oberlin an, wenn sie so dasaß, das schwarze Gesangbuch vor sich, neben eine Pflanze, im Zimmer gezogen, das jüngste Kind zwischen den Knien; auch machte er sich viel mit dem Kinde zu tun. So saß er einmal, da wurde ihm ängstlich, er sprang auf, ging auf und ab. Die Türe halb offen, da hörte er die Magd singen, erst unverständlich, dann kamen die Worte

Auf dieser Welt hab' ich kein' Freud',
Ich hab' mein Schatz und der ist weit.

Das fiel auf ihn, er verging fast unter den Tönen. Madame Oberlin sah ihn an. Er faßte sich ein Herz, er konnte nicht mehr schweigen, er mußte davon sprechen. »Beste Madame Oberlin, können Sie mir nicht sagen, was das Frauenzimmer macht, dessen Schicksal mir so zentnerschwer auf dem Herzen liegt?« – »Aber Herr Lenz, ich weiß von nichts.«

Er schwieg dann wieder und ging hastig im Zimmer auf und ab; dann fing er wieder an: »Sehen Sie, ich will gehn; Gott, Sie sind noch die einzigen Menschen, wo ich's aushalten könnte, und doch – doch, ich muß weg, zu *ihr* – aber ich kann nicht, ich darf nicht.« – Er war heftig bewegt und ging hinaus.

Gegen Abend kam Lenz wieder, es dämmerte in der Stube; er setzte sich neben Madame Oberlin. »Sehn Sie«, fing er wieder an, »wenn sie so durch's Zimmer ging, und so halb für sich allein sang, und jeder Tritt war eine Musik, es war so eine Glückseligkeit in ihr, und das strömte in mich über, ich war immer ruhig, wenn ich sie ansah, oder sie so den Kopf an mich lehnte, und Gott! Gott – Ich war schon lange nicht mehr ruhig ... Ganz Kind; es war, als wär ihr die Welt zu weit, sie zog sich so in sich zurück, sie suchte das engste Plätzchen im ganzen Haus, und da saß sie, als wäre ihre ganze Seligkeit nur in einem kleinen Punkt, und dann war mir's auch so; wie ein Kind hätte ich dann spielen können. Jetzt ist es mir so eng, so eng, sehn Sie, es ist mir manchmal, als stieß' ich mit den Händen an den Himmel; o ich ersticke! Es ist mir dabei oft, als fühlt' ich physischen Schmerz, da in der linken Seite, im Arm, womit ich sie sonst faßte. Doch kann ich sie mir nicht mehr vorstellen, das Bild läuft mir fort, und dies martert mich, nur wenn es mir manchmal ganz hell wird, so ist mir wieder recht wohl.« – Er sprach später noch oft mit Madame Oberlin davon, aber meist nur in abgebrochenen Sätzen; sie wußte wenig zu antworten, doch tat es ihm wohl.

Unterdessen ging es fort mit seinen religiösen Quälereien. Je leerer, je kälter, je sterbender er sich innerlich fühlte, desto mehr drängte es in ihn, eine Glut in sich zu wecken, es kamen ihm Erinnerungen an die Zeiten, wo alles in ihm sich drängte, wo er unter all seinen Empfindungen keuchte; und jetzt so tot. Er verzweifelte an sich selbst, dann warf er sich nieder, er rang die Hände, er rührte alles in sich auf; aber tot! tot! Dann flehte er, Gott möge ein Zeichen an ihm tun, dann wühlte er in sich, fastete, lag träumend am Boden. Am dritten Hornung hörte er, ein Kind in Fouday sei gestorben, er faßte es auf, wie eine fixe Idee. Er zog sich in sein Zimmer und fastete einen Tag. Am vierten trat er plötzlich ins Zimmer zu Madame Oberlin, er hatte sich das Gesicht mit Asche beschmiert und forderte einen alten Sack; sie erschrak, man gab ihm, was er verlangte. Er wickelte den Sack um sich, wie ein Büßender, und schlug den Weg nach Fouday ein. Die Leute im Tale waren ihn schon gewohnt; man erzählte sich allerlei Seltsames von ihm. Er kam ins Haus, wo das Kind lag. Die Leute gingen gleichgültig ihrem Geschäfte nach; man wies ihm eine Kammer, das Kind lag im Hemde auf Stroh, auf einem Holztisch.

Lenz schauderte, wie er die kalten Glieder berührte und die halbgeöffneten, gläsernen Augen sah. Das Kind kam ihm so verlassen vor, und er sich so allein und einsam; er warf sich über die Leiche nieder; der Tod erschreckte ihn, ein heftiger Schmerz faßte ihn an, diese Züge, dieses stille Gesicht sollte verwesen, er warf sich nieder, er betete mit allem Jammer der Verzweiflung, daß Gott ein Zeichen an ihm tue und das Kind beleben möge, wie er schwach und unglücklich sei; dann sank er ganz in sich und wühlte all seinen Willen auf einen Punkt, so saß er lange starr. Dann erhob er sich und faßte die Hände des Kindes und sprach laut und fest: Stehe auf und wandle! Aber die Wände hallten ihm nüchtern den Ton nach, daß es zu spotten schien, und die Leiche blieb kalt. Da stürzte er halb wahnsinnig nieder, dann jagte es ihn auf, hinaus ins Gebirg. Wolken zogen rasch über den Mond; bald alles im Finstern, bald zeigten sie die nebelhaft verschwindende Landschaft im Mondschein. Er rannte auf und ab. In seiner Brust war ein Triumph-Gesang der Hölle. Der Wind klang wie ein Titanenlied, es war ihm, als könnte er eine ungeheure Faust hinauf in den Himmel ballen und Gott herbeireißen und zwischen seinen Wolken schleifen; als könnte er die Welt mit den Zähnen zermalmen und sie dem Schöpfer ins Gesicht speien; er schwur, er lästerte. So kam er auf die Höhe des Gebirges, und das ungewisse Licht dehnte sich hinunter, wo die weißen Steinmassen lagen, und der Himmel war ein dummes blaues Aug, und der Mond stand ganz lächerlich drin, einfältig. Lenz mußte laut lachen, und mit dem Lachen griff der Atheismus in ihn und faßte ihn ganz sicher und ruhig und fest. Er wußte nicht mehr, was ihn vorhin so bewegt hatte, es fror ihn, er dachte, er wolle jetzt zu Bette gehn, und er ging kalt und unerschütterlich durch das unheimliche Dunkel – es war ihm alles leer und hohl, er mußte laufen und ging zu Bette.

Am folgenden Tag befiel ihn ein großes Grauen vor seinem gestrigen Zustande, er stand nun am Abgrund, wo eine wahnsinnige Lust ihn trieb, immer wieder hineinzuschauen und sich diese Qual zu wiederholen. Dann steigerte sich seine Angst, die Sünde und der heilige Geist stand vor ihm.

Einige Tage darauf kam Oberlin aus der Schweiz zurück, viel früher als man es erwartet hatte. Lenz war darüber betroffen. Doch wurde er heiter, als Oberlin ihm von seinen Freunden im Elsaß erzählte. Oberlin ging dabei im Zimmer hin und her und packte aus, legte hin. Dabei erzählte er von Pfeffel, das Leben eines Landgeistlichen glücklich preisend. Dabei ermahnte er ihn, sich in den Wunsch seines Vaters zu fügen, seinem Berufe gemäß zu leben, heimzukehren. Er sagte ihm: »Ehre Vater und Mutter« u. dgl. m. Über dem Gespräch geriet Lenz in heftige Unruhe; er stieß tiefe Seufzer aus, Tränen drangen ihm aus den Augen, er sprach abgebrochen. »Ja, ich halt' es aber nicht aus; wollen Sie mich verstoßen? Nur in Ihnen ist der Weg zu Gott. Doch mit mir ist's aus! Ich bin abgefallen, verdammt in Ewigkeit, ich bin der ewige Jude.« Oberlin sagte ihm, dafür sei Jesus gestorben, er möge sich brünstig an ihn wenden, und er würde Teil haben an seiner Gnade.

Lenz erhob das Haupt, rang die Hände, und sagte: »Ach! ach! göttlicher Trost.« Dann frug er plötzlich freundlich, was das Frauenzimmer mache. Oberlin sagte, er wisse von nichts, er wolle ihm aber in allem helfen und raten, er müsse ihm aber Ort, Umstände und Person angeben. Er antwortete nichts, wie gebrochne Worte: »Ach sie ist tot! Lebt sie noch? du Engel, sie liebte mich – ich liebte sie, sie war's würdig, o du Engel. Verfluchte Eifersucht, ich habe sie aufgeopfert – sie liebte noch einen andern – ich liebte sie, sie war's würdig – o gute Mutter, auch die liebte mich. Ich bin ein Mörder.« Oberlin versetzte: vielleicht lebten alle diese Personen noch, vielleicht vergnügt; es möge sein, wie es wolle, so könne und werde Gott, wenn er sich zu ihm bekehrt haben würde, diesen Personen auf sein Gebet und Tränen soviel Gutes erweisen, daß der Nutzen, den sie alsdann von ihm hätten, den Schaden, den er ihnen zugefügt, vielleicht weit überwiegen würde. Er wurde darauf nach und nach ruhiger und ging wieder an sein Malen.

Den Nachmittag kam er wieder, auf der linken Schulter hatte er ein Stück Pelz und in der Hand ein Bündel Gerten, die man Oberlin nebst einem Briefe für Lenz mitgegeben hatte. Er reichte Oberlin die Gerten mit dem Begehren, er sollte ihn damit schlagen. Oberlin nahm die Gerten aus seiner Hand, drückte ihm einige Küsse auf den Mund und sagte: dies wären die Streiche, die er ihm zu geben hätte, er möchte ruhig sein, seine Sache mit Gott allein ausmachen, alle möglichen Schläge würden keine einzige seiner Sünden tilgen; dafür hätte Jesus gesorgt, zu dem möchte er sich wenden. Er ging.

Beim Nachtessen war er wie gewöhnlich etwas tiefsinnig. Doch sprach er von allerlei, aber mit ängstlicher Hast. Um Mitternacht wurde Oberlin durch ein Geräusch geweckt. Lenz rannte durch den Hof, rief mit hohler, harter Stimme den Namen Friederike mit äußerster Schnelle, Verwirrung und Verzweiflung ausgesprochen, er stürzte sich dann in den Brunnentrog, patschte darin, wieder heraus und herauf in sein Zimmer, wieder herunter in den Trog, und so einigemal, endlich wurde er still. Die Mägde, die in der Kinderstube unter ihm schliefen, sagten, sie hätten oft, insonderheit aber in selbiger Nacht, ein Brummen gehört, das sie mit nichts als mit dem Tone einer Haberpfeife zu vergleichen wußten. Vielleicht war es sein Winseln, mit hohler, fürchterlicher, verzweifelnder Stimme.

Am folgenden Morgen kam Lenz lange nicht. Endlich ging Oberlin hinauf in sein Zimmer, er lag im Bett ruhig und unbeweglich. Oberlin mußte lange fragen, ehe er Antwort bekam; endlich sagte er: »Ja Herr Pfarrer, sehen Sie, die Langeweile! die Langeweile! o! so langweilig, ich weiß gar nicht mehr, was ich sagen soll, ich habe schon alle Figuren an die Wand gezeichnet.« Oberlin sagte ihm, er möge sich zu Gott wenden; da lachte er und sagte: »Ja wenn ich so glücklich wäre, wie Sie, einen so behaglichen Zeitvertreib aufzufinden, ja man könnte sich die Zeit schon so ausfüllen. Alles aus Müßiggang. Denn die meisten beten aus Langeweile; die andern verlieben sich aus Langeweile, die dritten sind tugendhaft, die vierten lasterhaft und ich gar nichts, gar nichts, ich mag mich nicht einmal umbringen: es ist zu langweilig!

O Gott in Deines Lichtes Welle,
In Deines glüh'nden Mittags Zelle
Sind meine Augen wund gewacht,
Wird es denn niemals wieder Nacht?«

Oberlin blickte ihn unwillig an und wollte gehen. Lenz huschte ihm nach – und indem er ihn mit unheimlichen Augen ansah: »Sehn Sie, jetzt kommt mir doch was ein, wenn ich nur unterscheiden könnte, ob ich träume oder wache; sehn Sie, das ist sehr richtig, wir wollen es untersuchen«; er huschte dann wieder ins Bett. Den Nachmittag wollte Oberlin in der Nähe einen Besuch machen; seine Frau war schon fort; er war im Begriff wegzugehen, als es an seine Tür klopfte und Lenz hereintrat mit vorwärtsgebogenem Leib, niederwärts hängendem Haupt, das Gesicht über und über und das Kleid hie und da mit Asche bestreut, mit der rechten Hand den linken Arm haltend. Er bat Oberlin, ihm den Arm zu ziehen, er hätte ihn verrenkt, er hätte sich zum Fenster heruntergestürzt, weil es aber niemand gesehen, wollte er es auch niemand sagen. Oberlin erschrak heftig, doch sagte er nichts, er tat, was Lenz begehrte, zugleich schrieb er an den Schulmeister in Bellefosse, er möge herunterkommen, und gab ihm Instruktionen. Dann ritt er weg. Der Mann kam. Lenz hatte ihn schon oft gesehen und hatte sich an ihn attachiert. Er tat als hätte er mit Oberlin etwas reden wollen, wollte dann wieder weg. Lenz bat ihn, zu bleiben und so blieben sie beisammen. Lenz schlug noch einen Spaziergang nach Fouday vor. Er besuchte das Grab des Kindes, das er hatte erwecken wollen, kniete zu verschiedenen Malen nieder, küßte die Erde des Grabes, schien betend, doch mit großer Verwirrung, riß etwas von der auf dem Grab stehenden Blume ab als ein Andenken, ging wieder zurück nach Waldbach, kehrte wieder um und Sebastian mit. Bald ging er langsam und klagte über große Schwäche in den Gliedern, dann ging er mit verzweifelnder Schnelligkeit, die Landschaft beängstigte ihn, sie war so eng, daß er an alles zu stoßen fürchtete. Ein unbeschreibliches Gefühl des Mißbehagens befiel ihn, sein Begleiter ward ihm endlich lästig, auch mochte er seine Absicht erraten und suchte Mittel, ihn zu entfernen. Sebastian schien ihm nachzugeben, fand aber heimlich Mittel, seine Brüder von der Gefahr zu benachrichtigen, und nun hatte Lenz zwei Aufseher statt einen. Er zog sie weiter herum, endlich ging er nach Waldbach zurück, und da sie nahe an dem Dorfe waren, kehrte er wie ein Blitz wieder um und sprang wie ein Hirsch gen Fouday zurück. Die Männer setzten ihm nach. Indem sie ihn in Fouday suchten, kamen zwei Krämer und erzählten ihnen, man hätte in einem Hause einen Fremden gebunden, der sich für einen Mörder ausgäbe, aber gewiß kein Mörder sein könne. Sie liefen in dies Haus und fanden es so. Ein junger Mensch hatte ihn auf sein ungestümes Dringen in der Angst gebunden. Sie banden ihn los und brachten ihn glücklich nach Waldbach, wohin Oberlin indessen mit seiner Frau zurückgekommen war. Er sah verwirrt aus, da er aber merkte, daß er liebreich und freundlich empfangen wurde, bekam er wieder Mut, sein Gesicht veränderte sich vorteilhaft, er dankte seinen beiden Begleitern freundlich und zärtlich, und der Abend ging ruhig herum. Oberlin bat ihn inständig, nicht mehr zu baden, die Nacht ruhig im Bette zu bleiben, und wenn er nicht schlafen könne, sich mit Gott zu unterhalten. Er versprachs und tat es so die folgende Nacht, die Mägde hörten ihn fast die ganze Nacht hindurch beten. – Den folgenden Morgen kam er mit vergnügter Miene auf Oberlins Zimmer. Nachdem sie Verschiedenes gesprochen hatten, sagte er mit ausnehmender Freundlichkeit: »Liebster Herr Pfarrer, das Frauenzimmer, wovon ich Ihnen sagte, ist gestorben, ja gestorben, der Engel.« – »Woher wissen Sie das?« – »Hieroglyphen, Hieroglyphen« – und dann zum Himmel geschaut und wieder: »Ja gestorben – Hieroglyphen.« Es war dann nichts weiter aus ihm zu bringen. Er setzte sich und schrieb einige Briefe, gab sie sodann Oberlin mit der Bitte, einige Zeilen dazuzusetzen.

Sein Zustand war indessen immer trostloser geworden, alles, was er an Ruhe aus der Nähe Oberlins und aus der Stille des Tals geschöpft hatte, war weg; die Welt, die er hatte nutzen wollen, hatte einen ungeheuern Riß, er hatte keinen Haß, keine Liebe, keine Hoffnung, eine schreckliche Leere und doch eine folternde Unruhe, sie auszufüllen. Er hatte *nichts*. Was er tat, tat er mit Bewußtsein, und doch zwang ihn ein innerlicher Instinkt. Wenn er allein war, war es ihm so entsetzlich einsam, daß er beständig laut mit sich redete, rief, und dann erschrak er wieder, und es war ihm, als hätte eine fremde Stimme mit ihm gesprochen. Im Gespräch stockte er oft, eine unbeschreibliche Angst befiel ihn, er hatte das Ende seines Satzes verloren; dann meinte er, er müsse das zuletzt gesprochene Wort behalten und immer sprechen, nur mit großer Anstrengung unterdrückte er diese Gelüste. Es bekümmerte die guten Leute tief, wenn er manchmal in ruhigen Augenblicken bei ihnen saß und unbefangen sprach und er dann stockte und eine unaussprechliche Angst sich in seinen Zügen malte, er die Personen, die ihm zunächst saßen, krampfhaft am Arm faßte und erst nach und nach wieder zu sich kam. War er allein, oder las er, war's noch ärger, all seine geistige Tätigkeit blieb manchmal in einem Gedanken hängen; dachte er an eine fremde Person oder stellte er sie sich lebhaft vor, so war es ihm, als würde er sie selbst, er verwirrte sich ganz und dabei hatte er einen unendlichen Trieb, mit allem um ihn im Geist willkürlich umzugehen; die Natur, Menschen, nur Oberlin ausgenommen. Alles traumartig, kalt; er amüsierte sich, die Häuser auf die Dächer zu stellen, die Menschen an- und auszukleiden, die wahnwitzigsten Possen auszusinnen. Manchmal fühlte er einen unwiderstehlichen Drang, das Ding auszuführen, und dann schnitt er entsetzliche Fratzen. Einst saß er neben Oberlin, die Katze lag gegenüber auf einem Stuhl, plötzlich wurden seine Augen starr, er hielt sie unverrückt auf das Tier gerichtet, dann glitt er langsam den Stuhl herunter, die Katze ebenfalls, sie war wie bezaubert von seinem Blick, sie geriet in ungeheure Angst, sie sträubte sich scheu, Lenz mit den nämlichen Tönen, mit fürchterlich entstelltem Gesicht, wie in Verzweiflung stürzten beide aufeinander los, da endlich erhob sich Madame Oberlin, um sie zu trennen. Dann war er wieder tief beschämt. Die Zufälle des Nachts steigerten sich aufs schrecklichste. Nur mit der größten Mühe schlief er ein, während er zuvor die noch schreckliche Leere zu füllen versucht hatte. Dann geriet er zwischen Schlaf und Wachen in einen entsetzlichen Zustand; er stieß an etwas Grauenhaftes, Entsetzliches, der Wahnsinn packte ihn, er fuhr mit fürchterlichem Schreien, in Schweiß gebadet, auf, und erst nach und nach fand er sich wieder. Er mußte dann mit den einfachsten Dingen anfangen, um wieder zu sich zu kommen. Eigentlich nicht er selbst tat es, sondern ein mächtiger Erhaltungstrieb, es war, als sei er doppelt, und der eine Teil suchte den andern zu retten und rief sich selbst zu; er erzählte, er sagte in der heftigsten Angst Gedichte her, bis er wieder zu sich kam.

Auch bei Tage bekam er diese Zufälle, sie waren dann noch schrecklicher; denn sonst hatte ihn die Helle davor bewahrt. Es war ihm dann, als existiere er allein, als bestünde die Welt nur in seiner Einbildung, als sei nichts als er, er sei das ewig Verdammte, der Satan; allein mit seinen folternden Vorstellungen. Er jagte mit rasender Schnelligkeit sein Leben durch, und dann sagte er: »Konsequent, konsequent«; wenn jemand was sprach: »Inkonsequent, inkonsequent«; es war die Kluft unrettbaren Wahnsinns, eines Wahnsinns durch die Ewigkeit. Der Trieb der geistigen Erhaltung jagte ihn auf; er stürzte sich in Oberlins Arme, er klammerte sich an ihn, als wolle er sich in ihm drängen, er war das einzige Wesen, das für ihn lebte und durch den ihm wieder das Leben offenbart wurde. Allmählich brachten ihn Oberlins Worte denn zu sich, er lag auf den Knien vor Oberlin, seine Hände in den Händen Oberlins, sein mit kaltem Schweiß bedecktes Gesicht auf dessen Schoß, am ganzen Leibe bebend und zitternd.

Oberlin empfand unendliches Mitleid, die Familie lag auf den Knien und betete für den Unglücklichen, die Mägde flohen und hielten ihn für einen Besessenen. Und wenn er ruhiger wurde, war es wie der Jammer eines Kindes, er schluchzte, er empfand ein tiefes, tiefes Mitleid mit sich selbst; das waren auch seine seligsten Augenblicke. Oberlin sprach ihm von Gott. Lenz wand sich ruhig los und sah ihn mit einem Ausdruck unendlichen Leidens an, und sagte endlich: »Aber ich, wär ich allmächtig, sehen Sie, wenn ich so wäre, und ich könnte das Leiden nicht ertragen, ich würde retten, retten, ich will ja nichts als Ruhe, Ruhe, nur ein wenig Ruhe und schlafen können.« Oberlin sagte, dies sei eine Profanation. Lenz schüttelte trostlos mit dem Kopfe. Die halben Versuche zum Entleiben, die er indes fortwährend machte, waren nicht ganz ernst, es war weniger der Wunsch des Todes, für ihn war ja keine Ruhe und Hoffnung im Tod; es war mehr in Augenblicken der fürchterlichsten Angst oder der dumpfen ans Nichtsein grenzenden Ruhe ein Versuch, sich zu sich selbst zu bringen durch physischen Schmerz. Augenblicke, wenn sein Geist sonst auf irgendeiner wahnwitzigen Idee zu reiten schien, waren noch die glücklichsten. Es war doch ein wenig Ruhe und sein wirrer Blick war nicht so entsetzlich, als die nach Rettung dürstende Angst, die ewige Qual der Unruhe! Oft schlug er sich den Kopf an die Wand oder versetzte sich sonst einen heftigen physischen Schmerz.

Den 8. morgen blieb er im Bette, Oberlin ging hinauf; er lag fast nackt auf dem Bette und war heftig. Oberlin wollte ihn zudecken, er klagte aber sehr, wie schwer alles sei, so schwer, er glaube gar nicht, daß er gehen könne, jetzt endlich empfände er die ungeheure Schwere der Luft. Oberlin sprach ihm Mut zu. Er blieb aber in seiner frühern Lage und blieb den größten Teil des Tages so, auch nahm er keine Nahrung zu sich. Gegen Abend wurde Oberlin zu einem Kranken nach Bellefosse gerufen. Es war gelindes Wetter und Mondschein. Auf dem Rückweg begegnete ihm Lenz. Er schien ganz vernünftig und sprach ruhig und freundlich mit Oberlin. Der bat ihn, nicht zu weit zu gehen, er versprach's; im Weggehen wandte er sich plötzlich um und trat wieder ganz nah zu Oberlin und sagte rasch: »Sehn Sie, Herr Pfarrer, wenn ich das nur nicht mehr hören müßte, mir wäre geholfen.« – »Was denn, mein Lieber?« – »Hören Sie denn nichts, hören Sie denn nicht die entsetzliche Stimme, die um den ganzen Horizont schreit und die man gewöhnlich die Stille heißt, seit ich in dem stillen Tal bin, hör ich's immer, es läßt mich nicht schlafen, ja Herr Pfarrer, wenn ich wieder einmal schlafen könnte.« Er ging dann kopfschüttelnd weiter. Oberlin ging zurück nach Waldbach und wollte ihm jemand nachschicken, als er ihn die Stiege herauf in sein Zimmer gehen hörte. Einen Augenblick darauf platzte etwas im Hof mit so starkem Schall, daß es Oberlin unmöglich von dem Falle eines Menschen herkommen zu können schien. Die Kindsmagd kam todblaß und ganz zitternd.

Er saß mit kalter Resignation im Wagen, wie sie das Tal hervor nach Westen fuhren. Es war ihm einerlei, wohin man ihn führte; mehrmals, wo der Wagen bei dem schlechten Wege in Gefahr geriet, blieb er ganz ruhig sitzen; er war vollkommen gleichgültig. In diesem Zustand legte er den Weg durch's Gebirg zurück. Gegen Abend waren sie im Rheintale. Sie entfernten sich allmählich vom Gebirg, das nun wie eine tiefblaue Kristallwelle sich in das Abendrot hob, und auf deren warmer Flut die roten Strahlen des Abend spielten; über die Ebene hin am Flusse des Gebirges lag ein schimmerndes bläuliches Gespinst. Es wurde finster, je mehr sie sich Straßburg näherten; hoher Vollmond, alle fernen Gegenstände dunkel, nur der Berg neben bildete eine scharfe Linie, die Erde war wie ein goldner Pokal, über den schäumend die Goldwellen des Monds liefen. Lenz starrte ruhig hinaus, keine Ahnung, kein Drang; nur wuchs eine dumpfe Angst in ihm, je mehr die Gegenstände sich in der Finsternis verloren. Sie mußten einkehren; da machte er wieder mehrere Versuche, Hand an sich zu legen, war aber zu scharf bewacht. Am folgenden Morgen bei trübem regnerischem Wetter traf er in Straßburg ein. Er schien ganz vernünftig, sprach mit den Leuten; er tat alles wie es die andern taten, es war aber eine entsetzliche Leere in ihm, er fühlte keine Angst mehr, kein Verlangen; sein Dasein war ihm eine notwendige Last. – – So lebte er hin.

ANNETTE VON DROSTE-HÜLSHOFF

Die Judenbuche

EIN SITTENGEMÄLDE AUS DEM GEBIRGICHTEN WESTFALEN

Wo ist die Hand so zart, daß ohne Irren
Sie sondern mag beschränkten Hirnes Wirren,
So fest, daß ohne Zittern sie den Stein
Mag schleudern auf ein arm verkümmert Sein?
Wer wagt es, eitlen Blutes Drang zu messen,
Zu wägen jedes Wort, das unvergessen
In junge Brust die zähen Wurzeln trieb,
Des Vorurteils geheimen Seelendieb?
Du Glücklicher, geboren und gehegt
Im lichten Raum, von frommer Hand gepflegt,
Leg hin die Waagschal', nimmer dir erlaubt!
Laß ruhn den Stein – er trifft dein eignes Haupt! –

Friedrich Mergel, geboren 1738, war der einzige Sohn eines sogenannten Halbmeiers oder Grundeigentümers geringerer Klasse im Dorfe B., das, so schlecht gebaut und rauchig es sein mag, doch das Auge jedes Reisenden fesselt durch die überaus malerische Schönheit seiner Lage in der grünen Waldschlucht eines bedeutenden und geschichtlich merkwürdigen Gebirges. Das Ländchen, dem es angehörte, war damals einer jener abgeschlossenen Erdwinkel ohne Fabriken und Handel, ohne Heerstraßen, wo noch ein fremdes Gesicht Aufsehen erregte, und eine Reise von dreißig Meilen selbst den Vornehmeren zum Ulysses seiner Gegend machte – kurz, ein Fleck, wie es deren sonst so viele in Deutschland gab, mit all den Mängeln und Tugenden, all der Originalität und Beschränktheit, wie sie nur in solchen Zuständen gedeihen. Unter höchst einfachen und häufig unzulänglichen Gesetzen waren die Begriffe der Einwohner von Recht und Unrecht einigermaßen in Verwirrung geraten, oder vielmehr, es hatte sich neben dem gesetzlichen ein zweites Recht gebildet, ein Recht der öffentlichen Meinung, der Gewohnheit und der durch Vernachlässigung entstandenen Verjährung. Die Gutsbesitzer, denen die niedere Gerichtsbarkeit zustand, straften und belohnten nach ihrer in den meisten Fällen redlichen Einsicht; der Untergebene tat, was ihm ausführbar und mit einem etwas weiten Gewissen verträglich schien, und nur dem Verlierenden fiel es zuweilen ein, in alten staubichten Urkunden nachzuschlagen. – Es ist schwer, jene Zeit unparteiisch ins Auge zu fassen; sie ist seit ihrem Verschwinden entweder hochmütig getadelt oder albern gelobt worden, da den, der sie erlebte, zuviel teure Erinnerungen blenden und der Spätergeborene sie nicht begreift. Soviel darf man indessen behaupten, daß die Form schwächer, der Kern fester, Vergehen häufiger, Gewissenlosigkeit seltener waren. Denn wer nach seiner Überzeugung handelt, und sei sie noch so mangelhaft, kann nie ganz zugrunde gehen, wogegen nichts seelentötender wirkt, als gegen das innere Rechtsgefühl das äußere Recht in Anspruch nehmen.

Ein Menschenschlag, unruhiger und unternehmender als alle seine Nachbarn, ließ in dem kleinen Staate, von dem wir reden, manches weit greller hervortreten als anderswo unter gleichen Umständen. Holz- und Jagdfrevel waren an der Tagesordnung, und bei den häufig vorfallenden Schlägereien hatte sich jeder selbst seines zerschlagenen Kopfes zu trösten. Da jedoch große und ergiebige Waldungen den Hauptreichtum des Landes ausmachten, ward allerdings scharf über die Forsten gewacht, aber weniger auf gesetzlichem Wege als in stets erneuten Versuchen, Gewalt und List mit gleichen Waffen zu überbieten.

Das Dorf B. galt für die hochmütigste, schlauste und kühnste Gemeinde des ganzen Fürstentums. Seine Lage inmitten tiefer und stolzer Waldeinsamkeit mochte schon früh den angebotenen Starrsinn der Gemüter nähren; die Nähe eines Flusses, der in die See mündete und bedeckte Fahrzeuge trug, groß genug, um Schiffbauholz bequem und sicher außer Land zu führen, trug sehr dazu bei, die natürliche Kühnheit der Holzfrevler zu ermutigen, und der Umstand, daß alles umher von Förstern wimmelte, konnte hier nur aufregend wirken, da bei den häufig vorkommenden Scharmützeln der Vorteil meist auf seiten der Bauern blieb. Dreißig, vierzig Wagen zogen zugleich aus in den schönen Mondnächten, mit ungefähr doppelt soviel Mannschaft jedes Alters, vom halbwüchsigen Knaben bis zum siebzigjährigen Ortsvorsteher, der als erfahrener Leitbock den Zug mit gleich stolzem Bewußtsein anführte, als er seinen Sitz in der Gerichtsstube einnahm. Die Zurückgebliebenen horchten sorglos dem allmählichen Verhallen des Knarrens und Stoßens der Räder in den Hohlwegen und schliefen sacht weiter. Ein gelegentlicher Schuß, ein schwacher Schrei ließen wohl einmal eine junge Frau oder Braut auffahren; kein anderer achtete darauf. Beim ersten Morgengrau kehrte der Zug ebenso schweigend heim, die Gesichter glühend wie Erz, hier und dort einer mit verbundenem Kopf, was weiter nicht in Betracht kam, und nach ein paar Stunden war die Umgegend voll von dem Mißgeschick eines oder mehrerer Forstbeamten, die aus dem Walde getragen wurden, zerschlagen, mit Schnupftabak geblendet und für einige Zeit unfähig, ihrem Berufe nachzukommen.

In diesen Umgebungen ward Friedrich Mergel geboren, in einem Hause, das durch die stolze Zugabe eines Rauchfangs und minder kleiner Glasscheiben die Ansprüche seines Erbauers sowie durch seine gegenwärtige Verkommenheit die kümmerlichen Umstände des jetzigen Besitzers bezeugte. Das frühere Geländer um Hof und Garten war einem vernachlässigten Zaune gewichen, das Dach schadhaft, fremdes Vieh weidete auf den Triften, fremdes Korn wuchs auf dem Acker zunächst am Hofe, und der Garten enthielt, außer ein paar holzichten Rosenstöcken aus besserer Zeit, mehr Unkraut als Kraut. Freilich hatten Unglücksfälle manches hiervon herbeigeführt; doch war auch viel Unordnung und böse Wirtschaft im Spiel. Friedrichs Vater, der alte Hermann Mergel, war in seinem Junggesellenstande ein sogenannter ordentlicher Säufer, d. h. einer, der nur an Sonn- und Festtagen in der Rinne lag und die Woche hindurch so manierlich war wie ein anderer. So war denn auch seine Bewerbung um ein recht hübsches und wohlhabendes Mädchen ihm nicht erschwert. Auf der Hochzeit ging's lustig zu. Mergel war gar nicht zu arg betrunken, und die Eltern der Braut gingen abends vergnügt heim; aber am nächsten Sonntage sah man die junge Frau schreiend und blutrünstig durchs Dorf zu den Ihrigen rennen, alle ihre guten Kleider und neues Hausgerät im Stich lassend. Das war freilich ein großer Skandal und Ärger für Mergel, der allerdings Trostes bedurfte. So war denn auch am Nachmittage keine Scheibe an seinem Hause mehr ganz, und man sah ihn noch bis spät in die Nacht vor der Türschwelle liegen, einen abgebrochenen Flaschenhals von Zeit zu Zeit zum Munde führend und sich Gesicht und Hände jämmerlich zerschneidend. Die junge Frau blieb bei ihren Eltern, wo sie bald verkümmerte und starb. Ob nun den Mergel Reue quälte oder Scham, genug, er schien der Trostmittel immer bedürftiger und fing bald an, den gänzlich verkommenen Subjekten zugezählt zu werden.

Die Wirtschaft verfiel; fremde Mägde brachten Schimpf und Schaden; so verging Jahr auf Jahr. Mergel war und blieb ein verlegener und zuletzt ziemlich armseliger Witwer, bis er mit einemmale wieder als Bräutigam auftrat. War die Sache an und für sich unerwartet, so trug die Persönlichkeit der Braut noch dazu bei, die Verwunderung zu erhöhen. Margreth Semmler war eine brave, anständige Person, so in den Vierzigen, in ihrer Jugend eine Dorfschönheit und noch jetzt als sehr klug und wirtlich geachtet, dabei nicht unvermögend; und so mußte es jedem unbegreiflich sein, was sie zu diesem Schritte getrieben. Wir glauben den Grund eben in dieser ihrer selbstbewußten Vollkommenheit zu finden. Am Abend vor der Hochzeit soll sie gesagt haben: »Eine Frau, die von ihrem Manne übel behandelt wird, ist dumm oder taugt nicht: wenn's mir schlecht geht, so sagt, es liege an mir.« Der Erfolg zeigte leider, daß sie ihre Kräfte überschätzt hatte. Anfangs imponierte sie ihrem Manne; er kam nicht nach Haus oder kroch in die Scheune, wenn er sich übernommen hatte; aber das Joch war zu drückend, um lange getragen zu werden, und bald sah man ihn oft genug quer über die Gasse im Haus taumeln, hörte drinnen sein wüstes Lärmen und sah Margreth eilends Tür und Fenster schließen. An einem solchen Tage – keinem Sonntage mehr – sah man sie abends aus dem Hause stürzen, ohne Haube und Halstuch, das Haar wild um den Kopf hängend, sich im Garten neben ein Krautbeet niederwerfen und die Erde mit den Händen aufwühlen, dann ängstlich um sich schauen, rasch ein Bündel Kräuter brechen und damit langsam wieder dem Hause zugehen, aber nicht hinein, sondern in die Scheune. Es hieß, an diesem Tage habe Mergel zuerst Hand an sie gelegt, obwohl das Bekenntnis nie über ihre Lippen kam.

Das zweite Jahr dieser unglücklichen Ehe ward mit einem Sohne, man kann nicht sagen erfreut, denn Margreth soll sehr geweint haben, als man ihr das Kind reichte. Dennoch, obwohl unter einem Herzen voll Gram getragen, war Friedrich ein gesundes, hübsches Kind, das in der frischen Luft kräftig gedieh. Der Vater hatte ihn sehr lieb, kam nie nach Hause, ohne ihm ein Stückchen Wecken oder dergleichen mitzubringen, und man meinte sogar, er sei seit der Geburt des Knaben ordentlicher geworden; wenigstens ward der Lärmen im Hause geringer.

Friedrich stand in seinem neunten Jahre. Es war um das Fest der heiligen drei Könige, eine harte, stürmische Winternacht. Hermann war zu einer Hochzeit gegangen und hatte sich schon beizeiten auf den Weg gemacht, da das Brauthaus Dreiviertelmeilen entfernt lag. Obgleich er versprochen hatte, abends wiederzukommen, rechnete Frau Mergel doch um so weniger darauf, da sich nach Sonnenuntergang dichtes Schneegestöber eingestellt hatte. Gegen zehn Uhr schürte sie die Asche am Herde zusammen und machte sich zum Schlafengehen bereit. Friedrich stand neben ihr, schon halb entkleidet, und horchte auf das Geheul des Windes und das Klappen der Bodenfenster.

»Mutter, kommt der Vater heute nicht?« fragte er. – »Nein, Kind, morgen«. – »Aber warum nicht, Mutter? er hat's doch versprochen.« – »Ach Gott, wenn der alles hielte, was er verspricht! Mach, mach voran, daß du fertig wirst.«

Sie hatten sich kaum niedergelegt, so erhob sich eine Windsbraut, als ob sie das Haus mitnehmen wollte. Die Bettstatt bebte, und im Schornstein rasselte es wie ein Kobold. – »Mutter – es pocht draußen!« – »Still, Fritzchen, das ist das lockere Brett im Giebel, das der Wind jagt.« – »Nein, Mutter, an der Tür!« – »Sie schließt nicht; die Klinke ist zerbrochen. Gott, schlaf doch! Bring mich nicht um das armselige bißchen Nachtruhe.« – »Aber wenn nun der Vater kommt?« – Die Mutter drehte sich heftig im Bett um. – »Den hält der Teufel fest genug!« – »Wo ist der Teufel, Mutter?« – »Wart du Unrast! Er steht vor der Tür und will dich holen, wenn du nicht ruhig bist!«

Friedrich ward still; er horchte noch ein Weilchen und schlief dann ein. Nach einigen Stunden erwachte er. Der Wind hatte sich gewendet und zischte jetzt wie eine Schlange durch die Fensterritze an seinem Ohr. Seine Schulter war erstarrt; er kroch tief unters Deckbett und lag aus Furcht ganz still. Nach einer Weile bemerkte er, daß die Mutter auch nicht schlief. Er hörte sie weinen und mitunter: »Gegrüßt seist du, Maria!« und: »Bitte für uns arme Sünder!« Die Kügelchen des Rosenkranzes glitten an seinem Gesicht hin. – Ein unwillkürlicher Seufzer entfuhr ihm. – »Friedrich, bist du wach?« – »Ja, Mutter.« – »Kind, bete ein wenig – du kannst ja schon das halbe Vaterunser – daß Gott uns bewahre vor Wasser und Feuersnot.«

Friedrich dachte an den Teufel, wie der wohl aussehen möge. Das mannigfache Geräusch und Getöse im Hause kam ihm wunderlich vor. Er meinte, es müsse etwas Lebendiges drinnen sein und draußen auch. »Hör, Mutter, gewiß, da sind Leute, die pochen.« – »Ach nein, Kind; aber es ist kein altes Brett im Hause, das nicht klappert.« – »Hör! hörst du nicht? Es ruft! Hör doch!«

Die Mutter richtete sich auf; das Toben des Sturms ließ einen Augenblick nach. Man hörte deutlich an den Fensterläden pochen und mehrere Stimmen: »Margreth! Frau Margreth, heda, aufgemacht!« – Margreth stieß einen heftigen Laut aus: »Da bringen sie mir das Schwein wieder!«

Der Rosenkranz flog klappernd auf den Brettstuhl, die Kleider wurden herbeigerissen. Sie fuhr zum Herde, und bald darauf hörte Friedrich sie mit trotzigen Schritten über die Tenne gehen. Margreth kam gar nicht wieder; aber in der Küche war viel Gemurmel und fremde Stimmen. Zweimal kam ein fremder Mann in die Kammer und schien ängstlich etwas zu suchen. Mit einemmale ward eine Lampe hereingebracht. Zwei Männer führten die Mutter. Sie war weiß wie Kreide und hatte die Augen geschlossen. Friedrich meinte, sie sei tot; er erhob ein fürchterliches Geschrei, worauf ihm jemand eine Ohrfeige gab, was ihn zur Ruhe brachte, und nun begriff er nach und nach aus den Reden der Umstehenden, daß der Vater vom Ohm Franz Semmler und dem Hülsmeyer tot im Holze gefunden sei und jetzt in der Küche liege.

Sobald Margreth wieder zur Besinnung kam, suchte sie die fremden Leute loszuwerden. Der Bruder blieb bei ihr und Friedrich, dem bei strenger Strafe im Bett zu bleiben geboten war, hörte die ganze Nacht hindurch das Feuer in der Küche knistern und ein Geräusch wie von Hin- und Herrutschen und Bürsten. Gesprochen ward wenig und leise, aber zuweilen drangen Seufzer herüber, die dem Knaben, so jung er war, durch Mark und Bein gingen. Einmal verstand er, daß der Oheim sagte: »Margreth, zieh dir das nicht zu Gemüt; wir wollen jeder drei Messen lesen lassen, und um Ostern gehen wir zusammen eine Bittfahrt zur Muttergottes von Werl.«

Als nach zwei Tagen die Leiche fortgetragen wurde, saß Margreth am Herde, das Gesicht mit der Schürze verhüllend. Nach einigen Minuten, als alles still geworden war, sagte sie in sich hinein: »Zehn Jahre, zehn Kreuze. Wir haben sie doch zusammen getragen, und jetzt bin ich allein!« dann lauter: »Fritzchen, komm her!« – Friedrich kam scheu heran; die Mutter war ihm ganz unheimlich geworden mit den schwarzen Bändern und den verstörten Zügen. »Fritzchen«, sagte sie, »willst du jetzt auch fromm sein, daß ich Freude an dir habe, oder willst du unartig sein und lügen oder saufen und stehlen?« – »Mutter, Hülsmeyer stiehlt.« – »Hülsmeyer? Gott bewahre! Soll ich dir auf den Rücken kommen? wer sagt dir so schlechtes Zeug?« – »Er hat neulich den Aaron geprügelt und ihm sechs Groschen genommen.« – »Hat er dem Aaron Geld genommen, so hat ihn der verfluchte Jude gewiß zuvor darum betrogen. Hülsmeyer ist ein ordentlicher, angesessener Mann, und die Juden sind alle Schelme.« – »Aber, Mutter, Brandis sagt auch, daß er Holz und Rehe stiehlt.« – »Kind, Brandis ist ein Förster.« – »Mutter, lügen die Förster?«

Margreth schwieg eine Weile; dann sagte sie: »Höre, Fritz, das Holz läßt unser Herrgott frei wachsen und das Wild wechselt aus eines Herren Lande in das andere; die können niemand angehören. Doch das verstehst du noch nicht; jetzt geh in den Schoppen und hole mir Reisig.«

Friedrich hatte seinen Vater auf dem Stroh gesehen, wo er, wie man sagt, blau und fürchterlich ausgesehen haben soll. Aber davon erzählte er nie und schien ungern daran zu denken. Überhaupt hatte die Erinnerung an seinen Vater eine mit Grausen gemischte Zärtlichkeit in ihm zurückgelassen, wie denn nichts so fesselt, wie die Liebe und Sorgfalt eines Wesens, das gegen alles übrige verhärtet scheint, und bei Friedrich wuchs dieses Gefühl mit den Jahren, durch das Gefühl mancher Zurücksetzung von seiten anderer. Es war ihm äußerst empfindlich, wenn, solange er Kind war, jemand des Verstorbenen nicht allzu löblich gedachte; ein Kummer, den ihm das Zartgefühl der Nachbarn nicht ersparte. Es ist gewöhnlich in jenen Gegenden, den Verunglückten die Ruhe im Grabe abzusprechen. Der alte Mergel war das Gespenst des Brederholzes geworden; einen Betrunkenen führte er als Irrlicht bei einem Haar in den Zellerkolk (Teich); die Hirtenknaben, wenn sie nachts bei ihren Feuern kauerten und die Eulen in den Gründen schrieen, hörten zuweilen in abgebrochenen Tönen ganz deutlich dazwischen sein: »Hör mal an, feins Lieseken«, und ein unprivilegierter Holzhauer, der unter der breiten Eiche eingeschlafen und dem es darüber Nacht geworden war, hatte beim Erwachen sein geschwollenes blaues Gesicht durch die Zweige lauschen sehen. Friedrich mußte von andern Knaben vieles darüber hören; dann heulte er, schlug um sich, stach auch einmal mit seinem Messerchen und wurde bei dieser Gelegenheit jämmerlich geprügelt. Seitdem trieb er seiner Mutter Kühe allein an das andere Ende des Tales, wo man ihn oft stundenlang in derselben Stellung im Grase liegen und den Thymian aus dem Boden rupfen sah.

Er war zwölf Jahre alt, als seine Mutter einen Besuch von ihrem jüngern Bruder erhielt, der in Brede wohnte und seit der törichten Heirat seiner Schwester ihre Schwelle nicht betreten hatte. Simon Semmler war ein kleiner, unruhiger, magerer Mann mit vor dem Kopf liegenden Fischaugen und überhaupt einem Gesicht wie ein Hecht, ein unheimlicher Geselle, bei dem dicktuende Verschlossenheit oft mit ebenso gesuchter Treuherzigkeit wechselte, der gern einen aufgeklärten Kopf vorgestellt hätte und statt dessen für einen fatalen, Händel suchenden Kerl galt, dem jeder um so lieber aus dem Wege ging, je mehr er in das Alter trat, wo ohnehin beschränkte Menschen leicht an Ansprüchen gewinnen, was sie an Brauchbarkeit verlieren. Dennoch freute sich die arme Margreth, die sonst keinen der Ihrigen mehr am Leben hatte.

»Simon, bist du da?« sagte sie und zitterte, daß sie sich am Stuhle halten mußte. »Willst du sehen, wie es mir geht und meinem schmutzigen Jungen?« – Simon betrachtete sie ernst und reichte ihr die Hand: »Du bist alt geworden, Margreth!« – Margreth seufzte: »Es ist mir derweil oft bitterlich gegangen mit allerlei Schicksalen.« – »Ja, Mädchen, zu spät gefreit, hat immer gereut! Jetzt bist du alt und das Kind ist klein. Jedes Ding hat seine Zeit. Aber wenn ein altes Haus brennt, dann hilft kein Löschen.« – Über Margreths vergrämtes Gesicht flog eine Flamme so rot wie Blut.

»Aber ich höre, dein Junge ist schlau und gewichst«, fuhr Simon fort. – »Ei, nun so ziemlich, und dabei fromm.« – »Hum, 's hat mal einer eine Kuh gestohlen, der hieß auch Fromm. Aber er ist still und nachdenklich, nicht wahr? Er läuft nicht mit den andern Buben?« – »Er ist ein eigenes Kind«, sagte Margreth wie für sich, »es ist nicht gut.« – Simon lachte hell auf: »Dein Junge ist scheu, weil ihn die andern ein paarmal gut durchgedroschen haben. Das wird ihnen der Bursche schon wieder bezahlen. Hülsmeyer war neulich bei mir; der sagte, es ist ein Junge wie 'n Reh.«

Welcher Mutter geht das Herz nicht auf, wenn sie ihr Kind loben hört? Der armen Margreth ward selten so wohl, jedermann nannte ihren Jungen tückisch und verschlossen. Die Tränen traten ihr in die Augen. »Ja, gottlob, er hat gerade Glieder.« – »Wie sieht er aus?« fuhr Simon fort. – »Er hat viel von dir, Simon, viel.«

Simon lachte: »Ei, das muß ein rarer Kerl sein, ich werde alle Tage schöner. An der Schule soll er sich wohl nicht verbrennen. Du läßt ihn die Kühe hüten? Ebenso gut. Es ist doch nicht halb wahr, was der Magister sagt. Aber wo hütet er? Im Telgengrund? im Roderholze? im Teutoburger Wald? auch des Nachts und früh?« – »Die ganzen Nächte durch; aber wie meinst du das?«

Simon schien dies zu überhören; er reckte den Hals zur Türe hinaus. »Ei, da kommt der Gesell! Vaterssohn! er schlenkert gerade so mit den Armen wie dein seliger Mann. Und schau mal an! Wahrhaftig, der Junge hat meine blonden Haare!«

In der Mutter Züge kam ein heimliches, stolzes Lächeln; ihres Friedrichs blonde Locken und Simons rötliche Bürsten! Ohne zu antworten, brach sie einen Zweig von der nächsten Hecke und ging ihrem Sohne entgegen, scheinbar, eine träge Kuh anzutreiben, im Grunde aber, ihm einige rasche, halbdrohende Worte zuzuraunen; denn sie kannte seine störrische Natur, und Simons Weise war ihr heute einschüchternder vorgekommen als je. Doch ging alles über Erwarten gut; Friedrich zeigte sich weder verstockt, noch frech, vielmehr etwas blöde und sehr bemüht, dem Ohm zu gefallen. So kam es denn dahin, daß nach einer halbstündigen Unterredung Simon eine Art Adoption des Knaben in Vorschlag brachte, vermöge deren er denselben zwar nicht gänzlich seiner Mutter entziehen, aber doch über den größten Teil seiner Zeit verfügen wollte, wofür ihm dann am Ende des alten Junggesellen Erbe zufallen solle, das ihm freilich ohnedies nicht entgehen konnte. Margreth ließ sich geduldig auseinandersetzen, wie groß der Vorteil, wie gering die Entbehrung ihrerseits bei dem Handel sei. Sie wußte am besten, was eine kränkliche Witwe an der Hilfe eines zwölfjährigen Knaben entbehrt, den sie bereits gewöhnt hat, die Stelle einer Tochter zu ersetzen. Doch sie schwieg und gab sich in alles. Nur bat sie den Bruder, streng, doch nicht hart gegen den Knaben zu sein.

»Er ist gut«, sagte sie, »aber ich bin eine einsame Frau; mein Kind ist nicht wie einer, über den Vaterhand regiert hat.« Simon nickte schlau mit dem Kopf: »Laß mich nur gewähren, wir wollen uns schon vertragen, und weißt du was? Gib mir den Jungen gleich mit, ich habe zwei Säcke aus der Mühle zu holen; der kleinste ist ihm grad recht, und so lernt er mir zur Hand gehen. Komm, Fritzchen, zieh deine Holzschuh' an!« – Und bald sah Margreth den beiden nach, wie sie fortschritten. Simon voran, mit seinem Gesicht die Luft durchschneidend, während ihm die Schöße des roten Rocks wie Feuerflammen nachzogen. So hatte er ziemlich das Ansehen eines feurigen Mannes, der unter dem gestohlenen Sacke büßt; Friedrich ihm nach, fein und schlank für sein Alter, mit zarten, fast edlen Zügen und langen blonden Locken, die besser gepflegt waren, als sein übriges Äußere erwarten ließ; übrigens zerlumpt, sonneverbrannt und mit dem Ausdruck der Vernachlässigung und einer gewissen rohen Melancholie in den Zügen. Dennoch war eine große Familienähnlichkeit beider nicht zu verkennen, und wie Friedrich so langsam seinem Führer nachtrat, die Blicke fest auf denselben geheftet, der ihn gerade durch das Seltsame seiner Erscheinung anzog, erinnerte er unwillkürlich an jemand, der in einem Zauberspiegel das Bild seiner Zukunft mit verstörter Aufmerksamkeit betrachtet.

Jetzt nahten die beiden sich der Stelle des Teutoburger Waldes, wo das Brederholz den Abhang des Gebirges niedersteigt und einen sehr dunkeln Grund ausfüllt. Bis jetzt war wenig gesprochen worden. Simon schien nachdenkend, der Knabe zerstreut, und beide keuchten unter ihren Säcken. Plötzlich fragte Simon: »Trinkst du gern Branntwein?« – Der Knabe antwortete nicht. »Ich frage, trinkst du gern Branntwein? Gibt dir die Mutter zuweilen welchen?« – »Die Mutter hat selbst keinen«, sagte Friedrich. – »So, so, desto besser! – Kennst du das Holz da vor uns?« – »Das ist das Brederholz.« – »Weißt du auch, was darin vorgefallen ist?« – Friedrich schwieg. Indessen kamen sie der düstern Schlucht immer näher. »Betet die Mutter noch so viel?« hob Simon wieder an. – »Ja, jeden Abend zwei Rosenkränze.« – »So? Und du betest mit?« – Der Knabe lachte halb verlegen mit einem durchtriebenen Seitenblick. – »Die Mutter betet in der Dämmerung vor dem Essen den einen Rosenkranz, dann bin ich meist noch nicht wieder da mit den Kühen, und den andern im Bette, dann schlaf' ich gewöhnlich ein.« – »So, so, Geselle!«

Diese letzten Worte wurden unter dem Schirme einer weiten Buche gesprochen, die den Eingang der Schlucht überwölbte. Es war jetzt ganz finster; das erste Mondviertel stand am Himmel, aber seine schwachen Schimmer dienten nur dazu, den Gegenständen, die sie zuweilen durch eine Lücke der Zweige berührten, ein fremdartiges Ansehen zu geben. Friedrich hielt sich dicht hinter seinem Ohm; sein Odem ging schnell, und wer seine Züge hätte unterscheiden können, würde den Ausdruck einer ungeheuren, doch mehr phantastischen als furchtsamen Spannung darin wahrgenommen haben. So schritten beide rüstig voran, Simon mit dem festen Schritt des abgehärteten Wanderers, Friedrich schwankend und wie im Traum. Es kam ihm vor, als ob alles sich bewegte und die Bäume in den einzelnen Mondstrahlen bald zusammen, bald voneinander schwankten. Baumwurzeln und schlüpfrige Stellen, wo sich das Wegwasser gesammelt, machten seinen Schritt unsicher; er war einige Male nahe daran zu fallen. Jetzt schien sich in einiger Entfernung das Dunkel zu brechen, und bald traten beide in eine ziemlich große Lichtung. Der Mond schien klar hinein und zeigte, daß hier noch vor kurzem die Axt unbarmherzig gewütet hatte. Überall ragten Baumstümpfe hervor, manche mehrere Fuß über der Erde, wie sie gerade in der Eile am bequemsten zu durchschneiden gewesen waren; die verpönte Arbeit mußte unversehens unterbrochen worden sein, denn eine Buche lag quer über dem Pfad, in vollem Laube, ihre Zweige hoch über sich streckend und im Nachtwinde mit den noch frischen Blättern zitternd. Simon blieb einen Augenblick stehen und betrachtete den gefällten Stamm mit Aufmerksamkeit. In der Mitte der Lichtung stand eine alte Eiche, mehr breit als hoch; ein blasser Strahl, der durch die Zweige auf ihren Stamm fiel, zeigte, daß er hohl sei, was ihn wahrscheinlich vor der allgemeinen Zerstörung geschützt hatte. Hier ergriff Simon plötzlich des Knaben Arm.

»Friedrich, kennst du den Baum? Das ist die breite Eiche.« – Friedrich fuhr zusammen und klammerte sich mit kalten Händen an seinen Ohm. – »Sieh«, fuhr Simon fort, »hier haben Ohm Franz und der Hülsmeyer deinen Vater gefunden, als er in der Betrunkenheit ohne Buße und Ölung zum Teufel gefahren war.« – »Ohm, Ohm!« keuchte Friedrich. – »Was fällt dir ein? Du wirst dich doch nicht fürchten? Satan von einem Jungen, du kneipst mir den Arm! Laß los, los!« – Er suchte den Knaben abzuschütteln. – »Dein Vater war übrigens eine gute Seele; Gott wird's nicht so genau mit ihm nehmen. Ich hatt' ihn so lieb wie meinen eigenen Bruder.« – Friedrich ließ den Arm seines Ohms los; beide legten schweigend den übrigen Teil des Waldes zurück, und das Dorf Brede lag vor ihnen, mit seinen Lehmhütten und den einzelnen bessern Wohnungen von Ziegelsteinen, zu denen auch Simons Haus gehörte.

Am nächsten Abend saß Margreth schon seit einer Stunde mit ihrem Rocken vor der Tür und wartete auf ihren Knaben. Es war die erste Nacht, die sie zugebracht hatte, ohne den Atem ihres Kindes neben sich zu hören, und Friedrich kam noch immer nicht. Sie war ärgerlich und ängstlich und wußte, daß sie beides ohne Grund war. Die Uhr im Turm schlug sieben, das Vieh kehrte heim; er war noch immer nicht da, und sie mußte aufstehen, um nach den Kühen zu schauen. Als sie wieder in die dunkle Küche trat, stand Friedrich am Herde; er hatte sich vornübergebeugt und wärmte die Hände an den Kohlen. Der Schein spielte auf seinen Zügen und gab ihnen ein widriges Ansehen von Magerkeit und ängstlichem Zucken. Margreth blieb in der Tennentür stehen, so seltsam verändert kam ihr das Kind vor.

»Friedrich, wie geht's dem Ohm?« – Der Knabe murmelte einige unverständliche Worte und drängte sich dicht an die Feuermauer. – »Friedrich, hast du das Reden verlernt! Junge, tu das Maul auf! Du weißt ja doch, daß ich auf dem rechten Ohr nicht gut höre.« – Das Kind erhob seine Stimme und geriet dermaßen ins Stammeln, daß Margreth es um nichts mehr begriff. – »Was sagst du? Einen Gruß von Meister Semmler? Wieder fort? Wohin? Die Kühe sind schon zu Hause. Verfluchter Junge, ich kann dich nicht verstehen. Wart, ich muß einmal sehen, ob du keine Zunge im Munde hast!« – Sie trat heftig einige Schritte vor. Das Kind sah zu ihr auf, mit dem Jammerblick eines armen, halbwüchsigen Hundes, der Schildwacht stehen lernt, und begann in der Angst mit den Füßen zu stampfen und den Rücken an der Feuermauer zu reiben.

Margreth stand still; ihre Blicke wurden ängstlich. Der Knabe erschien ihr wie zusammengeschrumpft, auch seine Kleider waren nicht dieselben, nein, das war ihr Kind nicht! Und dennoch – »Friedrich, Friedrich!« rief sie.

In der Schlafkammer klappte eine Schranktür, und der Gerufene trat hervor, in der einen Hand eine sogenannte Holzschenvioline, d. h. einen alten Holzschuh, mit drei bis vier zerschabten Geigensaiten überspannt, in der andern einen Bogen, ganz des Instruments würdig. So ging er gerade auf sein verkümmertes Spiegelbild zu, seinerseits mit einer Haltung bewußter Würde und Selbständigkeit, die in diesem Augenblicke den Unterschied zwischen beiden sonst merkwürdig ähnlichen Knaben stark hervortreten ließ.

»Da, Johannes!« sagte er und reichte ihm mit einer Gönnermiene das Kunstwerk; »da ist die Violine, die ich dir versprochen habe. Mein Spielen ist vorbei, ich muß jetzt Geld verdienen.« – Johannes warf noch einmal einen scheuen Blick auf Margreth, streckte dann langsam seine Hand aus, bis er das Dargebotene fest ergriffen hatte, und brachte es wie verstohlen unter die Flügel seines armseligen Jäckchens.

Margreth stand ganz still und ließ die Kinder gewähren. Ihre Gedanken hatten eine andere, sehr ernste Richtung genommen, und sie blickte mit unruhigem Auge von einem auf den andern. Der fremde Knabe hatte sich wieder über die Kohlen gebeugt mit einem Ausdruck augenblicklichen Wohlbehagens, der an Albernheit grenzte, während in Friedrichs Zügen der Wechsel eines offenbar mehr selbstischen als gutmütigen Mitgefühls spielte und sein Auge in fast glasartiger Klarheit zum erstenmale bestimmt den Ausdruck jenes ungebändigten Ehrgeizes und Hanges zum Großtun zeigte, der nachher als so starkes Motiv seiner meisten Handlungen hervortrat. Der Ruf seiner Mutter störte ihn aus Gedanken, die ihm ebenso neu als angenehm waren. Sie saß wieder am Spinnrade.

»Friedrich«, sagte sie zögernd, »sag einmal –« und schwieg dann. Friedrich sah auf und wandte sich, da er nichts weiter vernahm, wieder zu seinem Schützling. »Nein, höre–« und dann leiser: »Was ist das für ein Junge? Wie heißt er?« – Friedrich antwortete ebenso leise: »Das ist des Ohms Simon Schweinehirt, der eine Botschaft an den Hülsmeyer hat. Der Ohm hat mir ein Paar Schuhe und eine Weste von Drillich gegeben; die hat mir der Junge unterwegs getragen; dafür hab' ich ihm meine Violine versprochen; er ist ja doch ein armes Kind; Johannes heißt er.« – »Nun –?« sagte Margreth. – »Was willst du, Mutter?« – »Wie heißt er weiter?« – »Ja – weiter nicht – oder, warte – doch: Niemand, Johannes Niemand heißt er. – Er hat keinen Vater«, fügte er leiser hinzu.

Margreth stand auf und ging in die Kammer. Nach einer Weile kam sie heraus mit einem harten, finstern Ausdruck in den Mienen. – »So, Friedrich«, sagte sie, »laß den Jungen gehen, daß er seine Bestellung machen kann. – Junge, was liegst du da in der Asche? Hast du zu Hause nichts zu tun?« – Der Knabe raffte sich mit der Miene eines Verfolgten so eilfertig auf, daß ihm alle Glieder im Wege standen und die Holzschenvioline bei einem Haar ins Feuer gefallen wäre.

»Warte, Johannes«, sagte Friedrich stolz, »ich will dir mein halbes Butterbrot geben, es ist mir doch zu groß, die Mutter schneidet allemal übers ganze Brot.« – »Laß doch«, sagte Margreth, er geht ja nach Hause.« – »Ja, aber er bekommt nichts mehr; Ohm Simon ißt um sieben Uhr.« Margreth wandte sich zu dem Knaben: »Hebt man dir nichts auf? Sprich, wer sorgt für dich?« – »Niemand«, stotterte das Kind. – »Niemand?« wiederholte sie; »da nimm, nimm!« fügte sie heftig hinzu; »du heißt Niemand und Niemand sorgt für dich! Das sei Gott geklagt! Und nun mach dich fort! Friedrich, geh nicht mit ihm, hörst du, geht nicht zusammen durchs Dorf.« – »Ich will ja nur Holz holen aus dem Schuppen«, antwortete Friedrich. – Als beide Knaben fort waren, warf sich Margreth auf einen Stuhl und schlug die Hände mit dem Ausdruck des tiefsten Jammers zusammen. Ihr Gesicht war bleich wie ein Tuch. »Ein falscher Eid, ein falscher Eid!« stöhnte sie. »Simon, Simon, wie willst du vor Gott bestehen!«

So saß sie eine Weile, starr mit geklemmten Lippen, wie in völliger Geistesabwesenheit. Friedrich stand vor ihr und hatte sie schon zweimal angeredet. »Was ist's? Was willst du?« rief sie auffahrend. – »Ich bringe Euch Geld«, sagte er, mehr erstaunt als erschreckt. – »Geld? Wo?« Sie regte sich und die kleine Münze fiel klingend auf den Boden. Friedrich hob sie auf. »Geld von Ohm Simon, weil ich ihm habe arbeiten helfen. Ich kann mir nun selber was verdienen.« – »Geld vom Simon? Wirf's fort, fort! – Nein, gib's den Armen. Doch, nein, behalt's«, flüsterte sie kaum hörbar; »wir sind selber arm. Wer weiß, ob wir bei dem Betteln vorbeikommen!« – »Ich soll Montag wieder zum Ohm und ihm bei der Einsaat helfen.« – »Du wieder zu ihm? Nein, nein, nimmermehr!« – Sie umfaßte ihr Kind mit Heftigkeit. – »Doch«, fügte sie hinzu, und ein Tränenstrom stürzte ihr plötzlich über die eingefallenen Wangen; »geh, er ist mein einziger Bruder, und die Verleumdung ist groß! Aber halt Gott vor Augen und vergiß das tägliche Gebet nicht!«

Margreth legte das Gesicht an die Mauer und weinte laut. Sie hatte manche harte Last getragen, ihres Mannes üble Behandlung, noch schwerer seinen Tod, und es war eine bittere Stunde, als die Witwe das letzte Stück Ackerland einem Gläubiger zur Nutznießung überlassen mußte und der Pflug vor ihrem Hause stillestand. Aber so war ihr nie zumute gewesen: dennoch, nachdem sie einen Abend durchgeweint, eine Nacht durchgewacht hatte, war sie dahin gekommen, zu denken, ihr Bruder Simon könne so gottlos nicht sein, der Knabe gehöre gewiß nicht ihm, Ähnlichkeiten wollen nichts beweisen. Hatte sie doch selbst vor vierzig Jahren ein Schwesterchen verloren, das genau dem fremden Hechelkrämer glich. Was glaubt man nicht gern, wenn man so wenig hat und durch Unglauben dies wenige verlieren soll!

Von dieser Zeit an war Friedrich selten mehr zu Hause. Simon schien alle wärmern Gefühle, deren er fähig war, dem Schwestersohn zugewendet zu haben; wenigstens vermißte er ihn sehr und ließ nicht nach mit Botschaften, wenn ein häusliches Geschäft ihn auf einige Zeit bei der Mutter hielt. Der Knabe war seitdem wie verwandelt, das träumerische Wesen gänzlich von ihm gewichen, er trat fest auf, fing an, sein Äußeres zu beachten und bald in den Ruf eines hübschen, gewandten Burschen zu kommen. Sein Ohm, der nicht wohl ohne Projekte leben konnte, unternahm mitunter ziemlich bedeutende öffentliche Arbeiten, z. B. beim Wegbau, wobei Friedrich für einen seiner besten Arbeiter und überall als seine rechte Hand galt; denn obgleich dessen Körperkräfte noch nicht ihr volles Maß erreicht hatten, kam ihm doch nicht leicht jemand an Ausdauer gleich. Margreth hatte bisher ihren Sohn nur geliebt, jetzt fing sie an, stolz auf ihn zu werden und sogar eine Art Hochachtung vor ihm zu fühlen, da sie den jungen Menschen so ganz ohne ihr Zutun sich entwickeln sah, sogar ohne ihren Rat, den sie, wie die meisten Menschen, für unschätzbar hielt und deshalb die Fähigkeiten nicht hoch genug anzuschlagen wußte, die eines so kostbaren Förderungsmittels entbehren konnten.

In seinem achtzehnten Jahre hatte Friedrich sich bereits einen bedeutenden Ruf in der jungen Dorfwelt gesichert, durch den Ausgang einer Wette, infolge deren er einen erlegten Eber über zwei Meilen weit auf seinem Rücken trug, ohne abzusetzen. Indessen war der Mitgenuß des Ruhms auch so ziemlich der einzige Vorteil, den Margreth aus diesen günstigen Umständen zog, da Friedrich immer mehr auf sein Äußeres verwandte und allmählich anfing, es schwer zu verdauen, wenn Geldmangel ihn zwang, irgend jemand im Dorf darin nachzustehen. Zudem waren alle seine Kräfte auf den auswärtigen Erwerb gerichtet; zu Hause schien ihm, ganz im Widerspiel mit seinem sonstigen Rufe, jede anhaltende Beschäftigung lästig, und er unterzog sich lieber einer harten, aber kurzen Anstrengung, die ihm bald erlaubte, seinem frühern Hirtenamte wieder nachzugehen, was bereits begann, seinem Alter unpassend zu werden, und ihm gelegentlichen Spott zuzog, vor dem er sich aber durch ein paar derbe Zurechtweisungen mit der Faust Ruhe verschaffte. So gewöhnte man sich daran, ihn bald geputzt und fröhlich als anerkannten Dorfelegant an der Spitze des jungen Volks zu sehen, bald wieder als zerlumpten Hirtenbuben einsam und träumerisch hinter den Kühen herschleichend oder in einer Waldlichtung liegend, scheinbar gedankenlos und das Moos von den Bäumen rupfend.

Um diese Zeit wurden die schlummernden Gesetze doch einigermaßen aufgerüttelt durch eine Bande von Holzfrevlern, die unter dem Namen der Blaukittel alle ihre Vorgänger so weit an List und Frechheit übertraf, daß es dem Langmütigsten zuviel werden mußte. Ganz gegen den gewöhnlichen Stand der Dinge, wo man die stärksten Böcke der Herde mit dem Finger bezeichnen konnte, war es hier trotz aller Wachsamkeit bisher nicht möglich gewesen, auch nur ein Individuum namhaft zu machen. Ihre Benennung erhielten sie von der ganz gleichförmigen Tracht, durch die sie das Erkennen erschwerten, wenn etwa ein Förster noch einzelne Nachzügler im Dickicht verschwinden sah. Sie verheerten alles wie die Wanderraupe, ganze Waldstrecken wurden in einer Nacht gefällt und auf der Stelle fortgeschafft, so daß man am andern Morgen nichts fand, als Späne und wüste Haufen von Topholz, und der Umstand, daß nie Wagenspuren einem Dorfe zuführten, sondern immer vom Flusse her und dorthin zurück, bewies, daß man unter dem Schutz und vielleicht mit dem Beistande der Schiffeigentümer handelte. In der Bande mußten sehr gewandte Spione sein, denn die Förster konnten wochenlang umsonst wachen; in der ersten Nacht, gleichviel, ob stürmisch oder mondhell, wo sie vor Übermüdung nachließen, brach die Zerstörung ein. Seltsam war es, daß das Landvolk umher ebenso unwissend und gespannt schien, als die Förster selber. Von einigen Dörfern ward mit Bestimmtheit gesagt, daß sie nicht zu den Blaukitteln gehörten, aber keines konnte als dringend verdächtigt bezeichnet werden, seit man das verdächtigste von allen, das Dorf B., freisprechen mußte. Ein Zufall hatte dies bewirkt, eine Hochzeit, auf der fast alle Bewohner dieses Dorfes notorisch die Nacht zugebracht hatten, während zu eben dieser Zeit die Blaukittel eine ihrer stärksten Expeditonen ausführten.

Der Schaden in den Forsten war indes allzu groß, deshalb wurden die Maßregeln dagegen auf eine bisher unerhörte Weise gesteigert; Tag und Nacht wurde patrolliert, Ackerknechte, Hausbediente mit Gewehren versehen und den Forstbeamten zugesellt. Dennoch war der Erfolg nur gering und die Wächter hatten oft kaum das eine Ende des Forstes verlassen, wenn die Blaukittel schon zum andern einzogen. Das währte länger als ein volles Jahr, Wächter und Blaukittel, Blaukittel und Wächter, wie Sonne und Mond, immer abwechselnd im Besitz des Terrains und nie zusammentreffend.

Es war im Juli 1756 früh um drei; der Mond stand klar am Himmel, aber sein

Glanz fing an zu ermatten, und im Osten zeigte sich bereits ein schmaler gelber Streif, der den Horizont besäumte und den Eingang einer engen Talschlucht wie mit einem Goldbande schloß. Friedrich lag im Grase, nach seiner gewohnten Weise, und schnitzelte an einem Weidenstabe, dessen knotigem Ende er die Gestalt eines ungeschlachten Tieres zu geben versuchte. Er sah übermüdet aus, gähnte, ließ mitunter seinen Kopf an einem verwitterten Stammknorren ruhen und Blicke, dämmeriger als der Horizont, über den mit Gestrüpp und Aufschlag fast verwachsenen Eingang des Grundes streifen. Ein paarmal belebten sich seine Augen und nahmen den ihnen eigentümlichen glasartigen Glanz an, aber gleich nachher schloß er sie wieder halb und gähnte und dehnte sich, wie es nur faulen Hirten erlaubt ist. Sein Hund lag in einiger Entfernung nah bei den Kühen, die unbekümmert um die Forstgesetze ebenso oft den jungen Baumspitzen als dem Grase zusprachen und in die frische Morgenluft schnaubten. Aus dem Walde drang von Zeit zu Zeit ein dumpfer, krachender Schall; der Ton hielt nur einige Sekunden an, begleitet von einem langen Echo an den Bergwänden und wiederholte sich etwa alle fünf bis acht Minuten. Friedrich achtete nicht darauf; nur zuweilen, wenn das Getöse ungewöhnlich stark oder anhaltend war, hob er den Kopf und ließ seine Blicke langsam über die verschiedenen Pfade gleiten, die ihren Ausgang in dem Talgrunde fanden.

Es fing bereits stark zu dämmern an; die Vögel begannen leise zu zwitschern und der Tau stieg fühlbar aus dem Grunde. Friedrich war an dem Stamm hinabgeglitten und starrte, die Arme über den Kopf verschlungen, in das leise einschleichende Morgenrot. Plötzlich fuhr er auf: über sein Gesicht fuhr ein Blitz, er horchte einige Sekunden mit vorgebeugtem Oberleib wie ein Jagdhund, dem die Luft Witterung zuträgt. Dann schob er schnell zwei Finger in den Mund und pfiff gellend und anhaltend. – »Fidel, du verfluchtes Tier!« – Ein Steinwurf traf die Seite des unbesorgten Hundes, der, vom Schlafe aufgeschreckt, zuerst um sich biß und dann heulend auf drei Beinen dort Trost suchte, von wo das Übel ausgegangen war. In demselben Augenblicke wurden die Zweige eines nahen Gebüsches fast ohne Geräusch zurückgeschoben und ein Mann trat heraus, im grünen Jagdrock, den silbernen Wappenschild am Arm, die gespannte Büchse in der Hand. Er ließ schnell seine Blicke über die Schlucht fahren und sie dann mit besonderer Schärfe auf dem Knaben verweilen, trat dann vor, winkte nach dem Gebüsch, und allmählich wurden sieben bis acht Männer sichtbar, alle in ähnlicher Kleidung. Weidmesser im Gürtel und die gespannten Gewehre in der Hand.

»Friedrich, was war das?« fragte der zuerst Erschienene. – »Ich wollte, daß der Racker auf der Stelle krepierte. Seinetwegen können die Kühe mir die Ohren vom Kopf fressen.« – »Die Kanaille hat uns gesehen«, sagte ein anderer. – »Morgen sollst du auf die Reise mit einem Stein am Halse«, fuhr Friedrich fort und stieß nach dem Hunde. – »Friedrich, stell dich nicht an wie ein Narr! Du kennst mich und du verstehst mich auch!« – Ein Blick begleitete diese Worte, der schnell wirkte. – »Herr Brandis, denkt an meine Mutter!« – »Das tu ich. Hast du nichts im Walde gehört?« – »Im Walde?« – Der Knabe warf einen raschen Blick auf des Försters Gesicht. – »Eure Holzfäller, sonst nichts.« – »Meine Holzfäller!«

Die ohnehin dunkle Gesichtsfarbe des Försters ging in tiefes Braunrot über. »Wie viele sind ihrer, und wo treiben sie ihr Wesen?« – »Wohin Ihr sie geschickt habt; ich weiß es nicht.« – Brandis wandte sich zu seinen Gefährten: »Geht voran; ich komme gleich nach.«

Als einer nach dem andern im Dickicht verschwunden war, trat Brandis dicht vor den Knaben: »Friedrich«, sagte er mit dem Ton unterdrückter Wut, »meine Geduld ist zu Ende; ich möchte dich prügeln wie einen Hund, und mehr seid ihr auch nicht wert. Ihr Lumpenpack, dem kein Ziegel auf dem Dach gehört! Bis zum Betteln habt ihr es, gottlob, bald gebracht, und an meiner Tür soll deine Mutter, die alte Hexe, keine verschimmelte Brotrinde bekommen. Aber vorher sollt ihr mir noch beide ins Hundeloch!«

Friedrich griff krampfhaft nach einem Aste. Er war totenbleich, und seine Augen schienen wie Kristallkugeln aus dem Kopfe schießen zu wollen. Doch nur einen Augenblick. Dann kehrte die größte, in Erschlaffung grenzende Ruhe zurück. – »Herr«, sagte er fest, mit fast sanfter Stimme: »Ihr habt gesagt, was Ihr nicht verantworten könnt, und ich vielleicht auch. Wir wollen es gegeneinander aufgehen lassen, und nun will ich Euch sagen, was Ihr verlangt. Wenn Ihr die Holzfäller nicht selbst bestellt habt, so müssen es die Blaukittel sein; denn aus dem Dorfe ist kein Wagen gekommen; ich habe den Weg ja vor mir, und vier Wagen sind es. Ich habe sie nicht gesehen, aber den Hohlweg hinauffahren hören.« – Er stockte einen Augenblick. – »Könnt Ihr sagen, daß ich je einen Baum in Eurem Revier gefällt habe? Überhaupt, daß ich je anderwärts gehauen habe, als auf Bestellung? Denkt nach, ob Ihr das sagen könnt?«

Ein verlegenes Murmeln war die ganze Antwort des Försters, der nach Art der meisten rauhen Menschen leicht bereute. Er wandte sich unwirsch und schritt dem Gebüsche zu. – »Nein, Herr«, rief Friedrich, »wenn Ihr zu den andern Förstern wollt, die sind dort an der Buche hinaufgegangen.« – »An der Buche?« sagte Brandis zweifelhaft, »nein, dort hinüber, nach dem Mastergrunde.« – »Ich sage Euch, an der Buche; des langen Heinrich Flintenriemen blieb noch am krummen Ast dort hängen; ich hab's ja gesehen!«

Der Förster schlug den bezeichneten Weg ein. Friedrich hatte die ganze Zeit hindurch seine Stellung nicht verlassen, halb liegend, den Arm um einen dürren Ast geschlungen, sah er dem Fortgehenden unverrückt nach, wie er durch den halbverwachsenen Steig glitt, mit den vorsichtigen weiten Schritten seines Metiers, so geräuschlos wie ein Fuchs die Hühnerstiege erklimmt. Hier sank ein Zweig hinter ihm, dort einer; die Umrisse seiner Gestalt schwanden immer mehr. Da blitzte es noch einmal durchs Laub. Es war ein Stahlknopf seines Jagdrocks; nun war er fort. Friedrichs Gesicht hatte während dieses allmählichen Verschwindens den Ausdruck seiner Kälte verloren, und seine Züge schienen zuletzt unruhig bewegt. Gereute es ihn vielleicht, den Förster nicht um Verschweigung seiner Angaben gebeten zu haben? Er ging einige Schritte voran, blieb dann stehen. »Es ist zu spät«, sagte er vor sich hin und griff nach seinem Hute. Ein leises Picken im Gebüsche, nicht zwanzig Schritte von ihm. Es war der Förster, der den Flintenstein schärfte. Friedrich horchte. – »Nein!« sagte er dann mit entschlossenem Tone, raffte seine Siebensachen zusammen und trieb das Vieh eilfertig die Schlucht entlang.

Um Mittag saß Frau Margreth am Herd und kochte Tee. – Friedrich war krank heimgekommen, er klagte über heftige Kopfschmerzen und hatte auf ihre besorgte Nachfrage erzählt, wie er sich schwer geärgert über den Förster; kurz den ganzen eben beschriebenen Vorgang, mit Ausnahme einiger Kleinigkeiten, die er besser fand, für sich zu behalten. Margreth sah schweigend und trübe in das siedende Wasser. Sie war es wohl gewohnt, ihren Sohn mitunter klagen zu hören, aber heute kam er ihr so angegriffen vor, wie sonst nie. Sollte wohl eine Krankheit im Anzuge sein? Sie seufzte tief und ließ einen eben ergriffenen Holzblock fallen.

»Mutter!« rief Friedrich aus der Kammer. – »Was willst du?« – »War das ein Schuß?« – »Ach nein, ich weiß nicht, was du meinst.« – »Es pocht mir wohl nur so im Kopfe«, versetzte er.

Die Nachbarin trat herein und erzählte mit leisem Flüstern irgendeine unbedeutende Klatscherei, die Margreth ohne Teilnahme anhörte. Dann ging sie. – »Mutter!« rief Friedrich. Margreth ging zu ihm hinein. »Was erzählte die Hülsmeyer?« – »Ach gar nichts, Lügen, Wind!« – Friedrich richtete sich auf. – »Von der Gretchen Siemers; du weißt ja wohl die alte Geschichte; und ist doch nichts Wahres dran.« – Friedrich legte sich wieder hin. »Ich will sehen, ob ich schlafen kann«, sagte er.

Margreth saß am Herde; sie spann und dachte wenig Erfreuliches. Im Dorfe schlug es halb zwölf; die Türe klinkte, und der Gerichtsschreiber Kapp trat herein. – »Guten Tag, Frau Mergel«, sagte er; »könnt Ihr mir einen Trunk Milch geben? Ich komme von M.« – Als Frau Mergel das Verlangte brachte, fragte er: »Wo ist Friedrich?« Sie war gerade beschäftigt, einen Teller hervorzulangen und überhörte die Frage. Er trank zögernd und in kurzen Absätzen. »Wißt Ihr wohl«, sagte er dann, »daß die Blaukittel in dieser Nacht wieder im Masterholze eine ganze Strecke so kahl gefegt haben wie meine Hand?« – »Ei, du frommer Gott!« versetzte sie gleichgültig. »Die Schandbuben«, fuhr der Schreiber fort, »ruinieren alles; wenn sie noch Rücksicht nähmen auf das junge Holz, aber Eichenstämmchen wie mein Arm dick, wo nicht einmal eine Ruderstange drin steckt! Es ist, als ob ihnen andrer Leute Schaden ebenso lieb wäre wie ihr Profit!« – »Es ist schade!« sagte Margreth.

Der Amtsschreiber hatte getrunken und ging noch immer nicht. Er schien etwas auf dem Herzen zu haben. »Habt Ihr nichts von Brandis gehört?« fragte er plötzlich. – »Nichts; er kommt niemals hier ins Haus.« – »So wißt Ihr nicht, was ihm begegnet ist?« – »Was denn?« fragte Margreth gespannt. – »Er ist tot!« – »Tot!« rief sie, »was, tot? Um Gotteswillen! Er ging ja noch heute morgen ganz gesund hier vorüber mit der Flinte auf dem Rücken!« – »Er ist tot«, wiederholte der Schreiber, sie scharf fixierend: »von den Blaukitteln erschlagen. Vor einer Viertelstunde wurde die Leiche ins Dorf gebracht.«

Margreth schlug die Hände zusammen. – »Gott im Himmel, geh nicht mit ihm ins Gericht! Er wußte nicht, was er tat!« – »Mit ihm!« rief der Amtsschreiber, »mit dem verfluchten Mörder, meint Ihr?« Aus der Kammer drang ein schweres Stöhnen. Margreth eilte hin, und der Schreiber folgte ihr. Friedrich saß aufrecht im Bette, das Gesicht in die Hände gedrückt und ächzte wie ein Sterbender. – »Friedrich, wie ist dir?« sagte die Mutter. – »Wie ist dir?« wiederholte der Amtsschreiber. – »O mein Leib, mein Kopf!« jammerte er. – »Was fehlt ihm?« – »Ach, Gott weiß es«, versetzte sie, »er ist schon um vier mit den Kühen heimgekommen, weil ihm so übel war. – Friedrich – Friedrich, antworte doch, soll ich zum Doktor?« – »Nein, nein«, ächzte er, »es ist nur Kolik, es wird schon besser.«

Er legte sich zurück; sein Gesicht zuckte krampfhaft vor Schmerz; dann kehrte die Farbe wieder. – »Geht«, sagte er matt; »ich muß schlafen, dann geht's vorüber.« – »Frau Mergel«, sagte der Amtsschreiber ernst, »ist es gewiß, daß Friedrich um vier zu Hause kam und nicht wieder fortging?« – Sie sah ihn starr an. – »Fragt jedes Kind auf der Straße. Und fortgehen? – wollte Gott, er könnt' es!« – »Hat er Euch nichts von Brandis erzählt?« – »In Gottes Namen, ja, daß er ihn im Walde geschimpft und unsere Armut vorgeworfen hat, der Lump! – Doch Gott verzeih mir, er ist tot! – Geht!« fuhr sie heftig fort; »seid Ihr gekommen, um ehrliche Leute zu beschimpfen? Geht!« – Sie wandte sich wieder zu ihrem Sohne; der Schreiber ging – »Friedrich, wie ist dir?« sagte die Mutter; »hast du wohl gehört? Schrecklich, schrecklich! Ohne Beichte und Absolution!« – »Mutter, Mutter, um Gottes willen laß mich schlafen; ich kann nicht mehr!«

In diesem Augenblick trat Johannes Niemand in die Kammer; dünn und lang wie eine Hopfenstange, aber zerlumpt und scheu wie wir ihn vor fünf Jahren gesehen. Sein Gesicht war noch bleicher als gewöhnlich. »Friedrich«, stotterte er, »du sollst sogleich zum Ohm kommen; er hat Arbeit für dich; aber sogleich.« – Friedrich drehte sich gegen die Wand. – »Ich komme nicht«, sagte er barsch, »ich bin krank.« – »Du mußt aber kommen«, keuchte Johannes; »er hat gesagt, ich müßte dich umbringen.« – Friedrich lachte höhnisch auf: »Das will ich doch sehen!« – »Laß ihn in Ruhe, er kann nicht«, seufzte Margreth, »du siehst ja, wie es steht.« – Sie ging auf einige Minuten hinaus; als sie zurückkam, war Friedrich bereits angekleidet. – »Was fällt dir ein?« rief sie, »du kannst, du sollst nicht gehen!« – »Was sein muß, schickt sich wohl«, versetzte er und war schon zur Türe hinaus mit Johannes. – »Ach Gott«, seufzte die Mutter, »wenn die Kinder klein sind, treten sie uns in den Schoß, und wenn sie groß sind, ins Herz!«

Die gerichtliche Untersuchung hatte ihren Anfang genommen, die Tat lag klar am Tage; über den Täter aber waren die Anzeigen so schwach, daß, obschon alle Umstände die Blaukittel dringend verdächtigten, man doch nicht mehr als Mutmaßungen wagen konnte. *Eine* Spur schien Licht geben zu wollen: doch rechnete man aus Gründen wenig darauf. Die Abwesenheit des Gutsherrn hatte den Gerichtsschreiber genötigt, auf eigene Hand die Sache einzuleiten. Er saß am Tische; die Stube war gedrängt voll von Bauern, teils neugierigen, teils solchen, von denen man in Ermangelung eigentlicher Zeugen einigen Aufschluß zu erhalten hoffte. Hirten, die in derselben Nacht gehütet, Knechte, die den Acker in der Nähe bestellt, alle standen stramm und fest, die Hände in den Taschen, gleichsam als stillschweigende Erklärung, daß sie nicht einzuschreiten gesonnen seien. Acht Forstbeamte wurden vernommen. Ihre Aussagen waren völlig gleichlautend: Brandis habe sie am zehnten abends zur Runde bestellt, da ihm von einem Vorhaben der Blaukittel müsse Kunde zugekommen sein; doch habe er sich nur unbestimmt darüber geäußert. Um zwei Uhr in der Nacht seien sie ausgezogen und auf manche Spuren der Zerstörung gestoßen, die den Oberförster sehr übel gestimmt; sonst sei alles still gewesen. Gegen vier Uhr habe Brandis gesagt: »Wir sind angeführt, laßt uns heimgehen.« – Als sie nun um den Bremerberg gewendet und zugleich der Wind umgeschlagen, habe man deutlich im Masterholz fällen gehört und aus der schnellen Folge der Schläge geschlossen, daß die Blaukittel am Werk seien. Man habe nun eine Weile beratschlagt, ob es tunlich sei, mit so geringer Macht die kühne Bande anzugreifen, und sich dann ohne bestimmten Entschluß dem Schalle langsam genähert. Nun folgte der Auftritt mit Friedrich. Ferner: nachdem Brandis sie ohne Weisung fortgeschickt, seien sie eine Weile vorangeschritten und dann, als sie bemerkt, daß das Getöse im noch ziemlich weit entfernten Walde gänzlich aufgehört, stille gestanden, um den Oberförster zu erwarten. Die Zögerung habe sie verdrossen, und nach etwa zehn Minuten seien sie weitergegangen und so bis an den Ort der Verwüstung. Alles sei vorüber gewesen, kein Laut mehr im Walde, von zwanzig gefällten Stämmen noch acht vorhanden, die übrigen bereits fortgeschafft. Es sei ihnen unbegreiflich, wie man dieses ins Werk gestellt, da keine Wagenspuren zu finden gewesen. Auch habe die Dürre der Jahreszeit und der mit Fichtennadeln bestreute Boden keine Fußstapfen unterscheiden lassen, obgleich der Grund ringsumher wie festgestampft war. Da man nun überlegt, daß es zu nichts nützen könne, den Oberförster zu erwarten, sei man rasch der andern Seite des Waldes zugeschritten, in der Hoffnung, vielleicht noch einen Blick von den Frevlern zu erhaschen. Hier habe sich einem von ihnen beim Ausgange des Waldes die Flaschenschnur in Brombeerranken verstrickt, und als er umgeschaut, habe er etwas im Gestrüpp blitzen sehen; es war die Gurtschnalle des Oberförsters, den man nun hinter den Ranken liegend fand, grad ausgestreckt, die rechte Hand um den Flintenlauf geklemmt, die andre geballt und die Stirn von einer Axt gespalten.

Dies waren die Aussagen der Förster: nun kamen die Bauern an die Reihe, aus denen jedoch nichts zu bringen war. Manche behaupteten, um vier Uhr noch zu Hause oder anderswo beschäftigt gewesen zu sein, und keiner wollte etwas bemerkt haben. Was war zu machen? sie waren sämtlich angesessene, unverdächtige Leute. Man mußte sich mit ihren negativen Zeugnissen begnügen.

Friedrich ward hereingerufen. Er trat ein mit einem Wesen, das sich durchaus nicht von seinem gewöhnlichen unterschied, weder gespannt noch keck. Das Verhör währte ziemlich lange, und die Fragen waren mitunter ziemlich schlau gestellt; er beantwortete sie jedoch alle offen und bestimmt und erzählte den Vorgang zwischen ihm und dem Oberförster ziemlich der Wahrheit gemäß, bis auf das Ende, das er geratener fand, für sich zu behalten. Sein Alibi zur Zeit des Mordes war leicht erwiesen. Der Förster lag am Ausgange des Masterholzes; über dreiviertel Stunden Weges von der Schlucht, in der er Friedrich um vier Uhr angeredet und aus der dieser seine Herde schon zehn Minuten später ins Dorf getrieben. Jedermann hatte dies gesehen; alle anwesenden Bauern beeiferten sich, es zu bezeugen; mit diesem hatte er geredet, jenem zugenickt.

Der Gerichtsschreiber saß unmutig und verlegen da. Plötzlich fuhr er mit der Hand hinter sich und brachte etwas Blinkendes vor Friedrichs Auge. »Wem gehört dies?« – Friedrich sprang drei Schritte zurück. »Herr Jesus! Ich dachte Ihr wolltet mir den Schädel einschlagen.« Seine Augen waren rasch über das tödliche Werkzeug gefahren und schienen momentan auf einem ausgebrochenen Splitter am Stiele zu haften. »Ich weiß es nicht«, sagte er fest. – Es war die Axt, die man in dem Schädel des Oberförsters eingeklammert gefunden hatte. – »Sieh sie genau an«, fuhr der Gerichtsschreiber fort. Friedrich faßte sie mit der Hand, besah sie oben, unten, wandte sie um. »Es ist eine Axt wie andere«, sagte er dann und legte sie gleichgültig auf den Tisch. Ein Blutfleck ward sichtbar; er schien zu schaudern, aber er wiederholte noch einmal sehr bestimmt: »Ich kenne sie nicht.« Der Gerichtsschreiber seufzte vor Unmut. Er selbst wußte um nichts mehr und hatte nur einen Versuch zu möglicher Entdeckung durch Überraschung machen wollen. Es blieb nichts übrig, als das Verhör zu schließen.

Denjenigen, die vielleicht auf den Ausgang dieser Begebenheit gespannt sind, muß ich sagen, daß diese Geschichte nie aufgeklärt wurde, obwohl noch viel dafür geschah und diesem Verhöre mehrere folgten. Den Blaukitteln schien durch das Aufsehen, das der Vorgang gemacht und die darauf folgenden geschärften Maßregeln der Mut genommen; sie waren von nun an wie verschwunden, und obgleich späterhin noch mancher Holzfrevler erwischt wurde, fand man doch nie Anlaß, ihn der berüchtigten Bande zuzuschreiben. Die Axt lag zwanzig Jahre nachher als unnützes Corpus delicti im Gerichtsarchiv, wo sie wohl noch jetzt ruhen mag mit ihren Rostflecken. Es würde in einer erdichteten

Geschichte unrecht sein, die Neugier des Lesers so zu täuschen. Aber dies alles hat sich wirklich zugetragen; ich kann nichts davon oder dazutun.

Am nächsten Sonntage stand Friedrich sehr früh auf, um zur Beichte zu gehen. Es war Mariä Himmelfahrt und die Pfarrgeistlichen schon vor Tagesanbruch im Beichtstuhle. Nachdem er sich im Finstern angekleidet, verließ er so geräuschlos wie möglich den engen Verschlag, der ihm in Simons Hause eingeräumt war. In der Küche mußte sein Gebetbuch auf dem Sims liegen, und er hoffte, es mit Hilfe des schwachen Mondlichts zu finden; es war nicht da. Er warf die Augen suchend umher und fuhr zusammen; in der Kammertür stand Simon, fast unbekleidet, seine dürre Gestalt, sein ungekämmtes, wirres Haar und die vom Mondschein verursachte Blässe des Gesichts gaben ihm ein schauerlich verändertes Ansehen. »Sollte er nachtwandeln?« dachte Friedrich, und verhielt sich ganz still. – »Friedrich, wohin?« flüsterte der Alte. – »Ohm, seid Ihr's? Ich will beichten gehen.« – »Das dacht' ich mir; geh in Gottes Namen, aber beichte wie ein guter Christ.« – »Das will ich«, sagte Friedrich. – »Denk an die zehn Gebote: du sollst kein Zeugnis ablegen gegen deinen Nächsten.« – »Kein falsches!« – »Nein, gar keines; du bist schlecht unterrichtet; wer einen andern in der Beichte anklagt, der empfängt das Sakrament unwürdig.«

Beide schwiegen. – »Ohm, wie kommt Ihr darauf?« sagte Friedrich dann; »Eur Gewissen ist nicht rein; Ihr habt mich belogen.« – »Ich? So?« – »Wo ist Eure Axt?« – »Meine Axt? Auf der Tenne.« – »Habt Ihr einen neuen Stiel hineingemacht? Wo ist der alte?« – »Den kannst du heute bei Tag im Holzschuppen finden. Geh«, fuhr er verächtlich fort, »ich dachte du seist ein Mann; aber du bist ein altes Weib, das gleich meint, das Haus brennt, wenn ihr Feuertopf raucht. Sieh«, fuhr er fort, »wenn ich mehr von der Geschichte weiß als der Türpfosten da, so will ich ewig nicht selig werden. – Längst war ich zu Haus«, fügte er hinzu. – Friedrich stand beklemmt und zweifelnd. Er hätte viel darum gegeben, seines Ohms Gesicht sehen zu können. Aber während sie flüsterten, hatte der Himmel sich bewölkt.

»Ich habe schwere Schuld«, seufzte Friedrich, »daß ich ihn den unrechten Weg geschickt – obgleich – doch, dies hab' ich nicht gedacht, nein, gewiß nicht. Ohm, ich habe Euch ein schweres Gewissen zu danken.« – »So geh, beicht!« flüsterte Simon mit bebender Stimme; »verunehre das Sakrament durch Angeberei und setze armen Leuten einen Spion auf den Hals, der schon Wege finden wird, ihnen das Stückchen Brot aus den Zähnen zu reißen, wenn er gleich nicht reden darf – geh!« – Friedrich stand unschlüssig; er hörte ein leises Geräusch; die Wolken verzogen sich, das Mondlicht fiel wieder auf die Kammertür: sie war geschlossen. Friedrich ging an diesem Morgen nicht zur Beichte. –

Der Eindruck, den dieser Vorfall auf Friedrich gemacht, erlosch leider nur zu bald. Wer zweifelt daran, daß Simon alles tat, seinen Adoptivsohn dieselben Wege zu leiten, die er selber ging? Und in Friedrich lagen Eigenschaften, die dies nur zu sehr erleichterten: Leichtsinn, Erregbarkeit, und vor allem ein grenzenloser Hochmut, der nicht immer den Schein verschmähte und dann alles daran setzte, durch Wahrmachung des Usurpierten möglicher Beschämung zu entgehen. Seine Natur war nicht unedel, aber er gewöhnte sich, die innere Schande der äußern vorzuziehen. Man darf nur sagen, er gewöhnte sich zu prunken, während seine Mutter darbte.

Diese unglückliche Wendung seines Charakters war indessen das Werk mehrerer Jahre, in denen man bemerkte, daß Margreth immer stiller über ihren Sohn ward und allmählich in einen Zustand der Verkommenheit versank, den man früher bei ihr für unmöglich gehalten hätte. Sie wurde scheu, saumselig, sogar unordentlich, und manche meinten, ihr Kopf habe gelitten. Friedrich ward desto lauter; er versäumte keine Kirchweih oder Hochzeit, und da ein sehr empfindliches Ehrgefühl ihn die geheime Mißbilligung mancher nicht übersehen ließ, war er gleichsam immer unter Waffen, der öffentlichen Meinung nicht sowohl Trotz zu bieten, als sie den Weg zu leiten, der ihm gefiel. Er war äußerlich ordentlich, nüchtern, anscheinend treuherzig, aber listig, prahlerisch und oft roh, ein Mensch, an dem niemand Freude haben konnte, am wenigsten seine Mutter, und der dennoch durch seine gefürchtete Kühnheit und noch mehr gefürchtete Tücke ein gewisses Übergewicht im Dorfe erlangt hatte, das um so mehr anerkannt wurde, je mehr man sich bewußt war, ihn nicht zu kennen und nicht berechnen zu können, wessen er am Ende fähig sei. Nur ein Bursch im Dorfe, Wilm Hülsmeyer, wagte im Bewußtsein seiner Kraft und guter Verhältnisse ihm die Spitze zu bieten; und da er gewandter in Worten war als Friedrich und immer, wenn der Stachel saß, einen Scherz daraus zu machen wußte, so war dies der einzige, mit dem Friedrich ungern zusammentraf.

Vier Jahre waren verflossen: es war im Oktober; der milde Herbst von 1760, der alle Scheunen mit Korn und alle Keller mit Wein füllte, hatte seinen Reichtum auch über diesen Erdwinkel strömen lassen, und man sah mehr Betrunkene, hörte von mehr Schlägereien und dummen Streichen als je. Überall gab's Lustbarkeiten; der blaue Montag kam in Aufnahme, und wer ein paar Taler erübrigt hatte, wollte gleich eine Frau dazu, die ihm heute essen und morgen hungern helfen könne. Da gab es im Dorfe eine tüchtige, solide Hochzeit, und die Gäste durften mehr erwarten als eine verstimmte Geige, ein Glas Branntwein und was sie an guter Laune selber mitbrachten. Seit früh war alles auf den Beinen; vor jeder Tür wurden Kleider gelüftet, und B. glich den ganzen Tag einer Trödelbude. Da viele Auswärtige erwartet wurden, wollte jeder gern die Ehre des Dorfes oben halten.

Es war sieben Uhr abends und alles in vollem Gange; Jubel und Gelächter an allen Enden, die niedern Stuben zum Ersticken angefüllt mit blauen, roten und gelben Gestalten, gleich Pfandställen, in denen eine zu große Herde eingepfercht ist. Auf der Tenne ward getanzt, das heißt, wer zwei Fuß Raum erobert hatte, drehte sich darauf immer rundum und suchte durch Jauchzen zu ersetzen, was an Bewegung fehlte. Das Orchester war glänzend, die erste Geige als anerkannte Künstlerin prädominierend, die zweite und eine große Baßviole mit drei Saiten von Dilettanten ad libitum gestrichen; Branntwein und Kaffee im Überfluß, alle Gäste von Schweiß triefend; kurz, es war ein köstliches Fest. Friedrich stolzierte umher wie ein Hahn, im neuen himmelblauen Rock, und machte sein Recht als erster Elegant geltend. Als auch die Gutsherrschaft anlangte, saß er gerade hinter der Baßgeige und strich die tiefste Saite mit großer Kraft und vielem Anstand.

»Johannes!« rief er gebieterisch, und heran trat sein Schützling von dem Tanzplatze, wo er auch seine ungelenken Beine zu schlenkern und eins zu jauchzen versucht hatte. Friedrich reichte ihm den Bogen, gab durch eine stolze Kopfbewegung seinen Willen zu erkennen und trat zu den Tanzenden. »Nun lustig, Musikanten: den Papen van Istrup!« – Der beliebte Tanz ward gespielt, und Friedrich machte Sätze vor den Augen seiner Herrschaft, daß die Kühe an der Tenne die Hörner zurückzogen und Kettengeklirr und Gebrumm an ihren Ständern herlief. Fußhoch über die andern tauchte sein blonder Kopf auf und nieder, wie ein Hecht, der sich im Wasser überschlägt; an allen Enden schrien Mädchen auf, denen er zum Zeichen der Huldigung mit einer raschen Kopfbewegung sein langes Flachshaar ins Gesicht schleuderte.

»Jetzt ist es gut!« sagte er endlich und trat schweißtriefend an den Kredenztisch; »die gnädigen Herrschaften sollen leben und alle die hochadeligen Prinzen und Prinzessinnen, und wer's nicht mittrinkt, den will ich an die Ohren schlagen, daß er die Engel singen hört!« – Ein lautes Vivat beantwortete den galanten Toast. – Friedrich machte seinen Bückling. – »Nichts für ungut, gnädige Herrschaften; wir sind nur ungelehrte Bauersleute!« In diesem Augenblick erhob sich ein Getümmel am Ende der Tenne, Geschrei, Schelten, Gelächter, alles durcheinander. »Butterdieb, Butterdieb!« riefen ein paar Kinder, und heran drängte sich, oder vielmehr ward geschoben, Johannes Niemand, den Kopf zwischen die Schultern ziehend und mit aller Macht nach dem Ausgange strebend. – »Was ist's? Was habt ihr mit unserem Johannes?« rief Friedrich gebieterisch.

»Das sollt Ihr früh genug gewahr werden«, keuchte ein altes Weib mit der Küchenschürze und einem Wischhader in der Hand. – Schande! Johannes, der arme Teufel, dem zu Hause das Schlechteste gut genug sein mußte, hatte versucht, sich ein halbes Pfündchen Butter für die kommende Dürre zu sichern, und ohne daran zu denken, daß er es, sauber in sein Schnupftuch gewickelt, in der Tasche geborgen, war er ans Küchenfenster getreten und nun rann das Fett schmählich die Rockschöße entlang. Allgemeiner Aufruhr; die Mädchen sprangen zurück, aus Furcht, sich zu beschmutzen, oder stießen den Delinquenten vorwärts. Andere machten Platz, sowohl aus Mitleid als Vorsicht. Aber Friedrich trat vor: »Lumpenhund!« rief er; ein paar derbe Maulschellen trafen den geduldigen Schützling; dann stieß er ihn an die Tür und gab ihm einen tüchtigen Fußtritt mit auf den Weg.

Er kehrte niedergeschlagen zurück; seine Würde war verletzt, das allgemeine Gelächter schnitt ihm durch die Seele, ob er sich gleich durch einen tapfern Juchheschrei wieder in den Gang zu bringen suchte – es wollte nicht mehr recht gehen. Er war im Begriff, sich wieder hinter die Baßviole zu flüchten; doch zuvor noch ein Knalleffekt: er zog seine silberne Taschenuhr hervor, zu jener Zeit ein seltener und kostbarer Schmuck. »Es ist bald zehn«, sagte er. »Jetzt den Brautmenuett! Ich will Musik machen.«

»Eine prächtige Uhr!« sagte der Schweinehirt und schob sein Gesicht in ehrfurchtsvoller Neugier vor. – »Was hat sie gekostet?« rief Wilm Hülsmeyer, Friedrichs Nebenbuhler. – »Willst du sie bezahlen?« fragte Friedrich. – »Hast *du* sie bezahlt?« antwortete Wilm. Friedrich warf einen stolzen Blick auf ihn und griff in schweigender Majestät zum Fidelbogen. – »Nun, nun«, sagte Hülsmeyer, »dergleichen hat man schon erlebt. Du weißt wohl, der Franz Ebel hatte auch eine schöne Uhr, bis der Jude Aaron sie ihm wieder abnahm.« Friedrich antwortete nicht, sondern winkte stolz der ersten Violine, und sie begannen aus Leibeskräften zu streichen.

Die Gutsherrschaft war indessen in die Kammer getreten, wo der Braut von den Nachbarfrauen das Zeichen ihres neuen Standes, die weiße Stirnbinde, umgelegt wurde. Das junge Blut weinte sehr, teils weil es die Sitte so wollte, teils aus wahrer Beklemmung. Sie sollte einem verworrenen Haushalt vorstehen, unter den Augen eines mürrischen alten Mannes, den sie noch obendrein lieben sollte. Er stand neben ihr, durchaus nicht wie der Bräutigam des Hohen Liedes, der »in die Kammer tritt wie die Morgensonne.« – »Du hast nun genug geweint«, sagte er verdrießlich; »bedenk, du bist es nicht, die mich glücklich macht, ich mache dich glücklich!« – Sie sah demütig zu ihm auf und schien zu fühlen, daß er recht habe. – Das Geschäft war beendigt; die junge Frau hatte ihrem Manne zugetrunken, junge Spaßvögel hatten durch den Dreifuß geschaut, ob die Binde gerade sitze, und man drängte sich wieder der Tenne zu, von wo unauslöschliches Gelächter und Lärm herüberschallte. Friedrich war nicht mehr dort. Eine große, unerträgliche Schmach hatte ihn getroffen, da der Jude Aaron, ein Schlächter und gelegentlicher Althändler aus dem nächsten Städtchen, plötzlich erschienen war, und nach einem kurzen, unbefriedigten Zwiegespräch ihn laut vor allen Leuten um den Betrag von zehn Talern für eine schon um Ostern gelieferte Uhr gemahnt hatte. Friedrich war wie vernichtet fortgegangen und der Jude ihm gefolgt, immer schreiend: »O weh mir! Warum hab' ich nicht gehört auf vernünftige Leute! Haben sie mir nicht hundertmal gesagt, Ihr hättet all Eur Gut am Leibe und kein Brot im Schranke!« – Die Tenne tobte von Gelächter; manche hatten sich auf den Hof nachgedrängt. – »Packt den Juden! Wiegt ihn gegen ein Schwein!« riefen einige; andere waren ernst geworden. – »Der Friedrich sah so blaß aus wie ein Tuch«, sagte eine alte Frau, und die Menge teilte sich, wie der Wagen des Gutsherrn in den Hof lenkte.

Herr von S. war auf dem Heimwege verstimmt, die jedesmalige Folge, wenn der Wunsch, seine Popularität aufrecht zu erhalten, ihn bewog, solchen Festen beizuwohnen. Er sah schweigend aus dem Wagen. »Was sind denn das für ein paar Figuren?« – Er deutete auf zwei dunkle Gestalten, die vor dem Wagen rannten wie Strauße. Nun schlüpften sie ins Schloß. – »Auch ein paar selige Schweine aus unserm eigenen Stall!« seufzte Herr von S. Zu Hause angekommen, fand er die Hausflur vom ganzen Dienstpersonal eingenommen, das zwei Kleinknechte umstand, welche sich blaß und atemlos auf der Stiege niedergelassen hatten. Sie behaupteten, von des alten Mergels Geist verfolgt worden zu sein, als sie durchs Brederholz heimkehrten. Zuerst hatte es über ihnen an der Höhe gerauscht und geknistert; darauf hoch in der Luft ein Geklapper wie von aneinander geschlagenen Stöcken; plötzlich ein gellender Schrei und ganz deutlich die Worte: »O weh, meine arme Seele!« hoch von oben herab. Der eine wollte auch glühende Augen durch die Zweige funkeln gesehen haben, und beide waren gelaufen, was ihre Beine vermochten.

»Dummes Zeug!« sagte der Gutsherr verdrießlich und trat in die Kammer, sich umzukleiden. Am andern Morgen wollte die Fontäne im Garten nicht springen, und es fand sich, daß jemand eine Röhre verrückt hatte, augenscheinlich um nach dem Kopfe eines vor vielen Jahren hier verscharrten Pferdegerippes zu suchen, der für ein bewährtes Mittel wider allen Hexen- und Geisterspuk gilt. »Hm«, sagte der Gutsherr, »was die Schelme nicht stehlen, das verderben die Narren.«

Drei Tage später tobte ein furchtbarer Sturm. Es war Mitternacht, aber alles im Schlosse außer dem Bett. Der Gutsherr stand am Fenster und sah besorgt ins Dunkle, nach seinen Feldern hinüber. An den Scheiben flogen Blätter und Zweige her; mitunter fuhr ein Ziegel hinab und schmetterte auf das Pflaster des Hofes. – »Furchtbares Wetter!« sagte Herr von S. Seine Frau sah ängstlich aus. »Ist das Feuer auch gewiß gut verwahrt?« sagte sie; »Gretchen, sieh noch einmal nach, gieß es lieber ganz aus! – Kommt, wir wollen das Evangelium Johannis beten.« Alles kniete nieder, und die Hausfrau begann: »Im Anfang war das Wort und das Wort war bei Gott und Gott war das Wort.« Ein furchtbarer Donnerschlag. Alle fuhren zusammen; dann furchtbares Geschrei und Getümmel die Treppe heran. – »Um Gottes willen! Brennt es?« rief Frau von S. und sank mit dem Gesichte auf den Stuhl. Die Türe ward aufgerissen und herein stürzte die Frau des Juden Aaron, bleich wie der Tod, das Haar wild um den Kopf, von Regen triefend. Sie warf sich vor dem Gutsherrn auf die Knie. »Gerechtigkeit!« rief sie, »Gerechtigkeit! Mein Mann ist erschlagen!« und sank ohnmächtig zusammen.

Es war nur zu wahr, und die nachfolgende Untersuchung bewies, daß der

Jude Aaron durch einen Schlag an die Schläfe mit einem stumpfen Instrumente, wahrscheinlich einem Stabe, sein Leben verloren hatte, durch einen einzigen Schlag. An der linken Schläfe war der blaue Fleck, sonst keine Verletzung zu finden. Die Aussagen der Jüdin und ihres Knechtes Samuel lauteten so: Aaron war vor drei Tagen am Nachmittage ausgegangen, um Vieh zu kaufen, und hatte dabei gesagt, er werde wohl über Nacht ausbleiben, da noch einige böse Schuldner in B. und S. zu mahnen seien. In diesem Falle werde er in B. beim Schlächter Salomon übernachten. Als er am folgenden Tage nicht heimkehrte, war seine Frau sehr besorgt geworden und hatte sich endlich heute um drei nachmittags in Begleitung ihres Knechtes und des großen Schlächterhundes auf den Weg gemacht. Beim Juden Salomon wußte man nichts von Aaron; er war gar nicht da gewesen. Nun waren sie zu allen Bauern gegangen, von denen sie wußten, daß Aaron einen Handel mit ihnen im Auge hatte. Nur zwei hatten ihn gesehen, und zwar an demselben Tage, an welchem er ausgegangen. Es war darüber sehr spät geworden. Die große Angst trieb das Weib nach Haus, wo sie ihren Mann wiederzufinden eine schwache Hoffnung nährte. So waren sie im Brederholz vom Gewitter überfallen worden und hatten unter einer großen, am Berghange stehenden Buche Schutz gesucht; der Hund hatte unterdessen auf eine auffallende Weise umhergestöbert und sich endlich, trotz allem Locken, im Walde verlaufen. Mit einemmale sieht die Frau beim Leuchten des Blitzes etwas Weißes neben sich im Moose. Es ist der Stab ihres Mannes, und fast im selben Augenblicke bricht der Hund durchs Gebüsch und trägt etwas im Maule: es ist der Schuh ihres Mannes. Nicht lange, so ist in einem mit dürrem Laube gefüllten Graben der Leichnam des Juden gefunden. – Dies war die Angabe des Knechtes, von der Frau nur im allgemeinen unterstützt; ihre übergroße Spannung hatte nachgelassen, und sie schien jetzt halb verwirrt oder vielmehr stumpfsinnig. – »Aug' um Auge, Zahn um Zahn!« dies waren die einzigen Worte, die sie zuweilen hervorstieß.

In derselben Nacht noch wurden die Schützen aufgeboten, um Friedrich zu verhaften. Der Anklage bedurfte es nicht, da Herr von S. selbst Zeuge eines Auftritts gewesen war, der den dringendsten Verdacht auf ihn werfen mußte; zudem die Gespenstergeschichte von jenem Abende, das Aneinanderschlagen der Stäbe im Brederholz, der Schrei aus der Höhe. Da der Amtsschreiber gerade abwesend war, so betrieb Herr von S. selbst alles rascher, als sonst geschehen wäre. Dennoch begann die Dämmerung bereits anzubrechen, bevor die Schützen so geräuschlos wie möglich das Haus der armen Margreth umstellt hatten. Der Gutsherr selber pochte an; es währte kaum eine Minute, bis geöffnet ward und Margreth völlig gekleidet in der Türe erschien. Herr von S. fuhr zurück; er hätte sie fast nicht erkannt, so blaß und steinern sah sie aus.

»Wo ist Friedrich?« fragte er mit unsicherer Stimme. – »Sucht ihn«, antwortete sie und setzte sich auf einen Stuhl. Der Gutsherr zögerte noch einen Augenblick. »Herein, herein!« sagte er dann barsch; »worauf warten wir?« Man trat in Friedrichs Kammer. Er war nicht da, aber das Bett noch warm. Man stieg auf den Söller, in den Keller, stieß ins Stroh, schaute hinter jedes Faß, sogar in den Backofen; er war nicht da. Einige gingen in den Garten, sahen hinter den Zaun und in die Apfelbäume hinauf; er war nicht zu finden. – »Entwischt!« sagte der Gutsherr mit sehr gemischten Gefühlen: der Anblick der alten Frau wirkte gewaltig auf ihn. »Gebt den Schlüssel zu jenem Koffer.« – Margreth antwortete nicht. – »Gebt den Schlüssel!« wiederholte der Gutsherr und merkte jetzt erst, daß der Schlüssel steckte. Der Inhalt des Koffers kam zum Vorschein: des Entflohenen gute Sonntagskleider und seiner Mutter ärmlicher Staat; dann zwei Leichenhemden mit schwarzen Bändern, das eine für einen Mann, das andere für eine Frau gemacht. Herr von S. war tief erschüttert. Ganz zu unterst auf dem Boden des Koffers lag die silberne Uhr und einige Schriften von sehr leserlicher Hand, eine derselben von einem Manne unterzeichnet, den man in starkem Verdacht der Verbindung mit den Holzfrevlern hatte. Herr von S. nahm sie mit zur Durchsicht, und man verließ das Haus, ohne daß Margreth ein anderes Lebenszeichen von sich gegeben hätte, als daß sie unaufhörlich die Lippen nagte und mit den Augen zwinkerte.

Im Schlosse angelangt, fand der Gutsherr den Amtsschreiber, der schon am vorigen Abend heimgekommen war und behauptete, die ganze Geschichte verschlafen zu haben, da der gnädige Herr nicht nach ihm geschickt. – »Sie kommen immer zu spät«, sagte Herr von S. verdrießlich. »War denn nicht irgendein altes Weib im Dorfe, das Ihrer Magd die Sache erzählte? Und warum weckte man Sie dann nicht?« – »Gnädiger Herr«, versetzte Kapp, »allerdings hat meine Anne Marie den Handel um eine Stunde früher erfahren als ich; aber sie wußte, daß Ihre Gnaden die Sache selbst leiteten, und dann«, fügte er mit klagender Miene hinzu, »daß ich so todmüde war.« – »Schöne Polizei!« murmelte der Gutsherr, »jede alte Schachtel im Dorf weiß Bescheid, wenn es recht geheim zugehen soll.« Dann fuhr er heftig fort: »Das müßte wahrhaftig ein dummer Teufel von Delinquenten sein, der sich packen ließe!«

Beide schwiegen eine Weile. – »Mein Fuhrmann hatte sich in der Nacht verirrt«, hob der Amtsschreiber wieder an; »über eine Stunde lang hielten wir im Walde, es war ein Mordwetter; ich dachte, der Wind werde den Wagen umreißen. Endlich, als der Regen nachließ, fuhren wir in Gottes Namen darauf los, immer in das Zellerfeld hinein, ohne eine Hand vor den Augen zu sehen. Da sagte der Kutscher: wenn wir nur nicht den Steinbrüchen zu nahe kommen! Mir war selbst bange; ich ließ halten und schlug Feuer, um wenigstens etwas Unterhaltung an meiner Pfeife zu haben. Mit einemmale hörten wir ganz nah, perpendikulär unter uns die Glocke schlagen. Ew. Gnaden mögen glauben, daß mir fatal zu Mut wurde. Ich sprang aus dem Wagen, denn seinen eigenen Beinen kann man trauen, aber denen der Pferde nicht. So stand ich, in Kot und Regen, ohne mich zu rühren, bis es gottlob sehr bald anfing zu dämmern. Und wo hielten wir? dicht an der Heerser Tiefe und den Turm von Heerse gerade unter uns. Wären wir noch zwanzig Schritt weiter gefahren, wir wären alle Kinder des Todes gewesen.« – »Das war in der Tat kein Spaß«, versetzte der Gutsherr, halb versöhnt.

Er hatte unterdessen die mitgenommenen Papiere durchgesehen. Es waren Mahnbriefe um geliehene Gelder, die meisten von Wucherern. – »Ich hätte nicht gedacht«, murmelte er, »daß die Mergels so tief drin steckten.« – »Ja, und daß es so an den Tag kommen muß«, versetzte Kapp; »das wird kein kleiner Ärger für Frau Margreth sein.« – »Ach Gott, die denkt jetzt daran nicht!« – Mit diesen Worten stand der Gutsherr auf und verließ das Zimmer, um mit Herrn Kapp die gerichtliche Leichenschau vorzunehmen. – Die Untersuchung war kurz, gewaltsamer Tod erwiesen, der vermutliche Täter entflohen, die Anzeigen gegen ihn zwar gravierend, doch ohne persönliches Geständnis nicht beweisend, seine Flucht allerdings sehr verdächtig. So mußte die gerichtliche Verhandlung ohne genügenden Erfolg geschlossen werden.

Die Juden der Umgegend hatten großen Anteil gezeigt. Das Haus der Witwe ward nie leer von Jammernden und Ratenden. Seit Menschengedenken waren nicht so viel Juden beisammen in L. gesehen worden. Durch den Mord ihres Glaubensgenossen aufs Äußerste erbittert, hatten sie weder Mühe noch Geld gespart, dem Täter auf die Spur zu kommen. Man weiß sogar, daß einer derselben, gemeinhin der Wucherjoel genannt, einem seiner Kunden, der ihm mehrere Hunderte schuldete und den er für einen besonders listigen Kerl hielt, Erlaß der ganzen Summe angeboten hatte, falls er ihm zur Verhaftung des Mergel verhelfen wolle; denn der Glaube war allgemein unter den Juden, daß der Täter nur mit guter Beihilfe entwischt und wahrscheinlich noch in der Umgegend sei. Als dennoch alles nichts half und die gerichtliche Verhandlung für beendet erklärt worden war, erschien am nächsten Morgen eine Anzahl der angesehensten Israeliten im Schlosse, um dem gnädigen Herrn einen Handel anzutragen. Der Gegenstand war die Buche, unter der Aarons Stab gefunden und wo der Mord wahrscheinlich verübt worden war. – »Wollt ihr sie fällen? So mitten im vollen Laube?« fragte der Gutsherr. – »Nein, Ihro Gnaden, sie muß stehenbleiben im Winter und Sommer, solange ein Span daran ist.« – »Aber wenn ich nun den Wald hauen lasse, so schadet es dem jungen Aufschlag.« – »Wollen wir sie doch nicht um gewöhnlichen Preis.« – Sie boten 200 Taler. Der Handel ward geschlossen und allen Förstern streng eingeschärft, die Judenbuche auf keine Weise zu schädigen. Darauf sah man an einem Abende wohl gegen sechzig Juden, ihren Rabbiner an der Spitze, in das Brederholz ziehen, alle schweigend und mit gesenkten Augen. Sie blieben über eine Stunde im Walde und kehrten dann ebenso ernst und feierlich zurück, durch das Dorf B. bis in das Zellerfeld, wo sie sich zerstreuten und jeder seines Weges ging. Am nächsten Morgen stand an der Buche mit dem Beil eingehauen:

אִם תַּעֲבוֹר בַּמָּקוֹם הַזֶּה יִפְגַּע בָּךְ כַּאֲשֶׁר אַתָּה עָשִׂיתָ לִי׃

Und wo war Friedrich? Ohne Zweifel fort, weit genug, um die kurzen Arme einer so schwachen Polizei nicht mehr fürchten zu dürfen. Er war bald verschollen, vergessen. Ohm Simon redete selten von ihm, und dann schlecht; die Judenfrau tröstete sich am Ende und nahm einen anderen Mann. Nur die arme Margreth blieb ungetröstet.

Etwa ein halbes Jahr nachher las der Gutsherr einige eben erhaltene Briefe in Gegenwart des Amtsschreibers. – »Sonderbar, sonderbar!« sagte er. »Denken Sie sich, Kapp, der Mergel ist vielleicht unschuldig an dem Morde. Soeben schreibt mir der Präsident des Gerichtes zu P.: ›Le vrai n'est pas toujours vraisemblable; das erfahre ich oft in meinem Berufe und jetzt neuerdings. Wissen Sie wohl, daß Ihr lieber Getreuer, Friedrich Mergel, den Juden mag ebensowenig erschlagen haben als ich oder Sie? Leider fehlen die Beweise, aber die Wahrscheinlichkeit ist groß. Ein Mitglied der Schlemmingschen Bande (die wir jetzt, nebenbei gesagt, größtenteils unter Schloß und Riegel haben), Lumpenmoises genannt, hat im letzten Verhöre ausgesagt, daß ihn nichts so sehr gereue, als der Mord eines Glaubensgenossen, Aaron, den er im Walde erschlagen und doch nur sechs Groschen bei ihm gefunden habe. Leider ward das Verhör durch die Mittagsstunde unterbrochen, und während wir tafelten, hat sich der Hund von einem Juden an seinem Strumpfband erhängt. Was sagen Sie dazu? Aaaron ist zwar ein verbreiteter Name usw.‹ – Was sagen Sie dazu?« wiederholte der Gutsherr; »und weshalb wäre der Esel von einem Burschen denn gelaufen?« – Der Amtsschreiber dachte nach. – »Nun, vielleicht der Holzfrevel wegen, mit denen wir ja gerade in Untersuchung waren. Heißt es nicht: der Böse läuft vor seinem eigenen Schatten? Mergels Gewissen war schmutzig genug auch ohne diesen Flecken.«

Dabei beruhigte man sich. Friedrich war hin, verschwunden und Johannes Niemand, der arme, unbeachtete Johannes, am gleichen Tage mit ihm.

Eine schöne, lange Zeit war verflossen, achtundzwanzig Jahre, fast die Hälfte eines Menschenlebens; der Gutsherr war sehr alt und grau geworden, sein gutmütiger Gehilfe Kapp längst begraben. Menschen, Tiere und Pflanzen waren entstanden, gereift, vergangen, nur Schloß B. sah immer gleich grau und vornehm auf die Hütten herab, die wie alte hektische Leute immer fallen zu wollen schienen und immer standen. Es war am Vorabende des Weihnachtsfestes, den 24sten Dezember 1788. Tiefer Schnee lag in den Hohlwegen, wohl an zwölf Fuß hoch, und eine durchdringende Frostluft machte die Fensterscheiben in der geheizten Stube gefrieren. Mitternacht war nahe, dennoch flimmerten überall matte Lichtchen aus den Schneehügeln, und in jedem Hause lagen die Einwohner auf den Knien, um den Eintritt des heiligen Christfestes mit Gebet zu erwarten, wie dies in katholischen Ländern Sitte ist oder wenigstens damals allgemein war. Da bewegte sich von der Breder Höhe herab eine Gestalt langsam gegen das Dorf; der Wanderer schien sehr matt oder krank; er stöhnte schwer und schleppte sich äußerst mühsam durch den Schnee.

An der Mitte des Hanges stand er still, lehnte sich auf seinen Krückenstab und starrte unverwandt auf die Lichtpunkte. Es war so still überall, so tot und kalt: man mußte an Irrlichter auf Kirchhöfen denken. Nun schlug es zwölf im Turm; der letzte Schlag verdröhnte langsam, und im nächsten Hause erhob sich ein leiser Gesang, der, von Hause zu Hause schwellend, sich über das ganze Dorf zog:

Ein Kindelein so löbelich
Ist uns geboren heute,
Von einer Jungfrau säuberlich,
Des freun sich alle Leute;
Und wär' das Kindelein nicht geborn.
So wären wir alle zusammen verlorn:
Das Heil ist unser aller,
O du mein liebster Jesu Christ,
Der du als Mensch geboren bist,
Erlös uns von der Hölle!

Der Mann am Hange war in die Knie gesunken und versuchte mit zitternder Stimme einzufallen: es ward nur ein lautes Schluchzen daraus, und schwere, heiße Tropfen fielen in den Schnee. Die zweite Strophe begann; er betete leise mit; dann die dritte und vierte. Das Lied war geendigt, und die Lichter in den Häusern begannen sich zu bewegen. Da richtete der Mann sich mühselig auf und schlich langsam hinab in das Dorf. An mehreren Häusern keuchte er vorüber, dann stand er vor einem still und pochte leise an.

»Was ist denn das?« sagte drinnen eine Frauenstimme: »die Türe klappert und der Wind geht doch nicht.« – Er pochte stärker: »Um Gottes willen, laßt einen halberfrorenen Menschen ein, der aus der türkischen Sklaverei kommt!« – Geflüster in der Küche. »Geht ins Wirtshaus«, antwortete eine andere Stimme, »das fünfte Haus von hier!« – »Um Gottes Barmherzigkeit willen, laßt mich ein! Ich habe kein Geld.« – Nach einigem Zögern ward die Tür geöffnet, und ein Mann leuchtete mit der Lampe hinaus. – »Kommt nur herein!« sagte er dann. »Ihr werdet uns den Hals nicht abschneiden.«

In der Küche befanden sich außer dem Manne eine Frau in den mittlern Jahren, eine alte Mutter und fünf Kinder. Alle drängten sich um den Eintretenden her und musterten ihn mit scheuer Neugier. Eine armselige Figur! Mit schiefem Halse, gekrümmtem Rücken, die ganze Gestalt gebrochen und kraftlos; langes, schneeweißes Haar hing um sein Gesicht, das den verzogenen Ausdruck langen Leidens trug. Die Frau ging schweigend an den Herd und legte frisches Reisig zu. – »Ein Bett können wir Euch nicht geben«, sagte sie; »aber ich will hier eine gute Streu machen; Ihr müßt Euch schon so behelfen.« – »Gott's Lohn!« versetzte der Fremde; »ich bin's wohl schlechter gewohnt.« – Der Heimgekehrte ward als Johannes Niemand erkannt, und er selbst bestätigte, daß er derselbe sei, der einst mit Friedrich Mergel entflohen.

Das Dorf war am folgenden Tage voll von den Abenteuern des so lange Verschollenen. Jeder wollte den Mann aus der Türkei sehen, und man wunderte sich beinahe, daß er noch aussehe wie andere Menschen. Das junge Volk hatte zwar keine Erinnerungen von ihm, aber die Alten fanden seine Züge noch ganz wohl heraus, so erbärmlich entstellt er auch war. »Johannes, Johannes, was seid Ihr grau geworden!« sagte eine alte Frau. »Und woher habt Ihr den schiefen Hals?« – »Vom Holz- und Wassertragen in der Sklaverei«, versetzte er. – »Und was ist aus Mergel geworden? Ihr seid doch zusammen fortgelaufen?« – »Freilich wohl; aber ich weiß nicht, wo er ist, wir sind voneinander gekommen. Wenn Ihr an ihn denkt, betet für ihn«, fügte er hinzu, »er wird es wohl nötig haben.«

Man fragte ihn, warum Friedrich sich denn aus dem Staube gemacht, da er den Juden doch nicht erschlagen? – »Nicht?« sagte Johannes und horchte gespannt auf, als man ihm erzählte, was der Gutsherr geflissentlich verbreitet hatte, um den Fleck von Mergels Namen zu löschen. »Also ganz umsonst«, sagte er nachdenkend, »ganz umsonst so viel ausgestanden!« Er seufzte tief und fragte nun einerseits nach manchem. Simon war lange tot, aber zuvor noch ganz verarmt, durch Prozesse und böse Schuldner, die er nicht gerichtlich belangen durfte, weil es, wie man sagte, zwischen ihnen keine reine Sache war. Er hatte zuletzt Bettelbrot gegessen und war in einem fremden Schuppen auf dem Stroh gestorben. Margreth hatte länger gelebt, aber in völliger Geistesdumpfheit. Die Leute im Dorf waren es bald müde geworden, ihr beizustehen, da sie alles verkommen ließ, was man ihr gab, wie es denn die Art der Menschen ist, gerade die Hilflosesten zu verlassen, solche, bei denen der Beistand nicht nachhaltig wirkt und die der Hilfe immer gleich bedürftig bleiben. Dennoch hatte sie nicht eigentlich Not gelitten; die Gutsherrschaft sorgte sehr für sie, schickte ihr täglich das Essen und ließ ihr auch ärztliche Behandlung zukommen, als ihr kümmerlicher Zustand in völlige Abzehrung übergegangen war. In ihrem Hause wohnte jetzt der Sohn des ehemaligen Schweinehirten, der an jenem unglücklichen Abende Friedrichs Uhr so sehr bewundert hatte. – »Alles hin, alles tot!« seufzte Johannes.

Am Abend, als es dunkel geworden war und der Mond schien, sah man ihn im Schnee auf dem Kirchhofe umherhumpeln; er betete bei keinem Grabe, ging auch an keines dicht hinan, aber auf einige schien er aus der Ferne starre Blicke zu heften. So fand ihn der Förster Brandis, der Sohn des Erschlagenen, den die Gutsherrschaft abgeschickt hatte, ihn ins Schloß zu holen.

Beim Eintritt in das Wohnzimmer sah er scheu umher, wie vom Licht geblendet, und dann auf den Baron, der sehr zusammengefallen in seinem Lehnstuhl saß, aber noch immer mit den hellen Augen und dem roten Käppchen auf dem Kopfe wie vor achtundzwanzig Jahren; neben ihm die gnädige Frau, auch alt, sehr alt geworden.

»Nun, Johannes«, sagte der Gutsherr, »erzähl mir einmal recht ordentlich von deinen Abenteuern. Aber«, er musterte ihn durch die Brille, »du bist ja erbärmlich mitgenommen in der Türkei!« – Johannes begann: wie Mergel ihn nachts von der Herde abgerufen und gesagt, er müsse mit ihm fort. – »Aber warum lief der dumme Junge denn? Du weißt doch, daß er unschuldig war?« – Johannes sah vor sich nieder: »Ich weiß nicht recht, mich dünkt, es war wegen Holzgeschichten. Simon hatte so allerlei Geschäfte; mir sagte man nichts davon, aber ich glaube nicht, daß alles war, wie es sein sollte.« – »Was hat denn Friedrich dir gesagt?« – »Nichts, als daß wir laufen müßten, sie wären hinter uns her. So liefen wir bis Heerse; da war es noch dunkel, und wir versteckten uns hinter das große Kreuz am Kirchhofe, bis es etwas heller würde, weil wir uns vor den Steinbrüchen am Zellerfelde fürchteten; und wie wir eine Weile gesessen hatten, hörten wir mit einem Male über uns schnauben und stampfen und sahen lange Feuerstrahlen in der Luft gerade über dem Heerser Kirchturm. Wir sprangen auf und liefen, was wir konnten in Gottes Namen gerade aus, und wie es dämmerte, waren wir wirklich auf dem rechten Wege nach P.«

Johannes schien noch vor der Erinnerung zu schaudern, und der Gutsherr dachte an seinen seligen Kapp und dessen Abenteuer am Heerser Hange. – »Sonderbar!« lachte er, »so nah wart ihr einander! Aber fahr fort.« – Johannes erzählte nun, wie sie glücklich durch P. und über die Grenze gekommen. Von da an hatten sie sich als wandernde Handwerksbursche durchgebettelt bis Freiburg im Breisgau. »Ich hatte meinen Brotsack bei mir«, sagte er, »und Friedrich ein Bündelchen; so glaubte man uns.« – In Freiburg hatten sie sich von den Österreichern anwerben lassen; ihn hatte man nicht gewollt, aber Friedrich bestand darauf. So kam er unter den Train. »Den Winter über blieben wir in Freiburg«, fuhr er fort, »und es ging uns ziemlich gut; mir auch, weil Friedrich mich oft erinnerte und mir half, wenn ich etwas verkehrt machte. Im Frühling mußten wir marschieren, nach Ungarn, und im Herbst ging der Krieg mit den Türken los. Ich kann nicht viel davon nachsagen, denn ich wurde gleich in der ersten Affaire gefangen und bin seitdem sechsundzwanzig Jahre in der türkischen Sklaverei gewesen!« – »Gott im Himmel! Das ist doch schrecklich!« sagte Frau von S. – »Schlimm genug; die Türken halten uns Christen nicht besser als Hunde; das schlimmste war, daß meine Kräfte unter der harten Arbeit vergingen; ich ward auch älter und sollte noch immer tun wie vor Jahren.«

Er schwieg eine Weile. »Ja«, sagte er dann, »es ging über Menschenkräfte und Menschengeduld; ich hielt es auch nicht aus. – Von da kam ich auf ein holländisches Schiff.« – »Wie kamst du denn dahin?« fragte der Gutsherr. – »Sie fischten mich auf, aus dem Bosporus«, versetzte Johannes. Der Baron sah ihn befremdet an und hob den Finger warnend auf; aber Johannes erzählte weiter. Auf dem Schiffe war es ihm nicht viel besser gegangen. »Der Skorbut riß ein; wer nicht ganz elend war, mußte über Macht arbeiten, und das

Schiffstau regierte ebenso streng wie die türkische Peitsche. Endlich«, schloß er, »als wir nach Holland kamen, nach Amsterdam, ließ man mich frei, weil ich unbrauchbar war, und der Kaufmann, dem das Schiff gehörte, hatte auch Mitleiden mit mir und wollte mich zu seinem Pförtner machen. Aber« – er schüttelte den Kopf – »ich bettelte mich lieber durch bis hieher.« – »Das war dumm genug«, sagte der Gutsherr. – Johannes seufzte tief: »O Herr, ich habe mein Leben zwischen Türken und Ketzern zubringen müssen, soll ich nicht wenigstens auf einem katholischen Kirchhofe liegen?« Der Gutsherr hatte seine Börse gezogen: »Da, Johannes, nun geh und komm bald wieder. Du mußt mir das alles noch ausführlicher erzählen; heute ging es etwas konfus durcheinander. Du bist wohl noch sehr müde?« – »Sehr müde«, versetzte Johannes; »und«, er deutete auf seine Stirn, »meine Gedanken sind zuweilen so kurios, ich kann nicht recht sagen, wie es so ist.« – »Ich weiß schon«, sagte der Baron, »von alter Zeit her. Jetzt geh. Hülsmeyers behalten dich wohl noch die Nacht über, morgen komm wieder.«

Herr von S. hatte das innigste Mitleiden mit dem armen Schelm; bis zum folgenden Tage war überlegt worden, wo man ihn einmieten könne; essen sollte er täglich im Schlosse, und für Kleidung fand sich auch wohl Rat. »Herr«, sagte Johannes, »ich kann auch noch wohl etwas tun; ich kann hölzerne Löffel machen, und Ihr könnt mich auch als Boten schicken.« Herr von S. schüttelte mitleidig den Kopf: »Das würde doch nicht sonderlich ausfallen.« – »O doch Herr, wenn ich erst im Gange bin – es geht nicht schnell, aber hin komme ich doch, und es wird mir auch nicht so sauer, wie man denken sollte.« – »Nun«, sagte der Baron zweifelnd, »willst du's versuchen? Hier ist ein Brief nach P. Es hat keine sonderliche Eile.«

Am folgenden Tage bezog Johannes sein Kämmerchen bei einer Witwe im Dorfe. Er schnitzelte Löffel, aß auf dem Schlosse und machte Botengänge für den gnädigen Herrn. Im ganzen ging's ihm leidlich; die Herrschaft war sehr gütig, und Herr von S. unterhielt sich oft lange mit ihm über die Türkei, den österreichischen Dienst und die See. – »Der Johannes könnte viel erzählen«, sagte er zu seiner Frau, »wenn er nicht so grundeinfältig wäre.« – »Mehr tiefsinnig als einfältig«, versetzte sie; »ich fürchte immer, er schnappt noch über.« – »Ei bewahre!« antwortete der Baron, »er war sein Leben lang ein Simpel; simple Leute werden nie verrückt.«

Nach einiger Zeit blieb Johannes auf einem Botengange über Gebühr lange aus. Die gute Frau von S. war sehr besorgt um ihn und wollte schon Leute aussenden, als man ihn die Treppe heraufstelzen hörte. – »Du bist lange ausgeblieben, Johannes«, sagte sie; »ich dachte schon, du hättest dich im Brederholz verirrt.« – »Ich bin durch den Föhrengrund gegangen.« – »Das ist ja ein weiter Umweg; warum gingst du nicht durchs Brederholz?« – Er sah trübe zu ihr auf: »Die Leute sagten mir, der Wald sei gefällt, und jetzt seien so viele Kreuz- und Querwege darin, da fürchtete ich, nicht wieder hinauszukommen.

Ich werde alt und duselig«, fügte er langsam hinzu. – »Sahst du wohl«, sagte Frau von S. nachher zu ihrem Manne, »wie wunderlich und quer er aus den Augen sah? Ich sage dir, Ernst, das nimmt noch ein schlimmes Ende.«

Indessen nahte der September heran. Die Felder waren leer, das Laub begann abzufallen und mancher Hektische fühlte die Schere an seinem Lebensfaden. Auch Johannes schien unter dem Einflusse des nahen Äquinoktiums zu leiden; die ihn in diesen Tagen sahen, sagen, er habe auffallend verstört ausgesehen und unaufhörlich leise mit sich selber geredet, was er auch sonst mitunter tat, aber selten. Endlich kam er eines Abends nicht nach Hause. Man dachte, die Herrschaft habe ihn verschickt, am zweiten auch nicht, am dritten Tage ward seine Hausfrau ängstlich. Sie ging ins Schloß und fragte nach. – »Gott bewahre«, sagte der Gutsherr, »ich weiß nichts von ihm; aber geschwind den Jäger gerufen und Försters Wilhelm! Wenn der armselige Krüppel«, setzte er bewegt hinzu, »auch nur in einen trockenen Graben gefallen ist, so kann er nicht wieder heraus. Wer weiß, ob er nicht gar eines von seinen schiefen Beinen gebrochen hat! – Nehmt die Hunde mit«, rief er den abziehenden Jägern nach, »und sucht vor allem in den Gräben, seht in die Steinbrüche!« rief er lauter.

Die Jäger kehrten nach einigen Stunden heim; sie hatten keine Spur gefunden. Herr von S. war in großer Unruhe: »Wenn ich mir denke, daß einer so liegen muß wie ein Stein, und kann sich nicht helfen! Aber er kann noch leben; drei Tage hält's ein Mensch wohl ohne Nahrung aus.« – Er machte sich selbst auf den Weg; in allen Häusern wurde nachgefragt, überall in die Hörner geblasen, gerufen, die Hunde zum Suchen angehetzt – umsonst! – Ein Kind hatte ihn gesehen, wie er am Rande des Brederholzes saß und an einem Löffel schnitzelte; »er schnitt ihn aber ganz entzwei«, sagte das kleine Mädchen. Das war vor zwei Tagen gewesen. Nachmittags fand sie wieder eine Spur: abermals ein Kind, das ihn an der andern Seite des Waldes bemerkt hatte, wo er im Gebüsch gesessen, das Gesicht auf den Knien, als ob er schliefe. Das war noch am vorigen Tage. Es schien, er hatte sich immer um das Brederholz herumgetrieben.

»Wenn nur das verdammte Buschwerk nicht so dicht wäre! da kann keine Seele hindurch«, sagte der Gutsherr. Man trieb die Hunde in den jungen Schlag; man blies und hallote und kehrte endlich mißvergnügt heim, als man sich überzeugt, daß die Tiere den ganzen Wald abgesucht hatten. – »Laßt nicht nach! laßt nicht nach!« bat Franz von S.; »besser ein paar Schritte umsonst, als daß etwas versäumt wird.« – Der Baron war fast ebenso beängstigt wie sie. Seine Unruhe trieb ihn sogar nach Johannes' Wohnung, obwohl er sicher war, ihn dort nicht zu finden. Er ließ sich die Kammer des Verschollenen aufschließen. Da stand sein Bett noch ungemacht, wie er es verlassen hatte; dort hing sein guter Rock, den ihm die gnädige Frau aus dem alten Jagdkleide des Herrn hatte machen lassen; auf dem Tische ein Napf, sechs neue hölzerne Löffel und eine Schachtel. Der Gutsherr öffnete sie; fünf Groschen lagen darin, sauber in Papier gewickelt, und vier silberne Westenknöpfe; der Gutsherr betrachtete sie aufmerksam. »Ein Andenken von Mergel«, murmelte er und trat hinaus, denn ihm ward ganz beengt in dem dumpfen, engen Kämmerchen. Die Nachsuchungen wurden fortgesetzt, bis man sich überzeugt hatte, Johannes sei nicht mehr in der Gegend, wenigstens nicht lebendig. So war er denn zum zweitenmal verschwunden; ob man ihn wiederfinden würde – vielleicht einmal nach Jahren seine Knochen in einem trockenen Graben? Ihn lebend wieder zu sehen, dazu war wenig Hoffnung, und jedenfalls nach achtundzwanzig Jahren gewiß nicht.

Vierzehn Tage später kehrte der junge Brandis morgens von einer Besichtigung seines Reviers durch das Brederholz heim. Es war ein für die Jahreszeit ungewöhnlich heißer Tag; die Luft zitterte, kein Vogel sang, nur die Raben krächzten langweilig aus den Ästen und hielten ihre offenen Schnäbel der Luft entgegen. Brandis war sehr ermüdet. Bald nahm er seine von der Sonne durchglühte Kappe ab, bald setzte er sie wieder auf. Es war alles gleich unerträglich, das Arbeiten durch den kniehohen Schlag sehr beschwerlich. Ringsumher kein Baum außer der Judenbuche. Dahin strebte er denn auch aus allen Kräften und ließ sich todmatt auf das beschattete Moos darunter nieder. Die Kühle zog so angenehm durch seine Glieder, daß er die Augen schloß. »Schändliche Pilze!« murmelte er halb im Schlaf. Es gibt nämlich in jener Gegend eine Art sehr saftiger Pilze, die nur ein paar Tage stehen, dann einfallen und einen unerträglichen Geruch verbreiten. Brandis glaubt solche unangenehmen Nachbarn zu spüren, er wandte sich ein paarmal hin und her, mochte aber doch nicht aufstehen; sein Hund sprang unterdessen umher, kratzte am Stamm der Buche und bellte hinauf. – »Was hast du da, Bello? Eine Katze?« murmelte Brandis. Er öffnete die Wimper halb, und die Judenschrift fiel ihm ins Auge, sehr ausgewachsen, aber doch noch ganz kenntlich. Er schloß die Augen wieder; der Hund fuhr fort zu bellen und legte endlich seinem Herrn die kalte Schnauze ans Gesicht. – »Laß mich in Ruh'! Was hast du denn?« Hiebei sah Brandis, wie er so auf dem Rücken lag, in die Höhe, sprang dann mit einem Satze auf und wie besessen ins Gestrüpp hinein. Totenbleich kam er auf dem Schlosse an: in der Judenbuche hänge ein Mensch; er habe die Beine gerade über seinem Gesichte hängen sehen. – »Und du hast ihn nicht abgeschnitten, Esel?« rief der Baron. – »Herr«, keuchte Brandis, »wenn Ew. Gnaden dagewesen wären, so wüßten Sie wohl, daß der Mensch nicht mehr lebt. Ich glaubte anfangs, es seien die Pilze.« Dennoch trieb der Gutsherr zur größten Eile und zog selbst mit hinaus.

Sie waren unter der Buche angelangt. »Ich sehe nichts«, sagte Herr von S. – »Hierher müssen Sie treten, hierher, an diese Stelle!« – »Wirklich, dem war so: der Gutsherr erkannte seine eigenen abgetragenen Schuhe. – »Gott, es ist Johannes! – Setzt die Leiter an! – So – nun herunter! – Sacht, sacht! Laßt ihn nicht fallen! – Lieber Himmel, die Würmer sind schon daran! Macht dennoch die Schlinge auf und die Halsbinde.« – Eine breite Narbe ward sichtbar; der Gutsherr fuhr zurück. – »Mein Gott!« sagte er; er beugte sich wieder über die

Leiche, betrachtete die Narbe mit großer Aufmerksamkeit und schwieg eine Weile in tiefer Erschütterung. Dann wandte er sich zu den Förstern: »Es ist nicht recht, daß der Unschuldige für den Schuldigen leide; sagt es nur allen Leuten: der da« – er deutete auf den Toten – »war Friedrich Mergel.« – Die Leiche ward auf dem Schindanger verscharrt.

Dies hat sich nach allen Hauptumständen wirklich so begeben im September des Jahrs 1788. – Die hebräische Schrift an dem Baume heißt:

»Wenn du dich diesem Orte nahest, so wird es dir ergehen, wie du mir getan hast.«

FRANZ GRILLPARZER

Der arme Spielmann

In Wien ist der Sonntag nach dem Vollmonde im Monat Juli jedes Jahr samt dem darauf folgenden Tage ein eigentliches Volksfest, wenn je ein Fest diesen Namen verdient hat. Das Volk besucht es und gibt es selbst; und wenn Vornehmere dabei erscheinen, so können sie es nur in ihrer Eigenschaft als Glieder des Volks. Da ist keine Möglichkeit der Absonderung; wenigstens vor einigen Jahren noch war keine.

An diesem Tage feiert die mit dem Augarten, der Leopoldstadt, dem Prater in ununterbrochener Lustreihe zusammenhängende Brigittenau ihre Kirchweihe. Von Brigittenkirchtag zu Brigittenkirchtag zählt seine guten Tage das arbeitende Volk. Lange erwartet erscheint endlich das saturnalische Fest. Da entsteht Aufruhr in der gutmütig ruhigen Stadt. Eine wogende Menge erfüllt die Straßen. Geräusch von Fußtritten, Gemurmel von Sprechenden, das hie und da ein lauter Ausruf durchzuckt. Der Unterschied der Stände ist verschwunden; Bürger und Soldat teilt die Bewegung. An den Toren der Stadt wächst der Drang. Genommen, verloren und wiedergenommen, ist endlich der Ausgang erkämpft. Aber die Donaubrücke bietet neue Schwierigkeiten. Auch hier siegreich, ziehen endlich zwei Ströme, die alte Donau und die geschwollnere Woge des Volks sich kreuzend quer unter und über einander, die Donau ihrem alten Flußbette nach, der Strom des Volkes, der Eindämmung der Brücke entnommen, ein weiter, tosender See, sich ergießend in alles deckender Überschwemmung. Ein neu Hinzugekommener fände die Zeichen bedenklich. Es ist aber der Aufruhr der Freude, die Losgebundenheit der Lust.

Schon zwischen Stadt und Brücke haben sich Korbwagen aufgestellt für die eigentlichen Hierophanten dieses Weihfestes: die Kinder der Dienstbarkeit und der Arbeit. Überfüllt und dennoch im Galopp durchfliegen sie die Menschenmasse, die sich hart vor ihnen öffnet und hinter ihnen schließt, unbesorgt und unverletzt. Denn es ist in Wien ein stillschweigender Bund zwischen Wagen und Menschen: nicht zu überfahren, selbst im vollen Lauf; und nicht überfahren zu werden, auch ohne alle Aufmerksamkeit.

Von Sekunde zu Sekunde wird der Abstand zwischen Wagen und Wagen kleiner. Schon mischen sich einzelne Equipagen der Vornehmeren in den oft unterbrochenen Zug. Die Wagen fliegen nicht mehr. Bis endlich fünf bis sechs Stunden vor Nacht die einzelnen Pferde- und Kutschen-Atome sich zu einer kompakten Reihe verdichten, die sich selber hemmend und durch Zufahrende aus allen Quergassen gehemmt, das alte Sprichwort: »Besser schlecht gefahren, als zu Fuße gegangen«, offenbar zu Schanden macht. Begafft, bedauert, bespottet, sitzen die geputzten Damen in den scheinbar stille stehenden Kutschen. Des immerwährenden Anhaltens ungewohnt, bäumt sich der Holsteiner Rappe, als wollte er seinen, durch den ihm vorgehenden Korbwagen gehemmten Weg obenhin über diesen hinaus nehmen, was auch die schreiende Weiber- und Kinderbevölkerung des Plebejerfuhrwerks offenbar zu befürchten scheint. Der schnell dahinschießende Fiaker, zum ersten Male seiner Natur ungetreu, berechnet ingrimmig den Verlust, auf einem Wege drei Stunden zubringen zu müssen, den er sonst in fünf Minuten durchflog. Zank, Geschrei, wechselseitige Ehrenangriffe der Kutscher, mitunter ein Peitschenhieb.

Endlich, wie denn in dieser Welt jedes noch so hartnäckige Stehenbleiben doch nur ein unvermerktes Weiterrücken ist, erscheint auch diesem status quo ein Hoffnungsstrahl. Die ersten Bäume des Augartens und der Brigittenau werden sichtbar. Land! Land! Land! Alle Leiden sind vergessen. Die zu Wagen Gekommenen steigen aus und mischen sich unter die Fußgänger, Töne entfernter Tanzmusik schallen herüber, vom Jubel der neu Ankommenden beantwortet. Und so fort und immer weiter, bis endlich der breite Hafen der Lust sich auftut und Wald und Wiese, Musik und Tanz, Wein und Schmaus, Schattenspiel und Seiltänzer, Erleuchtung und Feuerwerk sich zu einem pays de cocagne, einem Eldorado, einem eigentlichen Schlaraffenlande vereinigen, das leider, oder glücklicherweise, wie man es nimmt, nur einen und den nächst darauf folgenden Tag dauert, dann aber verschwindet, wie der Traum einer Sommernacht, und nur in der Erinnerung zurückbleibt und allenfalls in der Hoffnung.

Ich versäume nicht leicht diesem Feste beizuwohnen. Als ein leidenschaftlicher Liebhaber der Menschen, vorzüglich des Volkes, so daß mir selbst als dramatischen Dichter der rückhaltslose Ausbruch eines überfüllten Schauspielhauses immer zehnmal interessanter, ja belehrender war als das zusammengeklügelte Urteil eines an Leib und Seele verkrüppelten, von dem Blut ausgesogener Autoren spinnenartig aufgeschwollenen literarischen Matadors; als ein Liebhaber der Menschen sage ich, besonders wenn sie in Massen für einige Zeit der einzelnen Zwecke vergessen und sich als Teile des Ganzen fühlen, in dem denn doch zuletzt das Göttliche liegt – als einem solchen ist mir jedes Volksfest ein eigentliches Seelenfest, eine Wallfahrt, eine Andacht. Wie aus einem aufgerollten, ungeheuren, dem Rahmen des Buches entsprungenen Plutarch lese ich aus den heitern und heimlich bekümmerten Gesichtern, dem lebhaften oder gedrückten Gange, dem wechselseitigen Benehmen der Familienglieder, den einzelnen halb unwillkürlichen Äußerungen, mir die Biographien der unberühmten Menschen zusammen, und wahrlich! man kann die Berühmten nicht verstehen, wenn man die Obskuren nicht durchgefühlt hat. Von dem Wortwechsel weinerhitzter Karrenschieber spinnt sich ein unsichtbarer aber ununterbrochener Faden bis zum Zwist der Göttersöhne, und in der jungen Magd, die, halb wider Willen, dem drängenden Liebhaber seitab vom Gewühl der Tanzenden folgt, liegen als Embryo die Julien, die Didos und die Medeen.

Auch vor zwei Jahren hatte ich mich, wie gewöhnlich, den lustgierigen Kirchweihgästen als Fußgänger mit angeschlossen. Schon waren die Hauptschwierigkeiten der Wanderung überwunden und ich befand mich bereits am Ende des Augartens, die ersehnte Brigittenau hart vor mir liegend. Hier ist nun noch ein, wenn gleich der letzte Kampf zu bestehen. Ein schmaler Damm zwischen undurchdringlichen Befriedungen hindurchlaufend bildet die einzige Verbindung der beiden Lustorte, deren gemeinschaftliche Grenze ein in der Mitte befindliches hölzernes Gittertor bezeichnet. An gewöhnlichen Tagen und für gewöhnliche Spaziergänger bietet dieser Verbindungsweg überflüssigen Raum; am Kirchweihfeste aber würde seine Breite, auch vierfach genommen noch immer zu schmal sein für die endlose Menge, die heftig nachdrängend, und von Rückkehrenden im entgegengesetzten Sinne durchkreuzt, nur durch die allseitige Gutmütigkeit der Lustwandelnden sich am Ende doch leidlich zurecht findet.

Ich hatte mich dem Zug der Menge hingegeben und befand mich in der Mitte des Dammes, bereits auf klassischem Boden, nur leider zu stets erneutem Stillestehen, Ausbeugen und Abwarten genötigt. Da war denn Zeit genug, das seitwärts am Wege Befindliche zu betrachten. Damit es nämlich der genußlechzenden Menge nicht an einem Vorgeschmack der zu erwartenden Seligkeit mangle, hatten sich links am Abhang der erhöhten Dammstraße einzelne Musiker aufgestellt, die, wahrscheinlich die große Konkurrenz scheuend, hier an den Propyläen die Erstlinge der noch unabgenützten Freigebigkeit einernten wollten. Eine Harfenspielerin mit widerlich starrenden Augen. Ein alter invalider Stelzfuß, der auf einem entsetzlichen, offenbar von ihm selbst verfertigten Instrumente, halb Hackbrett und halb Drehorgel, die Schmerzen seiner Verwundung dem allgemeinen Mitleid auf eine analoge Weise empfindbar machen wollte. Ein lahmer, verwachsener Knabe, er und seine Violine einen einzigen ununterscheidbaren Knäuel bildend, der endlos fortrollende Walzer mit all der hektischen Heftigkeit seiner verbildeten Brust, herabspielte. Endlich – und er zog meine ganze Aufmerksamkeit auf sich – ein alter, leicht siebzigjähriger Mann in einem fadenscheinigen aber nicht unreinlichen Moltonüberrock mit lächelnder, sich selbst Beifall gebender Miene. Barhäuptig und kahlköpfig stand er da, nach Art dieser Leute, den Hut als Sammelbüchse vor sich auf dem Boden, und so bearbeitete er eine alte vielzersprungene Violine, wobei er den Takt nicht nur durch Aufheben und Niedersetzen des Fußes, sondern zugleich durch übereinstimmende Bewegung des ganzen gebückten Körpers markierte. Aber all diese Bemühung, Einheit in seine Leistung zu bringen, war fruchtlos, denn was er spielte, schien eine unzusammenhängende Folge von Tönen ohne Zeitmaß und Melodie. Dabei war er ganz in sein Werk vertieft: die Lippen zuckten, die Augen waren starr auf das vor ihm befindliche Notenblatt gerichtet – ja wahrhaftig Notenblatt! Denn indes alle andern, ungleich mehr zu Dank spielenden Musiker sich auf ihr Gedächtnis verließen, hatte der alte Mann mitten in dem Gewühle ein kleines, leicht tragbares Pult vor sich hingestellt mit schmutzigen, zergriffenen Noten, die das in schönster Ordnung enthalten mochten, was er so außer allem Zusammenhange zu hören gab. Gerade das Ungewöhnliche dieser Ausrüstung hatte meine Aufmerksamkeit auf ihn gezogen, so wie es auch die Heiterkeit des vorüberwogenden Haufens erregte, der ihn auslachte, und den zum Sammeln hingestellten Hut des alten Mannes leer ließ, indes das übrige Orchester ganze Kupferminen einsackte. Ich war, um das Original ungestört zu betrachten, in einiger Entfernung auf den Seitenabhang des Dammes getreten. Er spielte noch eine Weile fort. Endlich hielt er ein, blickte, wie aus einer langen Abwesenheit zu sich gekommen, nach dem Firmament, das schon die Spuren des nahenden Abends zu zeigen anfing; darauf abwärts in seinen Hut, fand ihn leer, setzte ihn mit ungetrübter Heiterkeit auf, steckte den Geigenbogen zwischen die Saiten; »Sunt certi denique fines«, sagte er, ergriff sein Notenpult und arbeitete sich mühsam durch die dem Feste zuströmende Menge in entgegengesetzter Richtung, als einer der heimkehrt.

Das ganze Wesen des alten Mannes war eigentlich wie gemacht, um meinen anthropologischen Heißhunger aufs äußerste zu reizen. Die dürftige und doch edle Gestalt, seine unbesiegbare Heiterkeit, so viel Kunsteifer bei so viel Unbeholfenheit; daß er gerade zu einer Zeit heimkehrte, wo für andere seinesgleichen erst die eigentliche Ernte anging; endlich die wenigen, aber mit der richtigsten Betonung, mit völliger Geläufigkeit gesprochenen lateinischen Worte. Der Mann hatte also eine sorgfältigere Erziehung genossen, sich Kenntnisse eigen gemacht, und nun – ein Bettelmusikant! Ich zitterte vor Begierde nach dem Zusammenhange.

Aber schon befand sich ein dichter Menschenwall zwischen mir und ihm. Klein wie er war, und durch das Notenpult in seiner Hand nach allen Seiten hin störend, schob ihn einer dem andern zu, und schon hatte ihn das Ausgangsgitter aufgenommen, indes ich noch in der Mitte des Dammes mit der entgegenströmenden Menschenwoge kämpfte. So entschwand er mir, und als ich endlich selbst ins ruhige Freie gelangte, war nach allen Seiten weit und breit kein Spielmann mehr zu sehen.

Das verfehlte Abenteuer hatte mir die Lust an dem Volksfest genommen. Ich durchstrich den Augarten nach allen Richtungen und beschloß endlich, nach Hause zu kehren.

In die Nähe des kleinen Türchens gekommen, das aus dem Augarten nach der Taborstraße führt, hörte ich plötzlich den bekannten Ton der alten Violine wieder. Ich verdoppelte meine Schritte, und, siehe da! der Gegenstand meiner Neugier stand, aus Leibeskräften spielend, im Kreise einiger Knaben, die ungeduldig einen Walzer von ihm verlangten. »Einen Walzer spiel!« riefen sie;

»einen Walzer, hörst du nicht?« Der Alte geigte fort, scheinbar ohne auf sie zu achten, bis ihn die kleine Zuhörerschar schmähend und spottend verließ, sich um einen Leiermann sammelnd, der seine Drehorgel in der Nähe aufgestellt hatte.

»Sie wollen nicht tanzen«, sagte wie betrübt der alte Mann, sein Musikgerät zusammenlesend. Ich war ganz nahe zu ihm getreten. »Die Kinder kennen eben keinen andern Tanz als den Walzer«, sagte ich. »Ich spielte einen Walzer«, versetzte er, mit dem Geigenbogen den Ort des soeben gespielten Stükkes auf seinem Notenblatte bezeichnend.

»Man muß derlei auch führen, der Menge wegen. Aber die Kinder haben kein Ohr«, sagte er, indem er wehmütig den Kopf schüttelte. – »Lassen Sie mich wenigstens ihren Undank wieder gut machen«, sprach ich, ein Silberstück aus der Tasche ziehend und ihm hinreichend. – »Bitte! bitte!« rief der alte Mann, wobei er mit beiden Händen ängstlich abwehrende Bewegungen machte, »in den Hut! in den Hut!« – Ich legte das Geldstück in den vor ihm stehenden Hut, aus dem es unmittelbar darauf der Alte herausnahm und ganz zufrieden einsteckte, »das heißt, einmal mit reichem Gewinn nach Hause gehen«, sagte er schmunzelnd. – »Eben recht«, sprach ich, »erinnern Sie mich auf einen Umstand, der schon früher meine Neugier rege machte! Ihre heutige Einnahme scheint nicht die beste gewesen zu sein, und doch entfernen Sie sich in einem Augenblicke, wo eben die eigentliche Ernte angeht. Das Fest dauert, wissen Sie wohl, die ganze Nacht, und Sie können da leicht mehr gewinnen als an acht gewöhnlichen Tagen. Wie soll ich mir das erklären?«

»Wie Sie sich das erklären sollen«, versetzte der Alte. »Verzeihen Sie, ich weiß nicht, wer Sie sind, aber Sie müssen ein wohltätiger Herr sein und ein Freund der Musik«, dabei zog er das Silberstück noch einmal aus der Tasche und drückte es zwischen seine gegen die Brust gehobenen Hände. »Ich will Ihnen daher nur die Ursachen angeben, obgleich ich oft deshalb verlacht worden bin. Erstens war ich nie ein Nachtschwärmer und halte es auch nicht für recht, andere durch Spiel und Gesang zu einem solchen widerlichen Vergehen anzureizen; zweitens muß sich der Mensch in allen Dingen eine gewisse Ordnung festsetzen, sonst gerät er ins Wilde und Unaufhaltsame. Drittens endlich – Herr! ich spiele den ganzen Tag für die lärmenden Leute und gewinne kaum kärglich Brot dabei; aber der Abend gehört mir und meiner armen Kunst.

Abends halte ich mich zu Hause und« – dabei ward seine Rede immer leiser, Röte überzog sein Gesicht, sein Auge suchte den Boden – »da spiele ich denn aus der Einbildung, so für mich ohne Noten. Phantasieren, glaub ich, heißt es in den Musikbüchern.«

Wir waren beide ganz stille geworden. Er, aus Beschämung über das verratene Geheimnis seines Innern; ich, voll Erstaunen, den Mann von den höchsten Stufen der Kunst sprechen zu hören, der nicht imstande war, den leichtesten Walzer faßbar wiederzugeben. Er bereitete sich indes zum Fortgehen.

»Wo wohnen Sie?« sagte ich. »Ich möchte wohl einmal Ihren einsamen Übungen beiwohnen.« – »Oh«, versetzte er fast flehend, »Sie wissen wohl, das Gebet gehört ins Kämmerlein.« – »So will ich Sie denn einmal am Tage besuchen«, sagte ich. – »Den Tag über«, erwiderte er, »gehe ich meinem Unterhalt bei den Leuten nach.« – »Also des Morgens denn.« – »Sieht es doch beinahe aus«, sagte der Alte lächelnd, »als ob Sie, verehrter Herr, der Beschenkte wären, und ich, wenn es mir erlaubt ist zu sagen, der Wohltäter; so freundlich sind Sie, und so widerwärtig ziehe ich mich zurück. Ihr vornehmer Besuch wird meiner Wohnung immer eine Ehre sein; nur bäte ich, daß Sie den Tag Ihrer Dahinkunft mir großgünstig im voraus bestimmten, damit weder Sie durch Ungehörigkeit aufgehalten noch ich genötigt werde, ein zur Zeit etwa begonnenes Geschäft unziemlich zu unterbrechen. Mein Morgen nämlich hat auch seine Bestimmung. Ich halte es jedenfalls für meine Pflicht, meinen Gönnern und Wohltätern für ihr Geschenk eine nicht ganz unwürdige Gegengabe darzureichen. Ich will kein Bettler sein, verehrter Herr. Ich weiß wohl, daß die übrigen öffentlichen Musikleute sich damit begnügen, einige auswendig gelernte Gassenhauer, Deutschwalzer, ja wohl gar Melodien von unartigen Liedern, immer wieder von denselben anfangend, fort und fort herab zu spielen, so daß man ihnen gibt, um ihrer los zu werden, oder weil ihr Spiel die Erinnerung genossener Tanzfreuden oder sonst unordentlicher Ergötzlichkeiten wieder lebendig macht. Daher spielen sie auch aus dem Gedächtnis und greifen falsch mitunter, ja häufig. Von mir aber sei fern zu betrügen. Ich habe deshalb, teils weil mein Gedächtnis überhaupt nicht das beste ist, teils weil es für jeden schwierig sein dürfte, verwickelte Zusammensetzungen geachteter Musikverfasser Note für Note bei sich zu behalten, diese Hefte mir selbst ins reine geschrieben.« Er zeigte dabei durchblätternd auf sein Musikbuch, in dem ich zu meinem Entsetzen mit sorgfältiger aber widerlich steifer Schrift ungeheuer schwierige Kompositionen alter berühmter Meister, ganz schwarz von Passagen und Doppelgriffen erblickte. Und derlei spielte der alte Mann mit seinen ungelenken Fingern! »Indem ich nun diese Stücke spiele«, fuhr er fort, »bezeige ich meine Verehrung den nach Stand und Würden geachteten, längst nicht mehr lebenden Meistern und Verfassern, tue mir selbst genug, und lebe der angenehmen Hoffnung, daß die mir mildest gereichte Gabe nicht ohne Entgelt bleibt durch Veredlung des Geschmackes und Herzens der ohnehin von so vielen Seiten gestörten und irre geleiteten Zuhörerschaft. Da derlei aber, auf daß ich bei meiner Rede bleibe« – und dabei überzog ein selbstgefälliges Lächeln seine Züge – »da derlei aber eingeübt sein will, sind meine Morgenstunden ausschließlich diesem Exerzitium bestimmt. Die drei ersten Stunden des Tages der Übung, die Mitte dem Broterwerb und der Abend mir und dem lieben Gott, das heißt nicht unehrlich geteilt«, sagte er, und dabei glänzten seine Augen, wie feucht; er lächelte aber.

»Gut denn«, sagte ich, »so werde ich Sie einmal morgens überraschen. Wo wohnen Sie?« Er nannte mir die Gärtnergasse. – »Hausnummer?« – »Nummer 34 im ersten Stocke.« – »In der Tat«, rief ich, »im Stockwerke der Vornehmen?« – »Das Haus«, sagte er, »hat zwar eigentlich nur ein Erdgeschoß; es ist aber oben neben der Bodenkammer noch ein kleines Zimmer, das bewohne ich gemeinschaftlich mit zwei Handwerksgesellen.« – »Ein Zimmer zu dreien?« – »Es ist abgeteilt«, sagte er, »und ich habe mein eigenes Bett.«

»Es wird spät«, sprach ich, »und Sie wollen nach Hause. Auf Wiedersehen denn!«, und dabei fuhr ich in die Tasche, um das früher gereichte gar zu kleine Geldgeschenk allenfalls zu verdoppeln. Er aber hatte mit der einen Hand das Notenpult, mit der andern seine Violine angefaßt und rief hastig: »Was ich devotest verbitten muß. Das Honorarium für mein Spiel ist mir bereits in Fülle zuteil geworden, eines andern Verdienstes aber bin ich mir zur Zeit nicht bewußt.« Dabei machte er mir mit einer Abart vornehmer Leichtigkeit einen ziemlich linkischen Kratzfuß und entfernte sich, so schnell ihn seine alten Beine trugen.

Ich hatte, wie gesagt, die Lust verloren, dem Volksfeste für diesen Tag länger beizuwohnen, ich ging daher heimwärts, den Weg nach der Leopoldstadt einschlagend, und, von Staub und Hitze erschöpft, trat ich in einen der dortigen vielen Wirtsgärten, die, an gewöhnlichen Tagen überfüllt, heute ihre Kundschaft der Brigittenau abgegeben hatten. Die Stille des Ortes, im Abstich der lärmenden Volksmenge, tat mir wohl, und mich verschiedenen Gedanken überlassend, an denen der alte Spielmann nicht den letzten Anteil hatte, war es völlig Nacht geworden, als ich endlich des Nachhausegehens gedachte, den Betrag meiner Rechnung auf den Tisch legte und der Stadt zuschritt.

In der Gärtnergasse hatte der alte Mann gesagt, wohne er. »Ist hier in der Nähe eine Gärtnergasse?« fragte ich einen kleinen Jungen, der über den Weg lief. »Dort Herr!« versetzte er, indem er auf eine Querstraße hinwies, die von der Häusermasse der Vorstadt sich entfernend, gegen das freie Feld hinauslief. Ich folgte der Richtung. Die Straße bestand aus zerstreuten einzelnen Häusern, die zwischen großen Küchengärten gelegen, die Beschäftigung der Bewohner und den Ursprung des Namens Gärtnergasse augenfällig darlegten. In welcher dieser elenden Hütten wohl mein Original wohnen mochte? Ich hatte die Hausnummer glücklich vergessen, auch war in der Dunkelheit an das Erkennen irgendeiner Bezeichnung kaum zu denken. Da schritt, auf mich zukommend, ein mit Küchengewächsen schwer beladener Mann an mir vorüber. »Kratzt der Alte einmal wieder«, brummte er, »und stört die ordentlichen Leute in ihrer Nachtruhe.« Zugleich, wie ich vorwärts ging, schlug der leise, langgehaltene Ton einer Violine an mein Ohr, der aus dem offen stehenden Bodenfenster eines wenig entfernten ärmlichen Hauses zu kommen schien, das niedrig und ohne Stockwerk wie die übrigen sich durch dieses in der Umgrenzung des Daches liegende Giebelfenster vor den andern auszeichnete. Ich stand stille. Ein leiser, aber bestimmt gegriffener Ton schwoll bis zur Heftigkeit, senkte sich, verklang, um gleich darauf wieder bis zum lautesten Gellen emporzusteigen, und zwar immer derselbe Ton mit einer Art genußreichem Daraufberuhen wiederholt. Endlich kam ein Intervall. Es war die Quarte. Hatte der Spieler sich vorher an dem Klange des einzelnen Tones geweidet, so war nun das gleichsam wollüstige Schmecken dieses harmonischen Verhältnisses noch ungleich fühlbarer. Sprungweise gegriffen, zugleich gestrichen, durch die dazwischen liegende Stufenreihe höchst holperig verbunden, die Terz markiert, wiederholt. Die Quinte daran gefügt, einmal mit zitterndem Klang wie ein stilles Weinen, ausgehalten, verhallend, dann in wirbelnder Schnelligkeit ewig wiederholt, immer dieselben Verhältnisse, die nämlichen Töne. – Und das nannte der alte Mann Phantasieren! – Obgleich es im Grunde allerdings ein Phantasieren war, für den Spieler nämlich, nur nicht auch für den Hörer.

Ich weiß nicht, wie lange das gedauert haben mochte und wie arg es geworden war, als plötzlich die Türe des Hauses aufging, ein Mann, nur mit dem Hemde und lose eingeknöpftem Beinkleide angetan, von der Schwelle bis in die Mitte der Straße trat und zu dem Giebelfenster emporrief: »Soll das heute einmal wieder gar kein Ende nehmen?« Der Ton der Stimme war dabei unwillig, aber nicht hart oder beleidigend. Die Violine verstummte, ehe die Rede noch zu Ende war. Der Mann ging ins Haus zurück, das Giebelfenster schloß sich, und bald herrschte eine durch nichts unterbrochene Totenstille um mich her. Ich trat, mühsam in den mir unbekannten Gassen mich zurechtfindend, den Heimweg an, wobei ich auch phantasierte, aber niemand störend, für mich, im Kopfe.

Die Morgenstunden haben für mich immer einen eigenen Wert gehabt. Es ist, als ob es mir Bedürfnis wäre, durch die Beschäftigung mit etwas Erhebendem, Bedeutendem in den ersten Stunden des Tages mir den Rest desselben gewissermaßen zu heiligen. Ich kann mich daher nur schwer entschließen, am frühen Morgen mein Zimmer zu verlassen, und wenn ich ohne vollgültige Ursache mich einmal dazu nötige, so habe ich für den übrigen Tag nur die Wahl zwischen gedankenloser Zerstreuung oder selbstquälerischem Trübsinn. So kam es, daß ich durch einige Tage den Besuch bei dem alten Manne, der verabredetermaßen in den Morgenstunden stattfinden sollte, verschob. Endlich ward die Ungeduld meiner Herr, und ich ging. Die Gärtnergasse war leicht gefunden, eben so das Haus. Die Töne der Violine ließen sich auch diesmal hören, aber durch das geschlossene Fenster bis zum Ununterscheidbaren gedämpft. Ich trat ins Haus. Eine vor Erstaunen halb sprachlose Gärtnersfrau wies mich eine Bodentreppe hinauf. Ich stand vor einer niedern und halb schließenden Türe, pochte, erhielt keine Antwort, drückte endlich die Klinke und trat ein. Ich befand mich in einer ziemlich geräumigen, sonst aber höchst elenden Kammer, deren Wände von allen Seiten den Umrissen des spitzzulaufenden Daches folgten. Hart neben der Türe ein schmutziges, widerlich verstörtes Bette, von allen Zutaten der Unordentlichkeit umgeben; mir gegenüber, hart neben dem schmalen Fenster eine zweite Lagerstätte, dürftig aber reinlich, und höchst sorgfältig gebettet und bedeckt. Am Fenster ein kleines Tischchen mit Notenpapier und Schreibgeräten, im Fenster ein paar Blumentöpfe. Die Mitte des Zimmers von Wand zu Wand war am Boden mit einem dicken Kreidenstriche bezeichnet, und man kann sich kaum einen grellern Abstich von Schmutz und Reinlichkeit denken, als diesseits und jenseits der gezogenen Linie, dieses Äquators einer Welt im Kleinen, herrschte.

Hart an dem Gleicher hatte der alte Mann sein Notenpult hingestellt und stand, völlig und sorgfältig gekleidet, davor und – exerzierte. Es ist schon bis zum Übelklang so viel von den Mißklängen meines, und, ich fürchte beinahe, nur meines Lieblings die Rede gewesen, daß ich den Leser mit der Beschreibung dieses höllischen Konzertes verschonen will. Da die Übung größtenteils aus Passagen bestand, so war an ein Erkennen der gespielten Stücke nicht zu denken, was übrigens auch sonst nicht leicht gewesen sein möchte. Einige Zeit Zuhörens ließ mich endlich den Faden durch dieses Labyrinth erkennen, gleichsam die Methode in der Tollheit. Der Alte genoß, indem er spielte. Seine Auffassung unterschied hierbei aber schlechthin nur zweierlei, den Wohlklang und den Übelklang, von denen der erstere ihn erfreute, ja entzückte, indes er dem letztern, auch dem harmonisch begründeten, nach Möglichkeit aus dem Wege ging. Statt nun in einem Musikstücke nach Sinn und Rhythmus zu betonen, hob er heraus, verlängerte er die dem Gehör wohltuenden Noten und Intervalle, ja nahm keinen Anstand, sie willkürlich zu wiederholen, wobei sein Gesicht oft geradezu den Ausdruck der Verzückung annahm. Da er nun zugleich die Dissonanzen so kurz als möglich abtat, überdies die für ihn zu schweren Passagen, von denen er aus Gewissenhaftigkeit nicht eine Note fallen ließ, in einem gegen das Ganze viel zu langsamen Zeitmaß vortrug, so kann man sich wohl leicht eine Idee von der Verwirrung machen, die daraus hervorging. Mir ward es nachgerade selbst zu viel. Um ihn aus seiner Abwesenheit zurückzubringen, ließ ich absichtlich den Hut fallen, nachdem ich mehrere Mittel schon fruchtlos versucht hatte. Der alte Mann fuhr zusammen, seine Kniee zitterten, kaum konnte er die zum Boden gesenkte Violine halten. Ich trat hinzu. »Ah, Sie sind's, gnädiger Herr!« sagte er, gleichsam zu sich selbst kommend. »Ich hatte nicht auf Erfüllung Ihres hohen Versprechens gerechnet.« Er nötigte mich zu sitzen, räumte auf, legte hin, sah einigemal verlegen im Zimmer herum, ergriff dann plötzlich einen auf einem Tische neben der Stubentür stehenden Teller und ging mit demselben zu jener hinaus. Ich hörte ihn draußen mit der Gärtnersfrau sprechen. Bald darauf kam er wieder verlegen zur Türe herein, wobei er den Teller hinter dem Rücken verbarg und heimlich wieder hinstellte. Er hatte offenbar Obst verlangt, um mich zu bewirten, es aber nicht erhalten können. »Sie wohnen hier recht hübsch«, sagte ich, um seiner Verlegenheit ein Ende zu machen. »Die Unordnung ist verwiesen. Sie nimmt ihren Rückzug durch die Türe, wenn sie auch derzeit noch nicht ganz über die Schwelle ist. – Meine Wohnung reicht nur bis zu dem Striche«, sagte der Alte, wobei er auf die Kreidenlinie in der Mitte des Zimmers zeigte. »Dort drüben wohnen zwei Handwerksgesellen.« – »Und respektieren diese Ihre Bezeichnung?« – »Sie nicht, aber ich«, sagte er. »Nur die Türe ist gemeinschaftlich.« – »Und werden Sie nicht gestört von Ihrer Nachbarschaft?« – »Kaum«, meinte er. »Sie kommen des Nachts spät nach Hause, und wenn sie mich da auch ein wenig im Bette aufschrecken, so ist dafür die Lust des Wiedereinschlafens um so größer. Des Morgens aber wecke *ich* sie, wenn ich mein Zimmer in Ordnung bringe. Da schelten sie wohl ein wenig und gehen.«

Ich hatte ihn währenddessen betrachtet. Er war höchst reinlich gekleidet, die Gestalt gut genug für seine Jahre, nur die Beine etwas zu kurz. Hand und Fuß von auffallender Zartheit. – »Sie sehen mich an«, sagte er, »und haben dabei Ihre Gedanken?« – »Daß ich nach Ihrer Geschichte lüstern bin«, versetzte ich. – »Geschichte?« wiederholte er. »Ich habe keine Geschichte. Heute wie gestern, und morgen wie heute. Übermorgen freilich und weiter hinaus, wer kann das wissen? Doch Gott wird sorgen, der weiß es.« – »Ihr jetziges Leben mag wohl einförmig genug sein«, fuhr ich fort; »aber Ihre früheren Schicksale. Wie es sich fügte« – »Daß ich unter die Musikleute kam?« fiel er in die Pause ein, die ich unwillkürlich gemacht hatte. Ich erzählte ihm nun, wie er mir beim ersten Anblicke aufgefallen; den Eindruck, den die von ihm gesprochenen lateinischen Worte auf mich gemacht hätten. »Lateinisch«, tönte er nach. »Lateinisch? das habe ich freilich auch einmal gelernt oder vielmehr hätte es lernen sollen und können. Loqueris latine?« wandte er sich gegen mich, »aber ich könnte es nicht fortsetzen. Es ist gar zu lange her. Das also nennen Sie meine Geschichte? Wie es kam? – Ja so! da ist denn freilich allerlei geschehen; nichts Besonderes, aber doch allerlei. Möchte ich mir's doch selbst einmal wieder erzählen. Ob ich's nicht gar vergessen habe. Es ist noch früh am Morgen«, fuhr er fort, wobei er in die Uhrtasche griff, in der sich freilich keine Uhr befand. – Ich zog die meine, es war kaum 9 Uhr. – »Wir haben Zeit, und fast kommt mich die Lust zu schwatzen an.« Er war während des Letzten zusehends ungezwungener geworden. Seine Gestalt verlängerte sich. Er nahm mir ohne zu große Umstände den Hut aus der Hand und legte ihn aufs Bette; schlug sitzend ein Bein über das andere, und nahm überhaupt die Lage eines mit Bequemlichkeit Erzählenden an.

»Sie haben« – hob er an – »ohne Zweifel von dem Hofrate – gehört?« Hier nannte er den Namen eines Staatsmannes, der in der zweiten Hälfte des vorigen Jahrhunderts unter dem bescheidenen Titel eines Bureauchefs einen ungeheuren, beinahe ministerähnlichen Einfluß ausgeübt hatte. Ich bejahte meine Kenntnisse des Mannes. »Er war mein Vater«, fuhr er fort. – Sein Vater? des alten Spielmanns? des Bettlers? Der Einflußreiche, der Mächtige, sein Vater? Der Alte schien mein Erstaunen nicht zu bemerken, sondern spann, sichtbar vergnügt, den Faden seiner Erzählung weiter. »Ich war der mittlere von drei

Brüdern, die in Staatsdiensten hoch hinauf kamen, nun aber schon beide tot sind; ich allein lebe noch«, sagte er, und zupfte dabei an seinen fadenscheinigen Beinkleidern, mit niedergeschlagenen Augen einzelne Federchen davon herablesend. »Mein Vater war ehrgeizig und heftig. Meine Brüder taten ihm genug. Mich nannte man einen langsamen Kopf; und ich war langsam. Wenn ich mich recht erinnere«, sprach er weiter, und dabei senkte er, seitwärts gewandt, wie in eine weite Ferne hinausblickend, den Kopf gegen die unterstützende linke Hand. – »Wenn ich mich recht erinnere, so wäre ich wohl imstande gewesen, allerlei zu erlernen, wenn man mir nur Zeit und Ordnung gegönnt hätte. Meine Brüder sprangen wie Gemsen von Spitze zu Spitze in den Lehrgegenständen herum, ich konnte aber durchaus nichts hinter mir lassen, und wenn mir ein einziges Wort fehlte, mußte ich von vorne anfangen. So ward ich denn immer gedrängt. Das Neue sollte auf den Platz, den das Alte noch nicht verlassen hatte, und ich begann stockisch zu werden. So hatten sie mir die Musik, die jetzt die Freude und zugleich der Stab meines Lebens ist, geradezu verhaßt gemacht. Wenn ich abends im Zwielicht die Violine ergriff, um mich nach meiner Art ohne Noten zu vergnügen, nahmen sie mir das Instrument und sagten, das verdirbt die Applikatur, klagten über Ohrenfolter und verwiesen mich auf die Lehrstunde, wo die Folter für mich anging. Ich habe zeitlebens nichts und niemand so gehaßt, als ich damals die Geige haßte.

Mein Vater, aufs äußerste unzufrieden, schalt mich häufig und drohte, mich zu einem Handwerke zu geben. Ich wagte nicht zu sagen, wie glücklich mich das gemacht hätte. Ein Drechsler oder Schriftsetzer wäre ich gar zu gerne gewesen. Er hätte es ja aber doch nicht zugelassen, aus Stolz. Endlich gab eine öffentliche Schulprüfung, der man, um ihn zu begütigen, meinen Vater beizuwohnen beredet hatte, den Ausschlag. Ein unredlicher Lehrer bestimmte im voraus, was er mich fragen werde, und so ging alles vortrefflich. Endlich aber fehlte mir, es waren auswendig zu sagende Verse des Horaz – ein Wort. Mein Lehrer, der kopfnickend und meinen Vater anlächelnd zugehört hatte, kam meinem Stocken zu Hilfe und flüsterte es mir zu. Ich aber, der das Wort in meinem Innern und im Zusammenhange mit dem übrigen suchte, hörte ihn nicht. Er wiederholte es mehrere Male; umsonst. Endlich verlor mein Vater die Geduld. ›Cachinnum!‹ (so hieß das Wort), schrie er mir donnernd zu. Nun war's geschehen. Wußte ich das eine, so hatte ich dafür das übrige vergessen. Alle Mühe, mich auf die rechte Bahn zu bringen, war verloren. Ich mußte mit Schande aufstehen, und als ich, der Gewohnheit nach, hinging, meinem Vater die Hand zu küssen, stieß er mich zurück, erhob sich, machte der Versammlung eine kurze Verbeugung und ging. ›Ce gueux‹ schalt er mich, was ich damals nicht war, aber jetzt bin. Die Eltern prophezeien wenn sie reden! Übrigens war mein Vater ein guter Mann. Nur heftig und ehrgeizig.

Von diesem Tage an sprach er kein Wort mehr mit mir. Seine Befehle kamen mir durch die Hausgenossen zu. So kündigte man mir gleich des nächsten Tages an, daß es mit meinen Studien ein Ende habe. Ich erschrak heftig, weil ich wußte, wie bitter es meinen Vater kränken mußte. Ich tat den ganzen Tag nichts als weinen und dazwischen jene lateinischen Verse rezitieren, die ich nun aufs Und wußte, mit den vorhergehenden und nachfolgenden dazu. Ich versprach durch Fleiß den Mangel an Talenten zu ersetzen, wenn man mich noch ferner die Schule besuchen ließe, mein Vater nahm aber nie einen Entschluß zurück.

Eine Weile blieb ich nun unbeschäftigt im väterlichen Hause. Endlich tat man mich versuchsweise zu einer Rechenbehörde. Rechnen war aber nie meine Stärke gewesen. Den Antrag, ins Militär zu treten, wies ich mit Abscheu zurück. Ich kann noch jetzt keine Uniform ohne innerlichen Schauder ansehen. Daß man werte Angehörige allenfalls auch mit Lebensgefahr schützt, ist wohl gut und begreiflich; aber Blutvergießen und Verstümmlung als Stand, als Beschäftigung. Nein! Nein! Nein!« Und dabei fuhr er mit beiden Händen über beide Arme, als fühlte er stechend eigene und fremde Wunden.

»Ich kam nun in die Kanzlei unter die Abschreiber. Da war ich recht an meinem Platze. Ich hatte immer das Schreiben mit Lust getrieben, und noch jetzt weiß ich mir keine angenehmere Unterhaltung, als mit guter Tinte auf gutem Papier Haar- und Schattenstriche aneinander zu fügen zu Worten oder auch nur zu Buchstaben. Musiknoten sind nun gar überaus schön. Damals dachte ich aber noch an keine Musik.

Ich war fleißig, nur aber zu ängstlich. Ein unrichtiges Unterscheidungszeichen, ein ausgelassenes Wort im Konzepte, wenn es sich auch aus dem Sinne ergänzen ließ, machte mir bittere Stunden. Im Zweifel, ob ich mich genau ans Original halten oder aus Eigenem beisetzen sollte, verging die Zeit angstvoll, und ich kam in den Ruf, nachlässig zu sein, indes ich mich im Dienst abquälte wie keiner. So brachte ich ein paar Jahre zu, und zwar ohne Gehalt, da, als die Reihe der Beförderung an mich kam, mein Vater im Rate einem andern seine Stimme gab und die übrigen ihm zufielen aus Ehrfurcht.

Um diese Zeit – Sieh nur«, unterbrach er sich, »es gibt denn doch eine Art Geschichte. Erzählen wir die Geschichte! Um diese Zeit ereigneten sich zwei Begebenheiten: die traurigste und die freudigste meines Lebens. Meine Entfernung aus dem väterlichen Hause nämlich und das Wiederkehren zur holden Tonkunst, zu meiner Violine, die mir treu geblieben ist bis auf diesen Tag.

Ich lebte in dem Hause meines Vaters, unbeachtet von den Hausgenossen, in einem Hinterstübchen, das in den Nachbarshof hinausging. Anfangs aß ich am Familientische, wo niemand ein Wort an mich richtete. Als aber meine Brüder auswärts befördert wurden und mein Vater beinahe täglich zu Gast geladen war – die Mutter lebte seit lange nicht mehr – fand man es unbequem, meinetwegen eine eigene Küche zu führen. Die Bedienten erhielten Kostgeld; ich auch, das man mir aber nicht auf die Hand gab, sondern monatweise im Speisehaus bezahlte. Ich war daher wenig in meiner Stube, die Abendstunden ausgenommen; denn mein Vater verlangte, daß ich längstens eine halbe Stunde nach dem Schluß der Kanzlei zu Hause sein sollte. Da saß ich denn, und zwar meiner schon damals angegriffenen Augen halber in der Dämmerung ohne Licht. Ich dachte auf das und jenes und war nicht traurig und nicht froh.

Wenn ich nun so saß, hörte ich auf dem Nachbarshofe ein Lied singen. Mehrere Lieder, heißt das, worunter mir aber eines vorzüglich gefiel. Es war so einfach, so rührend und hatte den Nachdruck so auf der rechten Stelle, daß man die Worte gar nicht zu hören brauchte. Wie ich denn überhaupt glaube, die Worte verderben die Musik.« Nun öffnete er den Mund und brachte einige heisere rauhe Töne hervor. »Ich habe von Natur keine Stimme«, sagte er und griff nach der Violine. Er spielte, und zwar diesmal mit richtigem Ausdrucke, die Melodie eines gemütlichen, übrigens gar nicht ausgezeichneten Liedes, wobei ihm die Finger auf den Saiten zitterten und endlich einzelne Tränen über die Backen liefen.

»Das war das Lied«, sagte er, die Violine hinlegend. »Ich hörte es immer mit neuem Vergnügen. So sehr es mir aber im Gedächtnis lebendig war, gelang es mir doch nie, mit der Stimme auch nur zwei Töne davon richtig zu treffen. Ich ward fast ungeduldig von Zuhören. Da fiel mir meine Geige in die Augen, die aus meiner Jugend her, wie ein altes Rüststück, ungebraucht an der Wand hing. Ich griff darnach und – es mochte sie wohl der Bediente in meiner Abwesenheit benützt haben – sie fand sich richtig gestimmt. Als ich nun mit dem Bogen über die Saiten fuhr, Herr, da war es, als ob Gottes Finger mich angerührt hätte. Der Ton drang in mein Inneres hinein und aus dem Innern wieder heraus. Die Luft um mich war wie geschwängert mit Trunkenheit. Das Lied unten im Hofe und die Töne von meinen Fingern an mein Ohr, Mitbewohner meiner Einsamkeit. Ich fiel auf die Kniee und betete laut und konnte nicht begreifen, daß ich das holde Gotteswesen einmal gering geschätzt, ja gehaßt in meiner Kindheit und küßte die Violine und drückte sie an mein Herz und spielte wieder und fort.

Das Lied im Hofe – es war eine Weibsperson, die sang – tönte derweilen unausgesetzt; mit dem Nachspielen ging es aber nicht so leicht.

Ich hatte das Lied nämlich nicht in Noten. Auch merkte ich wohl, daß ich das wenige der Geigenkunst, was ich etwa einmal wußte, so ziemlich vergessen hatte. Ich konnte daher nicht das und das, sondern nur überhaupt spielen. Obwohl mir das jeweilige Was der Musik mit Ausnahme jenes Lieds, immer ziemlich gleichgültig war und auch geblieben ist bis zum heutigen Tag. Sie spielen den Wolfgang Amadeus Mozart und den Sebastian Bach, aber den lieben Gott spielt keiner. Die ewige Wohltat und Gnade des Tons und Klangs, seine wundertätige Übereinstimmung mit dem durstigen, zerlechzenden Ohr, daß« – fuhr er leiser und schamrot fort – »der dritte Ton zusammenstimmt mit dem ersten, und der fünfte desgleichen, und die Nota sensibilis hinaufsteigt wie eine erfüllte Hoffnung, die Dissonanz herabgebeugt wird als wissentliche Bosheit oder vermessener Stolz und die Wunder der Bindung und Umkehrung, wodurch auch die Sekunde zur Gnade gelangt in den Schoß des Wohlklangs. – Mir hat das alles, obwohl viel später, ein Musiker erklärt. Und, wovon ich aber nichts verstehe, die fuga und das punctum contra punctum, und der canon a due, a tre, und so fort, ein ganzes Himmelsgebäude, eines ins andere greifend, ohne Mörtel verbunden und gehalten von Gottes Hand. Davon will niemand etwas wissen bis auf wenige. Vielmehr stören sie dieses Ein- und Ausatmen der Seelen durch Hinzufügung allenfalls auch zu sprechender Worte, wie die Kinder Gottes sich verbanden mit den Töchtern der Erde; daß es hübsch angreife und eingreife in ein schwieliges Gemüt. Herr«, schloß er endlich, halb erschöpft, »die Rede ist dem Menschen notwendig wie Speise, man sollte aber auch den Trank rein erhalten, der da kommt von Gott.«

Ich kannte meinen Mann beinahe nicht mehr, so lebhaft war er geworden. Er hielt ein wenig inne. »Wo blieb ich nur in meiner Geschichte?« sagte er endlich. »Ei ja, bei dem Liede und meinen Versuchen, es nachzuspielen. Es ging aber nicht. Ich trat ans Fenster, um besser zu hören. Da ging eben die Sängerin über den Hof. Ich sah sie nur von rückwärts, und doch kam sie mir bekannt vor. Sie trug einen Korb, mit, wie es schien, noch ungebackenen Kuchenstücken. Sie trat in ein Pförtchen in der Ecke des Hofes, da wohl ein Backofen inne sein mochte, denn immer fortsingend, hörte ich mit hölzernen Geräten scharren, wobei die Stimme einmal dumpfer und einmal heller klang, wie eines, der sich bückt und in eine Höhlung hineinsingt, dann wieder erhebt und aufrecht dasteht. Nach einer Weile kam sie zurück, und nun merkte ich erst, warum sie mir vorher bekannt vorkam. Ich kannte sie nämlich wirklich seit längerer Zeit. Und zwar aus der Kanzlei.

Damit verhielt es sich so. Die Amtsstunden fingen früh an und währten über den Mittag hinaus. Mehrere von den jüngeren Beamten, die nun entweder wirklich Hunger fühlten oder eine halbe Stunde damit vor sich bringen wollten, pflegten gegen elf Uhr eine Kleinigkeit zu sich zu nehmen. Die Gewerbsleute, die alles zu ihrem Vorteile zu benutzen wissen, ersparten den Leckermäulern den Weg und brachten ihre Feilschaften ins Amtsgebäude, wo sie sich auf Stiege und Gang damit hinstellten. Ein Bäcker verkaufte kleine Weißbrote, die Obstfrau Kirschen. Vor allem aber waren gewisse Kuchen beliebt, die eines benachbarten Grieslers Tochter selbst verfertigte und noch warm zum Markt brachte. Ihre Kunden traten zu ihr auf den Gang hinaus, und nur selten kam sie, gerufen, in die Amtsstube, wo dann der etwas grämliche Kanzleivorsteher, wenn er ihrer gewahr wurde, eben so selten ermangelte, sie wieder zur Türe hinauszuweisen, ein Gebot, dem sie sich nur mit Groll und unwillige Worte murmelnd fügte.

Das Mädchen galt bei meinen Kameraden nicht für schön. Sie fanden sie zu klein, wußten die Farbe ihrer Haare nicht zu bestimmen. Daß sie Katzenaugen habe, bestritten einige, Pockengruben aber gaben alle zu. Nur von ihrem stämmigen Wuchs sprachen alle mit Beifall, schalten sie aber grob, und einer wußte viel von einer Ohrfeige zu erzählen, deren Spuren er noch acht Tage nachher gefühlt haben wollte.

Ich selbst gehörte nicht unter ihre Kunden. Teils fehlte mir's an Geld, teils habe ich Speise und Trank wohl immer – oft nur zu sehr – als ein Bedürfnis anerkennen müssen, Lust und Vergnügen darin zu suchen aber ist mir nie in den Sinn gekommen. Wir nahmen daher keine Notiz von einander. Einmal nur, um mich zu necken, machten ihr meine Kameraden glauben, ich hätte nach ihren Eßwaren verlangt. Sie trat zu meinem Arbeitstisch und hielt mir ihren Korb hin. ›Ich kaufe nichts, liebe Jungfer‹, sagte ich. ›Nun, warum bestellen Sie dann die Leute?‹ rief sie zornig. Ich entschuldigte mich, und so wie ich die Schelmerei gleich weg hatte, erklärte ich ihr's aufs beste. ›Nun, so schenken Sie mir wenigstens einen Bogen Papier, um meine Kuchen darauf zu legen‹, sagte sie. Ich machte ihr begreiflich, daß das Kanzleipapier sei und nicht mir gehöre, zu Hause aber hätte ich welches, das mein wäre, davon wollt ich ihr bringen. ›Zu Hause habe ich selbst genug‹, sagte sie spöttisch und schlug eine kleine Lache auf, indem sie fortging.

Das war nur vor wenigen Tagen geschehen, und ich gedachte aus dieser Bekanntschaft sogleich Nutzen für meinen Wunsch zu ziehen. Ich knöpfte daher des andern Morgens ein ganzes Buch Papier, an dem es bei uns zu Hause nie fehlte, unter den Rock, und ging auf die Kanzlei, wo ich, um mich nicht zu verraten, meinen Harnisch mit großer Unbequemlichkeit auf dem Leibe behielt, bis ich gegen Mittag aus dem Ein- und Ausgehen meiner Kameraden und dem Geräusch der kauenden Backen merkte, daß die Kuchenverkäuferin gekommen war und glauben konnte, daß der Hauptandrang der Kunden vorüber sei. Dann ging ich hinaus, zog mein Papier hervor, nahm mir ein Herz und trat zu dem Mädchen hin, die, den Korb vor sich auf dem Boden und den rechten Fuß auf einen Schemel gestellt, auf dem sie gewöhnlich zu sitzen pflegte, dastand, leise summend und mit dem auf den Schemel gestützten Fuß den Takt dazu tretend. Sie maß mich von Kopf bis zu den Füßen als ich näher kam, was meine Verlegenheit vermehrte. ›Liebe Jungfrau‹, fing ich endlich an, ›Sie haben neulich von mir Papier begehrt, als keines zur Hand war, das mir gehörte. Nun habe ich welches von Hause mitgebracht und –‹ Damit hielt ich ihr mein Papier hin. ›Ich habe Ihnen schon neulich gesagt‹, erwiderte sie, ›daß ich selbst Papier zu Hause habe. Indes man kann alles brauchen.‹ Damit nahm sie mit einem leichten Kopfnicken mein Geschenk und legte es in den Korb. ›Von den Kuchen wollen Sie nicht?‹ sagte sie, unter ihren Waren herummusternd, ›auch ist das Beste schon fort.‹ Ich dankte, sagte aber, daß ich eine andere Bitte hätte. ›Nu, allenfalls?‹ sprach sie, mit dem Arm in die Handhabe des Korbes fahrend, und aufgerichtet dastehend, wobei sie mich mit heftigen Augen anblitzte. Ich fiel rasch ein, daß ich ein Liebhaber der Tonkunst sei, obwohl erst seit kurzem, daß ich sie so schöne Lieder singen gehört, besonders eines. ›Sie? Mich? Lieder?‹ fuhr sie auf, ›und wo?‹ Ich erzählte ihr weiter, daß ich in ihrer Nachbarschaft wohne und sie auf dem Hofe bei der Arbeit belauscht hätte. Eines ihrer Lieder gefiele mir besonders, so daß ich's schon versucht hätte, auf der Violine nachzuspielen. ›Wären Sie etwa gar derselbe‹, rief sie aus, ›der so kratzt auf der Geige?‹ – Ich war damals, wie ich bereits sagte, nur Anfänger und habe erst später mit vieler Mühe die nötige Geläufigkeit in diese Finger gebracht«, unterbrach sich der alte Mann, wobei er mit der linken Hand, als einer der geigt, in der Luft herumfingerte. »Mir war es«, setzte er seine Erzählung fort, »ganz heiß ins Gesicht gestiegen, und ich sah auch ihr an, daß das harte Wort sie gereute. ›Werte Jungfer‹, sagte ich, ›das Kratzen rührt von daher, daß ich das Lied nicht in Noten habe, weshalb ich auch höflichst um die Abschrift gebeten haben wollte.‹ – ›Um die Abschrift?‹ sagte sie. ›Das Lied ist gedruckt und wird an den Straßenecken verkauft.‹ – ›Das Lied?‹ entgegnete ich. ›Das sind wohl nur die Worte.‹ – ›Nun ja, die Worte, das Lied.‹ – ›Aber der Ton, in dem man's singt.‹ – ›Schreibt man denn derlei auch auf?‹ fragte sie. – ›Freilich!‹ war meine Antwort, ›das ist ja eben die Hauptsache. Und wie haben denn Sie's erlernt, werte Jungfer?‹ – ›Ich hörte es singen, und da sang ich's nach.‹ – Ich erstaunte über das natürliche Ingenium; wie denn überhaupt die ungelernten Leute oft die meisten Talente haben. Es ist aber doch nicht das Rechte, die eigentliche Kunst. Ich war nun neuerdings in Verzweiflung. ›Aber welches Lied ist es denn eigentlich?‹ sagte sie. ›Ich weiß so viele.‹ – ›Alle ohne Noten?‹ – ›Nun freilich; also welches war es denn?‹ – ›Es ist gar so schön‹, erklärte ich mich. ›Steigt gleich anfangs in die Höhe, kehrt dann in sein Inwendiges zurück und hört ganz leise auf. Sie singen's auch am öftesten.‹ ›Ach, das wird wohl das sein!‹ sagte sie, setzte den Korb wieder ab, stellte den Fuß auf den Schemel und sang nun mit ganz leiser und doch klarer Stimme das Lied, wobei sie das Haupt duckte, so schön, so lieblich, daß, ehe sie noch zu Ende war, ich nach ihrer herabhängenden Hand fuhr. ›Oho!‹ sagte sie, den Arm zurückziehend, denn sie meinte wohl, ich wollte ihre Hand unziemlicherweise anfassen, aber nein, küssen wollte ich sie, obschon sie nur ein armes Mädchen war. – Nun, ich bin ja jetzt auch ein armer Mann.

Da ich nun vor Begierde das Lied zu haben mir in die Haare fuhr, tröstete sie mich und sagte: der Organist der Peterskirche käme öfter um Muskatnuß in ihres Vaters Gewölbe, den wolle sie bitten, alles auf Noten zu bringen. Ich könnte es nach ein paar Tagen dort abholen. Hierauf nahm sie ihren Korb und ging, wobei ich ihr das Geleite bis zur Stiege gab. Auf der obersten Stufe die letzte Verbeugung machend, überraschte mich der Kanzleivorsteher, der mich an meine Arbeit gehen hieß und auf das Mädchen schalt, an dem, wie er behauptete, kein gutes Haar sei. Ich war darüber heftig erzürnt und wollte ihm eben antworten, daß ich, mit seiner Erlaubnis, vom Gegenteile überzeugt sei, als ich bemerkte, daß er bereits in sein Zimmer zurückgegangen war, weshalb ich mich faßte und ebenfalls an meinen Schreibtisch ging. Doch ließ er sich seit dieser Zeit nicht nehmen, daß ich ein liederlicher Beamter und ein ausschweifender Mensch sei.

Ich konnte auch wirklich desselben und die darauf folgenden Tage kaum etwas Vernünftiges arbeiten, so ging mir das Lied im Kopfe herum, und ich war wie verloren. Ein paar Tage vergangen, wußte ich wieder nicht, ob es schon Zeit sei, die Noten abzuholen oder nicht. Der Organist, hatte das Mädchen gesagt, kam in ihres Vaters Laden, um Muskatnuß zu kaufen; die konnte er nur zu Bier gebrauchen. Nun war seit einiger Zeit kühles Wetter und daher wahrscheinlich, daß der wackere Tonkünstler sich eher an den Wein halten und daher so bald keine Muskatnuß bedürfen werde. Zu schnell anfragen schien mir unhöfliche Zudringlichkeit, allzu langes Warten konnte für Gleichgültigkeit ausgelegt werden. Mit dem Mädchen auf dem Gange zu sprechen, getraute ich mir nicht, da unsere erste Zusammenkunft bei meinen Kameraden ruchbar geworden war und sie vor Begierde brannten, mir einen Streich zu spielen.

Ich hatte inzwischen die Violine mit Eifer wieder aufgenommen und übte vor der Hand das Fundament gründlich durch, erlaubte mir wohl auch von Zeit zu Zeit aus dem Kopfe zu spielen, wobei ich aber das Fenster sorgfältig schloß, da ich wußte, daß mein Vortrag mißfiel. Aber wenn ich das Fenster auch öffnete, bekam ich mein Lied doch nicht wieder zu hören. Die Nachbarin sang teils gar nicht, teils so leise und bei verschlossener Türe, daß ich nicht zwei Töne unterscheiden konnte.

Endlich – es waren ungefähr drei Wochen vergangen – vermochte ich's nicht mehr auszuhalten. Ich hatte zwar schon durch zwei Abende mich auf die Gasse gestohlen – und das ohne Hut, damit die Dienstleute glauben sollten, ich suchte nur nach etwas im Hause – so oft ich aber in die Nähe des Grieslerladens kam, überfiel mich ein so heftiges Zittern, daß ich umkehren mußte, ich mochte wollen oder nicht. Endlich aber – wie gesagt – konnte ich's nicht mehr aushalten. Ich nahm mir ein Herz und ging eines Abends – auch diesmal ohne Hut – aus meinem Zimmer die Treppe hinab, und festen Schrittes durch die Gasse bis zu dem Grieslerladen, wo ich vor der Hand stehen blieb und überlegte, was weiter zu tun sei. Der Laden war erleuchtet, und ich hörte Stimmen darin. Nach einigem Zögern beugte ich mich vor und lugte von der Seite hinein. Ich sah das Mädchen hart vor dem Ladentische am Lichte sitzen und in einer hölzernen Mulde Erbsen oder Bohnen lesen. Vor ihr stand ein derber rüstiger Mann, die Jacke über die Schulter gehängt, eine Art Knittel in der Hand, ungefähr wie ein Fleischhauer. Die beiden sprachen, offenbar in guter Stimmung, denn das Mädchen lachte einigemale laut auf, ohne sich aber in ihrer Arbeit zu unterbrechen oder auch nur aufzusehen. War es meine gezwungene vorgebeugte Stellung oder sonst was immer, mein Zittern begann wieder zu kommen; als ich mich plötzlich von rückwärts mit derber Hand angefaßt und nach vorwärts geschleppt fühlte. In einem Nu stand ich im Gewölbe, und als ich, losgelassen, mich umschaute, sah ich, daß es der Eigentümer selbst war, der von auswärts nach Hause kehrend, mich auf der Lauer überrascht und als verdächtig angehalten hatte. ›Element!‹ schrie er, ›da sieht man, wo die Pflaumen hinkommen und die Handvoll Erbsen und Rollgerste, die im Dunkeln aus den Auslagkörben gemaust werden. Da soll ja gleich das Donnerwetter drein schlagen.‹ Und damit ging er auf mich los, als ob er wirklich drein schlagen wolle.

Ich war wie vernichtet, wurde aber durch den Gedanken, daß man an meiner Ehrlichkeit zweifle, bald wieder zu mir selbst gebracht. Ich verbeugte mich daher ganz kurz und sagte dem Unhöflichen, daß mein Besuch nicht seinen Pflaumen oder seiner Rollgerste, sondern seiner Tochter gelte. Da lachte der in der Mitte des Ladens stehende Fleischer laut auf und wendete sich zu gehen, nachdem er vorher dem Mädchen ein paar Worte leise zugeflüstert hatte, die sie gleichfalls lachend durch einen schallenden Schlag mit der flachen Hand auf seinen Rücken beantwortete. Der Griesler gab dem Weggehenden das Geleit zur Türe hinaus. Ich hatte derweil schon wieder all meinen Mut verloren und stand dem Mädchen gegenüber, die gleichgültig ihre Erbsen und Bohnen las, als ob das Ganze sie nichts anginge. Da polterte der Vater wieder zu Türe herein. ›Mordtausendelement noch einmal‹, sagte er, ›Herr, was soll's mit meiner Tochter?‹ Ich versuchte, ihm den Zusammenhang und den Grund meines Besuches zu erklären. ›Was Lied?‹ sagte er, ›ich will euch Lieder singen!‹ wobei er den rechten Arm sehr verdächtig auf und ab bewegte. – ›Dort liegt es‹, sprach das Mädchen, indem sie, ohne die Mulde mit Hülsenfrüchten wegzusetzen, sich samt dem Sessel seitwärts überbeugte und mit der Hand auf den Ladentisch hinwies. Ich eilte hin und sah ein Notenblatt liegen. Es war das Lied. Der Alte war mir aber zuvorgekommen. Er hielt das schöne Papier zerknitternd in der Hand. ›Ich frage‹, sagte er, ›was das abgibt? Wer ist der Mensch?‹ – ›Es ist ein Herr aus der Kanzlei‹, erwiderte sie, indem sie eine wurmstichige Erbse etwas weiter als die andern von sich warf. ›Ein Herr aus der Kanzlei?‹ rief er, ›im Dunkeln, ohne Hut?‹ Den Mangel des Hutes erklärte ich durch den Umstand, daß ich ganz in der Nähe wohnte, wobei ich das Haus bezeichnete. ›Das Haus weiß ich‹, rief er. ›Da wohnt niemand drinnen als der Hofrat‹ – hier nannte er den Namen meines Vaters – ›und die Bedienten kenne ich alle.‹ – ›Ich bin der Sohn des Hofrats‹, sagte ich, leise, als ob's eine Lüge wäre. – Mir sind im Leben viele Veränderungen vorgekommen, aber noch keine so plötzliche, als bei diesen Worten in dem ganzen Wesen des Mannes vorging. Der zum Schmähen geöffnete Mund blieb offen stehen, die Augen drohten noch immer, aber um den untern Teil des Gesichtes fing an eine Art Lächeln zu spielen, das sich immer mehr Platz machte. Das Mädchen blieb in ihrer Gleichgültigkeit und gebückten Stellung, nur daß sie sich die losgegangenen Haare, fortarbeitend, hinter die Ohren zurückstrich. ›Der Sohn des Herrn Hofrats?‹ schrie endlich der Alte, in dessen Gesichte die Aufheiterung vollkommen geworden war. ›Wollen Euer Gnaden sich's vielleicht bequem machen? Barbara, einen Stuhl!‹ Das Mädchen bewegte sich widerwillig auf dem ihren. ›Nu, wart, Tuckmauser!‹ sagte er, indem er selbst einen Korb von seinem Platze hob und den darunter gestellten

Sessel mit dem Vortuche vom Staube reinigte. ›Hohe Ehre‹, fuhr er fort. ›Der Herr Hofrat – der Herr Sohn, wollt ich sagen, praktizieren also auch die Musik? Singen vielleicht, wie meine Tochter, oder vielmehr ganz anders, nach Noten, nach der Kunst?‹ Ich erklärte ihm, daß ich von Natur keine Stimme hätte. ›Oder schlagen Klavizimbel, wie die vornehmen Leute zu tun pflegen?‹ Ich sagte, daß ich die Geige spiele. ›Habe auch in meiner Jugend gekratzt auf der Geige‹, rief er. Bei dem Worte Kratzen blickte ich unwillkürlich auf das Mädchen hin und sah, daß sie ganz spöttisch lächelte, was mich sehr verdroß.

›Sollten sich des Mädels annehmen, heißt das in Musik‹, fuhr er fort. ›Singt eine gute Stimme, hat auch sonst ihre Qualitäten, aber das Feine, lieber Gott, wo soll's herkommen?‹ wobei er Daumen und Zeigefinger der rechten Hand wiederholt übereinander schob. Ich war ganz beschämt, daß man mir unverdienterweise so bedeutende musikalische Kenntnisse zutraute, und wollte eben den wahren Stand der Sache auseinandersetzen, als ein außen Vorübergehender in den Laden hereinrief: ›Guten Abend alle miteinander!‹ Ich erschrak, denn es war die Stimme eines der Bedienten unseres Hauses. Auch der Griesler hatte sie erkannt. Die Spitze der Zunge vorschiebend und die Schulter emporgehoben, flüsterte er: ›Waren einer der Bedienten des gnädigen Papa. Konnten Sie aber nicht erkennen, standen mit dem Rücken gegen die Türe.‹ Letzteres verhielt sich wirklich so. Aber das Gefühl des Heimlichen, Unrechten ergriff mich qualvoll. Ich stammelte nur ein paar Worte zum Abschied und ging. Ja selbst mein Lied hätte ich vergessen, wäre mir nicht der Alte auf die Straße nachgesprungen, wo er mir's in die Hand steckte.

So gelangte ich nach Hause, auf mein Zimmer, und wartete der Dinge, die da kommen sollten. Und sie blieben nicht aus. Der Bediente hatte mich dennoch erkannt. Ein paar Tage darauf trat der Sekretär meines Vaters zu mir auf die Stube und kündigte mir an, daß ich das elterliche Haus zu verlassen hätte. Alle meine Gegenreden waren fruchtlos. Man hatte mir in einer entfernten Vorstadt ein Kämmerchen gemietet, und so war ich denn ganz aus der Nähe der Angehörigen verbannt. Auch meine Sängerin bekam ich nicht mehr zu sehen. Man hatte ihr den Kuchenhandel auf der Kanzlei eingestellt, und ihres Vaters Laden zu betreten, konnte ich mich nicht entschließen, da ich wußte, daß es dem meinigen mißfiel. Ja, als ich dem alten Griesler zufällig auf der Straße begegnete, wandte er sich mit einem grimmigen Gesichte von mir ab, und ich war wie niedergedonnert. Da holte ich denn, halbe Tage lang allein, meine Geige hervor, und spielte und übte.

Es sollte aber noch schlimmer kommen. Das Glück unseres Hauses ging abwärts. Mein jüngster Bruder, ein eigenwilliger, ungestümer Mensch, Offizier bei den Dragonern, mußte eine unbesonnene Wette, in Folge der er, vom Ritt erhitzt, mit Pferd und Rüstung durch die Donau schwamm – es war tief in Ungarn – mit dem Leben bezahlen. Der ältere, geliebteste, war in einer Provinz am Ratstisch angestellt. In immerwährender Widersetzlichkeit gegen seinen

Landesvorgesetzten, und, wie sie sagten, heimlich dazu von unserem Vater aufgemuntert, erlaubte er sich sogar unrichtige Angaben, um seinem Gegner zu schaden. Es kam zur Untersuchung, und mein Bruder ging heimlich aus dem Lande. Die Feinde unseres Vaters, deren viele waren, benützten den Anlaß, ihn zu stürzen. Von allen Seiten angegriffen und ohnehin ingrimmig über die Abnahme seines Einflusses, hielt er täglich die angreifendsten Reden in der Ratssitzung. Mitten in einer derselben traf ihn ein Schlagfluß. Er wurde sprachlos nach Hause gebracht. Ich selbst erfuhr nichts davon. Des andern Tages auf der Kanzlei bemerkte ich wohl, daß sie heimlich flüsterten und mit den Fingern nach mir wiesen. Ich war aber derlei schon gewohnt und hatte kein Arges. Freitags darauf – es war mittwochs gewesen – wurde mir plötzlich ein schwarzer Anzug mit Flor auf die Stube gebracht. Ich erstaunte und fragte und erfuhr. Mein Körper ist sonst stark und widerhältig, aber da fiel's mich an mit Macht. Ich sank besinnungslos zu Boden. Sie trugen mich ins Bette, wo ich fieberte und irre sprach den Tag hindurch und die ganze Nacht. Des andern Morgens hatte die Natur die Oberhand gewonnen, aber mein Vater war tot und begraben.

Ich hatte ihn nicht mehr sprechen können; ihn nicht um Verzeihung bitten wegen all des Kummers, den ich ihm gemacht; nicht mehr danken für die unverdienten Gnaden – ja Gnaden! denn seine Meinung war gut, und ich hoffe, ihn einst wiederzufinden, wo wir nach unsern Absichten gerichtet werden und nicht nach unsern Werken.

Ich blieb mehrere Tage auf meinem Zimmer, kaum daß ich Nahrung zu mir nahm. Endlich ging ich doch hervor, aber gleich nach Tische wieder nach Hause, und nur des Abends irrte ich in den dunklen Straßen umher wie Kain, der Brudermörder. Die väterliche Wohnung war mir dabei ein Schreckbild, dem ich sorgfältigst aus dem Wege ging. Einmal aber, gedankenlos vor mich hinstarrend, fand ich mich plötzlich in der Nähe des gefürchteten Hauses. Meine Kniee zitterten, daß ich mich anhalten mußte. Hinter mir an die Wand greifend, erkenne ich die Türe des Grieslerladens und darin sitzend Barbara, einen Brief in der Hand, neben ihr das Licht auf dem Ladentische und hart dabei in aufrechter Stellung ihr Vater, der ihr zuzusprechen schien. Und wenn es mein Leben gegolten hätte, ich mußte eintreten. Niemanden zu haben, dem man sein Leid klagen kann, niemanden, der Mitleid fühlt! Der Alte, wußte ich wohl, war auf mich erzürnt, aber das Mädchen sollte mir ein gutes Wort geben. Doch kam es ganz entgegengesetzt. Barbara stand auf, als ich eintrat, warf mir einen hochmütigen Blick zu und ging in die Nebenkammer, deren Türe sie abschloß. Der Alte aber faßte mich bei der Hand, hieß mich niedersitzen, tröstete mich, meinte aber auch, ich sei nun ein reicher Mann und hätte mich um niemanden mehr zu kümmern. Er fragte, wie viel ich geerbt hätte. Ich wußte das nicht. Er forderte mich auf, zu den Gerichten zu gehen, was ich versprach. In den Kanzleien, meinte er, sei nichts zu machen. Ich sollte meine Erbschaft im

Handel anlegen. Knoppern und Früchte würfen guten Profit ab; ein Compagnon, der sich darauf verstände, könnte Groschen in Gulden verwandeln. Er selbst habe sich einmal viel damit abgegeben. Dabei rief er wiederholt nach dem Mädchen, die aber kein Lebenszeichen von sich gab. Doch schien mir, als ob ich an der Türe zuweilen rascheln hörte. Da sie aber immer nicht kam und der Alte nur vom Gelde redete, empfahl ich mich endlich und ging, wobei der Mann bedauerte, mich nicht begleiten zu können, da er allein im Laden sei. Ich war traurig über meine verfehlte Hoffnung und doch wunderbar getröstet. Als ich auf der Straße stehen blieb und nach dem Hause meines Vaters hinüberblickte, hörte ich plötzlich hinter mir eine Stimme, die gedämpft und im Tone des Unwillens sprach: ›Trauen Sie nicht gleich jedermann, man meint es nicht gut mit Ihnen.‹ So schnell ich mich umkehrte, sah ich doch niemand; nur das Klirren eines Fensters im Erdgeschosse, das zu des Grieslers Wohnung gehörte, belehrte mich, wenn ich auch die Stimme nicht erkannt hätte, daß Barbara die geheime Warnerin war. Sie hatte also doch gehört, was im Laden gesprochen worden. Wollte sie mich vor ihrem Vater warnen? oder war ihr zu Ohren gekommen, daß gleich nach meines Vaters Tode, teils Kollegen aus der Kanzlei, teils andere ganz unbekannte Leute mich mit Bitten um Unterstützung und Nothilfe angegangen, ich auch zugesagt, wenn ich erst zu Geld kommen würde. Was einmal versprochen, mußte ich halten, in Zukunft aber beschloß ich, vorsichtiger zu sein. Ich meldete mich wegen meiner Erbschaft. Es war weniger, als man geglaubt hatte, aber doch sehr viel, nahe an elftausend Gulden. Mein Zimmer wurde den ganzen Tag von Bittenden und Hilfesuchenden nicht leer. Ich war aber beinahe hart geworden und gab nur, wo die Not am größten war. Auch Barbaras Vater kam. Er schmälte, daß ich sie schon drei Tage nicht besucht, worauf ich der Wahrheit gemäß erwiderte, daß ich fürchte, seiner Tochter zur Last zu sein. Er aber sagte, das solle mich nicht kümmern, er habe ihr schon den Kopf zurecht gesetzt, wobei er auf eine boshafte Art lachte, so daß ich erschrak. Dadurch an Barbaras Warnung rückerinnert, verhehlte ich, als wir bald im Gespräche darauf kamen, den Betrag meiner Erbschaft; auch seinen Handelsvorschlägen wich ich geschickt aus.

Wirklich lagen mir bereits andere Aussichten im Kopfe. In der Kanzlei, wo man mich nur meines Vaters wegen geduldet hatte, war mein Platz bereits durch einen andern besetzt, was mich, da kein Gehalt damit verbunden war, wenig kümmerte. Aber der Sekretär meines Vaters, der durch die letzten Ereignisse brotlos geworden, teilte mir den Plan zur Errichtung eines Auskunfts-, Kopier- und Übersetzungs-Comptoirs mit, wozu ich die ersten Einrichtungskosten vorschießen sollte, indes er selbst die Direktion zu übernehmen bereit war. Auf mein Andringen wurden die Kopierarbeiten auch auf Musikalien ausgedehnt, und nun war ich in meinem Glücke. Ich gab das erforderliche Geld, ließ mir aber, schon vorsichtig geworden, eine Handschrift darüber ausstellen. Die Kaution für die Anstalt, die ich gleichfalls vorschoß, schien, obgleich beträchtlich, kaum der Rede wert, da sie bei den Gerichten hinterlegt werden mußte und dort mein blieb, als hätte ich sie in meinem Schranke.

Die Sache war abgetan und ich fühlte mich erleichtert, erhoben, zum ersten Male in meinem Leben selbständig, ein Mann. Kaum daß ich meines Vaters noch gedachte. Ich bezog eine bessere Wohnung, änderte einiges in meiner Kleidung, und ging, als es Abend geworden, durch wohlbekannte Straßen nach dem Grieslerladen, wobei ich mit den Füßen schlenkerte und mein Lied zwischen den Zähnen summte, obwohl nicht ganz richtig. Das b in der zweiten Hälfte habe ich mit der Stimme nie treffen können. Froh und guter Dinge langte ich an, aber ein eiskalter Blick Barbaras warf mich sogleich in meine frühere Zaghaftigkeit zurück. Der Vater empfing mich aufs beste, sie aber tat, als ob niemand zugegen wäre, fuhr fort Papiertüten zu wickeln und mischte sich mit keinem Worte in unser Gespräch. Nur als die Rede auf meine Erbschaft kam, fuhr sie mit halbem Leibe empor und sagte fast drohend, ›Vater!‹ worauf der Alte sogleich den Gegenstand änderte. Sonst sprach sie den ganzen Abend nichts, gab mir keinen zweiten Blick, und als ich mich endlich empfahl, klang ihr: ›Guten Abend!‹ beinahe wie ein Gott sei Dank!

Aber ich kam wieder und wieder, und sie gab allmählich nach. Nicht als ob ich ihr irgend etwas zu Danke gemacht hätte. Sie schalt und tadelte mich unaufhörlich. Alles war ungeschickt; Gott hatte mir zwei linke Hände erschaffen; mein Rock saß wie an einer Vogelscheuche; ich ging wie die Enten, mit einer Anmahnung an den Haushahn. Besonders zuwider war ihr meine Höflichkeit gegen die Kunden. Da ich nämlich bis zur Eröffnung der Kopieranstalt ohne Beschäftigung war und überlegte, daß ich dort mit dem Publikum zu tun haben würde, so nahm ich, als Vorübung, an dem Kleinverkauf im Grieslergewölbe tätigen Anteil, was mich oft halbe Tage lang festhielt. Ich wog Gewürz ab, zählte den Knaben Nüsse und Welkpflaumen zu, gab Kleingeld heraus; letzteres nicht ohne häufige Irrungen, wo denn immer Barbara dazwischen fuhr, gewalttätig wegnahm, was ich eben in den Händen hielt, und mich vor den Kunden verlachte und verspottete. Machte ich einem der Käufer einen Bückling oder empfahl mich ihnen, so sagte sie barsch, ehe die Leute noch zur Türe hinaus waren: ›Die Ware empfiehlt!‹ und kehrte mir den Rücken. Manchmal aber wieder war sie ganz Güte. Sie hörte mir zu, wenn ich erzählte, was in der Stadt vorging; aus meinen Kinderjahren, von dem Beamtenwesen in der Kanzlei, wo wir uns zuerst kennengelernt. Dabei ließ sie mich aber immer allein sprechen, und gab nur durch einzelne Worte ihre Billigung oder – was öfter der Fall war – ihre Mißbilligung zu erkennen.

Von Musik oder Gesang war nie die Rede. Erstlich meinte sie, man müsse entweder singen oder das Maul halten, zu reden sei da nichts. Das Singen selbst aber ging nicht an. Im Laden war es unziemlich, und die Hinterstube, die sie und ihr Vater gemeinschaftlich bewohnten, durfte ich nicht betreten. Einmal aber, als ich unbemerkt zur Türe hereintrat, stand sie eben auf den Zehenspitzen emporgerichtet, den Rücken mir zugekehrt und mit den erhobenen Händen, wie man nach etwas sucht, auf einem der höheren Stellbretter herumtastend. Und dabei sang sie leise in sich hinein. – Es war das Lied, mein Lied! – Sie aber zwitscherte wie eine Grasmücke, die am Bache das Hälslein wäscht und das Köpfchen herumwirft und die Federn sträubt und wieder glättet mit dem Schnäblein. Mir war, als ginge ich auf grünen Wiesen. Ich schlich näher und näher und war schon so nahe, daß das Lied nicht mehr von außen, daß es aus mir herauszutönen schien, ein Gesang der Seelen. Da konnte ich mich nicht mehr halten und faßte mit beiden Händen ihren in der Mitte nach vorn strebenden und mit den Schultern gegen mich gesenkten Leib. Da aber kam's. Sie wirbelte wie ein Kreisel um sich selbst. Glutrot vor Zorn im Gesichte stand sie vor mir da; ihre Hand zuckte, und ehe ich mich entschuldigen konnte –

Sie hatten, wie ich schon früher berichtet, auf der Kanzlei öfter von einer Ohrfeige erzählt, die Barbara, noch als Kuchenhändlerin, einem Zudringlichen gegeben. Was sie da sagten von der Stärke des eher klein zu nennenden Mädchens und der Schwungkraft ihrer Hand, schien höchlich und zum Scherze übertrieben. Es verhielt sich aber wirklich so und ging ins Riesenhafte. Ich stand wie vom Donner getroffen. Die Lichter tanzten mir vor den Augen. – Aber es waren Himmelslichter. Wie Sonne, Mond und Sterne; wie die Engelein, die Verstecken spielen und dazu singen. Ich hatte Erscheinungen, ich war verzückt. Sie aber, kaum minder erschrocken als ich, fuhr mit ihrer Hand wie begütigend über die geschlagene Stelle. ›Es mag wohl zu stark ausgefallen sein‹, sagte sie, und – wie ein zweiter Blitzstrahl – fühlte ich plötzlich ihren warmen Atem auf meiner Wange und ihre zwei Lippen, und sie küßte mich; nur leicht, leicht; aber es war ein Kuß auf diese meine Wange, hier!« Dabei klatschte der alte Mann auf seine Backe und die Tränen traten ihm aus den Augen. »Was nun weiter geschah, weiß ich nicht«, fuhr er fort. »Nur daß ich auf sie losstürzte und sie in die Wohnstube lief und die Glastüre zuhielt, während ich von der andern Seite nachdrängte. Wie sie nun zusammengekrümmt und mit aller Macht sich entgegenstemmend gleichsam an dem Türfenster klebte, nahm ich mir ein Herz, verehrtester Herr, und gab ihr ihren Kuß heftig zurück, durch das Glas.

›Oho, hier geht's lustig her!‹ hörte ich hinter mir rufen. Es war der Griesler, der eben nach Hause kam. ›Nu, was sich neckt –‹ sagte er. ›Komm nur heraus, Bärbe, und mach keine Dummheiten! Einen Kuß in Ehren kann niemand wehren.‹ – Sie aber kam nicht. Ich selbst entfernte mich nach einigen halb bewußtlos gestotterten Worten, wobei ich den Hut des Grieslers statt des meinigen nahm, den er lachend mir in der Hand austauschte. Das war, wie ich ihn schon früher nannte, der Glückstag meines Lebens. Fast hätte ich gesagt: der einzige, was aber nicht wahr wäre, denn der Mensch hat viele Gnaden von Gott.

Ich wußte nicht recht, wie ich im Sinne des Mädchens stand. Sollte ich sie mir mehr erzürnt oder mehr begütigt denken? Der nächste Besuch kostete einen schweren Entschluß. Aber sie war gut. Demütig und still, nicht auffahrend wie sonst, saß sie da bei einer Arbeit. Sie winkte mit dem Kopfe auf einen nebenstehenden Schemmel, daß ich mich setzen und ihr helfen sollte. So saßen wir denn und arbeiteten. Der Alte wollte hinausgehen. ›Bleibt doch da, Vater‹, sagte sie; ›was Ihr besorgen wollt, ist schon abgetan.‹ Er trat mit dem Fuße hart auf den Boden und blieb. Ab- und zugehend sprach er von diesem und jenem, ohne daß ich mich in das Gespräch zu mischen wagte. Da stieß das Mädchen plötzlich einen kleinen Schrei aus. Sie hatte sich beim Arbeiten einen Finger geritzt, und, obgleich sonst gar nicht weichlich, schlenkerte sie mit der Hand hin und her. Ich wollte zusehen, aber sie bedeutete mich fortzufahren. ›Alfanzerei und kein Ende!‹ brummte der Alte, und vor das Mädchen hintretend, sagte er mit starker Stimme: ›Was zu besorgen war, ist noch gar nicht getan!‹ und so ging er schallenden Trittes zur Türe hinaus. Ich wollte nun anfangen, mich von gestern her zu entschuldigen; sie aber unterbrach mich und sagte: ›Lassen wir das und sprechen wir jetzt von gescheitern Dingen.‹

Sie hob den Kopf empor, maß mich vom Scheitel bis zur Zehe und fuhr in ruhigem Tone fort. ›Ich weiß kaum selbst mehr den Anfang unserer Bekanntschaft, aber Sie kommen seit einiger Zeit öfter und öfter, und wir haben uns an Sie gewöhnt. Ein ehrliches Gemüt wird Ihnen niemand abstreiten, aber Sie sind schwach, immer auf Nebendinge gerichtet, so daß Sie kaum imstande wären, Ihren eigenen Sachen selbst vorzustehen. Da wird es denn Pflicht und Schuldigkeit von Freunden und Bekannten, ein Einsehen zu haben, damit Sie nicht zu Schaden kommen. Sie versitzen hier halbe Tage im Laden, zählen und wägen, messen und markten; aber dabei kommt nichts heraus. Was gedenken Sie in Zukunft zu tun, um Ihr Fortkommen zu haben?‹ Ich erwähnte der Erbschaft meines Vaters. ›Die mag recht groß sein‹, sagte sie. Ich nannte den Betrag. ›Das ist viel zu wenig‹, erwiderte sie. ›Viel, um etwas damit anzufangen; wenig, um vom Breiten zu zehren. Mein Vater hat Ihnen zwar einen Vorschlag getan, ich riet Ihnen aber ab. Denn einmal hat er schon selbst Geld bei derlei Dingen verloren, dann‹, setzte sie mit gesenkter Stimme hinzu, ›ist er so gewohnt von Fremden Gewinn zu ziehen, daß er es Freunden vielleicht auch nicht besser machen würde. Sie müssen jemand an der Seite haben, der es ehrlich meint.‹ – Ich wies auf sie. – ›Ehrlich bin ich‹, sagte sie. Dabei legte sie die Hand auf die Brust und ihre Augen, die sonst ins Graulichte spielten, glänzten hellblau, himmelblau. ›Aber mit mir hat's eigene Wege. Unser Geschäft wirft wenig ab, und mein Vater geht mit dem Gedanken um, einen Schenkladen aufzurichten. Da ist denn kein Platz für mich. Mir bliebe nur Handarbeit, denn dienen mag ich nicht.‹ Und dabei sah sie aus wie eine Königin. ›Man hat mir zwar einen andern Antrag gemacht‹, fuhr sie fort, indem sie einen Brief aus ihrer Schürze zog und halb widerwillig auf den Ladentisch warf; ›aber da müßte ich fort von hier.‹ – ›Und weit?‹ fragte ich. – ›Warum? was kümmert Sie das?‹ – Ich erklärte, daß ich an denselben Ort hinziehen wollte. – ›Sind Sie ein Kind!‹ sagte sie. ›Das ginge nicht an und wären ganz andere Dinge. Aber wenn Sie Vertrauen zu mir haben und gerne in meiner Nähe sind, so bringen Sie den Putzladen an sich, der hier nebenan zu Verkauf steht. Ich verstehe das Werk, und um den bürgerlichen Gewinn aus Ihrem Gelde dürften Sie nicht verlegen sein. Auch fänden Sie selbst mit Rechnen und Schreiben eine ordentliche Beschäftigung. Was sich etwa noch weiter ergäbe, davon wollen wir jetzt nicht reden. – Aber ändern müßten Sie sich. Ich hasse die weibischen Männer.‹

Ich war aufgesprungen und griff nach meinem Hute. ›Was ist? wo wollen Sie hin?‹ fragte sie. ›Alles abbestellen‹, sagte ich mit kurzem Atem. – ›Was denn?‹ – Ich erzählte ihr nun meinen Plan zur Errichtung eines Schreib- und Auskunfts-Comptoirs. ›Da kommt nicht viel heraus‹, meinte sie. ›Auskunft einziehen kann ein jeder selbst und schreiben hat auch ein jeder gelernt in der Schule.‹ Ich bemerkte, daß auch Musikalien kopiert werden sollten, was nicht jedermanns Sache sei. ›Kommen Sie schon wieder mit solchen Albernheiten?‹ fuhr sie mich an. ›Lassen Sie das Musizieren und denken Sie auf die Notwendigkeit! Auch wären Sie nicht imstande, einem Geschäfte selbst vorzustehen.‹ Ich erklärte, daß ich einen Compagnon gefunden hätte. ›Einen Compagnon?‹ rief sie aus. ›Da will man Sie gewiß betrügen! Sie haben doch noch kein Geld hergegeben?‹ – Ich zitterte, ohne zu wissen warum. – ›Haben Sie Geld gegeben?‹ fragte sie noch einmal. Ich gestand die dreitausend Gulden zur ersten Einrichtung. – ›Dreitausend Gulden?‹ rief sie, ›so vieles Geld!‹ – ›Das übrige‹, fuhr ich fort, ›ist bei den Gerichten hinterlegt und jedenfalls sicher.‹ – ›Also noch mehr?‹ schrie sie auf. – Ich gab den Beitrag der Kaution an. – ›Und haben Sie die selbst bei den Gerichten angelegt?‹ – ›Es war durch meinen Compagnon geschehen.‹ – ›Sie haben doch einen Schein darüber?‹ – Ich hatte keinen Schein. – ›Und wie heißt Ihr sauberer Compagnon?‹ fragte sie weiter. Ich war einigermaßen beruhigt, ihr den Sekretär meines Vaters nennen zu können.

›Gott der Gerechte!‹ rief sie aufspringend und die Hände zusammenschlagend. ›Vater! Vater!‹ – Der Alte trat herein. – ›Was habt Ihr heute aus den Zeitungen gelesen?‹ – ›Von dem Sekretarius?‹ sprach er. – ›Wohl, wohl!‹ – ›Nun, der ist durchgegangen, hat Schulden über Schulden hinterlassen und die Leute betrogen. Sie verfolgen ihn mit Steckbriefen!‹ – ›Vater‹, rief sie, ›er hat ihm auch sein Geld anvertraut. Er ist zu Grunde gerichtet.‹ – ›Potz Dummköpfe und kein Ende!‹ schrie der Alte. ›Hab ich's nicht immer gesagt? Aber das war ein Entschuldigen. Einmal lachte sie über ihn, dann war er wieder ein redliches Gemüt. Aber ich will dazwischen fahren! Ich will zeigen, wer Herr im Hause ist. Du, Barbara, marsch hinein in die Kammer! Sie aber, Herr, machen Sie, daß sie fortkommen und verschonen uns künftig mit Ihren Besuchen. Hier wird kein Almosen gereicht.‹ – ›Vater‹, sagte das Mädchen, ›seid nicht hart gegen ihn, er ist ja doch unglücklich genug.‹ – ›Eben darum‹, rief der Alte, ›will ich's nicht auch werden. Das, ›Herr‹, fuhr er fort indem er auf den Brief zeigte, den Barbara vorher auf den Tisch geworfen hatte, ›das ist ein Mann! Hat Grütz im Kopfe und Geld im Sack. Betrügt niemanden, läßt sich aber auch nicht betrügen; und das ist die Hauptsache bei der Ehrlichkeit.‹ – Ich stotterte, daß der Verlust der Kaution noch nicht gewiß sei. ›Ja‹, rief er, ›wird ein Narr gewesen sein, der Sekretarius! Ein Schelm ist er, aber pfiffig. Und nun gehen Sie nur rasch, vielleicht holen Sie ihn noch ein!‹ Dabei hatte er mir die flache Hand auf die Schulter gelegt und schob mich gegen die Türe. Ich wich dem Drucke seitwärts aus, und wendete mich gegen das Mädchen, die auf den Ladentisch gestützt, dastand, die Augen auf den Boden gerichtet, wobei die Brust heftig auf- und niederging. Ich wollte mich ihr nähern, aber sie stieß zornig mit dem Fuße auf den Boden, und als ich meine Hand ausstreckte, zuckte sie mit der ihren halb empor, als ob sie mich wieder schlagen wollte. Da ging ich, und der Alte schloß die Türe hinter mir zu.

Ich wankte durch die Straßen zum Tor hinaus, ins Feld. Manchmal fiel mich die Verzweiflung an, dann kam aber wieder Hoffnung. Ich erinnerte mich, bei Anlegung der Kaution den Sekretär zum Handelsgericht begleitet zu haben. Dort hatte ich unter dem Torwege gewartet und er war allein hinaufgegangen. Als er herabkam, sagte er, alles sei berichtigt, der Empfangsschein werde mir ins Haus geschickt werden. Letzteres war freilich nicht geschehen, aber Möglichkeit blieb noch immer. Mit anbrechendem Tage kam ich zur Stadt zurück. Mein erster Gang war in die Wohnung des Sekretärs. Aber die Leute lachten und fragten, ob ich die Zeitungen nicht gelesen hätte? Das Handelsgericht lag nur wenige Häuser davon ab. Ich ließ in den Büchern nachschlagen, aber weder sein Name, noch meiner kamen darin vor. Von einer Einzahlung keine Spur. So war denn mein Unglück gewiß. Ja beinahe wäre es noch schlimmer gekommen. Denn da ein Gesellschaftskontrakt bestand, wollten mehrere seiner Gläubiger auf meine Person greifen. Aber die Gerichte gaben es nicht zu. Lob und Dank sei ihnen dafür gesagt! Obwohl es auf eines herausgekommen wäre.

In all diesen Widerwärtigkeiten war mir, gestehe ich's nur, der Griesler und seine Tochter ganz in den Hintergrund getreten. Nun da er ruhiger wurde, und ich anfing zu überlegen, was etwa weiter geschehen sollte, kam mir die Erinnerung an den letzten Abend lebhaft zurück. Den Alten, eigennützig wie er war, begriff ich ganz wohl, aber das Mädchen. Manchmal kam mir in den Sinn, daß, wenn ich das Meinige zu Rate gehalten und ihr eine Versorgung hätte anbieten können, sie wohl gar – Aber sie hätte mich nicht gemocht.« – Dabei besah er mit auseinander fallenden Händen seine ganze dürftige Gestalt. – »Auch war ihr mein höfliches Benehmen gegen jedermann immer zuwider.

So verbrachte ich ganze Tage, sann und überlegte. Eines Abends im Zwielicht – es war die Zeit, die ich gewöhnlich im Laden zuzubringen pflegte – saß ich wieder und versetzte mich in Gedanken an die gewohnte Stelle. Ich hörte sie sprechen, auf mich schmähen, ja es schien, sie verlachten mich. Da raschelte es plötzlich an der Türe, sie ging auf, und ein Frauenzimmer trat herein. – Es war Barbara. – Ich saß auf meinem Stuhl angenagelt, als ob ich ein Gespenst sähe. Sie war blaß und trug ein Bündel unter dem Arme. In die Mitte des Zimmers gekommen, blieb sie stehen, sah rings an den kahlen Wänden umher, dann nach abwärts auf das ärmliche Geräte und seufzte tief. Dann ging sie an den Schrank, der zur Seite an der Mauer stand, wickelte ihr Paket auseinander, das einige Hemden und Tücher enthielt – sie hatte in der letzten Zeit meine Wäsche besorgt – zog die Schublade heraus, schlug die Hände zusammen, als sie den spärlichen Inhalt sah, fing aber gleich darauf an, die Wäsche in Ordnung zu bringen und die mitgebrachten Stücke einzureihen. Darauf trat sie ein paar Schritte vom Schranke hinweg, und die Augen auf mich gerichtet, wobei sie mit dem Finger auf die offene Schublade zeigte, sagte sie: ›Fünf Hemden und drei Tücher. So viel habe ich gehabt, so viel bringe ich zurück.‹ Dann drückte sie langsam die Schublade zu, stützte sich mit der Hand auf den Schrank und fing laut an zu weinen. Es schien fast, als ob ihr schlimm würde, denn sie setzte sich auf einen Stuhl neben dem Schranke, verbarg das Gesicht in ihr Tuch, und ich hörte aus den stoßweise geholten Atemzügen, daß sie noch immer fortweinte. Ich war leise in ihre Nähe getreten und faßte ihre Hand, die sie mir gutwillig ließ. Als ich aber, um ihre Blicke auf mich zu ziehen, an dem schlaff hängenden Arme bis zum Ellbogen emporrückte, stand sie rasch auf, machte ihre Hand los und sagte in gefaßtem Tone: ›Was nützt das alles? es ist nun einmal so. Sie haben es selbst gewollt, sich und uns haben Sie unglücklich gemacht; aber freilich sich selbst am meisten. Eigentlich verdienen Sie kein Mitleid‹ – hier wurde sie immer heftiger – ›wenn man so schwach ist, seine eigenen Sachen nicht in Ordnung halten zu können; so leichtgläubig, daß man jedem traut, gleichviel ob es ein Spitzbube ist oder ein ehrlicher Mann. – Und doch tut's mir leid um Sie. Ich bin gekommen, um Abschied zu nehmen. Ja, erschrecken Sie nur. Ist's doch Ihr Werk. Ich muß nun hinaus unter die groben Leute, wogegen ich mich so lange gesträubt habe. Aber da ist kein Mittel. Die Hand habe ich Ihnen schon gegeben, und so leben Sie wohl – für immer.‹ Ich sah, daß ihr die Tränen wieder ins Auge traten, aber sie schüttelte unwillig mit dem Kopfe und ging. Mir war, als hätte ich Blei in den Gliedern. Gegen die Türe gekommen, wendete sie sich noch einmal um und sagte: ›Die Wäsche ist jetzt in Ordnung. Sehen Sie zu, daß nichts abgeht. Es werden harte Zeiten kommen.‹ Und nun hob sie die Hand auf, machte wie ein Kreuzeszeichen in die Luft und rief: ›Gott mit dir, Jakob! – In alle Ewigkeit, Amen!‹ setzte sie leiser hinzu und ging.

Nun erst kam mir der Gebrauch meiner Glieder zurück. Ich eilte ihr nach und auf dem Treppenabsatze stehend rief ich ihr nach: ›Barbara!‹ Ich hörte, daß sie auf der Stiege stehen blieb. Wie ich aber die erste Stufe hinabstieg, sprach sie von unten herauf: ›Bleiben Sie!‹ und ging die Treppe vollends hinab und zum Tore hinaus.

Ich habe seitdem harte Tage erlebt, keinen aber wie diesen; selbst der darauf folgende war es minder. Ich wußte nämlich doch nicht so recht, wie ich daran war, und schlich daher am kommenden Morgen in der Nähe des Grieslerladens herum, ob mir vielleicht einige Aufklärung würde. Da sich aber nichts zeigte, blickte ich endlich seitwärts in den Laden hinein und sah eine fremde Frau, die abwog und Geld herausgab und zuzählte. Ich wagte mich hinein und fragte, ob sie den Laden an sich gekauft hätte? ›Zur Zeit noch nicht‹, sagte sie. – Und wo die Eigentümer wären? – ›Die sind heute früh morgens nach Langenlebarn gereist.‹ – ›Die Tochter auch?‹ stammelte ich. – ›Nun freilich auch‹, sagte sie, ›sie macht ja Hochzeit dort.‹

Die Frau mochte mir nun alles erzählt haben, was ich in der Folge von andern Leuten erfuhr. Der Fleischer des genannten Ortes nämlich – derselbe, den ich zur Zeit meines ersten Besuches im Laden antraf – hatte dem Mädchen seit lange Heiratsanträge gemacht, denen sie immer auswich, bis sie endlich in den letzten Tagen, von ihrem Vater gedrängt und an allem übrigen verzweifelnd, einwilligte. Desselben Morgens waren Vater und Tochter dahin abgereist, und in dem Augenblick, da wir sprachen, war Barbara des Fleischers Frau.

Die Verkäuferin mochte mir, wie gesagt, das alles erzählt haben; aber ich hörte nicht und stand regungslos, bis endlich Kunden kamen, die mich zur Seite schoben, und die Frau mich anfuhr, ob ich noch sonst etwas wollte, worauf ich mich entfernte.

Sie werden glauben, verehrtester Herr«, fuhr er fort, »daß ich mich nun als den unglücklichsten aller Menschen fühlte. Und so war es auch im ersten Augenblicke. Als ich aber aus dem Laden heraustrat und, mich umwendend, auf die kleinen Fenster zurückblickte, an denen Barbara gewiß oft gestanden und herausgesehen hatte, da kam eine selige Empfindung über mich. Daß sie nun alles Kummers los war, Frau im eigenen Hause, und nicht nötig hatte, wie wenn sie ihre Tage an einen Herd- und Heimatlosen geknüpft hätte, Kummer und Elend zu tragen, das legte sich wie ein lindernder Balsam auf meine Brust, und ich segnete sie und ihre Wege.

Wie es nun mit mir immer mehr herabkam, beschloß ich, durch Musik mein Fortkommen zu suchen; und solange der Rest meines Geldes währte, übte und studierte ich mir die Werke großer Meister, vorzüglich der alten, ein, welche ich abschrieb; und, als nun der letzte Groschen ausgegeben war, schickte ich mich an, von meinen Kenntnissen Vorteil zu ziehen, und zwar anfangs in geschlossenen Gesellschaften, wozu ein Gastgebot im Hause meiner Mietfrau den ersten Anlaß gab. Als aber die von mir vorgetragenen Kompositionen dort keinen Anklang fanden, stellte ich mich in die Höfe der Häuser, da unter so vielen Bewohnern doch einige sein mochten, die das Ernste zu schätzen wußten – ja endlich auf die öffentlichen Spaziergänge, wo ich denn wirklich die Befriedigung hatte, daß einzelne stehen blieben, zuhörten, mich befragten und nicht ohne Anteil weiter gingen. Daß sie mir dabei Geld hinlegten, beschämte mich nicht. Denn einmal war gerade das mein Zweck, dann sah ich auch, daß berühmte Virtuosen, welche erreicht zu haben ich mir nicht schmeicheln konnte, sich für ihre Leistungen, und mitunter sehr hoch, honorieren ließen. So habe ich mich, obzwar ärmlich, aber redlich fortgebracht bis diesen Tag.

Nach Jahren sollte mir noch ein Glück zuteil werden. Barbara kam zurück. Ihr Mann hatte Geld verdient und ein Fleischhauergewerbe in einer der Vorstädte an sich gebracht. Sie war Mutter von zwei Kindern, von denen das älteste Jakob heißt, wie ich. Meine Berufsgeschäfte und die Erinnerung an alte Zeiten erlaubten mir nicht, zudringlich zu sein, endlich ward ich aber selbst ins Haus bestellt, um dem ältesten Knaben Unterricht auf der Violine zu geben. Er hat zwar nur wenig Talent, kann auch nur an Sonntagen spielen, da ihn in der Woche der Vater beim Geschäft verwendet, aber Barbaras Lied, das ich ihn gelehrt, geht doch schon recht gut; und wenn wir so üben und hantieren, singt manchmal die Mutter mit darein. Sie hat sich zwar sehr verändert in den vielen Jahren, ist stark geworden und kümmert sich wenig mehr um Musik, aber es klingt noch immer so hübsch wie damals.« Und damit ergriff der Alte seine Geige und fing an, das Lied zu spielen, und spielte fort und fort, ohne sich weiter um mich zu kümmern. Endlich hatte ich's satt, stand auf, legte ein paar Silberstücke auf den nebenstehenden Tisch und ging, während der Alte eifrig immer fortgeigte.

Bald darauf trat ich eine Reise an, von der ich erst mit einbrechendem Winter zurückkam. Die neuen Bilder hatten die alten verdrängt, und mein Spielmann war so ziemlich vergessen. Erst bei Gelegenheit des furchtbaren Eisganges im nächsten Frühjahre und der damit in Verbindung stehenden Überschwemmung der niedrig gelegenen Vorstädte erinnerte ich mich wieder an ihn. Die Umgegend der Gärtnergasse war zum See geworden. Für des alten Mannes Leben schien nichts zu besorgen, wohnte er doch hoch oben am Dache, indes unter den Bewohnern der Erdgeschosse sich der Tod seine nur zu häufigen Opfer ausersehen hatte. Aber entblößt von aller Hilfe, wie groß mochte seine Not sein! Solange die Überschwemmung währte, war nichts zu tun, auch hatten die Behörden nach Möglichkeit auf Schiffen Nahrung und Beistand den Abgeschnittenen gespendet. Als aber die Wasser verlaufen und die Straßen gangbar geworden waren, beschloß ich, meinen Anteil an der in Gang gebrachten, zu unglaublichen Summen angewachsenen Kollekte persönlich an die mich zunächst angehende Adresse zu befördern.

Der Anblick der Leopoldstadt war grauenhaft. In den Straßen zerbrochene Schiffe und Gerätschaften, in den Erdgeschossen zum Teil noch stehendes Wasser und schwimmende Habe. Als ich, dem Gedränge ausweichend, an ein zugelehntes Hoftor hintrat, gab dieses nach und zeigte im Torwege eine Reihe von Leichen, offenbar behufs der amtlichen Inspektion zusammengebracht und hingelegt; ja, im Innern der Gemächer waren noch hie und da, aufrecht stehend und an die Gitterfenster angekrallt verunglückte Bewohner zu sehen, die – es fehlte eben an Zeit und Beamten, die gerichtliche Konstatierung so vieler Todesfälle vorzunehmen.

So schritt ich weiter und weiter. Von allen Seiten Weinen und Trauergeläute, suchende Mütter und irregehende Kinder. Endlich kam ich an die Gärtnergasse.

Auch dort hatten sich die schwarzen Begleiter eines Leichenzuges aufgestellt, doch, wie es schien, entfernt von dem Hause, das ich suchte. Als ich aber näher trat, bemerkte ich wohl eine Verbindung von Anstalten und Hin- und Hergehenden zwischen dem Trauergeleite und der Gärtnerswohnung. Am Haustor stand ein wacker aussehender, ältlicher aber noch kräftiger Mann. In hohen Stiefeln, gelben Lederhosen und langherabgehendem Leibrocke sah er einem Landfleischer ähnlich. Er gab Aufträge, sprach aber dazwischen ziemlich gleichgültig mit den Nebenstehenden. Ich ging an ihm vorbei und trat in den Hofraum. Die alte Gärtnerin kam mir entgegen, erkannte mich auf der Stelle wieder und begrüßte mich unter Tränen. »Geben Sie uns auch die Ehre?« sagte sie. »Ja, unser armer Alter! der musiziert jetzt mit den lieben Engeln, die auch nicht viel besser sein können, als er es war. Die ehrliche Seele saß da oben sicher in seiner Kammer. Als aber das Wasser kam und er die Kinder schreien hörte, da sprang er herunter und rettete und schleppte und trug und brachte in Sicherheit, daß ihm der Atem ging wie ein Schmiedegebläs. Ja – wie man denn nicht überall seine Augen haben kann – als sich ganz zuletzt zeigte, daß mein Mann seine Steuerbücher und die paar Gulden Papiergeld im Wandschrank vergessen hatte, nahm der Alte ein Beil, ging ins Wasser, das ihm schon an die Brust reichte, erbrach den Schrank und brachte alles treulich. Da hatte er sich wohl verkältet, und wie im ersten Augenblicke denn keine Hilfe zu haben war, griff er in die Phantasie und wurde immer schlechter und schlechter, ob wir ihm gleich beistanden nach Möglichkeit und mehr dabei litten als er selbst. Denn er musizierte in einem fort, mit der Stimme nämlich, und schlug den Takt und gab Lektionen. Als sich das Wasser ein wenig verlaufen hatte und wir den Bader holen konnten und den Geistlichen, richtete er sich plötzlich im Bette auf, wendete Kopf und Ohr seitwärts, als ob er in der Entfernung etwas gar Schönes hörte, lächelte, sank zurück und war tot. Gehen Sie nur hinauf, er hat oft von Ihnen gesprochen. Die Madame ist auch oben. Wir haben ihn auf unsere Kosten begraben lassen wollen, die Frau Fleischermeisterin gab es aber nicht zu.«

Sie drängte mich die steile Treppe hinauf bis zur Dachstube, die offen stand und ganz ausgeräumt war bis auf den Sarg in der Mitte, der bereits geschlossen, nur der Träger wartete. An dem Kopfende saß eine ziemlich starke Frau, über die Hälfte des Lebens hinaus, im bunt gedruckten Kattunüberrocke, aber mit schwarzem Halstuch und schwarzem Band auf der Haube. Es schien fast, als ob sie nie schön gewesen sein konnte. Vor ihr standen zwei ziemlich erwachsene Kinder, ein Bursche und ein Mädchen, denen sie offenbar Unterricht gab, wie sie sich beim Leichenzuge zu benehmen hätten. Eben als ich eintrat, stieß sie dem Knaben, der sich ziemlich tölpisch auf den Sarg gelehnt hatte, den Arm herunter und glättete sorgfältig die herausstehenden Kanten des Leichentuches wieder zurecht. Die Gärtnersfrau führte mich vor; da fingen aber unten die Posaunen an zu blasen, und zugleich erscholl die Stimme des Fleischers von der Straße herauf: »Barbara, es ist Zeit!« Die Träger erschienen, ich zog mich zurück, um Platz zu machen. Der Sarg ward erhoben, hinabgebracht, und der Zug setzte sich in Bewegung. Voraus die Schuljugend mit Kreuz und Fahne, der Geistliche mit dem Kirchendiener. Unmittelbar nach dem Sarge die beiden Kinder des Fleischers und hinter ihnen das Ehepaar. Der Mann bewegte unausgesetzt, als in Andacht, die Lippen, sah aber dabei links und rechts um sich. Die Frau las eifrig in ihrem Gebetbuche, nur machten ihr die beiden Kinder zu schaffen, die sie einmal vorschob, dann wieder zurückhielt, wie ihr denn überhaupt die Ordnung des Leichenzuges sehr am Herzen zu liegen schien. Immer aber kehrte sie wieder zu ihrem Buche zurück. So kam das Geleite zum Friedhof. Das Grab war geöffnet. Die Kinder warfen die ersten Handvoll Erde hinab. Der Mann tat stehend dasselbe. Die Frau kniete und hielt ihr Buch nahe an die Augen. Die Totengräber vollendeten ihr Geschäft, und der Zug, halb aufgelöst, kehrte zurück. An der Türe gab es noch einen kleinen Wortwechsel, da die Frau eine Forderung des Leichenbesorgers offenbar zu hoch fand. Die Begleiter zerstreuten sich nach allen Richtungen. Der alte Spielmann war begraben.

Ein paar Tage darauf – es war ein Sonntag – ging ich, von meiner psychologischen Neugierde getrieben, in die Wohnung des Fleischers und nahm zum Vorwande, daß ich die Geige des Alten als Andenken zu besitzen wünschte. Ich fand die Familie beisammen ohne Spur eines zurückgebliebenen besondern Eindrucks. Doch hing die Geige mit einer Art Symmetrie geordnet neben dem Spiegel und einem Kruzifix gegenüber an der Wand. Als ich mein Anliegen erklärte und einen verhältnismäßig hohen Preis anbot, schien der Mann nicht abgeneigt, ein vorteilhaftes Geschäft zu machen. Die Frau aber fuhr vom Stuhle empor und sagte: »Warum nicht gar! Die Geige gehört unserem Jakob, und auf ein paar Gulden mehr oder weniger kommt es uns nicht an!« Dabei nahm sie das Instrument von der Wand, besah es von allen Seiten, blies den Staub herab und legte es in die Schublade, die sie, wie einen Raub befürchtend, heftig zustieß und abschloß. Ihr Gesicht war dabei von mir abgewandt, so daß ich nicht sehen konnte, was etwa darauf vorging. Da nun zu gleicher Zeit die Magd mit der Suppe eintrat und der Fleischer, ohne sich durch den Besuch stören zu lassen, mit lauter Stimme sein Tischgebet anhob, in das die Kinder gellend einstimmten, wünschte ich gesegnete Mahlzeit und ging zur Türe hinaus. Mein letzter Blick traf die Frau. Sie hatte sich umgewendet, und die Tränen liefen ihr stromweise über die Backen.

EDUARD MÖRIKE

Mozart auf der Reise nach Prag

Im Herbst des Jahres 1787 unternahm Mozart in Begleitung seiner Frau eine Reise nach Prag, um »Don Juan« daselbst zur Aufführung zu bringen. Am dritten Reisetag, den vierzehnten September, gegen elf Uhr morgens, fuhr das wohlgelaunte Ehepaar noch nicht viel über dreißig Stunden Wegs von Wien entfernt, in nordwestlicher Richtung, jenseits vom Mannhardsberg und der deutschen Thaya, bei Schrems, wo man das schöne Mährische Gebirg bald vollends überstiegen hat. – »Das mit drei Postpferden bespannte Fuhrwerk«, schreibt die Baronesse von T. an ihre Freundin, »eine stattliche, gelbrote Kutsche, war Eigentum einer gewissen alten Frau Generalin Volkstett, die sich auf ihren Umgang mit dem Mozartischen Hause und ihre ihm erwiesenen Gefälligkeiten von jeher scheint etwas zugut getan zu haben.« – Die ungenaue Beschreibung des fraglichen Gefährts wird sich ein Kenner des Geschmacks der achtziger Jahre noch etwa durch einige Züge ergänzen. Der gelbrote Wagen ist hüben und drüben am Schlage mit Blumenbuketts, in ihren natürlichen Farben gemalt, die Ränder mit schmalen Goldleisten verziert, der Anstrich aber noch keineswegs von jenem spiegelglatten Lack der heutigen Wiener Werkstätten glänzend, der Kasten auch nicht völlig ausgebaucht, obwohl nach unten zu kokett mit einer kühnen Schweifung eingezogen; dazu kommt ein hohes Gedeck mit starrenden Ledervorhängen, die gegenwärtig zurückgestreift sind.

Von dem Kostüm der beiden Passagiere sei überdies so viel bemerkt. Mit Schonung für die neuen, im Koffer eingepackten Staatsgewänder war der Anzug des Gemahls bescheidentlich von Frau Constanzen ausgewählt; zu der gestickten Weste von etwas verschossenem Blau sein gewohnter brauner Überrock mit einer Reihe großer und dergestalt fassonierter Knöpfe, daß eine Lage rötliches Rauschgold durch ihr sternartiges Gewebe schimmerte, schwarzseidene Beinkleider, Strümpfe, und auf den Schuhen vergoldete Schnallen. Seit einer halben Stunde hat er wegen der für diesen Monat außerordentlichen Hitze sich des Rocks entledigt und sitzt vergnüglich plaudernd, barhaupt, in Hemdärmeln da. Madame Mozart trägt ein bequemes Reisehabit, hellgrün und weiß gestreift; halb aufgebunden fällt der Überfluß ihrer schönen, lichtbraunen Locken auf Schulter und Nacken herunter; sie waren zeit ihres Lebens noch niemals von Puder entstellt, während der starke, in einen Zopf gefaßte Haarwuchs ihres Gemahls für heute nur nachlässiger als gewöhnlich damit versehen ist.

Man war eine sanft ansteigende Höhe zwischen fruchtbaren Feldern, welche hie und da die ausgedehnte Waldung unterbrachen, gemachsam hinauf und jetzt am Waldsaum angekommen.

»Durch wieviel Wälder«, sagte Mozart, »sind wir nicht heute, gestern und ehegestern schon passiert! – Ich dachte nichts dabei, geschweige daß mir eingefallen wäre, den Fuß hineinzusetzen. Wir steigen einmal aus da, Herzenskind, und holen von den blauen Glocken, die dort so hübsch im Schatten stehn. Deine Tiere, Schwager, mögen ein bißchen verschnaufen.«

Indem sie sich beide erhoben, kam ein kleines Unheil an den Tag, welches dem Meister einen Zank zuzog. Durch seine Achtlosigkeit war ein Flakon mit kostbarem Riechwasser aufgegangen und hatte seinen Inhalt unvermerkt in die Kleider und Polster ergossen. »Ich hätt es denken können«, klagte sie, »es duftete schon lang so stark! O weh, ein volles Fläschchen echte Rosée d'Aurore rein ausgeleert! Ich sparte sie wie Gold.« – »Ei, Närrchen«, gab er ihr zum Trost zurück, »begreife doch, auf solche Weise ganz allein war uns dein Götter-Riechschnaps etwas nütze. Erst saß man in einem Backofen und all dein Gefächel half nichts, bald aber schien der ganze Wagen gleichsam ausgekühlt; du schriebst es den paar Tropfen zu, die ich mir auf den Jabot goß; wir waren neu belebt und das Gespräch floß munter fort, statt daß wir sonst die Köpfe hätten hängen lassen wie die Hämmel auf des Fleischers Karren; und diese Wohltat wird uns auf dem ganzen Weg begleiten. Jetzt aber laß uns doch einmal zwei Wienerische Nos'n recht expreß in die grüne Wildnis stecken!«

Sie stiegen Arm in Arm über den Graben an der Straße und sofort tiefer in die Tannendunkelheit hinein, die, sehr bald bis zur Finsternis verdichtet, nur hin und wieder von einem Streifen Sonne auf sammetnem Moosboden grell durchbrochen ward. Die erquickliche Frische, im plötzlichen Wechsel gegen die außerhalb herrschende Glut, hätte dem sorglosen Mann ohne die Vorsicht der Begleiterin gefährlich werden können. Mit Mühe drang sie ihm das in Bereitschaft gehaltene Kleidungsstück auf. – »Gott, welche Herrlichkeit!« rief er, an den hohen Stämmen hinaufblickend, aus: »man ist als wie in einer Kirche! Mir deucht, ich war niemals in einem Wald und besinne mich jetzt erst, was es doch heißt, ein ganzes Volk von Bäumen beieinander! Keine Menschenhand hat sie gepflanzt, sind alle selbst gekommen und stehen so, nur eben weil es lustig ist beisammen wohnen und wirtschaften. Siehst du, mit jungen Jahren fuhr ich doch in halb Europa hin und her, habe die Alpen gesehn und das Meer, das Größeste und Schönste, was erschaffen ist: jetzt steht von ungefähr der Gimpel in einem ordinären Tannenwald an der böhmischen Grenze, verwundert und verzückt, daß solches Wesen irgend existiert, nicht etwa nur so una finzione di poeti ist, wie ihre Nymphen, Faune und dergleichen mehr, auch kein Komödienwald, nein aus dem Erdboden herausgewachsen, von Feuchtigkeit und Wärmelicht der Sonne großgezogen! Hier ist zu Haus der Hirsch, mit seinem wundersamen zackigen Gestäude auf der Stirn, das possierliche Eichhorn, der

Auerhahn, der Häher.« Er bückte sich, brach einen Pilz und pries die prächtige hochrote Farbe des Schirms, die zarten weißlichen Lamellen an dessen unterer Seite, auch steckte er verschiedene Tannenzapfen ein.

»Man könnte denken«, sagte die Frau, »du habest noch nicht zwanzig Schritte hinein in den Prater gesehen, der solche Raritäten doch auch wohl aufzuweisen hat.«

»Was Prater! Sapperlott, wie du nur das Wort hier nennen magst! Vor lauter Karossen, Staatsdegen, Roben und Fächern, Musik und allem Spektakel der Welt, wer sieht denn da noch sonst etwas? Und selbst die Bäume dort, so breit sie sich auch machen, ich weiß nicht – Bucheckern und Eicheln, am Boden verstreut, sehn halter aus als wie Geschwisterkind mit der Unzahl verbrauchter Korkstöpsel darunter. Zwei Stunden weit riecht das Gehölz nach Kellnern und nach Soßen.«

»O unerhört!« rief sie, »so redet nun der Mann, dem gar nichts über das Vergnügen geht, Backhähnl im Prater zu speisen!«

Als beide wieder in dem Wagen saßen, und sich die Straße jetzt nach einer kurzen Strecke ebenen Wegs allmählich abwärts senkte, wo eine lachende Gegend sich bis an die entfernteren Berge verlor, fing unser Meister, nachdem er eine Zeitlang still gewesen, wieder an: »Die Erde ist wahrhaftig schön, und keinem zu verdenken, wenn er so lang wie möglich darauf bleiben will. Gott sei's gedankt, ich fühle mich so frisch und wohl wie je, und wäre bald zu tausend Dingen aufgelegt, die denn auch alle nacheinander an die Reihe kommen sollen, wie nur mein neues Werk vollendet und aufgeführt sein wird. Wieviel ist draußen in der Welt, und wieviel daheim, Merkwürdiges und Schönes, das ich noch gar nicht kenne, an Wunderwerken der Natur, an Wissenschaften, Künsten und nützlichen Gewerben! Der schwarze Köhlerbube dort bei seinem Meiler weiß dir von manchen Sachen auf ein Haar soviel Bescheid wie ich, da doch ein Sinn und ein Verlangen in mir wäre, auch einen Blick in dies und jens zu tun, das eben nicht zu meinem nächsten Kram gehört.«

»Mir kam«, versetzte sie, »in diesen Tagen dein alter Sackkalender in die Hände von Anno fünfundachtzig; da hast du hinten angemerkt drei bis vier Notabene. Zum ersten steht: ›Mitte Oktober gießet man die großen Löwen in kaiserlicher Erzgießerei‹; fürs zweite, doppelt angestrichen: ›Professor Gattner zu besuchen‹. Wer ist der?«

»O recht, ich weiß – auf dem Observatorio der gute alte Herr, der mich von Zeit zu Zeit dahin einlädt. Ich wollte längst einmal den Mond und 's Mandl drin mit dir betrachten. Sie haben jetzt ein mächtig großes Fernrohr oben; da soll man auf der ungeheuern Scheibe, hell und deutlich bis zum Greifen, Gebirge, Täler, Klüfte sehen, und von der Seite, wo die Sonne nicht hinfällt, den Schatten, den die Berge werfen. Schon seit zwei Jahren schlag ich's an, den Gang zu tun, und komme nicht dazu, elender- und schändlicherweise!«

»Nun«, sagte sie, »der Mond entläuft uns nicht. Wir holen manches nach.«

Nach einer Pause fuhr er fort: »Und geht es nicht mit allem so? O pfui, ich darf nicht daran denken, was man verpaßt, verschiebt und hängenläßt! – von Pflichten gegen Gott und Menschen nicht zu reden – ich sage von purem Genuß, von den kleinen unschuldigen Freuden, die einem jeden täglich vor den Füßen liegen.«

Madame Mozart konnte oder wollte von der Richtung, die sein leicht bewegliches Gefühl hier mehr und mehr nahm, auf keine Weise ablenken, und leider konnte sie ihm nur von ganzem Herzen recht geben, indem er mit steigendem Eifer fortfuhr: »Ward ich denn je nur meiner Kinder ein volles Stündchen froh? Wie halb ist das bei mir, und immer en passant! Die Buben einmal rittlings auf das Knie gesetzt, mich zwei Minuten mit ihnen durchs Zimmer gejagt, und damit basta, wieder abgeschüttelt! Es denkt mir nicht, daß wir uns auf dem Lande zusammen einen schönen Tag gemacht hätten, an Ostern oder Pfingsten, in einem Garten oder Wäldel, auf der Wiese, wir unter uns allein, bei Kinderscherz und Blumenspiel, um selber einmal wieder Kind zu werden. Allmittelst geht und rennt und saust das Leben hin – Herr Gott! bedenkt man's recht, es möcht einem der Angstschweiß ausbrechen!«

Mit der soeben ausgesprochenen Selbstanklage war unerwartet ein sehr ernsthaftes Gespräch in aller Traulichkeit und Güte zwischen beiden eröffnet. Wir teilen dasselbe nicht ausführlich mit und werfen lieber einen allgemeinen Blick auf die Verhältnisse, die teils ausdrücklich und unmittelbar den Stoff, teils auch nur den bewußten Hintergrund der Unterredung ausmachten.

Hier drängt sich uns voraus die schmerzliche Betrachtung auf, daß dieser feurige, für jeden Reiz der Welt und für das Höchste, was dem ahnenden Gemüt erreichbar ist, unglaublich empfängliche Mensch, soviel er auch in seiner kurzen Spanne Zeit erlebt, genossen und aus sich hervorgebracht, ein stetiges und rein befriedigtes Gefühl seiner selbst doch lebenslang entbehrte.

Wer die Ursachen dieser Erscheinung nicht etwa tiefer suchen will, als sie vermutlich liegen, wird sie zunächst einfach in jenen, wie es scheint, unüberwindlich eingewohnten Schwächen finden, die wir so gern, und nicht ganz ohne Grund, mit alledem, was an Mozart der Gegenstand unsrer Bewunderung ist, in eine Art notwendiger Verbindung bringen.

Des Mannes Bedürfnisse waren sehr vielfach, seine Neigung zumal für gesellige Freuden außerordentlich groß. Von den vornehmsten Häusern der Stadt als unvergleichliches Talent gewürdigt und gesucht, verschmähte er Einladungen zu Festen, Zirkeln und Partien selten oder nie. Dabei tat er der eigenen Gastfreundschaft innerhalb seiner näheren Kreise gleichfalls genug. Einen längst hergebrachten musikalischen Abend am Sonntag bei ihm, ein ungezwungenes Mittagsmahl an seinem wohlbestellten Tisch mit ein paar Freunden und Bekannten, zwei-, dreimal in der Woche, das wollte er nicht missen. Bisweilen brachte er die Gäste, zum Schrecken der Frau, unangekündigt von der Straße weg ins Haus, Leute von sehr ungleichem Wert, Liebhaber, Kunstgenossen, Sänger und Poeten. Der müßige Schmarotzer, dessen ganzes Verdienst in einer immer aufgeweckten

Laune, in Witz und Spaß, und zwar vom gröbern Korn bestand, kam so gut wie der geistvolle Kenner und der treffliche Spieler erwünscht. Den größten Teil seiner Erholung indes pflegte Mozart außer dem eigenen Hause zu suchen. Man konnte ihn nach Tisch einen Tag wie den andern am Billard im Kaffeehaus, und so auch manchen Abend im Gasthof finden. Er fuhr und ritt sehr gerne in Gesellschaft über Land, besuchte als ein ausgemachter Tänzer Bälle und Redouten und machte sich des Jahrs einige Male einen Hauptspaß an Volksfesten, vor allen am Brigitten-Kirchtag im Freien, wo er als Pierrot maskiert erschien.

Diese Vergnügungen, bald bunt und ausgelassen, bald einer ruhigern Stimmung zusagend, waren bestimmt, dem lang gespannten Geist nach ungeheurem Kraftaufwand die nötige Rast zu gewähren; auch verfehlten sie nicht, demselben nebenher auf den geheimnisvollen Wegen, auf welchen das Genie sein Spiel bewußtlos treibt, die feinen flüchtigen Eindrücke mitzuteilen, wodurch es sich gelegentlich befruchtet. Doch leider kam in solchen Stunden, weil es dann immer galt, den glücklichen Moment bis auf die Neige auszuschöpfen, eine andere Rücksicht, es sei nun der Klugheit oder der Pflicht, der Selbsterhaltung wie der Häuslichkeit, nicht in Betracht. Genießend oder schaffend kannte Mozart gleich wenig Maß und Ziel. Ein Teil der Nacht war stets der Komposition gewidmet. Morgens früh, oft lange noch im Bett, ward ausgearbeitet. Dann machte er, von zehn Uhr an, zu Fuß oder im Wagen abgeholt, die Runde seiner Lektionen, die in der Regel noch einige Nachmittagsstunden wegnahmen. »Wir plagen uns wohl auch rechtschaffen«, so schreibt er selber einmal einem Gönner, »und es hält öfter schwer, nicht die Geduld zu verlieren. Da halst man sich als wohl akkreditierter Cembalist und Musiklehrmeister ein Dutzend Schüler auf, und immer wieder einen neuen, unangesehn was weiter an ihm ist, wenn er nur seinen Taler per marca bezahlt. Ein jeder ungrischer Schnurrbart vom Geniekorps ist willkommen, den der Satan plagt, für nichts und wieder nichts Generalbaß und Kontrapunkt zu studieren; das übermütigste Komteßchen, das mich wie Meister Coquerel, den Haarkräusler, mit einem roten Kopf empfängt, wenn ich einmal nicht auf den Glockenschlag bei ihr anklopfe usw.« Und wenn er nun durch diese und andere Berufsarbeiten, Akademien, Proben und dergleichen abgemüdet, nach frischem Atem schmachtete, war den erschlafften Nerven häufig nur in neuer Aufregung eine scheinbare Stärkung vergönnt. Seine Gesundheit wurde heimlich angegriffen, ein je und je wiederkehrender Zustand von Schwermut wurde, wo nicht erzeugt, doch sicherlich genährt an eben diesem Punkt, und so die Ahnung eines frühzeitigen Todes, die ihn zuletzt auf Schritt und Tritt begleitete, unvermeidlich erfüllt. Gram aller Art und Farbe, das Gefühl der Reue nicht ausgenommen, war er als eine herbe Würze jeder Lust auf seinen Teil gewöhnt. Doch wissen wir, auch diese Schmerzen rannen abgeklärt und rein in jenem tiefen Quell zusammen, der aus hundert goldenen Röhren springend, im Wechsel seiner Melodien unerschöpflich, alle Qual und alle Seligkeit der Menschenbrust ausströmte.

Am offenbarsten zeigten sich die bösen Wirkungen der Lebensweise Mozarts in seiner häuslichen Verfassung. Der Vorwurf törichter, leichtsinniger Verschwendung lag sehr nahe; er mußte sich sogar an einen seiner schönsten Herzenszüge hängen. Kam einer, in dringender Not ihm eine Summe abzuborgen, sich seine Bürgschaft zu erbitten, so war meist schon darauf gerechnet, daß er sich nicht erst lang nach Pfand und Sicherheit erkundigte; dergleichen hätte ihm auch in der Tat so wenig als einem Kinde angestanden. Am liebsten schenkte er gleich hin, und immer mit lachender Großmut, besonders wenn er meinte, gerade Überfluß zu haben.

Die Mittel, die ein solcher Aufwand neben dem ordentlichen Hausbedarf erheischte, standen allerdings in keinem Verhältnis mit den Einkünften. Was von Theatern und Konzerten, von Verlegern und Schülern einging, zusamt der kaiserlichen Pension, genügte um so weniger, da der Geschmack des Publikums noch weit davon entfernt war, sich entschieden für Mozarts Musik zu erklären. Diese lauterste Schönheit, Fülle und Tiefe befremdete gemeinhin gegenüber der bisher beliebten, leicht faßlichen Kost. Zwar hatten sich die Wiener an »Belmonte und Constanze« – dank den populären Elementen dieses Stücks – seinerzeit kaum ersättigen können, hingegen tat, einige Jahre später, »Figaro«, und sicher nicht allein durch die Intrigen des Direktors, im Wettstreit mit der lieblichen, doch weit geringeren »Cosa rara«, einen unerwarteten, kläglichen Fall; derselbe »Figaro«, den gleich darauf die gebildeteren oder unbefangeneren Prager mit solchem Enthusiasmus aufnahmen, daß der Meister, in dankbarer Rührung darüber, seine nächste große Oper eigens für sie zu schreiben beschloß. – Trotz der Ungunst der Zeit und dem Einfluß der Feinde hätte Mozart mit etwas mehr Umsicht und Klugheit noch immer einen sehr ansehnlichen Gewinn von seiner Kunst gezogen: so aber kam er selbst bei jenen Unternehmungen zu kurz, wo auch der große Haufen ihm Beifall zujauchzen mußte. Genug, es wirkte eben alles, Schicksal und Naturell und eigene Schuld zusammen, den einzigen Mann nicht gedeihen zu lassen.

Welch einen schlimmen Stand nun aber eine Hausfrau, sofern sie ihre Aufgabe kannte, unter solchen Umständen gehabt haben müsse, begreifen wir leicht. Obgleich selbst jung und lebensfroh, als Tochter eines Musikers ein ganzes Künstlerblut, von Hause aus übrigens schon an Entbehrung gewöhnt, bewies Constanze allen guten Willen, dem Unheil an der Quelle zu steuern, manches Verkehrte abzuschneiden und den Verlust im Großen durch Sparsamkeit im Kleinen zu ersetzen. Nur eben in letzterer Hinsicht vielleicht ermangelte sie des rechten Geschicks und der frühern Erfahrung. Sie hatte die Kasse und führte das Hausbuch; jede Forderung, jede Schuldmahnung, und was es Verdrießliches gab, ging ausschließlich an sie. Da stieg ihr wohl mitunter das Wasser an die Kehle, zumal wenn oft zu dieser Bedrängnis, zu Mangel, peinlicher Verlegenheit und Furcht vor offenbarer Unehre, noch gar der Trübsinn ihres Mannes kam, worin er tagelang verharrte, untätig, keinem Trost zugänglich, indem er mit Seufzen und Klagen neben der Frau oder stumm in einem Winkel vor sich hin den *einen* traurigen Gedanken, zu sterben, wie eine endlose Schraube verfolgte. Ihr guter Mut verließ sie dennoch selten, ihr heller Blick fand meist, wenn auch nur auf einige Zeit, Rat und Hilfe. Im wesentlichen wurde wenig oder nichts gebessert. Gewann sie ihm mit Ernst und Scherz, mit Bitten und Schmeicheln für heute so viel ab, daß er den Tee an ihrer Seite trank, sich seinen Abendbraten daheim bei der Familie schmecken ließ, um nachher nicht mehr auszugehen, was war damit erreicht? Er konnte wohl einmal, durch ein verweintes Auge seiner Frau plötzlich betroffen und bewegt, eine schlimme Gewohnheit aufrichtig verwünschen, das Beste versprechen, mehr als sie verlangte – umsonst, er fand sich unversehens im alten Fahrgeleise wieder. Man war versucht zu glauben, es habe anders nicht in seiner Macht gestanden und eine völlig veränderte Ordnung nach unsern Begriffen von dem, was allen Menschen ziemt und frommt, *ihm* irgendwie gewaltsam aufgedrungen, müßte das wunderbare Wesen geradezu selbst aufgehoben haben.

Einen günstigen Umschwung der Dinge hoffte Constanze doch stets insoweit, als derselbe von außen her möglich war: durch eine gründliche Verbesserung ihrer ökonomischen Lage, wie solche bei dem wachsenden Ruf ihres Mannes nicht ausbleiben könne. Wenn erst, so meinte sie, der stete Druck wegfiel, der sich auch ihm, bald näher, bald entfernter, von dieser Seite fühlbar machte, wenn er, anstatt die Hälfte seiner Kraft und Zeit dem bloßen Gelderwerb zu opfern, ungeteilt seiner wahren Bestimmung nachleben dürfe, wenn endlich der Genuß, nach dem er nicht mehr jagen, den er mit ungleich besserem Gewissen haben würde, ihm noch einmal sowohl an Leib und Seele gedeihe, dann sollte bald sein ganzer Zustand leichter, natürlicher, ruhiger werden. Sie dachte gar an einen gelegentlichen Wechsel ihres Wohnorts, da seine unbedingte Vorliebe für Wien, wo nun einmal nach ihrer Überzeugung kein rechter Segen für ihn sei, am Ende doch zu überwinden wäre.

Den nächsten entscheidenden Vorschub aber zur Verwirklichung ihrer Gedanken und Wünsche versprach sich Madame Mozart vom Erfolg der neuen Oper, um die es sich bei dieser Reise handelte.

Die Komposition war weit über die Hälfte vorgeschritten. Vertraute, urteilsfähige Freunde, die, als Zeugen der Entstehung des außerordentlichen Werks, einen hinreichenden Begriff von seiner Art und Wirkungsweise haben mußten, sprachen überall davon in einem Tone, daß viele selber von den Gegnern darauf gefaßt sein konnten, es werde dieser »Don Juan«, bevor ein halbes Jahr verginge, die gesamte musikalische Welt, von einem Ende Deutschlands bis zum andern, erschüttert, auf den Kopf gestellt, im Sturm erobert haben. Vorsichtiger und bedingter waren die wohlwollenden Stimmen anderer, die von dem heutigen Standpunkt der Musik ausgehend einen allgemeinen und raschen Sukzeß kaum hofften. Der Meister selber teilte im stillen ihre nur zu wohlbegründeten Zweifel.

Constanze ihrerseits, wie die Frauen immer, wo ihr Gefühl einmal lebhaft bestimmt und noch dazu vom Eifer eines höchst gerechten Wunsches eingenommen ist, durch spätere Bedenklichkeiten von da- und dorther sich viel seltener als die Männer irremachen lassen, hielt fest an ihrem guten Glauben, und hatte eben jetzt im Wagen wiederum Veranlassung, denselben zu verfechten. Sie tat's, in ihrer fröhlichen und blühenden Manier, mit doppelter Geflissenheit, da Mozarts Stimmung im Verlauf des vorigen Gesprächs, das weiter zu nichts führen konnte und deshalb äußerst unbefriedigend abbrach, bereits merklich gesunken war. Sie setzte ihrem Gatten sofort mit gleicher Heiterkeit umständlich auseinander, wie sie nach ihrer Heimkehr die mit dem Prager Unternehmer als Kaufpreis für die Partitur akkordierten hundert Dukaten zu Deckung der dringendsten Posten und sonst zu verwenden gedenke, auch wie sie zufolge ihres Etats den kommenden Winter hindurch bis zum Frühjahr gut auszureichen hoffe.

»Dein Herr Bondini wird sein Schäfchen an der Oper scheren, glaub es nur; und ist er halb der Ehrenmann, den du ihn immer rühmst, so läßt er dir nachträglich noch ein artiges Prozentchen von den Summen ab, die ihm die Bühnen nacheinander für die Abschrift zahlen; wo nicht, nun ja, gottlob, so stehen uns noch andere Chancen in Aussicht, und zwar noch tausendmal solidere. Mir ahnet allerlei.«

»Heraus damit!«

»Ich hörte unlängst ein Vögelchen pfeifen, der König von Preußen hab einen Kapellmeister nötig.«

»Oho!«

»Generalmusikdirektor wollt ich sagen. Laß mich ein wenig phantasieren! Die Schwachheit habe ich von meiner Mutter.«

»Nur zu! je toller je besser.«

»Nein, alles ganz natürlich. – Vornweg also nimm an: übers Jahr um diese Zeit –«

»Wenn der Papst die Grete freit –«

»Still doch, Hanswurst! Ich sage, aufs Jahr um Sankt Ägidi muß schon längst kein kaiserlicher Kammerkomponist mit Namen Wolf Mozart in Wien mehr weit und breit zu finden sein.«

»Beiß dich der Fuchs dafür!«

»Ich höre schon im Geist, wie unsere alten Freunde von uns plaudern, was sie sich alles zu erzählen wissen.«

»Zum Exempel?«

»Da kommt z. B. eines Morgens früh nach neune schon unsere alte Schwärmerin, die Volkstett, in ihrem feurigsten Besuchssturmschritt quer übern Kohlmarkt hergesegelt. Sie war drei Monate fort, die große Reise zum Schwager in Sachsen, ihr tägliches Gespräch, solang wir sie kennen, kam endlich zustand: seit gestern nacht ist sie zurück, und jetzt, mit ihrem übervollen Herzen – es schwattelt ganz von Reiseglück und Freundschaftsungeduld und allerliebsten Neuigkeiten – stracks hin zur Oberstin damit! die Trepp hinauf und angeklopft und das Herein nicht abgewartet: stell dir den Jubel selber vor und das Embrassement beiderseits! – ›Nun, liebste, beste Oberstin‹, hebt sie nach einigem Vorgängigen mit frischem Odem an: ›ich bringe Ihnen ein Schock Grüße mit, ob Sie erraten von wem? Ich komme nicht so gradenwegs von Stendal her, es wurde ein kleiner Abstecher gemacht, linkshin, nach Brandenburg zu.‹ – ›Wie? wär es möglich... Sie kamen nach Berlin? sind bei Mozarts gewesen?‹ – ›Zehn himmlische Tage!‹ – ›O liebe, süße, einzige Generalin, erzählen Sie, beschreiben Sie! Wie geht es unsern guten Leutchen? Gefallen sie sich immer noch so gut wie anfangs dort? Es ist mir fabelhaft, undenkbar, heute noch, und jetzt nur desto mehr, da Sie von ihm herkommen – Mozart als Berliner! Wie benimmt er sich doch? wie sieht er denn aus?‹ – ›O der! Sie sollten ihn nur sehen. Diesen Sommer hat ihn der König ins Karlsbad geschickt. Wann wäre seinem herzgeliebten Kaiser Joseph so etwas eingefallen, he? Sie waren beide kaum erst wieder da, als ich ankam. Er glänzt von Gesundheit und Leben, ist rund und beleibt und vif wie Quecksilber; das Glück sieht ihm und die Behaglichkeit recht aus den Augen.‹«

Und nun begann die Sprecherin in ihrer angenommenen Rolle die neue Lage mit den hellsten Farben auszumalen. Von seiner Wohnung Unter den Linden, von seinem Garten und Landhaus an, bis zu den glänzenden Schauplätzen seiner öffentlichen Wirksamkeit und den engeren Zirkeln des Hofs, wo er die Königin auf dem Piano zu begleiten hatte, wurde alles durch ihre Schilderung gleichsam zur Wirklichkeit und Gegenwart. Ganze Gespräche, die schönsten Anekdoten schüttelte sie aus dem Ärmel. Sie schien fürwahr mit jener Residenz, mit Potsdam und mit Sansscouci bekannter als im Schlosse zu Schönbrunn und auf der kaiserlichen Burg. Nebenbei war sie schalkhaft genug, die Person unsres Helden mit einer Anzahl völlig neuer hausväterlicher Eigenschaften auszustatten, die sich auf dem soliden Boden der preußischen Existenz entwickelt hatten, und unter welchen die besagte Volkstett, als höchstes Phänomen und zum Beweis wie die Extreme sich manchmal berühren, den Ansatz eines ordentlichen Geizchens wahrgenommen hatte, das ihn unendlich liebenswürdig kleide. »›Ja, nehmen's nur, er hat seine dreitausend Taler fix, und das wofür? Daß er die Woche einmal ein Kammerkonzert, zweimal die große Oper dirigiert – Ach, Oberstin, ich habe ihn gesehen,unsern lieben, kleinen goldenen Mann, inmitten seiner trefflichen Kapelle, die er sich zugeschult, die ihn anbetet! saß mit der Mozartin in ihrer Loge, schräg gegen den höchsten Herrschaften über! Und was stand auf dem Zettel, bitte Sie – ich nahm ihn mit für Sie – hier schauen Sie, hier lesen Sie, da steht's mit ellenlangen Buchstaben gedruckt!› – ›Hilf Himmel! was? »Tarar«!‹ – ›Ja, gelten's, Freundin, was man erleben kann! Vor zwei Jahren, wie Mozart den ›Don Juan‹ schrieb und der verwünschte giftige, schwarzgelbe Salieri auch schon im stillen Anstalt machte, den Triumph, den er mit seinem

Stück davontrug in Paris, demnächst auf seinem eigenen Territorio zu begehen, und unserem guten, Schnepfen liebenden, allzeit in ›Cosa rara‹ vergnügten Publikum nun doch auch mal so eine Gattung Falken sehn zu lassen, und er und seine Helfershelfer bereits zusammen munkelten und raffinierten, daß sie den ›Don Juan‹ so schön gerupft wie jenesmal den ›Figaro‹, nicht tot und nicht lebendig, auf das Theater stellen wollten – wissen's, da tat ich ein Gelübd, wenn das infame Stück gegeben wird, ich geh nicht hin, um keine Welt! Und hielt auch Wort. Als alles lief und rannte – und, Oberstin, Sie mit – blieb ich an meinem Ofen sitzen, nahm meine Katze auf den Schoß und aß meine Kaldausche; und so die folgenden paar Male auch. Jetzt aber, stellen Sie sich vor, ›Tarar‹ auf der Berliner Opernbühne, das Werk seines Todfeinds, von Mozart dirigiert!‹ – ›Da müssen Sie schon drein!‹ rief er gleich in der ersten Viertelstunde, ›und wär's auch nur, daß Sie den Wienern sagen können, ob ich dem Knaben Absalon ein Härchen krümmen ließ. Ich wünschte, er wäre selbst dabei, der Erzneidhammel sollte sehen, daß ich nicht nötig hab, einem andern sein Zeug zu verhunzen, damit ich immerfort der bleiben möge, der ich bin!‹«

»Brava! bravissima!« rief Mozart überlaut und nahm sein Weibchen bei den Ohren, verküßte, herzte, kitzelte sie, so daß sich dieses Spiel mit bunten Seifenblasen einer erträumten Zukunft, die leider niemals, auch nicht im bescheidensten Maße, erfüllt werden sollte, zuletzt in hellen Mutwillen, Lärm und Gelächter auflöste.

Sie waren unterdessen längst ins Tal herabgekommen und näherten sich einem Dorf, das ihnen bereits auf der Höhe bemerklich gewesen und hinter welchem sich unmittelbar ein kleines Schloß von modernem Ansehen, der Wohnsitz eines Grafen von Schinzberg, in der freundlichen Ebene zeigte. Es sollte in dem Ort gefüttert, gerastet und Mittag gehalten werden. Der Gasthof, wo sie hielten, lag vereinzelt am Ende des Dorfs bei der Straße, von welcher seitwärts eine Pappelallee von nicht sechshundert Schritten zum herrschaftlichen Garten führte.

Mozart, nachdem man ausgestiegen, überließ wie gewöhnlich der Frau die Bestellung des Essens. Inzwischen befahl er für sich ein Glas Wein in die untere Stube, während sie, nächst einem Trunke frischen Wassers, nur irgendeinen stillen Winkel, um ein Stündchen zu schlafen, verlangte. Man führte sie eine Treppe hinauf, der Gatte folgte, ganz munter vor sich hin singend und pfeifend. In einem rein geweißten und schnell gelüfteten Zimmer befand sich unter andern veralteten Möbeln von edlerer Herkunft – sie waren ohne Zweifel aus den gräflichen Gemächern seinerzeit hierhergewandert – ein sauberes, leichtes Bett mit gemaltem Himmel auf dünnen, grünlackierten Säulen, dessen seidene Vorhänge längst durch einen gewöhnlichern Stoff ersetzt waren. Constanze machte sich's bequem, er versprach, sie rechtzeitig zu wecken, sie riegelte die Türe hinter ihm, zu und er suchte nunmehr Unterhaltung für sich in der allgemeinen Schenkstube. Hier war jedoch außer dem Wirt keine Seele, und weil dessen Gespräch dem Gast sowenig wie sein Wein behagte, so bezeugte er Lust, bis der Tisch bereit wäre, noch einen Spaziergang nach dem Schloßgarten zu machen. Der Zutritt, hörte er, sei anständigen Fremden wohl gestattet und die Familie überdies heut ausgefahren.

Er ging und hatte bald den kurzen Weg bis zu dem offenen Gattertor zurückgelegt, dann langsam einen hohen alten Lindengang durchmessen, an dessen Ende linker Hand er in geringer Entfernung das Schloß von seiner Fronte auf einmal vor sich hatte. Es war von italienischer Bauart, hell getüncht, mit weit vorliegender Doppeltreppe; das Schieferdach verzierten einige Statuen in üblicher Manier, Götter und Göttinnen, samt einer Balustrade.

Von der Mitte zweier großen, noch reichlich blühenden Blumenparterre ging unser Meister nach den buschigen Teilen der Anlagen zu, berührte ein paar schöne dunkle Piniengruppen, und lenkte seine Schritte auf vielfach gewundenen Pfaden, indem er sich allmählich den lichteren Partien wieder näherte, dem lebhaften Rauschen eines Springbrunnens nach, den er sofort erreichte.

Das ansehnlich weite, ovale Bassin war rings von einer sorgfältig gehaltenen Orangerie in Kübeln, abwechselnd mit Lorbeeren und Oleandern umstellt; ein weicher Sandweg, gegen den sich eine schmale Gitterlaube öffnete, lief rundumher. Die Laube bot das angenehmste Ruheplätzchen dar; ein kleiner Tisch stand vor der Bank und Mozart ließ sich vorn am Eingang nieder.

Das Ohr behaglich dem Geplätscher des Wassers hingegeben, das Aug auf einen Pomeranzenbaum von mittlerer Größe geheftet, der außerhalb der Reihe, einzeln, ganz dicht an seiner Seite auf dem Boden stand und voll der schönsten Früchte hing, ward unser Freund durch diese Anschauung des Südens alsbald auf eine liebliche Erinnerung aus seiner Knabenzeit geführt. Nachdenklich lächelnd reicht er hinüber nach der nächsten Frucht, als wie um ihre herrliche Ründe, ihre saftige Kühle in hohler Hand zu fühlen. Ganz im Zusammenhang mit jener Jugendszene aber, die wieder vor ihm aufgetaucht, stand eine längst verwischte musikalische Reminiszenz, auf deren unbestimmter Spur er sich ein Weilchen träumerisch erging. Jetzt glänzen seine Blicke, sie irren da und dort umher, er ist von einem Gedanken ergriffen, den er sogleich eifrig verfolgt. Zerstreut hat er zum zweitenmal die Pomeranze angefaßt, sie geht vom Zweige los und bleibt ihm in der Hand. Er sieht und sieht es nicht; ja so weit geht die künstlerische Geistabwesenheit, daß er, die duftige Frucht beständig unter der Nase hin und her wirbelnd und bald den Anfang, bald die Mitte einer Weise unhörbar zwischen den Lippen bewegend, zuletzt instinktmäßig ein emailliertes Etui aus der Seitentasche des Rocks hervorbringt, ein kleines Messer mit silbernem Heft daraus nimmt und die gelbe kugelige Masse von oben nach unten langsam durchschneidet. Es mochte ihn dabei entfernt ein dunkles Durstgefühl geleitet haben, jedoch begnügten sich die angeregten Sinne mit Einatmung des köstlichen Geruchs. Er starrt minutenlang die beiden innern Flächen an, fügt sie sachte wieder zusammen, ganz sachte, trennt und vereinigt sie wieder.

Da hört er Tritte in der Nähe, er erschrickt, und das Bewußtsein, wo er ist, was er getan, stellt sich urplötzlich bei ihm ein. Schon im Begriff, die Pomeranze zu verbergen, hält er doch gleich damit inne, sei es aus Stolz, sei's weil es zu spät dazu war. Ein großer breitschulteriger Mann in Livree, der Gärtner des Hauses, stand vor ihm. Derselbe hatte wohl die letzte verdächtige Bewegung noch gesehen und schwieg betroffen einige Sekunden. Mozart, gleichfalls sprachlos, auf seinem Sitz wie angenagelt, schaute ihm halb lachend, unter sichtbarem Erröten, doch gewissermaßen keck und groß mit seinen blauen Augen ins Gesicht; dann setzte er – für einen Dritten wäre es höchst komisch anzusehn gewesen – die scheinbar unverletzte Pomeranze mit einer Art von trotzig couragiertem Nachdruck in die Mitte des Tisches.

»Um Vergebung«, fing jetzt der Gärtner, nachdem er den wenig versprechenden Anzug des Fremden gemustert, mit unterdrücktem Unwillen an: »ich weiß nicht, wen ich hier –«

»Kapellmeister Mozart aus Wien.«

»Sind ohne Zweifel bekannt im Schloß?«

»Ich bin hier fremd und auf der Durchreise. Ist der Herr Graf anwesend?«

»Nein.«

»Seine Gemahlin?«

»Sind beschäftigt und schwerlich zu sprechen.«

Mozart stand auf und machte Miene zu gehen.

»Mit Erlaubnis, mein Herr, – wie kommen Sie dazu, an diesem Ort auf solche Weise zuzugreifen?«

»Was?« rief Mozart, »zugreifen? Zum Teufel, glaubt Er denn, ich wollte stehlen und das Ding da fressen?«

»Mein Herr, ich glaube was ich sehe. Diese Früchte sind gezählt, ich bin dafür verantwortlich. Der Baum ist vom Herrn Grafen zu einem Fest bestimmt, soeben soll er weggebracht werden. Ich lasse Sie nicht fort, ehbevor ich die Sache gemeldet und Sie mir selbst bezeugten, wie das da zugegangen ist.«

»Sei's drum. Ich werde hier so lange warten. Verlaß Er sich darauf.«

Der Gärtner sah sich zögernd um, und Mozart, in der Meinung, es sei vielleicht nur auf ein Trinkgeld abgesehn, griff in die Tasche, allein er hatte das geringste nicht bei sich.

Zwei Gartenknechte kamen nun wirklich herbei, luden den Baum auf eine Bahre und trugen ihn hinweg. Inzwischen hatte unser Meister seine Brieftasche gezogen, ein weißes Blatt herausgenommen, und während daß der Gärtner nicht von der Stelle wich, mit Bleistift angefangen zu schreiben:

»Gnädigste Frau! Hier sitze ich Unseliger in Ihrem Paradiese, wie weiland Adam, nachdem er den Apfel gekostet. Das Unglück ist geschehen, und ich kann nicht einmal die Schuld auf eine gute Eva schieben, die eben jetzt von Grazien und Amoretten eines Himmelbettes umgaukelt, im Gasthof sich des

unschuldigsten Schlafes erfreut. Befehlen Sie, und ich stehe persönlich Ihro Gnaden Rede über meinen mir selbst unfaßlichen Frevel. Mit aufrichtiger Beschämung

Hochdero
untertänigster Diener
W. A. Mozart,
auf dem Wege nach Prag.«

Er übergab das Billett, ziemlich ungeschickt zusammengefaltet, dem peinlich wartenden Diener mit der nötigen Weisung.

Der Unhold hatte sich nicht so bald entfernt, als man an der hinteren Seite des Schlosses ein Gefährt in den Hof rollen hörte. Es war der Graf, der eine Nichte und ihren Bräutigam, einen jungen reichen Baron, vom benachbarten Gut herüberbrachte. Da die Mutter des letztern seit Jahren das Haus nicht mehr verließ, war die Verlobung heute bei ihr gehalten worden; nun sollte dieses Fest in einer fröhlichen Nachfeier mit einigen Verwandten auch hier begangen werden, wo Eugenie gleich einer eigenen Tochter seit ihrer Kindheit eine zweite Heimat fand. Die Gräfin war mit ihrem Sohne Max, dem Lieutenant, etwas früher nach Hause gefahren, um noch verschiedene Anordnungen zu treffen. Nun sah man in dem Schlosse alles, auf Gängen und Treppen, in voller Bewegung, und nur mit Mühe gelang es dem Gärtner, im Vorzimmer endlich den Zettel der Frau Gräfin einzuhändigen, die ihn jedoch nicht auf der Stelle öffnete, sondern ohne genau auf die Worte des Überbringers zu achten, geschäftig weitereilte. Er wartete und wartete, sie kam nicht wieder. Eins um das andere von der Dienerschaft, Aufwärter, Zofe, Kammerdiener, rannte an ihm vorbei; er fragte nach dem Herrn – der kleidete sich um; er suchte nun und fand den Grafen Max auf seinem Zimmer, der aber unterhielt sich angelegentlich mit dem Baron und schnitt ihm, wie in Sorge, er wolle etwas melden oder fragen, wovon noch nichts verlauten sollte, das Wort vom Munde ab: »Ich komme schon – geht nur!« Es stand noch eine gute Weile an, bis endlich Vater und Sohn zugleich herauskamen und die fatale Nachricht empfingen.

»Das wär ja höllenmäßig!« rief der dicke, gutmütige, doch etwas jähe Mann; »das geht ja über alle Begriffe! Ein Wiener Musikus, sagt Ihr? Vermutlich irgend solch ein Lump, der um ein Viatikum läuft und mitnimmt, was er findet?«

»Verzeihen Ew. Gnaden, darnach sieht er gerad nicht aus. Er deucht mir nicht richtig im Kopf; auch ist er sehr hochmütig. Moser nennt er sich. Er wartet unten auf Bescheid; ich hieß den Franz um den Weg bleiben und ein Aug auf ihn haben.«

»Was hilft es hintendrein, zum Henker? Wenn ich den Narren auch einstekken lasse, der Schaden ist nicht mehr zu reparieren! Ich sagt Euch tausendmal, das vordere Tor soll allezeit geschlossen bleiben. Der Streich wäre aber jedenfalls verhütet worden, hättet Ihr zur rechten Zeit Eure Zurüstungen gemacht.«

Hier trat die Gräfin hastig und mit freudiger Aufregung, das offene Billett in der Hand, aus dem anstoßenden Kabinett. »Wißt ihr«, rief sie, »wer unten ist? Um Gottes willen, lest den Brief – Mozart aus Wien, der Komponist! Man muß gleich gehen, ihn heraufzubitten – ich fürchte nur, er ist schon fort! was wird er von mir denken! Ihr, Velten, seid ihm doch höflich begegnet? Was ist denn eigentlich geschehen?«

»Geschehn?« versetzte der Gemahl, dem die Aussicht auf den Besuch eines berühmten Mannes unmöglich allen Ärger auf der Stelle niederschlagen konnte: »Der tolle Mensch hat von dem Baum, den ich Eugenien bestimmte, eine der neun Orangen abgerissen, hm! das Ungeheuer! Somit ist unserem Spaß geradezu die Spitze abgebrochen und Max mag sein Gedicht nur gleich kassieren.«

»O nicht doch!« sagte die dringende Dame; »die Lücke läßt sich leicht ausfüllen, überlaßt es nur mir. Geht beide jetzt, erlöst, empfangt den guten Mann, so freundlich und so schmeichelhaft ihr immer könnt. Er soll, wenn wir ihn irgend halten können, heut nicht weiter. Trefft ihr ihn nicht im Garten mehr, sucht ihn im Wirtshaus auf und bringet ihn mit seiner Frau. Ein größeres Geschenk, eine schönere Überraschung für Eugenien hätte der Zufall uns an diesem Tag nicht machen können.«

»Gewiß!« erwiderte Max, »dies war auch mein erster Gedanke. Geschwinde, kommen Sie, Papa! Und« – sagte er, indem sie eilends nach der Treppe liefen – »der Verse wegen seien Sie ganz ruhig. Die neunte Muse soll nicht zu kurz kommen; im Gegenteil, ich werde aus dem Unglück noch besondern Vorteil ziehen.« – »Das ist unmöglich!« – »Ganz gewiß.« – »Nun, wenn das ist – allein ich nehme dich beim Wort – so wollen wir dem Querkopf alle erdenkliche Ehre erzeigen.«

Solange dies im Schloß vorging, hatte sich unser Quasi-Gefangener, ziemlich unbesorgt über den Ausgang der Sache, geraume Zeit schreibend beschäftigt. Weil sich jedoch gar niemand sehen ließ, fing er an, unruhig hin und her zu gehen; darüber kam dringliche Botschaft vom Wirtshaus, der Tisch sei schon lange bereit, er möchte ja gleich kommen, der Postillion pressiere. So suchte er denn seine Sachen zusammen und wollte ohne weiteres aufbrechen, als beide Herrn vor der Laube erschienen.

Der Graf begrüßte ihn, beinah wie einen früheren Bekannten, lebhaft mit seinem kräftig schallenden Organ, ließ ihn zu gar keiner Entschuldigung kommen, sondern erklärte sogleich seinen Wunsch, das Ehepaar zum wenigsten für diesen Mittag und Abend im Kreis seiner Familie zu haben. »Sie sind uns, mein liebster Maestro, so wenig fremd, daß ich wohl sagen kann, der Name Mozart wird schwerlich anderswo mit mehr Begeisterung und häufiger genannt als hier. Meine Nichte singt und spielt, sie bringt fast ihren ganzen Tag am Flügel zu, kennt Ihre Werke auswendig und hat das größte Verlangen, Sie einmal in mehrerer Nähe zu sehen, als es vorigen Winter in einem Ihrer Konzerte anging. Da wir nun demnächst auf einige Wochen nach Wien gehen werden, so war ihr eine Einladung beim Fürsten Gallizin, wo man Sie öfter findet, von den Verwandten versprochen. Jetzt aber reisen Sie nach Prag, werden so bald nicht wiederkehren, und Gott weiß, ob Sie der Rückweg zu uns führt. Machen Sie heute und morgen Rasttag! Das Fuhrwerk schicken wir sogleich nach Hause und mir erlauben Sie die Sorge für Ihr Weiterkommen.«

Der Komponist, welcher in solchen Fällen der Freundschaft oder dem Vergnügen leicht zehnmal mehr, als hier gefordert war, zum Opfer brachte, besann sich nicht lange; er sagte diesen einen halben Tag mit Freuden zu, dagegen sollte morgen mit dem frühesten die Reise fortgesetzt werden. Graf Max erbat sich das Vergnügen, Madame Mozart abzuholen und alles Nötige im Wirtshaus abzumachen. Er ging, ein Wagen sollte ihm gleich auf dem Fuß nachfolgen.

Von diesem jungen Mann bemerken wir beiläufig, daß er mit einem, von Vater und Mutter angeerbten, heitern Sinn Talent und Liebe für schöne Wissenschaften verband und ohne wahre Neigung zum Soldatenstand sich doch als Offizier durch Kenntnisse und gute Sitten hervortat. Er kannte die französische Literatur und erwarb sich, zu einer Zeit, wo deutsche Verse in der höheren Gesellschaft wenig galten, Lob und Gunst durch eine nicht gemeine Leichtigkeit der poetischen Form in der Muttersprache nach guten Mustern, wie er sie in Hagedorn, in Götz und andern fand. Für heute war ihm nun, wie wir bereits vernahmen, ein besonders erfreulicher Anlaß geworden, seine Gabe zu nutzen.

Er traf Madame Mozart, mit der Wirtshaustochter plaudernd, vor dem gedeckten Tisch, wo sie sich einen Teller Suppe vorausgenommen hatte. Sie war an außerordentliche Zwischenfälle, an kecke Stegreifsprünge ihres Mannes zu sehr gewöhnt, als daß sie über die Erscheinung und den Auftrag des jungen Offiziers mehr als billig hätte betreten sein können. Mit unverstellter Heiterkeit, besonnen und gewandt, besprach und ordnete sie ungesäumt alles Erforderliche selbst. Es wurde umgepackt, bezahlt, der Postillion entlassen, sie machte sich, ohne zu große Ängstlichkeit in Herstellung ihrer Toilette, fertig, und fuhr mit dem Begleiter wohlgemut dem Schlosse zu, nicht ahnend, auf welche sonderbare Weise ihr Gemahl sich dort eingeführt hatte.

Der befand sich inzwischen bereits sehr behaglich daselbst und auf das beste unterhalten. Nach kurzer Zeit sah er Eugenien mit ihrem Verlobten; ein blühendes, höchst anmutiges, inniges Wesen. Sie war blond, ihre schlanke Gestalt in carmoisinrote, leuchtende Seide mit kostbaren Spitzen festlich gekleidet, um ihre Stirn ein weißes Band mit edlen Perlen. Der Baron, nur wenig älter als sie, von sanftem, offenem Charakter, schien ihrer wert in jeder Rücksicht.

Den ersten Aufwand des Gesprächs bestritt, fast nur zu freigebig, der gute launige Hausherr, vermöge seiner etwas lauten, mit Späßen und Histörchen sattsam gespickten Unterhaltungsweise. Es wurden Erfrischungen gereicht, die unser Reisender im mindesten nicht schonte.

Eines hatte den Flügel geöffnet, »Figaros Hochzeit« lag aufgeschlagen, und das Fräulein schickte sich an, von dem Baron akkompagniert, die Arie Susannas in jener Gartenszene zu singen, wo wir den Geist der süßen Leidenschaft stromweise, wie die gewürzte sommerliche Abendluft, einatmen. Die feine Röte auf Eugeniens Wangen wich zwei Atemzüge lang der äußersten Blässe; doch mit dem ersten Ton, der klangvoll über ihre Lippen kam, fiel ihr jede beklemmende Fessel vom Busen. Sie hielt sich lächelnd, sicher auf der hohen Woge, und das Gefühl dieses Moments, des einzigen in seiner Art vielleicht für alle Tage ihres Lebens, begeisterte sie billig.

Mozart war offenbar überrascht. Als sie geendigt hatte, trat er zu ihr und fing mit seinem ungezierten Herzensausdruck an: »Was soll man sagen, liebes Kind, hier wo es ist wie mit der lieben Sonne, die sich am besten selber lobt, indem es gleich jedermann wohl in ihr wird! Bei solchem Gesang ist der Seele zumut wie dem Kindchen im Bad: es lacht und wundert sich und weiß sich in der Welt nichts Besseres. Übrigens glauben Sie mir, unsereinem in Wien begegnet es nicht jeden Tag, daß er so lauter, ungeschminkt und warm, ja so komplett sich selber zu hören bekommt.« – Damit erfaßte er ihre Hand und küßte sie herzlich. Des Mannes hohe Liebenswürdigkeit und Güte nicht minder, als das ehrenvolle Zeugnis, wodurch er ihr Talent auszeichnete, ergriff Eugenien mit jener unwiderstehlichen Rührung, die einem leichten Schwindel gleicht, und ihre Augen wollten sich plötzlich mit Tränen anfüllen.

Hier trat Madame Mozart zur Türe herein, und gleich darauf erschienen neue Gäste, die man erwartet hatte: eine dem Haus sehr eng verwandte, freiherrliche Familie aus der Nähe, mit einer Tochter, Franziska, die seit den Kinderjahren mit der Braut durch die zärtlichste Freundschaft verbunden und hier wie daheim war.

Man hatte sich allerseits begrüßt, umarmt, beglückwünscht, die beiden Wiener Gäste vorgestellt, und Mozart setzte sich an den Flügel. Er spielte einen Teil eines Konzerts von seiner Komposition, welches Eugenie soeben einstudierte.

Die Wirkung eines solchen Vortrags in einem kleinen Kreis wie der gegenwärtige unterscheidet sich natürlicherweise von jedem ähnlichen an einem öffentlichen Orte durch die unendliche Befriedigung, die in der unmittelbaren Berührung mit der Person des Künstlers und seinem Genius innerhalb der häuslichen bekannten Wände liegt.

Es war eines jener glänzenden Stücke, worin die reine Schönheit sich einmal, wie aus Laune, freiwillig in den Dienst der Eleganz begibt, so aber, daß sie gleichsam nur verhüllt in diese mehr willkürlich spielenden Formen und hinter eine Menge blendender Lichter versteckt, doch in jeder Bewegung ihren eigensten Adel verrät und ein herrliches Pathos verschwenderisch ausgießt.

Die Gräfin machte für sich die Bemerkung, daß die meisten Zuhörer, vielleicht Eugenie selbst nicht ausgenommen, trotz der gespanntesten Aufmerksamkeit und aller feierlichen Stille während eines bezaubernden Spiels, doch zwischen Auge und Ohr gar sehr geteilt waren. In unwillkürlicher Beobachtung des Komponisten, seiner schlichten, beinahe steifen Körperhaltung, seines gutmütigen Gesichts, der rundlichen Bewegung dieser kleinen Hände, war es gewiß auch nicht leicht möglich, dem Zudrang tausendfacher Kreuz- und Quergedanken über den Wundermann zu widerstehen.

Zu Madame Mozart gewendet sagte der Graf, nachdem der Meister aufgestanden war: »Einem berühmten Künstler gegenüber, wenn es ein Kennerlob zu spitzen gilt, das halt nicht eines jeden Sache ist, wie haben es die Könige und Kaiser gut! Es nimmt sich eben alles einzig und außerordentlich in einem solchen Munde aus. Was dürfen sie sich nicht erlauben, und wie bequem ist es z. B., dicht hinterm Stuhl Ihres Herrn Gemahls, beim Schlußakkord einer brillanten Phantasie dem bescheidenen klassischen Mann auf die Schulter zu klopfen und zu sagen: ›Sie sind ein Tausendsassa, lieber Mozart!‹ Kaum ist das Wort heraus, so geht's wie ein Lauffeuer durch den Saal: ›Was hat er ihm gesagt?‹ – ›Er sei ein Tausendsassa, hat er zu ihm gesagt!‹ Und alles, was da geigt und fistuliert und komponiert, ist außer sich von diesem einen Wort; kurzum, es ist der große Stil, der familiäre Kaiserstil, der unnachahmliche, um welchen ich die Josephs und die Friedrichs von je beneidet habe, und das nie mehr als eben jetzt, wo ich ganz in Verzweiflung bin, von anderweitiger geistreicher Münze zufällig keinen Deut in allen meinen Taschen anzutreffen.«

Die Art, wie der Schäker dergleichen vorbrachte, bestach immerhin und rief unausbleiblich ein Lachen hervor.

Nun aber auf die Einladung der Hausfrau verfügte die Gesellschaft sich nach dem geschmückten runden Speisesalon, aus welchem den Eintretenden ein festlicher Blumengeruch und eine kühlere, dem Appetit willkommene Luft entgegenwehte.

Man nahm die schicklich ausgeteilten Plätze ein, und zwar der distinguierte Gast den seinigen dem Brautpaar gegenüber. Von einer Seite hatte er eine kleine ältliche Dame, eine unverheiratete Tante Franziskas, von der andern die junge reizende Nichte selbst zur Nebensitzerin, die sich durch Geist und Munterkeit ihm bald besonders zu empfehlen wußte. Frau Constanze kam zwischen den Hauswirt und ihren freundlichen Geleitsmann, den Lieutenant; die übrigen reihten sich ein, und so saß man zu elfen nach Möglichkeit bunt an der Tafel, deren unteres Ende leer blieb. Auf ihr erhoben sich mitten zwei mächtig große Porzellanaufsätze mit gemalten Figuren, breite Schalen gehäuft voll natürlicher Früchte und Blumen über sich haltend. An den Wänden des Saals hingen reiche Festons. Was sonst da war oder nach und nach folgte, schien einen ausgedehnten Schmaus zu verkünden. Teils auf der Tafel, zwischen Schüsseln und Platten, teils vom Serviertisch herüber im Hintergrund blinkte verschiedenes edle Getränk, vom schwärzesten Rot bis hinauf zu dem gelblichen Weiß, dessen lustiger Schaum herkömmlich erst die zweite Hälfte eines Festes krönt.

Bis gegen diesen Zeitpunkt hin bewegte sich die Unterhaltung, von mehreren Seiten gleich lebhaft genährt, in allen Richtungen. Weil aber der Graf gleich anfangs einigemal von weitem und jetzt nur immer näher und mutwilliger auf Mozarts Gartenabenteuer anspielte, so daß die einen heimlich lächelten, die andern sich umsonst den Kopf zerbrachen, was er denn meine, so ging unser Freund mit der Sprache heraus.

»Ich will in Gottes Namen beichten«, fing er an, »auf was Art mir eigentlich die Ehre der Bekanntschaft mit diesem edlen Haus geworden ist. Ich spiele dabei nicht die würdigste Rolle, und um ein Haar so säß ich jetzt, statt hier vergnügt zu tafeln, in einem abgelegenen Arrestantenwinkel des gräflichen Schlosses und könnte mir mit leerem Magen die Spinneweben an der Wand herum betrachten.«

»Nun ja!« rief Madame Mozart, »da werd ich schöne Dinge hören.«

Ausführlich nun beschrieb er erst, wie er im »Weißen Roß« seine Frau zurückgelassen, die Promenade in den Park, den Unstern in der Laube, den Handel mit der Gartenpolizei, kurz, ungefähr was wir schon wissen, gab er alles mit größter Treuherzigkeit und zum höchsten Ergötzen der Zuhörer preis. Das Lachen wollte fast kein Ende nehmen; selbst die gemäßigte Eugenie enthielt sich nicht, es schüttelte sie ordentlich.

»Nun«, fuhr er fort, »das Sprichwort sagt: hat einer den Nutzen, dem Spott mag er trutzen. Ich hab meinen kleinen Profit von der Sache, Sie werden schon sehen. Vor allem aber hören Sie, wie's eigentlich geschah, daß sich ein alter Kindskopf so vergessen konnte. Eine Jugenderinnerung war mit im Spiele.

Im Frühling 1770 reiste ich als dreizehnjähriges Bürschchen mit meinem Vater nach Italien. Wir gingen von Rom nach Neapel. Ich hatte zweimal im Konservatorium und sonst zu verschiedenen Malen gespielt. Adel und Geistlichkeit erzeigten uns manches Angenehme, vornehmlich attachierte sich ein Abbate an uns, der sich als Kenner schmeichelte und übrigens am Hofe etwas galt. Den Tag vor unserer Abreise führte er uns in Begleitung einiger anderer Herrn in einen königlichen Garten, die Villa reale, bei der prachtvollen Straße geradhin am Meere gelegen, wo eine Bande sizilianischer commedianti sich produzierte – figli di Nettuno, wie sie sich neben andern schönen Titeln auch nannten. Mit vielen vornehmen Zuschauern, worunter selbst die junge liebenswürdige Königin Carolina samt zwei Prinzessinnen, saßen wir auf einer langen Reihe von Bänken im Schatten einer zeltartig bedeckten, niedern Galerie, an deren Mauer unten die Wellen plätscherten. Das Meer mit seiner vielfarbigen Streifung strahlte den blauen Sonnenhimmel herrlich wider. Gerade vor sich hat man den Vesuv, links schimmert sanft geschwungen eine reizende Küste herein.

Die erste Abteilung der Spiele war vorüber; sie wurde auf dem trockenen Bretterboden einer Art von Flöße ausgeführt, die auf dem Wasser stand, und hatte nichts Besonderes; der zweite aber und der schönste Teil bestand aus lauter Schiffer-, Schwimm- und Taucherstücken und blieb mir stets mit allen Einzelheiten frisch im Gedächtnis eingeprägt.

Von entgegengesetzten Seiten her näherten sich einander zwei zierliche, sehr leicht gebaute Barken, beide, wie es schien, auf einer Lustfahrt begriffen. Die eine, etwas größere, war mit einem Halbverdeck versehen und nebst den Ruderbänken mit einem dünnen Mast und einem Segel ausgerüstet, auch prächtig bemalt, der Schnabel vergoldet. Fünf Jünglinge von idealischem Aussehen, kaum bekleidet, Arme, Brust und Beine dem Anschein nach nackt, waren teils an dem Ruder beschäftigt, teils ergötzten sie sich mit einer gleichen Anzahl artiger Mädchen, ihren Geliebten. Eine darunter, welche mitten auf dem Verdecke saß und Blumenkränze wand, zeichnete sich durch Wuchs und Schönheit, sowie durch ihren Putz vor allen übrigen aus. Diese dienten ihr willig, spannten gegen die Sonne ein Tuch über sie und reichten ihr die Blumen aus dem Korb. Eine Flötenspielerin saß zu ihren Füßen, die den Gesang der andern mit ihren hellen Tönen unterstützte. Auch jener vorzüglichen Schönen fehlte es nicht an einem eigenen Beschützer; doch verhielten sich beide ziemlich gleichgültig gegeneinander und der Liebhaber deuchte mir fast etwas roh.

Inzwischen war das andere, einfachere Fahrzeug näher gekommen. Hier sah man bloß männliche Jugend. Wie jene Jünglinge Hochrot trugen, so war die Farbe der letztern Seegrün. Sie stutzten beim Anblick der lieblichen Kinder, winkten Grüße herüber und gaben ihr Verlangen nach näherer Bekanntschaft zu erkennen. Die Munterste hierauf nahm eine Rose vom Busen und hielt sie schelmisch in die Höhe, gleichsam fragend, ob solche Gaben bei ihnen wohl angebracht wären, worauf von drüben allerseits mit unzweideutigen Gebärden geantwortet wurde. Die Roten sahen verächtlich und finster darein, konnten aber nichts machen, als mehrere der Mädchen einig wurden, den armen Teufeln wenigstens doch etwas für den Hunger und Durst zuzuwerfen. Es stand ein Korb voll Orangen am Boden; wahrscheinlich waren es nur gelbe Bälle, den Früchten ähnlich nachgemacht. Und jetzt begann ein entzückendes Schauspiel, unter Mitwirkung der Musik, die auf dem Uferdamm aufgestellt war.

Eine der Jungfrauen machte den Anfang und schickte fürs erste ein paar Pomeranzen aus leichter Hand hinüber, die, dort mit gleicher Leichtigkeit aufgefangen, alsbald zurückkehrten; so ging es hin und her, und weil nach und nach immer mehr Mädchen zuhalfen, so flog's mit Pomeranzen bald dem Dutzend nach in immer schnellerem Tempo hin und wider. Die Schöne in der Mitte nahm an dem Kampfe keinen Anteil, als daß sie höchst begierig von ihrem Schemel aus zusah. Wir konnten die Geschicklichkeit auf beiden Seiten nicht genug bewundern. Die Schiffe drehten sich auf etwa dreißig Schritte in langsamer Bewegung umeinander, kehrten sich bald die ganze Flanke zu, bald schief das halbe Vorderteil; es waren gegen vierundzwanzig Bälle unaufhörlich in der Luft, doch glaubte man in der Verwirrung ihrer viel mehr zu sehen. Manchmal entstand ein förmliches Kreuzfeuer, oft stiegen sie und fielen in einem hohen Bogen; kaum ging einmal einer und der andere fehl, es war, als stürzten sie von selbst durch eine Kraft der Anziehung in die geöffneten Finger.

So angenehm jedoch das Auge beschäftigt wurde, so lieblich gingen fürs Gehör die Melodien nebenher: sizilianische Weisen, Tänze, Saltarelli, Canzoni a ballo, ein ganzes Quodlibet, auf Girlandenart leicht aneinandergehängt. Die jüngere Prinzeß, ein holdes unbefangenes Geschöpf, etwa von meinem Alter, begleitete den Takt gar artig mit Kopfnicken; ihr Lächeln und die langen Wimpern ihrer Augen kann ich noch heute vor mir sehen.

Nun lassen Sie mich kürzlich den Verlauf der Posse noch erzählen, obschon er weiter nichts zu meiner Sache tut. Man kann sich nicht leicht etwas Hübscheres denken. Währenddem das Scharmützel allmählich ausging und nur noch einzelne Würfe gewechselt wurden, die Mädchen ihre goldenen Äpfel sammelten und in den Korb zurückbrachten, hatte drüben ein Knabe, wie spielenderweis, ein breites, grüngestricktes Netz ergriffen und kurze Zeit unter dem Wasser gehalten; er hob es auf, und zum Erstaunen aller fand sich ein großer, blau, grün und gold schimmernder Fisch in demselben. Die nächsten sprangen eifrig zu, um ihn herauszuholen, da glitt er ihnen aus den Händen, als wär es wirklich ein lebendiger, und fiel in die See. Das war nun eine abgeredte Kriegslist, die Roten zu betören und aus dem Schiff zu locken. Diese, gleichsam bezaubert von dem Wunder, sobald sie merkten, daß das Tier nicht untertauchen wollte, nur immer auf der Oberfläche spielte, besannen sich nicht einen Augenblick, stürzten sich alle ins Meer, die Grünen ebenfalls, und also sah man zwölf gewandte, wohlgestalte Schwimmer, den fliehenden Fisch zu erhaschen bemüht, indem er auf den Wellen gaukelte, minutenlang unter denselben verschwand, bald da, bald dort, dem einen zwischen den Beinen, dem andern zwischen Brust und Kinn herauf, wieder zum Vorschein kam. Auf einmal, wie die Roten eben am hitzigsten auf ihren Fang aus waren, ersah die andere Partie ihren Vorteil und erstieg schnell wie der Blitz das fremde, ganz den Mädchen überlassene Schiff unter großem Gekreische der letztern. Der nobelste der Burschen, wie ein Merkur gewachsen, flog mit freudestrahlendem Gesicht auf die Schönste zu, umfaßte, küßte sie, die, weit entfernt in das Geschrei der andern einzustimmen, ihre Arme gleichfalls feurig um den ihr wohlbekannten Jüngling schlang. Die betrogene Schar schwamm zwar eilends herbei, wurde aber mit Rudern und Waffen vom Bord abgetrieben. Ihre unnütze Wut, das Angstgeschrei der Mädchen, der gewaltsame Widerstand einiger von ihnen, ihr Bitten und Flehen, fast erstickt vom übrigen Alarm, des Wassers, der Musik, die plötzlich einen andern Charakter angenommen hatte – es war schön über alle Beschreibung, und die Zuschauer brachen darüber in einen Sturm von Begeisterung aus.

In diesem Moment nun entwickelte sich das bisher locker eingebundene Segel: daraus ging ein rosiger Knabe hervor mit silbernen Schwingen, mit Bogen, Pfeil und Köcher, und in anmutvoller Stellung schwebte er frei auf der Stange. Schon sind die Ruder alle in voller Tätigkeit, das Segel blähte sich auf: allein gewaltiger als beides schien die Gegenwart des Gottes und seine heftig vorwärtseilende Gebärde das Fahrzeug fortzutreiben, dergestalt, daß die fast atemlos nachsetzenden Schwimmer, deren einer den goldenen Fisch hoch mit der Linken über seinem Haupte hielt, die Hoffnung bald aufgaben, und bei erschöpften Kräften notgedrungen ihre Zuflucht zu dem verlassenen Schiffe nahmen. Derweil haben die Grünen eine kleine bebuschte Halbinsel erreicht, wo sich unerwartet ein stattliches Boot mit bewaffneten Kameraden im Hinterhalt zeigte. Im Angesicht so drohender Umstände pflanzte das Häufchen eine weiße Flagge auf, zum Zeichen, daß man gütlich unterhandeln wolle. Durch ein gleiches Signal von jenseits ermuntert, fuhren sie auf jenen Haltort zu, und bald sah man daselbst die guten Mädchen alle, bis auf die eine, die mit Willen verblieb, vergnügt mit ihren Liebhabern das eigene Schiff besteigen. – Hiemit war die Komödie beendigt.«

»Mir deucht«, so flüsterte Eugenie mit leuchtenden Augen dem Baron in einer Pause zu, worin sich jedermann beifällig über das eben Gehörte aussprach, »wir haben hier eine gemalte Symphonie von Anfang bis zu Ende gehabt, und ein vollkommenes Gleichnis überdies des Mozartischen Geistes selbst in seiner ganzen Heiterkeit! Hab ich nicht recht? ist nicht die ganze Anmut ›Figaros‹ darin?«

Der Bräutigam war im Begriff, ihre Bemerkung dem Komponisten mitzuteilen, als dieser zu reden fortfuhr.

»Es sind nun siebzehn Jahre her, daß ich Italien sah. Wer, der es einmal sah, insonderheit Neapel, denkt nicht sein Leben lang daran, und wär er auch, wie ich, noch halb in Kinderschuhen gesteckt! So lebhaft aber wie heut in Ihrem Garten war mir der letzte schöne Abend am Golf kaum jemals wieder aufgegangen. Wenn ich die Augen schloß – ganz deutlich, klar und hell, den letzten Schleier von sich hauchend, lag die himmlische Gegend vor mir verbreitet! Meer und Gestade, Berg und Stadt, die bunte Menschenmenge an dem Ufer hin, und dann das wundersame Spiel der Bälle durcheinander! Ich glaubte, wieder dieselbe Musik in den Ohren zu haben, ein ganzer Rosenkranz von fröhlichen Melodien zog innerlich an mir vorbei, Fremdes und Eigenes, Krethi und Plethi, eines immer das andre ablösend. Von ungefähr springt ein Tanzliedchen hervor, Sechsachteltakt, mir völlig neu. – Halt, dacht ich, was gibt's hier? Das scheint ein ganz verteufelt niedliches Ding! Ich sehe näher zu – alle Wetter! das ist ja Masetto, das ist ja Zerlina!« – Er lachte gegen Madame Mozart hin, die ihn sogleich erriet.

»Die Sache«, fuhr er fort, »ist einfach diese. In meinem ersten Akt blieb eine kleine leichte Nummer unerledigt, Duett und Chor einer ländlichen Hochzeit. Vor zwei Monaten nämlich, als ich dieses Stück der Ordnung nach vornehmen wollte, da fand sich auf den ersten Wurf das rechte nicht alsbald. Eine Weise, einfältig und kindlich und sprützend von Fröhlichkeit über und über, ein frischer Busenstrauß mit Flatterband dem Mädel angesteckt, so mußte es sein. Weil man nun im geringsten nichts erzwingen soll, und weil dergleichen Kleinigkeiten sich oft gelegentlich von selber machen, ging ich darüber weg und sah mich im Verfolg der größeren Arbeit kaum wieder danach um. Ganz flüchtig kam mir heut im Wagen, kurz eh wir ins Dorf hereinfuhren, der Text in den Sinn; da spann sich denn weiter nichts an, zum wenigsten nicht daß ich's wüßte. Genug, ein Stündchen später, in der Laube beim Brunnen, erwisch ich ein Motiv, wie ich es glücklicher und besser zu keiner andern Zeit, auf keinem andern Weg erfunden haben würde. Man macht bisweilen in der Kunst besondere Erfahrungen, ein ähnlicher Streich ist mir nie vorgekommen. Denn eine Melodie, dem Vers wie auf den Leib gegossen – doch, um nicht vorzugreifen, so weit sind wir noch nicht, der Vogel hatte nur den Kopf erst aus dem Ei, und auf der Stelle fing ich an, ihn vollends rein herauszuschälen. Dabei schwebte mir lebhaft der Tanz der Zerline vor Augen, und wunderlich spielte zugleich die lachende Landschaft am Golf von Neapel herein. Ich hörte die wechselnden Stimmen des Brautpaars, die Dirnen und Bursche im Chor.«

Hier trällerte Mozart ganz lustig den Anfang des Liedchens:

Giovinette, che fatte all' amore, che fatte all' amore,
Non lasciate, che passi l'età, che passi l'età, che passi l'età!
Se nel seno vi bulica il core, vi bulica il core,
Il remedio vedetelo quà! La la la! La la la!
Che piacer, che piacer che sarà!

Ah la la! Ah la la usf.
Liebe Schwestern, zur Liebe geboren,
Nützt der Jugend schön blühende Zeit!
Hängt ihr's Köpfchen in Sehnsucht verloren,
Amor ist euch zu helfen bereit. Tral la la!
Welch Vergnügen erwartet euch da! usw.

»Mittlerweile hatten meine Hände das große Unheil angerichtet. Die Nemesis lauerte schon an der Hecke und trat jetzt hervor in Gestalt des entsetzlichen Mannes im galonierten blauen Rock. Ein Ausbruch des Vesuvio, wenn er in Wirklichkeit damals an dem göttlichen Abend am Meer Zuschauer und Akteurs, die ganze Herrlichkeit Parthenopes mit einem schwarzen Aschenregen urplötzlich verschüttet und zugedeckt hätte, bei Gott, die Katastrophe wäre mir nicht unerwarteter und schrecklicher gewesen. Der Satan der! so heiß hat mir nicht leicht jemand gemacht. Ein Gesicht wie aus Erz – einigermaßen dem grausamen römischen Kaiser Tiberius ähnlich! Sieht so der Diener aus, dacht ich, nachdem er weggegangen, wie mag erst Seine Gnaden selbst dreinsehen! Jedoch, die Wahrheit zu gestehn, ich rechnete schon ziemlich auf den Schutz der Damen, und das nicht ohne Grund. Denn diese Stanzel da, mein Weibchen, etwas neugierig von Natur, ließ sich im Wirtshaus von der dicken Frau das Wissenswürdigste von denen sämtlichen Persönlichkeiten der gnädigen Herrschaft in meinem Beisein erzählen, ich stand dabei und hörte so –«

Hier konnte Madame Mozart nicht umhin, ihm in das Wort zu fallen und auf das angelegentlichste zu versichern, daß im Gegenteil *er* der Ausfrager gewesen; es kam zu heitern Kontestationen zwischen Mann und Frau, die viel zu lachen gaben. – »Dem sei nun wie ihm wolle«, sagte er, »kurzum, ich hörte so entfernt etwas von einer lieben Pflegetochter, welche Braut, sehr schön, dazu die Güte selber sei und singe wie ein Engel. Per Dio! fiel mir jetzt ein: das hilft dir aus der Lauge! Du setzt dich auf der Stelle hin, schreibst 's Liedchen auf, soweit es geht, erklärst die Sottise der Wahrheit gemäß, und es gibt einen trefflichen Spaß. Gedacht, getan. Ich hatte Zeit genug, auch fand sich noch ein sauberes Bögchen grün liniert Papier. – Und hier ist das Produkt! Ich lege es in diese schönen Hände, ein Brautlied aus dem Stegreif, wenn Sie es dafür gelten lassen.«

So reichte er sein reinlichst geschriebenes Notenblatt Eugenien über den Tisch, des Onkels Hand kam aber der ihrigen zuvor, er haschte es hinweg und rief: »Geduld noch einen Augenblick, mein Kind!«

Auf seinen Wink tat sich die Flügeltüre des Salons weit auf, und es erschienen einige Diener, die den verhängnisvollen Pomeranzenbaum anständig, ohne Geräusch in den Saal hereintrugen und an der Tafel unten auf eine Bank niedersetzten; gleichzeitig wurden rechts und links zwei schlanke Myrtenbäumchen aufgestellt. Eine am Stamm des Orangenbaums befestigte Inschrift bezeichnete ihn als Eigentum der Braut; vorn aber, auf dem Moosgrund, stand, mit einer Serviette bedeckt, ein Porzellanteller, der, als man das Tuch hinwegnahm, eine zerschnittene Orange zeigte, neben welche der Oheim mit listigem Blick des Meisters Autographon steckte. Allgemeiner unendlicher Jubel erhob sich darüber.

»Ich glaube gar«, sagte die Gräfin, »Eugenie weiß noch nicht einmal, was eigentlich da vor ihr steht? Sie kennt wahrhaftig ihren alten Liebling in seinem neuen Flor und Früchteschmuck nicht mehr!«

Bestürzt, ungläubig sah das Fräulein bald den Baum, bald ihren Oheim an. »Es ist nicht möglich«, sagte sie, »ich weiß ja wohl, er war nicht mehr zu retten.«

»Du meinst also«, versetzte jener, »man habe dir nur irgend ungefähr so ein Ersatzstück ausgesucht? Das wär was Rechts! Nein, sieh nur her – ich muß es machen, wie's in der Komödie der Brauch ist, wo sich die totgeglaubten Söhne oder Brüder durch ihre Muttermäler und Narben legitimieren. Schau diesen Auswuchs da! und hier die Schrunde übers Kreuz, du mußt sie hundertmal bemerkt haben. Wie? ist er's oder ist er's nicht?« – Sie konnte nicht mehr zweifeln; ihr Staunen, ihre Rührung und Freude war unbeschreiblich.

Es knüpfte sich an diesen Baum für die Familie das mehr als hundertjährige Gedächtnis einer ausgezeichneten Frau, welche wohl verdient, daß wir ihrer mit wenigem hier gedenken.

Des Oheims Großvater, durch seine diplomatischen Verdienste im Wiener Kabinett rühmlich bekannt, von zwei Regenten nacheinander mit gleichem Vertrauen beehrt, war innerhalb seines eigenen Hauses nicht minder glücklich im Besitz einer vortrefflichen Gemahlin, Renate Leonore. Ihr wiederholter Aufenthalt in Frankreich brachte sie vielfach mit dem glänzenden Hofe Ludwigs XIV. und mit den bedeutendsten Männern und Frauen dieser merkwürdigen Epoche in Berührung. Bei ihrer unbefangenen Teilnahme an jenem steten Wechsel des geistreichsten Lebensgenusses verleugnete sie auf keinerlei Art, in Worten und Werken, die angestammte deutsche Ehrenfestigkeit und sittliche Strenge, die sich in den kräftigen Zügen des noch vorhandenen Bildnisses der Gräfin unverkennbar ausprägt. Vermöge ebendieser Denkungsweise übte sie in der gedachten Sozietät eine eigentümliche naive Opposition, und ihre hinterlassene Korrespondenz weist eine Menge Spuren davon auf, mit wieviel Freimut und herzhafter Schlagfertigkeit, es mochte nun von Glaubenssachen, von Literatur und Politik, oder von was immer die Rede sein, die originelle Frau ihre gesunden Grundsätze und Ansichten zu verteidigen, die Blößen der Gesellschaft anzugreifen wußte, ohne doch dieser im mindesten sich lästig zu machen. Ihr reges Interesse für sämtliche Personen, die man im Hause einer Ninon, dem eigentlichen Herd der feinsten Geistesbildung, treffen konnte, war demnach so beschaffen und geregelt, daß es sich mit dem höheren Freundschaftsverhältnis zu einer der edelsten Damen jener Zeit, der Frau von Sévigné, vollkommen wohl vertrug. Neben manchen mutwilligen Scherzen Chapelles an sie, vom Dichter eigenhändig auf Blätter mit silberblumigem Rande gekritzelt, fanden sich die liebevollsten Briefe der Marquisin und ihrer Tochter an die ehrliche Freundin aus Österreich nach ihrem Tod in einem Ebenholzschränkchen der Großmutter vor.

Frau von Sévigné war es denn auch, aus deren Hand sie eines Tages, bei einem Feste zu Trianon, auf der Terrasse des Gartens den blühenden Orangenzweig empfing, den sie sofort auf das Geratewohl in einen Topf setzte und glücklich angewurzelt mit nach Deutschland nahm.

Wohl fünfundzwanzig Jahre wuchs das Bäumchen unter ihren Augen allgemach heran und wurde später von Kindern und Enkeln mit äußerster Sorgfalt gepflegt. Es konnte nächst seinem persönlichen Werte zugleich als lebendes Symbol der feingeistigen Reize eines beinahe vergötterten Zeitalters gelten, worin wir heutzutage freilich des wahrhaft Preisenswerten wenig finden können, und das schon eine unheilvolle Zukunft in sich trug, deren welterschütternder Eintritt dem Zeitpunkt unserer harmlosen Erzählung bereits nicht ferne mehr lag.

Die meiste Liebe widmete Eugenie dem Vermächtnis der würdigen Ahnfrau, weshalb der Oheim öfters merken ließ, es dürfte wohl einst eigens in ihre Hände übergehen. Desto schmerzlicher war es dem Fräulein denn auch, als der Baum im Frühling des vorigen Jahres, den sie nicht hier zubrachte, zu trauern begann, die Blätter gelb wurden und viele Zweige abstarben. In Betracht, daß irgendeine besondere Ursache seines Verkommens durchaus nicht zu entdecken war und keinerlei Mittel anschlug, gab ihn der Gärtner bald verloren, obwohl er seiner natürlichen Ordnung nach leicht zwei- und dreimal älter werden konnte. Der Graf hingegen, von einem benachbarten Kenner beraten, ließ ihn nach einer sonderbaren, selbst rätselhaften Vorschrift, wie sie das Landvolk häufig hat, in einem abgesonderten Raume ganz insgeheim behandeln, und seine Hoffnung, die geliebte Nichte eines Tages mit dem zu neuer Kraft und voller Fruchtbarkeit gelangten alten Freund zu überraschen, ward übe alles Erwarten erfüllt. Mit Überwindung seiner Ungeduld und nicht ohne Sorge, ob denn wohl auch die Früchte, von denen etliche zuletzt den höchsten Grad der Reife hatten, so lang am Zweige halten würden, verschob er die Freude um mehrere Wochen auf das heutige Fest, und es bedarf nun weiter keines Wortes darüber, mit welcher Empfindung der gute Herr ein solches Glück noch im letzten Moment durch einen Unbekannten sich verkümmert sehen mußte.

Der Lieutenant hatte schon vor Tische Gelegenheit und Zeit gefunden, seinen dichterischen Beitrag zu der feierlichen Übergabe ins reine zu bringen und seine vielleicht ohnehin etwas zu ernst gehaltenen Verse durch einen veränderten Schluß den Umständen möglichst anzupassen. Er zog nunmehr sein Blatt hervor, das er, vom Stuhle sich erhebend und an die Kusine gewendet, vorlas. Der Inhalt der Strophen war kurz gefaßt dieser:

Ein Nachkömmling des vielgepriesenen Baums der Hesperiden, der vor alters, auf einer westlichen Insel, im Garten der Juno, als eine Hochzeitgabe für sie von Mutter Erde, hervorgesproßt war und welchen die drei melodischen Nymphen bewachten, hat eine ähnliche Bestimmung von jeher gewünscht und gehofft, da der Gebrauch, eine herrliche Braut mit seinesgleichen zu beschenken, von den Göttern vorlängst auch unter die Sterblichen kam.

Nach langem vergeblichen Warten scheint endlich die Jungfrau gefunden, auf die er seine Blicke richten darf. Sie erzeigt sich ihm günstig und verweilt oft bei ihm. Doch der musische Lorbeer, sein stolzer Nachbar am Bord der Quelle, hat seine Eifersucht erregt, indem er droht, der kunstbegabten Schönen Herz und Sinn für die Liebe der Männer zu rauben. Die Myrte tröstet ihn umsonst und lehrt ihn Geduld durch ihr eigenes Beispiel; zuletzt jedoch ist es die andauernde Abwesenheit der Liebsten, was seinen Gram vermehrt und ihm, nach kurzem Siechtum, tödlich wird.

Der Sommer bringt die Entfernte und bringt sie mit glücklich umgewandtem Herzen zurück. Das Dorf, das Schloß, der Garten, alles empfängt sie mit tausend Freuden. Rosen und Lilien, in erhöhtem Schimmer, sehen entzückt und beschämt zu ihr auf, Glück winken ihr Sträucher und Bäume: für *einen*, ach, den edelsten, kommt sie zu spät. Sie findet seine Krone verdorrt, ihre Finger betasten den leblosen Stamm und die klirrenden Spitzen seines Gezweigs. Er kennt und sieht seine Pflegerin nimmer. Wie weint sie, wie strömt ihre zärtliche Klage!

Apollo von weitem vernimmt die Stimme der Tochter. Er kommt, er tritt herzu und schaut mitfühlend ihren Jammer. Alsbald mit seinen allheilenden

Händen berührt er den Baum, daß er in sich erbebt, der vertrocknete Saft in der Rinde gewaltsam anschwillt, schon junges Laub ausbricht, schon weiße Blumen da und dort in ambrosischer Fülle aufgehen. Ja – denn was vermöchten die Himmlischen nicht? – schön runde Früchte setzen an, dreimal drei, nach der Zahl der neun Schwestern; sie wachsen und wachsen, ihr kindliches Grün zusehends mit der Farbe des Goldes vertauschend. Phöbus – so schloß sich das Gedicht –

Phöbus überzählt die Stücke,
Weidet selbsten sich daran,
Ja, es fängt im Augenblicke
Ihm der Mund zu wässern an;

Lächelnd nimmt der Gott der Töne
Von der saftigsten Besitz:
»Laß uns teilen holde Schöne,
Und für Amorn – diesen Schnitz!«

Der Dichter erntete rauschenden Beifall, und gern verzieh man die barocke Wendung, durch welche der Eindruck des wirklich gefühlvollen Ganzen so völlig aufgehoben wurde.

Franziska, deren froher Mutterwitz schon zu verschiedenen Malen bald durch den Hauswirt, bald durch Mozart in Bewegung gesetzt worden war, lief jetzt geschwinde, wie von ungefähr an etwas erinnert, hinweg und kam zurück mit einem braunen englischen Kupferstich größten Formats, welcher wenig beachtet in einem ganz entfernten Kabinett unter Glas und Rahmen hing.

»Es muß doch wahr sein, was ich immer hörte«, rief sie aus, indem sie das Bild am Ende der Tafel aufstellte, »daß sich unter der Sonne nichts Neues begibt! Hier eine Szene aus dem goldenen Weltalter – und haben wir sie nicht erst heute erlebt? Ich hoffe doch, Apollo werde sich in dieser Situation erkennen.«

»Vortrefflich!« triumphierte Max, »da hätten wir ihn ja, den schönen Gott, wie er sich just gedankenvoll über den heiligen Quell hinbeugt. Und damit nicht genug – dort, seht nur, einen alten Satyr hinten im Gebüsch, der ihn belauscht! Man möchte darauf schwören, Apoll besinnt sich eben auf ein lange vergessenes arkadisches Tänzchen, das ihn in seiner Kindheit der alte Chiron zu der Zither lehrte.«

»So ist's! nichts anders!« applaudierte Franziska, die hinter Mozart stand. »Und«, fuhr sie gegen diesen fort, »bemerken Sie auch wohl den fruchtbeschwerten Ast, der sich zum Gott heruntersenkt?«

»Ganz recht; es ist der ihm geweihte Ölbaum.«

»Keineswegs! die schönsten Apfelsinen sind's! Gleich wird er sich in der Zerstreuung eine herunterholen.«

»Vielmehr«, rief Mozart, »er wird gleich diesen Schelmenmund mit tausend

Küssen schließen!« Damit erwischte er sie am Arm und schwur, sie nicht mehr loszulassen, bis sie ihm ihre Lippen reiche, was sie denn auch ohne vieles Sträuben tat.

»Erkläre uns doch, Max«, sagte die Gräfin, »was unter dem Bilde hier steht.«

»Es sind Verse aus einer berühmten Horazischen Ode. Der Dichter Ramler in Berlin hat uns das Stück vor kurzem unübertrefflich deutsch gegeben. Es ist vom höchsten Schwung. Wie prächtig eben diese *eine* Stelle:

--- hier, der auf der Schulter
Keinen untätigen Bogen führet!

Der seines Delos grünenden Mutterhain
Und Pataras beschatteten Strand bewohnt,
Der seines Hauptes goldne Locken
In die kastalischen Fluten tauchet.«

»Schön! wirklich schön!« sagte der Graf, »nur hie und da bedarf es der Erläuterung. So z. B., ›der keinen untätigen Bogen führet‹, hieße natürlich schlechtweg: der allezeit einer der fleißigsten Geiger gewesen. Doch, was ich sagen wollte: bester Mozart, Sie säen Unkraut zwischen zwei zärtliche Herzen.«

»Ich will nicht hoffen – wieso?«

»Eugenie beneidet ihre Freundin,und hat auch allen Grund.«

»Aha, Sie haben mir schon meine schwache Seite abgemerkt. Aber was sagt der Bräutigam dazu?«

»Ein- oder zweimal will ich durch die Finger sehen.«

»Sehr gut; wir werden der Gelegenheit wahrnehmen. Indes fürchten Sie nichts, Herr Baron; es hat keine Gefahr, solang mir nicht der Gott hier sein Gesicht und seine langen gelben Haare borgt. Ich wünschte wohl, er tät's! er sollte auf der Stelle Mozarts Zopf mitsamt seinem schönsten Bandl dafür haben.«

»Apollo möge aber dann zusehen«, lachte Franziska, »wie er es anfängt künftig, seinen neuen französischen Haarschmuck mit Anstand in die kastalische Flut zu tauchen.«

Unter diesen und ähnlichen Scherzen stieg Lustigkeit und Mutwillen immer mehr. Die Männer spürten nach und nach den Wein, es wurden eine Menge Gesundheiten getrunken, und Mozart kam in den Zug, nach seiner Gewohnheit in Versen zu sprechen, wobei ihm der Lieutenant das Gleichgewicht hielt und auch der Papa nicht zurückbleiben wollte; es glückte ihm ein paarmal zum Verwundern. Doch solche Dinge lassen sich für die Erzählung kaum festhalten, sie wollen eigentlich nicht wiederholt sein, weil eben das, was sie an ihrem Ort unwiderstehlich macht, die allgemein erhöhte Stimmung, der Glanz, die Jovialität des persönlichen Ausdrucks in Wort und Blick fehlt.

Unter andern wurde von dem alten Fräulein zu Ehren des Meisters ein Toast ausgebracht, der ihm noch eine ganze lange Reihe unsterblicher Werke verhieß. – »À la bonne heure, ich bin dabei!« rief Mozart und stieß sein Kelchglas kräftig an. Der Graf begann hierauf mit großer Macht und Sicherheit der Intonation, kraft eigener Eingebung, zu singen:

Mögen ihn die Götter stärken
Zu den angenehmen Werken –

MAX (fortfahrend):
Wovon der da Ponte weder,
Noch der große Schikaneder –

MOZART:
Noch bi Gott der Komponist
's mindest weiß zu dieser Frist!

GRAF:
Alle, alle soll sie jener
Hauptspitzbub von Italiener
Noch erleben, wünsch ich sehr,
*Unser Signor Bonbonnière!**

MAX:
Gut, ich geb ihm hundert Jahre –

MOZART:
Wenn ihn nicht samt seiner Ware –

ALLE DREI CON FORZA:
Noch der Teufel holt vorher,
Unsern Monsieur Bonbonnière.

Durch des Grafen ausnehmende Singlust schweifte das zufällig entstandene Terzett mit Wiederaufnahme der letzten vier Zeilen in einen sogenannten endlichen Kanon aus, und die Fräulein Tante besaß Humor oder Selbstvertrauen genug, ihren verfallenen Soprano mit allerhand Verzierungen zweckdienlich einzumischen. Mozart gab nachher das Versprechen, bei guter Muße diesen Spaß nach den Regeln der Kunst expreß für die Gesellschaft auszuführen, das er auch später von Wien aus erfüllte.

Eugenie hatte sich im stillen längst mit ihrem Kleinod aus der Laube des Tiberius vertraut gemacht; allgemein verlangte man jetzt, das Duett vom Komponisten und ihr gesungen zu hören, und der Oheim war glücklich, im Chor

* So nannte Mozart unter Freunden seinen Kollegen Salieri, der wo er ging und stand, Zuckerwerk naschte, zugleich mit Anspielung auf das Zierliche seiner Person.

seine Stimme abermals geltend zu machen. Also erhob man sich und eilte zum Klavier ins große Zimmer nebenan.

Ein so reines Entzücken nun auch das köstliche Stück bei allen erregte, so führte doch sein Inhalt selbst, mit einem raschen Übergang, auf den Gipfel geselliger Lust, wo die Musik an und für sich nicht weiter in Betracht mehr kommt, und zwar gab zuerst unser Freund das Signal, indem er vom Klavier aufsprang, auf Franziska zuging und sie, während Max bereitwilligst die Violine ergriff, zu einem Schleifer persuadierte. Der Hauswirt säumte nicht, Madame Mozart aufzufordern. Im Nu waren alle beweglichen Möbel, den Raum zu erweitern, durch geschäftige Diener entfernt. Es mußte nach und nach ein jedes an die Tour, und Fräulein Tante nahm es keineswegs übel, daß der galante Lieutenant sie zu einer Menuett abholte, worin sie sich völlig verjüngte. Schließlich, als Mozart mit der Braut den Kehraus tanzte, nahm er sein versichertes Recht auf ihren schönen Mund in bester Form dahin.

Der Abend war herbeigekommen, die Sonne nah am Untergehen, es wurde nun erst angenehm im Freien, daher die Gräfin den Damen vorschlug, sich im Garten noch ein wenig zu erholen. Der Graf dagegen lud die Herrn auf das Billardzimmer, da Mozart bekanntlich dies Spiel sehr liebte. So teilte man sich denn in zwei Partien, und wir unsererseits folgten den Frauen.

Nachdem sie den Hauptweg einigemal gemächlich auf und ab gegangen, erstiegen sie einen runden, von einem hohen Rebengeländer zur Hälfte umgebenen Hügel, von wo man in das offene Feld, auf das Dorf und die Landstraße sah. Die letzten Strahlen der herbstlichen Sonne funkelten rötlich durch das Weinlaub herein.

»Wäre hier nicht vertraulich zu sitzen«, sagte die Gräfin, »wenn Madame Mozart uns etwas von sich und dem Gemahl erzählen wollte?«

Sie war ganz gerne bereit, und alle nahmen höchst behaglich auf den im Kreis herbeigerückten Stühlen Platz.

»Ich will etwas zum besten geben, das Sie auf alle Fälle hätten hören müssen, da sich ein kleiner Scherz darauf bezieht, den ich im Schilde führe. Ich habe mir in Kopf gesetzt, der Gräfin Braut zur fröhlichen Erinnerung an diesen Tag ein Angebind von sonderlicher Qualität zu verehren. Dasselbe ist so wenig Gegenstand des Luxus und der Mode, daß es lediglich nur durch seine Geschichte einigermaßen interessieren kann.«

»Was mag das sein, Eugenie?« sagte Franziska, »zum wenigsten das Tintenfaß eines berühmten Mannes.«

»Nicht allzuweit gefehlt! Sie sollen es noch diese Stunde sehen; im Reisekoffer liegt der Schatz. Ich fange an und werde mit Ihrer Erlaubnis ein wenig weiter ausholen.

Vorletzten Winter wollte mir Mozarts Gesundheitszustand durch vermehrte Reizbarkeit und häufige Verstimmung, ein fieberhaftes Wesen, nachgerade bange machen. In Gesellschaft noch zuweilen lustig, oft mehr als recht natürlich, war er im Haus meist trüb in sich hinein, seufzte und klagte. Der Arzt empfahl ihm Diät, Pyrmonter und Bewegung außerhalb der Stadt. Der Patient gab nicht viel auf den guten Rat; die Kur war unbequem, zeitraubend, seinem Taglauf schnurstracks entgegen. Nun machte ihm der Doktor die Hölle etwas heiß, er mußte eine lange Vorlesung anhören von der Beschaffenheit des menschlichen Geblüts, von denen Kügelgens darin, von Atemholen und vom Phlogiston – halt unerhörte Dinge; und wie es eigentlich gemeint sei von der Natur mit Essen, Trinken und Verdauen, das eine Sache ist, worüber Mozart bis dahin ganz ebenso unschuldig dachte wie sein Junge von fünf Jahren. Die Lektion, in der Tat, machte merklichen Eindruck. Der Doktor war noch keine halbe Stunde weg, so find ich meinen Mann nachdenklich, aber mit aufgeheitertem Gesicht, auf seinem Zimmer über der Betrachtung eines Stocks, den er in einem Schrank mit alen Sachen suchte und auch glücklich fand; ich hätte nicht gemeint, daß er sich dessen nur erinnerte. Er stammte noch von meinem Vater, ein schönes Rohr mit hohem Knopf von Lapislazuli. Nie sah man einen Stock in Mozarts Hand, ich mußte lachen.

›Du siehst‹, rief er, ›ich bin daran, mit meiner Kur mich völlig ins Geschirr zu werfen. Ich will das Wasser trinken, mir alle Tage Motion im Freien machen und mich dabei dieses Stabes bedienen. Da sind mir nun verschiedene Gedanken beigegangen. Es ist doch nicht umsonst, dacht ich, daß andere Leute, was da gesetzte Männer sind, den Stock nicht missen können. Der Kommerzienrat, unser Nachbar, geht niemals über die Straße, seinen Gevatter besuchen, der Stock muß mit. Professionisten und Beamte, Kanzleiherrn, Krämer und Chalanten, wenn sie am Sonntag mit Familie vor die Stadt spazieren, ein jeder führt sein wohlgedientes, rechtschaffenes Rohr mit sich. Vornehmlich hab ich oft bemerkt, wie auf dem Stephansplatz, ein Viertelstündchen vor der Predigt und dem Amt, ehrsame Bürger da und dort truppweis beisammenstehen im Gespräch: hier kann man so recht sehen, wie eine jede ihrer stillen Tugenden, ihr Fleiß und Ordnungsgeist, gelaßner Mut, Zufriedenheit, sich auf die wackern Stöcke gleichsam als eine gute Stütze lehnt und stemmt. Mit einem Wort, es muß ein Segen und besonderer Trost in der altväterischen und immerhin etwas geschmacklosen Gewohnheit liegen. Du magst es glauben oder nicht, ich kann es kaum erwarten, bis ich mit diesem guten Freund das erstemal im Gesundheitspaß über die Brücke nach dem Rennweg promeniere! Wir kennen uns bereits ein wenig und ich hoffe, daß unsere Verbindung für alle Zeit geschlossen ist.‹

Die Verbindung war von kurzer Dauer: das drittemal, daß beide miteinander aus waren, kam der Begleiter nicht mehr mit zurück. Ein anderer wurde angeschafft, der etwas länger Treue hielt, und jedenfalls schrieb ich der Stockliebhaberei ein gut Teil von der Ausdauer zu, womit Mozart drei Wochen lang der Vorschrift seines Arztes ganz erträglich nachkam. Auch blieben die guten Folgen nicht aus; wir sahen ihn fast nie so frisch, so hell und von so gleichmäßiger Laune. Doch machte er sich leider in kurzem wieder allzu grün, und täglich hatt ich deshalb meine Not mit ihm. Damals geschah es nun, daß er, ermüdet von der Arbeit eines anstrengenden Tages, noch spät, ein paar neugieriger Reisenden wegen, zu einer musikalischen Soiree ging – auf eine Stunde bloß, versprach er mir heilig und teuer; doch das sind immer die Gelegenheiten, wo die Leute, wenn er nur erst am Flügel festsitzt und im Feuer ist, seine Gutherzigkeit am mehrsten mißbrauchen; denn da sitzt er alsdann wie das Männchen in einer Montgolfiere, sechs Meilen hoch über dem Erdboden schwebend, wo man die Glocken nicht mehr schlagen hört. Ich schickte den Bedienten zweimal mitten in der Nacht dahin, umsonst, er konnte nicht zu seinem Herrn gelangen. Um drei Uhr früh kam dieser denn endlich nach Haus. Ich nahm mir vor, den ganzen Tag ernstlich mit ihm zu schmollen.

Hier überging Madame Mozart einige Umstände mit Stillschweigen. Es war, muß man wissen, nicht unwahrscheinlich, daß zu gedachter Abendunterhaltung auch eine junge Sängerin, Signora Malerbi, kommen würde, an welcher Frau Constanze mit allem Recht Ärgernis nahm. Diese Römerin war durch Mozarts Verwendung bei der Oper angestellt worden, und ohne Zweifel hatten ihre koketten Künste nicht geringen Anteil an der Gunst des Meisters. Sogar wollten einige wissen, sie habe ihn mehrere Monate lang eingezogen und heiß genug auf ihrem Rost gehalten. Ob dies nun völlig wahr sei oder sehr übertrieben, gewiß ist, sie benahm sich nachher frech und undankbar und erlaubte sich selbst Spöttereien über ihren Wohltäter. So war es ganz in ihrer Art, daß sie ihn einst, gegenüber einem ihrer glücklichern Verehrer, kurzweg un piccolo grifo raso (ein kleines rasiertes Schweinsrüsselchen) nannte. Der Einfall einer Circe würdig, war um so empfindlicher, weil er, wie man gestehen muß, immerhin ein Körnchen Wahrheit enthielt.*

Beim Nachhausegehen von jener Gesellschaft, bei welcher übrigens die Sängerin zufällig nicht erschienen war, beging ein Freund im Übermut des Weins die Indiskretion, dem Meister dies boshafte Wort zu verraten. Er wurde schlecht davon erbaut, denn eigentlich war es für ihn der erste unzweideutige Beweis von der gänzlichen Herzlosigkeit seines Schützlings. Vor lauter Entrüstung darüber empfand er nicht einmal sogleich den frostigen Empfang am Bette seiner Frau. In einem Atem teilte er ihr die Beleidigung mit, und diese Ehrlichkeit läßt wohl auf einen mindern Grad von Schuldbewußtsein schließen. Fast machte er ihr Mitleid rege. Doch hielt sie geflissentlich an sich, es sollte ihm nicht so leicht hingehen. Als er von einem schweren Schlaf kurz nach Mittag erwachte, fand er das Weibchen samt den beiden Knaben nicht zu Hause, vielmehr säuberlich den Tisch für ihn allein gedeckt.

* Man hat hier ein älteres kleines Profilbild im Auge, das, gut gezeichnet und gestochen, sich auf dem Titelblatt eines Mozartschen Klavierwerks befindet, unstreitig das ähnlichste von allen, auch neuerdings im Kunsthandel erschienenen Porträts.

Von jeher gab es wenige Dinge, welche Mozart so unglücklich machten, als wenn nicht alles hübsch eben und heiter zwischen ihm und seiner guten Hälfte stand. Und hätte er nun erst gewußt, welche weitere Sorge sie schon seit mehreren Tagen mit sich herumtrug! – eine der schlimmsten in der Tat, mit deren Eröffnung sie ihn nach alter Gewohnheit so lange wie möglich verschonte. Ihre Barschaft war ehestens alle und keine Aussicht auf baldige Einnahme da. Ohne Ahnung von dieser häuslichen Extremität war gleichwohl sein Herz auf eine Art beklommen, die mit jenem verlegenen, hilflosen Zustand eine gewisse Ähnlichkeit hatte. Er mochte nicht essen, er konnte nicht bleiben. Geschwind zog er sich vollends an, um nur aus der Stickluft des Hauses zu kommen. Auf einem offenen Zettel hinterließ er ein paar Zeilen italienisch: »Du hast mir's redlich eingetränkt, und geschieht mir schon recht. Sei aber wieder gut, ich bitte dich, und lache wieder, bis ich heimkomme. Mir ist zumut, als möcht ich ein Kartäuser und Trappiste werden, ein rechter Heulochs, sag ich dir!« – Sofort nahm er den Hut, nicht aber auch den Stock zugleich; der hatte seine Epoche passiert.

Haben wir Frau Constanze bis hieher in der Erzählung abgelöst, so können wir auch wohl noch eine kleine Strecke weiter fortfahren.

Von seiner Wohnung, bei der Schranne, rechts gegen das Zeughaus einbiegend, schlenderte der teure Mann – es war ein warmer, etwas umwölkter Sommernachmittag – nachdenklich lässig über den sogenannten Hof, und weiter an der Pfarre zu Unsrer Lieben Frau vorbei, dem Schottentor entgegen, wo er seitwärts zur Linken auf die Mölkerbastei stieg und dadurch der Ansprache mehrerer Bekannten, die eben zur Stadt hereinkamen, entging. Nur kurze Zeit genoß er hier, obwohl von einer stumm bei den Kanonen auf und nieder gehenden Schildwache nicht belästigt, der vortrefflichen Aussicht über die grüne Ebene des Glacis und die Vorstädte hin nach dem Kahlenberg und südlich nach den steierischen Alpen. Die schöne Ruhe der äußern Natur widersprach seinem innern Zustand. Mit einem Seufzer setzte er seinen Gang über die Esplanade und sodann durch die Alser-Vorstadt ohne bestimmten Zielpunkt fort.

Am Ende der Währinger Gasse lag eine Schenke mit Kegelbahn, deren Eigentümer, ein Seilermeister, durch seine gute Ware, wie durch die Reinheit seines Getränks den Nachbarn und Landleuten, die ihr Weg vorüberführte, gar wohlbekannt war. Man hörte Kegelschieben, und übrigens ging es bei einer Anzahl von höchstens einem Dutzend Gästen mäßig zu. Ein kaum bewußter Trieb, sich unter anspruchslosen, natürlichen Menschen in etwas zu vergessen, bewog den Musiker zur Einkehr. Er setzte sich an einen der sparsam von Bäumen beschatteten Tische zu einem Wiener Brunnenobermeister und zwei andern Spießbürgern, ließ sich ein Schöppchen kommen und nahm an ihrem sehr alltäglichen Diskurs eingehend teil, ging dazwischen umher oder schaute dem Spiel auf der Kegelbahn zu.

Unweit von der letztern, an der Seite des Hauses, befand sich der offene Laden des Seilers, ein schmaler, mit Fabrikaten vollgepfropfter Raum, weil außer dem, was das Handwerk zunächst lieferte, auch allerlei hölzernes Küchen-, Keller- und landwirtschaftliches Gerät, ingleichem Tran und Wagensalbe, auch weniges von Sämereien, Dill und Kümmel, zum Verkauf umherstand oder -hing. Ein Mädchen, das als Kellnerin die Gäste zu bedienen und nebenbei den Laden zu besorgen hatte, war eben mit einem Bauern beschäftigt, welcher, sein Söhnlein an der Hand, herzugetreten war, um einiges zu kaufen, ein Fruchtmaß, eine Bürste, eine Geißel. Er suchte unter vielen Stücken eines heraus, prüfte es, legte es weg, ergriff ein zweites und drittes, und kehrte unschlüssig zum ersten zurück; es war kein Fertigwerden. Das Mädchen entfernte sich mehrmals der Aufwartung wegen, kam wieder und war unermüdlich, ihm seine Wahl zu erleichtern und annehmlich zu machen, ohne daß sie zu viel darum schwatzte.

Mozart sah und hörte, auf einem Bänkchen bei der Kegelbahn, diesem allen mit Vergnügen zu. Sosehr ihm auch das gute verständige Betragen des Mädchens, die Ruhe und der Ernst in ihren ansprechenden Zügen gefiel, noch mehr interessierte ihn für jetzt der Bauer, welcher ihm, nachdem er ganz befriedigt abgezogen, noch viel zu denken gab. Er hatte sich vollkommen in den Mann hineinversetzt, gefühlt, wie wichtig die geringe Angelegenheit von ihm behandelt, wie ängstlich und gewissenhaft die Preise, bei einem Unterschied von wenig Kreuzern, hin und her erwogen wurden. Und, dachte er, wenn nun der Mann zu seinem Weibe heimkommt, ihr seinen Handel rühmt, die Kinder alle passen, bis der Zwerchsack aufgeht, darin auch was für sie sein mag; sie aber eilt, ihm einen Imbiß und einen frischen Trunk selbstgekelterten Obstmost zu holen, darauf er seinen ganzen Appetit verspart hat!

Wer auch so glücklich wäre, so unabhängig von den Menschen! ganz nur auf die Natur gestellt und ihren Segen, wie sauer auch dieser erworben sein will!

Ist aber mir mit meiner Kunst ein anderes Tagwerk anbefohlen, das ich am Ende doch mit keinem in der Welt vertauschen würde: warum muß ich dabei in Verhältnissen leben, die das gerade Widerspiel von solch unschuldiger, einfacher Existenz ausmachen? Ein Gütchen wenn du hättest, ein kleines Haus bei einem Dorf in schöner Gegend, du solltest wahrlich neu aufleben! Den Morgen über fleißig bei deinen Partituren, die ganze übrige Zeit bei der Familie; Bäume pflanzen, deinen Acker besuchen, im Herbst mit den Buben die Äpfel und die Birn heruntertun; bisweilen eine Reise in die Stadt zu einer Aufführung und sonst, von Zeit zu Zeit ein Freund und mehrere bei dir – welch eine Seligkeit! Nun ja, wer weiß was noch geschieht.

Er trat vor den Laden, sprach freundlich mit dem Mädchen und fing an, ihren Kram genauer zu betrachten. Bei der unmittelbaren Verwandtschaft, welche die meisten dieser Dinge zu jenem idyllischen Anfluge hatten, zog ihn die Sauberkeit, das Helle, Glatte, selbst der Geruch der mancherlei Holzarbeiten an. Es fiel ihm plötzlich ein, Verschiedenes für seine Frau, was ihr nach seiner Meinung angenehm und nutzbar wäre, auszuwählen. Sein Augenmerk ging zuvörderst auf Gartenwerkzeug. Constanze hatte nämlich vor Jahr und Tag auf seinen Antrieb ein Stückchen Land vor dem Kärntner Tor gepachtet und etwas Gemüse darauf gebaut; daher ihm jetzt fürs erste ein neuer großer Rechen, ein kleinerer dito, samt Spaten, ganz zweckmäßig schien. Dann weiteres anlangend, so macht es seinen ökonomischen Begriffen alle Ehre, daß er einem ihn sehr appetitlich anlachenden Butterfaß nach kurzer Überlegung, wiewohl ungern, entsagte; dagegen ihm ein hohes, mit Deckel und schön geschnitztem Henkel versehenes Geschirr zu unmaßgeblichem Gebrauch einleuchtete. Es war aus schmalen Stäben von zweierlei Holz, abwechselnd hell und dunkel, zusammengesetzt, unten weiter als oben und innen trefflich ausgepicht. Entschieden für die Küche empfahl sich eine schöne Auswahl Rührlöffel, Wellhölzer, Schneidbretter und Teller von allen Größen, sowie ein Salzbehälter einfachster Konstruktion zum Aufhängen.

Zuletzt besah er sich noch einen derben Stock, dessen Handhabe mit Leder und runden Messingnägeln gehörig beschlagen war. Da der sonderbare Kunde auch hier in einiger Versuchung schien, bemerkte die Verkäuferin mit Lächeln, das sei just kein Tragen für Herrn. »Du hast recht, mein Kind«, versetzte er, »mir deucht, die Metzger auf der Reise haben solche; weg damit, ich will ihn nicht. Das übrige hingegen alles, was wir da ausgelesen haben, bringst du mir heute oder morgen ins Haus.« Dabei nannte er ihr seinen Namen und die Straße. Er ging hierauf, um auszutrinken, an seinen Tisch, wo von den dreien nur noch einer, ein Klempnermeister, saß.

»Die Kellnerin hat heut mal einen guten Tag«, bemerkte der Mann. »Ihr Vetter läßt ihr vom Erlös im Laden am Gulden einen Batzen.«

Mozart freute sich nun seines Einkaufs doppelt; gleich aber sollte seine Teilnahme an der Person noch größer werden. Denn als sie wieder in die Nähe kam, rief ihr derselbe Bürger zu: »Wie steht's, Kreszenz? Was macht der Schlosser? Feilt er nicht bald sein eigen Eisen?«

»O was!« erwiderte sie im Weitereilen: »Selbiges Eisen, schätz ich, wächst noch im Berg, zuhinterst.«

»Es ist ein guter Tropf«, sagte der Klempner. »Sie hat lange ihrem Stiefvater hausgehalten und ihn in der Krankheit verpflegt, und da er tot war, kam's heraus, daß er ihr Eigenes aufgezehrt hatte; seither dient sie da ihrem Verwandten, ist alles und alles im Geschäft, in der Wirtschaft und bei den Kindern. Sie hat mit einem braven Gesellen Bekanntschaft und würde ihn je eher je lieber heiraten; das aber hat so seine Haken.«

»Was für? Er ist wohl auch ohne Vermögen?«

»Sie ersparten sich beide etwas, doch langt es nicht gar. Jetzt kommt mit nächstem drinnen ein halber Hausteil samt Werkstatt in Gant; dem Seiler wär's ein Leichtes, ihnen vorzuschießen, was noch zum Kaufschilling fehlt, allein er läßt die Dirne natürlich nicht gern fahren. Er hat gute Freunde im Rat und bei der Zunft, da findet der Geselle nun allenthalben Schwierigkeiten.«

»Verflucht!« – fuhr Mozart auf, so daß der andere erschrak und sich umsah, ob man nicht horche. »Und da ist niemand, der ein Wort nach dem Recht dareinspräche? den Herrn eine Faust vorhielte? Die Schufte, die! Wart nur, man kriegt euch noch beim Wickel.«

Der Klempner saß wie auf Kohlen. Er suchte, das Gesagte auf eine ungeschickte Art zu mildern, beinahe nahm er es völlig zurück. Doch Mozart hörte ihn nicht an. »Schämt Euch, wie Ihr nun schwatzt. So macht's ihr Lumpen allemal, sobald es gilt mit etwas einzustehen!« – Und hiemit kehrte er dem Hasenfuß ohne Abschied den Rücken. Der Kellnerin, die alle Hände voll zu tun hatte mit neuen Gästen, raunte er nur im Vorbeigehen zu: »Komme morgen beizeiten, grüße mir deinen Liebsten; ich hoffe, daß eure Sache gut geht.« Sie stutzte nur und hatte weder Zeit noch Fassung, ihm zu danken.

Geschwinder als gewöhnlich, weil der Auftritt ihm das Blut etwas in Wallung brachte, ging er vorerst denselben Weg, den er gekommen, bis an das Glacis, auf welchem er dann langsamer, mit einem Umweg, im weiten Halbkreis um die Wälle wandelte. Ganz mit der Angelegenheit des armen Liebespaars beschäftigt, durchlief er in Gedanken eine Reihe seiner Bekannten und Gönner, die auf die eine oder andere Weise in diesem Fall etwas vermochten. Da indessen, bevor er sich irgend zu einem Schritt bestimmte, noch nähere Erklärungen von seiten des Mädchens erforderlich waren, beschloß er, diese ruhig abzuwarten und war nunmehr, mit Herz und Sinn den Füßen vorauseilend, bei seiner Frau zu Hause.

Mit innerer Gewißheit zählte er auf einen freundlichen, ja fröhlichen Willkommen, Kuß und Umarmung schon auf der Schwelle, und Sehnsucht verdoppelte seine Schritte beim Eintritt in das Kärntner Tor. Nicht weit davon ruft ihn der Postträger an, der ihm ein kleines, doch gewichtiges Paket übergibt, worauf er eine ehrliche und akkurate Hand augenblicklich erkennt. Er tritt mit dem Boten, um ihn zu quittieren, in den nächsten Kaufladen; dann, wieder auf der Straße, kann er sich nicht bis in sein Haus gedulden; er reißt die Siegel auf, halb gehend, halb stehend verschlingt er den Brief.

»Ich saß«, fuhr Madame Mozart hier in der Erzählung bei den Damen fort, »am Nähtisch, hörte meinen Mann die Stiege heraufkommen und den Bedienten nach mir fragen. Sein Tritt und seine Stimme kam mir beherzter, aufgeräumter vor, als ich erwartete und als mir wahrhaftig angenehm war. Erst ging er auf sein Zimmer, kam aber gleich herüber. ›Guten Abend!‹ sagt' er; ich, ohne aufzusehen, erwiderte ihm kleinlaut. Nachdem er die Stube ein paarmal stillschweigend gemessen, nahm er unter erzwungenem Gähnen die Fliegenklatsche hinter der Tür, was ihm noch niemals eingefallen war, und murmelte vor sich: ›Wo nur die Fliegen gleich wieder herkommen!‹ – fing an zu patschen da und dort, und zwar so stark wie möglich. Dies war ihm stets der unleidlichste Ton, den ich in seiner Gegenwart nie hören lassen durfte. Hm, dacht ich, daß doch was man selber tut, zumal die Männer, ganz etwas anderes ist! Übrigens hatte ich so viele Fliegen gar nicht wahrgenommen. Sein seltsames Betragen verdroß mich wirklich sehr. – ›Sechse auf *einen* Schlag!‹ rief er: ›willst du sehen?‹ – Keine Antwort. Da legt er mir etwas aufs Nähkissen hin, daß ich es sehen mußte, ohne ein Auge von meiner Arbeit zu verwenden. Es war nichts Schlechteres als ein Häufchen Gold, soviel man Dukaten zwischen zwei Finger nimmt. Er setzte seine Possen hinter meinem Rücken fort, tat hin und wieder einen Streich und sprach dabei für sich: ›Das fatale, unnütze, schamlose Gezücht! Zu was Zweck es nur eigentlich auf der Welt ist – Patsch! – offenbar bloß daß man's totschlage – Pitsch – darauf verstehe ich mich einigermaßen, darf ich behaupten. – Die Naturgeschichte belehrt uns über die erstaunliche Vermehrung dieser Geschöpfe – Pitsch Patsch –: in meinem Hause wird immer sogleich damit aufgeräumt. Ah maledette! disperate! – Hier wieder ein Stück zwanzig. Magst du sie?‹ – Er kam und tat wie vorhin. Hatte ich bisher mit Mühe das Lachen unterdrückt, länger war es unmöglich, ich platzte heraus, er fiel mir um den Hals, und beide kicherten und lachten wir um die Wette.

›Woher kommt dir denn aber das Geld?‹ frag ich, während daß er den Rest aus dem Röllelchen schüttelt. – ›Vom Fürsten Esterhazy! durch den Haydn! Lies nur den Brief.‹ Ich las.

›Eisenstadt usw. Teuerster Freund! Seine Durchlaucht, mein gnädigster Herr, hat mich zu meinem größesten Vergnügen damit betraut, Ihnen beifolgende sechzig Dukaten zu übermachen. Wir haben letzt Ihre Quartetten wieder ausgeführt und Seine Durchlaucht waren solchermaßen davon eingenommen und befriediget als bei dem erstenmal, vor einem Vierteljahre, kaum der Fall gewesen. Der Fürst bemerkte mir (ich muß es wörtlich schreiben): ›Als Mozart Ihnen diese Arbeit dedizierte, hat er geglaubt, nur Sie zu ehren, doch kann's ihm nichts verschlagen, wenn ich zugleich ein Kompliment für mich darin erblicke. Sagen Sie ihm, ich denke von seinem Genie bald so groß wie Sie selbst, und mehr könn er in Ewigkeit nicht verlangen.‹ – ›Amen!‹ setz ich hinzu. Sind Sie zufrieden?

Postskript. Der lieben Frau ins Ohr: Sorgen Sie gütigst, daß die Danksagung nicht aufgeschoben werde. Am besten geschäh es persönlich. Wir müssen so guten Wind fein erhalten!‹

›Du Engelsmann! o himmlische Seele!‹ rief Mozart ein übers andere Mal, und es ist schwer zu sagen, was ihn am meisten freute, der Brief oder des Fürsten Beifall oder das Geld. Was mich betrifft, aufrichtig gestanden, mir kam das letztere gerade damals höchst gelegen. Wir feierten noch einen sehr vergnügten Abend.

Von der Affäre in der Vorstadt erfuhr ich jenen Tag noch nichts, die folgenden ebensowenig, die ganze nächste Woche verstrich, keine Kreszenz erschien, und mein Mann, in einem Strudel von Geschäften, vergaß die Sache bald. Wir hatten an einem Sonnabend Gesellschaft; Hauptmann Wesselt, Graf Hardegg und andere musizieren. In einer Pause werde ich hinausgerufen – da war nun die Bescherung! Ich geh hinein und frage: ›Hast du Bestellung in der Alservorstadt auf allerlei Holzware gemacht?‹ – ›Potz Hagel, ja! Ein Mädchen wird dasein? Laß sie nur hereinkommen!‹ So trat sie denn in größter Freundlichkeit, einen vollen Korb am Arm, mit Rechen und Spaten ins Zimmer, entschuldigte ihr langes Ausbleiben, sie habe den Namen der Gasse nicht mehr gewußt und sich erst heut zurechtgefragt. Mozart nahm ihr die Sachen nacheinander ab, die er sofort mit Selbstzufriedenheit mir überreichte. Ich ließ mir herzlich dankbar alles und jedes wohl gefallen, belobte und pries, nur nahm es mich Wunder, wozu er das Gartengeräte gekauft. – ›Natürlich‹, sagt' er, ›für dein Stückchen an der Wien.‹ – ›Mein Gott, das haben wir ja aber lange abgegeben! weil uns das Wasser immer soviel Schaden tat und überhaupt gar nichts dabei herauskam. Ich sagte dir's, du hattest nichts dawider.‹ – ›Was? Und also die Spargeln, die wir dies Frühjahr speisten –‹ – ›Waren immer vom Markt.‹ – ›Seht‹, sagt' er, ›hätt ich das gewußt! Ich lobte sie dir so aus bloßer Artigkeit, weil du mich wirklich dauertest mit deiner Gärtnerei; es waren Dingerl wie die Federspulen.‹

Die Herrn belustigte der Spaß überaus; ich mußte einigen sogleich das Überflüssige zum Andenken lassen. Als aber Mozart nun das Mädchen über ihr Heiratsanliegen ausforschte, sie ermunterte, hier nur ganz frei zu sprechen, da das, was man für sie und ihren Liebsten tun würde, in der Stille, glimpflich und ohne jemandes Anklagen solle ausgerichtet werden, so äußerte sie sich gleichwohl mit so viel Bescheidenheit, Vorsicht und Schonung, daß sie alle Anwesenden völlig gewann und man sie endlich mit den besten Versprechungen entließ.

›Den Leuten muß geholfen werden!‹ sagte der Hauptmann. ›Die Innungskniffe sind das wenigste dabei; hier weiß ich einen, der das bald in Ordnung bringen wird. Es handelt sich um einen Beitrag für das Haus, Einrichtungskosten und dergleichen. Wie, wenn wir ein Konzert für Freunde im Trattnerischen Saal mit Entree ad libitum ankündigten?‹ – Der Gedanke fand lebhaften Anklang. Einer der Herrn ergriff das Salzfaß und sagte: ›Es müßte jemand zur Einleitung einen hübschen historischen Vortrag tun, Herrn Mozarts Einkauf schildern, seine menschenfreundliche Absicht erklären, und hier das Prachtgefäß stellt man auf einem Tisch als Opferbüchse auf, die beiden Rechen als Dekoration rechts und links dahinter gekreuzt.‹

Dies nun geschah zwar nicht, hingegen das Konzert kam zustande; es warf ein Erkleckliches ab, verschiedene Beiträge folgten nach, daß das beglückte Paar noch Überschuß hatte, und auch die andern Hindernisse waren schnell beseitigt. Duscheks in Prag, unsre genausten Freunde dort, bei denen wir logieren, vernahmen die Geschichte, und *sie*, eine gar gemütliche herzige Frau, verlangte, von dem Kram aus Kuriosität auch etwas zu haben; so legt ich denn das Passendste für sie zurück und nahm es bei dieser Gelegenheit mit. Da wir inzwischen unverhofft eine neue liebe Kunstverwandte finden sollten, die nah daran ist, sich den eigenen Herd einzurichten, und ein Stück gemeinen Hausrat, welches Mozart ausgewählt, gewißlich nicht verschmähen wird, will ich mein Mitbringen halbieren, und Sie haben die Wahl zwischen einem schön durchbrochenen Schokoladequirl und mehrgedachter Salzbüchse, an welcher sich der Künstler mit einer geschmackvollen Tulpe verunköstigt hat. Ich würde unbedingt zu diesem Stück raten; das edle Salz, soviel ich weiß, ist ein Symbol der Häuslichkeit und Gastlichkeit, wozu wir alle guten Wünsche für Sie legen wollen.«

So weit Madame Mozart. Wie dankbar und wie heiter alles von den Damen auf- und angenommen wurde, kann man denken. Der Jubel erneuerte sich, als gleich darauf bei den Männern oben die Gegenstände vorgelegt und das Muster patriarchalischer Simplizität nun förmlich übergeben ward, welchem der Oheim in dem Silberschranke seiner nunmehrigen Besitzerin und ihrer spätesten Nachkommen keinen geringern Platz versprach, als jenes berühmte Kunstwerk des florentinischen Meisters in der Ambraser Sammlung einnehme.

Es war schon fast acht Uhr; man nahm den Tee. Bald aber sah sich unser Musiker an sein schon am Mittag gegebenes Wort, die Gesellschaft näher mit dem »Höllenbrand« bekannt zu machen, der unter Schloß und Riegel, doch zum Glück nicht allzu tief im Reisekoffer lag, dringend erinnert. Er war ohne Zögern bereit. Die Auseinandersetzung der Fabel des Stücks hielt nicht lange auf, das Textbuch wurde aufgeschlagen, und schon brannten die Lichter am Fortepiano.

Wir wünschten wohl, unsere Leser streifte hier zum wenigsten etwas von jener eigentümlichen Empfindung an, womit oft schon ein einzeln abgerissener, aus einem Fenster beim Vorübergehen an unser Ohr getragener Akkord, der nur von *dorther* kommen kann, uns wie elektrisch trifft und wie gebannt festhält; etwas von jener süßen Bangigkeit, wenn wir in dem Theater, solange das Orchester stimmt, dem Vorhang gegenübersitzen. Oder ist es nicht so? Wenn auf der Schwelle jedes erhabenen tragischen Kunstwerks, es heiße »Macbeth«, »Ödipus« oder wie sonst, ein Schauer der ewigen Schönheit schwebt, wo träfe dies in höherem,auch nur in gleichem Maße zu, als eben hier? Der Mensch verlangt und scheut zugleich aus seinem gewöhnlichen Selbst vertrieben zu werden, er fühlt, das Unendliche wird ihn berühren, das seine Brust zusammenzieht, indem es sie ausdehnen und den Geist gewaltsam an sich reißen will. Die Ehrfurcht vor der vollendeten Kunst tritt hinzu; der Gedanke, ein göttliches Wunder genießen, es als ein Verwandtes in sich aufnehmen zu dürfen, zu können, führt eine Art von Rührung, ja von Stolz mit sich, vielleicht den glücklichsten und reinsten, dessen wir fähig sind.

Unsre Gesellschaft aber hatte damit, daß sie ein uns von Jugend auf völlig zu eigen gewordenes Werk jetzt erstmals kennenlernen sollte, einen von unserem Verhältnis unendlich verschiedenen Stand, und, wenn man das beneidenswerte Glück der persönlichen Vermittlung durch den Urheber abrechnet, bei weitem nicht den günstigen wie wir, da eine reine und vollkommene Auffassung eigentlich niemand möglich war, auch in mehr als *einem* Betracht selbst dann nicht möglich gewesen sein würde, wenn das Ganze unverkürzt hätte mitgeteilt werden können.

Von achtzehn fertig ausgearbeiteten Nummern* gab der Komponist vermutlich nicht die Hälfte; (wir finden in dem, unserer Darstellung zugrunde liegenden Bericht nur das letzte Stück dieser Reihe, das Sextett, ausdrücklich angeführt) – er gab sie meistens, wie es scheint, in einem freien Auszug, bloß auf dem Klavier, und sang stellenweise darein, wie es kam und sich schickte. Von der Frau ist gleichfalls nur bemerkt, daß sie zwei Arien vorgetragen habe. Wir möchten uns, da ihre Stimme so stark als lieblich gewesen sein soll, die erste der Donna Anna (»Du kennst den Verräter«), und eine von den beiden der Zerline dabei denken.

Genaugenommen waren, dem Geist, der Einsicht, dem Geschmacke nach, Eugenie und ihr Verlobter die einzigen Zuhörer wie der Meister sie sich wünschen mußte, und jene war es sicher ungleich mehr als dieser. Sie saßen beide tief im Grunde des Zimmers; das Fräulein regungslos, wie eine Bildsäule, und in die Sache aufgelöst auf einen solchen Grad, daß sie auch in den kurzen Zwischenräumen, wo sich die Teilnahme der übrigen bescheiden äußerte oder die innere Bewegung sich unwillkürlich mit einem Ausruf der Bewunderung Luft machte, die von dem Bräutigam an sie gerichteten Worte immer nur ungenügend zu erwidern vermochte.

Als Mozart mit dem überschwenglich schönen Sextett geschlossen hatte, und nach und nach ein Gespräch aufkam, schien er vornehmlich einzelne Bemerkungen des Barons mit Interesse und Wohlgefallen aufzunehmen. Es wurde vom Schlusse der Oper die Rede sowie von der vorläufig auf den Anfang November anberaumten Aufführung, und da jemand meinte, gewisse Teile des Finale möchten noch eine Riesenaufgabe sein, so lächelte der Meister mit einiger Zurückhaltung; Constanze aber sagte zu der Gräfin hin, daß er es hören mußte: »Er hat noch was in petto, womit er geheim tut, auch vor mir.«

»Du fällst«, versetzte er, »aus deiner Rolle, Schatz, daß du das jetzt zur Sprache bringst; wenn ich nun Lust bekäme, von neuem anzufangen? und in der Tat, es juckt mich schon.«

»Leporello!« rief der Graf, lustig aufspringend, und winkte einem Diener: »Wein! Sillery, drei Flaschen!«

»Nicht doch! damit ist es vorbei – mein Junker hat sein letztes im Glase.«

»Wohl bekomm's ihm – und jedem das Seine!«

»Mein Gott, was hab ich da gemacht!« lamentierte Constanze, mit einem Blick auf die Uhr, »gleich ist es elfe, und morgen früh soll's fort – wie wird das gehen?«

»Es geht halt gar nicht, Beste! nur schlechterdings gar nicht.«

* Bei dieser Zählung ist zu wissen, daß Elviras Arie mit dem Rezitativ und Leporellos »Hab's verstanden« nicht ursprünglich in der Oper enthalten gewesen.

»Manchmal«, fing Mozart an, »kann sich doch ein Ding sonderbar fügen. Was wird denn meine Stanzl sagen, wenn sie erfährt, daß eben das Stück Arbeit, was sie nun hören soll, um ebendiese Stunde in der Nacht, und zwar gleichfalls vor einer angesetzten Reise, zur Welt geboren ist?«

»Wär's möglich? Wann? Gewiß vor drei Wochen, wie du nach Eisenstadt wolltest?«

»Getroffen! Und das begab sich so. Ich kam nach zehne, du schliefst schon fest, von Richters Essen heim, und wollte versprochenermaßen auch bälder zu Bett, um morgens beizeiten heraus und in den Wagen zu steigen. Inzwischen hatte Veit, wie gewöhnlich, die Lichter auf dem Schreibtisch angezündet, ich zog mechanisch den Schlafrock an und fiel mir ein, geschwind mein letztes Pensum noch einmal anzusehen. Allein, o Mißgeschick! verwünschte, ganz unzeitige Geschäftigkeit der Weiber! du hattest aufgeräumt, die Noten eingepackt – die mußten nämlich mit: der Fürst verlangte eine Probe von dem Opus; – ich suchte, brummte, schalt, umsonst! Darüber fällt mein Blick auf ein versiegeltes Kuvert: vom Abbate, den greulichen Haken nach auf der Adresse – ja wahrlich! und schickt mir den umgearbeiteten Rest seines Texts, den ich vor Monatsfrist noch nicht zu sehen hoffte. Sogleich sitz ich begierig hin und lese und bin entzückt, wie gut der Kauz verstand, was ich wollte. Es war alles weit simpler, gedrängter und reicher zugleich. Sowohl die Kirchhofszene, wie das Finale, bis zum Untergang des Helden, hat in jedem Betracht sehr gewonnen. (Du sollst mir aber auch, dacht ich, vortrefflicher Poet, Himmel und Hölle nicht unbedankt zum zweitenmal beschworen haben!) Nun ist es sonst meine Gewohnheit nicht, in der Komposition etwas vorauszunehmen, und wenn es noch so lockend wäre; das bleibt eine Unart, die sich sehr übel bestrafen kann. Doch gibt es Ausnahmen, und kurz, der Auftritt bei der Reiterstatue des Gouverneurs, die Drohung, die vom Grabe des Erschlagenen her urplötzlich das Gelächter des Nachtschwärmers haarsträubend unterbricht, war mir bereits in die Krone gefahren. Ich griff einen Akkord und fühlte, ich hatte an der rechten Pforte angeklopft, dahinter schon die ganze Legion von Schrecken beieinanderliege, die im Finale loszulassen sind. So kam fürs erste ein Adagio heraus: d-Moll, vier Takte nur, darauf ein zweiter Satz mit fünfen – es wird, bild ich mir ein, auf dem Theater etwas Ungewöhnliches geben, wo die stärksten Blasinstrumente die Stimmen begleiten. Einstweilen hören Sie's, so gut es sich hier machen läßt.«

Er löschte ohne weiteres die Kerzen der beiden neben ihm stehenden Armleuchter aus, und jener furchtbare Choral: »Dein Lachen endet vor der Morgenröte!« erklang durch die Totenstille des Zimmers. Wie von entlegenen Sternenkreisen fallen die Töne aus silbernen Posaunen, eiskalt, Mark und Seele durchschneidend, herunter durch die blaue Nacht.

»Wer ist hier? Antwort!« hört man Don Juan fragen. Da hebt es wieder an, eintönig wie zuvor, und gebietet dem ruchlosen Jüngling, die Toten in Ruhe zu lassen.

Nachdem diese dröhnenden Klänge bis auf die letzte Schwingung in der Luft verhallt waren, fuhr Mozart fort: »Jetzt gab es für mich begreiflicherweise kein Aufhören mehr. Wenn erst das Eis einmal an *einer* Uferstelle bricht, gleich kracht der ganze See und klingt bis an den entferntesten Winkel hinunter. Ich ergriff unwillkürlich denselben Faden weiter unten bei Don Juans Nachtmahl wieder, wo Donna Elvira sich eben entfernt hat und das Gespenst, der Einladung gemäß, erscheint. – Hören Sie an.«

Es folgte nun der ganze lange, entsetzenvolle Dialog, durch welchen auch der Nüchternste bis an die Grenze menschlichen Vorstellens, ja über sie hinausgerissen wird, wo wir das Übersinnliche schauen und hören, und innerhalb der eigenen Brust von einem Äußersten zum andern willenlos uns hin und her geschleudert fühlen.

Menschlichen Sprachen schon entfremdet, bequemt sich das unsterbliche Organ des Abgeschiedenen, noch einmal zu reden. Bald nach der ersten fürchterlichen Begrüßung, als der Halbverklärte die ihm gebotene irdische Nahrung verschmäht, wie seltsam schauerlich wandelt seine Stimme auf den Sprossen einer luftgewebten Leiter unregelmäßig auf und nieder! Er fordert schleunigen Entschluß zur Buße: kurz ist dem Geist die Zeit gemessen; weit, weit, weit ist der Weg! Und wenn nun Don Juan, im ungeheuren Eigenwillen den ewigen Ordnungen trotzend, unter dem wachsenden Andrang der höllischen Mächte, ratlos ringt, sich sträubt und windet, und endlich untergeht, noch mit dem vollen Ausdruck der Erhabenheit in jeder Gebärde – wem zitterten nicht Herz und Nieren vor Lust und Angst zugleich? Es ist ein Gefühl, ähnlich dem, womit man das prächtige Schauspiel einer unbändigen Naturkraft, den Brand eines herrlichen Schiffes anstaunt. Wir nehmen wider Willen gleichsam Partei für diese blinde Größe und teilen knirschend ihren Schmerz im reißenden Verlauf ihrer Selbstvernichtung.

Der Komponist war am Ziele. Eine Zeitlang wagte niemand, das allgemeine Schweigen zuerst zu brechen.

»Geben Sie uns«, fing endlich, mit noch beklemmtem Atem, die Gräfin an, »geben Sie uns, ich bitte Sie, einen Begriff, wie Ihnen war, da Sie in jener Nacht die Feder weglegten!«

Er blickte, wie aus einer stillen Träumerei ermuntert, helle zu ihr auf, besann sich schnell und sagte, halb zu der Dame, halb zu seiner Frau: »Nun ja, mir schwankte wohl zuletzt der Kopf. Ich hatte dies verzweifelte Dibattimento, bis zu dem Chor der Geister, in *einer* Hitze fort, beim offenen Fenster, zu Ende geschrieben, und stand nach einer kurzen Rast vom Stuhl auf, im Begriff, nach deinem Kabinett zu gehen, damit wir noch ein bißchen plaudern und sich mein Blut ausgleiche. Da machte ein überquerer Gedanke mich mitten im Zimmer stillstehen.« (Hier sah er zwei Sekunden lang zu Boden, und sein Ton verriet beim Folgenden eine kaum merkbare Bewegung.) »Ich sagte zu mir selbst: wenn du noch diese Nacht wegstürbest und müßtest deine Partitur an diesem Punkt verlassen: ob dir's auch Ruh im Grabe ließ'? – Mein Auge hing am Docht des Lichts in meiner Hand und auf den Bergen von abgetropftem Wachs. Ein Schmerz bei dieser Vorstellung durchzückte mich einen Moment: dann dacht ich weiter: wenn denn hernach über kurz über lang ein anderer, vielleicht gar so ein Welscher, die Oper zu vollenden bekäme und fände von der Introduktion bis Numero siebzehn, mit Ausnahme *einer* Piece, alles sauber beisammen, lauter gesunde, reife Früchte ins hohe Gras geschüttelt, daß er sie nur auflesen dürfte; ihm graute aber doch ein wenig hier vor der Mitte des Finale, und er fände alsdann unverhofft den tüchtigen Felsbrocken da insoweit schon beiseite gebracht: er möchte drum nicht übel in das Fäustchen lachen! Vielleicht wär er versucht, mich um die Ehre zu betrügen. Er sollte aber wohl die Finger dran verbrennen; da wär noch immerhin ein Häuflein guter Freunde, die meinen Stempel kennen und mir was mein ist redlich sichern würden. – Nun ging ich, dankte Gott mit einem vollen Blick hinauf, und dankte, liebes Weibchen, deinem Genius, der dir so lange seine beiden Hände sanft über die Stirne gehalten, daß du fortschliefst wie eine Ratze und mich kein einzigmal anrufen konntest. Wie ich dann aber endlich kam und du mich um die Uhr befrugst, log ich dich frischweg ein paar Stunden jünger als du warst, denn es ging stark auf viere; und nun wirst du begreifen, warum du mich um sechse nicht aus den Federn brachtest, der Kutscher wieder heimgeschickt und auf den andern Tag bestellt werden mußte.«

»Natürlich«, versetzte Constanze, »nur bilde sich der schlaue Mann nicht ein, man sei so dumm gewesen, nichts zu merken! Deswegen brauchtest du mir deinen schönen Vorsprung fürwahr nicht zu verheimlichen!«

»Auch war es nicht deshalb «

»Weiß schon – du wolltest deinen Schatz vorerst noch unbeschrieen haben.«

»Mich freut nur«, rief der gutmütige Wirt, »daß wir morgen nicht nötig haben, ein edles Wiener Kutscherherz zu kränken, wenn Herr Mozart partout nicht aufstehen kann. Die Ordre ›Hans spann wieder aus‹ tut jederzeit sehr weh.«

Diese indirekte Bitte um längeres Bleiben, mit der sich die übrigen Stimmen im herzlichsten Zuspruch verbanden, gab den Reisenden Anlaß zu Auseinandersetzung sehr triftiger Gründe dagegen; doch verglich man sich gerne dahin, daß nicht zu zeitig aufgebrochen und noch vergnügt zusammen gefrühstückt werden solle.

Man stand und drehte sich noch eine Zeitlang in Gruppen schwatzend umeinander. Mozart sah sich nach jemandem um, augenscheinlich nach der Braut; da sie jedoch gerade nicht zugegen war, so richtete er naiverweise die ihr bestimmte Frage unmittelbar an die ihm nahe stehende Franziska: »Was denken Sie denn nun im ganzen von unserem ›Don Giovanni‹? was können Sie ihm Gutes prophezeien?«

»Ich will«, versetzte sie mit Lachen, »im Namen meiner Base so gut antworten als ich kann: Meine einfältige Meinung ist, daß wenn ›Don Giovanni‹ nicht aller Welt den Kopf verrückt, so schlägt der liebe Gott seinen Musikkasten gar zu, auf unbestimmte Zeit heißt das, und gibt der Menschheit zu verstehen –« – »Und gibt der Menschheit«, fiel der Onkel verbessernd ein, »den Dudelsack in die Hand und verstocket die Herzen der Leute, daß sie anbeten Baalim.«

»Behüt uns Gott!« lachte Mozart. »Je nun, im Lauf der nächsten sechzig, siebzig Jahre, nachdem ich lang fort bin, wird mancher falsche Prophet aufstehen.«

Eugenie trat mit dem Baron und Max herbei, die Unterhaltung hob sich unversehens auf ein Neues, ward nochmals ernsthaft und bedeutend, so daß der Komponist, eh die Gesellschaft auseinanderging, sich noch gar mancher schönen, bezeichnenden Äußerung erfreute, die seiner Hoffnung schmeichelte.

Erst lange nach Mitternacht trennte man sich; keines empfand bis jetzt, wie sehr es der Ruhe bedurfte.

Den andern Tag (das Wetter gab dem gestrigen nichts nach) um zehn Uhr sah man einen hübschen Reisewagen, mit den Effekten beider Wiener Gäste bepackt, im Schloßhof stehen. Der Graf stand mit Mozart davor, kurz ehe die Pferde herausgeführt wurden, und fragte, wie er ihm gefalle.

»Sehr gut; er scheint äußerst bequem.«

»Wohlan, so machen Sie mir das Vergnügen und behalten Sie ihn zu meinem Andenken.«

»Wie? ist das Ernst?«

»Was wäre es sonst?«

»Heiliger Sixtus und Calixtus – Constanze! du!« rief er zum Fenster hinauf, wo sie mit den andern heraussah. »Der Wagen soll mein sein! du fährst künftig in deinem eigenen Wagen.«

Er umarmte den schmunzelnden Geber, betrachtete und umging sein neues Besitztum von allen Seiten, öffnete den Schlag, warf sich hinein und rief heraus: »Ich dünke mich so vornehm und so reich wie Ritter Gluck! Was werden sie in Wien für Augen machen!« – »Ich hoffe«, sagte die Gräfin, »Ihr Fuhrwerk wiederzusehn bei der Rückkehr von Prag, mit Kränzen um und um behangen!«

Nicht lang nach diesem letzten fröhlichen Auftritt setzte sich der vielbelobte Wagen mit dem scheidenden Paar wirklich in Bewegung und fuhr im raschen Trab nach der Landstraße zu. Der Graf ließ sie bis Wittingau fahren, wo Postpferde genommen werden sollten.

Wenn gute, vortreffliche Menschen durch ihre Gegenwart vorübergehend unser Haus belebten, durch ihren frischen Geistesodem auch unser Wesen in neuen raschen Aufschwung versetzten und uns den Segen der Gastfreundschaft in vollem Maße zu empfinden gaben, so läßt ihr Abschied immer eine unbehagliche Stockung, zum mindesten für den Rest des Tages, bei uns zurück, wofern wir wieder ganz nur auf uns selber angewiesen sind.

Bei unsern Schloßbewohnern traf wenigstens das letztere nicht zu. Franziskas Eltern nebst der alten Tante fuhren zwar alsbald auch weg; die Freundin selbst indes, der Bräutigam, Max ohnehin, verblieben noch. Eugenien, von welcher vorzugsweise hier die Rede ist, weil sie das unschätzbare Erlebnis tiefer als alle ergriff, ihr, sollte man denken, konnte nichts fehlen, nichts genommen oder getrübt sein; ihr reines Glück in dem wahrhaft geliebten Mann, das erst soeben seine förmliche Bestätigung erhielt, mußte alles andre verschlingen, vielmehr, das Edelste und Schönste, wovon ihr Herz bewegt sein konnte, mußte sich notwendig mit jener seligen Fülle in *eines* verschmelzen. So wäre es auch wohl gekommen, hätte sie gestern und heute der bloßen Gegenwart, jetzt nur dem reinen Nachgenuß derselben leben können. Allein am Abend schon, bei den Erzählungen der Frau, war sie von leiser Furcht für ihn, an dessen liebenswertem Bild sie sich ergötzte, geheim beschlichen worden; diese Ahnung wirkte nachher, die ganze Zeit als Mozart spielte, hinter allem unsäglichen Reiz, durch alle das geheimnisvolle Grauen der Musik hindurch, im Grund ihres Bewußtseins fort, und endlich überraschte, erschütterte sie das, was er selbst in der nämlichen Richtung gelegentlich von sich erzählte. Es ward ihr so gewiß, so ganz gewiß, daß dieser Mann sich schnell und unaufhaltsam in seiner eigenen Glut verzehre, daß er nur eine flüchtige Erscheinung auf der Erde sein könne, weil sie den Überfluß, den er verströmen würde, in Wahrheit nicht ertrüge.

Dies, neben vielem andern, ging, nachdem sie sich gestern niedergelegt, in ihrem Busen auf und ab, während der Nachhall »Don Juans« verworren noch lange fort ihr inneres Gehör einnahm. Erst gegen Tag schlief sie ermüdet ein.

Die drei Damen hatten sich nunmehr mit ihren Arbeiten in den Garten gesetzt, die Männer leisteten ihnen Gesellschaft, und da das Gespräch natürlich zunächst nur Mozart betraf, so verschwieg auch Eugenie ihre Befürchtungen nicht. Keins wollte dieselben im mindesten teilen, wiewohl der Baron sie vollkommen begriff. Zur guten Stunde, in recht menschlich reiner, dankbarer Stimmung pflegt man sich jeder Unglücksidee, die einen gerade nicht unmittelbar angeht, aus allen Kräften zu erwehren. Die sprechendsten, lachendsten Gegenbeweise wurden, besonders vom Oheim, vorgebracht, und wie gerne hörte nicht Eugenie alles an! Es fehlte nicht viel, so glaubte sie wirklich, zu schwarz gesehen zu haben.

Einige Augenblicke später, als sie durchs große Zimmer oben ging, das eben gereinigt und wieder in Ordnung gebracht worden war und dessen vorgezogene, grün damastene Fenstergardinen nur ein sanftes Dämmerlicht zuließen, stand sie wehmütig vor dem Klaviere still. Durchaus war es ihr wie ein Traum, zu denken, wer noch vor wenigen Stunden davor gesessen habe. Lang blickte sie gedankenvoll die Tasten an, die *er* zuletzt berührt, dann drückte sie leise den Deckel zu und zog den Schlüssel ab, in eifersüchtiger Sorge, daß so bald keine andere Hand wieder öffne. Im Weggehn stellte sie beiläufig einige Liederhefte an ihren Ort zurück; es fiel ein älteres Blatt heraus, die Abschrift eines böhmischen Volksliedchens, das Franziska früher, auch wohl sie selbst, manchmal gesungen. Sie nahm es auf, nicht ohne darüber betreten zu sein. In einer Stimmung wie die ihrige wird der natürlichste Zufall leicht zum Orakel. Wie sie es aber auch verstehen wollte, der Inhalt war der Art, daß ihr, indem sie die einfachen Verse wieder durchlas, heiße Tränen entfielen.

Ein Tännlein grünet wo,
Wer weiß, im Walde;
Ein Rosenstrauch, wer sagt,
In welchem Garten?
Sie sind erlesen schon,
Denk es, o Seele,
Auf deinem Grab zu wurzeln
Und zu wachsen.

Zwei schwarze Rößlein weiden
Auf der Wiese,
Sie kehren heim zur Stadt
In muntern Sprüngen.
Sie werden schrittweis gehn
Mit deiner Leiche;
Vielleicht, vielleicht noch eh
An ihren Hufen
Das Eisen los wird,
Das ich blitzen sehe!

ADALBERT STIFTER

Brigitta

I

STEPPENWANDERUNG

Es gibt oft Dinge und Beziehungen in dem menschlichen Leben, die uns nicht sogleich klar sind und deren Grund wir nicht in Schnelligkeit hervor zu ziehen vermögen. Sie wirken dann meistens mit einem gewissen schönen und sanften Reize des Geheimnisvollen auf unsere Seele. In dem Angesichte eines Häßlichen ist für uns oft eine innere Schönheit, die wir nicht auf der Stelle von seinem Werte herzuleiten vermögen, während uns oft die Züge eines andern kalt und leer sind, von denen alle sagen, daß sie die größte Schönheit besitzen. Eben so fühlen wir uns manchmal zu einem hingezogen, den wir eigentlich gar nicht kennen, es gefallen uns seine Bewegungen, es gefällt uns seine Art, wir trauern, wenn er uns verlassen hat, und haben eine gewisse Sehnsucht, ja eine Liebe zu ihm, wenn wir oft noch in späteren Jahren seiner gedenken: während wir mit einem andern, dessen Wert in vielen Taten vor uns liegt, nicht ins Reine kommen können, wenn wir auch Jahre lang mit ihm umgegangen sind. Daß zuletzt sittliche Gründe vorhanden sind, die das Herz heraus fühlt, ist kein Zweifel, allein wir können sie nicht immer mit der Waage des Bewußtseins und der Rechnung hervor heben, und anschauen. Die Seelenkunde hat manches beleuchtet und erklärt, aber vieles ist ihr dunkel und in großer Entfernung geblieben. Wir glauben daher, daß es nicht zu viel ist, wenn wir sagen, es sei für uns noch ein heiterer unermeßlicher Abgrund, in dem Gott und die Geister wandeln. Die Seele in Augenblicken der Entzückung überfliegt ihn oft, die Dichtkunst in kindlicher Unbewußtheit lüftet ihn zuweilen; aber die Wissenschaft mit ihrem Hammer und Richtscheite steht häufig erst an dem Rande und mag in vielen Fällen noch gar nicht einmal Hand angelegt haben.

Zu diesen Bemerkungen bin ich durch eine Begebenheit veranlaßt worden, die ich einmal in sehr jungen Jahren auf dem Gute eines alten Majors erlebte, da ich noch eine sehr große Wanderlust hatte, die mich bald hier bald dort ein Stück in die Welt hinein trieb, weil ich noch weiß Gott was zu erleben und zu erforschen verhoffte.

Ich hatte den Major auf einer Reise kennen gelernt, und schon damals lud er mich wiederholt ein, ihn einmal in seiner Heimat zu besuchen. Allein ich hielt dies für eine bloße Redeformel und Artigkeit, wie Reisende wohl oft zu wechseln pflegen, und hätte der Sache wahrscheinlich keine weitere Folge gegeben, wenn nicht im zweiten Jahre unserer Trennung ein Brief von ihm gekommen wäre, in welchem er sich angelegentlich um mein Befinden erkundigte, und zuletzt wieder die alte Bitte hinzu fügte, doch einmal zu ihm zu kommen; und einen Sommer, ein Jahr, oder fünf oder zehn Jahre bei ihm zuzubringen, wie es mir gefällig wäre; denn er sei jetzt endlich gesonnen, auf einem einzigen winzigen Punkte dieser Erdkugel kleben zu bleiben, und kein anderes Stäubchen mehr auf seinen Fuß gelangen zu lassen als das der Heimat, in welcher er nunmehr ein Ziel gefunden habe, das er sonst vergeblich auf der ganzen Welt gesucht hatte.

Da es nun eben Frühling war, da ich neugierig war, sein Ziel kennen zu lernen, da ich eben nicht wußte, wo ich hin reisen sollte; beschloß ich, seiner Bitte nachzugeben und seiner Einladung zu folgen.

Er hatte sein Gut im östlichen Ungarn – zwei Tage schlug ich mich mit Plänen herum, wie ich die Reise am geschicktesten machen sollte, am dritten Tage saß ich im Postwagen und rollte nach Osten, während ich mich, da ich das Land nie gesehen hatte, bereits mit Bildern von Heiden und Wäldern trug – und am achten wandelte ich bereits auf einer Pußta, so prachtvoll und öde, als sie nur immer Ungarn aufzuweisen haben mag.

Anfangs war meine ganze Seele von der Größe des Bildes gefaßt: wie die endlose Luft um mich schmeichelte, wie die Steppe duftete, und ein Glanz der Einsamkeit überall und allüberall hinaus webte: – aber wie das morgen wieder so wurde, übermorgen wieder – immer gar nichts, als der feine Ring, in dem sich Himmel und Erde küßten, gewöhnte sich der Geist daran, das Auge begann zu erliegen, und von dem Nichts so übersättigt zu werden, als hätte es Massen von Stoff auf sich geladen – es kehrte in sich zurück, und wie die Sonnenstrahlen spielten, die Gräser glänzten, zogen verschiedene einsame Gedanken durch die Seele, alte Erinnerungen kamen wimmelnd über die Heide, und darunter war auch das Bild des Mannes, zu dem ich eben auf der Wanderung war – ich griff es gerne auf, und in der Öde hatte ich Zeit genug, alle Züge, die ich von ihm erfahren hatte, in meinem Gedächtnisse zusammen zu suchen und ihnen neue Frische zu geben.

In Unteritalien, beinahe in einer eben so feierlichen Öde, wie die war, durch die ich heute wandelte, hatte ich ihn zum ersten Male gesehen. Er war damals in allen Gesellschaften gefeiert, und obwohl schon fast fünfzig Jahre alt, doch noch das Ziel von manchen schönen Augen; denn nie hat man einen Mann gesehen, dessen Bau und Antlitz schöner genannt werden konnte, noch einen, der dieses Äußere edler zu tragen verstand. Ich möchte sagen, es war eine sanfte Hoheit, die um alle seine Bewegungen floß, so einfach und siegend, daß er mehr als einmal auch Männer betörte. Auf Frauenherzen aber, ging die Sage, soll er einst wahrhaft sinnverwirrend gewirkt haben. Man trug sich mit Geschichten von

Siegen und Eroberungen, die er gemacht haben soll und die wunderbar genug waren. Aber ein Fehler, sagte man, hänge ihm an, der ihn erst recht gefährlich mache; nämlich, es sei noch niemanden, selbst der größten Schönheit, die diese Erde trage, gelungen, ihn länger zu fesseln, als es ihm eben beliebte. Mit aller Lieblichkeit, die ihm jedes Herz gewann und das der Erkornen mit siegreicher Wonne füllte, benahm er sich bis zu Ende, dann nahm er Abschied, machte eine Reise und kam nicht wieder. – Aber dieser Fehler, statt sie abzuschrecken, gewann ihm die Weiber nur noch mehr, und manche rasche Südländerin mochte glühen, ihr Herz und ihr Glück, so bald als nur immer möglich, an seine Brust zu werfen. Auch reizte es sehr, daß man nicht wußte, woher er sei, und welche Stellung er unter den Menschen einnehme. Obwohl sie sagten, daß die Grazien um seinen Mund spielen, setzten sie doch hinzu, daß auf seiner Stirne eine Art Trauer wohne, die der Zeiger einer bedeutenden Vergangenheit sei – aber das war am Ende das Lockendste, daß niemand diese Vergangenheit wußte. Er soll in Staatsbegebenheiten verwickelt gewesen sein, er soll sich unglücklich vermählt, er soll seinen Bruder erschossen haben – und was dieser Dinge mehr waren. Das aber wußten alle, daß er sich jetzt sehr stark mit Wissenschaften beschäftigte.

Ich hatte schon sehr viel von ihm gehört und erkannte ihn augenblicklich, als ich ihn einmal auf dem Vesuve Steine herab schlagen und dann zu dem neuen Krater hinzu gehen und freundlich auf das blaue Ringeln des Rauches schauen sah, der noch sparsam aus der Öffnung und aus den Ritzen quoll. Ich ging über die gelb glänzenden Knollen zu ihm hin und redete ihn an. Er antwortete gerne, und ein Wort gab das andere. Wirklich war damals eine furchtbar zerworfene dunkle Öde um uns, die so schroffer wurde, als der unsäglich anmutige tiefblaue Südhimmel gerade über ihr stand, zu dem die Rauchwölkchen traulich seitwärts zogen. Wir sprachen damals lange miteinander, gingen dann aber jeder allein von dem Berge.

Später fand sich wieder Gelegenheit, daß wir zusammen kamen, wir besuchten uns dann öfter und waren endlich bis zu meiner Heimreise fast unzertrennt bei einander. Ich fand, daß er an den Wirkungen, die sein Äußeres machen sollte, ziemlich unschuldig war. Aus seinem Innern brach oft so etwas Ursprüngliches und Anfangsmäßiges, gleichsam als hätte er sich, obwohl er schon gegen die fünfzig Jahre ging, seine Seele bis jetzt aufgehoben, weil sie das Rechte nicht hatte finden können. Dabei erkannte ich, als ich länger mit ihm umging, daß diese Seele das Glühendste und Dichterischste sei, was mir bis dahin vorgekommen ist, daher es auch kommen mochte, daß sie das Kindliche, Unbewußte, Einfache, Einsame, ja oft Einfältige an sich hatte. Er war sich dieser Gaben nicht bewußt und sagte in Natürlichkeit die schönsten Worte, die ich je aus einem Munde gehört habe, und nie in meinem Leben, selbst später nicht, als ich Gelegenheit hatte, mit Dichtern und Künstlern umzugehen, habe ich einen so empfindlichen Schönheitssinn angetroffen, der durch Ungestalt und Roheit bis zur Ungeduld gereizt werden konnte, als an ihm. Diese unbewußten Gaben mochten es auch sein, die ihm alle Herzen des andern Geschlechtes zufliegen machten, weil dieses Spielen und Glänzen an Männern in vorgerückten Jahren gar so selten ist. Eben daher mochte es auch kommen, daß er mit mir als einem ganz jungen Menschen so gerne umging, so wie ich meinerseits in jenen Zeiten eigentlich auch noch nicht recht diese Dinge zu würdigen vermochte, und mir dieselben erst recht einleuchtend wurden, da ich älter war und daran ging, die Erzählung seines Lebens zusammenzustellen. Wie weit es mit seinem sagenhaften Glücke bei Weibern ging, habe ich nie erfahren können, da er niemals über diese Dinge sprach und sich auch nie Gelegenheit zu Beobachtungen vorfand. Von jener Trauer, die auf seiner Stirne sitzen sollte, konnte ich ebenfalls nichts wahrnehmen, so wie ich auch von seinen früheren Schicksalen damals nichts erfuhr, als daß er einst beständige Reisen gemacht habe, jetzt aber schon Jahre lang in Neapel sei und Lava und Altertümer sammle. Daß er in Ungarn Besitzungen habe, erzählte er mir selber, und lud mich, wie ich oben sagte, wiederholt dahin ein.

Wir lebten ziemlich lange nebeneinander und trennten uns zuletzt, da ich fortging, nicht ohne Teilnahme. Aber mancherlei Gestalten von Ländern und Menschen drangen nachher noch durch mein Gedächtnis, so daß es mir endlich nicht im Traume beigekommen wäre, daß ich einmal auf einer ungarischen Heide zu diesem Manne unterwegs sein würde, wie ich es nun wirklich war. Ich malte mir sein Bild in Gedanken immer mehr aus, und senkte mich so hinein, daß ich oft Mühe hatte, nicht zu glauben, ich sei in Italien; denn so heiß, so schweigsam war es auf der Ebene, auf der ich wandelte, wie dort, und die blaue Dunstschicht der Ferne spiegelte sich mir zum Trugbilde der Pontinischen Sümpfe.

Ich ging aber doch nicht in gerader Richtung auf das mir in dem Briefe bezeichnete Gut des Majors los, sondern ich machte mehrere Kreuz- und Querzüge, um mir das Land zu besehen. So wie mir das Bild desselben früher immer meines Freundes wegen mit Italien zusammengeflossen war, so webte es sich nun immer mehr und immer eigentümlicher als Selbständiges und Ganzes heraus. Ich war über hundert Bächlein, Bäche und Flüsse gegangen, ich hatte oft bei Hirten und ihren zottigen Hunden geschlafen, ich hatte aus jenen einsamen Heidebrunnen getrunken, die mit dem furchtbar hohen Stangenwinkel zum Himmel sehen, und ich hatte unter manchem tief herabgehenden Rohrdache gegessen – dort lehnte der Sackpfeifer, dort flog der schnelle Fuhrmann über die Heide, dort glänzte der weiße Mantel des Roßhirten – – oft dachte ich mir, wie denn mein Freund in diesem Lande aussehen werde; denn ich hatte ihn nur in Gesellschaft gesehen, und in dem Getriebe, wo sich alle Menschen, wie die Bachkiesel gleichen. Dort war er im Äußern der glatte feine Mann gewesen – hier aber war alles anders, und oft, wenn ich ganze Tage nichts sah als das ferne rötlich blaue Dämmern der Steppe und die tausend kleinen weißen Punkte darinnen, die Rinder des Landes, wenn zu meinen Füßen die tiefschwarze Erde war, und so viel Wildheit, so viel Üppigkeit, trotz der uralten Geschichte so viel

Anfang und Ursprünglichkeit dachte ich, wie wird er sich denn hier benehmen. Ich ging in dem Lande herum, ich lebte mich immer mehr in seine Art und Weise und in seine Eigentümlichkeiten hinein, und es war mir, als hörte ich den Hammer schallen, womit die Zukunft dieses Volkes geschmiedet wird. Jedes in dem Lande zeigt auf kommende Zeiten, alles Vergehende ist müde, alles Werdende feurig, darum sah ich recht gerne seine endlosen Dörfer, sah seine Weinhügel aufstreben, sah seine Sümpfe und Röhrichte und weit draußen seine sanft blauen Berge ziehen.

Nach monatlangem Herumwandern glaubte ich endlich eines Tages, ich müsse mich nun in sehr großer Nähe bei dem Gute meines Freundes befinden, und des vielen Schauens doch etwas müde, beschloß ich, dem Pilgern ein Ziel zu setzen und gerade auf die Besitzung meines künftigen Beherbergers zuzulenken. Ich war den ganzen Nachmittag durch ein heißes Steinfeld gegangen; links stiegen fernblaue Berghäupter am Himmel auf – ich hielt sie für die Karpaten – rechts stand zerrissenes Land mit jener eigentümlich rötlichen Färbung, wie sie so oft der Hauch der Steppe gibt: beide aber vereinigten sich nicht, und zwischen beiden ging das endlose Bild der Ebenen fort. Endlich, wie ich eben aus einer Mulde, in der das Bett eines ausgetrockneten Baches lief, emporstieg, sprang rechts ein Kastanienwald und ein weißes Haus herüber – eine Sandwehe hatte mir beides bisher gedeckt. – Drei Meilen, drei Meilen – so hatte ich fast den ganzen Nachmittag gehört, wenn ich nach Uwar fragte – so hieß das Schloß des Majors – drei Meilen: aber da ich die ungarischen Meilen aus Erfahrung kannte, so war ich gewiß ihrer fünfe gegangen und wünschte daher sehnlich, das Haus möchte Uwar heißen. In nicht großer Ferne stiegen Felder gegen einen Erddamm empor, auf denen ich Menschen sah. Diese wollte ich fragen und durchschritt zu dem Zwecke einen Flügel des Kastanienwaldes. Hier sah ich nun, was ich, durch die vielen Gesichtstäuschungen dieses Landes belehrt, sogleich geahnet hatte, nämlich, daß das Haus nicht an dem Walde liege, sondern erst hinter einer Ebene, die von den Kastanien weg lief, und daß es ein sehr großes Gebäude sein müsse. Über die Ebene aber sah ich eine Gestalt herüber sprengen, gerade auf jene Felder zu, auf denen die Leute arbeiteten. Auch sammelten sich alle Arbeiter um die Gestalt, da sie bei ihnen angekommen war, wie um einen Herrn – aber meinem Major sah das Wesen ganz und gar nicht ähnlich. Ich ging langsam gegen die Erdlehne empor, die auch weiter entfernt war, als ich dachte, und kam eben an, als bereits die ganze Glut der Abendröte um die dunkeln wogenden Maisfelder und die Gruppen bärtiger Knechte und um den Reiter loderte. Dieser aber war nichts anderes als ein Weib, etwa vierzig Jahre alt, welches sonderbar genug die weiten landesmäßigen Beinkleider an hatte und auch wie ein Mann zu Pferde saß. Da die Knechte schon auseinandergingen und sie fast allein auf dem Flecke war, richtete ich mein Anliegen an sie. Meinen Wanderstab unter das Ränzlein stützend, zu ihr emporschauend und mir gleichsam die Strahlen der Abendröte, die schief herein kamen, aus dem Gesichte streichend, sagte ich deutsch zu ihr: »Guten Abend, Mutter.«

»Guten Abend«, antwortete sie in derselben Sprache.

»Gewährt mir eine Bitte und sagt: heißt jenes Gebäude Uwar?«

»Jenes Gebäude heißt nicht Uwar. Seid Ihr nach Uwar bestellt?«

»Allerdings. Ich habe dort meinen Reisefreund, den Major, zu besuchen, der mich dahin eingeladen hat.«

»So geht nur ein wenig neben meinem Rosse her.«

Mit diesen Worten setzte sie ihr Pferd in Schritt und ritt langsam, damit ich ihr folgen konnte, zwischen den hohen grünen Maisbüscheln den Abhang hinan. Ich ging hinter ihr her und hatte Gelegenheit, meine Blicke auf die Umgebung richten zu können – und in der Tat, ich bekam immer mehr Ursache, mich zu verwundern. Wie wir höher kamen, öffnete sich zusehends das Tal hinter uns, ein ganzer ungeheurer Gartenwald lief von dem Schlosse in die Berge hinein, die hinter ihm begannen, Alleen streckten sich gegen die Felder, ein Wirtschaftsstück nach dem andern legte sich bloß und schien in trefflichem Stande. Ich habe nie dieses lange, fette, frische Blatt des Maises gesehen, und nicht ein Gräschen war zwischen seinen Stengeln. Der Weinberg, an dessen Rande wir eben ankamen, erinnerte mich an die des Rheins, nur habe ich am Rheine nicht dieses derbe Trotzen und Strotzen von Blatt und Reben gesehen, wie hier. Die Ebene zwischen den Kastanien und dem Schlosse war eine Wiese, so rein und sanft, als wäre Samt gebreitet, sie war mit eingehegten Wegen durchschnitten, in denen die weißen Rinder des Landes wandelten, aber glatt und schlank, wie Hirsche. Das Ganze hob sich wunderbar von dem Steinfelde ab, das ich heute durchwandelt hatte, und das jetzt in der Abendluft draußen lag und in den rötlich spinnenden Strahlen heiß und trocken herein sah zu dieser kühlen grünen Frische.

Indessen waren wir zu einem jener weißen Häuschen gelangt, wie ich mehrere im Grün der Rebengelände zerstreut wahrgenommen hatte, und das Weib sagte zu einem jungen Manne, der trotz des heißen Juniabends in seinem zottigen Pelze stak und vor der Tür des Häuschen allerlei hantierte: »Milosch, der Herr will heute noch nach Uwar, wenn du etwa die zwei Weidebraunen nähmest, ihm einen gäbest und ihn bis zum Galgen geleitetest.«

»Ja«, erwiderte der Bursche und stand auf.

»Jetzt geht nur mit ihm, er wird Euch schon richtig führen«, sagte das Weib und wendete ihr Pferd, um des Weges zurückzureiten, den sie mit mir gekommen war.

Ich hielt sie für eine Art Schaffnerin und wollte ihr ein namhaftes Geldstück für den Dienst geben, den sie mir so eben geleistet hatte. Sie aber lachte nur und zeigte hiebei eine Reihe sehr schöner Zähne. Durch den Weinberg ritt sie langsam hinab, dann hörten wir aber bald darauf die schnellen Hufschläge ihres Pferdes, wie sie über die Ebene flog.

Ich steckte mein Geld wieder ein und wendete mich zu Milosch. Dieser hatte einstweilen zu seinem Pelze einen breiten Hut aufgesetzt und führte mich um eine Strecke in den Weinpflanzungen fort, bis wir in eine Talkrümme stiegen und auf Wirtschaftsgebäude stießen, aus denen er zwei jener kleinen Rosse zog, wie man sie auf den Haiden dieses Landes antrifft. Meines sattelte er, seines bestieg er, wie es war, und sofort ritten wir in die Abenddämmerung hinein dem dunkeln Osthimmel entgegen. Es mochte ein sonderbarer Anblick gewesen sein: der deutsche Wandersmann samt Ränzlein, Knotenstock und Kappe zu Pferde sitzend, neben ihm der schlanke Ungar mit rundem Hute, Schnurrbart, Zottelpelz und flatternden weißen Beinkleidern – beide in Nacht und Wüste reitend. In der Tat war es eine Wüste, in die wir jenseits der Weinberge gerieten, und die Ansiedlung war wie eine Fabel darinnen. Eigentlich war die Wüste wieder mein altes Steinfeld, und zwar sich selber so gleich geblieben, daß ich wähnte, wir reiten denselben Weg zurück, den ich gekommen bin, wenn mich nicht das schmutzige Rot, das noch hinter meinem Rücken am Himmel glühte, belehrt hätte, daß wir wirklich gegen Morgen reiten.

»Wie weit ist noch nach Uwar?« fragte ich.

»Es sind noch anderthalb Meilen«, antwortete Milosch.

Ich fügte mich in die Antwort und ritt hinter ihm her, so gut ich konnte. Wir ritten an denselben unzähligen grauen Steinen vorbei, wie ich sie heute den ganzen Tag zu Tausenden gezählt habe. Sie glitten mit falschem Lichte auf dem dunklen Boden hinter mich, und weil wir eigentlich auf trocknem sehr festen Moore ritten, hörte ich keinen Hufschlag unserer Pferde, außer wenn zufällig das Eisen auf einen der Steine schlug, die sonst diese Tiere, an derlei Wege gewöhnt, sehr gut zu vermeiden wissen. Der Boden war immer eben, nur daß wir wieder zwei oder drei Mulden hinab und hinan gestiegen waren, in deren jeder ein starrer Strom von Kieselgerölle lag.

»Wem gehört denn das Anwesen, das wir verlassen haben?« fragte ich meinen Begleiter.

»Maroshely«, antwortete er.

Ich wußte nicht, weil er die Worte schnell vor mir reitend gesprochen hatte, ob dies der Name des Besitzers sei, oder ob ich überhaupt recht verstanden habe; denn die Bewegung erschwerte das Sprechen und Hören.

Endlich ging ein blutrotes Stück Mond auf, und in seinem schwachen Lichte stand auch schon das schlanke Gerüste auf der Heide, das ich für das Ziel meiner Begleitung hielt.

»Hier ist der Galgen«, sagte Milosch, »dort unten, wo es glänzt, rinnt ein Bach, daneben ist ein schwarzer Haufen, auf den geht zu, es ist eine Eiche, auf der sonst die Übeltäter aufgehängt worden sind. Jetzt darf das nicht mehr sein, weil ein Galgen ist. Von der Eiche beginnt ein gemachter Weg, an welchem junge Bäume zu beiden Seiten stehen. Auf dem Wege geht etwas weniger als eine Stunde fort, dann zieht an der Glockenstange des Gitters. Hört, wenn auch nicht zugesperrt ist, geht doch nicht hinein; es ist wegen der Hunde. Zieht nur an der Glockenstange. So, jetzt steigt ab und macht den Rock besser zu, daß Ihr nicht das Fieber bekommt.«

Ich stieg ab, und obwohl ich mit meiner Belohnung bei der Schaffnerin nicht gut angekommen war, bot ich Milosch doch auch wieder eine. Er nahm sie an und steckte sie in den Pelz. Dann haschte er nach dem Zügel meines Pferdes, wandte sich und flog eilends davon, ehe ich nur sagen konnte, er möge dem Herrn der Pferde meinen Dank melden, daß ich so unbedingt auf einem in der Nacht fortreiten durfte. Offenbar hatte er von dem Orte weg getrachtet. Ich blickte hin. Es standen zwei Säulen, und darauf war ein Querbalken. So ragte es in das gelbe Mondlicht empor. Oben lag etwas, wie ein Kopf. In der Tat aber mochte es irgendeine Erhöhung sein. Ich ging weiter, gleichsam als ob das Gras der Heide hinter mir lispelte und sich etwas am Fuße des Galgens rührte. Von Milosch war nicht mehr das geringste zu vernehmen, als sei er gar nie da gewesen. Ich kam sogleich zu der Todeseiche. Der Bach schillerte und glänzte und ringelte sich um Binsen, wie eine tote Schlange. Daneben war der schwarze Bau des Baumes. Ich ging um ihn herum und jenseits war ein gerader weißer Weg, von dem Monde beschienen. Der Weg war gestampft und hatte Gräben und eine Allee junger Pappeln. Es tat mir wohl, daß ich wieder meine Schritte schallen hörte, wie es daheim in unserem Lande auf den Wegen der Fall ist.

Ich ging langsam dahin. Der Mond hob sich mehr und mehr und stand endlich klar an dem warmen Sommerhimmel. Die Heide lief wie eine fahle Scheibe unter ihm weg. Endlich, da eine gute Stunde vergangen sein mochte, hoben sich vor mir schwarze Klumpen, wie ein Wald oder ein Garten, und in kurzer Frist stieß der Weg an ein Gitter, das in einer Mauer stand, die außer dem Walde hinlief, und hinter sich riesengroße Wipfel hatte, die Todesstille in dem Silber der Nachtluft empor standen. An dem Gitter war ein Glockengriff, ich zog, und es schellte von innen. Gleich darauf ertönte nicht etwa ein Bellen, sondern zwei Stöße jenes tiefen, entschloßnen und neugierigen Schnaufens edler Hunde – ein dumpfer Sprung – und der größte schönste Hund, den ich in meinem Leben gesehen habe, stand von innen an dem Gitter. Er stellte sich auf die Hinterfüße, faßte mit den vorderen die eisernen Stangen und sah auf mich heraus, ohne nur den geringsten Laut zu geben, wie es die ernste Art dieser Tiere gewohnt ist. Bald kamen murrend und jagend noch zwei kleinere und jüngere derselben Gattung, glatte Bulldoggen, und alle schauten unverwandt auf mich. Nach einer Weile hörte ich auch nahende Menschentritte, und ein Mann im zottigen Pelze kam und fragte um mein Begehren. Ich entgegnete, ob ich in Uwar sei, und nannte meinen Namen. Er mußte Weisung haben; denn sofort beschwichtigte er mit ungarischen Worten die Hunde und öffnete dann das Gitter.

»Der Herr hat Briefe von Euch und erwartet Euch schon lange«, sagte der Mann, als wir weiter gingen. »Ich habe ihm ja geschrieben, daß ich mir Euer Land ansehen wolle«, antwortete ich.

»Und das habt Ihr lange angesehen«, sagte er.

»Freilich«, antwortete ich. »Ist der Herr Major noch wach?«

»Er ist gar nicht zu Hause, sondern in der Sitzung, morgen früh wird er herüberreiten. Für Euch hat er drei Zimmer richten lassen und gesagt, daß wir Euch hineinführen sollen, wenn Ihr in seiner Abwesenheit kämet.«

»Nun so führt mich hinein.«

»Wohl.«

Diese Worte waren die einzigen, die wir auf dem langen Wege wechselten, den wir meiner Meinung nach eher durch einen Urwald als durch einen Garten machten. Riesige Tannen streckten sich gegen den Himmel, und mannsdicke Eichenäste griffen herum. Der größere Hund ging ruhig neben uns, die andern schnoberten in meinen Kleidern und jagten sich dann gelegentlich. Als wir so den Hain durchschritten hatten, kamen wir zu einer baumlosen Erhöhung, auf welcher das Schloß stand – so viel ich jetzt erkennen konnte – ein großes viereckiges Gebäude. Aber die Erhöhung führte eine breite Steintreppe empor, auf der das schönste Mondlicht starrte. Hinter der Treppe war ein etwas ebener Platz, und dann ein großes Gitter, das statt des Tores des Hauses diente. Als wir an dem Gitter angekommen waren, sprach mein Begleiter einige Worte zu den Hunden, worauf sie in den Garten zurück schossen. Nun schloß er das Gitter auf und führte mich in das Gebäude.

Auf der Treppe brannte noch Licht und beglänzte hohe seltsame Steinbilder mit weiten Stiefeln und schleppenden Gewändern. Es mochten ungarische Könige sein. Dann empfing uns im ersten Geschosse ein langer mit Rohrmatten belegter Gang. Wir gingen ihn entlang und stiegen dann noch eine Treppe hoch. Hier war wieder ein solcher Gang, und einen der Türflügel, die in demselben waren, öffnend, sagte mein Begleiter, hier seien meine Zimmer. Wir gingen hinein. Nachdem er in jedem mehrere Kerzen angezündet hatte, wünschte er mir gute Nacht und ging fort. In einer Weile wurde von einem anderen Wein, Brot und kalter Braten gebracht, worauf mir von ihm, wie von seinem Vorgänger, gute Nacht geboten wurde. Ich erkannte hieraus und aus der völligen Einrichtung der Zimmer, daß ich nun allein bleiben würde, und ging daher an die Türen und schloß mich ab.

Hierauf aß ich und musterte meine Wohnung. Das erste Zimmer, in welchem die Speisen auf einen großen Tisch gestellt wurden, war sehr geräumig. Die Kerzen strahlten hell und beleuchteten alles. Die Geräte waren anders, als sie bei uns gebräuchlich sind. In der Mitte stand eine lange Tafel, an deren einem Ende ich aß. Um die Tafel waren Bänke von Eichenholz gestellt, nicht eigentlich wohnlich aussehend, sondern wie zu Sitzungen bestimmt. Sonst war nur noch hie und da ein Stuhl zu sehen. An den Wänden hingen Waffen aus verschiedenen Zeiten der Geschichte. Sie mochten einst der ungarischen angehören. Es waren noch viele Bogen und Pfeile darunter. Außer den Waffen hingen auch Kleider da, ungarische, die man aus früheren Zeiten aufgehoben hatte, und dann jene schlotternden seidenen, die entweder Türken oder gar Tartaren angehört haben mochten.

Als ich mit meinem Nachtmahle fertig war, ging ich in die zwei Nebenzimmer, die auf diesen Saal folgten. Sie waren kleiner, und wie ich gleich bei dem ersten Blicke, da ich eingeführt wurde, bemerkt hatte, wohnlicher eingerichtet als der Saal. Es waren Stühle, Tische, Schränke, Waschgeräte, Schreibzeug und alles da, was ein einsamer Wanderer in seiner Wohnung nur immer wünschen kann. Selbst Bücher lagen auf dem Nachttische, und sie waren sämtlich in deutscher Sprache. In jedem der zwei Zimmer stand ein Bett, aber statt der Decke war auf ein jedes das weite volkstümliche Kleidungsstück gebreitet, welches sie Bunda heißen. Es ist dies gewöhnlich ein Mantel aus Fellen, wobei die rauhe Seite nach innen, die glatte weiße nach außen gekehrt ist. Letztere hat häufig allerlei farbiges Riemzeug und ist mit aufgenähten farbigen Zeichnungen von Leder verziert.

Ehe ich mich schlafen legte, ging ich noch, wie es immer an fremden Orten meine Gewohnheit ist, an das Fenster, um zu schauen, wie es draußen aussähe. Es war nicht viel zu sehen. Das aber erkannte ich im Mondlichte, daß die Landschaft nicht deutsch sei. Wie eine andere, nur riesengroße Bunda lag der dunkle Fleck des Waldes oder Gartens unten auf die Steppe gebreitet – draußen schillerte das Grau der Heide – dann waren allerlei Streifen, ich wußte nicht, waren es Gegenstände dieser Erde oder Schichten von Wolken.

Nachdem ich meine Augen eine Weile über diese Dinge hatte gehen lassen, wendete ich mich wieder ab, schloß die Fenster, entkleidete mich, ging zu dem nächstbesten Bette und legte mich nieder.

Als ich das weiche Pelzwerk der Bunda über meine ermüdeten Glieder zog, und als ich schon fast die Augen zutat, dachte ich noch: ›So bin ich nun begierig, was ich in dieser Wohnung Freundliches oder Häßliches erleben werde.‹

Dann entschlummerte ich, und alles war tot, was schon in meinem Leben gewesen ist, und was ich sehnlichst wünschte, daß noch in dasselbe eintreten möchte.

II

STEPPENHAUS

Wie lange ich geschlafen habe, weiß ich nicht, aber daß es nicht fest und gut war, das wußte ich. Es mußte die allzu große Müdigkeit daran schuld sein. Die ganze Nacht ging ich auf dem Vesuve herum und sah den Major bald in einem Pilgeranzuge in Pompeji sitzen, bald im Fracke zwischen den Schlacken stehen und Steine suchen. In meinem Morgentraum tönte Pferdegewieher und Hundegebell, dann schlief ich einige Zeit fest, und als ich erwachte, war heller Tag in dem Zimmer, und ich sah hinaus in den Saal, in dem die Waffen und Kleider von der Sonne beschienen hingen. Unten erbrauste der dunkle Park von dem Lärmen der Vögel, und als ich aufgestanden und an eines der Fenster getreten war, funkelte die Heide draußen in einem Netze von Sonnenstrahlen. Da ich noch kaum angekleidet war, klopfte es an meine Tür, ich öffnete und es trat mein Reisefreund herein. Ich war immer die Tage her begierig gewesen, wie er aussehen möge, und er sah nicht anders aus, als er eben aussehen konnte, nämlich so zu der ganzen Umgebung stimmend, daß es schien, ich hätte ihn immer so gesehen. Auf der Oberlippe hatte er den gebräuchlichen Bart, der die Augen noch funkelnder machte, das Haupt deckte ein breiter runder Hut, und von den Lenden fiel das weite weiße Beinkleid hinab. Es war ganz natürlich, daß er so sein mußte, ich konnte plötzlich nicht mehr denken, wie ihm der Frack stehen, seine Tracht schien mir reizend, daß mir mein deutscher Flaus, der bestaubt und herabgeschunden auf einer Bank unter dem verschossenen Seidenkleide eines Tartaren lag, fast erbärmlich vorkam. Sein Rock war kürzer, als sie gewöhnlich in Deutschland sind, stand aber sehr gut zu dem Ganzen. Mein Freund schien zwar gealtert; denn seine Haare mischten sich mit Grau, und sein Antlitz war voll von jenen feinen und kurzen Linien, die bei wohlgebildeten Menschen, die sich lange erhalten, doch endlich die wachsende Zahl der Jahre anzeigen; aber er erschien mir so angenehm und einnehmend wie immer.

Er grüßte mich sehr freundlich, sehr herzlich, ja fast innig – und als wir eine halbe Stunde geplaudert hatten, waren wir schon wieder so bekannt wie zuvor. Es schien, als hätten wir uns seit unserer italienischen Reise gar nicht getrennt. Da ich mich ankleidete und dazu bemerkte, daß ein Koffer mit meinen andern Sachen ankommen werde, schlug er vor, ich möchte bis dahin, oder wenn ich wollte, in der Zeit meines ganzen Hierseins ungarische Kleider anziehen. Ich ging in die Sache ein und die nötigen Bestandstücke waren bald herbeigeschafft, wobei er bemerkte, daß er in den nächsten Tagen schon für Abwechslung sorgen werde. Wie wir nun so in den Hof hinunterkamen zu den mit uns gleich gekleideten Knechten, und wie diese aus den finstern Schnurrbärten und den buschigen Augenbrauen so beifällig auf uns blickten und uns die Pferde zu einem Morgenritte zuführten, war etwas so Edles und Beruhigendes in dem Schauspiele, daß ich mich innerlichst recht davon erquickt fühlte.

Wir ritten von der großen sanften Dogge begleitet in den Besitzungen des Majors herum. Er zeigte mir alles und gab gelegentlich Befehle und Lobsprüche. Der Park, durch den wir zuerst ritten, war eine freundliche Wildnis, sehr gut gehegt, rein gehalten und von Wegen durchschnitten. Als wir hinaus auf die Felder kamen, wogten sie im dunkelsten Grün. Nur in England habe ich ein gleiches gesehen; aber dort, schien es mir, war es zarter und weichlicher, während dieses hier kräftiger und sonnedurchdrungener schien. Wir ritten hinter dem Parke sachte bergan, und an dem Kamme dieser sanften Höhe, die gegen die Heide ging, zogen sich die Weinpflanzungen dahin. Überall war ein dunkles breites Blatt, die Pflanzungen nahmen einen großen Strich ein, an allen Stellen waren Pfirsichbäume eingestreut, und von den gehörigen Orten blickten, wie in Maroshely, die weißen leuchtenden Punkte der Wächterhäuschen herüber. Auf die Heide gekommen, sahen wir seine Rinder, eine große, zerstreute, fast unübersehbare Herde. Eine Stunde Reitens führte uns dann zu den Gestüten und Schäfereien. Da wir über die Heide kamen, zeigte er auf einen schmalen schwarzen Streifen, der sehr weit im Westen das hingehende Grau der Steppe schnitt, und sagte: »Das sind die Weinberge von Maroshely, von wo Ihr gestern die Pferde hattet.«

Den Rückweg nahmen wir auf einer andern Seite, und hier zeigte er mir seine Gärten, seine Obstanlagen und seine Glashäuser. Ehe wir dazu kamen, ritten wir an einem sehr unansehnlichen Landstriche vorbei, auf dem bedeutend viele Menschen beschäftigt waren. Auf meine Frage sagte er, dies seien Bettler, Herumstreicher, selbst Gesindel, die er durch pünktliche Bezahlung gewonnen habe, daß sie ihm arbeiten. Sie trocknen eben einen sumpfigen Strich und legen eine Straße an.

Zu Mittage, da wir nach Hause gekommen waren, aßen wir mit allen Knechten und Mägden in einer Art Vorhalle oder vielmehr unter einem ungeheuren Vordache, an dem ein riesiger Nußbaum stand. An dem hölzernen Brunnengerüste musizierten eben durchziehende Zigeuner. – Es war zu Tische auch ein Fremder gekommen, ein Jüngling in frühesten Jahren. Er fiel mir durch seine außerordentliche Schönheit auf. Er hatte Briefe aus der Nachbarschaft gebracht und war nach dem Essen wieder fortgeritten. Von dem Major war er sehr achtungsvoll, fast zärtlich behandelt worden.

Den heißen Nachmittag verbrachten wir in den kühlen Zimmern. Abends zeigte mir mein Gastfreund das Abendrot der Heide. Wir ritten eigens zu dem Zwecke hinaus, nachdem er mir geraten hatte, so wie er, gegen die Fieberluft der Ebene einen Pelz umzutun, wenn ihn auch die noch warme Luft entbehrlich zu machen scheint. Wir warteten, da wir hinausgekommen waren, an dem von ihm angegebenen Punkte, bis die Sonne untergegangen war. Und in der Tat, es war ein prachtvoller Anblick, der nun folgte: auf der ganzen schwarzen Scheibe der Heide war die Riesenglocke des brennend gelben, flammenden Himmels gestellt, so sehr in die Augen wogend und sie beherrschend, daß jedes Ding der Erde schwarz und fremd wird. Ein Grashalm der Heide steht wie ein Balken gegen die Glut, ein gelegentlich vorübergehendes Tier zeichnet ein schwarzes Ungeheuer auf den Goldgrund, und arme Wachholder und Schlehenbüsche malen ferne Dome und Paläste. Im Osten fängt dann nach wenigen Augenblikken das feuchte kalte Blau der Nacht heraufzusteigen an und schneidet mit trübem und undurchsichtigem Dunste den eigentlichen Glanz der Kuppel des Himmels.

Die Erscheinung dauert vorzüglich in den Junitagen, wo die Sonne hoch steht, sehr lange. Als wir schon zu Hause waren, als wir schon das Abendmahl eingenommen und einige Zeit miteinander verplaudert hatten, als ich dann in meinem Schlafzimmer war, an dem Fenster stand und bereits fast die Mitternacht herankam, stand noch ein trüb gelbes Stückchen Licht im Westen, während schon im blauen Osten die rote Scheibe des Halbmondes glühte.

Ich nahm mir an diesem Abende vor, morgen oder übermorgen, oder wenn sich immer in den nächstfolgenden Tagen eine Gelegenheit ergäbe, den Major um das Ziel zu fragen, von dem er mir geschrieben hatte, daß er es endlich gefunden habe und daß es ihn auf immerwährende Zeiten an die Heimat binde.

Des andern Morgens weckte er mich vor Sonnenaufgang und fragte, ob ich den Tag für mich zubringen, oder ob ich ihn mit ihm teilen wolle. Beides stehe mir auch in der Zukunft frei. Wenn ich an den Geschäften und Bestrebungen des Hauses Teil nehmen wollte, so dürfe ich nur an dem Tage, an dem ich solches im Sinne habe, beim Klange der Hofglocke, die jeden Morgen geläutet werde, aufstehen und mich zu dem gemeinschaftlichen Frühmahle einfinden. Hätte ich aber an einem Tage abgesonderte Pläne, so seien schon seine Leute, falls er selber nicht da wäre, angewiesen, mir mit Pferden, mit Begleitung oder mit anderm Nötigen an der Hand zu sein. Lieb wäre es ihm, wenn ich ihn von solchen Dingen, vorzüglich, wenn sie weitere Entfernungen vom Hause beträfen, immer vorher in Kenntnis setzte, damit er mich vor Umwegen, Schwierigkeiten und vielleicht auch vor kleinen Gefahren, die eintreten könnten, bewahre. Ich war ihm für seine Bereitwilligkeit dankbar und erklärte, daß ich heute und morgen und überhaupt solange, bis es mir anders einfiele, seine Zeit teilen wolle.

Ich stand daher auf, kleidete mich an und begab mich unter das Vordach zu dem Frühmahle. Die Leute waren schon fast fertig und trennten sich, um zu ihren verschiedenen Arbeiten zu gehen. Der Major hatte meiner geharrt und wartete, bis ich mit der Einnahme meines Frühstückes fertig war. Dann wurden die gesattelten Pferde vorgeführt. Ich fragte nicht, was er tun werde, sondern folgte ihm, wohin er ritt.

Wir ritten heute nicht mehr so im allgemeinen herum, daß er mir überhaupt seine Besitzungen und Beschäftigungen zeige, sondern er sagte, er wolle das, was der heutige Tag von ihm fordere, tun, und ich möge ihm zusehen, falls es mir nicht lange Weile mache.

Wir kamen zu gedehntem Wiesenlande, auf dem Heu gemacht wurde. Der schöne ungarische Braune, den der Major ritt, trug ihn tanzend auf dem schönen, weichen, geschorenen Rasengrün hin. Er stieg ab, während ein Knecht das Pferd hielt, und besah an verschiedenen Schobern das Heu. Es wurde von dem Knechte bemerkt, daß es auf den Nachmittag zum Einführen bestimmt sei. Der Major ordnete, solange die Wiese geschoren sei, das Schlagen mehrerer Gräben an, damit überflüssiges Wasser abgehe, und an andern Stellen, damit es gesammelt werde. Von der Wiese schlug er den Weg zu den Gewächshäusern ein, die nicht wie es sonst gewöhnlich ist, in der Nähe des Wohnhauses waren, sondern auf einem geeigneten Platze, wo ein sanfter Erdhang seine Dachung gegen Aufgang und Mittag zeigte. Es war an diesen Häusern ein kleiner reiner Stall angebracht, wohin der Major und seine Begleitung, wenn zufällig eine da war, ihre Pferde tun konnten; denn es war nicht selten der Fall, daß er sich hier lange aufhalten mußte, und wenn Besuch da war, der die Gewächsanlagen besehen wollte, geschah es wohl auch, daß mehrere Stunden darüber hin gingen. Wir taten unsere Pferde gesattelt in den Stall, und er ging zuerst daran, mehrere Gewächsstücke und Pflanzen, die auf Begehren zu Versendungen geordnet wurden, zu besichtigen, dann ging er in die Gärtnerstube, wo Schreibereien lagen, und brachte ziemlich lange Zeit an dem Tische bei denselben zu. Ich sah indessen die Dinge um mich an, von denen ich aber gerade so viel und so wenig verstand, als ein unaufhörlich Reisender, welcher unzählige Gewächshäuser besah, verstehen kann. Als ich aber später in seinem Bücherzimmer die Werke und Abbildungen über diesen einen Zweig ein wenig durchging, erkannte ich, wie wenig ich eigentlich von dem Kerne dieser Sache wußte.

»Wenn man von diesen reizenden Dingen«, sagte der Major zu einer andern Zeit einmal, »die so gerne vom Hundertsten ins Tausendste führen, wirklich Früchte haben soll, so muß man sie vom Grunde aus betreiben und die andern, die darin arbeiten, bedeutend zu übertreffen suchen.«

Von der Gärtnerstube herauskommend sah er eine Weile mehreren Weibern zu, die mit Abstauben und Reinigen der grünen Kamelienblätter beschäftigt waren. Diese Pflanze war damals noch selten und teuer. Er untersuchte auch die gereinigten und machte seine Bemerkungen. Von da kamen wir an den vielen reinen weißen Sandbeeten der Glashäuser vorüber, in denen die ganz jungen Pflänzchen standen, dann an all den Blumen und Gewächsen, deren Zucht er sich zur Aufgabe gemacht hatte. An dem entgegengesetzten Ausgange der Anlagen warteten unsere Pferde, die ein Gärtnerbursche indessen hinten herum geführt hatte. Hier waren die Stellen zur Bereitung und Mischung der Erden, die von Eseln in Körben aus verschiedenen Gegenden und oft von weit entfernten Nadelwaldungen das ganze Jahr hindurch herbeigebracht werden. Selbst zum Brennen der Erde waren bestimmte Orte, und in der Nähe war das Eichenholz aufgeschichtet, das im Winter zur Erwärmung dient.

Da, wie ich schon gestern bemerkt hatte, von den Gewächsanlagen nicht weit auf die Heide war, so ritten wir nun auf dieselbe hinaus. Der gute Lauf unserer schlanken Pferde trug uns bald so weit auf die einförmige morgenduftige Ebene hinaus, daß wir das Schloß und den Park nur mehr als einen dunklen Fleck in der Ferne liegen sahen. Hier stießen wir zu seinen Hirten. Einige Stangen, so mager, daß von ihnen als Schutzwerken gar keine Rede sein kann, bildeten eine Hütte, oder vielleicht gar nur ein Zeichen, welches in der Steppe leicht gesehen und gefunden werden kann. Unter diesen Stangen brannte oder glimmte vielmehr ein Feuer, das von den zähen Ästen oder den Wurzeln der Wachholder- und

Schlehen- und anderer Krüppelsträuche unterhalten wurde. Hier bereiteten die Hirten, die um elf Uhr schon Mittag hielten, ihr Mahl. Braune Gestalten, deren Pelze auf der Erde umherlagen, standen in schmutzig weißen Beinkleidern und Hemdärmeln um den Major herum und antworteten auf seine Fragen. Andere, da sie seine Ankunft auf der weithin gedehnten Fläche wahrgenommen hatten, jagten auf kleinen unscheinbaren Rossen herbei, die weder Sattel noch Decke und statt Zügel und Halfter oft nur einen Strick hatten. Sie stiegen ab, hielten ihre Tiere an der Hand und umringten den Major, der ebenfalls abgestiegen war und sein Pferd zu halten gab. Sie sprachen nicht bloß von ihrer Beschäftigung mit ihm, sondern auch von andern Dingen, und er kannte sie fast alle mit Namen. Er war so leutselig mit ihnen, als wäre er einer aus ihrer Mitte, und dies, wie ich glaubte, erweckte eine Art Begeisterung unter den Menschen. Wie bei uns in den Bergen, so waren auch hier die Tiere den ganzen Sommer über im Freien. Es waren jene weißen langgehörnten Rinder, welche in dem Lande vorkommen und sich von den Kräutern der Steppe nähren, die eine Würze und einen Blumengeruch haben, die wir Alpenländler ihnen kaum zutrauen sollten. Bei diesen Tieren bleiben die Menschen, die ihnen zugegeben sind, ebenfalls im Freien und haben oft gar nichts über sich als den Himmel und die Sterne der Heide, oft nur, wie wir eben gesehen hatten, einige Stangen, oder eine gegrabene Hütte von Erde. Sie standen vor dem Major, dem Grundherrn, wie sie ihn hier hießen, und hörten seinen Anordnungen zu. Als er wieder aufstieg, hielt ihm einer, der blitzende Augen aus dem Schwarz seines Gesichtes und seiner Brauen herauszeigte, das Pferd, während sich ein anderer mit langen Haaren und dichtem Schnurrbarte bückte und ihm die Steigbügel hielt.

»Lebt wohl, Kinder«, sagte er beim Fortreiten, »ich werde euch bald wieder besuchen, und wenn die Nachbarn herüberkommen, werden wir einen Nachmittag auf der Heide liegen und bei euch essen.«

Er hatte diese Worte auf ungarisch gesagt und sie mir auf meine Bitte verdeutscht.

Im Fortreiten sagte er zu mir: »Wenn es Euch ergötzt, diese Heidewirtschaft einmal im einzelnen genau anzuschauen und Ihr etwa einmal allein herauskommen wolltet, um mit diesen Leuten gleichsam zu leben, müßt Ihr auf die Hunde achten, die sie haben. Sie sind nicht immer so zahm und geduldig, wie Ihr sie heute gesehen habt, sondern sie würden Euch strenge mitfahren. Ihr müßt es mir vorher sagen, daß ich Euch hin geleite, oder wenn ich nicht kann, daß ich Euch einen bekannten Hirten mitgebe, der Euch führe und den die Hunde lieben.«

Ich hatte in der Tat, da wir bei dem Hirtenfeuer waren, die ungemein großen, schlanken, zottigen Hunde bewundert, derlei ich auf meiner ganzen Wanderung nicht angetroffen habe und die so sittsam neben und unter uns am Feuer herum saßen, als verstünden sie etwas von der Verhandlung und nähmen daran Teil.

Wir wendeten uns, da wir fortritten, dem Schlosse wieder zu, da bereits die Zeit zum Mittagessen heranrückte. Als wir, so wie gestern, in der Nähe der Strecke vorüberkamen, auf der die Leute arbeiteten, um den Sumpf zu trocknen und die Grundrisse einer Straße zu ziehen, sagte er, indem er auf ein Weizenfeld zeigte, an dem wir ziemlich nahe vorbeiritten und auf welchem die Frucht außerordentlich schön stand: »Diese guten Schollen, wenn sie ihre Schuldigkeit tun, müssen uns das Geld herbeischaffen, daß wir auch an anderen Stellen etwas verrichten können. Die Leute arbeiten da drüben in der Öde das ganze Jahr. Sie haben ihren Taglohn und kochen gleich neben ihren Geschäften im Freien. Zum Schlafen gehen sie in jene hölzernen Hütten, die Ihr seht. Im Winter, wenn sich Eis bildet, gehen wir den tiefern Stellen zu, denen wir jetzt wegen zu großer Weiche des Bodens nicht ankönnen, und füllen Gerölle der Heide und Steine, die wir von den Weinpflanzungen nehmen, hinein.«

Wirklich erblickte ich, da ich auf die eigentümliche Anlage hinüberschaute, die hölzernen Hütten, von denen er gesprochen hatte, und sah an verschiedenen Stellen des Heiderückens schwachen Rauch aufgehen, der die kunstlosen Herde anzeigen mochte, auf denen die Leute ihr Mittagessen kochten.

Als wir in den Park einritten, umsprungen von den großen und kleinen Doggen, läutete in dem Herrenhause eben die Glocke, die uns und die anderen Leute zum Mahle rief.

Ich fragte an dem Abende dieses Tages meinen Reisefreund nicht um sein Ziel, wie ich mir tags vorher beim Schlafengehen so fest vorgenommen hatte.

Der Nachmittag verging wie gewöhnlich, zu Hause, nur daß der Major gegen fünf Uhr auf dem gebahnten Wege mit der Pappelallee, auf dem ich in der Nacht gekommen war, ich weiß nicht wohin fuhr, während ich die Bücher musterte, die er mir in immer größerer Anzahl aus seinem Bücherzimmer auf meine Stube bringen ließ.

Des folgenden Tages hatte der Major viel zu schreiben, und ich brachte schier den ganzen Tag damit zu, seine Pferde, die er zu Hause hatte, zu besehen und mit seinen Leuten Bekanntschaft zu machen.

An dem Tage, der nachher folgte, war ich mit ihm in der Schäferei, die zwei Stunden Reitens entfernt ist und in welcher wir den ganzen Tag zubrachten. Er hat einige Leute dort, die bedeutende Bildung verraten und mit ihm in das Wesen der Sache, die sie lieben, einzugehen scheinen. Hier sah ich auch, daß alle Zweige seiner Tätigkeit ihre eigene Geldverwaltung haben, indem er den Schäfereien eine Summe vorstreckte, die aus einem andern Bereiche genommen war. Die Sache wurde sehr genau und richtig in die Papiere aufgenommen und verbrieft. Die Anlagen sind sehr weitschichtig und die Zuchten nach ihrem Bedürfnisse geordnet.

Ein anderes Mal sah ich die Gestüte, und wir waren auf der Weide, auf welcher seine Füllen und die jüngeren Pferde gewöhnlichen Schlages unter Hirten stehen, wie anderswo die Rinder.

Auf diese Weise lernte ich nach und nach den ganzen Kreis seiner Tätigkeit kennen, welcher wahrhaftig nicht geringfügig war. Ich wunderte mich, daß er diesen Sachen eine solche Aufmerksamkeit und Umsicht zuwendete, da ich ihn doch früher mehr als träumend und in Wissenschaften herumdichtend und forschend gekannt habe.

»Ich glaube«, sagte er einmal, »daß man es so mit dem Boden eines Landes beginnen müsse. Unsere Verfassung, unsere Geschichte ist sehr alt, aber noch vieles ist zu tun; wir sind in ihr, gleichsam wie eine Blume in einem Gedenkbuche aufgehoben worden. Dieses weite Land ist ein größeres Kleinod, als man denken mag, aber es muß noch immer mehr gefaßt werden. Die ganze Welt kömmt in ein Ringen, sich nutzbar zu machen, und wir müssen mit. Welcher Blüte und Schönheit ist vorerst noch der Körper dieses Landes fähig, und beide müssen hervorgezogen werden. Ihr müßt es ja gesehen haben, da Ihr zu mir kamt. Diese Heiden sind der feinste schwarze Ackergrund, in diesen Anhöhen voll glitzernden Gesteins bis zu jenen blauen Bergen hin, die Ihr im Norden sehet, schläft der feurige Fluß des Weines und dämmert von Erde umflort der Glanzblick des Metalles. Zwei sehr edle Ströme ziehen durch unser Land, über ihnen ist sozusagen die Luft noch tot und harret, daß unzählige bunte Wimpel in ihr flattern. Vielerlei Volk ist in dem Lande, manches ist ein Kind, dem man vormachen muß, was es beginnen soll. Seit ich in der Mitte meiner Leute lebe, über die ich eigentlich mehr Recht habe, als Ihr Euch denket, seit ich mit ihnen in ihrer Kleidung gehe, ihre Sitten teile und mir ihre Achtung erworben habe, ist es mir eigentlich, als hätte ich dieses und jenes Glück errungen, das ich sonst immer in der einen oder der andern Entfernung gesucht habe.«

Ich fragte den Mann nun gar nicht mehr um sein Ziel, dessen er in seinem Briefe an mich erwähnt hatte.

Vorzugsweise waren es die Getreidearten, denen er seine Aufmerksamkeit zugewendet hatte. Und sie standen aber auch in einer Fülle und Schönheit, daß ich schon neugierig war, wenn sich diese Ähren der Reife zuwenden und wenn wir sie heimführen würden.

Die Einsamkeit und Kraft dieser Beschäftigungen erinnerte mich häufig an die alten starken Römer, die den Landbau auch so sehr geliebt hatten, und die wenigstens in ihrer früheren Zeit auch gerne einsam und kräftig waren.

›Wie schön und ursprünglich‹, dachte ich, ›ist die Bestimmung des Landmannes, wenn er sie versteht und veredelt. In ihrer Einfalt und Mannigfaltigkeit, in dem ersten Zusammenleben mit der Natur, die leidenschaftlos ist, grenzt sie zunächst an die Sage von dem Paradiese.‹

Da ich einmal längere Zeit auf der Besitzung des Majors war, da ich die Teile derselben übersah und verstehen lernte, da die Dinge vor mir wuchsen und ich an dem Gedeihen derselben Anteil nahm, hatte mich das gleichförmig sanfte Abfließen dieser Tage und Geschäfte so eingesponnen, daß ich mich wohl und ebenmäßig angeregt fühlte und auf unsere Städte vergaß, gleichsam als wäre das ein Kleines, was in ihnen bewegt wird.

Da wir wieder einmal unter den Pferden gewesen waren, die auf der Heide sind, und da sich zu den Hirten derselben auch die gesellt hatten, die das Geschäft der Rinder über sich haben, so daß zufällig eine größere Menge dieser Menschen auf der Heide beisammen und bei uns waren, sagte der Major im Nachhausefahren zu mir – denn dieses Mal hatte er ein schönes Heidegespann mit Riemengeschirr vor einem Wagen gespannt, der mit großer Spurweite sicher auf dem Grase der Heide dahinrollte: »Diese würde ich sogar zum Blutvergießen führen können, sobald ich mich nur an ihre Spitze stellte. Sie sind mir unbedingt zugetan. Auch die andern, die Knechte und die Arbeiter, die ich zu Hause habe, würden sich eher ihre Glieder zerschlagen lassen, ehe einer zugäbe, daß mir ein Haar gekrümmt würde. Wenn ich nun die dazu rechne, die mir wegen dem Verhältnisse der Grundherrlichkeit untertan sind und die mir, wie ich bei vielen Gelegenheiten erfahren konnte, vom Grund des Herzens zugetan sind, so würde ich, wie ich glaube, eine ziemlich große Zahl von Menschen zusammenbringen, die mich lieben. –– Seht nur und ich bin erst zu ihnen gekommen, als mein Haupt schon grau geworden war, und als ich viele Jahre auf sie vergessen hatte. Wie müßte es sein, so Hunderttausende zu leiten und sie zum Guten zu führen; denn meistens, wenn sie vertrauen, sind sie wie Kinder und folgen zum Guten, wie zum Bösen.«

»Einmal«, fuhr er nach einer Weile fort, »habe ich geglaubt, ich werde ein Künstler oder Gelehrter werden. Ich habe aber eingesehen, daß diese ein tiefes ernstes Wort zu der Menschheit sagen müssen, das sie begeistert und edler und größer macht – oder daß wenigstens der Gelehrte Dinge zu Tage schaffe und erfinde, welche die Menschen in dem irdischen Gute, in den Mitteln fördern und weiter bringen. In beiden Fällen aber ist es notwendig, daß ein solcher Mann zuerst selber ein einfaches und großes Herz habe. Aber da ich dies nicht besitze, so ließ ich alles wieder fahren, und es ist nun vorbei.«

Mir war es, da er diese Worte sagte, als ginge ein sanfter Schatten über sein Auge, und als blicke es in diesem Augenblicke noch immer mit jener Schwärmerei in die Luft hinaus, wie einstens, wenn wir manchmal müßig auf dem Epomeo saßen, ein ganzes Meer von Himmelsbläue um uns feierte, unten die See glänzte und er von allerlei Wünschen und Träumen junger Herzen redete. Darum kam mir auch plötzlich der Gedanke, ob etwa das Glück, von dem er mir sagte, daß er es gefunden habe, doch noch nicht ganz da sei.

Das war das einzige Mal gewesen, daß er seit unserer Bekanntschaft auf seine Vergangenheit angespielt hatte, vorher in unserem ganzen Umgange nie. Ich habe auch nie gefragt, so wie ich später nicht fragte. Wer viel reist, lernt schon die Menschen schonen und läßt sie in dem inneren Haushalte ihres Lebens gewähren, der sich nicht aufschließt, wenn es nicht freiwillig ist. Ich war nun schon ziemlich lange auf Uwar und war gerne da, weil ich an den Beschäftigungen des Ortes mit Aufmerksamkeit und öfter auch mit wirklicher Tätigkeit Anteil nahm, und weil ich zu andern Zeiten an dem Tagebuche meiner Reisen und Erfahrungen weiterschrieb: aber das glaubte ich zu erkennen, daß in dem reinen beschäftigten Leben des Majors irgendein Bodensatz liege, der es nicht zur völligen Abklärung kommen ließ, und mir war, als sei doch irgendeine Art Trauer da, die sich natürlich bei einem Manne nur durch Ruhe und Ernst ausdrückt.

Sonst war er in seinem Leben und in seinem Umgange mit mir sehr einfach, und von einer Zurückhaltung oder Verstellung war nicht im geringsten die Rede. So stand auf dem Tische seines Schreibzimmers, in das ich sehr oft kam und in dem wir an heißen Nachmittagen oder abends bei der Kerze, wenn wir noch nicht schlafen gingen, von verschiedenen Dingen plauderten, ein Bild – es war in schönem Goldrahmen das verkleinerte Bild eines Mädchens von vielleicht zwanzig – zweiundzwanzig Jahren – aber sonderbar war es, wie auch der Maler die Sache verschleiert haben mochte, es war nicht das Bild eines schönen, sondern eines häßlichen Mädchens – die dunkle Farbe des Angesichtes und der Bau der Stirne waren seltsam, aber es lag etwas, wie Stärke und Kraft darinnen, und der Blick war wild, wie bei einem entschlossenen Wesen. Daß dieses Mädchen etwa in seinem früheren Leben eine Rolle gespielt habe, wurde mir klar, und mir fiel der Gedanke ein, warum sich denn dieser Mensch nicht vermählt habe, so wie mir dieser Gedanke auch schon bei unserer italienischen Bekanntschaft gekommen war; aber nach meinen Grundsätzen hatte ich damals nicht gefragt und fragte auch jetzt nicht. Er durfte freilich das Bild ruhig auf dem Tische stehen lassen; denn es kam niemand von seinen Leuten in das Schreibgemach, sondern sie mußten im Vorzimmer, wo ein Glöcklein beim Eintritte läutete, stehen bleiben, wenn ihm einer etwas zu sagen hatte. Auch von seinen Bekannten und von Besuchenden kam niemand in das Zimmer, da er sie immer in seiner anderen Wohnung empfing. Es war also schon ein Grad Vertraulichkeit, daß ich da hinein durfte und alles besehen konnte, was da stand und lag. Diese Vertraulichkeit mochte ich wohl dem Umstande zu verdanken haben, daß ich nie forschte und grübelte.

Mittlerweile war die Ernte gekommen, und nie werde ich jener heitern vergnüglichen Zeit vergessen.

Der Major mußte unterdessen auch einige Male kleine Reisen in die Nachbarschaft machen und lud mich dazu ein. In keinem Lande sind die Entfernungen zwischen den bewohnten Punkten oft so groß wie hier, aber mit den schnellen Rossen legt man sie reitend, oder mit den leichten Wägen über die Heide fahrend, in verhältnismäßig kurzer Zeit zurück. Einmal hatte der Major das enganliegende ungarische Volkskleid an, er war in großem Schmucke, mit dem Säbel an der Seite. Es stand ihm sehr wohl. Er hielt in einer Versammlung seiner Gespanschaft über gemeinsame Angelegenheiten eine ungarische Rede. Da es von jeher meine Gewohnheit war, in jedem Lande, in das ich kam, schnell so viel von der Sprache zu lernen, als mir nur immer möglich war, so hatte ich auch bereits von den Leuten des Majors und allen, die mich umgaben, etwas Ungarisch gelernt, daher verstand ich manches von der Rede, die bei einem Teile heftige Bewunderung, bei dem andern heftigen Tadel hervorrief; im Nachhausefahren übersetzte er sie mir vollständig ins Deutsche. Nachmittag bei Tische sah ich ihn in jenem Tage im Fracke, wie einstens in Italien, so wie die meisten der Anwesenden ihre Volkskleidung abgelegt hatten und in dem gemeinschaftlichen europäischen Fracke waren.

Auch zu anderen Besuchen, die er in der Nachbarschaft machte, hatte ich ihn begleitet. Hier erfuhr ich nun, daß vier solcher Sitze bestehen, wie der Major einen hatte. Man hatte vor einigen Jahren einen Bund geschlossen, den Landbau und die Hervorrufung der ursprünglichen Erzeugnisse dadurch zu heben, daß man dies zuerst in dem besten Maßstabe auf den eigenen Besitzungen tue und so den andern mit einem Beispiele vorangehe, namentlich wenn sie sehen, daß Wohlhabenheit und besseres Leben sich aus dem Dinge entwickle. Der Bund hatte auch seine Gesetze, und die Beigetretenen hielten landwirtschaftliche Versammlungen. Außer diesen vier großen Musterhöfen, die eigentlich bis jetzt erst nur die einzigen Mitglieder des Bundes waren, hatten schon einige kleinere Besitzer angefangen, das Verfahren ihrer größeren Nachbarn nachzuahmen, ohne daß sie deswegen eigentlich Glieder des Bundes waren. Zur Sitzung aber nur als Zuhörer, oder gelegentlich als Ratfrager, durften alle Landwirte und andere Menschen kommen, wenn sie sich nur vorher angemeldet hatten. Und sie nahmen nicht sparsam Teil, wie ich aus einer Versammlung abnahm, die vier Stunden Reitens von Uwar entfernt bei dem Mitgliede Gömör abgehalten wurde, wo von Mitgliedern nur der Major und Gömör, aber von Zuhörern eine ziemliche Menge war.

Ich bin nach der Hand noch zweimal ganz allein bei Gömör gewesen und habe das letzte Mal sogar mehrere Tage bei ihm zugebracht.

Da die Ernte sich zu ihrem Ende neigte und die Arbeiten etwas weniger wurden, sagte der Major eines Tages zu mir: »Weil wir jetzt ein wenig Muße bekommen werden, werden wir in der nächsten Woche zu meiner Nachbarin Brigitta Maroshely hinüberreiten und ihr einen Besuch machen. Sie werden in meiner Nachbarin Maroshely das herrlichste Weib auf dieser Erde kennenlernen.«

Zwei Tage nach diesem Ausspruche stellte er mir Brigittas Sohn vor, der zufällig herübergekommen war. Es war dies derselbe junge Mann, der am ersten Tage meines Aufenthaltes in Uwar mit uns zu Mittag gespeist hatte und der mir wegen seiner außerordentlichen Schönheit damals aufgefallen war. Er blieb schier den ganzen Tag bei uns und war mit uns auf verschiedenen Punkten der Besitzungen. Er war, wie ich schon das erste Mal bemerkte, in den frühesten Jahren des Jünglings, kaum bei dem Übergange vom Knaben zum Jünglinge, und er gefiel mir sehr wohl. Sein dunkles sanftes Auge sprach so schön zu mir, und wenn er zu Pferde saß, so kraftvoll und so demütig: neigte sich mein ganzes

Wesen zu ihm. Ich hatte einen Freund, der so war und in den frühesten Jahren seiner Jugend in das kalte Grab mußte. Gustav, so hieß der Sohn Brigittas, erinnerte mich lebhaft an ihn.

Seit der Major den Ausspruch über Brigitta getan hatte, und seit ich ihren Sohn kannte, war ich sehr neugierig, sie nun auch persönlich zu sehen.

Über die Vergangenheit meines Gastfreundes, des Majors, hatte ich ein weniges von Gömör, als ich bei ihm war, erfahren. Gömör ist, wie mancher seiner Freunde, die ich bei ihm kennengelernt hatte, von offener freundlicher Zunge und sagte mir unaufgefordert, was er wußte. Der Major sei nicht in der Gegend geboren. Er stamme von einer sehr reichen Familie. Er sei seit seiner Jugend fast immer auf Reisen gewesen, man wisse eigentlich nicht recht, wo, so wie man auch nicht wisse, in welchen Diensten er sich den Majorsrang verdient habe. Auf seiner Besitzung Uwar ist er in seinem ganzen früheren Leben nicht gewesen. Vor einigen Jahren kam er, machte sich in Uwar ansässig und schloß sich dem Bunde der Landwirtschaftsfreunde an. Damals waren nur erst zwei Glieder des Bundes: er, Gömör, selber, und Brigitta Maroshely. Eigentlich war es kein Bund; denn die Zusammenkünfte und die Gesetze kamen erst später auf, sondern die zwei Nachbarn, er und Brigitta, haben einstimmig die bessere Bewirtschaftung ihrer Güter in dieser öden Gegend begonnen. Im Grunde sei es Brigitta gewesen, welche den Anfang gemacht habe. Weil sie eher unschön als angenehm zu nennen sei, so habe sie ihr Gatte, ein junger leichtsinniger Mensch, dem sie in ihren jüngeren Jahren angetraut worden war, verlassen und sei nicht wiedergekommen. Damals erschien sie mit ihrem Kinde auf ihrem Sitze Maroshely, habe wie ein Mann umzuändern und zu wirtschaften begonnen und sei bis jetzt noch gekleidet und reite wie ein Mann. Sie halte ihre Dienerschaft zusammen, sei tätig und wirtschafte vom Morgen bis in die Nacht. Man könne hier sehen, was unausgesetzte Arbeit vermöge; denn sie habe auf dem Steinfelde fast Wunder gewirkt. Er sei, als er sie kennengelernt habe, ihr Nachahmer geworden und habe ihre Art und Weise auf seiner Besitzung eingeführt. Bis jetzt habe er es nicht bereut. Der Major sei anfangs, da er sich in Uwar niedergelassen hatte, mehrere Jahre nicht zu ihr hinübergekommen. Dann sei sie einmal todkrank geworden: da sei er zu ihr über die Heide geritten und habe sie gesund gemacht. Von der Zeit an kam er dann immer zu ihr. Die Leute sagten damals, er habe die Heilkräfte des Magnetismus angewendet, deren er teilhaftig sei, aber niemand weiß eigentlich in der Sache etwas Rechtes zu sagen. Es hat sich ein ungewöhnlich inniges und freundschaftliches Band entwickelt – der höchsten Freundschaft sei das Weib auch würdig – aber ob die Leidenschaft, die der Major zu der häßlichen und bereits auch alternden Brigitta gefaßt habe, natürlich sei, das sei eine andere Frage – und Leidenschaft sei es ganz gewiß, das erkenne ein jeder, der hinüber komme. Der Major würde gewiß Brigitta heiraten, wenn er könnte – er gräme sich offenbar tief, daß er es nicht könne; aber weil man von ihrem angetrauten Manne nichts wisse, so könne kein Totenschein und kein Trennungsschein herbeigebracht werden. Es spreche diese Tatsache recht sehr zu Gunsten Brigittas und verurteile ihren Gemahl, der einst so leichtsinnig von ihr gegangen sei, während nun ein so ernster Mann sich sehne, sie zu besitzen.

Diese Dinge hatte mir Gömör über den Major und Brigitta gesagt, und ich kam noch ein paar Male mit Gustav, ihrem Sohne, bei Gelegenheit eines Besuches, den wir bei Nachbarn machten, zusammen, ehe der Tag erschien, der bestimmt war, daß wir zu seiner Mutter hinüberreiten sollten.

Am Vorabende dieses Tages, da schon das tausendstimmige Zirpen der abendlichen Heidegrillen in meine schlaftrunkenen Ohren fiel, dachte ich noch an sie. Dann träumte mir allerlei von ihr, vorzüglich kam ich von dem Traume nicht los, daß ich auf der Heide vor der seltsamen Reiterin stehe, die mir damals die Pferde mitgegeben hatte, daß sie mich mit schönen Augen banne, daß ich immer stehen müsse, daß ich keinen Fuß heben könne und daß ich alle Tage meines Lebens nicht mehr von dem Flecke der Heide wegzukommen vermöge. Dann schlief ich fest ein, erwachte des andern Tages frisch und gestärkt, die Pferde wurden vorgeführt, und ich freute mich, nun die auch von Angesicht zu Angesicht zu sehen, die heute so vielfach im Traume bei mir gewesen war.

III

STEPPENVERGANGENHEIT

Ehe ich entwickle, wie wir nach Maroshely geritten sind, wie ich Brigitta kennengelernt habe, und wie ich noch recht oft auf ihrem Gute gewesen bin, ist es nötig, daß ich einen Teil ihres früheren Lebens erzähle, ohne den das Folgende nicht verständlich wäre. Wie ich zu so tiefgehender Kenntnis der Zustände, die hier geschildert werden, gelangen konnte, wird sich aus meinen Verhältnissen zu dem Major und zu Brigitta ergeben und am Ende dieser Geschichte von selbst klar werden, ohne daß ich nötig hätte, vor der Zeit zu enthüllen, was ich auch nicht vor der Zeit, sondern durch die natürliche Entwicklung der Dinge erfuhr.

Es liegt im menschlichen Geschlechte das wundervolle Ding der Schönheit. Wir alle sind gezogen von der Süßigkeit der Erscheinung und können nicht immer sagen, wo das Holde liegt. Es ist im Weltall, es ist in einem Auge, dann ist es wieder nicht in Zügen, die nach jeder Regel der Verständigen gebildet sind. Oft wird die Schönheit nicht gesehen, weil sie in der Wüste ist, oder weil das rechte Auge nicht gekommen ist – oft wird sie angebetet und vergöttert und ist nicht da: aber fehlen darf sie nirgends, wo ein Herz in Inbrunst und Entzücken schlägt, oder wo zwei Seelen an einander glühen; denn sonst steht das Herz stille, und die Liebe der Seelen ist tot. Aus welchem Boden aber diese Blume bricht, ist in tausend Fällen tausendmal anders; wenn sie aber da ist, darf man ihr jede Stelle des Keimens nehmen, und sie bricht doch an einer andern hervor, wo man es gar nicht geahnet hatte. Es ist nur dem Menschen eigen und adelt nur den Menschen, daß er vor ihr kniet – und alles, was sich in dem Leben lohnt und preiset, gießt sie allein in das zitternde beseligte Herz. Es ist traurig für einen, der sie nicht hat oder nicht kennt, oder an dem sie kein fremdes Auge finden kann. Selbst das Herz der Mutter wendet sich von dem Kinde ab, wenn sie nicht mehr, ob auch nur einen einzigen Schimmer dieses Strahles an ihm zu entdecken vermag.

So war es mit dem Kinde Brigitta geschehen. Als es geboren ward, zeigte es sich nicht als der schöne Engel, als der das Kind gewöhnlich der Mutter erscheint. Später lag es in dem schönen goldenen Prunkbettchen in den schneeweißen Linnen mit einem nicht angenehm verdüsterten Gesichtchen, gleichsam als hätte es ein Dämon angehaucht. Die Mutter wandte, von sich selber unbemerkt, das Auge ab und heftete es auf zwei kleine schöne Engel, die auf dem reichen Teppiche des Bodens spielten. Wenn fremde Leute kamen, tadelten sie das Kind nicht, lobten es nicht und fragten nach den Schwestern. So wurde es immer größer. Der Vater ging öfter durch das Zimmer nach seinen Geschäften, und wenn die Mutter wohl manchmal gleichsam aus verzweiflungsvoller Brünstigkeit die andern Kinder herzte, sah sie nicht das starre schwarze Auge Brigittas, das sich hin heftete, als verstünde das winzige Kind schon die Kränkung. Wenn sie weinte, half man ihrem Bedürfnisse ab; weinte sie nicht, ließ man sie ruhig liegen, alle hatten für sich zu tun, und sie richtete die großen Augen auf die Vergoldung des Bettchens oder auf die Schnörkel der Wandtapeten. Da die Glieder stark geworden waren und ihre Wohnung nicht mehr in dem engen Bettchen bestand, saß sie in einem Winkel, spielte mit Steinchen, und sagte Laute, die sie von niemanden gehört hatte. Als sie in ihren Spielen vorrückte und behender ward, verdrehte sie oft die großen wilden Augen, wie Knaben tun, die innerlich bereits dunkle Taten spielen. Auf die Schwestern schlug sie, wenn sie sich in ihre Spiele einmischen wollten – und wenn jetzt die Mutter in einer Anwandlung verspäteter Liebe und Barmherzigkeit das kleine Wesen in die Arme schloß und mit Tränen benetzte, so zeigte dasselbe keineswegs Freude, sondern weinte und wand sich aus den umfassenden Händen. Die Mutter aber wurde dadurch noch mehr zugleich liebend und erbittert, weil sie nicht wußte, daß die kleinen Würzlein, als sie einst den warmen Boden der Mutterliebe suchten und nicht fanden, in den Fels des eigenen Herzens schlagen mußten und da trotzen.

So ward die Wüste immer größer.

Als die Kinder emporwuchsen und schöne Kleider ins Haus kamen, waren jene Brigittas immer recht, die der Schwestern wurden mannigfach geändert, bis sie paßten. Die andern bekamen Verhaltungsregeln und Lob, sie nicht einmal

Tadel, wenn sie auch ihr Kleidchen beschmutzt oder zerdrückt hatte. Da das Lernen kam und die Stunden des Vormittags ausgefüllt waren, saß sie unten an und starrte mit dem einzigen Schönen, das sie hatte, mit den in der Tat schönen düstern Augen auf die Ecke des fernen Buches oder der Landkarte; und wenn der Lehrer eine seltene rasche Frage an sie tat, erschrak sie und wußte keine Antwort. Aber an langen Abenden, oder sonst, wenn man im Gesellschaftszimmer saß und sie nicht vermißte, lag sie auf der Erde über durcheinander geworfenen Büchern oder über Bildern und zerrissenen Karten, die die andern nicht mehr brauchten. Sie mochte eine phantastische verstümmelte Welt in ihr Herz hinein brüten. Sie hatte von den Büchern ihres Vaters, da der Schlüssel immer stak, beinahe die Hälfte gelesen, ohne daß man es ahnte. Darunter waren die meisten, die sie nicht verstehen konnte. In der Wohnung fand man oft Papiere, auf denen seltsame wilde Dinge gezeichnet waren, die von ihr sein mußten.

Als die Mädchen in das Jungfrauenalter getreten waren, stand sie wie eine fremde Pflanze unter ihnen. Die Schwestern waren weich und schön geworden, sie bloß schlank und stark. In ihrem Körper war fast Manneskraft, was sich dadurch erwies, daß sie eine Schwester, wenn sie ihr Tändeleien sagen oder sie liebkosen wollte, mit dem schlanken Arme bloß ruhig wegbog, oder daß sie, wie sie gerne tat, Hand an knechtliche Arbeit legte, bis ihr die Tropfen auf der Stirne standen. Musik machen lernte sie nicht, aber sie ritt gut und kühn, wie ein Mann, lag oft mit dem schönsten Kleide auf dem Rasen des Gartens und tat halbe Reden und Ausrufungen in das Laub der Büsche. Nun kam es auch, daß der Vater begann, ihr Ermahnungen über ihr störriges und stummes Wesen zu geben. Dann, wenn sie auch eben redete, hörte sie plötzlich auf, wurde noch stummer und noch störriger. Es half nichts, daß ihr die Mutter Zeichen gab und zur Kundgebung ihres Unmutes in bittrer Ratlosigkeit die Hände rang. Das Mädchen redete nicht. Als sich der Vater einmal so weit vergaß, daß er sie, die Erwachsene, weil sie durchaus nicht in das Gesellschaftszimmer gehen wollte, körperlich strafte, sah sie ihn bloß mit den heißen trockenen Augen an und ging doch nicht hinüber, er hätte ihr tun können, was er wollte.

Wenn nur einer gewesen wäre, für die verhüllte Seele ein Auge zu haben und ihre Schönheit zu sehen, daß sie sich nicht verachte. – Aber es war keiner: die andern konnten es nicht, und sie konnte es auch nicht.

Ihr Vater lebte in der Hauptstadt, wie es überhaupt seine Gewohnheit war, und gab sich einem glänzenden Wohlleben hin. Als seine Mädchen herangewachsen waren, verbreitete sich der Ruf ihrer Schönheit durch das Land, viele kamen herbei, sie zu sehen, und die Versammlungen und Gesellschaften in dem Hause wurden noch zahlreicher und belebter, als sie es bisher gewesen waren. Manches Herz schlug heftig und trachtete nach dem Besitze der Kleinode, welche dieses Haus beherbergte – aber die Kleinode achteten nicht darauf, oder sie waren noch zu jung, solche Huldigungen zu verstehen. Desto mehr gaben sie sich den Vergnügungen hin, die solche Gesellschaften mit sich führten, und ein Putzkleid oder die Anordnung eines Festes konnte sie Tage lang auf das ergreifendste und innigste beschäftigen. Brigitta, als die Jüngste, wurde nicht gefragt, als verstünde sie die Sache nicht. Sie war manchmal in den Versammlungen gegenwärtig, und dann trug sie immer ein weites, schwarzseidenes Kleid, das sie sich selber zusammengemacht hatte – oder sie mied dieselben, saß indessen auf ihrem Zimmer, und man wußte nicht, was sie dort tat.

So gingen ein paar Jahre hin.

Gegen Ende derselben erschien ein Mann in der Hauptstadt, der in den verschiedenen Kreisen derselben Aufsehen erregte. Er hieß Stephan Murai. Sein Vater hatte ihn auf dem Lande auferzogen, um ihn für das Leben vorzubereiten. Als seine Erziehung vollendet war, mußte er zuerst Reisen machen, und dann sollte er die gewählte Gesellschaft seines Vaterlandes kennenlernen. Dies war die Ursache, daß er in die Hauptstadt kam. Hier wurde er bald der fast einzige Gegenstand der Gespräche. Einige rühmten seinen Verstand, andere sein Benehmen und seine Bescheidenheit, wieder andere sagten, daß sie nie etwas so Schönes gesehen hätten als diesen Mann. Mehrere behaupteten, er sei ein Genie, und wie es an Verleumdungen und Nachreden auch nicht fehlte, sagten manche, daß er etwas Wildes und Scheues an sich habe und daß man es ihm ansehe, daß er in dem Walde auferzogen worden sei. Einige meinten auch, er besitze Stolz, und wenn es darauf ankomme, gewiß auch Falschheit. Manches Mädchenherz war im mindesten doch neugierig, ihn einmal erblicken zu können. Brigittas Vater kannte die Familie des neuen Ankömmlings sehr gut, er war in früheren Jahren, da er noch Ausflüge machte, öfter auf ihre Besitzungen gekommen, und war nur später, da er immer in der Hauptstadt lebte und sie nie, mit ihr außer Berührung geraten. Da er sich um den Stand der Güter, der einst ein vortrefflicher gewesen war, erkundigte und erfuhr, daß derselbe jetzt noch bedeutend besser sei und bei der einfachen Lebensweise der Familie sich noch immer verbessere, dachte er, wenn der Mann sonst auch noch in seinem Wesen nach seinem Sinne wäre, so könnte er einen erwünschten Bräutigam für eine seiner Töchter abgeben. Da aber dasselbe mehrere Väter und Mütter dachten, so beeilte sich Brigittas Vater, ihnen den Vorsprung abzugewinnen. Er lud den jungen Mann in sein Haus, dieser sagte zu und war schon mehrere Male in einer Abendgesellschaft desselben gewesen. Brigitta hatte ihn nicht gesehen, weil sie gerade in jener Zeit schon seit länger her nicht in das Gesellschaftszimmer gekommen war.

Einmal ging sie zu ihrem Oheime, der eine Art Fest veranstaltet und sie dazu geladen hatte. Sie war auch schon in früheren Zeiten manchmal nicht ungern zu der Familie des Oheims gegangen. An jenem Abende saß sie in ihrem gewöhnlichen schwarzseidenen Kleide da. Um das Haupt hatte sie einen Kopfputz, den sie selber gemacht hatte und den ihre Schwestern häßlich nannten. Wenigstens war es in der ganzen Stadt nicht Sitte, einen solchen zu tragen, aber er stand zu ihrer dunklen Farbe sehr gut.

Es waren viele Menschen zugegen, und da sie einmal durch eine Gruppe derselben hindurchblickte, sah sie zwei dunkle, sanfte Jünglingsaugen auf sie geheftet. Sie blickte gleich wieder weg. Da sie später noch einmal hinschaute, sah sie, daß die Augen wieder gegen sie gerichtet gewesen seien. Es war Stephan Murai, der sie angeblickt hatte.

Ungefähr acht Tage darnach wurde bei ihrem Vater getanzt. Murai war auch geladen und kam, da schon die meisten zugegen waren und der Tanz bereits begonnen hatte. Er schaute zu, und da man sich zum zweiten Tanze zusammengestellt hatte, ging er gegen Brigitta hin und bat sie mit bescheidener Stimme um einen Tanz. Sie sagte, daß sie nie tanzen gelernt habe. Er verbeugte sich und mischte sich wieder unter die Zuschauer. Später sah man ihn tanzen. Brigitta setzte sich hinter einem Tische auf ein Sofa und sah dem Treiben zu. Murai sprach mit verschiedenen Mädchen, tanzte und scherzte mit ihnen. Er war an diesem Abende besonders lieb und verbindlich gewesen. Endlich war die Unterhaltung aus, man zerstreute sich nach allen Richtungen, um seine Behausung zu suchen. Als Brigitta in ihr Schlafgemach gekommen war, das sie mit vielen Bitten und Trotzen ihren Eltern abgerungen hatte, daß sie es allein bewohnen durfte, und als sie sich dort entkleidete, schoß sie im Vorbeistreifen einen Blick in den Spiegel und sah die braune Stirne durch denselben gleiten und die rabenschwarze Locke, die sich um die Stirne schlang. Dann ging sie, da sie weder beim Anziehen noch beim Ausziehen ein Dienstmädchen um sich litt, gegen ihr Bett, deckte es selber ab, schlug die schneeweißen Linnen von ihrem Lager, das sie sich immer sehr hart machen ließ, zurück, legte sich darauf, tat den schlanken Arm unter ihr Haupt und schaute mit den schlaflosen Augen gegen die Decke des Zimmers.

Als nun in der Folge öfters Gesellschaften waren und Brigitta denselben beiwohnte, wurde sie wieder von Murai bemerkt, sie wurde von ihm sehr ehrfurchtsvoll gegrüßt, und wenn sie ging, brachte er ihr das Tuch, und wenn sie fort war, hörte man auch gleich darauf seinen Wagen unten rollen, der ihn nach Hause führte.

Dies dauerte längere Zeit.

Einmal war sie wieder bei dem Oheime, und da sie wegen der großen Hitze, die in dem Saale herrschte, auf den Balkon, dessen Türen immer offen standen, hinausgetreten war und dichte Nacht um sie lag, vernahm sie seinen Tritt zu ihr und sah dann auch in der Dunkelheit, daß er sich neben sie stellte. Er sprach nichts als gewöhnliche Dinge, aber wenn man auf seine Stimme horchte, so war es, als sei etwas Furchtsames in derselben. Er lobte die Nacht und sagte, daß man ihr Unrecht tue, wenn man sie schelte, da sie doch so schön und milde sei, sie allein umhülle, sänftige und beruhige das Herz. Dann schwieg er, und sie schwieg auch. Als sie wieder in das Zimmer getreten war, ging er auch hinein und stand lange an einem Fenster.

Da Brigitta in dieser Nacht zu Hause angelangt war, da sie sich in ihr Zimmer begeben hatte und den Putzflitter Stück um Stück von dem Leibe nahm, trat sie im Nachtgewande vor den Spiegel und sah lange, lange hinein. Es kamen ihr Tränen in die Augen, die nicht versiegten, sondern mehreren Platz machten, die hervordrangen und herabrannen. Es waren die ersten Seelentränen in ihrem ganzen Leben. Sie weinte immer mehr und immer heftiger, es war, als müßte sie das ganze versäumte Leben nachholen, und als müßte ihr um vieles leichter werden, wenn sie das Herz herausgeweint hätte. Sie war in die Knie gesunken, wie sie es öfters zu tun gewohnt war, und saß auf ihren eigenen Füßen. Auf dem Boden neben ihr lag zufällig ein Bildchen, es war ein Kinderbildchen, auf dem dargestellt war, wie sich ein Bruder für den andern opfere. Dieses Bildchen drückte sie an ihre Lippen, daß es zerknittert und naß wurde.

Da endlich die Quellen nachgelassen hatten, und die Kerzen herabgebrannt waren, saß sie noch auf der Erde vor dem Spiegeltische, gleichsam wie ein ausgeweintes Kind und sann. Es lagen die Hände in dem Schoße, die Schleifen und Krausen des Nachtgewandes waren feucht und hingen ohne Schönheit um den keuschen Busen. Sie ward stiller und unbeweglicher. Endlich schöpfte sie ein paar Mal frischen Atem, fuhr mit der flachen Hand über die Augenwimpern und ging zu Bette. Als sie lag und die Nachtlampe, die sie nach ausgelöschten Kerzen hinter einen kleinen Schirm gestellt hatte, düster brannte, sagte sie noch die Worte: »Es ist ja nicht möglich, es ist ja nicht möglich!«

Dann entschlummerte sie.

Als sie in der Zukunft wieder mit Murai zusammenkam, war es, wie früher: er zeichnete sie nur noch mehr aus, aber sonst war sein Benehmen scheu, fast zaghaft. Er redete beinahe nichts mit ihr. Sie selber tat ihm keinen einzigen, auch nicht den kleinsten Schritt entgegen.

Als sich nach einiger Zeit wieder einmal eine Gelegenheit ergab, mit ihr allein zu sprechen, deren manche früher schon ungenützt vorübergegangen waren, nahm er sich den Mut, er redete sie an und sagte, daß ihm erscheine, daß sie ihm abgeneigt sei – und wenn dies so wäre, so habe er die einzige Bitte, sie möchte ihn doch kennenlernen, vielleicht sei er doch ihrer Aufmerksamkeit nicht ganz unwert, vielleicht habe er Eigenschaften oder könne sich dieselben erwerben, die ihm ihre Hochachtung gewännen, wenn auch nichts, das er noch heiliger wünschte.

»Nicht abgeneigt, Murai«, antwortete sie, »o nein, nicht abgeneigt; aber ich habe auch eine Bitte an Sie: tun Sie es nicht, tun Sie es nicht, werben Sie nicht um mich, Sie würden es bereuen.«

»Warum denn, Brigitta, warum denn?«

»Weil ich«, antwortete sie leise, »keine andere Liebe fordern kann als die allerhöchste. Ich weiß, daß ich häßlich bin, darum würde ich eine höhere Liebe fordern als das schönste Mädchen dieser Erde. Ich weiß es nicht, wie hoch, aber mir ist, als sollte sie ohne Maß und Ende sein. Sehn Sie – da nun dies unmöglich ist, so werben Sie nicht um mich. Sie sind der einzige, der darnach fragte, ob ich auch ein Herz habe, gegen Sie kann ich nicht falsch sein.«

Sie hätte vielleicht noch mehr gesagt, wenn nicht Leute herzugekommen wären; aber ihre Lippe bebte vor Schmerz.

Daß Murais Herz durch diese Worte nicht beschwichtigt, sondern nur noch mehr entflammt wurde, begreift sich. Wie einen Engel des Lichtes verehrte er sie, er blieb zurückgezogen, sein Auge ging an den größten Schönheiten, die ihn umringten, vorüber, das ihre mit sanfter Bitte zu suchen. So war es unabänderlich fort. Auch an ihr begann nun die dunkle Macht und die Größe des Gefühles in der verarmten Seele zu zittern. An beiden erschien es offen. Die Umgebungen begannen das Unglaubliche zu ahnen, und man erstaunte unverhohlen. Murai legte seine Seele entschieden vor dem Angesichte aller Welt dar. Eines Tages, in einem einsamen Zimmer, da die Musik, zu deren Anhörung man zusammengekommen war, von ferne her erscholl, da er vor ihr stand und nichts redete, da er ihre Hand faßte, sie sanft gegen sich ziehend, widerstand sie nicht, und da er sein Angesicht immer mehr gegen sie neigte und sie seine Lippen plötzlich auf den ihrigen empfand, drückte sie süß entgegen. Sie hatte noch nie einen Kuß gefühlt, da sie selbst von ihrer Mutter und ihren Schwestern nie geküßt worden war – und Murai hat nach vielen Jahren einmal gesagt, daß er nie mehr eine solche reine Freude erlebt habe als damals, da er zum ersten Male diese vereinsamten unberührten Lippen auf seinem Munde empfand.

Der Vorhang zwischen den beiden war nun zerrissen, und das Schicksal ging seine Wege. In wenigen Tagen war Brigitta die erklärte Braut des gefeierten Mannes, die Eltern beider Teile hatten eingewilligt. Es wurde nun ein freundlicher Umgang. Aus dem tiefen Herzen des bisher unbekannten Mädchens ging ein warmes Dasein hervor, anfangs unscheinbar und unbedeutend, dann in reicher heiterer Entwicklung. Der Instinkt, der den Mann an dieses Weib gezogen, hatte ihn nicht getäuscht. Sie war stark und keusch, wie kein anderes Weib. Weil sie ihr Herz nicht durch Liebesgedanken und Liebesbilder vor der Zeit entkräftet hatte, wehte der Odem eines ungeschwächten Lebens in seine Seele. Auch ihr Umgang war reizend. Weil sie stets allein gewesen war, hatte sie auch allein ihre Welt gebaut, und er wurde in ein neues, merkwürdiges, nur ihr angehörendes Reich eingeführt. Wie sich dann ihr Wesen vor ihm entfaltete, erkannte er zu allem dem noch ihr inniges und heißes Lieben, das wie ein goldner Strom in vollen Ufern quoll, in vollen, aber auch in einsamen; denn wie das Herz der andern Menschen zwischen eine halbe Welt geteilt ist, war das ihre beisammen geblieben, und da es nur ein einziger erkannt hat, war es nun auch Eigentum dieses einzigen. Er lebte so in Freude und Gehobenheit die Tage des Brautstandes durch.

Es ging die Zeit mit rosenfarbnen Flügeln und in ihr das Geschick mit seinen dunkeln Schwingen.

Der Vermählungstag war endlich gekommen. Murai hatte seine schweigende Braut, da die heilige Handlung vorüber war, auf der Schwelle der Kirche in die Arme geschlossen, sie dann in seinen Wagen gehoben und in seine Wohnung geführt, die er, da die jungen Leute beschlossen hatten, in der Stadt zu bleiben, aus dem Reichtume seines Vaters, der ihm alles Ersparte zur Verfügung stellte, auf das schönste und glänzendste hatte einrichten lassen. Murais Vater war zur Vermählung von seinem Landsitze, den er zum bleibenden Aufenthaltsorte gewählt hatte, hereingekommen. Seine Mutter konnte leider die Freude nicht teilen; denn sie war schon längst gestorben. Von Seite der Braut waren Vater und Mutter, dann die Schwestern, der Oheim und mehrere nahe Verwandte zugegen. Murai, so wie Brigittas Vater, hatte gewollt, daß der Tag öffentlich und mit großem Glanze gefeiert werde, und so war er auch vorübergegangen.

Als sich endlich die letzten Gäste entfernt hatten, führte Murai seine Gattin durch eine Reihe beleuchteter Zimmer, da sie sich bisher immer mit einem hatte begnügen müssen, bis in das Wohngemach zurück. Dort saßen sie noch, und er sagte die Worte: »Wie gut und herrlich ist alles abgegangen, und wie schön hat es sich erfüllt. Brigitta! Ich habe dich erkannt. Da ich dich das erste Mal sah, wußte ich schon, daß mir dieses Weib nicht gleichgültig bleiben werde; aber ich erkannte noch nicht, werde ich dich unendlich lieben oder unendlich hassen müssen. Wie glücklich ist es gekommen, daß es die Liebe ward!«

Brigitta sagte nichts, sie hielt ihn an der Hand und ließ die glänzenden Augen in sanfter Ruhe durch das Zimmer blicken.

Dann befahlen sie, daß die Reste des Festes weggeräumt würden, daß die Menge der überflüssigen Lichter ausgetan und die Festgemächer eine gewöhnliche Wohnung würden. Dies geschah; die Diener begaben sich in ihre Zimmer, und auf die neue Wohnung und auf die neue Familie, die aus zweien bestand und erst einige Stunden alt war, senkte sich die erste Nacht hernieder.

Von nun an lebten sie in ihrer Wohnung fort. So wie sie, da sie sich kennengelernt hatten, nur in Gesellschaften zusammengetroffen waren, und so wie sie im Brautstande nur immer öffentlich erschienen waren, so blieben sie nun immer zu Hause. Sie dachten nicht, daß etwas Äußerliches zu ihrem Glücke erforderlich sei. Obgleich die Wohnung im allgemeinen mit allem versehen war, was ihr nur immer not tat, so blieb doch im einzelnen noch so vieles zu verbessern und zu verschönern übrig. Sie klügelten dieses heraus, sie überlegten, was man dort und da noch anbringen könnte, gingen einander mit Rat und Tat an die Hand, daß sich der Raum immer mehr und mehr und reiner ordnete und die Eintretenden mit klarer Wohnlichkeit und einfacher Schönheit empfing.

Über Jahresfrist gebar sie ihm einen Sohn, und dieses neue Wunder hielt sie wieder und noch mehr zu Hause. Brigitta pflegte ihr Kind, Murai versah seine

Geschäfte; denn der Vater hatte ihm einen Teil der Güter abgetreten, und diese verwaltete er von der Stadt aus. Dies machte manche Umwege nötig und häufte manche Dinge, die sonst zu entraten gewesen wären.

Als der Knabe so weit entwickelt war, daß unmittelbare Pflege nicht gar so sehr mehr not tat, als Murai seine Geschäfte schon geordnet und in einen gleichen Gang gebracht hatte, fing er an, seine Gattin häufiger auf öffentliche Plätze, in Gesellschaften, auf Spaziergänge, in das Schauspiel zu führen, als er es sonst zu tun gewohnt war. Hiebei bemerkte sie, daß er sie vor Leuten noch zarter und noch aufmerksamer behandle, als selber zu Hause.

Sie dachte: ›Jetzt weiß er, was mir fehlt‹, und hielt das erstickende Herz an sich.

Im nächsten Frühlinge nahm er sie und sein Kind auf eine Reise mit, und da sie gegen den Herbst zurückkamen, schlug er vor, lieber für beständig auf dem Lande, auf einem seiner Güter zu wohnen; denn auf dem Lande sei es doch viel schöner und viel annehmlicher als in der Stadt.

Brigitta folgte ihm auf das Landgut.

Hier fing er an zu wirtschaften und umzuändern und den Rest der Zeit, der ihm übrig war, zum Jagen zu verwenden. Und hier führte ihm das Schicksal ein ganz anderes Weib entgegen, als er es immer zu sehen gewohnt war. Auf einer der einsamen Jagden, die er jetzt häufig tat, wo er nämlich mit seiner Büchse allein durch die Gegend ging oder ritt, hatte er sie erblickt. Als er einmal sein Pferd langsam durch einen Weidebruch ein wenig abwärts leitete, hatte er plötzlich durch das dichte Gebüsch her zwei Augen gegenüber erschrocken und schön, wie die einer fremdländischen Gazelle, und neben den grünen Blättern hatte das süßeste Morgenrot der Wangen geglüht. Es war nur ein Augenblick; denn ehe er recht hinsehen konnte, hatte das Wesen, das ebenfalls zu Pferde war und in dem Gebüsche stand, das Pferd gewendet und flog über die Ebene zwischen den leichten Büschen davon.

Es war Gabriele gewesen, die Tochter eines greisen Grafen, der in der Nachbarschaft wohnte, ein wildes Geschöpf, das ihr Vater auf dem Lande erzog, wo er ihr alle und jede Freiheit ließ, weil er meinte, daß sie sich nur so am naturgemäßesten entfalte und nicht zu einer Puppe gerate, wie er sie nicht leiden konnte. Die Schönheit dieser Gabriele war schon weithin berühmt geworden, nur zu Murais Ohren war der Ruf noch nicht gedrungen, weil er bisher nie auf diesem seinem Landgute gewesen war und in letzter Zeit sich auf seiner großen Reise befunden hatte.

Nach mehreren Tagen trafen die beiden schier auf derselben Stelle wieder zusammen, und dann öfter und öfter. Sie fragten nicht, wer und woher sie seien, sondern das Mädchen, gleichsam ein Abgrund von Unbefangenheit, scherzte, lachte, neckte ihn und trieb ihn meistens zu kühnen übermütigen Wettreiten an, wo sie, wie ein himmlisches tolles, glühendes Rätsel neben ihm her flog. Er scherzte mit und ließ sie meistens siegen. Eines Tages aber, als sie vor

Erschöpfung atemlos, nur durch wiederholtes Haschen nach seinem Zügel andeuten konnte, daß sie wolle, daß er halten solle, und als sie beim Herabheben vom Pferde schmachtend geflüstert hatte, sie sei besiegt – damals, nachdem er ihren Steigbügelriemen, an dem etwas gebrochen war, wieder hergestellt hatte und sie nun verglühend an einem Baumstamme stehen sah – riß er sie plötzlich an sich, preßte sie an sein Herz, und ehe er sehen konnte, ob sie zürne oder frohlocke, sprang er auf sein Pferd und jagte davon. – Es war Übermut gewesen, aber ein Taumel unbeschreiblichen Entzückens war in jenem Augenblicke in ihm, und vor seiner Seele, wie er heim ritt, hing das Bild der sanften Wange, des süßen Atems und der spiegelnden Augen.

Sie hatten sich von da an nicht mehr gesucht, aber da sie sich einmal zufällig auf einen Augenblick in dem Saale eines Nachbars sahen, wurden beider Wangen von einem tiefen Scharlache übergossen.

Murai ging dann auf eine seiner ferneren Besitzungen und änderte dort alle Verhältnisse, die er vorfand.

Brigittas Herz aber war zu Ende. Es war ein Weltball von Scham in ihrem Busen emporgewachsen, wie sie so schwieg und wie eine schattende Wolke in den Räumen des Hauses herumging. Aber endlich nahm sie das aufgequollne schreiende Herz gleichsam in ihre Hand und zerdrückte es.

Als er von seinen Umänderungen auf dem entfernten Landgute zurückkam, ging sie in sein Zimmer und trug ihm mit sanften Worten die Scheidung an. Da er heftig erschrak, da er sie bat, da er ihr Vorstellungen machte, sie aber immer dieselben Worte sagte: »Ich habe es dir gesagt, daß es dich reuen wird, ich habe es dir gesagt, daß es dich reuen wird«, – sprang er auf, nahm sie bei der Hand und sagte mit inniger Stimme: »Weib, ich hasse dich unaussprechlich, ich hasse dich unaussprechlich!«

Sie sagte kein Wort, sondern sah ihn bloß mit den trockenen, entzündeten Augen an – aber als er nach drei Tagen seine Reisekoffer gepackt und fortgeschickt hatte – als er nun selber in Reisekleidern gegen Abend fortgeritten war, so lag sie, wie einst, da sie die Dichtungen ihres Herzens den Büschen des Gartens zugerufen hatte, auch jetzt vor Schmerz auf dem Teppiche ihres Zimmerbodens, und so heiße Tropfen rannen aus ihren Augen, als müssen sie ihr Gewand, den Teppich und das Getäfel des Bodens durchbrennen – es waren die letzten, die sie dem noch immer Heißgeliebten nachsandte, dann keine mehr. Er ritt indessen auf der finstern Ebene und hatte hundertmal im Sinne, sich mit der Sattelpistole das siedende Gehirn zu zerschmettern. Er war bei seinem Ritte, da es noch Tag war, an Gabrielen vorübergekommen, sie stand auf dem Balkon ihres Schlosses, aber er hatte nicht hinaufgesehen und war weitergeritten.

Nach einem halben Jahre sandte er die Einwilligung zur Scheidung und trat ihr auch den Knaben ab, war es nun, daß er ihn in ihren Händen besser aufgehoben meinte, war es noch die alte Liebe, die ihr nicht alles rauben wollte, ihr, die nun ganz allein sei, während ihm die weite Welt vor Augen lag. In bezug auf das Vermögen hatte er für sie und den Knaben am günstigsten gesorgt, wie es nur immer möglich war. Er sandte die Papiere, die diese Sache enthielten, mit. Dies war das erste und letzte Zeichen, das Murai von seinem Dasein gegeben hatte, nachher kam keines mehr, und er erschien auch nicht wieder. Die Summen, die er brauchte, waren an ein Antwerpner Haus angewiesen. Dies sagte später sein Verwalter, mehr wußte der auch nicht.

Um diese Zeit waren kurz nacheinander Brigittas Vater, ihre Mutter und die beiden Schwestern gestorben. Murais Vater, der ohnedem schon sehr alt war, starb auch in kurzer Zeit darnach.

So war Brigitta im strengen Sinne des Wortes ganz allein mit ihrem Kinde.

Sie hatte sehr weit von der Hauptstadt ein Haus auf einer öden Heide, wo sie niemand kannte. Das Gut hieß Maroshely, woher auch der Name der Familie stammte. Nach der Scheidung nahm sie ihren ursprünglichen Namen Maroshely wieder an, und begab sich in das Heidehaus, um sich dort zu verbergen.

So wie sie einstens, wenn man ihr wohl aus Mitleiden eine schöne Puppe gegeben hatte, dieselbe nach kurzer Freude wieder wegwarf und schlechte Dinge in ihr Bettchen trug, als Steine, Hölzchen und dergleichen; so nahm sie jetzt auch ihr größtes Gut, das sie hatte, nach Maroshely mit, ihren Sohn, pflegte und hütete ihn, und ihr Auge hing einzig und allein über dem Bettchen desselben.

Wie er größer wurde und sein kleines Auge und sein Herz sich erweiterte, tat es auch das ihre mit; sie begann die Heide um sich zu sehen, und ihr Geist fing an, die Öde rings um sich zu bearbeiten. Sie nahm Männerkleider, stieg wieder, wie einst in ihrer Jugend, zu Pferde, und erschien unter ihrem Gesinde. Wie der Knabe sich nur auf einem Pferde halten konnte, war er überall mit, und die tätige, schaffende, heischende Seele seiner Mutter floß allgemach in ihn. Diese Seele griff immer weiter um sich, der Himmel des Erschaffens senkte sich in sie; grüne Hügel schwellten sich, Quellen rannen, Reben flüsterten, und in das öde Steinfeld war ein kraftvoll weiterschreitend Heldenlied gedichtet. Und die Dichtung trug, wie sie tut, auch ihren Segen. Manche ahmten nach, es erhob sich der Verein, Entferntere wurden begeistert, und hie und da auf der öden blinden Heide schlug sich ein menschlich freies Walten, wie ein schönes Auge auf.

Nach fünfzehn Jahren, während welchen Brigitta auf Maroshely hauste, kam der Major, indem er seinen Landsitz Uwar, wo er sonst nie gewesen war, bezog. Von diesem Weibe lernte er, wie er mir selber sagte, Tätigkeit und Wirken – und zu diesem Weibe faßte er jene tiefe und verspätete Neigung, von der wir oben erzählt haben.

Nachdem nun, wie am Eingange des Abschnittes erwähnt wurde, dieser Teil aus Brigittas früherem Leben erzählt ist, gehen wir wieder in der Entwicklung der Zustände weiter, wo wir sie gelassen.

IV

STEPPENGEGENWART

Wir ritten nach Maroshely. Brigitta ist wirklich jenes reitende Weib gewesen, das mir die Pferde mitgegeben hatte. Sie erinnerte sich mit freundlichem Lächeln an unsere alte Bekanntschaft. Meine Wangen wurden rot, weil ich auf das Trinkgeld dachte. Es war niemand anderer zum Besuche da als der Major und ich. Er stellte mich als einen Reisebekannten vor, mit dem er einmal viel zusammen gewesen sei und von dem er sich schmeichle, daß er nun von einem Bekannten in einen Freund überzugehen im Begriffe sei. Ich erlebte die Freude – und es war mir wirklich keine unbedeutende – daß sie fast alle Dinge wußte, die sich auf mein früheres Zusammensein mit ihm bezogen, daß er ihr also viel von mir erzählt haben mußte, daß er noch mit Vorliebe bei jenen Tagen verweile, und daß sie es der Mühe wert hielt, sich diese Sache zu merken.

Sie sagte, sie wolle mich nicht in ihrem Schlosse und in ihren Feldern herumführen, ich werde das gelegentlich sehen, wenn wir spazieren gehen, und wenn ich oft genug von Uwar werde herübergekommen sein, wozu sie mich höflich einlade.

Dem Major machte sie einen Vorwurf, warum er denn so lange nicht herübergekommen sei. Er entschuldigte sich mit den vielen Geschäften und hauptsächlich damit, daß er ohne mich nicht herüberreiten wollte, und daß er doch vorher erst sehen wollte, wie sehr oder wie wenig ich zu seiner Freundin passe.

Wir gingen in einen großen Saal, in dem wir ein wenig ausruhten. Der Major zog eine Schreibtafel hervor und fragte sie um mehrere Dinge, die sie klar und einfach beantwortete und von denen er sich manche aufzeichnete. Auch sie fragte dann um Verschiedenes, was sich auf manchen Nachbar, auf die Geschäfte des Augenblickes, oder auf den künftigen Landtag bezog. Ich sah bei dieser Gelegenheit, mit welch tiefem Ernste sie die Dinge behandelten und welche Aufmerksamkeit der Major auf ihre Meinungen legte. Wo sie in etwas unsicher war, gestand sie ihre Unwissenheit und bat den Major um Berichtigung.

Als wir ausgeruht hatten und der Major die Schreibtafel einsteckte, standen wir auf, um in den Besitzungen einen Spaziergang zu machen. Hier redete man häufig von den Veränderungen, die erst jüngst in ihrem Hause entstanden waren. Wenn sie hiebei auf Dinge seines Hauses kam, war es mir, als läge eine Art Zärtlichkeit darinnen, wie sie sich um dieselben bekümmerte. Sie zeigte ihm den neuen hölzernen Säulengang am Gartengeschosse des Hauses und fragte, ob sie Reben hinanziehen solle; an seinen Hoffenstern, meinte sie, ließe sich auch so ein Ding anbringen, wo es sich in der Spätherbstsonne recht angenehm sitze. Sie führte uns in den Park, der vor zehn Jahren ein wüster Eichenwald gewesen war; jetzt gingen Wege durch, flossen eingehegte Quellen und wandelten Rehe. Sie hatte durch unsägliche Ausdauer um den ungeheuren Umfang desselben eine hohe Mauer gegen die Wölfe aufführen lassen. Das Geld hiezu zog sie langsam aus ihrem Viehstande und aus den Maisfeldern, deren Pflege sie sehr emporgebracht hatte. Als die Einhegung fertig war, ging man in einem geschlossenen Jagen Schritt für Schritt durch jede Stelle des Parkes, um zu sehen, ob man nicht etwa einen Wolf zu künftiger Brut mit eingemauert habe. Aber es war keiner zugegen. Dann erst wurden Rehe in die Einhegung gesetzt und für anderes Vorkehrungen gemacht. Die Rehe, schien es, wußten das alles und dankten ihr dafür; denn, wenn wir manches bei unserem Gange sahen, war es nicht scheu und blickte mit den dunkeln, glänzenden Augen gegen uns herüber. Brigitta führte ihre Gäste und Freunde recht gerne durch den Park, weil sie ihn liebte. Wir kamen oben auch zur Anlage der Fasanen. Wie wir so durch die Wege gingen und weiße Wolken durch die Eichenwipfel hereinschauten, gewann ich Gelegenheit, Brigitta zu betrachten. Ihre Augen, schien es mir, waren noch schwärzer und glänzender als die der Rehe und mochten heute besonders hell strahlen, weil der Mann an ihrer Seite ging, der ihr Wirken und Schaffen zu würdigen verstand. Ihre Zähne waren schneeweiß, und der für ihre Jahre noch geschmeidige Wuchs zeigte von unverwüstlicher Kraft. Da sie den Major erwartet hatte, war sie in Frauenkleidern und hatte ihre Geschäfte bei Seite gesetzt, weil sie den Tag für uns widmete.

Unter Gesprächen der verschiedensten Art, von der Zukunft des Landes, von Hebung und Verbesserung des gemeinen Mannes, von Bearbeitung und Benützung des Bodens, von Ordnung und Einschränkung des Donaustromes, von ausgezeichneten Persönlichkeiten der Vaterlandsfreunde, kamen wir durch den größten Teil des Parkes, da sie uns, wie ich schon oben sagte, nicht durch ihre Besitzungen herumführen, sondern uns nur Gesellschaft leisten wollte. Da wir zu dem Hause zurückkehrten, war es Essenszeit. Zum Mahle kam auch Gustav, der Sohn Brigittas, mit ziemlich verbrannten Wangen, ein lieblich schlanker Jüngling, eine Blume von Gesundheit. Er hatte heute an der Stelle der Mutter die Felder besucht und die Arbeiten eingeteilt und berichtete ihr jetzt manches mit kurzen Worten. Bei Tische saß er horchend und bescheiden unten an; in seinen schönen Augen lag Begeisterung für die Zukunft und unendliche Güte für die Gegenwart. Da auch, wie bei dem Major, das Gesinde mit an dem Tische saß, so bemerkte ich meinen Freund Milosch, der mich zum Zeichen alter Bekanntschaft grüßte.

Der größte Teil des Nachmittags verging mit Besichtigung mehrerer Veränderungen, die dem Major neu waren, mit einer Runde im Garten und mit einem Gange durch den Weinberg.

Gegen Abend nahmen wir Abschied. Da wir unsere Kleider zusammensuchten, machte Brigitta dem Major einen Vorwurf, daß er neulich in der Nachtluft von Gömör weg in leichten Kleidern nach Hause geritten sei – ob er denn nicht wisse, wie tückisch die Tauluft dieser Ebene sei, daß er sich so aussetze?! Er verteidigte sich nicht und sagte, er werde in Zukunft schon vorsichtiger sein. Ich aber wußte recht gut, daß er damals seine Bunda Gustav aufgenötigt hatte, der ohne eine gekommen war und dem er vorgelogen hatte, daß er noch eine andere im Stalle liegen habe. Dieses Mal aber schieden wir mit allem hinlänglich versorgt und verwahrt. Brigitta selbst bekümmerte sich um jedes und ging erst in das Haus zurück, als wir schon in unsern dichten Oberkleidern zu Pferde saßen und der Mond aufging. Sie hatte dem Major noch ein paar Aufträge gegeben und beurlaubte sich dann mit einfacher edler Freundlichkeit.

Die Gespräche der zwei Menschen waren den ganzen Tag über ruhig und heiter gewesen, aber mir schien es, als zitterte eine heimliche Innigkeit durch, der sich beide schämten, Raum zu geben, wahrscheinlich, weil sie sich für zu alt hielten. Auf dem Rückwege aber sagte der Major zu mir, als ich mich einiger wahrhafter aufrichtiger Lobesworte auf diese Frau nicht enthalten konnte: »Freund! ich bin oft in meinem Leben heiß begehrt worden, ob auch so geliebt, weiß ich nicht; aber die Gesellschaft und die Achtung dieser Frau ist mir ein größeres Glück auf dieser Welt geworden als jedes andere in meinem Leben, das ich für eines gehalten habe.«

Er hatte diese Worte ohne alle Leidenschaft gesagt, aber mit einer solchen Ruhe der Gewißheit, daß ich in meinem Herzen von der Wahrheit derselben vollständig überzeugt war. Mir geschah es in diesem Augenblicke beinahe, was sonst nicht meine Art ist, daß ich den Major um diese Freundschaft und um sein häusliches Wirken beneidete; denn ich hatte damals recht auf der ganzen Welt nichts Festes, um mich daran zu halten, als etwa meinen Wanderstab, den ich wohl in Bewegung setzte, dies und jenes Land zu sehen, der aber doch nicht recht nachhalten wollte.

Als wir nach Hause kamen, trug mir der Major an, daß ich noch den Sommer und Winter bei ihm zubringen möchte. Er hatte begonnen, mich mit größerer Vertraulichkeit zu behandeln, und mich tiefer in sein Leben und sein Herz blicken zu lassen, daß ich eine große Liebe und Neigung zu dem Manne faßte. Ich sagte also zu. Und da ich dieses nun einmal getan hätte, sagte er, so wolle er mir auch sogleich einen Geschäftszweig seines Hauses auftragen, den ich ständig besorgen sollte – es würde mich nicht reuen, sagte er, und würde mir gewiß in der Zukunft von Nutzen sein. Ich willigte ebenfalls ein, und in der Tat, es war mir von Nutzen. Daß ich nun einen Hausstand habe, daß ich eine liebe Gattin habe, für die ich wirke, daß ich nun Gut um Gut, Tat um Tat in unsern Kreis hereinziehe, verdanke ich dem Major. Als ich einmal ein Teil jenes einträchtigen Wirkens war, das er entfaltete, wollte ich doch die Sache so gut machen, als ich konnte, und da ich mich übte, machte ich sie immer besser, ich war nütze und achtete mich – und da ich die Süßigkeit des Schaffens kennenlernte, erkannte ich auch, um wie viel mehr wert sei, was ein gegenwärtig Gutes setzt als das bisherige Hinschlendern, das ich Erfahrungen sammeln nannte, und ich gewöhnte mich an Tätigkeit.

So ging die Zeit nach und nach hin, und ich war unendlich gerne in Uwar und seiner Umgebung.

Ich kam in diesen Verhältnissen öfter nach Maroshely. Man achtete mich, und ich war fast wie ein Glied der Familien und lernte die Sachlage immer besser kennen. Von einer unheimlichen Leidenschaft, von einem fieberhaften Begehren oder gar von Magnetismus, wie ich gehört hatte, war keine Spur. Dagegen war das Verhältnis zwischen dem Major und Brigitta von ganz merkwürdiger Art, daß ich nie ein ähnliches erlebt habe. Es war ohne Widerrede das, was wir zwischen Personen verschiedenen Geschlechtes Liebe nennen würden, aber es erschien nicht als solches. Mit einer Zartheit, mit einer Verehrung, die wie an die Hinneigung zu einem höheren Wesen erinnerte, behandelte der Major das alternde Weib; sie war mit sichtlicher innerlicher Freude darüber erfüllt, und diese Freude, wie eine späte Blume, blühte auf ihrem Antlitze und legte einen Hauch von Schönheit darüber, wie man es kaum glauben sollte, aber auch die feste Rose der Heiterkeit und Gesundheit. Sie gab dem Freunde dieselbe Achtung und Verehrung zurück, nur daß sich zuweilen ein Zug von Besorgnis um seine Gesundheit, um seine kleinen Lebensbedürfnisse und dergleichen einmischte, der doch wieder dem Weibe und der Liebe angehörte. Über dieses hinaus ging das Benehmen beider nicht um ein Haar – und so lebten sie nebeneinander fort.

Der Major sagte einmal zu mir, daß sie in einer Stunde, wo sie, wie es selten zwischen Menschen geschieht, miteinander inniger über sich selber sprachen, festgesetzt haben, daß Freundschaft der schönsten Art, daß Aufrichtigkeit, daß gleiches Streben und Mitteilung zwischen ihnen herrschen sollte, aber weiter nichts; an diesem sittlich festen Altare wollen sie stehenbleiben, vielleicht glücklich bis zum Lebensende – sie wollen keine Frage weiter an das Schicksal tun, daß es keinen Stachel habe und nicht wieder tückisch sein möge. Dies sei nun schon mehrere Jahre so und werde so bleiben.

Das hatte der Major zu mir gesagt – allein in einiger Zeit, darauf tat das ungefragte Schicksal von selber eine Antwort, die alles schnell und auf unerwartete Art löste.

Es war schon sehr spät im Herbste, man könnte sagen, zu Anfang Winters, ein dichter Nebel lag eines Tages auf der bereits fest gefrornen Heide, und ich ritt eben mit dem Major auf jenem neugebauten Wege mit der jungen Pappelallee, wir hatten vor, vielleicht ein wenig zu jagen, – als wir plötzlich durch den Nebel herüber zwei dumpfe Schüsse fallen hörten.

»Das sind meine Pistolen, und keine andern«, rief der Major.

Ehe ich etwas begreifen und fragen konnte, sprengte er schon die Allee entlang, so furchtbar, wie ich nie ein Pferd habe laufen gesehen, ich folgte ihm nach, weil ich ein Unglück ahnete, und als ich wieder zu ihm kam, traf ich auf ein Schauspiel, so gräßlich und so herrlich, daß noch jetzt meine Seele schaudert und jauchzt: an der Stelle, wo der Galgen steht und der Binsenbach schillert, hatte der Major den Knaben Gustav gefunden, der sich nur noch matt gegen ein Rudel Wölfe wehrte. Zwei hatte er erschossen, einen, der vorne an sein Pferd gesprungen war, wehrte er mit seinem Eisen, die andern bannte er für den Augenblick mit der Wut seiner vor Angst und Wildheit leuchtenden Augen, die er auf sie bohrte; aber harrend und lechzend umstanden sie ihn, daß eine Wendung, ein Augenzucken, ein Nichts Grund werden könne, mit eins auf ihn zu fallen – da, im Augenblicke der höchsten Not, erschien der Major. Als ich ankam, war er schon wie ein verderblich Wunder, wie ein Meteor, mitten unter ihnen – der Mann war fast entsetzlich anzuschauen, ohne Rücksicht auf sich, fast selber wie ein Raubtier warf er sich ihnen entgegen. Wie er von dem Pferde gekommen war, hatte ich nicht gesehen, da ich später ankam; den Knall seiner Doppelpistole hatte ich gehört, und wie ich auf dem Schauplatze erschien, glänzte sein Hirschfänger gegen die Wölfe, und er war zu Fuß. Drei – vier Sekunden mochte es gedauert haben, ich hatte bloß Zeit, mein Jagdgewehr unter sie abzudrücken, und die unheimlichen Tiere waren in den Nebel zerstoben, als wären sie von ihm eingetrunken worden.

»Ladet«, schrie der Major, »sie werden gleich wieder hier sein.«

Er hatte die weggeschleuderten Pistolen aufgerafft und stieß die Patronen hinein. Wir luden auch, und in dem Augenblicke, da wir ein wenig still waren, vernahmen wir den unheimlichen Trab um die Galgeneiche herum. Es war klar, die hungrigen geängsteten Tiere umkreisten uns, bis ihnen wieder etwa der Mut zum Angriffe gewachsen sein würde. Eigentlich sind diese Tiere, wenn sie nicht von dem Hunger gespornt werden, feig. Wir waren zu einer Wolfsjagd nicht gerüstet, der unselige Nebel lag dicht vor unsern Augen, daher schlugen wir den Weg zu dem Schlosse ein. Die Pferde schossen in Todesangst dahin, und da wir so ritten, sah ich es mehr als einmal wie einen jagenden Schatten neben mir, grau im grauen Nebel. In unsäglicher Geduld eilte die Herde neben uns. Wir mußten in steter Bereitschaft sein. Von dem Major fiel einmal links ein Schuß, aber wir erkannten nichts, zum Reden war keine Zeit, und so langten wir an dem Parkgitter an, und wie wir hineindrangen, brachen die edlen, schönen, dahinter harrenden Doggen neben uns heraus, und in demselben Augenblicke scholl auch schon aus dem Nebel ihr wütendes Heulen, hinter den Wölfen heidewärts schweifend.

»Sitzt alle auf«, rief der Major den entgegeneilenden Knechten zu, »laßt die Wolfshunde los, daß meine armen Doggen nichts leiden. Bietet die Nachbarn auf und jagt, so viel Tage ihr wollt. Ich gebe für jeden toten Wolf das doppelte Schußgeld, die ausgenommen, die an der Galgeneiche liegen; denn die haben wir selbst getötet. An der Eiche liegt vielleicht auch eine der Pistolen, die ich voriges Jahr an Gustav geschenkt habe, denn ich sehe nur eine in seiner Hand, und das Sattelfach der andern ist leer; seht zu, ob es so ist.«

»Seit fünf Jahren«, sagte er zu mir gewendet, da wir im Parke weiterritten, »hat sich kein Wolf so nahe zu uns gewagt, und es war sonst ganz sicher hier. Es muß einen harten Winter geben, und er muß in den nördlichen Ländern schon begonnen haben, daß sie sich bereits so weit herab drücken.«

Die Knechte hatten den Befehl des Herrn vernommen und in weniger Zeit, als es mir glaublich schien, war ein Haufen Jäger ausgerüstet, und das Geschlecht jener schönen zottigen Hunde war neben ihnen, das den ungarischen Heiden eigen und für sie so unentbehrlich ist. Man beredete sich, wie man die Nachbarn abholen wolle, und dann gingen sie fort, um eine Jagd einzuleiten, von der sie erst in acht, vierzehn, oder noch mehreren Tagen zurückkehren würden.

Wir hatten alle drei, ohne von den Pferden zu steigen, dem größten Teil dieser Anstalten zugeschaut. Als wir uns aber von den Wirtschaftsgebäuden dem Schlosse zuwendeten, sahen wir, daß Gustav doch verwundet sei. Als wir nämlich unter dem Torbogen anlangten, von wo wir in unsere Zimmer wollten, wandelte ihn eine Übelkeit an, und er drohte von dem Pferde zu sinken. Einer von den Leuten fing ihn auf und hob ihn herunter, da sahen wir, daß die Lenden des Tieres von Blut gefärbt waren. Wir brachten ihn in eine Wohnung des Erdgeschosses, die gegen den Garten hinausging, der Major befahl sogleich, Feuer in den Kamin zu machen und das Bett zu bereiten. Als indessen die schmerzende Stelle entblößt worden war, untersuchte er selber die Wunde. Es war ein leichter Biß im Schenkel, ohne Gefahr, nur der Blutverlust und die vorhergegangene Aufregung ließ jetzt den Jüngling mit Ohnmachten kämpfen. Er ward in das Bett gebracht und sofort ein Bote an den Arzt und einer an Brigitta abgefertigt. Der Major blieb bei dem Bette und sorgte, daß keine der Ohnmachten überhand nehmen könne. Als der Arzt kam, gab er ein stärkendes Mittel, erklärte die Sache für durchaus ungefährlich und sagte, daß der Blutverlust selber ein Heilmittel gewesen sei, da er die Heftigkeit der Entzündung mindere, die sonst solchen Bißwunden gerne folge. Das einzige Krankheitsübel sei die Gewalt der Gemütsbewegung, und ein paar Tage Ruhe werde das Fieber und die Abspannung gänzlich heben. Man war beruhigt und erfreut, und der Arzt schied unter den Danksagungen aller; denn es war keiner, der den Knaben nicht liebte. Gegen Abend erschien Brigitta, und nach ihrer entschlossenen Art ruhte sie nicht eher, als bis sie den Körper ihres Sohnes Glied um Glied geprüft und sich überzeugt hatte, daß außer der Bißwunde nichts vorhanden sei, das ein Übel drohen könnte. Als die Untersuchung vorüber war, blieb sie doch noch an dem Bette sitzen und reichte nach der Vorschrift des Arztes die Arznei. Für die Nacht mußte ihr ein schnell zusammengerafftes Bett im Krankenzimmer gemacht werden. Am andern Morgen saß sie wieder neben dem Jünglinge und horchte auf seinen Atem, da er schlief und so süß und erquickend schlief, als wolle er nie mehr erwachen. – Da geschah ein herzerschütternder Auftritt. Ich sehe den Tag noch vor Augen. Ich war hinabgegangen, um mich nach dem Befinden Gustavs zu erkundigen, und trat in das Zimmer, das neben dem Krankengemache befindlich war, ein. Ich habe schon gesagt, daß die Fenster gegen den Garten hinausgingen: die Nebel hatten sich gehoben, und eine rote

Wintersonne schaute durch die entlaubten Zweige in das Zimmer herein. Der Major war schon zugegen, er stand an dem Fenster, das Angesicht gegen das Glas gekehrt, als sähe er hinaus. Im Krankengemache, durch dessen Tür ich hineinschaute und dessen Fenster durch ganz leichte Vorhänge etwas verdunkelt war, saß Brigitta und sah auf ihren Sohn. Plötzlich entrang sich ihren Lippen ein freudiger Seufzer, ich blickte genauer hin und sah, daß ihr Auge mit Süßigkeit an dem Antlitze des Knaben hänge, der die seinigen offen hatte; denn er war nach langem Schlafe aufgewacht und schaute heiter um sich. Aber auch auf der Stelle, wo der Major gestanden war, hatte ich ein leichtes Geräusch vernommen, und wie ich hinblickte, sah ich, daß er sich halb umgewendet hatte und daß an seinen Wimpern zwei harte Tropfen hingen. Ich ging gegen ihn und fragte ihn, was ihm sei. Er antwortete leise: »Ich habe kein Kind.«

Brigitta mußte mit ihrem scharfen Gehöre die Worte vernommen haben; denn sie erschien in diesem Augenblicke unter der Tür des Zimmers, sah sehr scheu auf meinen Freund, und mit einem Blicke, den ich nicht beschreiben kann und der sich gleichsam in der zaghaftesten Angst nicht getraute, eine Bitte auszusprechen, sagte sie nichts, als das einzige Wort: »Stephan.«

Der Major wendete sich vollends herum – beide starrten sich eine Sekunde an – nur eine Sekunde – dann aber vorwärtstretend lag er eines Sturzes in ihren Armen, die sich mit maßloser Heftigkeit um ihn schlossen. Ich hörte nichts als das tiefe leise Schluchzen des Mannes, wobei das Weib ihn immer fester umschlang, und immer fester an sich drückte.

»Nun keine Trennung mehr, Brigitta, für hier und die Ewigkeit.«

»Keine, mein teurer Freund!«

Ich war in höchster Verlegenheit und wollte stille hinausgehen; aber sie hob ihr Haupt und sagte: »Bleiben Sie, bleiben Sie.«

Das Weib, das ich immer ernst und strenge gesehen hatte, hatte an seinem Halse geweint. Nun hob sie, noch in Tränen schimmernd, die Augen – und so herrlich ist das Schönste, was der arme, fehlende Mensch hienieden vermag, das Verzeihen – daß mir ihre Züge wie in unnachahmlicher Schönheit strahlten und mein Gemüt in tiefer Rührung schwamm.

»Arme, arme Gattin«, sagte er beklommen, »fünfzehn Jahre mußte ich dich entbehren und fünfzehn Jahre warst du geopfert.«

Sie aber faltete die Hände und sagte bittend in sein Antlitz blickend: »Ich habe gefehlt, verzeihe mir, Stephan, die Sünde des Stolzes – ich habe nicht geahnt, wie gut du seist – es war ja bloß natürlich, es ist ein sanftes Gesetz der Schönheit, das uns ziehet.« – –

Er hielt ihr den Mund zu und sagte: »Wie kannst du nur so reden, Brigitta – ja, es zieht uns das Gesetz der Schönheit, aber ich mußte die ganze Welt durchziehen, bis ich lernte, daß sie im Herzen liegt und daß ich sie daheim gelassen in einem Herzen, das es einzig gut mit mir gemeint hat, das fest und treu ist, das ich verloren glaubte und das doch durch alle Jahre und Länder mit mir gezogen. – O Brigitta, Mutter meines Kindes! Du standest Tag und Nacht vor meinen Augen.«

»Ich war dir nicht verloren«, antwortete sie, »ich habe traurige, reuevolle Jahre verlebt! – Wie bist du gut geworden, jetzt kenne ich dich, wie bist du gut geworden, Stephan!«

Und wieder stürzten sie sich in die Arme, als könnten sie sich nicht ersättigen, als könnten sie an das gewonnene Glück nicht glauben. Sie waren wie zwei Menschen, von denen eine große Last genommen ist. Die Welt stand wieder offen. Eine Freude, wie man sie nur an Kindern findet, war an ihnen – in dem Augenblicke waren sie auch unschuldig, wie die Kinder; denn die reinigendste, die allerschönste Blume der Liebe, aber nur der höchsten Liebe, ist das Verzeihen, darum wird es auch immer an Gott gefunden und an Müttern. Schöne Herzen tun es öfter – schlechte nie.

Die zwei Gatten hatten mich wieder vergessen und wandten sich in das Krankenzimmer, wo Gustav, der das Ganze dunkel ahnte, wie eine glühende, blühende Rose lag und ihnen atemlos entgegenharrte.

»Gustav, Gustav, er ist dein Vater, und du hast es nicht gewußt«, rief Brigitta, als sie über die Schwelle in das verdunkelte Zimmer traten.

Ich aber ging in den Garten hinaus und dachte: ›O wie heilig, o wie heilig, muß die Gattenliebe sein, und wie arm bist du, der du von ihr bisher nichts erkanntest und das Herz nur höchstens von der trüben Lohe der Leidenschaft ergreifen ließest.‹ – –

Erst spät ging ich in das Schloß zurück, und fand alles gelöset und gelüftet. Geschäftige Freude, wie heiterer Sonnenschein, wehte durch alle Zimmer. Man empfing mich mit offenen Armen als Zeugen des schönsten Auftrittes. Man hatte mich schon allenthalben suchen lassen, da ich ihnen, als sie zu sehr mit sich beschäftigt waren, aus den Augen gekommen war. Sie erzählten mir teils gleich in abgebrochenen Sätzen, teils die folgenden Tage im Zusammenhange alles, was sich zugetragen hatte und was ich oben angemerkt habe.

Mein Reisefreund war also Stephan Murai gewesen. Er war unter dem Namen Bathori, der einem seiner weiblichen Vorfahren gehörte, gereist. So hatte ich ihn auch gekannt, aber er ließ sich immer Major nennen, welchen Rang er in Spanien erworben hatte, und alle Welt nannte ihn auch den Major. Da er in der ganzen Welt gewesen war, ging er, von seinem Innern gezogen, unter demselben Namen nach dem wüsten Sitze Uwar, wo er nie gewesen war, wo ihn niemand kannte und wo er, wie er recht gut wußte, der Nachbar seines getrennten Weibes werden würde. Gleichwohl kam er nicht zu ihr hinüber, die schon so schön auf Maroshely waltete, bis der Ruf die Kunde ihrer Todeskrankheit zu ihm trug. Da machte er sich auf, ritt hinüber, trat zu ihr, die ihn vor Fieber nicht kannte, blieb Tag und Nacht bei ihrem Bette, wachte über sie und pflegte sie, bis sie genas. Damals durch den gegenseitigen Anblick gerührt und von leiser Liebe getrieben, aber dennoch ängstlich vor der Zukunft, weil sie sich nicht kannten und weil sich wieder etwas Fürchterliches zutragen könnte, schlossen sie jenen seltsamen Vertrag der bloßen Freundschaft, den sie Jahre lang hielten und den bisher keines zuerst anzurühren wagte, bis ihn das Geschick durch einen scharfen Schnitt, den es in beider Herzen tat, trennte und zu dem schöneren natürlicheren Bunde wieder zusammenfügte.

Alles war nun gut.

Nach vierzehn Tagen wurde es in der Gegend kundgetan, und die lästigen Glückwünscher kamen von nahe und von ferne.

Ich aber blieb noch den ganzen Winter bei den Leuten und zwar auf Maroshely, wo vorläufig alles wohnte und von wo der Major im Sinne hatte, Brigitta nie fortzuziehen, weil sie da in Mitte ihrer Schöpfung sei. Am freudigsten war schier Gustav, der immer so an dem Major gehangen war, der ihn immer leidenschaftlich und einseitig den herrlichsten Mann dieser Erde nannte und der ihn nun als Vater verehren durfte, ihn, an dem sein Auge, wie an einer Gottheit hing.

Ich habe jenes Winters zwei Herzen kennengelernt, die sich nun erst recht zu einer vollen, wenn auch verspäteten Blume des Glückes aufschlossen.

Ich werde diese Herzen nie, nie vergessen! – –

Im Frühjahre nahm ich wieder mein deutsches Gewand, meinen deutschen Stab und wanderte dem deutschen Vaterlande zu. Ich sah auf dem Rückwege Gabrielens Grabmal, die schon vor zwölf Jahren im Gipfel ihrer jugendlichen Schönheit gestorben war. Auf dem Marmor standen zwei große weiße Lilien.

Mit trüben, sanften Gedanken zog ich weiter, bis die Leitha überschritten war und die lieblichen blauen Berge des Vaterlandes vor meinen Augen dämmerten.

JEREMIAS GOTTHELF

Die schwarze Spinne

Über die Berge hob sich die Sonne, leuchtete in klarer Majestät in ein freundliches, aber enges Tal und weckte zu fröhlichem Leben die Geschöpfe, die geschaffen sind, an der Sonne ihres Lebens sich zu freuen. Aus vergoldetem Waldessaume schmetterte die Amsel ihr Morgenlied, zwischen funkelnden Blumen in perlendem Grase tönte der sehnsüchtigen Wachtel eintönend Minnelied, über dunkeln Tannen tanzten brünstige Krähen ihren Hochzeitsreigen oder krächzten zärtliche Wiegenlieder über die dornichten Bettchen ihrer ungefiederten Jungen.

In der Mitte der sonnenreichen Halde hatte die Natur einen fruchtbaren, beschirmten Boden eingegraben; mittendrin stand stattlich und blank ein schönes Haus, eingefaßt von einem prächtigen Baumgarten, in welchem noch einige Hochäpfelbäume prangten in ihrem späten Blumenkleide; halb stund das vom Hausbrunnen bewässerte üppige Gras noch, halb war es bereits dem Futtergange zugewandert. Um das Haus lag ein sonntäglicher Glanz, den man mit einigen Besenstrichen, angebracht Samstag abends zwischen Tag und Nacht, nicht zu erzeugen vermag, der ein Zeugnis ist des köstlichen Erbgutes angestammter Reinlichkeit, die alle Tage gepflegt werden muß, der Familienehre gleich, welcher eine einzige unbewachte Stunde Flecken bringen kann, die, Blutflecken gleich, unauslöschlich bleiben von Geschlecht zu Geschlecht, jeder Tünche spottend.

Nicht umsonst glänzte die durch Gottes Hand erbaute Erde und das von Menschenhänden erbaute Haus im reinsten Schmucke; über beide erglänzte heute ein Stern am blauen Himmel, ein hoher Feiertag. Es war der Tag, an welchem der Sohn wieder zum Vater gegangen war, zum Zeugnis, daß die Leiter noch am Himmel stehe, auf welcher Engel auf- und niedersteigen und die Seele des Menschen, wenn sie dem Leibe sich entwindet, und ihr Heil und Augenmerk beim Vater droben war und nicht hier auf Erden; es war der Tag, an welchem die ganze Pflanzenwelt dem Himmel entgegenwächst und blüht in voller Üppigkeit, dem Menschen ein alle Jahre neu werdendes Sinnbild seiner eigenen Bestimmung. Wunderbar klang es über die Hügel her, man wußte nicht, woher das Klingen kam, es tönte wie von allen Seiten; es kam von den Kirchen her draußen in den weiten Tälern; von dort her kündeten die Glocken, daß die Tempel Gottes sich öffnen allen, deren Herzen offen seien der Stimme ihres Gottes.

Ein reges Leben bewegte sich um das schöne Haus. In des Brunnens Nähe wurden mit besonderer Sorgfalt Pferde gestriegelt, stattliche Mütter, umgaukelt von lustigen Füllen; im breiten Brunnentroge stillten behaglich blickende Kühe ihren Durst, und zweimal mußte der Bube Besen und Schaufel nehmen, weil er die Spuren ihrer Behaglichkeit nicht sauber genug weggeräumt. Herzhaft wuschen am Brunnen mit einem handlichen Zwilchfetzen stämmige Mägde ihre rotbrächten [rotwangigen] Gesichter, die Haare in zwei Knäuel über den Ohren zusammengedreht, trugen mit eilfertiger Emsigkeit Wasser durch die geöffnete Türe, und in mächtigen Stößen hob sich gerade und hoch in die blaue Luft empor aus kurzem Schornsteine die dunkle Rauchsäule.

Langsam und gebeugt ging an einem Hakenstock der Großvater um das Haus, sah schweigend dem Treiben der Knechte und Mägde zu, streichelte hier ein Pferd, wehrte dort einer Kuh ihren schwerfälligen Mutwillen, zeigte mit dem Stecken dem unachtsamen Buben noch hier und dort vergessene Strohhalme und nahm dazu fleißig aus der langen Weste tiefer Tasche das Feuerzeug, um seine Pfeife, an der er des Morgens trotz ihres schweren Atems so wohllebte, wieder anzuzünden.

Auf rein gefegter Bank vor dem Hause neben der Türe saß die Großmutter, schönes Brot schneidend in eine mächtige Kachel, dünn und in eben rechter Größe jeden Bissen, nicht so unachtsam wie Köchinnen oder Stubenmägde, die manchmal Stücke machen, an denen ein Walfisch ersticken müßte. Wohlgenährte, stolze Hühner und schöne Tauben stritten sich um die Brosamen zu ihren Füßen, und wenn ein schüchternes Täubchen zu kurz kam, so warf ihm die Großmutter ein Stücklein eigens zu, es tröstend mit freundlichen Worten über den Unverstand und den Ungestüm der andern.

Drinnen in der weiten, reinen Küche knisterte ein mächtiges Feuer von Tannenholz, in weiter Pfanne knallten Kaffeebohnen, die eine stattliche Frau mit hölzerner Kelle durcheinanderrührte, nebenbei knarrte die Kaffeemühle zwischen den Knieen einer frischgewaschenen Magd; unter der offenen Stubentüre aber stund, den offenen Kaffeesack noch in der Hand, eine schöne, etwas blasse Frau und sagte: »Du, Hebamme, röste mir den Kaffee heute nicht so schwarz, sie könnten sonst meinen, ich hätte das Pulver sparen mögen. Des Göttis [Paten] Frau ist gar grausam mißtreu und legt einem alles zu ungunsten aus. Es kömmt heute auf ein halb Pfund mehr oder weniger nicht an. Vergiß auch ja nicht, das Weinwarm zu rechter Zeit bereit zu halten! Der Großvater würde meinen, es wäre nicht Kindstaufe, wenn man den Gevatterleuten nicht ein Weinwarm aufstellen würde, ehe sie zur Kirche gehen. Spare nichts daran, hörst du! Dort in der Schüssel auf der Kachelbank [Geschirrgestell] ist Safran und Zimmet, der Zucker ist hier auf dem Tische, und nimm Wein, daß es dich dünkt, es sei wenigstens halb zu viel; an einer Kindstaufe braucht man nie Kummer zu haben, daß sich die Sache nicht brauche.«

Man hört, es soll heute die Kindstaufe gehalten werden im Hause, und die

Hebamme versieht das Amt der Köchin ebenso geschickt als früher das Amt der Wehmutter; aber sputen muß sie sich, wenn sie zu rechter Zeit fertig werden und am einfachen Herde alles kochen soll, was die Sitte fordert.

Aus dem Keller kam mit einem mächtigen Stück Käse in der Hand ein stämmiger Mann, nahm von der blanken Kachelbank den ersten besten Teller, legte den Käse darauf und wollte ihn in die Stube auf den Tisch tragen von braunem Nußbaumholz. »Aber Benz, aber Benz«, rief die schöne, blasse Frau, »wie würden sie lachen, wenn wir keinen bessern Teller hätten an der Kindstaufe!« Und zum glänzenden Schrank aus Kirschbaumholz, Buffert genannt, ging sie, wo hinter Glasfenstern des Hauses Zierden prangten. Dort nahm sie einen schönen Teller, blau gerändert, in der Mitte einen großen Blumenstrauß, der umgeben war von sinnigen Sprüchen, zum Beispiel:

O Mensch, faß in Gedanken:
Drei Batzen gilt das Pfund Anken [Butter].

Gott gibt dem Menschen Gnad,
Ich aber wohn im Maad.

In der Hölle, da ist es heiß,
Und der Hafner schafft mit Fleiß.

Die Kuh, die frißt das Gras;
Der Mensch, der muß ins Grab.

Neben den Käse stellte sie die mächtige Züpfe, das eigentümliche Berner Backwerk, geflochten wie die Zöpfe der Weiber, schön braun und gelb, aus dem feinsten Mehl, Eiern und Butter gebacken, groß wie ein Jähriges und fast ebenso schwer; und oben und unten pflanzte sie noch zwei Teller. Hochaufgetürmt lagen auf denselben die appetitlichen Küchlein, Habküchlein auf dem einen, Eierküchlein auf dem andern. Heiße, dicke Nidel [Sahne] stund in schön geblümten Hafen zugedeckt auf dem Ofen, und in der dreibeinigen glänzenden Kanne mit gelbem Deckel kochte der Kaffee. So harrte auf die erwarteten Gevatterleute ein Frühstück, wie es Fürsten selten haben und keine Bauren auf der Welt als die Berner. Tausende von Engländern rennen durch die Schweiz, aber weder einem der abgejagten Lords noch einer der steifbeinigen Ladies ist je ein solches Frühstück geworden.

»Wenn sie nur bald kämen, es wäre alles bereit«, seufzte die Hebamme. »Es geht jedenfalls eine gute Zeit, bis alles fertig ist und ein jedes seine Sache gehabt hat, und der Pfarrer ist grausam pünktlich und gibt scharfe Verweise, wenn man nicht da ist zu rechter Zeit.« – »Der Großvater erlaubt auch nie, das Wägeli zu nehmen«, sagte die junge Frau. »Er hat den Glauben, daß ein Kind, welches man nicht zur Taufe trage, sondern führe, träge werde und sein Lebtag seine Beine nie recht brauchen lerne. Wenn nur die Gotte [Patin] da wäre, die versäumt am längsten, die Göttene [Paten] machen es kürzer und könnten immerhin nachlaufen.« Die Angst nach den Gevatterleuten verbreitete sich durchs ganze Haus. »Kommen sie noch nicht?« hörte man allenthalben; in allen Ecken des Hauses schauten Gesichter nach ihnen aus, und der Türk bellte aus Leibeskräften, als ob er sie herbeirufen wollte. Die Großmutter aber sagte: »Ehemals ist das doch nicht so gewesen, da wußte man, daß man an solchen Tagen zu rechter Zeit aufzustehen habe, und der Herr [Pfarrer] niemanden warte.« Endlich stürzte der Bub in die Küche mit der Nachricht, die Gotte komme.

Sie kam, schweißbedeckt und beladen wie das Neujahrkindlein. In der einen Hand hatte sie die schwarzen Schnüre eines großen, blumenreichen Wartsäckleins [Kleidersäckchens], in welchem, in ein fein weißes Handtuch gewickelt, eine große Züpfe stach, ein Geschenk für die Kindbetterin. In der andern Hand trug sie ein zweites Säcklein, und in demselben war eine Kleidung für das Kind, nebst etwelchen Stücken zu eigenem Gebrauch, namentlich schöne weiße Strümpfe; und unter dem einen Arme hatte sie noch eine Drucke [Schachtel] mit dem Kränzchen und der Spitzenkappe mit den prächtigen schwarzseidenen Haarschnüren. Freudig tönten ihr die »Gottwillchen« [in Gott willkommen] entgegen von allen Seiten, und kaum hatte sie Zeit, von ihren Bürden eine abzustellen, um den entgegengestreckten Händen freundlich zu begegnen. Von allen Seiten streckten sich dienstbare Hände nach ihren Lasten, und unter der Türe stand die junge Frau, und da ging ein neues Grüßen an, bis die Hebamme in die Stube mahnte: sie könnten ja drinnen einander sagen, was der Brauch sei.

Und mit handlichen Manieren setzte die Hebamme die Gotte hinter den Tisch, und die junge Frau kam mit dem Kaffee, wie sehr auch die Gotte sich weigerte und vorgab, sie hätte schon gehabt. Des Vaters Schwester täte es nicht, daß sie ungegessen aus dem Hause ginge, das schade jungen Mädchen gar übel, sagte sie. Aber sie sei schon alt, und die Jungfrauen [Mägde] möchten auch nicht zu rechter Zeit auf, deswegen sei sie so spät; wenn es an ihr allein gelegen hätte, sie wäre längstens da. In den Kaffee wurde die dicke Nidel gegossen, und wie sehr die Gotte sich wehrte und sagte, sie liebe es gar nicht, warf ihr doch die Frau ein Stück Zucker in denselben. Lange wollte es die Gotte nicht zulassen, daß ihretwegen die Züpfe angehauen würde, indessen mußte sie sich ein tüchtiges Stück vorlegen lassen und essen. Käse wollte sie lange nicht, es hätte dessen gar nicht nötig, sagte sie. Sie werde meinen, es sei nur halbmagern, und deshalb schätze sie ihn nicht, sagte die Frau, und die Gotte mußte sich ergeben. Aber Küchli wollte sie durchaus nicht, die wüßte sie gar nicht wohin tun, sagte sie. Sie glaube nur, sie seien nicht sauber, und werde an bessere gewöhnt sein, erhielt sie endlich zur Antwort. Was sollte sie anders machen als Küchli essen? Während dem Nöten aller Art hatte sie abgemessen in kleinen Schlücken das erste Kacheli [Schälchen] ausgetrunken, und nun erhob sich ein eigentlicher Streit. Die Gotte kehrte das Kacheli um, wollte gar keinen Platz mehr haben für fernere Guttaten und sagte: Man solle sie doch in Ruhe lassen, sonst müßte sie sich noch verschwören. Da sagte die Frau, es sei ihr doch so leid, daß sie ihn so schlecht finde, sie hätte doch der Hebamme dringlichst befohlen, ihn so gut als möglich zu machen, sie vermöchte sich dessen wahrhaftig nichts, daß er so schlecht sei, daß ihn niemand trinken möge, und an der Nidel sollte es doch auch nicht fehlen, sie hätte dieselbe abgenommen, wie sie es sonst nicht alle Tage im Brauch hätte. Was sollte die arme Gotte anders machen als noch ein Kacheli sich einschenken lassen?

Ungeduldig war schon lange die Hebamme herumgetrippelt, und endlich bändigte sie das Wort nicht länger, sondern sagte: »Wenn ich dir etwas helfen kann, so sage es nur, ich habe wohl Zeit dazu!« – »He, pressiere doch nicht!« sagte die Frau. Die arme Gotte aber, die rauchte wie ein Dampfkessel, verstand den Wink, versorgte den heißen Kaffee so schnell als möglich und sagte zwischen den Absätzen, zu denen der glühende Trank sie zwang: »Ich wäre schon lange weg, wenn ich nicht mehr hätte nehmen müssen, als ich hinunterbringen kann, aber ich komme jetzt.«

Sie stund auf, packte die Säcklein aus, übergab Züpfe, Kleidung, Einbund – ein blanker Neutaler, eingewickelt in den schön gemalten Taufspruch – und machte manche Entschuldigung, daß alles nicht besser sei. Darin aber redete die Hausmutter mit manchem Ausruf, wie das keine Art und Gattung hätte, sich so zu verköstigen [in Kosten zu stürzen], wie man es fast nicht nehmen dürfte, und wenn man das gewußt hätte, so hätte man sie gar nicht ansprechen dürfen.

Nun ging auch das Mädchen an sein Werk, verbeiständet von der Hebamme und der Hausfrau, und wendete das Möglichste an, eine schöne Gotte zu sein von Schuh und Strümpfen an bis hinauf zum Kränzchen auf der kostbaren Spitzenkappe. Die Sache ging umständlich zu, trotz der Ungeduld der Hebamme, und immer war der Gotte die Sache nicht gut genug, und bald dies, bald das nicht am rechten Ort. Da kam die Großmutter herein und sagte: »Ich muß doch auch kommen und sehen, wie schön unsere Gotte sei.« Nebenbei ließ sie fallen, daß es schon das zweite Zeichen geläutet habe, und beide Göttene draußen in der äußern Stube seien.

Draußen saßen allerdings die zwei männlichen Paten, ein alter und ein junger, den neumodischen Kaffee, den sie alle Tage haben konnten, verschmähend, hinter dem dampfenden Weinwarm, dieser altertümlichen, aber guten Bernersuppe, bestehend aus Wein, geröstetem Brot, Eiern, Zucker, Zimmet und Safran, diesem ebenso altertümlichen Gewürze, das an einem Kindstaufeschmaus in der Suppe, im Voressen, im süßen Tee vorkommen muß. Sie ließen es sich wohlschmecken, und der alte Götti, den man Vetter nannte, hatte allerlei Späße mit dem Kindbettimann und sagte ihm, daß sie ihm heute nicht schonen wollten, und dem Weinwarm an gönne er es ihnen, daran sei nichts gespart, man merke, daß er seinen zwölfmäßigen Sack letzten Dienstag dem Boten mit nach Bern gegeben, um ihm Safran zu bringen. Als sie nicht wußten, was der Vetter damit meine, sagte er: Letzthin habe sein Nachbar Kindbetti haben müssen; da habe er dem Boten einen großen Sack mitgegeben und sechs Kreuzer mit dem Auftrage, er solle ihm doch in diesem Sacke für sechs Kreuzer von dem gelben Pulver bringen, ein Mäß oder anderthalbes, von dem man an den Kindstaufen in allem haben müsse, seine Weiber wollten es einmal so haben.

Da kam die Gotte hinein wie eine junge Morgensonne und wurde von den Mitgevattern Gottwillchen geheißen und zum Tisch gezogen und ein großer Teller voll Weinwarm vor sie gestellt, und den sollte sie essen, sie hätte wohl noch Zeit, während man das Kind zurechtmache. Das arme Kind wehrte sich mit Händen und Füßen, behauptete, es hätte gegessen für manchen Tag, es könne nicht mehr schnaufen. Aber da half alles nichts. Alt und jung war mit Spott und Ernst hinter ihm, bis es zum Löffel griff, und seltsam, ein Löffel nach dem andern fand noch sein Plätzchen. Doch da kam schon wieder die Hebamme mit dem schön eingewickelten Kinde, zog ihm das gestickte Käppchen an mit dem rosenroten Seidenbande, legte dasselbe in das schöne Dachbettlein, steckte ihm das süße Lulli ins Mäulchen und sagte: Sie begehre niemand zu versäumen und hätte gedacht, sie wolle alles zurechtmachen, man könne dann immer gehen, wann man wolle. Man umstand das Kind und rühmte es wie billig, und es war auch ein wunderappetitlich Bübchen. Die Mutter freute sich des Lobes und sagte: »Ich wäre auch so gerne mit zur Kirche gekommen und hätte es Gott empfehlen helfen, und wenn man selbst dabei ist, wenn das Kind getauft wird, so sinnet man um so besser daran, was man versprochen hat. Zudem ist es mir so unbequem, wenn ich noch eine ganze Woche lang nicht vor das Dachtraufe [mit ungetauften Kindern darf man nicht über die Dachtraufe hinaus, und der Mutter erster Gang muß der zur Kirche sein] darf, jetzt, wo man alle Hände voll zu tun hat mit dem Anpflanzen.« Aber die Großmutter sagte, so weit sei es doch noch nicht, daß ihre Sohnsfrau wie eine arme Frau in den ersten acht Tagen ihren Kirchgang tun müsse, und die Hebamme setzte hinzu, sie hätte es gar nicht gerne, wenn junge Weiber mit den Kindern zur Kirche gingen. Sie hätten immer Angst, es gehe daheim etwas Krummes, hätten doch nicht die rechte Andacht in der Kirche, und auf dem Heimweg pressierten sie zu stark, damit ja nichts versäumt werde, erhitzten sich, und gar manche sei übel krank geworden und gar gestorben.

Da nahm die Gotte das Kind im Dachbette auf die Arme, die Hebamme legte das schöne, weiße Tauftuch mit den schwarzen Quasten in den Ecken über das Kind, sorgfältig den schönen Blumenstrauß an der Gotte Brust schonend, und sagte: »So geht jetzt in Gottes heiligen Namen!« Und die Großmutter legte die Hände ineinander und betete still einen inbrünstigen Segen. Die Mutter aber ging mit dem Zuge hinaus bis unter die Türe und sagte: »Mein Bübli, mein Bübli, jetzt sehe ich dich drei ganze Stunden nicht, wie halte ich das aus!« Und alsobald schoß es ihr in die Augen, rasch fuhr sie mit dem Fürtuch [Schürze] darüber und ging ins Haus.

Rasch schritt die Gotte die Halde ab den Kirchweg entlang, auf ihren starken

Armen das muntere Kind, hintendrein die zwei Götteni, Vater und Großvater, deren keinem in Sinn kam, die Gotte ihrer Last zu entledigen, obgleich der jüngere Götti in einem stattlichen Meyen [Strauß] auf dem Hute das Zeichen der Ledigkeit trug und in seinem Auge etwas wie großes Wohlgefallen an der Gotte, freilich alles hinter der Blende großer Gelassenheit verborgen.

Der Großvater berichtete, welch schrecklich Wetter es gewesen sei, als man ihn zur Kirche getragen, vor Hagel und Blitz hätten die Kirchgänger kaum geglaubt, mit dem Leben davonzukommen. Hintenher hätten die Leute ihm allerlei geweissaget dieses Wetters wegen, die einen einen schrecklichen Tod, die anderen großes Glück im Kriege; nun sei es ihm gegangen in aller Stille wie den andern auch, und im fünfundsiebzigsten Jahre werde er weder frühe sterben noch großes Glück im Kriege machen.

Mehr als halben Weges waren sie gegangen, als ihnen die Jungfrau nachgesprungen kam, welche das Kind nach Hause zu tragen hatte, sobald es getauft war, während Eltern und Gevatterleute nach alter schöner Sitte noch der Predigt beiwohnten. Die Jungfrau hatte auch anwenden wollen nach Kräften, um auch schön zu sein. Ob dieser handlichen Arbeit hatte sie sich verspätet und wollte jetzt der Gotte das Kind abnehmen; aber diese ließ es nicht, wie man ihr auch zuredete. Das war eine gar zu gute Gelegenheit, dem schönen ledigen Götti zu zeigen, wie stark ihre Arme seien, und wieviel sie erleiden möchten. Starke Arme an einer Frau sind einem rechten Bauer viel anständiger als zarte, als so liederliche Stäbchen, die jeder Bysluft [Bise, Nordwind], wenn er ernstlich will, auseinanderwehen kann; starke Arme an einer Mutter sind schon vielen Kindern zum Heil gewesen, wenn der Vater starb, und die Mutter die Rute allein führen, alleine den Haushaltungswagen aus allen Löchern heben mußte, in die er geraten wollte.

Aber auf einmal ists, als ob jemand die starke Gotte an den Züpfen halte oder sie vor den Kopf schlage, sie prallt ordentlich zurück, gibt der Jungfrau das Kind, bleibt dann zurück und stellt sich, als ob sie mit dem Strumpfband zu tun hätte. Dann kömmt sie nach, gesellt sich den Männern bei, mischt sich in die Gespräche, will den Großvater unterbrechen, ihn bald mit diesem, bald mit jenem ablenken von dem Gegenstand, den er gefaßt hat. Der aber hält, wie alte Leute meist gewohnt sind, seinen Gegenstand fest und knüpft unverdrossen den abgerissenen Faden immer neu wieder an. Nun macht sie sich an des Kindes Vater und versucht diesen durch allerlei Fragen zu Privatgesprächen zu verführen; allein der ist einsilbig und läßt den angesponnenen Faden immer wieder fallen. Vielleicht hat er seine eigenen Gedanken, wie jeder Vater sie haben sollte, wenn man ihm ein Kind zur Taufe trägt und namentlich das erste Bübchen. Je näher man der Kirche kam, desto mehr Leute schlossen dem Zuge sich an, die einen warteten schon mit den Psalmenbüchern in der Hand am Wege, andere sprangen eiliger die engen Fußwege hinunter, und einer großen Prozession ähnlich rückten sie ins Dorf.

Zunächst der Kirche stand das Wirtshaus, die so oft in naher Beziehung stehen und Freud und Leid miteinander teilen und zwar in allen Ehren. Dort stellte man ab, machte das Bübchen trocken, und der Kindbettimann bestellte eine Maß, wie sehr auch alle einredeten: er solle doch das nicht machen, sie hätten ja erst gehabt, was das Herz verlangt, und möchten weder Dickes noch Dünnes. Indessen als der Wein einmal da war, tranken doch alle, vornehmlich die Jungfrau; die wird gedacht haben, sie müsse Wein trinken, wenn jemand ihr Wein geben wolle, und das geschehe durch ein langes Jahr durch nicht manchmal. Nur die Gotte war zu keinem Tropfen zu bewegen, trotz allem Zureden, das kein Ende nehmen wollte, bis die Wirtin sagte: Man solle doch nachlassen mit Nötigen, das Mädchen werde ja zusehends blässer, und Hoffmannstropfen täten ihm nöter als Wein. Aber die Gotte wollte deren auch nicht, wollte kaum ein Glas bloßes Wasser, mußte sich endlich einige Tropfen aus einem Riechfläschchen aufs Nastuch schütten lassen, zog unschuldigerweise manchen verdächtigen Blick sich zu und konnte sich nicht rechtfertigen, konnte sich nicht helfen lassen. An gräßlicher Angst litt die Gotte und durfte sie nicht merken lassen. Es hatte ihr niemand gesagt, welchen Namen das Kind erhalten solle, und den die Gotte nach alter Übung dem Pfarrer, wenn sie ihm das Kind übergibt, einzuflüstern hat, da derselbe die eingeschriebenen Namen, wenn viele Kinder zu taufen sind, leicht verwechseln kann.

Im Hast ob den vielen zu besorgenden Dinge und der Angst, zu spät zu kommen, hatte man die Mitteilung dieses Namens vergessen, und nach diesem Namen zu fragen, hatte ihr ihres Vaters Schwester, die Base, ein für allemal streng verboten, wenn sie ein Kind nicht unglücklich machen wolle; denn sobald eine Gotte nach des Kindes Namen frage, so werde dieses zeitlebens – neugierig.

Diesen Namen wußte sie also nicht, durfte nicht darnach fragen, und wenn ihn der Pfarrer auch vergessen hatte und laut und öffentlich darnach fragte oder im Verschuß den Buben Mädeli oder Bärbeli taufte, wie würden da die Leute lachen, und welche Schande wäre dies ihr Leben lang! Das kam ihr immer schrecklicher vor; dem starken Mädchen zitterten die Beine wie Bohnenstauden im Winde, und vom blassen Gesichte rann ihm der Schweiß bachweise.

Jetzt mahnte die Wirtin zum Aufbrechen, wenn sie vom Pfarrer nicht wollten angerebelt [angefahren] werden; aber zur Gotte sagte sie: »Du, Meitschi, stehst das nicht aus, du bist ja weiß wie ein frischgewaschenes Hemd.« Das sei vom Laufen, meinte diese, es werde ihr wieder bessern, wenn sie an die frische Luft komme. Aber es wollte ihr nicht bessern, ganz schwarz schienen ihr alle Leute in der Kirche, und nun fing noch das Kind zu schreien an, mörderlich und immer mörderlicher. Die arme Gotte begann es zu wiegen in ihren Armen, heftiger und immer heftiger, je lauter es schrie, daß Blätter stoben von ihrem Meyen an der Brust. Auf dieser Brust ward es ihr enger und schwerer, laut hörte man ihr Atemfassen. Je höher ihre Brust sich hob, um so höher flog das Kind in ihren Armen, und, je höher es flog, um so lauter schrie es, und, je lauter es schrie, um so gewaltiger las der Pfarrer die Gebete. Die Stimmen prasselten ordentlich an den Wänden, und die Gotte wußte nicht mehr, wo sie war; es sauste und brauste um sie wie Meereswogen, und die Kirche tanzte mit ihr in der Luft herum. Endlich sagte der Pfarrer »Amen«, und jetzt war der schreckliche Augenblick da, jetzt sollte es sich entscheiden, ob sie zum Spott werden sollte für Kind und Kindeskinder; jetzt mußte sie das Tuch abheben, das Kind dem Pfarrer geben, den Namen ihm ins rechte Ohr flüstern. Sie deckte ab, aber zitternd und bebend, reichte das Kind dar, und der Pfarrer nahm es, sah sie nicht an, frug sie nicht mit scharfem Auge, tauchte die Hand ins Wasser, netzte des plötzlich schweigenden Kindes Stirne und taufte kein Mädeli, kein Bärbeli, sondern einen Hans Uli, einen ehrlichen, wirklichen Hans Uli.

Da wars der Gotte, als ob nicht nur sämtliche Emmentalerberge ihr ab dem Herzen fielen, sondern Sonne, Mond und Sterne, und aus einem feurigen Ofen sei jemand trage in ein kühles Bad; aber die ganze Predigt durch bebten ihr die Glieder und wollten nicht wieder stille werden. Der Pfarrer predigte recht schön und eindringlich, wie eigentlich das Leben der Menschen nichts anders sein solle als eine Himmelfahrt; aber zu rechter Andacht brachte es die Gotte nicht, und als man aus der Predigt kam, hatte sie schon den Text vergessen. Sie mochte gar nicht warten, bis sie ihre geheime Angst offenbaren konnte und den Grund ihres blassen Gesichtes. Viel Lachens gab es, und manchen Witz mußte sie hören über die Neugierde, und wie sich die Weiber davor fürchten und sie doch allen ihren Mädchen anhängten, während sie den Buben nichts täte. Da hätte sie nur getrost fragen können.

Schöne Haberacker, niedliche Flachsplätze, herrliches Gedeihen auf Wiese und Acker zogen aber bald die Aufmerksamkeit auf sich und fesselten die Gemüter. Sie fanden manchen Grund, langsam zu gehn, stillezustehn, und doch hatte die schöne, steigende Maiensonne allen warm gemacht, als sie heimkamen, und ein Glas kühlen Weins tat jedermann wohl, wie sehr man sich auch dagegen sträubte. Dann setzte man sich vor das Haus, während in der Küche die Hände emsig sich rührten, das Feuer gewaltig prasselte. Die Hebamme glühte wie einer der Drei aus dem feurigen Ofen. Schon vor elf rief man zum Essen, aber nur die Diensten [Dienstboten], speiste die vorweg und zwar reichlich, aber man war doch froh, wenn sie, die Knechte namentlich, einem aus dem Wege kamen.

Etwas langsam floß den vor dem Hause Sitzenden das Gespräch, doch versiegte es nicht; vor dem Essen stören die Gedanken des Magens die Gedanken der Seele, indessen läßt man nicht gerne diesen innern Zustand innewerden, sondern bemäntelt ihn mit langsamen Worten über gleichgültige Gegenstände. Schon stand die Sonne überem Mittag, als die Hebamme mit flammendem Gesicht, aber immer noch blanker Schürze, unter der Türe erschien und die allen willkommene Nachricht brachte, daß man essen könnte, wenn alle da wären. Aber die meisten der Geladenen fehlten noch, und die schon früher nach ihnen gesandten Boten brachten wie die Knechte im Evangelium allerlei Bescheid, mit dem Unterschied jedoch, daß eigentlich alle kommen wollten, nur jetzt noch nicht; der eine hatte Werkleute, der andere Leute bestellt, und der dritte mußte noch wohin, – aber warten solle man nicht auf sie, sondern nur fürfahren in der Sache. Rätig war man bald, dieser Mahnung zu folgen, denn wenn man allen warten müßte, sagte man, so könne das gehen, bis der Mond käme; nebenbei freilich brummte die Hebamme: es sei doch nichts Dümmeres, als ein solches Wartenlassen, im Herzen wäre doch jeder gerne da und zwar je eher je lieber, aber es solle es niemand merken. So müsse man die Mühe haben, alles wieder an die Wärme zu stellen, wisse nie, ob man genug habe, und werde nie fertig.

War aber schon der Rat wegen der Abwesenden schnell gefaßt, so war man doch mit den Anwesenden noch nicht fertig, hatte bedenkliche Mühe, sie in die Stube, sie zum Sitzen zu bringen, denn keiner wollte der erste sein, bei diesem nicht, bei jenem nicht. Als endlich alle saßen, kam die Suppe auf den Tisch, eine schöne Fleischsuppe, mit Safran gefärbt und gewürzt und mit dem schönen weißen Brot, das die Großmutter eingeschnitten, so dick gesättigt, daß von der Brühe wenig sichtbar war. Nun entblößten sich alle Häupter, die Hände falteten sich, und lange und feierlich betete jedes für sich zu dem Geber jeder guten Gabe. Dann erst griff man langsam zum blechernen Löffel, wischte denselben am schönen, feinen Tischtuch aus und ließ sich an die Suppe, und mancher Wunsch wurde laut: wenn man alle Tage eine solche hätte, so begehrte man nichts anderes. Als man mit der Suppe fertig war, wischte man die Löffel am Tischtuch wieder aus, die Züpfe wurde herumgeboten, jeder schnitt sich sein Stück ab und sah zu, wie die Voressen an Safranbrühe aufgetragen wurden, Voressen von Hirn, von Schaffleisch, saure Leber. Als die erledigt waren in bedächtigem Zugreifen, kam, in Schüsseln hoch aufgeschichtet, das Rindfleisch, grünes und dürres, jedem nach Belieben, kamen dürre Bohnen und Kannenbirenschnitze, breiter Speck dazu und prächtige Rückenstücke von dreizentnerigen Schweinen, so schön rot und weiß und saftig. Das folgte sich langsam alles, und wenn ein neuer Gast kam, so wurde von der Suppe her alles wieder aufgetragen, und jeder mußte da anfangen, wo die andern auch, keinem wurde ein einziges Gericht geschenkt. Zwischendurch schenkte Benz, der Kindbettimann, aus den schönen, weißen Flaschen, welche eine Maß enthielten und mit Wappen und Sprüchen reich geziert waren, fleißig ein. Wohin seine Arme nicht reichen mochten, trug er andern das Schenkamt auf, nötete ernstlich zum Trinken, mahnte sehr oft: »Machet doch aus, er ist dafür da, daß man ihn trinkt!« Und wenn die Hebamme eine Schüssel hineintrug, so brachte er ihr sein Glas, und andere brachten die ihren ihr auch, so daß, wenn sie allemal gehörig hätte Bescheid tun wollen, es in der Küche wunderlich hätte gehen können.

Der jüngere Götti mußte manche Spottrede hören, daß er die Gotte nicht besser zum Trinken zu halten wisse; wenn er das Gesundheitmachen nicht besser verstehe, so kriege er keine Frau. Oh, Hans Uli werde keine begehren, sagte endlich die Gotte, die ledigen Bursche hätten heutzutage ganz andere Sachen im Kopf als das Heiraten, und die meisten vermöchten es nicht einmal mehr. He, sagte Hans Uli, das dünke ihn nichts anders. Solche Schlärpli [unordentliche Weiber], wie heutzutage die meisten Mädchen seien, geben gar teure Frauen, die meisten meinten ja, um eine brave Frau zu werden, hätte man nichts nötig als ein blauseidenes Tüchlein um den Kopf, Händschli [Handschühlein] im Sommer und gestickte Pantöffeli im Winter. Wenn einem die Kühe fehlten [mißrieten] im Stalle, so sei man freilich übel geschlagen, aber man könne doch ändern; wenn man aber eine Frau habe, die einem um Haus und Hof bringe, so sei es austubaket, die müsse man behalten. Es sei einem daher nützlicher, man sinne andren Sachen nach als dem Heiraten und lasse Mädchen Mädchen sein.

»Ja, ja, du hast ganz recht«, sagte der ältere Götti, ein kleines, unscheinbares Männchen in geringen Kleidern, den man aber sehr in Ehren hielt und ihm Vetter sagte, denn er hatte keine Kinder, wohl aber einen bezahlten Hof und hunderttausend Schweizerfranken am Zins, »ja, du hast recht«, sagte der, »mit dem Weibervolk ist gar nichts mehr. Ich will nicht sagen, daß nicht hie und da noch eine ist, die einem Hause wohl ansteht, aber die sind dünn gesäet. Sie haben nur Narrenwerk und Hoffart im Kopf, ziehen sich an wie Pfauen, ziehen auf wie sturme [benommene] Störche, und wenn eine einen halben Tag arbeiten soll, so hat sie drei Tage lang Kopfweh und liegt vier Tage im Bett, ehe sie wieder bei ihr selber ist. Als ich um meine Alte buhlte, da war es noch anders, da mußte man noch nicht so im Kummer sein, man kriege statt einer braven Hausmutter nur einen Hausnarr oder gar einen Hausteufel.«

»He, he, Götti Uli«, sagte die Gotte, die schon lange reden wollte, aber nicht dazu gekommen war, »es würde einen meinen, es seien nur zu deinen Zeiten rechte Baurentöchter gewesen. Du kennst sie nur nicht und achtest dich der Mädchen nicht mehr, wie es so einem alten Manne auch wohl ansteht; aber es gibt sie noch immer so gut als zur Zeit, wo deine Alte noch jung gewesen ist. Ich will mich nicht rühmen, aber mein Vater hat schon manchmal gesagt, wenn ich so fortfahre, so tue ich noch die Mutter selig durch, und die ist doch eine berühmte Frau gewesen. So schwere Schweine wie voriges Jahr hat mein Vater noch nie auf den Markt geführt. Der Metzger hat ihm manchmal gesagt: er möchte das Meitschi sehen, welches die gemästet habe. Aber über die heutigen Buben hat man zu klagen; was um der lieben Welt willen ist dann mit diesen? Tubaken, im Wirtshaus sitzen, die weißen Hüte auf der Seite tragen und die Augen aufsperren wie Stadttore, allen Kegelten, allen Schießeten, allen schlechten Meitschene nachstreichen, das können sie; aber wenn einer eine Kuh melken oder einen Acker fahren soll, so ist er fertig, und wenn er ein Werkholz in die Finger nimmt, so tut er dumm wie ein Herr oder gar wie ein Schreiber. Ich habe mich schon manchmal hoch verredet, ich wolle keinen Mann, oder ich wisse dann für gewiß, wie ich mit ihm fahren könne, und wenn schon hie und da noch einer ein Bauer abgibt, so weiß man doch noch lange nicht, was er für ein Mann wird.«

Da lachten die andern gar sehr, trieben dem Mädchen das Blut ins Gesicht und das Gespött mit ihm: Wie lange es wohl meine, daß man einen auf die Probe nehmen müsse, bis man für gewiß wisse, was er für ein Mann werde.

So unter Lachen und Scherz nahm man viel Fleisch zu sich, vergaß auch die Kannenbirenschnitze nicht, bis endlich der ältere Götti sagte: Es dünke ihn, man sollte einstweilen genug haben und etwas vom Tische weg, die Beine würden unter dem Tische ganz steif, und eine Pfeife schmecke nie besser, als wenn man zuvor Fleisch gegessen hätte. Dieser Rat erhielt allgemeinen Beifall, wie auch die Kindbettileute einredeten: man solle doch nicht vom Tische weg; wenn man einmal davon sei, so bringe man die Menschen fast nicht mehr dazu. »Habe doch nicht Kummer, Base!« sagte der Vetter, »wenn du etwas Gutes auf den Tisch stellst, so hast du mit geringer Mühe uns wieder dabei, und wenn wir uns ein wenig strecken, so geht es um so handlicher wieder mit dem Essen.«

Die Männer machten nun die Runde in den Ställen, taten einen Blick auf die Bühne, ob noch altes Heu vorhanden sei, rühmten das schöne Gras und schauten in die Bäume hinauf, wie groß der Segen wohl sein möge, der von ihnen zu hoffen sei.

Unter einem der noch blühenden Bäume machte der Vetter Halt und sagte: Da schicke es sich wohl am besten abzusitzen und ein Pfeifchen anzustecken, es sei gut kühl da, und wenn die Weiber wieder etwas Gutes angerichtet hätten, so sei man nahe bei der Hand. Bald gesellte sich die Gotte zu ihnen, die mit den andern Weibern den Garten und die Pflanzplätze besehen hatte. Der Gotte kamen die andern Weiber nach, und eine nach der andern ließ sich nieder ins Gras, vorsichtig die schönen Kittel in Sicherheit bringend, dagegen ihre Unterröcke mit dem hellen roten Rande der Gefahr aussetzend, ein Andenken zu erhalten vom grünen Grase.

Der Baum, um den die ganze Gesellschaft sich lagerte, stand oberhalb des Hauses am sanften Anfang der Halde. Zuerst ins Auge fiel das schöne, neue Haus; über dasselbe weg konnten die Blicke schweifen an den jenseitigen Talesrand, über manchen schönen, reichen Hof und weiterhin über grüne Hügel und dunkle Täler weg.

»Du hast da ein stattliches Haus, und alles ist gut angegeben dabei«, sagte der Vetter, »jetzt könnt ihr auch sein darin und habt Platz für alles; ich konnte nie begreifen, wie man sich in einem so schlechten Hause so lange leiden kann, wenn man Geld und Holz genug zum Bauen hat, wie ihr zum Exempel.« »Vexier nicht, Vetter!« sagte der Großvater, »es hat von beidem nichts zu rühmen; dann ist das Bauen eine wüste Sache, man weiß wohl, wie man anfängt, aber nie, wie man aufhört, und manchmal ist einem noch dies im Wege oder das, an jedem Orte etwas anders.«

»Mir gefällt das Haus ganz ausnehmend wohl«, sagte eine der Frauen. »Wir sollten auch schon lange ein neues haben, aber wir scheuen immer die Kosten. Sobald mein Mann aber kommt, muß er dieses recht besehen, es dünkt mich, wenn wir so eins haben könnten, ich wäre im Himmel. Aber fragen möchte ich doch, nehmt es nicht für ungut, warum da gleich neben dem ersten Fenster der wüste, schwarze Fensterposten ist, der steht dem ganzen Hause übel an.«

Der Großvater machte ein bedenkliches Gesicht, zog noch härter an seiner Pfeife und sagte endlich: Es hätte an Holz gefehlt beim Aufrichten, kein anderes sei gleich bei der Hand gewesen, da habe man in Not und Eile einiges vom alten Hause genommen. »Aber«, sagte die Frau, »das schwarze Stück Holz war ja noch dazu zu kurz, oben und unten ist es angesetzt, und jeder Nachbar hätte euch von Herzen gerne ein ganz neues Stück gegeben.« – »Ja, wir haben es halt nicht besser gsinnet und durften unsere Nachbarn nicht immer von neuem plagen, sie hatten uns schon genug geholfen mit Holz und Fahren«, antwortete der Alte.

»Hör, Ätti«, sagte der Vetter, »mache nicht Schneckentänze, sondern gib die Wahrheit an und aufrichtigen Bericht! Schon manches habe ich raunen hören, aber punktum das Wahre nie vernehmen können. Jetzt schickte es sich so wohl, bis die Weiber den Braten zweghaben, du würdest uns damit so kurze Zeit machen, darum gib aufrichtigen Bericht!« Noch manchen Schneckentanz machte der Großvater, ehe er sich dazu verstund; aber der Vetter und die Weiber ließen nicht nach, bis er es endlich versprach, jedoch unter dem ausdrücklichen Vorbehalt, daß ihm dann lieber wäre, was er erzähle, bliebe unter ihnen und käme nicht weiter. So etwas scheuen gar viele Leute an einem Hause, und er möchte in seinen alten Tagen nicht gerne seinen Leuten böses Spiel machen.

»Allemal, wenn ich dieses Holz betrachte«, begann der ehrwürdige Alte, »so muß ich mich verwundern, wie das wohl zuging, daß aus dem fernen Morgenlande, wo das Menschengeschlecht entstanden sein soll, Menschen bis hierher kamen und diesen Winkel in diesem engen Graben [Seitental] fanden, und muß denken, was die, welche bis hierher verschlagen oder gedrängt wurden, alles ausgestanden haben werden, und wer sie wohl mögen gewesen sein. Ich habe viel darüber nachgefragt, aber nichts erfahren können, als daß diese Gegend schon sehr früh bewohnt gewesen, ja Sumiswald, noch ehe unser Heiland auf der Welt war, eine Stadt gewesen sein soll; aber aufgeschrieben steht das nirgends. Doch das weiß man, daß es schon mehr als sechshundert Jahre her ist, daß das Schloß steht, wo jetzt der Spital ist, und wahrscheinlich um dieselbe Zeit stund auch hier schon ein Haus und gehörte samt einem großen Teil der Umgegend zu dem Schlosse, mußte dorthin Zehnten und Bodenzinse geben, Frondienste leisten, ja die Menschen waren leibeigen und nicht eigenen Rechtens, wie jetzt jeder ist, sobald er zu Jahren kömmt. Gar ungleich hatten es damals die Menschen, und nahe beieinander wohnten Leibeigene, welche die besten Händel hatten, und solche, die schwer, fast unerträglich gedrückt wurden, ihres Mädchens nicht sicher waren. Ihr Zustand hing jeweilen von ihren Herren ab; die waren gar ungleich und doch fast unumschränkt Meister über ihre Leute, und diese fanden keinen, dem sie so leichtlich und wirksam klagen konnten. Die, welche zu diesem Schlosse gehörten, sollen es schlimmer gehabt haben zuzeiten als die meisten, welche zu andern Schlössern gehörten. Die meisten andern Schlösser gehörten einer Familie, kamen von dem Vater auf den Sohn, da kannten der Herr und seine Leute sich von Jugend auf, und gar mancher war seinen Leuten wie ein Vater. Dieses Schloß kam nämlich frühe in die Hände von Rittern, die man die Teutschen nannte, und der, welcher hier zu befehlen hatte, den nannte man den Comthur. Diese Obern wechselten nun, und bald war einer da aus dem Sachsenland und bald einer aus dem Schwabenland; da kam keine Anhänglichkeit auf, und ein jeder brachte Brauch und Art mit aus seinem Lande.

Nun sollten sie eigentlich in Polen und im Preußenlande mit den Heiden streiten, und dort, obgleich sie eigentlich geistliche Ritter waren, gewöhnten sie sich fast an ein heidnisch Leben und gingen mit andern Menschen um, als ob kein Gott im Himmel wäre, und wenn sie dann heimkamen, so meinten sie noch immer, sie seien im Heidenland, und trieben das gleiche Leben fort. Denn die, welche lieber im Schatten lustig lebten als im wüsten Lande blutig stritten, oder die, welche ihre Wunden heilen, ihren Leib stärken mußten, kamen auf die Güter, welche der Orden, so soll man die Gesellschaft der Ritter genannt haben, in Deutschland und in der Schweiz besaß, und taten jeder nach seiner Art, und was ihm wohlgefiel. Einer der wüstesten soll der Hans von Stoffeln gewesen sein aus dem Schwabenlande, und unter ihm soll es sich zugetragen haben, was ihr von mir wissen wollt, und was sich bei uns von Vater auf den Sohn vererbet hat.

Diesem Hans von Stoffeln fiel es bei, dort hinten auf dem Bärhegenhubel [Hügel] ein großes Schloß zu bauen; dort, wo man noch jetzt, wenn es wild Wetter geben will, die Schloßgeister ihre Schätze sonnen sieht, stand das Schloß. Sonst bauten die Ritter ihre Schlösser über den Straßen, wie man jetzt die Wirtshäuser an die Straßen baut, beides, um die Leute besser plündern zu können, auf verschiedene Weise freilich. Warum aber der Ritter dort auf dem wilden, wüsten Hubel in der Einöde ein Schloß haben wollte, wissen wir nicht, genug, er wollte es, und die Bauern, welche zum Schlosse gehörten, mußten es bauen. Der Ritter fragte nach keinem von der Jahreszeit gebotenen Werk, nicht nach dem Heuet, nicht nach der Ernte, nicht nach dem Säet. So und so viel Züge [Gespanne] mußten fahren, so und so viel Hände mußten arbeiten, zu der und der Zeit sollte der letzte Ziegel gedeckt, der letzte Nagel geschlagen sein. Dazu schenkte er keine Zehntgarbe, kein Mäß Bodenzins, kein Fasnachthuhn, ja nicht einmal ein Fasnachtei; Barmherzigkeit kannte er keine, die Bedürfnisse armer Leute kannte er nicht. Er ermunterte sie auf heidnische Weise mit Schlägen und Schimpfen, und wenn einer müde wurde, langsamer sich rührte oder gar ruhen wollte, so war der Vogt hinter ihm mit der Peitsche, und weder

Alter noch Schwachheit ward verschont. Wenn die wilden Ritter oben waren, so hatten sie ihre Freude dran, wenn die Peitsche recht knallte, und sonst trieben sie noch manchen Schabernack mit den Arbeitern; wenn sie ihre Arbeit mutwillig verdoppeln konnten, so sparten sie es nicht und hatten dann große Freude an ihrer Angst, an ihrem Schweiß.

Endlich war das Schloß fertig, fünf Ellen dick die Mauern, niemand wußte, warum es da oben stand, aber die Bauren waren froh, daß es einmal stand, wenn es doch stehen mußte, der letzte Nagel geschlagen, der letzte Ziegel oben war.

Sie wischten sich den Schweiß von den Stirnen, sahen mit betrübtem Herzen sich um in ihrem Besitztum, sahen seufzend, wie weit der unselige Bau sie zurückgebracht. Aber war doch ein langer Sommer vor ihnen und Gott über ihnen, darum faßten sie Mut und kräftig den Pflug und trösteten Weib und Kind, die schweren Hunger gelitten, und denen Arbeit eine neue Pein schien.

Aber kaum hatten sie den Pflug ins Feld geführt, so kam Botschaft, daß alle Hofbauern eines Abends zur bestimmten Stunde im Schlosse zu Sumiswald sich einfinden sollten. Sie bangten und hofften. Freilich hatten sie von den gegenwärtigen Bewohnern des Schlosses noch nichts Gutes genossen, sondern lauter Mutwillen und Härte, aber es dünkte sie billig, daß die Herren ihnen etwas täten für den unerhörten Frondienst, und weil es sie so dünkte, so meinten viele, es dünke die Herren auch so, und sie werden an selbem Abend ihnen ein Geschenk machen oder einen Nachlaß verkünden wollen.

Sie fanden sich am bestimmten Abend zeitig und mit klopfendem Herzen ein, mußten aber lange warten im Schloßhofe, den Knechten zum Gespött. Die Knechte waren auch im Heidenlande gewesen. Zudem wird es gewesen sein wie jetzt, wo jedes halbbatzige Herrenknechtlein das Recht zu haben meint, gesessene Bauern verachten zu können und verhöhnen zu dürfen.

Endlich wurden sie in den Rittersaal entboten; vor ihnen öffnete sich die schwere Türe; drinnen saßen um den schweren Eichentisch die schwarzbraunen Ritter, wilde Hunde zu ihren Füßen, und obenan der von Stoffeln, ein wilder, mächtiger Mann, der einen Kopf hatte wie ein doppelt Bernmäß, Augen machte wie Pflugsräder und einen Bart hatte wie eine alte Löwenmähne. Keiner ging gerne zuerst hinein, einer stieß den andern vor. Da lachten die Ritter, daß der Wein über die Humpen spritzte, und wütend stürzten die Hunde vor; denn wenn diese zitternde, zagende Glieder sehen, so meinen sie, dieselben gehören einem zu jagenden Wilde. Den Bauern aber ward nicht gut zumute, es dünkte sie, wenn sie nur wieder daheim wären, und einer drückte sich hinter den andern. Als endlich Hunde und Ritter schwiegen, erhob der von Stoffeln seine Stimme, und sie tönte wie aus einer hundertjährigen Eiche: »Mein Schloß ist fertig, doch noch eines fehlt, der Sommer kömmt, und droben ist kein Schattengang. In Zeit eines Monates sollt ihr mir einen pflanzen, sollt hundert ausgewachsene Buchen nehmen aus dem Münneberg, mit Ästen und Wurzeln, und sollt sie mir pflanzen auf Bärhegen, und wenn eine einzige Buche fehlt, so büßt ihr mir es mit Gut und Blut. Drunten steht Trunk und Imbiß, aber morgen soll die erste Buche auf Bärhegen stehn.«

Als von Trunk und Imbiß einer hörte, meinte er, der Ritter sei gnädig und gut gelaunt und begann zu reden von ihrer notwendigen Arbeit und dem Hunger von Weib und Kind und vom Winter, wo die Sache besser zu machen wäre. Da begann der Zorn des Ritters Kopf größer und größer zu schwellen, und seine Stimme brach los wie der Donner aus einer Fluh, und er sagte ihnen: Wenn er gnädig sei, so seien sie übermütig. Wenn im Polenlande einer das nackte Leben habe, so küsse er einem die Füße, hier hätten sie Kind und Rind, Dach und Fach, und doch nicht satt. »Aber gehorsamer und genügsamer mache ich euch, so wahr ich Hans von Stoffeln bin, und wenn in Monatsfrist die hundert Buchen nicht oben stehen, so lasse ich euch peitschen, bis kein Fingerlang mehr ganz an euch ist, und Weiber und Kinder werfe ich den Hunden vor.«

Da wagte keiner mehr eine Einrede, aber auch keiner begehrte von dem Trunk und Imbiß; sie drängten sich, als der zornige Befehl gegeben war, zur Türe hinaus, und jeder wäre gerne der erste gewesen, und weithin folgte ihnen des Ritters donnernde Stimme nach, der andern Ritter Gelächter, der Knechte Spott, der Rüden Geheul.

Als der Weg sich beugte, vom Schlosse sie nicht mehr konnten gesehen werden, setzten sie sich an des Weges Rand und weinten bitterlich, keiner hatte einen Trost für den andern, und keiner hatte den Mut zu rechtem Zorn, denn Not und Plage hatten den Mut ihnen ausgelöscht, so daß sie keine Kraft mehr zum Zorne hatten, sondern nur noch zum Jammern. Über drei Stunden weit sollten sie durch wilde Wege die Buchen führen mit Ästen und Wurzeln den steilen Berg hinauf, und neben diesem Berge wuchsen viele und schöne Buchen, und die mußten sie stehen lassen! In Monatsfrist sollte das Werk geschehen sein, zwei Tage drei, den dritten vier Bäume sollten sie schleppen durchs lange Tal, den steilen Berg auf mit ihrem ermatteten Vieh. Und über alles dieses war es der Maimond, wo der Bauer sich rühren muß auf seinem Acker, fast Tag und Nacht ihn nicht verlassen darf, wenn er Brot will und Speise für den Winter.

Wie sie da so ratlos weinten, keiner den andern ansehen, in den Jammer des andern sehen durfte, weil der seinige schon über ihm zusammenschlug, und keiner heimdurfte mit der Botschaft, keiner den Jammer heimtragen mochte zu Weib und Kind, stund plötzlich vor ihnen, sie wußten nicht woher, lang und dürre, ein grüner Jägersmann. Auf dem kecken Barett schwankte eine rote Feder, im schwarzen Gesichte flammte ein rotes Bärtchen, und zwischen der gebogenen Nase und dem zugespitzten Kinn, fast unsichtbar, wie eine Höhle unter überhangendem Gestein, öffnete sich ein Mund und frug: »Was gibt es, ihr guten Leute, daß ihr dasitzet und heulet, daß es Steine aus dem Boden sprengt und Äste ab den Bäumen?« Zweimal frug er also, und zweimal erhielt er keine Antwort.

Da ward noch schwärzer des Grünen schwarz Gesicht, noch röter das rote

Bärtchen, es schien darin zu knistern und zu spretzeln wie Feuer im Tannenholz; wie ein Pfeil spitzte sich der Mund, dann tat er sich auseinander und frug ganz holdselig und mild: »Aber, ihr guten Leute, was hilft es euch, daß ihr da sitzet und heulet? Ihr könnet da heulen, bis es eine neue Sündflut gibt oder euer Geschrei die Sterne aus dem Himmel sprengt; aber damit wird euch wahrscheinlich wenig geholfen sein. Wenn euch aber Leute fragen, was ihr hättet, Leute, die es gut mit euch meinen, euch vielleicht helfen könnten, so solltet ihr statt zu heulen antworten und ein vernünftig Wort reden, das hülfe euch viel mehr.«

Da schüttelte ein alter Mann das weiße Haupt und sprach: »Haltet es nicht für ungut, aber das, worüber wir weinen, nimmt kein Jägersmann uns ab, und wenn das Herz einmal im Jammer verschwollen ist, so kommen keine Worte mehr daraus.«

Da schüttelte sein spitziges Haupt der Grüne und sprach: »Vater, Ihr redet nicht dumm, aber so ist es doch nicht. Man mag schlagen, was man will, Stein oder Baum, so gibt es einen Ton von sich, es klaget. So soll auch der Mensch klagen, soll alles klagen, soll dem ersten besten klagen, vielleicht hilft ihm der erste beste. Ich bin nur ein Jägersmann, wer weiß, ob ich nicht daheim ein tüchtiges Gespann habe, Holz und Steine oder Buchen und Tannen zu führen?«

Als die armen Bauren das Wort Gespann hörten, fiel es ihnen allen ins Herz, ward da zu einem Hoffnungsfunken, und alle sahen auf ihn, und dem Alten ging der Mund noch weiter auf; er sprach: Es sei nicht immer richtig, dem ersten dem besten zu sagen, was man auf dem Herzen hätte; da man ihm es aber anhöre, daß er es gut meine, daß er vielleicht helfen könne, so wolle man kein Hehl vor ihm haben. Mehr als zwei Jahre hätten sie schwer gelitten unter dem neuen Schloßbau, kein Hauswesen sei in der ganzen Herrschaft, welches nicht bitterlich im Mangel sei. Jetzt hätten sie frisch aufgeatmet, in der Meinung, endlich freie Hände zu haben zur eigenen Arbeit, hätten mit neuem Mut den Pflug ins Feld geführt, und soeben hätte der Comthur ihnen befohlen, aus im Münneberg gewachsenen Buchen in Monatsfrist beim neuen Schloß einen neuen Schattengang zu pflanzen. Sie wüßten nicht, wie das vollbringen in dieser Frist mit ihrem abgekarrten Vieh, und wenn sie es vollbrächten, was hülfe es ihnen? Anpflanzen könnten sie nicht und müßten nachher Hungers sterben, im Fall die harte Arbeit sie nicht schon tötete. Diese Botschaft dürften sie nicht heimtragen, möchten nicht zum alten Elend noch den neuen Jammer schütten.

Da machte der Grüne ein gar mitleidiges Gesicht, hob drohend die lange, magere, schwarze Hand gegen das Schloß empor und vermaß sich zu schwerer Rache gegen solche Tyrannei. Ihnen aber wolle er helfen. Sein Gespann, wie keines sei im Lande, solle vom Kilchstalden [steiles Straßenstück bei der Kirche] weg, diesseits Sumiswald, ihnen alle Buchen, so viele sie dorthin zu bringen vermöchten, auf Bärhegen führen, ihnen zulieb, den Rittern zum Trotz und um geringen Lohn.

Da horchten hochauf die armen Männer bei diesem unerwarteten Anerbieten.

Konnten sie um den Lohn einig werden, so waren sie gerettet, denn bis an den Kilchstalden konnten sie die Buchen führen, ohne daß ihre Landarbeit darüber versäumt, und sie zugrunde gingen. Darum sagte der Alte: »So sag an, was du verlangst, auf daß wir mit dir des Handels einig werden mögen!« Da machte der Grüne ein pfiffig Gesicht; es knisterte in seinem Bärtchen, und wie Schlangenaugen funkelten sie seine Augen an, und ein greulich Lachen stand in beiden Mundwinkeln, als er ihn voneinander tat und sagte: »Wie ich gesagt, ich begehre nicht viel, nicht mehr als ein ungetauftes Kind.«

Das Wort zuckte durch die Männer wie ein Blitz, eine Decke fiel es von ihren Augen, und wie Spreu im Wirbelwinde stoben sie auseinander.

Da lachte hellauf der Grüne, daß die Fische im Bache sich bargen, die Vögel das Dickicht suchten, und grausig schwankte die Feder am Hute, und auf und nieder ging das Bärtchen.

»Besinnet euch oder suchet bei euren Weibern Rat, in der dritten Nacht findet ihr hier mich wieder!«, so rief er den Fliehenden mit scharf tönender Stimme nach, daß die Worte in ihren Ohren hängen blieben, wie Pfeile mit Widerhaken hängen bleiben im Fleische.

Blaß und zitternd an der Seele und an allen Gliedern stäubten die Männer nach Hause; keiner sah nach dem andern sich um, keiner hätte den Hals gedreht, nicht um alle Güter der Welt. Als so verstört die Männer dahergestoben kamen, wie Tauben vom Vogel gejagt zum Taubenschlag, da drang mit ihnen der Schrecken in alle Häuser, und alle bebten vor der Kunde, welche den Männern die Glieder also durcheinanderwarf.

In zitternder Neugierde schlichen die Weiber den Männern nach, bis sie dieselben an den Orten hatten, wo man im stillen ein vertraut Wort reden konnte. Da mußte jeder Mann seinem Weibe erzählen, was sie im Schloß vernommen, das hörten sie mit Wut und Fluch; sie mußten erzählen, wer ihnen begegnet, was er ihnen angetragen. Da ergriff namenlose Angst die Weiber, ein Wehgeschrei ertönte über Berg und Tal, einer jeden ward, als hätte ihr eigen Kind der Ruchlose begehrt. Ein einziges Weib schrie nicht den andern gleich. Das war ein grausam handlich Weib, eine Lindauerin soll es gewesen sein, und hier auf dem Hofe hat es gewohnt. Es hatte wilde, schwarze Augen und fürchtete sich nicht viel vor Gott und Menschen. Böse war es schon geworden, daß die Männer dem Ritter nicht rundweg das Begehren abgeschlagen; wenn es dabeigewesen, es hätte ihm es sagen wollen, sagte es. Als sie vom Grünen hörte und seinem Antrage, und wie die Männer davongestoben, da ward sie erst recht böse und schalt die Männer über ihre Feigheit, und daß sie dem Grünen nicht kecker ins Gesicht gesehen, vielleicht hätte er mit einem andern Lohne sich auch begnügt, und da die Arbeit für das Schloß sei, würde es ihren Seelen nichts schaden, wenn der Teufel sie mache. Sie ergrimmte in der Seele, daß sie nicht dabeigewesen, und wäre es nur, damit sie einmal den Teufel gesehen und auch wüßte, was er für ein Aussehen hätte. Darum weinte dieses Weib nicht, sondern redete in seinem Grimme harte Worte gegen den eigenen Mann und gegen alle andern Männer.

Des folgenden Tages, als in stilles Gewimmer das Wehgeschrei verglommen war, saßen die Männer zusammen, suchten Rat und fanden keinen. Anfangs war die Rede von neuem Bitten bei dem Ritter, aber niemand wollte bitten gehen, keinem schien Leib und Leben feil. Einer wollte Weiber und Kinder schicken mit Geheul und Jammer, der aber verstummte schnell, als die Weiber zu reden begannen; denn schon damals waren die Weiber in der Nähe, wenn die Männer im Rate saßen. Sie wußten keinen Rat, als in Gottes Namen Gehorsam zu versuchen, sie wollten Messen lesen lassen, um Gottes Beistand zu gewinnen, wollten Nachbarn um nächtliche geheime Hilfe ansprechen, denn eine offenbare hätten ihnen ihre Herren nicht erlaubt, wollten sich teilen, die Hälfte sollte bei den Buchen schaffen, die andere Hälfte Haber sähen und des Viehes warten. Sie hofften, auf diese Weise und mit Gottes Hilfe täglich wenigstens drei Buchen auf Bärhegen hinaufzuschaffen; vom Grünen redete niemand; ob niemand an ihn dachte, ist nicht verzeichnet worden.

Sie teilten sich ein, rüsteten die Werkzeuge, und als der erste Maitag über seine Schwelle kam, sammelten die Männer sich am Münneberg und begannen mit gefaßtem Mute die Arbeit. In weitem Ringe mußten die Buchen umgraben, sorgfältig die Wurzeln geschont, sorgfältig die Bäume, damit sie sich nicht verletzen, zur Erde gelassen werden. Noch war der Morgen nicht hoch am Himmel, als drei zur Abfahrt bereitlagen, denn immer drei sollten zusammen geführt werden, damit man auf dem schweren Weg mit Hand und Vieh sich gegenseitig helfen könne. Aber schon stund die Sonne im Mittag, und noch waren sie mit den drei Buchen nicht zum Walde hinaus, schon stand sie hinter den Bergen, und noch waren die Züge nicht über Sumiswald hinaus; erst der neue Morgen fand sie am Fuße des Berges, auf dem das Schloß stand, und die Buchen sollten gepflanzet werden. Es war, als ob ein eigener Unstern Macht hätte über sie. Ein Mißgeschick nach dem andern traf sie: die Geschirre zerrissen, die Wagen brachen, Pferde und Ochsen fielen oder weigerten den Gehorsam. Noch ärger ging es am zweiten Tage. Neue Not brachte immerfort neue Mühe, unter rastloser Arbeit keuchten die Armen, und keine Buche war noch oben, keine vierte Buche über Sumiswald hinausgeschafft.

Der von Stoffeln schalt und fluchte; je mehr er schalt und fluchte, um so größer ward der Unstern, um so stättiger das Vieh. Die andern Ritter lachten und höhnten und freuten sich gar sehr über das Zappeln der Bauren, den Zorn des von Stoffeln. Sie hatten gelacht über des von Stoffeln neues Schloß auf dem nackten Gipfel. Da hatte der geschworen: in Monatsfrist müßte ein schöner Laubgang droben sein. Darum fluchte er, darum lachten die Ritter, und weinen taten die Bauren.

Eine fürchterliche Mutlosigkeit erfaßte diese, keinen Wagen hatten sie mehr ganz, keinen Zug unbeschädigt, in zwei Tagen nicht drei Buchen zur Stelle gebracht, und alle Kraft war erschöpft.

Nacht war es geworden, schwarze Wolken stiegen auf, es blitzte zum ersten Male in diesem Jahre. An den Weg hatten sich die Männer gesetzt, es war die gleiche Beugung des Weges, in welcher sie vor drei Tagen gesessen waren, sie wußten es aber nicht. Da saß der Hornbachbauer, der Lindauerin Mann, mit zwei Knechten, und andere mehr saßen auch bei ihnen. Sie wollten da auf Buchen warten, die von Sumiswald kommen sollten, wollten ungestört sinnen über ihr Elend, wollten ruhen lassen ihre zerschlagenen Glieder.

Da kam rasch, daß es fast pfiff, wie der Wind pfeift, wenn er aus den Kammern entronnen ist, ein Weib daher, einen großen Korb auf dem Kopfe. Es war Christine, die Lindauerin, des Hornbachbauren Eheweib, zu dem derselbe gekommen war, als er einmal mit seinem Herrn zu Felde gezogen war. Sie war nicht von den Weibern, die froh sind, daheim zu sein, in der Stille ihre Geschäfte zu beschicken, und die sich um nichts kümmern als um Haus und Kind. Christine wollte wissen, was ging, und wo sie ihren Rat nicht dazu geben konnte, da ginge es schlecht, so meinte sie.

Mit der Speise hatte sie daher keine Magd gesandt, sondern den schweren Korb auf den eigenen Kopf genommen und die Männer lange gesucht umsonst; bittere Worte ließ sie fallen darüber, sobald sie dieselben gefunden. Unterdessen war sie aber nicht müßig, die konnte noch reden und schaffen zu gleicher Zeit. Sie stellte den Korb ab, deckte den Kübel ab, in welchem das Hafermus war, legte das Brot und den Käse zurecht und steckte jedem gegenüber für Mann und Knecht die Löffel ins Mus, und hieß auch die andern zugreifen, die noch speislos waren. Dann frug sie nach der Männer Tagewerk, und wieviel geschaffet worden in den zwei Tagen? Aber Hunger und Worte waren den Männern ausgegangen, und keiner griff zum Löffel, und keiner hatte eine Antwort. Nur ein leichtfertig Knechtlein, dem es gleichgültig war, regne oder sonnenscheine es in der Ernte, wenn nur das Jahr umging, und der Lohn kam und zu jeder Essenszeit das Essen auf den Tisch, griff zum Löffel und berichtete Christine, daß noch keine Buche gepflanzet sei, und alles gehe, als ob sie verhext wären.

Da schalt die Lindauerin, daß das eitel Einbildung wäre und die Männer nichts als Kindbetterinnen; mit Schaffen und Weinen, mit Hocken und Heulen werde man keine Buchen auf Bärhegen bringen. Ihnen würde nur ihr Recht widerfahren, wenn der Ritter seinen Mutwillen an ihnen ausließe; aber um Weib und Kinder willen müsse die Sache anders zur Hand genommen werden. Da kam plötzlich über die Achsel des Weibes eine lange schwarze Hand, und eine gellende Stimme rief: »Ja, die hat recht!« Und mitten unter ihnen stand mit grinsendem Gesicht der Grüne, und lustig schwankte die rote Feder auf seinem Hute. Da hob der Schreck die Männer von dannen, sie stoben die Halde auf wie Spreu im Wirbelwinde.

Nur Christine, die Lindauerin, konnte nicht fliehen, sie erfuhr es, wie man den Teufel leibhaftig kriegt, wenn man ihn an die Wand male. Sie blieb stehen wie gebannt, mußte schauen die rote Feder am Barett, und wie das rote Bärtchen lustig auf- und niederging im schwarzen Gesichte. Gellend lachte der Grüne den Männern nach, aber gegen Christine machte er ein zärtlich Gesicht und faßte mit höflicher Gebärde ihre Hand. Christine wollte sie wegziehen, aber sie entrann dem Grünen nicht mehr, es war ihr, als zische Fleisch zwischen glühenden Zangen. Und schöne Worte begann er zu reden, und zu den Worten zwitzerte lüstern sein rot Bärtchen auf und ab. So ein schön Weibchen habe er lange nicht gesehen, sagte er, das Herz lache ihm im Leibe; zudem habe er sie gerne mutig, und gerade die seien ihm die liebsten, welche stehenbleiben dürften, wenn die Männer davonliefen. Wie er so redete, kam Christinen der Grüne immer weniger schreckhaft vor. Mit dem sei doch noch zu reden, dachte sie, und sie wüßte nicht, warum davonlaufen, sie hätte schon viel Wüstere gesehen. Der Gedanke kam ihr immer mehr: mit dem ließe sich etwas machen, und wenn man recht mit ihm zu reden wüßte, so täte er einem wohl einen Gefallen, oder am Ende könnte man ihn übertölpeln wie die andern Männer auch. Er wüßte gar nicht, fuhr der Grüne fort, warum man sich so vor ihm scheue, er meine es doch so gut mit allen Menschen, und wenn man so grob gegen ihn sei, so müsse man sich nicht wundern, wenn er den Leuten nicht immer täte, was ihnen am liebsten wäre. Da faßte Christine ein Herz und antwortete: Er erschrecke aber die Leute auch, daß es schrecklich wäre. Warum habe er ein ungetauft Kind verlangt, er hätte doch von einem andern Lohn reden können, das komme den Leuten gar verdächtig vor, ein Kind sei immer ein Mensch, und ungetauft eins aus den Händen geben, das werde kein Christ tun. »Das ist mein Lohn, an den ich gewohnt bin, und um anderen fahre ich nicht, und was frägt man doch so einem Kinde nach, das noch niemand kennt? So jung gibt man sie am liebsten weg, hat man doch noch keine Freude an ihnen gehabt und keine Mühe mit ihnen. Ich aber habe sie je jünger je lieber, je früher ich ein Kind erziehen kann auf meine Manier, um so weiter bringe ich es, dazu habe ich aber das Taufen gar nicht nötig und will es nicht.« Da sah Christine wohl, daß er mit keinem andern Lohn sich werde begnügen wollen; aber es wuchs in ihr immer mehr der Gedanke: Das wäre doch der einzige, der nicht zu betrügen wäre.

Darum sagte sie: Wenn aber einer etwas verdienen wolle, so müßte er sich mit dem Lohne begnügen, den man ihm geben könne, sie aber hätten gegenwärtig in keinem Hause ein ungetauft Kind, und in Monatsfrist gebe es keins, und in dieser Zeit müßten die Buchen geliefert sein. Da schwänzelte gar höflich der Grüne und sagte: »Ich begehre das Kind ja nicht zum voraus. Sobald man mir verspricht, das erste zu liefern, ungetauft, welches geboren wird, so bin ich schon zufrieden.« Das gefiel Christine gar wohl. Sie wußte, daß es in geraumer Zeit kein Kind geben werde in ihrer Herren Gebiet. Wenn nun einmal der Grüne sein Versprechen gehalten, und die Buchen gepflanzt seien, so brauche man ihm gar nichts mehr zu geben, weder ein Kind noch was anderes; man lasse Messen lesen zu Schutz und Trutz und lache tapfer den Grünen aus, so dachte

Christine. Sie dankte daher schon ganz herzhaft für das gute Anerbieten und sagte: Es sei zu bedenken, und sie wolle mit den Männern darüber reden. »Ja«, sagte der Grüne, »da ist gar nichts mehr weder zu denken noch zu reden. Für heute habe ich euch bestellt, und jetzt will ich den Bescheid; ich habe noch an gar vielen Orten zu tun und bin nicht bloß wegen euch da. Du mußt mir zu- oder absagen, nachher will ich von dem ganzen Handel nichts mehr wissen.« Christine wollte die Sache verdrehen, denn sie nahm sie nicht gerne auf sich, sie wäre sogar gerne zärtlich geworden, um Stündigung zu erhalten, allein der Grüne war nicht aufgelegt, wankte nicht; »jetzt oder nie!« sagte er. Sobald aber der Handel geschlossen sei um ein einzig Kind, so wolle er in jeder Nacht soviel Buchen auf Bärhegen führen, als man ihm vor Mitternacht unten an den Kirchstalden liefere, dort wollte er sie in Empfang nehmen. »Nun, schöne Frau, bedenke dich nicht!« sagte der Grüne und klopfte Christine holdselig auf die Wange. Da klopfte doch ihr Herz, sie hätte lieber die Männer hineingestoßen, um hinterdrein sie schuld geben zu können. Aber die Zeit drängte, kein Mann war da als Sündenbock, und der Glaube verließ sie nicht, daß sie listiger als der Grüne sei und wohl ein Einfall kommen werde, ihn mit langer Nase abzuspeisen. Darum sagte Christine: Sie für ihre Person wolle zugesagt haben; wenn aber dann später die Männer nicht wollten, so vermöchte sie sich dessen nicht, und er solle es sie nicht entgelten lassen. Mit dem Versprechen, zu tun, was sie könne, sei er hinlänglich zufrieden, sagte der Grüne. Jetzt schauderte es Christine doch an Leib und Seele, jetzt, meinte sie, komme der schreckliche Augenblick, wo sie mit Blut von ihrem Blute dem Grünen den Akkord unterschreiben müsse. Aber der Grüne machte es viel leichtlicher und sagte: Von hübschen Weibern begehre er nie eine Unterschrift, mit einem Kuß sei er zufrieden. Somit spitzte er seinen Mund gegen Christines Gesicht, und Christine konnte nicht fliehen, war wiederum wie gebannt, steif und starr. Da berührte der spitzige Mund Christines Gesicht, und ihr war, als ob von spitzigem Eisen aus Feuer durch Mark und Bein fahre, durch Leib und Seele, und ein gelber Blitz fuhr zwischen ihnen durch und zeigte Christine freudig verzerrt des Grünen teuflisch Gesicht, und ein Donner fuhr über sie, als ob der Himmel zersprungen wäre.

Verschwunden war der Grüne, und Christine stund wie versteinert, als ob tief in den Boden hinunter ihre Füße Wurzeln getrieben hätten in jenem schrecklichen Augenblick. Endlich war sie ihrer Glieder wieder mächtig, aber im Gemüte brauste und sauste es ihr, als ob ein mächtiges Wasser seine Fluten wälze über turmhohen Felsen hinunter in schwarzen Schlund. Wie man im Donner der Wasser die eigene Stimme nicht hört, so ward Christine der eigenen Gedanken sich nicht bewußt im Tosen, das donnerte in ihrem Gemüte. Unwillkürlich floh sie den Berg hinan, und immer glühender fühlte sie ein Brennen an ihrer Wange, da wo des Grünen Mund sie berührt; sie rieb, sie wusch, aber der Brand nahm nicht ab.

Es ward eine wilde Nacht. In Lüften und Klüften heulte und toste es, als ob die Geister der Nacht Hochzeit hielten in den schwarzen Wolken, die Winde die wilden Reigen spielten zu ihrem grausen Tanze, die Blitze die Hochzeitsfackeln wären und der Donner der Hochzeitssegen. In dieser Jahreszeit hatte man eine solche Nacht noch nie erlebt.

In finsterem Bergestale regte es sich um ein großes Haus, und viele drängten sich um sein schirmend Obdach. Sonst treibt im Gewittersturm die Angst um den eigenen Herd den Landmann unter das eigene Dach, und sorgsam wachend, solange das Gewitter am Himmel steht, wahret und hütet er das eigene Haus. Aber jetzt war die gemeinsame Not größer als die Angst vor dem Gewitter. Diese trieb sie in diesem Hause zusammen, an welchem vorbeigehen mußten die, welche der Sturm aus dem Münneberg trieb, und die, welche von Bärhegen sich geflüchtet. Den Graus der Nacht ob dem eigenen Elend vergessend, hörte man sie klagen und grollen über ihr Mißgeschick. Zu allem Unglück war noch das Toben der Natur gekommen. Pferde und Ochsen waren scheu geworden, betäubt, hatten Wagen zertrümmert, sich über Felsen gestürzt, und schwer verwundet stöhnte mancher in tiefem Schmerze, laut auf schrie mancher, dem man zerrissene Glieder einzog und zusammenband.

In das Elend hinein flüchteten sich auch in schauerlicher Angst die, welche den Grünen gesehen, und erzählten bebend die wiederholte Erscheinung. Bebend hörte die Menge, was die Männer erzählten, drängte sich aus dem weiten, dunkeln Raume dem Feuer zu, um welches die Männer saßen, und wenn der Wind durch die Sparren fuhr oder Donner über dem Hause rollte, so schrie laut auf die Menge und meinte, es breche durchs Dach der Grüne, sich zu zeigen in ihrer Mitte. Als er aber nicht kam, als der Schreck vor ihm verging, als das alte Elend blieb, und der Jammer der Leidenden lauter wurde, da stiegen allmählich die Gedanken auf, die den Menschen, der in der Not ist, so gerne um seine Seele bringen. Sie begannen zu rechnen, wieviel mehr wert sie alle seien als ein einzig ungetauft Kind, sie vergaßen immer mehr, daß die Schuld an einer Seele tausendmal schwerer wiege als die Rettung von tausend und abermal tausend Menschenleben.

Diese Gedanken wurden allmählich laut und begannen sich zu mischen als verständliche Worte in das Schmerzensgestöhn der Leidenden. Man fragte näher nach dem Grünen, grollte, daß man ihm nicht besser Rede gestanden; genommen hätte er niemand, und je weniger man ihn fürchte, um so weniger tue er den Menschen. Dem ganzen Tale hätten sie vielleicht helfen können, wenn sie das Herz am rechten Orte gehabt hätten. Da begannen die Männer sich zu entschuldigen. Sie sagten nicht, daß es sich mit dem Teufel nicht spaßen lasse, daß, wer ihm ein Ohr leihe, bald den ganzen Kopf ihm geben müsse, sondern sie redeten von des Grünen schrecklicher Gestalt, seinem Flammenbarte, der feurigen Feder auf seinem Hute, einem Schloßturme gleich, und dem schrecklichen Schwefelgeruch, den sie nicht hätten ertragen mögen. Christines Mann aber, der gewöhnt worden war, daß sein Wort erst durch die Zustimmung seiner Frau Kraft erhielt, sagte, sie sollten nur seine Frau fragen, die könne ihnen sagen, ob es jemand hätte aushalten mögen, und daß die ein kuraschiertes Weib sei, wüßten alle. Da sahen alle nach Christine sich um, aber keiner sah sie. Es hatte jeder nur an seine Rettung gedacht und an andere nicht, und wie jetzt jeder am Trocknen saß, so meinte er, die andern säßen ebenso. Jetzt erst fiel allen bei, daß sie Christine seit jenem schrecklichen Augenblick nicht mehr gesehen, und ins Haus war sie nicht gekommen. Da begann der Mann zu jammern und alle andern mit ihm, denn es ward ihnen allen, als ob Christine allein zu helfen wüßte.

Plötzlich ging die Türe auf, und Christine stand mitten unter ihnen, ihre Haare trieften, rot waren ihre Wangen, und ihre Augen brannten noch dunkler als sonst in unheimlichem Feuer. Eine Teilnahme, deren Christine sonst nicht gewohnt war, empfing sie, und jeder wollte ihr erzählen, was man gedacht und gesagt, und wie man Kummer um sie gehabt. Christine sah bald, was alles zu bedeuten hatte, und verbarg ihre innere Glut hinter spöttische Worte, warf den Männern ihre übereilte Flucht vor, und wie keiner um ein arm Weib sich bekümmert, und keiner sich umgesehen, was der Grüne mit ihr beginne. Da brach der Sturm der Neugierde aus, und jeder wollte zuerst wissen, was nun der Grüne mit ihr angefangen, und die Hintersten hoben sich hochauf, um besser zu hören und die Frau näher zu sehen, die dem Grünen so nahe gestanden. Sie sollte nichts sagen, meinte Christine zuerst, man hätte es nicht um sie verdient, als Fremde sie übel geplaget im Tale, die Weiber ihr einen übeln Namen angehängt, die Männer sie allenthalben im Stiche gelassen, und wenn sie nicht besser gesinnet wäre als alle, und wenn sie nicht mehr Mut als alle hätte, so wäre noch jetzt weder Trost noch Ausweg da. So redete Christine noch lange, warf harte Worte gegen die Weiber, die ihr nie hätten glauben wollen, daß der Bodensee größer sei als der Schloßteich, und je mehr man ihr anhielt, um so härter schien sie zu werden und stützte sich besonders darauf, daß, was sie zu sagen hätte, man ihr übel auslegen und, wenn die Sache gut käme, ihr keinen Dank haben werde; käme sie aber übel, so lüde man ihr alle Schuld auf und die ganze Verantwortung.

Als endlich die ganze Versammlung vor Christine wie auf den Knien lag mit Bitten und Flehen, und die Verwundeten laut aufschrieen und anhielten, da schien Christine zu erweichen und begann zu erzählen, wie sie standgehalten und mit dem Grünen Abrede getroffen; aber von dem Kusse sagte sie nichts, nichts davon, wie er sie auf der Wange gebrannt, und wie es ihr getoset im Gemüte. Aber sie erzählte, was sie seither gesinnet im verschlagenen Gemüte. Das Wichtigste sei, daß die Buchen nach Bärhegen geschafft würden; seien die einmal oben, so könne man immer noch sehen, was man machen wolle, die Hauptsache sei, daß bis dahin, soviel ihr bekannt, unter ihnen kein Kind werde geboren werden.

Vielen lief es kalt den Rücken auf bei der Erzählung, aber daß man dann noch immer sehen könne, was man machen wolle, das gefiel allen wohl.

Nur ein junges Weibchen weinte gar bitterlich, daß man unter seinen Augen die Hände hätte waschen können, aber sagen tat es nichts. Ein alt ehrwürdig Weib dagegen, hochgestaltet und mit einem Gesichte, vor dem man sonst sich beugen oder vor ihm fließen mußte, trat in die Mitte und sprach: Gottvergessen wäre es gehandelt, auf das Ungewisse das Gewisse stellen und spielen mit dem ewigen Leben. Wer mit dem Bösen sich einlasse, komme vom Bösen nimmer los, und wer ihm den Finger gebe, den behalte er mit Leib und Seele. Aus diesem Elend könne niemand helfen als Gott, wer ihn aber verlasse in der Not, der versinke in der Not. Aber diesmal verachtete man der Alten Rede, und schweigen hieß man das junge Weibchen, mit Weinen und Heulen sei einem diesmal nicht geholfen, da bedürfe man Hülfe anderer Art, hieß es.

Rätig wurde man bald, die Sache zu versuchen. Bös könne das kaum gehen im bösesten Fall; aber nicht das erstemal sei es, daß Menschen die schlimmsten Geister betrogen, und wenn sie selbst nichts wüßten, so fände wohl ein Priester Rat und Ausweg. Aber in finsterm Gemüte soll mancher gedacht haben, wie er später bekannte: gar viel Geld und Umtriebe wage er nicht eines ungetauften Kindes wegen.

Als der Rat nach Christines Sinn gefaßt wurde, da war es, als ob alle Wirbelwinde über dem Hause zusammenstießen, die Heere der wilden Jäger vorübersausten; die Posten des Hauses wankten, die Balken bogen sich, Bäume splitterten am Hause wie Speere auf einer Ritterbrust. Blaß wurden drinnen die Menschen, Grauen überfiel sie, aber den Rat lösten sie nicht; bei grauendem Morgen begannen sie seine Ausführung.

Schön und hell war der Morgen, Gewitter und Hexenwerke verschwunden, die Äxte hieben noch einmal so scharf als sonst, der Boden war locker, und jede Buche fiel gerade, wie man sie haben wollte, kein Wagen brach mehr, das Vieh war willig und stark und die Menschen geschützt vor jedem Unfall wie durch unsichtbare Hand.

Nur eines war sonderbar. Unterhalb Sumiswald führte damals noch kein Weg ins hintere Tal; dort war noch Sumpf, den die zügellose Grüne bewässerte, man mußte den Stalden auf durchs Dorf fahren, an der Kirche vorbei. Sie fuhren wie an den frühern Tagen immer drei Züge auf einmal, um einander helfen zu können mit Rat, Kraft und Vieh, und hatten nun nur durch Sumiswald zu fahren, außerhalb des Dorfes den Kirchstalden ab, an dem eine kleine Kapelle stand; unterhalb desselben auf ebenem Wege hatten sie die Buchen abzulegen. Sobald sie den Stalden auf waren und auf ebenem Wege gegen die Kirche kamen, so ward das Gewicht der Wagen nicht leichter, sondern schwerer und schwerer, sie mußten Tiere vorspannen, so viele sie deren hatten, mußten unmenschlich auf sie schlagen, mußten selbst Hand an die Speichen legen, dazu scheuten die sanftesten Rosse, als ob etwas Unsichtbares vom Kirchhofe her ihnen im Wege stehe, und ein dumpfer Glockenton, fast wie der verirrte Schall einer fernen Totenglocke, kam von der Kirche her, daß ein eigentümlich Grauen die stärksten Männer ergriff, und jedesmal Menschen und Tiere bebten, wenn man gegen die Kirche kam. War man einmal vorbei, so konnte man ruhig fahren, ruhig abladen, ruhig zu frischer Ladung wieder gehen.

Sechs Buchen lud man selbigen Tages nebeneinander ab an die abgeredete Stelle, sechs Buchen waren am folgenden Morgen zu Bärhegen oben gepflanzet, und durchs ganze Tal hin hatte niemand eine Achse gehört, die sich umgedreht um ihre Spule, niemand der Fuhrleute üblich Geschrei, der Pferde Wiehern, der Ochsen einförmig Gebrüll. Aber sechs Buchen standen oben, die konnte sehen wer wollte, und es waren die sechs Buchen, die man unten an dem Stalden hingelegt hatte, und nicht andere.

Da war das Staunen groß im ganzen Tale, und die Neugierde regte sich bei männiglich. Absonderlich die Ritter nahm es wunder, welche Pacht die Bauren geschlossen, und auf welche Weise die Buchen zur Stelle geschafft würden. Sie hätten gerne auf heidnische Weisen den Bauren das Geheimnis ausgepreßt. Allein sie sahen bald, daß die Bauren auch nicht alles wüßten, da sie selbst halb erschrocken waren. Zudem wehrte der von Stoffeln. Dem war es nicht nur gleichgültig, wie die Buchen nach Bärhegen kamen, im Gegenteil, wenn nur die Buchen heraufkamen, so sah er gerne, daß die Bauren dabei geschont wurden. Er hatte wohl gesehen, daß der Spott der Ritter ihn zu einer Unbesonnenheit verleitet hatte, denn wenn die Bauren zugrunde gingen, die Felder unbestellt blieben, so hatte die Herrschaft den größten Schaden dabei; allein, was der von Stoffeln einmal gesagt hatte, dabei blieb es. Die Erleichterung, welche die Bauren sich verschafft, war ihm daher ganz recht, und ganz gleichgültig, ob sei dafür ihre Seelen verschrieben; denn was gingen ihn der Bauren Seelen an, wenn einmal der Tod ihre Leiber genommen. Er lachte jetzt über seine Ritter und schützte die Bauren vor ihrem Mutwillen. Diese wollten den Handel doch ergründen und sandten Knappen zur Wache; die fand man des Morgens halb tot in Gräben, wohin eine unsichtbare Hand sie geschleudert.

Da zogen zwei Ritter hin auf Bärhegen: es waren kühne Degen, und wo ein Wagnis zu bestehen gewesen im Heidenland, da hatten sie es bestanden. Am Morgen fand man sie erstarrt am Boden, und als sie der Rede wieder mächtig waren, sagten sie, ein roter Ritter mit feuriger Lanze hätte sie niedergerannt. Hie und da konnte eine neugierige Weibsseele sich nicht enthalten, wenn es Mitternacht war, durch eine Spalte oder Luke nach dem Wege im Tale zu sehen. Alsbald wehete ein giftiger Wind sie an; das Gesicht schwoll auf, wochenlang konnte man weder Nase noch Augen sehen, den Mund mit Mühe finden. Da verging den Leuten das Spähen, und kein Auge sah mehr zu Tale, wenn Mitternacht über demselben lag.

Einmal aber kam plötzlich einen Mann das Sterben an; er bedurfte des letzten Trostes, aber niemand durfte den Priester holen, denn Mitternacht war nahe, und der Weg führte am Kirchstalden vorbei. Da lief ein unschuldig Bübchen, Gott und Menschen lieb, aus Angst um den Vater ungeheißen Sumiswald zu. Als er gegen den Kirchstalden kam, sah er von dort die Buchen auffahren vom Boden, jede von zwei feurigen Eichhörnchen gezogen, und nebenbei sah er reiten auf schwarzem Bocke einen grünen Mann, eine feurige Geißel hatte er in der Hand, einen feurigen Bart im Gesichte, und auf dem Hute schwankte glutrot eine Feder. So sei der Zug gefahren hoch durch die Lüfte über alle Egg [flache, langgezogene Hügel] weg und schnell wie ein Augenblick. Solches sah der Knabe, und niemand tat ihm was.

Noch waren nicht drei Wochen vergangen, so stunden neunzig Buchen auf Bärhegen, machten einen schönen Schattengang, denn alle schlugen üppig aus, keine einzige verdorrte. Aber die Ritter und auch der von Stoffeln ergingen sich nicht oft darin, es wehte sie allemal ein heimlich Grauen an; sie hätten von der Sache lieber nichts mehr gewußt, aber keiner machte ihr ein Ende, es tröstete ein jeder sich: fehle es, so trage der andere die Schuld.

Den Bauren aber wohlete es mit jeder Buche, welche oben war, denn mit jeder Buche wuchs die Hoffnung, dem Herrn zu genügen, den Grünen zu betrügen; er hatte ja kein Unterpfand, und war die hundertste einmal oben, was frugen sie dann dem Grünen nach? Indessen waren sie der Sache noch nicht sicher; alle Tage fürchteten sie, er spiele ihnen einen Schabernack und lasse sie im Stiche. Am Urbanustage brachten sie ihm die letzten Buchen an den Kirchstalden, und alt und jung schlief wenig in selber Nacht; man konnte fast nicht glauben, daß er ohne Umstände und ohne Kind oder Pfand die Arbeit vollende.

Am folgenden Morgen, lange vor der Sonne, waren alt und jung auf den Beinen, in allen regte sich die gleiche neugierige Angst; aber lange wagte sich keiner auf den Platz, wo die Buchen lagen; man wußte nicht, lag dort eine Beize für die, welche den Grünen betrügen wollten.

Ein wilder Küherbub, der Zieger [Käse] von der Alp gebracht, wagte es endlich, sprang voran und fand keine Buchen mehr, und keine Hinterlist tat auf dem Platze sich kund. Noch trauten sie dem Spiele nicht; ihnen vorauf mußte der Küherbub nach Bärhegen. Dort war alles in der Ordnung, hundert Buchen standen in Reih und Glied, keine war verdorret, keinem aus ihnen lief das Gesicht auf, keinem tat ein Glied weh. Da stieg der Jubel hoch in ihren Herzen, und viel Spott gegen den Grünen und gegen die Ritter floß. Zum drittenmal sandten sie aus den wilden Küherbub und ließen dem von Stoffeln sagen, es sei auf Bärhegen nun alles in der Ordnung, er möchte kommen und die Buchen zählen. Dem aber ward es graulicht, und er ließ ihnen sagen, sie sollten machen, daß sie heimkämen. Gerne hätte er ihnen sagen lassen, sie sollten den ganzen Schattengang wieder wegschaffen, aber er tat es nicht, seiner Ritter wegen, es sollte nicht heißen, er fürchte sich; aber er wußte nicht um der Bauren Pacht, und wer sich in den Handel mischen könnte.

Als der Küherbub den Bescheid brachte, da schwollen die Herzen noch trotziger auf; die wilde Jugend tanzte im Schattengange, wildes Jodeln hallte von Kluft zu Kluft, von Berg zu Berg, hallte an den Mauren des Schlosses Sumiswald wider. Bedächtige Alte warnten und baten, aber trotzige Herzen achten bedächtiger Alten Warnung nicht; wenn dann das Unglück da ist, so sollen es die Alten mit ihrem Zagen und Warnen herbeigezogen haben. Die Zeit ist noch nicht da, wo man es erkennt, daß der Trotz das Unglück aus dem Boden stampft. Der Jubel zog sich über Berg und Tal in alle Häuser, und wo noch eines Fingers lang Fleisch im Rauche hing, da ward es gekocht, und wo noch eine Handgroß Butter im Hafen war, da wurde geküchelt.

Das Fleisch ward gegessen, die Küchli schwanden, der Tag war verronnen, und ein anderer Tag stieg am Himmel auf. Immer näher kam der Tag, an welchem ein Weib ein Kind gebären sollte; und, je näher der Tag kam, um so dringlicher kam die Angst wieder: der Grüne werde sich wieder künden, fordern, was ihm gehöre, oder ihnen eine Beize legen.

Den Jammer jenes jungen Weibes, welches das Kind gebären sollte, wer will ihn ermessen? Im ganzen Hause tönte er wider, ergriff nach und nach alle Glieder des Hauses, und Rat wußte niemand, wohl aber, daß dem, mit dem man sich eingelassen, nicht zu trauen sei. Je näher die verhängnisvolle Stunde kam, um so näher drängte das arme Weibchen sich zu Gott, umklammerte nicht mit den Armen allein, sondern mit dem Leibe und der Seele und aus ganzem Gemüte die heilige Mutter, bittend um Schutz um ihres gebenedeiten Sohnes willen. Und ihr ward immer klarer, daß im Leben und Sterben in jeder Not der größte Trost bei Gott sei, denn wo der sei, da dürfe der Böse nicht sein und hätte keine Macht.

Immer deutlicher trat der Glaube vor dessen Seele, daß, wenn ein Priester des Herren mit dem Allerheiligsten, dem heiligen Leibe des Erlösers, bei der Geburt zugegen wäre, und bewaffnet mit kräftigen Bannsprüchen, so dürfte kein böser Geist sich nahen, und alsobald könnte der Priester das neugeborne Kind mit dem Sakramente der Taufe versehen, was die damalige Sitte erlaubte; dann wäre das arme Kind der Gefahr für immer entrissen, welche die Vermessenheit der Väter über ihns gebracht. Dieser Glaube stieg auch bei den andern auf, und der Jammer des jungen Weibes ging ihnen zu Herzen, aber sie scheuten sich, dem Priester ihre Pacht mit dem Satan zu bekennen, und niemand war seither zur Beichte gegangen, und niemand hatte ihm Rede gestanden. Es war ein gar frommer Mann, selbst die Ritter des Schlosses trieben keinen Kurzweil mit ihm, er aber sagte ihnen die Wahrheit. Wenn einmal die Sache getan sei, so könne er sie nicht mehr hindern, hatten die Bauren gedacht; aber jetzt ward doch niemand gerne der erste, der es ihm sagte, das Gewissen sagte ihnen wohl, warum.

Endlich drang einem Weibe der Jammer zu Herzen; es lief hin und offenbarte dem Priester den Handel und des armen Weibes Wunsch. Gewaltig entsetzte sich der fromme Mann, aber mit leeren Worten verlor er die Zeit nicht; kühn trat er für eine arme Seele in den Kampf mit dem gewaltigen Widersacher. Er war einer von denen, die den härtesten Kampf nicht scheuen, weil sie gekrönt werden wollen mit der Krone des ewigen Lebens, und weil sie wohl wissen, es werde keiner gekrönet, er kämpfe dann recht.

Ums Haus, in welchem das Weib ihrer Stunde harrte, zog er den heiligen Bann mit geweihtem Wasser, den böse Geister nicht überschreiten dürfen, segnete die Schwelle ein, die ganze Stube, und ruhig gebar das Weib, und ungestört taufte der Priester das Kind. Ruhig blieb es auch draußen, am klaren Himmel flimmerten die hellen Sterne, leise Lüfte spielten in den Bäumen. Ein wiehernd Gelächter wollten die einen gehört haben von ferne her; die andern aber meinten, es seien nur die Käuzlein gewesen an des Waldes Saum.

Alle, die da waren, aber freuten sich höchlich, und alle Angst war verschwunden, auf immer, wie sie meinten; hatten sie den Grünen einmal angeführt, so konnten sie es immer tun mit dem gleichen Mittel.

Ein großes Mahl ward zugerichtet, weither wurden die Gäste entboten. Umsonst mahnte der Priester des Herrn von Schmaus und Jubel ab, mahnte, zu zagen und zu beten, denn noch sei der Feind nicht besiegt, Gott nicht gesühnt. Es sei ihm im Geiste, als dürfe er ihnen keine Buße zur Sühnung auferlegen, als nahe sich eine Buße gewaltig und schwer aus Gottes selbsteigener Hand. Aber sie hörten ihn nicht, wollten ihn befriedigen mit Speise und Trank. Er aber ging betrübt weg, bat für die, welche nicht wüßten, was sie täten, und rüstete sich, mit Beten und Fasten zu kämpfen als ein getreuer Hirte für die anvertraute Herde.

Mitten unter den Jubilierenden ist auch Christine gesessen, aber sonderbar stille mit glühenden Wangen, düstern Augen, seltsam sah man es zucken in ihrem Gesichte. Christine war bei der Geburt zugegen gewesen als erfahrne Wehmutter, war bei der plötzlichen Taufe zu Gevatter gestanden mit frechem Herzen, ohne Furcht, aber wie der Priester das Wasser sprengte über das Kind und es taufte in den drei höchsten Namen, da war es ihr, als drücke man ihr plötzlich ein feurig Eisen auf die Stelle, wo sie des Grünen Kuß empfangen. In jähem Schrecken war sie zusammengezuckt, das Kind fast zur Erde gefallen, und seither hatte der Schmerz nicht abgenommen, sondern ward glühender von Stunde zu Stunde. Anfangs war sie stille gesessen, hatte den Schmerz erdrückt und heimlich die schweren Gedanken gewälzet in ihrer erwachten Seele, aber immer häufiger fuhr sie mit der Hand nach dem brennenden Fleck, auf dem ihr eine giftige Wespe zu sitzen schien, die ihr einen glühenden Stachel bohre bis ins Mark hinein. Als keine Wespe zu verjagen war, die Stiche immer heißer wurden, die Gedanken immer schrecklicher, da begann Christine ihre Wange zu zeigen, zu fragen, was darauf zu sehen sei, und immer von neuem frug Christine, aber niemand sah etwas, und bald mochte niemand mehr mit dem Spähen auf den Wangen die Lust sich verkürzen. Endlich konnte sie noch ein alt Weib erbitten; eben krähte der Hahn, der Morgen graute, da sah die Alte auf Christines Wange einen fast unsichtbaren Fleck. Es sei nichts, sagte die, das werde schon vergehen, und ging weiter.

Und Christine wollte sich trösten, es sei nichts und werde bald vergehn; aber die Pein nahm nicht ab, und unmerklich wuchs der kleine Punkt, und alle sahen ihn und frugen sie, was es da Schwarzes gebe in ihrem Gesichte? Sie dachten nichts Besonders, aber die Reden fuhren ihr wie Stiche ins Herz, weckten die schweren Gedanken wieder auf, und immer und immer mußte sie denken, daß auf den gleichen Fleck der Grüne sie geküßt, und daß die gleiche Glut, die damals wie ein Blitz durch ihr Gebein gefahren, jetzt bleibend in demselben brenne und zehre. So wich der Schlaf von ihr, das Essen schmeckte ihr wie Feuerbrand, unstet lief sie hiehin, dorthin, suchte Trost und fand keinen, denn der Schmerz wuchs immer noch, und der schwarze Punkt ward größer und schwärzer, einzelne dunkle Streifen liefen von ihm aus, und nach dem Munde hin schien sich auf dem runden Flecke ein Höcker zu pflanzen.

So litt und lief Christine manchen langen Tag und manche lange Nacht und hatte keinem Menschen die Angst ihres Herzens geoffenbaret, und was sie vom Grünen auf diese Stelle erhalten; aber wenn sie gewußt hätte, auf welche Weise sie dieser Pein loswerden könnte, sie hätte alles im Himmel und auf Erden geopfert. Sie war von Natur ein vermessen Weib, jetzt aber erwildet in wütendem Schmerze.

Da geschah es, daß wiederum ein Weib ein Kind erwartete. Diesmal war die Angst nicht groß, die Leute wohlgemut; sobald sie zu rechter Zeit für den Priester sorgten, meinten sie, des Grünen spotten zu können. Nur Christine war es nicht so. Je näher der Tag der Geburt kam, desto schrecklicher ward der Brand auf ihrer Wange, desto mächtiger dehnte der schwarze Punkt sich aus, deutliche Beine streckte er von sich aus, kurze Haare trieb er empor, glänzende Punkte und Streifen erschienen auf seinem Rücken, und zum Kopfe ward der Höcker, und glänzend und giftig blitzte es aus demselben wie aus zwei Augen hervor. Laut auf schrieen alle, wenn sie die giftige Kreuzspinne sahen auf Christines Gesicht, und voll Angst und Grauen flohen sie, wenn sie sahen, wie sie fest saß im Gesichte und aus demselben herausgewachsen. Allerlei redeten die Leute, der eine riet dies, der andere ein anderes, aber alle mochten Christine gönnen, was es auch sein mochte, und alle wichen ihr aus und flohen sie, wo es nur möglich war. Je mehr die Leute flohen, desto mehr trieb es Christine ihnen nach, sie fuhr von Haus zu Haus; sie fühlte wohl, der Teufel mahne sie an das verheißene Kind, und um das Opfer den Leuten einzureden mit unumwundenen Worten, fuhr sie ihnen nach in Höllenangst. Aber das kümmerte die andern wenig; was Christine peinigte, tat ihnen nicht weh, was sie litt, hatte, nach ihrer Meinung, sie verschuldet, und wenn sie ihr nicht mehr entrinnen konnten, so sagten sie zu ihr: »Da siehe du zu! Keiner hat ein Kind verheißen, darum gibt auch keiner eins.« Mit wütender Rede setzte sie dem eigenen Manne zu. Dieser floh wie die andern, und wenn er nicht mehr fliehen konnte, so sprach er

Christine kaltblütig zu, das werde schon besser, das sei ein Malzeichen, wie gar viele Menschen deren hätten, wenn es einmal ausgewachsen sei, so höre der Schmerz auf, und leicht sei es dann abzubinden.

Unterdessen aber hörte der Schmerz nicht auf, jedes Bein war ein Höllenbrand, der Spinne Leib die Hölle selbst, und als des Weibes erwartete Stunde kam, da war es Christine, als umwalle sie ein Feuermeer, als wühlten feurige Messer in ihrem Mark, als führen feurige Wirbelwinde durch ihr Gehirn. Die Spinne aber schwoll an, bäumte sich auf, und zwischen den kurzen Borsten hervor quollen giftig ihre Augen. Als Christine in ihrer glühenden Pein nirgends Teilnahme, die Kreißende wohl bewacht fand, da stürzte sie einer Wirbelsinnigen gleich den Weg entlang, den der Priester kommen mußte.

Raschen Schrittes kam derselbe der Halde entlang, begleitet vom handfesten Sigrist; die heiße Sonne und der steile Weg hemmten die Schritte nicht, denn es galt, eine Seele zu retten, ein unendlich Unglück zu wenden, und von entferntem Kranken kommend, bangte der Priester vor schrecklicher Säumnis. Verzweifelnd warf Christine sich ihm in den Weg, umfaßte seine Knie, bat um Lösung aus ihrer Hölle, um das Opfer des Kindes, das noch kein Leben kenne, und die Spinne schwoll noch höher auf, funkelte schrecklich schwarz in Christines rot angelaufenem Gesichte, und mit gräßlichen Blicken glotzte sie nach des Priesters heiligen Geräten und Zeichen. Dieser aber schob Christine rasch zur Seite und schlug das heilige Zeichen; er sah da den Feind wohl, aber er ließ den Kampf, um eine Seele zu retten. Christine aber fuhr auf, stürmte ihm nach und versuchte das Äußerste; doch des Sigristen starke Hand hielt das wütend Weib vom Priester ab, und zur Zeit noch konnte er das Haus schützen, in geweihte Hände das Kind empfangen und in die Hände dessen legen, den die Hölle nie überwältigt.

Draußen hatte unterdessen Christine einen schrecklichen Kampf gekämpfet. Sie wollte das Kind ungetauft in ihre Hände, wollte hinein ins Haus, aber starke Männer wehrten es. Windstöße stießen an das Haus, der fahle Blitz umzüngelte es, aber die Hand des Herrn war über ihm; es wurde das Kind getauft, und Christine umkreiste vergeblich und machtlos das Haus. Von immer wilderer Höllenqual ergriffen, stieß sie Töne aus, die nicht Tönen glichen aus einer Menschenbrust; das Vieh schlotterte in den Ställen und riß von den Stricken, die Eichen im Walde rauschten auf, sich entsetzend.

Im Hause begann der Jubel über den neuen Sieg, des Grünen Ohnmacht, seiner Helfershelferin vergeblich Ringen; aber draußen lag Christine, von entsetzlicher Pein zu Boden geworfen, und in ihrem Gesichte begannen Wehen zu kreißen, wie sie noch keine Wöchnerin erfahren auf Erden, und die Spinne im Gesichte schwoll immer höher auf und brannte immer glühender durch ihr Gebein.

Da war es Christine, als ob plötzlich das Gesicht ihr platze, als ob glühende Kohlen geboren würden in demselben, lebendig würden, ihr gramselten über das Gesicht weg, über alle Glieder weg, als ob alles an ihm lebendig würde und glühend gramsle über den ganzen Leib weg. Da sah sie in des Blitzes fahlem Scheine langbeinig, giftig, unzählbar, schwarze Spinnchen laufen über ihre Glieder, hinaus in die Nacht, und den Entschwundenen liefen langbeinig, giftig, unzählbar, andere nach. Endlich sah sie keine mehr den frühern folgen, der Brand im Gesichte legte sich, die Spinne ließ sich nieder, ward zum fast unsichtbaren Punkte wieder, schaute mit erlöschenden Augen ihrer Höllenbrut nach, die sie geboren hatte und ausgesandt, zum Zeichen, wie der Grüne mit sich spaßen lasse.

Matt, einer Wöchnerin gleich, schlich Christine nach Hause; wenn schon die Glut so heiß nicht mehr brannte auf dem Gesicht, die Glut im Herzen hatte nicht abgenommen, wenn schon die matten Glieder nach Ruhe sich sehnten, der Grüne ließ ihr keine Ruhe mehr; wen er einmal hat, dem macht er es so.

Drinnen im Hause aber, da jubelten sie und freuten sich und hörten lange nicht, wie das Vieh brüllte und tobte im Stalle. Endlich fuhren sie doch auf, man ging, nachzusehen, schreckensblaß kamen die wieder, die gegangen waren, und brachten die Kunde, die schönste Kuh liege tot, die übrigen tobten und wüteten, wie sie es nie gesehen. Da sei es nicht richtig, etwas Absonderliches walte da. Da verstummte der Jubel, alles lief nach dem Vieh, dessen Gebrüll erscholl über Berg und Tal, aber keiner hatte Rat. Gegen den Zauber versuchte man weltliche und geistliche Künste, aber alle umsonst; ehe noch der Tag graute, hatte der Tod das sämtliche Vieh im Stalle gestreckt. Wie es aber hier stumm wurde, so begann es hier zu brüllen und dort zu brüllen; die da waren, hörten, wie in ihre Ställe die Not gebrochen, wehlich das Vieh seine Meister zu Hilfe rief in seiner grausen Angst.

Als ob die Flamme aus ihrem Dache schlüge, eilten sie heim, aber Hilfe brachten sie keine; hier wie dort streckte der Tod das Vieh, Wehgeschrei von Menschen und Tieren erfüllte Berge und Täler, und die Sonne, welche das Tal so fröhlich verlassen, sah in entsetzlichen Jammer hinein. Als die Sonne schien, sahen endlich die Menschen, wie es in den Ställen, in denen das Vieh gefallen war, wimmle von zahllosen schwarzen Spinnen. Diese krochen über das Vieh, das Futter, und was sie berührten, war vergiftet, und was lebendig war, begann zu toben, ward bald vom Tode gestreckt. Von diesen Spinnen konnte man keinen Stall, in dem sie waren, säubern, es war, als wüchsen sie aus dem Boden herauf; konnte keinen Stall, in dem sie noch nicht waren, vor ihnen behüten, unversehens krochen sie aus allen Wänden, fielen haufenweise von der Diele. Man trieb das Vieh auf die Weiden, man trieb es nur dem Tode in den Rachen. Denn wie eine Kuh auf eine Weide den Fuß setzte, so begann es lebendig zu werden am Boden, schwarze, langbeinige Spinnen sproßten auf, schreckliche Alpenblumen, krochen auf am Vieh, und ein fürchterlich wehlich Geschrei erscholl von den Bergen nieder zu Tale. Und alle diese Spinnen sahen der Spinne auf Christines Gesicht ähnlich wie Kinder der Mutter, und solche hatte man noch keine gesehen.

Das Geschrei der armen Tiere war auch zum Schlosse gedrungen, und bald kamen ihm auch Hirten nach, verkündend, daß ihr Vieh gefallen von den giftigen Tieren, und in immer höherem Zorne vernahm der von Stoffeln, wie Herde um Herde verloren gegangen, vernahm, welchen Pacht man mit dem Grünen gehabt, wie man ihn zum zweiten Male betrogen, und wie die Spinnen ähnlich seien, wie Kinder der Mutter, der Spinne in der Lindauerin Gesicht, die mit dem Grünen den Bund gemacht, alleine, und nie rechten Bericht darüber gegeben. Da ritt der von Stoffeln in grimmem Zorn den Berg hinauf und donnerte die Armen an, daß er nicht um ihretwillen Herde und Herde verlieren wolle; was er geschädigt worden, müßten sie ersetzen, und was sie versprochen, das müßten sie halten, was sie freiwillig getan, das müßten sie tragen. Schaden leiden ihretwegen wolle er nicht, oder leide er, so müßten sie ihn büßen tausendfältig. Sie könnten sich vorsehen. So redete er zu ihnen, unbekümmert um das, was er ihnen zumutete, und daß er sie dazu getrieben, fiel ihm nicht bei, nur was sie getan, rechnete er ihnen zu.

Den meisten schon war es aufgedämmert, daß die Spinnen eine Plage des Bösen seien, eine Mahnung, den Pacht zu halten, und daß Christine Näheres darum wissen müßte, ihnen nicht alles gesagt hätte, was sie mit dem Grünen verhandelt. Nun zitterten sie wieder vor dem Grünen, lachten seiner nicht mehr, zitterten vor ihrem weltlichen Herrn; wenn sie diese befriedigten, was sagte der geistliche Herr dazu, erlaubte er es, und hätte dann der keine Buße für sie? So in der Angst versammelten sich die Angesehensten in einsamer Scheuer, und Christine mußte kommen und klaren Bescheid geben, was sie eigentlich verhandelt.

Christine kam, verwildert, rachedurstig, aufs neue von der wachsenden Spinne gefoltert.

Als sie das Zagen der Männer sah und keine Weiber, da erzählte sie punktum, was ihr begegnet: wie der Grüne sie schnell beim Worte genommen und ihr zum Pfande einen Kuß gegeben, den sie nicht mehr geachtet als andere. Wie ihr jetzt auf selbigem Fleck die Spinne gewachsen sei unter Höllenpein vom Augenblick an, als man das erste Kind getauft. Wie die Spinne, eben als man das zweite Kind getauft und den Grünen genarrt, unter Höllenwehen die Spinnen geboren in ungemeßner Zahl; denn narren lasse er sich nicht ungestraft, wie sie es fühle in tausendfachen Todesschmerzen. Jetzt wachse die Spinne wieder, die Pein mehre sich, und wenn das nächste Kind nicht des Grünen werde, so wisse niemand, wie gräßlich die einbrechende Plage sei, wie gräßlich des Ritters Rache.

So erzählte Christine, und die Herzen der Männer bebten, und lange wollte keiner reden. Nach und nach kamen aus den angstgepreßten Kehlen abgebrochene Laute hervor, und wenn man sie zusammensetzte, so meinten sie gerade, was Christine meinte, aber kein einzelner hatte seine Einwilligung gegeben in ihren Rat. Nur einer stund auf und redete kurz und deutlich: das beste schiene ihm, Christine totzuschlagen, sei einmal die tot, so könnte der Grüne an der

Toten sich halten, hätte keine Handhabe mehr an den Lebendigen. Da lachte Christine wild auf, trat ihm unter das Gesicht und sagte: er solle zuschlagen, ihr sei es recht, aber der Grüne wolle nicht sie, sondern ein ungetauft Kind, und wie er sie gezeichnet, ebensogut könne er die Hand zeichnen, die an ihr sich vergreife. Da zuckte es in des Mannes Hand, der allein geredet, er setzte sich und hörte schweigend dem Rate der andern. Und abgebrochen, wo keiner alles sagte, sondern jeder nur etwas, das wenig bedeuten sollte, kam man überein, das nächste Kind zu opfern, aber keiner wollte seine Hand bieten dazu, niemand das Kind an den Kilchstalden tragen, wo man die Buchen hingelegt hatte. Zum allgemeinen Besten, wie sie meinten, den Teufel zu brauchen, hatte keiner sich gescheut, aber persönliche Bekanntschaft mit ihm zu machen begehrte keiner. Da erbot sich Christine willig dazu, denn hatte man einmal mit dem Teufel zu tun gehabt, so konnte es das zweitemal wenig mehr schaden. Man wußte wohl, wer das nächste Kind gebären sollte, aber man redete nichts davon, und der Vater desselben war nicht zugegen. Verständigt, mit und ohne Worte, ging man auseinander.

Das junge Weib, welches in jener grauenvollen Nacht, wo Christine Bericht vom Grünen brachte, gezaget und geweinet hatte, es wußte damals nicht warum, erwartete nun das nächste Kind. Die frühern Vorgänge machten es nicht getrost und zuversichtlich, eine unnennbare Angst lag auf seinem Herzen, es konnte sie weder mit Beten noch Beichten wegbringen. Ein verdächtiges Schweigen schien ihm ihns zu umringen, niemand sprach von der Spinne mehr, verdächtig schienen ihm alle Augen, die auf ihm ruhten, schienen ihm zu berechnen die Stunde, in welcher sie seines Kindes habhaft werden, den Teufel versöhnen könnten.

So einsam und verlassen fühlte es sich gegen die unheimliche Macht um sich; keinen Beistand hatte es als seine Schwiegermutter, eine fromme Frau, die zu ihm stund, aber was vermag eine alte Frau gegen eine wilde Menge? Es hatte seinen Mann, der hatte alles Gute wohl versprochen; aber wie jammerte der um sein Vieh und gedachte so wenig des armen Weibes Angst! Es hatte der Priester verheißen zu kommen, so schnell und so früh zu kommen, als man ihn verlange, aber was konnte begegnen vom Augenblicke an, da man gesandt, bis daß er kam, und das arme Weib hatte keinen zuverlässigen Boten als den eigenen Mann, der ihm Schutz und Wache sein sollte, und das arme Weibchen wohnte dazu noch mit Christine in einem Hause, und ihre Männer waren Brüder, und keine eigenen Verwandte hatte es; als Waise war es ins Haus gekommen! Man kann sich des armen Weibes Herzensangst denken, nur im Beten mit der frommen Mutter fand es einiges Vertrauen, das alsobald wieder schwand, sobald es in die bösen Augen sah.

Unterdessen war die Krankheit noch immer da, sie unterhielt den Schrecken. Freilich, nur hie und da fiel ein Stück, zeigten die Spinnen sich. Aber sobald bei jemand der Schreck nachließ, sobald irgendeiner dachte oder sagte: das Übel lasse von selbsten nach, und man sollte sich wohl bedenken, ehe man an einem

Kinde sich versündige, so flammte auf Christines Höllenpein, die Spinne blähte sich hochauf, und dem, der so gedacht oder geredet, kehrte mit neuer Wut der Tod in seine Herde ein. Ja, je näher die erwartete Stunde kam, um so mehr schien die Not wieder zuzunehmen, und sie erkannten, daß sie bestimmte Abrede treffen müßten, wie sie des Kindes sicher und sonder Fehl sich bemächtigen könnten. Den Mann fürchteten sie am meisten, und Gewalt gegen ihn zu brauchen, war ihnen zuwider. Da übernahm Christine, ihn zu gewinnen, und sie gewann ihn. Er wollte um die Sache nicht wissen, wollte seinem Weibe zu willen sein, den Priester holen, aber nicht eilen, und, was in seiner Abwesenheit vorgehe, darnach wolle er nicht fragen; so fand er sich mit seinem Gewissen ab; mit Gott wollte er sich durch Messen abfinden, und für des armen Kindes Seele sei vielleicht auch noch etwas zu tun, dachte er, vielleicht gewinne der fromme Priester es dem Teufel wieder ab, dann seien sie aus dem Handel, hätten das Ihre getan und den Bösen doch geprellt. So dachte der Mann, und jedenfalls, es möge nun gehen, wie es wolle, so hätte er an der ganzen Sache keine Schuld, sobald er nicht mit selbsteigenen Händen dabei tätig sei.

So war das arme Weibchen verkauft und wußte es nicht, hoffte mit Bangen nach Rettung; und beschlossen im Rate der Menschen war der Stoß in sein Herz – aber was der droben beschlossen hatte, das deckten noch die Wolken, die vor der Zukunft liegen.

Es war ein gewitterhaftes Jahr und die Ernte gekommen; alle Kräfte wurden angespannt, um in den heitern Stunden das Korn unter das sichere Dach zu bringen. Es war ein heißer Nachmittag gekommen, schwarze Häupter streckten die Wolken über die dunklen Berge empor, ängstlich ums Dach flatterten die Schwalben, und dem armen Weibchen ward so eng und bang allein im Hause, denn selbst die Großmutter war draußen auf dem Acker, zu helfen mit dem Willen mehr als mit der Tat. Da zuckte zweischneidend der Schmerz ihm durch Mark und Bein, es dunkelte vor seinen Augen, es fühlte das Nahen seiner Stunde und war allein. Die Angst trieb es aus dem Hause, schwerfällig schritt es dem Acker zu, aber bald mußte es sich niedersetzen; es wollte in die Ferne die Stimme schicken, aber diese wollte nicht aus der beklemmten Brust. Bei ihm war ein klein Bübchen, das erst seine Beinchen brauchen lernte, das nie noch auf eigenen Beinen auf dem Acker gewesen war, sondern nur auf der Mutter Arm. Dieses Bübchen mußte das arme Weib als seinen Boten brauchen, wußte nicht, ob es den Acker finden, ob seine Beinchen dahin ihns tragen würden. Aber das treue Bübchen sah, in welcher Angst die Mutter war, und lief und fiel und stand wieder auf, und die Katze jagte sein Kaninchen, Tauben und Hühner liefen ihm um die Füße, stoßend und spielend sprang sein Lamm ihm nach, aber das Bübchen sah alles nicht, ließ sich nicht säumen und richtete treulich seine Botschaft aus.

Atemlos erschien die Großmutter, aber der Mann säumte, nur das Fuder solle er noch ausladen, hieß es. Eine Ewigkeit verstrich, endlich kam er, und wiederum verstrich eine Ewigkeit, endlich ging er langsam auf den langen Weg, und in Todesangst fühlte das arme Weib, wie seine Stunde schneller und schneller nahte.

Frohlockend hatte Christine draußen auf dem Acker allem zugesehen. Heiß brannte wohl die Sonne zu der schweren Arbeit, aber die Spinne brannte fast gar nicht mehr, und leicht schien ihr der Gang in den nächsten Stunden. Sie trieb fröhlich die Arbeit und eilte mit dem Heimgehn nicht, wußte sie doch, wie langsam der Bote war. Erst als die letzte Garbe geladen war, und Windstöße das nahende Gewitter verkündeten, eilte Christine ihrer Beute zu, die ihr gesichert war; so meinte sie. Und als sie heimging, da winkte sie bedeutungsvoll manchem Begegnenden; sie nickten ihr zu, trugen rasch die Botschaft heim; da schlotterte manches Knie, und manche Seele wollte beten in unwillkürlicher Angst, aber sie konnte nicht.

Drinnen im Stübchen wimmerte das arme Weib, und zu Ewigkeiten wurden die Minuten, und die Großmutter vermochte den Jammer nicht zu stillen mit Beten und Trösten. Sie hatte das Stübchen wohl verschlossen und schweres Geräte vor die Türe gestellt. Solange sie alleine im Hause waren, war es noch dabeizusein, aber als sie Christine heimkommen sahen, als sie ihren schleichenden Tritt an der Türe hörten, als sie draußen noch manch andern Tritt hörten und heimliches Flüstern, kein Priester sich zeigte, kein anderer treuer Mensch und näher und näher der sonst so ersehnte Augenblick trat, da kann man sich denken, in welcher Angst die armen Weiber schwammen, wie in siedendem Öle, ohne Hilfe und ohne Hoffnung. Sie hörten, wie Christine nicht von der Türe wich; es fühlte das arme Weib seiner wilden Schwägerin feurige Augen durch die Türe hindurch, und sie brannten es durch Leib und Seele. Da wimmerte das erste Lebenszeichen eines Kindes durch die Türe, unterdrückt so schnell als möglich, aber zu spät. Die Türe flog auf von wütendem, vorbereitetem Stoße, und wie auf seinen Raub der Tiger stürzt, stürzt Christine auf die arme Wöchnerin. Die alte Frau, die dem Sturme sich entgegenwirft, fällt nieder, in heiliger Mutterangst rafft die Wöchnerin sich auf, aber der schwache Leib bricht zusammen, in Christines Händen ist das Kind; ein gräßlicher Schrei bricht aus dem Herzen der Mutter, dann hüllt sie in schwarzen Schatten die Ohnmacht.

Zagen und Grauen ergriff die Männer, als Christine mit dem geraubten Kinde herauskam. Das Ahnen einer grausen Zukunft ging ihnen auf, aber keiner hatte Mut, die Tat zu hemmen, und die Furcht vor des Teufels Plagen war stärker als die Furcht vor Gott. Nur Christine zagte nicht, glühend leuchtete ihr Gesicht, wie es dem Sieger leuchtet nach überstandenem Kampfe, es war ihr, als ob die Spinne in sanftem Jucken ihr liebkose; die Blitze, die auf ihrem Wege zum Kilchstalden sie umzüngelten, schienen ihr fröhliche Lichter, der Donner ein zärtlich Grollen, ein lieblich Säuseln der racheschnaubende Sturm.

Hans, des armen Weibes Mann, hatte sein Versprechen nur zu gut gehalten.

Langsam war er seines Weges gegangen, hatte bedächtig jeden Acker beschauet, jedem Vogel nachgesehen, den Fischen im Bache abgewartet, wie sie sprangen und Mücken fingen vor dem einbrechenden Gewitter. Dann juckte [sprang] er vorwärts, rasche Schritte tat er, einen Ansatz zum Springen nahm er; es war etwas in ihm, das ihn trieb, das ihm die Haare auf dem Kopfe emportrieb; es war das Gewissen, das ihm sagte, was ein Vater verdiene, der Weib und Kind verrate, es war die Liebe, die er doch noch hatte zu seinem Weibe und seiner Leibesfrucht. Aber dann hielt ihn wieder ein anderes, und das war stärker als das erste, es war die Furcht vor den Menschen, die Furcht vor dem Teufel und die Liebe zu dem, was dieser ihm nehmen konnte. Dann ging er wieder langsamer, langsam wie ein Mensch, der seinen letzten Gang tut, der zu seiner Richtstätte geht. Vielleicht war es auch so, weiß doch gar mancher Mensch nicht, daß er den letzten Gang tut, wenn er es wüßte, er täte ihn nicht oder anders.

So war es spät geworden, ehe er auf Sumiswald kam. Schwarze Wolken jagten über den Münneberg her, schwere Tropfen fielen, versengten im Staube, und dumpf begann das Glöcklein im Turme die Menschen zu mahnen, daß sie denken möchten an Gott und ihn bitten, daß er sein Gewitter nicht zum Gerichte werden lasse über sie. Vor seinem Hause stand der Priester, zu jeglichem Gange gerüstet, damit er bereit sei, wenn sein Herr, der über seinem Haupte daherfuhr, zu einem Sterbenden oder einem brennenden Hause oder sonstwohin ihn rufe. Als er Hans kommen sah, erkannte er den Ruf zum schweren Gange, schürzte sein Gewand und sandte Botschaft seinem läutenden Sigrist, daß er sich ablösen lasse am Glockenstrang und sich einfinde zu seinem Begleit. Unterdessen stellte er Hans einen Labetrunk vor, so wohltätig nach raschem Laufe in schwüler Luft, dessen Hans nicht bedürftig war, aber der Priester ahnte die Tücke des Menschen nicht. Bedächtig labte sich Hans. Zögerend fand der Sigrist sich ein und nahm gerne teil an dem Tranke, den Hans ihm bot. Gerüstet stand vor ihnen der Priester, verschmähend jeden Trank, den er zu solchem Gang und Kampf nicht bedurfte. Er hieß ungerne von der Kanne weggehen, die er aufgestellt, ungerne verletzte er die Rechte des Gastes, aber er kannte ein Recht, das höher war als das Gastrecht, das säumige Trinken fuhr ihm zornig durch die Glieder.

Er sei fertig, sagte er endlich, ein bekümmert Weib harre, und über ihm sei eine grauenvolle Untat, und zwischen das Weib und die Untat müßte er stehn mit heiligen Waffen, darum sollten sie nicht säumen, sondern kommen, droben werde wohl noch etwas sein für den, der den Durst hier unten nicht gelöscht. Da sprach Hans, des harrenden Weibes Mann, es eile nicht so sehr, bei seinem Weibe gehe jede Sache schwer. Und alsobald flammte ein Blitz in die Stube, daß alle geblendet waren, und ein Donner brach los überm Hause, daß jeder Posten am Haus, jedes Glied im Hause bebte. Da sprach der Sigrist, als er seinen Segensspruch vollendet: »Hört, wie es macht draußen, und der Himmel hat selbst bestätigt, was Hans gesagt, daß wir warten sollen, und was nützte es, wenn wir gingen, lebendig kämen wir doch nimmer hinauf, und er selbst hat ja gesagt, daß es bei seinem Weibe nicht solche Eile habe.«

Und allerdings stürmte ein Gewitter daher, wie man in Menschengedenken nicht oft erlebt. Aus allen Schlünden und Gründen stürmte es heran, stürmte von allen Seiten, von allen Winden getrieben über Sumiswald zusammen, und jede Wolke ward zum Kriegesheer, und eine Wolke stürmte an die andere, eine Wolke wollte der andern Leben, und eine Wolkenschlacht begann, und das Gewitter stund, und Blitz auf Blitz ward entbunden, und Blitz auf Blitz schlug zur Erde nieder, als ob sie sich einen Durchgang bahnen wollten durch der Erde Mitte auf der Erde andere Seite. Ohne Unterlaß brüllte der Donner, zornesvoll heulte der Sturm, geborsten war der Wolken Schoß, Fluten stürzten nieder. Als so plötzlich und gewaltig die Wolkenschlacht losbrach, da hatte der Priester dem Sigristen nicht geantwortet, aber sich nicht niedergesetzt, und ein immer steigendes Bangen ergriff ihn, ein Drang kam ihn an, sich hinauszustürzen in der Elemente Toben, aber seiner Gefährten wegen zauderte er. Da ward ihm, als höre er durch des Donners schreckliche Stimme eines Weibes markdurchschneidenden Weheruf. Da ward ihm plötzlich der Donner zu Gottes schrecklichem Scheltwort seiner Säumnis, er machte sich auf, was auch die beiden andern sagen mochten. Er schritt, gefaßt auf alles, hinaus in die feurigen Wetter, in des Sturmes Wut, der Wolken Fluten; langsam, unwillig kamen die beiden ihm nach.

Es sauste und brauste und tosete, als sollten diese Töne zusammenschmelzen zur letzten Posaune, die der Welten Untergang verkündet, und feurige Garben fielen über das Dorf, als sollte jede Hütte aufflammen; aber der Diener dessen, der dem Donner seine Stimme gibt und den Blitz zu seinem Knechte hat, hat sich vor diesem Mitknecht des gleichen Herren nicht zu fürchten, und wer auf Gottes Wegen geht, kann getrost Gottes Wettern das Seine überlassen. Darum schritt der Priester unerschrocken durch die Wetter dem Kilchstalden zu, die geweihten heiligen Waffen trug er bei sich, und bei Gott war sein Herz. Aber nicht in gleichem Mute folgten ihm die andern, denn nicht am gleichen Orte war ihr Herz; sie wollten nicht den Kilchstalden ab, nicht in solchem Wetter, nicht in später Nacht, und Hans hatte noch einen besondern Grund, warum er nicht wollte. Sie baten den Priester umzukehren, auf andern Wegen zu gehen, Hans wußte nähere, der Sigrist bessere, beide warnten vor den Wassern im Tale, der aufgeschwollenen Grüne. Aber der Priester hörte nicht, achtete ihre Rede nicht; von einem wunderbaren Drange getrieben, eilte er auf den Flügeln des Gebetes dem Kilchstalden zu, sein Fuß stieß an keinen Stein, sein Auge ward durch keinen Blitz geblendet; bebend und weit hinter ihm, gedeckt, wie sie meinten, durch das Heiligste, das der Priester selbsten trug, folgten Hans und der Sigrist ihm nach.

Als sie aber hinauskamen vor das Dorf, wo ins Tal hinunter der Stalden sich senkt, da steht der Priester plötzlich still und schirmt mit der Hand die Augen.

Unterhalb der Kapelle schimmert in des Blitzes Schein eine rote Feder, und des Priesters scharfes Auge sieht aus grünem Hage hervorragen ein schwarzes Haupt, und auf diesem schwankt die rote Feder. Und wie er noch länger schaut, sieht er am jenseitigen Abhange in schnellstem Laufe, wie gejagt von des Windes wildestem Stoße, daherfliegen eine wilde Gestalt dem dunkeln Haupte zu, auf dem einer Fahne gleich die rote Feder schwankte.

Da loderte im Priester auf der heilige Kampfesdrang, der, sobald sie den Bösen ahnen, über die kömmt, die gottgeweihten Herzens sind, wie der Trieb über das Samenkorn kömmt, wenn das Leben in ihns dringt, wie er in die Blume dringt, wenn sie sich entfalten soll, wie er über den Helden kömmt, wenn sein Feind das Schwert erhebt. Und wie der Lechzende in des Stromes kühle Flut, wie der Held zur Schlacht, stürzte der Priester den Stalden nieder, stürzte zum kühnsten Kampf, drang zwischen den Grünen und Christine, die eben das Kindlein in des andern Arme legen wollte, mitten hinein, schmetterte zwischen sie die drei höchsten heiligen Namen, hält das Heiligste dem Grünen ans Gesicht, sprengt heiliges Wasser über das Kind und trifft Christine zugleich. Da fährt mit fürchterlichem Wehegeheul der Grüne von dannen, wie ein glutroter Streifen zuckt er dahin, bis die Erde ihn verschlingt; vom geweihten Wasser berührt, schrumpft mit entsetzlichem Zischen Christine zusammen, wie Wolle im Feuer, wie Kalch im Wasser, schrumpft zischend, flammensprühend zusammen bis auf die schwarze, hochaufgeschwollene, grauenvolle Spinne in ihrem Gesichte, schrumpft mit dieser zusammen, zischt in diese hinein, und diese sitzt nun giftstrotzend, trotzig mitten auf dem Kinde, und sprüht aus ihren Augen zornige Blitze dem Priester entgegen. Dieser sprengt ihr Weihwasser entgegen, es zischt wie auf heißem Steine gewöhnliches Wasser; immer größer wird die Spinne, streckt immer weiter ihre schwarzen Beine aus über das Kind, glotzt immer giftiger den Priester an; da faßt dieser in feurigem Glaubensmut nach ihr mit kühner Hand. Es ist, als wenn er griffe in glühende Stacheln hinein, aber unerschüttert greift er fest, schleudert das Ungeziefer weg, faßt das Kind und eilt mit ihm sonder Weile der Mutter zu.

Und wie sein Kampf zu Ende war, stillte sich auch der Kampf der Wolken, sie eilten wieder in ihre dunklen Kammern; bald flimmerte in stillem Sternenlicht das Tal, in dem kurz zuvor die wildeste Schlacht getobet, und fast atemlos ereilte der Priester das Haus, in welchem an Mutter und Kind die Freveltat begangen worden.

Dort war die Mutter noch ohnmächtig, mit dem gellenden Schrei hatte sie ihr Leben fortgesendet; neben ihr saß betend die Alte, sie traute noch auf Gott, daß er mächtiger sei als der Teufel böse. Mit dem Kinde brachte der Priester der Mutter auch das Leben zurück. Als sie erwachend das Kindlein wieder sah, durchfloß sie eine Wonne, wie sie nur die Engel im Himmel kennen, und auf der Mutter Armen taufte der Priester das Kind im Namen Gottes des Vaters, des Sohnes und des Heiligen Geistes; und jetzt war es entrissen des Teufels Gewalt auf immer, bis es sich ihm freiwillig übergeben wollte. Aber vor dem hütete es Gott, in dessen Gewalt jetzt seine Seele übergeben worden, während der Leib von der Spinne vergiftet blieb.

Bald schied seine Seele wieder, und wie mit Brandflecken war das Leibchen gezeichnet. Die arme Mutter weinte wohl, aber, wo jeder Teil wieder dahin gehet, wo er hingehöret, zu Gott die Seele, zur Erde der Leib, da findet sich der Trost ein, früher dem, später jenem.

Sobald der Priester sein heilig Amt verrichtet hatte, begann er ein seltsam Jucken zu fühlen in Hand und Arm, womit er die Spinne weggeschleudert. Kleine schwarze Flecken sah er auf der Hand, sichtbarlich wurden sie größer und schwollen auf, Todesschauer rieselte ihm durchs Herz. Er segnete die Weiber und eilte heim, die heiligen Waffen wollte er als getreuer Streiter wieder dahin bringen, wo sie hingehörten, damit sie einem andern nach ihm zur Hand seien. Hochauf schwoll der Arm, schwarze Beulen quollen immer höher auf, er kämpfte mit des Todes Mattigkeit, aber er erlag ihr nicht.

Als er an den Kilchstalden kam, da sah er Hans, den gottvergessenen Vater, von dem man nicht wußte, wo er geblieben, mitten im Wege auf dem Rücken liegen. Hochgeschwollen und brandschwarz war sein Gesicht, und mitten auf demselben saß groß und schwarz und grausig die Spinne. Als der Pfarrer kam, blähte sie sich auf, giftig bäumten sich die Haare auf ihrem Rücken, giftig und sprühend glotzten ihre Augen ihn an, sie tat wie die Katze, wenn sie sich rüstet zu einem Sprung in ihres Todfeindes Gesicht. Da begann der Priester einen guten Spruch und hob die heiligen Waffen, und die Spinne schrak zusammen, kroch langbeinig vom schwarzen Gesichte, verlor sich in zischendem Grase. Darauf ging der Pfarrer vollends heim, stellte das Allerheiligste an seinen Ort, und während wilde Schmerzen den Leib zum Tode rissen, harrte in süßem Frieden seine Seele ihres Gottes, für den sie recht gestritten in kühnem Gotteskampfe, und lange ließ Gott sie nicht harren.

Aber solch süßer Friede, der still des Herren harrt, war hinten im Tale, war oben auf den Bergen nicht.

Von dem Augenblicke an, als Christine mit dem geraubten Kinde den Berg hinuntergefahren war dem Teufel zu, war heilloser Schreck in alle Herzen gefahren. Während dem fürchterlichen Ungewitter bebten die Menschen in den Schrecken des Todes, denn ihre Herzen wußten wohl, wenn Gottes Hand vernichtend über sie komme, so sei es mehr als wohlverdient. Als das Gewitter vorüber war, lief die Kunde von Haus zu Haus, wie der Pfarrer das Kindlein zurückgebracht und getauft, aber kein Hans, keine Christine gesehen worden.

Der grauende Morgen fand lauter bleiche Gesichter, und die schöne Sonne färbte sie nicht, denn alle wußten wohl, daß nun das Schrecklichste kommen werde. Da hörte man, daß mit schwarzen Beulen der Pfarrer gestorben, man fand Hans mit schrecklichem Gesichte, und von der gräßlichen Spinne, in die Christine verwandelt worden, hörte man seltsam verwirrte Worte.

Es war ein schöner Erntetag, aber keine Hand rührte sich zur Arbeit; die Leute liefen zusammen, wie man es pflegt am Tage nach dem Tage, an welchem ein großes Unglück begegnet ist. Sie fühlten erst jetzt in ihren bebenden Seelen so recht, was es heiße, von irdischer Not und Plage mit einer unsterblichen Seele sich loskaufen zu wollen, fühlten, daß ein Gott im Himmel sei, der alles Unrecht, das armen Kindern, die sich nicht wehren können, angetan wird, fürchterlich räche. So stunden sie bebend zusammen und jammerten, und wer bei den andern war, der durfte nicht mehr heim, und doch war Zank und Streit unter ihnen, und einer gab den andern schuld, und jeder wollte abgemahnet und gewarnet haben, und jeder hatte nichts darwider, daß Strafe die Schuldigen treffe, sich und sein Haus wollte aber jeder ohne Strafe. Und wenn sie in diesem schrecklichen Harren und Streiten ein neu unschuldig Opfer gewußt hätten, es wäre keiner gewesen, der nicht an demselben gefrevelt in der Hoffnung, sich selbst zu retten.

Da schrie mitten im Haufen einer entsetzlich auf, es war ihm, als sei er in einen glühenden Dorn getreten, als nagle man mit glühendem Nagel den Fuß an den Boden, als ströme Feuer durch das Mark seiner Gebeine. Der Haufe fuhr auseinander, und alle Augen sahen nach dem Fuße, gegen den die Hand des Schreienden fuhr. Auf dem Fuße aber saß schwarz und groß die Spinne und glotzte giftig und schadenfroh in die Runde. Da starrte allen zuerst das Blut in den Adern, der Atem in der Brust, der Blick im Auge, und ruhig und schadenfroh glotzte die Spinne umher, und der Fuß ward schwarz, und im Leibe wars, als kämpfe zischend und wütend Feuer mit Wasser; die Angst sprengte die Fesseln des Schreckens, der Haufe stob aufeinander. Aber in wunderbarer Schnelle hatte die Spinne ihren ersten Sitz verlassen und kroch diesem über den Fuß und jenem an die Ferse, und Glut fuhr durch ihren Leib, und ihr gräßlich Geschrei jagte die Fliehenden noch heftiger. In Windeseile, in Todesschrecken, wie das gespenstige Wild vor der wilden Jagd, stoben sie ihren Hütten zu, und jeder meinte hinter sich die Spinne, verrammelte die Türe und hörte doch nicht auf zu beben in unsäglicher Angst.

Und einen Tag war die Spinne verschwunden, kein neues Todesgeschrei hörte man, die Leute mußten die verrammelten Häuser verlassen, mußten Speise suchen fürs Vieh und sich, sie taten es mit Todesangst. Denn wo war jetzt die Spinne, und konnte sie nicht hier sein und unversehens auf den Fuß sich setzen? Und wer am vorsichtigsten niedertrat und mit den Augen am schärfsten spähte, der sah die Spinne plötzlich sitzend auf Hand oder Fuß, sie lief ihm übers Gesicht, saß schwarz und groß ihm auf der Nase und glotzte ihm in die Augen, feurige Stacheln wühlten sich in sein Gebein, der Brand der Hölle schlug über ihm zusammen, bis der Tod ihn streckte.

So war die Spinne bald nirgends, bald hier, bald dort, bald im Tale unten, bald auf den Bergen oben; sie zischte durchs Gras, sie fiel von der Decke, sie tauchte aus dem Boden auf. An hellem Mittage, wenn die Leute um ihr Habermus saßen, erschien sie glotzend unten am Tisch, und ehe die Menschen den Schrecken gesprengt, war sie allen über die Hände gelaufen, saß oben am Tisch auf des Hausvaters Haupte und glotzte über den Tisch, die schwarz werdenden Hände weg. Sie fiel des Nachts den Leuten ins Gesicht, begegnete ihnen im Walde, suchte sie heim im Stalle. Die Menschen konnten sie nicht meiden, sie war nirgends und allenthalben, konnten im Wachen vor ihr sich nicht schützen, waren schlafend vor ihr nicht sicher. Wenn sie am sichersten sich wähnten unterem freien Himmel, auf eines Baumes Gipfel, so kroch Feuer ihnen den Rücken auf, der Spinne feurige Füße fühlten sie im Nacken, sie glotzte ihnen über die Achsel. Das Kind in der Wiege, den Greis auf dem Sterbebette schonte sie nicht; es war ein Sterbet, wie man noch von keinem wußte, und das Sterben daran war schrecklicher, als man es je erfahren, und schrecklicher noch als das Sterben war die namenlose Angst vor der Spinne, die allenthalben war und nirgends, die, wenn man am sichersten sich wähnte, einem todbringend plötzlich in die Augen glotzte.

Die Kunde von diesem Schrecken war natürlich alsobald ins Schloß gedrungen und hatte auch dorthin Schreck und Streit gebracht, soweit er bei den Regeln des Ordens stattfinden konnte. Dem von Stoffeln machte es bange, daß auch sie ebenso heimgesucht werden möchten wie früher ihr Vieh, und der verstorbene Priester hatte manches geäußert, welches ihm jetzt die Seele aufrührte. Er hatte ihm manchmal gesagt, daß alles Leid, welches er den Bauren antue, auf ihn zurückfahre, aber er hatte es nie geglaubt, weil er meinte, Gott werde einen Unterschied zu machen wissen zwischen einem Ritter und einem Bauer, hätte er sie doch sonst nicht so verschieden erschaffen. Aber jetzt ward ihm doch angst, es gehe nach des Priesters Wort, gab harte Worte seinen Rittern und meinte, es käme jetzt schwere Strafe ihrer leichtfertigen Worte wegen. Die Ritter aber wollten auch nicht schuld sein, und einer schob es dem andern zu, und wenns auch keiner sagte, so meintens doch alle, das gehe eigentlich nur den von Stoffeln an, denn wenn man es recht nehme, so sei der an allem schuld. Und neben diesem sahen sie einen jungen Polenritter an, der hatte eigentlich die meisten leichtfertigen Worte über das Schloß gesprochen und den von Stoffeln am meisten gereizt zum neuen Bau und vermessenen Schattengange. Der war noch sehr jung, aber der wildeste von allen, und wenns eine vermessene Tat galt, so war er voran; er war wie ein Heide und fürchtete weder Gott noch Teufel.

Der merkte wohl, was die andern meinten, aber ihm nicht sagen durften, merkte auch ihre heimliche Angst. Darum höhnte er sie und sagte, wenn sie vor einer Spinne sich fürchteten, was sie dann gegen Drachen machen wollten? Dann wappnete er sich gut und ritt ins Tal hinauf, sich vermessend, nicht zurückkehren zu wollen, bis sein Roß die Spinne zertreten, seine Faust sie zerdrückt. Wilde Hunde sprangen um ihn her, der Falke saß ihm auf der Faust, am Sattel hing die Lanze, lustig bäumte sich das Pferd; halb schadenfroh, halb ängstlich sah man ihn aus dem Schlosse reiten und gedachte der nächtlichen

Wache auf Bärhegen, wo die Kraft der weltlichen Waffen gegen diesen Feind so schlecht sich bewährt hatte.

Er ritt am Saume eines Tannenwaldes dem nächsten Gehöfe zu, scharfen Auges spähend um und über sich. Als er das Haus erblickte, Leute darum, rief er den Hunden, machte das Haupt des Falken frei, lose klirrte in der Scheide der Dolch. Wie der Falke die geblendeten Augen zum Ritter kehrte, seines Winkes gewärtig, prallte er ab der Faust und schoß in die Luft, die hergesprungenen Hunde heulten auf und suchten mit dem Schweife zwischen den Beinen das Weite. Vergebens ritt und rief der Ritter, seine Tiere sah er nicht wieder. Da ritt er den Menschen zu, wollte Kunde einziehen, sie stunden ihm, bis er nahe kam. Da schrien sie gräßlich auf und flohen in Wald und Schlucht, denn auf des Ritters Helm saß schwarz in übernatürlicher Größe die Spinne und glotzte giftig und schadenfroh ins Land. Was er suchte, das trug der Ritter und wußte es nicht; in glühendem Zorne rief und ritt er den Menschen nach, rief immer wütender, ritt immer toller, brüllte immer entsetzlicher, bis er und sein Roß über eine Fluh hinab zu Tale stürzten. Dort fand man Helm und Leib, und durch den Helm hindurch hatten die Füße der Spinne sich gebrannt, dem Ritter bis ins Gehirn hinein, den schrecklichsten Brand ihm dort entzündet, bis er den Tod gefunden.

Da kehrte der Schreck erst recht ein ins Schloß; sie schlossen sich ein und fühlten sich doch nicht sicher, sie suchten nach geistigen Waffen, fanden aber lange niemand, der sie zu führen wußte und zu führen wagte. Endlich ließ sich ein ferner Pfaffe locken mit Geld und Wort; er kam und wollte ausziehen mit heiligem Wasser und heiligen Sprüchen gegen den bösen Feind. Dazu aber stärkte er sich nicht mit Gebet und Fasten, sondern er tafelte des Morgens früh mit den Rittern und zählte die Becher nicht und lebte wohl an Hirsch und Bär. Dazwischen redete er viel von seinen geistigen Heldentaten und die Ritter von ihren weltlichen, und die Becher zählte man sich nicht nach, und die Spinne vergaß man. Da löschte auf einmal alles Leben aus, die Hände hielten erstarrt Becher oder Gabel, der Mund blieb offen, stier waren alle Augen auf einen Punkt gerichtet, nur der von Stoffeln trank den Becher leer und erzählte an einer Heldentat im Heidenlande. Aber auf seinem Kopfe saß groß die Spinne und glotzte um den Rittertisch, aber der Ritter fühlte sie nicht. Da begann die Glut zu strömen durch Gehirn und Blut, gräßlich schrie er auf, fuhr mit der Hand nach dem Kopfe, aber die Spinne war nicht mehr dort, war in ihrer schrecklichen Schnelle den Rittern allen über ihre Gesichter gelaufen, keiner konnte es wehren; einer nach dem andern schrie auf, von Glut verzehrt, und von des Pfaffen Glatze nieder glotzte sie in den Greuel hinein, und mit dem Becher, der nicht aus seiner Hand wollte, wollte der Pfaffe den Brand löschen, der loderte vom Kopfe herab durch Mark und Bein. Aber der Waffe trotzte die Spinne und glotzte von ihrem Throne herab in den Greuel, bis der letzte Ritter den letzten Schrei ausgestoßen, am letzten Atemzuge geendet.

Im Schlosse blieben nur wenige Diener verschont, die nie Hohn mit den Bauren getrieben; sie erzählten, wie schrecklich es gegangen. Das Gefühl, daß den Rittern ihr Recht geschehen, tröstete aber die Bauren nicht, der Schreck ward immer größer, gräßlicher. Mancher suchte zu fliehen. Die einen wollten das Tal verlassen, aber gerade die fielen der Spinne zu. Auf dem Wege fand man ihre Leichname. Andere flohen auf die hohen Berge, aber droben vor ihnen war die Spinne, und wenn sie sich gerettet glaubten, so saß ihnen die Spinne im Nacken oder im Gesicht. Das Untier ward immer boshafter, immer teuflischer. Es überraschte nicht mehr unerwartet, brannte nicht mehr unversehens den Tod ein, es saß vor den Menschen im Grase, hing über ihm am Baume, glotzte giftig ihn an. Dann floh der Mensch, so weit seine Füße ihn trugen, und stund er atemlos stille, so saß die Spinne vor ihm und glotzte giftig ihn an. Floh er abermal, und mußte er abermals die Schritte hemmen, so saß sie wieder vor ihm, und konnte er nicht mehr fliehen, dann erst kroch sie langsam an ihn heran und gab ihm den Tod.

Da versuchte wohl mancher in der Verzweiflung Widerstand, und ob die Spinne nicht zu töten sei, warf zentnerige Steine auf sie, wenn sie vor ihnen im Grase saß, schlug mit Keulen, mit Beilen nach ihr; aber alles umsonst, der schwerste Stein erdrückte sie nicht, das schärfste Beil verletzte sie nicht, unversehens saß sie dem Menschen im Gesicht, unversehrt kroch sie an ihn heran. Flucht, Widerstand, alles war eitel. Da ging alles Hoffen aus, und Verzweiflung füllte das Tal, saß auf den Bergen.

Ein einziges Haus hatte das Untier bis dahin verschont und war nie in demselben erschienen; es war das Haus, in welchem Christine gewohnt, aus welchem sie das Kindlein geraubet. Ihren eigenen Mann hatte sie auf einsamer Weide angefallen, dort fand man seinen Leichnam gräßlich zugerichtet wie keinen andern, seine Züge zerrissen in unaussprechlichem Schmerze; an ihm hatte sie ihren gräßlichsten Zorn ausgelassen, das gräßlichste Wiedersehn dem Ehemanne bereitet. Aber wie es zuging, hat niemand gesehen.

Zum Hause war sie noch nicht gekommen; ob sie es bis zuletzt sparen wollte, oder ob sie sich scheute davor, das erriet man nicht.

Aber nicht weniger als an andern Orten war die Angst eingekehrt.

Das fromme Weibchen war genesen, und es zagte nicht für sich, aber fast sehr um sein treues Bübchen und dessen Schwesterchen und wachte über sie Tag und Nacht, und die treue Großmutter teilte seine Sorgen und Wachen. Und gemeinsam beteten sie zu Gott, daß er ihnen ihre Augen offen halten möchte zur Wache, daß er sie erleuchten und stärken möchte zur Rettung der unschuldigen Kindlein.

Oft war es ihnen, wenn sie so wachten lange Nächte durch, als sehen sie die Spinne glimmen und glitzern in dunkelm Winkel, als glotze sie zum Fenster herein; dann ward ihre Angst groß, denn sie wußten keinen Rat, wie vor der Spinne die Kindlein schützen, und um so brünstiger baten sie Gott um seinen

Rat und Beistand. Sie hatten allerlei Waffen zur Hand gelegt, aber wie sie hörten, daß der Stein seine Schwere, das Beil seine Schärfe verliere, sie wieder beiseite gelegt. Da kam es der Mutter immer deutlicher vor, immer lebendiger in den Sinn: wenn jemand es wagen würde, die Spinne mit der Hand zu fassen, so vermöchte man sie zu überwältigen. Sie hörte auch von Leuten, die, als der Stein nichts half, mit der Hand sie zu erdrücken versuchten, allein vergeblich. Ein gräßlicher Glutstrom, der durch Hand und Arm zuckte, tilgte jede Kraft und brachte den Tod ins Herz. Es kam ihr auch vor, zu erdrücken vermöchte sie die Spinne nicht, aber sie erfassen dürfte sie wohl, und so viel Kraft würde ihr Gott verleihen, dieselbe irgendwohin zu tun, sie unschädlich zu machen. Sie hatte schon oft gehört, wie kundige Männer Geister eingesperrt hätten in ein Loch in Felsen oder Holz, welches sie mit einem Nagel zugeschlagen, und solange den Nagel niemand ausziehe, müsse der Geist gebannt im Loche sein.

Gleiches zu versuchen drängte der Geist sie immer mehr. Sie bohrte ein Loch in das Bystal [Fensterpfosten], das ihr am nächsten lag zur rechten Hand, wenn sie bei der Wiege saß, rüstete einen Zapfen, der scharf ins Loch paßte, weihte ihn mit geheiligtem Wasser, legte einen Hammer zurecht, und betete nun Tag und Nacht zu Gott um Kraft zur Tat. Aber manchmal war das Fleisch stärker als der Geist, und schwerer Schlaf drückte ihr die Augen zu, dann sah sie im Traume die Spinne, glotzend auf ihres Bübchens goldenen Locken, dann fuhr sie aus dem Traume, fuhr nach des Bübchen Locken. Dort war aber keine Spinne, ein Lächeln saß auf seinem Gesichtchen, wie Kindlein lächeln, wenn sie ihren Engel im Traume sehen; der Mutter aber glitzerten in allen Ecken der Spinne giftige Augen, und auf lange wich der Schlaf von ihr.

So hatte sie auch einmal nach strengem Wachen der Schlaf überwältigt, und dicht umnachtete er sie. Da war es ihr, als stürze der fromme Priester, der in der Rettung ihres Kindleins gestorben, herbei aus weiten Räumen und rufe aus der Ferne her: »Weib, wache auf, der Feind ist da!« dreimal rief er so, und erst beim drittenmal rang sie sich los aus des Schlafes engen Banden; aber wie sie die schweren Augenlider mühsam hob, sah sie langsam, giftgeschwollen die Spinne schreiten übers Bettlein hinauf, dem Gesichte ihres Bübchens zu. Da dachte sie an Gott und griff mit rascher Hand die Spinne. Da fuhren Feuerströme von derselben aus, der treuen Mutter durch Hand und Arm bis ins Herz hinein, aber Muttertreue und Mutterliebe drückten die Hand ihr zu, und zum Aushalten gab Gott die Kraft. Unter tausendfachen Todesschmerzen drückte sie mit der einen Hand die Spinne ins bereitete Loch, mit der andern den Zapfen davor und schlug mit dem Hammer ihn fest.

Drinnen sauste und brauste es, wie wenn mit dem Meere die Wirbelwinde streiten, das Haus wankte in seinen Grundfesten, aber fest saß der Zapfen, gefangen blieb die Spinne. Die treue Mutter aber freute sich noch, daß sie ihre Kindlein gerettet, dankte Gott für seine Gnade, dann starb sie auch den gleichen Tod wie alle, aber ihre Muttertreue löschte die Schmerzen aus, und die Engel geleiteten ihre Seele zu Gottes Thron, wo alle Helden sind, die ihr Leben eingesetzt für andere, die für Gott und die Ihren alles gewagt.

Nun war der schwarze Tod zu Ende. Ruhe und Leben kehrte ins Tal zurück. Die schwarze Spinne ward nicht mehr gesehen zur selben Zeit, denn sie saß in jenem Loche gefangen, wo sie jetzt noch sitzt.«

»Was, dort im schwarzen Holz?« schrie die Gotte und fuhr eines Satzes vom Boden auf, als ob sie in einem Ameisenhaufen gesessen wäre. An jenem Holze war sie gesessen in der Stube. Und jetzt brannte sie ihr Rücken, sie drehte sich, sie schaute hinter sich, fuhr mit der Hand auf und ab und kam nicht aus der Angst, die schwarze Spinne sitze ihr im Nacken.

Auch den andern waren die Herzen zugeklemmt, als der Großvater schwieg. Es war ein großes Schweigen über sie gekommen. Spott mochte niemand wagen, der Sache beistimmen auch nicht gerne; es hörte jeder lieber auf das erste Wort des andern, um darnach die eigene Rede richten zu können, so verfehlt man sich am wenigsten. Da kam die Hebamme, die schon mehrere Male gerufen hatte, ohne Antwort zu bekommen, hergelaufen, ihr Gesicht brannte hochrot, es war, als ob die Spinne auf demselben herumgekrochen wäre. Sie begann zu schmälen, daß niemand kommen wolle, wie laut sie auch rufe: Das sei ihr doch auch eine wunderliche Sache; wenn man gekochet habe, so wolle niemand zum Tisch, und wenn dann alles nicht mehr gut sei, so solle sie schuld sein an allem, sie wisse wohl, wie es gehe. So fettes Fleisch, wie drinnen stehe, könne niemand mehr essen, wenn es kalt geworden; dazu sei es noch gar ungesund.

Nun kamen die Leute wohl, aber gar langsam, und keines wollte das erste bei der Türe sein, der Großvater mußte der erste sein. Es war diesmal nicht sowohl die übliche Sitte, nicht den Schein haben zu wollen, als möge man nicht warten, bis man zum Essen komme; es war das Zögern, das alle befällt, wenn sie am Eingang stehen eines schauerlichen Ortes, und doch war drinnen nichts Schauerliches. Hell glänzten auf dem Tische, frisch gefüllt, die schönen Weinflaschen, zwei glänzende Schinken prangten, gewaltige Kalbs- und Schafbraten dampften, frische Züpfen lagen dazwischen, Teller mit Tateren [Torten], Teller mit dreierlei Küchlene waren dazwischengezwängt, und auch die Kännchen mit dem süßen Tee fehlten nicht. So wars ein schönes Schauen, und doch achteten sie alle desselben wenig, aber alle sahen sich um mit ängstlichen Augen, ob nicht die Spinne aus irgendeiner Ecke glitzere oder gar vom prangenden Schinken herab sie anglotze mit ihren giftigen Augen. Man sah sie nirgends, und doch machte niemand die üblichen Komplimente: was man doch sinne, noch so viel aufzustellen, wer das doch essen solle, man habe bereits mehr als zuviel, sondern alle drängten sich an die untern Ecken des Tisches, niemand wollte hinauf.

Umsonst mahnte man die Gäste nach oben und zeigte auf die leeren Plätze, sie stunden unten wie angenagelt; vergebens schenkte der Kindbettimann ein und rief, sie sollten doch kommen und Gesundheit machen, es sei eingeschenkt. Da nahm derselbe die Gotte beim Arme und sagte: »Sei du das Witzigste und gib das

Exempel!« Aber mit aller Kraft, und die war nicht klein, sperrte sich die Gotte und rief: »Nicht um tausend Pfund sitze ich mehr da oben! Es gramselt mir den Rücken auf und nieder, als führe man mir mit Nesseln daran herum. Und säße ich dort vor dem Bystal, so fühlte ich die schreckliche Spinne sonder Unterlaß im Nacken.« »Daran bist du schuld, Großvater«, sagte die Großmutter, »warum bringst du solche Dinge aufs Tapet! So etwas trägt heutzutag nichts mehr ab und kann dem ganzen Hause schaden. Und wenn einst die Kinder aus der Schule kommen und weinen und klagen, die andern Kinder hielten ihnen vor, ihre Großmutter sie eine Hexe gewesen und ins Bystal gebannt, so hast du es dann.«

»Sei ruhig, Großmutter!« sagte der Großvater, »man hat heutzutag alles bald wieder vergessen, und behält nichts mehr lange im Gedächtnis wie ehedem. Man hat die Sache von mir haben wollen, und es ist besser, die Leute vernehmen punktum die Wahrheit, als daß sie selbst etwas ersinnen; die Wahrheit bringt unserem Hause keine Unehre. Aber kommt und sitzet! Seht, vor den Zapfen will ich selbsten sitzen. Bin ich doch schon viel tausend Tage da gesessen ohne Furcht und ohne Zagen und darum auch ohne Gefährde. Nur wenn böse Gedanken in mir aufstiegen, die dem Teufel zur Handhabe werden konnten, so war es mir, als schnure es hinter mir, wie eine Katze schnurret, wenn man sich mit ihr anläßt, ihr den Balg streicht, ihr behaglich wird, und mir fuhr es den Rücken auf seltsam und absonderlich. Sonst aber hält sie sich mäusestill da innen, und solange man hier außen Gott nicht vergißt, muß sie warten da innen.«

Da faßten die Gäste Mut und setzten sich, aber ganz nahe zum Großvater rückte niemand. Jetzt endlich konnte der Kindbettimann vorlegen, legte ein mächtiges Stück Braten seiner Nachbarin auf den Teller, diese schnitt ein Stückchen ab und legte den Rest auf des Nachbars Teller, ihn mit dem Daumen von der Gabel streifend. So ging das Stück um, bis einer sagte, er denke, er behalte es, es sei noch mehr, wo das gewesen sei; ein neues Stück begann die Runde. Während der Kindbettimann einschenkte und vorlegte, und die Gäste ihm sagten, er hätte heute einen strengen Tag, ging die Hebamme herum mit dem süßen Tee, stark gewürzt mit Safran und Zimmet, bot allen an und fragte: wer ihn liebe, solle es nur sagen, er sei für alle da. Und wer sagte, er sei Liebhaber, dem schenkte sie Tee in den Wein und sagte: sie liebe ihn auch, man möge den Wein viel besser ertragen, er mache einem nicht Kopfweh. Man aß und trank. Aber kaum war der Lärm vorbei, der allemal entsteht, wenn man hinter neue Gerichte geht, so ward man wieder stille, und ernst wurden die Gesichter, man merkte wohl, alle Gedanken waren bei der Spinne. Scheu und verstohlen blickten die Augen nach dem Zapfen hinter des Großvaters Rücken, und doch scheute jeder sich, wieder davon anzufangen.

Da schrie laut auf die Gotte und wäre fast vom Stuhle gefallen. Eine Fliege war über den Zapfen gelaufen, sie hatte geglaubt, der Spinne schwarze Beine gramselten zum Loche heraus, und zitterte vor Schreck am ganzen Leibe. Kaum ward sie ausgelacht; ihr Schreck war willkommener Anlaß, von neuem von der Spinne anzufangen, denn wenn einmal eine Sache unsere Seele recht berührt hat, so kommt dieselbe nicht so schnell davon los.

»Aber hör mal, Vetter«, sagte der ältere Götti, »ist die Spinne seither nie aus dem Loche gekommen, sondern immer darin geblieben seit so vielen Jahren?« »Eh«, sagte die Großmutter, »es wäre besser, man schwiege von der ganzen Sache, man hätte ja den ganzen Nachmittag davon geredet.« »Eh, Mutter«, sagte der Vetter, »laß deinen Alten reden, er hat uns recht kurze Zeit gemacht, und vorhalten wird euch das Ding niemand, stammet ihr ja nicht von Christine ab. Und du bringst unsere Gedanken doch nicht von der Sache ab, und wenn wir nicht von ihr reden dürfen, so reden wir auch von nichts anderem, dann gibts keine kurze Zeit mehr. Nun, Großvater, rede, deine Alte wird es uns nicht vergönnen!« »He, wenn ihr es zwingen wollet, so zwinget es meinethalben, aber gescheuter wäre es gewesen, man hätte jetzt von etwas anderm angefangen und besonders jetzt auf die Nacht hin«, sagte die Großmutter.

Da begann der Großvater, und alle Gesichter spannten sich wieder: »Was ich weiß, ist nicht mehr viel, aber was ich weiß, will ich sagen; es kann sich vielleicht in der heutigen Zeit jemand ein Exempel daran nehmen, schaden würde es wahrhaftig vielen nichts.

Als die Leute die Spinne eingesperrt wußten, sie ihres Lebens wieder sicher, da soll es ihnen gewesen sein, als seien sie im Himmel und der liebe Gott mit seiner Seligkeit mitten unter ihnen, und lange ging es gut. Sie hielten sich zu Gott und flohen den Teufel, und auch die Ritter, die frisch eingezogen waren ins Schloß, hatten Respekt vor Gottes Hand und hielten milde die Menschen und halfen ihnen auf.

Dieses Haus aber betrachteten alle mit Ehrfurcht, fast wie eine Kirche. Anfangs schauderte es sie freilich, wenn sie es ansahen, den Kerker der schrecklichen Spinne sahen und dachten, wie leicht sie da losbrechen und das Elend von vorne anfangen könnte mit des Teufels Gewalt. Aber sie sahen bald, daß da Gottes Gewalt stärker sei als die des Teufels, und aus Dank gegen die Muter, die für alle gestorben, halfen sie den Kindern und bauten ihnen unentgeltlich den Hof [bebauten den Boden], bis sie ihn selbsten arbeiten konnten. Die Ritter wollten ihnen bewilligen, ein neues Haus zu bauen, damit sie vor der Spinne sich nicht zu fürchten hätten, oder diese durch Zufall im bewohnten Hause loskomme, und viele Nachbaren wollten ihnen helfen, die der Scheu vor dem Untier, vor dem sie so schrecklich gezittert, nicht loswerden konnten. Aber die alte Großmutter wollte es nicht tun. Sie lehrte ihre Enkel: hier sei die Spinne gebannt durch Gott Vater, Sohn und Heiligen Geist, solange diese drei heiligen Namen gelten in diesem Hause, solange in diesen drei heiligen Namen an diesem Tische gegessen und getrunken werde, solange seien sie vor der Spinne sicher und diese fest im Loche, und kein Zufall mache etwas an der Sache. Hier an diesem Tische, hinter ihnen die Spinne, werden sie nie vergessen, wie nötig ihnen Gott und wie mächtig er sei; so mahne sie die Spinne an Gott und müsse, dem Teufel zum Trotz, ihnen zum Heil werden. Ließen sie aber von Gott, und wäre es hundert Stunden von da, so könnte die Spinne sie finden oder der Teufel selbst. Das faßten die Kinder, blieben im Hause, wuchsen gottesfürchtig auf, und über dem Hause war der Segen Gottes.

Das Bübchen, welches so treu an der Mutter gewesen, so treu die Mutter an ihm, wuchs auf zu einem stattlichen Manne, der lieb war Gott und Menschen und Gnade bei den Rittern fand. Darum ward er auch gesegnet mit zeitlichem Gut und vergaß Gott nie darob, ward nie geizig damit; er half andern in ihren Nöten, wie er wünschte, daß ihm geholfen werde in der letzten Not, und wo er zu schwach zu einer Hülfe war, da ward er ein um so kräftiger Fürsprecher bei Gott und Menschen. Er ward gesegnet mit einem weisen Weibe, und zwischen ihnen war ein unergründlicher Friede, darum blühten fromm ihre Kinder auf, und beide fanden spät einen sanften Tod. Seine Familie blühte fort in Gottesfurcht und Rechttun.

Ja, über dem ganzen Tale lag der Segen Gottes, und Glück war in Feld und Stall und Friede unter den Menschen. Die schreckliche Lehre war den Menschen zu Herzen gegangen, sie hielten fest an Gott; was sie taten, taten sie in seinem Namen, und wo einer dem andern helfen konnte, da säumte er nicht. Vom Schlosse her ward ihnen kein Übel, aber viel Gutes. Immer weniger Ritter wohnten dort, denn immer härter ward der Streit im Heidenlande und immer nöter jede Hand, die fechten konnte; die aber, welche im Schlosse waren, mahnte täglich die große Totenhalle, in der die Spinne an Rittern wie an den Bauren ihre Macht geübt, daß Gott mit gleicher Kraft über jedem sei, der von ihm abfalle, sei er Bauer oder Ritter.

So schwanden viele Jahre in Glück und Segen, und das Tal ward berühmt vor allen andern. Stattlich waren ihre Häuser, groß ihre Vorräte, manch Geldstück ruhte im Kasten, ihr Vieh war das schönste zu Berg und Tal, und ihre Töchter waren berühmt landauf landab und ihre Söhne gerne gesehen überall. Und dieser Ruhm welkte nicht über Nacht wie dem Jonas seine Schattenstaude, sondern er dauerte von Geschlecht zu Geschlecht; denn in der gleichen Gottesfurcht und Ehrbarkeit wie die Väter lebten auch die Söhne von Geschlecht zu Geschlecht. Aber wie gerade in den Birnbaum, der am flüssigsten genähret wird, am stärksten treibt, der Wurm sich bohrt, ihn umfrißt, welken läßt und tötet, so geschieht es, daß, wo Gottes Segensstrom am reichsten über die Menschen fließt, der Wurm in den Segen kömmt, die Menschen bläht und blind macht, daß sie ob dem Segen Gottes vergessen, ob dem Reichtum den, der ihn gegeben hat, daß sie werden wie die Israeliten, die, wenn Gott ihnen geholfen, ob goldene Kälbern ihn vergaßen.

So wurden, nachdem viele Geschlechter dahingegangen, Hochmut und Hoffart heimisch im Tale, fremde Weiber brachten und mehrten beides. Die Kleider wurden hoffärtiger, Kleinode sah man glänzen, ja selbst an die heiligen

Zeichen wagte die Hoffart sich, und statt daß ihre Herzen während dem Beten inbrünstig bei Gott gewesen wären, hingen ihre Augen hoffärtig an den goldenen Kugeln ihres Rosenkranzes. So ward ihr Gottesdienst Pracht und Hoffart, ihre Herzen aber hart gegen Gott und Menschen. Um Gottes Gebote bekümmerte man sich nicht, seines Dienstes, seiner Diener spottete man: denn, wo viel Hoffart ist oder viel Geld, da kömmt gerne der Wahn, daß man seine Gelüsten für Weisheit hält und diese Weisheit höher als Gottes Weisheit. Wie sie früher von den Rittern geplagt worden waren, so wurden sie jetzt hart gegen das Gesinde und plagten dieses, und je weniger sie selbst arbeiteten, um so mehr muteten sie diesem zu, und je mehr sie Arbeit von Knechten und Mägden forderten, um so mehr behandelten sie dieselben wie unvernünftiges Vieh, und daß diese auch Seelen hätten, die zu wahren seien, dachten sie nicht. Wo viel Geld oder viel Hoffart ist, da fängt das Bauen an, einer schöner als der andere, und wie früher die Ritter bauten, so bauten jetzt sie, und wie früher die Ritter sie plagten, so schonten sie jetzt weder Gesinde noch Vieh, wenn der Bauteufel über sie kam. Dieser Wandel war auch über dieses Haus gekommen, während der alte Reichtum geblieben war.

Fast zweihundert Jahre waren verflossen, seit die Spinne im Loche gefangen saß, da war ein schlau und kräftig Weib hier Meister, sie war keine Lindauerin, aber doch glich sie Christine in vielen Stücken. Sie war auch aus der Fremde, der Hoffart, dem Hochmute ergeben, und hatte einen einzigen Sohn; der Mann war unter ihrer Meisterschaft gestorben. Dieser Sohn war ein schöner Bube, hatte ein gutes Gemüt und war freundlich mit Mensch und Vieh; sie hatte ihn auch gar lieb, aber sie ließ es ihn nicht merken. Sie meisterte ihn jeden Schritt und Tritt, und keiner war ihr recht, den sie ihm nicht erlaubt, und längst war er erwachsen und durfte nicht zur Kameradschaft und an keine Kilbi ohne der Mutter Begleit. Als sie ihn endlich alt genug glaubte, gab sie ihm ein Weib aus ihrer Verwandtschaft, eins nach ihrem Sinn. Jetzt hatte er zwei Meister statt nur einen, und beide waren gleich hoffärtig und hochmütig, und weil sie es waren, so sollte auch Christen es sein, und wenn er freundlich war und demütig, wie es ihm so wohl anstund, so erfuhr er, wer Meister war.

Schon lange war das alte Haus ihnen ein Dorn im Auge, und sie schämten sich seiner, da die Nachbarn neue Häuser hatten und doch kaum so reich als sie waren. Die Sage von der Spinne, und was die Großmuter gesagt, war damals noch in jedermanns Gedächtnis, sonst wäre das alte Haus längst schon eingerissen worden, aber alle wehrten es ihnen. Sie nahmen aber dieses Wehren immer mehr für Neid, der ihnen kein neues Haus gönne. Zudem ward es ihnen immer unheimeliger im alten Hause. Wenn sie hier am Tische saßen, so war es ihnen, entweder als schnurre hinter ihnen behaglich die Katze, oder als ginge leise das Loch auf, und die Spinne ziele nach ihrem Nacken. Ihnen fehlte der Sinn, der das Loch vermachte [zumachte], darum fürchteten sie sich immer mehr, das Loch möchte sich öffnen. Darum fanden sie einen guten Grund, ein neues Haus zu bauen, in dem sie die Spinne nicht zu fürchten hätten, wie sie meinten. Das alte wollten sie dem Gesinde überlassen, das ihrer Hoffart oft im Wege war, so wurden sie tätig.

Christen tat es sehr ungerne, er wußte, was die alte Großmutter gesagt, und glaubte, daß der Familiensegen an das Familienhaus geknüpfet sei, und vor der Spinne fürchtete er sich nicht, und wenn er hier oben am Tische saß, so schien es ihm, er könne am andächtigsten beten. Er sagte, wie er es meinte, aber seine Weiber hießen ihn schweigen, und weil er ihr Knecht war, so schwieg er auch, weinte aber oft bitterlich, wenn sie es nicht sahen.

Dort, oberhalb des Baumes, unter welchem wir gesessen, sollte ein Haus gebaut werden, wie keiner eins hätte in der ganzen Gegend.

In hoffärtiger Ungeduld, weil sie keinen Verstand vom Bauen hatten und nicht warten mochten, bis sie mit dem neuen Hause hochmütig tun konnten, plagten sie beim Bauen Gesinde und Vieh übel, schonten selbst die heiligen Feiertage nicht und gönnten ihnen auch des Nachts nicht Ruhe, und kein Nachbar war, der ihnen helfen konnte, daß sie zufrieden waren, dem sie nichts Böses nachgewünscht, wenn er nach unentgeltlicher Hülfe, wie man sie schon damals einander leistete, wieder heimging, um auch zu seiner Sache zu sehen.

Als man aufrichtete und den ersten Zapfen in die Schwelle schlug, so rauchte es aus dem Loche herauf wie nasses Stroh, wenn man es anbrennen will; da schüttelten die Werkleute bedenklich die Köpfe und sagten es heimlich und laut, daß der neue Bau nicht alt werden werde, aber die Weiber lachten darüber und achteten des Zeichens sich nicht. Als endlich das Haus erbauet war, zogen sie hinüber, richteten sich ein mit unerhörter Pracht und gaben als sogenannte Hausräuki eine Kilbi [Hausweihe, eine sog. Kirchweih], die drei Tage lang dauerte, und Kind und Kindeskinder noch davon erzählten im ganzen Emmental.

Aber während allen dreien Tagen soll man im ganzen Hause ein seltsam Surren gehört haben, wie das einer Katze, welcher es behaglich wird, weil man ihr den Balg streicht. Doch die Katze, von welcher es kam, konnte man trotz alles Suchens nicht finden; da ward manchem unheimlich, und trotz aller Herrlichkeit lief er mitten aus dem Feste. Nur die Weiber hörten nichts oder achteten sich dessen nicht, mit dem neuen Hause meinten sie alles gewonnen.

Ja, wer blind ist, sieht auch die Sonne nicht, und wer taub ist, hört auch den Donner nicht. Darum freuten die Weiber des neuen Hauses sich, wurden alle Tage hoffärtiger, dachten an die Spinne nicht, sondern führten im neuen Hause ein üppiges, arbeitsloses Leben mit Putzen und Essen, kein Mensch konnte es ihnen treffen, und an Gott dachten sie nicht.

Im alten Hause blieb das Gesinde alleine, lebte, wie es wollte, und wenn Christen dasselbe auch unter seiner Aufsicht haben wollte, so duldeten die Weiber es nicht und schalten ihn, die Mutter aus Hochmut hauptsächlich, das Weib aus Eifersucht zumeist. Daher war drunten keine Ordnung und bald auch keine Gottesfurcht, und wo kein Meister ist, geht es so durchweg. Wenn kein Meister oben am Tische sitzt, kein Meister im Hause die Ohren spitzt, kein Meister draußen und drinnen die Zügel hält, so meint sich bald der der Größte, welcher am wüstesten tut, und der der Beste, welcher die ruchlosesten Reden führt.

So ging es zu im Hause drunten, und das sämtliche Gesinde glich bald einer Rudel Katzen, wenn sie am wüstesten tun. Von Beten wußte man nichts mehr, hatte darum weder vor Gottes Willen noch vor seinen Gaben Respekt. Wie die Hoffart der Meisterweiber keine Grenzen mehr kannte, so hatte der tierische Übermut des Gesindes keine Schranken mehr. Man schändete ungescheut das Brot, trieb [schleuderte] das Habermus über den Tisch weg mit den Löffeln sich an die Köpfe, ja verunreinigte viehisch die Speise, um boshaft den andern die Lust am Essen zu vertreiben. Sie neckten die Nachbaren, quälten das Vieh, höhnten jeden Gottesdienst, leugneten alle höhere Gewalt und plagten auf alle Weise den Priester, der strafend zu ihnen geredet hatte; kurz, sie hatten keine Furcht mehr vor Gott und Menschen und taten alle Tage wüster. Das wüsteste Leben führten Knechte und Mägde, und doch plagten sie einander wie nur möglich, und als die Knechte nicht mehr wußten, wie sie auf neue Art die Mägde quälen konnten, da fiel es einem ein, mit der Spinne im Loche die Mägde zu schrecken oder zahm zu machen. Er schmiß Löffel voll Habermus oder Milch an den Zapfen und schrie, die drinnen werde wohl hungrig sein, weil sie so viel hundert Jahre nichts gehabt. Da schrien die Mägde gräßlich auf und versprachen alles, was sie konnten, und selbst den andern Knechten graute es.

Da das Spiel sich ungestraft wiederholte, so wirkte es nicht mehr, die Mägde schrieen nicht mehr, versprachen nichts mehr, und die andern Knechte begannen es auch zu treiben. Nun fing der an, mit dem Messer gegen das Loch zu fahren, mit den gräßlichsten Flüchen sich zu vermessen, er mache den Zapfen los und wolle sehen, was drinnen sei, und sie müßten einmal auch was Neues sehn. Das weckte neues Entsetzen, und der Bursche, der das tat, ward allen Meister und konnte zwingen, was er wollte, besonders bei den Mägden.

Das soll aber auch ein seltsamer Mensch gewesen sein, man wußte nicht, woher er kam. Er konnte sanft tun wie ein Lamm und reißend wie ein Wolf; war er alleine bei einem Weibsbilde, so war er ein sanftes Lamm, vor der Gesellschaft aber war er wie ein reißender Wolf und tat, als ob er alle haßte, als ob er über alles auswolle mit wüsten Taten und Worten; solche sollen den Weibsbildern aber gerade die liebsten sein. Darum entsetzten sich die Mägde öffentlich vor ihm, sollen ihn aber doch, wenn sie alleine waren, am liebsten von allen gehabt haben. Er hatte ungleiche Augen, aber man wußte nicht, von welcher Farbe, und beide haßten einander, sahen nie den gleichen Weg, aber unter langem Augenhaar und demütigem Niedersehn wußte er es zu verbergen. Sein Haar war schön gelockt, aber man wußte nicht, war es rot oder falb, im Schatten war es das schönste Flachshaar, schien aber die Sonne darauf, so hatte kein Eichhörnchen einen rötern Pelz. Er quälte wie keiner das Vieh. Dasselbe haßte ihn auch darnach. Von den Knechten meinte ein jeder, er sei sein Freund, und gegen jeden wies er die andern auf. Den Meisterweibern war er unter allen alleine recht, er alleine war oft im obern Hause, dann taten unten die Mägde wüst; sobald er es merkte, steckte er sein Messer an den Zapfen und begann sein Drohen, bis die Mägde zum Kreuze krochen.

Doch behielt dieses Spiel auch nicht lange seine Wirkung. Die Mägde wurden dessen gewohnt und sagten endlich: »Tue es doch, wenn du darfst [dich getraust], aber du darfst nicht!«

Es nahte Weihnacht, die heilige Nacht. An das, was dieselbe uns weihet, dachten sie nicht, ein lustiges Leben hatten sie abgeraten [abgemacht] in derselben. Im Schlosse drunten hauste ein alter Ritter nur, und der bekümmerte sich wenig mehr ums Zeitliche; ein schelmischer Vogt verwaltete alles zu seinem Vorteil. Um ein Schelmenstück hatten sie diesem edlen Ungarwein abgehandelt, neben welchem Lande die Ritter in großem Streite lagen; des edlen Weines Kraft und Feuer kannten sie nicht. Ein fürchterliches Unwetter kam herauf mit Blitz und Sturm, wie selten sonst um diese Zeit, keinen Hund hätte man unter dem Ofen hervorgejagt. Zur Kirche zu gehen hielt es sie nicht ab, sie wären bei schönem Wetter auch nicht gegangen, hätten den Meister alleine gehen lassen, aber es hielt andere ab, sie zu besuchen; sie blieben allein im alten Hause beim edlen Weine.

Sie begannen den heiligen Abend mit Fluchen und Tanzen, mit wüstern und ärgern Dingen; dann setzten sie sich zum Mahle, wozu die Mägde Fleisch gekocht hatten, weißen Brei, und was sie sonst Gutes stehlen konnten. Da ward die Roheit immer gräßlicher, sie schändeten alle Speisen, lästerten alles Heilige; der genannte Knecht spottete des Priesters, teilte Brot aus und trank seinen Wein, als ob er die Messe verwaltete, taufte den Hund unterem Ofen, trieb es, bis es angst und bange den andern wurde, wie ruchlos sie sonst auch waren. Da stach er mit dem Messer ins Loch und fluchte, er wolle ihnen noch ganz andere Dinge zeigen. Als sie darob nicht erschrecken wollten, weil er das gleiche schon manchmal getrieben, und mit dem Messer gegen den Zapfen kaum viel abzubringen war, so griff er in halber Raserei nach einem Bohrer, vermaß sich aufs schrecklichste, sie sollten es erfahren, was er könne, büßen ihr Lachen, daß ihnen die Haare zu Berge ständen, und drehte mit wildem Stoße den Bohrer in den Zapfen hinein. Laut aufschreiend stürzten alle auf ihn zu, aber ehe jemand es hindern konnte, lachte er wie der Teufel selbst, tat einen kräftigen Ruck am Bohrer.

Da bebte von ungeheurem Donnerschlag das ganze Haus, der Missetäter stürzte rücklings nieder, ein roter Glutstrom brach aus dem Loche hervor, und mittendrin saß groß und schwarz, aufgeschwollen im Gifte von Jahrhunderten, die Spinne und glotzte in giftiger Lust über die Frevler hin, die versteinert in tödlicher Angst kein Glied bewegen konnten, dem schrecklichen Untier zu entrinnen, das langsam und schadenfroh ihnen über die Gesichter kroch, ihnen einimpfte den feurigen Tod.

Da erbebte das Haus von schrecklichem Wehgeheul, wie hundert Wölfe es nicht auszustoßen vermögen, wenn der Hunger sie peinigt. Und bald erscholl ein ähnliches Wehgeschrei aus dem neuen Hause, und Christen, der eben den Berg aufkam von der heiligen Messe, meinte, es seien Räuber eingebrochen, und seinem starken Arme trauend, stürzte er den Seinen zu Hülfe. Er fand keine Räuber, aber den Tod; mit diesem rangen Weib und Mutter und hatten schon keine Stimme mehr in den hoch aufgelaufenen, schwarzen Gesichtern; ruhig schlummerten seine Kinder, und gesund und rot waren ihre munteren Gesichter. Es stieg in Christen die schreckliche Ahnung dessen auf, was geschehen war; er stürzte ins untere Haus, dort sah er die Diensten alle verendet, die Stube zur Totenkammer geworden, geöffnet das schauerliche Loch im Bystal, in des scheußlich entstellten Knechtes Hand den Bohrer und auf des Bohrers Spitze den schrecklichen Zapfen. Jetzt wußte er, was da geschehen war, schlug die Hände über dem Kopfe zusammen, und wenn die Erde ihn verschlungen hätte, so wäre es ihm recht gewesen. Da kroch etwas hinterm Ofen hervor, schmiegte sich ihm an; entsetzt fuhr er zusammen, aber es war nicht die Spinne, es war ein armes Bübchen, das er um Gotteswillen ins Haus genommen und unter dem ruchlosen Gesinde gelassen hatte, wie es ja auch jetzt viel geschieht, daß man Kinder um Gotteswillen nimmt und sie dem Teufel in die Hände spielt. Das hatte keinen Teil genommen an den Greueln des Gesindes, war erschreckt hinter den Ofen geflohen; ihns allein hat die Spinne verschont, es konnte nun den Hergang erzählen.

Aber noch während das Bübchen erzählte, scholl durch Wind und Wetter Angstgeschrei von andern Häusern her. Wie in hundertjähriger, aufgeschwellter Lust flog die Spinne durch die Talschaft, las zuerst die üppigsten Häuser sich aus, wo man am wenigsten an Gott dachte, aber am meisten an die Welt, daher von dem Tod am wenigsten wissen mochte.

Noch war es nicht Tag geworden, so war die Kunde in jeglichem Hause: die alte Spinne sei losgebrochen, gehe aufs neue todbringend um in der Gemeinde; schon lägen viele tot, und hinten im Tale fahre Schrei um Schrei zum Himmel auf von den Gezeichneten, die sterben müßten. Da kann man sich denken, welch Jammer im Lande war, welche Angst in allen Herzen, was das für eine Weihnacht war in Sumiswald! An die Freude, die sie sonst bringt, konnte keine Seele denken, und solcher Jammer kam vom Frevel der Menschen. Der Jammer aber ward alle Tage größer, denn schneller, giftiger als das frühere Mal war die Spinne jetzt. Bald war sie zuvorderst, bald zuhinderst in der Gemeinde; auf den Bergen, im Tale erschien sie zu gleicher Zeit. Wie sie früher meist hier einen, dort einen gezeichnet hatte zum Tode, so verließ sie jetzt selten ein Haus, ehe sie alle vergiftet; erst wenn alle im Tode sich wanden, setzte sie sich auf die Schwelle und glotzte schadenfroh in die Vergiftung, als ob sie sagen wollte: sie sei es und sei doch wieder da, wie lange man sie auch eingesperrt.

Es schien, als ob sie wüßte, ihr sei wenig Zeit vergönnt, oder als ob sie sich viele Mühe sparen wollte, sie tat, wo sie konnte, viele auf einmal ab. Darum lauerte sie am liebsten auf die Züge, welche die Toten zur Kirche geleiten wollten. Bald hier, bald dort, am liebsten unten am Kilchstalden tauchte sie mitten in den Haufen auf oder glotzte plötzlich vom Sarge herab auf die Begleitenden. Da fuhr dann ein schreckliches Wehgeschrei aus dem begleitenden Zuge zum Himmel auf, Mann um Mann fiel nieder, bis der ganze Zug der Begleitenden am Wege lag und rang mit dem Tode, bis kein Leben mehr unter ihnen war, und um den Sarg ein Haufen Tote lag wie tapfere Krieger um ihre Fahne liegen, von der Übermacht erfaßt. Da wurden keine Toten mehr zur Kirche gebracht, niemand wollte sie tragen, niemand geleiten; wo der Tod sie streckte, da ließ man sie liegen.

Verzweiflung lag überm ganzen Tale. Wut kochte in allen Herzen, strömte in schrecklichen Verwünschungen gegen den armen Christen aus; an allem sollte jetzt er schuld sein. Jetzt auf einmal wußten alle, daß Christen das alte Haus nicht hätte verlassen, das Gesinde nicht sich selbst überlassen sollen. Auf einmal wußten alle, daß der Meister für sein Gesinde mehr oder minder verantwortlich sei, daß er wachen solle über Beten und Essen, wehren solle gottlosem Leben, gottlosen Reden und gottlosem Schänden der Gaben Gottes. Jetzt war allen auf einmal Hoffart und Hochmut vergangen, sie taten diese Laster in die unterste Hölle hinunter und hätten es kaum Gott geglaubt, daß sie dieselben noch vor wenig Tagen so schmählich an sich getragen; sie waren alle wieder fromm, hatten die schlechtesten Kleider an und die alten verachteten Rosenkränze wieder in den Händen und überredeten sich selbst, sie seien immer gleich fromm gewesen, und an ihnen fehlte es nicht, daß sie Gott nicht das gleiche überredeten. Christen allein unter ihnen allen sollte gottlos sein, und Flüche wie Berge kamen von allen Seiten auf ihn her. Und war er doch vielleicht unter allen der Beste, aber sein Wille lag gebunden in seiner Weiber Willen, und dieses Gebundensein ist allerdings eine schwere Schuld für jeden Mann, und schwerer Verantwortung entrinnt er nicht, weil er anders ist, als Gott ihn will. Das sah Christen auch ein, darum war er nicht trotzig, pochte nicht, gab sich schuldiger dar, als er war; aber damit versöhnte er die Leute nicht, erst jetzt schrien sie einander zu, wie groß seine Schuld sein müsse, da er so viel auf sich nehme, so weit sich unterziehe, es ja selbst bekenne, er sei nichts wert.

Er aber betete Tag und Nacht zu Gott, daß er das Übel wende, aber es ward schrecklicher von Tag zu Tag. Er ward es inne, daß er gutmachen müsse, was er gefehlt, daß er sich selbst zum Opfer geben müsse, daß an ihm liege die Tat, die seine Ahnfrau getan. Er betete zu Gott, bis ihm so recht feurig im Herzen der Entschluß emporwuchs, die Talschaft zu retten, das Übel zu sühnen, und zum Entschluß kam der standhafte Mut, der nicht wankt, immer bereit ist zur gleichen Tat, am Morgen wie am Abend.

Da zog er herab mit seinen Kindern aus dem neuen Haus ins alte Haus, schnitt zum Loch einen neuen Zapfen, ließ ihn weihen mit heiligem Wasser und heiligen Sprüchen, legte zum Zapfen den Hammer, setzte zu den Betten der Kinder sich und harrte der Spinne.

Da saß er, betete und wachte und rang mit dem schweren Schlaf festen Mutes und wankte nicht; aber die Spinne kam nicht, ob sie sonst allenthalben war; denn immer größer war der Sterbet, immer wilder die Wut der Überlebenden.

Mitten in diesen Schrecken sollte ein wildes Weib ein Kind gebären. Da kam den Leuten die alte Angst, ungetauft möchte die Spinne das Kindlein holen, das Pfand ihrer alten Pacht. Das Weib gebärdete sich wie unsinnig, hatte kein Gottvertrauen, desto mehr Haß und Rache im Herzen.

Man wußte, wie die Alten gegen den Grünen sich geschützt vor Zeiten, wenn ein Kind geboren werden sollte, wie der Priester der Schild war, den sie zwischen sich und den ewigen Feind gestellt. Man wollte auch nach dem Priester senden, aber wer sollte der Bote sein? Die unbegrabenen Toten, welche die Spinne bei den Leichenzügen erfaßt, sperrten die Wege, und würde wohl ein Bote über die wilden Höhen der Spinne, die alles zu wissen schien, entgehen können, wenn er den Priester holen wollte? Es zagten alle. Da dachte endlich der Mann des Weibes, wenn die Spinne ihn haben wolle, so könne sie ihn daheim fassen wie auf dem Wege; wenn ihm der Tod bestimmt sei, so entrinne er ihm hier nicht und dort nicht.

Er machte sich auf den Weg, aber Stunde um Stunde rann vorüber, kein Bote kam wieder. Wut und Jammer wurde immer entsetzlicher, die Geburt rückte immer näher. Da riß das Weib in der Wut der Verzweiflung vom Lager sich auf, stürzte hin nach Christens Haus, dem tausendfach Verwünschten, der betend bei seinen Kindern saß, des Kampfes mit der Spinne gewärtig. Weither schon tönte ihr Geschrei, ihre Verwünschungen donnerten an Christens Türe, lange, ehe sie dieselbe aufriß und den Donner in die Stube ihm brachte. Als sie hereinstürzte so schrecklichen Angesichtes, da fuhr er auf, er wußte erst nicht, war es Christine in ihrer ursprünglichen Gestalt. Aber unter der Türe hemmte der Schmerz ihren Lauf, an den Türpfosten wand sie sich, die Flut ihrer Verwünschungen ausgießend über den armen Christen. Er sollte der Bote sein, wenn er nicht verflucht sein wolle mit Kind und Kindeskindern in Zeit und Ewigkeit. Da überwallete der Schmerz ihr Fluchen, und ein Söhnlein war geboren vom wilden Weibe auf Christens Schwelle, und alle, die ihr gefolget waren, stoben ins Weite, des Schrecklichsten gewärtig. Das unschuldige Kindlein hielt Christen in den Armen; stechend und wild, giftig starrten aus des Weibes verzerrten Zügen dessen Augen ihn an, und es ward ihm immer mehr, als trete die Spinne aus ihnen heraus, als sei sie es selbst. Da kam eine Kraft Gottes in ihn, und ein übermenschlicher Wille ward in ihm mächtig; einen innigen Blick warf er auf seine Kinder, hüllte das neugeborne Kind in sein warm Gewand, sprang über das glotzende Weib den Berg hinunter das Tal entlang, Sumiswald zu. Zur heiligen Weihe wollte er das Kindlein selbsten tragen zur Sühne der Schuld, die auf ihm lag, dem Haupte seines Hauses, das übrige überließ er Gott. Tote hemmten seinen Lauf, vorsichtig mußte er seine Tritte setzen. Da ereilte ihn ein leichter Fuß, es war das arme Bübchen, dem es graute bei dem wilden Weibe, das ein kindlicher Trieb dem Meister nachgetrieben. Wie Stacheln fuhr es durch Christens Herz, daß seine Kinder alleine bei dem wütenden Weibe seien. Aber sein Fuß stund nicht stille, strebte dem heiligen Ziele zu.

Schon war er unten am Kilchstalden, hatte die Kapelle im Auge, da glühte es plötzlich vor ihm mitten im Wege, es regte sich im Busche, im Wege saß die Spinne, im Busche wankte rot ein Federbusch, und hoch hob sich die Spinne als wie zum Sprunge. Da rief Christen mit lauter Stimme zum dreieinigen Gott, und aus dem Busche tönte ein wilder Schrei, es schwand die rote Feder, in des Bübchens Arme legte er das Kind und griff, dem Herren seinen Geist empfehlend, mit starker Hand die Spinne, die, wie gebannt durch die heiligen Worte, am gleichen Flecke sitzenblieb. Glut strömte durch sein Gebein, aber er hielt fest; der Weg war frei, und das Bübchen, verständigen Sinnes, eilte dem Priester zu mit dem Kinde. Christen aber, Feuer in der starken Hand, eilte geflügelten Laufes seinem Hause zu. Schrecklich war der Brand in seiner Hand, der Spinne Gift drang durch alle Glieder. Zu Glut ward sein Blut. Die Kraft wollte erstarren, der Atem stocken, aber er betete fort und fort, hielt Gott fest vor Augen, hielt aus in der Hölle Glut. Schon sah er sein Haus, mit dem Schmerz wuchs sein Hoffen, unter der Türe war das Weib. Als dasselbe ihn kommen sah ohne Kind, stürzte es sich ihm entgegen einer Tigerin gleich, der man die Jungen geraubt, es glaubte an den schändlichsten Verrat. Es achtete sich seines Winkens nicht, hörte nicht die Worte aus seiner keuchenden Brust, stürzte in seine vorgestreckten Hände, klammerte an sie sich an, in Todesangst mußte er die Wütende schleppen zum Hause herein, muß frei die Arme kämpfen, ehe es ihm gelingt, ins alte Loch die Spinne zu drängen, mit sterbenden Händen den Zapfen vorzuschlagen. Er vermags mit Gottes Hilfe. Den sterbenden Blick wirft er auf die Kinder, hold lächeln sie im Schlafe. Da wird es ihm leicht, eine höhere Hand schien seine Glut zu löschen, und laut betend schließt er zum Tode seine Augen, und Frieden und Freude fanden die auf seinem Gesichte, die vorsichtig und angstvoll kamen, zu schauen, wo das Weib geblieben. Erstaunt sahen sie das Loch verschlagen, aber das Weib fanden sie versengt und verzerrt im Tode liegen; an Christens Hand hatte sie den feurigen Tod geholt. Noch standen sie und wußten nicht, was geschehen war, als mit dem Kinde das Bübchen wiederkehrte, vom Priester begleitet, der das Kind schnell getauft nach damaliger Sitte und wohlgerüstet und mutvoll dem gleichen Kampfe entgegengehen wollte, in dem sein Vorgänger siegreich das Leben gelassen. Aber ein solch Opfer forderte Gott nicht von ihm, den Kampf hatte schon ein anderer bestanden.

Lange faßten die Leute nicht, welch große Tat Christen vollbracht. Als ihnen endlich Glaube und Erkenntnis kam, da beteten sie freudig mit dem Priester, dankten Gott für das neu geschenkte Leben und für die Kraft, die er Christen gegeben. Diesem aber baten sie im Tode noch ihr Unrecht ab und beschlossen, mit hohen Ehren ihn zu begraben, und sein Andenken stellte sich glorreich wie das eines Heiligen in aller Seelen.

Sie wußten nicht, wie ihnen war, als der so schreckliche Schreck, der fort und fort durch ihre Glieder zitterte, auf einmal geschwunden war, und sie mit Freuden wieder in den blauen Himmel hinaufsehen konnten, ohne Angst, die Spinne krieche unterdessen auf ihre Füße. Sie beschlossen viele Messen und einen allgemeinen Kilchgang; vor allem wollten sie die beiden Leichen bestatten, Christen und seine Drängerin, dann sollten auch die andern eine Stätte finden, soweit es möglich war.

Es war ein feierlicher Tag, als das ganze Tal zur Kirche wanderte, und auch in manchem Herzen war es feierlich, manche Sünde ward erkannt, manch Gelübde ward getan, und von dem Tage an wurde viel übertriebenes Wesen auf den Gesichtern und in den Kleidern nicht mehr gesehen.

Als in der Kirche und auf dem Kirchhofe viele Tränen geflossen, viele Gebete geschehen waren, gingen alle aus der ganzen Talschaft, welche zur Begräbnis gekommen war – und gekommen waren alle, die ihrer Glieder mächtig waren –, zum üblichen Imbiß ins Wirtshaus. Da geschah es nun, daß, wie üblich, Weiber und Kinder an einem eigenen Tische saßen, die sämtliche erwachsene Mannschaft aber Platz hatte an dem berühmten Scheibentische, der jetzt noch im „Bären" zu Sumiswald zu sehen ist. Er ward aufbewahret zum Andenken, daß einst nur noch zwei Dutzend Männer waren, wo jetzt an zwei Tausende wohnen, zum Andenken, daß auch das Leben der Zweitausende in der Hand dessen stehe, der die zwei Dutzend gerettet. Damals säumte man sich nicht lange an der Gräbt [Begräbnismahl]; es waren die Herzen zu voll, als daß viel Speise und Trank Platz gehabt hätte. Als sie aus dem Dorfe hervor auf die freie Höhe kamen, sahen sie eine Röte am Himmel, und als sie heimkamen, fanden sie das neue Haus niedergebrannt bis auf den Boden; wie es zugegangen, erfuhr man nie.

Aber was Christen an ihnen getan, vergaßen die Leute nicht, an seinen Kindern vergalten sie es. Fromm und wacker erzogen sie dieselben in den frömmsten Häusern; an ihrem Gute vergriff sich keine Hand, obgleich keine Rechnung zu sehen war. Es wurde gemehret und wohl besorgt, und als die Kinder auferwachsen waren, so waren sie nicht nur nicht um ihr Gut betrogen, sondern noch viel weniger um ihre Seelen. Es wurden rechtschaffene, gottesfürchtige Menschen, die Gnade bei Gott hatten und Wohlgefallen bei den Menschen, die Segen im Leben fanden und im Himmel noch mehr. Und so blieb es in der Familie, und man fürchtete die Spinne nicht, denn man fürchtete Gott, und wie es gewesen war, so soll es, so Gott will, auch bleiben, solange hier ein Haus steht, solange Kinder den Eltern folgen in Wegen und Gedanken.«

Hier schwieg der Großvater, und lange schwiegen alle, und die einen sannen dem Gehörten nach, und die andern meinten, er schöpfe Atem und fahre dann weiters fort.

Endlich sagte der ältere Götti: »An dem Scheibentisch bin ich manchmal gesessen und habe von dem Sterbet gehört, und daß nach demselben sämtliche Mannschaft in der Gemeinde daran Platz gehabt. Aber wie punktum alles zugegangen, das konnte mir niemand sagen. Die einen stürmten [erzählten wild und heftig] dies und andere anders. Aber sage mir, wo hast du denn alles das vernommen?«

»He«, sagte der Großvater, »das erbte sich bei uns vom Vater auf den Sohn, und als das Andenken davon bei den andern Leuten im Tale sich verlor, hielt man es in der Familie sehr heimlich und scheuete sich, etwas davon unter die Menschen zu lassen. Nur in der Familie redete man davon, damit kein Glied derselben vergesse, was ein Haus bauet und ein Haus zerstört, was Segen bringt und Segen vertreibt. Du hörst es meiner Alten wohl noch an, wie ungern sie es hat, wenn man so öffentlich davon redet. Aber mich dünkt, es täte je länger je nöter, davon zu reden, wie weit man es mit Hochmut und Hoffart bringen kann. Darum tue ich auch nicht mehr so geheim mit der Sache, und es ist nicht das erstemal, daß ich unter guten Freunden sie erzählet. Ich denke immer, was unsere Familie so viele Jahre im Glücke erhalten, das werde andern auch nicht schaden, und recht sei es nicht, ein Geheimnis mit dem zu machen, was Glück und Gottes Segen bringt.«

»Du hast recht, Vettermann«, antwortete der Götti, »aber fragen muß ich dich doch noch: war denn das Haus, welches du vor sieben Jahren einrissest, das uralte? Ich kann das fast nicht glauben.«

»Nein«, sagte der Großvater. »Das uralte Haus war gar baufällig geworden schon vor fast dreihundert Jahren, und der Segen Gottes in Feldern und Matten hatte schon lange nicht mehr Platz darin. Und doch wollte es die Familie nicht verlassen, und ein neues bauen durfte sie nicht, sie hatte nicht vergessen, wie es dem früheren ergangen. So kam sie in die große Verlegenheit und fragte endlich einen weisen Mann, der zu Haslebach gewohnt haben soll, um Rat. Der soll geantwortet haben: ein neues Haus könnten sie wohl bauen an die Stelle des alten und nicht anderswo, aber zwei Dinge müßten sie wohl bewahren, das alte Holz, worin die Spinne sei, den alten Sinn, der ins alte Holz die Spinne geschlossen, dann werde der alte Segen auch im neuen Hause sein.

Sie bauten das neue Haus und fügten ihm ein mit Gebet und Sorgfalt das alte Holz, und die Spinne rührte sich nicht, Sinn und Segen änderten sich nicht.

Aber auch das neue Haus ward wiederum alt und klein, wurmstichig und faul sein Holz, nur der Pfosten hier blieb fest und eisenhart. Mein Vater hätte schon bauen sollen, er konnte es erwehren, es kam an mich. Nach langem Zögern wagte ich es. Ich tat wie die Frühern, fügte das alte Holz dem neuen Hause bei, und die Spinne regte sich nicht. Aber gestehen will ich es: mein Lebtag betete ich nie so inbrünstig wie damals, als ich das verhängnisvolle Holz in Händen hatte; die Hand, der ganze Leib brannte mich, unwillkürlich mußte ich sehen, ob mir nicht schwarze Flecken wüchsen an Hand und Leib, und ein Berg fiel mir von der Seele, als endlich alles an seinem Orte stund. Da ward meine Überzeugung noch fester, daß weder ich noch meine Kinder und Kindeskinder etwas von der Spinne zu fürchten hätten, solange wir uns fürchten vor Gott.«

Da schwieg der Großvater, und noch war der Schauer nicht verflogen, der ihnen den Rücken heraufgekrochen, als sie hörten, der Großvater hätte das Holz in Händen gehabt, und sie dachten, wie es ihnen wäre, wenn sie es auch darein nehmen müßten.

Endlich sagte der Vetter: »Es ist nur schade, daß man nicht weiß, was an solchen Dingen wahr ist. Alles kann man kaum glauben, und etwas muß doch an der Sache sein, sonst wäre das alte Holz nicht da.«

Sei jetzt daran wahr, was da wolle, so könne man viel daraus lernen, sagte der jüngere Götti, und dazu hätten sie noch kurze Zeit gehabt, es dünke ihn, er sei erst aus der Kirche gekommen.

Sie sollten nicht zu viel sagen, sagte die Großmutter, sonst fange ihr Alter ihnen eine neue Geschichte an, sie sollten jetzt auch einmal essen und trinken, es sei ja eine Schande, wie niemand esse und trinke. Es solle doch nicht alles schlecht sein, sie hätten angewendet, so gut sie es verstanden.

Nun ward viel gegessen, viel getrunken und zwischendurch gewechselt manche verständige Rede, bis groß und golden am Himmel der Mond stund, die Sterne aus ihren Kammern traten, zu mahnen die Menschen, daß es Zeit sei, schlafen zu gehn in ihre Kämmerlein.

Die Menschen sahen die geheimnisvollen Mahner wohl, aber sie saßen da so heimelig, und jedem klopfte es unheimlich unterm Brusttuch, wenn er ans Heimgehn dachte, und wenn es schon keiner sagte, so wollte doch keiner der erste sein.

Endlich stund die Gotte auf und schickte mit zitterndem Herzen zum Weggehn sich an, doch es fehlte ihr an sicheren Begleitern nicht, und miteinander verließ die ganze Gesellschaft das gastliche Haus mit vielem Dank und guten Wünschen, allen Bitten an einzelne, an die Gesamtheit, doch noch länger zu bleiben, es werde ja nicht finster, zum Trotz.

Bald war es still ums Haus, bald auch still in demselben. Friedlich lag es da, rein und schön glänzte es in des Mondes Schein das Tal entlang, sorglich und freundlich barg es brave Leute in süßem Schlummer, wie die schlummern, welche Gottesfurcht und gute Gewissen im Busen tragen, welche nie die schwarze Spinne, sondern nur die freundliche Sonne aus dem Schlummer wecken wird. Denn wo solcher Sinn wohnet, darf sich die Spinne nicht regen, weder bei Tage noch bei Nacht. Was ihr aber für eine Macht wird, wenn der Sinn ändert, das weiß der, der alles weiß und jedem seine Kräfte zuteilt, den Spinnen wie den Menschen.

GOTTFRIED KELLER

Pankraz, der Schmoller

Auf einem stillen Seitenplätzchen, nahe an der Stadtmauer, lebte die Witwe eines Seldwylers, der schon lange fertig geworden und unter dem Boden lag. Dieser war keiner von den schlimmsten gewesen, vielmehr fühlte er eine so starke Sehnsucht, ein ordentlicher und fester Mann zu sein, daß ihn der herrschende Ton, dem er als junger Mensch nicht entgehen konnte, angriff, und als seine Glanzzeit vorübergegangen und er der Sitte gemäß abtreten mußte von dem Schauplatze der Taten, da erschien ihm alles wie ein wüster Traum und wie ein Betrug um das Leben, und er bekam davon die Auszehrung und starb unverweilt.

Er hinterließ seiner Witwe ein kleines baufälliges Häuschen, einen Kartoffelacker vor dem Tore und zwei Kinder, einen Sohn und eine Tochter. Mit dem Spinnrocken verdiente sie Milch und Butter, um die Kartoffeln zu kochen, die sie pflanzte, und ein kleiner Witwengehalt, den der Armenpfleger jährlich auszahlte, nachdem er ihn jedesmal einige Wochen über den Termin hinaus in seinem Geschäfte benutzt, reichte gerade zu dem Kleiderbedarf und einigen anderen kleinen Ausgaben hin. Dieses Geld wurde immer mit Schmerzen erwartet, indem die ärmlichen Gewänder der Kinder gerade um jene verlängerten Wochen zu früh gänzlich schadhaft waren und der Buttertopf überall seinen Grund durchblicken ließ. Dieses Durchblicken des grünen Topfbodens war eine so regelmäßige jährliche Erscheinung, wie irgendeine am Himmel, und verwandelte ebenso regelmäßig eine Zeitlang die kühle, kümmerlich-stille Zufriedenheit der Familie in eine wirkliche Unzufriedenheit. Die Kinder plagten die Mutter um besseres und reichlicheres Essen; denn sie hielten sie in ihrem Unverstande für mächtig genug dazu, weil sie ihr ein und alles, ihr einziger Schutz und ihre einzige Oberbehörde war. Die Mutter war unzufrieden, daß die Kinder nicht entweder mehr Verstand oder mehr zu essen oder beides zusammen erhielten.

Besagte Kinder aber zeigten verschiedene Eigenschaften. Der Sohn war ein unansehnlicher Knabe von vierzehn Jahren, mit grauen Augen und ernsthaften Gesichtszügen, welcher des Morgens lang im Bette lag, dann ein wenig in einem zerrissenen Geschichts- und Geographiebuche las und alle Abend, sommers wie winters, auf den Berg lief, um dem Sonnenuntergang beizuwohnen, welches die einzige glänzende und pomphafte Begebenheit war, welche sich für ihn zutrug.

Sie schien für ihn etwa das zu sein, was für die Kaufleute der Mittag auf der Börse; wenigstens kam er mit ebenso abwechselnder Stimmung von diesem Vorgang zurück, und wenn es recht rotes und gelbes Gewölk gegeben, welches gleich großen Schlachtheeren in Blut und Feuer gestanden und majestätisch manövriert hatte, so war er eigentlich vergnügt zu nennen.

Dann und wann, jedoch nur selten, beschrieb er ein Blatt Papier mit seltsamen Listen und Zahlen, welches er dann zu einem kleinen Bündel legte, das durch ein Endchen alte Goldtresse zusammengehalten wurde. In diesem Bündelchen stak hauptsächlich ein kleines Heft, aus einem zusammengefalteten Bogen Goldpapier gefertigt, dessen weiße Rückseiten mit allerlei Linien, Figuren und aufgereihten Punkten, dazwischen Rauchwolken und fliegende Bomben, gefüllt und beschrieben waren. Dies Büchlein betrachtete er oft mit großer Befriedigung und brachte neue Zeichnungen darin an, meistens um die Zeit, wenn das Kartoffelfeld in voller Blüte stand. Er lag dann im blühenden Kraut unter dem blauen Himmel, und wenn er eine weiße beschriebene Seite betrachtet hatte, so schaute er dreimal so lange in das gegenüberstehende glänzende Goldblatt, in welchem sich die Sonne brach. Im übrigen war es ein eigensinniger und zum Schmollen geneigter Junge, welcher nie lachte und auf Gottes lieber Welt nichts tat oder lernte.

Seine Schwester war zwölf Jahre alt und ein bildschönes Kind mit langem und dickem braunem Haar, großen braunen Augen und der allerweißesten Hautfarbe. Dies Mädchen war sanft und still, ließ sich vieles gefallen und murrte weit seltener als sein Bruder. Es besaß eine helle Stimme und sang gleich einer Nachtigall; doch obgleich es mit alle diesem freundlicher und lieblicher war als der Knabe, so gab die Mutter doch diesem scheinbar den Vorzug und begünstigte ihn in seinem Wesen, weil sie Erbarmen mit ihm hatte, da er nichts lernen und es ihm wahrscheinlicherweise einmal recht schlecht ergehen konnte, während nach ihrer Ansicht das Mädchen nicht viel brauchte und schon deshalb unterkommen würde.

Dieses mußte daher unaufhörlich spinnen, damit das Söhnlein desto mehr zu essen bekäme und recht mit Muße sein einstiges Unheil erwarten könne. Der Junge nahm dies ohne weiteres an und gebärdete sich wie ein kleiner Indianer, der die Weiber arbeiten läßt, und auch seine Schwester empfand hievon keinen Verdruß und glaubte, das müsse so sein.

Die einzige Entschädigung und Rache nahm sie sich durch eine allerdings arge Unzukömmlichkeit, welche sie sich beim Essen mit List oder Gewalt immer wieder erlaubte. Die Mutter kochte nämlich jeden Mittag einen dicken Kartoffelbrei, über welchen sie eine fette Milch oder eine Brühe von schöner brauner Butter goß. Diesen Kartoffelbrei aßen sie alle zusammen aus der Schüssel mit ihren Blechlöffeln, indem jeder vor sich eine Vertiefung in das feste Kartoffelgebirge hineingrub. Das Söhnlein, welches bei aller Seltsamkeit in Eßangelegenheiten einen strengen Sinn für militärische Regelmäßigkeit beurkundete und streng darauf hielt, daß jeder nicht mehr noch weniger nahm als was ihm zukomme, sah stets darauf, daß die Milch oder die gelbe Butter, welche am Rande der Schüssel umherfloß, gleichmäßig in die abgeteilten Gruben laufe; das Schwesterchen hingegen, welches viel harmloser war, suchte, sobald ihre Quellen versiegt waren, durch allerhand künstliche Stollen und Abzugsgräben die wohlschmeckenden Bächlein auf ihre Seite zu leiten, und wie sehr sich auch der Bruder dem widersetzte und ebenso künstliche Dämme aufbaute und überall verstopfte, wo sich ein verdächtiges Loch zeigen wollte, so wußte sie doch immer wieder eine geheime Ader des Breies zu eröffnen oder langte kurzweg in offenem Friedensbruch mit ihrem Löffel und mit lachenden Augen in des Bruders gefüllte Grube. Alsdann warf er den Löffel weg, lamentierte und schmollte, bis die gute Mutter die Schüssel zur Seite neigte und ihre eigene Brühe voll in das Labyrinth der Kanäle und Dämme ihrer Kinder strömen ließ.

So lebte die kleine Familie einen Tag wie den andern, und indem dies immer so blieb, während doch die Kinder sich auswuchsen, ohne daß sich eine günstige Gelegenheit zeigte, die Welt zu erfassen und irgend etwas zu werden, fühlten sich alle immer unbehaglicher und kümmerlicher in ihrem Zusammensein. Pankraz, der Sohn, tat und lernte fortwährend nichts als eine sehr ausgebildete und künstliche Art zu schmollen, mit welcher er seine Mutter, seine Schwester und sich selbst quälte. Es ward dies eine ordentliche und interessante Beschäftigung für ihn, bei welcher er die müßigen Seelenkräfte fleißig übte im Erfinden von hundert kleinen häuslichen Trauerspielen, die er veranlaßte und in welchen er behende und meisterlich den steten Unrechtleider zu spielen wußte. Estherchen, die Schwester, wurde dadurch zu reichlichem Weinen gebracht, durch welches aber die Sonne ihrer Heiterkeit schnell wieder hervorstrahlte. Diese Oberflächlichkeit ärgerte und kränkte dann den Pankraz so, daß er immer längere Zeiträume hindurch schmollte und aus selbstgeschaffenem Ärger selbst heimlich weinte.

Doch nahm er bei dieser Lebensart merklich zu an Gesundheit und Kräften, und als er diese an seinen Gliedern anwachsen fühlte, erweiterte er seinen Wirkungskreis und strich mit einer tüchtigen Baumwurzel oder einem Besenstiel in der Hand durch Feld und Wald, um zu sehen, wie er irgendwo ein tüchtiges Unrecht auftreiben und erleiden könne. Sobald sich ein solches zur Not dargestellt und entwickelt, prügelte er unverweilt seine Widersacher auf das jämmerlichste durch, und er erwarb sich und bewies in dieser seltsamen Tätigkeit eine solche Gewandtheit, Energie und feine Taktik, sowohl im Ausspüren und Aufbringen des Feindes als im Kampfe, daß er sowohl einzelne ihm an Stärke weit überlegene Jünglinge als ganze Trupps derselben entweder besiegte oder wenigstens einen ungestraften Rückzug ausführte.

War er von einem solchen wohlgelungenen Abenteuer zurückgekommen, so schmeckte ihm das Essen doppelt gut und die Seinigen erfreuten sich dann einer heiteren Stimmung. Eines Tages aber war es ihm doch begegnet, daß er, statt welche auszuteilen, beträchtliche Schläge selbst geerntet hatte, und als er voll Scham, Verdruß und Wut nach Hause kam, hatte Estherchen, welche den ganzen Tag gesponnen, dem Gelüste nicht widerstehen können und sich noch einmal über das für Pankraz aufgehobene Essen hergemacht und davon einen Teil gegessen, und zwar, wie es ihm vorkam, den besten. Traurig und wehmütig, mit kaum verhaltenen Tränen in den Augen, besah er das unansehnliche, kalt gewordene Restchen, während die schlimme Schwester, welche schon wieder am Spinnrädchen saß, unmäßig lachte.

Das war zuviel, und nun mußte etwas Gründliches geschehen. Ohne zu essen, ging Pankraz hungrig in seine Kammer, und als ihn am Morgen seine Mutter wecken wollte, daß er doch zum Frühstück käme, war er verschwunden und nirgends zu finden. Der Tag verging, ohne daß er kam, und ebenso der zweite und dritte Tag. Die Mutter und Estherchen gerieten in große Angst und Not; sie sahen wohl, daß er vorsätzlich davongegangen, indem er seine Habseligkeiten mitgenommen. Sie weinten und klagten unaufhörlich, wenn alle Bemühungen fruchtlos blieben, eine Spur von ihm zu entdecken, und als nach Verlauf eines halben Jahrs Pankrazius verschwunden war und blieb, ergaben sie sich mit trauriger Seele in ihr Schicksal, das ihnen nun doppelt einsam und arm erschien.

Wie lang wird nicht eine Woche, ja nur ein Tag, wenn man nicht weiß, wo diejenigen, die man liebt, jetzt stehn und gehn, wenn eine solche Stille darüber durch die Welt herrscht, daß allnirgends auch nur der leiseste Hauch von ihrem Namen ergeht, und man weiß doch, sie sind da und atmen irgendwo.

So erging es der Mutter und dem Estherlein fünf Jahre, zehn Jahre und fünfzehn Jahre, einen Tag wie den andern, und sie wußten nicht, ob ihr Pankrazius tot oder lebendig sei. Das war ein langes und gründliches Schmollen, und Estherchen, welches eine schöne Jungfrau geworden, wurde darüber zu einer hübschen und feinen alten Jungfer, welche nicht nur aus Kindestreue bei der alten Mutter blieb, sondern ebensowohl aus Neugierde, um ja in dem Augenblick da zu sein, wo der Bruder sich endlich zeigen würde, und zu sehen, wie die Sache eigentlich verlaufe. Denn sie war guter Dinge und glaubte fest, daß er eines Tages wiederkäme und daß es dann etwas Rechtes auszulachen gäbe. Übrigens fiel es ihr nicht schwer, ledig zu bleiben, da sie klug war und wohl sah, wie bei den Seldwylern nicht viel dahintersteckte an dauerhaftem Lebensglücke und sie dagegen mit ihrer Mutter unveränderlich in einem kleinen Wohlständchen lebte, ruhig und ohne Sorgen; denn sie hatten ja einen tüchtigen Esser weniger und brauchten für sich fast gar nichts.

Da war es einst ein heller schöner Sommernachmittag, mitten in der Woche, wo man so an gar nichts denkt und die Leute in den kleinen Städten fleißig arbeiten. Der Glanz von Seldwyla befand sich sämtlich mit dem Sonnenschein auf den übergrünten Kegelbahnen vor dem Tore oder auch in kühlen Schenkstuben in der Stadt. Die Falliten und Alten aber hämmerten, näheten, schusterten, klebten, schnitzelten und bastelten gar emsig darauf los, um den langen Tag zu benutzen und einen vergnügten Abend zu erwerben, den sie nunmehr zu würdigen verstanden. Auf dem kleinen Platze, wo die Witwe wohnte, war nichts als die stille Sommersonne auf dem begrasten Pflaster zu sehen; an den offenen Fenstern aber arbeiteten ringsum die alten Leute und spielten die Kinder. Hinter einem blühenden Rosmaringärtchen auf einem Brette saß die Witwe und spann und ihr gegenüber Estherchen und nähete. Es waren schon einige Stunden seit dem Essen verflossen und noch hatte niemand eine Zwiesprache gehalten von der ganzen Nachbarschaft. Da fand der Schuhmacher wahrscheinlich, daß es Zeit sei, eine kleine Erholungspause zu eröffnen, und nieste so laut und mutwillig: hupschi! daß alle Fenster zitterten und der Buchbinder gegenüber, der eigentlich kein Buchbinder war, sondern nur so aus dem Stegreif allerhand Pappkästchen zusammenleimte und an der Türe ein verwittertes Glaskästchen hängen hatte, in welchem eine Stange Siegellack an der Sonne krumm wurde, dieser Buchbinder rief: Zur Gesundheit! und alle Nachbarsleute lachten. Einer nach dem andern steckte den Kopf durch das Fenster, einige traten sogar vor die Türe und gaben sich Prisen, und so war das Zeichen gegeben zu einer kleinen Nachmittagsunterhaltung und zu einem fröhlichen Gelächter während des Vesperkaffees, der schon aus allen Häusern duftete und zichorierte. Diese hatten endlich gelernt, sich aus wenigem einen Spaß zu machen. Da kam in dies Vergnügen herein ein fremder Leiermann mit einem schön polierten Orgelkasten, was in der Schweiz eine ziemliche Seltenheit ist, da sie keine eingeborene Leiermänner besitzt. Er spielte ein sehnsüchtiges Lied von der Ferne und ihren Dingen, welches die Leute über die Maßen schön dünkte und besonders der Witwe Tränen entlockte, da sie ihres Pankräzchens gedachte, das nun schon viele Jahre verschwunden war. Der Schuhmacher gab dem Manne einen Kreuzer, er zog ab, und das Plätzchen wurde wieder still. Aber nicht lange nachher kam ein anderer Herumtreiber mit einem großen fremden Vogel in einem Käfig, den er unaufhörlich zwischen dem Gitter durch mit einem Stäbchen anstach und erklärte, so daß der traurige Vogel keine Ruhe hatte. Es war ein Adler aus Amerika; und die fernen blauesten Länder, über denen er in seiner Freiheit geschwebt, kamen der Witwe in den Sinn und machten sie um so trauriger als sie gar nicht wußte, was das für Länder wären noch wo ihr Söhnchen sei. Um den Vogel zu sehen, hatten die Nachbaren auf das Plätzchen hinaustreten müssen, und als er nun fort war, bildeten sie eine Gruppe, steckten die Nasen in die Luft und lauerten auf noch mehr Merkwürdigkeiten, da sie nun doch die Lust ankam, den übrigen Tag zu vertrödeln.

Diese Lust wurde denn auch erfüllt, und es dauerte nicht lange, bis das allergrößte Spektakel sich mit großem Lärm näherte unter dem Zulauf aller Kinder des Städtchens. Denn ein mächtiges Kamel schwankte auf den Platz, von mehreren Affen bewohnt; ein großer Bär wurde an seinem Nasenringe herbeigeführt; zwei oder drei Männer waren dabei, kurz ein ganzer Bärentanz führte sich auf, und der Bär tanzte und machte seine possierlichen Künste, indem er von Zeit zu Zeit unwirsch brummte, daß die friedlichen Leute sich fürchteten und in scheuer Entfernung dem wilden Wesen zuschauten. Estherchen lachte und freute sich unbändig über den Bären, wie er so zierlich umherwatschelte mit seinem Stecken, über das Kamel mit seinem selbstvergnügten Gesicht und über die Affen. Die Mutter dagegen mußte fortwährend weinen; denn der böse Bär erbarmte sie, und sie mußte wiederum ihres verschollenen Sohnes gedenken.

Als endlich auch dieser Aufzug wieder verschwunden und es wieder still geworden, indem die aufgeregten Nachbaren sich mit seinem Gefolge ebenfalls aus dem Staube gemacht, um da oder dort zu einem Abendschöppchen unterzukommen, sagte Estherchen: »Mir ist es nun zumute, als ob der Pankraz ganz gewiß heute noch kommen würde, da schon so viele unerwartete Dinge geschehen und solche Kamele, Affen und Bären dagewesen sind!« Die Mutter ward böse darüber, daß sie den armen Pankraz mit diesen Bestien sozusagen zusammenzählte und auslachte, und hieß sie schweigen, nicht innewerdend, daß sie ja selbst das gleiche getan in ihren Gedanken. Dann sagte sie seufzend: »Ich werde es nicht erleben, daß er wiederkommt!«

Indem sie dies sagte, begab sich die größte Merkwürdigkeit dieses Tages, und ein offener Reisewagen mit einem Extrapostillion fuhr mit Macht auf das stille Plätzchen, das von der Abendsonne noch halb bestreift war. In dem Wagen saß ein Mann, der eine Mütze trug, wie die französischen Offiziere sie tragen, und ebenso trug er einen Schnurr- und Kinnbart und ein gänzlich gebräuntes und ausgedörrtes Gesicht zur Schau, das überdies einige Spuren von Kugeln und Säbelhieben zeigte. Auch war er in einen Burnus gehüllt, alles dies, wie es französische Militärs aus Afrika mitzubringen pflegen, und die Füße stemmte er gegen eine kolossale Löwenhaut, welche auf dem Boden des Wagens lag; auf dem Rücksitze vor ihm lag ein Säbel und eine halblange arabische Pfeife neben andern fremdartigen Gegenständen.

Dieser Mann sperrte ungeachtet des ernsten Gesichtes, das er machte, die Augen weit auf und suchte mit denselben rings auf dem Platze ein Haus, wie einer, der aus einem schweren Traume erwacht. Beinahe taumelnd sprang er aus dem Wagen, der von ungefähr auf der Mitte des Plätzchens stillhielt; doch ergriff er die Löwenhaut und seinen Säbel und ging sogleich sicheren Schrittes in das Häuschen der Witwe, als ob er erst vor einer Stunde aus demselben gegangen wäre. Die Mutter und Estherchen sahen dies voll Verwunderung und Neugierde und horchten auf, ob der Fremde die Treppe heraufkäme; denn obgleich sie kaum noch von Pankrazius gesprochen, hatten sie in diesem Augenblick keine Ahnung, daß er es sein könnte, und ihre Gedanken waren von der überraschten Neugierde himmelweit von ihm weggeführt. Doch urplötzlich erkannten sie ihn an der Art, wie er die obersten Stufen übersprang und über den kurzen Flur weg fast gleichzeitig die Klinke der Stubentür ergriff, nachdem er wie der Blitz vorher den lose steckenden Stubenschlüssel fester ins Schloß gestoßen, was sonst immer die Art des Verschwundenen gewesen, der in seinem Müßiggange eine seltsame Ordnungsliebe bewährt hatte. Sie schrieen laut auf und standen festgebannt vor ihren Stühlen, mit offenem Munde nach der aufgehenden Türe sehend. Unter dieser stand der fremde Pankrazius mit dem dürren und harten Ernste eines fremden Kriegsmannes, nur zuckte es ihm seltsam um die Augen, indessen die Mutter erzitterte bei seinem Anblick und sich nicht zu helfen wußte und selbst Estherchen zum erstenmal gänzlich verblüfft war und sich nicht zu regen wagte. Doch alles dies dauerte nur einen Augenblick; der Herr Oberst, denn nichts Geringeres war der verlorene Sohn, nahm mit der Höflichkeit und Achtung, welche ihn die wilde Not des Lebens gelehrt, sogleich die Mütze ab, was er nie getan, wenn er früher in die Stube getreten; eine unaussprechliche Freundlichkeit, wenigstens wie es den Frauen vorkam, die ihn nie freundlich gesehen noch also denken konnten, verbreitete sich über das gefurchte und doch noch nicht alte Soldatengesicht und ließ schneeweiße Zähne sehen, als er auf sie zueilte und beide mit ausbrechendem Herzensweh in die Arme schloß.

Hatte die Mutter erst vor dem martialischen und vermeintlich immer noch bösen Sohne sonderbar gezittert, so zitterte sie jetzt erst recht in scheuer Seligkeit, da sie sich in den Armen dieses wiedergekehrten Sohnes fühlte, dessen achtungsvolles Mützenabnehmen und dessen aufleuchtende, nie gesehene Anmut, wie sie nur die Rührung und die Reue gibt, sie schon wie mit einem Zauberschlage berührt hatten. Denn noch ehe das Bürschchen sieben Jahre alt gewesen, hatte es schon angefangen sich ihren Liebkosungen zu entziehen, und seither hatte Pankraz in bitterer Sprödigkeit und Verstockung sich gehütet, seine Mutter auch nur mit der Hand zu berühren, abgesehen davon, daß er unzählige Male schmollend zu Bett gegangen war, ohne Gutenacht zu sagen. Daher bedünkte es sie nun ein unbegreiflicher und wundersamer Augenblick, in welchem ein ganzes Leben lag, als sie jetzt nach wohl dreißig Jahren sozusagen zum erstenmal sich von dem Sohne umfangen sah. Aber auch Estherchen bedünkte dieses veränderte Wesen so ernsthaft und wichtig, daß sie, die den Schmollenden tausendmal ausgelacht hatte, jetzt nicht im mindesten den bekehrten Freundlichen anzulachen vermochte, sondern mit klaren Tränen in den Augen nach ihrem Sesselchen ging und den Bruder unverwandt anblickte.

Pankraz war der erste, der sich nach mehreren Minuten wieder zusammennahm und als ein guter Soldat einen Übergang und Ausweg dadurch bewerkstelligte, daß er sein Gepäck heraufbeförderte. Die Mutter wollte mit Estherchen helfen; aber er führte sie äußerst holdselig zu ihrem Sitze zurück und duldete nur, daß Estherchen zum Wagen herunterkam und sich mit einigen leichten Sachen belud. Den weitern Verlauf führte indessen Estherchen herbei, welche bald ihren guten Humor wiedergewann und nicht länger unterlassen konnte, die Löwenhaut an dem langen gewaltigen Schwanze zu packen und auf dem Boden herumzuziehen, indem sie sich krank lachen wollte und einmal über das andere rief: »Was ist dies nur für ein Pelz? Was ist dies für ein Ungeheuer?«

»Dies ist«, sagte Pankraz, seinen Fuß auf das Fell stoßend, »vor drei Monaten noch ein lebendiger Löwe gewesen, den ich getötet habe. Dieser Bursche war mein Lehrer und Bekehrer und hat mir zwölf Stunden lang so eindringlich gepredigt, daß ich armer Kerl endlich von allem Schmollen und Bössein für immer geheilt wurde. Zum Andenken soll seine Haut nicht mehr aus meiner Hand kommen. Das war eine schöne Geschichte!« setzte er mit einem Seufzer hinzu.

In der Voraussicht, daß seine Leutchen, im Fall er sie noch lebendig anträfe, jedenfalls nicht viel Kostbares im Hause hätten, hatte er in der letzten größeren Stadt, wo er durchgereist, einen Korb guten Weines eingekauft sowie einen Korb mit verschiedenen guten Speisen, damit in Seldwyla kein Gelaufe entstehen sollte und er in aller Stille mit der Mutter und der Schwester ein Abendbrot einnehmen konnte. So brauchte die Mutter nur den Tisch zu decken und Pankraz trug auf: einige gebratene Hühner, eine herrliche Sülzpastete und ein Paket feiner kleiner Kuchen; ja noch mehr! Auf dem Wege hatte er bedacht, wie dunkel einst das armselige Tranlämpchen gebrannt und wie oft er sich über die kümmerliche Beleuchtung geärgert, wobei er kaum seine müßigen Siebensachen handhaben gekonnt, ungeachtet die Mutter, die doch ältere Augen hatte, ihm immer das Lämpchen vor die Nase geschoben, wiederum zum großen Ergötzen Estherchens, die bei jeder Gelegenheit ihm die Leuchte wieder wegzupraktizieren verstanden. Ach, einmal hatte er sie zornig weinend ausgelöscht, und als die Mutter sie bekümmert wieder angezündet, blies sie Estherchen lachend wieder aus, worauf er zerrissenen Herzens ins Bett gerannt. Dies und noch anderes war ihm auf dem Wege eingefallen, und indem er schmerzlich und bang kaum erleben mochte, ob er die Verlassenen wiedersehen würde, hatte er auch noch einige Wachskerzen eingekauft und zündete jetzo zwei derselben an, so daß die Frauensleute sich nicht zu lassen wußten vor Verwunderung ob all der Herrlichkeit.

Dergestalt ging es wie auf einer kleinen Hochzeit in dem Häuschen der Witwe, nur viel stiller, und Pankraz benutzte das helle Licht der Kerzen, die gealterten Gesichter seiner Mutter und Schwester zu sehen, und dies Sehen rührte ihn stärker als alle Gefahren, denen er ins Gesicht geschaut. Er verfiel in ein tiefes trauriges Sinnen über die menschliche Art und das menschliche Leben und wie gerade unsere kleineren Eigenschaften, eine freundliche oder herbe Gemütsart, nicht nur unser Schicksal und Glück machen, sondern auch dasjenige der uns Umgebenden und uns zu diesen in ein strenges Schuldverhältnis zu ringen vermögen, ohne daß wir wissen, wie es zugegangen, da wir uns ja unser Gemüt nicht selbst gegeben. In diesen Betrachtungen ward er jedoch gestört durch die Nachbaren, welche jetzt ihre Neugierde nicht länger unterdrücken konnten und einer nach dem andern in die Stube drangen, um das Wundertier zu sehen, da sich schon in der ganzen Stadt das Gerücht verbreitet hatte, der verschollene Pankrazius sei erschienen, und zwar als ein französischer General in einem vierspännigen Wagen.

Dies war nun ein höchst verwickelter Fall für die in ihren Vergnügungslokalen versammelten Seldwyler, sowohl für die Jungen als wie für die Alten, und sie kratzten sich verdutzt hinter den Ohren. Denn dies war gänzlich wider die Ordnung und wider den Strich zu Seldwyl, daß da einer wie vom Himmel geschneit als ein gemachter Mann und General herkommen sollte gerade in dem Alter, wo man zu Seldwyl sonst fertig war. Was wollte der denn nun beginnen? Wollte er wirklich am Orte bleiben, ohne ein Herabgekommener zu sein die übrige Zeit seines Lebens hindurch, besonders wenn er etwa alt würde? Und wie hatte er es angefangen? Was zum Teufel hatte der unbeachtete und unscheinbare junge Mensch betrieben die lange Jugend hindurch, ohne sich aufzubrauchen? Das war die Frage, die alle Gemüter bewegte, und sie fanden durchaus keinen Schlüssel, das Rätsel zu lösen, weil ihre Menschen- oder Seelenkunde zu klein war, um zu wissen, daß gerade die herbe und bittere Gemütsart, welche ihm und seinen Angehörigen so bittere Schmerzen bereitet, sein Wesen im übrigen wohl konserviert, wie der scharfe Essig ein Stück Schöpsenfleisch, und ihm über das gefährliche Seldwyler Glanzalter hinweggeholfen hatte. Um die Frage zu lösen, stellte man überhaupt die Wahrheit des Ereignisses in Frage und bestritt dessen Möglichkeit, und um diese Auffassung zu bestätigen, wurden verschiedene alte Falliten nach dem Plätzchen abgesandt, so daß Pankraz, dessen schon versammelte Nachbaren ohnehin diesem Stande angehörten, sich von einer ganzen Versammlung neugieriger und gemütlicher Falliten umgeben sah, wie ein alter Heros in der Unterwelt von den herbeieilenden Schatten.

Er zündete nun seine türkische Pfeife an und erfüllte das Zimmer mit dem fremden Wohlgeruch des morgenländischen Tabaks; die Schatten oder Falliten witterten immer neugieriger in den blauen Duftwolken umher, und Estherchen und die Mutter bestaunten unaufhörlich die Leutseligkeit und Geschicklichkeit des Pankraz, mit welcher er die Leute unterhielt, und zuletzt die freundliche, aber sichere Gewandtheit, mit welcher er die Versammlung endlich entließ, als es ihm Zeit dazu schien.

Da aber die Freuden, welche auf dem Familienglück und auf frohen Ereignissen unter Blutsverwandten beruhen, auch nach den längsten Leiden die Beteiligten plötzlich immer jung und munter machen, statt sie zu erschöpfen, wie die Aufregungen der weiteren Welt es tun, so verspürte die alte Mutter noch nicht die geringste Müdigkeit und Schlaflust, so wenig als ihre Kinder, und von dem guten Weine erwärmt, den sie mit Zufriedenheit genossen, verlangte sie endlich mit ihrer noch viel ungeduldigeren Tochter etwas Näheres von Pankrazens Schicksal zu wissen.

»Ausführlich«, erwiderte dieser, »kann ich jetzt meine trübselige Geschichte nicht mehr beginnen, und es findet sich wohl die Zeit, wo ich euch nach und nach meine Erlebnisse im einzelnen vorsagen werde. Für heute will ich euch aber nur einige Umrisse angeben, so viel als nötig ist, um auf den Schluß zu kommen, nämlich auf meine Wiederkehr und die Art, wie diese veranlaßt wurde, da sie eigentlich das rechte Seitenstück bildet zu meiner ehemaligen Flucht und aus dem gleichen Grundtone geht. Als ich damals auf so schnöde Weise entwich, war ich von einem unvertilgbaren Groll und Weh erfüllt; doch nicht gegen euch, sondern gegen mich selbst, gegen diese Gegend hier, diese unnütze Stadt, gegen meine ganze Jugend. Dies ist mir seither erst deutlich geworden. Wenn ich hauptsächlich immer des Essens wegen bös wurde und schmollte, so war der geheime Grund hievon das nagende Gefühl, daß ich mein Essen nicht verdiente, weil ich nichts lernte und nichts tat, ja weil mich gar nichts reizte zu irgendeiner Beschäftigung und also keine Hoffnung war, daß es je anders würde; denn alles, was ich andere tun sah, kam mir erbärmlich und albern vor; selbst euer ewiges Spinnen war mir unerträglich und machte mir Kopfweh, obgleich es mich Müßigen erhielt. So rannte ich davon in einer Nacht in der bittersten Herzensqual und lief bis zum Morgen, wohl sieben Stunden weit von hier. Wie die Sonne aufging, sah ich Leute, die auf einer großen Wiese Heu machten; ohne ein Wort zu sagen oder zu fragen, legte ich mein Bündel an den Rand, ergriff einen Rechen oder eine Heugabel und arbeitete wie ein Besessener mit den Leuten und mit der größten Geschicklichkeit; denn ich hatte mir während meines Herumlungerns hier alle Handgriffe und Übungen derjenigen, welche arbeiteten, wohl gemerkt, sogar öfter dabei gedacht, wie sie dies und jenes ungeschickt in die Hand nähmen und wie man eigentlich die Hände ganz anders müßte fliegen lassen, wenn man erst einmal ein Arbeiter heißen wolle.

Die Leute sahen mir erstaunt zu und niemand hinderte mich an meiner Arbeit; als sie das Morgenbrot aßen, wurde ich dazu eingeladen; dieses hatte ich bezweckt, und so arbeitete ich weiter, bis das Mittagessen kam, welches ich ebenfalls mit großem Appetit verzehrte. Doch nun erstaunten die Bauersleute noch viel mehr und sandten mir ein verdutztes Gelächter nach, als ich, anstatt die Heugabel wieder zu ergreifen, plötzlich den Mund wischte, mein Bündelchen wieder aufgriff und, ohne ein Wort weiter zu verlieren, meines Weges weiter zog. In einem dichten kühlen Buchenwäldchen legte ich mich hin und schlief bis zur Abenddämmerung; dann sprang ich auf, ging aus dem Wäldchen hervor und guckte am Himmel hin und her, an welchem die Sterne hervorzutreten begannen. Die Stellung der Sterne gehörte auch zu den wenigen Dingen, die ich während meines Müßigganges gemerkt, und da ich darin eine große Ordnung und Pünktlichkeit gefunden, so hatte sie mir immer wohlgefallen, und zwar um so mehr als diese glänzenden Geschöpfe solche Pünktlichkeit nicht um Tagelohn und um eine Portion Kartoffelsuppe zu üben schienen, sondern damit nur taten, was sie nicht lassen konnten, wie zu ihrem Vergnügen, und dabei wohl bestanden. Da ich nun durch das allmähliche Auswendiglernen unsres Geographiebuches, so einfach dieses war, auch auf dem Erdboden Bescheid wußte, so verstand ich meine Richtung wohl zu nehmen und beschloß in diesem Augenblick, nordwärts durch ganz Deutschland zu laufen, bis ich das Meer erreichte. Also lief ich die Nacht hindurch wieder acht gute Stunden und kam mit der Morgensonne an eine wilde und entlegene Stelle am Rhein, wo eben vor meinen Augen ein mit Kornsäcken beladenes Schiff an einer Untiefe aufstieß, indessen doch das Wasser über einen Teil der Ladung wegströmte. Da sich nur drei Männer bei dem Schiffe befanden und weit und breit in dieser Frühe und in dieser Wildnis niemand zu ersehen war, so kam ich sehr willkommen, als ich sogleich Hand anlegte und den Schiffern die schwere Ladung ans Ufer bringen und das Fahrzeug wieder flottmachen half. Was von dem Korne naß geworden, schütteten wir auf Bretter, die wir an die Sonne legten, und wandten es fleißig um, und zuletzt beluden wir das Schiff wieder. Doch nahm dies alles den größten Teil des Tages weg, und ich fand dabei Gelegenheit, mit den Schiffsleuten unterschiedliche tüchtige Mahlzeiten zu teilen; ja, als wir fertig waren, gaben sie mir sogar noch etwas Geld und setzten mich auf mein Verlangen an das andere Ufer über mittelst des kleinen Kähnchens, das sie hinter dem großen Kahne angebunden hatten.

Drüben befand ich mich in einem großen Bergwald und schlief sofort, bis es Nacht wurde, worauf ich mich abermals auf die Füße machte und bis zum Tagesanbruch lief. Mit wenig Worten zu sagen: auf diese nämliche Art gelangte ich in wenig mehr als zwei Monaten nach Hamburg, indem ich, ohne je viel mit den Leuten zu sprechen, überall des Tages zugriff, wo sich eine Arbeit zeigte, und davonging, sobald ich gesättigt war, um die Nacht hindurch wiederum zu wandern. Meine Art überraschte die Leute immer, so daß ich niemals einen Widerspruch fand, und bis sie sich etwa widerhaarig oder neugierig zeigen wollten, war ich schon wieder weg. Da ich zugleich die Städte vermied und meinen Arbeitsverkehr immer im freien Felde, auf Bergen und in Wäldern betrieb, wo nur ursprüngliche und einfache Menschen waren, so reisete ich wirklich wie zu der Zeit der Patriarchen. Ich sah nie eine Spur von dem Regiment der Staaten, über deren Boden ich hinlief, und mein einziges Denken war, über eben diesen Boden wegzukommen, ohne zu betteln oder für meine nötige Leibesnahrung jemandem verpflichtet sein zu müssen, im übrigen aber zu tun, was ich wollte, und insbesondere zu ruhen, wenn es mir gefiel, und zu wandern, wenn es mir beliebte. Später habe ich freilich auch gelernt, mich an eine feste außer mir liegende Ordnung und an eine regelmäßige Ausdauer zu halten, und wie ich erst urplötzlich arbeiten gelernt, lernte ich auch dies sogleich ohne weitere Anstrengung, sobald ich nur einmal eine erkleckliche Notwendigkeit einsah.

Übrigens bekam mir dies Leben in der freien Luft, bei der steten Abwechslung von schwerer Arbeit, tüchtigem Essen und sorgloser Ruhe vortrefflich, und meine Glieder wurden so geübt, daß ich als ein kräftiger und rühriger Kerl in der großen Handelsstadt Hamburg anlangte, wo ich alsbald dem Wasser zulief und mich unter die Seeleute mischte, welche sich da umtrieben und mit dem Befrachten ihrer Schiffe beschäftigt waren. Da ich überall zugriff und ohne albernes Gaffen doch aufmerksam war, ohne ein Wort dabei zu sprechen noch je den Mund zu verziehen, so duldeten die einsilbigen derben Gesellen mich bald unter sich, und ich brachte eine Woche unter ihnen zu, woraus sie mich auf einem englischen Kauffahrer einschmuggelten, dessen Kapitän mich aufnahm unter der Bedingung, daß ich ihm in seinem Privatgeschäfte helfe, das er während seiner Fahrten betrieb. Dieses bestand nämlich im Zusammensetzen und Herstellen von allerhand Feuerwaffen und Pistolen aus alten abgenutzten Bestandteilen, die er in großer Menge zusammenkaufte, wenn er in der alten Welt vor Anker ging. Es waren seltsame und fabelhafte Todeswerkzeuge, die er so mit schrecklicher Leidenschaft zusammenfügte und dann bei Gelegenheit an wilden Küsten gegen wertvolle Friedensprodukte und sanfte Naturgegenstände austauschte. Ich hielt mich still zu der Arbeit, übte mich ein und war bald über und über mit Öl, Schmirgel und Feilenstaub beschmiert als ein wilder Büchsenmacher, und wenn ein solches Pistolengeschütz notdürftig zusammenhielt, so wurde es mit einem starken Knall probiert; doch nie zum zweitenmal, dieses wurde dem rothäutigen oder schwarzen Käufer überlassen auf den entlegenen Eilanden. Diesmal fuhr er aber nur nach Neuyork und von da nach England zurück, wo ich, der Büchsenmacherei nun genugsam kundig, mich von ihm entfernte und sogleich in ein Regiment anwerben ließ, das nach Ostindien abgehen sollte.

In Neuyork hatte ich zwar den Fuß an das Land gesetzt und auf einige Stunden dies amerikanische Leben gesehen, welches mir eigentlich nun recht hätte zusagen müssen, da hier jeder tat, was er wollte, und sich gänzlich nach Bedürfnis und Laune rührte, von einer Beschäftigung zur anderen abspringend, wie es ihm eben besser schien, ohne sich irgendeiner Arbeit zu schämen oder die eine für edler zu halten als die andere. Doch weiß ich nicht, wie es kam, daß ich mich schleunig wieder auf unser Schiff sputete und so, statt in der neuen Welt zu bleiben, in den ältesten, träumerischen Teil unsrer Welt geriet, in das uralte heiße Indien, und zwar in einem roten Rocke, als ein stiller englischer Soldat. Und ich kann nicht sagen, daß mir das neue Leben mißfiel, das schon auf dem großen Linienschiffe begann, auf welchem das Regiment sich befand. Schon der Umstand, daß wir alle, so viel wir waren, mit der größten Pünktlichkeit und Abgemessenheit ernährt wurden, indem jeder seine Ration so sicher bekam, wie die Sterne am Himmel gehen, keiner mehr noch minder als der andere und ohne daß einer den andern beeinträchtigen konnte, behagte mir außerordentlich und um so mehr als keiner dafür zu danken brauchte und alles nur unserm bloßen wohlgeordneten Dasein gebührte. Wenn wir Rekruten auch schon auf dem Schiffe eingeschult wurden und täglich exerzieren mußten, so gefiel mir doch diese Beschäftigung über die Maßen, da wir nicht das Bajonett herumschwenken mußten, um etwa mit Gewandtheit eine Kartoffel daran zu spießen, sondern es war lediglich eine reine Übung, welche mit dem Essen zunächst gar nicht zusammenhing, und man brauchte nichts als pünktlich und aufmerksam beim einen und dem andern zu sein und sich um weiter nichts zu kümmern.

Schon am zweiten Tage unserer Fahrt sah ich einen Soldaten prügeln, der wider einen Vorgesetzten gemurrt, nachdem er schon verschiedene Unregelmäßigkeiten begangen. Sogleich nahm ich mir vor, daß dies mir nie widerfahren solle, und nun kam mir mein Schmollwesen sehr gut zustatten, indem es mir eine vortreffliche lautlose Pünktlichkeit und Aufmerksamkeit erleichterte und es mir fortwährend möglich machte, mir in keiner Weise etwas zu vergeben.

So wurde ich ein ganz ordentlicher und brauchbarer Soldat; es machte mir Freude, alles recht zu begreifen und so zu tun, wie es als mustergültig vorgeschrieben war, und da es mir gelang, so fühlte ich mich endlich ziemlich zufrieden, ohne jedoch mehr Worte zu verlieren als bisher. Nur selten wurde ich beinahe ein wenig lustig und beging etwa einen närrischen halben Spaß, was mir vollends den Anstrich eines Soldaten gab, wie er sein soll, und zugleich verhinderte, daß man mich nicht leiden konnte, und so war kaum ein Jahr vergangen in dem heißen, seltsamen Lande, als ich anfing vorzurücken und zuletzt ein ansehnlicher Unteroffizier wurde. Nach einem Verlauf von Jahren war ich ein großes Tier in meiner Art, war meistens in den Bureaus des Regimentskommandeurs beschäftigt und hatte mich als ein guter Verwalter herausgestellt, indem ich die notwendigen Künste, die Schreibereien und Rechnereien, aus dem Gange der Dinge mir augenblicklich aneignete ohne weiteres Kopfzerrechen. Es ging mir jetzt alles nach der Schnur, und ich schien mir selbst zufrieden zu sein, da ich ohne Mühe und Sorgen da sein konnte unter dem warmen blauen Himmel; denn was ich zu verrichten hatte, geschah wie von selbst, und ich fühlte keinen Unterschied, ob ich in Geschäften oder müßig umherging. Das Essen war mir jetzt nichts Wichtiges mehr, und ich beachtete kaum, wann und was ich aß. Zweimal während dieser Zeit hatte ich Nachricht an euch abgesandt nebst einigen ersparten Geldmitteln; allein beide Schiffe gingen sonderbarerweise mit Mann und Maus zugrunde, und ich gab die Sache auf, ärgerlich darüber, und nahm mir vor, sobald als tunlich selber heimzukehren und meine erworbene Arbeitsfähigkeit und feste Lebensart in der Heimat zu verwenden. Denn ich gedachte damit etwas Besseres nach Seldwyla zu bringen, als wenn ich eine Million dahin brächte, und malte mir schon aus, wie ich die Haselanten und Fischesser da anfahren wollte, wenn sie mir über den Weg liefen.

Doch damit hatte es noch gute Wege und ich sollte erst noch solche Dinge erfahren und so in meinem Wesen verändert und aufgerüttelt werden, daß mir die Lust verging, andere Leute anfahren zu wollen. Der Kommandeur hatte mich gänzlich zu seinem Faktotum gemacht und ich mußte fast die ganze Zeit bei ihm zubringen. Es war ein seltsamer Mann von etwa fünfzig Jahren, dessen Gattin in Irland lebte auf einem alten Turm, da sie womöglich noch wunderlicher sein mußte als er; solange sie zusammengelebt, hatten sie sich fortwährend angeknurrt, wie zwei wilde Katzen, und sie litten beide an der fixen Idee, daß sie sich gegenseitig ineinander getäuscht hätten, obwohl niemand besser für einander geschaffen war. Auch waren sie gesund und munter und lebten behaglich in dieser Einbildung, ohne welche keines mehr hätte die Zeit verbringen können, und wenn sie weit auseinander waren, so sorgte eines für das andere mit rührender Aufmerksamkeit. Die einzige Tochter, die sie hatten und die Lydia heißt, lebte dagegen meistenteils bei dem Vater und war ihm ergeben und zugetan, da der Unterschied des Geschlechtes selbst zwischen Vater und Tochter diese mehr zärtliches Mitleid für den Vater empfinden ließ als für die Mutter, obgleich diese ebenso wenig oder so viel taugen mochte als jener in dem vermeintlich unglücklichen Verhältnis.

Der Kommandeur hatte eine reizvolle luftige Wohnung bezogen, die außerhalb der Stadt in einem ganz mit Palmen, Zypressen, Sykomoren und anderen Bäumen angefüllten Tale lag. Unter diesen Bäumen, rings um das leichte weiße Haus herum, waren Gärten angelegt, in denen teils jederzeit frisches Gemüse, teils eine Menge Blumen gezogen wurden, welche zwar hier in allen Ecken wild wuchsen, die aber der Alte liebte beisammen zu haben in nächster Nähe und in möglichster Menge, so daß in dem grünen Schatten der Bäume es ordentlich leuchtete von großen purpurroten und weißen Blumen. Wenn es nun im Dienste nichts mehr zu tun gab, so mußte ich als ein militärischer zuverlässiger Vertrauensmann diese Gärten in Ordnung halten oder, um darüber nicht etwa zu verweichlichen, mit dem Oberst auf die Jagd gehen, und ich wurde darüber zu einem gewandten Jäger; denn gleich hinter dem Tale begann eine wilde unfruchtbare Landschaft, welche zuletzt gänzlich in eine Gebirgswildnis verlief, die nicht nur Schwärme und Scharen unschuldigeren Gewildes, sondern auch von Zeit zu Zeit reißende Tiere, besonders große Tiger, beherbergte. Wenn ein solcher sich spüren ließ, so gab es einen großen Auszug gegen ihn, und ich lernte bei diesen Gelegenheiten die Gefahr lange kennen, ehe ich in das Gefecht mit Menschen kam. War aber weiter gar nichts zu tun, so mußte ich mit dem alten Herrn Schach spielen und dadurch seine Tochter Lydia ersetzen, welche, da sie gar keinen Sinn und kein Geschick dazu besaß und ganz kindisch spielte, ihm zu wenig Vergnügen verschaffte. Ich hingegen hatte mich bald so weit eingeübt, daß ich ihm einigermaßen die Stange halten konnte, ohne ihn des öfteren Sieges zu berauben, und wenn mein Kopf nicht durch andere Dinge verwirrt worden wäre, so würde ich dem grimmigen Alten bald überlegen geworden sein.

Dergestalt war ich nun das merkwürdigste Institut von der Welt; ich ging unter diesen Palmen einher gravitätisch und wortlos in meiner Scharlachuniform, ein leichtes Schilfstöckchen in der Hand und über dem Kopfe ein weißes Tuch zum Schutze gegen die heiße Sonne. Ich war Soldat, Verwaltungsmann, Gärtner, Jäger, Hausfreund und Zeitvertreiber, und zwar ein ganz sonderbarer, da ich nie ein Wort sprach; denn obgleich ich jetzt nicht mehr schmollte und leidlich zufrieden war, so hatte ich mir das Schweigen doch so angewöhnt, daß meine Zunge durch nichts zu bewegen war als etwa durch ein Kommandowort oder einen Fluch gegen unordentliche Soldaten. Doch diente gerade diese Weise dem Kommandeur, ich blieb so an die fünf Jahre bei ihm einen Tag wie den andern und konnte, wenn ich freie Zeit hatte, im übrigen tun, was mir beliebte. Diese Zeit benutzte ich dazu, das Dutzend Bücher, so der alte Herr besaß, immer wieder durchzulesen und aus denselben, da sie alle dickleibig waren, ein sonderbares Stück von der Welt kennenzulernen. Ich war so ein eifriger und stiller Leser, der sich eine Weisheit ausbildete, von der er nicht recht wußte, ob sie in der Welt galt oder nicht galt, wie ich bald erfahren sollte; denn obschon ich bereits vieles gesehen und erfahren, so war dies doch nur gewissermaßen strichweise, und das meiste, was es gab, lag zur Seite des Striches, den ich passiert.

Mein Kommandeur wurde endlich zum Gouverneur des ganzen Landstriches ernannt, wo wir bisher gestanden; er wünschte mich in seiner Nähe zu behalten und veranlaßte meine Versetzung aus dem Regiment, welches wieder nach England zurückging, in dasjenige, welches dafür ankam, und so fand sich wieder Gelegenheit, daß ich als Militärperson sowohl wie in allen übrigen Eigenschaften um ihn sein konnte, was mir ganz recht war; denn so blieb ich ein auf mich selbst gestellter Mensch, der keinen andern Herrn als seine Fahne über sich hatte.

Um die gleiche Zeit kam auch die Tochter aus dem alten irländischen Turme an, um von nun an bei ihrem Vater, dem Gouverneur, zu leben. Es war ein wohlgestaltetes Frauenzimmer von großer Schönheit; doch war sie nicht nur eine Schönheit, sondern auch eine Person, die in ihren eigenen feinen Schuhen stand und ging und sogleich den Eindruck machte, daß es für den, der sich etwa in sie verliebte, nicht leicht hinter jedem Hag einen Ersatz oder einen Trost für diese gäbe, eben weil es eine ganze und selbständige Person schien, die so nicht zum zweiten Male vorkomme. Und zwar schien diese edle Selbständigkeit gepaart mit der einfachsten Kindlichkeit und Güte des Charakters und mit jener Lauterkeit und Rückhaltlosigkeit in dieser Güte, welche, wenn sie so mit Entschiedenheit und Bestimmtheit verbunden ist, eine wahre Überlegenheit verleiht und dem, was im Grunde nur ein unbefangenes ursprüngliches Gemütswesen ist, den Schein einer weihevollen und genialen Meisterschaft gibt. Indessen war sie sehr gebildet in allen schönen Dingen, da sie nach Art solcher Geschöpfe die Kindheit und bisherige Jugend damit zugebracht, alles zu lernen, was irgend wohl ansteht, und sie kannte sogar fast alle neueren Sprachen, ohne daß man jedoch viel davon bemerkte, so daß unwissende Männer ihr gegenüber nicht leicht in jene schreckliche Verlegenheit gerieten, weniger zu verstehen als ein müßiges Ziergewächs von Jungfräulein. Überhaupt schien ein gesunder und wohldurchgebildeter Sinn in ihr sich mehr dadurch zu zeigen, daß sie die vorkommenden kleineren oder größeren Dinge, Vorfälle oder Gegenstände durchaus zutreffend beurteilte und behandelte, und dabei waren ihre Gedanken und Worte so einfach lieblich und bestimmt wie der Ton ihrer Stimme und die

Bewegungen ihres Körpers. Und über alles dies war sie, wie gesagt, so kindlich, so wenig durchtrieben, daß sie nicht imstande war, eine überlegte Partie Schach spielen zu lernen, und dennoch mit der fröhlichsten Geduld am Brette saß, um sich von ihrem Vater unaufhörlich überrumpeln zu lassen. So ward es einem sogleich heimatlich und wohl zumute in ihrer Nähe; man dachte unverweilt, diese wäre der wahre Jakob unter den Weibern und keine bessere gäbe es in der Welt. Ihre schönen blonden Locken und die dunkelblauen Augen, die fast immer ernst und frei in die Welt sahen, taten freilich auch das ihrige dazu, ja um so mehr als ihre Schönheit, sosehr sie auffiel, von echt weiblicher Bescheidenheit und Sittsamkeit durchdrungen war und dabei gänzlich den Eindruck von etwas Einzigem und Persönlichem machte; es war eben kurz und abermals gesagt: eine Person. Das heißt, ich sage: es schien so, oder eigentlich, weiß Gott, ob es am Ende doch so war und es nur an mir lag, daß es ein solcher trügerischer Schein schien, kurz –«

Pankrazius vergaß hier weiter zu reden und verfiel in ein schwermütiges Nachdenken, wozu er ein ziemlich unkriegerisches und beinahe einfältiges Gesicht machte. Die beiden Wachslichter waren über die Hälfte heruntergebrannt, die Mutter und die Schwester hatten die Köpfe gesenkt und nickten, schon nichts mehr sehend noch hörend, schlaftrunken mit ihren Köpfen, denn schon seit Pankrazius die Schilderung seiner vermutlichen Geliebten begonnen, hatten sie angefangen, schläfrig zu werden, ließen ihn jetzt gänzlich im Stich und schliefen wirklich ein. Zum Glück für unsere Neugierde bemerkte der Oberst dies nicht, hatte überhaupt vergessen, vor wem er erzählte, und fuhr, ohne die niedergeschlagenen Augen zu erheben, fort, vor den schlafenden Frauen zu erzählen, wie einer, der etwas lange Verschwiegenes endlich mitzuteilen sich nicht mehr enthalten kann.

»Ich hatte«, sagte er, »bis zu dieser Zeit noch kein Weib näher angesehen und verstand oder wußte von ihnen ungefähr so viel wie ein Nashorn vom Zitherspiel. Nicht daß ich solche etwa nicht von jeher gern gesehen hätte, wenn ich unbemerkt und ohne Aufwand von Mühe nach ihnen schielen konnte; doch war es mir äußerst zuwider, mit irgendeiner mich in den geringsten Wortwechsel einzulassen, da es mir von jeher schien, als ob es sämtlichen Weibern gar nicht um eine vernunftgemäße, klare und richtige Sache zu tun wäre, daß es ihnen unmöglich sei, nur sechs Worte lang in guter Ordnung bei der Stange zu bleiben, sondern daß sie einzig darauf ausgingen, wenn sie in diesem Augenblicke etwas Zweckmäßiges und Gutes gesagt haben, gleich darauf eine große Albernheit oder Verdrehtheit einzuwerfen, was sie dann als ihre weibliche Anmut und Beweglichkeit ausgäben, im Grunde aber eine Unredlichkeit sei, und um so abscheulicher als sie halb und halb von bewußter Absicht begleitet sei, um hinter diesem Durcheinander allen schlechten Instinkten und Querköpfigkeiten desto bequemer zu frönen. Deshalb schmollte und grollte ich von vornherein mit allem Weibervolk und würdigte keines eines offenkundigen

Blickes. In Indien, als ich mehr zufrieden war und keinen Groll fürder hegte, gab es zwar viel Frauensleute, sowohl indischen Geblütes als auch eine Menge englischer, da viele Kaufleute, Offiziere und Soldaten ihre Familie bei sich hatten. Doch diese Indierinnen, die schön waren wie die Blumen und gut wie Zucker aussahen und sprachen, waren eben nichts weiter als dies und rührten mich nicht im mindesten, da Schönheit und Güte ohne Salz und Wehrbarkeit mir langweilig vorkamen, und es war mir peinlich zu denken, wie eine solche Frau, wenn sie mein wäre, sich auf keine Weise gegen meine etwanigen schlimmen Launen zuwehren vermöchte. Die europäischen Weiber dagegen, die ich sah, welche größtenteils aus Großbritannien herstammten, schienen schon eher wehrhaft zu sein, jedoch waren sie weniger gut, und selbst wenn sie es waren, so betrieben sie die Güte und Ehrbarkeit wie ein abscheulich nüchternes und hausbackenes Handwerk, und selbst die edle Weiblichkeit, auf die sich diese selbstbewußten respektablen Weibchen so viel zu gut taten, handhabten sie eher als Würzkrämer denn als Weiber. Hier wird ein Quentchen ausgewogen und dort ein Quentchen sorglich in die löschpapierne Düte der Philisterhaftigkeit gewickelt. Überdies war mir immer, als ob durch das Innerste aller dieser abendländischen Schönen und Unschönen ein tiefer Zug von Gemeinheit zöge, die Krankheit unserer Zeit, welche sie zwar nur von unserm Geschlechte, von uns Herren Europäern, überkommen konnten, aber die gerade bei den anderen wieder zu einem neuen verdoppelten Übel wird. Denn es sind üble Zeiten, wo die Geschlechter ihre Krankheiten austauschen und eines dem andern seine angeborenen Schwachheiten mitteilt. Dies waren so meine unwissenden hypochondrischen Gedanken über die Weiber, welche meinem Verhalten gegen sie zugrunde lagen und mit welchen ich meiner Wege ging, ohne mich um eine zu bekümmern.

Als nun die schöne Lydia bei uns anlangte und ich mich täglich in ihrer Nähe befand, erhielt meine ganze Weisheit einen Stoß und fiel zusammen. Es war mir gleich von Grund aus wohl zumute, wenn sie zugegen war, und ich wußte nicht, was ich hieraus machen sollte. Höchlich verwundert war ich, weder Groll noch Verachtung gegen diese zu empfinden, weder Geringschätzung noch jene Lust, doch verstohlen nach ihr hinzuschielen; vielmehr freute ich mich ganz unbefangen über ihr Dasein und sah sie ohne Unbescheidenheit, aber frei und offen an, wenn ich in ihrer Nähe zu tun hatte. Dies fiel mir um so leichter als ich in meiner Stellung als armer Soldat kein Wort an sie zu richten brauchte, ohne gefragt zu werden, und also kein anderes Benehmen zu beobachten hatte als dasjenige eines sich aufrecht haltenden ernsthaften Unteroffiziers. Auch war mir das Schweigen, besonders gegenüber den Weibern, so zur anderen Natur geworden durch das langjährige Kopfhängen, daß ich beim besten Willen jetzt nicht hätte eine Ausnahme machen können, auch wenn es sich geschickt hätte. Dennoch fühlte ich ein großes und ungewöhnliches Wohlgefallen für diese Person, war in meinem Herzen sehr gut auf sie zu sprechen, und ihr zu Gefallen veränderte ich meine schlechten Ansichten von den Frauen und dachte mir, es müßte doch nicht so übel mit ihnen stehen, wenigstens sollten sie um dieser einen willen von nun an mehr Gnade finden bei mir. Ich war sehr froh, wenn Lydia zugegen war oder wenn ich Veranlassung fand, mich dahin zu verfügen, wo sie eben war; doch tat ich deswegen nicht einen Schritt mehr als im natürlichen Gange der Dinge lag; nicht einmal blickte oder ging ich, wenn ich mich im gleichen Raume mit ihr befand, ohne einen bestimmten vernünftigen Grund nach ihr hin und fühlte überhaupt eine solche Ruhe in mir, wie das kühle Meerwasser, wenn kein Wind sich regt und die Sonne obenhin darauf scheint.

Dies verhielt sich so ungefähr ein halbes Jahr, ein Jahr oder auch etwas darüber, ich weiß es nicht mehr genau; denn die ganze Zeitrechnung von damals ist mir verloren gegangen, der ganze Zeitraum schwebt mir nur noch wie ein schwüler, von Träumen durchzogener Sommertag vor. Während dieses Anfanges nun, dessen längere oder kürzere Dauer ich nicht mehr weiß, ging so alles gut und ruhig vonstatten. Die Dame, obgleich sie mich öfter sehen mußte, hatte nicht besonders viel mit mir zu verkehren oder zu sprechen, wenn sie es aber tat, so war sie außerordentlich freundlich und tat es nie ohne mit einem kindlichen harmlosen Lachen ihres schönen Gesichtes, was ich dann dankbarst damit erwiderte, daß ich ein um so ehrbareres Gesicht machte und den Mund nicht verzog, indem ich sagte: Sehr wohl, mein Fräulein! oder auch unbefangen widersprach, wenn sie sich irrte, was indes selten geschah. War sie aber nicht zugegen oder ich allein, so dachte ich wohl vielfältig an sie, aber nicht im mindesten wie ein Verliebter, sondern wie ein guter Freund oder Verwandter, welcher aufrichtig um sie bekümmert war, ihr alles Wohlergehen wünschte und allerlei gute Dinge für sie ausdachte. Kaum ging eine leise Veränderung dadurch mit mir vor, wenn ich mich recht entsinne, daß ich gegenüber dem Gouverneur ein wenig mehr auf mich hielt, ein wenig mehr den Soldaten hervorkehrte, der nichts als seine Pflicht kennt, und in meinen übrigen Dienstleistungen mehr den Schein der Unabhängigkeit wahrte, wie ich denn auch in keinerlei Lohnverhältnis zu ihm stand und, nachdem die eigentliche Arbeit auf seinem Bureau getan, wofür ich besoldet war, alles übrige als ein guter Vertrauter mitmachte und nur, da es die Gelegenheit mit sich brachte, etwa mit ihm aß und trank. Und so war ich, wie schon gesagt, vollkommen ruhig und zufrieden, was sich freilich auf meine besondere Weise ausnehmen mochte.

Da geschah es eines Tages, als ich unter den schattigen Bäumen mir zu tun machte, daß die Lydia innerhalb einer kurzen Stunde dreimal herkam, ohne daß sie etwas da zu tun oder auszurichten hatte. Das erste Mal setzte sie sich auf einen umgestürzten Korb und aß ein kleines Körbchen voll roter Kirschen auf, indem sie fortwährend mit mir plauderte und mich zum Reden veranlaßte. Das andere Mal kam sie und rückte den Korb ganz nahe an das Rosenbäumchen, das ich eben säuberte, setzte sich abermals darauf und nähete ein weißes seidenes Band auf ein zierliches Nachthäubchen oder was es war; denn genau konnte ich es nicht unterscheiden, da ich diesmal kaum hinsah und ihr nur wenig Bescheid gab, indem ich etwas verlegen wurde. Sie ging bald wieder fort und kam zum dritten Male mit einem feinen, kunstvoll in Elfenbein gearbeiteten Geduldspiel aus China, packte den alten Korb und schleppte ihn wieder weg, indem sie sich in einiger Entfernung darauf setzte, mir den Rücken zuwendend, und ganz still das Spiel zu lösen versuchte. Ich blickte jetzt unverwandt nach ihr hin, bis sie, das Spielzeug in die Tasche steckend, unversehens sich erhob und, einen seltsamen wohllautenden Triller singend, davon ging, ohne sich wieder nach mir umzusehen. Dies alles wollte mir nicht klar sein noch einleuchten, und meine Seele rümpfte leise die Nase zu diesem Tun; aber von Stund an war ich verliebt in Lydia.

In der wunderbarsten gelinden Aufregung ließ ich mein Bäumchen stehen, holte die Doppelbüchse und streifte in den Abend hinaus weit in die Wildnis. Viele Tiere sah ich wohl, aber alle vergaß ich zu schießen; denn wie ich auf eines anschlagen wollte, dachte ich wieder an das Benehmen dieser Dame und verlor so das Tier aus den Augen.

Was will sie von dir, dachte ich, und was soll das heißen? Indem ich aber hierüber hin und her sann, entstand und lohete schon eine große Dankbarkeit in mir für alles mögliche und unmögliche, was irgend in dem Vorfalle liegen mochte, wogegen mein Ordnungssinn und das Bewußtsein meiner geringen und wenig anmutigen Person den widerwärtigsten Streit erhob. Als ich hieraus nicht klug wurde, verfielen meine Gedanken plötzlich auf den Ausweg, daß diese scheinbar so schöne und tüchtige Frau am Ende ganz einfach ein leichtfertiges und verbuhltes Wesen sei, das sich zu schaffen mache, mit wem es sei, und selbst mit einem armen Unteroffizier eine schlechte Geschichte anzuheben nicht verschmähe. Diese verwünschte Ansicht tat mir so weh und traf mich so unvermutet, daß ich wutentbrannt einen ungeheuren rauhen Eber niederschoß, der eben durch die hohen Bergkräuter heranbrach, und meine Kugel saß fast gleichzeitig und ebenso unvermutet und unwillkommen in seinem Gehirn wie jener niederträchtige Gedanke in dem meinigen, und schon war mir zumute, als ob das wilde Tier noch zu beneiden wäre um seine Errungenschaft im Vergleich zu der meinigen. Ich setzte mich auf die tote Bestie; vor meinen Gedanken ging die schöne Gestalt vorüber und ich sah sie deutlich, wie sie die drei Male gekommen war mit jeder ihrer Bewegungen, und jedes Wort tönte noch nach. Aber merkwürdigerweise ging dies gute Gedächtnis noch über diesen Tag hinaus und zurück überhaupt bis auf den ersten Tag, wo ich sie gesehen, den ganzen Zeitraum hindurch, wo ich doch gänzlich ruhig gewesen. Wie man bei ganz durchsichtiger Luft, wenn es Regen geben will, an entfernten Bergen viele Einzelheiten deutlich sieht, die man sonst nicht wahrnimmt, und in stiller Nacht die fernsten Glocken schlagen hört, so entdeckte ich jetzt mit Verwunderung, daß aus jenem ganzen Zeitraume jede Art und Wendung ihrer Erscheinung, jedes einzelne Auftreten sich ohne mein Wissen mir eingeprägt hatte, und fast jedes ihrer Worte, selbst das gleichgültigste und vorübergehendste, hörte ich mit klar vernehmlichem Ausdruck in der Stille dieser Wildnis wieder tönen. Diese sämtliche Herrlichkeit hatte also gleichsam schlafend oder heimlicherweise sich in mir aufgehalten und der heutige Vorgang hatte nur den Riegel davor weggeschoben oder eine Fackel in ein Bund Stroh geworfen. Ich vergaß über diesen Dingen wieder meinen schlechten Zorn und beschäftigte mich rückhaltlos mit der Ausbeutung meines guten Gedächtnisses und schenkte demselben nicht den kleinsten Zug, den es mir von dem Bilde Lydias irgend liefern konnte. Auf diese Weise schlenderte ich denn auch wieder der Behausung zu und überließ mich allein diesen angenehmen Vorstellungen; jedoch vermochte ich nun nicht mehr so unbefangen und ruhig in ihrer Nähe zu sein, und da ich nichts anderes anzufangen wußte noch gesonnen war, so vermied ich möglichst jeden Verkehr mit ihr, um desto eifriger an sie zu denken. So vergingen drei oder vier Wochen, ohne daß etwas weiteres vorfiel als daß ich bemerkte, daß sie bei aller Zurückhaltung, die sie nun beobachtete, dennoch keine Gelegenheit versäumte, irgend etwas zu meinen Gunsten zu tun oder zu sagen, und sie fing an, mir völlig nach dem Munde oder zu Gefallen zu sprechen, da sie Ausdrücke brauchte, welche ich etwa gebraucht, und die Dinge so beurteilte, wie ich es zu tun gewohnt war. Dies schien nun erst nichts Besonderes, weil es mich eben von jeher angenehm dünkte, in ihr ganz dieselben Ansichten vom Zweckmäßigen oder vom Verkehrten zu entdecken, deren ich mich selber befleißigte; auch lachte sie über dieselben Dinge, über welche ich lachen mußte, oder ärgerte sich über die nämlichen Unschicklichkeiten, so etwa vorfielen. Aber zuletzt ward es so auffällig, daß sie mir, da ich kaum ein Wort mit ihr zu sprechen hatte, zu Gefallen zu leben suchte und zwar nicht wie eine schelmische Kokette, sondern wie ein einfaches argloses Kind, daß ich in die größte Verwirrung geriet und vollends nicht mehr wußte, wie ich mich stellen sollte. So fand ich denn, um mich zu salvieren, unverfänglich mein Heil in meiner alten wohlhergestellten Schmollkunst und verhärtete mich vollkommen in derselben, zumal ich mich nichts weniger als glücklich fühlte in diesem sonderbaren Verhältnis. Nun schien sie wahrhaft bekümmert und niedergeschlagen, kleinlaut und schüchtern zu werden, was zu ihrem sonstigen resoluten und tüchtigen Wesen eine verführerische Wirkung hervorbrachte, da man an den gewöhnlichen Weibern und je kleinlicher sie sind desto weniger gewohnt ist, sie durch solche schüchterne Bescheidenheit glänzen und bestechen zu sehen. Vielmehr glauben sie, nichts stehe ihnen besser zu Gesicht als eine schreckliche Sicherheit und Unverschämtheit. Da nun sogar noch der alte Gouverneur anfing in einer mir unverständlichen und wenig delikaten Laune zu sticheln und zu scherzen und zehnmal des Tages sagte: Wahrhaftig, Lydia, du bist verliebt in den Pankrazius! so ward mir das Ding zu bunt; denn ich hielt das für einen sehr schlechten Spaß, in betreff auf seine Tochter für geschmacklos und vom ordinärsten Tone, in bezug auf mich aber für gewissenlos und roh, und ich war oft im Begriff, es ihm offen zu sagen und mich den Teufel um ihn weiter zu kümmern. Letzteres tat ich auch, insofern als ich mich nun gänzlich zusammennahm und in mich selber verschloß. Lydia wurde eintönig, ja sie schien nun sogar bleich und leidend zu werden, was mich tief bekümmerte, ohne daß ich daraus etwas Kluges zu machen wußte. Als sie aber trotz meines Verhaltens sogar wieder anfing mir nachzugehen und sich fortwährend zu schaffen machte, wo ich mich aufhielt, geriet ich in Verzweiflung, und in der Verzweiflung begann ich abgebrochene und ungeschickte Unterhaltungen mit ihr zu pflegen. Es war gar nichts, was wir sprachen, ganz unartikuliertes jämmerliches Zeug, als ob wir beide blödsinnig wären; allein beide schienen gar nicht hieran zu denken, sondern lachten uns an wie Kinder; denn auch ich vergaß darüber alles andere und war endlich froh, nur diese kurzen Reden mit ihr zu führen. Allein das Glück dauerte nie länger als zwei Minuten, da wir den Faden aus Mangel an Ruhe und Besonnenheit sogleich wieder verloren und dann zwei Kindern glichen, die ein Perlenband aufgezettelt haben und mit Betrübnis die schönen Perlen entgleiten sehen. Alsdann dauerte es wieder wochenlang, bis eine dieser großen Unternehmungen wieder gelang, und nie tat ich den ersten Schritt dazu, da ich gleich darauf wieder nur bedacht war, mir nichts zu vergeben und keine Dummheiten zu begehen bei diesen etwas ungewöhnlichen Leuten. Hundertmal war ich entschlossen auf und davon zu gehen, allein die Zeit verging mir so eilig, daß ich die Tat immer wieder hinausschieben mußte. Denn meine Gedanken waren jetzt ausschließlich mit dieser Sache beschäftigt, und es ging mir dabei äußerst seltsam.

Mit den Büchern des Gouverneurs war ich endlich so ziemlich fertig geworden und wußte nichts mehr aus denselben zu lernen. Lydia, welche mich so oft lesen sah, benutzte diese Gelegenheit und gab mir von den ihrigen. Darunter war ein dicker Band wie eine Handbibel und er sah auch ganz geistlich aus; denn er war in schwarzes Leder gebunden und vergoldet. Es waren aber lauter Schauspiele und Komödien darin, mit der kleinsten englischen Schrift gedruckt. Dies Buch nannte man den Shakespeare, welches der Verfasser desselben und dessen Kopf auch vorne drin zu sehen war. Dieser verführerische falsche Prophet führte mich schön in die Patsche. Er schildert nämlich die Welt nach allen Seiten hin durchaus einzig und wahr wie sie ist, aber nur wie es in den ganzen Menschen ist, welche im Guten und im Schlechten das Metier ihres Daseins und ihrer Neigungen vollständig und charakteristisch betreiben und dabei durchsichtig wie Kristall, jeder vom reinsten Wasser in seiner Art, so daß, wenn schlechte Skribenten die Welt der Mittelmäßigkeit und farblosen Halbheit beherrschen und malen und dadurch Schwachköpfe in die Irre führen und mit tausend unbedeutenden Täuschungen anfüllen, dieser hingegen eben die Welt des Ganzen und Gelungenen in seiner Art, das heißt wie es sein soll, beherrscht und dadurch gute Köpfe in die Irre führt, wenn sie in der Welt dies wesentliche Leben zu sehen und wiederzufinden glauben. Ach, es ist schon in der Welt, aber nur niemals da wo wir eben sind, oder dann wann wir leben. Es gibt noch verwegene schlimme Weiber genug, aber ohne den schönen Nachtwandel der Lady Macbeth und das bange Reiben der kleinen Hand. Die Giftmischerinnen, die wir treffen, sind nur frech und reulos und schreiben gar noch ihre Geschichte oder legen einen Kramladen an, wenn sie ihre Strafe überstanden. Es gibt noch Leute genug, die wähnen, Hamlet zu sein, und sie rühmen sich dessen, ohne eine Ahnung zu haben von den großen Herzensgründen eines wahren Hamlet. Hier ist ein Blutmensch ohne Macbeths dämonische und doch wieder so menschliche Mannhaftigkeit, und dort ein Richard der Dritte ohne dessen Witz und Beredsamkeit. Hier ist eine Porzia, die nicht schön, dort eine, die nicht geistreich, dort wieder eine, die geistreich, aber nicht klug ist und wohl versteht, Leute unglücklich zu machen, nicht aber sich selbst zu beglücken. Unsere Shylocks möchten uns wohl das Fleisch ausschneiden, aber sie werden nun und nimmer eine Barauslage zu diesem Behuf wagen, und unsere Kaufleute von Venedig geraten nicht wegen eines lustigen Habenichts von Freund in Gefahr, sondern wegen einfältigen Aktienschwindels und halten dann nicht im mindesten so schöne melancholische Reden, sondern machen ein ganz dummes Gesicht dazu. Doch eigentlich sind, wie gesagt, alle solche Leute wohl in der Welt, aber nicht so hübsch beisammen wie in jenen Gedichten; nie trifft ein ganzer Schurke auf einen ganzen wehrbaren Mann, nie ein vollständiger Narr auf einen unbedingt klugen Fröhlichen, so daß es zu keinem rechten Trauerspiel und zu keiner guten Komödie kommen kann.

Ich aber las nun die ganze Nacht in diesem Buche und verfing mich ganz in demselben, da es mir gar so gründlich und sachgemäß geschrieben schien und mir außerdem eine solche Arbeit ebenso neu als verdienstlich vorkam. Weil nun alles übrige so trefflich, wahr und ganz erschien und ich es für die eigentliche und richtige Welt hielt, so verließ ich mich insbesondere auch bei den Weibern, die es vorbrachte, ganz auf ihn, verlockt und geleitet von dem schönen Sterne Lydia, und ich glaubte, hier ginge mir ein Licht auf und sei die Lösung meiner zweifelvollen Verwirrung und Qual zu finden.

Gut! dachte ich, wenn ich diese schönen Bilder der Desdemona, der Helena, der Imogen und anderer sah, die alle aus der hohen Selbstherrlichkeit ihres Frauentums heraus so seltsamen Käuzen nachgingen und anhingen, rückhaltlos wie unschuldige Kinder, edel, stark und treu wie Helden, unwandelbar und treu wie die Sterne des Himmels: gut! hier haben wir unsern Fall! Denn nichts anderes als ein solches festes, schöngebautes und gradausfahrendes Frauenfahrzeug ist diese Lydia, die ihren Anker nur einmal und dann in eine unergründliche Tiefe auswirft und wohl weiß, was sie will. Diese Meinung ging gleich einer strahlenden heißen Sonne in mir auf, und in deren Licht sah ich nun jede Bewegung und jede kleinste Handlung, jedes Wort des schönen Geschöpfes, und es dauerte nicht lange, so überbot sie in meinen Augen alles, was der gute Dichter mit seiner mächtigen Einbildungskraft erfunden, da dies lebendige

Gedicht im Lichte der Sonne umherging in Fleisch und Blut, mit wirklichen Herzschlägen und einem tatsächlichen Nacken voll goldener Locken.

Das unheimliche Rätsel war nun gelöst, und ich hatte nichts weiter zu tun als mich in diese mit dem Shakespeare in die Wette zusammengedichtete Seligkeit zu finden und mit Mühe meine geringfügige und unliebliche Person für eine solche Laune des Schicksals oder des königlich großmütigen Frauengemütes einigermaßen leidlich zurecht zu stutzen mittelst hundertfacher Pläne und Aussichten, welche sich an das große schöne Luftschloß anbaueten. Die unendliche Dankbarkeit und Verehrung, welche ich solchergestalt gegen die Geliebte empfand, hatte allerdings zum guten Teil ihren Grund in meiner sich geschmeichelt fühlenden Eigenliebe; aber gewiß auch zum größeren Teil darin, daß diese Erklärungsweise die einzige war, welche mir möglich schien, ohne dies teuerste Wesen verachten und bemitleiden zu müssen; denn eine hohe Achtung, die ich für sie empfand, war mir zum Lebensbedürfnis geworden und mein Herz zitterte vor ihr, das noch vor keinem Menschen und vor keinem wilden Tiere gezittert hatte.

So verging ich wohl ein halbes Jahr lang herum wie ein Nachtwandler, von Träumen so voll hängend wie ein Baum voll Äpfel, alles ohne mit Lydia um einen Schritt weiter zu kommen. Ich fürchtete mich vor dem kleinsten möglichen Ereignis, etwa wie ein guter Christ vor dem Tode, den er zagend scheut, obgleich er durch selbigen in die ewige Seligkeit einzugehen gewiß ist. Desto bunter ging es in meinem Gehirn zu und die Ereignisse und aufregendsten Geschichten, alles aufs schönste und unzweifelhafteste sich begebend, drängten und blühten da durcheinander. Ich versäumte meine Geschäfte und war zu nichts zu gebrauchen. Das Ärgste war mir, wenn ich stundenlang mit dem Alten Schach spielen mußte, wo ich dann gezwungen war, meine Aufmerksamkeit an das Spiel zu fesseln, und die einzige Muße für meine schweren Liebesgedanken gewährte mir die kurze Zeit, wenn ein Spiel zu Ende war und die Figuren wieder aufgestellt wurden. Ich ließ mich daher so bald als immer möglich, ohne daß es zu sehr auffiel, matt machen und hielt mich so lange mit dem Aufstellen des Königs und der Königin, der Läufer, Springer und Bauern auf und rückte so lange an den Türmen hin und her, daß der Gouverneur glaubte, ich sei kindisch geworden und tändle mit den Figürchen zu meinem Vergnügen.

Endlich aber drohete meine ganze Existenz sich in müßige Traumseligkeit aufzulösen, und ich lief Gefahr ein Tollhäusler zu werden. Zudem war ich trotz aller dieser goldenen Luftschlösser unsäglich kleinmütig und traurig, da, ehe das letzte Wort gesprochen ist, die solchen wuchernden Träumen gegenüber immer zurückstehende Wirklichkeit niederdrückt und die leibhafte Gegenwart etwas Abkühlendes und Abwehrendes behält. Es ist das gewissermaßen die schützende Dornenrüstung, womit sich die schöne Rose des körperlichen Lebens umgibt. Je freundlicher und zutulicher Lydia war, desto ungewisser und zweifelhafter wurde ich, weil ich an mir selbst entnahm, wie schwer es einem möglich wird, eine wirkliche Liebe zu zeigen, ohne sie ganz bei ihrem Namen zu nennen. Nur wenn sie streng, traurig und leidend schien, schöpfte ich wieder einen halben Grund zu einer vernünftigen Hoffnung, aber dies quälte mich alsdann noch viel tiefer und ich hielt mich nicht wert, daß sie nur eine schlimme Minute um meinetwillen erleiden sollte, der ich gern den Kopf unter ihre Füße gelegt hätte. Dann ärgerte ich mich wieder, daß sie, um guter Dinge zu sein, verlangte, ich sollte etwa aussehen wie ein verliebter närrischer Schneider, da ich doch kein solcher war und ich auf meine Weise schon gedachte, beweglich zu werden zu ihrem Wohlgefallen. Kurz, ich ging einer gänzlichen Verwirrung entgegen, war nicht mehr imstande, ein einziges Geschäft ordnungsgemäß zu verrichten, und lief Gefahr, als Soldat rückwärts zu kommen oder gar verabschiedet zu werden, wenn ich nicht als ein abhängiger dienstbarer Lückenbüßer, der zu weiter nichts zu brauchen, mich an das Haus des Gouverneurs hängen wollte.

Als daher die Engländer in bedenkliche Feindseligkeiten mit indischen Völkern gerieten und ein Feldzug eröffnet wurde, der nachher ziemlich blutig für sie ausfiel, entschloß ich mich kurz und trat wieder in meine Kompagnie als guter Kombattant, vom Gouverneur meinen Abschied nehmend. Derselbe wollte zwar nichts davon wissen, sondern polterte, bat und schmeichelte mir, daß ich bleiben möchte, wie alle solche Leute, die glauben, alles stehe mit seinem Leib und Leben, mit seinem Wohl und Wehe nur zu ihrer Verfügung da, um ihnen die Zeit zu vertreiben und zur Bequemlichkeit zu dienen. Lydia hingegen ließ sich während der drei oder vier Tage, während welcher von meinem Abzug die Rede war, kaum sehen. Geschah es aber, so sah sie mich nicht an oder warf einen kurzen Blick voll Zornes auf mich, wie es schien; aber nur das Auge schien zornig, ihr Gang und ihre übrigen Bewegungen waren dabei so still, edel und an sich haltend, daß dieser schöne Zorn mir das Herz zerriß. Auch hörte ich, daß sie des Morgens sehr spät zum Vorschein käme und daß man sich darüber den Kopf zerbräche; denn es deutete darauf, daß sie des Nachts nicht schlafe, und als ich sie am letzten Tage zufällig hinter ihrem Fenster sah, glaubte ich zu bemerken, daß sie ganz verweinte Augen hatte; auch zog sie sich schnell zurück, als ich vorüberging. Nichtsdestominder schritt ich meinen steifen Feldwebelsgang ruhig fort und verrichtete alles, weder rechts noch links sehend. So ging ich auch gegen Abend mit einem Burschen noch einmal durch die Pflanzungen, um ihm die Obhut derselben einigermaßen zu zeigen und ihn, so gut es ging, zu einem provisorischen Gärtner zuzustutzen, bis sich ein tauglicheres Subjekt zeigen würde. Wir standen eben in einem schlanken Rosenwäldchen, das ich gezogen hatte; die Bäumchen ragten just in die Höhe des Gesichtes und waren so dicht, daß, wenn man darin herumging, die Rosen einem an der Nase streiften, was sehr artig und bequem war und wozu der Gouverneur sehr gelacht hatte, da er sich nun nicht mehr zu bücken brauchte, um an den Rosen zu riechen. Als ich dem Burschen meine Anweisungen erteilte, kam Lydia herbei und schickte ihn mit irgendeinem Auftrage weg, und indem sie gleich mitzugehen willens schien, zögerte sie doch eine kurze Zeit, einige Rosen brechend, bis der Diener weg war. Ich zerrte ebenfalls noch ein Weilchen an einem Zweige herum, und wie ich mich umdrehte, um zu gehen, sah ich, daß ihr Tränen aus den Augen fielen. Ich hatte Mühe, mich zu bezwingen, doch tat ich, als ob ich nichts gesehen, und eilte hinweg. Doch kaum war ich zehn Schritte gegangen, als ich hörte und fühlte, wie sie, bald laufend, bald stehenbleibend, hinter mir herkam, und so eine ganze Strecke weit. Ich hielt dies nicht mehr aus, wandte mich plötzlich um und sagte zu ihr, die kaum noch drei Schritte von mir entfernt war: ›Warum gehen Sie mir nach, Fräulein?‹

Sie stand still, wie von einer Schlange erschreckt, und wurde, den Blick zur Erde gesenkt, glühendrot im Gesicht; dann wurde sie bleich und weiß und zitterte am ganzen Leibe, während sie die großen blauen Augen zu mir aufschlug und nicht ein Wort hervorbrachte. Endlich sagte sie mit einer Stimme, in welcher empörter Stolz mit gern ertragener Demütigung rang: ›Ich denke, ich kann in meinem Besitztume herumgehen, wo ich will!‹

›Gewiß!‹ erwiderte ich kleinlaut und setzte meinen Weg fort. Sie war jetzt an meiner Seite und ging neben mir her. Ich ging aber in meiner heftigen Aufregung mit so langen und raschen Schritten, daß sie trotz ihrer kräftigen Bewegungen mir mit Mühe folgen konnte, und doch tat sie es. Ich sah sie mehrmals groß an von der Seite und sah, daß ihr die Augen wieder voll Wasser standen, indessen dieselben wie kummervoll und demütig auf den Boden gerichtet waren. Mir brannte es ebenfalls siedendheiß im Gesicht und meine Augen wurden auch naß. Die Sache stand jetzt dergestalt auf der Spitze, daß ich entweder eine Dummheit oder eine Gewissenlosigkeit zu begehen im Begriffe stand, wovon ich weder das eine noch das andere zu tun gesonnen war. Doch dachte ich, indem ich so neben ihr herschritt, in meinen armen Gedanken: Wenn dies Weib dich liebt und du jemals mit Ehren an ihre Hand gelangest, so sollst du ihr auch dienen bis in den Tod, und wenn sie der Teufel selbt wäre!

Indem erreichten wir eine Stätte, wo ein oder zwei Dutzend Orangenbäume standen und die Luft mit Wohlgeruch erfüllten, während ein süßer frischer Lufthauch durch die reinlichen edelgeformten Stämme wehte. Ich glaube diesen betörenden Hauch und Duft noch jetzt zu fühlen, wenn ich daran denke; wahrscheinlich übte er eine ähnliche Wirkung auf das Geschöpf, das neben mir ging, daß es seine wundersame Leidenschaft, welche die Liebe zu sich selbst war, so aufs äußerste empfand und darstellte, als ob es eine wirkliche Liebe zu einem Manne wäre; denn sie ließ sich auf eine Bank unter den Orangen nieder und senkte das schöne Haupt auf die Hände; die goldenen Haare fielen darüber und reiche Tränen quollen durch ihre Finger.

Ich stand vor ihr still und sagte mit versagender Stimme: ›Was wollen Sie denn, was ist Ihnen, Fräulein Lydia?‹

›Was wollen Sie denn!‹ sagte sie, ›ist es je erhört, eine schöne und feine Dame so zu quälen und zu mißhandeln! Aus welchem barbarischen Lande kommen Sie denn? Was tragen Sie für ein Stück Holz in der Brust?‹

›Wie quäle, wie mißhandle ich denn?‹ erwiderte ich unschlüssig und betreten; denn obgleich sie einen guten Sinn haben konnte, schien mir diese Sprache dennoch nicht die rechte zu sein.

›Sie sind ein grober und übermütiger Mensch!‹ sagte sie, ohne aufzublicken.

Nun konnte ich nicht mehr an mich halten und erwiderte: ›Sie würden dies nicht sagen, mein Fräulein, wenn Sie wüßten, wie wenig grob und übermütig ich in meinem Herzen gegen Sie gesinnt bin! Und es ist gerade meine große Höflichkeit und Demut, welche –‹

Sie blickte, als ich wieder verstummte, auf, und das Gesicht mit einem schmerzlichen, bittenden Lächeln aufgehellt, sagte sie hastig: ›Nun?‹ Wobei sie mir einen Blick zuwarf, der mich jetzt um den letzten Rest von Überlegung brachte. Ich, der ich es nie für möglich gehalten hätte, selbst dem geliebtesten Weibe zu Füßen zu fallen, da ich solches für eine Torheit und Ziererei ansah, ich wußte jetzt nicht, wie ich dazu kam, plötzlich vor ihr zu liegen und meinen Kopf ganz hingegeben und zerknirscht in den Saum ihres Gewandes zu verbergen, den ich mit heißen Tränen benetzte. Sie stieß mich jedoch augenblicklich zurück und hieß mich aufstehen; doch als ich dies tat, hatte sich ihr Lächeln noch vermehrt und verschönert und ich rief nun: ›Ja – so will ich es Ihnen nur sagen‹, und so weiter, und erzählte ihr meine ganze Geschichte mit einer Beredsamkeit, die ich mir kaum je zugetraut. Sie horchte begierig auf, während ich ihr gar nichts verschwieg von Anfang bis zu dieser Stunde und besonders ihr auch aus überströmendem Herzen das Bild entwarf, das von ihr in meiner Seele lebte und wie ich es seit einem halben Jahre oder mehr so emsig und treu ausgearbeitet und vollendet. Sie lachte, vor sich niedersehend und voll Zufriedenheit lauschend, die Hand unter das Kinn stützend, und sah immer mehr einem seligen Kinde gleich, dem man ein gewünschtes Spielzeug gegeben, als sie hörte und vernahm, wie nicht einer ihrer Vorzüge und Reize und nicht eines ihrer Worte bei mir verloren gegangen war. Dann reichte sie mir die Hand hin und sagte, freundlich errötend, doch mit zufriedener Sicherheit: ›Ich danke Ihnen sehr, mein Freund, für Ihre herzliche Zuneigung! Glauben Sie, es schmerzt mich, daß Sie um meinetwillen so lange besorgt und eingenommen waren; aber Sie sind ein ganzer Mann und ich muß Sie achten, da Sie einer so schönen und tiefen Neigung fähig sind!‹

Diese ruhige Rede fiel zwar wie ein Stück Eis in mein heißes Blut; doch gedachte ich sogleich, es ihr wohl und von Herzen zu gönnen, wenn sie jetzt die gefaßte und sich zierende Dame machen wolle, und mich in alles zu ergeben, was sie auch vornehmen und welchen Ton sie auch anschlagen würde.

Doch erwiderte ich bekümmert: ›Wer spricht denn von mir, schöne, schöne Lydia! Was hat alles, was ich leide oder nicht leide, erlitten habe oder noch erleiden werde, zu sagen gegenüber auch nur *einer* unmutigen oder gequälten Minute, die Sie erleiden? Wie kann ich unwerter und ungefüger Geselle eine solche je ersetzen oder vergüten?‹

›Nun‹, sagte sie, immer vor sich niederblickend und immer noch lächelnd, doch schon in einer etwas veränderten Weise, ›nun, ich muß allerdings gestehen, daß mich Ihr schroffes und ungeschicktes Benehmen sehr geärgert und sogar gequält hat; denn ich war an so etwas nicht gewöhnt, vielmehr daß ich überall, wo ich hinkam, Artigkeit und Ergebenheit um mich verbreitete. Ihre scheinbare grobe Fühllosigkeit hat mich ganz schändlich geärgert, sage ich Ihnen, und um so mehr als mein Vater und ich viel von Ihnen hielten. Um so lieber ist es mir nun zu sehen, daß Sie doch auch ein bißchen Gemüt haben, und besonders, daß ich an meinem eigenen Werte nicht länger zu zweifeln brauche; denn was mich am meisten kränkte, war dieser Zweifel an mir selbst, an meinem persönlichen Wesen, der in mir sich zu regen begann. Übrigens, bester Fruend, empfinde ich keine Neigung zu Ihnen, so wenig als zu jemand anderm, und hoffe, daß Sie sich mit aller Hingebung und Artigkeit, die Sie soeben beurkundet, in das Unabänderliche fügen werden, ohne mir gram zu sein!‹

Wenn sie geglaubt, daß ich nach dieser unbefangenen Eröffnung gänzlich rat- und wehrlos vor ihr darniederliegen werde, so hatte sie sich getäuscht. Vor dem vermeintlich guten und liebevollen Weibe hatte mein Herz gezittert, vor dem wilden Tiere dieser falschen gefährlichen Selbstsucht zitterte ich so wenig mehr als ich vor Tigern und Schlangen zu tun gewohnt war. Im Gegenteil, anstatt verwirrt und verzweifelt zu sein und die Täuschung nicht aufgeben zu wollen, wie es sonst wohl geschieht in dergleichen Auftritten, war ich plötzlich so kalt und besonnen, wie nur ein Mann es sein kann, der auf das schmählichste beleidigt und beschimpft worden ist, oder wie ein Jäger es sein kann, der statt eines edlen scheuen Rehes urplötzlich eine wilde Sau vor sich sieht. Ein seltsam gemischtes, unheimliches Gefühl von Kälte freilich, wenn ich bei alledem die Schönheit ansehen mußte, die da vor mir glänzte. Doch dieses ist das unheimliche Geheimnis der Schönheit.

Indessen, wäre ich nicht von der Sonne ganz braun gebrannt gewesen, so würde ich jetzt dennoch so weiß ausgesehen haben wie die Orangenblüten über mir, als ich ihr nach einigem Schweigen erwiderte: ›Und also um Ihren edlen Glauben an Ihre Persönlichkeit herzustellen, war es Ihnen möglich, alle Zeichen der reinen und tiefen Liebe und Selbstentäußerung zu verwenden? Zu diesem Zwecke gingen Sie mir nach wie ein unschuldiges Kind, das seine Mutter sucht, redeten Sie mir fortwährend nach dem Munde, wurden Sie bleich und leidend, vergossen Sie Tränen und zeigten eine so goldene und rückhaltlose Freude, wenn ich mit Ihnen nur ein Wort sprach?‹

›Wenn es so ausgesehen hat, was ich tat‹, sagte sie noch immer selbstzufrieden, ›so wird es wohl so sein. Sie sind wohl ein wenig böse, eitler Mann! daß Sie nun doch nicht der Gegenstand einer gar so demutvollen und grenzenlosen weiblichen Hingebung sind? daß ich Ärmste nicht das sehnlich blökende Lämmlein bin, für das Sie mich in Ihrer Vergnügtheit gehalten?‹

›Ich war nicht vergnügt, Fräulein!‹ erwiderte ich. ›Indessen, wenn die Götter, wenn Christus selbst, einer unendlichen Liebe zu den Menschen vielfach sich hingaben und wenn die Menschheit von jeher ihr höchstes Glück darin fand, dieser rückhaltlosen Liebe der Götter wert zu sein und ihr nachzugehen: warum sollte ich mich schämen, mich ähnlich geliebt gewähnt zu haben? Nein, Fräulein Lydia! ich rechne es mir sogar zur Ehre an, daß ich mich von Ihnen fangen ließ, daß ich eher an die einfache Liebe und Güte eines unbefangenen Gemütes glaubte, bei so klaren und entschiedenen Zeichen, als daß ich verdorbenerweise nichts als eine einfältige Komödie dahinter gefürchtet. Denn einfältig ist die Geschichte! Welche Garantie haben Sie denn nun für Ihren Glauben an sich selbst, da Sie solche Mittel angewendet, um nur den ärmsten aller armen Kriegsleute zu gewinnen, Sie, die schöne und vornehme englische Dame?‹

›Welche Garantie?‹ antwortete Lydia, die nun allmählich blaß und verlegen wurde, ›ei! Ihre verliebte Neigung, zu deren Erklärung ich Sie endlich gezwungen habe! Sie werden mir doch nicht leugnen wollen, daß Sie hingerissen waren und mir soeben erzählten, wie ich Ihnen von jeher gefallen? Warum ließen Sie das in ihrer Grobheit nicht ein klein weniges merken, so wie es dem schlichtesten und anspruchlosesten Menschen wohl ansteht, und wenn er ein Schafhirt wäre, so würde uns diese ganze Komödie, wie Sie es nennen, erspart worden sein und ich hätte mich begnügt!‹

›Hätten Sie mich in meiner Ruhe gelassen, meine Schöne‹, erwiderte ich, ›so hätten Sie mehr gewonnen. Denn Sie scheinen zu vergessen, daß dies Wohlgefallen sich jetzt notwendig in sein Gegenteil verkehren muß, zu meinen eigenen Schmerzen!‹

›Hilft Ihnen nichts‹, sagte sie, ›ich weiß einmal, daß ich Ihnen wohlgefallen habe und in Ihrem Blute wohne! Ich habe Ihr Geständnis angehört und bin meiner Eroberung versichert. Alles übrige ist gleichgültig; so geht es zu, bester Herr Pankrazius, und so werden diejenigen bestraft, die sich vergehen im Reiche der Königin Schönheit!‹

›Das heißt‹, sagte ich, ›es scheint dies Reich eher einer Zigeunerbande zu gleichen. Wie können Sie eine Feder auf den Hut stecken, die Sie gestohlen haben, wie eine gemeine Ladendiebin? gegen den Willen des Eigentümers?‹

Sie antwortete: ›Auf diesem Felde, bester Herr Eigentümer, gereicht der Diebstahl der Diebin zum Ruhm, und Ihr Zorn beweist nur aufs neue, wie gut ich Sie getroffen habe!‹

So zankten wir noch eine gute halbe Stunde herum in dem süßen Orangenhaine, aber mit bittern harten Worten, und ich suchte vergeblich, ihr begreiflich zu machen, wie diese abgestohlene und erschlichene Liebesgeschichte durchaus nicht den Wert für sie haben könnte, den sie ihr beilegte. Ich führte diesen Beweis nicht nur aus philisterhafter Verletztheit und Dummheit, sondern auch um irgendeinen Funken vom Gefühl ihres Unrechtes und der Unsittlichkeit ihrer Handlungsweise in ihr zu erwecken. Aber umsonst! Sie wollte nicht einsehen, daß eine rechte Gemütsverfassung erst dann in der vollen und rückhaltlosen Liebe aufflammt, wenn sie Grund zur Hoffnung zu haben glaubt, und daß also diesen Grund zu geben, ohne etwas zu fühlen, immer ein grober und unsittlicher Betrug bleibt, und um so gewissenloser als der Betrogene einfacher, ehrlicher und argloser Art ist. Immer kam sie auf das Faktum meiner Liebeserklärung zurück, und zwar warf sie, die sonst ein so gesundes Urteil zu haben schien, die unsinnigsten, kleinlichsten und unanständigsten Reden und Argumente durcheinander und tat einen wahren Kindskopf kund. Während der ganzen Jahre unsres Zusammenseins hatte ich nicht so viel mit ihr gesprochen wie in dieser letzten zänkischen Stunde, und nun sah ich, o gerechter Gott! daß es ein Weib war von einem groß angelegten Wesen, mit den Manieren, Bewegungen und Kennzeichen eines wirklich edlen und seltenen Weibes, und bei alledem mit dem Gehirn – einer ganz gewöhnlichen Soubrette, wie ich sie nachmalen zu Dutzenden gesehen habe auf den Vaudevilletheatern zu Paris! Während dieses Zankes aber verschlang ich sie dennoch fortwährend mit den Augen, und ihre unbegreifliche grundlose, so persönlich scheinende Schönheit quälte mein Herz in die Wette mit dem Wortwechsel, den wir führten. Als sie aber zuletzt ganz sinnlose und unverschämte Dinge sagte, rief ich, in bittere Tränen ausbrechend: ›O Fräulein! Sie sind ja der größte Esel, den ich je gesehen habe!‹

Sie schüttelte heftig die Wucht ihrer Locken und sah bleich und erstaunt zu mir auf, wobei ein wilder schiefer Zug um ihren sonst so schönen Mund schwebte. Es sollte wohl ein höhnisches Lächeln sein, ward aber zu einem Zeichen seltsamer Verlegenheit.

›Ja‹, sagte ich, mit den Fäusten meine Tränen zerreibend, ›nur wir Männer können sonst Esel sein, dies ist unser Vorrecht, und wenn ich Sie auch so nenne, so ist es noch eine Art Auszeichnung und Ehre für Sie. Wären Sie nur ein bißchen gewöhnlicher und geringer, so würde ich Sie einfach eine schlechte Gans schelten!‹

Mit diesen Worten wandte ich mich endlich von ihr ab und ging, ohne ferner nach ihr hinzublicken, aber mit dem Gefühle, daß ich das, was mir jemals in meinem Leben von reinem Glück beschieden sein mochte, jetzt für immer hinter mir lasse und daß es jetzt vorbei wäre mit meiner gläubigen Frömmigkeit in solchen Dingen.

Das hast du nun von deinem unglückseligen Schmollwesen! sagte ich zu mir selbst, hättest du von Anbeginn zuweilen nur halb so lange mit ihr freundlich gesprochen, so hätte es dir nicht verborgen bleiben können, wes Geistes Kind sie ist, und du hättest dich nicht so gröblich getäuscht! Fahr hin und zerfließe denn, du schönes Luftgebilde.

Als ich mich nun mit zerrissenen Gedanken vom Gouverneur verabschiedete, sah mich derselbe vergnüglich und verschmitzt an und blinzelte spöttisch mit den Augen. Ich merkte, daß er meine Affäre wohl kannte, überhaupt dieselbe von jeher beobachtet hatte und eine Art von schadenfrohem Spaß darüber empfand. Da er sonst ein ganz biederer und honetter Mann war, so konnte das nichts anderes sein als die einfältige Freude aller Philister an grausamen und schlechten Bratenspäßen. Im vorigen Jahrhundert belustigten sich große Herren daran, ihre Narren, Zwerge und sonstigen Untergebenen betrunken zu machen und dann mit Wasser zu begießen oder körperlich zu mißhandeln. Heutzutage wird dies bei den Gebildeten nicht mehr beliebt; dagegen unterhält man sich mit Vorliebe damit, allerlei feine Verwirrungen anzuzetteln, und je weniger solche Philisterseelen selber einer starken und gründlichen Leidenschaft fähig sind, desto mehr fühlen sie das Bedürfnis, dergleichen mit mehr oder weniger plumpen Mitteln in denen zu erwecken, die sich dazu eignen, in solche herzlos aufgestellten Mäusefallen zu geraten. Wenn nun der Gouverneur seinerseits es nicht verschmähte, seine eigene Tochter als gebratenen Speck zu verwenden, so war hiegegen nichts weiter zu sagen, und ich nahm, obschon noch ein guter Gepäckwagen abfuhr, eigensinnig meinen schweren Tornister und die Muskete auf den Rücken und führte einen zurückgebliebenen Trupp in die Nacht hinaus dem Regimente nach, das schon in der Frühe abmarschiert war.

Ich sah mich nach einem mühseligen und heißen Marsch nun in eine neue Welt versetzt, als die Kampagne eröffnet war und die Truppen der ostindischen Kompagnie sich mit den wilden Bergstämmen an der äußersten Grenze des indobritischen Reiches herumschlugen. Einzelne Kompagnien unsres Regimentes waren fortwährend vorgeschoben; eines Tages aber wurde die meinige so mörderlich umzingelt, daß wir uns mitten in einem Knäuel von banditenähnlichen Reitern, Elefanten und sonderbaren bemalten und vergoldeten Wagen befanden, auf denen stille schöne hindostanische Scheinfürsten saßen, von den wilden Häuptlingen als Puppen mitgeführt. Unsere sämtlichen Offiziere fielen an diesem Tage und die Kompagnie schmolz auf ein Drittel zusammen. Da ich mich ordentlich hielt und einige Dienste leistete, so erlangte ich das Patent des ersten Leutnants der Kompagnie, und nach Beendigung des Feldzuges war ich deren Kapitän.

Als solcher hielt ich mit etwa hundertundfünfzig Mann zwei Jahre lang einen kleinen Grenzbezirk besetzt, welcher zur Abrundung unsres Gebietes erobert worden, und war während dieser Zeit der oberste Machthaber in dieser heidnischen Wildnis. Ich war nun so einsam als ich je in meinem Leben gewesen, mißtrauisch gegen alle Welt und ziemlich streng in meinem Dienstverkehr, ohne gerade böse oder ungerecht zu sein. Meine Haupttätigkeit bestand darin, christliche Polizei einzuführen und unsern Religionsleuten nachdrücklichen Schutz zu gewähren, damit sie ungefährdet arbeiten konnten. Hauptsächlich aber hatte ich das Verbrennen der indischen Weiber zu verhüten, wenn ihre

Männer gestorben, und da die Leute eine förmliche Sucht hatten, unser englisches Verbot zu übertreten und einander bei lebendigem Leibe zu braten zu Ehren der Gattentreue, so mußten wir stets auf den Beinen sein, um dergleichen zu hintertreiben. Sie waren dann ebenso mürrisch und mißvergnügt, wie wenn hierzulande die Polizei ein unerlaubtes Vergnügen stört. Einmal hatten sie in einem entfernten Dorfe die Sache ganz schlau und heimlich so weit gebracht, daß der Scheiterhaufen schon lichterloh brannte, als ich atemlos herzugeritten kam und das Völkchen auseinanderjagte. Auf dem Feuer lag die Leiche eines uralten, gänzlich vertrockneten Gockelhahns, welcher schon ein wenig brenzelte. Neben ihm aber lag ein bildschönes Weibchen von kaum sechzehn Jahren, welches mit lächelndem Munde und silberner Stimme seine Gebete sang. Glücklicherweise hatte das Geschöpfchen noch nicht Feuer gefangen und ich fand gerade noch Zeit, vom Pferde zu springen und sie bei den zierlichen Füßchen zu packen und vom Holzstoß zu ziehen. Sie gebärdete sich aber wie besessen und wollte durchaus verbrannt sein mit ihrem alten Stänker, so daß ich die größte Mühe hatte, sie zu bändigen und zu beschwichtigen. Freilich gewannen diese armen Witwen nicht viel durch solche Rettung; denn sie fielen hernach unter den Ihrigen der äußersten Schande und Verlassenheit anheim, ohne daß das Gouvernement etwas dafür tat, ihnen das gerettete Leben auch leicht zu machen. Diese Kleine gelang es mir indessen zu versorgen, indem ich ihr eine Aussteuer verschaffte und an einen getauften Hindu verheiratete, der bei uns diente, dem sie auch getreulich anhing.

Allein diese wunderlichen Vorfälle beschäftigten meine Gedanken und erweckten allmählich in mir den Wunsch nach dem Genusse solcher unbedingten Treue, und da ich für diese Laune kein Weib zu meiner Verfügung hatte, verfiel ich einer ganz weichlichen Sehnsucht, selber so treu zu sein, und damit zugleich einer heißen Sehnsucht nach Lydia. Da ich nun Rang und gute Aussichten besaß, schien es mir nicht unmöglich, bei einem klugen Benehmen die schöne Person, falls sie noch zu haben wäre, dennoch erlangen zu können, und in dieser tollen Idee bestärkte mich noch der Umstand, daß sie sich doch so viel aufrichtige und sorgenvolle Mühe gegeben, mir den Kopf zu verdrehen. Irgendeinen Wert mußt du doch, dachte ich, in ihren Augen gehabt haben, sonst hätte sie gewiß nicht soviel darangesetzt. Also gedacht, getan; nämlich ich geriet jetzt auf die fixe Idee, die Lydia, wenn sie mich möchte, zu heiraten, wie sie eben wäre, und ihr um ihrer schönen Persönlichkeit willen, für die es nichts Ähnliches gab, treu und ergeben zu sein ohne Schranken noch Ziel, auch ihre Verkehrtheit und schlimmen Eigenschaften als Tugenden zu betrachten und dieselben zu ertragen, als ob sie das süßeste Zuckerbrot wären. Ja, ich phantasierte mich wieder so hinein, daß mir ihre Fehler, selbst ihre teilweise Dummheit, zum wünschbarsten aller irdischen Güter wurden, und in tausend erfundenen Variationen wandte ich dieselben hin und her und malte mir ein Leben aus, wo ein kluger und geschickter Mann die Verkehrtheiten und Mängel einer liebenswürdigen Frau täglich und stündlich in ebensoviel artige und erfreuliche Abenteuer zu verwandeln und ihren Dummheiten mittelst einer von Liebe und Treue getragenen Einbildungskraft einen goldenen Wert zu verleihen wisse, so daß sie lachend auf dieselben sich noch etwas zugut tun könne. Gott weiß, wo ich diese geschäftige Einbildungskraft hernahm, wahrscheinlich immer noch aus dem unglücklichen Shakespeare, den mir die Hexe gegeben und womit sie mich doppelt vergiftet hatte. Es nimmt mich nur wunder, ob sie auch selbst je mit Andacht darin gelesen hat!

Kurz, als ich hinlänglich wieder berauscht war von meinen Träumen und von meinem entlegenen Posten zugleich abgelöst wurde, nahm ich Urlaub und begab mich Hals über Kopf zu dem Gouverneur. Er lebte noch in den alten Verhältnissen und empfing mich ganz gut, und auch die Tochter war noch bei ihm und empfing mich freundlicher, als ich erwartet. Kaum hatte ich sie wieder gesehen und einige Worte sprechen gehört, so war ich wieder ganz in sie vernarrt und in meiner fixen Idee vollends bestärkt, und es schien mir unmöglich, ohne die Verwirklichung derselben je froh zu werden.

Allein sie betrieb nun das Geschäft in krankhafter Überreizung ganz offen und großartig und frönte ihrer unglücklichen Selbstsucht ohne allen Rückhalt. Sie war jetzt umgeben von einer Schar ziemlich roher und eitler Offiziere, die ihr auf ganz ordinäre Weise den Hof machten und sagten, was sie gern hören mochte, kam es auch heraus, wie es wollte. Es war eine vollständige Hetzjagd von Trivialitäten und hohlem Wesen, und die derbsten Zudringlichkeiten wurden am liebsten angenommen, wenn sie nur aus gänzlicher Ergebenheit herzurühren schienen und die Unglückliche in ihrem Glauben an sich selbst aufrecht erhielten. Außerdem hatte sie zur Zeit einem armen Tambour mit einem einzigen Blicke den Kopf verdreht, der nun ganz aufgeblasen umherging und sich ihr überall in den Weg stellte; und einen Schuster, der für sie arbeitete, hatte sie dermaßen betört, daß er jedesmal, wenn er ihr Schuhe brachte, auf dem Hausflur ein Bürstchen mit einem Spiegelchen hervorzog und sich sorgfältig den Kopf putzte, wie eine Katze, da er zuverlässig erwartete, es würde diesmal etwas vorgehen. Wenn man ihn kommen sah, so begab sich die ganze Gesellschaft auf eine verdeckte Galerie, um dem armen Teufel in seinem feierlichen Werke zuzusehen. Das Sonderbarste war, daß niemand an diesem Wesen ein Ärgernis nahm, man also nichts Besseres von Lydia zu erwarten schien und ihre Aufführung ihrer würdig hielt und also ich der einzige war, der so große Meinungen von ihr im Herzen trug, so daß alle diese Hansnarren, die ich verachtete, die sie aber nahmen, wie sie war, klüger zu sein schienen als ich in meiner tiefsinnigen Leidenschaft. Aber nein! rief ich, sie ist doch so, wie ich sie denke, und eben weil das alles Strohköpfe sind, sind sie so frech gegen sie und wissen nicht, was an ihr ist oder sein könnte! Und ich zitterte darnach, ihr noch einmal den Spiegel vorzuhalten, aus dem ihr besseres Bild zurückstrahlte und alles Wertlose um sie her wegblendete. Allein der äußere Anstand und die

Haltung, welche ich auch bei aller Anstrengung nicht aufgeben konnte, machten es mir unmöglich, mich unter diese Affenschwänze zu mischen und nur den kleinsten Schritt gegen Lydia zu tun. Ich ward abermals konfus, ungeduldig, nahm plötzlich meinen Abschied aus der indischen Armee und machte mich davon, um heimzukehren und die Unselige zu vergessen.

So gelangte ich nach Paris und hielt mich daselbst einige Wochen auf. Da ich eine große Menge schöner und kluger Weiber sah, dachte ich, es wäre das beste Mittel meine unglückliche Geschichte los zu werden, in recht viele hübsche Frauengesichter zu blicken, und ging daher von Theater zu Theater und an alle Orte, wo dergleichen beisammen waren; ließ mich auch in verschiedene gute Häuser und Gesellschaften einführen. Ich sah in der Tat viele tüchtige Gestalten von edlem Schwung und Zuschnitt und in deren Augen nicht unebene Gedanken lagen; aber alles was ich sah, führte mich nur auf Lydia zurück und diente zu deren Gunsten. Sie war nicht zu vergessen, und ich war und blieb aufs neue elend verliebt in sie. Ich hatte das allerunheimlichste sonderbarste Gefühl, wenn ich an sie dachte. Es war mir zumute, als ob notwendigerweise ein weibliches Wesen in der Welt sein müßte, welches genau das Äußere und die Manieren dieser Lydia, kurz deren bessere Hälfte besäße, dazu aber auch die entsprechende andere Hälfte, und daß ich nur dann würde zur Ruhe kommen, wenn ich diese ganze Lydia fände; oder es war mir, als ob ich verpflichtet wäre, die rechte Seele zu diesem schönen halben Gespenste zu suchen; mit einem Worte, ich wurde abermals krank vor Sehnsucht nach ihr, und da es doch nicht anging zurückzukehren, suchte ich neue Sonnenglut, Gefahr und Tätigkeit und nahm Dienste in der französisch-afrikanischen Armee. Ich begab mich sogleich nach Algier und befand mich bald am äußersten Saume der afrikanischen Provinz, wo ich im Sonnenbrand und auf dem glühenden Sande mich herumtummelte und mit den Kabylen herumschlug.«

Da in diesem Augenblick das schlafende Estherchen, das immer einen Unfug machen mußte, träumte, es falle eine Treppe hinunter, und demgemäß auf seinem Stuhle ein plötzliches Geräusch erregte, blickte der erzählende Pankrazius endlich auf und bemerkte, daß seine Zuhörerinnen schliefen. Zugleich entdeckte er erst jetzt, daß er denselben eigentlich nichts als eine Liebesgeschichte erzählt, schämte sich dessen und wünschte, daß sie gar nichts davon gehört haben möchten. Er weckte die Frauen auf und hieß sie ins Bett gehen, und er selbst suchte ebenfalls das Lager auf, wo er mit einem langen, aber gemütlichen Seufzer einschlief. Er lag wohl so lange im Bette wie einst, als er der faule und unnütze Pankrázlein gewesen, so daß ihn die Mutter wie ehedem wecken mußte. Als sie nun zusammen beim Frühstück saßen und Kaffee tranken, sagte er, mit seinem Bericht fortfahrend:

»Wenn ihr nicht geschlafen hättet, so würdet ihr gehört haben, wie ich in Ostindien im Begriffe war, aus einem Murrkopf ein äußerst zutulicher und wohlwollender Mensch zu werden um eines schönen Frauenzimmers willen, wie aber eben meine Schmollerei mir einen argen Streich gespielt hat, da sie mich verhinderte, besagtes Frauenzimmer näher zu kennen, und mich blindlings in selbe verlieben ließ; wie ich dann betrogen wurde und als ein neugestählter Schmoller aus Indien nach Afrika ging zu den Franzosen, um dort den Burnusträgern die lächerlichen turmartigen Strohhüte herunterzuschlagen und ihnen die Köpfe zu zerbläuen, was ich mit so grimmigem Eifer tat, daß ich auch bei den Franzosen avancierte und Oberst ward, was ich geblieben bin bis jetzt.

Ich war wieder so einsilbig und trübselig als je und kannte nur zwei Arten mich zu vergnügen: die Erfüllung meiner Pflicht als Soldat und die Löwenjagd. Letztere betrieb ich ganz allein, indem ich mit nichts als mit einer guten Büchse bewaffnet zu Fuß ausging und das Tier aufsuchte, worauf es dann darauf ankam, dasselbe sicher zu treffen oder zugrunde zu gehen. Die stete Wiederholung dieser einen großen Gefahr und das mögliche Eintreffen eines endlichen Fehlschusses sagte meinem Wesen zu, und nie war ich behaglicher, als wenn ich so seelenallein auf den heißen Höhen herumstreifte und einem starken wilden Burschen auf der Spur war, der mich gar wohl bemerkte und ein ähnliches schmollendes Spiel trieb mit mir wie ich mit ihm. So war vor jetzt ungefähr vier Monaten ein ungewöhnlich großer Löwe in der Gegend erschienen, dieser, dessen Fell hier liegt, und lichtete den Beduinen ihre Herden, ohne daß man ihm beikommen konnte; denn er schien ein durchtriebener Geselle zu sein und machte täglich große Märsche kreuz und quer, so daß ich bei meiner Weise zu Fuß zu jagen lange Zeit brauchte, bis ich ihn nur von ferne zu Gesicht bekam. Als ich ihn zwei- oder dreimal gesehen, ohne zum Schuß zu kommen, kannte er mich schon und merkte, daß ich gegen ihn etwas im Schilde führe. Er fing gewaltig an zu brüllen und verzog sich, um mir an einer anderen Stelle wieder zu begegnen, und wir gingen so umeinander herum während mehreren Tagen, wie zwei Kater, die sich zausen wollen, ich lautlos wie das Grab und er mit einem zeitweiligen wilden Geknurre.

Eines Tages war ich vor Sonnenaufgang aufgebrochen und nach einer noch nie eingeschlagenen Richtung hingegangen, weil der Löwe tags vorher sich auf der entgegengesetzten Seite herumgetrieben und einen vergeblichen Raubversuch gemacht; da die dortigen Leute mit ihren Tieren abgezogen waren, so vermutete ich, der hungrige Herr werde vergangene Nacht wohl diesen Weg eingeschlagen haben, wie es sich denn auch erwies. Als die Sonne aufging, schlenderte ich gemächlich über ein hügeliges goldgelbes Gefilde, dessen Unebenheiten lange himmelblaue Schatten über den goldenen Boden hinstreckten. Der Himmel war so dunkelblau wie Lydias Augen, woran ich unversehens dadurch erinnert wurde; in weiter Ferne zogen sich blaue Berge hin, an welchen das arabische Städtchen lag, das ich bewohnte, und am andern Rande der Aussicht einige Wälder und grüne Fluren, auf denen man den Rauch und selbst die Zelte der Beduinen wie schwarze Punkte sehen konnte. Es war totenstill überall und kein lebendes Wesen zu erspähen. Da stieß ich an den Rand einer

Schlucht, welche sich durch die ganze steinige Gegend hinzog und nicht zu sehen war, bis man dicht an ihr stand. Es floß ein kühler frischer Bach auf ihrem Grunde, und wo ich eben stand, war die Vertiefung ganz mit blühendem Oleandergebüsch angefüllt. Nichts war schöner zu sehen als das frische Grün dieser Sträucher und ihre tausendfältigen rosenroten Blüten und zuunterst das fließende klare Wässerlein. Der Anblick ließ eine verjährte Sehnsucht in mir aufsteigen und ich vergaß, warum ich hier herumstrich. Ich wünschte in den Oleander hinabzugehen und aus dem Bach zu trinken, und in diesen zerstreuten Gedanken legte ich mein Gewehr auf den Boden und kletterte eiligst in die Schlucht hinunter, wo ich mich zur Erde warf, aus dem Bache trank, mein Gesicht benetzte und dabei an die schöne Lydia dachte. Ich grübelte, wo sie wohl sein möchte, wo sie jetzt herumwandle und wie es ihr überhaupt gehen möchte? Da hörte ich ganz nah den Löwen ein kurzes Gebrüll ausstoßen, daß der Boden zitterte. Wie besessen sprang ich auf und schwang mich den Abhang hinauf, blieb aber wie angenagelt oben stehen, als ich sah, daß das große Tier, kaum zehn Schritte von mir, eben bei meinem Gewehr angekommen war. Und wie ich dastand, so blieb ich auch stehen, die Augen auf die Bestie geheftet. Denn als er mich erblickte, kauerte er zum Sprunge nieder, gerade über meiner Doppelbüchse, daß sie quer unter seinem Bauche lag, und wenn ich mich nur gerührt hätte, so würde er gesprungen sein und mich unfehlbar zerrissen haben. Aber ich stand und stand so einige lange Stunden, ohne ein Auge von ihm zu verwenden und ohne daß er eines von mir verwandte. Er legte sich gemächlich nieder und betrachtete mich. Die Sonne stieg höher; aber während die furchtbarste Hitze mich zu quälen anfing, verging die Zeit so langsam wie die Ewigkeit der Hölle. Weiß Gott, was mir alles durch den Kopf ging: ich verwünschte die Lydia, deren bloßes Andenken mich abermals in dieses Unheil gebracht, da ich darüber meine Waffe vergessen hatte. Hundertmal war ich versucht, allem ein Ende zu machen und auf das wilde Tier loszuspringen mit bloßen Händen; allein die Liebe zum Leben behielt die Oberhand, und ich stand und stand wie das versteinerte Weib des Lot oder wie der Zeiger einer Sonnenuhr; denn mein Schatten ging mit den Stunden um mich herum, wurde ganz kurz und begann schon wieder sich zu verlängern. Das war die bitterste Schmollerei, die ich je verrichtet, und ich nahm mir vor und gelobte, wenn ich dieser Gefahr entränne, so wolle ich umgänglich und freundlich werden, nach Hause gehen und mir und andern das Leben so angenehm als möglich machen. Der Schweiß lief an mir herunter, ich zitterte vor krampfhafter Anstrengung, um mich auf selbem Fleck unbeweglich aufrecht zu halten, leise an allen Gliedern, und wenn ich nur die vertrockneten Lippen bewegte, so richtete sich der Löwe halb auf, wackelte mit seinem Hintergestell, funkelte mit den Augen und brüllte, so daß ich den Mund schnell wieder schloß und die Zähne aufeinanderbiß. Indem ich aber so eine lange Minute um die andere abwickeln und erleben mußte, verschwand der Zorn und die Bitterkeit in mir, selbst gegen den Löwen, und je schwächer ich wurde, desto geschickter ward ich in einer mich angenehm dünkenden, lieblichen Geduld, daß ich alle Pein aushielt und tapfer ertrug. Es würde aber, als endlich der Tag schon vorgerückt war, doch nicht mehr lange gegangen sein, als eine unverhoffte Rettung sich auftat. Das Tier und ich waren so ineinander vernarrt, daß keiner von uns zwei Soldaten bemerkte, welche im Rücken des Löwen hermarschiert kamen, bis sie auf höchstens dreißig Schritte nahe waren. Es war eine Patrouille, die ausgesandt war, mich zu suchen, da sich Geschäfte eingestellt hatten. Sie trugen ihre Ordonanzgewehre auf der Schulter, und ich sah gleichzeitig dieselben vor mir aufblitzen gleich einer himmlischen Gnadensonne, als auch mein Widersacher ihre Schritte hörte in der Stille der Landschaft; denn sie hatten schon von weitem etwas bemerkt und waren so leise als möglich gegangen. Plötzlich schrieen sie jetzt: ›Schau die Bestie! Hilf dem Oberst!‹ Der Löwe wandte sich um, sprang empor, sperrte wütend den Rachen auf, erbost wie ein Satan, und war einen Augenblick lang unschlüssig, auf wen er sich zuerst stürzen solle. Als aber die zwei Soldaten als brave lustige Franzosen, ohne sich zu besinnen, auf ihn zusprangen, tat er einen Satz gegen sie. Im gleichen Augenblick lag auch der eine unter seinen Tatzen, und es wäre ihm schlecht ergangen, wenn nicht der andere im gleichen Augenblicke dem Tier, zugleich den Schuß abfeuernd, das Bajonett ein halbes Dutzendmal in die Flanke gestoßen hätte. Aber auch diesem würde es schließlich schlimm ergangen sein, wenn ich nicht endlich auf meine Büchse zugesprungen, auf den Kampfplatz getaumelt wäre und dem Löwen, ohne weitere Vorsicht, beide Kugeln in das Ohr geschossen hätte. Er streckte sich aus und sprang wieder auf, es war noch der Schuß aus der anderen Muskete nötig, ihn abermals hinzustrecken, und endlich zerschlugen wir alle drei unsere Kolben an dem Tiere, so zäh und wild war sein Leben. Es hatte merkwürdigerweise keiner Schaden genommen, selbst der nicht, der unter dem Löwen gelegen, ausgenommen seinen zerrissenen Rock und einige tüchtige Schrammen auf der Schulter. So war die Sache für dasmal glücklich abgelaufen, und wir hatten obenein den lange gesuchten Löwen erlegt. Ein wenig Wein und Brot stellte meinen guten Mut vollends wieder her, und ich lachte wie ein Narr mit den guten Soldaten, welche über die Freundlichkeit und Gesprächigkeit ihres bösen Obersten sehr verwundert und erbaut waren.

Noch in selber Woche aber führte ich mein Gelübde aus, kam um meine Entlassung ein, und so bin ich nun hier.«

So lautete die Geschichte von Pankrazens Leben und Bekehrung, und seine Leutchen waren höchlich verwundert über seine Meinungen und Taten. Er verließ mit ihnen das Städtchen Seldwyla und zog in den Hauptort des Kantons, wo er Gelegenheit fand, mit seinen Erfahrungen und Kenntnissen ein dem Lande nützlicher Mann zu sein und zu bleiben, und er ward sowohl dieser Tüchtigkeit als seiner unverwüstlichen ruhigen Freundlichkeit wegen geachtet und beliebt; denn nie mehr zeigte sich ein Rückfall in das frühere Wesen.

Nur ärgerten sich Estherchen und die Mutter, daß ihnen die Geschichte mit der Lydia entgangen war, und wünschten unaufhörlich deren Wiederholung. Allein Pankraz sagte, hätten sie damals nicht geschlafen, so hätten sie dieselbe erfahren; er habe sie *einmal* erzählt und werde es nie wieder tun, es sei das erste und letzte Mal, daß er überhaupt gegen jemanden von diesem Liebeshandel gesprochen, und damit Punktum. Die Moral von der Geschichte sei einfach, daß er in der Fremde durch ein Weib und ein wildes Tier von der Unart des Schmollens entwöhnt worden sei.

Nun wollten sie wenigstens den Namen jener Dame wissen, welcher ihnen wegen seiner Fremdartigkeit wieder entfallen war, und fragten unaufhörlich: »Wie hieß sie denn nur?« Aber Pankraz erwiderte ebenso unaufhörlich: »Hättet ihr aufgemerkt! Ich nenne diesen Namen nicht mehr!« Und er hielt Wort; niemand hörte ihn jemals wieder das Wort aussprechen und er schien es endlich selbst vergessen zu haben.

Conrad Ferdinand Meyer

Die Hochzeit des Mönchs

Es war in Verona. Vor einem breiten Feuer, das einen weiträumigen Herd füllte, lagerte in den bequemsten Stellungen, welche der Anstand erlaubt, ein junges Hofgesinde männlichen und weiblichen Geschlechtes um einen ebenso jugendlichen Herrscher und zwei blühende Frauen. Dem Herde zur Linken saß diese fürstliche Gruppe, welcher die übrigen in einem Viertelkreise sich anschlossen, die ganze andere Seite des Herdes nach höfischer Sitte frei lassend. Der Gebieter war derjenige Scaliger, welchen sie Cangrande nannten. Von den Frauen, in deren Mitte er saß, mochte die nächst dem Herd etwas zurück und ins Halbdunkel gelehnte sein Eheweib, die andere, vollbeleuchtete, seine Verwandte oder Freundin sein, und es wurden mit bedeutsamen Blicken und halblautem Gelächter Geschichten erzählt.

Jetzt trat in diesen sinnlichen und mutwilligen Kreis ein gravitätischer Mann, dessen große Züge und lange Gewänder aus einer andern Welt zu sein schienen. »Herr, ich komme, mich an deinem Herde zu wärmen«, sprach der Fremdartige halb feierlich, halb geringschätzig, und verschmähte hinzuzufügen, daß die lässige Dienerschaft trotz des frostigen Novemberabends vergessen oder versäumt hatte, Feuer in der hochgelegenen Kammer des Gastes zu machen.

»Setze dich neben mich, mein Dante«, erwiderte Cangrande, »aber wenn du dich gesellig wärmen willst, so blicke mir nicht nach deiner Gewohnheit stumm in die Flamme! Hier wird erzählt, und die Hand, welche heute Terzinen geschmiedet hat – auf meine astrologische Kammer steigend, hörte ich in der deinigen mit dumpfem Gesange Verse skandieren – diese wuchtige Hand darf es heute nicht verweigern, das Spielzeug eines kurzweiligen Geschichtchens, ohne es zu zerbrechen, zwischen ihre Finger zu nehmen. Beurlaube die Göttinnen« – er meinte wohl die Musen – »und vergnüge dich mit diesen schönen Sterblichen.« Der Scaliger zeigte seinem Gaste mit einer leichten Handbewegung die zwei Frauen, von welchen die größere, die scheinbar gefühllos im Schatten saß, nicht daran dachte zu rücken, während die kleinere und aufgeweckte dem Florentiner bereitwillig neben sich Raum machte. Aber dieser gab der Einladung seines Wirtes keine Folge, sondern wählte stolz den letzten Sitz, am Ende des Kreises. Ihm mißfiel entweder die Zweiweiberei des Fürsten – wenn auch vielleicht nur das Spiel eines Abends – oder dann ekelte ihn der Hofnarr, welcher, die Beine vor sich hingestreckt, neben dem Sessel Cangrandes auf dem herabgeglittenen Mantel desselben am Boden saß.

Dieser, ein alter zahnloser Mensch mit Glotzaugen und einem schlaffen, verschwätzten und vernaschten Maul – neben Dante der einzige Bejahrte der Gesellschaft – hieß Gocciola, das heißt das Tröpfchen, weil er die letzten klebrigen Tropfen aus den geleerten Gläsern zusammenzunaschen pflegte, und haßte den Fremdling mit kindischer Bosheit, denn er sah in Dante seinen Nebenbuhler um die nicht eben wählerische Gunst des Herrn. Er schnitt ein Gesicht und erfrechte sich, seine hübsche Nachbarin zur Linken auf das an der hellen Decke des hohen Gemaches sich abschattende Profil des Dichters höhnisch grinsend aufmerksam zu machen. Das Schattenbild Dantes glich einem Riesenweibe mit langgebogener Nase und hangender Lippe, einer Parze oder dergleichen. Das lebhafte Mädchen verwand ein kindliches Lachen. Ihr Nachbar, ein klug blickender Jüngling, der Ascanio hieß, half ihr dasselbe ersticken, indem er sich an Dante wendete mit jener maßvollen Ehrerbietung, in welcher dieser angeredet zu werden liebte.

»Verschmähe es nicht, du Homer und Virgil Italiens«, bat er, »dich in unser harmloses Spiel zu mischen. Laß dich zu uns herab und erzähle, Meister, statt zu singen.«

»Was ist euer Thema?« warf Dante hin, weniger ungesellig, als er begonnen hatte, aber immer noch mürrisch genug.

»Plötzlicher Berufswechsel«, antwortete der Jüngling bündig, »mit gutem oder schlechtem oder lächerlichem Ausgange.«

Dante besann sich. Seine schwermütigen Augen betrachteten die Gesellschaft, deren Zusammensetzung ihm nicht durchaus zu mißfallen schien; denn er entdeckte in derselben neben mancher flachen einige bedeutende Stirnen. »Hat einer unter euch den entkutteten Mönch behandelt?« äußerte der schon milder Gestimmte.

»Gewiß, Dante!« antwortete, sein Italienisch mit einem leichten deutschen Akzent aussprechend, ein Kriegsmann von treuherzigem Aussehen, Germano mit Namen, der einen Ringelpanzer und einen lang herabhangenden Schnurrbart trug. »Ich selbst erzählte den jungen Manuccio, welcher über die Mauern seines Klosters sprang, um Krieger zu werden.«

»Er tat recht«, erklärte Dante, »er hatte sich selbst getäuscht über seine Anlage.«

»Ich, Meister«, plauderte jetzt eine kecke, etwas üppige Paduanerin, namens Isotta, »habe die Helena Manente erzählt, welche eben die erste Locke unter der geweihten Schere verscherzt hatte, aber schnell die übrigen mit den beiden Händen deckte und ihr Nonnengelübde verschluckte, denn sie hatte ihren in barbareske Sklaverei geratenen und höchst wunderbar daraus erretteten Freund unter dem Volk im Schiff der Kirche erblickt, wie er die gelösten Ketten« – sie wollte sagen: an der Mauer aufhing, aber ihr Geschwätze wurde von dem Munde Dantes zerschnitten.

»Sie tat gut«, sagte er, »denn sie handelte aus der Wahrheit ihrer verliebten Natur. Von alledem ist hier die Rede nicht, sondern von einem ganz andern

Falle: wenn nämlich ein Mönch nicht aus eigenem Triebe, nicht aus erwachter Weltlust oder Weltkraft, nicht weil er sein Wesen verkannt hätte, sondern einem andern zuliebe, unter dem Druck eines fremden Willens, wenn auch vielleicht aus heiligen Gründen der Pietät, untreu an sich wird, sich selbst mehr noch als der Kirche gegebene Gelübde bricht und eine Kutte abwirft, die ihm auf dem Leibe saß und ihn nicht drückte. Wurde das schon erzählt? Nein? Gut, so werde ich es tun. Aber sage mir, wie endet solches Ding, mein Gönner und Beschützer?« Er hatte sich ganz gegen Cangrande gewendet.

»Notwendig schlimm«, antwortete dieser ohne Besinnen. »Wer mit freiem Anlaufe springt, springt gut; wer gestoßen wird, springt schlecht.«

»Du redest die Wahrheit, Herr«, bestätigte Dante, »und nicht anders, wenn ich ihn verstehe, meint es auch der Apostel, wo er schreibt: daß Sünde sei, was nicht aus dem Glauben gehe, das heißt aus der Überzeugung und Wahrheit unserer Natur.«

»Muß es denn überhaupt Mönche geben?« kicherte eine gedämpfte Stimme aus dem Halbdunkel, als wollte sie sagen: jede Befreiung aus einem an sich unnatürlichen Stande ist eine Wohltat.

Die dreiste und ketzerische Äußerung erregte hier kein Ärgernis, denn an diesem Hofe wurde das kühnste Reden über kirchliche Dinge geduldet, ja belächelt, während ein freies oder nur unvorsichtiges Wort über den Herrscher, seine Person oder seine Politik, verderben konnte.

Dantes Auge suchte den Sprecher und entdeckte denselben in einem vornehmen jungen Kleriker, dessen Finger mit dem kostbaren Kreuze tändelten, welches er über dem geistlichen Gewande trug.

»Nicht meinetwegen«, gab der Florentiner bedächtig zur Antwort. »Mögen die Mönche aussterben, sobald ein Geschlecht ersteht, welches die beiden höchsten Kräfte der Menschenseele, die sich auszuschließen scheinen, die Gerechtigkeit und die Barmherzigkeit, vereinigen lernt. Bis zu jener späten Weltstunde verwalte der Staat die eine, die Kirche die andere. Da aber die Übung der Barmherzigkeit eine durchaus selbstlose Seele fordert, so sind die drei mönchischen Gelübde gerechtfertigt; denn es ist weniger schwer, wie die Erfahrung lehrt, der Lust ganz als halb zu entsagen.«

»Gibt es aber nicht mehr schlechte Mönche als gute?« fragte der geistliche Zweifler weiter.

»Nein«, behauptete Dante, »wenn man die menschliche Schwachheit berücksichtigt. Es müßte denn mehr ungerechte Richter als gerechte, mehr feige Krieger als beherzte, mehr schlechte Menschen als gute geben.«

»Und ist das nicht der Fall?« flüsterte der im Halbdunkel.

»Nein«, entschied Dante, und eine himmlische Verklärung erleuchtete seine strengen Züge. »Fragt und untersucht unsere Philosophie nicht: wie ist das Böse in die Welt gekommen? Wären die Bösen in der Mehrzahl, so frügen wir: wie kam das Gute in die Welt?«

Diese stolzen und dunkeln Sätze imponierten der Gesellschaft, erregten aber auch die Besorgnis, der Florentiner möchte sich in seine Scholastik vertiefen statt in seine Geschichte.

Cangrande sah, wie seine junge Freundin ein hübsches Gähnen verwand. Unter solchen Umständen ergriff er das Wort und fragte: »Erzählst du uns eine wahre Geschichte, mein Dante, nach Dokumenten? oder eine Sage des Volksmundes? oder eine Erfindung deiner bekränzten Stirne?«

Dieser antwortete langsam betonend: »ich entwickle meine Geschichte aus einer Grabschrift.«

»Aus einer Grabschrift?«

»Aus einer Grabschrift, die ich vor Jahren bei den Franziskanern in Padua gelesen habe. Der Stein, welcher sie trägt, lag in einem Winkel des Klostergartens, allerdings unter wildem Rosengesträuch versteckt, aber doch den Novizen zugänglich, wenn sie auf allen vieren krochen und sich eine von Dornen zerkritzte Wange nicht reuen ließen. Ich befahl dem Prior – will sagen, ich ersuchte ihn, den fraglichen Stein in die Bibliothek zu versetzen und unter die Hut eines Greises zu stellen.«

»Was sagte denn der Stein?« ließ sich jetzt die Gemahlin des Fürsten nachlässig vernehmen.

»Die Inschrift«, erwiderte Dante, »war lateinisch und lautete: ›Hic jacet monachus Astorre cum uxore Antiope. Sepeliebat Azzolinus‹.«

»Was heißt denn das?« fragte die andere neugierig.

Cangrande übersetzte fließend: »Hier schlummert der Mönch Astorre neben seiner Gattin Antiope. Beide begrub Ezzelin.«

»Der abscheuliche Tyrann!« rief die Empfindsame. »Gewiß hat er die beiden lebendig begraben lassen, weil sie sich liebten, und das Opfer noch in der Gruft gehöhnt, indem er es die Gattin des Mönches nannte. Der Grausame!«

»Kaum«, meinte Dante. »Das hat sich in meinem Geiste anders gestaltet und ist auch nach der Geschichte unwahrscheinlich. Denn Ezzelin bedrohte wohl eher den kirchlichen Gehorsam als den Bruch geistlicher Gelübde. Ich nehme das ›sepeliebat‹ in freundlichem Sinne: er gab den beiden ein Begräbnis.«

»Recht«, rief Cangrande freudig, »du denkst wie ich, Florentiner! Ezzelino war eine Herrschernatur und, wie sie einmal sind, etwas rauh und gewaltsam. Neun Zehntel seiner Frevel haben ihm die Pfaffen und das fabelsüchtige Volk angedichtet.«

»Möchte dem so sein!« seufzte Dante. »Wo er übrigens in meiner Fabel auftritt, ist er noch nicht das Ungeheuer, welches uns, wahr oder falsch, die Chronik schildert, sondern seine Grausamkeit beginnt sich nur erst zu zeichnen, mit einem Zug um den Mund sozusagen –«

»Eine gebietende Gestalt«, vollendete Cangrande feurig das Bildnis, »mit gesträubtem schwarzen Stirnhaar, wie du ihn in deinem zwölften Gesange als einen Bewohner der Hölle malst. Woher hast du dieses schwarzhaarige Haupt?«

»Es ist das deinige«, versetzte Dante kühn, und Cangrande fühlte sich geschmeichelt.

»Auch die übrigen Gestalten der Erzählung«, fuhr er mit lächelnder Drohung fort, »werde ich, ihr gestattet es?« – und er wendete sich gegen die Umsitzenden – »aus eurer Mitte nehmen und ihnen eure Namen geben: euer Inneres lasse ich unangetastet, denn ich kann nicht darin lesen.«

»Meine Miene gebe ich dir preis«, sagte großartig die Fürstin, deren Gleichgültigkeit zu weichen begann.

Ein Gemurmel der höchsten Aufregung lief durch die Zuhörer, und: »Deine Geschichte, Dante!« raunte es von allen Seiten, »deine Geschichte!«

»Hier ist sie«, sagte dieser und erzählte.

Wo sich der Gang der Brenta in einem schlanken Bogen der Stadt Padua nähert, ohne diese jedoch zu berühren, glitt an einem himmlischen Sommertage unter gedämpftem Flötenschall eine bekränzte, von festlich Gekleideten überfüllte Barke auf dem schnellen, aber ruhigen Wasser. Es war die Brautfahrt des Umberto Vicedomini und der Diana Pizzaguerra. Der Paduaner hatte sich seine Verlobte aus einem am obern Laufe des Flusses gelegenen Kloster geholt, wohin, kraft einer alten städtischen Sitte, Mädchen von Stande vor ihrer Hochzeit zum Behufe frommer Übungen sich zurückzuziehen pflegen. Sie saß in der Mitte der Barke auf einem purpurnen Polster zwischen ihrem Bräutigam und den drei blühenden Knaben seines ersten Bettes. Umberto Vicedomini hatte vor fünf Jahren, da die Pest in Padua wütete, das Weib seiner Jugend begraben und, obwohl in der Kraft der Männlichkeit stehend, nur schwer und widerwillig, auf das tägliche Drängen eines alten und siechen Vaters, zu diesem zweiten Ehebunde sich entschlossen.

Mit eingezogenen Rudern fuhr die Barke, dem Willen des Stromes sich überlassend. Die Bootsknechte begleiteten die sanfte Musik mit einem halblauten Gesange. Da verstummten beide. Aller Augen hatten sich nach dem rechten Ufer gerichtet, an welchem ein großer Reiter seinen Hengst bändigte und mit einer weiten Gebärde nach der Barke herüber grüßte. Scheues Gemurmel durchlief die Reihen der Sitzenden. Die Ruderer rissen sich die roten Mützen vom Kopfe und das ganze Fest erhob sich in Furcht und Ehrerbietung, auch der Bräutigam, Diana und die Knaben. Untertänige Gebärden, grüßende Arme, halbgebogene Kniee wendeten sich gegen den Strand mit einem solchen Ungestüm und Übermaße der Bewegung, daß die Barke aus dem Gleichgewicht kam, sich nach rechts neigte und plötzlich überwog. Ein Schrei des Entsetzens, ein drehender Wirbel, eine leere Strommitte, die sich mit Auftauchenden, wieder Versinkenden und den schwimmenden Kränzen der verunglückten Barke bevölkerte. Hilfe war nicht ferne, denn wenig weiter unten lag ein kleiner Port, wo Fischer und Fährleute hausten und heute auch die Rosse und Sänften warteten, welche die Gesellschaft, die jetzt im Strome unterging, vollends nach Padua hätten bringen sollen.

Die zwei ersten der rettenden Kähne strebten sich von den entgegengesetzten Ufern zu. In dem einen stand neben einem alten Fergen mit struppigem Barte Ezzelin der Tyrann von Padua, der unschuldige Urheber des Verderbens, in dem andern, vom linken Ufer kommenden ein junger Mönch und sein Fährmann, welcher den staubigen Waller über den Strom stieß gerade in dem Augenblicke, da sich darauf das Unheil zutrug. Die beiden Boote erreichten sich. Zwischen ihnen schwamm im Flusse etwas wie eine Fülle blonden Haares, in das der Mönch entschlossen hineingriff, knielings, mit weit ausgestrecktem Arme, während sein Schiffer aus allen Kräften sich auf die andere Seite des Nachens zurückstemmte. An einer dicken Strähne hob der Mönch ein Haupt, das die Augen geschlossen hielt, und dann, mit Hilfe des dicht herangekommenen Ezzelin, die Last eines von triefendem Gewande beschwerten Weibes aus der Strömung. Der Tyrann war von seinem Nachen in den andern gesprungen und betrachtete jetzt das entseelte Haupt, das einen Ausdruck von Trotz und Unglück trug, mit einer Art von Wohlgefallen, sei es an den großen Zügen desselben, sei es an der Ruhe des Todes.

»Kennst du sie, Astorre?« fragte er den Mönch. Dieser schüttelte verneinend den Kopf, und der andere fuhr fort: »Siehe, es ist das Weib deines Bruders.«

Der Mönch warf einen mitleidigen scheuen Blick auf das bleiche Antlitz, welches unter demselben langsam die schlummernden Augen öffnete.

»Bringe sie ans Ufer!« befahl Ezzelin, allein der Mönch überließ sie seinem Fährmann. »Ich will meinen Bruder suchen«, rief er, »bis ich ihn finde.« – »Ich helfe dir, Mönch«, sagte der Tyrann, »doch ich zweifle, daß wir ihn retten: ich sah ihn, wie er seine Knaben umschlang und, von den dreien umklammert, schwer in die Tiefe ging.«

Inzwischen hatte sich die Brenta mit Fahrzeugen bedeckt. Es wurde gefischt mit Stangen, Haken, Angeln, Netzen, und in der rasch wechselnden Szene vervielfältigte sich über den Suchenden und den gehobenen Bürden die Gestalt des Herrschers.

»Komm, Mönch!« sagte er endlich. »Hier gibt es für dich nichts mehr zu tun. Umberto und seine Knaben liegen nunmehr zu lang in der Tiefe, um ins Leben zurückzukehren. Der Strom hat sie verschleppt. Er wird sie ans Ufer legen, wann er ihrer müde ist. Aber siehst du dort die Zelte?« Man hatte deren eine Zahl am Strande der Brenta zum Empfange der mit der Hochzeitsbarke Erwarteten aufgeschlagen und jetzt die Toten oder Scheintoten hineingelegt, welche von ihren schon aus dem nahen Padua herbeigeeilten Verwandten und Dienern umjammert wurden. »Dort, Mönch, verrichte, was deines Amtes ist: Werke der Barmherzigkeit! Tröste die Lebenden! Bestatte die Toten!«

Der Mönch hatte das Ufer betreten und den Reichsvogt aus den Augen verloren. Da kam ihm aus dem Gedränge Diana entgegen, die Braut und Witwe seines Bruders, trostlos, aber ihrer Sinne wieder mächtig. Noch trieften die schweren Haare, aber auf ein gewechseltes Gewand: ein mitleidiges Weib aus dem Volke hatte ihr im Gezelt das eigene gegeben und sich des kostbaren Hochzeitskleides bemächtigt. »Frommer Bruder«, wendete sie sich an Astorre, »ich bin verlassen: die mir bestimmte Sänfte ist in der Verwirrung mit einer andern, Lebenden oder Toten, in die Stadt zurückgekehrt. Begleite mich nach dem Hause meines Schwiegers, der dein Vater ist!«

Die junge Witwe täuschte sich. Nicht in der Bestürzung und Verwirrung, sondern aus Feigheit und Aberglauben hatte das Gesinde des alten Vicedomini sie im Stiche gelassen. Es fürchtete sich, dem jähzornigen Alten eine Wittib und mit ihr die Kunde von dem Untergange seines Hauses zu bringen.

Da der Mönch viele seinesgleichen unter den Zelten und im Freien mit barmherzigen Werken beschäftigt sah, willfahrte er dem Gesuch. »Gehen wir«, sagte er und schlug mit dem jungen Weibe die Straße nach der Stadt ein, deren Türme und Kuppeln auf dem blauen Himmel wuchsen. Der Weg war bedeckt mit Hunderten, die an den Strand eilten oder vom Strande zurückkehrten. Die beiden schritten, oft voneinander getrennt, aber sich immer wieder findend, in der Mitte der Straße, ohne miteinander zu reden, und wandelten jetzt schon durch die Vorstadt, wo die Gewerbe hausen. Hier standen überall – das Unglück auf der Brenta hatte die ganze Bevölkerung auf die Beine gebracht – laut plaudernde oder flüsternde Gruppen, welche das zufällige Paar, das den Bruder und den Bräutigam verloren hatte, mit teilnehmender Neugierde betrachteten.

Der Mönch und Diana waren Gestalten, die jedes Kind in Padua kannte. Astorre, wenn er nicht für einen Heiligen galt, hatte doch den Ruf des musterhaften Mönches. Er konnte der Stadtmönch von Padua heißen, den das Volk verehrte und auf den es stolz war. Und mit Grund: denn er hatte auf die Vorrechte seines hohen Adels und den unermeßlichen Besitz seines Hauses tapfer, ja freudig verzichtet und gab sein Leben in Zeiten der Seuche oder bei andern öffentlichen Fährlichkeiten, ohne zu markten, für den Geringsten und die Ärmste preis. Dabei war er mit seinem kastanienbraunen Kraushaar, seinen warmen Augen und seiner edeln Gebärde ein anmutender Mann, wie das Volk seine Heiligen liebt.

Diana war in ihrer Weise nicht weniger namhaft, schon durch die Vollkraft des Wuchses, welche das Volk mehr als die zarten Reize bewundert. Ihre Mutter war eine Deutsche gewesen, ja eine Staufin, wie einige behaupteten, freilich nur dem Blute, nicht dem Gesetze nach. Deutschland und Welschland hatten zusammen als gute Schwestern diese große Gestalt gebaut.

Wie herb und strenge Diana mit ihresgleichen umging, mit den Geringen war sie leutselig, ließ sich ihre Händel erzählen, gab kurzen und deutlichen Bescheid und küßte die zerlumptesten Kinder. Sie schenkte und spendete ohne Besinnen, wohl weil ihr Vater, der alte Pizzaguerra, nach Vicedomini der reichste Paduaner, zugleich der schmutzigste Geizhalz war, und Diana sich des väterlichen Lasters schämte.

So verheiratete das ihr geneigte Volk in seinen Schenken und Plauderstuben Diana monatlich mit irgendeinem vornehmen Paduaner, doch die Wirklichkeit trug diesen frommen Wünschen keine Rechnung. Drei Hindernisse erschwerten eine Brautschaft: die hohen und oft finstern Brauen Dianas, die geschlossene Hand ihres Vaters und die blinde Anhänglichkeit ihres Bruders Germano an den Tyrannen, bei dessen möglichem Falle der treue Diener mit zugrunde gehen mußte, seine Sippe nach sich ziehend.

Endlich verlobte sich mit ihr, ohne Liebe wie es stadtkundig war, Umberto Vicedomini, der jetzt in der Brenta lag.

Übrigens waren die beiden so versunken in ihren gerechten Schmerz, daß sie das eifrige Geschwätze, welches sich an ihre Fersen heftete, entweder nicht vernahmen oder sich wenig um dasselbe bekümmerten. Nicht das gab Anstoß, daß der Mönch und das Weib nebeneinander schritten. Es erschien in der Ordnung, da der Mönch an ihr zu trösten hatte und sie wohl beide denselben Weg gingen: zu dem alten Vicedomini, als die nächsten und natürlichen Boten des Geschehens.

Die Weiber bejammerten Diana, daß sie einen Mann habe heiraten müssen, der sie nur als Ersatz für eine teure Gestorbene genommen, und beklagten sie in demselben Atemzuge, daß sie diesen Mann vor der Ehe eingebüßt habe.

Die Männer dagegen erörterten mit wichtigen Gebärden und den schlausten Mienen eine brennende Frage, welche sich über den in der Brenta versunkenen vier Stammhaltern des ersten paduanischen Geschlechtes eröffnet hatte. Die Glücksgüter der Vicedomini waren sprichwörtlich. Das Familienoberhaupt, ein ebenso energischer als listiger Mensch, der es fertiggebracht hatte, mit beiden, dem fünffach gebannten Tyrannen von Padua und der diesen verdammenden Kirche, auf gutem Fuße zu bleiben, hatte sich lebelang nicht im geringsten mit etwas Öffentlichem beschäftigt, sondern ein zähes Dasein und prächtige Willenskräfte auf ein einziges Ziel gewendet: den Reichtum und das Gedeihen seines Stammes. Jetzt war dieser vernichtet. Sein Ältester und die Enkel lagen in der Brenta. Sein zweiter und dritter waren in ebendiesem Unglücksjahre, der eine vor zwei, der andere vor drei Monden von der Erde verschwunden. Den ältern hatte der Tyrann verbraucht und auf einem seiner wilden Schlachtfelder zurückgelassen. Der andere, aus welchem der vorurteilslose Vater einen großartigen Kaufmann in venezianischem Stile gemacht, hatte sich an einer morgenländischen Küste auf dem Kreuze verblutet, an welches ihn Seeräuber geschlagen, verspäteten Lösegeldes halber. Als vierter blieb Astorre der Mönch. Daß er diesen mit dem Aufwande seines letzten Pulses den Klostergelübden zu entreißen versuchen werde, daran zweifelten die schnellrechnenden Paduaner keinen Augenblick. Ob es ihm gelinge und der Mönch sich dazu hergebe, darüber stritt jetzt die aufgeregte Gasse.

Und sie stritt sich am Ende so laut und heftig, daß selbst der trauernde Mönch nicht mehr im Zweifel darüber bleiben konnte, wer mit dem »egli« und der

»ella« gemeint sei, welche aus den versammelten Gruppen ertönten. Dergestalt schlug er, mehr noch seiner Gefährtin als seinethalben, eine mit Gras bewachsene verschattete Gasse ein, die seinen Sandalen wohlbekannt war, denn sie führte längs der verwitterten Ringmauer seines Klosters hin. Hier war es bis zum Schauder kühl, aber die ganz Padua erfüllende Schreckenskunde hatte selbst diese Schatten erreicht. Aus den offenen Fenstern des Refektoriums, das in die dicke Mauer gebaut war, scholl an der verspäteten Mittagstafel – die Katastrophe auf der Brenta hatte in der Stadt alle Zeiten und Stunden gestört – das Tischgespräch der Brüder so zänkisch und schreiend, so voller »-inibus« und »-atibus« – es wurde lateinisch geführt oder dann stritt man sich mit Zitaten aus den Dekretalen –, daß der Mönch unschwer erriet, auch hier werde dasselbe oder ein ähnliches Dilemma wie auf der Straße verhandelt. Und wenn er sich vielleicht nicht Rechenschaft gab, wovon, so wußte er doch, von wem die Rede ging. Aber was er nicht entdeckte, waren –

Mitten im Sprechen suchte Dante unter den Zuhörern den vornehmen Kleriker, der sich hinter seinen Nachbar verbarg.

– waren zwei brennende hohle Augen, welche durch eine Luke in der Mauer auf ihn und das Weib an seiner Seite starrten. Diese Augen gehörten einer unseligen Kreatur, einem verlorenen Mönch, namens Serapion, welcher sich, Seele und Leib, im Kloster verzehrte. Mit seiner voreiligen Einbildungskraft hatte dieser auf der Stelle begriffen, daß sein Mitbruder Astorre zum längsten nach der Regel des heiligen Franziskus gedarbt und gefastet habe, und beneidete ihn rasend um den ihm von der Laune des Todes zugeworfenen Besitz weltlicher Güter und Freuden. Er lauerte auf den Heimkehrenden, um die Mienen desselben zu erforschen und darin zu lesen, was Astorre über sich beschlossen hätte. Seine Blicke verschlangen das Weib und hafteten an ihren Stapfen.

Astorre lenkte die Schritte und die seiner Schwägerin auf einen kleinen von vier Stadtburgen gebildeten Platz und trat mit ihr in das tiefe Tor der vornehmsten. Auf einer Steinbank im Hofe erblickte er zwei Ruhende, einen vom Wirbel zur Zehe gepanzerten blutjungen Germanen und einen greisen Sarazenen. Der hingestreckte Deutsche hatte seinen schlummernden rotblonden Krauskopf in den Schoß des sitzenden Ungläubigen gelegt, der, ebenfalls schlummernd, mit seinem schneeweißen Barte väterlich auf ihn niedernickte. Die zweie gehörten zur Leibwache Ezzelins, welche sich in Nachahmung derjenigen seines Schwiegers, des Kaisers Friedrich, aus Deutschen und Sarazenen zu gleichen Teilen zusammensetzte. Der Tyrann war im Palaste. Er mochte es für seine Pflicht gehalten haben, den alten Vicedomini zu besuchen. In der Tat vernahmen Astorre und Diana schon auf der Wendeltreppe das Gespräch, welches Ezzelin in kurzen ruhigen Worten, der Alte dagegen, der gänzlich außer sich zu sein schien, mit schreiender und scheltender Stimme führte. Mönch und Weib blieben am Eingange des Saales unter dem bleichen Gesinde stehen. Die Diener zitterten an allen Gliedern. Der Greis hatte sie mit den heftigsten Verwünschungen überhäuft und dann mit geballten Fäusten weggejagt, weil sie ihm verspätete Botschaft vom Strande gebracht und dieselbe hervorzustottern sich kaum getraut. Überdies hatte dieses Gesinde der gefürchtete Schritt des Tyrannen versteinert. Es war bei Todesstrafe verboten, ihn anzumelden. Unaufgehalten wie ein Geist betrat er Häuser und Gemächer.

»Und das berichtest du so gelassen, Grausamer«, tobte der Alte in seiner Verzweiflung, »als erzähltest du den Verlust eines Rosses oder einer Ernte? Du hast mir die viere getötet, niemand anders als du! Was brauchtest du gerade zu jener Stunde am Strande zu reiten? Was brauchtest du auf die Brenta hinauszugrüßen? Das hast du mir zuleide getan! Hörst du wohl?«

»Schicksal«, antwortete Ezzelin.

»Schicksal?« schrie der Vicedomini. »Schicksal und Sternguckerei und Beschwörungen und Verschwörungen und Enthauptungen, von der Zinne auf das Pflaster sich werfende Weiber und hundert pfeildurchbohrte Jünglinge vom Rosse sinkend in deinen verruchten waghalsigen Schlachten, das ist deine Zeit und Regierung, Ezzelin, du Verfluchter und Verdammter! Uns alle ziehst du in deine blutigen Gleise, alles Leben und Sterben wird neben dir gewaltsam und unnatürlich, und niemand endet mehr als reuiger Christ in seinem Bette!«

»Du tust mir Unrecht«, versetzte der andere. »Ich zwar habe mit der Kirche nichts zu schaffen. Sie läßt mich gleichgültig. Aber dich und deinesgleichen habe ich nie gehindert, mit ihr zu verkehren. Das weißt du, sonst würdest du dich nicht erkühnen, mit dem Heiligen Stuhle Briefe zu wechseln. Was drehst du da in deinen Händen und verbirgst mir das päpstliche Siegel? Einen Ablaß? Ein Breve? Gib her! Wahrhaftig, ein Breve! Darf ich es lesen? Du erlaubst? Dein Gönner, der Heilige Vater, schreibt dir, daß, würde dein Stamm erlöschen bis auf deinen vierten und letzten, den Mönch, dieser ipso facto seiner Gelübde ledig sei, wenn er aus freiem Willen und eigenem Entschlusse in die Welt zurückkehre. Schlauer Fuchs, wie viele Unzen Goldes hat dich dieses Pergament gekostet?«

»Verhöhnst du mich?« heulte der Alte. »Was anderes blieb mir übrig nach dem Todes meines zweiten und dritten? für wen hätte ich gesammelt und gespeichert? für die Würmer? für dich? Willst du mich berauben?... Nein? So hilf mir, Gevatter« – der noch ungebannte Ezzelin hatte den dritten Knaben Vicedominis aus der Taufe gehoben, denselben, der sich für ihn auf dem Schlachtfelde geopfert – »hilf mir den Mönch überwinden, daß er wieder weltlich werde und ein Weib nehme, befiehl es ihm, du Allgewaltiger, gib ihn mir statt des Sohnes, den du mir geschlachtet hast, halte mir den Daumen, wenn du mich liebst!«

»Das geht mich nichts an«, erwiderte der Tyrann ohne die geringste Erregung. »Das mache er mit sich selbst aus. ›Freiwillig‹, sagt das Breve. Warum sollte er, wenn er ein guter Mönch ist, wie ich glaube, seinen Stand wechseln? Damit das Blut der Vicedomini nicht versiege? Ist das eine Lebensbedingung der Welt? Sie die Vicedomini eine Notwendigkeit?«

Jetzt kreischte der andere in rasender Wut: »Du Böser, du Mörder meiner Kinder! Ich durchblicke dich! Du willst mich beerben und mit meinem Gelde deine wahnsinnigen Feldzüge führen!« Da gewahrte er seine Schwiegertochter, welche vor dem zögernden Mönche durch das Gesinde und über die Schwelle getreten war. Trotz seiner Leibesschwachheit stürzte er ihr mit wankenden Schritten entgegen, ergriff und riß ihre Hände, als wollte er sie zur Verantwortung ziehen für das über sie beide gekommene Unheil. »Wo hast du meinen Sohn, Diana?« keuchte er.

»Er liegt in der Brenta«, antwortete sie traurig, und ihre blauen Augen dunkelten.

»Wo meine drei Enkel?«

»In der Brenta«, wiederholte sie.

»Und dich bringst du mir als Geschenk? Dich behalte ich?« lachte der Alte mißtönig.

»Wollte der Allmächtige«, sagte sie langsam, »mich zögen die Wellen und die andern stünden hier statt meiner!«

Sie schwieg. Dann geriet sie in einen jähen Zorn. »Beleidigt dich mein Anblick und bin ich dir überlästig, so halte dich an diesen: er hat mich, da ich schon gestorben war, an den Haaren gerissen und ins Leben zurückgezogen!«

Jetzt erst erblickte der Alte den Mönch, seinen Sohn, und sein Geist sammelte sich mit einer Kraft und Schnelligkeit, welche der schwere Jammer eher gestählt als gelähmt zu haben schien.

»Wirklich? Dieser hat dich aus der Brenta geholt? Hm! Merkwürdig! Die Wege Gottes sind doch wunderbar!«

Er ergriff den Mönch an Arm und Schulter, als wollte er sich desselben, Leib und Seele, bemächtigen, und schleppte ihn und sich gegen seinen Krankenstuhl, auf welchen er hinfiel, ohne den gepreßten Arm des nicht Widerstrebenden freizugeben. Diana folgte und kniete sich auf der andern Seite des Sessels nieder mit hängenden Armen und gefalteten Händen, das Haupt auf die Lehne legend, so daß nur der Knoten ihres blonden Haares wie ein lebloser Gegenstand sichtbar blieb. Der Gruppe gegenüber saß Ezzelin, die Rechte auf das gerollte Breve wie auf einen Feldherrnstab gestützt.

»Söhnchen, Söhnchen«, wimmerte der Alte mit einer aus Wahrheit und List gemischten Zärtlichkeit, »mein letzter und einziger Trost! Du Stab und Stecken meines Alters wirst mir nicht zwischen diesen zitternden Händen zerbrechen!... Du begreifst«, fuhr er in einem schon trockneren, sachlichen Tone fort, »daß, wie die Dinge einmal liegen, deines Bleibens im Kloster nicht länger sein kann. Ist es doch kanonisch, nicht wahr, Söhnchen, daß ein Mönch, dessen Vater verarmt oder versiecht, von seinem Prior beurlaubt wird, um das Erbgut zu bebauen und den Urheber seiner Tage zu ernähren. Ich aber brauche dich noch viel notwendiger. Deine Brüder und Neffen sind weg und jetzt bist du es, der die Lebensfackel unsers Hauses trägt! Du bist ein Flämmchen, das ich angezündet habe, und mir kann nicht dienen, daß es in einer Zelle verglimme und verrauche! Wisse eines« – er hatte in den warmen braunen Augen ein aufrichtiges Mitgefühl gelesen und die ehrerbietige Haltung des Mönches schien einen blinden Gehorsam zu versprechen – »ich bin kränker, als du denkst. Nicht wahr, Isaschar?« Er wendete sich rückwärts gegen eine schmale Gestalt, welche mit Fläschchen und Löffel in den Händen durch eine Nebentür leise hinter den Stuhl des Alten getreten war und jetzt mit dem blassen Haupte bestätigend nickte. »Ich fahre dahin, aber ich sage dir, Astorre: Lässest du mich meines Wunsches ungewährt, so weigert sich dein Väterchen, in den Kahn des Totenführers zu steigen und bleibt zusammengekauert am Dämmerstrande sitzen!«

Der Mönch streichelte die fiebernde Hand des Alten zärtlich, antwortete aber mit Sicherheit zwei Worte: »Meine Gelübde!«

Ezzelin entfaltete das Breve.

»Deine Gelübde?« schmeichelte der alte Vicedomini. »Lose Stricke! Durchfeilte Fesseln! Mache eine Bewegung und sie fallen. Die heilige Kirche, welcher du Ehrfurcht und Gehorsam schuldig bist, erklärt sie für ungültig und nichtig. Da steht des geschrieben.« Sein dürrer Finger zeigte auf das Pergament mit dem päpstlichen Siegel.

Der Mönch näherte sich ehrerbietig dem Herrscher, empfing die Schrift und las, von vier Augen beobachtet. Schwindelnd tat er einen Schritt rückwärts, als stünde er auf einer Turmhöhe und sähe das Geländer plötzlich weichen.

Ezzelin griff dem Wankenden mit der kurzen Frage unter die Arme: »Wem hast du dein Gelübde gegeben, Mönch? dir? oder der Kirche?«

»Natürlich beiden!« schrie der Alte erbost. »Das sind verfluchte Spitzfindigkeiten! Nimm dich vor dem dort in acht, Söhnchen! Er will uns Vicedomini an den Bettelstab bringen!«

Ohne Zorn legte Ezzelin die Rechte auf den Bart und schwur: »Stirbt Vicedomini, so beerbt ihn der Mönch hier, sein Sohn und stiftet – sollte das Geschlecht mit ihm erlöschen und wenn er mich und seine Vaterstadt liebhat – ein Hospital von einer gewissen Ausdehnung und Großartigkeit, um welches uns die hundert Städte« – er meinte die Städte Italiens – »beneiden sollen. Nun, Gevatter, da ich mich von dem Vorwurfe der Raubgier gereinigt habe, darf ich an den Mönch ein paar weitere Fragen richten? Du gestattest?«

Jetzt packte den Alten ein solcher Ingrimm, daß er in Krämpfe fiel. Noch aber ließ er den Arm des Mönches, welchen er wieder ergriffen hatte, nicht fahren.

Isaschar näherte den vollen, mit einer stark duftenden Essenz gefüllten Löffel vorsichtig den fahlen Lippen. Der Gefolterte wendete mit einer Anstrengung den Kopf ab. »Laß mich in Ruhe!« stöhnte er, »du bist auch der Arzt des Vogts!« und schloß die Augen.

Der Jude wandte die seinigen, welche glänzend schwarz und sehr klug waren, gegen den Tyrannen, als flehe er um Verzeihung für diesen Argwohn.

»Wird er zur Besinnung zurückkehren?« fragte Ezzelin.

»ich glaube«, antwortete der Jude. »Noch lebt er und wird wieder erwachen, aber nicht für lange, fürchte ich. Diese Sonne sieht er nicht untergehen.«

Der Tyrann ergriff den Augenblick, mit Astorre zu sprechen, der um den ohnmächtigen Vater beschäftigt war.

»Stehe mir Rede, Mönch!« sagte Ezzelin und wühlte – seine Lieblingsgebärde – mit den gespreizten Fingern der Rechten in dem Gewelle seines Bartes. »Wieviel haben dich die drei Gelübde gekostet, die du vor zehn und einigen Jahren, ich gebe dir dreißig« – der Mönch nickte – »beschworen hast?«

Astorre schlug die lautern Augen auf und erwiderte ohne Bedenken: »Armut und Gehorsam nichts. Ich habe keinen Sinn für Besitz und gehorche leicht.« Er hielt inne und errötete.

Der Tyrann fand ein Wohlgefallen an dieser männlichen Keuschheit. »Hat dir dieser hier deinen Stand aufgenötigt oder dich dazu beschwatzt?« lenkte er ab.

»Nein«, erklärte der Mönch. »Seit langeher, wie der Stammbaum erzählt, wird in unserm Hause von dreien oder vieren der letzte geistlich, sei es damit wir Vicedomini einen Fürbitter besitzen oder um das Erbe und die Macht des Hauses zu wahren – gleichviel, der Brauch ist alt und ehrwürdig. Ich kannte mein Los, welches mir nicht zuwider war, von jung an. Mir wurde kein Zwang auferlegt.«

»Und das dritte?« holte Ezzelin nach – er meinte das dritte Gelübde. Astorre verstand ihn.

Mit einem neuen, aber dieses Mal schwachen Erröten erwiderte er: »Es ist mir nicht leicht geworden, doch ich vermochte es wie andere Mönche, wenn sie gut beraten sind, und das war ich. Von dem heiligen Antonius«, fügte er ehrfürchtig hinzu.

»Dieser verdienstliche Heilige, wie ihr wisset, Herrschaften, hat einige Jahre bei den Franziskanern in Padua gelebt«, erläuterte Dante.

»Wie sollten wir nicht?« scherzte einer unter den Zuhörern. »Haben wir doch die Reliquie verehrt, die in dem dortigen Klosterteiche herumschwimmt: ich meine den Hecht, welcher weiland der Predigt des Heiligen beiwohnte, sich bekehrte, der Fleischspeise entsagte, im Guten standhielt und jetzt noch in hohem Alter als strenger Vegetarier« – er verschluckte das Ende des Schwankes, denn Dante hatte gegen ihn die Stirn gerunzelt.

»Und was riet er dir?« fragte Ezzelin.

»Meinen Stand einfach zu fassen, schlecht und recht«, berichtete der Mönch, »als einen pünktlichen Dienst, etwa wie einen Kriegsdienst, welcher ja auch gehorsame Muskeln verlangt, und Entbehrungen, die ein wackerer Krieger nicht einmal als solche führen darf: die Erde im Schweiße meines Angesichtes zu graben, mäßig zu essen, mäßig zu fasten, weder Mädchen noch jungen Frauen Beichte zu sitzen, im Angesichte Gottes zu wandeln und seine Mutter nicht brünstiger anzubeten, als das Breviarium vorschreibt.«

Der Tyrann lächelte. Dann streckte er die Rechte gegen den Mönch aus, ermahnend oder segnend, und sprach: »Glücklicher! Du hast einen Stern! Dein Heute entsteht leicht aus deinem Gestern und wird unversehens zu deinem Morgen! Du bist etwas und nichts Geringes; denn du übst das Amt der Barmherzigkeit, das ich gelten lasse, wiewohl ich ein anderes bekleide. Würdest du in die Welt treten, die ihre eigenen Gesetze befolgt, welche zu lernen es für dich zu spät ist, so würde dein klarer Stern zum lächerlichen Irrwisch und zerplatzte zischend nach ein paar albernen Sprüngen unter dem Hohne der Himmlischen!

Noch eines, und dies rede ich als der, welcher ich bin: der Herr von Padua. Dein Wandel war meinem Volke eine Erbauung, ein Beispiel der Entsagung. Der Ärmste getröstete sich deiner, den er seine karge Kost und sein hartes Tagewerk teilen sah. Wirfst du die Kutte weg, freiest du ein Vornehmer eine Vornehme, schöpfst du mit vollen Händen aus dem Reichtume deines Hauses, so begehst du Raub an dem Volke, welches dich als einen seinesgleichen in Besitz genommen hat, du machst mir Unzufriedene und Ungenügsame, und entstünde daraus Zorn, Ungehorsam, Empörung, mich sollte es nicht wundern. Die Dinge verketten sich!

Ich und Padua können dich nicht entbehren! Mit deiner schönen und ritterlichen Gestalt stichst du der Menge in die Augen und hast auch mehr oder wenigstens einen edlern Mut als deine bäurischen Brüder. Wenn das Volk nach seiner rasenden Art diesen hier« – er deutete auf Isaschar – »ermorden will, weil er ihm Hilfe bringt, was dem Juden in der letzten Pestzeit – wenig fehlte – geschehen wäre, wer verteidigt ihn, wie du tatest, gegen die wahnsinnige Menge, bis ich da bin und Halt gebiete?

Isaschar, hilf mir den Mönch überzeugen!« wendete sich Ezzelin gegen den Arzt mit einem grausamen Lächeln. »Schon deinetwegen darf er sich nicht entkutten!«

»Herr«, lispelte dieser, »unter deinem Szepter wird sich die unvernünftige Szene, welche du so gerecht wie blutig gestraft hast, kaum wiederholen, und meinethalb, dessen Glaube die Dauer des Stammes als Gottes höchsten Segen preist, darf der Erlauchte« – so und schon nicht mehr den Ehrwürdigen nannte er den Mönch – »nicht unvermählt bleiben.«

Ezzelin lächelte über die Feinheit des Juden. »Und wohin gehen deine Gedanken, Mönch?« fragte er.

»Sie stehen und beharren! Doch ich wollte – Gott verzeihe mir die Sünde – der Vater erwachte nicht mehr, daß ich nicht hart gegen ihn sein muß! Hätte er nur schon die Zehrung empfangen!« Er küßte heftig die Wange des Ohnmächtigen, welcher darüber zur Besinnung kam.

Der Wiederbelebte tat einen schweren Seufzer, hob die müden Augenlider und richtete aus dem grauen Gebüsche seiner hängenden Brauen einen Blick des Flehens auf den Mönch. »Wie steht's?« fragte er. »Was hast du über mich verhängt, Geliebtester? Himmel oder Hölle?«

»Vater«, bat Astorre mit bewegter Stimme, »deine Zeit ist um! Dein Stündlein ist gekommen! Entschlage dich der weltlichen Dinge und Sorgen! Denke an die Seele! Siehe, deine Priester« – er meinte die der Pfarrkirche – »sind nebenan versammelt und harren mit den hochheiligen Sterbesakramenten.«

Es war so. Die Türe des Nebengemaches hatte sich sachte geöffnet, aus demselben schimmerte schwaches, in der Tageshelle kaum sichtbares Kerzenlicht, ein Chor präludierte gedämpft und das leise Schüttern eines Glöckchens wurde hörbar.

Jetzt klammerte sich der Alte, der seine Kniee schon in die kalte Flut der Lethe versinken fühlte, an den Mönch, wie weiland Sankt Petrus auf dem See Genezareth an den Heiland. »Du tust es mir!« lallte er.

»Könnte ich! Dürfte ich!« seufzte der Mönch. »Bei allen Heiligen, Vater, denke an die Ewigkeit! Laß das Irdische! Deine Stunde ist da!«

Diese verhüllte Weigerung entzündete das letzte Leben des Vicedomini zur lodernden Flamme. »Ungehorsamer! Undankbarer!« zürnte er.

Astorre winkte den Priestern.

»Bei allen Teufeln«, raste der Alte, »laßt mich zufrieden mit eurem Geknete und Gesalbe! Ich habe nichts zu verspielen, ich bin schon ein Verdammter und bliebe es mitten im himmlischen Reigen, wenn mein Sohn mich mutwillig verstößt und meinen Lebenskeim verdirbt!«

Der entsetzte Mönch, durch dieses grause Lästern im Tiefsten erschüttert, sah seinen Vater unwiderruflich der ewigen Unseligkeit anheimfallen. So meinte er und war fest davon überzeugt, wie ich es an seiner Stelle auch gewesen wäre. Er warf sich vor dem Sterbenden in dunkler Verzweiflung auf die Kniee und flehte unter stürzenden Tränen: »Herr, ich beschwöre Euch, habet Erbarmen mit Euch und mit mir!«

»Laß den Schlaukopf seiner Wege gehen!« raunte der Tyrann. Der Mönch vernahm es nicht.

Wieder gab er den erstaunten Priestern ein Zeichen und die Sterbelitanei wollte beginnen.

Da kauerte sich der Alte zusammen wie ein trotziges Kind und schüttelte das graue Haupt.

»Laß den Arglistigen seine Straße ziehen!« mahnte Ezzelin lauter.

»Vater, Vater!« schluchzte der Mönch und seine Seele zerfloß in Mitleid.

»Erlauchter Herr und christlicher Bruder«, fragte jetzt ein Priester mit unsicherer Stimme, »seid Ihr in der Verfassung, Euern Schöpfer und Heiland zu empfangen?« Der Alte schwieg.

»Steht Ihr fest im Glauben an die Heilige Dreifaltigkeit? Antwortet mir,

Herr!« fragte der Geistliche zum andern Male und wurde bleich wie ein Tuch, denn: »Geleugnet und gelästert sei sie!« rief der Sterbende mit starker Stimme, »gelästert und –«

»Nicht weiter!« schrie der Mönch und war aufgesprungen. »Ich bin Euch zu Willen, Herr! Machet mir mir, was Ihr wollt! Nur daß Ihr Euch nicht in die Flammen stürzet!«

Der Alte seufzte wie nach einer schweren Anstrengung. Dann blickte er erleichtert, ich hätte fast gesagt vergnügt um sich. Er ergriff mit tastender Hand den blonden Schopf Dianas, zog das sich von den Knieen erhebende Weib in die Höhe, nahm ihre Hand, die sich nicht weigerte, öffnete die gekrampfte des Mönches und legte beide zusammen.

»Gültig! vor dem hochheiligen Sakramente!« frohlockte er und segnete das Paar. Der Mönch widersprach nicht und Diana schloß die Augen.

»Jetzt rasch, ehrwürdige Väter!« drängte der Alte, »es eilt, wie ich meine, und ich bin in christlicher Verfassung.«

Der Mönch und seine Braut wollten hinter die priesterliche Schar zurücktreten. »Bleibt«, murmelte der Sterbende, »bleibt, daß euch meine getrösteten Augen zusammen sehen, bis sie brechen!« Astorre und Diana, kaum einige Schritte zurückweichend, mußten mit vereinigten Händen vor dem erlöschenden Blicke des hartnäckigen Greises verharren.

Dieser murmelte eine kurze Beichte, empfing die letzte Zehrung und verschied, während sie ihm die Sohlen salbten und der Priester den schon tauben Ohren jenes großartige: »Brich auf, christliche Seele!« zurief. Das gestorbene Antlitz trug den deutlichen Ausdruck triumphierender List.

Der Tyrann hatte, während ringsum alles auf den Knieen lag, die heilige Handlung sitzend und mit ruhiger Aufmerksamkeit betrachtet, etwa wie man eine fremde Sitte beschaut oder wie ein Gelehrter das auf einem Sarkophag abgebildete Opfer eines alten Volkes besichtigt. Er näherte sich dem Toten und drückte ihm die Augen zu.

Dann wendete er sich gegen Diana. »Edle Frau«, sagte er, »ich denke, wir gehen nach Hause. Eure Eltern, wenn auch von Eurer Rettung unterrichtet, werden nach Euch verlangen. Auch traget Ihr ein Gewand der Niedrigkeit, das Euch nicht kleidet.«

»Fürst, ich danke und folge Euch«, erwiderte Diana, ließ aber ihre Hand in der des Mönches ruhen, dessen Blick sie bis jetzt gemieden hatte. Nun schaute sie dem Gatten voll ins Gesicht und sprach mit einer tiefen, aber wohlklingenden Stimme, während ihre Wangen sich mit dunkler Glut bedeckten: »Mein Herr und Gebieter, wir durften die Seele des Vaters nicht umkommen lassen. So wurde ich Euer. Haltet mir bessere Treue als dem Kloster. Euer Bruder hat mich nicht geliebt. Vergebet mir, wenn ich so rede: ich sage die einfache Wahrheit. Ihr werdet an mir ein gutes und gehorsames Weib besitzen. Doch habe ich zwei Eigenschaften, welche Ihr schonen müßt. Ich bin jähzornig, wenn man mir

Recht oder Ehre antastet, und darin peinlich, daß man mir nichts versprechen darf, ohne es zu halten. Schon als Kind habe ich das schwer oder nicht gelitten. Ich bin von wenig Wünschen und verlange nichts über das Alltägliche hinaus; nur wo mir einmal etwas gezeigt und zugesagt wurde, da bedarf ich der Erfüllung, sonst verliere ich den Glauben und kränke mich schwerer als andere Frauen über das Unrecht. Doch wie darf ich so zu Euch reden, mein Herr und Gebieter, den ich kaum kenne? Laßt mich verstummen. Lebet wohl, mein Gemahl, und gebet mir neun Tage, Euern Bruder zu betrauern.« Jetzt löste sie langsam die Hand aus der seinigen und verschwand mit dem Tyrannen.

Inzwischen hatte die geistliche Schar den Leichnam weggehoben, um ihn in der Hauskapelle aufzubahren und einzusegnen.

Astorre stand allein in seinem verscherzten Mönchsgewande, welches eine von Reue erfüllte Brust bedeckte. Ein Heer von Dienern, das den seltsamen Vorgang belauscht und genügend begriffen hatte, näherte sich in unterwürfigen Stellungen und mit furchtsamen Gebärden seinem neuen Herrn, verblüfft und eingeschüchtert weniger noch durch den Wechsel der Herrschaft als durch das vermeintliche Sakrilegium der gebrochenen Gelübde – das leise gelesene Breve war nicht zu ihren Ohren gelangt – und durch die Verweltlichung des ehrwürdigen Mönches. Diesem gelang es nicht, seinen Vater zu betrauern. Ihn beschlich, jetzt da er seines Willens wieder mächtig war, der Argwohn, was sage ich, ihn überkam die empörende Gewißheit, daß ein Sterbender seinen guten Glauben betrogen und seine Barmherzigkeit mißbraucht habe. Er entdeckte in der Verzweiflung des Alten den Schlupfwinkel der List und in der wilden Lästerung das berechnete Spiel an der Schwelle des Todes. Unwillig, fast feindselig wandte sich sein Gedanke gegen das ihm zugefallene Weib. Ihn versuchte der verzwickte mönchische Einfall, dasselbe nicht aus eigenem Herzen, sondern nur als Stellvertreter seines entseelten Bruders zu lieben; aber sein gesunder Sinn und sein redliches Gemüt verwarfen die schmähliche Auskunft. Da er sie nun als die Seinige betrachtete, erwehrte er sich einer gewissen Verwunderung nicht, daß ihm sein Weib mit so bündiger Rede und harter Wahrheitsliebe entgegengetreten und so sachlich mit ihm sich auseinandergesetzt habe, ohne Schleier und Wolke, eine viel derbere und wirklichere Gestalt als die zarten Erscheinungen der Legende. Er hatte sich die Frauen weicher gedacht.

Jetzt gewahrte der Mönch plötzlich sein Ordenskleid und den Widerspruch seiner Gefühle und Betrachtungen mit demselben. Er schämte sich vor seiner Kutte und sie wurde ihm lästig. »Gebt mir weltliches Gewand!« befahl er. Geschäftige Diener umringten ihn, aus welchen er bald in der Tracht seines ertrunkenen Bruders, mit dem er ungefähr von gleichem Wuchse war, hervortrat.

In demselben Augenblicke warf sich ihm der Narr seines Vaters, mit Namen Gocciola, zu Füßen und huldigte ihm, nicht um wie die andern Verlängerung seines Dienstes sich zu erbitten, sondern seinen Abschied und die Erlaubnis, den Stand zu wechseln, denn er sei der Welt überdrüssig, seine Haare ergrauen und es stünde ihm schlecht an, mit der läutenden Schellenkappe ins Jenseits zu gehen. Mit diesen weinerlichen Worten bemächtigte er sich der abgeworfenen Kutte, welche das Gesinde zu berühren sich gescheut hatte. Aber sein buntscheckiges Gehirn schlug einen Purzelbaum, und er fügte lüstern bei: »Einmal möchte ich noch Amarellen essen, ehe ich der Welt und ihren Täuschungen Valet sage! Hochzeit läßt hier nicht auf sich warten, ich glaube.« Er beleckte sich die Maulwinkel mit seiner fahlen Zunge. Dann bog er ein Knie vor dem Mönch, schüttelte seine Schellen und entsprang, die Kutte hinter sich herschleifend.

»Amarelle oder Amare«, erläuterte Dante, »heißt das paduanische Hochzeitsgebäck wegen seines bittern Mandelgeschmackes und zugleich mit anmutiger Anspielung auf das Verbum der ersten Konjugation.« Hier machte der Erzähler eine Pause und verschattete die Stirn und Augen mit der Hand, den weitern Gang seiner Fabel übersinnend.

Inzwischen trat der Majordom des Fürsten, ein Alsatier, namens Burcardo, mit abgemessenen Schritten, umständlichen Bücklingen und weitläufigen Entschuldigungen, daß er die Unterhaltung stören müsse, vor Cangrande, welchen er in irgendeiner häuslichen Angelegenheit um Befehl bat. Deutsche waren dazumal an den ghibellinischen Höfen Italiens keine eben seltene Erscheinung, ja sie wurden gesucht und den Einheimischen vorgezogen wegen ihrer Redlichkeit und ihres angeborenen Verständnisses für Zeremonien und Gebräuche.

Als Dante das Haupt wieder hob, gewahrte er den Elsässer und hörte sein Welsch, das Weich und Hart beharrlich verwechselte, den Hof ergötzend, das feine Ohr des Dichters aber empfindlich beleidigend. Sein Blick verweilte dann mit sichtlichem Wohlgefallen auf den zwei Jünglingen, Ascanio und dem bepanzerten Krieger. Zuletzt ließ er ihn sinnend ruhen auf den beiden Frauen, der Herrin Diana, die sich belebt und deren marmorne Wange sich leicht gerötet hatte, und auf Antiope, der Freundin Cangrandes, einem hübschen und natürlichen Wesen. Dann fuhr er fort.

Hinter der Stadtburg der Vicedomini dehnte sich vormals – jetzt da das erlauchte Geschlecht längst erloschen ist, hat sich jener Platz völlig verändert – ein geräumiger Bezirk bis an den Fuß der festen und breiten Stadtmauer aus, so geräumig, daß er Weideplätze für Herden, Gehege für Hirsche und Rehe, mit Fischen gefüllte Teiche, tiefe Waldschatten und sonnige Weinlauben enthielt. An einem leuchtenden Morgen, sieben Tage nach der Totenfeier, saß im schwarzen Schatten einer Zeder, den Rücken an den Stamm gelehnt und die Schnäbel seiner Schuhe in das brennende Sonnenlicht streckend, der Mönch Astorre; denn diesen Namen behielt er unter den Paduanern, obwohl er weltlich geworden war, während seines kurzen Wandels auf der Erde. Er saß oder lag einem Brunnen gegenüber, der aus dem Mund einer gleichgültigen Maske eine kühle Flut sprudelte, unfern einer Steinbank, welcher er das weiche Polster des schwellenden Rasens vorgezogen hatte.

Während er sann oder träumte ich weiß nicht was, sprangen auf dem beinahe schon mittäglich übersonnten Platze vor dem Palast zwei junge Leute von staubbedeckten Gäulen, der eine gepanzert, der andere mit Wahl gekleidet, obschon im Reisegewand. Ascanio und Germano, so hießen die Reiter, waren die Günstlinge des Vogtes und zugleich die Jugendgespielen des Mönches, mit welchen er brüderlich gelernt und sich ergötzt hatte bis zu seinem fünfzehnten Jahre, dem Beginne seines Noviziates. Ezzelin hatte sie an seinen Schwieger, Kaiser Friedrich, gesendet.

Dante hielt inne und verneigte sich vor dem großen Schatten.

Mit beantworteten Aufträgen kehrten die zweie zu dem Tyrannen zurück, welchem sie noch überdies die Neuigkeit des Tages mitbrachten: eine in der kaiserlichen Kanzlei verfertigte Abschrift des an den christlichen Klerus gerichteten Hirtenbriefes, worin der heilige Vater den geistvollen Kaiser vor dem Angesichte der Welt der äußersten Gottlosigkeit anklagt.

Obwohl mit wichtigen, vielleicht Eile heischenden Aufträgen und dem unheilschweren Dokumente betraut, brachten die beiden es nicht über sich, an dem Heim ihres Jugendgespielen vorbei nach dem Stadtturm des Tyrannen zu sprengen. Sie hatten in der letzten Herberge vor Padua, wo sie, ohne den Bügel zu verlassen, ihre Pferde fressen und saufen ließen, von dem geschwätzigen Schenkwirt das große Stadtunglück und das größere Stadtärgernis: den Untergang der Hochzeitsbarke und die weggeschleuderte Kutte des Mönches erfahren, so ziemlich mit allen Umständen, ohne die vereinigten Hände Dianas und Astorres jedoch, welche noch nicht offenbar geworden waren. Unzerstörliche Bande, die uns an die Gespielen unserer Kindheit fesseln! Von dem seltsamen Schicksale Astorres betroffen, konnten die beiden keine Ruhe finden, bis sie ihn mit Augen gesehen, den Wiedergewonnenen. Während langer Jahre waren sie nur dem Mönche begegnet, zufällig auf der Straße, ihn mit einem zwar freundlichen, aber durch aufrichtige Ehrfurcht vertieften und etwas fremden Kopfnicken begrüßend.

Gocciola, den sie im Hofe des Palastes fanden, wie er mit einer Semmel beschäftigt auf einem Mäuerlein saß und die Beine baumeln ließ, führte sie in den Garten. Ihnen voranwandelnd unterhielt der Narr die Jünglinge nicht von dem tragischen Schicksale des Hauses, sondern nur von seinen eigenen Angelegenheiten, welche ihm als das weit Wichtigere erschienen. Er erzählte, daß er brünstig nach einem seligen Ende strebe, und verschluckte darüber den Rest der Semmel, ohne ihn mit seinen wackligen Zähnen gekaut zu haben, so daß er fast daran erstickte. Über die Gesichter, die er schnitt, und über seine Sehnsucht nach der Zelle brach Ascanio in ein so lustiges Gelächter aus, daß er damit den Himmel entwölkte, wenn dieser heute nicht schon aus eigener Freude in leuchtenden Farben geschwelgt hätte.

Ascanio versagte sich nicht das Tröpfchen zu foppen, schon um den lästigen Begleiter loszuwerden. »Ärmster«, begann er, »du wirst die Zelle nicht erreichen, denn, unter uns, im tiefsten Vertrauen, mein Ohm der Tyrann hat ein begehrliches Auge auf dich geworfen. Laß dir sagen: er besitzt vier Narren, den Stoiker, den Epikureer, den Platoniker, den Skeptiker, wie er sie benennt. Diese viere stellen sich, wann der Ernste spaßen will, auf seinen Wink in die vier Ecken eines Saales, an dessen Wölbung der gestirnte Himmel und die Planetenbilder prangen. Der Ohm, im Hauskleide, tritt in die Mitte des Raumes, klatscht in die Hände und die Philosophen wechseln hopsend die Winkel. Vorgestern ist der Stoiker heulend und winselnd draufgegangen, weil der Unersättliche viele Pfunde Nudeln auf einmal verschlang. Der Ohm hat mir flüchtig angedeutet, er gedenke ihn zu ersetzen, und werde sich von dem Mönche deinem neuen Herrn als Erbsteuer dich, o Gocciola, erbitten. So steht es. Ezzelin fahndet nach dir. Wer weiß, ob er nicht hinter dir geht. Dieses war eine Anspielung auf die Allgegenwart des Tyrannen, welche die Paduaner in Furcht und beständigem Zittern hielt. Gocciola stieß einen Schrei aus, als falle die Hand des Gewaltigen auf seine Schulter, blickte sich um, und obwohl niemand hinter ihm ging als sein kurzer Schatten, flüchtete er sich zähneklappernd in irgendein Versteck.

»Ich streiche die Narren Ezzelins«, unterbrach sich Dante mit einer griffelhaltenden Gebärde, als schriebe er seine Fabel, statt sie zu sprechen, wie er tat. »Der Zug ist unwahr, oder dann log Ascanio. Es ist durchaus undenkbar, daß ein so ernster und ursprünglich edler Geist wie Ezzelin Narren gefüttert und sich an ihrem Blödsinn ergötzt habe.« Diesen geraden Stich führte der Florentiner gegen seinen Gastfreund, auf dessen Mantel Gocciola saß, den Dichter angrinsend.

Cangrande tat nichts dergleichen. Er versprach sich im stillen, bei erster Gelegenheit mit Wucher heimzuzahlen.

Befriedigt, fast heiter setzte Dante seine Erzählung fort.

Endlich entdeckten die beiden den entmönchten Mönch, welcher, wie gesagt, den Rücken an den Stamm einer Pinie lehnte –

»An den Stamm einer Zeder, Dante«, verbesserte die aufmerksam gewordene Fürstin.

– einer Zeder lehnte und sich die Fußspitzen sonnte. Er bemerkte die sich ihm von beiden Seiten Nähernden nicht, so tief war er in sein leeres oder volles Träumen versunken. Jetzt bückte sich der mutwillige Ascanio nach einem Grashalm, brach denselben und kitzelte damit die Nase des Mönches, daß dieser dreimal kräftig nieste. Astorre ergriff freundlich die Hände seiner Jugendgespielen und zog sie rechts und links neben sich auf den Rasen nieder. »Nun, was saget ihr dazu?« fragte er in einem Tone, der eher schüchtern als herausfordernd klang.

»Zuerst mein aufrichtiges Lob deines Priors und deines Klosters!« scherzte Ascanio. »Sie haben dich frisch bewahrt. Du schaust jugendlicher als wir beide. Freilich die knappe weltliche Tracht und das glatte Kinn mögen dich auch verjüngen. Weißt du, daß du ein schöner Mann bist? Du liegst unter deiner Riesenzeder gleich dem ersten Menschen, den Gott, wie die Gelehrten behaupten, als einen Dreißigjährigen erschuf, und ich«, fuhr er mit einer unschuldigen Miene fort, da er den Mönch über seinen Mutwillen erröten sah, »bin wahrlich der letzte dich zu tadeln, daß du dich aus der Kutte befreitest, denn sein Geschlecht zu erhalten, ist der Wunsch alles Lebenden.«

»Es war nicht mein Wunsch noch freier Entschluß«, bekannte der Mönch wahrhaft. »Widerstrebend tat ich den Willen eines sterbenden Vaters.«

»Wirklich?« lächelte Ascanio. »Erzähle das niemandem, Astorre, als uns, die dich lieben. Andern würde dich diese Unselbständigkeit lächerlich oder gar verächtlich machen. Und, weil wir vom Lächerlichen reden, gib acht, ich bitte dich, Astorre, daß du den Menschen aus dem Mönche entwickelst, ohne den guten Geschmack zu beleidigen! Der heikle Übergang will sorgfältig geschont und abgestuft sein. Nimm Rat an! Du reisest ein Jährchen, zum Beispiel an den Hof des Kaisers, von wo nach Padua und zurück die Boten nicht zu laufen aufhören. Du lässest dich von Ezzelin nach Palermo senden! Dort lernst du neben dem vollkommensten Ritter und dem vorurteillosesten Menschen – ich meine unsern zweiten Friedrich – auch die Weiber kennen und gewöhnst dir die Mönchsart ab, sie zu vergöttern oder geringzuschätzen. Das Gemüt des Herrschers färbt Hof und Stadt. Wie das Leben hier in Padua geworden ist, unter meinem Ohm dem Tyrannen, wild und übertrieben und gewalttätig, gibt es dir ein falsches Weltbild. Palermo, wo sich unter dem menschlichsten aller Herrscher Spiel und Ernst, Tugend und Lust, Treue und Unbestand, guter Glaube und kluges Mißtrauen in den richtigen Verhältnissen mischen, bietet das wahrere. Dort vertändelst du den Reigen eines Jahres mit unsern Freundinnen und Feindinnen in erlaubter oder läßlicher Weise« – der Mönch runzelte die Stirn – »machst etwa einen Feldzug mit, ohne jedoch unbesonnen dich auszusetzen – denke an deine Bestimmung – nur daß du dich wieder erinnerst, wie Pferd und Klinge geführt wird – als Knabe verstundest du das – behältst deine muntern braunen Augen, die – bei der Fackel der Aurora! – leuchten und sprühen, seit du das Kloster verlassen hast, überall offen und kehrst uns als ein Mann zurück, der sich und andere besitzt.«

»Er muß dort beim Kaiser eine Schwäbin heiraten«, riet der Gepanzerte gutmütig. »Sie sind frömmer und verläßlicher als unsere Weiber.«

»Schweigst du wohl?« drohte ihm Ascanio mit dem Finger. »Mache mir keine

Langeweile mit semmelblonden Zöpfen!« Der Mönch aber drückte die Rechte Germanos, welche er noch nicht hatte fahrenlassen.

»Aufrichtig, Germano«, forschte er, »was sagst *du* dazu?«

»Wozu?« fragte dieser barsch.

»Nun, zu meinem neuen Stande?«

»Astorre, mein Freund«, antwortete der Schnurrbärtige etwas verlegen, »ist es getan, frägt man nicht mehr herum nach Beirat und Urteil. Man behauptet sich, wo man steht. Willst du aber meine Meinung durchaus wissen, nun, schau, Astorre, verletzte Treue, gebrochenes Wort, Fahnenflucht und so weiter, dem gibt man in Germanien grobe Namen. Natürlich bei dir ist's etwas ganz anderes, das läßt sich gar nicht vergleichen – und dann der sterbende Vater – Astorre, mein lieber Freund, du hast ganz hübsch gehandelt, nur wäre das Gegenteil noch hübscher gewesen. Das ist meine Meinung«, schloß er treuherzig.

»So hättest du mir, wärest du dagewesen, die Hand deiner Schwester verweigert, Germano?«

Dieser fiel aus den Wolken. »Die Hand meiner Schwester? der Diana? derselben, die deinen Bruder betrauert?«

»Derselben. Sie ist meine Verlobte.«

»O herrlich!« rief jetzt der weltkluge Ascanio, und: »Erfreulich!« fiel Germano bei. »Laß dich umarmen, Schwager!« Der Gepanzerte hatte trotz seiner Geradheit gute Lebensart. Aber er unterdrückte einen Seufzer. So herzlich er die herbe Schwester achtete, dem Mönche, wie dieser neben ihm saß, hätte er, nach seinem natürlichen Gefühle, ein anderes Weib gegeben.

So drehte er den Schnurrbart und Ascanio das Steuerruder des Gespräches. »Eigentlich, Astorre«, plauderte der Heitere, »müssen wir damit anfangen, uns wieder kennenzulernen; nicht weniger als deine fünfzehn beschaulichen Klosterjahre liegen zwischen unserer Kindheit und heute. Nicht daß wir inzwischen unser Wesen geändert hätten, wer ändert es? doch wir haben uns ausgewachsen. Dieser zum Beispiel« – er deutete gegen Germano – »freut sich jetzt eines schönen Waffenruhmes; aber ich habe ihn zu verklagen, daß er ein halber Deutscher geworden ist. Er« – Ascanio krümmte den Arm, als leere er den Becher – »und hernach wird er tiefsinnig oder händelsüchtig. Auch verachtet er unser süßes Italienisch. ›Ich werde deutsch mit euch reden!‹ prahlt er und brummt die Bärenlaute einer unmenschlichen Sprache. Dann erbleicht sein Gesinde, seine Gläubiger fliehen und unsere Paduanerinnen kehren ihm die stattlichen Rücken zu. Dergestalt ist er vielleicht so jungfräulich geblieben als du, Astorre«, und er legte dem Mönch traulich die Hand auf die Schulter.

Germano lachte herzlich und erwiderte auf Ascanio zeigend: »Und dieser hier hat seine Bestimmung gefunden, indem er der perfekte Höfling wurde.«

»Da irrst du dich, Germano«, widersprach der Günstling Ezzelins. »Meine Bestimmung war, das Leben leicht und heiter zu genießen.« Und zum Beweise dessen rief er freundlich gebietend das Kind des Gärtners herbei, das er in einiger Entfernung sich vorüberstehlen und nach seiner neuen Herrschaft, dem Mönche, schielen sah. Das hübsche Ding trug einen mit Trauben und Feigen überhäuften Korb auf dem lachenden Haupte und schaute eher schelmisch als schüchtern. Ascanio war aufgesprungen. Er legte die Linke um die schlanke Seite des Mädchens und holte sich mit der Rechten aus dem Korb eine Traube. Zugleich suchte sein Mund die schwellenden Lippen. »Mich durstet«, sagte er. Das Mädchen tat schämig, hielt aber stille, weil es seine Früchte nicht verschütten wollte. Unmutig wendete sich der Mönch von den zwei Leichtsinnigen ab, und das erschreckende Dirnchen entrann, da es die harte mönchische Gebärde erblickte, den Pfad ihrer Flucht mit rollenden Früchten bestreuend. Ascanio, der seine Traube in der Hand hielt, hob hinter den flüchtigen Stapfen noch zwei andere auf, deren eine er Germano bot, welcher aber die ungekelterte verächtlich ins Gras warf. Die andere reichte der Mutwillige dem Mönche, der sie eine Weile ebenfalls unberührt ließ, dann aber gedankenlos eine saftige Beere und bald noch eine zweite und die dritte kostete.

»Ein Höfling?« fuhr Ascanio fort, der sich, belustigt durch die Zimperlichkeit des dreißigjährigen Mönches, wieder neben ihn auf den Rasen geworfen hatte. »Glaube das nicht, Astorre! Glaube das Gegenteil! Ich bin der einzige, welcher meinem Ohm leise, aber verständlich zuredet, daß er nicht unbarmherzig werde, daß er ein Mensch bleibe.«

»Er ist nur gerecht und sich selbst getreu!« meinte Germano.

»Über seine Gerechtigkeit!« jammerte Ascanio, »und über seine Logik! Padua ist Reichsleben. Ezzelin ist Vogt. Wer ihm mißfällt, lehnt sich gegen das Reich auf. Hochverräter werden –« Er brachte es nicht über die Lippen. »Abscheulich!« murmelte er. »Und überhaupt: warum dürfen wir Welsche kein eigenes Leben unter unserer warmen Sonne führen? warum dieses Nebelphantom des Reiches, das uns den Atem beengt? Ich rede nicht für mich. Ich bin an den Ohm gefesselt. Stirbt der Kaiser, den Gott erhalte, so wirft sich ganz Italien mit Flüchen und Verwünschungen über den Tyrannen Ezzelin und den Neffen erwürgen sie so nebenbei.« Ascanio betrachtete über der üppigen Erde den strahlenden Himmel und stieß einen Seufzer aus.

»Uns beide«, ergänzte Germano kaltblütig. »Das aber hat Weile. Der Gebieter besitzt eine feste Prophezeiung. Der gelehrte Guido Bonatti und Paul von Bagdad, welcher mit seinem langen Barte den Staub der Gasse zusammenfegt, haben ihm, sosehr sich die aufeinander Eifersüchtigen gewöhnlich widersprechen, ein neues seltsames Sternbild einmütig folgendergestalt enträtselt: in einer Kürze oder Länge wird ein Sohn der Halbinsel die ungeteilte Krone derselben erringen mit Hilfe eines germanischen Kaisers, der für sein Teil jenseits der Gebirge alles Deutsche in einen harten Reichsapfel zusammenballt. Ist Friedrich dieser Kaiser? Ist dieser Kaiser Ezzelin? Das weiß Gott, der Zeit und Stunde kennt, aber der Gebieter hat darauf seinen Ruhm und unsere Köpfe verwettet.«

»Geflechte von Vernunft und Wahn!« ärgerte sich Ascanio, während der Mönch erstaunte über die Macht der Sterne, den weiten Ehrgeiz der Herrscher und den alles mitreißenden Strom der Welt. Auch erschreckte ihn das Gespenst der beginnenden Grausamkeit Ezzelins, in welchem der Unschuldige die verkörperte Gerechtigkeit gesehen hatte.

Ascanio beantwortete seine schweigenden Zweifel, indem er fortfuhr: »Mögen sie beide einen bösen Tod finden, der stirnrunzelnde Guido und der bärtige Heide! Sie verleiten den Ohm, seinen Launen und Lüsten zu gehorchen, indem er das Notwendige zu tun glaubt. Hast du ihm schon zugeschaut, Germano, wie er bei seinem kargen Mahle in dem durchsichtigen Kristall des Bechers sein Wasser mit den drei oder vier blutroten Tropfen Sizilianers färbt, welche er sich gönnt? wie sein aufmerksamer Blick das Blut verfolgt, das sich langsam wölkt und durch den lautern Quell verbreitet? oder wie er den Toten die Lider zuzudrücken liebt, so daß es zur Höflichkeit geworden ist, den Vogt wie zu einem Fest an die Sterbelager zu bitten und ihm diese traurige Handlung zu überlassen? Ezzelin, mein Fürst, werde mir nicht grausam!« rief der Jüngling aus, von seinem Gefühl überwältigt.

»Ich denke nicht, Neffe«, sprach es hinter ihm. Es war Ezzelin, welcher ungesehen herangetreten war und, obwohl kein Lauscher, den letzten schmerzlichen Ausruf Ascanios vernommen hatte.

Die drei Jünglinge erhoben sich rasch und begrüßten den Herrscher, der sich auf die Bank niederließ. Sein Gesicht war ruhig wie die Maske des Brunnens.

»Ihr meine Boten«, stellte Ascanio und Germano zur Rede, »was kam euch an, diesen hier« – er nickte leicht gegen den Mönch – »vor mir aufzusuchen?«

»Er ist unser Jugendgespiele und hat Seltsames erfahren«, entschuldigte der Neffe und Ezzelin ließ es gelten. Er empfing die Briefschaften, die ihm Ascanio das Knie biegend überreichte. Alles schob er in den Busen außer der Bulle. »Siehe da«, sagte er, »das Neueste! Lies vor, Ascanio! Du hast jüngere Augen als ich.«

Ascanio rezitierte den apostolischen Brief, während Ezzelin die Rechte in den Bart vergrub und mit dämonischem Vergnügen zuhörte.

Zuerst gab der dreigekrönte Schriftsteller dem geistreichen Kaiser den Namen eines apokalyptischen Ungeheuers. »Ich kenne das, es ist absurd«, sagte der Tyrann. »Auch mich hat der Pontifex in seinen Briefen ausschweifend betitelt, bis ich ihn ermahnte, mich, welcher Ezzelin der Römer heißt, fortan in klassischer Sprache zu schelten. Wie nennt er mich dieses Mal? Ich bin neugierig. Suche nur die Stelle, Ascanio – es wird sich eine finden –, wo er meinem Schwieger seinen bösen Umgang vorhält. Gib her!« Er ergriff das Schreiben und fand bald den Ort: hier beschuldigte der Papst den Kaiser, den Gatten seiner Tochter zu lieben, »Ezzelino da Romano, den größten Verbrecher der bewohnten Erde«.

»Korrekt!« lobte Ezzelin und gab Ascanio das Schreiben zurück. »Lies mir die Gottlosigkeiten des Kaisers, Neffe«, lächelte er.

Ascanio las, Friedrich habe geäußert, es gebe neben vielem Wahn nur zwei wahre Götter: Natur und Vernunft. Der Tyrann zuckte die Achseln.

Ascanio las ferner, Friedrich habe geredet: drei Gaukler, Moses, Mohammed und – er stockte – hätten die Welt betrogen. »Oberflächlich«, tadelte Ezzelin, »sie hatten ihre Sterne; aber, gesagt oder nicht, der Spruch gräbt sich ein und wiegt für den unter der Tiara ein Heer und eine Flotte. Weiter.«

Nun kam eine wunderliche Mär an die Reihe: Friedrich hätte, durch ein wogendes Kornfeld reitend, mit seinem Gefolge gescherzt und in lästerlicher Anspielung auf die heilige Speise den Dreireim zum besten gegeben:

So viele Ähren, so viele Götter sind,
Sie schießen empor in der Sonne geschwind
Und wiegen die goldenen Häupter im Wind –

Ezzelin besann sich. »Seltsam!« flüsterte er. »Mein Gedächtnis hat dieses Verschen aufbewahrt. Es ist durchaus authentisch. Der Kaiser hat es mir mit fröhlich lachendem Munde zugerufen, da wir zusammen im Angesichte der Tempeltrümmer von Enna jene strotzenden Ährenfelder durchritten, mit welchen Göttin Ceres die sizilische Scholle gesegnet hat. Darauf besinne ich mich mit derselben Klarheit, welche an jenem Sommertage über der Insel glänzte. Ich bin es nicht, der diesen heitern Scherz dem Pontifex mitgeteilt hat. Dazu bin ich zu ernsthaft. Wer tat es? Ich mache euch zu Richtern, Jünglinge. Wir ritten zu dreien und der dritte – auch dessen bin ich gewiß, wie dieser leuchtenden Sonne« – sie warf gerade einen Strahl durch das Laub – »war Petrus de Vinea, der Unzertrennliche des Kaisers. Hätte der fromme Kanzler für seine Seele gebangt und sein Gewissen durch einen Brief nach Rom erleichtert? Reitet ein Sarazene heute? Ja? Rasch, Ascanio. Ich diktiere dir eine Zeile.«

Dieser zog Täfelchen und Stift hervor, ließ sich auf das rechte Knie nieder und schrieb, das gebogene linke als Pult gebrauchend:

»Erhabener Herr und geliebter Schwieger! Ein schnelles Wort. Das Verschen in der Bulle – Ihr seid zu geistreich, um Euch zu wiederholen – haben nur vier Ohren gehört, die meinigen und die Eures Petrus, in den Kornfeldern von Enna, vor einem Jahre, da Ihr mich an Euern Hof beriefet und ich mit Euch die Insel durchritt. Kein Hahn kräht danach, wenn nicht der im Evangelium, welcher den Verrat des Petrus bekräftigte. Wenn Ihr mich und Euch liebet, Herr, so versuchet Euern Kanzler mit einer scharfen Frage.«

»Blutiges Wortspiel! Das schreibe ich nicht! Die Hand zittert mir!« rief der erblassende Ascanio. »Ich bringe den Kanzler nicht auf die Folter!«, und er warf den Stift weg.

»Dienstsache«, bemerkte Germano trocken, hob den Stift auf und beendigte das Schreiben, welches er unter seine Eisenhaube schob. »Es läuft noch heute«, sagte er. »Mir für meine einfache Person hat der Capuaner nie gefallen: er hat einen verhüllten Blick.«

Der Mönch Astorre schauderte zusammen trotz der Mittagssonne. Zum ersten Male griff der aus dem Klosterfrieden Geschiedene, gleichsam mit Händen wie die schlüpfrigen Windungen einer Natter, den Argwohn oder den Verrat der Welt. Aus seinem Brüten weckte ihn ein strenges Wort Ezzelins, welches dieser an ihn richtete, von seiner Steinbank sich erhebend.

»Sprich, Mönch, warum vergräbst du dich in dein Haus? Du hast es noch nie verlassen, seit du weltliches Gewand trägst. Du scheust die öffentliche Meinung? Tritt ihr entgegen! Sie weicht zurück. Machst du aber eine Bewegung der Flucht, so heftet sie sich an deine Sohle wie eine heulende Meute. hast du deine Braut Diana besucht? Die Trauerwoche ist vorüber. Ich rate dir: heute noch lade deine Sippen, und heute noch vermähle dich mit Diana!«

»Und dann rasch mit euch auf dein entlegenstes Schloß!« beendigte Ascanio.

»Das rate ich nicht«, verbot der Tyrann. »Keine Furcht. Keine Flucht. Heute vermählst du dich, und morgen hältst du Hochzeit mit Masken. Valete!« Er schied, Germano winkend ihm zu folgen.

»Darf ich unterbrechen?« fragte Cangrande, der höflich genug gewesen war, eine natürliche Pause der Erzählung abzuwarten.

»Du bist der Herr«, versetzte der Florentiner mürrisch.

»Traust du dem unsterblichen Kaiser jenes Wort von den drei großen Gauklern zu?«

»Non liquet.«

»Ich meine: in deinem innersten Gefühle?«

Dante verneinte mit einer deutlichen Bewegung des Hauptes.

»Und doch hast du ihn als einen Gottlosen in den sechsten Kreis deiner Hölle verdammt. Wie durftest du das? Rechtfertige dich!«

»Herrlichkeit«, antwortete der Florentiner, »die Komödie spricht zu meinem Zeitalter. Dieses aber liest die fürchterlichste der Lästerungen mit Recht oder Unrecht auf jener erhabenen Stirne. Ich vermag nichts gegen die fromme Meinung. Anders vielleicht urteilen die Künftigen.«

»Mein Dante«, fragte Cangrande zum andern Mal, »glaubst du Petrus de Vinea unschuldig des Verrates an Kaiser und Reich?«

»Non liquet.«

»Ich meine! in deinem innersten Gefühle?«

Dante verneinte mit derselben Gebärde.

»Und du lässest den Verräter in deiner Komödie seine Unschuld beteuern?«

»Herr«, rechtfertigte sich der Florentiner, »werde ich, wo klare Beweise fehlen, einen Sohn der Halbinsel mehr des Verrates bezichtigen, da schon so viele Arglistige und Zweideutige unter uns sind?«

»Dante, mein Dante«, sagte der Fürst, »du glaubst nicht an die Schuld und du verdammst! Du glaubst an die Schuld und du sprichst frei!« Dann führte er die Erzählung in spielendem Scherze weiter:

»Auch der Mönch und Ascanio verließen jetzt den Garten und betraten die Halle.« Doch Dante nahm ihm das Wort.

Keineswegs, sondern sie stiegen in eine Turmstube, dieselbe, die Astorre als Knabe mit ungeschorenen Locken bewohnt: denn dieser mied die großen und prunkenden Gemächer, welche er sich erst gewöhnen mußte als sein Eigentum zu betrachten, wie er auch den ihm hinterlassenen goldenen Hort noch mit keinem Finger berührt hatte. Den beiden folgte, auf einen gebietenden Wink Ascanios, der Majordom Burcardo in gemessener Entfernung mit steifen Schritten und verdrießlichen Mienen.

Der gleichnamige Haushofmeister Cangrandes war nach verrichtetem Geschäfte neugierig lauschend in den Saal zurückgetreten, denn er hatte gemerkt, daß es sich um wohlbekannte Personen handle; da er nun sich selbst nennen hörte und unversehens und lebensgroß im Spiegel der Novelle erblickte, fand er diesen Mißbrauch seiner Ehrenperson verwegen und durchaus unziemlich im Munde des beherbergten Gelehrten und geduldeten Flüchtlings, welchem er in gerechter Erwägung der Verhältnisse und Unterschiede auf dem obern Stockwerk des fürstlichen Hauses eine denkbar einfache Kammer eingeräumt hatte. Was die andern lächelnd gelitten, empfand er als ein Ärgernis. Er runzelte die Brauen und rollte die Augen. Der Florentiner weidete sich mit ernsthaftem Gesichte an der Entrüstung des Pedanten und ließ sich in seiner Fabel nicht stören.

»Würdiger Herr«, befragte Ascanio den Majordom – habe ich gesagt, daß dieser von Geburt ein Alsatier war? – »wie heiratet man in Padua? Astorre und ich sind unerfahrene Kinder in dieser Wissenschaft.«

Der Haushofmeister warf sich in Positur, starr seinen Herrn anschauend, ohne Ascanio, der ihm nach seinen Begriffen nichts zu befehlen hatte, eines Blickes zu würdigen.

»Distinguendum est«, sagte er feierlich. »Es ist auseinanderzuhalten: Werbung, Vermählung und Hochzeit.«

»Wo steht das geschrieben?« scherzte Ascanio.

»Ecce!« antwortete der Majordom, indem er ein großes Buch entfaltete, das ihn niemals verließ. »Hier!« und er wies mit dem gestreckten Finger der linken Hand auf den Titel, welcher lautete: »Die Zeremonien von Padova nach genauer Erforschung zu Nutz und Frommen aller Ehrbaren und Anständigen zusammengestellt von Messer Godoscalco Burcardo.« Er blätterte und las: »Erster Abschnitt: Die Werbung. Paragraph eins: Der ernsthafte Werber bringt einen Freund gleichen Standes als gültigen Zeugen mit –«

»Bei den überflüssigen Verdiensten meines Schutzheiligen«, unterbrach ihn Ascanio ungeduldig, »laß uns zufrieden mit ante und post, mit Werbung und Hochzeit, serviere uns das Mittelstück: wie vermählt man sich in Padua?«

»In Batova«, krähte der gereizte Alsatier, dessen barbarische Aussprache in der Gemütsbewegung noch mehr als gewöhnlich hervortrat, »werden zu den adeligen Sbosalizien geladen die zwölf großen Geschlechter« – er zählte sie aus dem Gedächtnisse her – »zehn Tage voraus, nicht früher, nicht später, von dem Majordome des Bräutigams, gefolgt von sechs Dienern. In dieser erlauchten Versammlung werden die Ringe gewechselt. Man schlürft Cybrier und verzehrt als Hochzeitsgebäcke die Amarellen –«

»Gott gebe, daß wir uns nicht die Zähne ausbeißen!« lachte Ascanio, und dem Majordom das Buch entreißend, durchlief er die Namen, von welchen sechs Familienhäupter – sechse von zwölfen – und einige Jünglinge mit breiten Strichen ausgelöscht waren. Sie mochten sich in irgendeine Verschwörung gegen den Tyrannen verwickelt und darin den Untergang gefunden haben.

»Merk auf, Alter!« befahl Ascanio, für den Mönch handelnd, welcher in einen Sessel gesunken war und in Gedanken verloren die freundliche Bevormundung sich gefallen ließ. »Du hältst deinen Umgang mit den sechs Tagedieben zur Stunde, jetzt gleich, ohne Verzug, verstehst du? und ladest auf heute zur Vesperzeit.«

»Zehn Tage voraus«, wiederholte Herr Burcardo majestätisch, als verkünde er ein Reichsgesetz.

»Heute und auf heute, Starrkopf!«

»Unmöglich«, sprach der Majordom ruhig. »Ändert Ihr den Lauf der Gestirne und Jahreszeiten?«

»Du rebellierst? Jückt dich der Hals, Alter?« warnte Ascanio mit einem sonderbaren Lächeln.

Das genügte. Herr Burcardo erriet. Ezzelin hatte befohlen und der hartnäkkigste der Pedanten fügte sich ohne Murren, so eisern war die Rute des Tyrannen.

»Dann ladest du die beiden Herrinnen Canossa nicht, die Olympia und die Antiope.«

»Warum diese nicht?« fragte der Mönch plötzlich, wie von einem Zauberstabe berührt. Die Luft färbte sich vor seinem Blicke und ein Bild entstand, dessen erster Umriß schon seine ganze Seele fesselte.

»Weil die Gräfin Olympia eine Törin ist, Astorre. Kennst du die Geschichte des armen Weibes nicht? Doch du stakest ja damals noch in den Windeln, will sagen in der Kutte. Es war vor drei Jahren, da die Blätter gilbten.«

»Im Sommer, Ascanio. Eben jährt es sich«, widersprach der Mönch.

»Du hast recht – kennst du denn die Geschichte? Doch wie solltest du? Zu jener Zeit munkelte der Graf Canossa mit dem Legaten, wurde belauscht, ergriffen und verurteilt. Die Gräfin tat einen Fußfall vor dem Ohm, der sich in sein Schweigen hüllte. Sie wurde dann auf die sträflichste Weise von einem habgierigen Kämmerer getäuscht, welcher ihr Gewinnes wegen vorspiegelte, der Graf werde vor dem Blocke begnadigt werden. Das ging nicht in Erfüllung, und da man der Gräfin einen Enthaupteten brachte, warf sich ihm die aus der Hoffnung kopfüber in die Verzweiflung Geschleuderte durch das Fenster entgegen, wunderbarerweise ohne sich zu verletzten, außer daß sie sich den Fuß verstauchte. Aber von jenem Tage an war ihr Geist zerrüttet. Wenn natürliche Stimmungen sich unmerklich ineinander verlieren wie das erlöschende Licht in die wachsende Dämmerung, wechseln die ihrigen in rasendem Umschwung von Hell und Dunkel zwölfmal in zwölf Stunden. Von beständiger Unruhe gestachelt, eilt das elende Weib aus ihrem verödeten Stadtpalast auf ihr Landgut und aus diesem in die Stadt zurück, in ewigem Irrgange. Heute will sie ihr Kind einem Pächterssohn vermählen, weil nur Niedrigkeit Schutz und Frieden gewähre, morgen wäre ihr der edelste Freier, der übrigens aus Scheu vor einer solchen Mutter sich nicht einstellt, kaum vornehm genug –«

Hätte Ascanio, während seine Rede floß, den flüchtigsten Blick auf den Mönch geworfen, er hätte staunend innegehalten, denn das Antlitz des Mönches verklärte sich vor Mitleid und Erbarmen.

»Wenn der Tyrann«, fuhr der Achtlose fort, »an der Behausung Olympias vorüber auf die Jagd reitet, stürzt sie ans Fenster und erwartet, er werde an ihrer Schwelle vom Pferde steigen und die in Ungnade Geratene, aber nun genug Geprüfte günstig und gnädig an seinen Hof zurückführen, wozu er wahrlich keine Lust hat. Eines andern Tages, oder noch an demselben, wähnt sie sich von Ezzelin, welcher sich nicht um sie bekümmert, verfolgt und geächtet. Sie glaubt sich verarmt und ihre Güter, die er unberührt ließ, eingezogen. So brennt und friert sie im Wechselfieber der schroffsten Gegensätze, ist nicht nur selbst verrückt, sondern verrückt auch, was sie in die wirbelnden Kreise ihres Kopfes zieht, und stiftet – denn sie ist nur eine halbe Törin und redet mitunter treffend und witzig – überall Unheil, wo ihr geglaubt wird. Es kann nicht die Rede davon sein, sie unter die Leute und an ein Fest zu bringen. Ein Wunder ist, daß ihr Kind, die Antiope, welches sie vergöttert und dessen Verheiratung sich im Mittelpunkt ihrer Phantasie dreht, auf diesem schwanken Boden den Verstand behält. Aber das Mädchen, das in seiner Frühblüte steht und leidlich hübsch ist, hat eine gute Natur ...« So ging es noch eine Weile fort.

Astorre aber versank in seinem Traume. So sage ich, weil das Vergangene Traum ist. Denn der Mönch sah, was er vor drei Jahren erlebt hatte: einen Block, den Henker daneben, und sich selbst an der Stelle eines erkrankten Mitmönches als geistlichen Tröster, der einen armen Sünder erwartete. Dieser – der Graf Canossa – erschien gefesselt, wollte aber durchaus nicht herhalten, sei es weil er wähnte, seine Begnadigung werde, jetzt da er vor dem Blocke stehe, nicht säumen, sei es einfach, weil er die Sonne liebte und die Gruft verabscheute. Er ließ den Mönch hart an und verschmähte seine Gebete. Ein entsetzliches Ringen stand bevor, wenn er fortfuhr, sich zu sträuben und zu stemmen; denn er hielt sein Kind an der Hand, welches ihm – von den Wachen unbemerkt – zugesprungen war und ihn umklammerte, die ausdrucksvollsten Augen und die flehendsten Blicke auf den Mönch heftend. Der Vater drückte das Mädchen fest an seine Brust und schien sich mit diesem jungen Leben gegen die Vernichtung decken zu wollen, wurde aber von dem Henker nieder und mit dem Haupte auf den Block gedrückt. Da legte das Kind Kopf und Nacken neben den väterlichen. Wollte es das Mitleid des Henkers erwecken? Wollte es den Vater ermutigen, das Unabwendbare zu leiden? Wollte es dem Unversöhnten den Namen eines Heiligen ins Ohr murmeln? Tat es das Unerhörte ohne Besinnen und Überlegung, aus überströmender kindlicher Liebe? Wollte es einfach mit ihm sterben?

Jetzt leuchteten die Farben so kräftig, daß der Mönch die zwei nebeneinander liegenden Hälse, den ziegelroten Nacken des Grafen und den schneeweißen des Kindes mit dem gekräuselten goldbraunen Flaume wenige Schritte vor sich in voller Lebenswahrheit erblickte. Das Hälschen war von der schönsten Bildung und ungewöhnlicher Schlankheit. Astorre bebte, das fallende Beil möchte sich irren, und fühlte sich in tiefster Seele erschüttert, nicht anders als das erste Mal, nur daß ihm die Sinne nicht schwanden, wie sie ihm damals geschwunden waren, als die schreckliche Szene in Wahrheit und Wirklichkeit sich ereignete, und er erst wieder zu sich kam, als alles vorüber war.

»Hat mir mein Gebieter einen Auftrag zu geben?« störte den Verzückten die schnarrende Stimme des Majordoms, der es schwer ertrug, von Ascanio gemeistert zu werden.

»Burcardo«, antwortete Astorre mit weicher Stimme, »vergiß nicht, die zwei Frauen Canossa, Mutter und Tochter, zu laden. Es sei nicht gesagt, daß der Mönch die von der Welt Gemiedenen und Verlassenen von sich fernhält. Ich ehre das Recht einer Unglücklichen« – hier stimmte der Majordom mit eifrigem Nicken bei – »von mir geladen und empfangen zu werden. Würde sie übergangen, es dürfte sie schwer kränken, wie sie beschaffen ist.«

»Beileibe!« warnte Ascanio. »Tu dir doch das nicht zuleide! Dein Verlöbnis ist schon abenteuerlich genug! Und das Abenteuerliche begeistert die Törichten. Sie wird nach ihrer Art etwas Unglaubliches beginnen und irgendein tolles Wort in die Feier schleudern, welche sonst schon alle Paduanerinnen aufregt.«

Herr Burcardo aber, der die Berechtigung einer Canossa, ob sie bei Verstande sei oder nicht, sich zu den Zwölfen zu versammeln, mit den Zähnen festhielt und seinen Gehorsam dem Vicedomini und keinem andern verpflichtet glaubte, verbeugte sich tief vor dem Mönche. »Deiner Herrlichkeit allein wird gehorcht«, sprach er und entfernte sich.

»O Mönch, Mönch«, rief Ascanio, »der die Barmherzigkeit in eine Welt trägt, wo kaum die Güte ungestraft bleibt!«

»Doch wie wir Menschen sind«, flocht Dante ein, »oft zeigt uns ein prophetisches Licht den Rand eines Abgrundes, aber dann kommt der Witz und klügelt und lächelt und redet uns die Gefahr aus.«

Dergestalt fragte und beruhigte sich der Leichtsinnige: Welche Beziehung auf der Welt hat die Närrin zu dem Mönche, in dessen Leben sie nicht die geringste Rolle spielt? Und am Ende – wenn sie zu lachen gibt, so würzt sie uns die Amarellen! Er ahnte nicht von ferne, was sich in der Seele Astorres begab, aber auch wenn er geraten und geforscht, dieser hätte sein keusches Geheimnis dem Weltkinde nicht preisgegeben.

So ließ Ascanio es gut sein und, sich des andern Befehles des Tyrannen erinnernd, den Mönch unter die Leute zu bringen, fragte er lustig: »Ist für den Ehereif gesorgt, Astorre? Denn es steht in den Zeremonien geschrieben, Abschnitt zwei, Paragraph soundso: Die Reife werden gewechselt.« Dieser erwiderte, es werde sich dergleichen in dem Hausschatze finden.

»Nicht so, Astorre«, meine Ascanio. »Wenn du mir folgst, kaufst du deiner Diana einen neuen. Wer weiß, was für Geschichten an den gebrauchten Ringen kleben. Wirf das Alte hinter dich. Auch schickt es sich ganz allerliebst: du kaufst ihr einen Ring bei dem Florentiner auf der Brücke. Kennst du den Mann? Doch wie solltest du! Höre: als ich heute in der Frühstunde mit Germano in die Stadt zurückkehrend unsere einzige Brücke über den Kanal beschritt – wir mußten absitzen und die Pferde führen, so dicht war dort das Gedränge – hatte, meiner Treu, auf dem verwitterten Kopfe des Brückenpfeilers ein Goldschmied seinen Laden aufgetan, und ganz Padua kramte und feilschte vor demselben. Warum auf der engen Brücke, Astorre, da wir so viele Plätze haben? Weil in Florenz die Schmuckläden auf der Arnobrücke stehen. Denn – bewundere die Logik der Mode! – wo kauft man feinen Schmuck, als bei einem Florentiner, und wo legt ein Florentiner aus, wenn nicht auf einer Brücke? Er tut es einmal nicht anders. Sonst wäre seine Ware ein plumpes Zeug und er selbst kein echter Florentiner. Doch dieser ist es, ich meine. Hat er doch mit riesigen Buchstaben über seine Bude geschrieben: *Niccolò Lippo dei Lippi der Goldschmied, durch einen feilen und ungerechten Urteilsspruch, wie sie am Arno gebräuchlich sind, aus der Heimat vertrieben.* Auf, Astorre! gehen wir nach der Brücke!«

Dieser weigerte sich nicht, da er selbst das Bedürfnis fühlen mochte, den Bann des Hausbezirkes zu brechen, welchen er, seit er seine Kutte niedergestreift, nicht mehr verlassen hatte.

»Hast du Geld zu dir gesteckt, Freund Mönch?« scherzte Ascanio. »Dein Gelübde der Armut ist hinfällig und der Florentiner wird dich überfordern.« Er pochte an das Schiebfensterchen des im untern Flure, welchen die Jünglinge eben durchschritten, gelegenen Hauskontores. Es zeigte sich ein verschmitztes Gesicht, jede Falte ein Betrug, und der Verwalter der Vicedomini – ein Genuese, wenn ich recht berichtet bin – reichte seinem Herrn mit kriechender Verbeugung einen mit Goldbyzantinern gefüllten Beutel. Dann wurde der Mönch von einem Diener in den bequemen paduanischen Sommermantel mit Kapuze gehüllt.

Auf der Straße zog sich Astorre dieselbe tief ins Gesicht, weniger gegen die brennenden Strahlen der Sonne, als aus langer Gewöhnung, und wandte sich freundlich gegen seinen Begleiter. »Nicht wahr, Ascanio«, sagte er, »diesen Gang tue ich allein? Einen einfachen Goldring zu kaufen, übersteigt meinen Mönchsverstand nicht? Das traust du mir noch zu? Auf Wiedersehen bei meiner Vermählung, wann es Vesper läutet!« Ascanio ging und rief noch über die Schulter zurück: »Einen, nicht zweie! Den deinigen gibt dir Diana! Merke dir das, Astorre!« Es war eine jener farbigen Seifenblasen, deren der Lustige mehr als eine täglich von den Lippen in die Luft jagte.

Fraget ihr mich, Herrschaften, warum der Mönch den Freund beurlaubte, so sage ich: er wollte den himmlischen Ton, welchen die junge Märtyrerin der Kindesliebe in seinem Gemüte geweckt hatte, rein ausklingen lassen.

Astorre hatte die Brücke erreicht, welche trotz des Sonnenbrandes randvoll war und von den nahen zwei Ufern ein doppeltes Menschengedränge vor den Laden des Florentiners führte. Der Mönch blieb unter seinem Mantel unerkannt, ob auch hin und wieder ein Auge fragend auf dem unbedeckten Teile seines Gesichtes ruhte. Adel und Bürgerschaft suchte sich den Vortritt abzugewinnen. Vornehme Weiber stiegen aus ihren Sänften und ließen sich drängen und drücken, um ein Paar Armringe oder ein Stirnband von neuester Mache zu erhandeln. Der Florentiner hatte auf allen Plätzen mit der Schelle verkündigen lassen, er schließe heute nach dem Ave Maria. Er dachte nicht daran. Doch was kostet einen Florentiner die Lüge!

Endlich stand der Mönch, von Menschen eingeengt, vor der Bude. Der bestürmte Händler, der sich verzehnfachte, streifte ihn mit einem erfahrenen Seitenblick und erriet sofort den Neuling. »Womit diene ich dem gebildeten Geschmacke der Herrlichkeit?« fragte er. »Gib mir einen einfachen Goldreif«, antwortete der Mönch. Der Kaufmann ergriff einen Becher, auf welchem, nach florentinischer Kunst und Art, in erhabener Arbeit irgend etwas Üppiges zu sehen war. Er schüttete den Kelch, in dessen Bauche hundert Reife wimmelten, und bot ihn Astorre.

Dieser geriet in eine peinliche Verlegenheit. Er kannte den Umfang des Fingers nicht, welchen er mit einem Reife bekleiden sollte, und deren mehrere heraushebend, zauderte er sichtlich zwischen einem weitern und einem engern. Der Florentiner konnte den Spott nicht lassen, wie denn ein versteckter Hohn aus aller Rede am Arno hervorkichert. »Kennt der Herr die Gestalt des Fingers nicht, welchen er doch wohl zuweilen gedrückt hat?« fragte er mit einem unschuldigen Gesichte, aber als ein kluger Mann verbesserte er sich alsobald und in der heimischen Meinung, der Verdacht der Unwissenheit sei beleidigend, derjenige der Sünde aber schmeichle, gab er Astorre zwei Ringe, einen größern und einen kleinern, die er aus Daumen und Zeigefinger seiner beiden Hände geschickt zwischen die Daumen und Zeigefinger des Mönches hinübergleiten ließ. »Für die zwei Liebchen der Herrlichkeit«, wisperte er sich verneigend.

Ehe noch der Mönch über diese lose Rede ungehalten werden konnte, erhielt er einen harten Stoß. Es war das Schulterblatt eines Roßpanzers, das ihn so unsanft streifte, daß er den kleinen Ring fallen ließ. In demselben Augenblicke schmetterte ihm der betäubende Ton von acht Tuben ins Ohr. Die Feldmusik der germanischen Leibwache des Vogtes ritt in zwei Reihen, beide vier Rosse hoch, über die Brücke, den ganzen Menscheninhalt derselben auseinanderwerfend und gegen die steinernen Geländer pressend.

Sobald die Bläser vorüber waren, stürzte der Mönch, den festgehaltenen größern Ring rasch in seinem Gewande bergend, dem kleinern nach, welcher unter den Hufen der Gäule weggerollt war.

Das alte Bauwerk der Brücke war in der Mitte ausgefahren und vertieft, so daß der Reif die Höhlung hinab und dann durch seine eigene Bewegung getrieben die andere Seite hinanrollte. Hier hatte eine junge Zofe, namens Isotta oder, wie man in Padua den Namen kürzt, Sotte, das rollende und blitzende Ding gehascht, auf die Gefahr hin, von den Pferden zerstampft zu werden. »Ein Glücksring!« jubelte das unkluge Geschöpf und steckte einer jugendlichen Herrin, welcher sie das Begleite gab, mit kindischem Frohlocken den Fund an den schlanken Finger, den vierten der linken Hand, welcher ihr durch seine zierliche Bildung des engen Schmuckes besonders würdig und fähig schien. In Padua aber, wie auch hier in Verona, wenn mir recht ist, pflegt man den Trauring an der linken Hand zu tragen.

Das Edelfräulein zeigte sich unwillig über die Posse der Magd, war aber doch auch ein bißchen belustigt davon. Sie bemühte sich eifrig, den fremden Ring, der ihr wie angegossen saß, dem Finger wieder abzuziehen. Da stand unversehens der Mönch vor ihr und hob die Arme in freudiger Verwunderung. Seine Gebärde aber war, daß er die geöffnete rechte Hand vor sich hin streckte, die linke in die Höhe des Herzens hielt; denn er hatte, trotz der entfalteten Blüte, an der auffallenden Schlankheit des Halses und wohl mehr noch an der Bewegung seiner Seele das Kind wiedererkannt, dessen zartes Haupt er auf dem Blocke gesehen hatte.

Während das Mädchen bestürzte, fragende Augen auf den Mönch richtete und immerfort an dem widerspenstigen Ringe drehte, zauderte Astorre, denselben zurückzuverlangen. Doch es mußte geschehen. Er öffnete den Mund. »Junge Herrin«, begann er – und fühlte sich von zwei starken gepanzerten Armen umfaßt, die sich seiner bemächtigten und ihn emporzogen. Im Augenblicke sah er sich, mit Hilfe eines andern Gepanzerten, ein Bein rechts, ein Bein links, auf ein stampfendes Roß gesetzt. »Laß schauen«, schallte ein gutmütiges

Gelächter, »ob du das Reiten nicht verlernt hast!« Es war Germano, welcher an der Spitze der von ihm befehligten deutschen Kohorte ritt, die der Vogt auf eine Ebene unweit Padua zur Musterung befohlen hatte. Da er unvermutet den Freund und Schwager im Freien erblickte, hatte er sich den unschuldigen Spaß gemacht, denselben neben sich auf ein Pferd zu heben, von welchem ein junger Schwabe auf seinen Wink abgesprungen war. Das feurige Tier, welches den veränderten Reiter spürte, tat ein paar wilde Sprünge, es entstand ein Rossegedräng auf der nicht geräumigen Brücke und Astorre, dem die Kapuze zurückgefallen war und der sich mit Mühe im Bügel hielt, wurde von dem entsetzt ausweichenden Volke erkannt. »Der Mönch! der Mönch!« rief und deutete es von allen Seiten, aber schon hatte der kriegerische Tumult die Brücke hinter sich und verschwand um eine Straßenecke. Der unbezahlt gebliebene Florentiner rannte nach, aber kaum zwanzig Schritte, denn ihm wurde bange um seine unter der schwachen Hut eines Jüngelchens gelassene Ware, und dann belehrte ihn der Zuruf der Menge, daß er es mit einer bekannten und leicht aufzufindenden Persönlichkeit zu tun habe. Er ließ sich den Palast Astorres bezeichnen und meldete sich dort heute, morgen, übermorgen. Die zwei ersten Male richtete er nicht aus, weil in der Behausung des Mönches alles drunter und drüber ging, das dritte Mal fand er die Siegel des Tyrannen an das verschlossene Tor geheftet. Mit diesem wollte der Feigling nichts zu schaffen haben, und so ging er der Bezahlung verlustig.

Die Frauen aber – zu Antiope und der leichtfertigen Zofe hatten sich noch eine dritte, durch den Brückentumult von ihnen abgedrängte wiedergefunden – schritten in der entgegengesetzten Richtung. Diese war ein seltsam blickendes, vorzeitig wie es schien gealtertes Weib mit tiefen Furchen, grauen Haarbüscheln, aufgeregten Mienen, und schleppte ihr vernachlässigtes, aber vornehmes Gewand mitten durch den Straßenstaub.

Sotte erzählte eben der Alten, offenbar der Mutter des Fräuleins, mit dummem Jubel den Vorgang auf der Brücke: Astorre – auch ihr hatte der Zuruf des Volkes ihn genannt – Astorre der Mönch, der stadtkundig freien müsse, habe Antiope verstohlenerweise einen Goldring zugerollt, und als sie – Sotte – den Wink der Vorsehung und die Schlauheit des Mönches verstehend, ihn dem lieben Mädchen angesteckt, sei der Mönch selbst vor dasselbe hingetreten, und da Antiope ihm den Ring in Züchten habe zurückgeben wollen, habe er – sie ahmte den Mönch nach – die Linke zärtlich auf das Herz gelegt, so! die Rechte aber zurückweisend ausgestreckt mit einer Gebärde, die in ganz Italien nichts anderes sage und bedeute als: Behalte, Schatz!

Endlich kam die erstaunte Antiope zu Wort und beschwor die Mutter, auf das alberne Geschwätz Isottens nichts zu geben, aber umsonst. Madonna Olympia erhob die Arme gen Himmel und dankte auf offener Straße dem heiligen Antonius mit Inbrunst, daß er ihre tägliche Bitte über alles Hoffen und Erwarten erhört und ihrem Kleinod einen ebenbürtigen und tugendhaften

Mann, einen seiner eigenen Söhne beschert habe. Dabei gebärdete sie sich so abenteuerlich, daß die Vorbeigehenden lachend auf die Stirne wiesen. Die verwirrte Antiope gab sich alle erdenkliche Mühe, der Mutter das blendende Märchen auszureden; aber diese hörte nicht und baute leidenschaftlich an ihrem Luftschlosse weiter.

So langten die Frauen in dem Palaste Canossa an und begegneten im Torbogen einem steif geputzten Majordom, dem sechs verschwenderisch gekleidete Diener folgten. Herr Burcardo ließ, ehrerbietig zurücktretend, Madonna Olympia die Treppe voraufgehen, dann, in einer öden Halle angelangt, machte er drei abgezirkelte Verbeugungen, eine immer näher und tiefer als die andere, und redete langsam und feierlich: »Herrlichkeiten, mich sendet Astorre Vicedomini, hochdieselben untertänigst zu seinen Sbosalizien zu laden, heute: – er verschluckte schmerzhaft »in zehn Tagen« – »wann es Vesper läutet.«

Dante hielt inne. Seine Fabel lag in ausgeschütteter Fülle vor ihm; aber sein strenger Geist wählte und vereinfachte. Da rief ihn Cangrande.

»Mein Dante«, hub er an, »ich wundere mich, mit wie harten und ätzend scharfen Zügen du deine Florentiner umrissen hast! Dein Niccolò Lippo dei Lippi ist verbannt durch ein feiles und ungerechtes Urteil. Er selbst aber ist ein Überteuerer, ein Schmeichler, ein Lügner, ein Spötter, ein Schlüpfriger und eine Memme, als ›nach Art der Florentiner‹. Und das ist nur ein winziges Flämmchen aus dem Feuerregen von Verwünschungen, womit du dein Florenz überschüttest, nur eine tröpfelnde Neige jener bittern von Essig und Galle triefenden Terzinen, die du in deiner Komödie der Vaterstadt zu kosten gibst. Lasse dir sagen, es ist unedel, seine Wiege zu schmähen, seine Mutter zu beschämen! Es kleide nicht gut! Glaube mir, es macht einen schlechten Eindruck!

Mein Dante, ich will dir erzählen von einem Puppenspiele, dem ich jüngst, verkappt unter dem Volke mich umtreibend in unserer Arena zuschaute. Du rümpfst die Nase, daß ich den niedrigen Geschmack habe, in müßigen Augenblicken an Puppen und Narren mich zu vergnügen. Dennoch begleite mich vor die kleine Bühne! Was schaust du da? Mann und Weib zanken sich. Sie wird geprügelt und weint. Ein Nachbar streckt den Kopf durch die Türspalte, predigt, straft, mischt sich ein. Doch siehe! das tapfere Weib erhebt sich gegen den Eindringling und nimmt Partei für den Mann. ›Wenn es mir beliebt, geprügelt zu werden!‹ heult sie.

Ähnlicherweise, mein Dante, spricht ein Hochherziger, welchen seine Vaterstadt mißhandelt: Ich will geschlagen sein!«

Viele junge und scharfe Augen hafteten auf dem Florentiner. Dieser verhüllte sich schweigend das Haupt. Was in ihm vorging, weiß niemand. Als er es wieder erhob, war seine Stirn vergrämter, sein Mund bitterer und seine Nase länger.

Dante lauschte. Der Wind pfiff um die Ecken der Burg und stieß einen schlecht verwahrten Laden auf. Monte Baldo hatte seine ersten Schauer gesendet. Man sah die Flocken stäuben und wirbeln, von der Flamme des Herdes beleuchtet. Der Dichter betrachtete den Schneesturm und seine Tage, welche er sich entschlüpfen fühlte, erschienen ihm unter der Gestalt dieser bleichen Jagd und Flucht durch eine unstete Röte. Er bebte vor Frost.

Und seine feinfühligen Zuhörer empfanden mit ihm, daß ihn kein eigenes Heim, sondern nur wandelbare Gunst wechselnder Gönner bedache und vor dem Winter beschirme, welcher Landstraße und Feldweg mit Schnee bedeckte. Alle wurden es inne und Cangrande, der von großer Gesinnung war, zuerst: Hier sitzt ein Heimatloser!

Der Fürst erhob sich, den Narren wie eine Feder von seinem Mantel schüttelnd, trat auf den Verbannten zu, nahm ihn an der Hand und führte ihn an seinen eigenen Platz, nahe dem Feuer. »Er gebührt dir«, sagte er, und Dante widersprach nicht. Cangrande aber bediente sich des freigewordenen Schemels. Er konnte dort bequem die beiden Frauen betrachten, zwischen welchen jetzt der Wanderer durch die Hölle saß, den das Feuer glühend beschien und der seine Erzählung folgendermaßen fortsetzte.

Während die mindern Glocken in Padua die Vesper läuteten, versammelte sich unter dem Zedergebälke des Prunksaales der Vicedomini, was von den zwölf Geschlechtern übriggeblieben war, den Eintritt des Hausherrn erwartend. Diana hielt sich zu Vater und Bruder. Ein leises Geschwätze lief um. Die Männer besprachen ernst und gründlich die politische Seite der Vermählung zweier großer städtischer Geschlechter. Die Jünglinge scherzten halblaut über den heiratenden Mönch. Die Frauen schauderten, trotz dem Breve des Papstes, vor dem Sakrilegium, welches nur die von knospenden Töchtern umringten in milderem Lichte sahen, mit dem Zwang der Umstände entschuldigten oder aus der Herzensgüte des Mönches erklärten. Die Mädchen waren lauter Erwartung.

Die Anwesenheit der Olympia Canossa erregte Verwunderung und Unbehagen, denn sie war in auffallendem, fast königlichem Staate, als ob ihr bei der bevorstehenden Feier eine Hauptrolle zustünde, und redete mit unheimlicher Zungenfertigkeit in Antiope hinein, welche bangen Herzens die aufgebrachte Mutter flüsternd und flehend zu beschwichtigen suchte. Madonna Olympia hatte sich schon auf den Treppen gewaltig geärgert, wo sie – Herr Burcardo beschäftigte sich eben mit dem Empfange zweier anderer Herrschaften – von Gocciola, der eine neue scharlachrote Kappe mit silbernen Schellen in der Hand hielt, ehrfürchtig willkommen geheißen wurde. Jetzt mit den andern im Kreise stehend, belästigte oder ängstigte sie durch ihr maßloses Gebärdenspiel ihre Standesgenossen. Mit Augenwinken und Kinnheben wurde auf die Ärmste gedeutet. Keiner hätte sie an des Mönches Statt geladen, und jeder machte sich darauf gefaßt, sie werde diesem einen ihrer Streiche spielen.

Burcardo meldete den Hausherrn. Astorre hatte sich von den Germanen bald losgemacht, war auf die Brücke zurückgeeilt, ohne dort den Ring noch die Frauen mehr zu finden, und sich darüber Vorwürfe machend, obschon im Grunde nur der Zufall anzuklagen war, hatte er in der ihm bis zur Vesper bleibenden Stunde den Entschluß gefaßt, in Zukunft immerdar nach den Regeln der Klugheit zu handeln. Mit diesem Vorsatze trat er in den Saal und in die Mitte der Versammelten. Der Druck der auf ihn gerichteten Aufmerksamkeit und die sozusagen in der Luft fühlbaren Formen und Forderungen der Gesellschaft ließen ihn empfinden, daß er nicht die Wirklichkeit der Dinge sagen dürfe, energisch und mitunter häßlich wie sie ist, sondern ihr eine gemilderte und gefällige Gestalt geben müsse. So hielt er sich unwillkürlich in der Mitte zwischen Wahrheit und schönem Schein und redete untadelig.

»Herrschaften und Standesbrüder«, begann er, »der Tod hat eine reiche Ernte unter uns Vicedomini gehalten. Wie ich in Schwarz gekleidet vor euch stehe, trage ich Trauer um den Vater, drei Brüder und drei Neffen. Daß ich, von der Kirche freigelassen, den Wunsch eines sterbenden Vaters, in Sohn und Enkel fortzuleben, nach ernster Erwägung« – hier verhüllte sich der Klang seiner Stimme – »und gewissenhafter Prüfung vor Gott nicht glaubte ungewährt lassen zu dürfen, dieses werdet ihr verschieden beurteilen, billigend oder tadelnd, nach der Gerechtigkeit oder Milde, die euch innewohnt. Darin aber werdet ihr einig gehen, daß es mir bei meiner Vergangenheit nicht angestanden hätte zu zaudern und zu wählen, und daß hier nur das Nächstliegende und Ungesuchte Gott gefällig sein konnte. Wer aber stand mir näher, als die schon mit mir durch die trostlose Trauer um meinem letzten Bruder vereinigte jungfräuliche Witwe desselben? Dergestalt ergriff ich über einem teuern Sterbebette diese Hand, wie ich sie jetzt ergreife« – er trat zu Diana und führte sie in die Mitte – »und ihr den Trauring um den Finger lege.« So tat er. Der Ring paßte. Diana tat dasselbe, indem sie dem Mönch einen goldenen Reif anlegte. »Es ist der meiner Mutter«, sagte sie, »die ein wahrhaftes und tugendsames Weib war. Ich gebe dir einen Ring, der Treue gehalten hat.« Ein feierlich gemurmelter Glückwunsch aller Anwesenden beschloß die ernste Handlung, und der alte Pizzaguerra, ein würdiger Greis – denn der Geiz ist ein gesundes Laster und läßt zu Jahren kommen – weinte die übliche Träne.

Madonna Olympia sah ihr Traumschloß auflodern und brennen mit sinkenden Säulen und krachenden Balken. Sie tat einen Schritt vorwärts, als wolle sie ihre Augen überführen, daß sie sich betrügen, dann einen zweiten in wachsender Wildheit, und jetzt stand sie dicht vor Astorre und Diana, die grauen Haare gesträubt, und ihre rasenden Worte rannten und stürzten, wie ein Volk in Aufruhr.

»Elender!« schrie sie. »Gegen den Ring an dem Finger dieser da zeugt ein anderer und zuerst gegebener.« Sie riß Antiope, welche ihr in wachsender Angst und mit den flehendsten Gebärden gefolgt war, hinter sich hervor und hob die Hand des Mädchens. »Den Ring hier hast du meinem Kinde vor nicht einer

Stunde auf der Brücke bei dem Florentiner an den Finger gesteckt!« So hatte ihr ein falscher Spiegel den Vorgang verschoben. »Ruchloser Mensch! Ehebrecherischer Mönch! Öffnet sich die Erde nicht, dich zu verschlingen? Hängt den Bruder Pförtner, der im Rausche schnarchte und dich deiner Zelle entspringen ließ! Deinen Lüsten wolltest du frönen, aber du durftest dir eine andere Beute wählen, als eine ungerecht verfolgte, ratlose Wittib und eine unbeschützte Waise!«

Die Marmordiele öffnete sich nicht und in den Blicken der Umstehenden las die Unglückliche, die einem gerechten Mutterzorne arme und schwache Worte zu geben glaubte, den hellen Hohn oder ein Mitleid anderer Art, als sie es zu finden hoffte. Sie vernahm hinter sich das verständlich geflüsterte Wort: »Närrin!«, und ihr Zorn schlug in ein wahnsinniges Gelächter um. »Ei, seht mir einmal den Toren«, hohnlachte sie, »der so dumm zwischen diesen beiden wählen konnte! Ich mache euch zu Richtern, Herrschaften, und jeden, der Augen hat. Hier das herzige Köpfchen, die schwellende Jugend« – das übrige vergaß ich, aber ich weiß eines: alle Jünglinge im Saale Vicedominis, und mehr als einer unter ihnen mochte locker leben, alle Jünglinge, die enthaltsamen und die es nicht waren, wendeten Ohr und Auge ab von den empörenden Worten und Gebärden einer Mutter, welche Zucht und Scham unter die Füße trat vor dem Kinde, das sie geboren, und dieses preisgab wie eine Kupplerin.

Alle im Saale bemitleideten Antiope. Nur Diana, sowenig sie an der Treue des Mönches zweifelte, empfand ich weiß nicht welchen dumpfen Groll über die ihrem Bräutigam frech gezeigte Schönheit.

Antiope mochte es verschuldet haben dadurch, daß sie den unseligen Reif am Finger behielt. Vielleicht tat sie es, um die sich selbst betörende Mutter nicht zu reizen, in dem Gedanken, diese werde, durch die Wirklichkeit enttäuscht, aus dem Hochmut, nach ihrer Art, in Kleinmut verfallen und alles mit einem Augenrollen und ein paar gemurmelten Worten vorübergehen. Oder dann hatte die junge Antiope selbst eine Fingerspitze in den sprudelnden Märchenbrunnen getaucht. War die Begegnung auf der Brücke nicht wunderbar, und wäre ihre Erkiesung durch den Mönch wunderbarer gewesen als das Schicksal, das ihn dem Kloster entriß?

Jetzt erlitt sie grausame Strafe. Soweit es eine zügellose Rede vermag, beraubte sie die eigene Mutter der schützenden Hüllen.

Eine dunkle Röte und eine noch dunklere fuhr ihr über Stirn und Nacken. Darauf begann sie in der allgemeinen Stille laut und bitterlich zu weinen.

Selbst die graue Mänade lauschte betroffen. Dann zuckte ihr ein entsetzlicher Schmerz über das Gesicht und verdoppelte ihre Wut. »Und die andere!« kreischte sie, auf Diana zeigend, »dieses kaum aus dem Rohen gehauene breite Stück Marmor! Diese verpfuschte Riesin, die Gott Vater stümperte, als er noch Gesell war und kneten lernte! Pfui über den plumpen Leib ohne Leben und Seele! Wer hätte ihr auch eine gespendet? Die Bastardin ihre Mutter? die stupide

Orsola? Oder der dürre Knicker dort? Nur widerstrebend hat er ihr ein karges Almosen von Seele verabfolgt!«

Der alte Pizzaguerra blieb gelassen. Mit dem klaren Verstande der Geizigen vergaß er nicht, wen er vor sich hatte. Seine Tochter Diana aber vergaß es. Durch die rohe Verhöhnung ihres Leibes und ihrer Seele aufgebracht, tief empört, zog sie die Brauen zusammen und ballte die Hände. Jetzt geriet sie außer sich, da die Närrin ihre Eltern ins Spiel zog, ihr die Mutter im Grabe beschimpfte, den Vater an den Pranger stellte. Ein bleicher Jähzorn packte und übermannte sie.

»Hündin!« schrie sie und schlug – in Antiopes Angesicht; denn das verzweifelnde und beherzte Mädchen hatte sich vor die Mutter geworfen. Antiope stieß einen Laut aus, der den Saal und alle Herzen erschütterte.

Nun drehte sich das Rad in dem Kopfe der Törin vollständig um. Die höchste Wut ging unter in unsäglichem Jammer. »Sie haben mir mein Kind geschlagen!« stöhnte sie, sank auf die Kniee und schluchzte: »Gibt es keinen Gott mehr im Himmel?«

Jetzt war das Maß voll. Es wäre schon früher überlaufen, doch das Verhängnis schritt rascher, als mein Mund es erzählte, so rasch, daß weder der Mönch noch der nahe stehende Germano den gehobenen Arm Dianas ergreifen und aufhalten konnten. Ascanio umschlang die Törin, ein anderer Jüngling faßte sie bei den Füßen, die sich kaum Sträubende wurde fortgetragen, in ihre Sänfte gehoben und nach Hause gebracht.

Noch stunden sich Diana und Antiope gegenüber, eine bleicher als die andere, Diana reuig und zerknirscht nach schnell verrauchtem Jähzorn, Antiope nach Worten ringend; sie konnte nur nicht stammeln, sie bewegte lautlos die Lippen.

Wenn jetzt der Mönch Antiopes Hand ergriff, um der von seinem verlobten Weibe Mißhandelten das Geleite zu geben, so erfüllte er damit nur die ritterliche und die gastwirtliche Pflicht. Alle fanden es selbstverständlich. Besonders Diana mußte wünschen, das Opfer ihrer Gewalttat aus den Augen zu verlieren. Auch sie entfernte sich dann mit Vater und Bruder. Die versammelten Gäste aber hielten es für das Zarteste, gleichfalls bis auf die letzte Ferse zu verschwinden.

Es klingelte unter dem mit Amarellen und Cyperwein bestellten Kredenztisch. Eine Narrenkappe kam zum Vorschein, und Gocciola kroch auf allen vieren aus seinem leckern Verstecke hervor. Alles war köstlich verlaufen nach seiner Ansicht; denn er hatte jetzt die volle Freiheit, Amarellen zu naschen und ein Gläschen um das andere zu leeren. So vergnügte er sich eine Weile, bis er nahende Schritte vernahm. Er wollte entwischen, aber einen verdrießlichen Blick nach dem Störer werfend, erachtete er jede Flucht für unnötig. Es war der Mönch, der zurückkehrte, und der Mönch war ebenso frohlockend und ebenso berauscht wie er; denn der Mönch –

»Liebte Antiope«, unterbrach den Erzähler die Freundin des Fürsten mit einem krampfhaften Gelächter.

»Du sagst es, Herrin, er liebte Antiope«, wiederholte Dante in tragischem Tone.

»Natürlich!« – »Wie anders?« – »Es mußte so kommen!« – »So geht es gewöhnlich!« scholl es dem Erzähler aus dem ganzen Hörerkreise entgegen.

»Sachte, Jünglinge«, murrte Dante. »Nein, so geht es nicht gewöhnlich. Meinet ihr denn, eine Liebe mit voller Hingabe des Lebens und der Seele sei etwas Alltägliches, und glaubet wohl gar, so geliebt zu haben oder zu lieben? Enttäuschet euch! Jeder spricht von Geistern, doch wenige haben sie gesehen. Ich will euch einen unverwerflichen Zeugen bringen. Es schleppt sich hier im Hause ein modisches Märenbuch herum. Darin mit vorsichtigen Fingern blätternd, habe ich unter vielem Wuste ein wahres Wort gefunden. ›Liebe‹, heißt es an einer Stelle, ›ist selten und nimmt meistens ein schlimmes Ende.‹« Dieses hatte Dante ernst gesprochen. Dann spottete er: »Da ihr alle in der Liebe so ausgelernt und bewandert seid und es mir überdies nicht ansteht, einen von der Leidenschaft überwältigten Jüngling aus meinem zahnlosen Munde reden zu lassen, überspringe ich das verräterische Selbstgespräch des zurückkehrenden Astorre und sagte kurz: da ihn der verständige Ascanio belauschte, erschrak er und predigte ihm Vernunft.

»Wirst du deine rührende Fabel so kläglich verstümmeln, mein Dante?« wendete sich die entzündliche Freundin des Fürsten mit bittenden Händen gegen den Florentiner. »Laß den Mönch reden, daß wir teilnehmend erfahren, wie er sich abwendete von einer Rohen zu einer Zarten, einer Kalten zu einer Fühlenden, von einem steinernen zu einem schlagenden Herzen –«

»Ja, Florentiner«, unterbrach die Fürstin in tiefer Bewegung und mit dunkel glühender Wange, »laß deinen Mönch reden, daß wir staunend vernehmen, wie es kommen konnte, daß Astorre, so unerfahren und täuschbar er war, ein edles Weib verriet für eine Verschmitzte – hast du nicht gemerkt, Dante, daß Antiope eine Verschmitzte ist? Du kennst die Weiber wenig! In Wahrheit, ich sage dir« – sie hob den kräftigen Arm und ballte die Faust – »auch ich hätte geschlagen, nicht die arme Törin, sondern wissentlich die Arglistige, die sich um jeden Preis dem Mönch vor das Angesicht bringen wollte!« Und sie führte den Schlag in die Luft. Die andere erbebte leise.

Cangrande, welcher die zwei Frauen, denen er jetzt gegenübersaß, nicht aufhörte zu betrachten, bewunderte seine Fürstin und freute sich ihrer großen Leidenschaft. In diesem Augenblicke fand er sie unvergleichlich schöner, als die kleinere und zarte Nebenbuhlerin, welche er ihr gegeben hatte, denn das Höchste und Tiefste der Empfindung erreicht einen Ausdruck nur in einem starken Körper und in einer starken Seele.

Dante für sein Teil lächelte zum ersten und einzigen Mal an diesem Abende, da er die beiden Frauen so heftig auf der Schaukel seines Märchens sich wiegen sah. Er brachte es sogar zu einer Neckerei. »Herrinnen«, sagte er, »was verlangt ihr von mir? Selbstgespräch ist unvernünftig. Hat je ein weiser Mann mit sich selbst gesprochen?«

Nun erhob sich aus dem Halbdunkel ein mutwilliger Lockenkopf, und ein Edelknabe, der hinter irgendeinem Sessel oder einer Schleppe in traulichem Verstecke mochte gekauert haben, rief herzhaft: »Großer Meister, wie wenig du dich kennst oder zu kennen vorgibst! Wisse, Dante, niemand plaudert geläufiger mit sich selbst als du, in dem Grade, daß du nicht nur uns dumme Buben übersiehst, sondern selbst das Schöne dicht an dir vorübergehen lässest, ohne es zu begrüßen.«

»Wirklich?« sagte Dante. »Wo war das? wo und wann?«

»Nun gestern auf der Etschbrücke«, lächelte der Knabe. »Du lehntest am Geländer. Da ging die reizende Lucrezia Nani vorüber, deine Toga streifend. Wir Knaben folgten, sie bewundernd, und ihr entgegen schritten zwei feurige Kriegsleute, nach einem Blicke aus ihren sanften Augen haschend. Sie aber suchte die deinigen: denn nicht jeder hat mit heiler Haut in der Hölle gelustwandelt! Du, Meister, betrachtetest eine rollende Welle, welche in der Mitte der Etsch daherfuhr, und murmeltest etwas.«

»Ich ließ das Meer grüßen. Die Woge war schöner als das Mädchen. Doch zurück zu den zwei Toren! Horch, sie sprechen miteinander! Und bei allen Musen, fortan unterbreche mich keiner mehr, sonst findet uns Mitternacht noch am Märchenherde.«

Als der Mönch, nachdem er Antiope heimgeführt, seinen Saal wieder betrat – doch ich vergaß zu sagen, daß er Ascanio nicht begegnete, obwohl dieser mit der Sänfte und Madonna Olympia darin denselben Weg gemacht hatte. Denn der Neffe, nachdem er die gänzlich Vernichtete ihrer Dienerschaft übergeben, war schleunig zu seinem Ohm dem Tyrannen geeilt, ihm den tollen Vorgang als frisches Gebäcke aufzutischen. Er hinterbrachte Ezzelin lieber eine Stadtgeschichte als eine Verschwörung.

Ich weiß nicht, ob der Mönch so wohlgestaltet war, wie der Spötter Ascanio ihn genannt hatte. Aber ich sehe ihn, der wie der blühendste Jüngling schreitet. Mit beflügelten Füßen durchschwebt er den Saal, als trüge ihn Zephyr oder führte ihn Iris. Seine Augen sind voller Sonne und er murmelt Laute aus der Sprache der Seligen. Gocciola, der viel Cyperwein geschluckt hatte, fühlte sich gleichfalls beherzt und verjüngt. Auch unter seinen Sohlen löste sich der Marmorboden in weißes Gewölk auf. Er verspürte einen unbesiegbaren Durst, das Gemurmel auf den frischen Lippen Astorres, wie man sich über eine Quelle beugt, zu belauschen, und begann neben demselben die Länge des Saales zu durchmessen, bald mit gespreizten, bald mit hüpfenden Schritten, das Narrenszepter unter dem Arme.

»Das zärtliche Haupt, das sich für den Vater bot, hat sich auch für die Mutter geboten und gegeben!« lispelte Astorre, »Das schamhafte! wie es brannte! Das mißhandelte! wie es litt! Das geschlagene! wie es aufschrie! Hat es mich je verlassen, seit es auf dem Blocke lag? Es wohnte in meinem Geiste. Es begleitete mich allgegenwärtig, schwebte in meinem Gebete, strahlte in meiner Zelle, bettete sich auf mein Kissen! Lag das herzige Haupt mit dem weißen schmalen Hälschen nicht neben dem des heiligen Paulus –«

»Des heiligen Paulus?« kicherte das Tröpfchen.

»Des heiligen Paulus auf unserm Altarbilde –«

Mit dem schwarzen Kraushaar und dem roten Hals auf dem breiten Blocke und dem Beile des Henkers darüber?« Gocciola verrichtete bei den Franziskanern zeitweilig seine Andacht.

Der Mönch nickte. »Sah ich lange hin, so zuckte das Beil und ich bebte zusammen. Habe ich es nicht dem Prior gebeichtet?«

»Und was sagte der Prior?« examinierte Gocciola.

»Mein Sohn«, sagte er, »was du sahest, war ein vorausgeeiltes Kind des himmlischen Triumphzuges. Fürchte nichts! Dem ambrosischen Hälschen geschieht kein Leid!«

»Aber«, reizte der böse Narr, »das Kind ist gewachsen, so hoch!« Er hob die Hand. Dann senkte er sie und hielt sie über dem Boden. »Und die Kutte Euer Herrlichkeit«, grinste er, »liegt so tief!«

Das Gemeine konnte den Mönch nicht berühren. Ein schöpferisches Feuer war aus der Hand Antiopes in die seinige gefahren und begann zuerst zart und sanft, dann immer heißer und schärfer in seinen Adern zu brennen. »Gepriesen sei Gott Vater«, frohlockte er plötzlich, »der Mann und Weib geschaffen hat!«

»Die Eva?« fragte der Narr.

»Die Antiope!« antwortete der Mönch.

»Und die andere? die Große? Was fängst du mit der an? Schickst du sie betteln?« Gocciola wischte sich die Augen.

»Welche andere?« fragte der Mönch. »Gibt es ein Weib, das nicht Antiope wäre!«

Dies war selbst dem Narren zu stark. Er glotzte Astorre erschreckt an, wurde aber von einer Faust am Kragen gepackt, gegen die Pforte geschleppt und auf den Flur gesetzt. Dieselbe Hand legte sich dann auf Astorres Schulter.

»Erwache, Traumwandler!« rief der zurückgekehrte Ascanio, welcher die letzte schwärmerische Rede des Mönches belauscht hatte. Er zog den Verzückten auf eine Fensterbank nieder, heftete fest Augen auf Augen, und: »Astorre, du bist von Sinnen!« sprach er ihn an.

Dieser wich zuerst den prüfenden Blicken wie geblendet aus, dann begegnete er ihnen mit den seinigen, die noch voller Jubel waren, um sie scheu niederzuschlagen. »Wunderst du dich?« sagte er dann.

»Sowenig als über das Lodern einer Flamme«, versetzte Ascanio. »Aber da du kein blindes Element, sondern eine Vernunft und ein Wille bist, so tritt die

Flamme aus, sonst frißt sie dich und ganz Padua. Muß dir das Weltkind göttliches und menschliches Gesetz predigen? Du bist vermählt! So redet dieser Ring an deinem Finger. Wenn du, wie erst dein Gelübde, jetzt dein Verlöbnis brichst, brichst du Sitte, Pflicht, Ehre und den Stadtfrieden. Wenn du dir den Pfeil des blinden Gottes nicht rasch und heldenmütig aus dem Herzen ziehst, ermordet er dich, Antiope und noch ein paar andere, wen es gerade treffen wird. Astorre! Astorre!«

Ascanios mutwillige Lippen erstaunten über die großen und ernsten Worte, welcher er in seiner Herzensangst ihnen zu reden gab. »Dein Name, Astorre«, sagte er dann halb scherzend, »schmettert wie eine Tuba und ruft dich zum Kampfe gegen dich selbst!«

Astorre ermannte sich. »Man hat mir ein Philtrum gegeben!« rief er aus. »Ich rase, ich bin ein Wahnsinniger! Ascanio, ich gebe dir Macht über mich, feßle mich!«

»An Dianen will ich dich fesseln!« sagte Ascanio, »Folge mir, daß wir sie suchen!«

»War es nicht Diana, die Antiope schlug?« fragte der Mönch.

»Das hast du geträumt! Du hast alles geträumt! Du warst deiner Sinne nicht mächtig! Komm! Ich beschwöre dich! Ich befehle es dir! Ich ergreife und führe dich!«

Wenn Ascanio die Wirklichkeit verjagen wollte, so führte sie der auf dem Flur klirrende Schritt Germanos zurück. Mit einem entschlossenen Gesichte trat der Bruder Dianens vor den Mönch und faßte seine Hand. »Ein gestörtes Fest, Schwager!« sagte er. »Die Schwester schickt mich – ich lüge, sie schickt mich nicht. Denn sie hat sich in ihre Kammer eingeschlossen und drinnen flennt sie und verflucht ihren Jähzorn – heute ersaufen wir in Weibertränen! Sie liebt dich, nur bringt sie es nicht über die Lippen – es ist in der Familie: ich kann es auch nicht. An dir hat sie keinen Augenblick gezweifelt. Es ist einfach: du hast irgendwo einen Ring verschleudert – wenn es der deinige war, den die kleine Canossa – wie heißt sie doch? richtig: die Antiope! – am Finger trug. Die närrische Mutter fand ihn und hat daraus ihr Märchen gesponnen. Antiope ist natürlich an alledem unschuldig, wie ein neugeborenes Kind – wer es anders meint, hat es mit mir zu tun!«

»Nicht ich!« rief Astorre. »Antiope ist rein wie der Himmel! Der Ring wurde von einem Zufall gerollt!«, und er erzählte mit fliegenden Worten.

»Aber auch der Schwester, die zufuhr, darfst du es nicht anrechnen, Astorre«, behauptete Germano. »Ihr schoß das Blut zu Kopfe, sie sah nicht, wen sie vor sich hatte. Sie glaubte die Närrin zu treffen, die ihr die Eltern verhunzte, und schlug die liebe Unschuld. Diese aber muß vor Gott und Menschen wieder zu Ehren und Würden gezogen werden. Laß das meine Sache sein, Schwager! Ich bin der Bruder. Es ist einfach.«

»Du redest in einem fort und bleibst doch dunkel, Germano! Was hast du vor? Wie vergütest du es der Ärmsten?« fragte Ascanio.

»Es ist einfach«, wiederholte Germano. »Ich biete Antiope Canossa meine Hand und mache sie zu meinem Weibe.«

Ascanio griff sich an die Stirn. Der Streich betäubte ihn. Als er dann aber, schnell besonnen, näher zusah, fand er das heroische Mittel gar nicht so übel; doch warf er einen ängstlichen Blick auf den Mönch. Dieser, seiner selbst wieder mächtig, hielt sich mäuschenstille und horchte aufmerksam. Das Ehrgefühl des Kriegers scholl wie ein heller Ruf durch die Wildnis seiner Seele.

»So treffe ich zwei Fliegen mit einem Schlage, Schwager«, erläuterte Germano. »Das Mädchen wird in ihren Züchten und Ehren hergestellt. Den möchte ich sehen, der hinter meinem Weibe zischelte! Dann stifte ich Frieden zwischen euch Eheleuten. Diana braucht sich nicht länger vor dir noch vor sich selbst zu schämen und ist von ihrem Jähzorne gründlich geheilt. Ich sage dir: sie ist davon genesen, zeitlebens!«

Astorre drückte ihm die Hand. »Du bist brav!« sagte er. Der Wille, seine himmlische oder irdische Lust tapfer zu überwinden, erstarkte in dem Mönche. Doch dieser Wille war nicht frei und diese Tugend nicht selbstlos; denn sie klammerte sich an einen gefährlichen Sophismus: nicht anders als ich selbst eine Ungeliebte umarmen werde, tröstete sich Astorre, wird auch Antiope von einem Manne sich umfangen lassen, welcher sie kurzer Dinge freit, um fremdes Unrecht gutzumachen. Wir verzichten alle! Entsagung und Kasteiung in der Welt wie im Kloster!

»Was geschehen muß, verschiebe ich nicht«, drängte Germano. »Sonst würde sie sich schlummerlos wälzen.« Ich weiß nicht, meinte er Diana oder Antiope. »Schwager, du begleitest mich als Zeuge: ich tue es in den Formen.«

»Nein, nein!« schrie Ascanio erschreckt. »Nicht Astorre! Nimm *mich*!«

Germano schüttelte den Kopf. »Ascanio, mein Freund«, sagte er, »dazu eignest du dich nicht. Du bist kein ernsthafter Zeuge in Ehesachen! Auch wird mein Bruder Astorre es sich nicht nehmen lassen, für mich zu werben. Es ist ja zum großen Teil seine eigene Angelegenheit. Nicht wahr, Astorre?« Dieser nickte. »So bereite dich, Schwager. Mache dich hübsch! Hänge dir eine Kette um!«

»Und«, scherzte Ascanio gezwungen, »wann du über den Hof gehst, tauche den Kopf in den Brunnen! Du selbst aber, Germano, trägst Panzer? So kriegerisch? Schickt sich das zur Freite?«

»Ich bin lange nicht aus der Rüstung gekommen und sie kleidet mich. Was betrachtest du mich von Kopf zu Füßen, Ascanio?«

»Ich frage mich, woher dieser Gepanzerte seine Sicherheit nimmt, nicht mitsamt der Sturmleiter in den Graben geworfen zu werden?«

»Das kann nicht in Frage stehen«, meinte Germano seelenruhig. »Wird sich eine Beschämte und Geschlagene einem Ritter verweigern? Da wäre sie eine noch größere Närrin als ihre Mutter. Das ist doch sonnenklar, Ascanio. Komm, Astorre.«

Während der Zurückbleibende mit verschlungenen Armen diese neue Wendung der Dinge bedachte, zweifelnd, ob dieselbe auf einen Spielplatz blühender Kinder oder auf ein Camposanto führe, schritten seine Jugendfreunde den nicht langen Weg zu dem Palaste Canossa.

Der wolkenlose Tag verglomm in einem reinglühenden Abendgolde, und horch! es läutete Ave. Der Mönch sprach innerlich die Gewohnheitsgebete und sein etwas erhöht liegendes Kloster verlängerte zufällig das vertraute Geläute um ein paar friedlich wehmütige Schläge, welchen die andern Stadtglocken den Luftraum nicht länger streitig machten. Auch der Mönch wurde des allgemeinen Friedens teilhaft.

Da traf sein Blick das Gesicht des Freundes und ruhte auf den wetterharten Zügen. Sie waren hell und freudig, von erfüllter Pflicht ohne Zweifel, aber doch auch von dem unbewußten oder unbewachten Glück, unter dem von Ehre geschwellten Segel einer ritterlichen Handlung den Port einer seligen Insel zu erreichen. »Die süße Unschuld!« seufzte der Krieger.

Rasend schnell begriff der Mönch, daß der Bruder Dianens sich selbst täuschte, wenn er sich für uneigennützig hielt, daß Germano Antiope zu lieben begann und sein Nebenbuhler war. Seine Brust empfand einen scharfen Biß, dann einen zweiten noch schärfern, daß er hätte aufschreien mögen. Und jetzt wühlte und wimmelte schon ein ganzes Nest grimmiger Schlangen in seinem Busen. Herrschaften, Gott möge uns alle, Männer und Weiber, vor der Eifersucht behüten! Sie ist die qualvollste der Peinen, und wer sie leidet, ist unseliger als meine Verdammten!

Mit verzogenem Gesichte und gepreßtem Herzen folgte der Mönch dem selbstbewußten Freier die Treppen des erreichten Palastes hinauf. Dieser stand leer und verwahrlost. Madonna Olympia mochte sich eingeschlossen haben. Kein Gesinde und alle Türen offen. Sie durchschritten ungemeldet eine Reihe schon dämmernder Gemächer: vor der Schwelle der letzten Kammer hielten sie stille, denn die junge Antiope saß am Fenster.

Sein in den Umriß eines Kleeblattes endigender Bogen war voller Abendglorie, welche die liebreizende Gestalt im Halbkreise von Brust zu Nacken umfing. Ihre gezauste Haarkrone ähnelte den Spitzen eines Dornenkranzes und die schmachtenden Lippen schlürften den Himmel. Das geschlagene Mädchen lag müde unter dem Druck der erduldeten Schande, mit zugefallenen Augendekkeln und erschlafften Armen; aber in der Stille ihres Herzens frohlockte sie und pries ihre Schmach, denn diese hatte sie mit Astorre auf ewig vereinigt.

Und entzündet sich nicht heute noch und bis ans Ende der Tage aus tiefstem Erbarmen höchste Liebe? Wer widersteht dem Anblicke des Schönen, wenn es ungerecht leidet? Ich lästere nicht und kenne die Unterschiede, aber auch das Göttliche wurde geschlagen, und wir küssen seine Striemen und Wunden.

Antiope grübelte nicht, ob Astorre sie liebe. Sie wußte es. Da war kein Zweifel. Sie war davon überzeugter als von den Atemzügen ihrer Brust und den

Schlägen ihres Herzens. Keine Silbe hatte sie mit Astorre gewechselt vom ersten Schritt des Weges an, den sie zusammengingen. Die Hände hielten sich nicht fester beim letzten: sie verwuchsen, ohne sich zu drücken. Sie durchdrangen sich, wie zwei leichte geistige Flammen, und waren doch beim Scheiden wie die Wurzel aus der Erde kaum auseinanderzulösen.

Antiope vergriff sich an fremdem Eigentum und beging Raub an Dianen fast in Unschuld, denn sie hatte weder Gewissen mehr noch auch nur Selbstbewußtsein. Padua, das mit seinen Türmen vor ihr lag, Mutter, des Mönches Verlöbnis, Diana, die ganze Erde, alles war vernichtet: nichts als der Abgrund des Himmels, und dieser gefüllt mit Licht und Liebe.

Astorre hatte von der ersten zur letzten Stufe der Treppe mit sich gerungen und meinte den Sieg erkämpft zu haben. Ich werde das Opfer vollbringen, prahlte er gegen sich selbst, und Germano bei seiner Werbung zur Seite stehen. Auf dem obersten Tritte rief er noch alle seine Heiligen an, voraus Sankt Franziskus, den Meister der Selbstüberwindung. Er griff in die Brust und glaubte, durch den himmlischen Beistand stark wie Herkules, die Schlangen erwürgt zu haben. Aber der Heilige mit den vier Wundmalen hatte sich abgewendet von dem untreuen Jünger, der seinen Strick und seine Kutte verschmähte.

Der daneben stehende Germano entwarf indessen seine Rede, konnte aber nicht über die zwei Argumente hinauskommen, welche ihm gleich anfänglich eingeleuchtet hatten. Übrigens war er guten Mutes – hatte er doch schon öfter im Reiterkampfe seine Germanen angeredet – und fürchtete sich nicht vor einem Mädchen. Nur das Warten ertrug er ebensowenig als vor der Schlacht. Er klirrte leis mit dem Schwert an den Panzer.

Antiope schrak zusammen, blickte hin, erhob sich rasch und stand, den Rücken gegen das Fenster gewendet, mit dunkelm Antlitz den sich im Dämmerlichte vor ihr verbeugenden Männern gegenüber.

»Sei getrost, Antiope Canossa!« redete Germano. »Ich bringe dir diesen mit, Astorre Vicedomini, welchen sie den Mönch nennen, den Gatten meiner Schwester Diana, als gültigen Zeugen: siehe, ich bin gekommen, dich – ohne Vater wie du bist und bei einer solchen Mutter – von dir selbst zum Weibe zu begehren. Meine Schwester hat sich gegen dich vergessen« – er sträubte sich, ein stärkeres Wort zu brauchen und damit Dianen, die er verehrte, preiszugeben – »und ich, der Bruder, bin da, gutzumachen, was die Schwester schlechtgemacht hat. Diana mit Astorre, du mit mir, so euch entgegenkommend, werdet ihr Weiber euch die Hände geben.«

Das empfindliche Gemüt des lauschenden Mönches verwunderte diese rohe Gleichstellung des Mißhandelns und des Leidens, der Schlagenden und der Geschlagenen – oder krümmte sich eine Natter? – »Germano, so wirbt man nicht!« raunte er dem Gepanzerten zu.

Dieser vernahm es, und da die dunkle Antiope mäuschenstille blieb, verstimmte er sich. Er fühlte, daß er weicher reden sollte, und redete barscher. »Ohne Vater und mit einer solchen Mutter«, wiederholte er, »bedürfet Ihr einer männlichen Hut! Das konntet Ihr heute lernen, junge Herrin. Ihr werdet nicht zum andern Male vor ganz Padua beschämt und geschlagen werden wollen! Gebet Euch mir, wie Ihr seid, und ich schirme Euch vom Wirbel zur Zehe!« Germano dachte an seinen Panzer.

Astorre fand diese Werbung von empörender Härte: Germano, so schien ihm, behandelte Antiope wie seine Kriegsgefangene – oder zischte die Schlange? – »So wirbt man nicht, Germano!« keuchte er. Dieser wendete sich halb. »Wenn du es besser verstehst«, sagte er mißmutig, »wirb du für mich, Schwager.« Er trat raumgebend beiseite.

Da näherte sich Astorre, das Knie gebogen, hob die Hände mit sich einander berührenden Fingerspitzen und seine bangen Blicke befragten das zarte Haupt auf dem blassen Goldgrunde. »Findet Liebe Worte?« stammelte er. Dämmerung und Schweigen.

Endlich lispelte Antiope: »Für wen wirbst du, Astorre?« – »Für diesen hier, meinen Bruder Germano«, preßte er hervor. Da barg sie das Antlitz mit den Händen.

Jetzt riß Germano die Geduld. »Ich werde deutsch mit ihr reden«, brach er los und: »Kurz und gut, Antiope Canossa«, ließ er das Mädchen rauh an, »wirst du mein Weib oder nicht?«

Antiope wiegte das kleine Haupt sanft und sachte, aber trotz der wachsenden Nacht mit deutlicher Verneinung.

»Ich habe meinen Korb«, sprach Germano trocken. »Komm, Schwager!«, und er verließ den Saal mit ebenso festen Schritten, als er ihn betreten hatte. Der Mönch aber folgte ihm nicht.

Astorre verharrte in seiner flehenden Stellung. Dann ergriff er, selbst zitternd, Antiopes zitternde Hände und löste sie von dem Antlitz. Welcher Mund den andern suchte, weiß ich nicht, denn die Kammer war völlig finster geworden.

Auch wurde es darin so stille, daß, wäre ihr Ohr nicht voll stürmischen Jubels und seliger Chöre gewesen, die Liebenden leicht in einem anstoßenden Gelasse gemurmelte Gebete hätten vernehmen können. Das verhielt sich so: neben Antiopes Kammer, einige Stufen tiefer, lag die Hauskapelle, und morgen jährte sich zum dritten Male der Tod des Grafen Canossa. Nach überschrittener Mitternacht sollte in Gegenwart der Witwe und der Waise die Seelenmesse gelesen werden. Schon hatte sich der Priester eingestellt, den Ministranten erwartend.

Ebensowenig als das unterirdische Gemurmel vernahm das Paar die schlurfenden Pantoffeln der Madonna Olympia, welche die Tochter suchte und nun bei dem spärlichen Scheine der Hausleuchte, die sie in der Hand trug, die Liebenden still und aufmerksam betrachtete. Daß die frechste Lüge einer ausschweifenden Einbildungskraft vor ihren Augen in diesen zärtlich verschlungenen Gestalten zu Tat und Wahrheit wurde, darüber wunderte sich Madonna Olympia nicht; aber, es sei der Törin zum Lobe gesagt, ebensowenig kostete sie einen Genuß der Rache. Sie weidete sich nicht an dem der gewalttätigen Diana bevorstehenden bittern Leiden, sondern es überwog die einfache mütterliche Freude, ihr Kind zu seinem Preise gewertet, begehrt und geliebt zu sehen.

Da jetzt, von einem scharfen Strahl aus ihrer Leuchte getroffen, die beiden verwundert aufblickten, fragte sie mit einer weichen und natürlichen Stimme: »Astorre Vicedomini, liebst du die Antiope Canossa?«

»Über alles, Madonna!« antwortete der Mönch.

»Und verteidigst sie?«

»Gegen eine Welt!« rief Astorre verwegen.

»So ist es recht«, begütigte sie, »aber nicht wahr, du meinst es redlich? Du verstoßest sie nicht, wie Dianen? Du närrst mich nicht? Du machst eine arme Törin, wie sie mich nennen, nicht unglücklich? Du lässest mein Kindchen nicht wieder zu Schanden kommen? Du suchst keine Ausflüchte noch Aufschübe? Du gibst den Augen die Gewißheit und führst die Antiope gleich, als ein frommer Christ und wackerer Edelmann, zum Altar? Auch hast du nicht weit nach dem Pfaffen zu gehen. Hörst du es murmeln? Da unten kniet einer.«

Und sie öffnete eine niedrige Tür, hinter welcher ein paar steile Stufen in das häusliche Heiligtum hinabführten. Astorre warf einen Blick: unter dem plumpen Gewölbe vor einem kleinen Altar bei dem ungewissen Licht einer Kerze betete ein Barfüßer, welcher ihm an Alter und Gestalt nicht unähnlich war und auch die Kutte und den Strick des heiligen Franziskus trug.

Ich glaube, daß dieser Barfüßer hier und gerade zu dieser Stunde durch göttliche Schickung knieen und beten mußte, um Astorre zum letzten Male zu erschrecken und zu warnen. Doch in seinen lodernden Adern wurde die Arznei zum Gifte. Da er die Verkörperung seines Klosterlebens erblickte, kam ein trotziger Geist des Frevels und der Sicherheit über ihn. Mit gleichen Füßen habe ich über mein erstes Gelübde weggesetzt, lachte er, und siehe, die Schranke fiel unter meinem Sprunge – warum nicht über das zweite? Meine Heiligen haben mich unterliegen lassen! Vielleicht retten und beschützen sie den Sünder? Der Verwildernde bemächtigte sich Antiopes und trug sie, mehr als daß er sie führte, die Stufen hinunter; Madonna Olympia aber, die sich nach einem kurzen lichten Momente wieder verwirrte, schlug hinter dem Mönch und ihrem Kinde die schwere Türe zu, wie hinter einem gelungenen Fange, einer gehaschten Beute, und lauschte durch das Schlüsselloch.

Was sie sah, bleibt ungewiß. Nach der Meinung des Volkes hätte Astorre den Barfüßer mit gezogenem Schwerte bedroht und vergewaltigt. Das ist unmöglich, denn der Mann Astorre hat niemals den Leib mit einem Schwerte gegürtet. Der Wahrheit näher mag es kommen, daß der Barfüßer – traurig zu sagen – ein schlechter Mönch war und vielleicht derselbe Beutel unter seine Kutte wanderte, den Astorre zu sich gesteckt hatte, da er für Diana den Ehereif kaufen ging.

Daß aber anfänglich der Priester sich sperrte, daß die zwei Mönche miteinander rangen, daß das schwere Gewölbe eine häßliche Szene verbarg – solches lese ich in dem verzerrten und entsetzten Gesichte der Lauscherin. Donna Olympia verstand, daß da unten ein Frevel begangen werde, daß sie als die Anstifterin und Mitschuldige desselben der Strenge des Gesetzes und der Rache der Verratenen sich preisgebe, und da sich die Hinrichtung des Grafen ihres Gemahls jährte, glaubte sie auch *ihr* törichtes Haupt dem Beile unrettbar verfallen. Sie wähnte den nahenden Schritt Ezzelins zu vernehmen: da floh sie und schrie: »Hilfe! Mörder!«

Die Gequälte stürzte auf den Flur und an das in den engen innern Hof blickende Fenster. »Mein Maultier! Meine Sänfte!« rief sie hinunter, und lachend über den doppelten Befehl – das Maultier war für das Land, die Sänfte für die Stadt – erhob sich das Gesinde der Törin langsam und bequem aus einem Winkel, wo es bei einer Kürbislaterne trank und würfelte. Ein alter Stallmeister, welcher allein der unglücklichen Herrin Treue hielt, sattelte bekümmert zwei Maultiere und führte sie durch den Torweg auf den an der Gasse liegenden Vorplatz des Palastes: er hatte Donna Olympia schon auf mancher Irrefahrt begleitet. Die andern folgten witzereißend mit der Sänfte.

Auf der großen Treppe stieß die flüchtige Törin, welche der auch bei den Unseligen übermächtige Trieb der Selbsterhaltung ihr geliebtes Kind vergessen ließ, gegen den besorgten Ascanio, der, ohne Nachricht gelassen und von Unruhe getrieben, auf Kundschaft ausgegangen war.

»Was ist geschehen, Signora?« fragte er eilig.

»Ein Unglück!« krächzte sie wie ein auffliegender Rabe, rannte die Treppe hinab, saß auf ihrem Tiere, stachelte es mit rasender Ferse und verschwand im Dunkel.

Ascanio suchte durch die finstern Gemächer bis in die von der stehengebliebenen Ampel der Madonna Olympia erhellte Kammer Antiopes. Wie er sich darin umblickte, wurde die Tür der Hauskapelle geöffnet und zwei schöne Gespenster entstiegen der Tiefe. Der Mutige begann zu zittern. »Astorre, du bist mir ihr vermählt!« Der schallvolle Name dröhnte im Echo des Gewölbes wie die Tuba jenes Tages. »Und trägst Dianens Ring am Finger!«

Astorre riß ihn ab und schleuderte ihn.

Ascanio stürzte an das offene Fenster, durch welches der Ring gesprungen war. »Er ist in eine Spalte zwischen zwei Quadern geglitscht«, sprach es aus der Gasse herauf. Ascanio erblickte Turbane und Eisenkappen. Es waren die Leute des Vogtes, welche ihre nächtliche Runde begannen.

»Auf ein Wort, Abu Mohammed!« rief er, rasch besonnen, einen weißbärtigen Greis, der höflich erwiderte: »Dein Wunsch ist mir Befehl!« und mit zwei andern Sarazenen und einem Deutschen im Tore des Palastes verschwand.

Abu-Mohammed-al-Tabîb überwachte nicht nur die Sicherheit der Straße, sondern betrat auch das Innerste der Häuser, um Reichsverräter – oder was der Vogt so benannte – zu verhaften. Kaiser Friedrich hatte ihn seinem Schwiegersohne dem Tyrannen gegeben, damit er diesem eine sarazenische Leibwache werbe, und an deren Spitze war er in Padua verblieben. Abu Mohammed war eine feine Erscheinung und hatte gewinnende Formen. Er nahm Anteil an dem Schmerze der Familie, deren Glied er in den Kerker oder zum Blocke führte, und tröstete die betrübte in seinem gebrochenen Italienisch mit Sprüchen arabischer Dichter. Ich vermute, daß er seinen Beinamen »al Tabîb«, das ist der Arzt, wenn er auch einige chirurgische Kenntnisse und Griffe besitzen mochte, zuerst und voraus gewissen ärztlichen Manieren verdankte: ermutigenden Handgebärden, beruhigenden Worten, wie zum Beispiel: »Es tut nicht weh«, oder: »Es geht vorüber«, womit die Jünger Galens eine schmerzliche Operation einzuleiten pflegen. Kurz, Abu Mohammed behandelte das Tragische gelinde und war zur Zeit meiner Fabel trotz seines strengen und bittern Amtes in Padua keine verhaßte Persönlichkeit. Später, da der Tyrann eine Lust daran fand, menschliche Leiber zu martern, woran du nicht glauben kannst, Cangrande! verließ ihn Abu Mohammed, und kehrte zu seinem gütigen Kaiser zurück.

Auf der Schwelle des Gemaches winkte Abu Mohammed seinen drei Begleitern, stehenzubleiben. Der Deutsche, der die Fackel trug, ein trotzig blickender Geselle, verharrte nicht lange. Er hatte heute zur Vesperstunde Germano nach dem Palaste Vicedomini begleitet und dieser ihm zugelacht: »Laß mich jetzt! Ich verlobe hier mein Schwesterchen Diana dem Mönche!« Der Germane kannte die Schwester seines Hauptmanns und hatte eine Art stiller Neigung zu ihr, ihres hohen Wuchses und ihrer redlichen Augen halber. Da er nun den Mönch, welchem er heute mittag zur Seite geritten, Hand in Hand mit einem kleinen und zierlichen Weibe sah, das ihm, neben dem großen Bilde Dianens, als eine Puppe erschien, witterte er Treuebruch, schmiß erzürnt die lodernde Fackel auf den Steinboden, wo sie der eine der Sarazenen behutsam aufhob, und eilte davon, Germano den Verrat des Mönches zu melden.

Ascanio, der den Deutschen erriet, bat Abu Mohammed, ihn zurückzurufen. Dieser aber weigerte sich. »Er würde nicht gehorchen«, sagte er sanft, »und mir zwei oder drei meiner Leute niederhauen. Mit welchem andern Dienste, Herr, bin ich dir gefällig? Verhafte ich diese blühenden Jugenden?«

»Astorre, sie wollen uns trennen!« schrie Antiope und suchte Schutz in den Armen des Mönches. Die am Altare Frevelnde hatte mit einer schuldlosen Seele auch die natürliche Beherztheit eingebüßt. Der Mönch, welchen seine Schuld vielmehr ermutigte und begeisterte, tat einen Schritt gegen den Sarazenen und riß ihm unversehens das Schwert aus der Scheide. »Vorsichtig, Knabe, du könntest dich schneiden«, warnte dieser gutmütig.

»Laß dir sagen, Abu Mohammed«, erklärte Ascanio, »dieser Rasende ist der Gespiele meiner Jugend und war lange Zeit der Mönch Astorre, den du sicherlich auf den Straßen Paduas gesehen hast. Der eigene Vater hat ihn um sein Klostergelübde geprellt und mit einem ungeliebten Weibe vermählt. Vor wenigen Stunden wechselte er mit ihr die Ringe, und jetzt, wie du ihn hier siehst, ist er der Gatte dieser andern.«

»Verhängnis!« urteilte der Sarazene mild.

»Und die Verratene«, fuhr Ascanio fort, »ist Diana Pizzaguerra, die Schwester Germanos! Du kennst ihn. Er glaubt und traut lange, sieht und greift er aber, daß er ein Getäuschter und Betrogener ist, so spritzt ihm das Blut in die Augen und er tötet.«

»Nicht anders«, bestätigte Abu Mohammed. »Er ist von der Mutter her ein Deutscher und diese sind Kinder der Treue!«

»Rate mir, Sarazene. Ich weiß nur *eine* Auskunft: vielleicht eine Rettung. Wir bringen die Sache vor den Vogt. Ezzelin mag richten. Inzwischen bewachen deine Leute den Mönch in seinem eigenen festen Hause. Ich eile zum Ohm. Diese aber bringst *du*, Abu Mohammed, zu der Markgräfin Cunizza, der Schwester des Vogts, der frommen und leutseligen Domina, die hier seit einigen Wochen hofhält. Nimm die hübsche Sünderin! Ich anvertraue sie deinem weißen Barte.« »Du darfst es«, versicherte Mohammed.

Antiope umklammerte den Mönch und schrie noch kläglicher als das erste Mal: »Sie wollen mich von dir trennen! Laß mich nicht, Astorre! keine Stunde! keinen Augenblick! Oder ich sterbe!« Der Mönch hob das Schwert.

Ascanio, der jede Gewalttat verabscheute, blickte den Sarazenen fragend an. Dieser betrachtete die sich umschlungen Haltenden mit väterlichen Augen. »Laß die Schatten sich umarmen!« sagte er dann weichgestimmt, sei es daß er ein Philosoph war und das Leben für Schein hielt, sei es daß er sagen wollte: vielleicht verurteilt sie morgen Ezzelin zum Tode, gönne den verliebten Faltern die Stunde!

Ascanio zweifelte nicht an der Wirklichkeit der Dinge; desto zugänglicher war er dem zweiten Sinne des Spruches. Nicht allein als der Leichtfertige der er war, sondern auch als ein Gütiger und Menschlicher zauderte er, die Liebenden auseinanderzureißen.

»Astorre«, fragte er, »kennst du mich?«

»Du warst mein Freund«, antwortete dieser.

»Und bin es noch. Du hast keinen treuern.«

»O trenne mich nicht von ihr!« flehte jetzt der Mönch in einem so ergreifenden Tone, daß Ascanio nicht widerstand. »So bleibet zusammen«, sagte er, »bis ihr vor das Gericht tretet.« Er flüsterte mit Abu Mohammed.

Dieser näherte sich dem Mönche, entwand ihm sachte das Schwert, Finger um Finger von dem Griff lösend, und ließ es in die Scheide an seiner Hüfte zurückfallen. Dann trat er ans Fenster, winkte seiner Schar, und die Sarazenen bemächtigten sich der auf dem Vorplatze stehengebliebenen Sänfte Madonna Olympias.

Durch eine enge finstere Gasse bewegte sich die schleunige Flucht: Antiope voran, von vier Sarazenen getragen, ihr zur Seite der Mönch und Ascanio, dann die Turbane. Abu Mohammed schloß den Zug.

Dieser eilte an einem kleinen Platz und einer erhellten Kirche vorüber. In die dunkle Fortsetzung der Gasse einmündend, stieß er in hartem Anprall mit einem ihm entgegenkommenden andern, von zahlreichem Volke begleiteten Zuge zusammen. Heftiges Gezänk erhob sich. »Raum der Sposina!« rief die Menge. Chorknaben brachten aus der Kirche lange Kerzen herbei, deren wehende Flämmchen sie mit vorgehaltener Hand schützten. Der gelbe Schimmer zeigte eine geneigte Sänfte und eine umgestürzte Bahre. La Sposina war ein gestorbenes Bräutchen aus dem Volke, das zu Grabe getragen wurde. Die tote regte sich nicht und ließ sich gelassen wieder auf ihre Bahre legen. Das versammelte Volk aber erblickte den Mönch, der die aus der Sänfte gesprungene Antiope schirmend umfing, und es wußte doch, daß der Mönch heute mit Diana Pizzaguerra sich vermählt hatte. Abu Mohammed schaffte Ordnung. Ohne weitern Unfall erreichte man den Palast.

Astorre und Antiope wurden von der Dienerschaft mit erstaunten und bestürzten Blicken empfangen. Sie verschwanden im Tore, ohne von Abu Mohammed und Ascanio Abschied genommen zu haben. Dieser wickelte sich in sein Kleid und begleitete noch einige Schritte weit den Sarazenen, welcher die Stadtburg, die er bewachen sollte, umging, ihre Tore zählend und mit dem Blicke die Höhe ihrer Mauern messend.

»Ein gefüllter Tag«, sagte Ascanio.

»Eine selige Nacht«, erwiderte der Sarazene, den sternbesäten Himmel betrachtend. Die ewigen Lichter, ob sie nun unsere Schicksale beherrschen oder nicht, wanderten nach ihren stillen Gesetzen, bis ein junger Tag, der jüngste und letzte Astorres und Antiopes, die göttliche Fackel schwang.

In einer Morgenstunde desselben lauschte der Tyrann mit seinem Neffen durch ein kleines Rundbogenfenster seines Stadtturmes auf den anliegenden Platz hinunter, den eine aufgeregte Menge füllte, murmelnd und tosend wie die wechselnde Meereswoge.

Die gestrige Begegnung der Sänfte mit der Bahre und der daraus entstandene Tumult hatte blitzschnell durch die ganze Stadt verlautet. Alle Köpfe beschäftigten sich wachend und träumend mit nichts anderm mehr als mit dem Mönche und seiner Hochzeit: nicht nur dem Himmel habe der Ruchlose sein Gelübde gebrochen, sondern jetzt auch der Erde, seine Braut habe er verraten, seinen Reif verschleudert, in rasend raschem Wechsel mit einmal aufgeloderten Sinnen ein neues Weib gefreit, ein fünfzehnjähriges Mädchen, die Blüte des Lebens, und aus der zerrissenen Kutte sei ein gieriger Raubvogel aufgeflattert. Aber der gerechte Tyrann, der kein Ansehen der Person kenne, lasse das Haus, das den Verbrecher und die Verbrecherin verberge, von seinen Sarazenen bewachen; er werde heute, bald, jetzt die Missetat der zwei Vornehmen – denn die junge

Sünderin Antiope sei eine Canossa – vor seinen Stuhl ziehen, der keuschen Diana ihr Recht schaffen und dem durch das schlechte Beispiel seines Adels beleidigten tugendhaften Volke die blutenden Köpfe der zwei Schuldigen durch das Fenster zuwerfen.

Der Tyrann ließ sich, während er einen beobachtenden Blick auf die gärende Masse warf, von Ascanio das Gestrige berichten. Die Verliebung rührte ihn nicht, nur der zugerollte Ring beschäftigte ihn einen Augenblick als eine neue Form des Schicksals. »Ich tadle«, sagte er, »daß du sie gestern nicht auseinandergerissen hast! Ich lobe, daß du sie bewachst! Die Vermählung mit Diana besteht zu Recht. Das mit dem Schwert erzwungene oder mit dem Beutel gekaufte Sakrament ist so nichtig als möglich. Der Pfaffe, der sich erschrecken oder bestechen ließ, verdient den Galgen, und wird er eingefangen, so baumelt er. Noch einmal: warum tratest du nicht zwischen den Unmündigen und das Kind? warum zerrtest du nicht einen Taumelnden aus den Armen einer Berauschten? Du gabest sie ihm! Jetzt sind sie Gatten.«

Ascanio, welcher sich wieder hell und leichtfertig geschlagen hatte, verbarg ein Lächeln. »Epikureer!« strafte ihn Ezzelin. Er aber schmeichelte: »Es ist geschehen, gestrenger Ohm. Wenn du den Fall in deinen Machtkreis ziehst, ist alles gerettet! Beide Parteien habe ich vor deinen Richterstuhl beschieden auf diese neunte Stunde.« Ein gegenüberstehender Campanile schlug sie. »Wolle nur, Ezzelin, und deine feste und kluge Hand löst den Knoten spielend. Liebe verschwendet und Geiz kennt Ehre nicht. Der verliebte Mönch wird dem niederträchtigen Geizhals, als welchen wir alle diesen würdigen Pizzaguerra kennen, hinwerfen, was er verlangt. Germano freilich wird das Schwert ziehen, doch du heißest es ihn in die Scheide zurückstoßen. Er ist dein Mann. Er knirscht, aber er gehorcht.«

»Ich frage mich«, sagte Ezzelin, »ob ich recht tue, den Mönch dem Schwerte meines Germano zu entziehen. Darf Astorre leben? Kann er es, jetzt da er nach verschleuderter Sandale auch den angezogenen ritterlichen Schuh zur Schlarpe tritt und der Cantus firmus des Mönches in einem gellenden Gassenhauer vertönt? Ich – was an mir liegt – friste dem Wankelmütigen und Wertlosen das Dasein. Allein ich vermag nichts gegen sein Schicksal. Ist Astorre dem Schwerte Germanos bestimmt, so kann ich diesen es senken heißen, jener rennt doch hinein. Ich kenne das. Ich habe das erfahren.« Und er verfiel in ein Brüten.

Scheu wandte Ascanio den Blick seitwärts. Er wußte eine grausame Geschichte.

Einst hatte der Tyrann ein Kastell erobert und die Empörer, die es gehalten hatten, zum Schwerte verurteilt. Der erste beste Kriegsknecht schwang es. Da kniete, um den Todesstreich zu empfangen, ein schöner Knabe, dessen Züge den Tyrannen fesselten. Ezzelin glaubte die seinigen zu erkennen und fragte den Jüngling nach seinem Ursprunge. Es war der Sohn eines Weibes, das Ezzelin in seiner Jugend sündig geliebt hatte. Er begnadigte den Verdammten. Dieser, von der eigenen Neugierde und den neidischen Sticheleien derer, welche ihre Söhne oder Verwandten durch jenes Bluturteil eingebüßt hatten, gereizt und verfolgt, ruhte nicht, bis er das Rätsel seiner Bevorzugung löste. Er soll den Dolch gegen die eigene Mutter gezückt und ihr das böse Geheimnis entrissen haben. Die enthüllte unehrliche Geburt vergiftete seine junge Seele. Er verschwur sich von neuem gegen den Tyrannen, überfiel ihn auf der Straße und wurde von demselben Kriegsknechte, der zufällig der erste war, Ezzelin zu Hilfe zu eilen, und mit demselben Schwerte niedergestoßen.

Ezzelin verbarg das Haupt eine Weile mit der Rechten und betrachtete den Untergang seines Sohnes. Dann erhob er es langsam und fragte: »Was aber wird aus Diana?«

Ascanio zuckte die Achseln. »Diana hat einen Unstern. Zwei Männer hat sie verloren, den einen an die Brenta, den andern an ein lieblicheres Weib. Und dazu der karge Vater! Sie geht ins Kloster. Was bliebe ihr sonst?«

Jetzt erhob sich drunten auf dem Platze ein Murren, ein Schelten, ein Verwünschen, ein Drohen. »Mordet den Mönch!« reizten einzelne Stimmen, doch da sie sich in einen allgemeinen Schrei vereinigen wollten, ging der Volkszorn auf eine seltsame Weise in ein erstauntes und bewunderndes »Ach!« über. »Ach, wie schön ist sie!« Der Tyrann und Ascanio konnten durch ihr Fenster den Auftritt bequem beobachten: Sarazenen auf schlanken Berbern, den Mönch Astorre und sein junges Weib, die von Maultieren getragen wurden, umringend. Die neue Vicedomini ritt verhüllt. Aber wie die tausend Fäuste des Volkes sich gegen den Mönch ihren Gemahl ballten, hatte sie sich leidenschaftlich vor ihn geworfen. Die liebende Gebärde zerriß den Schleier. Es war nicht der Reiz ihres Antlitzes allein, noch die Jugend ihres Wuchses, sondern das volle Spiel der Seele, das gestaltete Gefühl, der Atem des Lebens, was die Menge entwaffnete und hinriß, wie gestern den Mönch, der jetzt als ein blühender Triumphator ohne die leiseste Furcht, denn er glaubte sich gefestet und gefeit, mit seiner warmen Beute einherzog.

Ezzelin betrachtete diesen Sieg der Schönheit fast verächtlich. Er wandte sein Auge teilnehmend gegen den zweiten Auftritt, welcher aus einer andern Gasse auf den Turmplatz mündete. Drei Vornehme, wie Astorre und Antiope zahlreich begleitet, suchten Bahn durch die Menge. In der Mitte ein schneeweißes Haupt: die würdige Erscheinung des alten Pizzaguerra. Ihm zur Linken Germano. Dieser hatte gestern schrecklich gezürnt, als ihm sein Deutscher die Kunde des Verrates brachte, und stürzte spornstreichs zur Rache, wurde aber von dem Sarazenen ereilt, welcher ihn, den Vater und die Schwester auf die nächste Frühstunde in den Turm und vor das Gericht des Vogtes lud. Er hatte darauf der Schwester den Frevel des Mönches, welchen er ihr lieber bis nach genommener Rache verheimlicht, offenbaren müssen und sich über ihre Fassung gewundert. Diana ritt zur Rechten des Vaters, keine andere als sonst, nur daß sie den breiten Nacken um einen schweren Gedanken tiefer als gestern trug.

Die Menge, welche die Gekränkte und ihr Recht Fordernde eine Minute früher mit zürnendem Jubel begrüßt hatte, begnügte sich jetzt, das Auge noch geblendet von dem Glanze Antiopes und den Verrat des Mönches begreifend und mitbegehend, der Gedrückten ein mitleidiges: »Arme! Ärmste! Immer Geopferte!« zuzumurmeln.

Jetzt erschienen die fünfe vor dem Tyrannen, der in einem nackten Saale auf einem nur um zwei Stufen über dem Boden erhöhten Stuhle saß. Vor ihm standen Kläger und Verklagte sich gegenüber: hier die beiden Pizzaguerra und, ein wenig beiseite, die große Gestalt Dianas, dort, Hand in Hand verschlungen, der Mönch und Antiope, alle in Ehrfurcht, während Ascanio an den hohen Sessel des Tyrannen lehnte, als wolle er seine Unparteilichkeit und die Mitte wahren zwischen zwei Jugendgespielen.

»Herrschaften«, begann Ezzelin, »ich werde euern Fall nicht als eine Staatssache, wo Treubruch Verrat, und Verrat Majestätsverbrechen ist, behandeln, sondern als eine läßliche Familienangelegenheit. In der Tat, die Pizzaguerra, die Vicedomini, die Canossa sind ebenso edeln Blutes als ich, nur daß die Erhabenheit des Kaisers mich zu ihrem Vogte in diesen ihren Ländern gemacht hat.« Ezzelin neigte das Haupt bei der Nennung der höchsten Macht; er konnte es nicht entblößen, da er dasselbe, wenn er es nicht mit dem Streithelm bedeckte, überall, selbst in Wind und Wetter, nach antiker Weise bar trug. »So bilden die zwölf Geschlechter eine große Familie, zu der auch ich durch eine meiner Ahnfrauen gehöre. Aber wie sind wir zusammengeschmolzen durch unselige Verblendung und strafbare Auflehnung einiger unter uns gegen das höchste weltliche Amt! Wenn ihr mir glaubet, so sparen wir nach Kräften, was noch vorhanden ist. In diesem Sinne halte ich die Rache der Pizzaguerra gegen Astorre Vicedomini auf, obwohl ich sie ihrer Natur nach eine gerechte nenne. Seid ihr«, er wendete sich gegen die drei Pizzaguerra, »mit meiner Milde nicht einverstanden, so höret und bedenket eines: ich, Ezzelino da Romano, bin der erste und darum der Hauptschuldige. Hätte ich mein Roß nicht an einem gewissen Tage und zu einer gewissen Stunde längs der Brenta jagen lassen, Diana wäre standesgemäß vermählt und dieser hier murmelte sein Brevier. Hätte ich meine Deutschen nicht zur Musterung befohlen an einem gewissen Tage und zu einer gewissen Stunde, so hätte mein Germano den Mönch nicht unzeitig auf einen Gaul gehetzt und dieser der Frau, welche er jetzt an der Hand hält, den ihr von seinem bösen Dämon –«

»Von meinem guten!« frohlockte der Mönch.

»– von seinem Dämon zugerollten Brautring wieder vom Finger gezogen. Darum, Herrschaften, begünstigt mich, indem ihr mir die verwickelte Sache entwirren und schlichten helfet; denn bestündet ihr auf der Strenge, so müßte ich auch mich und mich zuerst verurteilen!«

Diese ungewöhnliche Rede brachte den alten Pizzaguerra keineswegs aus der Fassung, und als ihn der Tyrann ansprach: »Edler Herr, Euer ist die Klage«, sagte er kurz und karg: »Herrlichkeit, Astorre Vicedomini verlobte sich öffentlich und ganz nach den Gebräuchen mit meinem Kinde Diana. Dann aber, ohne daß Diana sich gegen ihn vergangen hätte, brach er sein Verlöbnis. Unbegründet, ungesetzlich, kirchenschänderisch. Diese Tat wiegt schwer und verlangt, wo nicht Blut, welches deine Herrlichkeit nicht vergossen sehen will, eine schwer Sühne«, und er machte die Gebärde eines Krämers, der Gewichtstein um Gewichtstein in eine Waagschale legt.

»Ohne daß Diana sich vergangen hätte?« wiederholte der Tyrann. »Mich dünkt, sie verging sich. Hatte sie nicht eine Wahnsinnige vor sich? Und Diana schilt und schlägt. Denn Diana ist jähzornig und unvernünftig, wenn sie sich in ihrem Rechte gekränkt glaubt.«

Da nickte Diana und sprach: »Du sagst die Wahrheit, Ezzelin.«

»Das ist es auch«, fuhr der Tyrann fort, »warum Astorre sein Herz von ihr abgekehrt hat: er erblickte eine Barbarin.«

»Nein, Herr«, widersprach der Mönch, die Verratene von neuem beleidigend, »ich habe Diana nicht angeschaut, sondern das süße Antlitz, das den Schlag empfing, und mein Eingeweide erbarmte sich.«

Der Tyrann zuckte die Achseln. »Du siehst, Pizzaguerra«, lächelte er, »der Mönch gleicht einem sittsamen Mädchen, das zum erstenmal einen starken Wein geschlürft hat und sich danach gebärdet. Wir aber sind alte nüchterne Leute. Sehen wir zu, wie die Sache sich austragen läßt.«

Pizzaguerra erwiderte: »Viel, Ezzelin, täte ich dir zu Gefallen wegen deiner Verdienste um Padua. Doch läßt sich beleidigte Hausehre sühnen anders als mit gezogenem Schwerte?« So redete der Vater Dianens und machte mit dem Arm eine edle Bewegung, welche aber in eine Gebärde ausartete, die einer geöffneten, wo nicht hingehaltenen Hand zum Verwechseln ähnlich sah.

»Biete, Astorre!«, sagte der Vogt mit dem Doppelsinne: Biete die Hand! oder: Biete Geld und Gut!

»Herr«, wendete sich jetzt der Mönch offen und edel gegen den Tyrannen. »wenn du einen Haltlosen, ja einen Sinnberaubten in mir erblickst, ich zürne dir es nicht, denn ein starker Gott, den ich leugnete, weil ich sein Dasein nicht ahnen konnte, hat sich an mir gerächt und mich überwältigt. Noch jetzt treibt er mich wie ein Sturm und jagt mir den Mantel über den Kopf. Muß ich mein Glück – bettelhaftes Wort! armselige Sprache! – muß ich das Höchste des Lebens mit dem Leben bezahlen: ich begreife es und finde den Preis niedrig gestellt! Darf ich aber leben und mit dieser leben, so markte ich nicht.« Er lächelte selig. »Nimm meine Habe, Pizzaguerra!«

»Herrschaften«, verfügte der Tyrann, »ich bevormunde diesen verschwenderischen Jüngling. Unterhandeln *wir* zusammen, Pizzaguerra. Du hörtest es: ich habe weite Vollmacht. Was denkst du von den Bergwerken der Vicedomini?«

Der ehrbare Greis schwieg, aber seine nahe zusammenliegenden Augen glitzerten wie zwei Diamanten.

»Nimm meine Perlfischereien dazu!« rief Astorre, doch Ascanio, der die Stufen heruntergeglitten kam, verschloß ihm den Mund.

»Edler Pizzaguerra«, versuchte jetzt Ezzelin den Alten, »nimm die Bergwerke! Ich weiß, die Ehre deines Hauses geht dir über alles und steht um keinen Preis feil, aber ich weiß ebenfalls, du bist ein guter Paduaner und tust dem Stadtfrieden etwas zuliebe.«

Der Alte schwieg hartnäckig.

»Nimm die Minen«, wiederholte Ezzelin, der das Wortspiel liebte, »und gib die Minne!«

»Die Bergwerke und die Fischereien?« fragte der Alte, als wäre er schwerhörig.

»Die Bergwerke, sagte ich, und damit gut. Sie ertragen viele tausend Pfunde. Würdest du mehr fordern, Pizzaguerra, so hätte ich mich in deiner Gesinnung betrogen und du setzest dich dem häßlichen Verdachte aus, um Ehre zu feilschen.«

Da der Geizhals den Tyrannen fürchtete und nicht mehr erlangen konnte, verschluckte er seinen Verdruß und bot dem Mönche die trockene Hand. »Ein schriftliches Wort, Lebens und Sterbens halber«, sagte er dann, zog Stift und Rechenbüchlein aus der Gürteltasche, entwarf mit zitternden Fingern die Urkunde »coram domino Azzolino« und ließ den Mönch unterzeichnen. Hierauf verbeugte er sich vor dem Vogt und bat, ihn zu entschuldigen, wenn er, obwohl einer aus den Zwölfen, Altersschwäche halber der Hochzeit des Mönches nicht beiwohne.

Germano hatte seine Wut verbeißend neben dem Vater gestanden. Jetzt löste er den einen seiner Eisenhandschuhe. Er schleuderte ihn dem Mönch ins Gesicht, hätte ihm nicht eine Machtgebärde des Tyrannen Halt geboten.

»Sohn, willst du den öffentlichen Frieden brechen?« mahnte jetzt auch der alte Pizzaguerra. »Mein gegebenes Wort enthält und verbürgt auch das deinige. Gehorche! Bei meinem Fluche! Bei deiner Enterbung!« drohte er.

Germano lachte. »Kümmert Euch um Eure schmutzigen Händel, Vater!« warf er verächtlich hin. »Doch auch du, Ezzelin, Herr von Padua, darfst es mir nicht verwehren! Es ist Mannesrecht und Privatsache. Verweigere ich dem Kaiser und dir seinem Vogte den Gehorsam, so enthaupte mich; aber du hinderst mich nicht, gerecht wie du bist, diesen Mönch zu erwürgen, der meine Schwester geäfft und mich beheuchelt hat. Wäre Untreue straflos, wer möchte leben? Es ist des Platzes auf der Erde zu wenig für den Mönch und mich. Das wird er selbst begreifen, wann er wieder zu Sinnen kommt.«

»Germano«, gebot Ezzelin, »ich bin dein Kriegsherr. Morgen vielleicht ruft die Tuba. Du bist nicht dein eigen, du gehörst dem Reich!«

Germano erwiderte nichts. Er befestigte den Handschuh. »Vorzeiten«, sagte er dann, »unter den blinden Heiden gab es eine Gottheit, welche gebrochene Treue rächte. Das wird sich mit dem Glockengeläute nicht geändert haben. Ihr befehle ich meine Sache!« Rasch erhob er die Hand.

»So steht es gut«, lächelte Ezzelin. »Heute abend wird im Palaste Vicedomini Hochzeit mit Masken gefeiert, ganz wie gebräuchlich. Ich gebe das Fest und lade euch ein, Germano und Diana. Ungepanzert, Germano! Mit kurzem Schwerte!«

»Grausamer!« stöhnte der Krieger. »Kommt, Vater! Wie möget Ihr länger das Schauspiel unserer Schande geben?« Er riß den Alten mit sich fort.

»Und du, Diana?« fragte Ezzelin, da er vor seinem Stuhle nur noch diese und die Neuvermählten sah. »Begleitest du nicht Vater und Bruder?«

»Wenn du es gestattest, Herr«, sagte sie, »habe ich ein Wort mit der Vicedomini zu reden.« An dem Mönche vorüber blickte sie fest auf Antiope.

Diese, deren Hand Astorre nicht losgab, hatte an dem Gerichte des Tyrannen einen leidenden, aber tief erregten Anteil genommen. Bald errötete das liebende Weib. Bald entfärbte sich eine Schuldige, die unter dem Lächeln und der Gnade Ezzelins sein wahres und ein sie verdammendes Urteil entdeckte. Bald jubelte ein der Strafe entwischtes Kind. Bald regte sich das erste Selbstgefühl der jungen Herrin, der neuen Vicedomini. Jetzt, von Diana ins Gesicht angeredet, warf sie ihr scheue und feindselige Blicke entgegen.

Diese ließ sich nicht beirren. »Schau her, Antiope!« sagte sie. »Hier mein Finger« – sie streckte ihn – »trägt den Ring deines Gatten. Den darfst du nicht vergessen. Ich bin nicht abergläubischer als andere, aber an deiner Stelle wäre mir schlimm zumute! Schwer hast du dich an mir versündigt, doch ich will gut und milde sein. Heute abend feierst du Hochzeit mit Masken nach den Gebräuchen. Ich werde dir erscheinen. Komme reuig und demütig und ziehe mir den Ring vom Finger!«

Antiope stieß einen Schrei der Angst aus und klammerte sich an ihren Gatten. Dann, in seinen Armen geborgen, redete sie stürmisch: »Ich soll mich erniedrigen? Was befiehlst du, Astorre? Meine Ehre ist deine Ehre! Ich bin nichts mehr als dein Eigentum, dein Herzklopfen, dein Atemzug und deine Seele. Wenn du willst und du gebietest, dann!«

Astorre sprach, sein Weib zärtlich beruhigend, gegen Diana: »Sie wird es tun. Möge dich ihre Demut versöhnen! und die meinige! Sei mein Gast heute nacht und bleibe meinem Hause günstig!« Er wendete sich zu Ezzelin, dankte ihm ehrerbietig für Gericht und Gnade, verneigte sich und entführte sein Weib. Auf der Schwelle aber wandte er sich noch fragend gegen Diana: »Und in welcher Tracht wirst du bei uns erscheinen, daß wir dich kennen und dir Ehre bezeigen?«

Diese lächelte verächtlich. Wieder wendete sie sich gegen Antiope. »Kommen werde ich als die, welche ich mich nenne und welche ich bin: die Unberührte, die Jungfräuliche!« sagte sie stolz. Dann wiederholte sie: »Antiope, denk daran: reuig und demütig!«

»Du meinst es ehrlich, Diana? Du führst nichts im Schilde?« zweifelte der Tyrann, da ihm jetzt die Pizzaguerra allein gegenüberstand.

»Nichts«, erwiderte sie, jede Beteuerung verschmähend.

»Und was wird aus dir, Diana?« fragte er.

»Ezzelin«, antwortete sie bitter, »vor diesem deinen Richtstuhle hat mein Vater die Ehre und Rache seines Kindes um ein paar Erzklumpen verschachert. Ich bin nicht wert, daß mich die Sonne bescheine. Für solche ist die Zelle!« Und sie verließ den Saal.

»Allervortrefflichster Ohm!« jubelte Ascanio. »Du vermählst das seligste Paar in Padua und machst aus einer gefährlichen Geschichte ein reizendes Märchen, womit ich einst, als ein ehrwürdiger Greis, meine Enkel und Enkelinnen am Herdfeuer ergötzen werde!«

»Idyllischer Neffe!« spottete der Tyrann. Er trat ans Fenster und blickte auf den Platz hinunter, wo die Menge noch in fieberhafter Neugierde Stand hielt. Ezzelin hatte Befehl gegeben, die vor ihn Beschiedenen durch eine Hinterpforte zu entlassen.

»Paduaner!« redete er jetzt mit gewaltiger Stimme und Tausende schwiegen wie eine Einöde. »Ich habe den Handel untersucht. Er war verwickelt und die Schuld geteilt. Ich vergab, denn ich bin zur Milde geneigt jedesmal, wo die Majestät des Reiches nicht berührt wird. Heute abend halten Hochzeit mit Masken Astorre Vicedomini und Antiope Canossa. Ich, Ezzelin, gebe das Fest und lade euch alle. Lasset es euch schmecken, ich bin der Wirt! Euch gehören Schenke und Gasse! Den Palast Vicedomini aber betrete noch gefährde mir keiner, sonst, bei meiner Hand! – und jetzt kehre ruhig jeder in das Seinige, wenn ihr mich liebhabet!«

Ein unbestimmtes Gemurmel drang empor. Es verrieselte und verrann.

»Wie sie dich lieben!« scherzte Ascanio.

Dante schöpfte Atem. Dann endigte er in raschen Sätzen.

Nachdem der Tyrann sein Gericht gehalten hatte, verritt er um Mittag nach einem seiner Kastelle, wo er baute. Er begehrte rechtzeitig nach Padua zurückzukehren, um die vor Diana sich demütigende Antiope zu betrachten.

Aber gegen Voraussicht und Willen wurde er auf der mehrere Miglien von der Stadt entfernten Burg festgehalten. Dorthin kam ihm ein staubbedeckter Sarazene nachgesprengt und überreichte ihm ein eigenhändiges Schreiben des Kaisers, das umgehende Antwort verlangte. Die Sache war von Bedeutung. Ezzelin hatte vor kurzem eine kaiserliche Burg im Ferraresischen, in deren Befehlshaber, einem Sizilianer, sein Scharfblick den Verräter argwöhnte, nächtlicherweile überfallen, eingenommen und den zweideutigen kaiserlichen Burgvogt in Fesseln gelegt. Nun verlangte der Staufe Rechenschaft über diesen klugen, aber verwegenen Eingriff in seinen Machtkreis. Die arbeitende Stirn in die Linke gelegt, ließ Ezzelin die Rechte über das Pergament gleiten, und sein Stift zog ihn vom ersten zum zweiten und vom zweiten zu einem dritten.

Gründlich unterhielt er sich mit dem erlauchten Schwiegervater über die Möglichkeiten und Ziele eines bevorstehenden oder wenigstens geplanten Feldzuges. So verschwand ihm Stunde und Zeitmaß. Erst als er sich wieder zu Pferde warf, erkannte er aus dem ihm vertrauten Wandel der Gestirne – sie blitzten in voller Klarheit – daß er Padua kaum vor Mitternacht erreichen werde. Sein Gefolge weit hinter sich lassend, schnell wie ein Gespenst, flog er über die nächtige Ebene. Doch er wählte seinen Weg und umritt vorsichtig einen wenig tiefen Graben, über welchen der kühne Reiter an einem andern Tage spielend gesetzt hätte: er verhinderte das Schicksal, seine Fahrt zu bedrohen und seinen Hengst zu stürzen. Wieder verschlang er auf gestrecktem Renner den Raum, aber Paduas Lichter wollten noch nicht schimmern.

Dort, vor der breiten Stadtfeste der Vicedomini, während sie sich in rasch wachsender Dämmerung schwärzte, hatte sich das trunkene Volk versammelt. Zügellose wechselten mit possierlichen Szenen auf dem nicht großen Platze. In der gedrängten Menge gor eine wilde, zornige Lust, ein bacchantischer Taumel, welchem die ausgelassene Jugend der Hochschule ein Element des Spottes und Witzes beimischte.

Jetzt ließ sich eine schleppende Kantilene vernehmen, in der Art einer Litanei, wie unsere Landleute zu singen pflegen. Es war ein Zug Bauern, alt und jung, aus einem der zahlreichen Dörfer im Besitze der Vicedomini. Dieses arme Volk, welches in seiner Abgelegenheit nichts von der Verweltlichung des Mönches, sondern nur in unbestimmten Umrissen die Vermählung des Erben erfahren, hatte sich vor Tagesanbruch mit den üblichen Hochzeitsgeschenken aufgemacht und erreichte nun sein Ziel nach einer langen Wallfahrt im Staube der Landstraße. Es hielt und duckte sich zusammen, langsam über den wogenden Platz vorrückend, hier ein lockiger Knabe, fast noch ein Kind, mit einer goldenen Honigwabe, dort eine scheue, stolze Dirne, ein blökendes bebändertes Lämmchen in den sorglichen Armen. Alle verlangten sie sehnlich nach dem Angesichte ihres neuen Herrn.

Nun verschwanden sie nach und nach in der Wölbung des Tores, wo rechts und links die angezündeten Fackeln in den Eisenringen loderten, mit der letzten Tageshelle streitend. Im Torwege befahl Ascanio, als Ordner des Festes, er der sonst so freundliche, mit einer schreienden und gereizten Stimme.

Von Stunde zu Stunde wuchs der Frevelmut des Volkes, und als endlich die vornehmen Masken anlangten, wurden sie gestoßen, dem Gesinde die Fackeln entrissen und auf den Steinplatten ausgetreten, die Edelweiber von ihren männlichen Begleitern abgedrängt und lüstern gehänselt, ungerächt von dem Schwertstiche, der an gewöhnlichen Abenden die Frechheit sofort gestraft hätte.

Dergestalt kämpfte unweit des Palasttores ein hohes Weib in der Tracht einer Diana mit einem immer enger sich schließenden Ringe von Klerikern und Schülern niedersten Ranges. Ein hagerer Mensch ließ seine mythologischen

Kenntnisse glänzen. »Nicht Diana bist du«, näselte er verbuhlt, »du bist eine andere! Ich erkenne dich. Hier sitzt dein Täubchen!«, und er zeigte auf den silbernen Halbmond über der Stirne der Göttin. Diese aber schmeichelte nicht wie Aphrodite, sondern zürnte wie Artemis. »Weg, Schweine!« schalt sie. »Ich bin eine reinliche Göttin und verabscheue die Kleriker!« »Gurr, gurr!« girrte die Hopfenstange und tastete mit den Knochenhänden, stieß aber auf der Stelle einen durchdringenden Schrei aus. Wimmernd hob der Elende die Hand und zeigte seinen Schaden. Sie war durch und durch gestochen und überquoll von Blut: das ergrimmte Mädchen hatte hinter sich in den Köcher gelangt – den entwendeten Jagdköcher ihres Bruders – und mit einem der scharfgeschliffenen Pfeile die ekle Hand gezüchtigt.

Schon wurde der rasche Auftritt von einem andern ebenso grausamen wenn auch unblutigen verdrängt. Eine alle erdenklichen Widersprüche und schneidenden Mißtöne durcheinanderwerfende Musik, die einem rasenden Zanke der Verdammten in der Hölle glich, brach sich Bahn durch die betäubte und ergötzte Menge. Das niederste und schlimmste Volk – Beutelschneider, Kuppler, Dirnen, Betteljungen – blies, kratzte, paukte, pfiff, quiekte, meckerte und grunzte vor und hinter einem abenteuerlichen Paare. Ein großes, verwildertes Weib von zerstörter Schönheit ging Arm in Arm mit einem trunkenen Mönche in zerfetzter Kutte. Dieses war der Klosterbruder Serapion, der, von dem Beispiele Astorres aufgestachelt, nächtlicherweile aus der Zelle entsprungen war und sich seit einer Woche im Schlamm der Gasse wälzte. Vor einem aus der finstern Palastmauer vorspringenden erhellten Erker machte die Horde halt, und mit einer gellenden Stimme und der Gebärde eines öffentlichen Ausrufers schrie das Weib: »Kund und zu wissen, Herrschaften: Über ein kurzes schlummert der Mönch Astorre neben seiner Gattin Antiope!« Ein unbändiges Gelächter begleitete diese Verkündigung.

Jetzt nickte aus dem schmalen Bogenfenster des Erkers die läutende Schellenkappe Gocciolas, und ein melancholisches Gesicht zeigte sich der Gasse.

»Gutes Weib, sei stille!« klagte der Narr weinerlich auf den Platz hinunter. »Du verletzest meine Erziehung und beleidigst mein Schamgefühl!«

»Guter Narr«, antwortete die Schamlose, »stoße dich nicht daran! Was die Vornehmen begehen, dem geben wir den Namen. Wir setzen die Titel auf die Büchsen der Apotheke!«

»Bei meinen Todsünden«, jubelte Serapion, »das tun wir! Bis Mitternacht soll die Hochzeit meines Brüderchens auf allen Plätzen Paduas ausgeschellt und hell verkündigt werden. Vorwärts, marsch. Hopsasa!«, und er hob das nackte Bein mit der Sandale aus den hangenden Lumpen der besudelten Kutte.

Dieser von der Menge wütend beklatschte Schwank verscholl an den steilen Mauern der nächtigen Burg, deren Fenster und Gemächer zum großen Teil gegen die innern Hofräume gingen.

In einem stillen, geschützten Gemache wurde Antiope von ihren Zofen, Sotte und einer andern, gekleidet und geschmückt, während Astorre den nicht enden wollenden Schwarm der Gäste oben an den Treppen empfing. Sie schaute in ihre eigenen bangen Augen, die ihr aus einem Silberspiegel begegneten, welchen die Unterzofe mit einem neidischen Gesicht in nackten frechen Armen hielt.

»Sotte«, flüsterte das junge Weib zu der Dienerin, die ihr die Haare flocht, »du ähnelst mir und hast meinen Wuchs: wechsle mit mir die Kleider, wenn du mich liebhast! Gehe hin und ziehe ihr den Ring vom Finger! Reuig und demütig! Verbeuge dich mit gekreuzten Armen vor der Pizzaguerra, wie die letzte Sklavin! Falle auf die Kniee. Wälze dich am Boden! Wirf dich ganz weg! Nur nimm ihr den Ring! Ich lohne fürstlich!«, und da sie Sotte zaudern sah: »Nimm und behalte alles, was ich Köstliches trage!« flehte die Herrin, und dieser Versuchung widerstand die eitle Sotte nicht.

Astorre, welcher der Pflicht des Wirtes einen Augenblick entwendete, um sein Liebstes zu besuchen, fand im Gemache zwei sich umkleidende Frauen. Er erriet. »Nein, Antiope!« verbot er. »So darfst du nicht durchschlüpfen. Es muß Wort gehalten werden! Ich verlange es von deiner Liebe. Ich befehle es dir!« Indem er diesen strengen Spruch mit einem Kuß auf den geliebten Nacken zu einem Koseworte machte, wurde er weggerissen von dem herbeieilenden Ascanio, welcher ihm vorstellte, seine Bauern wünschten, ihm ihre Gaben ohne Verzug zu überreichen, um in der Kühle der Nacht den Heimweg anzutreten. Da sich Antiope wendete, um den Gatten wiederzuküssen, küßte sie die Luft.

Jetzt ließ sie sich rasch fertig kleiden. Selbst die leichtfertige Sotte erschrak vor der Blässe des Angesichtes im Spiegel. Nichts lebte darin als die Angst der Augen und der Schimmer der zusammengepreßten Zähnchen. Ein roter Streif, der Schlag Dianens, wurde auf der weißen Stirne sichtbar.

Nach beendigtem Putze erhob sich das Weib Astorres mit klopfenden Pulsen und hämmernden Schläfen, verließ die sichere Kammer und durcheilte die Säle, Dianen suchend. Sie wurde gejagt von dem Mute der Furcht. Sie wollte jubelnd mit dem zurückeroberten Ringe ihrem Gatten entgegeneilen, dem sie den Anblick ihrer Buße erspart hätte.

Bald unterschied sie aus den Masken die hochgewachsene Göttin der Jagd, erkannte in ihr die Feindin und folgte, bebend und zornige Worte murmelnd, der gemessen Schreitenden, welche den Hauptsaal verließ und sich gnädig in eines der schwach beleuchteten und nur halb so hohen Nebengemächer verlor. Die Göttin schien nicht öffentliche Demütigung, sondern Demut des Herzens zu verlangen.

Jetzt neigte sich im Halbdunkel Antiope vor Diana. »Gib mir den Ring!« preßte sie hervor und tastete an dem kräftigen Finger.

»Demütig und reuig?« fragte Diana.

»Wie anders, Herrin?« fieberte die Unselige. »Aber du treibst dein Spiel mit mir, Grausame! Du biegst deinen Finger, jetzt krümmst du ihn!«

Ob Antiope es sich einbildete? Ob Diana wirklich dieses Spiel trieb? Wie wenig ist ein gekrümmter Finger! Cangrande, du hast mich der Ungerechtigkeit bezichtigt. Ich entscheide nicht.

Genug, die Vicedomini hob den geschmeidigen Leib und rief, die flammenden Augen auf die strengen der Pizzaguerra gerichtet: »Neckst du eine Frau, Mädchen?« Dann bog sie sich wieder und suchte mit beiden Händen dem Finger den Ring zu entreißen – da durchfuhr sie ein Blitz. Ihr die linke Hand überlassend, hatte die strafende Diana mit der Rechten einen Pfeil aus dem Köcher gezogen und Antiope getötet. Diese sank zuerst auf die linke, dann auf die rechte Hand, drehte sich und lag, den Pfeil im Genick, auf die Seite gewendet.

Der Mönch, der nach Verabschiedung seiner ländlichen Gäste zurückgeeilt kam und sehnlich sein Weib suchte, fand eine Entseelte. Mit einem erstickten Schrei warf er sich neben sie nieder und zog ihr den Pfeil aus dem Halse. Ein Blutstrahl folgte. Astorre verlor die Besinnung.

Als er aus seiner Ohnmacht erwachte, stand Germano vor ihm mit gekreuzten Armen. »Bist du der Mörder?« fragte der Mönch.

»Ich morde keine Weiber«, antwortete der andere traurig. »Es ist meine Schwester, die ihr Recht gesucht hat.«

Astorre tastete nach dem Pfeile und fand ihn. Aufgesprungen in einem Satze und das lange Geschoß mit der blutigen Spitze wie eine Klinge handhabend, fiel er in blinder Wut den Jugendgespielen an. Der Krieger schauderte leicht vor dem schwarzgekleideten fahlen Gespenste mit den gesträubten Haaren und dem Pfeil in der Faust.

Er wich um einen Schritt. Das kurze Schwert ziehend, welches der Ungepanzerte heute trug, und den Pfeil damit festhaltend, sagte er mitleidig: »Geh in dein Kloster zurück, Astorre, das du nie hättest verlassen sollen!«

Da gewahrte er plötzlich den Tyrannen, der, gefolgt von dem ganzen Feste, welches dem längst Erwarteten bis ans Tor entgegengestürzt war, ihm gerade gegenüber durch die Tür trat.

Ezzelin streckte die Rechte, Friede gebietend, und Germano senkte ehrfürchtig seine Waffe vor dem Kriegsherrn. Diesen Augenblick ergriff der rasende Mönch und stieß dem Ezzelin Entgegenschauenden den Pfeil in die Brust. Aber auch sich traf er tödlich, von dem blitzschnell wieder gehobenen Schwerte des Kriegers erreicht.

Germano war stumm zusammengesunken. Der Mönch, von Ascanio gestützt, tat noch einige wankende Schritte nach seinem Weibe und bettete sich, von dem Freunde niedergelassen, zu ihr, Mund an Mund.

Die Hochzeitsgäste umstanden die Vermählten. Ezzelin betrachtete den Tod. Hernach ließ er sich auf ein Knie nieder und drückte erst Antiope, darauf Astorre die Augen zu. In die Stille klang es mißtönig herein durch ein offenes

Fenster. Man verstand aus dem Dunkel: »Jetzt schlummert der Mönch Astorre neben seiner Gattin Antiope.« Und ein fernes Gelächter.

Dante erhob sich. »Ich habe meinen Platz am Feuer bezahlt«, sagte er, »und suche nun das Glück des Schlummers. Der Herr des Friedens behüte uns alle!« Er wendete sich und schritt durch die Pforte, welche ihm der Edelknabe geöffnet hatte. Aller Augen folgten ihm, der die Stufen einer fackelhellen Treppe langsam emporstieg.

WILHELM RAABE

Die schwarze Galeere

I

AUF DEN WÄLLEN VON FORT LIEFKENHOEK

Es war eine dunkle, stürmische Nacht in den ersten Tagen des Novembers, im Jahre 1599, als die spanische Schildwache auf dem Fort Liefkenhoek, an dem flandrischen Ufer der Schelde, das Lärmzeichen gab, die Trommel die schlafende Besatzung wach rief und ein jeder – Befehlshaber wie Soldat – seinen Posten auf den Wällen einnahm.

Die Wellen der Schelde gingen hoch, und oft warfen sie ihre Schaumspritzen den fröstelnden Südländern über die Brüstungsmauern ins Gesicht. Scharf pfiff der Wind von Nordost, von den »Provinzen«, herüber, und die Spanier wußten schon lange, daß aus *der* Richtung ihnen selten etwas Gutes komme.

Auch auf dem Fort Lillo, auf der brabantischen Seite des Flusses, wirbelte die Trommel, klang das Horn: deutlich vernahm man durch das Getöse des Sturmes, durch das Brausen der Wasser fernen Kanonendonner, der nur von einem Schiffskampf auf der Westerschelde herrühren konnte.

Die Wassergeusen spielten ihr altes Spiel.

Was kümmerte dieses Amphibiengeschlecht der Sturm und die Finsternis? Waren Sturm und Nacht nicht seine besten Verbündeten? Wann hätte je ein Wassergeuse das stürmische Meer und die Finsternis gefürchtet, wenn es galt, seine Todfeinde zu überlisten, die Verwüster und Bedränger seines den Wogen abgekämpften Vaterlandes zu vernichten?

Gräßlich aber war der Krieg ausgeartet.

Zweiunddreißig Jahre dauerte nun schon dieses fürchterliche Hin- und Herdrängen der kämpfenden Parteien, und noch war kein Ende davon abzusehen. Die Saat der Drachenzähne war üppig aufgegangen; wohl waren eiserne Männer emporgewachsen aus dem blutgedüngten Boden, und selbst die Frauen mußten verlernen, was Menschlichkeit und Milde sei. Es gab eine junge Generation, welche sich schon deshalb nicht nach dem Frieden sehnte, weil sie ihn gar nicht kannte!

Und war der Krieg schrecklich auf dem festen Lande, so war er noch viel fürchterlicher auf dem Meere. Auf dem Lande konnten immer noch Gefangene ausgewechselt oder losgekauft werden – Städte, Flecken und Dörfer konnten

Brand und Plünderung abkaufen; auf der See gab es aber schon längst weder Pardon noch Ranzion. Für Barmherzigkeit wurde es geachtet, wenn man die gegenseitigen Gefangenen kurzweg niederstieß oder sie an den Rahen aufhing und sie nicht langsam auf die grausamste Art zu Tode marterte, sie nicht auf dem Verdeck kreuzigte und mit dem genommenen Schiffe versenkte. –

Mit besorgter Aufmerksamkeit lauschten auf den Wällen von Fort Liefkenhoek Befehlshaber und Soldaten der Kanonade und teilten sich ihre Vermutungen gegenseitig mit. Der eine hatte diese Ansicht über die Kämpfenden, der andere jene Ansicht; aber zuletzt ging anfangs leiser, dann aber bestimmter und lauter von Mund zu Mund das Wort unter den Soldaten:

»Die schwarze Galeere! wiederum die schwarze Galeere!«

Ein jeder sprach zwischen Zorn und unheimlicher Beklemmung dieses Wort aus:

»Die schwarze Galeere!«

Gegen ein Uhr legte sich der Wind, und auch die Kanonade schwieg; aber zwanzig Minuten nach ein Uhr flammte es plötzlich in weiter, weiter Ferne blutrot, blitzartig über den dunkeln Wassern auf; das Leuchten zuckte über die Hunderte von bärtigen, wilden Gesichtern auf den Mauern von Liefkenhoek und Lillo, und eine halbe Sekunde später folgte dieser Lichterscheinung der dumpfe Knall einer größeren Explosion, womit das Gefecht zu seinem Ende gelangt zu sein schien, wie ein Trauerspiel mit einer Katastrophe endet. Man sah und hörte keine Anzeichen mehr, welche auf den Fortgang desselben deuteten. Obgleich die Besatzungen auf den spanischen Befestigungen noch lange harrten und lauschten, vernahmen sie doch keinen Schuß mehr. –

»Nun, was haltet *Ihr* davon, Señor Jeronimo?« fragte der Kommandant von Liefkenhoek einen seiner Kapitäne, einen ältlichen, dürren Mann mit grauem Haar und Bart, mit Narben bedeckt vom Kopf bis zu den Füßen.

Der Angeredete, der bis jetzt ein wenig abseits von seinen Kameraden an der Brüstung gelehnt hatte, zuckte die Achseln.

»Fragt mich nicht danach, Señor. Bei Gott und der Heiligen Jungfrau, ich hab es schon lange aufgegeben, über das zu grübeln, was uns dieser Krieg bringt. Der Panzer ist mir schier festgewachsen auf der Haut, und meinen Posten halt ich bis zum letzten Tag; aber – damit auch genug.«

»Ihr seid sehr barsch, Jeronimo«, sagte der Kommandant, der ein viel jüngerer Mann als der alte Krieger war und erst kürzlich aus Kastilien angekommen war in den Niederlanden, um den Gouverneursposten auf diesem Fort an der Schelde anzunehmen.

»Herr Oberst«, sagte der Hauptmann Jeronimo, »seit manchen langen Jahren halte ich nun meine Stelle auf dieser Erdspitze und sehe die Wellen vorüberfließen. Ihr seid jung, Oberst; aber Euer Vorgänger war auch jung und edel. Hier stand er neben mir, an demselben Platz, wo Ihr jetzt stehet, voll von jugendlichen Träumen und Siegeshoffnungen. Nun liegt er drunten unter den Wogen, und der, welchen ihm vorging, ist von einer Kugel gefallen bei Turnhout; er dachte, auch siegesgekrönt heimzukehren in sein Schloß an der Jarama zu seinem jungen Weibe – bah! Und nun rechne ich an den Fingern zurück bis in das Ende des Jahres eintausendfünfhundertundfünfundachtzig, wo ich von Madrid zurückkam; – Señor, damals glaubte auch ich noch an Sieg und Ehre in diesem Krieg. Ich habe aufgehört, daran zu glauben, und Ihr werdet's auch, Oberst, so Euch Gott das Leben schenkt.«

»Ihr seid ein finsterer Träumer, Hauptmann! Aber sagt doch, in jenem ewig denkwürdigen Jahre waret Ihr in Madrid?«

»Ja.«

»In jenem glorreichen Jahre, wo der große Prinz Antwerpen uns zurückeroberte?«

»Ja.«

»So seid Ihr mit dem Alexander Farnese als Sieger in die Stadt eingezogen! O Ihr Glücklicher!«

»Nein«, sagte der alte Soldat finster. »Ich bin nicht im Triumphzuge gewesen; man hatte mir einen anderen Auftrag gegeben, um welchen man mich damals im Lager sehr beneidete. *Ich* war der Bote, welchen der tapfere Prinz mit der Nachricht von der Übergabe der Stadt zu Don Philipp – Gott habe seine Seele gnädig – sandte.«

»Ihr? Ihr, Hauptmann Jeronimo, durftet solche Botschaft dem König bringen? – O dreimal Glücklicher! Bitte erzählet davon, wir dürfen den Wall doch noch nicht verlassen.«

Die andern Offiziere der Besatzung hatten sich allmählich näher an den Kommandanten und den Hauptmann herangezogen; jetzt bildeten sie als aufmerksame Zuhörer einen Kreis um die beiden. Es war nicht häufig, daß man den alten Jeronimo zum Erzählen brachte.

»Was ist davon zu sagen?« hub der Hauptmann an. »In der Nacht vom vierten auf den fünften September fünfzehnhundertfünfundachtzig hielt ich meinen atemlosen Gaul an vor dem Schloß zu Madrid – ich bin ein Kind der Stadt und kann euch wohl sagen, ihr Herren, daß mein Herz doch hoch schlug, als ich den Manzanares wieder einmal rauschen hörte. Ich hatte von seinem Rauschen oft genug vor nicht langer Zeit im Feldspital, im Wundfieber, geträumt. Und das erreichte Ziel, die stolze Botschaft, die ich trug, die Erwartung einer fabelhaften Belohnung, die ich träumte, trieben mir auch das Blut heftiger in den Adern um. – Finsternis und Grabesstille lagen auf der Burg und der Stadt; es war, wie ich nachher vernahm, am gestrigen Tage ein großes Autodafé gewesen, und die Bevölkerung schlief den Festestaumel aus; – alles schlief, selbst der König Don Philipp. Die Wachen hielten mir die Partisanenspitzen auf die Brust in dem Augenblick, als mein erschöpftes Roß unter mir auf dem Pflaster zusammenstürzte. Ich war ebenso atemlos vom letzten wilden Ritt wie mein Pferd, aber doch hatte ich noch Kraft genug, zu keuchen: ›Briefe aus Flandern! Briefe an den König! Briefe vom Prinzen Alexander von Parma! Viktoria!‹ – Die Waffen senkten sich, Hofleute eilten herbei, fragten mich aus, und dann wurde ich durch die Hallen des Schlosses zu dem Schlafgemach unseres Herrn geführt. Mein Herz erzitterte wie meine todmüden Glieder. Es schwamm mir vor den Augen, als ich in des Königs Kammer an dem Bette des Königs kniete und ihm den Brief des großen Prinzen reichte. Auf seinen Ellenbogen gestützt, erbrach unser Herr Don Philipp das Schreiben, überflog es mit seinen scharfen, scheuen Augen – der Oberkämmerer hielt die goldene Lampe – in Ewigkeit vergeß ich das Gesicht des Königs nicht, das Zittern nicht, welches die gelblich-bleichen Züge überkam. Hoch auf richtete er sich von seinem Lager, hager und schwächlich, und stieß einen Ruf aus, der fast ein Schrei war:

›Antwerpen ist über! Antwerpen ist über!‹

Und die Lampe in der Hand des Höflings fing auch an zu zittern. Aus dem Bette erhob sich der König; er stützte sich ganz gegen die Etikette dabei auf meine Schulter, die Schulter des einfachen, mit dem Staub und Schweiß der Wege bedeckten Soldaten. Die adligen Herren warfen ihm einen Rock um die Schultern; – seit der Nachricht vom Sieg bei Lepanto hatte solche Freudenbotschaft das Ohr des Monarchen nicht getroffen. Durch die Gänge des Schlosses eilte er schnellen Fußes an die Tür seiner Lieblingstochter, der Doña Clara Isabella Eugenia, klopfte – was war der katholischen Majestät ihre Etikette in diesem Augenblick? –, an die Tür der Prinzessin klopfte er, öffnete sie ein wenig, schob den Kopf in das Gemach und flüsterte der schlaftrunkenen, erschreckten hreckten Tochter zu:

›Antwerpen ist über! Antwerpen ist über, Doña Clara!‹

Wie regte sich dann das Schloß, als die große Nachricht sich verbreitete …«

»Und Ihr? Ihr, Señor Jeronimo?« fragte der Kommandant von Fort Liefkenhoek seinen Hauptmann. »Was war Euer Lohn für solche freudige, glorreiche Botschaft?«

»Ja, was war Euer Lohn, Jeronimo? Ihr seid nicht Calatravaritter?« fragten die andern Offiziere.

»Nein, ich bin nicht Ritter vom Calatravaorden«, antwortete der alte Krieger. »Und was meine Belohnung anbetrifft – nun, eine goldene Kette hing mir die katholische Majestät um, und ein Obristenpatent gab man mir auch.«

»Ah!« machte der Kommandant, und die übrigen Befehlshaber drängten näher heran.

»Jawohl«, sagte der Alte, »ich verstehe wohl, was Euer Blick sagen will, Señor Colonnello; er will sagen: Nun, und was steht Ihr hier jetzt als mein Untergebener, als ein armer, halbinvalider Söldner? Ist es nicht so?« fragte er und blickte im Kreise umher. »Nun, ich will's Euch auch sagen, da ich grad am Erzählen bin. Knöpft die Ohren auf, junges Volk, es mag eine Lehre für euch drin liegen. Am dreizehnten Julius fünfzehnhunderteinundneunzig schlug der Prinz Farnese sein Lager vor Fort Knodsenburg, Nimwegen gegenüber, es zu belagern; aber Gerhard de Jonge, der niederländische Befehlshaber, war ein tapferer Mann und machte uns blutige Arbeit. Ihn zu entsetzen, rückte auch Moritz von Oranien über Arnheim in die Betau und zog nach gelegtem Hinterhalt her zur Rekognoszierung vor unser Lager. Da ritten wir aus, sieben Kornetten, spanische und italienische Speerreiter, gegen den Feind. Kann euch sagen, wackere Ritter saßen auf: Francesco Nicelli, Alfonso Davales, Padilla, Jeronimo Caraffa, Decio Manfredi und andere. Des Herzogs Leibkornette führte ich an dem Tage – Fluch sei ihm! Vorwärts gegen den Feind ging's, und eilends zog sich dieser zurück, bis – wir in den Hinterhalt fielen und aufgerieben wurden bis auf den letzten Mann. O heiliger Gott, dreißig Wunden, ehrliche Narben trug ich schon damals auf dem Leib, bei jedem Gefecht hatt' ich geblutet, und dieses Mal – dieses Mal, als alle Gefährten tot und wund das Feld deckten, blieb ich allein unverletzt. Des Herzogs von Parma sieghafte Standarte aber, die ich führte, blieb in der Hand des Feindes! Einen gestickten Christus trug sie mit der Umschrift: ›Hic fortium dividet spolia.‹ – Da ging meine Kriegerehre zugrund. Am folgenden Tag riß man mir die goldene Ehrenkette ab, die mir Don Philipp gegeben hatte; meine Stelle bekam ein anderer, Glücklicherer; ich durfte mich als gemeiner Söldner in der großen Masse verlieren; meinen Namen warf ich fort und nahm Dienste in einem deutschen Regiment, grau und gebeugt ward ich in einer einzigen Stunde, Hauptmann unter meinem jetzigen Namen auch wieder und so – Euer Untergebener, Kommandant, euer Kamerad, ihr Herren – wendet euch nicht ab!«

Der Kommandant von Fort Liefkenhoek reichte dem Erzähler die Hand und schüttelte sie stumm und herzlich; auch die andern drängten sich, ihm die Hände zu reichen.

»Basta!« sagte der Alte. »Was tut's, zuletzt ist's doch alles einerlei. Wieviel Glanz, Ehre und Ruhm hab ich verlöschen sehen – im Eskorial schläft Don Philipp der Zweite; zu Parma liegt der große Prinz Alexander; – wo blieb Fernando Alvarez von Toledo, der Herzog von Alba? Wo blieb unser gewaltiger Feind Wilhelm der Schweigende?« – »Quo pius Aeneas, quo divus Tullus et Ancus?« lachte ein junger Fähnrich, der eben erst der Hohen Schule zu Salamanca entlaufen war; aber niemand achtete seiner, und der Kapitän Jeronimo fuhr fort: »Basta, Kameraden; ein jeder tue seine Pflicht und halte sich für einen ehrlichen Mann! Señor Kommandant, laßt die Leute das Gewehr wegsetzen, die rote Ruhr streicht sie Euch morgen sonst von der Musterrolle. Die Geschichte auf den Wassern dort drüben ist zu Ende – Seine katholische Majestät Don Philipp der Dritte und Seine genuesischen Gnaden Signore Federigo Spinola haben ein gutes Schiff weniger. Laßt die Leute schlafen gehen, Oberst; morgen werdet Ihr schon das Weitere und Nähere erfahren.«

»Ihr glaubt, Unglücksverkünder? Ach, Euer teuflisches Mißgeschick hat Euch den frischen Mut allzusehr geknickt. Faßt Mut, wackerer Jeronimo.«

Der Hauptmann zuckte nur die Achseln.

»Nun, es sei«, sagte der Kommandant. »Laßt die Zeichen geben, die Wälle zu verlassen. Nachher erwarte ich euch alle, meine Herren, zu einem Trunk Wein; es wird ja doch wohl keiner von euch mehr schlafen in dieser Nacht. Mut, ihr Herren, und Spanien für immer!«

Die Offiziere riefen das letzte Wort ihres Befehlshabers nach, aber doch mit ziemlich beklemmter Stimme. Dann wirbelten die Trommeln, und die Truppen zogen zurück von den Wällen des Fort Liefkenhoek.

Der Kommandant blieb aber noch zurück, stützte seufzend die Ellbogen auf die Mauerbrüstung und legte das Kinn auf die Hände. So starrte er auf die Wasser und in die Nacht hinaus und murmelte:

»Er hat recht; es ist ein leidig Ding um diesen Krieg. Vierzehn Jahre flattert nun wieder das Banner von Spanien auf diesen Wällen und auf den Mauern und Türmen von Antwerpen; sind wir aber darum nur einen Schritt weiter in der Besiegung dieses heldenmütigen, starrköpfigen Volkes? Welche Männer haben auf dieser winzigen angeschwemmten Erdscholle gekämpft und geblutet! Welche Männer haben gekämpft um diesen Fleck! Wie leuchtende Sterne glänzen durch die Zeiten die Namen von Freund und Feind, die Namen Alexander Farnese, Mansfeld, Mondragone, Johannes Pettin von Utrecht, Aldegonde, Gianibelli, Johannes Baptista Plato, Barrai, Capisucchi, Olivera, Paz, La Motta, Delmonte und hundert andere. Tausend und aber tausend Ungenannte liegen dort unter dem Sande, unter den Fluten – wie viele werden noch darin versinken?«

Die Besatzung hatte sich längst zurückgezogen, und man vernahm nichts mehr auf dem Wall von Fort Liefkenhoek als den Ruf und Schritt der Ronden und das Brausen der Wogen und des wieder erwachenden Sturmes.

Nochmal umschritt der Kommandant seine Mauern und schärfte den verdoppelten Wachen ein, ja gute Wacht zu halten; dann stieg auch er hinab und suchte seine Wohnung auf, wo er seine Offiziere, seiner Einladung gemäß, alle bereits versammelt fand. Nur der Hauptmann Jeronimo fehlte; er pflegte immer zu fehlen bei den Gelagen seiner Kriegsgesellen; man ließ ihn gewähren, bedauerte ihn und scherzte und lachte über seine trüben Prophezeiungen.

Der Alte hatte aber doch recht! Wohl hatten in dieser Sturmnacht der katholische König und Friedrich Spinola von Genua ein wackeres Schiff verloren. Der nächste Morgen warf die verkohlten Trümmer der Immacolata Concezione an die Dünen von Südbeveland dem ketzerischen Volk vor die Füße, und die Abendflut trug mehr als eine verstümmelte Leiche mit der hispanischen Feldbinde zu den Mauern von Fort Bats. Die schlimme Voraussagung des Kapitäns Jeronimo war eingetroffen, die Wassergeusen hatten den Sieg behalten in dem nächtlichen Gefecht.

II

AN BORD DES ANDREA DORIA

In die Stadt Antwerpen brachten Fischer die Botschaft von dem nächtlichen Vorgang, und groß war darob, je nach der Parteistellung, der heimliche Jubel oder die laute Wut der Bevölkerung.

Auch in der Stadt lief baldigst durch das Volk der Name der »schwarzen Galeere« und wurde mit mehr oder weniger Zuversicht mit dem geschehenen Unheil in Verbindung gebracht.

Wer konnte in solcher Sturmnacht, wie die vergangene war, solche Tat anders getan haben als die schwarze Galeere?

Auf den Plätzen, in den Gassen, in den Werkstätten, in den Kirchen, auf dem Rathause und in der Zitadelle wurde das Wort gehört. Auf den Kriegs- und Handelsschiffen, die am Kai, dicht an den Häusern und Mauern der Stadt, vor Anker lagen, lief es um. Überall, wie gesagt, sah man Bestürzung oder geheimes Frohlocken auf den Gesichtern.

»Die schwarze Galeere! die schwarze Galeere!« –

Das war Federigo Spinola, ein edler Genueser Patrizier, ein unternehmender Sohn des berühmten Geschlechtes jener reichen Republik, welcher mit dem König von Spanien, Philipp dem Dritten, einen Vertrag abgeschlossen hatte, für den Dienst der katholischen Majestät eine Flotte gegen die niederländischen Rebellen auszurüsten und dieselbe in die Nordsee zu führen. Alle Beute, alle Schiffe, welche den Ketzern abgenommen wurden, waren Eigentum des Admirals Federigo, und so fuhr er mit einer bedeutenden Anzahl Galeeren und Galeonen, bemannt mit sechzehnhundert kühnen Männern, aus von Genua, schiffte durch die Straße von Gibraltar, umfuhr das Kap Finisterre, nahm im Busen von Biskaya eine große Anzahl verwegener biskayischer Piraten und Kaper in sein Schiffsgefolge auf, desgleichen eine große Anzahl Dünkirchner Freibeuter und erschien am 11. September 1599 im Hafen von Sluis, wo er Anker warf und von wo aus er seine Tätigkeit in dem nordischen Meer begann.

Zum erstenmal wurden die Wellen der Nordsee von diesen romanischen Ruderfahrzeugen gepeitscht, deren sich bis dahin nur die Anwohner des Mittelländischen Meeres bedient hatten. So kam es, daß anfangs selbst die wackern, nichts fürchtenden seeländischen Schiffsleute den Schrecken des Unbekannten fühlten vor diesen italienischen Galeeren, die gleich riesenhaften Wasserkäfern mit hundert Ruderfüßen die Wogen schlugen.

So machte Federigo Spinola anfangs ein vortreffliches Geschäft und gewann manch reich beladenes Kauffahrteischiff, manch armes Fischerboot den Niederländern ab, bis der erste Schrecken von den letzteren überwunden war und sie es wagten, den neuen Feinden kühner an den Leib zu gehen. Ein zahlreiches

Geschwader sandten die Generalstaaten aus, und in einem heißen Gefecht ward nicht nur eine große Anzahl der feindlichen Kaper vernichtet, sondern sogar auch eine der schrecklichen Galeeren genommen.

Im Triumph brachte man das merkwürdige Schiff nach Amsterdam, und hier wurde nach diesem Modell ein ähnliches Fahrzeug gebaut und mit den kühnsten Herzen und Händen bemannt. Drohend schwarz war seine Farbe, und bald genug wurde die – *schwarze Galeere* den Spaniern und dem Admiral Federigo Spinola schrecklich. Die Spekulation des Genuesers trug von da an nicht mehr so gute Früchte wie im ersten Anfang. –

So war die schwarze Galeere kein Geisterschiff, kein Gespensterschiff, sondern ein Ding von Holz und Eisen, und seine Bemannung war auch keine Gespensterschar. Wesen von Fleisch und Blut kletterten in den Tauen, richteten die Segel, luden die Drehbassen, schlugen die Lunten auf und enterten die feindlichen Schiffe mit dem wilden Geusenschrei:

»Lieber Türk als Pfaff!« – – –

Über die schwarze Galeere unterhielt sich auf den Plätzen und in den Gassen der großen Handelsstadt Antwerpen das Volk, und jeder Nachbar wollte Genaueres wissen über das Gerücht, daß das treffliche Ruderschiff, die Unbefleckte Empfängnis, gestern Nacht durch die Seeländer in die Luft gesprengt worden sei.

Dann wurde es allmählich wieder Abend; ein dichter Nebel stieg auf von der Schelde und legte sich über die ganze Stadt Antwerpen. Die Lichter am Kai schimmerten rötlich durch den Dunst, feucht träufelte es aus dem Tauwerk der Galeone *Andrea Doria*, welche dicht unter den Mauern und Häusern am Kai vor Anker lag und auf deren Deck der Capitano Antonio Valani, ein junger Mann von ungefähr dreißig Jahren, in seinen Mantel gehüllt, auf und ab schritt, während die Wellen des Flusses leise klatschend den Bauch seines Schiffes umspülten und von dem Kai und der Stadt her noch dumpf das Getöse der regen Bevölkerung hersummte.

Eben hielt der Kapitän in seiner Wanderung ein und starrte nach den Lichtern der Stadt, die über die Mauer schimmerten, hinüber, als an seiner Seite sein Leutnant Leone della Rota, ein Jugendfreund aus der Strada Giulia, erschien und ihm die Hand auf die Schulter legte:

»So in Gedanken, Antonio?«

Der Angeredete blickte fast erschreckt in die Höhe.

»Ah, du bist's Leone? Nun, bringst du eine Nachricht von draußen?«

»Ja, aber leider eine sehr schlechte. Sie ist vom Fort Liefkenhoek an den Admiral gekommen; die Geschichte von der vorigen Nacht ist wahr. Die Immacolata hat der Teufel geholt, Schiff und Mannschaft, Mann und Maus. Nur der Kajütenjunge ist bei Fort Bats auf einer leeren Wassertonne lebendig an das Land geritten. Da hat's großen Jubel unter den Ketzern gegeben, und die seeländischen Weiber – schauderhaft häßliche Kreaturen, Antonio, – haben den

Burschen fein säuberlich abgetrocknet und ihn – mit einem gottverdammten Kompliment hierher an Seine Exzellenz, den Gouverneur, geschickt. Sie haben ihn oben auf der Zitadelle gehabt; na, wir werden wohl bald vom Admiral Nachricht erhalten.«

»Gott gebe es«, rief der Kapitän der Andrea Doria, unwillig sein Deck mit dem Fuß stampfend. »Leone, ich halt's nicht mehr aus, hier so müßig vor Anker zu liegen!«

»Müßig?!« lachte der Schiffsleutnant. »Nun, beim schönen Leib der Venus, das wüßte ich doch nicht. Ich sollte denken, wir hätten die Zeit, welche wir hier vor Anker liegen, doch nicht so ungenutzt verstreichen lassen. Corpo di Bacco, was für eine stolze Eroberung hab ich gemacht an der feisten Signora dort in der Taverne Zum Wappen von Alkantara. Ich bitte dich, Antonio.«

»Du nimmst das Leben noch leicht, Leone!« sagte der Kapitän seufzend.

»Ohimè«, lachte der Leutnant, »fasse dich doch an deinen eigenen Busen, Freund, und sing mir nicht solche Phrasen vor. Ah, wende den Blick nicht so kläglich seufzend weg von mir. Bitte, schau meinem Finger nach – dort, sieh, jenes Licht dort über der Stadtmauer – in jenem Erkerfenster! Folge nur meinem Finger – siehst du es? Ohe, Antonio, Antonello, Capitano, Capitanino, wer wohnt dort? Sag mir, wer hat jenes Lichtchen angezündet? Ist es nicht das süßeste Kind, welches dieses hyperboreische Land, ich sollte sagen dieser hyperboreische Sumpf, jemals, solange es hier regnet, und das ist sehr lange, wie mir deucht, – hervorgebracht hat? He, ist nicht Antonio Valani, Kapitän dieser guten Galeone Andrea Doria, mit Leib und Seele den zwei blauen Augen und den blonden Haarflechten dieser bella Fiamminga verfallen? ... Wieder ein Seufzer? O Antonio, Antonio, bei unserer lieben Frau von Zythere, du bist doch ein gar zu trübseliger Gesell!«

Unwillig wandte sich der Kapitän ab.

»Ach laß mich, Leone; – bitte, geh zu deiner fetten Signora. Ich gebe dir Urlaub für die ganze Nacht bis zum ersten Hahnenschrei, daß ich dich und deinen losen Mund nur loswerde vom Schiff. Geh, ich bitte dich, gehe und quäle mich nicht länger durch dein heiteres Gesicht. Wahrhaftig, ich gönne dir das leichte Blut und den lustigen Lebensmut; aber nun laß auch mir die einsame Stunde, wenn du mein Freund bist. Es sieht wüst in mir aus!«

»Antonio«, sagte der Tenente ernster; »Antonio, bei meiner Ehre, ich wollte dich nicht quälen. Die dicke Wirtin im Wappen von Alkantara mag warten und nach der Tür lugen, solang es ihr beliebt, – ich gehe nicht. Was Teufel, sprich, Carissimo, wie steht's mit dir? Vertraue mir, was dich drückt! Die böse Nachricht aus der Westerschelde ist's nicht; – vertraue mir, sollte es wirklich Wahrheit sein, was ich für Scherz nahm und scherzhaft behandelte? Solltest du im Ernst den Banden der blonden Zauberin verfallen sein?«

Der Kapitän Antonio seufzte hier recht tief, ohne zu antworten, und Leone fuhr fort:

»Und sie spielt die Grausame gegen dich, gegen dich, den Liebling aller Damen in der Strada Balbi und in allen übrigen Straßen, Gassen und Sackgassen unserer lieben Vaterstadt Genova superba? Bei der Beherrscherin von Paphos, das verdient Strafe, die härteste Strafe. O diese liebreizende Barbarin! ... Antonio Valani, Vorgesetzter und Freund, mit Schwert, Herz und Kopf steh ich zu deiner Hilfe neben dir. Was wollen wir tun, das süße Kind dir zu gewinnen?«

Was darauf gesprochen wurde zwischen dem Kapitän und seinem Leutnant, wurde unterbrochen und ging verloren in dem Anruf des wachhabenden Schiffssoldaten an der Laufplanke. Trommelwirbel erschallte vom Kai herüber, Fackeln leuchteten, Waffen blitzten. Der Admiral Friedrich Spinola kam nachzuschauen, wie es aussah auf der Andrea Doria und den übrigen Schiffen seiner Flotte unter den Mauern von Antwerpen. Er befand sich in der übelsten Stimmung, wie Antonio und Leone wohl merkten, als sie zu seinem Empfange herbeieilten. Sehr grimmig stapfte der Signore Federigo einher im Kreise seiner Kapitäne, die sich an Bord der Andrea Doria um ihn versammelten. Der unglückliche Kampf der letzten Nacht lag ihm schwer auf der Seele. Ging das so fort, so fiel das Geschäft keineswegs so lohnend aus, wie es aussah auf dem Pergament, auf dem Vertrage, auf welchem Don Philipp der Dritte von Hispanien sein Yo el Rey über die Unterschrift des Genueser Nobiles gesetzt hatte.

»Hinaus mit euch allen!« schrie Don Federigo im Kreise seiner Kapitäne wütend, »hinaus in die See, und fangt mir diese verruchte schwarze Galeere. An ihre eigenen Rahn knüpft mir die ganze Mannschaft, und die Hölle habe ihre Seelen. Cospetto, morgen mit Tagesanbruch lichten die Anker die vier Galeeren, die hier noch vor Anker liegen. Hört ihr, Signori? Der Andrea Doria bleibt allein noch hier und erwartet nähere Befehle. Hört ihr, ihr Herren von den Galeeren, – morgen früh. Botschaft ist schon nach Sluis an die dortigen Befehlshaber gegeben, ebenfalls mit allen freien Schiffen in See zu gehen. Die schwarze Galeere – bringt mir die schwarze Galeere, oder der Satan –«

Ab stapfte der Admiral, den Rest seiner Rede verschluckend, und die Kapitäne schauten sich gegenseitig mit Grimassen an und dem Admiral nach:

»Diavolo – das war spanischer Pfeffer! – Auch eine Arbeit, die leichter zu bereden als zu tun ist! – Nun, ihr Herren? – Die schwarze Galeere! – Gestern habt Ihr ja wohl Euern Koch gehängt, Francisco? – Jawohl, schade drum! – Sluis! – Spinola! – Schwarze Galeere!« so ging das an Bord der Andrea Doria durcheinander, bis endlich ein Befehlshaber nach dem andern sich entfernte, um die Vorbereitungen für die morgende Abfahrt zu treffen.

Antonio Valani und Leone della Rota fanden sich erst nach geraumer Zeit wieder allein auf ihrem Verdeck.

»Also die andern segeln, und wir bleiben hier? Auch gut!« sagte Leone. »Gehen wir also auf unsere eigene Jagd aus, Antonio, vor allem aber gehen wir jetzt zur Taverne. Ausführlich sollst du mir dort alles erzählen, was dein Verhältnis zu der holden Flamländerin betrifft.«

»O nicht doch, Leone, laß mich!«

»Nein, nein; du sollst und mußt. Ich will dich heilen, Carino; ich bin ein guter Arzt in solchen Leiden. Manch einer hat's erfahren, und du sollst es auch erfahren, Tonino.«

Widerwillig ließ sich der Kapitän fortziehen von seinem Schiff. Unmutig folgte er dem Luogotenente durch die Gassen von Antwerpen zur Taverne Zum Wappen von Alkantara, wo die dicke Wirtin sich in den lustigen Leone della Rota verliebt hatte und der Schatz freie Zeche und – freies Quartier hatte, sooft es ihm angenehm schien. Es war ihm aber sehr oft angenehm und gelegen.

III

JAN UND MYGA

In einem der hohen Giebelhäuser hinter der Stadtmauer am Kai von Antwerpen saß am folgenden Abend Myga von Bergen neben ihrer kleinen Lampe, ganz in Trauer gekleidet, – die Tochter des weiland so reichen und angesehenen Kaufmanns Michael van Bergen, von dem es jetzt heißen konnte: Supremum diem obiit, senex et pauper.

Wie wenn ein Sack voll neugeprägter Goldstücke ausgeschüttet wird, so klang vor fünfzehn oder zwanzig Jahren die Firma *van Bergen und Norris* jedermann ins Ohr. Eins der reichsten Häuser des reichen Antwerpens repräsentierte diese Firma. Auf allen Meeren schwammen ihre Schiffe, ihre Warenhäuser waren voll der köstlichsten Schätze Indiens und Amerikas; ihre Schreibstube war voll emsiger Schreiber. Ja, vor zwanzig Jahren hättet ihr auf der Börse oder im Haus der Oosterlinge, der großen Hansaniederlage, nach der Firma van Bergen und Norris fragen sollen; wahrlich guter Bescheid würde euch zuteil geworden sein.

Nun aber war Johann Geerdes Norris längst gestorben zu Amsterdam, und vor vierzehn Tagen war ihm zu Antwerpen sein ehemaliger Kompagnon in das Grab gefolgt, ein Bettler.

Hättet ihr jetzt an der Börse oder im Hause der Hansa nach der Firma van Bergen und Norris gefragt, man hätte euch eure Frage vielleicht mehr als einmal wiederholen lassen und dann den Kopf geschüttelt. Wer kannte jetzt noch die Firma van Bergen und Norris? Nur die ältesten Kaufleute und Makler wußten sich ihrer noch zu erinnern.

Wie war das gekommen?

Die Antwort darauf ist leicht zu finden. Als das Haus van Bergen und Norris in seinem höchsten Glanze strahlte, regten sich tätig zweimalhunderttausend

Einwohner in den Mauern von Antwerpen; jetzt waren dieselben auf achtzigtausend zusammengeschmolzen. Genügt euch das?

Werfen wir einen Blick zurück in die vergangenen Tage!

Das war am zwanzigsten August des bösen Jahres fünfzehnhundertfünfundachtzig. An diesem Tage hielten die Reformierten ihren letzten Gottesdienst in der Kathedrale. Nach der Kapitulation, welche die Stadt mit ihrem gewaltigen Dränger, dem Prinzen Alexander von Parma, abgeschlossen hatte, sollte am folgenden Tage der Katholizismus wieder Besitz nehmen von dem Heiligtum Unserer Lieben Frau, das er so lange den Ketzern hatte überlassen müssen.

Es war ein feierlicher, seltsamer Augenblick, als nun an diesem zwanzigsten August nach der letzten protestantischen Predigt die Tonwogen der protestantischen Orgel verrollten. Eine tiefe Stille trat ein, das Volk saß mit gesenkten Häuptern und betete leise und brünstig. Dann aber brach es aus – ein Ton halb Seufzer, halb unterdrückter Wutschrei – langhallend – Schmerz und Ingrimm! Ein Rauschen entstand, von den Sitzen erhob sich die Versammlung und stürzte wild und wirr gegen die Kirchtüren, gegen die hohen Portale, welche der katholische Teil der Bevölkerung bereits umlagerte.

Triumph und Niederlage!

Mönche aller Orden drängten sich hohnlächelnd oder drohend den gedemütigten, still weinenden oder grollenden Ketzern in den Weg, die Rosenkränze frohlockend erhebend.

Wie lange war es her, seit sie vor dem Ruf: »Papen uyt! Papen uyt! Die Pfaffen fort! fort mit den Pfaffen!« diesen selben Ketzern hatten weichen müssen?

So wechseln die Geschicke der Menschen, so wechseln Triumphe und Niederlagen im Kampfe der Geister.

Ab zwanzigsten August bestand noch in voller Kraft und großem Ansehen das Handlungshaus van Bergen und Norris; – am siebenundzwanzigsten August löste sich die Firma. Alexander Farnese zog mit großem Pomp in die gewonnene Stadt ein; Jan Geerdes Norris verließ sie mit seinem zehnjährigen Söhnlein und vielen andern, welche die spanische Gewalt nicht ertragen wollten. In der Stadt zurück blieb Michael van Bergen mit seinem sechsjährigen Töchterchen. Jeder der beiden Kompagnons handelte nach seinem Charakter, der starkmütige, zornmütige Norris und der ängstliche, weiche van Bergen. Der eine trotzte dem Verhängnis, solang es ging, und wich, als der Kampf entschieden war, an dieser Stelle, um ihn anderswo wieder aufzunehmen. Der andere beugte sich den Verhältnissen und litt schweigend, was er nicht zu ändern vermochte.

Doch das ist lange vorüber, und unsere beiden Helden sind nicht Geerdes Norris und Michael van Bergen, sondern Jan Norris und Myga van Bergen, die Kinder der einst so berühmten Firma.

In was für einer schreckenvollen, verwüsteten, grauenhaften Welt hatten die beiden Armen das Licht erblickt. Wie oft waren die Wiegenlieder der Mutter durch das Krachen der Geschütze nah und fern zum Schweigen gebracht worden. Wie oft hatten die Väter Söhnchen und Töchterlein niedersetzen müssen von den Knien, weil die Notglocke sie hinausrief auf die Wälle oder zum Rathaus!

Arme kleine Wesen! Niemals hatten sie gleich andern, in glücklicheren Zeiten geborenen Kindern gefahrlos in schattigen Wäldern, auf grünen Wiesen sich umhertummeln dürfen. Niemals hatten sie die blauen Kornblumen, den roten Feldmohn vom Rande der Ackerfelder zum Kranze winden dürfen.

Die Wälder füllten ja die streifenden Parteien des katholischen Königs, die wilden Rotten der Waldgeusen, das rechtlose, heillose, versprengte Gesindel aller Völker Europas.

Auf den grünen Wiesen schlugen die Heere Spaniens, die Söldnerhaufen aus Deutschland, England, Frankreich, Italien, die Krieger der Provinzen, des Prinzen von Oranien ihre Hütten und Gezelte auf.

Die Kornfelder fielen, noch ehe die goldene Frucht reifte, noch ehe die roten und blauen Blumen blühten, den Rossen und Fußtritten der ziehenden Heeresscharen zum Opfer.

Wo war ein friedliches Fleckchen zu finden auf diesem zertretenen Erdenwinkel, welchen der König von Spanien sein Eigentum nannte?

In den engen, dunkeln Gassen der Stadt Antwerpen hinter den hohen Mauern, Wällen und Türmen Paciottis hatten die armen Kinder ihre Spielplätze, und oft genug waren auch diese unsicher und gefahrbringend. Oft genug verwandelten sich die Häuser der Bürger in Kerker, in welchen die Bewohner sich selbst einschließen, in welchen sie ihre eigenen Kerkermeister sein mußten, um sich vor dem draußen umgehenden Unheil zu schützen.

Ganz anders mußte sich die Weltanschauung dieser beiden Kinder als anderer, glücklicherer gestalten, und manche schöne Blüte wurde durch das finstere, kalte Gewölk, das über den Zeiten hing, in der Knospe erstickt und vernichtet.

Wie oft sahen Jan und Myga während der ganzen langen Belagerung des Prinzen von Parma von den Fenstern aus, in welchen sie ihre bunten Puppen und Tiere aufstellten, den Krieg mit seinen Schrecken in der Gasse vorüberziehen!

Ein Paar sollten Jan und Myga werden, hatten die Väter und Mütter unter sich ausgemacht, als die große Firma van Bergen und Norris noch stand. Als die Kapitulation zwischen dem Prinzen Alexander und der Stadt aber unterzeichnet wurde, zerriß in seinem Sinn Jan Geerdes Norris den Vertrag über das Hochzeitsbündnis seines Söhnleins mit dem Töchterlein seines Kompagnons Michael van Bergen. Die Ehefrauen der beiden Handlungsherren waren damals bereits beide tot.

Am siebenundzwanzigsten August fünfzehnhundertfünfundachtzig wurden die beiden Kinder voneinander getrennt, und der zehnjährige Bube, das sechsjährige Mädchen schluchzten bitterlich darob; aber es war Krieg, und der Krieg trennt wohl noch viel grausamer Herz von Herzen. Man hielt sich versichert, daß die beiden Kinder ihre ersten Jugenderinnerungen bald genug vergessen haben würden.

Wir wollen sehen, ob dem so war. – –

Die Jahre sind vergangen – tot ist Johann Geerdes Norris, tot ist Michael van Bergen, nachdem sein Reichtum vergangen ist wie Schnee an der Sonne.

In ihrem Stübchen hinter der Mauer am Kai zu Antwerpen saß Myga in ihren schwarzen Trauerkleidern – ein wunderholdes Jungfräulein, noch gar bleich von den langen Nachtwachen am Bette ihres sterbenden Vaters. Sie spann – ihre Augen waren voll Tränen und ihr Herz voll unausgeklagter Schmerzen und Sorgen. Seit dem Tode ihres Vaters war das arme Kind ganz einsam in der großen Stadt, in einer so wilden Zeit, wo die Schwachen fast rechtlos jeder Unterdrückung, jedem Übermut preisgegeben waren.

Ganz verlassen war Myga van Bergen?

Armes Kind! – Daß sie nicht *ganz* verlassen war, gehörte auch mit zu den Sorgen Mygas.

Wohl kümmerte sich noch jemand um das Kind Michaels van Bergen, wohl wußte die Waise, daß ein treues Herz ihr geblieben war, daß – Jan Norris von Amsterdam den letzten Blutstropfen für sie hingeben würde; aber Jan Norris war ein Verfemter, dem der Galgen drohte, wenn eine spanische Hand ihn griff in den Gassen von Antwerpen. Und Jan Norris, der Wassergeuse, erschien oft in mancherlei Vermummung in den Gassen von Antwerpen.

Jan Norris hatte seine Jugenderinnerungen nicht so bald vergessen, wie Jan Geerdes Norris, sein Vater, meint.

Noch immer waren Jan und Myga Bräutigam und Braut. Keine Macht auf Erden solle sie trennen, hatten sie sich gegenseitig geschworen; was jedoch daraus werden sollte, wußte aber, solange der alte Michael noch lebte, keins von beiden zu sagen.

Nun war Michael van Bergen tot und begraben seit vierzehn Tagen; aber Jan war verschwunden seit Monden. Lebte er noch? Hatten ihn die Wogen verschlungen? Hatten ihn die Spanier beim Entern gefangen und gehangen?

Wer konnte das sagen?

Was sollte die arme verlassene Myga anfangen in der wüsten Welt, wenn Jan tot war?

Die Nacht rückte allmählich vor; aber Myga fürchtete sich, sich niederzulegen. Schlafen konnte sie doch nicht vor Gram und Beklemmung, was sollte sie im Bette? Es wurde allmählich recht kalt im Stübchen, aber die Waise schien die Kälte nicht zu spüren, sie legte nicht neue Kohlen in den winzigen Kamin. Sie stellte die Spindel weg und bedeckte das Gesicht mit den Händen, das Haupt zur Brust neigend. So saß sie noch eine geraume Zeit, bis sie sich endlich fröstelnd doch erhob, um ihre Lagerstatt zu suchen.

Noch einmal beugte sie sich zu den Riegeln ihrer Tür nieder, um nachzuschauen, ob dieselben auch ordentlich vorgeschoben seien, als sie auf einmal horchte – atemlos horchte.

»Myga?!« flüsterte es draußen.

Die Waise erzitterte am ganzen Körper.

»O mein Gott!«

»Myga?!« flüsterte es noch einmal durch das Schlüsselloch.

Mit einem Schrei schob das junge Mädchen die Riegel weg und drehte den Schlüssel im Schloß. Auf flog die Tür, und ein Jüngling in der Offizierstracht eines deutschen Söldnerregiments mit der spanischen Feldbinde über der Schulter hielt im nächsten Augenblick das schöne Kind in den Armen.

»Myga, o Myga!«

»O Jan, Jan, lieber, lieber Jan!«

Heiße Küsse ersetzten für die nächsten Minuten das Wort den beiden. Dann aber sank Jan Norris, wie es schien, vollständig erschöpft, auf den nächsten Stuhl, und Myga bemerkte nun erst die Unordnung der Kleider ihres Geliebten, bemerkte, daß er den Hut verloren hatte, daß seine Wange von einer leichten Schramme blutete.

»Um Gottes willen, was ist wieder geschehen, Jan? Ich zittere – o du hast dich wieder einmal tollkühn in Gefahr gestürzt – o Jan, Jan, böser Jan!«

»Wahrhaftig, um ein Haar, so hätten sie mich diesmal erwischt, Myga! Aber fürchte dich nicht, süßes Lieb, nur beinahe hätten sie mich gepackt – Teufel, wie ein Hund hätt' ich freilich gebaumelt, wenn's nicht so gut abgelaufen wär!«

»O Jan, und du willst mich lieben? Du willst mich erretten aus dieser Stadt? O barmherziger Gott, zugrunde wirst du gehen und ich auch, und mein Vater ist auch tot, o du heilige barmherziger Gott, was soll aus mir werden? wer soll mich schützen, wer soll mir helfen?»

»Du hast recht! Leider Gottes hast du recht, armes Lieb! Ach, und dein Vater ist nun auch gestorben, und ich bin nicht da gewesen, dich zu trösten in deinem Kummer. Mußte vor Dünkirchen kreuzen derweilen, die Freibeuter in den Grund zu bohren; – o es ist hart, Myga, und doch – doch konnt ich nicht anders und heut abend auch nicht. Das edle Vaterland hochzuhalten, soll jeder sein Leben dransetzen; – ach Myga, Myga, lieb mich noch ein wenig, trotzdem daß ich dir ein so schlechter Schutz und Schirm bin. Der arme Vater Michael –«

»Laß den toten Vater, Jan! Ihm ist wohl, er hat Ruhe und braucht niemanden mehr zu fürchten – ach, man muß die Gestorbenen wohl beneiden in dieser blutigen, schrecklichen Zeit!«

»O Myga, sprich nicht so. Ein Elend ist's freilich wohl, daß der Vater starb; aber – nun bist du ja ganz mein! Nun kannst du ja mit mir gehen nach Amsterdam, nun fesselt dich nichts mehr in diesem armen Antwerpen. Myga, tröst dein Herz, wir sehen doch noch fröhliche Tage, meine süße, süße Braut. Noch eine kurze Zeit, und ich hole dich – gib Achtung – vielleicht mit einem stattlichen Hochzeitsgeleit, daß keine Königin sich dessen zu schämen hätte.

Vielleicht läuten sie die Glocken, rühren sie die Trommeln, vielleicht feiern sie mit Geschützesdonner die selige Stunde, in welcher ich dich davonführe aus Antwerpen. Gib acht, ob's nicht wahr wird, was ich dir in aller Heimlichkeit vertraue.«

»Ach, welche Phantasien, du wilder, lieber Jan Norris. Sag mir, wie sollt das geschehen, daß du mich so feierlich heimholen würdest? Nein, sag's mir nicht, denn es ist doch eitel Torheit; bericht mir lieber von der Gefahr, der du soeben kaum entrannst. Es kommt mir nun auf ein nächtlich Traumbild nicht mehr an, dafür sorgst du schon, tollköpfiger Jan.«

»Nicht so tollköpfig, als du meinst, Lieb!« lächelte der Jüngling. »Der Kapitän der schwarzen Galeere würde sich sonst wohl hüten, des Jan Norris Kopf und Beine, Herz und Arme also zu gebrauchen, wie er es tut. Einer großen Sache wegen bin ich hier in der Stadt – wir wollen gern eine Tat tun, daß die Antwerpner Kinder noch nach hundert Jahren davon singen mögen. Deshalb Kundschaft zu holen, steck ich hier in diesem Plunder, in deutschen Pluderhosen, statt in seeländischen Schifferhosen. Nun höre, Myga. Ich habe am Kai meine Geschäfte abgemacht und in Erfahrung gebracht, daß vier Galeeren des Spinola heute am frühen Morgen in See gegangen sind zur Jagd auf die schwarze Galeere; dabei habe ich leider Gottes ausgekundschaftet, daß der Vater Michael gestorben ist, habe mir das letzte genuesische Schiff, das hier vor Anker liegt, den Andrea Doria – seiner Bauart wegen – genau angesehen, und der Abend ist derweilen herangekommen. Hatte den Tag schon oft genug heimlich nach deinem Fensterlein heraufgeschaut, lieb Kind, aber nicht die Minute gefunden, hinzuschleichen zu dir, da mancherlei Volk mir an den Fersen hing. Denk ich also, die Dunkelheit zu erwarten – ich hab ja den Hausschlüssel –, und schlendere gemächlich durch die Gassen, bis mir vor einer hellen Kneipentür in den Kopf kommt, die Nacht sitzend abzuwarten und beiaus noch ein wenig auf des Volks und der Fremden Gehaben Achtung zu geben – wegen meines Geschäftes, verstehst du! – Gut, ich trete ein in die Taverne, fordere eine Flasche Wein und setze mich hinter den Tisch, die Ellenbogen aufstemmend, als wäre die ganze Welt mein und ich gar nicht in Not und Sorge um die arme Myga, deren Vater starb, ohne daß ich zu ihrem Trost dabei war. Um mich her ist ein Gewirr wie beim Turmbau zu Babel. Deutsche, Burgunder, Spanier, Italiener, Niederländer schwatzen und fluchen und schreien, jede Kreatur in ihrer Sprache, und saufen alle auf dieselbe Weise. Jeder Tisch und Winkel ist besetzt, und nur neben mir sind noch zwei Plätze leer. Da kommen zwei patzige Burschen – ich kenne sie recht gut, der eine ist der Kapitän vom Andrea Doria, der andere ist sein Leutnant. Steigen über Tisch und Bänke und sitzen bei mir nieder. Ich mache ihnen auch gern Platz, denn ihre Bekanntschaft ist mir viel wert, und jedes Wörtlein, so sie sprechen, leg ich auf die Goldwaage. Tue ich aber, als ob ich sie nie mit Augen gesehen habe, lege wie schläfrig den Kopf auf beide Arme und kümmere mich um die Welt nicht, knöpfe aber die Ohren weit auf. Nun rufen die beiden Welschen nach Wein, und der Jüngste, der Leutnant, nimmt das Schenkmädel um die Hüfte. Der andere aber sieht ganz kläglich und melancholisch drein, als wär ihm tüchtig die Petersilie verhagelt – ich hätt über ihn lachen können; aber beim Eid der Geusen, es war nichts zum Lachen! Nun gehen die Worte hin und her, und anfangs ist natürlich nur die Rede von unserer stolzen Tat, von dem Tanz in der vorvergangenen Nacht, von der Himmelfahrt der Unbefleckten Empfängnis. Darüber frohlock ich im Herzen; aber auf einmal stehen mir alle Pulse still, denn es wird ein Name genannt, den ich kenne. Von dir, Myga van Bergen, ist die Rede!«

»Von mir?« rief das junge Mädchen; »o Himmel, und der italienische Kapitän sprach von mir! O Gott, Jan, Jan, schütze mich vor dem! O wie fürcht ich den!«

»Also ist's so, der Hund stellt seine Schlingen nach dir?!« rief Jan Norris mit dumpfer Stimme, und Myga barg ihr Gesicht an seiner Brust und nickte zitternd.

Der junge Wassergeuse knirschte mit den Zähnen und lachte ingrimmig.

»Der Trank wird nicht so heiß getrunken, als er gebraut wird; das wird der welsche Schuft schon erfahren. Tröst dich, Myga; bin ich nicht dir zur Seite und viele gute Gesellen hinter mir? Armes Kind, wie du erzitterst!«

»O Jesus, Jan, ich kann mir nicht helfen. Haben nicht die gewalttätigen, übermütigen Fremden die Macht? Wer hindert sie, ihren bösen Willen auszuführen? O Jan, Jan, nimm mich mit dir fort – in dieser Nacht noch, jetzt gleich!«

Jan Norris hielt die bleiche, zitternde Braut in den Armen und suchte sie auf alle Weise zu beruhigen. Als ihm dieses ein wenig gelungen war, erzählte er weiter von seinem Abenteuer in der Kneipe Zum Goldenen Löwen.

»Steilrecht standen mir die Haare empor, und alles Blut drängte sich mir ins Gehirn. Aber ich mußte mich bändigen, daß ich mich nicht verriet, und das war eine schwere Arbeit; aber Jan Norris kriegt's doch fertig und tat, als ob er den Teufel ein Wort von dem italienischen Gerede verstünde. Beim Grafen von Lumey, ein Bubenstück, schwärzer als die Nacht, ward da beraten; aber ich weiß alles, und das ist genug. Übermorgen in der Frühe segelt die Andrea Doria – der Befehl dazu ist vom Admiral gekommen –, und weil die Gelegenheit so günstig ist, so wird in der nächsten Nacht der feine Plan ins Werk gesetzt. In der nächsten Nacht wird das wilde Täubchen Myga van Bergen in der Gewalt des Kapitäns Antonio Valani sein, mit Hilfe des Teufels und des Leutnants Leone della Rota. In der nächsten Nacht wird dieses Haus überfallen; – aber so leise geschieht das, daß kein Nachbar, keine Nachbarin darüber erwacht, daß kein Hahn in ganz Antwerpen darum kräht. Auf die Galeone mit der Myga! Lustig – an die Ankerwinde, meine Burschen – hoiho, hinaus zur Jagd auf die rebellischen Ketzer – lustig hinaus in die offene See – wer hört auf der weiten See den Hilferuf und das Weinen der kleinen Myga? Himmel und

Hölle, und der Jan Norris sitzt dabei im Löwen und darf nicht mucksen, hält sein Messer in der Faust und darf die beiden flüsternden Schufte nicht über den Haufen stoßen!«

»O Jan, Jan, um meiner und deiner Mutter willen – um unserer Liebe willen, rette mich! Laß mich nicht in ihre Hände fallen! Der Tod wäre weniger schrecklich als das!«

»Ruhig, ruhig, Kind! Es ist noch lange Zeit bis zur nächsten Mitternacht. Zu Amsterdam am Feuerherde wollen wir noch manch ein Mal uns dieser Geschichte erinnern. Verlaß dich auf mich, Herzensbraut, es wird dir nichts zuleide geschehen, solang der Jan Norris noch auf seinen zwei Füßen steht. Doch nun hör weiter; meine Geschichte ist noch nicht zu Ende. Ich muß dir erst noch sagen, wie es kam, daß sie den zweiten Steuermann der schwarzen Galeere in mir witterten. Das war eine lustigere Geschichte als die, welche ich dir eben erzählte.«

»O Jan, Jan, fühle, wie mein Herz klopft; – o barmherziger Gott, wer schützt die arme Myga? O Jan, laß uns fliehen, jetzt gleich auf der Stelle, ich kann hier nicht mehr Atem schöpfen – die Luft dieses Zimmers erstickt mich!«

»Ruhig, ruhig, liebe, liebe Myga. Gern würde ich dich sogleich mit mir fortführen, und ein Boot würde auch bereit sein, uns aufzunehmen; aber horch nur hinunter in die Gassen – die ganze Stadt weiß in diesem Augenblick, daß Männer der schwarzen Galeere verkleidet in ihren Mauern weilen. Horch nur das Getümmel drunten – das Laufen und Rennen gilt mir, da ist keine Möglichkeit, daß wir jetzt glücklich durchkämen. Sitz nieder und zittere nicht so – noch sind wir sicher, und Zeit schafft Rat – denk an diese Minuten, wenn wir in Amsterdam am Winterfeuer sitzen. Hahaha, laß sie nur drunten suchen, zu flink und zu schlau ist ihnen der Jan Norris gewesen – 's wär auch schad um den Burschen gewesen, wenn sie ihn gehangen hätten, nicht wahr, Myga?«

»O Jan! Jan!«

»Ah bah, gib mir einen Kuß und – noch einen, und nun zu meiner Geschichte. Sitz ich also und beiße mir die Lippen blutig, aber verliere kein Wort des Gespräches neben mir, und die Schurken schwatzen weiter und frohlocken über ihren Teufelsanschlag. Dann trinken sie ihre Gläser aus, erheben sich von ihren Sitzen und wollen gehen, werden aber an der Tür durch einen großen Tumult zurückgehalten. Wird nämlich ein Bube auf den Schultern von zwei Kerlen hereingetragen, und ein groß Hurra entsteht, wie das Volk in der Schenkstube seiner ansichtig wird. Ist der Bub der Kajütenjunge von der Immacolata, der allein von der ganzen Schiffsmannschaft mit dem Leben davongekommen ist und an Land kam nach einer tollen Fahrt durch Luft und Wasser. Jeder will den Buben sehen, jeder will ihn sprechen, und alle drängen sich zu ihm und reichen ihm ihre Becher und Krüge. Ich aber halte es für das beste, das Getümmel zu benutzen und mich unbemerkt zu entfernen. Schleiche ich also so dicht als möglich an den Wänden hin und habe fast die Tür erreicht, als das Unglück es will, daß das Auge des Schiffsjungen, der noch immer auf den Schultern seiner Träger kauert, auf mich fällt. Der Bube starrt mich an, als ob er ein Gespenst sähe, er wird bleich wie ein Käse und schreit aus Leibeskräften: »Hilfe, Hilfe! Ecco, ecco! das ist einer! Hilfe – haltet, haltet ihn!« – – »Wer ist's? wie? was?« brüllt das Volk, und jeder sieht den Burschen und seine Nachbarn an. – »Da, da, der dort am Tisch – haltet ihn, 's ist der Satan von den Wassergeusen, der den Kapitän Perazzo niederstieß – einer von der schwarzen Galeere!« – Ein Lärm bricht nun los, als platze die Hölle – alle Augen richten sich auf mich, alle Waffen fliegen aus den Scheiden, und auch ich reiße mein Messer heraus, mein Leben im Notfall so teuer als möglich zu verkaufen. Nun stürzten sie sich auf mich; aber ich war behender als sie, fasse die nächste Bank und schleudere sie den ersten vor die Füße, daß ein ganzer Haufen darüber stolpert und am Boden sich durcheinanderwälzt. Den Augenblick benutze ich – bin mit einem hohen Satz mitten im Getümmel, schlage rechts und schlage links mein Messer ihnen in die Fratzen – die Tür ist erreicht – ich bin in der Gasse – hinter mir höre ich das Gebrüll der Verfolger – Gott sei's gedankt, daß ich mein Antwerpen wie meine Tasche kenne. Kreuz und quer geht die Jagd, aber ich täusche sie durch mancherlei List; führe sie auf falsche Fährte und kreuze hier herüber. Am Kai ist's noch ganz still – mein trautes Schlüsselchen öffnet mir eine wohlbekannte Haustür – und – hier bin ich gerettet, um dich zu retten, traute Myga, süße Braut. Horch aber nur, sie geben die Hoffnung noch nicht auf, den Geusen zu hängen – zum Teufel, horch nur, die ganze Garnison kommt wahrhaftig auf die Beine – haha, eine große Ehre, meine Herren! Bedanke mich allergehorsamst, hahaha!«

Lachend horchte Jan Norris, zitternd horchte Myga van Bergen dem Lärm in den Gassen.

»O trauter Jan, bist du ganz sicher, daß niemand deinen Eintritt in dieses Haus gesehen hat? Hör nur, der ganze Tumult wälzt sich hierher – o Gott, schau aus dem Fenster – Fackeln und Speere – Jesus, sie schlagen an die Tür – sie suchen dich, Jan; barmherziger Himmel, schütze uns – verloren, verloren!«

Die Haustür ging auf, man schien in das Haus zu dringen; Jan Norris preßte die Zähne aufeinander und faßte den Griff seiner Waffe.

»Ruhig, ruhig – es ist nicht möglich! Ruhig, Myga!«

»Sie kommen, sie kommen!« kreischte das Mädchen. »Sie steigen die Treppe hinauf, sie werden dich finden; Jan, Jan, laß mich mit dir sterben!«

Der junge Geuse war blaß wie der Tod.

»Hätte ich dich durch Unvorsichtigkeit so in Gefahr geführt, Myga? Das wäre schrecklich. Beim Eid der Geusen, da dringen sie die Treppe hinauf. Myga, o Myga!«

»Laß mich mit dir sterben, Jan!« hauchte das junge Mädchen, an die Brust des Bräutigams sich klammernd.

IV

DER ÜBERFALL

Nicht bloß im Wappen von Alkantara, nein, in allen Tavernen der kneipenreichen Stadt Antwerpen war der Luogotenente Leone della Rota zu Hause. Er hatte seinen Freund und Kapitän, Antonio Valani, an diesem Abend in die Schenke Zum Goldenen Löwen mit sich gezogen, und widerwillig, wie gewöhnlich, war ihm der Kapitän dahin gefolgt.

Wer konnte aber widerstehen, wenn Leone della Rota etwas durchsetzen wollte?

Mehr leichtsinnig als bösartig, betrachtete der junge Leutnant die Welt wie einen großen Spielplatz, den Krieg wie eine prächtige Gelegenheit, tolle Streiche ungehindert auszuführen. Für einen tollen, lustigen Streich sah er den Raub der armen kleinen verlassenen Waise an; – in seinem nichtsnutzigen Tollkopf war der Plan dazu entsprungen; ihn durchzusetzen war, nachdem sein Freund mit Mühe dazu gebracht war, in ihn einzuwilligen, – eine Ehrensache für ihn. Was ging den genuesischen Taugenichts die Sache der rebellischen Provinzen und der katholischen Majestät von Spanien an? Ketzerinnen konnten sehr hübsch sein und Anhängerinnen der alleinseligmachenden Kirche grundhäßlich. Leone zog reizende Ketzerinnen häßlichen Katholikinnen bedeutend vor und tat auch außerdem alles mögliche, um das alte Sprichwort, welches in Italien vor seiner Vaterstadt umgeht: Genua hat ein Meer ohne Fische, ein Land ohne Bäume, *Männer ohne Treu und Glauben* – nicht abkommen zu lassen.

In der Taverne Zum Goldenen Löwen hatte er, wie wir bereits aus Jan Norris' Erzählung wissen, mit Antonio Valani die letzten Verabredungen über den Entführungsplan getroffen. Gelang der Raub und kam dann der Andrea Doria von seiner Expedition glücklich zurück, wurde die schwarze Galeere genommen oder vernichtet: nun wer würde es dann wagen, gegen die Sieger als Ankläger aufzutreten? Kam die Galeone aber nicht zurück, dann – dann mochte die letzte Tat des Endes würdig sein. An das Eintreten eines dritten Falles, daß nämlich der Andrea Doria heimkehrte, ohne das feindliche Schiff gesehen zu haben, zu denken, hielt Leone della Rota durchaus unter seiner Würde. Der Kapitän ließ sich aber bereits von ihm führen, wie und wohin er wollte. –

An der Verfolgung des kühnen Wassergeusen hatten die beiden Genuesen nicht den mindesten Anteil genommen. Arm in Arm schlenderten sie durch die Gassen, in denen die aufgeregte Menge sich umtrieb, dem Kai zu.

»Wären wir doch Narren, dem Halunken nachzurennen!« lachte Leone. »Lassen wir die andern dem verwegenen Bettler nachlaufen. Bei den Tauben der Aphrodite, seit ich dem sonst so kalten Antonio Valani als Führer im Zauberreich der Liebe diene, schwebt meine Seele hoch über diesem Nebellande.

O Amor, Herzensbändiger, deiner Sturmfahne folg ich; o Göttin von Zythere, nimm uns unter deinen himmlischen Schutz!«

»Ich bitte dich, Leone, sei vernünftig, sei kein Narr. Mir ist merkwürdig zumute. In meinem ganzen Leben hab ich nicht ein solch Gefühl im Busen getragen, Leone, mir ist – Leone, den ganzen Tag über, den ganzen Abend trage ich mich mit so seltsamen Gedanken – Leone, halt dich gut, vielleicht bist du bald an meiner Stelle Kapitän des Andrea Doria...«

»Und du Vizeadmiraglio Seiner Exzellenz, Don Federigo Spinolas –«

»Oder eine Leiche auf dem Meeresgrunde!« murmelte dumpf der Kapitän.

»Was? Todesgedanken? Todesgedanken unter dem Fenster des Mädchens deiner Liebe?!« lachte der Leutnant. »Nun bei allem, was in der Welt geschieht, das ist göttlich. O wär ich doch Francesco Petrarca, um sogleich ein Sonett auf diese vortreffliche Seelenstimmung zu machen! Da schau, du Träumer, hier sind wir grad unter den Fenstern deiner Innamorata; – ihr Lichtlein leuchtet noch; – holla, welch ein Gedanke! – Antonio Valani, Freund meiner Jugend, deine Todesahnungen zu verscheuchen, wollen wir – wollen wir jetzt, jetzt in diesem Augenblick dem süßen Kinde da oben einen Besuch machen, wollen –«

»Leone?!«

»Haussuchung bei ihr halten. Alle tollen Einfälle seien gepriesen! Vorwärts im Namen des Königs! vorwärts im Namen der Liebe!«

»Leone, Leone!«

»Laß mich«, lachte der Leutnant. »Ich bitte dich, kann der Geuse, den die Tölpel dort suchen, nicht ebensogut sich in der Wohnung der Kleinen wie in irgendeinem der andern Häuser dieser Stadt verkrochen haben? Voran, ahnungsvoller Antonio, vorwärts, wir halten Haussuchung bei deinem holden Liebchen und lernen dabei desto besser die Hausgelegenheit kennen für die nächste Nacht.«

Ehe der Kapitän seinen wilden Freund zurückhalten konnte, war dieser hingesprungen zu der Tür Mygas, gegen welche er mit der Faust schlug, mit lauter Stimme rufend:

»Aufgemacht! aufgemacht im Namen Seiner katholischen Majestät in Spanien! Aufgemacht! Verräter und Feinde haben Schutz gesucht in diesem Hause!«

Gleich strömten von allen Seiten Soldaten, Matrosen und Bürger von Antwerpen vor die Tür, die zu Mygas Wohnung hinaufführte, zusammen. Von Augenblick zu Augenblick wuchsen die Haufen. Halb in Verzweiflung suchte der Kapitän Valani dem Gelärm seines tollen Freundes Einhalt zu tun; aber schon war es zu spät. Die Haustür öffnete sich, und die Bewohner des Gebäudes, in welchem Myga wohnte, ein Zimmermann, ein Schuhmacher, ein Stadtschreiber mit ihren Familien und Gesellen, eine Witwe mit vielen Kindern, verkrochen sich ängstlich in ihren Winkeln, entsetzt vor dem Gedanken, daß einer der niederländischen Rebellen Zuflucht unter ihrem Dache gefunden haben sollte. Nur ein gebücktes, uraltes Mütterlein trat mutig mit einer Lampe in der zitternden Hand den Eindringlingen entgegen und behauptete mit kreischender Stimme, niemand sei in das Haus eingeschlüpft, am wenigsten ein seeländischer Wasserteufel. Gott solle sie bewahren – meinte sie –, einem Meergeusen Schutz zu geben; sei nicht ihr Mann, ihr armer seliger Mann von den wütenden Unholden von seinem Fischerkahn ins Wasser geworfen und elendiglich umgekommen? – Was halfen ihr ihre Versicherungen? Niemand hörte darauf, voll ward das Haus von spanischen Soldaten, italienischen Matrosen und dem Lumpengesindel der Gassen. Angst- und Wehschreie drangen bald hervor aus den verschiedenen Wohnungen; man prügelte und peinigte ein wenig, man plünderte ein wenig.

»Vorwärts, Antonio! Halt dich nicht auf!« rief Leone. »Vorwärts, treppauf ins Himmelreich!«

Er hielt das Mütterlein am Kragen und zwang es, vorzuleuchten mit seiner Lampe, unter den scherzhaftesten Drohungen.

»Lustig, lustig, Mütterlein! Die andern suchen unten, wir oben – vorwärts! Und tut nicht so zimperlich, ich gucke nicht nach Euern Waden. Heda, Antonio, bleib nicht zurück –«

»Leone, ich bitte dich!«

»Ach was, voran, voran, Madonna! Haha, Antonio, was für ein Hase bis du doch, solchem süßen Abenteuer gegenüber! Was sollte aus dir werden, wenn du mich nicht hättest? So – das scheint die letzte Staffel zu sein – Viktoria! Viktoria! Mille grazie, alte Sibylle. Hier, hier, Antonello – im Namen des Königs, öffnet, öffnet! Verräter und schöne Mädchen haben sich hier verborgen; öffnet, öffnet im Namen des Königs! Im Namen der katholischen Majestät von Spanien, heraus aus dem Nestchen, holdes Vögelchen, öffne und gib das süße, rebellische Herzlein heraus!«

Mit lachendem Munde faßte der Tolle den Kapitän an der Schulter und drängte ihn gegen die Tür, die er weit aufwarf – – – – – – starr, zweifelnd standen die beiden Genuesen! –

Mit wachsender Besorgnis und Angst hatten Jan und Myga dem Lärm in den Gassen zugehört. Als nun gar das wilde Getöse in das Haus eindrang, hatte die Braut in Verzweiflung den Bräutigam angefleht, sich zu verbergen.

Aber was konnte zu beider Rettung geschehen?

Im nächsten Augenblick war alles zu spät. Allzuschnell drang Leone della Rota die Treppe hinauf.

Im linken Arm hielt Jan Norris die ohnmächtige Braut, krampfhaft faßte die rechte Hand die blanke Waffe. Er wußte nicht, was er beginnen sollte, alle Geistesgegenwart hatte ihn in diesen schrecklichen Sekunden verlassen. Was hätte auch alle Geistesgegenwart geholfen? Verloren waren Jan Norris und Myga van Bergen, soweit Menschenverstand es absehen konnte.

»Alle Teufel, was ist das?« rief der genuesische Leutnant. »Nun, das ist nicht übel! Das ist ja ein seltsam Zusammentreffen – das nenn ich zwei Fliegen mit einem Schlag treffen. Holla, Antonio Valani, jetzt gewinne dir dein holdes Täubchen! Solchen Nebenbuhler zu haben hast du dir wohl nicht träumen lassen? Nieder mit dem Geusen! An den Galgen mit ihm!«

Aus der Scheide flogen die Degen er Genuesen.

»Schütze dich Gott, Myga!« schrie Jan Norris, seine Klinge schwingend. »Zurück, ihr welschen Schufte!«

Den wilden Geusenschrei »Lieber Türk als Pfaff!« ausstoßend, unterlief der Steuermann der schwarzen Galeere die Klinge Leone della Rotas – ein Stoß – mit einem Schrei drehte sich der Kapitän des Andrea Doria und taumelte; klirrend entfiel das Schwert seiner Hand – zu Boden stürzte Antonio Valani. Über den Körper des Genuesen weg sprang der Wassergeuse, ein zweiter Hieb streifte jedoch nur leicht die linke Schulter des Leutnants. Matrosen der Galeone Andrea Doria drangen ihre Schiffsmesser schwingend die Treppe herauf. Ein wilder, blutiger Kampf entstand auf dem engen Raum; ohnmächtig lag Myga van Bergen am Boden. Spanische und albanesische Soldaten vermehrten das Getümmel, Lampen und Fackeln erloschen, glimmten am Boden, wurden wieder angezündet. Die wenigsten wußten eigentlich, was vorgehe, und als plötzlich der Ruf »Feuer! Feuer!« durch das Haus tönte, löste sich der wirre Knäuel im panischen Schrecken und stürzte wieder die Treppe hinunter. Ein erstickender Qualm füllte alle Räume des Hauses; durch ihn hin schleppten die genuesischen Schiffsleute ihren zu Tod verwundeten Kapitän und den gefesselten Wassergeusen Jan Norris! Durch den Rauch trug Leone della Rota die bewußtlose Myga die Treppe hinab auf die Straße, wo bereits ein neuer Kampf auszubrechen drohte zwischen den Matrosen des Andrea Doria und den spanischen Soldaten, welche den ersteren ihre Gefangenen entreißen wollten. Aber Trommelschlag verkündete die Ankunft eines höheren Befehlshabers, welchem Leone dann Bericht abstattete, so gut es die Betäubung, in welcher er sich befand, ihm gestattete. Der Don gab gravitätisch seine Meinung dahin ab, es sei das beste, den verwundeten Kapitän, den Geusen und die Dirne auf das Schiff zu bringen, man habe dann morgen früh beim Verhör alles hübsch zusammen; – übrigens gehöre der Gefangene als Seeräuber jedenfalls an eine Rahe, also sei die Fortschaffung desselben auf die Galeone auch in dieser Hinsicht das Angemessenste.

Gegen den Kai hinunter wälzte sich die Menge. Fackeln beleuchteten den wilden Zug und warfen ihren flackernden Schein auf den verwundeten Antonio, die ohnmächtige Myga und den gefesselten Jan Norris, welcher letztere sich wie stumpfsinnig von seinen wütenden Feinden fortschleifen ließ. Noch immer trug Leone della Rota die Myga im Arm, aber ohne zu wissen, auf welche Weise das gekommen war. Alles drehte sich in seinem Gehirn – wie im Traum trug er seine leichte Last an Bord der Galeone.

In der Kajüte bereitete man dem wunden Kapitän ein Lager. Ein Wundarzt kam, die Wunde des noch immer bewußtlosen Antonio zu untersuchen und den Kopf darüber zu schütteln. Myga van Bergen kauerte in einem Winkel der Kajüte, ohne daß sich für jetzt jemand um sie kümmerte. An den großen Mast fesselte man den Steuermann der schwarzen Galeere, und hohnlachend umgaben ihn die erbarmungslosen Feinde.

Erst spät legte sich der Tumult in der Stadt, nachdem man das brennende Haus hinter der Hafenmauer gelöscht hatte. Früher ward es still an Bord der Galeone Andrea Doria. Regungslos lag Antonio auf seinem Lager, regungslos saß Leone bei ihm, regungslos kauerte Myga in dem dunkelsten, entferntesten Winkel. Man hörte auf dem ganzen Schiff kaum etwas anderes als das Rauschen des Stromes, das Geräusch des Takelwerks im Winde und den Schritt der Wache, die mit geladenem Feuerrohr und glimmender Lunte auf und ab ging vor dem Gefangenen am Mast und ihn keinen Augenblick aus den Augen ließ.

Um zwei Uhr morgens legte sich der Wind ganz und gar, so daß nun auch das Knarren des Takelwerks aufhörte. Es herrschte Totenstille an Bord der Galeone Andrea Doria – Totenstille, die urplötzlich durch einen Schrei und das Krachen eines Büchsenschusses um so schreckhafter unterbrochen wurde.

Aus der Kajüte stürzte der Leutnant della Rota aufs Deck, aus seinen Kojen und Hängematten stürzte das Schiffsvolk.

Die Stelle des Gefangenen am großen Mast war leer. Mit abgeschossenem Feuerrohr stand die Schildwacht, wirre Blicke um sich werfend, unter den Fragen, den Flüchen der Offiziere und der Mannschaft.

»Dort, dort! über Bord!« entrang sich endlich ein heiserer Schrei der Brust des überraschten Mannes.

»Wo? wo? wo?«

An den Schiffsrand stürzte alles.

»Die Boote hinunter! schnell! schnell!« klang die befehlende Stimme des Leutnants.

Lebendig wurde es auf der Schelde, Lichter leuchteten durch die Nacht; aber die Nächte sind dunkel im November. Wohl fischte man einen stromab treibenden Leichnam auf, aber es war nicht der des Jan Norris. An beiden Ufern des Stromes hinunter flogen die Lärmsignale; aber vergeblich waren alle Bemühungen der von allen vor Antwerpen liegenden Schiffen ausgesandten Boote.

Hatte sich Jan Norris gerettet? Hatte er den Tod in den Wellen gefunden?

Wer konnte das sagen?

Wie richtete sich aber Myga van Bergen in ihrem Winkel horchend auf, als sie vernahm, daß der Geuse seine Bande gelöst habe und über Bord gesprungen sei

---

Der Morgen dämmerte auf; aber er brachte keine Kunde über den entsprungenen Wassergeusen.

Auf dem Verdeck des Andrea Doria schritt Leone della Rota mit über der Brust gekreuzten Armen auf und ab und murmelte vor sich hin:

»Wenn er es nur nicht gesagt hätte! Er wird sterben durch meine Schuld – o Antonio, armer Antonio! Vorausgesagt hat er es: ich Kapitän des Andrea Doria, er – er eine Leiche auf dem Meeresgrunde.«

Der Leutnant stand still:

»Doch, Leone – ist nicht vielleicht bald – vielleicht morgen – übermorgen dir dasselbe Los bereitet? Wer fürchtet den Tod? Tod ist Vernichtung – hoch das Leben! – Da kommt die Sonne, frei atme ich wieder – die blutigen Nebel fallen mir von den Augen! Im feurigen Syrakuser will ich dem Morgen zutrinken, mag es auch der letzte sein, den ich schaue!«

Der Schiffsjunge brachte einen vollen Becher des köstlichen Trankes.

Leone della Rota hob ihn gegen den glühenden Sonnenball, leerte ihn auf einen Zug und warf das Glas weit in den Strom hinein, indem er den Fuß fest auf den Boden setzte:

»Kapitän an Bord des Andrea Doria!« sagte er, und kaum vernehmbar setzte er hinzu: »Kapitän des Andrea Doria und Myga – die Krone der Weiber von Flandern – mein – mein!« – – –

V

FIEBERTRÄUME

Zum dritten Mal seit der Nacht, in welcher die Besatzung vom Fort Liefkenhoek den Kanonendonner der schwarzen Galeere und der Immacolata Concezione und das Auffliegen des letztern guten Schiffes vernahm, senkte sich der Abend hernieder, windstill und ungewöhnlich warm. Wetterkundige behaupteten, es werde mit nächstem viel Schnee geben, und sie mochten recht haben. Nachdem die Sonne am frühen Morgen hell am ziemlich klaren Himmel aufgestiegen war, hatte sie sich gegen Mittag hinter schwerem, grauem Gewölk verkrochen. Dieses Gewölk hatte sich mehr und mehr zusammengezogen, und mit dem Abend senkte es sich immer tiefer herab auf die Stadt Antwerpen, auf Land und Fluß und Meer.

Wieder befinden wir uns auf dem genuesischen Schiff Andrea Doria in der Kajüte des Kapitäns.

Die hängende Lampe wirft ihr rötliches Licht durch das Gemach, über die Waffen, die Karten an den Wänden, über den Boden, auf welchem die blutigen Tücher umherliegen, über das Lager, auf welchem Antonio Valani im Wundfieber stöhnt und phantasiert, über die am Fußende der Kissen knieende Myga van Bergen, über den Leutnant Leone della Rota, welcher neben dem Lager des sterbenden Freundes steht und wilde, seltsame Blicke von dem Verwundeten zu der entführten Jungfrau wandern läßt.

Um Mittag hat Leone della Rota von dem Admiral Spinola und dem Gouverneur von Antwerpen mit Gleichmut die Bemerkung hingenommen, daß des Meergeusen Entkommen ein Teufelsstreich und er – Leone – schuld daran sei. Mit etwas weniger Gleichmut hat er vernommen, daß ihm – in Ermangelung eines Bessern – der Oberbefehl über die Galeone Andrea Doria für die Expedition des nächsten Morgens anvertraut sein solle.

Nach der an Bord befindlichen Dirne hatte sich weder der Gouverneur noch der Admiral erkundigt.

Unter viel Arbeit an Bord und am Land war dem Leutnant der Tag hingegangen, nur wenige kurze Augenblicke hatte er dem sterbenden Freunde widmen können. Aber an Bord und am Lande – überall verfolgte den jungen Genuesen das Bild des schönen flamländischen Mädchens, das er auf seinem Schiff gefangenhielt, das ohne Schutz und Schirm seiner Willkür hingegeben war, wenn – der Freund tot war. Anfangs suchte er zwar noch alle Gedanken solcher Art zu verscheuchen, aber immer wieder von neuem drängten sie sich ihm auf; auf keine Weise konnte er ihnen entgehen, und bald gab er es vollständig auf, dagegen anzukämpfen. In ihrer Verzweiflung erschien ihm das holde Kind nur noch um so reizender; unter seinen Matrosen und Schiffssoldaten, im Arsenal, im Vorsaal des Admirals, in den Gassen der Stadt war sie in seiner Seele, wie sie mit gerungenen Händen in der Kajüte an Bord des Andrea Doria kniete. Die wildeste Leidenschaft schlug in hellen Flammen auf, und mit den tollsten Sophismen suchte er sein widerstrebendes Gewissen niederzudrücken.

Was nützte es auch dem Antonio, wenn er, Leone, das Mädchen zurücksandte an Land?

Nun rief sich Leone della Rota die Augenblicke zurück, in welchen er den zierlichen Leib des Mädchens in seinen Armen gehalten hatte, in welchen er das ohnmächtige Kind durch den Rauch, durch die Gassen getragen hatte. Der Wind trieb ihm damals die blonden Locken der Jungfrau in das Gesicht – – –

»Nein, nein, nein, Antonio Valani, dein Recht an die schöne Beute endet mit deinem Leben! Kriegsrecht, Antonio Valani, streiche die Flagge und sinke – mir das Glück jetzt, das dir bestimmt war, und morgen – morgen mir das Unterliegen und einem andern der Sieg! Kriegsrecht, Kriegsglück – armer Antonio!«

Mit solchen Gedanken war in der Abenddämmerung der Leutnant in die Kajüte getreten, und nun stand er, wie wir geschildert haben, zwischen dem Sterbenden und der zitternden Myga im Schimmer der trüben Schiffslampe.

Man hat den verwundeten Kapitän ans Land schaffen wollen; aber mit aller Gewalt einer erlöschenden Existenz hat sich Antonio Valani dagegen gewehrt; auf seinem Schiff will er sterben, nicht im Hospital. In seinem Fieberwahnsinn hat er nicht vergessen, daß Leone das flamländische Mädchen, das er liebt, an Bord des Andrea Doria geführt hat. Je näher der Tod kommt, desto fester klammert er sich an diese Liebe, desto heftiger tritt sie hervor. Im Leben hätte er sie fest in sich verschlossen, ohne das Dazwischentreten seines wilden Gesellen Leone della Rota. Im Sterben, im Fieberwahnsinn wirft sein Geist alle einengenden Fesseln ab; nichts von dem, was er früher gefühlt und verborgen hat, verbirgt Antonio Valani mehr.

Arme Myga! Wie sie da kniet, zu den Füßen des Lagers des todwunden Genuesen mit aufgelösten Haaren, geisterbleich, mit wundgerungenen Händen! Keine Rettung, keine!

Die Wellen der Schelde haben den Freund verschlungen, der ohnmächtig gegen das Verderben der Geliebten rang und sich in die kalten Wasser gestürzt hat, ihre Schmach nicht zu erleben!

Und Gott? Wehe, zu dunkel ist die Nacht, zu finster ist's im Gehirn der Unglücklichen, als daß sie an den großen Retter in allen Gefahren sich zu erinnern vermöchte. Keine Macht im Himmel und auf der Erde, die Schmach und Schande abzuwehren, – wehe dir, Myga van Bergen!

Dumpf klingt vom Turm der Kathedrale die elfte Stunde herüber – langsam folgen sich die einzelnen Schläge und hallen nach in dem Gehirn des Mädchens.

Wieder nimmt der Lärm der Stadt allmählich ab, wieder erlischt ein Licht nach dem andern in den Häusern hinter der Mauer Paciottis, des italienischen Ingenieurs.

Immer tiefer ward die Stille. Nur zuweilen klang ein wilder Schrei, ein Jauchzen auf; nur zuweilen ertönte der rauhe Gesang einer wüsten Soldatenschar oder der Ruf der Nachtwächter und Patrouillen.

Und wiederum rasselte das Uhrwerk im Turm von Unserer Lieben Frauen Dom: – Mitternacht!

Von seinen Kissen hob sich Antonio Valani und warf wahnsinnige Blicke aus seinen fieberglühenden Augen um sich her.

»Wo ist sie? Leone, Leone – Wein, Lichter und Liebe! Leone, wo bist du, wo hast du sie? wo hältst du sie verborgen? Mein ist sie – o Verräter – verräterischer Leone – mein, mein ist das Mädchen! Hahaha, ich bin nicht tot, wie du meinst, Leone; – ich lebe und halte, was mein ist –«

Die Stirne Mygas van Bergen berührte den Boden der Kajüte; der Leutnant della Rota drückte sanft den Wahnsinnigen auf sein Lager zurück und suchte ihn auf alle Weise zu beruhigen; aber es war, als ob alle Kräfte und Leidenschaften des Sterbenden noch einmal in voller Glut aufflammen mußten, ehe sie auf ewig erloschen.

Immer wieder von neuem suchte sich der Rasende den Armen Leones zu entziehen.

»Alle Hände an Deck! an die Ruder, an die Ruder! Es lebe der König! – Da zeigen sie die Flagge – die Bettlerflagge, Feuer auf sie! Evviva Genova – da geht der Admiral in die Luft – Feuer, Feuer – Hölle, Hölle – Leone, schütze das

Schiff! schütze das Schiff, Leone! – Es ist aus – weh, die Geusenflagge – an die Geschütze – verloren – verloren! Schütze das Schiff, schütze das Schiff, Leone!«

Der Kranke sank zusammen; der Leutnant legte ihm das Kissen zurecht; dann trat er zu der knieenden Jungfrau:

»Was ängstet Ihr Euch, Signorina? Richtet Euch doch auf; – was windet Ihr Euch am Boden? Süßes Täubchen, härme dich nicht; Königin sollst du werden, unumschränkte Herrscherin an Bord dieses guten Schiffes. Das ist der Krieg – der eine muß die Flagge streichen, und hoch läßt sie der andere von der Gaffel wehen. Der arme Antonio! Er hat es vorausgesagt – ihm wird das Grab, mir die schöne Beute zuteil; – ich liebe dich, ich liebe dich, Stern von Flandern, weiße Rose von Antwerpen. Ich liebe dich und halte dich – laß das Sträuben – blicke nicht so wild – mein bist du und niemand wird dich mir entreißen!«

»Jan, Jan! Hilf, rette!« schrie das Mädchen, ohne zu wissen, was es rief.

»Laß den Geusen«, flüsterte Leone. »Hat er sich nicht gerächt, wird nicht der arme Antonio tot sein in einer Stunde? Was kümmert dich der Leib des Geusen, laß ihn treiben auf den Wellen – auf, auf, sage ich, du sollst nicht mehr die weiße Stirn dir wund drücken auf dem Boden. Was willst du? Tot ist der Geuse, es stirbt Antonio Valani; nun nimm den Leone, den lebendigen Leone in deine seligen Arme als schöne, stolze Herrin.«

»Barmherzigkeit, Barmherzigkeit!« stöhnte das Mädchen; aber der Leutnant lachte:

»Horch, ein Uhr! Um fünf Uhr lichten wir die Anker; bis dahin hast du Zeit, dich auszujammern; dann aber fort mit dem Klagen und Seufzen! Bis fünf Uhr ist's Zeit genug zu sterben, armer Antonio, armer Freund; – richte dich nicht empor, deine Wunden bluten wieder – lege dich nieder – was willst du auch mit dem Mädchen?«

»Leone, Leone, schütze das Schiff! Die schwarze Galeere – schütze das Schiff!« kreischte der Sterbende im Fiebertraum.

»Bah, die schwarze Galeere!« murmelte Leone della Rota, »um fünf Uhr erst beginnt die Jagd; – ruhig, ruhig, Antonio – alles wohl an Bord – habe keine Sorgen, schlaf – schlafe ein.«

Wieder sank der Kapitän zurück und schloß die Augen. Auf die letzte wilde Aufregung folgte nun augenscheinlich die letzte Erschöpfung. Es ging zu Ende mit Antonio Valani, dem Kapitän des Andrea Doria.

Der Leutnant bemerkte es wohl; er seufzte und schüttelte den Kopf:

»Armer Antonio! armer Freund! So bald mußt du die Segel streichen? Ach, was hilft das Klagen, und doch – ich wollte, der Morgen dämmerte erst, ich wollte, diese Nacht wäre vorüber! Auf offener See – wenn – wenn die Leiche über Bord ist, wird mir erst wieder wohl werden. Ich wollte wahrhaftig, der Morgen käme!«

Er schritt auf und ab in der engen Kajüte; mehr als einmal streifte er die unglückliche Myga, und jedesmal zuckte die Arme zusammen und drückte sich dichter an die Wand.

»Sterben, sterben!« flüsterte Myga van Bergen – »o käme doch der Tod, mich zu retten, – – ergriffe mich doch der Tod, wie er den Geliebten ergriffen hat!«

Die Lampe drohte zu erlöschen, Leone della Rota rief nach neuem Licht, nach Wein. Er hatte beides nötig in dieser Nacht; es sah wild und wüst in seiner Seele aus. –

VI

DIE SCHWARZE GALEERE

Auf Fort Liefkenhoek flattert stolz das Banner mit dem Löwen von Leon und den Türmen von Kastilien. Dasselbe Banner weht auf Fort Lillo und all den andern von Feuerschlünden starrenden Befestigungswerken auf beiden Ufern der Schelde bis zu den gewaltigen Mauern der Zitadelle von Antwerpen.

Scharfe Augen halten Wacht auf allen diesen Mauern und Wällen, und Ruf und Gegenruf der Wachen schweigt weder bei Tag noch bei Nacht.

Nahe und wachsam ist aber auch der Feind. In jedem Augenblick kann er erscheinen. Wer kennt die Stunde, in welcher er kommen wird?

Um Seelands Küsten brandet die Nordsee. Da wohnt auf Tholen, auf Schouwen, auf Nord- und Südbeveland, auf Walcheren das wilde, eiserne Geschlecht, das zuerst geschworen hat, lieber türkisch als papistisch zu werden, welches den silbernen Halbmond am Hute und den unauslöschlichen Todeshaß gegen die Spanier im Herzen trägt. Welch eine Jugend gebären auf diesen meerumspülten Sanddünen die Mütter! Schirmt nur, ihr Türme von Kastillien, halte gute Wache vor dem Bollwerk von Flandern, du Löwe von Leon; »besser verdorben Land, als verloren Land« – das waren seeländische Matrosen, welche den niedergeworfenen Spaniern vor Veere, vor Leyden, die Herzen aus der Brust rissen, hineinbissen und sie den Hunden vorwarfen:

»Freßt, aber es ist bitter!«

Auf Fort Liefkenhoek, auf Fort Lillo, auf der Cruysschanze, auf Fort Perle und Sankt Philipp, auf Fort Maria, Ferdinand und Isabella ertönt fort und fort der Ruf:

»Habt gute Wacht! habt gute Wacht!«

Die Feuerschlünde auf dem Ufer von Brabant, die Feuerschlünde auf dem flandrischen Ufer sind bereit, Tod und Verderben auf das verwegene Fahrzeug zu speien, welches ihnen zum Trotz seinen Weg stromaufwärts gen Antwerpen suchen will.

»Habt gute Wacht! habt gute Wacht!«

Aber die Nacht ist dunkel, weder Mondenschein noch Sternenflimmer erhellte sie. Es ist schwer, gute Wacht zu halten in solcher Nacht.

Wie still und warm es ist! Nur das Rauschen des gewaltigen Stromes tönt fort und fort in den warnenden Ruf der Krieger auf den Wällen:

»Habt gute Wacht! habt gute Wacht!«

Was kreuzt von Südbeveland her die Westerschelde, wo Meer und Fluß sich begegnen und nicht mehr zu unterscheiden sind voneinander? Was gleitet über die Wogen in der dunklen Nacht? Hundert unheimliche Arme regt's, pfeilschnell schießt's einher, gleich dem Gespensterschiff, gleich dem fliegenden Holländer. Ein mächtiger Schiffskörper durchschneidet die Fluten, ihm folgen andere, weniger gewaltige.

Was kümmert die Männer von Seeland die Finsternis? Sie wissen ihren Weg zu finden auf den Wassern, welche ihre Heimat sind. Ein dunkler Schatten folgt dem andern; in einer Linie gleiten sie – kein Laut ertönt an Bord, selbst die Ruder greifen geräuschlos ein in die Wogen. Geflüstert gehen die Kommandoworte von Mund zu Munde; ein jeder weiß, was ihm zu tun obliegt, jeder ist verpflichtet durch schweren Eid, seinem Nebenmann das Messer in die Kehle zu stoßen, wenn er durch ein Geräusch, einen unbedachten Ausruf das Gelingen des Unternehmens gefährden wird.

Jeder wird unbedingt seinen Schwur halten, und wäre es Bruder, Vater, Sohn, den er niederstechen müßte.

Ein Licht zur Linken –

Fort Lillo!

Ein Licht zur Rechten –

Fort Liefkenhoek!

Klar und vernehmlich schlägt der Ruf der spanischen Wachen an jedes Ohr an Bord der – schwarzen Galeere und der sie begleitenden Fahrzeuge.

Jedes Messer, jedes Enterbeil ist bereit – es glimmen die verdeckten Lunten neben den Geschützen; hoch schlagen die Herzen der verwegenen Männer.

»Habt gute Wacht! habt gute Wacht!« verhallt es in der Ferne; eine große Gefahr liegt hinter den kühnen Seeleuten. Es lebe das Geusenglück!

Was flimmert zur Rechten?

Die Lichter von Dorf und Fort Callao.

Was flackert auf der Seite von Brabant?

Die Lichter des Dorfes Ordam.

Wie still es jetzt an dieser schrecklichen Stelle ist, wo die Brücke, die Estacada Alexanders von Farnese einst sich erhob, das Wunderwerk des Jahrhunderts! Welches Genie leuchtete hier! Welches Blut floß hier!

An dieser Stelle wirkten Johann Baptista Plato und Barocci; an dieser Stelle sprang das Feuerschiff Friedrich Gianibellis und füllte Luft, Land und Wasser mit Trümmern und verstümmelten Menschenleibern.

Noch jetzt, nach so langen Jahren, fährt manch ein republikanisch gesinnter

Bürger von Antwerpen nachts aus dem Schlaf empor und denkt, er sei soeben von dem Krachen der großen Explosion, welche die große Stadt retten konnte und nicht errettete, geweckt.

Lautlos gleitet die scharze Galeere mit ihrem Schattengefolge über die unheilvolle Stelle fort –

»Habt Wacht! habt gute Wacht!« ertönt der Ruf von den Schanzen von San Pedro und Santa Barbara.

Die Lichter von Predigerhof! Die Lichter von Fort Maria, die Lichter von Fort Ferdinand – eine Glocke, dumpf und feierlich, erklingt in der Finsternis – – die Glocke vom Turm Unserer Lieben Frau zu Antwerpen –

Zwei Uhr!

An seinem Platze steht der Kapitän der schwarzen Galeere, das blanke Schwert in der Hand; aber ein anderer führt in dieser Nacht das Schiff und seine Mannschaft.

Fiele nur der geringste Lichtstrahl auf das Gesicht dieses Führers, ihr würdet erschrecken über dieses Gesicht.

Jan Norris, der Verlobte Mygas, die gefangen ist an Bord des Andrea Doria, Jan Norris, der Wassergeuse, der seine Braut in der Gewalt der Todfeinde zurückgelassen hat, Jan Norris, der nicht zum Tode sich vom Deck der genuesischen Galeone stürzte, Jan Norris führt in dieser Nacht die schwarze Galeere!

Jan Norris' Auge sieht in der Nacht, es durchbohrt die Finsternis wie den hellsten Tag. –

Rettung – Rache!

Hüte dich, Leone della Rota, Unheil brütet die Nacht. Achtung, Leone della Rota; es ist nicht die Zeit, in Frauenliebe und Sizilianerwein sich zu betäuben! Habe acht auf dein Schiff, schütze dein Schiff, Leone della Rota, hüte dich – hüte dich vor der – schwarzen Galeere! – – –

An Bord des Andrea Doria waren alle Befehle gegeben und ausgeführt. Noch drei Stunden, und das genuesische Schiff trat seine Fahrt an, um sich mit den vier vorangegangenen Galeeren bei Biervliet zur Jagd auf die schwarze Galeere zu vereinigen. Das Schiffsvolk benutzte die kurze Frist, die ihm noch gegeben war, zum Schlaf, selbst die Wachtmannschaft an Deck schlief, und die Lunte des Mannes an der Laufplanke war erloschen, wie alle andern Lunten an Bord. Lag das Schiff nicht sicher genug unter den Mauern der Stadt und den Wällen der Zitadelle?

Vom Hauptmast wirft die Schiffslaterne ein unruhiges flackerndes Licht über das Verdeck. Aus den Fenstern der Kajüte fällt ein schwaches Leuchten auf die dunkeln Fluten der Schelde, die darunter vorüberschießen.

In der Kajüte richtet sich von dem Lager Antonio Valanis der Leutnant Leone della Rota in die Höhe.

»Es ist vorüber!« sagt er. »Er ist tot, hörst du, bella Fiamminga, er ist tot, und

– Kapitän an Bord dieses Schiffes ist Leone della Rota! Hörst du, Schönste; ich trete meine Erbschaft an – auch du bist mein; mit dem letzten Atemzug des Freundes bist du mein geworden.«

Von neuem füllte der Leutnant Spinolas den Becher mit Wein.

»Was wendest du dich ab und schauderst, schöne Myga? Er ist tot – sein Herz hat ausgeschlagen, aber meins schlägt noch wild und hoch. Wohl war er mein Freund; aber in deiner Liebe räche ich ja seinen Tod.«

Er hob den Becher und trank ihn aus.

»Ich bringe es dir, armer Antonio, – auf hohem Meer sollst du ein edles Seemannsgrab haben. Nicht am Lande sollen sie dich verscharren; unter den lustigen Wogen sollst du schlafen, wie's einem genuesischen Kinde zukommt. In den Armen der Meerfräulein sollst du schlafen –«

»Erbarmen, heiliger Gott, sende den Tod, rette mich, rette mich!« wimmerte das verzweifelte Mädchen; aber der Trunkene Leone lachte wild und gell.

»Sieh mich nicht so an, Königin, – heute mir, morgen einem andern – das ist der Krieg, das ist das Leben. Meinst du, ich soll jammern und Gebete murmeln wie ein Pfaff am Leichnam des Freundes? Ha, wären wir am Strande des Ligurischen Meeres, mit Rosen und Myrten wollten wir uns die Haare kränzen, die schöne Nacht zu feiern! Im Namen der Rache, im Namen des Sieges, so komm in meine Arme, du wilde Geusin, so komm und sei mein, du holde Ketzerin.«

Mit einem gellenden Schrei klammerte sich Myga van Bergen an den Pfosten des Lagers, auf welchem der bleiche, blutige Leib Antonio Valanis ausgestreckt lag. Bei dem Toten suchte sie Schutz; aber mit wildem Lachen riß Leone della Rota die Unglückliche empor und in seine Arme. Mit glühenden Küssen bedeckte er ihren Mund und ihre nackten Schultern – da klang ein dumpfer Fall über seinem Haupte, daß die Lampe an der Decke davon erzitterte. Ein Schrei – ein Ringen – ein zweiter Fall – ein Stampfen und Trappeln vieler Füße – ein wildes Geschrei – der scharfe Knall eines Handrohres – der schreckensvolle, unheilvolle Ruf:

»Die Geusen! Die Geusen! Die Geusen an Bord! Verrat! Verrat! All'arme! All'arme!«

»Was ist das? Diavolo!« rief der Leutnant, das Mädchen freilassend und nach dem Schwerte greifend. –– Von dem blutigen Lager hob sich noch einmal der Leib Antonio Valanis, noch einmal öffneten sich die Augen weit und starr und hafteten auf dem Leutnant:

»Schütze das Schiff – Ver – räter! Niederträchtig –« ein Strahl schwarzen Blutes schoß aus dem Munde hervor, zurück sank Antonio Valani – der Tod hielt nun wirklich seine Beute.

Auf Deck ward nach dem Fall der ersten Wacht das Getümmel immer allgemeiner und lauter; das wirre, überraschte Schiffsvolk stürzte hervor mit den ersten besten Waffen in der Hand –

»Zu den Waffen! Verrat! Die Geusen!«

Flüche – Gestöhn – Rufe um Pardon.

Auf die Knie sank wieder Myga van Bergen, während der Leutnant, das Schwert aus der Scheide reißend, die Kajütentreppe hinaufeilte. Auf dem Verdeck stolperte sein Fuß schon über Leichen und zu Boden liegende Verwundete. Wild wogte es hin und her, und das Triumphgeschrei der Niederländer und der schreckliche Geusenruf »Lieber Türk als Pfaff!« fingen bereits an, den Waffenruf der so schrecklich aus dem Schlaf erweckten Genuesen zu übertönen.

Und immer noch kletterte es katzengleich an den Wänden des Andrea Doria empor. Auch die nächstliegenden Handelsschiffe und kleinen Kriegsfahrzeuge schienen überfallen zu sein, denn auch auf ihnen erhob sich Kampfgeschrei, fielen Schüsse, leuchteten Fackeln auf.

In Verzweiflung warf sich Leone della Rota den nächsten Feinden in den Weg, mit Zuruf und Tat seine Leute zum Widerstand ermutigend. Auf dem Wachthaus am Kai erwachte eine Trommel und wirbelte den spanischen Weckruf.

»Die Geusen, die Geusen! Die Geusen vor Antwerpen! Verrat! Verrat, die Geusen in der Stadt!«

Fackeln irrten am Ufer umher, Lichter erschienen in den Häusern hinter der Stadtmauer.

»Lieber Türk als Pfaff! Viktoria, Viktoria! Die schwarze Galeere! Die schwarze Galeere! Viktoria, Viktoria!« riefen die Geusen an Bord der genuesischen Galeone, alles vor sich niederwerfend. Pardon wurde nicht gegeben, was nicht niedergestochen und -gehauen ward, wurde über Bord gestürzt. Das Wort ›Die schwarze Galeere!‹ erfüllte die Herzen der Italiener mit wildem Grauen und brach mehr als alles ihren Mut. Ein Teil floh an das Land, ein größerer Teil wurde im ersten Überfall niedergehauen; am Hauptmast, in dem Lichtkreis der Schiffslaterne kämpfte noch eine verzweifelte Schar. Hier hielt der Leutnant Leone della Rota mit den tapfersten seiner Mannschaft stand, und zuletzt drängte das ganze Gefecht sich hier zusammen. Schon war der Boden schlüpfrig von Blut und bedeckt mit Leichen; manch wilder Geuse fiel von dem Schwert des italienischen Leutnants.

»Mut, Mut, tapfere Kameraden – an mich heran! Es kommt Hilfe vom Land! Mut, Mut!« rief Leone, einen Seeländer zu Boden streckend; aber an der Stelle desselben erstand ein neuer Kämpfer, über den Gefallenen wegtretend.

»Vorwärts, vorwärts, ihr Meergeusen! Nieder mit den welschen Tyrannen – nieder die Schandflagge! Herab vom Mast mit ihr! Kennst du mich, du welscher Schuft – du feiger Mädchenräuber?«

»Diavolo!« rief der Leutnant, starr vor Schrecken und Verwunderung; doch faßte er sich sogleich. »Nicht ersoffen bist du, du Bettler? Hei, desto besser – friß kaltes Eisen denn – da!«

»Da! Da! Myga! Myga! Rettung! Rache! Da, du Hund, fahr zur Hölle und grüß deinen Spießgesellen vom Jan Norris, dem Meergeusen!«

Zu Boden in sein Blut sank Leone della Rota aus Genua, und Jan Norris setzte dem Gefallenen den Fuß auf die Brust und schrie ihm ins Gesicht:

»Gerettet ist die Myga! Gewonnen ist das Schiff! Erzähl's in der Hölle!«

Damit stieß er seinem Todfeind das Schiffsmesser in den Hals.

Gefallen waren unterdessen auch die andern Genuesen, die sich nicht durch die Flucht gerettet hatten; der Kampf an Bord des Andrea Doria war beendet, und schon warfen sich die Geusen auf die Ketten, die das Schiff an den Kai fesselten.

In der Kajüte lag Myga van Bergen ohnmächtig in den Armen Jans, der die Braut aus dem schrecklichen Raum, aus der Gesellschaft des toten Kapitäns Antonio Valani forttrug die Treppe hinauf in die freie Luft.

Noch dauerte das Gefecht auf einigen der ebenfalls von den Niederländern überfallenen Fahrzeuge fort, aber schon glitten einige derselben, von Geusenhänden gelenkt, in den Strom hinaus, und wild harmonisch erschallte der Gesang der Sieger durch die Nacht:

Wilhelmus von Nassaue
Bin ich von deutschem Blut,
Dem Vaterland getreue
Bleib ich bis in den Tod –

Vom Stern des Andrea Doria blies jetzt der Trompeter der schwarzen Galeere dieselbe Weise zur Stadt hinüber, und im wilden Chor fiel die siegreiche Mannschaft ein:

Daß euch die Spanier kränken,
O Niederlande gut,
Wenn ich daran tu denken,
Mein edel Herz, das blut't.

Selbst die zu Tode wunden Geusen richteten sich unter den feierlichen harmonischen Klängen vom Boden auf – die nicht mehr singen konnten, bewegten doch die Lippen nach den Worten des Liedes. Auch Myga van Bergen erwachte dadurch wieder zum Leben, und lachend und weinend sang sie in den Armen Jans den Freiheitsgesang mit.

»Sieh, ich halte doch Wort; unter Kanonendonner und Glockengeläut und Trompetenklang führ ich dich heim! Gerettet, gerettet!« jauchzte Jan Norris.

Von der Zitadelle ertönte ein Alarmschuß über den andern. Trommel auf Trommel fiel auf den Mauern und Wällen der Stadt ein in den ängstlichen Ruf der ersten am Kaikranen. Und immer lauter regte sich hinter ihren Mauern und Wällen die große flandrische Stadt, und manch ein bedrücktes, zorniges Herz schlug höher bei den stolzen, verbotenen Tönen, die so trotzig den spanischen Trommeln entgegenwogten und immer höher schwollen, je mehr jene dagegen ankämpfen wollten. Die Sturmglocken läuteten dazu von allen Türmen. Und nun rasselte und klirrte es aus der Stadt und von der Zitadelle herab hervor gegen den Kai; Fähnlein auf Fähnlein rückte auf die Stadtmauern, Fähnlein auf Fähnlein drängte gegen den Fluß herab.

Aber immer stolzer klang es über allen Tumult:

Mein Schild und mein Vertrauen
Bist du, o Gott, mein Herr,
Auf dich so will ich bauen,
Verlaß mich nimmermehr,
Daß ich doch fromm mag bleiben,
Dir dienen zu aller Stund,
Die Tyrannei vertreiben,
Die mir mein Herz verwund't.

Tausend und aber tausend Herzen lauschten hinter den Mauern, die Paciotti um die Stadt Antwerpen baute, in süßem Zittern diesen Klängen; tausend und aber tausend Augen wurden darum feucht.

Nun aber galt kein Besinnen mehr; die schwarze Galeere hatte ihre schönste Waffentat ausgeführt, jetzt galt es, die Siegesbeute in Sicherheit zu bringen. Unter dem Schutz des Feuers der schwarzen Galeere gewann Jan Norris, der Befehlshaber an Bord des Andrea Doria, die Mitte der Schelde und fuhr stromab langsam an der Stadt hinunter. Sieben genommene kleinere Fahrzeuge schwammen bereits mit den Geusenschiffen voraus; die schwarze Galeere schloß den Zug.

Wie blitzte und krachte es von den Wällen Antwerpens; wie antworteten so gut die Geusenschiffe und der Andrea Doria, der jetzt unter der Bettlerflagge, die Segel lustig geschwellt vom Morgenwind, stromab fuhr, wie raufte Don Federigo Spinola die Haare über solch unerhörte Tat!

Feuer von allen Schanzen und Forts den Strom entlang!

Hoiho, hoiho, Geusenglück, Geusenglück! Was kümmert's die Meergeusen, ob die Spanier gut oder schlecht schießen? Die wunden unter Deck, die Toten über Bord --- hoiho, hoiho, da flammt's wieder von der schwarzen Galeere auf, vor Fort Philipp! Bum – bum, das ist Cruysschanz auf der brabantischen Seite.

Nun aber haltet euch gut, ihr niederländischen Männer, der letzte Riegel, aber auch der gewaltigste ist zu sprengen.

Drunten im Morgennebel liegt Fort Liefkenhoek.

Drunten im Morgennebel liegt Fort Lillo.

Jetzt gilt's, ihr Geusen, an die Geschütze, wer noch Hand und Fuß rühren kann!

Geusenglück! Geusenglück!

Es war alles bereit auf Liefkenhoek; der Kommandant hatte Zeit genug gehabt, seine Anordnungen zu treffen: bereits um zwei Uhr hatte ihn der Hauptmann Jeronimo geweckt. »Nun, was gibt es, Señor?« hatte der Oberst gefragt, und der Alte hatte die Achseln gezuckt und gesagt: »'s mag sein Meuterei zu Callao, 's mag sein Aufruhr zu Antwerpen, ich ersuche Euch jedenfalls, auf den Wall zu kommen, Señor.« Ärgerlich war der Kommandant auf der südöstlichen Bastion seines Forts erschienen und hatte lange gehorcht. Eine Viertelstunde nachher hatte die Trommel wieder einmal die Besatzung auf die Wälle gerufen, und eine Stunde nachher hatte der Hauptmann gesagt:

»Señor Oberst, ich würde die Schildwachen dieser ganzen Nacht erschießen lassen.« – – –

Wie lange dauerte nun schon der Geschützdonner stromab die Schelde? Es war kein Wunder, daß alles zum Empfang der schwarzen Galeere bestens auf dem Fort Liefkenhoek vorbereitet war!

Vor seiner Kompanie schritt der Hauptmann Jeronimo finster auf und ab, und je näher das Feuer kam, desto finsterer wurde er, das war so seine Art. Er hatte das Spiel so lange mitgespielt, bis er desselben überdrüssig geworden war – nein, nicht überdrüssig! –, bis es ihm so gleichgültig geworden war wie – wie das Atemholen. Der Hauptmann Jeronimo hatte nur nach gewohnter Art die Achseln gezuckt, als der reitende Bote quer über Land von Fort Perle aus die erste nähere Kunde über das vor Antwerpen Geschehene brachte. Wie grimmig die Kameraden sich gebärdet hatten: der alte Soldat von Alba, Requesens und Farnese hatte nur dem Boten den Rücken gedreht und war zu seiner Kompanie hingeschritten.

»Und dieses Volk vermeinen sie noch immer zwingen zu können?« murmelte er. »Wie lange schon liegt die Blüte Spaniens, der Kern seiner Kraft in diesem Boden begraben! Wehe dir, armes Vaterland!«

Die Kanonen von der Cruysschanze hatten sein Selbstgespräch unterbrochen. In den Morgennebel hinein fing es leise an zu schneien; man sah nicht drei Schritte weit.

»Jaja«, murmelte der alte Soldat, »feuert nur blind zu! Und horch – da ist sie schon wieder, diese gottverfluchte Weise, das Grablied von Spaniens Macht und Ehre – paff, paff, so spart doch euer Pulver, ihr vernichtet sie doch nicht damit – jaja, schießt nur, schießt, das Lied klingt nur um so heller! O Teufel, man hat's zuletzt schon auswendig gelernt.«

In den Geschützdonner hinein und den Klang der niederländischen Trompeten summte der Hauptmann Jeronimo:

Ein Prinze von Oranien
Bin ich frei unversehrt,
Den König von Hispanien
Hab ich allzeit geehrt.

Er war noch nicht damit zu Ende, als eine Kugel dicht neben ihm in seine Kompanie einschlug und sechs Mann derselben tot oder verwundet zu Boden streckte. Von der genuesischen Galeone kam diese Kugel; Jan Norris auf dem Andrea Doria eröffnete sein Feuer im Vorüberfahren von Fort Liefkenhoek. Das Fort antwortete sogleich auf die kräftigste Weise, jedoch ohne den Geusen einen bedeutenden Schaden zuzufügen.

Auf dem Deck des Andrea Doria stand neben dem Geliebten Myga van Bergen.

Ihre Augen funkelten; was kümmerten sie die Kugeln der Spanier! Über dem Haupte des Brautpaares flatterte sieghaft das Geusenbanner, die herabgerissene Flagge Spinolas lag unter den Füßen der beiden.

»Noch eine volle Lage, Burschen! Feuer! Feuer! Feuer der Myga, meiner Braut, zu Ehren!« rief Jan Norris, den Hut schwingend. »Da geht die Bramsegelstange über Bord; 's tut nichts! Hoiho, Myga, süße Braut, – frei Wasser, frei Wasser! Horch, wie die schwarze Galeere vor Lillo ins Zeug geht! Hoiho, hoiho, lieber Türk als Pfaff! Frei Wasser! freie See! O süße, süße Myga, o holde, liebe Braut, wie lieb ich dich!«

O Jan, Jan, auf so stolze Art ist noch nie eine Braut erobert worden. Was hast du getan um mich!«

»Ach, was ist's denn?« lachte Jan Norris. »Einen welschen Schiffsleutnant hab ich niedergehauen und den Kadaver eines welschen Kapitäns über Bord geworfen. Die schwarze Galeere hat dich und mich gerettet – bis an die Sterne hoch die schwarze Galeere!«

»Hoch! hoch die schwarze Galeere!« jauchzte das Schiffsvolk auf dem Andrea Doria, und weiter links donnerte das schwarze Schiff seinen Gegengruß, unter den Mauern von Fort Lillo hinstreichend. –

»Laßt es gut sein«, sagte der Hauptmann Jeronimo zu den Kameraden, die ihn vom Walle herabtragen wollten. »Laßt mich in freier Luft sterben, es wird mir leichter abgehen. Lebt wohl, Kameraden, lebt alle wohl – und haltet euch gut. Ich sehe lauter junge, jugendliche Gesichter um mich her – Kameraden, ich wünsche euch mehr Glück, als der alten Armee zuteil geworden ist. Wir haben unsere Pflicht getan – grabt nach auf dem Felde von Jemmingen, auf der Mockerheide, bei Gemblours und vor Antwerpen – es ist nicht unsere Schuld, daß – wir – noch – am – alten Flecke stehen! – Lebt – wohl, Kame – raden, – das alte – Heer geht zu – Grabe! Lebt wohl und – Spanien – für immer, das arme – Spanien! ...«

Der Hauptmann Jeronimo war tot, und stumm umstanden ihn Offiziere und Soldaten der Besatzung von Fort Liefkenhoek.

Der Geschützdonner war verstummt. Glücklich hatten alle niederländischen Schiffe die spanischen Festungen mit ihrer Beute passiert. Aus der Ferne klang aber noch immer das Lied von Fünfzehnhundertachtundsechzig:

Vor Gott will ich bekennen
Und seiner ganzen Macht,
Daß ich zu seinen Zeiten
Den König hab veracht't,
Weil daß ich Gott dem Herrn,
Der höchsten Majestät,
Hab müssen obedieren
In der Gerechtigkeit.

Meerwärts verhallten leise die Klänge, als das stolze Geusengeschwader mit seiner Beute, seinen blutigen Wunden und seiner Glorie in dem immer dichter werdenden Nebel stromab glitt.

THEODOR STORM

Aquis submersus

In unserem zu dem früher herzoglichen Schlosse gehörigen, seit Menschengedenken aber ganz vernachlässigten »Schloßgarten« waren schon in meiner Knabenzeit die einst im altfranzösischen Stile angelegten Hagebuchenhecken zu dünnen, gespenstischen Alleen ausgewachsen; da sie indessen immerhin noch einige Blätter trugen, so wissen wir Hiesigen, durch Laub der Bäume nicht verwöhnt, sie gleichwohl auch in dieser Form zu schätzen; und zumal von uns nachdenklichen Leuten wird immer der eine oder andere dort zu treffen sein. Wir pflegen dann unter dem dürftigen Schatten nach dem sogenannten »Berg« zu wandeln, einer kleinen Anhöhe in der nordwestlichen Ecke des Gartens oberhalb dem ausgetrockneten Bette eines Fischteiches, von wo aus der weitesten Aussicht nichts im Wege steht.

Die meisten mögen wohl nach Westen blicken, um sich an dem lichten Grün der Marschen und darüberhin an der Silberflut des Meeres zu ergötzen, auf welcher das Schattenspiel der langgestreckten Insel schwimmt; meine Augen wenden unwillkürlich sich nach Norden, wo, kaum eine Meile fern, der graue, spitze Kirchturm aus dem höher belegenen, aber öden Küstenlande aufsteigt; denn dort liegt eine von den Stätten meiner Jugend.

Der Pastorssohn aus jenem Dorfe besuchte mit mir die »Gelehrtenschule« meiner Vaterstadt, und unzählige Male sind wir am Sonnabendnachmittage zusammen dahinaus gewandert, um dann am Sonntagabend oder montags früh zu unserem Nepos oder später zu unserem Cicero nach der Stadt zurückzukehren. Es war damals auf der Mitte des Weges noch ein gut Stück ungebrochener Heide übrig, wie sie sich einst nach der einen Seite bis fast zur Stadt, nach der anderen ebenso gegen das Dorf erstreckt hatte. Hier summten auf den Blüten des duftenden Heidekrauts die Immen und weißgrauen Hummeln und rannte unter den dürren Stengeln desselben der schöne, goldgrüne Laufkäfer; hier in den Duftwolken der Eriken und des harzigen Gagelstrauches schwebten Schmetterlinge, die nirgends sonst zu finden waren. Mein ungeduldig dem Elternhause zustrebender Freund hatte oft seine liebe Not, seinen träumerischen Genossen durch all die Herrlichkeiten mit sich fortzubringen; hatten wir jedoch das angebaute Feld erreicht, dann ging es auch um desto munterer vorwärts, und bald, wenn wir nur erst den langen Sandweg hinaufwateten, erblickten wir auch schon über dem dunkeln Grün einer Fliederhecke den Giebel des Pastorenhauses, aus dem das Studierzimmer des Hausherrn mit seinen kleinen, blinden Fensterscheiben auf die bekannten Gäste hinabgrüßte.

Bei den Pastorsleuten, deren einziges Kind mein Freund war, hatten wir allezeit, wie wir hier zu sagen pflegen, fünf Quartier auf der Elle, ganz abgesehen von der wunderbaren Naturalverpflegung. Nur die Silberpappel, der einzig hohe und also auch einzig verlockende Baum des Dorfes, welche ihre Zweige ein gut Stück oberhalb des bemoosten Strohdaches rauschen ließ, war gleich dem Apfelbaum des Paradieses uns verboten und wurde daher nur heimlich von uns erklettert; sonst war, soviel ich mich entsinne, alles erlaubt und wurde je nach unserer Altersstufe bestens von uns ausgenutzt.

Der Hauptschauplatz unserer Taten war die große »Priesterkoppel«, zu der ein Pförtchen aus dem Garten führte. Hier wußten wir mit dem den Buben angeborenen Instinkte die Nester der Lerchen und der Grauammern aufzuspüren, denen wir dann die wiederholtesten Besuche abstatteten, um nachzusehen, wie weit in den letzten zwei Stunden die Eier oder die Jungen nun gediehen seien; hier auf einer tiefen und, wie ich jetzt meine, nicht weniger als jene Pappel gefährlichen Wassergrube, deren Rand mit alten Weidenstümpfen dicht umstanden war, fingen wir die flinken schwarzen Käfer, die wir »Wasserfranzosen« nannten, oder ließen wir ein andermal unsere auf einer eigens angelegten Werft erbaute Kriegsflotte aus Walnußschalen und Schachteldeckeln schwimmen. Im Spätsommer geschah es dann auch wohl, daß wir aus unserer Koppel einen Raubzug nach des Küsters Garten machten, welcher gegenüber dem des Pastorates an der anderen Seite der Wassergrube lag; denn wir hatten dort von zwei verkrüppelten Apfelbäumen unseren Zehnten einzuheimsen, wofür uns freilich gelegentlich eine freundschaftliche Drohung von dem gutmütigen alten Manne zuteil wurde. – So viele Jugendfreuden wuchsen auf dieser Priesterkoppel, in deren dürrem Sandboden andere Blumen nicht gedeihen wollten; nur den scharfen Duft der goldknopfigen Rainfarren, die hier haufenweis auf allen Wällen standen, spüre ich noch heute in der Erinnerung, wenn jene Zeiten mir lebendig werden.

Doch alles dies beschäftigte uns nur vorübergehend; meine dauernde Teilnahme dagegen erregte ein anderes, dem wir selbst in der Stadt nichts an die Seite zu setzen hatten. – Ich meine damit nicht etwa die Röhrenbauten der Lehmwespen, die überall aus den Mauerfugen des Stalles hervorragten, obschon es anmutig genug war, in beschaulicher Mittagsstunde das Aus- und Einfliegen der emsigen Tierchen zu beobachten; ich meine den viel größeren Bau der alten und ungewöhnlich stattlichen Dorfkirche. Bis an das Schindeldach des hohen Turmes war sie von Grund auf aus Granitquadern aufgebaut und beherrschte, auf dem höchsten Punkt des Dorfes sich erhebend. die weite Schau über Heide, Strand und Marschen. – Die meiste Anziehungskraft für mich hatte indes das Innere der Kirche; schon der ungeheure Schlüssel, der von dem Apostel Petrus selbst zu stammen schien, erregte meine Phantasie. Und in der Tat erschloß er auch, wenn wir ihn glücklich dem alten Küster abgewonnen hatten, die Pforte zu manchen wunderbaren Dingen, aus denen eine längst vergangene Zeit hier wie im finstern, dort mit kindlich frommen Augen, aber immer in geheimnisvollem Schweigen zu uns Lebenden aufblickte. Da hing mitten in die Kirche hinab ein schrecklich übermenschlicher Crucifixus, dessen hagere Glieder und verzerrtes Antlitz mit Blute überrieselt waren; dem zur Seite an einem Mauerpfeiler haftete gleich einem Nest die braungeschnitzte Kanzel, an der aus Frucht- und Blattgewinden allerlei Tier- und Teufelsfratzen sich hervorzudrängen schienen. Besondere Anziehung aber übte der große, geschnitzte Altarschrank im Chor der Kirche, auf dem in bemalten Figuren die Leidensgeschichte Christi dargestellt war; so seltsam wilde Gesichter, wie das des Kaiphas oder die der Kriegsknechte, welche in ihren goldenen Harnischen um des Gekreuzigten Mantel würfelten, bekam man draußen im Alltagsleben nicht zu sehen; tröstlich damit kontrastierte nur das holde Antlitz der am Kreuze hingesunkenen Maria; ja, sie hätte leicht mein Knabenherz mit einer phantastischen Neigung bestricken können, wenn nicht ein anderes mit noch stärkerem Reize des Geheimnisvollen mich immer wieder von ihr abgezogen hätte.

Unter all diesen seltsamen oder wohl gar unheimlichen Dingen hing im Schiff der Kirche das unschuldige Bildnis eines toten Kindes, eines schönen, etwa fünfjährigen Knaben, der, auf einem mit Spitzen besetzten Kissen ruhend, eine weiße Wasserlilie in seiner kleinen, bleichen Hand hielt. Aus dem zarten Antlitz sprach neben dem Grauen des Todes, wie hülfeflehend, noch eine letzte holde Spur des Lebens; ein unwiderstehliches Mitleid befiel mich, wenn ich vor diesem Bilde stand.

Aber es hing nicht allein hier; dicht daneben schaute aus dunklem Holzrahmen ein finsterer schwarzbärtiger Mann in Priesterkragen und Sammar. Mein Freund sagte mir, es sei der Vater jenes schönen Knaben; dieser selbst, so gehe noch heute die Sage, solle einst in der Wassergrube unserer Priesterkoppel seinen Tod gefunden haben. Auf dem Rahmen lasen wir die Jahrzahl 1666; das war lange her. Immer wieder zog es mich zu diesen beiden Bildern; ein phantastisches Verlangen ergriff mich, von dem Leben und Sterben des Kindes eine nähere, wenn auch noch so karge Kunde zu erhalten; selbst aus dem düstern Antlitz des Vaters, das trotz des Priesterkragens mich fast an die Kriegsknechte des Altarschranks gemahnen wollte, suchte ich sie herauszulesen.

-- Nach solchen Studien in dem Dämmerlicht der alten Kirche erschien dann das Haus der guten Pastorsleute nur um so gastlicher. Freilich war es gleichfalls hoch zu Jahren, und der Vater meines Freundes hoffte, so lange ich denken konnte, auf einen Neubau; da aber die Küsterei an derselben Altersschwäche litt, so wurde weder hier noch dort gebaut. – Und doch, wie freundlich waren trotzdem die Räume des alten Hauses; im Winter die kleine Stube rechts, im Sommer die größere links vom Hausflur, wo die aus den Reformationsalmanachen herausgeschnittenen Bilder in Mahagonirähmchen an der weißgetünchten Wand hingen, wo man aus dem westlichen Fenster nur eine ferne Windmühle, außerdem aber den ganzen weiten Himmel vor sich hatte, der sich abends in rosenrotem Schein verklärte und dann das ganze Zimmer überglänzte! Die lieben Pastorsleute, die Lehnstühle mit den roten Plüschkissen, das alte tiefe Sofa, auf dem Tisch beim Abendbrot der traulich sausende Teekessel, – es war alles helle, freundliche Gegenwart. Nur eines Abends – wir waren derzeit schon Sekundaner – kam mir der Gedanke, welch eine Vergangenheit an diesen Räumen hafte, ob nicht gar jener tote Knabe einst mit frischen Wangen hier leibhaftig umhergesprungen sei, dessen Bildnis jetzt wie mit einer wehmütig holden Sage den düsteren Kirchenraum erfüllte.

Veranlassung zu solcher Nachdenklichkeit mochte geben, daß ich am Nachmittage, wo wir auf meinen Antrieb wieder einmal die Kirche besucht hatten, unten in einer dunklen Ecke des Bildes vier mit roter Farbe geschriebene Buchstaben entdeckt hatten, die mir bis jetzt entgangen waren.

»Sie lauten C. P. A. S.«, sagte ich zu dem Vater meines Freundes; »aber wir können sie nicht enträtseln.«

»Nun«, erwiderte dieser; »die Inschrift ist mir wohlbekannt; und nimmt man das Gerücht zur Hilfe, so möchten die beiden letzten Buchstaben wohl mit ›Aquis submersus‹ also mit ›Ertrunken‹ oder wörtlich ›Im Wasser versunken‹ zu deuten sein; nur mit dem vorangehenden C. P. wäre man dann noch immer in Verlegenheit! Der junge Adjunktus unseres Küsters, der einmal die Quarta passiert ist, meint zwar, es könne ›Casu Periculoso‹ ›Durch gefährlichen Zufall‹ heißen; aber die alten Herren jener Zeit dachten logischer; wenn der Knabe dabei ertrank, so war der Zufall nicht nur bloß gefährlich.«

Ich hatte begierig zugehört. »Casu« sagte ich; »es könnte auch wohl ›Culpa‹ heißen?«

»Culpa?« wiederholte der Pastor. »Durch Schuld? – aber durch wessen Schuld!«

Da trat das finstere Bild des alten Predigers mir vor die Seele, und ohne viel Besinnen rief ich: »Warum nicht: Culpa patris?«

Der gute Pastor war fast erschrocken. »Ei, ei, mein junger Freund«, sagte er und erhob warnend den Finger gegen mich. »Durch Schuld des Vaters? – So wollen wir trotz seines düsteren Ansehens meinen seligen Amtsbruder doch nicht beschuldigen. Auch würde er dergleichen wohl schwerlich von sich haben schreiben lassen.«

Dies letztere wollte auch meinem jugendlichen Verstande einleuchten; und so blieb denn der eigentliche Sinn der Inschrift nach wie vor ein Geheimnis der Vergangenheit.

Daß übrigens jene beiden Bilder sich auch in der Malerei wesentlich vor einigen alten Predigerbildnissen auszeichneten, welche gleich daneben hingen, war mir selbst schon klar geworden; daß aber Sachverständige in dem Maler einen tüchtiger Schüler altholländischer Meister erkennen wollten, erfuhr ich freilich jetzt erst durch den Vater meines Freundes. Wie jedoch ein solcher in dieses arme Dorf verschlagen worden, oder woher er gekommen und wie er geheißen habe, darüber wußte auch er mir nichts zu sagen. Die Bilder selbst enthielten weder einen Namen noch ein Malerzeichen.

Die Jahre gingen hin. Während wir die Universität besuchten, starb der gute Pastor, und die Mutter meines Schulgenossen folgte später ihrem Sohne auf dessen inzwischen anderswo erreichte Pfarrstelle; ich hatte keine Veranlassung mehr, nach jenem Dorfe zu wandern. – Da, als ich selbst schon in meiner Vaterstadt wohnhaft war, geschah es, daß ich für den Sohn eines Verwandten ein Schülerquartier bei guten Bürgersleuten zu besorgen hatte. Der eigenen Jugendzeit gedenkend, schlenderte ich im Nachmittagssonnenscheine durch die Straßen, als mir an der Ecke des Marktes über der Tür eines alten hochgegiebelten Hauses eine plattdeutsche Inschrift in die Augen fiel, die verhochdeutscht etwa lauten würde:

Gleich so wie Rauch und Staub verschwindt,
Also sind auch die Menschenkind.

Die Worte mochten für jugendliche Augen wohl nicht sichtbar sein; denn ich hatte sie nie bemerkt, so oft ich auch in meiner Schulzeit mir einen Heißewecken bei dem dort wohnenden Bäcker geholt hatte. Fast unwillkürlich trat ich in das Haus; und in der Tat, es fand sich hier ein Unterkommen für den jungen Vetter. Die Stube ihrer alten »Möddersch« (Mutterschwester) – so sagte mir der freundliche Meister –, von der sie Haus und Betrieb geerbt hätten, habe seit Jahren leer gestanden; schon lange hätten sie sich einen jungen Gast dafür gewünscht.

Ich wurde eine Treppe hinaufgeführt, und wir betraten dann ein ziemlich niedriges, altertümlich ausgestattetes Zimmer, dessen beide Fenster mit ihren kleinen Scheiben auf den geräumigen Marktplatz hinausgingen. Früher, erzählte der Meister, seien zwei uralte Linden vor der Tür gewesen; aber er habe sie schlagen lassen, da sie allzusehr ins Haus gedunkelt und auch hier die schöne Aussicht ganz verdeckt hätten.

Über die Bedingungen wurden wir bald in allen Teilen einig; während wir dann aber noch über die jetzt zu treffende Einrichtung des Zimmers sprachen, war mein Blick auf ein im Schatten eines Schrankes hängendes Ölgemälde gefallen, das plötzlich meine ganze Aufmerksamkeit hinwegnahm. Es war noch wohlerhalten und stellte einen älteren, ernst und milde blickenden Mann dar, in einer dunklen Tracht, wie in der Mitte des siebzehnten Jahrhunderts sie diejenigen aus den vornehmeren Ständen zu tragen pflegten, welche sich mehr mit Staatssachen oder gelehrten Dingen als mit dem Kriegshandwerke beschäftigten.

Der Kopf des alten Herrn, so schön und anziehend und so trefflich er immer gemalt sein mochte, hatte indessen nicht diese Erregung in mir hervorgebracht; aber der Maler hatte ihm einen blassen Knaben in den Arm gelegt, der in seiner kleinen schlaff herabhängenden Hand eine weiße Wasserlilie hielt; – und diesen Knaben kannte ich ja längst. Auch hier war es wohl der Tod, der ihm die Augen zugedrückt hatte.

»Woher ist dieses Bild?« fragte ich endlich, da ich plötzlich innewurde, daß der vor mir stehende Meister in seiner Auseinandersetzung innegehalten hatte.

Er sah mich verwundert an. »Das alte Bild? Das ist von unserer Möddersch«, erwiderte er; »es stammt von ihrem Urgroßonkel, der ein Maler gewesen und vor mehr als hundert Jahren hier gewohnt hat. Es sind noch andre Siebensachen von ihm da.«

Bei diesen Worten zeigte er nach einer kleinen Lade von Eichenholz, auf welcher allerlei geometrische Figuren recht zierlich eingeschnitten waren.

Als ich sie von dem Schranke, auf dem sie stand, herunternahm, fiel der Deckel zurück, und es zeigten sich mir als Inhalt einige stark vergilbte Papierblätter mit sehr alten Schriftzügen.

»Darf ich die Blätter lesen?« frug ich.

»Wenn's Ihnen Pläsier macht«, erwiderte der Meister, so mögen Sie die ganze Sache mit nach Hause nehmen; es sind so alte Schriften; Wert steckt nicht darin.«

Ich aber erbat mir und erhielt auch die Erlaubnis, diese wertlosen Schriften hier an Ort und Stelle lesen zu dürfen; und während ich mich dem alten Bilde gegenüber in einen mächtigen Ohrenlehnstuhl setzte, verließ der Meister das Zimmer, zwar immer noch erstaunt, doch gleichwohl die freundliche Verheißung zurücklassend, daß seine Frau mich bald mit einer guten Tasse Kaffee regalieren werde.

Ich aber las und hatte im Lesen bald alles um mich her vergessen.

*

So war ich denn wieder daheim in unserm Holstenlande; am Sonntage Cantate war es Anno 1661! – Mein Malgerät und sonstiges Gepäck hatte ich in der Stadt zurückgelassen und wanderte nun fröhlich fürbaß die Straße durch den maiengrünen Buchenwald, der von der See ins Land hinaufsteigt. Vor mir her flogen ein paar Waldvöglein und letzeten ihren Durst an dem Wasser, so in den tiefen Radgeleisen stund; denn ein linder Regen war gefallen über Nacht und noch gar früh am Vormittage, so daß die Sonne den Waldesschatten noch nicht überstiegen hatte.

Der helle Drosselschlag, der von den Lichtungen zu mir scholl, fand seinen Widerhall in meinem Herzen. Durch die Bestellungen, so mein teurer Meister van der Helst im letzten Jahre meines Amsterdamer Aufenthalts mir zugewendet, war ich aller Sorge quitt geworden; einen guten Zehrpfennig und einen

Wechsel auf Hamburg trug ich noch itzt in meiner Taschen; dazu war ich stattlich angetan: mein Haar fiel auf ein Mäntelchen mit feinem Grauwerk, und der Lütticher Degen fehlte nicht an meiner Hüfte.

Meine Gedanken aber eilten mir voraus; immer sah ich Herrn Gerhardus, meinen edlen großgünstigen Protector, wie er von der Schwelle seines Zimmers mir die Hände würd' entgegenstrecken, mit seinem milden Gruße: »So segne Gott deinen Eingang, mein Johannes!«

Er hatte einst mit meinem lieben, ach, gar zu früh in die ewige Herrlichkeit genommenen Vater zu Jena die Rechte studieret und war auch nachmals den Künsten und Wissenschaften mit Fleiße obgelegen, so daß er dem Hochseligen Herzog Friedrich bei seinem edlen, wiewohl wegen der Kriegsläufte vergeblichen Bestreben um Errichtung einer Landesuniversität ein einsichtiger und eifriger Berater gewesen. Obschon ein adeliger Mann, war er meinem lieben Vater doch stets in Treuen zugetan blieben, hatte auch nach dessen seligem Hintritt sich meiner verwaiseten Jugend mehr als zu verhoffen, angenommen, und nicht allein meine sparsamen Mittel aufgebessert, sondern auch durch seine fürnehme Bekanntschaft unter dem Holländischen Adel es dahin gebracht, daß mein teurer Meister van der Helst mich zu seinem Schüler angenommen.

Meinte ich doch zu wissen, daß der verehrte Mann unversehrt auf seinem Herrenhofe sitze, wofür dem Allmächtigen nicht genug zu danken; denn, derweilen ich in der Fremde mich der Kunst beflissen, war daheim die Kriegsgreuel über das Land gekommen; so zwar, daß die Truppen, die gegen den kriegswütigen Schweden dem Könige zum Beistand hergezogen, fast ärger als die Feinde selbst gehauset, ja selbst der Diener Gottes mehrere in jämmerlichen Tod gebracht. Durch den plötzlichen Hintritt des Schwedischen Carolus war nun zwar Friede; aber die grausamen Stapfen des Krieges lagen überall; manch Bauern- oder Käthnerhaus, wo man mich als Knaben mit einem Trunke süßer Milch bewirtet, hatte ich auf meiner Morgenwanderung niedergesenget am Wege liegen sehen und manches Feld in ödem Unkraut, darauf sonst um diese Zeit der Roggen seine grünen Spitzen trieb.

Aber solches beschwerete mich heut nicht allzu sehr; ich hatte nur Verlangen, wie ich dem edlen Herrn durch meine Kunst beweisen möchte, daß er Gab und Gunst an keinen Unwürdigen verschwendet habe; dachte auch nicht an Strolche und verlaufen Gesindel, das vom Kriege her noch in den Wäldern Umtrieb halten sollte. Wohl aber tückete mich ein anderes, und das war der Gedanke an den Junker Wulf. Er war mir nimmer hold gewesen, hatte wohl gar, was sein edler Vater an mir getan, als einen Diebstahl an ihm selber angesehen; und manches Mal, wenn ich, wie öfters nach meines lieben Vaters Tode, im Sommer die Vakanz auf dem Gute zubrachte, hatte er mir die schönen Tage vergället und versalzen. Ob er anitzt in seines Vaters Hause sei, war mir nicht kund geworden, hatte nur vernommen, daß er noch vor dem

Friedensschlusse bei Spiel und Becher mit den Schwedischen Offiziers Verkehr gehalten, was mit rechter Holstentreue nicht zu reimen ist.

Indem ich dies bei mir erwog, war ich aus dem Buchenwalde in den Richtsteig durch das Tannenhölzchen geschritten, das schon dem Hofe nahe liegt. Wie liebliche Erinnerung umhauchte mich der Würzeduft des Harzes; aber bald trat ich aus dem Schatten in den vollen Sonnenschein hinaus; da lagen zu beiden Seiten die mit Haselbüschen eingehegten Wiesen, und nicht lange, so wanderte ich zwischen den zwo Reihen gewaltiger Eichbäume, die zum Herrensitz hinaufführen.

Ich weiß nicht, was für ein bang Gefühl mich plötzlich überkam, ohn alle Ursach, wie ich derzeit dachte; denn es war eitel Sonnenschein umher, und vom Himmel herab klang ein gar herzlich und ermunternd Lerchensingen. Und siehe, dort auf der Koppel, wo der Hofmann seinen Immenhof hat, stand ja auch noch der alte Holzbirnenbaum und flüsterte mit seinen jungen Blättern in der blauen Luft.

»Grüß dich Gott!« sagte ich leis, gedachte dabei aber weniger des Baumes, als vielmehr des holden Gottesgeschöpfes, in dem, wie es sich nachmals fügen mußte, all Glück und Leid und auch all nagende Buße meines Lebens beschlossen sein sollte, für jetzt und alle Zeit. Das war des edlen Herrn Gerhardus Töchterlein, des Junkers Wulfen einzig Geschwister.

Item, es war bald nach meines lieben Vaters Tode, als ich zum erstenmal die ganze Vacanz hier verbrachte; sie war derzeit ein neunjährig Dirnlein, die ihre braunen Zöpfe lustig fliegen ließ; ich zählte um ein paar Jahre weiter. So trat ich eines Morgens aus dem Torhaus; der alte Hofmann Dieterich, der ober der Einfahrt wohnt und neben dem als einem getreuen Manne mir mein Schlafkämmerlein eingeräumt war, hatte mir einen Eschenbogen zugerichtet, mir auch die Bolzen von tüchtigem Blei dazu gegossen, und ich wollte nun auf die Raubvögel, deren genug bei dem Herrenhaus umherschrien; da kam sie vom Hofe auf mich zugesprungen.

»Weißt du, Johannes«, sagte sie; »ich zeig dir ein Vogelnest; dort in dem hohlen Birnbaum; aber das sind Rotschwänzchen, die darfst du ja nicht schießen!«

Damit war sie schon wieder vorausgesprungen; doch eh sie noch dem Baum auf zwanzig Schritte nah gekommen, sah ich sie jählings stillestehn. »Der Buhz, der Buhz!« schrie sie und schüttelte wie entsetzt ihre beiden Händlein in der Luft.

Es war aber ein großer Waldkauz, der ober dem Loche des hohlen Baumes saß und hinabschauete, ob er ein ausfliegend Vögelein erhaschen möge. »Der Buhz, der Buhz!« schrie die Kleine wieder. »Schieß, Johannes, schieß!« – Der Kauz aber, den die Freßgier taub gemacht, saß noch immer und stierete in die Höhlung. Da spannte ich meinen Eschenbogen und schoß, daß das Raubtier zappelnd auf dem Boden lag; aus dem Baume aber schwang sich ein zwitschernd Vöglein in die Luft.

Seit der Zeit waren Katharina und ich zwei gute Gesellen miteinander; in Wald und Garten, wo das Mägdlein war, da war auch ich. Darob aber mußte mir gar bald ein Feind erstehen; das war Kurt von der Risch, dessen Vater eine Stunde davon auf seinem reichen Hofe saß. In Begleitung seines gelahrten Hofmeisters, mit dem Herr Gerhardus gern der Unterhaltung pflag, kam er oftmals auf Besuch; und da er jünger war als Junker Wolf, so war er wohl auf mich und Katharinen angewiesen; insonders aber schien das braune Herrentöchterlein ihm zu gefallen. Doch war das schier umsonst; sie lachte nur über seine krumme Vogelnase, die ihm, wie bei fast allen des Geschlechtes, unter buschigem Haupthaar zwischen zwo merklich runden Augen saß. Ja, wenn sie seiner nur von fern gewahrte, so reckte sie wohl ihr Köpfchen vor und rief: »Johannes, der Buhz! der Buhz!« Dann versteckten wir uns hinter den Scheunen oder rannten wohl auch spornstreichs in den Wald hinein, der sich in einem Bogen um die Felder und danach wieder dicht an die Mauern des Gartens hinanzieht.

Darob, als der von der Risch des inne wurde, kam es oftmals zwischen uns zum Haarraufen, wobei jedoch, da er mehr hitzig denn stark war, der Vorteil meist in meinen Händen blieb.

Als ich, um von Herrn Gerhardus Urlaub zu nehmen, vor meiner Ausfahrt in die Fremde zum letztenmal, jedoch nur kurze Tage, hier verweilte, war Katharina schon fast wie eine Jungfrau; ihr braunes Haar lag itzt in einem goldnen Netz gefangen; in ihren Augen, wenn sie die Wimpern hob, war oft ein spielend Leuchten, das mich schier beklommen machte. Auch war ein alt gebrechlich Fräulein ihr zur Obhut beigegeben, so man im Hause nur »Bas' Ursel« nannte; sie ließ das Kind nicht aus den Augen und ging überall mit einer langen Tricotage neben ihr.

Als ich so eines Oktobernachmittags im Schatten der Gartenhecken mit beiden auf und ab wandelte, kam ein lang aufgeschossener Gesell, mit spitzenbesetztem Lederwams und Federhut ganz alamode gekleidet, den Gang zu uns herauf; und siehe da, es war der Junker Kurt, mein alter Widersacher. Ich merkte allsogleich, daß er noch immer bei seiner schönen Nachbarin zu Hofe ging; auch, daß insonders dem alten Fräulein solches zu gefallen schien. Das war ein »Herr Baron« auf alle Frag' und Antwort; dabei lachte sie höchst obligeant mit einer widrig feinen Stimme und hob die Nase unmäßig in die Luft; mich aber, wenn ich ja ein Wort dazwischen gab, nannte sie stetig »Er« oder kurzweg auch »Johannes«, worauf der Junker dann seine runden Augen einkniff und an seinem Teile that, als sähe er auf mich herab, obschon ich ihn um halben Kopfes Länge überragte.

Ich blickte auf Katharinen; die aber kümmerte sich nicht um mich, sondern ging sittig neben dem Junker, ihm manierlich Red und Antwort gebend; den kleinen roten Mund aber verzog mitunter ein spöttisch stolzes Lächeln, so daß ich dachte: »Getröste dich, Johannes; der Herrensohn schnellt itzo deine Waage in die Luft!« Trotzig blieb ich zurück und ließ die andern dreie vor mir gehen. Als aber diese in das Haus getreten waren und ich davor noch an Herrn Gerhardus' Blumenbeeten stand, darüber brütend, wie ich, gleich wie vormals, mit dem von der Risch ein tüchtig Haarraufen beginnen möchte, kam plötzlich Katharina wieder zurückgelaufen, riß neben mir eine Aster von den Beeten und flüsterte mir zu: »Johannes, weißt du was? Der Buhz sieht einem jungen Adler gleich; Bas' Ursel hat's gesagt!« Und fort war sie wieder, eh ich mich's versah. Mir aber war auf einmal all Trotz und Zorn wie weggeblasen. Was kümmerte mich itzund der von der Risch! Ich lachte hell und fröhlich in den güldnen Tag hinaus; denn bei den übermütigen Worten war wieder jenes süße Augenspiel gewesen. Aber diesmal hatte es mir gerad ins Herz geleuchtet.

Bald danach ließ mich Herr Gerhardus auf sein Zimmer rufen; er zeigte mir auf einer Karte noch einmal, wie ich die weite Reise nach Amsterdam zu machen habe, übergab mir Briefe an seine Freunde dort und sprach dann lange mit mir, als meines lieben seligen Vaters Freund. Denn noch selbigen Abends hatte ich zur Stadt zu gehen, von wo ein Bürger mich auf seinem Wagen mit nach Hamburg nehmen wollte.

Als nun der Tag hinabging, nahm ich Abschied. Unten im Zimmer saß Katharina an einem Stickrahmen; ich mußte der Griechischen Helena gedenken, wie ich sie jüngst in einem Kupferwerk gesehen; so schön erschien mir der junge Nacken, den das Mädchen eben über ihre Arbeit neigte. Aber sie war nicht allein; ihr gegenüber saß Bas' Ursel und las laut aus einem französischen Geschichtenbuche. Da ich näher trat, hob sie die Nase nach mir zu: »Nun, Johannes«, sagte sie, »Er will mir wohl Ade sagen? So kann er auch dem Fräulein gleich seine Reverenze machen!« – Da war schon Katharina von ihrer Arbeit aufgestanden; aber indem sie mir die Hand reichte, traten die Junker Wulf und Kurt mit großem Geräusch ins Zimmer; und sie sagte nur: »Leb wohl, Johannes!« Und so ging ich fort.

Im Torhaus drückte ich dem alten Dieterich die Hand, der Stab und Ranzen schon für mich bereit hielt; dann wanderte ich zwischen den Eichbäumen auf die Waldstraße zu. Aber mir war dabei, als könne ich nicht recht fort, als hätt ich einen Abschied noch zu Gute, und stand oft still und schauete hinter mich. Ich war auch nicht den Richtweg durch die Tannen, sondern, wie von selber, den viel weiteren auf der großen Fahrstraße hingewandert. Aber schon kam vor mir das Abendrot überm Wald herauf, und ich mußte eilen, wenn mich die Nacht nicht überfallen sollte. »Ade, Katharina, ade!« sagte ich leise und setzte rüstig meinen Wanderstab in Gang.

Da, an der Stelle, wo der Fußsteig in die Straße mündet – in stürmender Freude stund das Herz mir still – plötzlich aus dem Tannendunkel war sie selber da; mit glühenden Wangen kam sie hergelaufen, sie sprang über den trocknen Weggraben, daß die Flut des seidenbraunen Haars dem güldnen Netz entstürzete; und so fing ich sie in meinen Armen auf. Mit glänzenden Augen, noch mit dem Odem ringend, schaute sie mich an. »Ich – ich bin ihnen fortgelaufen!« stammelte sie endlich; und dann, ein Päckchen in meine Hand drückend, fügte sie leis hinzu: »Von mir, Johannes! Und du sollst es nicht verachten!« Auf einmal aber wurde ihr Gesichtchen trübe; der kleine schwellende Mund wollte noch was reden, aber da brach ein Tränenquell aus ihren Augen, und wehmütig ihr Köpfchen schüttelnd, riß sie sich hastig los. Ich sah ihr Kleid im finstern Tannensteig verschwinden; dann in der Ferne hört ich noch die Zweige rauschen, und dann stand ich allein. Es war so still, die Blätter konnte man fallen hören. Als ich das Päckchen auseinander faltete, da war's ihr güldner Patenpfennig, so sie mir oft gewiesen hatte; ein Zettlein lag dabei, das las ich nun beim Schein des Abendrotes. »Damit du nicht in Not geratest«, stund darauf geschrieben. – Da streckt ich meine Arme in die leere Luft: »Ade, Katharina, ade, ade!« wohl hundertmal rief ich es in den stillen Wald hinein; – und erst mit sinkender Nacht erreichte ich die Stadt.

– – Seitdem waren fast fünf Jahre dahingegangen. – Wie würd' ich heute alles wiederfinden?

Und schon stund ich am Torhaus, und sah drunten im Hof die alten Linden, hinter deren lichtgrünem Laub die beiden Zackengiebel des Herrenhauses itzt verborgen lagen. Als ich aber durch den Torweg gehen wollte, jagten vom Hofe her zwei fahlgraue Bullenbeißer mit Stachelhalsbändern gar wild gegen mich heran; sie erhuben ein erschreckliches Geheul und der eine sprang auf mich und fletschete seine weißen Zähne dicht vor meinem Antlitz. Solch einen Willkommen hatte ich noch niemalen hier empfangen. Da, zu meinem Glücke, rief aus den Kammern ober dem Thore eine rauhe, aber mir gar traute Stimme: »Hallo!« rief sie; »Tartar, Türk!« Die Hunde ließen von mir ab, ich hörte es die Stiege herabkommen, und aus der Tür, so unter dem Thorgang war, trat der alte Dieterich.

Als ich ihn anschaute, sah ich wohl, daß ich lang in der Fremde gewesen sei; denn sein Haar war schlohweiß geworden und seine sonst so lustigen Augen blickten gar matt und betrübsam auf mich hin. »Herr Johannes!« sagte er endlich und reichte mir seine beiden Hände.

»Grüß Ihn Gott, Dieterich!« entgegnete ich. »Aber seit wann haltet Ihr solche Bluthunde auf dem Hof, die die Gäste anfallen gleich den Wölfen?«

»Ja, Herr Johannes«, sagte der Alte, »die hat der Junker hergebracht.«

»Ist denn der daheim?«

Der Alte nickte.

»Nun«, sagte ich; »die Hunde mögen schon vonnöten sein; vom Krieg her ist noch viel verlaufen Volk zurückgeblieben.«

»Ach, Herr Johannes!« Und der alte Mann stund immer noch, als wolle er mich nicht zum Hof hinauflassen. »Ihr seid in schlimmer Zeit gekommen!«

Ich sah ihn an, sagte aber nur: »Freilich, Dieterich; aus mancher Fensterhöhlung schaut statt des Bauern itzt der Wolf heraus; hab dergleichen auch gesehen;

aber es ist ja Frieden worden, und der gute Herr im Schloß wird helfen, seine Hand ist offen.«

Mit diesen Worten wollte ich, obschon die Hunde mich wieder anknurreten, auf den Hof hinausgehen; aber der Greis trat mir in den Weg. »Herr Johannes«, rief er, »ehe Ihr weiter gehet, höret mich an! Euer Brieflein ist zwar richtig mit der Königlichen Post von Hamburg kommen; aber den rechten Leser hat es nicht mehr finden können.«

»Dieterich!« schrie ich. »Dieterich!«

»– Ja, ja, Herr Johannes! Hier ist die gute Zeit vorbei; denn unser teurer Herr Gerhardus liegt aufgebahret dort in der Kapellen, und die Gueridons brennen an seinem Sarge. Es wird nun anders werden auf dem Hofe; aber – ich bin ein höriger Mann, mir ziemet Schweigen.«

Ich wollte fragen: »Ist das Fräulein, ist Katharina noch im Hause?« Aber das Wort wollte nicht über meine Zunge.

Drüben, in einem hinteren Seitenbau des Herrenhauses war eine kleine Kapelle, die aber, wie ich wußte, seit lange nicht benutzt war. Dort also sollte ich Herrn Gerhard suchen.

Ich fragte den alten Hofmann: »Ist die Kapelle offen?« und als er es bejahete, bat ich ihn, die Hunde anzuhalten; dann ging ich über den Hof, wo niemand mir begegnete; nur einer Grasmücke Singen kam oben aus den Lindenwipfeln.

Die Tür zur Kapellen war nur angelehnt, und leis und gar beklommen trat ich ein. Da stund der offene Sarg, und die rote Flamme der Kerzen warf ihr flackernd Licht auf das edle Antlitz des geliebten Herrn; die Fremdheit des Todes, so darauf lag, sagte mir, daß er itzt eines andern Lands Genosse sei. Indem ich aber neben dem Leichnam zum Gebete hinknien wollte, erhob sich über den Rand des Sarges mir gegenüber ein junges blasses Antlitz, das aus schwarzen Schleiern fast erschrocken auf mich schaute.

Aber nur, wie ein Hauch verweht, so blickten die braunen Augen herzlich zu mir auf, und es war fast wie ein Freudenruf: »O, Johannes, seid Ihr's denn! Ach, Ihr seid zu spät gekommen!« Und über dem Sarge hatten unsere Hände sich zum Gruß gefaßt; denn es war Katharina, und sie war so schön geworden, daß hier im Angesicht des Todes ein heißer Puls des Lebens mich durchfuhr. Zwar, das spielende Licht der Augen lag itzt zurückgeschrecket in der Tiefe; aber aus dem schwarzen Häubchen drängten sich die braunen Löcklein, und der schwellende Mund war um so röter in dem blassen Antlitz.

Und fast verwirret auf den Toten schauend, sprach ich: »Wohl kam ich in der Hoffnung, an seinem lebenden Bilde ihm mit meiner Kunst zu danken, ihm manche Stunde gegenüber zu sitzen und sein mild und lehrreich Wort zu hören. Laßt mich denn nun die bald vergehenden Züge festzuhalten suchen.«

Und als sie unter Tränen, die über ihre Wangen strömten, stumm zu mir hinüber nickte, setzte ich mich in ein Gestühlte und begann auf einem von den

Blättchen, die ich bei mir führte, des Toten Antlitz nachzubilden. Aber meine Hand zitterte; ich weiß nicht, ob alleine vor der Majestät des Todes.

Währenddem vernahm ich draußen vom Hofe her eine Stimme, die ich für die des Junker Wulf erkannte; gleich danach schrie ein Hund wie nach einem Fußtritt oder Peitschenhiebe; und dann ein Lachen und einen Fluch von einer andern Stimme, die mir gleicherweise bekannt deuchte.

Als ich auf Katharina blickte, sah ich sie mit schier entsetzten Augen nach dem Fenster starren; aber die Stimmen und die Schritte gingen vorüber. Da erhub sie sich, kam an meine Seite und sah zu, wie des Vaters Antlitz unter meinem Stift entstund. Nicht lange, so kam draußen ein einzelner Schritt zurück; in demselben Augenblick legte Katharina die Hand auf meine Schulter, und ich fühlte, wie ihr junger Körper bebte.

Sogleich auch wurde die Kapellentür aufgerissen; und ich erkannte den Junker Wulf, obschon sein sonsten bleiches Angesicht itzt rot und aufgedunsen schien.

»Was huckst du allfort an dem Sarge!« rief er zu der Schwester. »Der Junker von der Risch ist da gewesen, uns seine Condolenze zu bezeigen; du hättest ihm wohl den Trunk kredenzen mögen!«

Zugleich hatte er meiner wahrgenommen und bohrte mich mit seinen kleinen Augen an. – »Wulf«, sagte Katharina, indem sie mit mir zu ihm trat; »es ist Johannes, Wulf.«

Der Junker fand nicht vonnöten, mir die Hand zu reichen; er musterte nur mein violenfarben Wams und meinte: »Du trägst da einen bunten Federbalg; man wird dich ›Sieur‹ nun titulieren müssen!«

»Nennt mich, wie's Euch gefällt!« sagte ich, indem wir auf den Hof hinaustraten. »Obschon mir dorten, von wo ich komme, das ›Herr‹ vor meinem Namen nicht gefehlet, – Ihr wißt wohl, Eueres Vaters Sohn hat großes Recht an mir.«

Er sah mich was verwundert an, sagte dann aber nur: »Nun wohl, so magst du zeigen, was du für meines Vaters Gold erlernet hast; und soll dazu der Lohn für deine Arbeit dir nicht verhalten sein.«

Ich meinete, was den Lohn anginge, den hätte ich längst voraus bekommen; da aber der Junker entgegnete, er werd es halten, wie sich's für einen Edelmann gezieme, so fragte ich, was für Arbeit er mir aufzutragen hätte.

»Du weißt doch«, sagte er und hielt dann inne, indem er scharf auf seine Schwester blickte – »wenn eine adelige Tochter das Haus verläßt, so muß ihr Bild darin zurückbleiben.«

Ich fühlte, daß bei diesen Worten Katharina, die an meiner Seite ging, gleich einer Taumelnden nach meinem Mantel haschte; aber ich entgegnete ruhig: »Der Brauch ist mir bekannt; doch wie meinet Ihr denn, Junker Wulf?«

»Ich meine«, sagte er hart, als ob er einen Gegenspruch erwarte, »daß du das Bildnis der Tochter dieses Hauses malen sollst!«

Mich durchfuhr's fast wie ein Schrecken; weiß nicht, ob mehr über den Ton oder die Deutung dieser Worte; dachte auch, zu solchem Beginnen sei itzt kaum die rechte Zeit.

Da Katharina schwieg, aus ihren Augen aber ein flehentlicher Blick mir zuflog, so antwortete ich: »Wenn Eure edle Schwester es mir vergönnen will, so hoffe ich Eueres Vaters Protection und meines Meisters Lehre keine Schande anzutun. Räumet mir nur wieder mein Kämmerlein ober dem Torweg bei dem alten Dieterich, so soll geschehen, was Ihr wünschet.«

Der Junker war das zufrieden und sagte auch seiner Schwester, sie möge einen Imbiß für mich richten lassen.

Ich wollte über den Beginn meiner Arbeit noch eine Frage tun; aber ich verstummte wieder, denn über den empfangenen Auftrag war plötzlich eine Entzückung in mir aufgestiegen, daß ich fürchtete, sie könne mit jedem Wort hervorbrechen. So war ich auch der zwo grimmen Köter nicht gewahr geworden, die dort am Brunnen sich auf den heißen Steinen sonnten. Da wir aber näher kamen, sprangen sie auf und fuhren mit offenem Rachen gegen mich, daß Katharina einen Schrei that, der Junker aber einen schrillen Pfiff, worauf sie heulend ihm zu Füßen krochen. »Beim Höllenelemente«, rief er lachend, »zwo tolle Kerle; gilt ihnen gleich, ein Sauschwanz oder Flandrisch Tuch!«

»Nun, Junker Wulf«, – ich konnte der Rede mich nicht wohl enthalten – »soll ich noch einmal Gast in Eueres Vaters Hause sein, so möget Ihr Euere Tiere bessere Sitte lehren!«

Er blitzte mich mit seinen kleinen Augen an und riß sich ein paar Mal in seinen Zwickelbart. »Das ist nur so ihr Willkommensgruß, Sieur Johannes«, sagte er dann, indem er sich bückte, um die Bestien zu streicheln. »Damit jedweder wisse, daß ein ander Regiment allhier begonnen; denn – wer mir in die Quere kommt, den hetz ich in des Teufels Rachen!«

Bei den letzten Worten, die er heftig ausgestoßen, hatte er sich hoch aufgerichtet; dann pfiff er seinen Hunden und schritt über den Hof dem Tore zu.

Ein Weilchen schaute ich hinterdrein; dann folgte ich Katharinen, die unter dem Lindenschatten stumm und gesenkten Hauptes die Freitreppe zu dem Herrenhaus emporstieg; ebenso schweigend gingen wir mitsammen die breiten Stufen in das Oberhaus hinauf, allwo wir in des seligen Herrn Gerhardus Zimmer traten. – Hier war noch alles, wie ich es vordem gesehen; die goldgeblümten Ledertapeten, die Karten an der Wand, die saubern Pergamentbände auf den Regalen, über dem Arbeitstische der schöne Waldgrund von dem älteren Ruisdael – und dann davor der leere Sessel. Meine Blicke blieben daran haften; gleichwie drunten in der Kapellen der Leib des Entschlafenen, so schien auch dies Gemach mir itzt entseelet und, obschon vom Walde draußen der junge Lenz durchs Fenster leuchtete, doch gleichsam von der Stille des Todes wie erfüllet.

Ich hatte auf Katharinen in diesem Augenblicke fast vergessen. Da ich mich umwandte, stand sie schier reglos mitten in dem Zimmer, und ich sah, wie unter den kleinen Händen, die sie daraufgepreßt hielt, ihre Brust in ungestümer Arbeit ging. »Nicht wahr«, sagte sie leise, »hier ist itzt niemand mehr; niemand als mein Bruder und seine grimmen Hunde?«

»Katharina!« rief ich; »was ist Euch? was ist das hier in Eueres Vaters Haus?«

»Was es ist, Johannes?« und fast wild ergriff sie meine beiden Hände; und ihre jungen Augen sprühten wie in Zorn und Schmerz. »Nein, nein; laß erst den Vater in seiner Gruft zur Ruhe kommen! Aber dann – du sollst mein Bild ja malen, du wirst eine Zeitlang hier verweilen – dann, Johannes, hilf mir; um des Toten willen, hilf mir!«

Auf solche Worte, von Mitleid und von Liebe ganz bezwungen, fiel ich vor der Schönen, Süßen nieder und schwur ihr mich und alle meine Kräfte zu. Da lösete sich ein sanfter Tränenquell aus ihren Augen, und wir saßen nebeneinander und sprachen lange zu des Entschlafenen Gedächtniß.

Als wir sodann wieder in das Unterhaus hinabgingen, fragte ich auch dem alten Fräulein nach.

»O«, sagte Katharina, »Bas' Ursel! Wollt Ihr sie begrüßen? Ja, die ist auch noch da; sie hat hier unten ihr Gemach, denn die Treppen sind ihr schon längsthin zu beschwerlich.«

Wir traten also in ein Stübchen, das gegen den Garten lag, wo auf den Beeten vor den grünen Heckenwänden soeben die Tulpen aus der Erde brachen. Bas' Ursel saß, in der schwarzen Tracht und Krepphause nur wie ein schwindend Häufchen anzuschauen, in einem hohen Sessel und hatte ein Nonnenspielchen vor sich, da, wie sie nachmals mir erzählte, der Herr Baron – nach seines Vaters Ableben war er solches itzund wirklich – ihr aus Lübeck zur Verehrung mitgebracht.

»So«, sagte sie, da Katharina mich genannt hatte, indes sie behutsam die elfenbeinern Pflöcklein umeinander steckte, »ist Er wieder da, Johannes? – Nein, es geht nicht aus! Oh, c'est un jeu très compliqué!«

Dann warf sie die Pflöcklein übereinander und schauete mich an. »Ei«, meinte sie, »Er ist gar stattlich angetan; aber weiß Er denn nicht, daß Er in ein Trauerhaus getreten ist?«

»Ich weiß es, Fräulein«, entgegnete ich; »aber da ich in das Tor trat, wußte ich es nicht.«

»Nun«, sagte sie und nickte gar begütigend; »so eigentlich gehöret Er ja auch nicht zur Dienerschaft.«

Über Katharinens blasses Antlitz flog ein Lächeln, wodurch ich mich jeder Antwort wohl enthoben halten mochte. Vielmehr rühmte ich der alten Dame die Anmut ihres Wohngemaches; denn auch der Epheu des Türmchens, das draußen an der Mauer aufstieg, hatte sich nach dem Fenster hingesponnen und wiegete seine grünen Ranken vor den Scheiben.

Aber Bas' Ursel meinete, ja, wenn nur nicht die Nachtigallen wären, die itzt schon wieder anhüben mit ihrer Nachtunruhe; sie könne ohnedem den Schlaf nicht finden; und dann auch sei es schier zu abgelegen; das Gesinde sei von hier aus nicht im Aug zu halten; im Garten draußen aber passire eben nichts, als etwan, wann der Gärtnerbursche an den Hecken oder Buchsrabatten putze.

– Und damit hatte der Besuch seine Endschaft; denn Katharina mahnte, es sei nachgerade an der Zeit, meinen wegemüden Leib zu stärken.

Ich war nun in meinem Kämmerchen ober dem Hoftor einlogieret, dem alten Dieterich zur sondern Freude; denn am Feierabend saßen wir auf seiner Tragkist, und ließ ich mir, gleich wie in der Knabenzeit, von ihm erzählen. Er rauchte dann wohl eine Pfeife Tabak, welche Sitte durch das Kriegsvolk auch hier in Gang gekommen war, und holete allerlei Geschichten aus den Drangsalen, so sie durch die fremden Truppen auf dem Hof und unten in dem Dorf hatten erleiden müssen; einmal aber, da ich seine Rede auf das gute Frölen Katharina gebracht und er erst nicht hatt ein Ende finden können, brach er gleichwohl plötzlich ab und schauete mich an.

»Wisset Ihr, Herr Johannes«, sagte er, »'s ist grausam schad, daß Ihr nicht auch ein Wappen habet gleich dem von der Risch da drüben!«

Und da solche Rede mir das Blut ins Gesicht jagete, klopfte er mit seiner harten Hand mir auf die Schulter, meinend: »Nun, nun, Herr Johannes; 's war ein dummes Wort von mir; wir müssen freilich bleiben, wo uns der Herrgott hingesetzet.«

Weiß nicht, ob ich derzeit mit solchem einverstanden gewesen, fragete aber nur, was der von der Risch denn itzund für ein Mann geworden.

Der Alte sah mich gar pfiffig an und paffte aus seinem kurzen Pfeiflein, als ob das teure Kraut am Feldrain wüchse. »Wollet Ihr's wissen, Herr Johannes?« begann er dann. »Er gehöret zu denen muntern Junkern, die im Kieler Umschlag den Bürgersleuten die Knöpfe von den Häusern schießen; Ihr möget glauben, er hat treffliche Pistolen! Auf der Geigen weiß er nicht so gut zu spielen; da er aber ein lustig Stücklein liebt, so hat er letzthin den Ratsmusikanten, der überm Holstentore wohnt, um Mitternacht mit seinem Degen aufgeklopfet, ihm auch nicht Zeit gelassen, sich Wams und Hosen anzuthun. Statt der Sonnen stand aber der Mond am Himmel, es war octavis trium regum und fror Pickelsteine; und hat also der Musikante, den Junker mit dem Degen hinter sich, im blanken Hemde vor ihm durch die Gassen geigen müssen! – – Wollet Ihr mehr noch wissen, Herr Johannes? – Zu Haus bei ihm freuen sich die Bauern, wenn der Herrgott sie nicht mit Töchtern gesegnet; und dennoch – – aber nach seines Vaters Tode hat er Geld, und unser Junker, Ihr wisset's wohl, hat schon vorher von seinem Erbe aufgezehrt.«

Ich wußte freilich nun genug; auch hatte der alte Dieterich schon mit seinem Spruche: »Aber ich bin nur ein höriger Mann«, seiner Rede Schluß gemacht.

– – Mit meinem Malgerät war auch meine Kleidung aus der Stadt gekommen, wo ich im Goldenen Löwen Alles abgeleget, so daß ich anitzt, wie es sich ziemete, in dunkler Tracht einherging. Die Tagesstunden aber wandte ich zunächst in meinen Nutzen. Nämlich, es befand sich oben im Herrenhause neben des seligen Herrn Gemach ein Saal, räumlich und hoch, dessen Wände fast völlig von lebensgroßen Bildern verhänget waren, so daß nur noch neben dem Kamin ein Platz zu zweien offen stund. Es waren das die Voreltern des Herrn Gerhardus, meist ernst und sicher blickende Männer und Frauen, mit einem Antlitz, dem man wohl vertrauen konnte; er selbsten in kräftigem Mannesalter und Katharinens früh verstorbene Mutter machten dann den Schluß. Die beiden letzten Bilder waren gar trefflich von unserem Landsmanne, dem Eiderstedter Georg Ovens, in seiner kräftigen Art gemalet; und ich suchte nun mit meinem Pinsel die Züge meines edlen Beschützers nachzuschaffen; zwar in verjüngtem Maßstabe und nur mir selber zum Genügen; doch hat es später zu einem größeren Bildnis mir gedienet, das noch itzt hier in meiner einsamen Kammer die teuerste Gesellschaft meines Alters ist. Das Bildnis seiner Tochter aber lebt mit mir in meinem Innern.

Oft, wenn ich die Palette hingelegt, stand ich noch lange vor den schönen Bildern. Katharinens Antlitz fand ich in dem der beiden Eltern wieder: des Vaters Stirn, der Mutter Liebreiz um die Lippen; wo aber war hier der harte Mundwinkel, das kleine Auge des Junker Wulf? – Das mußte tiefer aus der Vergangenheit heraufgekommen sein! Langsam ging ich die Reih der älteren Bildnisse entlang, bis über hundert Jahre weiter hinab. Und siehe, da hing im schwarzen, von den Würmern schon zerfressenen Holzrahmen ein Bild, vor dem ich schon als Knabe, als ob's mich hielte, stillgestanden war. Es stellte eine Edelfrau von etwa vierzig Jahren vor; die kleinen grauen Augen sahen kalt und stechend aus dem harten Antlitz, das nur zur Hälfte zwischen dem weißen Kinntuch und der Schleierhaube sichtbar wurde. Ein leiser Schauer überfuhr mich vor der so lang schon heimgegangenen Seele; und ich sprach zu mir: »Hier, diese ist's! Wie rätselhafte Wege gehet die Natur! Ein saeculum und drüber rinnt es heimlich wie unter einer Decke im Blute der Geschlechter fort; dann, längst vergessen, taucht es plötzlich wieder auf, den Lebenden zum Unheil. Nicht vor dem Sohn des edlen Gerhardus; vor dieser hier und ihres Blutes nachgeborenem Sprößling soll ich Katharinen schützen.« Und wieder trat ich vor die beiden jüngsten Bilder, an denen mein Gemüte sich erquickte.

So weilte ich derzeit in dem stillen Saale, wo um mich nur die Sonnenstäublein spielten, unter den Schatten der Gewesenen.

Katharinen sah ich nur beim Mittagstische, das alte Fräulein und den Junker Wulf zur Seiten; aber wofern Bas' Ursel nicht in ihren hohen Tönen redete, so war es stets ein stumm und betrübsam Mahl, so daß mir oft der Bissen im Munde quoll. Nicht die Trauer um den Abgeschiedenen war daß Ursach, sondern es lag zwischen Bruder und Schwester, als sei das Tischtuch durchgeschnitten zwischen ihnen. Katharina, nachdem sie fast die Speisen nicht berührt hatte, entfernte sich allzeit bald, mich kaum nur mit den Augen grüßend; der Junker aber, wenn ihm die Laune stund, suchte mich dann beim Trunke festzuhalten; hatte mich also hiegegen und, so ich nicht hinauswollte über mein gestecktes Maß, über dem wider allerort Flosculn zu wehren, welche gegen mich gespitzet wurden.

Inzwischen, nachdem der Sarg schon mehrere Tage geschlossen gewesen, geschahe die Beisetzung des Herrn Gerhardus drunten in der Kirche des Dorfes, allwo das Erbbegräbnis ist und wo itzt seine Gebeine bei denen seiner Voreltern ruhen, mit denen der Höchste ihnen dereinst eine fröhliche Urständ wolle bescheren!

Es waren aber zu solcher Trauerfestlichkeit zwar mancherlei Leute aus der Stadt und den umliegenden Gütern gekommen, von Angehörigen aber fast wenige und auch diese nur entfernte, maßen der Junker Wulf der Letzte seines Stammes war und des Herrn Gerhardus Ehgemahl nicht hiesigen Geschlechts gewesen; darum es auch geschahe, daß in der Kürze alle wieder abgezogen sind.

Der Junker drängte nun selbst, daß ich mein aufgetragen Werk begönne, wozu ich droben in dem Bildersaale an einem nach Norden zu belegenen Fenster mir schon den Platz erwählet hatte. Zwar kam Bas' Ursel, die wegen ihrer Gicht die Treppen nicht hinaufkonnte, und meinete, es möge am besten in ihrer Stuben oder im Gemach daran geschehen, so sei es uns beiderseits zur Unterhaltung; ich aber, solcher Gevatterschaft gar gern entrathend, hatte an der dortigen Westsonne einen rechten Malergrund dagegen, und konnte alles Reden ihr nicht nützen. Vielmehr war ich am andern Morgen schon dabei, die Nebenfenster des Saales zu verhängen und die hohe Staffelei zu stellen, so ich mit Hilfe Dieterichs mir selber in den letzten Tagen angefertigt.

Als ich eben den Blendrahmen mit der Leinwand darauf gelegt, öffnete sich die Tür aus Herrn Gerhardus' Zimmer, und Katharina trat herein. – Aus was für Ursach, wäre schwer zu sagen; aber ich empfand, daß wir uns diesmal fast erschrocken gegenüberstanden; aus der schwarzen Kleidung, die sie nicht abgeleget, schaute das junge Antlitz in gar süßer Verwirrung zu mir auf.

»Katharina«, sagte ich, »Ihr wisset, ich soll Euer Bildnis malen; duldet Ihr's auch gern?«

Da zog ein Schleier über ihre braunen Augensterne und sie sagte leise: »Warum doch fragt Ihr so, Johannes?«

Wie ein Tau des Glückes sank es in mein Herz. »Nein, nein, Katharina! Aber sagt, was ist, worin kann ich Euch dienen? – Setzet Euch, damit wir nicht so müßig überrascht werden, und dann sprecht! Oder vielmehr, ich weiß es schon. Ihr braucht mir's nicht zu sagen!«

Aber sie setzte sich nicht, sie trat zu mir heran. »Denket Ihr noch, Johannes, wie Ihr einst den Buhz mit Euerem Bogen niederschosset? Das tut diesmal nicht not, obschon er wieder ob dem Neste lauert; denn ich bin kein Vöglein, das sich von ihm zerreißen läßt. Aber, Johannes, – ich habe einen Blutsfreund – hilf mir wider den!«

»Ihr meinet Eueren Bruder, Katharina!«

– »Ich habe keinen andern. – – Dem Manne, den ich hasse, will er mich zum Weibe geben! Während unseres Vaters langem Siechbett habe ich den schändlichen Kampf mit ihm gestritten, und erst an seinem Sarg hab ich's ihm abgetrotzt, daß ich in Ruhe um den Vater trauern mag; aber ich weiß, auch das wird er nicht halten.«

Ich gedachte eines Stiftsfräuleins zu Preetz, Herrn Gerhardus' einzigen Geschwisters, und meinete, ob die nicht um Schutz und Zuflucht anzugehen sei.

Katharina nickte. »Wollt Ihr mein Bote sein, Johannes? – Geschrieben habe ich ihr schon, aber in Wulfs Hände kam die Antwort, und auch erfahren habe ich sie nicht, nur die ausbrechende Wut meines Bruders, die selbst das Ohr des Sterbenden erfüllet hätte, wenn es noch offen gewesen wäre für den Schall der Welt; aber der gnädige Gott hatte das geliebte Haupt schon mit dem letzten Erdenschlummer zugedecket.«

Katharina hatte sich nun doch auf meine Bitte mir gegenüber gesetzet, und ich begann die Umrisse auf die Leinewand zu zeichnen. So kamen wir zu ruhiger Beratung; und da ich, wenn die Arbeit weiter fortgeschritten, nach Hamburg mußte, um bei dem Holzschnitzer einen Rahmen zu bestellen, so stelleten wir fest, daß ich alsdann den Umweg über Preetz nähme und also meine Botschaft ausrichtete. Zunächst jedoch sei emsig an dem Werk zu fördern.

Es ist gar oft ein seltsam Widerspiel im Menschenherzen. Der Junker mußte es schon wissen, daß ich zu seiner Schwester stand; gleichwohl – hieß nun sein Stolz ihn, mich geringzuschätzen, oder glaubte er mit seiner ersten Drohung mich genug geschrecket – was ich besorget, traf nicht ein; Katharina und ich waren am ersten wie an den andern Tagen von ihm ungestöret. Einmal zwar trat er ein und schalt mit Katharinen wegen ihrer Trauerkleidung, warf aber dann die Tür hinter sich, und wir hörten ihn bald auf dem Hofe ein Reiterstücklein pfeifen. Ein ander Mal noch hatte er den von der Risch an seiner Seite. Da Katharina eine heftige Bewegung machte, bat ich sie, auf ihrem Platz zu bleiben, und malete ruhig weiter. Seit dem Begräbnistage, wo ich einen fremden Gruß mit ihm getauschet, hatte der Junker Kurt sich auf dem Hofe nicht gezeigt; nun trat er näher und beschauete das Bild und redete gar schöne Worte, meinete aber auch, weshalb das Fräulein sich so sehr vermummet und nicht vielmehr ihr seidig Haar in freien Locken auf den Nacken habe wallen lassen; wie es ein Engelländischer Poet so trefflich ausgedrücket, »rückwärts den Winden leichte Küsse werfend?« Katharina aber, die bisher geschwiegen, wies auf Herrn Gerhardus' Bild und sagte: »Ihr wisset wohl nicht mehr, daß das mein Vater war!«

Was Junker Kurt hierauf entgegnete, ist mir nicht mehr erinnerlich; meine

Person aber schien ihm ganz nicht gegenwärtig oder doch nur gleich einer Maschine, wodurch ein Bild sich auf die Leinewand malete. Von letzterem begann er über meinen Kopf hin dies und jenes noch zu reden; da aber Katharina nicht mehr Antwort gab, so nahm er alsbald seinen Urlaub, der Dame angenehme Kurzweil wünschend.

Bei diesem Wort jedennoch sah ich aus seinen Augen einen raschen Blick gleich einer Messerspitzen nach mir zücken.

-- Wir hatten nun weitere Störnis nicht zu leiden, und mit der Jahreszeit rückte auch die Arbeit vor. Schon stund auf den Waldkoppeln draußen der Roggen in silbergrauem Blust und unten im Garten brachen schon die Rosen auf; wir beide aber – ich mag es heut wohl niederschreiben – wir hätten itzund die Zeit gern stillestehen lassen; an meine Botenreise wagten, auch nur mit einem Wörtlein, weder sie noch ich zu rühren. Was wir gesprochen, wüßte ich kaum zu sagen; nur daß ich von meinem Leben in der Fremde ihr erzählte und wie ich immer heimgedacht; auch daß ihr güldner Pfennig mich in Krankheit einst vor Not bewahrt, wie sie in ihrem Kinderherzen es damals fürgesorget, und wie ich später dann gestrebt und mich geängstet, bis ich das Kleinod aus dem Leihhaus mir zurückgewonnen hatte. Dann lächelte sie glücklich; und dabei blühete aus dem dunkeln Grund des Bildes immer süßer das holde Antlitz auf; mir schien's, als sei es kaum mein eigenes Werk. – Mitunter war's, als schaue mich etwas heiß aus ihren Augen an; doch wollte ich es dann fassen, so floh es scheu zurück; und dennoch floß es durch den Pinsel heimlich auf die Leinewand, so daß mir selber kaum bewußt ein sinnberückend Bild entstand, wie nie zuvor und nie nachher ein solches aus meiner Hand gegangen ist. -- Und endlich war's doch an der Zeit und festgesetzt, am andern Morgen sollte ich meine Reise antreten.

Als Katharina mir den Brief an ihre Base eingehändigt, saß sie noch einmal mir gegenüber. Es wurde heute mit Worten nicht gespielet; wir sprachen ernst und sorgenvoll mitsammen; indessen setzete ich noch hie und da den Pinsel an, mitunter meine Blicke auf die schweigende Gesellschaft an den Wänden werfend, deren ich in Katharinens Gegenwart sonst kaum gedacht hatte.

Da, unter dem Malen, fiel mein Auge auch auf jenes alte Frauenbildnis, das mir zur Seite hing und aus den weißen Schleiertüchern die stechend grauen Augen auf mich gerichtet hielt. Mich fröstelte, ich hätte nahezu den Stuhl verrücket.

Aber Katharinens süße Stimme drang mir in das Ohr: »Ihr seid ja fast erbleichet; was flog Euch übers Herz, Johannes?«

Ich zeigte mit dem Pinsel auf das Bild. »Kennet Ihr die, Katharina? Diese Augen haben hier all die Tage auf uns hingesehen?«

»Die da? – Vor der hab ich schon als Kind eine Furcht gehabt, und gar bei Tage bin ich oft wie blind hier durchgelaufen. Es ist die Gemahlin eines früheren Gerhardus; vor weit über hundert Jahren hat sie hier gehauset.«

»Sie gleicht nicht Euerer schönen Mutter«, entgegnete ich; »dies Antlitz hat wohl vermocht, einer jeden Bitte nein zu sagen.«

Katharina sah gar ernst zu mir herüber. »So heißt's auch«, sagte sie; »sie soll ihr einzig Kind verfluchet haben; am andern Morgen aber hat man das blasse Fräulein aus einem Gartenteich gezogen, der nachmals zugedämmet ist. Hinter den Hecken, dem Walde zu, soll es gewesen sein.«

»Ich weiß, Katharina; es wachsen heut noch Schachtelhalm und Binsen aus dem Boden.«

»Wisset Ihr denn auch, Johannes, daß eine unseres Geschlechtes sich noch immer zeigen soll, sobald dem Hause Unheil droht? Man sieht sie erst hier an den Fenstern gleiten, dann draußen in dem Gartensumpf verschwinden.«

Ohnwillens wandten meine Augen sich wieder auf die unbeweglichen des Bildes. »Und weshalb«, fragte ich, »verfluchete sie ihr Kind?«

»Weshalb?« – Katharina zögerte ein Weilchen und blickte mich fast verwirret an mit allem ihrem Liebreiz. »Ich glaub, sie wollte den Vetter ihrer Mutter nicht zum Ehgemahl.«

»War es denn ein gar so übler Mann?«

Ein Blick fast wie ein Flehen flog zu mir herüber, und tiefes Rosenrot bedeckete ihr Antlitz. »Ich weiß nicht«, sagte sie beklommen; und leiser, daß ich's kaum vernehmen mochte, setzte sie hinzu: »Es heißt, sie hab einen andern liebgehabt; der war nicht ihres Standes.«

Ich hatte den Pinsel sinken lassen; denn sie saß vor mir mit gesenkten Blicken; wenn nicht die kleine Hand sich leis aus ihrem Schoße auf ihr Herz geleget, so wäre sie selber wie ein leblos Bild gewesen.

So hold es war, ich sprach doch endlich: »So kann ich ja nicht malen; wollet Ihr mich nicht ansehen, Katharina?«

Und als sie nun die Wimpern von den braunen Augensternen hob, da war kein Hehlens mehr; heiß und offen ging der Strahl zu meinem Herzen. »Katharina!« Ich war aufgesprungen. »Hätte jene Frau auch dich verflucht?«

Sie atmete tief auf. »Auch mich, Johannes!« – Da lag ihr Haupt an meiner Brust, und fest umschlossen standen wir vor dem Bild der Ahnfrau, die kalt und feindlich auf uns niederschauete.

Aber Katharina zog mich leise fort. »Laß uns nicht trotzen, mein Johannes!« sagte sie. – Mit Selbigem hörte ich im Treppenhause ein Geräusch, und war es, als wenn etwas mit dreien Beinen sich mühselig die Stiegen heraufarbeitete. Als Katharina und ich uns deshalb wieder an unsern Platz gesetzet und ich Pinsel und Palette zur Hand genommen hatte, öffnete sich die Tür, und Bas' Ursel, die wir wohl zuletzt erwartet hätten, kam an ihrem Stock hereingehustet. »Ich höre«, sagte sie, »Er will nach Hamburg, um den Rahmen zu besorgen: da muß ich mir nachgerade doch Sein Werk besehen!«

Es ist wohl männiglich bekannt, daß alte Jungfrauen in Liebessachen die allerfeinsten Sinne haben und so der jungen Welt gar oft Bedrang und Trübsal bringen. Als Bas' Ursel auf Katharinens Bild, das sie bislang noch nicht gesehen, kaum einen Blick geworfen hatte, zuckte sie gar stolz empor mit ihrem runzeligen Angesicht und frug mich allsogleich: »Hat denn das Fräulein Ihn so angesehen, als wie sie da im Bilde sitzet?«

Ich entgegnete, es sei ja eben die Kunst der edlen Malerei, nicht bloß die Abschrift des Gesichts zu geben. Aber schon mußte an unsern Augen oder Wangen ihr Sonderliches aufgefallen sein, denn ihre Blicke gingen spähend hin und wider: »Die Arbeit ist wohl bald am Ende?« sagte sie dann mit ihrer höchsten Stimme. »Deine Augen haben kranken Glanz, Katharina; das lange Sitzen hat dir nicht wohl gedienet.«

Ich entgegnete, das Bild sei bald vollendet, nur an dem Gewande sei noch hie und da zu schaffen.

»Nun, da braucht Er wohl des Fräuleins Gegenwart nicht mehr dazu! – Komm, Katharina, dein Arm ist besser als der dumme Stecken hier!«

Und so mußte ich von der dürren Alten meines Herzens holdselig Kleinod mir entführen sehen, da ich es eben mir gewonnen glaubte; kaum daß die braunen Augen mir noch einen stummen Abschied senden konnten.

Am andern Morgen, am Montage vor Johannis, trat ich meine Reise an. Auf einem Gaule, den Dieterich mir besorget, trabte ich in der Frühe aus dem Torweg; als ich durch die Tannen ritt, brach einer von des Junkers Hunden herfür und fuhr meinem Tiere nach den Flechsen, wann schon selbiges aus ihrem eigenen Stalle war; aber der oben im Sattel saß, schien ihnen allzeit noch verdächtig. Kamen gleichwohl ohne Blessur davon, ich und der Gaul, und langeten abends bei guter Zeit in Hamburg an.

Am andern Vormittage machte ich mich auf und befand auch bald einen Schnitzer, so der Bilderleisten viele fertig hatte, daß man sie nur zusammenzustellen und in den Ecken die Zieraten darauf zu thun brauchte. Wurden also handelseinig, und versprach der Meister, mir das alles wohlverpackt nachzusenden.

Nun war zwar in der berühmten Stadt vor einen Neubegierigen gar vieles zu beschauen; so in der Schiffergesellschaft des Seeräubern Störtebeker silberner Becher, welcher das zweite Wahrzeichen der Stadt genennet wird, und ohne den gesehen zu haben, wie es in einem Buche heißt, niemand sagen dürfe, daß er in Hamburg sei gewesen; sodann auch der Wunderfisch mit eines Adlers richtigen Krallen und Fluchten, so eben um diese Zeit in der Elbe war gefangen worden und den die Hamburger, wie ich nachmalen hörete, auf einen Seesieg wider die türkischen Piraten deuteten; allein, obschon ein rechter Reisender solcherlei Seltsamkeiten nicht vorbeigehen soll, so war doch mein Gemüte, beides, von Sorge und von Herzenssehnen, allzusehr beschweret. Derohalben, nachdem ich bei einem Kaufherrn noch meinen Wechsel umgesetzet und in meiner Nachtherbergen Richtigkeit getroffen hatte, bestieg ich um Mittage wieder meinen Gaul und hatte allsobald allen Lärmen des großen Hamburg hinter mir.

Am Nachmittage danach langete ich in Preetz an, meldete mich im Stifte bei der hochwürdigen Dame und wurde auch alsbald vorgelassen. Ich erkannte in ihrer stattlichen Person allsogleich die Schwester meines teueren seligen Herrn Gerhardus; nur, wie es sich an unverehelichten Frauen oftmals zeiget, waren die Züge des Antlitzes gleichwohl strenger als die des Bruders. Ich hatte, selbst nachdem ich Katharinens Schreiben überreichet, ein lang und hart Examen zu bestehen; dann aber verhieß sie ihren Beistand und setzete sich zu ihrem Schreibgeräte, indes die Magd mich in ein ander Zimmer führen mußte, allwo man mich gar wohl bewirtete.

Es war schon spät am Nachmittage, da ich wieder fortritt; doch rechnete ich, obschon mein Gaul die vielen Meilen hinter uns bereits verspürete, noch gegen Mitternacht beim alten Dieterich anzuklopfen. – Das Schreiben, das die alte Dame mir für Katharinen mitgegeben, trug ich wohl verwahret in einem Ledertäschlein unterm Wamse auf der Brust. So ritt ich fürbaß in die aufsteigende Dämmerung hinein; gar bald an sie, die eine, nur gedenkend und immer wieder mein Herz mit neuen lieblichen Gedanken schreckend.

Es war aber eine lauwarme Juninacht; von den dunkelen Feldern erhub sich der Ruch der Wiesenblumen, aus den Knicken duftete das Geißblatt; in Luft und Laub schwebete ungesehen das kleine Nachtgeziefer oder flog auch wohl surrend meinem schnaubenden Gaule an die Nüstern; droben aber an der blauschwarzen ungeheueren Himmelsglocke über mir strahlte im Südost das Sternenbild des Schwanes in seiner unberührten Herrlichkeit.

Da ich endlich wieder auf Herrn Gerhardus' Grund und Boden war, resolvirte ich mich sofort, noch nach dem Dorfe hinüberzureiten, welches seitwärts von der Fahrstraßen hinterm Wald belegen ist. Denn ich gedachte, daß der Krüger Hans Ottsen einen paßlichen Handwagen habe; mit dem solle er morgen einen Boten in die Stadt schicken, um die Hamburger Kiste für mich abzuholen; ich aber wollte nur an sein Kammerfenster klopfen, um ihm solches zu bestellen.

Also ritte ich am Waldesrande hin, die Augen fast verwirret von den grünlichen Johannisfünkchen, die mit ihren spielerischen Lichtern mich hier umflogen. Und schon ragete groß und finster die Kirche vor mir auf, in deren Mauern Herr Gerhardus bei den Seinen ruhte; ich hörte, wie im Turm soeben der Hammer ausholete, und von den Glocken scholl die Mitternacht ins Dorf hinunter. »Aber sie schlafen alle«, sprach ich bei mir selber, »die Toten in den Kirchen oder unter dem hohen Sternenhimmel hieneben auf dem Kirchhof, die Lebenden noch unter den niedern Dächern, die dort stumm und dunkel vor dir liegen.« So ritt ich weiter. Als ich jedoch an den Teich kam, von wo aus man Hans Ottsens Krug gewahren kann, sahe ich von dorten einen dunstigen Lichtschein auf den Weg hinausbrechen, und Fiedeln und Klarinetten schalleten mir entgegen.

Da ich gleichwohl mit dem Wirte reden wollte, so ritt ich herzu und brachte meinen Gaul im Stalle unter. Als ich danach auf die Tenne trat, war es gedrang voll von Menschen, Männern und Weibern, und ein Geschrei und wüst Getreibe, wie ich solches, auch beim Tanz, in früheren Jahren nicht vermerket. Der Schein der Unschlittkerzen, so unter einem Balken auf einem Kreuzholz schwebten, hob manch bärtig und verhauen Antlitz aus dem Dunkel, dem man lieber nicht allein im Wald begegnet wäre. – Aber nicht nur Strolche und Bauernbursche schienen hier sich zu vergnügen; bei den Musikanten, die drüben vor der Döns auf ihren Tonnen saßen, stund der Junker von der Risch; er hatte seinen Mantel über dem einen Arm, an dem andern hing ihm eine derbe Dirne. Aber das Stücklein schien ihm nicht zu gefallen; denn er riß dem Fiedler seine Geigen aus den Händen, warf eine Handvoll Münzen auf seine Tonne und verlangte, daß sie ihm den neumodischen Zweitritt aufspielen sollten. Als dann die Musikanten ihm gar rasch gehorchten und wie toll die neue Weise klingen ließen, schrie er nach Platz und schwang sich in den dichten Haufen; und die Bauernburschen glotzten drauf hin, wie ihm die Dirne im Arme lag, gleich einer Tauben vor dem Geier.

Ich aber wandte mich ab und trat hinten in die Stube, um mit dem Wirt zu reden. Da saß der Junker Wulf beim Kruge Wein und hatte den alten Ottsen neben sich, welchen er mit allerhand Späßen in Bedrängnis brachte; so drohete er, ihm seinen Zins zu steigern, und schüttelte sich vor Lachen, wenn der geängstete Mann gar jämmerlich um Gnad und Nachsicht supplicierte. – Da er mich gewahr worden, ließ er nicht ab, bis ich selbdritt mich an den Tisch gesetzet; frug nach meiner Reise und ob ich in Hamburg mich auch wohl vergnüget; ich aber antwortete nur, ich käme eben von dort zurück, und werde der Rahmen in Kürze in der Stadt eintreffen, von wo Hans Ottsen ihn mit seinem Handwäglein leichtlich möge holen lassen.

Indes ich mit letzterem solches nun verhandelte, kam auch der von der Risch hereingestürmet und schrie dem Wirte zu, ihm einen kühlen Trunk zu schaffen. Der Junker Wulf aber, dem bereits die Zunge schwer im Munde wühlete, faßte ihn am Arm und riß ihn auf den leeren Stuhl hernieder.

»Nun, Kurt!« rief er. »Bist du noch nicht satt von deinen Dirnen! Was soll die Katharina dazu sagen? Komm, machen wir alamode ein ehrbar hazard mitsammen!« Dabei hatte er ein Kartenspiel unterm Wams hervorgezogen. »Allons donc! – Dix et dame! – Dame et valet!«

Ich stand noch und sah dem Spiele zu, so dermalen eben Mode worden; nur wünschend, daß die Nacht vergehen und der Morgen kommen möchte. – Der Trunkene schien aber dieses Mal des Nüchternen Übermann; dem von der Risch schlug nacheinander jede Karte fehl.

»Tröste dich, Kurt!« sagte der Junker Wulf, indes er schmunzelnd die Speciestaler auf einen Haufen scharrte:

Glück in der Lieb
Und Glück im Spiel,
Bedenk, für einen
Ist's zu viel!

Laß den Maler dir hier von deiner schönen Braut erzählen! Der weiß sie auswendig; da kriegst du's nach der Kunst zu wissen.«

Dem andern, wie mir am besten kund war, mochte aber noch nicht viel von Liebesglück bewußt sein; denn er schlug fluchend auf den Tisch und sah gar grimmig auf mich her.

»Ei, du bist eifersüchtig, Kurt«, sagte der Junker Wulf vergnüglich, als ob er jedes Wort auf seiner schweren Zunge schmeckete; »aber getröste dich, der Rahmen ist schon fertig zu dem Bilde; dein Freund der Maler, kommt eben erst von Hamburg.«

Bei diesem Worte sahe ich den von der Risch aufzucken gleich einem Spürhund bei der Witterung. »Von Hamburg heut? – So muß er Fausti Mantel sich bedienet haben; denn mein Reitknecht sah ihn heut zu Mittag noch in Preetz! Im Stift, bei deiner Base ist er auf Besuch gewesen.«

Meine Hand fuhr unversehens nach der Brust, wo ich das Täschlein mit dem Brief verwahret hatte; denn die trunkenen Augen des Junkers Wulf lagen auf mir; und war mir's nicht anders, als sähe er damit mein ganz Geheimnis offen vor sich liegen. Es währete auch nicht lange, so flogen die Karten klatschend auf den Tisch. »Oho!« schrie er. »Im Stift, bei meiner Base! Du treibst wohl gar doppelt Handwerk, Bursch! Wer hat dich auf den Botengang geschickt?«

»Ihr nicht, Junker Wulf!« entgegnet ich; »und das muß Euch genug sein!« – Ich wollt nach meinem Degen greifen, aber er war nicht da; fiel mir auch bei nun, daß ich ihn an den Sattelknopf gehänget, da ich vorhin den Gaul zum Stalle brachte.

Und schon schrie der Junker wieder zu seinem jüngeren Kumpan: »Reiß ihm das Wams auf, Kurt! Es gilt den blanken Haufen hier, du findest eine saubere Briefschaft, die du ungern möchtst bestellet sehen!«

Im selbigen Augenblick fühlte ich auch schon die Hände des von der Risch an meinem Leibe, und ein wütend Ringen zwischen uns begann. Ich fühlte wohl, daß ich so leicht, wie in der Bubenzeit, ihm nicht mehr über würde; da aber fügete es sich zu meinem Glücke, daß ich ihm beide Handgelenke packte und er also wie gefesselt vor mir stund. Es hatte keiner von uns ein Wort dabei verlauten lassen; als wir uns aber itzund in die Augen sahen, da wußte jeder wohl, daß er's mit seinem Todfeind vor sich habe.

Solches schien auch der Junker Wulf zu meinen; er strebte von seinem Stuhl empor, als wolle er dem von der Risch zu Hilfe kommen; mochte aber zu viel des Weins genossen haben, denn er taumelte auf seinen Platz zurück. Da schrie er, so laut seine lallende Zung es noch vermochte: »He, Tartar! Türk! Wo steckt ihr! Tartar, Türk!« Und ich wußte nun, daß die zwo grimmen Köter, so ich vorhin auf der Tenne an dem Ausschank hatte lungern sehen, mir an die nackte Kehle springen sollten. Schon hörete ich sie durch das Getümmel der Tanzenden daher schnaufen, da riß ich mit einem Rucke jählings meinen Feind zu Boden, sprang dann durch eine Seitenthür aus dem Zimmer, die ich schmetternd hinter mir zuwarf, und gewann also das Freie.

Und um mich her war plötzlich wieder die stille Nacht und Mond- und Sternenschimmer. In den Stall zu meinem Gaul wagte ich nicht erst zu gehen, sondern sprang flugs über einen Wall und lief über das Feld dem Walde zu. Da ich ihn bald erreichet, suchte ich die Richtung nach dem Herrenhofe einzuhalten; denn es zieht sich die Holzung bis hart zur Gartenmauer. Zwar war die Helle der Himmelslichter hier durch das Laub der Bäume ausgeschlossen; aber meine Augen wurden der Dunkelheit gar bald gewohnt, und da ich das Täschlein sicher unter meinem Wamse fühlte, so tappte ich rüstig vorwärts; denn ich gedachte den Rest der Nacht noch einmal in meiner Kammer auszuruhen, dann aber mit dem alten Dieterich zu berathen, was allfort geschehen solle; maßen ich wohl sahe, daß meines Bleibens hier nicht fürder sei.

Bisweilen stund ich auch und horchte; aber ich mochte bei meinem Abgang wohl die Tür ins Schloß geworfen und so einen guten Vorsprung mir gewonnen haben: von den Hunden war kein Laut vernehmbar. Wohl aber, da ich eben aus dem Schatten auf eine vom Mond erhellete Lichtung trat, hörete ich nicht gar fern die Nachtigallen schlagen; und von wo ich ihren Schall hörte, dahin richtete ich meine Schritte; denn mir war wohl bewußt, sie hatten hier herum nur in den Hecken des Herrengartens ihre Nester; erkannte nun auch, wo ich mich befand, und daß ich bis zum Hofe nicht gar weit mehr hatte.

Ging also dem lieblichen Schallen nach, das immer heller vor mir aus dem Dunkel drang. Da plötzlich schlug was anderes an mein Ohr, das jählings näher kam und mir das Blut erstarren machte. Nicht zweifeln konnt ich mehr, die Hunde brachen durch das Unterholz; sie hielten fest auf meiner Spur, und schon hörete ich deutlich hinter mir ihr Schnaufen und ihre gewaltigen Sätze in dem dürren Laub des Waldbodens. Aber Gott gab mir seinen gnädigen Schutz; aus dem Schatten der Bäume stürzte ich gegen die Gartenmauer und an eines Fliederbaums Geäste schwang ich mich hinüber. – Da sangen hier im Garten immer noch die Nachtigallen; die Buchenhecken warfen tiefe Schatten. In solcher Mondnacht war ich einst vor meiner Ausfahrt in die Welt mit Herrn Gerhardus hier gewandelt. »Sieh dir's noch einmal an, Johannes!« hatte dermalen er gesprochen; »es könnt geschehen, daß du bei deiner Heimkehr mich nicht daheim mehr fändest, und daß alsdann ein Willkomm nicht für dich am Tor geschrieben stünde; – ich aber möcht nicht, daß du diese Stätte hier vergäßest.«

Das flog mir itzund durch den Sinn, und ich mußte bitter lachen; denn nun war ich hier als ein gehetzet Wild; und schon hörete ich die Hunde des Junker Wulf gar grimmig draußen an der Gartenmauer rennen. Selbige aber war, wie ich noch tags zuvor gesehen, nicht überall so hoch, daß nicht das wütige Getier hinüber konnte; und rings im Garten war kein Baum, nichts als die dichten Hecken und drüben gegen das Haus die Blumenbeete des seligen Herrn. Da, als eben das Bellen der Hunde wie ein Triumphgeheule innerhalb der Gartenmauer scholl, ersahe ich in meiner Not den alten Epheubaum, der sich mit starkem Stamme an dem Turm hinaufreckt; und da dann die Hunde aus den Hecken auf den mondhellen Platz hinausraseten, war ich schon hoch genug, daß sie mit ihrem Anspringen mich nicht mehr erreichen konnten; nur meinen Mantel, so von der Schulter geglitten, hatten sie mit ihren Zähnen mir herabgerissen.

Ich aber, also angeklammert und fürchtend, es werde das nach oben schwächere Geäste mich auf die Dauer nicht ertragen, blickte suchend um mich, ob ich nicht irgend besseren Halt gewinnen möchte; aber es war nichts zu sehen als die dunklen Epheublätter um mich her. – Da, in solcher Not, hörete ich ober mir ein Fenster öffnen, und eine Stimme scholl zu mir herab – möcht ich sie wieder hören, wenn du, mein Gott, mich bald nun rufen läßt aus diesem Erdental! – »Johannes!« rief sie; leis doch deutlich hörete ich meinen Namen, und ich kletterte höher an dem immer schwächeren Gezweige, indes die schlafenden Vögel um mich auffuhren und die Hunde von unten ein Geheul heraufstießen. – »Katharina! Bist du es wirklich, Katharina?«

Aber schon kam ein zitternd Händlein zu mir herab und zog mich gegen das offene Fenster; und ich sah in ihre Augen, die voll Entsetzen in die Tiefe starrten.

»Komm!« sagte sie. »Sie werden dich zerreißen.« Da schwang ich mich in ihre Kammer. – Doch als ich drinnen war, ließ mich das Händlein los, und Katharina sank auf einen Sessel, so am Fenster stund, und hatte ihre Augen dicht geschlossen. Die dicken Flechten ihres Haares lagen über dem weißen Nachtgewand bis in den Schoß hinab; der Mond, der draußen die Gartenhecken überstiegen hatte, schien voll herein und zeigete mir alles. Ich stund wie fest gezaubert vor ihr; so lieblich fremde und doch so ganz mein eigen schien sie mir; nur meine Augen tranken sich satt an all der Schönheit. Erst als ein Seufzen ihre Brust erhob, sprach ich zu ihr: »Katharina, liebe Katharina, träumet Ihr denn?«

Da flog ein schmerzlich Lächeln über ihr Gesicht: »Ich glaub wohl fast, Johannes! – Das Leben ist so hart; der Traum ist süß!«

Als aber von unten aus dem Garten das Geheul aufs neu heraufkam, fuhr sie erschreckt empor. »Die Hunde, Johannes!« rief sie. »Was ist das mit den Hunden?«

»Katharina«, sagte ich, »wenn ich Euch dienen soll, so glaub ich, es muß bald geschehen; denn es fehlt viel, daß ich noch einmal durch die Tür in dieses Haus gelangen sollte.« Dabei hatte ich den Brief aus meinem Täschlein hervorgezogen und erzählete auch, wie ich im Kruge drunten mit den Junkern sei in Streit gerathen.

Sie hielt das Schreiben in den hellen Mondenschein und las; dann schaute sie mich voll und herzlich an, und wir beredeten, wie wir uns morgen in dem Tannenwalde treffen wollten; denn Katharina sollte noch zuvor erkunden, auf welchen Tag des Junker Wulfen Abreise zum Kieler Johannismarkte festgesetzet sei.

»Und nun, Katharina«, sprach ich, »habt Ihr nicht etwas, das einer Waffe gleichsieht, ein eisern Ellenmaß oder so dergleichen, damit ich der beiden Tiere drunten mich erwehren könne?«

Sie aber schrak jäh wie aus einem Traum empor: »Was sprichst du, Johannes!« rief sie; und ihre Hände, so bislang in ihrem Schoße geruhet, griffen nach den meinen. »Nein, nicht fort, nicht fort! Da drunten ist der Tod; und gehst du, so ist auch hier der Tod!«

Da war ich vor ihr hingekniet und lag an ihrer jungen Brust, und wir umfingen uns in großer Herzensnot. »Ach, Käthe«, sprach ich, »was vermag die arme Liebe denn! Wenn auch dein Bruder Wulf nicht wäre; ich bin kein Edelmann und darf nicht um dich werben.«

Sehr süß und sorglich schauete sie mich an; dann aber kam es wie Schelmerei aus ihrem Munde: »Kein Edelmann, Johannes? – Ich dächte, du seiest auch das! Aber – ach nein! Dein Vater war nur der Freund des meinen – das gilt der Welt wohl nicht!«

»Nein, Käthe; nicht das, und sicherlich nicht hier«, entgegnete ich und umfaßte fester ihren jungfräulichen Leib; »aber drüben in Holland, dort gilt ein tüchtiger Maler wohl einen deutschen Edelmann; die Schwelle von Mynheer van Dycks Palaste zu Amsterdam ist wohl dem Höchsten ehrenvoll zu überschreiten. Man hat mich drüben halten wollen, mein Meister van der Helst und andre! Wenn ich dorthin zurückginge, ein Jahr noch oder zwei; dann – wir kommen dann schon von hier fort; bleib mir nur feste gegen euere wüsten Junker!«

Katharinens weiße Hände strichen über meine Locken; sie herzete mich und sagte leise: »Da ich in meine Kammer dich gelassen, so werd ich doch dein Weib auch werden müssen.«

– – Ihr ahnete wohl nicht, welch einen Feuerstrom dies Wort in meine Adern goß, darin ohnedies das Blut in heißen Pulsen ging. – Von dreien furchtbaren Dämonen, von Zorn und Todesangst und Liebe ein verfolgter Mann, lag nun mein Haupt in des vielgeliebten Weibes Schoß.

Da schrillte ein geller Pfiff; die Hunde drunten wurden jähling stille, und da es noch einmal gellte, hörete ich sie wie toll und wild von dannen rennen.

Vom Hofe her wurden Schritte laut; wir horchten auf, daß uns der Atem stille stund. Bald aber wurde dorten eine Tür erst auf-, dann zugeschlagen und dann ein Riegel vorgeschoben. »Das ist Wulf«, sagte Katharina leise; »er hat die beiden Hunde in den Stall gesperrt.« – Bald hörten wir auch unter uns die Tür des Hausflurs gehen, den Schlüssel drehen und danach Schritte in dem untern

Korridor, die sich verloren, wo der Junker seine Kammer hatte. Dann wurde alles still.

Es war nun endlich sicher, ganz sicher; aber mit unserem Plaudern war es mit einem Male schier zu Ende. Katharina hatte den Kopf zurückgelehnt; nur unser beider Herzen hörete ich klopfen. – »Soll ich nun gehen, Katharina?« sprach ich endlich.

Aber die jungen Arme zogen mich stumm zu ihrem Mund empor; und ich ging nicht.

Kein Laut war mehr als aus des Gartens Tiefe das Schlagen der Nachtigallen und von fern das Rauschen des Wässerleins, das hinten um die Hecken fließt. – –

Wenn, wie es in den Liedern heißt, mitunter noch in Nächten die schöne heidnische Frau Venus aufersteht und umgeht, um die armen Menschenherzen zu verwirren, so war es dazumalen eine solche Nacht. Der Mondschein war am Himmel ausgetan, ein schwüler Ruch von Blumen hauchte durch das Fenster und dorten überm Walde spielete die Nacht in stummen Blitzen. – O Hüter, Hüter, war dein Ruf so fern?

– – Wohl weiß ich noch, daß vom Hofe her plötzlich scharf die Hähne krähten, und daß ich ein blaß und weinend Weib in meinen Armen hielt, die mich nicht lassen wollte, unachtend, daß überm Garten der Morgen dämmerte und roten Schein in unsre Kammer warf. Dann aber, da sie des inne wurde, trieb sie, wie von Todesangst geschreckt, mich fort.

Noch einen Kuß, noch hundert; ein flüchtig Wort noch: wann für das Gesind zu Mittage geläutet würde, dann wollten wir im Tannenwald uns treffen; und dann – ich wußte selber kaum, wie mir's geschehen – stund ich im Garten, unten in der kühlen Morgenluft.

Noch einmal, indem ich meinen von den Hunden zerfetzten Mantel aufhob, schaute ich empor und sah ein blasses Händlein mir zum Abschied winken. Nahezu erschrocken aber wurd ich, da meine Augen bei einem Rückblick aus dem Gartensteig von ungefähr die unteren Fenster neben dem Turme streiften; denn mir war, als sähe hinter einem derselbigen ich gleichfalls eine Hand; aber sie drohete nach mir mit aufgehobenem Finger und schien mir farblos und knöchern gleich der Hand des Todes. Doch war's nur wie im Husch, daß solches über meine Augen ging; dachte zwar erstlich des Märleins von der wiedergehenden Urahne; redete mir dann aber ein, es seien nur meine eigenen aufgestörten Sinne, die solch Spiel mir vorgegaukelt hätten.

So, des nicht weiter achtend, schritt ich eilends durch den Garten, merkete aber bald, daß in der Hast ich auf den Binsensumpf geraten; sank auch der Fuß bis übers Änkel ein, gleichsam als ob ihn was hinunterziehen wollte. »Ei«, dachte ich, »faßt das Hausgespenste doch nach dir!« Machte mich aber auf und sprang über die Mauer in den Wald hinab.

Die Finsternis der dichten Bäume sagte meinem träumenden Gemüte zu; hier um mich her war noch die selige Nacht, von welcher meine Sinne sich nicht lösen mochten. – Erst da ich nach geraumer Zeit vom Waldesrande in das offene Feld hinaustrat, wurd ich völlig wach. Ein Häuflein Rehe stund nicht fern im silbergrauen Tau, und über mir vom Himmel scholl das Tageslied der Lerche. Da schüttelte ich all müßig Träumen von mir ab; im selbigen Augenblick stieg aber auch wie heiße Not die Frage mir ins Hirn: »Was weiter nun, Johannes? Du hast ein teures Leben an dich rissen; nun wisse, daß dein Leben nichts gilt als nur das ihre!«

Doch was ich sinnen mochte, es deuchte mir allfort das beste, wenn Katharina im Stifte sichern Unterschlupf gefunden, daß ich dann zurück nach Holland ginge, mich dort der Freundeshilf versicherte und allsobald zurückkäm, um sie nachzuholen. Vielleicht, daß sie gar der alten Base Herz erweichet'; und schlimmsten Falles – es mußt auch gehen ohne das!

Schon sahe ich uns auf einem fröhlichen Barkschiff die Wellen des grünen Zuidersees befahren, schon hörete ich das Glockenspiel vom Rathhausturme Amsterdams und sah am Hafen meine Freunde aus dem Gewühl hervorbrechen und mich und meine schöne Frau mit hellem Zuruf grüßen und im Triumph nach unserem kleinen, aber trauten Heim geleiten. Mein Herz war voll von Muth und Hoffnung; und kräftiger und rascher schritt ich aus, als könnte ich bälder so das Glück erreichen.

– Es ist doch anders kommen.

In meinen Gedanken war ich allmählich in das Dorf hinabgelanget und trat hier in Hans Ottsens Krug, von wo ich in der Nacht so jählings hatte flüchten müssen. – »Ei, Meister Johannes«, rief der Alte auf der Tenne mir entgegen; »was hattet Ihr doch gestern mit unseren gestrengen Junkern? Ich war just draußen bei dem Ausschank; aber da ich wieder eintrat, flucheten sie schier grausam gegen Euch; und auch die Hunde raseten an der Thür, die Ihr hinter Euch ins Schloß geworfen hattet.«

Da ich aus solchen Worten abnahm, daß der Alte den Handel nicht wohl begriffen habe, so entgegnete ich nur: »Ihr wisset, der von der Risch und ich, wir haben uns schon als Jungen oft einmal gezauset; da mußt's denn gestern noch so einen Nachschmack geben.«

»Ich weiß, ich weiß!« meinete der Alte; »aber der Junker sitzt heut auf seines Vaters Hof; Ihr solltet Euch hüten, Herr Johannes; mit solchen Herren ist nicht sauber Kirschen essen.«

Dem zu widersprechen, hatte ich nicht Ursach, sondern ließ mir Brot und Frühtrunk geben und ging dann in den Stall, wo ich mir meinen Degen holete, auch Stift und Skizzenbüchlein aus dem Ranzen nahm.

Aber es war noch lange bis zum Mittagläuten. Also bat ich Hans Ottsen, daß er den Gaul mit seinem Jungen mög zum Hofe bringen lassen, und als er mir solches zugesaget, schritt ich wieder hinaus zum Wald. Ich ging aber bis zu der Stelle auf dem Heidenhügel, von wo man die beiden Giebel des Herrenhauses über die Gartenhecken ragen sieht, wie ich solches schon für den Hintergrund zu Katharinens Bildnis ausgewählet hatte. Nun gedachte ich, daß, wann in zu verhoffender Zeit sie selber in der Fremde leben und wohl das Vaterhaus nicht mehr betreten würde, sie seines Anblicks doch nicht ganz entraten solle; zog also meinen Stift herfür und begann zu zeichnen, gar sorgsam jedes Winkelchen, woran ihr Auge einmal mocht gehaftet haben. Als farbig Schilderei sollt es dann in Amsterdam gefertigt werden, damit es ihr sofort entgegengrüße, wann ich sie dort in unsre Kammer führen würde.

Nach ein paar Stunden war die Zeichnung fertig. Ich ließ noch wie zum Gruß ein zwitschernd Vögelein darüber fliegen; dann suchte ich die Lichtung auf, wo wir uns finden wollten, und streckte mich nebenan im Schatten einer dichten Buche; sehnlich verlangend, daß die Zeit vergehe.

Ich mußte gleichwohl darob eingeschlummert sein; denn ich erwachte von einem fernen Schall und wurd des inne, daß es das Mittagläuten von dem Hofe sei. Die Sonne glühte schon heiß hernieder und verbreitete den Ruch der Himbeeren, womit die Lichtung überdeckt war. Es fiel mir bei, wie einst Katharina und ich uns hier bei unseren Waldgängen süße Wegzehrung geholet hatten; und nun begann ein seltsam Spiel der Phantasie: bald sahe ich drüben zwischen den Sträuchern ihre zarte Kindsgestalt, bald stund sie vor mir, mich anschauend mit den seligen Frauenaugen, wie ich sie letztlich erst gesehen, wie ich sie nun gleich, im nächsten Augenblicke, schon leibhaftig an mein klopfend Herz schließen würde.

Da plötzlich überfiel mich's wie ein Schrecken. Wo blieb sie denn? Es war schon lang, daß es geläutet hatte. Ich war aufgesprungen, ich ging umher, ich stund und spähete scharf nach aller Richtung durch die Bäume; die Angst kroch mir zum Herzen; aber Katharina kam nicht; kein Schritt im Laube raschelte; nur oben in den Buchenwipfeln rauschte ab und zu der Sommerwind.

Böser Ahnung voll ging ich endlich fort und nahm einen Umweg nach dem Hofe zu. Da ich unweit dem Tore zwischen die Eichen kam, begegnete mir Dieterich. »Herr Johannes«, sagte er und trat hastig auf mich zu, »Ihr seid die Nacht schon in Hans Ottsens Krug gewesen; sein Junge brachte mir Euren Gaul zurück; – was habet Ihr mit unsern Junkern vorgehabt?«

»Warum fragst du, Dieterich?«

»Warum, Herr Johannes? – Weil ich Unheil zwischen euch verhüten möcht.«

»Was soll das heißen, Dieterich?« frug ich wieder; aber mir war beklommen, als sollte das Wort mir in der Kehle sticken.

»Ihr werdet's schon selber wissen, Herr Johannes!« entgegnete der Alte. »Mir hat der Wind nur so einen Schall davon gebracht; vor einer Stunde mag's gewesen sein; ich wollte den Burschen rufen, der im Garten an den Hecken putzte. Da ich an den Turm kam, wo droben unser Fräulein ihre Kammer hat, sah ich dorten die alte Bas' Ursel mit unserem Junker dicht beisammenstehen. Er hatte die Arme unterschlagen und sprach kein einzig Wörtlein; die Alte aber redete einen um so größeren Haufen und jammerte ordentlich mit ihrer feinen Stimme. Dabei wies sie bald nieder auf den Boden, bald hinauf in den Epheu, der am Turm hinaufwächst. – Verstanden, Herr Johannes, hab ich von dem allem nichts; dann aber, und nun merket wohl auf, hielt sie mit ihrer knöchern Hand, als ob sie damit drohete, dem Junker was vor Augen; und da ich näher hinsah, war's ein Fetzen Grauwerk, just wie Ihr's da an Euerem Mantel traget.«

»Weiter, Dieterich!« sagte ich; denn der Alte hatte die Augen auf meinen zerrissenen Mantel, den ich auf dem Arme trug.

»Es ist nicht viel mehr übrig«, erwiderte er; »denn der Junker wandte sich jählings nach mir zu und frug mich, wo Ihr anzutreffen wäret. Ihr möget mir es glauben, wäre er in Wirklichkeit ein Wolf gewesen, die Augen hätten blutiger nicht funkeln können.«

Da frug ich: »Ist der Junker im Hause, Dieterich?«

»Im Haus? Ich denke wohl; doch was sinnet Ihr, Herr Johannes?«

»Ich sinne, Dieterich, daß ich allsogleich mit ihm zu reden habe.«

Aber Dieterich hatte bei beiden Händen mich ergriffen. »Gehet nicht, Johannes«, sagte er dringend; »erzählet mir zum wenigsten, was geschehen ist; der Alte hat Euch ja sonst wohl guten Rat gewußt!«

»Hernach, Dieterich, hernach!« entgegnete ich. Und also mit diesen Worten riß ich meine Hände aus den seinen.

Der Alte schüttelte den Kopf. »Hernach, Johannes«, sagte er, »das weiß nur unser Herrgott!«

Ich aber schritt nun über den Hof dem Hause zu. – Der Junker sei eben in seinem Zimmer, sagte eine Magd, so ich im Hausflur drum befragte.

Ich hatte dieses Zimmer, das im Unterhause lag, nur einmal erst betreten. Statt wie bei seinem Vater sel. Bücher und Karten, war hier vielerlei Gewaffen, Handröhre und Arkebusen, auch allerart Jagdgeräte an den Wänden angebracht; sonst war es ohne Zier und zeigete an ihm selber, daß niemand auf die Dauer und mit seinen ganzen Sinnen hier verweile.

Fast wär ich an der Schwelle noch zurückgewichen, da ich auf des Junkers ›Herein‹ die Tür geöffnet; denn als er sich vom Fenster zu mir wandte, sahe ich eine Reiterpistole in seiner Hand, an deren Radschloß er hantirete. Er schauete mich an, als ob ich von den Tollen käme. »So!« sagte er gedehnet; »wahrhaftig, Sieur Johannes, wenn's nicht schon sein Gespenste ist!«

»Ihr dachtet, Junker Wulf«, entgegnete ich, indem ich näher zu ihm trat, »es möcht der Straßen noch andre für mich geben, als die in Euere Kammer führen!«

»So dachte ich, Sieur Johannes! Wie Ihr gut raten könnt! Doch immerhin, Ihr kommt mir eben recht; ich hab Euch suchen lassen!«

In seiner Stimme bebte was, das wie ein lauernd Raubtier auf dem Sprunge lag, so daß die Hand mir unversehens nach dem Degen fuhr. Jedennoch sprach ich: »Höret mich und gönnet mir ein ruhig Wort, Herr Junker!«

Er aber unterbrach meine Rede: »Du wirst gewogen sein, mich erstlich auszuhören! Sieur Johannes« – und seine Worte, die erst langsam waren, wurden allmählich gleichwie ein Gebrüll – »vor ein paar Stunden, da ich mit schwerem Kopf erwachte, da fiel's mir bei und reuete mich gleich einem Narren, daß ich im Rausch die wilden Hunde dir auf die Fersen gehetzet hatte; – seit aber Bas' Ursel mir den Fetzen vorgehalten, die sie dir aus deinem Federbalg gerissen, – beim Höllenelement! mich reut's nur noch, daß mir die Bestien solch Stück Arbeit nachgelassen!«

Noch einmal suchte ich zu Worte zu kommen; und da der Junker schwieg, so dachte ich, daß er auch hören würde. »Junker Wulf«, sagte ich, »es ist schon wahr, ich bin kein Edelmann; aber ich bin kein geringer Mann in meiner Kunst und hoffe, es auch wohl noch einmal den Größeren gleich zu thun; so bitte ich Euch geziementlich, gebet Euere Schwester Katharina mir zum Ehgemal – –«

Da stockte mir das Wort im Munde. Aus seinem bleichen Antlitz starrten mich die Augen des alten Bildes an; ein gellend Lachen schlug mir in das Ohr, ein Schuß – – – dann brach ich zusammen und hörete nur noch, wie mir der Degen, den ich ohn Gedanken fast gezogen hatte, klirrend aus der Hand zu Boden fiel.

Es war manche Woche danach, daß ich in dem schon bleicheren Sonnenschein auf einem Bänkchen vor dem letzten Haus des Dorfes saß; mit matten Blicken nach dem Wald hinüberschauend, an dessen jenseitigem Rande das Herrenhaus belegen war. Meine törichten Augen suchten stets aufs neue den Punkt, wo, wie ich mir vorstellete, Katharinens Kämmerlein von drüben auf die schon herbstlich gelben Wipfel schaue; denn von ihr selber hatte ich keine Kunde.

Man hatte mich mit meiner Wunde in dies Haus gebracht, das von des Junkers Waldhüter bewohnt wurde; und außer diesem Mann und seinem Weibe und einem mir unbekannten Chirurgus war während meines langen Lagers niemand zu mir kommen. – Von wannen ich den Schuß in meine Brust erhalten, darüber hat mich niemand befragt, und ich habe niemandem Kunde gegeben; des Herzogs Gerichte gegen Herrn Gerhardus' Sohn und Katharinens Bruder anzurufen, konnte nimmer mir zu Sinne kommen. Er mochte sich dessen auch wohl getrösten; noch glaubhafter jedoch, daß er allen diesen Dingen trotzete.

Nur einmal war mein guter Dieterich dagewesen; er hatte mir in des Junkers Auftrage zwei Rollen Ungarischer Dukaten überbracht als Lohn für Katharinens Bild, und ich hatte das Geld genommen, in Gedanken, es sei ein Teil von deren Erbe, von dem sie als mein Weib wohl später nicht zu viel empfahen würde. Zu einem traulichen Gespräch mit Dieterich, nach dem mich sehr verlangete, hatte es mir nicht gerathen wollen, maßen das gelbe Fuchsgesicht meines Wirtes allaugenblicks in meine Kammer schaute; doch wurde so viel mir kund, daß der Junker nicht nach Kiel gereiset, und Katharina seither von niemandem weder in Hof noch Garten war gesehen worden; kaum konnte ich noch den Alten bitten, daß er dem Fräulein, wenn sich's treffen möchte, meine

Grüße sage, und daß ich bald nach Holland zu reisen, aber bälder noch zurückzukommen dächte, was alles in Treuen auszurichten er mir dann gelobete.

Überfiel mich aber danach die allergrößeste Ungeduld, so daß ich gegen den Willen des Chirurgus und bevor im Walde drüben noch die letzten Blätter von den Bäumen fielen, meine Reise ins Werk setzete; langete auch schon nach kurzer Frist wohlbehalten in der Holländischen Hauptstadt an, allwo ich von meinen Freunden gar liebreich empfangen wurde, und mochte es auch ferner vor ein glücklich Zeichen wohl erkennen, daß zwo Bilder, so ich dort zurückgelassen, durch die hülfsbereite Vermittelung meines theueren Meisters van der Helst beide zu ansehnlichen Preisen verkaufet waren. Ja, es war dessen noch nicht genug: ein mir schon früher wohlgewogener Kaufherr ließ mir sagen, er habe nur auf mich gewartet, daß ich für sein nach dem Haag verheiratetes Töchterlein sein Bildnis malen möge; und wurde mir auch sofort ein reicher Lohn dafür versprochen. Da dachte ich, wenn ich solches noch vollendete, daß dann genug des helfenden Metalles in meinen Händen wäre, um auch ohne andere Mittel Katharinen in ein wohl bestellet Heimwesen einzuführen.

Machte mich also, da mein freundlicher Gönner desselbigen Sinnes war, mit allem Eifer an die Arbeit, so daß ich bald den Tag meiner Abreise gar fröhlich nah und näher rücken sahe, unachtend, mit was vor üblen Anständen ich drüben noch zu kämpfen hätte.

Aber des Menschen Augen sehen das Dunkel nicht, das vor ihm ist. – Als nun das Bild vollendet war und reichlich Lob und Gold um dessen willen mir zu Teil geworden, da konnte ich nicht fort. Ich hatte in der Arbeit meiner Schwäche nicht geachtet, die schlecht geheilte Wunde warf mich wiederum danieder. Eben wurden zum Weihnachtsfeste auf allen Straßenplätzen die Waffelbuden aufgeschlagen, da begann mein Siechthum und hielt mich länger als das erste Mal gefesselt. Zwar der besten Arzteskunst und liebreicher Freundespflege war kein Mangel, aber in Ängsten sahe ich Tag um Tag vergehen, und keine Kunde konnte von ihr, keine zu ihr kommen.

Endlich nach harter Winterzeit, da der Zuidersee wieder seine grünen Wellen schlug, geleiteten die Freunde mich zum Hafen; aber statt des frohen Mutes nahm ich itzt schwere Herzensorge mit an Bord. Doch ging die Reise rasch und gut von Statten.

Von Hamburg aus fuhr ich mit der Königlichen Post; dann, wie vor nun fast einem Jahre hiebevor, wanderte ich zu Fuße durch den Wald, an dem noch kaum die ersten Spitzen grüneten. Zwar probten schon die Finken und die Ammern ihren Lenzgesang; doch was kümmerten sie mich heute! – Ich ging aber nicht nach Herrn Gerhardus' Herrengut; sondern, so stark mein Herz auch klopfete, ich bog seitwärts ab und schritt am Waldesrand entlang dem Dorfe zu. Da stund ich bald in Hans Ottsens Krug und ihm gar selber gegenüber.

Der Alte sah mich seltsam an, meinete aber dann, ich lasse ja recht munter.

»Nur«, fügte er bei, »mit den Schießbüchsen müsset Ihr nicht wieder spielen; die machen ärgere Flecken als so ein Malerpinsel.«

Ich ließ ihn gern bei solcher Meinung, so, wie ich wohl merkete, hier allgemein verbreitet war, und tat vors erste eine Frage nach dem alten Dieterich.

Da mußte ich vernehmen, daß er noch vor dem ersten Winterschnee, wie es so starken Leuten wohl passiret, eines plötzlichen, wenn auch gelinden Todes verfahren sei. »Der freuet sich«, sagte Hans Ottsen, »daß er zu seinem alten Herrn da droben kommen; und ist für ihn auch besser so.«

»Amen!« sagte ich; »mein herzlieber alter Dieterich!«

Indes aber mein Herz nur, und immer banger, nach einer Kundschaft von Katharinen seufzete, nahm meine furchtsame Zunge einen Umweg, und ich sprach beklommen: »Was machet denn Euer Nachbar, der von der Risch?«

»Oho«, lachte der Alte; »der hat ein Weib genommen, und eine, die ihn schon zu Richte setzen wird.«

Nur im ersten Augenblick erschrak ich, denn ich sagte mir sogleich, daß er nicht so von Katharinen reden würde; und da er dann den Namen nannte, so war's ein ältlich aber reiches Fräulein aus der Nachbarschaft; forschete also mutig weiter, wie's drüben in Herrn Gerhardus' Haus bestellet sei, und wie das Fräulein und der Junker miteinander hauseten.

Da warf der Alte mir wieder seine seltsamen Blicke zu. »Ihr meinet wohl«, sagte er, »daß alte Türm' und Mauern nicht auch plaudern könnten!«

»Was soll's der Rede?« rief ich; aber sie fiel mir zentnerschwer aufs Herz.

»Nun, Herr Johannes«, und der Alte sahe mir gar zuversichtlich in die Augen, »wo das Fräulein hinkommen, das werdet doch Ihr am besten wissen! Ihr seid derzeit im Herbst ja nicht zum letzten hier gewesen; nur wundert's mich, daß Ihr noch einmal wiederkommen; denn Junker Wulf wird, denk ich, nicht eben gut Mien zum bösen Spiel gemachet haben.«

Ich sah den alten Menschen an, als sei ich selber hintersinnig worden; dann aber kam mir plötzlich ein Gedanke. »Unglücksmann!« schrie ich, »Ihr glaubet doch nicht etwan, das Fräulein Katharina sei mein Eheweib geworden?«

»Nun, lasset mich nur los!« entgegnete der Alte – denn ich schüttelte ihn an beiden Schultern. – »Was geht's mich an! Es geht die Rede so! Auf alle Fäll'; seit Neujahr ist das Fräulein im Schloß nicht mehr gesehen worden.«

Ich schwur ihm zu, derzeit sei ich in Holland krank gelegen; ich wisse nichts von alledem.

Ob er's geglaubet, weiß ich nicht zu sagen; allein er gab mir kund, es solle dermalen ein unbekannter Geistlicher zur Nachtzeit und in großer Heimlichkeit auf den Herrenhof gekommen sein; zwar habe Bas' Ursel das Gesinde schon zeitig in ihre Kammern getrieben; aber der Mägde eine, so durch den Türspalt gelauschet, wolle auch mich über den Flur nach der Treppe haben gehen sehen; dann später hätten sie deutlich einen Wagen aus dem Torhaus fahren hören, und seien seit jener Nacht nur noch Bas' Ursel und der Junker in dem Schloß gewesen.

– – Was ich von nun an alles und immer doch vergebens unternommen, um Katharinen oder auch nur eine Spur von ihr zu finden, das soll nicht hier verzeichnet werden. Im Dorfe war nur das törichte Geschwätz, davon Hans Ottsen mich die Probe schmecken lassen; darum machete ich mich auf nach dem Stifte zu Herrn Gerhardus' Schwester; aber die Dame wollte mich nicht vor sich lassen; wurde im übrigen mir auch berichtet, daß keinerlei junges Frauenzimmer bei ihr gesehen worden. Da reisete ich wieder zurück und demütigte mich also, daß ich nach dem Hause des von der Risch ging und als ein Bittender vor meinen alten Widersacher hintrat. Der sagte höhnisch, es möge wohl der Buhz das Vöglein sich geholet haben; er habe dem nicht nachgeschaut; auch halte er keinen Aufschlag mehr mit denen von Herrn Gerhardus' Hofe.

Der Junker Wulf gar, der davon vernommen haben mochte, ließ nach Hans Ottsens Kruge sagen, so ich mich unterstünde, auch zu ihm zu dringen, er würde mich noch einmal mit den Hunden hetzen lassen. – Da bin ich in den Wald gegangen und hab gleich einem Strauchdieb am Weg auf ihn gelauert; die Eisen sind von der Scheide bloß geworden; wir haben gefochten, bis ich die Hand ihm wund gehauen und sein Degen in die Büsche flog. Aber er sahe mich nur mit seinen bösen Augen an; gesprochen hat er nicht. – Zuletzt bin ich zu längerem Verbleiben nach Hamburg kommen, von wo aus ich ohne Anstand und mit größerer Umsicht meine Nachforschungen zu betreiben dachte.

Es ist alles doch umsonst gewesen.

Aber ich will vors erste nun die Feder ruhen lassen. Denn vor mir liegt dein Brief, mein lieber Josias; ich soll dein Töchterlein, meiner Schwester sel. Enkelin, aus der Taufe heben. – Ich werde auf meiner Reise dem Walde vorbeifahren, so hinter Herrn Gerhardus' Hof belegen ist. Aber das alles gehört ja der Vergangenheit.

*

Hier schließt das erste Heft der Handschrift. – Hoffen wir, daß der Schreiber ein fröhliches Tauffest gefeiert und inmitten seiner Freundschaft an frischer Gegenwart sein Herz erquickt habe.

Meine Augen ruhten auf dem alten Bild mir gegenüber: ich konnte nicht zweifeln, der schöne ernste Mann war Herr Gerhardus. Wer aber war jener tote Knabe, den ihm Meister Johannes hier so sanft in seinen Arm gebettet hatte? – Sinnend nahm ich das zweite und zugleich letzte Heft, dessen Schriftzüge um ein weniges unsicherer erschienen. Es lautete, wie folgt:

Geliek as Rook un Stoof verswindt,
Also sind ock de Minschenkind.

Der Stein, darauf diese Worte eingehauen stehen, saß ob dem Türsims eines alten Hauses. Wenn ich daran vorbeiging, mußte ich allzeit meine Augen dahin wenden, und auf meinen einsamen Wanderungen ist dann selbiger Spruch oft lange mein Begleiter blieben. Da sie im letzten Herbste das alte Haus abbrachen, habe ich aus den Trümmern diesen Stein erstanden, und ist er heute gleicherweise ob der Türe meines Hauses eingemauert worden, wo er nach mir noch manchen, der vorübergeht, an die Nichtigkeit des Irdischen erinnern möge. Mir aber soll er eine Mahnung sein, ehbevor auch an meiner Uhr der Weiser stillesteht, mit der Aufzeichnung meines Lebens fortzufahren. Denn du, meiner lieben Schwester Sohn, der du nun bald mein Erbe sein wirst, mögest mit meinem kleinen Erdengute dann auch mein Erdenleid dahin nehmen, so ich bei meiner Lebzeit niemandem, auch, aller Liebe ohnerachtet, dir nicht habe anvertrauen mögen.

Item; anno 1666 kam ich zum ersten Mal in diese Stadt an der Nordsee; maßen von einer reichen Branntweinbrenner-Witwen mir der Auftrag worden, die Auferweckung Lazari zu malen, welches Bild sie zum schuldigen und freundlichen Gedächtniß ihres Seligen, der hiesigen Kirchen aber zum Zierath zu stiften gedachte, allwo es denn auch noch heute über dem Taufsteine mit den vier Aposteln zu schauen ist. Daneben wünschte auch der Bürgermeister, Herr Titus Axen, so früher in Hamburg Thumherr und mir von dort bekannt war, sein Contrefey von mir gemalet, so daß ich für eine lange Zeit allhier zu schaffen hatte. – Mein Losament aber hatte ich bei meinem einzigen und älteren Bruder, der seit lange schon das Secretariat der Stadt bekleidete; das Haus, darin er als unbeweibter Mann lebte, war hoch und räumlich, und war es dasselbig Haus mit den zwo Linden an der Ecken von Markt und Krämerstraße, worin ich, nachdem es durch meines lieben Bruders Hintritt mir angestorben, anitzt als alter Mann noch lebe und der Wiedervereinigung mit den vorangegangenen Lieben in Demuth entgegenharre.

Meine Werkstätte hatte ich mir in dem großen Pesel der Witwe eingerichtet; es war dorten ein gutes Oberlicht zur Arbeit und bekam alles gemacht und gestellet, wie ich es verlangen mochte. Nur daß die gute Frau selber gar zu gegenwärtig war; denn allaugenblicklich kam sie draußen von ihrem Schenktisch zu mir hergetrottet mit ihren Blechgemäßen in der Hand; drängte mit ihrer Wohlbeleibtheit mir auf den Malstock und roch an meinem Bild herum; gar eines Vormittages, da ich soeben den Kopf des Lazarus untermalet hatte, verlangte sie mit viel überflüssigen Worten, der auferweckte Mann solle das Antlitz ihres Seligen zur Schau stellen, obschon ich diesen Seligen doch niemalen zu Gesicht bekommen, von meinem Bruder auch vernommen hatte, daß selbiger, wie es die Brenner pflegen, das Zeichen seines Gewerbes als eine blaurote Nasen im Gesicht herumgetragen; da habe ich denn, wie man glauben mag, dem unvernünftigen Weibe gar hart den Daumen gegenhalten müssen. Als dann von der Außendiele her wieder neue Kundschaft nach ihr gerufen und mit den Gemäßen auf den Schank geklopfet, und sie endlich von mir lassen müssen, da sank mir die Hand mit dem Pinsel in den Schoß, und ich mußte plötzlich des Tages gedenken, da ich eines gar andern Seligen Antlitz mit dem Stifte nachgebildet, und wer da in der kleinen Kapelle so still bei mir gestanden sei. – Und also rückwärts sinnend setzete ich meinen Pinsel wieder an; als aber selbiger eine gute Weile hin und wider gegangen, mußte ich zu eigener Verwunderung gewahren, daß ich die Züge des edlen Herrn Gerhardus in des Lazari Angesicht hineingetragen hatte. Aus seinem Leilach blickte des Toten Antlitz gleichwie in stummer Klage gegen mich, und ich gedachte: So wird er dir einstmals in der Ewigkeit entgegentreten!

Ich konnte heut nicht weitermalen, sondern ging fort und schlich auf meine Kammer ober der Haustür, allwo ich mich ans Fenster setzte und durch den Ausschnitt der Lindenbäume auf den Markt hinabsah. Es gab aber groß Gewühl dort, und war bis drüben an die Ratswaage und weiter bis zur Kirchen alles voll von Wagen und Menschen; denn es war ein Donnerstag und noch zur Stunde, daß Gast mit Gaste handeln durfte, also daß der Stadtknecht mit dem Griper müßig auf unseres Nachbaren Beischlag saß, maßen es vor der Hand keine Brüchen zu erhaschen gab. Die Ostenfelder Weiber mit ihren roten Jacken, die Mädchen von den Inseln mit ihren Kopftüchern und feinem Silberschmuck, dazwischen die hochgetürmeten Getreidewagen und darauf die Bauern in ihren gelben Lederhosen – dies alles mochte wohl ein Bild für eines Malers Auge geben, zumal wenn selbiger, wie ich, bei den Holländern in die Schule gegangen war; aber die Schwere meines Gemütes machte das bunte Bild mir trübe. Doch war es keine Reu, wie ich vorhin an mir erfahren hatte; ein sehnend Leid kam immer gewaltiger über mich; es zerfleischete mich mit wilden Krallen und sah mich gleichwohl mit holden Augen an. Drunten lag der helle Mittag auf dem wimmelnden Markte; vor meinen Augen aber dämmerte silberne Mondnacht, wie Schatten stiegen ein paar Zackengiebel auf, ein Fenster klirrte, und gleich wie aus Träumen schlugen leis und fern die Nachtigallen. O du mein Gott und mein Erlöser, der du die Barmherzigkeit bist, wo war sie in dieser Stunde, wo hatte meine Seele sie zu suchen? – –

Da hörte ich draußen unter dem Fenster von einer harten Stimme meinen Namen nennen, und als ich hinausschaute, ersahe ich einen großen hageren Mann in der üblichen Tracht eines Predigers, obschon sein herrisch und finster Antlitz mit dem schwarzen Haupthaar und dem tiefen Einschnitt ob der Nase wohl eher einem Kriegsmann angestanden wäre. Er wies soeben einem andern, untersetzten Manne von bäuerischem Aussehen, aber gleich ihm in schwarzwollenen Strümpfen und Schnallenschuhen, mit seinem Handstocke nach unserer Haustür zu, indem er selbst zumal durch das Marktgewühle von dannen schritt.

Da ich dann gleich darauf die Türglocke schellen hörte, ging ich hinab und lud den Fremden in das Wohngemach, wo er von dem Stuhle, darauf ich ihn genötigt hatte, mich gar genau und aufmerksam betrachtete.

Also war selbiger der Küster aus dem Dorfe norden der Stadt, und erfuhr ich bald, daß man dort einen Maler brauche, da man des Pastors Bildnis in die Kirche stiften wolle. Ich forschete ein wenig, was für Verdienst um die Gemeine dieser sich erworben hätte, daß sie solche Ehr ihm anzuthun gedächten, da er doch seines Alters halben noch nicht gar lang im Amte stehen könne; der Küster aber meinete, es habe der Pastor freilich wegen eines Stück Ackergrundes einmal einen Proceß gegen die Gemeine angestrenget, sonst wisse er eben nicht, was Sondres könne vorgefallen sein; allein es hingen allbereits die drei Amtsvorweser in der Kirchen, und da sie, wie er sagen müsse, vernommen hätten, ich verstünde das Ding gar wohl zu machen, so sollte der guten Gelegenheit wegen nun auch der vierte Pastor mit hinein; dieser selber freilich kümmere sich nicht eben viel darum.

Ich hörete dem allen zu; und da ich mit meinem Lazarus am liebsten auf eine Zeit pausieren mochte, das Bildnis des Herrn Titus Axen aber wegen eingetretenen Siechtums desselbigen nicht beginnen konnte, so hub ich an, dem Auftrage näher nachzufragen.

Was mir an Preis für solche Arbeit nun geboten wurde, war zwar gering, so daß ich erstlich dachte: sie nehmen dich für einen Pfennigmaler, wie sie im Kriegstrosse mitziehen, um die Soldaten für ihre heimgebliebenen Dirnen abzumalen; aber es mutete mich plötzlich an, auf eine Zeit allmorgendlich in der goldnen Herbstessonne über die Heide nach dem Dorf hinauszuwandern, das nur eine Wegstunde von unserer Stadt belegen ist. Sagete also zu, nur mit dem Beding, daß die Malerei draußen auf dem Dorfe vor sich ginge, da hier in meines Bruders Hause paßliche Gelegenheit nicht befindlich sei.

Des schien der Küster gar vergnügt, meinend, das sei alles hiebevor schon fürgesorget; der Pastor hab sich solches gleichfalls ausbedungen; item, es sei dazu die Schulstube in seiner Küsterei erwählet; selbige sei das zweite Haus im Dorfe und liege nahe am Pastorate, nur hintenaus durch die Priesterkoppel davon geschieden, so daß also auch der Pastor leicht hinübertreten könne. Die Kinder, die im Sommer doch nichts lernten, würden dann nach Haus geschicket.

Also schüttelten wir uns die Hände, und da der Küster auch die Maße des Bildes fürsorglich mitgebracht, so konnte alles Malgerät, deß ich bedurfte, schon Nachmittages mit der Priesterfuhr hinausbefördert werden.

Als mein Bruder dann nach Hause kam – erst spät am Nachmittage; denn ein Ehrsamer Rat hatte dermalen viel Bedrängnis von einer Schinderleichen, so die ehrlichen Leute nicht zu Grabe tragen wollten – meinete er, ich bekäme da einen Kopf zu malen, wie er nicht oft auf einem Priesterkragen sitze, und möchte mich mit Schwarz und Braunrot wohl versehen; erzählete mir auch, es sei der Pastor als Feldcapellan mit den Brandenburgern hier ins Land gekommen, als welcher er's fast wilder als die Offiziers getrieben haben solle; sei übrigens itzt ein scharfer Streiter vor dem Herrn, der seine Bauern gar meisterlich zu packen wisse. – Noch merkete mein Bruder an, daß bei desselbigen Amtseintritt in unserer Gegend adelige Fürsprach eingewirket haben solle, wie es heiße, von drüben aus dem Holsteinischen her; der Archidiaconus habe bei der Klosterrechnung ein Wörtlein davon fallen lassen. War jedoch Weiteres meinem Bruder darob nicht kund geworden.

So sahe mich denn die Morgensonne des nächsten Tages rüstig über die Heide schreiten, und war mir nur leid, daß letztere allbereits ihr rothes Kleid und ihren Würzeduft verbrauchet und also diese Landschaft ihren ganzen Sommerschmuck verloren hatte; denn von grünen Bäumen war weithin nichts zu ersehen; nur der spitze Kirchthurm des Dorfes, dem ich zustrebte – wie ich bereits erkennen mochte, ganz von Granitquadern auferbauet – stieg immer höher vor mir in den dunkelblauen Oktoberhimmel. Zwischen den schwarzen Strohdächern, die an seinem Fuße lagen, krüppelte nur niedrig Busch- und Baumwerk; denn der Nordwestwind, so hier frisch von der See heraufkommt, will freien Weg zu fahren haben.

Als ich das Dorf erreichet und auch alsbald mich nach der Küsterei gefunden, stürzete mir sofort mit lustigem Geschrei die ganze Schul entgegen; der Küster aber hieß an seiner Haustür mich willkommen. »Merket Ihr wohl, wie gern sie von der Fibel laufen!« sagte er. »Der eine Bengel hatte Euch schon durchs Fenster kommen sehen.«

In dem Prediger, der gleich danach ins Haus trat, erkannte ich denselbigen Mann, den ich schon tags zuvor gesehen hatte. Aber auf seine finstere Erscheinung war heute gleichsam ein Licht gesetzet; das war ein schöner blasser Knabe, den er an der Hand mit sich führete; das Kind mochte etwan vier Jahre zählen und sahe fast winzig aus gegen des Mannes hohe knochige Gestalt.

Da ich die Bildnisse der früheren Prediger zu sehen wünschte, so gingen wir mitsammen in die Kirche, welche also hoch belegen ist, daß man nach den anderen Seiten über Marschen und Heide, nach Westen aber auf den nicht gar fernen Meeresstrand hinunterschauen kann. Es mußte eben Flut sein; denn die Watten waren überströmet und das Meer stund wie ein lichtes Silber. Da ich anmerkete, wie oberhalb desselben die Spitze des Festlandes und von der andern Seite diejenige der Insel sich gegeneinander strecketen, wies der Küster auf die Wasserfläche, so dazwischen liegt. »Dort«, sagte er, »hat einst meiner Eltern Haus gestanden; aber anno 34 bei der großen Flut trieb es gleich hundert anderen in den grimmen Wassern; auf der einen Hälfte des Daches ward ich an diesen Strand geworfen, auf der anderen fuhren Vater und Bruder in die Ewigkeit hinaus.«

Ich dachte: »So stehet die Kirche wohl am rechten Ort; auch ohne den Pastor wird hier vernehmentlich Gottes Wort geprediget.«

Der Knabe, welchen letzterer auf den Arm genommen hatte, hielt dessen Nacken mit beiden Ärmchen fest umschlungen und drückte die zarte Wange an das schwarze bärtige Gesicht des Mannes, als finde er so den Schutz vor der ihn schreckenden Unendlichkeit, die dort vor unseren Augen ausgebreitet lag.

Als wir in das Schiff der Kirche eingetreten waren, betrachtete ich mir die alten Bildnisse und sahe auch einen Kopf darunter, der wohl eines guten Pinsels werth gewesen wäre; jedennoch war es alles eben Pfennigmalerei, und sollte demnach der Schüler van der Helsts hier in gar sondere Gesellschaft kommen.

Da ich solches eben in meiner Eitelkeit bedachte, sprach die harte Stimme des Pastors neben mir: »Es ist nicht meines Sinnes, daß der Schein des Staubes dauere, wenn der Odem Gottes ihn verlassen; aber ich habe der Gemeine Wunsch nicht widerstreben mögen; nur, Meister, machet es kurz; ich habe besseren Gebrauch für meine Zeit.«

Nachdem ich dem finsteren Manne, an dessen Antlitz ich gleichwohl für meine Kunst Gefallen fand, meine beste Bemühung zugesaget, fragete ich einem geschnitzten Bilde der Maria nach, so von meinem Bruder mir war gerühmet worden.

Ein fast verachtend Lächeln ging über des Predigers Angesicht. »Da kommet Ihr zu spät«, sagte er, »es ging in Trümmer, da ich's aus der Kirche schaffen ließ.«

Ich sah ihn fast erschrocken an. »Und wolltet Ihr des Heilands Mutter nicht in Euerer Kirche dulden?«

»Die Züge von des Heilands Mutter«, entgegnete er, »sind nicht überliefert worden.«

– »Aber wollet Ihr's der Kunst mißgönnen, sie in frommem Sinn zu suchen?«

Er sahe eine Weile finster auf mich herab; denn, obschon ich zu den Kleinen nicht zu zählen, so überragte er mich doch um eines halben Kopfes Höhe; – dann sprach er heftig: »Hat nicht der König die holländischen Papisten dort auf die zerrissene Inseln herberufen; nur um durch das Menschenwerk der Deiche des Höchsten Strafgericht zu trotzen? Haben nicht noch letztlich die Kirchenvorsteher drüben in der Stadt sich zwei der Heiligen in ihr Gestühlte schnitzen lassen? Betet und wachet! Denn auch hier geht Satan noch von Haus zu Haus! Diese Marienbilder sind nichts als Säugammen der Sinnenlust und des Papismus; die Kunst hat allzeit mit der Welt gebuhlt!«

Ein dunkles Feuer glühte in seinen Augen, aber seine Hand lag liebkosend auf dem Kopf des blassen Knaben, der sich an seine Knie schmiegte.

Ich vergaß darob des Pastors Worte zu erwidern; mahnete aber danach, daß wir in die Küsterei zurückgingen, wo ich alsdann meine edele Kunst an ihrem Widersacher selber zu erproben anhub.

Also wanderte ich fast einen Morgen um den andern über die Heide nach dem Dorfe, wo ich allzeit den Pastor schon meiner harrend antraf. Geredet wurde wenig zwischen uns; aber das Bild nahm desto rascheren Fortgang. Gemeiniglich saß der Küster neben uns und schnitzete allerlei Geräthe gar säuberlich aus Eichenholz, dergleichen als eine Hauskunst hier überall betrieben wird; auch habe ich das Kästlein, woran er derzeit arbeitete, von ihm erstanden und darin vor Jahren die ersten Blätter dieser Niederschrift hinterleget, alswie denn auch mit Gottes Willen diese letzten darin sollen beschlossen sein. –

In des Predigers Wohnung wurde ich nicht geladen und betrat selbige auch nicht; der Knabe aber war allzeit mit ihm in der Küsterei; er stand an seinen Knien oder er spielte mit Kieselsteinchen in der Ecke des Zimmers. Da ich selbigen einmal fragte, wie er heiße, antwortete er: »Johannes!« – »Johannes?« entgegnete ich, »so heiße ich ja auch!« – Er sah mich groß an, sagte aber weiter nichts.

Weshalb rühreten diese Augen so an meine Seele? – Einmal gar überraschete mich ein finsterer Blick des Pastors, da ich den Pinsel müßig auf der Leinewand ruhen ließ. Es war etwas in dieses Kindes Antlitz, das nicht aus seinem kurzen Leben kommen konnte; aber es war kein froher Zug. So, dachte ich, sieht ein Kind, das unter einem kummerschweren Herzen ausgewachsen. Ich hätte oft die Arme nach ihm breiten mögen; aber ich scheuete mich vor dem harten Manne, der es gleich einem Kleinod zu behüten schien. Wohl dachte ich oft: »Welch eine Frau mag dieses Knaben Mutter sein?« –

Des Küsters alte Magd hatte ich einmal nach des Predigers Frau befraget; aber sie hatte mir kurzen Bescheid gegeben: »Die kennt man nicht; in die Bauernhäuser kommt sie kaum, wenn Kindelbier und Hochzeit ist.« – Der Pastor selbst sprach nicht von ihr. Aus dem Garten der Küsterei, welcher in eine dichte Gruppe von Fliederbüschen ausläuft, sahe ich sie einmal langsam über die Priesterkoppel nach ihrem Hause gehen; aber sie hatte mir den Rücken zugewendet, so daß ich nur ihre schlanke jugendliche Gestalt gewahren konnte, und außerdem ein paar gekräuselte Löckchen, in der Art, wie sie sonst nur von den Vornehmeren getragen werden, und die der Wind von ihren Schläfen wehte. Das Bild ihres finsteren Ehgesponsen trat mir vor die Seele, und mir schien, es passe dieses Paar nicht wohl zusammen.

– – An den Tagen, wo ich nicht da draußen war, hatte ich auch die Arbeit an meinem Lazarus wieder aufgenommen, so daß nach einiger Zeit diese Bilder miteinander nahezu vollendet waren.

So saß ich eines Abends nach vollbrachtem Tagewerke mit meinem Bruder unten in unserem Wohngemache. Auf dem Tisch am Ofen war die Kerze fast herabgebrannt, und die holländische Schlaguhr hatte schon auf Elf gewarnt; wir aber saßen am Fenster und hatten der Gegenwart vergessen; denn wir gedachten der kurzen Zeit, die wir mitsammen in unserer Eltern Haus verlebet hatten; auch unseres einzigen lieben Schwesterleins gedachten wir, das im ersten Kindbette verstorben und nun seit lange schon mit Vater und Mutter einer fröhlichen Auferstehung entgegenharrete. – Wir hatten die Läden nicht vorgeschlagen; denn es tat uns wohl, durch das Dunkel, so draußen auf den

Erdenwohnungen der Stadt lag, in das Sternenlicht des ewigen Himmels hinaufzublicken.

Am Ende verstummeten wir beide in uns selber, und wie auf einem dunklen Strome trieben meine Gedanken zu ihr, bei der sie allzeit Rast und Unrast fanden. – – Da, gleich einem Stern aus unsichtbaren Höhen, fiel es mir jählings in die Brust: Die Augen des schönen blassen Knaben, es waren ja ihre Augen! Wo hatte ich meine Sinne denn gehabt! – – Aber dann, wenn sie es war, wenn ich sie selber schon gesehen! – Welch schreckbare Gedanken stürmten auf mich ein!

Indem legte sich die eine Hand meines Bruders mir auf die Schulter, mit der andern wies er auf den dunkeln Markt hinaus, von wannen aber itzt ein heller Schein zu uns herüberschwankte. »Sieh nur!« sagte er. »Wie gut, daß wir das Pflaster mit Sand und Heide ausgestopfet haben! Die kommen von des Glokkengießers Hochzeit; aber an ihren Stockleuchten sieht man, daß sie gleichwohl hin und wider stolpern.«

Mein Bruder hatte recht. Die tanzenden Leuchten zeugeten deutlich von der Trefflichkeit des Hochzeitsschmauses; sie kamen uns so nahe, daß die zwei gemalten Scheiben, so letztlich von meinem Bruder als eines Glasers Meisterstück erstanden waren, in ihren satten Farben wie in Feuer glühten. Als aber dann die Gesellschaft an unserem Hause laut redend in die Krämerstraße einbog, hörete ich einen unter ihnen sagen: »Ei freilich; das hat der Teufel uns verpurret! Hatte mich leblang darauf gespitzet, einmal eine richtige Hex so in der Flammen singen zu hören!«

Die Leuchten und die lustigen Leute gingen weiter, und draußen die Stadt lag wieder still und dunkel.

»O weh!« sprach mein Bruder; »den trübet, was mich tröstet.«

Da fiel es mir erst wieder bei, daß am nächsten Morgen die Stadt ein grausam Spektakul vor sich habe. Zwar war die junge Person, so wegen einbekannten Bündnisses mit dem Satan zu Aschen sollte verbrannt werden, am heutigen Morgen vom Frone tot in ihrem Kerker aufgefunden worden; aber dem toten Leibe mußte gleichwohl sein peinlich Recht geschehen.

Das war nun vielen Leuten gleich einer kalt gestellten Suppen. Hatte doch auch die Buchführer-Witwe Liebernickel, so unter dem Turm der Kirche den grünen Bücherschranken hat, mir am Mittage, da ich wegen der Zeitung bei ihr eingetreten, aufs heftigste geklagt, daß nun das Lied, so sie im voraus darüber habe anfertigen und drucken lassen, nur kaum noch passen werde, wie die Faust aufs Auge. Ich aber, und mit mir mein viellieber Bruder, hatte so meine eigenen Gedanken von dem Hexenwesen; und freuete mich, daß unser Herrgott – denn der war es doch wohl gewesen – das arme junge Mensch so gnädiglich in seinen Schoß genommen hatte.

Mein Bruder, welcher weichen Herzens war, begann gleichwohl der Pflichten seines Amts sich zu beklagen; denn er hatte drüben von der Rathaustreppe das Urteil zu verlesen, sobald der Racker den toten Leichnam davor aufgefahren, und hernach auch der Justification selber zu assistiren. »Es schneidet mir schon itzund in das Herz«, sagte er, »das greuelhafte Gejohle, wenn sie mit dem Karren die Straße herabkommen; denn die Schulen werden ihre Buben und die Zunftmeister ihre Lehrburschen loslassen. – An deiner Statt«, fügete er bei, »der du ein freier Vogel bist, würde ich aufs Dorf hinausmachen und an dem Conterfey des schwarzen Pastors weitermalen!«

Nun war zwar festgesetzet worden, daß ich am nächstfolgenden Tage erst wieder hinauskäme; aber mein Bruder redete mir zu, unwissend, wie er die Ungeduld in meinem Herzen schürete; und so geschah es, daß alles sich erfüllen mußte, was ich getreulich in diesen Blättern niederschreiben werde.

Am andern Morgen, als drüben vor meinem Kammerfenster nur kaum der Kirchturmhahn in rothem Frühlicht blinkte, war ich schon von meinem Lager aufgesprungen; und bald schritt ich über den Markt, allwo die Bäcker, vieler Käufer harrend, ihre Brotschragen schon geöffnet hatten; auch sahe ich, wie an dem Rathause der Wachtmeister und die Fußknechte in Bewegung waren, und hatte Einer bereits einen schwarzen Teppich über das Geländer der großen Treppe aufgehangen; ich aber ging durch den Schwibbogen, so unter dem Rathhause ist, eilends zur Stadt hinaus.

Als ich hinter dem Schloßgarten auf dem Steige war, sahe ich drüben bei der Lehmkule, wo sie den neuen Galgen hingesetzet, einen mächtigen Holzstoß aufgeschichtet. Ein paar Leute hantirten noch daran herum, und mochten das der Fron und seine Knechte sein, die leichten Brennstoff zwischen die Hölzer thaten; von der Stadt her aber kamen schon die ersten Buben über die Felder ihnen zugelaufen. – Ich achtete des nicht weiter, sondern wanderte rüstig fürbaß, und da ich hinter den Bäumen hervortrat, sahe ich mir zur Linken das Meer im ersten Sonnenstrahl entbrennen, der im Osten über die Heide emporstieg. Da mußte ich meine Hände falten:

O Herr, mein Gott und Christ,
Sei gnädig mit uns allen,
Die wir in Sünd gefallen,
Der du die Liebe bist! – –

Als ich draußen war, wo die breite Landstraße durch die Heide führt, begegneten mir viele Züge von Bauern; sie hatten ihre kleinen Jungen und Dirnen an den Händen und zogen sie mit sich fort.

»Wohin strebet ihr denn so eifrig?« fragte ich den einen Haufen; »es ist ja doch kein Markttag heute in der Stadt.«

Nun, wie ich's wohl zum voraus wußte, sie wollten die Hexe, das junge Satansmensch, verbrennen sehen.

– »Aber die Hexe ist ja tot!«

»Freilich, das ist ein Verdruß«, meineten sie; »aber es ist unserer Hebamme, der alten Mutter Siebenzig, ihre Schwestertochter; da können wir nicht außen bleiben und müssen mit dem Reste schon fürliebnehmen.« –

– – Und immer neue Scharen kamen daher; und itzund taucheten auch schon Wagen aus dem Morgennebel, die statt mit Kornfrucht heut mit Menschen voll geladen waren. – Da ging ich abseits über die Heide, obwohl noch der Nachtthau von dem Kraute rann; denn mein Gemüth verlangte nach der Einsamkeit; und ich sahe von fern, wie es den Anschein hatte, das ganze Dorf des Weges nach der Stadt ziehen. Als ich auf dem Hünenhügel stand, der hier inmitten der Heide liegt, überfiel es mich, als müsse auch ich zur Stadt zurückkehren oder etwan nach links hinab an die See gehen, oder nach dem kleinen Dorfe, das dort unten hart am Strande liegt; aber vor mir in der Luft schwebete etwas wie ein Glück, wie eine rasende Hoffnung, und es schüttelte mein Gebein, und meine Zähne schlugen aneinander. »Wenn sie es wirklich war, so letztlich mit meinen eigenen Augen ich erblicket, und wenn dann heute –« Ich fühlte mein Herz gleich einem Hammer an den Rippen; ich ging weit um durch die Heide; ich wollte nicht sehen, ob auf der Wagen einem auch der Prediger nach der Stadt fahre. – Aber ich ging dennoch endlich seinem Dorfe zu.

Als ich es erreicht hatte, schritt ich eilends nach der Tür des Küsterhauses. Sie war verschlossen. Eine Weile stund ich unschlüssig; dann hub ich mit der Faust zu klopfen an. Drinnen blieb alles ruhig; als ich aber stärker klopfte, kam des Küsters alte halbblinde Trienke aus einem Nachbarhause.

»Wo ist der Küster?« fragte ich.

»Der Küster? Mit dem Priester in die Stadt gefahren.«

Ich starrete die Alte an; mir war, als sei ein Blitz durch mich dahingeschlagen.

»Fehlet Euch etwas, Herr Maler?« frug sie.

Ich schüttelte den Kopf und sagte nur: »So ist wohl heute keine Schule, Trienke?«

– »Bewahre! Die Hexe wird ja verbrannt!«

Ich ließ mir von der Alten das Haus aufschließen, holte mein Malergerät und das fast vollendete Bildnis aus des Küsters Schlafkammer und richtete, wie gewöhnlich, meine Staffelei in dem leeren Schulzimmer. Ich pinselte etwas an der Gewandung; aber ich suchte damit nur mich selber zu belügen: ich hatte keinen Sinn zum Malen; war ja um dessen willen auch nicht hieher gekommen.

Die Alte kam hereingelaufen, stöhnte über die arge Zeit und redete über Bauern- und Dorfsachen, die ich nicht verstund; mich selber drängete es, sie wieder einmal nach des Predigers Frau zu fragen, ob selbige alt oder jung, und auch, woher sie gekommen sei; allein ich brachte das Wort nicht über meine Zungen. Dagegen begann die Alte ein lang Gespinste von der Hex und ihrer Sippschaft hier im Dorfe und von der Mutter Siebenzig, so mit Vorspuksehen behaftet sei; erzählete auch, wie selbige zur Nacht, da die Gicht dem alten

Weibe keine Ruh gelassen, drei Leichlaken über des Pastors Hausdach habe fliegen sehen; es gehe aber solch Gesichte allzeit richtig aus, und Hoffart komme vor dem Falle; denn sei die Frau Pastorin bei aller ihrer Vornehmheit doch nur eine blasse und schwächliche Kreatur.

Ich mochte solch Geschwätz nicht fürder hören; ging daher aus dem Hause und auf dem Wege herum, da wo das Pastorat mit seiner Fronte gegen die Dorfstraße liegt; wandte auch unter bangem Sehnen meine Augen nach den weißen Fenstern, konnte aber hinter den blinden Scheiben nichts gewahren als ein paar Blumenscherben, wie sie überall zu sehen sind. – Ich hätte nun wohl umkehren mögen; aber ich ging dennoch weiter. Als ich auf den Kirchhof kam, trug von der Stadtseite der Wind ein wimmernd Glockenläuten an mein Ohr; ich aber wandte mich und blickte hinab nach Westen, wo wiederum das Meer wie lichtes Silber am Himmelssaume hinfloß, und war doch ein tobend Unheil dort gewesen, worin in einer Nacht des Höchsten Hand viel tausend Menschenleben hingeworfen hatte. Wie krümmete denn ich mich so gleich einem Wurme? – Wir sehen nicht, wie seine Wege führen!

Ich weiß nicht mehr, wohin mich damals meine Füße noch getragen haben; ich weiß nur, daß ich in einem Kreis gegangen bin; denn da die Sonne fast zur Mittagshöhe war, langete ich wieder bei der Küsterei an. Ich ging aber nicht in das Schulzimmer an meine Staffelei, sondern durch das Hinterpförtlein wieder zum Hause hinaus. – –

Das ärmliche Gärtlein ist mir unvergessen, obschon seit jenem Tage meine Augen es nicht mehr gesehen. – Gleich dem des Predigerhauses von der anderen Seite, trat es als ein breiter Streifen in die Priesterkoppel; inmitten zwischen beiden aber war eine Gruppe dichter Weidenbüsche, welche zur Einfassung einer Wassergrube dienen mochten; denn ich hatte einmal eine Magd mit vollem Eimer wie aus einer Tiefe daraus hervorsteigen sehen.

Als ich ohne viel Gedanken, nur mein Gemüte erfüllet von nicht zu zwingender Unrast, an des Küsters abgeheimseten Bohnenbeeten hinging, hörete ich von der Koppel draußen eine Frauenstimme von gar holdem Klang, und wie sie liebreich einem Kinde zusprach.

Unwillens schritt ich solchem Schalle nach; so mochte einst der griechische Heidengott mit seinem Stabe die Todten nach sich gezogen haben. Schon war ich am jenseitigen Rande des Holundergebüsches, das hier ohne Verzäunung in die Koppel ausläuft, da sahe ich den kleinen Johannes mit einem Ärmchen voll Moos, wie es hier in dem kümmerlichen Grase wächst, gegenüber hinter die Weiden gehen; er mochte sich dort damit nach Kinderart ein Gärtchen angeleget haben. Und wieder kam die holde Stimme an mein Ohr: »Nun heb nur an; nun hast du einen ganzen Haufen! Ja, ja; ich such derweil noch mehr; dort am Holunder wächst genug!«

Und dann trat sie selber hinter den Weiden hervor; ich hatte ja längst schon nicht gezweifelt. – Mit den Augen auf dem Boden suchend, schritt sie zu mir her, so daß ich ungestöret sie betrachten durfte; und mir war, als gliche sie nun gar seltsam dem Kinde wieder, das sie einst gewesen war, für das ich den »Buhz« einst von dem Baum herabgeschossen hatte; aber dieses Kinderantlitz von heute war bleich und weder Glück noch Mut darin zu lesen.

So war sie mählich näher gekommen, ohne meiner zu gewahren; dann kniete sie nieder an einem Streifen Moos, der unter den Büschen hinlief; doch ihre Hände pflückten nicht davon; sie ließ das Haupt auf ihre Brust sinken, und es war, als wolle sie nur ungesehen vor dem Kinde in ihrem Leide ausruhen.

Da rief ich leise: »Katharina!«

Sie blickte auf; ich aber ergriff ihre Hand und zog sie gleich einer Willenlosen zu mir unter den Schatten der Büsche. Doch als ich sie endlich also nun gefunden hatte und keines Wortes mächtig vor ihr stund, da sahen ihre Augen weg von mir, und mit fast einer fremden Stimme sagte sie: »Es ist nun einmal so, Johannes! Ich wußte wohl, du seiest der fremde Maler; ich dachte nur nicht, daß du heute kommen würdest.«

Ich hörete das, und dann sprach ich es aus: »Katharina – – so bist du des Predigers Eheweib?«

Sie nickte nicht; sie sah mich starr und schmerzlich an. »Er hat das Amt dafür bekommen«, sagte sie, »und dein Kind den ehrlichen Namen.«

»Mein Kind, Katharina?«

»Und fühltest du das nicht? Er hat ja doch auf deinem Schoß gesessen; einmal doch, er selbst hat es mir erzählet.«

– – Möge keines Menschen Brust ein solches Weh zerfleischen! – »und du, du und mein Kind, ihr solltet mir verloren sein!«

Sie sah mich an, sie weinte nicht, sie war nur gänzlich totenbleich.

»Ich will das nicht!« schrie ich; »ich will ...« Und eine wilde Gedankenjagd rasete mir durchs Hirn.

Aber ihre kleine Hand hatte gleich einem kühlen Blatte sich auf meine Stirn gelegt, und ihre braunen Augensterne auf dem blassen Antlitz sahen mich flehend an. »Du, Johannes«, sagte sie, »du wirst es nicht sein, der mich noch elender machen will.«

»Und kannst denn du so leben, Katharina?«

»Leben? – – Es ist ja doch ein Glück dabei; er liebt das Kind – was ist denn mehr noch zu verlangen?«

»Und von uns, von dem, was einst gewesen, ist, weiß er davon?«

»Nein, nein!« rief sie heftig. »Er nahm die Sünderin zum Weibe: mehr nicht. O Gott, ist's denn nicht genug, daß jeder neue Tag ihm angehört!«

In diesem Augenblicke tönete ein zarter Gesang zu uns herüber. – »Das Kind«, sagte sie. »Ich muß zu dem Kinde; es könnte ihm ein Leids geschehen!«

Aber meine Sinne zieleten nur auf das Weib, das sie begehrten. »Bleib doch«, sagte ich, »es spielet ja fröhlich dort mit seinem Moose.«

Sie war an den Rand des Gebüsches getreten und horchete hinaus. Die goldene Herbstsonne schien so warm hernieder, nur leichter Hauch kam von der See herauf. Da höreten wir von jenseit durch die Weiden das Stimmlein unseres Kindes singen:

Zwei Englein, die mich decken,
Zwei Englein, die mich strecken,
Und zweie, so mich weisen
In das himmlische Paradeisen.

Katharina war zurückgetreten, und ihre Augen sahen groß und geisterhaft mich an. »Und nun leb wohl, Johannes«, sprach sie leise; »auf Nimmerwiedersehen hier auf Erden!«

Ich wollte sie an mich reißen; ich streckte beide Arme nach ihr aus; doch sie wehrete mich ab und sagte sanft: »Ich bin des anderen Mannes Weib; vergiß das nicht.«

Mich aber hatte auf diese Worte ein fast wilder Zorn ergriffen. »Und wessen, Katharina«, sprach ich hart, »bist du gewesen, ehe bevor du sein geworden?«

Ein weher Klaglaut brach aus ihrer Brust; sie schlug die Hände vor ihr Angesicht und rief: »Weh mir! O wehe, mein entweihter armer Leib!«

Da wurd ich meiner schier unmächtig; ich riß sie jäh an meine Brust, ich hielt sie wie mit Eisenklammern und hatte sie endlich, endlich wieder! Und ihre Augen sanken in die meinen, und ihre roten Lippen duldeten die meinen; wir umschlangen uns inbrünstiglich; ich hätte sie töten mögen, wenn wir also miteinander hätten sterben können. Und als dann meine Blicke voll Seligkeit auf ihrem Antlitz weideten, da sprach sie, fast erstickt von meinen Küssen: »Es ist ein langes, banges Leben! O, Jesu Christ, vergib mir diese Stunde!«

– – Es kam eine Antwort; aber es war die harte Stimme jenes Mannes, aus dessen Munde ich itzt zum ersten Male ihren Namen hörte. Der Ruf kam von drüben aus dem Predigergarten, und noch einmal und härter rief es: »Katharina!«

Da war das Glück vorbei; mit einem Blicke der Verzweiflung sahe sie mich an; dann stille wie ein Schatten war sie fort.

– – Als ich in die Küsterei trat, war auch schon der Küster wieder da. Er begann sofort von der Justification der armen Hexe auf mich einzureden. »Ihr haltet wohl nicht viel davon«, sagte er; »sonst wäret Ihr heute nicht aufs Dorf gegangen, wo der Herr Pastor gar die Bauern und ihre Weiber in die Stadt getrieben.«

Ich hatte nicht die Zeit zur Antwort; ein gellender Schrei durchschnitt die Luft; ich werde ihn leblang in den Ohren haben.

»Was war das, Küster?« rief ich.

Der Mann riß ein Fenster auf und horchete hinaus; aber es geschah nichts weiter. »So mir Gott«, sagte er, »es war ein Weib, das so geschrien hat; und drüben von der Priesterkoppel kam's.«

Indem war auch die alte Trienke in die Tür gekommen. »Nun, Herr?« rief sie mir zu. »Die Leichlaken sind auf des Pastors Dach gefallen!«

»Was soll das heißen, Trienke?«

»Das soll heißen, daß sie des Pastors kleinen Johannes soeben aus dem Wasser ziehen.«

Ich stürzete aus dem Zimmer und durch den Garten auf die Priesterkoppel; aber unter den Weiden fand ich nur das dunkle Wasser und Spuren feuchten Schlammes daneben auf dem Grase. – Ich bedachte mich nicht, es war ganz wie von selber, daß ich durch das weiße Pförtchen in des Pastors Garten ging. Da ich eben ins Haus wollte, trat er selber mir entgegen.

Der große knochige Mann sah gar wüste aus; seine Augen waren gerötet und das schwarze Haar hing wirr ihm ins Gesicht. »Was wollt Ihr?« sagte er.

Ich starrete ihn an; denn mir fehlete das Wort. Ja, was wollte ich denn eigentlich?

»Ich kenne Euch!« fuhr er fort. »Das Weib hat endlich alles ausgeredet.«

Das machte mir die Zunge frei. »Wo ist mein Kind?« rief ich.

Er sagte: »Die beiden Eltern haben es ertrinken lassen.«

»So laßt mich zu meinem toten Kinde!«

Allein, da ich an ihm vorbei in den Hausflur wollte, drängete er mich zurück. »Das Weib«, sprach er, »liegt bei dem Leichnam und schreit zu Gott aus ihren Sünden. Ihr sollt nicht hin, um ihrer armen Seelen Seligkeit!«

Was dermalen selber ich gesprochen; ist mir schier vergessen; aber des Predigers Worte gruben sich in mein Gedächtniß. »Höret mich!« sprach er. »So von Herzen ich Euch hasse, wofür dereinst mich Gott in seiner Gnade wolle büßen lassen, und Ihr vermutendlich auch mich, – noch ist Eines uns gemeinsam. – Geht itzo heim und bereitet eine Tafel oder Leinewand! Mit solcher kommet morgen in der Frühe wieder und malet darauf des toten Knaben Antlitz. Nicht mir oder meinem Hause; der Kirchen hier, wo er sein kurz unschuldig Leben ausgelebet, möget Ihr das Bildnis stiften. Mög es dort die Menschen mahnen, daß vor der knöchern Hand des Todes alles Staub ist!«

Ich blickte auf den Mann, der kurz vordem die edle Malerkunst ein Buhlweib mit der Welt gescholten; aber ich sagte zu, daß alles so geschehen möge.

– – Daheim indessen wartete meiner eine Kunde, so meines Lebens Schuld und Buße gleich einem Blitze jählings aus dem Dunkel hob, so daß ich Glied um Glied die ganze Kette vor mir leuchten sahe.

Mein Bruder, dessen schwache Constitution von dem abscheulichen Spectacul, dem er heute assistiren müssen, hart ergriffen war, hatte sein Bette aufgesucht. Da ich zu ihm eintrat, richtete er sich auf. »Ich muß noch eine Weile ruhen«, sagte er, indem er ein Blatt der Wochenzeitung in meine Hand gab; »aber lies doch dieses! Da wirst du sehen, daß Herrn Gerhardus' Hof in fremde Hände kommen, maßen Junker Wulf ohn Weib und Kind durch eines tollen Hundes Biß gar jämmerlichen Todes verfahren ist.«

Ich griff nach dem Blatte, das mein Bruder mir entgegenhielt; aber es fehlte nicht viel, daß ich getaumelt wäre. Mir war's bei dieser Schreckenspost, als sprängen des Paradieses Pforten vor mir auf; aber schon sahe ich am Eingange den Engel mit dem Feuerschwerte stehen, und aus meinem Herzen schrie es wieder: O Hüter, Hüter, war dein Ruf so fern! – – Dieser Tod hätte uns das Leben werden können; nun war's nur ein Entsetzen zu den andern.

Ich saß oben auf meiner Kammer. Es wurde Dämmerung, es wurde Nacht; ich schaute in die ewigen Gestirne, und endlich suchte auch ich mein Lager. Aber die Erquickung des Schlafes ward mir nicht zu Theil. In meinen erregten Sinnen war es mir gar seltsamlich, als sei der Kirchthurm drüben meinem Fenster nah gerückt; ich fühlte die Glockenschläge durch das Holz der Bettstatt dröhnen, und ich zählete sie alle die ganze Nacht entlang. Doch endlich dämmerte der Morgen. Die Balken an der Decke hingen noch wie Schatten über mir, da sprang ich auf, und ehbevor die erste Lerche aus den Stoppelfeldern stieg, hatte ich allbereits die Stadt im Rücken.

Aber so frühe ich auch ausgegangen, ich traf den Prediger schon auf der Schwelle seines Hauses stehen. Er geleitete mich auf den Flur und sagte, daß die Holztafel richtig angelanget, auch meine Staffelei und sonstiges Malergerät aus dem Küsterhause herübergeschaffet sei. Dann legte er seine Hand auf die Klinke einer Stubentür.

Ich jedoch hielt ihn zurück und sagte: »Wenn es in diesem Zimmer ist, so wollet mir vergönnen, bei meinem schweren Werk allein zu sein!«

»Es wird Euch niemand stören«, entgegnete er und zog die Hand zurück. »Was Ihr zur Stärkung Eueres Leibes bedürfet, werdet Ihr drüben in jenem Zimmer finden.« Er wies auf eine Tür an der anderen Seite des Flures; dann verließ er mich.

Meine Hand lag itzund statt der des Predigers auf der Klinke. Es war totenstill im Hause; eine Weile mußte ich mich sammeln, bevor ich öffnete.

Es war ein großes, fast leeres Gemach, wohl für den Confirmandenunterricht bestimmt, mit kahlen weißgetünchten Wänden; die Fenster sahen über öde Felder nach dem fernen Strand hinaus. Inmitten des Zimmers aber stund ein weißes Lager aufgebahret. Auf dem Kissen lag ein bleiches Kinderangesicht; die Augen zu; die kleinen Zähne schimmerten gleich Perlen auf den blassen Lippen.

Ich fiel an meines Kindes Leiche nieder und sprach ein brünstiglich Gebet. Dann rüstete ich alles, wie es zu der Arbeit nötig war; und dann malte ich; – rasch, wie man die Toten malen muß, die nicht zum zweiten Mal dasselbig Antlitz zeigen. Mitunter wurd ich wie von der andauernden großen Stille aufgeschrecket; doch wenn ich innehielt und horchte, so wußte ich bald, es sei nichts dagewesen. Einmal auch war es, als drängen leise Odemzüge an mein Ohr. – Ich trat an das Bette des Toten, aber da ich mich zu dem bleichen Mündlein niederbeugete, berührte nur die Todeskälte meine Wangen.

Ich sahe um mich; es war noch eine Tür im Zimmer; sie mochte zu einer

Schlafkammer führen, vielleicht daß es von dort gekommen war! Allein so scharf ich lauschte, ich vernahm nichts wieder; meine eigenen Sinne hatten wohl ein Spiel mit mir getrieben.

So setzete ich mich denn wieder, sahe auf den kleinen Leichnam und malete weiter; und da ich die leeren Händchen ansahe, wie sie auf dem Linnen lagen, so dachte ich: »Ein klein Geschenk doch mußt du deinem Kinde geben!« Und ich malete auf seinem Bildnis ihm eine weiße Wasserlilie in die Hand, als sei es spielend damit eingeschlafen. Solcher Art Blumen gab es selten in der Gegend hier, und mocht es also ein erwünschet Angebinde sein.

Endlich trieb mich der Hunger von der Arbeit auf, mein ermüdeter Leib verlangte Stärkung. Legete sonach den Pinsel und die Palette fort und ging über den Flur nach dem Zimmer, so der Prediger mir angewiesen hatte. Indem ich aber eintrat, wäre ich vor Überraschung bald zurückgewichen; denn Katharina stund mir gegenüber, zwar in schwarzen Trauerkleidern, und doch in all dem Zauberschein, so Glück und Liebe in eines Weibes Antlitz wirken mögen.

Ach, ich wußte es nur zu bald; was ich hier sahe, war nur ihr Bildnis, das ich selber einst gemalet. Auch für dieses war also nicht mehr Raum in ihres Vaters Haus gewesen. – Aber wo war sie selber denn? Hatte man sie fortgebracht oder hielt man sie auch hier gefangen? – Lang, gar lange sahe ich das Bildnis an; die alte Zeit stieg auf und quälete mein Herz. Endlich, da ich mußte, brach ich einen Bissen Brot und stürzete ein paar Gläser Wein hinab; dann ging ich zurück zu unserem toten Kinde.

Als ich drüben eingetreten und mich an die Arbeit setzen wollte, zeigete es sich, daß in dem kleinen Angesicht die Augenlider um ein weniges sich gehoben hatten. Da bückete ich mich hinab, im Wahne, ich möchte noch einmal meines Kindes Blick gewinnen; als aber die kalten Augensterne vor mir lagen, überlief mich Grausen; mir war, als sähe ich die Augen jener Ahne des Geschlechtes, als wollten sie noch hier aus unseres Kindes Leichenantlitz künden: »Mein Fluch hat doch euch beide eingeholet!« – Aber zugleich – ich hätte es um alle Welt nicht lassen können – umfing ich mit beiden Armen den kleinen blassen Leichnam und hob ihn auf an meine Brust und herzete unter bitteren Tränen zum ersten Male mein geliebtes Kind. »Nein, nein, mein armer Knabe, deine Seele, die gar den finstern Mann zur Liebe zwang, die blickte nicht aus solchen Augen; was hier herausschaut, ist alleine noch der Tod. Nicht aus der Tiefe schreckbarer Vergangenheit ist es heraufgekommen; nichts anderes ist da als deines Vaters Schuld; sie hat uns alle in die schwarze Flut hinabgerissen.«

Sorgsam legte ich dann wieder mein Kind auf seine Kissen und drückte ihm sanft die beiden Augen zu. Dann tauchete ich meinen Pinsel in ein dunkles Rot und schrieb unten in den Schatten des Bildes die Buchstaben: C. P. A. S. Das sollte heißen: Culpa Patris Aquis Submersus, »Durch Vaters Schuld in der Fluth versunken«. – Und mit dem Schalle dieser Worte in meinem Ohre, die wie ein schneidend Schwert durch meine Seele fuhren, malete ich das Bild zu Ende.

Während meiner Arbeit hatte wiederum die Stille im Hause fortgedauert, nur in der letzten Stunde war abermalen durch die Tür, hinter welcher ich eine Schlafkammer vermutet hatte, ein leises Geräusch hereingedrungen. – War Katharina dort, um ungesehen bei meinem schweren Werk mir nah zu sein? – Ich konnte es nicht enträtseln.

Es war schon spät. Mein Bild war fertig, und ich wollte mich zum Gehen wenden; aber mir war, als müsse ich noch einen Abschied nehmen, ohne den ich nicht von hinnen könne. –

So stand ich zögernd und schaute durch das Fenster auf die öden Felder draußen, wo schon die Dämmerung begunnte sich zu breiten; da öffnete sich vom Flure her die Tür, und der Prediger trat zu mir herein.

Er grüßte schweigend; dann mit gefalteten Händen blieb er stehen und betrachtete wechselnd das Antlitz auf dem Bilde und das des kleinen Leichnams vor ihm, als ob er sorgsame Vergleichung halte. Als aber seine Augen auf die Lilie in der gemalten Hand des Kindes fielen, hub er wie im Schmerze seine beiden Hände auf, und ich sahe, wie seinen Augen jählings ein reicher Tränenquell entstürzete.

Da streckte auch ich meine Arme nach dem Toten und rief überlaut: »Leb' wohl, mein Kind! O mein Johannes, lebe wohl!«

Doch in demselben Augenblicke vernahm ich leise Schritte in der Nebenkammer; es tastete wie mit kleinen Händen an der Tür; ich hörte deutlich meinen Namen rufen – oder war es der des toten Kindes? – Dann rauschte es wie von Frauenkleidern hinter der Türe nieder, und das Geräusch vom Falle eines Körpers wurde hörbar.

»Katharina!« rief ich. Und schon war ich hinzugesprungen und rüttelte an der Klinke der festverschlossenen Tür; da legte die Hand des Pastors sich auf meinen Arm: »Das ist meines Amtes!« sagte er. »Gehet itzo! Aber gehet in Frieden; und möge Gott uns allen gnädig sein!«

– – Ich bin dann wirklich fortgegangen; ehe ich es selbst begriff, wanderte ich schon draußen auf der Heide auf dem Weg zur Stadt.

Noch einmal wandte ich mich um und schaute nach dem Dorf zurück, das nur noch wie Schatten aus dem Abenddunkel ragte. Dort lag mein totes Kind – Katharina – alles, alles! – Meine alte Wunde brannte mir in meiner Brust; und seltsam, was ich niemals hier vernommen, ich wurde plötzlich mir bewußt, daß ich vom fernen Strand die Brandung tosen hörete. Kein Mensch begegnete mir, keines Vogels Ruf vernahm ich; aber aus dem dumpfen Brausen des Meeres tönete es mir immerfort, gleich einem finsteren Wiegenliede: Aquis submersus – aquis submersus!

*

Hier endete die Handschrift.

Dessen Herr Johannes sich einstens im Vollgefühle seiner Kraft vermessen, daß er's wohl auch einmal in seiner Kunst den Größeren gleich zu tun verhoffe, das sollten Worte bleiben, in die leere Luft gesprochen.

Sein Name gehört nicht zu denen, die genannt werden, kaum dürfte er in einem Künstlerlexikon zu finden sein; ja selbst in seiner engeren Heimat weiß niemand von einem Maler seines Namens. Des großen Lazarusbildes tut zwar noch die Chronik unserer Stadt Erwähnung, das Bild selbst aber ist zu Anfang dieses Jahrhunderts nach dem Abbruch unserer alten Kirche gleich den anderen Kunstschätzen derselben verschleudert und verschwunden.

Aquis submersus.

GERHART HAUPTMANN

Bahnwärter Thiel

I

Allsonntäglich saß der Bahnwärter Thiel in der Kirche zu Neu-Zittau, ausgenommen die Tage, an denen er Dienst hatte oder krank war und zu Bette lag. Im Verlaufe von zehn Jahren war er zweimal krank gewesen; das eine Mal infolge eines vom Tender einer Maschine während des Vorbeifahrens herabgefallenen Stückes Kohle, welches ihn getroffen und mit zerschmettertem Bein in den Bahngraben geschleudert hatte; das andere Mal einer Weinflasche wegen, die aus dem vorüberrasenden Schnellzuge mitten auf seine Brust geflogen war. Außer diesen beiden Unglücksfällen hatte nichts vermocht, ihn, sobald er frei war, von der Kirche fernzuhalten.

Die ersten fünf Jahre hatte er den Weg von Schön-Schornstein, einer Kolonie an der Spree, herüber nach Neu-Zittau allein machen müssen. Eines schönen Tages war er dann in Begleitung eines schmächtigen und kränklich aussehenden Frauenzimmers erschienen, die, wie die Leute meinten, zu seiner herkulischen Gestalt wenig gepaßt hatte. Und wiederum eines schönen Sonntagnachmittags reichte er dieser selben Person am Altare der Kirche feierlich die Hand zum Bunde fürs Leben. Zwei Jahre nun saß das junge, zarte Weib ihm zur Seite in der Kirchenbank; zwei Jahre blickte ihr hohlwangiges, feines Gesicht neben seinem vom Wetter gebräunten in das uralte Gesangbuch –; und plötzlich saß der Bahnwärter wieder allein wie zuvor.

An einem der vorangegangenen Wochentage hatte die Sterbeglocke geläutet; das war das Ganze.

An dem Wärter hatte man, wie die Leute versicherten, kaum eine Veränderung wahrgenommen. Die Knöpfe seiner sauberen Sonntagsuniform waren so blank geputzt als je zuvor, seine roten Haare so wohl geölt und militärisch gescheitelt wie immer, nur daß er den breiten, behaarten Nacken ein wenig gesenkt trug und noch eifriger der Predigt lauschte oder sang, als er es früher getan hatte. Es war die allgemeine Ansicht, daß ihm der Tod seiner Frau nicht sehr nahegegangen sei, und diese Ansicht erhielt eine Bekräftigung, als sich Thiel nach Verlauf eines Jahres zum zweiten Male, und zwar mit einem dicken und starken Frauenzimmer, einer Kuhmagd aus Alte-Grund, verheiratete.

Auch der Pastor gestattete sich, als Thiel die Trauung anmelden kam, einige Bedenken zu äußern:

»Ihr wollt also schon wieder heiraten?«

»Mit der Toten kann ich nicht wirtschaften, Herr Prediger!«

»Nun ja wohl. Aber ich meine – Ihr eilt ein wenig.«

»Der Junge geht mir drauf, Herr Prediger.«

Thiels Frau war im Wochenbett gestorben, und der Junge, welchen sie zur Welt gebracht, lebte und hatte den Namen Tobias erhalten.

»Ach so, der Junge«, sagte der Geistliche und machte eine Bewegung, die deutlich zeigte, daß er sich des Kleinen erst jetzt erinnere. »Das ist etwas andres – wo habt Ihr ihn denn untergebracht, während Ihr im Dienst seid?«

Thiel erzählte nun, wie er Tobias einer alten Frau übergeben, die ihn einmal beinahe habe verbrennen lassen, während er ein anderes Mal von ihrem Schoß auf die Erde gekugelt sei, ohne glücklicherweise mehr als eine große Beule davonzutragen. Das könne nicht so weitergehen, meinte er, zudem da der Junge, schwächlich wie er sei, eine ganz besondre Pflege benötige. Deswegen und ferner, weil er der Verstorbenen in die Hand gelobt, für die Wohlfahrt des Jungen zu jeder Zeit ausgiebig Sorge zu tragen, habe er sich zu dem Schritte entschlossen. –

Gegen das neue Paar, welches nun allsonntäglich zur Kirche kam, hatten die Leute äußerlich durchaus nichts einzuwenden. Die frühere Kuhmagd schien für den Wärter wie geschaffen. Sie war kaum einen halben Kopf kleiner als er und übertraf ihn an Gliederfülle. Auch war ihr Gesicht ganz so grob geschnitten wie das seine, nur daß ihm im Gegensatz zu dem des Wärters die Seele abging.

Wenn Thiel den Wunsch gehegt hatte, in seiner zweiten Frau eine unverwüstliche Arbeiterin, eine musterhafte Wirtschafterin zu haben, so war dieser Wunsch in überraschender Weise in Erfüllung gegangen. Drei Dinge jedoch hatte er, ohne es zu wissen, mit seiner Frau in Kauf genommen: eine harte, herrschsüchtige Gemütsart, Zanksucht und brutale Leidenschaftlichkeit. Nach Verlauf eines halben Jahres war es ortsbekannt, wer in dem Häuschen des Wärters das Regiment führte. Man bedauerte den Wärter.

Es sei ein Glück für »das Mensch«, daß sie so ein gutes Schaf wie den Thiel zum Manne bekommen habe, äußerten die aufgebrachten Ehemänner; es gäbe welche, bei denen sie greulich anlaufen würde. So ein »Tier« müsse doch kirre zu machen sein, meinten sie, und wenn es nicht anders ginge denn mit Schlägen. Durchgewalkt müsse sie werden, aber dann gleich so, daß es zöge.

Sie durchzuwalken aber war Thiel trotz seiner sehnigen Arme nicht der Mann. Das, worüber sich die Leute ereiferten, schien ihm wenig Kopfzerbrechen zu machen. Die endlosen Predigten seiner Frau ließ er gewöhnlich wortlos über sich ergehen, und wenn er einmal antwortete, so stand das schleppende Zeitmaß sowie der leise, kühle Ton seiner Rede in seltsamstem Gegensatz zu dem kreischenden Gekeif seiner Frau. Die Außenwelt schien ihm wenig anhaben zu können: es war, als trüge er etwas in sich, wodurch er alles Böse, was sie ihm antat, reichlich mit Gutem aufgewogen erhielt.

Trotz seines unverwüstlichen Phlegmas hatte er doch Augenblicke, in denen er nicht mit sich spaßen ließ. Es war dies immer anläßlich solcher Dinge, die Tobiaschen betrafen. Sein kindgutes, nachgiebiges Wesen gewann dann einen Anstrich von Festigkeit, dem selbst ein so unzähmbares Gemüt wie das Lenens nicht entgegenzutreten wagte.

Die Augenblicke indes, darin er diese Seite seines Wesens herauskehrte, wurden mit der Zeit immer seltener und verloren sich zuletzt ganz. Ein gewisser leidender Widerstand, den er der Herrschsucht Lenens während des ersten Jahres entgegengesetzt, verlor sich ebenfalls im zweiten. Er ging nicht mehr mit der früheren Gleichgültigkeit zum Dienst, nachdem er einen Auftritt mit ihr gehabt, wenn er sie nicht vorher besänftigt hatte. Er ließ sich am Ende nicht selten herab, sie zu bitten, doch wieder gut zu sein. – Nicht wie sonst mehr war ihm sein einsamer Posten inmitten des märkischen Kiefernforstes sein liebster Aufenthalt. Die stillen, hingebenden Gedanken an sein verstorbenes Weib wurden von denen an die Lebende durchkreuzt. Nicht widerwillig, wie die erste Zeit, trat er den Heimweg an, sondern mit leidenschaftlicher Hast, nachdem er vorher oft Stunden und Minuten bis zur Zeit der Ablösung gezählt hatte.

Er, der mit seinem ersten Weibe durch eine mehr vergeistigte Liebe verbunden gewesen war, geriet durch die Macht roher Triebe in die Gewalt seiner zweiten Frau und wurde zuletzt in allem fast unbedingt von ihr abhängig. – Zuzeiten empfand er Gewissensbisse über diesen Umschwung der Dinge, und er bedurfte einer Anzahl außergewöhnlicher Hilfsmittel, um sich darüber hinwegzuhelfen. So erklärte er sein Wärterhäuschen und die Bahnstrecke, die er zu besorgen hatte, insgeheim gleichsam für geheiligtes Land, welches ausschließlich den Manen der Toten gewidmet sein sollte. Mit Hilfe von allerhand Vorwänden war es ihm in der Tat bisher gelungen, seine Frau davon abzuhalten, ihn dahin zu begleiten.

Er hoffte es auch fernerhin tun zu können. Sie hätte nicht gewußt, welche Richtung sie einschlagen sollte, um seine »Bude«, deren Nummer sie nicht einmal kannte, aufzufinden.

Dadurch, daß er die ihm zu Gebote stehende Zeit somit gewissenhaft zwischen die Lebende und die Tote zu teilen vermochte, beruhigte Thiel sein Gewissen in der Tat.

Oft freilich und besonders in Augenblicken einsamer Andacht, wenn er recht innig mit der Verstorbenen verbunden gewesen war, sah er seinen jetzigen Zustand im Lichte der Wahrheit und empfand davor Ekel.

Hatte er Tagdienst, so beschränkte sich sein geistiger Verkehr mit der Verstorbenen auf eine Menge lieber Erinnerungen aus der Zeit seines Zusammenlebens mit ihr. Im Dunkel jedoch, wenn der Schneesturm durch die Kiefern und über die Strecke raste, in tiefer Mitternacht beim Scheine seiner Laterne, da wurde das Wärterhäuschen zur Kapelle.

Eine verblichene Photographie der Verstorbenen vor sich auf dem Tisch,

Gesangbuch und Bibel aufgeschlagen, las und sang er abwechselnd die lange Nacht hindurch, nur von den in Zwischenräumen vorbeitobenden Bahnzügen unterbrochen, und geriet hierbei in eine Ekstase, die sich zu Gesichten steigerte, in denen er die Tote leibhaftig vor sich sah.

Der Posten, den der Wärter nun schon zehn volle Jahre ununterbrochen innehatte, war aber in seiner Abgelegenheit dazu angetan, seine mystischen Neigungen zu fördern.

Nach allen vier Windrichtungen mindestens durch einen dreiviertelstündigen Weg von jeder menschlichen Wohnung entfernt, lag die Bude inmitten des Forstes dicht neben einem Bahnübergang, dessen Barrieren der Wärter zu bedienen hatte.

Im Sommer vergingen Tage, im Winter Wochen, ohne daß ein menschlicher Fuß, außer denen des Wärters und seines Kollegen, die Strecke passierte. Das Wetter und der Wechsel der Jahreszeiten brachten in ihrer periodischen Wiederkehr fast die einzige Abwechslung in diese Einöde. Die Ereignisse, welche im übrigen den regelmäßigen Ablauf der Dienstzeit Thiels außer den beiden Unglücksfällen unterbrochen hatten, waren unschwer zu überblicken. Vor vier Jahren war der kaiserliche Extrazug, der den Kaiser nach Breslau gebracht hatte, vorübergejagt. In einer Winternacht hatte der Schnellzug einen Rehbock überfahren. An einem heißen Sommertage hatte Thiel bei seiner Streckenrevision eine verkorkte Weinflasche gefunden, die sich glühend heiß anfaßte und deren Inhalt deshalb von ihm für sehr gut gehalten wurde, weil er nach Entfernung des Korkes einer Fontäne gleich herausquoll, also augenscheinlich gegoren war. Diese Flasche, von Thiel in den seichten Rand eines Waldsees gelegt, um abzukühlen, war von dort auf irgendwelche Weise abhanden gekommen, so daß er noch nach Jahren ihren Verlust bedauern mußte.

Einige Zerstreuung vermittelte dem Wärter ein Brunnen dicht hinter seinem Häuschen. Von Zeit zu Zeit nahmen in der Nähe beschäftigte Bahn- oder Telegraphenarbeiter einen Trunk daraus, wobei natürlich ein kurzes Gespräch mit unterlief. Auch der Förster kam zuweilen, um seinen Durst zu löschen.

Tobias entwickelte sich nur langsam; erst gegen Ablauf seines zweiten Lebensjahrs lernte er notdürftig sprechen und gehen. Dem Vater bewies er eine ganz besondere Zuneigung. Wie er verständiger wurde, erwachte auch die alte Liebe des Vaters wieder. In dem Maße, wie diese zunahm, verringerte sich die Liebe der Stiefmutter zu Tobias und schlug sogar in unverkennbare Abneigung um, als Lene nach Verlauf eines neuen Jahres ebenfalls einen Jungen gebar.

Von da ab begann für Tobias eine schlimme Zeit. Er wurde besonders in Abwesenheit des Vaters unaufhörlich geplagt und mußte ohne die geringste Belohnung dafür seine schwachen Kräfte im Dienste des kleinen Schreihalses einsetzen, wobei er sich mehr und mehr aufrieb. Sein Kopf bekam einen ungewöhnlichen Umfang; die brandroten Haare und das kreidige Gesicht darunter machten einen unschönen und im Verein mit der übrigen kläglichen

Gestalt erbarmungswürdigen Eindruck. Wenn sich der zurückgebliebene Tobias solchergestalt, das kleine, von Gesundheit strotzende Brüderchen auf dem Arme, hinunter zur Spree schleppte, so wurden hinter den Fenstern der Hütten Verwünschungen laut, die sich jedoch niemals hervorwagten. Thiel aber, welchen die Sache doch vor allem anging, schien keine Augen für sie zu haben und wollte auch die Winke nicht verstehen, welche ihm von wohlmeinenden Nachbarsleuten gegeben wurden.

2

An einem Junimorgen gegen sieben Uhr kam Thiel aus dem Dienst. Seine Frau hatte nicht so bald ihre Begrüßung beendet, als sie schon in gewohnter Weise zu lamentieren begann. Der Pachtacker, welcher bisher den Kartoffelbedarf der Familie gedeckt hatte, war vor Wochen gekündigt worden, ohne daß es Lenen bisher gelungen war, einen Ersatz dafür ausfindig zu machen. Wenngleich nun die Sorge um den Acker zu ihren Obliegenheiten gehörte, so mußte doch Thiel ein Mal übers andere hören, daß niemand als er daran schuld sei, wenn man in diesem Jahre zehn Sack Kartoffeln für schweres Geld kaufen müsse. Thiel brummte nur und begab sich, Lenens Reden wenig Beachtung schenkend, sogleich an das Bett seines Ältesten, welches er in den Nächten, wo er nicht im Dienst war, mit ihm teilte. Hier ließ er sich nieder und beobachtete mit einem sorglichen Ausdruck seines guten Gesichts das schlafende Kind, welches er, nachdem er die zudringlichen Fliegen eine Weile von ihm abgehalten, schließlich weckte. In den blauen, tiefliegenden Augen des Erwachenden malte sich eine rührende Freude. Er griff hastig nach der Hand des Vaters, indes sich seine Mundwinkel zu einem kläglichen Lächeln verzogen. Der Wärter half ihm sogleich beim Anziehen der wenigen Kleidungsstücke, wobei plötzlich etwas wie ein Schatten durch seine Mienen lief, als er bemerkte, daß sich auf der rechten, ein wenig angeschwollenen Backe einige Fingerspuren weiß in rot abzeichneten.

Als Lene beim Frühstück mit vergrößertem Eifer auf vorberegte Wirtschaftsangelegenheit zurückkam, schnitt er ihr das Wort ab mit der Nachricht, daß ihm der Bahnmeister ein Stück Land längs des Bahndammes in unmittelbarer Nähe des Wärterhauses umsonst überlassen habe, angeblich weil es ihm, dem Bahnmeister, zu abgelegen sei.

Lene wollte das anfänglich nicht glauben. Nach und nach wichen jedoch ihre Zweifel, und nun geriet sie in merklich gute Laune. Ihre Fragen nach Größe und Güte des Ackers sowie andre mehr verschlangen sich förmlich, und als sie erfuhr, daß bei alledem noch zwei Zwergobstbäume darauf stünden, wurde sie rein närrisch. Als nichts mehr zu erfragen übrigblieb, zudem die Türglocke des Krämers, die man, beiläufig gesagt, in jedem einzelnen Hause des Ortes vernehmen konnte, unaufhörlich anschlug, schoß sie davon, um die Neuigkeit im Örtchen auszusprengen.

Während Lene in die dunkle, mit Waren überfüllte Kammer des Krämers kam, beschäftigte sich der Wärter daheim ausschließlich mit Tobias. Der Junge saß auf seinen Knien und spielte mit einigen Kiefernzapfen, die Thiel mit aus dem Walde gebracht hatte.

»Was willst du werden?« fragte ihn der Vater, und diese Frage war stereotyp wie die Antwort des Jungen: »Ein Bahnmeister.« Es war keine Scherzfrage, denn die Träume des Wärters verstiegen sich in der Tat in solche Höhen, und er hegte allen Ernstes den Wunsch und die Hoffnung, daß aus Tobias mit Gottes Hilfe etwas Außergewöhnliches werden sollte. Sobald die Antwort »Ein Bahnmeister« von den blutlosen Lippen des Kleinen kam, der natürlich nicht wußte, was sie bedeuten sollte, begann Thiels Gesicht sich aufzuhellen, bis es förmlich strahlte von innerer Glückseligkeit.

»Geh, Tobias, geh spielen!« sagte er kurz darauf, indem er eine Pfeife Tabak mit einem im Herdfeuer entzündeten Span in Brand steckte, und der Kleine drückte sich alsbald in scheuer Freude zur Türe hinaus. Thiel entkleidete sich, ging zu Bett und entschlief, nachdem er geraume Zeit gedankenvoll die niedrige und rissige Stubendecke angestarrt hatte. Gegen zwölf Uhr mittags erwachte er, kleidete sich an und ging, während seine Frau in ihrer lärmenden Weise das Mittagbrot bereitete, hinaus auf die Straße, wo er Tobiaschen sogleich aufgriff, der mit den Fingern Kalk aus einem Loche in der Wand kratzte und in den Mund steckte. Der Wärter nahm ihn bei der Hand und ging mit ihm an den etwa acht Häuschen des Ortes vorüber bis hinunter zur Spree, die schwarz und glasig zwischen schwach belaubten Pappeln lag. Dicht am Rande des Wassers befand sich ein Granitblock, auf welchen Thiel sich niederließ.

Der ganze Ort hatte sich gewöhnt, ihn bei nur irgend erträglichem Wetter an dieser Stelle zu erblicken. Die Kinder besonders hingen an ihm, nannten ihn »Vater Thiel« und wurden von ihm in mancherlei Spielen unterrichtet, deren er sich aus seiner Jugendzeit erinnerte. Das Beste jedoch von dem Inhalt seiner Erinnerungen war für Tobias. Er schnitzelte ihm Fitschepfeile, die höher flogen als die aller anderen Jungen. Er schnitt ihm Weidenpfeifchen und ließ sich sogar herbei, mit seinem verrosteten Baß das Beschwörungslied zu singen, während er mit dem Horngriff seines Taschenmessers die Rinde leise klopfte.

Die Leute verübelten ihm seine Läppschereien; es war ihnen unerfindlich, wie er sich mit den Rotznasen so viel abgeben konnte. Im Grunde durften sie jedoch damit zufrieden sein, denn die Kinder waren unter seiner Obhut gut aufgehoben. Überdies nahm Thiel auch ernste Dinge mit ihnen vor, hörte den Großen ihre Schulaufgaben ab, half ihnen beim Lernen der Bibel- und Gesangbuchverse und buchstabierte mit den Kleinen a – b – ab, d – u – du, und so fort.

Nach dem Mittagessen legte sich der Wärter abermals zu kurzer Ruhe nieder. Nachdem sie beendigt, trank er den Nachmittagskaffee und begann gleich darauf, sich für den Gang in den Dienst vorzubereiten. Er brauchte dazu, wie zu allen seinen Verrichtungen, viel Zeit; jeder Handgriff war seit Jahren geregelt; in stets gleicher Reihenfolge wanderten die sorgsam auf der kleinen Nußbaumkommode ausgebreiteten Gegenstände: Messer, Notizbuch, Kamm, ein Pferdezahn, eine alte, eingekapselte Uhr, in die Taschen seiner Kleider. Ein kleines, in rotes Papier eingeschlagenes Büchelchen wurde mit besonderer Sorgfalt behandelt. Es lag während der Nacht unter dem Kopfkissen des Wärters und wurde am Tage von ihm stets in der Brusttasche des Dienstrockes herumgetragen. Auf der Etikette unter dem Umschlag stand in unbeholfenen, aber verschnörkelten Schriftzügen, von Thiels Hand geschrieben: »Sparkassenbuch des Tobias Thiel«.

Die Wanduhr mit dem langen Pendel und dem gelbsüchtigen Zifferblatt zeigte dreiviertel fünf, als Thiel fortging. Ein kleiner Kahn, sein Eigentum, brachte ihn über den Fluß. Am jenseitigen Spreeufer blieb er einige Male stehen und lauschte nach dem Ort zurück. Endlich bog er in einen breiten Waldweg und befand sich nach wenigen Minuten inmitten des tiefaufrauschenden Kiefernforstes, dessen Nadelmassen einem schwarzgrünen, wellenwerfenden Meere glichen. Unhörbar wie auf Filz schritt er über die feuchte Moos- und Nadelschicht des Waldbodens. Er fand seinen Weg, ohne aufzublicken, hier durch die rostbraunen Säulen des Hochwaldes, dort weiterhin durch dichtverschlungenes Jungholz, noch weiter über ausgedehnte Schonungen, die von einzelnen hohen und schlanken Kiefern überschattet wurden, welche man zum Schutze für den Nachwuchs aufbehalten hatte. Ein bläulicher, durchsichtiger, mit allerhand Düften geschwängerter Dunst stieg aus der Erde auf und ließ die Formen der Bäume verwaschen erscheinen. Ein schwerer, milchiger Himmel hing tief herab über die Baumwipfel. Krähenschwärme badeten gleichsam im Grau der Luft, unaufhörlich ihre knarrenden Rufe ausstoßend. Schwarze Wasserlachen füllten die Vertiefungen des Weges und spiegelten die trübe Natur noch trüber wider.

Ein furchtbares Wetter, dachte Thiel, als er aus tiefem Nachdenken erwachte und aufschaute.

Plötzlich jedoch bekamen seine Gedanken eine andere Richtung. Er fühlte dunkel, daß er etwas daheim vergessen haben müsse, und wirklich vermißte er beim Durchsuchen seiner Taschen das Butterbrot, welches er der langen Dienstzeit halber stets mitzunehmen genötigt war. Unschlüssig blieb er eine Weile stehen, wandte sich dann aber plötzlich und eilte in der Richtung des Dorfes zurück.

In kurzer Zeit hatte er die Spree erreicht, setzte mit wenigen kräftigen Ruderschlägen über und stieg gleich darauf, am ganzen Körper schwitzend, die sanft ansteigende Dorfstraße hinauf. Der alte, schäbige Pudel des Krämers lag mitten auf der Straße. Auf dem geteerten Plankenzaune eines Kossätenhofes saß eine Nebelkrähe. Sie spreizte die Federn, schüttelte sich, nickte, stieß ein ohrenzerreißendes Krä-krä aus und erhob sich mit pfeifendem Flügelschlag, um sich vom Winde in der Richtung des Forstes davontreiben zu lassen.

Von den Bewohnern der kleinen Kolonie, etwa zwanzig Fischern und Waldarbeitern mit ihren Familien, war nichts zu sehen.

Der Ton einer kreischenden Stimme unterbrach die Stille so laut und schrill, daß der Wärter unwillkürlich mit Laufen innehielt. Ein Schwall heftig herausgestoßner, mißtönender Laute schlug an sein Ohr, die aus dem offnen Giebelfenster eines niedrigen Häuschens zu kommen schienen, welches er nur zu wohl kannte.

Das Geräusch seiner Schritte nach Möglichkeit dämpfend, schlich er sich näher und unterschied nun ganz deutlich die Stimme seiner Frau. Nur noch wenige Bewegungen, und die meisten ihrer Worte wurden ihm verständlich.

»Was, du unbarmherziger, herzloser Schuft! soll sich das elende Wurm die Plautze ausschreien vor Hunger? – wie? – na, wart nur, wart, ich will dich lehren aufpassen! – du sollst dran denken.« Einige Augenblicke blieb es still; dann hörte man ein Geräusch, wie wenn Kleidungsstücke ausgeklopft würden; unmittelbar darauf entlud sich ein neues Hagelwetter von Schimpfworten.

»Du erbärmlicher Grünschnabel«, scholl es im schnellsten Tempo herunter, »meinst du, ich sollte mein leibliches Kind wegen solch einem Jammerlappen, wie du bist, verhungern lassen?« – »Halt's Maul!« schrie es, als ein leises Wimmern hörbar wurde, »oder du sollst eine Portion kriegen, an der du acht Tage zu fressen hast.«

Das Wimmern verstummte nicht.

Der Wärter fühlte, wie sein Herz in schweren, unregelmäßigen Schlägen ging. Er begann leise zu zittern. Seine Blicke hingen wie abwesend am Boden fest, und die plumpe und harte Hand strich mehrmals ein Büschel nasser Haare zur Seite, das immer von neuem in die sommersprossige Stirne hineinfiel.

Einen Augenblick drohte es ihn zu überwältigen. Es war ein Krampf, der die Muskeln schwellen machte und die Finger der Hand zur Faust zusammenzog. Es ließ nach, und dumpfe Mattigkeit blieb zurück.

Unsicheren Schrittes trat der Wärter in den engen, ziegelgepflasterten Hausflur. Müde und langsam erklomm er die knarrende Holzstiege.

»Pfui, pfui, pfui!« hob es wieder an; dabei hörte man, wie jemand dreimal hintereinander mit allen Zeichen der Wut und Verachtung ausspie. »Du erbärmlicher, niederträchtiger, hinterlistiger, hämischer, feiger, gemeiner Lümmel!« Die Worte folgten einander in steigender Betonung, und die Stimme, welche sie herausstieß, schnappte zuweilen über vor Anstrengung. »Meinen Buben willst du schlagen, was? Du elende Göre unterstehst dich, das arme, hilflose Kind aufs Maul zu schlagen? – wie? – he, wie? – Ich will mich nur nicht dreckig machen an dir, sonst – . . .«

In diesem Augenblick öffnete Thiel die Tür des Wohnzimmers, weshalb der erschrockenen Frau das Ende des begonnenen Satzes in der Kehle steckenblieb.

Sie war kreidebleich vor Zorn; ihre Lippen zuckten bösartig; sie hatte die Rechte erhoben, senkte sie und griff nach dem Milchtopf, aus dem sie ein Kinderfläschchen vollzufüllen versuchte. Sie ließ jedoch diese Arbeit, da der größte Teil der Milch über den Flaschenhals auf den Tisch rann, halb verrichtet, griff vollkommen fassungslos vor Erregung bald nach diesem, bald nach jenem Gegenstand, ohne ihn länger als einige Augenblicke festhalten zu können, und ermannte sich endlich so weit, ihren Mann heftig anzulassen: was es denn heißen solle, daß er um diese ungewöhnliche Zeit nach Hause käme, er würde sie doch nicht etwa gar belauschen wollen. »Das wäre noch das Letzte«, meinte sie, und gleich darauf: sie habe ein reines Gewissen und brauche vor niemand die Augen niederzuschlagen.

Thiel hörte kaum, was sie sagte. Seine Blicke streiften flüchtig das heulende Tobiaschen. Einen Augenblick schien es, als müsse er gewaltsam etwas Furchtbares zurückhalten, was in ihm aufstieg; dann legte sich über die gespannten Mienen plötzlich das alte Phlegma, von einem verstohlnen begehrlichen Aufblitzen der Augen seltsam belebt. Sekundenlang spielte sein Blick über den starken Gliedmaßen seines Weibes, das, mit abgewandtem Gesicht herumhantierend, noch immer nach Fassung suchte. Ihre vollen, halbnackten Brüste blähten sich vor Erregung und drohten das Mieder zu sprengen, und ihre aufgerafften Röcke ließen die breiten Hüften noch breiter erscheinen. Eine Kraft schien von dem Weibe auszugehen, unbezwingbar, unentrinnbar, der Thiel sich nicht gewachsen fühlte.

Leicht gleich einem feinen Spinngewebe und doch fest wie ein Netz von Eisen legte es sich um ihn, fesselnd, überwindend, erschlaffend. Er hätte in diesem Zustand überhaupt kein Wort an sie zu richten vermocht, am allerwenigsten ein hartes, und so mußte Tobias, der in Tränen gebadet und verängstet in einer Ecke hockte, sehen, wie der Vater, ohne auch nur weiter nach ihm umzuschauen, das vergeßne Brot von der Ofenbank nahm, es der Mutter als einzige Erklärung hinhielt und mit einem kurzen, zerstreuten Kopfnicken sogleich wieder verschwand.

3

Obgleich Thiel den Weg in seine Waldeinsamkeit mit möglichster Eile zurücklegte, kam er doch erst fünfzehn Minuten nach der ordnungsmäßigen Zeit an den Ort seiner Bestimmung.

Der Hilfswärter, ein infolge des bei seinem Dienst unumgänglichen schnellen Temperaturwechsels schwindsüchtig gewordener Mensch, der mit ihm im Dienste abwechselte, stand schon fertig zum Aufbruch auf der kleinen, sandigen Plattform des Häuschens, dessen große Nummer schwarz auf weiß weithin durch die Stämme leuchtete.

Die beiden Männer reichten sich die Hände, machten sich einige kurze Mitteilungen und trennten sich. Der eine verschwand im Innern der Bude, der andre ging quer über die Strecke, die Fortsetzung jener Straße benutzend, welche Thiel gekommen war. Man hörte sein krampfhaftes Husten erst näher, dann ferner durch die Stämme, und mit ihm verstummte der einzige menschliche Laut in dieser Einöde. Thiel begann wie immer so auch heute damit, das enge, viereckige Steingebauer der Wärterbude auf seine Art für die Nacht herzurichten. Er tat es mechanisch, während sein Geist mit dem Eindruck der letzten Stunden beschäftigt war. Er legte sein Abendbrot auf den schmalen, braungestrichnen Tisch an einem der beiden schlitzartigen Seitenfenster, von denen aus man die Strecke bequem übersehen konnte. Hierauf entzündete er in dem kleinen, rostigen Öfchen ein Feuer und stellte einen Topf kalten Wassers darauf. Nachdem er schließlich noch in die Gerätschaften, Schaufel, Spaten, Schraubstock und so weiter, einige Ordnung gebracht hatte, begab er sich ans Putzen seiner Laterne, die er zugleich mit frischem Petroleum versorgte.

Als dies geschehen war, meldete die Glocke mit drei schrillen Schlägen, die sich wiederholten, daß ein Zug in der Richtung von Breslau her aus der nächstliegenden Station abgelassen sei. Ohne die mindeste Hast zu zeigen, blieb Thiel noch eine gute Weile im Innern der Bude, trat endlich, Fahne und Patronentasche in der Hand, langsam ins Freie und bewegte sich trägen und schlürfenden Ganges über den schmalen Sandpfad, dem etwa zwanzig Schritt entfernten Bahnübergang zu. Seine Barrieren schloß und öffnete Thiel vor und nach jedem Zuge gewissenhaft, obgleich der Weg nur selten von jemand passiert wurde.

Er hatte seine Arbeit beendet und lehnte jetzt wartend an der schwarzweißen Sperrstange.

Die Strecke schnitt rechts und links gradlinig in den unabsehbaren grünen Forst hinein; zu ihren beiden Seiten stauten die Nadelmassen gleichsam zurück, zwischen sich eine Gasse frei lassend, die der rötlichbraune, kiesbestreute Bahndamm ausfüllte. Die schwarzen, parallellaufenden Geleise darauf glichen in ihrer Gesamtheit einer ungeheuren eisernen Netzmasche, deren schmale Strähne sich im äußersten Süden und Norden in einem Punkte des Horizontes zusammenzogen.

Der Wind hatte sich erhoben und trieb leise Wellen den Waldrand hinunter und in die Ferne hinein. Aus den Telegraphenstangen, die die Strecke begleiteten, tönten summende Akkorde. Auf den Drähten, die sich wie das Gewebe einer Riesenspinne von Stange zu Stange fortrankten, klebten in dichten Reihen Scharen zwitschernder Vögel. Ein Specht flog lachend über Thiels Kopf weg, ohne daß er eines Blickes gewürdigt wurde.

Die Sonne, welche soeben unter dem Rande mächtiger Wolken herabhing, um in das schwarzgrüne Wipfelmeer zu versinken, goß Ströme von Purpur über den Forst. Die Säulenarkaden der Kiefernstämme jenseits des Dammes entzündeten sich gleichsam von innen heraus und glühten wie Eisen.

Auch die Geleise begannen zu glühen, feurigen Schlangen gleich, aber sie erloschen zuerst; und nun stieg die Glut langsam vom Erdboden in die Höhe, erst die Schäfte der Kiefern, weiter den größten Teil ihrer Kronen in kaltem Verwesungslichte zurücklassend, zuletzt nur noch den äußersten Rand der Wipfel mit einem rötlichen Schimmer streifend. Lautlos und feierlich vollzog sich das erhabene Schauspiel. Der Wärter stand noch immer regungslos an der Barriere. Endlich trat er einen Schritt vor. Ein dunkler Punkt am Horizonte, da wo die Geleise sich trafen, vergrößerte sich. Von Sekunde zu Sekunde wachsend, schien er doch auf einer Stelle zu stehen. Plötzlich bekam er Bewegung und näherte sich. Durch die Geleise ging ein Vibrieren und Summen, ein rhythmisches Geklirr, ein dumpfes Getöse, das, lauter und lauter werdend, zuletzt den Hufschlägen eines heranbrausenden Reitergeschwaders nicht unähnlich war.

Ein Keuchen und Brausen schwoll stoßweise fernher durch die Luft. Dann plötzlich zerriß die Stille. Ein rasendes Tosen und Toben erfüllte den Raum, die Geleise bogen sich, die Erde zitterte – ein starker Luftdruck – eine Wolke von Staub, Dampf und Qualm, und das schwarze, schnaubende Ungetüm war vorüber. So wie sie anwuchsen, starben nach und nach die Geräusche. Der Dunst verzog sich. Zum Punkte eingeschrumpft, schwand der Zug in der Ferne, und das alte heil'ge Schweigen schlug über dem Waldwinkel zusammen.

»Minna«, flüsterte der Wärter, wie aus einem Traum erwacht, und ging nach seiner Bude zurück. Nachdem er sich einen dünnen Kaffee aufgebrüht, ließ er sich nieder und starrte, von Zeit zu Zeit einen Schluck zu sich nehmend, auf ein schmutziges Stück Zeitungspapier, das er irgendwo an der Strecke aufgelesen.

Nach und nach überkam ihn eine seltsame Unruhe. Er schob es auf die Backofenglut, welche das Stübchen erfüllte, und riß Rock und Weste auf, um sich zu erleichtern. Wie das nichts half, erhob er sich, nahm einen Spaten aus der Ecke und begab sich auf das geschenkte Äckerchen.

Es war ein schmaler Streifen Sandes, von Unkraut dicht überwuchert. Wie schneeweißer Schaum lag die junge Blütenpracht auf den Zweigen der beiden Zwergobstbäumchen, welche darauf standen.

Thiel wurde ruhig, und ein stilles Wohlgefallen beschlich ihn.

Nun also an die Arbeit.

Der Spaten schnitt knirschend in das Erdreich; die nassen Schollen fielen dumpf zurück und bröckelten auseinander.

Eine Zeitlang grub er ohne Unterbrechung. Dann hielt er plötzlich inne und sagte laut und vernehmlich vor sich hin, indem er dazu bedenklich den Kopf hin und her wiegte: »Nein, nein, das geht ja nicht«, und wieder: »Nein, nein, das geht ja gar nicht.«

Es war ihm plötzlich eingefallen, daß ja nun Lene des öftern herauskommen würde, um den Acker zu bestellen, wodurch dann die hergebrachte Lebensweise in bedenkliche Schwankungen geraten mußte. Und jäh verwandelte sich seine Freude über den Besitz des Ackers in Widerwillen. Hastig, wie wenn er etwas Unrechtes zu tun im Begriff gestanden hätte, riß er den Spaten aus der Erde und trug ihn nach der Bude zurück. Hier versank er abermals in dumpfe Grübelei. Er wußte kaum, warum, aber die Aussicht, Lene ganze Tage lang bei sich im Dienst zu haben, wurde ihm, sosehr er auch versuchte, sich damit zu versöhnen, immer unerträglicher. Es kam ihm vor, als habe er etwas ihm Wertes zu verteidigen, als versuchte jemand, sein Heiligstes anzutasten, und unwillkürlich spannten sich seine Muskeln in gelindem Krampfe, während ein kurzes, herausforderndes Lachen seinen Lippen entfuhr. Vom Widerhall dieses Lachens erschreckt, blickte er auf und verlor dabei den Faden seiner Betrachtungen. Als er ihn wiedergefunden, wühlte er sich gleichsam in den alten Gegenstand.

Und plötzlich zerriß etwas wie ein dichter, schwarzer Vorhang in zwei Stücke, und seine umnebelten Augen gewannen einen klaren Ausblick. Es war ihm auf einmal zumute, als erwachte er aus einem zweijährigen totenähnlichen Schlaf und betrachte nun mit ungläubigem Kopfschütteln all das Haarsträubende, welches er in diesem Zustand begangen haben sollte. Die Leidensgeschichte seines Ältesten, welche die Eindrücke der letzten Stunden nur noch hatten besiegeln können, trat deutlich vor seine Seele. Mitleid und Reue ergriff ihn sowie auch eine tiefe Scham darüber, daß er diese ganze Zeit in schmachvoller Duldung hingelebt hatte, ohne sich des lieben, hilflosen Geschöpfes anzunehmen, ja ohne auch nur die Kraft zu finden, sich einzugestehen, wie sehr dieses litt.

Über den selbstquälerischen Vorstellungen all seiner Unterlassungssünden überkam ihn eine schwere Müdigkeit, und so entschlief er mit gekrümmtem Rücken, die Stirn auf die Hand, diese auf den Tisch gelegt.

Eine Zeitlang hatte er so gelegen, als er mit erstickter Stimme mehrmals den Namen »Minna« rief.

Ein Brausen und Sausen füllte sein Ohr, wie von unermeßlichen Wassermassen; es wurde dunkel um ihn, er riß die Augen auf und erwachte. Seine Glieder flogen, der Angstschweiß drang ihm aus allen Poren, sein Puls ging unregelmäßig, sein Gesicht war naß von Tränen.

Es war stockdunkel. Er wollte einen Blick nach der Tür werfen, ohne zu wissen, wohin er sich wenden sollte. Taumelnd erhob er sich, noch immer währte seine Herzensangst. Der Wald draußen rauschte wie Meeresbrandung, der Wind warf Hagel und Regen gegen die Fenster des Häuschens. Thiel tastete ratlos mit den Händen umher. Einen Augenblick kam er sich vor wie ein Ertrinkender – da plötzlich flammte es bläulich blendend auf, wie wenn Tropfen überirdischen Lichtes in die dunkle Erdatmosphäre herabsänken, um sogleich von ihr erstickt zu werden.

Der Augenblick genügte, um den Wärter zu sich selbst zu bringen. Er griff nach seiner Laterne, die er auch glücklich zu fassen bekam, und in diesem Augenblick erwachte der Donner am fernsten Saume des märkischen Nachthimmels. Erst dumpf und verhalten grollend, wälzte er sich näher in kurzen, brandenden Erzwellen, bis er, zu Riesenstößen anwachsend, sich endlich, die ganze Atmosphäre überflutend, dröhnend, schüttelnd und brausend entlud.

Die Scheiben klirrten, die Erde erbebte.

Thiel hatte Licht gemacht. Sein erster Blick, nachdem er die Fassung wiedergewonnen, galt der Uhr. Es lagen kaum fünf Minuten zwischen jetzt und der Ankunft des Schnellzuges. Da er glaubte, das Signal überhört zu haben, begab er sich, so schnell als Sturm und Dunkelheit erlaubten, nach der Barriere. Als er noch damit beschäftigt war, diese zu schließen, erklang die Signalglocke. Der Wind zerriß ihre Töne und warf sie nach allen Richtungen auseinander. Die Kiefern bogen sich und rieben unheimlich knarrend und quetschend ihre Zweige aneinander. Einen Augenblick wurde der Mond sichtbar, wie er gleich einer blaßgoldnen Schale zwischen den Wolken lag. In seinem Lichte sah man das Wühlen des Windes in den schwarzen Kronen der Kiefern. Die Blattgehänge der Birken am Bahndamm wehten und flatterten wie gespenstige Roßschweife. Darunter lagen die Linien der Geleise, welche, vor Nässe glänzend, das blasse Mondlicht in einzelnen Flecken aufsaugten.

Thiel riß die Mütze vom Kopfe. Der Regen tat ihm wohl und lief vermischt mit Tränen über sein Gesicht. Es gärte in seinem Hirn; unklare Erinnerungen an das, was er im Traum gesehen, verjagten einander. Es war ihm gewesen, als würde Tobias von jemand gemißhandelt, und zwar auf eine so entsetzliche Weise, daß ihm noch jetzt bei dem Gedanken daran das Herz stillestand. Einer anderen Erscheinung erinnerte er sich deutlicher. Er hatte seine verstorbene Frau gesehen. Sie war irgendwoher aus der Ferne gekommen, auf einem der Bahngeleise. Sie hatte recht kränklich ausgesehen, und statt der Kleider hatte sie Lumpen getragen. Sie war an Thiels Häuschen vorübergekommen, ohne sich darnach umzuschauen, und schließlich – hier wurde die Erinnerung undeutlich – war sie aus irgendwelchem Grunde nur mit großer Mühe vorwärts gekommen und sogar mehrmals zusammengebrochen.

Thiel dachte weiter nach, und nun wußte er, daß sie sich auf der Flucht befunden hatte. Es lag außer allem Zweifel, denn weshalb hätte sie sonst diese Blicke voll Herzensangst nach rückwärts gesandt und sich weitergeschleppt, obgleich ihr die Füße den Dienst versagten. O diese entsetzlichen Blicke!

Aber es war etwas, das sie mit sich trug, in Tücher gewickelt, etwas Schlaffes, Blutiges, Bleiches, und die Art, mit der sie darauf niederblickte, erinnerte ihn an Szenen der Vergangenheit.

Er dachte an eine sterbende Frau, die ihr kaum geborenes Kind, das sie zurücklassen mußte, unverwandt anblickte, mit einem Ausdruck tiefsten Schmerzes, unfaßbarer Qual, jenem Ausdruck, den Thiel ebensowenig vergessen konnte, wie daß er einen Vater und eine Mutter habe.

Wo war sie hingekommen? Er wußte es nicht. Das aber trat ihm klar vor die Seele: sie hatte sich von ihm losgesagt, ihn nicht beachtet, sie hatte sich fortgeschleppt immer weiter und weiter durch die stürmische, dunkle Nacht. Er hatte sie gerufen: »Minna, Minna«, und davon war er erwacht.

Zwei rote, runde Lichter durchdrangen wie die Glotzaugen eines riesigen Ungetüms die Dunkelheit. Ein blutiger Schein ging vor ihnen her, der die Regentropfen in seinem Bereich in Blutstropfen verwandelte. Es war, als fiele ein Blutregen vom Himmel.

Thiel fühlte ein Grauen und, je näher der Zug kam, eine um so größere Angst; Traum und Wirklichkeit verschmolzen ihm in eins. Noch immer sah er das wandernde Weib auf den Schienen, und seine Hand irrte nach der Patronentasche, als habe er die Absicht, den rasenden Zug zum Stehen zu bringen. Zum Glück war es zu spät, denn schon flirrte es vor Thiels Augen von Lichtern, und der Zug raste vorüber.

Den übrigen Teil der Nacht fand Thiel wenig Ruhe mehr in seinem Dienst. Es drängte ihn, daheim zu sein. Er sehnte sich, Tobiaschen wiederzusehen. Es war ihm zumute, als sei er durch Jahre von ihm getrennt gewesen. Zuletzt war er in steigender Bekümmernis um das Befinden des Jungen mehrmals versucht, den Dienst zu verlassen.

Um die Zeit hinzubringen, beschloß Thiel, sobald es dämmerte, seine Strecke zu revidieren. In der Linken einen Stock, in der Rechten einen langen eisernen Schraubschlüssel, schritt er denn auch alsbald auf dem Rücken einer Bahnschiene in das schmutziggraue Zwielicht hinein.

Hin und wieder zog er mit dem Schraubschlüssel einen Bolzen fest oder schlug an eine der runden Eisenstangen, welche die Geleise untereinander verbanden.

Regen und Wind hatten nachgelassen, und zwischen zerschlissenen Wolkenschichten wurden hie und da Stücke eines blaßblauen Himmels sichtbar.

Das eintönige Klappen der Sohlen auf dem harten Metall, verbunden mit dem schläfrigen Geräusch der tropfenschüttelnden Bäume, beruhigte Thiel nach und nach.

Um sechs Uhr früh wurde er abgelöst und trat ohne Verzug den Heimweg an.

Es war ein herrlicher Sonntagmorgen.

Die Wolken hatten sich zerteilt und waren mittlerweile hinter den Umkreis des Horizontes hinabgesunken. Die Sonne goß, im Aufgehen gleich einem ungeheuren blutroten Edelstein funkelnd, wahre Lichtmassen über den Forst.

In scharfen Linien schossen die Strahlenbündel durch das Gewirr der Stämme, hier eine Insel zarter Farrenkräuter, deren Wedel feingeklöppelten Spitzen glichen, mit Glut behauchend, dort die silbergrauen Flechten des Waldgrundes zu roten Korallen umwandelnd.

Von Wipfeln, Stämmen und Gräsern floß der Feuertau. Eine Sintflut von Licht schien über die Erde ausgegossen. Es lag eine Frische in der Luft, die bis ins Herz drang, und auch hinter Thiels Stirn mußten die Bilder der Nacht allmählich verblassen.

Mit dem Augenblick jedoch, wo er in die Stube trat und Tobiaschen rotwangiger denn je im sonnenbeschienenen Bette liegen sah, waren sie ganz verschwunden.

Wohl wahr! Im Verlauf des Tages glaubte Lene mehrmals etwas Befremdliches an ihm wahrzunehmen; so im Kirchstuhl, als er, statt ins Buch zu schauen, sie selbst von der Seite betrachtete, und dann auch um die Mittagszeit, als er, ohne ein Wort zu sagen, das Kleine, welches Tobias wie gewöhnlich auf die Straße tragen sollte, aus dessen Arm nahm und ihr auf den Schoß setzte. Sonst aber hatte er nicht das geringste Auffällige an sich.

Thiel, der den Tag über nicht dazu gekommen war, sich niederzulegen, kroch, da er die folgende Woche Tagdienst hatte, bereits gegen neun Uhr abends ins Bett. Gerade als er im Begriff war einzuschlafen, eröffnete ihm die Frau, daß sie am folgenden Morgen mit nach dem Walde gehen werde, um das Land umzugraben und Kartoffeln zu stecken.

Thiel zuckte zusammen; er war ganz wach geworden, hielt jedoch die Augen fest geschlossen.

Es sei die höchste Zeit, meinte Lene, wenn aus den Kartoffeln noch etwas werden sollte, und fügte bei, daß sie die Kinder werde mitnehmen müssen, da vermutlich der ganze Tag draufgehen würde. Der Wärter brummte einige unverständliche Worte, die Lene weiter nicht beachtete. Sie hatte ihm den Rücken gewandt und war beim Scheine eines Talglichtes damit beschäftigt, das Mieder aufzunesteln und die Röcke herabzulassen.

Plötzlich fuhr sie herum, ohne selbst zu wissen, aus welchem Grunde, und blickte in das von Leidenschaften verzerrte, erdfarbene Gesicht ihres Mannes, der sie, halbaufgerichtet, die Hände auf der Bettkante, mit brennenden Augen anstarrte.

»Thiel!« – schrie die Frau halb zornig, halb erschreckt, und wie ein Nachtwandler, den man bei Namen ruft, erwachte er aus seiner Betäubung, stotterte einige verwirrte Worte, warf sich in die Kissen zurück und zog das Deckbett über die Ohren.

Lene war die erste, welche sich am folgenden Morgen vom Bett erhob. Ohne dabei Lärm zumachen, bereitete sie alles Nötige für den Ausflug vor. Der Kleinste wurde in den Kinderwagen gelegt, darauf Tobias geweckt und angezogen. Als er erfuhr, wohin es gehen sollte, mußte er lächeln. Nachdem alles bereit war und auch der Kaffee fertig auf dem Tisch stand, erwachte Thiel. Mißbehagen war sein erstes Gefühl beim Anblick all der getroffenen Vorbereitungen. Er hätte wohl gern ein Wort dagegen gesagt, aber er wußte nicht, womit beginnen. Und welche für Lene stichhaltigen Gründe hätte er auch angeben sollen?

Allmählich begann dann das mehr und mehr strahlende Gesichtchen seinen Einfluß auf Thiel zu üben, so daß er schließlich schon um der Freude willen, welche dem Jungen der Ausflug bereitete, nicht daran denken konnte, Widerspruch zu erheben. Nichtsdestoweniger blieb Thiel während der Wanderung durch den Wald nicht frei von Unruhe. Er stieß das Kinderwägelchen mühsam durch den tiefen Sand und hatte allerhand Blumen darauf liegen, die Tobias gesammelt hatte.

Der Junge war ausnehmend lustig. Er hüpfte in seinem braunen Plüschmützchen zwischen den Farrenkräutern umher und suchte auf eine freilich etwas unbeholfene Art die glasflügligen Libellen zu fangen, die darüber hingaukelten. Sobald man angelangt war, nahm Lene den Acker in Augenschein. Sie warf das Säckchen mit Kartoffelstücken, welche sie zur Saat mitgebracht hatte, auf den Grasrand eines kleines Birkengehölzes, kniete nieder und ließ den etwas dunkel gefärbten Sand durch ihre harten Finger laufen.

Thiel beobachtete sie gespannt: »Nun, wie ist er?«

»Reichlich so gut wie die Spree-Ecke!« Dem Wärter fiel eine Last von der Seele. Er hatte gefürchtet, sie würde unzufrieden sein, und kratzte beruhigt seine Bartstoppeln.

Nachdem die Frau hastig eine dicke Brotkante verzehrt hatte, warf sie Tuch und Jacke fort und begann zu graben, mit der Geschwindigkeit und Ausdauer einer Maschine.

In bestimmten Zwischenräumen richtete sie sich auf und holte in tiefen Zügen Luft, aber es war jeweilig nur ein Augenblick, wenn nicht etwa das Kleine gestillt werden mußte, was mit keuchender, schweißtropfender Brust hastig geschah.

»Ich muß die Strecke belaufen, ich werde Tobias mitnehmen«, rief der Wärter nach einer Weile von der Plattform vor der Bude aus zu ihr herüber.

»Ach was – Unsinn!« schrie sie zurück, »wer soll bei dem Kleinen bleiben? – Hierher kommst du!« setzte sie noch lauter hinzu, während der Wärter, als ob er sie nicht hören könne, mit Tobiaschen davonging.

Im ersten Augenblick erwog sie, ob sie nicht nachlaufen solle, und nur der Zeitverlust bestimmte sie, davon abzustehen. Thiel ging mit Tobias die Strecke entlang. Der Kleine war nicht wenig erregt; alles war ihm neu, fremd. Er begriff nicht, was die schmalen, schwarzen, vom Sonnenlicht erwärmten Schienen zu bedeuten hatten. Unaufhörlich tat er allerhand sonderbare Fragen. Vor allem verwunderlich war ihm das Klingen der Telegraphenstangen. Thiel kannte den Ton jeder einzelnen seines Reviers, so daß er mit geschlossenen Augen stets gewußt haben würde, in welchem Teil der Strecke er sich gerade befand.

Oft blieb er, Tobiaschen an der Hand, stehen, um den wunderbaren Lauten zu lauschen, die aus dem Holze wie sonore Choräle aus dem Innern einer Kirche hervorströmten. Die Stange am Südende des Reviers hatte einen besonders vollen und schönen Akkord. Es war ein Gewühl von Tönen in ihrem Innern, die ohne Unterbrechung gleichsam in einem Atem fortklangen, und Tobias lief rings um das verwitterte Holz, um, wie er glaubte, durch eine Öffnung die

Urheber des lieblichen Getöns zu entdecken. Der Wärter wurde weihevoll gestimmt, ähnlich wie in der Kirche. Zudem unterschied er mit der Zeit eine Stimme, die ihn an seine verstorbene Frau erinnerte. Er stellte sich vor, es sei ein Chor seliger Geister, in den sie ja auch ihre Stimme mische, und diese Vorstellung erweckte in ihm eine Sehnsucht, eine Rührung bis zu Tränen.

Tobias verlangte nach den Blumen, die seitab im Birkenwäldchen standen, und Thiel, wie immer, gab ihm nach.

Stücke blauen Himmels schienen auf den Boden des Haines herabgesunken, so wunderbar dicht standen kleine blaue Blüten darauf. Farbigen Wimpeln gleich flatterten und gaukelten die Schmetterlinge lautlos zwischen dem leuchtenden Weiß der Stämme, indes durch die zartgrünen Blätterwolken der Birkenkronen ein sanftes Rieseln ging.

Tobias rupfte Blumen, und der Vater schaute ihm sinnend zu. Zuweilen erhob sich auch der Blick des letzteren und suchte durch die Lücken der Blätter den Himmel, der wie eine riesige, makellose blaue Kristallschale das Goldlicht der Sonne auffing.

»Vater, ist das der liebe Gott?« fragte der Kleine plötzlich, auf ein braunes Eichhörnchen deutend, das unter kratzenden Geräuschen am Stamme einer alleinstehenden Kiefer hinanhuschte.

»Närrischer Kerl«, war alles, was Thiel erwidern konnte, während losgerissene Borkenstückchen den Stamm herunter vor seine Füße fielen.

Die Mutter grub noch immer, als Thiel und Tobias zurückkamen. Die Hälfte des Ackers war bereits umgeworfen.

Die Bahnzüge folgten einander in kurzen Zwischenräumen, und Tobias sah sie jedesmal mit offenem Munde vorübertoben.

Die Mutter selbst hatte ihren Spaß an seinen drolligen Grimassen.

Das Mittagessen, bestehend aus Kartoffeln und einem Restchen kalten Schweinebraten, verzehrte man in der Bude. Lene war aufgeräumt, und auch Thiel schien sich in das Unvermeidliche mit gutem Anstand fügen zu wollen. Er unterhielt seine Frau während des Essens mit allerlei Dingen, die in seinen Beruf schlugen. So fragte er sie, ob sie sich denken könne, daß in einer einzigen Bahnschiene sechsundvierzig Schrauben säßen, und anderes mehr.

Am Vormittage war Lene mit Umgraben fertig geworden; am Nachmittage sollten die Kartoffeln gesteckt werden. Sie bestand darauf, daß Tobias jetzt das Kleine warte, und nahm ihn mit sich.

»Paß auf...«, rief Thiel ihr nach, von plötzlicher Besorgnis ergriffen, »paß auf, daß er den Geleisen nicht zu nahe kommt.«

Ein Achselzucken Lenens war die Antwort.

Der schlesische Schnellzug war gemeldet, und Thiel mußte auf seinen Posten. Kaum stand er dienstfertig an der Barriere, so hörte er ihn auch schon heranbrausen.

Der Zug wurde sichtbar – er kam näher – in unzählbaren, sich überhastenden Stößen fauchte der Dampf aus dem schwarzen Maschinenschlote. Da: ein – zwei – drei milchweiße Dampfstrahlen quollen kerzengerade empor, und gleich darauf brachte die Luft den Pfiff der Maschine getragen. Dreimal hintereinander, kurz, grell, beängstigend. Sie bremsen, dachte Thiel, warum nur? Und wieder gellten die Notpfiffe schreiend, den Widerhall weckend, diesmal in langer, ununterbrochener Reihe.

Thiel trat vor, um die Strecke überschauen zu können. Mechanisch zog er die rote Fahne aus dem Futteral und hielt sie gerade vor sich hin über die Geleise. – Jesus Christus – war er blind gewesen? Jesus Christus – o Jesus, Jesus, Jesus Christus! was war das? Dort! – dort zwischen den Schienen... »Ha-alt!« schrie der Wärter aus Leibeskräften. Zu spät. Eine dunkle Masse war unter den Zug geraten und wurde zwischen den Rädern wie ein Gummiball hin und her geworfen. Noch einige Augenblicke, und man hörte das Knarren und Quietschen der Bremsen. Der Zug stand.

Die einsame Strecke belebte sich. Zugführer und Schaffner rannten über den Kies nach dem Ende des Zuges. Aus jedem Fenster blickten neugierige Gesichter, und jetzt – die Menge knäulte sich und kam nach vorn.

Thiel keuchte; er mußte sich festhalten, um nicht umzusinken wie ein gefällter Stier. Wahrhaftig, man winkt ihm – »Nein!«

Ein Aufschrei zerreißt die Luft von der Unglücksstelle her, ein Geheul folgt, wie aus der Kehle eines Tieres kommend. Wer war das?! Lene?! Es war nicht ihre Stimme, und doch...

Ein Mann kommt in Eile die Strecke herauf.

»Wärter!«

»Was gibt's?«

»Ein Unglück!«... Der Bote schrickt zurück, denn des Wärters Augen spielen seltsam. Die Mütze sitzt schief, die roten Haare scheinen sich aufzubäumen.

»Er lebt noch, vielleicht ist noch Hilfe.«

Ein Röcheln ist die einzige Antwort.

»Kommen Sie schnell, schnell!«

Thiel reißt sich auf mit gewaltiger Anstrengung. Seine schlaffen Muskeln spannen sich; er richtet sich hoch auf, sein Gesicht ist blöd und tot.

Er rennt mit dem Boten, er sieht nicht die todbleichen, erschreckten Gesichter der Reisenden in den Zugfenstern. Eine junge Frau schaut heraus, ein Handlungsreisender im Fez, ein junges Paar, anscheinend auf der Hochzeitsreise. Was geht's ihn an? Er hat sich nie um den Inhalt dieser Polterkasten gekümmert; – sein Ohr füllt das Geheul Lenens. Vor seinen Augen schwimmt es durcheinander, gelbe Punkte, Glühwürmchen gleich, unzählig. Er schrickt zurück – er steht. Aus dem Tanze der Glühwürmchen tritt es hervor, blaß, schlaff, blutrünstig. Eine Stirn, braun und blau geschlagen, blaue Lippen, über die schwarzes Blut tröpfelt. Er ist es.

Thiel spricht nicht. Sein Gesicht nimmt eine schmutzige Blässe an. Er lächelt wie abwesend; endlich beugt er sich; er fühlt die schlaffen, toten Gliedmaßen schwer in seinen Armen; die rote Fahne wickelt sich darum.

Er geht.

Wohin?

»Zum Bahnarzt, zum Bahnarzt«, tönt es durcheinander.

»Wir nehmen ihn gleich mit«, ruft der Packmeister und macht in seinem Wagen aus Dienströcken und Büchern ein Lager zurecht. »Nun also?«

Thiel macht keine Anstalten, den Verunglückten loszulassen. Man drängt in ihn. Vergebens. Der Packmeister läßt eine Bahre aus dem Packwagen reichen und beordert einen Mann, dem Vater beizustehen.

Die Zeit ist kostbar. Die Pfeife des Zugführers trillert. Münzen regnen aus den Fenstern.

Lene gebärdet sich wie wahnsinnig. »Das arme, arme Weib«, heißt es in den Coupés, »die arme, arme Mutter.«

Der Zugführer trillert abermals – ein Pfiff – die Maschine stößt weiße, zischende Dämpfe aus ihren Zylindern und streckt ihre eisernen Sehnen; einige Sekunden, und der Kurierzug braust mit wehender Rauchfahne in verdoppelter Geschwindigkeit durch den Forst.

Der Wärter, anderen Sinnes geworden, legt den halbtoten Jungen auf die Bahre. Da liegt er da in seiner verkommenen Körpergestalt, und hin und wieder hebt ein langer, rasselnder Atemzug die knöcherne Brust, welche unter dem zerfetzten Hemd sichtbar wird. Die Ärmchen und Beinchen, nicht nur in den Gelenken gebrochen, nehmen die unnatürlichsten Stellungen ein. Die Ferse des kleinen Fußes ist nach vorn gedreht. Die Arme schlottern über den Rand der Bahre.

Lene wimmert in einem fort; jede Spur ihres einstigen Trotzes ist aus ihrem Wesen gewichen. Sie wiederholt fortwährend eine Geschichte, die sie von jeder Schuld an dem Vorfall reinwaschen soll.

Thiel scheint sie nicht zu beachten; mit entsetzlich bangem Ausdruck haften seine Augen an dem Kinde.

Es ist still ringsum geworden, totenstill; schwarz und heiß ruhen die Geleise auf dem blendenden Kies. Der Mittag hat die Winde erstickt, und regungslos, wie aus Stein, steht der Forst.

Die Männer beraten sich leise. Man muß, um auf dem schnellsten Wege nach Friedrichshagen zu kommen, nach der Station zurück, die nach der Richtung Breslau liegt, da der nächste Zug, ein beschleunigter Personenzug, auf der Friedrichshagen näher gelegenen nicht anhält.

Thiel scheint zu überlegen, ob er mitgehen solle. Augenblicklich ist niemand da, der den Dienst versteht. Eine stumme Handbewegung bedeutet seiner Frau, die Bahre aufzunehmen; sie wagt nicht, sich zu widersetzen, obgleich sie um den zurückbleibenden Säugling besorgt ist. Sie und der fremde Mann tragen die

Bahre. Thiel begleitet den Zug bis an die Grenze seines Reviers, dann bleibt er stehen und schaut ihm lange nach. Plötzlich schlägt er sich mit der flachen Hand vor die Stirn, daß es weithin schallt.

Er meint sich zu erwecken; denn es wird ein Traum sein, wie der gestern, sagt er sich. – Vergebens. – Mehr taumelnd als laufend erreichte er sein Häuschen. Drinnen fiel er auf die Erde, das Gesicht voran. Seine Mütze rollte in die Ecke, seine peinlich gepflegte Uhr fiel aus seiner Tasche, die Kapsel sprang, das Glas zerbrach. Es war, als hielte ihn eine eiserne Faust im Nacken gepackt, so fest, daß er sich nicht bewegen konnte, sosehr er auch unter Ächzen und Stöhnen sich frei zu machen suchte. Seine Stirn war kalt, seine Augen trocken, sein Schlund brannte.

Die Signalglocke weckte ihn. Unter dem Eindruck jener sich wiederholenden drei Glockenschläge ließ der Anfall nach. Thiel konnte sich erheben und seinen Dienst tun. Zwar waren seine Füße bleischwer, zwar kreiste um ihn die Strecke wie die Speiche eines ungeheuren Rades, dessen Achse sein Kopf war; aber er gewann doch wenigstens so viel Kraft, sich für einige Zeit aufrecht zu erhalten.

Der Personenzug kam heran. Tobias mußte darin sein. Je näher er rückte, um so mehr verschwammen die Bilder vor Thiels Augen. Am Ende sah er nur noch den zerschlagenen Jungen mit dem blutigen Munde. Dann wurde es Nacht.

Nach einer Weile erwachte er aus einer Ohnmacht. Er fand sich dicht an der Barriere im heißen Sande liegen. Er stand auf, schüttelte die Sandkörner aus seinen Kleidern und spie sie aus seinem Munde. Sein Kopf wurde ein wenig freier, er vermochte ruhiger zu denken.

In der Bude nahm er sogleich seine Uhr vom Boden auf und legte sie auf den Tisch. Sie war trotz des Falles nicht stehengeblieben. Er zählte während zweier Stunden die Sekunden und Minuten, indem er sich vorstellte, was indes mit Tobias geschehen mochte. Jetzt kam Lene mit ihm an; jetzt stand sie vor dem Arzte. Dieser betrachtete und betastete den Jungen und schüttelte den Kopf.

»Schlimm, sehr schlimm – aber vielleicht... wer weiß?« Er untersuchte genauer. »Nein«, sagte er dann, »nein, es ist vorbei.«

»Vorbei, vorbei«, stöhnte der Wärter, dann aber richtete er sich hoch auf und schrie, die rollenden Augen an die Decke geheftet, die erhobenen Hände unbewußt zur Faust ballend und mit einer Stimme, als müsse der enge Raum davon zerbersten: »Er muß, muß leben, ich sage dir, er muß, muß leben.« Und schon stieß er die Tür des Häuschens von neuem auf, durch die das rote Feuer des Abends hereinbrach, und rannte mehr, als er ging, nach der Barriere zurück. Hier blieb er eine Weile wie betroffen stehen und schritt dann plötzlich, beide Arme ausbreitend, bis in die Mitte des Dammes, als wenn er etwas aufhalten wollte, das aus der Richtung des Personenzuges kam. Dabei machten seine weit offenen Augen den Eindruck der Blindheit.

Während er, rückwärts schreitend, vor etwas zu weichen schien, stieß er in einem fort halbverständliche Worte zwischen den Zähnen hervor: »Du – hörst du – bleib doch – du – hör doch – bleib – gib ihn wieder – er ist braun und blau geschlagen – ja ja – gut – ich will sie wieder braun und blau schlagen – hörst du? bleib doch – gib ihn mir wieder.«

Es schien, als ob etwas an ihm vorüberwandle, denn er wandte sich und bewegte sich, wie um es zu verfolgen, nach der anderen Richtung.

»Du, Minna« – seine Stimme wurde weinerlich, wie die eines kleinen Kindes. »Du, Minna, hörst du? – gib ihn wieder – ich will...« Er tastete in die Luft, wie um jemand festzuhalten. »Weibchen – ja – und da will ich sie... und da will ich sie auch schlagen – braun und blau – auch schlagen – und da will ich mit dem Beil – siehst du? – Küchenbeil – mit dem Küchenbeil will ich sie schlagen, und da wird sie verrecken.

Und da... ja mit dem Beil – Küchenbeil, ja – schwarzes Blut!« Schaum stand vor seinem Munde, seine gläsernen Pupillen bewegten sich unaufhörlich.

Ein sanfter Abendhauch strich leis und nachhaltig über den Forst, und rosaflammiges Wolkengelock hing über dem westlichen Himmel.

Etwa hundert Schritt hatte er so das unsichtbare Etwas verfolgt, als er anscheinend mutlos stehenblieb, und mit entsetzlicher Angst in den Mienen streckte der Mann seine Arme aus, flehend, beschwörend. Er strengte seine Augen an und beschattete sie mit der Hand, wie um noch einmal in weiter Ferne das Wesenlose zu entdecken. Schließlich sank die Hand, und der gespannte Ausdruck seines Gesichts verkehrte sich in stumpfe Ausdruckslosigkeit; er wandte sich und schleppte sich den Weg zurück, den er gekommen.

Die Sonne goß ihre letzte Glut über den Forst, dann erlosch sie. Die Stämme der Kiefern streckten sich wie bleiches, verwestes Gebein zwischen die Wipfel hinein, die wie grauschwarze Moderschichten auf ihnen lasteten. Das Hämmern eines Spechtes durchdrang die Stille. Durch den kalten, stahlblauen Himmelsraum ging ein einziges, verspätetes Rosengewölk. Der Windhauch wurde kellerkalt, so daß es den Wärter fröstelte. Alles war ihm neu, alles fremd. Er wußte nicht, was das war, worauf er ging, oder das, was ihn umgab. Da huschte ein Eichhorn über die Strecke, und Thiel besann sich. Er mußte an den lieben Gott denken, ohne zu wissen, warum. »Der liebe Gott springt über den Weg, der liebe Gott springt über den Weg.« Er wiederholte diesen Satz mehrmals, gleichsam um auf etwas zu kommen, das damit zusammenhing. Er unterbrach sich, ein Lichtschein fiel in sein Hirn: »Aber mein Gott, das ist ja Wahnsinn.« Er vergaß alles und wandte sich gegen diesen neuen Feind. Er suchte Ordnung in seine Gedanken zu bringen, vergebens! es war ein haltloses Streifen und Schweifen. Er ertappte sich auf den unsinnigsten Vorstellungen und schauderte zusammen im Bewußtsein seiner Machtlosigkeit.

Aus dem nahen Birkenwäldchen kam Kindergeschrei. Es war das Signal zur Raserei. Fast gegen seinen Willen mußte er darauf zueilen und fand das Kleine, um welches sich niemand mehr gekümmert hatte, weinend und strampelnd ohne Bettchen im Wagen liegen. Was wollte er tun? Was trieb ihn hierher? Ein wirbelnder Strom von Gefühlen und Gedanken verschlang diese Fragen.

»Der liebe Gott springt über den Weg«, jetzt wußte er, was das bedeuten wollte. »Tobias« – sie hatte ihn gemordet – Lene – ihr war er anvertraut – »Stiefmutter, Rabenmutter«, knirschte er, »und ihr Balg lebt.« Ein roter Nebel umwölkte seine Sinne, zwei Kinderaugen durchdrangen ihn; er fühlte etwas Weiches, Fleischiges zwischen seinen Fingern. Gurgelnde und pfeifende Laute, untermischt mit heiseren Ausrufen, von denen er nicht wußte, wer sie ausstieß, trafen sein Ohr.

Da fiel etwas in sein Hirn wie Tropfen heißen Siegellacks, und es hob sich wie eine Starre von seinem Geist. Zum Bewußtsein kommend, hörte er den Nachhall der Meldeglocke durch die Luft zittern.

Mit eins begriff er, was er hatte tun wollen: seine Hand löste sich von der Kehle des Kindes, welches sich unter seinem Griffe wand. – Es rang nach Luft, dann begann es zu husten und zu schreien.

»Es lebt! Gott sei Dank, es lebt!« Er ließ es liegen und eilte nach dem Übergange. Dunkler Qualm wälzte sich fernher über die Strecke, und der Wind drückte ihn zu Boden. Hinter sich vernahm er das Keuchen einer Maschine, welches wie das stoßweise gequälte Atmen eines kranken Riesen klang.

Ein kaltes Zwielicht lag über der Gegend.

Nach einer Weile, als die Rauchwolken auseinandergingen, erkannte Thiel den Kieszug, der mit geleerten Loren zurückging und die Arbeiter mit sich führte, welche tagsüber auf der Strecke gearbeitet hatten.

Der Zug hatte eine reichbemessene Fahrzeit und durfte überall anhalten, um die hie und da noch beschäftigten Arbeiter aufzunehmen, andere hingegen abzusetzen. Ein gutes Stück vor Thiels Bude begann man zu bremsen. Ein lautes Quietschen, Schnarren, Rasseln und Klirren durchdrang weithin die Abendstille, bis der Zug unter einem einzigen, schrillen, langgedehnten Ton stillstand.

Etwa fünfzig Arbeiter und Arbeiterinnen waren in den Loren verteilt. Fast alle standen aufrecht, einige unter den Männern mit entblößtem Kopfe. In ihrer aller Wesen lag eine rätselhafte Feierlichkeit. Als sie des Wärters ansichtig wurden, erhob sich ein Flüstern unter ihnen. Die Alten zogen die Tabakspfeifen zwischen den gelben Zähnen hervor und hielten sie respektvoll in den Händen. Hie und da wandte sich ein Frauenzimmer, um sich zu schneuzen. Der Zugführer stieg auf die Strecke herunter und trat auf Thiel zu. Die Arbeiter sahen, wie er ihm feierlich die Hand schüttelte, worauf Thiel mit langsamem, fast militärisch steifem Schritt auf den letzten Wagen zuschritt.

Keiner der Arbeiter wagte ihn anzureden, obgleich sie ihn alle kannten.

Aus dem letzten Wagen hob man soeben das kleine Tobiaschen.

Es war tot.

Lene folgte ihm; ihr Gesicht war bläulichweiß, braune Kreise lagen um ihre Augen.

Thiel würdigte sie keines Blickes; sie aber erschrak beim Anblick ihres Mannes. Seine Wangen waren hohl, Wimpern und Barthaare verklebt, der Scheitel, so schien es ihr, ergrauter als bisher. Die Spuren vertrockneter Tränen überall auf dem Gesicht; dazu ein unstetes Licht in seinen Augen, davor sie ein Grauen ankam.

Auch die Tragbahre hatte man wieder mitgebracht, um die Leiche transportieren zu können.

Eine Weile herrschte unheimliche Stille. Eine tiefe, entsetzliche Versonnenheit hatte sich Thiels bemächtigt. Es wurde dunkler. Ein Rudel Rehe setzte seitab auf den Bahndamm. Der Bock blieb stehen mitten zwischen den Geleisen. Er wandte seinen gelenken Hals neugierig herum, da pfiff die Maschine, und blitzartig verschwand er samt seiner Herde.

In dem Augenblick, als der Zug sich in Bewegung setzen wollte, brach Thiel zusammen.

Der Zug hielt abermals, und es entspann sich eine Beratung über das, was nun zu tun sei. Man entschied sich dafür, die Leiche des Kindes einstweilen im Wärterhaus unterzubringen und statt ihrer den durch kein Mittel wieder ins Bewußtsein zu rufenden Wärter mittelst der Bahre nach Hause zu bringen.

Und so geschah es. Zwei Männer trugen die Bahre mit dem Bewußtlosen, gefolgt von Lene, die, fortwährend schluchzend, mit tränenüberströmtem Gesicht den Kinderwagen mit dem Kleinsten durch den Sand stieß.

Wie eine riesige purpurglühende Kugel lag der Mond zwischen den Kiefernschäften am Waldesgrund. Je höher er rückte, um so kleiner schien er zu werden, um so mehr verblaßte er. Endlich hing er, einer Ampel vergleichbar, über dem Forst, durch alle Spalten und Lücken der Kronen einen matten Lichtdunst drängend, welcher die Gesichter der Dahinschreitenden leichenhaft anmalte.

Rüstig, aber vorsichtig schritt man vorwärts, jetzt durch enggedrängtes Jungholz, dann wieder an weiten, hochwaldumstandenen Schonungen entlang, darin sich das bleiche Licht wie in großen, dunklen Becken angesammelt hatte.

Der Bewußtlose röchelte von Zeit zu Zeit oder begann zu phantasieren. Mehrmals ballte er die Fäuste und versuchte, mit geschlossenen Augen sich emporzurichten.

Es kostete Mühe, ihn über die Spree zu bringen; man mußte ein zweites Mal übersetzen, um die Frau und das Kind nachzuholen.

Als man die kleine Anhöhe des Ortes emporstieg, begegnete man einigen Einwohnern, welche die Botschaft des geschehenen Unglücks sofort verbreiteten.

Die ganze Kolonie kam auf die Beine.

Angesichts ihrer Bekannten brach Lene in erneutes Klagen aus.

Man beförderte den Kranken mühsam die schmale Stiege hinauf in seine Wohnung und brachte ihn sofort zu Bett. Die Arbeiter kehrten sogleich um, um Tobiaschens Leiche nachzuholen.

Alte, erfahrene Leute hatten kalte Umschläge angeraten, und Lene befolgte ihre Weisung mit Eifer und Umsicht. Sie legte Handtücher in eiskaltes Brunnenwasser und erneuerte sie, sobald die brennende Stirn des Bewußtlosen sie durchhitzt hatte. Ängstlich beobachtete sie die Atemzüge des Kranken, welche ihr mit jeder Minute regelmäßiger zu werden schienen.

Die Aufregungen des Tages hatten sie doch stark mitgenommen, und sie beschloß, ein wenig zu schlafen, fand jedoch keine Ruhe. Gleichviel ob sie die Augen öffnete oder schloß, unaufhörlich zogen die Ereignisse der Vergangenheit daran vorüber. Das Kleine schlief. Sie hatte sich entgegen ihrer sonstigen Gewohnheit wenig darum bekümmert. Sie war überhaupt eine andre geworden. Nirgend eine Spur des früheren Trotzes. Ja, dieser kranke Mann mit dem farblosen, schweißglänzenden Gesicht regierte sie im Schlaf.

Eine Wolke verdeckte die Mondkugel, es wurde finster im Zimmer, und Lene hörte nur noch das schwere, aber gleichmäßige Atemholen ihres Mannes. Sie überlegte, ob sie Licht machen sollte. Es wurde ihr unheimlich im Dunkeln. Als sie aufstehen wollte, lag es ihr bleiern in allen Gliedern, die Lider fielen ihr zu, sie entschlief.

Nach Verlauf von einigen Stunden, als die Männer mit der Kindesleiche zurückkehrten, fanden sie die Haustüre weit offen. Verwundert über diesen Umstand, stiegen sie die Treppe hinauf, in die obere Wohnung, deren Tür ebenfalls weit geöffnet war.

Man rief mehrmals den Namen der Frau, ohne eine Antwort zu erhalten. Endlich strich man ein Schwefelholz an der Wand, und der aufzuckende Lichtschein enthüllte eine grauenvolle Verwüstung.

»Mord, Mord!«

Lene lag in ihrem Blut, das Gesicht unkenntlich, mit zerschlagener Hirnschale.

»Er hat seine Frau ermordet, er hat seine Frau ermordet!«

Kopflos lief man umher. Die Nachbarn kamen, einer stieß an die Wiege. »Heiliger Himmel!« Und er fuhr zurück, bleich, mit entsetzensstarrem Blick. Da lag das Kind mit durchschnittenem Halse.

Der Wärter war verschwunden; die Nachforschungen, welche man noch in derselben Nacht anstellte, blieben erfolglos. Den Morgen darauf fand ihn der diensttuende Wärter zwischen den Bahngeleisen und an der Stelle sitzend, wo Tobiaschen überfahren worden war.

Er hielt das braune Pudelmützchen im Arm und liebkoste es ununterbrochen wie etwas, das Leben hat.

Der Wärter richtete einige Fragen an ihn, bekam jedoch keine Antwort und bemerkte bald, daß er es mit einem Irrsinnigen zu tun habe.

Der Wärter am Block, davon in Kenntnis gesetzt, erbat telegraphisch Hilfe.

Nun versuchten mehrere Männer, ihn durch gutes Zureden von den Geleisen fortzulocken; jedoch vergebens.

Der Schnellzug, der um diese Zeit passierte, mußte anhalten, und erst der Übermacht seines Personals gelang es, den Kranken, der alsbald furchtbar zu toben begann, mit Gewalt von der Strecke zu entfernen.

Man mußte ihm Hände und Füße binden, und der inzwischen requirierte Gendarm überwachte seinen Transport nach dem Berliner Untersuchungsgefängnisse, von wo aus er jedoch schon am ersten Tage nach der Irrenabteilung der Charité überführt wurde. Noch bei der Einlieferung hielt er das braune Mützchen in Händen und bewachte es mit eifersüchtiger Sorgfalt und Zärtlichkeit.

HUGO VON HOFMANNSTHAL

Reitergeschichte

Den 22. Juli 1848, vor 6 Uhr morgens, verließ ein Streifkommando, die zweite Eskadron von Wallmodenkürassieren, Rittmeister Baron Rofrano mit einhundertsieben Reitern, das Kasino San Alessandro und ritt gegen Mailand. Über der freien, glänzenden Landschaft lag eine unbeschreibliche Stille; von den Gipfeln der fernen Berge stiegen Morgenwolken wie stille Rauchwolken gegen den leuchtenden Himmel; der Mais stand regungslos, und zwischen Baumgruppen, die aussahen wie gewaschen, glänzten Landhäuser und Kirchen her. Kaum hatte das Streifkommando die äußerste Vorpostenlinie der eigenen Armee etwa um eine Meile hinter sich gelassen, als zwischen den Maisfeldern Waffen aufblitzen und die Avantgarde feindliche Fußtruppen meldete. Die Schwadron formierte sich neben der Landstraße zur Attacke, wurde von eigentümlich lauten, fast miauenden Kugeln überschwirrt, attakkierte querfeldein und trieb einen Trupp ungleichmäßig bewaffneter Menschen wie die Wachteln vor sich her. Es waren Leute der Legion Manaras, mit sonderbaren Kopfbedeckungen. Die Gefangenen wurden einem Korporal und acht Gemeinen übergeben und nach rückwärts geschickt. Vor einer schönen Villa, deren Zufahrt uralte Zypressen flankierten, meldete die Avantgarde verdächtige Gestalten. Der Wachtmeister Anton Lerch saß ab, nahm zwölf mit Karabinern bewaffnete Leute, umstellte die Fenster und nahm achtzehn Studenten der Pisaner Legion gefangen, wohlerzogene und hübsche junge Leute mit weißen Händen und halblangem Haar. Eine halbe Stunde später hob die Schwadron einen Mann auf, der in der Tracht eines Bergamasken vorüberging und durch sein allzu harmloses und unscheinbares Auftreten verdächtig wurde. Der Mann trug im Rockfutter eingenäht die wichtigsten Detailpläne, die Errichtung von Freikorps in den Giudikarien und deren Kooperation mit der piemontesischen Armee betreffend. Gegen 10 Uhr vormittags fiel dem Streifkommando eine Herde Vieh in die Hände. Unmittelbar nachher stellte sich ihm ein starker feindlicher Trupp entgegen und beschoß die Avantgarde von einer Friedhofsmauer aus. Der Tete-Zug des Leutnants Grafen Trautsohn übersprang die niedrige Mauer und hieb zwischen den Gräbern auf die ganz verwirrten Feindlichen ein, von denen ein großer Teil in die Kirche und von dort durch die Sakristeitür in ein dichtes Gehölz sich rettete. Die siebenundzwanzig neuen Gefangenen meldeten sich als neapolitanische Freischaren unter päpstlichen Offizieren. Die Schwadron hatte einen Toten. Einer das Gehölz umreitenden Rotte, bestehend aus dem Gefreiten Wotrubek und den Dragonern Holl und Haindl, fiel eine mit zwei Ackergäulen bespannte leichte Haubitze in die Hände, indem sie auf die Bedeckung einhieben und die Gäule am Kopfzeug packten und umwendeten. Der Gefreite Wotrubek wurde als leicht verwundet mit der Meldung der bestandenen Gefechte und anderer Glücksfälle ins Hauptquartier zurückgeschickt, die Gefangenen gleichfalls nach rückwärts transportiert, die Haubitze aber von der nach abgegebener Eskorte noch achtundsiebzig Reiter zählenden Eskadron mitgenommen.

Nachdem laut übereinstimmender Aussagen der verschiedenen Gefangenen die Stadt Mailand von den feindlichen sowohl regulären als irregulären Truppen vollständig verlassen, auch von allem Geschütz und Kriegsvorrat entblößt war, konnte der Rittmeister sich selbst und der Schwadron nicht versagen, in diese große und schöne, wehrlos daliegende Stadt einzureiten. Unter dem Geläute der Mittagsglocken, der Generalmarsch von den vier Trompeten hinaufgeschmettert in den stählern funkelnden Himmel, an tausend Fenstern hinklirrend und zurückgeblitzt auf achtundsiebzig Kürasse, achtundsiebzig aufgestemmte nackte Klingen; Straße rechts, Straße links wie ein aufgewühlter Ameisenhaufen sich füllend mit staunenden Gesichtern; fluchende und erbleichende Gestalten hinter Haustoren verschwindend, verschlafene Fenster aufgerissen von den entblößten Armen schöner Unbekannter; vorbei an Santo Babila, an San Fedele, an San Carlo, am weltberühmten marmornen Dom, an San Satiro, San Giorgio, San Lorenzo, San Eustorgio; deren uralte Erztore alle sich auftuend und unter Kerzenschein und Weihrauchqualm silberne Heilige und brokatgekleidete strahlenäugige Frauen hervorwinkend; aus tausend Dachkammern, dunklen Torbogen, niedrigen Butiken Schüsse zu gewärtigen, und immer wieder nur halbwüchsige Mädchen und Buben, die weißen Zähne und dunklen Haare zeigend; vom trabenden Pferde herab funkelnden Auges auf alles dies hervorblickend aus einer Larve von blutgesprengtem Staub; zur Porta Venezia hinein, zur Porta Ticinese wieder hinaus; so ritt die schöne Schwadron durch Mailand.

Nicht weit vom letztgenannten Stadttor, wo sich ein mit hübschen Platanen bewachsenes Glacis erstreckte, glaubte der Wachtmeister Anton Lerch am ebenerdigen Fenster eines neugebauten hellgelben Hauses ein ihm bekanntes weibliches Gesicht zu sehen. Neugierde bewog ihn, sich im Sattel umzuwenden, und da er gleichzeitig aus einigen steifen Tritten seines Pferdes vermutete, es hätte in eines der vorderen Eisen einen Straßenstein eingetreten, er auch an der Queue der Eskadron ritt und ohne Störung aus dem Gliede konnte, so bewog ihn alles dies zusammen, abzusitzen, und zwar nachdem er gerade das Vorderteil seines Pferdes in den Flur des betreffenden Hauses gelenkt hatte. Kaum hatte er hier den zweiten weißgestiefelten Vorderfuß seines Braunen in die Höhe gehoben, um den Huf zu prüfen, als wirklich eine aus dem Innern des Hauses ganz vorne in den Flur mündende Zimmertür aufging und in einem etwas zerstörten Morgenanzug eine üppige, beinahe noch junge Frau sichtbar wurde, hinter ihr aber ein helles Zimmer mit Gartenfenstern, worauf ein paar Töpfchen Basilika und rote Pelargonien, ferner mit einem Mahagonischrank und einer mythologischen Gruppe aus Biskuit dem Wachtmeister sich zeigte, während seinem scharfen Blick noch gleichzeitig in einem Pfeilerspiegel die Gegenwand des Zimmers sich verriet, ausgefüllt von einem großen weißen Bette und einer Tapetentür, durch welche sich ein beleibter, vollständig rasierter älterer Mann im Augenblicke zurückzog.

Indem aber dem Wachtmeister der Name der Frau einfiel und gleichzeitig eine Menge anderes: daß es die Witwe oder geschiedene Frau eines kroatischen Rechnungsunteroffiziers war, daß er mit ihr vor neun oder zehn Jahren in Wien in Gesellschaft eines anderen, ihres damaligen eigentlichen Liebhabers, einige Abende und halbe Nächte verbracht hatte, suchte er nun mit den Augen unter ihrer jetzigen Fülle die damalige üppig-magere Gestalt wieder hervorzuziehen. Die Dastehende aber lächelte ihn in einer halb geschmeichelten slawischen Weise an, die ihm das Blut in den starken Hals und unter die Augen trieb, während eine gewisse gezierte Manier, mit der sie ihn anredete, sowie auch der Morgenanzug und die Zimmereinrichtung ihn einschüchterten. Im Augenblick aber, während er mit etwas schwerfälligem Blick einer großen Fliege nachsah, die über den Haarkamm der Frau lief, und äußerlich auf nichts achtete, als wie er seine Hand, diese Fliege zu scheuchen, sogleich auf den weißen, warm und kühlen Nacken legen würde, erfüllte ihn das Bewußtsein der heute bestandenen Gefechte und anderer Glücksfälle von oben bis unten, so daß er ihren Kopf mit schwerer Hand nach vorwärts drückte und dazu sagte: »Vuic« – diesen ihren Namen hatte er gewiß seit zehn Jahren nicht wieder in den Mund genommen und ihren Taufnamen vollständig vergessen –, »in acht Tagen rücken wir ein, und dann wird das da mein Quartier«, auf die halboffene Zimmertür deutend. Unter dem hörte er im Hause mehrfach Türen zuschlagen, fühlte sich von seinem Pferde, zuerst durch stummes Zerren am Zaum, dann, indem es laut den anderen nachwieherte, fortgedrängt, saß auf und trabte der Schwadron nach, ohne von der Vuic eine andere Antwort als ein verlegenes Lachen mit in den Nacken gezogenem Kopf mitzunehmen. Das ausgesprochene Wort aber machte seine Gewalt geltend. Seitwärts der Rottenkolonne, einen nicht mehr frischen Schritt reitend, unter der schweren metallischen Glut des Himmels, den Blick in der mitwandernden Staubwolke verfangen, lebte sich der Wachtmeister immer mehr in das Zimmer mit den Mahagonimöbeln und den Basilikumtöpfen hinein und zugleich in eine Zivilatmosphäre, durch welche doch das Kriegsmäßige durchschimmerte, eine Atmosphäre von Behaglichkeit und angenehmer Gewalttätigkeit ohne Dienstverhältnis, eine Existenz in Hausschuhen, den Korb des Säbels durch die linke Tasche des Schlafrockes durchgesteckt. Der rasierte, beleibte Mann, der durch die Tapetentür verschwunden war, ein Mittelding zwischen Geistlichem und pensioniertem Kammerdiener, spielte darin eine bedeutende Rolle, fast mehr noch als das schöne breite Bett und die feine weiße Haut der Vuic. Der Rasierte nahm bald die Stelle eines vertraulich behandelten, etwas unterwürfigen Freundes ein, der Hoftratsch erzählte, Tabak und Kapaunen brachte, bald wurde er an die Wand gedrückt, mußte Schweiggelder zahlen, stand mit allen möglichen Umtrieben in Verbindung, war piemontesischer Vertrauter, päpstlicher Koch, Kuppler, Besitzer verdächtiger Häuser mit dunklen Gartensälen für politische Zusammenkünfte und wuchs zu einer schwammigen Riesengestalt, der man an zwanzig Stellen Spundlöcher in den Leib schlagen und statt Blut Gold abzapfen konnte.

Dem Streifkommando begegnete in den Nachmittagsstunden nichts Neues, und die Träumereien des Wachtmeisters erfuhren keine Hemmungen. Aber in ihm war ein Durst nach unerwartetem Erwerb, nach Gratifikationen, nach plötzlich in die Tasche fallenden Dukaten rege geworden. Denn der Gedanke an das bevorstehende erste Eintreten in das Zimmer mit den Mahagonimöbeln war der Splitter im Fleisch, um den herum alles von Wünschen und Begierden schwärte.

Als nun gegen Abend das Streifkommando mit gefütterten und halbwegs ausgerasteten Pferden in einem Bogen gegen Lodi und die Addabrücke vorzudringen suchte, wo denn doch Fühlung mit dem Feind sehr zu gewärtigen war, schien dem Wachtmeister ein von der Landstraße abliegendes Dorf, mit halbverfallenem Glockenturm in einer dunkelnden Mulde gelagert, auf verlockende Weise verdächtig, so daß er, die Gemeinen Holl und Scarmolin zu sich winkend, mit diesen beiden vom Marsche der Eskadron seitlich abbog und in dem Dorfe geradezu einen feindlichen General mit geringer Bedeckung zu überraschen und anzugreifen oder anderswie ein ganz außerordentliches Prämium zu verdienen hoffte, so aufgeregt war seine Einbildung. Vor dem elenden, scheinbar verödeten Nest angelangt, befahl er dem Scarmolin links, dem Holl rechts die Häuser außen zu umreiten, während er selbst, Pistole in der Faust, die Straße durchzugaloppieren sich anschickte, bald aber, harte Steinplatten unter sich fühlend, auf welchen noch dazu irgendein glitschriges Fett ausgegossen war, sein Pferd in Schritt parieren mußte. Das Dorf blieb totenstill; kein Kind, kein Vogel, kein Lufthauch. Rechts und links standen schmutzige kleine Häuser, von deren Wänden der Mörtel abgefallen war; auf den nackten Ziegeln war hie und da etwas Häßliches mit Kohle gezeichnet; zwischen bloßgelegten Türpfosten ins Innere schauend, sah der Wachtmeister hie und da eine faule, halbnackte Gestalt auf einer Bettstatt lungern oder schleppend, wie mit ausgerenkten Hüften, durchs Zimmer gehen. Sein Pferd ging schwer und schob die Hinterbeine mühsam unter, wie wenn sie von Blei wären. Indem er sich umwendete und bückte, um nach dem rückwärtigen Eisen zu sehen, schlürften Schritte aus einem Hause, und da er sich aufrichtete, ging dicht vor seinem Pferde eine Frauensperson, deren Gesicht er nicht sehen konnte. Sie war nur halb angekleidet, ihr schmutziger, abgerissener Rock von geblümter Seide schleppte im Rinnsal, ihre nackten Füße staken in schmutzigen Pantoffeln; sie ging so dicht vor dem Pferde, daß der Hauch aus den Nüstern den fettig glänzenden Lockenbund bewegte, der ihr unter einem alten Strohhute in den entblößten Nacken hing, und doch ging sie nicht schneller und wich dem Reiter nicht aus. Unter einer Türschwelle zur Linken rollten zwei ineinander verbissene blutende Ratten in die Mitte der Straße, von denen die unterliegende so jämmerlich aufschrie, daß das Pferd des Wachtmeisters sich verhielt und mit schiefem Kopf und hörbarem Atem gegen den Boden stierte. Ein Schenkeldruck brachte es wieder vorwärts, und nun war die Frau in einem Hausflur verschwunden, ohne daß der Wachtmeister hatte ihr Gesicht sehen können. Aus dem nächsten Hause lief eilfertig mit gehobenem Kopfe ein Hund heraus, ließ einen Knochen in der Mitte der Straße fallen und versuchte ihn in einer Fuge des Pflasters zu verscharren. Es war eine weiße unreine Hündin mit hängenden Zitzen; mit teuflischer Hingabe scharrte sie, packte dann den Knochen mit den Zähnen und trug ihn ein Stück weiter. Indessen sie wieder zu scharren anfing, waren schon drei Hunde bei ihr: zwei waren sehr jung, mit weichen Knochen und schlaffer Haut; ohne zu bellen und ohne beißen zu können, zogen sie einander mit stumpfen Zähnen an den Lefzen. Der Hund, der zugleich mit ihnen gekommen war, war ein lichtgelbes Windspiel von so aufgeschwollenem Leib, daß er nur ganz langsam auf den vier dünnen Beinen sich weitertragen konnte. An dem dicken wie eine Trommel gespannten Leib erschien der Kopf viel zu klein; in den kleinen ruhelosen Augen war ein entsetzlicher Ausdruck von Schmerz und Beklemmung. Sogleich sprangen noch zwei Hunde hinzu: ein magerer, weißer, von äußerst gieriger Häßlichkeit, dem schwarze Rinnen von den entzündeten Augen herunterliefen, und ein schlechter Dachshund auf hohen Beinen. Dieser hob seinen Kopf gegen den Wachtmeister und schaute ihn an. Er mußte sehr alt sein. Seine Augen waren unendlich müde und traurig. Die Hündin aber lief in blöder Hast vor dem Reiter hin und her; die beiden jungen schnappten lautlos mit ihrem weichen Maul nach den Fesseln des Pferdes, und das Windspiel schleppte seinen entsetzlichen Leib hart vor den Hufen. Der Braun konnte keinen Schritt mehr tun. Als aber der Wachtmeister seine Pistole auf eines der Tiere abdrücken wollte und die Pistole versagte, gab er dem Pferde beide Sporen und dröhnte über das Steinpflaster hin. Nach wenigen Sätzen aber mußte er das Pferd scharf parieren. Denn hier sperrte eine Kuh den Weg, die ein Bursche mit gespanntem Strick zur Schlachtbank zerrte. Die Kuh aber, von dem Dunst des Blutes und der an den Türpfosten genagelten frischen Haut eines schwarzen Kalbes zurückschaudernd, stemmte sich auf ihren Füßen, sog mit geblähten Nüstern den rötlichen Sonnendunst des Abends in sich und riß sich, bevor der Bursche sie mit Prügel und Strick hinüberbekam, mit kläglichen Augen noch ein Maulvoll von dem Heu ab, das der Wachtmeister vorne am Sattel befestigt hatte. Er hatte nun das letzte Haus des Dorfes hinter sich und konnte, zwischen zweiniedrigen, abgebröckelten Mauern reitend, jenseits einer alten einbogigen Steinbrücke über einen anscheinend trockenen Graben den weiteren Verlauf des Weges absehen, fühlte aber in der Gangart seines Pferdes eine so unbeschreibliche Schwere, ein solches Nichtvorwärtskommen, daß sich an seinem Blick jeder Fußbreit der Mauern rechts und links, ja jeder von den dort sitzenden Tausendfüßen und Asseln mühselig vorbeischob, und ihm war, als hätte er eine unmeßbare Zeit mit dem Durchreiten des widerwärtigen Dorfes verbracht. Wie nun zugleich aus der Brust seines Pferdes ein schwerer rohrender Atem hervordrang, er dies ihm völlig ungewohnte Geräusch aber nicht sogleich richtig erkannte und die Ursache davon zuerst über und neben sich und schließlich in der Entfernung suchte, bemerkte er jenseits der Steinbrücke und beiläufig in gleicher Entfernung von dieser als wie er sich selbst befand, einen Reiter des eigenen Regiments auf sich zukommen, und zwar einen Wachtmeister, und zwar auf einem Braunen mit weißgestiefelten Vorderbeinen. Da er nun wohl wußte, daß sich in der ganzen Schwadron kein solches Pferd befand, ausgenommen dasjenige, auf welchem er selbst in diesem Augenblicke saß, er das Gesicht des anderen Reiters aber immer noch nicht erkennen konnte, so trieb er ungeduldig sein Pferd sogar mit den Sporen zu einem sehr lebhaften Trab an, worauf auch der andere sein Tempo ganz im gleichen Maße verbesserte, so daß nun nur mehr ein Steinwurf sie trennte, und nun, indem die beiden Pferde, jedes von seiner Seite her, im gleichen Augenblick, jedes mit dem gleichen weißgestiefelten Vorfuß die Brücke betraten, der Wachtmeister, mit stierem Blick in der Erscheinung sich selber erkennend, wie sinnlos sein Pferd zurückriß und die rechte Hand mit ausgespreizten Fingern gegen das Wesen vorstreckte, worauf die Gestalt, gleichfalls parierend und die Rechte erhebend, plötzlich nicht da war, die Gemeinen Holl und Scarmolin mit unbefangenen Gesichtern von rechts und links aus dem trockenen Graben auftauchten und gleichzeitig über die Hutweide her, stark und aus gar nicht großer Entfernung, die Trompeten der Eskadron »Attacke« bliesen. Im stärksten Galopp eine Erdwelle hinansetzend, sah der Wachtmeister die Schwadron schon im Galopp auf ein Gehölz zu, aus welchem feindliche Reiter mit Piken eilfertig debouchierten; sah, indem er, die vier losen Zügel in der Linken versammelnd, den Handriemen um die Rechte schlang, den vierten Zug sich von der Schwadron ablösen und langsamer werden, war nun schon auf dröhnendem Boden, nun in starkem Staubgeruch, nun mitten im Feinde, hieb auf einen blauen Arm ein, der eine Pike führte, sah dicht neben sich das Gesicht des Rittmeisters mit weit aufgerissenen Augen und grimmig entblößten Zähnen, war dann plötzlich unter lauter feindlichen Gesichtern und fremden Farben eingekeilt, tauchte unter in lauter geschwungenen Klingen, stieß den nächsten in den Hals und vom Pferd herab, sah neben sich den Gemeinen Scarmolin mit lachendem Gesicht einem die Finger der Zügelhand ab- und tief in den Hals des Pferdes hineinhauen, fühlte die Mêlée sich lockern und war auf einmal allein, am Rand eines kleinen Baches, hinter einem feindlichen Offizier auf einem Eisenschimmel. Der Offizier wollte über den Bach; der Eisenschimmel versagte. Der Offizier riß ihn herum, wendete dem Wachtmeister ein junges, sehr bleiches Gesicht und die Mündung einer Pistole zu, als ihm ein Säbel in den Mund fuhr, in dessen kleiner Spitze die Wucht eines galoppierenden Pferdes zusammengedrängt war. Der Wachtmeister riß den Säbel zurück und erhaschte an der gleichen Stelle, wo die Finger des Herunterstürzenden ihn losgelassen hatten, den Stangenzügel des Eisenschimmels, der leicht und zierlich wie ein Reh die Füße über seinen sterbenden Herrn hinhob.

Als der Wachtmeister mit dem schönen Beutepferd zurückritt, warf die in schwerem Dunst untergehende Sonne eine ungeheure Röte über die Hutweide. Auch an solchen Stellen, wo gar keine Hufspuren waren, schienen ganze Lachen von Blut zu stehen. Ein roter Widerschein lag auf den weißen Uniformen und den lachenden Gesichtern, die Kürasse und Schabracken funkelten und glühten, und am stärksten drei kleine Feigenbäume, an deren weichen Blättern die Reiter lachend die Blutrinnen ihrer Säbel abgewischt hatten. Seitwärts der rotgefleckten Bäume hielt der Rittmeister und neben ihm der Eskadronstrompeter, der die wie in roten Saft getauchte Trompete an den Mund hob und Appell blies. Der Wachtmeister ritt von Zug zu Zug und sah, daß die Schwadron nicht einen Mann verloren und dafür neun Handpferde gewonnen hatte. Er ritt zum Rittmeister und meldete, immer den Eisenschimmel neben sich, der mit gehobenem Kopf tänzelte und Luft einzog, wie ein junges, schönes und eitles Pferd, das es war. Der Rittmeister hörte die Meldung nur zerstreut an. Er winkte den Leutnant Grafen Trautsohn zu sich, der dann sogleich absaß und mit sechs gleichfalls abgesessenen Kürassieren hinter der Front der Eskadron die erbeutete leichte Haubitze ausspannte, das Geschütz von den sechs Mannschaften zur Seite schleppen und in ein von dem Bach gebildetes kleines Sumpfwasser versenken ließ, hierauf wieder aufsaß und, nachdem er die nunmehr überflüssigen beiden Zuggäule mit der flachen Klinge fortgejagt hatte, stillschweigend seinen Platz vor dem ersten Zug wieder einnahm. Während dieser Zeit verhielt sich die in zwei Gliedern formierte Eskadron nicht eigentlich unruhig, es herrschte aber doch eine nicht ganz gewöhnliche Stimmung, durch die Erregung von vier an einem Tage glücklich bestandenen Gefechten erklärlich, die sich im leichten Ausbrechen halb unterdrückten Lachens sowie in halblauten untereinander gewechselten Zurufen äußerte. Auch standen die Pferde nicht ruhig, besonders diejenigen, zwischen denen fremde erbeutete Pferde eingeschoben waren. Nach solchen Glücksfällen schien allen der Aufstellungsraum zu enge, und solche Reiter und Sieger verlangten sich innerlich, nun im offenen Schwarm auf einen neuen Gegner loszugehen, einzuhauen und neue Beutepferde zu packen. In diesem Augenblicke ritt der Rittmeister Baron Rofrano dicht an die Front seiner Eskadron, und indem er von den etwas schläfrigen blauen Augen die großen Lider hob, kommandierte er vernehmlich, aber ohne seine Stimme zu erheben: »Handpferde auslassen!« Die Schwadron stand totenstill. Nur der

Eisenschimmel neben dem Wachtmeister streckte den Hals und berührte mit seinen Nüstern fast die Stirne des Pferdes, auf welchem der Rittmeister saß. Der Rittmeister versorgte seinen Säbel, zog eine seiner Pistolen aus dem Halfter, und indem er mit dem Rücken der Zügelhand ein wenig Staub von dem blinkenden Lauf wegwischte, wiederholte er mit etwas lauterer Stimme sein Kommando und zählte gleich nachher »eins« und »zwei«. Nachdem er das »zwei« gezählt hatte, heftete er seinen verschleierten Blick auf den Wachtmeister, der regungslos vor ihm im Sattel saß und ihm starr ins Gesicht sah. Während Anton Lerchs starr aushaltender Blick, in dem nur dann und wann etwas Gedrücktes, Hündisches aufflackerte und wieder verschwand, eine gewisse Art devoten, aus vieljährigem Dienstverhältnisse hervorgegangenen Zutrauens ausdrücken mochte, war sein Bewußtsein von der ungeheuren Gespanntheit dieses Augenblicks fast gar nicht erfüllt, sondern von vielfältigen Bildern einer fremdartigen Behaglichkeit ganz überschwemmt, und aus einer ihm selbst völlig unbekannten Tiefe seines Innern stieg ein bestialischer Zorn gegen den Menschen da vor ihm auf, der ihm das Pferd wegnehmen wollte, ein so entsetzlicher Zorn über das Gesicht, die Stimme, die Haltung und das ganze Dasein dieses Menschen, wie er nur durch jahrelanges enges Zusammenleben auf geheimnisvolle Weise entstehen kann. Ob aber in dem Rittmeister etwas Ähnliches vorging, oder ob sich ihm in diesem Augenblicke stummer Insubordination die ganze lautlos um sich greifende Gefährlichkeit kritischer Situationen zusammenzudrängen schien, bleibt im Zweifel: Er hob mit einer nachlässigen, beinahe gezierten Bewegung den Arm, und indem er, die Oberlippe verächtlich hinaufziehend, »drei« zählte, krachte auch schon der Schuß, und der Wachtmeister taumelte, in die Stirn getroffen, mit dem Oberleib auf den Hals seines Pferdes, dann zwischen dem Braun und dem Eisenschimmel zu Boden. Er hatte aber noch nicht hingeschlagen, als auch schon sämtliche Chargen und Gemeinen sich ihrer Beutepferde mit einem Zügelriß oder Fußtritt entledigt hatten und der Rittmeister, seine Pistole ruhig versorgend, die von einem blitzähnlichen Schlag noch nachzuckende Schwadron dem in undeutlicher dämmernder Entfernung anscheinend sich ralliierenden Feinde aufs neue entgegenführen konnte. Der Feind nahm aber die neuerliche Attacke nicht an, und kurze Zeit nachher erreichte das Streifkommando unbehelligt die südliche Vorpostenaufstellung der eigenen Armee.

THOMAS MANN

Tonio Kröger

I

Die Wintersonne stand nur als armer Schein, milchig und matt hinter Wolkenschichten über der engen Stadt. Naß und zugig war's in den giebeligen Gassen, und manchmal fiel eine Art von weichem Hagel, nicht Eis, nicht Schnee.

Die Schule war aus. Über den gepflasterten Hof und heraus aus der Gatterpforte strömten die Scharen der Befreiten, teilten sich und enteilten nach rechts und links. Große Schüler hielten mit Würde ihre Bücherpäckchen hoch gegen die linke Schulter gedrückt, indem sie mit dem rechten Arm wider den Wind dem Mittagessen entgegenruderten; kleines Volk setzte sich lustig in Trab, daß der Eisbrei herumspritzte und die Siebensachen der Wissenschaft in den Seehundsränzeln klapperten. Aber hie und da riß alles mit frommen Augen die Mützen herunter vor dem Wotanshut und dem Jupiterbart eines gemessen hinschreitenden Oberlehrers ...

»Kommst du endlich, Hans?« sagte Tonio Kröger, der lange auf dem Fahrdamm gewartet hatte; lächelnd trat er dem Freunde entgegen, der im Gespräch mit anderen Kameraden aus der Pforte kam und schon im Begriffe war, mit ihnen davonzugehen ... »Wieso?« fragte er und sah Tonio an ... »Ja, das ist wahr! Nun gehen wir noch ein bißchen.«

Tonio verstummte; und seine Augen trübten sich. Hatte Hans es vergessen, fiel es ihm erst jetzt wieder ein, daß sie heute mittag ein wenig zusammen spazierengehen wollten? Und er selbst hatte sich seit der Verabredung beinahe unausgesetzt darauf gefreut!

»Ja, adieu, ihr!« sagte Hans Hansen zu den Kameraden. »Dann gehe ich noch ein bißchen mit Kröger.« – Und die beiden wandten sich nach links, indes die anderen nach rechts schlenderten.

Hans und Tonio hatten Zeit, nach der Schule spazierenzugehen, weil sie beide Häusern angehörten, in denen erst um vier Uhr zu Mittag gegessen wurde. Ihre Väter waren große Kaufleute, die öffentliche Ämter bekleideten und mächtig waren in der Stadt. Den Hansens gehörten schon seit manchem Menschenalter die weitläufigen Holzlagerplätze drunten am Fluß, wo gewaltige Sägemaschinen unter Fauchen und Zischen die Stämme zerlegten. Aber Tonio war Konsul Krögers Sohn, dessen Getreidesäcke mit dem breiten schwarzen Firmendruck man Tag für Tag durch die Straßen kutschieren sah; und seiner Vorfahren großes altes Haus war das herrschaftlichste der ganzen Stadt... Beständig mußten die Freunde, der vielen Bekannten wegen, die Mützen herunternehmen, ja, von manchen Leuten wurden die Vierzehnjährigen zuerst gegrüßt...

Beide hatten die Schulmappen über die Schultern gehängt, und beide waren sie gut und warm gekleidet; Hans in eine kurze Seemannsüberjacke, über welcher auf Schultern und Rücken der breite, blaue Kragen seines Marineanzuges lag, und Tonio in einen grauen Gurt-Paletot. Hans trug eine dänische Matrosenmütze mit kurzen Bändern, unter der ein Schopf seines bastblonden Haares hervorquoll. Er war außerordentlich hübsch und wohlgestaltet, breit in den Schultern und schmal in den Hüften, mit freiliegenden und scharfblickenden stahlblauen Augen. Aber unter Tonio's runder Pelzmütze blickten aus einem brünetten und ganz südlich scharfgeschnittenen Gesicht dunkel und zart umschattete Augen mit zu schweren Lidern träumerisch und ein wenig zaghaft hervor... Mund und Kinn waren ihm ungewöhnlich weich gebildet. Er ging nachlässig und ungleichmäßig, während Hansens schlanke Beine in den schwarzen Strümpfen so elastisch und taktfest einherschritten...

Tonio sprach nicht. Er empfand Schmerz. Indem er seine etwas schräg stehenden Brauen zusammenzog und die Lippen zum Pfeifen gerundet hielt, blickte er seitwärts geneigten Kopfes ins Weite. Diese Haltung und Miene war ihm eigentümlich. Plötzlich schob Hans seinen Arm unter den Tonio's und sah ihn dabei von der Seite an, denn er begriff sehr wohl, um was es sich handelte. Und obgleich Tonio auch bei den nächsten Schritten noch schwieg, so ward er doch auf einmal sehr weich gestimmt.

»Ich hatte es nämlich nicht vergessen, Tonio«, sagte Hans und blickte vor sich nieder auf das Trottoir, »sondern ich dachte nur, daß heute doch wohl nichts daraus werden könnte, weil es ja so naß und windig ist. Aber mir macht das gar nichts, und ich finde es famos, daß du trotzdem auf mich gewartet hast. Ich glaubte schon, du seist nach Hause gegangen, und ärgerte mich...«

Alles in Tonio geriet in eine hüpfende und jubelnde Bewegung bei diesen Worten.

»Ja, wir gehen nun also über die Wälle!« sagte er mit bewegter Stimme. »Über den Mühlenwall und den Holstenwall, und so bringe ich dich nach Hause, Hans... Bewahre, das schadet gar nichts, daß ich dann meinen Heimweg allein mache; das nächste Mal begleitest du mich.«

Im Grunde glaubte er nicht sehr fest an das, was Hans gesagt hatte, und fühlte genau, daß jener nur halb soviel Gewicht auf diesen Spaziergang zu zweien legte wie er. Aber er sah doch, daß Hans seine Vergeßlichkeit bereute und es sich angelegen sein ließ, ihn zu versöhnen. Und er war weit von der Absicht entfernt, die Versöhnung hintanzuhalten...

Die Sache war die, daß Tonio Hans Hansen liebte und schon vieles um ihn gelitten hatte. Wer am meisten liebt, ist der Unterlegene und muß leiden –, diese schlichte und harte Lehre hatte seine vierzehnjährige Seele bereits vom Leben entgegengenommen; und er war so geartet, daß er solche Erfahrungen wohl vermerkte, sie gleichsam innerlich aufschrieb und gewissermaßen seine Freude daran hatte, ohne sich freilich für seine Person danach zu richten und praktischen Nutzen daraus zu ziehen. Auch war es so mit ihm bestellt, daß er solche Lehren weit wichtiger und interessanter achtete als die Kenntnisse, die man ihm in der Schule aufnötigte, ja, daß er sich während der Unterrichtsstunden in den gotischen Klassengewölben meistens damit abgab, solche Einsichten bis auf den Grund zu empfinden und völlig auszudenken. Und diese Beschäftigung bereitete ihm eine ganz ähnliche Genugtuung, wie wenn er mit seiner Geige (denn er spielte die Geige) in seinem Zimmer umherging und die Töne, so weich, wie er sie nur hervorzubringen vermochte, in das Plätschern des Springstrahles hinein erklingen ließ, der drunten im Garten unter den Zweigen des alten Walnußbaumes tänzelnd emporstieg...

Der Springbrunnen, der alte Walnußbaum, seine Geige und in der Ferne das Meer, die Ostsee, deren sommerliche Träume er in den Ferien belauschen durfte, diese Dinge waren es, die er liebte, mit denen er sich gleichsam umstellte, und zwischen denen sich sein inneres Leben abspielte, Dinge, deren Namen mit guter Wirkung in Versen zu verwenden sind und auch wirklich in den Versen, die Tonio Kröger zuweilen verfertigte, immer wieder erklangen.

Dieses, daß er ein Heft mit selbstgeschriebenen Versen besaß, war durch sein eigenes Verschulden bekannt geworden und schadete ihm sehr, bei seinen Mitschülern sowohl wie bei den Lehrern. Dem Sohne Konsul Krögers schien es einerseits, als sei es dumm und gemein, daran Anstoß zu nehmen, und er verachtete dafür sowohl die Mitschüler wie die Lehrer, deren schlechte Manieren ihn obendrein abstießen und deren persönliche Schwächen er seltsam eindringlich durchschaute. Andererseits aber empfand er selbst es als ausschweifend und eigentlich ungehörig, Verse zu machen, und mußte all denen gewissermaßen recht geben, die es für eine befremdende Beschäftigung hielten. Allein das vermochte ihn nicht, davon abzulassen...

Da er daheim seine Zeit vertat, beim Unterricht langsamen und abgewandten Gesichtes war und bei den Lehrern schlecht angeschrieben stand, so brachte er beständig die erbärmlichsten Zensuren nach Hause, worüber sein Vater, ein langer, sorgfältig gekleideter Herr mit sinnenden blauen Augen, der immer eine Feldblume im Knopfloch trug, sich sehr erzürnt und bekümmert zeigte. Der Mutter Tonio's jedoch, seiner schönen, schwarzhaarigen Mutter, die Consuelo mit Vornamen hieß und überhaupt so anders war als die übrigen Damen der Stadt, weil der Vater sie sich einstmals von ganz unten auf der Landkarte heraufgeholt hatte –, seiner Mutter waren die Zeugnisse grundeinerlei...

Tonio liebte seine dunkle und feurige Mutter, die so wunderbar den Flügel und die Mandoline spielte, und er war froh, daß sie sich ob seiner zweifelhaften Stellung unter den Menschen nicht grämte. Andererseits aber empfand er, daß der Zorn des Vaters weit würdiger und respektabler sei, und war, obgleich er von ihm gescholten wurde, im Grunde ganz einverstanden mit ihm, während er die heitere Gleichgültigkeit der Mutter ein wenig liederlich fand. Manchmal dachte er ungefähr: Es ist gerade genug, daß ich bin, wie ich bin, und mich nicht ändern will und kann, fahrlässig, widerspenstig und auf Dinge bedacht, an die sonst niemand denkt. Wenigstens gehört es sich, daß man mich ernstlich schilt und straft dafür, und nicht mit Küssen und Musik darüber hinweggeht. Wir sind doch keine Zigeuner im grünen Wagen, sondern anständige Leute, Konsul Krögers, die Familie der Kröger ... Nicht selten dachte er auch: Warum bin ich doch so sonderlich und in Widerstreit mit allem, zerfallen mit den Lehrern und fremd unter den anderen Jungen? Siehe sie an, die guten Schüler und die von solider Mittelmäßigkeit. Sie finden die Lehrer nicht komisch, sie machen keine Verse und denken nur Dinge, die man eben denkt und die man laut aussprechen kann. Wie ordentlich und einverstanden mit allem und jedermann sie sich fühlen müssen! Das muß gut sein ... Was aber ist mit mir, und wie wird dies alles ablaufen?

Diese Art und Weise, sich selbst und sein Verhältnis zum Leben zu betrachten, spielte eine wichtige Rolle in Tonio's Liebe zu Hans Hansen. Er liebte ihn zunächst, weil er schön war; dann aber, weil er in allen Stücken als sein eigenes Widerspiel und Gegenteil erschien. Hans Hansen war ein vortrefflicher Schüler und außerdem ein frischer Gesell, der ritt, turnte, schwamm wie ein Held und sich der allgemeinen Beliebtheit erfreute. Die Lehrer waren ihm beinahe mit Zärtlichkeit zugetan, nannten ihn mit Vornamen und förderten ihn auf alle Weise, die Kameraden waren auf seine Gunst bedacht, und auf der Straße hielten ihn Herren und Damen an, faßten ihn an dem Schopfe bastblonden Haares, der unter seiner dänischen Schiffermütze hervorquoll, und sagten: »Guten Tag, Hans Hansen, mit deinem netten Schopf! Bist du noch Primus? Grüß Papa und Mama, mein prächtiger Junge ...«

So war Hans Hansen, und seit Tonio Kröger ihn kannte, empfand er Sehnsucht, sobald er ihn erblickte, eine neidische Sehnsucht, die oberhalb der Brust saß und brannte. Wer so blaue Augen hätte, dachte er, und so in Ordnung und glücklicher Gemeinschaft mit aller Welt lebte wie du! Stets bist du auf eine wohlanständige und allgemein respektierte Weise beschäftigt. Wenn du die Schulaufgaben erledigt hast, so nimmst du Reitstunden oder arbeitest mit der Laubsäge, und selbst in den Ferien, an der See, bist du vom Rudern, Segeln und Schwimmen in Anspruch genommen, indes ich müßiggängerisch und verloren im Sande liege und auf die geheimnisvoll wechselnden Mienenspiele starre, die über des Meeres Antlitz huschen. Aber darum sind deine Augen so klar. Zu sein wie du ...

Er machte nicht den Versuch, zu werden wie Hans Hansen, und vielleicht war es ihm nicht einmal sehr ernst mit diesem Wunsche. Aber er begehrte schmerzlich, so wie er war, von ihm geliebt zu werden, und er warb um seine Liebe auf seine Art, eine langsame und innige, hingebungsvolle, leidende und wehmütige Art, aber von einer Wehmut, die tiefer und zehrender brennen kann als alle jähe Leidenschaftlichkeit, die man von seinem fremden Äußeren hätte erwarten können.

Und er warb nicht ganz vergebens, denn Hans, der übrigens eine gewisse Überlegenheit an ihm achtete, eine Gewandtheit des Mundes, die Tonio befähigte, schwierige Dinge auszusprechen, begriff ganz wohl, daß hier eine ungewöhnlich starke und zarte Empfindung für ihn lebendig sei, erwies sich als dankbar und bereitete ihm manches Glück durch sein Entgegenkommen – aber auch manche Pein der Eifersucht, der Enttäuschung und der vergeblichen Mühe, eine geistige Gemeinschaft herzustellen. Denn es war das Merkwürdige, daß Tonio, der Hans Hansen doch um seine Daseinsart beneidete, beständig trachtete, ihn zu seiner eigenen herüberzuziehen, was höchstens auf Augenblicke und auch dann nur scheinbar gelingen konnte...

»Ich habe jetzt etwas Wundervolles gelesen, etwas Prachtvolles...«, sagte er. Sie gingen und aßen gemeinsam aus einer Tüte Fruchtbonbons, die sie bei Krämer Iwersen in der Mühlenstraße für zehn Pfennige erstanden hatten. »Du mußt es lesen, Hans, es ist nämlich ›Don Carlos‹ von Schiller... Ich leihe es dir, wenn du willst...«

»Ach nein«, sagte Hans Hansen, »das laß nur, Tonio, das paßt nicht für mich. Ich bleibe bei meinen Pferdebüchern, weißt du. Famose Abbildungen sind darin, sage ich dir. Wenn du mal bei mir bist, zeige ich sie dir. Es sind Augenblicksphotographien, und man sieht die Gäule im Trab und im Galopp und im Sprunge, in allen Stellungen, die man in Wirklichkeit gar nicht zu sehen bekommt, weil es zu schnell geht...«

»In allen Stellungen?« sagte Tonio höflich. »Ja, das ist fein. Was aber ›Don Carlos‹ betrifft, so geht das über alle Begriffe. Es sind Stellen darin, du sollst sehen, die so schön sind, daß es einem einen Ruck gibt, daß es gleichsam knallt...«

»Knallt es?« fragte Hans Hansen... »Wieso?«

»Da ist zum Beispiel die Stelle, wo der König geweint hat, weil er von dem Marquis betrogen ist... aber der Marquis hat ihn nur dem Prinzen zuliebe betrogen, verstehst du, für den er sich opfert. Und nun kommt aus dem Kabinett in das Vorzimmer die Nachricht, daß der König geweint hat. ›Geweint?‹ ›Der König geweint?‹ Alle Hofmänner sind fürchterlich betreten, und es geht einem durch und durch, denn es ist ein schrecklich starrer und strenger König. Aber man begreift es so gut, daß er geweint hat, und mir tut er eigentlich mehr leid als der Prinz und der Marquis zusammengenommen. Er ist immer so ganz allein und ohne Liebe, und nun glaubt er einen Menschen gefunden zu haben, und der verrät ihn...«

Hans Hansen sah von der Seite in Tonio's Gesicht, und irgend etwas in diesem Gesicht mußte ihn wohl dem Gegenstande gewinnen, denn er schob plötzlich wieder seinen Arm unter den Tonio's und fragte:

»Auf welche Weise verrät er ihn denn, Tonio?«

Tonio geriet in Bewegung.

»Ja, die Sache ist«, fing er an, »daß alle Briefe nach Brabant und Flandern...«

»Da kommt Erwin Jimmerthal«, sagte Hans.

Tonio verstummte. Möchte ihn doch, dachte er, die Erde verschlingen, diesen Jimmerthal! Warum muß er kommen und uns stören! Wenn er nur nicht mit uns geht und den ganzen Weg von der Reitstunde spricht... Denn Erwin Jimmerthal hatte ebenfalls Reitstunde. Er war der Sohn des Bankdirektors und wohnte hier draußen vorm Tore. Mit seinen krummen Beinen und Schlitzaugen kam er ihnen, schon ohne Schulmappe, durch die Allee entgegen.

»Tag, Jimmerthal«, sagte Hans. »Ich gehe ein bißchen mit Kröger...«

»Ich muß zur Stadt«, sagte Jimmerthal, »und etwas besorgen. Aber ich gehe noch ein Stück mit euch... Das sind wohl Fruchtbonbons, die ihr da habt? Ja, danke, ein paar esse ich. Morgen haben wir wieder Stunde, Hans.« – Es war die Reitstunde gemeint.

»Famos!« sagte Hans. »Ich bekomme jetzt die ledernen Gamaschen, du, weil ich neulich die Eins im Exerzitium hatte...«

»Du hast wohl keine Reitstunde, Kröger?« fragte Jimmerthal, und seine Augen waren nur ein Paar blanker Ritzen...

»Nein...«, antwortete Tonio mit ganz ungewisser Betonung.

»Du solltest«, bemerkte Hans Hansen, »deinen Vater bitten, daß du auch Stunde bekommst, Kröger.«

»Ja...«, sagte Tonio zugleich hastig und gleichgültig. Einen Augenblick schnürte sich ihm die Kehle zusammen, weil Hans ihn mit Nachnamen angeredet hatte; und Hans schien dies zu fühlen, denn er sagte erläuternd:

»Ich nenne dich Kröger, weil dein Vorname so verrückt ist, du, entschuldige, aber ich mag ihn nicht leiden. Tonio... Das ist doch überhaupt kein Name. Übrigens kannst du ja nichts dafür, bewahre!«

»Nein, du heißt wohl hauptsächlich so, weil es so ausländisch klingt und etwas Besonderes ist...«, sagte Jimmerthal und tat, als ob er zum Guten reden wollte.

Tonio's Mund zuckte. Er nahm sich zusammen und sagte:

»Ja, es ist ein alberner Name, ich möchte, weiß Gott, lieber Heinrich oder Wilhelm heißen, das könnt ihr mir glauben. Aber es kommt daher, daß ein Bruder meiner Mutter, nach dem ich getauft worden bin, Antonio heißt; denn meine Mutter ist doch von drüben...«

Dann schwieg er und ließ die beiden von Pferden und Lederzeug sprechen. Hans hatte Jimmerthal untergefaßt und redete mit einer geläufigen Teilnahme, die für ›Don Carlos‹ niemals in ihm zu erwecken gewesen wäre... Von Zeit zu Zeit fühlte Tonio, wie der Drang zu weinen ihm prickelnd in die Nase stieg; auch hatte er Mühe, sein Kinn in der Gewalt zu behalten, das beständig ins Zittern geriet...

Hans mochte seinen Namen nicht leiden –, was war dabei zu tun? Er selbst hieß Hans, und Jimmerthal hieß Erwin, gut, das waren allgemein anerkannte Namen, die niemand befremdeten. Aber ›Tonio‹ war etwas Ausländisches und Besonderes. Ja, es war in allen Stücken etwas Besonderes mit ihm, ob er wollte oder nicht, und er war allein und ausgeschlossen von den Ordentlichen und Gewöhnlichen, obgleich er doch kein Zigeuner im grünen Wagen war, sondern ein Sohn Konsul Krögers, aus der Familie der Kröger... Aber warum nannte Hans ihn Tonio, solange sie allein waren, wenn er, kam ein dritter hinzu, anfing, sich seiner zu schämen? Zuweilen war er ihm nahe und gewonnen, ja. Auf welche Weise verrät er ihn denn, Tonio? hatte er gefragt und ihn untergefaßt. Aber als dann Jimmerthal gekommen war, hatte er dennoch erleichtert aufgeatmet, hatte ihn verlassen und ihm ohne Not seinen fremden Rufnamen vorgeworfen. Wie weh es tat, dies alles durchschauen zu müssen!... Hans Hansen hatte ihn im Grunde ein wenig gern, wenn sie unter sich waren, er wußte es. Aber kam ein dritter, so schämte er sich dessen und opferte ihn auf. Und er war wieder allein. Er dachte an König Philipp. Der König hat geweint...

»Gott bewahre«, sagte Erwin Jimmerthal, »nun muß ich aber wirklich zur Stadt! Adieu, ihr, und Dank für die Fruchtbonbons!« Darauf sprang er auf eine Bank, die am Wege stand, lief mit seinen krummen Beinen darauf entlang und trabte davon.

»Jimmerthal mag ich leiden!« sagte Hans mit Nachdruck. Er hatte eine verwöhnte und selbstbewußte Art, seine Sympathien und Abneigungen kundzugeben, sie gleichsam gnädigst zu verteilen... Und dann fuhr er fort, von der Reitstunde zu sprechen, weil er einmal im Zuge war. Es war auch nicht mehr so weit bis zum Hansen'schen Wohnhause; der Weg über die Wälle nahm nicht so viel Zeit in Anspruch. Sie hielten ihre Mützen fest und beugten die Köpfe vor dem starken, feuchten Wind, der in dem kahlen Geäst der Bäume knarrte und stöhnte. Und Hans Hansen sprach, während Tonio nur dann und wann ein künstliches Ach und Jaja einfließen ließ, ohne Freude darüber, daß Hans ihn im Eifer der Rede wieder untergefaßt hatte, denn das war nur eine scheinbare Annäherung, ohne Bedeutung.

Dann verließen sie die Wallanlagen unfern des Bahnhofes, sahen einen Zug mit plumper Eilfertigkeit vorüberpuffen, zählten zum Zeitvertreib die Wagen und winkten dem Manne zu, der in seinen Pelz vermummt zuhöchst auf dem allerletzten saß. Und am Lindenplatze, vor Großhändler Hansens Villa, blieben sie stehen, und Hans zeigte ausführlich, wie amüsant es sei, sich unten auf die Gartenpforte zu stellen und sich in den Angeln hin und her zu schlenkern, daß es nur so kreischte. Aber hierauf verabschiedete er sich.

»Ja, nun muß ich hinein«, sagte er. »Adieu, Tonio. Das nächste Mal begleite ich dich nach Hause, sei sicher.«

»Adieu, Hans«, sagte Tonio, »es war nett, spazierenzugehen.«

Ihre Hände, die sich drückten, waren ganz naß und rostig von der Gartenpforte. Als aber Hans in Tonio's Augen sah, entstand etwas wie reuiges Besinnen in seinem hübschen Gesicht.

»Übrigens werde ich nächstens ›Don Carlos‹ lesen!« sagte er rasch. »Das mit dem König im Kabinett muß famos sein!« Dann nahm er seine Mappe unter den Arm und lief durch den Vorgarten. Bevor er im Hause verschwand, nickte er noch einmal zurück.

Und Tonio Kröger ging ganz verklärt und beschwingt von dannen. Der Wind trug ihn von hinten, aber es war nicht darum allein, daß er so leicht von der Stelle kam.

Hans würde ›Don Carlos‹ lesen,und dann würden sie etwas miteinander haben, worüber weder Jimmerthal noch irgendein anderer mitreden konnte! Wie gut sie einander verstanden! Wer wußte – vielleicht brachte er ihn noch dazu, ebenfalls Verse zu schreiben?... Nein, nein, das wollte er nicht! Hans sollte nicht werden wie Tonio, sondern bleiben, wie er war, so hell und stark, wie alle ihn liebten und Tonio am meisten! Aber daß er ›Don Carlos‹ las, würde trotzdem nicht schaden... Und Tonio ging durch das alte, untersetzte Tor, ging am Hafen entlang auf die steile, zugige und nasse Giebelgasse hinauf zum Haus seiner Eltern. Damals lebte sein Herz; Sehnsucht war darin und schwermütiger Neid und ein klein wenig Verachtung und eine ganze keusche Seligkeit.

2

Die blonde Inge, Ingeborg Holm, Doktor Holms Tochter, der am Markte wohnte, dort, wo hoch, spitzig und vielfach der gotische Brunnen stand, sie war's, die Tonio Kröger liebte, als er sechzehn Jahre alt war.

Wie geschah das? Er hatte sie tausendmal gesehen; an einem Abend jedoch sah er sie in einer gewissen Beleuchtung, sah, wie sie im Gespräch mit einer Freundin auf eine gewisse übermütige Art lachend den Kopf zur Seite warf, auf eine gewisse Art ihre Hand, eine gar nicht besonders schmale, gar nicht besonders feine Kleinmädchenhand zum Hinterkopfe führte, wobei der weiße Gazeärmel von ihrem Ellenbogen zurückglitt, hörte, wie sie ein Wort, ein gleichgültiges Wort, auf eine gewisse Art betonte, wobei ein warmes Klingen in ihrer Stimme war, und ein Entzücken ergriff sein Herz, weit stärker als jenes, das er früher zuweilen empfunden hatte, wenn er Hans Hansen betrachtete, damals, als er noch ein kleiner, dummer Junge war.

An diesem Abend nahm er ihr Bild mit fort, mit dem dicken, blonden Zopf, den länglich geschnittenen, lachenden, blauen Augen und dem zart angedeuteten Sattel von Sommersprossen über der Nase, konnte nicht einschlafen, weil er das Klingen in ihrer Stimme hörte, versuchte leise, die Betonung nachzuahmen, mit der sie das gleichgültige Wort ausgesprochen hatte, und erschauerte dabei.

Die Erfahrung lehrte ihn, daß dies die Liebe sei. Aber obgleich er genau wußte, daß die Liebe ihm viel Schmerz, Drangsal und Demütigung bringen müsse, daß sie überdies den Frieden zerstöre und das Herz mit Melodien überfülle, ohne daß man Ruhe fand, eine Sache rund zu formen und in Gelassenheit etwas Ganzes daraus zu schmieden, so nahm er sie doch mit Freuden auf, überließ sich ihr ganz und pflegte sie mit den Kräften seines Gemütes, denn er wußte, daß sie reich und lebendig mache, und er sehnte sich, reich und lebendig zu sein, statt in Gelassenheit etwas Ganzes zu schmieden...

Dies, daß Tonio Kröger sich an die lustige Inge Holm verlor, ereignete sich in dem ausgeräumten Salon der Konsulin Husteede, die es an jenem Abend traf, die Tanzstunde zu geben; denn es war ein Privatkursus, an dem nur Angehörige von ersten Familien teilnahmen, und man versammelte sich reihum in den elterlichen Häusern, um sich Unterricht im Tanz und Anstand erteilen zu lassen. Aber zu diesem Behufe kam allwöchentlich Ballettmeister Knaak eigens von Hamburg herbei.

François Knaak war sein Name, und was für ein Mann war das! »J'ai l'honneur de me vous représenter«, sagte er, »mon nom est Knaak... Und dies spricht man nicht aus, während man sich verbeugt, sondern wenn man wieder aufrecht steht –, gedämpft und dennoch deutlich. Man ist nicht täglich in der Lage, sich auf französisch vorstellen zu müssen, aber kann man es in dieser Sprache korrekt und tadellos, so wird es einem auf deutsch erst recht nicht fehlen.« Wie wunderbar der seidig schwarze Gehrock sich an seine fetten Hüften schmiegte! In weichen Falten fiel sein Beinkleid auf seine Lackschuhe hinab, die mit breiten Atlasschleifen geschmückt waren, und seine braunen Augen blickten mit einem müden Glück über ihre eigene Schönheit umher...

Jedermann ward erdrückt durch das Übermaß seiner Sicherheit und Wohlanständigkeit. Er schritt – und niemand schritt wie er, elastisch, wogend, wiegend, königlich – auf die Herrin des Haues zu, verbeugte sich und wartete, daß man ihm die Hand reiche. Erhielt er sie, so dankte er mit leiser Stimme dafür, trat federnd zurück, wandte sich auf dem linken Fuße, schnellte den rechten mit niedergedrückter Spitze seitwärts vom Boden ab und schritt mit bebenden Hüften davon...

Man ging rückwärts und unter Verbeugungen zur Tür hinaus, wenn man eine Gesellschaft verließ, man schleppte einen Stuhl nicht herbei, indem man ihn an einem Bein ergriff oder am Boden entlang schleifte, sondern man trug ihn leicht an der Lehne herzu und setzte ihn geräuschlos nieder. Man stand nicht da, indem man die Hände auf dem Bauch faltete und die Zunge in den Mundwinkel schob; tat man es dennoch, so hatte Herr Knaak eine Art, es ebenso zu machen, daß man für den Rest seines Lebens einen Ekel vor dieser Haltung bewahrte...

Dies war der Anstand. Was aber den Tanz betraf, so meisterte Herr Knaak ihn womöglich in noch höherem Grade. In dem ausgeräumten Salon brannten die Gasflammen des Kronleuchters und die Kerzen auf dem Kamin. Der Boden war mit Talkum bestreut, und in stummem Halbkreise standen die Eleven umher. Aber jenseits der Portieren, in der anstoßenden Stube, saßen auf Plüschstühlen die Mütter und Tanten und betrachteten durch ihre Lorgnetten Herrn Knaak, wie er, in gebückter Haltung, den Saum seines Gehrockes mit je zwei Fingern erfaßt hielt und mit federnden Beinen die einzelnen Teile der Mazurka demonstrierte. Beabsichtigte er aber, sein Publikum gänzlich zu verblüffen, so schnellte er sich plötzlich und ohne zwingenden Grund vom Boden empor, indem er seine Beine mit verwirrender Schnelligkeit in der Luft umeinanderwirbelte, gleichsam mit denselben trillerte, worauf er mit einem gedämpften, aber alles in seinen Festen erschütternden Plumps zu dieser Erde zurückkehrte...

Was für ein unbegreiflicher Affe, dachte Tonio Kröger in seinem Sinn. Aber er sah wohl, daß Inge Holm, die lustige Inge, oft mit einem selbstvergessenen Lächeln Herrn Knaaks Bewegungen verfolgte, und nicht dies allein war es, weshalb alle diese wundervoll beherrschte Körperlichkeit ihm im Grunde etwas wie Bewunderung abgewann. Wie ruhevoll und unverwirrbar Herrn Knaaks Augen blickten! Sie sahen nicht in die Dinge hinein, bis dorthin, wo sie kompliziert und traurig werden; sie wußten nichts, als daß sie braun und schön seien. Aber deshalb war seine Haltung so stolz! Ja, man mußte dumm sein, um so schreiten zu können wie er; und dann wurde man geliebt, denn man war liebenswürdig. Er verstand es so gut, daß Inge, die blonde, süße Inge, auf Herrn Knaak blickte, wie sie es tat. Aber würde denn niemals ein Mädchen so auf ihn selbst blicken?

O doch, das kam vor. Da war Magdalena Vermehren; Rechtsanwalt Vermehrens Tochter, mit dem sanften Mund und den großen, dunklen, blanken Augen voll Ernst und Schwärmerei. Sie fiel oft hin beim Tanzen; aber sie kam zu ihm bei der Damenwahl, sie wußte, daß er Verse dichtete, sie hatte ihn zweimal gebeten, sie ihr zu zeigen, und oftmals schaute sie ihn von weitem mit gesenktem Kopfe an. Aber was sollte ihm das? Er, er liebte Inge Holm, die blonde, lustige Inge, die ihn sicher darum verachtete, daß er poetische Sachen schrieb... er sah sie an, sah ihre schmalgeschnittenen, blauen Augen, die voll Glück und Spott waren, und eine neidische Sehnsucht, ein herber, drängender Schmerz, von ihr ausgeschlossen und ihr ewig fremd zu sein, saß in seiner Brust und brannte...

»Erstes Paar en avant!« sagte Herr Knaak, und keine Worte schildern, wie wunderbar der Mann den Nasallaut hervorbrachte. Man übte Quadrille, und zu Tonio Krögers tiefem Erschrecken befand er sich mit Inge Holm in ein und demselben Karree. Er mied sie, wie er konnte, und dennoch geriet er beständig in ihre Nähe; er wehrte seinen Augen, sich ihr zu nahen, und dennoch traf sein Blick beständig auf sie... Nun kam sie an der Hand des rotköpfigen Ferdinand Matthiessen gleitend und laufend herbei, warf den Zopf zurück und stellte sich aufatmend ihm gegenüber, Herr Heinzelmann, der Klavierspieler, griff mit seinen knochigen Händen in die Tasten, Herr Knaak kommandierte, die Quadrille begann.

Sie bewegte sich vor ihm hin und her, vorwärts und rückwärts, schreitend und drehend, ein Duft, der von ihrem Haar oder dem zarten, weißen Stoff ihres Kleides ausging, berührte ihn manchmal, und seine Augen trübten sich mehr und mehr. Ich liebe dich, liebe, süße Inge, sagte er innerlich, und er legte in diese Worte seinen ganzen Schmerz darüber, daß sie so eifrig und lustig bei der Sache war und seiner nicht achtete. Ein wunderschönes Gedicht von Storm fiel ihm ein: »Ich möchte schlafen, aber du mußt tanzen.« Der demütigende Widersinn quälte ihn, der darin lag, tanzen zu müssen, während man liebte...

»Erstes Paar en avant!« sagte Herr Knaak, denn es kam eine neue Tour. »Compliment! Moulinet des dames! Tour de main!« Und niemand beschreibt, auf welch graziöse Art er das stumme e vom »de« verschluckte.

»Zweites Paar en avant!« Tonio Kröger und seine Dame waren daran. »Compliment!« und Tonio Kröger verbeugte sich. »Moulinet des dames!« Und Tonio Kröger, mit gesenktem Kopfe und finsteren Brauen, legte seine Hand auf die Hände der vier Damen, auf die Inge Holms, und tanzte ›moulinet‹.

Ringsum entstand ein Kichern und Lachen. Herr Knaak fiel in seine Ballettpose, welche ein stilisiertes Entsetzen ausdrückte. »O weh!« rief er. »Halt, halt! Kröger ist unter die Damen geraten. En arrière, Fräulein Kröger, zurück, fi donc! Alle haben es nun verstanden, nur Sie nicht. Husch! Fort! Zurück mit Ihnen!« Und er zog ein gelbseidenes Taschentuch und scheuchte Tonio Kröger damit an seinen Platz zurück.

Alles lachte, die Jungen, die Mädchen und die Damen jenseits der Portieren, denn Herr Knaak hatte etwas gar zu Drolliges aus dem Zwischenfall gemacht, und man amüsierte sich wie im Theater. Nur Herr Heinzelmann wartete mit trockener Geschäftsmiene auf das Zeichen zum Weiterspielen, denn er war abgehärtet gegen Herrn Knaaks Wirkungen.

Dann ward die Quadrille fortgesetzt. Und dann war Pause. Das Folgmädchen klirrte mit einem Teebrett voll Weingeleegläsern zur Tür herein, und die Köchin folgte mit einer Ladung Plumcake in ihrem Kielwasser. Aber Tonio Kröger stahl sich fort, ging heimlich auf den Korridor hinaus und stellte sich dort, die Hände auf dem Rücken, vor ein Fenster mit herabgelassener Jalousie, ohne zu bedenken, daß man durch diese Jalousie gar nichts sehen konnte, und daß es also lächerlich sei, davorzustehen und zu tun, als blicke man hinaus.

Er blickte aber in sich hinein, wo so viel Gram und Sehnsucht war. Warum, warum war er hier? Warum saß er nicht in seiner Stube am Fenster und las in Storms ›Immensee‹ und blickte hie und da in den abendlichen Garten hinaus, wo der alte Walnußbaum schwerfällig knarrte? Das wäre sein Platz gewesen. Mochten die anderen tanzen und frisch und geschickt bei der Sache sein!... Nein, nein, sein Platz war dennoch hier, wo er sich in Inge's Nähe wußte, wenn er auch nur einsam von ferne stand und versuchte, in dem Summen, Klirren und

Lachen dort drinnen ihre Stimme zu unterscheiden, in welcher es klang von warmem Leben. Deine länglich geschnittenen, blauen, lachenden Augen, du blonde Inge! So schön und heiter wie du kann man nur sein, wenn man nicht ›Immensee‹ liest und niemals versucht, selbst dergleichen zu machen; das ist das Traurige!...

Sie müßte kommen! Sie müßte bemerken, daß er fort war, müßte fühlen, wie es um ihn stand, müßte ihm heimlich folgen, wenn auch nur aus Mitleid, ihm ihre Hand auf die Schulter legen und sagen: Komm herein zu uns, sei froh, ich liebe dich. Und er horchte hinter sich und wartete in unvernünftiger Spannung, daß sie kommen möge. Aber sie kam keines Weges. Dergleichen geschah nicht auf Erden.

Hatte auch sie ihn verlacht, gleich allen anderen? Ja, das hatte sie getan, so gern er es ihret- und seinetwegen geleugnet hätte. Und doch hatte er nur aus Versunkenheit in ihre Nähe ›moulinet des dames‹ mitgetanzt. Und was verschlug das? Man würde vielleicht einmal aufhören zu lachen! Hatte etwa nicht kürzlich eine Zeitschrift ein Gedicht von ihm angenommen, wenn sie dann auch wieder eingegangen war, bevor das Gedicht hatte erscheinen können? Es kam der Tag, wo er berühmt war, wo alles gedruckt wurde, was er schrieb, und dann würde man sehen, ob es nicht Eindruck auf Inge Holm machen würde... Es würde *keinen* Eindruck machen, nein, das war es ja. Auf Magdalena Vermehren, die immer hinfiel, ja, auf die. Aber niemals auf Inge Holm, niemals auf die blauäugige, lustige Inge. Und war es also nicht vergebens?...

Tonio Krögers Herz zog sich schmerzlich zusammen bei diesem Gedanken. Zu fühlen, wie wunderbare spielende und schwermütige Kräfte sich in dir regen, und dabei zu wissen, daß diejenigen, zu denen du dich hinübersehnst, ihnen in heiterer Unzugänglichkeit gegenüberstehen, das tut sehr weh. Aber obgleich er einsam, ausgeschlossen und ohne Hoffnung vor einer geschlossenen Jalousie stand und in seinem Kummer tat, als könne er hindurchblicken, so war er dennoch glücklich. Denn damals lebte sein Herz. Warm und traurig schlug es für dich, Ingeborg Holm, und seine Seele umfaßte deine blonde, lichte und übermütig gewöhnliche kleine Persönlichkeit in seliger Selbstverleugnung.

Mehr als einmal stand er mit erhitztem Angesicht an einsamen Stellen, wohin Musik, Blumenduft und Gläsergeklirr nur leise drangen, und suchte in dem fernen Festgeräusch deine klingende Stimme zu unterscheiden, stand in Schmerzen um dich und war dennoch glücklich. Mehr als einmal kränkte es ihn, daß er mit Magdalena Vermehren, die immer hinfiel, sprechen konnte, daß sie ihn verstand und mit ihm lachte und ernst war, während die blonde Inge, saß er auch neben ihr, ihm fern und fremd und befremdet erschien, denn seine Sprache war nicht ihre Sprache; und dennoch war er glücklich. Denn das Glück, sagte er sich, ist nicht, geliebt zu werden; das ist eine mit Ekel gemischte Genugtuung für die Eitelkeit. Das Glück ist, zu lieben und vielleicht kleine, trügerische Annäherungen an den geliebten Gegenstand zu erhaschen. Und er schrieb diesen Gedanken innerlich auf, dachte ihn völlig aus und empfand ihn bis auf den Grund.

Treue! dachte Tonio Kröger. Ich will treu sein und dich lieben, Ingeborg, solange ich lebe! So wohlmeinend war er. Und dennoch flüsterte in ihm eine leise Furcht und Trauer, daß er ja auch Hans Hansen ganz und gar vergessen habe, obgleich er ihn täglich sah. Und es war das Häßliche und Erbärmliche, daß diese leise und ein wenig hämische Stimme recht behielt, daß die Zeit verging und Tage kamen, da Tonio Kröger nicht mehr so unbedingt wie ehemals für die lustige Inge zu sterben bereit war, weil er Lust und Kräfte in sich fühlte, auf seine Art in der Welt eine Menge des Merkwürdigen zu leisten.

Und er umkreiste behutsam den Opferaltar, auf dem die lautere und keusche Flamme seiner Liebe loderte, kniete davor und schürte und nährte sie auf alle Weise, weil er treu sein wollte. Und über eine Weile, unmerklich, ohne Aufsehen und Geräusch, war sie dennoch erloschen.

Aber Tonio Kröger stand noch eine Zeitlang vor dem erkalteten Altar, voll Staunen und Enttäuschung darüber, daß Treue auf Erden unmöglich war. Dann zuckte er die Achseln und ging seiner Wege.

3

Er ging den Weg, den er gehen mußte, ein wenig nachlässig und ungleichmäßig, vor sich hin pfeifend, mit seitwärts geneigtem Kopfe ins Weite blickend, und wenn er irreging, so geschah es, weil es für etliche einen richtigen Weg überhaupt nicht gibt. Fragte man ihn, was in aller Welt er zu werden gedachte, so erteilte er wechselnde Auskunft, denn er pflegte zu sagen (und hatte es auch bereits aufgeschrieben), daß er die Möglichkeiten zu tausend Daseinsformen in sich trage, zusammen mit dem heimlichen Bewußtsein, daß es im Grunde lauter Unmöglichkeiten seien ...

Schon bevor er von der engen Vaterstadt schied, hatten sich leise die Klammern und Fäden gelöst, mit denen sie ihn hielt. Die alte Familie Kröger war nach und nach in einen Zustand des Abbröckelns und der Zersetzung geraten, und die Leute hatten Grund, Tonio Krögers eigenes Sein und Wesen ebenfalls zu den Merkmalen dieses Zustandes zu rechnen. Seines Vaters Mutter war gestorben, das Haupt des Geschlechts, und nicht lange darauf, so folgte sein Vater, der lange, sinnende, sorgfältig gekleidete Herr mit der Feldblume im Knopfloch, ihr im Tode nach. Das große Kröger'sche Haus stand mitsamt seiner würdigen Geschichte zum Verkaufe, und die Firma ward ausgelöscht. Tonio's Mutter jedoch, seine schöne, feurige Mutter, die so wunderbar den Flügel und die Mandoline spielte und der alles ganz einerlei war, vermählte sich nach Jahresfrist aufs neue, und zwar mit einem Musiker, einem Virtuosen mit italienischem Namen, dem sie in blaue Fernen folgte. Tonio Kröger fand dies ein wenig liederlich; aber war *er* berufen, es ihr zu wehren? Er schrieb Verse und konnte nicht einmal beantworten, was in aller Welt er zu werden gedachte...

Und er verließ die winklige Heimatstadt, um deren Giebel der feuchte Wind pfiff, verließ den Springbrunnen und den alten Walnußbaum im Garten, die Vertrauten seiner Jugend, verließ auch das Meer, das er so sehr liebte, und empfand keinen Schmerz dabei. Denn er war groß und klug geworden, hatte begriffen, was für eine Bewandtnis es mit ihm hatte, und war voller Spott für das plumpe und niedrige Dasein, das ihn so lange in seiner Mitte gehalten hatte.

Er ergab sich ganz der Macht, die ihm als die erhabenste auf Erden erschien, zu deren Dienst er sich berufen fühlte; und die ihm Hoheit und Ehren versprach, der Macht des Geistes und Wortes, die lächelnd über dem unbewußten und stummen Leben thront. Mit seiner jungen Leidenschaft ergab er sich ihr, und sie lohnte ihm mit allem, was sie zu schenken hat, und nahm ihm unerbittlich all das, was sie als Entgelt dafür zu nehmen pflegt.

Sie schärfte seinen Blick und ließ ihn die großen Wörter durchschauen, die der Menschen Busen blähen, sie erschloß ihm der Menschen Seelen und seine eigene, machte ihn hellsehend und zeigte ihm das Innere der Welt und alles Letzte, was hinter den Worten und Taten ist. Was er aber sah, war dies: Komik und Elend – Komik und Elend.

Da kam, mit der Qual und dem Hochmut der Erkenntnis, die Einsamkeit, weil es ihn im Kreise der Harmlosen mit dem fröhlich dunklen Sinn nicht litt und das Mal an seiner Stirn sie verstörte. Aber mehr und mehr versüßte sich ihm auch die Lust am Worte und der Form, denn er pflegte zu sagen (und hatte es auch bereits aufgeschrieben), daß die Kenntnis der Seele allein unfehlbar trübsinnig machen würde, wenn nicht die Vergnügungen des Ausdrucks uns wach und munter erhielten...

Er lebte in großen Städten und im Süden, von dessen Sonne er sich ein üppigeres Reifen seiner Kunst versprach; und vielleicht war es das Blut seiner Mutter, welches ihn dorthin zog. Aber da sein Herz tot und ohne Liebe war, so geriet er in Abenteuer des Fleisches, stieg tief hinab in Wollust und heiße Schuld und litt unsäglich dabei. Vielleicht war es das Erbteil seines Vaters in ihm, des langen, sinnenden, reinlich gekleideten Mannes mit der Feldblume im Knopfloch, das ihn dort unten so leiden machte und manchmal eine schwache, sehnsüchtige Erinnerung in ihm sich regen ließ an eine Lust der Seele, die einstmals sein eigen gewesen war und die er in allen Lüsten nicht wiederfand.

Ein Ekel und Haß gegen die Sinne erfaßte ihn und ein Lechzen nach Reinheit und wohlanständigem Frieden, während er doch die Luft der Kunst atmete, die laue und süße, duftgeschwängerte Luft eines beständigen Frühlings, in der es treibt und braut und keimt in heimlicher Zeugungswonne. So kam es nur dahin, daß er, haltlos zwischen krassen Extremen, zwischen eisiger Geistigkeit und verzehrender Sinnenglut hin und her geworfen, unter Gewissensnöten ein erschöpfendes Leben führte, ein ausbündiges, ausschweifendes und außerordentliches Leben, das er, Tonio Kröger, im Grunde verabscheute. Welch Irrgang! dachte er zuweilen. Wie war es nur möglich, daß ich in alle diese exzentrischen Abenteuer geriet? Ich bin doch kein Zigeuner im grünen Wagen, von Hause aus ...

Aber in dem Maße, wie seine Gesundheit geschwächt ward, verschärfte sich seine Künstlerschaft, ward wählerisch, erlesen, kostbar, fein, reizbar gegen das Banale und aufs höchste empfindlich in Fragen des Taktes und Geschmacks. Als er zum ersten male hervortrat, wurde unter denen, die es anging, viel Beifall und Freude laut, denn es war ein wertvoll gearbeitetes Ding, was er geliefert hatte, voll Humor und Kenntnis des Leidens. Und schnell ward sein Name, derselbe, mit dem ihn einst seine Lehrer scheltend gerufen hatten, derselbe, mit dem er seine ersten Reime an den Walnußbaum, den Springbrunnen und das Meer unterzeichnet hatte, dieser aus Süd und Nord zusammengesetzte Klang, dieser exotisch angehauchte Bürgersname zu einer Formel, die Vortreffliches bezeichnete; denn der schmerzlichen Gründlichkeit seiner Erfahrungen gesellte sich ein seltener, zäh ausharrender und ehrsüchtiger Fleiß, der im Kampf mit der wählerischen Reizbarkeit seines Geschmacks unter heftigen Qualen ungewöhnliche Werke entstehen ließ.

Er arbeitete nicht wie jemand, der arbeitet, um zu leben, sondern wie einer, der nichts will als arbeiten, weil er sich als lebendigen Menschen für nichts achtet, nur als Schaffender in Betracht zu kommen wünscht und im übrigen grau und unauffällig umhergeht, wie ein abgeschminkter Schauspieler, der nichts ist, solange er nichts darzustellen hat. Er arbeitete stumm, abgeschlossen, unsichtbar und voller Verachtung für jene Kleinen, denen das Talent ein geselliger Schmuck war, die, ob sie nun arm oder reich waren, wild und abgerissen einhergingen oder mit persönlichen Krawatten Luxus trieben, in erster Linie glücklich, liebenswürdig und künstlerisch zu leben bedacht waren, unwissend darüber, daß gute Werke nur unter dem Druck eines schlimmen Lebens entstehen, daß, wer lebt, nicht arbeitet, und daß man gestorben sein muß, um ganz ein Schaffender zu sein.

4

»Störe ich?« fragte Tonio Kröger auf der Schwelle des Ateliers. Er hielt seinen Hut in der Hand und verbeugte sich sogar ein wenig, obgleich Lisaweta Iwanowna seine Freundin war, der er alles sagte.

»Erbarmen Sie sich, Tonio Kröger, und kommen Sie ohne Zeremonien herein!« antwortete sie mit ihrer hüpfenden Betonung. »Es ist bekannt, daß Sie eine gute Kinderstube genossen haben und wissen, was sich schickt.« Dabei steckte sie ihren Pinsel zu der Palette in die linke Hand, reichte ihm die rechte und blickte ihm lachend und kopfschüttelnd ins Gesicht.

»Ja, aber Sie arbeiten«, sagte er. »Lassen Sie sehen... Oh, Sie sind vorwärtsgekommen.« Und er betrachtete abwechselnd die farbigen Skizzen, die zu beiden Seiten der Staffelei auf Stühlen lehnten, und die große, mit einem quadratischen Liniennetz überzogene Leinwand, auf welcher, in dem verworrenen und schemenhaften Kohleentwurf, die ersten Farbflecke aufzutauchen begannen.

Es war in München, in einem Rückgebäude der Schellingstraße, mehrere Stiegen hoch. Draußen, hinter dem breiten Nordlichtfenster, herrschte Himmelsblau, Vogelgezwitscher und Sonnenschein, und des Frühlings junger, süßer Atem, der durch eine offene Klappe hereinströmte, vermischte sich mit dem Geruch von Fixativ und Ölfarbe, der den weiten Arbeitsraum erfüllte. Ungehindert überflutete das goldige Licht des hellen Nachmittags die weitläufige Kahlheit des Ateliers, beschien freimütig den ein wenig schadhaften Fußboden, den rohen, mit Fläschchen, Tuben und Pinseln bedecken Tisch unterm Fenster und die ungerahmten Studien an den untapezierten Wänden, beschien den Wandschirm aus rissiger Seide, der in der Nähe der Tür einen kleinen, stilvoll möblierten Wohn- und Mußewinkel begrenzte, beschien das werdende Werk auf der Staffelei und davor die Malerin und den Dichter.

Sie mochte etwa so alt sein wie er, nämlich ein wenig jenseits der Dreißig. In ihrem dunkelblauen, fleckigen Schürzenkleide saß sie auf einem niedrigen Schemel und stützte das Kinn in die Hand. Ihr braunes Haar, fest frisiert und an den Seiten schon leicht ergraut, bedeckte in leisen Scheitelwellen ihre Schläfen und gab den Rahmen zu ihrem brünetten, slawisch geformten, unendlich sympathischen Gesicht mit der Stumpfnase, den scharf herausgearbeiteten Wangenknochen und den kleinen, schwarzen, blanken Augen. Gespannt, mißtrauisch und gleichsam gereizt musterte sie schiefen und gekniffenen Blicks ihre Arbeit...

Er stand neben ihr, hielt die rechte Hand in die Hüfte gestemmt und drehte mit der Linken eilig an seinem braunen Schnurrbart. Seine schrägen Brauen waren in einer finsteren und angestrengten Bewegung, wobei er leise vor sich hin pfiff, wie gewöhnlich. Er war äußerst sorgfältig und gediegen gekleidet, in einen Anzug von ruhigem Grau und reserviertem Schnitt. Aber in seiner durcharbeiteten Stirn, über der sein dunkles Haar so außerordentlich simpel und korrekt sich scheitelte, war ein nervöses Zucken, und die Züge seines südlich geschnittenen Gesichts waren schon scharf, von einem harten Griffel gleichsam nachgezogen und ausgeprägt, während doch sein Mund so sanft umrissen, sein Kinn so weich gebildet erschien... Nach einer Weile strich er mit der Hand über Stirn und Augen und wandte sich ab.

»Ich hätte nicht kommen sollen«, sagte er.

»Warum hätten Sie nicht, Tonio Kröger?«

»Eben stehe ich von meiner Arbeit auf, Lisaweta, und in meinem Kopf sieht es genau aus wie auf dieser Leinwand. Ein Gerüst, ein blasser, von Korrekturen beschmutzter Entwurf und ein paar Farbflecke, ja; und nun komme ich hierher und sehe dasselbe. Und auch den Konflikt und Gegensatz finde ich hier wieder«, sagte er und schnupperte in die Luft, »der mich zu Hause quälte. Seltsam ist es. Beherrscht dich ein Gedanke, so findest du ihn überall ausgedrückt, du *riechst* ihn sogar im Winde. Fixativ und Frühlingsarom, nicht wahr? Kunst und – ja, was ist das andere? Sagen Sie nicht ›Natur‹, Lisaweta, ›Natur‹ ist nicht erschöpfend. Ach, nein, ich hätte wohl lieber spazierengehen sollen, obgleich es die Frage ist, ob ich mich dabei wohler befunden hätte: Vor fünf Minuten, nicht weit von hier, traf ich einen Kollegen, Adalbert, den Novellisten. ›Gott verdamme den Frühling!‹ sagte er in seinem aggressiven Stil. ›Er ist und bleibt die gräßlichste Jahreszeit! Können Sie einen vernünftigen Gedanken fassen, Kröger, können Sie die kleinste Pointe und Wirkung in Gelassenheit ausarbeiten, wenn es Ihnen auf eine unanständige Weise im Blute kribbelt und eine Menge von unzugehörigen Sensationen Sie beunruhigt, die, sobald Sie sie prüfen, sich als ausgemacht triviales und gänzlich unbrauchbares Zeug entpuppen? Was mich betrifft, so gehe ich nun ins Café. Das ist neutrales, vom Wechsel der Jahreszeiten unberührtes Gebiet, wissen Sie, das stellt sozusagen die entrückte und erhabene Sphäre des Literarischen dar, in der man nur vornehmerer Einfälle fähig ist ...‹ Und er ging ins Café; und vielleicht hätte ich mitgehen sollen.«

Lisaweta amüsierte sich.

»Das ist gut, Tonio Kröger. Das mit dem ›unanständigen Kribbeln‹ ist gut. Und er hat ja gewissermaßen recht, denn mit dem Arbeiten ist es wirklich nicht sonderlich bestellt im Frühling. Aber nun geben Sie acht. Nun mache ich trotzdem noch diese kleine Sache hier, diese kleine Pointe und Wirkung, wie Adalbert sagen würde. Nachher gehen wir in den ›Salon‹ und trinken Tee, und Sie sprechen sich aus; denn das sehe ich genau, daß Sie heute geladen sind. Bis dahin gruppieren Sie sich wohl irgendwo, zum Beispiel auf der Kiste da, wenn Sie nicht für Ihre Patriziergewänder fürchten ...«

»Ach, lassen Sie mich mit meinen Gewändern in Ruh', Lisaweta Iwanowna! Wünschten Sie, daß ich in einer zerrissenen Sammetjacke oder einer rotseidenen Weste umherliefe? Man ist als Künstler innerlich immer Abenteurer genug. Äußerlich soll man sich gut anziehen, zum Teufel, und sich benehmen wie ein anständiger Mensch ... Nein, geladen bin ich nicht«, sagte er und sah zu, wie sie auf der Palette eine Mischung bereitete. »Sie hören ja, daß es nur ein Problem und Gegensatz ist, was mir im Sinne liegt und mich bei der Arbeit störte ... Ja, wovon sprachen wir eben? Von Adalbert, dem Novellisten, und was für ein stolzer und fester Mann er ist. ›Der Frühling ist die gräßlichste Jahreszeit‹, sagte er und ging ins Café. Denn man muß wissen, was man will, nicht wahr? Sehen Sie, auch mich macht der Frühling nervös, auch mich setzt die holde Trivialität der Erinnerungen und Empfindungen, die er erweckt, in Verwirrung; nur, daß ich es nicht über mich gewinne, ihn dafür zu schelten und zu verachten; denn die

Sache ist die, daß ich mich vor ihm schäme, mich schäme vor seiner reinen Natürlichkeit und seiner siegenden Jugend. Und ich weiß nicht, ob ich Adalbert beneiden oder geringschätzen soll, dafür, daß er nichts davon weiß...

Man arbeitet schlecht im Frühling, gewiß, und warum? Weil man empfindet. Und weil der ein Stümper ist, der glaubt, der Schaffende dürfe empfinden. Jeder echte und aufrichtige Künstler lächelt über die Naivität dieses Pfuscherirrtums –, melancholisch vielleicht, aber er lächelt. Denn das, was man sagt, darf ja niemals die Hauptsache sein, sondern nur das an und für sich gleichgültige Material, aus dem das ästhetische Gebilde in spielender und gelassener Überlegenheit zusammenzusetzen ist. Liegt Ihnen zu viel an dem, was Sie zu sagen haben, schlägt Ihr Herz zu warm dafür, so können Sie eines vollständigen Fiaskos sicher sein. Sie werden pathetisch, Sie werden sentimental, etwas Schwerfälliges, Täppisch-Ernstes, Unbeherrschtes, Unironisches, Ungewürztes, Langweiliges, Banales entsteht unter Ihren Händen, und nichts als Gleichgültigkeit bei den Leuten, nichts als Enttäuschung und Jammer bei Ihnen selbst ist das Ende... Denn so ist es ja, Lisaweta: Das Gefühl, das warme, herzliche Gefühl ist immer banal und unbrauchbar, und künstlerisch sind bloß die Gereiztheiten und kalten Ekstasen unseres verdorbenen, unseres artistischen Nervensystems. Es ist nötig, daß man irgend etwas Außermenschliches und Unmenschliches sei, daß man zum Menschlichen in einem seltsam fernen und unbeteiligten Verhältnis stehe, um imstande und überhaupt versucht zu sein, es zu spielen, damit zu spielen, es wirksam und geschmackvoll darzustellen. Die Begabung für Stil, Form und Ausdruck setzt bereits dies kühle und wählerische Verhältnis zum Menschlichen, ja, eine gewisse menschliche Verarmung und Verödung voraus. Denn das gesunde und starke Gefühl, dabei bleibt es, hat keinen Geschmack. Es ist aus mit dem Künstler, sobald er Mensch wird und zu empfinden beginnt. Das wußte Adalbert, und darum begab er sich ins Café, in die ›entrückte Sphäre‹, jawohl!«

»Nun, Gott mit ihm, Batuschka«, sagte Lisaweta und wusch sich die Hände in einer Blechwanne; »Sie brauchen ihm ja nicht zu folgen.«

»Nein, Lisaweta, ich folge ihm nicht, und zwar einzig, weil ich hie und da imstande bin, mich vor dem Frühling meines Künstlertums ein wenig zu schämen. Sehen Sie, zuweilen erhalte ich Briefe von fremder Hand, Lob- und Dankschreiben aus meinem Publikum, bewunderungsvolle Zuschriften ergriffener Leute. Ich lese diese Zuschriften, und Rührung beschleicht mich angesichts des warmen und unbeholfenen menschlichen Gefühls, das meine Kunst hier bewirkt hat, eine Art von Mitleid faßt mich an gegenüber der begeisterten Naivität, die aus den Zeilen spricht, und ich erröte bei dem Gedanken, wie sehr dieser redliche Mensch ernüchtert sein müßte, wenn er je einen Blick hinter die Kulissen täte, wenn seine Unschuld je begriffe, daß ein rechtschaffener, gesunder und anständiger Mensch überhaupt nicht schreibt, mimt, komponiert... was alles ja nicht hindert, daß ich seine Bewunderung für mein Genie benütze, um mich zu steigern und zu stimulieren, daß ich sie gewaltig ernst nehme, und ein Gesicht dazu mache wie ein Affe, der den großen Mann spielt... Ach, reden Sie mir nicht darein, Lisaweta! Ich sage Ihnen, daß ich es oft sterbensmüde bin, das Menschliche darzustellen, ohne am Menschlichen teilzuhaben...

Ist der Künstler überhaupt ein Mann? Man frage ›das Weib‹ danach! Mir scheint, wir Künstler teilen alle ein wenig das Schicksal jener präparierten päpstlichen Sänger... Wir singen ganz rührend schön. Jedoch –«

»Sie sollten sich ein bißchen schämen, Tonio Kröger. Kommen Sie nun zum Tee. Das Wasser wird gleich kochen, und hier sind Papyros. Beim Sopransingen waren Sie stehengeblieben; und fahren Sie da nur fort. Aber schämen sollten Sie sich. Wenn ich nicht wüßte, mit welch stolzer Leidenschaft Sie Ihrem Berufe ergeben sind...«

»Sagen Sie nichts von ›Beruf‹, Lisaweta Iwanowna! Die Literatur ist überhaupt kein Beruf, sondern ein Fluch, – damit Sie's wissen. Wann beginnt er fühlbar zu werden, dieser Fluch? Früh, schrecklich früh. Zu einer Zeit, da man billig noch in Frieden und Eintracht mit Gott und der Welt leben sollte. Sie fangen an, sich gezeichnet, sich in einem rätselhaften Gegensatz zu den anderen, den Gewöhnlichen, den Ordentlichen zu fühlen, der Abgrund von Ironie, Unglaube, Opposition, Erkenntnis, Gefühl, der Sie von den Menschen trennt, klafft tiefer und tiefer, Sie sind einsam, und fortan gibt es keine Verständigung mehr. Was für ein Schicksal! Gesetzt, daß das Herz lebendig genug, *liebevoll* genug geblieben ist, es als furchtbar zu empfinden!... Ihr Selbstbewußtsein entzündet sich, weil Sie unter Tausenden das Zeichen an Ihrer Stirne spüren und fühlen, daß es niemandem entgeht. Ich kannte einen Schauspieler von Genie, der als Mensch mit einer krankhaften Befangenheit und Haltlosigkeit zu kämpfen hatte. Sein überreiztes Ichgefühl zusammen mit dem Mangel an Rolle, an darstellerischer Aufgabe, bewirkten das bei diesem vollkommenen Künstler und verarmten Menschen... Einen Künstler, einen wirklichen, nicht einen, dessen bürgerlicher Beruf die Kunst ist, sondern einen vorbestimmten und verdammten, ersehen Sie mit geringem Scharfblick aus einer Menschenmasse. Das Gefühl der Separation und Unzugehörigkeit, des Erkannt- und Beobachtetseins, etwas zugleich Königliches und Verlegenes ist in seinem Gesicht. In den Zügen eines Fürsten, der in Zivil durch eine Volksmenge schreitet, kann man etwas Ähnliches beobachten. Aber da hilft kein Zivil, Lisaweta! Verkleiden Sie sich, vermummen Sie sich, ziehen Sie sich an wie ein Attaché oder ein Gardeleutnant in Urlaub: Sie werden kaum die Augen aufzuschlagen und ein Wort zu sprechen brauchen, und jedermann wird wissen, daß Sie kein Mensch sind, sondern irgend etwas Fremdes, Befremdendes, anderes...

Aber *was* ist der Künstler? Vor keiner Frage hat die Bequemlichkeit und Erkenntnisträgheit der Menschheit sich zäher erwiesen als vor dieser. ›Dergleichen ist Gabe‹, sagen demütig die braven Leute, die unter der Wirkung eines Künstlers stehen, und weil heitere und erhabene Wirkungen nach ihrer gutmütigen Meinung ganz unbedingt auch heitere und erhabene Ursprünge haben müssen, so argwöhnt niemand, daß es sich hier vielleicht um eine äußerst schlimm bedingte, äußerst fragwürdige ›Gabe‹ handelt... Man weiß, daß Künstler leicht verletzlich sind, – nun, man weiß auch, daß dies bei Leuten mit gutem Gewissen und solid gegründetem Selbstgefühl nicht zuzutreffen pflegt... Sehen Sie, Lisaweta, ich hege auf dem Grunde meiner Seele – ins Geistige übertragen – gegen den Typus des Künstlers den ganzen *Verdacht*, den jeder meiner ehrenfesten Vorfahren droben in der engen Stadt irgendeinem Gaukler und abenteuernden Artisten entgegengebracht hätte, der in sein Haus gekommen wäre. Hören Sie folgendes. Ich kenne einen Bankier, einen ergrauten Geschäftsmann, der die Gabe besitzt, Novellen zu schreiben. Er macht von dieser Gabe in seinen Mußestunden Gebrauch, und seine Arbeiten sind manchmal ganz ausgezeichnet. Trotz – ich sage ›trotz‹ – dieser sublimen Veranlagung ist dieser Mann nicht völlig unbescholten; er hat im Gegenteil bereits eine schwere Freiheitsstrafe zu verbüßen gehabt, und zwar aus triftigen Gründen. Ja, es geschah ganz eigentlich erst in der Strafanstalt, daß er seiner Begabung inne wurde, und seine Sträflingserfahrungen bilden das Grundmotiv in allen seinen Produktionen. Man könnte daraus, mit einiger Keckheit, folgern, daß es nötig sei, in irgendeiner Art von Strafanstalt zu Hause zu sein, um zum Dichter zu werden. Aber drängt sich nicht der Verdacht auf, daß seine Erlebnisse im Zuchthause weniger innig mit den Wurzeln und Ursprüngen seiner Künstlerschaft verwachsen gewesen sein möchten als *das, was ihn hineinbrachte* –? Ein Bankier, der Novellen dichtet, das ist eine Rarität, nicht wahr? Aber ein nicht krimineller, ein unbescholtener und solider Bankier, welcher Novellen dichtete, – *das kommt nicht vor*... Ja, da lachen Sie nun, und dennoch scherze ich nur halb und halb. Kein Problem, keines in der Welt, ist quälender als das vom Künstlertum und seiner menschlichen Wirkung. Nehmen Sie das wunderartigste Gebilde des typischsten und darum mächtigsten Künstlers, nehmen Sie ein so morbides und tief zweideutiges Werk wie ›Tristan und Isolde‹ und beobachten Sie die Wirkung, die dieses Werk auf einen jungen, gesunden, stark normal empfindenden Menschen ausübt. Sie sehen Gehobenheit, Gestärktheit, warme, rechtschaffene Begeisterung, Angeregtheit vielleicht zu eigenem ›künstlerischen‹ Schaffen... Der gute Dilettant! In uns Künstlern sieht es gründlich anders aus, als er mit seinem ›warmen Herzen‹ und ›ehrlichen Enthusiasmus‹ sich träumen mag. Ich habe Künstler von Frauen und Jünglingen umschwärmt und umjubelt gesehen, während ich über sie *wußte*... Man macht, was die Herkunft, die Miterscheinungen und Bedingungen des Künstlertums betrifft, immer wieder die merkwürdigsten Erfahrungen...«

»An anderen, Tonio Kröger – verzeihen Sie –, oder nicht nur an anderen?«

Er schwieg. Er zog seine schrägen Brauen zusammen und pfiff vor sich hin.

»Ich bitte um Ihre Tasse, Tonio. Er ist nicht stark. Und nehmen Sie eine neue Zigarette. Übrigens wissen Sie sehr wohl, daß Sie die Dinge ansehen, wie sie nicht notwendig angesehen zu werden brauchen ...«

»Das ist die Antwort des Horatio, liebe Lisaweta. ›Die Dinge so betrachten, hieße, sie zu genau betrachten‹, nicht wahr?«

»Ich sage, daß man sie ebenso genau von einer anderen Seite betrachten kann, Tonio Kröger. Ich bin bloß ein dummes malendes Frauenzimmer, und wenn ich Ihnen überhaupt etwas zu erwidern weiß, wenn ich Ihren eigenen Beruf ein wenig gegen Sie in Schutz nehmen kann, so ist es sicherlich nichts Neues, was ich vorbringe, sondern nur eine Mahnung an das, was Sie selbst sehr wohl wissen ... Wie also: Die reinigende, heiligende Wirkung der Literatur, die Zerstörung der Leidenschaften durch die Erkenntnis und das Wort, die Literatur als Weg zum Verstehen, zum Vergeben und zur Liebe, die erlösende Macht der Sprache, der literarische Geist als die edelste Erscheinung des Menschengeistes überhaupt, der Literat als vollkommener Mensch, als Heiliger, – die Dinge *so* betrachten, hieße, sie nicht genau genug betrachten?«

»Sie haben ein Recht, so zu sprechen, Lisaweta Iwanowna, und zwar im Hinblick auf das Werk Ihrer Dichter, auf die anbetungswürdige russische Literatur, die so recht eigentlich die heilige Literatur darstellt, von der Sie reden. Aber ich habe Ihre Einwände nicht außer acht gelassen, sondern sie gehören mit zu dem, was mir heute im Sinne liegt ... Sehen Sie mich an. Ich sehe nicht übermäßig munter aus, wie? Ein bißchen alt und scharfzüngig und müde, nicht wahr? Nun, um auf die ›Erkenntnis‹ zurückzukommen, so ließe sich ein Mensch denken, der, von Hause aus gutgläubig, sanftmütig, wohlmeinend und ein wenig sentimental, durch die psychologische Hellsicht ganz einfach aufgerieben und zugrunde gerichtet würde. Sich von der Traurigkeit der Welt nicht übermannen lassen; beobachten, merken, einfügen, auch das Quälendste, und übrigens guter Dinge sein, schon im Vollgefühl der sittlichen Überlegenheit über die abscheuliche Erfindung des Seins, – ja freilich! Jedoch zuweilen wächst Ihnen die Sache trotz aller Vergnügungen des Ausdrucks ein wenig über den Kopf. Alles verstehen hieße alles verzeihen? Ich weiß doch nicht. Es gibt etwas, was ich Erkenntnisekel nenne, Lisaweta: der Zustand, in dem es dem Menschen genügt, eine Sache zu durchschauen, um sich bereits zum Sterben angewidert (und durchaus nicht versöhnlich gestimmt) zu fühlen, – der Fall Hamlets, des Dänen, dieses typischen Literaten. Er wußte, was das ist: zum Wissen berufen werden, ohne dazu geboren zu sein. Hellsehen noch durch den Tränenschleier des Gefühls hindurch, erkennen, merken, beobachten und das Beobachtete lächelnd beiseite legen müssen noch in Augenblicken, wo Hände sich umschlingen, Lippen sich finden, wo des Menschen Blick, erblindet von Empfindungen, sich bricht, – es ist infam. Lisaweta, es ist niederträchtig, empörend ... aber was hilft es, sich zu empören?

Eine andere, aber nicht minder liebenswürdige Seite der Sache ist dann freilich die Blasiertheit, Gleichgültigkeit und ironische Müdigkeit aller Wahrheit gegenüber, wie es denn Tatsache ist, daß es nirgends in der Welt stummer und hoffnungsloser zugeht als in einem Kreise von geistreichen Leuten, die bereits mit allen Hunden gehetzt sind. Alle Erkenntnis ist alt und langweilig. Sprechen Sie eine Wahrheit aus, an deren Eroberung und Besitz Sie vielleicht eine gewisse jugendliche Freude haben, und man wird Ihre ordinäre Aufgeklärtheit mit einem ganz kurzen Entlassen der Luft durch die Nase beantworten ... Ach, ja, die Literatur macht müde, Lisaweta! In menschlicher Gesellschaft kann es einem, ich versichere Sie, geschehen, daß man vor lauter Skepsis und Meinungsenthaltsamkeit für dumm gehalten wird, während man doch nur hochmütig und mutlos ist ... Dies zur ›Erkenntnis‹. Was aber das ›Wort‹ betrifft, so handelt es sich da vielleicht weniger um eine Erlösung als um ein Kaltstellen und Aufs-Eis-Legen der Empfindung? Im Ernst, es hat eine eisige und empörend anmaßliche Bewandtnis mit dieser prompten und oberflächlichen Erledigung des Gefühls durch die literarische Sprache. Ist Ihnen das Herz zu voll, fühlen Sie sich von einem süßen oder erhabenen Erlebnis allzusehr ergriffen: nichts einfacher! Sie gehen zum Literaten, und alles wird in kürzester Frist geregelt sein. Er wird Ihnen Ihre Angelegenheit analysieren und formulieren, bei Namen nennen, aussprechen und zum Reden bringen, wird Ihnen das Ganze für alle Zeit erledigen und gleichgültig machen und keinen Dank dafür nehmen. Sie aber werden erleichtert, gekühlt und geklärt nach Hause gehen und sich wundern, was an der Sache Sie eigentlich soeben noch mit so süßem Tumult verstören konnte. Und für diesen kalten und eitlen Scharlatan wollen Sie ernstlich eintreten? Was ausgesprochen ist, so lautet sein Glaubensbekenntnis, ist erledigt. Ist die ganze Welt ausgesprochen, so ist sie erledigt, erlöst, abgetan ... Sehr gut! Jedoch ich bin kein Nihilist ...«

»Sie sind kein –«, sagte Lisaweta ... Sie hielt gerade ihr Löffelchen mit Tee in der Nähe des Mundes und erstarrte in dieser Haltung.

»Nun ja ... nun ja ... kommen Sie zu sich, Lisaweta! Ich bin es nicht, sage ich Ihnen, in bezug auf das lebendige Gefühl. Sehen Sie, der Literat begreift im Grunde nicht, daß das Leben noch fortfahren mag zu leben, daß es sich dessen nicht schämt, nachdem es doch ausgesprochen und ›erledigt‹ ist. Aber siehe da, es sündigt trotz aller Erlösung durch die Literatur unentwegt darauf los; denn alles Handeln ist Sünde in den Augen des Geistes ...

Ich bin am Ziel, Lisaweta. Hören Sie mich an. Ich liebe das Leben, – dies ist ein Geständnis. Nehmen Sie es und bewahren Sie es, – ich habe es noch keinem gemacht. Man hat gesagt, man hat es sogar geschrieben und drucken lassen, daß ich das Leben hasse oder fürchte oder verachte oder verabscheue. Ich habe dies gern gehört, es hat mir geschmeichelt; aber darum ist es nicht weniger falsch. Ich liebe das Leben ... Sie lächeln, Lisaweta, und ich weiß, worüber. Aber ich beschwöre Sie, halten Sie es nicht für Literatur, was ich da sage! Denken Sie nicht an Cesare Borgia oder an irgendeine trunkene Philosophie, die ihn auf den Schild erhebt! Er ist mir nichts, dieser Cesare Borgia, ich halte nicht das geringste auf ihn, und ich werde nie und nimmer begreifen, wie man das Außerordentliche und Dämonische als Ideal verehren mag. Nein, das ›Leben‹, wie es als ewiger Gegensatz dem Geiste und der Kunst gegenübersteht, – nicht als eine Vision von blutiger Größe und wilder Schönheit, nicht als das Ungewöhnliche stellt es uns Ungewöhnlichen sich dar; sondern das Normale, Wohlanständige und Liebenswürdige ist das Reich unserer Sehnsucht, ist das Leben in seiner verführerischen Banalität! Der ist noch lange kein Künstler, meine Liebe, dessen letzte und tiefste Schwärmerei das Raffinierte, Exzentrische und Satanische ist, der die Sehnsucht nicht kennt nach dem Harmlosen, Einfachen und Lebendigen, nach ein wenig Freundschaft, Hingebung, Vertraulichkeit und menschlichem Glück, – die verstohlene und zehrende Sehnsucht, Lisaweta, nach den Wonnen der Gewöhnlichkeit!...

Ein menschlicher Freund! Wollen Sie glauben, daß es mich stolz und glücklich machen würde, unter Menschen einen Freund zu besitzen? Aber bislang habe ich nur unter Dämonen, Kobolden, tiefen Unholden und erkenntnisstummen Gespenstern, das heißt: unter Literaten Freunde gehabt.

Zuweilen gerate ich auf irgendein Podium, finde mich in einem Saale Menschen gegenüber, die gekommen sind, mir zuzuhören. Sehen Sie, dann geschieht es, daß ich mich bei einer Umschau im Publikum beobachte, mich ertappe, wie ich heimlich im Auditorium umherspähe, mit der Frage im Herzen, wer es ist, der zu mir kam, wessen Beifall und Dank zu mir dringt, mit wem meine Kunst mir hier eine ideale Vereinigung schafft... Ich finde nicht, was ich suche, Lisaweta. Ich finde die Herde und Gemeinde, die mir wohlbekannt ist, eine Versammlung von ersten Christen gleichsam: Leute mit ungeschickten Körpern und feinen Seelen, Leute, die immer hinfallen, sozusagen. Sie verstehn mich, und denen die Poesie eine sanfte Rache am Leben ist, – immer nur Leidende und Sehnsüchtige und Arme und niemals jemand von den anderen, den Blauäugigen, Lisaweta, die den Geist nicht nötig haben!...

Und wäre es nicht zuletzt ein bedauerlicher Mangel an Folgerichtigkeit, sich zu freuen, wenn es anders wäre? Es ist widersinnig, das Leben zu lieben und dennoch mit allen Künsten bestrebt zu sein, es auf seine Seite zu ziehen, es für die Finessen und Melancholien, den ganzen kranken Adel der Literatur zu gewinnen. Das Reich der Kunst nimmt zu, und das der Gesundheit und Unschuld nimmt ab auf Erden. Man sollte, was noch davon übrig ist, aufs sorgfältigste konservieren, und man sollte nicht Leute, die viel lieber in Pferdebüchern mit Momentaufnahmen lesen, zur Poesie verführen wollen!

Denn schließlich, – welcher Anblick wäre kläglicher als der des Lebens, wenn es sich in der Kunst versucht? Wir Künstler verachten niemand gründlicher als den Dilettanten, den Lebendigen, der glaubt, obendrein bei Gelegenheit einmal ein Künstler sein zu können. Ich versichere Sie, diese Art von Verachtung gehört zu meinen persönlichsten Erlebnissen. Ich befinde mich in einer Gesellschaft in gutem Hause, man ißt, trinkt und plaudert, man versteht sich aufs beste, und ich fühle mich froh und dankbar, eine Weile unter harmlosen und regelrechten Leuten als ihresgleichen verschwinden zu können. Plötzlich (dies ist mir begegnet) erhebt sich ein Offizier, ein Leutnant, ein hübscher und strammer Mensch, dem ich niemals eine seines Ehrenkleides unwürdige Handlungsweise zugetraut hätte, und bittet mit unzweideutigen Worten um die Erlaubnis, uns einige Verse mitzuteilen, die er angefertigt habe. Man gibt ihm, mit bestürztem Lächeln, diese Erlaubnis, und er führt sein Vorhaben aus, indem er von einem Zettel, den er bis dahin in seinem Rockschoß verborgen gehalten hat, seine Arbeit vorliest, etwas an die Musik und die Liebe, kurzum, ebenso tief empfunden wie unwirksam. Nun bitte ich aber jedermann: ein Leutnant! Ein Herr der Welt! Er hätte es doch wahrhaftig nicht nötig ...! Nun es erfolgt, was erfolgen muß: lange Gesichter, Stillschweigen, ein wenig künstlicher Beifall und tiefstes Mißbehagen ringsum. Die erste seelische Tatsache, deren ich mir bewußt werde, ist die, daß ich mich mitschuldig fühle an der Verstörung, die dieser unbedachte junge Mann über die Gesellschaft gebracht; und kein Zweifel: auch mich, in dessen Handwerk er gepfuscht hat, treffen spöttische und entfremdete Blicke. Aber die zweite besteht darin, daß dieser Mensch, vor dessen Sein und Wesen ich soeben noch den ehrlichsten Respekt empfand, in meinen Augen plötzlich sinkt, sinkt, sinkt ... Ein mitleidiges Wohlwollen faßt mich an. Ich trete, gleich einigen anderen beherzten und gutmütigen Herren, an ihn heran und rede ihm zu. ›Meinen Glückwunsch‹, sage ich, ›Herr Leutnant! Welch hübsche Begabung! Nein, das war allerliebst!‹ Und es fehlt nicht viel, daß ich ihm auf die Schulter klopfe. Aber ist Wohlwollen die Empfindung, die man einem Leutnant entgegenzubringen hat? ... Seine Schuld! Da stand er und büßte in großer Verlegenheit den Irrtum, daß man ein Blättchen pflücken dürfe, ein einziges, vom Lorbeerbaume der Kunst, ohne mit seinem Leben dafür zu zahlen. Nein, da halte ich es mit meinem Kollegen, dem kriminellen Bankier. – Aber finden Sie nicht, Lisaweta, daß ich heute von einer hamletischen Redseligkeit bin?«

»Sind Sie nun fertig, Tonio Kröger?«

»Nein. Aber ich sage nichts mehr.«

»Und es genügt auch. – Erwarten Sie eine Antwort?«

»Haben Sie eine?«

»Ich dächte doch. – Ich habe Ihnen gut zugehört, Tonio, von Anfang bis zu Ende, und ich will Ihnen die Antwort geben, die auf alles paßt, was Sie heute nachmittag gesagt haben, und die die Lösung ist für das Problem, das Sie so sehr beunruhigt hat. Nun also! Die Lösung ist die, daß Sie, wie Sie da sitzen, ganz einfach ein Bürger sind.«

»Bin ich?« fragte er und sank ein wenig in sich zusammen ...

»Nicht wahr, das trifft Sie hart, und das muß es ja auch. Und darum will ich den Urteilsspruch um etwas mildern, denn das kann ich. Sie sind ein Bürger auf Irrwegen, Tonio Kröger – ein verirrter Bürger.«

– Stillschweigen. Dann stand er entschlossen auf und griff nach Hut und Stock.

»Ich danke Ihnen, Lisaweta Iwanowna; nun kann ich getrost nach Hause gehen. *Ich bin erledigt.*«

5

Gegen den Herbst sagte Tonio Kröger zu Lisaweta Iwanowna:

»Ja, ich verreise nun, Lisaweta: ich muß mich auslüften, ich mache mich fort, ich suche das Weite.«

»Nun, wie denn, Väterchen, geruhen Sie wieder nach Italien zu fahren?«

»Gott, gehen Sie mir doch mit Italien, Lisaweta! Italien ist mir bis zur Verachtung gleichgültig! Das ist lange her, daß ich mir einbildete, dorthin zu gehören. Kunst, nicht wahr? Sammetblauer Himmel, heißer Wein und süße Sinnlichkeit... Kurzum, ich mag das nicht. Ich verzichte. Die ganze bellezza macht mich nervös. Ich mag auch alle diese fürchterlich lebhaften Menschen dort unten mit dem schwarzen Tierblick nicht leiden. Diese Romanen haben kein Gewissen in den Augen... Nein, ich gehe nun ein bißchen nach Dänemark.«

»Nach Dänemark?«

»Ja. Und ich verspreche mir Gutes davon. Ich bin aus Zufall noch niemals hinaufgelangt, so nah ich während meiner ganzen Jugend der Grenze war, und dennoch habe ich das Land von jeher gekannt und geliebt. Ich muß wohl diese nördliche Neigung von meinem Vater haben, denn meine Mutter war doch eigentlich mehr für die bellezza, sofern ihr nämlich nicht alles ganz einerlei war. Aber nehmen Sie die Bücher, die dort oben geschrieben werden, diese tiefen, reinen und humoristischen Bücher, Lisaweta, – es geht mir nichts darüber, ich liebe sie. Nehmen Sie die skandinavischen Mahlzeiten, diese unvergleichlichen Mahlzeiten, die man nur in einer starken Salzluft verträgt (ich weiß nicht, ob ich sie überhaupt noch vertrage), und die ich von Hause aus ein wenig kenne, denn man ißt schon ganz so bei mir zu Hause. Nehmen Sie auch nur die Namen, die Vornamen, mit denen die Leute dort oben geschmückt sind und von denen es ebenfalls schon viele bei mir zu Hause gibt, einen Laut wie ›Ingeborg‹, ein Harfenschlag makellosester Poesie. Und dann die See – sie haben die Ostsee dort oben!... Mit einem Worte, ich fahre hinauf, Lisaweta. Ich will die Ostsee wiedersehen, will diese Vornamen wieder hören, diese Bücher an Ort und Stelle lesen; ich will auch auf der Terrasse von Kronborg stehen, wo der ›Geist‹ zu Hamlet kam und Not und Tod über den armen, edlen jungen Menschen brachte...«

»Wie fahren Sie, Tonio, wenn ich fragen darf? Welche Route nehmen Sie?«

»Die übliche«, sagte er achselzuckend und errötete deutlich. »Ja, ich berühre meine – meinen Ausgangspunkt, Lisaweta, nach dreizehn Jahren, und das kann ziemlich komisch werden.«

Sie lächelte.

»Das ist es, was ich hören wollte, Tonio Kröger. Und also fahren Sie mit Gott. Versäumen Sie auch nicht, mir zu schreiben, hören Sie? Ich verspreche mir einen erlebnisvollen Brief von Ihrer Reise nach – Dänemark ...«

6

Und Tonio Kröger fuhr gen Norden. Er fuhr mit Komfort (denn er pflegte zu sagen, daß jemand, der es innerlich so viel schwerer hat als andere Leute, gerechten Anspruch auf ein wenig äußeres Behagen habe), und er rastete nicht eher, als bis die Türme der engen Stadt, von der er ausgegangen war, sich vor ihm in die graue Luft erhoben. Dort nahm er einen kurzen, seltsamen Aufenthalt ...

Ein trüber Nachmittag ging schon in den Abend über, als der Zug in die schmale, verräucherte, so wunderlich vertraute Halle einfuhr; noch immer ballte sich unter dem schmutzigen Glasdach der Qualm in Klumpen zusammen und zog in gedehnten Fetzen hin und wider, wie damals, als Tonio Kröger, nichts als Spott im Herzen, von hier gefahren war. – Er versorgte sein Gepäck, ordnete an, daß es ins Hotel geschafft werde, und verließ den Bahnhof.

Das waren die zweispännigen, schwarzen, unmäßig hohen und breiten Droschken der Stadt, die draußen in einer Reihe standen! Er nahm keine davon; er sah sie nur an, wie er alles ansah, die schmalen Giebel und spitzen Türme, die über die nächsten Dächer herübergrüßten, die blonden und lässig-plumpen Menschen mit ihrer breiten und dennoch rapiden Redeweise rings um ihn her, und ein nervöses Gelächter stieg in ihm auf, das eine heimliche Verwandtschaft mit Schluchzen hatte. – Er ging zu Fuß, ging langsam, den unablässigen Druck des feuchten Windes im Gesicht, über die Brücke, an deren Geländer mythologische Statuen standen, und eine Strecke am Hafen entlang.

Großer Gott, wie winzig und winklig das Ganze erschien! Waren hier in all der Zeit die schmalen Giebelgassen so putzig steil zur Stadt emporgestiegen? Die Schornsteine und Maste der Schiffe schaukelten leis in Wind und Dämmerung auf dem trüben Flusse. Sollte er jene Straße hinaufgehen, die dort, an der das Haus lag, das er im Sinne hatte? Nein, morgen. Er war so schläfrig jetzt. Sein Kopf war schwer von der Fahrt, und langsame, nebelhafte Gedanken zogen ihm durch den Sinn.

Zuweilen in diesen dreizehn Jahren, wenn sein Magen verdorben gewesen war, hatte ihm geträumt, daß er wieder daheim sei in dem alten, hallenden Haus an der schrägen Gasse, daß auch sein Vater wieder da sei und ihn hart anlasse wegen seiner entarteten Lebensführung, was er jedesmal sehr in der Ordnung gefunden hatte. Und diese Gegenwart nun unterschied sich durch nichts von einem dieser betörenden und unzerreißbaren Traumgespinste, in denen man sich fragen kann, ob dies Trug oder Wirklichkeit ist, und sich notgedrungen mit Überzeugung für das letztere entscheidet, um dennoch am Ende zu erwachen... Er schritt durch die wenig belebten, zugigen Straßen, hielt den Kopf gegen den Wind gebeugt und schritt wie schlafwandelnd in der Richtung des Hotels, des ersten der Stadt, wo er übernachten wollte. Ein krummbeiniger Mann mit einer Stange, an deren Spitze ein Feuerchen brannte, ging mit wiegendem Matrosentritt vor ihm her und zündete die Gaslaternen an.

Wie war ihm doch? Was war das alles, was unter der Asche seiner Müdigkeit, ohne zur klaren Flamme zu werden, so dunkel und schmerzlich glomm? Still, still und kein Wort! Keine Worte! Er wäre gern lange so dahingegangen, im Wind durch die dämmerigen, traumhaft vertrauten Gassen. Aber alles war so eng und nah beieinander. Gleich war man am Ziel.

In der oberen Stadt gab es Bogenlampen, und eben erglühten sie. Da war das Hotel, und es waren die beiden schwarzen Löwen, die davor lagen, und vor denen er sich als Kind gefürchtet hatte. Noch immer blickten sie mit einer Miene, als wollten sie niesen, einander an; aber sie schienen viel kleiner geworden seit damals. – Tonio Kröger ging zwischen ihnen hindurch.

Da er zu Fuß kam, wurde er ohne viel Feierlichkeit empfangen. Der Portier und ein sehr feiner, schwarzgekleideter Herr, welcher die Honneurs machte und beständig mit den kleinen Fingern seine Manschetten in die Ärmel zurückstieß, musterten ihn prüfend und wägend vom Scheitel bis zu den Stiefeln, sichtlich bestrebt, ihn gesellschaftlich ein wenig zu bestimmen, ihn hierarchisch und bürgerlich unterzubringen und ihm einen Platz in ihrer Achtung anzuweisen, ohne doch zu einem beruhigenden Ergebnis gelangen zu können, weshalb sie sich für eine gemäßigte Höflichkeit entschieden. Ein Kellner, ein milder Mensch mit brotblonden Backenbartstreifen, einem altersblanken Frack und Rosetten auf den lautlosen Schuhen, führte ihn zwei Treppen hinauf in ein reinlich und altväterlich eingerichtetes Zimmer, hinter dessen Fenster sich im Zwielicht ein pittoresker und mittelalterlicher Ausblick auf Höfe, Giebel und die bizarren Massen der Kirche eröffnete, in deren Nähe das Hotel gelegen war. Tonio Kröger stand eine Weile vor diesem Fenster; dann setzte er sich mit gekreuzten Armen auf das weitschweifige Sofa, zog seine Brauen zusammen und pfiff vor sich hin.

Man brachte Licht, und sein Gepäck kam. Gleichzeitig legte der milde Kellner den Meldezettel auf den Tisch, und Tonio Kröger malte mit seitwärts geneigtem Kopfe etwas darauf, das aussah wie Name, Stand und Herkunft. Hierauf bestellte er ein wenig Abendbrot und fuhr fort, von seinem Sofawinkel aus ins Leere zu blicken. Als das Essen vor ihm stand, ließ er es noch lange unberührt, nahm endlich ein paar Bissen und ging noch eine Stunde im Zimmer auf und ab, wobei er zuweilen stehenblieb und die Augen schloß. Dann entkleidete er sich mit langsamen Bewegungen und ging zu Bette. Er schlief lange, unter verworrenen und seltsam sehnsüchtigen Träumen. –

Als er erwachte, sah er sein Zimmer von hellem Tage erfüllt. Verwirrt und hastig besann er sich, wo er sei, und machte sich auf, um die Vorhänge zu öffnen. Des Himmels schon ein wenig blasses Spätsommer-Blau war von dünnen, vom Wind zerzupften Wolkenfetzen durchzogen; aber die Sonne schien über seiner Vaterstadt.

Er wandte noch mehr Sorgfalt auf seine Toilette als gewöhnlich, wusch und rasierte sich aufs beste und machte sich so frisch und reinlich, als habe er einen Besuch in gutem, korrektem Hause vor, wo es gelte, einen schmucken und untadelhaften Eindruck zu machen; und während der Hantierungen des Ankleidens horchte er auf das ängstliche Pochen seines Herzens.

Wie hell es draußen war! Er hätte sich wohler gefühlt, wenn, wie gestern, Dämmerung in den Straßen gelegen hätte; nun aber sollte er unter den Augen der Leute durch den klaren Sonnenschein gehen. Würde er auf Bekannte stoßen, angehalten, befragt werden und Rede stehen müssen, wie er diese dreizehn Jahre verbracht? Nein, gottlob, es kannte ihn keiner mehr, und wer sich seiner erinnerte, würde ihn nicht erkennen, denn er hatte sich wirklich ein wenig verändert unterdessen. Er betrachtete sich aufmerksam im Spiegel, und plötzlich fühlte er sich sicherer hinter seiner Maske, hinter seinem früh durcharbeiteten Gesicht, das älter als seine Jahre war ... Er ließ Frühstück kommen und ging dann aus, ging unter den abschätzenden Blicken des Portiers und des feinen Herrn in Schwarz durch das Vestibül und zwischen den beiden Löwen hindurch ins Freie.

Wohin ging er? Er wußte es kaum. Es war wie gestern. Kaum daß er sich wieder von diesem wunderlich würdigen und urvertrauten Beieinander von Giebeln, Türmchen, Arkaden, Brunnen umgeben sah, kaum daß er den Druck des Windes, des starken Windes, der ein zartes und herbes Aroma aus fernen Träumen mit sich führte, wieder im Angesicht spürte, als es sich ihm wie Schleier und Nebelgespinste um die Sinne legte ... Die Muskeln seines Gesichtes spannten sich ab; und mit stille gewordenem Blick betrachtete er Menschen und Dinge. Vielleicht, daß er dort, an jener Straßenecke, dennoch erwachte ...

Wohin ging er? Ihm war, als stehe die Richtung, die er einschlug, in einem Zusammenhange mit seinen traurigen und seltsam reuevollen Träumen zur Nacht ... Auf den Markt ging er, unter den Bogengewölben des Rathauses hindurch, wo Fleischer mit blutigen Händen ihre Ware wogen, auf den Marktplatz, wo hoch, spitzig und vielfach der gotische Brunnen stand. Dort blieb er vor einem Hause stehen, einem schmalen und schlichten, gleich anderen mehr, mit einem geschwungenen, durchbrochenen Giebel, und versank in dessen Anblick. Er las das Namensschild an der Tür und ließ seine Augen ein Weilchen auf jedem Fenster ruhen. Dann wandte er sich langsam zum Gehen.

Wohin ging er? Heimwärts. Aber er nahm einen Umweg, machte einen

Spaziergang vors Tor hinaus, weil er Zeit hatte. Er ging über den Mühlenwall und den Holstenwall und hielt seinen Hut fest vor dem Winde, der in den Bäumen rauschte und knarrte. Dann verließ er die Wallanlagen unfern des Bahnhofes, sah einen Zug mit plumper Eilfertigkeit vorüberpuffen, zählte zum Zeitvertreib die Wagen und blickte dem Manne nach, der zuhöchst auf dem allerletzten saß. Aber am Lindenplatze machte er vor einer der hübschen Villen halt, die dort standen, spähte lange in den Garten und zu den Fenstern hinauf und verfiel am Ende darauf, die Gatterpforte in ihren Angeln hin- und herzuschlenkern, so daß es kreischte. Dann betrachtete er eine Weile seine Hand, die kalt und rostig geworden war, und ging weiter, ging durch das alte, untersetzte Tor, am Hafen entlang und die steile zugige Gasse hinauf zum Haus seiner Eltern.

Es stand, eingeschlossen von den Nachbarhäusern, die sein Giebel überragte, grau und ernst wie seit dreihundert Jahren, und Tonio Kröger las den frommen Spruch, der in halb verwischten Lettern über dem Eingang stand. Dann atmete er auf und ging hinein.

Sein Herz schlug ängstlich, denn er gewärtigte, sein Vater könnte aus einer der Türen zu ebener Erde, an denen er vorüberschritt, hervortreten, im Kontor-Rock und die Feder hinterm Ohr, ihn anhalten und ihn wegen seines extravaganten Lebens streng zur Rede stellen, was er sehr in der Ordnung gefunden hätte. Aber er gelangte unbehelligt vorbei. Die Windfangtür war nicht geschlossen, sondern nur angelehnt, was er als tadelnswert empfand, während ihm gleichzeitig zumute war wie in gewissen leichten Träumen, in denen die Hindernisse von selbst vor einem weichen und man, von wunderbarem Glück begünstigt, ungehindert vorwärts dringt... Die weite Diele, mit großen, viereckigen Steinfliesen gepflastert, widerhallte von seinen Schritten. Der Küche gegenüber, in der es still war, sprangen wie vor alters in beträchtlicher Höhe die seltsamen, plumpen, aber reinlich lackierten Holzgelasse aus der Wand hervor, die Mägdekammern, die nur durch eine Art freiliegender Stiege von der Diele aus zu erreichen waren. Aber die großen Schränke und die geschnitzte Truhe waren nicht mehr da, die hier gestanden hatten... Der Sohn des Hauses beschritt die gewaltige Treppe und stützte sich mit der Hand auf das weißlakkierte, durchbrochene Holzgeländer, indem er sie bei jedem Schritte erhob und beim nächsten sacht wieder darauf niedersinken ließ, wie als versuche er schüchtern, ob die ehemalige Vertrautheit mit diesem alten, soliden Geländer wieder herzustellen sei... Aber auf dem Treppenabsatz blieb er stehen, vorm Eingang zum Zwischengeschoß. An der Tür war ein weißes Schild befestigt, auf dem in schwarzen Buchstaben zu lesen war: Volksbibliothek.

Volksbibliothek? dachte Tonio Kröger, denn er fand, daß hier weder das Volk noch die Literatur etwas zu suchen hatten. Er klopfte an die Tür... Ein Herein ward laut, und er folgte ihm. Gespannt und finster blickte er in eine höchst unziemliche Veränderung hinein.

Das Geschoß war drei Stuben tief, deren Verbindungstüren offenstanden. Die Wände waren fast in ihrer ganzen Höhe mit gleichförmig gebundenen Büchern bedeckt, die auf dunklen Gestellen in langen Reihen standen. In jedem Zimmer saß hinter einer Art von Ladentisch ein dürftiger Mensch und schrieb. Zwei davon wandten nur die Köpfe nach Tonio Kröger, aber der erste stand eilig auf, wobei er sich mit beiden Händen auf die Tischplatte stützte, den Kopf vorschob, die Lippen spitzte, die Brauen emporzog und den Besucher mit eifrig zwinkernden Augen anblickte...

»Verzeihung«, sagte Tonio Kröger, ohne den Blick von den vielen Büchern zu wenden. »Ich bin hier fremd, ich besichtige die Stadt. Dies ist also die Volksbibliothek? Würden Sie erlauben, daß ich mir ein wenig Einblick in die Sammlung verschaffe?«

»Gern!« sagte der Beamte und zwinkerte noch heftiger...

»Gewiß, das steht jedermann frei. Wollen Sie sich nur umsehen... Ist Ihnen ein Katalog gefällig?«

»Danke«, antwortete Tonio Kröger. »Ich orientiere mich leicht.« Damit begann er, langsam an den Wänden entlangzuschreiten, indem er sich den Anschein gab, als studiere er die Titel auf den Bücherrücken. Schließlich nahm er einen Band heraus, öffnete ihn und stellte sich damit ans Fenster.

Hier war das Frühstückszimmer gewesen. Man hatte hier morgens gefrühstückt, nicht droben im großen Eßsaal, wo aus der blauen Tapete weiße Götterstatuen hervortraten... Das dort hatte als Schlafzimmer gedient. Seines Vaters Mutter war dort gestorben, so alt sie war, unter schweren Kämpfen, denn sie war eine genußfrohe Weltdame und hing am Leben. Und später hatte dort sein Vater selbst den letzten Seufzer getan, der lange, korrekte, ein wenig wehmütige und nachdenkliche Herr mit der Feldblume im Knopfloch... Tonio hatte am Fußende seines Sterbebettes gesessen, mit heißen Augen, ehrlich und gänzlich hingegeben an ein stummes und starkes Gefühl, an Liebe und Schmerz. Und auch seine Mutter hatte am Lager gekniet, seine schöne, feurige Mutter, ganz aufgelöst in heißen Tränen; worauf sie mit dem südlichen Künstler in blaue Fernen gezogen war... Aber dort hinten, das kleinere, dritte Zimmer, nun ebenfalls ganz mit Büchern angefüllt, die ein dürftiger Mensch bewachte, war lange Jahre hindurch sein eigenes gewesen. Dorthin war er nach der Schule heimgekehrt, nachdem er einen Spaziergang, wie eben jetzt, gemacht, an jener Wand hatte sein Tisch gestanden, in dessen Schublade er seine ersten, innigen und hilflosen Verse verwahrt hatte... Der Walnußbaum... Eine stechende Wehmut durchzuckte ihn. Er blickte seitwärts durchs Fenster hinaus. Der Garten lag wüst, aber der alte Walnußbaum stand an seinem Platze, schwerfällig knarrend und rauschend im Winde. Und Tonio Kröger ließ die Augen auf das Buch zurückgleiten, das er in Händen hielt, ein hervorragendes Dichtwerk und ihm wohlbekannt. Er blickte auf diese schwarzen Zeilen und Satzgruppen nieder, folgte eine Strecke dem kunstvollen Fluß des Vortrags, wie er in gestaltender Leidenschaft sich zu einer Pointe und Wirkung erhob und dann effektvoll absetzte...

»Ja, das ist gut gemacht«, sagte er, stellte das Dichtwerk weg und wandte sich. Da sah er, daß der Beamte noch immer aufrecht stand und mit einem Mischausdruck von Diensteifer und nachdenklichem Mißtrauen seine Augen zwinkern ließ.

»Eine ausgezeichnete Sammlung, wie ich sehe«, sagte Tonio Kröger. »Ich habe schon einen Überblick gewonnen. Ich bin Ihnen sehr verbunden. Adieu.« Damit ging er zur Tür hinaus; aber es war ein zweifelhafter Abgang, und er fühlte deutlich, daß der Beamte, voller Unruhe über diesen Besuch, noch minutenlang stehen und zwinkern würde.

Er spürte keine Neigung, noch weiter vorzudringen. Er war zu Hause gewesen. Droben, in den großen Zimmern hinter der Säulenhalle, wohnten fremde Leute, er sah es; denn der Treppenkopf war durch eine Glastür verschlossen, die ehemals nicht dagewesen war, und irgendein Namensschild war daran. Er ging fort, ging die Treppe hinunter, über die hallende Diele, und verließ sein Elternhaus. In einem Winkel eines Restaurants nahm er in sich gekehrt eine schwere und fette Mahlzeit ein und kehrte dann ins Hotel zurück.

»Ich bin fertig«, sagte er zu dem feinen Herrn in Schwarz. »Ich reise heute nachmittag.« Und er bestellte seine Rechnung sowie den Wagen, der ihn an den Hafen bringen sollte, zum Dampfschiff nach Kopenhagen. Dann ging er auf sein Zimmer und setzte sich an den Tisch, saß still und aufrecht, indem er die Wange in die Hand stützte und mit blicklosen Augen auf die Tischplatte niedersah. Später beglich er seine Rechnung und machte seine Sachen bereit. Zur festgesetzten Zeit ward der Wagen gemeldet, und Tonio Kröger stieg reisefertig hinab.

Drunten, am Fuße der Treppe, erwartete ihn der feine Herr in Schwarz.

»Um Vergebung!« sagte er und stieß mit den kleinen Fingern seine Manschetten in die Ärmel zurück... »Verzeihen Sie, mein Herr, daß wir Sie noch eine Minute in Anspruch nehmen müssen. Herr Seehaase – der Besitzer des Hotels – ersucht Sie um eine Unterredung von zwei Worten. Eine Formalität... Er befindet sich dort hinten... Es ist *nur* Herr Seehaase, der Besitzer des Hotels.«

Und er führte Tonio Kröger unter einladendem Gestenspiel in den Hintergrund des Vestibüls. Dort stand in der Tat Herr Seehaase. Tonio Kröger kannte ihn vom Ansehen aus alter Zeit. Er war klein, fett und krummbeinig. Sein geschorener Backenbart war weiß geworden; aber noch immer trug er eine weit ausgeschnittene Frackjacke und dazu ein grüngesticktes Sammetmützchen. Übrigens war er nicht allein. Bei ihm, an einem kleinen, an der Wand befestigten Pultbrett, stand, den Helm auf dem Kopf, ein Polizist, welcher seine behandschuhte Rechte auf einem buntbeschriebenen Papier ruhen ließ, das vor ihm auf dem Pulte lag, und Tonio Kröger mit seinem ehrlichen Soldatengesicht so entgegensah, als erwartete er, daß dieser bei seinem Anblick in den Boden versinken müsse.

Tonio Kröger blickte von einem zum andern und verlegte sich aufs Warten.

»Sie kommen von München?« fragte endlich der Polizist mit einer gutmütigen und schwerfälligen Stimme.

Tonio Kröger bejahte dies.

»Sie reisen nach Kopenhagen?«

»Ja, ich bin auf der Reise in ein dänisches Seebad.«

»Seebad? – Ja, Sie müssen mal Ihre Papiere vorweisen«, sagte der Polizist, indem er das letzte Wort mit besonderer Genugtuung aussprach.

»Papiere...« Er hatte keine Papiere. Er zog seine Brieftasche hervor und blickte hinein; aber es befand sich außer einigen Geldscheinen nichts darin als die Korrektur einer Novelle, die er an seinem Reiseziel zu erledigen gedachte. Er verkehrte nicht gern mit Beamten und hatte sich noch niemals einen Paß ausstellen lassen...

»Es tut mir leid«, sagte er, »aber ich führe keine Papiere bei mir.«

»So?« sagte der Polizist... »Gar keine? – Wie ist Ihr Name?«

Tonio Kröger antwortete ihm.

»Ist das auch wahr?!« fragte der Polizist, reckte sich auf und öffnete plötzlich seine Nasenlöcher, so weit er konnte...

»Vollkommen wahr«, antwortete Tonio Kröger.

»Was sind Sie denn?«

Tonio Kröger schluckte hinunter und nannte mit fester Stimme sein Gewerbe. – Herr Seehaase hob den Kopf und sah neugierig in sein Gesicht empor.

»Hm!« sagte der Polizist. »Und Sie geben an, nicht identisch zu sein mit einem Individuum namens –« Er sagte »Individuum« und buchstabierte dann aus dem buntbeschriebenen Papier einen ganz verzwickten und romantischen Namen zusammen, der aus den Lauten verschiedener Rassen abenteuerlich gemischt erschien und den Tonio Kröger im nächsten Augenblick wieder vergessen hatte. »– welcher«, fuhr er fort, »von unbekannten Eltern und unbestimmter Zuständigkeit wegen verschiedener Betrügereien und anderer Vergehen von der Münchener Polizei verfolgt wird und sich wahrscheinlich auf der Flucht nach Dänemark befindet?«

»Ich gebe das nicht nur an«, sagte Tonio Kröger und machte eine nervöse Bewegung mit den Schultern. – Dies rief einen gewissen Eindruck hervor.

»Wie? Ach so, na gewiß!« sagte der Polizist. »Aber daß Sie auch gar nichts vorweisen können!«

Auch Herr Seehaase legte sich beschwichtigend ins Mittel. »Das Ganze ist eine Formalität«, sagte er, »nichts weiter! Sie müssen bedenken, daß der Beamte nur seine Schuldigkeit tut. Wenn Sie sich irgendwie legitimieren könnten... Ein Papier...«

Alle schwiegen. Sollte er der Sache ein Ende machen, indem er sich zu erkennen gab, indem er Herrn Seehaase eröffnete, daß er kein Hochstapler von unbestimmter Zuständigkeit sei, von Geburt kein Zigeuner im grünen Wagen, sondern der Sohn Konsul Krögers, aus der Familie der Kröger? Nein, er hatte keine Lust dazu. Und waren diese Männer der bürgerlichen Ordnung nicht im Grunde ein wenig im Recht? Gewissermaßen war er ganz einverstanden mit ihnen ... Er zuckte die Achseln und blieb stumm.

»Was haben Sie denn da?« fragte der Polizist. »Da, in dem Porteföhch?«

»Hier? Nichts. Es ist eine Korrektur«, antwortete Tonio Kröger.

»Korrektur? Wieso? Lassen Sie mal sehen.«

Und Tonio Kröger überreichte ihm seine Arbeit. Der Polizist breitete sie auf der Pultplatte aus und begann darin zu lesen. Auch Herr Seehaase trat näher herzu und beteiligte sich an der Lektüre. Tonio Kröger blickte ihnen dabei über die Schultern und beobachtete, bei welcher Stelle sie seien. Es war ein guter Moment, eine Pointe und Wirkung, die er vortrefflich herausgearbeitet hatte. Er war zufrieden mit sich.

»Sehen Sie!« sagte er. »Da steht mein Name. Ich habe dies geschrieben, und nun wird es veröffentlicht, verstehen Sie.«

»Nun, das genügt!« sagte Herr Seehaase mit Entschluß, raffte die Blätter zusammen, faltete sie und gab sie ihm zurück. »Das muß genügen, Petersen!« wiederholte er kurz, indem er verstohlen die Augen schloß und abwinkend den Kopf schüttelte. »Wir dürfen den Herrn nicht länger aufhalten. Der Wagen wartet. Ich bitte sehr, die kleine Störung zu entschuldigen, mein Herr. Der Beamte hat ja nur seine Pflicht getan, aber ich sagte ihm sofort, daß er auf falscher Fährte sei ...«

So? dachte Tonio Kröger.

Der Polizist schien nicht ganz einverstanden; er wandte noch etwas ein von »Individuum« und »vorweisen«. Aber Herr Seehaase führte seinen Gast unter wiederholten Ausdrücken des Bedauerns durch das Vestibül zurück, geleitete ihn zwischen den beiden Löwen hindurch zum Wagen und schloß selbst unter Achtungsbezeugungen den Schlag hinter ihm. Und dann rollte die lächerlich hohe und breite Droschke stolpernd, klirrend und lärmend die steilen Gassen hinab zum Hafen ...

Dies war Tonio Krögers seltsamer Aufenthalt in seiner Vaterstadt.

7

Die Nacht fiel ein, und mit einem schwimmenden Silberglanz stieg schon der Mond empor, als Tonio Krögers Schiff die offene See gewann. Er stand am Bugspriet, in seinen Mantel gehüllt vor dem Winde, der mehr und mehr erstarkte, und blickte hinab in das dunkle Wandern und Treiben der starken, glatten Wellenleiber dort unten, die umeinander schwankten, sich klatschend begegneten, in unerwarteten Richtungen auseinanderschossen und plötzlich schaumig aufleuchteten ...

Eine schaukelnde und still entzückte Stimmung erfüllte ihn. Er war ein wenig niedergeschlagen gewesen, daß man ihn daheim als Hochstapler hatte verhaften wollen, ja, – obgleich er es gewissermaßen in der Ordnung gefunden hatte. Aber dann, nachdem er sich eingeschifft, hatte er, wie als Knabe zuweilen mit seinem Vater, dem Verladen der Waren zugesehen, mit denen man, unter Rufen, die ein Gemisch aus Dänisch und Plattdeutsch waren, den tiefen Bauch des Dampfers füllte, hatte gesehen, wie man außer den Ballen und Kosten auch einen Eisbären und einen Königstiger in dick vergitterten Käfigen hinabließ, die wohl von Hamburg kamen und für eine dänische Menagerie bestimmt waren; und dies hatte ihn zerstreut. Während dann das Schiff zwischen den flachen Ufern den Fluß entlangglitt, hatte er Polizist Petersens Verhör ganz und gar vergessen, und alles, was vorher gewesen war, seine süßen, traurigen und reuigen Träume der Nacht, der Spaziergang, den er gemacht, der Anblick des Walnußbaumes, war wieder in seiner Seele stark geworden. Und nun, da das Meer sich öffnete, sah er von fern den Strand, an dem er als Knabe die sommerlichen Träume des Meeres hatte belauschen dürfen, sah die Glut des Leuchtturms und die Lichter des Kurhauses, darin er mit seinen Eltern gewohnt... Die Ostsee! Er lehnte den Kopf gegen den starken Salzwind, der frei und ohne Hindernis daherkam, die Ohren umhüllte und einen gelinden Schwindel, eine gedämpfte Betäubung hervorrief, in der die Erinnerung an alles Böse, an Qual und Irrsal, an Wollen und Mühen träge und selig unterging. Und in dem Sausen, Klatschen, Schäumen und Ächzen rings um ihn her glaubte er das Rauschen und Knarren des alten Walnußbaumes, das Kreischen einer Gartenpforte zu hören... Es dunkelte mehr und mehr.

»Die Sderne, Gott, sehen Sie doch bloß die Sderne an«, sagte plötzlich mit schwerfällig singender Betonung eine Stimme, die aus dem Innern einer Tonne zu kommen schien. Er kannte sie schon. Sie gehörte einem rotblonden und schlicht gekleideten Mann mit geröteten Augenlidern und einem feuchtkalten Aussehen, als habe er soeben gebadet. Beim Abendessen in der Kajüte war er Tonio Krögers Nachbar gewesen und hatte mit zagen und bescheidenen Bewegungen erstaunliche Mengen von Hummer-Omelette zu sich genommen. Nun lehnte er neben ihm an der Brüstung und blickte zum Himmel empor, indem er sein Kinn mit Daumen und Zeigefinger erfaßt hielt. Ohne Zweifel befand er sich in einer jener außerordentlichen und festlich-beschaulichen Stimmungen, in denen die Schranken zwischen den Menschen dahinsinken, in denen das Herz auch Fremden sich öffnet und der Mund Dinge spricht, vor denen er sich sonst schamhaft verschließen würde...

»Sehen Sie, Herr, doch bloß die Sderne an. Da sdehen sie und glitzern, es ist, weiß Gott, der ganze Himmel voll. Und nun bitt' ich Sie, wenn man hinaufsieht und bedenkt, daß viele davon doch hundertmal größer sein sollen als die Erde, wie wird einem da zu Sinn? Wir Menschen haben den Telegraphen erfunden und das Telephon und so viele Errungenschaften der Neuzeit, ja, das haben wir.

Aber wenn wir da hinaufsehen, so müssen wir doch erkennen und versdehen, daß wir im Grunde Gewürm sind, elendes Gewürm und nichts weiter, – hab' ich recht oder unrecht, Herr? Ja, wir sind Gewürm!« antwortete er sich selbst und nickte demütig und zerknirscht zum Firmament empor.

Au... nein, der hat keine Literatur im Leibe! dachte Tonio Kröger. Und alsbald fiel ihm etwas ein, was er kürzlich gelesen hatte, der Aufsatz eines berühmten französischen Schriftstellers über kosmologische und psychologische Weltanschauung; es war ein recht feines Geschwätz gewesen.

Er gab dem jungen Mann etwas wie eine Antwort auf seine tief erlebte Bemerkung, und dann fuhren sie fort, miteinander zu sprechen, indem sie, über die Brüstung gelehnt, in den unruhig erhellten, bewegten Abend hinausblickten. Es erwies sich, daß der Reisegefährte ein junger Kaufmann aus Hamburg war, der seinen Urlaub zu dieser Vergnügungsfahrt benutzte...

»Sollst«, sagte er, »ein bißchen mit dem Steamer nach Kopenhagen fahren, denk' ich, und da sdeh' ich nun, und es ist ja soweit ganz schön. Aber das mit den Hummer-Omeletten, das war nicht richtig, Herr, das sollen Sie sehn, denn die Nacht wird sdürmisch, das hat der Kapitän selbst gesagt, und mit so einem unbekömmlichen Essen im Magen ist das kein Sbaß...«

Tonio Kröger lauschte all dieser zutunlichen Torheit mit einem heimlichen und freundschaftlichen Gefühl.

»Ja«, sagte er, »man ißt überhaupt zu schwer hier oben. Das macht faul und wehmütig.«

»Wehmütig?« wiederholte der junge Mann und betrachtete ihn verdutzt... »Sie sind wohl fremd hier, Herr?« fragte er plötzlich...

»Ach ja, ich komme weit her!« antwortete Tonio Kröger mit einer vagen und abwehrenden Armbewegung.

»Aber Sie haben recht«, sagte der junge Mann; »Sie haben, weiß Gott, recht in dem, was Sie von wehmütig sagen! Ich bin fast immer wehmütig, aber besonders an solchen Abenden wie heute, wenn die Sderne am Himmel sdehn.« Und er stützte wieder sein Kinn mit Daumen und Zeigefinger.

Sicherlich schreibt er Verse, dachte Tonio Kröger, tief ehrlich empfundene Kaufmannsverse...

Der Abend rückte vor, und der Wind war nun so heftig geworden, daß er das Sprechen behinderte. So beschlossen sie, ein wenig zu schlafen, und wünschten einander gute Nacht.

Tonio Kröger streckte sich in seiner Koje auf der schmalen Bettstatt aus, aber er fand keine Ruhe. Der strenge Wind und sein herbes Arom hatten ihn seltsam erregt, und sein Herz war unruhig wie in ängstlicher Erwartung von etwas Süßem. Auch verursachte die Erschütterung, welche entstand, wenn das Schiff einen steilen Wellenberg hinabglitt und die Schraube wie im Krampf außerhalb des Wassers arbeitete, ihm arge Übelkeit. Er kleidete sich wieder vollends an und stieg ins Freie hinauf.

Wolken jagten am Monde vorbei. Das Meer tanzte. Nicht runde und gleichmäßige Wellen kamen in Ordnung daher, sondern weithin, in bleichem und flackerndem Licht, war die See zerrissen, zerpeitscht, zerwühlt, leckte und sprang in spitzen, flammenartigen Riesenzungen empor, warf neben schaumerfüllten Klüften zackige und unwahrscheinliche Gebilde auf und schien mit der Kraft ungeheurer Arme in tollem Spiel den Gischt in alle Lüfte zu schleudern. Das Schiff hatte schwere Fahrt; stampfend, schlenkernd und ächzend arbeitete es sich durch den Tumult, und manchmal hörte man den Eisbären und den Tiger, die unter dem Seegang litten, in seinem Innern brüllen. Ein Mann im Wachstuchmantel, die Kapuze überm Kopf und eine Laterne um den Leib geschnallt, ging breitbeinig und mühsam balancierend auf dem Verdecke hin und her. Aber dort hinten stand, tief über Bord gebeugt, der junge Mann aus Hamburg und ließ es sich schlecht ergehen. »Gott«, sagte er mit hohler und wankender Stimme, als er Tonio Kröger gewahrte, »sehen Sie doch bloß den Aufruhr der Elemente, Herr!« Aber dann wurde er unterbrochen und wandte sich eilig ab.

Tonio Kröger hielt sich an irgendeinem gestrafften Tau und blickte hinaus in all den unbändigen Übermut. In ihm schwang sich ein Jauchzen auf, und ihm war, als sei es mächtig genug, um Sturm und Flut zu übertönen. Ein Sang an das Meer, begeistert von Liebe, tönte in ihm. Du meiner Jugend wilder Freund, so sind wir einmal noch vereint ... Aber dann war das Gedicht zu Ende. Es ward nicht fertig, nicht rund geformt und nicht in Gelassenheit zu etwas Ganzem geschmiedet. Sein Herz lebte ...

Lange stand er so; dann streckte er sich auf einer Bank am Kajütenhäuschen aus und blickte zum Himmel hinauf, an dem die Sterne flackerten. Er schlummerte sogar ein wenig. Und wenn der kalte Schaum in sein Gesicht spritzte, so war es ihm im Halbschlaf wie eine Liebkosung.

Senkrechte Kreidefelsen, gespenstisch im Mondschein, kamen in Sicht und näherten sich; das war Möen, die Insel. Und wieder trat Schlummer dazwischen, unterbrochen von salzigen Sprühschauern, die scharf ins Gesicht bissen und die Züge erstarren ließen ... Als er völlig wach wurde, war es schon Tag, ein hellgrauer, frischer Tag, und die grüne See ging ruhiger. Beim Frühstück sah er den jungen Kaufmann wieder, der heftig errötete, wahrscheinlich vor Scham, im Dunkeln so poetische und blamable Dinge geäußert zu haben, mit allen fünf Fingern seinen kleinen rötlichen Schnurrbart emporstrich und ihm einen soldatisch scharfen Morgengruß zurief, um ihn dann ängstlich zu meiden.

Und Tonio Kröger landete in Dänemark. Er hielt Ankunft in Kopenhagen, gab Trinkgeld an jeden, der sich die Miene gab, als hätte er Anspruch darauf, durchwanderte von seinem Hotelzimmer aus drei Tage lang die Stadt, indem er sein Reisebüchlein aufgeschlagen vor sich hertrug, und benahm sich ganz wie ein besserer Fremder, der seine Kenntnisse zu bereichern wünscht. Er betrachtete des Königs Neumarkt und das ›Pferd‹ in seiner Mitte, blickte achtungsvoll an den Säulen der Frauenkirche empor, stand lange vor Thorwaldsens edlen und lieblichen Bildwerken, stieg auf den Runden Turm, besichtigte Schlösser und verbrachte zwei bunte Abende im Tivoli. Aber es war nicht so recht eigentlich all dies, was er sah.

An den Häusern, die oft ganz das Aussehen der alten Häuser seiner Vaterstadt mit geschwungenen, durchbrochenen Giebeln hatten, sah er Namen, die ihm aus alten Tagen bekannt waren, die ihm etwas Zartes und Köstliches zu bezeichnen schienen und bei alledem etwas wie Vorwurf, Klage und Sehnsucht nach Verlorenem in sich schlossen. Und allerwegen, indes er in verlangsamten, nachdenklichen Zügen die feuchte Seeluft atmete, sah er Augen, die so blau, Haare, die so blond, Gesichter, die von eben der Art und Bildung waren, wie er sie in den seltsam wehen und reuigen Träumen der Nacht geschaut, die er in seiner Vaterstadt verbracht hatte. Es konnte geschehen, daß auf offener Straße ein Blick, ein klingendes Wort, ein Auflachen ihn ins Innerste traf...

Es litt ihn nicht lange in der munteren Stadt. Eine Unruhe, süß und töricht, Erinnerung halb und halb Erwartung, bewegte ihn, zusammen mit dem Verlangen, irgendwo still am Strande liegen zu dürfen und nicht den angelegentlich sich umtuenden Touristen spielen zu müssen. So schiffte er sich aufs neue ein und fuhr an einem trüben Tage (die See ging schwarz) nordwärts die Küste von Seeland entlang gen Helsingör. Von dort setzte er seine Reise unverzüglich zu Wagen auf dem Chausseewege fort, noch drei Viertelstunden lang, immer ein wenig oberhalb des Meeres, bis er an seinem letzten und eigentlichen Ziele hielt, dem kleinen weißen Badehotel mit grünen Fensterläden, das inmitten einer Siedlung niedriger Häuschen stand und mit seinem holzgedeckten Turm auf den Sund und die schwedische Küste hinausblickte. Hier stieg er ab, nahm Besitz von dem hellen Zimmer, das man ihm bereitgehalten, füllte Bord und Spind mit dem, was er mit sich führte, und schickte sich an, hier eine Weile zu leben.

8

Schon rückte der September vor: es waren nicht mehr viele Gäste in Aalsgaard. Bei den Mahlzeiten in dem großen, balkengedeckten Eßsaal zu ebener Erde, dessen hohe Fenster auf die Glasveranda und die See hinausblickten, führte die Wirtin den Vorsitz, ein bejahrtes Mädchen mit weißem Haar, farblosen Augen, zartrosigen Wangen und einer haltlosen Zwitscherstimme, das immer seine roten Hände auf dem Tafeltuche ein wenig vorteilhaft zu gruppieren trachtete. Ein kurzhalsiger alter Herr mit eisgrauem Schifferbart und dunkelbläulichem Gesicht war da, ein Fischhändler aus der Hauptstadt, der des Deutschen mächtig war. Er schien gänzlich verstopft und zum Schlagfluß geneigt, denn er atmete kurz und stoßweise und hob von Zeit zu Zeit den beringten Zeigefinger zu einem seiner Nasenlöcher empor, um es zuzudrücken und dem anderen durch starkes Blasen ein wenig Luft zu verschaffen. Nichtsdestoweniger sprach er beständig der Aquavitflasche zu, die sowohl beim Frühstück als beim Mittag- und Abendessen vor ihm stand. Dann waren nur noch drei große amerikanische Jünglinge mit ihrem Gouverneur oder Hauslehrer zugegen, der schweigend an seiner Brille rückte und tagüber mit ihnen Fußball spielte. Sie trugen ihr rotgelbes Haar in der Mitte gescheitelt und hatten lange, unbewegte Gesichter. »Please, give me the wurstthings there!« sagte der eine. »That's not wurst; that's schinken!« sagte ein anderer, und dies war alles, was sowohl sie als der Hauslehrer zur Unterhaltung beitrugen; denn sonst saßen sie still und tranken heißes Wasser.

Tonio Kröger hätte sich keine andere Art von Tischgesellschaft gewünscht. Er genoß seinen Frieden, horchte auf die dänischen Kehllaute, die hellen und trüben Vokale, in denen der Fischhändler und die Wirtin zuweilen konversierten, wechselte hie und da mit dem ersteren eine schlichte Bemerkung über den Barometerstand und erhob sich dann, um durch die Veranda wieder an den Strand hinunterzugehen, wo er schon lange Morgenstunden verbracht hatte.

Manchmal war es dort still und sommerlich. Die See ruhte träge und glatt, in blauen, flaschengrünen und rötlichen Streifen, von silbrig glitzernden Lichtreflexen überspielt, der Tang dörrte zu Heu in der Sonne, und die Quallen lagen da und verdunsteten. Es roch ein wenig faulig und ein wenig auch nach dem Teer des Fischerbootes, an welches Tonio Kröger, im Sande sitzend, den Rücken lehnte, – so gewandt, daß er den offenen Horizont und nicht die schwedische Küste vor Augen hatte; aber des Meeres leiser Atem strich rein und frisch über alles hin.

Und graue, stürmische Tage kamen. Die Wellen beugten die Köpfe wie Stiere, die die Hörner zum Stoße einlegen, und rannten wütend gegen den Strand, der hoch hinauf überspült und mit naßglänzendem Seegras, Muscheln und angeschwemmtem Holzwerk bedeckt war. Zwischen den langgestreckten Wellenhügeln dehnten sich unter dem verhängten Himmel blaßgrün-schaumig die Täler; aber dort, wo hinter den Wolken die Sonne stand, lag auf den Wassern ein weißlicher Sammetglanz.

Tonio Kröger stand in Wind und Brausen eingehüllt, versunken in dies ewige, schwere, betäubende Getöse, das er so sehr liebte. Wandte er sich und ging fort, so schien es plötzlich ganz ruhig und warm um ihn her. Aber im Rücken wußte er sich das Meer; es rief, lockte und grüßte. Und er lächelte.

Er ging landeinwärts, auf Wiesenwegen durch die Einsamkeit, und bald nahm Buchenwald ihn auf, der sich hügelig weit in die Gegend erstreckte. Er setzte sich ins Moos, an einen Baum gelehnt, so, daß er zwischen den Stämmen einen Streifen des Meeres gewahren konnte. Zuweilen trug der Wind das Geräusch der Brandung zu ihm, das klang, wie wenn in der Ferne Bretter aufeinanderfallen. Krähengeschrei über den Wipfeln, heiser, öde und verloren... Er hielt ein Buch auf den Knien, aber er las nicht eine Zeile darin. Er genoß ein tiefes

Vergessen, ein erlöstes Schweben über Raum und Zeit, und nur zuweilen war es, als würde sein Herz von einem Weh durchzuckt, einem kurzen, stechenden Gefühl von Sehnsucht oder Reue, das nach Namen und Herkunft zu fragen er zu träge und versunken war.

So verging mancher Tag; er hätte nicht zu sagen vermocht, wie viele, und trug kein Verlangen danach, es zu wissen. Dann aber kam einer, an welchem etwas geschah; es geschah, während die Sonne am Himmel stand und Menschen zugegen waren, und Tonio Kröger war nicht einmal so außerordentlich erstaunt darüber.

Gleich dieses Tages Anfang gestaltete sich festlich und entzückend. Tonio Kröger erwachte sehr früh und ganz plötzlich, fuhr mit einem feinen und unbestimmten Erschrecken aus dem Schlafe empor und glaubte, in ein Wunder, einen feenhaften Beleuchtungszauber hineinzublicken. Sein Zimmer, mit Glastür und Balkon nach dem Sunde hinaus gelegen und durch einen dünnen, weißen Gazevorhang in Wohn- und Schlafraum geteilt, war zartfarbig tapeziert und mit leichten, hellen Möbeln versehen, so daß es stets einen lichten und freundlichen Anblick bot. Nun aber sahen seine schlaftrunkenen Augen es in einer unirdischen Verklärung und Illumination vor sich liegen, über und über getaucht in einen unsäglich holden und duftigen Rosenschein, der Wände und Möbel vergoldete und den Gazevorhang in ein mildes, rotes Glühen versetzte... Tonio Kröger begriff lange nicht, was sich ereignete. Als er aber vor der Glastür stand und hinausblickte, sah er, daß es die Sonne war, die aufging.

Mehrere Tage war es trüb und regnicht gewesen; jetzt aber spannte sich der Himmel wie aus straffer, blaßblauer Seide schimmernd klar über See und Land, und durchquert und umgeben von rot und golden durchleuchteten Wolken erhob sich feierlich die Sonnenscheibe über das flimmernd gekrauste Meer, das unter ihr zu erschauern und zu erglühen schien... So hub der Tag an, und verwirrt und glücklich warf Tonio Kröger sich in die Kleider, frühstückte vor allen anderen drunten in der Veranda, schwamm hierauf von dem kleinen hölzernen Badehäuschen aus eine Strecke in den Sund hinaus und tat dann einen stundenlangen Gang am Strande hin. Als er zurückkehrte, hielten mehrere omnibusartige Wagen vorm Hotel, und vom Eßsaal aus gewahrte er, daß sowohl in dem anstoßenden Gesellschaftszimmer, dort, wo das Klavier stand, als auch in der Veranda und auf der Terrasse, die davor lag, Menschen in großer Anzahl, kleinbürgerlich gekleidete Herrschaften, an runden Tischen saßen und unter angeregten Gesprächen Bier mit Butterbrot genossen. Es waren ganze Familien, ältere und junge Leute, ja sogar ein paar Kinder.

Beim zweiten Frühstück (der Tisch trug schwer an kalter Küche, Geräuchertem, Gesalzenem und Gebackenem) erkundigte sich Tonio Kröger, was vor sich gehe.

»Gäste!« sagte der Fischhändler. »Ausflügler und Ballgäste aus Helsingör! Ja, Gott soll uns bewahren, wir werden nicht schlafen können, diese Nacht! Es wird Tanz geben, Tanz und Musik, und man muß fürchten, daß das lange dauert. Es ist eine Familienvereinigung, eine Landpartie nebst Reunion, kurzum, eine Subskription oder dergleichen, und sie genießen den schönen Tag. Sie sind zu Boot und zu Wagen gekommen, und jetzt frühstücken sie. Später fahren sie noch weiter über Land, aber abends kommen sie wieder, und dann ist Tanzbelustigung hier im Saale. Ja, verdammt und verflucht, wir werden kein Auge zutun...«

»Das ist eine hübsche Abwechslung«, sagte Tonio Kröger.

Hierauf wurde längere Zeit nichts mehr gesprochen. Die Wirtin ordnete ihre roten Finger, der Fischhändler blies durch das rechte Nasenloch, um sich ein wenig Luft zu verschaffen, und die Amerikaner tranken heißes Wasser und machten lange Gesichter dazu.

Da geschah dies auf einmal: *Hans Hansen und Ingeborg Holm gingen durch den Saal.* –

Tonio Kröger lehnte, in einer wohligen Ermüdung nach dem Bade und seinem hurtigen Gang, im Stuhl und aß geräucherten Lachs auf Röstbrot: – er saß der Veranda und dem Meere zugewandt. Und plötzlich öffnete sich die Tür, und Hand in Hand kamen die beiden herein – schlendernd und ohne Eile. Ingeborg, die blonde Inge, war hell gekleidet, wie sie in der Tanzstunde bei Herrn Knaak zu sein pflegte. Das leichte, geblümte Kleid reichte ihr nur bis zu den Knöcheln, und um die Schultern trug sie einen breiten, weißen Tüllbesatz mit spitzem Ausschnitt, der ihren weichen, geschmeidigen Hals frei ließ. Der Hut hing ihr an seinen zusammengeknüpften Bändern über dem einen Arm. Sie war vielleicht ein klein wenig erwachsener als sonst und trug ihren wunderbaren Zopf nun um den Kopf gelegt; aber Hans Hansen war ganz wie immer. Er hatte seine Seemannsüberjacke mit den goldenen Knöpfen an, über welcher auf Schultern und Rücken der breite, blaue Kragen lag; die Matrosenmütze mit den kurzen Bändern hielt er in der hinabhängenden Hand und schlenkerte sie sorglos hin und her. Ingeborg hielt ihre schmal geschnittenen Augen abgewandt, vielleicht ein wenig geniert durch die speisenden Leute, die auf sie schauten. Allein Hans Hansen wandte nun grade und aller Welt zum Trotz den Kopf nach der Frühstückstafel und musterte mit seinen stahlblauen Augen einen nach dem anderen herausfordernd und gewissermaßen verächtlich; er ließ sogar Ingeborgs Hand fahren und schwenkte seine Mütze noch heftiger hin und her, um zu zeigen, was für ein Mann er sei. So gingen die beiden, mit dem still blauenden Meere als Hintergrund, vor Tonio Krögers Augen vorüber, durchmaßen den Saal seiner Länge nach und verschwanden durch die entgegengesetzte Tür im Klavierzimmer.

Dies begab sich um halb zwölf Uhr vormittags, und noch während die Kurgäste beim Frühstück saßen, brach nebenan und in der Veranda die Gesellschaft auf und verließ, ohne daß noch jemand den Eßsaal betreten hätte, durch den Seitenzugang, der vorhanden war, das Hotel. Man hörte, wie draußen unter

Scherzen und Gelächter die Wagen bestiegen wurden, wie ein Gefährt nach dem anderen auf der Landstraße sich knirschend in Bewegung setzte und davonrollte...

»Sie kommen also wieder?« fragte Tonio Kröger...

»Das tun sie!« sagte der Fischhändler. »Und Gott sei's geklagt, Sie haben Musik bestellt, müssen Sie wissen, und ich schlafe hier überm Saale.«

»Das ist eine hübsche Abwechslung«, wiederholte Tonio Kröger. Dann stand er auf und ging fort.

Er verbrachte den Tag, wie er die anderen verbracht hatte, am Strande, im Walde, hielt ein Buch auf den Knien und blinzelte in die Sonne. Er bewegte nur einen Gedanken: diesen, daß sie wiederkehren und im Saale Tanzbelustigungen abhalten würden, wie es der Fischhändler versprochen hatte; und er tat nichts, als sich hierauf freuen, mit einer so ängstlichen und süßen Freude, wie er sie lange, tote Jahre hindurch nicht mehr erprobt hatte. Einmal, durch irgendeine Verknüpfung von Vorstellungen, erinnerte er sich flüchtig eines fernen Bekannten, Adalberts, des Novellisten, der wußte, was er wollte, und sich ins Kaffeehaus begeben hatte, um der Frühlingsluft zu entgehen. Und er zuckte die Achseln über ihn...

Es wurde früher als gewöhnlich zu Mittag gegessen, und das Abendbrot nahm man ebenfalls zeitiger als sonst, im Klavierzimmer, weil im Saale schon Vorbereitungen zum Balle getroffen wurden: auf so festliche Art war alles in Unordnung gebracht. Dann, als es schon dunkel war und Tonio Kröger in seinem Zimmer saß, ward es wieder lebendig auf der Landstraße und im Hause. Die Ausflügler kehrten zurück; ja, aus der Richtung von Helsingör trafen zu Rad und zu Wagen noch neue Gäste ein, und bereits hörte man drunten im Hause eine Geige stimmen und eine Klarinette näselnde Übungsläufe vollführen...

Alles versprach, daß es ein glänzendes Ballfest geben werde.

Nun setzte das kleine Orchester mit einem Marsche ein: gedämpft und taktfest scholl es herauf: man eröffnete den Tanz mit einer Polonäse. Tonio Kröger saß noch eine Weile still und lauschte. Als er aber vernahm, wie das Marschtempo in Walzertakt überging, machte er sich auf und schlich geräuschlos aus seinem Zimmer.

Von dem Korridor, an dem es gelegen war, konnte man über eine Nebentreppe zu dem Seiteneingang des Hotels und von dort, ohne ein Zimmer zu berühren, in die Glasveranda gelangen. Diesen Weg nahm er, leise und verstohlen, als befinde er sich auf verbotenen Pfaden, tastete sich behutsam durch das Dunkel, unwiderstehlich angezogen von dieser dummen und selig wiegenden Musik, deren Klänge schon klar und ungedämpft zu ihm drangen.

Die Veranda war leer und unerleuchtet, aber die Glastür zum Saale, wo die beiden großen, mit blanken Reflektoren versehenen Petroleumlampen hell erstrahlten, stand geöffnet. Dorthin schlich er sich auf leisen Sohlen, und der diebische Genuß, hier im Dunkeln stehen und ungesehen die belauschen zu dürfen, die im Lichte tanzten, verursachte ein Prickeln in seiner Haut. Hastig und begierig sandte er seine Blicke nach den beiden aus, die er suchte...

Die Fröhlichkeit des Festes schien schon ganz frei entfaltet, obgleich es kaum seit einer halben Stunde eröffnet war; aber man war ja bereits warm und angeregt hierhergekommen, nachdem man den ganzen Tag miteinander verbracht, sorglos, gemeinsam und glücklich. Im Klavierzimmer, das Tonio Kröger überblicken konnte, wenn er sich ein wenig weiter vorwagte, hatten sich mehrere ältere Herren rauchend und trinkend beim Kartenspiel vereinigt; aber andere saßen bei ihren Gattinnen im Vordergrunde auf den Plüschstühlen und an den Wänden des Saales und sahen dem Tanze zu. Sie hielten die Hände auf die gespreizten Knie gestützt und bliesen mit einem wohlhabenden Ausdruck die Wangen auf, indes die Mütter, Kapotthütchen auf den Scheiteln, die Hände unter der Brust zusammenlegten und mit seitwärts geneigten Köpfen in das Getümmel der jungen Leute schauten. Ein Podium war an der einen Längswand des Saales errichtet worden, und dort taten die Musikanten ihr Bestes. Sogar eine Trompete war da, welche mit einer gewissen zögernden Behutsamkeit blies, als fürchtete sie sich vor ihrer eigenen Stimme, die sich dennoch beständig brach und überschlug... Wogend und kreisend bewegten sich die Paare umeinander, indes andere Arm in Arm den Saal umwandelten. Man war nicht ballmäßig gekleidet, sondern nur wie an einem Sommersonntag, den man im Freien verbringt: die Kavaliere in kleinstädtisch geschnittenen Anzügen, denen man ansah, daß sie die ganze Woche geschont wurden, und die jungen Mädchen in lichten und leichten Kleidern mit Feldblumensträußchen an den Miedern. Auch ein paar Kinder waren im Saale und tanzten untereinander auf ihre Art, sogar, wenn die Musik pausierte. Ein langbeiniger Mensch in schwalbenschwanzförmigem Röckchen, ein Provinzlöwe mit Augenglas und gebranntem Haupthaar, Postadjunkt oder dergleichen und wie die fleischgewordene komische Figur aus einem dänischen Roman, schien Festordner und Kommandeur des Balles zu sein. Eilfertig, transpirierend und mit ganzer Seele bei der Sache, war er überall zugleich, schwänzelte übergeschäftig durch den Saal, indem er kunstvoll mit den Zehenspitzen zuerst auftrat und die Füße, die in glatten und spitzen Militärstiefeletten steckten, auf eine verzwickte Art kreuzweise übereinander setzte, schwang die Arme in der Luft, traf Anordnungen, rief nach Musik, klatschte in die Hände, und bei all dem flogen die Bänder der großen, bunten Schleife, die als Zeichen seiner Würde auf seiner Schulter befestigt war und nach der er manchmal liebevoll den Kopf drehte, flatternd hinter ihm drein.

Ja, sie waren da, die beiden, die heute im Sonnenlicht an Tonio Kröger vorübergezogen waren, er sah sie wieder und erschrak vor Freude, als er sie fast gleichzeitig gewahrte. Hier stand Hans Hansen, ganz nahe bei ihm, dicht an der Tür; breitbeinig und ein wenig vorgebeugt, verzehrte er bedächtig ein großes Stück Sandtorte, wobei er die hohle Hand unters Kinn hielt, um die Krümel aufzufangen. Und dort an der Wand saß Ingeborg Holm, die blonde Inge, und eben schwänzelte der Adjunkt auf sie zu, um sie durch eine ausgesuchte Verbeugung zum Tanze aufzufordern, wobei er die eine Hand auf den Rücken legte und die andere graziös in den Busen schob; aber sie schüttelte den Kopf und deutete an, daß sie zu atemlos sei und ein wenig ruhen müsse, worauf der Adjunkt sich neben sie setzte.

Tonio Kröger sah sie an, die beiden, um die er vorzeiten Liebe gelitten hatte, – Hans und Ingeborg. Sie waren es nicht so sehr vermöge einzelner Merkmale und der Ähnlichkeit der Kleidung, als kraft der Gleichheit der Rasse und des Typus, dieser lichten, stahlblauäugigen und blondhaarigen Art, die eine Vorstellung von Reinheit, Ungetrübtheit, Heiterkeit und einer zugleich stolzen und schlichten, unberührbaren Sprödigkeit hervorrief... Er sah sie an, sah, wie Hans Hansen so keck und wohlgestaltet wie nur jemals, breit in den Schultern und schmal in den Hüften, in seinem Matrosenanzug dastand, sah, wie Ingeborg auf eine gewisse übermütige Art lachend den Kopf zur Seite warf, auf eine gewisse Art ihre Hand, eine gar nicht besonders schmale, gar nicht besonders feine Kleinmädchenhand, zum Hinterkopfe führte, wobei der leichte Ärmel von ihrem Ellenbogen zurückglitt, – und plötzlich erschütterte das Heimweh seine Brust mit einem solchen Schmerz, daß er unwillkürlich weiter ins Dunkel zurückwich, damit niemand das Zucken seines Gesichtes sähe.

Hatte ich euch vergessen? fragte er. Nein, niemals! Nicht dich, Hans, noch dich, blonde Inge! Ihr wart es ja, für die ich arbeitete, und wenn ich Applaus vernahm, blickte ich heimlich um mich, ob ihr daran teilhättet... Hast du nun den ›Don Carlos‹ gelesen, Hans Hansen, wie du es mir an eurer Gartenpforte versprachst? Tu's nicht! Ich verlange es nicht mehr von dir. Was geht dich der König an, der weint, weil er einsam ist? Du sollst deine hellen Augen nicht trüb und traumblöde machen vom Starren in Verse und Melancholie... Zu sein wie du! Noch einmal anfangen, aufwachsen gleich dir, rechtschaffen, fröhlich und schlicht, regelrecht, ordnungsgemäß und im Einverständnis mit Gott und der Welt, geliebt werden von den Harmlosen und Glücklichen, dich zum Weibe nehmen, Ingeborg Holm, und einen Sohn haben wie du, Hans Hansen, – frei vom Fluch der Erkenntnis und der schöpferischen Qual leben, lieben und loben in seliger Gewöhnlichkeit!... Noch einmal anfangen? Aber es hülfe nichts. Er würde wieder so werden, – alles würde wieder so kommen, wie es gekommen ist. Denn etliche gehen mit Notwendigkeit in die Irre, weil es einen rechten Weg für sie überhaupt nicht gibt.

Nun schwieg die Musik; es war Pause, und Erfrischungen wurden gereicht. Der Adjunkt eilte persönlich mit einem Teebrett voll Heringssalat umher und bediente die Damen; aber vor Ingeborg Holm ließ er sich sogar auf ein Knie nieder, als er ihr das Schälchen reichte, und sie errötete vor Freude darüber.

Man begann jetzt dennoch im Saale, auf den Zuschauer unter der Glastür aufmerksam zu werden, und aus hübschen, erhitzten Gesichtern trafen ihn fremde und forschende Blicke; aber er behauptete trotzdem seinen Platz. Auch Ingeborg und Hans streiften ihn beinahe gleichzeitig mit den Augen, mit jener vollkommenen Gleichgültigkeit, die fast das Ansehen der Verachtung hat. Plötzlich jedoch ward er sich bewußt, daß von irgendwoher ein Blick zu ihm drang und auf ihm ruhte... Er wandte den Kopf, und sofort trafen seine Augen mit denen zusammen, deren Berührung er empfunden hatte. Ein Mädchen stand nicht weit von ihm, mit blassem, schmalem und feinem Gesicht, das er schon früher bemerkt hatte. Sie hatte nicht viel getanzt, die Kavaliere hatten sich nicht sonderlich um sie bemüht, und er hatte sie einsam mit herb geschlossenen Lippen an der Wand sitzen sehen. Auch jetzt stand sie allein. Sie war hell und duftig gekleidet wie die anderen, aber unter dem durchsichtigen Stoff ihres Kleides schimmerten ihre bloßen Schultern spitz und dürftig, und der magere Hals stak so tief zwischen diesen armseligen Schultern, daß das stille Mädchen fast ein wenig verwachsen erschien. Ihre Hände, mit dünnen Halbhandschuhen bekleidet, heilt sie vor der flachen Brust, daß die Fingerspitzen sich sacht berührten. Gesenkten Kopfes blickte sie Tonio Kröger von unten herauf mit schwarzen, schwimmenden Augen an. Er wandte sich ab...

Hier, ganz nahe bei ihm, saßen Hans und Ingeborg. Er hatte sich zu ihr gesetzt, die vielleicht seine Schwester war, und umgeben von anderen rotwangigen Menschenkindern aßen und tranken sie, schwatzten und vergnügten sich, riefen sich mit klingenden Stimmen Neckereien zu und lachten hell in die Luft. Konnte er sich ihnen nicht ein wenig nähern? Nicht an ihn oder sie ein Scherzwort richten, das ihm einfiel, und das sie ihm wenigstens mit einem Lächeln beantworten mußten? Es würde ihn beglücken, er sehnte sich danach; er würde dann zufriedener in sein Zimmer zurückkehren, mit dem Bewußtsein, eine kleine Gemeinschaft mit den beiden hergestellt zu haben. Er dachte sich aus, was er sagen könnte; aber er fand nicht den Mut, es zu sagen. Auch war es ja wie immer: sie würden ihn nicht verstehen, würden befremdet auf das horchen, was er zu sagen vermöchte. Denn ihre Sprache war nicht seine Sprache.

Nun schien der Tanz aufs neue beginnen zu sollen. Der Adjunkt entfaltete eine umfassende Tätigkeit. Er eilte umher und forderte alle Welt zum Engagieren auf, räumte mit Hilfe des Kellners Stühle und Gläser aus dem Wege, erteilte den Musikern Befehle und schob einzelne Täppische, die nicht wußten wohin, an den Schultern vor sich her. Was hatte man vor? Je vier und vier Paare bildeten Karrees... Eine schreckliche Erinnerung machte Tonio Kröger erröten. Man tanzte Quadrille.

Die Musik setzte ein, und die Paare schritten unter Verbeugungen durcheinander. Der Adjunkt kommandierte; er kommandierte, bei Gott, auf französisch und brachte die Nasallaute auf unvergleichlich distinguierte Art hervor. Ingeborg Holm tanzte dicht vor Tonio Kröger, in dem Karree, das sich unmittelbar an der Glastür befand. Sie bewegte sich vor ihm hin und her, vorwärts und rückwärts, schreitend und drehend; ein Duft, der von ihrem Haar oder dem zarten Stoff ihres Kleides ausging, berührte ihn manchmal, und er schloß die Augen in einem Gefühl, das ihm von je so wohl bekannt gewesen, dessen Arom und herben Reiz er in all diesen letzten Tagen leise verspürt hatte, und das ihn nun wieder ganz mit seiner süßen Drangsal erfüllte. Was war es doch? Sehnsucht? Zärtlichkeit? Neid, Selbstverachtung?... Moulinet des dames? Lachtest du, blonde Inge, lachtest du mich aus, als ich moulinet tanzte und mich so jämmerlich blamierte? Und würdest du auch heute noch lachen, nun, da ich doch so etwas wie ein berühmter Mann geworden bin? Ja, das würdest du und würdest dreimal recht daran tun! Und wenn ich, ich ganz allein, die neun Symphonien, ›Die Welt als Wille und Vorstellung‹ und ›Das Jüngste Gericht‹ vollbracht hätte, – du würdest ewig recht haben zu lachen... Er sah sie an, und eine Verszeile fiel ihm ein, deren er sich lange nicht erinnert hatte, und die ihm doch so vertraut und verwandt war: »Ich möchte schlafen, aber du mußt tanzen.« Er kannte sie so gut, die melancholisch-nordische, innig-ungeschickte Schwerfälligkeit der Empfindung, die daraus sprach. Schlafen... Sich danach sehnen, einfach und völlig dem Gefühle leben zu dürfen, das ohne die Verpflichtung, zur Tat und zum Tanz zu werden, süß und träge in sich selber ruht, – und dennoch tanzen, behend und geistesgegenwärtig den schweren, schweren und gefährlichen Messertanz der Kunst vollführen zu müssen, ohne je ganz des demütigenden Widersinnes zu vergessen, der darin lag, tanzen zu müssen, indes man liebte...

Auf einmal geriet das Ganze in eine tolle und ausgelassene Bewegung. Die Karrees hatten sich aufgelöst, und springend und gleitend stob alles umher; man beschloß die Quadrille mit einem Galopp. Die Paare flogen zum rasenden Eiltakt der Musik an Tonio Kröger vorüber, chassierend, hastend, einander überholend, mit kurzem, atemlosem Gelächter. Eines kam daher, mitgerissen von der allgemeinen Jagd, kreisend und vorwärts sausend. Das Mädchen hatte ein blasses, feines Gesicht und magere, zu hohe Schultern. Und plötzlich, dicht vor ihm, entstand ein Stolpern, Rutschen und Stürzen... Das blasse Mädchen fiel hin. Sie fiel so hart und heftig, daß es fast gefährlich aussah, und mit ihr der Kavalier. Dieser mußte sich so gröblich weh getan haben, daß er seiner Tänzerin ganz vergaß, denn, nur halbwegs aufgerichtet, begann er unter Grimassen seine Knie mit den Händen zu reiben; und das Mädchen, scheinbar ganz betäubt vom Falle, lag noch immer am Boden. Da trat Tonio Kröger vor, faßte sie sacht an den Armen und hob sie auf. Abgehetzt, verwirrt und unglücklich sah sie zu ihm empor, und plötzlich färbte ihr zartes Gesicht sich mit einer matten Röte.

»Tak! O, mange Tak!« sagte sie und sah ihn von unten herauf mit dunklen, schwimmenden Augen an.

»Sie sollten nicht mehr tanzen, Fräulein«, sagte er sanft. Dann blickte er sich noch einmal nach *ihnen* um, nach Hans und Ingeborg, und ging fort, verließ die Veranda und den Ball und ging in sein Zimmer hinauf.

Er war berauscht von dem Feste, an dem er nicht teilgehabt, und müde von Eifersucht. Wie früher, ganz wie früher war es gewesen! Mit erhitztem Gesicht hatte er an dunkler Stelle gestanden, in Schmerzen um euch, ihr Blonden, Lebendigen, Glücklichen, und war dann einsam hinweggegangen. Jemand müßte nun kommen! Ingeborg müßte nun kommen, müßte bemerken, daß er fort war, müßte ihm heimlich folgen, ihm die Hand auf die Schulter legen und sagen: Komm herein zu uns! Sei froh! Ich liebe dich! ... Aber sie kam keines Weges. Dergleichen geschah nicht. Ja, wie damals war es, und er war glücklich wie damals. Denn sein Herz lebte. Was aber war gewesen während all der Zeit, in der er das geworden, was er nun war? – Erstarrung; Öde; Eis; und Geist! Und Kunst! ...

Er entkleidete sich, legte sich zur Ruhe, löschte das Licht. Er flüsterte zwei Namen in das Kissen hinein, diese paar keuschen, nordischen Silben, die ihm seine eigentliche und ursprüngliche Liebes-, Leides- und Glückesart, das Leben, das simple und innige Gefühl, die Heimat bezeichneten. Er blickte zurück auf die Jahre seit damals bis auf diesen Tag. Er gedachte der wüsten Abenteuer der Sinne, der Nerven und des Gedankens, die er durchlebt, sah sich zerfressen von Ironie und Geist, verödet und gelähmt von Erkenntnis, halb aufgerieben von den Fiebern und Frösten des Schaffens, haltlos und unter Gewissensnöten zwischen krassen Extremen, zwischen Heiligkeit und Brunst hin und her geworfen, raffiniert, verarmt, erschöpft von kalten und künstlich erlesenen Exaltationen, verirrt, verwüstet, zermartert, krank – und schluchzte vor Reue und Heimweh.

Um ihn war es still und dunkel. Aber von unten tönte gedämpft und wiegend des Lebens süßer, trivialer Dreitakt zu ihm herauf.

9

Tonio Kröger saß im Norden und schrieb an Lisaweta Iwanowna, seine Freundin, wie er es ihr versprochen hatte.

Liebe Lisaweta dort unten in Arkadien, wohin ich bald zurückkehren werde, schrieb er. Hier ist nun also so etwas wie ein Brief, aber er wird Sie wohl enttäuschen, denn ich denke, ihn ein wenig allgemein zu halten. Nicht, daß ich so gar nichts zu erzählen, auf meine Weise nicht dies und das erlebt hätte. Zu Hause, in meiner Vaterstadt, wollte man mich sogar verhaften ... aber davon sollen Sie mündlich hören. Ich habe jetzt manchmal Tage, an denen ich es vorziehe, auf gute Art etwas Allgemeines zu sagen, anstatt Geschichten zu erzählen.

Wissen Sie wohl noch, Lisaweta, daß Sie mich einmal einen Bürger, einen verirrten Bürger nannten? Sie nannten mich so in einer Stunde, da ich Ihnen, verführt durch andere Geständnisse, die ich mir vorher hatte entschlüpfen lassen, meine Liebe zu dem gestand, was ich das ›Leben‹ nenne; und ich frage mich, ob Sie wohl wußten, wie sehr Sie damit die Wahrheit trafen, wie sehr mein Bürgertum und meine Liebe zum ›Leben‹ eins und dasselbe sind. Diese Reise hat mir Veranlassung gegeben, darüber nachzudenken...

Mein Vater, wissen Sie, war ein nordisches Temperament: betrachtsam, gründlich, korrekt aus Puritanismus und zur Wehmut geneigt; meine Mutter von unbestimmt exotischem Blut, schön, sinnlich, naiv, zugleich fahrlässig und leidenschaftlich und von einer impulsiven Liederlichkeit. Ganz ohne Zweifel war dies eine Mischung, die außerordentliche Möglichkeiten – und außerordentliche Gefahren in sich schloß. Was herauskam, war dies: ein Bürger, der sich in die Kunst verirrte, ein Bohemien mit Heimweh nach der guten Kinderstube, ein Künstler mit schlechtem Gewissen. Denn mein bürgerliches Gewissen ist es ja, was mich in allem Künstlertum, aller Außerordentlichkeit und allem Genie etwas tief Zweideutiges, tief Anrüchiges, tief Zweifelhaftes erblikken läßt, was mich mit dieser verliebten Schwäche für das Simple, Treuherzige und Angenehm-Normale, das Ungeniale und Anständige erfüllt.

Ich stehe zwischen zwei Welten, bin in keiner daheim und habe es infolgedessen ein wenig schwer. Ihr Künstler nennt mich einen Bürger, und die Bürger sind versucht, mich zu verhaften... ich weiß nicht, was von beiden mich bitterer kränkt. Die Bürger sind dumm; ihr Anbeter der Schönheit aber, die ihr mich phlegmatisch und ohne Sehnsucht heißt, solltet bedenken, daß es ein Künstlertum gibt, so tief, so von Anbeginn und Schicksals wegen, daß keine Sehnsucht ihm süßer und empfindenswerter erscheint als die nach den Wonnen der Gewöhnlichkeit.

Ich bewundere die Stolzen und Kalten, die auf den Pfaden der großen, der dämonischen Schönheit abenteuern und den ›Menschen‹ verachten, – aber ich beneide sie nicht. Denn wenn irgend etwas imstande ist, aus einem Literaten einen Dichter zu machen, so ist es diese meine Bürgerliebe zum Menschlichen, Lebendigen und Gewöhnlichen. Alle Wärme, alle Güte, aller Humor kommt aus ihr, und fast will mir scheinen, als sei sie jene Liebe selbst, von der geschrieben steht, daß einer mit Menschen- und Engelszungen reden könne und ohne sie doch nur ein tönendes Erz und eine klingende Schelle sei.

Was ich getan habe, ist nichts, nicht viel, so gut wie nichts. Ich werde Besseres machen, Lisaweta, – dies ist ein Versprechen. Während ich schreibe, rauscht das Meer zu mir herauf, und ich schließe die Augen. Ich schaue in eine ungeborene und schemenhafte Welt hinein, die geordnet und gebildet sein will, ich sehe in ein Gewimmel von Schatten menschlicher Gestalten, die mir winken, daß ich sie banne und erlöse: tragische und lächerliche und solche, die beides zugleich sind, – und diesen bin ich sehr zugetan. Aber meine tiefste und verstohlenste Liebe gehört den Blonden und Blauäugigen, den hellen Lebendigen, den Glücklichen, Liebenswürdigen und Gewöhnlichen.

Schelten Sie diese Liebe nicht, Lisaweta; sie ist gut und fruchtbar. Sehnsucht ist darin und schwermütiger Neid und ein klein wenig Verachtung und eine ganze keusche Seligkeit.

ROBERT MUSIL

Die Portugiesin

Sie hießen in manchen Urkunden delle Catene und in andern Herren von Ketten; sie waren aus dem Norden gekommen und hatten vor der Schwelle des Südens halt gemacht; sie gebrauchten ihre deutsche oder welsche Zugehörigkeit, wie es der Vorteil gebot, und fühlten sich nirgends hingehören als zu sich. Seitlich des großen, über den Brenner nach Italien führenden Wegs, zwischen Brixen und Trient, lag auf einer fast freistehenden lotrechten Wand ihre Burg; fünfhundert Fuß unter ihr tollte ein wilder kleiner Fluß so laut, daß man eine Kirchenglocke im selben Raum nicht gehört hätte, sobald man den Kopf aus dem Fenster bog. Kein Schall der Welt drang von außen in das Schloß der Catene, durch diese davorhängende Matte wilden Lärms hindurch; aber das gegen das Toben sich stemmende Auge fuhr ohne Hindernis durch diesen Widerstand und taumelte überrascht in die tiefe Rundheit des Ausblicks.

Als scharf und aufmerksam galten alle Herren von Ketten, und kein Vorteil entging ihnen in weitem Umkreis. Und bös wie Messer waren sie, die gleich tief schneiden. Sie wurden nie rot vor Zorn oder rosig vor Freude, sondern sie wurden dunkel im Zorn und in der Freude strahlten sie wie Gold, so schön und so selten. Sie sollen einander alle, wer immer sie im Lauf der Jahre und Jahrhunderte waren, auch noch darin geglichen haben, daß sie früh weiße Fäden in ihr braunes Haupt- und Barthaar bekamen und vor dem sechzigsten Jahr starben; auch darin, daß in ihren mittelgroßen, schlanken Körpern die ungeheure Kraft, die sie manchmal zeigten, gar nicht Platz und Ursprung zu haben, sondern aus ihren Augen und Stirnen zu kommen schien, doch war dies Gerede von eingeschüchterten Nachbarn und Knechten. Sie nahmen, was sie an sich bringen konnten, und gingen dabei redlich oder gewaltsam oder listig zu Werk, je wie es kam, aber stets ruhig und unabwendbar; ihr kurzes Leben war ohne Hast und endete rasch, ohne nachzulassen, wenn sie ihr Teil erfüllt hatten.

Es war Sitte im Geschlecht der Ketten, daß sie sich mit dem in ihrer Nähe ansässigen Adel nicht versippten; sie holten ihre Frauen von weit her und holten reiche Frauen, um durch nichts in der Wahl ihrer Bündnisse und Feindschaften beschränkt zu sein. Der Herr von Ketten, welcher die schöne Portugiesin vor zwölf Jahren geheiratet hatte, stand damals in seinem dreißigsten Jahr. Die Hochzeit fand in der Fremde statt, und die sehr junge Frau sah ihrer Niederkunft entgegen, als der schellenklingelnde Zug der Gefolgsleute und Knechte,

Pferde, Dienerinnen, Saumtiere und Hunde die Grenze des Gebiets der Catene überschritt; die Zeit war wie ein einjähriger Hochzeitsflug vergangen. Denn alle Ketten waren glänzende Kavaliere, bloß zeigten sie es nur in dem einen Jahr ihres Lebens, wo sie freiten; ihre Frauen waren schön, weil sie schöne Söhne wollten, und es wäre ihnen anders nicht möglich gewesen, in der Fremde, wo sie nicht so viel galten wie daheim, solche Frauen zu gewinnen; sie wußten aber selbst nicht, zeigten sie sich in diesem einen Jahr so, wie sie wirklich waren, oder in all den andren. Ein Bote mit wichtiger Nachricht kam den Nahenden entgegen: noch waren die farbigen Gewänder und Federwimpel des Zugs wie ein großer Schmetterling, aber der Herr von Ketten hatte sich verändert. Er ritt, als er sie wieder eingeholt hatte, langsam neben seiner Frau weiter, als wollte er Eile für sich nicht gelten lassen, aber sein Gesicht war fremd geworden wie eine Wolkenwand. Als bei einer Biegung des Wegs plötzlich das Schloß vor ihnen auftauchte, nur noch eine Viertelstunde entfernt, brach er mit Anstrengung das Schweigen.

Er wollte, daß seine Frau umkehre und zurückreise. Der Zug hielt an. Die Portugiesin bat und bestand darauf, daß sie weiterritten; umzukehren war auch Zeit, nachdem man die Gründe gehört hatte.

Die Bischöfe von Trient waren mächtige Herren, und das Reichsgericht sprach ihnen zu Munde: seit des Urgroßvaters Zeit lagen die Ketten mit ihnen in Streit wegen Stücken Lands, und bald war es ein Rechtsstreit gewesen, bald waren aus Forderung und Widerstand blutige Schlägereien erwachsen, aber jedesmal waren es die Herren von Ketten gewesen, die der Überlegenheit des Gegners nachgeben mußten. Der Blick, dem sonst kein Vorteil entging, wartete hier vergeblich, ihn zu gewahren; aber der Vater überlieferte die Aufgabe dem Sohn, und ihr Stolz wartete in der Geschlechterfolge, ohne weich zu werden, weiter.

Es war dieser Herr von Ketten, dem sich der Vorteil darbot. Er erschrak darüber, daß er ihn beinahe versäumt hätte. Eine mächtige Partei im Adel lehnte sich gegen den Bischof auf, es war beschlossen worden, ihn zu überfallen und gefangen zu nehmen, und der Ketten, als man vernommen hatte, daß er wiederkam, sollte ein Trumpf im Spiel sein. Ketten, seit Jahr und Tag abwesend, wußte nicht, wie es um die bischöfliche Kraft stand; aber das wußte er, daß es eine böse, jahrelange Probe von unsicherem Ausgang sein würde, und daß man sich nicht auf jeden bis zum bitteren Ende würde verlassen können, wenn es nicht gelang, Trient gleich anfangs zu überrumpeln. Er grollte seiner schönen Frau, weil sie ihn beinahe die Gelegenheit hatte verspielen lassen. So sehr gefiel sie ihm, der um einen Pferdehals zurück neben ihr ritt, wie immer; auch war sie ihm noch so geheimnisvoll wie die vielen Perlenketten, die sie besaß. Wie Erbsen hätte man solche Dinger zerdrücken können, wenn man sie in der hohlen, sehnengeflochtenen Hand wog, dachte er neben ihr reitend, aber sie lagen so unbegreiflich sicher darin. Nur war dieser Zauber von der neuen

Nachricht beiseite geräumt worden wie die Mummenträume des Winters, wenn die knäbisch nackten ersten sonnenharten Tage wieder da sind. Gesattelte Jahre lagen vorauf, in denen Weib und Kind fremd verschwanden.

Aber die Pferde waren inzwischen an den Fuß der Wand gelangt, worauf die Burg stand, und die Portugiesin, als sie alles angehört hatte, erklärte noch einmal, daß sie bleiben wolle. Wild stieg das Schloß auf. Da und dort saßen an der Felsbrust verkümmerte Bäumchen wie einzelne Haare. Die Waldberge stürzten so auf und nieder, daß man diese Häßlichkeit einem, der nur die Meereswellen kannte, gar nicht hätte zu beschreiben vermögen. Voll kaltgewordener Würze war die Luft, und alles war so, als ritte man in einen großen zerborstenen Topf hinein, der eine fremde grüne Farbe enthielt. Aber in den Wäldern gab es den Hirsch, Bären, das Wildschwein, den Wolf und vielleicht das Einhorn. Weiter hinten hausten Steinböcke und Adler. Unergründete Schluchten boten den Drachen Aufenthalt. Wochenweit und -tief war der Wald, durch den nur die Wildfährten führten, und oben, wo das Gebirge ihm aufsaß, begann das Reich der Geister. Dämonen hausten dort mit dem Sturm und den Wolken; nie führte eines Christen Weg hinauf, und wann es aus Fürwitz geschehen war, hatte es Widerfahrnisse zur Folge, von denen die Mägde in den Winterstuben mit leiser Stimme berichteten, während die Knechte geschmeichelt schwiegen und die Schultern hochzogen, weil das Männerleben gefährlich ist und solche Abenteuer einem darin zustoßen können. Von allem, was sie gehört hatte, erschien es aber der Portugiesin als das Seltsamste: So wie noch keiner den Fuß des Regenbogens erreicht hat, sollte es auch noch nie einem gelungen sein, über die großen Steinmauern zu schaun; immer waren neue Mauern dahinter; Mulden waren dazwischen gespannt wie Tücher voll Steinen, Sterne so groß wie ein Haus, und noch der feinste Schotter unter den Füßen nicht kleiner als ein Kopf; es war eine Welt, die eigentlich keine Welt war. Oft hatte sie sich in Träumen dieses Land, aus dem der Mann kam, den sie liebte, nach seinem eigenen Wesen vorgestellt und das Wesen dieses Mannes nach dem, was er ihr von seiner Heimat erzählte. Müde des pfaublauen Meers, hatte sie sich ein Land erwartet, das voll Unerwartetem war wie die Sehne eines gespannten Bogens; aber da sie das Geheimnis sah, fand sie es über alles Erwarten häßlich und mochte fliehn. Wie aus Hühnerställen zusammengefügt war die Burg. Stein auf Fels getürmt. Schwindelnde Wände, an denen der Moder wuchs. Morsches Holz oder rohfeuchte Stämme. Bauern- und Kriegsgerät, Stallketten und Wagenbäume. Aber da sie nun hier war, gehörte sie her, und vielleicht war das, was sie sah, gar nicht häßlich, sondern eine Schönheit wie die Sitten von Männern, an die man sich erst gewöhnen mußte.

Als der Herr von Ketten seine Frau den Berg hinaufreiten sah, mochte er sie nicht anhalten. Er dankte es ihr nicht, aber es war etwas, das weder seinen Willen überwand, noch ihm nachgab, sondern ausweichend ihn anderswohin lockte und ihn unbeholfen schweigend hinter ihr dreinreiten machte wie eine arme verlorene Seele.

Zwei Tage später saß er wieder im Sattel.

Und elf Jahre später tat er es noch. Der Handstreich gegen Trient, leichtfertig vorbereitet, war mißlungen, hatte der Rittermacht gleich im Anfang über ein Drittel ihres Gefolges gekostet und mehr als die Hälfte ihres Wagemuts. Der Herr von Ketten, am Rückzug verwundet, kehrte nicht gleich nach Hause zurück; zwei Tage lang lag er in einer Bauernhütte verborgen, dann ritt er auf die Schlösser und fachte den Widerstand an. Zu spät gekommen zur Vorberatung und Bereitung des Unternehmens, hing er nach dem Fehlschlag daran wie der Hund am Ohr des Bullen. Er stellte den Herrn vor, was ihrer wartete, wenn die bischöfliche Macht zum Gegenschlag kam, ehe ihre Reihen wieder geschlossen seien, trieb Säumige und Knausernde an, preßte Geld aus ihnen, zog Verstärkungen herbei, rüstete und ward zum Feldhauptmann des Adels gewählt. Seine Wunden bluteten anfangs noch so, daß er täglich zweimal die Tücher wechseln mußte; er wußte nicht, während er ritt und umsprach und für jede Woche, um die er zu spät zur Stelle gewesen war, einen Tag fernblieb, ob er dabei an die zauberhafte Portugiesin dachte, die sich ängsten mußte.

Fünf Tage nach der Kunde von seiner Verwundung kam er erst zu ihr und blieb bloß einen Tag. Sie sah ihn an, ohne zu fragen, prüfend, wie man dem Flug eines Pfeils folgt, ob er treffen wird.

Er zog seine Leute herbei bis zum letzten erreichbaren Knaben, ließ die Burg in Verteidigungszustand setzen, ordnete und befahl. Knechtlärm, Pferdegewieher, Balkentragen, Eisen- und Steinklang war dieser Tag. In der Nacht ritt er weiter. Er war freundlich und zärtlich wie zu einem edlen Geschöpf, das man bewundert, aber sein Blick ging so gradaus wie aus einem Helm hervor, auch wenn er keinen trug. Als der Abschied kam, bat die Portugiesin, plötzlich von Weiblichkeit überwältigt, wenigstens jetzt seine Wunde waschen und ihr frischen Verband auflegen zu dürfen, aber er ließ es nicht zu; eiliger, als es nötig war, nahm er Abschied, lachte beim Abschied, und da lachte sie auch.

Die Art, wie der Gegner den Streit auskämpfte, war gewaltsam, wo sie es sein konnte, wie es dem harten, adeligen Mann entsprach, der das Bischofsgewand trug, aber sie war auch, wie es dieses frauenhafte Gewand ihn gelehrt haben mochte, nachgiebig, hinterhältig und zäh. Reichtum und ausgedehnter Besitz entfalteten langsam ihre Wirkung in stufenweisen, bis zum letzten Augenblick hinaus verzögerten Opfern, wenn Stellung und Einfluß nicht mehr ausreichten, um sich Helfer zu verbünden. Entscheidungen wich diese Kampfweise aus. Rollte sich ein, sobald sich der Widerstand zuspitzte; stieß nach, wo sie sein Erschlaffen erriet. So kam es, daß manchmal eine Burg berannt wurde, und wenn sie nicht rechtzeitig entsetzt werden konnte, unter blutigem Hinmorden fiel, manchmal aber auch durch Wochen Heerhaufen in den Ortschaften lagerten und nichts geschah, als daß den Bauern eine Kuh weggetrieben oder ein paar Hühner abgestochen wurden. Aus Wochen wurden Sommer und Winter, und aus Jahreszeiten wurden Jahre. Zwei Kräfte rangen miteinander, die eine wild und angriffslustig, aber zu schwach, die andre wie ein träger, weicher, aber grausam schwerer Körper, dem auch noch die Zeit ihr Gewicht lieh.

Der Herr von Ketten wußte das wohl. Er hatte Mühe, die verdrossene und geschwächte Ritterschaft davon abzuhalten, in einem plötzlich beschlossenen Angriff ihre letzte Kraft auszugeben. Er lauerte auf die Blöße, die Wendung, das Unwahrscheinliche, das nur noch der Zufall bringen konnte. Sein Vater hatte gewartet und sein Großvater. Und wenn man sehr lange wartet, kann auch das geschehn, was selten geschieht. Er wartete elf Jahre. Er ritt elf Jahre lang zwischen den Adelssitzen und den Kampfhaufen hin und her, um den Widerstand wach zu halten, erwarb in hundert Scharmützeln immer von neuem den Ruf verwegener Tapferkeit, um den Vorwurf zaghafter Kriegsführung von sich fern zu halten, ließ es zeitweilig auch zu großen blutigen Treffen kommen, um den Zornmut der Genossen anzufachen, aber auch er wich ebenso gut wie der Bischof einer Entscheidung aus. Er wurde oftmals leicht verwundet, aber er war nie länger als zweimal zwölf Stunden zuhause. Schrammen und das umherziehende Leben bedeckten ihn mit ihrer Kruste. Er fürchtete sich wohl, länger zuhause zu bleiben, wie sich ein Müder nicht setzen darf. Unruhige angehalfterte Pferde, Männerlachen, Fackellicht, die Säule eines Lagerfeuers wie ein Stamm aus Goldstaub zwischen grün aufschimmernden Waldbäumen, Regengeruch, Flüche, aufschneidende Ritter, Hunde, an Verwundeten schnuppernd, gehobene Weiberröcke und verschreckte Bauern waren seine Zerstreuung in diesen Jahren. Er blieb mitten drin schlank und fein. In sein braunes Haar begannen sich weiße Haare zu schleichen, sein Gesicht kannte kein Alter. Er mußte grobe Scherze erwidern und tat es wie ein Mann, aber seine Augen bewegten sich wenig dabei. Er wußte dreinzufahren wie ein Ochsenknecht, wo sich die Mannszucht lockerte; aber er schrie nicht, sein Wort war leis und kurz, die Soldaten fürchteten ihn, nie schien der Zorn ihn selbst zu ergreifen, aber er strahlte von ihm aus, und sein Gesicht wurde dunkel. Im Gefecht vergaß er sich; da ging alles diesen Weg gewaltiger, Wunden schlagender Gebärden aus ihm heraus, er wurde tanztrunken, bluttrunken, wußte nicht, was er tat, und tat immer das Rechte. Die Soldaten vergötterten ihn deshalb; es begann sich die Legende zu bilden, daß er sich aus Haß gegen den Bischof dem Teufel verschrieben habe und ihn heimlich besuche, der in Gestalt einer schönen fremden Frau auf seiner Burg weilte.

Der Herr von Ketten, als er das zum erstenmal hörte, wurde nicht unwillig, noch lachte er, aber er wurde ganz dunkelgolden vor Freude. Oft, wenn er am Lagerfeuer saß oder an einem offenen Bauernherd, und der durchstreifte Tag, so wie regensteifes Leder wieder weich wird, in der Wärme zerging, dachte er. Er dachte dann an den Bischof von Trient, der auf reinem Linnen lag, von gelehrten Klerikern umgeben, Maler in seinem Dienst, während er wie ein Wolf ihn umkreiste. Auch er konnte das haben. Einen Kaplan hatte er auf der Burg bestallt, damit für Unterhaltung des Geistes gesorgt sei, einen Schreiber zum Vorlesen, eine lustige Zofe; ein Koch wurde weither geholt, um von der Küche das Heimweh zu bannen, reisende Doktoren und Schüler fing man auf, um an ihrem Gespräch einige Tage der Zerstreuung zu gewinnen, kostbare Teppiche und Stoffe kamen, um mit ihnen die Wände zu bedecken; nur er hielt sich fern. Ein Jahr lang hatte er tolle Worte gesprochen, in der Fremde und auf der Reise, Spiel und Schmeichelei, – denn so wie jedes wohlgebaute Ding Geist hat, sei es Stahl oder starker Wein, ein Pferd oder ein Brunnenstrahl, hatten ihn auch die Catene; – aber seine Heimat lag damals fern, sein wahres Wesen war etwas, auf das man wochenlang zureiten konnte, ohne es zu erreichen. Auch jetzt sprach er noch zuweilen unüberlegte Worte, aber nur so lang, als die Pferde im Stall ruhten; er kam nachts und ritt am Morgen fort oder blieb vom Morgenläuten bis zum Ave. Er war vertraut wie ein Ding, das man schon lange an sich trägt. Wenn du lachst, lacht es auch hin und her, wenn du gehst, geht es mit, wenn deine Hand dich betastet, fühlst du es: aber wenn du es einmal hochhebst und ansiehst, schweigt es und sieht weg. Wäre er einmal länger geblieben, hätte er in Wahrheit sein müssen, wie er war. Aber er erinnerte sich, niemals gesagt zu haben, ich bin dies oder ich will jenes sein, sondern er hatte ihr von Jagd, Abenteuern und Dingen, die er tat, erzählt; und auch sie hatte nie, wie junge Menschen es sonst wohl zu tun pflegen, ihn gefragt, wie er über dies und jenes denke, oder davon gesprochen, wie sie sein möchte, wenn sie älter sei, sondern sie hatte sich schweigend geöffnet wie eine Rose, so lebhaft sie vordem gewesen war, und stand schon auf der Kirchentreppe reisefertig, wie auf einen Stein gestiegen, von dem man sich aufs Pferd schwingt, um zu jenem Leben zu reiten. Er kannte seine zwei Kinder kaum, die sie ihm geboren hatte, aber auch diese beiden Söhne liebten schon leidenschaftlich den fernen Vater, von dessen Ruhm ihre kleinen Ohren voll waren, seit sie hörten. Seltsam war die Erinnerung an den Abend, dem der zweite sein Leben dankte. Da war, als er kam, ein weiches hellgraues Kleid mit dunkelgrauen Blumen, der schwarze Zopf war zur Nacht geflochten, und die schöne Nase sprang scharf in das glatte Gelb eines beleuchteten Buchs mit geheimnisvollen Zeichnungen. Es war wie Zauberei. Ruhig saß, in ihrem reichen Gewand, mit dem Rock, der in unzähligen Faltenbächen herabfloß, die Gestalt, nur aus sich heraussteigend und in sich fallend; wie ein Brunnenstrahl; und kann ein Brunnenstrahl erlöst werden, außer durch Zauberei oder ein Wunder, und aus seinem sich selbst tragenden, schwankenden Dasein ganz heraustreten? Man mochte das Weib umarmen und plötzlich gegen den Schlag eines magischen Widerstands stoßen; es geschah nicht so; aber ist Zärtlichkeit nicht noch unheimlicher? Sie sah ihn an, der leise eingetreten war, wie man einen Mantel wiedererkennt, den man lang an sich getragen und lang nicht mehr gesehen hat, der etwas fremd bleibt und in den man hineinschlüpft.

Traulich erschienen ihm dagegen Kriegslist, politische Lüge, Zorn und

Töten! Tat geschieht, weil andre Tat geschehn ist; der Bischof rechnet mit seinen Goldstücken, und der Feldhauptmann mit der Widerstandskraft des Adels; Befehlen ist klar; taghell, dingfest ist dieses Leben, der Stoß eines Speers unter den verschobenen Eisenkragen ist so einfach, wie wenn man mit dem Finger weist und sagen kann, das ist dies. Das andre aber ist fremd wie der Mond. Der Herr von Ketten liebte dieses andere heimlich. Er hatte keine Freude an Ordnung, Hausstand und wachsendem Reichtum. Und ob er gleich um fremdes Gut jahrelang stritt, sein Begehren griff nicht nach Frieden des Gewinns, sondern sehnte sich aus der Seele hinaus; in den Stirnen saß die Gewalt der Catene, bloß kamen stumme Taten aus den Stirnen. Wenn er morgens in den Sattel stieg, fühlte er jedesmal noch das Glück, nicht nachzugeben, die Seele seiner Seele; aber wenn er abends absaß, senkte sich nicht selten der mürrische Stumpfsinn alles durchlebten Übermaßes auf ihn, als hätte er einen Tag lang alle seine Kräfte angestrengt, um nicht ohne all Anstrengung etwas Schönes zu sein, das er nicht nennen konnte. Der Bischof, der Schleicher, konnte zu Gott beten, wenn Ketten ihn bedrängte; Ketten konnte nur über blühende Saaten reiten, die widerspenstige Woge des Pferds unter sich leben fühlen, Freundlichkeit mit Eisentritten herbeizaubern. Aber es tat ihm wohl, daß es dies gab. Daß man leben kann und sterben machen ohne das andre. Es leugnete und vertrieb etwas, das sich zum Feuer schlich, wenn man hineinstarrte, und fort war, so wie man sich, steif vom Träumen, aufrichtete und herumdrehte. Der Herr von Ketten spann zuweilen lange verschlungene Fäden, wenn er an den Bischof dachte, dem er das alles antat, und ihm war, als könnte nur ein Wunder es ordnen.

Seine Frau nahm den alten Knecht, welcher der Burg vorstand, und streifte mit ihm durch die Wälder, wenn sie nicht vor den Bildern in ihren Büchern saß. Wald öffnete sich, aber seine Seele weicht zurück; sie brach durch Holz, kletterte über Steine, sah Fährten und Tiere, aber sie brachte nicht mehr heim als diese kleinen Schrecknisse, überwundenen Schwierigkeiten und befriedigten Neugierden, die alle Spannung verloren, wenn man sie aus dem Wald heraustrug, und eben jenes grüne Spiegelbild, das sie schon nach den Erzählungen gekannt hatte, bevor sie ins Land gekommen war; sobald man nicht darauf eindrang, schloß es sich hinter dem Rücken wieder zusammen. Lässig gut hielt sie indessen Ordnung am Schloß. Ihre Söhne, von denen keiner das Meer gesehen hatte, waren das ihre Kinder? Junge Wölfe, schien ihr zuweilen, waren es. Einmal brachte man ihr einen jungen Wolf aus dem Wald. Auch ihn zog sie auf. Zwischen ihm und den großen Hunden herrschte unbehagliche Duldung, Gewährenlassen ohne Austausch von Zeichen. Wenn er über den Hof ging, standen sie auf und sahn zu ihm herüber, aber sie bellten und knurrten nicht. Und er sah gradaus, wenn er auch hinüberschielte, und ging kaum ein wenig langsamer und steifer seines Wegs, um es sich nicht merken zu lassen. Er folgte überallhin der Herrin; ohne Zeichen der Liebe und der Vertrautheit; er sah sie mit seinen starken Augen oft an, aber sie sagten nichts. Sie liebte diesen Wolf, weil seine Sehnen, sein braunes Haar, die schweigende Wildheit und die Kraft der Augen sie an den Herrn von Ketten erinnerten.

Einmal kam der Augenblick, auf den man warten muß; der Bischof fiel in Krankheit und starb, das Kapitel war ohne Herrn. Ketten verkaufte, was beweglich war, nahm Pfänder auf liegenden Besitz und rüstete aus allen Mitteln ein kleines, ihm eigenes Heer: dann unterhandelte er. Vor die Wahl gestellt, den alten Streit gegen neu bewaffnete Kraft weiterführen zu müssen, ehe noch der kommende Herr sich entscheiden konnte, oder einen billigen Abschluß zu finden, entschied sich das Kapitel für dieses, und es konnte nicht anders geschehn, als daß der Ketten, der als Letzter stark und drohend dastand, das meiste für sich einstrich, wofür sich das Domkapitel an Schwächeren und Zaghafteren schadlos hielt.

So hatte ein Ende gefunden, was nun schon in der vierten Erbfolge wie eine Zimmerwand gewesen war, die man jeden Morgen beim Frühbrot vor sich sieht und nicht sieht: mit einem Mal fehlte sie; bis hieher war alles gewesen wie im Leben aller Ketten, was noch zu tun blieb im Leben dieses Ketten, war runden und ordnen, ein Handwerker- und kein Herrenziel.

Da stach ihn, als er heimritt, eine Fliege.

Die Hand schwoll augenblicklich an, und er wurde sehr müde. Er kehrte in der Schenke eines elenden kleinen Dorfes ein, und während er hinter dem schmierigen Holztisch saß, überwältigte ihn Schlummer. Er legte sein Haupt in den Schmutz, und als er gegen Abend erwachte, fieberte er. Er wäre trotzdem weitergeritten, wenn er Eile gehabt hätte; aber er hatte keine Eile. Als er am Morgen aufs Pferd steigen wollte, fiel er hin vor Schwäche. Arm und Schulter waren aufgequollen, er hatte sie in den Harnisch gepreßt und mußte sich wieder ausschnallen lassen; während er stand und es geschehen ließ, befiel ihn ein Schüttelfrost, wie er solchen noch nie gesehen; seine Muskeln zuckten und tanzten so, daß er die eine Hand nicht zur andern bringen konnte, und die halb aufgeschnallten Eisenteile klapperten wie eine losgerissene Dachrinne im Sturm. Er fühlte, daß das schwankhaft war, und lachte mit grimmigem Kopf über sein Geklapper; aber in den Beinen war er schwach wie ein Knabe. Er schickte einen Boten zu seiner Frau, andere nach einem Bader und zu einem berühmten Arzt.

Der Bader, der als erster zur Stelle war, verordnete heiße Umschläge von Heilkräutern und bat, schneiden zu dürfen. Ketten, der jetzt viel ungeduldiger war, nach Hause zu kommen, hieß ihn schneiden, bis er halb so viel neue Wunden davontrug, als er alte hatte. Seltsam waren diese Schmerzen, gegen die er sich nicht wehren durfte. Dann lag der Herr zwei Tage lang in den saugenden Kräuterverbänden, ließ sich vom Kopf bis zu den Füßen einwickeln und nach Hause schaffen; drei Tage dauerte dieser Marsch, aber die Gewaltkur, die ebensogut hätte zum Tod führen können, indem sie alle Verteidigungskräfte des Lebens verbrauchte, schien der Krankheit Einhalt getan zu haben: als sie am Ziel eintrafen, lag der Vergiftete in hitzigem Fieber, aber der Eiter hatte sich nicht mehr weiter ausgebreitet.

Dieses Fieber, wie eine weite brennende Grasfläche, dauerte Wochen. Der Kranke schmolz in seinem Feuer täglich mehr zusammen, aber auch die bösen Säfte schienen darin verzehrt und verdampft zu werden. Mehr wußte selbst der berühmte Arzt davon nicht zu sagen, und nur die Portugiesin brachte außerdem noch geheime Zeichen an Tür und Bett an. Als eines Tags vom Herrn von Ketten nicht mehr übrig war als eine Form voller weicher heißer Asche, sank plötzlich das Fieber um eine tiefe Stufe hinunter und glomm dort bloß noch sanft und ruhig.

Waren schon Schmerzen seltsam, gegen die man sich nicht wehrt, so hatte der Kranke das Spätere überhaupt nicht so durchlebt wie einer, der mitten darin ist. Er schlief viel und war auch mit offenen Augen abwesend; wenn aber sein Bewußtsein zurückkehrte, so war doch dieser willenlose, kindlich warme und ohnmächtige Körper nicht seiner, und diese von einem Hauch erregte schwache Seele seine auch nicht. Gewiß war er schon abgeschieden und wartete während dieser ganzen Zeit bloß irgendwo darauf, ob er noch einmal zurückkehren müsse. Er hatte nie gewußt, daß Sterben so friedlich sei; er war mit einem Teil seines Wesens vorangestorben und hatte sich aufgelöst wie ein Zug Wanderer: Während die Knochen noch im Bett lagen, und das Bett da war, seine Frau sich über ihn beugte, und er, aus Neugierde, zur Abwechslung, die Bewegungen in ihrem aufmerksamen Gesicht beobachtete, war alles, was er liebte, schon weit voran. Der Herr von Ketten und dessen mondnächtige Zauberin waren aus ihm herausgetreten und hatten sich sacht entfernt: er sah sie noch, er wußte, mit einigen großen Sprüngen würde er sie danach einholen, nur jetzt wußte er nicht, war er schon bei ihnen oder noch hier. Das alles aber lag in einer riesigen gütigen Hand, die so mild war wie eine Wiege und zugleich alles abwog, ohne aus der Entscheidung viel Wesens zu machen. Das mochte Gott sein. Er zweifelte nicht, es erregte ihn aber auch nicht; er wartete ab und antwortete auch nicht auf das Lächeln, das sich über ihn beugte, und die zärtlichen Worte.

Dann kam der Tag, wo er mit einemmal wußte, daß es der letzte sein würde, wenn er nicht allen Willen zusammennahm, um am Leben zu bleiben, und das war der Tag, an dessen Abend das Fieber sank.

Als er diese erste Stufe der Gesundung unter sich fühlte, ließ er sich täglich auf den kleinen grünen Fleck tragen, der die Felsnase überzog, die mauerlos in die Luft sprang. In seine Tücher gewickelt, lag er dort in der Sonne. Schlief, wachte, wußte nicht, was von beidem er tat.

Einmal, als er aufwachte, stand der Wolf da. Er blickte ihm in die geschliffenen Augen und konnte sich nicht rühren. Er wußte nicht, wieviel Zeit verging, dann stand seine Frau neben ihm, den Wolf am Knie. Er schloß wieder die Augen, als wäre er gar nicht wach gewesen. Aber da er wieder in sein Bett getragen wurde, ließ er sich die Armbrust reichen. Er war so schwach, daß er sie nicht spannen konnte; er staunte. Er winkte den Knecht heran, gab ihm die Armbrust und befahl: der Wolf. Der Knecht zögerte, aber er wurde zornig wie ein Kind, und am Abend hing das Fell des Wolfes im Burghof. Als die Portugiesin es sah und erst von den Knechten erfuhr, was geschehen war, blieb ihr das Blut in den Adern stehn. Sie trat an sein Bett. Da lag er bleich wie die Wand und sah ihr zum erstenmal wieder in die Augen. Sie lachte und sagte: Ich werde mir eine Haube aus dem Fell machen lassen und dir nachts das Blut aussaugen.

Dann schickte er den Kleriker weg, der früher einmal gesagt hatte: der Bischof kann zu Gott beten, das ist gefährlich für Euch, und später ihm immerzu die letzte Ölung gegeben hatte; aber das gelang nicht gleich, die Portugiesin legte sich ins Mittel und bat, den Kaplan noch zu dulden, bis er ein anderes Unterkommen fände. Der Herr von Ketten gab nach. Er war noch schwach und schlief noch immer viel auf dem Grasfleck in der Sonne. Als er wieder einmal dort erwachte, war der Jugendfreund da. Er stand neben der Portugiesin und war aus ihrer Heimat gekommen: hier im Norden sah er ihr ähnlich. Er grüßte mit edlem Anstand und sprach Worte, die nach dem Ausdruck seiner Mienen voll großer Liebenswürdigkeit sein mußten, indes der Ketten wie ein Hund im Gras lag und sich schämte.

Überdies mochte das auch erst beim zweitenmal gewesen sein; er war noch manchmal abwesend. Er bemerkte auch spät erst, daß ihm seine Mütze zu groß geworden war. Die weiche Fellmütze, die immer etwas stramm gesessen hatte, sank bei einem leichten Zug bis ans Ohr herunter, das sie aufhielt. Sie waren selbdritt, und seine Frau sagte: »Gott, dein Kopf ist ja kleiner geworden!« – Sein erster Gedanke war, daß er sich vielleicht habe die Haare zu kurz scheren lassen, er wußte bloß im Augenblick nicht, wann; er fuhr heimlich mit der Hand hin, aber das Haar war länger, als es sein sollte, und ungepflegt, seit er krank war. So wird sich die Kappe geweitet haben, dachte er, aber sie war noch fast neu und wie sollte sie sich geweitet haben, während sie unbenützt in einer Truhe lag. So machte er einen Scherz daraus und meinte, daß wohl in vielen Jahren, wo er nur mit Kriegsknechten gelebt habe und nicht mit gebildeten Kavalieren, sein Schädel kleiner geworden sein möge. Er fühlte, wie plump ihm der Scherz vom Munde kam, und auch die Frage war damit nicht weggeschafft, denn kann ein Schädel kleiner werden? Die Kraft in den Adern kann nachlassen, das Fett unter der Kopfhaut kann im Fieber etwas zusammenschmelzen: aber was gibt das aus?! Nun tat er zuweilen, als ob er sich das Haar glatt striche, schützte auch vor, sich den Schweiß zu trocknen, oder trachtete, sich unbemerkt in den Schatten zurückzubeugen, und griff schnell, mit zwei Fingerspitzen wie mit einem Maurerzirkel, seinen Schädel ab, ein paarmal, mit verschiedenen Griffen: aber es blieb kein Zweifel, der Kopf war kleiner geworden, und wenn man ihn von innen, mit den Gedanken befühlte, so war er noch viel kleiner und wie zwei dünne aufeinandergeklappte Schälchen.

Man kann ja vieles nicht erklären, aber man trägt es nicht auf den Schultern und fühlt es nicht jedesmal, wenn man den Hals nach zwei Menschen wendet, die sprechen, während man zu schlafen scheint. Er hatte die fremde Sprache schon lang bis auf wenige Worte vergessen; aber einmal verstand er den Satz: »Du tust das nicht, was du willst, und tust das, was du nicht willst.« Der Ton schien eher zu drängen als zu scherzen; was mochte er meinen? Ein andermal beugte er sich weit aus dem Fenster hinaus, ins Rauschen des Flusses; er tat das jetzt oft wie ein Spiel: der Lärm, so wirr wie durcheinandergefegtes Heu, schloß das Ohr, und wenn man aus der Taubheit zurückkehrte, tauchte klein darin und fern das Gespräch der Frau mit dem Andern auf; und es war ein lebhaftes Gespräch, ihre Seelen schienen sich wohl miteinander zu fühlen. Das drittemal lief er überhaupt nur den beiden nach, die abends noch in den Hof gingen; wenn sie an der Fackel oben auf der Freitreppe vorbeikamen, mußte ihr Schatten auf die Baumkronen fallen; er beugte sich rasch vor, als dies geschah, aber in den Blättern verschwammen die Schatten von selbst in einen. Zu jeder andren Zeit hätte er versucht, mit Pferd und Knechten sich das Gift aus dem Leib zu jagen oder es im Wein zu verbrennen. Aber der Kaplan und der Schreiber fraßen und tranken so, daß ihnen Wein und Speise bei den Mundwinkeln herausliefen, und der junge Ritter schwang ihnen lachend die Kanne zu, wie man Hunde aufeinanderhetzt. Der Wein ekelte Ketten, den die mit scholastischer Tünche überzogenen Lümmel soffen. Sie sprachen vom tausendjährigen Reich, von Doktorsfragen und Bettstrohgeschichten; deutsch und in Kirchenlatein. Ein durchreisender Humanist übersetzte, wo es fehlte, zwischen diesem Welsch und dem des Portugiesen; er hatte sich den Fuß verstaucht und heilte ihn hier kräftig aus. »Er ist vom Pferd gefallen, als ein Hase vorbeisprang«, gab der Schreiber zum besten. »Er hielt ihn für einen Lindwurm«, sagte mit unwilligem Spott der Herr von Ketten, der zögernd dabeistand. »Aber das Pferd doch auch!« brüllte der Burgkaplan, »sonst wäre es nicht so gesprungen: Also hat der Magister selbst für einen Roßverstand mehr Einsicht als der Herr!« Die Trunkenen lachten über den Herrn von Ketten. Der sah sie an, trat einen Schritt näher und schlug den Kaplan ins Gesicht. Das war ein runder junger Bauer, er wurde rot über den Kopf, aber dann ganz bleich, und blieb sitzen. Der junge Ritter stand lächelnd auf und ging die Freundin suchen. »Warum habt Ihr ihn nicht erdolcht?!« zischte der Hasen-Humanist auf, als sie allein waren. »Er ist ja stark wie zwei Stiere«, antwortete der Kaplan, »und auch ist die christliche Lehre wahrhaft geeignet, um in solchen Lagen Trost zu geben.« Aber in Wahrheit war der Herr von Ketten noch sehr schwach, und allzu langsam kehrte das Leben in ihn wieder; er konnte die zweite Stufe der Genesung nicht finden.

Der Fremde reiste nicht weiter, und seine Gespielin verstand schlecht die Andeutungen ihres Herrn. Seit elf Jahren hatte sie auf den Gatten gewartet, elf Jahre lang war er der Geliebte des Ruhms und der Phantasie gewesen, nun ging er in Haus und Hof umher und sah, von Krankheit zerschabt, recht gewöhnlich aus neben Jugend und höfischem Anstand. Sie machte sich nicht viel

Gedanken darüber, aber sie war ein wenig müde dieses Lands geworden, das Unsagbares versprochen hatte, und mochte sich nicht überwinden, schon wegen eines schiefen Gesichts den Gespielen ziehen zu lassen, der den Duft der Heimat hatte und Gedanken, bei denen man lachen konnte. Sie hatte sich nichts vorzuwerfen; ein wenig oberflächlicher war sie seit Wochen, aber das tat wohl, und sie fühlte, ihr Antlitz glänzte jetzt manchmal so wie vor Jahren. Eine Wahrsagerin, die er befragte, sagte dem Herrn von Ketten voraus: Ihr werdet nur gesund, wenn Ihr etwas vollbringt –, aber da er in sie drang, was das wäre, schwieg sie, suchte ihm zu entkommen und erklärte schließlich, daß sie es nicht finden könne.

Er hätte es immer verstanden, die Gastfreundschaft mit feinem Schnitt zu lösen, statt sie zu brechen, auch ist die Heiligkeit des Lebens und des Gastrechts für einen, der durch Jahre ungebetner Gast bei seinen Feinden war, kein unübersteigliches Hindernis, aber die Schwäche der Genesung machte ihn diesmal fast stolz darauf, unbeholfen zu sein; solche arglistige Klugheit erschien ihm nicht besser als die kindische Wortklugheit des Jungen. Seltsames widerfuhr ihm. In den Nebeln der Krankheit, die ihn umfangen hielten, erschien ihm die Gestalt seiner Frau weicher, als es hätte sein müssen; sie erschien ihm nicht anders als früher, wenn es ihn gewundert hatte, ihre Liebe zuweilen heftiger wiederzufinden als sonst, während doch in der Abwesenheit keine Ursache lag. Er hätte nicht einmal sagen können, ob er heiter oder traurig war; genau so wie in jenen Tagen der tiefen Todesnähe. Er konnte sich nicht rühren. Wenn er seiner Frau in die Augen sah, waren sie wie frisch geschliffen, sein eignes Bild lag obenauf, und sie ließen seinen Blick nicht ein. Ihm war zu Mut, es müßte ein Wunder geschehn, weil sonst nichts geschah, und man darf das Schicksal nicht reden heißen, wenn es schweigen will, sondern soll horchen, was kommen wird.

Eines Tags, als sie in Gesellschaft den Berg heraufkamen, war oben vor dem Tor die kleine Katze. Sie stand vor dem Tor, als wollte sie nicht nach Katzenart über die Mauer setzen, sondern nach Menschenart Einlaß, machte einen Buckel zum Willkomm und strich den ohne irgendeinen Grund über ihre Anwesenheit erstaunten großen Geschöpfen um Rock und Stiefel. Sie wurde eingelassen, aber es war gleich, als ob man einen Gast empfinge, und schon am nächsten Tag zeigte sich, daß man vielleicht ein kleines Kind aufgenommen hatte, aber nicht bloß eine Katze: solche Ansprüche stellte das zierliche Tier, das nicht den Vergnügungen in Kellern und Dachböden nachging, sondern keinen Augenblick aus der Gesellschaft der Menschen wich. Und es hatte die Gabe, ihre Zeit für sich zu beanspruchen, was recht unbegreiflich war, da es doch so viel andre, edlere Tiere am Schloß gab, und die Menschen auch mit sich selbst viel zu tun hatten; es schien geradezu davon zu kommen, daß sie die Augen zu Boden senken mußten, um dem kleinen Wesen zuzusehen, das sich ganz unauffällig benahm und um ein klein wenig stiller, ja man könnte fast sagen trauriger und nachdenklicher war, als einer jungen Katze zukam. Die spielte so, wie sie wissen mußte, daß Menschen es von jungen Katzen erwarten, kletterte auf den Schoß und gab sich sogar ersichtlich Mühe, freundlich mit den Menschen zu sein, aber man konnte fühlen, daß sie nicht ganz dabei war; und gerade dies, was zu einer gewöhnlichen jungen Katze fehlte, war wie ein zweites Wesen, ein Ab-Wesen oder ein stiller Heiligenschein, der sie umgab, ohne daß einer den Mut gefunden hätte, das auszusprechen. Die Portugiesin beugte sich zärtlich über das Geschöpfchen, das in ihrem Schoß am Rücken lag und mit den winzigen Krallen nach ihren tändelnden Fingern schlug wie ein Kind, der junge Freund beugte sich lachend und tief über Katze und Schoß, und Herrn von Ketten erinnerte das zerstreute Spiel an seine halb überwundene Krankheit, als wäre die, samit ihrer Todessanftheit, in das Tierkörperchen verwandelt, nun nicht mehr bloß in ihm, sondern zwischen ihnen. Ein Knecht sagte: Die bekommt die Räude.

Herr von Ketten wunderte sich, weil er das nicht selbst erkannt hatte; der Knecht wiederholte: Die muß man beizeiten erschlagen.

Die kleine Katze hatte inzwischen einen Namen aus einem der Märchenbücher erhalten. Sie war noch sanfter und duldsamer geworden. Jetzt konnte man auch schon bemerken, daß sie krank und fast leuchtend schwach wurde. Sie ruhte immer länger aus im Schoß von den Geschäften der Welt, und ihre kleinen Krallen hielten sich mit zärtlicher Angst fest. Sie begann jetzt auch einen um den andren anzusehn; den bleichen Ketten und den jungen Portugiesen, der vorgeneigt saß und den Blick von ihr nicht wendete, oder von dem Atmen des Schoßes, in dem sie lag. Sie sah sie an, als wollte sie um Vergebung dafür bitten, daß es häßlich sein werde, was sie in geheimer Vertretung für alle litt. Und dann begann ihr Martyrium.

Eines Nachts begann das Erbrechen, und sie erbrach bis zum Morgen; sie war ganz matt und wirr im wiederkehrenden Tageslicht, als hätte sie viele Schläge vor den Kopf erhalten. Aber vielleicht hatte man dem verhungerten armen Kätzchen bloß im Übereifer der Liebe zuviel zu fressen gegeben: doch im Schlafzimmer konnte sie danach nicht mehr bleiben und wurde zu den Burschen in die Hofkammer getan. Aber die Burschen klagten nach zwei Tagen, daß es nicht besser geworden sei, und wahrscheinlich hatten sie sie auch in der Nacht hinausgeworfen. Und sie brach jetzt nicht nur, sondern konnte auch den Stuhl nicht halten, und nichts war vor ihr sicher. Das war nun eine schwere Probe, zwischen einem kaum sichtbaren Heiligenschein und dem gräßlichen Schmutz, und es entstand der Beschluß – man hatte inzwischen erfahren, woher sie gekommen war, – sie dorthin zurücktragen zu lassen; es war ein Bauernhaus unten am Fluß, nahe dem Fuß des Berges. Man würde heute sagen, sie stellten sie ihrer Heimatsgemeinde zurück und wollten weder etwas verantworten noch sich lächerlich machen; aber das Gewissen drückte sie alle, und sie gaben Milch und ein wenig Fleisch mit und sogar Geld, damit die Bauersleute, wo

Schmutz nicht soviel ausmachte, gut für sie sorgten. Die Dienstleute schüttelten dennoch die Köpfe über ihre Herrn.

Der Knecht, der die kleine Katze hinuntergetragen hatte, erzählte, daß sie ihm nachgelaufen war, als er zurückging, und daß er noch einmal hatte umkehren müssen: zwei Tage später war sie wieder oben am Schloß. Die Hunde wichen ihr aus, die Dienstleute trauten sich wegen der Herrschaft nicht, sie fortzujagen, und als die sie erblickte, stand schweigend fest, daß jetzt niemand mehr ihr verweigern wollte, hier oben zu sterben. Sie war ganz abgemagert und glanzlos geworden, aber das ekelerregende Leiden schien sie überwunden zu haben und nahm bloß fast zusehends an Körperlichkeit ab. Es folgten zwei Tage, die verstärkt alles noch einmal enthielten, was bisher gewesen war: langsames, zärtliches Umhergehn in dem Obdach, wo man sie hegte; zerstreutes Lächeln mit den Pfoten, wenn sie nach einem Stückchen Papier schlug, das man vor ihr tanzen ließ; zuweilen ein leichtes Wanken vor Schwäche, obgleich vier Beine sie stützten, und am zweiten Tag fiel sie zuweilen auf die Seite. An einem Menschen würde man dieses Hinschwinden nicht so seltsam empfunden haben, aber an dem Tier war es wie eine Menschwerdung. Fast mit Ehrfurcht sahen sie ihr zu; keiner dieser drei Menschen in seiner besonderen Lage blieb von dem Gedanken verschont, daß es sein eigenes Schicksal sei, das in diese vom Irdischen schon halb gelöste kleine Katze übergegangen war. Aber am dritten Tag begannen wieder das Erbrechen und die Unreinlichkeit. Der Knecht stand da, und wenn er sich auch nicht traute, es zu wiederholen, sagte doch sein Schweigen: man muß sie erschlagen. Der Portugiese senkte den Kopf wie bei einer Versuchung, dann sagte er zur Freundin: es wird nicht anders gehn; ihm kam es selbst vor, als hätte er sich zu seinem eigenen Todesurteil bekannt. Und mit einemmal sahen alle den Herrn von Ketten an. Der war weiß wie die Wand geworden, stand auf und ging. Da sagte die Portugiesin zum Knecht: Nimm sie zu dir.

Der Knecht hatte die Kranke auf seine Kammer genommen, und am nächsten Tag war sie fort. Niemand frug. Alle wußten, daß er sie erschlagen hatte. Alle fühlten sich von einer unaussprechlichen Schuld bedrückt; es war etwas von ihnen gegangen. Nur die Kinder fühlten nichts und fanden es in Ordnung, daß der Knecht eine schmutzige Katze erschlug, mit der man nicht mehr spielen konnte. Aber die Hunde am Hof schnupperten zuweilen an einem Grasfleck, auf den die Sonne schien, steiften die Beine, sträubten das Fell und blickten schief zur Seite. In einem solchen Augenblick begegneten sich Herr von Ketten und die Portugiesin. Sie blieben beieinander stehn, sahn nach den Hunden hinüber und fanden kein Wort. Das Zeichen war dagewesen, aber wie war es zu deuten, und was sollte geschehn? Eine Kuppel von Stille war um die beiden.

Wenn sie ihn bis zum Abend nicht fortgeschickt hat, muß ich ihn töten, – dachte Herr von Ketten. Aber der Abend kam, und es hatte sich nichts ereignet. Das Vesperbrot war vorbei. Ketten saß ernst, von leichtem Fieber gewärmt. Er ging in den Hof, sich zu kühlen, er blieb lange aus. Er vermochte den Entschluß nicht zu finden, der ihm sein ganzes Dasein lang spielend leicht gewesen war. Pferde satteln, Harnisch anschnallen, ein Schwert ziehn, diese Musik seines Lebens war ihm mißtönend; Kampf erschien ihm wie eine sinnlos fremde Bewegung, selbst der kurze Weg eines Messers war wie eine unendlich lange Straße, auf der man verdorrt. Aber auch Leiden war nicht seine Art; er fühlte, daß er nie wieder ganz genesen würde, wenn er sich dem nicht entriß. Und neben beidem gewann allmählich etwas anderes Raum: als Knabe hatte er immer die unersteigliche Felswand unter dem Schloß hinaufklettern wollen; es war ein unsinniger und selbstmörderischer Gedanke, aber er gewann dunkles Gefühl für sich wie ein Gottesurteil oder ein nahendes Wunder. Nicht er, sondern die kleine Katze aus dem Jenseits würde diesen Weg wiederkommen, schien ihm. Er schüttelte leise lachend den Kopf, um ihn auf den Schultern zu fühlen, aber dabei erkannte er sich schon weit unten auf dem steinigen Weg, der den Berg hinabführte.

Tief beim Fluß bog er ab; über Blöcke, zwischen denen das Wasser trieb, dann an Büschen hinauf in die Wand. Der Mond zeichnete mit Schattenpunkten die kleinen Vertiefungen, in welche Finger und Zehen hineingreifen konnten. Plötzlich brach ein Stein unter dem Fuß weg; der Ruck schoß in die Sehnen, dann ins Herz. Ketten horchte; es schien ohne Ende zu dauern, bevor der Stein ins Wasser schlug; er mußte mindestens ein Drittel der Wand schon unter sich haben. Da wachte er, so schien es deutlich, auf und wußte, was er getan hatte. Unten ankommen konnte nur ein Toter, und die Wand hinauf der Teufel. Er tastete suchend über sich. Bei jedem Griff hing das Leben in den zehn Riemchen der Fingersehnen; Schweiß trat aus der Stirn, Hitze flog im Körper, die Nerven wurden wie steinerne Fäden: aber, seltsam zu fühlen, begannen bei diesem Kampf mit dem Tod Kraft und Gesundheit in die Glieder zu fließen, als kehrten sie von außen wieder in den Körper zurück. Und das Unwahrscheinliche gelang; noch mußte oben einem Überhang nach der Seite ausgewichen sein, dann schlang sich der Arm in ein Fenster. Es wäre wohl anders, als bei diesem Fenster emporzutauchen, auch gar nicht möglich gewesen; aber er wußte, wo er war; er schwang sich hinein, saß auf der Brüstung und ließ die Beine ins Zimmer hängen. Mit der Kraft war die Wildheit wiedergekehrt. Er atmete sich aus. Seinen Dolch an der Seite hatte er nicht verloren. Es kam ihm vor, daß das Bett leer sei. Aber er wartete, bis sein Herz und seine Lungen völlig ruhig seien. Es kam ihm dabei immer deutlicher vor, daß er in dem Zimmer allein war. Er schlich zum Bett: es hatte in dieser Nacht niemand darin gelegen.

Der Herr von Ketten schlich durch Zimmer, Gänge, Türen, die keiner zum erstenmal findet, der nicht geführt ist vor das Schlafgemach seiner Frau. Er lauschte und wartete, aber kein Flüstern verriet sich. Er glitt hinein; die Portugiesin atmete sanft im Schlaf; er bückte sich in dunkle Ecken, tastete an Wänden, und als er sich wieder aus dem Zimmer drückte, hätte er beinahe gesungen vor Freude, die an seinem Unglauben rüttelte. Er stöberte durch das Schloß, aber schon krachten die Dielen und Fliesen unter seinem Tritt, als suchte er eine freudige Überraschung. Im Hof rief ihn ein Knecht an, wer er sei. Er fragte nach dem Gast. Fortgeritten, meldete der Knecht, wie der Mond heraufkam. Der Herr von Ketten setzte sich auf einen Stapel halbentrindeter Hölzer, und die Wache wunderte sich, wie lang er saß. Plötzlich packte ihn die Gewißheit an, wenn er jetzt das Zimmer der Portugiesin wieder betrete, werde sie nicht mehr da sein. Er pochte heftig und trat ein; die junge Frau fuhr auf, als hätte sie im Traum darauf gewartet, und sah ihn angekleidet vor sich stehn, so wie er fortgegangen war. Es war nichts bewiesen und nichts weggeschafft, aber sie fragte nicht, und er hätte nichts fragen können. Er zog den schweren Vorhang vom Fenster zurück, und der Vorhang des Brausens stieg auf, hinter dem alle Catene geboren wurden und starben.

»Wenn Gott Mensch werden konnte, kann er auch Katze werden«, sagte die Portugiesin, und er hätte ihr die Hand vor den Mund halten müssen, wegen der Gotteslästerung, aber sie wußten, kein Laut davon drang aus diesen Mauern hinaus.

FRANZ KAFKA

Ein Hungerkünstler

In den letzten Jahrzehnten ist das Interesse an Hungerkünstlern sehr zurückgegangen. Während es sich früher gut lohnte, große derartige Vorführungen in eigener Regie zu veranstalten, ist dies heute völlig unmöglich. Es waren andere Zeiten. Damals beschäftigte sich die ganze Stadt mit dem Hungerkünstler; von Hungertag zu Hungertag stieg die Teilnahme; jeder wollte den Hungerkünstler zumindest einmal täglich sehn; an den spätern Tagen gab es Abonnenten, welche tagelang vor dem kleinen Gitterkäfig saßen; auch in der Nacht fanden Besichtigungen statt, zur Erhöhung der Wirkung bei Fackelschein; an schönen Tagen wurde der Käfig ins Freie getragen, und nun waren es besonders die Kinder, denen der Hungerkünstler gezeigt wurde; während er für die Erwachsenen oft nur ein Spaß war, an dem sie der Mode halber teilnahmen, sahen die Kinder staunend, mit offenem Mund, der Sicherheit halber einander bei der Hand haltend, zu, wie er bleich, im schwarzen Trikot, mit mächtig vortretenden Rippen, sogar einen Sessel verschmähend, auf hingestreutem Stroh saß, einmal höflich nickend, angestrengt lächelnd Fragen beantwortete, auch durch das Gitter den Arm streckte, um seine Magerheit befühlen zu lassen, dann aber wieder ganz in sich selbst versank, um niemanden sich kümmerte, nicht einmal um den für ihn so wichtigen Schlag der Uhr, die das einzige Möbelstück des Käfigs war, sondern nur vor sich hinsah mit fast geschlossenen Augen und hie und da aus einem winzigen Gläschen Wasser nippte, um sich die Lippen zu feuchten.

Außer den wechselnden Zuschauern waren auch ständige, vom Publikum gewählte Wächter da, merkwürdigerweise gewöhnlich Fleischhauer, welche, immer drei gleichzeitig, die Aufgabe hatten, Tag und Nacht den Hungerkünstler zu beobachten, damit er nicht etwa auf irgendeine heimliche Weise doch Nahrung zu sich nehme. Es war das aber lediglich eine Formalität, eingeführt zur Beruhigung der Massen, denn die Eingeweihten wußten wohl, daß der Hungerkünstler während der Hungerzeit niemals, unter keinen Umständen, selbst unter Zwang nicht, auch das Geringste nur gegessen hätte; die Ehre seiner Kunst verbot dies. Freilich, nicht jeder Wächter konnte das begreifen, es fanden sich manchmal nächtliche Wachgruppen, welche die Bewachung sehr lax durchführten, absichtlich in eine ferne Ecke sich zusammensetzten und dort sich ins Kartenspiel vertieften, in der offenbaren Absicht, dem Hungerkünstler eine kleine Erfrischung zu gönnen, die er ihrer Meinung nach aus irgendwelchen geheimen Vorräten hervorholen konnte. Nichts war dem Hungerkünstler quälender als solche Wächter; sie machten ihn trübselig; sie machten ihm das Hungern entsetzlich schwer; manchmal überwand er seine Schwäche und sang während dieser Wachzeit, solange er es nur aushielt, um den Leuten zu zeigen, wie ungerecht sie ihn verdächtigten. Doch half das wenig; sie wunderten sich dann nur über seine Geschicklichkeit, selbst während des Singens zu essen. Viel lieber waren ihm die Wächter, welche sich eng zum Gitter setzten, mit der trüben Nachtbeleuchtung des Saales sich nicht begnügten, sondern ihn mit den elektrischen Taschenlampen bestrahlten, die ihnen der Impresario zur Verfügung stellte. Das grelle Licht störte ihn gar nicht, schlafen konnte er ja überhaupt nicht, und ein wenig hindämmern konnte er immer, bei jeder Beleuchtung und zu jeder Stunde, auch im übervollen, lärmenden Saal. Er war sehr gerne bereit, mit solchen Wächtern die Nacht gänzlich ohne Schlaf zu verbringen; er war bereit, mit ihnen zu scherzen, ihnen Geschichten aus seinem Wanderleben zu erzählen, dann wieder ihre Erzählungen anzuhören, alles nur um sie wachzuhalten, um ihnen immer wieder zeigen zu können, daß er nichts Eßbares im Käfig hatte und daß er hungerte, wie keiner von ihnen es könnte. Am glücklichsten aber war er, wenn dann der Morgen kam, und ihnen auf seine Rechnung ein überreiches Frühstück gebracht wurde, auf das sie sich warfen mit dem Appetit gesunder Männer nach einer mühevoll durchwachten Nacht. Es gab zwar sogar Leute, die in diesem Frühstück eine ungebührliche Beeinflussung der Wächter sehen wollten, aber das ging doch zu weit, und wenn man sie fragte, ob etwa sie nur um der Sache willen ohne Frühstück die Nachtwache übernehmen wollten, verzogen sie sich, aber bei ihren Verdächtigungen blieben sie dennoch.

Dieses allerdings gehörte schon zu den vom Hungern überhaupt nicht zu trennenden Verdächtigungen. Niemand war ja imstande, alle die Tage und Nächte beim Hungerkünstler ununterbrochen als Wächter zu verbringen, niemand also konnte aus eigener Anschauung wissen, ob wirklich ununterbrochen, fehlerlos gehungert worden war; nur der Hungerkünstler selbst konnte das wissen, nur er also gleichzeitig der von seinem Hungern vollkommen befriedigte Zuschauer sein. Er aber war wieder aus einem andern Grunde niemals befriedigt; vielleicht war er gar nicht vom Hungern so sehr abgemagert, daß manche zu ihrem Bedauern den Vorführungen fernbleiben mußten, weil sie seinen Anblick nicht ertrugen, sondern er war nur so abgemagert aus Unzufriedenheit mit sich selbst. Er allein nämlich wußte, auch kein Eingeweihter sonst wußte das, wie leicht das Hungern war. Es war die leichteste Sache von der Welt. Er verschwieg es auch nicht, aber man glaubte ihm nicht, hielt ihn günstigstenfalls für bescheiden, meist aber für reklamesüchtig oder gar für einen Schwindler, dem das Hungern allerdings leicht war, weil er es sich leicht zu machen verstand, und der auch noch die Stirn hatte, es halb zu gestehn. Das alles mußte er hinnehmen, hatte sich auch im Laufe der Jahre daran gewöhnt, aber innerlich nagte diese Unbefriedigtheit immer an ihm, und noch niemals, nach keiner Hungerperiode – dieses Zeugnis mußte man ihm ausstellen – hatte er freiwillig den Käfig verlassen. Als Höchstzeit für das Hungern hatte der Impresario vierzig Tage festgesetzt, darüber hinaus ließ er niemals hungern, auch in den Weltstädten nicht, und zwar aus gutem Grund. Vierzig Tage etwa konnte man erfahrungsgemäß durch allmählich sich steigernde Reklame das Interesse einer Stadt immer mehr aufstacheln, dann aber versagte das Publikum, eine wesentliche Abnahme des Zuspruchs war festzustellen; es bestanden natürlich in dieser Hinsicht kleine Unterschiede zwischen den Städten und Ländern, als Regel aber galt, daß vierzig Tage die Höchstzeit war. Dann also am vierzigsten Tage wurde die Tür des mit Blumen umkränzten Käfigs geöffnet, eine begeisterte Zuschauerschaft erfüllte das Amphitheater, eine Militärkapelle spielte, zwei Ärzte betraten den Käfig, um die nötigen Messungen am Hungerkünstler vorzunehmen, durch ein Megaphon wurden die Resultate dem Saale verkündet, und schließlich kamen zwei junge Damen, glücklich darüber, daß gerade sie ausgelost worden waren, und wollten den Hungerkünstler aus dem Käfig ein paar Stufen hinabführen, wo auf einem kleinen Tischchen eine sorgfältig ausgewählte Krankenmahlzeit serviert war. Und in diesem Augenblick wehrte sich der Hungerkünstler immer. Zwar legte er noch freiwillig seine Knochenarme in die hilfsbereit ausgestreckten Hände der zu ihm hinabgebeugten Damen, aber aufstehen wollte er nicht. Warum gerade jetzt nach vierzig Tagen aufhören? Er hätte es noch lange, unbeschränkt lange ausgehalten; warum gerade jetzt aufhören, wo er im besten, ja noch nicht einmal im besten Hungern war? Warum wollte man ihn des Ruhmes berauben, weiter zu hungern, nicht nur der größte Hungerkünstler aller Zeiten zu werden, der er ja wahrscheinlich schon war, aber auch noch sich selbst zu übertreffen bis ins Unbegreifliche, denn für seine Fähigkeit zu hungern fühlte er keine Grenzen. Warum hatte diese Menge, die ihn so sehr zu bewundern vorgab, so wenig Geduld mit ihm; wenn er es aushielt, noch weiter zu hungern, warum wollte sie es nicht aushalten? Auch war er müde, saß gut im Stroh und sollte sich nun hoch und lang aufrichten und zu dem Essen gehn, das ihm schon allein in der Vorstellung Übelkeiten verursachte, deren Äußerung er nur mit Rücksicht auf die Damen mühselig unterdrückte. Und er blickte empor in die Augen der scheinbar so freundlichen, in Wirklichkeit so grausamen Damen und schüttelte den auf dem schwachen Halse überschweren Kopf. Aber dann geschah, was immer geschah. Der Impresario kam, hob stumm – die Musik machte das Reden unmöglich – die Arme über dem Hungerkünstler, so, als lade er den Himmel ein, sich sein Werk hier auf dem Stroh einmal anzusehn, diesen bedauernswerten Märtyrer, welcher der Hungerkünstler allerdings war, nur in ganz anderem Sinn; faßte den Hungerkünstler um die dünne Taille, wobei er durch übertriebene Vorsicht glaubhaft machen wollte, mit einem wie gebrechlichen Ding er es hier zu tun habe; und übergab ihn – nicht ohne ihn im geheimen ein wenig zu schütteln, so daß der Hungerkünstler mit den Beinen und dem Oberkörper unbeherrscht hin und her schwankte – den inzwischen totenbleich gewordenen Damen. Nun duldete der Hungerkünstler alles; der Kopf lag auf der Brust, es war, als sei er hingerollt und halte sich dort unerklärlich; der Leib war ausgehöhlt; die Beine drückten sich im Selbsterhaltungstrieb fest in den Knien aneinander, scharrten aber doch den Boden, so, als sei es nicht der wirkliche, den wirklichen suchten sie erst; und die ganze, allerdings sehr kleine Last des Körpers lag auf einer der Damen, welche hilfesuchend, mit fliegendem Atem – so hatte sie sich dieses Ehrenamt nicht vorgestellt – zuerst den Hals möglichst streckte, um wenigstens das Gesicht vor der Berührung mit dem Hungerkünstler zu bewahren, dann aber, da ihr dies nicht gelang und ihre glücklichere Gefährtin ihr nicht zu Hilfe kam, sondern sich damit begnügte, zitternd die Hand des Hungerkünstlers, dieses kleine Knochenbündel, vor sich herzutragen, unter dem entzückten Gelächter des Saales in Weinen ausbrach und von einem längst bereitgestellten Diener abgelöst werden mußte. Dann kam das Essen, von dem der Impresario dem Hungerkünstler während eines ohnmachtähnlichen Halbschlafes ein wenig einflößte, unter lustigem Plaudern, das die Aufmerksamkeit vom Zustand des Hungerkünstlers ablenken sollte; dann wurde noch ein Trinkspruch auf das Publikum ausgebracht, welcher dem Impresario angeblich vom Hungerkünstler zugeflüstert worden war; das Orchester bekräftigte alles durch einen großen Tusch, man ging auseinander, und niemand hatte das Recht, mit dem Gesehenen unzufrieden zu sein, niemand, nur der Hungerkünstler, immer nur er.

So lebte er mit regelmäßigen kleinen Ruhepausen viele Jahre, in scheinbarem Glanz, von der Welt geehrt, bei alledem aber meist in trüber Laune, die immer noch trüber wurde dadurch, daß niemand sie ernst zu nehmen verstand. Womit sollte man ihn auch trösten? Was blieb ihm zu wünschen übrig? Und wenn sich einmal ein Gutmütiger fand, der ihn bedauerte und ihm erklären wollte, daß seine Traurigkeit wahrscheinlich von dem Hungern käme, konnte es, besonders bei vorgeschrittener Hungerszeit, geschehn, daß der Hungerkünstler mit einem Wutausbruch antwortete und zum Schrecken aller wie ein Tier an dem Gitter zu rütteln begann. Doch hatte für solche Zustände der Impresario ein Strafmittel, das er gern anwandte. Er entschuldigte den Hungerkünstler vor versammeltem Publikum, gab zu, daß nur die durch das Hungern hervorgerufene, für satte Menschen nicht ohne weiteres begreifliche Reizbarkeit das Benehmen des Hungerkünstlers verzeihlich machen könne; kam dann im Zusammenhang damit auch auf die ebenso zu erklärende Behauptung des Hungerkünstlers zu sprechen, er könnte noch viel länger hungern, als er hungere; lobte das hohe Streben, den guten Willen, die große Selbstverleugnung, die gewiß auch in dieser Behauptung enthalten seien; suchte dann aber die Behauptung einfach genug durch Vorzeigen von Photographien, die gleichzeitig verkauft wurden, zu widerlegen, denn auf den Bildern sah man den Hungerkünstler an einem vierzigsten Hungertag, im Bett, fast verlöscht vor Entkräftung. Diese dem Hungerkünstler zwar wohlbekannte, immer aber von neuem ihn entnervende Verdrehung der Wahrheit war ihm zu viel. Was die Folge der vorzeitigen Beendigung des Hungerns war, stellte man hier als die Ursache dar! Gegen diesen Unverstand, gegen diese Welt des Unverstandes zu kämpfen, war unmöglich. Noch hatte er immer wieder in gutem Glauben begierig am Gitter dem Impresario zugehört, beim Erscheinen der Photographien aber ließ er das Gitter jedesmal los, sank mit Seufzen ins Stroh zurück, und das beruhigte Publikum konnte wieder herankommen und ihn besichtigen.

Wenn die Zeugen solcher Szenen ein paar Jahre später daran zurückdachten, wurden sie sich oft selbst unverständlich. Denn inzwischen war jener erwähnte Umschwung eingetreten; fast plötzlich war das geschehen; es mochte tiefere Gründe haben, aber wem lag daran, sie aufzufinden; jedenfalls sah sich eines Tages der verwöhnte Hungerkünstler von der vergnügungssüchtigen Menge verlassen, die lieber zu anderen Schaustellungen strömte. Noch einmal jagte der Impresario mit ihm durch halb Europa, um zu sehn, ob sich nicht noch hie und da das alte Interesse wiederfände; alles vergeblich; wie in einem geheimen Einverständnis hatte sich überall geradezu eine Abneigung gegen das Schauhungern ausgebildet. Natürlich hatte das in Wirklichkeit nicht plötzlich so kommen können, und man erinnerte sich jetzt nachträglich an manche zu ihrer Zeit im Rausch der Erfolge nicht genügend beachtete, nicht genügend unterdrückte Vorboten, aber jetzt etwas dagegen zu unternehmen, war zu spät. Zwar war es sicher, daß einmal auch für das Hungern wieder die Zeit kommen werde, aber für die Lebenden war das kein Trost. Was sollte nun der Hungerkünstler tun? Der, welchen Tausende umjubelt hatten, konnte sich nicht in Schaubuden auf kleinen Jahrmärkten zeigen, und um einen andern Beruf zu ergreifen, war der Hungerkünstler nicht nur zu alt, sondern vor allem dem Hungern allzu fanatisch ergeben. So verabschiedete er denn den Impresario, den Genossen einer Laufbahn ohnegleichen, und ließ sich von einem großen Zirkus engagieren; um seine Empfindlichkeit zu schonen, sah er die Vertragsbedingungen gar nicht an.

Ein großer Zirkus mit seiner Unzahl von einander immer wieder ausgleichenden und ergänzenden Menschen und Tieren und Apparaten kann jeden und zu jeder Zeit gebrauchen, auch einen Hungerkünstler, bei entsprechend bescheidenen Ansprüchen natürlich, und außerdem war es ja in diesem besonderen Fall nicht nur der Hungerkünstler selbst, der engagiert wurde, sondern auch sein alter berühmter Name, ja man konnte bei der Eigenart dieser im zunehmenden Alter nicht abnehmenden Kunst nicht einmal sagen, daß ein ausgedienter, nicht mehr auf der Höhe seines Könnens stehender Künstler sich in einen ruhigen Zirkusposten flüchten wolle, im Gegenteil, der Hungerkünstler versicherte, daß er, was durchaus glaubwürdig war, ebensogut hungere wie früher, ja er behauptete sogar, er werde, wenn man ihm seinen Willen lasse, und dies versprach man ihm ohne weiteres, eigentlich erst jetzt die Welt in berechtigtes Erstaunen setzen, eine Behauptung allerdings, die mit Rücksicht auf die Zeitstimmung, welche der Hungerkünstler im Eifer leicht vergaß, bei den Fachleuten nur ein Lächeln hervorrief.

Im Grunde aber verlor auch der Hungerkünstler den Blick für die wirklichen Verhältnisse nicht und nahm es als selbstverständlich hin, daß man ihn mit seinem Käfig nicht etwa als Glanznummer mitten in die Manege stellte, sondern draußen an einem im übrigen recht gut zugänglichen Ort in der Nähe der Stallungen unterbrachte. Große, bunt gemalte Aufschriften umrahmten den Käfig und verkündeten, was dort zu sehen war. Wenn das Publikum in den Pausen der Vorstellung zu den Ställen drängte, um die Tiere zu besichtigen, war es fast unvermeidlich, daß es beim Hungerkünstler vorüberkam und ein wenig dort haltmachte, man wäre vielleicht länger bei ihm geblieben, wenn nicht in dem schmalen Gang die Nachdrängenden, welche diesen Aufenthalt auf dem Weg zu den ersehnten Ställen nicht verstanden, eine längere ruhige Betrachtung unmöglich gemacht hätten. Dieses war auch der Grund, warum der Hungerkünstler vor diesen Besuchszeiten, die er als seinen Lebenszweck natürlich herbeiwünschte, doch auch wieder zitterte. In der ersten Zeit hatte er die Vorstellungspausen kaum erwarten können; entzückt hatte er der sich heranwälzenden Menge entgegengesehn, bis er sich nur zu bald – auch die hartnäckigste, fast bewußte Selbsttäuschung hielt den Erfahrungen nicht stand – davon überzeugte, daß es zumeist der Absicht nach, immer wieder, ausnahmslos, lauter Stallbesucher waren. Und dieser Anblick von der Ferne blieb noch immer der schönste. Denn wenn sie bis zu ihm herangekommen waren, umtobte ihn sofort Geschrei und Schimpfen der ununterbrochen neu sich bildenden Parteien, jener, welche – sie wurde dem Hungerkünstler bald die peinlichere – ihn bequem ansehen wollte, nicht etwa aus Verständnis, sondern aus Laune und Trotz, und jener zweiten, die zunächst nur nach den Ställen verlangte. War der große Haufe vorüber, dann kamen die Nachzügler, und diese allerdings, denen es nicht mehr verwehrt war, stehen zu bleiben, solange sie nur Lust hatten, eilten mit langen Schritten, fast ohne Seitenblick, vorüber, um rechtzeitig zu den Tieren zu kommen. Und es war kein allzu häufiger Glücksfall, daß ein Familienvater mit seinen Kindern kam, mit dem Finger auf den Hungerkünstler zeigte, ausführlich erklärte, um was es sich hier handelte, von früheren Jahren erzählte, wo er bei ähnlichen, aber unvergleichlich großartigeren Vorführungen gewesen war, und dann die Kinder, wegen ihrer ungenügenden Vorbereitung von Schule und Leben her, zwar immer noch verständnislos blieben – was war ihnen Hungern? – aber doch in dem Glanz ihrer forschenden Augen etwas von neuen, kommenden, gnädigeren Zeiten verrieten. Vielleicht, so sagte sich der Hungerkünstler dann manchmal, würde alles doch ein wenig besser werden, wenn sein Standort nicht gar so nahe bei den Ställen wäre. Den Leuten wurde dadurch die Wahl zu leicht gemacht, nicht zu reden davon, daß ihn die Ausdünstungen der Ställe, die Unruhe der Tiere in der Nacht, das Vorübertragen der rohen Fleischstücke für die Raubtiere, die Schreie bei der Fütterung sehr verletzten und dauernd bedrückten. Aber bei der Direktion vorstellig zu werden, wagte er nicht; immerhin verdankte er ja den Tieren die Menge der Besucher, unter denen sich hie und da auch ein für ihn Bestimmter finden konnte, und wer wußte, wohin man ihn verstecken würde, wenn er an seine Existenz erinnern wollte und damit auch daran, daß er, genau genommen, nur ein Hindernis auf dem Weg zu den Ställen war.

Ein kleines Hindernis allerdings, ein immer kleiner werdendes Hindernis. Man gewöhnte sich an die Sonderbarkeit, in den heutigen Zeiten Aufmerksamkeit für einen Hungerkünstler beanspruchen zu wollen, und mit dieser Gewöhnung war das Urteil über ihn gesprochen. Er mochte so gut hungern, als er nur konnte, und er tat es, aber nichts konnte ihn mehr retten, man ging an ihm vorüber. Versuche, jemandem die Hungerkunst zu erklären! Wer es nicht fühlt, dem kann man es nicht begreiflich machen. Die schönen Aufschriften wurden schmutzig und unleserlich, man riß sie herunter, niemandem fiel es ein, sie zu ersetzen; das Täfelchen mit der Ziffer der abgeleisteten Hungertage, das in der ersten Zeit sorgfältig täglich erneut worden war, blieb schon längst immer das gleiche, denn nach den ersten Wochen war das Personal selbst dieser kleinen Arbeit überdrüssig geworden; und so hungerte zwar der Hungerkünstler weiter, wie er es früher einmal erträumt hatte, und es gelang ihm ohne Mühe ganz so, wie er es damals vorausgesagt hatte, aber niemand zählte die Tage, niemand, nicht einmal der Hungerkünstler selbst wußte, wie groß die Leistung schon war, und sein Herz wurde schwer. Und wenn einmal in der Zeit ein Müßiggänger stehen blieb, sich über die alte Ziffer lustig machte und von Schwindel sprach, so war das in diesem Sinn die dümmste Lüge, welche Gleichgültigkeit und eingeborene Bösartigkeit erfinden konnte, denn nicht der Hungerkünstler betrog, er arbeitete ehrlich, aber die Welt betrog ihn um seinen Lohn.

Doch vergingen wieder viele Tage, und auch das nahm ein Ende. Einmal fiel einem Aufseher der Käfig auf, und er fragte die Diener, warum man hier diesen gut brauchbaren Käfig mit dem verfaulten Stroh drinnen unbenützt stehen lasse; niemand wußte es, bis sich einer mit Hilfe der Ziffertafel an den Hungerkünstler erinnerte. Man rührte mit Stangen das Stroh auf und fand den Hungerkünstler darin. »Du hungerst noch immer?« fragte der Aufseher, »wann wirst du denn endlich aufhören?« – »Verzeiht mir alle«, flüsterte der Hungerkünstler; nur der Aufseher, der das Ohr ans Gitter hielt, verstand ihn. »Gewiß«, sagte der Aufseher und legte den Finger an die Stirn, um damit den Zustand des Hungerkünstlers dem Personal anzudeuten, »wir verzeihen dir.« – »Immerfort wollte ich, daß ihr mein Hungern bewundert«, sagte der Hungerkünstler. »Wir bewundern es auch«, sagte der Aufseher entgegenkommend. »Ihr sollt es aber nicht bewundern«, sagte der Hungerkünstler.« – »Nun, dann bewundern wir es also nicht«, sagte der Aufseher, »warum sollen wir es denn nicht bewundern?« – »Weil ich hungern muß, ich kann nicht anders«, sagte der Hungerkünstler. »Da sieh mal einer«, sagte der Aufseher, »warum kannst du denn nicht anders?« – »Weil ich«, sagte der Hungerkünstler, hob das Köpfchen ein wenig und sprach mit wie zum Kuß gespitzten Lippen gerade in das Ohr des Aufsehers hinein, damit nichts verloren ginge, »weil ich nicht die Speise finden konnte, die mir schmeckt. Hätte ich sie gefunden, glaube mir, ich hätte kein Aufsehen gemacht und mich vollgegessen wie du und alle.« Das waren die letzten Worte, aber noch in seinen gebrochenen Augen war die feste, wenn auch nicht mehr stolze Überzeugung, daß er weiterhungre.

»Nun macht aber Ordnung!« sagte der Aufseher, und man begrub den Hungerkünstler samt dem Stroh. In den Käfig aber gab man einen jungen Panther. Es war eine selbst dem stumpfsten Sinn fühlbare Erholung, in dem so lange öden Käfig dieses wilde Tier sich herumwerfen zu sehn. Ihm fehlte nichts. Die Nahrung, die ihm schmeckte, brachten ihm ohne langes Nachdenken die Wächter; nicht einmal die Freiheit schien er zu vermissen; dieser edle, mit allem Nötigen bis knapp zum Zerreißen ausgestattete Körper schien auch die Freiheit mit sich herumzutragen; irgendwo im Gebiß schien sie zu stecken; und die Freude am Leben kam mit derart starker Glut aus seinem Rachen, daß es für die Zuschauer nicht leicht war, ihr standzuhalten. Aber sie überwanden sich, umdrängten den Käfig und wollten sich gar nicht fortrühren.

ARTHUR SCHNITZLER

Traumnovelle

Vierundzwanzig braune Sklaven ruderten die prächtige Galeere, die den Prinzen Amgiad zu dem Palast des Kalifen bringen sollte. Der Prinz aber, in seinen Purpurmantel gehüllt, lag allein auf dem Verdeck unter dem dunkelblauen, sternbesäten Nachthimmel, und sein Blick –«

Bis hierher hatte die Kleine laut gelesen; jetzt, beinahe plötzlich, fielen ihr die Augen zu. Die Eltern sahen einander lächelnd an, Fridolin beugte sich zu ihr nieder, küßte sie auf das blonde Haar und klappte das Buch zu, das auf dem noch nicht abgeräumten Tisch lag. Das Kind sah auf wie ertappt. »Neun Uhr«, sagte der Vater, »es ist Zeit schlafen zu gehen.« Und da sich nun auch Albertine zu dem Kind herabgebeugt hatte, trafen sich die Hände der Eltern auf der geliebten Stirn, und mit zärtlichem Lächeln, das nun nicht mehr dem Kinde allein galt, begegneten sich ihre Blicke. Das Fräulein trat ein, mahnte die Kleine, den Eltern gute Nacht zu sagen; gehorsam erhob sie sich, reichte Vater und Mutter die Lippen zum Kuß und ließ sich von dem Fräulein ruhig aus dem Zimmer führen. Fridolin und Albertine aber, nun allein geblieben unter dem rötlichen Schein der Hängelampe, hatten es mit einemmal eilig, ihre vor dem Abendessen begonnene Unterhaltung über die Erlebnisse auf der gestrigen Redoute wiederaufzunehmen.

Es war in diesem Jahre ihr erstes Ballfest gewesen, an dem sie gerade noch vor Karnevalschluß teilzunehmen sich entschlossen hatten. Was Fridolin betraf, so war er gleich beim Eintritt in den Saal wie ein mit Ungeduld erwarteter Freund von zwei roten Dominos begrüßt worden, über deren Person er sich nicht klar zu werden vermochte, obzwar sie über allerlei Geschichten aus seiner Studenten- und Spitalzeit auffallend genauen Bescheid wußten. Aus der Loge, in die sie ihn mit verheißungsvoller Freundlichkeit geladen, hatten sie sich mit dem Versprechen entfernt, sehr bald, und zwar unmaskiert, zurückzukommen, waren aber so lange fortgeblieben, daß er, ungeduldig geworden, vorzog, sich ins Parterre zu begeben, wo er den beiden fragwürdigen Erscheinungen wieder zu begegnen hoffte. So angestrengt er auch umherspähte, nirgends vermochte er sie zu erblicken; statt ihrer aber hing sich unversehens ein anderes weibliches Wesen in seinen Arm: seine Gattin, die sich eben jäh einem Unbekannten entzogen, dessen melancholisch-blasiertes Wesen und fremdländischer, anscheinend polnischer Akzent sie anfangs bestrickt, der sie aber plötzlich durch ein unerwartet hingeworfenes, häßlich-freches Wort verletzt, ja erschreckt hatte. Und so saßen Mann und Frau, im Grunde froh, einem enttäuschend banalen Maskenspiel entronnen zu sein, bald wie zwei Liebende, unter andern verliebten Paaren, im Büfettraum bei Austern und Champagner, plauderten sich vergnügt, als hätten sie eben erst Bekanntschaft miteinander geschlossen, in eine Komödie der Galanterie, des Widerstandes, der Verführung des Gewährens hinein; und nach einer raschen Wagenfahrt durch die weiße Winternacht sanken sie einander daheim zu einem schon lange Zeit nicht mehr so heiß erlebten Liebesglück in die Arme. Ein grauer Morgen weckte sie allzubald. Den Gatten forderte sein Beruf schon in früher Stunde an die Betten seiner Kranken; Hausfrau- und Mutterpflichten ließen Albertine kaum länger ruhen. So waren die Stunden nüchtern und vorbestimmt in Alltagspflicht und Arbeit hingegangen, die vergangene Nacht, Anfang wie Ende, war verblaßt; und jetzt erst, da beider Tagewerk vollendet, das Kind schlafen gegangen und von nirgendher eine Störung zu gewärtigen war, stiegen die Schattengestalten von der Redoute, der melancholische Unbekannte und die roten Dominos, wieder zur Wirklichkeit empor; und jene unbeträchtlichen Erlebnisse waren mit einemmal vom trügerischen Scheine versäumter Möglichkeiten zauberhaft und schmerzlich umflossen. Harmlose und doch lauernde Fragen, verschmitzte, doppeldeutige Antworten wechselten hin und her; keinem von beiden entging, daß der andere es an der letzten Aufrichtigkeit fehlen ließ, und so fühlten sich beide zu gelinder Rache aufgelegt. Sie übertrieben das Maß der Anziehung, das von ihren unbekannten Redoutenpartnern auf sie ausgestrahlt hätte, spotteten der eifersüchtigen Regungen, die der andere merken ließ, und leugnete ihre eigenen weg. Doch aus dem leichten Geplauder über die nichtigen Abenteuer der verflossenen Nacht gerieten sie in ein ernsteres Gespräch über jene verborgenen, kaum geahnten Wünsche, die auch in die klarste und reinste Seele trübe und gefährliche Wirbel zu reißen vermögen, und sie redeten von den geheimen Bezirken, nach denen sie kaum Sehnsucht verspürten und wohin der unfaßbare Wind des Schicksals sie doch einmal, und wär's auch nur im Traum, verschlagen könnte. Denn so völlig sie einander in Gefühl und Sinnen angehörten, sie wußten, daß gestern nicht zum erstenmal ein Hauch von Abenteuer, Freiheit und Gefahr sie angerührt; bang, selbstquälerisch, in unlauterer Neugier versuchten sie eines aus dem andern Geständnisse hervorzulocken und, ängstlich näher zusammenrückend, forschte jedes in sich nach irgendeiner Tatsache, so gleichgültig, nach einem Erlebnis, so nichtig es sein mochte, das für das Unsagbare als Ausdruck gelten, und dessen aufrichtige Beichte sie vielleicht von einer Spannung und einem Mißtrauen befreien könnte, das allmählich unerträglich zu werden anfing. Albertine, ob sie nun die Ungeduldigere, die Ehrlichere oder die Gütigere von den beiden war, fand zuerst den Mut zu einer offenen Mitteilung; und mit etwas schwankender Stimme fragte sie Fridolin, ob er sich des jungen Mannes erinnere, der im letztverflossenen Sommer am dänischen Strand eines

Abends mit zwei Offizieren am benachbarten Tisch gesessen, während des Abendessens ein Telegramm erhalten und sich daraufhin eilig von seinen Freunden verabschiedet hatte.

Fridolin nickte. »Was war's mit dem?« fragte er.

»Ich hatte ihn schon des Morgens gesehen«, erwiderte Albertine, »als er eben mit seiner gelben Handtasche eilig die Hoteltreppe hinanstieg. Er hatte mich flüchtig gemustert, aber erst ein paar Stufen höher blieb er stehen, wandte sich nach mir um, und unsere Blicke mußten sich begegnen. Er lächelte nicht, ja, eher schien mir, daß sein Antlitz sich verdüsterte, und mir erging es wohl ähnlich, denn ich war bewegt wie noch nie. Den ganzen Tag lag ich traumverloren am Strand. Wenn er mich riefe – so meinte ich zu wissen –, ich hätte nicht widerstehen können. Zu allem glaubte ich mich bereit; dich, das Kind, meine Zukunft hinzugeben, glaubte ich mich so gut wie entschlossen, und zugleich – wirst du es verstehen? – warst du mir teurer als je. Gerade an diesem Nachmittag, du mußt dich noch erinnern, fügte es sich, daß wir so vertraut über tausend Dinge, auch über unsere gemeinsame Zukunft, auch über das Kind plauderten, wie schon seit lange nicht mehr. Bei Sonnenuntergang saßen wir auf dem Balkon, du und ich, da ging er vorüber unten am Strand, ohne aufzublicken, und ich war beglückt, ihn zu sehen. Dir aber strich ich über die Stirne und küßte dich aufs Haar, und in meiner Liebe zu dir war zugleich viel schmerzliches Mitleid. Am Abend war ich sehr schön, du hast es mir selber gesagt, und trug eine weiße Rose im Gürtel. Es war vielleicht kein Zufall, daß der Fremde mit seinen Freunden in unserer Nähe saß. Er blickte nicht zu mir her, ich aber spielte mit dem Gedanken, aufzustehen, an seinen Tisch zu treten und ihm zu sagen: Da bin ich, mein Erwarteter, mein Geliebter, – nimm mich hin. In diesem Augenblick brachte man ihm das Telegramm, er las, erblaßte, flüsterte dem jüngeren der beiden Offiziere einige Worte zu, und mit einem rätselhaften Blick mich streifend, verließ er den Saal.«

»Und?« fragte Fridolin trocken, als sie schwieg.

»Nichts weiter. Ich weiß nur, daß ich am nächsten Morgen mit einer gewissen Bangigkeit erwachte. Wovor mir mehr bangte – ob davor, daß er abgereist, oder davor, daß er noch da sein könnte –, das weiß ich nicht, das habe ich auch damals nicht gewußt. Doch als er auch mittags verschwunden blieb, atmete ich auf. Frage mich nicht weiter, Fridolin, ich habe dir die ganze Wahrheit gesagt. – Und auch du hast an jenem Strand irgend etwas erlebt – ich weiß es.«

Fridolin erhob sich, ging ein paarmal im Zimmer auf und ab, dann sagte er: »Du hast recht.« Er stand am Fenster, das Antlitz im Dunkel. »Des Morgens«, begann er mit verschleierter, etwas feindseliger Stimme, »manchmal sehr früh noch, ehe du aufgestanden warst, pflegte ich längs des Ufers dahinzuwandern, über den Ort hinaus; und, so früh es war, immer lag schon die Sonne hell und stark über dem Meer. Da draußen am Strand gab es kleine Landhäuser, wie du weißt, die, jedes, dastanden, eine kleine Welt für sich, manche mit umplankten

Gärten, manche auch nur vom Wald umgeben, und die Badehütten waren von den Häusern durch die Landstraße und ein Stück Strand getrennt. Kaum daß ich je in so früher Stunde Menschen begegnete; und Badende waren überhaupt niemals zu sehen. Eines Morgens aber wurde ich ganz plötzlich einer weiblichen Gestalt gewahr, die, eben noch unsichtbar gewesen, auf der schmalen Terrasse einer in den Sand gepfählten Badehütte, einen Fuß vor den andern setzend, die Arme nach rückwärts an die Holzwand gespreitet, sich vorsichtig weiterbewegte. Es war ein ganz junges, vielleicht fünfzehnjähriges Mädchen mit aufgelöstem blonden Haar, das über die Schultern und auf der einen Seite über die zarte Brust herabfloß. Das Mädchen sah vor sich hin, ins Wasser hinab, langsam glitt es längs der Wand weiter, mit gesenktem Auge nach der anderen Ecke hin, und plötzlich stand es mir gerade gegenüber; mit den Armen griff sie weit hinter sich, als wollte sie sich fester anklammern, sah auf und erblickte mich plötzlich. Ein Zittern ging durch ihren Leib, als müßte sie sinken oder fliehen. Doch da sie auf dem schmalen Brett sich doch nur gaz langsam hätte weiterbewegen können, entschloß sie sich innezuhalten – und stand nun da, zuerst mit einem erschrokkenen, dann mit einem zornigen, endlich mit einem verlegenen Gesicht. Mit einemmal aber lächelte sie, lächelte wunderbar; es war ein Grüßen, ja ein Winken in ihren Augen – und zugleich ein leiser Spott, mit dem sie ganz flüchtig zu ihren Füßen das Wasser streifte, das mich von ihr trennte. Dann reckte sie den jungen schlanken Körper hoch, wie ihrer Schönheit froh, und, wie leicht zu merken war, durch den Glanz meines Blicks, den sie auf sich fühlte, stolz und süß erregt. So standen wir uns gegenüber, vielleicht zehn Sekunden lang, mit halboffenen Lippen und flimmernden Augen. Unwillkürlich breitete ich meine Arme nach ihr aus, Hingebung und Freude war in ihrem Blick. Mit einemmal aber schüttelte sie heftig den Kopf, löste einen Arm von der Wand, deutete gebieterisch, ich solle mich entfernen; und als ich es nicht gleich über mich brachte zu gehorchen, kam ein solches Bitten, ein solches Flehen in ihre Kinderaugen, daß mir nichts anderes übrigblieb, als mich abzuwenden. So rasch als möglich setzte ich meinen Weg wieder fort; ich sah mich kein einziges Mal nach ihr um, nicht eigentlich aus Rücksicht, aus Gehorsam, aus Ritterlichkeit, sondern darum, weil ich unter ihrem letzten Blick eine solche, über alles je Erlebte hinausgehende Bewegung verspürt hatte, daß ich mich einer Ohnmacht nah fühlte.« Und er schwieg.

»Und wie oft«, fragte Albertine, vor sich hinsehend, und ohne jede Betonung, »bist du nachher noch denselben Weg gegangen?«

»Was ich dir erzählt habe«, erwiderte Fridolin, »ereignete sich zufällig am letzten Tag unseres Aufenthalts in Dänemark. Auch ich weiß nicht, was unter anderen Umständen geworden wäre. Frag' auch du nicht weiter, Albertine.«

Er stand immer noch am Fenster, unbeweglich. Albertine erhob sich, trat auf ihn zu, ihr Auge war feucht und dunkel, leicht gerunzelt die Stirn. »Wir wollen einander solche Dinge künftighin immer gleich erzählen«, sagte sie.

Er nickte stumm.

»Versprich's mir.«

Er zog sie an sich. »Weißt du das nicht?« fragte er; aber seine Stimme klang immer noch hart.

Sie nahm seine Hände, streichelte sie und sah zu ihm auf mit umflorten Augen, auf deren Grund er ihre Gedanken zu lesen vermochte. Jetzt dachte sie seiner andern, wirklicherer, dachte seiner Jünglingserlebnisse, in deren manche sie eingeweiht war, da er, ihrer eifersüchtigen Neugier allzu willig nachgebend, ihr in den ersten Ehejahren manches verraten, ja, wie ihm oftmals scheinen wollte, preisgegeben, was er lieber für sich hätte behalten sollen. In dieser Stunde, er wußte es, drängte manche Erinnerung sich ihr mit Notwendigkeit auf, und er wunderte sich kaum, als sie, wie aus einem Traum, den halbvergessenen Namen einer seiner Jugendgeliebten aussprach. Doch wie ein Vorwurf, ja wie eine leise Drohung klang er ihm entgegen.

Er zog ihre Hände an seine Lippen.

»In jedem Wesen – glaub' es mir, wenn es auch wohlfeil klingen mag –, in jedem Wesen, das ich zu lieben meinte, habe ich immer nur dich gesucht. Das weiß ich besser, als du es verstehen kannst, Albertine.« Sie lächelte trüb. »Und wenn es auch mir beliebt hätte, zuerst auf die Suche zu gehen?« sagte sie. Ihr Blick veränderte sich, wurde kühl und undurchdringlich. Er ließ ihre Hände aus den seinen gleiten, als hätte er sie auf einer Unwahrheit, auf einem Verrat ertappt; sie aber sagte: »Ach, wenn ihr wüßtet«, und wieder schwieg sie.

»Wenn wir wüßten –? Was willst du damit sagen?« Mit seltsamer Härte erwiderte sie: »Ungefähr, was du dir denkst, mein Lieber.«

»Albertine – so gibt es etwas, was du mir verschwiegen hast?«

Sie nickte und blickte mit einem sonderbaren Lächeln vor sich hin. Unfaßbare, unsinnige Zweifel wachten ihn ihm auf.

»Ich verstehe nicht recht«, sagte er. »Du warst kaum siebzehn, als wir uns verlobten.«

»Sechzehn vorbei, ja, Fridolin. Und doch –« sie sah ihm hell in die Augen – »lag es nicht an mir, daß ich noch jungfräulich deine Gattin wurde.«

»Albertine –!« Und sie erzählte:

»Es war am Wörthersee, ganz kurz vor unserer Verlobung, Fridolin, da stand an einem schönen Sommerabend ein sehr hübscher junger Mensch an meinem Fenster, das auf die große, weite Wiese hinaussah, wir plauderten miteinander, und ich dachte im Laufe dieser Unterhaltung, ja höre nur, was ich dachte: Was ist das doch für ein lieber, entzückender, junger Mensch, – er müßte jetzt nur ein Wort sprechen, freilich, das richtige müßte es sein, so käme ich zu ihm hinaus auf die Wiese und spazierte mit ihm, wohin es ihm beliebte – in den Wald vielleicht; – oder schöner noch wäre es, wir führen im Kahn zusammen in den See hinaus – und er könnte von mir in dieser Nacht alles haben, was er nur verlangte. Ja, das dachte ich mir. – Aber er sprach das Wort nicht aus, der entzückende junge Mensch; er küßte nur zart meine Hand, – und am Morgen darauf fragte er mich – ob ich seine Frau werden wollte. Und ich sagte ja.«

Fridolin ließ unmutig ihre Hand los. »Und wenn an jenem Abend«, sagte er dann, »zufällig ein anderer an deinem Fenster gestanden hätte und ihm wäre das richtige Wort eingefallen, zum Beispiel ––« er dachte nach, welchen Namen er nennen sollte, da streckte sie schon wie abwehrend die Arme vor.

»Ein anderer, wer immer es gewesen wäre, er hätte sagen können, was er wollte – es hätte ihm wenig geholfen. Und wärst nicht du es gewesen, der vor dem Fenster stand«, – sie lächelte zu ihm auf –, »dann wäre wohl auch der Sommerabend nicht so schön gewesen.«

Er verzog spöttisch den Mund. »So sagst du in diesem Augenblick, so glaubst du vielleicht in diesem Augenblick. Aber –«

Es klopfte. Das Dienstmädchen trat ein und meldete, die Hausbesorgerin aus der Schreyvogelgasse sei da, den Herrn Doktor zum Hofrat zu holen, dem es wieder sehr schlecht gehe. Fridolin begab sich ins Vorzimmer, erfuhr von der Botin, daß der Hofrat einen Herzanfall erlitten und sich sehr übel befinde; und er versprach, unverzüglich hinzukommen.

»Du willst fort –?« fragte ihn Albertine, als er sich rasch zum Fortgehen bereit machte, so ärgerlichen Tons, als füge er ihr mit Vorbedacht ein Unrecht zu. Fridolin erwiderte, beinah verwundert: »Ich muß wohl.«

Sie seufzte leicht.

»Es wird hoffentlich nicht so schlimm sein«, sagte Fridolin, »bisher haben ihm drei Centi Morphin immer noch über den Anfall weggeholfen.«

Das Stubenmädchen hatte den Pelz gebracht, Fridolin küßte Albertine ziemlich zerstreut, als wäre das Gespräch der letzten Stunde aus seinem Gedächtnis schon weggewischt, auf Stirn und Mund und eilte davon.

II

Auf der Straße mußte er den Pelz öffnen. Es war plötzlich Tauwetter eingetreten, der Schnee auf dem Fußsteig beinahe weggeschmolzen, und in der Luft wehte ein Hauch des kommenden Frühlings. Von Fridolins Wohnung in der Josefstadt nahe dem Allgemeinen Krankenhaus, war es kaum eine Viertelstunde in die Schreyvogelgasse; und so stieg Fridolin bald die schlecht beleuchtete gewundene Treppe des alten Hauses in das zweite Stockwerk hinauf und zog an der Glocke; doch ehe der altväterische Klingelton sich vernehmen ließ, merkte er, daß die Türe nur angelehnt war; er trat durch den unbeleuchteten Vorraum in das Wohnzimmer und sah sofort, daß er zu spät gekommen war. Die grün verhängte Petroleumlampe, die von der niederen Decke herabhing, warf einen matten Schein über die Bettdecke, unter der regungslos ein schmaler Körper hingestreckt lag. Das Antlitz des Toten war überschattet, doch Fridolin kannte es so gut, daß er es in aller Deutlichkeit zu sehen vermeinte – hager, runzlig, hochgestirnt, mit dem weißen, kurzen Vollbart, den auffallend häßlichen weißbehaarten Ohren. Marianne, die Tochter des Hofrats, saß am Fußende des Bettes mit schlaff herabhängenden Armen, wie in tiefster Ermüdung. Es roch nach alten Möbeln, Medikamenten, Petroleum, Küche; auch ein wenig nach Kölnisch Wasser und Rosenseife, und irgendwie spürte Fridolin auch den süßlich faden Geruch dieses blassen Mädchens, das noch jung war und seit Monaten, seit Jahren in schwerer häuslicher Arbeit, anstrengender Krankenpflege und Nachtwachen langsam verblühte.

Als der Arzt eingetreten war, hatte sie den Blick zu ihm gewandt, doch in der kärglichen Beleuchtung sah er kaum, ob ihre Wangen sich röteten wie sonst, wenn er erschien. Sie wollte sich erheben, eine Handbewegung Fridolins verwehrte es ihr, sie nickte ihm mit großen, aber trüben Augen einen Gruß zu. Er trat an das Kopfende des Bettes, berührte mechanisch die Stirn des Toten, dessen Arme, die in weiten offenen Hemdärmeln über der Bettdecke lagen, dann senkte er mit leichtem Bedauern die Schultern, steckte die Hände in die Taschen seines Pelzrockes, ließ den Blick im Zimmer umherschweifen und endlich auf Marianne verweilen. Ihr Haar war weich und blond, aber trocken, der Hals wohlgeformt und schlank, doch nicht ganz faltenlos und von gelblicher Tönung, und die Lippen wie von vielen ungesagten Worten schmal.

»Nun ja«, sagte er flüsternd und fast verlegen, »mein liebes Fräulein, es trifft Sie wohl nicht unvorbereitet.«

Sie streckte ihm die Hand entgegen. Er nahm sie teilnahmsvoll, fragte pflichtgemäß nach dem Verlauf des letzten tödlichen Anfalls, sie berichtete sachlich und kurz und sprach dann von den letzten, verhältnismäßig guten Tagen, in denen Fridolin den Kranken nicht mehr gesehen hatte. Fridolin hatte einen Stuhl herangerückt, setzte sich Marianne gegenüber und gab ihr tröstend zu bedenken, daß ihr Vater in den letzten Stunden kaum gelitten haben dürfte; dann erkundigte er sich, ob Verwandte verständigt seien. Ja; die Hausbesorgerin sei schon auf dem Weg zum Onkel, und jedenfalls werde bald Herr Doktor Roediger erscheinen, »mein Verlobter«, setzte sie hinzu und blickte Fridolin auf die Stirn statt ins Auge.

Fridolin nickte nur. Er war Doktor Roediger im Verlaufe eines Jahres zwei- oder dreimal hier im Hause begegnet. Der überschlanke, blasse, junge Mensch mit kurzem, blondem Vollbart und Brille, Dozent für Geschichte an der Wiener Universität, hatte ihm recht gut gefallen, ohne weiter sein Interesse anzuregen. Marianne sähe sicher besser aus, dachte er, wenn sie seine Geliebte wäre. Ihr Haar wäre weniger trocken, ihre Lippen röter und voller. Wie alt mag sie sein? fragte er sich weiter. Als ich zum erstenmal zum Hofrat gerufen wurde, vor drei oder vier Jahren, war sie dreiundzwanzig. Damals lebte ihre Mutter noch. Sie war heiterer, als ihre Mutter noch lebte. Hat sie nicht eine kurze Zeit hindurch Gesangslektionen genommen? Also diesen Dozenten wird sie heiraten. Warum tut sie das? Verliebt ist sie gewiß nicht in ihn, und viel Geld dürfte er auch nicht haben. Was wird das für eine Ehe werden? Nun, eine Ehe wie tausend andere. Was kümmert's mich. Es ist wohl möglich, daß ich sie niemals wiedersehen werde, denn nun habe ich in diesem Hause nichts mehr zu tun. Ach, wie viele Menschen habe ich nie mehr wiedergesehen, die mir näher standen als sie.

Während ihm diese Gedanken durch den Kopf gingen, hatte Marianne von dem Verstorbenen zu reden begonnen – mit einer gewissen Eindringlichkeit, als wäre er durch die einfache Tatsache seines Todes plötzlich ein merkwürdigerer Mensch geworden. Also wirklich erst vierundfünfzig Jahre war er alt gewesen? Freilich, die vielen Sorgen und Enttäuschungen, die Gattin immer leidend – und der Sohn hatte ihm so viel Kummer bereitet! Wie, sie besaß einen Bruder? Gewiß. Sie hatte es dem Doktor doch schon einmal erzählt. Der Bruder lebte jetzt irgendwo im Auslande, da drin in Mariannes Kabinett hing ein Bild, das er im Alter von fünfzehn Jahren gemalt hatte. Es stellte einen Offizier dar, der einen Hügel hinuntersprengt. Der Vater hatte immer getan, als sähe er das Bild überhaupt nicht. Aber es war ein gutes Bild. Der Bruder hätte es schon weiterbringen können unter günstigern Umständen.

Wie erregt sie spricht, dachte Fridolin, und wie ihre Augen glänzen! Fieber? Wohl möglich. Sie ist magerer geworden in der letzten Zeit. Spitzenkatarrh vermutlich.

Sie sprach immer weiter, aber ihm schien, als wüßte sie gar nicht recht, zu wem sie sprach; oder als spräche sie zu sich selbst. Zwölf Jahre war der Bruder nun fort vom Haus, ja, sie war noch ein Kind gewesen, als er plötzlich verschwand. Vor vier oder fünf Jahren zu Weihnachten war die letzte Nachricht von ihm gekommen, aus einer kleinen italienischen Stadt. Sonderbar, sie hatte den Namen vergessen. So redete sie noch eine Weile gleichgültige Dinge, ohne Notwendigkeit, fast ohne Zusammenhang, bis sie mit einemmal schwieg und nun stumm dasaß, den Kopf in den Händen. Fridolin war müde und noch mehr gelangweilt, wartete sehnlich, daß jemand käme, die Verwandten oder der Verlobte. Das Schweigen im Raume lastete schwer. Es war ihm, als schwiege der Tote mit ihnen; nicht etwa weil er nun unmöglich mehr reden konnte, sondern absichtsvoll und mit Schadenfreude.

Und mit einem Seitenblick auf ihn sagte Fridolin: »Jedenfalls, wie die Dinge nun einmal liegen, ist es gut, Fräulein Marianne, daß Sie nicht mehr allzulange in dieser Wohnung bleiben müssen« – und da sie den Kopf ein wenig hob, ohne aber zu Fridolin aufzuschauen – »Ihr Bräutigam wird wohl bald eine Professur erhalten; an der philosophischen Fakultät liegen ja die Verhältnisse in dieser Beziehung günstiger als bei uns.« – Er dachte daran, daß er vor Jahren auch eine akademische Laufbahn angestrebt, daß er aber bei seiner Neigung zu einer behaglicheren Existenz sich am Ende für die praktische Ausübung seines Berufes entschieden hatte; – und plötzlich kam er sich dem vortrefflichen Doktor Roediger gegenüber als der Geringere vor.

»Im Herbst werden wir übersiedeln«, sagte Marianne, ohne sich zu regen, »er hat eine Berufung nach Göttingen.«

»Ah«, sagte Fridolin und wollte eine Art Glückwunsch anbringen, aber das schien ihm wenig angemessen in diesem Augenblick und in dieser Umgebung. Er warf einen Blick nach dem geschlossenen Fenster und, ohne vorher um Erlaubnis zu fragen, wie in Ausübung eines ärztlichen Rechtes öffnete er beide Flügel und ließ die Luft herein, die, indes noch wärmer und frühlingshafter geworden, einen linden Duft aus den erwachenden fernen Wäldern mitzubringen schien. Als er sich wieder ins Zimmer wandte, sah er die Augen Mariannes wie fragend auf sich gerichtet. Er trat näher zu ihr hin und bemerkte: »Die frische Luft wird Ihnen hoffentlich wohl tun. Es ist geradezu warm geworden, und gestern nacht« – er wollte sagen: fuhren wir im Schneegestöber von der Redoute nach Hause, aber er formte rasch den Satz um und ergänzte: »Gestern abend lag der Schnee noch einen halben Meter hoch in den Straßen.«

Sie hörte kaum, was er sagte. Ihre Augen wurden feucht, große Tränen liefen ihr über die Wangen herab und wieder verbarg sie ihr Gesicht in den Händen. Unwillkürlich legte er seine Hand auf ihren Scheitel und strich ihr über die Stirn. Er fühlte, wie ihr Körper zu zittern begann, sie schluchzte in sich hinein, kaum hörbar zuerst, allmählich lauter, endlich ganz ungehemmt. Mit einemmal war sie vom Sessel herabgeglitten, lag Fridolin zu Füßen, umschlang seine Knie mit den Armen und preßte ihr Antlitz daran. Dann sah sie zu ihm auf mit weit offenen, schmerzlich-wilden Augen und flüsterte heiß: »Ich will nicht fort von hier. Auch wenn Sie niemals wiederkommen, wenn ich Sie niemals mehr sehen soll; ich will in Ihrer Nähe leben.«

Er war mehr ergriffen als erstaunt; denn er hatte es immer gewußt, daß sie in ihn verliebt war oder sich einbildete, es zu sein.

»Stehen Sie doch auf, Marianne«, sagte er leise, beugte sich zu ihr herab, richtete sie milde auf und dachte: natürlich ist auch Hysterie dabei. Er warf einen Seitenblick auf den toten Vater. Ob er nicht alles hört, dachte er. Vielleicht ist er scheintot? Vielleicht ist jeder Mensch in diesen ersten Stunden nach dem Verscheiden nur scheintot –? Er hielt Marianne in den Armen, aber zugleich etwas entfernt von sich, und drückte beinahe unwillkürlich einen Kuß auf ihre Stirn, was ihm selbst ein wenig lächerlich vorkam. Flüchtig erinnerte er sich eines Romans, den er vor Jahren gelesen und in dem es geschah, daß ein ganz junger Mensch, ein Knabe fast, am Totenbett der Mutter von ihrer Freundin verführt, eigentlich vergewaltigt wurde. Im selben Augenblick, er wußte nicht warum, mußte er seiner Gattin denken. Bitterkeit gegen sie stieg in ihm auf und ein dumpfer Groll gegen den Herrn in Dänemark mit der gelben Reisetasche auf der Hotelstiege. Er zog Marianne fester an sich, doch verspürte er nicht die geringste Erregung; eher flößte ihm der Anblick des glanzlos trockenen Haares, der süßlich-fade Geruch ihres ungelüfteten Kleides einen leichten Widerwillen ein. Nun ertönte die Glocke draußen, er fühlte sich wie erlöst, küßte Marianne die Hand rasch, gleichwie in Dankbarkeit, und ging öffnen. Es war Doktor Roediger, der in der Tür stand, in dunkelgrauem Havelock, mit Überschuhen, einen Regenschirm in der Hand, mit einem den Umständen angemessenen ernsten Gesichtsausdruck. Die beiden Herren nickten einander zu, vertrauter, als es ihren tatsächlichen Beziehungen entsprach. Dann traten sie beide ins Zimmer, Roediger drückte Marianne nach einem befangenen Blick auf den Toten seine Teilnahme aus; Fridolin begab sich ins Nebenzimmer, um die ärztliche Todesanzeige abzufassen, drehte die Gasflamme über dem Schreibtisch höher, und sein Blick fiel auf das Bildnis des weißuniformierten Offiziers, der mit geschwungenem Säbel den Hügel hinabsprengte, einem unsichtbaren Feind entgegen. Es war in einen altgoldenen schmalen Rahmen gespannt und wirkte nicht viel besser als ein bescheidener Öldruck.

Mit dem ausgefüllten Totenschein trat Fridolin wieder in den Nebenraum, wo am Bett des Vaters, die Hände ineinander verschlungen, die Brautleute saßen.

Wieder ertönte die Türglocke. Doktor Roediger erhob sich und ging öffnen; indessen sagte Marianne, unhörbar fast, auf den Boden blickend: »Ich liebe dich.« Fridolin erwiderte nur, indem er, nicht ohne Zärtlichkeit, Mariannens Namen aussprach. Roediger trat wieder ein mit einem älteren Ehepaar. Es waren der Onkel und die Tante Mariannens; einige Worte, den Umständen entsprechend, wurden gewechselt, mit der Befangenheit, die die Anwesenheit eines eben Verstorbenen rings zu verbreiten pflegt. Das kleine Zimmer sah plötzlich wie von Trauergästen überfüllt aus, Fridolin erschien sich überflüssig, empfahl sich und wurde von Roediger zur Tür geleitet, der sich zu einigen Dankesworten verpflichtet fühlte und die Hoffnung baldiger Wiederbegegnung aussprach.

III

Fridolin, vor dem Haustor, sah zu dem Fenster auf, das er früher selbst geöffnet hatte; die Flügel zitterten leise im Vorfrühlingswinde. Die Menschen, die dort oben zurückgeblieben waren, die lebendigen geradeso wie der Tote, waren ihm in gleicher Weise gespensterhaft unwirklich. Er selbst erschien sich wie entronnen; nicht so sehr einem Erlebnis als vielmehr einem schwermütigen Zauber, der keine Macht über ihn gewinnen sollte. Als einzige Nachwirkung empfand er eine merkwürdige Unlust, sich nach Hause zu begeben. Der Schnee in den Straßen war geschmolzen, links und rechts waren kleine schmutzig-weiße Häuflein aufgeschichtet, die Gasflammen in den Laternen flackerten, von einer nahen Kirche schlug es elf. Fridolin beschloß, vor dem Schlafengehen noch eine halbe Stunde in einer stillen Kaffeehausecke nahe seiner Wohnung zu verbringen, und nahm den Weg durch den Rathauspark. Auf beschatteten Bänken saß da und dort ein Paar eng aneinandergeschmiegt, als wäre wirklich schon der

Frühling da und die trügerisch-warme Luft nicht schwanger von Gefahren. Auf einer Bank der Länge nach ausgestreckt, den Hut in die Stirn gedrückt, lag ein ziemlich zerlumpter Mensch. Wenn ich ihn aufweckte, dachte Fridolin, und ihm Geld für ein Nachtlager schenkte? Ach, was wäre damit getan, überlegte er weiter, dann müßte ich morgen auch für eines sorgen, sonst hätte es ja keinen Sinn, und am Ende würde ich noch sträflicher Beziehungen mit ihm verdächtigt. Und er beschleunigte seinen Schritt, wie um jeder Art von Verantwortung und Versuchung so rasch als möglich zu entfliehen. Warum gerade der? fragte er sich, Tausende von solchen armen Teufeln gibt's in Wien allein. Wenn man sich um die alle kümmern wollte – um die Schicksale aller Unbekannten! Und der Tote fiel ihm ein, den er eben verlassen, und mit einigem Schauer, ja nicht ohne Ekel dachte er daran, daß in dem langdahingestreckten mageren Leib unter der braunen Flanelldecke nach ewigen Gesetzen Verwesung und Zerfall ihr Werk schon begonnen hatten. Und er freute sich, daß er noch lebte, daß für ihn aller Wahrscheinlichkeit nach all diese häßlichen Dinge noch ferne waren; ja daß er noch mitten in seiner Jugend stand, eine reizende und liebenswerte Frau zu eigen hatte und auch noch eine oder mehrere dazu haben konnte, wenn es ihm gerade beliebte. Zu dergleichen hätte freilich mehr Muße gehört, als ihm vergönnt war; und es fiel ihm ein, daß er morgen um acht Uhr früh auf der Abteilung sein, von elf bis eins Privatpatienten besuchen, nachmittags von drei bis fünf Ordination halten mußte und daß ihm auch für die Abendstunden noch einige Krankenbesuche bevorstanden. – Nun – hoffentlich würde er wenigstens nicht wieder mitten in der Nacht geholt werden, wie es ihm heute geschehen war.

Er überquerte den Rathausplatz, der trüb erglänzte wie ein bräunlicher Teich, und wandte sich dem heimatlichen Josefstädter Bezirk zu. Von weitem hörte er dumpfe, regelmäßige Schritte und sah, noch ziemlich entfernt, eben um eine Straßenecke biegend, einen kleinen Trupp von Couleurstudenten, die, sechs oder acht an der Zahl, ihm entgegenkamen. Als die jungen Leute in den Schein einer Laterne gerieten, glaubte er die blauen Alemannen in ihnen zu erkennen. Er selbst hatte nie einer Verbindung angehört, aber seinerzeit ein paar Säbelmensuren ausgefochten. Im Zusammenhang mit dieser Erinnerung an seine Studentenzeit fielen ihm die roten Dominos ein, die ihn gestern nacht in die Loge gelockt und so bald wieder schnöde verlassen hatten. Die Studenten waren ganz nahe, sie redeten laut und lachten; – ob er nicht einen oder den andern aus dem Spitale kennen mochte? Doch bei der unsicheren Beleuchtung war es nicht möglich, die Physiognomien deutlich auszunehmen. Er mußte sich ganz nahe an die Mauer halten, um nicht mit ihnen zusammenzustoßen; – jetzt waren sie vorbei; nur der zuletzt ging, ein langer Kerl im offnen Winterrock, eine Binde über dem linken Auge, schien geradezu absichtlich ein Stückchen zurückzubleiben und stieß mit seitlich abgestreckten Ellbogen an ihn an. Es konnte kein Zufall sein. Was fällt dem Kerl ein, dachte Fridolin und blieb unwillkürlich stehen; der andere nach zwei Schritten tat desgleichen, und so sahen sie einander einen Moment lang aus mäßiger Entfernung in die Augen. Plötzlich aber wandte Fridolin sich wieder ab und ging weiter. Er hörte ein kurzes Lachen hinter sich, – fast hätte er sich nochmals umgewandt, um den Burschen zu stellen, aber er verspürte ein sonderbares Herzklopfen – ganz wie einmal vor zwölf oder vierzehn Jahren, als es so heftig an seine Tür gepocht hatte, während das anmutige junge Ding bei ihm war, das immer von einem entfernt lebenden, wahrscheinlich gar nicht existierenden Bräutigam zu faseln liebte; es war auch tatsächlich nur der Briefträger gewesen, der so drohend gepocht hatte. – Und geradeso wie damals fühlte er jetzt sein Herz klopfen. Was ist das, fragte er sich ärgerlich und merkte nun, daß ihm die Knie ein wenig zitterten. Feig –? Unsinn, erwiderte er sich selbst. Soll ich mich mit einem betrunkenen Studenten herstellen, ich, ein Mann von fünfunddreißig Jahren, praktischer Arzt, verheiratet, Vater eines Kindes! – Kontrahage! Zeugen! Duell! Und am Ende wegen einer solchen dummen Rempelei einen Hieb in den Arm? Und für ein paar Wochen berufsunfähig? – Oder ein Auge heraus? – Oder gar Blutvergiftung –? Und in acht Tagen so weit wie der Herr in der Schreyvogelgasse unter der Bettdecke aus braunem Flanell! Feig –? Drei Säbelmensuren hatte er ausgefochten, und auch zu einem Pistolenduell war er einmal bereit gewesen, und nicht auf *seine* Veranlassung war die Sache damals gütlich beigelegt worden. Und sein Beruf! Gefahren von allen Seiten und in jedem Augenblick, – man vergaß nur immer wieder dran. Wie lang war es denn her, daß das diphtheritiskranke Kind ihm ins Gesicht gehustet hatte? Drei oder vier Tage, nicht mehr. Das war immerhin eine bedenklichere Sache als so eine kleine Säbelfechterei. Und er hatte überhaupt nicht mehr daran gedacht. Nun, wenn er dem Kerl wieder begegnete, ließ sich die Angelegenheit immer noch ins reine bringen. Keineswegs war er verpflichtet, um Mitternacht auf dem Weg von einem Kranken oder auch zu einem kranken, das hätte ja schließlich auch der Fall sein können – nein, er war wirklich nicht verpflichtet, auf solch eine alberne Studentenrempelei zu reagieren. Wenn jetzt zum Exempel der junge Däne ihm entgegenkäme, mit dem Albertine – ach nein, was fiel ihm denn nur ein? Nun – es war ja doch nicht anders, als wenn sie seine Geliebte gewesen wäre. Schlimmer noch. Ja, der sollte ihm jetzt entgegenkommen. Oh, eine wahre Wonne wäre es, dem irgendwo in einer Waldlichtung gegenüberzustehen und auf die Stirn mit dem glattgestrichenen Blondhaar den Lauf einer Pistole zu richten.

Er fand sich, mit einem Male, schon über sein Ziel hinaus in einer engen Gasse, durch die nur ein paar armselige Dirnen auf nächtlichen Männerfang umherstrichen. Gespenstisch, dachte er. Und auch die Studenten mit den blauen Kappen wurden ihm plötzlich gespenstisch in der Erinnerung, ebenso Marianne, ihr Verlobter, Onkel und Tante, die er sich nun alle, Hand in Hand, um das Totenbett des alten Hofrats gereiht vorstellte; auch Albertine, die ihm nun im Geist als tief Schlafende, die Arme unter dem Nacken verschränkt, vorschwebte, – sogar sein Kind, das jetzt zusammengerollt in dem schmalen weißen Messingbettchen lag, und das rotbäckige Fräulein mit dem Muttermal an der linken Schläfe – sie alle waren ihm völlig ins Gespenstische entrückt. Und in dieser Empfindung, obzwar sie ihn ein wenig schaudern machte, war zugleich etwas Beruhigendes, das ihn von aller Verantwortung zu befreien, ja aus jeder menschlichen Beziehung zu lösen schien. Eines der herumstreifenden Mädchen forderte ihn zum Mitgehen auf. Es war ein zierliches, noch ganz junges Geschöpf, sehr blaß mit rotgeschminkten Lippen. Könnte gleichfalls mit Tod enden, dachte er, nur nicht *so* rasch! *Auch* Feigheit? Im Grunde schon. Er hörte ihre Schritte, bald ihre Stimme hinter sich. »Willst nicht mitkommen, Doktor?«

Unwillkürlich wandte er sich um. »Woher kennst du mich?« fragte er.

»Ich kenn' Ihnen nicht«, sagte sie, »aber in dem Bezirk sind ja alle Doktors.«

Seit seiner Gymnasiastenzeit hatte er mit einem Frauenzimmer dieser Art nichts zu tun gehabt. Geriet er plötzlich in seine Knabenjahre zurück, daß dieses Geschöpf ihn reizte? Er erinnerte sich eines flüchtigen Bekannten, eines eleganten jungen Mannes, dem man ein fabelhaftes Glück bei Frauen nachsagte, mit dem er als Student nach einem Ball in einem Nachtlokal gesessen hatte und der, ehe er sich mit einer der gewerbsmäßigen Besucherinnen entfernte, Fridolins etwas verwunderten Blick mit den Worten erwidert hatte: »Es bleibt immer das Bequemste; – und die Schlimmsten sind es auch nicht.«

»Wie heißt du?« fragte Fridolin.

»No, wie wir i denn heißen? Mizzi natürlich.«

Schon hatte sie den Schlüssel im Haustor umgedreht, trat in den Flur und wartete, daß Fridolin ihr folgte.

»G'schwind!« sagte sie, als er zögerte. Plötzlich stand er neben ihr, das Tor fiel hinter ihm zu, sie sperrte ab, zündete ein Wachskerzchen an und leuchtete ihm vor. – Bin ich verrückt? fragte er sich. Ich werde sie natürlich nicht anrühren.

In ihrem Zimmer brannte eine Öllampe. Sie drehte den Docht weiter auf, es war ein ganz behaglicher Raum, nett gehalten und jedenfalls roch es da viel angenehmer als zum Beispiel in Mariannens Behausung. Freilich, – hier hatte kein alter Mann monatelang krank gelegen. Das Mädchen lächelte, näherte sich ohne Zudringlichkeit Fridolin, der sie sanft abwehrte. Dann wies sie auf einen Schaukelstuhl, in den er sich gerne sinken ließ.

»Bist gewiß sehr müd«, meinte sie. Er nickte. Und sie, während sie sich ohne Hast entkleidete:

»Na ja, so ein Mann, was der den ganzen Tag zu tun hat. Da hat's unsereiner leichter.«

Er merkte, daß ihre Lippen gar nicht geschminkt, sondern von einem natürlichen Rot gefärbt waren, und machte ihr ein Kompliment darüber.

»Ja warum soll ich mich denn schminken?« fragte sie. »Was glaubst denn du, wie alt ich bin?«

»Zwanzig?« riet Fridolin.

»Siebzehn«, sagte sie, setzte sich auf seinen Schoß und schlang wie ein Kind den Arm um seinen Nacken.

Wer auf der Welt möchte vermuten, dachte er, daß ich mich jetzt gerade in diesem Raum befinde? Hätte ich selbst es vor einer Stunde, vor zehn Minuten für möglich gehalten? Und – warum? Warum? Sie suchte mit ihren Lippen die seinen, er bog sich zurück, sie sah ihn groß, etwas traurig an, ließ sich von seinem Schoß heruntergleiten. Fast tat es ihm leid, denn in ihrer Umschlingung war viel tröstende Zärtlichkeit gewesen.

Sie nahm einen roten Schlafrock, der über der Lehne des offenen Bettes hing, schlüpfte hinein und preßte die Arme über der Brust zusammen, so daß ihre ganze Gestalt verhüllt war.

»Ist's dir jetzt recht?« fragte sie ohne Spott, wie schüchtern, als gäbe sie sich Mühe, ihn zu verstehen. Er wußte kaum, was antworten.

»Du hast es richtig erraten«, sagte er dann, »ich bin wirklich müd, und ich finde es sehr angenehm, hier im Schaukelstuhl zu sitzen und dir einfach zuzuhören. Du hast so eine liebe, sanfte Stimme. Red' nur, erzähl' mir was.«

Sie saß auf dem Bett und schüttelte den Kopf.

»Du fürchtest dich halt«, sagte sie leise, – und dann vor sich hin, kaum vernehmlich, »schad'!«

Dieses letzte Wort jagte eine heiße Welle durch sein Blut. Er trat zu ihr hin, wollte sie umfassen, erklärte ihr, daß sie ihm völliges Vertrauen einflöße, und sprach damit sogar die Wahrheit. Er zog sie an sich, er warb um sie, wie um ein Mädchen, wie um eine geliebte Frau. Sie widerstand, er schämte sich und ließ endlich ab.

Sie sagte:

»Man kann ja nicht wissen, irgendeinmal muß es ja doch kommen. Du hast ganz recht, wenn du dich fürchten tust. Und wenn was passiert, dann möchtest du mich verfluchen.«

Die Banknoten, die er ihr bot, lehnte sie mit solcher Bestimmtheit ab, daß er nicht weiter in sie dringen konnte. Sie nahm einen schmalen blauen Wollschal um, zündete eine Kerze an, leuchtete ihm, begleitete ihn hinab und sperrte das Tor auf. »Ich bleib heut schon z' Haus«, sagte sie. Er nahm ihre Hand und küßte sie unwillkürlich. Sie sah erstaunt, fast erschrocken zu ihm auf, dann lachte sie verlegen und beglückt. »Wie einer Fräuln«, sagte sie.

Das Tor fiel hinter ihm zu, und Fridolin prägte mit einem raschen Blick seinem Gedächtnis die Hausnummer ein, um in der Lage zu sein, dem lieben armen Ding morgen Wein und Näschereien heraufzuschicken.

IV

Es war indes noch etwas wärmer geworden. Der laue Wind brachte in die enge Gasse einen Duft von feuchten Wiesen und fernem Bergfrühling. Wohin jetzt? dachte Fridolin, als wäre es nicht das Selbstverständliche, endlich nach Hause zu gehen und sich schlafen zu legen. Aber dazu konnte er sich nicht entschließen. Wie heimatlos, wie hinausgestoßen erschien er sich seit der widerwärtigen Begegnung mit den Alemannen ... Oder seit Mariannens Geständnis? – Nein, länger schon – seit dem Abendgespräch mit Albertine rückte er immer weiter fort aus dem gewohnten Bezirk seines Daseins in irgendeine andere, ferne, fremde Welt.

Er wandelte kreuz und quer durch die nächtlichen Straßen, ließ den leichten Föhn um seine Stirne wehen, und endlich, entschlossenen Schritts, als wäre er nun an ein langgesuchtes Ziel gelangt, trat er in ein Kaffeehaus niederen Ranges ein, das altwienerisch gemütlich, nicht besonders geräumig, mäßig beleuchtet und zu dieser späten Stunde nur wenig besucht war.

In einer Ecke spielten drei Herren Karten; ein Kellner, der ihnen bisher zugeschaut hatte, half Fridolin beim Ablegen des Pelzes, nahm seine Bestellung entgegen und legte ihm illustrierte Zeitungen und Abendblätter auf den Tisch. Fridolin erschien sich wie geborgen und begann flüchtig die Journale zu durchblättern. Da und dort blieb sein Blick haften. In irgendeiner böhmischen Stadt waren deutschsprachige Straßentafeln heruntergerissen worden. In Konstantinopel gab es eine Konferenz wegen eines Bahnbaus in Kleinasien, an der auch Lord Cranford teilnahm. Die Firma Benies & Weingruber war insolvent geworden. Die Prostituierte Anna Tiger hatte auf ihre Freundin Hermine Drobizky ein Eifersuchtsattentat mit Vitriol verübt. Heute abend fand ein Heringsschmaus in den Sophiensälen statt. Ein junges Mädchen Marie B., wohnhaft Schönbrunner Hauptstraße 28, hatte sich mit Sublimat vergiftet. – Alle diese Tatsachen, die gleichgültigen und die traurigen, in ihrer trockenen Alltäglichkeit wirkten irgendwie ernüchternd und beruhigend auf Fridolin. Das junge Mädchen, Marie B., tat ihm leid; Sublimat, wie dumm. In dieser Sekunde, während er gemütlich im Café sitzt und Albertine ruhig schläft mit im Nacken verschränkten Armen und der Hofrat schon alles irdische Leid überwunden hat, windet sich Marie B., Schönbrunner Hauptstraße 28, in sinnlosen Schmerzen.

Er blickte von der Zeitung auf. Da sah er von einem gegenüberliegenden Tisch zwei Augen auf sich gerichtet. War es möglich? Nachtigall –? Der hatte ihn schon erkannt, hob freudig überrascht beide Arme, trat auf Fridolin zu, ein großer, ziemlich breiter, beinahe plumper, noch junger Mensch mit langem, leicht gelocktem, blondem, schon etwas graumeliertem Haar und einem blonden, in polnischer Art herunterhängenden Schnurrbart. Er trug einen offenen grauen Havelock, darunter einen etwas speckigen Frack, ein zerdrücktes Hemd mit drei falschen Brillantknöpfen, einen zerknitterten Kragen und eine flatternde weiße Seidenkrawatte. Seine Lider waren gerötet wie von vielen durchwachten Nächten, doch die Augen strahlten heiter und blau.

»Du bist in Wien, Nachtigall?« rief Fridolin.

»Du weißt nicht«, sagte Nachtigall in polnisch weichem Akzent mit mäßigem jüdischen Beiklang. »Wie weißt du nicht? Ich bin doch so beriehmt.« Er lachte laut und gutmütig und setzte sich Fridolin gegenüber.

»Wie?« fragte Fridolin. »Vielleicht Professor der Chirurgie geworden im geheimen?«

Nachtigall lachte noch heller auf: »Hast du mich jetzt nicht geheert? Jetzt äben?«

»Wieso gehört? – Ach ja!« Und nun erst kam es Fridolin zu Bewußtsein, daß er während seines Eintretens, ja schon früher, als er sich dem Kaffeehaus genähert, aus irgendeiner Kellertiefe Klavierspiel heraufklingen gehört hatte. »Also das warst du?« rief er aus.

»Wer denn als ich?« lachte Nachtigall.

Fridolin nickte. Natürlich; – dieser eigentümlich energische Anschlag, diese sonderbaren, etwas willkürlichen aber wohlklingenden Harmonien der linken Hand waren ihm ja gleich so bekannt vorgekommen. »Also du hast dich ganz darauf verlegt?« meinte er. Er erinnerte sich, daß Nachtigall das Studium der Medizin schon nach der zweiten, sogar geglückten, wenn auch mit siebenjähriger Verspätung abgelegten Vorprüfung in Zoologie, endgültig aufgegeben hatte. Doch noch durch geraume Zeit hatte er sich in Krankenhaus, Seziersaal, Laboratorien und Hörsälen herumgetrieben, wo er mit seinem blonden Künstlerkopf, seinem stets zerknitterten Kragen, der flatternden, einst weiß gewesenen Krawatte eine auffallende, im heiteren Sinn populäre und nicht nur bei Kollegen sondern auch bei manchen Professoren geradezu geliebte Figur vorgestellt hatte. Sohn eines jüdischen Branntweinschenkers in einem polnischen Nest war er seinerzeit aus der Heimat nach Wien gekommen, um Medizin zu studieren. Die geringfügigen elterlichen Unterstützungen waren von Anfang an kaum der Rede wert gewesen, und überdies bald gänzlich eingestellt worden, was ihn nicht hinderte, auch weiterhin im Riedhof an einem Stammtisch von Medizinern zu erscheinen, dem auch Fridolin angehörte. Die Bezahlung seiner Zeche hatte von einem gewissen Zeitpunkt an jedesmal ein anderer der wohlhabenderen Kollegen übernommen. Auch Kleidungsstücke erhielt er manchmal zum Geschenk, was er sich gleichfalls gern und ohne falschen Stolz gefallen ließ. Schon in seinem Heimatstädtchen hatte er bei einem dort gestrandeten Pianisten die Anfangsgründe des Klavierspielens gelernt, und in Wien als Studiosus medicinae besuchte er zugleich das Konservatorium, wo er angeblich als vielversprechendes pianistisches Talent galt. Aber auch hier war er nicht ernst und fleißig genug, um sich regelrecht weiter auszubilden; und bald ließ er es sich an seinen musikalischen Erfolgen im Kreise seiner Bekannten, vielmehr an dem Vergnügen, das er ihnen durch sein Klavierspiel bereitete, vollauf genügen. Eine

Zeitlang wirkte er in einer vorstädtischen Tanzschule als Pianist. Universitätskollegen und Tischgenossen versuchten ihn in besseren Häusern in gleicher Eigenschaft einzuführen, doch spielte er bei solcher Gelegenheit immer nur, was ihm eben und solange es ihm beliebte, ließ sich mit den jungen Damen in Unterhaltungen ein, die von seiner Seite nicht immer harmlos geführt waren, und trank mehr, als er vertragen konnte. Einmal spielte er im Hause eines Bankdirektors zum Tanze auf. Nachdem er schon vor Mitternacht durch anzüglich-galante Bemerkungen die vorbeitanzenden jungen Mädchen in Verlegenheit gebracht und bei ihren Herren Anstoß erregt hatte, fiel es ihm ein, einen wüsten Cancan zu spielen und mit seinem gewaltigen Baß ein zweideutiges Couplet dazu zu singen. Der Bankdirektor verwies es ihm heftig. Nachtigall, wie von seliger Heiterkeit erfüllt, erhob sich, umarmte den Direktor, dieser, empört, fauchte, obwohl selbst Jude, dem Pianisten ein landesübliches Schimpfwort ins Gesicht, das Nachtigall unverzüglich mit einer gewaltigen Ohrfeige quittierte – womit seine Laufbahn in den besseren Häusern der Stadt endgültig abgeschlossen erschien. In intimeren Zirkeln wußte er sich im allgemeinen anständiger zu betragen, wenn man auch bei solchen Gelegenheiten in vorgerückten Stunden manchmal genötigt war, ihn gewaltsam aus dem Lokal zu entfernen. Doch am nächsten Morgen waren solche Zwischenfälle von allen Beteiligten verziehen und vergessen. – Eines Tages, seine Kollegen hatten längst alle ihre Studien beendet, war er plötzlich ohne Abschied aus der Stadt verschwunden. Einige Monate hindurch trafen noch Kartengrüße von ihm aus verschiedenen russischen und polnischen Städten ein; und einmal, ohne weitere Erklärung, wurde Fridolin, den Nachtigall stets besonders in sein Herz geschlossen hatte, nicht nur durch einen Gruß, sondern durch die Bitte um einen mäßigen Geldbetrag an Nachtigalls Existenz erinnert. Fridolin sandt die Summe unverzüglich ab, ohne jemals einen Dank oder sonst ein Lebenszeichen von Nachtigall zu erhalten.

In diesem Augenblick aber, um dreiviertel ein Uhr nachts, nach acht Jahren, bestand Nachtigall darauf, dieses Versäumnis unverzüglich gutzumachen, und in genau stimmender Anzahl entnahm er Banknoten einer ziemlich defekten Brieftasche, die übrigens leidlich gefüllt war, so daß Fridolin sich die Rückzahlung mit gutem Gewissen durfte gefallen lassen...

»Also es geht dir gut«, meinte er lächelnd, wie zu seiner eigenen Beruhigung.

»Kann nicht klagen«, erwiderte Nachtigall. Und seine Hand auf Fridolins Arm legend: »Aber jetzt sag' einmal, wie kommst du mitten in der Nacht daher?«

Fridolin erklärte seine Anwesenheit zu so später Stunde mit dem dringenden Bedürfnis, nach einem nächtlichen Krankenbesuch noch eine Tasse Kaffee zu sich zu nehmen; verschwieg aber, ohne recht zu wissen warum, daß er seinen Patienten nicht mehr am Leben getroffen. Dann äußerte er sich ganz im allgemeinen über seine ärztliche Tätigkeit an der Poliklinik und seine Privatpraxis und erwähnte, daß er verheiratet, glücklich verheiratet und Vater eines sechsjährigen Mädchens sei.

Nun berichtete Nachtigall. Er hatte sich, wie Fridolin richtig vermutet, die ganzen Jahre über als Pianist in allen möglichen polnischen, rumänischen, serbischen und bulgarischen Städten und Städtchen fortgebracht, in Lemberg lebte ihm eine Frau mit vier Kindern; – und er lachte hell, als wäre es ausnehmend lustig, vier Kinder zu haben, alle in Lemberg und alle von ein und derselben Frau. Seit dem vergangenen Herbst hielt er sich wieder in Wien auf. Das Varieté, das ihn engagiert hatte, war sofort verkracht, nun spielte er in den verschiedensten Lokalen, wie es sich eben fügte, manchmal auch in zweien oder dreien in derselben Nacht, hier unten zum Beispiel, im Keller – kein sehr vornehmes Etablissement, wie er bemerkte, eigentlich eine Art von Kegelbahn, und was das Publikum anbelangt... »Aber wenn man für vier Kinder zu sorgen hat und eine Frau in Lemberg« – und er lachte wieder, nicht mehr ganz so lustig wie vorher.

»Auch privat habe ich manchmal zu tun«, fügte er rasch hinzu. Und als er ein erinnerndes Lächeln auf Fridolins Antlitz gewahrte, – »nicht bei Bankdirektoren und soo, nein, in allen mäglichen Kreisen, auch gräßere, äffentliche und gehäime.«

»Geheime?«

Nachtigall blickte düster-pfiffig vor sich hin. »Sofort werd' ich wieder abgeholt.«

»Wie, heute noch spielst du?«

»Ja, dort fangt es nämlich erst um zwei an.«

»Das ist ja besonders fein«, sagte Fridolin.

»Ja und nein«, lachte Nachtigall, wurde aber gleich wieder ernst.

»Ja und nein –?« wiederholte Fridolin neugierig. Nachtigall beugte sich über den Tisch zu ihm.

»Ich spielle heute in einem Privathaus, aber wem es gehärt, weiß ich nicht.«

»Du spielst also heute zum erstenmal dort?« fragte Fridolin mit steigendem Interesse.

»Nein, das drittemal. Aber es wird wahrscheinlich wieder ein anderes Haus sein.«

»Das versteh' ich nicht.«

»Ich auch nicht«, lachte Nachtigall. »Besser du fragst nicht.«

»Hm«, machte Fridolin.

»Oh, du irrst dich. Nicht was du glaubst. Ich hab' schon viel gesehen, man glaubt nicht, in solchen kleinen Städten – besonders Rumänien –, man erläbt vieles. Aber hier...« Er schlug den gelben Fenstervorhang ein wenig zurück, blickte auf die Straße hinaus und sagte wie für sich: »Noch nicht da«, dann zu Fridolin, erklärend, »nämlich der Wagen. Immer holt mich ein Wagen ab, und immer ein anderer.«

»Du machst mich neugierig, Nachtigall«, meinte Fridolin kühl.

»Här' zu«, sagte Nachtigall nach einigem Zögern. »Wenn ich einem auf der Welt vergennte – aber, wie macht man nur –« und plötzlich: »Hast du Courage?«

»Sonderbare Frage«, sagte Fridolin im Ton eines beleidigten Couleurstudenten.

»Ich meine nicht soo.«

»Also wie meinst du eigentlich? Wozu braucht man bei dieser Gelegenheit so besondere Courage? Was kann einem denn passieren?« Und er lachte kurz und verächtlich.

»*Mir* kann nichts passieren, heechstens, daß ich zum letzten Male heite – aber das ist vielleicht auch soo.« Er schwieg und blickte wieder durch den Vorhangspalt hinaus.

»Na also?«

»Wie meinst du?« fragte Nachtigall wie aus einem Traum.

»Erzähl' doch weiter. Wenn du schon einmal angefangen hast... Geheime Veranstaltung? Geschlossene Gesellschaft? Geladene Gäste?«

»Ich weiß nicht. Neilich waren dreißig Menschen, das erstemal nur sechzehn.«

»Ein Ball?«

»Natürlich ein Ball.« Er schien jetzt zu bereuen, daß er überhaupt gesprochen hatte.

»Und du machst Musik dazu?«

»Wieso dazu? Ich weiß nicht wozu. Wirklich, ich weiß nicht. Ich spielle, ich spielle – mit verbundene Augen.«

»Nachtigall, Nachtigall, was singst du da für ein Lied!«

Nachtigall seufzte leise. »Aber leider nicht ganz verbunden. Nicht so, daß ich gar nichts sehe. Ich seh' nämlich im Spiegel durch das schwarze Seidentuch über meine Augen...« Und wieder schwieg er.

»Mit einem Wort«, sagte Fridolin ungeduldig und verächtlich, fühlte sich aber sonderbar erregt... »nackte Frauenzimmer.«

»Sag' nicht Frauenzimmer, Fridolin«, erwiderte Nachtigall wie beleidigt, »solche Weiber hast du nie gesehen.«

Fridolin räusperte sich leicht. »Und wie hoch ist das Entrée?« fragte er beiläufig.

»Billetts meinst du und soo? Ha, was fallt dir ein.«

»Also wie verschafft man sich Eintritt?« fragte Fridolin mit gepreßten Lippen und trommelte auf die Tischplatte.

»Parolle mußt du kennen, und jedesmal ist eine andere.«

»Und die heutige?«

»Weiß ich noch nicht. Erfahr' ich erst vom Kutscher.«

»Nimm mich mit, Nachtigall.«

»Unmeglich, zu gefährlich.«

»Vor einer Minute hattest du doch selbst die Absicht... mir zu ›vergennen‹. Es wird schon möglich sein.«

Nachtigall betrachtete ihn prüfend. »So wie du bist – kenntest du auf keinen Fall, nämlich alle sind maskiert, Herren und Damen. Hast du eine Maske bei dir oder soo? Unmeglich. Vielleicht nächstes Mal. Werde mir was ausspekulieren.« Er horchte auf und blickte wieder durch den Vorhangspalt auf die Straße, und aufatmend: »Da ist der Wagen. Adieu.«

Fridolin hielt ihn beim Arm fest. »So kommst du mir nicht davon. Du wirst mich mitnehmen.«

»Aber Kollega...«

»Überlaß mir alles Weitere. Ich weiß schon, daß es ›gefährlich‹ ist, – vielleicht lockt mich gerade das.«

»Aber ich sage dir schon – ohne Kostim und Larve –«

»Es gibt Maskenleihanstalten.«

»Um ein Uhr früh –!«

»Hör' einmal zu, Nachtigall. Ecke Wickenburgstraße befindet sich so ein Unternehmen. Täglich gehe ich ein paarmal an der Tafel vorbei.« Und hastig, in wachsender Erregung: »Du bleibst hier noch eine Viertelstunde, Nachtigall, ich versuch' indessen dort mein Glück. Der Besitzer der Leihanstalt wohnt vermutlich im gleichen Haus. Wenn nicht – dann verzichte ich eben. Das Schicksal soll entscheiden. Im selben Haus ist ein Café, Café Vindobona heißt es, glaube ich. Du sagst dem Kutscher – daß du in dem Café irgend etwas vergessen hast, gehst hinein, ich warte nah der Tür, du sagst mir rasch die Parole, steigst wieder in deinen Wagen; ich, wenn es mir gelungen ist, ein Kostüm zu bekommen, nehme mir rasch einen andern, fahre dir nach – das Weitere muß sich finden. Dein Risiko, Nachtigall, mein Ehrenwort, trage ich in jedem Falle mit.«

Nachtigall hatte einige Male versucht, Fridolin zu unterbrechen, doch vergeblich. Fridolin warf die Zeche auf den Tisch mit einem allzu reichlichen Trinkgeld, wie ihm das in den Stil dieser Nacht zu passen schien, und ging. Draußen stand ein geschlossener Wagen, unbeweglich auf dem Bock saß ein Kutscher, ganz in Schwarz, mit hohem Zylinder; – wie eine Trauerkutsche, dachte Fridolin. Nach wenigen Minuten, im Laufschritt, war er zu dem Eckhaus gelangt, das er suchte, läutete, erkundigte sich beim Hausmeister, ob der Maskenverleiher Gibiser hier im Hause wohnte, und hoffte im stillen, daß es nicht der Fall wäre. Aber Gibiser wohnte tatsächlich hier, im Stockwerk unterhalb der Leihanstalt, der Hausmeister schien nicht einmal sonderlich erstaunt über den späten Besuch, sondern, durch das ansehnliche Trinkgeld Fridolins leutselig gestimmt, bemerkte er, daß während des Faschings gar nicht so selten auch in solcher Nachtstunde Leute kämen, um Kostüme auszuleihen. Er leuchtete von unten aus so lange mit der Kerze, bis Fridolin im ersten Stockwerk geklingelt hatte. Herr Gibiser, als hätte er an der Türe gewartet, öffnete selbst, er war hager, bartlos, kahl, trug einen altmodischen geblümten Schlafrock und eine türkische Mütze mit einer Troddel, so daß er wie ein lächerlicher Alter auf dem Theater aussah. Fridolin brachte sein Begehren vor und erwähnte, daß der Preis keine Rolle spiele, worauf Herr Gibiser beinahe wegwerfend bemerkte: »Ich verlange, was mir zukommt, nicht mehr.«

Er führte Fridolin über eine Wendeltreppe ins Magazin hinauf. Es roch nach Seide, Samt, Parfüms, Staub und trockenen Blumen; aus schwimmendem Dunkel blitzte es silbern und rot; und plötzlich glänzten eine Menge kleiner Lämpchen zwischen offenen Schränken eines engen, langgestreckten Gangs, der sich rückwärts in Finsternis verlor. Rechts und links hingen Kostüme aller Art; auf der einen Seite Ritter, Knappen, Bauern, Jäger, Gelehrte, Orientalen, Narren, auf der anderen Hofdamen, Ritterfräulein, Bäuerinnen, Kammerzofen, Königinnen der Nacht. Oberhalb der Kostüme waren die entsprechenden Kopfbedeckungen zu sehen, und es war Fridolin zumute, als wenn er durch eine Allee von Gehängten schritte, die im Begriffe wären, sich gegenseitig zum Tanz aufzufordern. Herr Gibiser ging hinter ihm einher. »Haben der Herr einen besonderen Wunsch? Louis Quatorze? Directoire? Altdeutsch?«

»Ich brauche eine dunkle Mönchskutte und eine schwarze Larve, nichts weiter.«

In diesem Augenblick tönte vom Ende des Gangs her ein gläsernes Geklirr. Fridolin sah dem Maskenverleiher erschrocken ins Gesicht, als sei dieser zu sofortiger Aufklärung verpflichtet. Gibiser selbst aber stand starr, tastete nach einem irgendwo versteckten Schalter – und eine blendende Helle ergoß sich sofort bis zum Ende des Gangs, wo ein kleines gedecktes Tischchen mit Tellern, Gläsern und Flaschen zu sehen war. Von zwei Stühlen rechts und links erhoben sich je ein Femrichter in rotem Talar, während ein zierliches helles Wesen im selben Augenblick verschwand. Gibiser stürzte mit langen Schritten hin, griff über den Tisch und hielt eine weiße Perücke in der Hand, während zugleich unter dem Tisch sich hervorschlängelnd ein anmutiges, ganz junges Mädchen, fast noch ein Kind, im Pierrettenkostüm mit weißen Seidenstrümpfen durch den Gang bis zu Fridolin gelaufen kam, der sie notgedrungen in seinen Armen auffing. Gibiser hatte die weiße Perücke auf den Tisch fallen lassen und hielt rechts und links die Femrichter an den Falten ihrer Talare fest. Zugleich rief er zu Fridolin hin: »Herr, halten Sie mir das Mädel fest.« Die Kleine preßte sich an Fridolin, als müßte er sie schützen. Ihr kleines schmales Gesicht war weiß bestäubt, mit einigen Schönheitspflästerchen bedeckt, von ihren zarten Brüsten stieg ein Duft von Rosen und Puder auf; – aus ihren Augen lächelte Schelmerei und Lust.

»Meine Herren«, rief Gibiser, »Sie bleiben hier so lange, bis ich Sie der Polizei übergeben habe.«

»Was fällt Ihnen ein?« riefen die beiden. Und wie aus einem Munde: »Wir sind einer Einladung des Fräuleins gefolgt.«

Gibiser ließ sie beide los, und Fridolin hörte, wie er zu ihnen sagte: »Hierüber werden Sie nähere Auskunft zu geben haben. Oder sahen Sie nicht sofort, daß Sie es mit einer Wahnsinnigen zu tun hatten?« und zu Fridolin gewendet: »Verzeihen Sie den Zwischenfall, mein Herr.«

»Oh, es tut nichts«, sagte Fridolin. Am liebsten wäre er dageblieben oder hätte die Kleine gleich mitgenommen, wohin immer – und was immer daraus gefolgt wäre. Sie sah lockend und kindlich zu ihm auf, wie gebannt. Die Femrichter am Ende des Ganges unterhielten sich aufgeregt miteinander, Gibiser wandte sich sachlich an Fridolin mit der Frage: »Sie wünschen eine Kutte, mein Herr, einen Pilgerhut, eine Larve?«

»Nein«, sagte die Pierrette mit leuchtenden Augen, »einen Hermelinmantel mußt du diesem Herrn geben und ein rotseidenes Wams.«

»Du rührst dich nicht von meiner Seite«, sagte Gibiser und wies auf eine dunkle Kutte, die zwischen einem Landsknecht und einem venezianischen Senator hing. »Diese entspricht Ihrer Größe, hier der passende Hut, nehmen Sie, rasch.«

Nun meldeten sich von neuem die Femrichter. »Sie werden uns unverzüglich hinauslassen, Herr Chibisier«, sie sprachen den Namen Gibiser zu Fridolins Befremden französisch aus.

»Davon kann keine Rede sein«, erwiderte der Maskenverleiher höhnisch, »vorläufig werden Sie die Freundlichkeit haben, hier meine Rückkehr abzuwarten.«

Indes fuhr Fridolin in die Kutte, band die Enden der herunterhängenden weißen Schnur in einen Knoten, Gibiser reichte ihm, auf einer schmalen Leiter stehend, den schwarzen, breitkrempigen Pilgerhut herunter, und Fridolin setzte ihn auf; doch dies alles tat er wie unter einem Zwang, denn immer stärker empfand er es wie eine Verpflichtung, zu bleiben und der Pierrette in einer drohenden Gefahr beizustehen. Die Larve, die Gibiser ihm nun in die Hand drückte und die er gleich probierte, roch nach einem fremdartigen, etwas widerlichen Parfüm.

»Du gehst mir voran«, sagte Gibiser zu der Kleinen und wies gebieterisch zur Treppe. Pierrette wandte sich um, blickte zum Ende des Gangs und winkte einen wehmütig-heiteren Abschiedsgruß hin. Fridolin folgte ihrem Blick; dort standen keine Femrichter mehr, sondern zwei schlanke junge Herren in Frack und weißer Krawatte, doch beide noch mit den roten Larven über den Gesichtern. Pierrette schwebte die Wendeltreppe hinab, Gibiser ging hinter ihr, ihnen folgte Fridolin. Im Vorzimmer unten öffnete Gibiser eine Tür, die nach den inneren Räumen führte, und sagte zu Pierrette: »Du gehst augenblicklich zu Bette, verworfenes Geschöpf, wir sprechen uns, sobald ich mit den Herren oben abgerechnet habe.«

Sie stand in der Tür, weiß und zart, und schüttelte mit einem Blick auf Fridolin traurig den Kopf. Fridolin erblickte in einem großen Wandspiegel rechts einen hageren Pilger, der niemand anderer war als er selbst, und wunderte sich darüber, mit so natürlichen Dingen es eigentlich zuging. Pierrette war verschwunden, der alte Maskenverleiher sperrte hinter ihr ab. Dann öffnete er die Wohnungstür und drängte Fridolin ins Stiegenhaus.

»Verzeihen Sie«, sagte Fridolin, »meine Schuldigkeit...«

»Lassen Sie, mein Herr, Bezahlung erfolgt bei Rückstellung, ich traue Ihnen.«

Doch Fridolin rührte sich nicht vom Fleck. »Sie schwören mir, daß Sie dem armen Kind nichts Böses tun werden?«

»Was kümmert Sie das, Herr?«

»Ich hörte, wie Sie die Kleine vorher als wahnsinnig bezeichneten – und jetzt nannten Sie sie ein verworfenes Geschöpf. Ein auffallender Widerspruch, Sie werden es nicht leugnen.«

»Nun, mein Herr«, entgegnete Gibiser mit einem Ton wie auf dem Theater, »ist der Wahnsinnige nicht verworfen vor Gott?«

Fridolin schüttelte sich angewidert.

»Wie immer«, bemerkte er dann, »es wird sich Rat schaffen lassen. Ich bin Arzt. Wir reden morgen weiter über die Sache.«

Gibiser lachte höhnisch und lautlos. Im Stiegenhaus flammte plötzlich Licht auf, die Türe zwischen Gibiser und Fridolin schloß sich, und sofort wurde der Riegel vorgelegt. Fridolin entledigte sich, während er die Treppe hinunterging, des Huts, der Kutte, der Larve, nahm alles unter den Arm, der Hausbesorger öffnete das Tor, die Trauerkutsche stand gegenüber, mit dem unbeweglichen Lenker auf dem Bock. Nachtigall schickte sich eben an, das Café zu verlassen, und schien nicht sehr angenehm berührt, daß Fridolin pünktlich zur Stelle war.

»Du hast dir also richtig ein Kostüm verschafft?«

»Wie du siehst. Und die Parole?«

»Du bestehst also darauf?«

»Unbedingt.«

»Also – Parole ist Dänemark.«

»Bist du toll, Nachtigall?«

»Weshalb toll?«

»Nichts, nichts. – Ich war zufällig heuer im Sommer an der dänischen Küste. Also steig ein – aber nicht gleich, damit ich Zeit habe, mir drüben einen Wagen zu nehmen.«

Nachtigall nickte, zündete sich gemächlich eine Zigarette an, indes überquerte Fridolin rasch die Straße, nahm einen Fiaker und wies im harmlosen Ton, als handle es sich um einen Scherz, seinen Kutscher an, dem Trauerwagen zu folgen, der sich eben vor ihnen in Bewegung setzte.

Sie fuhren über die Alserstraße, dann unter einem Bahnviadukt der Vorstadt zu und weiter durch schlecht beleuchtete menschenleere Nebengassen. Fridolin erwog die Möglichkeit, daß der Kutscher seines Wagens die Spur des vorderen verlieren könnte; doch so oft er den Kopf durch das offene Fenster in die unnatürlich warme Luft hinausstreckte, immer sah er den anderen Wagen in mäßiger Entfernung vor sich, und unbeweglich saß der Kutscher mit dem hohen schwarzen Zylinder auf dem Bock. Es könnte auch übel ausgehen, dachte Fridolin. Dabei spürte er immer noch den Geruch von Rosen und Puder, der von Pierrettens Brüsten zu ihm aufgestiegen war. An welch einem seltsamen Roman bin ich da vorübergestreift? fragte er sich. Ich hätte nicht fortgehen sollen, vielleicht nicht dürfen. Wo bin ich nun eigentlich?

Zwischen bescheidenen Villen in langsamer Steigung ging es hinan. Nun glaubte Fridolin sich zurechtzufinden; Spaziergänge hatten ihn vor Jahren manchmal hierhergeführt: es mußte der Galitzinberg sein, den er hinanfuhr. Zur Linken in der Tiefe sah er die in Dunst verschwimmenden, von tausend Lichtern flimmernde Stadt. Er hörte Räderrollen hinter sich und blickte aus dem Fenster nach rückwärts. Zwei Wagen fuhren hinter ihm, und das war ihm lieb, so konnte er dem Trauerkutscher in keinem Fall verdächtig sein.

Plötzlich, mit einem sehr heftigen Ruck, bog der Wagen seitlich ab, und zwischen Gittern, Mauern, Abhängen ging es abwärts wie in eine Schlucht. Fridolin fiel es ein, daß es höchste Zeit war, sich zu maskieren. Er zog den Pelz aus, fuhr in die Kutte, geradeso wie er jeden Morgen auf der Spitalabteilung in die Ärmel seines Leinenkittels zu schlüpfen pflegte; und wie an etwas Erlösendes dachte er daran, daß er in wenigen Stunden schon, wenn alles gut ging, wie jeden Morgen zwischen den Betten seiner Kranken herumgehen würde – ein hilfsbereiter Arzt.

Der Wagen stand still. Wie wär's, dachte Fridolin, wenn ich gar nicht erst ausstiege – sondern lieber gleich zurückkehrte? Aber wohin? Zu der kleinen Pierrette? Oder zu dem Dirnchen in der Buchfeldgasse? Oder zu Marianne, der Tochter des Verstorbenen? Oder nach Hause? Und mit einem leichten Schauer empfand er, daß er nirgendshin sich weniger sehnte als gerade dorthin. Oder war es, weil dieser Weg ihn der weiteste dünkte? Nein, ich kann nicht zurück, dachte er bei sich. Weiter meinen Weg, und wär's mein Tod. Er lachte selbst zu dem großen Wort, aber sehr heiter war ihm dabei nicht zumut.

Ein Gartentor stand weit offen. Die Trauerkutsche vor ihm fuhr eben tiefer in die Schlucht hinab oder in das Dunkel, das ihm so erschien. Nachtigall war also jedenfalls schon ausgestiegen. Fridolin sprang rasch aus dem Wagen, wies den Kutscher an, oben an jener Biegung seine Rückkehr abzuwarten, so lange es auch dauern sollte. Und um sich seiner zu versichern, entlohnte er ihn im vorhinein reichlich und versprach ihm einen gleichen Betrag für die Rückfahrt. Die Wagen, die dem seinen gefolgt waren, kamen angefahren. Aus dem ersten sah Fridolin eine verhüllte Frauengestalt steigen; dann trat er in den Garten, nahm die Larve vor, ein schmaler, vom Hause her beleuchteter Pfad führte bis zum Tor, zwei Flügel sprangen auf, und Fridolin befand sich in einer schmalen weißen Vorhalle. Harmoniumklänge tönten ihm entgegen, zwei Diener in dunkler Livree, die Gesichter grau verlarvt, standen rechts und links.

»Parole?« umflüsterte es ihn zweistimmig. Und er erwiderte: »Dänemark«. Der eine Diener nahm seinen Pelz in Empfang und verschwand damit in einem Nebenraum, der andere öffnete eine Tür, und Fridolin trat in einen dämmerigen, fast dunklen hohen Saal, der ringsum von schwarzer Seide umhangen war. Masken, durchaus in geistlicher Tracht, schritten auf und ab, sechzehn bis zwanzig Personen, Mönche und Nonnen. Die Harmoniumklänge, sanft anschwellend, eine italienische Kirchenmelodie, schienen aus der Höhe herabzutönen. In einem Winkel des Saales stand eine kleine Gruppe, drei Nonnen und zwei Mönche; von dort aus hatte man sich flüchtig zu ihm hin und gleich wieder, wie mit Absicht, abgewandt. Fridolin merkte, daß er als einziger das Haupt bedeckt hatte, nahm den Pilgerhut ab und wandelte so harmlos als möglich auf und nieder; ein Mönch streifte seinen Arm und nickte einen Gruß; doch hinter der Maske bohrte sich ein Blick, eine Sekunde lang, tief in Fridolins Augen. Ein fremdartiger, schwüler Wohlgeruch, wie von südländischen Gärten, umfing ihn. Wieder streifte ihn ein Arm. Diesmal war es der einer Nonne. Wie die andern hatte auch sie um Stirn, Haupt und Nacken einen schwarzen Schleier geschlungen, unter den schwarzen Seidenspitzen der Larve leuchtete ein blutroter Mund. Wo bin ich? dachte Fridolin. Unter Irrsinnigen? Unter Verschwörern? Bin ich in die Versammlung irgendeiner religiösen Sekte geraten? War Nachtigall vielleicht beordert, bezahlt, irgendeinen Uneingeweihten mitzubringen, den man zum besten haben wollte? Doch für einen Maskenscherz schien ihm alles zu ernst, zu eintönig, zu unheimlich. Den Harmoniumklängen hatte sich eine weibliche Stimme beigesellt, eine altitalienische geistliche Arie tönte durch den Raum. Alle standen still, schienen zu lauschen, auch Fridolin gab sich für eine Weile der wundervoll anschwellenden Melodie gefangen. Plötzlich flüsterte eine weibliche Stimme hinter ihm: »Wenden Sie sich nicht nach mir um. Noch ist es Zeit, daß Sie sich entfernen. Sie gehören nicht hierher. Wenn man es entdeckte, erginge es Ihnen schlimm.« Fridolin schrak zusammen. Eine Sekunde lang dachte er der Warnung zu folgen. Aber die Neugier, die Lockung und vor allem sein Stolz waren stärker als jedes Bedenken. Nun bin ich einmal so weit, dachte er, mag es enden, wie es wolle. Und er schüttelte verneinend den Kopf, ohne sich umzuwenden.

Da flüsterte die Stimme hinter ihm: »Es täte mir leid um Sie.«

Jetzt wandte er sich um. Er sah den blutroten Mund durch die Spitzen schimmern, dunkle Augen sanken in die seinen. »Ich bleibe«, sagte er in einem heroischen Ton, den er nicht an sich kannte, und wandte das Antlitz wieder ab. Der Gesang schwoll wundersam an, das Harmonium tönte in einer neuen, durchaus nicht mehr kirchlichen Weise, sondern weltlich, üppig, wie eine Orgel brausend; und um sich schauend, merkte Fridolin, daß die Nonnen alle verschwunden waren und sich nur mehr Mönche im Saale befanden. Auch die

Gesangsstimme war indes aus ihrem dunklen Ernst über einen kunstvoll ansteigenden Triller ins Helle und Jauchzende übergegangen, statt des Harmoniums aber hatte irdisch und frech ein Klavier eingesetzt, Fridolin erkannte sofort Nachtigalls wilden, aufreizenden Anschlag, und die vorher so edle weibliche Frauenstimme hatte sich in einem letzten grellen, wollüstigen Aufschrei gleichsam durch die Decke davongeschwungen in die Unendlichkeit. Türen rechts und links hatten sich aufgetan, auf der einen Seite erkannte Fridolin am Klavier die verdämmernden Umrisse von Nachtigalls Gestalt, der gegenüberliegende Raum aber strahlte in blendender Helle, und Frauen standen unbeweglich da, alle mit dunklen Schleiern um Haupt, Stirn und Nacken, schwarze Spitzenlarven über dem Antlitz, aber sonst völlig nackt. Fridolins Augen irrten durstig von üppigen zu schlanken, von zarten zu prangend erblühten Gestalten; – und daß jede dieser Unverhüllten doch ein Geheimnis blieb und aus den schwarzen Masken als unlöslichste Rätsel große Augen zu ihm herüberstrahlten, das wandelte ihm die unsägliche Lust des Schauens in eine fast unerträgliche Qual des Verlangens. Doch wie ihm erging es wohl auch den andern. Die ersten entzückten Atemzüge wandelten sich zu Seufzern, die nach einem tiefen Weh klangen; irgendwo entrang sich ein Schrei; – und plötzlich, als wären sie gejagt, stürzten sie alle, nicht mehr in ihren Mönchskutten, sondern in festlichen weißen, gelben, blauen, roten Kavalierstrachten aus dem dämmerigen Saal zu den Frauen hin, wo ein tolles, beinahe böses Lachen sie empfing. Fridolin war der einzige, der als Mönch zurückgeblieben war, und schlich sich, einigermaßen ängstlich, in die entfernteste Ecke, wo er sich Nachtigall nahe befand, der ihm den Rücken zugewendet hatte. Fridolin sah wohl, daß Nachtigall eine Binde um die Augen trug, aber zugleich glaubte er zu bemerken, wie hinter dieser Binde seine Augen in den hohen Spiegel gegenüber sich bohrten, in dem die bunten Kavaliere mit ihren nackten Tänzerinnen sich drehten.

Plötzlich stand eine der Frauen neben Fridolin und flüsterte – denn niemand, als müßten auch die Stimmen Geheimnis bleiben, sprach ein lautes Wort –: »Warum so einsam? Warum schließest du dich vom Tanze aus?«

Fridolin sah, daß von einer anderen Ecke her ihn zwei Edelleute scharf ins Auge gefaßt hatten, und er vermutete, daß das Geschöpf an seiner Seite – es war knabenhaft und schlank gewachsen – zu ihm gesandt war, ihn zu prüfen und zu versuchen. Trotzdem breitete er die Arme nach ihr aus, um sie an sich zu ziehen, als ein anderes der Weiber sich von ihrem Tänzer löste und geradewegs zu Fridolin gelaufen kam. Er wußte sofort, daß es seine Warnerin von früher war. Sie stellte sich an, als erblicke sie ihn zum erstenmal, und flüsterte, doch so vernehmlich, daß man sie auch in jener anderen Ecke hören mußte: »Bist du endlich zurück?« Und heiter lachend: »Es ist alles vergeblich, du bist erkannt.« Und zu der Knabenhaften gewandt: »Laß mir ihn nur für zwei Minuten. Dann sollst du ihn gleich wieder, wenn du willst, bis zum

Morgen haben.« Und leiser zu ihr, wie freudig: »Er ist es, ja, er.« Die andere erstaunt: »Wirklich?« und schwebte fort in die Ecke zu den Kavalieren.

»Frage nicht«, sprach nun die Zurückbleibende zu Fridolin, »und wundere dich über nichts. Ich versuchte sie irrezuführen, aber ich sage dir gleich: auf die Dauer kann es nicht gelingen. Flieh, ehe es zu spät ist. Und es kann in jedem Augenblick zu spät sein. Und gib acht, daß man deine Spur nicht verfolgt. Niemand darf erfahren, wer du bist. Mit deiner Ruhe, mit dem Frieden deines Daseins wäre es vorbei für immer. Geh!«

»Seh' ich dich wieder?«

»Unmöglich.«

»So bleib ich.«

Ein Zittern ging durch ihren nackten Leib, das sich ihm mitteilte und ihm fast die Sinne umnebelte.

»Es kann nicht mehr auf dem Spiel stehen als mein Leben«, sagte er, »und das bist du mir in diesem Augenblick wert.« Er faßte ihre Hände, versuchte sie an sich zu ziehen.

Sie flüsterte wieder, wie verzweifelt: »Geh!«

Er lachte und hörte sich, wie man sich im Traume hört. »Ich sehe ja, wo ich bin. Ihr seid doch nicht nur darum da, ihr alle, damit man von euerm Anblick toll wird! Du treibst nur einen besondern Spaß mit mir, um mich völlig verrückt zu machen.«

»Es wird zu spät, geh!«

Er wollte sie nicht hören. »Es sollte hier keine verschwiegenen Gemächer geben, in die Paare sich zurückziehen, die sich gefunden haben? Werden alle, die hier sind, mit höflichen Handküssen voneinander Abschied nehmen? Sie sehen nicht danach aus.«

Und er wies auf die Paare, die nach den rasenden Klängen des Klaviers in dem überhellen, spiegelnden Nebenraume weitertanzten, glühende, weiße Leiber an blaue, rote, gelbe Seide geschmiegt. Ihm war, als kümmerte sich jetzt niemand um ihn und die Frau neben ihm; sie standen in dem fast dunklen Mittelsaal ganz allein.

»Vergebliche Hoffnung«, flüsterte sie. »Es gibt hier keine Gemächer, wie du sie dir träumst. Es ist die letzte Minute. Flieh!«

»Komme mit mir.«

Sie schüttelte heftig den Kopf, wie verzweifelt.

Er lachte wieder und kannte sein Lachen nicht. »Du hältst mich zum besten. Sind diese Männer und diese Frauen hierher gekommen, nur um einander zu entflammen und dann zu verschmähen? Wer kann dir verbieten, mit mir fortzugehen, wenn du willst?«

Sie atmete tief auf und senkte das Haupt.

»Ah, nun versteh' ich«, sagte er. »Es ist die Strafe, die ihr dem bestimmt habt, der sich ungeladen einschleicht. Ihr hättet keine grausamere ersinnen können.

Erlasse sie mir. Begnadige mich. Verhänge eine andere Buße über mich. Nur nicht diese, daß ich ohne dich gehen soll!«

»Du bist wahnsinnig. Ich kann nicht mit dir von hier fortgehen, so wenig – wie mit irgendeinem andern. Und wer versuchen wollte, mir zu folgen, hätte sein und mein Leben verwirkt.«

Fridolin war wie trunken, nicht nur von ihr, ihrem duftenden Leib, ihrem rotglühenden Mund, nicht nur von der Atmosphäre dieses Raums, den wollüstigen Geheimnissen, die ihn hier umgaben; – er war berauscht und durstig zugleich von all den Erlebnissen dieser Nacht, deren keines einen Abschluß gehabt hatte; von sich selbst, von seiner Kühnheit, von der Wandlung, die er in sich spürte. Und er rührte mit den Händen an den Schleier, der um ihr Haupt geschlungen war, als wollte er ihn herunterziehen.

Sie ergriff seine Hände. »Es war eine Nacht, da fiel es einem ein, einer von uns im Tanz den Schleier von der Stirn zu reißen. Man riß ihm die Larve vom Gesicht und peitschte ihn hinaus.«

»Und – sie?«

»Du hast vielleicht von einem schönen, jungen Mädchen gelesen ... es sind erst wenige Wochen her, die am Tag vor ihrer Hochzeit Gift nahm.«

Er erinnerte sich, auch des Namens. Er nannte ihn. War es nicht ein Mädchen aus fürstlichem Hause, das mit einem italienischen Prinzen verlobt gewesen war?

Sie nickte.

Plötzlich stand einer der Kavaliere da, der vornehmste von allen, der einzige in weißer Tracht; und mit einer kurzen, zwar höflichen, doch zugleich gebieterischen Verneigung forderte er die Frau, mit der Fridolin sprach, zu einem Tanze auf. Es war Fridolin, als zögerte sie einen Augenblick. Doch schon hatte der andere sie umfaßt und wirbelte mit ihr davon zu den andern Paaren im erleuchteten Nebensaal.

Fridolin fand sich allein, und diese plötzliche Verlassenheit überfiel ihn wie Frost. Er sah um sich. In diesem Augenblick schien sich niemand um ihn zu kümmern. Vielleicht war jetzt noch eine letzte Möglichkeit, sich ungestraft zu entfernen. Was ihn trotzdem in seine Ecke gebannt hielt, wo er sich nun ungesehen und unbeachtet fühlen durfte – die Scheu vor einem ruhmlosen und etwas lächerlichen Rückzug, das ungestillte, quälende Verlangen nach dem wundersamen Frauenleib, dessen Duft noch um ihn strich; oder die Erwägung, daß alles, was bisher geschehen, vielleicht eine Prüfung seines Muts bedeutet hätte und daß ihm die herrliche Frau als Preis zufallen würde – das wußte er selbst nicht. Jedenfalls aber war ihm klar, daß diese Spannung nicht länger zu ertragen war, und daß er auf alle Gefahr hin diesem Zustand ein Ende machen mußte. Wozu immer er sich entschlösse, das Leben konnte es nicht kosten. Er befand sich vielleicht unter Narren, vielleicht unter Wüstlingen, gewiß nicht unter Buben oder Verbrechern. Und es kam ihm der Einfall, unter sie hinzutreten, sich selbst als Eindringling zu bekennen und sich ihnen in ritterlicher Weise zur Verfügung zu stellen. Nur in solcher Art, wie mit einem edeln Akkord, durfte diese Nacht abschließen, wenn sie mehr bedeuten sollte als ein schattenhaft wüstes Nacheinander von düsteren, trübseligen, skurrilen und lüsternen Abenteuern, deren doch keines zu Ende gelebt worden war. Und aufatmend machte er sich bereit.

In diesem Augenblick aber flüsterte es neben ihm: »Parole!« Ein schwarzer Kavalier war unversehens zu ihm hingetreten, und da Fridolin nicht gleich erwiderte, stellte er seine Frage ein zweites Mal. »Dänemark«, sagte Fridolin.

»Ganz recht, mein Herr, dies ist die Parole des Eingangs. Die Parole des Hauses, wenn ich bitten darf?«

Fridolin schwieg.

»Sie wollen nicht die Güte haben, uns die Parole des Hauses zu sagen?« Es klang messerscharf.

Fridolin zuckte die Achseln. Der andere trat in die Mitte des Raumes, erhob die Hand, das Klavierspiel verstummte, der Tanz brach ab. Zwei andere Kavaliere, einer in Gelb, der andere in Rot, traten herzu. »Die Parole, mein Herr«, sagten sie beide gleichzeitig.

»Ich habe sie vergessen«, erwiderte Fridolin mit einem leeren Lächeln und fühlte sich ganz ruhig.

»Das ist ein Unglück«, sagte der Herr in Gelb, »denn es gilt hier gleich, ob Sie die Parole vergessen oder ob Sie sie nie gekannt haben.«

Die andern männlichen Masken strömten herein, die Türen nach beiden Seiten schlossen sich. Fridolin stand allein da im Mönchsgewand mitten unter bunten Kavalieren.

»Die Maske herunter!« riefen einige zugleich. Wie zum Schutz hielt Fridolin die Arme vor sich hingestreckt. Tausendmal schlimmer wäre es ihm erschienen, der einzige mit unverlarvtem Gesicht unter lauter Masken dazustehen, als plötzlich unter Angekleideten nackt. Und mit fester Stimme sagte er: »Wenn einer von den Herren sich durch mein Erscheinen in seiner Ehre gekränkt fühlen sollte, so erkläre ich mich bereit, ihm in üblicher Weise Genugtuung zu geben. Doch meine Maske werde ich nur in dem Falle ablegen, daß Sie alle das gleiche tun, meine Herren.«

»Es handelt sich hier nicht um Genugtuung«, sagte der rotgekleidete Kavalier, der bisher noch nicht gesprochen hatte, »sondern um Sühne.«

»Die Maske herunter!« befahl wieder ein anderer mit einer hellen frechen Stimme, durch die sich Fridolin an den Kommandoton eines Offiziers erinnert fühlte. »Man wird Ihnen ins Gesicht sagen, was Ihrer harrt, und nicht in Ihre Larve.«

»Ich nehme sie nicht ab«, sagte Fridolin in noch schärferem Ton, »und wehe dem, der es wagt, mich zu berühren.«

Irgendein Arm griff plötzlich nach seinem Gesicht, wie um ihm die Maske heruntерzureißen, als plötzlich die eine Tür sich auftat und eine der Frauen – Fridolin konnte sich nicht im Zweifel darüber befinden, welche es war – dastand, in Nonnentracht, so wie er sie zuerst erblickt hatte. Hinter ihr aber in dem überhellten Raum waren die andern zu sehen, nackt mit verhüllten Gesichtern, aneinandergedrängt, stumm, eine verschüchterte Schar. Doch die Türe schloß sich sofort wieder.

»Laßt ihn«, sagte die Nonne, »ich bin bereit, ihn auszulösen.«

Ein kurzes tiefes Schweigen, als wenn etwas Ungeheueres sich ereignet hätte, dann wandte sich der schwarze Kavalier, der Fridolin zuerst die Parole abverlangt hatte, an die Nonne mit den Worten: »Du weißt, was du damit auf dich nimmst.«

»Ich weiß es.«

Wie ein tiefes Aufatmen ging es durch den Raum. »Sie sind frei«, sagte der Kavalier zu Fridolin, »verlassen Sie ungesäumt dieses Haus und hüten Sie sich, weiter nach den Geheimnissen zu forschen, in deren Vorhof Sie sich eingeschlichen haben. Sollten Sie irgend jemanden auf unsere Spur zu leiten versuchen, ob es nun glückte oder nicht – Sie wären verloren.«

Fridolin stand unbeweglich. »Auf welche Weise soll – diese Frau mich auslösen?« fragte er.

Keine Antwort. Einige Arme wiesen der Türe zu, zum Zeichen, er möge sich unverzüglich entfernen. Fridolin schüttelte den Kopf. »Verhängen Sie über mich, meine Herren, was Ihnen beliebt, ich werde nicht dulden, daß ein anderes menschliches Wesen für mich bezahlt.«

»An dem Los dieser Frau«, sagte der schwarze Kavalier nun ganz sanft, »würden Sie doch nichts mehr ändern. Wenn hier ein Versprechen geleistet wurde, gibt es kein Zurück.«

Die Nonne nickte langsam wie zur Bestätigung. »Geh!« sagte sie zu Fridolin.

»Nein«, erwiderte dieser in erhöhtem Ton. »Das Leben hat keinen Wert mehr für mich, wenn ich ohne dich von hier fortgehen soll. Woher du kommst, wer du bist, ich frage nicht danach. Was kann es Ihnen, meine unbekannten Herren, bedeuten, ob Sie diese Faschingskomödie, und sei sie auch auf einen ernsthaften Schluß angeelgt, zu Ende spielen oder nicht. Wer immer Sie sein mögen, meine Herren, Sie führen in jedem Fall noch eine andere Existenz als diese. Aber ich spiele keinerlei Komödie, auch nicht hier, und wenn ich es bisher notgedrungen getan habe, so gebe ich es jetzt auf. Ich fühle, daß ich in ein Schicksal geraten bin, das mit dieser Mummerei nichts mehr zu tun hat, ich will Ihnen meinen Namen nennen, ich will meine Larve abtun und nehme alle Folgen auf mich.«

»Hüte dich!« rief die Nonne aus, »du würdest dich verderben, ohne mich zu retten! Geh!« Und zu den andern gewendet: »Hier bin ich, habt ihr mich – alle!«

Die dunkle Tracht fiel wie durch einen Zauber von ihr ab, im Glanz ihres weißen Leibes stand sie da, sie griff nach dem Schleier, der ihr um Stirn, Haupt und Nacken gewunden war, und mit einer wundersamen runden Bewegung wand sie ihn los. Er sank zu Boden, dunkle Haare stürzten ihr über Schultern, Brust und Lenden, – doch ehe noch Fridolin das Bild ihres Antlitzes zu erhaschen vermochte, war er von unwiderstehlichen Armen erfaßt, fortgerissen und zur Türe gedrängt worden; im Augenblick darauf befand er sich im Vorraum, die Türe hinter ihm fiel zu, ein verlarvter Bedienter brachte ihm den Pelz, war ihm beim Anziehen behilflich, und das Haustor öffnete sich. Wie von einer unsichtbaren Gewalt fortgetrieben eilte er weiter, er stand auf der Straße, das Licht hinter ihm erlosch, er blickte sich um und sah das Haus schweigend daliegen mit verschlossenen Fenstern, aus denen kein Schimmer drang. Daß ich mir nur alles genau einpräge, dachte er vor allem. Ich muß das Haus wiederfinden, alles Weitere ergibt sich.

Nacht war um ihn, in einiger Entfernung über ihm, dort, wo der Wagen seiner warten sollte, leuchtete trüb-rötlich eine Laterne. Aus der Tiefe der Gasse fuhr die Trauerkutsche vor, als hätte er nach ihr gerufen. Ein Diener öffnete den Schlag.

»Ich habe meinen Wagen«, sagte Fridolin. Der Bediente schüttelte den Kopf. »Sollte er davongefahren sein, so werde ich zu Fuß nach der Stadt zurückkehren.«

Der Diener antwortete mit einer Handbewegung so wenig bedientenhafter Art, daß sie jeden Widerspruch ausschloß. Der Zylinder des Kutschers ragte lächerlich lang in die Nacht auf. Der Wind blies heftig, über den Himmel hin flogen violette Wolken. Fridolin konnte sich nach seinen bisherigen Erlebnissen nicht darüber täuschen, daß ihm nichts übrigblieb, als in den Wagen zu steigen, der sich auch mit ihm unverzüglich in Bewegung setzte.

Fridolin fühlte sich entschlossen, auf alle Gefahr hin die Aufklärung des Abenteuers, sobald es anging, in Angriff zu nehmen. Sein Dasein, so schien ihm, hatte nicht den geringsten Sinn mehr, wenn es ihm nicht gelang, die unbegreifliche Frau wiederzufinden, die in dieser Stunde den Preis für seine Rettung bezahlte. Was für einen, das war allzu leicht zu erraten. Aber welchen Anlaß hatte sie, sich für ihn zu opfern? Zu opfern –? War sie überhaupt eine Frau, für die, was ihr nun bevorstand, was sie nun über sich ergehen ließ, ein Opfer bedeutete? Wenn sie an diesen Gesellschaften teilnahm – und es konnte heute nicht zum erstenmal der Fall sein, da sie sich in die Bräuche so eingeweiht zeigte –, was mochte ihr daran liegen, einem dieser Kavaliere oder ihnen allen zu Willen zu sein? Ja, konnte sie überhaupt etwas anderes sein als eine Dirne? Konnten alle diese Weiber etwas anderes sein? Dirnen – kein Zweifel. Auch wenn sie alle noch irgendein zweites, sozusagen bürgerliches Leben neben diesem führten, das eben ein Dirnenleben war. Und war nicht alles, was er eben erlebt, wahrscheinlich nur ein infamer Spaß gewesen, den man sich mit ihm erlaubt hatte? Ein Spaß, der für den Fall, daß sich einmal ein Unberufener hier einschleichen sollte, schon vorgesehen, vorbereitet, ja möglicherweise einstudiert war? Und doch, wenn er nun wieder dieser Frau dachte, die ihn von

Anfang an gewarnt hatte, die nun bereit war, für ihn zu bezahlen – in ihrer Stimme, in ihrer Haltung, in dem königlichen Adel ihres unverhüllten Leibes war etwas gewesen, das unmöglich Lüge sein konnte. Oder hatte vielleicht nur seine, Fridolins plötzliche Erscheinung als Wunder gewirkt, sie zu verwandeln? Nach allem, was ihm in dieser Nacht begegnet war, hielt er – und er war sich in diesem Gedanken keiner Geckerei bewußt – auch ein solches Wunder nicht für unmöglich. Vielleicht gibt es Stunden, Nächte, dachte er, in denen solch ein seltsamer, unwiderstehlicher Zauber von Männern ausgeht, denen unter gewöhnlichen Umständen keine sonderliche Macht über das andere Geschlecht innewohnt?

Der Wagen fuhr immer hügelaufwärts, längst hätte er, wenn's mit rechten Dingen zuging, in die Hauptstraße einbiegen müssen. Was hatte man mit ihm vor? Wohin sollte ihn der Wagen bringen? Sollte die Komödie vielleicht noch eine Fortsetzung finden? Und welcher Art sollte diese sein? Aufklärung vielleicht? Heiteres Wiederfinden an anderm Ort? Lohn nach rühmlich bestandener Probe, Aufnahme in die geheime Gesellschaft? Ungestörter Besitz der herrlichen Nonne –? Die Wagenfenster waren geschlossen, Fridolin versuchte hinauszublicken; – sie waren undurchsichtig. Er wollte die Fenster öffnen, rechts, links, es war unmöglich; und ebenso undurchsichtig, ebenso fest verschlossen war die Glaswand zwischen ihm und dem Kutschbock. Er klopfte an die Scheiben, er rief, er schrie, der Wagen fuhr weiter. Er wollte den Wagenschlag öffnen, rechts, links, sie gaben keinem Drucke nach, sein neuerliches Rufen verhallte im Knarren der Räder, im Sausen des Windes. Der Wagen begann zu holpern, fuhr bergab, immer rascher, Fridolin, von Unruhe, von Angst erfaßt, war eben daran, eines der blinden Fenster zu zerschmettern, als der Wagen plötzlich stillstand. Beide Türen öffneten sich gleichzeitig wie durch einen Mechanismus, als wäre nun Fridolin ironischerweise die Wahl zwischen rechts und links gegeben. Er sprang aus dem Wagen, die Türen klappten zu – und ohne daß der Kutscher sich um Fridolin im geringsten gekümmert hatte, fuhr der Wagen davon, über das freie Feld in die Nacht hinein.

Der Himmel war bedeckt, die Wolken jagten, der Wind pfiff, Fridolin stand im Schnee, der ringsum eine blasse Helligkeit verbreitete. Er stand allein mit offenem Pelz über seinem Mönchsgewand, den Pilgerhut auf dem Kopf, und es war ihm nicht eben heimlich zumute. In einiger Entfernung lief die breite Straße. Eine Prozession von trübflackernden Laternen bezeichnete die Richtung nach der Stadt. Fridolin aber lief geradeaus, den Weg abkürzend, über das mäßig sich senkende, beschneite Feld nach abwärts, um so rasch als möglich unter Menschen zu gelangen. Mit durchnäßten Füßen kam er in ein schmales, fast unbeleuchtetes Gäßchen, schritt zuerst zwischen hohen Planken hin, die im Sturme ächzten; um die nächste Ecke geriet er in eine etwas breitere Gasse, wo spärliche kleine Häuser und leere Bauplätze miteinander abwechselten. Von einer Turmuhr schlug es drei Uhr morgens. Jemand kam Fridolin entgegen, in kurzer Jacke, die Hände in den Hosentaschen, den Kopf zwischen die Schultern gezogen, den Hut tief in die Stirne gedrückt. Fridolin stellte sich wie gegen einen Angriff in Bereitschaft, aber unerwarteterweise machte der Strolch plötzlich kehrt und lief davon. Was bedeutet das? fragte sich Fridolin. Dann besann er sich, daß er unheimlich genug aussehen mochte, nahm den Pilgerhut vom Kopf, knöpfte den Mantel zu, unter dem das Mönchshabit bis über die Knöchel schlotterte. Wieder bog er um eine Ecke; er betrat eine vorortliche Hauptstraße, ein ländlich gekleideter Mensch kam an ihm vorüber und grüßte, wie man einen Priester grüßt. Der Lichtstrahl einer Laterne fiel auf die Straßentafel des Eckhauses. Liebhartstal, – also nicht sehr weit von dem Haus, das er vor kaum einer Stunde verlassen. Eine Sekunde lockte es ihn, den Weg zurück zu nehmen, in der Nähe des Hauses der weiteren Dinge zu harren. Doch er stand sofort ab, in der Erwägung, daß er sich in schlimme Gefahr begeben hätte und der Lösung des Rätsels doch kaum näher gekommen wäre. Die Vorstellung der Dinge, die sich eben jetzt in der Villa ereignen mochten, erfüllte ihn mit Grimm, Verzweiflung, Beschämung und Angst. Dieser Gemütszustand war so unerträglich, daß Fridolin beinahe bedauerte, von dem Strolch, dem er begegnet war, nicht angefallen worden zu sein, ja beinahe bedauerte, nicht mit einem Messerstich zwischen den Rippen an einer Planke in der verlorenen Gasse zu liegen. So hätte diese unsinnige Nacht mit ihren läppischen, abgebrochenen Abenteuern am Ende doch eine Art von Sinn erhalten. So heimzukehren, wie er nun im Begriff war, erschien ihm geradezu lächerlich. Aber noch war nichts verloren. Morgen war auch ein Tag. Er schwor sich, nicht zu ruhen, ehe er das schöne Weib wiedergefunden, dessen blendende Nacktheit ihn berauscht hatte. Und nun erst dachte er an Albertine – doch so, als hätte er auch sie erst zu erobern, als könnte sie, als dürfte sie nicht früher wieder die Seine werden, ehe er sie mit all den andern von heute nacht, mit der nackten Frau, mit Pierrette, mit Marianne, mit dem Dirnchen aus der engen Gasse hintergangen. Und sollte er sich nicht auch bemühen, den frechen Studenten ausfindig zu machen, der ihn angerempelt hatte, um ihn auf Säbel, lieber noch auf Pistolen zu fordern? Was lag ihm an eines andern, was an seinem eigenen Leben? Sollte man es immer nur aus Pflicht, aus Opfermut aufs Spiel setzen, niemals aus Laune, aus Leidenschaft oder einfach, um sich mit dem Schicksal zu messen?!

Und wieder fiel ihm ein, daß er möglicherweise schon den Keim einer Todeskrankheit im Leibe trug. Wäre es nicht zu albern, daran zu sterben, daß einem ein diphtheriekrankes Kind ins Gesicht gehustet hatte? Vielleicht war er schon krank. Hatte er nicht Fieber? Lag er in diesem Augenblick nicht daheim zu Bett – und all das, was er erlebt zu haben glaubte, waren nichts als Delirien gewesen?!

Fridolin riß die Augen so weit auf als möglich, strich sich über Stirn und Wange, fühlte nach seinem Puls. Kaum beschleunigt. Alles in Ordnung. Er war völlig wach.

Er ging die Straße weiter, der Stadt zu. Ein paar Marktwagen kamen hinter ihm, rumpelten vorbei, hin und wieder begegnete er ärmlich angezogenen Leuten, für die der Tag eben anfing. Hinter einem Kaffeehausfenster, an einem Tisch, über dem eine Gasflamme flackerte, saß ein dicker Mensch mit einem Schal um den Hals, den Kopf in die Hände gestützt und schlief. Die Häuser lagen noch im Dunkel, wenige vereinzelte Fenster waren erleuchtet. Fridolin glaubte zu fühlen, wie die Menschen allmählich erwachten, es war ihm, als sähe er sie in ihren Betten sich recken und rüsten zu ihrem armseligen, sauren Tag. Auch ihm stand einer bevor, aber doch nicht armselig und trüb. Und mit einem seltsamen Herzklopfen ward er sich freudig bewußt, daß er in wenigen Stunden schon im weißen Leinenkittel zwischen den Betten seiner Kranken herumgehen würde. An der nächsten Ecke stand ein Einspänner, der Kutscher schlief auf dem Bock, Fridolin weckte ihn, nannte ihm seine Adresse und stieg ein.

V

Es war vier Uhr morgens, als er die Treppe zu seiner Wohnung hinaufschritt. Er begab sich vor allem in sein Sprechzimmer, verschloß das Maskengewand sorgfältig in einen Schrank, und da er es vermeiden wollte, Albertine zu wecken, legte er Schuhe und Kleider ab, noch ehe er ins Schlafzimmer trat. Vorsichtig schaltete er das gedämpfte Licht seiner Nachttischlampe ein. Albertine lag ruhig, die Arme im Nacken verschlungen, ihre Lippen waren halb geöffnet, schmerzliche Schatten zogen rings um sie; es war ein Antlitz, das Fridolin nicht kannte. Er beugte sich über ihre Stirn, die sich sofort, wie unter einer Berührung, in Falten legte, ihre Mienen verzerrten sich sonderbar; und plötzlich, immer noch im Schlafe, lachte sie so schrill auf, daß Fridolin erschrak. Unwillkürlich rief er sie beim Namen. Sie lachte von neuem, wie zur Antwort, in einer völlig fremden, fast unheimlichen Weise. Nochmals und lauter rief Fridolin sie an. Nun öffnete sie die Augen, langsam, mühselig, groß, blickte ihn starr an, als erkenne sie ihn nicht.

»Albertine!« rief er zum dritten Male. Nun erst schien sie sich zu besinnen. Ein Ausdruck der Abwehr, der Furcht, ja des Entsetzens trat in ihr Auge. Sie streckte die Arme empor, sinnlos und wie verzweifelt, ihr Mund blieb geöffnet.

»Was ist dir?« fragte Fridolin stockenden Atems. Und da sie ihn immer noch wie mit Entsetzen anstarrte, fügte er wie beruhigend hinzu: »Ich bin's, Albertine.« Sie atmete tief, versuchte ein Lächeln, ließ die Arme auf die Bettdecke sinken, und wie aus der Ferne fragte sie: »Ist es schon Morgen?«

»Bald«, erwiderte Fridolin. »Vier Uhr vorüber. Eben erst bin ich nach Hause gekommen.« Sie schwieg. Er fuhr fort: »Der Hofrat ist tot. Er lag schon im Sterben, als ich kam, – und ich konnte natürlich – die Angehörigen nicht gleich allein lassen.«

Sie nickte, schien ihn aber kaum gehört oder verstanden zu haben, starrte wie durch ihn hindurch ins Leere, und ihm war – so unsinnig ihm selbst der Einfall im gleichen Augenblick erschien, als müßte ihr bekannt sein, was er in dieser Nacht erlebt hatte. Er neigte sich über sie und berührte ihre Stirn. Sie erschauerte leicht.

»Was ist dir?« fragte er wieder.

Sie schüttelte nur langsam den Kopf. Er strich ihr über die Haare. »Albertine, was ist dir?«

»Ich habe geträumt«, sagte sie fern.

»Was hast du denn geträumt?« fragte er mild.

»Ach, so viel. Ich kann mich nicht recht besinnen.«

»Vielleicht doch.«

»Es war so wirr – und ich bin müde. Und du mußt doch auch müde sein?«

»Nicht im geringsten, Albertine, ich werde kaum mehr schlafen. Du weißt ja, wenn ich so spät nach Hause komme -- das Vernünftigste wäre eigentlich, ich setzte mich sofort an den Schreibtisch – gerade in solchen Morgenstunden --« Er unterbrach sich. »Aber willst du mir nicht doch lieber deinen Traum erzählen?« Er lächelte etwas gezwungen.

Sie antwortete: »Du solltest dich doch noch ein wenig hinlegen.«

Er zögerte eine Weile, dann tat er nach ihrem Wunsch und streckte sich an ihrer Seite aus. Doch er hütete sich, sie zu berühren. Ein Schwert zwischen uns, dachte in der Erinnerung an eine halb scherzhafte Bemerkung gleicher Art, die einmal bei ähnlicher Gelegenheit von seiner Seite gefallen war. Sie schwiegen beide, lagen mit offenen Augen, fühlten gegenseitig ihre Nähe, ihre Ferne. Nach einer Weile stützte er den Kopf auf seinen Arm, betrachtete sie lange, als vermöchte er mehr zu sehen als nur die Umrisse ihres Antlitzes.

»Deinen Traum!« sagte er plötzlich noch einmal, und es war, als hätte sie diese Aufforderung nur erwartet. Sie streckte ihm eine Hand entgegen; er nahm sie, und gewohnheitsmäßig, mehr zerstreut als zärtlich, hielt er wie spielend ihre schlanken Finger umklammert. Sie aber begann:

»Erinnerst du dich noch des Zimmers in der kleinen Villa am Wörthersee, wo ich mit den Eltern im Sommer unserer Verlobung gewohnt habe?«

Er nickte.

»So fing der Traum nämlich an, daß ich in dieses Zimmer trat, ich weiß nicht woher – wie eine Schauspielerin auf die Szene. Ich wußte nur, daß die Eltern sich auf Reisen befanden und mich allein gelassen hatten. Das wunderte mich, denn morgen sollte unsere Hochzeit sein. Aber das Brautkleid war noch nicht da. Oder irrte ich mich vielleicht? Ich öffnete den Schrank, um nachzusehen, da hingen statt des Brautkleides eine ganze Menge von anderen Kleidern, Kostüme eigentlich, opernhaft, prächtig, orientalisch. Welches soll ich denn nur zur Hochzeit anziehen? dachte ich. Da fiel der Schrank plötzlich wieder zu oder war fort, ich weiß nicht mehr. Das Zimmer war ganz hell, aber draußen vor dem

Fenster war finstere Nacht... Mit einem Male standest du davor, Galeerensklaven hatten dich hergerudert, ich sah sie eben im Dunkel verschwinden. Du warst sehr kostbar gekleidet, in Gold und Seide, hattest einen Dolch mit Silbergehänge an der Seite und hobst mich aus dem Fenster. Ich war jetzt auch herrlich angetan, wie eine Prinzessin, beide standen wir im Freien im Dämmerschein und feine graue Nebel reichten uns bis an die Knöchel. Es war die wohlvertraute Gegend: dort war der See, vor uns die Berglandschaft, auch die Landhäuser sah ich, sie standen da wie aus einer Spielzeugschachtel. Wir zwei aber, du und ich, wir schwebten, nein, wir flogen über die Nebel hin, und ich dachte: Dies ist also unsere Hochzeitsreise. Bald aber flogen wir nicht mehr, wir gingen einen Waldweg hin, den zur Elisabethhöhe, und plötzlich befanden wir uns sehr hoch im Gebirge in einer Art Lichtung, die auf drei Seiten von Wald umfriedet war, während rückwärts eine steile Felswand in die Höhe ragte. Über uns aber war ein Sternenhimmel so blau und weit gespannt, wie er in Wirklichkeit gar nicht existiert, und das war die Decke unseres Brautgemachs. Du nahmst mich in die Arme und liebtest mich sehr.«

»Du mich hoffentlich auch«, meinte Fridolin mit einem unsichtbaren bösen Lächeln.

»Ich glaube, noch viel mehr«, erwiderte Albertine ernst. »Aber, wie soll ich dir das erklären – trotz der innigsten Umarmung war unsere Zärtlichkeit ganz schwermütig wie mit einer Ahnung von vorbestimmtem Leid. Mit einemmal war der Morgen da. Die Wiese war licht und bunt, der Wald ringsum köstlich betaut, und über der Felswand zitterten Sonnenstrahlen. Und wir beide sollten nun wieder zurück in die Welt, unter die Menschen, es war die höchste Zeit. Doch nun war etwas Fürchterliches geschehen. Unsere Kleider waren fort. Ein Entsetzen ohnegleichen erfaßte mich, brennende Scham bis zu innerer Vernichtung, zugleich Zorn gegen dich, als wärst du allein an dem Unglück schuld; – und all das: Entsetzen, Scham, Zorn war an Heftigkeit mit nichts zu vergleichen, was ich jemals im Wachsein empfunden habe. Du aber im Bewußtsein deiner Schuld stürztest davon, nackt wie du warst, um hinabzusteigen und uns Gewänder zu verschaffen. Und als du verschwunden warst, wurde mir ganz leicht zumut. Du tatest mir weder leid, noch war ich in Sorge um dich, ich war nur froh, daß ich allein war, lief glückselig auf der Wiese umher und sang: es war die Melodie eines Tanzes, die wir auf der Redoute gehört haben. Meine Stimme klang wundervoll, und ich wünschte, man sollte mich unten in der Stadt hören. Diese Stadt sah ich nicht, aber ich *wußte* sie. Sie lag tief unter mir und war von einer hohen Mauer umgeben; eine ganz phantastische Stadt, die ich nicht schildern kann. Nicht orientalisch, auch nicht eigentlich altdeutsch, und doch bald das eine, bald das andere, jedenfalls eine längst und für immer versunkene Stadt. Ich aber lag plötzlich auf der Wiese hingestreckt im Sonnenglanz – viel schöner, als ich je in Wirklichkeit war, und während ich so dalag, trat aus dem Wald ein Herr, ein junger Mensch hervor, in einem hellen, modernen Anzug, er sah, wie ich jetzt weiß, ungefähr aus wie der Däne, von dem ich dir gestern erzählt habe. Er ging seines Weges, grüßte sehr höflich, als er an mir vorüberkam, beachtete mich aber nicht weiter, ging geradenwegs auf die Felswand zu und betrachtete sie aufmerksam, als überlegte er, wie man sie bezwingen könnte. Zugleich aber sah ich auch dich. Du eiltest in der versunkenen Stadt von Haus zu Haus, von Kaufladen zu Kaufladen, bald unter Laubengängen, bald durch eine Art von türkischem Bazar, und kauftest die schönsten Dinge ein, die du für mich nur finden konntest: Kleider, Wäsche, Schuhe, Schmuck; – und all das tatest du in eine kleine gelblederne Handtasche, in der doch alles Platz fand. Immerfort aber warst du von einer Menschenmenge verfolgt, die ich nicht wahrnahm, ich hörte nur ihr dumpfes, drohendes Geheul. Und nun erschien der andere wieder, der Däne, der früher vor der Felswand stehengeblieben war. Wieder kam er vom Walde her auf mich zu – und ich wußte, daß er indessen um die ganze Welt gewandert war. Er sah anders aus als zuvor, aber doch war er derselbe. Er blieb wie das erstemal vor der Felswand stehen, verschwand wieder, dann kam er wieder aus dem Wald hervor, verschwand, kam aus dem Wald; das wiederholte sich zwei- oder drei- oder hundertmal. Es war immer derselbe und immer ein anderer, jedesmal grüßte er, wenn er an mir vorüberkam, endlich aber blieb er vor mir stehen, sah mich prüfend an, ich lachte verlockend, wie ich nie in meinem Leben gelacht habe, er streckte die Arme nach mir aus, nun wollte ich fliehen, doch ich vermochte es nicht – und er sank zu mir auf die Wiese hin.«

Sie schwieg. Fridolin war die Kehle trocken, im Dunkel des Zimmers merkte er, wie Albertine das Gesicht in den Händen gleichsam verborgen hielt. »Ein merkwürdiger Traum«, sagte er. »Ist er schon zu Ende?« Und da sie verneinte: »So erzähl' doch weiter.«

»Es ist nicht so leicht«, begann sie wieder. »In Worten lassen sich diese Dinge eigentlich kaum ausdrücken. Also – mir war, als erlebte ich unzählige Tage und Nächte, es gab weder Zeit noch Raum, es war auch nicht mehr die von Wald und Fels eingefriedete Lichtung, in der ich mich befand, es war eine weit, unendlich weithin gedehnte, blumenbunte Fläche, die sich nach allen Seiten in den Horizont verlor. Ich war auch längst – seltsam: dieses längst! – nicht mehr mit diesem einen Mann allein auf der Wiese. Aber ob außer mir noch drei oder zehn oder noch tausend Paare da waren, ob ich sie sah oder nicht, ob ich nur jenem einen oder auch andern gehörte, ich könnte es nicht sagen. Aber so wie jenes frühere Gefühl von Entsetzen und Scham über alles im Wachen Vorstellbare weit hinausging, so gibt es gewiß nichts in unserer bewußten Existenz, das der Gelöstheit, der Freiheit, dem Glück gleichkommt, das ich nun in diesem Traum empfand. Und dabei hörte ich keinen Augenblick lang auf, von dir zu wissen. Ja, ich sah dich, ich sah, wie du ergriffen wurdest, von Soldaten, glaube ich, auch Geistliche waren darunter; irgendwer, ein riesengroßer Mensch, fesselte deine Hände, und ich wußte, daß du hingerichtet werden solltest. Ich wußte es ohne Mitleid, ohne Schauer, ganz von fern. Man führte dich in einen Hof, in eine Art von Burghof. Da standest du nun mit nach rückwärts gefesselten Händen und nackt. Und so wie ich dich sah, obwohl ich anderswo war, so sahst du auch mich, auch den Mann, der mich in seinen Armen hielt, und alle die andern Paare, diese unendliche Flut von Nacktheit, die mich umschäumte und von der ich und der Mann, der mich umschlungen hielt, gleichsam nur eine Welle bedeuteten. Während du nun im Burghof standest, erschien an einem hohen Bogenfenster zwischen roten Vorhängen eine junge Frau mit einem Diadem auf dem Haupt und im Purpurmantel. Es war die Fürstin des Landes. Sie sah hinab zu dir mit einem strenge fragenden Blick. Du standest allein, die andern, so viele es waren, hielten sich abseits, an die Mauern gedrückt, ich hörte ein tückisches, gefahrdrohendes Murmeln und Raunen. Da beugte sich die Fürstin über die Brüstung. Es wurde still, und die Fürstin gab dir ein Zeichen, als gebiete sie dir, zu ihr hinaufzukommen, und ich wußte, daß sie entschlossen war, dich zu begnadigen. Aber du merktest ihren Blick nicht oder wolltest ihn nicht bemerken. Plötzlich aber, immer noch mit gefesselten Händen, doch in einen schwarzen Mantel gehüllt, standest du ihr gegenüber, nicht etwa in einem Gemach, sondern irgendwie in freier Luft, schwebend gleichsam. Sie hielt ein Pergamentblatt in der Hand, dein Todesurteil, in dem auch deine Schuld und die Gründe deiner Verurteilung aufgezeichnet waren. Sie fragte dich – ich hörte die Worte nicht, aber ich wußte es –, ob du bereit seist, ihr Geliebter zu werden, in diesem Fall war dir die Todesstrafe erlassen. Du schütteltest verneinend den Kopf. Ich wunderte mich nicht, denn es war vollkommen in der Ordnung und konnte gar nicht anders sein, als daß du mir auf alle Gefahr hin und in alle Ewigkeit die Treue halten mußtest. Da zuckte die Fürstin die Achseln, winkte ins Leere, und da befandest du dich plötzlich in einem unterirdischen Kellerraum, und Peitschen sausten auf dich nieder, ohne daß ich die Leute sah, die die Peitschen schwangen. Das Blut floß wie in Bächen an dir herab, ich sah es fließen, war mir meiner Grausamkeit bewußt, ohne mich über sie zu wundern. Nun trat die Fürstin auf dich zu. Ihre Haare waren aufgelöst, flossen um ihren nackten Leib, das Diadem hielt sie in beiden Händen dir entgegen – und ich wußte, daß sie das Mädchen vom dänischen Strande war, das du einmal des Morgens nackt auf der Terrasse einer Badehütte gesehen hattest. Sie sprach kein Wort, aber der Sinn ihres Hierseins, ja ihres Schweigens war, ob du ihr Gatte und der Fürst des Landes werden wolltest. Und da du wieder ablehntest, war sie plötzlich verschwunden, ich aber sah zugleich, wie man ein Kreuz für dich aufrichtete; – nicht unten im Burghof, nein, auf der blumenübersäten unendlichen Wiese, wo ich in den Armen eines Geliebten ruhte, unter all den andern Liebespaaren. Dich aber sah ich, wie du durch altertümliche Gassen allein dahinschrittest ohne jede Bewachung, doch wußte ich, daß dein Weg dir vorgezeichnet und jede Flucht unmöglich war. Jetzt gingst du den Waldpfad bergan. Ich erwartete dich mit Spannung, aber ohne jedes Mitgefühl. Dein

Körper war mit Striemen bedeckt, die aber nicht mehr bluteten. Du stiegst immer höher hinan, der Pfad wurde breiter, der Wald trat zu beiden Seiten zurück, und nun standest du am Wiesenrand in einer ungeheuern, unbegreiflichen Ferne. Doch du grüßtest mich lächelnd mit den Augen, wie zum Zeichen, daß du meinen Wunsch erfüllt hattest und mir alles brachtest, wessen ich bedurfte: – Kleider und Schuhe und Schmuck. Ich aber fand dein Gebaren über alle Maßen töricht und sinnlos, und es lockte mich, dich zu verhöhnen, dir ins Gesicht zu lachen, – und gerade darum, weil du aus Treue zu mir die Hand einer Fürstin ausgeschlagen, Foltern erduldet und nun hier heraufgewankt kamst, um einen furchtbaren Tod zu erleiden. Ich lief dir entgegen, auch du schlugst einen immer rascheren Gang ein – ich begann zu schweben, auch du schwebtest in den Lüften; doch plötzlich entschwanden wir einander, und ich wußte: wir waren aneinander vorbeigeflogen. Da wünschte ich, du solltest doch wenigstens mein Lachen hören, gerade während man dich ans Kreuz schlüge. – Und so lachte ich auf, so schrill, so laut ich konnte. Da war das Lachen, Fridolin, mit dem ich erwacht bin.«

Sie schwieg und blieb ohne jede Regung. Auch er rührte sich nicht und sprach kein Wort. Jedes wäre in diesem Augenblick matt, lügnerisch und feig erschienen. Je weiter sie in ihrer Erzählung fortgeschritten war, um so lächerlicher und nichtiger erschienen ihm seine eigenen Erlebnisse, so weit sie bisher gediehen waren, und er schwor sich zu, sie alle zu Ende zu erleben, sie ihr dann getreulich zu berichten und so Vergeltung zu üben an dieser Frau, die sich in ihrem Traum enthüllt hatte als die, die sie war, treulos, grausam und verräterisch, und die er in diesem Augenblick tiefer zu hassen glaubte, als er sie jemals geliebt hatte.

Nun merkte er, daß er immer noch ihre Finger mit seinen Händen umfaßt hielt und daß er, wie sehr er diese Frau auch zu hassen gewillt war, für diese schlanken, kühlen, ihm so vertrauten Finger eine unveränderte, nur schmerzlicher gewordene Zärtlichkeit empfand; und unwillkürlich, ja gegen seinen Willen, ehe er diese vertraute Hand aus der seinen löste, berührte er sie sanft mit seinen Lippen. Albertine öffnete noch immer nicht die Augen, Fridolin glaubte zu sehen, wie ihr Mund, ihre Stirn, ihr ganzes Antlitz mit beglücktem, verklärtem, unschuldsvollem Ausdruck lächelte, und er fühlte einen ihm selbst unbegreiflichen Drang, sich über Albertine zu beugen und auf ihre blasse Stirn einen Kuß zu drücken. Aber er bezwang sich in der Erkenntnis, daß es nur die allzu begreifliche Ermüdung nach den aufwühlenden Ereignissen der letzten Stunden war, die in der trügerischen Atmosphäre des Ehegemachs sich in sehnsüchtige Zärtlichkeit verkleidet hatte.

Doch wie immer es in diesem Augenblicke mit ihm stand – zu welchen Entschlüssen er im Laufe der nächsten Stunden gelangen sollte, das dringende Gebot des Augenblicks für ihn war, sich auf eine Weile wenigstens in Schlaf und Vergessen zu flüchten. Auch in der Nacht, die dem Tod seiner Mutter gefolgt war, hatte er geschlafen, hatte tief und traumlos schlafen können, und er sollte es in dieser nicht? Und er streckte sich an der Seite Albertinens hin, die schon eingeschlummert zu sein schien. Ein Schwert zwischen uns, dachte er wieder. Und dann: wie Todfeinde liegen wir hier nebeneinander. Aber es war nur ein Wort.

VI

Das leise Klopfen des Dienstmädchens weckte ihn um sieben Uhr früh. Er warf einen raschen Blick auf Albertine. Manchmal, nicht immer, weckte dieses Klopfen auch sie. Heute schlief sie regungslos, allzu regungslos weiter. Fridolin machte sich rasch fertig. Ehe er fortging, wollte er seine kleine Tochter sehen. Sie lag ruhig in ihrem weißen Bett, die Hände nach Kinderart zu kleinen Fäustchen verkrampft. Er küßte sie auf die Stirn. Und noch einmal, auf den Fußspitzen, schlich er zur Tür des Schlafzimmers, wo Albertine immer noch ruhte, unbeweglich wie vorher. Dann ging er. In seiner schwarzen Arztenstasche, wohl verwahrt, trug er Mönchskutte und Pilgerhut mit sich. Das Programm für den Tag hatte er sorgfältig, ja mit einiger Pedanterie entworfen. An erster Stelle stand ein Besuch ganz in der Nähe bei einem schwerkranken Rechtsanwalt. Fridolin nahm eine sorgfältige Untersuchung vor, fand den Zustand etwas gebessert, gab seiner Befriedigung darüber ehrlich erfreuten Ausdruck und versah ein altes Rezept mit dem üblichen Repetatur. Dann begab er sich unverzüglich nach dem Hause, in dessen Kellertiefen Nachtigall gestern abend Klavier gespielt hatte. Das Lokal war noch gesperrt, doch im Café oben die Kassiererin wußte, daß Nachtigall in einem kleinen Hotel der Leopoldstadt wohnte. Eine Viertelstunde darauf fuhr Fridolin dort vor. Es war ein elender Gasthof. Im Flur roch es nach ungelüfteten Betten, schlechtem Fett und Zichorienkaffee. Ein übel aussehender Portier, mit rotgeränderten pfiffigen Augen, stets auf polizeiliche Einvernahme gefaßt, gab bereitwillig Auskunft. Herr Nachtigall sei heute morgen um fünf Uhr in Gesellschaft zweier Herren vorgefahren, die ihr Gesicht durch hochgeschlungene Halstücher vielleicht absichtlich beinahe unkenntlich gemacht hätten. Während Nachtigall sich in sein Zimmer begeben, hätten die Herren seine Rechnung für die letzten vier Wochen bezahlt; als er nach einer halben Stunde nicht wieder erschienen war, hätte ihn der eine Herr persönlich heruntergeholt, worauf alle drei zum Nordbahnhof gefahren wären. Nachtigall hatte einen höchst aufgeregten Eindruck gemacht; ja – warum sollte man einem so vertrauenerweckenden Herrn nicht die ganze Wahrheit sagen – er hatte dem Portier einen Brief zuzustecken versucht, was die beiden Herren aber sofort verhindert hatten. Briefe, die für Herrn Nachtigall kämen – so hatten die Herren weiter erklärt –, würden von einer hierzu legitimierten Person abgeholt werden. Fridolin empfahl sich, es war ihm angenehm, daß er seine Arztenstasche in der Hand trug, als er aus dem

Haustor trat; so würde man ihn wohl nicht für einen Bewohner dieses Hotels halten, sondern für eine Amtsperson. Mit Nachtigall war es also vorderhand nichts. Man war recht vorsichtig gewesen und hatte wohl allen Anlaß dazu.

Nun fuhr er zur Maskenverleihanstalt. Herr Gibiser öffnete selbst. »Hier bringe ich das entliehene Kostüm zurück«, sagte Fridolin, »und wünsche meine Schuld zu begleichen.« Herr Gibiser nannte einen mäßigen Betrag, nahm das Geld in Empfang, machte eine Eintragung in ein großes Geschäftsbuch und sah vom Bürotisch einigermaßen verwundert zu Fridolin auf, der keine Miene machte, sich zu entfernen.

»Ich bin ferner hier«, sagte Fridolin im Ton eines Untersuchungsrichters, »um ein Wort wegen Ihres Fräulein Tochter mit Ihnen zu reden.«

Irgend etwas zuckte um die Nasenflügel des Herrn Gibiser; – Unbehagen, Spott oder Ärger, es war nicht recht zu entscheiden.

»Wie meinen der Herr?« fragte er in einem gleichfalls völlig unbestimmbaren Ton.

»Sie bemerkten gestern,« sagte Fridolin, die eine Hand mit gespreizten Fingern auf den Bürotisch gestützt, »daß Ihr Fräulein Tochter geistig nicht ganz normal sei. Die Situation, in der wir sie betrafen, legte diese Vermutung tatsächlich nahe. Und da mich der Zufall nun einmal zum Teilnehmer oder wenigstens zum Zuschauer jener sonderbaren Szene gemacht hat, so möchte ich Ihnen doch nahelegen, Herr Gibiser, einen Arzt zu Rate zu ziehen.«

Gibiser, einen unnatürlich langen Federstiel in der Hand hin und her drehend, maß Fridolin mit einem unverschämten Blick.

»Und Herr Doktor wären vielleicht selbst so gütig, die Behandlung zu übernehmen?«

»Ich bitte mir keine Worte in den Mund zu legen«, erwiderte Fridolin scharf, aber etwas heiser, »die ich nicht ausgesprochen habe.«

In diesem Augenblick öffnete sich die Tür, die nach den Innenräumen führte, und ein junger Herr mit offenem Überzieher über dem Frackanzug trat heraus. Fridolin wußte sofort, daß es niemand anders sein konnte als einer der Femrichter von heute nacht. Kein Zweifel, er kam aus Pierrettens Zimmer. Er schien betreten, als er Fridolins ansichtig wurde, faßte sich aber sofort, grüßte Gibiser flüchtig durch ein Winken mit der Hand, zündete sich dann noch eine Zigarette an, wozu er sich eines auf dem Bürotisch befindlichen Feuerzeugs bediente, und verließ die Wohnung.

»Ach so«, bemerkte Fridolin mit einem verächtlichen Zucken der Mundwinkel und mit einem bitteren Geschmack auf der Zunge.

»Wie meinen der Herr?« fragte Gibiser mit vollkommenem Gleichmut.

»Sie haben also darauf verzichtet, Herr Gibiser,« und er ließ den Blick überlegen von der Wohnungstür nach der andern schweifen, aus der der Femrichter getreten war, »verzichtet, die Polizei zu verständigen.«

»Man hat sich auf anderm Weg geeinigt, Herr Doktor«, bemerkte Gibiser kühl und erhob sich, als wäre eine Audienz beendet. Fridolin wandte sich zum Gehen, Gibiser öffnete beflissen die Türe, und mit unbeweglicher Miene sagte er: »Wenn der Herr Doktor wieder einen Bedarf haben sollten... Es muß ja nicht gerade ein Mönchsgewand sein.«

Fridolin schlug die Tür hinter sich zu. Dies wäre nun erledigt, dachte er mit einem Gefühl des Ärgers, das ihn selbst unverhältnismäßig dünkte. Er eilte die Treppen hinab, begab sich ohne besondere Eile auf die Poliklinik und telephonierte vor allem nach Hause, um sich zu erkundigen, ob ein Patient nach ihm geschickt habe, ob Post gekommen sei, was es sonst Neues gebe. Das Dienstmädchen hatte kaum ihre Antworten erteilt, als Albertine selbst an den Apparat kam und Fridolin begrüßte. Sie wiederholte alles, was das Dienstmädchen schon gesagt, dann erzählte sie unbefangen, daß sie eben erst aufgestanden sei und mit dem Kinde gemeinsam frühstücken wolle. »Gib ihr einen Kuß von mir«, sagte Fridolin, »und laßt es euch gut schmecken.« Ihre Stimme hatte ihm wohlgetan, und gerade darum läutete er rasch ab. Er hatte eigentlich noch fragen wollen, was Albertine im Laufe dieses Vormittags vorhabe, aber was ging ihn das an? In der Tiefe seiner Seele war er doch fertig mit ihr, wie immer das äußere Leben weitergehen sollte. Die blonde Schwester half ihm aus den Ärmeln seines Rocks und reichte ihm den weißen Ärztekittel. Dabei lächelte sie ihn ein wenig an, wie sie eben alle zu lächeln pflegen, ob man sich um sie kümmerte oder nicht.

Ein paar Minuten darauf war er im Krankensaal. Der Chefarzt hatte melden lassen, daß er eines Konsiliums wegen plötzlich habe verreisen müssen, die Herren Assistenten möchten ohne ihn Visite machen. Fridolin fühlte sich beinahe glücklich, als er, von den Studenten gefolgt, von Bett zu Bett ging, Untersuchungen vornahm, Rezepte schrieb, mit Hilfsärzten und Wärterinnen sich fachlich besprach. Es gab allerlei Neuigkeiten. Der Schlossergeselle Karl Rödel war in der Nacht gestorben. Sektion nachmittag halb fünf. Im Weibersaal war ein Bett frei geworden, aber schon wieder belegt. Die Frau von Bett siebzehn hatte man auf die chirurgische Abteilung transferieren müssen. Zwischendurch wurden auch Personalfragen berührt. Die Neubesetzung der Augenabteilung sollte übermorgen entschieden werden; Hügelmann, jetzt Professor in Marburg, vor vier Jahren noch zweiter Assistent bei Stellwag, hatte die meisten Chancen. Rasche Karriere, dachte Fridolin. Ich werde nie für die Leitung einer Abteilung in Betracht kommen, schon weil mir die Dozentur fehlt. Zu spät. Warum eigentlich? Man müßte eben wieder wissenschaftlich zu arbeiten anfangen und manches Begonnene mit größerem Ernst wieder aufnehmen. Die Privatpraxis ließ immer noch Zeit genug.

Er bat Herrn Doktor Fuchstaler, die Ambulanz zu leiten, und mußte sich gestehen, daß er lieber hier geblieben als auf den Galitzinberg gefahren wäre. Und doch, es mußte sein. Nicht nur sich allein gegenüber war er verpflichtet, der Sache weiter nachzugehen; noch allerlei anderes gab es heute zu erledigen. Und so entschloß er sich für alle Fälle, Herrn Doktor Fuchstaler auch mit der

Abendvisite zu betrauen. Das junge Mädchen mit dem verdächtigen Spitzenkatarrh dort im letzten Bett lächelte ihm zu. Es war dieselbe, die neulich bei Gelegenheit einer Untersuchung ihre Brüste so zutraulich an seine Wange gepreßt hatte. Fridolin erwiderte ihren Blick ungnädig und wandte sich stirnrunzelnd ab. Eine wie die andere, dachte er mit Bitterkeit, und Albertine ist wie sie alle – sie ist die Schlimmste von allen. Ich werde mich von ihr trennen. Es kann nie wieder gut werden.

Auf der Treppe wechselte er noch ein paar Worte mit einem Kollegen von der chirurgischen Abteilung. Nun, wie stand es eigentlich mit der Frau, die heute nacht hinübertransferiert worden war? Er für seinen Teil glaube nicht recht an die Notwendigkeit einer Operation. Man werde ihm doch das Resultat der histologischen Untersuchung berichten?

»Selbstverständlich, Herr Kollega.«

An der Ecke nahm er einen Wagen. Er zog sein Notizbuch zu Rate, lächerliche Komödie vor dem Kutscher, als müsse er sich jetzt erst entscheiden. »Nach Ottakring,« sagte er dann, »die Straße gegen den Galitzinberg. Ich werde Ihnen sagen, wo Sie zu halten haben.«

Im Wagen kam plötzlich wieder eine schmerzlich-sehnsüchtige Erregung über ihn, ja beinahe ein Schuldbewußtsein, daß er in den letzten Stunden seiner schönen Retterin kaum mehr gedacht hatte. Ob es ihm nun gelingen würde, das Haus zu finden? Nun, das konnte nicht sonderlich schwierig sein. Die Frage war nur: was dann? polizeiliche Anzeige? Das konnte gerade für die Frau, die sich vielleicht für ihn geopfert oder bereit gewesen war, sich für ihn zu opfern, üble Folgen nach sich ziehen. Oder sollte er sich an einen Privatdetektiv wenden? Das erschien ihm ziemlich abgeschmackt und seiner nicht ganz würdig. Aber was blieb ihm sonst noch übrig? Er hatte doch weder die Zeit noch wahrscheinlich das Talent, die nötigen Nachforschungen kunstgerecht durchzuführen. – Eine geheime Gesellschaft? Nun ja, jedenfalls geheim. Aber untereinander kannten sie sich doch? Aristokraten, vielleicht gar Herren vom Hof? Er dachte an gewisse Erzherzöge, denen man dergleichen Scherze schon zutrauen konnte. Und die Damen? Vermutlich ... aus Freudenhäusern zusammengetrieben. Nun, das war keinesfalls sicher. Jedenfalls ausgesuchte Ware. Aber die Frau, die sich ihm geopfert hatte? Geopfert? Warum er nur immer wieder sich einbilden wollte, daß es wirklich ein Opfer gewesen war! Eine Komödie. Selbstverständlich war das Ganze eine Komödie gewesen. Eigentlich sollte er froh sein, so leichten Kaufs davongekommen zu sein. Nun ja, er hatte gute Haltung bewahrt. Die Kavaliere konnten wohl merken, daß er nicht der erste beste war. Und sie hatte es jedenfalls auch gemerkt. Wahrscheinlich war er ihr lieber als alle diese Erzherzöge oder was sie sonst gewesen sein mochten. Am Ende des Liebhartstals, wo der Weg entschiedener nach aufwärts führte, stieg er aus und schickte den Wagen vorsichtshalber wieder fort. Der Himmel war blaßblau, mit weißen Wölkchen, und die Sonne schien frühlingswarm. Er blickte zurück – nichts Verdächtiges war zu sehen. Kein Wagen, kein Fußgänger. Langsam stieg er bergan. Der Mantel wurde ihm schwer; er legte ihn ab und warf ihn um die Schultern. Er kam an die Stelle, wo rechts die Seitenstraße abbiegen mußte, in der das geheimnisvolle Haus stand; er konnte nicht fehlgehen; sie führte nach abwärts, aber keineswegs so steil, als es ihn nachts im Fahren gedünkt hatte. Eine stille Gasse. In einem Vorgarten standen Rosenstöcke, sorgfältig in Stroh gehüllt, in einem nächsten stand ein Kinderwägelchen; ein Bub, ganz in blaue Wolle gekleidet, tollte hin und her; vom Parterrefenster aus schaute eine junge Frau lachend zu. Dann kam ein unbebauter Platz, dann ein wilder eingezäunter Garten, dann eine kleine Villa, dann ein Rasenplatz, und nun, kein Zweifel –, dies hier war das Haus, das er suchte. Es sah keineswegs groß und prächtig aus, es war eine einstöckige Villa in bescheidenem Empirestil und offenbar vor nicht allzu langer Zeit renoviert. Die grünen Jalousien waren überall heruntergelassen, nichts deutete darauf hin, daß die Villa bewohnt sein könnte. Fridolin blickte rings um sich. Niemand war in der Gasse zu sehen; nur weiter unten gingen, sich entfernend, zwei Knaben mit Büchern unter dem Arm. Er stand vor der Gartentür. Und was nun? Einfach wieder zurückspazieren? Das wäre ihm geradezu lächerlich erschienen. Er suchte nach dem elektrischen Taster. Und wenn man ihm aufschlösse, was sollte er sagen? Nun, ganz einfach – ob das hübsche Landhaus nicht über den Sommer zu vermieten wäre? Doch schon tat sich das Haustor von selbst auf, ein alter Diener in einfacher Morgenlivree trat heraus und ging langsam den schmalen Pfad bis zur Gartentür. Er hielt einen Brief in der Hand und reichte ihn stumm zwischen den Gitterstäben Fridolin, dem das Herz klopfte.

»Für mich?« fragte er stockend. Der Diener nickte, wandte sich, ging, und die Haustür fiel hinter ihm zu. Was bedeutet das? fragte sich Fridolin. Am Ende von ihr? *Sie* ist es vielleicht selbst, der das Haus gehört –? Rasch schritt er wieder die Straße aufwärts, jetzt erst merkte er, daß auf dem Kuvert sein Name stand in steiler, hoheitsvoller Schrift. An der Ecke öffnete er den Brief; entfaltete ein Blatt und las: »Geben Sie Ihre Nachforschungen auf, die völlig nutzlos sind, und betrachten Sie diese Worte als zweite Warnung. Wir hoffen in Ihrem Interesse, daß keine weitere nötig sein wird.« Er ließ das Blatt sinken.

Diese Botschaft enttäuschte ihn in jeder Hinsicht; jedenfalls aber war es eine andere, als die er törichterweise für möglich gehalten hatte. Immerhin, der Ton war merkwürdig zurückhaltend, gänzlich ohne Schärfe. Er ließ erkennen, daß die Leute, die diese Botschaft gesandt, sich keineswegs sicher fühlten. Zweite Warnung –? Wieso? Ach ja, in der Nacht war die erste an ihn ergangen. Warum aber *zweite* – und nicht letzte? Wollten sie seinen Mut nochmals erproben? Sollte er eine Prüfung zu bestehen haben? Und woher kannten sie seinen Namen? Nun, das war weiter nicht sonderbar, wahrscheinlich hatte man Nachtigall gezwungen, ihn zu verraten. Und überdies – er lächelte unwillkürlich über seine Zerstreutheit – im Futter seines Pelzes war sein Monogramm und seine genaue Adresse eingenäht. Doch wenn er auch nicht weiter war als vorher – der Brief hatte ihn im ganzen beruhigt –, ohne daß er recht zu sagen gewußt hätte, warum. Insbesondere war er überzeugt, daß die Frau, um deren Schicksal er gebangt hatte, sich noch am Leben befand und daß es nur an ihm lag, sie zu finden, wenn er mit Vorsicht und Schlauheit zu Werke ging.

Als er etwas ermüdet, aber in einer seltsam erlösten Stimmung, die er doch zugleich als trügerisch empfand, zu Hause anlangte, hatten Albertine und das Kind schon zu Mittag gegessen, leisteten ihm aber Gesellschaft, während er selbst sein Mahl einnahm. Da saß sie ihm gegenüber, die ihn heute nacht ruhig ans Kreuz hatte schlagen lassen, mit engelhaftem Blick, hausfraulich-mütterlich, und er verspürte zu seiner Verwunderung keinerlei Haß gegen sie. Er ließ es sich schmecken; befand sich in etwas erregter, aber eigentlich heiterer Laune, und nach seiner Art sprach er sehr lebhaft von den kleinen Berufserlebnissen des Tages, insbesondere von den ärztlichen Personalfragen, über die er Albertine immer genau zu unterrichten pflegte. Er erzählte, daß die Ernennung Hügelmanns so gut wie sicher sei und sprach von seinem eigenen Vorsatz, die wissenschaftlichen Arbeiten wieder mit etwas größerer Energie aufzunehmen. Albertine kannte diese Stimmung, wußte, daß sie nicht allzulange anzuhalten pflegte, und ein leises Lächeln verriet ihre Zweifel. Fridolin ereiferte sich, worauf Albertine mit milder Hand ihm beruhigend über die Haare strich. Jetzt zuckte er leicht zusammen und wandte sich dem Kinde zu, wodurch er seine Stirn weiterer peinlicher Berührung entzog. Er nahm die Kleine auf den Schoß, schickte sich eben an, sie auf den Knien zu schaukeln, als das Dienstmädchen meldete, daß schon einige Patienten warteten. Fridolin erhob sich wie befreit, erwähnte noch beiläufig, daß doch Albertine und das Kind die schöne sonnige Nachmittagsstunde zum Spazierengehen benützen sollten, und begab sich in sein Sprechzimmer.

Im Laufe der nächsten zwei Stunden hatte Fridolin sechs alte Patienten und zwei neue vorzunehmen. Er war in jedem einzelnen Fall völlig bei der Sache, untersuchte, machte Notizen, verordnete – und freute sich, daß er nach den zwei letzten, fast ohne Schlaf verbrachten Nächten sich so wunderbar frisch und geistesklar fühlte.

Nach Erledigung der Sprechstunde sah er noch einmal, wie es seine Gewohnheit war, nach Frau und Kind und stellte nicht ohne Befriedigung fest, daß Albertine eben Besuch von ihrer Mutter hatte, sowie daß die Kleine mit dem Fräulein Französisch lernte. Und erst auf der Stiege kam ihm wieder zu Bewußtsein, daß all diese Ordnung, all dies Gleichmaß, all diese Sicherheit seines Daseins nur Schein und Lüge zu bedeuten hatten.

Trotzdem er die Nachmittagsvisite abgesagt hatte, zog es ihn doch unwiderstehlich auf die Abteilung. Es lagen zwei Fälle dort, die für die wissenschaftliche Arbeit, die er vor allem plante, besonders in Betracht kamen, und er beschäftigte sich eine Weile eingehender mit ihnen, als er es bisher getan. Dann hatte er noch einen Krankenbesuch in der inneren Stadt zu erledigen, und so war es sieben Uhr abends geworden, als er vor dem alten Hause in der Schreyvogelgasse stand. Nun erst, da er zu Mariannens Fenster aufblickte, wurde ihm ihr Bild, das indes völlig verblaßt war, noch mehr als das aller anderen wieder lebendig. Nun – hier konnte es ihm nicht fehlen. Ohne Aufwand besonderer Mühe konnte er hier sein Rachewerk beginnen, hier gab es für ihn keine Schwierigkeit, keine Gefahr; und das, wovor andere vielleicht zurückgeschreckt wären, der Verrat an dem Bräutigam, das bedeutete für ihn beinahe einen Anreiz mehr. Ja, verraten, betrügen, lügen, Komödie spielen, da und dort, vor Marianne, vor Albertine, vor diesem guten Doktor Roediger, vor der ganzen Welt; – eine Art von Doppelleben führen, zugleich der tüchtige, verläßliche, zukunftsreiche Arzt, der brave Gatte und Familienvater sein – und zugleich ein Wüstling, ein Verführer, ein Zyniker, der mit den Menschen, mit Männern und Frauen spielte, wie ihm just die Laune ankam – das erschien ihm in diesem Augenblick als etwas ganz Köstliches; – und das Köstlichste dran war, daß er später einmal, wenn Albertine sich schon längst in der Sicherheit eines ruhigen Ehe- und Familienlebens geborgen wähnte, ihr kühl lächelnd alle seine Sünden eingestehen wollte, um so Vergeltung zu üben für das, was sie ihm in einem Traume Bitteres und Schmachvolles angetan hatte.

Im Hausflur fand er sich dem Doktor Roediger gegenüber, der ihm harmlosherzlich die Hand entgegenreichte.

»Wie geht es Fräulein Marianne?« fragte Fridolin.

»Hat sie sich ein wenig beruhigt?«

Doktor Roediger zuckte die Achseln. »Sie war lange genug auf das Ende vorbereitet, Herr Doktor. – Nur als man heute gegen Mittag die Leiche holte – –«

»Ah, ist das schon geschehen?«

Doktor Roediger nickte. »Morgen nachmittag drei Uhr findet das Begräbnis statt ...«

Fridolin sah vor sich hin. »Es sind wohl – die Verwandten bei Fräulein Marianne?«

»Nicht mehr,« erwiderte Doktor Roediger, »jetzt ist sie allein. Es wird sie gewiß freuen, Sie noch zu sehen, Herr Doktor. Morgen bringen wir sie nämlich nach Mödling, meine Mutter und ich«, und auf einen höflich fragenden Blick Fridolins: »Meine Eltern haben nämlich dort ein kleines Häuschen. Auf Wiedersehen, Herr Doktor. Ich habe noch allerlei zu besorgen. Ja, was so ein – Fall zu tun gibt! Ich hoffe, Sie noch oben anzutreffen, Herr Doktor, wenn ich zurückkomme.« Und schon trat er aus dem Haustor auf die Straße.

Fridolin zögerte einen Augenblick, dann schritt er langsam die Treppe hinauf. Er klingelte; und Marianne selbst war es, die ihm öffnete. Sie war schwarz gekleidet, um den Hals trug sie eine schwarze Jettkette, die er noch nie an ihr gesehen. Ihr Antlitz rötete sich leise.

»Sie lassen mich lange warten«, sagte sie mit einem schwachen Lächeln.

»Verzeihen Sie, Fräulein Marianne, ich hatte heute einen besonders angestrengten Tag.«

Er folgte ihr durch das Sterbezimmer, in dem das Bett nun leer stand, in den Nebenraum, wo er gestern unter dem Bilde mit dem weißuniformierten Offizier den Totenschein für den Hofrat geschrieben hatte. Auf dem Schreibtisch brannte schon eine kleine Lampe, so daß Zwielicht im Zimmer war. Marianne wies ihm einen Platz auf dem schwarzen Lederdiwan an, sie selbst setzte sich ihm gegenüber an den Schreibtisch.

»Eben bin ich im Hausflur Herrn Doktor Roediger begegnet. – Also morgen schon fahren Sie aufs Land?«

Marianne sah ihn an, als wundere sie sich über den kühlen Ton seiner Fragen, und ihre Schultern senkten sich, als er mit beinahe harter Stimme fortsetzte: »Ich finde das sehr vernünftig.« Und er erläuterte sachlich, wie günstig die gute Luft, die neue Umgebung auf sie wirken würde.

Sie saß unbeweglich, und Tränen flossen ihr über die Wangen. Er sah es ohne Mitgefühl, eher mit Ungeduld; und die Vorstellung, daß sie vielleicht in der nächsten Minute wieder zu seinen Füßen liegen, ihr gestriges Geständnis wiederholen könnte, erfüllte ihn mit Angst. Und da sie schwieg, stand er brüsk auf. »So leid es mir tut, Fräulein Marianne –« Er sah auf die Uhr.

Sie hob den Kopf, blickte Fridolin an, und ihre Tränen flossen weiter. Er hätte ihr gern irgendein gutes Wort gesagt und war es nicht imstande.

»Sie bleiben wohl einige Tage auf dem Land«, begann er gezwungen. »Ich hoffe, Sie geben mir Nachricht... Herr Doktor Roediger sagt mir übrigens, daß die Hochzeit bald stattfinden werde. Erlauben Sie mir schon heute Ihnen meinen Glückwunsch auszusprechen.«

Sie rührte sich nicht, als hätte sie seinen Glückwunsch, seinen Abschied überhaupt nicht zur Kenntnis genommen. Er streckte ihr die Hand entgegen, die sie nicht nahm, und fast in einem Ton des Vorwurfs wiederholte er: »Also, ich hoffe zuversichtlich, Sie geben mir Nachricht über Ihr Befinden. Auf Wiedersehen, Fräulein Marianne.« Sie saß da wie versteinert. Er ging, eine Sekunde lang blieb er in der Türe stehen, als gewährte er ihr noch eine letzte Frist, ihn zurückzurufen, sie schien den Kopf eher wegzuwenden, und nun schloß er die Türe hinter sich. Auf dem Gang draußen verspürte er irgend etwas wie Reue. Einen Augenblick dachte er daran, umzukehren, aber er fühlte, daß das vor allem andern sehr lächerlich gewesen wäre.

Aber was nun? Nach Hause? Wohin sonst! Heute konnte er ja doch nichts mehr unternehmen. Und morgen? Was? Und wie? Er fühlte sich ungeschickt, hilflos, alles zerfloß ihm unter den Händen; alles wurde unwirklich, sogar sein Heim, seine Frau, sein Kind, sein Beruf, ja, er selbst, wie er so mit schweifenden Gedanken die abendlichen Straßen mechanisch weiterging.

Von der Uhr des Rathausturmes schlug es halb acht. Es war übrigens gleichgültig, wie spät es war; die Zeit lag in völliger Überflüssigkeit vor ihm. Nichts, niemand ging ihn an. Er verspürte ein leises Mitleid mit sich selbst. Ganz flüchtig, nicht etwa wie ein Vorsatz, kam ihm der Einfall, zu irgendeinem Bahnhof zu fahren, abzureisen, gleichgültig wohin, zu verschwinden für alle Leute, die ihn gekannt, irgendwo in der Fremde wieder aufzutauchen und ein neues Leben zu beginnen als ein anderer, neuer Mensch. Er besann sich gewisser merkwürdiger Krankheitsfälle, die er aus psychiatrischen Büchern kannte, sogenannter Doppelexistenzen: ein Mensch verschwand plötzlich aus ganz geordneten Verhältnissen, war verschollen, kehrte nach Monaten oder nach Jahren wieder, erinnerte sich selbst nicht, wo er in dieser Zeit gewesen, aber später erkannte ihn irgendwer, der irgendwo in einem fernen Land mit ihm zusammengetroffen war, und der Heimgekehrte wußte gar nichts davon. Solche Dinge kamen freilich selten vor, aber immerhin, sie waren erwiesen. Und in abgeschwächter Form erlebte sie wohl mancher. Wenn man aus Träumen wiederkehrte zum Beispiel? Freilich, man erinnerte sich... Aber gewiß gab es auch Träume, die man völlig vergaß, von denen nichts übrig blieb als irgendeine rätselhafte Stimmung, eine geheimnisvolle Benommenheit. Oder man erinnerte sich erst später, viel später und wußte nicht mehr, ob man etwas erlebt oder nur geträumt hatte. Nur – nur – !

Und wie er so weiterging und doch unwillkürlich die Richtung nach seiner Wohnung zu nahm, geriet er in die Nähe der dunklen, ziemlich verrufenen Gasse, in der er vor weniger als vierundzwanzig Stunden einem verlorenen Geschöpf nach ihrer armseligen und doch traulichen Behausung gefolgt war. *Verloren*, gerade die? Und gerade diese Gasse *verrufen*? Wie man doch immer wieder, durch Worte verführt, Straßen, Schicksale, Menschen in träger Gewohnheit benennt und beurteilt. War dieses junge Mädchen nicht im Grunde von allen, mit denen seltsame Zufälle ihn in der letzten Nacht zuammengeführt, das anmutigste, ja geradezu das reinste gewesen? Er fühlte einige Rührung, wenn er ihrer dachte. Und nun erinnerte er sich auch seines Vorsatzes von gestern; rasch entschlossen kaufte er im nächsten Laden allerlei Eßbares ein; und als er mit dem kleinen Päckchen die Häusermauern entlangschritt, fühlte er sich geradezu froh in dem Bewußtsein, daß er im Begriffe war, eine zum mindesten vernünftige, vielleicht sogar lobenswerte Handlung zu begehen. Immerhin schlug er den Kragen hoch, als er in den Hausflur trat, nahm beim Treppensteigen einige Stufen auf einmal, die Wohnungsglocke tönte ihm mit unerwünschter Schrille ins Ohr; und als er von einer übel aussehenden Frauensperson den Bescheid erhielt, daß das Fräulein Mizzi nicht zu Hause sei, atmete er auf. Doch ehe die Frau noch Gelegenheit hatte, das Päckchen für die Abwesende in Empfang zu nehmen, trat ein anderes, noch junges, nicht unhübsches Frauenzimmer, in eine Art von Bademantel gehüllt, ins Vorzimmer und sagte: »Wen sucht der Herr? Die Fräuln Mizzi? Die wird so bald nicht z'haus kommen.«

Die Alte gab ihr ein Zeichen, zu schweigen; Fridolin aber, als wünschte er dringend Bestätigung zu erhalten für das, was er irgendwie doch schon geahnt hatte, bemerkte einfach: »Sie ist im Spital, nicht wahr?«

»Na, wenn's der Herr eh weiß. Aber mir sein g'sund, Gott sei Dank«, rief sie fröhlich aus und trat ganz nahe an Fridolin heran mit halbgeöffneten Lippen und einem frechen Zurückwerfen ihres üppigen Leibes, so daß der Bademantel sich öffnete. Fridolin sagte ablehnend: »Ich bin nur im Vorbeigehen heraufgekommen, um der Mizzi was zu bringen«, und er erschien sich plötzlich wie ein Gymnasiast. Und in einem neuen, sachlichen Ton fragte er: »Auf welcher Abteilung liegt sie denn?«

Die Junge nannte ihm den Namen eines Professors, auf dessen Klinik Fridolin vor einigen Jahren Sekundararzt gewesen war. Und dann fügte sie gutmütig hinzu: »Geben S' es her, die Packerl, ich bring ihr's morgen. Können sich drauf verlassen, daß ich nichts wegnaschen werde. Und grüßen werde ich sie auch von Ihnen und ihr ausrichten, Sie sein ihr nicht untreu worden.«

Zugleich aber trat sie näher auf ihn zu und lachte ihn an. Doch als er leicht zurückwich, gab sie es sofort auf und bemerkte tröstend: »In sechs, spätestens acht Wochen, hat der Doktor g'sagt, is sie wieder zu Haus.«

Als Fridolin aus dem Haustor auf die Straße trat, fühlte er Tränen in der Kehle; aber er wußte, daß das nicht so sehr Ergriffenheit zu bedeuten hatte als ein allmähliches Versagen seiner Nerven. Er nahm absichtlich einen rascheren und lebhafteren Schritt an, als seiner Stimmung gemäß war. Solle dieses Erlebnis ein weiteres, ein letztes Zeichen sein, daß ihm alles mißlingen mußte? Warum? Daß er einer so großen Gefahr entgangen war, konnte immerhin auch ein gutes Zeichen bedeuten. Und war es gerade das, worauf es ankam: Gefahren zu entgehen? Allerlei andere standen ihm wohl noch bevor. Er dachte keineswegs daran, die Nachforschungen nach der wunderbaren Frau von heute nacht aufzugeben. Nun war freilich nicht mehr Zeit dazu. Und überdies mußte genau erwogen werden, auf welche Art diese Nachforschungen weiterzuführen waren. Ja, wenn man jemanden hätte, mit dem man sich beraten könnte! Aber er wußte keinen, den er in die Abenteuer der vergangenen Nacht gerne eingeweiht hätte. Seit Jahren war er mit keinem Menschen wirklich vertraut als mit seiner Frau, und mit der konnte er sich in diesem Fall doch kaum beraten, in diesem nicht und in keinem andern. Denn man mochte es nehmen, wie man wollte: heute nacht hatte sie ihn ans Kreuz schlagen lassen.

Und nun wußte er, warum seine Schritte ihn anstatt in der Richtung seines Hauses unwillkürlich immer weiter in die entgegengesetzte führten. Er wollte, er konnte Albertine jetzt nicht entgegentreten. Das Vernünftigste war es, irgendwo auswärts zur Nacht zu essen, dann auf die Abteilung nach seinen zwei Fällen sehen – und keinesfalls daheim sein – »daheim!« – bevor er sicher sein konnte, Albertine schon schlafend anzutreffen.

Er trat in ein Café, eines der vornehmeren, stilleren in der Nähe des Rathauses, telephonierte nach Hause, daß man ihn zum Abendessen nicht erwarten solle, läutete rasch ab, damit nicht etwa Albertine noch ans Telephon käme, dann setzte er sich an ein Fenster und zog den Vorhang zu. In einer entfernten Ecke nahm eben ein Herr Platz; in dunklem Überzieher, auch sonst ganz unauffällig gekleidet. Fridolin erinnerte sich, diese Physiognomie im Laufe dieses Tages schon irgendwo gesehen zu haben. Das konnte natürlich auch Zufall sein. Er nahm ein Abendblatt zur Hand und las, so wie er es gestern nacht in einem anderen Kaffeehaus getan, da und dort ein paar Zeilen: Berichte über politische Ereignisse, Theater, Kunst, Literatur, über kleine und große Unglücksfälle aller Art. In irgendeiner Stadt Amerikas, deren Namen er niemals gehört hatte, war ein Theater abgebrannt. Der Rauchfangkehrermeister Peter Korand hatte sich zum Fenster hinausgestürzt. Es kam Fridolin irgendwie sonderbar vor, daß auch Rauchfangkehrer sich zuweilen umbrachten, und er fragte sich unwillkürlich, ob der Mann sich vorher ordentlich gewaschen oder schwarz, wie er war, ins Nichts gestürzt hatte. In einem vornehmen Hotel der inneren Stadt hatte sich heute früh eine Frau vergiftet, eine Dame, die unter dem Namen einer Baronin D. vor wenigen Tagen dort abgestiegen war, eine auffallend hübsche Dame. Fridolin fühlte sich sofort ahnungsvoll berührt. Die Dame war morgens um vier Uhr in Begleitung zweier Herren nach Hause gekommen, die am Tore sich von ihr verabschiedeten. Vier Uhr. Gerade zu der Stunde, da auch er nach Hause gekommen war. Und gegen Mittag war sie bewußtlos – so hieß es weiter – mit den Anzeichen einer schweren Vergiftung im Bette aufgefunden worden... Eine auffallend hübsche junge Dame... Nun, es gab manche auffallend hübsche junge Damen... Es war kein Anlaß, anzunehmen, daß die Baronin D., vielmehr die Dame, die unter dem Namen Baronin D. in dem Hotel abgestiegen war, und eine gewisse andere ein und dieselbe Person vorstellen. Und doch – ihm klopfte das Herz, und das Blatt bebte in seiner Hand. In einem vornehmen Stadthotel... in welchem –? Warum so geheimnisvoll? – So diskret?...

Er ließ das Blatt sinken und sah, wie zugleich der Herr dort in der fernen Ecke eine Zeitung, eine große illustrierte Zeitung, wie einen Vorhang vor sein Gesicht schob. Sofort nahm auch Fridolin sein Blatt wieder zur Hand, und er wußte in diesem Augenblick, daß die Baronin D. unmöglich jemand anders sein konnte als die Frau von heute nacht... In einem vornehmen Stadthotel... Es gab nicht so viele, die in Betracht kamen – für eine Baronin D.... Und nun mochte geschehen, was da wolle – diese Spur mußte verfolgt werden. Er rief nach dem Kellner, zahlte, ging. An der Tür wandte er sich noch einmal nach dem verdächtigen Herrn in der Ecke um. Der aber war sonderbarerweise schon verschwunden...

Schwere Vergiftung... Aber sie lebte... In dem Augenblick, da man sie aufgefunden hatte, lebte sie noch. Und es war am Ende kein Grund, anzunehmen, daß sie nicht gerettet war. Jedenfalls, ob sie lebte oder tot war – er würde sie finden. Und er würde sie sehen – in jedem Fall – ob tot oder lebendig. Sehen würde er sie; kein Mensch auf der Erde konnte ihn daran hindern, die Frau zu sehen, die seinetwegen, ja, die *für ihn* in den Tod gegangen war. Er war schuldig an ihrem Tod – er allein – wenn sie es war. Ja, sie war es. Um vier Uhr morgens nach Hause gekommen in Begleitung zweier Herren! Wahrscheinlich derselben, die ein paar Stunden später Nachtigall zur Bahn gebracht hatten. Sie hatten kein sonderlich reines Gewissen, diese Herren.

Er stand auf dem großen weiten Platz vor dem Rathaus und blickte nach allen Seiten. Nur wenige Menschen befanden sich innerhalb seiner Sehweite, der verdächtige Herr aus dem Kaffeehaus war nicht unter ihnen. Und wenn auch – die Herren fürchteten sich, der Überlegene war er. Fridolin eilte weiter, auf dem Ring nahm er einen Wagen, ließ sich zuerst zum Hotel Bristol fahren und erkundigte sich bei dem Portier, als wäre er dazu befugt oder beauftragt, ob die Frau Baronin D., die sich heute morgen bekanntlich vergiftet, hier in dem Hotel gewohnt habe. Der Portier schien weiter nicht erstaunt, hielt Fridolin vielleicht für einen Herrn von der Polizei oder sonst eine Amtsperson, in jedem Fall erwiderte er höflich, daß sich der traurige Fall nicht hier, sondern im Hotel Erzherzog Karl zugetragen habe...

Fridolin fuhr sofort in das bezeichnete Hotel und erhielt dort die Auskunft, daß die Baronin D. unverzüglich nach ihrer Auffindung ins Allgemeine Krankenhaus geschafft worden sei. Fridolin erkundigte sich, auf welche Weise die Entdeckung des Selbstmordversuches erfolgt sei. Was für Anlaß denn vorgelegen habe, sich schon um die Mittagsstunde um eine Dame zu kümmern, die doch erst um vier Uhr früh nach Hause gekommen war? Nun, das war ganz einfach: zwei Herren (also wieder zwei Herren!) hatten vormittags um elf Uhr nach ihr gefragt. Da die Dame sich auf wiederholten telephonischen Anruf nicht gemeldet, hatte das Stubenmädchen an die Türe geklopft; da sich darauf wieder nichts gerührt hatte und die Türe von innen verriegelt blieb, war nichts übriggeblieben, als sie aufzusprengen, und da hatte man die Baronin bewußtlos im Bette liegend gefunden. Man hatte sofort Rettungsgesellschaft und Polizei verständigt.

»Und die zwei Herren?« fragte Fridolin scharf und kam sich selbst vor wie ein Geheimpolizist.

Ja, die Herren, das gab freilich zu denken, die waren indes spurlos verschwunden. Im übrigen dürfte es sich keineswegs um eine Baronin Dubieski gehandelt haben, unter welchem Namen die Dame im Hotel gemeldet war. Sie war das erstemal in diesem Hotel abgestiegen, und es gab überhaupt keine Familie dieses Namens, jedenfalls keine adlige.

Fridolin dankte für die Auskunft, entfernte sich ziemlich rasch, da einer der eben hinzugetretenen Hoteldirektoren ihn mit unangenehmer Neugier zu mustern begann, stieg wieder in den Wagen und ließ sich zum Krankenhaus fahren. Wenige Minuten später, in der Aufnahmekanzlei, erfuhr er nicht nur, daß die angebliche Baronin Dubieski auf die zweite innere Klinik eingeliefert worden, sondern daß sie nachmittags um fünf, trotz aller ärztlichen Bemühungen – ohne das Bewußtsein wiedererlangt zu haben – gestorben war.

Fridolin holte tief Atem, so glaubte er, doch es war ein schwerer Seufzer gewesen, der sich ihm entrungen. Der diensthabende Beamte blickte mit einiger Verwunderung zu ihm auf. Fridolin faßte sich gleich wieder, empfahl sich höflich und stand in der nächsten Minute im Freien. Der Krankenhausgarten war fast menschenleer. In einer benachbarten Allee unter einer Laterne ging eben eine Wärterin in blauweiß gestreiftem Kittel und weißem Häubchen. »Tot«, sagte Fridolin vor sich hin. – Wenn sie es ist. Und wenn sie es nicht ist? Wenn sie noch lebt, wie kann ich sie finden?

Wo der Leichnam der Unbekannten sich in diesem Augenblick befand, diese Frage konnte er sich leicht beantworten. Da sie erst vor wenigen Stunden gestorben war, lag sie jedenfalls in der Totenkammer, nur wenige hundert Schritte von hier. Schwierigkeiten für ihn als Arzt, sich auch in dieser späten Stunde dort Eingang zu verschaffen, gab es natürlich nicht. Doch – was wollte er dort? Er kannte ja nur ihren Körper, ihr Antlitz hatte er nie gesehen, nur eben einen flüchtigen Schimmer davon erhascht in der Sekunde, da er heute nacht den Tanzsaal verlassen hatte oder, richtiger gesagt, aus dem Saal gejagt worden war. Doch daß er diesen Umstand bis jetzt gar nicht erwogen, das kam daher, daß er in diesen ganzen letztverflossenen Stunden, seit er die Zeitungsnotiz gelesen, die Selbstmörderin, deren Antlitz er nicht kannte, sich mit den Zügen Albertinens vorgestellt hatte, ja, daß ihm, wie er nun erst erschaudernd wußte, ununterbrochen seine Gattin als die Frau vor Augen geschwebt war, die er suchte. Und nochmals fragte er sich, was er eigentlich in der Totenkammer wollte? Ja, hätte er sie lebend wiedergefunden, heute, morgen – in Jahren, wann, wo und in welcher Umgebung immer – an ihrem Gang, ihrer Haltung, ihrer Stimme vor allem hätte er sie, so war er überzeugt unwidersprechlich erkannt. Nun aber sollte er nur den Körper wiedersehen, einen toten Frauenkörper und ein Antlitz, von dem er nichts kannte als die Augen – Augen, die nun gebrochen waren. Ja – diese Augen kannte er und die Haare, die sich in jenem letzten Augenblick, ehe man ihn aus dem Saal gejagt, plötzlich gelöst und die nackte Gestalt verhüllt hatten. Würde das genug sein, um ihn untrüglich wissen zu lassen, ob sie es sei oder nicht?

Und langsamen, zögernden Schritts nahm er den Weg durch die wohlbekannten Höfe nach dem Pathologisch-anatomischen Institut. Er fand das Tor unverschlossen, so daß er nicht nötig hatte zu klingeln. Der steinerne Fußboden hallte unter seinen Tritten, als er durch den schwach beleuchteten Gang schritt. Ein vertrauter, gewissermaßen heimatlicher Geruch von allerlei Chemikalien, der den angestammten Duft dieses Gebäudes übertönte, umfing Fridolin. Er klopfte an die Tür des histologischen Kabinetts, wo er wohl noch einen Assistenten bei der Arbeit vermuten durfte. Auf ein etwas unwirsches »Herein« trat Fridolin in den hohen, geradezu festlich erhellten Raum, in dessen Mitte, das Auge eben vom Mikroskop entfernend, wie Fridolin beinahe erwartet, sein alter Studienkollege, der Assistent des Institutes, Doktor Adler, sich von seinem Stuhl erhob.

»Oh, lieber Kollege«, begrüßte ihn Doktor Adler immer noch etwas unwillig, aber zugleich verwundert, »was verschafft mir die Ehre zu so ungewohnter Stunde?«

»Entschuldige die Störung«, sagte Fridolin. »Du bist gerade mitten in der Arbeit.«

»Allerdings«, erwiderte Adler in dem scharfen Ton, der ihm noch von seiner Burschenzeit eigen war. Und leichter fügte er hinzu: »Was sollte man in diesen heiligen Hallen sonst um Mitternacht zu schaffen haben? Aber du störst mich natürlich nicht im geringsten. Womit kann ich dienen?«

Und da Fridolin nicht gleich antwortete: »Der Addison, den ihr uns heute heruntergeliefert habt, liegt noch in holder Unberührtheit da drüben. Sektion morgen früh acht Uhr dreißig.«

Und auf eine verneinende Bewegung Fridolins: »Ah so – der Pleuratumor! Nun – die histologische Untersuchung hat unwiderleglich Sarkom ergeben. Darüber braucht ihr euch also auch keine grauen Haare wachsen zu lassen.«

Fridolin schüttelte wieder den Kopf. »Es handelt sich um keine – dienstliche Angelegenheit.«

»Na, um so besser«, sagte Adler, »ich hab' schon geglaubt, das schlechte Gewissen treibt dich da herunter zu nachtschlafender Zeit.«

»Mit schlechtem Gewissen oder wenigstens mit Gewissen überhaupt hängt es schon eher zusammen«, erwiderte Fridolin.

»Oh!«

»Kurz und gut« – er befliß sich eines harmlos-trockenen Tones –, »ich möchte gern Auskunft wegen einer Frauensperson, die heute abend auf der zweiten Klinik an Morphiumvergiftung gestorben ist und die jetzt da herunten liegen dürfte, eine gewisse Baronin Dubieski.« Und rascher fuhr er fort: »Ich habe nämlich die Vermutung, daß diese angebliche Baronin Dubieski eine Person ist, die ich vor Jahren flüchtig gekannt habe. Und es würde mich interessieren, ob meine Vermutung stimmt.«

»Suicidium?« fragte Adler.

Fridolin nickte. »Ja. Selbstmord«, übersetzte er, als wünschte er damit der Angelegenheit wieder ihren privaten Charakter zu verleihen.

Adler deutete mit humoristisch gestrecktem Zeigefinger auf Fridolin. »Unglückliche Liebe zu Euer Hochwohlgeboren?«

Fridolin verneinte etwas ärgerlich. »Der Selbstmord dieser Baronin Dubieski hat mit meiner Person nicht das geringste zu tun.«

»Bitte, bitte, ich will nicht indiskret sein. Wir können uns ja sofort überzeugen. Meines Wissens ist heute abend keine Anforderung von der gerichtlichen Medizin gekommen. Also jedenfalls –«

Gerichtliche Obduktion, zuckte es durch Fridolins Hirn. Das könnte wohl noch der Fall sein. Wer weiß, ob ihr Selbstmord überhaupt ein freiwilliger war? Die zwei Herren fielen ihm wieder ein, die so plötzlich aus dem Hotel verschwunden waren, nachdem sie von dem Selbstmordversuch erfahren hatten. Die Angelegenheit könnte sich wohl noch zu einer Kriminalaffäre ersten Ranges entwickeln. Und ob er – Fridolin – nicht gar als Zeuge vorgeladen würde – ja, ob er nicht eigentlich verpflichtet wäre, sich freiwillig bei Gericht zu melden?

Er folgte Doktor Adler über den Gang zu der gegenüberliegenden Türe, die halb offen stand. Der kahle hohe Raum war durch die zwei offenen, etwas heruntergeschraubten Flammen eines zweiarmigen Gaslüsters schwach beleuchtet. Von den zwölf oder vierzehn Leichentischen war nur die geringere Anzahl belegt. Einige Körper lagen nackt da, über die andern waren Leinentücher gebreitet. Fridolin trat zu dem ersten Tisch gleich an der Tür und zog vorsichtig das Tuch von dem Kopf der Leiche weg. Ein greller Lichtschein von der elektrischen Taschenlampe des Doktor Adler fiel plötzlich hin. Fridolin sah ein gelbes, graubärtiges Männergesicht und bedeckte es gleich wieder mit dem Leichentuch. Auf dem nächsten Tisch lag ein hagerer nackter Jünglingsleib. Doktor Adler, von einem anderen Tische her, sagte: »Eine zwischen sechzig und siebzig, die wird's wohl auch nicht sein.«

Fridolin aber, wie plötzlich hingezogen, schritt ans Ende des Saales, von wo ein Frauenleib ihm fahl entgegenleuchtete. Der Kopf war zur Seite gesenkt; lange, dunkle Haarsträhnen fielen fast bis zum Fußboden herab. Unwillkürlich streckte Fridolin die Hand aus, um den Kopf zurechtzurücken, doch mit einer Scheu, die ihm, dem Arzt, sonst fremd war, zögerte er wieder. Doktor Adler war herzugetreten und bemerkte hinter sich deutend: »Kommen alle nicht in Betracht -- also die?« Und er leuchtete mit der elektrischen Lampe auf den Frauenkopf, den Fridolin eben, seine Scheu überwindend, mit beiden Händen gefaßt und ein wenig emporgehoben hatte. Ein weißes Antlitz mit halbgeschlossenen Lidern starrte ihm entgegen. Der Unterkiefer hing schlaff herab, die schmale, hinaufgezogene Oberlippe ließ das bläuliche Zahnfleisch und eine Reihe weißer Zähne sehen. Ob dieses Antlitz irgendeinmal, ob es vielleicht gestern noch schön gewesen – Fridolin hätte es nicht zu sagen vermocht – es war ein völlig nichtiges, leeres, es war ein totes Antlitz. Es konnte ebensogut einer Achtzehnjährigen als einer Achtunddreißigjährigen angehören.

»Ist sie's?« fragte Doktor Adler.

Fridolin beugte sich unwillkürlich tiefer herab, als könnte sein bohrender Blick den starren Zügen eine Antwort entreißen. Und er wußte doch zugleich, auch wenn es wirklich *ihr* Antlitz wäre, *ihre* Augen, dieselben Augen, die gestern so lebensheiß in die seinen geleuchtet, er wüßte es nicht, könnte es – wollte es am Ende gar nicht wissen. Und sanft legte er den Kopf wieder auf die Platte hin und ließ seinen Blick den toten Körper entlang schweifen, vom wandernden Schein der elektrischen Lampe geleitet. War es ihr Leib? – der wunderbare, blühende, gestern noch so qualvoll ersehnte? Er sah einen gelblichen, faltigen Hals, er sah zwei kleine und doch etwas schlaff gewordene Mädchenbrüste, zwischen denen, als wäre das Werk der Verwesung schon vorgebildet, das Brustbein mit grausamer Deutlichkeit sich unter der bleichen Haut abzeichnete, er sah die Rundung des mattbraunen Unterleibs, er sah, wie von einem dunklen, nun geheimnis- und sinnlos gewordenen Schatten aus wohlgeformte Schenkel sich gleichgültig öffneten, sah die leise auswärts gedrehten Kniewölbungen, die scharfen Kanten der Schienbeine und die schlanken Füße mit den einwärts gekrümmten Zehen. All dies versank nacheinander rasch wieder im Dunkel, da der Lichtkegel der elektrischen Lampe den Weg zurück mit vielfacher Geschwindigkeit zurücklegte, bis er endlich leicht zitternd über dem bleichen Antlitz ruhen blieb. Unwillkürlich, ja wie von einer unsichtbaren Macht gezwungen und geführt, berührte Fridolin mit beiden Händen die Stirne, die Wangen, die Schultern, die Arme der toten Frau; dann schlang er seine Finger wie zu einem Liebesspiel in die der Toten, und so starr sie waren, es schien ihm, als versuchten sie sich zu regen, die seinen zu ergreifen; ja ihm war, als irrte unter den halbgeschlossenen Lidern ein ferner, farbloser Blick nach dem seinen; und wie magisch angezogen beugte er sich herab.

Da flüsterte es plötzlich hinter ihm: »Aber was treibst du denn?«

Fridolin kam jählings zur Besinnung. Er löste seine Finger aus denen der Toten, umklammerte ihre schmalen Handgelenke und legte sorglich, ja mit einer gewissen Pedanterie die eiskalten Arme zu seiten des Rumpfes hin. Und ihm war, als ob jetzt, eben erst in diesem Augenblick, dieses Weib gestorben sei. Dann wandte er sich ab, lenkte die Schritte zur Türe und über den hallenden Gang, trat in das Arbeitskabinett zurück, das man früher verlassen. Doktor Adler folgte ihm schweigend und schloß hinter ihnen ab.

Fridolin trat ans Waschbecken. »Du erlaubst«, sagte er und reinigte seine Hände sorgfältig mit Lysol und Seife. Indes schien Doktor Adler ohne weiteres seine unterbrochene Arbeit wieder aufnehmen zu wollen. Er hatte die entsprechende Lichtvorrichtung neu eingeschaltet, drehte die Mikrometerschraube und blickte ins Mikroskop. Als Fridolin zu ihm trat, um sich zu verabschieden, war Doktor Adler völlig in seine Arbeit vertieft.

»Willst du dir das Präparat einmal anschauen?« fragte er.

»Warum?« fragte Fridolin abwesend.

»Nun, zur Beruhigung deines Gewissens«, erwiderte Doktor Adler, – als nähme er doch an, daß Fridolins Besuch nur einen medizinisch-wissenschaftlichen Zweck gehabt hätte.

»Findest du dich zurecht?« fragte er, während Fridolin ins Mikroskop schaute. »Es ist nämlich eine ziemlich neue Färbungsmethode.«

Fridolin nickte, ohne das Auge vom Glas zu entfernen. »Geradezu ideal«, bemerkte er, »ein farbenprächtiges Bild, könnte man sagen.«

Und er erkundigte sich nach verschiedenen Einzelheiten der neuen Technik.

Doktor Adler gab ihm die gewünschten Aufklärungen, und Fridolin äußerte die Ansicht, daß ihm diese neue Methode bei einer Arbeit, die er für die nächste Zeit vorhabe, voraussichtlich gute Dienste leisten würde. Er erbat sich die Erlaubnis, morgen oder übermorgen wiederkommen zu dürfen, um sich weitere Aufschlüsse zu holen.

»Stets gerne zu Diensten«, sagte Doktor Adler, begleitete Fridolin über die hallenden Steinfliesen bis zum Tore, das indessen geschlossen worden war, und sperrte es mit seinem eigenen Schlüssel auf.

»Du bleibst noch?« fragte Fridolin.

»Aber natürlich«, erwiderte Doktor Adler, »das sind ja die allerschönsten Arbeitsstunden – so von Mitternacht bis früh. Da ist man wenigstens vor Störungen ziemlich sicher.«

»Na«, sagte Fridolin mit einem leisen, wie schuldbewußten Lächeln.

Doktor Adler legte die Hand beruhigend auf Fridolins Arm, dann fragte er mit einiger Zurückhaltung: »Also – war sie's?«

Fridolin zögerte einen Augenblick, dann nickte er wortlos und war sich kaum bewußt, daß diese Bejahung möglicherweise eine Unwahrheit bedeutete. Denn ob die Frau, die nun da drin in der Totenkammer lag, dieselbe war, die er vor vierundzwanzig Stunden zu den wilden Klängen von Nachtigalls Klavierspiel nackt in den Armen gehalten, oder ob diese Tote irgendeine andere, eine Unbekannte, eine ganz Fremde war, der er niemals vorher begegnet; er wußte: auch wenn das Weib noch am Leben war, das er gesucht, das er verlangt, das er eine Stunde lang vielleicht geliebt hatte, und, wie immer sie dieses Leben weiter lebte – was da hinter ihm lag in der gewölbten Halle, im Scheine von flackernden Gasflammen, ein Schatten unter andern Schatten, dunkel, sinn- und geheimnislos wie sie –, ihm bedeutete es, ihm konnte es nichts anderes mehr bedeuten als, zu unwiderruflicher Verwesung bestimmt, den bleichen Leichnam der vergangenen Nacht.

VII

Durch die finsteren menschenleeren Gassen eilte er nach Hause, und wenige Minuten später, nachdem er, wie vierundzwanzig Stunden vorher, schon in seinem Ordinationszimmer sich entkleidet hatte, so leise als möglich betrat er das eheliche Schlafgemach.

Er hörte den gleichmäßig-ruhigen Atem Albertinens und sah die Umrisse ihres Kopfes sich auf dem weichen Polster abzeichnen. Ein Gefühl von Zärtlichkeit, ja von Geborgenheit, wie er es nicht erwartet, durchdrang sein Herz. Und er nahm sich vor, ihr bald, vielleicht morgen schon die Geschichte der vergangenen Nacht zu erzählen, doch so, als wäre alles, was er erlebt, ein Traum gewesen

– und dann, erst wenn sie die ganze Nichtigkeit seiner Abenteuer gefühlt und erkannt hatte, wollte er ihr gestehen, daß sie Wirklichkeit gewesen waren. Wirklichkeit? fragte er sich – und gewahrte in diesem Augenblick, ganz nahe dem Antlitz Albertines auf dem benachbarten, auf *seinem* Polster etwas Dunkles, Abgegrenztes, wie die umschatteten Linien eines menschlichen Gesichts. Einen Moment nur stand ihm das Herz still, im nächsten schon wußte er, woran er war, griff nach dem Polster hin und hielt die Maske in der Hand, die er während der vorigen Nacht getragen, die ihm, während er heute morgen das Paket zusammengerollt, ohne daß er es bemerkt, entglitten, und von dem Stubenmädchen oder Albertine selbst gefunden sein mochte. So konnte er auch nicht daran zweifeln, daß Albertine nach diesem Fund mancherlei ahnte und vermutlich noch mehr und noch Schlimmeres, als sich tatsächlich ereignet hatte. Doch die Art, wie sie ihm das zu verstehen gab, ihr Einfall, die dunkle Larve neben sich auf das Polster hinzulegen, als hätte sie nun sein, des Gatten, ihr nun rätselhaft gewordenes Antlitz zu bedeuten, diese scherzhafte, fast übermütige Art, in der zugleich eine milde Warnung und die Bereitwilligkeit des Verzeihens ausgedrückt schien, gab Fridolin die sichere Hoffnung, daß sie, wohl in Erinnerung ihres eigenen Traums, was auch geschehen sein mochte, geneigt war, es nicht allzu schwer zu nehmen. Fridolin aber, mit einem Male am Ende seiner Kräfte, ließ die Maske zu Boden gleiten, schluchzte, sich selbst ganz unerwartet, laut und schmerzlich auf, sank neben dem Bette nieder und weinte leise in die Kissen hinein.

Nach wenigen Sekunden fühlte er eine weiche Hand über seine Haare streichen. Da erhob er sein Haupt, und aus der Tiefe seines Herzens entrang sich's ihm: »Ich will dir alles erzählen.«

Sie hob zuerst, wie in leiser Abwehr die Hand; er faßte sie, behielt sie in der seinen, sah wie fragend und zugleich bittend zu ihr auf, sie nickte ihm zu, und er begann.

Der Morgen dämmerte grau durch die Vorhänge, als Fridolin zu Ende war. Nicht ein einziges Mal hatte ihn Albertine mit einer neugierigen oder ungeduldigen Frage unterbrochen. Sie fühlte wohl, daß er ihr nichts verschweigen wollte und konnte. Ruhig lag sie da, die Arme im Nacken verschlungen, und schwieg noch lange, als Fridolin schon längst geendet hatte. Endlich – er lag an ihrer Seite hingestreckt – beugte er sich über sie, und in ihr regungsloses Antlitz mit den großen hellen Augen, in denen jetzt auch der Morgen aufzugehen schien, fragte er zweifelnd und hoffnungsvoll zugleich: »Was sollen wir tun, Albertine?«

Sie lächelte, und nach kurzem Zögern erwiderte sie: »Dem Schicksal dankbar sein, glaube ich, daß wir aus allen Abenteuern heil davongekommen sind – aus den wirklichen und aus den geträumten.«

»Weißt du das auch ganz gewiß?« fragte er.

»So gewiß, als ich ahne, daß die Wirklichkeit einer Nacht, ja daß nicht einmal die eines ganzen Menschenlebens zugleich auch seine innerste Wahrheit bedeutet.«

»Und kein Traum«, seufzte er leise, »ist völlig Traum.«

Sie nahm seinen Kopf in beide Hände und bettete ihn innig an ihre Brust. »Nun sind wir wohl erwacht«, sagte sie –, »für lange.«

Für immer, wollte er hinzufügen, aber noch ehe er die Worte ausgesprochen, legte sie ihm einen Finger auf die Lippen und, wie vor sich hin, flüsterte sie: »Niemals in die Zukunft fragen.«

So lagen sie beide schweigend, beide wohl auch ein wenig schlummernd und einander traumlos nah – bis es wie jeden Morgen um sieben Uhr an die Zimmertür klopfte, und, mit den gewohnten Geräuschen von der Straße her, einem sieghaften Lichtstrahl durch den Vorhangspalt und einem hellen Kinderlachen von nebenan der neue Tag begann.

WERNER BERGENGRUEN

Die Feuerprobe

I

In jenen zwistigen Zeiten wurde bestimmt, daß sich jede Nacht zwei Ratsherren im Rathause aufhalten sollten, um Botschaften in Empfang zu nehmen und nötigenfalls eilige Entscheidungen von begrenzter Wichtigkeit zu treffen. Die Anordnung bedang es, daß jeder Ratsherr etwa alle acht Tage eine Nacht außer Hause zu verbringen hatte; vielleicht ist dies der Stadt zugute gekommen, den Häuslichkeiten der Ratsherren brachte es Nachteil und der Sicherheit jedes Maßes und jeder Sitte ebenfalls. Im Hause des Henning von Warendorp, eines bejahrten Witwers, feierte die Dienerschaft ein Fest, bei welchem die kostbarsten Stücke des Hausrats beschädigt wurden. Lubbert Mistenborchs Magd trieb sich nachts in der Vorstadt umher und ertränkte später ihr Kind in der Düna unter dem Eise. Gottfried von Radenows junger Sohn, welcher die Petrischule besuchte, ging zu den Frauenzimmern im Ellernbrook; des Morgens trug man ihn mit einer Schädelwunde nach Hause. Tidemann Gripen endlich wurde auf der Straße von einem Vetter beiseite genommen: Es seien da ärgerliche Gerüchte, er könne sie nicht prüfen, aber er sei wohl verpflichtet, seinen Verwandten auf sie hinzuweisen.

Tidemann Gripen ging nach Hause, um seine Frau zur Rede zu stellen. Als er sich von dem Vetter trennte, ärgerte er sich noch über eine törichte Klatscherei; als er vor seiner Haustür stand, glaubte er seine Schande und Barbaras Schuld erwiesen.

Die Frau stand in der Küche und beaufsichtigte das Reinigen und Hobeln des Kohls, der für den Winter gesäuert werden sollte. Sie blickte betroffen auf, als der Mann hereinkam; sie war es nicht gewohnt, ihn in der Küche zu sehen. Auch die Leute hoben in Verwunderung die Augen und hielten in ihrem Gesang inne.

Gripen nahm Barbara bei der Hand und führte sie schweigend in die große Stube. Er ließ ihre Hand los, fast war es ein Wegschleudern.

»Ist Schwenkhusen hier gewesen?« fragte er.

Die Frau sah erschrocken in sein böses Gesicht.

»Schwenkhusen? Wann? Heute?« fragte sie zurück.

Gripen bekam einen schnaubenden Atem. »Du weißt haargenau, wonach ich frage«, sagte er drohend. »Ich will wissen, ob Schwenkhusen in meinem Bett gelegen ist, während ich auf dem Rathause war.«

Die Frau warf die Lippen auf, die Lippen zitterten.

»Wer hat das behauptet?« schrie sie.

»Es kommt nicht darauf an, wer es behauptet hat, sondern ob es geschehen ist. Antworte: ja oder nein?«

»Nein«, sagte die Frau zornig, wandte sich ab und ging mit zuckenden Schultern aus dem Zimmer.

Der Ratsherr begab sich zu Schwenkhusen. Schwenkhusen war ein junger, leidenschaftlicher Mensch, der für leichtsinnig galt und beliebt war. Er gehörte zur Kompanie der Schwarzen Häupter, lebte reich und gastlich und wohnte als ein Unverheirateter mit seiner Mutter zusammen.

Gripen fand die Mutter in Traurigkeit. Es hatte an diesem Morgen ein Kriegsauszug stattgefunden; wie man in Riga sagte, eine Stoßreise, nämlich gegen den Bischof von Dorpat und die Vitalienbrüder, die auf sein Geheiß im nördlichen Livland gelandet waren. Die Gesellschaft der Schwarzen Häupter hatte vierzehn Reiter mit ihren Knechten zu dem Aufgebot stellen müssen; unter ihnen war Schwenkhusen.

Gripen wünschte der Mutter eine glückliche Heimkehr ihres Sohnes und ging.

Von diesem Tage an saßen die Eheleute bei ihren Mahlzeiten schweigend; auch schliefen sie nicht mehr beieinander. Der Ratsherr hielt sich wenig zu Hause auf. In dieser Zeit nahm er die Gewohnheit an, den Kopf ruckhaft herumzuwerfen, als suche er einen Nachredner und heimlichen Lacher zu ertappen. Seine harte Schweigsamkeit wurde bemerkt, ohne zu überraschen, jeder kannte das Gerücht. Und in diesen verrückenden Zeiten hatte alles Gerücht über die Seelen der Menschen seine Gewalt.

Die Frau dachte nicht daran, sich zu verbergen. Sie ging zur Kirche, zu Einkäufen und Besuchen mit ihrem aufgerichteten und schönen Gang. Daraus schlossen die einen auf eine verstockte Dreistigkeit, der auch Schuld zuzutrauen wäre; die anderen auf Sicherheit eines ungefährdeten Gewissens; die dritten, indem sie Schuld oder Unschuld beiseite ließen, fanden nur die stolze Willenshärte bestätigt, die jedermann an ihr kannte.

Gripen war wieder zur Nacht auf dem Rathause. Ein Bote wurde hereingeführt. Er brachte die Meldung von einem kriegerischen Mißgeschick.

Gripen fragte nach diesem und jenem. Endlich fragte er nach Schwenkhusen.

»Schwenkhusen ist tot«, wurde ihm geantwortet.

Als es Tag war, trauerten viele um ihre Angehörigen, andere um Pferde und Rüstungsstücke, mit denen sie ihre Knechte und Stellvertreter hatten ausstatten müssen. Schwenkhusens Mutter wurde von manchem aufgesucht und getröstet.

Gripen kam erst um die Mittagszeit vom Rathause in seine Wohnung. Während des Essens begann er: »Weißt du es schon?«

»Was?« fragte Barbara, die an diesem Tag noch nicht aus dem Hause gekommen war. Gripen fiel es ein, daß er ihre Stimme zum ersten Male seit Tagen hörte.

»Schwenkhusen ist gefallen«, sagte er und beobachtete ihr Gesicht.

Sie wurde für einen Augenblick weiß und fragte: »Eine Schlacht ist verloren?«

»Schwenkhusen ist tot«, antwortete der Mann.

»Doch nicht er allein!« rief sie heftig und riß an ihrer Bernsteinkette.

Er nannte Zahlen und Namen.

Sie schwiegen. Die Magd brachte neue Schüsseln.

»Es hat vielleicht nicht einmal seine Mutter so gierig auf seine Rückkehr gewartet wie ich«, begann Gripen wieder. »Vielleicht nicht einmal du.«

Sie sprach nicht, sie sah ihm nur steinern ins Gesicht mit ihren großen, schöngeschnittenen Augen. Eine Weile ertrug jeder den Blick des andern.

»Was soll das?« fragte sie.

Gripen beugte sich über den Tisch vor und schrie: »Jetzt muß es auf andere Weise an den Tag gebracht werden.«

Sie schwieg.

»Rede doch! Wie willst du dich reinigen?«

»Ich?« fragte sie erstaunt.

»Es ist dir bekannt, was ich dir vorwerfe. Aber es ist dir vielleicht unbekannt geblieben, daß die Stadt davon redet.«

»Drum möchte ich mich nicht kümmern müssen«, erwiderte die Frau. »Als ich heiratete, da habe ich geglaubt, mein Mann werde mich gegen Nachrede in Schutz nehmen.«

»Gut«, sagte er. »Es mag unrecht gewesen sein, daß ich das Gerede erwähnt habe, obwohl mein Stand es mir verbietet, dem gemeinen Manne ein Ärgernis oder auch nur das Beispiel einer häuslichen Unklarheit zu geben. Aber es ist um meinetwillen. Wir haben vier Jahre miteinander gelebt, und wir sollen es weiter tun, bis einer stirbt. Aber in dieser Art kann ich mit dir nicht weiterleben.«

»Das mache mit dir aus«, antwortete Barbara. »Es ist deine Schuld und trifft dich selbst, wenn du von deiner Frau gering denkst. Was verlangst du von mir?«

Gripen stand auf und ging um den Tisch herum. Hart hinter dem Stuhl der Frau blieb er stehen. Sie wandte unbeeilt den Kopf und betrachtete Tidemann über die Schulter hinweg.

»Trage das Eisen!« flüsterte er.

Sie machte mit dem Oberkörper eine Bewegung nach rückwärts gegen die Stuhllehne. Gleichzeitig drehte sie den Kopf wieder nach vorne, dem Tische zu, so daß Gripen ihr Gesicht nicht sehen konnte. Im Nacken spürte sie die keuchenden Stöße seines Atems.

»Kenne ich die Stadtrechte besser als du?« fragte sie.

Die Bürger von Riga, vornehme und geringe, hatten das Privileg, daß sie zu keiner Probe wie auch zu keinem gerichtlichen Zweikampf gezwungen werden konnten.

»Das Gesetz kann dich nicht nötigen, ich weiß das. Darum will ich, daß du es aus freien Stücken tust. Weigerst du dich, so wirst du mir als überführt gelten, und ich werde die Klage auf Ehebruch erheben. Ob die Klage recht bekommt, nachdem Schwenkhusen tot ist, das kann ich nicht wissen; aber ihre Erhebung allein wird der Stadt meine Meinung anzeigen und dich verdammen als eine Ehebrüchige.«

»Oder dich als einen Wahnsinnigen.«

»Du fürchtest das Eisen. Wärest du schuldlos, so brauchtest du es nicht zu scheuen.«

»Wo das Gesetz die Probe verlangt, da mag sie zu leisten sein. Sich ihr ungezwungen unterziehen, wäre ein Herauffordern Gottes. Es ist Gottes Vorrecht, die Menschen zu versuchen. Aber dem Menschen ist es nicht erlaubt, ihm mit Gleichem zu begegnen.«

»Weigere dich nicht, Barbara. Ich werde dir ein Leben machen, das dir nicht gefallen wird.«

»Und du glaubst, wenn ich die Probe bestanden hätte, ich werde nachher mit dir leben können wie früher?«

»Kannst du es denn jetzt?« fragte er leise und blieb ohne Erwiderung.

Gripen stützte sich auf die Lehne ihres Stuhles. »Antworte mir noch nicht«, sagte er vorgeneigt. »Ich werde dich morgen wieder fragen.«

Sie stand auf. Das rasche Zurückschieben ihres Stuhles drängte den Mann fast gewaltsam zur Seite. Sie ging hinaus, ohne ihn anzusehen, den Kopf im Nacken.

Am nächsten Morgen wiederholte er seine Frage. Sie erwiderte kurz, mit Gründen, deren Gültigkeit nicht anzufechten war. Schuld wolle bewiesen werden, nicht Unschuld. Das bloße Dasein des Privilegs, das ja unmöglich zur Deckung Schuldiger geschaffen sein könne, bezeuge die Aberwitzigkeit seines Verlangens. Ob nicht er selbst ein glühendes Eisen in der Hand halten wolle, um seine Unschuld an der Tötung Abels durch Kain, am Überkochen der Morgensuppe oder am letzten Nachtfrost darzutun? Er fühle sich schuldlos, was also habe er zu fürchten?

»Ich bin nicht verklagt, Barbara«, antwortete er. »Du bist es. Was du sagst, ist richtig. Aber glaube nicht, daß es darum Gewicht habe. Und das glaubst du ja auch nicht.«

Hiermit hatte Gripen recht, mehr als er wußte. Nein, die Gründe, welche die Frau vorbrachte, hatten kein Gewicht für sie selbst. Sprach sie sie aus, so ekelte es sie bereits vor dieser unanfechtbaren Richtigkeit. Schwenkhusen war tot, dies allein hatte Gewicht, aber zu diesem einen durfte sie sich nicht bekennen.

Der Mann fragte von neuem, sie wies ihn ab, doch verzichtete sie auf abermaliges Vorbringen von Gründen. Er ließ ihr Zeit, dann fragte er wieder; sie gab keine Antwort. Durch Stunden hockte sie am Kamin, ohne Licht, im Dämmer erst, darauf im Dunkel, beachtete das Gesinde nicht, das mit Fragen kam, beachtete den heimkehrenden Mann nicht, der keine Frage mehr aussprach. Sie suchte sich Schwenkhusen vorzustellen, als könnte sie ihn befragen, aber Schwenkhusen war nicht da, es war niemand auf der Welt als sie selber. Sie suchte sich vorzustellen, wie ihr Mann die Klage erhob; der Versuch führte zu nichts anderem, als daß sie merkte: Ehre und Schande bei den Menschen waren, am Grade ihrer Verzweiflung gemessen, gleichgültig. Sie suchte sich vorzustellen, wie es bei der Feuerprobe zugehen mochte. Aber ihre Gedanken kamen nicht weiter als bis zu Schwenkhusens Tod.

Gripen trat ins dunkle Zimmer.

»Ist jemand hier?« fragte er hart.

»Ich.«

»Du hast Zeit gehabt, dich zu bedenken«, sagte er. »Ich frage dich morgen früh ein letztes Mal. Danach soll, auf diese oder jene Weise, von der Sache nicht mehr die Rede sein.«

Ihre Augen waren an das Dunkel gewöhnt, darum sah sie den Umriß seiner Gestalt. Er ist wie jenes Eisen, dachte sie, und ich habe dieses Eisen getragen. Es ist kalt wie Stein seiner inneren Natur nach und glühend wie Feuer, wenn es eine Erhitzung von außen erfahren hat. Die Glut hebt des Eisens kalte Natur nicht auf, aber die Glut kann auch durch des Eisens kalte Natur nicht vernichtet werden.

Gripen rief die Magd und befahl, ihm Decken und Kissen für die Nacht aufs Rathaus zu bringen. Er ging ohne Abschied.

Barbara legte sich nicht schlafen. Als es dämmerte, stand sie aus dem Lehnstuhl auf und betrachtete die letzte rötliche Glut im Kamin. Fast war sie versucht, mit der Hand hineinzufahren.

Die Dienstboten schliefen noch, es war totenstill im Hause. Sie ging in die Küche und wusch sich das Gesicht. »Daß Schwenkhusen um sein Leben gekommen ist«, sagte sie sich, »dies darf mich zu nichts bestimmen. Es wäre Torheit, wollte ich hierin ein Zeichen für mich sehen, denn es sind ja mit ihm noch viele andere getötet worden, die mit der Sache nichts zu schaffen haben.«

Zugleich aber fühlte sie die Klarheit und Stärke ihrer Natur erschüttert. Zu nichts anderem reichte diese Klarheit und Stärke hin als zu der Erkenntnis, daß es nun nichts gab, was für sie noch einen Wert haben konnte. Sie dachte an ihren winzigen Sohn, der unter einer riesigen steinernen Wappenplatte in der Petrikirche lag. Eine Woche nach der Taufe war er erkrankt, zehn Tage danach gestorben. Schwenkhusen hatte namens der Schwarzhäupter ein Taufgeschenk übergeben und dazu den herkömmlichen Wunsch gesprochen: »Wir wünschen dem Kinde, es möge einmal Ratsherr zu Riga werden oder doch wenigstens König von Dänemark.«

Barbara unterbrach ihren Auf- und Niedergang und sagte laut: »Ich gebe mich in die Hände Gottes, die Schwenkhusen zum Tode gebracht haben.«

Als Gripen heimkam, war Barbara nicht mehr im Hause. Die Altmagd richtete aus, was ihr aufgetragen war: Die Frau sei bereit, des Herrn Wunsch zu erfüllen, er möge sie Zeit und Ort wissen lassen; bis dahin werde sie sich im Jungfernkloster zu St. Marien und Jakob aufhalten.

II

Die Tage im Jungfernkloster verbrachte Barbara in Abgeschiedenheit, sogar ohne Umgang mit den Nonnen, unter denen sie doch Verwandte und Kindheitsgefährtinnen hatte. Einmal erhielt sie eine Botschaft ihres Mannes und antwortete mit einer Erklärung ihres Einverständnisses. Als ihr bald danach sein Besuch gemeldet wurde, lehnte sie es ab, ihn zu empfangen. Dies war an einem Sonnabend, dem gewöhnlichen Beichttage der Klosterinsassinnen. Die Frau erforschte ihr Gewissen nach den Vorschriften der Kirche, erweckte Reu' und Leid und wartete geduldig, bis die Reihe an sie kam. Sie beichtete, empfing die Lossprechung und verrichtete in Ernst und Gläubigkeit die auferlegte Buße.

Von da an verließ sie ihre Zelle nicht mehr, sprach auch mit niemandem ein Wort, um den erlangten Gnadenstand nicht zu gefährden, selbst nicht durch läßliche Sünde. In der Frühe des Sonntagmorgens genoß sie das Sakrament.

Zum Hochamt fand sie sich in St. Peter ein. Die Kirche war gefüllter als sonst. Als sie durch das Schiff dem Ratsgestühl zuging, lief es wie ein Wellenschlag durch die Menge. Viele stießen sich an, flüsterten, reckten die Hälse. Barbara wurde es nicht gewahr, so gänzlich in sich selber hatte sie sich gewandt mit allen Kräften ihrer stolzen und leidenschaftlichen Seele. Sie ging langsam, ungesenkten Kopfes, ganz in Weiß gekleidet, Haar und Gesicht unter weißem Schleierwerk. Bald nach ihr betrat Tidemann das Gestühl. Sie grüßten einander nicht.

Das Hochamt war beendet, die Kirche leerte sich nicht, das Gedränge wuchs. In den Gassen um St. Peter standen die Leute gepreßt, Stadtbürger, Dienstvolk, undeutsche Bauern aus der Umgegend, Ordensherren vom Schloß, Stiftsvasallen vom Lande. Was in der Sakristei geschehen sollte, erschien ungeheuerlich um seiner Seltenheit willen, noch mehr aber, weil es aus freien Stücken unternommen wurde; am erregtesten wunderten sich die vom Lande, Bauern und Edelleute, denen jenes Privileg der Städter mangelte.

Als das Ehepaar die Sakristei betrat, war das Kohlenbecken bereits hergerichtet, mit glühenden Würfelstücken gefüllt. Dabei stand in seinem Ornat der Mesner, und neben ihm standen in ihren Sonntagsröcken ein Amtsschmiedemeister und des Mesners halbwüchsiger Sohn, der bei einem Sattler in der Lehre war, dieser mit einer Zange in der Hand. Die drei suchten mit raschem Köpfeheben der Frau ins Gesicht zu sehen, doch brachen sich die Blicke am dichten Weiß des Schleiers. Hinter den Gripens war der bestellte Priester eingetreten, ein bejahrter und gesammelter Mensch. Leute drängten nach, der Mesner sprang hinzu. Er ließ ein paar Vornehme ein, die der Ratsherr, ihres Widerstrebens ungeachtet, um Zeugenschaft gebeten hatte, und verriegelte die Tür.

Der Priester winkte dem Mesnerssohn mit einem Heben des Kinnes. Der junge Mensch reichte ihm das Eisen, ein rechteckiges Stück von der Größe einer Kinderhand. Der Priester betrachtete es genau, hielt es dem Amtsschmiedemeister hin und fragte, ob er es bei seinem Eide für rechtes Eisen erkenne, unzugerichtet und für die Probe tauglich. Der Schmid bejahte. Nun zeigte der Priester es dem Ratsherrn und den Zeugen. Sie nickten stumm.

Der Priester besprengte das Eisenstück mit Weihwasser und sagte: »Ich segne dich im Namen des Vaters und des Sohnes und des Heiligen Geistes, so bist du erhoben über alle anderen Stücke deiner Art.« Er legte es auf die Holzkohlen; es zischte.

Der Priester sagte: »Herr Christ, du Anfänger und Vollender aller Gerechtigkeit, wir bitten dich, diesem Eisen deine Gnade zu geben, daß wir an ihm die Gerechtigkeit erkennen.«

Mit leiserer Stimme bat er Barbara um ihre Hand. Sie trat auf ihn zu, beide standen sie einander gegenüber in der Mitte des Kreises. Die Hände der Frau waren bisher in der weißen Gewandung verborgen gewesen. Nun reckte sie die rechte aus dem weiten, am Gelenk abwärtsfallenden Ärmel, daß sie bis zur Mitte des Unterarmes sichtbar wurde. Die Hand war schön, regelmäßig und kraftvoll, einziges Stück ihres Körpers, das entblößt zur Schau stand. Um das Gelenk lag ein schlichter goldener Reif, Erbstück von Mutters Seite; die Fingerringe, die Gripen ihr geschenkt, hatte sie nicht angelegt.

Der Priester ergriff behutsam die Hand, wandte sie und prüfte die Innenfläche. Er wusch die Hand in geweihtem Wasser und trocknete sie mit einem neuen, den Anwesenden zuvor zur Prüfung hingehaltenen Leinentuch.

»Ich habe weder Salbe noch Pulver an ihr finden können«, sagte er. »Wer sehen will, der sehe zu. Wer Einwand erheben will, der rede jetzt und schweige nachher.«

Niemand rührte sich. Langsam ließ Barbara die Hand sinken. Nun beharrte sie wieder in ihrer Haltung, weiß, aufgerichtet und ohne eine Regung.

Der Schmied beobachtete das Kohlenbecken. Er räusperte sich, dann sagte er halblaut: »Was das Eisen angeht, deswegen brauchte man nicht länger zu warten.«

Der Priester hatte eine Scheu, sich seiner Stimme zu bedienen. Er machte Barbara ein Zeichen und ebenso dem Mesnerssohn.

Barbara streckte die geöffnete Hand aus. Ihr Ellenbogen ruhte auf dem Hüftknochen. Hand und Unterarm standen in einer Linie rechtwinklig vom Körper ab. Dann krümmten sich ein klein wenig ihre Finger, wie die eines Kindes, die sich um eine mit Sehnsucht erbettelte Gabe schließen möchten.

Gripen verzerrte den Mund und stöhnte. Dies war der erste Laut, der von ihm vernommen wurde. Der Mesnerssohn nahm mit der Zange das rote Eisen aus dem Kohlenbecken und reichte die Zange dem Priester; dieser holte tief Atem und streckte die rechte Hand mit der Zange aus. Der Mesner zog eine Sanduhr aus der Tasche und hielt sie in die Höhe. Der Zangenkopf mit dem Eisen befand sich über dem Handteller der Frau, um Fingerbreite von ihm entfernt.

Der Priester griff mit der Linken nach dem linken Zangenarm und riß ihn plötzlich zur Seite. Der Mesner drehte in der hocherhobenen Hand das Stundenglas um, der Sand begann zu rieseln, allen sichtbar, niemand schaute hin; das Eisenstück lag auf Barbaras Handfläche, der goldene Armreif erglomm rötlich im Widerschein.

Die Hand rührte sich nicht, der Arm rührte sich nicht, die ganze Gestalt blieb unbewegt. Gripen verlor die Kraft, das Bild dieser Unbewegtheit zu ertragen. Seine Augen suchten Rettung im Anblick des rinnenden weißen Sandes. Aber der Sand rann langsam. Was da die enge Straße zwischen dem oberen und dem unteren Glasbehälter zu durchlaufen hatte, war nicht die geringe Sandmenge, die der gläserne Raum faßte. Das waren Zentner von Sand, Wagenladungen von Sand, es war aller Sand der Ostseeküste von Danzig bis Pernau, dieser Sand rieselte Ewigkeiten hindurch.

Des Priesters Blicke hasteten von Sand zu Eisen, von Eisen zu Sand. Die geöffnete Zange schwebte hart über dem langsam ergrauenden Metall. Im Augenblick, da mit dem letzten fallenden Körnchen der Sandfluß erstarrte, faßte die Zange zu. Das Eisen klirrte auf den Backsteinfliesen, Barbaras Hand verharrte in ihrer Haltung, als sei es eine Schneeflocke gewesen, was eben sie verlassen hatte.

Aus jedem Auge im Sakristeiraum sprang ein Blick, alle Blicke trafen auf den gleichen Ort; hier dauerten sie eine Weile aus, lösten sich ab, begegneten einander mit Scheu und senkten sich, als sei ihnen eine Blendung widerfahren. Der Ort war die ausgestreckte weiße Hand vor dem Goldreif und dem seidigen Schein des Ärmels. Es war nichts an ihr zu sehen als ein paar schwärzliche Flecke von Kohlenruß. Der Priester fuhr mit dem Tuch achtsam über sie hin, da waren sie fort.

Als der erste regte sich Henning von Warendorp, der alte Ratsherr, der sich unter den gebetenen Zeugen befand. Er neigte sich tief und küßte die offene Hand, ohne daß er gewagt hätte, sie mit der seinen zu berühren. Dann sandte er einen zornigen Blick in Gripens Gesicht, stieß den Riegel zurück und ging ohne Abschied. Ihm folgten die übrigen Zeugen.

Während der ganzen Zeit hatten die in der Sakristei wie ein entferntes Wipfelrauschen die Stimmen der Menschenmenge in der Kirche vernommen. Jetzt, da die Tür offen stand, bis der letzte Zeuge gegangen war, schollen Ausrufe, Fragen, wildes Geschrei in den Raum. Das Brausen der Stimmen schwoll, pflanzte sich aus der Kirche weiter in die Gassen und füllte die Sakristei, auch als die Schließung der Tür schon wieder geschehen war.

Barbara ließ die ungeschändete Hand sinken und wandte sich, als wolle auch sie gehen. Der Priester und der Schmied, der Mesner und sein Sohn wagten es nicht, in Gripens Gesicht zu blicken, das sich gegen seine Brust geneigt hatte. Plötzlich schrie Gripen auf, stürzte der Frau zu Füßen und küßte ihre Schuhe. Die Männer wandten sich ab, nur des Mesners Sohn starrte offenen Mundes auf die Eheleute. Der Ratsherr preßte die Augen in den weißen Saum ihres Kleides, der Mesnerssohn meinte aus seinem verwürgten Gestammel ein Flehen um Verzeihung zu hören.

Barbara beugte sich zu Tidemann, legte beide Hände an seinen Kopf und zog ihn in die Höhe. »Gott verzeiht uns allen, wie sündig wir sind«, sagte sie. »Verzeihe auch du mir, was ich dir getan haben mag.«

Gemeinsam verließen sie Sakristei und Kirche. Barbara hatte den Schleier zurückgeschlagen. Vor dem Portal standen Stadtknechte und stießen die Andrängenden mit den Schäften ihrer Spieße zurück. Es half wenig. Die Gripens kamen nur zollweise von der Stelle. Weiber und Bauern lagen auf den Knien und rissen einander schreiend beiseite, um Barbaras Kleidersaum zu küssen. Fäuste und Schimpfworte drängten sich dem Ratsherrn entgegen; wären die Knechte nicht gewesen, man hätte ihn zu Boden gestürzt. In der Sündergasse, unweit des Gripenschen Hauses, wurde ein Stein nach ihm geworfen; Barbara schnellte sich vor, der Stein traf ihr Kinn, ein schmaler Blutsteig zog sich auf das weiße Kleid.

Im Hausflur begann der Ratsherr: »Es soll alles nach deinem Willen geschehen. Verlange es, so übergebe ich dir mein Haus samt allem, was ich dir bei der Eheberedung zum Wittum verschrieben habe. Verlange es, so gehört dir mein Landbesitz. Verlange es, so will ich die Stadt verlassen und mit einem weißen Stabe betteln gehen. Ich weiß wohl, daß du hiernach nicht mehr mit mir wirst leben können.«

»Ich will es versuchen, Tidemann«, antwortete die Frau.

III

Tidemann Gripen hatte für ewige Zeiten zwei Messen in St. Peter gestiftet, die am Jahrestage der Probe gelesen werden sollten: eine zum Dankgedächtnis der Begebenheit, eine für die Seele des getöteten Schwenkhusen. Das Eisen, so war in der Verschreibung bestimmt, sollte während dieser Messen auf den Altarstufen zur Schau liegen.

Es war in der Stadt die Meinung gewesen, Ratsherr Gripen werde sich nach Tunlichkeit zurückgezogen in seinem Hause halten. Allein diese Erwartung behielt nicht recht. Vielmehr war es, als habe er sich verdammt, jedem Blick des

Zornes oder Abscheus, jedem geflissentlichen Ausweichen eines Begegners, jeder der Beschimpfungen, die ihm aus Häusern und Torwegen nachgerufen wurden, sich geduldig auszusetzen. Er zeigte sich der Welt bei jedem Anlaß, der seine Gegenwart notwendig machte oder auch nur rechtfertigte.

Barbara indessen hielt sich vor den Menschen verborgen. Einige Frauen aus ratsherrlichen Geschlechtern waren gekommen, um sie zu besuchen, doch hatte Barbara sich mit Höflichkeit entschuldigen lassen. An Feiertagen ging sie nicht zum Hochamt in die Petrikirche, wie es die patrizischen Frauen taten, indem sie sich von ihren Mägden das Gebetbuch und einen in Tücher gehüllten Wärmstein für die Füße nachtragen ließen; sondern sie begab sich im Morgengrauen verhüllt, unbegleitet und unbeachtet in eine jener ärmlichen kleinen Kirchen und Kapellen, die von geringen Stadtleuten oder vom Lande eingekommenen Bauern besucht wurden: dumpfe Räumlichkeiten, in denen die Bettelmönche in lettischer Sprache predigten und aus denen man in den Kleidern schlechten Geruch, Läuse und Flöhe nach Hause trug. Auf einem dieser Morgengänge begegnete sie Schwenkhusens Mutter. Barbara wollte zur Seite biegen, allein die alte Frau überquerte die Straße, umarmte sie mit kummervoller Herzlichkeit und wiederholte: »Armes Kind! Gutes Kind!« Barbara ließ sich stumm die Umarmung geschehen.

Daß sie allem Geselligsein fernbleiben mochte, dies begriffen die Leute wohl; ihr Mitleid, ihre Zuneigung wandelten sich in Ehrerbietung, aber auch in Scheu, als vor einem Menschen, der unter Gottes Gericht gestanden hatte. Es dünkte sie nicht möglich, mit einem solchen Menschen von Dienstboten, Marktpreisen, Lachsfang und Geflügelmast zu sprechen; nicht möglich, ihn um seine Meinung von einem neuen Strickmuster zu befragen; nicht möglich, ihn zum Bewundern eines soeben aufgestellten, aus dem Reich gekommenen Altargemäldes einzuladen, von dem sich die letzte burgundische Damenmode ablesen ließ; wie dies alles ja auch Barbara nicht mehr möglich dünkte.

Das Gesinde berichtete von ihrem strengen Grüblertum, ihrem verschwiegenen Ernst, ihrer abwehrenden, ja fast hochmütigen Miene. Auch das ließ man gelten.

Am Abend nach dem Dreikönigstag begegnete Gripen an der Schaalpforte dem alten Henning von Warendorp. Gripen war es gewohnt, daß die Leute, und Ratsherr Warendorp insbesondere, mit ihm nicht viel redeten, es sei denn aus geschäftlichen oder städtischen Ursachen. Darum grüßte er den Alten, ohne seinen Gang zu unterbrechen. Allein Warendorp trat auf ihn zu und sagte: »Es geht dich an vor anderen. Darum sage ich es dir, wenn du es noch nicht wissen solltest. Schwenkhusen ist gestern zurückgekehrt.«

Schwenkhusen saß bei seiner Mutter, ließ sich streicheln und hatte Mühe, ihr zu wehren, daß sie alle seine Lieblingsgerichte zugleich kochen ließ. Häufig von ihrem Schluchzen zu Unterbrechungen genötigt, erzählte er sein Erlebtes, nicht mehr zum ersten Male.

»Sie sollten mir die Rüstung nehmen, dabei erkannten sie, daß ich noch Leben hatte. Sie schleppten mich in ein Bauernhaus und später auf ein Schiff. Sie wußten wohl, wieviel ein Schwarzhäupterbruder wert ist, sie waren in Angst, um ihr Lösegeld zu kommen, wenn ich stürbe; darum pflegten sie mich besser als ihre eigenen Verwundeten. Stirbt von denen einer, so ist das kein großer Schaden für sie, es laufen ihnen Leute genug zu. Sogar Messen haben sie lesen lassen und baumdicke Kerzen gelobt für meine Genesung. Ich war aber lange nicht bei mir vor Wundfieber und Schwäche, darum konnten sie nicht wegen der Auslösung mit mir handeln.«

Das Schiff, so berichtete er, habe davonsegeln müssen, denn es seien rigische und lübische Fahrzeuge gemeldet worden. Von denen wurden sie verfolgt; was nicht fechten konnte, mußte von Bord. So brachten sie ihn zu Fischersleuten, die es mit ihnen hielten, in den Schären vor Abo, wo es die tausend Inseln gibt und sie manchen Schlupfwinkel hatten. Hier lag er lange, gepflegt und bewacht; mit noch unverheilten Wunden machte er sich eines Nachts davon, in Lumpen gekleidet, kam in Seenot, verlor Mast und Ruder.

Er schüttelte sich vor Grauen, als er von diesen Tagen im gestohlenen Fischerboot, zwischen Klippen und Schären, erzählte. Der Mutter tropften die Tränen zwischen den vorgehaltenen Fingern hindurch. Sie konnte es nicht glauben, daß dieser Mann, der doch ihr kleines Kind gewesen war, je wieder sollte Tänze anführen und Feste ausrichten können; bei solchen Anlässen nämlich hatte er viel Bewunderung genossen, die hatte ihr Herz mit gesättigt.

Am Morgen nach seiner Ankunft hatte Schwenkhusen bei der Frühmahlzeit seine Mutter gefragt, was sich derweil in Riga ereignet hätte. Sie berichtete umschweifig dieses oder jenes und überlegte dabei, ob sie ihm von der Feuerprobe erzählen sollte. Endlich tat sie es, er hätte es sonst von anderen erfahren müssen. Schwenkhusen hörte ihr sehr ernst zu und schien der Mutter erschrokken. Allein als sie geendet hatte, da begann er zu lachen, laut, hart und lange, wie wohl Bauern und Seeleute lachen, und die alte Frau meinte, daß ihr Sohn früher anders gelacht habe. Zugleich aber fühlte sie eine Betroffenheit darüber, daß er aus Anlaß dieser Erzählung zu lachen vermocht hatte.

Er küßte ihr zerstreut die Hand und sagte: »Wundere dich nicht, ich habe unter Seeräubern und Fischern gelebt, da lache ich bisweilen zur Unzeit.«

Schwenkhusen kümmerte sich um seinen Handel, seine Pferde und seine Jagdhunde. Er machte Besuche und gab Gastmähler im Hause der Schwarzhäupterkompanie. Er erhielt mehr Einladungen, als er annehmen konnte. Sein Haus wurde nicht leer von glückwünschenden Besuchern, namentlich aus den Jüngeren, die in Schwenkhusen ihren Anführer gesehen hatten. Frauen und Mädchen drängten sich um seine Mutter, küßten ihr die Hand und baten sie, von den Erlebnissen ihres Sohnes zu erzählen. Sie tat es bereitwilliger als er. Ohne Ermüdung berichtete sie immer wieder von dem Umhertreiben des Fischerbootes, das zuletzt auf wunderbare Weise das feste Land gewann, von

Schwenkhusens Bettelleben in den finnischen Wäldern, unter Wildnisbauern, deren Sprache er nicht verstand, von Krankheit und Hunger, Irrgang und Schneestürmen und Klosterspitälern; endlich war er zu Handelsfreunden nach Reval gelangt, die sorgten für ihn und streckten ihm Geld vor, daß er sich einkleiden und mit einem Diener im Schlitten die Heimreise vornehmen konnte. Fünf Vierteljahre war er fort gewesen.

Gripen hatte sich nach jener Begegnung mit dem alten Warendorp ohne Verzug zu Schwenkhusen aufgemacht. Allein das Kommen und Gehen der vielen Besucher scheuchte ihn nach Hause. Barbara sah er an diesem Tage nicht mehr; sie hatte sich ein abgesondertes Zimmer hergerichtet, und oft ließ sie sich auch die Mahlzeiten hierherbringen.

In der Frühe des nächsten Morgens ließ der Ratsherr sich bei Schwenkhusen melden, der ihn in seinem Geschäftszimmer empfing. Schwenkhusen sah ihm überrascht ins Gesicht, denn Gripen hatte sich seinen breiten, rötlichen Bart abnehmen lassen; die Leute erzählten, vor dem Spiegel sei der zitternde Kerzenschein auf den Bart gefallen, da habe sich Gripen erschreckt, denn er meinte ein Glimmen erblickt zu haben wie Kohlenglut.

Gripen verneigte sich und fragte, ob Schwenkhusen wisse, in welchem Verdacht er ihn gehabt habe. Schwenkhusen machte eine wehrende Bewegung, um die Sache als eine abgetane Nichtigkeit zu kennzeichnen.

Gripen sagte: »Nein, damit ist es nicht gut. Ich bin gekommen, um deine Verzeihung zu erbitten. Willst du, so werde ich es öffentlich tun.«

»Lieber! Um Christi willen!« rief Schwenkhusen mit einem kleinen und nicht ganz deutlichen Lachen. »Bin ich deswegen den Seeräubern und den finnischen Einöden entkommen, um in Riga an Beschämung zu sterben? Lasse es gut sein, und behüte uns Gott vor Peinlichkeiten.«

Darauf erzählte er von seinen Abenteuern und bedankte sich lächelnd für die gestiftete Seelenmesse; der Stifter werde wohl so gut sein, sie aus einer Verstorbenen- in eine Lebendenmesse umwandeln zu lassen.

Gripen wartete, bis er Barbara im Hause begegnete. Denn in ihr Zimmer wagte er nur zu gehen, wenn sie ihn hatte rufen lassen. Er wollte ihr Schwenkhusens Rückkehr auf eine behutsame Art zur Kenntnis geben; allein sie unterbrach ihn anteilslos mit den Worten: »Ist es das? Damit erzählst du mir nichts Neues, ich habe ihn gestern vom Fenster über die Straße gehen sehen.«

Der Mann berichtete von seinem Besuch. Er habe Schwenkhusen auch gebeten, er möge wie früher in das Gripensche Haus kommen.

»Das hättest du nicht tun sollen, Tidemann«, sagte Barbara kalt. »Ich mag ihn nicht mehr sehen.«

»Vergib mir, aber ich habe ja nicht nur an dir Unrecht getan, sondern auch an ihm«, antwortete er. »Darum glaubte ich, ich schulde ihm vor den Leuten eine solche Genugtuung; nämlich, daß er die Freiheit habe, eine Einladung auszuschlagen.«

Dies war das erstemal, daß er ihr in einer Sache widersprach.

Es war aber nicht sein Einspruch, was sie endlich zum Nachgeben bewog, sondern es war die Nacht, die dieser Unterredung vorangegangen war, und die Nacht, die ihr folgte. Sie hatte Schwenkhusen die Straße hinuntergehen sehen, einem Bettler eine Münze schenken, einem Gassenjungen zunicken, einem Krämer, der vor seinem Laden stand, auf die Schulter klopfen; er begegnete einem Stadtknecht, der mit auf jener Stoßreise gewesen sein mochte, und ging plaudernd mit ihm weiter, wobei er seinen Arm unbefangen in den des Knechtes schob. Dies waren seine Bewegungen, dies war sein Gehaben. Ein berauschender Schrecken stürzte in die Frau am Fenster wie ein Strom weißen Lichts, blendete sie und brachte Wirrnis in die Gedanken, in denen sie gelebt hatte seit dem Tage ihrer großen und wunderbaren Prüfung.

In der Nacht hatte sie ihre Gedanken wieder in die Richte gebracht, freilich auf einem sonderbaren Wege: nämlich indem sie sich selber die Meinung anbefahl, es gehe nicht an, daß Schwenkhusen als ein Schuldiger und unentsühnter Mensch je in ihre Nähe komme als in die einer Gerechtfertigten, ja über menschliches Wesensmaß Erhobenen. Hieraus gewann sie die Kraft, ihrem Mann zu sagen: »Ich mag ihn nicht sehen.« Kaum jedoch hatte Gripen sie verlassen, als sie abermals jenem berauschenden Erschrecken anheimfiel, denn nun war ja die Begegnung mit Schwenkhusen ganz nahe vor sie hingerückt worden, ja, fast war sie ein Gegenwärtiges. Sie begriff, daß es sie nur ein Wort kostete, und das war ein Wort nachgebender Gewährung an ihren bittenden Mann.

Barbara hatte den kräftigen und klaren Schlaf früherer Jahre seit langem nicht mehr. Auch viele Stunden der folgenden Nacht blieb sie eine Gefangene ihrer zwiespältigen Herzensqual. Am Morgen aber ging sie zu Gripen und sagte: »Ich will dir nichts in den Weg legen; wenn du magst, lasse die Einladung ausgehen.«

IV

Schwenkhusen schlug eine Aufforderung des Ordenskomturs aus, um die der Gripens annehmen zu können. Es war das erstemal, daß sie wieder Gäste hatten. Sie saßen zu viert am Tische, die Eheleute, Schwenkhusen und seine Mutter. Sie sprachen miteinander befangen und höflich. Wie immer, wurde Schwenkhusen befragt und mußte erzählen; er tat es diesmal ohne jene Geringschätzung seiner Erlebnisse, zu der das häufige Berichtenmüssen ihn gebracht hatte.

Beim Nachtisch wurde Gripen abgerufen. Es ist möglich, daß er diesen Abruf vorbereitet oder doch herbeigewünscht hat: in seiner selbstfeindlichen Erniedrigung mochte er glauben, er dürfe den Platz an diesem Tisch nicht länger behaupten, als es um der Schicklichkeit willen sein mußte.

Schwenkhusens Mutter schlief ein. Er sah Barbara eindringlich an und wußte nicht, ob sein Herz von Feuer gekühlt oder von Eis versengt wurde. Seit langem trug sie keine bunten und hellen Kleider mehr, auch wenig Schmuck. Sie ging nonnenhaft dunkel, dies gab dem sparsamen Schmuck eine mächtige, fast eine drohende Wirkung. Schwenkhusen empfand Verführung und Grauen, wie er Grauen und Verführung empfunden hatte vor der Unendlichkeit der finnischen Waldwüsteneien, in denen noch die alten Heidengötter Ukko und Akka angerufen wurden. Im ersten Augenblick des Alleinseins, so hatte er sich vorgenommen, wollte er ihr die Frage stellen, die als einzige zu stellen war; und diese Frage hatte ihn unabtrennbar gedünkt von einem Lachen augenzwinkerischer, spießgeselliger Vertraulichkeit. Jetzt aber griff er nur nach ihrer Hand, die keinen Schmuck trug als den goldenen Reifen um das Gelenk, schaute in die makellos gebliebene Innenfläche und küßte sie. Voll Scheu, ohne den Blick zu Barbaras Gesicht zu heben, flüsterte er: »Erzähle mir jetzt. Wie ist es zugegangen?« Und eine unerklärbare Scham drückte ihn, als er, fast wider Willen, hinzusetzte: »Was für eine Kunst hast du gebraucht? Wer gab dir die Salbe?«

Barbara sah groß über ihn fort, an diese Art des Blickes konnte er sich von früher nicht erinnern. Eine Weile schwieg sie noch. Im Kamin schnob ein gefangener Wind. Die alte Frau röchelte gleichmäßig in ihrem Schlaf. Von draußen kam gedämpftes Stundengeläut, eine Turmglocke begann nach der andern, jede mit ihrer besonderen Stimme, und die letzten Schläge der verstummenden banden sich mit den ersten der verspätet anhebenden zu einer rätselhaften Vielfalt. Die Tischkerzen brannten still über den blanken Weinkannen, Fruchtschüsseln und Konfektschalen.

Barbara redet, als spräche sie zu sich selbst. Schwenkhusen kann nicht alles verstehen. Ihre geraunten Worte werden hastiger, manchmal haben sie den dunklen Klang von Beschwörungen, dazwischen schreit sie einen Satz hin, und es ist unheimlich, daß auch dieses Schreien im Flüstertone verbleibt. Ihr Gesicht schien bleich, es rötet sich, sie hat etwas zum Fürchten, und es schaudert ihn, aber was begehren wir denn stärker, als was uns fürchten macht?

Barbara spricht von den Verzweiflungen jener Zeit, ihre Stimme zittert, und dies Zittern teilt sich Schwenkhusens Herzen mit, und sein Herz gibt es weiter an Lippen, Hände und Nasenflügel. Barbara aber hat sich bereits dem Jammer ihrer Bedrängnis enthoben, ihre Augen flackern wild und triumphhaft, denn nun spricht sie von dem großen Geheimnis ihres Glaubens.

Schwenkhusen ist es gewohnt gewesen, in Damast und Pelzwerk im Schwarzhäuptergestühl der Kirche zu sitzen und mit anständigem Ernst den Verrichtungen der sechs Priester zu folgen, welche die Kompanie allein für ihre Glieder in St. Peter besoldet. Gewissenhaft hat er Wachskerzen aufgestellt für den Ritter Mauritius, welcher den Schwarzen Häuptern zu Schutz und

Fürbitte verbunden ist. Schwenkhusens Glaube ist ein höflicher Glaube gewesen. Aber Barbaras Glaube ist der Glaube der starken und kühnen Seelen gewesen, der die Himmelsgeheimnisse zu stürmen vermag.

Es ist gesagt, daß Reue und Vorsatz, Beicht und Losspruch die Sünde hinwegnehmen. Barbara hat Reu' und Leid erweckt, sie hat Vorsatz gemacht, ernsthaft und mit allem Willen, sie hat gebeichtet und Lossprechung empfangen und die Buße verrichtet. Darum ist keine Sünde mehr an ihr gewesen, als sie zur Probe ging. Gott hat sie von ihr nehmen müssen um seiner eigenen Wahrheit und Verheißung willen, und er ist ja ein Herr nicht nur über das Künftige und Gegenwärtige, sondern auch über das Vergangene. Und weil sie diesen Glauben hatte, der Berge verrücken, der das Blutrote schneeweiß machen kann, das Kalte glühend und das Glühende kalt, darum hat sie sich nicht gefürchtet und ist rein und schuldlos erfunden worden: rein und schuldlos nach dem Recht, denn das Sakrament der Buße hatte sie rein gemacht. Sie hat Gott gezwungen in seinem eigenen Gesetz. Sei getrost, Tochter, dein Glaube hat dir geholfen.

Barbara verstummt, Schwenkhusen ist aufgestanden, totenbleich, und hält sich an der Lehne seines Sessels. Er fragt nichts, es ist, als scheue er sich, Barbara von neuem zum Reden zu bringen, denn was vermöchte ein Mensch noch zu sagen, der solche Dinge ausgesprochen hat?

Schwenkhusen hat ihr zugehört mit Entsetzen. Sein Glaube ist freilich kein höflicher Glaube mehr, wie er vor jenem Auszuge gewesen war, und Schwenkhusen hat in manchen Dingen andere Gedanken bekommen, das geschieht einem, wenn man länger als ein Jahr unter Seeräubern und zauberkundigen Heiden hat leben müssen und wandern in vieler Einsamkeit, Armut und Gefahr. Dennoch möchte er der Frau den Glauben versagen, allein er fühlt, daß sie seinen Glauben an sich reißt.

Die Mutter hebt den Kopf, ihr Gesicht ist vom Schlummer gerötet. Sie blinzelt vor dem gelben Kerzenlicht und seinem metallischen Widerschein und sinkt mit einem Seufzer in ihren Schlaf zurück. Ein paar Kerzenflämmchen flackern noch ein wenig unter dem Anhauch dieses Seufzers, dann ist die alte Leblosigkeit wieder eingekehrt.

Schwenkhusen geht behutsam auf Barbara zu, ergreift abermals ihre Hand und küßt deren Inneres. Es ist, als könnten seine Lippen sich nicht mehr von den Linien dieser Hand lösen. Barbara aber fühlt es nicht, daß Küsse in ihre Hand gelegt werden, wie sie es nicht gefühlt hat, daß ein heißes Eisen hineingelegt wurde.

Plötzlich richtet sie sich auf und weist Schwenkhusen auf seinen Sessel. Schwenkhusen gehorcht.

»Ich muß dir noch etwas sagen«, flüstert sie. »Ich habe auf diese Stunde eine große Begierde gehabt, seit ich dich über die Straße gehen sah. Denn kannst du verstehen, was ein Leben bedeutet, wie es das meine ist seit dem Tage der Probe? Ich lebe in einem Geheimnis. Und ich lebe in der vollkommenen Einsamkeit dieses Geheimnisses. Ich habe zu niemandem sprechen können, verstehst du das, zu niemandem? Und ich weiß, daß ich auch allen anderen Menschen zu einem Geheimnis geworden bin, denn das vermag ja von all diesen Leuten niemand zu ahnen, wessen ich gewürdigt wurde. Als ich dich sah, da habe ich mich entsetzt. Nicht, daß ich gefürchtet hätte, versucht zu werden; ich kann nicht mehr mit dir versucht werden. Allein ich habe mich entsetzt vor dem Gedanken, daß sich mir nun eine Pforte auftun könnte, in die ich mein Geheimnis hineinschreien darf! Eine Pforte, wie sie jeder Mensch auf der Welt hat, jeder Knecht, jedes Bettelkind, alle jene, die nichts zu verschließen haben! Vor einem Menschen wenigstens – und vor dem, welchen es am engsten angeht! – will ich erkannt und offenbar sein, offenbar sein in dem, worin Gott mich gezeichnet hat, gezeichnet und ausgezeichnet vor allen anderen Menschen ...«

Sie senkte die Stimme gänzlich, so daß Schwenkhusen Mühe hatte, die folgenden Worte zu verstehen, obwohl ihr Kopf über den Tisch hinweg langsam auf ihn zukam.

Barbara flüsterte: »... als ein Gefäß der göttlichen Auserwählung, deren Strenge auf mich gelegt ist.«

Schwenkhusen sprang von seinem Sessel. Er sah wild und schön aus in diesem Augenblick der äußersten Erschütterung.

Barbara lehnte sich zurück, ihr Gesicht hatte seine strenge Unbewegtheit wieder angenommen. Mit der ein wenig ausgestreckten Rechten machte sie eine Bewegung, die auch der winzigsten Hoffnung keinen Raum mehr freigab.

»Ich habe die Kraft gehabt, Gott zu zwingen«, sagte Barbara. »Ich habe nicht die Kraft gehabt, es zu hindern, daß wir beide diese Stunde heute abend miteinander gelebt haben. Ich habe dir das alles gesagt. Weiter werden wir nichts miteinander zu schaffen haben.«

Auf der Treppe vom Erdgeschoß her wurden Gripens Schritte laut. Er trat geräuschvoll auf, er räusperte sich und schlug mit den Türen, um seine Rückkehr vorzukündigen.

Schwenkhusen erkannte, daß ihm nur noch wenige Augenblicke zu Gebot standen.

»Du wirst mich anhören, Barbara«, schrie er, ohne doch seine Stimme über die Flüstergrenze zu heben. »Ich werde dich nicht bei dem Glauben lassen, ich habe keinen Teil mehr an deinem Leben. Ich werde mich nicht abdrängen lassen, und ich werde dich nicht –«

Barbara warf eines der Tischmesser gegen eine zinnerne Schüssel. Der Ton war voll und hell wie ein Glockenschlag. Schwenkhusens Mutter schrak auf und sah sich ängstlich und ohne Verständnis um.

»Kinder«, sagte sie, »ach Kinder, es ist wohl spät? Ich bin ein alter Mensch.«

Schwenkhusen, der breitbeinig dagestanden war, ließ den Kopf zwischen die Schultern sinken. Seine geballten Fäuste lösten sich, er kehrte auf seinen Platz zurück. Bald danach trat Gripen ein. Die alte Frau verlangte nach dem

Diener, der sie und ihren Sohn, die lange, qualmende Fackel in der Hand, durch die dunklen Straßen nach Hause geleitete.

V

Barbara war in der Frühmesse gewesen und hatte, zurückgekehrt, dem Gesinde einige Anweisungen gegeben. Danach saß sie am Fenster über der Goldstickerei eines Meßgewandes. Für alle frauenhaften Verrichtungen solcher Art hatte sie früher geringe Neigung gehabt. Erst seit sie jenes klausnerische und in sich selber gewandte Leben führte, fand sie Gefallen an derlei Arbeit, die ja eine Arbeit der Gedankenleeren oder aber der Grübelnden ist.

Draußen im aufsteigenden Straßennebel stand spreizbeinig vor seinem Laden jener Krämer, den Schwenkhusen auf die Schulter geklopft hatte.

War es die rechte oder die linke Schulter? dachte Barbara; unversehens begann sie jede Einzelheit aus ihrem Gedächtnis heraufzunötigen. An jenem Prellstein, im bräunlichen, mürben Schnee, hatte der Straßenjunge gestanden. Vor jener Toreinfahrt, wo jetzt das barfüßige, schief gewachsene Mädchen den Pferdemist zusammenkehrte, war Schwenkhusen dem Knecht begegnet. Der hochgestellte Pelzkragen seines Mantels hatte Silberstickerei gezeigt, Ranken und Blattwerk. Barbara meinte es damals nicht wahrgenommen zu haben, nun aber war es ihr so deutlich, daß sie die Linien in dem Meßgewand hätte wiederholen mögen. Übrigens hatten ihre Hände, ohne daß sie es bemerkte, längt von der Arbeit abgelassen und lagen, mit den Flächen aneinandergedrückt, zwischen den Knien.

Auf der Straße erschien Tidemann, der soeben das Haus verlassen hatte, im Gehen den linken Handschuh überstreifend. Er wagte es nicht, zu Barbaras Fenster aufzuschauen. Sie sah ihm nach. Sein Gang hatte noch die herrische Raschheit von früher her, nur daß sie jetzt in einem Unverhältnis stand zu der Krümmung seines Rückens, unterhalb des Nackenansatzes.

Dies war schwer zu ertragen gewesen seit der Probe: die Selbstverdemütigung dieses Mannes, fast war es eine hündische Preisgabe. Hundertmal war Barbara bedrängt worden von der Versuchung, hinstürzend seine Knie zu umfassen und das Bekenntnis, das sie dem Beichtiger des Jungfernklosters getan hatte, auch ihm zuzuschreien. Sie wich Tidemann aus in einer Scheu vor ihm, ja, in Furcht vor sich selber, er aber meinte darin ein entsetztes Zurückschaudern zu erkennen und nahm es auf sich als die gebührliche Strafe.

Es wäre Barbara vielleicht nicht möglich gewesen, sich in solcher Qual zu behaupten, hätte sich nicht, außerhalb ihres Wissens, eine selbstschützerische Maßnahme ihrer Natur ihr zur Hilfe aufgemacht; nämlich es war ja durch die Probe allen ihren Gedanken, allen ihren Empfindungen ein regierender Mittelpunkt von unvergleichlicher Strahlung gesetzt worden. Was vordem in Barbaras

Leben seinen Raum einnahm, das hatte sein Recht verwirkt. An ihr war ein Gnadenwunder geschehen, von seinem Licht mußte jede weitere Stunde ihres Daseins getränkt werden. Es war aber die Art dieses Wunders nicht eine solche, daß es sie in eine gläubige Gemeinsamkeit mit den Menschen geführt hätte, sondern es war ein Wunder, das sie abschloß in eine unerbittliche Einsamkeit.

Mit diesem Wunder lebte sie wie mit einem insgeheim geborenen Kinde. Aus seiner innigen, unablässigen Betrachtung erwuchs langsam ein einsiedlerischer Stolz, Gottes Mitwisserschaft umflutete sie mit eisigem Licht. Ja, war es denn nicht gerecht, daß Tidemann sich vor ihr neigte, unterwürfig wie ein Verurteilter, daß er ihre Hand nicht zu ergreifen, ihren Blick nicht zu suchen wagte? Ein Mensch war er wie jeder. Sie aber hatte Gewalt geübt über Gott.

Das war es, was Schwenkhusen an jenem Abend hatte schaudern machen. Auf dem Heimweg führte er die Mutter, die Fackel flammte rötlich vor ihnen her; sie gingen in der Mitte des Fahrdammes, denn immer wieder polterten Schneemassen, die der warme Tauwind locker gemacht hatte, von den spitzen, vorgeneigten Dächern.

Plötzlich geschah es, daß sich in Schwenkhusen ein Zorn erhob, so sehr, daß er den Arm der Mutter preßte, ihn dann unversehens losließ und stehenblieb.

»Was ist?« fragte sie in schläfriger Verwunderung.

Er gab keine Antwort, ergriff wieder ihren Arm und führte sie schweigend weiter. Sie bemerkte es nicht, daß sein Unterarm, auf dem ihre pelzbekleidete Hand lag, von einem Zittern bewegt wurde.

Jeder Zorn bewirkt ja in dem Menschen, der von ihm befallen wird, daß er sich für gerecht hält und für einen Vogt Gottes, in dessen Namen er verpflichtet sei, irgend etwas Ungebührliches zu ahnden und damit die Ordnung, die Gott der Welt gegeben hat, wieder heil zu machen. Schwenkhusen empfand mit einer maßlosen Verbitterung, daß ein Mensch – mochte ihm, was es auch sei, geschehen sein – aus den Verwirrungen seines einsiedlerischen Glaubenswesens den Anspruch auf eine übermenschliche Würde erhob. Ihn erbitterte plötzlich Tidemann Gripens Erniedrigung, ihn erbitterte die eigene, die er an diesem Abend hatte erfahren müssen.

Der Zorn verließ ihn auch während der folgenden Tage nicht gänzlich, in denen er voller Sorgfalt und Vorsicht das Gripensche Haus beobachtete. Denn er war mit Heftigkeit entschlossen, Barbara zu begegnen. Binnen kurzem hatte er Kenntnis von ihren Kirchgängen.

Als Schwenkhusen in der winterlichen Morgendämmerung das Haus verließ, in einem bäuerlichen Schafspelz, dessen aufgerichteter Kragen sein Gesicht bis an die Augen verhüllte, da war der Zorn zwar immer noch in ihm, doch konnte er keinen Bestand haben für sich allein; denn Bestand hatte in Schwenkhusen einzig die gehäufte Leidenschaft, die sich in Barbara ihr Ziel suchte, und es gibt ja ein Unmaß der Leidenschaft, da sie nicht weiß, ob sie von ihrem Gegenstande im Guten oder im Bösen hingezogen wird. So hatte in Schwenkhusens Leidenschaft auch jener Zorn seine Stätte, dazu jedoch war es das Herzensbrennen von einst, aber nun verklärt in eine wilde Erhabenheit, es war eine Gier des Teilhabenwollens an dem düsteren Schicksalsglanz des geliebten Menschen, die Gier nach einer Vereinigung, die ihr vollkommenes Siegel von einem überweltlichen Geheimnis erhalten hatte. Solchergestalt griff Schwenkhusen nach dem alten Besitz seines Herzens und Leibes, der nun erhöht war, umblitzt und umdunkelt von Schauern und Erschütterungen einer neuen Art. Und auf eine wunderbare Weise meinte er Barbara nicht sondern zu können von all den Schrecknissen und Gewalten, denen er preisgegeben war bei den Heiden, in ihren Urwäldern und Sümpfen und auf den Schären, wo der Wind geschrien hatte wie die armen Seelen im Fegefeuer und geblasen, als wolle er alle Flammen der Hölle anfachen, damit sie endlich die tödliche Winternot fortschmölzen.

In der Kirche brannten einige Altarkerzen, das niedrig gewölbte Schiff lag im Dunkel. Es roch säuerlich und schwer. Kein Weihrauch war so stark wie dieser Dunst der Belasteten und Armen. Bauern und alte Weiber schoben sich vor in die Helligkeit. Barbara hatte ihren gewohnten Platz eingenommen, abseits, in der Düsternis der Pfeilerbündel.

Der Priester betete bei der Handwaschung: »Unter den Unschuldigen wasche ich meine Hände... Lasse, Gott, meine Seele nicht zugrunde gehen mit den Unfrommen, noch mein Leben mit den Blutbefleckten, in deren Händen Missetaten sind und unrechtes Gut in ihrer rechten Hand...«

Die Bewandtnis dieser Worte war Barbara zum ersten Male in die Seele gedrungen bei jenem Hochamt in St. Peter, ehe sie in die Sakristei ging. Von da an erschienen sie ihr als mächtiges Bestandstück der Meßliturgie. Sie pflegte sie halblaut mitzusprechen.

Der Priester hatte geendet und kehrte an die Mitte des Altars zurück.

»Barbara!«

Schwenkhusens Stimme klang hinter ihr, sein Mund mußte unweit ihres Ohres sein, und es war abermals jenes Schreien im Flüsterton.

Sie fühlte, wie es ihr kalt um das Herz wurde.

»Barbara!«

Weit vor sich, im Kerzenlicht, sah sie den Priester, der, zum Altar geneigt, mit den gefalteten Händen die gestickte Decke berührte und unhörbar betete. Sie gewahrte Nacken und Haaransatz, darunter die starr abstehende Stola und das flammende große Goldkreuz auf dem Rücken der Kasel. Es schien ihr in jenen Augenblicken schwer, zu glauben, daß dieses Gehäuse einen Menschen umschließen sollte.

»Barbara!«

Sie machte eine jähe Bewegung, als wollte sie ihren Platz verlassen und in den Kerzenschein flüchten, in die Altarnähe, unter die Menschen, von denen verworren ein bäuerliches Ächzen und Murmeln ausging.

»Barbara!«

Sie blieb stehen, rücklings an den Pfeiler gelehnt. Sie wandte den Kopf nicht, ihr Gesicht blieb ohne Regung dem Altar zugekehrt.

Schwenkhusen schien sich an dem Aussprechen dieses Namens sättigen zu müssen, ehe er zu reden begann.

Er hatte bitten wollen, bitten und fordern. Aber wer fordert, der gibt ja damit die Möglichkeit zu, seine Forderung könne abgelehnt werden. Schwenkhusen bat nicht, Schwenkhusen forderte nicht, Schwenkhusen wußte, plötzlich erleuchtet: es kann ja keine Scheidung geben zwischen Barbara und mir, dies ist ein Sachbestand, unwiderruflich und unanzweifelbar wie Atem, Morgenkälte, Pfeilerdunkel. Nichts habe ich zu tun, als diesen Sachbestand in Barbaras Bewußtsein aufzurichten.

Aus der Erkenntnis dieser Unumstößlichkeit kam die Ruhe, die hinter seinen Worten stand, zugleich aber auch die eindringliche, ja, beschwörende Heftigkeit, mit der er seine Worte laut werden ließ. Er war in der Lage eines Menschen, der bemüht ist, seinem geliebten, aber hartnäckig mißverstehenden Kinde klarzumachen, daß vier mal fünf gleich zwanzig ist. Er ist sich der Unumstößlichkeit seiner Behauptung ebenso gewiß wie des bevorstehenden Augenblikkes, da das Kind sie begreifen und aufnehmen wird – aber wie ist es denn möglich, fragt er sich, daß dies Kind, mein Kind, das Kind, das ich liebhabe, sich dieser Einsicht auch nur minutenlang verschließen kann?

Schwenkhusen fühlte, wie er vom schneller und leidenschaftlicher werdenden Atem der eigenen Worte immer tiefer in eine verzauberte Welt hineingetragen wurde. Vor sich sah er den unbewegten Halbumriß der schwarzen Gestalt, deren rechte Hälfte nur seitlich über den Pfeiler vorragte. Um ihn war die morgenkalte, dunkle, nie zuvor betretene Kirche, weit vorne im Kerzenschein des Altars drängten sich Menschen gleich kahlen Weidenstümpfen, von dort kam wie entferntes Rauschen ihr eintönig klagendes Gemurmel. Unablässig, um ein Vielfaches häufiger, als die kirchliche Sitte es forderte, ja zuließ, bekreuzten sie sich mit groben, holzhauerischen Bewegungen, als vermöchten ihre Arbeitshände die Rast des Gefaltetseins nicht länger als für Augenblicke zu ertragen.

Fast ohne Unterbrechung drang das heiße, schreiende Geflüster auf Barbara ein. Sie wollte ihm entgehen, indem sie die Meßgebete mitsprach, aber Schwenkhusens Stimme war stärker. Die Frau war gefesselt an ihren Platz, verurteilt, ohne Widerrede zuzuhören.

Sie, sie wollte sich von ihm lösen? Im Glühen des Eisens waren sie aneinandergeschmiedet worden. Hatte denn das geschehene Wunder nicht auch ihm gegolten?

Seine Stimme zischte, wie es gezischt hatte, als das besprengte Eisen in der Sakristei die Glut berührte.

»Ihr habt gemeint, ich sei tot. Gut. Du hast es als ein Zeichen genommen. Gut. Aber ist das kein Zeichen, daß ich mein Leben heil zurückgebracht habe?

Ich habe es behalten können trotz allem, das mir geschehen ist. Das ist ein Wunder, Barbara, nicht geringer als die Probe!«

An jenem Abend im Gripenschen Hause hatte Barbara gesprochen, Schwenkhusen hatte hören und hinnehmen müssen. Jetzt sprach er. Er sprach im Knien, er sprach im Stehen, fast ohne Pausen, nur für die Augenblicke der Wandlung hielt er inne. Da aber meinte Barbara durch ihren Pelzkragen hindurch seinen brennenden Atem zu fühlen.

Als der Priester sich mit dem Kelch segnete, hörte Barbara Schwenkhusens leise sich entfernende Schritte. Er hatte die Kirche verlassen, ohne das Ende der Messe abzuwarten.

VI

In der Stadt war es bemerkt und beredet worden, daß die Schwenkhusens im Gripenschen Hause zu Gaste gewesen waren. Hierin erblickte man den Abschluß jener Vorgangsreihe, welche mit den ersten Gerüchten ihren Anfang genommen hatte. Nun plötzlich fand man sich geneigt, in Barbaras Weltabgewandtheit nachträglich etwas wie eine befristete, jetzt aber abgelaufene Trauerzeit zu sehen. Es war die Meinung der Gesellschaft, die Gripens würden demnächst wohl eine Wiedereinladung der Schwenkhusens annehmen und danach allmählich zu ihren früheren Umgangsgewohnheiten zurückkehren. Männer und Frauen erregte gleichermaßen die Aussicht, Barbara Gripen wieder bei Gastmählern, Hochzeiten, Kindtaufen und anderen Veranstaltungen zu begegnen. Der Gedanke: »Ich werde mit ihr sprechen, ihre Hand berühren, werde mit ihr tanzen!« war in vielen Hirnen zu Hause.

Dies alles bewirkte eine Änderung im Verhalten der Männer gegenüber dem Ratsherrn Gripen. Hier und da hörte man sagen, er habe genug gebüßt. Sei seine Schuld von Barbara und von Schwenkhusen gelöscht worden, so stehe niemandem ein Recht größerer Strenge zu.

Henning Warendorp gab den Ausschlag. Es sprach Gripen auf der Straße an, als sei nichts gewesen, und fragte ihn, was wohl von der Pferdezucht eines seiner Vettern zu halten sei; er, Warendorp, denke daran, seiner Schwiegertochter ein Jagdpferd zum Namenstag zu kaufen.

Gripen gab Auskunft mit einer zurückhaltenden Miene, welcher dennoch eine Verwunderung anzumerken war.

Warendorp aber sah ihn mit seinen hellen, von winzigen Hautfalten umrandeten Augen an, redete von diesem und jenem, wobei er im Eifer Gripens Gürtelschließe anfaßte, und setzte das Gespräch so lange fort, bis er meinte, der Vorgang sei von einer hinreichenden Menschenzahl beobachtet worden. Dann verabschiedete er sich mit einem Handschlag.

Das Weitere geschah nach der Erwartung der Gesellschaft. Tidemann und

Barbara kamen zu Schwenkhusens und fanden eine größere Anzahl von Gästen vor; denn Schwenkhusen hatte sich gesagt, seine Aussicht, mit Barbara zu sprechen, sei am geringsten, wenn sie zu viert am Tisch säßen.

Schwenkhusen fand Gelegenheit zu einigen Worten, als sie nach dem Essen in der Halle standen, in einem schweren Dunst von Wein, Speisen, Gerüchen und Gesprächen.

»Wie kann das eine Schuld gewesen sein, was Gott selber gedeckt hat?« fragte er plötzlich, und da er um der Leute willen nicht laut reden konnte, so waren sie beide augenblicks wieder im Zauberkreis jenes eindringlichen und gefährlichen Geflüsters.

»Gott hat es nicht gedeckt«, erwiderte Barbara, ohne ihn anzusehen. »Er hat es hinweggenommen, weil ich selber es als Schuld erkannt, bereut und gebeichtet hatte.«

»So ist eure Rechnung beglichen«, sagte Schwenkhusen zornig. »Du bist frei, eine neue zu beginnen.«

Es war Gebrauch, wenn sich die großen grauweißen Eisschollen des Stromes in Bewegung setzten, daß sich die Leute aller Stände ans Düna-Ufer begaben, um dem Eisgang zuzusehen. Auch die Gripens fanden sich ein, auf dem Bollwerk, das Ufer und Stadtbefestigung vor der Wucht des andrängenden Eises zu schützen hatte. Es war das erstemal, daß sie sich miteinander einer unbeschränkten Öffentlichkeit zeigten.

Der Tag war windig und hell. Vom Strom her kam ein dumpfes Gepolter. Ein paar Kinder jauchzten. Ein Höker rief Warmbier und heißen Wein aus. Die Menge stieß und schob sich bis in die Gegend der Kalköfen. Dazwischen kam die Sonne für eine kleine Weile hervor, matt zwischen perlmutterfarbigen Wolken. Das alles nahm Barbara wahr; darüber konnte sie für Augenblicke sich wundern.

Um Tidemann und Barbara war ein Gedränge. Manche erwiesen sich zudringlich, manche verlegen; allein jeder wollte die Gripens begrüßen, jeder mit ihnen zu schaffen haben, jeder Barbara aus der Nähe sehen.

Wir wissen ja, daß es eine Notwendigkeit der Dinge gibt und daß auch die Handlungen der Menschen sich kraft dieser Notwendigkeit ereignen. Für Barbara hatte eine neue Kette von Notwendigkeiten begonnen mit dem Augenblick, da sie begriff, daß Schwenkhusen lebte und in dieser Stadt gegenwärtig war. Und nun also stand sie, die doch ein glühendes Eisen in der Hand gehalten hatte, unter lauter höflichen und teilnehmenden und bekannten Gesichtern, und rings um sie wurde gesprochen von Verlobungen und Zwillingsgeburten, vom erwarteten Hochwasser und von der kommenden Schiffahrtszeit und der Erkrankung des Bürgermeisters, welcher mit Barbara verwandt war.

Schwenkhusen drängte sich durch die Gruppe. Barbara fühlte, daß sie mit niemandem zu tun hatte als mit ihm.

Es wurden Begrüßungen und Höflichkeiten getauscht, dann nahm Schwenkhusen an den Gesprächen teil wie jeder andere. Barbara suchte hastig seinen Blick. In diesem allein fand sie das Außerordentliche ihres Daseins bestätigt. Die Feuerprobe hatte sie unwiderruflich von ihm geschieden, diese Scheidung aber sie unwiderruflich an ihn gekettet.

Nicht lange nach dem Eisgang kam Ostern und damit das Ende der Fastenzeit, und es begannen wieder die gastlichen und geselligen Wochen, an denen die Gripens nun teilnahmen wie andere Ehepaare auch. Barbara hatte sich den Besuch der kleinen Gesindekirchen abgewöhnt, sie erschien an Tidemanns Arm im Ratsgestühl von St. Peter. Es war das erstemal seit der Probe, so machte es Aufsehen, und da es den Abend minderte, der zwischen Barbara und den übrigen gelegen war, so mehrte es die ehrerbietige Zuneigung, die sie sich gewonnen hatte.

»Ich habe dir zuliebe eingewilligt, daß die Schwenkhusens in unser Haus kamen«, sagte sie zu ihm. »Nun ist es in seiner Ordnung, daß ich nicht mehr lebe wie eine Witwe.«

Er ging zart und scheu mit ihr um, doch sprachen sie wenig miteinander; auch sahen sie sich kaum, es sei denn in Gesellschaft.

»Sie hat ihm verziehen«, meinten die Leute. »Sie leben miteinander wie zuvor.«

Die Männer drängten sich an sie. Jeder einzelne glaubte, seine Ergebenheit vor sie hinbreiten zu müssen wie eine schadloshaltende Huldigung. Auch die Frauen suchten ihre Nähe, begannen jedoch später zurückzuweichen: sie sei stolz, ihr Stolz voll Kälte, niemand dürfe den Glauben haben, ihr Genüge zu tun. Vielleicht sei es zu begreifen.

Sie waren willig, ihr eine Sonderlichkeit einzuräumen, die sie niemandem sonst erlaubt hätten. Barbara durfte plötzlich sagen: »Man muß gestanden sein, wo ich gestanden bin, um in solchen Dingen ein Urteil sprechen zu können.« Manchmal redete sie, als befände sie sich in einem Mittelpunkt, erhöht, allen sichtbar; als müsse ja, was in ihrem Herzen und in ihren Gedanken vorgefallen sei, so bekannt, ja so wichtig für alle sein wie dasjenige, was in den Herzen und Gedanken der Heiligen vorgefallen ist, wovon Legenden und Altarbilder Nachricht geben. Auch dies wollten viele ihr zugestehen; hieran aber am meisten nährte sich Schwenkhusens zornige Liebesflamme.

Sie begegneten einander häufig, doch nie allein, jede Begegnung war ein Stachel. Schwenkhusen begehrte den Schmerz dieses Stachels, Barbara zerspaltete sich in Hinstreben und Widerstreben, wie sie es getan hatte in jenen Tagen nach Schwenkhusens Rückkehr.

Im Mai wurde ihr sein Besuch gemeldet. Tidemann war abwesend. Barbara wollte sich verleugnen lassen und gab doch Anweisung, ihn hereinzuführen.

Sie sahen sich an, sonderbare Liebesleute, jeder der hörige Feind und Herr des andern.

»Warum bist du hergekommen?« fragte sie.

»Warum hast du mich nicht abweisen lassen?« fragte er zurück.

»Weil ich dich an das erinnern muß, was damals geschehen ist. Begreifst du nicht, daß ich einen Vorsatz gemacht habe, härter als jeden anderen meines Lebens? Begreifst du nicht, daß es nur die Gewalt dieses Vorsatzes war, womit ich Gott gezwungen habe?«

Schwenkhusen erwiderte: »Du hast diesen Vorsatz gemacht in dem Glauben, ich sei tot. Der Glaube war falsch, was soll der Vorsatz jetzt?«

»Meinst du, der Vorsatz galt nur dir?« fragte sie heftig. »Hältst du dich für den einzigen Mann?«

Schwenkhusens Anwort, Schwenkhusens Stimme und Gesicht hatten eine überraschende Innigkeit; sie hatten eine gläubige Gewißheit, die von jedem Hochmut, jeder Eigensucht frei war. Er sagte leise: »Beinahe, Barbara, glaube ich das. Ich weiß, daß du mich geliebt hast. Ich weiß, daß du mich liebst. Ich weiß, daß du mit keinem anderen Manne versucht werden kannst als mit mir.«

Barbara stand abgekehrt.

Schwenkhusen begann von neuem: »Ich habe gesagt: versucht werden. Aber das ist ja nicht richtig. Du sagst, du hast Gott gezwungen, und ich weiß, daß du Gott gezwungen hast. Darum aber bist du frei zu tun, was du magst. Denn du hast ja deinen Ort gefunden an einer Stelle, da keine Gebote mehr in Geltung sind. Dies ist ein einsamer Ort, und es ist ein eisiger Ort, einsamer und eisiger als die Öden, in denen ich Einsamkeit und Eiseskälte erfahren habe. Und dies allein also kann deine Versuchung sein, Versuchung zur Sünde: daß dich deine Kraft verläßt, die Kraft, auszudauern in solchem Ort, daß du dich flüchtest in den warmen Brodem der anderen, der von Geboten und Verboten sorglich umhegt wird. Daß du dich verkriechst unter die Gebote, über die Gott selbst dich hat aufsteigen lassen. Ich habe gelernt, daß es noch eine andere Majestät Gottes gibt, als die in Monstranzen und an Altären daheim ist. An dieser versündigst du dich, wenn du in kreatürlicher Schwäche dich unterworfen hältst den Ordnungen, die für die Schwachen gegeben sind. Dies ist deine Versuchung, Barbara, dies allein: kleiner sein zu wollen als Gott.«

Barbara hatte sich während dieser Worte abermals zu Schwenkhusen umgewandt. Plötzlich brach ein maßloser Haß aus ihrem Gesicht.

»Geh fort!« schrie sie. »Geh fort!«

Schwenkhusen sah eine Weile in ihre Augen, in ihr weiß gewordenes Antlitz, auf ihre zuckenden Nasenflügel und Lippen.

Barbara senkte ein wenig den Kopf. »Geh fort!« wiederholte sie leise und mit dem Gehaben einer Erschrockenen. Schwenkhusen ging.

VII

Nicht lange nach diesem Gespräch verließ Barbara die Stadt und siedelte nach Gripenhof über, dem Erbgut ihres Mann, das stromauf an der Düna lag, weitab von der Stadt. Dies war seit einer Reihe von Sommern nicht mehr geschehen, denn Tidemann, dem Geschäfte und Amtspflichten keine Abwesenheit von der Stadt erlaubten, hätte eine solche Trennung ungern gelitten; im letztvergangenen Jahr aber, wo ja sein Wille nicht mehr galt, hatte Barbara zu wenig Gedanken für die Dinge ihres äußeren Lebens, als daß sie Entschluß und Zurüstungen zu einer solchen Änderung hätte auf sich nehmen mögen.

Gripenhof liegt zwischen den großen Wäldern, Nachbarn sind fern, auf den Höfen des Ritterordens und der Zisterzienser gibt es keine Frauen zum Umgang. Tidemann kommt auf Pfingsten und kehrt nach den Feiertagen in die Stadt zurück. Barbara ist einsam, das hat sie gewollt. Anfangs hält sie sich viel im Garten auf, dann gewöhnt sie sich, durch die Wälder zu gehen, auf Schneisen und Jagdsteigen, immer allein. In Gripenhof gibt es einige deutsche Leute, den Verwalter und seine Frau, den Müller, ein paar Handwerker. Sie haben Barbara lange nicht gesehen, aber sie haben wohl etwas gehört, daß sich mit ihr in Riga große und heilige Dinge ereignet haben. Darum wagen sie es nicht recht, sich über diese Seltsamkeit zu wundern, daß die gnädige Frau so durch die Wälder geht; die Müllerin meint, wie eine Pilgerin, die sich fürchtet, unterwegs zu sterben, darum ist sie in Eile.

Um diese Zeit verließ Schwenkhusen die Stadt. Er hatte ein paar kleine zerstreute Besitztümer, irgendwo an der Düna, nach denen wollte er sehen, wollte Pachtberedungen treffen, Mastenholz hauen lassen und jagen. Das konnte keinen in Verwunderung setzen. Er hatte niemanden mitgenommen als einen Reitknecht, einen stumpfen und schweigsamen Mann von Jahren.

Hinter Üxküll hatten die Zisterzienser einen kleinen Hof, darauf saßen ein paar Ordensbrüder und Dienstleute. Hier ließ Schwenkhusen seinen Knecht zurück, er selber ritt im Morgengrauen davon und kam erst bei Dunkelheit heim. Er speiste mit dem Subprior, der an Schwenkhusens Gesellschaft Freude hatte und sich gern von Finnland erzählen ließ. Desgleichen tat Schwenkhusen an den folgenden Tagen, nur am Sonntag wartete er die Frühmesse ab, aus Höflichkeit gegen seinen Gastgeber.

In Gripenhof einzusprechen wagte er nicht. Allein nachdem er zwei Wochen lang verbissen die Gripenhöfschen Wälder durchritten hatte, sah er Barbara. Sie ging in großer Entfernung langsam vor ihm her, zwischen sumpfigen, weiß und gelblich flimmernden Waldwiesen. Hinter der Knüppelbrücke bog sie rechter Hand ab. Schwenkhusen begann zu galoppieren.

Barbara saß auf einem Findlingsstein, vornübergebeugt, die Hände auf den Knien, die Füße im dichten Strickbeerkraut. Die Sonne lag warm über der Lichtung, es roch nach Faulbaumblüte, hinter den Bäumen rief der Pirol.

Schwenkhusen sprang vom Pferde. Sie hob ohne Erstaunen den Kopf.

»Du hast mich erwartet, Barbara?« fragte Schwenkhusen und fuhr heftig fort: »Du hast mich erwartet!«

»Ich hörte dich auf der Knüppelbrücke«, antwortete sie mit einem letzten Ausweichen.

Eine Stunde danach kehrte sie plötzlich zu seiner Frage zurück. »Ja, ich habe dich erwartet!« schrie sie. »Hörst du, Gott? Hörst du?«

Augenblicks fühlte Schwenkhusen sich wieder von jenem wilden und abgründigen Schaudern überrieselt, er riß Barbara an sich.

Sie erinnerte ihn an ihr letztes Beisammensein im Gripenschen Stadthause. Sie sagte: »Wie ist es zugegangen, daß du meine Gedanken besser gewußt hast als ich selbst?«

Und Schwenkhusen antwortete: »Habe ich denn nicht die Probe mit dir bestanden? Mein Herz lag auf deiner rechten Hand, darum konnte das Eisen sie nicht brennen.«

»War es darum«, sagte die Frau, »daß dein Herz nicht erstarren konnte in den Schneewüsten?«

»Darum, Barbara. Es hatte ja die Glut des Eisens an sich genommen.«

Vier, fünf Male noch trafen sie sich im Walde. Dann war Sonntag, und Gripen kam aus der Stadt.

»Ich werde mit dir zurückkehren, Tidemann«, erklärte Barbara.

»Oh«, sagte er überrascht und mit einer zaghaften Dankbarkeit.

Schwenkhusen blieb der Stadt noch eine Weile fern und besuchte seine Höfe, ohne Gedanken für das, was er sah und anordnete. Dies war das letzte Zugeständnis, das er um Barbaras willen den Geboten der Vorsicht machte. Er hatte noch Klarheit genug gehabt, um zu wissen, daß diese Waldreiterei zu Barbara nicht länger anhalten konnte, ohne vom Zisterzienserhof Gerüchte ausgehen zu lassen. Darum war Barbaras Rückkehr zur Stadt vereinbart worden.

Als er in Riga einritt, hatten sie sich eine Woche lang nicht gesehen; die Woche war unendlicher gewesen als Gefangenschaft und Irrfahrt. Am folgenden Tage schon machte Barbara der Frau Schwenkhusen einen Besuch, danach fand sich eine Stunde für die beiden.

Der Sommer stob hin, der Herbst brachte die frühen Dunkelheiten, die zwei blieben ineinander verstrickt, eine brennende Dornenhecke. Schwenkhusen betrat das Gripensche Haus ohne Rücksicht auf Gegenwart oder Abwesenheit des Ratsherrn. Barbara ging zu den Schwenkhusens, gleichgültig gegen die Tageszeit. Keiner von beiden war noch vermögend, einen Gedanken der Vorsicht zu denken. Freilich bedurften sie dessen nicht: die ganze Stadt hätte wahrnehmen müssen, was geschah, wäre nicht ihre Meinung gleich der des Ratsherrn Gripen seit der Probe unerschütterbar vorausbestimmt worden. Allein auch dieser Überlegung war weder Schwenkhusen noch Barbara fähig.

Allenfalls fiel Schwenkhusens Veränderung den Leuten auf; aber man war beflissen, Erklärungen zu finden: »Er hat Dinge erlebt wie kein anderer, verlangt ihr, daß er sein soll wie zuvor?« Und es war sonderbar, daß man auf den Einwand verzichtete, Schwenkhusen habe doch in der ersten Zeit nach seiner Heimkehr noch nichts an sich merken lassen von dieser mondwandlerischen Verbissenheit, dieser düsteren Unruhe, diesem plötzlichen Aufglühen.

Als sich der Tag der Probe zum erstenmal jährte, da hatte Tidemann, tief gebückt, als einziger den gestifteten Messen in der Petrikirche beigewohnt. Jetzt, am zweiten Jahrestage, war es, als hätte die ganze Stadt das Gedächtnis eines ihr widerfahrenen Wunders mit zu begehen, ja, als hätten alle diese Leute, die aus Höflichkeit, Neugier oder um einer Huldigung für Barbara willen gekommen waren, an diesem Wunder selbst ein Verdienst. Es waren alle zur Stelle, die dem Geschehnis in der Sakristei beigewohnt hatten, die Zeugen waren da und der Mesner und sein Sohn und der Schmiedemeister, der noch den Sonntagsrock von damals trug. Gleich hinter den Gripens stand Schwenkhusens Mutter am Arm ihres Sohnes, neben ihr der alte Warendorp in seinem brokatenen Staatsrock mit der breiten Goldkette unter dem gestutzten weißgrauen Bart, darauf in dichtem Gedränge alles, was Rang und Geltung hatte, Männer und Frauen aus Geschlechtern und Volk. Die Gesellschaft der Schwarzen Häupter war versammelt in ihrer vollen Zahl.

Die Handlung hatte ihren Raum an einem der Seitenaltäre der Kirche. Auf einer der Altarstufen lag das Eisen, grau, unscheinbar und von allen betrachtet. Dieser und jener machte flüsternd seinen Nachbarn auf das wundersame Metall aufmerksam, es wurden Hälse gereckt, mancher suchte sich vorzuschieben, eine Frau hob ihr Kind auf die Schulter.

Die Gedächtnismesse las der nämliche Priester, welcher der Probe vorzustehen gehabt hatte und gealtert schien. Danach sollte die Messe für Schwenkhusen gelesen werden; hierzu war einer der sechs Geistlichen gewählt worden, welche von der Kompanie der Schwarzen Häupter unterhalten wurden.

Der Priester las murmelnd jenes Evangelium, welches die Kirche für Votivmessen vorschreibt. Nicht er noch sonst einer verstand den Sinn der Worte, niemand außer Barbara und Schwenkhusen.

»In jener Zeit sprach Jesus zu den Jüngern: Habt Glauben an Gott! Wahrlich, ich sage euch, welcher zu diesem Berge spricht: hebe dich und stürze dich ins Meer, und zweifelt nicht in seinem Herzen, sondern hat den Glauben, daß alles geschehen werde, was er sagt, dem wird es geschehen.«

Schwenkhusen empfand eine plötzliche Kälte in den Schulterblättern. Er schloß die Augen und meinte die Engel und Dämonen des Altarbildes zu sehen, die, schwebend über Barbara und ihm, glühende Rosen als Liebes- und Höllenflammen auf die Verstrickten niederströmen ließen. Barbara stand unbeweglich vor ihm, den Kopf kaum geneigt, weiß gekleidet und unter Schleierwerk; allen Menschen anzusehen wie an jenem Sonntag vor zwei Jahren.

Die Messe war geendigt, der Altar verlassen. Eine kleine Weile noch dauerten alle in der Haltung des letzten Gebetes aus. Dann geschahen Bewegungen, halblaute Worte, jemand hustete, Gruppen lockerten und schlossen sich. Barbara wandte sich um.

Ratsherr von Warendorp trat auf sie zu und küßte ihr die Hand, wie er damals getan hatte. Gripen, Schwenkhusen, viele von den andern drängten an Barbara heran, drückten und küßten ihre Hand, Schwenkhusens Mutter umarmte sie, der Mesnerssohn glitt ihr mit den Lippen rasch über den hängenden Ärmel. Es war da viel halblautes Begrüßen und Beglückwünschen, ein Huldigen aus Ehrfurcht, Ergriffenheit, herzenserbötiger Bewunderung, nur gedämpft in seinen Äußerungen durch die besondere Bewandtnis dieser Feierlichkeit. Barbara dankte mit leichten, oft kaum wahrnehmbaren Neigungen des Kopfes.

Niemand verließ die Kirche, denn nun sollte ja alsbald die zweite Messe gelesen werden, die für Schwenkhusen; und jeder hatte den Wunsch, gleichwie der Ratsherrin Gripen, so auch ihm eine Anteilnahme an seinen wunderbaren Geschicken darzutun. Indessen war der zweite Priester bereits in der Sakristei mit dem Anlegen der Meßkleidung beschäftigt.

Die Bewegung all der Menschen, die auf Barbara hindrängte wie eine langsame Brandungswelle, hatte sie bestimmt, um einige Schritte hinter sich zu treten. So stand sie auf den Stufen, mit dem Rücken zum Altar, mit dem verhüllten Gesicht den Menschen zugewandt, wunderbar aufgerichtet, schneeweiß und hoch.

Abseits, eine Stufe unter ihr, lag das Eisen. Barbara deutete darauf mit einem leichten Handwinken. Die Umstehenden errieten im Augenblick ihren Wunsch, das Werkzeug des Wunders gedächtnishaft zu berühren. Gripen und Warendorp bückten sich gleichzeitig, um das Eisenstück aufzuheben. Schwenkhusen kam ihnen zuvor und reichte es Barbara zu. Es fröstelte ihn vor der kalten Berührung. Sie streckte langsam die geöffnete Hand aus. Der Ärmel schob sich zurück, und am Handgelenk erschien der einfache goldene Reif. Der Ellenbogen ruhte auf dem Hüftknochen. Hand und Unterarm standen in einer Linie rechtwinklig vom Körper ab. Alle Blicke hatten sich auf sie gerichtet.

In dem Augenblick, da der Priester aus der Sakristei ins totenstille Kirchenschiff trat, vernahm er einen unmenschlichen Aufschrei: »Ich brenne! Ich brenne!« Gleich danach war der dumpfe Aufschlag eines niederstürzenden Körpers zu hören.

Der Priester begann mit bebenden Knien zu laufen. Im Vorwärtsstolpern schlug er ein Kreuz, die Hand flatterte ihm über Gesicht und Brust.

Alle standen, Augenblicke hindurch, unbeweglich und schweigend. Schwenkhusen wandte sich taumelnd ab. Die Leute wichen vor ihm zurück, so daß sich in Sekunden eine öde Gasse für ihn herstellte, durch die ganze Länge der Kirche, bis an den Ausgang.

STEFAN ZWEIG

Schachnovelle

Auf dem großen Passagierdampfer, der um Mitternacht von New York nach Buenos Aires abgehen sollte, herrschte die übliche Geschäftigkeit und Bewegung der letzten Stunde. Gäste vom Land drängten durcheinander, um ihren Freunden das Geleit zu geben, Telegraphenboys mit schiefen Mützen schossen Namen ausrufend durch die Gesellschaftsräume, Koffer und Blumen wurden geschleppt, Kinder liefen neugierig treppauf und treppab, während das Orchester unerschütterlich zur Deck-show spielte. Ich stand im Gespräch mit einem Bekannten etwas abseits von diesem Getümmel auf dem Promenadendeck, als neben uns zwei- oder dreimal Blitzlicht scharf aufsprühte – anscheinend war irgendein Prominenter knapp vor der Abfahrt noch rasch von Reportern interviewt und photographiert worden. Mein Freund blickte hin und lächelte. »Sie haben da einen raren Vogel an Bord, den Czentovic.« Und da ich offenbar ein ziemlich verständnisloses Gesicht zu dieser Mitteilung machte, fügte er erklärend bei: »Mirko Czentovic, der Weltschachmeister. Er hat ganz Amerika von Ost nach West mit Turnierspielen abgeklappert und fährt jetzt zu neuen Triumphen nach Argentinien.«

In der Tat erinnerte ich mich nun dieses jungen Weltmeisters und sogar einiger Einzelheiten im Zusammenhang mit seiner raketenhaften Karriere; mein Freund, ein aufmerksamerer Zeitungsleser als ich, konnte sie mit einer ganzen Reihe von Anekdoten ergänzen. Czentovic hatte sich vor etwa einem Jahr mit einem Schlage neben die bewährtesten Altmeister der Schachkunst, wie Aljechin, Capablanca, Tartakower, Lasker, Bogoljubow, gestellt. Seit dem Auftreten des siebenjährigen Wunderkindes Rzecewski bei dem Schachturnier 1922 in New York hatte noch nie der Einbruch eines völlig Unbekannten in die ruhmreiche Gilde derart allgemeines Aufsehen erregt. Denn Czentovics intellektuelle Eigenschaften schienen ihm keineswegs solch eine blendende Karriere von vornherein zu weissagen. Bald sickerte das Geheimnis durch, daß dieser Schachmeister in seinem Privatleben außerstande war, in irgendeiner Sprache einen Satz ohne orthographischen Fehler zu schreiben, und wie einer seiner verärgerten Kollegen ingrimmig spottete, »seine Unbildung war auf allen Gebieten gleich universell«. Sohn eines blutarmen südslawischen Donauschiffers, dessen winzige Barke eines Nachts von einem Getreidedampfer überrannt wurde, war der damals Zwölfjährige nach dem Tode seines Vaters vom Pfarrer des abgelegenen Ortes aus Mitleid aufgenommen worden, und der gute Pater bemühte sich redlich, durch häusliche Nachhilfe wettzumachen, was das maulfaule, dumpfe, breitstirnige Kind in der Dorfschule nicht zu erlernen vermochte.

Aber die Anstrengungen blieben vergeblich. Mirko starrte die ihm schon hundertmal erklärten Schriftzeichen immer wieder fremd an; auch für die simpelsten Unterrichtsgegenstände fehlte seinem schwerfällig arbeitenden Gehirn jede festhaltende Kraft. Wenn er rechnen sollte, mußte er noch mit vierzehn Jahren die Finger zu Hilfe nehmen, und ein Buch oder eine Zeitung zu lesen, bedeutete für den schon halbwüchsigen Jungen noch besondere Anstrengung. Dabei konnte man Mirko keineswegs unwillig oder widerspenstig nennen. Er tat gehorsam, was man ihm gebot, holte Wasser, spaltete Holz, arbeitete mit auf dem Felde, räumte die Küche auf und erledigte verläßlich, wenn auch mit verärgernder Langsamkeit, jeden geforderten Dienst. Was den guten Pfarrer aber an dem querköpfigen Knaben am meisten verdroß, war seine totale Teilnahmslosigkeit. Er tat nichts ohne besondere Aufforderung, stellte nie eine Frage, spielte nicht mit anderen Burschen und suchte von selbst keine Beschäftigung, sofern man sie nicht ausdrücklich anordnete; sobald Mirko die Verrichtungen des Haushalts erledigt hatte, saß er stur im Zimmer herum mit jenem leeren Blick, wie ihn Schafe auf der Weide haben, ohne an den Geschehnissen rings um ihn den geringsten Anteil zu nehmen. Während der Pfarrer abends, die lange Bauernpfeife schmauchend, mit dem Gendarmeriewachtmeister seine üblichen drei Schachpartien spielte, hockte der blondsträhnige Bursche stumm daneben und starrte unter seinen schweren Lidern anscheinend schläfrig und gleichgültig auf das karierte Brett.

Eines Winterabends klingelten, während die beiden Partner in ihre tägliche Partie vertieft waren, von der Dorfstraße her die Glöckchen eines Schlittens rasch und immer rascher heran. Ein Bauer, die Mütze mit Schnee überstäubt, stapfte hastig herein, seine alte Mutter läge im Sterben, und der Pfarrer möge eilen, ihr noch rechtzeitig die letzte Ölung zu erteilen. Ohne zu zögern folgte ihm der Priester. Der Gendarmeriewachtmeister, der sein Glas Bier noch nicht ausgetrunken hatte, zündete sich zum Abschied eine neue Pfeife an und bereitete sich eben vor, die schweren Schaftstiefel anzuziehen, als ihm auffiel, wie unentwegt der Blick Mirkos auf dem Schachbrett mit der angefangenen Partie haftete.

»Na, willst du sie zu Ende spielen?« spaßte er, vollkommen überzeugt, daß der schläfrige Junge nicht einen einzigen Stein auf dem Brett richtig zu rücken verstünde. Der Knabe starrte scheu auf, nickte dann und setzte sich auf den Platz des Pfarrers. Nach vierzehn Zügen war der Gendarmeriewachtmeister geschlagen und mußte zudem eingestehen, daß keineswegs ein versehentlicher nachlässiger Zug seine Niederlage verschuldet habe. Die zweite Partie fiel nicht anders aus.

»Bileams Esel!« rief erstaunt bei seiner Rückkehr der Pfarrer aus, dem weniger bibelfesten Gendarmeriewachtmeister erklärend, schon vor zweitausend Jahren hätte sich ein ähnliches Wunder ereignet, daß ein stummes Wesen plötzlich die Sprache der Weisheit gefunden habe. Trotz der vorgerückten Stunde konnte der Pfarrer sich nicht enthalten, einen halb analphabetischen Famulus zu einem Zweikampf herauszufordern. Mirko schlug auch ihn mit Leichtigkeit. Er spielte zäh, langsam, unerschütterlich, ohne ein einziges Mal die gesenkte breite Stirn vom Brette aufzuheben. Aber er spielte mit unwiderlegbarer Sicherheit; weder der Gendarmeriewachtmeister noch der Pfarrer waren in den nächsten Tagen imstande, eine Partie gegen ihn zu gewinnen. Der Pfarrer, besser als irgend jemand befähigt, die sonstige Rückständigkeit seines Zöglings zu beurteilen, wurde nun ernstlich neugierig, wieweit diese einseitige sonderbare Begabung einer strengeren Prüfung standhalten würde. Nachdem er Mirko bei dem Dorfbarbier die struppigen strohblonden Haare hatte schneiden lassen, um ihn einigermaßen präsentabel zu machen, nahm er ihn in seinem Schlitten mit in die kleine Nachbarstadt, wo er im Café des Hauptplatzes eine Ecke mit enragierten Schachspielern wußte, denen er selbst erfahrungsgemäß nicht gewachsen war. Es erregte bei der ansässigen Runde nicht geringes Staunen, als der Pfarrer den fünfzehnjährigen strohblonden und rotbackigen Burschen in seinem nach innen getragenen Schafspelz und schweren, hohen Schaftstiefeln in das Kaffeehaus schob, wo der Junge befremdet mit scheu niedergeschlagenen Augen in einer Ecke stehenblieb, bis man ihn zu einem der Schachtische hinrief. In der ersten Partie wurde Mirko geschlagen, da er die sogenannte Sizilianische Eröffnung bei dem guten Pfarrer nie gesehen hatte. In der zweiten Partie kam er schon gegen den besten Spieler auf Remis. Von der dritten und vierten an schlug er sie alle, einen nach dem andern.

Nun ereignen sich in einer kleinen südslawischen Provinzstadt höchst selten aufregende Dinge, so wurde das erste Auftreten dieses bäuerlichen Champions für die versammelten Honoratioren unverzüglich zur Sensation. Einstimmig wurde beschlossen, der Wunderknabe mußte unbedingt noch bis zum nächsten Tage in der Stadt bleiben, damit man die anderen Mitglieder des Schachklubs zusammenrufen und vor allem den alten Grafen Simczic, einen Fanatiker des Schachspiels, auf seinem Schlosse verständigen könne. Der Pfarrer, der mit einem ganz neuen Stolz auf seinen Pflegling blickte, aber über seiner Entdeckerfreude doch seinen pflichtgemäßen Sonntagsgottesdienst nicht versäumen wollte, erklärte sich bereit, Mirko für eine weitere Probe zurückzulassen. Der junge Czentovic wurde auf Kosten der Schachecke im Hotel einquartiert und sah an diesem Abend zum erstenmal eine Wasserklosett. Am folgenden Sonntagnachmittag war der Schachraum überfüllt. Mirko, unbeweglich vier Stunden vor dem Brett sitzend, besiegte, ohne ein Wort zu sprechen oder auch nur aufzuschauen, einen Spieler nach dem andern; schließlich wurde eine Simultanpartie vorgeschlagen. Es dauerte eine Weile, ehe man dem Unbelehrten begreiflich machen konnte, daß bei einer Simultanpartie er allein gegen die verschiedenen Spieler zu kämpfen hätte. Aber sobald Mirko diesen Usus begriffen, fand er sich rasch in die Aufgabe, ging mit seinen schweren, knarrenden Schuhen langsam von Tisch zu Tisch und gewann schließlich sieben von den acht Partien.

Nun begannen große Beratungen. Obwohl dieser neue Champion im strengen Sinne nicht zur Stadt gehörte, war doch der heimische Nationalstolz lebhaft entzündet. Vielleicht konnte endlich die kleine Stadt, deren Vorhandensein auf der Landkarte kaum jemand bisher wahrgenommen, zum erstenmal sich die Ehre erwerben, einen berühmten Mann in die Welt zu schicken. Ein Agent namens Koller, sonst nur Chansonetten und Sängerinnen für das Kabarett der Garnison vermittelnd, erklärte sich bereit, sofern man den Zuschuß für ein Jahr leiste, den jungen Menschen in Wien von einem ihm bekannten ausgezeichneten kleinen Meister fachmäßig in der Schachkunst ausbilden zu lassen. Graf Simczic, dem in sechzig Jahren täglichen Schachspieles nie ein so merkwürdiger Gegner entgegengetreten war, zeichnete sofort den Betrag. Mit diesem Tage begann die erstaunliche Karriere des Schiffersohnes.

Nach einem halben Jahre beherrschte Mirko sämtliche Geheimnisse der Schachtechnik, allerdings mit einer seltsamen Einschränkung, die später in den Fachkreisen viel beobachtet und bespöttelt wurde. Denn Czentovic brachte es nie dazu, auch nur eine einzige Schachpartie auswendig – oder wie man fachgemäß sagt: blind – zu spielen. Ihm fehlte vollkommen die Fähigkeit, das Schlachtfeld in den unbegrenzten Raum der Phantasie zu stellen. Er mußte immer das schwarzweiße Karree mit den vierundsechzig Feldern und zweiunddreißig Figuren handgreiflich vor sich haben; noch zur Zeit seines Weltruhmes führte er ständig ein zusammenlegbares Taschenschach mit sich, um, wenn er eine Meisterpartie rekonstruieren oder ein Problem für sich lösen wollte, sich die Stellung optisch vor Augen zu führen. Dieser an sich unbeträchtliche Defekt verriet einen Mangel an imaginativer Kraft und wurde in dem engen Kreise ebenso lebhaft diskutiert, wie wenn unter Musikern ein hervorragender Virtuose oder Dirigent sich unfähig gezeigt hätte, ohne aufgeschlagene Partitur zu spielen oder zu dirigieren. Aber diese merkwürdige Eigenheit verzögerte keineswegs Mirkos stupenden Aufstieg. Mit siebzehn Jahren hatte er schon ein Dutzend Schachpreise gewonnen, mit achtzehn sich die ungarische Meisterschaft, mit zwanzig endlich die Weltmeisterschaft erobert. Die verwegensten Champions, jeder einzelne an intellektueller Begabung, an Phantasie und Kühnheit ihm unermeßlich überlegen, erlagen ebenso seiner zähen und kalten Logik wie Napoleon dem schwerfälligen Kutusow, wie Hannibal dem Fabius Cunctator, von dem Livius berichtet, daß er gleichfalls in seiner Kindheit derart auffällige Züge von Phlegma und Imbezillität gezeigt habe. So geschah es, daß in die illustre Galerie der Schachmeister, die in ihren Reihen die verschiedensten Typen intellektueller Überlegenheit vereinigt – Philosophen, Mathematiker, kalkulierende, imaginierende und oft schöpferische Naturen –, zum erstenmal ein völliger Outsider der geistigen Welt einbrach, ein schwerer, maulfauler Bauernbursche, aus dem auch nur ein einziges publizistisch brauchbares Wort herauszulocken selbst den gerissensten Journalisten nie gelang. Freilich, was Czentovic den Zeitungen an geschliffenen Sentenzen vorenthielt, ersetzte er bald reichlich durch Anekdoten über seine Person. Denn rettungslos wurde mit der Sekunde, da er vom Schachbrette aufstand, wo er Meister ohnegleichen war, Czentovic zu einer grotesken und beinahe komischen Figur; trotz seines feierlichen schwarzen Anzuges, seiner pompösen Krawatte mit der etwas aufdringlichen Perlennadel und seiner mühsam manikürten Finger blieb er in seinem Gehaben und seinen Manieren derselbe beschränkte Bauernjunge, der im Dorf die Stube des Pfarrers gefegt. Ungeschickt und geradezu schamlos plump suchte er zum Gaudium und zum Ärger seiner Fachkollegen aus seiner Begabung und seinem Ruhm mit einer kleinlichen und sogar oft ordinären Habgier herauszuholen, was an Geld herauszuholen war. Er reiste von Stadt zu Stadt, immer in den billigsten Hotels wohnend, er spielte in den kläglichsten Vereinen, sofern man ihm sein Honorar bewilligte, er ließ sich abbilden auf Seifenreklamen und verkaufte sogar, ohne auf den Spott seiner Konkurrenten zu achten, die genau wußten, daß er nicht imstande war, drei Sätze richtig zu schreiben, seinen Namen für eine ›Philosophie des Schachs‹, die in Wirklichkeit ein kleiner galizischer Student für den geschäftstüchtigen Verleger geschrieben. Wie allen zähen Naturen fehlte ihm jeder Sinn für das Lächerliche; seit seinem Siege im Weltturnier hielt er sich für den wichtigsten Mann der Welt, und das Bewußtsein, all diese gescheiten, intellektuellen, blendenden Sprecher und Schreiber auf ihrem eigenen Feld geschlagen zu haben, und vor allem die handgreifliche Tatsache, mehr als sie zu verdienen, verwandelte die ursprüngliche Unsicherheit in einen kalten und meist plump zur Schau getragenen Stolz.

»Aber wie sollte ein so rascher Ruhm nicht einen so leeren Kopf beduseln?« schloß mein Freund, der mir gerade einige klassische Proben von Czentovics kindischer Präpotenz anvertraut hatte. »Wie sollte ein einundzwanzigjähriger Bauernbursche aus dem Banat nicht den Eitelkeitskoller kriegen, wenn er plötzlich mit ein bißchen Figurenherumschieben auf einem Holzbrett in einer Woche mehr verdient als sein ganzes Dorf daheim mit Holzfällen und den bittersten Abrackereien in einem ganzen Jahr? Und dann, ist es nicht eigentlich verflucht leicht, sich für einen großen Menschen zu halten, wenn man nicht mit der leisesten Ahnung belastet ist, daß ein Rembrandt, ein Beethoven, ein Dante, ein Napoleon je gelebt haben? Dieser Bursche weiß in seinem vermauerten Gehirn nur das eine, daß er seit Monaten nicht eine einzige Schachpartie verloren hat, und da er eben nicht ahnt, daß es außer Schach und Geld noch andere Werte auf unserer Erde gibt, hat er allen Grund, von sich begeistert zu sein.«

Diese Mitteilungen meines Freundes verfehlten nicht, meine besondere Neugierde zu erregen. Alle Arten von monomanischen, in eine einzige Idee verschossenen Menschen haben mich zeitlebens angereizt, denn je mehr sich einer begrenzt, um so mehr ist er andererseits dem Unendlichen nahe; gerade solche scheinbar Weltabseitigen bauen in ihrer besonderen Materie sich termitenhaft eine merkwürdige und durchaus einmalige Abbreviatur der Welt. So machte ich aus meiner Absicht, dieses sonderbare Spezimen intellektueller Eingleisigkeit auf der zwölftägigen Fahrt bis Rio näher unter die Lupe zu nehmen, kein Hehl.

Jedoch: »Da werden Sie wenig Glück haben«, warnte mein Freund. »Soviel ich weiß, ist es noch keinem gelungen, aus Czentovic das geringste an psychologischem Material herauszuholen. Hinter all seiner abgründigen Beschränktheit verbirgt dieser gerissene Bauer die große Klugheit, sich keine Blößen zu geben, und zwar dank der simplen Technik, daß er außer mit Landsleuten seiner eigenen Sphäre, die er sich in kleinen Gasthäusern zusammensucht, jedes Gespräch vermeidet. Wo er einen gebildeten Menschen spürt, kriecht er in sein Schneckenhaus; so kann niemand sich rühmen, je ein dummes Wort von ihm gehört oder die angeblich unbegrenzte Tiefe seiner Unbildung ausgemessen zu haben.« Mein Freund sollte in der Tat recht behalten. Während der ersten Tage der Reise erwies es sich als vollkommen unmöglich, an Czentovic ohne grobe Zudringlichkeit, die schließlich nicht meine Sache ist, heranzukommen. Manchmal schritt er zwar über das Promenadendeck, aber dann immer die Hände auf dem Rücken verschränkt mit jener stolz in sich versenkten Haltung, wie Napoleon auf dem bekannten Bilde; außerdem erledigte er immer so eilig und stoßhaft seine peripatetische Deckrunde, daß man ihm hätte im Trab nachlaufen müssen, um ihn ansprechen zu können. In den Gesellschaftsräumen wiederum, in der Bar, im Rauchzimmer zeigte er sich niemals; wie mir der Steward auf vertrauliche Erkundigung hin mitteilte, verbrachte er den Großteil des Tages in seiner Kabine, um auf einem mächtigen Brett Schachpartien einzuüben oder zu rekapitulieren.

Nach drei Tagen begann ich mich tatsächlich zu ärgern, daß seine geschickte Abwehrtechnik geschickter war als mein Wille, an ihn heranzukommen. Ich hatte in meinem Leben noch nie Gelegenheit gehabt, die persönliche Bekanntschaft eines Schachmeisters zu machen, und je mehr ich mich jetzt bemühte, mir einen solchen Typus zu personifizieren, um so unvorstellbarer schien mir eine Gehirntätigkeit, die ein ganzes Leben lang ausschließlich um einen Raum von vierundsechzig schwarzen und weißen Feldern rotiert. Ich wußte wohl aus eigener Erfahrung um die geheimnisvolle Attraktion des ›königlichen Spiels‹, dieses einzigen unter allen Spielen, die der Mensch ersonnen, das sich souverän jeder Tyrannis des Zufalls entzieht und seine Siegespalmen einzig dem Geist oder vielmehr einer bestimmten Form geistiger Begabung zuteilt. Aber macht man sich nicht bereits einer beleidigenden Einschränkung schuldig, indem man Schach ein Spiel nennt? Ist es nicht auch eine Wissenschaft, eine Kunst, schwebend zwischen diesen Kategorien wie der Sarg Mohammeds zwischen Himmel und Erde, eine einmalige Bindung aller Gegensatzpaare; uralt und doch ewig neu, mechanisch in der Anlage und doch nur wirksam durch Phantasie, begrenzt in geometrisch starrem Raum und dabei unbegrenzt in seinen Kombinationen, ständig sich entwickelnd und doch steril, ein Denken, das zu nichts führt, eine Mathematik, die nichts errechnet, eine Kunst ohne Werke, eine Architektur ohne Substanz und nichtsdestominder erwiesenermaßen dauerhafter in seinem Sein und Dasein als alle Bücher und Werke, das einzige Spiel, das allen Völkern und allen Zeiten zugehört und von dem niemand weiß, welcher Gott es auf die Erde gebracht, um die Langeweile zu töten, die Sinne zu schärfen, die Seele zu spannen. Wo ist bei ihm Anfang und wo das Ende? Jedes Kind kann seine ersten Regeln erlernen, jeder Stümper sich in ihm versuchen, und doch vermag es innerhalb dieses unveränderbar engen Quadrats eine besondere Spezies von Meistern zu erzeugen, unvergleichbar allen anderen, Menschen mit einer einzig dem Schach zubestimmten Begabung, spezifische Genies, in denen Vision, Geduld und Technik in einer ebenso genau bestimmten Verteilung wirksam sind wie im Mathematiker, im Dichter, im Musiker, und nur in anderer Schichtung und Bindung. In früheren Zeiten physiognomischer Leidenschaft hätte ein Gall vielleicht die Gehirne solcher Schachmeister seziert, um festzustellen, ob bei solchen Schachgenies eine besondere Windung in der grauen Masse des Gehirns, eine Art Schachmuskel oder Schachhöcker sich intensiver eingezeichnet fände als in anderen Schädeln. Und wie hätte einen solchen Physiognomiker erst der Fall eine Czentovic angereizt, wo dies spezifische Genie eingesprengt erscheint in eine absolute intellektuelle Trägheit wie ein einzelner Faden Gold in einem Zentner tauben Gesteins! Im Prinzip war mir die Tatsache von jeher verständlich, daß ein derart einmaliges, ein solches geniales Spiel sich spezifische Matadore schaffen mußte, aber wie schwer, wie unmöglich doch, sich das Leben eines geistig regsamen Menschen vorzustellem, dem sich die Welt einzig auf die enge Einbahn zwischen Schwarz und Weiß reduziert, der in einem bloßen Hin und Her, Vor und Zurück von zweiunddreißig Figuren seine Lebenstriumphe sucht, einen Menschen, dem bei einer neuen Eröffnung, den Springer vorzuziehen statt des Bauern, schon Großtat und sein ärmliches Eckchen Unsterblichkeit im Winkel eines Schachbuches bedeutet – einen Menschen, einen geistigen Menschen, der, ohne wahnsinnig zu werden, zehn, zwanzig, dreißig, vierzig Jahre lang die ganze Spannkraft seines Denkens immer und immer wieder an den lächerlichen Einsatz wendet, einen hölzernen König auf einem hölzernen Brett in den Winkel zu drängen!

Und nun war ein solches Phänomen, ein solches sonderbares Genie oder ein solcher rätselhafter Narr mir räumlich zum erstenmal ganz nahe, sechs Kabinen weit auf demselben Schiff, und ich Unseliger, für den Neugier in geistigen Dingen immer zu einer Art Passion ausartet, sollte nicht imstande sein, mich ihm zu nähern. Ich begann mir die absurdesten Listen auszudenken: etwa, ihn in seiner Eitelkeit zu kitzeln, indem ich ihm ein angebliches Interview für eine wichtige Zeitung vortäuschte, oder bei seiner Habgier zu packen, dadurch, daß ich ihm ein einträgliches Turnier in Schottland proponierte. Aber schließlich erinnerte ich mich, daß die bewährteste Technik der Jäger, den Auerhahn an sich heranzulocken, darin besteht, daß sie seinen Balzschrei nachahmen; was konnte eigentlich wirksamer sein, um die Aufmerksamkeit eines Schachmeisters auf sich zu ziehen, als indem man selber Schach spielte?

Nun bin ich zeitlebens nie ein ernstlicher Schachkünstler gewesen, und zwar aus dem einfachen Grunde, weil ich mich mit Schach immer bloß leichtfertig und ausschließlich zu meinem Vergnügen befaßte; wenn ich mich für eine Stunde vor das Brett setze, geschieht dies keineswegs, um mich anzustrengen, sondern im Gegenteil, um mich von geistiger Anspannung zu entlasten. Ich ›spiele‹ Schach im wahrsten Sinne des Wortes, während die anderen, die wirklichen Schachspieler, Schach ›ernsten‹, um ein verwegenes neues Wort in die deutsche Sprache einzuführen. Für Schach ist nun, wie für die Liebe, ein Partner unentbehrlich, und ich wußte zur Stunde noch nicht, ob sich außer uns andere Schachliebhaber an Bord befanden. Um sie aus ihren Höhlen herauszulocken, stellte ich im Smoking Room eine primitive Falle auf, indem ich mich mit meiner Frau, obwohl sie noch schwächer spielt als ich, vogelstellerisch vor ein Schachbrett setzte. Und tatsächlich, wir hatten noch nicht sechs Züge getan, so blieb schon jemand im Vorübergehen stehen, ein zweiter erbat die Erlaubnis, zusehen zu dürfen; schließlich fand sich auch der erwünschte Partner, der mich zu einer Partie herausforderte. Er hieß McConnor und war ein schottischer Tiefbauingenieur, der, wie ich hörte, bei Ölbohrungen in Kalifornien sich ein großes Vermögen gemacht hatte, von äußerem Ansehen ein stämmiger Mensch mit starken, fast quadratisch harten Kinnbacken, kräftigen Zähnen und einer satten Gesichtsfarbe, deren prononcierte Rötlichkeit wahrscheinlich, zumindest teilweise, reichlichem Genuß von Whisky zu verdanken war. Die auffällig breiten, fast athletisch vehementen Schultern machten sich leider auch im Spiel charaktermäßig bemerkbar, denn dieser Mister McConnor gehörte zu jener Sorte selbstbesessener Erfolgsmenschen, die auch im belanglosesten Spiel eine Niederlage schon als Herabsetzung ihres Persönlichkeitsbewußtseins empfinden. Gewöhnt, sich im Leben rücksichtslos durchzusetzen, und verwöhnt vom faktischen Erfolg, war dieser massive Selfmademan derart unerschütterlich von seiner Überlegenheit durchdrungen, daß jeder Widerstand ihn als ungebührliche Auflehnung und beinahe Beleidigung erregte. Als er die erste Partie verlor, wurde er mürrisch und begann umständlich und diktatorisch zu erklären, dies könne nur durch eine momentane Unaufmerksamkeit geschehen sein, bei der dritten machte er den Lärm im Nachbarraum für sein Versagen verantwortlich; nie war er gewillt, eine Partie zu verlieren, ohne sofort Revanche zu fordern. Anfangs amüsierte mich diese ehrgeizige Verbissenheit; schließlich nahm ich sie nur mehr als unvermeidliche Begleiterscheinung für meine eigentliche Absicht hin, den Weltmeister an unseren Tisch zu locken.

Am dritten Tag gelang es und gelang doch nur halb. Sei es, daß Czentovic uns vom Promenadendeck aus durch das Bordfenster vor dem Schachbrett beobachtet oder daß er nur zufälligerweise den Smoking Room mit seiner Anwesenheit beehrte – jedenfalls trat er, sobald er uns Unberufene seine Kunst ausüben sah, unwillkürlich einen Schritt näher und warf aus dieser gemessenen Distanz einen prüfenden Blick auf unser Brett. McConnor war gerade am Zuge. Und schon dieser eine Zug schien ausreichend, um Czentovic zu belehren, wie wenig ein weiteres Verfolgen unserer dilettantischen Bemühungen seines meisterlichen Interesses würdig sei. Mit derselben selbstverständlichen Geste, mit der unsereiner in einer Buchhandlung einen angebotenen schlechten Detektivroman weglegt, ohne ihn auch nur anzublättern, trat er von unserem Tische fort und verließ den Smoking Room. ›Gewogen und zu leicht befunden‹, dachte ich mir, ein bißchen verärgert durch diesen kühlen, verächtlichen Blick, und um meinem Unmut irgendwie Luft zu machen, äußerte ich zu McConnor:

»Ihr Zug scheint den Meister nicht sehr begeistert zu haben.«

»Welchen Meister?«

Ich erklärte ihm, jener Herr, der eben an uns vorübergegangen und mit mißbilligendem Blick auf unser Spiel gesehen, sei der Schachmeister Czentovic gewesen. Nun, fügte ich hinzu, wir beide würden es überstehen und ohne Herzeleid uns mit seiner illustren Verachtung abfinden; arme Leute müßten eben mit Wasser kochen. Aber zu meiner Überraschung übte auf McConnor meine lässige Mitteilung eine völlig unerwartete Wirkung. Er wurde sofort erregt, vergaß unsere Partie, und sein Ehrgeiz begann geradezu hörbar zu pochen. Er habe keine Ahnung gehabt, daß Czentovic an Bord sei, und Czentovic müsse unbedingt gegen ihn spielen. Er habe noch nie im Leben gegen einen Weltmeister gespielt außer einmal bei einer Simultanpartie mit vierzig anderen; schon das sei furchtbar spannend gewesen, und er habe damals beinahe gewonnen. Ob ich den Schachmeister persönlich kenne? Ich verneinte. Ob ich ihn nicht ansprechen wolle und zu uns bitten? Ich lehnte ab mit der Begründung, Czentovic sei meines Wissens für neue Bekanntschaften nicht sehr zugänglich. Außerdem, was für einen Reiz sollte es einem Weltmeister bieten, mit uns drittklassigen Spielern sich abzugeben?

Nun, das mit den drittklassigen Spielern hätte ich zu einem derart ehrgeizigen Manne wie McConnor lieber nicht äußern sollen. Er lehnte sich verärgert zurück und erklärte schroff, er für seinen Teil könne nicht glauben, daß Czentovic die höfliche Aufforderung eines Gentlemans ablehnen werde, dafür werde er schon sorgen. Auf seinen Wunsch gab ich ihm eine kurze Personsbeschreibung des Weltmeisters, und schon stürmte er, unser Schachbrett gleichgültig im Stich lassend, in unbeherrschter Ungeduld Czentovic auf das Promenadendeck nach. Wieder spürte ich, daß der Besitzer dermaßen breiter Schultern nicht zu halten war, sobald er einmal seinen Willen in eine Sache geworfen.

Ich wartete ziemlich gespannt. Nach zehn Minuten kehrte McConnor zurück, nicht sehr aufgeräumt, wie mir schien.

»Nun?« fragte ich.

»Sie haben recht gehabt«, antwortete er etwas verärgert. »Kein sehr angenehmer Herr. Ich stellte mich vor, erklärte ihm, wer ich sei. Er reichte mir nicht einmal die Hand. Ich versuchte, ihm auseinanderzusetzen, wie stolz und geehrt wir alle an Bord sein würden, wenn er eine Simultanpartie gegen uns spielen wollte. Aber er hielt seinen Rücken verflucht steif; es täte ihm leid, aber er habe kontraktliche Verpflichtungen gegen seinen Agenten, die ihm ausdrücklich untersagten, während seiner ganzen Tournee ohne Honorar zu spielen. Sein Minimum sei zweihundertfünfzig Dollar pro Partie.«

Ich lachte. »Auf diesen Gedanken wäre ich eigentlich nie geraten, daß Figuren von Schwarz auf Weiß zu schieben ein derart einträgliches Geschäft sein kann. Nun, ich hoffe, Sie haben sich ebenso höflich empfohlen.«

Aber McConnor blieb vollkommen ernst. »Die Partie ist für morgen nachmittag drei Uhr angesetzt. Hier im Rauchsalon. Ich hoffe, wir werden uns nicht so leicht zu Brei schlagen lassen.«

»Wie? Sie haben ihm die zweihundertfünfzig Dollar bewilligt?« rief ich ganz betroffen aus.

»Warum nicht? C'est son métier. Wenn ich Zahnschmerzen hätte und es wäre zufällig ein Zahnarzt an Bord, würde ich auch nicht verlangen, daß er mir den Zahn umsonst ziehen soll. Der Mann hat ganz recht, dicke Preise zu machen; in jedem Fach sind die wirklichen Könner auch die besten Geschäftsleute. Und was mich betrifft: je klarer ein Geschäft, um so besser. ich zahle lieber in Cash, als mir von einem Herrn Czentovic Gnaden erweisen zu lassen und mich am Ende noch bei ihm bedanken zu müssen. Schließlich habe ich in unserem Klub schon mehr an einem Abend verloren als zweihundertfünfzig Dollar und dabei mit keinem Weltmeister gespielt. Für ›drittklassige‹ Spieler ist es keine Schande, von einem Czentovic umgelegt zu werden.«

Es amüsierte mich, zu bemerken, wie tief ich McConnors Selbstgefühl mit dem einen unschuldigen Wort ›drittklassiger Spieler‹ gekränkt hatte. Aber da er den teuren Spaß zu bezahlen gesonnen war, hatte ich nichts einzuwenden gegen seinen deplacierten Ehrgeiz, der mir endlich die Bekanntschaft meines Kuriosums vermitteln sollte. Wir verständigten eiligst die vier oder fünf Herren, die sich bisher als Schachspieler deklariert hatten, von dem bevorstehenden Ereignis und ließen, um von durchgehenden Passanten möglichst wenig gestört zu werden, nicht nur unseren Tisch, sondern auch die Nachbartische für das bevorstehende Match im voraus reservieren.

Am nächsten Tage war unsere kleine Gruppe zur vereinbarten Stunde vollzählig erschienen. Der Mittelplatz gegenüber dem Meister blieb selbstverständlich McConnor zugeteilt, der seine Nervosität entlud, indem er eine schwere Zigarre nach der andern anzündete und immer wieder unruhig auf die Uhr blickte. Aber der Weltmeister ließ – ich hatte nach den Erzählungen meines Freundes derlei schon geahnt – gute zehn Minuten auf sich warten, wodurch allerdings sein Erscheinen dann erhöhten Aplomb erhielt. Er trat ruhig und gelassen auf den Tisch zu. Ohne sich vorzustellen – ›Ihr wißt, wer ich bin, und wer ihr seid, interessiert mich nicht‹, schien diese Unhöflichkeit zu besagen –, begann er mit fachmännischer Trockenheit die sachlichen Anordnungen. Da eine Simultanpartie hier an Bord mangels verfügbarer Schachbretter unmöglich sei, schlage er vor, daß wir alle gemeinsam gegen ihn spielen sollten. Nach jedem Zug werde er, um unsere Beratungen nicht zu stören, sich zu einem anderen Tisch am Ende des Raumes verfügen. Sobald wir unseren Gegenzug getan, sollten wir, da bedauerlicherweise keine Tischglocke zur Hand sei, mit dem Löffel gegen ein Glas klopfen. Als maximale Zugzeit schlage er zehn Minuten vor, falls wir keine andere Einteilung wünschten. Wir pflichteten selbstverständlich wie schüchterne Schüler jedem Vorschlage bei. Die Farbenwahl teilte Czentovic Schwarz zu; noch im Stehen tat er den ersten Gegenzug und wandte sich dann gleich dem von ihm vorgeschlagenen Warteplatz zu, wo er lässig hingelehnt eine illustrierte Zeitschrift durchblätterte.

Es hat wenig Sinn, über die Partie zu berichten. Sie endete selbstverständlich, wie sie enden mußte: mit unserer totalen Niederlage, und zwar bereits beim vierundzwanzigsten Zuge. Daß nun ein Weltschachmeister ein halbes Dutzend mittlerer oder untermittlerer Spieler mit der linken Hand niederfegt, war an sich wenig erstaunlich; verdrießlich wirkte eigentlich auf uns alle nur die präpotente Art, mit der Czentovic es uns allzu deutlich fühlen ließ, daß er uns mit der linken Hand erledigte. Er war jedesmal nur einen scheinbar flüchtigen Blick auf das Brett, sah an uns so lässig vorbei, als ob wir selbst tote Holzfiguren wären, und diese impertinente Geste erinnerte unwillkürlich an die, mit der man einem räudigen Hund abgewendeten Blicks einen Brocken zuwirft. Bei einiger Feinfühligkeit hätte er meiner Meinung nach uns auf Fehler aufmerksam machen können oder durch ein freundliches Wort aufmuntern. Aber auch nach Beendigung der Partie äußerte dieser unmenschliche Schachautomat keine Silbe, sondern wartete, nachdem er »Matt« gesagt, regungslos vor dem Tische, ob man noch eine zweite Partie von ihm wünsche. Schon war ich aufgestanden, um hilflos, wie man immer gegen dickfellige Grobheit bleibt, durch eine Geste anzudeuten, daß mit diesem erledigten Dollargeschäft wenigstens meinerseits das Vergnügen unserer Bekanntschaft beendet sei, als zu meinem Ärger neben mir McConnor mit ganz heiserer Stimme sagte: »Revanche!«

Ich erschrak geradezu über den herausfordernden Ton; tatsächlich bot McConnor in diesem Augenblick eher den Eindruck eines Boxers vor dem Losschlagen als den eines höflichen Gentlemans. War es die unangenehme Art der Behandlung, die uns Czentovic hatte zuteil werden lassen, oder nur sein pathologisch reizbarer Ehrgeiz – jedenfalls war McConnors Wesen vollkommen verändert. Rot im Gesicht bis hoch hinauf an das Stirnhaar, die Nüstern von innerem Druck stark aufgespannt, transpirierte er sichtlich, und von den verbissenen Lippen schnitt sich scharf eine Falte gegen sein kämpferisch vorgerecktes Kinn. Ich erkannte beunruhigt in seinem Auge jenes Flackern unbeherrschter Leidenschaft, wie sie sonst Menschen nur am Roulettetische ergreift, wenn zum sechsten- oder siebentenmal bei immer verdoppeltem Einsatz nicht die richtige Farbe kommt. In diesem Augenblick wußte ich, dieser fanatisch Ehrgeizige würde, und sollte es ihn sein ganzes Vermögen kosten, gegen Czentovic so lange spielen und spielen und spielen, einfach oder doubliert, bis er wenigstens ein einziges Mal eine Partie gewonnen. Wenn Czentovic durchhielt, so hatte er an McConnor eine Goldgrube gefunden, aus der er bis Buenos Aires ein paar tausend Dollar schaufeln konnte.

Czentovic blieb unbewegt. »Bitte«, antwortete er höflich. »Die Herren spielen jetzt Schwarz.« Auch die zweite Partie bot kein verändertes Bild, außer daß durch einige Neugierige unser Kreis nicht nur größer, sondern auch lebhafter geworden war. McConnor blickte so starr auf das Brett, als wollte er die Figuren mit seinem Willen gewinnen, magnetisieren; ich spürte ihm an, daß er auch tausend Dollar begeistert geopfert hätte für den Lustschrei ›Matt!‹ gegen den kaltschnäuzigen Gegner. Merkwürdigerweise ging etwas von seiner verbissenen Erregung unbewußt in uns über. Jeder einzelne Zug wurde ungleich leidenschaftlicher diskutiert als vordem, immer hielten wir noch im letzten Moment einer den andern zurück, ehe wir uns einigten, das Zeichen zu geben, das Czentovic an unseren Tisch zurückrief. Allmählich waren wir beim siebzehnten Zuge angelangt, und zu unserer eigenen Überraschung war eine Konstellation eingetreten, die verblüffend vorteilhaft schien, weil es uns gelungen war, den Bauern der c-Linie bis auf das vorletzte Feld c2 zu bringen; wir brauchten ihn nur vorzuschieben auf c1, um eine neue Dame zu gewinnen. Ganz behaglich war uns freilich nicht bei dieser allzu offenkundigen Chance; wir argwöhnten einmütig, dieser scheinbar von uns errungene Vorteil müsse von Czentovic, der doch die Situation viel weitblickender übersah, mit Absicht uns als Angelhaken zugeschoben sein. Aber trotz angestrengtem gemeinsamem Suchen und Diskutieren vermochten wir die versteckte Flinte nicht wahrzunehmen. Schließlich, schon knapp am Rande der verstatteten Überlegungsfrist, entschlossen wir uns, den Zug zu wagen. Schon rührte McConnor den Bauern an, um ihn auf das letzte Feld zu schieben, als er sich jäh am Arm gepackt fühlte und jemand leise und heftig flüsterte: »Um Gottes willen! Nicht!«

Unwillkürlich wandten wir uns alle um. Ein Herr von etwa fünfundvierzig Jahren, dessen schmales, scharfes Gesicht mir schon vordem auf der Deckpromenade durch seine merkwürdige, fast kreidige Blässe aufgefallen war, mußte in den letzten Minuten, indes wir unsere ganze Aufmerksamkeit dem Problem zuwandten, zu uns getreten sein. Hastig fügte er, unsern Blick spürend, hinzu:

»Wenn Sie jetzt eine Dame machen, schlägt er sie sofort mit dem Läufer c1, Sie nehmen mit dem Springer zurück. Aber inzwischen geht er mit seinem Freibauern auf d7, bedroht Ihren Turm, und auch wenn Sie mit dem Springer Schach sagen, verlieren Sie und sind nach neun bis zehn Zügen erledigt. Es ist beinahe dieselbe Konstellation, wie sie Aljechin gegen Bogoljubow 1922 im Pistyaner Großturnier initiiert hat.«

McConnor ließ erstaunt die Hand von der Figur und starrte nicht minder verwundert als wir alle auf den Mann, der wie ein unvermuteter Engel helfend vom Himmel kam. Jemand, der auf neun Züge im voraus ein Matt berechnen konnte, mußte ein Fachmann ersten Ranges sein, vielleicht sogar ein Konkurrent um die Meisterschaft, der zum gleichen Turnier reiste, und sein plötzliches Kommen und Eingreifen gerade in einem so kritischen Moment hatte etwas fast Übernatürliches. Als erster faßte sich McConnor.

»Was würden Sie raten?« flüsterte er aufgeregt.

»Nicht gleich vorziehen, sondern zunächst ausweichen! Vor allem mit dem König abrücken aus der gefährdeten Linie von g8 auf h7. Er wird wahrscheinlich den Angriff dann auf die andere Flanke hinüberwerfen. Aber das parieren Sie mit Turm c8-c4; das kostet ihm zwei Tempi, einen Bauern und damit die Überlegenheit. Dann steht Freibauer gegen Freibauer, und wenn Sie sich richtig defensiv halten, kommen Sie noch auf Remis. Mehr ist nicht herauszuholen.«

Wir staunten abermals. Die Präzision nicht minder als die Raschheit seiner Berechnung hatte etwas Verwirrendes; es war, als ob er die Züge aus einem gedruckten Buch ablesen würde. Immerhin wirkte die unvermutete Chance, dank seines Eingreifens unsere Partie gegen einen Weltmeister auf Remis zu bringen, zauberisch. Einmütig rückten wir zur Seite, um ihm freieren Blick auf das Brett zu gewähren. Noch einmal fragte McConnor:

»Also König g8 auf h7?«

»Jawohl! Ausweichen vor allem!«

McConnor gehorchte, und wir klopften an das Glas. Czentovic trat mit seinem gewohnt gleichmütigen Schritt an unseren Tisch und maß mit einem einzigen Blick den Gegenzug. Dann zog er auf dem Königsflügel den Bauern h2–h4, genau wie es unser unbekannter Helfer vorausgesagt. Und schon flüsterte dieser aufgeregt:

»Turm vor, Turm vor, c8 auf c4, er muß dann zuerst den Bauern decken. Aber das wird ihm nichts helfen! Sie schlagen, ohne sich um seinen Freibauern zu kümmern, mit dem Springer c3–d5, und das Gleichgewicht ist wieder hergestellt. Den ganzen Druck vorwärts, statt zu verteidigen!«

Wir verstanden nicht, was er meinte. Für uns war, was er sagte, Chinesisch. Aber schon einmal in seinem Bann, zog McConnor, ohne zu überlegen, wie jener geboten. Wir schlugen abermals an das Glas, um Czentovic zurückzurufen. Zum erstenmal entschied er sich nicht rasch, sondern blickte gespannt auf das Brett. Dann tat er genau den Zug, den der Fremde uns angekündigt, und wandte sich zum Gehen. Jedoch ehe er zurücktrat, geschah etwas Neues und Unerwartetes. Czentovic hob den Blick und musterte unsere Reihen; offenbar wollte er herausfinden, wer ihm mit einemmal so energischen Widerstand leistete.

Von diesem Augenblick an wuchs unsere Erregung ins Ungemessene. Bisher hatten wir ohne ernstliche Hoffnung gespielt, nun aber trieb der Gedanke, den kalten Hochmut Czentovics zu brechen, uns eine fliegende Hitze durch alle Pulse. Schon aber hatte unser neuer Freund den nächsten Zug angeordnet, und wir konnten – die Finger zitterten mir, als ich den Löffel an das Glas schlug – Czentovic zurückrufen. Und nun kam unser erster Triumph. Czentovic, der bisher immer nur im Stehen gespielt, zögerte, zögerte und setzte sich schließlich nieder. Er setzte sich langsam und schwerfällig; damit aber war schon rein körperlich das bisherige Von-oben-herab zwischen ihm und uns aufgehoben. Wir hatten ihn genötigt, sich wenigstens räumlich auf eine Ebene mit uns zu begeben. Er überlegte lange, die Augen unbeweglich auf das Brett gesenkt, so daß man kaum mehr die Pupillen unter den schwarzen Lidern wahrnehmen konnte, und im angestrengten Nachdenken öffnete sich ihm allmählich der Mund, was seinem runden Gesicht einen etwas einfältigen Ausdruck gab. Czentovic überlegte einige Minuten, dann tat er einen Zug und stand auf. Und schon flüsterte unser Freund: »Ein Hinhaltezug! Gut gedacht! Aber nicht darauf eingehen! Abtausch forcieren, unbedingt Abtausch, dann können wir auf Remis, und kein Gott kann ihm helfen.«

McConnor gehorchte. Es begann in den nächsten Zügen zwischen den beiden – wir anderen waren längst zu leeren Statisten herabgesunken – ein uns unverständliches Hin und Her. Nach etwa sieben Zügen sah Czentovic nach längerem Nachdenken auf und erklärte: »Remis.«

Einen Augenblick herrschte totale Stille. Man hörte plötzlich die Wellen rauschen und das Radio aus dem Salon herüberjazzen, man vernahm jeden Schritt vom Promenadendeck und das leise, feine Sausen des Windes, der durch die Fugen der Fenster fuhr. Keiner von uns atmete, es war zu plötzlich gekommen und wir alle noch geradezu erschrocken über das Unwahrscheinliche, daß dieser Unbekannte dem Weltmeister in einer schon halb verlorenen Partie seinen Willen aufgezwungen haben sollte. McConnor lehnte sich mit einem Ruck zurück, der zurückgehaltene Atem fuhr ihm hörbar in einem beglückten »Ah!« von den Lippen. Ich wiederum beobachtete Czentovic. Schon bei den letzten Zügen hatte mir geschienen, als ob er blässer geworden sei. Aber er verstand sich gut zusammenzuhalten. Er verharrte in seiner scheinbar gleichmütigen Starre und fragte nur in lässiger Weise, während er die Figuren mit ruhiger Hand vom Brette schob:

»Wünschen die Herren noch eine dritte Partie?«

Er stellte die Frage rein sachlich, rein geschäftlich. Aber das Merkwürdige war, er hatte dabei nicht McConnor angeblickt, sondern scharf und gerade das Auge gegen unseren Retter erhoben. Wie ein Pferd am festeren Sitz einen neuen, einen besseren Reiter, mußte er an den letzten Zügen seinen wirklichen, seinen eigentlichen Gegner erkannt haben. Unwillkürlich folgten wir seinem Blick und sahen gespannt auf den Fremden. Jedoch ehe dieser sich besinnen oder gar antworten konnte, hatte in seiner ehrgeizigen Erregung McConnor schon triumphierend ihm zugerufen:

»Selbstverständlich! Aber jetzt müssen Sie allein gegen ihn spielen! Sie allein gegen Czentovic!«

Doch nun ereignete sich etwas Unvorhergesehenes. Der Fremde, der merkwürdigerweise noch immer angestrengt auf das schon abgeräumte Schachbrett starrte, schrak auf, da er alle Blicke auf sich gerichtet und sich so begeistert angesprochen fühlte. Seine Züge verwirrten sich.

»Auf keinen Fall, meine Herren«, stammelte er sichtlich betroffen. »Das ist völlig ausgeschlossen... ich komme gar nicht in Betracht... ich habe seit zwanzig, nein, fünfundzwanzig Jahren vor keinem Schachbrett gesessen... und ich sehe erst jetzt, wie ungehörig ich mich betragen habe, indem ich mich ohne Ihre Verstattung in Ihr Spiel einmengte... Bitte, entschuldigen Sie meine Vordringlichkeit... ich will gewiß nicht weiter stören.« Und noch ehe wir uns von unserer Überraschung zurechtfanden, hatte er sich bereits zurückgezogen und das Zimmer verlassen.

»Aber das ist doch ganz unmöglich!« dröhnte der temperamentvolle McConnor, mit der Faust aufschlagend. »Völlig ausgeschlossen, daß dieser Mann fünfundzwanzig Jahre nicht Schach gespielt haben soll! Er hat doch jeden Zug, jede Gegenpointe auf fünf, auf sechs Züge vorausberechnet. So etwas kann niemand aus dem Handgelenk. Das ist doch völlig ausgeschlossen – nicht wahr?«

Mit der letzten Frage hatte sich McConnor unwillkürlich an Czentovic gewandt. Aber der Weltmeister blieb unerschütterlich kühl.

»Ich vermag darüber kein Urteil abzugeben. Jedenfalls hat der Herr etwas befremdlich und interessant gespielt; deshalb habe ich ihm auch absichtlich eine Chance gelassen.« Gleichzeitig lässig aufstehend, fügte er in seiner sachlichen Art hinzu: »Sollte der Herr oder die Herren morgen eine abermalige Partie wünschen, so stehe ich von drei Uhr ab zur Verfügung.«

Wir konnten ein leises Lächeln nicht unterdrücken. Jeder von uns wußte, daß Czentovic unserem unbekannten Helfer keineswegs großmütig eine Chance gelassen und diese Bemerkung nichts anderes als eine naive Ausflucht war, um sein eigenes Versagen zu maskieren. Um so heftiger wuchs unser Verlangen, einen derart unerschütterlichen Hochmut gedemütigt zu sehen. Mit einemmal war über uns friedliche, lässige Bordbewohner eine wilde, ehrgeizige Kampflust gekommen, denn der Gedanke, daß gerade auf unserem Schiff mitten auf dem Ozean dem Schachmeister die Palme entrungen werden könnte – ein Rekord, der dann von allen Telegraphenbüros über die ganze Welt hingeblitzt würde –, faszinierte uns in herausforderndster Weise. Dazu kam noch der Reiz des Mysteriösen, der von dem unerwarteten Eingreifen unseres Retters gerade im kritischen Moment ausging, und der Kontrast seiner fast ängstlichen Bescheidenheit mit dem unerschütterlichen Selbstbewußtsein des Professionellen. Wer war dieser Unbekannte? Hatte hier der Zufall ein noch unentdecktes Schachgenie zutage gefördert? Oder verbarg uns aus einem unerforschlichen Grunde ein berühmter Meister seinen Namen? Alle diese Möglichkeiten erörterten wir in aufgeregtester Weise, selbst die verwegensten Hypothesen waren uns nicht verwegen genug, um die rätselhafte Scheu und das überraschende Bekenntnis des Fremden mit seiner doch unverkennbaren Spielkunst in Einklang zu bringen. In einer Hinsicht jedoch blieben wir alle einig: keinesfalls auf das Schauspiel eines neuerlichen Kampfes zu verzichten. Wir beschlossen, alles zu versuchen, damit unser Helfer am nächsten Tage eine Partie gegen Czentovic spiele, für deren materielles Risiko McConnor aufzukommen sich verpflichtete. Da sich inzwischen durch Umfrage beim Steward herausgestellt hatte, daß der Unbekannte ein Österreicher sei, wurde mir als seinem Landsmann der Auftrag zugeteilt, ihm unsere Bitte zu unterbreiten.

Ich benötigte nicht lange, um auf dem Promenadendeck den so eilig Entflüchteten aufzufinden. Er lag auf seinem Deckchair und las. Ehe ich auf ihn zutrat, nahm ich die Gelegenheit wahr, ihn zu betrachten. Der scharfgeschnittene Kopf ruhte in der Haltung leichter Ermüdung auf dem Kissen; abermals fiel mir die merkwürdige Blässe des verhältnismäßig jungen Gesichtes besonders auf, dem die Haare blendend weiß die Schläfen rahmten; ich hatte, ich weiß nicht warum, den Eindruck, dieser Mann müsse plötzlich gealtert sein. Kaum ich auf ihn zutrat, erhob er sich höflich und stellte sich mit einem Namen vor, der mir sofort vertraut war als der einer hochangesehenen altösterreichischen Familie. Ich erinnerte mich, daß ein Träger diese Namens zu dem engsten Freundeskreises Schuberts gehört hatte und auch einer der Leibärzte des alten Kaisers dieser Familie entstammte. Als ich Dr. B. unsere Bitte übermittelte, die Herausforderung Czentovics anzunehmen, war er sichtlich verblüfft. Es erwies sich, daß er keine Ahnung gehabt hatte, bei jener Partie einen Weltmeister, und gar den zur Zeit erfolgreichsten, ruhmreich bestanden zu haben. Aus irgendeinem Grunde schien diese Mitteilung auf ihn besonderen Eindruck zu machen, denn er erkundigte sich immer und immer wieder von neuem, ob ich dessen gewiß sei, daß sein Gegner tatsächlich ein anerkannter Weltmeister gewesen. Ich merkte bald, daß dieser Umstand meinen Auftrag erleichterte, und hielt es nur, seine Feinfühligkeit spürend, für ratsam, ihm zu verschweigen, daß das materielle Risiko einer allfälligen Niederlage zu Lasten von McConnors Kasse ginge. Nach längerem Zögern erklärte sich Dr. B. schließlich zu einem Match bereit, doch nicht ohne ausdrücklich gebeten zu haben, die anderen Herren nochmals zu warnen, sie möchten keineswegs auf sein Können übertriebene Hoffnungen setzen.

»Denn«, fügte er mit einem versonnenen Lächeln hinzu, »ich weiß wahrhaftig nicht, ob ich fähig bin, eine Schachpartie nach allen Regeln richtig zu spielen. Bitte glauben Sie mir, daß es keineswegs falsche Bescheidenheit war, wenn ich sagte, daß ich seit meiner Gymnasialzeit, also seit mehr als zwanzig Jahren, keine Schachfigur mehr berührt habe. Und selbst zu jener Zeit galt ich bloß als Spieler ohne sonderliche Begabung.«

Er sagte dies in einer so natürlichen Weise, daß ich nicht den leisesten Zweifel an seiner Aufrichtigkeit hegen durfte. Dennoch konnte ich nicht umhin, meiner Verwunderung Ausdruck zu geben, wie genau er an jede einzelne Kombination der verschiedensten Meister sich erinnern könne; immerhin müsse er sich doch wenigstens theoretisch mit Schach viel beschäftigt haben. Dr. B. lächelte abermals in jener merkwürdig traumhaften Art.

»Viel beschäftigt! – Weiß Gott, das kann man wohl sagen, daß ich mich mit Schach viel beschäftigt habe. Aber das geschah unter ganz besonderen, ja völlig einmaligen Umständen. Es war dies eine ziemlich komplizierte Geschichte, und sie könnte allenfalls als kleiner Beitrag gelten zu unserer lieblichen großen Zeit. Wenn Sie eine halbe Stunde Geduld haben ...«

Er hatte auf den Deckchair neben sich gedeutet. Gern folgte ich seiner Einladung. Wir waren ohne Nachbarn. Dr. B. nahm die Lesebrille von den Augen, legte sie zur Seite und begann:

»Sie waren so freundlich, zu äußern, daß Sie sich als Wiener des Namens meiner Familie erinnerten. Aber ich vermute, Sie werden kaum von der Rechtsanwaltskanzlei gehört haben, die ich gemeinsam mit meinem Vater und späterhin allein leitete, denn wir führten keine Causen, die publizistisch in der Zeitung abgehandelt wurden, und vermieden aus Prinzip neue Klienten. In Wirklichkeit hatten wir eigentlich gar keine richtige Anwaltspraxis mehr, sondern beschränkten uns ausschließlich auf die Rechtsberatung und vor allem Vermögensverwaltung der großen Klöster, denen mein Vater als früherer Abgeordneter der klerikalen Partei nahestand. Außerdem war uns – heute, da die Monarchie der Geschichte angehört, darf man wohl schon darüber sprechen – die Verwaltung der Fonds einiger Mitglieder der kaiserlichen Familie anvertraut. Diese Verbindung zum Hof und zum Klerus – mein Onkel war Leibarzt des Kaisers, ein anderer Abt in Seitenstetten – reichte schon zwei Generationen zurück; wir hatten sie nur zu erhalten, und es war eine stille, eine, möchte ich sagen, lautlose Tätigkeit, die uns durch dies ererbte Vertrauen zugeteilt war, eigentlich nicht viel mehr erfordernd als strengste Diskretion und Verläßlichkeit, zwei Eigenschaften, die mein verstorbener Vater im höchsten Maße besaß; ihm ist es tatsächlich gelungen, sowohl in den Inflationsjahren als in jenen des Umsturzes durch seine Umsicht seinen Klienten beträchtliche Vermögenswerte zu erhalten. Als dann Hitler in Deutschland ans Ruder kam und gegen den Besitz der Kirche und der Klöster seine Raubzüge begann, gingen auch von jenseits der Grenze mancherlei Verhandlungen und Transaktionen, um wenigstens den mobilen Besitz vor Beschlagnahme zu retten, durch unsere Hände, und von gewissen geheimen politischen Verhandlungen der Kurie und des Kaiserhauses wußten wir beide mehr, als die Öffentlichkeit je erfahren wird. Aber gerade die Unauffälligkeit unserer Kanzlei – wir führten nicht einmal ein

Schild an der Tür – sowie die Vorsicht, daß wir beide alle Monarchistenkreise ostentativ mieden, bot sichersten Schutz vor unberufenen Nachforschungen. De facto hat in all diesen Jahren keine Behörde in Österreich jemals vermutet, daß die geheimen Kuriere des Kaiserhauses ihre wichtigste Post immer gerade in unserer unscheinbaren Kanzlei im vierten Stock abholten oder abgaben.

Nun hatten die Nationalsozialisten, längst ehe sie ihre Armeen gegen die Welt aufrüsteten, eine andere ebenso gefährliche und geschulte Armee in allen Nachbarländern zu organisieren begonnen, die Legion der Benachteiligten, der Zurückgesetzten, der Gekränkten. In jedem Amt, in jedem Betrieb waren ihre sogenannten ›Zellen‹ eingenistet, an jeder Stelle bis hinauf in die Privatzimmer von Dollfuß und Schuschnigg saßen ihre Horchposten und Spione. Selbst in unserer unscheinbaren Kanzlei hatten sie, wie ich leider erst zu spät erfuhr, ihren Mann. Es war freilich nicht mehr als ein jämmerlicher und talentloser Kanzlist, den ich auf Empfehlung eines Pfarrers einzig deshalb angestellt hatte, um der Kanzlei nach außen hin den Anschein eines regulären Betriebes zu geben; in Wirklichkeit verwendeten wir ihn zu nichts anderem als zu unschuldigen Botengängen, ließen ihn das Telephon bedienen und die Akten ordnen, das heißt jene Akten, die völlig gleichgültig und unbedenklich waren. Die Post durfte er niemals öffnen, alle wichtigen Briefe schrieb ich, ohne Kopien zu hinterlegen, eigenhändig mit der Maschine, jedes wesentliche Dokument nahm ich selbst nach Hause und verlegte geheime Besprechungen ausschließlich in die Priorei des Klosters oder in das Ordinationszimmer meines Onkels. Dank dieser Vorsichtsmaßnahmen bekam dieser Horchposten von den wesentlichen Vorgängen nichts zu sehen; aber durch einen unglücklichen Zufall mußte der ehrgeizige und eitle Bursche bemerkt haben, daß man ihm mißtraute und hinter seinem Rücken allerlei Interessantes geschah. Vielleicht hat einmal in meiner Abwesenheit einer der Kuriere unvorsichtigerweise von ›Seiner Majestät‹ gesprochen, statt, wie vereinbart, vom ›Baron Bern‹, oder der Lump mußte Briefe widerrechtlich geöffnet haben – jedenfalls holte er sich, ehe ich Verdacht schöpfen konnte, von München oder Berlin Auftrag, uns zu überwachen. Erst viel später, als ich längst in Haft saß, erinnerte ich mich, daß seine anfängliche Lässigkeit im Dienst sich in den letzten Monaten in plötzlichen Eifer verwandelt und er sich mehrfach beinahe zudringlich angeboten hatte, meine Korrespondenz zur Post zu bringen. Ich kann mich von einer gewissen Unvorsichtigkeit also nicht freisprechen, aber sind schließlich nicht auch die größten Diplomaten und Militärs von der Hitlerei heimtückisch überspielt worden? Wie genau und liebevoll die Gestapo mir längst ihre Aufmerksamkeit zugewandt hatte, erwies dann äußerst handgreiflich der Umstand, daß noch am selben Abend, da Schuschnigg seine Abdankung bekanntgab, und einen Tag, ehe Hitler in Wien einzog, ich bereits von SS-Leuten festgenommen war. Es war mir glücklicherweise noch gelungen, die allerwichtigsten Papiere zu verbrennen, kaum ich die Abschiedsrede Schuschniggs gehört, und den Rest der Dokumente mit den unentbehrlichen Belegen für die im Ausland deponierten Vermögenswerte der Klöster und zweier Erzherzöge schickte ich – wirklich in der letzten Minute, ehe die Burschen mir die Tür einhämmerten – in einem Wäschekorb versteckt durch meine alte, verläßliche Haushälterin zu meinem Onkel hinüber.«

Dr. B. unterbrach, um sich eine Zigarre anzuzünden. Bei dem aufflackernden Licht bemerkte ich, daß ein nervöses Zucken um seinen rechten Mundwinkel lief, das mir schon vorher aufgefallen war und, wie ich beobachten konnte, sich jede paar Minuten wiederholte. Es war nur eine flüchtige Bewegung, kaum stärker als ein Hauch, aber sie gab dem ganzen Gesicht eine merkwürdige Unruhe.

»Sie vermuten nun wahrscheinlich, daß ich Ihnen jetzt vom Konzentrationslager erzählen werde, in das doch alle jene übergeführt wurden, die unserem alten Österreich die Treue gehalten, von den Erniedrigungen, Martern, Torturen, die ich dort erlitten. Aber nichts dergleichen geschah. Ich kam in eine andere Kategorie. Ich wurde nicht zu jenen Unglücklichen getrieben, an denen man mit körperlichen und seelischen Erniedrigungen ein lang aufgespartes Ressentiment austobte, sondern jener anderen, ganz kleinen Gruppe zugeteilt, aus der die Nationalsozialisten entweder Geld oder wichtige Informationen herauszupressen hofften. An sich war meine bescheidene Person natürlich der Gestapo völlig uninteressant. Sie mußte aber erfahren haben, daß wir die Strohmänner, die Verwalter und Vertrauten ihrer erbittertsten Gegner gewesen, und was sie von mir zu erpressen hofften, war belastendes Material: Material gegen die Klöster, denen sie Vermögensschiebungen nachweisen wollten, Material gegen die kaiserliche Familie und all jene, die in Österreich sich aufopfernd für die Monarchie eingesetzt. Sie vermuteten – und wahrhaftig nicht zu Unrecht –, daß von jenen Fonds, die durch unsere Hände gegangen waren, wesentliche Bestände sich noch, ihrer Raublust unzugänglich, versteckten; sie holten mich darum gleich am ersten Tag heran, um mit ihren bewährten Methoden mir diese Geheimnisse abzuzwingen. Leute meiner Kategorie, aus denen wichtiges Material oder Geld herausgepreßt werden sollte, wurden deshalb nicht in Konzentrationslager abgeschoben, sondern für eine besondere Behandlung aufgespart. Sie erinnern sich vielleicht, daß unser Kanzler und andererseits der Baron Rothschild, dessen Verwandten sie Millionen abzunötigen hofften, keineswegs hinter Stacheldraht in ein Gefangenenlager gesetzt wurden, sondern unter scheinbarer Bevorzugung in ein Hotel, das Hotel Metropole, das zugleich Hauptquartier der Gestapo war, übergeführt, wo jeder ein abgesondertes Zimmer erhielt. Auch mir unscheinbarem Mann wurde diese Auszeichnung erwiesen.

Ein eigenes Zimmer in einem Hotel – nicht wahr, das klingt an sich äußerst human? Aber Sie dürfen mir glauben, daß man uns keineswegs eine humanere, sondern nur eine raffiniertere Methode zudachte, wenn man uns ›Prominente‹ nicht zu zwanzig in eine eiskalte Baracke stopfte, sondern in einem leidlich geheizten und separaten Hotelzimmer behauste. Denn die Pression, mit der man uns das benötigte ›Material‹ abzwingen wollte, sollte auf subtilere Weise funktionieren als durch rohe Prügel oder körperliche Folterung: durch die denkbar raffinierteste Isolierung. Man tat uns nichts – man stellte uns nur in das vollkommene Nichts, denn bekanntlich erzeugt kein Ding auf Erden einen solchen Druck auf die menschliche Seele wie das Nichts. Indem man uns jeden einzeln in ein völliges Vakuum sperrte, in ein Zimmer, das hermetisch von der Außenwelt abgeschlossen war, sollte, statt von außen durch Prügel und Kälte, jener Druck von innen erzeugt werden, der uns schließlich die Lippen aufsprengte. Auf den ersten Blick sah das mir angewiesene Zimmer durchaus nicht unbehaglich aus. Es hatte eine Tür, ein Bett, einen Sessel, eine Waschschüssel, ein vergittertes Fenster. Aber die Tür blieb Tag und Nacht verschlossen, auf dem Tisch durfte kein Buch, keine Zeitung, kein Blatt Papier, kein Bleistift liegen, das Fenster starrte eine Feuermauer an; rings um mein Ich und selbst an meinem eigenen Körper war das vollkommene Nichts konstruiert. Man hatte mir jeden Gegenstand abgenommen, die Uhr, damit ich nicht wisse um die Zeit, den Bleistift, daß ich nicht etwa schreiben könne, das Messer, damit ich mir nicht die Adern öffnen könne; selbst die kleinste Betäubung wie eine Zigarette wurde mir versagt. Nie sah ich außer dem Wärter, der kein Wort sprechen und auf keine Frage antworten durfte, ein menschliches Gesicht, nie hörte ich eine menschliche Stimme; Auge, Ohr, alle Sinne bekamen von morgens bis nachts und von nachts bis morgens nicht die geringste Nahrung, man blieb mit sich, mit seinem Körper und den vier oder fünf stummen Gegenständen Tisch, Bett, Fenster, Waschschüssel rettungslos allein; man lebte wie ein Taucher unter der Glasglocke im schwarzen Ozean dieses Schweigens und wie ein Taucher sogar, der schon ahnt, daß das Seil nach der Außenwelt abgerissen ist und er nie zurückgeholt werden wird auf der lautlosen Tiefe. Es gab nichts zu tun, nichts zu hören, nichts zu sehen, überall und ununterbrochen war um einen das Nichts, die völlige raumlose und zeitlose Leere. Man ging auf und ab, und mit einem gingen die Gedanken auf und ab, auf und ab, immer wieder. Aber selbst Gedanken, so substanzlos sie scheinen, brauchen einen Stützpunkt, sonst beginnen sie zu rotieren und sinnlos um sich selbst zu kreisen; auch sie ertragen nicht das Nichts. Man wartete auf etwas, von morgens bis abends, und es geschah nichts. Man wartete wieder und wieder. Es geschah nichts. Man wartete, wartete, wartete, man dachte, dachte, man dachte, bis einem die Schläfen schmerzten. Nichts geschah. Man blieb allein. Allein. Allein.

Das dauerte vierzehn Tage, die ich außerhalb der Zeit, außerhalb der Welt lebte. Wäre damals ein Krieg ausgebrochen, ich hätte es nicht erfahren; meine Welt bestand doch nur aus Tisch, Tür, Bett, Waschschüssel, Sessel, Fenster und Wand, und immer starrte ich auf dieselbe Tapete an derselben Wand; jede Linie ihres gezackten Musters hat sich wie mit ehernem Stichel eingegraben bis in die innerste Falte meines Gehirns, so oft habe ich sie angestarrt. Dann endlich begannen die Verhöre. Man wurde plötzlich abgerufen, ohne recht zu wissen, ob es Tag war oder Nacht. Man wurde gerufen und durch ein paar Gänge geführt, man wußte nicht wohin; dann wartete man irgendwo und wußte nicht wo und stand plötzlich vor einem Tisch, um den ein paar uniformierte Leute saßen. Auf dem Tisch lag ein Stoß Papier: die Akten, von denen man nicht wußte, was sie enthielten, und dann begannen die Fragen, die echten und die falschen, die klaren und die tückischen, die Deckfragen und Fangfragen, und während man antwortete, blätterten fremde, böse Finger in den Papieren, von denen man nicht wußte, was sie enthielten, und fremde, böse Finger schrieben etwas in ein Protokoll, und man wußte nicht, was sie schrieben. Aber das Fürchterlichste bei diesen Verhören für mich war, daß ich nie erraten und errechnen konnte, was die Gestapoleute von den Vorgängen in meiner Kanzlei tatsächlich wußten und was sie erst aus mir herausholen wollten. Wie ich Ihnen bereits sagte, hatte ich die eigentlich belastenden Papiere meinem Onkel in letzter Stunde durch die Haushälterin geschickt. Aber hatte er sie erhalten? Hatte er sie nicht erhalten? Und wieviel hatte jener Kanzlist verraten? Wieviel hatten sie an Briefen aufgefangen, wieviel inzwischen in den deutschen Klöstern, die wir vertraten, einem ungeschickten Geistlichen vielleicht schon abgepreßt? Und sie fragten und fragten. Welche Papiere ich für jenes Kloster gekauft, mit welchen Banken ich korrespondiert, ob ich einen Herrn Soundso kenne oder nicht, ob ich Briefe aus der Schweiz erhalten und aus Steenookerzeel? Und da ich nie errechnen konnte, wieviel sie schon ausgekundschaftet hatten, wurde jede Antwort zur ungeheuersten Verantwortung. Gab ich etwas zu, was ihnen nicht bekannt war, so lieferte ich vielleicht unnötig jemanden ans Messer. Leugnete ich zuviel ab, so schädigte ich mich selbst.

Aber das Verhör war noch nicht das Schlimmste. Das Schlimmste war das Zurückkommen nach dem Verhör in mein Nichts, in dasselbe Zimmer mit demselben Tisch, demselben Bett, derselben Waschschüssel, derselben Tapete. Denn kaum allein mit mir, versuchte ich zu rekonstruieren, was ich am klügsten hätte antworten sollen und was ich das nächste Mal sagen müßte, um den Verdacht wieder abzulenken, den ich vielleicht mit einer unbedachten Bemerkung heraufbeschworen. Ich überlegte, ich durchdachte, ich durchforschte, ich überprüfte meine eigene Aussage auf jedes Wort, das ich dem Untersuchungsrichter gesagt, ich rekapitulierte jede Frage, die sie gestellt, jede Antwort, die sie gegeben, ich versuchte zu erwägen, was sie davon protokolliert haben könnten, und wußte doch, daß ich das nie errechnen und erfahren könnte. Aber diese Gedanken, einmal angekurbelt im leeren Raum, hörten nicht auf, im Kopf zu rotieren, immer wieder von neuem, in immer anderen Kombinationen, und das ging hinein bis in den Schlaf; jedesmal nach einer Vernehmung durch die Gestapo übernahmen ebenso unerbittlich meine eigenen Gedanken die Marter des Fragens und Forschens und Quälens, und vielleicht noch grausamer sogar, denn jene Vernehmungen endeten doch immerhin nach einer Stunde, und diese nie, dank der tückischen Tortur dieser Einsamkeit. Und immer um mich nur der Tisch, der Schrank, das Bett, die Tapete, das Fenster, keine Ablenkung, kein Buch, keine Zeitung, kein fremdes Gesicht, kein Bleistift, um etwas zu notieren, kein Zündholz, um damit zu spielen, nichts, nichts, nichts. Jetzt erst gewahrte ich, wie teuflisch sinnvoll, wie psychologisch mörderisch erdacht dieses System des Hotelzimmers war. Im Konzentrationslager hätte man vielleicht Steine karren müssen, bis einem die Hände bluteten und die Füße in den Schuhen abfroren, man wäre zusammengepackt gelegen mit zwei Dutzend Menschen in Stank und Kälte. Aber man hätte Gesichter gesehen, man hätte ein Feld, einen Karren, einen Baum, einen Stern, irgend, irgend etwas anstarren können, indes hier immer dasselbe um einen stand, immer dasselbe, das entsetzliche Dasselbe. Hier war nichts, was mich ablenken konnte von meinen Gedanken, von meinen Wahnvorstellungen, von meinem krankhaften Rekapitulieren. Und gerade das beabsichtigten sie – ich sollte doch würgen und würgen an meinen Gedanken, bis sie mich erstickten und ich nicht anders konnte, als sie schließlich ausspeien, als auszusagen, alles auszusagen, was sie wollten, endlich das Material und die Menschen auszuliefern. Allmählich spürte ich, wie meine Nerven unter diesem gräßlichen Druck des Nichts sich zu lockern begannen, und ich spannte, der Gefahr bewußt, bis zum Zerreißen meine Nerven, irgendeine Ablenkung zu finden oder zu erfinden. Um mich zu beschäftigen, versuchte ich alles, was ich jemals auswendig gelernt, zu rezitieren und zu rekonstruieren, die Volkshymne und die Spielreime der Kinderzeit, den Homer des Gymnasiums, die Paragraphen des Bürgerlichen Gesetzbuches. Dann versuchte ich zu rechnen, beliebige Zahlen zu addieren, zu dividieren, aber mein Gedächtnis hatte im Leeren keine festhaltende Kraft. Ich konnte mich auf nichts konzentrieren. Immer fuhr und flackerte derselbe Gedanke dazwischen: Was wissen sie? Was habe ich gestern gesagt, was muß ich das nächste Mal sagen?

Dieser eigentlich unbeschreibbare Zustand dauerte vier Monate. Nun – vier Monate, das schreibt sich leicht hin: nicht mehr als ein Buchstabe! Das spricht sich leicht aus: vier Monate – vier Silben. In einer Viertelstunde hat die Lippe rasch so einen Laut artikuliert: vier Monate! Aber niemand kann schildern, kann messen, kann veranschaulichen, nicht einem andern, nicht sich selbst, wie lange eine Zeit im Raumlosen, im Zeitlosen währt, und keinem kann man erklären, wie es einen zerfrißt und zerstört, dieses Nichts und Nichts und Nichts um einen, dies immer nur Tisch und Bett und Waschschüssel und Tapete, und immer das Schweigen, immer derselbe Wärter, der, ohne einen anzusehen, das Essen hereinschiebt, immer dieselben Gedanken, die im Nichts um das eine kreisen, bis man irre wird. An kleinen Zeichen wurde ich beunruhigt gewahr, daß mein Gehirn in Unordnung geriet. Im Anfang war ich bei den Vernehmungen noch innerlich klar gewesen, ich hatte ruhig und überlegt ausgesagt; jenes Doppeldenken, was ich sagen sollte und was nicht, hatte noch funktioniert. Jetzt konnte ich die einfachsten Sätze nur mehr stammelnd artikulieren, denn während ich aussagte, starrte ich hypnotisiert auf die Feder, die protokollierend über das Papier lief, als wollte ich meinen eigenen Worten nachlaufen. Ich spürte, meine Kraft ließ nach, ich spürte, immer näher rückte der Augenblick, in dem ich, um mich zu retten, alles sagen würde, was ich wußte und vielleicht noch mehr, in dem ich, um dem Würgen dieses Nichts zu entkommen, zwölf Menschen und ihre Geheimnisse verraten würde, ohne mir selbst damit mehr zu schaffen als einen Atemzug Rast. An einem Abend war es wirklich schon so weit: als der Wärter zufällig in diesem Augenblick des Erstikkens mir das Essen brachte, schrie ich ihm plötzlich nach: ›Führen Sie mich zur Vernehmung! Ich will alles sagen! Ich will alles aussagen! Ich will sagen, wo die Papiere sind, wo das Geld liegt! Alles werde ich sagen, alles!‹ Glücklicherweise hörte er mich nicht mehr. Vielleicht wollte er mich auch nicht hören.

In dieser äußersten Not ereignete sich nun etwas Unvorhergesehenes, was Rettung bot, Rettung zum mindesten für eine gewisse Zeit. Es war Ende Juli, ein dunkler, verhangener, regnerischer Tag: ich erinnere mich an diese Einzelheit deshalb ganz genau, weil der Regen gegen die Scheiben im Gang trommelte, durch den ich zur Vernehmung geführt wurde. Im Vorzimmer des Untersuchungsrichters mußte ich warten. Immer mußte man bei jeder Vorführung warten: auch dieses Wartenlassen gehörte zur Technik. Erst riß man einem die Nerven auf durch den Anruf, durch das plötzliche Abholen aus der Zelle mitten in der Nacht, und dann, wenn man schon eingestellt war auf die Vernehmung, schon Verstand und Willen gespannt hatte zum Widerstand, ließen sie einen warten, sinnlos, sinnlos warten, eine Stunde, zwei Stunden, drei Stunden vor der Vernehmung, um den Körper müde und die Seele mürbe zu machen. Und man ließ mich besonders lange warten an diesem Donnerstag, dem 27. Juli, zwei geschlagene Stunden im Vorzimmer stehend warten; ich erinnere mich auch an dieses Datum aus einem bestimmten Grunde so genau, denn in diesem Vorzimmer, wo ich – selbstverständlich, ohne mich niedersetzen zu dürfen – zwei Stunden mir die Beine in den Leib stehen mußte, hing ein Kalender, und ich vermag Ihnen nicht zu erklären, wie ich meinem Hunger nach Gedrucktem, nach Geschriebenen ich diese eine Zahl, diese wenigen Worte ›27. Juli‹ an der Wand anstarrte und anstarrte; ich fraß sie gleichsam in mein Gehirn hinein. Und dann wartete ich wieder und wartete und starrte auf die Tür, wann sie sich endlich öffnen würde, und überlegte zugleich, was die Inquisitoren mich diesmal fragen könnten, und wußte doch, daß sie mich etwas ganz anderes fragen würden, als worauf ich mich vorbereitete. Aber trotz alledem war die Qual dieses Wartens und Stehens zugleich eine Wohltat, eine Lust, weil dieser Raum immerhin ein anderes Zimmer war als das meine, etwas größer und mit zwei Fenstern statt einem, und ohne das Bett und ohne die Waschschüssel und ohne den bestimmten Riß am Fensterbrett, den ich millionenmal betrachtet. Die Tür war anders gestrichen, ein anderer Sessel stand an der Wand und links ein Registerschrank mit Akten sowie eine Garderobe mit Aufhängern, an denen drei oder vier nasse Militärmäntel, die Mäntel meiner Folterknechte, hingen. Ich hatte also etwas Neues, etwas anderes zu betrachten, endlich einmal etwas anderes mit meinen ausgehungerten Augen, und sie krallten sich gierig an jede Einzelheit. Ich beobachtete an den Mänteln jede Falte, ich bemerkte zum Beispiel einen Tropfen, der von einem der nassen Kragen niederhing, und so lächerlich es für Sie klingen mag, ich wartete mit einer unsinnigen Erregung, ob dieser Tropfen endlich abrinnen wollte, die Falte entlang, oder ob er noch gegen die Schwerkraft sich wehren und länger haften bleiben würde – ja, ich starrte und starrte minutenlang atemlos auf diesen Tropfen, als hinge mein Leben daran. Dann, als er endlich niedergerollt war, zählte ich wieder die Knöpfe auf den Mänteln nach, acht an dem einen Rock, acht an dem andern, zehn an dem dritten, dann wieder verglich ich die Aufschläge; alle diese lächerlichen, unwichtigen Kleinigkeiten betasteten, umspielten, umgriffen meine verhungerten Augen mit einer Gier, die ich nicht zu beschreiben vermag. Und plötzlich blieb mein Blick starr an etwas haften. Ich hatte entdeckt, daß an einem der Mäntel die Seitentasche etwas aufgebauscht war. Ich trat näher heran und glaubte an der rechteckigen Form der Ausbuchtung zu erkennen, was diese etwas geschwellte Tasche in sich barg: ein Buch! Mir begannen die Knie zu zittern: ein BUCH! Vier Monate lang hatte ich kein Buch in der Hand gehabt, und schon die bloße Vorstellung eines Buches, in dem man aneinandergereihte Worte sehen konnte, Zeilen, Seiten und Blätter, eines Buches, aus dem man andere, neue, fremde, ablenkende Gedanken lesen, verfolgen, sich ins Hirn nehmen könnte, hatte etwas Berauschendes und gleichzeitig Betäubendes. Hypnotisiert starrten meine Augen auf die kleine Wölbung, die jenes Buch innerhalb der Tasche formte, sie glühten diese eine unscheinbare Stelle an, als ob sie ein Loch in den Mantel brennen wollten. Schließlich konnte ich meine Gier nicht verhalten; unwillkürlich schob ich mich näher heran. Schon der Gedanke, ein Buch durch den Stoff mit den Händen wenigstens antasten zu können, machte mir die Nerven in den Fingern bis zu den Nägeln glühen. Fast ohne es zu wissen, drückte ich mich immer näher heran. Glücklicherweise achtete der Wärter nicht auf mein gewiß sonderbares Gehaben; vielleicht auch schien es ihm nur natürlich, daß ein Mensch nach zwei Stunden aufrechten Stehens sich ein wenig an die Wand lehnen wollte. Schließlich stand ich schon ganz nahe bei dem Mantel, und mit Absicht hatte ich die Hände hinter mich auf den Rücken gelegt, damit sie unauffällig den Mantel berühren könnten. Ich tastete den Stoff an und fühlte tatsächlich durch den Stoff etwas Rechteckiges, etwas, das biegsam war und leise knisterte – ein Buch! Ein Buch! Und wie ein Schuß durchzuckte mich der Gedanke: stiehl dir das Buch! Vielleicht gelingt es, und du kannst dir's in der Zelle verstecken und dann lesen, lesen, lesen, endlich wieder einmal lesen! Der Gedanke, kaum in mich gedrungen, wirkte wie ein starkes Gift; mit einemmal begannen mir die Ohren zu brausen und das Herz zu hämmern, meine Hände wurden eiskalt und gehorchten nicht mehr. Aber nach der ersten Betäubung drängte ich mich leise und listig noch näher an den Mantel, ich drückte, immer dabei den Wächter fixierend, mit den hinter dem Rücken versteckten Händen das Buch von unten aus der Tasche höher und höher. Und dann: ein Griff, ein leichter, vorsichtiger Zug, und plötzlich hatte ich das kleine, nicht sehr umfangreiche Buch in der Hand. Jetzt erst erschrak ich vor meiner Tat. Aber ich konnte nicht mehr zurück. Jedoch wohin damit? Ich schob den Band hinter meinem Rücken unter die Hose an die Stelle, wo sie der Gürtel hielt, und von dort allmählich hinüber an die Hüfte, damit ich es beim Gehen mit der Hand militärisch an der Hosennaht festhalten könnte. Nun galt es die erste Probe. Ich trat von der Garderobe weg, einen Schritt, zwei Schritte, drei Schritte. Es ging. Es war möglich, das Buch im Gehen festzuhalten, wenn ich nur die Hand fest an den Gürtel preßte.

Dann kam die Vernehmung. Sie erforderte meinerseits mehr Anstrengung als je, denn eigentlich konzentrierte ich meine ganze Kraft, während ich antwortete, nicht auf meine Aussage, sondern vor allem darauf, das Buch unauffällig festzuhalten. Glücklicherweise fiel das Verhör diesmal kurz aus, und ich brachte das Buch heil in mein Zimmer – ich will Sie nicht aufhalten mit all den Einzelheiten, denn einmal rutschte es von der Hose gefährlich ab mitten im Gang, und ich mußte einen schweren Hustenanfall simulieren, um mich niederzubücken und es wieder heil unter den Gürtel zurückzuschieben. Aber welch eine Sekunde dafür, als ich damit in meine Hölle zurücktrat, endlich allein und doch nie mehr allein!

Nun vermuten Sie wahrscheinlich, ich hätte sofort das Buch gepackt, betrachtet, gelesen. Keineswegs! Erst wollte ich die Vorlust auskosten, daß ich ein Buch bei mir hatte, die künstlich verzögernde und meine Nerven wunderbar erregende Lust, mir auszuträumen, welche Art Buch dies gestohlene am liebsten sein sollte: sehr eng gedruckt vor allem, viele viele Lettern enthaltend, viele, viele dünne Blätter, damit ich länger daran zu lesen hätte. Und dann wünschte ich mir, es sollte ein Werk sein, das mich geistig anstrengte, nichts Flaches, nichts Leichtes, sondern etwas, das man lernen, auswendig lernen konnte, Gedichte und am besten – welcher verwegene Traum! – Goethe oder Homer. Aber schließlich konnte ich meine Gier, meine Neugier nicht länger verhalten. Hingestreckt auf das Bett, so daß der Wärter, wenn er plötzlich die Tür aufmachen sollte, mich nicht ertappen könnte, zog ich zitternd unter dem Gürtel den Band heraus.

Der erste Blick war eine Enttäuschung und sogar eine Art erbitterter Ärger: dieses mit so ungeheurer Gefahr erbeutete, mit so glühender Erwartung aufgesparte Buch war nichts anderes als ein Schachrepetitorium, eine Sammlung von hundertfünfzig Meisterpartien. Wäre ich nicht verriegelt, verschlossen gewesen, ich hätte im ersten Zorn das Buch durch ein offenes Fenster geschleudert, denn was sollte, was konnte ich mit diesem Nonsens beginnen? Ich hatte als Knabe im Gymnasium wie die meisten anderen mich ab und zu aus Langeweile vor einem Schachbrett versucht. Aber was sollte mir dieses theoretische Zeug? Schach kann man doch nicht spielen ohne einen Partner und schon gar nicht ohne Steine, ohne Brett. Verdrossen blätterte ich die Seiten durch, um vielleicht dennoch etwas Lesbares zu entdecken, eine Einleitung, eine Anleitung; aber ich fand nichts als die nackten quadratischen Diagramme der einzelnen Meisterpartien und darunter mir zunächst unverständliche Zeichen, a2–a3, Sf1–g3 und so weiter. Alles das schien mir eine Art Algebra, zu der ich keinen Schlüssel fand. Erst allmählich enträtselte ich, daß die Buchstaben a, b, c für die Längsreihen, die Ziffern 1 bis 8 für die Querreihen eingesetzt waren und den jeweiligen Stand der einzelnen Figur bestimmten; damit bekamen die rein graphischen Diagramme immerhin eine Sprache. Vielleicht, überlegte ich, könnte ich mir in meiner Zelle eine Art Schachbrett konstruieren und dann versuchen, diese Partien nachzuspielen; wie ein himmlischer Wink erschien es mir, daß mein Bettuch sich zufällig als grob kariert erwies. Richtig zusammengefaltet, ließ es sich am Ende so legen, um vierundsechzig Felder zusammenzubekommen. Ich versteckte also zunächst das Buch unter der Matratze und riß die erste Seite heraus. Dann begann ich aus kleinen Krümeln, die ich mir von meinem Brot absparte, in selbstverständlich lächerlich unvollkommener Weise die Figuren des Schachs, König, Königin und so weiter, zurechtzumodeln; nach endlosem Bemühen konnte ich es schließlich unternehmen, auf dem karierten Bettuch die im Schachbuch abgebildeten Positionen zu rekonstruieren. Als ich aber versuchte, die ganze Partie nachzuspielen, mißlang es zunächst vollkommen mit meinen lächerlichen Krümelfiguren, von denen ich zur Unterscheidung die eine Hälfte mit Staub dunkler gefärbt hatte. Ich verwirrte mich in den ersten Tagen unablässig; fünfmal, zehnmal, zwanzigmal mußte ich diese eine Partie immer wieder von Anfang beginnen. Aber wer auf Erden verfügte über so viel ungenutzte und nutzlose Zeit wie ich, der Sklave des Nichts, wem stand so viel unermeßliche Gier und Geduld zu Gebot? Nach sechs Tagen spielte ich schon die Partie tadellos zu Ende, nach weiteren acht Tagen benötigte ich nicht einmal die Krümel auf dem Bettuch mehr, um mir die Positionen aus dem Schachbuch zu vergegenständlichen, und nach weiteren acht Tagen wurde auch das karierte Bettuch entbehrlich; automatisch verwandelten sich die anfangs abstrakten Zeichen des Buches a1, a2, c7, c8 hinter meiner Stirn zu visuellen, zu plastischen Positionen. Die Umstellung war restlos gelungen: ich hatte das Schachbrett mit seinen Figuren nach innen projiziert und überblickte auch dank der bloßen Formeln die jeweilige Position, so wie einem geübten Musiker der bloße Anblick der Partitur schon genügt, um alle Stimmen und ihren Zusammenklang zu hören. Nach weiteren vierzehn Tagen war ich mühelos imstande, jede Partie aus dem Buch auswendig – oder, wie der Fachausdruck lautet: blind – nachzuspielen; jetzt erst begann ich zu verstehen, welche unermeßliche Wohltat mein frecher Diebstahl mir eroberte. Denn ich hatte mit einemmal Tätigkeit – eine sinnlose, eine zwecklose, wenn Sie wollen, aber doch eine, die das Nichts um mich zunichte machte, ich besaß mit den hundertfünfzig Turnierpartien eine wunderbare Waffe gegen die erdrückende Monotonie des Raumes und der Zeit. Um mir den Reiz der neuen Beschäftigung ungebrochen zu bewahren, teilte ich mir von nun ab jeden Tag genau ein: zwei Partien morgens, zwei Partien nachmittags, abends dann noch eine rasche Wiederholung. Damit war mein Tag, der sich sonst wie Gallert formlos dehnte, ausgefüllt, ich war beschäftigt, ohne mich zu ermüden, denn das Schachspiel besitzt den wunderbaren Vorzug, durch Bannung der geistigen Energien auf ein engbegrenztes Feld selbst bei anstrengendster Denkleistung das Gehirn nicht zu erschlaffen, sondern eher seine Agilität und Spannkraft zu schärfen. Allmählich begann bei dem zuerst bloß mechanischen Nachspielen der Meisterpartien ein künstlerisches, ein lusthaftes Verständnis in mir zu erwachen. Ich lernte die Feinheiten, die Tücken und Schärfen in Angriff und Verteidigung verstehen, ich erfaßte die Technik des Vorausdenkens, Kombinierens, Ripostierens und erkannte bald die persönliche Note jedes einzelnen Schachmeisters in seiner individuellen Führung so unfehlbar, wie man Verse eines Dichters schon aus wenigen Zeilen feststellt; was als bloß zeitfüllende Beschäftigung begonnen, wurde Genuß, und die Gestalten der großen Schachstrategen, wie Aljechin, Lasker, Bogoljubow, Tartakower, traten als geliebte Kameraden in meine Einsamkeit. Unendliche Abwechslung beseelte täglich die stumme Zelle, und gerade die Regelmäßigkeit meiner Exerzitien gab meiner Denkfähigkeit die schon erschütterte Sicherheit zurück; ich empfand mein Gehirn aufgefrischt und durch die ständige Denkdisziplin sogar noch gleichsam neu geschliffen. Daß ich klarer und konzentrierter dachte, erwies sich vor allem bei den Vernehmungen; unbewußt hatte ich mich auf dem Schachbrett in der Verteidigung gegen falsche Drohungen und verdeckte Winkelzüge vervollkommnet; von diesem Zeitpunkt an gab ich mir bei den Vernehmungen keine Blöße mehr, und mir dünkte sogar, daß die Gestapoleute mich allmählich mit einem gewissen Respekt zu betrachten begannen. Vielleicht fragten sie sich im stillen, da sie alle anderen zusammenbrechen sahen, aus welchen geheimen Quellen ich allein die Kraft solch unerschütterlichen Widerstandes schöpfte.

Diese meine Glückszeit, da ich die hundertfünfzig Partien jenes Buches Tag für Tag systematisch nachspielte, dauerte etwa zweieinhalb bis drei Monate. Dann geriet ich unvermuteterweise an einen toten Punkt. Plötzlich stand ich neuerdings vor dem Nichts. Denn sobald ich jede einzelne Partie zwanzig- oder dreißigmal durchgespielt hatte, verlor sie den Reiz der Neuheit, der Überraschung, ihre vordem so aufregende, so anregende Kraft war erschöpft. Welchen Sinn hatte es, nochmals und nochmals Partien zu wiederholen, die ich Zug um Zug längst auswendig kannte? Kaum ich die erste Eröffnung getan, klöppelte sich ihr Ablauf gleichsam automatisch in mir ab, es gab keine Überraschung mehr, keine Spannungen, keine Probleme. Um mich zu beschäftigen, um mir die schon unentbehrlich gewordene Anstrengung und Ablenkung zu schaffen, hätte ich eigentlich ein anderes Buch mit andern Partien gebraucht. Da dies aber vollkommen unmöglich war, gab es nur einen Weg auf dieser sonderbaren Irrbahn; ich mußte mir statt der alten Partien neue erfinden. Ich mußte versuchen, mit mir selbst oder vielmehr gegen mich selbst zu spielen.

Ich weiß nun nicht, bis zu welchem Grade Sie über die geistige Situation bei diesem Spiel der Spiele nachgedacht haben. Aber schon die flüchtigste Überlegung dürfte ausreichen, um klarzumachen, daß beim Schach als einem reinen, vom Zufall abgelösten Denkspiel es logischerweise eine Absurdität bedeutet, gegen sich selbst spielen zu wollen. Das Attraktive des Schachs beruht doch im Grunde einzig darin, daß sich seine Strategie in zwei verschiedenen Gehirnen verschieden entwickelt, daß in diesem geistigen Kriege Schwarz die jeweiligen Manöver von Weiß nicht kennt und ständig zu erraten und zu durchkreuzen sucht, während seinerseits wiederum Weiß die geheimen Absichten von Schwarz zu überholen und parieren strebt. Bildeten nun Schwarz und Weiß ein und dieselbe Person, so ergäbe sich der widersinnige Zustand, daß ein und dasselbe Gehirn gleichzeitig etwas wissen und doch nicht wissen sollte, daß es als Partner Weiß funktionierend, auf Kommando völlig vergessen könnte, was es eine Minute vorher als Partner Schwarz gewollt und beabsichtigt. Ein solches Doppeldenken setzt eigentlich eine vollkommene Spaltung des Bewußtseins voraus, ein beliebiges Auf- und Abblendenkönnen der Gehirnfunktion wie bei einem mechanischen Apparat; gegen sich selbst spielen zu wollen, bedeutet also im Schach eine solche Paradoxie, wie über seinen eigenen Schatten zu springen.

Nun, um mich kurz zu fassen, diese Unmöglichkeit, diese Absurdität habe ich in meiner Verzweiflung monatelang versucht. Aber ich hatte keine Wahl als diesen Widersinn, um nicht dem puren Irrsinn oder einem völligen geistigen Marasmus zu verfallen. Ich war durch meine fürchterliche Situation gezwungen, diese Spaltung in ein Ich Schwarz und ein Ich Weiß zumindest zu versuchen, um nicht erdrückt zu werden von dem grauenhaften Nichts um mich.«

Dr. B. lehnte sich zurück in den Liegestuhl und schloß für eine Minute die Augen. Es war, als ob er eine verstörende Erinnerung gewaltsam unterdrücken wollte. Wieder lief das merkwürdige Zucken, das er nicht zu beherrschen wußte, um den linken Mundwinkel. Dann richtete er sich in seinem Lehnstuhl etwas höher auf.

»So – bis zu diesem Punkte hoffe ich, Ihnen alles ziemlich verständlich erklärt zu haben. Aber ich bin leider keineswegs gewiß, ob ich das Weitere Ihnen noch ähnlich deutlich veranschaulichen kann. Denn diese neue Beschäftigung erforderte eine so unbedingte Anspannung des Gehirns, daß sie jede gleichzeitige Selbstkontrolle unmöglich machte. Ich deutete Ihnen schon an, daß meiner Meinung nach es an sich schon Nonsens bedeutet, Schach gegen sich selber spielen zu wollen; aber selbst diese Absurdität hätte immerhin noch eine minimale Chance mit einem realen Schachbrett vor sich, weil das Schachbrett durch seine Realität immerhin noch eine gewisse Distanz, eine materielle Exterritorialisierung erlaubt. Vor einem wirklichen Schachbrett mit wirklichen Figuren kann man Überlegungspausen einschalten, man kann sich rein körperlich bald auf die eine Seite, bald auf die andere Seite des Tisches stellen und damit die Situation bald vom Standpunkt Schwarz, bald vom Standpunkt Weiß ins Auge fassen. Aber genötigt, wie ich war, diese Kämpfe gegen mich selbst oder, wenn sie wollen, mit mir selbst in einen imaginären Raum zu projizieren, war ich gezwungen, in meinem Bewußtsein die jeweilige Stellung auf den vierundsechzig Feldern deutlich festzuhalten und außerdem nicht nur die momentane Figuration, sondern auch schon die möglichen weiteren Züge von beiden Partnern mir auszukalkulieren, und zwar – ich weiß, wie absurd dies alles klingt – mir doppelt und dreifach zu imaginieren, nein, sechsfach, achtfach, zwölffach, für jedes meiner Ich, für Schwarz und Weiß immer schon vier und fünf Züge voraus. Ich mußte – verzeihen Sie, daß ich Ihnen zumute, diesen Irrsinn durchzudenken – bei diesem Spiel im abstrakten Raum der Phantasie als Spieler Weiß vier oder fünf Züge vorausberechnen und ebenso als Spieler Schwarz, also alle sich in der Entwicklung ergebenden Situationen gewissermaßen mit zwei Gehirnen vorauskombinieren, mit dem Gehirn Weiß und dem Gehirn Schwarz. Aber selbst diese Selbstzerteilung war noch nicht das Gefährlichste an meinem abstrusen Experiment, sondern daß ich durch das selbständige Ersinnen von Partien mit einemmal den Boden unter den Füßen verlor und ins Bodenlose geriet. Das bloße Nachspielen der Meisterpartien, wie ich es in den vorhergehenden Wochen geübt, war schließlich nichts als eine reproduktive Leistung gewesen, ein reines Rekapitulieren einer gegebenen Materie und als solches nicht anstrengender, als wenn ich Gedichte auswendig gelernt hätte oder Gesetzesparagraphen memoriert, es war eine begrenzte, eine disziplinierte Tätigkeit und darum ein ausgezeichnetes Exercitium mentale. Meine zwei Partien, die ich morgens, die zwei, die ich nachmittags probte, stellten ein bestimmtes Pensum dar, das ich ohne jeden Einsatz von Erregung erledigte; sie ersetzten mir eine normale Beschäftigung, und überdies hatte ich, wenn ich mich im Ablauf einer Partie irrte oder nicht weiter wußte, an dem Buch noch immer einen Halt. Nur darum war diese Tätigkeit für meine erschütterten Nerven eine so heilsame und eher beruhigende gewesen, weil ein Nachspielen fremder Partien nicht mich selber ins Spiel brachte; ob Schwarz oder Weiß siegte, blieb mir gleichgültig, es waren doch Aljechin oder Bogoljubow, die um die Palme des Champions kämpften, und meine eigene Person, mein Verstand, meine Seele genossen einzig als Zuschauer, als Kenner der Peripetien und Schönheiten jener Partien. Von dem Augenblick an, da ich aber gegen mich zu spielen versuchte, begann ich mich unbewußt herauszufordern. Jedes meiner beiden Ich, mein Ich Schwarz und mein Ich Weiß, hatten zu wetteifern gegeneinander und gerieten jedes für sein Teil in einen Ehrgeiz, in eine Ungeduld, zu siegen, zu gewinnen; ich fieberte als Ich Schwarz nach jedem

Zuge, was das Ich Weiß tun würde. Jedes meiner beiden Ich triumphierte, wenn das andere einen Fehler machte, und erbitterte sich gleichzeitig über sein eigenes Ungeschick.

Das alles scheint sinnlos, und in der Tat wäre ja eine solche künstliche Schizophrenie, eine solche Bewußtseinsspaltung mit ihrem Einschuß an gefährlicher Erregtheit bei einem normalen Menschen in normalem Zustand undenkbar. Aber vergessen Sie nicht, daß ich aus aller Normalität gewaltsam gerissen war, ein Häftling, unschuldig eingesperrt, seit Monaten raffiniert mit Einsamkeit gemartert, ein Mensch, der seine aufgehäufte Wut längst gegen irgend etwas entladen wollte. Und da ich nichts anderes hatte als dies unsinnige Spiel gegen mich selbst, fuhr meine Wut, meine Rachelust fanatisch in dieses Spiel hinein. Etwas in mir wollte recht behalten, und ich hatte doch nur dieses andere Ich in mir, das ich bekämpfen konnte; so steigerte ich mich während des Spieles in eine fast manische Erregung. Im Anfang hatte ich noch ruhig und überlegt gedacht, ich hatte Pausen eingeschaltet zwischen einer und der anderen Partie, um mich von der Anstrengung zu erholen; aber allmählich erlaubten meine gereizten Nerven mir kein Warten mehr. Kaum hatte mein Ich Weiß einen Zug getan, stieß schon mein Ich Schwarz fiebrig vor; kaum war eine Partie beendigt, so forderte ich mich schon zur nächsten heraus, denn jedesmal war doch eines der beiden Schach-Ich von dem andern besiegt und verlangte Revanche. Nie werde ich auch nur annähernd sagen können, wie viele Partien ich infolge dieser irrwitzigen Unersättlichkeit während dieser letzten Monate in meiner Zelle gegen mich selbst gespielt – vielleicht tausend, vielleicht mehr. Es war eine Besessenheit, deren ich mich nicht erwehren konnte; von früh bis nachts dachte ich an nichts als an Läufer und Bauern und Turm und König und a und b und c und Matt und Rochade, mit meinem ganzen Sein und Fühlen stieß es mich in das karierte Quadrat. Aus der Spielfreude war eine Spiellust geworden, aus der Spiellust ein Spielzwang, eine Manie, eine frenetische Wut, die nicht nur meine wachen Stunden, sondern allmählich auch meinen Schlaf durchdrang. Ich konnte nur Schach denken, nur in Schachbewegungen, Schachproblemen; manchmal wachte ich mit feuchter Stirn auf und erkannte, daß ich sogar im Schlaf unbewußt weitergespielt haben mußte, und wenn ich von Menschen träumte, so geschah es ausschließlich in den Bewegungen des Läufers, des Turms, im Vor- und Zurück des Rösselsprungs. Selbst wenn ich zum Verhör gerufen wurde, konnte ich nicht mehr konzis an meine Verantwortung denken; ich habe die Empfindung, daß bei den letzten Vernehmungen ich mich ziemlich konfus ausgedrückt haben muß, denn die Verhörenden blickten sich manchmal befremdet an. Aber in Wirklichkeit wartete ich, während sie fragten und berieten, in meiner unseligen Gier doch nur darauf, wieder zurückgeführt zu werden in meine Zelle, um mein Spiel, mein irres Spiel, fortzusetzen, eine neue Partie und noch eine und noch eine. Jede Unterbrechung wurde mir zur Störung; selbst die Viertelstunde, da der Wärter die Gefängniszelle aufräumte, die zwei Minuten, da er mir das Essen brachte, quälten meine fiebrige Ungeduld; manchmal stand abends der Napf mit der Mahlzeit noch unberührt, ich hatte über dem Spiel vergessen zu essen. Das einzige, was ich körperlich empfand, war ein fürchterlicher Durst; es muß wohl schon das Fieber dieses ständigen Denkens und Spielens gewesen sein; ich trank die Flasche leer in zwei Zügen und quälte den Wärter um mehr und fühlte dennoch im nächsten Augenblick die Zunge schon wieder trocken im Munde. Schließlich steigerte sich meine Erregung während des Spielens – und ich tat nichts anderes mehr von morgens bis nachts – zu solchem Grade, daß ich nicht einen Augenblick mehr stillzusitzen vermochte; ununterbrochen ging ich, während ich die Partien überlegte, auf und ab, immer schneller und schneller und schneller auf und ab, auf und ab, und immer hitziger, je mehr sich die Entscheidung der Partie näherte; die Gier, zu gewinnen, zu siegen, mich selbst zu besiegen, wurde allmählich zu einer Art Wut, ich zitterte vor Ungeduld, denn immer war dem einen Schach-Ich in mir das andere zu langsam. Das eine trieb das andere an; so lächerlich es Ihnen vielleicht scheint, ich begann mich zu beschimpfen – ›schneller, schneller!‹ oder ›vorwärts, vorwärts!‹ –, wenn das eine Ich in mir mit dem andern nicht rasch genug ripostierte. Selbstverständlich bin ich mir heute ganz im klaren, daß dieser mein Zustand schon eine durchaus pathologische Form geistiger Überreizung war, für die ich eben keinen andren Namen finde als den bisher medizinisch unbekannten: eine Schachvergiftung. Schließlich begann diese monomanische Besessenheit nicht nur mein Gehirn, sondern auch meinen Körper zu attackieren. Ich magerte ab, ich schlief unruhig und verstört, ich brauchte beim Erwachen jedesmal eine besondere Anstrengung, die bleiernen Augenlider aufzuzwingen; manchmal fühlte ich mich derart schwach, daß, wenn ich ein Trinkglas anfaßte, ich es nur mit Mühe bis zu den Lippen brachte, so zitterten mir die Hände; aber kaum das Spiel begann, überkam mich eine wilde Kraft: ich lief auf und ab mit geballten Fäusten, und wie durch einen roten Nebel hörte ich manchmal meine eigene Stimme, wie sie heiser und böse ›Schach‹ oder ›Matt!‹ sich selber zuschrie.

Wie dieser grauenhafte, dieser unbeschreibbare Zustand zur Krise kam, vermag ich selbst nicht zu berichten. Alles, was ich darüber weiß, ist, daß ich eines Morgens aufwachte, und es war ein anderes Erwachen als sonst. Mein Körper war gleichsam abgelöst von mir, ich ruhte weich und wohlig. Eine dichte, gute Müdigkeit, wie ich sie seit Monaten nicht gekannt, lag auf meinen Lidern, lag so warm und wohltätig auf ihnen, daß ich mich zuerst gar nicht entschließen konnte, die Augen aufzutun. Minuten lag ich schon wach und genoß noch diese schwere Dumpfheit, dies laue Liegen mit wollüstig betäubten Sinnen. Auf einmal war mir, als ob ich hinter mir Stimmen hörte, lebendige menschliche Stimmen, die Worte sprachen, und Sie können sich mein Entzücken nicht ausdenken, denn ich hatte doch seit Monaten, seit bald einem Jahr keine anderen Worte gehört als die harten, scharfen und bösen von der

Richterbank. ›Du träumst‹, sagte ich mir. ›Du träumst! Tu keinesfalls die Augen auf! Laß ihn noch dauern, diesen Traum, sonst siehst du wieder die verfluchte Zelle um dich, den Stuhl und den Waschtisch und den Tisch und die Tapete mit dem ewig gleichen Muster. Du träumst – träume weiter!‹

Aber die Neugier behielt die Oberhand. Ich schlug langsam und vorsichtig die Lider auf. Und Wunder: es war ein anderes Zimmer, in dem ich mich befand, ein Zimmer, breiter, geräumiger als meine Hotelzelle. Ein ungegittertes Fenster ließ freies Licht herein und einen Blick auf die Bäume, grüne, im Wind wogende Bäume statt meiner starren Feuermauer, weiß und glatt glänzten die Wände, weiß und hoch hob sich über mir die Decke – wahrhaftig, ich lag in einem neuen, einem fremden Bett, und wirklich, es war kein Traum, hinter mir flüsterten leise menschliche Stimmen. Unwillkürlich muß ich mich in meiner Überraschung heftig geregt haben, denn schon hörte ich hinter mir einen nahenden Schritt. Eine Frau kam weichen Gelenks heran, eine Frau mit weißer Haube über dem Haar, eine Pflegerin, eine Schwester. Ein Schauer des Entzükkens fiel über mich: ich hatte seit einem Jahr keine Frau gesehen. Ich starrte die holde Erscheinung an, und es muß ein wilder, ekstatischer Aufblick gewesen sein, denn ›Ruhig! Bleiben Sie ruhig!‹ beschwichtigte mich dringlich die Nahende. Ich aber lauschte nur auf ihre Stimme – war das nicht ein Mensch, der sprach? Gab es wirklich noch auf Erden einen Menschen, der mich nicht verhörte, nicht quälte? Und dazu noch – unfaßbares Wunder! – eine weiche, warme, eine fast zärtliche Frauenstimme. Gierig starrte ich auf ihren Mund, denn es war mir in diesem Höllenjahr unwahrscheinlich geworden, daß ein Mensch gütig zu einem andern sprechen könnte. Sie lächelte mir zu – ja, sie lächelte, es gab noch Menschen, die gütig lächeln konnten –, dann legte sie den Finger mahnend auf die Lippen und ging leise weiter. Aber ich konnte ihrem Gebot nicht gehorchen. Ich hatte mich noch nicht sattgesehen an dem Wunder. Gewaltsam versuchte ich mich in dem Bette aufzurichten, um ihr nachzublikken, diesem Wunder eines menschlichen Wesens nachzublicken, das gütig war. Aber wie ich mich am Bettrande aufstützen wollte, gelang es mir nicht. Wo sonst meine rechte Hand gewesen, Finger und Gelenk, spürte ich etwas Fremdes, einen dicken, großen, weißen Bausch, offenbar einen umfangreichen Verband. Ich staunte dieses Weiße, Dicke, Fremde an meiner Hand zuerst verständnislos an, dann begann ich langsam zu begreifen, wo ich war, und zu überlegen, was mit mir geschehen sein mochte. Man mußte mich verwundet haben, oder ich hatte mich selbst an der Hand verletzt. Ich befand mich in einem Hospital.

Mittags kam der Arzt, ein freundlicher älterer Herr. Er kannte den Namen meiner Familie und erwähnte derart respektvoll meinen Onkel, den kaiserlichen Leibarzt, daß mich sofort das Gefühl überkam, er meine es gut mit mir. Im weiteren Verlauf richtete er allerhand Fragen an mich, vor allem eine, die mich erstaunte – ob ich Mathematiker sei oder Chemiker. Ich verneinte.

›Sonderbar‹, murmelte er. ›Im Fieber haben Sie immer so sonderbare Formeln geschrien – c3, c4. Wir haben uns alle nicht ausgekannt.‹

Ich erkundige mich, was mit mir vorgegangen sei. Er lächelte merkwürdig.

›Nichts Ernstliches. Eine akute Irritation der Nerven‹, und fügte, nachdem er sich zuvor vorsichtig umgeblickt hatte, leise bei: ›Schließlich eine recht verständliche. Seit dem 13. März, nicht wahr?‹

Ich nickte.

›Kein Wunder bei dieser Methode‹, murmelte er. ›Sie sind nicht der erste. Aber sorgen Sie sich nicht.‹

An der Art, wie er mir dies beruhigend zuflüsterte, und dank seines begütigenden Blickes wußte ich, daß ich bei ihm gut geborgen war.

Zwei Tage später erklärte mir der gütige Doktor ziemlich freimütig, was vorgefallen war. Der Wärter hatte mich in meiner Zelle laut schreien gehört und zunächst geglaubt, daß jemand eingedrungen sei, mit dem ich streite. Kaum er sich aber an der Tür gezeigt, hatte ich mich auf ihn gestürzt und ihn mit wilden Ausrufen angeschrien, die ähnlich klangen wie: ›Zieh schon einmal, du Schuft, du Feigling!‹, ihn bei der Gurgel zu fassen gesucht und schließlich so wild angefallen, daß er um Hilfe rufen mußte. Als man mich in meinem tollwütigen Zustand dann zur ärztlichen Untersuchung schleppte, hätte ich mich plötzlich losgerissen, auf das Fenster im Gang gestürzt, die Scheibe eingeschlagen und mir dabei die Hand zerschnitten – Sie sehen noch die tiefe Narbe hier. Die ersten Nächte im Hospital hatte ich in einer Art Gehirnfieber verbracht, aber jetzt finde er mein Sensorium völlig klar. ›Freilich‹, fügte er leise bei, ›werde ich das lieber nicht den Herrschaften melden, sonst holt man Sie am Ende noch einmal dorthin zurück. Verlassen Sie sich auf mich, ich werde mein Bestes tun.‹

Was dieser hilfreiche Arzt meinen Peinigern über mich berichtet hat, entzieht sich meiner Kenntnis. Jedenfalls erreichte er, was er erreichen wollte: meine Entlassung. Mag sein, daß er mich als unzurechnungsfähig erklärt hat, oder vielleicht war ich inzwischen schon der Gestapo unwichtig geworden, denn Hitler hatte seitdem Böhmen besetzt, und damit war der Fall Österreich für ihn erledigt. So brauchte ich nur die Verpflichtung zu unterzeichnen, unsere Heimat innerhalb von vierzehn Tagen zu verlassen, und diese vierzehn Tage waren dermaßen erfüllt mit all den tausend Formalitäten, die heutzutage der einstmalige Weltbürger zu einer Ausreise benötigt – Militärpapiere, Polizei, Steuer, Paß, Visum, Gesundheitszeugnis –, daß ich keine Zeit hatte, über das Vergangene viel nachzusinnen. Anscheinend wirken in unserem Gehirn geheimnisvoll regulierende Kräfte, die, was der Seele lästig und gefährlich werden kann, selbsttätig ausschalten, denn immer, wenn ich zurückdenken wollte an meine Zellenzeit, erlosch gewissermaßen in meinem Gehirn das Licht; erst nach Wochen und Wochen, eigentlich erst hier auf dem Schiff, fand ich wieder den Mut, mich zu besinnen, was mir geschehen war.

Und nun werden Sie begreifen, warum ich mich so ungehörig und wahrscheinlich unverständlich Ihren Freunden gegenüber benommen. Ich schlenderte doch nur ganz zufällig durch den Rauchsalon, als ich Ihre Freunde vor dem Schachbrett sitzen sah; unwillkürlich fühlte ich den Fuß angewurzelt vor Staunen und Schrecken. Denn ich hatte total vergessen, daß man Schach spielen kann an einem wirklichen Schachbrett und mit wirklichen Figuren, vergessen, daß bei diesem Spiel zwei völlig verschiedene Menschen einander leibhaftig gegenübersitzen. Ich brauchte wahrhaftig ein paar Minuten, um mich zu erinnern, daß, was diese Spieler dort taten, im Grunde dasselbe Spiel war, das ich in meiner Hilflosigkeit monatelang gegen mich selbst versucht. Die Chiffren, mit denen ich mich beholfen während meiner grimmigen Exerzitien, waren doch nur Ersatz gewesen und Symbol für diese beinernen Figuren; meine Überraschung, daß dieses Figurenrücken auf dem Brett dasselbe sei wie mein imaginäres Phantasieren im Denkraum, mochte vielleicht der eines Astronomen ähnlich sein, der sich mit den komplizierten Methoden auf dem Papier einen neuen Planeten errechnet hat und ihn dann wirklich am Himmel erblickt als einen weißen, klaren, substantiellen Stern. Wie magnetisch festgehalten starrte ich auf das Brett und sah dort meine Diagramme – Pferd, Turm, König, Königin und Bauern als reale Figuren, aus Holz geschnitzt; um die Stellung der Partie zu überblicken, mußte ich sie unwillkürlich erst zurückmutieren aus meiner abstrakten Ziffernwelt in die der bewegten Steine. Allmählich überkam mich die Neugier, ein solches reales Spiel zwischen zwei Partnern zu beobachten. Und da passierte das Peinliche, daß ich, alle Höflichkeit vergessend, mich einmengte in Ihre Partie. Aber dieser falsche Zug Ihres Freundes traf mich wie ein Stich ins Herz. Es war eine reine Instinkthandlung, daß ich ihn zurückhielt, ein impulsiver Zugriff, wie man, ohne zu überlegen, ein Kind faßt, das sich über ein Geländer beugt. Erst später wurde mir die grobe Ungehörigkeit klar, deren ich mich durch meine Vordringlichkeit schuldig gemacht.«

Ich beeilte mich, Dr. B. zu versichern, wie sehr wir alle uns freuten, diesem Zufall seine Bekanntschaft zu verdanken, und daß es für mich nach all dem, was er mir anvertraut, nun doppelt interessant sein werde, ihm morgen bei dem improvisierten Turnier zusehen zu dürfen. Dr. B. machte eine unruhige Bewegung.

»Nein, erwarten Sie wirklich nicht zu viel. Es soll nichts als eine Probe für mich sein ... eine Probe, ob ich ... ob ich überhaupt fähig bin, eine normale Schachpartie zu spielen, eine Partie auf einem wirklichen Schachbrett mit faktischen Figuren und einem lebendigen Partner ... denn ich zweifle jetzt immer mehr daran, ob jene Hunderte und vielleicht Tausende Partien, die ich gespielt habe, tatsächlich regelrechte Schachpartien waren und nicht bloß eine Art Traumschach, ein Fieberschach, ein Fieberspiel, in dem wie immer im Traum Zwischenstufen übersprungen wurden. Sie werden mir doch hoffentlich nicht im Ernst zumuten, daß ich mir anmaße, einem Schachmeister, und gar dem ersten der Welt, Paroli bieten zu können. Was mich interessiert und intrigiert, ist einzig die posthume Neugier, festzustellen, ob das in der Zelle damals noch Schachspiel oder schon Wahnsinn gewesen, ob ich damals noch knapp vor oder schon jenseits der gefährlichen Klippe mich befand – nur dies, nur dies allein.«

Vom Schiffsende tönte in diesem Augenblick der Gong, der zum Abendessen rief. Wir mußten – Dr. B. hatte mir alles viel ausführlicher berichtet, als ich es hier zusammenfasse – fast zwei Stunden verplaudert haben. Ich dankte ihm herzlich und verabschiedete mich. Aber noch war ich nicht das Deck entlang, so kam er mir schon nach und fügte sichtlich nervös und sogar etwas stottrig bei:

»Noch eines! Wollen Sie den Herren gleich im voraus ausrichten, damit ich nachträglich nicht unhöflich erscheine; ich spiele nur eine einzige Partie ... sie soll nichts als der Schlußstrich unter eine alte Rechnung sein – eine endgültige Erledigung und nicht ein neuer Anfang ... Ich möchte nicht ein zweites Mal in dieses leidenschaftliche Spielfieber geraten, an das ich nur mit Grauen zurückdenken kann ... und übrigens ... übrigens hat mich damals auch der Arzt gewarnt ... ausdrücklich gewarnt. Jeder, der einer Manie verfallen war, bleibt für immer gefährdet, und mit einer – wenn auch ausgeheilten – Schachvergiftung soll man besser keinem Schachbrett nahekommen ... Also Sie verstehen – nur diese eine Probepartie für mich selbst und nicht mehr.«

Pünktlich um die vereinbarte Stunde, drei Uhr, waren wir am nächsten Tag im Rauchsalon versammelt. Unsere Runde hatte sich noch um zwei Liebhaber der königlichen Kunst vermehrt, zwei Schiffsoffiziere, die sich eigens Urlaub vom Borddienst erbaten, um dem Turnier zusehen zu können. Auch Czentovic ließ nicht wie am vorhergehenden Tag auf sich warten, und nach der obligaten Wahl der Farben begann die denkwürdige Partie dieses Homo obscurissimus gegen den berühmten Weltmeister. Es tut mir leid, daß sie nur für uns durchaus unkompetente Zuschauer gespielt wurde und ihr Ablauf für die Annalen der Schachkunde ebenso verloren ist wie Beethovens Klavierimprovisationen für die Musik. Zwar haben wir an den nächsten Nachmittagen versucht, die Partie gemeinsam aus dem Gedächtnis zu rekonstruieren, aber vergeblich; wahrscheinlich hatten wir alle während des Spiels zu passioniert auf die beiden Spieler statt auf den Gang des Spiels geachtet. Denn der geistige Gegensatz im Habitus der beiden Partner wurde im Verlauf der Partie immer mehr körperlich plastisch. Czentovic, der Routinier, blieb während der ganzen Zeit unbeweglich wie ein Block, die Augen streng und starr auf das Schachbrett gesenkt; Nachdenken schien bei ihm eine geradezu physische Anstrengung, die alle seine Organe zu äußerster Konzentration nötigte. Dr. B. dagegen bewegte sich vollkommen locker und unbefangen. Als der rechte Dilettant im schönsten Sinne des Wortes, dem im Spiel nur das Spiel, das ›diletto‹ Freude macht, ließ er seinen Körper völlig entspannt, plauderte während der ersten Pausen erklärend mit uns, zündete sich mit leichter Hand eine Zigarette an und blickte immer nur gerade, wenn an ihn die Reihe kam, eine Minute auf das Brett. Jedesmal hatte es den Anschein, als hätte er den Zug des Gegners schon im voraus erwartet.

Die obligaten Eröffnungszüge ergaben sich ziemlich rasch. Erst beim siebenten oder achten schien sich etwas wie ein bestimmter Plan zu entwickeln. Czentovic verlängerte seine Überlegungspausen; daran spürten wir, daß der eigentliche Kampf um die Vorhand einzusetzen begann. Aber um der Wahrheit die Ehre zu geben, bedeutete die allmähliche Entwicklung der Situation wie jede richtige Turnierpartie für uns Laien eine ziemliche Enttäuschung. Denn je mehr sich die Figuren zu einem sonderbaren Ornament ineinander verflochten, um so undurchdringlicher wurde für uns der eigentliche Stand. Wir konnten weder wahrnehmen, was der eine Gegner noch was der andere beabsichtigte, und wer von den beiden sich eigentlich im Vorteil befand. Wir merkten bloß, daß sich einzelne Figuren wie Hebel verschoben, um die feindliche Front aufzusprengen, aber wir vermochten nicht – da bei diesen überlegenen Spielern jede Bewegung immer auf mehrere Züge vorauskombiniert war –, die strategische Absicht in diesem Hin und Wider zu erfassen. Dazu gesellte sich allmählich eine lähmende Ermüdung, die hauptsächlich durch die endlosen Überlegungspausen Czentovics verschuldet war, die auch unseren Freund sichtlich zu irritieren begannen. Ich beobachtete beunruhigt, wie er, je länger die Partie sich hinzog, immer unruhiger auf seinem Sessel herumzurutschen begann, bald aus Nervosität eine Zigarette nach der anderen anzündend, bald nach dem Bleistift greifend, um etwas zu notieren. Dann wieder bestellte er ein Mineralwasser, das er Glas um Glas hastig hinabstürzte; es war offenbar, daß er hundertmal schneller kombinierte als Czentovic. Jedesmal, wenn dieser nach endlosem Überlegen sich entschloß, mit seiner schweren Hand eine Figur vorwärtszurücken, lächelte unser Freund nur wie jemand, der etwas lang Erwartetes eintreffen sieht, und ripostierte bereits. Er mußte mit seinem rapid arbeitenden Verstand im Kopf alle Möglichkeiten des Gegners vorausberechnet haben; je länger darum Czentovics Entschließung sich verzögerte, um so mehr wuchs seine Ungeduld, und um seine Lippen preßte sich während des Wartens ein ärgerlicher und fast feindseliger Zug. Aber Czentovic ließ sich keineswegs drängen. Er überlegte stur und stumm und pausierte immer länger, je mehr sich das Feld von Figuren entblößte. Beim zweiundvierzigsten Zuge, nach geschlagenen zweidreiviertel Stunden, saßen wir schon alle ermüdet und beinahe teilnahmslos um den Turniertisch. Einer der Schiffsoffiziere hatte sich bereits entfernt, ein anderer ein Buch zur Lektüre genommen und blickte nur bei jeder Veränderung für einen Augenblick auf. Aber da geschah plötzlich bei einem Zuge Czentovics das Unerwartete. Sobald Dr. B. merkte, daß Czentovic den Springer faßte, um ihn vorzuziehen, duckte er sich zusammen wie eine Katze vor dem Ansprung. Sein ganzer Körper begann zu zittern, und kaum hatte Czentovic den Springerzug getan, schob er scharf die Dame vor, sagte laut triumphierend: »So! Erledigt!«, lehnte sich zurück, kreuzte die Arme über der Brust und sah mit herausforderndem Blick auf Czentovic. Ein heißes Licht glomm plötzlich in seiner Pupille.

Unwillkürlich beugten wir uns über das Brett, um den so triumphierend angekündigten Zug zu verstehen. Auf den ersten Blick war keine direkte Bedrohung sichtbar. Die Äußerung unseres Freundes mußte sich also auf eine Entwicklung beziehen, die wir kurzdenkenden Dilettanten noch nicht errechnen konnten. Czentovic war der einzige unter uns, der sich bei jener herausfordernden Ankündigung nicht gerührt hatte; er saß so unerschütterlich, als ob er das beleidigende ›Erledigt!‹ völlig überhört hätte. Nichts geschah. Man hörte, da wir alle unwillkürlich den Atem anhielten, mit einemmal das Ticken der Uhr, die man zur Feststellung der Zugzeit auf den Tisch gelegt hatte. Es wurden drei Minuten, sieben Minuten, acht Minuten – Czentovic rührte sich nicht, aber mir war, als ob sich von einer inneren Anstrengung seine dicken Nüstern noch breiter dehnten. Unserem Freunde schien dieses stumme Warten ebenso unerträglich wie uns selbst. Mit einem Ruck stand er plötzlich auf und begann im Rauchzimmer auf und ab zu gehen, erst langsam, dann schneller und immer schneller. Alle blickten wir ihm etwas verwundert zu, aber keiner beunruhigter als ich, denn mir fiel auf, daß seine Schritte trotz aller Heftigkeit dieses Auf und Ab immer nur die gleiche Spanne Raum ausmaßen; es war, als ob er jedesmal mitten im leeren Zimmer an eine unsichtbare Schranke stieße, die ihn nötigte umzukehren. Und schaudernd erkannte ich, es reproduzierte unbewußt dieses Auf und Ab das Ausmaß seiner einstmaligen Zelle: genau so mußte er in den Monaten des Eingesperrtseins auf und ab gerannt sein wie ein eingesperrtes Tier im Käfig, genau so die Hände verkrampft und die Schultern eingeduckt; so und nur so mußte er dort tausendmal auf und nieder gelaufen sein, die roten Lichter des Wahnsinns im starren und doch fiebernden Blick. Aber noch schien sein Denkvermögen völlig intakt, denn von Zeit zu Zeit wandte er sich ungeduldig dem Tisch zu, ob Czentovic sich inzwischen schon entschieden hätte. Aber es wurden neun, es wurden zehn Minuten. Dann endlich geschah, was niemand von uns erwartet hatte. Czentovic hob langsam seine schwere Hand, die bisher unbeweglich auf dem Tisch gelegen. Gespannt blickten wir alle auf seine Entscheidung. Aber Czentovic tat keinen Zug, sondern sein gewendeter Handrücken schob mit einem entschiedenen Ruck alle Figuren langsam vom Brett. Erst im nächsten Augenblick verstanden wir: Czentovic hatte die Partie aufgegeben. Er hatte kapituliert, um nicht vor uns sichtbar mattgesetzt zu werden. Das Unwahrscheinliche hatte sich ereignet, der Weltmeister, der Champion zahlloser Turniere hatte die Fahne gestrichen vor einem Unbekannten, einem Manne, der zwanzig oder fünfundzwanzig Jahre kein Schachbrett angerührt. Unser Freund, der Anonymus, der Ignotus, hatte den stärksten Schachspieler der Erde in offenem Kampfe besiegt!

Ohne es zu merken, waren wir in unserer Erregung einer nach dem anderen aufgestanden. Jeder von uns hatte das Gefühl, er müßte etwas sagen oder tun, um unserem freudigen Schrecken Luft zu machen. Der einzige, der unbeweglich in seiner Ruhe verharrte, war Czentovic. Erst nach einer gemessenen Pause hob er den Kopf und blickte unseren Freund mit steinernem Blick an.

»Noch eine Partie?« fragte er.

»Selbstverständlich«, antwortete Dr. B. mit einer mir unangenehmen Begeisterung und setzte sich, noch ehe ich ihn an seinen Vorsatz mahnen konnte, es bei einer Partie bewenden zu lassen, sofort nieder und begann mit fiebriger Hast die Figuren neu aufzustellen. Er rückte sie mit solcher Hitzigkeit zusammen, daß zweimal ein Bauer durch die zitternden Finger zu Boden glitt; mein schon früher peinliches Unbehagen angesichts seiner unnatürlichen Erregtheit wuchs zu einer Art Angst. Denn eine sichtbare Exaltiertheit war über den vorher so stillen und ruhigen Menschen gekommen; das Zucken fuhr immer öfter um seinen Mund, und sein Körper zitterte wie von einem jähen Fieber geschüttelt.

»Nicht!« flüsterte ich ihm leise zu. »Nicht jetzt! Lassen Sie's für heute genug sein! Es ist für Sie zu anstrengend.«

»Anstrengend! Ha!« lachte er laut und boshaft.

»Siebzehn Partien hätte ich unterdessen spielen können statt dieser Bummelei! Anstrengend ist für mich einzig bei diesem Tempo nicht einzuschlafen! – Nun! Fangen Sie schon einmal an!«

Diese letzten Worte hatte er in heftigem, beinahe grobem Ton zu Czentovic gesagt. Dieser blickte ihn ruhig und gemessen an, aber sein steinerner Blick hatte etwas von einer geballten Faust. Mit einemmal stand etwas Neues zwischen den beiden Spielern; eine gefährliche Spannung, ein leidenschaftlicher Haß. Es waren nicht zwei Partner mehr, die ihr Können spielhaft aneinander proben wollten, es waren zwei Feinde, die sich gegenseitig zu vernichten geschworen. Czentovic zögerte lange, ehe er den ersten Zug tat, und mich überkam das deutliche Gefühl, er zögerte mit Absicht so lange. Offenbar hatte der geschulte Taktiker schon herausgefunden, daß er gerade durch seine Langsamkeit den Gegner ermüdete und irritierte. So setzte er nicht weniger als vier Minuten aus, ehe er die normalste, die simpelste aller Eröffnungen machte, indem er den Königsbauern die üblichen zwei Felder vorschob. Sofort fuhr unser Freund mit seinem Königsbauern ihm entgegen, aber wieder machte Czentovic eine endlose, kaum zu ertragenden Pause; es war, wie wenn ein starker Blitz niederfährt und man pochenden Herzens auf den Donner wartet, und der Donner kommt und kommt nicht. Czentovic rührte sich nicht. Er überlegte still, langsam und, wie ich immer gewisser fühlte, boshaft langsam; damit aber gab er mir reichlich Zeit, Dr. B. zu beobachten. Er hatte eben das dritte Glas Wasser hinabgestürzt; unwillkürlich erinnerte ich mich, daß er mir von seinem fiebrigen Durst in der Zelle erzählte. Alle Symptome einer anomalen Erregung zeichneten sich deutlich ab; ich sah seine Stirn feucht werden und die Narbe auf seiner Hand röter und schärfer als zuvor. Aber noch beherrschte er sich. Erst als beim vierten Zug Czentovic wieder endlos überlegte, verließ ihn die Haltung, und er fauchte ihn plötzlich an:

»So spielen Sie doch schon einmal!«

Czentovic blickte kühl auf. »Wir haben meines Wissens zehn Minuten Zugzeit vereinbart. Ich spiele prinzipiell nicht mit kürzerer Zeit.«

Dr. B. biß sich die Lippe; ich merkte, wie unter dem Tisch seine Sohle unruhig und immer unruhiger gegen den Boden wippte, und wurde selbst unaufhaltsam nervöser durch das drückende Vorgefühl, daß sich irgend etwas Unsinniges in ihm vorbereitete. In der Tat ereignete sich bei dem achten Zug ein weiterer Zwischenfall. Dr. B., der immer unbeherrschter gewartet hatte, konnte seine Spannung nicht mehr verhalten; er rückte hin und her und begann unbewußt mit den Fingern auf dem Tisch zu trommeln. Abermals hob Czentovic seinen schweren bäurischen Kopf.

»Darf ich Sie bitten, nicht zu trommeln? Es stört mich. Ich kann so nicht spielen.«

»Ha!« lachte Dr. B. kurz. »Das sieht man.«

Czentovics Stirn wurde rot. »Was wollen Sie damit sagen?« fragte er scharf und böse.

Dr. B. lachte abermals knapp und boshaft. »Nichts. Nur daß Sie offenbar sehr nervös sind.«

Czentovic schwieg und beugte seinen Kopf nieder.

Erst nach sieben Minuten tat er den nächsten Zug, und in diesem tödlichen Tempo schleppte sich die Partie fort. Czentovic versteinte gleichsam immer mehr; schließlich schaltete er immer das Maximum der vereinbarten Überlegungspause ein, ehe er sich zu einem Zug entschloß, und von einem Intervall zum andern wurde das Benehmen unseres Freundes sonderbarer. Es hatte den Anschein, als ob er an der Partie gar keinen Anteil mehr nehme, sondern mit etwas ganz anderem beschäftigt sei. Er ließ sein hitziges Aufundniederlaufen und blieb an seinem Platz regungslos sitzen. Mit einem stieren und fast irren Blick ins Leere vor sich starrend, murmelte er ununterbrochen unverständliche Worte vor sich hin; entweder verlor er sich in endlosen Kombinationen, oder er arbeitete – dies war mein innerster Verdacht – sich ganz andere Partien aus, denn jedesmal, wenn Czentovic endlich gezogen hatte, mußte man ihn aus seiner Geistesabwesenheit zurückmahnen. Dann brauchte er immer eine einzige Minute, um sich in der Situation wieder zurechtzufinden; immer mehr beschlich mich der Verdacht, er habe eigentlich Czentovic und uns alle längst vergessen in dieser kalten Form des Wahnsinns, der sich plötzlich in irgendeiner Heftigkeit entladen konnte. Und tatsächlich, bei dem neunzehnten Zug brach die Krise aus. Kaum daß Czentovic seine Figur bewegt, stieß Dr. B. plötzlich, ohne recht auf das Brett zu blicken, seinen Läufer drei Felder vor und schrie derart laut, daß wir alle zusammenfuhren:

»Schach! Schach dem König!«

Wir blickten in der Erwartung eines besonderen Zuges sofort auf das Brett. Aber nach einer Minute geschah, was keiner von uns erwartet. Czentovic hob ganz, ganz langsam den Kopf und blickte – was er bisher nie getan – in unserem Kreise von einem zum andern. Er schien irgend etwas unermeßlich zu genießen, denn allmählich begann auf seinen Lippen ein zufriedenes und deutlich höhnisches Lächeln. Erst nachdem er diesen seinen uns noch unverständlichen Triumph bis zur Neige genossen, wandte er sich mit falscher Höflichkeit unserer Runde zu.

»Bedaure – aber ich sehe kein Schach. Sieht vielleicht einer von den Herren ein Schach gegen meinen König?«

Wir blickten auf das Brett und dann beunruhigt zu Dr. B. hinüber. Czentovics Königsfeld war tatsächlich – ein Kind konnte das erkennen – durch einen Bauern gegen den Läufer völlig gedeckt, also kein Schach dem König möglich. Wir wurden unruhig. Sollte unser Freund in seiner Hitzigkeit eine Figur danebengestoßen haben, ein Feld zu weit oder zu nah? Durch unser Schweigen aufmerksam gemacht, starrte jetzt auch Dr. B. auf das Brett und begann heftig zu stammeln:

»Aber der König gehört doch auf f7... er steht falsch, ganz falsch. Sie haben falsch gezogen! Alles steht ganz falsch auf diesem Brett... der Bauer gehört doch auf g5 und nicht auf g4... das ist doch eine ganz andere Partie... Das ist...«

Er stockte plötzlich. Ich hatte ihn heftig am Arm gepackt oder vielmehr ihn so hart in den Arm gekniffen, daß er selbst in seiner fiebrigen Verwirrtheit meinen Griff spüren mußte. Er wandte sich um und starrte mich wie ein Traumwandler an.

»Was... wollen Sie?«

Ich sagte nichts als »Remember!« und fuhr ihm gleichzeitig mit dem Finger über die Narbe seiner Hand. Er folgte unwillkürlich meiner Bewegung, sein Auge starrte glasig auf den blutroten Strich. Dann begann er plötzlich zu zittern, und ein Schauer lief über seinen ganzen Körper.

»Um Gottes willen«, flüsterte er mit blassen Lippen. »Habe ich etwas Unsinniges gesagt oder getan... bin ich am Ende wieder...?«

»Nein«, flüsterte ich leise. »Aber Sie müssen sofort die Partie abbrechen, es ist höchste Zeit. Erinnern Sie sich, was der Arzt Ihnen gesagt hat!«

Dr. B. stand mit einem Ruck auf. »Ich bitte um Entschuldigung für meinen dummen Irrtum«, sagte er mit seiner alten höflichen Stimme und verbeugte sich vor Czentovic. »Es ist natürlich purer Unsinn, was ich gesagt habe. Selbstverständlich bleibt es Ihre Partie.« Dann wandte er sich zu uns. »Auch die Herren muß ich um Entschuldigung bitten. Aber ich hatte Sie gleich im voraus gewarnt, Sie sollten von mir nicht zuviel erwarten. Verzeihen Sie die Blamage – es war das letztemal, daß ich mich im Schach versucht habe.«

Er verbeugte sich und ging, in der gleichen bescheidenen und geheimnisvollen

Weise, mit der er zuerst erschienen. Nur ich wußte, warum dieser Mann nie mehr ein Schachbrett berühren würde, indes die anderen ein wenig verwirrt zurückblieben mit dem ungewissen Gefühl, mit knapper Not etwas Unbehaglichem und Gefährlichem entgangen zu sein. »Damned fool!« knurrte McConnor in seiner Enttäuschung. Als letzter erhob sich Czentovic von seinem Sessel und warf noch einen Blick auf die halbbeendete Partie.

»Schade«, sagte er großmütig. »Der Angriff war gar nicht so übel disponiert. Für einen Dilettanten ist der Herr eigentlich ungewöhnlich begabt.«

STEFAN ANDRES

Wir sind Utopia

Das braune, eintönige Plateau lag unter der jeden Tag gleich wiederkehrenden Sonne zerpulvert da, und um das Gefährt, das in den sanften Senkungen des Weges verging und wieder hügelan strebte, hatte sich eine so dichte Staubwolke gebildet, daß man nur an seiner Schnelligkeit, dem Bezingestank und dem nachmittäglich langen Schatten einen Lastkraftwagen erkennen konnte. Wer aus der Ferne die knatternde, gelbe Wolke in der Einöde dahinkriechen sah, konnte die groteske Vorstellung haben, daß sich ein Stück des Weges erhoben und auf Wanderschaft begeben habe, um die rätselhafte Linie seines Auf und Ab und alle Windungen selber einmal zu verfolgen, in einem goldenen Federbusch dahinstäubend und eine lange, immer dünner und niedriger gleitende Schleppe hinter sich herziehend.

Aber es gab keinen Zuschauer. Die wenigen Bauernhäuser starrten mit schwarzen Fenstern ausgestorben in den Sonnenbrand, nur ein paar Hunde hoben gegen das sich nahende Monstrum aus Staub und Lärm die Nasen, duckten sich und sprangen in die versengten Felder, um dann wieder auf den leeren Weg zurückzukehren, an dessen Rand sie entlangsuchten, um bei einem umgeworfenen Gepäckwagen und dem aufgedunsenen Körper eines Pferdes herumzuschnüffeln, zögernd und miteinander zankend, bis der Hunger ihren Abscheu vor dem Aas überwand.

Die Staubwolke aber kroch unentwegt in die Weite, und dort, wo auf der goldbraunen Höhe die ebenso braune Ringmauer einer im Mittelalter liegengebliebenen Stadt wie eine natürliche Felsenstufe sich erhob, verschwand sie unter dem Torbogen wie eine Lokomotive in einem Tunnel, und die Wachsoldaten unterm Tor sahen, wie auf dem Katzenkopfpflaster der Staub um den Wagen plötzlich verging und Bajonette hervorblitzten, ein eiserner Verhau um die wie aus Lehm gebackenen Gestalten, die auf dem offenen Lastwagen hockten und mit stumpfen Gesichtern den unerwarteten Schatten genossen und kaum den Kopf zu einem verstohlenen, flüchtigen Umblick erhoben.

Die enge, düstere Gassenrinne fuhr der Wagen langsam dahin, wiewohl kein Mensch, weder Zivilist noch Soldat, ihm begegnete. Auf dem weiten, gleißenden Platz nahm er die Kehre, und im Schatten vor der Freitreppe der in ihrem starrenden Prunk unfreudig wirkenden Barockfassade des Karmeliterklosters stand er dann still.

Unter der Pforte erschien auf das groblässige Signal des Wagens hin ein Offizier, von einem Sergeanten und einem Soldaten begleitet, welche die Ankömmlinge mit düster gleichmütigen Blicken empfingen. Die sechs Bajonette sprangen sofort auf das Pflaster, ein Kommando schnarrte, und die Lehmgestalten erhoben sich mühsam, traten ein paarmal hin und her und sprangen ebenfalls, nachdem sie die eingeschlafenen Füße zuvor möglichst tief hatten herabkommen lassen, vorsichtig auf das Pflaster.

Es waren über zwanzig Gefangene, die im Karmeliterkloster untergebracht werden sollten. Seine Geräumigkeit und vergitterten Fenster machten den Bau für seine neue Bestimmung noch geeigneter; zudem lag das Kloster mit der Hinterfront an der Stadtmauer, und da ging es aus den Fenstern des ersten Stockes über fünfzehn Meter tief jäh hinunter. Das war ein weiterer Vorteil für die Wachhabenden, denn das etwa zweihundert Gefangene beherbergende Lager konnte so mit einer schwachen Besatzung auskommen, die in der Tat nur aus einem Leutnant, einem Sergeanten und zwei Soldaten bestand.

Freilich lagen in der Stadt noch einige Fliegerabwehrbatterien und leichte Kraftfahrzeugverbände, die auf den Einsatz warteten.

Bevor der Lastwagen, der die Gefangenen gebracht hatte, wieder abfuhr, gab es noch einen kleinen Zwischenfall, den der junge Leutnant von der Freitreppe her mit Aufmerksamkeit verfolgte. Er sah, wie einer der Gefangenen auf dem Wagen stehenblieb, die Rechte vor die Stirn drückte und das Kloster, den Kopf in den Nacken legend, anstarrte. Einer der Soldaten hob darauf das Gewehr und stieß den Dastehenden mit dem Kolben in die Kniekehlen, so daß seine großgewachsene Gestalt auf die Knie brach, und das wirkte wie ein seltsam gut passender Übergang zu seiner vorhergehenden Stellung. Darauf sprang der lange Kerl, als die Soldaten lachten, mit einem unerwartet gelenkigen Satz vor sie hin, blickte sie einmal der Reihe nach fragend und stolz, aber keineswegs zornig an und ging zu den andern, und die Bajonette begleiteten die Gefangenen in das Kloster, wo sie eine Weile im Schatten des Kreuzganges stehenbleiben mußten.

Der Leutnant musterte sie einzeln an Hand einer Liste, die ihm einer der bajonettetragenden Soldaten der Begleitmannschaft hinhielt, und ließ sich von dem Soldaten Alter und Truppengattungen sagen – denn die Gefangenen hatten meist ihre Uniformblusen an die Sieger abgetreten oder auch in der Hitze irgendwo absichtlich zurückgelassen. Als der Soldat dann »Paco Hernandez« las, »53. Marine-Infanterie« – blickte der Leutnant sich fragend um. Der Soldat mit der Liste wies nach kurzem Umherspähen auf einen Mann, der langsam im Gärtchen inmitten des Kreuzganges auf den Ziehbrunnen losging, und der Leutnant bemerkte sofort: es war derselbe, der auf so seltsame Weise das Kloster angeblickt und gegen seinen Willen die Knie gebeugt hatte.

Die Gefangenen standen schläfrig und todmüde gegen die Mauern im Kreuzgang gelehnt. Man hörte den langsamen Schritt des Mannes im Binnenhofgärtchen, der Weg war mit Kies bestreut. An den Säulen ringsum rankten sich metallisch blaue Winden und wilder Wein bis zu den Gangfenstern des oberen Stockwerkes, der Honigduft der Glyzinien stand schwer und süß in dem Behälter des weißen Mauervierecks; unter dem Bogen roch es nach Kalk, Schimmel und den neuangekommenen, verstaubten und schweißverklebten Männern, von denen einige bereits auf den Fliesen gegen die Mauer gelehnt saßen und schliefen.

Der Schritt des Mannes im Gärtchen aber hatte nun den Ziehbrunnen erreicht, der, aus grauem Stein gebaut, wie ein Blütenkelch aus dem Efeu herauswuchs. Auf dem runden Brunnenrand bogen sich vier Eisenstangen, welche die Rolle für den Schöpfeimer trugen, zueinander, und aus Schmiedeeisen gebildete Fittiche sträubten sich an den Stangen zur Höhe, als knieten zwei Engel über den Brunnen gebeugt, von deren Gestalt nur die Fittiche sichtbar seien.

Der Mann nun hob den Eisendeckel und blickte in den Brunnen. Seine Bewegungen, so kam es dem Leutnant plötzlich vor, hatten etwas von dem blinden Gezogensein von Selbstmördern, und so sprang er, für das unersetzbare Quellwasser fürchtend, auf den Ahnungslosen zu und fuhr ihn an: Was er da an dem Brunnen verloren habe? Der so scharf Gefragte hob das große Gesicht aus der Tiefe und blickte den Leutnant an – und zwar auf eine so wenig erschrockene und gleichmütige Weise, daß es den jungen Offizier zum Zorn reizte.

»Oh – ich?« sagte der Mann und lächelte, »ich wollte in den Brunnen schauen, tun Sie das nie, Teniente Don Juan?«

Der Leutnant starrte auf die von der Hitze aufgesprungenen, lächelnden Lippen, sein Zorn war verflogen, er sagte nur verwundert: »Juan?« – so heiße ich doch gar nicht!«

»Nein?« – Ach richtig, verzeihen Sie, mein Leutnant hieß so, er ist ja tot, richtig!«

Der junge Offizier nannte darauf, er wußte selbst nicht, wie er dazu kam, seinen Namen – er heiße Pedro – Pedro Gutierrez.

»Ach so!« Der andere nickte. »Ich heiße Paco.«

»Und Sie wollten wirklich nur in den Brunnen schauen?«

»Ja, tun Sie das nie?« Der lange Paco blickte nun in ebenso erstauntem Fragen auf den nicht gerade groß gewachsenen Leutnant herab, der den Gefangenen mit kurzem Kopfschütteln musterte.

Das Gesicht war ein großes, braunes Oval mit tiefen, steilen Lachfalten, die neben dem Mund direkt zu den Augen strebten. Das geschwungene Oval kehrte in den Augen wieder, sie waren hochgewölbt, braun und sanft – vielleicht auch nur müde, gleichmütig, abgekämpft. Die Nase war übermäßig lang und fein geschwungen, und plötzlich meinte der Leutnant Pedro, an einen ganz gewissen Holzkopf aus dem Puppentheater seiner Jugend erinnert zu sein, den er meist als Harlekin ausstattete, aber auch ebenso gern als Helden einsetzte. Bei diesem

Gedanken verzog er seine wulstigen Lippen zu einem kurzen nachdenklichen Lächeln, und so fragte er: »Haben Sie Durst?«

»Eigentlich immer, jetzt sogar auf Wasser, aber man kann ja auch ohne Durst in einen Brunnen schauen, oder nicht, Teniente Don Pedro?«

Der Leutnant klappte den eisernen Deckel einmal auf und zu, er blickte dabei auf die Erde, eigentlich auf die gänzlich zerrissenen Schuhe des Gefangenen. »Warum haben Sie eigentlich – vorhin«, begann er dann die buschigen Brauen zusammenziehend und Paco anstarrend, »dies Theater aufgeführt?«

»Zu gnädig, Teniente Don Juan – ach, Don Pedro – (ich gewöhne mich so schwer an neue Namen – und Plätze – wissen Sie – und doch«, Pacos Gesicht wurde plötzlich nachdenklich, er schien offensichtlich zu überlegen, ob er weitersprechen sollte oder nicht. Doch dann mit einem Blick den Kreuzgang umfassend, nickte er, als hätte er sich zu etwas entschlossen. »Eigentlich ist das kein neuer Platz für mich, und eigentlich war's auch gar kein Theater, daß ich vor dieser Hausfront solche Augen machte – und so hätte ich eine kleine Bitte« – er blickte zu der sandsteinernen Treppe hin, die nach oben führte –, »eine große sogar: daß Sie mir meine alte Zelle wiedergeben!« Als Paco sah, wie der Leutnant ihn anglotzte, nickte er begütigend und sagte: »Nun ja, es sind aber beinahe schon zwanzig Jahre vergangen, seit ich hier auszog, die Zelle jedoch, verstehen Sie, Don Pedro – ein Hund gewöhnt sich sogar an seine Hütte, nicht war?«

In den Augenwinkeln des in solch scherzendem Tonfall sprechenden Mannes entstanden kleine Falten, die voll Erwartung zitterten, sein Ausdruck wurde dadurch ein wenig listig.

»Sind Sie Priester?« fragte Leutnant Gutierrez leise, seine Stimme bekam einen heiseren Belag.

Paco hob das Gesicht ein wenig zurück und blickte den jungen Offizier prüfend an: »Priester, warum?« Aber nun begannen sich die Falten in seinen hageren Backen auch schon wieder zu regen. »Sie fragen das so feierlich, und ich, müssen Sie wissen, bin eigentlich von Beruf Matrose, Vollmatrose auf einem Frachter! Was ich zur Zeit bin, sehen Sie ja, Pech, nicht wahr? Der Krieg fegte mich einfach über Bord, und nicht nur das, er schwemmte mich hierhin – als hätte er Verstand, der Krieg, oder als wäre er witzig! Und da dachte ich, man könnte diesem Zufall die Krone aufsetzen und mich in der alten Zelle einsperren – oder sind die Gefangenen anderswo untergebracht: im Refektorium, in der Bibliothek, im Keller?«

Leutnant Pedro Gutierrez schüttelte den Kopf: »In den Zellen, natürlich! Aber sind Sie nun wirklich Priester? Meine Frage hat einen ganz persönlichen Grund.« An seinem Schnurrbärtchen zupfend, starrte er Paco unverwandt an.

Der hob die ein wenig hängenden Schultern und nickte: »Aber exkommuniziert natürlich!«

Leutnant Pedro ließ nun mit einem kurzen ruckhaften Zerren sein Schnurrbärtchen los, und halb schon im Fortgehen rief er: »Gott noch mal, das sind wir sozusagen alle.« Und sich noch einmal umkehrend, sagte er leise: »Kommen Sie.«

Da man die Gefangenen aus Sicherheitsgründen nur im oberen Stockwerk untergebracht hatte und in den vier Gängen nur etwa vierzig Zellen zur Verfügung standen, mußten die meisten zu mehreren hausen. Leutnant Pedro kam sich wirklich wie ein Gönner vor, als er Paco die Zelle räumen ließ, welche dieser ihm, mit Lächeln und Kopfschütteln über die roten Fliesen einherschreitend und plötzlich stehenbleibend, mit ausgestreckter Hand angezeigt hatte: »Hier – hier war es –, hier wohnte Padre Consalves!«

Die anderen Gefangenen waren schon in den Zellen verschwunden, beinahe lautlos. Der Sergeant wies ihnen die Plätze zu, am Treppenaufgang standen die beiden Soldaten in der Nachbarschaft der Maschinengewehre, die in die breiten Gänge wie schlafende Insekten ihre langen Rüssel starr und waagerecht hineinstreckten.

Paco war auf das Bild rechts von der Tür zugetreten, einen vergilbten Kupferstich in Lorenzo Tiepolos feiner, flaumleichter Manier. »Sogar derselbe Heilige noch – sehen Sie –: Sanctus Franziscus Borgia, Confesor. Der war Vizekönig von Spanien und wurde Jesuit, suchte sich zu verbessern ...« Paco blickte einmal den leeren, gewölbten Gang hinauf und hinunter. »So ein Ort hat's doch an sich, wie? Unverwüstlich, dieser Hauch an den Wänden – und dabei ist doch mancherlei hier passiert, wie?«

Der heiter vor sich Hinsprechende wandte sich mit den letzten Worten, als wäre er plötzlich erschrocken, an den jungen Offizier. Der grinste nur und nickte: »Allerlei! – Gut, daß Sie sich vor zwanzig Jahren fortgemacht haben – wirklich ein Glück – ein Glück für uns beide sogar!«

Das sagte Don Pedro, als sie bereits in der Zelle standen. Paco blickte ihn über die Schulter her aufhorchend an, doch tat er, als hätte er nur zu der Zellentür geblickt. Nun blickte er wirklich hin, und indem hob er die dünnen Brauen noch höher; seine fast beglatzte Stirn runzelte sich, zitternde Falten stiegen daran hoch wie feine Wellen, die über seinen Schädel nach rückwärts gleiten zu wollen schienen. In seinen Augen stand jähes Erschrecken. Im braunen Kastanienholz der Tür waren einige kleine Löcher, die frische Splitter losgerissen hatten, er war versucht, die Splitter auf den Sandsteinfliesen zu suchen.

Leutnant Pedro nickte und schaute, als Paco nun seine Augen sehr ernst in die seinen richtete, an ihm vorbei und ging auf das Stehpult zu und legte seine Hand darauf, er rüttelte ein wenig an dem Möbel und zog, als fiele ihm etwas ein, das Taschentuch und trocknete sich den Schweiß. »Furchtbar heiß in so einer Mönchzelle.« Seine Schulter zuckte. »Sie saßen wie die Maulwürfe in ihrem Bau. Heraus wollten sie nicht, da schossen wir hinein, das ging nicht anders.« Er räusperte sich.

»Wieso, wenn sie nicht schossen, konnte man sie doch in Ruhe lassen!«

»Und eine Kompanie Soldaten vier Wochen ums Kloster aufpflanzen, um zu verhindern, daß sie weiter das Volk gegen uns aufhetzen. Tut man das etwa auf Ihrer Seite? Dafür haben wir weder genug Soldaten noch Zeit, noch Lust und Laune. Wir fanden übrigens im Keller Handgranaten vergraben. Nicht wahr, das war doch nicht gerade freundschaftlich von den Mönchen gedacht? Derweil sie bei unserer Aufforderung nicht aus dem Bau kamen, mußten wir hinein.«

Der Erzählende versuchte jetzt sein massiges Gesicht zu einem Lächeln zu bewegen, aber es mißlang. »Ein grotesker Auftrag, den ausgerechnet ich erhalten mußte. Und hier, in dieser Zelle – wie hieß doch noch der gute Padre?« Der Leutnant ging zur Tür, beugte sich hinaus und blickte nach dem Namensschild am oberen Türrahmen. »Ah, richtig, Padre Julio. Sein Vater ist ein bekannter Mann, glaube ich, und Padre Julio hatte ein Episkopat in Aussicht, sagte man mir, die ganze Stadt war von seinem Namen voll – es sind noch keine vierzehn Tage her! Die anderen Mönche öffneten wenigstens von selber die Tür, andre hatten sie schon ahnungsvoll offenstehen, einer kam mir sogar entgegen, na, der! – Andere wieder riefen, als meine Leute mit dem Revolverknauf anklopften, feierlich Salve ...«

»Das ist hier der Gruß, wenn jemand anklopft«, sagte Paco und lächelte vor sich hin.

Der Leutnant nickte: »Ganz imposant, den Tod mit einem Salve hereinzubitten. Der feine Padre Julio jedoch, der hatte die Tür mit einem Draht verrammelt und rief mit hoher, schriller Stimme: ›Un momento! – ich bin ja noch gar nicht angezogen‹, es war ziemlich früh. Dann jedoch war er sehr wohl angezogen, als wir nachguckten, ob noch Leben in ihm sei. Er lag da« – der Leutnant wies mit einer unbestimmten Bewegung auf die Fliesen, die überall ein gleiches englisches Rot hatten –, »nein dort, in seinen weißen Chormantel gehüllt, und zwar auf dem Gesicht; als wir ihn herumdrehten, sahen wir an der braunen Kutte kaum ein bißchen Blut, er lebte noch. Und uns von unten einen verweisenden Blick zuschickend, sagte er laut und vernehmlich: ›Zu so früher Stunde sucht man niemanden auf – auch nicht, um ihn zu töten!‹ Darauf zeigte er uns das schöne Gebiß und war tot.«

Paco hatte auf die wulstigen Lippen des Erzählers gestarrt, als wäre er taub und müßte dort die Worte ablesen. Als der Leutnant schwieg, fuhr er zusammen, hob die Hände, drückte die Daumen an die Brust und machte mit der übrigen Hand eine flackernde Bewegung: »Teniente Don Pedro, ich habe, wenn Sie gestatten, Durst – großen Durst; und wenn ich eine Zigarette haben könnte –«

Leutnant Pedro reichte ihm sein Etui und gab ihm Feuer, dabei fragte er: »Sie kannten den Toten etwa noch?« Paco nickte.

Darauf ging der Leutnant sofort hinaus, er sagte, er wolle selber nachsehen und eine kleine Stärkung auftreiben. Paco schaute ihm durch die Tür nach, durch die Löcher in der Tür, und schüttelte nichtsbegreifend den Kopf.

Er beugte sich, als suchte er nach etwas auf den Fliesen, beugte sich immer tiefer und schließlich kniete er, küßte den Boden und lag so, die Hände vor dem Gesicht, eine ganze Weile reglos da. Padre Julio – unbeschuhter Karmeliter, Graf, Schöngeist, Narr – und Freund! Soweit das innerhalb der Bruderschaft möglich ist: Freund dem unruhigen Paco, dem Padre Consalves, Vertrauter zumindest, nein, sogar Freund ... Und hier, in der Zelle des flüchtigen Consalves, war er nun also gestorben. Paco aber mußte wiederkehren, um das zu erfahren.

Der zur Erde Gebeugte zuckte plötzlich zusammen, wie einer, der beinahe etwas vergessen hätte. So springt er auf und tritt ans Fenster, öffnet es, und seine Finger tasten die äußere Seite der Gitterstäbe ab, oben und unten, wo der Stein sie hält, und bei jedem Stab spürt er wie einen weckenden elektrischen Schlag die tiefe Kerbe, und da schöpft er schließlich Atem; der Luftstrom dringt zitternd in ihn ein: heute nacht noch! Er spürt die Erregung kitzelnd zwischen den Schulterblättern, er faucht einmal vor Vergnügen, dann steht er ganz still und starrt wieder auf die Fliesen. Ja, Padre Julio war es, welcher Paco, als den das Gitter störte – war man nicht aus freien Stücken Mönch geworden! –, ernsthaft den Rat gab, das Gitter anzufeilen, bis es gerade nur noch halte, dann sei das Gitter nichts weiter als ein Dekor und auch ein Sinnbild der freiwilligen Gefangenschaft!

Sie standen vor der Priesterweihe, und Julio trug sich damals immer noch mit dem Gedanken, auszutreten, wiewohl er die Gelübde schon abgelegt hatte. – Er war durch seelische Nötigung seitens seiner Eltern in den Orden getreten, wo man ihm der reichen Mitgift und des großen Namens wegen alle nur erdenkbaren Freiheiten heimlich gestattete. Schließlich war dann der Eiferer und Büßer Consalves zwei Jahre nach der Priesterweihe fortgegangen; Padre Julio dagegen, damals gerade zu Besuch bei seinen Eltern, Padre Julio, der Schöngeist und unentschiedene Weichling, hatte im Karmel ausgehalten und war so gestorben, daß seine Mörder mit einer Art Vergnügen von seinem Tode erzählten.

Und nun sollte Paco dem närrischen Rat des Padre Julio seine Flucht verdanken, o ja, das Gitter war wirklich nur noch ein »Dekor«, in dieser Nacht wird man es herausbrechen und – Paco zieht die Brauen zusammen: das Fenster liegt allerdings hoch in der Mauer, wohl über zehn Meter. Er blickt sich suchend in der Zelle um: der Strohsack, natürlich, das wußte man aus den zahlreichen Fluchtgeschichten der Matrosen! Man mußte nur ein Messer haben, der Drilch ist sehr dick – ah, und auch das noch: Paco sieht unter dem Vorhang des Kleidergestells ein Stück Draht hervorstehen, es ist grober Zinkdraht, wohl fünf Meter lang, der Draht, mit dem wahrscheinlich Julio seine Zellentür verschlossen hatte. Er betrachtet den wirren und offensichtlich achtlos zusammengedrehten Drahtring, läßt aber sogleich den Vorhang darüberfallen und befühlt den

Stoff: der stammt gewiß von Padre Julios Eltern, vom Schloß, in den übrigen Zellen gibt's keinen Brokat. Armer Julio, du warst immer so hilfsbereit, so erfinderisch, jetzt sogar noch! Wo haben sie ihn wohl begraben?

Im Grunde war Julio der ungeschickteste Mensch von der Welt. Er konnte sich gegen niemanden wehren: nicht gegen die Eltern, die ihn hier einsperrten, und nicht gegen seine Mörder, die ihn hier herausholen wollten. Dafür hilft er jetzt mir heraus... Pacos Falten in den Backen sind wie zwei klaffende Wunden, die nicht heilen wollen, sein Lächeln läßt sie nie zur Ruhe kommen.

Er schöpft tief Atem und geht auf das Stehpult zu, darüber der heilige Johannes vom Kreuz aus einem alten Kupfer blickt. Er nähert sein Gesicht den Augen des Heiligen, und gleich schüttelt er seufzend den Kopf: warum sie nur so wehmütig aus ihrer Gloriole in die Welt schauen? Nun wohl, der Ordensvater hatte es aus seinem Bilde her mit ansehen müssen, wie sein Sohn, Padre Julio, gegen die Tür gewandt stand und »un momento« schrie. Aber er sah den Padre Julio auch verträumt vor sich hinlächeln und lateinische Verse schreiben: an Cousinen und ehemalige Schulkameradinnen, jedoch gerade das mußte den strengen Ordensvater noch schwermütiger stimmen. Paco lächelte mit seinem undurchdringlichen Gesicht den Heiligen an. O ja, man begriff ein wenig diesen suchenden und nie Genüge findenden Blick. Die Heiligen, die Liebenden und die utopischen Träumer dichten immerfort auf ihre Weise an der Welt weiter, und alle merken sie bald, wenigstens die besten von ihnen – Paco zwinkert dem Heiligen mitleidig zu –, daß man die himmlischen Visionen schwer unterbringt auf dieser Welt. Das stimmt schwermütig, wenn die Bilder reiner Sehnsucht in keinen Rahmen passen wollen, wenn die Wirklichkeit sich scheinbar als ein blindes, wucherndes Gewächs erweist, das die Heiligen, Liebenden und Träumer nur wie parasitische Blattläuse erduldet. Aber wie traurig wäre die Welt ohne die Schwermut aus unstillbarer Sehnsucht! Das erlebte er an sich selber, sooft er praktisch und vernünftig werden wollte, nur das ansteuernd, was das körperliche Wohlbefinden verlangte. Das war ein Vorgang, als entschlösse sich jemand beim Anblick der munteren Fische einer von ihnen zu werden: er stürzt sich hinab, doch merkt er bald, daß, um da unten zu leben, ganz bestimmte Organe vorhanden sein und andere fehlen müssen. Da war es hernach doch noch viel besser, droben die Schwermut wie eine Atembeklemmung zu haben, als drunten in der Traurigkeit zu ersticken.

Früher, im Mittelalter, gab es acht Hauptsünden: die achte war die Traurigkeit. Ganz famos, Paco reibt sich das stoppelkrachende Kinn und geht in der Zelle langsam auf und ab, doch damit wußten dann die Theologen nichts mehr anzufangen, sowenig wie die tüchtigen Leute mit der Schwermut. Ich meinerseits, denkt Paco, ich gehe hier auf denselben Fliesen, wo Padre Julio starb, möchte wieder einmal praktisch sein, vernünftig, denke über die Möglichkeiten des Ausrückens nach und habe ein ganz kitzlig-zwiespältiges Gefühl dabei. In meiner Zelle, in seinem Sterbezimmer, warum eigentlich diese Hast, von hier fortzukommen? Weil das Gitter angefeilt ist, seit zwanzig Jahren, weil diese Zelle es an sich hat, mich loswerden zu wollen, wie? Er reibt seine Schultern an der Mauer; ein Gefühl von Wohligkeit und zugleich die Flohstiche, an die er aber nicht denkt, lassen ihn diese Bewegung ausführen. So ruft er, aus tiefem Sinnen auffahrend: »Salve.« Ja, es hatte geklopft, man war wieder ganz mönchisch geworden, und die Zelle hatte ihn offensichtlich doch wieder wohlwollend aufgenommen.

Leutnant Pedro stellt ein Tablett auf das Pult. Da ist alles, was man braucht: Wein, Wasser, Brot, Käse – und sogar ein Messer! Das Messer hat mit seinem unerhofften Erscheinen eine magische Kraft. Es ist ein Küchenmesser, stabil und schön spitz, Paco errötet, und Leutnant Pedro glaubt, es seit der Dank – gewiß das auch! Dank für alles, aber ganz besonders für das Messer. Wenn er es hier läßt, denkt Paco – er muß seinen Blick gewaltsam abwenden, damit der andere nichts merkt –, wenn er's hier läßt, ist man ein gutes Stück weiter. So ein Messer ist – und er greift danach, um sich ein Stück Käse abzuschneiden –, ist wirklich eine Kraft in der Hand. Er wendet sich zu dem Leutnant, der auf der Pritsche sitzt und vor sich hinstarrt, den Kopf in den Händen. Paco beginnt zu danken, er stammelt etwas von Ritterlichkeit und zuviel Güte. Indes – die Gestalt auf der Pritsche macht mit den Schultern eine abwehrende Bewegung. »Nicht doch, Padre Consalves, sagen Sie mir lieber, er war also Ihr Freund? Wie seltsam, nicht wahr, daß Sie dasitzen und essen, wo er – Gott, das ist ja wie auf einem Puppentheater! Der eine wird hinausgeschleppt...« Paco unterbrach ihn mit der Frage, wo die Leiche »bestattet liege«. Der Leutnant murrte: »Auf dem Friedhof natürlich, was denken Sie von uns, Padre Consalves?«

Paco hob die Hand: »Bitte nicht Padre, und an alte Namen will man nicht erinnert sein. Ich habe den Padre in tausend Hafenschenken im Wein ertränkt und in Lotterbetten verhurt, damit Sie's ganz genau wissen.«

»Um so besser für mich«, flüsterte Leutnant Pedro. Seine ein wenig glotzenden Augen in dem aufgeschwemmten Gesicht stoben Funken – von Begehrlichkeit, schien es Paco für einen Augenblick, und er fühlte sich beklommen. Darauf sah er, wie der andere sich die Hände ins Gesicht klatschte und so gebeugt sitzenblieb.

Paco aß weiter. Er mußte jeden Bissen mit Wein herunterspülen; er wußte nicht warum, aber die Nachbarschaft dieses Menschen bedrückte ihn.

»Warum setzen Sie sich eigentlich nicht?« fragte Leutnant Pedro unvermittelt.

»Ach richtig«, Paco ließ sich auf dem Strohstuhl nieder. »Komisch!« murmelte er vor sich.

»Was ist komisch?«

»Daß ein Stuhl hier steht und ich mich nicht setze.«

Leutnant Pedro zuckte die Schulter und versank wieder in sein Brüten.

»Wer sollte es glauben, daß ich nie auf diesem Stuhl hier gesessen habe?« sagte Paco, er schien über seine eigenen Worte erstaunt.

Leutnant Pedro hob das Gesicht mit einem Ruck: »Wie, Sie belogen mich etwa?«

»Wieso?«

»Sind Sie wirklich Priester?«

»Aber was hat denn das damit zu tun?« Paco schüttelte fragend den Kopf. Endlich begriff er den Zusammenhang. »Ah, weil ich nie auf diesem Stuhl saß?« Er lachte. »Das hatte einen anderen Grund. Ich wollte damals heimlich den Säulensteher machen, ich habe durch Jahre nur gekniet, gestanden oder gelegen! Ganz nette Übung – aber im ganzen genommen ein einziger Bluff, sage ich Ihnen. Ich war auf meine Bußübungen so stolz wie Sie auf Ihre Medaille da. Nun ja, man will auf jeden Fall etwas aus sich machen – und dabei...«

»Sprechen Sie doch weiter«, drängte der junge Offizier.

»Ach so, ich meine – dabei steht unsere Tüchtigkeit uns hernach im Wege zum Eigentlichen, das auf uns wartet.«

»Was meinen Sie mit diesem Eigentlichen?« Leutnant Pedro beugte sich vor und betrachtete neugierig den Essenden, der sich soeben ein Stück Käse abschnitt und das Messer bei seinen letzten Worten kopfschüttelnd betrachtete.

»Mit dem Eigentlichen, ja«, Paco warf das Messer achtlos aufs Tablett, »ich habe für mich 'rausgekriegt, daß es meist im Gegenteil von dem besteht, was ich anstrebte. Wissen Sie, daß ich den Karmeliterorden und die ganze spanische Kirche reformieren wollte?« Paco fragte das, als hätte er einen indezenten, in Frageform gekleideten Witz gemacht.

»Gott noch mal, nötig wär's gewesen, und Sie waren jung!« Leutnant Pedro sagte das leicht und wegwerfend.

»Nötig wär's gewesen?« Paco lächelte, er putzte sich mit seinem zerrissenen Hemdsärmel den Mund ab. »Was nötig ist, das geschieht immer, mit oder gegen uns, das ist schon ein Trost, wie? Sie zum Beispiel, Teniente Don Pedro, Sie haben hier sehr durchgreifend reformiert. Bitte, nein, erzählen Sie mir vorläufig nichts mehr darüber.«

Er rückte seinen Stuhl auf eine andere Stelle, er saß jetzt an der Wand, und die tiefstehende Sonne warf den Schatten des Gitters auf die Fliesen, so daß die Schattenstäbe nun zwischen ihnen lagen. Paco streckte die Hand aus: »Also hier!«

Leutnant Pedro nickte: »Wenn's nicht Ihr Freund gewesen wäre, möchte ich sagen, daß mich die Stelle, wo so ein Mönch umgelegt wurde, herzlich wenig angeht, man ist an solche Vorstellungen gewöhnt – an solche schon, o ja!«

Paco hielt den Kopf schief, als lauschte er auf etwas. »Gewöhnt? – Hören Sie, das ist doch Artillerie, wie?« Es donnerte dumpf und verworren in der Ferne, und er fuhr, ohne Antwort abzuwarten, fort: »Gewöhnt? – oh, ich habe mich nicht einmal an mich selber gewöhnen können! Sehen Sie, ich bin immer noch auf meinem Kahn, wenn ich bereits im Hafen bin, und noch in einem festen Landbett, wenn ich schon wieder auf dem Meer herumgondele. Das ist nicht gesund, wie? Aber daran kann man nichts ändern – oder?« – »Ich verstehe nicht.«

»Ach so, natürlich nicht! Sie haben eben eine dicke Pelle, ich meine, weil Sie sich so schnell an alles gewöhnen!«

»Oh, nicht an alles, hören Sie auf, nicht an alles!« Der wollige Kopf des Sprechenden hing nun fast zwischen seinen Knien. So zeigte er, ohne die Schultern zu heben, sein Gesicht; er mußte die Augen verdrehen, Paco schauderte innerlich vor dieser plötzlichen Grimasse des Schmerzes. Der Leutnant flüsterte, zischelte förmlich: »Würden Sie meine Beichte hören!«

Paco hatte sich, als er das hörte, gegen die Stuhllehne heftig zurückgedrückt, das Holz quietschte. Es entstand eine Pause, die eine Stechmücke mit ihrem metallischen, propellerhaften Summen erfüllte. Paco schlug einmal fangend mit der Hand durch die Luft; als er sie öffnete, war die Hand leer.

»Aber hören Sie«, sagte er ganz nebensächlich, »ich bin doch Matrose.«

»Sie müssen wissen«, fiel Leutnant Pedro schnell ein, »ich bin Jurist, das heißt, ich studierte noch, als der Krieg ausbrach, aber ich weiß das eigentlich auch aus der Schulzeit: Sie bleiben Priester, Sie behalten alle Vollmachten!« Paco war aufgestanden und an das Fenster getreten. Es stand weit geöffnet, aber kein Luftzug bewegte die Gluthitze in der Zelle. Wie dunkles Gold lag die sanft absinkende und am Horizont nicht sehr fern sich wieder hoch wellende Ebene da. Die wenigen Kastanienbäume standen in pilzhafter Ruhe und Unvermitteltheit auf der kahlen Fläche, struppige Wacholderbüsche reckten sich wie schwarze Flammen, und die Schatten der Bäume schossen karminfarben gegen die Mauern der Stadt. Das ganze Land und alle Dinge schienen aus Bronze gemacht, und wie ein ungeheurer Gong erbebte summend die Hochebene, wenn die Kanonenschläge sie trafen. Die Sonne stand nur noch eine Handbreit über dem kahlen Höhenzug, man konnte schon hineinsehen, aber dann erblickte man in der dämmerigen Zelle überall Sonnen, die zu kreisen begannen, gegeneinanderstießen und schließlich sich auflösten.

»Gewiß, gewiß« – Pacos Stimme kam, als beruhigte er ein Kind –, »doch ich als exkommunizierter Priester könnte Sie nur in articulo mortis, wie der Fachausdruck lautet, lossprechen. – Daß Sie aber am Sterben sind, kann man wirklich nicht behaupten.«

»Gottverdammter Theologenkram«, der Leutnant sprang in die Höhe, »wenn ich mich nicht in Todesgefahr fühlte, nähme ich mir Zeit.«

Paco hob aufmerksam, aber auch mitfühlend den Kopf. »Todesgefahr? Nun, es ist Krieg!«

Der Leutnant schlug mit der Hand durch die Luft, verächtlich: »Diese Todesgefahr meine ich nicht, an die denke ich gar nicht. Hier ist etwas anderes. Jeden Morgen, wenn ich wach werde, kann ich mir den Schweiß abtrocknen, eine Sauerei, sage ich Ihnen, ich kannte nie ein solches Gefühl, bis diese verdammten Nonnen« – seine Worte stockten, ja scheuten förmlich wie Pferde vor einem Stück Papier und übersprangen dann das Hindernis mit einem wüsten Fluch, der zugleich eine Zote auf Maria als die unbefleckt Empfangene enthielt.

Paco schüttelte den Kopf: »Sie fluchen aber reichlich unappetitlich, und das wegen ein paar Nonnen, Teniente Don Pedro?«

Der Getadelte keuchte, endlich nickte er: »Ich weiß, ich verderbe mir alles, aber Sie wissen ja nichts. Abends, wenn ich schlafen gehe, fürchte ich mich vor den Träumen, begreifen Sie das bei einem hartgesottenen Soldaten, und das bin ich!« Er fluchte wieder, doch diesmal verwünschte er den Teufel. »Vielleicht ist das alles nur ein verdammter Aberglaube – ich meine nicht die Beichte, Padre, o nein, sondern diese Träume, diese Angst, als ob jemand mir auflauerte, jemand, den die Nonnen geschickt haben.«

Paco fragt jetzt: »Welche Nonnen?« Er denkt aber an etwas anderes.

Der Leutnant wendet sich erschrocken ab und schüttelt den Kopf: »Später, Padre, es ist furchtbar, in der Beichte, ja!«

Paco denkt wirklich an etwas anderes, er denkt: wenn ich jetzt so tue, als ob ich mir noch ein Stück Käse abschnitte, das Messer ist sehr spitz und stabil – das ginge schnell und lautlos. Und mit seinem Revolver dann – man brauchte nur ein paar Zellentüren aufzuriegeln – so im Vorbeirennen – und die paar Wachtleute, wenn man plötzlich so um die Ecke käme, werden nicht gerade schußbereit am Maschinengewehr liegen...

Das sind allerdings nicht eigentliche Gedanken, es ist dies ohne seinen Willen arbeitende soldatische Unterbewußtsein, der unermüdliche Fachtrieb, der einen Schuster auf seinem Spaziergang den andern, ohne es zu wissen, auf die Füße blicken läßt. Paco verzieht das Gesicht, als hätte er Kopfschmerzen, er sagt: »Ihr Posten ist allerdings nicht ganz ungefährlich!« Das klang fast wie eine Warnung, Paco ist übrigens selber verwundert.

»Oh« – Leutnant Pedro macht mit den Lippen einen indezenten Laut, er lacht durch die Nase –, »nicht daß Sie meinen, ich hätte vor den Gefangenen Angst. Was die angeht« – aber da bricht er ab, einen schrägen Blick gegen Paco hinaufwerfend, und seine dicke Hand fährt nervös an sein Bärtchen. »Ach nein« – er senkt den Kopf –, »gegen die gibt's ja Maschinengewehre! Aber die Träume, sage ich Ihnen.«

Er warf jäh den Kopf in den Nacken. »Sie können sich beim besten Willen nicht vorstellen, was ich angestellt habe, Sie nicht, Sie sind ein Kind gegen mich, wenn Sie's auch nicht glauben. Meine Sünden besuchen mich im Traum – es ist – o misericordia!« Er stampfte mit dem Fuß auf und wandte sich wieder auf diese Weise ab, als fürchtete er sich. Paco empfand ein seltsam unbestimmtes Verärgertsein; warum bringt er mich nicht in Wut, dieser Schurke; jetzt wäre der richtige Augenblick da, aber ich bin nicht im Schwung... Brachte mir zu essen und zu trinken und dazu das Messer – warum ist er so ausgemacht dämlich, einen Gefangenen ein Messer hinzulegen und sich dann derart zu postieren, als warte er auf den Stoß! – Und dabei noch solche ahnungsvollen Träume zu haben! Vertrauen kann unverschämt werden. Ich bin schließlich sein Feind, auch jetzt noch, ich habe das Recht, jede Möglichkeit zu Entweichen zu benutzen, jede! Warum stünden sonst die Maschinengewehre gegen uns gerichtet? Also dreh dich herum, sonst –

Paco starrte den Leutnant mit kleinen Augen an, er dachte das nicht Wort für Wort, aber all das und noch mehr staute sich dumpf in ihm an, doch er vermochte es nicht, zornig zu werden. Dieser starke Rücken vor ihm war auf eine zu elende Weise bedrückt, und so legte er ihm langsam die Hand auf die Schulter, sagte: »Ich habe eigentlich an meinen Sünden schon übergenug. Drehen Sie sich doch herum, die Sonne ist wohl untergegangen, zu schämen brauchen Sie sich nicht!«

»Ach, schämen!« Der Leutnant lachte grob auf.

»Gewiß«, Paco nickte, »man schämt sich, wenn man einer Dame ein Reiskorn ins Gesicht hustet, entsetzlich, nicht wahr, aber wenn man ein paar Mönche umlegt ...«

»Nonnen«, flüsterte der andere, »Nonnen, und die kommen jetzt – die letzte Nacht wurden sie frech, sage ich Ihnen, einfach frech!«

»Dazu haben sie schließlich ein Recht«, murmelte Paco.

»Nein, dazu nicht.« Der Leutnant schrie das gewürgt. »Die sind grausamer, diese Weiber, als ich es war! – Schließlich starben sie endlich, aber ich, ich schieße mich hundertmal in den Kopf, und sie stehen lachend um mich herum, wie Marktweiber, so lachen sie, diese verdammten Kleiderständer. Und jedesmal, wenn ich bei ihrem Lachen mir den Revolver an die Schläfen drückte: sie lachen, ach ja! – eben wie nur Tote lachen können. Dann wird der Revolver immer zu irgendeiner Sache. Das habe ich wirklich geträumt, gestern nacht: aus dem Revolver wurde ein Büchsenöffner, eine Blume, denken Sie sich, ein Hausschlüssel – oder er bricht mitten entzwei, oder es kommt Wasser vorne heraus, ist das nicht ...? Und sie lachen, haben Sie einmal Tote lachen gehört?«

»Nie! Ich wußte überhaupt nicht, daß die Toten lachen. Glauben Sie übrigens, daß eine Beichte den Toten dieses Lachen untersagen könnte?«

Paco lehnte, sich den Rücken scheuernd, an der Wand, seine Stimme klang nicht gerade höhnisch, doch ziemlich kühl. Ebenso fuhr er fort: »Ich glaube nicht einmal, daß die Toten grausam sind. Sie – Sie sind grausam!«

»Ich bin der Teufel«, knirschte die Schattengestalt, er sah jetzt sehr klein aus, der Teniente Don Pedro.

Paco blickte über ihn weg an die jenseitige Wand, sie verschob sich im schwindenden Licht. »Ein Teufel? Sie sind ein Mensch, sogar ein gläubiger Mensch. Ja, das ist sehr seltsam, wie? – daß die Menschen gläubig sind und doch sündigen – und noch seltsamer: daß sie sündigen und doch immer weiter glauben.«

Es wurde an die Tür geklopft. Leutnant Pedro war mit einem Ruck ein anderer, mit zwei festen Schritten war er hinaus. Paco hörte, wie draußen sich ein Riegel vorschob, und dies Geräusch riß ihn auf eine verletztende Weise aus seinen Gedanken: gefangen wie ein Schwein im Kober, durchfuhr es ihn! Und er blickte sich mit nüchternem Suchen in der Zelle um, steckte das Messer zu sich und trat ans Fenster.

Die Hitze hatte noch nicht merklich nachgelassen, in einer halben Stunde würde es ganz dunkel sein, immerhin dunkel genug, um über das kahle Plateau der Richtung zu folgen, wie sie das ferne Grollen der Geschütze angab. Vielleicht würde man sich aber auch noch anderswo hinwenden, man hatte in zwei Stunden das schmale Licht des zunehmenden Mondes. Einerlei, wo man auskäme, nur nicht länger wie ein Mastschwein hier hinter dem Riegel sitzen.

In der Zelle nebenan sangen zwei Stimmen leise und eintönig, es war mehr ein Gebrumm, wie es Menschen von sich geben, wenn die Melodie ihnen noch im Herzen sitzt und die Brust noch zu schwer und unbeweglich ist, ihr zu folgen. Paco lauschte. Er kannte die Mitgefangenen kaum, er war mit seinem Leutnant Don Juan und einem Kameraden, der aber ebenfalls gefallen war, erst seit einigen Tagen zu der Truppe gekommen, als sie dann gestern abend auf einem Vormarsch umzingelt wurden. Doch war man immerhin in diesem Augenblick dicht beieinander gewesen, man hatte geschossen und dann nicht mehr geschossen, man war zusammen entwaffnet und abgeführt worden, zusammen hatte man die Nacht Hunger und Durst gelitten, zusammen den Lastwagen bestiegen, um dann hier eingesperrt zu werden, alle miteinander unter demselben Dach, Paco nickte; und da mußte man wohl sehen, daß auch alle zusammen wieder hier herauskamen – nein, allein durfte er wirklich nicht fort, das ging einfach nicht.

Er rüttelte in einer Art von aussichtslosem Liebkosen an dem Gitter, das beim ersten festen Ruck nachgeben würde. Weiß Gott, nun war es noch einmal zu einem Symbol freiwilliger Gefangenschaft geworden – jedoch nicht für lange. Er fühlte nach dem Messer in seiner Hosentasche und wog es eine Weile in der Hand; man konnte die Klinge noch gut blinken sehen, sie sah in der Dämmerung wie ein Stück Eis aus, das aber in seiner vor Aufregung schwitzenden Hand nicht schmolz. Paco dachte nach, er steckte das Messer in die Tasche und lauschte an der Tür. Er hörte den festen langsamen Schritt des hin und her patrouillierenden Sergeanten – und er klopfte. Der Riegel schurrte kurz und entschieden, die Tür wurde einen Schlitz aufgetan, und der Sergeant fragte nicht ohne einen Ton von Zuvorkommenheit – er hatte bemerkt, daß sein Vorgesetzter diesen Gefangenen bevorzugte –, was er wünsche. »Ach« – Paco nahm indem das Tablett –, »es ist noch Käse und Brot und auch ein bißchen Wein hier. Ich habe genug, wenn Sie – ich weiß nicht, aber das Tablett stört mich, ich möchte das Pult freihaben.« Der Sergeant griff, ohne einen Augenblick zu überlegen, nach dem Tablett – seine Ration war, nach seinem vergnügten Gesichtsausdruck zu beurteilen, nicht sehr groß – und verschwand.

Als der Riegel wieder schurrte, zog Paco nochmals das Messer aus der Tasche, fuhr prüfend mit dem Daumen über die Klinge und steckte es wieder ein; nun war es ihm sicher!

Er legte sich einen Augenblick auf die Pritsche, und wie er zur Decke hinaufstarrte, entdeckte er einen Rostflecken – wie?... War das noch derselbe von vor zwanzig Jahren? Nicht gut möglich, dachte er, Padre Julio hätte ihn nicht so lange geduldet, aber Wasserflecken schlagen durch, sooft man sie auch zukälkt, und er war nun sogar noch ein Stück gewachsen. Paco seufzte.

Es war wirklich dieselbe Landkarte seines Traumreiches, seiner Insel der Acht Seligkeiten und des dionysischen Weinstocks, sein Utopia im weiten, weißen Meer der Kalkdecke, die Hyperboreer seiner Bettstatt, die er jede Nacht vor dem Einschlafen und oft auch im Traume besuchte, um dort, auf einem Esel umherziehend, alle jene Predigten, die von den Acht Seligkeiten und die vom Allvereiner Dionysos, zu halten, welche ihm in der Wirklichkeit auch nur niederzuschreiben verwehrt waren.

Eigentlich brauchte man diesen schlichten Inselmenschen nicht zu predigen, um sie in diesen Wahrheiten zu unterrichten oder sie gar damit zu bedrohen, denn alle göttlichen Wahrheiten sind kernhaft in der unverdorbenen Seele; es galt sie nur zu wecken und die Seele noch tiefer im Reich des Göttlichen zu verweben.

Die Leute waren meist Fischer, kleine Ackerbauern und Handwerker, die ihre Erzeugnisse auf den Markt brachten und dort gegeneinander austauschten. Geld kannten sie nicht. Die Künstler und Gelehrten ernährte und kleidete das Gemeinwesen, und sie wurden wie die honigsammelnden Bienen gehalten. Mord, Raub und Betrug gab es nicht, von Zeit zu Zeit hatte das Gericht es mit einem kleinen Dieb zu tun, mit einem Verleumder, der aus Langeweile seine Zunge nicht im Zaume hielt, oder mit einem Ehebrecher. Die Bestraften sonderte man nicht örtlich von den andern ab, sie mußten vielmehr eine besondere Kleidung tragen, bei den Gemeindeversammlungen abseits sitzen und schweigen, bis für sie beim Richter Fürsprache eingelegt wurde. Dann zog man ihnen in der Öffentlichkeit wieder feierlich die Bürgerkleidung an, und der Stadthauptmann küßte sie im Namen des Volkes, und es schloß sich ein Freudenfest an. Auf der Insel gab es übrigens auch noch richtige Heiden, welche die alten Götter verehrten. Die Christen und Heiden neckten sich wohl gegenseitig mit dem, was man am andern nicht verstand, doch durften die christlichen und heidnischen Priester und Gelehrten zu diesen Verschiedenheiten in Glauben und Kult und in mancherlei sittlichen Anschauungen nicht öffentlich oder gar in apologetischen Büchern Stellung nehmen. Denn man sah ja, daß die Früchte des inneren und äußeren Lebens bei Christen und Heiden dieselben waren – und wenn Paco auf der Insel ankam, liefen ebenso viele Heiden an den Strand, ihn zu begrüßen, als Christen. Und wenn er aus den christlichen Kirchen kam, ging er auch in den Dionysostempel, besonders am sechsten Januar, wenn das große Weinwunder geschah. Am Erntefest und im Frühling wohnte er den Demetermysterien bei, und es war bekannt, daß viele Christen, sogar Priester, sich in die Mysterien hatten einführen lassen. Denn das Heidentum bewegte sich fromm in jenem Bereich, der dem Christentum in dieser Ausgeprägtheit von jeher versagt geblieben war, in jenem Bereich nämlich, wo die Natur sündelos ganz im Göttlichen liegt und das Göttliche in der Natur antastbar erscheint und in den Göttern seine Unaussprechlichkeit aufhebt und sich den Sinnen darstellt, ohne sich in dogmatischen Formen dem Verstande preiszugeben. Die Christen auf der Insel aber sagten, sie hätten statt der Götter Maria und die Heiligen, und außerdem: die Dreifaltigkeit sei ja schließlich in Vater, Sohn und Geist den Menschen begegnet, und in diesem Geheimnis ließen sich alle menschlichen Ordnungen und Lebensformen durchaus im Göttlichen spiegeln, ja, aus ihm herleiten und heiligen. Heiden und Christen wetteiferten so in ihrem Gotterkennen, wiewohl das eine die Gottesbilder aus der Schöpfung, das andere sie aus dem Buch, der Sehnsucht des einsamen Herzens und dem Geist der Geschichte empfangen hatte. Da man sich aber gegenseitig eifrig beobachtete, kam es, daß die Christen in ihrem Glauben vieles von den Heiden hatten und die Heiden umgekehrt von den Christen; und das mehr im Waagerechten verlaufende heidnische Denken und das senkrecht in die Unendlichkeit aufsteigende der Christen kreuzte sich wie die Fäden am Webstuhl. Das Gotteskleid, das sie auf diese Weise woben, trug die Muster sehnsuchtsvollen Friedens und demütiger Güte.

Paco war deshalb so häufig auf der Insel, weil die Überfahrt bequem war. Bald fuhr er fast jeden Abend, wenn er auf dem Bett lag, hinüber, und schließlich wurde sein Entweichen auf die Insel an der Zellendecke eine Flucht, die sein Gewissen zu bedrücken begann.

Er beichtete also seinem alten Dogmatikprofessor, dem Padre Damiano, seine Fahrten nach Utopia. Der zog die Brauen zusammen – er war ein unsagbar nüchterner Mystiker! –, und ihm mit der Hand das Gesicht zu sich heraufhebend (Padre Consalves kniete vor ihm in der Zelle), knurrte er nur: »Wechseln Sie die Zelle oder lassen Sie ihre Insel zustreichen, oder noch besser: Fahren Sie nicht mehr hinüber. Vergessen Sie nicht: noch keiner hat die Welt zu einem Utopia reformieren können, keiner, selbst Er nicht! Wenn Sie bedenken, Padre Consalves, daß die ganze Welt eine Börse ist (Padre Damiano war früher ein bekannter Bankier gewesen), und wenn Sie sehen, wie schlecht die Aktien Gottes stehen und Sie trotzdem kaufen, dann denken Sie also etwa heimlich: Wollen sehen, man kann nie wissen? – Ich kann Ihnen sagen, Sie spekulieren daneben! Kaum haben Sie gekauft, schon sinkt der Kurs von neuem, sinkt, sinkt und sinkt, Sie gelten allgemein als ein Trottel, man lacht Sie aus. – Sie behalten aber das Papier, Sie behalten es, nun ja, weil Sie es ohnehin nicht mehr anständig loswerden. Wegwerfen, ja, das wohl, aber verkaufen? – Sie wissen ja, die Kinder dieser Welt sind klüger als die Kinder des Lichtes. Und nun beginnen Sie heimlich und leise, um Ihre wertlos gewordene Aktie doch vielleicht wieder auf den Markt zu bringen, ein Utopia zu gründen, irgendwo, keiner hat es gesehen, aber Sie erzählen davon, ach ja: was das Christentum alles doch bewirken könne; und das Ergebnis: ein richtiger Bankkrach! Die Leute erfahren: das gibt es ja gar nicht, dieses Utopia, diese erlösten, friedlichen Christen, diese losgelösten, nur nach dem Ewigen trachtenden Priester, überhaupt dies besondere Leben, das die Erde liebt, wie nur die Heiden es können, und zugleich für nichts erachtet, wie es den Christen aufgegeben ist, nein, dies besondere Leben, das gibt es ja nicht. Die Christen sind nicht anders als die übrigen Menschen. Wenn das dann wieder neuerdings feststeht, muß Ihr Utopia als ein Schwindelunternehmen angesehen werden, und was sind Sie in diesem Fall? Und wo gehören Sie hin? Ich sage Ihnen, ins Gefängnis, genau wie dieses und jenes Finanzgenie, das am Mississippi oder in Alaska eine Gesellschaft gründet, die nur auf dem Papier existiert.«

Paco hatte damals flehentlich die Hände erhoben: »Ja, aber unser Glaube!? Christus hat doch gesagt, daß wir noch größere Zeichen und Wunder als er verrichten würden.«

Padre Damiano lachte grob: »O gewiß! Das größte Wunder ist nämlich, an diese scheinbar faule Aktie zu glauben, und nicht einmal, weil das in der Offenbarung steht – das könnte ja ebenfalls ein leeres Versprechen sein –, sondern weil unser Herz erkannt hat: die Aktie ist echt. Hier ist der Weg, die Wahrheit und das Leben – und nicht da und nicht dort, wenigstens nicht für mich. Und nun sei treu und kühn, glaube, hoffe und vor allem liebe! Und deine Aktie gibt dir mehr als ein Utopia: sie gibt dir den Mut, ein Mensch zu sein, dem nichts mehr schadet und den nichts mehr enttäuscht! Denn alles ist euer, sagt Paulus, ihr aber seid Gottes.«

Paco hatte noch einmal die Hände gehoben: »Ja, aber, Padre, wenn das Leben der Christen sich in nichts unterscheidet von dem der andern; wenn es nicht mehr und nicht schönere Früchte trägt, ist dann noch eine Ursache vorhanden, die Wahrheit dieses Glaubens als verbürgt anzunehmen?«

Padre Damianos breites, dickes Gesicht verdüsterte sich, er stülpte die Lippen vor, und seine blutunterlaufenen, immer tränenden Augen verkniffen sich. »Wenn Sie den Christen damit insgesamt einen Vorwurf machen, richtet sich dieser Vorwurf gegen die Majestät Gottes! Denn wir sind nach seinem Willen so, wie wir sind, wir Menschen insgesamt. Und merken Sie sich, Padre Consalves, es gibt kein Innerhalb und Außerhalb der Kirche. Vor Gott gibt es nicht einmal die Hürden der Religionen, die wir Menschen aus mancherlei Gründen offensichtlich notwendig haben. Nur das eine ist unumstößlich: Gott ist die Liebe, und wer in der Liebe bleibt, der bleibt in Gott und Gott in ihm. Die Liebe aber ist die diskreteste Tugend, und sie kann in Verwandlungen auftauchen, wo wir sie gar nicht mehr erkennen. Sie wollen die strahlenden Früchte der Christen sehen, die alles überstrahlenden! Ach, du lieber Himmel, wenn das so exakt statistisch festzustellen wäre, hätte die ungetaufte Menschheit alle Eile, innerhalb vierundzwanzig Stunden sich taufen zu lassen, aus lauter Tugendkonkurrenz. Gottes Denken ist nicht so praktisch, so rechnerisch, so gewaltsam! Der Mensch ist nicht Buddhist, Mohammedaner oder Christ, weil in jeweils seiner Religion die hellsten Tugendfrüchte gezeitigt werden, sondern weil ihm dieses himmlische Gewand von den Eltern überliefert wurde, und vor allen Dingen, weil es ihm paßt: er kann sich darin bewegen, es hält ihn warm, und er hat es gern; er hält es sauber und wirft es nicht weg: denn auch die Tradition verbindet mit Gott. Alle diese Gewänder aber sind aus ein und demselben Stoff gemacht: aus der Liebe Gottes und der Liebe zu Gott!« Und nun neigte sich der Alte zu Padre Consalves' Ohr: »Gott geht nicht nach Utopia! Aber auf diese tränenfeuchte Erde kommt er – immer wieder! Denn hier ist unendliche Armut, unendlicher Hunger, unendliches Leid! Gott liebt das ihm ganz andere, liebt den Abgrund, und er braucht – verstehen Sie mich um seines heiligen Namens willen recht –, braucht die Sünde! Sie verstehen mich. Er ergießt sich. Er erneuert, Gott schafft Götter. Der Kosmos ist sein geliebter Sohn, der von ihm, dem Vater, alles empfängt im Geist, in der Liebe. Und dieser Sohn wird so, wie der Vater es will! Gott liebt die Welt, weil sie unvollkommen ist. – Wir sind Gottes Utopia, aber eines im Werden!«

Paco auf seiner Pritsche seufzte. Die Landkarte an der Decke war nun von der Dämmerung ganz überspült worden. Versunken im Meer die gelben Küsten, die weißen Städte, die friedlichen, heiteren Menschen. In der Ferne bellte die Feldartillerie, plumpsten die Mörser. Der bronzene Gong summte. Und Padre Damiano war – ach, er mußte den schrecklichen Juristen in Leutnantsuniform doch noch ein wenig ausfragen. Man mußte – was mußte man alles noch in dieser Nacht! Handeln – vielleicht sogar töten – einen Ahnungslosen, vielleicht!

Utopia – wie recht hatte der alte Dogmatiker! – trug die Schuld an seinem Austritt. Padre Damiano hatte ihm am Abend vor seinem Fortgehen aus dem Kloster noch mancherlei gesagt. Padre Consalves hatte schon den Zivilanzug auf der Zelle, und darauf hinweisend, sagte er: »Padre Damiano! Sie hätten es nicht geglaubt, nicht wahr, aber ich weiß nicht mehr, warum ich hier in dieser Zelle sitze, es muß etwas geschehen!«

Der Alte hatte – aber er war eigentlich noch nicht so alt – seine zwei Zentner Leibesgewicht auf die Pritsche fallen lassen und dann die Backen aufgeblasen und vor sich hingenickt: »Es muß etwas geschehen, sagte der Floh und sprang.« Padre Damiano sagte das ebenso vergnügt wie nachdenklich. »Und dieser Sprung gehört zum Ganzen, zum großen Geschehen – wiewohl weiter nichts Weltstürzendes dabei herauskam, aber er sprang, wie gesagt.«

Schließlich hatte er nach der Decke aufgeschaut, sich weit zurückbeugend, und den Rostflecken lange studiert. »Ja, wer möchte nicht so eine schöne Insel haben, um sich da ein bißchen aufzufrischen! Auch gute Luft dort, wie?

Natürlich doch, muß ja sein. Malaria ist ausgerottet oder war nie da. Schlangen keine, Tiger auch nicht! Sterblichkeit sehr heruntergesetzt, sterben alle im Patriarchenalter, sanft, in weißen Laken. Gute Verwaltung, blühende Gemeinden! Und vor allen Dingen kein Geld! Haha, Sie Schlauberger! Aber, was ist das eigentlich: haben diese Leute dort oben an der Decke eigentlich freien Willen, oder sind sie sanft, ergeben und lenkbar wie Schafe?«

»Doch, sie haben freien Willen, mehr als wir hier hinter diesen Gittern allüberall und mehr als die stumpfen Untertanen unter ihren Ausbeutern!«

»Aber Ihre Insulaner kommen doch wohl selten in die Lage, ihn zu brauchen, wie? Wenn die einmal sagen: es muß etwas geschehen, nicht wahr, dann tun sie auch so einen Sprung und noch einen, und ihre Welt ist genau wie zuvor: wohltemperiert und in Ordnung, aber der Sprung war trotzdem eine Genugtuung, wie«?

Der Alte lachte vor sich hin, doch Padre Consalves hob ärgerlich das Kinn: »Sie scherzen so ins Allgemeine, das ist immer leicht. Was mich anbetrifft: ich nehme meinen freien Willen, den ich auf dem Altare geopfert habe, zurück.«

»Also kommen wir zum Besonderen« – Padre Damiano stieß wie ein Stier mit dem Kopf vor –, »sehen Sie, da haben Sie's ja: was man noch zurücknehmen kann, ist noch vorhanden, noch nicht verbrannt, wie Sie so schön sagen, auf dem Opferfeuer des Altares. Nein, wer hat Ihnen solche Vorstellungen beigebracht? Ich bestimmt nicht. Hören Sie: Gott ist wie eine kluge Frau; wenn ihr Liebhaber auch schwört und beteuert: hier, nimm hin meinen Willen, meine ganze Freiheit – er denkt gar nicht dran, sowenig die liebende Frau daran denkt, wenn sie ein bißchen von der göttlichen Weisheit in sich hat. Nehmen Sie also die Blankovollmacht, die Ihnen Gott ausgestellt hat, ich meine Ihre Freiheit des Handelns, nehmen Sie das himmlische Aktienstück zurück, es gehört Ihnen! Aber vergessen Sie nicht, das Kapital dahinter, das sind Sie selber. Sie verfügen, mit göttlicher Genehmigung, über sich und alles, was Sie sind und haben. Das ist wohl ein dickes und auch drückendes Scheckbuch, was Sie da bei sich tragen. Nur bin ich jetzt gespannt, an wen Sie die einzelnen Blätter ausstellen werden, wo Sie Ihre Freiheit Stück für Stück abgeben. Sie werden sehen, das Buch wird zusehends dünner. Sie sind, Gott sei Dank, nicht geizig! Aber passen Sie auf: den letzten Scheck im Buch – es nimmt ein Ende –, den stellen Sie auf die Liebe aus, in irgendeiner Form auf die Liebe, auf etwas, was nicht Sie sind – sondern das Sie braucht.«

Damit hatte sich der Alte erhoben, war vor ihn hingetreten, hatte ihm das Zeichen des Kreuzes auf die Stirn gemacht und dabei geflüstert: »Gott ist gnädig! Und im Karmel sollen Sie sterben!«

Das waren die letzten Worte des seltsamen Alten, der wegen der Bilder und Vergleiche aus dem Bank- und Wirtschaftsleben von besonders eifrigen Mönchen häufig getadelt wurde. Manche zweifelten sogar an seiner Rechtgläubigkeit. Padre Damiano erzählte zum Beispiel gerne Legenden, die jeder seiner

Zuhörer unbedingt für christlichen Ursprungs hielt, ja, für eine Kristallisation christlichen Geistes, und dann konnte der Alte hinterher geradezu schadenfroh lachen, wenn er ihnen seine Quelle vor die Augen hielt: einen Taoisten, Buddhisten, Mohammedaner – und seine immer wiederkehrende Schlußbemerkung war: »Alles ist euer, ihr aber seid Gottes!«

Padre Damiano war damals schon über sechzig, und vielleicht hat er den schrecklichen Tag der Heimsuchung – so werden sich die Mönche später einmal ausdrücken – nicht mehr erlebt.

Paco ließ seine Gedanken durch alle Räume des Klosters und der eigenen Vergangenheit in diesen Mauern hinhuschen. Sooft aber der gleichmäßige Schritt der Wache an seiner Zellentür vorübertappte, erstarrte sein Erinnern, und die Schritte gingen pochend durch seine Seele. Gefährlich hallte in diesem Schweigen der Schritt des Ahnungslosen, der sich nicht träumte, daß hier ein Mann auf der Pritsche lag, der immer ernstlicher erwog, ob dieses Messer im Zustoßen eine Berechtigung habe oder nicht.

Pacos Überlegungsweise war kein kasuistisches Abwägen, das die Moraltheologie zu Rate zog. Er lauschte vielmehr in sich hinein. In ihm war der Knabe Paco, der Jüngling, der Mönch, der Matrose – der allerdings nie eine Messerstecherei gehabt hatte! –, war der Soldat, der Kamerad. Ein ganzer Kreis von Pacos, der Kriegsrat hielt. Der Gefangene reichte das Messer fragend und auffordernd ihnen hin, aber einer gab es dem andern weiter, und jeder schwieg. Selbst der Soldat sagte nichts, er zuckte nur die Schulter, und schließlich sagte er: nein, ich nicht! Ich bin müde – ich kann ja auch mal verschnaufen! Doch da erhob sich zu aller Verwunderung der Mönch, der Theologe, und der sagte: in einem Falle ist es notwendig, und dann tue ich es selber, auf meine Verantwortung – in einem Fall! Mir gefallen die Maschinengewehre nicht, die da in den Gang gerichtet sind. Der Leutnant hat Angst. Was tut er, wenn die Seinen sich zurückziehen und die Stadt geräumt werden muß? Das kennt man ja zur Genüge! Auch wenn er nicht auf so gespenstige Weise einen Mörder im Rücken spürte, er hat dann einfach einen Befehl auszuführen ... Er läßt die Gefangenen aus der Zelle treten, sagt, daß man nach X oder Y fährt, läßt die Leute sich in Bewegung setzen, und wenn sie gerade die Treppe hinuntergehen, beginnt so schön von hinten und von der Seite das Maschinengewehr zu schnattern – oder unten im Binnenhof. Man wird zweihundert Soldaten dem Feind nicht zurücklassen. – Gegen das Verbrechen sich zu wehren ist erlaubt; das Leben der anderen zu verteidigen ist sogar eine sittliche Forderung. Und somit, wenn dieser Fall sich als gegeben herausstellt – der Theologe Paco sieht sehr entschlossen aus, während der Paco auf der Pritsche sich seufzend hin- und herwälzt.

Dieser formalistische Hund will also beichten, hat Angst vor der Hölle. Paco schüttelt den Kopf: er hat seit zwanzig Jahren nicht mehr gebeichtet und spürt noch immer kein Bedürfnis danach. Und dieser Kerl, nachdem er, weiß der Teufel was, mit den armen Nonnen angestellt, hat plötzlich – man kann nicht sagen: die Hose – aber doch sein Gewissen voll und hält sich nun ausgerechnet an ihn, der von dieser Art Rechtsprechung eine so ganz von seinem Beichtkind abweichende Meinung hat. Paco reibt sich die Stirn, als müßte er sich aus einem verrückten Traume wecken. Zwanzig Jahre hatte man sich darin sozusagen geübt, jede Art von Zuspitzung, auf welchem Gebiete auch immer, zu vermeiden. Selbst im Felde der weit vor den Toren der Tat sich abspielenden Diskussion hatte er sich angewöhnt, das Entweder-Oder mit seinem ihm wesenseigen gewordenen Lächeln zu vermeiden. Sogar diesen Krieg gegen die eigenen Städte und Mitbürger hatte er deshalb in einem schrecklichen Staunen mitgemacht, und ein Ja oder Nein ging, solange er Soldat war, nicht über ein Stellungnehmen zu alltäglichen Dingen hinaus, alles übrige wurde einfach stumm und zäh getan: man werkte im Joch.

Wirklich, guter Padre Damiano, das Scheckbuch – oh –, vielleicht war wirklich nur noch ein einziges Blatt drinnen, und das sollte man nun auf die Liebe ausstellen. Liebe – das ist auch so ein gewürfeltes Wort, wie's fällt, so liegt's. Oder wär's etwa keine Liebe, an die Zweihundert zu denken, die hier vielleicht... Mit einem Ruck sitzt er aufrecht auf der Pritsche und lauscht: das kommt ja immer näher, oder ist es die Stille der Nacht, welche die Stimmen der Kanonen deutlicher trägt. Er greift hastig und gewohnheitsgemäß in die Tasche und ist dabei über sich selber verwundert; denn er wußte es ganz genau, daß er da vergeblich seit Tagen nach einer Zigarette suchte, aber immer wieder dieser Griff, immer diese Sekunde törichter Hoffnung, es stecke vielleicht doch eine zerquetscht in einer Falte. Außerdem, er hatte ja auch keine Streichhölzer. Langsam erhob er sich von der Pritsche und trat an das Pult. In der nun schon dichten Dämmerung suchte er nach irgend etwas, seine Hände wollten eine planmäßige Beschäftigung haben, da fand er in der Schublade ein Päckchen, er roch daran: Schnupftabak, eine vorzügliche Qualität, gewiß vom Schloß! Er nahm eine Prise und steckte das Stanniolpäckchen in die Tasche. Dankeschön, Padre Julio – du bist andauernd nett und hilfsbereit. Nur schade, daß du nicht Zigaretten rauchtest. Er kramt in der mittleren Schublade: Hefte, Schreibzeug, eine Fliegenklatsche, Briefpapier, Siegellack, man brauchte gar nicht hinzuschauen.

Er beginnt auf dem Pultdeckel leise zu trommeln, als wär's ein Tamburin. Zwischendurch niest er einmal dröhnend. Das Messer! denkt er immer wieder. Seine Gedanken suchen sich einen aufregenden Gegenstand, hätte er eine Zigarette, ließe ihn das Messer vielleicht in Ruhe. Er geht an die Tür und lauscht, und da der Schritt des Wachhabenden soeben vorbeitappt, klopft er: man möge ihn zum Teniente Don Pedro führen, das klingt fast wie ein Befehl, wenn er auch dabei lächelt. Es ist nicht der Sergeant, sondern einer der beiden Soldaten. Der Mann geht den Sergeanten fragen, Paco hört ihre Stimmen am Ende des Ganges.

Mein Gott, denkt er, ich kann dem Leutnant doch nicht sagen, daß ich wegen einer Zigarette zu ihm komme. Und da er noch eine Prise nimmt, fällt ihm ein, daß er, der Padre Consalves, den Schnupftabak den Mönchen am liebsten verboten hätte. Er schüttelt den Kopf: ist man nun ein Stück weitergekommen? Ein wunderliches Laster, dieses Rauchen! Überhaupt die Abhängigkeit von irgend etwas. Jedoch, der Teniente wird sich freuen, er wird ihm das Etui hinlegen wie eine Bestechung, sein Beichtkind wird ihn sanft stimmen wollen. Verrückte Welt, und da sagt man, saß die Sterne es sind, welche die Menschen zusammenführten. Die Zigarette oder das Messer! Aber dies Messer ist nichts als eine Wichtigtuerei vor sich selber, Nervosität, die nach einem Gegenstand sucht, was sonst? Die Zigarette wird beruhigen, und dann lächelt man über seinen eigenen Mut, kleinlaut und zufrieden. Er hat in seinem Leben noch kein atmendes Wesen, nicht einmal ein Huhn oder Kaninchen mit dem Messer erlegt, er durchforscht sich geradezu neugierig nach einer solchen blutigen Begebenheit, während er neben dem Soldaten den Gang entlangschreitet.

Einige blau abgeblendete Kerzenstümpfchen standen auf den Fliesen, die Fenster des Ganges führten auf den Innenhof, waren aber trotzdem noch mit Säcken verhangen. Ihrer beider Schatten bogen sich an der gewölbten Decke hin, als geschähe ihnen Gewalt, aber das nächste Licht am Boden hob den Schatten des vorigen auf und warf den neuen Schatten wie mit einem unhörbaren Kommandowort in die neue Richtung. Paco betrachtete dies Schattenspiel, sein Begleiter ging im gleichen Schritt mit, und sein Schatten wurde auf dieselbe Weise gekrümmt, aufgeschluckt und in eine andere Richtung geworfen. Paco empfand – vielleicht weil ihre Schatten dasselbe erlitten! – etwas wie Verbundenheit mit dem düster aussehenden älteren Mann, und so fragte er ihn: »Aus Kastilien?« Der andere blickte ihn kurz an, als wollte er diese Vertraulichkeit in die Schranken weisen, nickte aber endlich doch. »Man sieht's – Paco lächelte –, »Sie haben gewiß Frau und Kinder?«

»Kinder, ja!« Der Soldat sagte das leise und mit einer gewissen Vorsicht, etwa als rührte seine Antwort an ein militärisches Geheimnis.

Sie waren an der Tür zur Bibliothek angekommen, und da sagte Paco – sein Mund kam dem behaarten Ohr des brummigen Mannes sehr nahe; es war etwas Lichtes, das ihn so, nicht anders wie die Kerzen vorhin seinen Schatten, zu dem Manne hinbog –: »Gott ist gnädig!« Der andere blieb wie angewurzelt stehen. Endlich kam aus der knolligen Nase des Mannes ein kurzes Blasen, doch dieser Laut, der wie eine Ablehnung klang, war von einem rauhen Brustton gefolgt, und darin lag etwas Hinnehmendes, Gedankenvolles; dann öffnete der Soldat die Tür.

Die inneren Fensterläden der Bibliothek waren geschlossen, auf dem riesigen Büchertisch stand eine blau abgeblendete Petroleumlampe, dicht daneben glitzerte das Telephon. Im Lichtschein lag ein Buch, und darüber saß Leutnant Pedro gebeugt, seine nun bläulich weiße Hand trommelte fast vergnügt auf den Tisch, als läse er etwas höchst Amüsantes. Er blickte nicht auf, als die beiden eintraten, sondern las eilig weiter; dann aber, auf das Buch klopfend, im Ausdruck höchster Übereinstimmung mit dem Gelesenen, sprang er auf, schob den Sessel mit einem Ruck zurück und kam auf Paco zu, mit kurzen, eifrigen

Schritten, und dabei rief er: »Es genügt die unvollkommene Reue, die pure Angst vor der Hölle also, um gültig losgesprochen zu werden, das wär' ja auch noch schöner. Wie sollte ich in meiner Verfassung...« Paco schaute den so Sprechenden an und ließ seinen Blick fragend in die Nachbarschaft der Tür wandern, wo noch immer der Soldat stand, unschlüssig, ob er gehen sollte, und zugleich in fassungsloser Neugier seinen Vorgesetzten anstarrend. »Scher dich zum Teufel, Kerl«, fuhr ihn Leutnant Pedro an wie ein zuschnappender Hund. Der Soldat zog das Gesäß ein, wandte sich und ging dann langsam und steifnackig hinaus.

Paco murmelte, als spräche er zu sich selbst, und es schwang jenes Lächeln in seiner Stimme, das alle Bestimmtheit auflöste: »Vielleicht wollte auch er beichten, wer weiß, man müßte einmal fragen, hm?« Leutnant Pedro warf im Vorbeigehen Paco einen schüchternen Blick zu, er zuckte die Schultern, drehte sich aber sofort auf dem Absatz um und zeigte unter seinem Schnurrbärtchen die Zähne, er schien beinahe vergnügt: »Gott gibt jedem Menschen hinlängliche Gnade, um selig zu werden. Das fand ich ebenfalls in diesem ausgezeichneten Schmöker.«

Er wies auf das Buch. Paco trat näher, stemmte die Hand auf den Tisch, er mußte sich dabei etwas bücken, und den Zigarettenstummel auf dem Tintenfaßständer betrachtend, sagte er, sehr zerstreut und nervös: »Ja, die Theologen haben nichts ausgelassen, ihre Rechtfertigung Gottes ist wahrhaft umfassend, sie verteidigen Gott, als stände er vor Gericht und nicht der Mensch! Aber haben Sie vielleicht eine Zigarette, Señor Teniente?« Der Leutnant fuhr hastig in die Tasche, doch als er das Etui öffnete, schien ihm etwas einzufallen; er nahm sich eine Zigarette, schloß den silbernen Behälter und ließ ihn langsam in die rechte Hosentasche gleiten, und ebenso langsam entzündete er sich seine Zigarette. Und den Rauch gegen den Reglosen in die Höhe blasend, grinste er schlau: »Nicht daß Sie meinen, ich sei von der Sorte, – ich teile die letzte Zigarette mit – oh, mit jedem! Aber – das Himmelreich leidet Gewalt, und nur die Gewaltanwendungen reißen es an sich, auch das las ich. So bin ich denn gewaltsam, auf eine schäbige Weise, ich bin mir dessen bewußt. Hören Sie also, Sie sollen sofort rauchen, soviel Sie wollen, aber zuvor muß ich Sie bitten, meine Beichte anzuhören. Ich habe nämlich immer noch das unbestimmte Gefühl, als wollten Sie sich bitten lassen – oder als wollten Sie überhaupt nicht, vielleicht weil ich zur Gegenseite gehöre?«

Pacos Gesicht war zu Stein geworden, er sagte rauh: »Es gab einmal einen, der wollte den Aposteln ihre Kraft um Goldeswert abkaufen, Sie wollen's mit einer Zigarette. Simon wurde verflucht, Sie machen sich lächerlich, Señor Teniente!«

Pacos Tonfall verlor damit aber schon wieder alles Feierliche, er sagte schlicht: »Es tut mir übrigens gut, daß ich von der Beichte eine so geringe Meinung habe, zumal von der Ihren! Ich könnte auf den Tausch eingehen: eine Beichte für eine Zigarette. Wenn Sie mir die Zigarette auf eine nette Weise gäben, gälte sie mir, und ich glaube sogar Gott, mehr als so eine Beichte, die Sie aus lauter Bammel vor Tod und Hölle ablegen.« Und nun lächelte Paco und sagte: »Seien Sie doch ein Mensch – ich sage nicht einmal: ein Christ –, und geben Sie mir eine Zigarette, ohne jede Bedingung! Sehen Sie, meine Finger zittern, ich bin sehr aufgeregt ...«

Paco hielt seine lange, hagere Hand hin und sah, wie der Leutnant, ohne sich zu rühren, sie anblickte; er sah nur den krollhaarigen, so ins Anschauen der Hand hingedrehten Kopf, der sich endlich langsam aufwärts hob: das Gesicht des Leutnants wirkte im flauen Licht der Lampe noch käsiger. »Warum denn – wirklich, Sie zittern!« Die Stimme des Leutnants versuchte erstaunt zu klingen, er fuhr leise fort: »Haben auch Sie etwa Angst vor ..., ich weiß nicht – diese verfluchten Mauern scheinen die Angst abzusondern wie andere Salpeter. Vielleicht rächen sich die Mönche auf diese Weise. Sagen Sie doch –, haben Sie Angst – vor irgend etwas, Ihre Hand zittert richtig, Todesahnungen wie ich? Oder ...?«

»Oh!« Paco zog seine Hand jetzt zurück, betrachtete sie von innen eine Weile und fuhr mit dem Finger der anderen die Lebenslinie nach: »Eine Zigeunerin, ja – das fällt mir jetzt wieder ein, die sagte mir kürzlich, ich müsse demnächst sterben. Hat's nicht schwer gehabt mit ihrer Prophezeiung, nicht wahr? Schwerer hatte es der Padre Damiano – ja, auch das fällt mir jetzt wieder ein!« Er schwieg, in seine Hand schauend.

»Padre Damiano?« Der Leutnant blätterte in dem Buch, das vor ihm lag, und schlug die Titelseite auf. »Ja – richtig, Damiano – was sagte er denn, ein ganz kluger Bursche!«

»Oh, was der sagte? Ja, wahrhaftig, das ist sein ›Handbuch für Beichtväter‹ – Gott, es war doch gestern, daß ich wie Sie – und doch ganz anders! – vor diesem Buche saß.«

»Aber, was sagte er denn? Dieser Padre Damiano gefällt mir nämlich. Er hat Ihnen etwas prophezeit?«

»Ja ...« Paco starrte jetzt in die Ferne, durch die Bücherwand hindurch, in die Nacht, über die Ebene hin: Heuerbüros, Häfen, Schenken, Schiffe Brotherren, Dirnen, Einöde des Meeres, Ankerspill, Zinkeimer, indische Heizer, Kohlen, Eßnäpfe, weiße Minarette – auf der dumpfgrünen, kaum bewegten Oberfläche seiner Seele tauchten wie kleine weiße Wellen in der unendlichen Einöde des lebendigen Wassers einzelne Bilder auf, kräuselten kurz dahin und vergingen. Er hört den Lotsenruf aus dem Dunkel unten im kleinen Boot, er sieht sie Küste auftauchen und wieder forttreiben, er wringt sein Hemd aus: Schaum, viel Schaum flockt auf die Schiffsplanken; und die Zigeunerin sagte – Padre Damiano prophezeite; und vor seinen weitgeöffneten Augen kreiste das Vergangene wie Funken und Sterne, alles hatte sich in Zeichen verwandelt, war eine unenträtselte Schrift geworden, die sein Leben silbenweise, ohne eine Stunde auszulassen, gesammelt hatte; und nun er angstvoll gelehrig und voll Begierde diese schon von Ferne erbleichten Zeichen entziffern wollte, da spürte er: es wird mir nicht gelingen, ich habe alles verlernt, sogar das ABC, in welchem mein Leben abgefaßt ist. Wie eine altertümliche, aus dem Gebrauch geratene Schrift blicken mich die Zeichen an, in denen ich mich selber so selbstverständlich niederschrieb. Ich bin darin, und es gehört mir nicht mehr: meine Vergangenheit ist mir fremd geworden, alles ist fertig, und ich komme nicht mehr hinein. Oh, wie arm kann ein Mensch doch werden! Etwas wie Sehnsucht nach ihm selber überkommt ihn, aber er schüttelt ergeben den Kopf. Padre Damiano sagte doch immer: alles ist euer? – Nun wohl, alles, aber nicht mehr das eigene, das Besondere, oder kommt es auf einem Umweg zurück? Denn ja: ihr aber seid Gottes!

»Denn er sagte ja auch: Gott ist gnädig! Ja – und: Im Karmel werden Sie sterben.«

Paco hatte Padre Damianos Worte, wie aus tiefem Traume sprechend, laut und vernehmlich gesagt, und davon schien er zu erwachen. Er merkte gar nicht, wie die Hand des Leutnants, der seine Zigarette auf dem Tintenfaßständer hatte zu Asche brennen lassen, behutsam in die Tasche fuhr, und das Etui leise auf den Tisch legte. Erst als das Feuerzeug aufschnackte, kam Paco aus der Ferne zurück, er sah das silberne Etui mit den weißen Stäbchen, nahm mit ruhigem Zugreifen eines und sagte: »Ja, Gott ist – ich danke Ihnen.«

Der Leutnant hielt ihm das Feuerzeug hin, er beobachtete mitleidig das Gesicht des gierig den Rauch einziehenden Mannes, blickte noch einen Augenblick in die bläuliche Flamme, bis er mit einem scharfen Zuschnappen des Daumens sie auslöschte. »Dieser verdammte Krieg!« stieß er hervor, »aber«, begann er mit ganz anderer Stimme, er hob wieder auf seine kühl beobachtende Weise den Kopf, »wenn Sie Padre Damianos Prophezeiungen so wichtig nehmen – und das – das ist pietätvoll von Ihnen –, wie kommen Sie dann dazu, seiner hohen Meinung über die Beichte so wenig beizupflichten?«

Paco zog seinen Stuhl herbei und setzte sich. Der Leutnant entschuldigte seine Unhöflichkeit, so sagte er, mit den verrückten Umständen und blickte den Sitzenden aufs neue fragend an. »Mein guter Don Pedro, Sie werden einmal Jurist, wenn Sie –, nun ja –, wenn Sie hier herauskommen, ich meine aus diesem, wie Sie sagen, verdammten Krieg, und Sie würden ein guter Untersuchungsrichter werden. Wahrscheinlich jedoch kommt's anders – Sie werden nicht herauskommen...« Paco schwieg und starrte den Leutnant mit verlorenen und abwesenden Augen an, die Nacht war wie von tiefen, kurz angezupften Harfensaiten erfüllt. Die unsichtbaren Fensterscheiben zirpten und surrten, als wären die inneren Läden Türen zu großen Insektarienschränken. Die Hitze und der Staub in der abgeschlossenen Bibliothek wurden – ein Lastwagen polterte durch die Straße – wie in einer dunkelblauen Flasche geschüttelt.

Leutnant Pedro wischte sich den Schweiß. »Das ist es ja«, sagte er nüchtern, »ich habe auch diese lausige Ahnung – und eben deshalb laufe ich ja auf diese schamlose Weise hinter Ihnen her, und dann erklären Sie mir, daß Sie von der Beichte nichts halten. Padre Damiano dagegen ...«

Paco fuhr mit der Hand ablehnend durch die Luft: »Padre Damiano wollte helfen, weiter nichts.« Er ließ die Hand mit der Zigarette achtlos auf das Bein fallen: wenn man so entschieden sein könnte wie dieser herrliche Alte, dachte er und sah Padre Damiano, es war vor mehr als zwanzig Jahren, in dieser Bibliothek vor sich stehen, dasselbe Buch, nicht dasselbe Exemplar, in der Hand. Und der dicke Mann hatte schnaufend gesagt: »Sie brauchen's ja nicht gerade zu predigen oder den Beichtkindern zu sagen, aber die alte Kirche kannte das Beichten in unserer Form nicht. Man schloß die Ehebrecher, Mörder und Renegaten aus der Kirche aus, fertig! Das war die Kirche der Heiligen! Wir sind eine Kirche der Sünder geworden. Ohne die Beichte wäre die Kirche wie eine Stadt ohne Feuerwehr. Nötigen Sie niemanden zur Beichte, wer aber von selber kommt, nun, bei dem brennt's; und wenn Sie merken, daß es nicht brennt, jagen Sie die Person zum Kuckuck, doch geben Sie acht: es kann auch ein verzehrendes, heiliges Feuer nach der Vollkommenheit der Beichte bedürfen, dann haben Sie nur Asche zu hieven, Sie verstehen?«

Das war Padre Damianos Sprache, nach Jahrzehnten stand das alles noch klar und eindringlich vor einem, seine Bilder und Vergleiche waren alles andere als poetisch im Sinne blumiger Anmut, wie Padre Julio sie liebte – solche Bilder verwelken schnell; sie waren – oh, wie dies Messer unter der Hand in der Hosentasche: kantig und zum Handeln entschieden. »Wir sind die Vorsehung der anderen«, pflegte er gern zu sagen, aber jedesmal mit einem Ausdruck von Furchtsamkeit im Gesicht, und er seufzte hinterher: »Ja, und wer an Wunder glaubt, der kann keins mehr wirken. Schlimm, schlimm, Brüderchen, die Sache mit der Vorsehung, aber die Liebe ist uns ja noch geblieben, und damit müssen wir wohl auskommen!«

»Woran denken Sie eigentlich?« fragte der Leutnant, »Sie sind so seltsam!«

Paco fuhr zusammen und blickte sein Gegenüber scharf an: »Ich denke an einen Toten, an Padre Damiano!« Paco hatte noch immer seine Augen durchdringend auf Don Pedro gerichtet, der aufmerksam den Kopf hob:

»Sie meinen?«

Paco nickte. »Er war sehr dick, triefäugig, hatte ein richtiges Bulldoggengesicht – ah so!« Paco rückte ein wenig mit dem Stuhl ab, seine Augen waren nun messerscharf auf den Leutnant gerichtet.

Die untersetzte Gestalt des jungen Offiziers hatte sich, als dächte er nach, von dem Fragenden abgedreht; schließlich hob er den Oberkörper, ergriff das Buch, machte es langsam zu und schlug es leise auf den Tisch. Er schwieg eine Weile, hielt den Kopf zwischen den Schultern eingezogen, dann nickte er, seine Stimme war voll von einer unheimlichen Exaktheit: »Ich habe die Säuberung des Klosters geleitet, ich habe kein einziges Mal geschossen, ich hatte nicht einmal den Revolver in der Hand; aber wenn Sie von einem kleinen, dicken Mann mit

Triefaugen und Bulldoggengesicht reden, so habe ich den persönlich – mit diesen Händen über das Treppengeländer hinabgeworfen. – Er war der einzige, der seine Zelle verlassen hatte, er kam uns entgegen ...«

Paco nickte, ins Leere blickend, er lächelte: »Das war er – ich sehe ihn deutlich vor mir – er schimpfte euch aus, wie?«

Der Leutnant bejahte eifrig mit dem Kopf: »Er kam dicht auf mich zu, ich war der erste, ich stand gerade an der Treppenbrüstung. Als er mich sah, rief er: ›Na, Sie kleiner Heliotrop ...‹«

»Heliodor!« verbesserte Paco, »er meinte den Tempelschänder.«

»Ach so!« Leutnant Pedro schluckte und nickte verständig, »und so kam er auf mich zu. Ich war von diesem Gang, diesem Blick und dem selbstverständlichen Zupacken seiner Hand, genau wie meine Leute, derartig verdonnert, daß ich erst zu mir kam, als ich in meinem linken Ohr ein fürchterliches Sausen spürte. Er hatte mir eine Ohrfeige versetzt, die schlimmste in meinem Leben!«

»Und er muß über achtzig gewesen sein«, murmelte Paco voll Anerkennung und Wehmut.

»Ja, und dann rief er noch ein paar Worte, ich hörte nicht mehr genau, was er sagte, ich hatte ihn schon gepackt und über die Schulter nach hinten geworfen, übers Geländer!«

»Sie müssen sehr stark sein«, sagte Paco jetzt leise und betrachtete auf eine seltsam genaue Weise den Körper des jungen Offiziers, »doch sind Sie ein Biest, Señor«, fügte er ebenso leise hinzu, »Sie sind der Mörder des gütigsten Menschen, den ich je kannte!«

Don Pedro ergriff wieder das Buch, schüttelte den Kopf und sagte entgegenkommend: »Sie haben recht! Was sollte ich aber tun in diesem Fall! Ich war wütend und überdies: ich kam meinen Befehlen nach. Und ein Befehl ...« Genau bei diesem Wort setzte das Telephon mit seinem Wecken ein, die beiden zuckten zusammen. Der Leutnant warf mit zusammengezogenen Brauen einen Blick auf den Apparat, es sah aus, als fürchte er, das Telephon könnte eine Höllenmaschine sein. Er sprang auf, lief zur Tür, rief die Wache, und zu Paco sagte er hastig: »Gehen Sie bitte einen Moment auf Ihre Zelle, ich lasse Sie rufen!«

Es war derselbe mürrische, ältere Soldat. Sie trabten wieder in gleichem Schritt durch den Gang, und wieder beugten sich ihre Schatten am Gewölbe, verflochten sich, verschmolzen, verschwanden und entstanden beim Passieren der nächsten Kerze aufs neue. Plötzlich zuckte beider Schatten aus dem Gewölbe zurück und wurde klein an die der Kerze gegenüberliegende Wand geworfen, es dauerte nur einen Augenblick. Beide hatten eine Art Kniebeuge ausgeführt und zwar, als dem insektisch gierigen Jaulen eines jäh niedersausenden Flugzeugs, das bis zu diesem Augenblick nur ein gleichmäßiges Surren gewesen war, ihrem Ohr schon allzu bekannt, ein Schlag folgte, ein Bersten und Beben, das die schweren Konventmauern aufhüpfen ließ. Dann folgten einige

Einschläge, dumpfe Regentropfen aus Eisen, doch schon ferner hinfallend – und wieder war nur das Surren zu hören, ein fernes Stechmückengebrumm, um das sie sich nicht mehr bekümmerten. Jetzt erst belferte es, aber in ziemlichem Abstand, von kleinen Abwehrgeschützen, dann mischte sich das wie Trompetenstöße die Luft erschütternde hohle Fauchen der Abwehr darein.

Paco lauschte aufmerksam: es waren wenig Geschütze, und sie mußten außerhalb der Stadt im Osten stehen; denn sie begannen erst, als die Maschinen ihre Bomben auf die Stadt abgeworfen hatten. Bedeutete das Rückzug? Vielleicht erhielt der Leutnant soeben seine Befehle.

Die Gefangenen in der Zelle verhielten sich ruhig, man hörte hinter manchen Türen Geflüster, eine rauhe Stimme lachte irgendwo kratzend los; dann standen die Mauern des Konvents in ihrer altersgrauen Frömmigkeit da, schwer und still.

An der Zellentür blieb der Soldat unbeweglich stehen, er flüsterte, über den dämmrigen Gang nach beiden Seiten spähend: »Sind Sie Priester?«

Paco nickte. »Segnen Sie mich, Padre!«

»Wollen Sie beichten?«

Der Soldat schüttelte ruhig den Kopf: »Nein, ich habe nichts getan, ich habe die Nonnen nur schreien gehört... Ich habe mir die Ohren zugehalten, die Nacht war lang. Ich dachte an meine Kinder, sechs, alle noch unmündig, auch Mädchen! Ich hätte gern Ihren Segen, Padre!« Er flüsterte und schöpfte zwischendurch ein paarmal Atem.

Paco berührte seine Stirn mit dem Daumen und bekreuzigte ihn. »Gott ist gnädig!« Der Soldat nickte und wandte sich mit einem trotzigen Ruck, fuhr aber ebensoschnell, sich erinnernd, wieder herum und wartete, den Riegel in der Hand. Paco sagte in einer jähen Heiterkeit: »Nicht, daß du denkst, Freund, die Mönche hätten Riegel an den Türen! Die habt ihr dran gemacht.«

Der Soldat flüsterte ebenso heiter, doch rauher: »Und morgen sperrst du mich hier ein, Padre, nur die Flöhe da drinnen bleiben dieselben, die Flöhe!«

Kaum das Paco auf der Pritsche saß, mußte er auf einmal an sie denken – an die Flöhe, ja, wie hatte diese Wiederholung so seltsam geklungen aus dem Mund des einsilbigen Mannes. Sie hatten ihn schon den ganzen Tag gequält, aber man hatte nicht an sie gedacht. Derweil er sich wütend kratzte, mußte er laut in die Dunkelheit lachen: auf diese Weise hatte also der Alte das letzte Blatt in seinem Scheckbuch ausgefüllt, mit einer Ohrfeige – sie kann aus dem innersten Zentrum der Liebe kommen, so eine richtige, sausende Ohrfeige! O ja, das Himmelreich leidet Gewalt, muskelstarker Don Pedro! Aber was nutzt es schon, du schaust ja nur in den Brunnen, wenn du Durst hast. Als ob Gott nur für dich allein da wäre und nur, um dir deine bösen Träume aufzubessern und dich vor einem andern, viel schlimmeren Traum zu bewahren, wenn du tot bist. Gott gibt jedem hinreichende Gnade! Da hast du wohl recht, wenn du nur wüßtest, was gerade die Gnade ist, die dir Gott so hinreichend gewährt. Für jeden ist sie etwas anderes, wollen sehen! Und Pacos Hand auf dem rechten Bein fühlte sich in ihrem schlaffen Daliegen angenehm hart und entschieden gebettet. Gnade auf des Messers Spitze, Gnade für uns alle! Nicht nur für dich, heilsbeflissener Don Pedro, du bist stark, sehr stark sogar, Padre Damiano wog gewiß zwei Zentner, und seine Prophezeiung wiegt auch etwas, sehr viel sogar! Welch ein Gauner, wie fein er darauf einging, mich sozusagen auf meinen Tod vorbereitete, mit einer Zigarette, wirklich! – Gab mir eine Zigarette, stellte mir das Etui hin, eine Art Henkersmahl! Verdammter Krieg, jawohl! Ich nehme Padre Damianos Prophezeiung gewichtig – oh, gar nicht aus Pietät, wie du glaubst, du Schlaukopf: ich merke etwas – merke mancherlei.

Die Mauern des Konvents hatten eine Weile in schwerer Stille verharrt, ähnlich einem Schläfer, welcher zwischen Ein- und Ausatmen wie tot daliegt. Aber dann, aus einem leichten Schwirren in der Luft, das zuerst wieder verging, wurde ein Summen, wovon der Raum der Stille linienhaft und immer dichter durchwirkt wurde, bis ein jähes Jaulen, als stürzten Geister des Himmels heulend auf hölzernen Treppen zur Erde herab, alles Summen verschlang und das berstende, klobige Getöse nun auch das Jaulen zerpaukte: der Erdball bebte wie eine Trommel.

Paco fuhr aus seinem Sinnen mit einem zornigen Keuchen auf und duckte sich, als wäre er auf freiem Feld, sein Körper war ihm mit dieser Bewegung zuvorgekommen. Dann saß er ruhig da, er hatte die Vorstellung, als ob seine Hände nicht nur die eigene Hirnschale, sondern auch die grauen Konventmauern, ja die ganze Stadt umschlossen hielten. Und es war ihm, als wären diese Hände nicht aus verletzlichem Fleisch und Knochen, sondern aus etwas Unzerstörbarem gemacht, und zugleich spürte er ein Mitleid mit seinem Leib, mit dem pochenden Blut in den Schläfen, doch wie mit Dingen, die eigentlich gar nichts mehr mit seiner Person zu tun hatten: die Steine des Klosters, die Häuser der Stadt, die Zypressen, Wacholdersträucher und Kastanien – alles war ihm gleich nah, lag unter seiner Hirnschale, war ganz in ihm drin. So hielt er seine Hände darüber und lauschte den Einschlägen, zählte, schätzte die Entfernung der Abwehrkanonen, ihre Zahl, ihre Stellung... Ja, sie standen – das war ja nun ganz sicher! – bereits im Osten. Schließlich spürte er wieder die Flöhe, und er ließ sie, ohne sich zu wehren. Manchmal flüsterte er nur leise und gedankenlos: »Dios mio!« Seine Stimme klang wie die eines Gegenstandes: eines fernen, ratternden Autos, eines klirrenden Fensters, eines in seinem Innersten erschütterten und aufseufzenden Holzgestelles; denn was er da murmelte, kam als ein einsamer und armer Klang aus ihm, ohne das geringste Echo in seinem eigenen Bewußtsein zu finden. Seine Gedanken weilten ganz anderswo, irrten vielmehr, ohne zu verweilen, und so war er wieder bei den Flöhen angelangt.

Die Karmeliterin Theresa organisierte eine Bittprozession gegen die Flohplage in ihrem Kloster! Diese Heilige war eine konsequente Frau. Damals gab es wahrscheinlich noch kein Insektenpulver, oder die Nonnen kannten es zumindest nicht. Da mußte Gott persönlich helfen. Warum auch nicht! Wer des Glaubens ist, den Himmel mit Bitten bewegen zu können, mag ruhig so wie um Großes um Kleinigkeiten anhalten. Außerdem: Flöhe sind keine Kleinigkeit! Dies Gejucke ist wirklich schlimmer als das innere Zusammenzucken beim Einschlag einer Bombe. Eine tolle Vorstellung: Gott vernichtet die Flöhe aus Liebe zu seinen Kindern, Gott lenkt die Bombe vom Ziele ab, weil da unter jenem Dach jemand betet – und die Bombe fällt also auf das Dach daneben, wo einer stumm sitzt, die Hände ringt und nur noch eben »in Gottes Namen« stammeln kann, eh's kracht. Jawohl, Padre Damiano, wir sind die Vorsehung der anderen... Der Kerl da oben im Bomber meint es vielleicht sehr gut mit mir, indem er mich trifft. Überall ist Platz für gut und schlecht gezielte Bomben, aber für unsere Vorwürfe, mögen wir auf wen auch immer zielen, unsere klagenden Vorwürfe sind alle Blindgänger, sie landen nicht einmal, sie vergehen in der Luft oder fallen gar auf uns selber zurück! Halt's Maul, Paco, man kann dich nicht brauchen! Aber immerhin, wie sagte Padre Damiano: wer an Wunder glaubt, der kann keins mehr wirken! Wenn ich aber nun etwa an kein Wunder mehr glauben könnte – es ist schwer, an Wunder zu glauben!...

Ich habe alles verlernt, denkt Paco bekümmert, was mir das Leben ein bißchen leichter machen könnte. Utopia – auch eine der vielen frommen Selbstbetrügereien! – ist untergegangen, dunkel ist's droben an der Decke. Aber so ist's wahrscheinlich richtig: ehe der Vorhang aufgeht, wird's dunkel im Saal, man muß nur geradeaus schauen und die Augen aufbehalten, nicht einschlafen! –

Das Aufhören des Lärms wirkte auf sein belastetes Trommelfell wie ein neues, weckendes Geräusch: die Stille hat eine Stimme bekommen! So ist das vielleicht, denkt Paco, wenn das Pochen in unseren Schläfen aufhört, das Pochen, Stoßen und Stampfen dieser Welt überhaupt – ah, die Stille, sie schwillt wie ein großer Tautropfen, wird immer größer, und wäre die ganze Welt ein einziger Grashalm, sie könnte diese schwellende, funkelnde Kugel nicht mehr tragen; die Stille wiegt mehr als alles, als alles in der Welt. Sie ist das Alpha und das Omega jeden Lautes und jeder Stimme. Wie ein Bett ist die Stille, denkt Paco, sie ist voll der Zeugung und voll des Heimholens im Tode und auch voll der Träume, die hinter und unter den Worten liegen – die Stille...! Und Paco beugt sich – am Ende ist sie gar das Wort Gottes selber.

Er erhebt sich und tastet zum Fenster, öffnet die Läden und zugleich richtet er sich langsam auf den Fußspitzen auf und preßt die Arme nach hinten: er atmet. Die Luft ist merklich kühler geworden, das bemerkt seine Stirn, seine Nase, sein Gaumen, sogar seine Brust, er denkt dabei: Und das Wort ist Fleisch geworden – das wäre: Die Stille bekam Stimme; und weiter: der Traum wurde Wirklichkeit! Das heißt – es riecht doch hier nach Brand –, man muß schon sagen: diese Verwirklichung eines göttlichen Traums ist alles andere als eine meßbare Größe. Er kam in sein Eigentum, und die Seinen nahmen ihn nicht auf – den

Logos, das Wort! Man begreift gar nichts mehr, aber hier brennt es irgendwo, offenbar nicht im Kloster, doch weit entfernt kann's nicht sein! All diese Füße plötzlich in den Gassen – oh, das Licht in der Finsternis! Ja, das muß man löschen! Sie haben den Mond als Fackel bei der Arbeit – oder werden sie gar nicht mehr löschen? Zum Glück geht kein Wind, und die Häuser haben wenig Holz! Paco greift spielend an das Messer: auf jeden Fall muß man zusehen, hier einen Ausweg zu finden, in jeder Hinsicht: nur einen Ausweg... Alles, was wir unternehmen, was ist es schon mehr als ein Ausweg, der Teufel weiß, wohin!

Die Mondsichel stand unsichtbar hinter dem Klosterdach, der Himmel schwamm in einem nebeligen Licht, in welchem die Sterne wie Verdickungen, wie Knoten in einem Netz von Licht wirkten. In der Ferne sank eine Leuchtrakete langsam auf das Plateau herab; als sie unter der Horizontlinie stand, wurde ihr Leuchten auf dem dunklen Grunde heller. Ein Geräusch wie das einer erstickten Weckeruhr sickerte jetzt aus der Ferne, etwas Monotones und zugleich Wütendes durchdrang sich gegensätzlich darin – an Nebeltagen ratterte die Dampfmaschine am Ladebaum und Ankerspill auf eine ähnliche einschläfernde und aufreizende Weise. Unten an der Stadtmauer im Dunkel bellte heiser ein Hund, doch so kurz, als sähe das Tier das Sinnlose seines Tuns ein und verzöge sich ins Schweigen.

Pacos Fäuste halten die Gitterstäbe, und ohne daß er recht den Grund begreift, rütteln sie kurz und kräftig daran. Der Rost, der sich durch zwanzig Jahre in den Feilkerben angesetzt, hat das Eisen so weit zerfressen, daß es eines Tages von selber hinabgefallen wäre. So wundert er sich, wie leicht das geht, die unteren Stäbe sind schon zerbrochen, und er biegt das Gitter nach auswärts und oben und rüttelt noch einmal – und da stürzt es auch schon hinab. Das kurze Aufschlagen – Paco beugt sich hinaus, als könnte er etwas sehen –, das Aufschlagen des Gitters klang nichtssagend! Altes Eisen, das in Gestrüpp, Gestein und Abfallhaufen fällt! Man macht sich wohl von den Gittern und auch wohl von der Freiheit eine zu hohe Meinung... So ein Ding müßte klirrend und polternd hinabstürzen, müßte mit seinem Aufprallen die Mauern erschüttern! Und das nun offene Fenster müßte, so wie er sich's vor Stunden drunten im Klosterhof, als er nach seiner Zelle mit dem angefeilten Gitter verlangte, vorgestellt hatte, das offene Fenster müßte verlocken, eine Regenbogenbrücke müßte da irgendwo hinführen, irgendwohin – es handelt sich doch hier um einen Weg in die Freiheit! Jedoch – brach er jetzt aus, so warteten da drunten die Anwärter auf seine Freiheit in tausend Gestalten. Es fiel ihm wieder die Geschichte des Mannes ein, die er vor Wochen in der Zeitung gelesen hatte: Er war in den Wald gegangen, hatte dort über zehn Jahre als ein freier und friedlicher Einsiedler gelebt, nur darauf bedacht, daß ihn keiner ins Joch spanne. Da fand man ihn, wahrscheinlich eine beerensuchende Frau, und die Polizei brachte ihn zurück, und der Mann kam vors Gericht; er hatte nämlich während seiner Freiheitsperiode wichtige Pflichten gegen die Öffentlichkeit versäumt und wurde nun mit ein paar Jahren Zuchthaus in Buße genommen. Mit der Freiheit der Wälder ist es offenbar nichts mehr! Manche flüchten in ein Kloster, er selber war einer von den Narren, die glaubten, dort ein höchstmögliches Maß an Freiheit zu haben. Dann war es doch schon besser auf dem Meer. Indes auch da trat das Gesetz in Form des dritten oder vierten Offiziers auf, irgendeines vom Ehrgeiz oder seiner eigenen knirpsigen Person besessenen Wichtes, der mit einer Vasco-da-Gama-Stimme seine Anordnungen und Befehlchen erteilte, daß man sich wundern mußte, wenn die Matrosen es nicht verlernten, hernach noch eigenmächtig und ganz selbständig ihren Priem über Bord zu spucken.

Die Wahrheit wird euch freimachen! Das klang schon immer sehr verlockend – die Wahrheit. Aber diese Abstrakta sind wie Ziegenhäute, in die jeder seinen eigenen Wein tut und sich daran berauscht – am Wein, nicht an der Ziegenhaut, aus der er den Strahl in den Mund schießen läßt. ›Niemand aber füllt jungen Wein in alte Schläuche‹, das hat Er selber gesagt. Was das Gefäß der Wahrheit angeht, es ist rissig geworden, wenigstens für ihn – für ihn, an diesem entgitterten Fenster stehend. Man wird sich einen neuen Behälter machen, und statt einem Ziegenbocke wird man sich selber die Haut abziehen müssen! – Wer sich bei lebendigem Leib auf so eine gewisse Weise – es ist nicht ganz unschmerzhaft – häuten kann, der hat den rechten Behälter gefunden für den Trunk des Lebens. Er hat den Schlauch der wirklichen, zu ihm gehörenden Wahrheit sich geschaffen. Die Wahrheit! Wie lange verwechselte man sie mit ihren wechselnden, unendlichen Inhalten, man wählte aus und verwarf, und dabei wurde man müde, so müde und ergeben, wie jener römische Landpfleger, wie die unendliche Prozession der vom Goldrausch der Wahrheit Erfaßten, die, heimkehrend müde und verbraucht und mit stumpfen Augen, ewig ihr »quid est« vor sich hinmurmeln. Der Einzige fragte nicht: »Was ist sie«, sondern er sagte: »Ich bin sie« – und so werden wir ihm »Ich bin die Wahrheit« nachsprechen in einer schmerzlichen Wiederholung. »Ja, und sie wird mich freimachen«, murmelte Paco.

Der Hund bellte wieder dreimal, viermal; der fünfte Anschlag ist wie ein kraftloser Hieb auf den Schild der Nacht.

»Ich bin die Wahrheit«, murmelte Paco prüfend, und seine Hand kratzt sich achtlos in der Weiche – »ja, denn ich werde die Wirklichkeit ganz ausmessen, ich werde sie unter meiner Haut ganz versammeln, und man wird glauben, es seien Muskeln und Knochen unter der Haut, und es ist nur noch allein die Wirklichkeit: das, was ist, was sein muß, was geschieht. Gott ist nicht das Geschehen selber, er ist nicht Pedro und nicht Paco, er ist nicht das Bellen des Hundes, nicht das Aufblitzen in den Geschützmündern in der Ferne und nicht das Rollen in der Nacht – und doch ist er das Herz der Welt, welches all dies bewegt: die Tatze der grausamen, spielenden Katze und das Maschinengewehr, aber auch diese Faust an des Messers Heft. Nein, er braucht meinen Willen nicht und nicht meine Freiheit – als Geschenk, als Opfer dargebracht: er nimmt sich, was er braucht. Doch eines ist wohl wahr: man sollte alles, was man tut, gerne tun...« Paco senkt den Kopf, er stützt sich auf das Fenstersims: »Gerne – aus Liebe...!«

Plötzlich greift er sich ungestüm mit beiden Händen an die Schläfe: aus Liebe, was soll das denn heißen?! Dem Pedro zum Beispiel aus Liebe das Messer in die Rippen rennen und dann mit Damiano ihm sagen: schlimm, Brüderchen, aber die Liebe ist uns noch geblieben! Oh, darauf wird Pedro gerne verzichten, denn der Mensch hat nun einmal das eigensinnige Vorurteil: der Liebe zu begegnen sei auf jeden Fall mit angenehmen Gefühlen verbunden.

Ich habe während dieses Krieges vier Soldaten, vier Feinde, vier Spanier aus nächster Nähe getötet – Paco läßt die Hände schlaff herabfallen – und vielleicht überdies noch viele andere, aus der Ferne – ich mußte! Aber sieh da: ich tat es nicht gern! – keine Spur von Liebe, weder zu der Handlung, noch zu dem Ziel, das ich ja gar nicht kenne. Doch da fing das wohl schon an, das Häuten seiner selbst. – Wenn die Haut jetzt ganz ab ist und wenn statt des alten Inhalts der neue in diesen Schlauch schlüpft, oh, die Wirklichkeit, die eigenschaftslose, die auf keine Frage Antwort gebende Wirklichkeit! – wenn sie mich anfüllt und ich mich fortan bewege und handle, dann handle ich ja nicht mehr selber, dann handelt Es – lebt Es. Nein, das ist noch nicht Gott, das ist das Leben! Meine Sünde ist nunmehr die Sünde des Lebens, ich bin nur noch Vollzugsorgan – ein Automat...! Doch nein – ein Automat ist ja ohne Schmerzen, und er tut seine Sache auch nicht gern! Vielleicht aber tu ich's gerne, aus Liebe, aus einer Liebe, die ich selber nicht begreife – aus einer Liebe zu Ihm, den ich nicht kenne, den ich vielleicht jedoch kennenlerne – an der Freude, wer weiß! Er ist die Stille – das darf man nicht vergessen! Zeichen und Wunder darf man nicht verlangen, aber an der Freude kann man Ihn erkennen. Früh ist sie im Menschen wie ein Geschenk und abends wie – auch wie ein Geschenk! Indes – in der Frühe ist das Geschenk ein Lachen ohne Einsicht, abends weiß man dann, warum man lacht; die sich freimachen wenigstens, haben es gewußt. Das braucht Zeit, die Wirklichkeit nimmt nur langsam und unter vielen Schmerzen von uns Besitz; aber sind wir schließlich ihre Haut, ihr Maß, ihre Gestalt geworden, sagen wir: »Ich bin die Wahrheit«, und wir sagen: »Ich bin frei!«

Wirklich, Padre Damiano, Gott will nicht unsere Freiheit zum Opfer, das ist das mystische Spiel eines Rationalisten, Gott läßt sie uns verzetteln in tausend Knechtschaften, jene »Blankovollmacht auf uns selber«. Haben wir sie schließlich ganz verspielt, ganz verausgabt und stehen wir ein bißchen verdutzt oder gar entsetzt vor der Erkenntnis, daß wir nicht Herren, sondern Knechte des Lebens sind, oh, dann ist unsere Freude vollkommen, denn wir fühlen unsern Wert, und zwar eben darin, weil wir eingefangen und unters Joch gebracht wurden. Wir begreifen nicht mehr, daß wir an jener halfterlosen Freiheit des Füllens auf der Wiese, an jenem animalischen Sichtummeln im Gegenstandslosen, im Unwirklichen eigentlich uns frei fühlen konnten. – Der Hund beginnt wieder zu bellen, müde, mechanisch; in der Tierstimme lag überhaupt kein Ausdruck mehr, es klang fast, als wollte die vierfüßige Kreatur nichts als feststellen, ob noch Leben in ihr sei. Paco hielt sich die Ohren zu. »Verdammtes Vieh!« Er knirschte mit den Zähnen, und da war es ihm, als hätte er in seinen Gedanken soeben nichts anderes getan als dieses Tier: oder war das alles nicht ein Anbellen gegen die Finsternis drinnen und draußen? Der Hund will die eigene Stimme und der Mensch seine eigenen Gedanken spüren, und beide werden müde, der Hund mit seinem Gebell und der Mensch mit seinen Gedanken.

Paco hatte das Klopfen nicht gehört und auch nicht, als der Riegel sich bewegte. Er hielt sich nur die Ohren zu – der Hund bellte dieses Mal länger –, und als Don Pedro plötzlich in der Dunkelheit neben ihm stand, erschrak er keineswegs, er ließ erschöpft die Arme sinken: »Was soll los sein? Hören Sie das denn nicht?«

Pedro ging ans Fenster und beugte sich weit hinaus, er schüttelte den Kopf. Das fehlende Gitter hatte er offensichtlich nicht bemerkt, und daß Paco sich vor einem Hundegebell, das bereits wieder verstummt war, die Ohren zuhielt, darauf verfiel Don Pedro noch weniger. »Es ist Ihre Artillerie«, sagte er endlich durch die Dunkelheit, schloß die Läden und ließ sein Feuerzeug aufspringen. Mit der kleinen Flamme trat er auf Paco zu: »Vielleicht müssen wir noch diese Nacht fort von hier – ich erwarte weitere Befehle. Was wir da hören, ist zwar noch weit, aber es sind motorisierte Verbände, vielleicht auch nur Vortrupps. Auf jeden Fall, denke ich, genügt Ihnen die Situation, endlich meine Beichte entgegenzunehmen. Ich habe alles in der Bibliothek vorbereitet.« Leutnant Pedro sagte das kühl und dringlich.

Paco stand der Mund offen: »Vorbereitet? Zu einer Beichte?«

»Kommen Sie!« befahl Leutnant Pedro und schritt schon durch den hohlklingenden Gang. Paco folgte ihm.

Am Ende des westliches Ganges, am Treppenhaus also, wo der nördliche Flügel begann, blickte sich Paco um, es schien ihm hier plötzlich geräumiger zu sein – und erst auf der Bibliothek fiel ihm ein: es hatte da ja nur ein Maschinengewehr gestanden; wo war denn das andere?

Die Bibliothek lag im blau abgedämpften Licht der Tischlampe genau wie zuvor, doch auf dem Platz, den der Leutnant eingenommen, stand jetzt ein Sessel mit Lederrücken und Armpolstern, der sonst – Paco erinnerte sich des Klosterbrauches noch gut – dazu diente, die Heilige Schrift in einer großen Prachtausgabe zu tragen. Über der Lehne des Sessels hing eine violette Stola, auf die der Leutnant mit der Bewegung eines diskreten, bischöflichen Dieners hinwies. Paco fuhr sich mit der Hand über den Mund, seine Stoppeln krachten, er schluckte sein Lachen herunter und sagte nur spöttisch: »Sogar eine Stola und ein recht ehrwürdiger Sessel. Nun wohl, Zeremonien sind da, um der Phantasie ein wenig nachzuhelfen.«

Der Leutnant blickte ihn trotzig an. »Warum scherzen Sie? Ich weiß genausogut wie Sie, daß diese Äußerlichkeiten nichts mit dem Wesen des Sakramentes zu tun haben.«

»Na also, ich bin für das Wesentliche, und das ist mir in diesem Fall schon äußerlich genug.«

»Sagen Sie« – der Leutnant näherte sich Paco mit einem langsamen Schritt, sein fettes Gesicht war von Unsicherheit, ja, Furcht gezeichnet –, »glauben Sie etwa nicht an das Sakrament?«

Paco legte ihm die Hand auf die Schulter: »Keine Bange, Señor Teniente! Ob ich glaube oder nicht, das ist gleich. Sie hätten das bei weiterem Lesen in Padre Damianos Buch auch noch herausgefunden. Die Beichte ist wie jedes Sakrament ein opus operatum und hängt nicht vom Glauben des Spendenden ab. Die Kirche ist sehr gründlich und auch vorsichtig. Notwendig ist, daß ich die Weihe habe und daß wir beide alles tun in der Absicht der Kirche, dann passiert es: Sie werden, und wenn Sie der räudigste Hund auf Gottes Erdboden sind, durch Christi Verdienst wieder in den Stand der Gnade versetzt. Sie als Jurist müssen doch Freude an diesem Ausdruck haben: Stand der Gnade! Und überhaupt dieser Vorgang!«

Der Leutnant hatte den Kopf gesenkt und wiederholte nur: »Der räudigste Hund auf Gottes Erdboden, ja, das ist genau das Gefühl, das ich von mir habe. Ich freue mich, daß Sie da sind, daß es die Beichte gibt. Ich verstehe nur nicht« – er hob dabei vorwurfsvoll die Augen gegen Paco –, »daß Sie, wie Sie mir schon vorhin sagten, eine so geringe Meinung von der Beichte haben.«

Paco rückte an dem Sessel und hob dann den Kopf: das dumpfe Pauken in der Nacht war wieder stärker geworden: »Meine Meinung kann Ihnen ein Dreck sein«, Paco biß sich auf die Unterlippe und starrte zu Boden, so fuhr er fort: »Urteilen Sie selber! Da sitzen ungefähr zweihundert Männer in den Zellen, ebenso wie wir beide in Elend und Dunkel verstrickt. Diese Männer haben dieselben Chancen wie Sie und ich, am Leben zu bleiben oder zu sterben.« Paco stieß dem Leutnant dabei seinen Blick zwischen die verquollenen Augen und so hielt er ihn fest, bis der andere sich schließlich mit einem mühsamen Ruck abwandte. »Aha«, sagte Paco, befriedigt von dieser Bewegung seines Gegenübers, »das wissen Sie also, und Sie haben dann noch gleichzeitig eine hohe Meinung von der Beichte, ich meine von der Glaubensvorstellung: daß Gott ausgerechnet hier und nur hier den Menschen wieder in Gnade aufnehmen könne. Wenn Sie aber wirklich dieser Meinung sind und sich dennoch an diesen üppigen Gnadentisch setzen können, ohne die andern in der Nachbarschaft einzuladen, dann sind Sie der abscheulichste reiche Prasser, den man sich ausmalen kann.«

»Hören Sie!« Leutnant Pedros Stimme kam nachdenklich, doch sehr präzis. Er schaute auf seine Armbanduhr, »es ist jetzt zwölf Uhr zwanzig. Sie haben etwa noch eine Stunde Zeit, nehme ich an, aber... Nein, warten Sie! Wir machen es so.« Der Leutnant hielt seine Hand ans Ohr, als lauschte er, ob die Uhr noch ginge; es war das aber nur eine Bewegung, die den andern ablenken sollte. Als Pedro merkte, daß sein Gegenüber ihn mit der Miene des Wissenden anschaute, legte er die Hand vor die Augen, senkte den Kopf und tat, als dächte er nach. Endlich ließ er sie auf eine entschiedene Weise fallen und schaute Paco mit einem geradezu dreisten Ausdruck an, den der erst viel später begriff. »Passen Sie auf, Padre, ich lasse die Gefangenen alle ins Refektorium bitten – ich meine, führen« – sie verkniffen beide ein Lächeln, der Leutnant aber dehnte es, als wäre ihm die Gelegenheit höchst willkommen, zu einer leicht grinsenden Vergnügtheit aus –, »ja, und Sie geben den Leuten die Generalabsolution!«

Paco nickte gedankenvoll: »So steht es also. Nun wohl! Der Mann, den Sie die Treppe hinuntergeschmissen, wirkt weiter! Ich hätte nie gedacht, daß eine Anleitung für Beichtväter solche Wirkungen haben könnte.«

»Sind Sie zufrieden?«

Paco versetzte mit warmer Stimme: »Sie sind sehr seltsam, aber Sie sind anständiger, als ich es glaubte.« Er blickte dabei den Leutnant in einem fast mitleidigen Erstaunen an.

»Sagen Sie das nicht.« Dieser leise gesprochene Satz kam kleinlaut aus dem blauen Dämmer, sehr kleinlaut, aber auch hinterhältig; und als wollte der Leutnant diese unwillkürlich getane Bemerkung auslöschen, fragte er sofort hinterdrein: »Haben Sie nun eine höhere Meinung von der Beichte?«

Paco dachte an den tieferen Sinn dieser Generalabsolution, und so bekamen seine Worte etwas kühl Belehrendes. Seine Gedanken waren bereits im Refektorium: »Ich wiederhole: meine Meinung geht Sie nichts an. Wenn Sie aber wissen wollen, was ich darüber denke: nicht das Sakrament ist in meinen Augen das opus operatum, sondern, wenn man so sagen kann: Gott selber! Er braucht keine Worte und Dinge, an die Er die Mitteilung seiner selbst knüpft, das weiß auch die Kirche. Denn sie verehrt viele heilige Einsiedler, die nie gebeichtet und kommuniziert haben, und sie glaubt an das Wirken Gottes und seiner Gnade auch außerhalb ihrer sichtbaren Grenzen. Warum sollen wir Christen aber nicht ebensogut Sakramente haben wie die Heiden!«

Dürr und leblos wie Eierschalen kamen ihm die eigenen Worte vor, nur dazu da, die unförmige und weiche Gewalt seiner Gedanken, die so ganz anders verliefen, zu verbergen. Wie soll das nun geschehen? fragte sein Blick, den ihm so wohlbekannten Ort abtastend, wo er einst als junger Mönch über den Büchern saß, wie soll das geschehen, daß ich einen Menschen töte...? Einen Menschen, der mir seine Seele von innen zeigt, einen büßenden Menschen, losgesprochen und erleichtert, mit einem Messer von hinten zu erstechen, über ihn gebeugt, als wolle man ihn umarmen: Friede sei mit dir! Diese Vorstellung hatte etwas so Furchtbares für Paco, daß er für einige Augenblicke glaubte, verrückt geworden zu sein. In seinen Studienjahren hatte der Professor der Moraltheologie häufig extreme Beispiele gebracht. Aber all diese Fälle mit Titus und Gajus, so ausgeklügelt und schwierig und furchtbar die moralischen Verknäuelungen auch waren: es handelte sich um abstrakte, ungelebte Angelegenheiten, um Fälle, die nur eines kühlen und instruierten Kopfes bedurften, um sie mit dem richtigen Spruch zu versehen. Man hatte nichts damit zu tun, und vor allem: das Furchtbare in diesen Fällen lag in Märchenweite von einem entfernt, und das verlieh diesem moralischen Kriegsspiel einen gewissen Reiz.

Wo war nun derselbe Frater Consalves, der die Fälle alle so glänzend gelöst hatte? Paco blickte auf die andere Tischseite, auf eine ganz bestimmte Stelle, die hatte er immer bevorzugt. Er sah sich dort sitzen, und seine Augen waren auf den Padre Consalves wie gebannt gerichtet. Der Leutnant fragte mit Zurückhaltung: »Was ist mit Ihnen?«

»Ach«, Paco legte die Stirn in Querfalten, nickte: »Ich dachte, wie ich damals dort saß und Padre Consalves war. Können wir uns eigentlich verändern, was meinen Sie?«

Der Gefragte wiegte den Kopf, er überlegte traurig, und dann zuckte sein Kinn entschieden und brutal vor: »Ich wünschte es! Doch glaube ich kaum daran. Ich war von Jugend auf – schlimm, ein Biest. Ich habe zum Beispiel, ich war noch keine zwölf Jahre alt, um etwas aus der großen Summe herauszugreifen, Katzen mit den Schwänzen über einem Stück Fleisch aufgehängt, bis sie – na ja!«

»Ei!« Paco schrie das fast und hob beide Hände gegen ihn in die Höhe, dann fragte er – seine Worte klangen erstaunt, wie die eines Clown –: »Und das machte Sie froh?«

»Froh? Wo denken Sie hin? Im Gegenteil, das machte mich traurig.«

»Warum wollen Sie denn unbedingt traurig sein? Waren Sie nie froh?«

»Froh?« Don Pedro sprach das Wort und lauschte ihm nach wie ein Musikant dem Ton einer Stimmgabel.

»Aber Sie können sich das Gefühl der Freude doch vorstellen?«

»Oh, ja – sehr, aber ich war nie froh, vielleicht als kleiner Junge, aber nicht froh, wie Sie es meinen. Ich hatte ein Puppentheater und vor allem: ein seltsames Publikum: nämlich die Stühle und Tische und Bilder an den Wänden! Ich spielte stundenlang, gräßliche Stücke, die ich mir selber erfand. Ich war Herr über meine Puppen, sie mußten tun, was ich wollte, und sie vollzogen jeden Befehl. Ich ließ zum Beispiel jemand köpfen, und der Henker brüstete sich stolz. Alsbald ließ ich auch ihn köpfen, ich genoß sein Erstaunen; aber der Henker des Henkers, der dumme Kerl, brüstete sich genauso, und da kam auch er an die Reihe, er wurde aufgehängt. Dem Aufknüpfenden ging's nicht besser. Hernach hatte ich keine Henker mehr, und nunmehr erschien ich stets persönlich auf der Bühne und besorgte die letzte Hinrichtung. Danach schaute ich in den leeren Saal, und ich wartete. Die Stühle, die Tische und Bilder an den Wänden starrten wie gebannt auf die Bühne, was nun geschähe, und dann hatte ich ein Gefühl:

das war wie Freude! Ich wartete nämlich auf einen Henker, ob Sie es glauben oder nicht, auf einen, der mich kleinen Jungen köpfen würde.«

Paco starrte den Erzählenden mit aufgerissenen Augen an. Don Pedro sagte: »Sie sind entsetzt, wie?« Er neigte das Gesicht und grinste verlegen: »Sie haben recht: Freude kann man dies Gefühl wohl nicht nennen!«

»Kaum«, flüsterte Paco, auch er wandte seinen Blick von dem andern ab. Sie schwiegen beide eine Weile.

Paco begann wieder, jedoch mit einer neuen Stimme: »Ja, aber wenn wir uns nicht ändern können, wenn Sie sich nicht ändern, was hat denn Ihre Reue und Ihr Vorsatz für einen Sinn?«

Leutnant Pedro hob die breiten Schultern sehr hoch und zog den Kopf ein, dann stieß er den Atem aus: »Sie, das gehört nicht zur Beichte. Sie sollen mich lossprechen, aber Sie machen mich nur noch trauriger!«

»Oh« – das klang bedauernd –, »sehen Sie indes, ich möchte, daß Ihnen die Beichte wirklich hilft! Ich möchte, daß Sie sich Gott öffnen! Er kann Sie verändern, er allein, nicht die Beichte! Es werden täglich Hunderttausende von Sündern losgesprochen, und keiner ändert sich deswegen, aber wir müssen uns doch ändern, oder nicht?« Das letzte kam in einer fast kindlichen Hilflosigkeit, der Leutnant nickte:

»Ich wohne in mir wie in einem Grabe!«

»Kommen Sie heraus! Gott ist ein Gott der Lebendigen, heißt es, nicht der Toten! Sie sind, wie mir die Geschichte von den Katzen und dem Puppentheater verriet, von Jugend auf sehr zerebral, möchte ich sagen, und brutal sinnlich. Wo sich diese beiden Eigenschaften in einem Menschen kreuzen, sitzt die Grausamkeit wie eine Spinne! Gott ist Ihr Schöpfer – zeigen Sie sich ihm, wie Sie sind, Er kann Sie ändern, Er allein!«

Paco hatte sich bei diesen letzten Worten in den Sessel gesetzt, er war sehr müde, und der Sessel stand dicht vor ihm. Er hörte die Katzen klagen und sah den kleinen Jungen aus dem Puppentheater mit vorgequollenen Augen in einen leeren Saal starren. Als Kind schon erwartete also dieser Arme den Henker, schoß es ihm durch den Kopf. Ein Rieselfeld seiner Ahnen, der Rost und die seelische Verkommenheit von fünfzig Geschlechtern sammelten sich in diesem Menschen, in diesem Wehrlosen!... Paco ließ sich achtlos auf dem Kissen nieder, und wie er sich setzte, hatte er ein ähnliches Gefühl wie früher als Seemann, wenn er die Planken des Schiffes betrat: eine unerwartete und durch nichts verursachte Ruhe erfüllte ihn. Die Qualen der letzten Stunden waren nicht mehr da, er spürte selbst nicht mehr das Messer auf seinen rechten Oberschenkel drücken. Nicht als ob ihm seine Lage und sein Entschluß aus der Kimme des Bewußtseins geraten wären, aber er empfand nicht mehr das Fürchterliche seines Vorhabens, das Gespenstische in dieser Zusammenstellung von zwei unvereinbaren Aufträgen. Es war ein Fall Titus und Gajus geworden; doch statt in entlegener Märchenhaftigkeit den Vorgang betrachten zu können, saß er nun mittendrin, und damit hörte die Betrachtung überhaupt auf. Auch von Spruch und Urteil konnte nun nicht mehr die Rede sein. Automat, klang es in Paco nach – aber tu ich es denn nicht gern?, nicht freiwillig ...? Der Leutnant reichte ihm die Stola, sie war, als Paco sich in den Sessel setzte, zur Erde geglitten. Paco beugte sich über den violetten Streifen, küßte, als hätte er das in zwanzig Jahren jeden Tag getan, das gestickte Kreuz darauf und legte sich die Seide um. Seine Lippen murmelten schon die lateinischen Segensworte, die der Priester an den Beichtenden richtet, und mit den Schlußworten: »... In nomine patris et filii et spiritus sancti«, wandte er sich zu dem Niederknienden und segnete ihn.

Der Sessel stand halb vom Tisch abgewandt, der Leutnant kniete schräg vor den Knien des Verstummten, der die großen Augendeckel gesenkt hielt und einige tiefe Atemzüge tat. Paco fühlte sich wie eine Gestalt einer grausamen Legende, die in unveränderlichen Buchstaben dasteht, nur noch zu lesen: er selber war schon lange gestorben.

Der junge Offizier hatte mit einem Gefühl, das ebenso an Rührung wie an Schrecken grenzte, die Verwandlung an dem Dasitzenden wahrgenommen. – Pacos Art, die Hand zum Segen zu erheben, hatte, wenn man sein fast spöttisches Gebaren eine Minute vorher gesehen hatte, etwas Bestürzendes, denn er segnete nicht wie einer, der das von sich aus tut, sondern auf eine ganz unprivate, unpersönliche Weise, sozusagen von ferne, aber voll der Kraft und Autorität.

Genau in dem Augenblick, als der Leutnant seine Stimme zum Bekenntnis erhob, ertönte das aufreizende Surren von Maschinen, und bald begann das dumpfe Fauchen und Krachen der Abwehr; es war, als ob die Finsternis zerrissen würde und wie ein großes, im Winde knatterndes Tuch im leeren Himmel hinge. Der Beichtende stockte, doch der andere wartete, ohne sich zu bewegen, schließlich sagte er leise: »Fahren Sie fort!« Leutnant Pedro brachte mit geduckten Schultern und ebenso geduckter Stimme seine Selbstanklage stoßweise vor, und nach jedem Satz schwieg er kurz, als lauschte er auf die eisernen Schläge, die dumpf auf die Erde fielen, bald näher, bald weiter entfernt. Die Fensterscheiben begannen wieder insektenhaft zu zirpen, die Mauern bebten, als liefe ein Frösteln durch das Gestein. Der Mann im Sessel schien wie eingeschlafen, plötzlich jedoch erbebte auch er; und gerade in diesem Augenblick lag die Bibliothek still wie ein Bienenkorb, selbst das Summen in der Luft war leiser geworden. Der Beichtende hatte diese Bewegung wahrgenommen, und da hielt er ein, er röchelte fast: »Ja, ich weiß, ich weiß – es muß für Sie entsetzlich sein, das zu hören!«

Die Gestalt im Sessel bewegte sich jetzt: »Hören Sie, es wäre gut für Sie, wenn Sie in diesem Kriege stürben.« Die Stimme schwieg, nach einer Pause fuhr sie fort: »Ja, bitten Sie Gott um den Tod. Vor dem weltlichen Gesetz – aber nein, das wissen Sie ja! Keine Sünde kann Sie von Gott trennen, wenn Sie zu ihm zurückwollen, wohl aber vom Leben! Deshalb hat die Todesstrafe bei gewissen Verbrechern einen ausgesprochenen Mitleidcharakter. Sie sind ein solcher Verbrecher! Bitten Sie Gott um den Tod!«

Die Gestalt am Fußboden keuchte. Keiner von ihnen sprach eine Weile. Plötzlich stieß Leutnant Pedro einen dumpfen Schrei aus – das Telephon schrillte. Eigentlich hatte diese Klingel keinen lauten Klang, kam es dem Dasitzenden vor. Er blickte dem Kauernden ins Gesicht, der sich geduckt erhob und mit einem katzenhaften Satz am Apparat stand.

»Soll ich hinausgehen?«

Der Leutnant machte eine abwehrende Geste und sagte hastig: »Bleiben Sie, wir sind ja im Beichtstuhl!« Paco wollte etwas einwenden, wollte sagen: dies Telephongespräch liege außerhalb des Beichtgeheimnisses – für alle Fälle! Aber er schwieg, derweil er den Leutnant am Apparat sehr aufmerksam betrachtete. Don Pedro blickte herüber, das Ohr an der Hörmuschel. Ihre Augen standen wie die von Duellanten gegeneinandergerichtet, wie die von Menschen, die noch vor Tagen gute Freunde waren. Der Ausdruck lauernder Feindseligkeit steigerte sich im Vorgefühl des Kommenden zum Entsetzen, das nur durch das Bewußtsein der Fatalität gebändigt wurde: was konnten sie beide tun, um ihr gefährliches Zueinander zu verändern! Auch das Schicksal schickt seine Sekundanten, und die kennen keine andere Lösung als das Wort: hindurch!

Die Stimme des Leutnants klang heiser – er hatte nur ein paar Worte in die Muschel hineingesprochen –, und nun sagte er: »Zu Befehl!« Er hob dabei den Kopf. »Selbstverständlich – ich habe verstanden!« Nach diesen Worten schaute er auf die Armbanduhr: »Natürlich!«, sagte er, sehr überzeugt, und noch einmal wiederholte er das »Zu Befehl« ebenso gleichgültig wie hart gehorsam.

Teniente Don Pedro legte den Hörer langsam in die Gabel. Plötzlich starrte er den Apparat an, er hatte bei den letzten Worten ins Leere geblickt. »Kommen Sie!« sagte Paco. Er wußte nicht warum, aber er mußte lächeln, er spürte, wie ein Zittern ihn durchlief, ein angstvolles, aus der Tiefe des Lebens steigendes Zittern. »Sie haben keine Zeit zu verlieren«, fügte er dann bei. Der Leutnant kniete sich schweigend nieder, hob den Kopf, doch blickte er Paco nur sehr kurz an: »Sie haben die Situation verstanden, Padre?« – Das klang in einer Art von verzweifelter Ermunterung.

»Das gehört jetzt nicht hierher«, Paco sprach mühsam, er versuchte, einmal tief und ruhig Atem zu schöpfen, aber dann geschah es doch heftig, abgebrochen und stoßweise, und er sagte sogleich mit unvermittelt lauter Stimme: »Die Hauptsache, Sie, Teniente, haben die Situation begriffen! Denn Sie befinden sich in der Beichte, Sie stehen vor Gericht, Sie – ich auch, natürlich, wir alle, aber Sie auf eine besondere Weise, vor einem Gericht, in dem Sie selber der Angeklagte, der Ankläger – ja auch der Richter sind, denn Ihr Gewissen entscheidet und befindet über das, was Sie getan haben... und soeben zu tun... im Begriffe sind! Reden wir nicht darüber, die Materie der Sünden ist übrigens uninteressant! – das müßte selbst der Ermordete, könnte er noch sprechen, dem Mörder zugestehen. Padre Damiano zum Beispiel.« Paco griff nach diesem Namen wie nach einem Halt, um sein Gleichgewicht wiederzufinden, seine Stimme wurde, kaum daß sie diesen Namen lebendig machte, wieder stiller und gefestigter. »Dieser Padre Damiano würde zum Beispiel nur fragen und hat sich das jetzt wohl auch gefragt, ob Sie überhaupt in diesem Punkte ein Mörder sind; das ist wirklich hier die Frage! Und sie zu beantworten ist sehr schwer – mir, Ihrem Beichtvater, überhaupt unmöglich! Sie stehen vor der Ausführung eines Befehles – blicken Sie nicht fort! –, und Ihre Handlungsfreiheit läuft auf vorgeschriebenen Geleisen! Zu einer moralischen Rebellion, so scheint mir, ist eine heldenhafte Veranlagung nötig – oder eine außerordentliche Gnade von oben, ich glaube sogar beides... Und ich weiß nicht, wieweit der Mensch zu diesem allerhöchsten Heldentum verpflichtet werden kann – denn: wir sind Sünder!«

Pedro nickte tief und ballte langsam die Faust vor seiner Stirn. »Ihre Güte, Padre, Ihre Güte – oh, ich könnte mich töten!«

Paco lächelte geradeaus vor sich hin: »O ja, meine Güte! Die sieht sozusagen wie ein Vorlegemesser aus, denn, mein Guter, ich versuche nur, Ihnen Ihren Teil vorzulegen – ich suche gerecht zu sein, ah, gerecht! All diese Worte! Hören wir lieber auf... Oder fahren wir fort, wir müssen zu einem Ende kommen – das Ende ist immer richtig, wie es auch kommt, wissen Sie das? Töten Sie sich deshalb nicht, Sie tun es auch nicht, das nehmen Ihnen andere ab, nicht wahr, Sie verstehen mich doch – nein, Sie verstehen mich nicht ganz, das können Sie nicht verstehen. Denn der Tod ist immer überraschend – immer, sogar, wenn man ihm, wie man sagt, ins Auge sieht. Schauen Sie mich an, Freund! Lassen Sie den Gedanken an die Hölle und solche knechtische Vorstellungen fahren. Denken Sie an IHN, dem Sie vielleicht bald schon gegenübertreten, an den Heiligen, Lichten, an den Frohen! Und dann handeln Sie, wie Sie handeln müssen. Vielleicht geschieht auch noch ein Wunder, und Sie brauchen es nicht zu tun. Und wenn Sie es doch tun müßten...«

Pedro hob den Kopf: »Padre, ich bin nichts als ein Vollzugsorgan, ein Automat!«

Pedro fuhr bei diesem letzten Wort herum und so starrte er den Knienden an. »Was, was sagen Sie da? Wie ein Automat! Wie kommen Sie zu diesem Wort?! Leiden Sie denn nicht bei Ausführung eines solchen Befehls? Tun Sie das gern?«

»Aber Padre, Padre Consalves!« Der junge Offizier griff mit Ungestüm nach den Knien seines Beichtvaters, er rüttelte daran: »Was fragen Sie da? So grausam bin ich doch nicht, nicht grausam in dieser Art!« Und als wollte er den Mann vor sich, der in erstarrtem Schweigen dasaß, zu einem Wort bewegen, fuhr er mit der Linken ihm einmal heftig über den Schenkel: weckend, fast liebkosend, aber da tat er einen leisen Schrei, und es gab einen Ruck in dem Dasitzenden. Beide starrten einen Augenblick auf die linke Hand, die eben noch so heftig über das reglose Bein hingefahren war: die Hand blutete, wo der kleine Finger in den Muskel übergeht. Das Blut kam in einem einzigen Tropfen, wie ein individuelles Lebewesen aus seiner Wohnung, wie herausgerufen! Der Tropfen schwoll und fiel schließlich auf Pacos Hose, und da erst – sie waren beide wie Kinder über einer seltsamen, nie gesehenen winzigen Naturerscheinung – da erst sahen sie, daß durch die dünne Hose eines Messers Spitze blinkte. Paco sank hintüber in den Sessel, der Leutnant erhob sich langsam und trat einen Schritt zurück, keiner sagte ein Wort. Selbst ihr Atem zog leiser hin, als wäre sogar diese intimste Lebensäußerung zu schwierig und auch zu gefährlich geworden.

»Gott ist gnädig!« Paco hatte das mit einem wirren Lächeln vor sich hingemurmelt, und nun erhob auch er sich, zog langsam das Messer aus der Tasche und legte es vor sich auf den Tisch. Der junge Offizier bewegte dabei langsam den Kopf, er folgte den Bewegungen von Pacos Hand in einer gebannten Aufmerksamkeit, er war verwundert, ein anderes Gefühl kam in diesem Augenblick nicht in ihm auf.

»Ich hatte Ihren Tod beschlossen, ich wollte Sie lossprechen und sofort niederstechen, um die Gefangenen zu befreien. Ich wollte es – wie ein Automat! Genauso gehorsam wie Sie! Aber da kam ein Engel zwischen uns, und nun brauch' ich es nicht zu tun!«

Teniente Don Pedro gab keine Antwort. Er kniete sich wieder hin, aber diesmal wie einer, der sonst nichts zu tun weiß, seine Bewegungen hatten in ihrer Unbedingtheit etwas Frommes.

Und als der große, schmallippige Mund des Priesters leise »... deinde: ego te absolvo« sprach, überlief die massige Gestalt des Knienden ein Beben, er zog den Kopf ein – indes jetzt auf eine Weise, als könnte er dem Augenblick nicht gerecht werden, als könnte er nicht daran glauben – denn er war nie froh gewesen, der Teniente Don Pedro.

Der Priester war schon aufgestanden, und die Stola auf die Sessellehne legend, flüsterte er: »Kommen Sie, es wird Zeit!«

Als Pedro sein schwammiges Gesicht hochhob, beugte Paco das seine: als wäre er kurzsichtig, kniff er ein wenig die Augen: dies Gesicht, das langsam die Augen zu ihm erhob, glänzte.

Teniente Don Pedro sprang auf die Füße, er torkelte. So trat er auf Paco zu, beugte sich, griff seine Hand und versuchte sie zu küssen. Paco entriß sie ihm: »Heh!« keuchte er, »machen Sie keine Faxen!« Sie blickten sich an, und nun trat der eine auf den andern zu, und sie küßten sich. »Also im Refektorium«, sagte Paco, er hielt den Kopf leicht auf die Seite geneigt, es sollte eine Frage bedeuten, »ich möchte meine Kameraden wirklich, wie Sie es vorgeschlagen haben, lossprechen!«

Pedro versuchte mehrmals, etwas zu sagen, doch immer wieder schüttelte er den Kopf, schließlich stieß er heftig hervor: »Wissen Sie, Padre Consalves, wissen Sie, daß ich einem solchen Menschen wie Ihnen ...«

»Danke, ich weiß, was Sie sagen wollen! Man hört so etwas um so lieber, als man es nicht verdient hat. Sie wollten mich doch loben? Ein bißchen spät, wie? Indes: ich könnte Sie auch loben. Wie viele Offiziere in Ihrer Lage könnte man überreden – es gibt immer Auswege und hinterher Ausreden, aber Sie bleiben beim Befehl! Oder glauben Sie nicht, daß mir dieses Lob ernst gemeint ist?«

»Wie entsetzlich!« Pedro flüsterte das und wiederholte: »Wie entsetzlich, daß Sie das fertigbringen, mich zu loben!« Im gleichen erregten Tonfall fuhr er fort: »Ich würde Ihnen gerne anbieten – Ihnen persönlich – aber ich weiß – ich schäme mich, oder – soll ich Sie doch retten?«

Paco lächelte: »Sie mich retten? Kein Mensch kann einen Menschen retten! Man kann sich gegenseitig schonen – gewiß, aber was nützt selbst das? Wer nicht heute erschossen wird, kommt morgen dran! Und wen die Kugel verschont, den holt der Omnibus – oder der Berg – oder eine Krankheit – oder das Alter! Das ist nicht so schlimm!« Paco schüttelte energisch den Kopf: »Das nicht! Aber, daß der Mensch den Menschen – das ist – das ist, um sich schleunigst aus dem Staube zu machen.« Sie gingen schweigend über den Flur. Paco trat in das Dunkel seiner Zelle, setzte sich auf die Pritsche, legte den Kopf in den Nacken und starrte gegen die Decke, die er nicht mehr sah. Utopia, der schön gegliederte Rostflecken – eigentlich möchte er ihn noch einmal sehen; er fühlt sich plötzlich wie ein kleiner, kranker Junge, der seine Eisenbahn noch einmal sehen will, mitten in der Nacht, bevor er stirbt, aber keiner bringt sie ihm. »Lieber Padre Julio!« Paco flüstert's, als hörte ihn der hier im Raum ermordete Mönch, »Julio, jetzt bin ich an der Reihe, am liebsten wär's mir hier! – Indes – Padre Damiano machte ja auch die Zelle auf und ging ein paar Schritte dem letzten Ereignis entgegen. Ich geh' ins Refektorium, da wird's geschehen, da sind wir alle beieinander. Ach nein, ohrfeigen werde ich keinen. Es hat keinen Zweck, das ist meine Meinung, ohne Padre Damiano zu nahe zu treten. Ich kann's nicht, jeder macht's anders, und ich mache es immer falsch.« Er hörte die Gefangenen auf dem Flur trappeln. Wie die Mönche, wenn sie zum Mitternachtschor gingen... Deus in adjutorium meum intende! Hätte ich es richtig gemacht, so ging's für euch nun in die Freiheit. Ich hab die Schuld, ich weiß es, aber, ich komme ja mit!

Er hörte Don Pedros Stimme: oh, wie schamlos lügt er jetzt, alles im Befehl! Kleine Stärkung im Refektorium einnehmen? – Im Refektorium? Vor dem Transport! Kleine Stärkung, das ist nicht übel. Paco mußte plötzlich lachen. Er betrat das Refektorium als letzter. Der rechteckige Raum war an drei Wänden entlang mit Tischen bestellt, genauso wie früher. An der leeren Schmalseite befand sich der Speiseschalter, der mit einer hölzernen Schiebetür versehen war. Sein Rollen hatte stets etwas Freundlich-Verheißendes gehabt, wenn beim Ende der Schriftlesung, prompt hinterm Klopfzeichen, der Laienbruder das Brett in Bewegung setzte und die Küchendüfte hereinließ; jetzt aber war das hölzerne Geviert noch verschlossen.

Leutnant Pedro stand den Gefangenen gegenüber, die zu Boden starrten, gleichmütig einander ansahen oder den jungen Offizier trotzig musterten. Leutnant Pedro erklärte kurz: der Transport zum großen Gefangenenlager sei nicht ohne Gefahr – und da ein Priester unter den Gefangenen sei, bei dem er selber soeben gebeichtet habe, wolle der, bevor man sich stärke, die Generalabsolution erteilen. Damit verließ er mit kurzem, ruhigem Schritte den Saal.

Paco stand die Schamröte im Gesicht. Wegen Pedros Lüge schämte er sich und auch, weil er plötzlich aus seiner Verborgenheit als Soldat hervortreten sollte, und überdies – er schämte sich vor Pedro, weil der wußte, daß er nun sterben sollte. Das war eine seltsame Scham, die er noch nie gespürt hatte. Wie eine partielle Entblößung vor einem unberufenen Auge, aber noch viel feiner, hilfloser empfand er sich in seinem Todgeweihtsein vor diesem Wissenden, der soeben hinausgegangen war, aus der unheimlichen Arena, und den Tod befahl, ohne selber mitzusterben.

So trat er unbeholfen, schwerfüßig und fast schwankend vor die Gefangenen hin. Aber auch ihnen, den Ahnungslosen, gegenüber schämte er sich nun, als er das Zeichen des Todes auf ihren Stirnen las, auf Stirnen, die sich in kleinen Gedanken kräuselten oder glatt und gleichgültig im Augenblick hingen. Er durfte ihnen nicht sagen: ihr seid verloren! – Ja, er sei Priester, sagte er nur, und wolle sie lossprechen. Er erklärte mit kurzen Worten die Generalabsolution, dann bestieg er in einer plötzlichen Eingebung das Lesepult, auf dem er so oft gesessen und vorgelesen hatte. Das Podium verlockte ihn, so glaubte er zuerst, doch dann merkte er: es war die Nähe des Speiseschalters, die ihn anzog, ja – und jetzt wußte er auch, woher die »kleine Stärkung« kommen sollte, jetzt wußte er, wo das fehlende Maschinengewehr stand. Blitzschnell begriff er nun auch, wieso Don Pedro auf so findige Art hatte lügen können. »Diese kleine Stärkung« war schon geplant, ehe die Generalabsolution beschlossen wurde. Don Pedros Lüge war also nicht so frech, wie er zuerst angenommen hatte. Paco stand, dem Schalter den Rücken zukehrend, da. Es fiel ihm schwer, die Gefangenen anzublicken. Seit Pedro hinausgegangen und er allein mit diesen Männern war, hatte ihn das dumpfe Schuldgefühl noch unentrinnbarer umfangen. Er kam sich wie ein übler Komödiant vor, der eine Rolle innerhalb des Spiels verändert und entstellt. Was hatte er aus dem Messer und den vielen Gelegenheiten zur Flucht gemacht? Hätte einer von diesen da auch nur einen Teil der Möglichkeiten gehabt, sie wären jetzt alle wahrscheinlich frei. Statt dessen hatte er den Henker geküßt – und höfliche Worte mit ihm gewechselt, war mit ihm sozusagen im Einverständnis. – Was galt das den andern, wenn er selber zum Sterben bereit war! Sie wollten nicht sterben, das sah man ihnen an.

Ein Teil der Gefangenen kniete bereits, ein Teil blieb stehen, doch ohne Protest: sie waren nur zu verlegen, um sich hinzuknien; ein paar stießen sich mit dem Ellbogen an und flüsterten etwas; ein breitschultriger Kerl, dicht vor dem Lesepult schmunzelte breit und nachsichtig, er hob das rechte und dann das linke Bein, stellte die Fußspitzen breit auseinander – vielleicht war es ein Matrose! Pacos Stimme kam mühsam, doch schlicht und sicher; er lächelte sogar, als er sagte, daß man im Krieg sei und nie wissen könne, von welcher Seite es einen schnappe. Es solle darum ein jeder, der etwas auf dem Herzen habe – nicht nur Sünden, sondern Sorgen und Kummer –, an Gott so denken, wie an die Frau und die Kinder zu Hause, wie an Vater und Mutter. Und mit derselben Sehnsucht wie an die Lieben sollten sie an den Vater im Himmel denken. Keiner aber solle Gott die Schuld an alledem geben, sondern den Menschen und auch sich selber. »All unsere Gewaltsamkeit ist zusammengekommen, und jetzt tobt sie sich aus«, so sagte er, und fast eilig fügte er bei, »aber auch all unsere Unentschiedenheit, unsere Schwäche und Furcht vor etwas Ungewöhnlichem, sogar unsere Furcht vor dem Blutvergießen. Denn ja, hätte einer von uns zur rechten Zeit das Messer gebraucht – aber Kameraden, ergeben wir uns! Gott richtet und Gott ist gnädig!« Dann sprach er die Gebete – er konnte sie noch, Wort für Wort. »Indulgentiam, absolutionem et remissionem« – Nachlassung, Lossprechung und Verzeihung eurer Sünden... Welche Häufung von Güte in solch juristisch kalten Worten, dachte er. Als er das Kreuzzeichen machte und sein »Amen« stark in den Saal schickte, hörte er jenen wohlvertrauten Ton der Schiebetür hinter sich, noch ganz so verheißungsvoll wie früher. Ein jähes Rattern erfüllte die Wände, als führe ein eiserner Sichelwagen unsichtbar durch den Saal. Paco hörte einen Schrei und sah den breitschultrigen Mann vor sich die Arme in die Höhe werfen; rechts von ihm fielen einige Männer um, während er selber, einen Schlag zwischen den Schultern verspürend, nach hinten sank, sanft, als finge ihn die Unendlichkeit eines weichen Abgrundes auf, in den er ewig sinken könnte, ohne je hart auf einen Grund aufstoßen zu müssen.

GÜNTER GRASS

Katz und Maus

I

...und einmal, als Mahlke schon schwimmen konnte, lagen wir neben dem Schlagballfeld im Gras. Ich hätte zum Zahnarzt gehen sollen, aber sie ließen mich nicht, weil ich als Tickspieler schwer zu ersetzen war. Mein Zahn lärmte. Eine Katze strich diagonal durch die Wiese und wurde nicht beworfen. Einige kauten oder zupften Halme. Die Katze gehörte dem Platzverwalter und war schwarz. Hotten Sonntag rieb sein Schlagholz mit einem Wollstrumpf. Mein Zahn trat auf der Stelle. Das Turnier dauerte schon zwei Stunden. Wir hatten hoch verloren und warteten nun auf das Gegenspiel. Jung war die Katze, aber kein Kätzchen. Im Stadion wurden oft und wechselseitig Handballtore geworfen. Mein Zahn wiederholte ein einziges Wort. Auf der Aschenbahn übten Hundertmeterläufer das Starten oder waren nervös. Die Katze machte Umwege. Über den Himmel kroch langsam und laut ein dreimotoriges Flugzeug, konnte aber meinen Zahn nicht übertönen. Die schwarze Katze des Platzverwalters zeigte hinter Grashalmen ein weißes Lätzchen. Mahlke schlief. Das Krematorium zwischen den Vereinigten Friedhöfen und der Technischen Hochschule arbeitete bei Ostwind. Studienrat Mallenbrandt pfiff: Wechsel Fangball Übergetreten. Die Katze übte. Mahlke schlief oder sah so aus. Neben ihm hatte ich Zahnschmerzen. Die Katze kam übend näher. Mahlkes Adamsapfel fiel auf, weil er groß war, immer in Bewegung und einen Schatten warf. Des Platzverwalters schwarze Katze spannte sich zwischen mir und Mahlke zum Sprung. Wir bildeten ein Dreieck. Mein Zahn schwieg, trat nicht mehr auf der Stelle: denn Mahlkes Adamsapfel wurde der Katze zur Maus. So jung war die Katze, so beweglich Mahlkes Artikel – jedenfalls sprang sie Mahlke an die Gurgel; oder einer von uns griff die Katze und setzte sie Mahlke an den Hals; oder ich, mit wie ohne Zahnschmerz, packte die Katze, zeigte ihr Mahlkes Maus: und Joachim Mahlke schrie, trug aber nur unbedeutende Kratzer davon.

Ich aber, der ich Deine Maus einer und allen Katzen in den Blick brachte, muß nun schreiben. Selbst wären wir beide erfunden, ich müßte dennoch. Der uns erfand, von berufswegen, zwingt mich, wieder und wieder Deinen Adamsapfel in die Hand zu nehmen, ihn an jeden Ort zu führen, der ihn siegen oder verlieren sah; und so lasse ich am Anfang die Maus über dem Schraubenzieher hüpfen, werfe ein Volk vollgefressene Seemöwen hoch über Mahlkes Scheitel in den sprunghaften Nordost, nenne das Wetter sommerlich und anhaltend schön, vermute, daß es sich bei dem Wrack um ein ehemaliges Boot der Czaika-Klasse handelt, gebe der Ostsee die Farbe dickglasiger Seltersflaschen, lasse nun, da der Ort der Handlung südöstlich der Ansteuerungstonne Neufahrwasser festgelegt ist, Mahlkes Haut, auf der immer noch Wasser in Rinnsalen abläuft, feinkörnig bis graupelig werden; doch nicht die Furcht, sondern das übliche Frösteln nach zu langem Baden besetzte Mahlke und nahm seiner Haut die Glätte.

Dabei hatte keiner von uns, die wir dürr und langarmig zwischen seitlich wegragenden Knien auf den Resten der Kommandobrücke hockten, von Mahlke verlangt, nochmals in den Bugraum des abgesoffenen Minensuchbootes und in den mitschiffs anstoßenden Maschinenraum zu tauchen, etwas mit seinem Schraubenzieher abzufummeln, ein Schräubchen, Rädchen oder was Dolles: ein Messingschild, dichtbeschrieben mit den Bedienungsanweisungen irgendeiner Maschine in polnischer und englischer Sprache; denn wir hockten ja auf allen über dem Wasserspiegel ragenden Brückenaufbauten eines ehemaligen, in Modlin vom Stapel gelaufenen, in Gdingen fertiggestellten polnischen Minensuchbootes der Czaika-Klasse, das im Jahr zuvor südöstlich der Ansteuerungstonne, also außerhalb der Fahrrinne und ohne den Schiffsverkehr zu behindern, abgesoffen war.

Seitdem trocknete Möwenmist auf dem Rost. Sie flogen bei jedem Wetter fett glatt, mit seitlichen Glasperlenaugen manchmal knapp und fast zum Greifen über den Resten des Kompaßhäuschens, dann wieder hoch wirr und nach einem Plan, der nicht zu entziffern war, spritzten im Flug ihren schleimigen Mist und trafen nie die weiche See aber immer den Rost der Brückenaufbauten. Hart stumpf kalkig dauerten die Ausscheidungen in Klümpchen dicht bei dicht, auch in Klumpen übereinander. Und immer, wenn wir auf dem Boot saßen, gab es Fußnägel Fingernägel, die den Mist abzusprengen versuchten. Deswegen brachen unsere Nägel, und nicht, weil wir – außer Schilling, der immer kaute und Niednägel hatte – an unseren Fingernägeln kauten. Nur Mahlke besaß lange, wenn auch vom vielen Tauchen gelbliche Nägel und bewahrte sich ihre Länge, indem er weder kaute noch Möwenmist kratzte. Auch blieb er der einzige, der nie von dem weggestemmten Mist aß, während wir, weil sich das anbot, kalkige Klümpchen wie Muschelsplitt kauten und als schaumigen Schleim über Bord spuckten. Das Zeug schmeckte nach nichts oder nach Gips oder nach Fischmehl oder nach allem, was sich vorstellte: nach Glück, Mädchen, nach dem lieben Gott. Winter, der ganz gut singen konnte, gab an: »Wißt Ihr, daß Tenöre täglich Möwenmist essen?« Oft fingen die Möwen unsere kalkige Spucke im Flug und merkten wohl nichts.

Als Joachim Mahlke kurz nach Kriegsbeginn vierzehn Jahre alt wurde, konnte er weder schwimmen noch radfahren, fiel überhaupt nicht auf und ließ jenen Adamsapfel vermissen, der später die Katze anlockte. Vom Turnen und

Schwimmen war er suspendiert, weil er sich als kränklich ausweisen konnte, indem er Atteste vorzeigte. Noch bevor Mahlke das Radfahren lernte und steif verbissen, mit hochrot abstehenden Ohren und seitlich verbogenen, auf-und-untertauchenden Knien eine komische Figur abgab, meldete er sich während der Wintersaison im Hallenbad Niederstadt zum Schwimmen, wurde aber vorerst nur zum Trockenschwimmen mit Acht- bis Zehnjährigen zugelassen. Auch im folgenden Sommer war er noch nicht so weit. Der Bademeister der Anstalt Brösen, eine typische Bademeisterfigur mit Bojenleib und dünnen haarlosen Beinen unter dem stoffbespannten Seezeichen, mußte Mahlke zuerst im Sand drillen und dann an die Angel nehmen. Doch als wir ihm Nachmittag um Nachmittag davonschwammen und Wunderdinge von dem abgesoffenen Minensuchboot erzählten, bekam er mächtigen Auftrieb, schaffte es innerhalb von zwei Wochen – und schwamm sich frei.

Ernst und beflissen zog er zwischen dem Seesteg, dem Großen Sprungturm und der Badeanstalt hin und her und mochte im Schwimmen schon einige Ausdauer haben, als er vom Wellenbrecher des Seesteges mit Tauchübungen begann, zuerst simple Ostseemuscheln hochholte, dann nach einer sandgefüllten Bierflasche tauchte, die er ziemlich weit rauswarf. Wahrscheinlich gelang es Mahlke bald, die Buddel regelmäßig vom Grund hochzuholen, denn als er bei uns auf dem Kahn zu tauchen anfing, war er kein Anfänger mehr.

Er bettelte, mitschwimmen zu dürfen. Gerade wollten wir, sechs oder sieben Mann stark, unseren täglichen Kurs einschlagen, feuchteten uns umständlich vorsorglich im seichten Quadrat des Familienbades an, da stand Mahlke auf dem Laufsteg des Herrenbades: »Nehmt mich doch mit. Ich schaff es bestimmt.«

Ein Schraubenzieher hing ihm unter der Gurgel und lenkte von seiner Gurgel ab.

»Na schön!« Mahlke kam mit, überholte uns zwischen der ersten und der zweiten Sandbank, und wir gaben uns keine Mühe, ihn einzuholen: »Der soll sich mal abstrampeln.«

Wenn Mahlke in Brustlage schwamm, tanzte ihm der Schraubenzieher deutlich, denn das Ding hatte einen Holzgriff, zwischen den Schulterblättern. Schwamm Mahlke auf dem Rücken, torkelte der Holzgriff auf seiner Brust, verdeckte aber nie vollkommen jenen fatalen Knorpel zwischen Kinnlade und Schlüsselbein, der als Rückenflosse ausgefahren blieb und eine Kielspur riß.

Und dann zeigte Mahlke es uns. Er tauchte mehrmals kurz nacheinander mit seinem Schraubenzieher und brachte hoch, was sich nach zwei- oder dreimaligem Tauchen abschrauben ließ: Deckel, Verschalungsteile, ein Stück von der Lichtmaschine, fand unten ein Seil, seilte mit dem brüchigen Drussel einen waschechten Minimax aus dem Vorschiff hoch; und das Ding – deutsches Fabrikat übrigens – war noch brauchbar; Mahlke bewies es uns, löschte mit Schaum, zeigte uns, wie man mit Schaum löscht, löschte mit Schaum die glasgrüne See – und stand vom ersten Tag an ganz groß da.

Die Flocken lagen noch in Inseln und verzogenen Streifen auf flacher gleichatmiger Dünung, lockten wenige Möwen, stießen die Möwen ab, fielen zusammen und trieben, eine einzige Sauerei sauer gewordener Schlagsahne, gegen den Strand; da machte auch Mahlke Feierabend, hockte sich in den Schatten des Kompaßhäuschens und bekam nun, nein, hatte schon lange, noch bevor verirrte Schaumfetzen auf der Brücke ermüdeten und unter jedem Lüftchen zitterten, diese körnige schrumpfende Haut.

Mahlke bibberte, ließ die Gurgel fliegen; und sein Schraubenzieher machte über geschüttelten Schlüsselbeinen Tänzchen. Aber auch Mahlkes Rücken, eine streckenweis käsige, von den Schultern abwärts krebsrot verbrannte Fläche, der sich immer wieder beiderseits der reibbrettartig durchtretenden Wirbelsäule neuverbrannt die Haut schälte, wurde mit Graupeln beworfen und von wandernden Schauern verzogen. Gelbliche Lippen hatten blaue Ränder und entblößten Mahlkes klappernde Zähne. Mit großen ausgelaugten Händen versuchte er, beide Knie, die sich an den muschelüberzogenen Schotts aufgescheuert hatten, festzuhalten und so seinem Körper, auch seinen Zähnen Widerstand zu bieten.

Hotten Sonntag – oder war ich es? – rieb Mahlke ab: »Mensch, hol Dir bloß nischt. Wir müssen ja noch zurück.« Der Schraubenzieher wurde vernünftiger.

Hin brauchten wir, von der Mole aus fünfundzwanzig, von der Badeanstalt aus fünfunddreißig Minuten. Eine gute Dreiviertelstunde verlangte der Rückweg. Er mochte noch so ausgepumpt sein, immer war er eine deutliche Minute vor uns auf dem Molengranit. Den Vorsprung des ersten Tages hielt er auch weiterhin. Jedesmal, bevor wir den Kahn – so hieß bei uns der Minensucher – erreichten, war Mahlke schon einmal unten gewesen und zeigte uns, sobald wir mit Waschfrauenhänden ziemlich gleichmäßig nach dem Rost und Möwenmist der Brücke oder den ausladenden Drehkränzen langten, irgendein Scharnier, etwas, das sich leicht hatte lösen lassen, wortlos vor und fröstelte schon, obgleich er sich vom zweiten oder dritten Herausschwimmen an dick und verschwenderisch mit Nivea eincremte; denn Taschengeld hatte Mahlke genug.

Mahlke war einziges Kind zu Hause.

Mahlke war Halbwaise.

Mahlkes Vater lebte nicht mehr.

Mahlke trug im Winter wie im Sommer altmodische hohe Schuhe, die er von seinem Vater geerbt haben mochte.

An einem Schnürsenkel für hohe schwarze Schuhe trug Mahlke den Schraubenzieher am Hals.

Jetzt erst fällt mir ein, daß Mahlke außer dem Schraubenzieher noch etwas und aus Gründen am Hals trug; aber der Schraubenzieher war auffälliger.

Wahrscheinlich immer schon, doch wir hatten nie darauf geachtet, sicher vom Tage an, da Mahlke in der Badeanstalt das Trockenschwimmen erlernte und im

Seesand Figuren strampeln mußte, trug er am Hals ein silbernes Kettchen, dem etwas silbern Katholisches anhing: die Jungfrau.

Nie, auch während der Turnstunde nicht, nahm sich Mahlke den Anhänger vom Hals; denn kaum hatte er in der winterlichen Schwimmhalle Niederstadt mit dem Trockenschwimmen und Schwimmen an der Angel begonnen, trat er auch in unserer Turnhalle auf und zeigte nie mehr ein Attest irgendeines Familienarztes vor. Entweder verschwand der Anhänger im Ausschnitt des Turnhemdes, oder die silberne Jungfrau lag knapp überm roten Bruststreifen auf weißem Turnhemdstoff.

Mahlke schwitzte auch am Barren nicht. Selbst Übungen am Langpferd, bei denen nur noch die drei oder vier Besten der ersten Riege mitmachten, ließ er nicht aus, sondern segelte krumm und grobknochig vom Federsprungbrett übers lange Leder, landete mit Kettchen und verrutschter Jungfrau schief auf der Matte und ließ Staub aufwölken. Wenn er am Reck Kniewellen machte – später gelang es ihm, in mieser Haltung zwei Kniewellen mehr zu drehen, als Hotten Sonntag, unser bester Turner, schaffte –, wenn Mahlke also seine siebenunddreißig Kniewellen würgte, zog es ihm den Anhänger aus dem Turnhemd, und das Silberding wurde siebenunddreißigmal, immer seinen mittelbraunen Haaren voraus, um die knirschende Reckstange geschleudert, ohne vom Hals loskommen und Freiheit gewinnen zu können, denn Mahlke hatte außer der bremsenden Gurgel jenen ausladenden Hinterkopf, der mit Haaransatz und deutlichem Knick dem rutschenden, durch Kniewellen entfesselten Kettchen Halt bot.

Der Schraubenzieher lag über dem Anhänger, und der Schnürsenkel deckte streckenweise das Kettchen. Dennoch verdrängte das Werkzeug den Anhänger nicht, zumal das Ding mit dem Holzgriff nicht in die Turnhalle hineindurfte. Unser Turnlehrer, ein gewisser Studienrat Mallenbrandt, der in Turnerkreisen berühmt war, weil er ein richtungweisendes Regelbuch für das Schlagballspiel geschrieben hatte, verbot Mahlke, den Schraubenzieher am Schnürsenkel während der Turnstunde zu tragen. Das Amulett an Mahlkes Hals beanstandete Mallenbrandt nie, weil er außer Leibeserziehung und Geographie auch Religion unterrichtete und bis ins zweite Kriegsjahr hinein die Reste eines katholischen Arbeiter-Turnvereins unters Reck und an den Barren zu führen verstand.

So mußte der Schraubenzieher im Umkleideraum am Haken überm Hemd warten, während die silberne, leicht abgegriffene Jungfrau an Mahlkes Hals halsbrecherischen Übungen Beistand gewähren durfte.

Ein gewöhnlicher Schraubenzieher: stabil und billig. Oft mußte Mahlke, um ein schmales Schildchen, nicht größer als ein Namensschild seitlich einer Wohnungstür, das von zwei Schrauben gehalten wurde, lösen und hochbringen zu können, fünf- bis sechsmal tauchen, besonders, wenn das Schildchen an Metallteilen haftete und beide Schrauben eingerostet waren. Dafür gelang es ihm manchmal, größere Schilder mit viel Text schon nach zweimaligem Tauchen und indem er den Schraubenzieher als Brecheisen benutzte, samt Schrauben aus morscher Holzverschalung zu stemmen und die Beute auf der Brücke vorzuzeigen. Gesammelt hat er die Schildchen nachlässig, hat Winter und Jürgen Kupka, die hemmungslos alles Abschraubbare, auch Straßenschilder und die Schildchen der öffentlichen Toiletten sammelten, viel geschenkt und nur jene Brocken nach Hause genommen, die zu seinem Kram paßten.

Mahlke machte es sich nicht leicht: wenn wir auf dem Kahn dösten, arbeitete er unter Wasser. Wir kratzten am Möwenmist, wurden zigarrenbraun, und wer blonde Haare hatte, bekam strohblondes Haar; doch Mahlke holte sich allenfalls einen neuen Sonnenbrand. Wenn wir den Schiffsverkehr nördlich der Ansteuerungstonne verfolgten, hatte er unverrückbar den Blick nach unten: gerötete, bißchen entzündete Lider mit wenig Wimpern um, glaube, hellblaue Augen, die erst unter Wasser neugierig wurden. Mehrmals kam Mahlke ohne Schildchen, ohne Beute, aber mit abgebrochenem oder hoffnungslos verbogenem Schraubenzieher zurück. Auch den zeigte er und machte Eindruck. Jene Geste, mit der er das Ding über die Schulter in die See warf und sogleich Möwen irritierte, wurde weder von flauer Enttäuschung noch von zielloser Wut gesteuert. Nie warf Mahlke kaputtes Werkzeug mit gespielter oder tatsächlicher Gleichgültigkeit hinter sich. Auch das Wegwerfen besagte noch: Jetzt zeige ich es Euch bald von der anderen Seite!

... und einmal – ein doppelschornsteiniges Lazarettschiff war eingelaufen, und wir hatten nach kurzem Hin und Her die »Kaiser« vom Seedienst Ostpreußen ausgemacht, ging Joachim Mahlke ohne Schraubenzieher hinunter in den Bugraum, verschwand in der aufgebrochenen, schiefergrün trüben, knapp überspülten Luke des Vorschiffes, klammerte mit zwei Fingern die Nase, war mit dem Kopf und platt anliegenden, vom Schwimmen und Tauchen in der Mitte gescheitelten Haaren zuerst weg, zog Rücken und Gesäß nach, stieß links einmal leer die Luft und drückte sich dann mit beiden Sohlen vom Lukenrand schräg nach unten ab, in das schummrig kühle Aquarium, das durch offene Bullaugen Flutlicht bekam: nervöse Stichlinge, ein stehender Schwarm Neunaugen, schlingernde, noch festgezurrte Hängematten des Mannschaftslogis, verfilzt und von Tangbärten umwallt, in denen Strömlinge ihre Kinderstube hatten. Ganz selten ein abgekommener Dorsch. Von Aalen nur Gerüchte. Nie Flundern.

Wir hielten unsere leicht zitternden Knie, mahlten Möwenmist zu Qualster, waren mäßig gespannt, halb ermüdet, halb gefesselt, zählten Marinekutter, die im Verband fuhren, hielten uns an den immer noch senkrecht Rauch zeichnenden Schornsteinen des Lazarettschiffes fest, schauten uns seitlich an – er blieb lange unten –, Möwen kreiselten, Dünung über dem Vorschiff gurgelte, brach sich an den Halterungen des abmontierten Buggeschützes, Klatschen hinter der

Brücke, wo zwischen Entlüftern das Wasser rückläufig wurde und immer dieselben Nieten leckte, Kalk unterm Fingernagel, Jucken der trocknen Haut, Flimmern, Motortuckern mit dem Wind, Druckstellen, das Geschlecht halbsteif, siebzehn Pappeln zwischen Brösen und Glettkau – da kam er hochgeschossen: blaurot ums Kinn und gelblich über den Backenknochen, riß Wasser aus der Luke, streng in der Mitte gescheitelt, taumelte kniehoch umspült übers Vorschiff, griff nach den ragenden Halterungen, ging auf die Knie, glotzte wäßrig, und wir mußten ihn auf die Brücke ziehen. Aber während es ihm noch aus der Nase und den Mundwinkeln lief, zeigte er uns schon das Ding, einen stählernen Schraubenzieher aus einem Stück. War englisches Werkzeug. Stand eingestanzt drauf: Sheffield. Kein bißchen Rost, ohne Narben, noch mit der Fettschicht gefirmt: Wasser kugelte sich und rollte ab.

Diesen schweren, sagen wir, unzerbrechlichen Schraubenzieher trug Joachim Mahlke über ein Jahr lang, auch als wir nicht mehr oder seltener zu dem Kahn hinschwammen, tagtäglich am Schnürsenkel um den Hals und trieb damit, obgleich oder weil er katholisch war, eine Art Kult, gab das Ding, zum Beispiel, vor der Turnstunde Studienrat Mallenbrandt, da er Diebe fürchtete, in Verwahrung und nahm den Brocken auch in die Marienkapelle mit; denn nicht nur am Sonntag, auch während der Woche ging Mahlke, noch vor Schulbeginn, zur Frühmesse in die Kapelle auf dem Marineweg, unterhalb der Genossenschaftssiedlung Neuschottland.

Er und sein englischer Schraubenzieher hatten es nicht weit zur Marienkapelle: raus aus der Osterzeile, den Bärenweg hinunter. Viel Zweistöckiges, auch Villen mit Doppeldächern, Säulenportalen und Spalierobst. Dann zwei Reihen Siedlung, unverputzt oder verputzt mit Wasserflecken. Rechts bog die Straßenbahn ab und mit ihr die Oberleitung vor zumeist halbbedecktem Himmel. Links sandig magere Schrebergärten der Eisenbahner: Lauben und Kaninchenställe aus dem schwarzroten Holz ausrangierter Güterwagen. Dahinter Signale der Gleise zum Freihafen hin. Silos, bewegliche oder starre Kräne. Fremd und farbstark die Aufbauten der Frachter. Immer noch die beiden grauen, altmodisch getürmten Linienschiffe, das Schwimmdock, die Brotfabrik Germania; und silbrig satt, auf halber Höhe, einige sanft schlingernde Fesselballone. Rechter Hand aber, halbvorgelagert der ehemaligen Helene-Lange-Schule, dann Gudrun-Schule, die den eisernen Wirrwarr Schichauwerft, bis auf den großen Hammerkran, verdeckte, gutgepflegte Sportplätze, neugestrichene Tore, auf kurzem Rasen weißgestreute Markierungen der Strafräume: sonntags Blaugelb gegen Schellmühl 98 – keine Tribüne aber eine moderne hochfenstrige und hellocker gestrichene Turnhalle, der jedoch, fremd genug, auf neurotem Dach ein geteertes Kreuz ritt; denn die Marienkapelle, eine ehemalige Turnhalle des Sportvereines Neuschottland, hatte man als Notkirche einrichten müssen, weil die Herz-Jesu-Kirche zu weit ab lag und die Leute in Neuschottland, auf

Schellmühl und in der Siedlung zwischen Osterzeile und Westerzeile, zumeist Werftarbeiter, Angestellte der Post und Eisenbahner, jahrelang Eingaben nach Oliva, wo der Bischof saß, geschickt hatten, bis man, noch während der Freistaatzeit, die Turnhalle kaufte, sie umbauen und einsegnen ließ.

Da sich der Turnhallencharakter der Marienkapelle trotz farbenreicher gewundener Bilder und Dekorstücke, die aus den Kellern und Abstellräumen fast aller Pfarrkirchen des Bistums, auch aus Privatbesitz stammten, nicht leugnen und verstellen ließ – selbst Weihrauch- und Wachskerzenduft übertönte nicht immer und nie genug den Kreide-Leder-Turnermief vergangener Jahre und Hallenhandballmeisterschaften –, haftete der Kapelle untilgbar etwas evangelisch Karges, die fanatische Nüchternheit eines Betsaales an.

In der neugotischen, Ende des neunzehnten Jahrhunderts aus Backsteinen getürmten Herz-Jesu-Kirche, die abseits der Siedlungen, nahe dem Vorortbahnhof lag, hätte sich Joachim Mahlkes stählerner Schraubenzieher fremd und lästerlich häßlich ausgenommen. In der Marienkapelle hätte er das englische Qualitätswerkzeug getrost offen tragen können: das Kapellchen mit gepflegtem Linoleumfußboden, mit quadratischen, dicht unter der Decke ansetzenden Milchglasscheiben, mit sauber ausgerichteten eisernen Halterungen im Fußboden, die einst dem Reck Halt und Sicherheit gegeben hatten, mit den eisernen, wenn auch weißgetünchten Querträgern unter der grobkörnigen, von Verschalungsbrettern gerillten Betondecke, an denen vormals die Ringe, das Trapez und das halbe Dutzend Kletterseile ihre Verankerung gehabt hatten, war, obgleich in allen Ecken bemalter vergoldeter und plastisch segnender Gips stand, dennoch ein solch modern kühl sachliches Kapellchen, daß der freihängende stählerne Schraubenzieher, den ein betender, dann kommunizierender Gymnasiast vor der Brust baumeln zu lassen für notwendig hielt, weder den wenigen Frühmessebesuchern noch Hochwürden Gusewski und seinem verschlafenen Ministranten – das war oft genug ich – peinlich aufgefallen wäre.

Falsch! Mir wäre das Ding bestimmt nicht entgangen. Wenn immer ich vorm Altar diente, sogar während der Stufengebete, versuchte ich, Dich aus verschiedenen Gründen im Auge zu behalten: aber Du wolltest es wohl nicht darauf ankommen lassen, behieltest das Ding am Schnürsenkel unterm Hemd und hattest deswegen die auffallenden und den Schraubenzieher vage nachzeichnenden Flecke vom Schmierfett im Hemdenstoff. Er kniete, vom Altar aus gesehen, in der zweiten Bank der linken Bankreihe und zielte sein Gebet mit offenen, glaube, hellgrauen, zumeist vom Tauchen und Schwimmen entzündeten Augen in Richtung Jungfrau, Marienaltar.

... und einmal – ich weiß nicht mehr, in welchem Sommer – war es während der ersten Großen Ferien auf dem Kahn, kurz nach dem Rummel in Frankreich, war es im Sommer danach? – an einem Tag, heiß dunstig, mit Gewühle im Familienbad, schlaffen Wimpeln, quellendem Fleisch, starkem Umsatz der

Erfrischungsbuden, auf sengenden Fußsohlen über Kokosläufern, vor geschlossenen Badezellen voller Gekicher, zwischen entfesselten Kindern: was sich wälzte, kleckerte, den Fuß aufschnitt; und mittenmang der heute dreiundzwanzigjährigen Aufzucht, unterhalb fürsorglich gebeugter Erwachsener, schlug ein etwa dreijähriger Balg monoton hölzern auf eine Kinderblechtrommel und ließ den Nachmittag zu einer höllischen Schmiede werden – da lösten wir uns, schwammen zu unserem Kahn, waren vom Strand aus, für den Feldstecher des Bademeisters etwa, sechs kleiner werdende Köpfe, unterwegs; und einer voraus und als erster am Ziel.

Wir warfen uns auf den windgekühlten, dennoch glühenden Rost und Möwenmist, waren nicht mehr zu bewegen, während Mahlke schon zweimal unten gewesen war. Mit beladener linker Hand kam er hoch, hatte im Vorschiff und Mannschaftslogis, in und unter den halbverfaulten, entweder schlaff wedelnden oder immer noch festgezurrten Hängematten, in Schwärmen schillernder Stichlinge, zwischen Tangwäldern und stiebenden Neunaugen gewühlt, geschabt und in durchwachsenem Plunder, einst Seesack des Matrosen Witold Duszynski oder Liszinski, eine handgroße Bronzeplakette gefunden, die auf der einen Seite, unter kleinem erhabenem polnischen Adler, den Namen des Plakettenbesitzers sowie das Datum der Verleihung, auf der anderen Seite das Relief eines schnauzbärtigen Generals zeigte: Nach einigem Reiben mit Sand und pulvrigem Möwenmist sagte die rundumlaufende Plaketteninschrift aus, daß Mahlke das Porträt des Marschall Pilsudski an die Luft gebracht hatte.

Vierzehn Tage lang war Mahlke nur noch auf Plaketten aus, fand auch ein zinntellerartiges Erinnerungsstück an eine Segelregatta des Jahres vierunddreißig auf der Reede von Gdingen – und mittschiffs, noch vor dem Maschinenraum, in der engen und schwer zugänglichen Offiziersmesse, jene markstückgroße Medaille aus Silber, mit Silberöse zum Aufhängen, deren Hinterseite namenlos platt und abgewetzt, deren Vorderseite reich profiliert und geschmückt war: das stark erhabene Relief der Jungfrau mit Kind.

Es handelte sich, wie die gleichfalls erhabene Inschrift bewies, um die berühmte Matka Boska Czestochowska; und Mahlke putzte das Silber nicht, ließ dem Ding die schwärzliche Patina, als er auf der Brücke entdeckte, was er hochgebracht hatte, und wir ihm Treibsand zum Putzen anboten.

Aber während wir noch stritten und das Silber glänzen sehen wollten, kniete er schon im Schatten des Kompaßhäuschens und schob den Fund solange vor seinen Knubbelknien hin und her, bis er im geeigneten Winkel für seine zur Andacht gesenkten Augen lag. Wir lachten, als er bibbernd und bläulich mit ausgelaugten Fingerspitzen das Kreuz schlug, die fliegenden Lippen einem Gebet gemäß zu bewegen versuchte und etwas Latein hinterm Kompaßhäuschen hervorklapperte. Ich glaube noch heute, es war damals schon etwas aus seiner Lieblingssequenz, die sonst nur am Freitag vor Palmsonntag laut wurde: »Virgo virginum praeclara – Mihi iam non sis amara...«

Später, nachdem unser Direktor, Oberstudienrat Klohse, Mahlke verboten hatte, den polnischen Artikel offen und während des Unterrichtes am Hals zu tragen – Klohse war Amtsleiter, unterrichtete aber nur selten in Parteikluft –, begnügte Joachim Mahlke sich mit dem altgewohnten kleinen Amulett und dem stählernen Schraubenzieher unter jenem Adamsapfel, der einer Katze als Maus gegolten hatte.

Er hängte die schwärzliche Silberjungfrau zwischen Pilsudskis Bronzeprofil und das postkartengroße Foto des Kommodore Bonte, des Helden von Narvik.

II

Die Anbeterei, war das Spaß? Euer Haus stand in der Westerzeile. Dein Humor, wenn Du welchen hattest, war sonderbar. Nein, Euer Haus stand in der Osterzeile. Sahen ja alle gleich aus, die Straßen der Siedlung. Dennoch mußtest Du nur ein Butterbrot essen, und wir lachten und steckten uns an. Wir wunderten uns, sobald wir über Dich lachen mußten. Als aber Studienrat Brunies alle Schüler unserer Klasse nach ihrem späteren Beruf fragte und Du – damals konntest Du schon schwimmen – zur Antwort gabst: »Ich werde einmal Clown werden und die Leute zum Lachen bringen«, lachte im viereckigen Klassenzimmer niemand – und ich bekam einen Schreck, denn Mahlke machte, während er den Willen, Clown im Zirkus oder sonstwo zu werden, laut und geradeaus vor sich hinsprach, ein solch ernstes Gesicht, daß wirklich zu befürchten stand, er werde später einmal die Leute schrecklich zum Lachen bringen, und sei es durch die öffentliche, zwischen Raubtiernummer und Trapezattraktion plazierte Anbetung der Jungfrau Maria; aber das war wohl ernst gemeint, das Gebet auf dem Kahn – oder wolltest Du Spaß machen?

Er wohnte in der Osterzeile und nicht in der Westerzeile. Das Einfamilienhaus stand neben zwischen und gegenüber gleichgearteten Einfamilienhäusern, die nur durch Hausnummern, eventuell dank unterschiedlich gemusterter oder geraffter Gardinen, kaum aber durch gegensätzliche Bepflanzung der schmalen Vorgärten zu unterscheiden waren. Auch hielt sich jeder Vorgarten Vogelhäuschen auf Stangen und glasierten Gartenschmuck: entweder Frösche, Fliegenpilze oder Zwerge. Vor Mahlkes Haus hockte ein keramischer Frosch. Aber auch vor dem nächsten und übernächsten Haus hockten grüne keramische Frösche.

Kurz, es war Nummer vierundzwanzig, und Mahlke wohnte, wenn man vom Wolfsweg kam, im vierten Haus der linken Straßenseite. Die Osterzeile stieß, gleich der parallellaufenden Westerzeile, im rechten Winkel auf den Bärenweg, der parallel zum Wolfsweg lief. Wer vom Wolfsweg her die Westerzeile hinunterging, sah über ziegelroten Dächern zur linken Hand die Vorderseite und westliche Seite eines Turmes mit oxydiertem Zwiebeldach. Wer in gleicher

Richtung die Osterzeile hinunterlief, sah über den Dächern zur rechten Hand die Vorderseite und Ostseite desselben Glockenturmes; denn die Christus-Kirche lag genau zwischen Osterzeile und Westerzeile auf der gegenüberliegenden Straßenseite des Bärenweges und gab mit vier Zifferblättern unterhalb des grünen Zwiebeldaches dem ganzen Viertel, vom Max-Halbe-Platz bis zur katholischen Marienkapelle, die keine Uhr hatte, von der Magdeburger Straße bis zum Posadowskiweg, nahe Schellmühl, die Uhrzeit an und ließ evangelische wie katholische Arbeiter, Angestellte, Verkäuferinnen, Volksschüler und Gymnasiasten immer pünktlich und nie konfessionell geordnet zum Arbeitsplatz oder zur Schule kommen.

Von seinem Zimmer aus sah Mahlke das Zifferblatt der östlichen Turmseite. Im Dachgiebel, zwischen leichtschrägen Wänden, mit Regen und Hagel dicht über seinem in der Mitte gescheitelten Haar, hatte er seine Bude eingerichtet: eine Mansarde voller üblichem Jungenskrimskrams von der Schmetterlingssammlung bis zu den Postkartenfotos beliebter Schauspieler, hochdekorierter Jagdflieger und Panzergenerale; dazwischen aber ein ungerahmter Öldruck der Sixtinischen Madonna mit den beiden pausbackigen Engeln am unteren Bildrand, die schon erwähnte Pilsudskimedaille und das fromme und geweihte Amulett aus Tschenstochau neben dem Foto des Kommandanten der Narvik-Zerstörer.

Gleich beim ersten Besuch fiel mir die ausgestopfte Schnee-Eule auf. Ich wohnte nicht weit weg, in der Westerzeile; doch soll nicht von mir die Rede sein, sondern von Mahlke oder von Mahlke und mir, aber immer im Hinblick auf Mahlke, denn er hatte den Mittelscheitel, er trug hohe Schuhe, er hatte mal dieses mal jenes am Hals hängen, um die ewige Katze von der ewigen Maus abzulenken, er kniete vor dem Marienaltar, war der Taucher mit dem frischen Sonnenbrand, war uns immer, wenn auch häßlich verkrampft, ein Stückchen voraus und wollte, kaum hatte er das Schwimmen gelernt, später einmal, nach der Schule undsoweiter, Clown im Zirkus werden und die Leute zum Lachen bringen.

Auch die Schnee-Eule hatte den ernsten Mittelscheitel und zeigte, gleich Mahlke, diese leidende und sanft entschlossene, wie von inwendigem Zahnschmerz durchtobte Erlösermiene. Sein Vater hatte ihm den gut präparierten und nur zart gezeichneten Vogel, dessen Krallen Birkengeäst umspannten, hinterlassen.

Den Mittelpunkt der Bude bildete für mich, der ich mir Mühe gab, die Schnee-Eule und den Öldruck der Madonna sowie das Silberstück aus Tschenstochau zu übersehen, jenes Grammophon, das Mahlke in mühsamer Kleinarbeit aus dem Kahn hochgeholt hatte. Schallplatten fand er unten keine. Die hatten sich wohl aufgelöst. Den ziemlich modernen Kasten mit Kurbel und Arm für die Nadel stöberte er in jener Offiziersmesse auf, die ihm schon das

Silberding und noch einige andere Stücke beschert hatte. Die Kabine lag mittschiffs, also für uns, auch für Hotten Sonntag, unerreichbar. Denn wir stiegen nur ins Vorschiff ein und wagten uns nicht durch das dunkle, kaum von Fischen durchzitterte Schott zum Maschinenraum und den engen anstoßenden Kabinen.

Kurz bevor die ersten Sommerferien auf dem Kahn zu Ende gingen, brachte Mahlke das Grammophon – wie der Feuerlöscher ein deutsches Fabrikat – nach vielleicht zwölfmaligem Tauchen, wobei er den Kasten Meter für Meter in Richtung Vorschiff bis unter die Luke zum Deck bewegte, schließlich mit Hilfe desselben Seiles, mit dem er schon den Minimax hochgeseilt hatte, an die Luft und zu uns auf die Brücke.

Aus angeschwemmtem Holz und Kork mußten wir ein Floß basteln, um die Kiste, der die Kurbel eingerostet war, an Land bringen zu können. Wir schleppten abwechselnd. Mahlke schleppte nicht.

Eine Woche später stand das Grammophon repariert, geölt, an den Metallteilen bronziert in seiner Bude. Neuer Filz bespannte den Plattenteller. Er ließ den Apparat, nachdem er ihn vor mir aufgezogen hatte, mit leerem sattgrünem Plattenteller ablaufen. Mahlke stand hinter verschränkten Armen neben der Schnee-Eule auf Birkengeäst. Seine Maus ruhte. Ich stand mit dem Rücken zum Sixtinischen Öldruck, schaute entweder auf den ledigen, leicht schwingenden Plattenteller oder aus dem Mansardenfenster über neurote Ziegeldächer in Richtung Christus-Kirche, mit Zifferblatt auf der Vorderseite, mit Zifferblatt auf der Ostseite des Zwiebelturmes. Bevor es sechs läutete, schnurrte das Grammophon aus dem Minensuchboot leiernd ab. Mahlke zog den Kasten mehrmals auf und verlangte von mir ungeminderte Anteilnahme an seinem neuen Ritus: viele verschiedene und abgestufte Geräusche, der zelebrierte Leerlauf. Damals hatte Mahlke noch keine Schallplatten.

Bücher gab es auf langem durchgebogenem Bord. Er las ja viel, auch Religiöses. Neben den Kakteen auf dem Fensterbrett, dem Modell eines Torpedobootes der Wolf-Klasse und dem Modell des Aviso »Grille« muß noch ein Wasserglas erwähnt werden, das auf der Kommode neben der Waschschüssel stand, immer trüb war und eine daumendicke Schicht Zuckersatz bewahrte. In jenem Glas rührte Mahlke morgens Wasser, das seinem von Natur dünnen und haltlosen Haar Festigkeit geben sollte, mit Sorgfalt und Zucker zu einer milchigen Tinktur, ohne den Bodensatz des Vortages zu beseitigen. Mir bot er einmal das Mittel an, und ich kämmte mir Zuckerwasser ins Haar. Wirklich blieb die Frisur nach der Behandlung mit fixierender Lösung straff gläsern und hielt bis zum Abend: meine Kopfhaut juckte, die Hände klebten, gleich Mahlkes Händen, vom prüfenden Drüberfahren – aber vielleicht bilde ich mir meine klebenden Hände nachträglich ein, und sie klebten gar nicht.

Unter ihm, in drei Zimmern, von denen aber nur zwei benutzt wurden, wohnten seine Mutter und deren ältere Schwester. Beide still, wenn er da war, immer verängstigt und stolz auf den Jungen, denn Mahlke galt, den Zeugnissen nach, als guter Schüler, wenn auch nicht als Primus. Er war, was seine Schulleistungen leicht abwertete, ein Jahr älter als wir, weil Mutter und Tante den als Kind schwächlichen, sie sagten, kränklichen Jungen ein Jahr später auf die Volksschule geschickt hatten.

Aber kein Streber, büffelte mäßig, ließ jeden abschreiben, petzte nie, entwickelte, außer während der Turnstunde, keinen besonderen Ehrgeiz, hatte auffallende Abscheu vor den üblichen Sauereien der Tertianer und griff ein, als Hotten Sonntag einen Überzieher, den er zwischen Bänken im Steffenspark gefunden hatte, an einem Ast aufgespießt in die Klasse brachte und über die Türklinke der Klassentür stülpte. Studienrat Treuge, einem halbblinden Pauker, der eigentlich hätte pensioniert sein müssen, sollte eins ausgewischt werden. Jemand rief schon auf dem Korridor: »Er kommt!«, da drückte sich Mahlke aus seiner Bank, machte unbeeilte Schritte und entfernte das Präservativ mit einem Butterbrotpapier von der Klinke.

Niemand widersprach. Er hatte es uns wieder einmal gezeigt; und jetzt kann ich sagen: Indem er kein Streber war, nur mäßig büffelte, alle abschreiben ließ, keinen Ehrgeiz, außer während der Turnstunde, entwickelte und die üblichen Sauereien nicht mitmachte, war er schon wieder der ganz besondere Mahlke, der auf teils erlesene, teils verkrampfte Art Beifall sammelte; schließlich wollte er später in die Arena, womöglich auf die Bühne, übte sich als Clown, indem er glibbernde Überzieher entfernte, erhielt gemurmelte Zustimmung und war beinahe ein Clown, wenn er seine Kniewellen am Reck drehte und die silberne Jungfrau durch den sauren Turnhallenmief wirbelte. Aber den meisten Beifall stapelte Mahlke während der Sommerferien auf dem abgesoffenen Kahn, obgleich wir uns sein besessenes Tauchen kaum als wirksame Zirkusnummer vorstellen konnten. Wir lachten auch nie, wenn er Mal um Mal blau und bibbernd in den Kahn stieg, etwas hochholte, um uns hochgeholtes Zeug zeigen zu können. Wir sagten allenfalls nachdenklich bewundernd: »Doll, Mensch, prima. Deine Nerven möchte ich haben. Bist ein verrückter Hund, Joachim. Wie haste das bloß wieder losgekriegt?«

Beifall tat ihm gut und besänftigte seinen Hüpfer am Hals; Beifall machte ihn gleichfalls verlegen und gab demselben Hüpfer neuen Auftrieb. Zumeist winkte er ab, was ihm neuen Beifall einbrachte. Er war ja kein Angeber; nie hast Du gesagt: »Mach das mal nach.« Oder: »Das soll mir mal einer nachmachen.« Oder: »Das hat noch keiner von Euch geschafft, wie ich vorgestern viermal kurz nacheinander runter ging, mittschiffs bis in die Kombüse kam und die Konservendose hochbrachte. War bestimmt eine französische, waren nämlich Froschschenkel drinnen, schmeckten bißchen wie Kalbfleisch, aber Ihr hattet ja Schiß, wolltet nicht mal probieren, nachdem ich schon die halbe Büchse leergespachtelt hatte. Und holte noch eine zweite hoch, fand sogar einen Büchsenöffner, aber die zweite war faul: Corned Beef.«

Nein, Mahlke sprach nie so. Er tat etwas Außergewöhnliches, holte zum Beispiel mehrere Konservendosen, die der eingestanzten Beschriftung nach englischen oder französischen Ursprungs waren, aus der ehemaligen Kombüse des Kahns, organisierte unten sogar einen halbwegs brauchbaren Büchsenöffner, schlitzte vor unseren Augen wortlos die Büchsen auf, futterte jene angeblichen Froschschenkel, ließ beim Kauen seinen Adamsapfel Klimmzüge machen – ich vergaß zu sagen, daß Mahlke von Natur aus verfressen war, dennoch mager blieb – und hielt uns auffordernd, aber nicht dringlich, die Büchse hin, als sie halb leer war. Wir dankten, denn Winter mußte schon während des Zuguckens auf einen der leeren Drehkränze kriechen und in Richtung Hafeneinfahrt längere Zeit lang erfolglos würgen.

Natürlich bekam Mahlke auch nach dieser demonstrativen Mahlzeit seinen Beifall, winkte ab, fütterte mit den Resten der Froschschenkeldose und mit vergammeltem Corned Beef Möwen, die schon während der Fresserei in greifbarer Nähe irregetan hatten. Schließlich kegelte er die Blechdosen und mit ihnen die Möwen über Bord, putzte mit Sand den Büchsenöffner; nur er allein war Mahlke aufbewahrenswert. Wie den englischen Schraubenzieher, wie dieses oder jenes Amulett, trug er fortan und später, wenn auch nicht regelmäßig, sondern nur, wenn er auf Konservendosen in der Kombüse eines ehemaligen polnischen Minensuchbootes aus war – nie verdarb er sich den Magen –, jenen Büchsenöffner an einem Bindfaden am Hals, trug das Ding unterm Hemd neben dem anderen Klimbim in die Schule und schleppte es sogar zur Frühmesse in die Marienkapelle; denn jedesmal, wenn Mahlke an der Kommunionbank kniete, den Kopf in den Nacken legte, die Zunge ausfahren ließ und Hochwürden Gusewski ihn mit der Hostie versorgte, spähte der Ministrant an der Seite des Priesters in Mahlkes Hemdkragen: da baumelten an Deinem Hals der Büchsenöffner neben der Madonna und dem eingefetteten Schraubenzieher; und ich bewunderte Dich, ohne daß Du es darauf angelegt hattest. Nein, Mahlke war kein Streber.

Auch daß sie ihn im Herbst desselben Jahres, in dem er das Schwimmen gelernt hatte, aus dem Jungvolk warfen und in die Hitlerjugend abschoben, weil er sich an mehreren Sonntagen geweigert hatte, am Vormittag Dienst anzusetzen und seinen Jungzug – er war Jungzugführer – zur Morgenfeier in den Jäschkentaler Wald zu führen, brachte ihm, zumindest in unserer Klasse, laute Bewunderung ein. Wie gewohnt nahm er unsere Kundgebungen gelassen bis verlegen hin und versäumte auch weiterhin, nunmehr als einfaches Mitglied der Hitlerjugend, den Dienst an den Sonntagvormittagen; nur fiel sein Fehlen in dieser Organisation, die alle Jugendlichen vom vierzehnten Lebensjahr an betreute, wenig auf, denn die HJ wurde lascher geführt als das Jungvolk, war ein schlapper Verein, in dem Leute wie Mahlke untertauchen konnten. Zudem war er nicht im üblichen Sinne aufsässig, besuchte während der Woche regelmäßig die Heim- und Schulungsabende, machte sich auch bei den immer häufiger angesetzten Sonderaktionen, bei Altmaterialsammlungen, auch beim Sammeln für das Winterhilfswerk nützlich, sofern das Büchsenklappern nicht seine Frühmesse am Sonntagvormittag berührte. Das Mitglied Mahlke blieb innerhalb der staatlichen Jugendorganisation, zumal die Überweisung vom Jungvolk in die Hitlerjugend kein Sonderfall gewesen war, unbekannt und farblos, während ihm in unserer Schule, schon nach dem ersten Sommer auf dem Kahn, ein besonderer, kein schlechter, kein guter, ein legendärer Ruf anhing.

Offensichtlich bedeutete Dir unser Gymnasium, im Vergleich mit der sogenannten Jugendorganisation, auf die Dauer mehr, als ein normales Gymnasium mit seiner teils steifen, teils liebenswürdigen Tradition, mit seinen farbigen Schülermützen, seinem oftberufenen Schulgeist an Erwartungen, wie Du sie genährt haben mußt, begleichen konnte.

»Was hat er nur?«

»Der hat nen Tick, sag ich.«

»Vielleicht hängt das mit dem Tod von seinem Vater zusammen.«

»Und die Klamotten am Hals?«

»Und ewig rennt er beten.«

»Dabei glaubt er an nischt, sag ich.«

»Da ist der viel zu sachlich für.«

»Und das Dinglamdei und nun auch noch das?«

»Frag Du ihn, Du hast ihm doch damals die Katze...«

Wir rätselten herum und konnten Dich nicht verstehen. Bevor Du schwimmen konntest, warst Du ein Nichts, das ab und zu aufgerufen wurde, zumeist richtige Antworten gab und Joachim Mahlke hieß. Dennoch glaube ich, wir saßen in der Sexta oder später, jedenfalls vor Deinen ersten Schwimmversuchen, eine Zeitlang in einer Bank; oder Du hattest Deinen Platz hinter mir oder auf gleicher Höhe mit mir in der Mittelabteilung, während ich in der Fensterabteilung neben Schilling saß. Später hieß es, Du hättest bis in die Quinta hinein eine Brille tragen müssen; fiel mir nicht auf. Auch Deine ewigen Schnürschuhe bemerkte ich erst, als Du Dich freigeschwommen hattest und einen Schnürsenkel für hohe Schnürschuhe am Hals zu tragen begannst. Große Ereignisse bewegten damals die Welt, doch Mahlkes Zeitrechnung hieß: Vor dem Freischwimmen, nach dem Freischwimmen; denn als überall, nicht auf einmal, sondern nach und nach, zuerst auf der Westerplatte, dann im Radio, danach in den Zeitungen der Krieg begann, war mit ihm, einem Gymnasiasten, der weder schwimmen noch radfahren konnte, nicht viel los; nur jenes Minensuchboot der Czaika-Klasse, das ihm später erste Auftrittsmöglichkeiten bieten sollte, spielte schon, wenn auch nur für wenige Wochen, seine kriegerische Rolle im Putziger Wiek, in der Bucht und im Fischerhafen Hela.

Groß war die polnische Flotte nicht, aber ehrgeizig. Wir kannten ihre modernen, zumeist in England oder Frankreich vom Stapel gelaufenen Einheiten auswendig und konnten uns ihre Bestückung, Tonnage, Geschwindigkeit in Knoten genauso fehlerlos vorbeten, wie wir etwa die Namen aller italienischen leichten Kreuzer, aller altmodischen brasilianischen Panzerschiffe und Monitore herunterschnurren konnten.

Später führte Mahlke auch in dieser Wissenschaft und sprach die Namen japanischer Zerstörer von der modernen, erst achtunddreißig fertiggestellten Kasumi-Klasse bis zu den langsamer laufenden Booten der im Jahre dreiundzwanzig modernisierten Asagao-Klasse fließend und ohne Stocken aus, sagte: »Humiduki, Satuki, Yuduki, Hokaze, Nadakaze und Oite.«

Die Angaben über polnische Flotteneinheiten waren schnell heruntergerasselt: Da gab es die beiden Zerstörer »Blyskawica« und »Grom«, Zweitausendtonnenboote, die ihre neununddreißig Knoten liefen, sich aber zwei Tage vor Kriegsausbruch absetzten, englische Häfen anliefen und in die englische Flotte aufgenommen wurden. – Die »Blyskawica« gibt es heute noch. Sie liegt als schwimmendes Kriegsmarinemuseum in Gdingen und wird von Schulklassen besucht.

Denselben Kurs nach England nahm der Zerstörer »Burza«, ein Tausendfünfhunderttonnenboot, das dreiunddreißig Knoten lief. Von den fünf polnischen Unterseebooten gelang es nur dem Boot »Wilk« und, nach abenteuerlicher Fahrt ohne Seekarten und Kommandanten, dem Tausendeinhunderttonnenboot »Orzel«, englische Häfen anzulaufen. Die Boote »Rys«, »Zbik« und »Semp« ließen sich in Schweden internieren.

Bei Kriegsanfang lagen in den Häfen Gdingen, Putzig, Heisternest und Hela nur noch ein veralteter ehemaliger französischer Kreuzer, der als Schulschiff und Wohnhulk diente, sowie der Minenleger »Gryf«, ein starkbestücktes, auf der Werft Normand, Le Havre, erbautes Schiff von zweitausendzweihundert Tonnen, das regulär dreihundert Minen an Bord hatte. Ferner waren die »Wicher« als einziger Zerstörer, einige ehemalige deutsche Torpedoboote der kaiserlichen Marine zurückgeblieben; und jene sechs Minensuchboote der Czaika-Klasse, die achtzehn Knoten liefen, mit einem Siebenkommafünfbuggeschütz und vier Maschinengewehren auf Drehkränzen bestückt waren und nach offizieller Angabe zwanzig Minen mitführten, legten und räumten Minen.

Und eines dieser Hundertfünfundachtzigtonnenboote hatte man extra für Mahlke bauen lassen.

Der Seekrieg in der Danziger Bucht dauerte vom ersten September bis zum zweiten Oktober und zeigte nach der Kapitulation der Halbinsel Hela folgendes, rein äußerliches Ergebnis: Die polnischen Einheiten »Gryf«, »Wicher«, »Baltyk« sowie drei Boote der Czaika-Klasse, die »Mewa«, die »Jaskolka«, die »Czapla«, waren ausgebrannt und in den Häfen gesunken; der deutsche Zerstörer »Leberecht Maass« wurde durch Artillerietreffer beschädigt, das Minensuchboot M 85 lief nordöstlich Heisternest auf eine polnische U-Boot-Mine, sank und verlor ein Drittel seiner Besatzung.

Erbeutet wurden nur die restlichen leichtbeschädigten drei Boote der Czaika-Klasse. Während die Boote »Zuraw« und »Czaika« bald darauf unter den Namen »Oxhöft« und »Westerplatte« in Dienst genommen werden konnten, begann das dritte Boot, die »Rybitwa«, als man sie von Hela nach Neufahrwasser abschleppte, Wasser zu machen, wegzusacken und auf Joachim Mahlke zu warten; denn er war es, der im Sommer darauf Schildchen aus Messing hochholte, denen der Name »Rybitwa« eingraviert worden war. Später hieß es, ein polnischer Offizier und ein Bootsmannsmaat, die unter deutscher Bewachung das Ruder des Bootes bedienen mußten, hätten den Kahn, nach dem wohlbekannten Muster Scapa Flow, geflutet.

Aus diesen oder jenen Gründen soff es seitlich der Fahrrinne und Ansteuerungstonne Neufahrwasser ab und wurde nicht, obgleich es günstig auf einer der vielen Sandbänke lag, gehoben, sondern ragte während der folgenden Kriegsjahre mit den Brückenaufbauten, den Resten der Reling, mit verbogenen Entlüftern und den Halterungen des abmontierten Buggeschützes zuerst fremd, dann vertraut aus der See und gab Dir, Joachim Mahlke, ein Ziel; wie etwa jenes Schlachtschiff »Gneisenau«, das im Februar fünfundvierzig vor der Hafeneinfahrt Gdynia versenkt wurde, polnischen Schülern zum Ziel wurde; wenn auch ungewiß bleiben wird, ob es unter den tauchenden und die »Gneisenau« ausweidenden polnischen Jungs einen gab, der ähnlich besessen wie Mahlke unter Wasser ging.

III

Schön war er nicht. Er hätte sich seinen Adamsapfel reparieren lassen sollen. Womöglich lag alles nur an dem Knorpel.

Aber das Ding hatte seine Entsprechungen. Auch kann man nicht alles mit Proportionen beweisen wollen. Und seine Seele wurde mir nie vorgestellt. Nie hörte ich, was er dachte. Am Ende bleiben sein Hals und dessen viele Gegengewichte. Auch daß er getürmte Stullenpakete in die Schule, in die Badeanstalt schleppte und während des Unterrichtes, kurz vor dem Baden Margarinestullen tilgte, kann nur ein Hinweis mehr auf die Maus sein, denn die Maus kaute mit und war unersättlich.

Bleibt noch das Beten in Richtung Marienaltar. Der Gekreuzigte interessierte ihn nicht besonders. Es fiel auf, daß jenes Auf und Ab an seinem Hals zwar nicht verschwand oder gar zum Stillstand kam, wenn er die Fingerspitzen aneinander legte, doch schluckte er beim Beten in Zeitlupe und vermochte, durch übertrieben stilisierte Handhaltung von einem Fahrstuhl abzulenken, der, oberhalb seines Hemdkragens, seiner Anhängsel an Bindfäden, Schnürsenkeln und Kettchen, immer in Betrieb war.

Sonst war mit Mädchen nicht viel bei ihm los. Hätte er eine Schwester gehabt?

Auch meine Cousinen konnten ihm nicht helfen. Sein Verhältnis zu Tulla Pokriefke zählt nicht, war besonderer Art und wäre als Zirkusnummer – er wollte ja Clown werden – nicht ohne gewesen, denn Tulla, ein Spirkel mit Strichbeinen, hätte genausogut ein Junge sein können. Jedenfalls hat sich das zerbrechliche Ding, das nach Laune mitschwamm, als wir den zweiten Sommer auf dem Kahn kleinbekamen, nie vor uns geniert, wenn wir die Badehosen schonten, uns blank auf dem Rost lümmelten und nichts oder nur ganz wenig mit uns anzufangen wußten.

Tullas Gesicht wäre mit einer Punkt Komma Strich Zeichnung wiederzugeben. Eigentlich hätte sie Schwimmhäute zwischen den Zehen haben müssen, so leicht lag sie im Wasser. Immer, auch auf dem Kahn, trotz Seetang, Möwen und säuerlichem Rost, stank sie nach Tischlerleim, weil ihr Vater in der Tischlerei ihres Onkels mit Leim zu tun hatte. Sie bestand aus Haut, Knochen und Neugierde. Ruhig, über gestütztem Kinn, guckte Tulla zu, wenn Winter oder Esch nicht mehr drum herum kamen und ihren Obolus entrichteten. Mit durchtretender Wirbelsäule hockte sie Winter, der immer lange brauchte, um fertig zu werden, gegenüber und maulte: »Mensch, das dauert aber.«

Als das Zeug endlich kam und auf den Rost klatschte, begann sie erst richtig zappelig zu werden, warf sich auf den Bauch, machte enge Rattenaugen, guckte guckte, wollte ichweißnichtwas entdecken, hockte wieder, ging in die Knie, stand leicht x-beinig darüber und begann mit beweglichem großen Zeh zu rühren, bis es rostrot schäumte: »Mensch, prima! Mach Du jetzt mal, Atze.«

Dieses Spielchen – und es ging wirklich harmlos dabei zu – wurde Tulla nie langweilig. Näselnd bettelte sie: »Mach doch mal. Wer hat heut noch nich? Du bist jetzt dran.«

Immer fand sie Dumme und Gutmütige, die sich, auch wenn ihnen gar nicht danach war, an die Arbeit machten, damit sie etwas zu gucken hatte. Der einzige, der nicht mitmischte, bis Tulla das richtige anstachelnde Wörtchen fand, war – und deshalb wird diese Olympiade beschrieben – der große Schwimmer und Taucher Joachim Mahlke. Während wir alle jener schon in der Bibel belegten Beschäftigung allein oder – wie es im Beichtspiegel heißt – zu mehreren nachgingen, blieb Mahlke immer in seiner Badehose, guckte angestrengt in Richtung Hela. Wir waren sicher, daß er zu Hause, in seiner Bude zwischen Schnee-Eule und Sixtinischer Madonna, den gleichen Sport betrieb. Da kam er gerade von unten hoch, bibberte wie üblich und brachte nichts mit, das er hätte vorzeigen können. Schilling hatte schon einmal für Tulla gearbeitet. Ein Küstenmotorschiff lief mit eigener Kraft ein. »Mach doch nochmal«, bettelte Tulla, denn Schilling konnte am meisten machen. Auf der Reede lag kein einziger Pott. »Nich nachem Baden. Morgen wieder.« Vertröstete Schilling, und Tulla drehte sich auf der Hacke, wippte auf gespreizten Zehen Mahlke gegenüber, der wie immer im Schatten hinter dem Kompaßhäuschen klapperte aber noch nicht hockte. Ein Hochseeschlepper mit Buggeschütz lief aus.

»Kannste das auch? Mach doch mal. Oder kannste das nich? Willste nich? Darfste nich?«

Mahlke trat halb aus dem Schatten und wischte Tulla links rechts mit Handfläche und Handrücken das kleine und gedrängt gezeichnete Gesicht. Das Ding an seinem Hals geriet außer Rand und Band. Auch der Schraubenzieher tat verrückt. Tulla weinte natürlich keinen Tropfen, lachte meckernd mit geschlossenem Mund, kugelte sich vor ihm, verdrehte ihre Gummiglieder und guckte aus mühelos geschlagener Brücke zwischen Strichbeinen hindurch solange in Richtung Mahlke, bis der, schon wieder im Schatten – und der Schlepper drehte nach Nordwest ab –, »Na schön« sagte. »Damit Du endlich die Schnauze hältst.«

Tulla gab sogleich die Brücke auf und kauerte normal mit untergeschlagenen Beinen, als sich Mahlke die Badehose bis zu den Knien herunterpellte. Kinder staunten im Kasperletheater: einige kurze Bewegungen aus dem rechten Handgelenk heraus, und sein Schwanz stand so sperrig, daß die Eichel aus dem Schatten des Kompaßhäuschens herauswuchs und Sonne bekam. Erst als wir alle einen Halbkreis bildeten, reckte sich Mahlkes Stehaufmännchen wieder im Schatten.

»Darf ich mal schnell, nur ganz schnell?« Tullas Mund blieb offen. Mahlke nickte und ließ seine rechte Hand fallen aber als Griff bestehen. Tullas immer zerkratzte Hände wirkten verloren an jenem Ding, das unter prüfenden Fingerkuppen Umfang gewann, Geäder schwellen und die Eichel anlaufen ließ.

»Meß doch mal nach!« rief Jürgen Kupka. Einmal ganz und einmal knapp mußte Tulla die linke Hand spreizen. Jemand und noch jemand flüsterte: »Mindestens dreißig Zentimeter.« Das war natürlich übertrieben. Schilling, der von uns allen den längsten Riemen hatte, mußte seinen rausholen, zum Stehen bringen und danebenhalten: Mahlkes war erstens eine Nummer dicker, zweitens um eine Streichholzschachtel länger und sah drittens viel erwachsener gefährlicher anbetungswürdiger aus.

Er hatte es uns wieder einmal gezeigt und zeigte es uns gleich darauf noch einmal, indem er sich zweimal nacheinander etwas – wie wir es nannten – von der Palme lockte. Mit nicht ganz durchgedrückten Knien stand Mahlke knapp vor der verbogenen Reling hinter dem Kompaßhäuschen, guckte starr in Richtung Ansteuerungstonne Neufahrwasser, war etwa dem flachen Rauch des schwindenden Hochseeschleppers hinterdrein, ließ sich durch ein auslaufendes Torpedoboot der Möwe-Klasse nicht ablenken und gab, von den leicht über Bord ragenden Zehen bis zur Wasserscheide der Scheitellinie, sein Profil zur Ansicht: bemerkenswerterweise hob die Länge seines Geschlechtsteiles das sonst auffällige Hervortreten seines Adamsapfels auf und erlaubte einer wenn auch bizarren, dennoch ausgewogenen Harmonie, seinen Körper zu ordnen.

Kaum hatte Mahlke die erste Ladung über die Reling gespritzt, begann er sogleich wieder von vorne. Winter stoppte die Zeit mit seiner wasserdichten

Armbanduhr: etwa so viele Sekunden, wie das auslaufende Torpedoboot von der Molenspitze zur Ansteuerungstonne benötigte, benötigte auch Mahlke; er wurde, als das Boot die Tonne passierte, genausoviel los wie beim erstenmal: wir lachten überdreht, als sich die Möwen auf jenes in der glatten, nur selten krausen See schlingernde Zeug stürzten und nach mehr schrien.

Diese Darbietungen hat Joachim Mahlke weder wiederholen noch überbieten müssen, weil keiner von uns, jedenfalls nicht nach dem Schwimmen und auslaugenden Tauchen, seinen Rekord erreichte; denn was wir auch taten, wir trieben Sport und achteten die Regel.

Tulla Pokriefke, die er wohl am direktesten beeindruckt hatte, lief ihm eine Zeitlang nach, hockte auf dem Kahn immer in der Nähe des Kompaßhäuschens und starrte auf Mahlkes Badehose. Paarmal bettelte sie ihn an, aber er schlug alles ab, ohne wütend zu werden.

»Mußte das denn beichten?«

Mahlke nickte und spielte, um ihren Blick zu lenken, mit seinem Schraubenzieher am Schnürsenkel.

»Nimmste mich mal mit runter? Allein hab ich Angst. Möcht wetten, da is nochen Toter unten.«

Wohl aus erzieherischen Gründen nahm Mahlke Tulla ins Vorschiff mit. Er tauchte mit ihr viel zu lange, denn als er sie hochbrachte, hing sie ihm graugelb im Griff, und wir mußten den leichten, überall flachen Körper auf den Kopf stellen.

Von jenem Tag an war Tulla Pokriefke nur noch wenige Male dabei und ging uns, obgleich sie patenter war als andere Mädchen ihres Alters, mit ewigem Gequatsche vom toten Mariner im Kahn mehr und mehr auf die Nerven. Aber das war ihr großes Thema. »Wer mir den hochbringt, der darf mal«, versprach Tulla als Belohnung.

Es mag sein, daß wir alle unten im Vorschiff und Mahlke im Maschinenraum, ohne es uns einzugestehen, nach einem halbaufgelösten polnischen Matrosen suchten; nicht etwa um das unfertige Ding zu stoßen, sondern so, einfach so.

Aber auch Mahlke fand nichts, außer einigen tangverfilzten brüchigen Klamotten, aus denen sich Stichlinge schnellten, bis die Möwen etwas merkten und Mahlzeit sagten.

Nein, Mahlke machte sich nicht viel aus Tulla, wenn sie auch später mit ihm zu tun bekommen haben soll. Er war nicht für Mädchen, auch nicht für Schillings Schwester. Und meine Cousinen aus Berlin hat er angeguckt wie ein Fisch. Wenn überhaupt, dann war mit Jungens bei ihm etwas los; womit ich nicht sagen will, daß Mahlke verkehrt herum war; in jenen Jahren, da wir regelmäßig zwischen der Badeanstalt und dem auf Grund liegenden Kahn pendelten, wußten wir alle nie genau, ob wir Männchen oder Weibchen waren. Eigentlich – mögen später Gerüchte und Handfestes dagegen gesprochen haben – gab es für

Mahlke, wenn schon Frau, nur die katholische Jungfrau Maria. Nur ihretwegen hat er alles, was sich am Hals tragen und zeigen ließ, in die Marienkapelle geschleppt. Alles, vom Tauchen bis zu den späteren, mehr militärischen Leistungen, hat er für sie getan oder aber – schon muß ich mir widersprechen – um von seinem Adamsapfel abzulenken. Schließlich kann noch, ohne daß Jungfrau und Maus überfällig werden, ein drittes Motiv genannt werden: Unser Gymnasium, dieser muffige, nicht zu lüftende Kasten, und besonders die Aula bedeuteten Joachim Mahlke viel und zwangen Dich später, letzte Anstrengungen zu machen.

Es ist jetzt an der Zeit, zu sagen, was für ein Gesicht Mahlke hatte. Einige von uns haben den Krieg überstanden, leben in kleinen Kleinstädten und großen Kleinstädten, sind korpulent geworden, haben Haarausfall und verdienen einigermaßen. Schilling sprach ich in Duisburg und Jürgen Kupka in Braunschweig, kurz bevor er nach Kanada auswanderte. Beide fingen sofort mit dem Adamsapfel an: »Mensch, hatte der nicht irgendwas am Hals. Und haben wir ihm nicht mal eine Katze. Warst Du das nicht, der die Katze an seinen Hals ...«, und ich mußte unterbrechen: »Mein ich nicht, meine nur das Gesicht.«

Behelfsmäßig wurden wir uns einig: Er hatte graue oder graublaue, helle aber nicht leuchtende, auf keinen Fall braune Augen. Das Gesicht länglich mager, um die Backenknochen muskulös. Die Nase nicht auffallend groß aber fleischig, bei kaltem Wetter schnell gerötet. Vom ausladenden Hinterkopf wurde schon berichtet. Schwer konnten wir uns über Mahlkes Oberlippe einigen. Jürgen Kupka war meiner Meinung: Aufgestülpt stand sie vor und konnte die beiden oberen Schneidezähne, die gleichfalls nicht senkrecht sondern hauerartig schräg standen, nie ganz verdecken – außer beim Tauchen natürlich. Und schon begannen wir zu zweifeln, erinnerten uns, die kleine Pokriefke habe auch eine Stülplippe und immer sichtbare Schneidezähne gehabt. Wir waren am Ende nicht sicher, ob wir Mahlke und Tulla im besonderen Fall der Oberlippe verwechselten. Vielleicht hatte wirklich nur sie eine, denn sie hatte eine, das steht fest.

Schilling in Duisburg – wir trafen uns in der Bahnhofgaststätte, weil seine Frau etwas gegen unangemeldete Besuche hatte – erinnerte mich an jene Karikatur, die einige Tage lang in unserer Klasse Krach bewirkt hatte. Etwa einundvierzig tauchte bei uns ein langer, gebrochen aber fließend sprechender Kerl auf, den sie mit seiner Familie aus dem Baltikum umgesiedelt hatten: adlig, immer elegant, konnte Griechisch, quasselte wie ein Buch, Vater war Baron, trug im Winter Pelzmütze, wie hieß er bloß, jedenfalls Karel mit Vornamen. Und der konnte zeichnen, ganz schnell, nach Vorlagen und ohne Vorlagen: Pferdeschlitten mit Wölfen drum herum, betrunkene Kosaken, Juden wie aus dem »Stürmer«, nackte Mädchen auf Löwen, überhaupt nackte Mädchen mit ganz langen Porzellanbeinen, aber nie schweinisch, dafür Bolschewisten, die kleine Kinder mit den Zähnen zerrissen, Hitler als Karl der Große kostümiert, Rennautos, in denen Damen mit langen wehenden Shawls am Steuer saßen; und besonders fix und geschickt warf er mit Pinsel, Feder oder Rötelstift Karikaturen der Lehrer und Mitschüler auf jedes Stück Papier oder mit Kreide auf die Tafel; Mahlke, jedenfalls, schmiß er nicht mit Rötel aufs Papier, sondern mit knirschender Schulkreide auf die Schultafel.

Er zeichnete ihn von vorne. Damals trug Mahlke schon den affigen und mit Zuckerwasser fixierten Mittelscheitel. Das Gesicht gab er als zum Kinn hin gespitztes Dreieck wieder. Der Mund sauer verkniffen. Keine Spur von sichtbaren Schneidezähnen, die als Hauer Effekt gemacht hätten. Die Augen, stechende Punkte unter schmerzlich gehobenen Brauen. Der Hals gewunden, halb im Profil, mit einer Ausgeburt von Adamsapfel. Und hinter Kopf und Leidensmiene ein kreisrunder Heiligenschein: der Erlöser Mahlke war perfekt und verfehlte seine Wirkung nicht.

Wir wieherten in den Bänken und kamen erst zu uns, als jemand den hübschen Karel Soundso bei den Knöpfen hatte, zuerst mit bloßer Faust, dann, kurz bevor wir die beiden trennen konnten, mit stählernem Schraubenzieher, den er vom Hals gerissen hatte, neben dem Katheder zusammenschlagen wollte.

Ich war es, der Dein Abbild als Erlöser mit dem Schwamm von der Tafel wischte.

IV

Ohne und mit Spott: Vielleicht wäre aus Dir kein Clown aber so etwas wie ein Modeschöpfer geworden; denn es war Mahlke, der im Winter nach dem zweiten Sommer auf dem Kahn die sogenannten Puscheln in die Welt setzte: einfarbige oder buntgemischte, immer aber zwei tischtennisballgroße Wollbällchen wurden an geflochtener Wollschnur unter dem Hemdkragen wie eine Krawatte geführt und vorne zur Schleife gebunden, bis Bällchen und Bällchen, etwa nach dem System der Fliege, querstanden. Ich habe mir bestätigen lassen, man habe vom dritten Kriegswinter an, besonders in Gymnasiastenkreisen, diese Bällchen oder Puscheln – so nannten wir sie – beinahe überall in Deutschland, am häufigsten aber in Nord- und Ostdeutschland getragen. Bei uns führte Mahlke sie ein. Er hätte sie erfunden haben können. Vielleicht war er auch ihr Erfinder, hat mehrere Paar Puscheln, nach seinen Angaben, von seiner Tante Susi aus Wollresten, aus dünngewaschener aufgeribbelter Wolle, aus den oftgestopften Wollsocken seines verstorbenen Vaters anfertigen lassen und brachte sie, am Hals gebunden und auffällig, in die Schule mit.

Zehn Tage später lagen sie in den Textilläden, noch schamhaft unsicher in Pappkartons neben der Kasse, bald darauf, und was wichtig war, bezugscheinfrei, hübsch arrangiert in den Schaufenstern und traten, weiterhin unbewirtschaftet, von Langfuhr aus ihren Siegeszug durch Ost- und Norddeutschland an, wurden – ich habe Zeugen – sogar in Leipzig, in Pirna getragen und kamen vereinzelt und nach Monaten, als Mahlke die Puscheln schon wieder abgelegt hatte, bis ins Rheinland und in die Pfalz. Ich weiß den Tag genau, an dem Mahlke sich seine Erfindung wieder vom Hals nahm, und werde später davon berichten.

Wir trugen die Puscheln noch lange und schließlich aus Protest, weil unser Direktor, Oberstudienrat Klohse, das Puschelntragen weibisch, eines deutschen Jungen nicht würdig nannte und innerhalb des Schulgebäudes, auch auf dem Pausenhof verbot. Viele befolgten Klohses Anordnung, die als Rundschreiben in allen Klassen verlesen wurde, nur während seiner Unterrichtsstunden. Papa Brunies, ein ausgedienter Studienrat, den sie während des Krieges wieder hinters Katheder gestellt hatten, fällt mir im Zusammenhang mit Puscheln ein: immer wieder hatte er seinen Spaß an den bunten Dingern, hat sich auch ein- oder zweimal, als Mahlke schon keine mehr trug, Puscheln vor seinen Stehkragen gebunden und in dieser Aufmachung Eichendorff, »Dunkle Giebel, hohe Fenster...« oder etwas anderes, auf jeden Fall Eichendorff, seinen Lieblingsdichter, zitiert. – Oswald Brunies war naschhaft, den Süßigkeiten verfallen und wurde später, weil er Vitamin-Tabletten, die den Schülern ausgeteilt werden mußten, an sich genommen haben soll, wahrscheinlich aber aus politischen Gründen – Brunies war Freimaurer – im Schulgebäude verhaftet. Schüler wurden verhört. Ich hoffe, nicht gegen ihn ausgesagt zu haben. Seine Pflegetochter, ein puppiges Wesen, das Ballettstunden nahm, trug Trauerschwarz durch die Straßen; sie brachten ihn nach Stutthof – dort verblieb er – eine dunkle verzweigte Geschichte, die an anderer Stelle, doch nicht von mir, und auf keinen Fall im Zusammenhang mit Mahlke, niedergeschrieben werden soll.

Zurück zu den Puscheln. Natürlich hatte Mahlke sie erfunden, um seinem Adamsapfel was Gutes anzutun. Eine Zeitlang vermochten sie, den unbändigen Hüpfer zu beruhigen, als aber die Puscheln überall, sogar in der Sexta Mode wurden, fielen sie auch am Halse ihres Erfinders nicht mehr auf: und so sehe ich Joachim Mahlke während des Winters einundvierzig zweiundvierzig – der für ihn schlimm gewesen sein muß, denn mit Tauchen war nichts, und die Puscheln versagten – immerzu und in monumentaler Einsamkeit die Osterzeile hinunter kommen, den Bärenweg, in Richtung Marienkapelle, herauf kommen: mit hohen schwarzen Schnürschuhen auf knirschendem aschebestreutem Schnee. Keine Mütze. Rot und glasig die abstehenden Ohren. Vom Zuckerwasser und Frost erstarrtes, vom hinteren Wirbel weg in der Mitte gescheiteltes Haar. Leidend zur Nasenwurzel strebende Brauen. Entsetzte Augen, die wasserblaß mehr sehen, als da ist. Hochgeschlagen der Mantelkragen. – Auch den Mantel hinterließ der verstorbene Vater ihm. – Ein grauer Wollshawl dicht unterm spitzen bis kümmerlichen Kinn übereinandergelegt und mit großer, schon von weitem deutlicher Sicherheitsnadel am Verrutschen gehindert. Alle zwanzig Schritte kommt seine rechte Hand aus der Manteltasche und prüft die Ordnung des Shawls vor seinem Hals – Spaßmacher, den Clown Grock, auch Chaplin im Kino, sah ich mit ähnlich großen Sicherheitsnadeln arbeiten –, und Mahlke übt: Männer, Frauen, Uniformierte, die Urlaub haben, Kinder, einzelne und als Knäuel, wachsen ihm über dem Schnee entgegen. Allen, auch Mahlke, weht der Atem weiß vom Mund weg über die Schulter. Und alle Augen, die ihm entgegenkommen, sind auf die komische, sehr komische, schrecklich komische Sicherheitsnadel gerichtet – mag Mahlke bei sich denken.

Im gleichen strengen und trockenen Winter machte ich mit zwei Cousinen, die über die Weihnachtsferien aus Berlin gekommen waren, und mit Schilling, damit die Partie aufging, einen Ausflug über die zugefrorene See zu unserem eingefrorenen Minensuchboot. Wir wollten ein bißchen angeben und den Mädchen, die hübsch glatt blond kraus und von Berlin her verwöhnt waren, etwas Besonderes, unseren Kahn bieten. Auch hofften wir, mit den Dingern, die in der Straßenbahn und am Strand geniert getan hatten, auf dem Kahn irgend etwas Dolles, wir wußten noch nicht was, anstellen zu können.

Mahlke verpatzte uns den Nachmittag. Da Eisbrecher die nahe Fahrrinne zur Hafeneinfahrt mehrmals hatten aufbrechen müssen, hatten sich Schollen bis vor den Kahn geschoben und bildeten, ineinander verkeilt und gestapelt, einen zerklüfteten, vom Wind berührten, deshalb singenden Wall, der einen Teil der Brückenaufbauten verdeckte. Wir sahen Mahlke erst, als wir auf etwa mannshoher Barriere standen und die Mädchen zu uns herauf gezogen hatten. Die Brücke, das Kompaßhäuschen, die Entlüfter hinter der Brücke, was sonst noch stehengeblieben war, bildeten einen einzigen, weißbläulich glasierten Bonbon, den eine froststarre Sonne vergeblich leckte. Keine Möwen. Die waren weiter draußen, über dem Abfall eingefrorener Frachter auf der Reede.

Natürlich hatte Mahlke den Mantelkragen hochgeschlagen, den Shawl bis dicht unters Kinn gebunden, die Sicherheitsnadel davor. Nichts auf dem Kopf und Mittelscheitel, aber Ohrenschützer, wie Müllmänner und Bierkutscher sie trugen, drückten rund schwarz, von einem Blechbügel gespannt, der als Querbalken seinen Scheitel kreuzte, Mahlkes beide, sonst abstehende Ohren.

Er bemerkte uns nicht, weil er auf der Eisdecke über dem Vorschiff schuftete, daß ihm heiß sein mußte. Mit handlichem Beilchen versuchte er, das Eis etwa dort aufzuschlagen, wo unter der Schicht die offene Luke zum Vorschiff liegen mochte. Mit raschen kurzgeführten Schlägen trieb er eine kreisförmige Spur, die den Umfang eines Kanaldeckels nachzeichnete. Schilling und ich sprangen von der Barriere, fingen die Mädchen auf und stellten sie ihm vor. Handschuhe mußte er keine ausziehen. Das Beilchen wechselte in seine Linke, alle bekamen eine rechte, prickelnd heiße Hand gereicht, die sofort wieder zum Beilchen zurückkehrte und an der Rinne hackte, als wir unsere Hände gereicht hatten.

Beiden Mädchen stand der Mund leicht offen. Kleine Zähne wurden kalt. Als Reif schlug Atem an Kopftücher. Mit glatten Augen starrten sie hin, wo sich Eisen und Eis bissen. Wir standen abgemeldet daneben und begannen, obgleich wir wütend auf ihn waren, von seinen Tauchertaten und somit vom Sommer zu erzählen: »Schildchen hat er, na, und den Feuerlöscher, Konserven, sag ich Euch, gleich mit nem Büchsenöffner, war Menschenfleisch drinnen, und aus dem Grammophon, als er's oben hatte, kroch was, und einmal hat er ...«

Die Mädchen begriffen nicht alles, stellten saudumme Fragen und sagten zu Mahlke »Sie«. Er hackte unentwegt, schüttelte den Kopf mit den Ohrenschützern, wenn wir übertrieben laut seinen Taucherruhm überm Eis verbreiteten, vergaß aber nie, mit der freien Hand nach seinem Shawl und der Sicherheitsnadel zu tasten. Als wir uns verausgabt hatten und nur noch froren, machte er, ohne sich ganz aufzurichten, zwischen zwanzig und zwanzig Schlägen kurze Pausen, die er mit bescheidenen Worten und sachlichem Bericht füllte. Sicher und verlegen zugleich betonte er die kleineren Tauchversuche, unterschlug gewagte Expeditionen, erzählte mehr von seiner Arbeit als von seinen Abenteuern im nassen Innern des abgesoffenen Minensuchbootes und trieb die Spur immer tiefer in die Eisdecke. Nicht, daß meine Cousinen von Mahlke hingerissen waren; dafür blieb er in der Wortwahl zu flau und witzlos. Auch hätten die beiden Dinger sich nie mit einem Typ eingelassen, der wie ein Opa schwarze Ohrenschützer trug. Dennoch blieben wir abgemeldet. Zu kleinen frierenden Jungs, die verlegen, mit laufenden Nasen deutlich daneben standen, machte er uns; und die Mädchen behandelten mich und Schilling, auch während des Rückweges, nur noch von oben herab.

Mahlke blieb, wollte das Loch fertighacken und sich den Beweis liefern, daß er die Stelle über der Luke getroffen hatte. Zwar sagte er nicht: »Bleibt doch, bis ich durch bin«, verzögerte aber, als wir schon auf dem Eiswall standen, unseren Aufbruch um knappe fünf Minuten, indem er halblaut, aber nicht zu uns hoch, mehr in Richtung der eingefrorenen Frachter auf der Reede, Worte streute, doch den Rücken nicht streckte.

Er bat uns, ihm zu helfen. Oder gab er einen Befehl, höflich ausgesprochen? Jedenfalls sollten wir unser Wasser in seiner keilförmig geschlagenen Rinne ablassen und mit warmem Urin das Eis auftauen, zumindest weich machen. Bevor Schilling oder ich sagen konnten: »Kommt nicht in die Tüte!« oder: »Wir haben schon auf dem Hinweg«, jubelten meine Cousinen hell und hilfsbereit: »Au ja! Aber Ihr müßt weggucken, Sie auch, Herr Mahlke.«

Nachdem Mahlke den beiden erklärt hatte, wo sie sich hinhocken sollten – er sagte, der Strahl müsse immer dieselbe Stelle treffen, sonst helfe das nichts –, kletterte er auf den Wall und drehte sich mit uns in Richtung Strand. Während sich hinter uns das Strullen unter Gekicher und Flüstern gleichzeitig zweistimmig vollzog, hielten wir uns an das schwarze Ameisengewimmel vor Brösen und auf dem vereisten Seesteg. Die gezählten Pappeln der Strandpromenade siebzehnmal verzuckert. Die goldene Kugel auf der Spitze des Kriegerdenkmals, das als Obelisk aus dem Brösener Wäldchen ragte, gab uns aufgeregte Blinkzeichen. Überall Sonntag.

Als die Skihosen der Mädchen wieder hochgeklettert waren und wir unten mit Schuhspitzen um die Rinne standen, dampfte der Kreis immer noch und besonders an jenen zwei Stellen, die Mahlke vorsorgend mit dem Beil angekreuzt hatte. Blaßgelb stand das Wasser im Graben und sickerte knisternd weg. Grüngolden liefen die Ränder der Spur an. Das Eis sang weinerlich. Scharfer Geruch blieb, weil nichts roch und dagegen ankam, lange stehen und wurde strenger, als Mahlke mit dem Beilchen in dem Sud nachhackte und etwa soviel Eisgrütze aus der Rinne kratzte, wie ein normaler Eimer hätte fassen können. Besonders an den zwei bezeichneten Stellen gelang es ihm, Schächte zu bohren, Tiefe zu gewinnen.

Als die weiche Schicht seitlich gehäuft lag und sogleich unterm Frost verharschte, markierte er zwei neue Stellen. Die Mädchen mußten sich wegdrehen, wir knöpften uns auf und halfen Mahlke, indem wir weitere Zentimeter der Eisdecke auftauten und zwei neue Löcher bohrten, die aber immer noch nicht tief genug waren. Er schlug sein Wasser nicht ab. Wir forderten ihn auch nicht dazu auf, befürchteten eher, die Mädchen könnten ihn ermuntern.

Sobald wir fertig waren und ehe meine Cousinen den Mund aufmachen konnten, schickte Mahlke uns weg. Als wir wieder auf dem Wall standen und hinter uns blickten, hatte er seinen Shawl, ohne den Hals freizulegen, mitsamt der Sicherheitsnadel über Kinn und Nase gezogen. Die Wollbällchen oder Puscheln, rotweiß gesprenkelt, bekamen zwischen Shawl und Mantelkragen frische Luft. Er hackte schon wieder in jener von uns und den Mädchen flüsternden Spur, beugte den Rücken hinter flüchtigen Schleiern Waschküchendunst, in denen die Sonne wühlte.

Während des Rückweges in Richtung Brösen war nur noch von ihm die Rede. Beide Cousinen stellten abwechselnd oder gleichzeitig Fragen, die nicht alle zu beantworten waren. Erst als die Jüngere wissen wollte, warum Mahlke den Shawl so hoch am Kinn und wie einen Halsverband trug, als die Ältere auch mit dem Shawl anfing, erfaßte Schilling die kleine Chance und begann, Mahlkes Adamsapfel zu beschreiben, als handelte es sich um einen Kropf. Auch machte er übertriebene Schluckbewegungen, mimte den kauenden Mahlke, verstaute seine Skimütze, scheitelte sein Haar mit den Fingern andeutungsweise in der Mitte und erreichte endlich, daß die Mädchen lachten, Joachim Mahlke komisch und oben nicht ganz richtig nannten.

Aber trotz dieses kleinen Sieges auf Deine Kosten – auch ich gab mein Scherflein und imitierte Dein Verhältnis zur Jungfrau Maria – fuhren meine Cousinen eine Woche später wieder nach Berlin, ohne daß wir mit ihnen, außer den üblichen Knutschereien im Kino, irgend etwas Dolles hatten anstellen können.

Hier darf nicht verschwiegen werden, daß ich am folgenden Tage ziemlich früh mit der Bahn nach Brösen fuhr, im dicken Küstennebel übers Eis lief, den Kahn beinahe verpaßte, das Eisloch über dem Vorschiff fertig fand, die schon wieder tragende Eisschicht, die sich über Nacht neugebildet hatte, mühevoll mit dem Schuhabsatz und einem Spazierstock meines Vaters, den ich vorsorglich hatte mitgehen lassen, eintrat, kleinhackte und mit dem Stock, der eine Eisenspitze hatte, in dem grauschwarzen Loch zwischen der Eisgrütze stocherte. Fast war der Stock bis zur Krücke verschwunden, schon schwappte es mir bis zum Handschuh, da stieß die Spitze auf das Vorderdeck, nein, nicht aufs Vorderdeck, zuerst stieß ich ins Bodenlose, und erst als ich den Stock seitlich am Rand des Eisloches entlangführte, bekam er auch unten Widerstand: und ich ließ Eisen an Eisen entlanglaufen: es war genau die deckellose offene Luke zum Vorschiff. Wie ein Teller unter dem anderen liegt, wenn man zwei Teller ineinander stellt, lag die Luke unter dem Eisloch – Lüge, lag nicht genau wie, es gibt kein genau wie: entweder war die Luke ein bißchen größer oder das Eisloch war ein bißchen größer; aber ziemlich genau darunter öffnete sich die Luke, und ich verspürte eine Art sahnebonbonsüßen Stolz auf Joachim Mahlke und hätte Dir gerne meine Armbanduhr geschenkt.

Gute zehn Minuten blieb ich, saß auf dem kreisrunden, starke vierzig Zentimeter dicken Eisdeckel, der neben dem Loch lag. Im unteren zweiten Drittel der Scholle lief rundum jene zartgelbe Urinspur vom Vortag. Wir hätten ihm helfen dürfen. Aber Mahlke hätte sein Loch auch alleine gehackt. Kam er womöglich ohne Publikum aus? Gab es Sachen, die er nur sich zeigte? Denn nicht einmal die Möwen hätten Dein Eisloch über der Luke im Vorschiff bewundert, wenn ich nicht gekommen wäre, Dich zu bewundern.

Er hatte immer Publikum. Wenn ich jetzt sage: Er hatte immer, auch als er alleine auf dem vereisten Kahn seine runde Spur trieb, die Jungfrau Maria hinter oder vor sich, und sie schaute ihm auf das Beilchen, war begeistert von ihm, müßte mir die Kirche eigentlich recht geben; aber selbst wenn die Kirche nicht in der Jungfrau Maria die unentwegte Zuschauerin Mahlkescher Kunststückchen sehen darf, guckte sie ihm dennoch aufmerksam zu; denn ich weiß Bescheid: war ja Ministrant, zuerst unter Hochwürden Wiehnke in der Herz-Jesu-Kirche, dann unter Gusewski in der Marienkapelle. Machte noch mit, als ich den Glauben an den Zauber vor dem Altar schon lange, quasi mit dem Größerwerden verloren hatte. Bereitete mir Spaß, das Hin und Her. Gab mir auch Mühe. Bot nicht das übliche Geschlurfe. War auch nie und bin bis heute nicht sicher, ob vielleicht doch etwas dahinter oder davor oder im Tabernakel... Hochwürden Gusewski, jedenfalls, war immer wieder froh, wenn ich ihm als einer der beiden Ministranten zur Seite stand, weil ich niemals zwischen Opfer und Wandlung, wie es üblich war unter seinen Jungs, Zigarettenbildchen tauschte, nie die Schellen nachbimmeln ließ und auch keinen Handel mit dem Meßwein trieb. Denn die Meßdiener sind die Allerschlimmsten: nicht nur, daß sie ihren gewohnten Jungenskram auf den Altarstufen ausbreiteten, um Münzen oder ausgediente Kugellager wetteten, sie fragten sich schon während der Staffelgebete und an Stelle des Meßtextes oder zwischen Latein und Latein nach den technischen Einzelheiten noch schwimmender oder schon versenkter Kriegsschiffe ab: »Introibo ad altare Dei – In welchem Jahre lief der Kreuzer ›Eritrea‹ vom Stapel? – Sechsunddreißig. Besonderheiten? – Ad Deum, qui laetificat juventutem meam. – Einziger italienischer Kreuzer für Ostafrika. Wasserverdrängung? – Deus fortitudo mea – Zweitausendeinhundertzweiundsiebzig. Wieviel Knoten läuft er? – Et introibo ad altare Dei – Weiß nicht. Bestückung? – Sicut erat in principio – Sechs Fünfzehnzentimeter, vier Siebenkommasechs ... Falsch! – et nunc et semper – Richtig. Wie heißen die deutschen Artillerieschulschiffe? – et in saecula saeculorum, Amen. – Sie heißen Brummer und Bremse.«

Später diente ich nicht mehr regelmäßig in der Marienkapelle, kam nur noch, wenn Gusewski nach mir schickte, weil seine Jungs ihn wegen sonntäglicher Geländemärsche, oder weil sie fürs Winterhilfswerk sammeln mußten, im Stich gelassen hatten.

Dieses alles soll nur gesagt sein, damit mein Platz vor dem Hauptaltar beschrieben ist, denn vom Hauptaltar aus gelang es mir, Mahlke zu beobachten, wenn er vor dem Marienaltar kniete. Und beten konnte er! Sein Kalbsblick. Immer glasiger wurde sein Auge. Sein Mund säuerlich und ohne Interpunktion in Bewegung. Auf den Strand geworfene Fische schnappen so regelmäßig nach Luft. Dieses Bild mag beweisen, wie rücksichtslos Mahlke beten konnte: Wenn Hochwürden Gusewski und ich die Kommunionbank abklapperten und wir zu Mahlke kamen, der immer, vom Altar aus gesehen, links außen kniete, kniete dort einer, der alle Vorsicht, den Shawl und die riesige Sicherheitsnadel fallen gelassen hatte, der starre Augen machte, der den Kopf mit Mittelscheitel in den Nacken legte, der die Zunge ausfahren ließ und in dieser Haltung jene lebendige Maus freigab, die ich mit der Hand hätte fangen können, so schutzlos war das Tierchen unterwegs. Aber vielleicht merkte Joachim Mahlke, daß sein Blickfang frei lag und ruckte. Womöglich half er durch übertriebenes Schlucken nach, um die Glasaugen der seitlich stehenden Jungfrau zu ködern; denn ich kann und will nicht glauben, daß Du jemals auch nur das Geringste ohne Publikum getan hättest.

V

In der Marienkapelle habe ich ihn nie mit Puscheln gesehen. Immer seltener, obgleich sich die Schülermode erst voll zu entfalten begann, kam er mit den Wollbällchen. Manchmal, wenn wir zu dritt unter immer demselben Kastanienbaum des Pausenhofes standen und über wollenen Unsinn hinweg durcheinander sprachen, nahm Mahlke sich die Puscheln vom Hals, um sie unentschlossen und in Ermangelung besserer Gegengewichte nach dem zweiten Pausenzeichen wieder zur Schleife zu binden.

Als zum erstenmal ein ehemaliger Schüler und Abiturient unserer Schule von der Front zurückkam, unterwegs dem Führerhauptquartier einen Besuch abgestattet und nun den begehrten Bonbon am Hals hatte, rief uns, mitten im Unterricht, ein besonderes Klingelzeichen in die Aula. Wie nun der junge Mann am Kopfende des Saales, vor drei hohen Fenstern, vor großblättrigen Topfpflanzen und dem Halbkreis des versammelten Lehrerkollegiums, nicht etwa hinter dem Katheder, sondern mit dem Bonbon am Hals neben dem altbraunen Kasten stand und über unsere Köpfe mit kleinem hellrotem Kußmund hinwegsprach, auch erläuternde Bewegungen machte, sah ich, wie Joachim Mahlke, der eine Reihe vor mir und Schilling saß, seine Ohren durchsichtig werden, hochrot anlaufen ließ, sich steif zurücklehnte, dann links rechts mit Händen am Hals nestelte, würgte, endlich etwas unter die Bank warf: Wolle, Puscheln, die Bällchen, grün rot gemischt, glaube ich. Und der da seinen Mund anfangs etwas zu leise aufmachte, ein Leutnant der Luftwaffe, sprach stockend, auf die sympathisch unbeholfene Art und errötete mehrmals, ohne daß seine Rede den Anlaß gegeben haben konnte: »... nun müßt Ihr nicht denken, das läuft wie ne Karnickeljagd, mit drauf und los und hastenichjesehn. Oft wochenlang nichts. Aber als wir an den Kanal – dacht ich, wenn hier nicht, dann nirgends. Und es klappte. Gleich beim ersten Einsatz kam uns ein Verband mit Jagdschutz vor die Nase, und das Karussell, sag ich, mal über mal unter den Wolken, war perfekt: Kurvenflug. Ich versuche mich höherzuschrauben, unter mir kreiseln drei Spitfire, schirmen sich ab, denke, wär doch gelacht, wenn nicht, stoße steil von oben, hab ihn drinnen, und da zeigt er schon Spuren, kann noch gerade meine Mühle auf die linke Tragflächenspitze, als ich auch schon eine zweite im Gegenkurs kommende Spitfire im Visierkreis, halte auf Propellernabe, er oder ich; na, wie Ihr seht, er mußte in den Bach, und ich dachte mir, wenn du schon zwei hast, versuch es doch mal mit dem dritten und so weiter, wenn nur der Sprit reicht. Und da wollen sie auch schon unter mir, sieben im aufgelösten Verband abschwirren, ich, immer die liebe Sonne hübsch im Rücken, picke mir einen raus, der bekommt seinen Segen, wiederhole die Nummer, klappt auch, zieh den Knüppel nach hinten bis zum Anschlag, als mir der dritte vor die Spritze: schert nach unten aus, muß ihn erwischt haben, instinktiv hinterdrein, bin ihn los, Wolken, hab ihn wieder, drück nochmal auf die Tube, da rotiert er im Bach, aber auch ich bin kurz vorm Badengehen; weiß wirklich nicht mehr, wie ich die Mühle hochbekommen habe. Jedenfalls als ich bei uns zu Hause angewackelt komme – wie Ihr sicher wißt oder in der Wochenschau gesehen habt, wackeln wir mit den Tragflächen, wenn wir was runtergeholt haben –, bekomm ich das Fahrwerk nich raus, klemmte. Und so mußte ich meine erste Bauchlandung. Später, in der Kantine: ich hätte einwandfrei sechs, hatte natürlich während nicht mitgezählt, war natürlich viel zu aufgeregt gewesen, natürlich war die Freude groß, aber gegen vier mußten wir nochmal hoch, kurz und gut: das verlief beinahe wie früher, wenn wir hier auf unserem guten alten Pausenhof – denn den Sportplatz gab es noch nicht – Handball spielten. Vielleicht wird sich Studienrat Mallenbrandt erinnern: entweder warf ich kein Tor oder gleich neun Tore; und so war es auch an dem Nachmittag: zu den sechs vom Vormittag kamen noch drei weitere; das war mein neunter bis siebzehnter; aber erst ein gutes halbes Jahr später, als ich die Vierzig voll hatte, wurde ich von unserem Chef, und als ich dann ins Führerhauptquartier, hatte ich schon vierundvierzig auf der Latte; denn wir am Kanal kamen kaum raus aus den Mühlen, blieben gleich, während das Bodenpersonal, nicht jeder hat das durchhalten können; will nun aber mal zur Abwechslung was Lustiges: Auf jedem Fliegerhorst gibt es einen Staffelhund. Und als wir eines Tages unserem Staffelhund Alex, weil gerade allerschönstes Wetter war ...«

So etwa äußerte sich jener hochdekorierte Leutnant, gab zwischen zwei Luftkämpfen, als Einlage, die Geschichte des Staffelhundes Alex, der das Abspringen mit dem Fallschirm lernen mußte, auch das Anekdötchen vom Obergefreiten, der bei Alarm immer zu spät aus den Wolldecken kam und mehrmals im Schlafanzug seine Einsätze fliegen mußte.

Der Leutnant lachte mit, wenn die Schüler, sogar die Primaner lachten und einige Lehrer sich das Schmunzeln erlaubten. Er hatte sechsunddreißig in unserer Schule das Abitur gemacht und wurde im Jahre dreiundvierzig über dem Ruhrgebiet abgeschossen. Dunkelbraune, ungescheitelte und straff zurückgekämmte Haare hatte er, war nicht besonders groß, eher ein zierlicher, in einem Nachtlokal servierender Kellner. Beim Sprechen hielt er eine Hand in der Tasche, zeigte die versteckte Hand aber sofort, wenn ein Luftkampf geschildert und mit beiden Händen anschaulich gemacht werden sollte. Dieses Spiel mit durchgedrückten Handflächen beherrschte er nuancenreich, konnte, während er aus den Schultern heraus lauerndes Kurvenfliegen mimte, auf lange erklärende Sätze verzichten, streute allenfalls Stichworte und überbot sich, indem er Motorengeräusche vom Starten bis zum Landen in die Aula röhrte oder stotterte, wenn ein Motor defekt war. Man konnte annehmen, daß er diese Nummer im Kasino seines Fliegerhorstes geübt hatte, zumal das Wörtchen Kasino: »Wir saßen alle friedlich im Kasino und hatten ... Gerade als ich ins Kasino will, weil ich ... Bei uns im Kasino hängt ...« in seinem Mund zentrale Bedeutung hatte. Aber auch sonst, und abgesehen von den Schauspielerhänden, wie vom naturgetreuen Geräuschenachmachen, war sein Vortrag recht witzig, weil er es verstand, einen Teil unserer Studienräte, die schon zu seiner Zeit dieselben Spitznamen gehabt hatten wie zu unserer Zeit, auf die Schippe zu nehmen. Blieb aber immer nett, lausbubenhaft, bißchen Schwerenöter, ohne große Angabe, sprach, wenn er etwas unerhört Schwieriges geleistet hatte, nie vom Erfolg, immer von seinem Glück: »Bin eben ein Sonntagsjunge, schon in der Schule, wenn ich an gewisse Versetzungszeugnisse denke...«, und mitten aus einem Pennälerscherz heraus gedachte er dreier ehemaliger Klassenkameraden, die, wie er sagte, nicht umsonst gefallen sein dürften, beendete aber seinen Vortrag nicht mit den Namen der drei Gefallenen, sondern leichthin mit dem Bekenntnis: »Jungs, das sage ich Euch: Wer draußen im Einsatz steht, denkt immer wieder gerne und oft an die Schulzeit zurück!«

Wir klatschten lange, grölten und trampelten. Erst als meine Hände brannten und hart waren, bemerkte ich, daß sich Mahlke zurückhielt und keinen Beifall in Richtung Katheder spendete.

Vorne schüttelte Oberstudienrat Klohse auffallend heftig und solange geklatscht wurde, beide Hände seines ehemaligen Schülers. Dann faßte er den Leutnant anerkennend bei den Schultern, ließ plötzlich von der schmächtigen Figur, die sogleich ihren Platz fand, ab und stellte sich hinters Katheder.

Die Rede des Direktors dauerte. Langeweile breitete sich von den wuchernden Topfpflanzen bis zu dem Ölbild an der Rückwand der Aula, das den Stifter der Schule, einen Freiherrn von Conradi, darstellte. Auch der Leutnant, schmal zwischen den Studienräten Brunies und Mallenbrandt, schaute immer wieder auf seine Fingernägel. Klohses kühler Pfefferminzatem, der alle seine Mathematikstunden durchwehte und den Geruch reiner Wissenschaft vertrat, half in dem hohen Saal wenig. Von vorne kamen Worte knapp bis zur Mitte der Aula: »Jenedienachunskommen – Undindieserstunde – Wandererkommstdu – Dochdiesmalwirddieheimat – Undwollenwirnie – flinkzähhart – sauber – sagteschon – sauber – Undwernichtdersoll – Undindieserstunde – sauberbleiben – Mitschilerwortschließen – Setzetnichtlebenein niewirdeuchgewonnensein – Undnunandiearbeit!«

Wir waren entlassen und hingen, zwei Trauben, vor den zu engen Ausgängen der Aula. Ich drängte hinter Mahlke. Er schwitzte, und sein Zuckerwasserhaar stand in verklebten Spießen um den zerstörten Mittelscheitel. Noch nie, selbst in der Turnhalle nicht, hatte ich Mahlke schwitzen sehen. Der Mief der dreihundert Gymnasiasten saß als Pfropfen in den Aulaausgängen. Mahlkes Angströhren, diese zwei vom siebten Halswirbel gegen den ausladenden Hinterkopf stoßenden Muskelstränge, glühten und perlten. Erst auf dem Säulengang vor den Flügeltüren, im Lärm der Sextaner, die sofort wieder ihre Greifspiele begannen, überholte ich ihn und fragte frontal: »Was sagste nun?«

Mahlke guckte vor sich hin. Ich versuchte, an seinem Hals vorbeizuschauen. Es gab zwischen Säulen eine Lessingbüste aus Gips: aber Mahlkes Hals gewann.

Ruhig und wehleidig, als wollte er von den langwierigen Gebrechen seiner Tante erzählen, kam die Stimme: »Jetzt müssen sie schon Vierzig runterholen, wenn sie das Ding haben wollen. Ganz zu Anfang und als sie in Frankreich und im Norden fertig waren, bekamen sie es schon, sobald sie Zwanzig – wenn das so weitergeht?«

Die Rede des Leutnants bekam Dir wohl nicht. Wie hättest Du sonst nach solch billigem Ersatz greifen können. Damals lagen in den Schaufenstern der Papiergeschäfte und Textilläden runde, ovale, auch durchbrochene Leuchtplaketten und Leuchtknöpfe. Manche hatten die Form eines Fisches, andere gaben, sobald sie im Dunkeln grünmilchig schimmerten, den Umriß einer fliegenden Möwe wieder. Diese Plaketten wurden zumeist von älteren Herren und gebrechlichen Frauen, die Zusammenstöße auf verdunkelten Straßen befürchteten, an den Mantelaufschlägen getragen; auch gab es Spazierstöcke mit Leuchtstreifen.

Du aber warst kein Opfer des Luftschutzes und hast Dir dennoch fünf oder sechs Plaketten, einen leuchtenden Fischschwarm, einen Pulk segelnder Möwen, Sträuße phosphoreszierender Blumen zuerst an die Mantelaufschläge, dann an den Shawl gesteckt, hast Dir von Deiner Tante ein halbes Dutzend Knöpfe aus Leuchtmasse von oben nach unten an den Mantel nähen, hast Dich zum Clown machen lassen; denn so sah ich Dich, sehe Dich noch, werde Dich lange kommen sehen: während der Winter dauert, im Zwielicht, durch schrägen abendlichen Schneefall oder durch kaum gestufte Dunkelheit schreitest Du immerzu, abzählbar von oben nach unten und zurück, mit eins zwei drei vier fünf sechs schimmelgrün leuchtenden Mantelknöpfen den Bärenweg hinunter: ein dürftiges Gespenst, das allenfalls Kinder und Großmütter erschrecken kann und von einem Leid abzulenken versucht, das in schwarzer Nacht ohnehin verdeckt bleibt; aber Du dachtest wohl: keine Schwärze vermag diese ausgewachsene Frucht zu schlucken, jeder sieht ahnt fühlt sie, möchte sie greifen, denn sie ist handlich; wenn dieser Winter doch bald vorbei wäre – ich will wieder tauchen und unter Wasser sein.

VI

Als aber der Sommer mit Erdbeeren, Sondermeldungen und Badewetter kam, wollte Mahlke nicht schwimmen. Wir schwammen Mitte Juni zum erstenmal zum Kahn. Viel Lust hatten wir alle nicht. Es ärgerten uns die Schüler der Untertertia und Obertertia, die vor und mit uns zum Kahn schwammen, in Rudeln auf der Brücke hockten, tauchten und das letzte abschraubbare Scharnier hochholten. Mahlke, der einst hatte bitten müssen: »Laßt mich mitschwimmen, ich kann jetzt schwimmen«, wurde von Schilling, Winter und mir belästigt: »Komm doch mit. Ohne Dich ist nischt los. Sonnen können wir uns auch auffem Kahn. Vielleicht findest mal wieder was Dolles unten.«

Widerwillig, und nachdem er mehrere Male abgewinkt hatte, stieg Mahlke in die warme Brühe zwischen Strand und erster Sandbank. Er schwamm ohne Schraubenzieher, blieb zwischen uns, zwei Armlängen hinter Hotten Sonntag, zog endlich ruhig durch und lag zum erstenmal ohne Krampf und Gespritze im Wasser. Auf der Brücke setzte er sich in den Schatten hinter das Kompaßhäuschen und war nicht zum Tauchen zu bewegen. Auch drehte er seinen Hals nicht, wenn die Tertianer im Vorschiff verschwanden und mit Kinkerlitzchen in den Händen wieder hochkamen. Dabei hätte Mahlke die Jungs anlernen können. Manche wollten auch einen Tip von ihm – aber er antwortete kaum. Eigentlich guckte Mahlke fortwährend aus verkniffenen Augen über die offene See in Richtung Ansteuerungstonne, war aber weder durch einlaufende Frachter, auslaufende Kutter noch im Verband fahrende Torpedoboote abzulenken. Allenfalls U-Boote machten ihn beweglich. Manchmal riß weit draußen das ausgefahrene Sehrohr eines getauchten Bootes den deutlichen Schaumstreifen. In Serien wurden die Siebenhundertfünfzigtonnenboote auf der Schichauwerft gebaut, machten in der Bucht oder hinter Hela Probefahrten, tauchten im tiefen Fahrwasser auf, liefen die Hafeneinfahrt an und vertrieben uns die Langeweile. Sah schön aus, wenn sie hochkamen: zuerst das Sehrohr. Kaum war der Turm draußen, spuckte er ein zwei Figuren. In stumpfweißen Bächen lief die See vom Geschütz, vom Vorschiff, dann achtern ab: Gekrabbel aus allen Luken, wir schrien und winkten – ich bin nicht sicher, ob vom Boot aus zurückgewinkt wurde, obgleich ich das Winken als Bewegung in Einzelheiten sehe und als Anspannung im Schultergelenk noch einmal erlebe; aber mit und ohne Zurückwinken: Das Auftauchen eines Unterseebootes trifft das Herz und hört nicht mehr auf – nur Mahlke winkte nie.

...und einmal – es war Ende Juni, noch vor den großen Sommerferien und bevor der Kapitänleutnant in der Aula unserer Schule den Vortrag hielt – verließ Mahlke seinen Schatten, weil ein Untertertianer aus dem Bugraum des Minensuchbootes nicht mehr hochkommen wollte. Er stieg in die Luke zum Vorschiff und holte den Jungen hoch. Mittschiffs, aber noch vor dem Maschinenraum, hatte er sich verklemmt. Mahlke fand ihn unter der Decke zwischen Rohren und Kabelbündeln. Zwei Stunden lang arbeiteten Schilling und Hotten Sonntag abwechselnd nach Mahlkes Angaben. Langsam bekam der Tertianer wieder Farbe, mußte aber beim Zurückschwimmen geschleppt werden.

Tags drauf tauchte Mahlke wieder regelmäßig besessen aber ohne Schraubenzieher. Schon beim Hinschwimmen verfiel er dem alten Tempo, zog uns davon und war schon einmal unten gewesen, als wir uns auf die Brücke zogen.

Der Winter mit Vereisung und heftigen Stürmen im Februar hatte dem Kasten den letzten Rest Reling, beide Drehkränze und das Dach des Kompaßhäuschens genommen. Nur der verkrustete Möwenmist war gut über den Winter gekommen und vermehrte sich. Mahlke brachte nichts hoch, gab auch keine Antworten, wenn wir immer wieder neue Fragen erfanden. Erst am späten Nachmittag, nachdem er zehn- oder zwölfmal unten gewesen war und wir uns schon die Glieder für den Rückweg lockerten, kam er nicht mehr hoch und machte uns alle fertig.

Wenn ich jetzt sage, fünf Minuten Pause, sagt das gar nichts; aber nach etwa fünf jahrelangen Minuten, die wir mit Schlucken füllten, bis unsere Zungen dick und trocken in trockenen Höhlen lagen, stiegen wir einer nach dem anderen in den Kahn: im Bugraum nichts, Strömlinge. Hinter Hotten Sonntag wagte ich mich zum erstenmal durch das Schott, stöberte oberflächlich in der ehemaligen Offiziersmesse, mußte hoch, schoß kurz vorm Platzen aus der Luke, ging wieder hinunter, schob mich noch zweimal durch das Schott und gab das Tauchen erst nach einer guten halben Stunde auf. Sieben oder sechs lagen platt und hechelnd auf der Brücke. Die Möwen schnürten ihren Kreis immer enger, mußten wohl was gemerkt haben. Zum Glück waren keine Tertianer auf dem Kahn. Alle schwiegen oder redeten durcheinander. Die Möwen warfen sich seitlich weg, kamen wieder. Wir legten uns Worte für den Bademeister, für Mahlkes Mutter, für seine Tante und für Klohse zurecht, denn mit einem Verhör in der Schule war zu rechnen. Mir halsten sie, weil ich so gut wie Mahlkes Nachbar war, den Besuch in der Osterzeile auf. Schilling sollte vor dem Bademeister und in der Schule den Wortführer abgeben.

»Wenn sie ihn nicht finden, müssen wir mit nem Kranz rausschwimmen und hier ne Feier machen.«

»Wir legen zusammen. Jeder gibt mindestens fünfzig Pfennige.«

»Entweder werfen wir ihn von hier aus über Bord, oder wir versenken ihn im Vorschiff.«

»Singen müssen wir auch«, sagte Kupka; aber jenes scheppernde hohle Gelächter, das seinem Vorschlag folgte, kam aus keinem von uns: im Inneren der Brücke wurde gelacht. Und während wir noch aneinander vorbei guckten und auf eine Wiederholung des Gelächters warteten, lachte es vom Vorschiff her normal und nicht mehr ausgehöhlt. Mit triefendem Mittelscheitel schob sich Mahlke aus der Luke, atmete kaum angestrengt, rieb sich den frischen Sonnenbrand im Nacken, auch auf den Schultern, und sagte aus wenig höhnischem, eher gutmütigem Meckern heraus: »Na, habt Ihr ne Rede verfaßt und mich schon abgemeldet?«

Bevor wir zurückschwammen – Winter hatte kurz nach der beklemmenden Geschichte einen Heulkrampf bekommen und mußte beruhigt werden –, stieg Mahlke noch einmal in den Kahn. Nach einer Viertelstunde – Winter schluchzte noch immer – war er wieder auf der Brücke und trug von außen besehen völlig unbeschädigte, kaum vergammelte Kopfhörer, wie Funker sie tragen, über beiden Ohren; denn Mahlke hatte mittschiffs den Zugang zu einem Raum gefunden, der im Inneren der Kommandobrücke über dem Wasserspiegel lag: die ehemalige Funkerkabine des Minensuchbootes. Fußbodentrocken sei der

Raum, sagte er, wenn auch etwas klamm. Endlich gab er zu, den Zugang zur Kabine gefunden gehabt zu haben, als er den Tertianer zwischen Rohren und Kabelbündeln löste. »Hab alles wieder hübsch getarnt. Den findet keine Sau. War aber ne Menge Arbeit. Gehört mir nun, die Bude, damit Ihr Bescheid wißt. Ist ganz gemütlich. Könnte sich drin verkrümeln, wenn's mal brenzlich wird. Hat noch ne Menge Technik, Sender und so weiter. Müßte man wieder in Betrieb nehmen. Mal versuchen gelegentlich.«

Doch das hätte Mahlke nie geschafft. Er versuchte es auch gar nicht. Und wenn er heimlich unten gemurkst hat, hat es wohl nicht geklappt. Obgleich er ein geschickter Bastler war und eine Menge vom Modellbau verstand, wiesen seine Pläne nie in eine technische Richtung; zudem hätte uns die Hafenpolizei oder die Marine ausgehoben, wenn Mahlke den Sender wieder in Betrieb genommen und Sprüche in die Luft gefunkt hätte.

Vielmehr räumte er allen technischen Kram aus der Kabine, schenkte ihn Kupka, Esch und den Tertianern, behielt nur die Kopfhörer eine gute Woche lang an den Ohren und warf sie erst über Bord, als er planmäßig begann, die Funkerkabine neu einzurichten.

Bücher – ich weiß nicht mehr welche, glaube, es waren »Tsushima«, der Roman einer Seeschlacht, und ein zwei Bände Dwinger, auch Religiöses darunter – hatte er in zerschlissene Wolldecken eingewickelt, das Bündel in Wachstuch verpackt, mit Pech oder Teer oder Wachs an den Nähten verschmiert, auf ein handliches Treibholzfloß geladen und schwimmend, teils mit unserer Hilfe, zum Kahn geschleppt. Angeblich gelang es ihm, Bücher und Decken so gut wie trocken in die Kabine zu bringen. Der nächste Transport bestand aus Wachskerzen, einem Spirituskocher, Brennstoff, dem Aluminiumtopf, Tee, Haferflocken und Trockengemüse. Oft blieb er über eine Stunde weg und antwortete nicht, wenn wir ihn durch wildes Klopfen zur Rückkehr zwingen wollten. Natürlich bewunderten wir ihn. Aber Mahlke nahm davon kaum Kenntnis, wurde immer einsilbiger und ließ sich auch nicht mehr beim Transport seiner Klamotten helfen. Als er die farbige Reproduktion nach der Sixtinischen Madonna, die mir aus seiner Bude in der Osterzeile bekannt war, vor unseren Augen eng rollte, in den Abschnitt einer Messinggardinenstange schob, die offenen Enden der Röhre mit Plastilin zuschmierte und die Madonna im Rohr zuerst zum Kahn, dann in die Kabine schleuste, wußte ich, für wen er sich so anstrengte, für wen er die Kabine wohnlich einrichtete.

Die Reproduktion muß das Tauchen nicht ohne Schaden überstanden haben – oder das Papier litt zusehends in dem klammen, womöglich tropfenden Raum, der ja nur unzureichend mit Frischluft versorgt sein konnte, weil er weder Bullaugen noch Zugang zu den ohnehin gefluteten Entlüftern hatte; jedenfalls trug Mahlke, wenige Tage nachdem er den Farbdruck in die Kabine geschleust hatte, wieder etwas am Hals: Kein Schraubenzieher aber die Bronzeplakette mit dem flachen Relief der sogenannten Schwarzen Madonna zu Tschenstochau hing – denn sie hatte ja eine Öse zum Aufhängen – an schwarzem Schnürsenkel knapp unterm Schlüsselbein. Wir hoben schon vielsagend die Augenbrauen, dachten, jetzt beginnt er wieder mit dem Madonnenkram, da verschwand Mahlke, kaum daß wir auf der Brücke hockten und angetrocknet waren, im Vorschiff, war aber nach einer knappen Viertelstunde ohne Schnürsenkel und Anhänger wieder zwischen uns und machte hinter dem Kompaßhäuschen einen zufriedenen Eindruck.

Er pfiff. Zum erstenmal hörte ich Mahlke pfeifen. Natürlich pfiff er nicht zum erstenmal. Aber zum erstenmal fiel mir auf, daß er pfiff, und somit spitzte er wirklich zum erstenmal die Lippen; aber nur ich, der einzige Katholik auf dem Kahn – außer ihm –, kam dem Pfeifen nach: er pfiff ein Marienlied nach dem anderen, rutschte gegen die Relingreste und begann mit aufdringlich guter Laune und freihängenden Füßen der klapprigen Brückenwandung zuerst einen Takt zu schlagen, dann, über gedämpftem Gepolter, aber ohne Stocken, die gesamte Pfingstsequenz »Veni, Sancte Spiritus« und danach – ich hatte darauf gewartet – die Sequenz des Freitag vor Palmsonntag herunterzubeten. Alle zehn Strophen, vom »Stabat Mater dolorosa« bis »Paradisi gloria« und dem »Amen«, leierte er wie am Schnürchen; ich, der vormals eifrige, später nur noch sporadisch bei Hochwürden Gusewski aufkreuzende Ministrant, hätte allenfalls die Strophenanfänge zusammenbekommen.

Er aber schickte sein Latein mühelos zu den Möwen hoch, und die anderen: Schilling, Kupka, Esch, Hotten Sonntag, wer sonst noch dabei war, richteten sich auf, hörten zu, sagten ihr »Jungejunge!«, ihr »Dableibtdirdiespuckeweg« und baten Mahlke, das »Stabat Mater« zu wiederholen, obgleich den Jungs nichts ferner lag als Latein und Kirchentexte.

Du hast, glaube ich, dennoch nicht vorgehabt, die Funkerkabine in ein Marienkapellchen zu verwandeln. Die meisten Klamotten, die nach unten wanderten, hatten mit ihr nichts zu tun. Obgleich ich nie Deine Bude besichtigt habe – wir schafften es einfach nicht –, stelle ich sie mir als verkleinerte Ausgabe Deines Mansardenzimmers in der Osterzeile vor. Nur die Geranien und Kakteen, die Deine Tante, oft gegen Deinen Willen, aufs Fensterbrett und auf vielstufige Kakteenpodeste gestellt hatte, fanden in der ehemaligen Funkerkabine keine Entsprechung, aber sonst war der Umzug perfekt.

Nach den Büchern und den Kochutensilien mußten Mahlkes Schiffsmodelle, der Aviso »Grille« und das Torpedoboot der Wolf-Klasse, Maßstab 1:1250, unter Deck umziehen. Tinte und mehrere Federhalter, ein Lineal, Schulzirkel, seine Schmetterlingssammlung und die ausgestopfte Schnee-Eule zwang er zum Mittauchen. Ich nehme an, daß Mahlkes Mobiliar in dem mit Kondenswasser beschlagenen Kasten nach und nach unansehnlich wurde. Besonders müssen die Schmetterlinge in verglasten Zigarrenkisten, die nur trockene Mansardenzimmerluft gewohnt waren, unter der Feuchtigkeit gelitten haben.

Aber gerade das Sinnlose und bewußt Zerstörerische des tagelangen Umzugspiels bewunderten wir; und Joachim Mahlkes Fleiß, nach und nach Bestandteile eines ehemaligen polnischen Minensuchbootes, die er zwei Sommer zuvor mit Mühe abmontiert hatte, wieder dem Boot zurückzugeben – den guten alten Pilsudski, die Bedienungsschildchen verpflanzte er nach unten –, ließ uns trotz der lästigen und kindischen Tertianer abermals einen unterhaltsamen, sogar spannenden Sommer auf jenem Kahn kleinbekommen, für den der Krieg nur vier Wochen gedauert hatte.

Um ein Beispiel zu nennen: Mahlke bot uns Musik. Jenes Grammophon, das er im Sommer vierzig, nachdem wir mit ihm den Weg zum Kahn vielleicht sechs- oder siebenmal geschafft hatten, aus dem Vorschiff oder der Offiziersmesse in mühevoller Kleinarbeit hochgeholt, in seiner Bude repariert und mit neuem filzbezogenen Plattenteller versehen hatte, verstaute er mit einem Dutzend Schallplatten so ziemlich als letztes Umzugsgut unter Deck und konnte sich während der zwei Tage dauernden Arbeit nicht verkneifen, die Kurbel des Kastens am altbewährten Schnürsenkel um den Hals zu tragen.

Grammophon und Platten müssen die Reise durchs Vorschiff, durch das Schott zu den Räumen mittschiffs und hoch in die Funkerkabine gut überstanden haben, denn noch am gleichen Nachmittag, an dem Mahlke den etappenweisen Transport beendet hatte, überraschte er uns mit hohler, nachscheppernder, von hier und dort, immer aber aus dem Inneren des Kahns kommender Musik. Das mochte Nieten und Verschalung lockern. Das gab uns, obgleich die Sonne immer noch, wenn auch schräg auf der Brücke stand, eine schrumpfende Haut. Natürlich prusteten wir: »Aufhören! Sollweitermachen! Leg noch eine auf!« und durften ein kaugummilanges und berühmtes Ave Maria hören, das die kabbelige See glättete; ohne die Jungfrau tat er es nicht.

Und dann Arien, Ouvertüren – sagte ich schon, daß Mahlke viel für ernste Musik übrig hatte? –, jedenfalls bekamen wir etwas Aufregendes aus »Tosca«, etwas Märchenhaftes von Humperdinck und ein Stück Symphonie mit Dadada Daaah, das uns aus Wunschkonzerten geläufig war, von innen nach außen geboten.

Schilling und Kupka schrien nach etwas Schrägem; aber das hatte er nicht. Erst als unten die Zarah aufgelegt wurde, machte er den dollsten Effekt. Ihre Unterwasserstimme warf uns platt auf Rost und buckligen Möwenmist. Weiß nicht mehr, was sie sang. War ja alles mit dem gleichen Öl geschmiert. Sang aber auch etwas aus einer Oper, kannten wir aus dem Film »Heimat«. Sang: »Achichhabesieverloren.« Röhrte: »Windhatmirliederzählt.« Orakelte: »Weißwirdmalwundergeschehn.« Sie konnte orgeln und Elemente beschwören, servierte alle nur erdenklichen weichen Stunden: und Winter schluckte, heulte ziemlich offen, aber auch die anderen mußten mit den Wimpern arbeiten.

Dazu die Möwen. Immer schon übergeschnappt wegen nichts und nochmal nichts, spielten sie nun, da unten die Zarah auf dem Plattenteller lag, vollkommen verrückt. Es lag ihr glasschneidendes Schrillen, das aus den Seelen verstorbener Tenöre drängen mochte, hoch über dem nachahmbaren und immer noch unnachahmlichen, burgkellertiefen Grollen einer, in jenen Kriegsjahren, an allen Fronten und in der Heimat beliebten, begnadeten und tränentreibenden Filmschauspielerin mit Stimme.

Mehrmals, bis die Platten hinüberwaren und nur noch gequältes Gurgeln und Kratzen dem Kasten entkam, bot uns Mahlke dieses Konzert. Bis zum heutigen Tage hat mir Musik keinen größeren Genuß verschaffen können, obgleich ich kaum ein Konzert im Robert-Schumann-Saal auslasse und mir, sobald ich bei Kasse bin, Langspielplatten von Monteverdi bis Bartók kaufe. Stumm und unersättlich hockten wir über dem Grammophon, nannten es: Bauchredner. Lobessprüche fielen uns keine mehr ein. Zwar bewunderten wir Mahlke; doch mitten im verquollenen Getöse schlug die Bewunderung um: wir fanden ihn widerlich und zum Weggucken. Dann tat er uns, während ein tiefliegender Frachter einlief, mäßig leid. Auch fürchteten wir Mahlke, er gängelte uns. Und ich schämte mich, auf der Straße mit Mahlke gesehen zu werden. Und ich war stolz, wenn Hotten Sonntags Schwester oder die kleine Pokriefke mich an Deiner Seite vor den Kunstlichtspielen oder auf dem Heeresanger traf. Du warst unser Thema. Wir wetteten: »Was wird er jetzt machen? Wetten wir, der hat schon wieder Halsschmerzen! Jede Wette gehe ich ein: Der hängt sich irgendwann mal auf oder kommt ganz groß raus oder erfindet was Dolles.«

Und Schilling sagte zu Hotten Sonntag: »Sag mal ehrlich, wenn Deine Schwester mit Mahlke ginge, ins Kino und so, was würdest Du dann – sag mal ehrlich.«

VII

Das Auftreten des Kapitänleutnant zur See und hochdekorierten U-Boot-Kommandanten in der Aula unseres Real-Gymnasiums beendete die Konzerte im Inneren des ehemaligen polnischen Minensuchbootes »Rybitwa«. Doch, wäre er nicht gekommen, hätten die Schallplatten, hätte das Grammophon allenfalls vier weitere Tage geräuschvoll getan; aber er kam, stellte, ohne unserem Kahn einen Besuch abstatten zu müssen, die Unterwassermusik ab und gab allen Gesprächen über Mahlke eine neue, wenn auch nicht grundsätzlich neue Richtung.

Der Kapitänleutnant mag etwa vierunddreißig sein Abitur gemacht haben. Man sagte ihm nach, er habe, bevor er freiwillig zur Marine ging, ein bißchen Theologie und Germanistik studiert. Ich kann nicht anders und muß seinen Blick feurig nennen. Dichtes, womöglich drahtiges Kraushaar, Richtung Römerkopf. Kein U-Boot-Bart aber dachartig vorstehende Augenbrauen. Ein Mittelding zwischen Denkerstirn und Grüblerstirn, daher keine Querfalten aber zwei steile von der Nasenwurzel aufstrebende, immerzu Gott suchende Linien. Lichtreflexe auf dem äußersten Punkt kühner Wölbung. Zierlich und scharf die Nase. Der Mund, den er für uns aufmachte, war ein weichgeschwungener Sprechmund. Die Aula überfüllt, auch mit Morgensonne. Wir hockten in den Fensternischen. Auf wessen Wunsch hatte man die beiden obersten Klassen der Gudrun-Schule zum Vortrag aus weichem Sprechmund geladen? Die Mädchen saßen in den vordersten Bankreihen, hätten Büstenhalter tragen müssen, trugen aber keine. Zuerst wollte Mahlke nicht mit, als der Pedell den Vortrag ankündigte. Ich witterte für mich Oberwasser und nahm ihn am Ärmel. Neben mir, in der Nische – und hinter uns und den Scheiben unbeweglich die Kastanien des Pausenhofes – zitterte Mahlke, bevor der Kaleu seinen Sprechmund aufgemacht hatte. Mahlkes Kniekehlen klemmten Mahlkes Hände: aber das Zittern blieb. Das Lehrerkollegium, auch zwei Studienrätinnen der Gudrun-Schule, füllten einen Halbkreis aus Eichenstühlen mit hohen Lehnen und Lederpolstern, den der Pedell akkurat gestellt hatte. Das Händeklatschen des Studienrates Moeller bewirkte nach und nach Ruhe für Oberstudienrat Klohse. Hinter den Doppelzöpfen und Mozartzöpfen der Oberschülerinnen saßen Quartaner mit Taschenmessern: mehrere Mädchen nahmen die Zöpfe nach vorne. Nur die Mozartzöpfe blieben den Quartanern. Diesmal gab es eine Einführung. Klohse sprach von allen, die draußen stehn, von allen zu Lande, zu Wasser und in der Luft, sprach lange und mit wenig Gefälle von sich und den Studenten bei Langemarck, und auf der Insel Ösel fiel Walter Flex, Zitat: Reifwerdenreinbleiben: Mannestugend. Sogleich Fichte und Arndt, Zitat: Vondirunddeinemtunallein. Erinnerung an einen vorbildlichen Schulaufsatz, den der Kapitänleutnant als Obersekundaner über Arndt oder Fichte geschrieben hatte? »Einer von uns, aus unserer Mitte, aus dem Geist unseres Gymnasiums hervorgegangen, und in diesem Sinne wollen wir...«

Muß ich sagen, wie umständlich während Klohses Vorrede Zettelchen zwischen uns in den Fensternischen und den Obersekundanerinnen hin und her wanderten? Natürlich kritzelten die Quartaner ihre Ferkeleien dazwischen. Ich schickte einen Zettel mit weißnichtwasdrauf entweder an Vera Plötz oder an Hildchen Matull, bekam aber weder noch Antwort. Mahlkes Kniekehlen klemmten noch immer Mahlkes Hände. Das Zittern verausgabte sich. Der Kapitänleutnant auf dem Podest saß leicht beengt zwischen dem alten Studienrat Brunies, der wie immer ungeniert Bonbons lutschte, und Dr. Stachnitz, unserem Lateinlehrer. Während die Vorrede abnahm, während unsere Zettelchen wanderten, während die Quartaner mit Taschenmessern, während der Blick des Führerbildes sich mit dem Blick des ölgemalten Freiherrn von Conradi traf, während die Morgensonne aus der Aula rutschte, befeuchtete der Kapitänleutnant unentwegt den leichtgeschwungenen Sprechmund, starrte mürrisch ins Publikum und sparte die Oberschülerinnen angestrengt aus. Die Kaleu-Mütze korrekt auf parallel gehaltenen Knien. Handschuhe unter der Mütze. Ausgehuniform. Das Ding am Hals deutlich auf unerhört weißem Hemd. Unvermittelte Kopfbewegung mit halbwegs gehorchendem Orden zu den seitlichen Aulafenstern: Mahlke zuckte, fühlte sich wohl erkannt, war aber nicht. Durch jenes Fenster, in dessen Nische wir hockten, blickte der U-Boot-Kommandant in staubige unbewegte Kastanienbäume; was mag er denken, was mag Mahlke denken, was Klohse, während er spricht, Studienrat Brunies, während er lutscht, was Vera Plötz, während dein Zettelchen, was Hildchen Matull, was mag er er er denken, Mahlke oder er mit dem Sprechmund, dachte ich damals oder denke ich jetzt; denn es wäre aufschlußreich zu wissen, was ein U-Boot-Kommandant denkt, während er zuhören muß und den Blick ohne Fadenkreuz und tanzenden Horizont abschweifen läßt, bis der Gymnasiast Mahlke sich betroffen fühlt; aber er starrte über Gymnasiastenköpfe hinweg durch Doppelfensterscheiben in das trockene Grün unverbindlicher Pausenhofbäume und befeuchtete mit hellroter Zunge noch einmal rundum den besagten Sprechmund, denn Klohse versuchte mit Worten auf Pfefferminzatem einen letzten Satz bis über die Mitte der Aula zu schicken: »Nun wollen wir in der Heimat aufmerksam lauschen, was Ihr, Söhne unseres Volkes, von der Front, von den Fronten zu berichten wißt.«

Der Sprechmund hatte getäuscht. Recht farblos gab der Kapitänleutnant zuerst eine Übersicht, wie sie jeder Flottenkalender bot: Aufgabe der U-Boote. Deutsche U-Boote während des ersten Weltkrieges: Weddigen, U 9, Unterseeboot entscheidet Dardanellenfeldzug, insgesamt dreizehn Millionen Bruttoregistertonnen, danach unsere ersten Zweihundertfünfzigtonnenboote, unter Wasser Elektromotoren, über Wasser Diesel, der Name Prien, dann kam Prien mit U 47, und Kapitänleutnant Prien bohrte die »Royal Oak« in den Grund – wußten wir alles, wußten wir alles, auch die »Repulse«, und der Schuhart hat die »Courageous« und so weiter und so weiter. Er aber verkündete den alten Stiefel: »... Mannschaft ist eine eingeschworene Gemeinschaft, denn fern der Heimat, Belastung der Nerven enorm, müßt Euch mal vorstellen, mitten im Atlantik oder im Eismeer unser Boot, eine Sardinenbüchse, eng feucht heiß, Leute müssen auf Reserveaalen schlafen, tagelang kommt nichts auf, leer die Kimm, dann endlich ein Geleitzug, stark gesichert, alles muß wie am Schnürchen, kein Wort zu viel; und als wir unseren ersten Tanker, die ›Arndale‹, hatte siebzehntausendzweihundert Tonnen, erst siebenunddreißig fertiggestellt, mit zwei Aalen mittschiffs, da dachte ich, ob Sie es glauben oder nicht, an Sie, lieber Doktor Stachnitz, und begann laut, ohne die Sprechanlage abzuschalten: qui quae quod, cuius cuius cuius... bis mich unser LI durch die Sprechanlage zurückrief: Sehr gut, Herr Kaleu, Sie haben schulfrei heute! Aber eine Feindfahrt besteht leider nicht nur aus Angriffen, und Rohr eins und Rohr zwei looos, tagelang die gleichmütige See, das Rollen und Stampfen des Bootes, darüber der Himmel, ein Himmel zum schwindlig werden, sag ich Euch, und Sonnenuntergänge gibt es...«

Es füllte jener Kapitänleutnant mit dem hochgestochenen Ding am Hals seinen Vortrag, obgleich er zweihundertfünfzigtausend Bruttoregistertonnen, einen leichten Kreuzer der Despatch-Klasse, einen großen Zerstörer der Tribal-Klasse angebohrt hatte, weniger mit detaillierten Erfolgsmeldungen als mit wortreichen Naturbeschreibungen, auch bemühte er kühne Vergleiche, sagte: »... blendend weiß schäumt auf die Hecksee, folgt, eine kostbar wallende Spitzenschleppe, dem Boot, das gleich einer festlich geschmückten Braut, übersprüht von Gischtschleiern, der todbringenden Hochzeit entgegenzieht.«

Es gab nicht nur bei den Mädchen mit Zöpfen Gekicher; aber ein nächster Vergleich wischte die Braut wieder aus: »Solch ein Unterseeboot ist wie ein Walfisch mit Buckel, dessen Bugsee dem vielfach gezwirbelten Bart eines Husaren gleicht.«

Zudem verstand es der Kaleu, nüchtern technische Ausdrücke wie dunkle Märchenworte zu betonen. Wahrscheinlich hielt er den Vortrag mehr ins Ohr seines ehemaligen Deutschlehrers Papa Brunies, der als Eichendorffschwärmer galt, denn in unsere Richtung; seine wortgewaltigen Schulaufsätze hatte Klohse ja mehrmals erwähnt. Und so hörten wir ihn »Lenzpumpe« raunen, »Rudergänger«. Meinte wohl, wenn er »Mutterkompaß« und »Kreiselkompaßtöchter« sagte, uns Neuigkeiten zu bringen. Dabei hatten wir den technischen Marinekram seit Jahren intus. Er aber machte auf Märchentante, sprach das Wörtchen Hundewache, das Wörtchen Kugelschott oder den allgemeinverständlichen Ausdruck »Kabbelige Kreuzsee« so aus, wie etwa der gute alte Andersen oder die Brüder Grimm geheimnisvoll von »Asdic-Impulsen« geflüstert hätten.

Peinlich wurde es, wenn er Sonnenuntergänge auszupinseln begann: »Und bevor die atlantische Nacht wie ein aus Raben gezaubertes Tuch über uns kommt, stufen sich Farben, wie wir sie nie zu Hause, ein Orange geht auf, fleischig und widernatürlich, dann duftig schwerelos, an den Rändern kostbar, wie auf den Bildern Alter Meister, dazwischen zartgefiedertes Gewölk; welch ein fremdartiges Geleucht über der blutvoll rollenden See!«

Er ließ also mit steifem Ding am Hals eine Farbenorgel dröhnen und säuseln, kam vom wäßrigen Blau über kaltglasiertes Zitronengelb zum bräunlichen Purpur. Mohn ging bei ihm am Himmel auf. Dazwischen Wölkchen, zuerst silbrig, dann liefen sie an: »So mögen Vögel und Engel verbluten!« sagte er wörtlich mit seinem Sprechmund und ließ aus dem gewagt beschriebenen Naturereignis plötzlich und aus bukolischen Wölkchen ein Flugboot, Typ »Sunderland«, mit Kurs auf das Boot brummen, eröffnete, nachdem das Flugboot nichts hatte ausrichten können, mit gleichem Sprechmund aber ohne Vergleiche, den zweiten Teil des Vortrages, knapp trocken nebensächlich: »Sitze auf Sehrohrsattel. Angriff gefahren. Kühlschiff wahrscheinlich: sinkt übers Heck. Boot in den Keller auf hundertzehn. Zerstörer kommt auf in hundertsiebzig Bootspeilung, Backbord zehn, neuer Kurs hundertzwanzig, hundertzwanzig Grad liegen an, Schraubengeräusch wandert aus, geht wieder an, hundertachtzig Grad gehen durch, Wabos: sechs sieben acht elf: Licht bleibt aus, endlich Notbeleuchtung und nacheinander Klarmeldung der Stationen. Zerstörer hat gestoppt. Letzte Peilung hundertsechzig, Backbord zehn. Neuer Kurs fünfundvierzig Grad...«

Leider folgten dieser wirklich spannenden Einlage sogleich weitere Naturbeschreibungen, wie: »Der atlantische Winter« oder: »Meeresleuchten auf dem Mittelmeer«, auch ein Stimmungsbild: »Weihnachten auf dem U-Boot« mit dem obligaten zum Christbaum verwandelten Besen. Zum Schluß dichtete er die ins Mystische gehobene Rückkehr nach erfolgreicher Feindfahrt mit Odysseus und allem Drum und Dran: »Die ersten Möwen künden den Hafen an.«

Ich weiß nicht, ob Oberstudienrat Klohse mit den uns geläufigen Schlußworten: »Und nun an die Arbeit!« den Vortrag beendete oder ob »Wirliebendiestürme« gesungen wurde. Eher erinnere ich mich an gedämpften aber respektvollen Beifall, an ein unregelmäßiges, bei den Mädchen und Zöpfen beginnendes Aufstehen. Als ich mich nach Mahlke umblickte, war er weg, und nur seinen Mittelscheitel sah ich vor dem rechten Ausgang mehrmals auftauchen, konnte aber, da eines meiner Beine während des Vortrages eingeschlafen war, nicht sofort aus der Fensternische und auf die gebohnerten Dielen.

Erst im Umkleideraum neben der Turnhalle stieß ich wieder auf Mahlke, fand aber kein erstes Wort fürs Gespräch. Schon beim Umkleiden wurden Gerüchte laut, bestätigten sich: uns wurde die Ehre zuteil, denn der Kapitänleutnant hatte seinen ehemaligen Turnlehrer Studienrat Mallenbrandt gebeten, wieder einmal, obgleich er kaum im Training sei, in der guten alten Turnhalle mitturnen zu dürfen. Während der Doppelstunde, die wie immer am Sonnabend den Unterricht abschloß, zeigte er zuerst uns, dann den Primanern, die sich vom Beginn der zweiten Stunde an die Turnhalle mit uns teilten, was er konnte.

Untersetzt, schwarz lang behaart, gut gebaut. Er hatte sich bei Mallenbrandt die traditionellen roten Turnhosen, das weiße Turnhemd mit rotem Bruststreifen und dem im Bruststreifen eingelassenen schwarzen C geliehen. Während des Umkleidens hing eine Traube an ihm. Viele Fragen: »... darf ich mal von nahe besehen? Wie lange dauert? Und wenn man nun? Aber ein Freund meines Bruders, der bei den Schnellbooten ist, sagt...« Seine Antworten kamen geduldig. Manchmal lachte er ohne Grund aber ansteckend. Der Umkleideraum wieherte; und nur deshalb fiel mir Mahlke auf: er lachte nicht mit, war mit dem Zusammenfalten und Aufhängen seiner Kleidungsstücke beschäftigt.

Mallenbrandts Trillerpfeife rief uns in die Turnhalle und unters Reck. Der Kaleu leitete, von Mallenbrandt behutsam unterstützt, die Turnstunde, das heißt, wir mußten uns nicht besonders anstrengen, weil er Wert darauf legte, uns etwas vorzumachen, unter anderem die Riesenwelle am Reck mit gegrätschtem Abgang. Außer Hotten Sonntag hielt nur noch Mahlke mit, aber niemand mochte hingucken, so scheußlich und mit krummen Knien krampfte er

Welle und Grätsche. Als der Kaleu mit uns ein lockeres und sorgfältig aufgebautes Bodenturnen begann, tanzte Mahlkes Adamsapfel immer noch toll und wie gestochen. Beim Hechtsprung über sieben Mann, der mit einer Rolle vorwärts aufgefangen werden sollte, landete er schief auf der Matte, vertrat sich wohl den Fuß, saß mit lebendigem Knorpel abseits auf einem Kletterbalken und muß sich verdrückt haben, als die Primaner zu Beginn der zweiten Stunde dazukamen. Erst beim Korbballspiel gegen die Prima machte er wieder bei uns mit, warf auch drei oder vier Körbe; wir verloren trotzdem.

Unsere neugotische Turnhalle wirkte im gleichen Maße feierlich, wie die Marienkapelle auf Neuschottland den nüchtern gymnastischen Charakter einer ehemaligen und modern entworfenen Turnhalle beibehielt, soviel bunten Gips und gespendeten Kirchenpomp Hochwürden Gusewski in jenes durch breite Fensterfronten brechende Turnerlicht stellen mochte. Wenn dort über allen Geheimnissen Klarheit herrschte, turnten wir in geheimnisvollem Dämmern: unsere Turnhalle hatte Spitzbogenfenster, deren Backsteinornamente die Verglasung mit Rosetten und Fischblasen aufteilten. Während in der Marienkapelle Opfer, Wandlung und Kommunion vollausgeleuchtete zauberlose und umständliche Betriebsvorgänge blieben – es hätten an Stelle der Hostien auch Türbeschläge, Werkzeuge oder, wie einst, Turngeräte, etwa Schlaghölzer und Staffettenstäbe verteilt werden können –, wirkte im mystischen Licht unserer Turnhalle das simple Auslosen jener beiden Korbballmannschaften, die mit zügigem Zehnminutenspiel die Turnstunde beendeten, feierlich und ergreifend, ähnlich einer Priesterweihe oder Firmung; und das Wegtreten der Ausgelosten in den schummrigen Hintergrund geschah mit der Demut heiliger Handlung. Besonders wenn draußen die Sonne schien und einige morgendliche Sonnenstrahlen durchs Laub der Pausenhofkastanien und durch die Spitzbogenfenster fanden, kam es, sobald an den Ringen oder am Trapez geturnt wurde und dank des schräg einfallenden Seitenlichtes, zu stimmungsvollen Effekten. Wenn ich mir Mühe gebe, sehe ich heute noch den untersetzten Kapitänleutnant in den meßdienerroten Turnhosen unseres Gymnasiums am schwingenden Trapez leicht und flüssig turnen, sehe seine Füße – er turnte barfuß – makellos gestreckt in einen der schrägen und goldflimmernden Sonnenstrahlen tauchen, sehe seine Hände – denn auf einmal hing er im Kniehang am Trapez – nach solch einer goldstaubwimmelnden Lichtbahn greifen; so wunderbar altmodisch war unsere Turnhalle, und auch die Umkleideräume bekamen ihr Licht durch Spitzbogenfenster. Deshalb nannten wir den Umkleideraum: Die Sakristei.

Mallenbrandt pfiff, und Primaner wie Untersekundaner mußten nach dem Korbballspiel antreten, für den Kaleu »Imfrühtauzubergewirziehnfallera« singen und wurden in den Umkleideraum entlassen. Sofort hingen sie wieder an dem Kapitänleutnant. Nur die Primaner gaben sich weniger aufdringlich. Während der Kaleu nach sorgfältigem Waschen der Hände und Achselhöhlen über dem einzigen Waschbecken – Duschräume hatten wir keine – mit raschen

Bewegungen seine Unterwäsche anzog, das geliehene Turnzeug, ohne daß wir etwas zu sehen bekamen, abstreifte, mußte er wieder Fragen der Schüler beantworten, tat das lachend, gutmütig, erträglich von oben herab; um dann zwischen zwei Fragen zu verstummen: unsicher tastende Hände, ein zuerst verstecktes, dann offensichtliches Suchen, auch unter der Bank – »Moment mal Jungs, bin gleich wieder auf Deck« –, und in marineblauer Hose, in weißem Hemd, ohne Schuhe aber in Strümpfen drängte sich der Kaleu durch Schüler und Bankreihen, durch den Zoogeruch: Kleines Raubtierhaus. Offen und hochgestellt stand sein Kragen, bereit für den Binder und das Band mit jenem mir unaussprechlichen Orden. An Mallenbrandts Lehrerzimmertür hing der wöchentliche Turnhallenplan. Gleichzeitig klopfte er an und trat ein.

Wer tippte wie ich nicht auf Mahlke? Bin nicht sicher, daß ich sofort, hätte sofort, rief aber auf keinen Fall laut: »Wo steckt denn Mahlke?« Auch Schilling rief nicht, Hotten Sonntag, Winter Kupka Esch, keiner rief; vielmehr einigten wir uns alle auf den mickrigen Buschmann, ein Bengelchen, das selbst nach einem Dutzend Ohrfeigen ein ewiges, ihm angeborenes Grinsen nicht aufzugeben vermochte.

Als Mallenbrandt in flauschigem Bademantel mit dem halbangezogenen Kapitänleutnant zwischen uns stand und sein »Werwardas? Sollsichmelden!« brüllte, wurde ihm Buschmann zugeschoben. Auch ich rief Buschmann und war sogar in der Lage, bei mir und ungezwungen zu denken: Richtig, das kann nur Buschmann gewesen sein, wer sonst als Buschmann.

Nur ganz außen, im Hinterkopf begann es, während Buschmann von mehreren Seiten, auch vom Kaleu und dem Klassensprecher der Prima verhört wurde, zu kribbeln. Und das Kribbeln setzte sich fest, als Buschmann seine erste Ohrfeige bekam, weil das Grinsen selbst unterm Verhör nicht aus seinem Gesicht weichen wollte. Während ich mit den Augen wie mit dem Gehör auf ein klippklares Geständnis Buschmanns wartete, wuchs mir vom Nacken aufwärts die Gewißheit: Nana, ob das nicht ein gewisser Soundso gewesen ist!

Schon verlor sich mein Lauern auf ein klärendes Wörtchen des grinsenden Buschmann, zumal die Menge der ihm verabfolgten Ohrfeigen Mallenbrandts Unsicherheit verriet. Auch sprach er nicht mehr von dem verschwundenen Gegenstand, sondern brüllte zwischen Schlag und Schlag: »Du sollst das Grinsen lassen. Grins nicht! Ich werde Dir das Grinsen noch austreiben!«

Nebenbei gesagt, Mallenbrandt schaffte es nicht. Ich weiß nicht, ob es Buschmann heute noch gibt; aber sollte es einen Zahnarzt, Tierarzt oder Assistenzarzt Buschmann geben – Heini Buschmann wollte Medizin studieren –, so wird es ein grinsender Dr. Buschmann sein; denn das verliert sich nicht so schnell, ist dauerhaft, überlebt Kriege und Währungsreformen und war schon damals, als der Kapitänleutnant mit leerem Kragen auf den Erfolg eines Verhöres wartete, den Ohrfeigen des Studienrates Mallenbrandt überlegen.

Verstohlen – obgleich Buschmann alle Augen auf sich zog – drehte ich mich nach Mahlke um, mußte ihn nicht suchen, denn vom Nacken her wußte ich, wo er Marienlieder im Kopf hatte. Fertig angezogen, nicht weit entfernt aber abseits allem Gedränge, knöpfte er sich den obersten Knopf eines Hemdes, das dem Schnitt und dem Streifen nach von seines Vaters Oberhemdennachlaß abgehoben sein mochte. Er hatte beim Zuknöpfen Mühe, sein Kennzeichen hinter dem Knopf einzusperren.

Mahlke machte, abgesehen von dem Gefummel am Hals und den mitarbeitenden Kaumuskeln, einen ruhigen Eindruck. Als er begriffen hatte, daß der Knopf nicht über dem Adamsapfel zu schließen war, langte er sich aus der Brusttasche seines noch hängenden Jackettes eine zerdrückte Krawatte. Niemand in unserer Klasse trug einen Schlips. In der Obersekunda und in der Prima trugen einige Fatzkes lächerliche Fliegen. Zwei Stunden zuvor, während der Kaleu vom Katheder weg seinen naturbegeisterten Vortrag gehalten hatte, hatte Mahlke seinen Hemdkragen noch offen getragen; aber in seiner Brusttasche knüllte schon der Schlips und lauerte auf die große Gelegenheit.

Mahlkes Krawattenpremiere! Vor dem einzigen, obendrein fleckigen Spiegel des Umkleideraumes würgte er sich, ohne nahe heranzutreten, eher auf Distanz und pro forma, den buntgetupften, wie ich heute meine, geschmacklosen Lappen um den hochgestellten Hemdkragen, schlug den Kragen um, zupfte noch einmal am viel zu großen Knoten und sprach dann nicht laut aber betont, daß sich sein Wort vom immer noch geführten Verhör, vom Geräusch jener Ohrfeigen, die Mallenbrandt, auch gegen den Einspruch des Kapitänleutnants, unermüdlich und trocken in Buschmanns Grinsen schlug, verständlich abhob: »Möchte zwar wetten, daß es Buschmann nicht gewesen ist. Aber hat denn schon jemand Buschmanns Klamotten durchsucht?«

Mahlke hatte sofort Zuhörer. Dabei hatte er zum Spiegel gesprochen; seine Krawatte, der neue Trick, fiel erst später, aber nicht sonderlich, auf. Eigenhändig durchsuchte Mallenbrandt Buschmanns Kleider und hatte sogleich Grund, abermals in das Grinsen hineinzuschlagen, weil er in beiden Jackentaschen mehrere angebrochene Packungen Präservative fand, mit denen Buschmann in den Klassen der Oberstufe Kleinhandel trieb; sein Vater war Drogist. Sonst fand Mallenbrandt nichts, und der Kapitänleutnant resignierte leichthin, knüpfte sich seinen Offiziersbinder, legte den Kragen um, tippte an die leere, zuvor hochdekorierte Stelle und schlug Mallenbrandt vor, die Geschichte nicht allzu ernst zu nehmen: »Das läßt sich ersetzen. Ist ja nicht die Welt, Herr Studienrat. Dummerjungenstreich!«

Aber Mallenbrandt ließ Turnhalle und Umkleideraum abschließen und durchsuchte, unterstützt von zwei Primanern, unsere Taschen sowie jeden Winkel des Raumes, der als Versteck in Frage gekommen wäre. Anfangs und belustigt half der Kapitänleutnant, wurde dann ungeduldig und tat etwas, das sonst niemand im Umkleideraum zu tun wagte: er rauchte Zigaretten nacheinander, trat die Kippen auf dem Linoleumfußboden aus und geriet offensichtlich in schlechte Stimmung, als ihm Mallenbrandt wortlos einen Spucknapf zuschob, der seit Jahren unbenutzt neben dem Waschbecken verstaubte und als Versteck des gestohlenen Gegenstandes bereits untersucht worden war.

Der Kapitänleutnant errötete schülerhaft, riß sich die knappangerauchte Zigarette vom leichtgeschwungenen Sprechmund, rauchte nicht mehr, sondern verschränkte die Arme, ging sodann zum nervösen Ablesen der Zeit über, indem er mit trockener Boxerbewegung seine Armbanduhr aus dem Ärmel fahren und seine Eile beweisen ließ.

Er verabschiedete sich mit Handschuhen über den Fingern nahe der Tür und gab zu verstehen, die Art und Weise der Untersuchung könne ihm nicht gefallen, er werde die ärgerliche Geschichte dem Direktor der Schule übergeben, denn er habe nicht vor, sich seinen Urlaub von schlechterzogenen Stinten vermiesen zu lassen.

Mallenbrandt warf einem Primaner den Schlüssel zu, und der Primaner war ungeschickt genug, beim Aufschließen der Umkleideraumtür eine peinliche Pause entstehen zu lassen.

VIII

Die weiteren Untersuchungen verquasten den Sonnabendnachmittag, führten zu keinem Ergebnis und sind mir nur in wenigen, hier kaum erzählenswerten Einzelheiten haften geblieben, da ich Mahlke im Auge bewahren mußte, auch seine schon erwähnte Krawatte, deren Knoten er von Zeit zu Zeit höher zu rücken versuchte; aber es hätte, um Mahlke glücklich zu machen, eines Nagels bedurft – Dir war nicht zu helfen.

Und der Kapitänleutnant? Wenn diese Frage berechtigt ist, wird sie nur mit dürren Worten zu beantworten sein: er fehlte während der nachmittäglichen Untersuchung, und nie bestätigte Vermutungen trafen womöglich zu: er soll in Begleitung seiner Verlobten die drei oder vier Ordensgeschäfte der Stadt abgeklappert haben. Irgend jemand aus unserer Klasse will ihn am folgenden Sonntag im »Café Vierjahreszeiten« gesehen haben: nicht nur die Verlobte und deren Eltern umgaben ihn, auch an seinem Hemdkragen fehlte nichts: und die Gäste des Cafés mögen scheu bemerkt haben, wer in ihrer Mitte saß und den zähen Kuchen des dritten Kriegsjahres mit der Gabel manierlich zu verringern bemüht war.

Mein Sonntag führte mich nicht ins Café. Ich hatte Hochwürden Gusewski versprochen, während der Frühmesse den Meßdiener abzugeben. Mahlke, mit buntem Schlips, kam kurz nach sieben und vermochte mit den üblichen fünf alten Weiblein die Leere der ehemaligen Turnhalle nicht zu vertuschen. Er kommunizierte wie immer links außen. Am Vorabend, gleich nach den Untersuchungen in der Schule, mußte er die Marienkapelle aufgesucht und gebeichtet haben; oder Du hast in der Herz-Jesu-Kirche aus diesen oder jenen Gründen Hochwürden Wiehnke ins Ohr geflüstert.

Gusewski hielt mich auf, stellte Fragen nach meinem Bruder, der in Rußland stand, womöglich nicht mehr stand, denn seit Wochen fehlte jede Nachricht von ihm. Es kann sein, daß er mir, weil ich wieder einmal sämtliche Vespermäntel und die Albe gebügelt und gestärkt hatte, zwei Rollen Himbeerdrops schenkte, sicher ist: Mahlke war schon weg, als ich die Sakristei verließ. Er mochte eine Bahn Vorsprung haben. Ich stieg am Max-Halbe-Platz in den Anhänger der Neun. Schilling sprang Magdeburger Straße auf, als die Bahn schon ziemlich Fahrt machte. Wir sprachen von etwas ganz anderem. Vielleicht bot ich ihm von jenen Himbeerdrops an, die Hochwürden Gusewski herausgerückt hatte. Zwischen Gut-Saspe und Friedhof-Saspe überholten wir Hotten Sonntag. Er hockte auf einem Damenfahrrad und hatte die kleine Pokriefke rittlings auf dem Gepäckträger. Immer noch zeigte das spirrige Ding glatte Froschschenkel, war aber nicht mehr überall platt. Der Fahrwind bewies die Länge ihrer Haare.

Da wir an der Weiche Saspe die Gegenbahn abwarten mußten, fuhr uns Hotten Sonntag mit Tulla wieder davon. An der Haltestelle Brösen warteten beide. Das Fahrrad lehnte an einem Papierkorb der Seebäderverwaltung. Sie spielten Brüderchen und Schwesterchen, hielten sich eingehakt: kleiner Finger und kleiner Finger. Tullas Kleid war blau blau waschblau und überall zu kurz zu eng zu blau. Die Rolle aus Bademänteln und so weiter trug Hotten Sonntag. Wir verstanden es, uns wortlos anzublicken, Bescheid zu wissen und aus geladenem Schweigen den Satz zu fördern: »Klar doch, nur Mahlke, wer sonst? Doller Bursche.«

Tulla wollte Genaues hören, drängelte und tippte mit spitzem Finger. Aber keiner von uns nannte das Ding beim Namen. Es blieb beim lapidaren »Wersonstalsmahlke«, beim »Klardoch«. Nur Schilling, nein, ich führte einen neuen Begriff ein, sagte in die Lücke zwischen Hotten Sonntags Kopf und Tullas Kleinkopf: »Der Große Mahlke. Das hat, das kann nur, das tat der Große Mahlke.«

Und bei diesem Titel blieb es. Alle früheren Versuche, das Wort Mahlke mit Spitznamen zu verkleben, scheiterten nach kurzer Zeit. An »Suppenhuhn« erinnere ich mich: auch nannten wir ihn, wenn er abseits stand, »Schlucker« oder »Der Schlucker«. Aber erst mein spontaner Ruf: »Das tat der Große Mahlke!« erwies sich als lebensfähig. Und so soll auf diesem Papier dann und wann »Der Große Mahlke« gesagt werden, wenn Joachim Mahlke gemeint ist.

An der Kasse wurden wir Tulla los. Sie zog ins Damenbad ab und spannte mit Schulterblättern den Kleiderstoff. Vom verandaartigen Vorbau des Herrenbades bot sich, blaß und von locker ziehenden Schönwetterwolken beschattet, die See. Wasser: neunzehn. Zu dritt und ohne suchen zu müssen, sahen wir hinter der zweiten Sandbank jemanden in Rückenlage wild und mit viel Schaum in

Richtung Aufbauten des Minensuchbootes schwimmen. Wir wurden einig: nur einer sollte ihm nachpullen. Schilling und ich schlugen Hotten Sonntag vor; der wollte lieber mit Tulla Pokriefke hinter der Sonnenwand des Familienbades liegen und Seesand auf Froschschenkel streuen. Schilling gab vor, zuviel gefrühstückt zu haben: »Eier und so weiter. Meine Oma aus Krampitz hat Hühner und bringt manchmal auf Sonntag ne knappe Mandel.«

Mir fiel nichts ein. Hatte schon vor der Messe gefrühstückt. Hielt mich nur selten an das Gebot der Nüchternheit. Zudem hatten weder Schilling noch Hotten Sonntag »Der Große Mahlke« gesagt, ich sagte, schwamm ihm nach und beeilte mich nicht besonders.

Auf dem Laufsteg zwischen Damenbad und Familienbad gab es beinahe Krach, weil Tulla Pokriefke mitschwimmen wollte. Sie hockte, ein Gliederbündel, auf dem Geländer. Immer noch und seit Sommern klebte dieser mausgraue, überall grobgestopfte Kinderbadeanzug an ihr: das bißchen Brust gequetscht, die Schenkel abgeschnürt, und zwischen den Beinen eine vom verfilzten Stoff nachgeformte Mösenfalte. Sie schimpfte mit krauser Nase und gespreizten Zehen. Als Tulla gegen irgendein Geschenk – Hotten Sonntag flüsterte in ihr Ohr – aufs Mitschwimmen verzichten wollte, schoben sich vier fünf Tertianer, gute Schwimmer, die ich schon oft auf dem Kahn gesehen hatte, übers Geländer, hatten wohl etwas aufgeschnappt, denn sie wollten zum Kahn, auch wenn sie den Kahn als Ziel nicht angaben und sagten: »Wir wollen ganz woanders hin. Zur Mole oder mal sehen.« Hotten Sonntag sorgte für mich: »Wer ihm nachschwimmt, bekommt die Eier poliert.«

Mit flachem Kopfsprung ging ich vom Laufsteg ab, schwamm los, wechselte oft die Lage und beeilte mich nicht. Während ich schwamm und während ich schreibe, versuchte und versuche ich an Tulla Pokriefke zu denken, denn ich wollte und will nicht immer an Mahlke denken. Deswegen schwamm ich in Rückenlage, deswegen schreibe ich: Schwamm in Rückenlage. Nur so konnte und kann ich Tulla Pokriefke knochig, in mausgrauer Wolle auf dem Geländer hocken sehen: kleiner verrückter schmerzhafter wird sie; denn uns allen saß Tulla als Splitter im Fleisch – war aber, als ich die zweite Sandbank hinter mir hatte, weggewischt, kein Punkt Splitter Loch mehr, nicht mehr schwamm ich von Tulla fort, schwamm Mahlke entgegen, schreibe in Deine Richtung: Ich schwamm in Brustlage und beeilte mich nicht.

Und zwischen zwei Stößen notiert – das Wasser trägt ja: Es war der letzte Sonntag vor den Großen Ferien. Was war damals los? Die Krim hatten sie, und Rommel war in Nordafrika wieder mal im Kommen. Seit Ostern saßen wir in der Untersekunda. Esch und Hotten Sonntag hatten sich freiwillig gemeldet, beide zur Luftwaffe, kamen aber später, genau wie ich, der ich zögerte und zögerte, mal zur Marine mal nicht zur Marine wollte, zu den Panzergrenadieren, einer Sorte bessere Infanterie. Mahlke meldete sich nicht, machte wie immer eine Ausnahme, sagte: »Bei Euch piept's wohl!« Dabei boten sich ihm, der ein Jahr älter war, die besten Chancen, vor uns rauszukommen; aber wer schreibt, darf nicht vorgreifen.

Die letzten zweihundert Meter schwamm ich noch zögernder ohne Wechsel in Brustlage, um bei Atem zu bleiben. Der Große Mahlke saß wie immer im Schatten des Kompaßhäuschens. Nur seine Knie hatten Sonne. Er mußte schon einmal unten gewesen sein. Die gegurgelten Reste einer Ouvertüre schwankten im schralen Wind und kamen mir mit dem Kleinkram der Wellen entgegen. Das waren so seine Effekte: tauchte in seine Bude, kurbelte den Kasten, legte die Platte auf, kam mit triefendem Mittelscheitel wieder hoch, hockte sich in den Schatten und hörte, während die Möwen über dem Kahn den Glauben an Seelenwanderung mit Geschrei belegten, seiner Musik zu.

Nein, ich will mich, bevor es zu spät ist, noch einmal auf den Rücken werfen und große kartoffelsackförmige Wolken betrachten, die immer und in ordentlicher Gleichmäßigkeit aus dem Putziger Wiek über unseren Kahn in südöstliche Richtung wanderten und für wechselndes Licht, auch für wolkenlang Kühle sorgten. Nie mehr – oder nur noch auf jener Ausstellung, die Pater Alban mit meiner Hilfe vor etwa zwei Jahren in unserem Kolpinghaus zeigte: »Kinder unserer Pfarre malen den Sommer« – sah ich so schöne, so weiße, so kartoffelsackförmige Wolken. Drum nochmal, bevor der verbogene Rost des Kahnes faßbar wird: Warum Ich? Warum nicht Hotten Sonntag oder Schilling? Hätte ja die Tertianer zum Kahn schicken können oder Tulla mit Hotten Sonntag. Auch alle zusammen mit Tulla dazwischen, zumal die Tertianer, besonders einer, der wohl mit Tulla verwandt war – denn alle nannten ihn Tullas Cousin –, dem spirrigen Ding hinterdrein waren. Ich schwamm aber alleine, ließ Schilling aufpassen, daß keiner mir nachschwamm, und beeilte mich nicht.

Ich, Pilenz – was tut mein Vorname zur Sache –, früher mal Ministrant, wollte weiß nicht was alles werden, nun Sekretär im Kolpinghaus, kann von dem Zauber nicht lassen, lese Bloy, die Gnostiker, Böll, Friedrich Heer und oft betroffen in des guten alten Augustinus Bekenntnissen, diskutiere bei zu schwarzem Tee nächtelang das Blut Christi, die Trinität und das Sakrament der Gnade mit Pater Alban, einem aufgeschlossenen, halbwegs gläubigen Franziskaner, erzähle ihm von Mahlke und Mahlkes Jungfrau, von Mahlkes Gurgel und Mahlkes Tante, von Mahlkes Mittelscheitel, Zuckerwasser, Grammophon, Schnee-Eule, Schraubenzieher, Wollpuscheln, Leuchtknöpfen, von Katz und Maus und mea culpa, auch wie der Große Mahlke auf dem Kahn saß und ich, ohne mich zu beeilen, in Brustlage, Rückenlage zu ihm schwamm; denn nur ich war mit ihm so gut wie befreundet, wenn man mit Mahlke befreundet sein konnte. Gab mir jedenfalls Mühe. Keine Mühe! Lief von ganz alleine neben ihm und seinen wechselnden Attributen. Wenn Mahlke gesagt hätte: »Mach das und das!«, ich hätte das und noch mehr gemacht. Mahlke sagte aber nichts, ließ sich wort- und zeichenlos gefallen, wenn ich ihm nachlief, ihn, obgleich das ein Umweg war, in der Osterzeile abholte, damit ich an seiner Seite zur Schule gehen durfte. Und als er die Puscheln als Mode einführte, war ich der erste, der die Mode mitmachte und Puscheln am Hals trug. Trug auch eine Zeitlang, aber nur zu Hause, einen Schraubenzieher am Schnürsenkel. Und wenn ich mich weiterhin bei Hochwürden Gusewski als Ministrant beliebt machte, obgleich Glaube und alle Voraussetzungen seit der Untertertia futsch waren, dann nur, um Mahlke während der Kommunion auf die Gurgel starren zu können. Drum, als sich der Große Mahlke nach den Osterferien zweiundvierzig – im Korallenmeer gab es Schlachten mit Flugzeugträgern – zum erstenmal rasierte, kratzte ich zwei Tage später gleichfalls mein Kinn, wenn auch bei mir von Bartwuchs keine Rede sein konnte. Und hätte Mahlke nach der Rede des U-Boot-Kommandanten zu mir gesagt: »Pilenz, klau ihm das Ding mit dem Drussel!«, ich hätte das Ding mit dem schwarzweißroten Band vom Haken gelangt und für Dich aufgehoben.

Aber Mahlke sorgte selber für sich, hockte auf der Brücke im Schatten, hörte den verquälten Resten seiner Unterwassermusik zu: Cavalleria rusticana – Möwen oben – die See mal glatt, mal Gekräusel, mal kurzatmige Wellen – zwei dicke Pötte auf der Reede – huschende Wolkenschatten – gegen Putzig Schnellboote im Verband: sechs Bugwellen, dazwischen Fischkutter – schon gluckst der Kahn, ich schwimme langsam in Brustlage, sehe weg zu vorbei, zwischen Resten der Entlüfter hindurch – wieviel waren es eigentlich? –, sehe, bevor meine Hände den Rost fassen, Dich, seit gut fünfzehn Jahren: Dich! schwimme, fasse den Rost, sehe Dich: der Große Mahlke hockt unbewegt im Schatten, die Schallplatte im Keller hängt und ist in immer dieselbe Stelle verliebt, leiert aus, Möwen streichen ab; und Du hast den Artikel mit dem Band am Hals.

Es sah komisch aus, weil er sonst nichts anhatte. Kauerte nackt, knochig, mit ewigem Sonnenbrand im Schatten. Nur die Knie grell. Sein langer halbwacher Schwanz und die Klöten platt auf dem Rost. Kniekehlen quetschten die Hände. Haare strähnig über den Ohren aber immer noch, wenn auch vom Tauchen, in der Mitte gescheitelt. Gesicht wollte sagen: Erlösermiene – und darunter, als einziges Kleidungsstück, reglos der große, ganz große Bonbon, eine Handbreite unterm Schlüsselbein.

Es hatte ein Adamsapfel, der, wie ich immer noch vermute – und obgleich er Ersatzmotoren hatte –, Mahlkes Motor und Bremse war, zum erstenmal ein genaues Gegengewicht gefunden. Still schlief er unter der Haut und mußte eine Zeitlang nicht rucken, denn was ihm guttat und sich ausgewogen kreuzte, hatte Vorgeschichte, wurde schon anno achtzehnhundertdreizehn, da man Gold für Eisen gab, vom guten alten Schinkel als Blickfang und mit klassizistischem Formgefühl entworfen: kleine Änderungen siebzigeinundsiebzig, kleine Änderungen vierzehn bis achtzehn und auch diesmal. Hatte aber nichts mit jenem aus dem Malteserkreuz entwickelten Pour le mérite zu tun, obgleich Schinkels Ausgeburt erstmals von der Brust an den Hals zog und die Symmetrie als Credo verkündete.

»Na Pilenz! Ganz schöner Apparat, was?«
»Doll, laß man anfassen.«
»Ehrlich verdient – oder?«
»Hab ich mir gleich gedacht, daß Du das Ding gedreht hast.«
»Nix gedreht! Ist mir gestern verliehen worden, weil ich aus dem Geleitzug auf der Murmanskroute fünf Pötte und obendrein einen Kreuzer der Southampton-Klasse...« Wir verfielen der Albernheit, wollten uns gute Laune beweisen, grölten alle Strophen des Englandliedes, erfanden neue Strophen, deren Wortlaut zufolge aber keine Tanker und Truppentransporter sondern bestimmte Mädchen und Lehrerinnen der Gudrun-Oberschule mittschiffs angebohrt wurden, ließen Sondermeldungen mit teils säuischen, teils bombastischen Versenkungsziffern durch hohle Hände schnarren, trommelten mit Fäusten und Hacken das Brückendeck: und der Kahn dröhnte, schepperte, trockner Mist sprang ab, Möwen kamen wieder, Schnellboote liefen ein, schöne weiße Wolken über uns unterwegs, am Horizont, rauchfahnenleicht, Kommen und Gehen, Glück, Flimmern, kein Fischchen sprang, freundlich blieb das Wetter, zwar hüpfte das Ding, aber nicht weil die Gurgel, nein, weil er überall lebendig und zum erstenmal bißchen albern, keine Erlösermiene, schnappte vielmehr über, nahm sich den Artikel vom Hals, hielt mit gezierten Gesten die Bandenden über den Hüftknochen und ließ, während er mit Beinen, Schultern und verdrehtem Kopf ziemlich komisch ein Mädchen, doch kein bestimmtes Mädchen imitierte, den großen Metallbonbon vor seinen Klöten und dem Schwanz baumeln: aber der Orden vermochte nur knapp ein Drittel seiner Geschlechtsteile zu verdecken.

Zwischendurch – und während mir Deine Zirkusnummer langsam auf die Nerven ging – fragte ich ihn, ob er vorhabe, das Ding zu behalten, sagte, am besten sei es wohl, er verstaue den Apparat in seinem Kabuff unter dem Brückendeck, zwischen Schnee-Eule, Grammophon und Pilsudski.

Der Große Mahlke hatte andere Pläne und führte sie aus. Denn hätte Mahlke das Ding unter Deck verstaut; oder besser noch, wäre ich nie mit Mahlke befreundet gewesen; oder noch besser, beides zusammen: das Ding weg, in der Funkerkabine, und ich nur locker, aus Neugierde, auch weil wir in einer Klasse saßen, an Mahlke gebunden – dann müßte ich jetzt nicht schreiben, müßte nicht zu Pater Alban sagen: »War es nun meine Schuld, wenn Mahlke später...« – Aber ich schreibe, denn das muß weg. Zwar ist es angenehm, Artistik auf weißem Papier zu betreiben – aber was helfen mir weiße Wolken, Lüftchen, exakt einlaufende Schnellboote und ein als griechischer Chor funktionierender Möwenpulk; was nützt alle Zauberei mit der Grammatik; und schriebe ich alles klein und ohne Interpunktion, ich müßte dennoch sagen: Mahlke verstaute das Ding nicht in der ehemaligen Funkerkabine des ehemaligen polnischen Minensuchbootes »Rybitwa«, hängte den Apparat nicht zwischen den Marschall Pilsudski und die schwarze Madonna, nicht übers todkranke Grammophon und die verwesende Schnee-Eule, machte nur kurzfristig, und während ich Möwen zählte, mit dem Bonbon am Hals unten einen kleinen halbstündigen Besuch, prahlte – so sicher bin ich – vor seiner Jungfrau mit pikfeinem Orden, brachte ihn durch die Luke im Vorschiff wieder ans Licht, stieg mit seinem Gehänge in die Badehose, schwamm mit mir in ausgeglichenem Tempo zur Badeanstalt zurück und schmuggelte das Stück Eisen in geschlossener Hand an Schilling, an Hotten Sonntag, an Tulla Pokriefke, an den Tertianern vorbei in seine Badezelle im Herrenbad.

Nur halb und maulfaul unterrichtete ich Tulla und ihren Anhang, verschwand dann gleichfalls in meiner Zelle, zog mich hastig um und erwischte Mahlke an der Haltestelle der Linie Neun. Solange die Straßenbahnfahrt dauerte, versuchte ich ihn zu überreden, den Orden, wenn schon, dann dem Kapitänleutnant, dessen Adresse aufzutreiben gewesen wäre, persönlich zu übergeben.

Ich glaube, er hörte nicht zu. Auf dem hinteren Perron standen wir eingekeilt. Um uns das Gedränge eines späten Sonntagvormittag. Zwischen Haltestelle und Haltestelle öffnete er die Hand zwischen seinem und meinem Hemd; und beide schauten wir steil nach unten, auf das strenge dunkle Metall mit dem noch nassen, zerknautschten Band. Auf Höhe des Gutes Saspe hielt sich Mahlke den Orden, ohne das Band zu binden, provisorisch vor den Knoten seines Schlipses und versuchte, die Verglasung des Perrons als Spiegel zu benutzen. Ich lenkte, solange die Bahn hielt und auf die Gegenbahn wartete, meinen Blick über eines seiner Ohren, über den verfallenen Sasper Friedhof, an krummen Strandkiefern vorbei in Richtung Flugplatz und hatte Glück: eine dicke dreimotorige Ju 52 landete umständlich und half mir.

Aber das Sonntagsvolk in der Bahn wird ohnehin kein Auge für die Schaustellungen des Großen Mahlke frei gehabt haben. Mit Kleinkindern, gerollten Bademänteln, mit der Strandmüdigkeit mußte laut und über Bänke hinweg gekämpft werden. Einsetzendes abebbendes gesteigertes unterdrücktes und in Schlaf übergehendes Kindergreinen und Quengeln schwappte vom Vorder- zum Hinterperron und zurück – auch Gerüche, die jede Milch gesäuert hätten.

An der Endstation Brunshöferweg stiegen wir aus, und Mahlke sagte über die Schulter, er habe vor, die Mittagsruhe des Oberstudienrates Waldemar Klohse zu stören; er habe vor, alleine zu gehen – auch sei es sinnlos, auf ihn zu warten.

Klohse wohnte – das war bekannt – in der Baumbachallee. Durch den gekachelten Tunnel im Bahndamm begleitete ich ihn, ließ den Großen Mahlke dann abziehen: er ging nicht beeilt, eher in stumpfwinkligem Zickzack. Links hielt er die Enden des Bandes zwischen Daumen und Zeigefinger, wirbelte den Orden und benutzte ihn als Propeller und Antrieb zur Baumbachallee.

Verfluchter Plan und verfluchte Ausführung! Hättest Du das Ding hoch in die Linden geschleudert: es gab ja in jenem von Laubbäumen beschatteten Villenviertel Elstern genug, die den Artikel an sich genommen, zum heimlichen

Vorrat, zum silbernen Teelöffel, zum Ring und zur Brosche, zum großen Klimbim getragen hätten.

Mahlke fehlte am Montag. Die Klasse munkelte. Studienrat Brunies gab Deutsch. Er lutschte schon wieder Cebion-Tabletten, die er an Schüler hätte austeilen sollen. Aufgeschlagen lag Eichendorff. Süß verklebt kam sein Altmännernuscheln vom Katheder: einige Seiten aus dem Taugenichts, dann Mühlenrad Ringlein Spielmann – Es zogen zwei rüstige Gesellen – Hast ein Reh du lieb vor andern – Schläft ein Lied in allen Dingen – Laue Luft kommt blau geflossen. Von Mahlke kein Wort.

Erst am Dienstag kam Oberstudienrat Klohse mit grauem Aktendeckel, stellte sich neben Studienrat Erdmann – der rieb verlegen die Hände –, und über unsere Köpfe hinweg tönte Klohse mit kühlem Atem, Unerhörtes habe sich zugetragen, und das in schicksalhaften Zeiten, da alle zusammenhalten müßten. Der Betreffende – Klohse nannte keinen Namen – sei bereits von der Anstalt entfernt worden. Man habe aber davon abgesehen, andere Instanzen, etwa die Gebietsführung zu benachrichtigen. Allen Schülern werde nahegelegt, mannhaftes Schweigen walten zu lassen und im Sinne der Schule würdeloses Verhalten wettzumachen. Das sei der Wunsch eines ehemaligen Schülers, des Kapitänleutnant zur See, U-Boot-Kommandanten und Träger des und so weiter ...

Zwar flog der Große Mahlke, wurde aber – während des Krieges ist kaum jemand endgültig aus dem Gymnasium geworfen worden – in die Horst-Wessel-Oberschule überwiesen. Auch dort hängte man seine Geschichte nicht an die große Glocke.

IX

Die Horst-Wessel-Oberschule hieß vor dem Krieg Kronprinz-Wilhelm-Realgymnasium und roch ähnlich verstaubt wie unsere Schule. Das Gebäude, ich meine, neunzehnhundertzwölf erbaut, nur äußerlich freundlicher als unser Backsteinkasten, lag im Süden des Vorortes, am Fuße des Jäschkentaler Waldes; folglich kreuzte sich Mahlkes Schulweg mit meinem Schulweg nirgends, als im Herbst wieder einmal die Schulzeit begann.

Aber auch während der Großen Ferien blieb er verschollen – ein Sommer ohne Mahlke –, denn es hieß, er hätte sich in ein Wehrertüchtigungslager mit der Möglichkeit vormilitärischer Funkerausbildung gemeldet. Weder in Brösen noch in der Badeanstalt Glettkau zeigte er seinen Sonnenbrand. Weil es sinnlos blieb, ihn in der Marienkapelle zu suchen, konnte Hochwürden Gusewski, solange die Ferien dauerten, mit einem seiner zuverlässigsten Ministranten nicht mehr rechnen: der Ministrant Pilenz sagte sich: Keine Messe ohne Mahlke.

Wir Übriggebliebenen hockten dennoch ab und zu aber lustlos auf dem

Kahn. Hotten Sonntag versuchte vergeblich, den Zugang zur Funkerkabine zu finden. Auch bei den Tertianern wisperten immer neue Gerüchte von einer dollen und verrückt eingerichteten Bude im Inneren der Brückenaufbauten. Ein Bengel, mit Augen nah beieinander, den die Stinte untergeben Störtebeker nannten, tauchte unermüdlich. Tulla Pokriefkes Cousin, ein eher schmächtiges Kerlchen, war ein- oder zweimal auf dem Kahn, tauchte aber nie. Entweder in Gedanken oder wortwörtlich versuchte ich, mit ihm ein Gespräch über Tulla anzufangen; mir lag an ihr. Aber wie mich hatte sie den Cousin – womit wohl? – mit ihrer verfilzten Wolle, mit ihrem unauflöslichen Tischlerleimgeruch verseucht. »Das geht Sie einen Scheißdreck an!« sagte der Cousin zu mir – oder hätte er sagen können.

Tulla fehlte auf dem Kahn, blieb in der Badeanstalt, hatte aber mit Hotten Sonntag Schluß gemacht. Zwar war ich zweimal mit ihr im Kino, hatte aber dennoch kein Glück: ins Kino ging sie mit jedem. Es hieß, sie hätte sich in jenen Störtebeker vergafft, unglücklich vergafft, denn der Störtebeker zeigte sich vorerst in unseren Kahn vergafft und suchte den Zugang zu Mahlkes Bude. Gegen Ende der Großen Ferien wurde viel von seiner angeblich erfolgreichen Taucherei geflüstert. Beweise fehlten: weder brachte er eine verquollene Schallplatte noch eine vergammelte Schnee-Eulenfeder hoch. Dennoch hielten sich die Gerüchte; und als zweieinhalb Jahre später jene ziemlich mysteriöse Jugendbande, als deren Anführer Störtebeker genannt wurde, aufflog, soll während des Prozesses abermals von unserem Kahn und dem Versteck im Inneren der Brückenaufbauten die Rede gewesen sein. Aber da war ich schon beim Barras, erfuhr nur satzweise davon, weil mir Hochwürden Gusewski bis zum Schluß und solange die Post mitmachte, seelsorgende bis freundschaftliche Briefe schrieb. Und in einem der letzten Briefe vom Januar fünfundvierzig – als die russischen Armeen schon gegen Elbing vorstießen – stand etwas von einem schändlichen Überfall geschrieben, den sich die sogenannte Stäuberbande auf die Herz-Jesu-Kirche, in der Hochwürden Wiehnke amtierte, geleistet hatte. Der Bursche Störtebeker wurde in dem Brief unter seinem Familiennamen erwähnt; auch glaube ich, etwas von einem dreijährigen Kind gelesen zu haben, das die Bande als Talisman, Maskottchen in Ehren gehalten hatte. Manchmal bin ich sicher, manchmal zweifle ich, ob in Gusewskis letztem oder vorletztem Brief – das Bündel ging mit Tagebuch im Brotbeutel bei Cottbus verloren – auch jener Kahn genannt wurde, der vor Beginn der Sommerferien zweiundvierzig seinen großen Tag feiern durfte, aber während der Ferien an Glanz verlor; denn noch heute schmeckt mir der besagte Sommer flau, weil Mahlke fehlte – Kein Sommer ohne Mahlke!

Nicht, daß wir verzweifelten, da es ihn nicht mehr gab. Besonders ich war froh, ihn los zu sein, ihm nicht hinterdrein zu müssen; aber warum wohl meldete ich mich gleich nach Schulanfang bei Hochwürden Gusewski und bot mich als Meßdiener an? Hochwürden war hinter randloser Brille tausendfältig erfreut und wurde hinter gleicher Brille faltenlos ernst, als ich, so nebenbei, beim Ausbürsten seiner Soutane – wir saßen in der Sakristei – nach Joachim Mahlke fragte. Ruhig, mit einer Hand an der Brille, tönte er: »Gewiß, nach wie vor ist er einer der Eifrigsten, versäumt keine Sonntagsmesse, war allerdings während vier Wochen in einem sogenannten Wehrertüchtigungslager; ich will doch nicht glauben müssen, daß Sie nur Mahlke wegen wieder vor dem Altar dienen wollen. Äußern Sie sich, Pilenz!«

Nun war knappe zwei Wochen zuvor bei uns die Nachricht eingetroffen, mein Bruder Klaus wäre als Unteroffizier am Kuban gefallen. Seinen Tod gab ich als Grund fürs wieder aufgenommene Ministrieren vor dem Altar an. Hochwürden Gusewski schien mir zu glauben oder gab sich Mühe, mir und meiner aufgewerteten Frömmigkeit Glauben zu schenken.

So wenig ich mich erinnere, aus welchen Einzelheiten sich Hotten Sonntags oder Winters Gesicht zusammensetzte, Gusewski hatte dichtes drahtiges krausschwarzes, nur vereinzelt eisgraues Haar auf schuppiger, die Soutane zeichnender Kopfhaut. Peinlich genau rasiert saß ihm die Tonsur bläulich am Hinterkopf. Birkenhaarwasser und Palmolivseife bestimmten seinen Geruch. Manchmal rauchte er Orientzigaretten mit Hilfe einer kompliziert geschliffenen Bernsteinspitze. Er galt als fortschrittlich und spielte mit den Ministranten, auch mit den Erstkommunizierenden Tischtennis in der Sakristei. Alles Weißzeug, das Humerale und die Albe ließ er sich von einer Frau Tolkmit oder, wenn die Alte erkrankt war, von geschickten Ministranten, oft von mir, übermäßig stärken. Jeden Manipel, jede Stola, alle Meßgewänder, ob sie in Schränken lagen oder hingen, behängte und beschwerte er eigenhändig mit Lavendelsäckchen. Als ich etwa dreizehn Jahre alt war, fuhr er mir mit kleiner unbehaarter Hand vom Nacken abwärts unters Hemd bis zum Bund der Turnhose, ließ dann die Hand zurückkehren, weil die Hose keinen dehnbaren Gummizug hatte und ich sie vorne mit eingenähten Stoffbändern schnürte. Ich machte mir nicht viel aus dem versuchten Griff, zumal Hochwürden Gusewski in seiner freundlichen, oft jungenhaften Art meine Sympathie besaß. Noch heute erinnere ich mich seiner mit spöttischem Wohlwollen; deshalb kein Wort mehr über gelegentliche und harmlose, im Grunde nur meine katholische Seele suchende Handgriffe. Insgesamt war er ein Priester wie hundert andere, unterhielt eine gutausgewählte Bibliothek für seine wenig lesende Arbeitergemeinde, war nicht übertrieben eifrig, gläubig mit Einschränkungen – zum Beispiel in Sachen Mariä Himmelfahrt – und sprach jedes Wort, ob er übers Korporale hinweg vom Blut Christi oder in der Sakristei vom Tischtennis sprach, mit gleicher, salbungsvoll heiterer Betonung. Albern an ihm fand ich, daß er schon Anfang vierzig einen Antrag auf Namensänderung stellte und sich ein knappes Jahr später Gusewing, Hochwürden Gusewing nannte und nennen ließ. Aber die Mode der Germanisierung polnisch klingender Namen, die auf ki oder ke oder a – wie Formella – endeten, machten damals viele mit: aus Lewandowski wurde Lengnisch; aus

Herrn Olczewski, unserem Fleischer, entpuppte sich ein Fleischermeister Ohlwein; Jürgen Kupkas Eltern wollten ostpreußisch Kupkat heißen – aber der Antrag wurde, wer weiß warum, abgelehnt. Vielleicht nach dem Muster Saulus wird Paulus, wollte ein gewisser Gusewski zum Gusewing werden – aber auf diesem Papier heißt Hochwürden Gusewski weiterhin Gusewski; denn Du, Joachim Mahlke, hast Deinen Namen nicht ändern lassen.

Als ich zum erstenmal nach den Großen Sommerferien während der Frühmesse vor dem Altar diente, sah ich ihn wieder und neu. Schon gleich nach den Stufengebeten – Gusewski stand auf der Epistelseite und war mit dem Introitus beschäftigt – entdeckte ich ihn in der zweiten Bank vor dem Marienaltar. Aber erst zwischen der Epistellesung und dem Graduale, danach ausgiebig während der Lesung aus dem Tagesevangelium, fand ich Zeit, seinen Anblick zu überprüfen. Wenn auch sein Haar nach wie vor in der Mitte gescheitelt und mit dem üblichen Zuckerwasser haltbar gemacht worden war, trug er es neuerdings um eine Streichholzspanne länger. Starr und kandiert fiel es, zwei steile Dächer, über beide Ohren: er hätte als Jesus auftreten können, faltete die Hände freischwebend, also ohne die Ellenbogen aufzustützen, etwa in Stirnhöhe, gab unter dem Händedach die Ansicht eines Halses frei, der nackt und ungeschützt alles offenbarte; denn seinen Hemdkragen ließ er als Schillerkragen über den Jackenkragen fallen: kein Schlips, keine Puscheln, kein Anhänger, Schraubenzieher oder sonst ein Stück aus reichhaltigem Arsenal. Einziges Wappentier auf freiem Feld war jene unruhige Maus, die er an Stelle eines Kehlkopfes unter der Haut beherbergte, die einst die Katze angelockt und mich verlockt hatte, ihm die Katze an den Hals zu setzen. Zudem gab es auf der Strecke vom Adamsapfel zum Kinn noch einige verkrustete Rasierspuren. Fast wäre ich beim Sanctus mit der Schelle zu spät gekommen.

An der Kommunionbank gab sich Mahlke weniger affektiert. Er ließ die gefalteten Hände bis unters Schlüsselbein sinken und roch aus dem Mund, als kochte in seinem Innern ständig ein Töpfchen Wirsingkohl auf kleiner Flamme. Kaum hatte er die Oblate bei sich, fiel eine weitere gewagte Neuerung auf: den Rückweg von der Kommunionbank zu seinem Platz in der zweiten Bankreihe, jenen stillen Weg, den Mahlke bisher wie jeder Kommunizierende ohne Umweg hinter sich gebracht hatte, dehnte er aus, unterbrach ihn, indem er zuerst mit langsam stelzendem Schritt die Mitte des Marienaltares suchte, dann auf beide Knie fiel und nicht den Linoleumfußboden, sondern einen rauhhaarigen Teppich als Unterlage wählte, der kurz vor den Altarstufen begann. Die gefalteten Hände streckte er über Augenhöhe, Scheitelhöhe, noch höher und schon begehrlich gegen jene überlebensgroße Gipsfigur, die ohne Kind, als Jungfrau der Jungfrauen, auf versilberter Mondsichel stand, einen preußischblauen sternenbesetzten Mantel von den Schultern zu den Knöcheln fallen ließ, langfingrige Hände vor flacher Brust faltete und mit eingesetzten, leicht vortretenden Glasaugen gegen die Decke der ehemaligen Turnhalle blickte. Als Mahlke sich Knie nach Knie wieder erhob und die Griffel abermals vor dem Schillerkragen versammelte, hatte der Teppich seinen Kniescheiben ein grobes hochgerötetes Muster geprägt.

Auch Hochwürden Gusewski waren Einzelheiten Mahlkes neuer Moden aufgefallen. Nicht, daß ich Fragen stellte. Ganz aus sich, schon bedrückt, als wollte er eine Last loswerden oder teilen, begann er gleich nach der Messe von Mahlkes übergroßem Glaubenseifer, von gefährlichen Äußerlichkeiten und von jener ihn seit geraumer Zeit erfüllenden Sorge zu sprechen. Mahlkes Marienkult grenze, so sagte er, an heidnischen Götzendienst, welch innere Not ihn auch immer vor den Altar führen möge.

Er wartete vor dem Sakristeiausgang auf mich. Der Schreck wollte mich wieder in die Tür drücken, aber schon nahm er meinen Arm, lachte auf neue Art ungezwungen, plauderte plauderte. Er, der Einsilbige, sprach übers Wetter – Altweibersommer, goldene Fäden in der Luft – und begann unvermittelt, doch ohne die Stimme zu senken, im gleichen Plauderton zu berichten: »Hab mich übrigens freiwillig gemeldet. Schüttel über mich selber den Kopf. Weißt ja, wie wenig ich davon halte: Militär, Kriegspielen und diese Überbetonung des Soldatischen. Rat mal, zu welcher Gattung. Keine Spur. Mit der Luftwaffe ist doch schon lange nichts mehr los. Daß ich nicht lache: Fallschirmjäger! Nun sag bloß, ich will zu den U-Booten. Na also, endlich! Das ist die einzige Gattung, die noch Chancen in sich hat; obgleich ich mir kindisch vorkommen werde in solch einem Ding und ich viel lieber was Zweckmäßiges täte oder was Komisches. Weißt ja, wollte mal Clown werden. Was einem als Junge nicht alles einfällt. Dabei finde ich den Beruf heute noch ganz passabel. Sonst geht es mir so lala. Och, Penne ist Penne. Was man früher für Quatsch gemacht hat. Erinnerst Du Dich? Konnte mich einfach nicht an das Ding da gewöhnen. Dachte, das ist eine Art Krankheit, dabei ist das vollkommen normal. Kenne Leute oder hab welche gesehen, die noch größere haben, ohne sich groß aufzuregen. Fing damals mit der Katzengeschichte an. Weißt Du noch, wir lagen auf dem Heinrich-Ehlers-Platz. Lief wohl gerade ein Schlagballturnier. Ich schlief oder drusselte vor mich hin, und das graue Biest oder war es schwarz, sah meinen Hals und sprang, oder einer von Euch, Schilling, glaub ich, wär ihm zuzutrauen, nahm die Katze ... Na, Schwamm drüber. Nein, auf dem Kahn war ich nicht mehr. Störtebeker? Habe davon gehört. Soll er, soll er. Habe den Kahn nicht gepachtet, oder? Laß Dich mal sehen bei uns.«

Erst am dritten Advent, und nachdem mich Mahlke den Herbst über zum fleißigsten Meßdiener gemacht hatte, kam ich seiner Einladung nach. Ich mußte bis in die Adventszeit hinein alleine dienen, weil Hochwürden Gusewski keinen zweiten Ministranten auftreiben konnte. Eigentlich wollte ich Mahlke schon am ersten Advent besuchen und ihm die Kerze bringen, aber die Zuteilung kam zu spät, und Mahlke konnte die geweihte Kerze erst am zweiten Advent vor dem Marienaltar aufstellen. Als er mich fragte, »Kannst Du welche auftreiben? Gusewski will keine rausrücken«, sagte ich: »Mal sehen.« Und ich besorgte ihm eine jener in Kriegszeiten raren langen kartoffelkeimbleichen Kerzen; denn unsere Familie hatte, weil ja mein Bruder gefallen war, Anspruch auf den rationierten Artikel. Und ich ging zu Fuß zum Wirtschaftsamt, bekam nach Vorlage des Totenscheines den Bezugschein, suchte mit der Straßenbahn das Spezialgeschäft in Oliva auf, fand keine Kerzen vorrätig, machte noch zweimal den Weg und konnte Dich erst zum zweiten Advent beliefern und am zweiten Advent mit der Kerze, so wie ich es mir vorgestellt und gewünscht hatte, vor dem Marienaltar knien sehen. Während Gusewski und ich in der Adventzeit violettes Tuch trugen, wuchs Dein Hals aus weißem Schillerkragen, den der gewendete umgearbeitete Mantel des annodazumal verunglückten Lokomotivführers nicht verdecken konnte, zumal Du Dir – eine weitere Neuerung – keinen Shawl mit großer Sicherheitsnadel vorgebunden hattest.

Und Mahlke kniete am zweiten wie dritten Advent, da ich ihn am Nachmittag beim Wort nehmen und besuchen wollte, lange und steif auf grobem Teppich. Sein glasiger Blick, der nicht zucken wollte – oder er zuckte, sobald ich am Altar zu tun hatte –, war über die gestiftete Kerze hinweg auf den Bauch der Gottesmutter gerichtet. Aus beiden Händen hatte er, ohne mit gekreuzten Daumen die Stirn zu berühren, ein steiles Dach dicht vor der Stirn und ihren Gedanken errichtet.

Und ich dachte: Heute geh ich. Ich geh und guck ihn mir an. Den guck ich mir mal genau an. Den werd ich mir mal. Da muß doch was dahinter. – Außerdem hat er mich eingeladen.

So kurz die Osterzeile war: die Einfamilienhäuschen mit leeren Spalieren an rauhgeputzten Fassaden, die gleichmäßige Bepflanzung der Bürgersteige – es hatten die Linden vor Jahresfrist ihre Pfähle verloren, bedurften aber immer noch der Stützen – entmutigten und ermüdeten mich, obgleich unsere Westerzeile vom gleichen Guß war oder weil unsere Westerzeile gleich roch, atmete und mit Liliputvorgärten die Jahreszeiten durchspielte. Noch heute, wenn ich, was selten vorkommt, das Kolpinghaus verlasse, Bekannte oder Freunde in Stockum oder Lohausen, zwischen Flugplatz und Nord-Friedhof, besuche und durch Siedlungsstraßen muß, die sich ähnlich ermüdend und entmutigend von Hausnummer zu Hausnummer, von Linde zu Linde wiederholen, bin ich immer noch auf dem Weg zu Mahlkes Mutter und Mahlkes Tante, zu Dir, zum Großen Mahlke: und es klebt die Klingel an einem Gartentor, das sich mit hohem, nicht einmal anstrengend hohem Schritt übersteigen ließe. Schritte durch den winterlichen aber schneelosen Vorgarten mit seinen kopflastig eingepackten Rosenbüschen. Zierbeete ohne Pflanzen sind mit heilen und zertretenen Ostseemuscheln ornamental belegt. Der keramische Laubfrosch von der Größe eines hockenden Kaninchens auf einer Platte Bruchmarmor, deren Ränder umgegrabene Gartenerde einfaßt und an Stellen krümelig oder verkrustet überkriecht. Und im Zierbeet auf der anderen Seite jenes schmalen Weges, der mich, solange ich denke, die paar Schritte von der Gartentür zu den drei Klinkerstufen vor der ocker gebeizten Rundbogentür machen läßt, steht auf gleicher Höhe mit dem Laubfrosch eine beinahe senkrechte, mannshohe Stange und trägt ein Vogelhäuschen nach Almhüttenart: Sperlinge, die beim Futter bleiben, während ich zwischen Zierbeet und Zierbeet sieben oder acht Schritte mache; man sollte glauben, die Siedlung riecht frisch reinlich sandig und der Jahreszeit entsprechend – es roch aber in der Osterzeile, in der Westerzeile, im Bärenweg, nein, überall in Langfuhr, Westpreußen; besser noch, in ganz Deutschland roch es in jenen Kriegsjahren nach Zwiebeln, in Margarine gedünsteten Zwiebeln, ich will mich nicht festlegen: nach mitgekochten, nach frischgeschnittenen Zwiebeln roch es, obgleich Zwiebeln knapp waren und kaum aufzutreiben, obgleich man über knappe Zwiebeln im Zusammenhang mit dem Reichsmarschall Göring, der irgend etwas über knappe Zwiebeln im Rundfunk gesagt hatte, Witze riß, die in Langfuhr, Westpreußen, in ganz Deutschland im Umlauf waren; deshalb sollte ich meine Schreibmaschine oberflächlich mit Zwiebelsaft einreiben und ihr wie mir eine Ahnung jenes Zwiebelgeruches vermitteln, der in jenen Jahren ganz Deutschland, Westpreußen, Langfuhr, die Osterzeile wie die Westerzeile verpestete und vorherrschenden Leichengeruch verbot.

Mit einem Schritt nahm ich die drei Klinkerstufen, wollte mit zum Griff geformter Hand den Türdrücker fassen, als die Tür von innen geöffnet wurde. Mahlke mit Schillerkragen machte in Filzschuhen auf. Er mochte seinen Mittelscheitel kurz zuvor frisch gerichtet haben. Starr und in Kammsträhnen liefen nicht helle, nicht dunkle Haare vom Scheitel schräg abwärts nach hinten, hielten noch; aber als ich nach einer Stunde ging, fielen sie schon und zitterten, sobald er sprach, über großen gutdurchgebluteten Ohren.

Wir saßen nach hinten hinaus, im Wohnzimmer, das sein Licht durch die vorgebaute Glasveranda bekam. Es gab Kuchen nach irgendeinem Kriegsrezept: Kartoffelkuchen, denn Rosenwasser schmeckte vor und sollte an Marzipan erinnern. Hinterdrein eingeweckte Pflaumen, die einen normalen Geschmack hatten und in Mahlkes Garten – man konnte den Baum blätterlos und mit weißgestrichenem Stamm im linken verglasten Feld der Veranda sehen – während des Herbstes reif geworden waren. Der Stuhl wurde mir angewiesen: ich hatte den Blick nach draußen, saß Mahlke gegenüber, der die Veranda im Rücken hatte, an einer Schmalseite des Tisches. Links von mir im Seitenlicht, so daß graues Haar silbrig kräuselte, Mahlkes Tante; rechts, mit rechter belichteter Seite, doch weniger flimmernd, weil straffer gekämmt, Mahlkes Mutter. Auch seine Ohrenränder und den Haarflaum auf den Rändern sowie die Spitzen der brüchig zitternden Haarsträhnen zeichnete kaltes Winterlicht nach, obgleich das Zimmer überheizt war. Mehr als weiß leuchtete der obere Teil des breitfallenden Schillerkragens, lief nach unten hin grau an: Mahlkes Hals lag flach im Schatten.

Die beiden Frauen, grobknochig, auf dem Lande geboren, aufgewachsen und mit den Händen verlegen, sprachen viel, nie gleichzeitig, doch immer in Richtung Joachim Mahlke, auch wenn sie mich anredeten und nach dem Befinden meiner Mutter befragten. Beide sprachen mir über ihn, der den Dolmetscher abgab, Beileid aus: »Nu is auch Ihr Bruder Klaus abjeblieben. Ech kannt ihn zwar nur vom Sähn – abä trotzdem, son forscher Mänsch.«

Mahlke regierte milde und bestimmt. Allzu persönliche Fragen – meine Mutter unterhielt, während mein Vater aus Griechenland Feldpostbriefe schickte, intime Verhältnisse zumeist mit Militärdienstgraden –, Fragen also, in diese Richtung, schirmte Mahlke ab: »Laß es gut sein, Tante. Wer will in diesen Zeiten, da alles mehr oder weniger aus den Fugen gerät, den Richter spielen. Zudem geht Dich das wirklich nichts an, Mama. Wenn Papa noch lebte, wäre es ihm peinlich, und Du dürftest nicht so sprechen.«

Beide Frauen gehorchten ihm oder jenem verstorbenen Lokomotivführer, den er unaufdringlich beschwor und Stille gebieten ließ, sobald Tante wie Mutter schwatzhaft wurden. Auch Gespräche über die Frontlage – die beiden verwechselten Kriegsschauplätze in Rußland mit solchen in Nordafrika, sagten El Alamein, wenn sie das Asowsche Meer meinten – wußte Mahlke mit ruhigen, nie verärgerten Hinweisen in die richtigen geographischen Bahnen zu lenken: »Nein, Tante, diese Seeschlacht fand bei Guadalcanar statt und nicht in Karelien.«

Dennoch hatte die Tante das Stichwort gegeben, und wir verloren uns in Mutmaßungen über alle bei Guadalcanar beteiligten, eventuell versenkten japanischen und amerikanischen Flugzeugträger. Mahlke war der Meinung, die erst neununddreißig auf Stapel gelegten Träger »Hornet« und »Wasp«, Einheiten, ähnlich dem Träger »Ranger«, wären inzwischen in Dienst gestellt und bei dem Treffen dabeigewesen, denn entweder die »Saratoga« oder die »Lexington«, womöglich alle beide, könne man inzwischen von den Flottenlisten streichen. Noch mehr Unklarheit herrschte über die beiden größten japanischen Träger, die »Akagi« und die entschieden zu langsame »Kaga«. Mahlke vertrat gewagte Ansichten, sagte, in Zukunft werde es nur noch Trägerschlachten geben, es rentiere kaum noch, Schlachtschiffe zu bauen, die Zukunft gehöre, wenn es überhaupt jemals wieder zu einem Krieg kommen werde, den leichten schnellen Einheiten und den Flugzeugträgern. Und er wartete mit Einzelheiten auf: beide Frauen staunten, und Mahlkes Tante klatschte, sobald er die Namen der italienischen Esploratori heruntergerasselt hatte, laut und nachhallend mit knochigen Händen, bekam etwas begeistert Jungmädchenhaftes und nestelte, als es nach dem Klatschen im Zimmer still wurde, verlegen im Haar.

In Richtung Horst-Wessel-Oberschule fiel kein Wort. Fast möchte ich mich erinnern, Mahlke erwähnte lachend und während des Aufstehens seine, wie er es nannte, weit zurückliegenden Halsgeschichten, brachte auch – und Mutter wie Tante lachten mit – das Katzenmärchen zum Vortrag: diesmal setzte ihm Jürgen Kupka das Biest an die Gurgel; wenn ich nur wüßte, wer die Mär erfunden hat, er oder ich oder wer schreibt hier?

Jedenfalls – und das ist sicher – packte mir seine Mutter zwei Stückchen Kartoffelkuchen in Packpapier, als ich mich von den Frauen verabschieden wollte. Auf dem Korridor, neben der Treppe zum Oberstock und seiner Mansarde, erklärte mir Mahlke ein neben dem Bürstensäckchen hängendes Foto. Die ziemlich modern wirkende Lokomotive mit Tender der ehemaligen polnischen Eisenbahn – deutlich war das Zeichen P K P zweimal auszumachen – füllte das Querformat. Vor der Maschine standen mit verschränkten Armen, winzig und doch beherrschend, zwei Männer. Der Große Mahlke sagte: »Mein Vater und der Heizer Labuda, kurz bevor sie vierunddreißig nahe Dirschau verunglückten. Das heißt, mein Vater konnte das Schlimmste verhüten und bekam nachträglich eine Medaille.«

X

Zu Beginn des neuen Jahres wollte ich Violinstunden nehmen – mein Bruder hatte eine Geige hinterlassen –, aber wir wurden Luftwaffenhelfer, und heute ist es wohl zu spät, obgleich Pater Alban nicht müde wird, mir Violinstunden anzuraten; wie er es auch war, der mich ermunterte, von Katz und Maus zu berichten: »Setzen Sie sich einfach hin, lieber Pilenz, und schreiben Sie drauflos. Sie verfügen doch, so kafkaesk sich Ihre ersten poetischen Versuche und Kurzgeschichten lasen, über eine eigenwillige Feder: greifen Sie zur Geige, oder schreiben Sie sich frei – der Herrgott versah Sie nicht ohne Bedacht mit Talenten.«

Also: Es nahm uns die Strandbatterie, gleichzeitig Ausbildungsbatterie Brösen-Glettkau, hinter Dünen, wehendem Strandhafer und der kiesbestreuten Promenade in Baracken auf, die nach Teer, Socken und Seegrasmatratzen rochen. Man könnte eine Menge über den Alltag eines Luftwaffenhelfers, eines uniformierten Gymnasiasten erzählen, der am Vormittag von altersgrauen Lehrern nach üblicher Methode unterrichtet wurde und am Nachmittag die Bedienungssprüche eines Kanoniers sowie die Geheimnisse der Ballistik auswendig lernen mußte; aber es soll ja nicht meine Geschichte, nicht Hotten Sonntags naiv kraftstrotzende, Schillings durch und durch banale Geschichte abgespult werden – vielmehr darf hier nur von Dir die Rede sein; und Joachim Mahlke wurde nie Luftwaffenhelfer.

Schüler der Horst-Wessel-Oberschule, die gleichfalls in der Strandbatterie

Brösen-Glettkau ausgebildet wurden, lieferten uns nebenbei und ohne mit uns ein ausgedehntes, bei Katz und Maus beginnendes Gespräch zu führen, neuen Stoff: »Den haben sie kurz nach Weihnachten zum Reichsarbeitsdienst einberufen. Haben ihm das Notabitur nachgeworfen. Na, Prüfungen waren für den nie ein Problem. War ziemlich älter als wir. Seine Abteilung soll in der Tuchler Heide liegen. Ob die Torf stechen müssen? Soll ja ne Menge los sein da oben. Partisanengebiet und so weiter.«

Im Februar besuchte ich Esch im Luftwaffenlazarett Oliva. Mit einem Schlüsselbeinbruch lag er fest und wollte Zigaretten haben. Gab ihm welche, und er bot mir klebrigen Likör an. Blieb nicht lange. Auf dem Weg zur Straßenbahnhaltestelle nach Glettkau, machte ich einen Umweg durch den Schloßgarten. Wollte sehen, ob es noch die gute alte Flüstergrotte gab. Es gab sie noch, und genesende Gebirgsjäger probierten sie mit Krankenschwestern aus. Sie flüsterten von beiden Seiten gegen den porösen Stein, kicherten flüsterten kicherten. Ich hatte niemanden zum Flüstern und schnürte mit irgend etwas im Kopf durch eine tunnelartige, weil oben mit kahlem Geäst zusammengewachsene, vogellose, womöglich dornige Allee, die vom Schloßteich und der Flüstergrotte schnurgerade in Richtung Zoppoter Chaussee lief und sich beängstigend verjüngte. Da kam mir, nach zwei Krankenschwestern, die einen humpelnden lachenden humpelnden Leutnant führten, nach zwei Großmüttern und einem vielleicht dreijährigen Jungen, der nicht zu den Großmüttern gehören wollte, sondern eine Kindertrommel, die aber still blieb, bei sich führte, abermals etwas aus februargrauem Dornentunnel entgegen und vergrößerte sich: ich stieß auf Mahlke.

Die Begegnung machte uns beide verlegen. Zudem vermittelte das Aufeinanderzulaufen in einer sogar himmelwärts verfilzten Parkallee ohne Nebenwege ein feierliches bis beklemmendes Gefühl: das Schicksal oder die Rokokophantasie eines französischen Gartenarchitekten führte uns zusammen – noch heute meide ich Schloßgärten, die im Geiste des guten alten Le Nôtre ausweglos gezirkelt wurden.

Gewiß, wir sprachen sogleich, aber ich mußte genagelt auf seine Kopfbedekkung starren; denn der Arbeitsdiensthut war, auch wenn andere und nicht Mahlke ihn trugen, ein Unikum an Häßlichkeit: hoch und unproportioniert beulte er sich über dem Schirm, war durchtränkt von der Farbe angetrockneter Exkremente, hatte zwar oben den Mittelschlag nach Art eines Herrenhutes, nur lagen die Wülste näher beieinander, kniffen sich und ergaben jene plastische Furche, die der Reichsarbeitsdienstkopfbedeckung den Übernamen »Arsch mit Griff« eingetragen hatte. Mahlkes Haupt bedeckte dieser Hut besonders peinlich. Wurde doch so sein Mittelscheitel, selbst wenn er ihn beim Arbeitsdienst hatte aufgeben müssen, drastisch gesteigert; und wir standen uns zwischen wie unter Dornen dünnhäutig gegenüber – auch kam das Bengelchen ohne Großmütter mit nun lauter Kinderblechtrommel zurück, schlug um uns einen magisch schmeckenden Halbkreis und verging endlich mit seinem Lärm in der Verjüngung der Allee.

Wir verabschiedeten uns hastig, nachdem Mahlke mir Fragen über etwaige Partisanenkämpfe im Gebiet der Tuchler Heide, Fragen nach der Verpflegung beim Arbeitsdienst, die Frage, ob Arbeitsmaiden in ihrer Nähe stationiert seien, kaum und mürrisch beantwortet hatte. Auch wollte ich wissen, was er in Oliva zu tun und ob er schon Hochwürden Gusewski besucht habe. Ich erfuhr, daß die Verpflegung beim Arbeitsdienst annehmbar, von Arbeitsdienstmaiden aber keine Spur sei. Gerüchte über Partisanenkämpfe hielt er für übertrieben, aber nicht ganz und gar aus der Luft gegriffen. Nach Oliva hatte ihn sein Oberfeldmeister wegen irgendwelcher Ersatzteile geschickt: Dienstreise, zwei Tage. »Gusewski hab ich heute, gleich nach der Frühmesse, kurz gesprochen.« Dann eine schlechtgelaunte Handbewegung: »Der bleibt sich auch immer gleich, komme was wolle!«, und der Abstand zwischen uns wurde größer, weil wir Schritte machten.

Nein, ich habe mich nicht nach ihm umgesehen. Unglaubhaft? Aber ein Sätzchen wie: »Mahlke schaute sich nicht nach mir um« wird keinem Zweifel begegnen. Mehrmals mußte ich hinter mich blicken, weil mir niemand, auch das Bengelchen nicht, mit seinem lauten Spielzeug, entgegenkam und half.

Dann sah ich Dich, wenn ich nachrechne, über ein Jahr lang nicht; aber Dich nicht sehen hieß und heißt nicht, Dich und Deine angestrengte Symmetrie vergessen können. Zudem blieben Spuren: sah ich eine Katze, ob grau, schwarz oder gesprenkelt, lief mir sogleich die Maus durchs Blickfeld; doch weiterhin übte ich mich im Zögern und blieb unschlüssig, ob das Mäuschen geschützt, ob die Katze zum Fangen gestachelt werden sollte.

Bis zum Sommer hausten wir in der Strandbatterie, spielten endlose Handballturniere, wälzten uns an sonntäglichen Besuchstagen mehr oder weniger geschickt mit immer denselben Mädchen und Schwestern der Mädchen in den Stranddisteln der Dünen; nur ich ging leer aus und habe das Zögern und Ironisieren dieser meiner Schwäche bis heute nicht verloren. Was gab's noch? Pfefferminzdropszuteilungen, Belehrungen über Geschlechtskrankheiten, vormittags Hermann und Dorothea, nachmittags das Gewehr 98 K, Post, Vierfruchtmarmelade, Wettsingen – auch schwammen wir während der dienstfreien Stunden zu unserem Kahn, trafen dort regelmäßig auf Rudel nachgewachsener Tertianer, ärgerten uns und konnten beim Zurückschwimmen nicht verstehen, was uns drei Sommer lang an jenes vom Möwenmist überkrustete Wrack gefesselt hatte. Später wurden wir in die Achtkommaachtbatterie Pelonken, dann in die Batterie Zigankenberg verlegt. Drei- oder viermal gab es Alarm, und unsere Batterie war am Abschuß eines viermotorigen Bombers beteiligt. Wochenlang wurde von Schreibstuben aus über den Zufallstreffer gestritten – zwischendurch Drops, Hermann und Dorothea, Grüßen im Vorbeigehen.

Noch vor mir kamen Hotten Sonntag und Esch, weil sie kriegsfreiwillig waren, zum Arbeitsdienst. Ich hatte, wie immer zögernd und zwischen den Waffengattungen schwankend, den Meldetermin verpaßt und machte Februar vierundvierzig mit der guten Hälfte unserer Klasse im Inneren der Unterrichtsbaracke ein beinahe regelrechtes Friedensabitur, bekam prompt die Einberufung zum Arbeitsdienst, wurde von den Luftwaffenhelfern entlassen und versuchte, weil ich noch gute vierzehn Tage Zeit hatte, und um irgendeinen Abschluß, außer dem Abitur, zu finden, bei wem wohl, wenn nicht bei Tulla Pokriefke, die etwa sechzehn oder mehr war und ziemlich jeden ran ließ, zu landen, hatte aber kein Glück und wurde auch mit Hotten Sonntags Schwester nicht fertig. In diesem Zustand – lindernd wirkten die Briefe einer meiner Cousinen, die man mit Familie wegen totalem Bombenschaden nach Schlesien evakuiert hatte – machte ich Hochwürden Gusewski einen Abschiedsbesuch, versprach ihm, während der zu erwartenden Fronturlaube als Ministrant einzuspringen, erhielt außer einem neuen Schott ein handliches Metallkruzifix – Sonderanfertigung für katholische Einberufene – und begegnete auf dem Rückweg, Ecke Bärenweg Osterzeile, Mahlkes Tante, die auf der Straße eine dickglasige Brille trug und nicht zu umgehen war.

Sie begann, noch ehe wir uns begrüßt hatten, ländlich breit und dennoch schnell zu sprechen. Näherten sich uns Passanten, faßte sie meine Schulter und zog eines meiner Ohren vor ihren Mund. Heiße Sätze mit feuchtem Niederschlag. Belangloses zuerst. Einkaufgeschichten: »Nech mal das kann man kriegen, was ainem zusteht auf Karten.« So erfuhr ich, daß schon wieder keine Zwiebeln vorrätig, daß aber bei Matzerath brauner Zucker und Gerstengrütze zu bekommen seien, auch daß der Fleischer Ohlwein Schmalzfleischkonserven erwarte – »Ahles vom Schwain.« Endlich, ohne ein Stichwort von meiner Seite, das eigentliche Thema: »Dem Jung jeht nu besser, wenner och nech grad von Besserjehn schraibt. Aber hat ja nie jeklagt, jenau wie sain Vater, was main Schwager is. Ond ainjesetzt ham se ihm, jadoch, bai de Panzer. Da wird ä nu wohl jeschitzter sain als bai de Infantrie, och bai Rejenwättä.«

Dann kroch ihr Flüstern in mein Ohr, und ich erfuhr von Mahlkes neuen Merkwürdigkeiten, von Kritzeleien, als hätte ein Schulkind unter der Unterschrift jedes Feldpostbriefes gezeichnet.

»Dabei hattä als Kind nie jezaichnet, nur wennä inne Schule mit Tusche häd malen jemißt. Abä hier is ja sain Brief von neilich in Tasche ond schon so väknillt. Wissense, Härr Pilenz, so viel wolln läsen, wie dem Jung jeht.«

Und es zeigte mir Mahlkes Tante Mahlkes Feldpostbrief. »Nu läsen Se man.« – Aber ich las nicht. Papier zwischen Fingern ohne Handschuhe. Kam ein trockner Wind vom Max-Halbe-Platz tütenspitz gekreiselt und war nicht aufzuhalten. Schlug mein Herz mit dem Stiefelabsatz und wollte die Tür eintreten. Sprachen sieben Brüder in mir, und keiner schrieb mit. Wehte zwar Schnee aber das Briefpapier blieb deutlicher, obgleich es graubraun keine Qualität besaß. Kann heute sagen, begriff sofort, starrte aber nur, ohne hinsehen, begreifen zu wollen; denn ich hatte, schon bevor das Papier nahe meinen Augen knisterte, begriffen, daß Mahlke wieder am Zug war: kriggelige Strichzeichnungen unter sauberer Sütterlinschrift. In bemüht schnurgerader Reihe, dennoch verrutscht, weil ohne Untergrund, acht zwölf dreizehn vierzehn ungleich flachgedrückte Kreise, und auf jeder Niere ein warzenähnlicher Ableger, und aus jeder Warze zeigten daumennagellange, die verbeulten Wannen überragende Balken zum linken Blattrand, und alle diese Panzer – denn so unbeholfen die Zeichnungen waren, erkannte ich dennoch den russischen T 34 – hatten an einer Stelle, zumeist zwischen Turm und Wanne, eine kleine warzentilgende Markierung, jenes den Treffer bescheinigende Kreuz; zudem – und weil der Registrator mit begriffsstutzigen Betrachtern seiner Zeichnung gerechnet hatte – durchkreuzten nachdrückliche und die Ausmaße der gestrichelten Panzer überholende Blaustiftkreuze alle vierzehn – soviel waren es wohl – bleistiftskizzierten T 34.

Nicht ohne Selbstgefälligkeit klärte ich Mahlkes Tante auf, es handle sich offensichtlich um Panzer, die Joachim abgeschossen habe. Aber Mahlkes Tante zeigte sich gar nicht erstaunt, das hätten ihr schon viele gesagt, doch könne sie nicht verstehen, warum es mal mehr mal weniger seien, einmal nur acht und auf dem vorletzten Brief siebenundzwanzig Stück.

»Womeglich isses, weil die Post so unräjelmäßich ainem ins Haus kommt. – Doch nu missen Se läsen, Härr Pilenz, was onser Joachim schraibt. Och von Sie schraibt er, wächen Kerzen – aber wä haben schon wälche jekriegt.« Nur aus den Augenwinkeln überflog ich den Brief: Mahlke zeigte Fürsorge, erkundigte sich nach den kleinen und großen Gebrechen seiner Mutter und seiner Tante – der Brief war an beide Frauen gerichtet –, fragte nach Krampfadern und Rückenschmerzen, wollte über den Zustand des Gartens unterrichtet werden: »Hat der Pflaumenbaum wieder gut getragen? Was machen meine Kakteen?« Knappe Sätze über seinen Dienst, den er anstrengend und verantwortungsvoll nannte: »Natürlich haben wir auch Verluste. Aber die Jungfrau wird mich auch weiterhin beschützen.« Im Anschluß die Bitte, Mutter und Tante möchten so gut sein, Hochwürden Gusewski eine oder – wenn's geht – zwei Kerzen für den Marienaltar zu stiften: »Vielleicht kann Pilenz welche besorgen; die bekommen ja Bezugscheine.« Zusätzlich bat er, beim Heiligen Judas Thaddäus – einem Neffen zweiten Grades der Jungfrau Maria; Mahlke kannte die heilige Familie – Gebete einzulegen und eine Messe für den verunglückten Vater – »Er verließ uns ja, ohne versorgt gewesen zu sein« – lesen zu lassen. Am Ende des Papiers wieder Kleinkram, bißchen blasse Landschaftsbeschreibung: »Könnt Euch nicht vorstellen, wie heruntergekommen hier alles ist, wie armselig die Leute und die vielen Kinder. Kein Elektrisch und Fließendwasser. Manchmal will man nach dem Sinn fragen – aber es muß wohl so sein. Und wenn Ihr mal Lust habt und schönes Wetter ist, dann fahrt doch mit der Bahn nach Brösen raus – aber zieht Euch warm an – und guckt mal nach, ob links von der Hafeneinfahrt, aber nicht so weit draußen, die Aufbauten eines versenkten Schiffes zu sehen sind. Früher lag da mal ein Wrack. Man kann es mit bloßem Auge erkennen, und Tante hat ja ihre Brille – würde mich interessieren, ob es noch ...«

Ich sagte zu Mahlkes Tante: »Da müssen Sie erst gar nicht rausfahren. Der Kahn liegt immer noch an derselben Stelle. Und schönen Gruß an Joachim, wenn Sie ihm wieder schreiben. Er kann beruhigt sein. Hier ändert sich nichts, und den Kahn wird so leicht niemand klauen.«

Und selbst hätte die Schichauwerft ihn geklaut, das heißt gehoben, verschrottet oder neu aufgemöbelt, wäre Dir dann geholfen gewesen? Hättest Du aufgehört, auf Feldpostbriefen kindisch genau russische Panzer zu kritzeln und mit dem Blaustift durchzustreichen? Und wer hätte die Jungfrau verschrottet? Wer hätte das gute alte Gymnasium behexen und zu Vogelfutter wandeln können? Und die Katze und die Maus? Gibt es Geschichten, die aufhören können?

XI

Mit Mahlkes gekritzelten Zeugnissen vor Augen, mußte ich es weitere drei vier Tage zu Hause aushalten: meine Mutter pflegte ihr Verhältnis zu einem Bauführer der Organisation Todt – oder bot sie noch dem magenkranken Oberleutnant Stiewe jene salzlose Diätküche, die ihn so anhänglich machte? –, dieser oder jener Herr bewegte sich ungeniert in unserer Wohnung und trug, ohne das Symbol zu begreifen, meines Vaters eingetragene Hausschuhe. Sie aber trug, inmitten illustriertenseliger Gemütlichkeit, geschäftige Trauer von einem Zimmer ins nächste, also kleidsames Trauerschwarz nicht nur auf der Straße, sondern auch zwischen Küche und Wohnzimmer. Auf dem Buffet hatte sie etwas Altarähnliches für meinen gefallenen Bruder aufgebaut, hatte erstens ein bis zur Unkenntlichkeit vergrößertes Paßfoto, das ihn als Unteroffizier ohne Schirmmütze zeigte, zweitens die beiden Todesanzeigen aus dem »Vorposten« und den »Neuesten Nachrichten« unter Glas schwarz rahmen lassen, hatte drittens ein Bündel Feldpostbriefe mit schwarzem Seidenband geschnürt, viertens mit dem Eisernen Kreuz zweiter Klasse und dem Krim-Schild beschwert und links neben den gestellten Rahmen gerückt, während fünftens und rechts meines Bruders Geige samt Fiedelbogen und untergelegtem, beschriebenem Notenpapier – er hatte sich mehrmals an Violinsonaten versucht – das Gegengewicht zu den Briefen bilden mußten.

Wenn ich heute meinen älteren Bruder Klaus, den ich kaum gekannt habe, gelegentlich vermisse, war ich damals eher eifersüchtig auf den Altar, stellte mir mein vergrößertes Foto so schwarzgerahmt vor, fühlte mich benachteiligt und kaute oft an den Fingernägeln, wenn ich in unserer Guten Stube alleine war und sich der Altar für meinen Bruder nicht übersehen ließ.

Bestimmt hätte ich eines Vormittags, während der Oberleutnant auf der Couch seinen Magen bewachte und meine Mutter in der Küche einen salzlosen Haferschleim kochte, mit selbständig werdender Faust das Foto, die Todesanzeigen, womöglich die Geige zusammengeschlagen – doch da kam der Tag der Einberufung zum Arbeitsdienst und stahl mir einen Auftritt, der sich bis heute und noch auf Jahre hinaus würde aufführen lassen: so gut hatten der Tod am Kuban, meine Mutter am Buffet und ich, der große Zögerer, ihn inszeniert. Mit meinem imitierten Lederkoffer zog ich los, fuhr über Berent nach Konitz und hatte während drei Monaten Gelegenheit, zwischen Osche und Reetz die Tuchler Heide kennenzulernen. Immer Wind und Sand unterwegs. Ein Frühling für Insektenfreunde. Wacholder kullerte. Überhaupt, Büsche und Zielansprache: die vierte Kuschel von links, dahinter zwei Pappkameraden, die gilt es zu treffen. Aber schöne Wolken über Birken und Schmetterlingen, die nicht wußten, wohin. Blankdunkle und kreisrunde Teiche im Moor, aus denen man mit Handgranaten Karauschen und bemooste Karpfen fischen konnte. Natur, wo man hinschiß. Kino gab es in Tuchel.

Dennoch und trotz Birken, Wolken und Karauschen darf ich diese Arbeitsdienstabteilung mit ihrem Barackenkarree im schützenden Wäldchen, mit Fahnenmast, Splittergräben und seitlich der Unterrichtsbaracke liegender Latrine nur deshalb und wie im Sandkasten skizzieren, weil ein Jahr vor mir, vor Winter, Jürgen Kupka und Bansemer, im gleichen Karree der Große Mahlke Drillichzeug und Knobelbecher getragen und wortwörtlich seinen Namen hinterlassen hatte: In der Latrine, einem oben offenen, von Krüppelkiefern überrauschten, zwischen Ginster gepflanzten Bretterverschlag, fand sich das zweisilbige Wort, ohne Vorname und dem blanken Balken gegenüber, in ein Kiefernbrett geschnitzt oder besser gekerbt – und darunter in prima Latein, doch ohne Rundungen, eher in Runenschrift, der Anfang seiner Lieblingssequenz: Stabat Mater dolorosa... Der Franziskanermönch Jacopone da Todi hätte frohlocken dürfen; ich aber wurde Mahlke auch beim Arbeitsdienst nicht los. Denn wenn ich mich leichter machte und sich hinter wie unter mir der madendurchwachsene Auswurf meines Jahrganges häufte, gabst Du vor meinen Augen keine Ruhe: laut und in atemloser Wiederholung wies ein mühsam gekerbter Text auf Mahlke und die Jungfrau hin, was mir dagegenzupfeifen auch einfallen mochte.

Dabei bin ich sicher, Mahlke wollte nicht spotten. Mahlke konnte nicht spotten. Er versuchte es manchmal. Aber alles was er tat anfaßte aussprach, wurde ernst bedeutsam und monumental; so auch die Keilschrift im Kiefernholz einer Reichsarbeitsdienstlatrine zwischen Osche und Reetz, genannt: Tuchel-Nord. Sentenzen nach der Verdauung, Wirtinnenverse, vergröberte oder umschriebene Anatomie – Mahlkes Text besiegte alle anderen, mehr oder weniger witzig formulierten Sauereien, die von oben bis unten, geschnitzt oder gekritzelt, den abschirmenden Holzzaun der Latrine bedeckten und die Bretterwand sprechen ließen.

Fast – und weil Mahlke so richtig und an heimlichster Stelle zitiert hatte, wäre ich damals nach und nach fromm geworden, müßte jetzt nicht mit mürrischem Gewissen einer mäßig bezahlten Fürsorgearbeit im Kolpinghaus nachgehen, müßte in Nazareth keinen frühen Kommunismus und in ukrainischen Kolchosen kein spätes Christentum entdecken wollen, wäre von nächtelangen Gesprächen mit Pater Alban, den Untersuchungen, inwieweit Lästerung das Gebet ersetzen könne, endlich entbunden, dürfte glauben, irgend etwas glauben, ganzgleichwas oder an die Auferstehung des Fleisches glauben; aber ich hackte Mahlkes Lieblingssequenz mit einem Beil, und nachdem ich in der Abteilungsküche hatte Kleinholz machen müssen, aus dem Brett und tilgte auch Deinen Namen.

Die alte Mär vom unverkäuflichen Flecken, bißchen gruslig moralisch und transzendent; es sprach nämlich die blinde und frisch fasrige Stelle deutlicher, als zuvor die gekerbte Schrift gesprochen hatte. Auch muß sich Dein Zeugnis mit den Spänen vervielfältigt haben, denn in der Abteilung, zwischen Küche, Wachstube und Bekleidungskammer, kursierten, besonders sonntags, wenn die Langeweile Fliegen zu zählen begann, faustdicke Geschichten. Immer dieselben Litaneien mit abweichenden Geringfügigkeiten über einen Arbeitsdienstmann namens Mahlke, der ein gutes Jahr zuvor in der Abteilung Tuchel-Nord Dienst getan und dolle Dinge gedreht haben mußte. Zwei Lkw-Fahrer, der Küchenchef und der Kammerbulle stammten noch aus jener Zeit, waren von allen Versetzungen verschont geblieben, sagten etwa und ohne sich wesentlich zu widersprechen: »So sah der aus, als er ankam. Haare bis hier. Na, mußte erst mal den Friseur ranlassen. Half aber nichts: Ohren zum Schaumschlagen und eine Gurgel, sag ich Euch, eine Gurgel! Hatte auch – und einmal, als hier – und wenn er zum Beispiel – aber das Dollste an ihm war, als ich den ganzen frischeingetrudelten Verein zum Entlausen nach Tuchel schleuste, weil ich als Kammerbulle. Als nun alle unter der Brause, denk ich, ich guck nich recht, guck also nochmal, sag mir, werd bloß nicht neidisch: dem sein Schwanz, ein Riemen, kann ich Euch flüstern, wenn der auf Touren, stand der gut und gerne seine oder noch mehr, jedenfalls hat er mit dem Apparat die Frau vom Oberfeldmeister, ne rüstige Vierzigerin, von vorn und hinten, weil ihn der Idiot von Oberfeldmeister – wurde später nach Frankreich versetzt, war ein Spinner – zum Kaninchenstallbauen in sein Haus, das zweite von links in der Arbeitsdienstführersiedlung. Der Mahlke, so hieß der, hat sich zuerst geweigert, nicht etwa auf die dreibastige Tour, sondern ganz ruhig und sachlich und mit Zitat aus der Dienstverordnung. Wurde trotzdem vom Chef persönlich, bis ihm der Arsch auf Grundeis, mußte dann zwei Tage in die Latrine: Honigschleudern. Hab ihn mit nem Gartenschlauch und immer hübsch auf Abstand, weil die andern ihn nicht in den Waschraum, und gab endlich nach, zog los mit Kistenbrettern und Werkzeug zum; aber von wegen Kaninchen! Muß die Alte ganz schön gerammelt haben. Hat ihn über ne Woche auch für Gartenarbeit angefordert, und der Mahlke zitterte Morgen für Morgen los und war zum Appell wieder da. Erst als der Kaninchenstall nicht fertig und fertig, muß dem Chef ein Licht. Weiß nicht, ob er sie überrascht hat, als die Alte grad wieder aufs Kreuz oder übern Küchentisch oder womöglich wie Vater und Mutter zu Hause inne Federn, wird ihm jedenfalls die Sprache verschlagen haben, als er dem Mahlke sein Dubbas, hat hier jedenfalls in der Abteilung nie die Schnauze: Kunststück – und den Mahlke schickte er alle naslang auf Dienstreise nach Oliva und Oxhöft, Ersatzteile holen, damit der Bulle mit seinen Klöten aus der Abteilung. Denn die Alte vom Chef wird ganz schön gejibbert haben, von wegen und so weiter. Noch heute kommen Parolen aus der Schreibstube: Die schreiben sich Briefe. Und da war mehr dahinter, als bloß das. Man guckt ja nie durch. Übrigens hat derselbe Mahlke – und da war ich dabei – bei Groß-Bislaw auf eigene Faust ein unterirdisches Partisanen-Magazin. Auch wieder ne dolle Geschichte. War nämlich ein ganz gewöhnlicher Teich, wie's hier überall. Wir machen in der Gegend halb Geländedienst halb Einsatz, liegen schon ne halbe Stunde neben dem Tümpel, und der Mahlke guckt immer und guckt, sagt dann, Momentchen mal, da stimmt doch was nicht. Na, der Unterfeldmeister, wie hieß er schon, grinst, wir auch, läßt ihn aber, und der Mahlke die Klamotten runter im Nu und beginnt in dem Tümpel. Und was sag ich Euch: Schon beim viertenmal Runtergehn, findet er mitten in der braunen Soße aber keine fünfzig Zentimeter unterm Wasserspiegel, den Eingang zu nem ganz modernen Bunkermagazin mit hydraulischer Verladevorrichtung, konnte man ausfahren lassen: vier Lkw voll haben wir, und der Chef mußte ihn vor versammelter Abteilung belobigen. Soll ihn sogar, trotzdem er mit der Alten, für nen kleinen Orden. Haben sie ihm zum Barras nachgeschickt. Wollte zu den Panzern, wenn sie ihn genommen haben.«

Anfangs hielt ich mich zurück. Auch Winter, Jürgen Kupka und Bansemer blieben maulfaul, wenn das Gespräch auf Mahlke kam. Manchmal, beim Essenfassen oder wenn wir zum Geländedienst durch die Führersiedlung mußten und das zweite Haus von links immer noch keinen Kaninchenstall hatte, blickten wir uns flüchtig an. Oder reglos lauerte eine Katze in grüner, leichtbewegter Wiese: schon verständigten wir uns mit bedeutsamen Blicken, wurden zu einer verschwiegenen Gruppe, obgleich mir Winter und Kupka, besonders Bansemer ziemlich gleichgültig waren.

Knappe vier Wochen vor unserer Entlassung – wir hatten laufend Partisaneneinsatz, bekamen aber niemanden zu fassen und hatten auch keine Verluste –, in einer Zeit also, die uns nicht aus den Klamotten kommen ließ, begann das Munkeln. Jener Kammerbulle, der Mahlke eingekleidet und zur Entlausung geführt hatte, brachte es aus der Schreibstube: »Erstens ist wieder mal ein Brief von dem Mahlke an die Frau des ehemaligen Chefs eingetrudelt. Wird ihr nach Frankreich nachgeschickt. Zweitens liegt eine Anfrage von ganz oben vor. Wird noch bearbeitet. Drittens, und das sage ich Euch: Das steckte in dem Mahlke von Anfang an drinnen. Aber in so kurzer Zeit! Na, früher hätte der noch so dolle Halsschmerzen haben können, wenn er nicht Offizier gewesen wäre. Aber heute können alle Mannschaftsdienstgrade. Dürfte so ziemlich der Jüngste sein. Wenn ich mir den vorstelle, mit diesen Ohren ...«

Da begannen Wörtchen aus meinem Mund zu kullern. Winter hinterdrein. Auch Jürgen Kupka und Bansemer mußten ihr Wissen verbreiten.

»Och, wissen Sie, den Mahlke, den kennen wir schon lange.«

»Den gab's schon bei uns auf der Penne.«

»Der hatte immer schon, auch als er knapp vierzehn war, riesige Halsschmerzen.«

»Na, und das Ding mit dem Kapitänleutnant? Als er dem Kaleu während der Turnstunde den Apparat mit dem Band vom Haken klaute? Also das war so ...«

»Nee, mit dem Grammophon müssen wir anfangen.«

»Und die Konservendosen, war das etwa nichts? Also ganz zu Anfang trug er immer einen Schraubenzieher ...«

»Momentchen! Wenn Du vorne anfangen willst, mußte mit dem Schlagballturnier auffem Heinrich-Ehlers-Platz beginnen. Das war nämlich so: Wir liegen flach und Mahlke pennt. Da streicht schnurgerade eine graue Katze durch die Wiese auf Mahlkes Hals zu. Und wie nun die Katze seinen Hals sieht, denkt sie, das ist eine Maus, was sich da bewegt, und springt ...«

»Quatsch Mensch, Pilenz nahm doch die Katze und hat sie ihm – oder?«

Zwei Tage später bekamen wir es offiziell bestätigt. Die Abteilung wurde beim Morgenappell unterrichtet: Ein ehemaliger Arbeitsdienstmann der Abteilung Tuchel-Nord hat zuerst als einfacher Richtschütze, dann als Unteroffizier und Panzerkommandant in pausenlosem Einsatz und an strategisch wichtiger Stelle soundsoviel russische Panzer, darüber hinaus und so weiter und so weiter.

Wir begannen schon mit dem Klamottenabgeben, der Ersatz sollte eintreffen, da schickte mir meine Mutter einen Zeitungsausschnitt des »Vorposten«. Und es stand mit Buchstaben gedruckt: Ein Sohn unserer Stadt hat in pausenlosem Einsatz, zuerst als einfacher Richtschütze, dann als Panzerkommandant und so weiter und so weiter.

XII

Geschiebemergel, Sand, flimmerndes Moor, Kuschelgebüsch, fliehende Kieferngruppen, Teiche Handgranaten Karauschen, Wolken über Birken, Partisanen hinter Ginster, Wacholder Wacholder, der gute alte Löns – der kam von dort – und das Kino in Tuchel blieben zurück; nur meinen lederähnlichen Pappkoffer sowie ein Sträußchen verjährtes Heidekraut nahm ich mit. Aber schon während der Fahrt, als ich das Kraut hinter Karthaus zwischen die Gleise warf, auf allen Vorortbahnhöfen, dann auf dem Hauptbahnhof, vor den Schaltern, im Gewühl der Fronturlauber, im Eingang der Leitstelle und in der Straßenbahn nach Langfuhr begann ich widersinnig aber versessen nach Joachim Mahlke zu suchen. Lächerlich und durchschaut kam ich mir in zu eng gewordener Zivilkleidung – Schülerkleidung – vor, fuhr nicht nach Hause – was konnte mich dort schon erwarten? –, stieg nahe unserem Gymnasium, an der Haltestelle Sportpalast aus.

Den Pappkoffer gab ich beim Pedell ab, fragte ihn aber nicht, war überall sicher und hetzte die große Granittreppe mit Sprüngen über drei Stufen hoch. Nicht, daß ich erwartete, ihn in der Aula zu fangen – der standen beide Türen offen, aber nur Putzfrauen stellten die Bänke auf den Kopf, seiften das Holz für wen wohl ab. Links bog ich ein: gedrungene Granitsäulen, heiße Stirnen zu kühlen. Die marmorne Gedenktafel für die Gefallenen beider Kriege mit noch ziemlich viel Platz. Lessing in der Nische. Überall lief der Unterricht, denn alle Gänge zwischen den Klassentüren leer. Nur einmal ein Quartaner, der eine gerollte Landkarte mit dünnbeinigen Schritten mitten durch den achteckigen, jeden Winkel ausmessenden Geruch trug. 3a – 3b – Zeichensaal – 5a – der Glaskasten für ausgestopfte Säugetiere – was war denn diesmal drinnen? Natürlich eine Katze. Und wo fieberte die Maus? Vorbei am Konferenzzimmer. Und als der Korridor Amen sagte, stand, das helle Stirnfenster im Rücken, zwischen Sekretariat und Direktorzimmer, der Große Mahlke ohne Maus: denn er hatte den besonderen Artikel am Hals, das Dingslamdei, den Magneten, das Gegenteil einer Zwiebel, galvanisierten Vierklee, des guten alten Schinkel Ausgeburt, den Bonbon, Apparat, das Ding Ding Ding, das Ichsprechesnichtaus.

Und die Maus? Sie schlief, überwinterte im Juni. Schlummerte unter dicker Decke, denn Mahlke hatte zugenommen. Nicht, daß jemand, das Schicksal oder ein Autor, sie getilgt oder gestrichen hätte, wie Racine die Ratte in seinem Wappen gestrichen und nur den Schwan geduldet hatte. Immer noch Wappentier war das Mäuschen und tat auch im Traum lebendig, wenn Mahlke schluckte; denn ab und zu mußte der Große Mahlke, so hoch sie ihn dekoriert hatten, schlucken.

Wie sah er aus? Daß die Kampfhandlungen Dich hatten zunehmen lassen, leicht, um zwei Löschblattstärken, sagte ich schon. Du hattest Dich halb an das Fensterbrett gelehnt, halb auf das weißlackierte Brett gesetzt. Wie alle, die bei den Panzern Dienst taten, trugst Du diese räubermäßig gewürfelte, aus schwarzen und feldgrauen Stücken gemischte Phantasieuniform: graue Überfallhosen verdeckten die Schäfte schwarzer hochgewichster Knobelbecher. Eine schwarze enge, Dich fältchenziehend unter den Armen kneifende – denn Deine Arme standen henkelartig ab – dennoch kleidsame Panzerjacke ließ Dich, trotz der paar zugenommenen Pfund, schmächtig wirken. Auf der Jacke kein Orden. Dabei hattest Du beide Kreuze und noch irgend etwas aber kein Verwundetenabzeichen: Du warst ja mit Hilfe der Jungfrau kugelsicher. Verständlich, daß auf der Brust alles vom neuen Blickfang ablenkende Beiwerk fehlte. Das brüchige, nachlässig geputzte Koppel schnürte nur eine schmale Handbreite Stoff ab: so kurz waren die Panzerjacken, wurden auch Affenjäckchen genannt. Wenn das Koppelzeug mit Hilfe jener weit hinten, beinahe auf dem Gesäß hängenden Pistole das starr Angestrengte Deiner Stellung schief und verwegen aufzulösen versuchte, saß Dir die graue Feldmütze, ohne den beliebten und damals wie heute üblichen Schlag nach rechts, streng gerade auf dem Kopf und erinnerte mit rechtwinkliger Knautschfalte an Deinen Hang zur Symmetrie, auch an den Mittelscheitel Deiner Schüler- und Taucherjahre, als Du vorgabst, Clown werden zu wollen. Dabei trugst Du, bevor und nachdem man Deine chronischen Halsschmerzen mit einem Stück Metall geheilt hatte, keine Erlöserhaare mehr. Jene alberne streichholzlange Bürste, die damals den Rekruten zierte, heute pfeiferauchenden Intellektuellen den Anschein moderner Askese vermittelt, hatte man Dir oder hattest Du Dir geschnitten. Dennoch Erlösermiene: der Hoheitsadler an einer wie genagelt im Lot sitzenden Feldmütze spreizte sich über Deiner Stirn als Taube des Heiligen Geistes. Deine dünne lichtempfindliche Haut. Mitesser in fleischiger Nase. Die oberen Augenlider, durchwirkt von rötlichen Äderchen, hieltest Du gesenkt. Und als ich vor Dir schnell atmete und die ausgestopfte Katze hinter Glas im Rücken hatte, wurde Dein Blick kaum größer.

Erster Scherzversuch: »Tag, Unteroffizier Mahlke!« Der Scherz mißlang: »Warte hier auf Klohse. Gibt irgendwo Mathematik.«

»Na, der wird sich freuen.«

»Will wegen des Vortrages mit ihm sprechen.«

»Warst Du schon in der Aula?«

»Mein Vortrag ist ausgearbeitet, Wort für Wort.«

»Hast Du die Putzfrauen gesehen? Die seifen schon die Bänke ab.«

»Werde nachher mit Klohse kurz hineinschauen und die Anordnung der Stühle auf dem Podest besprechen.«

»Der wird sich freuen.«

»Werde mich dafür einsetzen, daß der Vortrag nur für Schüler von der Untertertia aufwärts gehalten werden soll.«

»Weiß Klohse denn, daß Du hier wartest?«

»Fräulein Hersching vom Sekretariat hat es ihm gemeldet.«

»Na, der wird sich freuen.«

»Werde einen sehr kurzen aber konzentrierten Vortrag halten.«

»Ja, Mensch, erzähl doch, wie haste das hinbekommen, und in so kurzer Zeit?«

»Mein lieber Pilenz, Geduld, sage ich: in meinem Vortrag werden so ziemlich alle Probleme, die mit der Verleihung zusammenhängen, berührt und behandelt werden.«

»Na, da wird sich Klohse aber freuen.«
»Ich werde ihn ersuchen, mich weder einzuführen noch vorzustellen.«
»Soll Mallenbrandt etwa?«
»Der Pedell kann den Vortrag ankünden und basta.«
»Na der wird sich ...«

Das Klingelzeichen sprang von Stockwerk zu Stockwerk und beendete die Unterrichtsstunden in allen Klassenzimmern des Gymnasiums. Jetzt erst öffnete Mahlke beide Augen ganz. Wenige Wimpern standen kurz ab. Seine Haltung sollte lässig wirken – aber er stand sprungbereit. Ich drehte mich, vom Rücken her beunruhigt, halb zum Glaskasten: war keine graue Katze, mehr eine schwarze Katze, die auf weißen Pfoten immerfort in unsere Richtung schlich und ein weißes Lätzchen zeigte. Ausgestopfte Katzen vermögen echter zu schleichen als lebendige Katzen. Auf gestelltem Pappschildchen stand in Schönschrift geschrieben: Die Hauskatze. Ich sagte zum Fenster hin, weil es nach dem Klingeln zu still wurde, auch weil die Maus erwachte und die Katze mehr und mehr Bedeutung bekam, etwas Scherzhaftes und noch etwas Scherzhaftes, und etwas über seine Mutter und seine Tante, sprach, um ihn zu stärken, von seinem Vater, von seines Vaters Lokomotive, von seines Vaters Tod bei Dirschau und seines Vaters posthum verliehener Tapferkeitsmedaille: »Na, Dein Vater, wenn der noch leben würde, der würde sich bestimmt freuen.«

Es trat aber, bevor ich den Vater beschworen und der Maus die Katze ausgeredet hatte, Oberstudienrat Waldemar Klohse mit hoher schlackenloser Stimme zwischen uns. Klohse sprach keinen Glückwunsch aus, sagte nicht Unteroffizier und Träger des Dingslamdei, auch nicht, Herr Mahlke, ich freue mich aufrichtig, sondern ließ so nebenbei, und nachdem er betontes Interesse für meine Arbeitsdienstzeit und die landschaftlichen Schönheiten der Tuchler Heide – Löns wuchs dort auf – gezeigt hatte, wohlgeordnete Wörtchen über Mahlkes Feldmütze marschieren: »Sehen Sie, Mahlke, nun haben Sie es doch noch geschafft. Waren Sie schon in der Horst-Wessel-Oberschule? Mein werter Kollege, Herr Studiendirektor Dr. Wendt, wird sich freuen. Gewiß werden Sie nicht versäumen, Ihren ehemaligen Mitschülern einen kleinen Vortrag zu halten, der geeignet wäre, den Glauben an unsere Waffen zu stärken. Darf ich Sie auf eine Minute in mein Zimmer bitten.«

Und der Große Mahlke folgte dem Oberstudienrat Klohse mit henkelartig gebogenen Armen ins Direktorzimmer und wischte sich in der Tür seine Feldmütze vom Stoppelhaar: Sein knubbliger Hinterkopf. Ein uniformierter Gymnasiast auf dem Wege zu einer ernsten Aussprache, deren Ergebnis ich nicht abwartete, obgleich ich gespannt war, was die bereits hellwache und unternehmungslustige Maus nach der Aussprache zu jener Katze sagen würde, die zwar ausgestopft war aber immer noch schlich.

Kleiner dreckiger Triumph: wieder einmal bekam ich Oberwasser. Na warte! Aber er wird nicht nachgeben können wollen können. Werde ihm behilflich sein. Kann mit Klohse sprechen. Werde Worte suchen, die zu Herzen gehen. Schade, daß sie Papa Brunies nach Stutthof gebracht haben. Der hätte ihm, mit dem guten alten Eichendorff in der Tasche, unter die Arme gegriffen.

Aber Mahlke konnte niemand helfen. Vielleicht wenn ich mit Klohse gesprochen hätte. Aber ich sprach ja mit ihm, ließ mir eine halbe Stunde lang Pfefferminzworte ins Gesicht blasen, gab kleinlaut und verschlagen zurück: »Wahrscheinlich und nach menschlichem Ermessen haben Sie recht, Herr Oberstudienrat. Aber könnte man nicht in Anbetracht, ich meine, in diesem besonderen Fall. Einerseits verstehe ich Sie vollkommen. Der unumstößliche Faktor: Die Ordnung der Anstalt. Nichts läßt sich ungeschehen machen, andererseits, und weil er seinen Vater so früh verloren hat...«

Und mit Hochwürden Gusewski sprach ich, und mit Tulla Pokriefke sprach ich, damit sie mit Störtebeker und seinem Verein sprach. Ging zu meinem ehemaligen Jungbannführer. Der hatte von Kreta her ein Holzbein, saß in der Gebietsführung am Winterplatz hinterm Schreibtisch, war begeistert von meinem Vorschlag und schimpfte auf die Pauker: »Klar doch, machen wir. Soll herkommen, der Mahlke. Erinnere mich dunkel an ihn. War da nicht mal was? Schwamm drüber. Werde alles Mögliche zusammentrommeln. Sogar BDM und Frauenschaft. Werde schräg gegenüber, in der Oberpostdirektion, einen Saal organisieren, dreihundertfünfzig Stühle...«

Und Hochwürden Gusewski wollte in der Sakristei seine alten Damen und ein Dutzend katholische Arbeiter versammeln, denn ein Gemeindesaal stand ihm nicht zur Verfügung.

»Vielleicht kann Ihr Freund, damit der Vortrag einen der Kirche gemäßen Rahmen erhält, anfangs etwas über den heiligen Georg sagen und zum Abschluß auf Hilfe und Kraft des Gebetes in großer Not und Gefahr hinweisen«, schlug Gusewski vor und versprach sich viel von dem Vortrag.

Am Rande erwähne ich noch jenen Keller, den die Halbwüchsigen um Störtebeker und Tulla Pokriefke Mahlke zur Verfügung stellen wollten. Ein gewisser Rennwand, den ich flüchtig kannte – er ministrierte in der Herz-Jesu-Kirche –, wurde mir von Tulla vorgestellt, machte geheimnisvolle Andeutungen und sprach von freiem Geleit für Mahlke, nur die Pistole müsse er abliefern: »Natürlich werden wir ihm, wenn er zu uns kommt, die Augen verbinden. Auch ne kleine eidesstattliche Erklärung von wegen Stillschweigen und so weiter, reine Formsache, wird er unterschreiben müssen. Selbstverständlich zahlen wir anständig. Entweder in bar oder mit Dienstuhren. Wir machen auch nichts umsonst.«

Aber Mahlke wollte weder noch – und auch kein Honorar. Ich stieß ihn an: »Was willste eigentlich? Nichts ist Dir gut genug. Fahr doch nach Tuchel-Nord. Da ist jetzt ein neuer Jahrgang. Der Kammerbulle und der Küchenchef kennen

Dich noch von damals und freuen sich bestimmt, wenn Du bei ihnen aufkreuzt und ne Rede hältst.«

Mahlke hörte sich alle Vorschläge ruhig, stellenweis lächelnd an, nickte zustimmend, stellte sachliche, die Organisation der geplanten Veranstaltungen betreffende Fragen und lehnte, sobald dem jeweiligen Vorhaben nichts mehr im Weg stand, kurz und mürrisch alles, sogar eine Einladung der Gauleitung ab; denn er kannte von Anfang an nur ein Ziel: die Aula unserer Schule. Wollte im staubwimmelnden Licht stehen, das durch neugotische Spitzbogenfenster sikkerte. Wollte gegen den Geruch der dreihundert laut und leise furzenden Gymnasiasten anreden. Wollte die abgewetzten Köpfe seiner ehemaligen Lehrer um sich und hinter sich versammelt wissen. Wollte jenes Ölbild am Ende der Aula als Gegenüber haben, das den Stifter der Anstalt, den Freiherrn von Conradi, käsig und unsterblich unter dickem spiegelndem Firnis zeigte. Wollte durch eine der altbraunen Flügeltüren hinein in die Aula, wollte nach kurzer, womöglich gezielter Rede durch die andere Tür hinaus; aber Klohse stand in kleinkarierten Knickerbockern vor beiden Türen gleichzeitig: »Als Soldat sollten Sie wissen, Mahlke. Nein, jene Putzfrauen seiften die Bänke ohne besonderen Grund ab, nicht für Sie, nicht für Ihre Rede. Es mag Ihr Plan noch so gut durchdacht sein, dennoch geht er nicht auf: Viele Leute – lassen Sie sich das gesagt sein – lieben zeit Ihres Lebens kostbare Teppiche und sterben dennoch auf rohen Fußbodenbrettern. Lernen Sie verzichten, Mahlke!«

Und Klohse gab ein bißchen nach, rief eine Konferenz ein, und die Konferenz beschloß in Übereinstimmung mit dem Direktor der Horst-Wessel-Oberschule: »Die Ordnung der Anstalt verlangt...«

Und Klohse ließ sich vom Oberschulrat bestätigen, daß ein ehemaliger Schüler, dessen Vorgeschichte, selbst wenn er, doch gerade in Anbetracht der schweren und ernsten Zeiten, ohne allerdings jener Affäre übertrieben Bedeutung beizumessen, zumal der Fall schon vor geraumer Zeit, dennoch und weil der Fall beispiellos, seien die Kollegien beider Anstalten übereingekommen, daß ...

Und Klohse schrieb einen Brief, ganz privat. Und Mahlke las, daß Klohse nicht so könne, wie sein Herz wolle. Es seien leider Zeit und Umstände dergestalt, daß ein erfahrener und von der Bürde des Berufes gezeichneter Schulmann nicht einfach und väterlich sein Herz sprechen lassen dürfe; er bitte im Sinne der Anstalt und hinweisend auf den alten Conradischen Geist um mannhafte Unterstützung; gerne wolle er sich jenen Vortrag anhören, den Mahlke, nun hoffentlich bald und ohne jeden bitteren Gedanken, in der Horst-Wessel-Oberschule zu halten gedenke; oder aber, er möge, wie es schon immer dem Helden ziemte, den besseren Teil der Rede wählen und schweigen.

Aber der Große Mahlke befand sich in einer Allee, ähnlich jener tunnelartig zugewachsenen, dornenreichen und vogellosen Allee im Schloßpark Oliva, die keine Nebenwege hatte und dennoch ein Labyrinth war: während er tagsüber schlief, mit seiner Tante Mühle spielte oder ermattet tatenlos das Ende seines Urlaubes abzuwarten schien, schlich er mit mir, ich ihm hinterdrein, nie voraus, selten zur Seite, durch die Langfuhrer Nacht. Nicht ziellos irrten wir: jene stillvornehme, den Vorschriften des Luftschutzes gehorchende Baumbachallee, in der es Nachtigallen gab, in der Oberstudienrat Klohse wohnte, kämmten wir ab. Ich, müde in seinem Uniformrücken: »Mach keinen Quatsch. Siehst doch, daß Du nicht durchkommst. Was kann Dir schon daran liegen. Die paar Tage Urlaub, die Du noch hast. Wie lange haste eigentlich noch Urlaub? Mensch, mach bloß keinen Quatsch ...«

Aber der Große Mahlke hatte eine andere Melodie in seinen abstehenden Ohren als meine monoton ermahnende Litanei. Bis zwei Uhr früh belagerten wir die Baumbachallee und ihre zwei Nachtigallen. Zweimal hatten wir ihn, er war in Begleitung, passieren lassen müssen. Als aber nach vier durchlauerten Nächten Oberstudienrat Klohse alleine und gegen elf Uhr nachts, hoch und schmal in Knickerbockern aber ohne Hut, ohne Mantel – denn die Luft war weich – vom Schwarzen Weg her die Baumbachallee hochkam, ließ der Große Mahlke seine linke Hand ausfahren und Klohses Hemdkragen mit der zivilen Krawatte fassen. Er drückte den Schulmann gegen einen kunstgeschmiedeten Eisenzaun, hinter dem Rosen blühten, die – weil es so dunkel war – besonders stark, und noch lauter als die Nachtigallen singen konnten, überall hindufteten. Und Mahlke nahm Klohses brieflichen Rat an, wählte der Rede besseren Teil, das heldische Schweigen, und schlug wortlos, links rechts, mit Handrücken und Handfläche, in des Oberstudienrates rasiertes Gesicht. Beide starr und mit Haltung. Nur das Klatschen lebendig und beredt; denn auch Klohse hielt seinen kleinen Mund verschlossen und wollte Rosenduft nicht mit Pfefferminzatem mischen.

Das geschah an einem Donnerstag und dauerte keine schmale Minute. Wir ließen Klohse am Eisenzaun stehen. Das heißt, Mahlke machte zuerst kehrt, schritt mit Knobelbechern über den kiesbestreuten Bürgersteig unter rotem Ahorn, der aber schwarz nach oben hin alles abschirmte. Ich versuchte, bei Klohse so etwas wie eine Entschuldigung anzubringen, für Mahlke – und für mich. Der Geschlagene winkte ab, sah schon nicht mehr geschlagen aus, stand gestrafft und verkörperte dunkel als Umriß, von Schnittblumen und seltenen Vogelstimmen unterstützt, die Anstalt, die Schule, die Conradische Stiftung, den Conradischen Geist, das Conradinum; so hieß unser Gymnasium.

Von dort aus, von jener Minute an, liefen wir durch unbelebte Vorortstraßen und hatten für Klohse kein Wörtchen mehr frei. Mahlke sprach betont sachlich vor sich hin: Problematisches, das ihn und zum Teil auch mich in jenem Alter beschäftigen mochte. Etwa: Gibt es ein Leben nach dem Tode? Oder: Glaubst Du an Seelenwanderung? Mahlke plauderte: »Ich lese neuerdings ziemlich viel Kierkegaard. Später mal mußt Du unbedingt Dostojewski lesen, und zwar, wenn Du in Rußland bist. Da wird Dir eine Menge aufgehen, die Mentalität und so weiter.«

Mehrmals standen wir auf Brücken über dem Strießbach, einem Rinnsal voller Blutegel. Es machte sich gut, am Geländer zu hängen und auf Ratten zu warten. Jede Brücke ließ das Gespräch von Banalem, etwa mühsamen Wiederholungen schülerhafter Weisheiten über Kriegsschiffe und ihre Panzerstärke, Bestückung und Geschwindigkeit in Knoten, zur Religion und den sogenannten letzten Fragen wechseln. Auf der kleinen Neuschottlandbrücke starrten wir zuerst lange in den junimäßig ausgesternten Himmel, starrten dann – und jeder für sich – in den Bach. Mahlke halblaut, während sich unten der flache Ausfluß des Aktienteiches an Konservendosen brach und den Hefedunst der Aktienbierbrauerei mitführte: »Natürlich glaube ich nicht an Gott. Der übliche Schwindel, das Volk zu verdummen. Die einzige, an die ich glaube, ist die Jungfrau Maria. Deshalb werde ich auch nicht heiraten.«

Das war ein Sätzchen, knapp und wirr genug, um auf einer Brücke ausgesprochen zu werden. Mir blieb der Satz. Wenn immer ein Bach, ein Kanal von einem Brückchen überspannt wird, wenn immer es unten gurgelt und sich an jenem Gerümpel bricht, das überall unordentliche Leute von Brücken in Bäche und Kanäle werfen, steht Mahlke in Knobelbechern, Überfallhosen, im Panzeraffenjäckchen neben mir, läßt den großen Artikel an seinem Hals, indem er sich übers Geländer beugt, lotrecht hängen, triumphiert ernst und als Clown über Katze und Maus mit unwiderlegbarem Glauben: »Natürlich nicht an Gott. Schwindel, Volk zu verdummen. Einzige ist Maria. Werde nicht heiraten.«

Und er sprach noch eine Menge Worte, die in den Strießbach fielen. Vielleicht umkreisten wir zehnmal den Max-Halbe-Platz, liefen zwölfmal den Heeresanger von unten nach oben und zurück. Standen unschlüssig an der Endstation der Linie Fünf. Sahen nicht ohne Hunger zu, wie Straßenbahnschaffner und -schaffnerinnen mit Dauerwellen im blauverdunkelten Anhänger saßen und in Butterbrote bissen, aus Thermosflaschen tranken.

... und einmal kam eine Bahn – oder hätte eine Bahn kommen können, in der Tulla Pokriefke, die seit Wochen Kriegshilfsdienst leisten mußte, als Schaffnerin mit schiefem Käppi saß. Wir hätten sie angesprochen, und ich hätte mich bestimmt mit ihr verabredet, wenn sie auf der Linie Fünf Dienst getan hätte. So aber sahen wir nur ihr kleines Profil hinter trüb blauem Glas und waren nicht sicher.

Ich sagte: »Mit der solltest Du es mal versuchen.«

Mahlke gequält: »Hast doch gehört, daß ich nicht heiraten werde.«

Ich: »Das würde Dich auf andere Gedanken bringen.«

Er: »Und wer bringt mich danach wieder auf andere Gedanken?«

Ich versuchte zu scherzen: »Die Jungfrau Maria natürlich.«

Er hatte Bedenken: »Und wenn sie beleidigt ist?«

Ich vermittelte: »Wenn Du willst, werde ich morgen früh bei Gusewski ministrieren.«

Überraschend schnell kam sein »Abgemacht!«, und er bewegte sich auf jenen Anhänger zu, der immer noch Tulla Pokriefkes Profil als Straßenbahnschaffnerin versprach.

Bevor er einstieg, rief ich: »Wie lange hast Du eigentlich noch Urlaub?«

Und der Große Mahlke sagte aus der Tür des Anhängers heraus: »Mein Zug fuhr vor viereinhalb Stunden und wird jetzt, wenn nichts dazwischengekommen ist, kurz vor Modlin sein.«

XIII

»Misereatur vestri omnipotens Deus, et, dimissis peccatis vestris...« hob es sich seifenblasenleicht von Hochwürden Gusewskis gespitztem Mund, schillerte regenbogenbunt, schaukelte, vom insgeheimen Strohhalm entlassen, unschlüssig, stieg endlich und spiegelte Fenster, den Altar, die Jungfrau, spiegelte Dich mich alles alles – und platzte schmerzlos, sobald der Segen Blasen warf: »Indulgentiam, absolutionem et remissionem peccatorum vestrorum...« Aber gleich nachdem das Amen der sieben oder acht Gläubigen auch diese gehauchten Kugeln gespießt hatte, hob Gusewski die Hostie, ließ mit vollendeter Lippenstellung die ganz große und entsetzt in der Zugluft zitternde Seifenblase wachsen, hob sie mit hellroter Zungenspitze ab: und sie stieg lange, ehe sie fiel und nahe der zweiten Bank vor dem Marienaltar verging: »Ecce Agnus Dei...«

Mahlke kniete als erster und bevor sich das »Herrichbinnichtwürdigdaßdueingehstuntermeindach« dreimal wiederholt hatte, an der Kommunionbank. Noch ehe ich Gusewski die Altarstufen hinunter und vor die Bank schleuste, ließ er den Kopf in den Nacken sinken, bettete sein spitzes und übernächtigtes Gesicht parallel zur geweißten Betondecke der Kapelle und trennte mit der Zunge die Lippen. Moment, da der Priester mit der ihm zugedachten Oblate ein Kreuz, klein und flüchtig, über ihn wischte: sein Gesicht trieb Schweiß. Hell stand der Tau auf den Poren und verlor den Halt. Er hatte sich nicht rasiert: Stoppeln schlitzten die Perlen. Abgekocht traten Augen vor. Mag sein, daß das Schwarz der Panzerjacke die Bleiche seines Gesichtes höhte. Trotz dicker Zunge schluckte er nicht. Gestochen kreuzte sich jener eiserne Artikel, der das kindliche Kritzeln und Durchkreuzen so vieler russischer Panzer zu belohnen hatte, über dem obersten Kragenknopf und nahm keinen Anteil. Erst als Hochwürden Gusewski die Hostie auf Joachim Mahlkes Zunge lud und jener das leichte Gebäck zu sich nahm, mußtest Du schlucken; ein Vorgang, dem das Metall gehorchte.

Laß uns noch einmal zu dritt und immer wieder das Sakrament feiern: Du kniest, ich stehe hinter trockener Haut. Dein Schweiß erweitert Poren. Auf belegter Zunge lädt Hochwürden die Hostie ab. Eben noch reimten wir uns alle drei auf dasselbe Wort, da läßt ein Mechanismus Deine Zunge einfahren. Lippen kleben wieder. Dein Schlucken pflanzt sich fort, und indem der große Artikel nachbebt, weiß ich, der Große Mahlke wird die Marienkapelle gestärkt verlassen, sein Schweiß wird trocknen; wenn gleich darauf sein Gesicht dennoch feucht glänzte, näßte es Regen. Draußen, vor der Kapelle nieselte es.

In der trocknen Sakristei sagte Gusewski: »Er wird vor der Tür stehen. Man sollte ihn vielleicht hineinrufen aber ...«

Ich sagte: »Lassen Sie nur, Hochwürden. Werde mich schon um ihn kümmern.«

Gusewski mit den Händen bei den Lavendelsäckchen im Schrank: »Er wird doch wohl keine Dummheiten machen wollen?«

Ich ließ ihn angekleidet stehen, half nicht beim Ablegen: »Da halten Sie sich am besten ganz raus, Hochwürden.« Sagte aber auch zu Mahlke, als der in Uniform und regennaß vor mir stand: »Du Idiot, was willste denn noch hier? Mach, daß Du nach Hochstrieß auf die Frontleitstelle kommst. Laß Dir was einfallen, von wegen Urlaubüberschreiten. Ich will damit nichts zu tun haben.«

Hätte mit dem Wort gehen sollen, blieb aber und wurde naß: Regenwetter verbindet. Versuchte es mit Gutzureden: »Die werden nicht gleich beißen. Kannst ja sagen, mit Deiner Tante oder Mutter war irgendwas los.«

Mahlke nickte, wenn ich einen Punkt machte, ließ manchmal den Unterkiefer fallen, lachte grundlos, sprudelte über: »War doll gestern mit der kleinen Pokriefke. Hätt ich nicht gedacht. Die ist ganz anders, als sie tut. Also ehrlich gesagt: Wegen der will ich nicht mehr raus. Hab schließlich meinen Teil erledigt – oder? Werde einen Antrag stellen. Können mich ja nach Groß-Boschpol als Ausbilder abschieben. Jetzt sollen mal andere die Schnauze hinhalten. Nicht, daß ich Angst habe, hab einfach genug. Kannste das verstehen?«

Ich ließ mir nichts vormachen und nagelte ihn fest: »So, wegen der Pokriefke also. Die war aber gar nicht. Die fährt Linie Zwei nach Oliva und nicht Linie Fünf. Das weiß hier jeder. Schiß hast Du – kann ich gut verstehen!«

Er wollte mit ihr unbedingt was gehabt haben: »Mit Tulla, das kannste ruhig glauben. Sogar bei ihr zu Hause, Elsenstraße. Ihre Mutter guckt weg. – Aber es stimmt, ich will nicht mehr. Vielleicht hab ich auch Angst. Vorhin, vor der Messe, da hatte ich welche. Jetzt ist schon besser.«

»Denk, Du glaubst nicht an Gott und sowas.«

»Das hat mit dem überhaupt nichts zu tun.«

»Na schön, Schwamm drüber, und was jetzt?«

»Vielleicht könnte man bei Störtebeker und den Jungs, Du kennst die doch.«

»Nee, mein Lieber. Mit dem Verein habe ich nichts mehr. Fingerchen verbrennen und so weiter. Da hättste besser bei der Pokriefke angefragt, wenn Du wirklich mit ihr bei ihr zu Hause ...«

»Kapier doch: In der Osterzeile kann ich mich nicht mehr blicken lassen.

Wenn die nicht schon da sind, dauert es auf keinen Fall lange – sag mal, kann ich bei Euch im Keller, für'n paar Tage bloß?«

Aber ich wollte abermals nichts damit zu tun haben: »Kriech sonstwo unter. Ihr habt doch Verwandte auffem Land, oder bei den Pokriefkes im Holzschuppen der Tischlerei, die ihrem Onkel ... Oder auf dem Kahn.«

Das Wort trug eine Weile. Zwar sagte Mahlke noch: »Bei dem Sauwetter?«, aber es war schon alles beschlossen; und wenn ich mich zäh und viel redend weigerte, ihn zum Kahn zu begleiten, gleichfalls vom Sauwetter sprach, zeichnete sich dennoch ab, daß ich mit ihm mußte: Regenwetter verbindet.

Eine gute Stunde lang liefen wir von Neuschottland nach Schellmühl und wieder zurück und abermals den langen Posadowskiweg hoch. In den Windschatten von mindestens zwei Litfaßsäulen, die von immer denselben Kohlenklau- und Groschengrabplakaten rund waren, drückten wir uns, kamen wieder ins Laufen. Vom Haupteingang der Städtischen Frauenklinik aus sahen wir die vertraute Kulisse: hinter dem Bahndamm und schweren Kastanien lockten Giebel und Turmhelm des standfesten Gymnasiums; aber er guckte nicht oder sah was anderes. Dann standen wir eine halbe Stunde lang in dem Wartehäuschen der Haltestelle Reichskolonie mit drei oder vier Volksschülern unterm selben lauten Blechdach. Die Jungs boxten sich mäßig und drückten einander von der Bank. Nützte nicht viel, daß Mahlke ihnen den Rücken drehte. Zwei kamen mit aufgeschlagenen Schulheften, sprachen breitestes Bocksch durcheinander, und ich sagte: »Habt Ihr denn keine Schule?«

»Nä äst om Naine, wänn wä ieberhaupt jähn.«

»Gebt schon her – aber dalli.«

Mahlke setzte jeweils auf die letzte Seite beider Hefte oben links seinen Namen und Dienstrang. Die Jungs waren nicht zufrieden, wollten außerdem die genaue Zahl der abgeschossenen Panzer vermerkt haben – und Mahlke gab nach, schrieb, als füllte er Postanweisungen aus, zuerst mit Zahlen, dann mit Buchstaben, und mußte noch in zwei weitere Hefte mit meinem Füllhalter seinen Vers setzen. Schon wollte ich ihm den Füller abnehmen, als einer der Jungs wissen wollte: »Wo ham Se die dän abjeknallt bei Bjälgerott oder bai Schietemier?«

Mahlke hätte nicken und Ruhe schaffen sollen. Er flüsterte aber mit belegter Stimme: »Nein, Jungs, die meisten im Raum von Kovel–Brody–Brezany. Und im April, als wir die erste Panzerarmee bei Buczacz herausholten.«

Ich mußte den Füllhalter noch einmal aufschrauben. Die Jungs wollten alles schriftlich haben und pfiffen zwei weitere Volksschüler aus dem Regen in das Wartehäuschen. Immer derselbe Jungensrücken hielt als Schreibunterlage still. Der wollte sich strecken, gleichfalls ein Heft vorzeigen, aber sie ließen es nicht geschehen: einer muß hinhalten. Und Mahlke mußte mit zunehmend zitternder Schrift – auch sprang ihm wieder der helle Schweiß aus den Poren – Kovel schreiben und Brody–Brezany, Cerkassy und Buczacz. Fragen kamen aus blankverschmierten Gesichtern: »Warrn Se och bai Kriewäurock?« Jeder Mund offen. In jedem Mund fehlten Zähne. Augen vom Großvater väterlicherseits. Ohren ganz aus Mutters Familie. Naslöcher hatte jeder: »Ond wo wärrden Se nu hinvälecht?«

»Mänsch, darffä nech sagen nech, waas frräkst?«

»Wätten wä, inne Inwasjon?«

»Dem schparrn se auf fier nachem Kriech.«

»Frag ihm mal, obber och baim Fiehrä war jewäsen?«

»Onkel warrste?«

»Sag ma, siehss nech, dessä Ontroffzier is?«

»Ham Se kain Pfoto von sech bai sech?«

»Wä sammeln nämlech.«

»Wielank ham Se aijentlich noch Uälaup?«

»Jo, wielank noch?«

»Send Se morjen noch da?«

»Oder wänn is Jä Uälaup vorbai?«

Mahlke brach durch. Tornister ließen ihn stolpern. Mein Füller blieb in dem Häuschen. Dauerlauf in schräger Schraffur. Seite an Seite durch Pfützen: Regen verbindet. Erst hinter dem Sportplatz fielen die Jungens zurück. Noch lange riefen sie und mußten nicht zur Schule. Noch heute wollen sie mir meinen Füllfederhalter zurückgeben.

Erst zwischen den Schrebergärten hinter Neuschottland versuchten wir ruhiger zu atmen. Ich hatte Wut im Bauch, und die Wut bekam Junge. Mit dem Zeigefinger tippte ich auffordernd gegen den verdammten Bonbon, und Mahlke nahm ihn sich hastig vom Hals. Auch er hing, wie Jahre zuvor der Schraubenzieher, an einem Schnürsenkel. Mahlke wollte ihn mir geben, doch ich winkte ab: »Laß man, danke für Obst.«

Aber er warf das Eisen nicht in die nassen Büsche, sondern hatte eine Gesäßtasche.

Wie komm ich hier weg? Die Stachelbeeren knapp hinter behelfsmäßigen Zäunen waren unreif: Mahlke begann mit zwei Händen zu pflücken. Mein Vorwand suchte nach Worten. Er futterte und spuckte Schlauben. »Wart hier ne halbe Stunde. Du mußt unbedingt Proviant mitnehmen, sonst hältste das nicht lange aus auf dem Kahn.«

Hätte Mahlke gesagt: »Komm aber wieder!«, ich hätt' mich verdrückt. Er nickte kaum, als ich ging, rupfte mit zehn Fingern aus Sträuchern zwischen Zaunlatten, zwang mich mit vollem Mund, auszuhalten: Regen verbindet.

Es öffnete Mahlkes Tante. Gut, daß seine Mutter nicht zu Hause war. Hätte ja bei uns was Eßbares holen können. Dachte aber: Wozu hat er seine Familie? War auch neugierig auf die Tante. Wurde enttäuscht. Sie stand hinter der Küchenschürze und stellte keine Fragen. Durch offene Türen roch es nach etwas, das stumpfe Zähne machte: bei Mahlkes wurde Rhabarber eingekocht.

»Wir wolln für Joachim ne kleine Feier veranstalten. Trinkbares haben wir genug, aber falls wir Hunger bekommen ...«

Wortlos holte sie zwei Kilobüchsen Schmalzfleisch aus der Küche, brachte auch einen Büchsenöffner mit. War aber nicht der gleiche, den Mahlke aus dem Kahn hochgeholt hatte, als er die Froschschenkeldosen in der Kombüse fand.

Während sie holte und hin und her überlegte – die Mahlkes hatten immer die Schränke voll, hatten Verwandte auf dem Land und mußten nur zugreifen –, stand ich auf unruhigen Beinen im Korridor und guckte mir jenes Querformat an, das Mahlkes Vater mit dem Heizer Labuda zeigte. Die Maschine stand nicht unter Dampf.

Als die Tante mit einem Einkaufsnetz und Zeitungspapier für die Konservendosen zurückkam, sagte sie: »Ond wennä ässen wolld vom Schmalzflaisch, misst ä ärst warmmachen besschen. Is sonst zu mächtich ond blaibt of Magen liejen.«

Falls ich beim Weggehen fragte, ob jemand dagewesen wäre und nach Joachim gefragt hätte, wurde mir die Frage mit Nein beantwortet. Aber ich fragte nicht, sondern sagte in der Tür: »Schönen Gruß von Joachim soll ich bestellen«, obgleich Mahlke mir keinen Gruß, nicht mal an seine Mutter, aufgetragen hatte.

Auch er war nicht neugierig, als ich wieder zwischen den Schrebergärten im gleichen Regen vor seiner Uniform stand, das Netz an eine Zaunlatte hängte und mir die abgeschnürten Finger rieb. Immer noch tilgte er unreife Stachelbeeren und zwang mich, gleich seiner Tante, um sein leibliches Wohlbefinden besorgt zu sein: »Du wirst Dir noch den Magen verkorksen!« Aber Mahlke raffte, nachdem ich »Gehn wir« gesagt hatte, drei Hände voll aus tropfenden Sträuchern, füllte die Hosentaschen und spuckte, während wir um Neuschottland und die Siedlung zwischen Wolfsweg und Bärenweg einen Bogen schlugen, harte Stachelbeerschlauben vor sich hin. Als wir auf dem hinteren Perron des Straßenbahnanhängers standen und linker Hand der Flugplatz im Regen lag, fraß er das Zeug immer noch in sich hinein.

Er reizte mich mit Stachelbeeren. Auch ließ der Regen nach. Das Grau wurde milchig, machte Lust, auszusteigen und ihn mit Stachelbeeren alleine zu lassen. Ich sagte aber nur: »Bei Euch zu Hause haben sie schon zweimal nach Dir gefragt. Waren welche in Zivil.«

»So?« Mahlke spuckte weiterhin Schlauben auf den Lattenrostboden des Perrons. »Und meine Mutter? Ahnt sie was?«

»Deine Mutter war nicht da, nur Deine Tante.«

»Wird einkaufen gewesen sein.«

»Glaube kaum.«

»Dann war sie bei Schielkes und hat bügeln geholfen.«

»War sie auch nicht, leider.«

»Willste paar Stachelbeeren?«

»Abgeholt wurde sie, nach Hochstrieß. Wollte es Dir eigentlich nicht sagen.«

Erst kurz vor Brösen gingen Mahlke die Stachelbeeren aus. Aber er suchte noch in beiden durchnäßten Taschen, als wir schon über einen Strand liefen, den der Regen gemustert hatte. Und als der Große Mahlke hörte, wie die See den Strand klatschte, und mit Augen die Ostsee sah, auch die Kulisse des Kahns weit draußen und die Schatten einiger Pötte auf der Reede, sagte er – und der Horizont machte ihm einen Strich durch beide Pupillen –: »Ich kann nicht schwimmen.« Dabei hatte ich mir schon Schuhe und Hosen ausgezogen.

»Nu fang keine Geschichten an.«

»Wirklich nicht, ich hab Bauchschmerzen. Die verdammten Stachelbeeren.«

Da fluchte ich und suchte und fluchte und fand eine Mark in der Jackentasche, auch bißchen Kleingeld. Damit lief ich nach Brösen und lieh beim alten Kreft ein Boot für zwei Stunden. Das war gar nicht so leicht, wie es sich hinschreibt, obgleich Kreft nur wenige Fragen stellte und mir half, das Boot flottzubekommen. Als ich das Boot wieder auflaufen ließ, lag Mahlke im Sand und wälzte sich und seine Panzeruniform. Ich mußte ihn treten, damit er auf die Beine kam. Er zitterte, produzierte Schweiß, drückte sich beide Fäuste in die Magengrube; aber ich kann ihm heute noch nicht die Bauchschmerzen glauben, trotz unreifer Stachelbeeren auf nüchternen Magen.

»Geh mal in die Dünen, nun los, geh schon!« Er ging krumm, machte Schleifspuren und verschwand hinterm Strandhafer. Vielleicht hätte ich sein Käppi sehen können, aber ich behielt, obgleich nichts ein- oder auslief, die Mole im Auge. Zwar kam er immer noch krumm zurück, half mir jedoch, das Boot freizubekommen. Ich setzte ihn ans Heck, gab ihm das Netz mit beiden Konservendosen auf die Knie und den Büchsenöffner im Zeitungspapier in die Pfoten. Als das Wasser hinter der ersten, dann hinter der zweiten Sandbank dunkel wurde, sagte ich: »Jetzt kannst Du mal paar Schläge machen.«

Der Große Mahlke schüttelte nicht einmal den Kopf, saß gebogen, hielt sich am eingewickelten Büchsenöffner fest und starrte durch mich hindurch: denn wir saßen uns gegenüber.

Obgleich ich nie mehr und bis heute nicht in ein Ruderboot stieg, sitzen wir uns immer noch gegenüber: und seine Finger fummeln. Am Hals ist er leer. Aber sein Käppi gerade. Seesand krümelt aus Uniformfalten. Kein Regen, aber die Stirn tropft. Jeder Muskel starr. Augen zum Auslöffeln. Mit wem die Nase vertauscht? Beide Knie fliegen. Keine Katze auf See, aber die Maus flüchtig.

Dabei war es nicht kalt. Nur wenn die Wolken rissen und die Sonne durch Löcher fiel, wanderten Schauer fleckig über die kaum atmende Fläche und sprangen auch das Boot an. »Pull doch auch mal paar Schläge, das heizt ein.« Zähneklappern bot das Heck als Antwort, und aus periodischem Stöhnen kamen zerbissene Worte auf die Welt: »... hat man davon. Hätt mir einer vorher sagen. Wegen son Quatsch. Dabei hätte ich wirklich nen guten Vortrag. Hätte mit Beschreibung des Richtaufsatzes, dann über Hohlraumgranaten, Maybach-Motoren und so weiter. Mußte als Ladeschütze immer raus und Bolzen nachschlagen, auch bei Beschuß. Hätte aber nicht nur über mich. Wollte über meinen Vater und Labuda. Hätte ganz kurz das Eisenbahnunglück vor Dirschau. Und wie mein Vater durch persönlichen Einsatz. Und daß ich am Richtaufsatz immer an meinen Vater. War nicht mal versorgt, als er. Dank Dir auch für die Kerzen damals. O allzeit Reine. Die Du im unverletzlichen Glanze. Durch Fürsprache teilhaftig werde. Liebreiche. Gnadenreiche. Jawohl. Denn gleich mein erster Einsatz nördlich Kursk hat bewiesen. Und mitten im Schlamassel, als bei Orel der Gegenangriff. Und wie im August an der Vorskla die Jungfrau. Alle lachten, und den Divisionspfarrer schickten sie mir auf den Hals. Aber dann brachten wir die Front zum Stehen. Wurde leider zum Mittelabschnitt versetzt. Sonst wäre bei Charkow nicht so schnell. Prompt, bei Korosten erschien sie mir wieder, als wir das neunundfünfzigste Korps. Dabei hatte sie nie das Kind, immer das Bild. Wissen Sie, Herr Oberstudienrat, das hängt bei uns auf dem Korridor, neben dem Schuhputzsäckchen. Und das hielt sie nicht vor der Brust sondern tiefer. Ganz deutlich hatte ich die Lokomotive drinnen. Mußte nur zwischen meinen Vater und den Heizer Labuda halten. Vierhundert. Direkter Beschuß. Hast ja gesehen Pilenz, ich sprech die Dinger immer zwischen Turm und Wanne an. Das lüftet ganz schön. Nein, gesprochen hat sie nicht Herr Oberstudienrat. Aber wenn ich ganz ehrlich sein soll: mit mir muß sie nicht sprechen. Beweise? Sage ja, hielt das Bild. Oder in der Mathematik. Wenn Sie unterrichten und davon ausgehen, daß sich parallele Linien im Unendlichen berühren, ergibt sich doch, das müssen Sie zugeben, so etwas wie Transzendenz. Und so war es auch in der Bereitstellung östlich Kasatin. Am dritten Weihnachtstag übrigens. Sie bewegte sich von links gegen das Waldstück in Marschgeschwindigkeit fünfunddreißig. Mußte nur draufhalten draufhalten drauf. Mach mal links zwei Schläge, Pilenz, wir kommen vom Kahn ab.«

Mahlke verstand es, während des anfangs nur geklapperten, dann zwischen beherrschten Zähnen skizzierten Vortrages, den Kurs unseres Bootes zu überwachen und mir mit Hilfe seiner Diktion ein Tempo aufzuerlegen, das meine Stirn Schweiß treiben ließ, während ihm die Poren trockneten und Schluß machten. Keinen Ruderschlag lang war ich sicher, ob er über den wachsenden Brückenaufbauten mehr sah als die üblichen Möwen.

Bevor wir anlegten, saß er locker am Heck, spielte lässig mit dem Büchsenöffner ohne Papier und klagte nicht über Bauchschmerzen. Vor mir stand er auf dem Kahn, und als ich das Boot festgemacht hatte, bastelten seine Hände am Hals: der große Bonbon aus der Gesäßtasche klebte wieder oben. Händereiben, Sonne brach durch, Gliederschütteln: Mahlke schritt das Deck mit besitzergreifenden Schritten ab, summte sich ein Stück Litanei, winkte zu den

Möwen hoch und spielte jenen aufgeräumten Onkel, der nach jahrelanger und benteuerlicher Abwesenheit auf Besuch kommt, sich selbst als Geschenk mitbringt und Wiedersehn feiern will: »Halloh, Kinder, Ihr habt Euch überhaupt nicht verändert!«

Mir gelang es schwer, mitzuspielen: »Mach schon, mach schon! Der olle Kreft hat mir das Boot nur für eineinhalb Stunden geliehen. Wollte zuerst nur ne Stunde.«

Mahlke fand sofort den sachlichen Ton: »Na schön. Reisende soll man nicht aufhalten. Der Pott übrigens, ja der, neben dem Tanker, liegt ziemlich tief. Wetten, daß das ein Schwede ist. Den rudern wir, damit Du Bescheid weißt, heute noch an. Und zwar, sobald es dunkelt. Sieh zu, daß Du gegen neun hier anlegst. Das werde ich wohl verlangen können – oder?«

Natürlich war bei so schlechter Sicht die Nationalität des Frachters auf der Reede nicht auszumachen. Mahlke begann sich umständlich und wortreich auszuziehen. Er plauderte Belangloses. Bißchen Tulla Pokriefke: »Ein Luder, kann ich Dir sagen.« Klatsch über Hochwürden Gusewski: »Der soll angeblich Stoffe, auch Altartücher verschoben haben, vielmehr die Bezugscheine für das Zeug. Ein Prüfer war da, vom Wirtschaftsamt.« Dann Komisches über seine Tante: »Aber eins muß man ihr lassen, mit meinem Vater hat sie sich immer gut verstanden, auch als beide noch Kinder waren auf dem Land.« Prompt die alten Geschichten von der Lokomotive: »Übrigens kannst Du vorher nochmal in der Osterzeile vorbeischauen und das Bild mit oder ohne Rahmen mitnehmen. Nein, laß es lieber hängen. Ist nur Ballast.«

Er stand in jenen roten Turnhosen, die ein Stück Tradition unseres Gymnasiums bedeuteten. Die Uniform hatte er sorgfältig und zum vorschriftsmäßigen Päckchen zusammengelegt und hinter dem Kompaßhäuschen, seinem angestammten Platz, verstaut. Wie vorm Schlafengehn standen die Knobelbecher. Ich sagte noch: »Haste alles, die Büchsen? Vergiß nicht den Öffner.« Von links nach rechts ließ er den Orden wechseln, quasselte hemmungslos Schülerunsinn, das alte Spielchen: »Wieviel Tonnen hat das argentinische Schlachtschiff Moreno? Geschwindigkeit in Knoten? Wie stark ist die Wasserlinie gepanzert? Baujahr? Umgebaut wann? Wieviel Fünfzehnkommazwo hatte die Vittorio Veneto?«

Ich antwortete träge, war aber froh, daß ich den Kram noch parat hatte. »Nimmste beide Dosen auf einmal nach unten?«

»Mal sehn.«

»Vergiß nicht den Büchsenöffner, da liegt er.«

»Du sorgst für mich wie ne Mutter.«

»Also wenn ich Du wäre, würd ich jetzt langsam in den Keller.«

»Jadoch, ja. Das Zeug wird ganz schön vergammelt sein.«

»Sollst ja nicht überwintern.«

»Hauptsache ist, das Feuerzeug macht noch mit, denn Sprit hat es unten genug.«

»Das Ding da würd ich nicht wegschmeißen. Vielleicht kannst es drüben als Andenken verkloppen. Man weiß nie.«

Mahlke ließ den Artikel von einer Hand in die andere hüpfen. Auch als er sich von der Brücke nahm und Schrittchen für Schrittchen die Luke suchte, tat er mit beiden Händen spielerisch abwägend, obgleich ihm das Netz mit beiden Dosen den rechten Arm schnürte. Seine Knie machten Bugwellen. Seine Angströhren und die Wirbelsäule warfen, weil die Sonne mal wieder kurz durchbrach, Schatten nach links.

»Wird schon halb elf sein oder noch später.«

»Gar nicht mal so kalt, wie ich dachte.«

»Ist nachem Regen immer so.«

»Schätze: Wasser siebzehn, Luft neunzehn.«

Der Ansteuerungstonne voraus lag ein Bagger in der Fahrrinne. Er zeigte Betrieb, aber Geräusche blieben Einbildung, weil der Wind gegen ihn stand. Einbildung blieb auch Mahlkes Maus, denn er zeigte mir, als er mit suchenden Füßen den Lukenrand gefunden haben mochte, weiterhin nur den Rücken.

Immer wieder bohre ich mir mit selbstgedrechselter Frage im Ohr: Sagte er noch etwas, bevor er nach unten ging? Halbgewiß bleibt nur jener verkantete Blick über die linke Schulter zur Brücke. Durch kurzes Hocken feuchtete er sich an, färbte das Fahntuchrot der Gymnasiastenturnhose stumpf dunkel, raffte rechts das Netz mit den Konservendosen handlich zusammen – aber der Bonbon? Am Hals hing er nicht. Verwarf er ihn unauffällig? Welcher Fisch bringt ihn mir? Sagte er noch etwas über die Schulter? Hoch zu den Möwen? Gegen den Strand oder die Pötte auf der Reede? Verfluchte er Nagetiere? Ich glaube nicht, zu hören, daß Du »Also, bis heute abend!« sagtest. Kopfvoran und mit zwei Konservendosen beschwert, tauchte er weg: runder Rücken und Gesäß folgten dem Nacken. Ein weißer Fuß stieß ins Leere. Das Wasser über der Luke fand ins gewohnte kurzwellige Spiel.

Da nahm ich den Fuß vom Büchsenöffner. Ich und der Büchsenöffner blieben zurück. Wäre ich gleich ins Boot, Leine ab und weg: »Na, der wird es auch ohne schaffen«, aber ich blieb, zählte Sekunden, überließ dem Bagger, voraus der Ansteuerungstonne, mit wandernden, auf Raupen laufenden Greifern das Vorzählen, zählte angestrengt mit: zweiunddreißig dreiunddreißig rostige Sekunden. Sechsunddreißig siebenunddreißig schlammhievende Sekunden. Einundvierzig zweiundvierzig schlechtgeölte Sekunden, sechsundvierzig siebenundvierzig achtundvierzig Sekunden lang tat der Bagger mit steigenden, kippenden, zu Wasser gehenden Greifern, was er konnte: er vertiefte die Fahrrinne zur Hafeneinfahrt Neufahrwasser und half mir, die Zeit zu messen: Mahlke mußte am Ziel sein und mit Konservendosen, ohne Büchsenöffner, mit oder ohne jenen Bonbon, dessen Süße Bitternis zum Zwilling hatte, die ehemalige, über dem Wasserspiegel liegende Funkerkabine des polnischen Minensuchbootes »Rybitwa« bezogen haben.

Wenn wir auch keine Klopfsignale abgemacht hatten, hättest Du dennoch klopfen können. Noch einmal und noch einmal ließ ich den Bagger für mich dreißig Sekunden abzählen. Wie sagt man. Nach menschlichem Ermessen mußte er... Die Möwen irritierten. Schnittmuster entwarfen sie zwischen Kahn und Himmel. Als aber die Möwen ohne lesbaren Grund plötzlich abdrehten, irritierten mich fehlende Möwen. Und ich begann zuerst mit meinen Absätzen, dann mit Mahlkes Knobelbechern das Brückendeck zu bearbeiten: Rost sprang in Placken ab, kalkiger Möwenmist krümelte und tanzte bei jedem Schlag mit. Pilenz, mit dem Büchsenöffner in hämmernder Faust, rief: »Komm wieder rauf, Mensch! Du hast den Büchsenöffner oben gelassen, den Büchsenöffner...« Pausen nach wilden, dann rhythmisch geordneten Schlägen und Schreien. Konnte leider nicht morsen, hämmerte: zweidrei zweidrei. Machte mich heiser: »Büch – sen – öffner! Büch – sen – öffner!«

Seit jenem Freitag weiß ich, was Stille ist, Stille tritt ein, wenn die Möwen abdrehen. Nichts vermag mehr Stille zu bewirken, als ein arbeitender Bagger, dem der Wind die eisernen Geräusche wegstemmt. Aber die größte Stille bewirkte Joachim Mahlke, indem er auf meinen Lärm keine Antwort wußte.

Also, ich ruderte zurück. Aber bevor ich zurückruderte, warf ich den Büchsenöffner in Richtung Bagger, traf ihn aber nicht.

Also, ich warf den Büchsenöffner weg, ruderte zurück, gab das Boot beim Fischer Kreft ab, mußte dreißig Pfennige nachbezahlen und sagte: »Vielleicht komme ich gegen Abend nochmal vorbei und hol mir das Boot nochmal.«

Also, ich warf weg, ruderte zurück, gab ab, zahlte nach, wollte nochmal, setzte mich in die Straßenbahn und fuhr, wie man zu sagen pflegt, nach Hause.

Also, nach alledem ging ich nicht gleich nach Hause, sondern klingelte in der Osterzeile, stellte keine Fragen, ließ mir aber die Lokomotive im Rahmen geben, denn ich hatte ja zu ihm und zu dem Fischer Kreft gesagt: »Vielleicht komme ich nochmal gegen Abend...«

Also, meine Mutter hatte gerade das Mittagessen fertig, als ich zu Hause mit dem Querformatbild ankam. Ein leitender Herr vom Werkschutz der Waggonfabrik aß mit uns. Es gab keinen Fisch; und für mich lag neben dem Teller ein Brief vom Wehrbezirkskommando.

Also, ich las und las und las meinen Einberufungsbefehl. Meine Mutter begann zu weinen und brachte den Herrn vom Werkschutz in Verlegenheit. »Fahr ja erst Sonntagabend«, sagte ich und dann, ohne Rücksicht auf den Herrn: »Weißt Du, wo Papas Feldstecher geblieben ist?«

Mit diesem Feldstecher also, und mit dem Bild im Querformat, fuhr ich am Sonnabendvormittag und nicht, wie verabredet, am selben Abend – die Sicht wäre dunstig gewesen, auch regnete es wieder – nach Brösen, suchte mir den höchsten Punkt auf den Strandwalddünen: den Platz vor dem Kriegerdenkmal. Ich stellte mich auf die höchste Stufe des Denkmalpodestes und behielt – über mir wuchs der Obelisk und trug die verregnete Goldkugel – eine halbe, wenn nicht dreiviertel Stunde lang den Feldstecher vor den Augen. Erst als mir alles verschwamm, ließ ich das Glas sinken und guckte in die Hagebuttenbüsche.

Also, es rührte sich nichts auf dem Kahn. Deutlich standen zwei leere Knobelbecher. Zwar hingen wieder Möwen über dem Rost, setzten auf, puderten das Deck und das Schuhzeug; aber was können Möwen schon beweisen. Auf der Reede lagen die gleichen Pötte wie am Vortag. War aber kein Schwede darunter, überhaupt kein Neutraler. Den Bagger hatte es kaum verrückt. Das Wetter versprach, besser zu werden. Ich fuhr abermals, und wie man so sagt, nach Hause. Meine Mutter half mir meinen Pappkoffer packen.

Also, ich packte: jenes Foto im Querformat hatte ich aus dem Rahmen genommen und, da Du keinen Anspruch stelltest, zuunterst gelegt. Auf Deinem Vater, dem Heizer Labuda, auf Deines Vaters Lokomotive, die nicht unter Dampf stand, stapelte sich meine Unterwäsche, der übliche Kram und mein Tagebuch, das später mit Foto und Briefen bei Cottbus verlorenging.

Wer schreibt mir einen guten Schluß? Denn, was mit Katze und Maus begann, quält mich heute als Haubentaucher auf schilfumstandenen Tümpeln. Wenn ich die Natur meide, zeigen mir Kulturfilme diese geschickten Wasservögel. Oder die Wochenschau hat Hebungsversuche gesunkener Frachtkähne im Rhein, Unterwasserarbeiten im Hamburger Hafen als Aktualität eingefangen: Bunker neben der Howaldt-Werft sollen gesprengt, Luftminen geborgen werden. Männer steigen mit blinkenden, leicht verbeulten Helmen hinab, kommen wieder hoch, Arme strecken sich ihnen entgegen, am Helm wird geschraubt, sie heben den Taucherhelm ab: aber nie zündet sich der Große Mahlke eine Zigarette auf flimmernder Filmleinwand an; immer rauchen andere.

Kommt ein Zirkus in die Stadt, verdient er an mir. Ich kenne so ziemlich alle, sprach mit diesem und jenem Clown privat und hinterm Wohnwagen; aber die Herren sind oft humorlos und wollen von einem Kollegen Mahlke nichts gehört haben.

Muß ich noch sagen, daß ich im Oktober neunundfünfzig nach Regensburg, zum Treffen jener Übriggebliebenen fuhr, die es wie Du zum Ritterkreuz gebracht hatten? Man ließ mich nicht in den Saal. Drinnen spielte eine Kapelle der Bundeswehr oder machte Pause. Durch einen Leutnant, der das Absperrkommando befehligte, ließ ich Dich während solch einer Pause vom Musikpodium ausrufen: »Unteroffizier Mahlke wird am Eingang verlangt!« – Aber Du wolltest nicht auftauchen.

MARTIN WALSER

Ein fliehendes Pferd

I

Plötzlich drängte Sabine aus dem Strom der Promenierenden hinaus und ging auf ein Tischchen zu, an dem noch niemand saß. Helmut hatte das Gefühl, die Stühle dieses Cafés seien für ihn zu klein, aber Sabine saß schon. Er hätte auch nie einen Platz in der ersten Reihe genommen. So dicht an den in beiden Richtungen Vorbeiströmenden sah man doch nichts. Er hätte sich möglichst nah an die Hauswand gesetzt. Otto saß auch schon. Zu Sabines Füßen. Er sah aber noch zu Helmut herauf, als wolle er sagen, er betrachte sein Sitzen, solange Helmut sich noch nicht gesetzt habe, als vorläufig. Sabine bestellte schon den Kaffee, legte ein Bein über das andere und schaute dem trägen Durcheinander auf der Uferpromenade mit einem Ausdruck des Vergnügens zu, der ausschließlich für Helmut bestimmt war. Er verlegte seinen Blick auch wieder auf die Leute, die zu dicht an ihm vorbeipromenierten. Man sah wenig. Von dem wenigen aber zuviel. Er verspürte eine Art hoffnungslosen Hungers nach diesen hell- und leichtbekleideten Braungebrannten. Die sahen hier schöner aus als daheim in Stuttgart. Von sich selbst hatte er dieses Gefühl nicht. Er kam sich in hellen Hosen komisch vor. Wenn er keine Jacke anhatte, sah man von ihm wahrscheinlich nichts als seinen Bauch. Nach acht Tagen würde ihm das egal sein. Am dritten Tag noch nicht. So wenig wie die gräßlich gerötete Haut. Nach acht Tagen würden Sabine und er auch braun sein. Bei Sabine hatte die Sonne bis jetzt noch nichts bewirkt als eine Aufdünsung jedes Fältchens, jeder nicht ganz makellosen Hautstelle. Sabine sah grotesk aus. Besonders jetzt, wenn sie voller Vergnügen auf die Promenierenden blickte. Er legte eine Hand auf ihren Unterarm. Warum mußten sie überhaupt dieses hin und her drängende Dickicht aus Armen und Beinen und Brüsten anschauen? In der Ferienwohnung wäre es auch nicht mehr so heiß wie auf dieser steinigen, baumlosen Promenade. Und jede zweite Erscheinung hier führte ein Ausmaß an Abenteuer an einem vorbei, daß das Zuschauen zu einem rasch anwachsenden Unglück wurde. Alle, die hier vorbeiströmten, waren jünger. Schön wäre es jetzt hinter den geraden Gittern der Ferienwohnung. Drei Tage waren sie hier, und drei Abende hatte er Sabine in die Stadt folgen müssen. Jedesmal auf diese Promenade. Leute beobachten fand sie interessant. War es auch. Aber nicht auszuhalten. Er hatte sich vorgenommen, Kierkegaards Tagebücher zu lesen. Er hatte alle fünf Bände dabei. Wehe dir, Sabine, wenn er nur vier Bände schafft. Er wußte überhaupt nicht, was Kierkegaard in seinen Tagebüchern notiert hatte. Unvorstellbar, daß Kierkegaard etwas Privates notiert haben konnte. Er sehnte sich danach, Kierkegaard näherzukommen. Vielleicht sehnte er sich nur, um enttäuscht werden zu können. Er stellte sich diese tägliche, stundenlange Enttäuschung beim Lesen der Tagebücher Kierkegaards als etwas Genießbares vor. Wie Regenwetter im Urlaub. Wenn diese Tagebücher keine Nähe gestatteten, wie er fürchtete (und noch mehr hoffte), würde seine Sehnsucht, diesem Menschen näherzukommen, noch größer werden. Ein Tagebuch ohne alles Private, etwas Anziehenderes konnte es nicht geben. Er mußte Sabine sagen, daß er ab morgen die Abende nur noch in der Ferienwohnung verbringen werde. Er hätte zittern können vor Empörung! Er hier auf dem zu kleinen Stuhl, Leute anstierend, während er in der Ferienwohnung...

Ans Wasser wollte er Kierkegaard nicht mitnehmen. Das hatte er als Fünfzehnjähriger getan. *Zarathustra* hatte er auf dem Bauch liegend gelesen. Snob, der er war, hatte er die französische Übersetzung gelesen. *Ainsi parlait Zarathustra.*

Sabines Vergnügen an den Vorbeiströmenden hatte inzwischen ein Lächeln erzeugt, das sich nicht mehr änderte. Er genierte sich für Sabines Lächeln. Er berührte sie am Oberarm. Wahrscheinlich sollte man reden miteinander. Ein alt werdendes Paar, das stumm auf Caféstühlen sitzt und der lebendigsten Promenade zuschaut, sieht komisch aus. Oder trostlos. Besonders, wenn die Frau noch dieses schon seit längerem verstorbene Lächeln trägt. Helmut mochte es nicht, wenn die Umwelt sich über Sabine und ihn Gedanken machen konnte, die zutrafen. Egal, was die Umwelt über ihn und Sabine dachte, es sollte falsch sein. Sobald es ihm gelang, Fehlschlüsse zu befördern, fühlte er sich wohl. *Inkognito* war seine Lieblingsvorstellung. In Stuttgart mußte er erleben, wie in der Nachbarschaft und in der Schule – und zwar bei Kollegen und bei Schülern – die Kenntnis über ihn zunahm. An ihm war der Spitzname *Bodenspecht* hängengeblieben. Das zeigte ich, daß er mit einer geradezu höheren Art von Genauigkeit erfaßt, durchschaut und bezeichnet war. Jedesmal, wenn ihm das Erkannt- und Durchschautsein in Schule oder Nachbarschaft demonstriert wurde, die Vertrautheit mit Eigenschaften, die er nie zugegeben hatte, dann wollte er fliehen. Einfach weg, weg, weg. Die benützten Kenntnisse über ihn, deren Richtigkeit er nicht bestätigt hatte. Sie benützten sie zu seiner Behandlung. Zu seiner Unterwerfung. Zu seiner Dressur. Die wußten ihn zu nehmen. Und je mehr die ihn zu nehmen wußten, desto größer wurde seine Sehnsucht, wieder unerkannt zu sein. Wenn jemand von ihm noch nichts wußte, war noch alles möglich. Leider hatte er das nicht immer so genau gewußt. Deshalb hatte er jene Vertrautheiten nicht verhindert. Jetzt blieb ihm nur noch die Flucht. Ein-, zweimal im Jahr. Der Urlaub eben. Im Urlaub probierte er Gesichter und Benehmensweisen aus, die ihm geeignet zu sein schienen, seine wirkliche

Person in Sicherheit zu bringen vor den Augen der Welt. Unerreichbar zu sein, das wurde sein Traum. Und er hatte Mühe, die schlanke, spitze, nach allen Seiten vollkommen steil abfallende Felsenburg nicht zu einem andauernden Bewußtseinsbild werden zu lassen. Ein Überneuschwanstein wollte sich einbrennen in seine Vorstellungen. Und Wälder. Immer sah er Wälder. Sah sich durch Wälder traben. Ohne sich zu bewegen, trabte er und kam immer tiefer hinein in Wälder, die, zum Glück, kein Ende hatten. Wälder, die kein Ende haben, das ist überhaupt das Vollkommene.

Ja, hatte er denn Lehrer werden wollen? Will denn irgend jemand etwas werden? Drückte sich in dieser Sehnsucht, noch nicht erkannt zu sein, der Wunsch aus, jünger zu sein? Als er seine erste Stelle angetreten hatte, veröffentlichte er in der Schülerzeitung ein paar Sätze, die er immer noch auswendig wußte. Wenn er sich die Zeilen wieder vorführte, grinste er dazu, als müsse er einem Witz zuhören, der sein Anstandsgefühl verletzte:

Die Begeisterung des Lehrers

Es handelt sich um einen beschränkten Gegenstand, den er nicht vollkommen beherrscht, aber mit aller Kraft darbietet. Die Schüler werden von anderer Seite über den Gegenstand besser informiert werden. Aber während sie den hartnäkkigen Reden des Lehrers zuhörten, haben sie etwas gelernt, was sie nicht bemerkten. Seine Lächerlichkeit ist etwas fürs Leben. Sie werden daran mit größter Andacht zurückdenken. Je tiefer der Lehrer in der Vergangenheit versinkt, desto höher wird in den Schülern die Andacht steigen.

Sein Grinsen kam wahrscheinlich von den Skrupeln, die er hatte, weil er sich dergleichen nicht einfach verschwieg.

Wie war das angenehm, vor dem Zürn'schen Haus auszusteigen, in dem sie seit elf Jahren jedes Jahr vier Wochen lang die Ferienwohnung bewohnten; zu spüren, wie man schon ganz von selbst die Rolle produzierte, die man hier spielte.

Sein Benehmen gegenüber Frau Zürn hatte sich beim ersten Aufenthalt vor elf Jahren gebildet und konnte seitdem als fertig gelten. Sie hielt ihn für heiter, gesprächig, erholungsbedürftig, blumenfreundlich, tierliebend, kindernärrisch, herzensgut...

Er hatte die Urlaubsrolle, die Frau Zürn von ihm erwartete, nicht erfunden. Er hatte lediglich sein Benehmen so eingerichtet, wie es, nach seinem Gefühl, Frau Zürn am liebsten hatte. Was dabei zustande kam, hatte mit ihm angenehm wenig zu tun. Es konnte allerdings sein, daß auch das Lächeln, das Frau Zürn, sobald er und Sabine auftauchten, produzierte, nichts mit ihr zu tun hatte. Um so besser. Ihr Mann hatte in elf Jahren nicht ein einziges längeres Gespräch mit ihm geführt. Mit Sabine schon. Er und dieser Dr. Zürn gingen als zwei ebenbürtige Geheimnisse aneinander vorbei. Zu Sabine hatte er schon gesagt, dieser Dr. Zürn sei ihm sympathischer als alle anderen Menschen. Sahen sie einander nicht sogar ähnlich? Runder Rücken, runder Bauch. Und schwer. Helmut spürte in der ein bißchen zu höflichen Zuvorkommenheit, mit der man von Zürns behandelt wurde, die ihm angenehmste Form von Distanz. Er wollte nicht wissen, was Dr. Zürn für ein Doktor sei; warum die Zürns in einem schönen Haus am Ufer immer noch eine Ferienwohnung vermieteten; sowenig wie die Zürns von ihnen wissen wollten, warum ihnen in elf Jahren nicht endlich einmal ein anderes Urlaubsziel eingefallen sei. Das Schönste an diesem Urlaubsverhältnis war die jährlich wachsende, aber völlig annäherungslose Vertrautheit zueinander. Über die Basis, daß sowohl Dr. Zürn wie auch sie vor elf Jahren einen jungen Spaniel gehabt hatten, waren sie nicht hinausgekommen. Jetzt hatten sowohl Dr. Zürns wie auch sie einen alten Spaniel. Trotzdem konnte er sich niemanden denken, dem er sich vertrauter fühlte als Herrn und Frau Zürn. Zu deren vier Töchtern hatte er allerdings die Distanz wie zur übrigen Menschheit. Ach wär' man jetzt nur draußen bei Zürns!

Sabine sagte: Du bist doch nicht nervös. Sie sah ihn nicht an, als sie das sagte. Jemand, der sie von fern beobachtete, hätte, nach ihrem Gesichtsausdruck, geschlossen, sie habe zu ihrem Mann gesagt: Mit dir hier zu sitzen, ist sagenhaft schön. Er sagte: Nervös?! Wie kommst du denn darauf? Sie sagte: Hast du Hunger? Hunger, sagte er auf eine ernsthaft romantische Art. Sollen wir gehen, fragte sie. In die Wohnung, sagte er. Nein, zum Essen, sagte sie. Hast du Hunger, fragte er. Wie hätten nach dem Mittagessen nicht soviel Kuchen essen dürfen, sagte sie. Du hast ihn gebacken, sagte er. Ich weiß, sagte sie schuldbewußt. Wenn du ihn wenigstens nicht so gut machen würdest, sagte der dumpf. Eine Rettung gibt's sowieso nicht, dachte er. Er wußte nicht, warum er das dachte. Rette den Menschen, dachte er. Rett' ihn doch. Vielleicht ist Sabine imstande, dieses Leutebetrachten zu genießen. Er glaubte das nicht. Dann müßte sie ganz anders sein als er. Ist sie aber nicht. Sie haben aufeinander gewirkt. Sie sind einander jetzt unheimlich verwandt. Schau doch ihr Lächeln an. Wahrscheinlich hast du, ohne es zu bemerken, in diesem Augenblick ganz genau das gleiche abschüssige Lächeln im Gesicht. Wer euch so sieht, muß euch für Zwillinge halten. Und in diesem Augenblick sagte Sabine: Ich glaube, wir haben beide schon das Spanielgesicht. Das passierte immer wieder, daß sie etwas aussprach, was wie eine Antwort war auf das, was er gerade dachte. In diesem Augenblick ärgerte es ihn. Halt's Maul, dachte er und genierte sich gleich stürmisch dafür, daß er in Gedanken so wüst mit Sabine umging. Kämpf doch nicht so, sagte Sabine und legte ihre Hand auf seine. Er entzog ihr seine Hand und streichelte Otto und sagte: Der ist mit Recht beleidigt, weil du gesagt hast, wir sähen ihm gleich, dabei siehst nur du ihm gleich, ich überhaupt nicht. Separatist, sagte sie. Findest du das gut hier, sagte er. Ich könnte ewig Leute anschauen, sagte sie. Ich nicht, sagte er. Schade, sagte sie. Ich geh' jetzt, sagte er wütend. Nur noch eine Minute, sagte sie. Bitte, sagte er und sah auf die Uhr.

2

Plötzlich stand ein zierlicher junger Mann vor ihrem Tisch. In Bluejeans. Ein blaues Hemd, das offen war bis zu dem ungefärbten Gürtel, in den Zeichen eingebrannt waren. Und neben dem ein Mädchen, das durch die Jeansnaht in zwei deutlich sichtbare Hälften geteilt wurde. Wie sie, wohin man schaute, geländehaft rund und sanft war, war er überall senkrecht, durchtrainiert, überflußlos. Auf der tiefbraunen Brust hatte er nur ein paar goldblonde Haare, aber auf dem Kopf einen dicht und hoch lodernden Blondschopf. Wahrscheinlich ein ehemaliger Schüler, dachte Helmut. Das passiert einem ja leider immer wieder, daß man von ehemaligen Schülern oder Schülerinnen angesprochen wird. Und meistens von denen, die vorher alles getan haben, einem die Arbeit in der Schule unerträglich zu machen. Die, die einen gequält haben bis aufs Blut, die bauen sich dann plötzlich vor einem auf, grinsen, strecken die Hand her, stellen einem ein Mordsweib vor oder so ein erschütterndes Mädchen; womöglich auch noch ein paar glücklich kreischende Kinder, die einen mit pappigen Fingern berühren; dann quatschen sie einem die Ohren voll mit ihrer tollen Biographie und legen Reuebekenntnisse ab, beteuern, daß sie erst im Lauf der Jahre eingesehen hätten, was er für ein *klasse* Lehrer gewesen sei ... Er konnte sich die Sentimentalitätsausbrüche seiner vormaligen Peiniger nur mit Widerwillen und Ekel anhören. Er sah den Herrschaften, während sie redeten, auf die Schuh- beziehungsweise Zehenspitzen. Das tat er ja auch in der Schule. Darum *Bodenspecht*. Es dürften die Mädchen gewesen sein, die diese Kopf- und Körperhaltung bei ihm bewirkt hatten. Mit ihren rücksichtslosen Blusen und Hosen. Einmal hatte ihn die Kraft zur Verstellung verlassen; er hatte hingelangt; zum Glück hatte die Betroffene es für ein Versehen gehalten.

Nein, der flammend Blonde in Blau, mit Augenweiß und Zähneweiß und nackten Füßen und schönen unbeschädigten Zehen, war kein Schüler, es war Klaus Buch. Und Klaus Buch wollte nicht glauben, daß ihn sein Schulkamerad und Jugendfreund und Kommilitone Helmut nicht mehr kenne. Helmut konnte sich nur immer wieder entschuldigen. Sein Erinnerungsvermögen für Gesichter und Namen sei professionell erschöpft, sagte er. Er habe sich schon zu viele Gesichter und Namen merken müssen. Klaus Buch ... – er log sich vorwärts – ... natürlich, jetzt erwache in ihm die Vertrautheitsempfindung, sowohl dem Namen wie dem Gesicht gegenüber. Und das ist also Sabine, Helmuts Frau. Und das ist Helene, genannt Hel, Klaus' Frau. Als er dieser Hel die Hand gab, spürte er, daß Klaus jetzt ein Kompliment erwartete. Das war eine Frau wie eine Trophäe. Zumindest hätte Helmut seinem früheren Freund Klaus jetzt sagen müssen, wie perplex er, Helmut, sei, weil Klaus eher aussehe, als sei er ein Schüler von Helmut. Obwohl er jetzt allmählich zugeben müsse, einen Freund gehabt zu haben, der Klaus Buch geheißen und ausgesehen habe wie der junge vor ihm stehende Mann, könne er den vor ihm Stehenden überhaupt nicht mit dem in seiner Erinnerung allmählich auftauenden Klaus Buch zusammenbringen, einfach weil sein Klaus Buch inzwischen auch sechsundvierzig sein müßte, während der vor ihm Stehende doch eher sechsundzwanzig sei. Samt seinem Mädchen. Vor allem wegen seines Mädchens. All das sagte Helmut nicht. Kein Kompliment. Du wirst dich wundern, dachte er. Er sah den beiden auf die Fußspitzen. Auch ihre Zehen lagen wohlig und gerade nebeneinander. Die beiden redeten. Redend setzten sie sich. Sitzend redeten sie weiter. Helmut dachte an die Tagebücher Kierkegaards. Sabine gab alle Auskünfte, die durch Hels und Klaus' Reden nötig wurden. Helmut nickte. Plötzlich fuhr Klaus Buch mit einem hellen Schrei hoch und schüttelte eine Hand durch die Luft, als sei sie ihm gerade verbrannt oder durchschossen worden. Helmut und Sabine begriffen nichts. Zum Glück lachte Helene Buch. Als Klaus Buch sich wieder gefaßt hatte, schaute er vorsichtig unter den Tisch.

Gehört das Tier euch, fragte er.

Aber der hat doch noch nie jemanden gebissen, sagte Sabine.

Hel sagte: Bei seinem Ekel vor Hunden genügt die geringste Berührung, und der Schock ist fertig.

Sabine sagte: Otto, Platz. Sie entschuldigte sich vielmals bei Klaus Buch und versprach, daß sie Otto überwachen werde.

Ja, also, seit drei Jahren kommen die auch schon hierher in Urlaub. Und wohnen draußen in Maurach. Also keinen Kilometer von uns weg, sagte Sabine. Sie, Sabine und Helmut, wohnten in derselben Richtung, schon elf Jahre lang. Sie, Hel und Klaus, hatten das Mittelmeer satt. Das ist wirklich lustig, daß sie seit drei Jahren nebeneinander Urlaub machen und einander nie gesehen haben. Also, wenn das nicht lustig ist, Helmut. Mensch, Helmut, wie findest du das? Doch, das findet er auch lustig. Hel und Klaus segeln viel. Sabine und Helmut liegen lieber faul am Wasser, dann sitzen sie herum. Es klang, als beklage sie sich bei Klaus Buch über Helmut. Helmut nickte. Er wußte, daß Sabine sich nicht wirklich beklagte. Es gefiel ihr eben, jetzt so zu tun, als beklage sie sich. Es war vielleicht eine Art Kompliment für Klaus Buch. Sie wurde ganz aufgeregt vor Freude über die freudige Aufregung, in die Klaus Buch durch diese Begegnung versetzt worden war. Daß der sich so freute, ihren Mann wiedergetroffen zu haben, tat ihr offenbar gut. Sie schaute Klaus Buch mit einer Art Seligkeit an. So als hätte sie auf ihn seit langem gewartet und sei nun gespannt auf jedes Wort von ihm. Dieser Klaus Buch konnte nicht aufhören, von seinem Jugendfreund Helmut zu schwärmen. Schon mit vierzehn *Zarathustra* gelesen. Ihnen allen voraus. Pubertät mit Dornenkrone. So eine inzüchtige Zielsüchtigkeit. Immer schon. Stimmt doch, oder? Klaus Buch formulierte so, daß man, wenn man widersprach oder zustimmte, fast nur der Formulierung, aber nicht dem Gesagten widersprach oder zustimmte. Helmut sei immer schon der Prophet in Hosenträgern gewesen, was! Die heilige Hektik in Person. Einfach entzündet. Barfuß und entzündet, anders kenne er seinen Helmut nicht. Oft genug auch sei die Entflammung ins Physische übergesprungen. Alle vier Wochen habe man für drei bis fünf Tage nur zu den Fenstern hinaufschauen können, hinter denen – und zwar hinter scheußlich rostroten Vorhängen – Helmut seine Entzündungen ausbrennen ließ. Helmut unterbrach ihn. Er wollte hier weg. Inzwischen hörten sicher schon viele Leute mit. Auch hatte er das Gefühl, Klaus Buchs Frau langweile sich beim Anhören dieser sie überhaupt nicht betreffenden Formulierungen.

Sie entkämen ihm aber nicht, sagte Klaus Buch. Er lade hiermit die Halms zum Abendessen ein und sei eigentlich nicht bereit, irgendeine Form der Absage zu akzeptieren.

Der weiß tatsächlich noch meinen Namen. Nach zirka... Wann sie sich das letzte Mal gesehen hätten, fragte Helmut im Aufstehen so beiläufig als möglich. Das weißt du nicht mehr, rief Klaus Buch. Das wollte er nicht glauben. Es seien doch fast auf den Tag genau 23 Jahre. Da sei er, Klaus Buch, weg von Tübingen, weil er doch die Stelle in Edinburgh ergattert hatte. Nach der Abschiedsfeier habe doch Helmut von ihm verlangt, er müsse im Brunnen auf dem Marktplatz baden. Gewohnt, alles, was Helmut befahl, zu tun, habe er im Marktbrunnen gebadet. Das könne Helmut nicht vergessen haben.

Helmut tat, als erinnere er sich genau an das, was Klaus Buch mit großartigen Griffen wie aus einer Puppentheaterkiste auffahren ließ. Aber er erinnerte sich an nichts von dem, was Klaus Buch hervorzauberte. Wenn der nicht *Zarathustra* und die häufigen Mandelentzündungen erwähnt hätte, hätte es sich auch um eine Verwechslung handeln können. Schon die rostroten Vorhänge wirkten auf ihn wie Bühnenbild. Hatten sie zu Hause rostrote Vorhänge? Er durfte gar nicht sagen, wie fremd er diesen Klaus Buch fand. An der dunkelsten Stelle seines Gedächtnisses kratzte zwar etwas, was vielleicht der Name dieses Herrn sein konnte. Und dieses Blond und diese flinke, zierliche Sportlichkeit, dieses Lachen, das den Zähnen zuliebe stattzufinden schien... das konnte vorgekommen sein. So ein prognathisches Mustergebiß mit geradezu unflätig beweglichen Lippen konnte in seiner Jugend vorgekommen sein. Aber es konnte auch nicht. Andererseits wußte der soviel über Dritte, was Helmut wiedererkannte, eine Verwechslung war ausgeschlossen.

Vielleicht hatte Helmut diesen Klaus Buch aus seinem Gedächtnis getilgt. Hatte er nicht einmal einen beneidet, der eine Lektorstelle in Edinburgh gekriegt hatte? Er glaubte, er habe. Und ein Kläuschen, das immer alles kriegte, hatte es gegeben. Das war dann der. Dieses Haus, das Fenster hatte, so hoch wie Kirchenfenster, farbige, das war deren Haus; hinter dunklen Bäumen; feierlich. Er war nie hineingegangen. Er hatte Angst gehabt. Nur einmal, als er wußte, die waren alle an der Nordsee, war er über die Mauer geklettert und hatte, von den Büschen aus, diesen Garten betrachtet und dieses hohe Haus. Hatte es nicht einen Erker, der sich mit Hilfe eines eigenen spitzen Dachs zu einem Türmchen entwickeln wollte? Plötzlich hatte er abhauen müssen. Vor Angst.

Hattest du nicht ein Vollballonrad, sagte Helmut. Jaa, rief Klaus Buch, Mensch, endlich, ich habe schon gefürchtet, du willst mich nicht mehr kennen.

Klaus sagte, er führe sie in den *Hecht*. Sehr einverstanden, sagte Helmut.

3

Helmut begriff allmählich, daß dieser Klaus Buch für einige ihm teure Jahre seines Lebens keine Zeugen mehr gehabt hatte. Und gerade aus diesen Jahren wollte er offenbar überhaupt nichts verlorengehen lassen. Zur Wiedererwekkung des Gewesenen brauchte er einen Partner, der zumindest durch Nicken und Blicke bestätigte, daß es so und so gewesen sei. Ohne diesen Partner könnte er gar nicht sprechen von damals. Helmut sah, daß er es mit dem Kriegskameradenphänomen zu tun hatte. Er kannte diesen Wiedererweckungsfanatismus nicht. Jeder Gedanke an Gewesenes machte ihn schwer. Er empfand eine Art Ekel, wenn er daran dachte, mit wieviel Vergangenheit er schon angefüllt war. Deckel drauf. Zulassen. Bloß keinen Sauerstoff drankommen lassen, sonst fing das an zu gären. Anders Klaus Buch. Wenn der einen Faden hatte, wollte er alle anderen anhängigen auch. Er konnte nicht nachgeben, bis er das ganze Gewebe eines Nachmittags vor 25 Jahren wieder vor sich zu haben glaubte. Oder doch das Muster. Oder die Farben. Oder wenigstens die Idee. Meistens wußte dieser Klaus Buch allerdings so genau Bescheid über das, was gewesen war, daß Helmut erschrak. Auf dem Rand des Marktplatzbrunnens hätten Geranienkisten gestanden, von denen sie, bevor Klaus Buch das von Helmut befohlene Bad habe nehmen können, zwei Kistchen heruntergenommen hätten. Die Theologiestudentin, du weißt doch, die mit dem Marika-Rökk-Gesicht und der gestickten Bluse, die habe sich umgedreht, als Klaus Buch mit dem Entkleiden begonnen habe. Weißt du nicht mehr, mit so halblangen nach innen gedrehten Haaren und oben auf den Haaren einen Zopf, der dann links und rechts in ihnen verschwunden sei oder aufgehört habe...

Helmut spürte einen brennenden Neid. Er hatte praktisch nicht gelebt. Es war nichts übriggeblieben. Hinter ihm war so ziemlich nichts. Wenn er sich erinnern wollte, sah er reglose Bilder von Straßen, Plätzen, Zimmern. Keine Handlungen. In seinen Erinnerungsbildern herrschte eine Leblosigkeit wie nach einer Katastrophe. Als wagten die Leute noch nicht, sich zu bewegen. Auf jeden Fall standen sie stumm an den Wänden. Die Mitte der Bilder blieb meistens leer. Er spürte, daß in ihm das Abenteuer endgültig zu Ende gegangen war. Das Erzählbare überhaupt. Manchmal setzte er sich zwar hin und ließ in einer Art Panik alle Leute aufmarschieren, die er je kennengelernt hatte. Die Namen und Gestalten, die er aufrief, erschienen. Aber für den Zustand, in dem sie ihm erschienen, war *tot* ein viel zu gelindes Wort. Er hatte wahrscheinlich kein schlechteres Gedächtnis als andere. Auch zogen ihn Jugend und Kindheit in der bekannten Weise an. Aber dann konnte er nichts anfangen mit den stummen, geruchlosen, farblosen Szenen. Eine Zeitlang hatte er fanatische Erweckungsversuche betrieben. Einmal hatte er sogar angefangen, alles aufzuschreiben, was er von seinem Vater noch wußte. Sein Vater war Kellner im *Hindenburgbau* gewesen. Helmut hatte sich geekelt, als er sich erlebte, wie er die Gedächtnisfetzen zusammenleimte, wie er sie anmalte, behauchte, Texte erfand für sie. Für dieses Puppentheater war er zu alt. Etwas von früher lebendig zu machen, hieß doch, es auf eine Weise komplettieren, daß das Vergangene in jener Pseudoanschaulichkeit auferstand, die den Vergangenheitsgrad des Vergangenen einfach verleugnete. Was von seinem Vater nachher auf dem Papier stand, wollte den Schädelstättenzustand, in dem das Vergangene in ihm existierte, weglügen. Ihn interessierte gerade die Abgestorbenheit des Vergangenen. Klaus Buch erzählte offenar das Vergangene am liebsten drastisch. Gibt es etwas, was weniger zusammenpaßt als Vergangenes und Drastisches? Bei Klaus Buch rollte es nur so von Tönen, Gerüchen, Geräuschen; das Vergangene wogte und dampfte, als sei es lebendiger als die Gegenwart. Die Erinnernden wurden kleine Männchen, die hinaufzeigten, in den Himmel, wo die Riesen saftig kämpften. Helmut sah nur Fetzen, Löcher, Gebleichtes, Verebbtes, Vernichtetes. Im Grunde tat er seit Jahr und Tag nichts, als sich vorzubereiten auf den Umgang mit dem Vernichteten. Ihn zog nichts so an wie dieses Vernichtete. Irgendwann einmal würde er von morgens bis in die Nacht nur dieses Vernichtete um sich versammeln. Sein Ziel war es, schon die eigene Gegenwart in einen Zustand zu überführen, der der Vernichtetheit des Vergangenen so ähnlich als möglich war. Schon jetzt wollte er vergangen sein. Das war seine Richtung. Es sollte in ihm, um ihn, vor ihm so fetzenhaft sein wie im Vergangenen. Man ist ja viel länger tot als lebendig. Es ist doch grotesk, wie winzig die Gegenwart im Verhältnis zum Vergangenen ist. Und dieses Verhältnis sollte jede Sekunde der Gegenwart gebührend minimalisieren, zerreiben, bis zur Unfühlbarkeit entstellen.

Klaus Buch und seine Frau aßen nur Steak und Salat, und den Salat aßen sie vor dem Steak. Und sie tranken nur Mineralwasser. Ihr Mineralwassertrinken lobten sie so, als müßten Halms das so rasch als möglich nachmachen. Und wie sie selbst Mineralwasser noch beurteilen konnten! Helmut war schon in dem Café an der Promenade aufgefallen, daß die beiden sich keinen Kaffee bringen ließen. Auch dort hatten sie Mineralwasser getrunken. Aber sie hatten es dort nicht gelobt. Sie machten Helmut und Sabine herzliche Vorwürfe wegen deren bedenkenloser Art zu essen und zu trinken. Es war Hel, die diese Vorwürfe besorgt an Sabine richtete. Helmut und Sabine tranken den schwersten, teuersten Spätburgunder. Helmut trank fünf Viertel davon. Sabine zwei. Er spürte, wie er in einer schönen düsteren Schwere versank. Weit weg von ihm turnte Klaus Buch die Erinnerungen nach und konnte sich kaum auf dem Stuhl halten vor Begeisterung, wenn Helmut aus reiner Höflichkeit soweit ging zu bemerken, das Mädchen mit der Zopfleiste, die Theologiestudentin, von deren Fährte Klaus Buch die Nase ein Semester lang nicht heben konnte, sei aus Worms gewesen. Dadurch erwachte diesem Klaus nämlich ihr Sprachklang bis zur Hörbarkeit. Aber mitten im schönsten Nachhören tat er wieder den Schrei, den er an der Promenade getan hatte; diesmal war der Schrei, weil sie in einer der alten niederen *Hecht*-Stuben saßen, so furchtbar, daß auch Helmut aufsprang, daß auch Leute an anderen Tischen, in Nebenstuben sogar, aufsprangen. Sabine schlug Otto auf die Schnauze. Klaus Buch war hinausgerannt, um sich die Hände zu waschen. Sabine sagte scheinheilig: Das ist das erste Mal, daß er das macht. Das stimmte zwar, aber offenbar glaubte sie das selbst nicht.

Als Klaus Buch zurückkam, fand er nicht mehr in die Erinnerungsfeier hinein. Er und Hel schauten eine Zeitlang stumm zu, wie Sabine und Helmut die Käseplatte leerten, Weißbrot aßen, Rotwein tranken. Als Helmut die von Entsetzen geweitern Augen der Buchs zum dritten Mal durch Aufschauen zur Kenntnis genommen hatte, sagte er, Hels und Klaus' Zuschauen erinnere ihn an eine Szene aus dem Leben des großen schwedischen Philosophen Emanuel Swedenborg. Der habe, als er schon über fünfzig und ein berühmter Mann gewesen sei, einmal allein in seinem Zimmer in einem Londoner Hotel zu Abend gegessen. Plötzlich habe er in einer Ecke seines Zimmers einen Mann wahrgenommen, der in dem Augenblick zu Swedenborg herübersagte: Iß nicht soviel. Und wie hat der Herr Philosoph reagiert, fragte Hel. Von dieser Stunde an nahm er nur noch eine Semmel in gekochter Milch zu sich. Und viel Kaffee. Den aber unmäßig süß. Na bitte, sagte Hel. Swedenborg, Klaus, bitte merk dir den Namen, der interessiert mich. Eine Semmel pro Tag oder pro Mahlzeit? Das weiß ich leider nicht, sagte Helmut. Das mindert den Wert des Rezepts erheblich, sagte Hel. Sie schien fast ärgerlich vor Enttäuschung. Alles haben Sie sich gemerkt, sagte sie, den Namen, den Vornamen, den Beruf, die Nationalität, den Ort der Handlung, die Lokalität, die Bestandteile, und dann vergessen Sie die Mengenangabe. Klaus, begreifst du das? Helmut war immer nur an Qualität interessiert, nie an Quantität, sagte Klaus Buch. Aber ohne genaue Quantitätsangaben kommt doch überhaupt keine Qualität zustande, rief Hel. Iß nicht soviel, sagte Klaus Buch. Dann schaute er auf die Uhr. Mein Gott, bald elf, sagte er. Helmut hätte gern noch ein oder zwei Viertel von diesem Waldulmer getrunken. Aber Klaus Buch stand schon, hatte – für alle – bezahlt. Gab schon, während Helmut noch dagegen protestierte, daß er seine und Sabines Zeche nicht bezahlen dürfe, den Plan für morgen bekannt. Morgens um halb sieben laufen sie, um sieben spielen sie Tennis, vormittags segeln sie, dann essen sie Mittag, dann schlafen sie, um drei Uhr haben sie ausgeschlafen, da wollen sie Sabine und Helmut sehen. Wenn natürlich Sabine und Helmut mit ihnen um sieben Uhr ein Doppel spielen wollten, wäre das himmlisch. Helmut lehnte schaudernd, Sabine lächelnd ab.

Sie hätten Sabine und Helmut gern bis Nußdorf mitgenommen, aber sie seien mit den Rädern da. Helmut fühlte sich verpflichtet zu sagen, er und Sabine freuten sich auf den Spaziergang nach Nußdorf hinaus. Sobald die weg waren, machte er den Vorschlag, mit dem Omnibus zu fahren. Es ging aber keiner mehr. Mißmutig trottete Helmut neben der munteren Sabine nach Nußdorf hinaus. Zum Glück wehte ein heftiger Westwind und brachte Bäume und See zum Rauschen. Dieses einmütige Rauschen mochte er. Leider sprach Sabine fast ununterbrochen. Und zwar von Klaus Buch. Sie fand es zwar auch komisch, daß die schon um sieben Uhr morgens Tennis spielten und den Wein verschmähten und nicht rauchten, aber sonst fand sie die beiden erfrischend. Um Sabine nicht ganz allein zu lassen, sagte er, er sei auch ein bißchen froh, daß sie die beiden getroffen hätten, sonst hätte er an diesem Abend keinen so guten Wein gekriegt. Seine Zigarren hätten ihm noch nie so gut geschmeckt wie in dem Augenblick, als dieser Klaus Buch die von Helmut angebotene Zigarre mit der Bemerkung abgelehnt habe, er dürfe nicht rückfällig werden. Das klang, als sei Rauchen ein Verbrechen, sagte Helmut, und irgendwie hat das Bewußtsein, rauchend ein Verbrechen zu begehen, mir die Zigarre noch voller durch die Adern strömen lassen.

Das war gelogen. Als er bemerkte, daß die sein Rauchen mit einer erschütternden Teilnahme beobachteten, hatte ihm das Rauchen nicht mehr so geschmeckt wie sonst.

Einen Augenblick überlegte Helmut, ob er Sabine nicht vorschlagen sollte, daß sie sich beide rasch auszögen und in die Wellen stürzten zu einem kurzen Bad. Das hatten sie schon getan. Aber er fürchtete, Sabine werde diesen Vorschlag für eine Wirkung dieses Klaus Buch halten. Sie hatte ihm vorgeworfen, er sage immer *dieser Klaus Buch*. Wie sie es, bitte, gern hätte, hatte er gefragt. Der sei doch sein Freund. Gewesen, sagte Helmut. Vom elften bis zum dreiundzwanzigsten Lebensjahr, wie er heute erfahren habe. Das bedeute für ihn nichts mehr. Trotzdem, es sei doch lächerlich, jedesmal *dieser Klaus Buch* zu sagen, anstatt *Klaus*. Stimmt, sagte Helmut, sogar sehr lächerlich. Von jetzt an sagst du *Klaus*, sagte sie. Ja, sagte er, von jetzt an sage ich *Klaus*. Sabine boxte ihn ein wenig. Sie glaubte offenbar, jetzt seien sie sich einig. Das war ihm recht.

Da er zuviel gegessen und vielleicht auch zuviel getrunken hatte, fand er keinen ruhigen Schlaf. Auch Sabine lag öfter wach neben ihm. Beide waren überrascht, daß dieser Rotwein sie nicht tiefer betäubte. Helmut sagte, er gehe noch einmal hinüber, etwas nachschlagen. Er setzte sich an den Tisch und schrieb: Lieber Klaus Buch, ich sehe ein Mißverständnis wachsen. Vielleicht ist es schon zu spät. Das wäre verhängnisvoll. Ich muß euch warnen. Sobald jemand freundlich ist zu mir, spüre ich, daß ich nicht mehr so freundlich sein kann, wie ich einmal war. Ich glaube, jetzt scheine ich freundlicher als ich bin. Manchmal tut es mir noch leid, daß ich nicht so freundlich bin, wie ich scheine. Wenn jemand zu mir freundlich ist, geniere ich mich wie ein Fleischesser unter Vegetariern. Was alles passiert ist, sage ich nicht. Das hieße ja, um Verständnis werben. Etwas verschweigen kommt mir schön vor. Mein Ideal ist es, ruhig zusehen zu können, wenn man falsch verstanden wird. Dem Mißverständnis zustimmen, das möchte ich lernen. Sogenannte Feinde sogenannten Freunden vorziehen, das möchte ich lernen.

Helmut hörte auf. Er merkte, wie lächerlich es war, diesen Brief zu schreiben. Wenn er auch nur einen einzigen Satz dieses Briefes ernst meinte, hieß das, daß er ihn nicht mitteilen durfte. Aber er konnte nicht aufhören zu schreiben. Also schrieb er weiter: Und wisse: Ich bin nicht interessiert, etwas über mich zu erfahren, geschweige denn, etwas über mich zu sagen. Deshalb sollten wir uns nicht noch einmal sehen. Ja, ich fliehe. Weiß ich. Wer sich mir in den Weg stellt, wird ... Ich will mich nicht aussprechen. Mein Herzenswunsch ist zu verheimlichen. Diesen Wunsch habe ich mit der Mehrzahl aller heute lebenden Menschen gemeinsam. Wir verkehren miteinander wie Panzerschiffe. Nach nicht ganz verständlichen Regeln. Der Sinn dieser Regeln liegt in ihrer Unvernünftigkeit. Je mehr ein anderer über mich wüßte, desto mächtiger wäre er über mich, also ...

Helmut hörte auf. Er war erleichtert. Der Brief war in einen Ton geraten, der das Wegschicken unmöglich machte. Erst als er den Brief-Ton bis zur Unmittelbarkeit getrieben hatte, konnte er aufhören. Jetzt freute er sich auf sein Bett. Er spürte, wie ihn die Selbstgenügsamkeit des Negativen durchströmte. Wie schön, daß, wer nichts mehr will, sich selbst genügt. Wie leicht alles wird, sobald man allein ist. Nicht nur innen. Jeder Schritt. Ein Glas und eine Hand. Keine Affäre, sich zu bewegen. Über dieses Teppich-Medaillon könnte er ewig hin und her wandern. Sobald er allein ist, ist der Schulterzwang weg. Vor allem der Gesichtszwang ist weg. Ruhig fließen die Züge. Liegen ohne weiteres. Der Mund hat es am allerschönsten. Er tut einfach, was er will. Sobald der Mund weiß, wir sind allein, benimmt er sich wie ein Hund. Liegt lange reglos, hat dann Lust, Bewegungen zu machen, Spiele. Offenbar will er sich jetzt empfinden. Na fabelhaft. Soll er.

4

Durch Pfeifen, Bäumebetrachten und einen Kommentar über die hoch erhaben daliegende Kirche Birnau, die ihre Brust der Sonne hinhalte wie ein junges Rind, versuchte Helmut zu verhindern, daß der Gang zum Hotel *Seehalde* als eine Wallfahrt zu Klaus Buch erscheine. Er wollte den Gang selbst zu etwas machen. Daß Sabine unerbittlich verlangt hatte, Otto müsse in der Wohnung bleiben, hatte ihn erschreckt. Das war eine Unterwerfungsgeste. Er hatte gestöhnt und die Sekunde verflucht, in der sie gestern von Klaus Buch entdeckt worden waren. Jetzt komm doch, das tut dir gut, hatte Sabine gesagt. Was? hatte er zurückgefragt. Daß du einmal herausgerissen wirst. Wo herausgerissen? Aus deinem Trott. Trott nennst du das, hatte er gerufen, Trott! Diese hageldichte Folge von gravierenden Momenten, von denen uns jeder einzelne wieder eine ganze Traube von Entscheidungen abverlangt. Stehen wir auf, wenn ja, wann, frühstücken wir, aber was, ziehen wir uns an, wenn ja, was, gehen wir ans Wasser, wenn ja, wo legen wir uns hin, und wie...

Helmut machte, als Klaus Buch auf sie zueilte, ein möglichst kompliziertes Gesicht. Klaus Buch sagte, da Halms, zum Glück, ihr vierbeiniges Laster nicht dabei hätten, müsse man segeln. Helmut schaute Sabine an, als wolle er sagen: Das hast du jetzt davon. Er sagte, das sei eine wunderbare Idee, aber leider seien Sabine und er nicht zum Segeln angezogen. Klaus sagte: Schuhe runter, alles klar. Sabine stimmte einfach zu. Helmut zeigte ihr, daß er staune. Wußte sie nicht, wie komisch sie in einem Segelboot aussähen?

Helmut und Sabine wurden auf den Boden der sie mit heftigem Schwanken empfangenden Jolle gesetzt. Kissen wurden untergeschoben. Mit zum Himmel starrenden Zehen saßen sie fremd und versuchten, den sportlichen Bewegungen der Buchs auszuweichen. Klaus Buch hatte verlangt, daß Sabine und Helmut auch die Strümpfe auszögen. Sonst rutschten sie aus und brächen sich was. Helmut hielt Sabine seine Socken hin und machte dabei ein Gesicht, in dem er Verzweiflung triumphieren ließ. Klaus legte ab, Hel war sein Vorschotmann, der Westwind griff sich die Segel, Sabine hatte Angst, die Buchs, die oben saßen, lachten. Helmut hatte das Gefühl, er und Sabine würden hier zu einem Großelternpaar gemacht. Klaus Buch benahm sich an der Pinne, als müsse man ihm andauernd Komplimente machen. Helmut beherrschte sich. Allmählich fand Sabine, daß sie sich Segeln so schön nicht vorgestellt habe. Dieses leise scharfe Gleiten, also nein. Und diese Landschaft, Helmut, schau, vom See aus sind die einander ermöglichenden Hügel noch schöner als beim Spazierengehen. Sie tat, als wäre sie zum ersten Mal auf dem See.

Ist es nicht, als habe sich eine Herde von Hügeln nur zum Ruhen um den See gelagert, rief sie. Offenbar wollte sie mit Klaus in einen Formulierungswettbewerb treten. Helmut spürte die Sanftheit der Hügel, vor denen man hinfuhr, auch. Aber er hütete sich, das zu sagen. Klaus Buch sagte es. Er kenne seinen Helmut. Daß den das im Sonnenglast auf- und niedersteigende Grün nicht unberührt lasse, brauche ihm keiner zu sagen. Helmut habe in der Schule immer die schmelzendsten Stimmungsbilder geschrieben. Aber sein größter Trick sei dann gewesen, die ausschweifendsten Wortgebilde mit einer gänzlich interesselosen Stimme vorzulesen.

Helmut gefiel es, daß so ungenau von ihm geschwärmt wurde. Auch um Sabines willen. Er spürte, daß seine Füße eiskalt waren. Es war ein heißer Tag. Unauffällig versuchte er, seine Füße in die Sonne zu bringen.

Es fiel ihm nichts anderes ein, als Klaus Buch nach dessen Karriere zu fragen. Er hoffte, wenn Klaus Buch über sich selber spräche, würden sich seine Formulierungen mäßigen. Tatsächlich sprach der über sich selbst nicht so ausdrucksgierig wie er über Helmut gesprochen hatte. Aber wie er sich selbst charakterisierte, war Helmut auch unangenehm. Der konnte einem nichts recht machen. Ganz unernst gestand er, daß er sich zum Erzieher charakterlich nicht befähigt gefunden habe. Er hätte, wenn er beamteter Lehrer geworden wäre, nicht die Seelenstärke gehabt, die man brauche, um dem Trott zu entgehen. Der schicksallose Kleinbürger wäre er geworden. Ein spießig verwitterndes Harnsäurekonzentrat, sonst nichts. Ohne Provokation gebe es ihn nicht. Wenn er nicht überfordert werde, lebe er nicht. Er brauche die Grenze, sonst fühle er sich nicht. Also sei er Journalist geworden. Spezialist für Umweltfragen. Innerhalb der Ökologie Spezialist für Ernährungsfragen. Auch im Fernsehen zu sehen. Sabine sagte sofort, sie kämen so gut wie nicht zum Fernsehen, weil sie abends läsen. Klaus beneidete Sabine und Helmut. Abends lesen, echt gut. Für ihn sei es beruhigend, daß es solche Menschen noch gebe. Hel sagte: In deiner *Aufzählung des Grünen* heißt es *Leser sind eine Grüne Lunge der Menschheit*. Hel, sagte er, daß du mich auswendig kannst! Ich glaube, du magst mich doch noch ein bißchen. Das sei ihm von seinen Büchern das Liebste, die *Aufzählung des Grünen*. Was aber lesen Halms, abends? De Sade, sagte Helmut rasch, bevor Sabine antworten konnte. Masoch auch, maulte Sabine nach. Ihr seid mir so zwei, sagte Klaus. Helmut sagte: Stimmt. Klar zur Wende, rief Klaus. Klar, rief Hel. Re, rief Klaus. Sabine und Helmut duckten sich.

Wissen Sie, Klaus, sagte Sabine – Helmut ärgerte sich, weil sie Klaus Buch immer Klaus nannte; er hatte Hel nur Frau Buch genannt und vermied, als er sie, auf ihres Mannes Befehl, Hel nennen sollte, ihren Vornamen ganz und gar –, Helmut ist seit Jahr und Tag dabei, zwei Bücher zu schreiben, aber die Schule frißt ihn einfach auf; jetzt hat er seine Pläne schon auf ein Buch reduziert; aber selbst das muß er immer wieder hinausschieben. Weißt du was, Hel, sagte Klaus, wir werden den Halms unsere harmlosen Büchlein überreichen. Oh ja, sagte Sabine, Helmut, vielleicht macht dir das Mut, doch noch anzufangen.

Helmut dachte, daß es vielleicht eine Art Laster sei, aber das süßeste aller Gefühle sei es doch zu erleben, daß auch die eigene Frau keine Ahnung hat von einem. Natürlich nickte er zu allem, was Klaus sagte, was Sabine sagte und hob dabei zum Zeichen einer im Geistigen beheimateten Hochachtung seine Brauen hoch in die Stirn. Helene Buch hat also auch schon geschrieben. Ja, so was. Über Kräuter. Und Klaus hat sogar schon mehreres veröffentlicht. Über das Essen allgemein. Aha. Und fünfundsiebzigtausend Leute gibt es, die nach seinen Schriften essen. So ist das. Aber er ist bescheiden geblieben. Das sei nicht sein Verdienst. Er habe formuliert, was fällig gewesen sei. Hels Kräuterbuch sei viel verdienstvoller, und deshalb auch viel weniger verbreitet. Hel protestierte. Ich hätte doch nie ein Buch geschrieben, wenn er's nicht verlangt hätte. Zweitens hab ich gar keins geschrieben, ich habe lediglich Pfarrer Künzle ins Neudeutsche übersetzt, das heißt, ich habe jedesmal, wo bei ihm *Gott* steht, *Natur* eingesetzt. Sie kennen ja sicher *Chrut und Uchrut*. Nein?! Also deswegen kämen Buchs doch seit drei Jahren in diese Gegend, um den Pfarrer Künzle besser zu verstehen. Auch geistig, sozusagen. Pfarrer Künzle sei ihnen plötzlich wichtiger geworden als Byzanz und Ravenna. Klaus sei inzwischen so in die Gegend vernarrt, daß er ein großes Bodenseebuch plane. Titel: *Laß Europa aus dir trinken.*

Klaus Buch sagte, mit dem Schwindel da drüben sollte man auch einmal aufräumen. Er zeigte auf die Unteruhldinger Pfahlbauten, an denen man vorbeisegelte. Wieso Schwindel, fragte Helmut. Er glaube, im Prospekt gelesen zu haben, daß sich diese Pfahlbauten in schöner Offenheit zu ihrem Baujahr 1929 oder 30 bekennten. Der Schwindel ist, sagte Klaus, daß dort überhaupt nie Pfahlbauten standen; diese nachgemachten Pfahlbauten täten aber so, als seinen da mal welche gewesen. Ob er sicher wisse, daß an dieser oder an einer benachbarten Stelle, etwa vor Goldbach oder Süßenmühle, niemals Pfahlbauten gestanden hätten, fragte Helmut. Überhaupt nie und nirgends am oder im Bodensee habe es Pfahlbauten gegeben. Helmut sagte herzlich: Lieber Klaus Buch, in der Steinzeit gab es hier keine Pfahlbauten? Die keltische Urbevölkerung wohnte nicht vorzüglich in Pfahlbauten. Hätten die wilden Alemannen die nicht alle sofort weggeputzt? Helmut hatte keine Ahnung. Aber Klaus Buchs Ton reizte ihn zum Widerspruch. Ja, ja, jaaa, rief Klaus Buch, genau so möchte es der Schwindler, der das alles erfunden hat, und dafür schon vor vierzig Jahren zum Professor ernannt worden ist und sich dann ins Fäustchen lachte, weil er nämlich durch seine plumpen und deshalb erfolgreichen Erfindungen sicher längst Millionär war. Bitte, aus mir spricht der reine Neid, das gebe ich zu. Wenn ich zu etwas Lust hätte, dann wär es ein Schwindel, der Hand und Fuß hat, der es gewissermaßen zu wirklichem Leben bringt. Das hast du doch geschafft, sagte, lachend, Hel. Die fünfundsiebzigtausend Leute, die nach deinen Büchern essen, sind doch ziemlich real. Er schaute Hel einen Augenblick lang entsetzt an – seine Zunge arbeitete von innen gegen die Oberlippe und wulstete die Oberlippe, als halte die sie gefangen –, dann lachte er lauter als Hel gelacht hatte. Dann sagte er, das komme davon, daß man so ein rohes junges Ding heirate. Seine erste Frau hätte nie so instinktlos sein können, eine ironische Bemerkung, die er über sich selbst mache, real zu nehmen und auch noch gegen ihn anzuwenden. Herta machte viele Fehler, aber den nicht. Nie. Sie habe nur leider überhaupt keine Entwicklung gehabt und habe deswegen auch ihm keine gegönnt, deshalb habe er sich von ihr rennen müssen, wenn er nicht habe eingehen wollen wie eine Pflanze in einem zu kleinen Topf. Diese Erklärungen richtete Klaus Buch an Sabine. Dann sagte er in einem furchtbar ernsten, geradezu hoffnungslosen Ton zu Hel: Du magst mich nicht mehr, gell? Sie lachte ihn aus, beugte sich zu ihm hinüber und küßte ihn. Er hatte rasch seinen Kopf so gedreht, daß ihr Kuß seinen Mund traf. Danach leckte er seine Lippen um die Lippen herum, damit auch gar nichts von Hels Kuß verlorengehe. Helmut hätte am liebsten nur noch Hel angeschaut. Er mußte vorsichtig an ihr vorbeischauen, weil die anderen sonst gesehen hätten, wie wenig er sich an diesem Mädchen satt sehen konnte. Aber in diesem Vorbeischauen war er ja Experte.

Seine Füße fühlten sich immer noch kalt an, obwohl sie jetzt in der Sonne lagen. Eigentlich nicht die ganzen Füße. Nur die Fersen. Aber die waren so kalt, als lägen sie im Schnee. Er hätte sich bewegen müssen. Er und Sabine saßen da wie ein Konditorehepaar, das sich zur Feier der goldenen Hochzeit zu einer viel zu sportlichen Bootsfahrt hatte einladen lassen. Sie sahen sicher furchtbar komisch aus, auf kleinen Kissen auf dem Boden sitzend, die bloßen Füße von sich gestreckt. Die zerschundenen Zehen. Die wüst gerötete Haut.

Die Trennung von den Kindern habe ihm anfangs schier die Leber zerquetscht, sagte Klaus Buch und reckte sein Gesicht in den Wind und kniff die Augen zusammen, daß die goldenen Wimpern sich abenteuerlich berührten. Seine Frau, eine fanatische Kleinbürgerin, habe die Kinder so gegen ihn aufgehetzt, daß die Kinder jeden Kontakt mit ihm verweigerten. Zum Glück denke Hel da wie er: bloß keine Kinder. Zu bumsen, bloß zur Erzeugung von Kindern, ist doch der Inbegriff des Spießigen, ist es nicht so? Er sei sicher, daß Helmut, der schon in seiner Jugend ein Meister der Bizarrerie gewesen sei, eine schön düstere und reich ritualisierte Bumskultur entwickelt habe. Zum Glück sei man so weit, daß heute jeder nach seiner Façon bumsen könne. Hel und er, zum Beispiel, stünden unheimlich aufs Federn. Seiner ersten Frau sei es dabei echt schlecht geworden. Der Mensch sei zweifellos ein Fehler der Natur, aber der Kleinbürger sei die Erhebung des Fehlers zum Programm. Verklemmt wie Hitler, borniert wie ein bayerischer Ministerpräsident und böse wie Stalin. Hel und er warteten nur auf den Tag, an dem sie dieses Kleinbürgerland endgültig verlassen könnten. Noch ein Mietshaus mehr, dann stächen sie in See. Kurs Bahamas. Das werde doch nicht mehr besser mit den Deutschen. Beispiel, seine erste Frau: eine Verehrerin Pius XII. Mit vierzehn, als Anno-Santo-Pilgerin, mit ihrem Vater, Papstaudienz. Davon habe sie sich nicht mehr erholt. Lieblingsbuch: *Richard Wagner an Mathilde Wesendonck*. Zweitliebstes: *Das Lied von Bernadette* von Werfel. Und habe am Montagmorgen schon gewußt, welche Bluse sie am Freitag tragen werde. Hel sah ihren Klaus mit Mitgefühl an. Sabine sagte so ironisch als möglich: Beneidenswert. Klaus Buch rief: Klar zur Wende. Hel rief: Klar. Klaus Buch rief: Re. Sabine und Helmut duckten sich.

Plötzlich zog Hel ihr Oberteil weg, verstaute es, sagte, Klaus könne bei dem Wind allein fertig werden, und legte sich auf das Vorschiff. Mit Hilfe seines professionellen Blicks sah Helmut ihre Brüste im Vorbeischauen an. Die Brüste sahen aus, als wären sie selber neugierig. Zum Glück hatte Klaus Buch weitergeredet, als sei nichts geschehen. Ob Halms Kinder hätten? Helmut sagte: Sabine, haben wir Kinder? Sabine sagte, wenn er ihre zwei Kinder fragen würde, ob sie Eltern hätten, dann würden sie wahrscheinlich antworten: Eltern! Um Gottes Willen, nie gehabt! Als er ihren Hund gesehen habe, sagte Klaus Buch, habe er gedacht, sie seien ein kinderloses Paar. Warum habt ihr dann keinen Hund, fragte Sabine. Sie mieden alles, was ihre Unabhängigkeit einschränken könnte, sagte Klaus Buch. Sie müßten, wenn ihnen vormittags einfalle, nach Teneriffa zu fliegen, mittags ihr Häuschen in Starnberg verlassen und abends in Los Rodeos landen können, sonst habe er einfach das Gefühl, eine Küchenschabe zu sein. Und das sei ein unangenehmes Gefühl. In der Schule habe er oft das Gefühl gehabt, eine Küchenschabe zu sein. Helmut habe ihn damals ganz schön zappeln lassen. Weil seine Eltern ein schönes Haus am Hang gehabt hätten, mit einem Garten voller Zwetschgenbäume und einer Brombeerwildnis, habe Helmut jeden Besuch des Buchschen Grundstücks verweigert und habe sogar Mitschüler, zeitweise erfolgreich, aufgehetzt, nicht mit Klaus Buch heimzugehen. Er war ein Klassenkämpfer, sagte Klaus Buch. Das ist er nicht mehr, sagte Sabine trocken. Schade, sagte Klaus Buch. Damals habe er natürlich Helmuts geheimen Haß gegen den Buchschen Besitz nicht verstehen können. Er habe gedacht, es sei gegen ihn persönlich gerichtet. Wenn er nicht bei der Gruppenonanie hätte beweisen können, daß sein Geschlechtsteil es mit jedem anderen aufnehmen konnte, wäre er wirklich verzweifelt damals. Mein Gott, was hätte er getan, wenn das Onanieren im Schulabort und auf den Neubauten nicht gewesen wäre. Das seien so ziemlich die einzigen Rehabilitationschancen gewesen für ihn. Da er kleiner gewesen sei als die meisten, hätten die natürlich geglaubt, bei ihnen sei alles länger als bei ihm. Aber die habe er ganz schön in den Winkel gestellt. Ob Helmut das noch wisse, auf dem Sparkassenneubau, im obersten Stock, Aufgabe: wer schafft es, durch die Oberlichtöffnung durchzupinkeln? Und wer hat es als erster geschafft? Der kleine Klaus Buch. Oh, ja. Den langen Lulatschen fehlte es entweder an Druck oder an der Festigkeit des Glieds zur Erzeugung des nötigen Vorhalts. Mit Mathe schaffte man diese Parabel nicht. Aber den größten Lacherfolg schaffte doch Helmut, rief Klaus Buch voller Freude. Helmut schauderte, als er diesen Ton hörte. Helmut habe nämlich damals, was er inzwischen ja sicher längst nicht mehr habe, knifflige Vorhautprobleme gehabt. So einen richtigen Blumenkohlsträußel von Vorhaut habe Helmut vor der Mündung gehabt. Da sei natürlich kein schlanker, weithin reichender Strahl möglich gewesen. Nur so ein gebrochenes Gezische. Zurückziehen ging nicht. Tat viel zu weh. Was also tut unser Helmut? Klemmt vorne die Haut mit Daumen und Zeigefinger ganz zusammen. Läßt Wasser kommen. Hält feste zu. Der Hautballon füllt und füllt sich. Und als er zum Platzen voll ist, spritzt unser Ha-Ha los. Aber leider stimmte die Richtung nicht. Vor lauter Ehrgeiz hat unser Ha-Ha steiler als steil gezielt und spritzt sich die ganze Ladung selber ins Gesicht. Klaus Buch lachte und lachte und wiederholte dramatische Satzteile. Sabine hatte nur aufgeschrien. Helene Buch lachte ihr hochspringendes, alles durchdringendes Lachen. Helmut befahl sich, am lautesten und am längsten zu lachen. Es gelang.

Einer der schönsten Augenblicke unseres erotischen Vorfrühlings, sagte

Klaus Buch mit noch erfüllterer Stimme, ereignete sich in dem Keller von, erinnerst du dich, Rolf Eberle, weißt du noch, in der Rothenwaldstraße, als wir es wieder einmal probierten. Wir anderen waren schon alle ganz schön am Reiben, es war ja dunkel, Licht durften wir nicht machen, sprechen auch nicht, also dachten wir, wir hätten alle schon unsere schmerzhaft schöne Lust im Betrieb, da hörten wir plötzlich Helmuts Stimme ganz ganz leise sagen: Jetzt bin ich ans Pure kommen.

Wieder lachte er los. Hel sagte: Ach wie lieb. Sabine sagte: Ihr wart ja eine schlimme Bande. Helmut lachte ein opernhaft volles Ha-ha-ha-haaa. Klaus wiederholte den Satz, den Helmut gesagt haben sollte, und erklärte, jeder in diesem Keller habe sofort verstanden, daß es unserm Ha-Ha jetzt zum ersten Mal gelungen sei, seine Vorhaut über die Eichel zurückzuziehen. Ecco!

Sabine sagte, sie müsse einfach staunen, weil Klaus noch alles so genau wisse. Nicht wahr, Helmut? Kompliment, Klaus, sagte Helmut, du siehst, Sabine glaubt schon, was du erzählst, sei tatsächlich passiert.

Ist es nicht? fragte Klaus.

Nicht daß ich wüßte, sagte Helmut und ärgerte sich über seinen blanken Ton.

Ach, das enttäuscht mich aber, Helmut, sagte Klaus Buch, daß du diese rührenden Kindermomente nicht mehr wahrhaben willst.

Du, ich weiß einfach nichts mehr davon, sagte Helmut. Ich könnte nicht sagen, so war's, oder so war's nicht. Du kannst also erzählen, was du willst, ich kann nur hören und staunen. Du hattest es ja sicher nicht leicht mit uns, damals. Du warst ein bißchen isoliert, glaube ich. Seit du das Vollballonrad hattest, glaube ich. Dadurch ist deine Phantasie angeregt worden. Eigentlich ein ganz normaler Vorgang. Jeder kompensiert.

Sabine gähnte kritisch.

Du, um diesen Punkt werde ich noch ringen mit dir, sagte Klaus Buch. Es muß nicht jetzt sein. Aber da du die heiligsten Momente unserer Kindheit zum Hirngespinst machen willst, das lass' ich dir nicht durch. Solche Kindheitsflämmchen tritt man nicht einfach aus.

Hel sagte wie von höherer Ebene her: Auf dem Wasser hinfahren und Erinnerungen aufwachen lassen, ist ja unheimlich schön. Ich habe nicht gewußt, wie gut das zusammenpaßt, Wasser und Erinnerung. Also wirklich, Helmut, sagte sie und boxte ihn in die Schulter, diese lieben Miniatürchen sind heute in Klaus aufgetaucht, weil Sie da sind. Ich habe nichts von den Fingerübungen der kleinen Männer gewußt. Er allein auch nicht. Sonst hätte er es mir gesagt. Er sagt mir nämlich alles. Was er erzählt hat, haben Sie ihm souffliert. Und jetzt wollen Sie's ihm wieder nehmen. Sind Sie vielleicht auch ein Sadist? Blickwechsel mit Klaus. Dann: Entschuldige, Schatz, das wollte ich gar nicht sagen. Das ist mir einfach so rausgerutscht. Helmut sagte: Also gut, dann lass' ich ihm die Puppenschau. Hel küßte ihn dafür an die Schläfe. Sabine sagte:

Don't spoil him. Ach Kinder, rief Klaus Buch, ich find's wirklich schön. Mein Gott, daß das Leben so schön sein kann, wer hätte das gedacht. Und das Schönste ist, find ich, daß es auch anders sein könnte. Man hat etwas tun müssen, damit es so schön wurde, wie es in diesem Augenblick ist. In diesem Augenblick, liebe Freunde, ist Höhepunkt! Und wenn noch einer auf diesem Boot zum anderen SIE sagt, fliegt er über Bord. Den Anordnungen des Schiffsführers ist laut Schiffahrtsordnung unbedingt Folge zu leisten. Klar zur Wende. Klar. Re.

Helmuts Füße waren durch den Kurswechsel wieder in den Schatten geraten. Er streckte sie in die Sonne. Die Fersen blieben eiskalt.

Als sie anlegten, sagte Sabine, daß eine Segelpartie eine solche Wirkung habe, habe sie sich überhaupt nicht vorstellen können. Vom Ufer aus sehe das Segeln oft so aus, als passiere da überhaupt nichts. Sie sei jetzt wie betrunken. Aber auf die angenehmste Weise. So leicht und so schwer sei sie. Und wie sie ihre Haut spüre. So habe sie ihre Haut überhaupt noch nie gespürt. Sie habe das Gefühl, sie sei im Olymp zu einer Massage gewesen und kehre jetzt, schwerer und schwerer werdend, zur Erde zurück. Masseur Apoll läßt grüßen, sagte Helmut. Aber er stimmte seiner Frau zu, die Wirkungen einer solchen Segelpartie seien für einen Nichtsegler ganz unvorstellbare. Auch er fühle sich durchgearbeitet. Er wisse nur noch nicht, von wem oder was. Apoll sei bei ihm sicher nicht tätig geworden. Aber ein Gott könne es schon gewesen sein. Er möchte sich auf jeden Fall ganz herzlich bei Hel und Klaus Buch dafür bedanken, daß die zwei ihn und Sabine so geduldig auf ihrem Boot ertragen hätten, und er wünsche beiden noch recht angenehme Urlaubstage. Das ließ Klaus Buch nicht gelten. Abschied! Was? Wie bitte? Ach so, ein echter Ha-Ha-Einfall. Soll es das sein? Er ist ein Sadist, das wissen wir ja, sagte Hel.

Manchmal versucht er's ja zu übertreiben, sagte Sabine.

Ich sehe, wir sind einig, sagte Klaus. Kinder, Kinder, das war grad ein Schreck. *Wir wünschen euch beiden noch recht angenehme* ... ich werde gleich handgreiflich. Er boxte halb spielerisch, halb ernst auf Helmut ein.

Also, sagte er, da Helmut mit Recht das Gefühl hat, ich wolle, wenn ich ihm beim Essen zuschaue, ununterbrochen sagen *Iß nicht soviel,* treffen wir uns erst nach dem Abendessen... Mensch, Moment, wie heißt jetzt der mit den Semmeln, rief Helene. Swedenborg, sagte Sabine. Jetzt schreib ich mir'n selber auf, sagte Hel; der hat nämlich ein Gedächtnis wie ein Loch.

Wie'n Sieb, bitte, größere Brocken behalt ich, sagte Klaus. Keine Sorge, dann behältst du Swedenborg, sagte Helmut. Also um halb neun, sagte Hel. Helmut zog Sabine fort.

Wir holen euch ab, rief Klaus Buch. Es klang wie eine Drohung.

Jaa-a, rief Sabine. Es klang wie eine Zärtlichkeit.

Helmut und Sabine trotteten zu ihrer Wohnung. Sobald sie von diesen Buchs weg sind, wird's Werktag, wird's finster, ist der Ofen aus. Quatsch. Behaupte lieber das Gegenteil. Helmut fluchte. Verflucht Sabine. Warum hatte sie ihm nicht geholfen, den Angriff dieses Eß- und Seesportlers abzuwehren? Sabine gab sich überrascht. Hatte Helmut nicht gerade noch den Nachmittag in den höchsten Tönen gelobt. Das hätte er doch nicht getan, wenn ihm die Buchs unangenehm wären, oder? Doch, sagte er. Stimmt, sagte sie, du bist imstand dazu.

5

Helmut tyrannisierte Sabine so, daß sie rechtzeitig hinauskamen. Fünf vor halb neun standen sie vor der niederen Gartentür. Neben den Mülleimern. Dann war Montagabend. In den elf Jahren war es ihm noch nicht ein einziges Mal gelungen, die Mülleimer hinauszuschleppen. Immer wenn er hinkam, hatte Frau Zürn sie schon hinausgeschleppt. Er hätte gern einmal die Zürnschen Mülleimer und ihren hinausgeschleppt. Hilfsbereit zu erscheinen, würde ihm Spaß machen.

Du mit deiner Hetzerei, sagte Sabine. Jetzt stehen wir da wie bestellt und nicht abgeholt. Er konnte ihr nicht sagen, daß er Klaus Buch und Helene unter keinen Umständen die Zürnsche Ferienwohnung betreten lassen wollte. Wenn die diese Wohnung beträten, würde er hier keine Ferien mehr verbringen. Warum, wußte er nicht. Deshalb konnte er auch mit Sabine nicht darüber sprechen. Um sich für sein anscheinend sinnloses Hetzen zu entschuldigen, schürfte er schnell mit dem Daumen durch ihre Nackenmulde. Ihr Kopf sank auf ihre entgegenkommenden Schultern, die Augenbrauen hoben sich, ihr Körper wurde ein wohliges S. Buchs fuhren her, sprangen heraus, grüßten, als habe man sich seit Jahren nicht mehr gesehen. In der Wohnung bellte und heulte Otto. Der Arme, sagte Helene.

Stimmt, sagte Helmut.

Klaus, wenn du auf deine Hände ein bißchen besser aufpaßt, könnten wir ihn mitnehmen, sagte Helene.

Bitte, ich kann mir ja auch Handschuhe anziehen, sagte Klaus.

Deinetwegen muß der arme Hund den ganzen Abend ...

Bitte, unterbrach er sie, bitte, holt ihn heraus.

Nein, rief Sabine.

Das ist ein Wort, rief Helmut und rannte und holte den vor Freude Hochsprünge machenden Otto.

Otto, rief Sabine, pfui, Otto, pfui!

Helmut gratulierte Klaus zu dieser Selbstüberwindung.

Es gelang Helmut, den Promenadenbummel schon bald in eine Weinstube zu lenken. Er gestand, daß er nie etwas anderes vorgehabt hatte. Der Gedanke, einen Abend ohne Wein verbringen zu müssen, lähme ihn.

Also wir reichen dir nicht, sagte Helene.

Helmut zögerte, schaute Hel zu lange an und sagte mit ruhigem Kopfschütteln: Nein.

Zum Wohl, sagte Sabine versöhnlich.

Halms tranken Wein, Buchs tranken Wasser. Helmut begriff nicht, wie die Buchs bei dem dann folgenden Gespräch über Wein und Wasser so lebhaft werden konnten. Er trank sein erstes Viertel immer ziemlich schnell, weil er, ohne etwas getrunken zu haben, nicht die geringste Lust hatte, den Mund aufzumachen.

Plötzlich schrie Klaus Buch: Nein. Sabine sagte: Jetzt hast du's. Helmut rief: Otto, down. Klaus Buch stand, hielt mit der einen Hand die andere, als sei die schwer verletzt.

Hel sagte: Also Klaus, bitte!

Klaus, weiterhin seine Hand haltend, sagte: Er hat so eine kalte nasse Zunge, Mensch, du hast doch überhaupt keine Ahnung. Und immer bloß mich, warum denn immer bloß mich. Versteht ihr das?

Helmut sagte: Nein.

Sabine sagte: Jetzt darf er nie mehr mit. So. Und zu Otto hinunter: Böser Hund.

Hel sagte: Armer Otto. Er kann einem wirklich leid tun.

Wer, rief Klaus Buch.

Hel sagte: Du natürlich auch, Schatz.

Helmut sagte fröhlich: Es gibt nichts, was einem nicht leid tun kann.

Klaus Buch sagte: So, jetzt lege ich meine Hände auf den Tisch, bitte, wenn jemand bemerkt, daß ich aus Versehen eine Hand vom Tisch nehme, sagt er es mir sofort.

Helmut bemerkte, daß Klaus Buch im Verhältnis zu seinem fast zierlichen Körperbau auffallend massive Gelenke hatte. Diese Unterarme. Deutlich kräftiger als seine. Und die Hände, breiter. Die Finger, stärker. Es war gar keine Frage, daß der auch ein größeres, fähigeres Geschlechtsteil hatte. Trotzdem glaubte Helmut zu bemerken, daß Hel sich gern ein bißchen lustig gemacht hätte über den Körpergesundheitsdienst ihres Mannes.

Und jedes Mal, wenn sie mit ein bißchen weniger als Schmacht zu ihm hinschaute, sagte er sofort mit mutloser Stimme: Du magst mich nicht mehr, gell. Darauf ließ sie ihre Lippen sich jedes Mal sofort zum Kuß formieren und küßte hinüber zu ihm. Helmut hatte das Gefühl, sie küsse einfach hinüber, egal, wo es gerade hintreffe. Aber wenn man die braunen Arme und Hände der beiden und Helmuts und Sabines Arme und Hände auf dem Tisch liegen sah, wußte man, wer zusammengehörte.

Helmut spürte, daß ihm heute Zigarren und Wein schon weniger schmeckten als am Tag zuvor. Er hatte Angst, er könne seine Gewohnheiten gegen dieses Paar nicht verteidigen. Die griffen ihn ununterbrochen an. Beide. Die machten ihn fertig. Es genügte, mit denen am Tisch zu sitzen, um sich widerlegt zu fühlen. Hel hatte inzwischen Klaus Buchs Hände in die ihren genommen. Sie hatte ihn überhaupt an sich genommen. Er hing ihr irgendwie unter einem Arm, den Kopf an ihrer Brust. Helmut und Sabine bemerkten gleichzeitig, daß Klaus drauf und dran war, einzuschlafen.

Leise, sagte Sabine, er schläft.

Hel erklärte, daß Klaus seit einigen Tagen jeden Morgen auf dem Sportplatz am Yachthafen fünf Runden gelaufen sei; sie als Zeitnehmerin; beste Zeit, 5:11; also habe Klaus sich für ein läuferisches Genie halten müssen; 2000 Meter in 5:11, das sei, zum Beispiel, russische Jahresbestzeit; aber heute morgen habe Klaus von so einem furchtbaren, alten Freiübungenmacher hören müssen, die Bahn habe nicht 400 Meter, wie es sich gehöre, sondern nur 300, also sei Klaus nicht 2000, sondern nur 1500 Meter gelaufen. Sie hätte den zynischen Freiübungenmacher umbringen können. Kann der so'n Quatsch nicht für sich behalten. Klaus murmelte: Helmut, bitte, jetzt sag mir bloß, wie hat der Physikpauker immer gerufen im Parterre? Helmut wußte es nicht. Mensch, Helmut, stöhnte Klaus und zeigte ein schmerzverzerrtes Gesicht, der Physikpauker, der immer brüllte: Das Untergeschoß gehört mir. So ähnlich. Parterre ist mein Bereich. Oder so. Ich brauche den Satz. Wenn du nicht ganz genau den Satz hast, hast du gar nichts. Ein Wort an der falschen Stelle, und der Satz ist taub, tot. Sobald du das Wort an die richtige Stelle kriegst, SESAM ÖFFNE DICH, der Pauker steht da, brüllt, du stehst da, alles klar. Jetzt hilf mir doch, Helmut, bitte.

Jetzt hilf ihm doch, bitte, seht ihr nicht, wie er leidet, sagte Hel, er wird schon ganz blau vor Erinnerungssauerstoffknappheit. Helmut!

Helmut sagte automatisch: Der ganze untere Stock gehört der Physik. Ja, Mensch, ja, brüllte Klaus Buch, sprang auf, fiel Helmut um den Hals und wimmerte weitere Ja's. Und wiederholte selig: Der ganze untere Stock gehört der Physik. Helmut sah über Klaus Buchs Schulter zu Hel hin. Er wollte ihr zu verstehen geben, daß allein sie den Satz eines längst verstorbenen Physiklehrers aus dreißigjähriger Tiefe hervorgerufen habe. Klaus murmelte glücklich: Ruf die Bedienung. Helmut brüllte förmlich alarmiert: Zahlen. Alles zusammen!!

Klaus bedeckte beide Augen mit einer waagrechten Hand. Er spielte einen, der nicht Zeuge eines Unglücks werden will. Hel sagte – und streichelte ihren Klaus übertrieben mütterlich –, jetzt hätten Halms ihren Klaus aber arg beleidigt. Sie verfiel dabei völlig unvermittelt in ein groteskes Schwäbisch. Klaus fuhr auf und hielt sich beide Ohren zu. Hel steigerte den schwäbischen Groteskton noch, als sie mitteilte, es plage ihren Klaus so richtig, wenn sie seine Muttersprache nachahme. Klaus Buch sprang auf. Darauf sagte Hel in einem genauso grotesken Bairisch, Klaus sei ein spinnerter Hammel, er solle sich nicht so haben, wenn sie jetzt ein Piano hätte, hätte er seine Ruhe vor ihr. Bei ihrem Bairisch hatte ihr Gesicht, als verlange das die Sprache, einen bösen Ausdruck angenommen. Klaus stand jetzt vor ihr, als wolle er sie hypnotisieren. Sie sagte:

Nicht diesen Blick, Junge! Und wischte ihm über die Augen. Klaus sagte: Du magst mich nicht mehr, gell. Sie küßte ihn. Man konnte gehen.

Die Buchs wollten Helmut und Sabine zu einem Tennisspiel überreden. Das wurde mit Erfolg abgewehrt. Gut, dann wandere man gemeinsam. Buchs seien um acht – um neun, rief Helmut schrill – bei Halms. Mit dem Wagen. Da Halms schon seit elf Jahren in die Gegend kämen, müßten sie Wandermöglichkeiten kennen, Helmut solle sich gefälligst etwas einfallen lassen über Nacht.

Als Helmut hinter den wunderbar geraden Gittern ihrer Parterrewohnung lag, wurde er wieder froh. Zum Glück hatte Sabine gleich nach ihrem Wagner-Mein-Leben gegriffen. Zum Glück hatte sie keinen Versuch gemacht, ihn zu berühren. Er hoffte, sie liege so neben ihm wie er neben ihr. Das wäre eine Lebensleistung. Von beiden vollbracht. Wenn er sicher wäre, daß Sabine genau so weit war wie er, hätte er jetzt gesagt, wie angenehm es sei, in dieser isolierten Wohnung zu liegen. Er hätte gern ausgesprochen, wie entsetzlich es wäre, jetzt unter einem Dach mit den Buchs zu liegen. Dann hätte aber Sabine gefragt, warum. Dann wäre vielleicht herausgekommen, daß Sabine noch nicht so weit war wie er.

Helmut dachte an eine Nacht vor zwölf Jahren: Während des letzten Urlaubs, den sie in Italien verbracht hatten. In einem Hotel in Grado. Sie wollten gerade zueinander, da hörte er aus dem Zimmer nebenan ein Geräusch, als schlüge ein riesiger Hammer auf ein Bett ein. Jeder Schlag ging deutlich durch die ganze Federung hindurch und endete hart. Das Erstaunliche bei diesem Geräusch war, angesichts der vermutbaren Wucht des Hammers, der da schlug, die rasche, wahnsinnig rasche Folge der Schläge. Helmut hatte sofort gespürt, daß er keinen eigenen Rhythmus finden würde, solange der da drüben so zuschlug. Er hatte bemerkt, daß Sabine auch nur noch hinüberhorchte. Sie mußte, mußte, mußte ihm das doch vorwerfen, daß er kein solcher Hammer war. Beide lagen und hörten nur noch, was ein Mann leisten kann. Helmut hätte das nicht für möglich gehalten. Sollte er die Schläge zählen? Ihm war zum Ersticken heiß. Er schämte sich entsetzlich. Er war im Unrecht. Der drüben war im Einvernehmen mit der Epoche. So muß man sich früher am Pranger gefühlt haben. Wer den Sexualitätsgeboten dieser Zeit und Gesellschaft nicht genügte, war praktisch ununterbrochen am Pranger. Die Druckwaren sorgten dafür. Mit Wort und Bild. Jetzt flieh. Wohin? Umbringen. Sie. Sie erwürgen. Aber seine Hände rührten sich nicht. Ihm kam es vor, als ginge das Hämmern eine unendlich lange Zeit. Es hörte einfach nicht mehr auf. Er kriegte keine Luft mehr. Er atmete ja auch nicht mehr. Nachher sagte er sich auch, daß das Ganze vielleicht doch nur 11 oder 21 oder höchstens 29 Minuten gedauert habe. Aber solange es dauerte, schien es überhaupt, überhaupt nicht aufhören zu können. Wenn ihm wenigstens ein Satz eingefallen wäre, der Sabine und ihn aus dem Bann des bloßen Zuhörens befreit hätte. Ihm war nichts eingefallen. Gebannt hatten sie zuhören müssen, bis es zu Ende war. Wenn sie jetzt mit Klaus und Helene Buch im selben Hotel schliefen, würde Sabine sich sicher vorstellen, was die Buchs jetzt täten, und unwillkürlich würden Klaus Buch und jenes italienische Hotelerlebnis einander berühren, in eins fließen, Klaus Buch wäre dann der von damals. Die stünden unheimlich auf Federn. Was immer das ist, dachte Helmut, mich geht es nichts an. Aber Sabine. Sabine war die Stelle, an der er verletzbar war. Wollte er wettbewerbsfähig sein? Wenn er in den Druckwaren die Zahlen las, die man erbringen mußte, wenn man nicht als impotent gelten wollte, kam er sich vor wie am Pranger. Er fühlte sich schon seit Monaten nicht mehr aufgelegt, seiner Geschlechtlichkeit zu entsprechen. Daß die einander öffentlich vorschrieben, wie oft sie auf ihre Frauen kriechen müssen, um nicht als impotent zu gelten, erregte bei ihm Widerwillen und Ekel. Sobald er das Bedürfnis spürte, sich geschlechtlich zu betätigen, brauchte er nur an die furchtbare Propaganda in den Druckwaren zu denken, dann wurde er ruhig. Er hoffte, das läge bald ganz hinter ihm. Aber bevor er nicht mit Sabine gesprochen hatte, lag nichts hinter ihm. Er hätte ihr längst sagen müssen, was bei ihm dazwischenkam, wenn er zu ihr hinüber wollte. Kaum dachte er an sie, wollte sie berühren, fiel ihm etwas Verhinderndes ein. Es kam ihm dann völlig lächerlich vor, sich hinüberzuwälzen, oder die Hand vorauszuschicken, oder Sabine direkt zu fragen, oder ein verführerisches Gespräch anlaufen zu lassen. Nichts kam ihm dann so unerträglich komisch vor wie alle vom Geschlechtlichen bestimmten oder auf es gerichteten Handlungen. Und er hatte das Gefühl, das könne mit der Art der öffentlichen Empfohlenheit dieser Handlungen zu tun haben. Wollen, ja. Tun, nein. Daß er einmal nicht mehr wollen würde, wagte er nicht zu hoffen. Es würde wahrscheinlich immer eine Art offener Wunde sein. Er mußte Sabine wenigstens sagen, daß er nicht ruhig neben ihr liegen könne, solang er nicht wisse, ob sie ruhig neben ihm liege. Er wollte ihr ein Zeichen geben. Deshalb schob er seine Hand vorsichtig zu ihr hinüber und ließ sie in der Nähe ihrer Schulter liegen. Er beneidete Klaus Buch nicht um das, was der jetzt im Augenblick exekutieren mußte. Wirklich nicht? Er hatte diesen durch und durch gehenden Sensationen gegenüber keine entschiedene Meinung und schon gar keine eindeutige oder gar eindeutig negative. Das öffentliche Gebot der Luststeigerung gab er in der Schule lauthals weiter. Galt er nicht als fortschrittlich? Das war ein Feld, wo er sein Inkognito noch gerettet hatte. Er galt als sehr fortschrittlich. Vor sich selber berief er sich auf das Recht auf Meinungsfreiheit. Er mußte ja wohl nicht den Schein, den er in der Schule produzierte, in seinem häuslichen und innersten Leben praktizieren. Sollte das Gebot der Luststeigerung während der Freizeit nicht bewirken, die Lustleistungen eines jeden zu seiner Sache zu machen? Wie die Schule die Noten einem jeden als seine Noten verpaßt. Er glaubte berechtigt zu sein, in der Schule die Ächtung der Unlust zu betreiben, wie es die Gesellschaft wollte, zu Hause aber die Ächtung der Lust zu versuchen, wie er es wollte. Nichts gegen FAZ, BILD, Parlament und Schule. Wie sollten denn die Leute das Leben aushalten, ohne Schein! Er merkte doch, wie schwierig es war, sich nur für Augenblicke und nur um eine Winzigkeit und nur versuchsweise aus dem Herrschaftsbereich des Scheins zu entfernen. Sofort fühlst du dich am Pranger. Also rasch zurück in die Lustfront, Freizeitfront, Scheinproduktionsfront. Aber immer wieder diese Versuchung, sich zu entfernen. Außer Sabine durfte es niemand bemerken. Sie mußte sogar mitmachen, sonst kam er nicht weg. In der Schule würde er weiterhin den verlangten Schein produzieren. Zu Hause aber würde er sich gehenlassen. Er hatte den Zustand, in den er dann gelangte, schon getauft: blutige Trägheit. Das war seine Lieblingsstimmung. Da empfand er seine ganze Schwere, aber mit Zustimmung. Diese Schwere, ein bißchen schwitzend. Mit Zustimmung. Schwer und schwitzend und blaß. Auch die Farbe empfand er mit Zustimmung. Leichenfarbe. Mit Zustimmung. Er, eine schwere, schwitzende Leiche, das war seine Lieblingsstimmung, blutige Trägheit. Wie Sabine hereinziehen? Wahrscheinlich lebte sie noch unter dem ungeschwächten Diktat des Scheins. Man müßte ihr eine Ahnung vermitteln vom Gegenteil. Luxus, würde sie sagen. Sie mit ihrem sozialen Engagement, beziehungsweise dem Engagement, das der Produktion sozialen Scheins diente. Er merkte, daß bei ihm der Ekel wegweisend war. Er war fein heraus. Er hatte seinen Ekel. Seine Position hinter der Position. Er hatte seine Freude am Mißverstandenwerden. Täuschung, war das nicht die Essenz alles Gebotenen? Das Ziel der Scheinproduktion! War er mit seiner entwickelten Täuschungsfähigkeit und -freude nicht ein Ausbund all dessen, was hier und heute gewollt war? Von wegen Einsamkeit, Luxus, Abseitigkeit! Ein Repräsentant war er! Der typischste Typische überhaupt war er! Er war der Prototyp! Schön. War er hineingekommen, genoß er sie jetzt, seine blutige Trägheit? Fast. Ja, fast.

Diese herrliche Stimmung war leider sehr temperaturempfindlich. Es mußte warm sein. Er mußte es warm haben. Die geringste Spur von Kühle zerstörte alles. Daß er immer noch kalte Füße hatte, störte ihn. Es durfte einem nichts mehr unangenehm auffallen, dann war man drin. Er begriff nicht, warum seine Füße nicht mehr warm wurden. Die schmerzten vor Kälte. Er zog seine Socken an. Sabine, die noch ihr Wagner-Mein-Leben las, fragte, was er habe. Kalte Füße, sagte er schonungslos. Aber die Socken machten seine Füße eher kälter als wärmer. Verfluchtes Kunstfaserzeug, sagte er, riß sich die Socken herunter und holte seinen wollenen Pullover. In den wickelte er die Füße hinein. Wenn er mit einem Fuß den anderen berührte, merkte er, daß beide Füße warm waren. Trotzdem spürte er in jedem Fuß für sich ein Kältegefühl, das schmerzte.

Sabine legte das Buch weg und streckte eine Hand herüber. Er drückte die Hand flüchtig und wollte sie Sabine zurückgeben. Aber sie streckte die Hand gleich wieder herüber. Laß mich doch, sagte sie in einem Ton, der ihr, nach seinem Empfinden, nicht mehr zustand. Also ließ er ihre Hand auf seiner Schulter liegen. Seine Hand hatte er zurückgezogen. Er würde sich unmerklich wegdrehen, um ihre Hand, die ihn jetzt störte, wieder loszuwerden. Aber

Sabine bemerkte seine Absicht. Offenbar war sie völlig auf die auf Helmuts Schulter liegende Hand konzentriert. Diese Hand war ihr Korken, der ihr verriet, ob einer anbiß. Er würde nicht anbeißen. Was fiel ihr überhaupt ein, jetzt plötzlich wieder so was anzufangen. Er konnte doch annehmen, daß der glücklich erreichte Versuchszustand nicht ganz ohne ihre Zustimmung erreicht worden war. Wenn sie weiterhin so mit ihrer Hand agitierte, würde er sie fragen müssen, wie es ihrerseits zu diesem Rückfall komme. Es blieb tatsächlich nichts anderes übrig. Sie hörte nicht auf. Und wenn er nichts sagte, dann stellte sie sich auf Fortschritt ein. Und wenn sie Erwartungen wachsen ließ, würde er zu bezahlen haben. Vielleicht mußte man das fällige Gespräch führen. Was soll jetzt das, Sabine, sagte er ruhig. Sie antwortete mit Lauten, die er lieber nicht gehört hätte. Draußen blitzte und donnerte es. Ein Nachtgewitter. Auch das noch. Wahrscheinlich hielt sie ein Gewitter für eine Begünstigung. Oder gar – wenn sie sich schon zu sehr hineingesteigert hatte – für eine Aufforderung. Aber Sabine war doch keine Wagnerianerin. Dann frag ich eben Klaus, ob er mit mir schlafen will, sagte sie. Um Gottes willen, Frau, dachte er, sag das nicht. Ganz langsam und so milde als möglich machte er: Pschscht. Er streichelte jetzt ihren Kopf. Nur die Haare. Eindeutig beruhigend. Ablenkend. Plötzlich prasselte draußen ein Regen herab. Das hielt er für eine Lösung. Ganz langsam zog er seine Hand zurück. Er zog seine Knie an, suchte die Knie mit dem Kinn, machte sich so klein als möglich. Er hatte das Gefühl, er habe die letzten Jahre allein gelebt. Sabine, dachte er, hörst du mich? Er hatte sie gekränkt, vorher. Er konnte sich nicht mehr rühren. Er war starr. Vor Schrecken. Sie waren einander so nahe, daß er jede Kränkung, die er ihr zufügte, empfand, als würde sie ihm zugefügt. Erst viel später, als er sicher sein konnte, daß Sabine eingeschlafen war, löste sich die Starre. Er konnte daran denken, auch einzuschlafen.

Er träumte, er drehe sich in seinem Sarg um und habe trotz der vollkommenen Dunkelheit den Eindruck, daß eine Sargwand fehle. Dieser Eindruck war so stark, daß sich eine Hand zu bewegen begann und dahin tastete, wo die Wand fehlen mußte. Tatsächlich, sie war nicht da. Sofort folgte, schon rascher, eine Bewegung nach oben. Der Sargdeckel war da. Aber da, wo die Wand fehlte, mußte die Hand ängstlich hinaustasten. Sie spürte eine Stufe. Er mußte ich hochstemmen und kam außerhalb des Sargs auf die Stufe zu liegen. Da konnte man nicht bleiben. Er rollte, ohne es zu wollen, auf der anderen Seite der Stufe abwärts und blieb liegen. Aber jetzt war klar, daß er sich in einer Halle befand, aus der man hinauskommen konnte. Daran war er interessiert. Er wußte, daß er zurückkommen würde ans Tageslicht, zu den Leuten. Und er wußte, es gab nur eine Bedingung: wenn dich ein einziger erkennt, ist es aus, für immer. Er erwachte vor Angst und dachte: das neue Leben.

6

Um fünf vor neun standen Helmut und Sabine unter dem Vordach und sahen den dicken Hummeln zu, die in die zarten Blüten krabbelten. Helmut machte sich lustig über die Samenhöschen der Hummeln. Er wollte Sabines Gesicht vor Buchs Ankunft zum Lächeln bringen. Es gelang ihm nicht. Erst als das schöne alte silberfarbene Mercedes-230-Coupé heranbog, lächelte sie. Die Frauen mußten sich auf dem engeren Rücksitz einrichten. Helmut sagte, das tue ihm gut, die Frauen so eingezwängt zu wissen. Wohl zuviel de Sade gelesen heute nacht, sagte Klaus Buch. Darum hast du auch deinen vierbeinigen Folterknecht nicht daheimgelassen. Sollte der nach Klaus' Hand schnappen, wenn die gerade herunterschalte, sei die Katastrophe sicher. Endlich eine Katastrophe, sagte Helmut. Wir lassen ihn da, sagte Sabine. Jetzt motz nicht rum und fahr, sagte Hel.

Du magst mich nicht mehr, gell, sagte Klaus in dem mutlosen Ton. Wohin geht's überhaupt? Auf den *Höchsten*, sagte Helmut, und gab die Richtungen an.

Aber Klaus konnte die Hand nicht an den Schaltknüppel legen, weil er Angst hatte, Otto werde das ausnützen und seine Hand ablecken. Wir lassen ihn da, rief Sabine, schrie sie fast. Hel, noch schriller: Ich fahre. Klaus Buch mußte sich nach hinten setzen. Jetzt hatte Hel ihre Brille nicht dabei. Sabine bot ihre an. Hel probierte sie. Zur allgemeinen Freude paßte sie. Wie schön sie dich entstellt, sagte Klaus. Hel streichelte Otto. Das tat Helmut gut. Das Hinterland, sagte er, ist ein Paradies.

Er versprach eine Wanderung durch schöne stille Hochwälder. Dann einen Rundblick von Vorarlberg bis nach Bern. Dann spürte er, wie sein Ton sich heben wollte. In den Wäldern werde es sich gehen wie in lauter Domen. Bloß das Licht werde lebendiger und die Luft besser sein. Das Wichtigste an diesen Wäldern sei, daß sie noch das alte Gefühl der Endlosigkeit erzeugten.

In Limpach ließ er halten. Er sprang aus dem Auto. Plötzlich war er von einem Eifer ergriffen, der ihm selber fremd war. Er wußte nicht mehr, ob er mit Sabine von diesem Ort aus gewandert war. Er wollte so tun, als sei er ganz sicher. Er ließ aussteigen. Ja, von hier aus zu Fuß. In den Wald. Im Wald bog er von der geteerten Straße ab. Nach fünf Minuten Wegs wurde das Unterholz so dicht, daß man nicht mehr durchkam. Otto rannte aus dem Wald hinaus. Man folgte ihm. Inzwischen regnete es. Da das Vorwärtskommen zwischen Waldrand und Wiese auch beschwerlich war, rannte man, noch einmal unter Helmuts Führung, quer über die Wiese auf eine Baumgruppe mit Kreuz zu. Helmut hoffte, hier das Ende des Regens abwarten und dann auf einem Feldweg weiterwandern zu können. Unter der Baumgruppe stand eine Bank, auf die sie sich fallen ließen. Helmut wußte nicht mehr, wo sie waren. Klaus Buch erinnerte daran, daß er, als sie vom Auto weggegangen waren, gefragt hatte, was man tun werde, falls es regne. Wir gingen ja durch den schönen, domhohen lichtgewaltigen und duftvollen Unendlichkeits-Wald, habe Helmut getönt. Und jetzt, wo sei der Wald, der schöne, hohe, licht- und duft- und unendlichkeitsvolle. Weiter droben komme ein solcher Wald, sagte Helmut, schrie er mehr als er sagte. Er war einfach erregt. Wieviel weiter droben? 300 Meter vielleicht, mein Gott, ob jetzt um jeden Meter gekämpft werden müsse, wo es sowieso gleich aufhöre zu regnen. So, sagte Klaus Buch, woher denn das Wetter komme, bitte. Alle sahen ihn an. Von Westen, sagte Helmut in einem Ton, der geduldige Nachsicht mit dem Frager verriet.

Eben nicht, sagte Klaus Buch im Ton, in dem man sagt: Hereingefallen. Helmut sagt, sagte Klaus Buch, das hört gleich wieder auf, weil er nur in den hellen Westen schaut. Aber da steckt man doch wenigstens einmal den Finger in den Mund und hält ihn rasch in den Wind, dann weiß man, daß heute das Wetter von Osten kommt. Ich sage euch eins, wir rennen jetzt sofort los, in 10 Minuten regnet es, daß wir uns hier nicht mehr bergen können. Aber wohin sollen wir rennen, fragten die Frauen. Und zwar fragten sie Klaus Buch. Dort hinter Baumkronen habe er ein Hofdach entdeckt. Und er rannte schon voraus. Die Frauen folgten. Otto rannte hinter Sabine her. Also blieb Helmut nichts übrig, als auch zu folgen.

Naß vom Regen und vom Schwitzen, verschnauften sie unter dem Scheunenvordach. Klaus Buch, der lange vor den Frauen und Helmut angekommen war, hatte ihnen entgegengelacht. Er schien kein bißchen außer Atem zu sein. Also ein Wald wäre tatsächlich nicht das Schlechteste bei diesem Regen, rief er. Dieser Regen nimmt nämlich immer noch zu. Da, die Wand, da kommt noch was. Es bleibe nichts übrig, als die Oberkleider herunterzureißen und mit nacktem Oberkörper bis hinaufzurennen, dann habe man droben etwas Trokkenes anzuziehen. Er sagte es und zog sich schon aus. Ebenso Hel. Helmut dachte, hoffentlich kommt niemand aus dem Hof. Da Hel keinen Büstenhalter trug, hatte sie, als sie Jacke und Bluse ausgezogen hatte, einen nackten Oberkörper. Ihre Brüste wirkten hier noch viel neugieriger als auf dem Boot. Helmut schaute wieder nur im Vorbeischauen hin. Er und Sabine behaupteten, sie gingen immer in Kleidern durch den Regen. Das seien sie so gewöhnt. Gebe es etwas Schöneres als einen warmen Sommerregen?

Klaus rannte los. Sie erreichten die Landstraße. Auf der ging es im Eilmarsch hinauf zum Aussichtslokal. Bis Helmut und Sabine mit Otto ankamen, stand Klaus Buch schon frisiert und frisch vor der Tür. Helmut war vom Schwitzen und vom Regen gleich naß. Er keuchte. Auch Sabine sah erbärmlich aus. Klaus Buch lachte und sagte, bloß gut, daß Helmut die Wanderung selber geplant habe. Helmut sagte so fröhlich als möglich: Ach, ich war das, stimmt ja. Du wolltest hier herauf, sagte Klaus Buch, oder nicht? Helmut schaute den Grinsenden lächelnd an und dachte, wenn der jetzt nur einen Hauch meines Hasses spürt, rennt er weg. Dabei klopfte er Klaus Buch freundlich auf die Schulter und sagte: Natürlich war ich das. Wetter, Orientierung, überhaupt alles, was außen stattfindet, wird bei mir Katastrophe. Wenn das Volk Israel auf mich angewiesen gewesen wäre, säße es heute noch in Ägypten.

Gott sei Dank, er hatte sich wieder unter Kontrolle. Während des Eilmarsches durch den Regen hatte er mit Widerwillen an die paar Sekunden gedacht, in denen er seinen Ärger nicht mehr hatte verbergen können. Es gab überhaupt nichts Ekelhafteres für ihn als dieses Offendaliegen vor einem anderen. So etwas wie Lebensfreude entwickelte sich bei ihm wirklich nur aus dem Erlebnis des Unterschieds zwischen innen und außen. Je größer der Unterschied zwischen seinem Empfinden und seinem Gesichtsausdruck, desto größer sein Spaß. Nur wenn er ein anderer schien und ein anderer war, lebte er. Erst wenn er doppelt lebte, lebte er. Alles Unmittelbare, ob bei sich ober bei anderen, kam ihm unhygienisch vor. Ließ er sich zu einem Ausbruch hinreißen – egal, ob des Ärgers oder der Freude –, überfiel ihn danach meistens eine geradezu panische Schwermut. Er glaubte sich verloren. Jeder konnte jetzt machen mit ihm, was er wollte. Manchmal hörte man in der Ferienwohnung den Hausherrn durch das Haus brüllen. Es klang, als verende Dr. Zürn gleich an der Anstrengung, die dieses Brüllen bereite. Helmut dachte dann jedes Mal – gewissermaßen beschwörend –: Bloß das nicht! Bloß das nicht! Er hatte Notmaßnahmen trainiert gegen Ausbrüche jeder Art. Eine vielleicht noch etwas eckig wirkende Fröhlichkeit hatte er trainiert. Die setzte er auch jetzt ein vor der Tür des Aussichtslokals.

Klaus Buch führte Helmut und Sabine zu den Toiletten. Plötzlich hörte man Klavierspiel. Ziemlich mächtig. Klaus Buch erstarrte, hinderte auch Helmut und Sabine an jeder weiteren Bewegung. Sein Gesicht arbeitete. Besonders der Mund. Die Zunge wälzte sich hinter den Lippen, wollte irgendwo, vor allem an der Oberlippe, durchbrechen. Sabine sagte: Die *Wanderer-Fantasie*. Klaus Buch rannte hinaus. Helmut ging ins Lokal. Hel saß am Klavier und spielte. Sabine ging schließlich zu ihr hin und sagte ihr etwas. Sie hörte auf. Helmut sagte, als sie vorbeiging: Schön. Sabine und Helmut folgten ihr hinaus. Sie sahen Klaus Buch in einem geradezu wilden Tempo fortrennen. Quer über die Wiesen. Plötzlich stoppte er, änderte seine Richtung, rannte weiter, auf einen Baum zu, lehnte sich an den Stamm, steckte die Hände in die Taschen und sah vor sich hin. Hel sagte: Geht nur rein, wir kommen gleich. Dann ging sie, mit fast zu festen Schritten und ohne den Blick von Klaus zu lassen, auf den zu.

Als Helmut und Sabine von den Toiletten kamen, waren Hel und Klaus noch nicht zurück. Aber sie kamen, bevor Halms die Suppe gegessen hatten. Beide lächelten, gingen eng aneinander, ein glückliches Paar. Bei ihnen sah das Naßgewordensein heroisch aus. Als alle die Suppe gegessen hatten, fragte Klaus Buch, wie weit es noch sei auf den *Höchsten*. Helmut sagte, man sei schon droben. Da kriegte Klaus Buch einen Lachanfall, daß er aufstehen mußte. Der *Höchste*, rief er immer wieder, der *Höchste*, Hel, was sagst du dazu, wir sind auf dem *Höchsten*, also diesen Berg würde ich einfach den *Allerhöchsten* taufen.

Helmut war diese Schau peinlich wegen der Bedienung und wegen der anderen Gäste, die offenbar hier heroben ihren Urlaub verbrachten. Auch wegen Klaus selber war es ihm peinlich. Helmut hatte das Gefühl, Klaus finde die Tatsache, daß dieser Berg der *Höchste* hieß, gar nicht so komisch, wie er tat. Er wollte das komischer finden, als er es fand. Hel hatte sich von Klaus zu einem Lachen hinreißen lassen, das zwar hoch und hell, aber noch viel künstlicher klang als das von Klaus.

Halms dürften das, bitte-bitte, nicht falsch verstehen, sagte sie. Für sie und Klaus sei Wanderung etwas, was nicht unter sechs Stunden zu erledigen sei. Daß man nach einer Stunde am Ziel sei, sei für sie eben wahnsinnig komisch. Helmut sagte, bei schönem Wetter sei der Rundblick von hier schon ziemlich einmalig. Als Klaus Buch wieder lachen wollte, rief Hel: Klaus, bitte, Helmut wird ganz traurig, wenn du so lachst.

Er versuchte, einen Blick hinzukriegen, den sie überhaupt nicht verstehen konnte. Er wollte rätselhaft aussehen. Und hart. Und undurchdringlich. Er hatte das Gefühl, das gelinge ihm nicht, weil er plötzlich nur noch ihre Nase anschaute. Also so eine Nase. So etwas von einem Näschen. Er würde nicht wahnsinnig werden. Als er zwanzig war, hatte sich bei ihm allmählich eine Empfindung gebildet, die hieß: du wirst nicht wahnsinnig werden, niemals. Er bemerkte, daß Sabine sein Versinken bemerkt hatte. Er nickte ihr aus der Tiefe zu und sagte: Schmeckt's.

Klaus Buch fluchte auf das Essen. Erstens war ihm die Panierung zu dick, zweitens war das Schweinefleisch, drittens war der Salat ein Matsch. Er tat nichts, um die Bedienung zu schonen. Die stand mit zementfarbenem, schwerem Gesicht unter einem künstlichen Haarturm und schien unglücklich zu sein. Als sie sich, von Vorwürfen beladen, endlich stumm umdrehte und mühsam wegging, sagte Hel leise, dieser Oldtimer-Minirock der Bedienung sei schon sehenswert. Ein ziemlich einmaliger Rundblick eben, sagte Klaus Buch, prustete los, da mußte Hel auch wieder. Beide ließen vor Lachen ihre Bestecke auf die Platten fallen. Helmut und Sabine mußten überhaupt nicht lachen. Sabine versuchte wenigstens, ein pfiffiges Gesicht zu machen. Helmut probierte in einem ganz und gar scherzhaften Ton zu sagen: Kinder benehmt euch. Hel sah ihn mit einem Wonneblick an und sagte: Ja, Papa. Helmut versuchte, den Ton fortzusetzen mit: Sonst gibt's. Dabei sah er sie ein bißchen länger an, als es für den kurzen Satz nötig gewesen wäre.

Sabine sagte: Das Wetter wird besser.

Bevor Klaus Buch, der jetzt offenbar so weit war, über alles ins Lachen verfallen zu können, wieder loslachte, sagte Hel: Pscht.

Helmut rief die Bedienung, sagte, er wolle zahlen. Das Essen sei ausgezeichnet gewesen. Es machte vierundfünfzigzwanzig, Helmut sagte: Sechzig. Beteiligungsversuche Klaus Buchs tat er rigoros ab.

Helmut wollte wenigstens auf dem Rückweg noch Wälder bieten. Er bog gleich unter dem Restaurant von der Landstraße ab. Sie traten in einen geräumigen Wald. Helmut hätte es gern gehört, wenn jemand etwas über die hohen Stämme gesagt hätte oder über das grüne Licht oder über den Waldduft. Als Otto plötzlich verschwunden war und auf Helmuts und Sabines Rufe nicht kam, steckte Helene Buch vier Finger in ihren Mund und pfiff, daß der Wald gewaltig hallte und Otto sofort zurückkam. Helmut hatte das Gefühl, Helene Buch habe den Wald begriffen. Konnte sie ihn nicht noch einmal so zum Klingen bringen? Aber Klaus Buch schimpfte, seit man, kurz vor dem Wald, an einem Kornfeld vorbeigegangen war, über die Bauern, die in diesem Jahr, allein in Baden-Württemberg, 650 Millionen Mark Dürreprämien kassieren würden, und man solle sich einmal diese Felder anschauen, wie die dastünden, eine Ähre so schön voll wie die andere. Ob sie auf dem Weg vom See bis hier herauf irgendwo einen Dürreschaden gesehen hätten? Er nicht. Aber diese Schwindler kassieren und kassieren. Na ja, er sage das nur, weil er neidisch sei. 650 Millionen Mark Schwindelprämien, und er kriege davon keine Mark ab, das erfülle ihn mit Trauer und Verzweiflung. Er könne einfach keinen Schwindel sehen, ohne von dem Wunsch gefoltert zu werden, an diesem Schwindel zu partizipieren. Bitte, er sei nun einmal der Sohn eines Patentanwalts. Also die deutschen Bauern, sagte Hel Buch in einem Ton, der seine Künstlichkeit eher betonte als verbarg, ließen sich ganz schön aushalten. Auf ihren Reisen im Orient hätten sie und ihr Mann wieder und wieder gesehen, daß es eine Landwirtschaft gebe, die jahrelang ohne Wasser auskomme, weil die Bauern sich eben auf dürrebeständige Produkte einstellen würden. Einem türkischen Bauern falle es doch nicht ein, Dürreprämien erschwindeln zu wollen.

Helmut fragte, ob es nicht doch ein bißchen viel verlangt sei von den deutschen Bauern, daß sie sich auf dürrebeständige Produkte umstellen sollten, wenn eine Dürre nur alle zehn oder zwanzig Jahre vorkomme. Er hoffte, der Satz, den er leider nicht hatte zurückhalten können, sei ihm wenigstens im Ton freundlich gelungen. Er ärgerte sich einfach, weil niemand den Wald lobte. Das war nun wirklich ein Musterwald. Und in diesem vor Nässe strahlenden Wald giftete dieser Klaus Buch über Dürreprämien, von denen er, wie er zugab, an diesem Morgen zum ersten Mal in der Zeitung gelesen hatte. Und sie vergißt den Wald und versucht sofort, der offensichtlich schwachen Position ihres Mannes zu Hilfe zu kommen. Und er selber ist immer noch so naiv und kritisiert die, anstatt dem Blödsinn, den sie reden, begeistert zuzustimmen. Nur durch Zustimmung kommst du weg. Theoretisch ist dir das klar. Mein Gott, wie schön wäre es jetzt, mit Sabine allein. Sie sprachen selten, wenn sie wanderten. Höchstens daß Sabine einmal sagte, was sowieso beide sahen. Sie sagte *Eine Bank*, wenn sie vor einer Bank standen. Und wenn er gerade dachte, ob sich das Wetter hält, sagte sie: Ich glaube nicht, daß es zum Regnen kommt. Und es war dann völlig egal, ob es zum Regen kam oder nicht, weil es auch völlig egal war, was einer sagte oder gesagt hatte oder je sagen würde. Meistens hob er dann seine Stimme an und sagte: Ach du. Einziger Mensch. Sabine.

Sie kamen durch Unterhomberg. Eine Herde junger Schweine rannte über ihr Abgeweidetes her. Otto wütete. Sie fütterten die zierlichen Schweine mit Gras, das sie außerhalb des Zauns abrissen. Helmut hatte angefangen mit dieser Fütterung. Die Schweine drängten einander gegen die geladene Umzäunung, weil die Wanderer nicht genug Gras rupfen und das Gras nicht weit genug über den Zaun hineinwerfen konnten. Dabei kriegen immer die vordersten die elektrische Ladung auf die rosigen Wülste ihrer kleinen Mäuler. Die rosigen Wülste erinnerten Helmut an Helenes Brustspitzen.

Sie waren gerade aus der Ortschaft draußen, da hörten sie hinter sich Schreie, Rufe, hallende Hufschläge. Sie rannten sofort zur Seite. Durch den Ort kam ein Pferd. In wilder Flucht. Die Häuser wirkten klein gegen das Pferd. Vielleicht weil es so große Sätze machte. Mit einem verkrampften, eigensinnig zur Seite gerichteten Kopf donnerte es zwischen den Häusern heraus. Die Vorderbeine gingen so gleichzeitig hoch und nieder, daß sie wirkten wie gefesselt. Schon hatte sich ein Mann dem Pferd in den Weg stellen wollen, aber da das Pferd sich seinetwegen nicht mäßigte, hatte er im letzten Augenblick einen Sprung zur Seite machen müssen. Plötzlich stand das Pferd. Etwa in der Mitte zwischen ihnen und dem Ort. Zwei Männer, die ihm nachgerannt waren, holten es ein. Der, dem es wahrscheinlich gehörte, überholte es zuerst, redete ihm gut zu, trat von vorn auf es zu und wollte es am Halfter nehmen. Aber in diesem Augenblick, als seine Hand sich dem Gesicht des Pferdes näherte, ging es vorn hoch und raste wieder los. Es raste an den Wanderern im vollen Karacho und mit krachenden Fürzen vorbei. Helmut hatte Mühe, Otto zurückzuhalten. Wahrscheinlich wurde das Pferd durch sein Gekläff noch verrückter. Es war ein schöner, auch auf dem freien Weg immer noch riesiger Fuchs mit einer Blesse im Gesicht. Klaus schrie Otto an: Halt's Maul, Köter! Warf Hel seine Jacke zu und rannte dem Pferd nach. Hel rief halblaut: Nicht, Klaus... Klaus!

Als das Pferd weit draußen wieder zum Stehen kam und am Wiesenrand graste, minderte Klaus sein Tempo. Je näher er dem Pferd kam, desto langsamer ging er. Zuletzt bog er weit aus und näherte sich dem Pferd genau von der Seite. Ganz zuletzt sah man ihn nach der Mähne greifen, und schon saß er droben. Das Pferd rannte wieder los. Aber Klaus saß. Klein und eng. Irgendwie anliegend. Weil der Weg zwischen Bäume einbog und abwärts ging, sah man die beiden nicht mehr. Die vom Dorf waren inzwischen bei Helmut und den Frauen angekommen. Einer sagte, das hätte der Bub nicht machen dürfen. Jetzt werde der Braune erst recht nicht nachgeben. Er werde rennen, bis er müde sei. Zum Stehen könne der Bub ihn nicht bringen. Wahrscheinlich werde der Braune den Buben irgendwo abstreifen.

Der Bauer hielt Klaus, den er nur aus der Ferne gesehen hatte, offenbar für Helmuts und Sabines Sohn.

Hel hatte sich, als Klaus auf das Pferd gesprungen war, weggedreht. So stand sie noch. Sabine ging zu ihr hin. Schon bog aus der Kurve unter den Bäumen

Klaus mit dem Braunen hervor. Und als er heran war, stand der Braune. Beide schwitzten. Hel rannte hin. Alle rannten hin. Nur Helmut nicht. Otto wütete wieder, also mußte er ihn möglichst weit abseits halten. Klaus übergab das Pferd. Der Bauer sagte: Das hätte letz gehen können. Klaus lachte und sagte: Aber nein. Das ist doch ein Braver. Der ist sicher nur wegen einer Bremse durchgegangen. Der Bauer schüttelte den Kopf, als sei er mit Klaus' Eingreifen immer noch nicht einverstanden. Dann grüßte man einander, und alle gingen ihres Weges. Als sie wieder unter sich waren und alle Klaus ihre Bewunderung ausdrückten, sagte der, und legte dabei Hel den Arm um die Schulter: Siehst du, wenn ich den in Meran nicht gepackt hätte, hätte ich vor dem hier Angst gehabt. Das in Meran, erklärte er Helmut und Sabine, war nur ein Haflinger. Und Hel wollte mich zurückhalten. Also, wenn ich mich in etwas hineindenken kann, dann ist es ein fliehendes Pferd. Der Bauer hier hat den Fehler gemacht, von vorne auf das Pferd zuzugehen und auf es einzureden. Einem fliehenden Pferd kannst du dich nicht in den Weg stellen. Es muß das Gefühl haben, sein Weg bleibt frei. Und: ein fliehendes Pferd läßt nicht mit sich reden.

Klaus machte große schöne Bewegungen und redete in festen Sätzen. Hel schien jetzt kleiner zu sein als er. Helmut stimmte Klaus überschwenglich zu. Das stimmt, rief er, und wie das stimmt. Sabine sagte: Woher weißt denn du das? Ach, sagte er, du hast wohl völlig vergessen, daß ich ein alter Ritter bin, was.

Es fing schon wieder an zu regnen. Da Helmut keinen schützenden Wald mehr versprechen konnte, rannte Klaus Buch, wieder mit nacktem Oberkörper, los, um das Auto zu holen.

Helmut ging zwischen Hel und Sabine. Hel und Helmut, diese Namen kamen ihm plötzlich vor wie zwei Werkstücke, die dafür gemacht sind, zusammengekuppelt zu werden. Er würde sie Helene nennen, wenn er etwas zu sagen hätte. Sie gingen durch eine Gruppe Arbeiter durch, die trotz des Regens ihre Teerarbeiten nicht unterbrachen. Helmut hoffte einen Augenblick lang, daß der so gelegte Asphalt nur aussehen werde wie ein richtiger und sich in Kürze wieder auflösen werde in Schotter und Geröll. Er wünschte eben, daß die auch nur Schein produzierten.

Als man geborgen im Auto saß, sagte Sabine: Klaus, du hast uns gerettet. Klaus sagte zu Hel – diesmal fröhlich, übermütig, parodistisch –: Du magst mich nicht mehr, gell. Sie küßte ihn und sagte auch, er habe alle, alle gerettet. Helmut stimmte zu und lobte Klaus Buch noch lauter als die Frauen ihn gelobt hatten. Klaus hatte jetzt keine Angst mehr vor Ottos Schnauze. Das verstand Helmut.

Helmut konnte den anderen nicht mehr zuhören. Er war dabei, den Boden unter den Füßen zu verlieren. Er sah sich wieder einmal gezwungen, seine Lage in einem unangenehmen Bild zu sehen. Was man sieht, gibt so gut wie nichts wieder von dem, was ist, dachte er. Er sah sich auf einem Felsen liegen, der von oben her heftig von Wasser überflutet wird. Er, Helmut, kann sich fast nirgends mehr festhalten. Aber der Wasserschwall läßt einfach nicht nach. Es ist keine Frage mehr, wie das ausgehen wird. Trotzdem krallt und krallt er sich fest. Und verlängert so, da der Ausgang gewiß ist, nur die Qual des Kampfes. Er sieht sich deutlich durch den offenen Mund schnaufen und Blicke nach oben richten, wie im 19. Jahrhundert. Sobald diese Vorstellung verbraucht war, sah er sich schwitzen und frieren. Er wußte nicht, wie das zuging, aber er fror und zugleich schwitzte er. Er hätte nicht sagen können, ob er tatsächlich schwitzte und fror oder ob er sich das nur bis zur Empfindlichkeit vorstellte. Als Sabine und Helmut ausstiegen, reichte ihnen Klaus noch zwei Taschentücher nach. Eins von ihm und das von Hel. Helmut sagte, nun könne es Krotten hageln von ihm aus, er sei so gespannt auf diese Bücher, daß er sich die nächsten Tage nicht aus der Wohnung herausbewegen werde. So wirst du uns nicht los, sagte Klaus Buch. Zuerst sehe man sich 23 Jahre nicht, dann wollte Helmut sich gleich wieder verdrücken. Soweit kommt's, sagte Klaus Buch. Um halb neun heute abend werden Halms abgeholt. Und heute abend nimmt er die Regie in die Hand. Keine Widerrede.

Sie fuhren ab. Helmut rannte hinein, warf sich aufs Sofa und starrte zur Decke. Am liebsten hätte er geheult. Sabine tat, als verstehe sie ihn nicht. Er nahm ihr das nicht ab. Er war froh, daß Otto ganz wild darauf war, von ihm gekrault und gedrückt zu werden.

Sabine wollte etwas sagen, das sah er, deshalb sprang er auf und sagte: Ich werde mich jetzt eine Stunde lang duschen.

Als er aus der Dusche kam, zeigte Sabine das Buch von Klaus und sagte, Klaus schreibe sich ja mit Cäsar.

Ist ja toll, sagte er.

7

Kurz vor halb neun standen Helmut und Sabine unter dem Vordach und betrachteten Frau Zürns wild gemischten Blumen-Garten mit einem Interesse, das Frau Zürn, sollte sie plötzlich auftauchen, befriedigen mußte. Frau Zürn hatte einmal zu Helmut gesagt, sie geniere sich dafür, daß die Ferienwohnung Gitter vor den Fenstern habe, deshalb habe sie Phloxe, Fingerhüte, Königskerzen und vor allem die hohen Malven gesetzt. Helmut hatte gesagt, wenn man die Gitterstäbe einmal gewöhnt sei, sähe man sie nicht mehr, die Blumenpracht dagegen sei täglich ein Wunder.

Daß er die schmucklos geraden Gitterstäbe vor den Fenstern jeden Tag mit innigem Wohlgefallen wahrnahm, verschwieg er. Jedes Jahr vermißte er, wenn sie in ihr Sillenbucher Häuschen zurückkamen, die Gitter. Öd und leer kamen ihm gitterlose Fenster dann vor.

Sobald der Wagen mit der Starnberger Nummer herfuhr, eilten Helmut und Sabine zum Gartentürchen. Helmut wollte verhindern, daß Klaus überhaupt Zürn'schen Boden betrete.

Alles, was der neulich in Blau angehabt hatte, trug er jetzt in einem verblichenen Rosa.

Nur Gürtel und Sandalen schienen dieselben zu sein.

Helene war nackt und hatte etwas Schwarzes darübergeworfen. Sie hatten in ihrem Hotel einen Tisch bestellt. Man saß direkt über dem Wasser. Aber hinter Glas. An allen Tischen saßen Grüppchen wie sie. Die Bedienungen bewegten sich. Welch eine wunderbare Leere, dachte Helmut. Jetzt trinken und versinken. Aber Klaus Buch wollte endlich wissen, ob sein Verdacht, daß aus seinem romantisch-bizarren Ha-Ha ein fanatischer Arbeitsmensch geworden sei, begründet sei. Helmut nickte. Komm, komm, sagte Klaus Buch, das glaub ich dir nicht. Sabine, sagte Helmut, wie siehst du das? Sabine sagte, daß Helmut ununterbrochen arbeite. Allerdings auf eine nicht jedem gleich begreifliche Weise. Er lese eben immerzu. Es sehe aus wie Studieren. Sie halte es aber eher für Leben. Das heißt, es komme nichts heraus dabei. Vielleicht sei das sogar nicht einmal beabsichtigt. Er verändere sich durch sein Lesen, das schon. Er komme von keiner gelesenen Seite als der zurück, der die Seite aufschlug. Helmut pfiff leise. Beifällig. Auf jeden Fall komme er andauernd weiter, das erlebe sie. Sie auf jeden Fall komme da schon lang nicht mehr mit. Bei dem Tempo, das Helmut allmählich vorgelegt habe. Ja, er könne ruhig noch einmal pfeifen. Er warf ein, er würde ihre Arie auch lieber mit 64 Geigen begleiten, aber er habe nur noch zwei dürre Lippen, für die selbst Klaus eine Dürreprämie nicht verweigern würde. Sie empfinde, sagte Sabine unbeirrt, sein Tempo schon manchmal als rücksichtslos. Es mache den Eindruck, als sei es ihm schon egal, ob sie noch mitkomme oder nicht. Helmut sagte, als meine er es nicht: Lügt sie nicht wunderbar! Und das, obwohl sie weiß, daß sie lügt.

Klaus Buch sagte: Sie schwärmt. Hel, schwärm doch auch einmal so von mir.

Tust du ja selber, sagte Helene.

Klaus Buch sagte zuerst, Hel möge ihn eben nicht mehr, dann sagte er, er sei so glücklich zu sehen, daß Helmut kein Kleinbürger geworden sei.

Helmut dachte: Wenn ich überhaupt etwas bin, dann ein Kleinbürger. Und wenn ich überhaupt auf etwas stolz bin, dann darauf. Er fand, daß er als Kleinbürger in diesem Augenblick am besten lächle und Klaus Buch zuproste, keinesfalls aber den Versuch mache, mit ihm über eine solche Bezeichnung zu diskutieren. Es war angenehm gewesen, Sabine so völlig unzutreffend über sein Lesen und Leben sprechen zu hören. Wenn man sich vorstellte, sie würde, was sie gesagt hatte, sagen, wenn er mit ihr allein war, konnte man nur lachen. Mit ihm allein, und sofort war keine dieser Produktionen mehr möglich. Es waren Präsentationsprodukte. Es drückte sich darin ein Bedürfnis aus, keine Realität. Sie wollte etwas Beeindruckendes über ihren Mann sagen. Vielleicht wollte sie ihm etwas mitteilen. Es stellte sich heraus, daß Klaus Buch nach Helmuts Verhältnis zur Arbeit gefragt hatte, weil er gern erzählte, wie er und Hel über Arbeit dachten. Sie arbeiteten so wenig als möglich, sagte er. Stimmt's, fragte er. Sie sagte: Ja, zum Glück brauchen wir, um uns wohl zu fühlen, keine Arbeit. Das klang wie gelernt. Klaus Buch sagte, das Leben sei zu kurz, als daß man es mit Arbeit vergeuden dürfe. Sie sagte, ihn jetzt offen und vielleicht schon kritisch zitierend – oder hätte es Helmut gern so gehabt? –: Nur Leute, die erotisch nicht völlig da sind, brauchen Arbeit. Klaus löste sie jetzt endgültig ab: Arbeit sei ein Ersatz für Erotik. Sie sei auch die Vernichtung des Erotischen. Das Erotische, ernst genommen, sei seinerseits die Vernichtung des Arbeitswillens. Wer leben wolle, dürfe sich nicht an die Arbeit verlieren. Die Arbeit mache unfähig zur Liebe. Stimmt's? Oder magst du mich nicht mehr?

Sie küßte ihn und sagte: Er redet ein bißchen viel darüber. Das ist aber sein einziger Fehler.

Heißt das, sonst bin ich ganz gut, sagte er unersättlich.

Sie lachte und sagte: Es geht.

Das gibst du zu, sagte er hartnäckig.

Ja, das gebe ich zu, sagte sie und lachte und küßte.

Du bist achtzehn Jahre jünger als ich. Hast du je zu klagen gehabt, fragte er unerbittlich.

Sie wollte ihm den Mund zuhalten.

Ich meine das ernst, sagte er.

Ich auch, sagte sie.

Du magst mich nicht mehr, gell, sagte er.

Er muß immer darüber reden, sagte sie, ohne ihren Mann geküßt zu haben, versteht ihr das? Diesen Formulierzwang find ich nicht so gut. Aber das ist sicher bloß Neid, weil ich's nicht so gut kann.

Du magst mich nicht mehr, gell, sagte er.

Jetzt küßte sie ihn. Dann tranken beide von ihrem Mineralwasser. Beide schienen zum ersten Mal unter Helmuts Zigarren- und Sabines Zigarettenrauch zu leiden. Wie am Abend zuvor, fiel es Helmut jetzt wieder schwer, Wein und Rauch zu genießen. Er trank rasch. Er wollte möglichst rasch betrunken sein. Sollte er sich eingestehen, daß er diese Hel liebe? Was hätte er davon? Und war es denn so? War sie ihm nicht völlig gleichgültig?

Klaus Buch fing plötzlich an, von dem 90. Geburtstag seines Vaters zu erzählen, den sie gerade gefeiert hatten.

Sie hatten ihn in seinem vornehmen Altersheim in Degerloch abgeholt. Er sei erstaunlich kräftig und erstaunlich schwach gewesen. Aber voll da. Habe sich für alles interessiert. Name des Bundeskanzlers, des Bundespräsidenten, sogar des Präsidenten des Bundestags, alles gewußt... Helmut haßte Berichte über Greise. Macht zwar in die Hose, aber das große Einmaleins bringt er! Wahrscheinlich wollte Klaus Buch nur demonstrieren, daß er noch einmal 45 Jahre vor sich habe, die zählten. Helene sagte: Meine Mutter ist einundsiebzig und genießt das Leben noch ohne Abstrich. Abstrich, dachte Helmut und schauderte ein bißchen. Jedes Jahr Reisen nach Afrika, Persien, sagte Helene. Nirgends hat sie sich, hat sie neulich geschrieben, so wohl gefühlt wie in Bali. Heißt es nicht, dachte Helmut, *auf* Bali? Wo sind eure Eltern?

Helmut senkte den Daumen steil nach unten. Klaus sagte: Zeig doch mal die Fotos. Helene sagte: Das interessiert doch Halms nicht. Zeig die Fotos, Mensch. Etwas Interessanteres als Fotos von alten Leuten gibt es nicht.

Helmut sagte, er möchte nicht älter als siebzig werden.

Er fand diesen Satz genauso verlogen wie wahr. Also unsinnig. Aber war nicht alles, was er hier sagen konnte, unsinnig? Nur was Hel und Klaus sagten, hatte wirklich einen Sinn. Sie wollten alt werden. Sie hatten Aussicht, alt zu werden. Sie freuten sich darauf, alt werden zu können. Sie taten alles dazu, alt zu werden. Sie hatten die Kraft dazu. Sie dachten so, daß sie es gesund ertragen würden, lange zu leben. Und wer nicht so denkt, der redet Unsinn. Das einzig Sinnvolle, das es überhaupt gibt, ist, lange zu leben. Wer länger lebt als ein anderer, ist erfolgreicher als der. Je länger du lebst als ein anderer, desto größer der Sieg über den. Helmut wußte nicht, ob die Buchs genau das zu ihm sagen wollten, aber so verstand er ihre einander überbietenden Schilderungen siebzigster und neunzigster Geburtstage. Fahrten hatten sie mit ihren Jubilaren gemacht. Blut- und Leberwurst gegessen auf der Alb. Ins Kino gegangen mit denen. Gelacht hatten die. Da schau. Und sie auch. Schau. Die morschen Nasen in Blumen gesteckt. Da schau. Entzücken daraus gesogen. Schau. Wohlgefühl auf Wohlgefühl war erlebt worden. Das ist das Schönste, was es gibt. Und das Allerschönste ist, daß es bis zum Tod überhaupt nicht aufhört, schön zu sein.

Helmut sagte, er danke den Buchs für diesen Abend mehr als für alles andere. So gestärkt habe ihn, soweit er sich erinnern könne, noch niemand. So aufgerichtet. So beschenkt.

Er merkte, daß ihm die Tränen aus den Augen traten. Er tat so, als sei es ihm peinlich. Er trat rasch hinaus. Tatsächlich war ihm zum Heulen zumute.

Er war betrunken.

Morgen mache Hel ihre Dorftour, also könnten Halms mit Klaus eine Segelpartie machen. Hel würde Sabine so gern mitnehmen auf ihre Dorftour, aber aus Erfahrung wisse sie, daß die Großmütterchen bei zwei Besuchern doppelt so unzugänglich seien als bei einem. Ach, haben sie Halms noch gar nichts erzählt von Hels neuem Buch? Klaus erklärte: Es wird heißen *Großmutters Mund*. Hel fährt in die Dörfer im Hinterland, erfragt beim Bürgermeister die fünf ältesten Frauen, von denen läßt sie sich die drei Gesprächigsten nennen, zu denen fährt sie hin und nimmt auf Tonband, was die noch an gutem Rat im Kopfe haben. Sie hat schon siebenunddreißig Bänder voller Großmütter. Hel sagt, sie hoffe nur, dieses Buch, das wieder Klausens Idee sei, werde besser gehen als ihre *Kräuter-Fibel*. Ich weiß nicht, was du willst, Schatz, rief Klaus

Buch, deine Fibel ist ein Dauerbrenner, die wird uns nähren auf den Bahamas bis ins neunzigste Jahr. Also, morgen ablegen 14 Uhr 30. Sabine entschuldigte sich. Sie habe sich für morgen beim Friseur angemeldet in Meersburg. Zu dem gehe sie jedes Jahr am gleichen Tag. Das sei ein wahrhaft unverschiebbarer Termin. Dann also Helmut allein. Klaus Buch freut sich. Das wird eine Erinnerungsorgie reifer Männer. Ciau.

Helmut und Sabine, schwer vom Wein, trotteten heimzu. Helmut sagte, du bist fein heraus. Also aktiv sind die, sagte Sabine. Zum Glück können sie uns mehr als den Urlaub nicht verderben, sagte Helmut. Starnberg ist zu weit. Sabine hängte sich bei Helmut ein und sagte: Sei nicht so negativ. Ich bin's doch gern, sagte Helmut. Kommt heute nacht wieder ein Gewitter, Herr Negativ, fragte sie anzüglich. Frag Klaus Buch, Frau Positiv, sagte er. Böser, sagte sie, ich frag dich, ich frag überhaupt nur noch dich, ich red' nur noch mit dir, ich verlerne alle anderen Sprachen der Welt außer der deinen, so! Ich hoffte, das sei alles schon so, seufzte er. Er sei, sagte er, also doch schon weiter als sie, da er schon lang keinen Menschen mehr verstehe außer ihr. Er legte seinen Arm um Sabine, quetschte sie, bis sie ein bißchen quiekste. Da fiel ihm Helene Buch ein. Dagegen konnte er momentan nichts tun. Ich bin betrunken, sagte er. Wir, sagte sie, sind. Ich, sagte er. Wir, sagte sie. Geht mich nichts an, sagte er und rannte ihr davon. Aber sie hatte ihn rasch eingeholt und ließ ihn, bis zur Wohnung, nicht mehr aus ihrem Griff.

Er beschwerte sich noch einmal darüber, daß sie sich morgen vorm Segeln drücke. Er verstehe das nicht. Sie spreche von diesem Klaus Buch wie die Blume vom Wind, und dann drückte sie sich. Morgen sei doch gar nicht ihr Friseurtag. Sie habe Angst, sich in Klaus, den Helmut, wortbrüchig, wieder *dieser* genannt habe, zu verlieben, sagte sie und kicherte unschön. Helmut überlegte sich, ob er sie vergewaltigen und dann ins Wasser werfen und nicht mehr ans Land lassen sollte. Ich verzeihe dir diesen Ausrutscher und den nächsten, sagte er, erst den übernächsten nehm ich dir übel, der nächste danach ist dann tödlich, absolut tödlich. Mich friert's, wenn du so redest, sagte sie. Dann ist es gut, sagte er, mir wird warm, wenn's dich friert, wenn ich rede. Dann gibt's doch ein Gewitter, sagte sie. Oh, du Naturalistin, sagte er, wir bewegen uns am Rand der Katastrophe, und du redest wie der Wettermann. Wir sind beide ein bißchen verführt momentan, sagte er, laß uns aufpassen. Wir sind doch schon weiter als die, sagte er. Du vielleicht, sagte sie. Bine, sagte er, ich weiß, du nicht. Ich auch nicht. Bine. Wehr dich doch gegen diese Verführung durch die Familie Buch, Mensch. Auch wenn das, was die tun, das Richtige ist. Laß uns beim Falschen bleiben. Warum, fragte sie. Ich weiß es nicht, sagte er. Aber, sagte er, es sei noch nie so notwendig gewesen, beim Falschen zu bleiben wie jetzt. Das Falsche ist das Richtige. Heute abend, Bine. Heute nacht. Wenn sie einander heute nahekämen, dann dächte sie an Klaus und er an Helene, und das sei für ihn eine Vorstellung, die ihn abrüste. Idiot, sagte sie. Ja, sagte er. Alleskaputtmacher, sagte sie. Ja, sagte er. Blöder Hund, sagte sie. Ja, sagte er. Arschloch, sagte sie. Nicht provozieren, sagte er und beugte sich über sie, küßte sie vorsichtig und sagte: Ach du. Einziger Mensch. Sabine.

Erst als sie eingeschlafen war, atmete er auf. Es war zwar nicht das Gespräch geworden, das er Sabine schuldig war, aber sie hatten einander an Stellen berührt, an denen sie sich vorher noch nicht berührt hatten.

Wie schön sind, dachte er, gewendete Kleider.

8

Klaus Buch stieß ihm die Tür auf, Helmut stieg ein, Klaus ließ zur Begrüßung seine Hand ein bißchen zu lange auf Helmuts Schulter liegen. Helmut bedauerte, daß er das anders empfand als dieser Klaus Buch. Es wäre schön, wenn man einen hätte, dessen Hand man gern ein bißchen zu lang auf der Schulter hat. Er hätte sich wegen Unfähigkeit zur Erwiderung von Gefühlen entschuldigen müssen. Klaus Buch war heute ganz in Weiß. Sein Augenblau war noch nie so blau gewesen. Seine beweglichen Lippen wälzten und wölbten sich, auch wenn er nicht sprach. Er war erregt. Nichts gegen die Frauen, aber daß der Zufall ihnen einen Tag allein beschert, ist einfach fein, oder nicht. Mensch, Helmut, wir zwei, das find ich echt brutal. Er drückte aufs Gas, mußte gleich wieder bremsen, man war schon da. Klaus Buch holte im Hotel eine Tasche. Diesmal hatte er auch Segeltuchschuhe für Helmut mitgebracht. Helmut bezweifelte, daß die paßten. Aber Klaus sagte, sie hätten doch immer schon die gleiche Schuhnummer gehabt. Helmut mußte helfen, die Segel zu setzen. Klaus Buch hörte nicht auf, ihm im fröhlichsten Ton alle Anweisungen zwei- bis viermal zuzurufen. Das hörte sich an, als sei Helmut ein Idiot. Trotzdem mußte Klaus Buch des öfteren hertanzen und Helmut auch noch die Hand führen.

Anfangs gab es noch ausgedehnte Felder mäßigen Winds. Dann war der ganze See glatt wie flüssiges Blei. Alles, was sichtbar war, hatte nur noch eine Farbe. Sie waren hinausgekommen aus dem Überlinger See und lagen jetzt draußen. Helmut schätzte, zwischen Hagnau und Kesswil. Klaus Buch fluchte auf den Bodensee. Ein impotenter Sack sei das, der könne nur einmal am Tag, und dann auch nur, daß es kaum noch zu erspüren sei. Jetzt schaue sich das einer an: eine Landschaft aus schwülen Lappen, schau, die Häuser da und dort, die Hügel, schau, der Himmel, alles hängt, hängt, hängt, das wird ein Nachmittag im Jenseits, mein Lieber. Das ist schon ein Scheißsee. Also wenn es nicht wegen dieser Recherchen wäre für Hels Buch, er wäre nie hierher zum Segeln. Das sei vielleicht was für Opas, in deren Wipfeln Ruh ist. Jetzt schau dich doch einmal um, diese Gegend, eingeschlafen für immer. Ich schwör' es dir. Hier geht nichts mehr. Wir sind im Totenreich. Farbloses farblos im

Farblosen. Lethe, Helmut. Tut mir leid. Ich hätte mit dir gern einen Scharfen abgesegelt. Ist nicht mehr drin hier. Jetzt müssen wir halt quatschen. Laß uns quatschen, komm.

Er sagte das märchenhaft wild und machte dabei mit seinen unbefestigten Lippen und der ungebärdigen Zunge unflätige, das Sprechen parodierende Bewegungen. Helmut mußte lachen. Das brachte Klaus Buch in Stimmung.

Mein Gott, wie sind sie in der Ägäis gesegelt. Anbinden mußten sie einander, sonst wären sie über Bord gespült worden. Zwölf Stunden lang keine Sekunde von der Pinne gewichen. Einmal blies der Boreas so, daß sie drei Tage lang nicht aus dem Hafen konnten. Einmal sind sie von Thassos nach Rhodos mehr unter den Wellen durch als über sie hin. Er freut sich nur noch auf die Bahamas mit ihrem beständigen Passat. Ob Helmut sich nicht vorstellen könne, mitzukommen. Er, Klaus Buch, habe, ohne sich im geringsten in Helmuts Angelegenheiten einmischen zu wollen, das Gefühl, als könne es Helmut guttun, wenn er hier einfach mal klar Schiff machen, die Brücken abbrechen und in eine neue Welt aufbrechen würde. Das Leben bedarf des Reizes, sagte Klaus Buch, sonst erlischt es. Bei Lebzeiten. Verstehst du, das ist anders als beim Ethischen oder Moralischen, das existiert einfach so, das Geistige, das kann vielleicht seine Spannung aus sich selbst erzeugen, ich weiß das nicht so genau, da bist du der Experte. Ich dagegen weiß, daß das Lebendige den Stoß braucht. Das Lebendige braucht überhaupt das ganz Neue. Dem Lebendigen kann nichts neu genug sein. Je neuer, desto lebendiger. Die total unvorhersehbare Reaktion, verstehst du, das ist das Leben. Also, paß einmal auf, Helmut, wie oft bumst du deine Frau? Helmut schaute offenbar so, daß Klaus Buch nicht auf der Antwort bestand. Oder anders gefragt, sagte er, bist du ganz sicher, daß du deine Frau noch liebst? Bitte, versteh mich richtig, Sabine ist eine echt brutale Frau, ich beneide dich um Sabine, aber auch die brutalste Frau kann in unserem Alter eine Gefahr werden für einen Mann. Wenn sie es nicht mehr bringt. Auch Hel könnte eine Gefahr werden für mich. Wenn sie es nicht mehr bringt. Aber sie bringt es noch. Und wie. Hel ist für mich ein challenge. Sie ist zuviel für mich. Ich schaffe sie nicht. Ich kämpfe um sie. Tag und Nacht. Das hält fit, klar.

Wenn du vier Wochen im Bett liegst, kannst du keinen Kilometer mehr gehen, so völlig verschwunden sind deine Muskeln. So ist es mit AL-LEM, Helmut. Ich bin wirklich fasziniert vom Leben, Helmut, das kannst du mir glauben. Wenn mir ein Regentropfen auf der Haut zerplatzt, könnte ich schreien vor Begeisterung. Wenn ich in einen Baum schaue, könnte ich aufschreien vor Liebe zum Chlorophyll. Aber ich habe Angst, dumm zu werden, Helmut. Ich bin in Gefahr, ich weiß das. Ich möchte brillant bleiben, verstehst du. Glänzend. Großartig. Und fein. Durchdringend fein. Unzerreißbare Seide möchte ich sein. Wildseide, versteht sich. Ich bin ein Anbeter meiner selbst. Hel betet mich in gewisser Weise auch an. Weil sie mich für intelligenter hält, als ich bin, verstehst du. Ich mache ihr was vor. Ich halte sie kleiner, als sie ist. Ich verführe sie zu Tätigkeiten, denen sie nicht gewachsen ist. Für den Fall, daß ich sie nicht mehr schaffe, verstehst du. Was ich bräuchte, ist ein Mensch wie du, Helmut. Ehrlich. Als ich dich da sitzen sah an der Promenade, ecco, das war Erscheinung. Mein alter Ha-Ha, die große Problemschraube, *Zarathustra* in der Badehose gelesen, Helmut, wenn du mitkommst auf die Bahamas, sind wir beide gerettet. Da kannst du alles in der Badehose erledigen. Was gibst du auf hier? An welcher Schule bist du eigentlich?

Am Ebe-Lu, sagte Helmut so unstolz als möglich.

Oh, sagte Klaus Buch, gratuliere, na ja, du warst eben immer Spitze, klar. Trotzdem wage ich es, stell dir vor, ich, die alte Küchenschabe, nichts gewesen, nichts geworden, ich wage es, dir, dem Doktor Oberstudienrat am hochehrwürdigen Ebe-Lu, weitgehende Vorschläge zu machen. Ich behaupte, es sei nötig. Du mußt gerettet werden. Du brauchst mich, Helmut, das spür' ich. Deshalb meine Frage, wie oft bumst du Sabine. Ich will dich doch nicht beschämen, Mensch. Ich will nicht den tollen body spielen. Mensch, Helmut, meine erste Frau habe ich am Schluß noch einmal pro Woche gebumst. So was von herunter war ich. Waren wir. Also bitte. Mit mir kannst du reden. Wenn du willst. Ich finde einfach, wir sollten, bevor wir fünfzig sind, noch einmal vom Stapel laufen. Und ohne dich bin ich in Gefahr zu verblöden. Das ist mir klar. Du bst echt ein challenge für mich. Du und Hel, dann flutscht's. Alles klar.

Helmut nickte, sooft er konnte. Klaus Buch mußte den Eindruck haben, Helmut überlege sich diese Vorschläge ernsthaft. Das spornte ihn zu immer neuen Angeboten an. Er könne, da Helmut sich bis jetzt noch nicht gesprächsbereit gezeigt habe, nur immer weiter versuchen, durch Selbstentblößung Helmut so zu provozieren, daß er seine ihn selbst bedrohende Zurückhaltung aufgebe, damit sie endlich ihre gemeinsame Rettung gemeinsam betreiben könnten. Helmut sei sich, das fühle er, Klaus Buch, deutlich, der Gefahr der Stagnation schärfstens bewußt. Vielleicht habe Helmut sogar schon resigniert. Er, Klaus Buch, glaube das nicht. Er glaube eher, Helmut spiele sich Resignation zur Zeit vor, werde aber, sobald er sehe, daß es ernst werde, schreiend vor der Resignation zu fliehen versuchen. Dann sei es wirklich zu spät. Oder es gelinge nur noch eine Kurzschlußhandlung. Jetzt aber könne man den zweiten Stapellauf noch gemeinsam planen. Und zwar so, daß er gelinge. Ohne Wunden. Das sei das Entscheidende. Er könne sagen, daß die Trennung von seiner ersten Frau für beide ohne ernsthafte Wunde über die Bühne gegangen sei. Weil er eben nicht gewartet habe, bis er erschrocken sei. Also von ihm aus bestehe ein totales Angebot. Er ahne, daß Helmut schon mit ersten Schäden der reizlosen Routine der Endgültigkeit zu tun haben könnte. Könnte! sage er. Und sein Angebot sei gar nicht barmherziger Art, der pure Egoismus sei es. Je mehr Helmut von ihm Gebrauch mache, desto mehr traue er sich, von Helmut Gebrauch zu machen. Und sie seien nun einmal so alte Freunde, daß sie einander rücksichtslos hilfreich sein dürften. Es dürfe zwischen ihnen keine

Scham geben, die irgend etwas verhindere. Helmut könnte zu Klaus Buch kommen, wenn er wissen wolle, wie er sich am glimpflichsten von Sabine trennen könne – wenn Helmut das überhaupt wolle, bitte, er nenne das nur als Beispiel, weil jeder noch lebendige Mann sich von seiner Frau trennen will, nur Tote sind treu –; Helmut könne aber genausogut zu ihm kommen, wenn er sich lediglich hinsichtlich der Länge seines Glieds beruhigen wolle; auch das sage er nur, weil jeder noch lebendige Mann an Möglichkeiten zur Überprüfung seiner eigenen Zurechnungsfähigkeit interessiert sei. Wenn ein einziges Mal zwei Männer zusammenhülfen, würden sie einen ungeheuren Sieg erringen. Wenn jeder allein bleibe, müsse sich eben jeder auf seine eigene miese Art durchschwindeln, Beute machen, Beute in Sicherheit bringen, Beute verzehren, wieder Beute machen und so fort. Mensch, Helmut, laß es uns groß spielen. Nicht klein beigeben. Groß bleiben. Größer werden. Der Größte. Wir zwei sind die Größten, ich schwör's dir. Uns will das Leben. Ich hol dich heraus aus deiner Flaute, Junge. Dich richte ich wieder her. Du wirst sehen, in einem Jahr kennst du dich nicht wieder. Du bist kurz vorm Versacken. Ich schau da nicht zu. Dich *turn* ich an, Mensch. Dir mach ich einen Appetit in den Leib, daß du senkrecht in die Luft gehst, wetten? Du kommst zuerst einmal zu uns nach Starnberg. Nur ein paar Tage. Dann läuft das ganz von selber. Das läuft einfach, da bin ich ganz sicher. Mensch, Helmut, in Starnberg, verstehst du, in Starnberg sitze ich morgens oft von vier bis sieben nackt auf der Terrasse und höre den Vögeln zu. Es gibt nichts Akustisches, was dem gleichkommt. Ich habe in meinem Garten ein paar gewaltige Bäume, in denen fangen, schon bevor die Sonne ganz da ist, die Vögel an. Aber nicht zuerst der und dann der. Wie beim Orchester fangen alle, die zusammengehören, auf einmal an. Es gibt zarte Einsätze, es gibt vehemente. Und gleich darauf singt dann eine nicht mehr vorstellbare Zahl von Vögeln. Aber du siehst keinen. Also tönen die Bäume selbst. Du erkennst auch nicht mehr, daß dieser Gesang von einzelnen Vögeln stammt. Der kann genausogut von einer Riesenorgel sein. Oder von ein paar hundert Orgeln, die auf ihren hellsten Registern spielen. Und es klingt überhaupt nicht wie im Freien, sondern wie in einem Hallraum. Ein Riesenhallraum schwingt da, überschwingt von Vogelstimmen. Es ist, als wäre die ganze Welt nur noch ein Kirchenschiff. Und das Phantastische, der Raum selbst, das Kirchenschiff, stell dir das vor, bleibt nicht an Ort und Stelle, es hebt sich, du hörst es, es hebt sich in die Luft. Aber es entfernt sich kein bißchen. Das ist das Brutalste. Es schwebt. Wirklich. Es schwebt. In der Luft. Der Raum wird nur immer größer. Hallender. Ein Riesenraum aus nichts als Vogelstimmen. Ein Vogeldom, gebildet aus einem schwingenden Vieltöneton. Mein lieber Helmut, da muß ich hinein, aber auf den Spitzen der Zehen, unmerklich wie der erste Sonnenstrahl, und obwohl mir ganz anders zumute ist, obwohl ich lieber brüllen würde, stampfen, hochspringen, mich auf sie hechten, nein, ich schmeichle mich hin zu ihr und zärtle sie wach, aber schon bevor sie ganz wach ist, placier ich die Verführung, daß sie, wenn sie die Augen aufschlägt, wenn die Lippen sich lösen, mich schon will. Capito?

Eine Bö fuhr über das Boot hin und schlug das Segel mit einem knallenden Schlag auf die andere Seite. Oh, grüß Gott, wir kriegen Besuch, rief Klaus Buch und griff nach den Leinen und nach der Pinne.

Helmut hatte den andauernd von einer verrückt gewordenen Zunge gewölbten und dann wieder durchbrochenen Mund Klaus Buchs nicht lange anschauen können. Er hatte die Hast, mit der Klaus Buch sprach, durchaus begriffen. Er hatte, während der redete, als ginge es um sein Leben, in aller Ruhe die Seefläche angeschaut, die Himmelsfläche, die konkreter werdenden Ufer. Ganz allmählich waren wieder Farben entstanden. Im Himmel waren Tinten jeden Blaus langsam zusammengeflossen. Im Lauf des Nachmittags hatte alles an Bestimmtheit zugenommen. An einigen Stellen waren in den Tintenflüssen sogar entschiedene silberne Borten entstanden. Nur der Westhimmel bestand noch aus einer endlosen Durchsichtigkeit. Aus reinem Rosa. Helmut fiel das Pure ein. Das Wasser hatte alle diese Farben aufgenommen und sie zu einer dichten Mischung konzentriert. Man sah im Wasser alle Blaus, das Silber, das Rosa; zusammen ergab es ein immer stahlflüssigeres Blau, in dem ein violettes Gold flutete. Und da hinein rissen dann die Gewitterböen ihre schwarzen Narben.

Sturmwarnung, rief Klaus Buch und ließ seine Zunge aus dem Mund brechen und zeigte begeistert in die Schweiz hinüber und zurück ans deutsche Ufer. An vielen Stellen zuckten die gelben Warnlichter. Eine Farbe, die sonst nicht vorkam. Die Böen fuhren von allen Seiten her. Klaus Buch fluchte. Der spinnt wohl, schrie er. Den Wind meine er. Er schaute streitlustig herum, um die anfahrenden Böen rechtzeitig zu sehen. Wir brauchen Fahrt, dann können uns die Böen nichts mehr machen, rief er. Böen, ohne jeden Wind, so was habe er auch noch nicht gesehen. Helmut soll die Fockschot bedienen. Wenn Klaus Buch FIER AUF ruft, soll er nachgeben, aber nie ganz loslassen, wenn Klaus Buch DICHT ruft, soll er anziehen. während er noch sprach, fuhr eine Bö über sie hin, die Klaus mit einem Sprung auf Helmuts Seite beantwortete. Junge, Junge, das war ein Händchen, sagte er. Er erklärte Helmut, was der bei einer Wende tun müsse. Helmut fragte, ob sie jetzt ans deutsche oder ans Schweizer Ufer führen. Vorerst tanzten sie einmal mit diesen völlig verrückten Böen, sagte Klaus Buch. Sobald denen, was wohl auch auf dem Bodensee zu erwarten sei, ein Wind aus einer Richtung folgte, würden sie ihre Segelpartie nachholen. Helmut wies auf die Sturmwarnungen. Er hatte Angst. Diese an vielen Stellen zuckenden grellen Lichter sahen in den dunkel gewordenen Farben unheimlich aus. Klaus Buch wies auf die dunkelste Himmelsstelle. Das sei eine Gewitterfront, die liefere ihnen alles, was sie bräuchten. Helmut sagte, ihm wäre es lieber, sie suchten, so rasch als möglich ans Land zu kommen. Die Schweiz scheine ihm näher zu sein. Warum nicht nach Utwil oder Kesswil, von dort Hel anrufen, vielleicht könne sie mit dem Auto kommen. Und wir an der Straße mit dem Segel unterm Arm, ja? Klaus Buch lachte. Helmut sagte, man könne ja auch am Land abwarten, bis der Sturm vorbei sei. Wahrscheinlich wäre doch das deutsche Ufer leichter zu erreichen, da der Wind ja aus Südwest komme.

Klaus Buch sagte, es sei höchste Zeit, daß Helmut aufhöre, dem Leben auszuweichen. Eine Bö schlug zu, Klaus Buch rief: Fier auf. Aber Helmut ließ zu spät los. Da Klaus Buch das Großsegel rechtzeitig gefiert und mit dem Ruder ausgeglichen hatte, hatten sie die Bö gut überstanden. Aber sofort kam die nächste. Helmut rief: Klaus, wir müssen hinein.

Jetzt war die See schon eine hellgrüne und weiß fauchende Fläche. Klaus Buch schrie vor Vergnügen. Helmut dachte, vielleicht ist er wirklich verrückt. Klaus rief Helmut zu, der solle sich auf den Bootskörper setzen. Helmut setzte sich hinauf. Sie schossen jetzt in rauschender Fahrt in Richtung Schweiz. Außer ihnen war kein Boot mehr auf dem See. In Ufernähe sah man segellose Boote wahrscheinlich mit Motorkraft auf die Häfen zustreben.

Klaus Buch benahm sich immer mehr wie ein Rodeoreiter. Er unterhielt sich mit dem Wind. Taufte jede Bö, die er herankommen sah, auf einen neuen Namen. Das ist Susi, die uns mit ihren Schenkeln zerquetschen will, hohopp, fier auf, und weg ist sie. Jedes Mal, wenn sie sich von einer Bö aufrichteten, lachte er Helmut glücklich an, tätschelte den Bootskörper und rief: Brav, Zugvogel, brav! Helmut sah, daß es immer schwieriger wurde, den Winddruck durch Manöver und Gewichtsverlagerung auszugleichen. Sie waren von fliegender Gischt längst klatschnaß. Er hielt seine Fockschot nur noch am letzten Zipfel. Dicht, brüllte Klaus Buch. Helmut schrie: Du spinnst. Er war ganz sicher, daß das Boot kentern würde, wenn das Vorsegel auch noch unter Druck stünde. Der Wind erzeugte mit dem losen Vorsegel ein hart knallendes Maschinengewehrgeräusch. Vollwarnung, schrie Klaus Buch triumphierend. Tatsächlich, die Lichter liefen mit doppelter Geschwindigkeit. Hinein jetzt, brüllte Helmut. Klaus Buch brüllte: Feigling. Helmut ertrug die totale Schieflage nicht mehr. Die Wellen liefen schon über Bord. Dieser Klaus Buch war also wahnsinnig. Jetzt hielten sie durch ihr so weit als möglich hinausgelehntes Gewicht und durch loseste Leinen das Boot gerade noch am Rande des Kenterns. Aber der Sturm nahm zu. Das Boot neigte sich schon. Helmut ließ einfach seine Leine los. Das Knallen und Knattern wurde unheimlich. Es war, als schlüge jemand auf sie los. Klaus Buch schrie: Daß du zufrieden bist, wir reffen! Er drehte das Boot mit dem Bug genau in den Wind. Das Boot richtete sich sofort auf. Gott sei Dank. Helmut konnte wieder atmen. Klaus Buch rief: Los, an die Pinne! Nimm sie zwischen die Beine! Halt das Boot genau im Wind! Nicht so zimperlich, Mensch! Nur hingelangt! Als wär's ein Stück von dir! Er lachte und tanzte zum Mast. Helmut wußte nicht, wie er in diesem Toben und Knallen und Knattern mit diesem lächerlichen Stück Holz etwas ausrichten sollte. Er hatte das Gefühl, es sei Mitternacht. Plötzlich spürte er einen Druck auf der Pinne. Das Boot stand nicht mehr genau im Wind. Er ruckte. Aber in die falsche Richtung. Das

Großsegel schlug quer weg. Klaus Buch brüllte etwas. Rannte auf Helmut zu, riß dem die Pinne aus der Hand, bückte sich nach Leinen. Helmut hatte das Gefühl, daß das Boot jetzt gleich kentern würde. Spätestens, wenn Klaus Buch das Großsegel wieder hereinholen würde, wenn wieder diese entsetzliche Lage entstehen würde. Als sich Klaus aufrichtete und mit Pinne und Leine arbeitete, um das Boot wieder unter Kontrolle zu bringen, als das Boot schon wieder anfing, sich zur Seite zu neigen, schrie Helmut: Nicht! Klaus Buch schrie: Wir heben ab! Und lachte. Unmäßig. Und hing in einer furchtbaren Art über das Boot hinaus. Er lag praktisch auf dem Rücken. Das Boot hatte wieder die entsetzliche Schräglage erreicht. Es war vorauszusehen, daß es in den nächsten Sekunden endgültig kentern würde. Komm, Schatz, brüllte Klaus Buch, ich brauche dein Gewicht. Helmut placierte sich auf dem Bootskörper, behielt aber sein Hauptgewicht innerhalb des Cockpits. Klaus Buch ließ sogar den Kopf noch nach hinten fallen und brüllte zum Himmel hinauf *Lucy in the sky*. Als Helmut sah, daß die über Bord laufende Wellen jetzt gleich ins Cockpit schlagen würden, stieß er mit einem Fuß Klaus Buch die Pinne aus der Hand. Jetzt passierte alles gleichzeitig. Das Boot schoß wieder in den Wind. Klaus Buch stürzte rückwärts ins Wasser. Das Boot richtete sich auf. Der Wind kriegte es von der anderen Seite zu fassen. Helmut duckte sich gerade noch unter dem herüberschlagenden Großsegel durch. Dann kauerte er am Mast und sah nach Klaus Buch. Bevor der hinunter war, hatte Helmut noch einen Blick von ihm empfangen. Das Großsegel war losgerissen. Großsegel und Vorsegel flatterten voraus. Der Wind kam von hinten. Trotz des Geknatters der Segel war es jetzt plötzlich viel ruhiger. Helmut stand vorsichtig auf, suchte die weißen Wellenkämme und die dunklen Wellentäler ab. Er brüllte: Klaus! Immer lauter brüllte er: Klaus! Klaus! Als er das Gefühl hatte, er brülle jetzt nur noch sich zuliebe, hörte er auf. Sei still, dachte er. Fang jetzt überhaupt nichts an. Sei bloß still. Klaus müßte sich retten können. Ein solcher Sportler. Sollten sie je kentern, hatte Klaus doziert, müsse man sich von den Wellen tragen lassen. Nie versuchen, ein näherliegendes Ufer gegen die Wellen zu erreichen. Es sei überhaupt kein Problem, *mit* den Wellen 5 Kilometer zu schwimmen, aber unmöglich, gegen sie 500 Meter. Überhaupt kein Problem. Also bitte. Idiot. Schluß. Du hast es nicht gewollt. Du hast es doch nicht gewollt! Also bitte. Warum verteidigst du dich dann? Du hast es nicht gewollt. Schluß. Klaus kann sich retten. Du aber nicht. So ist das. Er würde sich an dieses Boot klammern. Wenn es sinken würde, würde er auch sinken. Aber vielleicht sank es nicht. Klaus Buch hatte etwas über Auftriebskörper gesagt. Er suchte nach Stellen, an denen er sich festklammern konnte. Er wollte nicht mehr hinausschauen. Aber dem Knallen und Knattern nach mußte es immer noch Fahrt machen. Es war jetzt ziemlich dunkel. Es regnete. Klaus ... Ach Sabine, wenn du wüßtest. War er je so zerschlagen gewesen. Er heulte auf. In den letzten Monaten, in denen er noch geschlechtlich mit Sabine verkehrt hatte, hatte er genau dieses Gefühl erlebt, das Gefühl, vernichtet zu sein. Jedes Mal war es, als habe er einen nicht wieder gutzumachenden Fehler begangen. Jedes Mal hatte er so geheult. Ein lang gezogenes, immer höhere Töne erreichendes Heulen. Er hatte das Gefühl gehabt, er könne sein Leben nur noch ertragen, wenn er jetzt fortfahre und nie mehr aufhöre, solche hohen, sich endlos hinziehenden halblauten Schreie auszustoßen. Aber er durfte nicht. Sabine war jedes Mal so erschrocken, daß er gleich wieder aufhören mußte. Er hatte gesagt, er mache das nur aus Spaß. Bitte, sie möge überprüfen, seine Augen seien absolut trocken. Es mache ihm Spaß, diese kleinen Schreitöne auszustoßen. Aber Sabine hatte gesagt, dann könne sie nicht mehr leben. Diese Töne seien furchtbar.

Jetzt durfte er seine Schreie ausstoßen, in so langen und so hohen Tönen wie er wollte. Er hatte wieder einen nicht wieder gutzumachenden Fehler gemacht.

Erst als der Kiel plötzlich im Uferkies schürfte, hörte er auf, Töne auszustoßen. Er sprang ins Wasser, watete an Land und ging auf das nächste Licht zu.

Die Leute erschraken. Sie verständigten den Krankenwagen. Sie nötigten ihn, Tee mit Schnaps zu trinken. Er sei in Immenstaad, sagten sie. Sie riefen die Wasserschutzpolizei an, damit sofort alles unternommen werde, seinem Freund zu Hilfe zu kommen. Sie riefen Sabine an. Sie riefen Helene Buch an. Helmut dachte, es sei das Beste, er selber bleibe apathisch. Klaus hatte in Unterhomberg gesagt, ein fliehendes Pferd lasse nicht mit sich reden. Er hatte zugestimmt.

9

Helmut stand am Fenster und beobachtete mit dem Fernglas, wie in den Fingerhutblüten die zehnmal so großen Ameisen über die Blattläuse hingingen und sie molken. Voyeur, sagte Sabine. Vielleicht solltest du Helene Buch anrufen, sagte er. Wenn sie jetzt noch nichts gehört hat, hört sie nichts mehr, sagte Sabine. Hast du gesehen, die rötliche Lilie ist heute nacht aufgeblüht, sagte er. Sie würde uns doch anrufen, wenn sie etwas gehört hätte, sagte Sabine.

Helmut ging auf dem Kirman-Teppich hin und her. Ruf sie doch an, sagte er, zur Sicherheit.

Sabine stand auf und ging, widerwillig, zu Zürns hinüber. Sie konnte das. Er hatte in den elf Jahren noch nie das Zürnsche Telephon benutzt.

Als er einmal auf diesem hellen Kirman mit dem dunkelblauen Medaillon spazierengegangen war, hatte er nichts gegen die Vorstellung tun können, er führe an seiner rechten Hand einen Menschen von der Größe eines siebenjährigen Kindes und dieser Mensch sei Friedrich Nietzsche, aber in seinem 40. Lebensjahr, aber reduziert auf die Maße eines Siebenjährigen. Und der hatte entsetzliche Angst vor Otto gehabt. Also hatte er sich richtig an Helmuts Hand geklammert.

Klaus Buch hatte dann genau diese Angst vor Otto gehabt, die Helmut schon von seinem kleinen Nietzsche gekannt hatte.

Helmut pflegte, wenn er allein über den Kirman ging, unwillkürlich vor sich hin zu sprechen. Stille, sagte er dann, Stille, Stille. Und nach einer gewissen Pause: Tote eins rauf, Tote eins rauf.

Das waren schon alte Gewohnheiten, dieses *Stille* und *Tote eins rauf*. Sobald Sabine draußen war, sagte er jetzt: Stille, Stille, und, nach einer Pause: Tote eins rauf, Tote eins rauf. Aber er hatte das Gefühl, daß er heute nicht von selbst zu sprechen begonnen hatte, sondern willkürlich.

Sabine meldete, Hel habe noch nichts gehört. Gehen wir denn heute gar nicht hinunter, fragte er. Sie könne den See heute nicht sehen, sagte sie. Frau Zürn habe gesagt, in der Zeitung stehe, daß bei dem gestrigen Sturm drei Personen ertrunken seien. Einer sei ertrunken, obwohl zwei Motorboote an das gekenterte Segelboot herangefahren seien und dem Segler, der sich an seinem Boot festgeklammert habe, Leinen zugeworfen hätten. Die Wellen hätten den vom Boot weggerissen, die Leinen habe er nicht mehr fassen können, er sei vor den Augen der Retter verschwunden. Helmut nickte, als kenne er das. Sabine legte ihre Hände um ihn und schmiegte sich an ihn. Helmut erwiderte das, so gut es ging. Er gehe trotzdem ans Wasser. Vielleicht komme sie nach. Was hat Hel für einen Eindruck gemacht am Telephon, fragte er. Elend leise habe sie gesprochen. Fast nichts gesagt. Nur JA und NEIN. Helmut nahm den ersten Band Kierkegaard und ging rasch hinaus und hinunter ans Wasser. Otto freute sich und rannte mit. Draußen wurden sie von Zürns Florian begrüßt, der immer mit Otto etwas anfangen wollte. Aber die Hündin Otto wehrte die Versuche des gleichaltrigen Rüden Florian jedes Mal so böse als möglich ab.

Der See wollte heute randlos erscheinen. Heiter. Und unschuldig. Das gefiel Helmut. Kein Mensch hätte in dieser sanft blauglänzenden Randlosigkeit den fauchenden Wilden von gestern wiedererkannt. Ein selbst unsichtbarer Dunst machte alles Sichtbare blau, indirekt, milde, immateriell, brachte es zum Schweben. Keine Begrenzungen mehr. Keine Kontraste. Nur noch Übergänge. War das nicht ein Tag, an dem man von dem Wort *unendlich* Gebrauch machen konnte? Hätte machen können, wenn... Er spürte seine Fersen. Eiskalt. Als lägen sie im Schnee. Die ganze Nacht hatte er immer wieder seine Fersen in seine Hände genommen und war jedes Mal überrascht gewesen, daß sie sich ganz normal anfühlten. Sobald er sie aber losließ, meldeten sie einen Schmerz, den er als Eiseskälte empfand. Zum ersten Mal hatte er diese Empfindung doch bei der ersten Segelpartie gehabt... Ja, ja, nur zu. Als er gestern abend endlich heimgefahren worden war und nur noch so rasch als möglich unter die Bettdecke wollte, war auf seiner Bettseite auf dem Bettvorleger ein riesiges Insekt gelegen. Ein schönes grünes Heupferd. Helmut wäre bald darauf getreten. Er wollte es aufheben, aber es hatte sich, wohl im Sterbekampf, in das Gewebe des Vorlegers gekrallt.

Er mußte eine kleine Gewalt anwenden, es loszureißen. Von den langen Antennen war eine gesenkt. Sonst war das schöne grüne Tier völlig unversehrt. Seine Halbkugelaugen können offenbar nicht geschlossen werden. Helmut hatte gedacht: Nur zu. Flügel wie ein Frack, hatte er gedacht. Ein grünes Nackenschild wie ein Schubertkragen. Oder wie Klaus Buchs goldene, in den Kragen reichende Haarbrücke. Plötzlich hatte das Tier die lange untere Hälfte eines Hinterbeins angezogen und dann wieder fahrenlassen. Dann hatte das ganze Hinterbein angefangen zu zucken. Es wurde richtig hin und her gerissen. Auch das zweite Hinterbein zuckte ein bißchen. Der lange Leib zitterte. Er konnte das nicht mitansehen. Er legte das grüne Pferd auf die Fensterbank zwischen die Gitterstäbe, kroch unter die Bettdecke und wünschte ein Zittern herbei. Tatsächlich zitterte er dann. Eine ganze Weile. Dann mußte er noch Sabine anschreien. Ihr Wimmern mache alles nur noch schlimmer, schrie er. Darauf heulte Sabine laut heraus. Aber danach wurde sie ruhiger. Heute morgen war das Heupferd verschwunden gewesen.

Er schlug sein schwarzes Kierkegaardbuch auf und begann zu lesen: *Während meines Aufenthaltes hier in Gilleleie habe ich Esrom besucht, Fredensborg, Frederikvaerk und Tidsvilde. Der letzte Ort ist vornehmlich durch die Helenenquelle bekannt, wohin die ganze Umgegend zur Zeit des Johannistages wallfahrtet.* Helmut schlug das Buch zu. Er wußte nicht, wie er sich einstellen sollte.

Plötzlich hatte er das Gefühl, daß von jetzt an von allen Seiten ununterbrochen Angriffe zu gewärtigen seien. Es gab keine unverfängliche Minute mehr. Plötzlich war alles unvorhersehbar. Er konnte nicht liegenbleiben. Also, Lesen war sicher die Beschäftigung, die am wenigsten möglich war. Er mußte sich rühren. Er müßte. Wenn er könnte. Herrgott, jetzt dreh nur nicht schon am ersten Tag durch, man kann mit ganz anderen Sachen fertig werden, Notwehr, mein Gott, Notwehr. Du hast es nicht gewollt. Wenn der sein verrücktes Rodeo weitergemacht hätte, wären wir gekentert. Und das hätte keiner überlebt. Steht ja in der Zeitung, stopp-stopp-stopp, so darfst du nicht denken, gib ruhig was zu, laß ruhig dein Gewissen grasen, was heißt denn das, bitte, das Gewissen grasen lassen, wohl ein Wettbewerb in Maulhurerei, stopp, gib zu, du wirst nicht fertig damit, dein Gedächtnis bedient dich wie noch nie, von Schädelstätte keine Spur, drastisch sozusagen, du hast eben gelebt in diesem Augenblick, du bist aus dir herausgegangen, Ha-Ha, eine Sekunde lang hast du den Schein nicht geschafft, an dieser Sekunde klebst du jetzt, wirst du kleben, wenn sich der Riß dieser Sekunde nicht mehr schließen läßt.

Er stand auf, rannte hinauf und sagt, er möchte mit Sabine einen Waldlauf machen. Sabine erschrak. Einen ganz milden. Keine sportliche Tortur. Nur ein Hauch von Dauerlauf. Dauerlauf, Sabine, kennst du das Wort. Ich liebe dieses Wort. Dauerlauf. So ganz sachte antraben. Turnschuhe. Es fehlen die Turnschuhe. Paß auf, ich gehe schnell in die Stadt und kauf uns Turnschuhe, Trainingsanzüge, Turnhosen, Turnhemden. Bitte, nicht lachen, nicht weinen, es hat alles keinen Sinn, wir müssen uns bewegen. Wenn du nicht baden willst, dann laufen wir eben. Laß uns auch einmal opportunistisch sein, Mensch. Volkslauf, Sabine. Gehst du mit in die Stadt? Wir könnten uns Fahrräder leihen. Bei Zürns. Würdest du das tun? Bitte, bitte, Sabine, sei so gut, frag, ob wir zwei Fahrräder kriegen, oder nein, wir kaufen welche, ja, endlich, jetzt flutscht es – zu spät, das Klaus-Buch-Wort war schon heraus, und Sabine hatte es als solches erkannt –, wir kaufen Räder, vorn, vis à vis vom *Löwen*, die blitzendsten Räder, die es gibt, dann fahren wir in die Stadt, dann kleiden wir uns ein, dann fahren wir mit den Rädern in die Wälder, dann stellen wir die Räder hin und machen einen Waldlauf. Komm.

Sabine ließ sich schieben. Sie versuchte zu nicken. Sie dachte sicher an Klaus Buch. Aber sie sprach seinen Namen nicht aus. Sie gingen ins Dorf. Sie kauften die besten Fahrräder, die es gab. In der Stadt kauften sie die Kleidungen. Dann fuhren sie auf dem Seeweg zurück zur Wohnung. Das Radfahren machte gleich Spaß. Ihre Unbeholfenheit war kleiner, als sie befürchtet hatten. Helmut sagte: Mensch, Sabine, bin ich froh, daß wir noch auf das Radfahren gekommen sind. Das ist der richtige Anfang. Wie das läuft. Ein richtiges Erfolgserlebnis, findest du nicht? Ja, rief Sabine. Wart nur, rief er, wenn wir uns umgezogen haben, wird es noch viel schöner. Er hatte das Gefühl, als könne ihn nichts mehr aufhalten. Das Umziehen in der Wohnung ging in unverminderter Hast vonstatten. Inzwischen war Sabine von Helmuts Eilkraft ergriffen. Beide bewegten sich mühelos. Sie fanden, in den Trainingsanzügen sähen sie komisch aus, aber nicht lächerlich. Sie sähe sogar sehr interessant aus, sagte Helmut. Wie eine Sportlerin aus einer transuralischen Sowjetrepublik. Du siehst aus, sagte sie, wie ein US-Generaldirektor am Samstag. Er hatte allerdings Angst, er habe seine Turnschuhe um eine Nummer zu klein gewählt. Endlich kenn ich dich wieder, sagte sie. Aber er ließ keine Pause zu.

Als sie nach ihren Fahrrädern griffen, fuhr der alte silberne Mercedes vor. Es war Helene Buch. Sie war überhaupt nicht erstaunt, Halms mit Fahrrädern in der Hand und in Trainingsanzügen anzutreffen. Sie selbst war auch angezogen, wie sie Halms noch nie gesehen hatten.

Die älteste, verflickteste Jeanshose und eine dunkelblaue zweireihige Nadelstreifenjacke. Darunter ein ehemals schwarzes T-Shirt. Und die Haare eng am Kopf. Jetzt sah man, daß ihr Hals fast gebogen war. Man sah jetzt, daß sie den schönen langen sanft gebogenen Hals hatte, um diese überaus sanfte kleine Nase hoch in die Welt halten zu können.

Sie habe es im Hotelzimmer nicht mehr ausgehalten.

Halms stellten die Fahrräder weg und gingen mit Helene hinein. Sabine machte Kaffee und fragte Hel, was sie ihr machen dürfe. Hel sagte, sie trinke gern einen Kaffee mit. Sabine sagte im Frageton, sie habe auch noch einen selbstgebackenen Kirschkuchen da. Ja, gern, sagte Hel. Jeder aß zwei Stücke von dem Kuchen. Hel sagte, das sei seit vier Jahren der erste Kuchen, den sie esse. Es sei der beste, den sie überhaupt je gegessen habe. Kaffee und Kuchen, das ist schon etwas, sagte Helmut. Ohne Kaffee und Kuchen, sagte er, möchte ich nicht leben. Er hoffte, Hel und Sabine bemerkten, daß er dieses Zeug nur sagte, damit das Schweigen nicht noch mehr anwüchse. Sobald niemand mehr etwas sagte, wurde das Kuchenessen ekelhaft feierlich.

Danach fragte Sabine vorsichtig, ob es Hel störe, wenn sie eine Zigarette rauche. Nein, nein, sagte Helene und lächelte ein bißchen rekonvaleszentenhaft. Sie habe das Gefühl, sie könne heute auch eine Zigarette vertragen. Sabine bot ihr eine an.

Das Auffälligste war jetzt die rauchende Helene. Sie nahm lange, tiefe, ruhige Züge. Wie jemand, der sich von etwas ernsthaft überzeugt.

Einmal sagte sie: Ich störe euch. Es wäre natürlich schön, wenn ihr euch durch mich nicht stören ließet. Wenn ihr, zum Beispiel, jetzt lesen würdet, wüßte ich, ich störe euch nicht. Ich will nur nicht allein sein, jetzt.

Sabine fragte, ob sie noch eine Kanne Kaffee machen dürfe. Helene nickte mit einem zarten Eifer. Wir könnten dir auch einen zwölf Jahre alten Calvados anbieten, sagte Sabine. Helmut machte ein kritisches Gesicht und sagte schroff: Sabine! Sie sollten alles tun, was sie sonst auch täten, sagte Helene, sonst könne sie keine Sekunde länger bleiben. Sabine könne ihr gern ein Glas Calvados hinstellen, dann habe sie weniger das Gefühl, daß sie störe. Sabine schenkte jedem einen Calvados ein. Helmut sagte: Für mich nicht. Helene sagte: Warum rauchst du nicht? Helmut winkte ab. Ich mag es gern, wenn du Zigarren rauchst. Mein Vater hat auch Zigarren geraucht.

Als man saß und Sabine und Helene Kaffee und Calvados tranken und rauchten, sagte Helmut: Ich weiß nicht, Sabine, ist es besser, wenn ich erzähle, wie es war, oder ist es besser, wenn wir jetzt nicht darüber sprechen. Ich weiß es einfach nicht. Hel, du mußt sagen, was dir ... möglich erscheint, es kommt auf dich an. Helene schaute auf. Er hatte tatsächlich *Hel* gesagt. Vielleicht zum ersten Mal. Anstatt zu antworten, verfiel sie in ein krampfartiges Weinen. Ein lautes, langgezogenes Heulen. Helmut war gleich aufgesprungen. Er ging in jähen, geradezu zornig wirkenden Schritten auf und ab. Helene stand auch auf, brachte ihn zum Stillstand. Dann weinte sie wieder. Diesmal lehnte sie den Kopf an ihn. Er spürte, wie es sie schüttelte. Er führte sie zum Sessel zurück. Sabine heulte auch. Auch Helmut konnte nicht verhindern, daß ihm Tränen kamen. Plötzlich fiel ihm ein, daß Sabine gesagt hatte, sie könne nicht mitsegeln, weil sie beim Friseur angemeldet sei. Helene hatte sicher längst bemerkt, daß Sabine nicht beim Friseur gewesen war.

Helene trank den Calvados, den Helmut abgelehnt hatte. Sabine schenkte alle drei Gläser wieder voll. Helene war die erste, die nach dem frisch gefüllten Glas griff.

Jetzt rauch doch deine Zigarre, sagte sie. Ich weiß ganz sicher, daß du jetzt rauchen würdest, wenn ich nicht da wäre.

Auch Sabine nickte ihm aufmunternd zu. Helmut sagte: Nein, wirklich nicht. Im Augenblick nicht. Vielleicht nachher. Helene stellte das dritte gefüllte Calvadosglas wieder deutlich vor Helmut hin, dann prostete sie Helmut zu. Er schüttelte den Kopf. Sie und Sabine tranken. Helene sagte: Mein Gott, ist dieser Calvados gut. Vor sechs Jahren habe ich ein Semester in Montpellier studiert, da habe ich öfter Calvados getrunken. Zwischen ganz dicken Mauern. Helmut dachte unwillkürlich an die dünnen Wände des Hotels in Grado. Er schaute zu Sabine hin und sah, daß sie an das gleiche dachte. Das ärgerte ihn. Montpellier, sagte Helene, war die schönste Zeit meines Lebens. Dieser Satz klang komisch.

Sie trank aus. Sabine schenkte ihr wieder ein. Jetzt bin ich die einzige, die trinkt, sagte sie.

Zum Wohl, sagte Sabine und trank mit ihr.

Morgen früh fahr ich, sagte sie.

Nach Starnberg, sagte Sabine.

Helene nickte.

Helmut hatte das Gefühl, er werde sich nie mehr bewegen können. Auch daß er je wieder sprechen werde, kam ihm unwahrscheinlich vor.

Klaus würde, sagte sie vor sich hin, wahrscheinlich sagen, das Leben geht weiter.

Man sah, daß sie drauf und dran war, wieder zu heulen. Man sah, daß sie sich diesmal wehren wollte. Sie biß sich in die Lippen.

Ich weiß nur noch nicht wie, sagte sie.

Sie wehrte sich weiterhin gegen einen von innen drohenden Weinüberfall. Sie trank ihr Glas leer.

Sabine schenkte ein.

Klaus hat einmal gesagt, sagte sie, du mußt mich nur mögen, solange ich lebe. Und jetzt habe ich das Gefühl, ich kann nie glauben, daß er tot ist. Das bring ich nicht in mich hinein. Nie. Für mich lebt er.

Sie trank ihren Calvados leer und hielt Sabine das Glas zum Füllen hin. Sie sagte: Prost. Sabine trank mit ihr.

Er hat nicht viel gehabt von seinem Leben, sagte sie. Es war nichts als eine Schinderei. Jeden Tag zehn, zwölf Stunden an der Maschine. Auch wenn er nicht schreiben konnte, hockte er an der Maschine. Ich muß auf dem Posten sein, hat er dann gesagt. Ihm ist alles, was er getan hat, furchtbar schwergefallen. Deshalb hat er ja rundum den Eindruck verbreitet, er arbeite überhaupt nicht; was er mache, mache er nur aus Freude an der Sache, mühelos. Ja, mühelos, er wollte mühelos erscheinen. Und dann immer das Gefühl, daß alles, was er tue, Schwindel sei.

Daß man ihm eines Tages draufkommen werde. Er hat oft aufgeschrien, nachts. Und immer öfter hat er Schweißausbrüche gehabt, mitten in der Nacht. Darum hat er immer gesagt: Wir hauen ab auf die Bahamas. Wenn wir allein waren, hat er dazugefügt: Zu den anderen Verbrechern. Er war zutiefst davon überzeugt, daß er ein Verbrecher sei. Wir hätten natürlich nicht die geringste Aussicht gehabt, auf die Bahamas zu ziehen. Wir konnten uns ja kaum so einen Urlaub hier leisten. Er hat auch im Hotelzimmer jeden Tag noch gearbeitet. Und ich sollte Großmüttersprüche sammeln. Das ist vorbei. Das ist das einzige, was ich sicher weiß. Nie mehr in meinem Leben rühr ich ein Tonband an. Nie mehr eine Schreibmaschine. Ich konnte ihm nicht sagen, wie wenig mir das liegt, in stille Dörfer eindringen, den Bürgermeister fragen, diese lieben alten Frauen ansprechen, ihnen erklären, wie und was, und was ein Mikrophon ist. Aber er war so begeistert von seiner Idee. Er war ein Kind. Oder er wollte eins sein. Man kann alles. Das war auch so ein Spruch von ihm. Er hätte Sportlehrer werden sollen. Oder Entdeckungsreisender. Aber nicht heute. Vor hundert Jahren. Segelschiffkapitän. Abenteurer. Jemand, der mit allen Schwierigkeiten fertig wird. Wenn sie aus der Natur kommen. Der Natur gegenüber war er immer mutig, einfallsreich, unbesiegbar. Nur Leute...

Sie machte eine abstürzende Bewegung.

Er war ja unheimlich praktisch. Das Häuschen in Starnberg war ein Hühnerstall, als wir es kauften. Ein Flüchtling hat eine Hühnerfarm aufmachen wollen und hat es nicht geschafft. Klaus hat alles selber gemacht. Und wie. Eine Terrasse, so was gibt es nicht ein zweites Mal. Aus rotem Sandstein. Diese rote Terrasse ist sein Denkmal. Die wird bleiben, das weiß ich. Aber im Grunde genommen war er fertig. Ehrlich. Er war auf dem falschen Dampfer. Und mich hat er auch auf diesen falschen Dampfer gezwungen. Darum weiß ich, wie das ist, auf dem falschen Dampfer zu sein. Das ist die Hölle. Durch einen saublöden Zufall ist er in diesen Scheißjournalismus hineingekommen. Dann auch noch in dieses Umweltzeug. Dann hat er geglaubt, er muß das alles ernst nehmen, weil wir jetzt davon leben. Er war so verkrampft. Zuletzt hat er mit allen Leuchten Krach gekriegt. Aber schon mit gar allen. Die Redakteure und Lektoren, von denen er abhängig war, hat er gehaßt, weil er von ihnen abhängig war. Wenn einer auch nur einen Hauch von Kritik spüren ließ, hat Klaus das eigene Manuskript vor dessen Augen zerrissen. Das war echt brutal. Natürlich auch lächerlich. Er hatte ja einen Durchschlag. Das wußte jeder. Er hat nur darauf gewartet, daß sie ihm in den Arm fallen. Gegrinst haben sie.

Sie trank aus, hielt das Glas hin, kriegte es gefüllt, sagte Prost und trank. Sabine trank mit ihr.

Wie er Leute, von denen er abhängig war, beleidigt hat, war echt brutal. Eben weil er abhängig war von ihnen. Seinen Verleger, was er mit dem aufgeführt hat. Eine Zeitlang ist er regelmäßig nach München hineingefahren und hat das Auto des Verlegers... ich kann es gar nicht sagen. Er war eben fertig. Fix und fertig. Deshalb hat er sich doch so gefreut, daß wir euch getroffen haben. Jetzt packen wir's, hat er, nach dem ersten Abend, gesagt. Er war ein Phantast. Sofort hat er wieder von den Bahamas angefangen. Mit Helmut auf die Bahamas. Das war sein neuester Einfall. Es war nicht ganz leicht mit ihm, das kann ich euch sagen.

Wegen seiner Empfindlichkeit. Weil sie ihn merken ließen, daß sie ihn gar nicht brauchten. Als sie ihn das merken ließen, war es aus. Seitdem hat er angefangen, hundertmal am Tag, ich schwör' es, einhundertmal am Tag hat er gefragt, ob ich ihn noch möge. Er ist sich immer mehr vorgekommen wie der letzte Dreck. Und ich mußte ihm andauernd beweisen, daß er nicht der letzte Dreck ist, sondern der Alleralleralleralltollste. Und zwar glaubhaft. Aber ja.

Sie sprang auf. Ging hin und her. Sie hatte das Glas in der Hand. Ließ es sich füllen. Trank.

Man hat praktisch nicht mehr reden können mit ihm. Ich hatte allmählich das Gefühl, daß ich es nicht mehr sehr lange aushalten werde. Es kam mir immer mehr so vor, als müsse ich einen Ertrinkenden über Wasser halten. Wenn es mir nicht mehr gelänge, würde er uns beide hinabreißen. Ich habe gemerkt, daß ich das nicht ewig schaffen werde. Darum war ich genauso froh, daß wir euch trafen. Wir waren ja total isoliert. Total. Bitte, ihr versteht mich nicht falsch. Ihr wißt, daß ich nichts gegen Klaus sagen will. Ich will ... ich muß nur sagen ... euch muß ich ... einmal muß ich jemand sagen, wie es ... Ich bin ... ich selber habe praktisch ... wenn ich das ein einziges Mal sagen dürfte ... ich habe nicht leben dürfen, das hat er nicht gestattet. Ich habe mich für das, was er gemacht hat, noch viel mehr interessieren müssen als er selber. Wie wenn ich seine Tochter gewesen wäre: Was er nicht erreicht hat, das sollte ich erreichen. Ich war sein Stolz. Andererseits war er sauer, wenn jemand etwas gelobt hat, was ich gemacht habe. Er war verrückt. Er hatte, weil er merkte, daß er nicht gebraucht wurde, einen Grad von Egoismus erreicht, den man eine Geisteskrankheit nennen sollte. Ich habe Musik studiert, als er mich kennenlernte. Von heut auf morgen habe ich das aufgeben müssen. Wir kennen uns noch kein Vierteljahr, da dekretiert er, zur wirklichen Musikerin reicht es bei dir nicht, laß das sein, du machst dich nur unglücklich dadurch. Basta. So. Und dann hat er mich auf seine Interessen dressiert. Ich war zweiundzwanzig. Und ein Idiot. Ich war ein Idiot, also, das Matterhorn ist nichts dagegen, so ein Idiot war ich. Natürlich weiß ich auch, daß er nichts dafür kann ... aber warum ich ... warum soll ausgerechnet ich dafür zahlen. Mein Klavier hab ich verkaufen müssen. Jaa!! Er hat einen Fanatismus entwickelt gegen Musik. Entweder er oder die Musik! Noch ein Jahr, dann wäre es wahrscheinlich vorbei gewesen mit mir. Dann hätte ich es auch für immer ausgehalten. Prost. Ist das nicht ergreifend, was man alles aushält! Das hab ich ihm zu verdanken. Das weiß ich ein für allemal. Ich halte etwas aus. Ich ... wetten, daß ich mehr aushalte als ihr zwei zusammen. Komm, los, jetzt wettet doch einmal mit mir. Ich möchte gewinnen. Ich hab schon so lang nichts mehr gewonnen. Mir ist es jetzt ... ein Klavier habt ihr nicht in eurer grandiosen Ferienwohnung. Nicht einmal eine Geige. Das ist ein ganz schöner Beschiß. Eine Ferienwohnung ohne Klavier. Und keine Geige. Und das seit elf Jahren. Elf Jahre ohne Klavier und Geige. Ihr haltet doch was aus. Ihr müßt ganz schön abgehärtet sein. Laß mal fühlen, Helmut. Bist du abgehärtet? Deine

Seele? Laß mal fühlen. Dein Ohrläppchen. Weißt du das nicht? Wie das Ohrläppchen, so die Seele. Also, du hast ein etwas ausgemolkenes Ohrläppchen, kommt mir vor. Und du, Sabinchen? Frauen haben einfach reichere Ohrläppchen als Männer, das stellt man immer, immer wieder fest. Überhaupt Frauen, mmm! Also es gibt Frauen, die haben einen Reichtum. Da kannst du jeden Mann vergessen. Was ist ein Mann, Sabine? Gibt an wie der Rotz am Ärmel, gut. Noch was? Nischt. Klaus hatte... ach Klaus... Irgendwie schwimme ich in einer Flüssigkeit. Und von der Flüssigkeit, in der ich schwimme, trink ich auch noch. Also das ist schon fast ein bißchen himmlisch. Wenn's bloß nicht plötzlich aufhört. Helmut, du sorgst dafür, daß nicht plötzlich das Telephon geht und der Herr Dr. Stahlhagen aus München anruft und sagt, er wolle von uns nichts mehr... Was ich euch zu verdanken habe, das geht auf keine Kuhhaut, ehrlich. Ihr seid überhaupt die höchsten Menschen. Und euch treffen wir, wie's praktisch zu spät ist. So was von einem Pech. Helmut, du weißt nicht, wie glücklich Klaus war, weil er dich getroffen hat. Es ist, wie wenn ich einen Schatz gefunden hätte, hat er gesagt. An dir, das hat er gespürt, an deiner ruhigen, festen Art, hätte er gesund werden können. Das hat ihm gefehlt, deine Vernunft, deine Ausgeglichenheit, die innere Ruhe. Ach, ihr zwei Lieben, ihr könnt mich jetzt ein bißchen baden, wenn ihr wollt. Ich bleib bei euch. Und ihr badet mich. Mit einem großen Schwamm. Habt ihr keine Badewanne. Ihr habt auch bloß Dusche. Halt auch ein bißchen armselig, gell. Macht doch nichts. Wäre ja nicht schlecht gewesen, wenn ihr mich gebadet hättet. Aber so ist es halt. Ich, Luxusgeschöpf, möchte in eine Badewanne. Aber eine Badewanne ist nicht da. Genau wie in der Wüste Sahara. Es könnte sein, ich werde jetzt traurig. Bitte, das müßt ihr euch nicht zu Herzen nehmen. Ein warmes Bad ist das Beste gegen Traurigkeit. Es muß schon gut warm sein. Wenn ich in einem warmen Bad liege, fange ich immer an zu singen. Obwohl ich sonst überhaupt nicht mehr singe in letzter Zeit. Also das ist so rapide zurückgegangen bei mir, das Singen. Praktisch auf unter Null. Manchmal hock ich und ströme ein Schweigen aus. Und in dem hock ich dann. Wie unter einer Glasglocke. Dann, meine Damen und Herren, packt es mich. Packt SIE mich. Die Schwermut halt, die cholerische, sich selbst zerbeißende. Weil ich nicht mehr wert bin als etwas, was man an die Wand wirft, damit es noch ganz hin ist und dann so kaputt liegenbleibt, daß man nicht mehr merkt, was es war oder wie es gedacht war. Das ist überhaupt das Wichtigste, daß die Zerstörung weit genug geht. Wenn man uns alle bloß halb kaputt machen würde, das gäb eine Mitleidswoge, in der würden wir dann todsicher ersaufen, und aus wär's mit der Welt. Als Zerschmetterte aber leben wir fühllos weiter. Ich danke Ihnen.

Jetzt fangen wir sofort an. Wir haben schon zuviel Zeit vertan. Meine Damen, und Herren, ich bin nicht so vorbereitet, wie man es heute als Künstlerin gern wäre. Aber auf eine andere Art bin ich wieder viel zu sehr vorbereitet. Ich kann es mir erlauben, Sie um Ihre Aufmerksamkeit zu bitten. Ich spiele Ihnen die *Wanderer-Fantasie* von Franz Schubert.

Sie spielte die Töne in der Luft, sang die Töne, stieß die Rhythmen hervor, machte mit den Fingern Zeichnungen. Sie ging hin und her, stoppte, drehte sich. Sie trug das Klavierstück vor wie einen Text. Sie ließ keine Silbe aus und sagte genau, wie sie es meinte.

Es klopfte. Helmut rannte zur Tür. Frau Zürn. Da sei ein Herr, der seine Frau abholen wolle. An ihr vorbei, an Helmut vorbei, trat Klaus Buch in die Wohnung. Helmut nickte Frau Zürn noch zu, dann schloß er die Tür, dann befahl er Otto zu sich und paßte auf ihn auf. Klaus, schrie Sabine.

Helene sagte, ihre Musik sofort abbrechend, irgendwie ermattend, erlöschend: Mein Klaus, mein lieber, lieber Klaus. Ja, was sag ich denn immer: Lebendig ist er, sag ich, und was ist er: lebendig. Und so spät kommt er. Das sieht ihm gleich. Er hat einfach wissen wollen, was wir tun, wenn er nicht dabei ist. Stimmt's. Schuft. Hab ich euch nicht gesagt, daß er ein Schuft ist. Klaus, bitte such dir einen guten Platz, ich muß bloß noch die Wanderer-Fantasie zu Ende spielen.

Sie fand die Stelle und machte weiter. Aber nicht mehr lang. Sie sah Klaus an, ihn ansehend, füllte sie sich einen Calvados ein, sagte Prost, trank das Glas leer und sah wieder Klaus an.

Klaus sagte: Komm jetzt.

Sie sagte: Hat es dir nicht gefallen? Entschuldige, du stehst da, ein frisch Geretteter, und ich spiele das Piano, ich würde mich nicht wundern, wenn du mich als Egoist einstufen würdest. Du, der du ein den Wellen Entkommener bist. Er besiegt jede Natur. Das habe ich schon im voraus bekanntgegeben. Stimmt's?

Klaus sagte: Komm jetzt.

Helene sagte: Aber Klaus, laß uns doch noch bei unseren Freunden bleiben. Wir haben doch sowieso keine Badewanne in unserem Zimmer. Hier haben sie auch keine Badewanne. Also können wir doch genausogut hierbleiben. Dem Schicksal, keine Badewanne zu haben, bleiben wir auf jeden Fall treu.

Alles klar.

Ich gehe jetzt, sagte Klaus.

Hat dir jemand was getan, sagte sie. Ich seh's, du bist beleidigt. Klaus, schnell, sag deiner Hel, wer dich beleidigt hat. Und zwar ganz arg hat der dich beleidigt. Das seh ich doch. Iiiih! Durch und durch beleidigt haben sie unseren Klaus. Ich werde dich regenerieren, Liebster, und zwar binnen kurzem. Ich schwöre es dir.

Sie zündete sich wieder eine Zigarette an, nahm Helmuts Strohhut vom Haken und setzte sich den auf. Leihst du mir den, sagte sie. Und dann sagte sie: Komm, Genie, tapfer gehen wir.

Helmut und Sabine zuwinkend, ging sie hinaus und nahm dabei Klaus irgendwie mit. Klaus Buchs und Helmuts Blicke hatten sich, solange er da war, nicht getroffen. Das empfand Helmut jetzt. Also sollte er den Blick des nach hinten Kippenden bewahren. Wahrscheinlich hatte Klaus ihn in diesem Augenblick so durchschaut, wie ihn noch niemand durchschaut hatte. Und der, der ihn so durchschaut hatte, lebte. Sie rührten sich erst, als sie das Auto abfahren hörten.

Sabine sagte: Moment, Moment.

Helmut setzte sich, zündete sich eine Zigarre an und schenkte sich Calvados ein und sagte: Prost. Und trank. Sabine trank nicht mit. Begreifst du, was er hat, fragte Sabine. Helmut reagierte nicht auf diese Frage. Helmut, was hat er, fragte Sabine. Er hat doch was. Statt, daß es jetzt eine Feier gibt, kommt er ... wie der Jüngste Tag persönlich. Begreifst du das?

Helmut nahm sein schwarzes Kierkegaardbuch und sagte: Wenn du dein Wagner-Mein-Leben suchst, es liegt drüben, soll ich's dir holen? Dann schlug er sein Kierkegaardbuch auf und las:

Während meines Aufenthaltes hier in Gillelei habe ich Esrom besucht, Fredensborg, Frederikvaerk und Tidsvilde. Der letzte Ort ist vornehmlich durch die Helenenquelle bekannt, wohin die ganze Umgegend zur Zeit des Johannistages wallfahrtet.

Er schlug das Buch wieder zu. Sabine saß noch genau so wie vorher. Komm jetzt, sagte sie. Wir wollten doch eine Radtour machen. In den Wald. Einen Waldlauf. Komm. Helmut stand auf und sagte: Ich kann so was nicht tragen. Er zog sich um. Während er sich umzog, sagte er zu Sabine, die Fahrräder könne man ja Zürns schenken. Man lasse sie einfach da, man könne sie ja benützen, falls man noch einmal hierher in Urlaub käme.

Er sagte: Bitte, Sabine, zieh dich auch um. Bitte. Sein Ton war wieder genau so fest und dringlich geworden wie der, mit dem er die sportliche Ausrüstung erzwungen hatte.

Als beide umgezogen waren, sagte er: Was hältst du davon, wenn wir jetzt packen? Oder so: Ich packe, du gehst zu Frau Zürn, bezahlst für vier Wochen, läßt dir auf keinen Fall einen Preisnachlaß einräumen, sagst, besondere Umstände, wir würden uns, falls wir nächstes Jahr kommen könnten, rechtzeitig und so weiter. Bitte, bitte, Sabine. Im Zug erzähl ich dir alles. Bitte.

Sabine setzte sich und sagte, das gehe ihr zu schnell. Er sagte in einem völlig abweisenden, in einem nichts als erpresserischen, ganz glaubhaften Ton: Dann muß ich allein fahren. So, sagte Sabine. Ich möchte doch auch noch eine Rede halten, sagte Sabine. Wann halte denn ich meine Rede, bitte? Glaubst du vielleicht, ich hätte keine Rede zu halten, Mensch.

Ach du. Einziger Mensch. Sabine. Sagte er.

Hör auf, sagte sie.

Richtig, sagte er, im Zug, Sabine, im Zug.

Er fing an zu packen. Allmählich machte sie mit. Als sie zu Zürns ging, rief er ihr nach: Ein Taxi, in einer Viertelstunde. Die zierliche Frau Zürn und zwei ihrer großen Töchter standen und winkten, als Helmut, Sabine und Otto abfuhren. Dr. Zürn war, zum Glück, im Allgäu. Am Fahrkartenschalter sagte Helmut: Zweieinhalbmal Meran einfach. Meran, sagte Sabine und schüttelte den Kopf. Wieso denn Meran? Halt, Moment, sagte Helmut zu dem Beamten, meine Frau ist nicht einverstanden. Wohin denn dann, fragte Helmut. Nach... nach Montpellier, sagte Sabine erschöpft. Zweieinhalbmal Montpellier, einfach, erster, sagte Helmut. Hoffentlich ist es dir da nicht zu heiß, sagte Helmut. Wenn die Mauern so dick sind, sagte Sabine und grinste ein bißchen.

Helmut küßte Sabine vorsichtig auf die Stirn. Otto gab einen Laut, als habe er zu leiden. Sabine sah Helmut so an, daß er sagen mußte: Du siehst durch mich hindurch wie durch ein leeres Marmeladeglas. Wart noch. Im Zug. Sabine sagte: Heute nacht im Traum hätte ich wissen müssen, wie eine Zahl heißt, die durch keine andere mehr teilbar ist, und habe es nicht gewußt. Alle anderen haben es gewußt. Du auch. Aber auch du hast mir nicht geholfen. Er wühlte ein bißchen wiedergutmacherisch in ihren Haaren herum. Der Zug fuhr ein. Helmut sagte zu der farbigen Lokomotive, die ihm vorkam wie ein Ordensgeistlicher: Qui tollis peccata mundi.

Als sie ein Abteil gefunden hatten, in dem sie allein waren, sagte er: Sabine, jetzt können wir bis Basel sitzen bleiben.

Sabine sagte: Ich habe doch Angst vor der Hitze. Was tun wir, wenn es da drunten zu heiß ist.

Ach, sagte Helmut leichthin, Schatten zusammennähen.

Eine Weile saßen sie einander stumm gegenüber wie Fremde. Sie in Fahrtrichtung. Er mit dem Rücken zur Fahrtrichtung.

Was war jetzt eigentlich gestern, sagte sie.

Ein Schnellzug hobelte sich vorbei.

Das ist eine längere Geschichte, sagte er und schaute hinaus auf den Rhein. Der Rhein, sagte sie. Sie streckte sich ein wenig. Sie saß in der Abendsonne. Er im Schatten. Er hob den Ton an wie noch nie und sagte: Ach du. Einziger Mensch. Sabine. Er sah, daß sie das gern hörte. Das befähigte ihn zu einer weiteren, für sein Gefühl geradezu sprunghaften Tonanhebung. Du Angeschienene, du, sagte er. Mit deiner Stärke, von der du nichts weißt. Aus den Jahren herausschauen wie aus Rosen, das sieht dir gleich.

Schön, sagte sie. Und jetzt?

Jetzt fange ich an, sagte er. Es tut mir leid, sagte er, aber es kann sein, ich erzähle dir alles von diesem Helmut, dieser Sabine.

Nur zu, sagte sie, ich glaube nicht, daß ich dir alles glaube.

Das wäre die Lösung, sagte er. Also bitte, sagte er. Es war so: Plötzlich drängte Sabine aus dem Strom der Promenierenden hinaus und ging auf ein Tischchen zu, an dem noch niemand saß.